两晋演义
南北史演义

中国历朝通俗演义 1935年会文堂铅印本简体版权威定本

蔡东藩 著

北京理工大学出版社
BEIJING INSTITUTE OF TECHNOLOGY PRESS

版权专有　侵权必究

图书在版编目（CIP）数据

两晋演义；南北史演义 / 蔡东藩著. —— 北京：北京理工大学出版社，2019.10（2019.12重印）

（中国历朝通俗演义）

ISBN 978-7-5682-7537-8

Ⅰ. ①两… Ⅱ. ①蔡… Ⅲ. ①章回小说 - 小说集 - 中国 - 现代 Ⅳ. ① I246.4

中国版本图书馆 CIP 数据核字（2019）第 185484 号

出版发行 / 北京理工大学出版社有限责任公司
社　　址 / 北京市海淀区中关村南大街5号
邮　　编 / 100081
电　　话 / (010) 68914775（总编室）82562903（教材售后服务热线）
　　　　　　68948351（其他图书服务热线）
网　　址 / http://www.bitpress.com.cn
经　　销 / 全国各地新华书店
印　　刷 / 三河市华骏印务包装有限公司
开　　本 / 880毫米 × 1230毫米　1/32
印　　张 / 35.75
字　　数 / 1236千字　　　　　　　　　　　　　责任编辑 / 魏　诺
版　　次 / 2019年10月第1版　2019年12月第4次印刷　责任校对 / 陈　玉
定　　价 / 408.00元（共6册）　　　　　　　　　责任印制 / 边心超

图书出现印装质量问题，请拨打售后服务热线，本社负责调换

目 录

两晋演义

《两晋演义》自序 …………………………………………… 3
《两晋演义》世系图 ………………………………………… 5
第 一 回　祀南郊司马开基　立东宫庸雏伏祸 ………… 7
第 二 回　堕诡计储君纳妇　慰痴情少女偷香 ………… 12
第 三 回　杨皇后枕膝留言　左贵嫔摅才上颂 ………… 18
第 四 回　图东吴羊祜定谋　讨西虏马隆奏捷 ………… 23
第 五 回　捣金陵数路并举　俘孙皓二将争功 ………… 29
第 六 回　纳群娃羊车恣幸　继外孙螟子乱宗 ………… 35
第 七 回　指御座讽谏无功　侍帝榻权豪擅政 ………… 40
第 八 回　怙势招殃杨氏赤族　逞凶灭纪贾后废姑 …… 45
第 九 回　遭反噬楚王受戮　失后援周处捐躯 ………… 51
第 十 回　讽大廷徙戎著论　诱小吏侍宴肆淫 ………… 56
第 十 一 回　草逆书醉酒逼储君　传伪敕称兵废悍后 … 61
第 十 二 回　坠名楼名姝殉难　夺御玺御驾被迁 ……… 68
第 十 三 回　迎惠帝反正除奸　杀王豹擅权拒谏 ……… 73
第 十 四 回　操同室戈齐王毕命　中诈降计李特败亡 … 79
第 十 五 回　讨逆蛮力平荆土　拒君命冤杀陆机 ……… 84
第 十 六 回　刘刺史抗忠尽节　皇太弟挟驾还都 ……… 90
第 十 七 回　刘渊拥众称汉王　张方恃强劫惠帝 ……… 95
第 十 八 回　作盟主东海起兵　诛恶贼河间失势 ……… 101
第 十 九 回　伪都督败回江左　呆皇帝暴毙宫中 ……… 107

第二十回	战阳平苟晞破贼垒　佐琅琊王导集名流	112
第二十一回	北宫纯力破群盗　太傅越擅杀诸臣	117
第二十二回	乘内乱刘聪据国　借外援猗卢受封	123
第二十三回	倾国出师权相毕命　覆巢同尽太尉知非	128
第二十四回	执天子洛中遭巨劫　起义旅关右迓亲王	133
第二十五回	贻书归母难化狼心　行酒为奴终遭鸩毒	139
第二十六回	诏江东愍帝征兵　援灵武麹允破虏	144
第二十七回	拘王浚羯胡吞蓟北　毙赵染晋相保关中	150
第二十八回	汉刘后进表救忠臣　晋陶侃合军破乱贼	155
第二十九回	小儿女突围求救　大皇帝衔璧投降	161
第 三 十 回	牧守联盟奉笺劝进　君臣屈辱蒙难丧生	166
第三十一回	晋王睿称尊嗣统　汉主聪见鬼亡身	173
第三十二回	诛逆登基羊后专宠　乘衅独立石勒称王	178
第三十三回	段匹磾受擒失河朔　王处仲抗表叛江南	184
第三十四回	镇湘中谯王举义　失石头元帝惊心	190
第三十五回	逆贼横行廷臣受戮　皇灵失驭嗣子承宗	195
第三十六回	扶钱凤即席用谋　遣王含出兵犯顺	201
第三十七回	平大憨群臣进爵　立幼主太后临朝	206
第三十八回	召外臣庾亮激变　入内廷苏峻纵凶	212
第三十九回	温峤推诚迎陶侃　毛宝负剑救桓宣	217
第 四 十 回	枭首逆戡乱成功　宥元舅顾亲屈法	223
第四十一回	察钤音异僧献技　失军律醉汉遭擒	228
第四十二回	并前赵石勒称尊　防中山徐遐泣谏	234
第四十三回	背顾命鸮子毁室　凛梦兆狐首归邱	239
第四十四回	尽愚孝适贻蜀乱　保遗孤终立代王	245
第四十五回	杀妻孥赵主寡恩　协君臣燕都却敌	250
第四十六回	议北伐蔡谟抗谏　篡西蜀李寿改元	255
第四十七回	饯刘翔晋后受责　逐高钊燕主逞威	261
第四十八回	斩敌将进灭宇文部　违朝议徙镇襄阳城	266
第四十九回	擢桓温移督荆梁　降李势荡平巴蜀	271
第 五 十 回	选将得人凉州破敌　筑宫渔色石氏宣淫	277
第五十一回	诛逆子纵火焚尸　责病主抗颜极谏	282

第五十二回	乘羯乱进攻反失利	弑赵主易位又遭囚	288
第五十三回	养子复宗冉闵复姓	屠主授首石氏垂亡	293
第五十四回	却桓温晋相贻书	灭冉魏燕王僭号	299
第五十五回	拒忠言殷浩丧师	射敌帅桓温得胜	304
第五十六回	逞刑戮苻生纵虐	盗淫威张祚杀身	309
第五十七回	具使才说下凉州	满恶贯变生秦阙	315
第五十八回	围广固慕容恪善谋	战东河诸葛攸败绩	320
第五十九回	谢安石应征变节	张天锡乘乱弑君	326
第 六 十 回	失洛阳沈劲死义	阻石门桓温退师	332
第六十一回	慕容垂避祸奔秦	王景略统兵入洛	337
第六十二回	略燕地连摧敌将	拔邺城追掳屠王	343
第六十三回	海西公遭诬被废	昆仑婢产子承基	348
第六十四回	谒崇陵桓温见鬼	重正朔王猛留言	354
第六十五回	失姑臧凉主作降虏	守襄阳朱母筑斜城	359
第六十六回	救孤城谢玄却秦军	违众议苻坚窥晋室	365
第六十七回	山墅赌弈寇来不惊	淝水交锋兵多易败	371
第六十八回	结丁零再兴燕祚	索邺城申表秦庭	376
第六十九回	据渭北后秦独立	入阿房西燕称尊	382
第 七 十 回	堕房谋晋将逾绝涧	应童谣秦主缢新城	387
第七十一回	用僧言吕光还兵	依逆谋段随弑主	392
第七十二回	谋刺未成秦后死节	失营被获毛氏捐躯	397
第七十三回	拓跋珪创兴后魏	慕容垂讨灭丁零	403
第七十四回	智姚苌旋师惊噩梦	勇翟瑶斩将扫屠宗	408
第七十五回	失都城西燕被灭	压山寨北魏争雄	413
第七十六回	子逼母燕太后自尽	弟陵兄晋道子专权	418
第七十七回	殷仲堪倒柄授桓玄	张贵人逞凶弑孝武	423
第七十八回	迫诛奸称戈犯北阙	僭称尊遣将伐西秦	428
第七十九回	吕氏肆虐凉土分崩	燕祚寖衰魏兵深入	434
第 八 十 回	拓跋珪转败为胜	慕容宝因怯出奔	439
第八十一回	攻旧都逆子忘天理	陷中山娇女作人奴	444
第八十二回	通叛党兰汗弑君	诛贼臣燕宗复国	448
第八十三回	再发难王恭受戮	好惑人孙泰伏诛	453

第八十四回	戕内史独全谢妇	杀太守复陷会稽	459
第八十五回	失荆州参军殉主	弃苑川乾归逃生	464
第八十六回	受逆报吕纂被戕	据偏隅李暠独立	469
第八十七回	扫残孽南燕定都	立奸叔东宫失位	474
第八十八回	吕隆累败降秦室	刘裕屡胜走孙恩	479
第八十九回	覆全军元显受诛	夺大位桓玄行逆	484
第 九 十 回	贤孟昶助夫举义	勇刘军败贼入都	489
第九十一回	蒙江洲冯迁诛逆首	陷成都谯纵害疆臣	494
第九十二回	贪女色吞针欺僧侣	戕妇翁拥众号天主	499
第九十三回	葬爱妻遇变丧身	立犹子临终传位	504
第九十四回	得使才接眷还都	失兵机纵敌入险	509
第九十五回	覆孤城慕容超亡国	诛逆贼冯文起开基	514
第九十六回	何无忌战死豫章口	刘寄奴固守石头城	519
第九十七回	窜南交卢循毙命	平西蜀谯纵伏辜	524
第九十八回	南凉王愎谏致亡	西秦后败谋殉难	529
第九十九回	入荆州驱除异党	夺长安翦灭后秦	534
第 一 百 回	招寇乱秦关再失	迫禅位晋祚永终	539

南北史演义

《南北史演义》自序			549
《南北史演义》世系图			551
第 一 回	射蛇首兴王呈预兆	睹龙颜慧妇忌英雄	553
第 二 回	起义师入京讨逆	迎御驾报绩增封	558
第 三 回	伐燕南冒险成功	捍东都督兵御寇	564
第 四 回	毁贼船用火破卢循	发军函出奇平谯纵	570
第 五 回	捣洛阳秦将败没	破长安姚氏灭亡	575
第 六 回	失秦土刘世子逃归	移晋祚宋武帝篡位	581
第 七 回	弑故主冤魂索命	丧良将胡骑横行	587
第 八 回	废营阳迎立外藩	反江陵惊闻内变	593
第 九 回	平谢逆功归檀道济	入夏都击走赫连昌	599
第 十 回	逃将军弃师中庑计	亡国后侑酒作人奴	605

第十一回	破氐帅收还要郡　杀司空自坏长城	610
第十二回	燕王弘投奔高丽　魏主焘攻克姑臧	616
第十三回	捕奸党殷景仁定谋　露逆萌范蔚宗伏法	622
第十四回	陈参军立栅守危城　薛安都用矛刺房将	628
第十五回	骋辩词张畅报使　贻溲溺臧质复书	634
第十六回	永安宫魏主被戕　含章殿宋帝遇弑	639
第十七回	发寻阳出师问罪　克建康枭恶锄奸	645
第十八回	犯上兴兵一败涂地　诛叔纳妹只手瞒天	651
第十九回	发雄师惨屠骨肉　备丧具厚葬妃嫱	656
第二十回	狎姑姊宣淫鸾掖　辱诸父戏宰猪王	662
第二十一回	戕暴主湘东正位　讨宿孽江右鏖兵	668
第二十二回	扫逆藩众叛荡平　激外变四州沦陷	674
第二十三回	杀弟兄宋帝滥刑　好佛老魏主禅统	680
第二十四回	江上堕谋亲王授首　殿中醉寝狂竖饮刀	686
第二十五回	讨权臣石头殉节　失镇地栎林丧身	692
第二十六回	篡宋祚废主出宫　弑魏帝淫妪专政	699
第二十七回	膺帝箓父子相继　礼名贤昆季同心	705
第二十八回	造孽缘孽儿自尽　全愚孝愚主终丧	711
第二十九回	萧昭业喜承祖统　魏孝文计徙都城	717
第三十回	上淫下烝丑传宫掖　内应外合刃及殿庭	722
第三十一回	杀诸王宣城肆毒　篡宗祚海陵沉冤	728
第三十二回	假仁袭义兵达江淮　易后废储衅传河洛	734
第三十三回	两国交兵齐师屡挫　十王骈戮萧氏相残	740
第三十四回	齐嗣主临丧笑秃鹙　魏淫后流涕陈巫蛊	746
第三十五回	泄密谋二江授首　遭主忌六贵洊诛	751
第三十六回	江夏王通叛亡身　潘贵妃入宫专宠	757
第三十七回	杀山阳据城传檄　立宝融废主进兵	762
第三十八回	张欣泰败谋罹重辟　王珍国惧祸弑昏君	768
第三十九回	谏远色王茂得娇娃　窃大宝萧衍行弑逆	773
第四十回	萧宝夤乞师伏虏阙　魏邢峦遣将夺梁州	779
第四十一回	弟子舆尸溃师洛口　将帅协力战胜钟离	785
第四十二回	诬通叛魏宗屈死　图规复梁将无功	791

第四十三回	充华产子嗣统承基　母后临朝穷奢极欲	797
第四十四回	筑淮堰梁皇失计　害清河胡后被幽	802
第四十五回	宣光殿省母启争端　沃野镇弄兵开祸乱	808
第四十六回	诛元乂再逞牝威　拒葛荣轻罹贼网	813
第四十七回	萧宝夤称尊叛命　尔朱荣抗表兴师	819
第四十八回	丧君有君强臣谢罪　因敌攻敌叛王入都	824
第四十九回	设伏甲定谋除恶　纵轻骑入阙行凶	831
第五十回	废故主迎立广陵王　煽众兵声讨尔朱氏	836
第五十一回	战韩陵破灭子弟军　入洛宫淫烝大小后	842
第五十二回	梁太子因忧去世　贺拔岳被赚丧身	848
第五十三回	违君命晋阳兴甲　谒行在关右迎銮	854
第五十四回	饮宫中魏主遭鸩毒　陷泽畔窦泰死战场	859
第五十五回	用少击众沙苑交兵　废旧迎新柔然纳女	865
第五十六回	战邙山宇文泰败溃　幸佛寺梁主衍舍身	870
第五十七回	责贺琛梁廷草敕　防侯景高氏留言	876
第五十八回	悍高澄殴禁东魏主　智慕容计擒萧渊明	882
第五十九回	纵叛贼朱异误国　却强寇羊侃守城	888
第六十回	援建康韦粲捐躯　陷台城梁武用计	893
第六十一回	困梁宫君王饿死　攻湘州叔侄寻仇	899
第六十二回	取公主侯景胁君　篡帝祚高洋窃国	906
第六十三回	陈霸先举兵讨逆　王僧辩却贼奏功	911
第六十四回	弑梁主大憨行凶　裔侯贼庶支承统	917
第六十五回	杀季弟特遣猛将军　鸩故主兼及亲生女	923
第六十六回	陷江陵并戕梁元帝　诛僧辩再立晋安王	928
第六十七回	擒敌将梁军大捷　逞淫威齐主横行	934
第六十八回	宇文护挟权肆逆　陈霸先盗国称尊	940
第六十九回	讨王琳屡次交兵　谏高洋连番受责	945
第七十回	戮勋戚皇叔篡位　溺懿亲悍将逞谋	951
第七十一回	遇强暴故后被污　违忠谏逆臣致败	957
第七十二回	遭主嫌侯安都受戮　却敌军段孝先建功	963
第七十三回	背德兴兵周师再败　揽权夺位陈主被迁	968
第七十四回	昵奸人淫后杀贤王　信刁媪昏君戮胞弟	974

第七十五回	斛律光遭谗受害　宇文护稔恶伏诛	980
第七十六回	选将才独任吴明彻　含妒意特进冯小怜	986
第七十七回	韦孝宽献议用兵　齐高纬挈妃避敌	992
第七十八回	陷晋州转败为胜　擒齐主取乱侮亡	998
第七十九回	老将失谋还师被虏　昏君嗣位惨戮沉冤	1004
第 八 十 回	宇文妇醉酒失身　尉迟公登城誓众	1010
第八十一回	失邺城皇亲自刎　篡周室勋戚代兴	1016
第八十二回	挥刀遇救逆弟败谋　酣宴联吟艳妃专宠	1022
第八十三回	长孙晟献谋制突厥　沙钵略稽首服隋朝	1028
第八十四回	设行省遣子督师　避敌兵携妃投井	1034
第八十五回	据湘州陈宗殉国　抚岭表冼氏平蛮	1040
第八十六回	反罪为功筑宫邀赏　寓剿于抚徙虏实边	1046
第八十七回	恨妒后御驾入山乡　谋夺嫡计臣赂朝贵	1052
第八十八回	太子勇遭谗被废　庶人秀幽锢蒙冤	1058
第八十九回	侍病父密谋行逆　烝庶母强结同心	1064
第 九 十 回	攻并州分遣兵戎　幸洛阳大兴土木	1070
第九十一回	促蛾眉宣华归地府　驾龙舟炀帝赴江都	1075
第九十二回	巡塞北厚抚启民汗　幸河西穷讨吐谷浑	1081
第九十三回	端门街陈戏示番夷　观澜亭献诗逢鬼魅	1087
第九十四回	征高丽劳兵动众　溃萨水折将丧师	1093
第九十五回	杨玄感兵败死穷途　斛斯政拘回遭惨戮	1099
第九十六回	犯乘舆围攻紫寨　造迷楼望断红颜	1104
第九十七回	御苑赏花巧演古剧　隋堤种柳快意南游	1111
第九十八回	麻叔谋罪发受金刀　李玄邃谋成建帅府	1117
第九十九回	迫起兵李氏入关中　嘱献书矮奴死阙下	1123
第 一 百 回	弑昏君隋家数尽　鸩少主杨氏凶终	1129

中国历朝通俗演义

两晋演义

西晋文学

《两晋演义》自序

《晋书》百三十卷，相传为唐臣房乔等所撰，盖采集晋朝十有八家之制作，及魏崔鸿所著之《十六国春秋》等书，会而通之，以成此书。独宣、武二帝纪，与陆机、王羲之传论，出自唐太宗手笔，故概以御撰称之，义在尊王，无足怪也。后书评论《晋书》之得失，不一而足，而《涑水通鉴》《紫阳纲目》叙述晋事，书法与《晋书》相出入者，亦不胜举焉。愚谓当今之时，以古为鉴，不必问其史笔之得失，但当察其史事之变迁。两晋之史事繁矣，即此内讧外侮之复杂，仍已更难详。宫闱之祸，启自武元；藩王之祸，肇自汝南；胡羯之祸，发自元海。卒致铜驼荆棘，蒿目苍凉。鳌坠三山，鲸吞九服。君主受青衣之辱，后妃遭赭寇之污，此西晋内讧外侮之大较也。王敦也，苏峻也，陈敏、杜弢、祖约也，孙恩、卢循、徐道复也，而桓玄则为篡逆之尤，此东晋内讧之最大者。二赵也，三秦也，四燕、五凉也，成夏也，而拓跋魏则为强胡之首，此为东晋外侮之最甚者。盖观于东、西两晋之一百五十六年中，除晋武开国二十余年外，无在非祸乱侵寻之日，不有内讧，即有外侮，甚矣哉！有史以来，未有若两晋祸乱之烈也。夫内政失修，则内讧必起，内讧起则外侮即乘之而入，木朽虫生，墙罅蚁入，自古皆然，晋特其较著耳。鄙人愧非论史才，但据历代之事实，编为演义，自南北朝以迄民国，不下十数册，大旨在即古证今，惩恶劝善，而于《两晋演义》之著手，则于内讧外侮之所由始，尤三致意焉。盖今日之大患，不在外而在内，内讧迭起而未艾，吾恐五胡十六国之祸，不特两晋为然，而两晋即今日之前车也。天下宁有蚌鹬相争，而不授渔人之利乎？若夫辨忠奸，别贞淫，抉明昧，核是非，则为书中应有之余义，非敢谓上附作者之林，亦聊以寓劝戒之意云尔。惟书成仓猝，不免讹误，匡我未逮，是所望于阅者诸君。中华民国十三年夏正季秋之月，古越蔡东藩自序于临江寄庐。

两晋世系图

按晋武帝为司马懿孙，元帝则为司马懿曾孙，祖伷、父觐，皆为琅玡王。

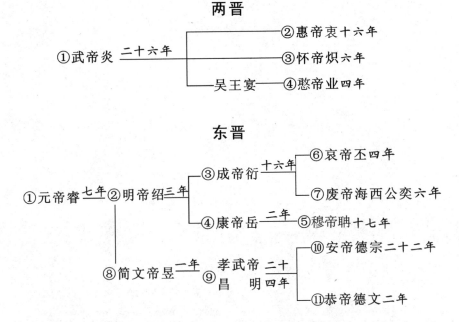

上西晋传三世，凡四主，计五十二年。东晋传四世，凡十一主，计一百零四年，两共计一百五十六年。（《晋书》载西晋五十四年，东晋一百零二年，此为怀、愍失国后之二年，晋廷无主，仍用怀、愍年号，今读史家言，谓宜并入东晋，颇有至理，故从之。）

第一回　祀南郊司马开基
　　　　立东宫庸雏伏祸

　　华夷混杂，宇宙腥膻，这是我国历史上，向称为可悲可痛的乱事。其实华人非特别名贵，夷人非特别鄙贱，如果元首清明，统御有方，再经文武将相，及州郡牧守，个个是贤能廉察，称职无惭，就是把世界万国联合拢来，凑成一个空前绝后的大邦，也不是一定难事，且好变做一大同盛治了。眼高于顶，笔大如椽。无如我国人一般心理，只守定上古九州的范围，不许外人羼入，又因圣帝明王，寥寥无几，护国乏良将相，殖民乏贤牧守，仅仅局守本部，还是治多乱少；所以旧儒学说，主张小康，专把华夷大防，牢记心中，一些儿不肯通融，好似此界一溃，中国是有乱无治，从此没有干净土了。看官！试搜览古史，何朝不注重边防，何代能尽除外患？日日攘外夷，那外夷反得步进步，闹得七乱八糟，不可收拾。究竟是备御不周呢？还是别有他故呢？古人说得好："人必自侮，然后人侮；家必自毁，然后人毁；国必自伐，然后人伐。"又云："木朽虫生，墙罅蚁入。"这却是千古不易的名言。历朝外患，往往从内乱引入，内乱越多，外患亦趋深。照此看来，明明是咎由自取，应了前人的遗诫，怎得专咎外夷与防边未善呢？别具只眼。

　　小子尝欲将这种臆见，抒展出来，好待看官公决是非，但又虑事无左证，徒把五千年来的故事，笼笼侗侗的说了一番，看官或且诮我为空谈，甚至以汉奸相待，这岂不是多言招尤么？近日笔墨少闲，聊寻证据，可巧案左有一部《晋书》，乃是唐太宗汇集词臣，撰录成书，共得一百三十卷，当下顺手一翻，看了一篇《序言》，是总说五胡十六国的祸乱，因猛然触起心绪，想到外祸最烈，无过晋朝，晋自武帝奄有中原，仅阅一传，便已外患迭起，当时大臣防变未然，或说是罢兵为害，山涛。或说是徙戎宜早，郭钦、江统。言谆谆，听藐藐，遂致后来外祸无穷，由后思前，无人不为叹惜。那知牝鸡不鸣，群雄自息；八王不乱，五胡何来？并且貂蝉满座，麈尾挥尘，大都龌龌龊龊，庸庸碌碌，没一个文经武纬，没一个坐言起行。看官试想！这种败常乱俗的时局，难道尚能支持过去么？假使兵不罢，戎早徙，亦岂果能慎守边疆，严杜狄寇么？到了神州陆沉，铜驼荆棘，两主被虏，行酒狄庭，无非是内政不纲，所以致此。既而牛传马后，血统变迁，阳仍旧名，阴实易姓，王马共天下，依然是乱臣贼子，内讧不休，一波未平，一波又起，单剩得江表六州，扬、荆、江、湘、交、广。尚且朝不保暮,还有甚么余力,要想规复中原呢?幸亏有几个智士谋臣,力持危局,淝水一役,大破苻秦,半壁江山,侥幸保全;那大河南北,长江上游,仍被杂胡占据,虽是倏起倏衰,终属楚失楚得,就中非无一二华族,夺得片土,与夷人争衡西北,张实据凉州,李暠据酒泉,冯跋据中山。究竟势力甚微,无关大局;且仇视晋室,仍似敌国一般。东晋君臣,稍胜即骄,由骄生情,毫无起色,于是篡夺相寻,祸乱踵起,不能安内,怎能对外?大好中原,反被拓跋氏逐渐并吞,成一强国,结果是枭雄柄政,窥窃神器,把东晋所有的区宇,也不费一兵,占夺了去。咳!东、西两晋,看似与外患相终始,究竟自成鹬蚌,才有渔翁。西晋尚且如此,东晋更不必说了。有人谓司马篡魏,故后嗣亦为刘裕所篡,这是从因果上着想,应有此说;但添此一番议论,更见得晋室覆亡,并非全是外患所致。伦常乖舛,骨肉寻仇,是为亡国第一的祸胎;信义沦亡,豪权互阅,是为亡国的第二祸胎。外人不过乘间抵隙,可进则进,既见我中国危乱相寻,乐得趁此下手,分尝一脔,华民虽众,无拳无勇,怎能拦得住胡马,杀得过番兵。眼见得男为人奴,女为人妾,同做那夷虏的仆隶了。伤心人别有怀抱。自古到今,大抵皆然,不但两晋时代,遭此变乱,只是内外交迫,两晋也达到极点。为惩前毖后起见,正好将两晋史事,作为榜样,奈何后人不察,还要争权夺利,扰扰不休,恐怕四面列强,同时入室,比那五胡十六国,更闹得一塌糊涂,那时国也亡,家也亡,无论豪族平民,统去做外人的砧上鱼,刀上肉,无从幸免,乃徒怨及外人利害,试问外人肯受此恶名吗?论过去兼及未来,真是眼光四射。

　　话休叙烦,且把那两晋兴亡,逐节演述,作为未来的殷鉴。看官少安毋躁!待小子援笔写来:晋自司马懿起家河内,曾在汉丞相曹操麾下,充当掾吏,及曹丕篡汉,出握兵权,与吴蜀相持有年,迭著战绩。懿死后,长子师嗣,后任大将军录尚书事,都督中外各军,废魏主曹芳及芳后张氏,权焰逼人。未几师复病死,弟昭得承兄职,比乃兄还要跋扈,居然服衮冕,着赤舄。魏主曹髦,忍耐不住,尝谓:"司马昭之心,路人皆知。"因即号召殿中宿尉及苍头、官童等,作为前驱,自己亦拔剑升辇,在后督领,亲往讨昭,才行至南阙下,正撞着一个中护军,面目狰狞,须眉似戟,手下有二三百人,竟来挡住乘舆。这人为谁,就是平阳人贾充。特别提出,不肯放过贼臣,且为该女乱晋张本。魏主髦喝令退去,充非但不从,反与卫士交锋起来,约莫有一两个时辰。充寡不敌众,将要败却,适太子舍人成济,也带兵趋入,问为何事相争?充厉声道:"司马公豢养汝等,正为今日,何必多问!"成济乃抽戈直前,突犯车驾。魏主髦猝不及防,竟被他手起戈落,刺毙车中。兄废主,弟弑主,一个凶过一个。余众当然逃散。

　　司马昭闻变入殿,召群臣会议后事。尚书仆射陈泰流涕语昭道:"现在惟亟诛贾充,尚可少谢天下。"看官!你想贾充是司马氏功狗,怎肯加诛?当下想就了张冠李戴的狡计,嫁祸成济,把他推出斩首,还要夷他三族。助力者其视诸!一面令长子中抚军炎,迎入常道乡公曹璜,继承魏祚。璜改名为奂,年仅十五,一切国政,统归司马昭办理。昭复部署兵马,遣击蜀汉,骁将邓艾、钟会,两路分进,蜀将望风溃败,好容易攻入成都,收降蜀汉主刘禅。昭引为己功,进位相国,加封晋公,受九锡殊礼。俄而进爵为王,又俄而授炎为副相国,立为晋世子。正拟安排篡魏,偏偏二竖为灾,缠绕昭身,不到数日,病入膏肓,一命呜呼。世子炎得袭父爵,才过两月,即由司马家臣,奉书劝进,胁魏受禅。魏主奂早若赘疣,至此只好推位让国,生死唯命。司马炎定期即位,设坛南郊。时已冬暮,雨雪盈涂,炎却遵吉称尊,服衮冕,备卤簿,安安稳稳的坐了法驾,由文武百官拥至郊外,燔柴告天。炎下车行礼,叩拜穹苍,当令读祝官朗声宣诵道:

  皇帝臣司马炎,敢用玄牡,明告于皇皇后帝。魏帝稽协皇运,绍天明命以命炎。昔者唐尧熙隆大道,禅位虞舜,舜又禅禹。迈德垂训,多历年载。暨汉德既衰,太祖武皇帝,指曹操。拨乱济时,辅翼刘氏,又用受命于汉。粤在魏室,仍世多故,几于颠坠,实赖有晋匡拯之德,用获保厥肆祀,弘济于艰难,此则晋之有大造于魏也。诞惟四方,罔不衹顺。廓清梁、岷,包怀扬、越,八纮同轨,祥瑞屡臻,天人协应,无思不服。肆予宪章三后,用集大命于兹。炎维德不嗣,辞不获命,于是群公卿士,百辟庶僚,黎献陪隶,暨于百蛮君长,佥曰:"皇天鉴下,求民之瘼,既有成命,固非克让所得距违。天序不可以无统,人神不可以旷主。"炎虔奉皇运,寅畏天威,敬简元辰,升坛受禅,告类上帝,永答众望。

祝文读毕,祭礼告终。司马炎还就洛阳宫,御太极前殿,受王公大臣谒贺。这班王公大臣,无非是曹魏勋旧,昨日臣魏,今日臣晋,一些儿不以为怪,反且欣然舞蹈,曲媚新朝。攀龙附凤,何代不然?随即颁发诏旨,大赦天下,国号晋,改元泰始。封魏主奂为陈留王,食邑万户,徙居邺宫。奂不敢逗留,没奈何上殿辞行,含泪而去。朝中也无人饯送,只太傅司马孚,拜别故主,歔欷流涕道:"臣已年老,不能有为,但他日身死,尚好算做大魏纯臣哩。"看官道孚为何人?乃是司马懿次弟,即新主司马炎的叔祖父,官至太傅,生平尝洁身远害,不预朝政,所以司马受禅,独孚未曾赞成。但年已八十有余,筋力就衰,不能自振,只好自尽臣礼,表明心迹,这也不愧为庸中佼佼了。

  过了一日,诏遣太仆刘原往告太庙,追尊皇祖懿为宣皇帝,皇伯考师为景皇帝,皇考昭为文皇帝,祖母张氏为宣穆皇后,母王氏为皇太后。相传王太后幼即敏慧,过目成诵,及长,能孝事父母,深得亲心。既适司马氏,相夫有道,料事屡中。后来生了五子，长即司马炎，次名攸，又次名兆，又次名定国、广德。兆与定国、广德三人，均皆早夭，惟炎、攸尚存。炎字安世，姿表过人，发长委地，手垂过膝，时人已知非常相。攸字大猷，早岁岐嶷，成童后饱阅经籍，雅善属文，才名籍籍，出乃兄右，司马昭格外钟爱。因兄师无后，令攸过继，且尝叹息道："天下是我兄的天下，我不过因兄成事，百年以后，应归我兄继子，我心方安。"及议立世子，竟遂属攸，左长史山涛劝阻道："废长立少，违礼不祥。"贾充已进爵列侯，亦劝昭不宜违礼。还有司徒何曾，尚书令裴秀，又同声附和，请立嫡长，因此炎得为世子。炎篡位时，正值壮年，春秋鼎盛，大有可为，初政却是清明，率下以俭，驭众以宽。有司奏称御牛丝靷，已致朽敝，不堪再用，有诏令用麻代丝。高阳人许允，为司马昭所杀，允子奇颇有材思，仍诏为太常丞，寻且擢为祠部郎。海内苍生，讴歌盛德，哪一个不望升平？但天下事靡不有初，鲜克有终，晋主炎正坐此弊，所以典午家风，午肖马，典者，司也，故旧称司马为典午。不久即坠呢。这事备详后文，看官顺次细阅，自见分晓。惟晋主炎的庙号，叫做武帝，小子沿着史例，便称他为晋武帝。

且说晋武帝已经篡魏，复力惩魏弊，壹意更新。他想魏氏摧残骨肉，因致孤立，到了禅位时候，竟无人出来抗衡，平白地让给江山，自己虽侥幸得国，若使子子孙孙，也像曹魏时孤立无援，岂不要仍循覆辙么？于是思患预防，大封宗室，授皇叔祖父孚为安平王，皇叔父干司马懿第三子。为平原王，亮懿第四子。为扶风王，伷懿第五子。为东莞王，骏为汝阴王，懿第六子京早卒。骏为第七子。肜懿第八子。为梁王，伦懿第九子。为琅琊王，皇弟攸为齐王，鉴为乐安王，机为燕王。鉴与机为晋武异母弟。还有从伯叔父，及从父兄弟，亦俱封王爵，列作屏藩。名称不详，因无关后来治乱，所以从略。上文如亮如伦，为八王之二，故例须并举。进骠骑将军石苞为大司马，封乐陵公，车骑将军陈骞为高平公，卫将军贾充为鲁公，尚书令裴秀为钜鹿公，侍中荀勖为济北公，太保郑冲为太傅，兼寿光公，太尉王祥为太保，兼睢陵公，丞相何曾为太尉，兼朗陵公，御史大夫王沈为骠骑将军，兼博陵公，司空荀𫖮为临淮公，镇北大将军卫瓘为菑阳公。此外文武百僚，各加官进爵有差。

转瞬间已过残腊，便是泰始二年，元旦受朝，不消细说。有司请建立七庙，武帝恐劳民伤财，不忍徭役，但将魏庙神主，徙置别室，即就魏庙作为太庙，所有魏氏诸王，皆降封为侯。旋册立王妃杨氏为皇后。杨氏为弘农郡人，名艳，字琼芝，父名文宗，曾仕魏为通事郎，母赵氏产女身亡，女寄乳舅家，赖舅母抚育成人，生得姿容美丽，秀外慧中，相士尝说她后当大贵，司马昭乃纳为子妇，伉俪甚谐。昭纳杨女为媳，明明是有心篡国。及得立为后，追怀舅氏旧恩，请敕封舅氏赵俊夫妇，武帝自然依议。俊兄赵虞，也得授官。虞有一女，芳名是一粲字，颇有三分姿色，杨后召她入宫，镇日里留住左右，就是武帝退朝，与后叙谈，粲亦未尝回避，有时却与武帝调情，杨后玉成人美，遂劝武帝纳作嫔嫱，赐号夫人。武帝还道杨后大度，毫不妒忌，哪知杨后正要这中表姊妹，来做帮手，一切布置，仿佛与美人计相似。武帝为色所迷，怎能窥破杨后的私衷呢？这也是杨后特别作用，与普通妇人不同。

　　杨后初生一男，取名为轨，二岁即殇。嗣复生了二子，长名衷，次名柬。衷顽钝如豕，年至七八岁，尚不能识之无，虽经师傅再三教导，也是旋记旋忘。武帝尝谓此儿不肖，未堪承嗣，偏杨后钟爱顽儿，屡把立嫡以长的古训，面语武帝，惹得武帝满腹狐疑，勉强延宕了一年。衷已年至九岁了，杨后常欲立衷为太子，随时絮聒，又经赵夫人从旁帮忙，只说："衷年尚幼冲，怪不得他童心未化，将来大器晚成，何至不能承统。今主上即位二年，尚未立储，似与国本关系，未免欠缺，应速立衷为嗣"云云。从来妇人私语，最易动听，况经一妻一妾，此倡彼和，就使铁石心肠，也被销熔。况晋武帝牵情帷帘，无从摆脱，怎能不为它所误，变易成心？泰始三年正月，竟立衷为皇太子。祸本成了。内外官僚，那个来管司马家事？且衷为嫡长，名义甚正，更令人无从置喙，大众不过依例称贺，乐得做个好好先生，静观成败罢了。

　　是年特下征书，起蜀汉郎官李密为太子洗马。密父虔早殁，母何氏改醮，单靠祖母刘氏抚养，因得长成。是时刘氏年近百岁，起居服食，统由密一人侍奉。密乃上表陈情，愿乞终养。表文说得非常恳切，一经呈入，连武帝也为动情，且阅且叹道："孝行如是，毕竟名不虚传呢。"《陈情表》传诵古今，不待录入，惟事可风世，因特笔表明。待至刘终服阕，仍复征为洗马，不久即出为守令，免官归田，考终原籍。随手了结，免致阅者疑问。

　　泰始四年，皇太后王氏崩。武帝居丧，一遵古礼，迨丧葬既毕，还是缞绖临朝。先是武帝遭父丧时，援照魏制，三日除服，但尚素冠蔬食，终守三年。至是改魏为晋，法由己出，因欲仿行古制，持三年服，偏百官固请释缞，乃姑允通融，朝服从吉，常服从凶，直到三年以后，才一律改除。不没晋武孝思，惟不能力持古礼，尚留遗憾。事有凑巧，晋室方遭大丧，那孝子王祥，亦老病告终。祥系琅琊人氏，早失恃，继母朱氏待祥颇虐，卧冰求鲤的故典，便是王祥一生的盛名。后仕魏至太尉，封睢陵侯，武帝即位，迁官太保，进爵为公。见上文。祥以年老乞休，一再不已，乃听以睢陵公就第，禄赐如前。已而病殁，赗赠甚优，予谥曰元。祥弟名览，为朱氏所出，屡次谏母护兄，孝友恭恪，与祥齐名，后来亦官至光禄大夫。门施五马，代毓名贤，这岂不是善有善报么？叙祥及览，连类并书。

　　且说晋武帝新遭母丧，无心外事，但将内政稍稍整顿，已是兆民乐业，四境蒙麻。过了年余,方欲东向图吴,特任中军将军羊祜为尚书左仆射,出督荆州军事。祜坐镇襄阳,日务屯垦,缮备军实,意者待时而动,不愿与吴急切启衅,故在军中常轻裘缓带,有儒雅风。武帝亦特加宠信,听他所为。不意雍、凉交界,忽出了一个外寇,叫做秃发树机能。这树机能系出鲜卑,为秦汉时东胡遗裔,散居塞北鲜卑山,因即沿称为鲜卑种。鲜卑酋匹孤,集得部众千人,从塞北入居河西。妻相掖氏方孕,延至足月,陡欲分娩,不及起床坐蓐,竟在被中产出一儿。鲜卑人呼"被"为"秃发",乃以"秃发"两字,为婴儿姓氏,取名寿阗。寿阗年长,嗣父遗业,却也没甚奇异,不过部众日繁,约得数千人。寿阗子就是树机能,骁果多谋,集众数万,出没雍、凉,当邓艾破蜀时,上表乞降,遂任他居住。偏偏养痈贻患,到了泰始六年,居然造起反来,是为胡人蠢动的第一声。提要钩元。小子有诗叹道:

　　　　豺狼生性本猖狂,聚众咆哮敢肆殃。
　　　　不信晋朝开国日,已闻叛贼树西方。

欲知树机能造反后事,容待下回叙明。

　　本回开宗明义,揭出西晋外患,由内乱而起,确是探原之论,并足援古证今,为未来之龟鉴。可见作者别具苦心,特借史事以讽世,冀免沦胥之苦,非好为是浪费笔墨也。魏蜀之亡,应详见《后汉演义》中,故从简略。独提出贾充之助逆,作一伏案,盖佐晋开国者贾氏,误晋乱国者亦贾氏,所关甚大,不容恝视。及晋主炎篡位以后,封宗室,立杨后,俱属振领提纲之笔,至册皇子衷为太子,事出晋主之误信妇人,帏帝之言,十有九败,何辨之不早辨也?至若晋武之终丧,及李密、王祥之尽孝,均随事叙入,惩恶而劝善,其犹有良史之遗风欤。

第二回　堕诡计储君纳妇
　　　　　慰痴情少女偷香

　　却说树机能拥众造反,气焰甚盛,雍、凉边境,多被劫掠,十室九空。晋武帝本恐杂胡作乱,尝从雍、凉二州故土,析置秦州,并遣胡烈为秦州刺史,令他屯兵镇守,严防胡人。胡烈莅任,甫及一年,树机能便即蠢动。烈当然督兵往讨,与树机能对垒争锋。树机能确是乖巧,先用老弱残众,出来诱敌,略经交战,马上遁去。烈三战三胜,便藐视树机能。树机能乃自来挑战,待烈出营,即麾众倒退,烈追赶一程,树机能退走一程,至烈欲收军回来,他又拨转马头,

第二回　堕诡计储君纳妇　慰痴情少女偷香

作进逼状。好几次相持不舍，激得胡烈性起，向前直追，约行数十里，见前面都是乱山深箐，险恶得很，树机能部下，统向山谷中跑入，杳无人影。烈未免惶惑，且未知此处地名，只好勒兵不进，谁知山冈上一声胡哨，竟张起一面叛旗，旗下立着一个番酋，戟手南指，口中呶呶不休，大约是辱骂晋军。无非诱敌。烈又忍耐不住，策马当先，驰入山中。霎时间叛胡四起，把晋军截作数段，烈冲突不出，身受数创，创重身亡，部下军士，大半陷没，逃归的不过数人。看官听着！这地方叫作万斛堆，山上立着的番酋，就是秃发树机能。树机能既诱杀胡烈，势益猖獗，西陲大震。

扶风王司马亮，方都督雍、凉军事，急遣将军刘旗往援。旗闻胡烈败没，不敢进击，但在中道逗留。那寇警日甚一日，连洛都中亦屡有急报，上下震惊。武帝乃传诏责亮，贬亮为车骑将军，并饬亮执送刘旗，处以死刑。亮复称节度无方，咎在臣亮，乞免刘旗死罪。武帝更下诏道："若罪不在旗，当有他属。"因将亮免官召归，另简尚书石鉴为安西将军，都督秦州军事，出讨树机能。更命前河南尹杜预为秦州刺史，兼轻车将军。预与鉴素有宿嫌，鉴欲借此陷预，遂令预孤军出战，不得延期。预知鉴有意为难，复书辩驳，大致说是"胡马方肥，势又甚盛，不可轻敌。且官军远行乏粮，更难久持，宜并力运足刍米，待至来春大进，方可平虏"等语。鉴得书大怒，即劾预张皇寇势，挠阻士心。有诏遣御史至秦州，囚预入都，械付廷尉。亏得预为皇室懿亲，曾尚帝姑高陆公主，内线一通，便有人出来解免，想总不外杨后等人。援照议亲减罪故例，准他图功自赎。预才得出狱，还归私宅。那石鉴一再发兵，统被树机能击退，日久无功。忮忌如是，怎能有成？到了泰始七年，树机能且与北地叛胡，互相连结，进围金城。凉州刺史牵弘，复为所杀。从前高平公陈骞，尝言："胡烈、牵弘，有勇无谋，不堪重任。"武帝以为讳言，及二将先后阵亡，方悔不用骞议，但已是无及了。

于是趁着秋狝时候，再简将帅，特任鲁公兼车骑将军贾充，都督秦、凉二州军事。这诏一下，累得贾充日夕徬徨，不知所措。他本来没甚韬略，徒靠着谄媚逢迎伎俩，得列元勋，看官阅过上文，应知他有两大功劳，第一着是与弑魏主，第二着是劝立冢子。嗣是邀殊宠，位上公，蟠踞朝堂，党同伐异。太尉临淮公荀𫖮，侍中荀勖，越骑校尉冯𬘡，皆与充友善，朋比为奸。独侍中任恺，中书令庾纯，刚直守正，不肯附充。充长女荃又为齐王攸妃，𫖮等恐他威焰日加，必为后患，可巧武帝择将西征，遂入内密陈，请命充都督秦、凉。武帝竟允所请，骤然颁下诏书，迅雷不及掩耳，几令充莫名其妙。及仔细探听，方知由任恺等所荐举。外示推崇，实是排斥，不由的懊恨异常，但又无法推辞，只好托词募兵，迁延数月；到了寒信迭催，不便再挨，只好硬着头皮，上朝辞行。百僚往饯夕阳亭，盛筵相待，酒至半酣，充离座更衣，荀勖亦起身随入，两人得一处密谈。充皱眉道："我实不愿有此行,公可为我设策否?"勖答道："公为朝廷宰辅,乃受制一夫,煞是可恨。勖为公筹画已久,苦无良策,近得宫中消息,却有一隙可乘,若得成事,公自得免远行了。"充问有何事?勖又道："闻主上为太子议婚,公尚有二女待字,何不乘此营谋,倘蒙俞允,是遣嫁在迩,主上亦不使公行了。"充狞笑道："恐无此福。"勖凑机道："事在人为。"说至此,又与充附耳数语。充喜出望外,向勖再拜,恨不得跪下磕头。极力形容。勖慌忙答礼,握手并出,还座畅饮。待至日暮兴阑,彼此方才告别。充徐徐就道,每日不过行了数里,老天有意做人美,竟连宵降雪,变成一个粉妆玉琢的世界,千山皆白,飞鸟不通,何况这远行军士呢?充即遣使飞奏,说是雨雪载涂,难以行道,惟有待晴再往一法。果然皇恩浩荡,曲体军心,便令充折回都门,缓日起程。充喜如所期,匆匆还都。时来福凑,皇太子结婚问题,竟被充运动到手,得将三女许字青宫,这正是一大喜事,差不多似锦上添花。

　　原来太子衷年已十二,武帝欲为他择配,拟纳卫瓘女为太子妃。充妻郭槐,早思将己女许配太子,暗地里纳赂宫人,托她们向杨后处说合。妇人家耳朵最软,屡经左右提及贾女,说她如何有德,如何有才,不由的艳羡起来,便乘武帝入宫时,劝纳贾女为冢妇。武帝摇首道："不可,不可。"杨后惊问何因?武帝道："我意愿聘卫女,不愿聘贾女。卫氏种贤,并且多子,女貌秀美,身长面白;贾氏种妒,子息不蕃,女貌丑劣,身短面黑。两家相较,优劣不同,难道舍长取短么?"初意原是不差。杨后道："闻贾女颇有才德,陛下不应固执成见,坐失佳妇。"武帝仍然不答。杨后又固请武帝访问群臣,证明可否。武帝方略略点首。越宿召群臣入宴,与论太子婚事。荀勖正得列座,力言贾女贤淑,宜配储君。再加荀𫖮、冯𬘡,亦极口称赞贾女,说得天花乱坠,娓娓动听。武帝不觉移情,便问："贾充共有几女?"荀勖答道："充前妻生二女,已经出嫁,后妻生二女,尚未字人。"武帝又问："未字二女,年龄几何?"勖又答道："臣闻他季女最美,年方十一,正好入配青宫。"武帝道："十一岁未免太幼。"瓘即接口道："还是贾氏三女,已十有四龄,貌虽未及幼女,才德比幼女为优,女子尚德不尚色,还请圣裁!"好一个有德女子,请看将来。武帝道："既如此说,不如叫贾氏三女,入配吾儿。"勖等闻言,便离席拜贺。媒人做成了,我且当为媒人贺喜。武帝也有喜色,再令勖等入席,续饮数巡,方撤席而散。是日充正还都,荀勖等一出殿门,便欢天喜地,跑往贾府称贺去了。

　　小子走笔至此,更不得不将贾充二妻,详叙一番。充本娶魏中书令李丰女为妇,颇有才行,生下二女,长名荃,便是齐王攸妃,次名浚,亦得适名门。李丰前为司马师所杀,充妻李氏,亦坐父罪被戍,与充诀别,自往戍所。充不耐鳏居,更娶城阳太守郭配女,叫做郭槐。槐性妒悍,为充所惮。晋武践阼,

第二回　堕诡计储君纳妇　慰痴情少女偷香

颁诏大赦，李氏蒙恩释归，留居母家。武帝方感贾充旧惠，即对司马昭固请立长之功。特别隆宠，命得置左右夫人。充母柳氏，亦嘱充迎还故妇，郭槐攘袂忿争道："佐命荣封，惟我得受，李氏乃一罪奴，怎得与我并等？"充素畏阃威，未便逆命，只好委曲答诏，托言臣无大功，不敢当两夫人盛礼。武帝还道他谦卑自牧，哪知是河东狮吼，从中作梗哩。俗称惧内多富，充之富贵，想即出此。已而长女荃得为齐王攸妃，复欲替母设法，令得迎还。充终畏郭槐，但筑室居李，未尝往来。荃至充前，吁请一往，充仍不许。及充奉命西行，荃复与妹浚同往劝充，求充会母，甚至叩头流血，尚不见允。郭槐却妒上加妒，定欲将己女入配东宫，与荃比势。她有二女，长名南风，幼名午。南风矮胖不文，午虽短小，尚有姣容。此次与太子为配，正是矮而且胖的贾南风。贾充闻武帝俯允婚事，自然笑逐颜开，对着荀勖等人，称谢不置。还有屏后探信的郭槐，得着这个好消息，真个是喜从天降，愉快莫名。自是备办奁具，无日不忙。充亦几无暇晷，把西征事搁在脑后，就是武帝也并不问及。至年暮下诏，仍令充复居原职，两老二小，团圞过年，快意更可知了。

泰始八年二月，为太子衷纳妃佳期。坤宅是相府豪门，纷华靡丽，不消细说，只忙煞了一班官僚，既要两边贺喜，又要双方襄礼，结果是蠢儿丑女，联合成双，也好算是无独有偶，天赐良缘了。调侃得妙。武帝见新妇面目，果如所料，心中不免懊悔，好在两口儿很是亲热，并无忤言，也乐得假痴假聋，随他过去罢了。惟郭槐因女入东宫，非常贵显，因欲往省李氏，自逞威风。充从旁劝阻道："夫人何必自苦，彼有才气，足敌夫人，不如勿往。"郭槐不信，令左右备了全副仪仗，自坐凤舆，呼拥而去。行至李氏新室，李氏不慌不忙，便服出迎。槐见她举止端详，容仪秀雅，不由的竦然起敬，竟至屈膝下拜。李氏亦从容答礼，引入正厅，谈吐间不亢不卑，转令郭槐自惭形秽，局促不堪。多去献丑。勉强坐了片刻，便即告辞。李氏亦不愿挽留，由她自归。她默思李氏多才，果如充言，倘充或一往，必被李氏羁住，因此防闲益密，每遇充出，必使亲人随着，隐为监督。傍晚必迫充使归，充无不如命，比王言还要敬奉。堂堂宰相，受制一妇，乃真是可愧可恨哩。回应荀勖语，悚人心骨。充母柳氏，素尚节义，前闻成济弑主，尚未知充为主使，因屡骂成济不忠，家人俱为窃笑。充益讳莫如深，不敢使母闻知。会柳母老病不起，临危时由充入问："有无遗嘱？"柳母长叹道："我教汝迎李新妇，汝尚未肯听，还要问甚么后事哩？"遂瞑目长逝。充料理母丧，仍不许李氏送葬，且终身不复见李氏。长女荃抑郁成瘵，也即病终。不忠、不孝、不义、不慈，充兼而有之。还有一件贾府的丑史，小子也连类叙下，免得断断续续，迷眩人目。自贾女得为太子妃，充位兼勋戚，复进官司空、尚书令，领兵如故。当时有一南阳人韩寿，为魏司徒韩暨曾孙，系出华胄，年少风流,才如曹子建,貌似郑子都,乘时干进,投谒相门。贾充召令入见,果然是翩翩公子,丰采过人,及考察才学,更觉得应对如流,言皆称意。充大加叹赏,便令他为司空掾,所有相府文牍,多出寿手,果然文成倚马,技擅雕龙。相国重才,格外信任,每宴宾僚,必令寿与席,充作招待员。寿初入幕,尚有三分拘束,后来已得主欢,逐渐放胆,往往借酒鸣才,高谈雄辩,座中佳客,无不倾情。好容易物换星移,大小宴不下数十次,为了他议论风生,遂引出一位绣阁娇娃,前来窃听。一日宾朋满座,寿仍列席,酒酣兴至,又把这饱学少年,倾吐了许多积愫,偏那屏后的锦帷,无风屡动,隐约逗露娇容,好似芍药笼烟,半明半灭。韩寿目光如炬,也觉帷中有人偷视,大约总是相府婢妾,不屑留神。谁知求凰无意,引凤有心,帷间的娇女儿,看这韩寿丰采丽都,几把那一片芳魂,被他勾摄了去。等到酒阑席散,尚是呆呆的站着一旁,经侍婢呼令入室,方才怏怏退回。既入房中,暗想世上有这般美男子,正是目未曾睹,若得与他结为鸳侣,庶不至辜负一生。当下问及侍婢,谓席间少年,姓甚名谁? 侍婢答称韩寿姓名,并说是府中掾吏。那娇女儿既是一喜,又是一忧,喜的是萧郎未远,相见非难,忧的是绣闼重扃,欲飞无翼。再加那脉脉春情,不堪外吐,就使高堂宠爱,究竟未便告达,因此长吁短叹,抑郁无聊,镇日里偃息在床,不思饮食,竟害成一种单思病了。倒还是个娇羞女子。

　　看官道此女为谁? 就是上文说过的少女贾午。午自胞姊出嫁,闺中少了一个伴侣,已觉得无限寂寥,蹉跎蹉跎,过了一两年,已符乃姊出阁年龄,都下的公子王孙,哪个不来求婚,怎奈贾充不察,偏以为只此娇儿,须要多留几年,靠她娱老。俗语说得好:"女大不中留。"贾午年虽尚稚,情窦已开,听得老父拒婚,已有一半儿不肯赞成,此次复瞧见韩寿,不由的惹动情魔,恹恹成病。贾充夫妇,怎能知晓? 总道她感冒风寒,日日延医调治,医官几番诊视,未始不察出病根,但又不便在贾充面前,唐突出言,只好模模糊糊的拟下药方,使她煎饮。接连饮了数十剂,毫不见效,反觉得娇躯越怯,症候越深。治相思无药饵。充当然忧急,郭槐更焦灼万分,往往迁怒婢女,责她们服侍不周,致成此疾。其实婢女等多已窥透贾午病源,不过似哑子吃黄连,无从诉苦,就中有个侍婢,为贾午心腹,便是前日与午问答、代为报名的女奴。她见午为此生病,早想替午设法,好做一个撮合山,但一恐贾午胆怯,未敢遽从,二恐贾充得闻,必加严谴,所以逐日延挨,竟逾旬月。及见午病势日增,精神亦愈觉恍惚,甚至梦中呓语,常唤韩郎,心病必须心药治,不得已冒险一行,潜至幕府中往见韩寿。寿生性聪明,蓦闻有内婢求见,已料她来意蹊跷,当下引入密室,探问情由。来婢即据实相告,寿尚未有室,至此也惊喜交并,忽转念道:"此事如何使得?"便向来婢答复,表明爱莫能助的意思。来婢愀然道:"君如不肯往就,恐要害死我娇妹了。"寿又觉心动,更问及贾女容色,来婢舌上生莲,说得人间无二,世上少双。寿正当好色,怎能再顾利害,便嘱来婢返报,曲通殷勤。婢当即回语贾午,午也与韩寿情意相同,惊喜参半。婢更为午设谋,想出往来门径,令得两下私会。午为情所迷,一一依议,乃嘱婢暗通音好,厚相赠结,即以是夜为约会佳期。彼此已经订定,午始起床晚妆,匀粉脸,刷黛眉,打扮得齐齐整整,静候韩郎。该婢且整理衾裯,熏香添枕,待至安排妥当,已是更鼓相催,便悄悄的趋至后垣,屏急待着。到了柝声二下,尚无足音,禁不住心焦意乱,只眼巴巴的望着墙上,忽听得一声异响,即有一条黑影,自墙而下,仔细一瞧,不是别物,正是日间相约的韩幕宾。婢转忧为喜,私问他如何进来? 韩寿低语道:"这般短墙,一跃可入,我若无此伎俩,也不敢前来赴约了。"毕竟男儿好手。婢即与握手引入,曲折至贾午房中。午正望眼将穿,隐几欲寐,待至绣户半开,昂头外望,先入的是知心慧婢,后入的便是可意郎君,此时身不由主,几不知如何对付,才觉相宜。至韩寿已趋近面前,方慢慢的立起身来,与他施礼。敛衽甫毕,四目相窥,统是情投意合,那婢女已出户自去,单剩得男女二人,你推我挽,并入欢帏。这一宵的恩爱缠绵,描摹不尽。最奇怪的是被底幽香,非兰非麝,另有一种沁人雅味。寿问明贾午,方知是由西域进贡的奇香,由武帝特赐贾充,午从乃父处乞来,藏至是夕,才取出试用。寿大为称赏,贾午道:"这也不难,君若明夕早来,我当赠君若干。"寿即应诺,待晓乃去。俟至黄昏,又从原路入室,再续鸾交。贾午果不食言,已向乃父处窃得奇香,作为赠品。这一段便是贾女偷香的故事,小子有诗咏道:

逾墙钻穴太风流,处子贪欢甘被搂。
莫道偷香原韵事,须知淫贱总包羞。

究竟两人欢会情状,后来被人知晓否,容至下回续详。

阅坊间旧小说,言情者不可胜计,多半是说豪府佳人,倾情才子,即如前清时代之袁简斋,亦有"美人毕竟大家多"之句,是皆悬空揣拟,不足取信。试观贾充二女,即可略见一斑:充固权相也,二女为相府娇娃,应该饶有美色,乃南风短而黑,午虽较乃姊为优,史册中究未尝称美,度亦不过一寻常女子耳。所可信者权奸之门,往往无佳子女,如南风之配储君,而其后淫乱不道,卒以乱国;如午之私谐韩寿,而其后嗣子不良,亦致赤族。女子之足以祸人,固不必其尽为尤物也。本回专叙贾充二女,实为后文亡国败家之伏笔,且举其奸丑情状,首先揭出,俾阅者知始谋不正,后患无穷,骗婚不足取,偷香亦岂可效尤乎?

第三回 杨皇后枕膝留言
左贵嫔摅才上颂

却说韩寿得了奇香,怀藏回寓,当然不使人知,暗地收贮。偏此香一着人身,经月不散。寿在相府当差,免不得与人晋接,大众与寿相遇,各觉得异香扑鼻,诧为奇事。当下从旁盘诘,寿满口抵赖,嗣经同僚留心侦察,亦未见有什么香囊,悬挂身上,于是彼此动疑,有几个多嘴多舌的人,互相议论,竟致传入贾充耳中。充私下忖度,莫非就是西域奇香,但此香除六宫外,唯自己得邀宠赉,略略分给妻女,视若奇珍,为什么得入寿手?且近日少女疾病,忽然痊愈,面目上饶有春色,比从前无病时候,且不相同,难道女儿竟生斗胆,与寿私通,所以把奇香相赠么?惟门阃森严,女儿又未尝出外,如何得与寿往来?左思右想,疑窦百出,遂就夜半时候,诈言有盗入室,传集家童,四处搜查。童仆等执烛四觅,并无盗踪,只东北墙上,留有足迹,仿佛狐狸行处,因即报达贾充。充愈觉动疑,只外面不便张皇,仍令童役返寝,自己想了半夜,这东北墙正与内室相近,好通女儿卧房,想韩寿色胆如天,定必从此入彀。是夕未知韩寿曾否续欢,若溜入女寝,想亦一夜不得安眠。俄而晨鸡报晓,天色渐明,允即披衣出室,宣召女儿侍婢,秘密查问,一吓二骗,果得实供,慌忙与郭槐商议。槐似信非信,复去探问己女。午知无可讳,和盘说出,且言除寿以外,宁死不嫁。槐视女如掌中珠,不忍加责,且劝充将错便错,索性把女儿嫁与韩寿,身名还得两全。充亦觉此外无法,不如依了妻言,当下约束婢女,不准将丑事外传,一面使门下食客,出来作伐,造化了这个韩幕宾,乘龙相府,一番露水姻缘,变做长久夫妻,诹吉入赘,正式行礼,洞房花烛,喜气融融,从此花好月圆,免得夜来明去,尤妙在翁婿情深,竟蒙充特上荐牍,授官散骑常侍,妻荣夫贵,岂不是旷古奇逢吗?若使断章取义,真是天大幸事。话分两头。

且说安平王司马孚,位尊望重,进拜太宰,武帝又格外宠遇,不以臣礼相待,每当元日会朝,令孚得乘车上殿,由武帝迎入阼阶,赐他旁坐。待朝会既毕,复邀孚入内殿,行家人礼。武帝亲捧觞上寿,拜手致敬。孚下跪答拜,各尽义文。武帝又特给云母辇、青盖车,但孚却自安淡泊,不以为荣,平居反常有忧色,至九十三岁,疾终私第,遗命诸子道:"有魏贞士河内司马孚,字叔达,不伊不周,不夷不惠,立身行道,终始若一,当衣以时服,殓用素棺。"诸子颇依孚遗嘱,不敢从奢。凡武帝所给厚赐,概置不用。武帝一再临丧,吊奠尽哀,

第三回　杨皇后枕膝留言　左贵嫔摛才上颂

予谥曰宪，配飨太庙。孚虽未尝忘魏，然不能远引，仍在朝柄政，自称有魏贞士，毋乃不伦。孚长子邕袭爵为王，余子亦授官有差，外如博陵公王沈、钜鹿公裴秀、乐陵公石苞、寿光公郑冲、临淮公荀颙等，俱相次告终。又有武帝庶子城阳王宪、东海王祗，亦皆夭逝。武帝屡次哀悼，常有戚容，不意福无双至，祸不单行，那杨皇后做了八九年的国母，已享尽人间富贵，竟致一病不起，也要归天。后与武帝情好甚笃，六宫政令，委后独裁，武帝从未过问。就是后庭妾御，为数无多，也往往敝服损容，不敢当夕。自从武帝即位，至泰始八年，除旧有宫妾外，只选了一个左家女，拜为修仪。左女名芬，乃是秘书郎左思女弟。左思字太冲，临淄人氏，家世儒学，夙擅文名，尝作《齐都赋》，一年乃成，妃白俪黄，备极工妙。嗣又续撰《三都赋》，魏、吴、蜀三都。构思穷年，自苦所见未博，因移家京师，搜采各书，朝夕浏览，每得一句，即便录出，留作词料。蔄阳公卫瓘及著作郎张载、中书郎刘逵等，闻思好学能文，皆引与交游，且荐为秘书郎。思得了此官，所有天府藏书，任他取阅，左宜右有，始得将《三都赋》制成。屈指年华，正满十稔，后人称他为"炼都十年"。三赋脱稿，都下争抄，洛阳为之纸贵，就是"左太冲"三字的价值，也冠绝一时。随笔带入左思炼都，意在重才。左芬得兄教授，刻意讲求，仗着她慧质灵心，形诸歌咏，居然能下笔千言，作一个扫眉才子。武帝慕才下聘，左思只好应命，遣芬入宫，更衣承宠，特沐隆恩。可惜她姿貌平常，容不称才，武帝虽然召幸，终嫌未足，因此得陇望蜀，复欲广选绝色女子，充入后庭。

会海内久安，四方无事，遂诏选名门淑质，使公卿以下子女，一律应选，如有隐匿不报，以不敬论。那时豪门贵族，不敢违慢，只好将亲生女儿，盛饰艳妆，送将进去。武帝挈了杨后，临轩亲选，但见得粉白黛绿，齐集殿门。杨后阴怀妒忌，表面上虽无愠色，心计中早已安排，待各选女应名趋入，遇有艳丽夺目，即斥为妖冶不经，未堪中选，惟身材长大，面貌洁白，饶有端庄气象，才称合格。娶媳时何不操定此见？武帝也无可奈何，只好由她拣择。俄有一卞家女冉冉进来，生得一貌如花，格外娇艳，武帝格外神移，掩扇语后道："此女大佳。"后应声道："卞氏为魏室姻亲，三世后族，今若选得此女，怎得屈以卑位？不如割爱为是。"好辩才。武帝窥透后意，只好舍去。卞女退出，复来了一个胡女，却也艳丽过人，惟乃父奋为镇军大将军，女秉有遗传性质，婀娜中有刚直气，后乃不复多说，便许武帝选定。当时中选女子，概用绛纱系臂，胡女笼纱下殿，自思不得还见父母，未免含哀，甚至号泣有声。左右忙摇手示禁道："休哭！休哭！恐被陛下闻知。"胡女反朗声道："死且不怕，怕甚么陛下？"倒是一个英雌。武帝颇有所闻，暗暗称奇。嗣复选得司徒李胤女，廷尉诸葛冲女，太仆臧权女，侍中冯荪女等，共数十人，乃退入后宫，是夕不传别人，独宣入胡家女郎,问她闺名,系一芳字。当下叫她侍寝,胡女到了此时,也只好唯命是从。一夜春风,恩周四体,翌晨即有旨传出,着洛阳令司马肇奉册入宫,拜胡芳为贵嫔。复因左芬先入,恐她抱怨,也把贵嫔绿秩,赏给了她。后来复召幸诸女,只有诸葛女最惬心怀,小名叫一婉字,颇足相副,因亦封为夫人,但尚未及胡贵嫔的宠遇,一切服饰,仅亚杨后一等,后宫莫敢与争。独后由妒生悔,由悔生愁,竟致染成一病,要与世长辞了。插入此段,包含无数笔墨。

武帝每日入视,且迭征名医诊治,始终无效,反逐渐加添起来。时已为泰始十年初秋,凉风一霎,吹入中宫,杨后病势加剧,已是临危,武帝亲至榻前,垂涕慰问,后勉强抬头,请武帝坐在榻上,乃垂头枕膝道:"妾侍奉无状,死不足悲,但有一语欲达圣聪,陛下如不忘妾,请俯允妾言!"武帝含泪道:"卿且说来,朕无不依从。"杨后道:"叔父骏有一女,小字男胤,德容兼备,愿陛下选入六宫,补妾遗恨,妾死亦瞑目了。"言讫,呜咽不止。武帝也忍不住泪,挥洒了好几行,并与后握手为誓,决不负约。杨后见武帝已允,才安然闭目。竟在武帝膝上,奄然长逝,享年三十七岁。看官!你道杨后何故有此遗言?她恐胡贵嫔入继后位,太子必不得安,所以欲令从妹为继,既好压制胡氏,复得保全储君,这也是一举两得的良策。谁知后来反害死叔父,害死从妹。武帝也瞧破隐情,但因多年伉俪,不忍相违,所以与后为誓,勉从所请。当下举哀发丧,务从隆备,且令有司卜吉安葬,待至窀穸有期,又命史臣代作哀策,叙述悲怀,随即予谥曰元,奉葬峻阳陵。左贵嫔芬,独献上一篇长诔,追溯后德,诔文不下数千言,由小子节录如下。何必多出风头,难道想做继后不成?

维泰始十年,秋,七月,丙寅,晋元皇后杨氏崩。呜呼哀哉!昔有莘适殷,姜姒归周,宜德中闱,徽音永流。樊、卫二姬,匡齐翼楚,马、邓两妃,亦毗汉主。元后光嫔晋宇,伉俪圣皇,比踪往古。遭命不永,背阳即阴,六宫号咷,四海恸心。嗟予鄙妾,衔恩特深。这是乏色的好处。追慕三良,甘心自沉。何用存思?不忘德音。何用纪述?托词翰林。乃作诔曰:赫赫元后,出自有杨,奕世朱轮,耀彼华阳。维岳降神,显兹祯祥,笃生英媛,休有烈光。含灵握文,异于庶姜,率由四教,匪怠匪荒。行周六亲,徽音显扬,显扬伊何?京室是臧。乃娉乃纳,聿嫔圣皇,正位闺阃,维德是将。鸣珮有节,发言有章,思媚皇姑,虔恭朝夕。允厘中馈,执事有恪,于礼斯劳,于敬斯勤。虽曰齐圣,迈德日新。亦既青阳,鸣鸠告时。躬执桑曲,率导媵姬,修成蚕簇,分茧理丝。女工是察,祭服是治,祇奉宗庙,永言孝思。于彼六行,靡不蹈之。皇、英佐舜,涂山翼禹,惟卫惟樊,二霸是辅,明明我后,异世同轨。内敷阴教,外毗阳化,绸缪庶正,密勿凤夜。恩从风翔,泽随雨播,遐迩咏歌,中外禔福。天祚贞吉,克昌克繁,则百斯庆,育圣育贤。教逾妊姒,训迈姜嫄。堂堂太子,惟国之元,济济南阳,后子东封南阳王。为屏为藩。本支菴蔼,四海荫焉。积善之堂,五福所并,宜享高年,匪陨匪倾。如彭之齿,如聃之龄,云胡不造?于兹祸殃。寝疾弥留,瘖瘵不康,巫咸骋术,扁鹊奏方。祈祷无应,尝药无良,形神既离,载昏载荒。奄忽崩殂,湮精灭光。哀哀太子,南阳繁昌,攀援不寐,擗踊摧伤。呜呼哀哉!阃宫号咷,宇内震惊。奔者填衢,赴者塞庭。哀恸雷骇,流涕雨零,欷歔不已,若丧所生。惟帝与后,契阔在昔,比翼白屋,双飞紫阁。悼后伤后,早即窀穸,言斯既及,涕泗陨落,追维我后,实聪实哲,通于性命,达于俭节。送终之礼,比素上世,襚无珍宝,唅无明月。恐怕未必。潜辉梓宫,永背昭晰,臣妾哀号,同此断绝。庭宇遏密,幽室增阴,空设帷帐,虚置衣衾。人亦有言,神道难寻,悠悠精爽,岂浮岂沉?丰奠日陈,冀魂之临,孰云元后,不闻其音。乃议景行,景行已溢,乃考龟筮,龟筮袭吉。爰定宅兆,克成玄室,魂之往兮,于以今日。仲秋之晨,启明始出,星陈凤驾,灵舆结驷。其舆伊何?金根玉箱。其驷伊何?二骆双黄。习习容车,朱服丹章,隐隐辒轩,弁绖缞裳。华毂曜野,素盖被原。方相仡仡,旌旐翻翻,挽童引歌,白骥鸣辕。观者夹涂,士女涕涟,千乘万骑,迄彼峻山。峻山峨峨,层阜重阿,弘高显敞,据洛背河。左瞻皇姑,右睇帝家,惟存揆亡,明神所嘉。诸姑姊妹,娣姒媵御,追送尘轨,号咷衢路。王侯卿士,云会星布。群官庶僚,缟盖无数。中外俱临,同哀并慕。有始有终,天地之经,自非三光,谁能不零?存播令德,没图丹青,先哲之志,以此为荣。温温元后,实宣慈焉,抚育群生,恩惠滋焉。遗爱不已,永见思焉,悬名日月,垂万春焉。呜呼庶妾,感四时焉,言思言慕,涕涟洒焉。

这篇诔文,经武帝览着,看她说得悲切,也出了许多眼泪,并重芬词藻,屡加恩赐。但芬体素弱,多愁多病,终不能特别邀宠,镇日里闷坐深宫,除笔墨消遣外,毫无乐趣。从来造物忌才,左家女有才无色,也是天意特留缺陷,使她无从得志哩。幸亏有此,才得令终。

越年正月朔日,颁诏大赦,改元咸宁,追尊宣帝为高祖,景帝为世宗,文帝为太祖,并录叙开国功臣,已死得配享庙食,未死得铭功天府。帝德如春,盈庭称颂。武帝自杨后殁后,虽然不免悲感,但也有一桩好处,妃嫔媵嫱,尽可随意召幸,不生他虑。无如人主好色,往往喜新厌故,宫中虽有数百个娇娥,几次入御,便觉同嚼蜡,因此复下诏采选,暂禁天下嫁娶,令中官分驰州郡,专觅娇娃。可怜良家女子,一经中官合意,无论如何势力,不能乞免,只好拜别爹娘,哭哭啼啼,随着中使,趋入宫中,统共计算,差不多有五千人。武帝朝朝挹艳，夜夜采芳，把全副龙马精神，都向虚牝中掷去，究竟娥眉伐性，力不胜欲，徒落得形容憔悴，筋骨衰颓。咸宁二年元日，竟不能视朝，托词疾疫，病倒龙床，接连有数日未起。朝野汹汹，俱言主上不讳，太子不堪嗣立，不如拥戴皇弟齐王攸。河南尹夏侯和，且私语贾充道："公二婿亲疏相等，攸长女适齐王，次女适太子，均见前回。立人当立德，不可误机。"和岂不知充有悍妇吗？充默然不答。既而武帝得了良医，病幸渐瘳，仍复出理朝政。荀勖、冯𬘘，阿谀取容，素为齐王攸所嫉，积不相容。勖乃乘间行谗，使𬘘进说武帝道："陛下洪福如天，病得痊愈。今日为陛下贺，他日尚为陛下忧。"武帝道："何事可忧？"𬘘嗫嚅道："陛下前立太子，无非为传统起见，但恐将来或有他变，所以可忧。"武帝复问为何因？𬘘又道："前日陛下不豫，百僚内外，统已归心齐王，陛下试想万岁千秋后，太子尚能嗣立么？"是谓肤受之愬。武帝不觉沉吟。𬘘见武帝心动，更献计道："臣为陛下画策，莫若使齐王归藩，免滋后虑。"武帝也不多言，唯点首至再。及𬘘既趋出，复遣左右随处探访，得知夏侯和前日所言，仍徙和为光禄勋，并迁贾充为太尉，罢免兵权。惟见攸守礼如恒，无瑕可指，因暂令任职司空，再作计较。外如何曾得进位太傅，陈骞得迁官大司马，不过挨次升位，并没有甚么关系。独汝阴王骏，受职征西大将军，都督雍、凉等州军事，专讨树机能；都督荆州军事羊祜，加官征南大将军，专御孙吴。

转瞬间为杨后二周年，遣官往祭峻阳陵，并忆及杨后遗言，拟册杨骏女为继后，先令内使往验女容，果然修短得中，纤秾合度，乃援照古制，具行六礼，择吉初冬，续行册后典仪。届期这一日，龙章丽采，凤辇承恩，当然有一番热闹。礼成以后，下诏大赦，颁赐王公以下及鳏夫寡妇有差。新皇后入宫正位，妃嫔等无不趋贺。左贵嫔也即与列，当由武帝特旨赐宴，并命左贵嫔作颂。左贵嫔略略构思，便令侍女取过纸笔，信手疾书，但见纸上写着：

> 峨峨华嶽，峻极泰清，巨灵导流，河渎是经。惟渎之神，惟渎之灵，钟于杨族，载育盛明。穆穆我后，应期挺生，含聪履哲，岐嶷凤成。如兰之茂，如玉之莹，越在幼冲，休有令名。飞声八极，禽习紫庭，超任逸姒，比德皇、英。京室是嘉，备礼致聘，令月吉辰，百僚奉迎。周生归韩，诗人是咏，我后戾止，车服辉映。登位太微，明德日盛，群黎欣戴，函夏同庆。翼翼圣皇，睿哲孔纯，愍兹狂戾，阐惠播仁。蠲蚩涤秽，与时惟新，沛然洪赦，恩诏遝震。后之践祚，囹圄虚陈，万国齐欢，六合同欣。坤神抃舞，天人载悦，兴顺降祥，表精日月。和气氤氲，三光朗烈，既获嘉时，寻播甘雪。玄云晻蔼，灵液霏霏，既储既积，待旸而晞，瞰睨沾濡，柔润中畿。长享丰年，福禄永绥。

属稿既成,另用彩纸誊真,约有一二个时辰,已将颂词缮就,妃嫔等同声赞美,推为隽才。可巧武帝在外庭毕宴,慢慢的踱入中宫,新皇后以下,一律迎驾。左贵嫔即将颂词呈上,由武帝览阅一周,便称赏道:"写作俱佳,足为中宫生色了。"说着,亲举玉卮,赐饮三觞。左贵嫔受饮拜谢,时已昏黄,便各谢宴散去。小子有诗赞左贵嫔道:

　　　　曹氏大家常续史,左家小妹复能文。
　　　　从知大造无偏毓,巾帼多才也轶群。

　　宫中已经散席,帝后两人共入龙床,同去做高唐好梦了。欲知后事,请看下回。

　　祸晋者贾氏,而成贾氏之祸者,实惟杨皇后。立蠢儿为太子,一误也;纳悍女为子妇,二误也;至临危枕膝,尚以从妹为继为请,死且徇私,可叹可恨。盖妇人心性,往往只知有己,不知有家,家且不知,国乎何有?晋武为开国主,何其沾沾私爱,甘心铸错?甚至误信佞臣,疑忌介弟,试思有子如衷,有媳如南风,尚堪付畀大业乎?左贵嫔一诔一颂,类多粉饰之词,不足取信,但以一巾帼妇人,多才若此,足令须眉汗下。本回两录原文,为女界贡一词采,非漫誉两杨后也。

第四回　图东吴羊祜定谋
　　　　　　讨西虏马隆奏捷

　　却说武帝继后杨氏,名芷,字李兰,小名叫做男胤,年方二九,饶有姿容,并且德性婉顺,能尽妇道。详叙后德,影射下文贾后之悍。自从入继中宫,与武帝情好甚欢,大略与前后相似。后父骏曾为镇军将军,至是进任车骑将军,封临晋侯。骏有弟珧,任职卫将军,独上表陈情道:"从古以来,一门二后,每不能保全宗族,况臣家功微德薄,怎堪受此隆恩?乞将臣表留藏宗庙,庶几后日相证,尚可曲邀天赦,免罹祸殃。"似有先见,然看到后文,实是要挟语。武帝准如所请,乃将珧表留藏。惟骏自恃国戚,怙宠生骄,尚书郭奕等表称骏器量狭小,不宜重任,武帝为后推爱,竟不少省。又是一误。镇军将军胡奋见骏骄侈,竟直言相规道:"公靠着贵女,乃更增豪侈么?历观前朝豪族,与天家结婚,辄至灭门,不过略分迟早呢。"骏瞿然道:"君女亦纳入天家,何必责我?"见前回。奋微笑道:"我女虽然入宫,只配与公女作婢,怎得相比?我家却无关损益,不如公门显赫,令人侧目,此后还请公三思!"可谓诤友。骏终不以为意,且还疑奋有妒意,怏怏别去。

既而卫将军杨珧等,上言"古时封建诸侯,实为屏藩王室起见,今诸王公皆在京师,实与古意未合,应一律遣使出镇,俾就外藩。且异姓诸将,散屯边疆,非皆可恃,亦宜参用亲戚,隐为监制"云云。武帝乃核定国制,就户邑多少为差,分为三等。大国置三军,共五千人,次国二军,共三千人,小国一军,共一千五百人。凡诸王兼督军事,各令出镇,于是徙扶风王亮为汝南王,出为镇南大将军,都督豫州诸军事。琅琊王伦为赵王,兼领邺城守事。渤海王辅司马孚三子,为太原王,监并州诸军事。东莞王伷已莅徐州,徙封琅琊王。汝阴王骏已赴关中,徙封扶风王。又徙太原王颙司马孚孙,为后来八王之一。为河间王,河间王威为章武王。威亦孚孙。尚有疏戚诸王公,悉令就国。大家恋恋都中,不愿远行,奈因王命难违,不得已涕泣辞去。寻又立皇子玮为始平王,允为濮阳王,该为新都王,遐为清河王,数子年尚幼弱,皆留居京师。

征南大将军羊祜,久镇襄阳,垦田得八百余顷,足食足兵。襄阳与吴境接壤,吴主孙皓,系吴主孙权长孙,粗暴骄盈,好酒渔色。祜本欲乘隙图吴,因吴左丞相陆凯,公忠体国,制治有方,所以虚与周旋,未敢东犯。及凯已病殁,乃潜请伐吴,适益州兵变,又致迁延。祜有参军王濬,奉调为广汉太守,发兵讨益州乱卒,幸即荡平。濬得任益州刺史,讲信立威,绥服蛮夷。武帝征濬为大司农,祜独密表留濬,谓欲灭东吴,必须凭借上流;濬才可专阃,不宜内用。武帝乃仍令留任,且加濬龙骧将军,监督梁、益二州军事。当时吴中有童谣云:"阿童复阿童,衔刀浮渡江。不畏岸上兽,但畏水中龙。"濬籍隶弘农,小名正叫做阿童,小具大志,丰姿俊逸。燕人徐邈,有女慧美,及笄未嫁,邈甚是钟爱,令女自择偶,迄未当意。会邈出守河东,濬得迭为从事,年少英奇,颇为邈所赏识。邈因大会佐吏,使女在幕内潜窥,女指濬告母,谓此子定非凡器。独具慧鉴。邈闻女言,即将女嫁濬为妻,琴瑟和谐,不消细说。事与贾午相似,但彼为苟合,此实光明。嗣投羊祜麾下,祜亦加优待,每事与商。祜兄子暨尝伺间语祜道:"濬好大言,恐滋他患,宜预加裁抑,休使胡行!"祜粲然道:"如汝怎能知人?濬有大才,一得逞志,必建奇功,愿勿轻视!"徐女尚垂青眼,何况羊叔子。及濬得监督梁、益二州,祜欲借上流势力,顺道伐吴,并因濬名与童谣相符,即表闻晋廷,请饬濬密修舟楫,为东略计。武帝依言诏濬。濬即大作战舰,长百二十步,可容二千余人,舰上用木为城,架起楼橹,四面开门,上可驰马往来,又在各船头上,绘画鹢首怪兽,以惧江神。绘兽惊神,未免近愚。工作连日不休,免不得有木头竹屑,被水漂流,随江东下。吴建平太守吾彦,留心西顾,瞧见江心竹木,料知上流必造舟楫,当即捞取呈报,谓晋必密谋攻吴,宜亟加戍建平,堵塞要冲。吴主皓方盛筑昭明宫,大开苑囿,侈筑楼观,采取将吏子女,入宫纵乐,还有何心顾及外侮?得了吾彦的表章,简直是不遑细览,便即搁过一边。吾彦不得答诏,自命工人冶铁为锁,横断水路,作为江防。

适吴西陵督军步阐,惧罪降晋,吴大司马陆抗,凯从弟。自乐乡督兵讨阐,围攻西陵。祜奉诏往援,自赴江陵,别遣荆州刺史杨肇攻抗。抗分军抵御,击败杨肇。祜闻肇败还,正拟亲往督战,偏西陵已被抗攻入,步阐被诛,屠及三族。祜只好付诸一叹,率兵还镇。武帝罢杨肇官,任祜如旧。祜乃敛威用德,专务怀柔,招徕吴人。有时军行吴境,刈谷为粮,必令给绢偿值,或出猎边境,留止晋地,遇有被伤禽兽,从吴境奔入,亦概令送还。就是吴人入掠,已为晋军所杀,尚且厚加殡殓,送尸还家。如得活擒回来,愿降者听,愿归者亦听,不戮一人。吴人翕然悦服。祜又尝通使陆抗,互有馈遗。抗送祜酒,祜对使取饮,毫不动疑。及抗有小疾,祜合药馈抗,抗亦即取服。部下或从旁谏阻,抗摇首道:"羊叔子岂肯鸩人?"叔子即祜表字。抗又遍戒边吏道:"彼专行德,我专行暴,是明明为丛驱雀了。今但宜各保分界,毋求细利。"羊祜对吴,无非笼络计算,即陆抗亦为所愚。吴主皓反以为疑,责抗私交羊祜。抗上疏辩驳,并陈守国时宜十二条,均不见行。皓且信术士刁元言,谓:"黄旗紫盖,出现东南。荆、扬君主,必有天下。"乃大发徒众,杖钺西行,凡后宫数千人,悉数相随。行次华里,正值春雪兼旬,凝寒不解,兵士不堪寒冻,互相私语道:"今日遇敌,便当倒戈。"皓颇有所闻,始引兵还都。陆抗忧国情深,抑郁成疾,在镇五年,竟致溘逝。遗表以西陵、建平,居国上游,不宜弛防为请。吴主皓因命抗三子分统部军。抗长子名元景,次名元机,又次名云。机、云善属文,并负重名,独未谙将略。吴主却令他分将父兵,真所谓用违其长了。

术士尚广,为吴主卜筮,上问休咎。尚广希旨进言,说是岁次庚子,青盖当入洛阳。吴主大喜。已而临平湖忽开,朝臣多称为祯祥。临平湖自汉末湮塞,故老相传:"湖塞天下乱,湖开天下平。"吴主皓以为青盖入洛,当在此时,因召问都尉陈顺。顺答说道:"臣止能望气,不能知湖的开塞。"皓乃令退去。顺出语密友道:"青盖入洛,恐是衔璧的预兆。今临平湖无故忽开,也岂得为佳征么?"嗣复由历阳长官奏报,历阳山石印封发,应兆太平。皓又遣使致祭,封山神为王,改元天纪。东吴方相继称庆,西晋已潜拟兴师。羊祜缮甲训卒,期在必发,因首先上表,力请伐吴,略云:

> 先帝顺天应时,西平巴蜀,南和吴会,海内得以休息,兆庶有乐安之心,而吴复背信,使边事更兴,夫期运虽天所授,而功业必由人而成。蜀平之时,天下皆谓吴当并亡,蹉跎至今,又越十三年,是谓一周。今不平吴,尚待何日?议者尝谓吴楚有道后服,无礼先强,此乃诸侯之时耳,今

当一统，不得与古同论。夫适道之言，未足应权，是故谋之虽多，而决之欲独。凡以险阻得存者，谓所敌者同，力足自固，苟其轻重不齐，强弱异势，则智士不能谋，而险阻不可保也。蜀之为国，非不险也，高山寻云霓，深谷肆无影，束马悬车，然后得济，皆言"一夫荷戟，千人莫当"，及进兵之日，曾无藩篱之限，斩将搴旗，伏尸数万，乘胜席卷，径至成都，汉中诸城，皆鸟栖而不敢出，非皆无战心，力不足以相抗也。至刘禅降服，诸营堡者索然俱散，今江淮之险，不过剑阁，山川之险，不如岷汉，孙皓之暴，侈于刘禅，吴人之困，甚于巴蜀，而大晋兵众，多于前世，资储器械，盛于往时，今不于此平吴，更阻兵相守，征夫苦役，日寻干戈，经历盛衰，不可长久，宜乘时平定以一四海，今若引梁、益之兵，水陆俱下，荆、楚之众，进临江陵，平南豫州，直指夏口，徐、扬、青、兖，并会秣陵，鼓旆以疑之，多方以误之，以一隅之吴，当天下之众，势分形散，所备皆急，一处倾坏，上下震荡，虽有智者，不能为谋。况孙皓恣情任意，与下多忌，将疑于朝，士困于野，平常之日，独怀去就，兵临之际，必有应者，终不能齐力致死，已可知也。又其俗急速，不能持久，弓弩戟楯，不如中国，唯有水战，是其所长，但我兵入境，则长江非复彼有，还保城池，去长就短，我军悬进，人有致节之志，吴人战于其内，徒有凭城之心，如此则军不逾时，克可必矣。乞奋神断，毋误事机，臣不胜縻鞿待命之至。

这表呈上，武帝很为嘉纳，即召群臣会议进止。贾充、荀勖、冯紞，力言未可，廷臣多同声附和，且言秦、凉未平，不应有事东南。武帝因饬祜且缓进兵。祜复申表固请，大略谓："吴房一平，胡寇自定，但当速济大功，不必迟疑。"武帝终为廷议所阻，未肯急进。祜长叹道："天下不如意事，常十居八九，当断不断，天与不取，恐将来转无此机会了。"既而有诏封祜为南城郡侯，祜固辞不拜。平时嘉谟入告，必先焚草，所引士类，不令当局得闻，或谓祜慎密太过，祜慨然道："美则归君，古有常训。至若荐贤引能，乃是人臣本务，拜爵公朝，谢恩私室，更为我所不取呢。"又尝与从弟琇书道："待边事既定，当角巾东路，言归故里，不愿以盛满见责。疏广见汉史。便是我师哩。"如此志行，颇足令后人取法。咸宁四年春季，祜患病颇剧，力疾求朝，既至都下，武帝命乘车人视，使卫士扶入殿门，免行拜跪礼，赐令侍坐。祜仍面请伐吴，且言："臣死在朝夕，故特入觐天颜，冀偿初志。"武帝好言慰谕，决从祜谋。祜乃趋退，暂留洛都。武帝不忍多劳，常命中书令张华，衔命访祜。祜语华道："主上自受禅后，功德未著，今吴主不道，正可吊民伐罪，混一六合，上媲唐虞，奈何舍此不图呢？若孙皓不幸早殁，吴人更立令主，虽有众百万，也未能轻越长江，后患反不浅哩。"华连声赞成。祜唏嘘道："我恐不能见平吴盛事，将来得成我志，非汝莫属了。"华唯唯受教,复告武帝。武帝复令华代达己意,欲使祜卧护诸将。祜答道:"取吴不必臣行,但取吴以后,当劳圣虑,事若未了,臣当有所付授,但求皇上审择便了。"未几疾笃,乃举杜预自代。预已起任度支尚书,应第二回。至是因祜推荐,即拜预为镇南大将军,都督荆州诸军事。预尚未出都,祜已疾终私第,享年五十八。武帝素服临丧,恸哭甚哀。是时天适严寒,涕泪沾着须鬓,顷刻成冰,及御驾还宫,特赐祜东园秘器,并朝服一袭,钱三十万,布百匹,追赠太傅,予谥曰成。

祜本南城人,九世以清德著名。补述籍贯,以地表人,本书著名人物,概用此例。自祜出镇方面,起居服食,仍守俭素,禄俸所入,皆分赡九族,或散赏军士,家无余财,遗命不得厚殓,并不得以南城侯印入柩。武帝高祜让节,许复本封。原来祜曾受封巨平侯,巨平系是邑名,与南城不同。襄阳百姓,闻祜去世,追忆遗惠,号哭罢市。祜生前在襄阳时,好游岘山,百姓因就山立祠,岁时享祭,祠外建碑,道途相望,相率流涕,后来杜预号此碑为堕泪碑。太傅何曾,同时逝世。曾性颇孝谨,整肃闺门,自少至长,绝意声色,晚年与妻相见,尚各正衣冠,礼待如宾。惟阿附贾充,无所建白,自奉甚厚,一食万钱,尚谓无下箸处。博士秦秀,为曾议谥,慨语同僚道:"曾骄侈过度,名被九域,生极恣情,死又无贬,王公大臣,尚复何惮?谨按谥法,名与实异曰缪,怙乱肆行曰丑,可谥为缪丑公。"恰也爽快。武帝忆念勋旧,不欲加疵,仍策谥为孝。比羊叔子何如?正拟举兵伐吴,忽闻凉州兵败,刺史杨欣,又复战死,武帝又未免踌躇,仆射李憙,独举匈奴左部帅刘渊,使讨树机能,侍臣孔恂谏阻道:"非我族类,其心必异,刘渊岂可专征?若使他讨平树机能,恐西北边患,从此益深了。"武帝乃不从憙言。

看官听着!刘渊是西晋祸首,小子既经叙及,不得不详为表明。从前南匈奴与汉和亲,自称汉甥,冒姓刘氏。魏祖曹操,曾命南匈奴单于呼厨泉,入居并州境内,分匈奴部众为五部。左部帅刘豹,系呼厨泉兄子,部族最强。后司马师用邓艾计,分左部为二,另立右贤王,使居雁门。豹子名渊,字元海,幼即俊异,师事上党人崔游,博习经史,尝语同学道:"我常耻随、陆无武,绛、灌无文。随何、陆贾、绛侯周勃、灌婴,皆汉初功臣。随、陆遇汉高祖,不能立业封侯,绛、灌遇汉文帝,不能兴教劝学,这岂非一大可憾么?"于是兼学武事,日演骑射,少长已膂力过人,入为侍子,留居洛阳。安东将军王浑父子,屡称渊文武兼长,可为东南统帅,李憙又荐他督领西军,俱被孔恂等谏阻。渊得知消息,密语好友王弥道:"王、李见知,每相推荐,非徒无益,恐反为我患哩。"因纵酒长啸,欷歔流涕。当有人告知齐王攸,攸入奏武帝道:"陛下不除刘渊,臣恐并州不能久安。"王浑在侧,独替渊解免道,"大晋方以信义怀柔殊俗,奈何无故加疑，杀人侍子呢？"晋主遂释渊不诛，未几豹死，竟授渊为左部帅，出都而去。纵虎归山。

已而复闻树机能攻陷凉州，武帝且忧且叹道："何人为我讨平此虏？"道言未毕，左班内闪出一人道："陛下若肯任臣，臣决能平虏。"武帝瞧将过去，乃是司马督马隆，便接口道："卿能平贼，当然委任，但未知卿方略何如？"隆答道："臣愿募勇士三千人，率领西行，陛下不必预问战略，由臣临敌制谋，定能报捷。"武帝大喜道："卿能如是，朕复何忧？"当下命隆为讨虏将军，兼武威太守。廷臣多言隆本小将，妄谈难信，且现兵已多，何必再募勇士？武帝不听，一意委隆。隆设局募兵，悬标为的，须引弓四钧，挽弩九石，方得合选。隆亲自简试，得三千五百人，称为已足。又自至武库选仗，武库令但给敝械，与隆忿争。隆复入白武帝，陈明武库令阻难情形，武帝因传谕武库令，任隆自择。隆始得往取精械，分给勇士，一面入朝辞行。武帝面许给三年军资，隆拜命出都，向西进发。行过温水，树机能等拥众数万，据险拒守。隆见山路崎岖，不易轻进，乃令部下造起扁箱车，载兵徐进，遇着地方辽阔，联车为营，四面排设鹿角，相随并趋，一入狭径，另用木屋覆盖车上，得避弓弩。胡兵虽有埋伏，也觉技无所施，就使出来拦阻，亦被隆逐段杀退。始终不外持重。隆且战且前，并令勇士挽弓四射，发无不中。胡兵多应弦倒地，有几个侥幸脱彀，均皆骇散。因此隆冒险进兵，如同平地，转战千里，未尝一挫，反杀伤胡虏数千人，得直抵武威镇所。自从隆领兵西进，音问杳然，好几月不见军报，朝廷颇以为忧。或谓隆已陷没，故无音耗，及隆使到达，始知他已安抵武威。武帝抚掌欢笑，自喜知人，诘朝召语群臣道："朕若误信卿等，是已无秦、凉了。"群臣怀惭退去。武帝即降诏奖隆，假节宣威将军，加赤幢、曲盖、鼓吹，未几，又得隆捷报，已擒降鲜卑部酋数人，得众万余，又未几更闻报大捷，十年以来的巨寇树机能，竟被隆乘胜奋斫，枭首凉州，秦、凉各境，一律肃清。小子有诗咏道：

> 用兵最忌是拘牵，良将功成在任专。
> 十载胡氛从此扫，明良相遇自安全。

秦凉既平，武帝拟按功行赏，偏朝上一班奸臣，又复出来阻挠，毕竟隆众能否邀赏，且看下回再表。

《商书》有言："取乱侮亡。"吴主孙皓，淫暴无道，已寓乱亡之兆，羊祜之决议伐吴，亦即"取乱侮亡"之古义耳。惟前时吴尚有人，内得陆凯之为相，外得陆抗之为将，故羊祜虚与周旋，未敢进逼。"将军欲以巧胜人，盘马弯弓故不发。"羊叔子庶几近之，或谓其刈谷偿绢，送还猎兽，第愚弄吴人之狡术，殊不足道,不知外交以才不以德,必拘拘然绳以仁义,几何而不蹈宋襄之覆辙也。况岘首筑祠,堕泪名碑,三代以下,亦不数觏。本回详为演述,褒扬之义,自在言中。彼如马隆之得平树机能,未始非晋初名将,观晋武之倚重两人,乃知开国之主,必有所长,不得以外此瑕疵,遽掩其知人之明也。

第五回 捣金陵数路并举 俘孙皓二将争功

　　却说马隆既讨平秦、凉,朝议将加赏西征将士,偏有人出来阻挠,谓西征将士,已加显爵,不宜更授。独卫将军杨珧进驳道:"前由隆募选骁勇,稍加爵命,不过为鼓励起见,今隆众已荡平西土,未得增赏,将来如何用人,反觉得朝廷失信了。"武帝也以为然,遂颁诏酬勋,赐爵加秩如例。先是西北未平,尚不暇顾及东南,吴主孙皓,还道是四境平安,乐得淫佚。每宴群臣,必令沉醉,又尝置黄门郎十余人,密为监察,群臣醉后忘情,未免失检,那黄门郎立即纠弹,皓即令将失仪诸臣,牵出加罪,或剥面,或凿眼,可怜他无辜遭谴,徒害得不死不活,成为废人。晋益州刺史王濬,察知东吴情事,遂奉表晋廷,略谓:"孙皓荒淫凶逆,宜速征伐,臣造船七年,未得出发,反致朽败。且臣年七十,死亡无日,愿陛下无失时机,亟命东征!"武帝复召廷臣会议,贾充、荀勗等仍执前说,力阻行军,唯张华忆羊祜言,赞同濬议。适将军王浑,调督扬州,镇守寿阳,与吴人屡有战争,遂上言:"孙皓不道,意欲北上,应速筹战守为宜。"朝议以天已严寒,未便出师,决待来春大举,武帝亦乐得休暇。一日,正召入张华弈棋,忽由襄阳递入急奏,武帝不知何因,忙即展览,奏中署名,是荆州都督杜预,大略说是:

　　　　故太傅羊祜,与朝臣异见,不先博谋,独与陛下密议伐吴,故朝臣益致龃龉。凡事当以利害相较,今此举之利,十有八九,而其害止于无功耳。近闻朝廷事无大小,异议蜂起,虽人心不同,亦由恃恩不虑后难,故轻相同异也。昔汉宣帝议赵充国所上事,获效之后,召责前时异议诸臣,始皆叩头而谢,此正所以塞异端,杜众枉耳。今自秋以来,讨贼之形颇露,若又中止,孙皓怖而生计。或徙都武昌,更完修江南诸城,远其居民,城不可攻,野无所掠,则明年之计,亦得无及矣。时哉勿可失,惟陛下察之!

　　武帝览毕,顺手递视张华。华看了一周,便推枰敛手道:"陛下圣明神武,国富兵强,号令如一。吴主荒淫骄虐,诛杀贤能,及今往讨,可不劳而定,幸勿再疑!"武帝毅然道:"朕意已决,明日发兵便了。"华乃趋出。翌晨由武帝临朝,面谕群臣,大举伐吴,即命张华为度支尚书,量计运漕,接济军饷。贾充闻命,忙上前谏阻,荀勖、冯𬘭,亦附和随声。武帝不禁动怒,瞋目视充道:"卿乃国家勋戚,为何屡次挠我军谋?今已决计东征,成败不干卿事,休得多言!"充碰了一鼻子灰,又见武帝变色,且惊且骇,忙即免冠拜谢。荀、冯二人,亦随着磕头。丑态毕露。武帝方才霁颜,命镇军将军琅琊王伷出涂中,安东将军王浑出江西,建威将军王戎出武昌,平南将军胡奋出夏口,镇南大将军杜预出江陵,龙骧将军王浚与广武将军唐彬,率巴蜀士卒,浮江东下,东西并进,共二十余万人;并授太尉贾充为大都督,行冠军将军杨济骏弟。为副,总统各军。分派既定,武帝才辍朝还宫。

吏部尚书山涛,素以公正著名,尝甄拔人物,各为题奏,时称为山公启事。他见武帝决意伐吴,不便多嘴,至退朝后,但私语同僚道:"自非圣人,外宁必有内忧。今若释吴以为外惧,未始非策,何必定要出兵呢?"山公语亦似是而非,彼时祸根已伏,即不伐吴,亦岂能免乱?及东征军陆续出发,西方捷报又至,武帝益锐意东略,督促进军。龙骧将军王浚,筹备已久,一经奉命,率舟东下,长驱至丹阳。丹阳监盛纪,出兵迎战,怎禁得浚军一股锐气,横冲直撞,无坚不破。纪不及奔还,立被浚军擒去。浚顺流直进,探得江碛要害,统有铁锁截住,江心又埋着铁锥,逆距战船,乃作大筏数十,方百余步,缚草为人,被甲持仗,令善泅诸水手,在水中牵筏先行,筏遇铁锥,辄被引去,再用火炬长十余丈,大数十围,灌渍麻油,爇着猛火,乘风烧毁铁锁,锁被火熔,当即断绝,于是船无所碍,鼓棹直前。时已为咸宁六年仲春,和风嘘拂,春水绿波,浚与广武将军唐彬,驱兵至西陵。西陵为吴要塞,吴遣镇南将军留宪,征南将军成璩及西陵监郑广,宜都太守虞忠,并力扼守。不防浚军甚是厉害,一鼓作势,四面攀登,吴兵统皆骄惰,毫无斗志,蓦见敌军乘城,顿时骇散,留宪、成璩等,还想巷战,奈手下已皆遁去,单剩得主将数人,孤立无助,眼见得束手成擒了。浚又乘胜攻克荆门、夷道二城,擒住吴监军陆晏,再下乐乡,擒住吴水军统领陆景,江东大震。吴平西将军施洪等望风投降。

晋安东将军王浑,出发横江,得破寻阳,击走吴将孔忠,俘得周兴等数人,收降吴厉武将军陈代,平虏将军朱明。又镇南大将军杜预,进向江陵,密遣牙将管定、周旨等,泛舟夜渡,袭据巴山,张旗举火,作为疑兵。吴都督孙歆,望见大骇,不禁咋舌道:"北来诸军,怕不是飞渡长江么?"当下派兵出拒,被管定、周旨等预先埋伏,突起交锋,杀得吴军大败奔还。歆尚未得知,安坐帐中,至敌军冲入,方惊起欲遁,不防前后左右,已是敌人环绕,就使力大如牛,也无从摆脱,被他活捉了去。管、周二将,向预报功,预即亲抵江陵,督兵攻城。吴将伍延佯请出降,暗中却部署兵士,登陴抵御。预已先料着,趁他行列未整,即命部众缘梯登城。守兵措手不及,城即被陷,伍延战死。江陵既下,沅湘以南各州郡,望风归命,奉送印绶。预仗节称诏,一一抚慰,令各就原官,远近肃然。平南将军胡奋,亦得克江安,会奉晋廷诏命,令胡奋与王浚、王戎,合攻夏口、武昌,杜预但当静镇零、桂,零陵、桂阳。怀辑衡阳,且待江汉肃清,直指吴都未迟。预乃分兵益浚,奋与戎亦互助浚军,一战破夏口,再战平武昌,更泛舟东下,所向无前。

可巧春雨水涨,谣诼纷纭,贾充首先倡议,表请罢兵,略谓:"百年遗寇,未可悉定,况春夏交际,江淮卑湿,一旦疫疠交作,反为敌乘,宜急召还各军,置作后图。且此次行军,虽似顺手,所损实多,虽腰斩张华,未足以谢天下!"等语。充屡次阻兵,究未知所操何见,想无非是妒功忌能耳。幸武帝不为少动,把充表留中不报。杜预闻充议辍兵,急忙抗表固争,一面征集各军,会议进取。有人从旁梗议,大旨与贾充相似。预奋然道:"昔乐毅战国时燕人。借济西一战,几并强齐;今兵威已振,譬如破竹,数节以后,迎刃而解,还要费什么大力呢?"遂指授群帅,径进秣陵。

吴遣丞相张悌及督军沈莹、诸葛靓等,率众三万,渡江逆战。行次牛渚,莹语悌道:"上流诸军,素无戒备,晋水师顺流前来,势必至此,不如整兵待着,以逸制劳。今若渡江与战,不幸失败,大事去了。"悌慨然道:"吴国将亡,贤愚共知,及今渡江,尚可决一死战,不幸丧败,同死社稷,可无遗恨。若坐待敌至,士众尽散,除君臣迎降以外,还有甚么良策? 名为江东大国,却无一人死难,岂不可耻? 我已决计效死了。"到此已无良策,如悌为国而死,还算是江东好汉。言讫,遂麾众渡江。到了板桥,与晋扬州刺史周浚军相值。悌便即迎击,两下相交,晋军甚是骁悍,吴兵尽管退却。约阅一二小时,但见吴人弃甲抛戈,纷纷遁去。诸葛靓料难支持,劝悌逃生,悌洒泪道:"今日是我死日了。我忝居宰相,常恐不得死所,今以身死国,死也值得,尚复何言。"靓垂涕自去。悌尚执佩刀,左拦右阻,格杀晋军数名。既而晋军围裹过来,你一枪,我一槊,竟将悌刺死了事。沈莹见悌死节,也不顾性命,力战多时,至身受重创,倒地而亡。吴人视此军为孤注,一经覆没,当然心惊胆落,风鹤皆兵。晋将军王浚,闻板桥得胜,便自武昌拥舟东下,直指建业。即吴都。扬州别驾何恽,得悉王浚东来,进白刺史周浚道:"公已战胜吴军,乐得进捣吴都,首建奇功,难道还要让人么?"浚使恽走告王浑,浑摇首道:"受诏但屯江北,不使轻进,且令龙骧受我节度,彼若前来,我叫他同时并进便了。"恽答道:"龙骧自巴蜀东下,所向皆克,功在垂成,尚肯来受节度么? 况明公身为上将,见可即进,何必事事受诏呢?"浑终未肯信,遣恽使还。

原来浚初下建平,奉诏受杜预节制,至直趋建业,又奉诏归王浑节制。浚至西陵,杜预遗浚书道:"足下既摧吴西藩,便当进取秣陵,平累世逋寇,救江左生灵,自江入淮,肃清泗、汴,然后泝河而上,振旅还都,才好算得一时盛举呢!"浚得书大悦,表呈预书,随即顺流鼓棹,再达三山。吴游击将军张象,带领舟军万人,前来抵御,望见浚军甚盛,旌旗蔽空,舳舻盈江,不由的魂凄魄散,慌忙请降。浚收纳张象,即举帆直指建业。王浑飞使邀浚,召与议事,浚答说道:"风利不得泊,只好改日受教罢。"来使自去报浑。浚直赴建业。吴主孙皓,连接警报,吓得无法可施。将军陶浚,自武昌逃归,入语皓道:"蜀船皆小,若得二万兵驾着大船,与敌军交锋,或尚足破敌呢。"皓已惶急得很,忙授浚节钺,令他募兵退敌。偏都人已相率溃散,只剩得一班游手,前来应募,吃了好几日饱饭。待陶浚驱令出发,又复溃去。陶浚也无可奈何,复报孙皓。皓越加焦灼,并闻晋王浚已逼都下,还有晋琅琊王司马伷,亦自涂中进兵,径压近郊,眼见得朝不保暮,无可图存。光禄勋薛莹,中书令胡冲,劝皓向晋军乞降。皓不得已令草降书,分投王浚、王浑,并向司马伷处送交玺绶。王浚接了降书,仍驱舰大进,鼓噪入石头城。吴主孙皓,肉袒面缚,衔璧牵羊,并令军士舆榇及亲属数人,至王浚垒门,流涕乞降。浚亲解皓缚,受璧焚榇,延入营中,以礼相待。随即驰入吴都,收图籍,封府库,严止军士侵掠,丝毫不入私囊,一面露布告捷。

晋廷得着好音,群臣入贺,捧觞上寿。武帝执爵流涕道:"这是羊太傅的功劳呢!"惟骠骑将军孙秀,系吴大帝孙权侄孙,前为吴镇守夏口,因孙皓见疑,惧罪奔晋,得列显官,他却未曾与贺,且南面垂涕道:"先人创业,何等辛勤,今后主不道,一旦把江南轻弃,悠悠苍天,伤如之何?"前已甘心降敌,此时却来作此语,欺人乎?欺己乎?武帝以浚为首功,拟下诏褒赏,忽接到王浑表文,内称浚违诏擅命,不受自己节度,应照例论罪。武帝未以为然,举表出示群臣。群臣多趋炎附势,不直王浚,请用槛车征浚入朝。武帝不纳,但下书责浚,说他"不从浑命,有违诏旨,功虽可嘉,道终未尽"等语。看官!你想这平吴一役,全亏王浚顺流直下,得入吴都,偏王浑出来作梗,竟要把王浚加罪,可见天下事不论公理,但尚私争。武帝还算英明,究未免私徇众议,所以古今来功臣志士,终落得事后牢骚,无穷感慨呢。一声何满子,双泪落君前。原来王浑闻浚入吴都,方率兵渡江,自思功落人后,很是愧忿,意欲率兵攻浚。浚部下参军何攀,料浑必来争功,因劝浚送皓与浑。浑得皓后,虽勒兵罢攻,意终未惬,乃表浚罪状,浚既奉到朝廷责言,因上书自讼,略云:

　　臣前受诏书,谓:"军人乘胜,猛气益壮,便当顺流长鹜,直造秣陵。"

第五回　捣金陵数路并举　俘孙皓二将争功

奉命以后,即便东下。途次复被诏书谓:"太尉贾充,总统诸方,自镇东大将军伷及浑、浚、彬等,皆受充节度。"无令臣别受浑节度之文。及臣至三山,见浑军在北岸,遗书与臣,但云暂来过议,亦不语"臣当受节度"之意。臣水军风发,乘势造贼,行有次第,不便于长流之中,回船过浑,令首尾断绝。既而伪主孙皓,遣使归命,臣即报浑书,并录皓降笺,具以示浑,使速会师石头。臣军以日中至秣陵,暮乃得浑所下当受节度之符,欲令臣还围石头,备皓越逸。臣以为皓已出降,无待空围,故驰入吴都,封库待命。今诏旨谓臣忽弃明制,专擅自由,伏读以下,不胜战栗。臣受国恩,任重事大,常恐托付不效,辜负圣明,用敢投身死地,转战万里,凭赖威灵,幸而能济。臣以十五日至秣陵,而诏书于十二日发洛阳,其间悬阔,不相赴接,则臣之罪责,宜蒙察恕。假令孙皓犹有螳螂举斧之势,而臣轻军单入,有所亏丧,罪之可也。臣所统八万余人,乘胜席卷,皓以众叛亲离,无复羽翼,匹夫独立,不能庇其妻子,雀鼠贪生,苟乞一活耳。而江北诸军,不知其虚实,不早缚取,自为小误。臣至便得,更见怨恚,并云守贼百日,而令他人得之,言语噂沓,不可听闻。案《春秋》之义,大夫出疆,有利专之,臣虽愚蠢,以为事君之道,唯当竭力尽忠,奋不顾身,苟利社稷,死生以之。若其顾护嫌疑,以避谷责,此是人臣不忠之利,实非明主社稷之福也。夫佞邪害国,自古已然,故无极破楚,宰嚭灭吴,及至石显倾乱汉朝,皆载在典籍,为世所戒。昔乐毅伐齐,下城七十,而卒被逸间,脱身出奔。乐羊战国时魏人。既返,谤书盈箧,况臣疏顽,安能免谗慝之口?所望全其首领者,实赖陛下圣哲钦明,使浸润之谮,不得行焉。然臣孤根独立,久弃遐外,交游断绝,而结恨强宗,取怨豪族,以累卵之身,处雷霆之冲,茧栗之质,当豺狼之路,易见吞噬,难抗唇齿。夫犯上干主,罪犹可救。乖忤贵臣,祸常不测。故朱云折槛,婴逆鳞之怒;望之、周堪,违忤石显,虽阖朝嗟叹,而死不旋踵,俱见汉史。此臣之所大怖也。今王浑表奏陷臣,其支党姻族,又皆根据磐牙,并处世位,闻遣人在洛中,专共交构,盗言孔甘,疑惑亲听。臣无曾参之贤,而罹三至之谤,敢不悚栗。本年平吴,诚为大庆,于臣之身,独受谷累,恶直丑正,实繁有徒。欲构南箕,成此贝锦。但当陛下圣明之世,而令济济之朝,有逸邪之人,亏穆穆之风,损皇代之美,是实由臣疏顽,使至于此。拜表流汗,言不识次,伏乞陛下矜鉴!

武帝得书,也知浚为王浑所忌,不免有媒蘖等情,因下诏各军,班师回朝,待亲讯功过,核定赏罚云云。王浑既得絷皓,乃与琅琊王伷会衔,送皓入洛。皓至都门,泥首面缚。由朝旨遣使释免,给皓衣服车乘,赐爵归命侯,拜孙氏子弟为郎。所有东吴旧望,量才擢叙。从前王濬东下,吴城戍将,望风归降;惟建平太守吾彦,婴城固守,及孙皓被俘,方才投诚。武帝调彦为金城太守。诸葛靓姊,为琅琊王妃,靓自板桥败后,即窜入姊家,武帝素与靓相识,亲往搜寻。靓为魏扬州都督诸葛诞子。诞在魏主髦四年,讨司马昭不克,被杀,故靓奔吴,事见《三国演义》。靓复避匿厕中,被武帝左右牵出,始跪拜流涕道:"臣不能漆身毁面,使得复见圣颜,不胜惭愧。"武帝慰谕至再,面授靓为侍中。靓固辞不受,情愿放归乡里。武帝不得已依议,听他自去,终身起坐,不向晋廷,后幸善终。靓于晋有君父大仇,乃不能与张悌同死,徒为是小节欺人,亦何足道。

武帝复颁诏大赦,改元太康。会值诸将陆续还都,因临轩召集,并引见孙皓,赐令侍坐,且顾语皓道:"朕设此座待卿,已好几年了。"皓指帝座道:"臣在南方,亦设此座待陛下。"史家记载皓言,未有"指帝座"三字,遂启后人疑窦,经著书人添入,方合口吻。贾充已回朝复命,时亦在侧,向皓冷笑道:"闻君在南方,凿人目,剥人面,此刑施于何人?"皓答说道:"人臣有敢为弑逆,及奸邪不忠,方加此刑。"充听了此言,不由的面目发赪,掉头趋退。自取其辱,但皓只御人口给,不能自保宗社,究有何益?王浑、王濬,相继入朝,彼此尚争功不已。武帝命廷尉刘颂,叙次战绩。颂不免袒浑,列浑为首功,濬为次功。武帝因颂考绩徇私,左迁京兆太守。怎奈王浑私党,充斥朝廷,浑子济又尚公主,气焰逼人,大家统为浑帮护,累得武帝不便专制,也只好委曲通融,乃增浑食邑八千户,进爵为公。授濬为辅国大将军,与杜预、王戎等,并封县侯。以下诸将,赏赐有差。遣使祭告羊祜庙,封祜夫人夏侯氏为万岁乡君,食邑五千户。一番东征事迹,至此结局。王濬以功大赏轻,始终不服,免不得怨忿交并,小子有诗叹道:

楼船直下扫东吴,功业初成已被诬。
何若当时范少伯,一舸载美去游湖。

欲知王濬后来情事,且至下回叙明。

蜀亡在晋武开国之先,故本编首回,略略叙及,并不加详。至大举灭吴,则晋武即位,已十有余年矣。此固当列诸晋史,不得以吴列三国,应属诸《三国演义》,可以删繁就简也。惟晋之伐吴,倡议为羊祜,立功为王濬,而从中怂恿者为张华,余子碌碌,皆因人成事而已。武帝非不明察,卒因朝臣右袒王浑,独封浑为公,而濬以下不过封侯,无怪濬之愤悒不平也。然功成者退,知足不辱,濬乃为小丈夫之悻悻,始终未释,其后来之得全首领者,尚其幸耳。韩、彭菹醢,晁错受戮,非炎盛开国时耶?史家谓浑既害善,濬亦矜功,诚足为一时定评云。

第六回　纳群娃羊车恣幸
　　　　继外孙螟子乱宗

　　却说王浚因功高赏轻，时怀不平，每在朝右自陈战绩及诸多枉屈情形，武帝虽有所闻，亦如聋瞽一般，绝不与谈。浚不胜愤懑，往往不别而行。武帝念他有功，始终含忍过去。益州护军范通，为浚外亲，尝入语浚道："公有平吴大功，今乃不能居守，未免可惜。"浚惊问何因？通答道："公返旆后，何不急流勇退，角巾私第，口不言功，如有人问及，可答称圣主宏谟，群帅戮力，若老夫实无功可言。从前蔺相如屈服廉颇，便得此意。见战国时代。公能行此，也足令王浑自愧了。"浚瞿然道："我亦尝惩邓艾覆辙，邓艾事在前。自恐遭祸，不能无言。及今已隔多日，胸中尚不免介介，这原是我器量太小呢。"通即起贺道："公能自知小过，便足保全。"说毕乃退。浚自是稍稍敛抑，不欲争功。博士秦秀，太子洗马孟康等，却代为浚诉陈枉抑，武帝乃迁浚为镇军大将军，加散骑常侍，领后军将军。时都中竞尚奢侈，浚本俭约，至此恐功高遭嫌，乐得随风张帆，玉食锦衣，优游自适。后又受调为抚军大将军，开府仪同三司，延至太康六年病终。年已八十，得谥为武。浚得令终，幸有范通数语。看官听说！在晋武未曾受禅以前，本来是三国分峙，各据一方，自西蜀入魏，降王刘禅受封为安乐公，三国中已少了一国。及魏变为晋，吴又并入晋室，晋得奄有中原，规复秦汉旧土，遂划全国为十九州，分置郡国百五十余。小子特将十九州的名目，析述如下：

　　　　司　兖　豫　冀　并　青　徐　荆　扬　凉　雍　秦　益
　　梁　宁　幽　平　交　广

　　小子还有数语交代，那安乐公刘禅的死期，是在晋泰始七年间，归命侯孙皓的死期，是在晋太康二年间，两降主俱病死洛阳，已无后患。就是废居邺城的魏曹奂，无拳无勇，好似鸟入笼中，受人豢养，得能饱暖终身，还算是新朝厚惠。他最后死，直到晋惠帝泰安元年，方病殁邺城。叙结三主生死，是揭晋武厚道处，即见晋武骄盈处。武帝既混一宇内，遂思偃武修文，下诏罢州郡兵，诏云：

　　　　自汉末四海分崩，刺史内亲民事，外领兵马，今天下为一，当韬戢干戈，刺史分职，皆如汉时故事。悉去州郡兵，大郡但置武吏百人，小郡五十人，以示朕与民安乐，共享太平之意。

这诏颁下，交州牧陶璜，便即上书，略谓："州兵不宜减损，自示空虚。"武帝不纳。右仆射山涛，因病告假，闻朝廷下诏罢兵，亦不以为然。会武帝亲至讲武场，搜阅士卒，涛力疾入朝，随驾讲武，当下乘间进言，谓不宜去州郡武备，语意甚是剀切。武帝也为动容，但自思天下已平，不必过虑，既已颁诏四方，也未便朝令暮改，因此将错便错，延误过去。俗语说得好："饱暖思淫欲。"武帝不脱凡俗，一经安乐，便勾起那淫欲心肠。他闻得南朝金粉，格外鲜妍，乘此政躬清泰，正好选入若干充作姜婢，借娱晨夕。可巧吴宫伎妾，多半被将士掠归，洛阳都下，凑娶吴娃，但教一道命令，传下都门，将士怎敢违旨？便将所得吴女，一古脑儿送入宫中。武帝仔细点验，差不多有五千名，个个雪肤花貌，玉骨冰肌，不由的龙心大喜，一齐收纳，分派至各宫居住。自是掖廷里面，新旧相间，约不下万余人。武帝每日退朝，即改乘羊车，游历宫苑，既没有一定去处，也没有一定栖止，但逢羊车停住，即有无数美人儿，前来谒驾。武帝约略端详，见有可意人物，当即下车径入，设宴赏花。前后左右，莫非丽姝，待至酒下欢肠，惹起淫兴，便随手牵了数名，同入罗帏。这班妖淫善媚的吴女，巴不得有此幸遇，挨次进供，曲承雨露。武帝亦乐不忘疲，今朝到东，明朝到西，好似花间蝴蝶，任意徘徊。只是粉黛万余，惟望一宠，就使龙马精神，也不能处处顾及，有几个侥幸承恩，大多数向隅叹泣，于是狡黠的宫女，想出一法，各用竹叶插户，盐汁洒地，引逗羊车。羊性嗜竹叶，又喜食盐，见有二物，往往停足。宫女遂出迎御驾，好把武帝拥至居室，奉献一宵。武帝乐得随缘，就便临幸。待至户户插竹，处处洒盐，羊亦刁猾起来，随意行止，不为所诱。宫女因旧法无效，只好自悲命薄，静待机缘罢了。何必定要望幸？惟武帝逐日宣淫，免不得昏昏沉沉，无心国事。后父车骑将军杨骏及弟卫将军珧，太子太傅济，乘势擅权，势倾中外，时人号为"三杨"。所有佐命功臣，多被疏斥。仆射山涛，屡有规讽，武帝亦嘉他忠直，怎奈理不胜欲，一遇美人在前，立把忠言撇诸脑后，还管甚么兴衰成败呢？一日，由侍臣捧入奏章，呈上御览，武帝顺手披阅，乃是侍御史郭钦所奏，大略说是：

戎狄强犷，历古为患，魏初民少，西北诸郡，皆为戎居，内及京兆、魏郡、弘农，往往有之。今虽服从，若百年之后，有风尘之警，胡骑自平阳上党，飚忽南来，不三日可至孟津，恐北地、西河、太原、冯翊、安定、上郡，尽为狄庭矣。宜及平吴之威，谋臣猛将之略，渐徙内郡杂胡于边地，峻四夷出入之防，明先王荒服之制，此万世之长策也。

武帝看了数行，嗤然笑道："古云杞人忧天，大约如此。"遂置诸高阁，不复批答，仍乘着羊车，寻欢取乐去了。女色蛊人，一至于此。后来得着昌黎军报,乃是鲜卑部酋慕容涉归,导众入寇。幸安北将军严询,守备颇严,把他击退。慕容氏始此,详见后文。武帝越加放心,更见得郭钦奏疏,不值一览。未几又有吴人作乱,亦由扬州刺史周浚,剿抚兼施,得归平靖。南北一乱即平,君臣上下,统说是幺麽小丑,何损盛明?于是权臣贵戚,藻饰承平,你夸多,我斗靡,直把那一座洛阳城,铺设得似花花世界,荡荡乾坤。

当时除"三杨"外,尚有中护军羊琇,后将军王恺,统仗着椒房戚谊,备极骄奢。琇是晋景帝即司马师。见第一回。继室羊后从弟,恺是武帝亲舅,乃姊就是故太后王氏,亦见第一回中。两家是帝室懿亲,安富尊荣,还在人意料中,不意散骑常侍石崇,却比两家还要豪雄。羊琇自知不敌,倒也不敢与较,只王恺心中不服,时常与崇比富。崇字季伦,系前司徒石苞幼子,颇有智谋,苞临终分财,派给诸子,独不及崇,谓崇将来自能致富,不劳分授,果然崇年逾冠,即得为修武令,嗣迁城阳太守,帮同伐吴,因功封安阳乡侯。旋复受调为荆州刺史,领南蛮校尉,加鹰扬将军。平居孳孳为利,在荆州时,暗属亲吏扮作盗状,往劫豪贾巨商,遂成暴富。入拜卫尉,筑室宏丽,后房百数,皆曳纨绣,珥珠翠,旦暮不绝丝竹,庖膳务极珍馐。王恺家用饴糖也,与饴通。沃釜,崇独用蜡代薪。王恺作紫丝布步障四十里,崇作锦布障五十里以敌恺。恺涂屋用椒,崇用赤石脂代he。恺屡斗屡败,因入语武帝,欲假珊瑚树为赛珍品,武帝即赐与一株,高约二尺许。恺扬扬自得,取出示崇,总道崇家必无此珍奇,定要认输了事。那知崇并不称美,反提起铁如意一柄,把珊瑚树击成数段。看官!你想王恺到此,怎得不怒气直冲,欲与石崇拼命?崇反从容笑语道:"区区薄物,值得甚么?"遂命家僮取出家藏珊瑚树,约数十株,最高大的约三四尺,次约二三尺,如恺所示的珊瑚树,要算是最次的,便指示恺道:"君欲取偿,任君自择。"恺不禁咋舌,赧然无言,连击碎的珊瑚树,也不愿求偿,一溜烟的避去。崇因此名冠洛阳。多利厚亡,请看将来。车骑司马傅咸,目击奢风,有心矫正,特上书崇俭道:

臣以为谷帛虽生,而用之不节,无缘不匮,故先王之化天下,食肉衣帛,皆有其制。窃谓奢侈之费,甚于天灾。古者尧有茅茨,今之百姓,竞丰其屋;古者臣无玉食,今之贾竖,皆厌梁肉;古者后妃,乃有殊饰,今之婢妾,被服绫罗;古者大夫,乃不徒行,今之贱隶,乘轻驱肥;古者人稠地狭,而有储蓄,由于节也,今者土广人稀,而患不足,由于奢也。欲时之俭,当诘其奢,奢不见诘,转相夸尚,弊将胡底?昔毛玠为吏部尚书时,无敢好衣美食者,魏武帝叹曰:"孤之法不如毛尚书,今使诸部用心,各如毛玠,则风俗之移,在所不难矣。"臣言虽鄙,所关实大,幸乞垂察!

书入不报。司隶校尉刘毅,鲠直敢言,尝劾羊琇纳贿违法,罪应处死,亦好几日不见复诏。毅令都官从事程衡,驰入琇营,收逮琇属吏拷问,事皆确凿,赃证显然,乃再上弹章,据实陈明。武帝不得已罢免琇官。暂过旬月,又使琇白衣领职。贪夫得志,正士灰心,一班蝇营狗苟的吏胥,当然暮夜辇金,贿托当道,苞苴夕进,朱紫晨颁,大家庆贺弹冠,管甚么廉耻名节?到了太康三年的元旦,武帝亲至南郊祭天,百官相率扈从,祭礼已毕,还朝受谒。校尉刘毅,随班侍侧,武帝顾问道:"朕可比汉朝何帝?"毅应声道:"可比桓灵。"这语说出,满朝骇愕,毅却神色自若。武帝不禁失容道:"朕虽不德,何至以桓灵相比?"毅又答道:"桓灵卖官,钱入官库,陛下卖官,钱入私门,两相比较,恐陛下还不及桓灵呢!"再加数语,也可谓一身是胆。武帝忽然大笑道:"桓灵时不闻有此言,今朕得直臣,终究是高出桓灵了。"受责不怒,权谲可知。说毕,乃抽身入内,百官联翩趋出,尚互相惊叹。刘毅仍不慌不忙,从容自去。

尚书张华,甚得主宠,独贾充、荀勖、冯𬘭等,因伐吴时未与同谋,常相嫉忌。适武帝问及张华,何人可托后事?华朗声道:"明德至亲,莫如齐王。"武帝闻言,半晌不出一语。华也自知忤旨,不再渎陈。原来齐王攸为武帝所忌,前文中已略述端倪,见第三回。此次由张华突然推荐,更不觉触起旧情,且把那疑忌齐王的私心,移到张华身上,渐渐的冷淡下来。荀勖、冯𬘭,乘间抵隙,遂将捕风捉影的蜚语,诬蔑张华。华竟被外调,出督幽州军事兼安北将军。他本足智多谋,一经莅任,专意怀柔,戎夏诸民,无不悦服。凡东夷各国,历代未附,至是也慕华威名,并遣使朝贡。武帝又器重华才,欲征使还朝,付以相位。议尚未定,已被冯𬘭窥透隐情,趁着入传时间,与武帝论及魏晋故事。𬘭怃然道:"臣窃谓钟会构衅,实由太祖。"即司马昭,见第三回。武帝变色道:"卿说甚么?"𬘭免冠叩谢道:"臣愚蠢妄言,罪该万死,但惩前毖后,不敢不直陈所见。钟会才智有限,太祖乃夸奖太过,纵使骄盈,自谓算无遗策,功高不赏,因致构逆。假使太祖录彼小能,节以大防,会自不敢生乱了。"说至此,见武帝徐徐点首,且说出一个"是"字,便又叩首道:"陛下既俯采臣言,当思履霜坚冰,由来有渐,无再使钟会复生。"武帝道:"当今岂尚有如会么?"𬘭又答道:"谈何容易!且臣不密即失身,臣亦何敢多渎?"武帝乃屏去左右,令他极言。𬘭乃说道:"近来为陛下谋议,著有大功,名闻海内,现在出踞方镇,统领戎马,最烦陛下圣虑,不可不防。"谮口可畏。武帝叹息道:"朕知道了。"于是不复召华,仍倚任荀冯等一班佞臣。

既而贾充病死,议立嗣子,又发生一种离奇的问题。先是充尝生一子,名叫黎民,年甫三龄,由乳母抱儿嬉戏,当阁立着,可巧充自朝退食,为儿所见,向充憨笑。充当然爱抚,摩弄儿顶,约有片时,不料充妻郭槐,从户内瞧着,疑

第六回　纳群娃羊车恣幸　继外孙螟子乱宗

充与乳母有私，竟乘充次日上朝，活活将乳母鞭死。可怜三岁婴孩，恋念乳母，终日啼哭，变成了一个慢惊症，便即夭殇。未几复生一男，另外雇一乳母，才阅期年，乳母抱儿见父，充又摩抚如初，冤冤相凑，仍被郭槐窥见，取出老法儿处死乳母，儿亦随逝，此后竟致绝嗣。充为逆臣，应该有此妒妇。充死年已六十六，尚有弟混子数人，可以入继。偏郭槐想入非非，独欲将外孙韩谧，过继黎民，为贾氏后。看官！试想三岁的亡儿，如何得有继男？况韩谧为韩寿子，明明是贾充外孙，如何得冒充为孙？当时郎中令韩咸与中尉曹轸，俱面谏郭槐道："古礼大宗无后，即以小宗支子入嗣，从没有异姓为后的故例，此举决不可行。"郭槐不听，竟上书陈请，托称贾充遗意，愿立韩谧为世孙。可笑武帝糊涂得很，随即下诏依议，诏云：

> 太宰鲁公贾充，崇德立勋，勤劳佐命，背世徂陨，每用悼心。又胤子早终，世嗣未立，古者列国无嗣，取始封支庶以绍其统，而近代更除其国。至于周之公旦，汉之萧何，或豫建元子，或封爵元妃，盖尊显勋劳，不同常例。太宰素取外孙韩谧为世子黎民后，朕思外孙骨肉至近，推恩计情，合于人心，其以谧为鲁公世孙，以嗣其国，自非功如太宰，始封无后，不得援以为例。特此谕知！

看官阅过第二回，应知贾午偷香，是贾门中一场风流佳话。此次又将贾午所生的儿子，还继与贾充为孙，益觉得闻所未闻。风流佳话中，又添一种继承趣事了。那韩谧接奉诏旨，即改姓为贾，入主丧务，一切仪制，格外丰备。武帝厚加赙赐，自棺殓至丧葬费，钱约二千万缗，且有诏令礼官拟谥。博士秦秀道："充悖礼违情，首乱大伦，从前春秋时代，鄫养外孙莒公子为后，麟经大书莒人灭鄫，今充亦如此，是绝祖父血食，开朝廷乱端，岂足为训？谥法昏乱纪度曰荒，请谥为荒公。"武帝怎肯依议，再经博士段畅，拟上一个武字，方才依从，这且待后再表。

且说齐王攸德望日隆，中外属望，独荀勖、冯紞，日思排挤，并加了一个卫将军杨珧，也与攸未协，巴不得将他摔去。三人互加谗间，尚未见效，冯紞是谮夫中的好手，竟入内面请道："陛下遣诸侯至国，成五等遗制，应该从懿亲为始。懿亲莫若齐王，奈何勿遣？"武帝乃命攸为大司马，都督青州军事。命令一下，朝议哗然。尚书左仆射王浑，首先谏阻，略言："攸至亲盛德，宜赞朝政，不应出就外藩。"武帝不省。嗣由光禄大夫李憙，中护军羊琇，侍中王济、甄德，皆上书切谏，又不见从。王济曾尚帝女常山公主，甄德且尚帝妹京兆长公主，两人因谏阻无效，不得已乞求帷帝，浼两公主联袂入宫，吁请留攸。两公主受夫嘱托力劝武帝，不意也碰了一鼻子灰。小子有诗叹道：

上书谏阻已无功，欲借蛾眉启主聪。

谁料妇言同不用，徒教杏靥并增红。

欲知两公主被斥情形，且至下回再详。

山涛之谏阻罢兵，郭钦之疏请徙戎，未始非当时名论，但徒务外攘，未及内治，终非知本之言。武帝平吴，才及半年，即选吴伎妾五千人入宫，此何事也？乃不闻力谏，坐使若干粉黛，蛊惑君心，一褒姒、妲已足亡天下，况多至五千人乎？不此之察，徒断断于兵之遽罢，戎之未徙，试思君荒臣奢，淫侈无度，即增兵徙戎，宁能不乱？后之论者，辄谓山涛之言不听，郭钦之疏不行，致有他日之祸乱，是所谓知二五不知一十者也。贾充妻郭槐，以韩谧为继孙，妇人之徇私蔑礼，尚不足怪，独怪武帝之竟从所请，清明之气，已被无数娇娃，斫丧殆尽。志已昏而死将随之矣，更何惑乎齐王攸之被遣哉！

第七回　指御座讽谏无功　侍帝榻权豪擅政

却说武帝决意遣攸，不愿从谏。蓦见两公主入宫，至御座前敛衽下拜，力请留攸。武帝道："汝等妇女，怎知国事？不必来此纠缠！"两公主跪不肯起，甚至叩头涕泣，惹得武帝怒起，拂衣外出，趋往别殿。两公主见他自去，无从再求，没奈何起身归家。那武帝怒尚未息，至别殿间，正值侍中王戎值日，便顾语道："兄弟至亲，今出齐王，乃是朕家事，甄德、王济，横来干涉，今且遣妻入宫，向朕哭泣，朕不死，何劳彼哭？齐王亦未尝死，更何劳彼哭呢！"妇人两行珠泪，最能动人，不意此次却用不着。王戎听了，也不敢多言。武帝即令戎草诏，黜济为国子祭酒，德为大鸿胪。济与德因公主归来，复述武帝拒谏情形，更觉得自寻没趣，及左迁命下，越加扫兴，唯与公主相对涕洟罢了。独羊琇以杨珧排攸，运动最力，意欲与珧面论是非，怀刃寻衅。偏杨珧预先防备，托疾不出，暗嘱有司劾琇。琇降官太仆，恚愤而死。得死为幸。光禄大夫李憙，亦因年老辞职，罢死家中。是时已值年暮，齐王攸奉诏未行，暂留京都守岁。越年仲春，诏命太常议定典礼，崇锡齐王，促令就道。博士庾旉、秦秀等，再上章挽留，仍不见报。祭酒曹志叹道："亲如齐王，才如齐王，不令他树本助化，反欲远徙海隅，晋室恐不能久盛了。"乃复上书极谏，谓当从博士等言。武帝览书大怒道："曹志尚不明朕心，何论他人！"遂黜免志官，并庾旉等七人除名。

原来中书监荀勖，曾在武帝前进谗，谓百僚已归心齐王，试诏令就国，必致朝议沸腾。武帝先入为主,且见群臣陆续留攸,果如勖言,免不得忮心愈甚,所以奏牍上陈,无一见信,反加严遣。齐王攸亦不愿莅镇,奏乞守先后陵,仍被驳斥。满腔孤愤,无处上伸,累得攸郁郁成疾,竟至呕血。这也何必。武帝遣御医诊视,御医希旨承颜,复称齐王无疾。武帝遂连番下诏,催促起程。攸素好容仪,犹力自整肃,入阙辞行。武帝见他举止如恒,益疑他居心多诈,哪知过了两日,即由攸子冏呈入讣音,称攸呕血不止,竟尔逝世。武帝以变生意外,不禁大恸,冯紞在旁劝解道:"齐王名不副实,盗誉有年,今自薨逝,未始非社稷幸福,陛下何必过哀。"武帝乃收泪而止。诏为齐王发丧,礼仪如安平王孚故事,见第三回。并亲自往吊。攸子冏对帝悲号,诉称为御医所诬,武帝也觉不忍,令即收诛御医。但知希旨,不知有此一着。命冏承袭父爵,冏亦八王之一。谥攸为献。攸为晋室贤王,享年只三十有六。扶风王骏,闻武帝遣攸出镇,也曾上书力阻,嗣因武帝不从,忧愤成疾,与攸同时告终。骏遗爱及民,西人多树碑志德,悲泣盈途,晋廷追赠为大司马,予谥曰武。叙攸及骏,不没贤王。乃进汝南王亮为太尉,录尚书事,光禄大夫山涛为司徒,尚书令卫瓘为司空。

涛年垂八十,老病侵寻,因固辞不许,力疾入谢,途中又感冒风寒,归卧不起,旋即去世。武帝优加赙给,赐谥曰康。涛字巨源,河内人氏,早年丧父,食贫居贱,尝向妻韩氏道:"勉耐饥寒,我将来当位至三公,但未知卿堪做夫人否?"及年已四十,始为郡曹,从祖姑为宣穆皇后生母,宣穆皇后见首回。瓜葛相连,得与武帝为中表亲,乃累迁至尚书仆射,兼领吏部铨衡。有知人鉴,平居贞顺节俭,家无妾媵,禄赐俸秩,分赡亲故,殁后只遗旧屋十间,子孙不敷居住。左长史范晷,为白朝廷,武帝乃令有司拨款,代为营室,总算是酬答勋亲的惠意;另简右仆射魏舒为司徒。

舒籍隶任城,幼即失怙,寄食外家宁氏。宁氏尝增筑居宅,有堪舆家相宅道:"此宅应出贵甥。"舒闻言自负,欣然语人道:"当为外家成此宅相。"已而与宁氏别居,身长八尺二寸,仪容秀伟,不修小节,专喜骑射,以渔猎为生涯,尝投宿野王逆旅,闻有车马声隐隐前来,约至门外,即有人互相问答。问语为是男是女?答语称是男子。接连又有人应声道:"是男至十五岁,当死兵刃。"过了片刻,复问为何人借宿?答称为魏公舒。言讫遂去。舒卧至天明,起询寓主,始知主人妻夜产一男,乃记忆而行。蹉跎蹉跎,已过了十五年,贫困如故,往探野王主人,问及生男所在?主人黯然答述,谓:"伐桑伤斧,创重身亡。"舒觉前闻已验,惟年登强仕,故我依然,又似前兆并未符,转思平时不学,何从上达?不如发愤攻书,借博功名。由是月习一经,期月有成,出与郡试,得升上第,除浥池长,迁浚仪令,入为尚书郎,不数年位至尚书,晋职司徒。舒处事明决，持躬清俭，散财好施，与山涛相同，所以德望亦与涛相亚。<small>舒亦晋初名臣，故随笔插叙。</small>司空卫瓘，向与舒友善，至此更同心来辅，整饬纪纲，故太康年间，虽经武帝荒淫，"三杨"用事，尚赖两老臣极力维持，幸得少安。

瓘世居安邑，父觊曾仕魏为尚书，中年去世，瓘得袭父荫，弱冠已仕尚书郎，后来佐晋立功，受封菑阳公。第四子宣，得尚帝女繁昌公主，瓘得邀宠眷，遇事摅忠，尝虑储贰非人，欲密请废立，屡次入见，且吐且茹，始终未敢直陈。会武帝幸凌云台，召集百僚，各赐盛宴。瓘饮至数觥，佯为醉状，起身至御座前，下跪道："臣有言上陈，未知圣意肯容纳否？"武帝许令直陈。瓘欲言又止，如是三次，乃用手抚床道："此座可惜。"武帝已悟瓘意，权词相答道："公真大醉么？"瓘亦知武帝托词，叩头而退。及宴毕还宫，过了数日，武帝想出一法，特召东宫官属，悉数入殿，概令侍宴。暗中却封着尚书疑案，遣内侍赍付东宫，令太子判决，当即复命。太子衷呆笨得很，骤接来文，晓得什么裁答，慌忙召问僚属，急切不见一人，那时仓皇失措，只好入问床头夜叉，与她商议。贾妃南风虽然读过好几年诗书，略通文墨，但欲代为答复，亦觉自愧未能，急来抱佛脚，忙遣侍婢趋问外臣，当有人代为拟草，引古证今，备具典博，传婢持报贾妃，妃恐忙中有错，再召入给事张泓，使决可否。泓摇首道："太子不学，为圣上所深知，今答诏多引古义，明明是倩人代拟，一或查究，水落石出，属稿吏当然被谴，恐太子亦不能安位了。"贾妃大惊道："这却如何是好？"泓答道："不如直率陈词，免得陛下动疑。"贾妃乃转惊为喜，温言与语道："烦公为我善复，他日当与共富贵。"泓因为具草，令太子自写。太子衷勉强录成，再由泓复阅，方交内使持去。武帝接视复文，词句虽多鄙俚，意见却是明通，不由的放下忧怀，<small>既欲考验太子，何妨召入面试，乃仍辗转迟回，堕入狡吏计中，何其不明若是？</small>便又召入卫瓘，持示答草。瓘才阅数行，即逡巡谢过，左右始知瓘有毁言，齐称陛下圣明，不受谗间，说得瓘满面怀惭，容身无地，还是武帝替他调解，方使瓘徐徐引退，尚得盖愆。

是时贾充尚在，得此消息，使人语贾妃道："卫瓘老奴，几破汝家。"妃因此恨瓘，尝思设计报复，只因武帝知瓘忠诚，宠遇日隆，一时无可下手，不得不容忍过去。及瓘为司空，遇有军国大事，武帝辄令会商，瓘亦有所献替，补益颇多。会日蚀过半，瓘与太尉汝南王亮，司徒魏舒，联名上表，固请避位，有诏不许，至太康五年正月，龙现武库井中，武帝亲自往观，颇有喜色。百官将提议庆贺，瓘独无言。边有一人闪出道："昔龙降夏庭，终为周祸，寻案旧典，并无贺龙故例，怎得创行？"瓘闻言急视，乃是尚书左仆射刘毅，是由司隶校尉新升，便随口接下道："刘仆射所言甚当，何必贺龙。"百官才打消贺议。武帝亦命驾驰归。先是魏尚书陈群，因吏部不能相士，特命郡国各置中正，州置大中正,令取本地人士,甄别才德,列为九品,吏部得援格补授。相沿日久,奸弊丛生,往往中正非人,徇私去取。刘毅不忍缄默,因力请更张,期清宿敝,奏疏有云:

> 臣闻立政者以官才为本,官才有三难,而国家兴替之所由也。人物难知,一也;爱憎难防,二也;情伪难明,三也。今立中正,定九品,高下任意,荣辱在手,操人主之威福,夺天朝之权势,爱憎决于心,情伪由于己,公无考校之负,私无告讦之忌,用心百态,求者万端,廉让之风灭,苟且之俗成,窃为圣朝耻之。臣尝谓中正之设,未获一益,反得八损,高下逐强弱,是非随兴衰,一人之身,旬日异状,或以货赂自通,或以亲私登进,是以上品无寒门,下品无势族,慢主罔时,实为乱源,所损一也;重其任而轻其人,所立品格,徒凭一人之意见,未经众望之所归,卒使驳违之论,横于州里,嫌仇之隙,结于大臣,所损二也;推立格之意,以为才德有优劣,伦辈有首尾,序列高下,若贯鱼之成次,秩然不乱,乃法立而弊生,名是而实非,公以为格,坐成其私,徒使上欺明主,下乱人伦,优劣易地,首尾倒错,所损三也;国家赏罚,自王公以至庶人,无不如法,今置中正,委以重柄,无赏罚之防,遂至清平者寡,怨讼者众,听之则告讦无已,禁绝则侵枉无极,上明不下照,下情不上闻,所损四也;一国之士,多者千数,或流徙异地,或取给殊方,面犹不识,遑问才力,而中正无论知否,但采誉于台府,纳毁于流言,任己则有不识之蔽,听受则有彼此之偏,所损五也;职有大小,事有剧易,稽功叙绩,庶足鼓舞人才,今则反是,当官著效者,或附卑品,在官无绩者,转得高叙,抑功实而隆虚名,长浮华而废考绩,所损六也;官不同事,人不同能,得其能则成,失其能则败,今不状才能之所宜,而徒第为九品,以品取人,或非才能之所长,以状取人,则为本品之所限,即使鉴衡得实,犹虑品状相仿,况意为取舍,黑白混淆,所损七也;前时铨次九品,朝廷犹诏令善恶必书,以为褒贬,故当时犹有所忌,今之九品,所下不彰其恶,所上不列其善,废褒贬之义,任爱憎之断,清浊同流,惩劝不明,天下人焉得不骛行而鹜名,所损八也。由此论之,职名中正,实为奸府,事名九品,实有八损。古今之失,无逾于此。臣以为宜罢中正,除九品,弃魏氏之弊法,立一代之美制,则铨政清而人才出矣。事关重要,恳切上闻!

这疏上后,武帝虽尝优容,仍然不见施行。司空卫瓘,更与太尉汝南王亮等,申请尽除中正,规复乡举里选之古制。乡举里选,可行于上古,不可行于后世。试看今日选举,便可知晓。武帝但务因循,终不能改。未几刘毅疾殁,魏舒又以老疾辞官,旋亦谢世。朝议征令镇南大将军杜预,还都辅政。预已六十三岁,自荆州奉诏启行，行次邓县，一病不起，告终驿馆。自武帝罢撤兵备，吏惰民嬉。独预镇襄阳，常言天下虽安，忘战必危，所以文武并重，内立泮宫，外严堡寨，又引滍淯诸水以溉原田，疏通扬、夏诸水以达漕运，公私同利，兵民永赖，时人称为"杜父"，又号为"杜武库"。平居无事，辄流览经籍，自撰《春秋经传集解》，又参考众家谱弟，著成释例，再作盟会图春秋长历。再四斟酌，至老乃竣。当时侍中王济善相马，和峤善聚财，预谓济有马癖，峤有钱癖，唯自己有《左传》癖，迄今杜氏《集解》，流传不替。预殁后归葬京兆，追赠开府，得谥为成。天不慭遗，老成雕谢，只剩了一个卫司空，孤立无援，内为贾妃所忌，外为杨氏所嫌，免不得表里相倾，不安于位。卫宣曾尚帝女，见上文。复好作狭邪游，伉俪间不甚和协。杨骏等乘间设谋，谓宣若离婚，瓘必逊位，因嘱黄门侍郎等劾瓘父子，讽武帝夺宣公主。瓘当然惭惧，告老乞休。武帝准如所请，听令原爵休致，并命繁昌公主入宫居住，示与卫氏绝婚。有司又奏宣所为不法，应付廷尉治罪，武帝总算不问。后来知宣被诬，拟令公主仍归卫家，哪知缘分已断，不能再续，宣已病瘵亡身，徒使那金枝玉叶，坐守空帷，岂不可叹！

　　杨骏既排去卫瓘，复忌及汝南王亮，多方媒蘖，不由武帝不从，竟命亮为大司马，出督豫州诸军事，使镇许昌。又徙封皇子南阳王柬为秦王，使出督关中，始平王玮为楚王，使出督荆州，濮阳王允为淮南王，使出督扬、江二州军事。柬玮允三王，已见前文。更立诸子乂为长沙王，颖为成都王，乂、颖与玮，并列八王中。晏为吴王，炽为豫章王，演为代王，皇孙遹为广陵王，遹为太子冢嗣，但不由嫡出，乃是宫妾谢玖所生。谢玖本系武帝宫中的才人，才人系女官名。秀外慧中，颇邀睿赏，特给赐东宫，使充妾媵，才阅年余，便生一男，取名为遹。遹年五岁，颖悟绝伦。一夕，侍武帝侧，蓦闻宫外失火，左右惊惶，武帝欲登楼觇视，遹牵住武帝衣裾，不使上楼。武帝问为何意？遹答说道："昏夜仓猝，宜备非常，不可使火光照见人主。"武帝不禁点首。至火已救熄，内外安静，益称遹为奇儿。小时了了，大未必佳。且谓遹酷肖宣帝，将来必能纂承大统，所以太子不才，武帝未尝不晓，只因遹生性敏慧，有恃无恐，所以不愿废储，照旧过去。贾妃南风，甚是妒悍，不悦皇孙，自遹得生长，更恐他妾再复生男，严加防检。适有一妾怀妊，腹大便便，为妃所觉，便用戟掷刺孕妾，随刃仆地，且责宫女防闲不密，自持刀杀死数人。武帝闻报大怒，命修金墉城冷宫，将妃废锢。充华赵粲，见首回。为妃缓颊，从容入白道："贾妃年少，未能免妒，待至长成以后，自当知改，愿陛下三思！"就是杨后亦替她劝解，再加杨珧亦为进言，谓："贾充有功社稷，不应遽忘，毋致废及亲女。"此时力为悍妃帮忙，宁知后来反噬耶？武帝乃寝议不行。当断不断，反受其乱。

转瞬间已是太康十一年,改元太熙,进王浑为司徒,起卫瓘为太保,加光禄大夫石鉴为司空。三人虽同心秉政,权力终不敌"三杨"。更因武帝晚年,渔色成疾,常不视朝。杨后居中用事,屡召入乃父杨骏,商榷要政。至太熙元年孟夏,武帝病剧,索性将杨骏留侍禁中,一切诏令,俱出骏手,诸王大臣,无一与谋。骏得擅易公卿,私树心腹。武帝连日昏沉,不省人事,既而回光返照,偶觉清明,居然能起阅案牍,省视黜陟,适见骏所拟诏书,用人非才,因正色语骏道:"怎得便尔?"骏惶恐谢罪。武帝又道:"汝南王亮,已启程否?"骏答言尚未。武帝又道:"快令中书草诏,留他立朝辅政。"骏不得已传命出去。武帝卧倒床上,又昏昏睡着。骏慌忙趋出,直至中书处索阅草诏,持还禁中,越宿尚未缴出。中书监华廙入叩宫门,向骏乞还原稿,骏不肯与。到了傍晚,复传入华廙及中书令何劭,由杨后口宣帝旨,令作遗诏,授骏为太尉,兼太子太傅,都督中外诸军,录尚书事。廙与劭不敢违慢,当即草就,呈与杨后。杨后却故意引入两人,使就帝榻前作证。两人跪请帝安,然后由杨后递过草诏,使武帝自视。但见武帝睁着两眼,看了许多时候,方才掷下,一些儿不加可否。及廙与劭叩辞出宫,武帝已经弥留,临危时忽问左右道:"汝南王来否?"左右答言:"未来。"武帝不能再言,长叹一声,呜呼崩逝。在位二十五年,享寿五十五岁。小子有诗叹道:

    欲垂燕翼贵诒谋,悍媳蚕儿已兆忧。
    况复托孤无硕彦,帷廧怎得免戈矛?

  欲知武帝死后,宫中如何行动,待至下回叙明。

  齐王攸忧死而晋无贤王,山涛、魏舒,相继谢世而晋无贤臣。司空卫瓘,似尚为庸中佼佼者流,然不能直言无隐,徒假"此座可惜"之言,为讽谏计,已觉胆小如鼷!至阅及太子答草,又未敢发奸摘伏,皇然谢过,以视刘毅诸人,尚有愧焉。武帝既知太子不聪,复恨贾妃之奇悍,废之锢之,何必多疑,乃被欺于狡吏而不之知,牵情于皇孙而不之断,受朦于宫帝而不之觉,卒至一误再误,身死而天下乱,名为开国,实是覆宗,王之不明,宁足福哉?阅此已为之一叹焉!

第八回 怙势招殃杨氏赤族 逞凶灭纪贾后废姑

  却说杨骏见武帝已崩,即入居太极殿,主持国政,引太子衷即位柩前,颁诏大赦,骤改太熙元年为永熙元年,何其匆促乃尔?尊皇后杨氏为皇太后,立贾妃南风为皇后。会梓宫将殡,六宫出辞,骏并不下殿,反用虎贲百人,环卫殿门,一面促令汝南王亮即日赴镇。亮不敢临丧,但在大司马门外,北向举哀,又表求送葬山陵,然后启行。骏哪里肯依,并恐亮有别图,因即告知太后,诬亮谋变,且迫令嗣主手诏遣兵,声罪讨亮。还亏司空石鉴,从中劝阻,不致遽发。亮已微闻消息,商诸廷尉何勖。勖笑说道:"今朝野皆惟公是望,公不能讨人,乃怕人讨么?"亮素胆小,但知趋避,竟夤夜出都,驰赴许昌,方得免难。骏弟杨济及骏甥李斌,皆劝骏留亮,骏终不从。济语尚书左丞傅咸道:"家兄若召还大司马,令主朝政,自己洁身退避,门户尚可保全。"济与珧非无一隙之明,乃不能自拔,相与沦骨,亦何足道?咸答道:"但当召还大司马,秉公夹辅,便致太平,何必故意趋避呢?况宗室外戚,谊关唇齿,唇亡齿寒,恐非吉征。"济闻言益惧。又问诸侍中石崇,崇答如咸言。济乃托崇谏骏,骏方自幸得志,怎能改过不吝,从谏如流?而且前此一班老臣,多已雕谢,就是荀勖、冯紞等,亦相继病终,苟冯二人之死,亦随笔带过。宫廷内外,没人敢与骏相抗。骏乐得作威作福,任意横行。越月即奉梓宫出葬峻阳陵,庙号世祖,尊谥武帝。

骏自知平时威望,未满人意,因欲大加封爵,笼络众心。左军将军傅祗,向骏贻书,谓:"从古以来,未有帝王始崩,臣下得论功加封,请即辍议!"骏又不听从,竟劝嗣主下诏,凡中外群臣,皆增位一等,预丧各官,得增二等,二千石以上,统封关内侯,复租调一年。散骑侍郎何攀,又奏言:"班赏行爵,超过开国功臣及平吴诸将帅,他日将何以善后?务请收回成命!"奏入不报。未几又有诏传下,授骏为太傅大都督,假黄钺,录朝政,百官总己以听。尚书左丞傅咸,入朝语骏道:"谅暗本是古制,近世久不见行,今主上谦冲,委政明公,天下乃不以为是,试问公能当此重任么?周公大圣,尚致流言,况嗣主已非冲幼,公又地居贵戚,与周公不同,何不乘山陵事毕,慎图行止?可退即退,毋拂众情!"骏忿然作色,不答一词。咸乃告退。未几又复入谏,骏恨他多嘴,将出咸为郡守,骏甥李斌,谓斥逐正士,恐失人望,骏乃罢议。杨济密遗咸书,略云:"生子痴,了官事,今日官事恐未易了呢。虑君撄祸,故敢直告。"咸复称:"矫枉过正,卖直市名,或不免遭祸杀身。若控控愚忠,反致见怨,咸所未闻。"济得书付诸一叹,不复再白。咸亦不再谏骏,因得无恙。看官记着!这晋主衷嗣位以后,蠢顽如故,外事悉委杨骏,内政全出贾南风,自己同木偶一般,毫无守文气象。不过史家沿称庙号,叫作惠帝,所以小子也不得不援例相呼。特笔提明。

杨骏虽得专政柄,也恐贾后阴险多谋,时加防备。特令甥段广为散骑常侍,执掌机密,私党张劭为中护军,督领禁兵,所有诏命,先示惠帝,继白杨太后,始付颁行,其实统由骏一人主裁,太后与帝,无非唯唯承诺,从未尝有一异言。中外臣僚，因骏独断独行，专擅严复，啧有烦言。冯翊太守孙楚，直言规骏，终不见纳，弘训官名。少府蒯钦，为骏姑子，亦屡进箴规，不嫌烦渎。他人多为钦惧祸，钦慨然道："杨文长系骏表字。虽暗，尚能知人无罪，不可妄杀，我言不见听，不过为彼所疏，我得疏乃可免患，否则将与彼俱族了。"骏不杀谏士，还是一些小善，钦借此解嘲，未免狡猾。既而骏选匈奴东部人王彰为司马，彰逃避不受，有彰友从旁怪问，彰答语道："古来一姓二后，少有不败。况杨太傅昵近小人，疏远君子，专权自恣，终必败亡。我逾海出塞，远避千里，尚恐及祸，奈何应他辟召，自投罗网呢？且武帝不思择嗣，负荷大业，受遗又不得人，天下大乱，翘足可待，还想甚么功名？我所以见机远行了。"友人方佩服彰言。

先是侍中和峤，尝启奏武帝，谓："太子朴诚，颇有古风，但末世多伪，质朴如太子，恐不能了陛下家事。"武帝默然。嗣峤复与荀勖入传，武帝顾语道："太子近日，颇有进境，卿等可往觇虚实。"峤与勖奉旨往验，及复命时，勖满口贡谀，独峤直说道："圣质如初。"武帝愀然变色，拂座竟入。峤当然返归。这语传入贾南风耳中，未免记在心里，隐含恨意。要你倒甚么醋罐。及惠帝嗣位，经过半年，立广陵王遹为太子，进中书监何劭为太子太师，吏部尚书王戎为太子太傅，卫将军杨济为太子太保，还有少师一职，任用了卫尉裴楷，少傅一职，因幽州都督张华入朝，留任太常卿，因即迁授。和峤得厕职少保，六大臣辅遹入宫，谒见贾后，后见峤在列，触起前憾，一张半青半黑的脸上，不由的露出嗔容。摹写得妙。峤神色夷然，佯若未见，俟太子谒毕，贾后入室，少顷见惠帝出来，顾问和峤道："卿常谓我不了家事，今果何如？"明明是受意贾后。峤从容答道："臣昔事先帝，曾有此言，如臣言无效，便是国家幸福了。"惠帝被峤一说，反弄得哑口无言。峤与众大臣徐徐引退，太子遹亦辞赴青宫，不消细表。

惟贾后生性阴鸷，素来是个不安本分的泼妇，此时统领六宫，内权在手，又想出预外政，偏上有太后，下有杨骏，每事受他牵掣，不能任所欲为，因此积怨成仇，恨不得速除二人。再加武帝在日，杨太后阴为调停，阳申劝诫，贾后未知太后暗护，反因太后责言，疑她播弄是非，所以处心积虑，徐图报复。自正位中宫后，日夕思逞，可巧殿中中郎孟观、李肇，为骏所憎，屡遭诟斥，平时衔骏切骨，愿做中宫耳目，为后效劳，甚且构造蜚言，谓骏将危社稷，不可不防。从中牵合的叫做董猛，向为东宫给使，超列黄门，贾后倚为腹心，辄遣他通使观、肇，密谋除骏，并废太后。又令肇往唆汝南王亮，使亮入清君侧，亮怯不敢承，肇因转告楚王玮。玮少年气锐，性又狠戾，便满口应允，表请入朝。杨骏本已忌玮，尝欲征召，只因玮勇悍难制，坐此迁延，及闻他自请入朝，喜如所愿，遂劝惠帝诏从所请。时已为永熙二年，诏复改元，号为永平，春光和煦，最便行人。玮与淮南王允，联袂入朝，贾后闻玮已入都，便即发难，嘱令孟观、李肇，夜启惠帝，称骏谋反。惠帝晓得甚么真假，遽付手书，降黜骏官，令以列侯就第。观与肇以为未足，便请发兵讨骏。惠帝复命东安公繇，履历详后。率殿中兵四百人，往围骏第。楚王玮亦带领随兵，驻扎司马门，且令淮南相刘颁为三公尚书，入卫殿中。

散骑常侍段广闻变，急驰入见帝，跪伏座前，且泣且语道："杨骏受恩先帝，竭忠辅政，且年老无子，岂有反理？愿陛下审慎后行！"惠帝不答。广知无可言，因即趋出，报知杨骏。骏已得内变音耗，忙召众官入商，主簿朱振献议道："今内变猝起，定由阉竖为贾后设谋，不利公家。公宜亟率家甲，往烧云龙门，索交乱首，一面引东宫及外营兵，拥皇太子入宫，迫取奸人，殿内震惧，当将首犯斩送出来，否则不能免祸了。"骏平居很是骄傲，至此反狐疑不决，且嗫嚅道："云龙门为魏明帝所造，工费甚大，怎好烧去？"侍中傅祗，见骏多疑，料知不能成事，便起座语骏道："祗愿入宫观察事势，就便转圜。"复掉头语群僚道："宫中亦不可无人。徒在此聚议，亦属无益。"大众听了，起身皆走。独尚书武茂，还是坐着，祗瞋目顾茂道："公非朝廷大臣么？今内外隔绝，不知天子所在，怎得安坐？"茂乃惊起，随众同出。傅祗劝众同行，无非为避患起见，可见杨骏当日，已是众叛亲离。骏觉左军将军刘豫，陈兵万春门，遇右军将军裴頠，问及太傅所在，頠随口设诳道："我曾在西掖门遇着太傅，见他乘着素车，带了二人，向西出走。"豫惊诧道："我将何往？"頠答道："可至廷尉处自陈。"豫为頠所绐，匆匆径去。頠即接诏代豫，领左军将军，扼守万春门。

贾后恐太后救父，作为内应，即派心腹密往监守，果然得太后帛书，自宫中射出城外，上面写着"救太傅者有赏"六字。因扬言："太后与骏同反，大众不得妄从！"太后造反，自古罕闻。东安公繇，已率殿中兵围烧骏第，又令兵弩手等，分登阁上，环射骏门。骏与家属，俱不得出走。繇麾众掩入，四面搜寻，随手捕戮，约不下百余人，独不见有杨骏。再往马厩中缉捕，始觉有人蜷伏厩隅，群呼不应，各用戟攒刺进去，但听得几声惨号，已是溅血成红，死于非命。兵士拖尸出认，不是别人，正是前日赫声濯灵的杨太傅。争权夺利者其视诸。孟观、李肇，又分收杨珧、杨济、张劭、李斌、段广、刘豫、武茂及散骑常侍杨邈、中书令蒋骏、东夷校尉文鸯等，俱至市曹斩首，各夷三族，共死数千人。杨珧临刑时，呼东安公繇，愊声与语道："表在石函，可问张华。"回应第四回。繇置诸不睬。贾氏族党，又促使行刑，珧尚号叫不止，蓦闻砉然一声，头破脑裂，方倒地而死。狡黠无益。

汲郡有高士孙登，营窟北山。夏时编草为裳，冬季用发自复，好读《易》抚琴，见人辄笑。杨骏在日，尝闻登名，遣使征召。登不肯就征，已而自至骏第，骏给以金帛，俱辞谢不受，又改赠布被，登携被出门外，随手乱劈，大呼道：

第八回　怙势招殃杨氏赤族　逞凶灭纪贾后废姑

"斫斫刺刺。"及被皆扯碎，又奄卧道旁，作已死状。自骏以下，俱目登为疯人，听他僵毙，越宿出视，竟不知去向。既而温县又有一狂徒，自造四语，歌诸市上云："光光文长，大戟为墙，毒药虽行，戟还自伤。"当时俱莫名其妙。至骏居内府，用戟为卫，死时又被戟攒刺，始知狂徒也是高人。就是孙登举动，统有先觉，不过未曾道破，转令人索解无从呢。骏既诛死，遗骸委弃，无人敢收，惟太傅舍人阎纂，不忘故主，挺身独出，替他棺殓，却也未尝遭诛。是夕刑赏大权，统出自东安公繇。繇为琅琊王伷第三子，伷平吴后，恭俭自处，病殁青州。长子觐承袭父爵，又不永年。觐子睿嗣，就是将来的东晋元帝。<small>预伏后文。</small>繇得受封东安公，曾官散骑常侍，此次应诏除骏，威振内外，太子太傅王戎与语道："大事已成，此后当谢权远势，毋蹈覆辙。"繇不能从。越宿乃奉诏大赦，复改永平元年为元康元年。贾后矫制，使后将军荀悝，徙杨太后至永宁宫。特全太后母庞氏生命，许与太后同居，暗中复唆使群臣，纠弹太后。群臣趋炎附势，不敢逆命，遂联衔上奏道：

> 皇太后阴渐奸谋，图危社稷，飞箭系书，要募将士，同恶相济，自绝于天。鲁侯绝文姜，《春秋》所许，盖以奉承祖宗，任至公于天下，陛下虽怀无已之情，臣下不敢奉诏，可宣敕王公于朝堂，会议进止。

当下有诏答复，说是："事关重大，当妥议后行。"有司又复申奏，大略说是：

> 逆臣杨骏，借外戚之资，居冢宰之任，陛下既居谅暗，委以重权，至乃阴图凶逆，布树私党。皇太后内为唇齿，协同谋议，祸衅既彰，背捍诏命，阻兵负众，血刃宫省，而复流书募众，以奖凶党，上背祖宗之灵，下绝亿兆之望。昔文姜与乱，《春秋》所贬，吕宗畔戾，高后降配，宜废皇太后为峻阳庶人，以为大逆不道者戒！

牝鸡司晨，灭伦害理，盈廷僚佐，一大半党恶助虐，附和同声。只有太子少傅张华，新任中书监，还抱定一折衷主义，敷奏上去，略谓："太后非得罪先帝，不过与父同恶，有悖母仪，宜依汉废赵太后为孝成后故事，号为武帝皇后，徙居离宫，以全终始。"此说已是牵强，但于群言庞杂，尚有可取。偏偏张议甫上，又有一个下邳王晃，系司马孚第四子。串同左仆射荀恺等，定要贬太后尊号，废锢金墉城。晃等是否有母，奈何贪昧至此？再加各王公大臣，接连奏请，应从晃等所言。那时诏书随下，竟废杨太后为庶人，出锢金墉城中。谁知贾南风心如蛇蝎，已把皇太后废去，还想把太后母庞氏，结果性命。一不做，二不休，再唆动狐群狗党，狂吠朝堂，无非说是："杨骏造反，家属同坐，怎得曲赦庞氏？"有诏尚佯称不忍，难从所请。至奏牍迭呈，援引"大义灭亲"四字，作为铁证，可怜白发皤皤的庞太君，竟奉到诏旨，枭首宫门。肚子太不争气，何故生一皇后？废太后怎忍母死，抱持悲号，且截发稽颡，上表贾后，自称为妾，乞全母命。一死便罢，何必如此倒霉？看官！试想这都是穷凶极恶的贾南风，唆使出来，怎肯出尔反尔，放下屠刀？废太后拚命哀求，悍皇后反加催促，刀光闪闪，绝不留情，霎时间庞氏陨首，并将废太后杨氏，硬送入金墉城，幽禁了事。贾氏党羽，还是你一奏，我一疏，请尽诛杨骏官属，幸亏侍中傅祗，出为谏阻，方许赦免，不再滥刑。随即征汝南王亮为太宰，与太保卫瓘并录尚书事，进秦王柬为大将军，柬封秦王，见前回。东平王楙为抚军大将军，楙系司马孚庶孙。楚王玮为卫将军，下邳王晃为尚书令，东安公繇为尚书左仆射，晋爵为王，加封董猛为武安侯，孟观李肇等，皆拜爵有差。

汝南王亮入都辅政，又追论诛杨骏功，普加爵赏，封拜至千余人。傅咸已迁任御史中丞，一再致书谏亮，第一次是咎亮滥赏，第二次是劝亮让权，亮皆不愿听受，渐渐的自用自专。不知鉴及前车，真是愚愦。贾后族兄贾模，从舅郭彰，及贾充嗣孙贾谧，又俱得梯荣邀宠，蟠踞朝纲。楚王玮与东安公繇，也乘势干政。宗室外戚，双方分峙，又不免彼此生嫌。繇见贾后暴悍，恐不免害及己身，因与徒党密谋，拟设法废去悍后。既有今日，何必当初。计尚未定，偏遇那同胞兄弟，先加倾轧，暗肆谗言，竟把繇排挤出去。原来繇次兄澹，曾受封东武公，向与繇不相和协，屡次至太宰亮处进谗，说他专行诛赏，欲擅朝政。亮信为真言，奏免繇官。繇与东平王楙，常相往来，至是失官生怨，与楙谈及，有诋亮语，复为亮所闻知，遂遣楙赴镇，并谪繇至带方。繇既远去，又少一个著名的宗亲，贾谧、郭彰，权焰益隆，眼见得宗室日弱，敌不过外戚威权。小子有诗讥汝南王亮道：

危厦何堪一木支，材庸器小更难持。
蟠根未固先戕叶，怎奈南风再折枝。

毕竟宗室外戚，有无冲突，容至下回再表。

　　读此回，令人愤又令人叹，悍哉！贾南风，何凶恶至此？自来称悍后者，莫如吕、武，然吕雉有相夫开国之才，故渐得预政；武曌有蛊主倾城之色，故渐得弄权。何物贾氏才不足以驭众，色不足以动人，乃一为皇后，便置杨骏于死地！骏虽有自取之咎，然其罪不过专擅而止，诬以大逆，戮及亲党，宁非罪轻罚重乎？杨太后深居宫中，本无罪恶，飞箭示赏，志在全父，焉有父女之亲，而坐视不救者？贾南风乃借此构陷，唆动群臣，妇可废姑，伦常扫地。骏妻庞氏，为太后生母，又复为悍后所戮。古人谓貌美者心毒，不意丑黑如南风，其毒亦若是其甚也！至若满廷王公，不能与丑妇相争，反从而助其虐，是更不值一唾也已！

第九回　遭反噬楚王受戮
　　　　　失后援周处捐躯

　　却说贾氏私党,权焰日盛,太宰亮未曾加防,反因楚王玮刚愎好杀,拟撤他兵权,遣令归镇,另用临海侯裴楷代任。太保卫瓘,亦赞成亮议。玮自恃有功,怎肯俯首听命？裴楷亦不敢受职。玮长史公孙宏及舍人岐盛,素行无赖,为玮所昵,因替玮设法,劝他与贾后结欢。贾后本恐玮难制,密怀猜忌,只因他自来迁就,也乐得曲为周旋,留作心膂,遂命玮领太子少傅。亮与瓘所谋未遂,不免加忧,瓘又因岐盛,向附杨骏,后来反噬杨氏,居心反复,不可不除,因欲请诏诛盛。盛微有所闻,竟驰往积弩将军李肇宅中,诈称玮命,报告亮瓘有废立意。肇已为贾后功狗,深得后宠,便把盛言转达贾后。后前曾怨瓘,又因瓘与亮同掌朝政,自己仍不能专恣,索性乘势摔去,可以逞志横行,乃自草密书,胁令惠帝照写。书中略云:"太宰、太保,欲行伊、霍故事,王宜宣诏调兵,分屯宫门,并免二公官爵。"惠帝惟后是从,匆匆写就,遂由贾后交付黄门,叫他乘夜授玮。

　　玮得惠帝手书,也不禁踌躇,谓当入内复奏。黄门驳说道:"事宜急行,若辗转需时,一或漏泄,转非密诏本意。"玮亦知谋出贾后,为争权计,但自思亮、瓘二人,与己有隙,此时正好借端报复,一快私忿;况二人得除,将来亦可进揽朝纲,自逞大欲。你会逞习,哪知别人比你更习。遂慨然应允,令黄门返报,一面部勒本军,再矫诏召入三十六军,手令晓谕道:"太宰、太保,密图不轨,我受密诏,都督中外诸军,汝等皆应听我节制,助顺讨逆!"诸军闻令,相率惊顾,但亦不敢不唯命是从。玮又矫诏传示亮瓘僚属,教他们预先散归,概不连坐;若不奉诏,便军法从事。于是遣李肇与公孙宏,领兵讨亮。侍中清河王遐,武帝子,见第四回。率吏收瓘。亮尚未得确音,由帐下督李龙踉跄入报,请即严拒外交。亮尚疑为讹传,不肯照行。俄而府第被围,外兵登墙哗噪,亮始出问道:"我并无二心,何故得罪?"公孙宏答道:"奉诏讨逆,不知有他。"亮又谓:"既有诏书,何不见示?"呆极。宏全然不理,但麾众攻入。亮乃返身入内,适遇长史刘准,向他泣诉。准忿然道:"这必是宫中奸谋,公府内俊义如林,尚可并力一战。"亮仍然不决。实是庸徒。未几,由李肇趋入,指麾兵士,把亮缚住。亮仰首长叹道:"似我忠心,可披示天下,如何无道,枉杀不辜?"肇既执亮,使坐车下。时当六月,夜间犹热,人皆挥汗,亮被缚着,汗出如沈。有几个监守军人,悯他无罪,替他搧凉。肇从旁觑着,竟下令军中道:"有人斩亮,赏布千匹!"乱兵闻利动心,一齐下手,或割鼻,或劈耳,或截手足,霎时间将亮送命,投尸北门。亮子矩亦为所杀,惟少子羕等,年尚幼稚,由婢仆等窃负逃出,避匿临海侯裴楷家。楷与亮有姻谊,密为保护,一夕八迁,始得免害。

那清河王遐趋至瑾第,宣诏逮瑾,瑾左右亦疑遐矫诏,劝瑾上表自讼,俟得报后,就戮未迟。瑾不欲抗旨,坦然趋出,接受诏书。正拟束手就缚,不防遐背后闪出一人,拔出利刃,手起刀落,把瑾挥作两段,并趁势闯入,捕得瑾三子恒、岳、裔及瑾孙六人,一并杀死。这人为谁?乃是被瑾所逐的帐下督荣晦。晦又屠戮瑾门,得报宿怨,复因瑾尚有二孙,未得搜获,还想率众严索,幸二孙璪、玠,有病就诊,适寓医家,无从捕戮。清河王遐,已恨晦专杀,叱令返报。晦乃随遐白玮,公孙宏、李肇等,亦皆至玮前缴令。岐盛又入语玮道:"亮、瑾虽诛,贾谧、郭彰未除,宜一并剪灭,方可正王室,安天下。"计议甚是,但不容汝奈何?玮接口道:"这……这事恐不可再行呢。"盛叹息而出。

时已天明,太子少傅张华,使董猛往说贾后道:"楚王既诛二公,威权在手,试问帝后如何得安?何勿责玮擅杀大臣,摒除后患!"贾后喜道:"我正虑此,卿等与我同见,幸速转告张公,事在速行。"悍妇好杀,过于暴男。猛驰白张华,华即入内启帝,立遣殿中将军王宫赍驺幡,出麾玮众道:"楚王矫诏杀人,汝等如何盲从?"言甫毕,众皆骇走。玮左右不留一人,窘迫不知所为,亟驾着牛车,将赴秦王柬第。途遇卫士追来,立把玮拖落车下,押交廷尉,一道诏书,接连颁下,说玮擅杀二公父子,又欲诛灭朝臣,谋图不轨,罪大恶极,应速正大典,特遣尚书刘颂监刑,颂奉诏后,当命将玮推出市曹,玮从怀中取出青纸,就是前次惠帝手书,令诛亮瑾,当下递示刘颂,且泣语道:"受诏行事,怎得为擅?自谓托体先帝,谋安社稷,乃反被见诬,幸为申奏!"迟了。颂亦欷歔涕下,不能仰视。无如朝旨追促,未便稽留,只得强作威容,喝令斩玮。玮既斩讫,复有诏命诛公孙宏、岐盛,并夷三族,一股冤气,冲上九霄,顿时大风骤雨,卷入刑场,再加那电光似火,雷声如鼓,吓得刘颂以下,慌忙逃回。天非怜玮,实是恨后。惟玮既受诛,亮与瑾应该昭雪,偏偏过了数日,未见明文。瑾女向廷臣上书,为父讼冤,又有太保主簿刘繇等,亦各执黄幡,挝登闻鼓,请追申枉屈,兼惩余凶。大致说是:

> 前矫诏者至太保第,太保承诏当免,重敕出第,子身从命,如矫诏之文,唯免太保官,右军以下,即承诈伪。违基本文,辄戮宰辅,不复表上,横收太保子孙,辄皆行刑。贼害大臣父子九人,伏见诏书,为楚王所诳误,非本同谋者皆弛遣。如书之旨,第谓吏卒被驱,逼赍白杖者耳。律称受教杀人,不得免死,况乎手害功臣,贼杀忠良,虽云非谋,理所不赦。今

元恶虽诛，凶竖犹存，臣惧有司未详事实，或有纵漏，不加详尽，使太保仇贼不灭，冤魂永恨，诉于穹苍，酷痛之臣，悲于明世。臣等身被创痍，殡殓始迄，谨陈瓘在司空时，帐下给使荣晦，有罪被黜，转投右军麾下，不自知过，反思修怨。此次变起，晦在门外，即扬声丑诋，及入门，宣毕讹诏，即敢加刃，彼又素知太保家属，按次收捕，悉加斩斫，屠戮全门，实由于晦。劫盗府库，亦皆晦所为。考晦一人，众奸毕集，乞验尽情伪，加以族诛。庶已死者犹可瞑目，而未死者尚得逃生。雪冤情，戢凶焰，臣等不胜哀吁之至！

自经繇等吁请，廷议乃归罪荣晦。执晦枭首，并诛晦族，且追复亮、瓘爵位。谥亮曰文成，谥瓘曰成。嗣是贾后得志专政，委任亲党，用贾模为散骑常侍，兼加侍中。贾谧亦得任散骑常侍，并领后军将军。谧为后谋画，谓：“张华系出庶姓，不致逼上，且儒雅有识，素孚众望，宜以朝政相委。"贾后转问裴頠，頠很是赞成，乃命华为侍中，兼中书监，頠为侍中，頠从叔楷即临海侯。为中书令，加侍中，与左仆射王戎，并掌机要。华尽忠帝室，弥缝衮阙，朝野倚为柱石。后虽凶险，亦加敬礼。华常作女史箴，呈入宫中，明明为讽后起见，后虽不肯改，却也未尝恨华。贾模、裴頠，并服华才略，遇有大议，皆推华主张，故元康年间，主德虽昏，犹得安然无事。郭彰亦稍自敛抑，未敢横行，独贾谧少年好事，恃宠增奢，室宇崇闳，器服珍丽，歌僮舞女，选极一时。惟好延宾客，往往开阁相迎，凡贵游豪戚及海内文士，陆续趋附，尝与谧饮酒论文，相得甚欢，当时号为二十四友。小子特将各友姓名，编次如下：

郭彰太原人，见前。石崇渤海人。欧阳建同上。潘岳荥阳人。陆机、陆云吴人，见第四回。缪征兰陵人。杜斌京兆人。挚虞同上。诸葛诠琅琊人。王粹弘农人。杜育襄城人。邹捷南阳人。左思齐人，见第三回。崔基清河人。刘瑰沛人。和郁汝南人，即和峤弟。周恢籍贯同上。牵秀安平人。陈眕颍川人。许猛高阳人。刘讷彭城人。刘舆、刘琨中山人。

这二十四友，不是豪家，就是名士。此外奔走谧门，伺候颜色，就使多方谄媚，谧只以泛交相待，未尝许为知己。谧本有文名，更得二十四人，竟为标榜，声誉益隆。贾后得谧为助，更觉似虎添翼，或需文字煽惑，皆令谧草。别人怀宝剑，我有笔如刀，可为贾后写照。贾后越无忌惮，任性妄行，故太后杨氏，出居金墉城，尚有侍女十余人，充当役使，嗣复为贾后所夺，甚至无人进膳，一代母后，竟至绝粒八日，奄奄饿死，年才三十有四。虽是武帝害她，但前此何必阴护贾氏，养虎自噬，夫复谁尤？贾后贼胆心虚，尝怨冤魂未泯，棺殓时用物覆面，又用许多符书药物，作为镇压，才得放怀。这是元康二年间事。越年，弘农雨雹，深约三尺，又越年，淮南、寿春大水，山崩地陷。上谷、居庸、上庸，亦遭水灾，伤及禾稼，人民大饥。未始非阴气太盛所致。又越年，荆、扬、兖、豫、青、徐六州，又复大水，接连是武库火灾，所有累代藏宝，如孔子履及汉高斩蛇剑等，悉数被焚。他如军械遭毁，不可胜计。宗亲如秦王柬、下邳王晃等，相继亡故，耆旧如石鉴、傅咸等，亦病殁数人。中书监张华，得进位司空，陇西王泰，系宣帝司马懿弟，早膺封爵，至是入为尚书令。梁王彤已为卫将军，复加官太子太保、循资迁授，毋庸细表。

惟匈奴部落，出没朔方，渐有蠢动状态。悍目郝散，纠众万人，进攻上党，戕杀长官，当由邻近州郡，发兵往援，击退郝散。散兵败乞降，冯翊都尉，防他反复，诱散入语，把他处斩。散弟度元，率兄余部，逃出境外，好容易招兵买马，卷土重来，誓为乃兄复仇，且勾结马兰山中的羌人、卢水附近的胡骑，一同作乱，闯入北地。太守张损，督兵堵御，反杀得大败亏输，死于非命。冯翊太守欧阳建，前往协剿，也被他数路夹攻，丧失许多人马，狼狈奔回。徒能凑奉贾谧，焉足抵制郝度元？晋廷正授赵王伦见首回及第四回。为征西大将军，都督雍、梁二州军事。此次逆虏犯境，应由伦运筹决胜，制服叛徒，怎奈伦未谙韬略，徒靠那皇家势力，得握兵权，并有一个嬖人孙秀，此孙秀系琅琊人，与五回之孙秀人异名同。从中揽柄，贻误戎机。所以羌胡蜂起，无术荡平。雍州刺史解系，献议伦前，愿分兵御寇，独当一面。孙秀谓系有异志，断不可从，且促系出讨羌胡。系督兵出战，果遭羌胡夹击，失利而还。伦因此劾系，系亦劾伦，彼此各执一词。司空张华，直系曲伦，请召伦还朝，另简军帅，乃改授梁王彤出镇雍、梁，领征西将军。调还赵王伦，不加谴责，反授他为车骑将军。秦、雍二州的氐羌，见晋廷赏罚不明，索性乘机抗命，聚众造反，推戴了一个氐帅，叫作齐万年，僭称帝号，围攻泾阳。梁王彤甫经莅镇，因氐羌猖獗，飞使奏闻，请即济师。晋廷特派安西将军夏侯骏为统帅，率同建威将军周处，振威将军卢播，往讨齐万年。中书令陈准入谏道："骏与梁王，俱系贵戚，司马师尝纳夏侯尚女为妃，武帝追尊为后。骏系尚后裔，故云贵戚。非将帅才，进不求名，退不畏罪。周处，吴人，忠勇果敢，有怨无援，必致丧身。宜诏积弩将军孟观，带领精兵万人，为处先驱，庶足殄寇，否则梁王必使处前行，迫陷绝地，寇不可灭，徒亡一国家良将，岂不可惜？"偏廷议说他过虑，不肯照行。

或劝处道："君有老母，何不以终养为名，辞去此任？"处慨然道："忠孝不能两全，既已辞亲事君，不能顾全私义。今日是处死日了。"遂率军西去。看官道周处何故誓死？就是陈准等人，又何故知处必死？说来又是话长，待小子将周处履历，从头叙来。处系义兴人氏，父名鲂，曾仕吴为鄱阳太守。处早年丧父，不修细行，弱冠时膂力过人，好勇斗狠，为乡里患。处自知不满人口，

第九回　遭反噬楚王受戮　失后援周处捐躯

颇思改过。一日游里社间，见乡父老愁眉不展，各有忧色，便开口问道："现今时和年丰，何为不乐？"父老答道："三害未除，何乐可言？"处又问三害底细，父老道："南山白额虎，长桥下蛟，还有一害，且不必说了。"处定要问明，父老始直言乃汝。处笑答道："这有何患？凭诸我手，一并除尽，可好么？"父老道："汝若果能除尽，乃是一郡的大幸了。"处欣然辞出，即往家中取了弓箭，径赴南山，静候谷中。傍晚，果见猛虎奔来，由处连发二矢，俱中要害，虎竟倒毙。又复投水搏蛟，蛟或沈或浮，行数十里，处相随不舍，仗剑与争，约斗了三日三夜，方得斩蛟首，还里报命。里人因处往除蛟，三日不返，疑他已死，互相庆贺。暮见处斩蛟归来，又不免喜中带忧。处窥透里人隐情，便慨语道："二害已除，处亦从此改行。如再怙恶，定遭天殛。"里人见他语出真诚，才欢然道谢。叙周处改过事，不脱劝善宗旨。处乃入吴，往访陆机，机适他出，与机弟陆云相遇，具陈悔过情状，且唏嘘道："本欲自修，恐年已蹉跎，学亦无及。"云答道："古人贵朝闻夕改，况君方在壮年，但患志不立，何忧名不彰？"却是名言。处唯唯受教。嗣是励志好学，克己复礼。言必信，行必果。期年州府交辟，仕吴为东观左丞。吴亡入洛，迭任新平、广汉太守，皆有政声，寻拜散骑常侍，复迁御史中丞，守正不阿，所有纠弹，不避宠戚。梁王肜尝犯法为非，廷臣因他位兼亲贵，无一敢言，独处执法相绳，登诸白简。肜坐是怨处，权贵也恨处鲠直，遂乘邺氏帅僭逆，梁王西征，把处遣发出去，好使梁王借刀杀人，互泄私忿，所以处自知必死。与处交好的士大夫，也无一不为处耽忧，就是氐帅齐万年，探得处奉命从军，亦顾语部众道："周府君尝为新平太守，我知他才兼文武，不可轻敌，若专断而来，只有退避一法。今闻受他人节制，必遭牵掣，来此亦要成擒了。"乃率众七万人，分屯梁山，据险待着。

处与夏侯骏等，同见梁王，梁王肜果然挟嫌，佯称处忠勇过人，足为前驱，令领骁骑五千人，前攻梁山寇垒。处宣言道："军无后继，必至覆败。处死不足惜，但为国取羞，岂非大误？"肜冷笑道："将军平日毫不畏人，今乃临敌生畏吗？"处尚欲自辩，夏侯骏在座，遽接入道："将军放心前往，我当令卢将军、解刺史等，同为后应便了。"骏设词诳处，比肜尤奸。处怏怏前进，行至六陌，距虏营不过里许，乃整阵以待，守候卢播解系两军。才越一宵，那梁王肜的催战令，已到过两次。翌日黎明，军尚未食，又是一道催命符，立促进战。处待卢解二军，并未见到，料知梁王肜有意逗刁，自分必死，乃上马长吟道："去去世事已，策马观西戎。藜藿甘粱黍，期之克令终。"吟毕，便麾军急进。齐万年亦驱众前来，两下交锋，各拚死决斗。自旦至暮，战到数百回合，番奴死伤甚多，但番众聚至七万，处兵只有五千，一方面逐渐加添，一方面逐渐减少，并且腹馁肠鸣，弦绝矢尽，回望后援，一些儿没有影响。处左右劝处速退，处按剑瞋目道："这是我效节授命的时日，怎得言退？况诸军负约，令我独战，明明是置我死地，我死便罢！"说至此，拍马向前，力杀番众数十名。番奴重重环绕，竟把这位周将军，捌死阵中。小子有诗叹道：

> 知过非难改过难，一行传吏便胪欢。
> 如何正直招人忌，枉使沙场暴骨寒。

周处殉国，余军尽死，欲知晋廷如何处置，试看下回便知。

史称元康元年，皇后杀太宰亮、太保瓘及楚王玮，不书诛而书杀，且冠以皇后二字，嫉贾后也。但亮与瓘非无致死之咎，而玮之致死，更不足惜。亮既远谪东安公繇，复欲遣玮还镇，是明明自戕宗室，授贾氏以可乘之隙。瓘知惠帝之不足为君，何不预先告老，高蹈远祸，乃与亮同入漩涡，共为悍后所杀。嗜权利者必致丧身，亮与瓘其前鉴也。玮为后除骏，复为后杀高瓘，甘心作伥，仍为虎噬，党恶之报，莫逾于此。若夫梁王肜之挟怨陷人，自坏长城，误处之罪尚小，误晋之罪实大，晋室诸王，除琅琊、扶风及齐王攸外，类多失德，此所以相与沦胥也。

第十回　讽大廷徙戎著论
　　　　诱小吏侍宴肆淫

却说晋廷闻周处战死，明知为梁王所陷，所有权臣贵戚，反私相庆幸，没一人为处呼冤，就是张华、陈准等人，亦不敢纠劾梁王，不过奏陈周处忠勇，应该优恤。有诏赠处为平西将军，赐钱百万，葬地一顷，又拨给王家近田，赡养处母，便算了事。转眼间又是一年，已至元康八年。梁王肜与夏侯骏等，逗留关中，毫无战绩。张华、陈准，因复保荐积弩将军孟观，出讨齐万年。观奉命出发，所领宿卫兵士，类皆趫捷勇悍，一往无前。既至关中，梁王肜等知观为宫府宠臣，不敢与较，索性将关中士卒，尽付调遣。观得专戎事，不虑牵制，遂努力进讨，大小数十战，俱由观亲当矢石，无坚不摧。齐万年穷蹙失势，窜入中亭，观穷加搜剿，竟得把万年擒住，就地枭首，悬示番奴。氐羌遗众，望风奔角，不敢再贰。观乘胜转剿郝度元，度元遁去，窜死沙漠。于是马兰羌及卢水胡，相继乞降。秦、雍、梁三州，一律廓清。晋廷命观为东羌校尉，暂镇西陲，征梁王肜还朝，录尚书事，明明有罪，反畀以重权，可愤孰甚！独将雍州刺史解系免官，勒归私第。

第十回　讽大廷徙戎著论　诱小吏侍宴肆淫

原来赵王伦奉召还都,解系复上书劾伦,并请诛孙秀以谢氐羌。张华亦知孙秀不法,曾密托梁王肜令他收诛,偏被孙秀闻知,暗赂梁王参军傅仁,替他解免,方得随伦入京。秀见贾氏势盛,劝伦厚贿贾郭,为侥宠计,伦遂如秀议。果然钱可通神,非但贾郭与他交欢,就是恣肆中宫的悍后,亦渐加亲信。遇伦上奏,往往曲从,此番亦着了道儿,看下文便知。伦因得劾免解系,且复求录尚书事,后亦意动。偏张华、裴𬱟固言不可,伦又求为尚书令,又被张、裴二人阻挠,自是伦深恨二人,要与他势不两立了。伏笔。太子洗马江统,因羌胡初平,未足惩后,特著《徙戎论》以儆朝廷,论文不下数千言,由小子节录如下:

夫夷蛮戎狄,地在要荒,禹平水土,而西戎即叙。然其性气贪婪,凶悍不仁,四夷之中,未有甚于戎狄者。弱则畏服,强则侵叛。当其强也,以汉之高祖,尚困于白登,及其弱也,以元、成之微,而单于入朝。是以有道之君,待之有备,御之有常,虽稽颡执贽,而边城不弛固守,强暴为寇,而兵甲不加远征,期令境内获安,疆场不侵而已。汉建武中,光武帝时。马援领陇西太守,讨平叛羌,徙其余种于关中,居冯翊河东空地。数岁之后,族类蕃息,既恃其肥强,且苦汉人侵之。永初汉安帝年号。之元,群羌叛乱,覆没将守,屠破城邑,邓骘败北,侵及河内,十年之中,夷夏俱敝,任尚马贤,仅乃克之。自此之后,余烬不尽,小有际会,辄复侵叛。魏兴之初,与蜀分隔,疆场之戎,一彼一此。魏武帝徙武都氐于秦川,欲以弱寇强国,捍御蜀虏,此实权宜之计,非万世之利也。今者当之,已受其敝矣。夫关中土沃物饶,帝王所居,未闻戎狄宜在此土也。非我族类,其心必异,而因其衰敝,迁居畿服,士庶玩习,侮其轻弱,使其怨恨之气,冲入骨髓。至于蕃育众盛,则坐生其心,以贪悍之性,挟愤怒之情,候隙乘便,辄为横逆,此必然之势,已验之事也。当今之宜,须及兵威方盛,徙冯翊、北地、新平、安定诸羌,使居先零、罕并、析支诸地,徙扶风、始平、京兆诸氐,出还陇右,仍居阴、平武都之界,各附本种,反其旧土,使属国抚夷,就安集之,则华戎不杂,并得其所,纵有猾夏之心,而绝远中国,隔间山河,为害亦不广矣。至若并州之胡,昔为匈奴,桀恶之寇也。建安中汉献帝时。使右贤王古卑,诱质呼厨泉,听其部落,散居六郡,分为五部。咸熙魏主曹奂年号。之际,一部太强,分为三率,泰始见前。之初,又增为四。今五部之众,户达数万,人口之盛,过于西戎,其天性骁勇,弓马便利,倍于氐、羌,若有不虞,风尘猝警,则并州之域,可为寒心,郝散之变,其近证也。魏正始中,魏主曹芳时。毋丘俭讨高句骊,徙其余种于荥阳,始徙之时,户落百数,子孙孳息,今以千计。数世之后,亦必殷炽,夫百姓失职,犹或叛亡,犬马肥充,且有噬啮,况于戎狄能不为变乎? 自古为邦者忧不在寡而在不安,以四海之广,士民之富,岂须夷房在内,然后取足哉?此等皆可申谕发遣,还其本域,慰彼羁旅怀土之思,释我华夏纤介之忧,惠此中国,以绥四方,德施永世,于计为长也。

晋廷终不能用,眼见得外族日盛,侵逼中原。时匈奴左部帅刘渊,已进任五部大都督,号建威将军,封汉光乡侯,威振朔方。回应第四回。又有慕容涉归子廆,遣使降晋,亦受封为鲜卑都督。相传慕容氏世居塞外,号称"东胡",后为匈奴所逐,走保鲜卑山,因以为名。魏初有莫护跋入居辽西,纠集部众,建牙棘城,见燕人多戴步摇冠,因亦敛发仿效,令部众尽冠步摇,番音讹称"步摇"为"慕容",遂以为氏;或云慕二仪之德,继三光之容,因号"慕容"。究竟孰是孰非,无从考明。莫护跋生木延,木延生涉归,迁邑辽东,世附中国,得拜为鲜卑大单于。武帝时,涉归始入寇昌黎,为安北将军严询所败,遁归本帐。见第六回。已而涉归病死,弟删篡立,将杀涉归子廆,廆亡命避难,国人不服,群起杀删,迎廆入嗣。廆姿容秀伟,身长八尺,雄健有大度,从前张华为安北将军,得见廆貌,许为大器,赠给簪帻。及廆既嗣位,因与邻近宇文部,素有嫌隙,特向晋廷上表,请讨宇文氏。晋廷不许,廆怒寇辽西,不得逞志,乃复奉书乞降,受诏为鲜卑都督。廆以辽东僻远,复徙居大棘城,事大并小,渐见强盛。

此外尚有略阳氐杨茂搜,亦据住仇池,自号辅国将军右贤王。仇池在清水县中,约得百顷,旁绕平地,计二十余里,四面斗绝,高凌九霄,中有羊肠蟠道,须经过三十六回,方登绝顶。氐人杨驹,始居此地,驹孙千万附魏,封百顷王,千万孙飞龙,徙居略阳,飞龙无嗣,以外孙令狐茂搜为子,茂搜遂冒姓杨氏。自齐万年扰乱关中,茂搜率部落四千家,由略阳退保仇池。关中人士,亦避乱往归,因此部众渐盛,也得称霸一方。杨氏以外,更有巴氏李氏,从前秦始皇并吞中国,在巴地设黔中郡,薄赋人口,令每岁出钱四千,巴人呼"赋"为"賨",故号为"賨人"。东汉季年,张鲁据汉中,賨人李氏,挈族依鲁,鲁为魏武所灭,徙李氏全族五百家,至略阳北上,名曰巴氏。李氏本巴西蛮种,强名为氏。后来出了兄弟三人,皆有勇略,长名特,次名庠,又次名流,至齐万年作乱,关中荐饥,略阳天水等六郡人民,迁移就食,流入汉川,多至数万家。沿路饥民累累,辄至病仆。特兄弟仗义疏财,倾囊赈救,因得众心。流民至汉中上书,乞寄食巴蜀,朝议不许,但遣侍御史李苾,持节往抚。苾受流民赂遗,表称流民十万余口,非汉中一郡所能赈赡,应从流民所请,听往巴蜀。朝廷乃许令就食蜀中,李特乘机入剑阁,遍览形势,不禁叹息道:"刘禅有如此要险,乃面缚降人,岂非庸才么?"遂与二弟并居蜀地,渐思谋蜀。事见后文。匈奴、鲜卑及氐并列五胡,故从详叙。

晋廷的王公大臣,但顺眼前富贵,不顾日后利害。就中如张华、裴颜,稍称明达,但防御内讧,恐尚不及,如何能抵制外患?他若左仆射王戎,进位司徒,旋进旋退,毫无建树,性复贪吝,田园遍诸州,尚自执牙筹,昼夜会计,家有好李,得价便沽,又恐人得种,先将李核钻空,然后卖去。一女为裴颜妇,贷钱数万,日久未偿。女归宁时,戎有愠色,且多烦言,女立即偿清,始改为欢颜。从子将婚,尝给一单衣,婚讫仍向他索还,时人讥为膏肓宿疾。守财奴怎得为相?惟素好游散,自诩风流,尝与嵇康、阮籍等,作竹林游,号"竹林七贤"。这七贤中,谯人嵇康,善弹琴,能操《广陵散》,声调绝伦,终因放荡不羁,得罪当道,为司马昭所杀,第一人先不得令终。阮籍嗜酒善啸,不循礼法,平居尝为青白眼,与人莫逆,方觉垂青,否即反白,自作《咏怀诗》八十余篇,以适性为本旨,又著《达庄论》专尚无为,作《大人先生传》痛诋正士,总算得幸全首领,老死陈留。从子名咸,亦旷达不拘,与籍相契,历任散骑侍郎。武帝说他耽酒蔑礼。出为始平太守,亦得寿终。河内向秀,与嵇康论养生诀,往复数万言,世称康善锻,秀为佐,后仕至散骑常侍而卒。尚有沛人刘伶,嗜酒如命,出入必以酒自随,伶妻捐酒毁器,涕泣劝戒,伶托言至神前宣誓,令具酒肉,及酒肉具陈,乃向天跪祝道:"天生刘伶,以酒为名,一饮一斛,五斗解酲,妇女之言,慎不可听。"语足解颐。说毕即起,仍引酒食肉,颓然复醉。伶妻无法,只好付诸一叹。伶醉后或与人相忤,争论不休,粗暴之徒,奋拳相向,伶却徐徐道:"鸡肋岂足当尊拳?"这语说出,令人自然气平,一笑而去。犯而不校,却可为负气者鉴。晋初开国,文士对策,昌言无为盛治,皆得高第,独伶以无用被斥,未几遂殁,只有一篇《酒德颂》传诵后世。尚书仆射山涛,涛籍贯,见第七回。亦列入竹林七贤中,闻望最隆。涛以后要推王戎,通籍临沂,属琅琊郡。素称望族,独惜他与世浮沉,徒尚虚骛,有所赏拔,也统是名实未符。阮咸子瞻,尝投刺谒戎,戎传见后,顾问瞻道:"圣人贵名教,老庄明自然,有无异同?"瞻答了"将毋同"三字。戎叹为知言,遂辟为掾属,时人呼他为三语掾。

戎有从弟名衍,神情朗秀,风度安详。总角时往见山涛,涛也为叹赏,及衍别去,目送良久道:"何物老妪,生这宁馨儿?但误天下苍生,必属是人。"不愧真鉴。衍年十四,诣仆射羊祜第,申陈事状,侃侃敢言,左右目为奇童。杨骏欲以女妻衍,衍佯狂自免。武帝闻衍名,尝问戎道:"夷甫衍表字。当世何人可比?"戎答道:"世无衍匹,当从古人中搜求。"无非标榜。武帝乃加意录用,累迁至尚书郎,出补元城令,终日清谈,不理政务。寻复入为黄门侍郎,高谈如故。每当宾朋满座时,自执玉柄麈尾,与手同色,娓娓陈词,无非宗尚老庄,偏重虚无,遇有义理未足,即随口变更,无人敢驳,但赠他一个雅号,叫作信口雌黄。衍不以为愧,且自比子贡,到处鼓吹,风靡一时。娶妻郭氏,系贾后中表亲,杨家女不可娶,郭家女乃可娶么?郭氏恃势作威,贪鄙无厌,衍以妻为非,口不言"钱"。郭氏令婢用钱绕床,使不得行,至衍晨起见钱,召婢与语道:"快将阿堵物搬去。"终不道及"钱"字。幽州刺史李阳,与衍同乡,时称大侠,颇为郭氏所惮。衍尝语郭氏道:"如卿所为,非但我言不可,李阳亦尝谓不可。"郭氏方才稍敛,惟衍终得因妻取荣,超擢至尚书令。衍弟名澄,聪悟似衍,每有品评,衍不复置议,举世推为定论。

河南尹乐广,亦好清谈,与衍兄弟为莫逆交。更有僚吏阮修、胡母辅之、谢鲲、王尼、毕卓等,皆与澄友善,谑浪笑傲,穷欢极娱。辅之尝酣饮,子谦之大呼父字道:"彦国年老,怎复如是?"辅之毫不动怒,反笑呼谦之,引与共饮。此亦与孺子牛相类。毕卓亦素来好酒,闻邻有佳酿,很是垂涎。夜半悄起,往邻盗饮,醉卧瓮旁,黎明为邻人所缚,取烛审视,乃是毕吏部。毕尝为吏部郎。因释毕缚,毕尝谓右手持酒杯,左手持蟹螯,便足了过一生。乐广虽然放达,却与胡母辅之、毕卓等,不甚赞成,尝笑语道:"名教中自有乐地,何必乃尔?"侍中裴頠,且作了一篇《崇有论》评驳时弊。无如敝俗已成,积重难返,徒靠着一二人正言指导,怎能挽救人心?眼见是礼教沦亡,祸不旋踵了。误尽苍生,古今同慨。贾谧、郭彰等,却另是一派举止,穷奢极欲,骄恣无比。晋廷只是两派人物,一尚虚无一尚奢侈。郭彰年老病死,贾谧恃才傲物,目空一切,尝与太子遹博弈争道,不肯少让,甚至谩语相侵。成都王颖,见第七回。方官散骑常侍,旁坐观博,不由的厉声呵斥道:"皇太子为一国储君,贾谧怎得无礼?"谧闻颖言,辍局遽起,悻悻而出,往诉贾后。后当然袒谧,竟出颖为平北将军,镇守邺城。又因无故调颖,太露形迹,可巧梁王肜还朝,遂将河间王颙,同时简放,使镇关中。颙见第四回。

先是武帝遗制,藏诸石函,非至亲不得守关中。颙系疏族,因他轻才爱士,夙孚舆论,特故畀重镇,且与颖一同外调,免滋物议,这也是贾后的苦心。惠帝好同傀儡,事事受教宫闱,或行或止,惟后所命。会值年年水灾,四方饥馑,惠帝闻报,随口语道:"何不食肉糜?"左右并皆失笑。又尝游华林园,得闻虾蟆声,便问左右道:"虾蟆乱鸣,为官呢?为私呢?"左右又笑不可仰。有一人答道:"在官地为官,在私地为私。"惠帝尚一再点头。昏骏如此,所以军国重权,全在贾后掌握,甚且龙床里面,亦有人替惠帝效劳。惠帝也全然未觉,任凭贾后择人侍寝,一些儿不加防闲。可谓慷慨。太医令程据,状貌頎晰,为后所爱,后借医病为名,一再召诊,竟要他值宿宫中,连宵侍奉。定然是神针法灸,难道是燕侣莺俦?据惮后淫威,不得已勉承后命,疗治相思。偏后得陇望蜀,多多益善,除程据外,又尝令心腹婢媪,在都下招寻美少年,入宫交欢,稍稍厌怀,便即处死,省得他溜出宫门,传播秽事。惟洛南有盗尉部小吏,面目韶秀,仿佛好女。失踪数日,又复出现,身上穿着祂衣,乃是宫锦制成,不同常服，偶为同人所见，问从何来？小吏不肯实对，同人遂疑为窃取，互相私议。适贾后有疏亲被盗，向尉求缉，遂致小吏为嫌疑犯，不得不当堂对簿。小吏始实供云："日前在途，遇一老妪，谓家中人有疾病，问诸师卜，宜得城南少年，入家厌禳，今欲相烦，必当重报。于是随主登车，车有重帷，帷内有籨箱，由老妪令居籨箱中，遂饬车夫御行。约十余里，跨过六七门限，方将籨箱开启，呼令下车。说也奇怪，下车四望，统是楼阙好屋，与宫殿无二。当下问为何地？老妪答称天上，即替我香汤沐浴，易以锦衣，饲以美食。到了傍晚，复随老妪入一复室，见一贵妇人上坐，年约三十五六，身短且胖，面色青黑，眉后有疵，她竟下座挽留，同席共饮，同床共寝。如是数日，方许告归，临别时赠此袒衣，并嘱言切勿外泄，如或转告外人，必遭天谴。今被疑作贼，不能再默，只好直供"云云。说至此，那原告人不禁面赤，但言小吏既非盗犯，不必再问，因即辞去。尉亦解意，令此后毋得妄言，一笑退堂去了。看官！试想这小吏所遇的贵妇，不是贾后，还有何人？小吏为后所爱，乃得幸全，这也是命不该绝，方有此造化呢。俗语说得好："欲要不知，除非莫为。"为了贾后淫凶，有几个稍知忧国的大臣，秘密商议，欲将贾后废去。小子有诗叹道：

不是冶容也肆淫，刻兼怨毒入人深。
由来女宠多倾国，如此凶横绝古今。

究竟何人欲废贾后，下回再当叙明。

读江统《徙戎论》，未始不叹为要言，但终非探本之策。古人谓天子有道，守在四夷，四夷尚为之守，何必沾沾过虑，坚请外徙耶？若暗主尸于上，牝后横于内，王公大臣，苟且偷安，恣肆如贾、郭，空谈如戎、衍，内乱已成，即无五胡之祸，亦宁能长治久安？况贾后凶暴未足，继以淫黩，中冓丑声，播闻中外，古今有如是之浊秽，而不至乱且亡者，未之闻也。小吏入宫一节，本诸《贾后列传》中，特录述之以为左证，非第志宫闱之失德，且以作后世之炯戒云。

第十一回　草逆书醉酒逼储君　传伪敕称兵废悍后

却说贾后淫虐日甚，秽闻中外。侍中裴𬱖等，引以为忧，就是后党贾模，亦恐祸生不测，累及身家，因未免心下不安。裴𬱖已窥透模意，乃至模私第，商议秘密，可巧张华亦至，一同晤谈。𬱖与华本来莫逆，不必避嫌，因质直相告，拟把贾后废去，更立太子遹生母谢淑媛。谢淑媛就是谢玖，见第七回。自遹为太子，母以子贵，得封淑媛。贾后很是妒忌，不令太子见母，但使淑媛静处别宫，仿佛与禁锢相似。此次裴頠倡议废后，当然欲将谢淑媛抬举起来，偏模与华齐声说道："主上并无废后意见，我等乃欲擅行，倘主上不以为然，如何是好？且诸王方强，各分党派，一旦祸起，身死国危，非徒无益，反致有损了。"贾模不足道，张华号称多才，何以如此胆怯？頠半响才道："公等所虑亦是，但中宫如此昏虐，乱可立待，我等岂果能置身事外么？"华便接口道："如公等两人，与中宫皆关亲戚，何勿进陈祸福，预为劝诫？言或见信，当可改过迁善，易危为安，天下不致大乱，我等方得优游卒岁了。"淫虐如贾南风，岂肯从谏？张华此言更是痴想。原来模为贾后族兄，頠母为贾充妻郭槐姊妹，两人与贾后互有关系，故华言如此。模颇赞同华议，頠亦不便拘执己见，姑依华言进行，当下趋诣贾第，入白姨母郭槐，托她戒谕贾后，勉盖前愆，并宜亲爱太子。模亦屡入中宫，为后指陈利害。看官！试想这凶残淫暴的贾南风，习与性成，岂尚肯采纳良言，去邪归正么？郭槐是贾后生母，向后进规，虽然不肯见从，尚无他恨，至模一再渎陈，反以为模有异心，敢加毁谤，索性嘱令宫竖，拒模入谒。模且忧且恨，竟生了一种绝症，便登鬼箓。不幸中之大幸。有诏进裴頠为尚书仆射，頠上表固辞，略谓："贾模新亡，将臣超擢，偏重外戚，未免示人不公，恳即收回成命。"复诏不许，或向頠进言道："公为中宫亲属，可言即当尽言，言不见听，不若托病辞官。若二说不行，虽有十表，恐终未能免祸了。"頠颇为感动。但初念欲见机而作，转念又且住为佳，因此日误一日，仍复在位。这是常人的通病，怎知祸足杀身！那贾、郭二门的子弟，恃权借势，卖爵鬻官，贿赂公行，门庭如市，南阳人鲁褒，尝作《钱神论》讥讽时事，谓："钱字孔方，相亲如兄，无德反尊，无势偏热，排金门，入紫闼，危可使安，死可使活，贵可使贱，生可使杀，无论何事，非钱不行。洛中朱衣，当涂人士，爱我家兄，皆无已已"云云。时人俱为传诵，互相倾倒。平阳名士韦忠，为裴頠所器重，荐诸张华，华即遣属吏征聘，忠辞疾不至。有人问忠何不就征？忠慨然道："张茂先华字茂先。华而不实，裴逸民頠字逸民。欲而无厌，弃典礼，附贼后，这岂大丈夫所为？逸民每有心托我，我常恐他蹈溺深渊，余波及我，怎尚可褰裳往就呢？"关内侯索靖，亦知天下将乱，过洛阳宫门，指着铜驼，咨嗟太息道："铜驼铜驼，将见汝在荆棘中了。"国家兴亡，匹夫有责，徒付慨叹亦觉无谓。

太子遹储养东宫，少小时本来颖悟，偏到了成童以后，不务正业，但好狎游，就是左师右保，亦不加敬礼，唯与宦官宫妾，嬉嬲度日。无端变坏，想是司马氏家运。贾后素忌太子，正要他堕名败行，可以借端废立，因此密嘱黄门阉宦，导令为非，尝向太子前怂恿道："殿下正可及时行乐，何必常自拘束？"及见太

第十一回　草逆书醉酒逼储君　传伪敕称兵废悍后

子拂意时，怒诋役吏，又复从旁凑奉道："殿下太觉宽仁，若辈小竖，不加威刑，怎能使他畏服呢？"古人有言："一傅众咻。"又说是："习善则善，习恶则恶。"东宫中虽有三五师傅，怎禁得这班宵小，朝夕鼓煽？就是生性聪慧，也被他陷入恶途，成为习惯了。太子生母谢淑媛，幼时微贱，家世业屠。太子偏秉遗传，辄令宫中为市，使人屠酤，能手揣斤两，轻重不差。又令西园发卖葵菜、篮子、鸡面等类，估本牟利，倒是一个经济家。逐日收入，随手散给，却又毫不吝惜。东宫旧制，按月请钱五十万缗，作为费用，太子因月费不足，尝索取两月俸钱，供给嬖宠。平居雕题刻桷，役使不已，若要修墙缮壁，偏好听阴阳家言，动多顾忌。洗马江统，上陈五事，规谏太子，一是请随时朝省，二是请尊敬师保，三是请减省杂役，四是请撤销市酤，五是请破除迷信，太子无一依从。舍人杜锡，也常劝太子修德进善，毋招逸谤。太子反恨他多言，俟锡入见时，先使人至锡座毡中，插针数枚，锡怎能预料，一经坐下，被针刺臀，血满裤裆，真似哑子吃黄连，说不出的苦楚。散骑常侍贾谧，与太子年龄相仿，更为中表弟兄，免不得时往过从。太子喜怒无常，有时与谧相狎，有时与谧相谤，或令谧自坐，径往后庭嬉戏，不再顾谧，谧屡遭白眼，当然挟嫌。詹事裴权进谏道："贾谧为中宫宠侄，一旦交构，大事去了，愿殿下屈尊相待，免滋他变。"太子勃然变色，连称可恨，说得权不敢再言，俯首辞去。其实，太子并非恨权，不过因权数语，触起旧忿，致有恨声。先是贾后母郭槐，欲令韩寿女为太子妃，太子亦欲结婚韩氏，自固地位。寿妻贾午，却不愿意。贾后更不乐赞成，另为太子聘王衍女。衍女有二，长女貌美，少女貌陋。太子既不得韩女，乃转思纳衍长女为妃。偏贾谧又来作梗，垂涎彼美，乞后作主。后方宠谧，便为谧娶衍长女，但使太子与衍少女为婚。太子得了丑妇，自然恨后及谧，此时听着权言，怎能不感愤交并，流露言表？嗣被谧探知消息，也惹动前日弈棋的恶感，向贾后处进谗，弈棋事见前回。还亏后母郭槐，从中保持，不使贾后得害太子，故太子尚得无恙。此非郭槐好处，还是裴颜功劳。

未几，郭槐病重。由后过省，槐握住后手，嘱以二语：一语是保全太子，一语是赵粲、贾午，必害汝家。这却可谓先见。贾后虽然应诺，心中总未以为然。至郭槐死后，谧虽守丧，仍然出入中宫，一夕，跟跄入白道："太子蓄私财，结小人，无非欲害我贾氏，若宫车晏驾，彼得入立，不特臣等遭诛，恐皇后亦坐废金墉了。"贾后不禁骇愕，便与赵粲、贾午，谋废太子。可巧午生一儿，遂嘱令送入宫中，佯称自己有娠，预备产具，一面嘱令内史，暴扬太子过恶，将为李代桃僵的诡计。宫廷内外，多已瞧透阴谋。中护军赵俊，密请太子举兵废后，太子不敢照行。左卫军刘卞私白张华，且替华设策道："东宫俊乂如林，卫兵不下万人，若得公命，请太子入录尚书事，废锢贾后，徙居金墉城，但教两黄门费力，便足办到此事。"华瞿然道："今天子当阳，太子乃是人子。我又未得阿衡重任，乃胆敢与太子行此大事，是变做无父无君的贼子了，就使有成，尚难免罪。况权戚满朝，威柄不一，怎见得果能成事呢？"可与适道未可与权。卞太息而去。不意过了一宵，即有诏出，卞为雍州刺史。卞疑有人泄谋，因有此诏，遂服药自尽。胆小如此，如何为华设谋？

元康九年十二月，太子长男虨音彬。有疾，太子为儿祷祀求福，忽由内廷颁到密诏，乃是皇上不豫，令太子立即入朝。太子只好前往，趋入宫中，不意有内侍出来，引太子暂憩别室，静待后命。太子莫名其妙，但入别室休息，甫经坐定，即由宫婢陈舞，左手持枣一盘，右手执酒一壶，行至太子座前，传诏令饮。太子酒量素浅，饮了一半，已是醉意醺醺，便摇手道："我不能再饮了。"陈舞瞋目道："天赐殿下酒，乃不肯饮尽，难道酒中有恶物么？"太子无可奈何，把余酒一吸而尽，遂至大醉。既而又来宫婢承福，持给纸笔，并原稿二纸，逼令太子录写。太子辞不能书，复由承福矫诏逼迫。太子醉眼模糊，也不辨为何语，但看原稿中为何字，依次照录，字迹多歪歪斜斜，残缺不全，好容易录就二纸，交与承福持去。太子酒尚未醒，当由内侍拥掖出宫，扶上寝舆，使他自返。翌晨，由惠帝御式乾殿，召令王公大臣，使黄门令董猛，赍出二纸，遍示群僚，且对众宣谕道："这是不肖子遹所书，如此悖逆，只好把他赐死罢。"百官听了，多半惊心，张华、裴𬱟，更觉诧异，便接阅二纸，第一纸写着：

　　陛下宜自了，不自了，吾当入了之；中宫又宜速自了，不自了，吾当手了之。

大众看这数语，都为咋舌。还有一纸，文字越觉离奇，有云：

　　吾母宜刻期两发，勿疑犹豫致后患。茹毛饮血于三辰之下，皇天许当扫除患害，立道文为王，蒋氏为内主，愿成当以三牲祠北君，大赦天下。要疏如律令。

看这语意，似内达谢淑媛，与约同日发难。文中所叙的道文，便是太子长男虨表字，蒋氏乃是太子所宠的美人。大众瞧罢，彼此面面相觑，不发一言。都是饭桶。独张华忍耐不住，竟向座前启奏道："这是国家的大不幸事，惟从古到今，往往因废黜正嫡，遂致丧乱，愿陛下核实乃行。"裴𬱟亦续奏道："东宫果有此书，究由何人传入？且安知非他人伪造，诬陷太子？请验明真伪，方可立议。"惠帝接连闻奏，好似痴聋一般，噤不复言。那殿后却趋出内侍，奉贾后命，取了太子平日手启十余笺，令群臣对核笔迹，张华裴𬱟等，即互相比视，笔迹大略相符，惟一是恭缮，笔画端正，一是急书，姿势潦草，一时也辨不出真

第十一回　草逆书醉酒逼储君　传伪敕称兵废悍后

假，无从指驳。原来贾后使太子录书，原稿系嘱黄门侍郎潘岳草成，及太子录就进呈，字画缺漏，仍由岳补添成字。岳善模仿笔迹，一经改写，与太子手书无殊，故足使人迷乱心目。潘岳何为者？惟裴𬱟定要查究传书的姓名，张华谓须召太子对质，此外一班大臣，依违两可，聚讼不决。贾后暗坐屏后，听着张、裴两人的议论，大咈已意，那惠帝又一言不发，任令絮聒，恨不得走将出去，喝住众口，倒好独断独行，只是大庭广众，未便越礼，勉强容忍了半天。看看日影西斜，还是没有结果，不由的怒气上冲，便召董猛入内，嘱使传语道："事宜速决。为何议了半日，尚未定夺？如群臣不肯传诏，应该军法从事。"猛奉命出宣，道言甫毕，张华即驳斥道："国家大政，应由皇上主裁，汝系何人？妄传内旨，淆乱圣听。"裴𬱟亦喝道："董猛休得多言，圣上明明御殿，难道我等未奉明诏，反依内旨不成？"猛且惭且愤，返报贾后。贾后恐事情中变，因即令侍臣草表，请免太子为庶人。这表传出，惠帝便即依议，拂袖退朝。于是使尚书和郁等，速诣东宫，废太子遹为庶人。遹方游玄圃，闻使节持至，改服受诏，步出承华门，乘粗犊车，往居金墉城，遹妃王氏，及三子彪、臧、尚，同时随徙。独彪母蒋氏，坐蛊惑太子罪名，生生杖毙，甚且归咎谢淑媛，一并赐死。王衍闻变，自恐株连及祸，急忙表请离婚，你有大女婿作靠，此时何必作忙？有诏准议。于是遹妃王氏，与遹永诀，恸哭一场，辞归母家。王女却是多情。

越年，改元永康，西戎校尉司马𫖯缵，舆榇诣阙，上书切谏，略言："汉戾太子称兵拒命，尚有人主从轻减，说是罪不过笞，今遹罪不如戾太子，理应重选师傅，先加严诲，若不悛改，废弃未迟。"这书呈入，当然不报。缵不见谴，还是皇恩广大。贾后因异议沸腾，终究未妥，不如下一辣手，致死太子，方绝后患，乃再行设计，嘱使黄门自首，诡言与遹谋逆。有诏将黄门自首表文，颁示公卿，遂命卫士押徙太子，往锢许昌宫，不许官僚送行。洗马江统、潘滔、舍人王敦、杜蕤、鲁瑶等，冒禁往饯，至伊水旁涕泣拜辞，不意司隶校尉满奋，已奉诏驰至，把江统等一并拘去，分系河南洛阳两狱中。河南尹乐广，不待赦书，已悉数放归。洛阳令曹摅，未敢遽释罪囚，经都官从事孙琰，向贾谧处说情，方得一律释出。右卫督司马雅，系是晋室疏亲，平时常给事东宫，得遹宠爱，每思为遹效力，设法复位，乃与从督许超，殿中郎士猗等，日夕营谋，彼此互议，统说张华、裴𬱟，贪恋禄位，未足与图大事，不如右军将军赵王伦，手握兵权，素性贪冒，尚可假彼行权。冒昧图逞，亦非良策。因往说孙秀道："中宫凶妒，与贾谧等诬废太子，无道已甚。今国无嫡嗣，社稷垂危，大臣将起行大事，公乃素奉中宫，与贾、郭亲善，外人皆谓公实预内谋，一朝变起，祸必相及，何勿先事预防呢？"秀被他一说，也觉寒心，当即转告赵王伦，拟废去贾后，迎还太子。伦惟言是从，密结通事令史张林及省事张衡等，使为内应，待期举发。

偏孙秀又变了一计,再与伦语道:"太子聪明刚猛,若得还东宫,必图报复。明公素党贾后,道路共知,今虽为太子建立大功,太子且未必见德,一有衅隙,仍然加罪,不若迁延缓期,俟贾后害死太子,然后为太子报仇,入废贾后,名正言顺,更无他患,岂不是一举两得么?"这是卞庄刺二虎之计,我亦佩服。伦拍手赞成,连称好计。秀复散布谣言,谓殿中人欲废皇后,迎太子,一面往见贾谧,劝他早除太子,杜绝众望。谧立白贾后,后正得外间谣传,阴启杀心,一闻谧语,便召入太医令程据,使合毒药。据即用巴豆、杏仁,研末为丸,交与贾后。后复令黄门孙虑,假传上命,赴许昌毒死太子。

太子至许昌后,常恐见鸩,所有饮食,必令宫人当面煮熟,方敢取尝。孙虑到了许昌,先与监守官刘振说明,振即徙太子至小坊中,绝不与食。宫人得太子厚恩,尚从墙上递给食物,俾得充饥。那孙虑急欲复命,径持入毒药,逼令太子吞下。太子不肯照服,托词如厕。虑袖出药杵,从太子背后,掷击过去,太子中杵倒地,再由虑拾起药杵,用力猛捶,太子大声哀呼,声彻户外,及要害受伤,一声惨号,气绝而逝。年才二十三岁。孙虑如此凶横,难道能长寿不成?虑回都复命,有司请用庶人礼葬遹,贾后即假托慈悲,上表帝前,略云:

> 遹不幸丧亡,伤其迷悖,又早短折,不能自已。妾常冀其刻肌刻骨,更思孝道,使得复正名号,此志不遂,重以酸恨。遹虽罪大,犹是王者了孙,便以匹庶送终,情实可悯,特乞天恩,赐以王礼。妾诚暗浅,未识礼义,不胜至情,冒昧陈闻。录入此表,以见贾后之狡诈。

惠帝得贾后表,方命用广陵王礼,厚葬太子。会天象告警,尉氏雨血,妖星现西方,太白昼现,中台星坼,中外诧为怪象。张华少子名韪,劝华即速辞职,为避祸计。华踌躇多时,方答说道:"天道幽远,未尽可凭,不如修德禳灾,静俟天命。"利令智昏。既而,孙秀使司马雅见华,屏人与语道:"赵王欲与公共匡社稷,为天下除害,使雅以实情告公,请公勿疑!"华摇首不答。雅不禁怒起,掉头趋出,且行且语道:"刃将加颈,尚作此态么?"当下诣赵乏伦府第中,敦促起事。伦遂矫称诏敕,遍谕三部司马晋左右二卫,有前驱、由基、强弩三部司马。道:"中宫与贾谧等杀我太子,为此命车骑将军兼领右军将军赵王伦,入废中宫,汝等皆当从命!事成当赐爵关内侯。如或不从,罪及三族。"三部司马,接了此敕,那有不从之理?齐王冏见前文。方任翊军校尉,亦与伦通谋,遂与三部司马,突入宫中,排闼趋进。华林令骆休为内应,引冏至惠帝住室,迫帝出御东堂,一面召入贾谧。谧无从趋避,应召而至,及见甲杖如林,复走至西钟下面,大呼阿后救我!声尚未绝,已有人追至背后,拔刀砍去,首随刀落。

第十一回　草逆书醉酒逼储君　传伪敕称兵废悍后

贾后闻谧呼救声,慌忙出视。正与齐王冏相遇,便惊问道:"卿来此做甚么?"冏答道:"有诏收后。"后复道:"诏当从我发出,这是何处诏旨?"一面说,一面返身入内,趋上阁中,凭槛遥呼道:"陛下有妇,乃使人废去,恐陛下亦将被废了。"冏复带兵入阁,胁后徙居。后复问起事为谁?冏答称梁、赵二王。原来尚书令梁王肜,曾预闻伦事,也愿赞成,故冏有是言。贾后长叹道:"系狗当系颈,今反系尾,怎得不尔?"乃出居建始殿中,由冏派兵监守。随即收捕赵粲、贾午,驱入暴室,一顿杖责,把两个如花似玉、貌美心毒的妇人送归冥府,往销阎王簿据去了。就是韩寿兄弟子侄,也共同连坐,诛黜有差。偷香结果,一至于此,可见天道恶淫。伦复召入中书监、侍中、黄门侍郎等,夤夜入殿,趁势拿下司空张华,及仆射裴颜。华顾通事张林道:"汝等欲害我忠臣么?"林矫诏诘责道:"卿为宰相,不能保全太子,及太子废死,又复不能死节,怎得称忠?"华驳说道:"式乾殿中之争议,臣尝力谏,尽可复按。"见上。林不待说毕,便接口道:"力谏不从,何不去位?"中肯语。华听到此语,无言可驳,只好俯首就刑,遂与裴颜一同受戮,并至夷族。华是日昼寝,梦见屋坏,入夜即验。死时年六十九。著有《博物志》十篇及文章等并传后世。华长子散骑常侍祎及少子散骑侍郎韪,同时遇害。颜死时才三十四岁。二子嵩、该,由梁王肜代为保护,谓:"颜父裴秀,有功王室,不应殄绝后嗣。"因得免死,流徙带方。校尉阎缵,时尚在都,入抚张华尸首,且泣且语道:"我曾劝君逊位,君乃不从,今果见戮,莫非是命中注定么?"小子有诗讥张华道:

　　蹉跎已届古稀年,何事名缰尚被牵。
　　老且受诛儿并戮,如斯结局也堪怜。

华、颜既死,赵王伦未肯罢手,还要杀死数人。欲知何人被杀,待看下回报明。

　　典午得国,始自贾充之弑曹髦,厥后贾女入宫,种种淫恣,即酿成八王之乱,而西晋即因是覆亡。天道好还,亶其然乎?张华、裴颜位登台辅,不能拨乱反正,虽由二人之才识不足,亦天意之未许建功耳。况太子遹幼即聪明,一变而为淫僻昏顽之豚犬,置酒别室,醉草逆书,是何莫非大造之巧为播弄,假手悍后,有以斫其根而戕其本欤?及后恶贯满盈,不使张华、裴颜之从权废立,而反令贪鄙阴狡之伦、秀二人,乘隙图功,一祸才了,一祸复起,天之不欲安晋也明矣。此外已尽见细评,姑不赘述云。

第十二回　坠名楼名姝殉难
　　　　　　夺御玺御驾被迁

　　却说赵王伦杀死裴、张二人，本意是报复旧怨，不论罪状。事见前文。还有前雍州刺史解系，前时已为伦所谮，免官居京，伦余恨未泄，也将他拘至，并将系弟结一并下狱。梁王肜复出来救解，伦艴然道："我在水中见蟹，犹谓可恨，况解系兄弟，素来轻我，此而可忍，孰不可忍？"系为西征事招怨，亦见前文。肜苦争不得。系、结皆为伦所杀，并戮及妻孥。结尝为御史中丞，有一女许字裴氏，择定嫁期，正在解家被祸的第二日，裴氏欲上书营救。女泣叹道："全家若此，我生何为？"遂亦坐死罪。后来晋廷怜女无辜，始改革旧制，女不从坐，惠帝全无主意，一任伦滥杀无辜。伦又恃孙秀为耳目，秀言可杀即杀，秀言不可杀即不杀。伦也是个傀儡。秀复为伦决计，废贾后为庶人，迁往金墉城。后党刘振、董猛、孙虑、程据等一体捕诛。刘振等死有余辜。司徒王戎，系裴頠妇翁，坐是罢职。此外文武百官，与贾、郭、张、裴四家，素关亲戚，不是被诛，便是被黜，简直是不胜枚举了。

　　于是赵王伦托称诏制，大赦天下，自为都督中外诸军事兼相国侍中，一依宣、文宣帝、文帝。辅魏故事。置左右长史、司马及从事中郎四人，参军十人，掾属二十人，府兵万人。使长子荂音敷。领冗从仆射，次子馥为前将军，封济阳王，三子虔为黄门郎，封汝阴王，幼子诩为散骑侍郎，封霸城侯，长子未曾封王，是欲为将来袭封起见。孙秀为中书令，受封大郡。司马雅、张林等，并皆封侯，得握兵权。百官总己，听伦指挥。孙秀从中主政，威振朝廷。有诏追复故太子遹位号，使尚书和郁，率领东宫旧僚，赴许昌迎太子丧。太子长男彪，已经夭逝，亦得追封南阳王，彪弟臧为临淮王，臧弟尚为襄阳王。有司奏称尚书令王衍，备位大臣，当太子被诬时，志在苟免，不思营救，应禁锢终身，诏从所请。衍既免官还第，尚恐遇害，佯狂自免。任你如何刁滑，到头总难免横死。前平阳太守李重，素有令名，由伦辟为长史。重知伦有异志，托疾不就，偏经伦再三催逼，硬令人扶曳入府，胁令就官。重满腔忧愤，无处可伸，归家后果然成疾，不愿医治，未几遂亡。淮南王允，前曾随楚王玮入朝，见前第九回。玮被戮后，允仍然莅镇。至太子被废，朝议将立允为太弟，复密促还朝，留住都中。太弟议尚未定夺，赵王伦已经发难，允两不袒护，置身事外，至此乃受诏为骠骑将军，开府仪同三司，兼领中护军。允性沈毅，为宿卫将士所畏服，他见伦

第十二回　坠名楼名姝殉难　夺御玺御驾被迁

不怀好意，便豫养死士，密谋诛伦。伦毫无闻知，惟孙秀瞧料三分，劝伦防允。伦方才加防，且恐贾后与允勾结，或致死灰复燃，因与秀密商，想出两条计策：一是鸩死贾后，一是册立皇太孙。当下遣尚书刘弘，赍金屑酒至金墉城，赐贾后死。贾后无可奈何，只得一吸而尽，一代悍后，至此乃终。晋室江山，已被她一半收拾了。弘既复旨，即立临淮王臧为皇太孙，召还故太子妃王氏，令她抚养。所有太子旧僚，就作为太孙官属。赵王伦兼为太孙太傅，追谥故太子曰愍怀，改葬显平陵。

中书令孙秀，既得逞志，计无不遂，便逐渐骄淫。闻石崇家有美妾绿珠，奴冶善歌，兼长吹笛，遂使人向崇乞请，谓肯以绿珠见赠，当起复崇官。看官阅过前文，应知崇为贾谧好友，贾氏得祸，崇已坐谧党褫职，惟家产未遭籍没，崇仍得席丰履厚，护艳藏娇。且崇有别馆，在河阳金谷中，号为金谷园。自崇罢职后，常居园中休养，登高台，瞰清流，日与数十婢妾，饮酒赋诗，逍遥自在，反比那供职庙堂，更加快活。恐不能安享此福。及孙秀使至，崇含糊对付，遣使返报。秀竟再令人带着绣舆，往迓绿珠。崇尽出婢妾数十人，由来使自择。来使左眄右盼，个个是飘长裾，翳轻袖，绮罗斗艳，兰麝熏香，端的是金谷丽姝，不同凡艳。便问崇道："孙公命迓绿珠，未识孰是？"崇勃然道："绿珠是我爱妾，怎得相赠？"为一美妾而覆家，也不值得。来使道："公博古通今，察远照迩，愿加三思，免贻后悔。"崇仍然不允。来使既去复返，再为劝导。崇始终固执，叱退来使。秀得来使归报，当然大怒，便拟设计害崇。

崇亦自知惹祸，与甥欧阳建及旧友黄门郎潘岳，私下商酌，为除秀计。秀前为岳家小吏，岳恨他狡黠，辄加鞭挞，及秀为中书令，岳时与相值，尝问秀道："孙令公，尚记得前日周旋否？"秀引古语相答道："中心藏之，何日忘之。"见《诗经·小雅》。岳知他怀恨未忘，很加忧惧，与崇建等议及除秀，谓不如交结淮南王，劝令起事，捽去伦、秀二人。淮南王允，正思讨灭伦、秀，既得潘岳等相劝，筹备益急。伦与秀探察得实，遂迁允为太尉，阳示优礼，实夺兵权。允称疾不拜，秀遣御史刘机逼允，收允官属，并矫诏责允拒命，大逆不敬。允取诏审视，系秀手书，便怒叱道："孙秀何人，敢传伪诏！"说至此，返身取剑，欲杀刘机。机狂奔出门，幸逃性命。允追机不及，便顾语左右道："赵王欲破我家。"随即召集部兵七百人，出门大呼道："赵王造反，我将讨逆，如肯从我，速即左袒。"兵吏常仇怨赵王，多左袒趋附。允率众赴宫，适尚书左丞王舆，闻变先入，闭住掖门。允不得趋入，乃转围相府。伦与秀仓猝调兵，与允相持，屡战屡败，死伤约千余人。太子左率陈徽，勒东宫兵，鼓噪宫内，作为内应。允列阵承华门前，令部众各持强弩，迭射伦兵。伦正督众死战，矢及身前，主书司马眭秘，挺出翼伦，可巧一箭射来，向胸穿入，立即倒毙。伦不禁着忙，旁顾门右,幸有大树数株,便挈领官属,趋至树后,借树为蔽。树上矢如猬集,伦幸得免。自辰至未,尚是喊杀连天,未曾罢斗。

中书令陈准,系陈徽胞兄,入值宫中,意欲助允,便请诸帝前,谓宜遣使持白虎幡,出解战事。乃使司马督护伏胤,率骑兵四百,持幡从宫中出来。胤藏着空板,古时诏书录板,板以桐木为之,长约尺许。诈称有诏,径至允阵前,取板遥示。允还道他是前来帮助,又见他持着诏书,定有他命,便令军士开阵纳胤,自己下马受诏。不防胤突至允前,拔出利刃,竟将允挥为两段。允众相顾错愕,胤复对众宣诏,略言"允擅自称兵,罪在不赦,除允家外,胁从罔治"等语。于是大众骇散。允子秦王郁、汉王迪等,均被胤追捕,相继杀死。看官道是何因?原来白虎幡是借以麾军,并非解斗,陈准因惠帝昏愚,托言解斗,实欲麾动允军,威吓伦兵,使知允众攻伦,实出帝命,偏遣了一个贪利怀诈的伏胤,受命出宫,行过门下省,与伦子汝阴王虔相值。虔邀入与语,誓同富贵,嘱令变计图允。胤坐此生心,便去诳允。允见他持着白虎幡,又是赍奉诏敕,明明是得着内援,怎得不为胤所绐?哪知一场好事,竟成恶果,这也是晋朝的气数。无可归咎,又只好归之于天。

允既被害,赵王伦越加威风,复饬令严索允党,一体同罪。孙秀遂指称石崇、欧阳建、潘岳等,奉允为逆,应该伏诛。崇正在楼上高坐,与绿珠等欢宴,蓦闻缇骑到门,料知有变,便旁顾绿珠道:"我今为汝得罪了,奈何奈何?"绿珠涕泣道:"妾当效死公前,不令公独受罪。"遂叩头谢别,抢步临轩,一跃下楼。崇慌忙起座,欲揽衣裾,已是不及,但见下面倒着娇躯,已是头破血流,死于非命。绿珠本贻祸石家,幸有坠楼殉主,尚可自解。崇不禁垂泪道:"可惜!可惜!我罪亦不过流徙交、广,卿何必至此!"你既钟爱绿珠,何不随同坠楼,且还想活命,真是痴人说梦。遂驾车诣狱。未到狱门,已有人传到敕书,令赴东市就刑。崇至东市,方长叹道:"奴辈利我家财。"旁有押吏应声道:"早知财足害身,何不散给乡里?"崇不能答,仰首就戮。崇甥欧阳建,亦同时被杀,绝命时尚口占诗章,词甚凄楚。崇母兄及妻子等十五人,骈戮无遗,家产籍没。有司按录簿籍,得水碓三十余区,苍头八百余人,田宅货财,不可胜数。多藏厚亡,视崇益信。黄门郎潘岳,并为所害。岳字安仁,少美丰姿,尤工词藻。弱冠以前,尝挟弹出洛阳,妇女皆掷果相赠,满载以归。嗣为河阳令,遍植桃树,时人号为一县花。妻殁作悼亡词,哀艳绝伦,惟躁急干进,不安恬淡。岳母尝责岳道:"汝当知足,奈何奔竞不休?"岳不能从。及被收时,始入与母诀道:"负阿母!"出至东市,见崇亦在列,相顾欷歔。崇呼岳道:"安仁亦遭此祸么?"岳泣答道:"可谓白首同所归。"这一语,乃是岳寄金谷园诗,不料竟成谶语。岳死,家属亦多毙刀下,惟兄子伯武,在逃得免。

第十二回　坠名楼名姝殉难　夺御玺御驾被迁

赵王伦又收捕淮南王弟吴王晏，拟即加刑，经光禄大夫傅祗力争，始得贷死，贬为宾徒县王。齐王冏与伦相结，迁任游击将军，冏尚未满意，颇有恨色。秀即白伦，将冏外调，令出为平东将军，使镇许昌，免得在内生变，伦趾高气扬，拟自加九锡殊礼。吏部尚书刘颂道："从前汉锡魏武，魏锡晋宣，俱系一时异数，并非古礼。周勃、霍光，立功甚大，并不闻有九锡的宠命呢。"权词讽谏，可算苦心。伦党张林，斥颂为张华余党，因有异议，将加颂死刑。还是孙秀进言道："杀张裴已乖物望，不宜再杀刘颂。"伦乃罢议。秀为伦嘱使群僚，均至相府称道功德，应用九锡典命，伦佯为谦让，再由朝使持诏敦勉，方才拜受。进秀为侍中兼辅国将军，仍领相国司马，相府增兵至二万人，与禁中宿卫相同。秀子会为校尉，年已二十，形短貌丑，少时尝在城西，为富家贩马，此时骤得贵显，居然欲与帝子结婚。惠帝已同虚设，但教伦、秀二人，如何裁决，便即允行，伦遂为秀子作伐，使尚帝女河东公主。秀即把将军孙旗外孙女羊氏，为帝说合，请为继后。旗与秀同族，旗婿为尚书郎羊玄之，生有一女，名叫献容，姿容秀媚，倾国倾城，与前时贾南风相比，判若天渊。永康元年仲冬，羊女得册为后，好算是非常遭际，喜从天来。吉期已届，盛妆启行，不料衣上忽然起火，几吓得魂胆飞扬，还亏左右侍女，急忙扑救，才得将火光灭熄，但一袭翚衣，半成焦黑，已觉得预兆不祥。为后文伏案。慌忙将原衣脱去，再从宫中乞取后服，重复穿上，方好登舆入宫。礼成以后，见惠帝年逾四十，面目粗蠢，知识愚钝，不由的大失所望，只得自悲命薄，蹉跎度日罢了。河东公主下嫁蠢子，羊女献容上配愚君，彼此不偶，岂非天命！惟后父羊玄之，却得超拜光禄大夫，特进散骑常侍，加封兴晋侯，自夸奇遇，深感秀德。谁料到腊尽春来，竟出了一桩篡国奇闻，好好一位新皇后，竟随了一个老皇帝，同徙金墉城，这真是祸福无常，福为祸倚了。

看官！不必细猜，便可知那篡国的贼臣，就是相国赵王伦。伦迷信神鬼，好听巫言。孙秀欲迫伦篡位，自为首功，乃密使牙门赵奉，诈为宣帝神语，命伦早入西宫。又言宣帝在北邙山，阴为伦助。伦乃在邙山立宣帝庙，私自祷祝，潜构逆谋，令太子詹事裴劭，左军将军卞粹等，充当相府从事中郎，作为帮手。更使义阳王威，司马孚曾孙。与黄门郎骆休，闯入内廷，逼夺玺绶，伪作禅诏。诏既草就，即付尚书令满奋，及仆射崔随，令并玺绶送往相府，禅位与伦。伦又假作谦恭，固让不受，一班寡廉鲜耻的王大臣，早已由孙秀运动，一齐趋至，满口是功德巍巍，天与人归的套话，趋奉伦前，再三劝进。伦遂直任不辞，于是遣左卫将军王舆，前军将军司马雅等，率甲士入殿，晓谕三部司马，示以威赏。三部莫敢抗议，唯唯听命。伦乃备卤簿，乘法驾，昂然入宫，登太极殿，受百官朝谒，大赦天下，改元建始。一面徙惠帝及羊后，出居金墉城，阳尊惠帝为太上皇，改称金墉城为永昌宫。废皇太孙臧为濮阳王，立长子荂为皇太子，封次子馥为京兆王，三子虔为广平王，幼子诩为霸城王，皆兼官侍中，分握兵权；又用梁王肜为宰衡，何劭为太宰，孙秀为侍中中书监，兼骠骑将军，仪同三司。义阳王威为中书令，张林为卫将军，余党皆为卿将，越次超迁；下至奴卒，亦加爵位。每遇朝会，貂蝉盈座，都下竞相传语道："貂不足，狗尾续。"真是一班摇尾狗。伦既据大位，亲祠太庙，还遇大风，吹折麾盖。伦也觉不安，因密使人害死濮阳王臧，省却后患。<small>越要逞凶，越不久长。</small>且恃孙秀为长城，每有号令，必先示秀。秀得意为窜改，或自书青纸，充作诏书。朝令夕更，百官常转易如流。孙旗子弼及弟子髦、辅、琰四人，因与秀同族，旬月三迁，皆得为将军，受封郡侯，并加旗为车骑将军，使得开府。旗正出镇襄阳，闻子侄辈受伦官爵，恐为家祸，因遣幼子回入都诮让，迫令辞职。弼等方致位通显，履坚策肥，怎肯勒马悬崖，幡然谢去？仍令回返报乃父，极称平安。旗不能遥制，惟有自悲自痛罢了。<small>自己何不远引？</small>

　　卫将军张林，与孙秀积有夙嫌，并怨不得开府，因私与荂笺，具言秀专权擅政，未协众心，应速诛为是。荂持书白伦，伦又发示秀，气得秀咆哮不已，急请诛林，伦怎敢不从？当即往华林园，佯言会宴，召林入侍，立即拘住，赏他一刀，并夷三族。<small>林原该死，但为伦所杀，怎得瞑目？</small>秀复虑齐王冏、成都王颖、河间王颙等，各据方面，拥强兵，无从控制，乃悉遣亲党，往为三王参佐，且加冏为镇东大将军，颖为征北大将军，皆开府仪同三司，隐示羁縻。偏齐王冏不受笼络，首先发难，传檄讨伦，一面遣使四出，联结诸王。成都王颖，接冏来使，便召邺令卢志入商，志答说道："赵王篡逆，神人同愤，殿下能助顺讨逆，何患不克？"颖乃命志为谘议参军兼左长史，即日调发兖州刺史王彦，冀州刺史李毅，督护赵骧石超等为前驱，自率部兵为后继。行抵朝歌，远近响应，得众二十万，声势大振。常山王乂，本来是受封长沙，因与楚王玮为同母兄弟，连坐被贬，徙封常山，既得冏书，即与太原内史刘暾，率众应冏。还有新野公歆，<small>扶风王骏子。</small>闻冏起事，未知所从，嬖人王绥道："赵亲而强，齐疏而弱，公宜从赵。"参军孙洵在座，厉声叱道："赵王凶逆，人人得诛，有甚么亲疏强弱呢？"洵与卢志，俱不失为义士。歆乃与冏连兵，愿作声援。前安西将军夏侯奭，在始平纠合党羽，得数千人，与冏相应。并致书河间王颙，约同赴义。颙初用长史李含谋，遣振武将军张方，率兵诱奭，擒至长安市，把奭腰斩。及冏使驰至，复将他拘住，使张方押使入都，并为伦助。方至华阴，颙得二王兵盛消息，忙着人将方追还，更附二王。<small>颙本心已不可靠。</small>

　　各种警报，次第传入洛阳。伦与秀始相顾惊惶，不能安枕，忙遣上军将军孙辅，折冲将军李严，率兵七千，出延寿关；征虏将军张泓，左军将军蔡璜，前军将军间和,率兵九千,出轵阪关;镇军将军司马雅,扬威将军莫原,率兵八千,出成皋关;这三路兵马,统往拒齐王冏。再令孙秀子会,督率将军士猗、许超,领宿卫兵三万名,出敌成都王颖。更召东平王楙见前文。为卫将军,都督军事。再命次子京兆王馥,三子广平王虔,领兵八千,为三军继援。分拨已定,尚觉心绪不宁。伦、秀两人,日夜祈祷宣帝庙,拜道士胡沃为太平将军,替他求福禳灾,并使巫祝选择战日。秀又潜令亲党往嵩山,身服羽衣,诈称仙人王乔,贻书与伦,说他福祚灵长。伦将伪书宣告大众,为欺人计。哪知此次变起,曲直昭然,一切欺饰手段,全然用不着了,小子有诗咏道:

情同鬼蜮太离奇,一举敢将帝座移。
待到楚歌传四面,欺人诡计究谁欺?

毕竟后来胜败如何,且看下回续叙。

绿珠坠楼,古今传为美谈,良以绿珠身为妓妾,犹知报主,石家虽破,名节尚存,略迹原心,不能不为之称叹也!本回前半篇,本叙淮南王允事,绿珠坠楼,第连类及之,而标目偏以绿珠为主脑,亦非无因,石崇却孙秀之求,乃与潘岳、欧阳建等密谋,怂恿淮南王起事,是淮南王之发难,未始不由于绿珠,故谓石崇之被覆于绿珠可也;谓淮南王之被覆于绿珠,亦无不可。何物娇娃?招此祸水,其所由舍瑕录瑜者,幸有此坠楼之殉节耳!若赵王伦实一庸徒耳,见欺孙秀,潜构异图;名除贾、郭,实害裴、张,甚且夺玺绶于深宫,受朝谒于前殿,此而欲逆取顺守,宁可得耶?三王联兵,二凶丧气,犹欲托诸神鬼,诳惑人民,可笑可恨,无逾于此。彼附伦为逆者,诚绿珠之不若矣。

第十三回　迎惠帝反正除奸　　　　杀王豹擅权拒谏

却说齐王冏兵至颍阴,正与张泓军相遇,彼此交锋,冏军失利,死亡至数千人,辎重亦半为所夺。冏收集败卒,再图一战,乃分军渡颍,复为张泓所遏,不能前进。泓遂于颍上列阵,日夜防守。孙辅等亦陆续相会,与泓分地屯兵。冏乘夜掩击,泓军不动,独孙辅骇退,遁还洛阳,诣阙入报道:"齐王兵盛,势不可当,张泓等已战没了。"赵王伦不禁战栗,飞召三子虔及许超入卫。超匆匆驰归,虔亦继至,会接到张泓捷报,谓已击退冏军,乃复遣许超出赴军前。看官!试想出兵打仗,全靠纪律,忽而召还,忽而遣去,怎得不令人生疑,自挫锐气？伦之愚鄙,于此益见。不过齐王冏非将帅才,尚在颍上相持,一时未能攻入。张泓且麾军渡颍,直攻冏营,冏几乎被乘,幸部众猛力截杀,得破泓部将孙髦、司马谭,泓始退去。孙髦、司马谭部下败兵,散归洛阳。孙秀还诈称得胜,宣示都下,谓已破灭冏营,朝臣皆贺。已而孙会败报又至,瞒无可瞒,吓得伪皇帝瞠目结舌,不知所为。如此没用,也想为帝,一何可笑？原来孙会与士猗、许超,出拒颍军,行抵黄桥,一鼓作气,得破颍前锋军士,俘斩至万余人。颍欲退保朝歌,参军卢志进谏道："今我军失利,敌新得志,势必轻我,我若退缩,士气沮丧,不可复用。况胜负乃兵家常事,不若更选精兵,出奇制胜,方可得志。"颍乃汰弱留强,涕泣宣誓,激动众心,鼓勇再进。孙会等果然轻颍,不复设备,及颍军已到营前,方驱兵出战。这番接仗,与前次大不相同,颍军俱蓄怒前来,好似江上秋潮,一发莫御。会与士猗、许超,见来军如此利害,不由的胆战心惊,步步倒退。战了两三个时辰,但见头颅乱滚,血肉纷飞,部下士卒,除战死外,多半逃亡,会料知不妙,拨马先奔,士猗、许超相继骇走,都一口气跑回洛阳。所有宿卫兵三万人,任他自生自灭,无暇再问下落了。

孙秀见会等奔还,也急得无法可施,只好集众会议：或谓应收集余众,背城一战；或谓且毁去宫室,诛锄异党,挟伦南就孙旗、孟观,再图后举。孙旗已见前文。孟观自擒灭齐万年后,由东羌校尉任内调入为右将军,赵王伦篡位,令观出监河北诸军事,齐王冏檄观讨伦,观粗知天文,仰望紫宫帝座,并无他变,还道伦得应天象,不至速败,因仍为伦固守,不愿应冏。失之毫厘,谬以千里。孙秀恐旗、观二人,未必可恃,所以迟疑不决,那外边的警报,杂沓传来,不是说颍军渡颍,就是说冏军逾河。都下将吏,汹汹思变。左卫将军王舆,与尚书广陵公漼琅琊王伷第四子。乘风转舵,号召营兵七百余人,自南掖门入宫,倡言反正。三部司马也乐得依声附和,联同一气。舆令三部兵分卫宫门,自率部曲至中书省,拿捉孙秀,秀忙将省门闭住,不使舆入。舆纵兵登墙,掷入火具,毁及房屋,霎时烟焰满室,不可向迩。秀与士猗、许超冒烟出走,正遇左部将军麾下赵泉,舞刀过来,顺手劈去,巧巧剁落三个头颅。又搜杀秀子孙会与前将军谢惔,黄门令骆休,司马督王潜,尚书左丞孙弼。即孙旗长子。

舆还屯云龙门,使人入白赵王伦,速即迎还惠帝。伦不得已,宣令道："我为孙秀所误,激怒二王,今已诛秀,可迎太上皇复位,我当归老农亩,不问朝事。"也想做太上皇么？令既发出,复使亲校执驺虞幡,至宫门外麾示罢兵,一面挈领家属,出华林东门,退归私第。舆乃使甲士数千人,赴金墉城,迎还惠帝。帝与羊后并驾入宫,道旁百姓,咸称万岁,当下由惠帝亲自登殿,召集百官,群臣皆顿首谢罪。犹记得向伦劝进否？诏送伦父子至金墉城,派兵监守,改元永宁,大酺五日,且分遣使臣慰劳冏、颍、颙三王。梁王肜首先上表,请诛伦

第十三回　迎惠帝反正除奸　杀王豹擅权拒谏

父子以谢天下。有诏令百官会议，百官皆如彤旨，共请诛伦。总算善变。乃使尚书袁敞持节责伦，赐饮金屑酒。请君亦尝此美味。伦取酒饮毕，用巾覆面，且泣且呼道："孙秀误我！孙秀误我！"未几即毒发而毙。做了一百日的皇帝，也算威风，不应徒怨孙秀。伦子荂、馥、虔、诩，一并捕诛。此外如伦秀私党，并皆斥免，台省府卫，所存无几。成都王颖，驰入都中，使部将赵骧石超，往助齐王冏，讨张泓等。泓等闻都中复辟，伦已受戮，没奈何向冏乞降。自兵兴六十余日，两下战死，差不多有十万人。间和、孙髦、张衡、伏胤等，自成所还洛，均因情罪较重，斩首东市。蔡璜畏罪自杀。义阳王威，尝入宫夺玺，惠帝记在心中，至是语廷臣道："阿皮可恨！夺我玺绶，致掭我指，不可不杀。"阿皮为威小字，因即遭诛。东平王楙免官。河间王颙与齐王冏先后入都，冏部众约数十万，威震京师，复传檄襄、沔，令诛孙旗、孟观。襄阳太守宗岱，承檄斩旗，饶冶令空桐机，承檄斩观，皆传首洛阳，并夷三族。那时孙辅孙惔，为旗犹子，当然骈首市曹。不必细表。

　　惠帝封赏功臣，授齐王冏为大司马，加九锡殊礼，备物典策，如宣景文武并见前文。辅政故事。成都王颖为大将军，都督中外诸军事，并假黄钺，录尚书事，亦加九锡。河间王颙为传侍太尉，常山王乂为抚军大将军，兼领左军。进广陵公漼爵为王，领尚书，加侍中。新野公歆，亦进爵为王，都督荆州诸军事。授梁王肜为太宰，领司徒。起前司徒王戎为尚书令，王衍为河南尹，立襄阳王尚为皇太孙，复宾徒县王晏故封，仍为吴王。大司马齐王冏，表请呈复张华、裴頠及解结兄弟原官，有诏令廷臣会议，积久未决。越年，始得如冏所请，为张、裴二解昭雪，复还官阶，拨归原产，且遣使吊祭。

　　海内想望太平，总道是拨乱反正，除逆申冤，好从此重见天日了。哪知天不祚晋，内乱未已，东莱王蕤与左卫将军王舆，共谋害冏，骤欲生变。事前被发，始致败谋。蕤系齐王冏庶兄，素性强暴，使酒凌人，冏生平常为所侮，只因谊关手足，格外包容。及冏起兵讨伦，伦收蕤下狱，尚未加刑。惠帝反正，蕤得释出，闻冏至洛阳，往迎路旁。冏但颔以首，未尝下马与谈。蕤愤詈道："我为尔几罹死罪，何太无友于情？"既而冏入辅政，蕤只得为散骑常侍，益觉怏怏，因向冏乞求开府。冏答说道："武帝子吴王晏，尚未得开府，兄且少待。"蕤闻冏言，恨上加恨，遂密劾冏专权不道，将为管、蔡。惠帝当然不报。左卫将军王舆，自谓有复辟大功，未得厚赏，因与蕤表示同情，拟伏兵阙下，俟冏入朝时，把他刺死。偏被冏得悉阴谋，立即奏闻，捕舆斩首，诛及三族，废蕤为庶人，徙居上庸。上庸内史陈钟，私伺冏意，将蕤谋毙，冏亦不复过问。冏虽寡情，蕤却自取其死。为了兄弟相戕，遂致诸王疑议，又复生出无数乱端。新野王歆，将赴荆州，与冏同出谒陵，因密语冏道："成都王系是至亲，同建大勋，当留与辅政，否则宜撤彼兵权，毋令生祸！"冏点首会意，不再答言。常山王乂，亦与成都王谒陵，乘间语颖道："天下系先帝的天下，王宜好为维持，毋使齐王逞志！"颖与乂同系武帝庶子，故有是言。颖也以为然，还语参军卢志。志进言道："齐王众号百万，与张泓等相持颍水，日久未决，大王直前渡河，首先入都，功无与比，朝野共知。今齐王欲与大王共辅朝政，志闻两雄不并立，何不因太妃微疾，求还定省，委重齐王，得收物望？这乃是今日的上策呢。"颖为武帝才人程氏所生，太妃即指程才人。颖素信志言，便即依议。越日入朝，由惠帝引至东堂，面加褒奖，颖拜谢道："这都是大司马冏的功劳，臣怎能掠美呢？"言毕趋出，即上表称冏功德，宜委以万机，自陈母疾，愿即归藩，为终养计。一面匆匆治装，不待复诏，便告辞太庙，径乘车出东阳门，西向归邺。相随只卢志等数人，不令营中与闻。就是齐王冏府第中，也只遣人赍书告，别外无他语。冏得书大惊，急驾马往追，驰至七里涧，方得见颖。颖停车叙别，涕泣滂沱，但言太妃疾苦，引为深忧，故无暇面辞。言毕，即驱车别去，毫不谈及时政。冏也即还都，尚自称为咄咄怪事。

颖既还邺，诏遣使臣再申前命，颖但受大将军职衔，辞九锡礼，且表称："兴义功臣，应并封公侯。前时大司马屯兵颍上，日久民困，乞运河北米十五万斛，赈给饥民"云云。又自制棺木八千余口，即移成都国俸为衣服，殓祭黄桥死士，并各抚家属，比普通战死为优。又命温县瘗埋赵王伦部卒，得万四千余人。看官听着！成都王颖这种行为，统是卢志替他划策，教他笼络人心，收集时誉。果然，两河南北，交口称颂，就是都城内外，也没一个不号为贤王。若能长此过去，虽属矫情，亦必终誉。还有中书郎陆机，从前为赵王府中的参军，齐王冏入都后，得伦受禅诏书，疑是陆机所为，即欲加诛，亏得颖力为解救，方得免罪。颖爱机才，后表请为平原内史，机弟云为清河内史，晋廷自然允准，立遣二人赴任。机友人顾荣、戴渊，为言中国多难，劝机还吴。机感颖厚惠，且谓颖有时望，可与立功，乃逗留不去。谁知兄弟二人后来皆死颖手。

颖方惠民礼士，刻意求名。冏却植党营私，但务纵欲，所有立功将佐，如葛旟、路秀、卫毅、刘真、韩泰五人，皆封为县公，号曰五公。委以心膂，并就乃父齐王攸故第，增筑广厦，所有邻近庐舍，不问公私，统被拆毁，使大匠刻意经营，规制与西宫相等。又凿通千秋门墙，得达西阁，后房遍设钟悬，前庭屡舞八佾，沉湎酒色。常不入朝，长子冰得封乐安王，次子英得封济阳王，三子超得封淮南王。好容易过了一年，太孙尚又复夭逝，梁王肜相继去世，诏复封常山王乂为长沙王，领骠骑将军，起东平王楙为平东将军，都督徐州军事，使镇下邳。召还东安王繇给复官爵，繇被废徙带方事，见前文。且拜为宗正卿，再迁至尚书左仆射。齐王冏欲久专国政，见皇孙俱已死亡，成都王颖为众望所归，

第十三回　迎惠帝反正除奸　杀王豹擅权拒谏

倘立为皇太弟,于自己大有不利,因表请立清河王覃为太子。覃系惠帝弟遐长男,年才八岁,当即择日册立,入居东宫,使冏为太子太师。是时,尚有东海王越,为八王之殿。为宣帝从子,父泰曾受封高密王。泰死后越得袭爵,改封东海。越少有令名,不慕富贵,恂恂如布衣。永康初,始入为中书令,冏思联为臂助,进拜越为侍中,寻复授职司空,领中书监,越乃渐得预闻政事。侍中嵇绍,见惠帝昏庸如故,内权属齐王冏,外望归成都王颖,将来必启争端,乃上疏防变,大略说是:

> 臣闻改前辙者车不倾,革往弊者政不爽,故存不忘亡,安不忘危,为大易之至训。今愿陛下无忘金墉,大司马无忘颍上,大将军无忘黄桥,则祸乱之萌,无由而兆矣。

绍既上疏,又致冏书,援引唐虞茅茨,夏禹卑宫的美迹,作为规讽。冏虽巽言答复,终不少改。那惠帝是个糊涂人物,不识好歹,就使嵇侍中上书万言,也似不见不闻,徒然置诸高阁罢了。冏坐拜百官,符敕三台,选举不公,擘佞用事。殿中御史桓豹,因事上奏,未曾先报冏府,即被遣斥。南阳处士郑方,露书谏冏,且陈五失,冏亦不省。主簿王豹抗直敢言,向冏上笺,请冏谢政归藩。去了一豹,又来一豹,俱可称为豹变之君子,可惜遇着顽豚。辞云:

> 豹闻王臣蹇蹇,匪躬之故,将以安主定时,保存社稷者也。是以为人臣而欺其君,刑罚不足以为诛,为人主而逆其谏者,灵厉不足以为谥。伏惟明公虚心下士,开怀纳善,而逆耳之言,未入于听。豹思晋政渐阙,始自元康以来,宰相在位,皆不获善终。今公克平祸乱,安国定家,若复因前日倾败之法,寻中国覆车之轨,欲冀长存,非所敢闻。今河间树根于关右,成都盘桓于旧魏,新野大封于江汉,三面贵王,各以方刚强盛,并典戎马,处险害之地,明公兴义讨逆,功盖天下,以难赏之功,挟震主之威,独据京都,专执大权,进则亢龙有悔,退则蒺藜生庭,冀此求安,未知其福,敢以浅见陈写愚情。昔武王伐纣,封建诸侯为二伯:自陕以东,周公主之,自陕以西,召公主之。及至其末,四海强兵,不敢遽阚九鼎,所以然者,天下习于所奉故也。今诚能遵用周法,以成都为北州伯,统河北之王侯,明公为南州伯,摄南土之官长,各因本职,出居其方,树德于外,尽忠于内,岁终率所领而贡于朝,简良才,命贤隽,以为天子百官,则四海长宁,万国幸甚,明公之德,当与周、召并美矣。惟明公实图利之!

这笺上后,王豹待了十余日,并无答语,因再上一笺云:

> 豹上笺以来,十有二日,而盛德高远,未垂采察,不赐一字之令,不敕

可否之宜,豹窃疑之!伏思明公挟大功,抱大名,怀大德,执大权,此四大者,域中所不能容,贤圣所以战战兢兢,日昃不暇食,虽休勿休者也。昔周公以武王为兄,成王为君,伐纣有功,以亲辅政,执德弘深,圣思博远,至忠至仁,至孝至敬,而摄政之日,四国流言,离主出奔,居东三年,赖风雨之变,成王感悟,若不遭皇天之应,神人之察,恐公旦之祸,未知所限也。至于执政,犹与召公分陕为伯,今明公自视功德,孰如周公旦?元康以来,宰相之患,危机窃发,不及营思,密祸潜起,辄在呼吸,岂复宴然得全生计?前鉴不远,公所亲见也。君子不有远虑,必有近忧,忧至乃悟,悔无所及。今若从豹此策,皆遗王侯之国,北与成都分河为伯,成都在邺,明公都宛,宽方千里,以与圻内侯、伯、子、男,小大相率,结好要盟,同奖王家,贡御之法,一如周典。若合尊旨,可先与成都共议,虽以小才,愿备行人。百里奚秦楚之商人也,一开其说,两国以宁。况豹虽陋,犹大州之纲纪,与明公起事险难之主簿也,身虽轻而言未必否,倚装以待,伫听明命!

冏连接二笺,方有明令批答道:"得前后白事,具见悃诚,当深思后行。"掾属孙惠,亦上笺谏冏,略言:"大名不可久荷,大功不可久任,大权不可久执,大威不可久居,宜思功成身退之义,崇亲推近,委重长沙、成都二王,长揖归藩,方足保全身名"等语。冏不能用,惠辞疾竟去。却是见机。冏问记室曹摅道:"或劝我委权还国,汝以为何如?"摅答道:"大王能居高思危,褰裳早去,原为上计。"冏始终不决。适长沙王乂过访冏第,见案上列着书牍,便顺手展阅,看到王豹二笺,不由的发怒道:"小子敢离间骨肉,何不拖他至铜驼下,打杀了事?"冏听着此言,也不禁愤急起来,再经乂添入数语,好似火上加油,愈不可遏,便奏请诛豹,略云:

臣忿奸凶肆逆,皇祚颠坠,与成都、长沙、新野三王,共兴义兵,安复社稷,唯欲戮力皇家,与懿亲宗室,腹心从事。不意主簿王豹,妄造异言,谓臣忝备宰相,必构危害,虑在旦夕,欲臣与成都分陕为伯,尽出蕃王,上诬圣朝鉴御之威,下启骨肉乖离之渐,讪上谤下,逸内间外,构恶导奸,莫此为甚。昔孔丘匡鲁,乃诛少正,子产相郑,先戮邓析,诚以交乱名实,若赵高诡怪之类也。豹为臣不忠不顺不义,应敕赴都街,正国法以明邪正,谨此奏闻!

奏入,便奉诏依议,当下将豹推出东市,用鞭挞死。豹将死时,顾监刑官道:"可将我头悬大司马门,使得见外兵攻齐哩。"小子有诗叹道:

逆耳忠言反受诛，臣心原可告无辜。
临刑尚订悬头约，犹是当年伍大夫。

豹既冤死，同僚多恐遭祸，随即告退。容至下回报明。

齐同为名父之子，倡义勤王，足为功首。成都次之，长沙又次之，河间又次之。惠帝复辟，伦、秀就戮，叙功论赏，固无出齐王右者。为齐王计，能与诸王同心戮力，夹辅惠帝，则如周公之弼成王，诸葛孔明之相刘禅，谁曰不宜？否则急流勇退，委政而去，亦不失为明哲士。乃逞心纵欲，居安忘危，有良言而不见纳，有嘉谟而不肯从，甚至冤戮王豹，杜塞众口，孔圣谓言莫予违，必致丧邦，况同为人臣乎？本回于郑方、孙惠诸谏牍，俱皆从略，而独录豹二笺，并及同奏，所以表豹之忠义，且嫉同之暴盭云。

第十四回　操同室戈齐王毕命
　　　　　中诈降计李特败亡

却说王豹受戮，中外称冤，与豹同事的官僚，各有戒心。掾属张翰，见秋风徐来，忆及江南家景，有菰菜、莼羹、鲈鱼脍诸风味，便慨然自叹道："人生贵适意，何必恋情富贵呢？"遂上笺辞官，飘然引去。僚友顾荣，故意酣饮，不省府事。同长史葛旟，说他嗜酒废职，被徙为中书侍郎。颍川处士庚衮，闻同期年不朝，亦不禁唏嘘道："晋室将从此衰微了。看来祸乱不远，我不便在此久居。"乃挈妻子逃入林虑山中。同溺志宴安，终不自悟，且因河间王颙，前曾依附赵王伦，很不满意，任令还镇，并加意设防。颙长史李含，尝被征为翊军校尉，与梁州刺史皇甫商有嫌，商得参翊军事。含以此不安，同右司马赵骧，又与含有积怨，含益恐罹祸，竟匹马出都，奔还关中。颙见含回来，当然惊问。含诈称传达密诏，令颙诛同，颙将信将疑，含遂说颙道："成都王为皇室至亲，且有大功，今委政归藩，甚得众心。齐王同越亲专政，朝野侧目，为大王计，可檄长沙王讨齐，齐王必诛长沙王，我得借此兴师，归罪齐王，师出有名，不患不胜。若除去齐王，使成都王辅政，除逼建亲，永安社稷，岂不是一番大功劳么？"播弄是非，图害二王，如此刁滑，最堪痛恨。颙贪立大功，居然依议，便抗表陈请道：

王室多故，祸难罔已。大司马冏虽曾倡义，有兴复皇位之功，而安定都邑，克宁社稷，皆成都王之勋力也，而冏不能固守臣节，实乖众望。

自京城大定，篡逆诛夷，乃率百万之众，来绕洛城，阻兵经年，不一朝觐，百官拜伏，晏然南面，坏乐官市署，用自增广，取武库秘仗，严列不解。故东莱王蕤，知其逆节，表陈事状，横遭诬陷，加罪黜徙。彼益树植私党，僭立官属，幸妻嬖妾，名号比之中宫，宠竖顽僮，官爵俨同勋戚，密署心腹，实为货谋，斥罪忠良，窥窃神器，逆伦始谋，固犹是也。臣受重任，蕃卫方岳，见闻所行，实怀激愤。即日翊军校尉李含，乘驲密来，宣腾诏书，臣伏读感切，五情若灼，《春秋》之义，君亲无将。冏拥强兵，置党羽，权宦要职，莫非私人，虽加重责之诛，恐不义服。今特勒精卒十万，与州郡并协忠义，共会洛阳。骠骑将军长沙王乂，同奋忠诚，废冏还第，成都王颖，明德茂亲，功高勋重，往岁去就，允合众望，宜为宰辅，代冏阿衡之任。臣志安社稷，未敢营私，为此拜表摅诚，急切上闻！

颙既上表，即令李含为都督，出次阴盘，张方为前锋，进逼新安，距洛阳百二十里，一面遣使邀结成都王颖，新野王歆，并范阳王虓。音哮。虓系宣帝从孙，父绥尝封范阳王。绥死由虓袭封，拜安南将军，都督豫州军事，就镇许昌。诸王接到颙使，尚各按兵不动，坐观成败。也是中立政策。那齐王冏得了颙表，事出意外，不免惊惶，忙召百官，会议府中。冏首先开口道："孤首倡义兵，扫除元恶，区区臣心，可质神明。今二王听信谗言，忽构大难，究应如何对待，方保万全？"尚书令王戎应声道："如公勋业，原足盖世，但赏不及劳，故人怀贰心。今二王相结，恐不可当，公何不委权崇让，洁身就第？使二王无从借口，自然得安。"司空东海王越，也如戎议。忽有一人趋入，怒目厉声道："赵庶人听任孙秀，移天易日，当时衮衮诸公，无一倡义，赖我王犯矢石，贯甲胄，攻围陷阵，事乃得济。今日计功行封，未遍三台，这是赏报稽迟，责不在府。今谗言肆逆，理应一致同心，共图诛讨，乃虚承伪书，令王就第，试想汉魏以来，王侯就第有能保全妻子否？谁主此议，实可斩首！"你想讨灭二王，果可保全妻子么？王戎闻言，大吃一惊，慌忙审视，乃是冏门下中郎将葛旟。再顾齐王冏面色，也觉有异，更惶恐的了不得。眉头一皱，计上心来，托言腹胀如厕，装出龙钟状态，才至厕所，跌了一跤，弄得满身粪秽，臭不可闻，乃踉跄逃去。亏他装做得出。百官莫敢置议，也陆续溜了出来。

冏恐长沙王乂为内应，忙遣心腹将董艾，引兵袭乂。偏乂已走了先著，率左右百余人，驰入中宫，阖住诸门，挟了惠帝，号召卫士，出攻大司马府。董艾陈兵宫西，纵火焚千秋神武诸门，又亦遣部将宋洪，往烧冏第。两下里喊声大震，火光烛天。冏使黄门令王湖盗出驺虞幡，麾示大众，宣言长沙王矫诏为乱。又却拥惠帝至上东门，御楼传旨，说是大司马谋反。董艾不顾利害，望见天子麾盖，竟令部众仰射，矢集御前，侍驾诸臣，多被射伤，或即倒毙。都下各

第十四回　操同室戈齐王毕命　中诈降计李特败亡

军,见董艾如此无礼,遂疑冏谋反是实,于是相率攻冏,接连战了三日三夜,冏众大败。大司马长史赵渊,执冏请降,当由乂牵冏上殿,面见惠帝。冏自陈枉屈情形,伏地涕泣。惠帝不觉心动,意欲赦冏。乂亟叱左右推冏出外,一刀杀死,枭示六军。同党如董艾、葛旟等,皆夷三族,戮至二千余人。冏子冰、英、超,一并褫爵,幽禁金墉城。冏弟北海王寔,连坐被废,乃复请惠帝登殿,下诏大赦,改元太安。进长沙王乂为太尉,都督中外诸军事。封废王蕤子炤为齐王,奉齐献王攸遗祀,且遥谕河间王颙等罢兵。颙乃召还李含、张方,含怏怏退归。原来含为颙计,檄乂讨冏,本意是借乂为饵,总道乂非冏敌,必为所杀,待冏杀乂后,势必具敝,正好乘衅入都,除冏废帝,迎立成都王颖,由颙为相,自己好佐颙预政,偏偏不如所料,乂得一举杀冏,反把朝廷大权,平白地为乂取去,真是替人作嫁,毫无益处。含因此失望,又想设法挑衅,劝颙除乂。适值巴氐李特,倡乱成都,颙有西顾忧,遣督护衙博出屯梓潼,与特相持,不得不将内政问题,暂且搁起。小子也只好将李特乱事,随笔叙明。

　　自从李特兄弟,与流民西行入都,见前文。益州刺史赵廞,见特材武,引为己用。特弟庠、流,当然同处。特恃势掠民,为蜀人患。成都内史耿滕,密奏晋廷,略言"流民剽悍,蜀民懦弱,喧宾夺主,必为乱阶。刺史赵廞,不能控驭,反假权宠,应如何防患未然,酌量调遣"云云。晋廷遂征还赵廞,用滕为益州刺史。廞本贾后姻亲,接到朝旨,愈觉悚惶,自思晋廷衰乱,不如抗命据蜀,独霸一方。乃大发仓廪,遍赈流民,更厚待李特兄弟,倚作爪牙。待耿滕入州,竟发兵出攻,把滕击死。又诱杀西夷校尉陈总,自称大都督大将军益州牧,建置僚属,改易守令,分遣李特兄弟,屯守要害。庠招集各郡壮勇,得万余人,堵塞北道,受廞封为威寇将军。廞长史杜淑、张粲,谓廞倒戈授人,恐为庠噬,廞从此忌庠。庠未曾闻知,反入劝廞速称尊号,语尚未毕,即被淑、粲两人,左右突出,把庠拿下,责他大逆不道,推出斩首。特与流在外握兵,乃骤斩一庠,岂非冒昧?一面遣人慰抚特、流,但言庠罪应死,兄弟不相连坐,尽可安心戍守。特与流哪里肯从?便引众趋归绵竹。廞恐二人报怨,拟遣将加防,适牙门将许弇,求为巴东监军,杜淑、张粲,固执不许。弇怒杀淑、粲,淑、粲左右复杀弇。三人皆廞心腹,同时毙命,廞如失左右手,不得已遣长史费远。蜀郡太守李苾、督护常俊,率领万余人,往戍绵竹附近的石亭。李特欲为弟报仇,潜募徒众,得七千余人,夜袭费远等军营。远等骇走,奔还成都。特乘胜进攻,日夜不休。远、苾与军祭酒张微,复斩关夜遁,文武尽散。廞孤立无助,只好带了妻孥,混出城门,驾着扁舟,走向广都。手下亲丁数名,见廞失势,顿时图变杀廞,函首送特。特已趋入成都,大掠三日。既得廞首,悬示城门,且遣使入都,表陈廞罪,伫待朝命。先是梁州刺史罗尚,闻廞逆命,曾上言廞非雄才,不久必毙,已而果如尚言。晋廷以尚为能,即授尚平西将军,领益州刺史。尚率牙门将王敦、广汉太守辛冉,及新任蜀郡太守徐俭等入蜀。特闻尚来,且忧且惧,使季弟骧绕道出迎,赂贻珍玩,统是五光六色,价值连城。尚不禁大喜,见利即喜,贪鄙可知,乌足济事?立命骧为骑督,特与弟流复率部众牵牛担酒,驰至绵竹,为尚接风。王敦、辛冉语尚道:"特等统是盗贼,可乘他来会,拿住斩首,方免后患。"尚不肯依议。厚抚特、流,偕入成都,更保举特为宣威将军,流为奋武将军。会秦、雍二州,接奉朝旨,令召还入蜀流民。又由御史冯该,往蜀督遣,流民多不愿行。特尚有兄辅,留居略阳,此时赴蜀,语特谓中国方乱,不宜遣还流民。特乃再致赂罗尚,并及冯该,请展缓流民归期。两人得了货赂,许令宽限半年。

时方春季,转瞬间即到新秋,流民多为人佣工,无资可行,且因水潦方盛,五谷未登,更不便就道,复乞特再为缓颊。特因申禀罗尚,更请延期。尚颇欲允许,广汉太守辛冉,向尚力阻,坚持前约。就中还有一段隐情,乃是冉暗中舞弊,只手瞒天,当特、流二人受官时,诏书迭下,令冉等调查流民,果与特等同讨赵廞,亦应按功加赏等语,冉昧下朝命,并未照办,且欲杀流民首领,劫取资财。流民相率怨冉,复相率感特。特欲收结众心,便在绵竹连置大营,安处流民,并移文至冉,请他法外施仁,毋使流民失所。冉阅特文,勃然大怒,索性悬赏通衢,募李特兄弟头颅。特闻冉悬赏购已,令人潜往揭榜,令弟骧添写数语,谓能斩送流民首级,每一头赏布百匹,于是流民大愤,奔投特营,旬日间至二万余人。冉复立栅冲要,谋掩流民,且遣广汉都尉曾元,牙门张显率步骑三万人,夜袭特营。罗尚亦遣督护田佐为助。特正分部众为二垒,自居东营,令弟流居西营,缮甲厉兵,设伏以待。曾元、张显、田佐等,到了特营,见营中灯火无光,寂无声响,总道特未曾防备,放胆直入。不料号炮一声,伏兵四出,特自营内杀出,流从营外杀入,一阵乱剁,把曾元、张显、田佐三人,一古脑儿了结性命,余众多死,逃脱的不过数千人。流民喜跃异常,共推特行镇北大将军,承制封拜。流行镇东大将军,兼号东督护。辅与骧亦俱为将军,进兵攻冉。冉督兵出战,屡为所败,遂溃围出走德阳。既不能战,又不能守,还想什么大富贵?特入据广汉,令李超为太守,再率众往攻成都。沿途晓示蜀民,与他约法三章,施舍赈贷,礼贤拔滞,军律肃然,秋毫无犯,蜀民大悦。是谓强盗发善心。罗尚出兵拒特,统被击退,不得已在城外筑垒,连营自固,一面贻书梁州,及南夷校尉等处,乞请援师。

河间王颙,得成都被困消息,乃遣衙博带领兵士,往援成都。晋廷亦授张微为广汉太守,进军德阳,罗尚又遣督护张龟,出次繁城。三路人马,遥相呼应,为夹攻计。特使次子荡引兵袭博,自统部众击破张龟,再至德阳堵御张

第十四回　操同室戈齐王毕命　中诈降计李特败亡

微。博引兵至梓潼,列营阳沔,突闻李荡掩至,仓猝出战,被他杀败,退保葭萌。梓潼太守张演,弃城遁去。巴西丞毛植迎降荡军。荡再攻衙博,博又怯走,麾下兵悉数降荡。荡向特报捷,特遂自称大将军益州牧,都督梁、益二州军事。改年建初,大发兵攻张微。微依高据险,与特相持,连日不决。待至特众惰弛,乃遣步兵循出而下,突入特营。特抵挡不住,且战且走。途中七高八低,险些儿为微所乘,几至全军覆没。忽见一少年将军,身穿重铠,手持长矛,大呼直前,让过李特,竟向微军中杀入,左挑右拨,无人敢当,接连刺死数十人,方将微军杀退。特瞧将过去,那少年不是别人,正是次子李荡,不由的喜出望外,复驱众返追微军。微见特追至,整阵再战,不料荡余勇可贾,仗着一杆蛇矛,摧锋陷阵,辟易千人。微军已胆弱气衰,不敢与斗,微只得逃回德阳。特既得胜仗,便欲引还,荡进言道:"微已战败,士卒伤残,智勇俱竭。我军正可乘他劳敝,一鼓擒微,若失此机会,待微休养疮痍,再得振奋,恐未易图谋了。"特乃令荡进围德阳。微溃围出走,由荡驱众追杀,竟得将微刺死,并生擒微子存,旋师报特。特召存入见,存跪伏乞命。特乐得施恩释存使归,发还微尸。*也知权诈。*遣部将骞硕为德阳太守,正拟再攻成都。

忽闻河间王颙,又遣梁州刺史许雄,率兵前来,乃留众守候。俟雄军一到,便杀将过去。雄军远来困乏,怎敌得李特的生力军?战不数合,便即败退。越宿又战,雄军复败,遁回梁州。特乃得移兵西进,复攻罗尚。尚自特东去后,曾在郫水岸上,增戍加防,且因李流、李骧,未曾随特他去,仍然分驻毗桥,因此不敢远出,但遣兵出扰骧营。骧再战再胜,三战失利,奔入流营,与流并力回攻,又大破尚军。*尚军真不耐战。*尚急得没法,偏李特又潜军渡江,击退郫水戍卒,会集流、骧两营,直逼城下,声震山谷,直使尚叫苦不迭,寝食难安。*尚尝谓廙无雄才,试问自己有雄才否?*成都尚有内、外二城,内城叫做太城,外城叫做少城,蜀郡太守徐俭,见李特势盛,竟将少城降特,尚只孤守太城,越觉汹惧,不得已向特求和。特未肯遽许,入据少城。是时,蜀人危惧,皆结坞自保,特遣使安抚,众皆听命。惟特尝申行禁令,不准侵掠,部下流民,趋集如蚁,免不得人多粮少,乃分遣流民,自向诸坞就食。李流入告道:"诸坞新附,人心未固,宜令大姓子弟,入城为质,方保无虞。"特怒答道:"大事已定,但当安民,奈何迫令入质,使他离叛呢?"*徒知小惠,亦属不合。*既而晋廷遣荆州刺史宗岱,建平太守孙阜,带领水军三万人,西援成都。岱令阜为前锋,进逼德阳。特亟遣李荡等往御阜军,一战失利,入守德阳。益州从事任睿,向尚献议道:"特散众就食,骄怠无备,朝廷援军大至,将入德阳,这正是天意诛逆的时候了。乘此密结诸坞,约期同发,内外夹击,定可破贼。"尚乃令睿夜缒出城,往告诸坞。诸坞人民,正得阜军入境消息,便即从命,愿如睿约。睿还城报尚,又自请往特诈降。尚悉依睿计,睿又出城诣特。特问及城中虚实,睿答道:"粮储将尽,只有货帛,不久便可破灭了。鄙意不甘同尽,故来投降。"特信为真言,留诸麾下。睿在特营二日,备悉特军情状,乃求还省家,特仍不以为疑,听令自去。睿复入内城,部署兵马,如期出发,直薄特营。诸坞亦遵约四应,表里合击,杀得特众走投无路,东倒西歪。睿领着锐卒,冲至特前,特见睿到来,还疑他纠众来援,当拍马相迎,不防睿劈面一刀,立即送命,倒毙马下。李辅急上前相救,又被睿顺手杀死。惟李流、李骧,及特少子李雄,挈领家属及所有残众,拼命杀出,遁往赤祖去了。罗尚出城安民,把李特、李辅尸身,一并焚骨扬灰,惟先时将两首枭下,遣使传送洛阳。小子因有诗叹道:

    挺身百战逞强梁,一败偏遭马上亡。
    莫笑当年刘后主,兴衰得丧本无常。

  特既败死,荡在德阳,闻报即还,欲知后来情形,待至下回再表。

  长沙王乂,随同起兵,未尝亲临一战,而因人成事,得复故封,此未始非一时之幸遇,为乂计,亦可以知足矣。乃与颖谒陵,即有乘间挑拨之言,小人得志,为鬼为蜮,诚哉其靡所底止也。李含之为颙设谋,比乂尤狡,乂欲借颖以除颙,含且借颙以除颙乂。假令当日者,颙、乂果得并除,含计得逞,安知含之不再除颖颙也?然木必朽而后虫生,堤必裂而后蚁入,颙、颖、乂、颙,能知同族之不宜相戕,推诚相与,虽有百含,何能为哉?彼李特兄弟与流民同入成都,得良吏以驾驭之,未始不可收为爪牙,乃前有赵廞,后有罗尚,贪欲无艺,反使李特等乘怨行私,挟众为乱,至特诛而乱似可止矣,然罗尚犹存,民怨未已,蜀岂能有宁日乎?此贪夫之所以终为国祸也。

第十五回　　讨逆蛮力平荆土
    拒君命冤杀陆机

  却说李流遁至赤祖,收集残众,尚不下数万人。李荡亦自德阳奔还,助流拒守。流与荡雄各为一营,流居北,荡雄居西。部众以军中无主,无所适从,因复推流为大将军,领益州牧,秣马厉兵,再图一战。是时,德阳已为孙阜所破,守将骞硕等被擒,阜退屯涪陵,罗尚却遣督护何冲、常深等,分道攻流。还有涪陵民药绅,亦起兵相助。流与李骧拒深,使荡与雄拒绅,何冲却乘虚攻北营。流已外出,只留部将苻成、隗伯等,居守营中,两将忽生变志,与冲为应,冲趁势杀入，不意营内出来一个女将军，擐甲执矛，麾动部众，拼命抵住。女将为谁，请看官掩卷一猜。冲不禁诧异，但令军士困住女将，与她厮杀。那女将毫不畏惧，反抖擞精神，当先冲突，好几次被她荡决，直使冲无可下手，目眙心惊。忽从刺斜里闪出一人，手执利刃，直奔女将，女将连忙闪避，那刀锋已到眉尖，伤及左目，顿时血泪交迸，点滴不休，冲总道这女将受伤，必致败遁，偏女将仍复酣战，反觉得裂眦扬眉，拼个你死我活。看官欲知女将来历，乃是特妻罗氏。刃伤罗氏左目，便是隗伯。罗氏已有死志，始终不肯退去，那营内却已被捣乱，眼见得危巢将覆，猛听得营门外面一声呼啸，有两大头目，率众杀到，一是李流，一是李荡。原来流往拒常深，得破深垒，深已遁去；荡往拒药绅，绅闻深败，不战自退，所以流与荡得收兵驰还，来救北营。何冲只一支孤军，怎禁得两路来攻。只好冲开一条血路，没命似的乱跑。苻成、隗伯，也溃围突出，随冲同诣成都。流与荡尚不肯舍，在后力追。荡自恃勇力，持矛先驱，将到成都城下，不防苻成、隗伯翻身猛斗，苻执矛，隗执刀，双战李荡。荡格过了矛，又要防刀，格过了刀，又要防矛，略略一个失手，被苻成刺中腰胁，坠落马下。是亦与养由基之死艺相类。苻成正要枭取荡首，适值李流驰到，部众甚盛，料知不遑下手，亟与隗伯掉头入城。何冲已在城阃守候，见二人得入，立将城门阖住，阻遏外兵。流抢得荡尸，涕泪并下，再拟鼓众攻城，忽有急足驰到，报称孙阜将至，没奈何长叹一声，载尸引还。既返北营，检点营中士卒，也被何冲一战，伤毙多人。自思兄侄俱亡，孙阜又至，不由的悲惧交并。姊夫李含，曾由特任为西夷校尉，此李含与颙长史同姓同名，但不同人，惟含与特041姓结婚，究不脱蛮俗。至是劝流乞降阜军。流无可奈何，因遣子世及含子胡，至阜军为质，壹意求和。李骧、李雄，交谏不从，胡兄离为梓潼太守，闻信驰还，欲谏不及，退与雄谋袭阜军。雄很是赞成，但虑流不肯发兵。离答道："事若得济，何妨擅行。"雄大喜过望，便语部众道："我等前已残虐蜀民，今一旦束手，便为鱼肉，为今日计，惟有同心袭阜，尚可死中求生。"众皆踊跃从命。雄与离遂不复白流，率众径袭阜军。阜因流已求和，不复设备，竟被雄等捣入营垒，杀得一个落花流水。阜但率数骑遁去。宗岱驻军垫江，得病身亡，荆州军遂退。雄始向流报捷，流不禁愧服，嗣是一切军事，委雄主持。雄更出兵攻杀汶山太守陈图，夺踞郫城。相传雄为罗氏所生，与荡同出一母，罗氏尝梦见大蛇绕身，方致怀妊，阅十四月乃生。罗氏知非常人，告诸李特。特因取名为雄，表字仲俊。术士刘化，见雄有奇姿，尝语人道："关陇士人，皆当南移，李氏子中，惟仲俊有奇表，将来终为人主呢。"后果如刘化言，这且慢表。为下文李雄僭号张本。

且说晋廷闻蜀乱未平，再遣侍中刘沈，出统罗尚、许雄等军，申讨李流。

沈行过长安，河间王颙慕沈才学，留为军司，表请易人。颙已有无君之心，故得截留军师。诏授沈为雍州刺史，使得与颙相处。另由颙派出一人，叫作席薳，也是有名无实，不闻西行。廷议欲再简良帅，蓦由新野王歆，递入急奏，乃是义阳蛮酋张昌，聚众为逆，锋不可当，请朝廷急速发兵，分道进援。又起一波。当时荆州东南，蛮民伏处，尚知归服王化，自歆出镇荆州，政尚严急，失蛮人心。义阳蛮张昌，聚众数千人，乘隙思乱，适晋廷征发荆州丁壮，往讨李流，大众俱不愿远行，诏书一再督促，并责令地方官随地查察，不准役夫逗留。郡县有司，依诏办理，不敢违慢。被役兵民，急不暇择，索性相聚为盗。还有饥民趋集，约数千口。于是张昌四处煽诱，即就安陆县石岩山中，作为巢穴，自己移名改姓，叫作李辰，诸戍役及众饥民，多往趋附，众至万余。江夏太守弓钦，遣兵往讨，反为所败。昌遂出巢攻江夏郡，钦督众迎战，又复失利，竟与部将朱伺奔往武昌。昌得入据江夏，又造出一种妖言，谓当有圣人出世，为万民主。已而得山都县吏邱沈，使改姓名曰刘尼，诈称汉后，奉为天子，且向众诳言道："这便是圣人呢。"昌自为相国，指野鸟为凤凰，充作符瑞，居然拥着邱沈，郊天祭地，号为神凤元年，徽章服色，一依汉朝故事，如有人民不肯应募，便即族诛。并捏称"江淮以南，统已造反，官军大起，悉加诛戮，惟得真主保护，方可免难"等语。为此种种讹传，煽动远近，遂致乱徒四起，与昌相应，旬月间多至三万人，皆首著绛帽，用马尾作髯，几与戏子演剧，仿佛相同。天下事莫非幻戏，何怪张昌。

新野王歆，闻江夏失守，乃遣骑督靳满往剿。满至江夏，与昌交锋，不到半日，杀得大败亏输，慌忙奔还。歆因乞请济师，诏遣监军华宏往讨，又不是张昌的对手，败绩障山。廷议乃如歆所请，发兵三道：一是命屯骑校尉刘乔为豫州刺史，攻昌东面；一是命宁朔将军刘弘为荆州刺史，攻昌西面；一是诏河间王颙，使遣雍州刺史刘沈，率州兵万人，并征西府五千人，出蓝田关，攻昌北面。哪知颙不肯奉诏，止沈不遣。叛形已露。沈自领州兵至蓝田，又被颙遣使追还，北路兵完全无效。唯刘乔出屯汝南，刘弘及前将军赵骧，平南将军羊伊，出屯宛城。昌遣党羽黄林，率二万人向豫州，自统众攻樊城。新野王歆，因乱党逼近，不得已亲自出马，督兵往御。两下相值，彼此列阵，歆方麾兵接仗，不防部下一声哗噪，竟尔四散。那乱党竟摇旗呐喊，好似狂风猛雨，一齐扑来。歆心慌意乱，正思拍马逃奔，偏乱党已突至马前，把他围裹，你刀我槊，四面杀入，霎时间把一位晋室藩王，收拾性命，送往冥途。还算是为国而死，死尚值得。

败报传到洛阳，一道急诏，令刘弘代歆为镇南将军，都督荆州诸军事。弘，相州人，颇有才略，御下有律，宽严相济。昌党黄林，进薄弘营，被弘一鼓击退。及接朝廷诏敕，星夜就道，即向荆州进发。昌意图南扰，别遣悍党石冰，东寇扬州，击败刺史陈徽，诸郡尽被陷没。又攻破江州，连陷武陵、零陵、豫章、武昌、长沙诸州郡，沿江大震。临淮人封云，复起应石冰，骚扰徐州，遂致荆、江、扬、豫、徐五州境地，多为贼据。官吏或逃或降，由张昌另易牧守，专用部下一班盗贼。萑蒲小丑，何知抚字，一味的恃强行凶，到处掠夺，人民不堪暴虐，才思把盗贼驱除，蓄谋待变；再加刘弘御寇有方，一入荆州境内，便将司马歆的苛政，尽行蠲除，然后遣南蛮长史陶侃为大都护，牙门将皮初为都战帅，进据襄阳，扼守要害。昌屡攻不克，退处竟陵。侃留皮初居守，自率兵攻竟陵城，与昌前后数十战，尽得胜仗，斩贼首至数万级，昌弃城遁去。侃号令贼中，降者免死，贼党遂弃戈抛甲，悉数投诚。刘乔亦遣部将李杨等进取江夏，诛死刘尼，荆土遂平。

弘至荆州城下，望见城门四闭，城上遍列官军，似与弘相仇敌。弘很是诧异，便呼城上人答话，叫他开门。守卒答道："我等奉范阳王令，到此守城。无论何人，概不放入。"弘答道："我受诏前来，督辖此土，岂范阳王尚未闻知么？究竟由何将监守，请出来相会，说个明白。"言毕停辔相待，好一歇才见开城，一将带兵出门，跃马当先，势甚凶猛。弘料他不怀好意，扬起马鞭，向后一招，将士等已一齐向前，截住来将，来将无从突入，始自报姓名职衔，说是长水校尉张奕，由范阳王虓差遣到此。弘出诏相示，奕仍不服，舞刀欲斗，经弘一声喝令，将士即将奕围住，好似群虎攒羊，不到半时，已把奕研死了事。奕真该死。弘乃得入城安众，并将奕首送入阙廷，说奕兴兵拒诏，所以枭首，且自请擅杀的处分。有诏慰抚刘弘，不复问罪。倒还明白。弘因再发陶侃等剿捕张昌，昌窜入下俊山，由侃军入山搜缉，连斗数次，昌众尽死，只剩昌一人一骑，逃往清水，嗣被侃军追及，眼见是不能脱逃，身首两分。侃军回城报命，弘起座迎侃，欢颜与语道："我昔为羊公参军，蒙羊公器重，谓我他日必镇此地，今果得验。我看卿亦非凡器，他日亦必继老夫了。"羊公指羊祜。录入弘语，为陶侃都督荆州伏案。侃当然逊谢，不消细叙。侃字士行，鄱阳人氏，少孤身贫，及长乃为县吏。鄱阳孝廉范逵，尝过访侃家，侃母湛氏，截发为双髲，假发。易钱市酒肴，款待范逵，畅饮尽欢。叙截发事，以表陶母。及逵别去，侃送逵至百里外，逵知侃微意，便语侃道："君是否欲为郡曹？"侃答道："正苦无人荐引，公能为我吹嘘否？"逵满口答应，方与侃握别。逵至庐江，见太守张夔，极称侃才，夔因召侃为督邮，领枞阳令，始有能名。夔又举侃为孝廉，侃乃得入为郎中，寻调吏部令史。弘受命出镇，辟侃为南蛮长史，令他从军，果然一战成功，更由弘叙劳上奏，封东乡侯，授江夏太守。又举皮初为襄阳太守，晋廷以襄阳名郡，恐皮初未能胜任，改令前东平太守夏侯陟补授。陟系弘婿，弘又表称陟系姻亲,例须避嫌,皮初有功,宜见酬报,诏乃从弘。弘复语人道:"为政须秉大公,若必用亲戚,试想荆州十郡,莫非有十女婿不成?"知此方可致治。当下劝课农桑,宽刑省赋,公私交济,万姓腾欢。

惟叛党石冰,与临淮乱徒封云相结,攻陷临淮,寇焰尚盛。议郎周玘等,起兵江东,推前吴兴太守顾秘,都督扬州军事,传檄州郡,仗义讨贼。周玘系故将军周处子,颇有闻望,一经起义,四处响应。前侍御史贺循,起自会稽,庐江内史华谭及丹阳人葛洪、甘卓,均集众应玘。玘得连破石冰,斩首万级。冰自临淮退趋寿春,征东将军刘准,方戍广陵,闻冰将至,不禁惶骇,独度支陈敏,愿出击石冰,乃成军前往,与冰屡战屡胜。冰众十倍陈敏,统是乌合,故敏能用少胜多。冰奔往建康,敏再与周玘合师进击,冰复败走。冰党封云正留扰徐州,冰乃北窜就云,云部下张统,料二人不能成事,杀冰及云,献首军前,扬、徐二州乃平。玘与贺循,散众还家,不求封赏,惟陈敏得为广陵相,敏自是恃勇生骄,渐渐的发生出异志来了。比诸周玘、贺循,相去何如。是时,洛阳都中,已闹得一塌糊涂,不可收拾,庸愚无识的晋惠帝,任人播弄,忽东忽西,几至身家不保,颠危得很,说来不但可恨,也觉可怜。河间王颙,不服朝命,日夕思逞,再加长史李含,从旁挑拨,越觉跋扈不臣。应第十四回。还有成都王颖,恃功骄弛,差不多与颙相似。长沙王乂,在都专政,虽事事就颖函商,颖尚未餍所欲,因此与颙交通,共图除乂。适皇甫商复为乂参军,商兄重出任秦州刺史,李含怀有宿怨,闻商兄弟俱得邀宠,不得不设计驱除,亦回应十四回。乃向颙进言道:"商为乂所任重,重又出刺秦州,二人为乂爪牙,必为我患,今可表迁重为内职,诱令还过长安,顺便拘戮,也得除却一患了。"颙如言上表,晋廷亦准如所议。偏重已猜透含计,露檄上闻,竟发陇上兵讨含。乂因兵患方纾,决意和解,既征含为河南尹,又敕重罢兵息争。含喜得美缺,即日就征,重却不肯奉诏。颙遣金城太守游楷,陇西太守韩稚等,合兵攻重,复密遣人授意李含,使与侍中冯荪,中书令卞粹,共谋杀乂。偏又被皇甫商料着,向乂报闻,乂即捕杀李含,害人适以自害,何苦为此鬼蜮。便将冯荪、卞粹,也即收戮。含党骠骑从事诸葛玫等,恐遭连坐,都逃赴长安,往报河间王颙。颙不闻犹可,既已闻知,哪得不怒气直冲?便飞使关中,约颖会师讨乂。颖即欲如约,左司马卢志入谏道:"公前有大功,乃委权谢宠,甘心就藩,所以物望同归,交口称美。今因辅政非人,欲加整顿,何必带兵入阙,但教文服入朝,从容论治,自足服人。志料长沙王必未敢反抗呢。"颖本来深信卢志,及骄心一起,前后判若两人,所以良言进规,拒绝勿纳。又有参军邵续,亦谓兄弟如左右手,不应自去一臂,颖亦不从,遂许从颙约,与颙联名上表。劾"乂论功不平,且与右仆射羊玄之,左将军皇甫商,共擅朝政,杀戮忠良,请诛玄之皇甫商,遣乂还镇"云云。

第十五回　讨逆蛮力平荆土　拒君命冤杀陆机

不意朝廷下诏，亲出征颙，特命乂为太尉，都督中外诸军事。于是颙令张方为都督，统率精兵七万，自函谷东趋洛阳，颖亦出屯朝歌，令平原内史陆机，为前将军都督，统率北中郎将王粹，冠军将军牵秀，中护军石超等，领兵二十万，南向洛阳。

　　惠帝出都至十三里桥，由乂下令，遣皇甫商督兵万人，往拒张方。商至宜阳，被方掩击一阵，竟至败还。惠帝返驻芒山，转往缑氏，羊玄之忧惧成疾，数日告终。还是死得便宜。成都王颖进屯河南，使石超进逼缑氏，惠帝又走归洛阳。陆机等直薄都下，乂陈兵东阳门，击退机军。颖复遣将军马咸，为机臂助，机本文士，未娴军旅，且骤握重任，不能服人，王粹等多有异言，遂致全军生贰。为颖逼君，乂亦未安。机名为读书，奈何不明此义。乂奉惠帝御建春门，麾兵再战。司马王瑚，率数千骑为前驱，马上各系大戟，冲突机军。机军前队，由马咸督领，骤为王瑚所乘，顿时溃乱，咸马扑被擒，当即枭斩。牵秀、石超，率部曲先遁，王粹亦去，机军大败，各赴七里涧逃生，多半溺死，涧水为之不流。偏将贾崇等十六人，悉遭陷没。尚有小督孟超，同时败死。孟超兄叫做孟玖，系是成都王宠奴，尝乞简乃父为邯郸令，为机所阻，遂与机有隙。超虽随机出行，不受节制，自领万人为一队，到处大掠。机收逮超麾下将弁，超立率骑士百余名，入机帐中，竟把部将夺去，且悍然语机道："看你蛮奴能作督否？"机司马孙拯，劝机杀超，机不能决。便是没有将才。超且出语大众道："陆机将反。"又寄书与玖，诬机阴持两端。玖早欲进谗，会闻弟又败没，便诉诸颖前道："机已私通长沙王，不可不除。"牵秀素来媚玖，又恐败还见责，便将失败情由，统委诸陆机身上，证成机罪。颖当即大怒，使秀率兵收机，参军王彰谏道："今日战事，强弱异势，愚人犹知必胜，今乃反是，实因机为吴人，北土旧将，不肯服从，所以有此挫失呢。还乞殿下赦机！"颖不肯听，促秀使去。机闻秀至，释戎服，著白袷，与秀相见，并作笺辞颖，随即长叹道："华亭鹤唳，可再闻否？"谁叫你不听忠告。秀竟杀机。又收机弟清河内史云，平东祭酒耽及司马孙拯，一并下狱。记室江统、蔡克等，先后营救，统被孟玖阻住，且催令速杀云、耽、夷及三族。狱吏拷掠孙拯，甚至两髁露骨，仍言机冤。吏知拯义烈，乃语拯道："二陆沈冤，人已尽知，君奈何不自爱身呢？"拯仰天叹道："陆君兄弟，为当世奇才，我既蒙知遇，不能相救，难道还好忍心相诬么？"拯有门人费慈、宰意，诣狱省拯。拯与语道："我不负二陆，死亦甘心，汝等何必来此？"二人答道："先生不负二陆，我等怎敢负先生？"遂为拯上书，谓拯无罪。孟玖已令狱吏诈为拯供，亦夷三族，并将费慈、宰意二人，一律处斩。小子有诗叹道：

　　　　才高班马露英华，一跌丧身并覆家。
　　　　何若当年先引去，好随云鹤隐天涯。

究竟战事如何结局,待至下回叙明。

新野王歆,亦一狡诈徒,前随齐王冏起义,冒功受爵,谒陵时,即有离间成都之言,假使无张昌之乱,速死战场,则后此颙、颖为逆,彼必不肯袖手,其与颙、颖辈并受恶名,同归死绝,亦势所必至者耳。故歆之得死于张昌,议者咎歆之无能,吾谓歆固无能,死于寇,视死于逆者犹较胜也。刘弘、代歆,选陶侃为大都督,便得平逆,得人之效,固如此其彰著哉。河间王颙,跋扈不臣,原不足道。颖颇负时望,乃亦一变至此,甚至信用嬖人,枉杀机、云,宜其终遭人噬,死且不容也。夫陆机附逆逼君,死本自取,但不死于朝廷之大法,而独死于逆党之谮言,则不得不为之呼冤,实则亦非真冤也。良禽择木而栖,良臣择主而事,谁令彼甘心事逆,自蹈死地?冤乎否乎,读史者自能辨之。

第十六回　刘刺史抗忠尽节
　　　　　　皇太弟挟驾还都

却说长沙王乂,既击败颖军,复转攻颙军,惠帝仍亲出督战。颙军都督张方,率众近城,众见乘舆麾盖,不禁气沮,便即退走。方亦禁遏不住,只好却还。乂竟驱兵杀来,把方军前队的兵士,多半杀毙,共约五千余人。方退屯十三里桥,众心未定,尚拟夜遁。方下令道:"胜败乃兵家常事,古来良将用兵,往往能因败为胜,今我更向前营垒,出其不意,也是一兵家奇策呢。"遂乘夜前进数里,筑垒数重,为持久计。乂得战胜方军,总道是方不足忧。到了翌晨,接得侦报,才悉方又复进逼,连忙引兵往攻,那方已倚垒为固,无隙可乘。乂军上前挑战,方按兵不发,及见乂军欲退,乃开垒出战,一盈一竭,眼见是方军得势,乂军失利了。

乂败回都城,未免心慌,因与群臣集议军情,大众多面面相觑,你推我诿,结果是想出一个调停法子,拟先与颖和,然后并力拒颙。乂与颖本是兄弟,总望他顾及本支,罢兵息怨,乃使中书令王衍,光禄勋石陋等,同往说颖,令与乂分陕而居,颖竟不从。越亲越势亲。衍等归报,乂再致书与颖,为陈利害,劝使还镇。颖复书请斩皇甫商等,方可退兵,乂亦不纳。颖又进兵薄京师,两镇兵士,齐逼都下,皇命所行,仅及一城,米石万钱,公私俱困。骠骑主簿祖逖,为乂设策道:"雍州刺史刘沈,忠勇果毅,足制河间,今宜奏请遣沈,使袭颙后,颙欲顾全根本,必召还张方,一路退去,颖亦无能为了。"计非不善,奈肘腋间尚有一患,奈何?乂当然称善,便即奏闻。惠帝无不依从,颁诏去讫。乂又申请一敕,

第十六回　刘刺史抗忠尽节　皇太弟挟驾还都

令皇甫商赍敕西行,饬金城太守游楷等罢兵,且使皇甫重进军讨颙。这又是一大失着,徒断送皇甫兄弟性命。商行至新平,与从甥相遇,述及密计,从甥与商有隙,驰往告颙。颙遣众往追,将商擒归,当即杀死,并遥令游楷等速攻秦州。幸皇甫重坚壁固守,部下亦愿为死战。好容易又过一年,长沙王乂,鼓众誓师,出与颖军决战,屡得胜仗,斩俘至六七万人,颖军大沮。张方见颖军失败,亦欲退还,惟探得都城乏食,或有内乱可乘,所以留兵待变。果然不到数日,左卫将军朱默,与东海王越通谋,竟勾通殿中将士,把乂拿下,入启惠帝,且免乂官,锢置金墉城中,一面大赦天下,改元永安,开城与颖、颙二军议和。颖颙二军,无词可驳,勉强从命,独乂在金墉城上表道:

陛下笃睦,委臣朝事,臣小心忠孝,神祇所鉴,诸王承谬,率众见责,朝臣无正,各虑私困,收臣别省,幽臣私宫,臣不惜躯命。但念大晋衰微,枝党将尽,陛下孤危,若臣死国,宁亦家之利,但恐快凶人之心,无益于陛下耳。幸陛下察之!

原来乂居围城,侍奉惠帝,未尝失礼。城中粮食日窘,乂与士卒同食粗粝,甘苦共尝,所以出御两军,胜多败少。偏出了一个东海王越,忌乂成功,潜下毒手。越罪更甚于乂,故语带抑扬。将士等初为乂诳,因致盲从,及见外兵不盛,乂表可哀,乃隐起悔心,复欲迎乂拒越。越察得众情,不禁着忙,便召黄门侍郎潘滔入议道:"众心将变,看来只有杀乂一法,省得人心悬悬。"滔应声道:"不可,不可!杀乂终负恶名,何勿让与别人。"滔更凶狡。越已会意,乃使滔密告张方。方系杀人不眨眼的魔星,得滔通报,立即派兵至金墉城,取乂入营,锁诸柱上,剥去衣服,四围用炭火焙着,好像烧烤一般。可怜乂身被火炙,号声震地,到了乌焦巴弓,才见毕命。方营中大小将士,睹此惨状,俱为流涕。惟方狰狞上坐,反露笑容。毒逾虎狼。乂死时只二十八岁,遗尸由故掾刘佑收埋,步持丧车,悲恸行路。方却目为乂士,不复过问。这却如何晓得?先时洛下有谣言云:"草木萌芽杀长沙。"乂死时适当正月二十七日,谣言果验。

成都王颖,得入京师,使部将石超等,率兵五万,分屯十二城门。殿中宿卫,平时为颖所忌,概皆处死。颖自为丞相,增封二十郡,加东海王越为尚书令,乃出都返镇,表卢志为中书监,参署丞相府事。雍州刺史刘沈,尚未闻都中情事,自得密诏后,即纠合七郡兵旅,径向长安进发。河间王颙,尚屯兵关外,为方声援,蓦闻刘沈起兵到来,慌忙退守渭城,并遣人飞召张方。方大掠洛中,掳得官私奴婢万余人,向西驰去,未及入关,颙已与沈军交战,败还长安。沈使安定太守衙博,功曹皇甫淡领着精甲五千,掩入长安城门,直逼颙帐。不意旁面杀出一彪人马,锐厉无前,把衙博等军,冲作两段。博等专望沈军来援，偏偏沈军迟至，致博等孤军失继，相率战死。这一路援颙的兵马，乃是冯翊太守张辅带来，他见博军无继，便来横击一阵，及刘沈驰至，前军已经覆没，只好收拾败卒，渐渐退去。适值张方西归，亟遣部将敦伟夜袭沈营，沈军惊溃，沈与麾下南走，被伟追及，射沈落马，活捉回来。当下押沈见颙，颙责他负德，沈朗声道："知己恩轻，君臣义重，沈奉天子诏命，不敢苟免，明知强弱异形，乃投袂起兵，期在致死，虽遭菹醢，甘亦如荠。"声可裂地。颙顿时怒起，鞭沈至百，方令腰斩，一道忠魂，上升天界去了。

颖与颙既相连接，颙上书称颖有大功，宜为储副。又言羊玄之怙宠为非，该女不宜为后，颖亦表称玄之已殁，未降明罚，宜废后以暴父罪。惠帝虽然愚钝，但对着如花似玉的羊皇后，却也不忍相离，因将两王表文，出示廷臣，商决可否。朝右百官，个个是贪生怕死，哪里还敢冲撞二王？再加东海王越，是与二王表里为奸，当然赞同二议。惠帝没法，乃将羊后废为庶人，徙居金墉城。皇太子覃，仍黜为清河王，立颖为皇太弟，都督中外诸军事，兼职丞相。乘舆服御，皆迁往邺中，进颙为太宰大都督，领雍州牧，起前太傅刘寔为太尉，寔自称老疾，固辞不拜。高尚可风。看官阅过前文，如汝南王亮，如楚王玮，如赵王伦，如齐王冏，如长沙王乂，没一个不是争权夺利，丛怨亡身。偏颖、颙、越三王，不思借鉴前车，也想挟权求逞，结果是凶终隙末，同室操戈，终落得蚌鹬相持，渔人得利，这岂不是司马家儿的大病么？标明八王乱本，且为后世大声疾呼，苦衷如揭。

成都王颖，既得为皇太弟，越加骄恣，不知有君。嬖人孟玖等，倚势横行，大失众望。右卫将军陈眕，殿中中郎逯苣、成辅及长沙王故将上官巳等，怂恿东海王越，谋共讨颖。越乐得转风，借着众怒为名，好夺朝柄，便与陈眕勒兵入云龙门，称制召三公百僚，相率戒严，收捕颖将石超。超突出都门，奔往邺城，随即迎还庶人羊氏，仍立为后，就是清河王覃，亦复入东宫，再为太子。越奉惠帝北征，自为大都督，召前侍中嵇绍，扈跸同行。侍中秦准语绍道："今日随驾出征，安危难料，君可有佳马否？"绍正色道："臣子扈卫乘舆，违计生死，要甚么佳马呢？"准叹息而退。绍从惠帝出抵安阳，沿途由大都督越檄召兵士，陆续趋集，得十万余人。邺中震恐。颖召群僚问计，议论不一，东安王繇，新遭母丧，留居邺中，独入帐宣言道："天子亲征，臣下宜释甲缟素，出迎请罪。"颖闻言动怒道："莫非自去寻死么？"折冲将军乔智明，亦劝颖奉迎乘舆，颖复怒说道："卿名为晓事，投身事孤，今主上为群小所逼，勉强北来，卿奈何亦为此说，使孤束手就刑哩？"遂叱退繇、乔二人，立遣石超率兵五万，前往迎战。

越驻军荡阴，探得邺中人心不固，以为无患，竟不加严备，哪知石超驱兵

第十六回 刘刺史抗忠尽节 皇太弟挟驾还都

杀来,势甚汹涌,立将越营攻破。越仓皇逃命,不暇顾及惠帝,一溜烟的走往东海。以惠帝作孤注,真好良心。惠帝猝不及避,被超军飞矢射来,颊中三箭,痛苦的了不得。百官侍御,有几个也遭射伤,纷纷窜去。独侍中嵇绍,朝服下马,登辇卫帝,超军一拥上前,将绍拖落,惠帝忙牵住绍裾,惶遽大呼道:"这是忠臣嵇侍中,杀不得!杀不得!"但听超军回答道:"奉太弟命,但不犯陛下一人。"两语才毕,已将绍一刀砍死,碧血狂喷,溅及帝衣,吓得惠帝浑身乱颤,兀坐不稳,一个倒栽葱,堕落车下,僵卧草中。随身所带的六玺,悉数抛脱,尽被超军拾去。还算超有些天良,见帝堕下,喝令部众不得侵犯,自己下马相救,叫醒惠帝,扶他上车,拥入本营,且问惠帝有无痛楚。惠帝道:"痛楚尚可忍耐,只腹已久馁了。"超乃亲自进水,令左右奉上秋桃。惠帝吃了数枚,聊充饥渴。超向颖报捷,并言奉帝留营。颖乃遣卢志迎驾,同入邺城。颖率群僚迎谒道左,惠帝下车慰劳,涕泣交并。及入城以后,复下诏大赦,改永安元年为建武元年。一年两纪元,有何益处?皇弟豫章王炽,司徒王戎,仆射荀藩,相继至邺,见惠帝衣上有血,请令洗浣。惠帝黯然道:"这是嵇侍中血,何必浣去。"戎等亦皆叹息。惟颖却请帝召越,颁诏东海,越怎肯赴邺?却还诏使。前奋威将军孙惠,诣越上书,劝越邀结藩方,同奖王室。越遂令惠为记室参军,与参谋议。北军中侯荀晞,往投范阳王虓,虓令为兖州刺史。陈眕、上官巳等,走还洛阳,奉太子清河王覃,保守都城,偏又来了一个魔贼张方,仗着一般蛮力,擅将都城占住。原来越出讨颖,颙曾遣张方救邺,及越已败走,惠帝被颖劫去,颙即令方折回中道,往踞洛阳。方至洛阳城下,上官巳与别将苗愿,出拒方军,为方所败,便即遁去,方遂入洛都。太子覃至广阳门,迎方下拜,方下马扶住,偕覃入阙,派兵分戍城门。才越两日,复把羊皇后、太子覃废去,居然皇帝无二,自作威福,独断独行,这真叫作天下无道,政及陪臣呢。

先是安北将军王浚,<small>即故尚书令王沈子。</small>都督幽州。颖、颙、又三王,入讨赵王伦时,曾檄令起兵为助,浚不应命。颖常欲讨浚,迁延未果。嗣令右司马和演为幽州刺史,密使杀浚,演与乌桓单于审登连谋,邀浚同游蓟城南泉清,为刺浚计。会天雨骤下,兵器沾湿,苦不得行。审登胡人,最迷信鬼神,疑浚阴得天助,因将演谋告浚。浚即与审登连兵杀演,自领幽州营兵。颖既劫入惠帝,欲为和演报仇,乃传诏征浚入朝。浚料颖不怀好意,索性纠合外兵,驰檄讨颖。乌桓单于遣部酋大飘滑弟羯朱,引兵助浚,还有浚婿段务勿尘,系是鲜卑支部头目,也率众相从。浚既得两部番兵,势焰已盛,复约同并州刺史东嬴公腾,联兵攻邺。腾系东海王越亲弟,正接越书,令他联络幽州,攻颖后路。凑巧浚使亦到,自然答书如约。于是幽、并二州的将士及乌桓、鲜卑的胡骑,合得十万人,直向邺城杀来。<small>纲目于浚讨颖,故本编亦写出声势。</small>颖遣北中郎将王斌及石超等出兵往御,复因东安王繇,前有迎驾请罪的议论,恐他密应外兵,立即拿斩了事。繇兄子琅琊王睿,惧祸出奔,自邺还镇。颖先敕关津严行检察,毋得轻放贵人。睿奔至河阳,适被津吏阻住,可巧有从吏宋典,自后继至,用鞭拂睿,佯作笑语道:"舍长官,禁贵人,汝何故亦被拘住呢?"津吏与睿,不甚相识,幕闻典言,疑是误拘,便向典问个明白。典又伪称睿是小吏,并非贵人,更兼睿微服出奔,容易混过,当由津吏放睿渡河。睿潜至洛阳,迎了太妃夏侯氏,匆匆归国去了。是为元帝中兴张本,故特叙明。

颖因外兵压境,也无心追问,但与僚属日议军事。王戎等谓胡骑势盛,不如与和。颖却欲挟帝还洛,暂避敌锋。忽有一相貌堂堂、威风凛凛的大元戎,趋入会议厅中,与大众行过了军礼,就座语颖道:"今二镇跋扈,有众十余万,恐非宿卫将士及近郡兵马,所能抵制呢!愚意却有一计,可为殿下解忧。"颖见是冠军将军刘渊,便问他有何妙策?渊答道:"渊曾奉诏为五部都督,今愿为殿下还说五部,同赴国难。"颖半响才答道:"五部果可调发么?就使发遣前来,亦未必能御鲜卑、乌桓。我欲奉乘舆还洛阳,再传檄天下,以顺制逆,未知将军意见如何?"渊驳说道:"殿下为武皇帝亲子,有功皇室,恩威远著,四海以内,何人不愿为殿下效死?况匈奴五部,受抚已久,一经调发,无患不来,王浚竖子,东嬴疏属,怎能与殿下争衡?若殿下一出邺城,向人示弱,恐洛阳亦不能到了。就使得到洛阳,威权亦被人夺去,未必再如今日。不如抚勉士众,静镇此城,待渊为殿下召入五部,驱除外寇,二部摧东嬴,三部枭王浚,二竖头颅,指日可致,有甚么可虑呢?"刘渊此言,虽为归国自主起见,但劝颖镇邺,未始非策。颖听了渊言,不禁心喜,遂拜渊为北单于,参丞相军事,即令刻日就道。纵虎归巢。

渊辞颖出发,行至左国城,匈奴右贤王刘宣等,早欲推渊为大单于,至是与部众联名,奉书致渊,愿上大单于位号。渊先让后受,旬日间得众五万,定都离石,封子聪为鹿蠡王。遣部将刘宏率铁骑五千,往援邺城。是时王浚与东嬴公腾,已击败颖将王斌,长驱直进。颖将石超,收兵堵御,平棘一战,又为浚先锋祁弘所败,退还邺城,邺中大骇,百僚奔走,士卒离散。中书监卢志,劝颖速奉惠帝还洛阳,颖乃令志部署军士,翌日出发。军士尚有万五千人,均仓猝被装,忙乱一宵,越宿待命启行,守候半日,并无音响。大众当然动疑,及探悉情由,方知颖母程太妃,不愿离邺,因此延宕不决。俄而警报迭至,哗传外兵将到,大众由疑生贰,霎时溃散。颖惊愕失措,只得带同帐下数十骑,与卢志同奉惠帝,南走洛阳。惠帝乘一犊车,仓皇出城,途中不及赍粮,且无财物,只有中黄门被囊中,藏着私蓄三千文,当由惠帝面谕,暂时告贷,向道旁购买饭食,供给从人。夜间留宿旅舍,有宫人持升余糠米饭及燥蒜盐豉,进供御前。惠帝连忙啖食,才得一饱。庸主之苦,一至于此。睡时无被,即将中黄门被囊展开,席地而卧。越日又复登程,市上购得粗米饭,盛以瓦盆,惠帝啖得两盂,有老叟献上蒸鸡,由惠帝顺手取尝,比那御厨珍馐,鲜美十倍。自愧无物可酬,乃谕令免赋一年,作为酬赏。老叟拜谢而去。行至温县,过武帝陵,下车拜谒,右足已失去一履,幸有从吏脱履奉上,方得纳履趋谒。拜了数拜,不由的悲感交集,潸然泪下。儿女子态,不配为帝。左右亦相率欷歔。及渡过了河,始由张方子熊,带着骑士三千,前来奉迎。熊乘的青盖车,让与惠帝,自己易马相从。至芒山下,张方自领万余骑迎帝,见了御驾,欲行拜跪礼仪。惠帝下车挽扶,方不复谦逊,便即上马,引帝还都。散众陆续踵至,百官粗备,乃升殿受朝,颁赏从臣,并下赦书。旋闻邺城探报,已被王浚各军,掳掠一空。乌桓部长羯朱,追颖不及,已与王浚等一同北归。惟鲜卑部掠得妇女,约八千人,因浚不许带归,均推入易水中,向河伯处当差去了。河伯何幸,得此众妇。小子有诗叹道:

无端军阀起纷争,祸国殃民罪不轻。
更恨狼心招外寇,八千妇女断残生。

邺中已经残破,刘渊所遣部将王宏,驰援不及,也即引归,报达刘渊。究竟刘渊能否践约,且至下回再详。

刘沈发兵讨颙,虽为乂所遣,然所奉之诏敕,固明明皇言也。况颙固有可讨之罪乎?乂为张方所杀,死状甚惨,纲目不称其死义,而独予沈以死节,诚以乂受颙使,甘为乱首,当其杀齐王同时,侥幸得志,代握大权,彼方欣欣然感颙之惠,不知助己者颙,杀己者亦颙,方为颙将,方杀乂,犹颙杀乂也。我杀人,人亦杀我,互相杀而国愈乱,义死不得为枉,唯如刘沈之见危授命,不屑乞怜,乃真所谓气节士耳。本回以刘沈尽节为标目,良有以也。惠帝昏愚,听人播弄,忽西忽东,狼狈万状,愚夫不可与治家,遑言治国?读《晋书》者,所由不能无憾于武帝欤。

第十七回　刘渊拥众称汉王
　　　　张方恃强劫惠帝

却说刘渊得王宏归报,慨然语道:"颖不用我言,弃邺南奔,真是奴才,但我尝受他知遇,保荐为冠军将军,寓邺以来,他总算待我不薄,我既与约相援,不可不救。"颖保荐刘渊,从渊口中叙出,笔不渗漏。说毕,即命右于陆王刘景,左独鹿王刘延年,率步骑兵二万,将讨鲜卑。刘宣等入阻道:"晋人不道,待我如奴隶,我正恨无力报复,今彼骨肉相残,自相鱼肉,乃是天厌晋德,授我重兴的机会。鲜卑、乌桓,与我同类,可倚以为援,奈何反发兵攻击?况大单于威德方隆,名震远迩,诚使怀柔外部,控制中原,就是呼韩邪基业,也好从此恢复了。"渊笑答道:"卿言亦颇有见识,但尚是器小,未足喻大。试想禹出西戎,文王生东夷,帝王有何常种?今我众已至十余万,人人矫健,若鼓行而南,与晋争锋,一可当十,势若摧枯,上为汉高,下亦不失为魏武,呼韩邪亦何足道哩?"确是枭雄。刘宣等皆叩首道:"大单于英武过人,明见万里,原非庸众所能企及,请即乘势称尊,慰我众望。"渊徐徐答道:"众志果已从同,我亦何必援颍,且迁居左国城,再作计较。"宣等遵令起身,各整行装,随渊徙至左国城。远近依次归附,又达数万人,正拟拥众称尊,雄长北方,不料西方巴蜀,已有人先他称王,遂令野心勃勃的刘元海,急不暇待,便树起大汉的旗帜来了。

　　小子按时叙事,不得不先将蜀事表明,再述刘渊开国情形。李雄称成都王,比刘渊略早,本回虽以渊为主,但称王实始于雄,且正可就此带叙,故随笔插入。自李雄得取成都,遂奉叔父李流,一同居住。应十五回。蜀民相率避乱,或南入宁州,或东下荆州,城邑皆空,野无烟火。惟涪陵人范长生,挈千余家依青城山,依险自固。流无从掠食,部众饥困。平西参军徐舆,求为汶山太守,特向益州刺史罗尚献谋,谓"流已乏食,正好进讨,且可邀范长生为犄角,并力合攻"云云。偏尚不肯依议,惹动舆怒,反出城附流,并为流往说长生,运粮济困,尚固失策,舆亦不忠。流军复振。既而流病将死,嘱部将等协力事雄,部将共愿遵嘱,俟流死后,即推雄为益州牧。雄使将校朴泰,通书罗尚,伪言愿为内应。尚遽令降氐隗伯攻郫城,陷伏被擒。雄赦免隗伯,使李骧带领降卒,夜至成都,诈称已得郫城,还兵报捷。守卒不知有诈,开门纳入。骧即杀死守吏,据住外城。惟内城还是关着,未曾失手。罗尚急登陴抵御,堵住外兵,骧留兵攻扑,自往截尚粮道,适值犍为太守袭恢,运粮前来,被骧縻兵掩击,将恢杀死,尽把粮车夺去。尚困守孤城,无粮可食,再经骧还军攻击,更由雄添兵相助,眼见得朝不保暮,危如累卵,三十六策,走为上策,乃留牙将张罗居守,自率左右开门夜遁。张罗以尚为镇将,还且弃城逃生,自己位居偏裨,何苦为国殉难,便即插起降旗,纳入骧军。骧迎雄入成都,兵不血刃,坐得了西蜀雄藩。梁州刺史许雄,坐视不救,由晋廷召还治罪。罗尚逃至江阳,遣使表闻,适晋廷大乱,无暇加谴,但令他权统巴东、巴郡、涪陵诸郡,收取军赋。尚又遣别驾李兴,赴荆州乞粮,镇南将军刘弘,拨给粮米三万斛,尚乃得自存,但苦兵力衰残,不能再复成都。

　　李雄占据成都数月,因范长生素有德望,见重蜀民,乃欲迎立为君,自

第十七回　刘渊拥众称汉王　张方恃强劫惠帝

愿臣事长生。长生不肯应命,雄乃自即成都王位,大赦境内,号为建兴元年。除晋弊制,约法七章,令叔父骧为太傅,兄始为太保,折冲将军李离为太尉,建威将军李云为司徒,翊军将军李璜为司空,材官李国为太宰,尊母罗氏为王太后,追号父特为景王,又遣使往迎范长生。长生自青城山登舆,布衣应征,及抵成都,甫入城闉,即见雄下马相迎,握手引进,延他上坐,称为范贤,详询政治。长生约略对答,甚惬雄心。雄即亲递板册,拜为丞相。长生也乐得受命,坐享安荣,嗣复劝雄称帝,便是这位范贤人了。*句中有刺。*看官!试想李雄是个流民子弟,还能据地称雄,何况五部大都督刘渊,才兼文武,识迈华夷,怎尚肯蜷伏一隅,不思自主呢?当下由刘宣等奉书劝进,请他筑坛即位,立国纪元。渊笑语道:"昔汉有天下,历世久长,恩结人心,所以昭烈帝仅据益州,尚能与吴魏抗衡,相持至数十年。我本汉甥,约为兄弟,兄亡弟继,有何不可?我就称为汉王便了。"乃命就南郊筑坛,也是告天祭地,仿行汉制。登坛这一日,五部胡人,统来谒贺。刘渊令竖起大汉旗帜,居然祖述汉朝,下令谕众道:

> 昔我太祖高皇帝,以神武应期,廓开大业,太宗孝文皇帝,重以明德,升平汉道,世宗孝武皇帝,拓土攘夷,威倾中外,中宗孝宣皇帝,搜扬俊义,多士盈朝,是我祖宗道迈三王,功高五帝,故卜年倍于夏商,卜世过于姬氏。而元、成多僻,哀、平短祚,贼臣王莽,滔天篡逆。我世祖光武皇帝,诞资圣武,恢复鸿基,祀汉配天,不失旧物。显宗孝明皇帝,肃宗孝章皇帝,累叶重辉,炎光再阐。自和、安以后,皇嗣渐颓,天步艰难,国统濒绝。黄巾海沸于九州,群阉毒流于四海,董卓因之,肆其猖獗,曹操父子,凶逆相寻,故孝愍委弃万国,昭烈播越岷蜀,冀否终有泰,旋轸旧京,何图天未悔祸,后帝窘辱?自社稷沦丧,宗庙之不血食,四十年于兹矣。今天诱其衷,悔祸星汉,使司马氏父子兄弟,迭相残灭,黎庶涂炭,靡所控告。孤今猥为群公所推,绍修三祖之业,顾兹尪暗,战惶靡厝。但以大耻未雪,社稷无主,衔胆栖冰,勉从群议,特此令知。*录入此文,见得张冠李戴,可发一噱。*

此令下后,即改易正朔,称为元熙元年。国仍号汉,立汉高祖以下三祖五宗神主,筑庙祭祀,*汉祖汉宗,不意有此贤子孙。*追尊安乐公刘禅为孝怀皇帝。*禅若有知,更乐不思蜀了。*一切开国制度,皆依两汉故例。立妻呼延氏为王后,长子和为世子,鹿蠡王聪守职如故。族子曜生有白眉,目炯炯有赤光,两手过膝,身长九尺三寸,少时失怙,由渊抚养,成人后既长骑射,尤工文字,渊尝称为"千里驹",因亦授为建武将军。命刘宣为丞相,召上党人崔游为御史大夫,后部人陈元达为黄门侍郎,崔游为上党耆硕。渊曾从受业,至是固辞不受。不愧醇儒。陈元达亦尝躬耕读书，渊为左贤王时，曾招为僚属，元达不答，此次驿书往征，却欣然就道，愿为渊臣。见利忘义，怎得善终。他如刘宏、刘景、刘延年等，皆渊族人，并授要职，不消细说。渊僭号旬日，即率众往攻东嬴公腾。腾遣将军聂玄率兵出拒，行次大陵，与渊军相值。两下交锋，勇怯悬殊，才及数合，玄军大败，狼狈遁归。腾闻败大惧，亟领并州二万余户，避往山东，渊乃四处寇掠，入居蒲子。是为五胡乱华之首。复遣曜进寇太原。曜兵锋甚锐，连陷泫氏、屯留、长子诸县。别将乔晞，往攻介休。介休县令贾浑，登城死守，约历旬日，内无粮草，外无救兵，斗大孤城，怎能支持得住，便被乔晞陷入。浑尚率兵巷战，力竭被擒，晞勒令投降，浑正色道："我为大晋守令，不能保全城池，已失臣道，若再苟且求活，屈事贼虏，还有什么面目，得见人民？要杀便杀，断不降汝！"晞听着"贼虏"两字，当然发怒，即喝令推出斩首。裨将尹崧进谏道："将军何不舍浑，也好劝人尽忠。"晞怒答道："他为晋尽节，与我大汉何涉？"遂不从崧言，促使牵出。忽有一青年妇人，号哭来前，与浑诀别。晞闻声喝问道："何人敢来恸哭？快与我拿来！"左右奉令，便出帐拘住妇人，牵至晞前，且报明妇人来历，乃是贾浑妻宗氏。晞见她散发垂青，泪眦变赤，颦眉似锁，娇喘如丝，不由的怜惜起来，便易怒为喜道："汝何必多哭，我正少一佳人呢。"语犹未了，外面已将浑首呈入，宗氏瞧着，越觉狂号。晞尚狞笑道："休得如此，好好至帐后休息，我当替你压惊。"宗氏听了，反停住了哭，戟指骂晞道："胡狗！天下有害死人夫，还想污辱人妇么？我首可断，我身不可辱，快快杀我，不必妄想！"斩钉截铁之语，得诸巾帼，尤属可敬。晞尚不忍加害，再经宗氏詈骂不休，激动野性，竟自拔佩刀，起身下手。宗氏引颈就戮，渺渺贞魂，随夫俱逝，年才二十余岁。叙入此段，特为忠臣义妇写照。当有消息传报刘渊，渊不禁大怒道："乔晞敢杀忠臣，并害义妇，假使天道有知，他还望有遗种么？"遂命厚葬贾浑夫妇，且将乔晞追还镌秩四等。已而东嬴公腾，又遣部将司马瑜、周良、石鲜等，分统部曲，往攻离石，与渊将刘钦交锋，四战皆败，一并逃归。渊更得横行北方，无人敢撄。晋廷又内乱未休，还顾着甚么边防？就是一座洛阳城中，也弄得乱七八糟，迄无宁日。张方迎帝入都，专制朝政，不但公卿百僚，无权无势，连太弟颖亦削尽权力。都下人士，统惮方凶威，莫敢发言。惟豫州都督范阳王虓，徐州都督东平王楙，从外上表道：

> 自愍怀被害，皇储不建，委重前相，辄失臣节，是以前年太宰颙与臣永维社稷之贰，不可久虚，特共启成都王颖，以为国副。受重之后，弗克负荷，小人勿用而以为心腹，骨肉宜敦而猜嫌荐至，险故宜远而逸说殄行，此皆臣等不聪不明，失所宗赖，遂令陛下谬于降授，虽戮臣等，不足以谢天下。今大驾还宫，文武空旷，制度荒废，靡有孑遗。臣等虽劣，足匡王室，

第十七回　刘渊拥众称汉王　张方恃强劫惠帝

而道路流言,谓张方与臣等不同,悠悠之口,非尽可凭。臣等以为太宰惇德允元,著于具瞻,每当义节,辄为社稷宗盟之先。张方受其指教,为国效劳,此即太宰之良将,陛下之忠臣;但以秉性强毅,未达变通,且虑事翻之后,为天下所罪,故不即西还耳。臣闻先代明主,未尝不全护功臣,令福流子孙。自中叶以来,陛下功臣,初无全者,非必人才皆劣,实由朝廷驾驭失宜,不相容恕,以一旦之咎,丧其积年之勋,既违周礼议亲之典,且使天下人臣,莫敢复为陛下致节者。臣等此言,岂独为一张方?实为社稷远计,欲令功臣身守富贵。臣愚以为宜委太宰以关右之任,自州郡以下,选举受任,一皆仰成,若朝之大事,废兴损益,每辄畴咨,此则二伯述职,周、召分陕之义,陛下复行于今时。遣方还郡,令群后申志,时定王室,所加方官,请悉如旧,则忠臣义士有劝,功臣必全矣。司徒戎异姓之贤,司空越公族之望,并忠国爱主,小心翼翼,宜干机事,委以朝政。安北将军王浚,率身履道,远近所推,如今日之大举,实有定社稷之勋,此臣等所以叹息归功也。浚宜特崇重之以副众望,使抚幽朔,长为北藩。臣等竭力捍城,屏藩皇家,则陛下垂拱,而四海自正矣。乞垂三思,察臣所言。"

未几,又再上一疏,略言:"成都王弗克负荷,实为奸邪所误,不足深责,可降封一邑,保全生命"云云,张方得见二表,不禁忿恚道:"我奉迎车驾,保全都城,明明是自守臣节,乃反讥我未识变通,促我西还。王戎庸驽,怎得称贤?东海专擅,怎能惬望?王浚称兵犯驾还,说他有功社稷,这等妄谈,不值一辩。我亦无意留此,就变通一着,免致小觑,看他如何对付呢?"原来方久留洛阳,部兵逐日剽掠,十室九空,群情扰扰,俱有归志。方正思拥帝西去,适为二表所激,乃决意一行,但恐帝及百官,未肯照从,只得借谒庙为名,诱帝出宫,才好劫驾登程。当下使人白帝,请出主庙祀,偏惠帝不肯亲出,答言须遣派诸王。惠帝未必有是聪明,当是有人教导。方顿时盛怒道:"他不出谒庙,难道我不能使他西迁么?"当下传令部兵,齐集殿门,自率亲卒数百人,跨马入宫,胁迫乘舆。惠帝闻变,慌忙趋避,驰匿后园的竹林中。方令士卒搜寻,当即觅着,硬将惠帝拥出。惠帝面色如土,托称乘舆未备,须备就乃行。士卒哗声道:"张将军已驾好坐车,来迎陛下,陛下不必多虑。"惠帝无奈,垂涕出殿,由士卒扶掖登车。又要蒙尘,何命苦至此?方在宫门前候着,见惠帝驾车出来,才在马上叩首道:"今寇贼纵横,宿卫单少,愿陛下亲幸臣垒,臣当竭尽死力,备御不虞。"何必要你这般费心?惠帝无词可答,四顾左右,也没有一个公卿,只中书监卢志在侧,恐是张方党羽,欲言不言。志启奏道:"陛下今日,当概从张将军。"惠帝乃驰入方营,令方多具车辆,装载宫人宝物。方即令部卒入宫载运。部卒贪馋得很,遇着这个美差,正是意外飞来，当下拥入宫中，见有姿色的宫人，便任情调笑，逼令为妻，所有库中的宝藏，值钱的都藏入私囊，单剩那破败杂物，搬置车上，甚至你抢我夺，分配不匀，好好一顶流苏宝帐，被割至数十百块，取作马帐。经此一番劫掠，把魏晋以来百余年积蓄，荡涤无遗。

穷凶极恶的张方，还想将宗庙宫室，一概毁去，免得使人返顾。卢志亟向方谏阻道："董卓不道，焚烧洛阳，怨毒至今，尚未有已，将军奈何效此凶人？"方乃罢议。过了三日，方遂拥帝及太弟颖、豫章王炽等，西往长安。时适仲冬，天降大雪，途次非常寒冷，行到新安，惠帝忍冻欲僵，手足麻木，突然间堕落车下，伤及右足。尚书高光，正在帝后，忙下马搀扶，仍令登辇。惠帝始知足痛，扪伤垂泪。光自裂衣襟，代为裹创。惠帝且泣且语道："朕实不聪，累卿至此。"不经此苦，何能自觉？光亦为泣下。好容易到了霸上，遥见有一簇人马，站住道旁。惠帝似惊弓之鸟，又吓得冷汗淋漓。张方下马启奏道："太宰来迎车驾了。"惠帝才稍稍放心。已而太宰颙趋至驾前，拱手拜谒。惠帝依着老例，下车止拜，遂由颙导入长安，就借征西府为行宫，休息数日，再议大政。那时仆射荀藩，司隶刘暾，太常郑球，河南尹周馥等，尚在洛阳，号为留台，承制行事，复称年号为永安。羊皇后为张方所废，仍居金墉城，未尝随驾。见前回。留台诸官，仍复迎她入宫，奉为皇后。于是关、洛各设政府，时人号为东西台。太宰颙有意废颖，与张方商决可否，方不甚赞成。颙已立定主意，决计废颖立炽。惠帝有兄弟二十五人，相继死亡，惟颖炽及吴王晏尚存。晏材质庸下，炽却早年好学，故颙推立为皇太弟，且因四方分裂，祸难未已，并请下诏调停，期得少安。小子有诗叹道：

扰扰江山已半倾，如何翻欲作干城？
狂澜一决难重挽，大错由谁误铸成。

欲知诏命如何，且看下回录叙。

刘渊为乱华之首，故本回叙述，特别加详。至插入李雄一段，因五胡十六国中，雄首先僭号，比刘渊尚早旬月。叙刘渊，不得不夹叙李雄，志祸始也。贾浑夫妇，忠烈绝伦，浑入《忠义传》，浑妻宗氏，入《列女传》，本回叙述无遗，意寓褒扬，为忠臣义妇作一榜样。典午之季，纲常坠地，得此二人以激励之，宁非一发千钧之所系耶？张方之恶，较诸王为尤甚，后可废，太子可黜，而车驾何不可西迁？独怪满朝文武，行尸走肉，毫无生气，一任恶人之肆行无忌，播弄朝纲。哀莫大于心死，而身死次之，晋臣固皆心死者也，何怪五胡之乘间乱华乎？而惠帝更不足责焉。

第十八回　作盟主东海起兵
　　　　　诛恶贼河间失势

　　却说惠帝到了长安,政权为太宰颙所把持,颙议立豫章王炽为太弟,并及一切调停的法度,入白惠帝,当然依议颁诏。诏云:

　　　　天祸晋邦,冢嗣莫继,成都王颖,自在储贰,政绩亏损,四海失望,不可承重,其以王还第！豫章王炽,先帝爱子,令闻日新,四海注意,今以为皇太弟,以隆我晋邦。司空越可进任太傅,与太宰颙夹辅朕躬,司徒王戎,参录朝政,光禄大夫王衍为尚书左仆射,安南将军虓,即范阳王。平东将军楙,即东平王。平北将军腾,即东嬴公。各守本镇。高密王略为镇南将军,领司隶校尉,权镇洛阳。东中郎将模,为宁北将军,都督冀州,镇于邺。略、模皆司空越弟。镇南大将军刘弘,领荆州以镇南土。其余百官,皆复旧职。齐王冏前应还第,长沙王乂轻陷重刑,可封其子绍为乐平县王,以奉其祀。自顷戎车屡征,劳费人力,供御之物,三分减二,户调田租,三分减一,蠲除苛政,爱人务本,清通之后,当还东京。此诏。

　　诏书既下,又大赦天下,改元永兴。命太宰颙都督中外诸军事,张方为中领军,录尚书事,领京兆太守,一切军国要政,颙为主,方为副。无论如何和解,要想辑睦宗室,慎固封疆,哪里有这般容易呢？东海王越,先表辞太傅职任,不愿入关,高密王略,拟奉诏赴洛,偏被东莱乱民,相聚攻略,连临淄都不能守,走保聊城。司徒王戎,当张方劫驾时,已潜奔郏县,避地安身,且年逾七十,怎肯再出冒险？当下称疾辞官,不到数月,果然病死。王衍素来狡猾,名为受职,未尝西行。只北中郎将模,往镇邺中,收拾余烬,募兵保守。

　　越年为永兴二年,张方又逼令惠帝,颁诏洛阳,仍饬废去羊皇后,幽居金墉城。不知彼与后何仇？留台各官,不得已依诏奉行。会秦州刺史皇甫重,累年被困,遣养子昌驰赴东海,向越乞援。越因东西遥隔,不愿出兵,昌径诣洛阳。诈传越命,迎还羊后入宫,即用后令,发兵讨张方,奉迎大驾。事起仓猝,百官不暇考察,相率依议。俄而察悉诈谋,便即杀昌,传首关中。颙、方主和平行事,不欲久劳兵戎,因请遣御史赍诏宣重,敕令入朝行在。重又不肯奉命。秦州自遭围以后,内外隔绝,音信不通,即如长沙王遇害,皇甫商被杀等情,亦全未闻知。重问诸御史驺人,谓我弟早欲来援,如何至今未到？驺人答道："汝弟早为河间王所杀，怎得再生？"重闻言失色，也将驺人杀死。城中守卒，始知外援已断，群起杀重，函首乞降。颙调冯翊太守张辅为秦州刺史。辅莅任后，与金城太守游楷，陇西太守韩稚等有隙，互起战争，终至败死。了结皇甫重，并了结张辅，无非我足前文。这且搁过不提。

且说东海王越，既不愿入关受职，当然与太宰颙有隙，中尉刘洽，劝越往讨张方，为迎驾计。越已补卒蒐乘，整缮戎行，遂从刘洽言，传檄山东各州郡，谓当纠率义旅，西向讨罪，奉迎天子，还复旧都。东平王楙，先举徐州让越，自为兖州都督。范阳王虓与幽州都督王浚，亦与越相应，推为盟主，联兵勤王。越二弟腾、模。并任方镇，均归乃兄节度。越托名承制，改选各州郡刺史，朝士多赴东海，乘便梯荣。如此乱世，何必定要做官？偏赵魏交界，又出了一个公师藩，独树一帜，往攻邺郡。师藩系成都王颖故将，闻颖被废，心甚不平，遂自称将军，声言为颖报怨，纠众至数万人，无论悍贼黠胡，并皆收用。当时有个羯人石勒，原名为匐，音佩。先世为匈奴别部小帅，因号为羯。羯亦五胡之一。勒寄居上党，年方十四，随邑人行贩洛阳，倚啸上东门，适为王衍所见，不禁诧异。嗣复顾语左右道："小小胡雏，便有这般长啸，将来必有异图，为天下患，不如早除为是。"乃遣人捕勒，勒已先机逃归，无从追获。过了数年，勒强壮绝伦，好骑善射，相士尝称他状貌奇异，不可限量。邑人嗤为妄言。

会并州大饥，刺史东嬴公腾，用建威将军阎粹计议，掠卖胡人，充作军费。勒亦为所掠，卖与茌平人师欢为奴。欢令他耕作，身旁尝有鼓角声，并耕诸人，屡有所闻，归告师欢。欢颇以为奇，别加优待，听令自由。牧师汲桑，与欢家毗邻，勒得往来过从，互相投契，且纠合壮士，作为朋侣，闻师藩起兵，竟与汲桑挈领牧人，并党与数百骑，投入师藩部下。桑始令他以石为姓，以勒为名。勒骁勇敢战，愿作前驱，连破阳平、汲郡，杀害太守李志、张延，转战至邺。邺中都督司马模，见上。亟遣将军赵骧出御，并向邻郡乞援。广平太守丁邵，引兵救模。范阳王虓，亦命兖州刺史苟晞往救。两路兵到了邺城，与赵骧合军御寇，师藩自然怯退，就是胆豪力大的石勒，也只得随众引归。石勒为晋后患，即十六国中之一寇，故详叙来历。

模为越弟，向越告捷。越因邺中无恙，使发兵西行，授刘洽为司马，尚书曹馥为军司，督军前进。留琅琊王睿屯守下邳，接济军需。睿请留东海参军王导为司马，越亦许诺。导字茂弘，系前光禄大夫王览孙，少有风鉴，识量清远，素与睿相亲善，故睿引入帷幄，使参军谋。导亦倾心推奉，知无不言。后来为中兴名相，此处乃是伏笔。越留此二人，放心西向，出次萧县，麾下约三万余人。范阳王虓，亦自许昌出屯荥阳，为越声援。越命虓领豫州刺史，调原任豫州刺史刘乔，移刺冀州，并使刘蕃为淮北护军，刘舆为颍川太守。虓亦令舆弟

第十八回　作盟主东海起兵　诛恶贼河间失势

琨为司马,独刘乔不受越命,发兵拒虓,且上书行在,历陈刘舆兄弟罪恶,并说他协虓为逆,应加讨伐等语。究竟刘舆兄弟,是何等人物?小子尚未曾叙及,应该就此说明。看官阅过前文,当知贾谧二十四友中,舆、琨亦尝列入。舆字庆孙,琨字越石,乃父就是刘蕃,系汉朝中山靖王胜后裔。世居中山,兄弟并有才名,京都曾相传云:"洛中奕奕,庆孙、越石。"两人相继为尚书郎,只因他党附贾谧,已受时讥。舆妹又适赵王伦世子荂,伦篡位时,舆为散骑侍郎,琨为从事中郎,父蕃为光禄大夫,一门皆受伪职,益致失名。及伦被诛,齐王冏辅政,器重二人,特从宥免,仍授舆为中书郎,琨为尚书左丞,转司徒左长史。琨后来颇有奇节,叙及前行,隐为改过者劝。至此由越派遣,不足服乔。乔因归罪二人,借以动众。太宰河间王颙,正虑师藩为乱,越又起兵,中夜彷徨。筹出二策,一面起成都王颖为镇军大将军,都督河北军事,给兵千人,授卢志为魏郡太守,随颖镇邺,抚慰师藩。一面请惠帝下诏,令东海王越等,各皆还国,不得构兵。其实乃是弄巧成拙,毫无益处。颖为颙所废,未免怨颙,怎肯再为颙尽力?越既出兵,自然不从诏命,仍使颙无法可施。

　　会接到刘乔书,喜得一助,便令乔讨虓,分越兵势,且使镇南大将军刘弘,征东大将军刘准等,助乔进攻。又遣张方为大都督,率领建威将军吕郎,北地太守刁默,集兵十万,讨舆兄弟,同会许昌。还要成都王颖,邀同故将石超,出屯河桥,为乔继援。范阳王虓,得知消息,忙向越告急。越即移师灵璧,援虓拒乔。乔令长子祐率兵御越,自引轻骑进击许昌。最可怪的是东平王楙,据住兖州,不发一兵,专事括赋,累得州县奔命。兖州刺史苟晞,前由虓遣往援邺,此时引军还镇,又为楙所拒。虓使楙徙镇青州,楙不愿移节,索性变易初志,与虓为敌,负了越约,竟同刘乔联盟去了。一班反复小人,那得不乱。独镇南大将军刘弘,志在息争,不欲偏袒,特分缮两书,一书寄乔,一书寄越,无非劝他们释怨罢兵,同扶王室。越与乔已势不两立,哪里还肯听从?弘因无法,乃驰表行在,申述意见,略云:

> 范阳王虓,欲代豫州刺史刘乔,乔举兵逐虓,司空东海王越,以乔不从命,讨之。臣以为乔忝受殊恩,显居州司,自欲立功于时,以殉国难,无他罪阙,而范阳代之,代之为非,然乔亦不得以虓之非,专威辄讨,诚应显戮,以惩不恪。自顷兵戈纷乱,猜祸锋生,疑隙构于群王,灾难延于宗子,今夕为忠,明日为逆,翻其反而,互为戎首,载籍以来,骨肉之祸,未有甚于今日者也,臣窃悲之。今边陲无预备之储,中华有杼轴之困,而股肱之臣,不维国体,职竞寻常,自相楚剥,为害转深。万一四夷乘虚为变,此亦猛兽交斗,自效于卞庄者矣。臣以为宜速发明诏,令越等两释猜疑,各保分局。自今以后,其有不被诏书,擅兴兵马者,天下共伐之。诗云:"谁

能执热,逝不以濯。"若诚濯之,必无灼烂之患,永有泰山之固矣。谨陈鄙悃,伏乞采行!

顗得弘书,意亦少动,但自思山东连兵,方为己患,赖有刘乔为助,如何反加罪名?因此拒绝不纳。那刘乔已倍道前进,径至许昌城下,乘夜登城。虓不及备御,夺门出奔,渡河北去。司马刘琨,方往说汝南太守杜育,引兵还救,见许昌已为乔所夺,也与兄舆俱奔河北。惟琨父蕃为乔所执,琨思亲念重,恋主情深,由急生智,凭著那三寸妙舌,往说冀州刺史温羡,劝他让位与虓。羡却也慷慨得很,竟将刺史的印信,付琨带回,挂冠去职。<small>乐得离开险路。</small>虓得入冀州,再遣琨至幽州乞师,幽州都督王浚,见琨词气忠愤,涕泪交并,也慨然顾念同袍,特选突骑八百人,随琨返报。琨又招募冀州健卒,得数千人,鼓行南下,到了河上,见有数营扎住,便即攻入。营中守将,叫做王阐,是由石超遣来,防戍河滨。他在河上逍遥自在,并不防有战事,哪知琨引兵掩至,一时不及措手,立被琨突破营寨,欲逃无路,断命送终。虓闻琨得胜,也倾巢出来,为琨后应,相继渡河。

时成都王颖,因洛阳有变,乘隙进都,不在河桥,<small>事见后文。</small>只留石超把守。超见琨兵杀到,仓猝逆战,两下里杀了半日,未分胜负,不防虓又驱兵继至,以众临寡,顿时支持不住,奔往西南。虓与琨如何肯舍,策骑穷追,超众逃命要紧,沿途四散。单剩亲卒百余骑,保超飞奔。偏偏幽州突骑,赶得甚快,与风驰电掣相似,不多时被他追及,便将超围住,再加琨从后驰到,一声喊杀,千手并举,即将超砍死了事。<small>砍得好。</small>琨志在救父,不遑休息,复领健骑五千人,乘夜攻乔。乔正因住琨父,进据考城,夜间阖城安睡。蓦被喊声惊醒,起视城上,已是火炬齐明,外兵猝上,乔料不可敌,慌忙遁去。琨父蕃囚住槛车,无人舁取,幸得留下,琨一入城,当然将蕃释出,父子重逢,不胜欢忻。越宿,虓亦趋到,开宴相贺,酒后议及军情,琨进议道:"刘乔败去,必往灵璧,与伊子合兵,我军正宜往迎东海,夹击刘乔父子。乔如可灭,便好乘胜入关了。"虓鼓掌称善。正拟拨兵迎越,忽有探卒入帐,报称东平王楙,已出屯廪邱,虓勃然道:"楙乃反复小人,此来必接应刘乔,我当自去击他。"琨起身道:"不劳大王亲往,琨愿当此任。"虓答道:"卿去甚佳,再令田督护助卿,可好么?"琨应声如命。虓即令督护田徽,与琨同行,步骑兵各数千人,将到廪邱,已接侦骑走报,楙怯战东归,仍还兖州去了。<small>贪夫怎禁一战。</small>

琨乃遣使报虓,自与田徽径趋灵璧。一日,行至灵璧附近,又由侦骑报明,刘乔父子,合兵杀败东海军,追往谯州。琨即顾语田徽道:"果不出我所料,我等快往救东海王。"说毕,麾兵急进。到了谯州,正值刘乔父子,耀武扬威,驱杀越军。琨大喝一声,当先杀去。乔子祐见有来兵,持刀返斗,琨仗剑

第十八回　作盟主东海起兵　诛恶贼河间失势

相迎,约有数十回合,未见胜败。田徽挥众上前,突入乔军,那东海王越,听得后面有战斗声,回头一顾,见有刘字旗号,料知刘琨等来援,也即返兵来战。两路军夹攻刘乔,乔拦阻不住,正在着忙,祐恐乃父有失,舍了刘琨,回马保父,忽斜刺里戳入一槊,适中祐胁,祐负痛伏鞍,兜头又劈下一剑,削去脑袋,坠死马下。这一槊是被田徽从旁刺入,一剑是由刘琨顺手劈下,两人结果祐命,越觉精神焕发,同往杀乔。乔哪里还敢招架,夺路飞跑。部众或死或溃,单剩得五百骑兵,奔投平氏县中,才得幸免。不听弘言,枉送长子性命。

刘琨、田徽,与越相会,越慰劳备至,遂进屯阳武,直指关中。幽州都督王浚,复遣部将祁弘,率领鲜卑、乌桓骑卒,前来助越,愿为先驱。于是兵威大盛,浩浩荡荡,杀奔长安。张方屯兵霸上,但遣吕朗往据荥阳,自己逗留不进。刘弘以张方残暴,料颙必败,因通书与越,愿归节制。刘准也按兵不动,眼见得关中大震,风鹤皆兵。颙闻刘乔败还,还想成都王颖,由洛拒越,阻他西行。颖既入洛都,当然不受颙命,究竟颖如何入洛,待小子表明原因。当时留洛诸官,尚与关中传达消息,所有诏旨,多半遵行。忽有玄节将军周权,诈称被诏,复立羊后,自称平西将军,意图讨颙。洛阳令何乔,探悉诈谋,引兵杀权,又将羊后废锢,报告行在。颙因羊后忽废忽立,终为后患,索性遣尚书田淑,持了一道伪敕,赐后自尽。留台校尉刘暾等,不肯照行,即使田淑奉还表章,力保羊后,大致说是:

> 奉被诏书,伏读惶悚,臣按古今书籍,亡国破家,毁丧宗祊,皆由犯众违人之所致也。自陛下迁幸,旧京廓然,众庶悠悠,罔所依倚。家有跂踵之心,人想銮舆之声,思望大德,释兵归农,而兵缠不解,处处互起,岂非善者不至,人情猜隔故耶? 今宫阙摧颓,百姓喧骇,正宜镇之以静,而大使忽至,赫然执药,当诣金墉,内外震动,谓非圣意。羊庶人门户残破,废放空宫,门禁峻密,若绝天地,无缘得与奸人构乱。众无智愚,皆谓不然,刑书猥至,罪不值辜。人心一愤,易致兴动。夫杀一人而天下喜悦者,宗庙社稷之福也。今杀一枯穷之人,而令天下伤惨,臣虑凶竖乘间,妄生变故。臣忝司京辇,观察众心,实已忧深,宜当含忍。谨密奏闻,愿陛下更深与太宰参详,勿令远近疑惑,取谤天下,国家幸甚! 臣民幸甚!

颙览表大怒,命吕郎自荥阳带兵,入洛收暾。暾自恐得祸,已先机遁往青州。成都王颖,适至河桥,趁着这个机会,径入洛阳,闭城拒郎。郎只好退去,羊后才得免死。不如死得干净,省得后来出丑。颙不能逞志,又因越军逼近,屡次传诏,促颖击越,颖终不报。颙急得没法,没奈何想出一策,欲与越议和。颙有妻舅缪胤,尝为太子右卫军,胤从兄播,又为中庶子,当东海起兵时,两人拟为颖调停，诣越进言令颙奉帝还洛，约与越分陕为伯。越素重二人才望，倒也屈志相从，使二人报颙立约。颙亦欲依议，偏张方硬加阻挠，厉声语颙道："关中为形胜地，国富兵强。王挟天子以令诸侯，谁敢不从？奈何拱手让人，甘为人制呢？"颙因此中止。

颙有参军毕垣，常为方所侮，衔恨不休，屡思设法害方，至越军相迫，得乘间语颙道："张方久屯霸上，盘桓不进，必有异谋。闻他帐下督郅辅，屡与密议，何不召入讯明，首先除患？"缪播、缪胤，尚留关中，时亦在侧，也凑机插入道："山东起兵，无非为了张方一人，王诚斩方首以谢山东，东军自然退去了。"颙不禁耳软，便令人往召郅辅。辅本长安富人，方微时尝得辅资助，故引为心腹，此次应召入帐，毕垣在帐外候着，即握住辅手，引至密室，附耳与语道："张方欲反，有人谓君实知谋，所以王特召问，君来见王，将如何对答？"辅愕然道："我实不闻方有反谋，如何是好？"垣又佯惊道："休得欺我！"辅指天誓日，自明无欺。垣说道："平素知君真诚，故特相告，方谋反是实，君果不闻，倒也罢了，但王今问君，君但当应声称是，休得取祸。"辅点首入帐，向颙谒见。颙便启问道："张方谋反，卿可知否？"辅答了一个"是"字。颙又说道："即遣卿取方首级，卿可能行否？"辅又答了一个"是"字。颙乃付一手书，使辅送达张方，顺手取方首级。辅连答三个"是"字，退出见桓。桓复道："君欲取大富贵，便在此举，莫再误事。"辅匆匆还入方营，时已黄昏，辅佩刀入帐，帐下守卒，因辅是张方心腹，毫不动疑。方见辅回来，问为何事？辅递过颙书，方在灯下启函，正要详阅，不图辅拔刀砍方，砉然一声，方首落地。辅拾起方首，抢步趋出，竟向颙复命去了。小子有诗咏道：

> 挟众横行已有年，刀光一闪首离肩。
> 从知天道无私枉，恶报到头不再延。

颙得方首，进辅为安定太守，并将方首传送越军，与越议和。毕竟越肯否允议，待至下回表明。

本回事实，最为繁杂，要之不外乎颙、越争权，张方煽乱，遂致生出许多纠缠。公师藩之起兵，名为助颖，实拒颙、越，虓与模之起兵，助越而拒颙也，刘乔之起兵，助颙而拒越也，东平王楙，忽而助越拒颙，忽而助颙拒越，尤为离奇。刘弘本不助越，亦不助颙，厥后复转而助越拒颙者，非嫉颙，实嫉张方耳。凶恶如方，人人以为可杀，而颙独信之，故越之讨方，实为正理，与颙相较，固有彼善于此者在耳。及颙杀方求和，为时已晚，况又非出自本心乎？平心论之，颙之恶实不亚于方云。

第十九回 伪都督败回江左
呆皇帝暴毙宫中

却说太宰河间王颙，把张方首送与越军，总道是越肯允和，兵可立解，偏越将方首收下，不允和议，叱还去使，即遣幽州将领祁弘为前锋，西迎车驾，一面令部将宋胄往徇洛阳，刘琨往取荥阳。琨持方首，径至荥阳城下，揭示守将吕朗，朗即开城迎降，胄行至中途，又遇邺中军将冯嵩，奉遣来助，遂偕往洛都。成都王颖，兵单势寡，料不能守，便由洛阳出奔，西赴长安。到了华阴，闻颙已与越议和，且前次不受颙命，恐颙挟嫌谋害，不敢西进。颙因越军未退，复悔杀张方，穷诘郅辅，才察出虚情，把辅斩首。不及二缪，究是妻舅。遂遣弘农太守彭随与刁默等，统兵拒越，更令他将马瞻、郭伟为后应。随与默行至关外，正与祁弘相遇，弘麾下多鲜卑兵，纵横驰突，锐厉无前，一阵冲击，把随、默所领的部众，裂作数段。随不能顾默，默不能顾随，便即骇散，被弘杀退数里，伤毙多人。弘进至霸水，又遇颖将马瞻、郭伟，一边是转战直前，势如潮涌，一边是临敌先怯，隐兆土崩。战不多时，马、郭两将，又逃得不知去向，只晦气了许多士卒，冤冤枉枉，做了胡马脚下的垫底泥。造语新颖。败报连达关中，吓得颙魂驰魄散，不知所为。俄又有人入报道："敌军已经入关，猖獗的了不得，大王须亟自为计。"颙至此也顾不得别人，忙自上马，扬鞭急走。侥幸逃出城外，旁顾并无随兵，只有坐骑还算亲昵，负他飞奔，自思孤身只影，不能远避，还是窜入山谷，免得露眼，遂向太白山中，策骑驰去。军阀失势，如此如此。

祁弘杀入长安，无人敢当，一任鲜卑兵淫杀掳掠，伤亡至二万余人。百官都奔往山间，无处觅食，亏得橡实盈山，大家采拾若干，充作口粮。惠帝尚在行宫，无人保护，只好生死由命。幸司空越随后踵至，禁住淫掠，入宫谒见，又召集百官，即日东归，命太弟太保梁柳为镇西将军，留戍关中，自率各军奉帝还都，仓猝中不及备辇，便用牛车载着惠帝，及左右宫人，趋还洛阳，何必这般急急。途中还算安稳。及入洛城，由惠帝登御旧殿，朝见官僚，但觉得两阶积秽，四壁生尘，所有一切仪仗，统是七零八落，不由得悲感丛生，歔欷下涕。愚夫亦解此苦楚。越率扈驾诸臣，草草拜谒，便算礼毕，转谒太庙，也是蟏蛸在户，庙貌不华，及返至宫中，虚若无人，不过有三五个老宫婢及六七个穷太监，充当服役。惠帝寂寞得很，忙草了一道诏书，使宫监持至金墉城，迎还故后羊氏。羊皇后又惊又喜，略略梳裹，便与来使乘车入宫，桃花无恙，人面重逢，惠帝好生喜欢，自然令她仍主中宫，颁诏内外。看官听着！这羊皇后也算命薄，一为继后，便遇着赵王伦的乱祸，后来五废五复，真是死里逃生，哪知磨蝎重重，还是未了，请看官续阅下去，便见分晓哩。

是年为永兴三年六月，复改为光熙元年，诏赏迎驾诸臣，进司空越为太傅，录尚书事，范阳王虓为司空，仍令镇邺，宁北将军模为镇东大将军，守平昌公封爵，模前时已封平昌公。仍镇许昌，幽州都督王浚为骠骑大将军，都督东夷河北诸军事兼领幽州刺史。此外如皇太弟以下，各仍旧职。惟颖与颙不复提叙，但下了一道赦书罢了。

说也奇怪，当惠帝在长安时，江东却出了一个假皇太弟，居然承制封官，占踞一方。这假皇太弟，究是何人？原来是丹阳人甘卓。卓本为吴王常侍，曾与陈敏等同讨石冰，冰被陈敏穷追，为下所杀，事见十五回。卓亦得叙功受封，列爵都亭侯。嗣由东海王越引为参军，出补离狐令，因见天下大乱，弃官东归。行抵历阳，巧与陈敏相遇，数年阔别，一旦相逢，当然有一番叙谈。但敏却有特别秘谋，急切不便明说。惟与卓格外欢昵，愿订婚姻。卓有一女，正与敏子景年貌相当，敏求卓女为子妇，卓亦便即允从，不消数旬，男婚女嫁，当即成礼。不料敏与卓密议，竟要他假充皇太弟，立帜江东。煞是奇闻。原来敏攻克石冰，自谓无敌，便想占据江左，敏父屡次呵阻，谓此子必灭我门，旋即忧死，敏丁艰去职。及东海起兵，越起敏为右将军前锋都督，乃易服从戎。灵璧一战，敏先败挫，得刘琨等助攻，方转败为胜。见前回。敏遂请东归，还次历阳，召集将士，意在图乱。适遇甘卓回来，想他作一帮手，于是先缔婚约，继与密谋。卓已中敏计，没奈何将错便错，就把皇太弟三字，作为头衔，拜敏为扬州刺史。敏因遣次弟恢及部将钱端等，南略江州，季弟斌东略诸郡，江州刺史应邈，扬州刺史刘机，丹阳太守王旷，俱闻风遁去。敏得据有江东，遍征名士，召顾荣为右将军，贺循为丹阳内史，周玘为安丰太守，顾荣见第四回，贺循、周玘见十五回。循佯狂自免。玘亦称疾，不肯赴郡。荣前为中书侍郎，避乱家居，恐不从敏召，反触彼怒，乃从容前往，单骑见敏。敏正恨江东名士，多半却聘，拟尽加捕戮，闻荣肯来应召，怒气却消了一半，当即迎入。寒暄已毕，便与荣谈及恨事。荣答说道："中国丧乱，胡夷内侮，司马氏恐难复振，百姓不得安全，江南半壁，虽被石冰扰乱，人物尚称无恙，荣正虑无孙、刘诸王，保抚人民，今得将军神武盖世，带甲数万，连下各州，先声已振，诚使委任君子，推诚相与，不记小忿，不听谗言，将见名流趋集，大事可图，上流各州郡，便传檄可定了。否则刑罚一加，人皆裹足，怎能济事？"幸有顾荣数语，方得保全江东名士。敏不禁心喜，起座谢教。遂使荣领丹阳内史，事辄与商。又复大会僚佐，嘱令大众推为楚公，都督江东诸军事，兼大司马，加九锡礼。伪言密授中诏，令自己

第十九回　伪都督败回江左　呆皇帝暴毙宫中

溯江入汉,奉迎车驾。当下率兵出发,鼓棹前行。

镇南将军刘弘,亟遣江夏太守陶侃,与武陵太守苗亮,出堵夏口,又令南平太守应詹,调集水师,策应陶侃等军。是时,太宰颙尚在关中,亦命顺阳太守张光,带着步骑五千,至荆州协助刘弘,弘即使他前往夏口,与侃合兵,侃与陈敏同郡,又与敏同年举吏。随郡内史扈怀,恐侃与敏相结,为荆州患,乃密白刘弘道:"侃居大郡,握强兵,倘有异图,荆州便无东门了。"以小人腹,度君子心。弘笑答道:"忠勤如侃,必无他虑,尽可放心。"怀乃退去。当有人传入侃耳,侃即令子洪及兄子臻,往荆为质,自明无贰。弘引为参军,且给资遣臻归省,临行与语道:"贤叔出外御寇,君祖母年高,应该前去侍奉,匹夫交友,尚不负心,况身为大丈夫呢?"及臻归去,又加侃为督护,使他安心拒敏。驭将者固当如是。侃自然感激,整军待敌。适敏弟恢受乃兄伪命,挂了荆州刺史的头衔,充作前驱,进逼武昌。侃用运船为战舰,载兵击恢。或谓运船不便行军,侃怡然道:"用官船击官贼,有何不便?但教统兵得人,无可无不可呢。"遂与恢交锋,连战皆捷。敏遣钱端继进,侃邀同张光、苗亮二军,共击钱端。端又败却,荆州兵威,震响江淮。敏只好收兵回去,不敢再窥江汉。

刘弘乃遣张光西归,且表叙诸将战功,列光为首。南阳太守卫展语弘道:"张光系太宰腹心,公既与东海连盟,何不把光斩首,自明向背?"弘摇首道:"宰辅得失,与光无涉,危人自安,岂是君子所为?"说着,竟遣光西去。及光入关,东海军亦至长安,弘遣参军刘盘为督护,往会越兵。越奉驾东归,加弘车骑将军,余官如故。弘积劳成疾,年亦寖衰,方拟申请辞职,草表未上,病势遽剧,竟在任所告终。弘专督江汉,威行南服,事成尝归功他人,事败辄归咎自己,遇有兴废,致书守相,必叮咛款密,所以人皆感悦,无不效命。僚属私相语道:"得刘公一纸书,远胜十部从事。"弘殁后统皆下泪。就是荆州士女,亦相率悲恸,若丧所亲,这可见刘公的惠泽及民了。朝议谥弘为元,追赠新城郡公。乱世有弘,可称一鹗。独弘司马郭励,因弘已病殁,欲奉成都王颖入襄阳,奉为镇帅。弘子璠追述弘志,墨绖从戎,率府兵斩励首,襄沔复安。太傅越手书致璠,甚加赞美,一面调高密王略代镇荆州。璠俟略莅任,奔丧还里。略行政未能如弘,寇盗又盛,有诏起璠为顺阳内史,使略助。璠再出受职,江汉间翕然畏服,仍然安堵,父子济美,作述重光,却是晋史上的美谈。

还有南方的宁州,得了李氏兄妹二人,易危为安,也是出类拔萃的人材。宁州频年饥疫,边疆有一种五苓夷,逐渐强横,乘饥大掠,甚至围逼州城,刺史李毅,正患重病,又闻夷人进攻,急上加急,遽致气绝,州民大恐。忽有一位年甫及笄的女英雄,满身缟素,趋至府舍,号召兵民,涕泣宣誓,无非说是"父殁身存,当与全城共同生死,力拒夷虏"等语。大众瞧着,乃是刺史的爱女,芳名是一秀字，郑重出名，极写李女。不由的肃然起敬，齐声应命。李秀复说道："我是一女子身，恐难制房，还仗诸位举一主帅，专司军政，方保万全。"大众见她气概不凡，声容并壮，料知不是个弱女子，竟同心一德，愿推李秀权领州事。秀又朗声道："诸位推我暂为州主，试想全城责任，何等重大？敢问大众肯听我号令么？"众又齐声道："愿听指挥！"秀乃部署兵士，分队守城，并手定赏罚数条，揭示城门。条文皆井井不乱，令人畏服。夷人围攻兼旬，昼夜不休。秀身穿银铠，足踏蛮靴，左持宝剑，右执令旗，镇日里登城巡阅，未尝少辍；每伺夷人懈弛，即出兵掩击，屡有斩获。夷人却也中馁，只一时不肯解围。既而城中粮尽，无米可炊，不得已熏鼠拔草，聊充口食。秀坚忍如故，士卒亦皆感奋，誓死不贰。可巧毅子钊自洛中驰至，手下却带有数百兵马，来救州城，秀亦从城中杀出，内外合攻，竟把夷虏杀退，得将州城保全。原来钊在洛阳就官，未曾随侍，此次毅得病身亡，当然由李秀报丧，并将夷人猖獗情形，一并告达，所以钊招募勇士，星夜南行，得与秀并力退敌。兄妹相见，如同隔世，秀即将州事让与乃兄，众亦愿奉钊为主。钊暂允维持，一面遣使入都，乞简刺史。晋廷选王逊为南夷校尉，兼刺宁州。逊既莅任，抚辑饥民，击平叛夷，那李钊兄妹，却早已扶榇回籍，居家守制去了。《晋书》不载此事，《列女传》亦不列李秀，惟《通鉴》于光熙元年三月，略叙其事，特表出之，以志女豪。

且说成都王颖，自洛阳奔至华阴，逗留数日，闻关中已破，车驾还洛，乃复折回南行，竟至新野。荆州司马郭劢，与颖勾通，为刘璠所杀，见上。颖知栖身无所，复渡河北向，欲走仗公师藩。偏被顿邱太守冯嵩，要截途中，执颖送邺。范阳王虓，遂把颖拘禁起来，公师藩自白马渡河，前来寇邺。虓飞檄兖州刺史苟晞，统兵迎击，一战败师藩，再战斩师藩，独汲桑、石勒等遁去，为后文伏线。晞仍还原镇，虓旋病死邺中。长史刘舆，恐邺人释颖图乱，因令人假充朝使，逼颖自尽，然后为虓发丧，上报朝廷。颖二子皆被杀死。旧有僚属，统已散尽，惟卢志自洛随奔，始终不离，并收殓颖尸，购棺暂厝。贵为皇太弟乃如此收场，争权利者其鉴诸！太傅越得知底细，嘉志信义，特召为军谘祭酒。又因刘舆防变未然，亦有殊劳，并征令入洛。越左右却先入白道："舆犹腻物，近即害人。"越即记入胸中，待舆到来，即淡漠相遇，不甚加礼。舆密视天下兵簿及仓库牛马器械等，一一详记，至会议时，他人不能猝答，舆独应对如流。越不禁倾倒，叹为奇才，立命为左长史，宠任无比，并与商及镇邺事宜。舆请调东嬴公腾镇邺中，所有并州刺史遗缺，荐了一个胞弟刘琨，谓可委镇北方。荐人之弟，亦荐己之弟，可谓两面顾到。越无不依议，便表琨为并州刺史，且进东嬴公腾为东燕王，领车骑将军，移督邺城诸军事。双方交代，事见后文。

惟河间王颙，逃入太白山中，匿居多日，不敢出头。会故将马瞻等，收集

第十九回　伪都督败回江左　呆皇帝暴毙宫中

散卒,混入长安,杀毙关中留守梁柳,更偕始平太守梁迈,至太白山迎颙入城。偏弘农太守裴廙,秦国内史贾龛,安定太守贾疋等,"疋"即古文"雅"字。复起兵击颙。马瞻、梁迈,为颙效力,立即率兵三千,前往拦阻。终因寡不敌众,一同战死。颙惶急无措,还幸有平北将军牵秀,镇守冯翊,特来援颙,得将三镇兵击退。太傅越闻颙又入关,忙遣督护糜晃,引兵西讨,途次接得三军败耗,惮不敢进。怎料到颙复内变,长史杨腾,欲叛颙归越,诈传颙命,至秀军前,饬秀罢兵。秀出营相迎,兜头遇着一刀,竟尔毙命。这一刀不必细猜,便可知是杨腾下手了。秀本为颖将,随颖入关,乃为颙用,前时曾枉杀陆机,此次也遭人枉杀,天道好还,毕竟不爽。应十五回。腾既斩牵秀,又诳秀军,但说是奉令而行。兵士以秀无辜遭诛,益不服颙,相率散去。腾持秀首送入晃营,晃正拟进关,适都中传出急诏,乃是惠帝暴崩,太弟登基,循例大赦,眼见得是不必讨罪,乐得守候中途,静俟后命。

　　看官道惠帝何故暴亡? 相传为被太傅越鸩死,惠帝并无疾病,一夕在显阳殿中,食饼数枚,才逾片刻,腹中忽然搅痛,不可名状,但卧倒床上,辗转呼号,当由内侍飞召御医。至御医入宫,见惠帝眼白口开,已不省人事,诊视六脉,已如散丝,便接连摇首道:"罢了! 罢了! 不可救药了!"宫人问他是何病症,他尚未敢说明,及穷诘底细,方轻轻说出"中毒"二字,一溜烟似的出宫去了。究竟毒为何人所置,也无从查考,不过太傅越身秉国政,眼睁睁的视主暴崩,一些儿不加追究,便遣侍中华混等,急召太弟炽嗣位,显见得无私有弊呢。尚有一层可疑的情由,皇后羊氏,恐太弟得立,自己只做了一个皇嫂,不得为太后,已密召清河王覃,入尚书阁,有推立意。偏太弟炽同时进来,又由太傅越从旁拥护,一时情见势绌,没奈何闭口无言,任炽即位。照此看来,内外早生暗斗,后欲立覃,越欲立炽,呆皇帝做了磨心,平白地被人毒死,十有其九,是越进毒,羊后恐无此胆量呢。若使羊后进毒,应该先召清河王入宫了。统计惠帝在位十六年,改元七次,享年四十八岁。

　　太弟炽系武帝幼子,入承兄祚,大赦天下,是谓怀帝。尊谥先帝为孝惠皇帝,即号羊后为惠皇后,移居弘训宫,追尊所生太妃王氏为皇太后,立妃梁氏为皇后,命太傅越辅政。越请出诏书,征河间王颙为司徒。明明有诈。颙但困守长安一城,长安以外,统是附越,自知不能孤立,不如应诏赴洛,还可自解。这叫做挤死吃河豚。当下挈眷登车,出关东行,路过新安,忽来了一班赳赳武夫,手持利刃,拦住去路,且大声喝道:"快留下头颅,放你过去!"头颅留下,怎能过去,这是作者调侃语,并非不通。颙出一大惊,但至此已逃无可逃,不得不硬着头皮,颤声问道:"你等从何处差来,敢阻我车?"那来人反唇相诘,颙答道:"我是河间王,现奉诏入洛,受职司徒,你等是大晋臣民,应该拜谒,怎得无礼?"来人一齐哗笑道:"你死在眼前,还要称王说帝,岂不可笑?"说至此,便有数人跃登车上,把颙揪倒,扼住颙喉。颙有三子,都上前相救,怎禁得这班悍党,拳打足蹋,把三子陆续击死。颙被扼多时,气不能达,两手一抖,双足一伸,呜呼哀哉!小子有诗叹道:

　　　　豆釜相煎何太急?瓜台屡摘自然稀。
　　　　试看骨肉摧残尽,典午从兹慨式微。

究竟是何人杀颙,且至下回再表。

　　帝室相残,内讧四起,即如江东陈敏,不度德,不量力,妄思占踞半壁,称雄南方,意者其亦张昌、邱沈、之流亚欤?父怒灭门,竟致忧死,不忠不孝,安能有成?观其劫持甘卓,使充太弟,指鹿为马,掩耳盗铃,尤觉可笑。及溯江西上,有刘弘以坐镇之,有陶侃以出御之,两战皆败,奔还扬州,非不幸也,宜也。弘父子以保境成名,尚有李氏兄妹,亦力捍宁州,乱世未尝无人,在朝廷之用与不用耳。但李秀一女子身,竟能誓众御夷,食尽不变,七尺须眉,能无愧死,此本回之所以大书特书也。至若颖、颙之死,皆由自取,而惠帝遇毒,戚亦自诒,以天下之大愚,致天下之大乱,其得在位十余年者,犹幸事耳,与东海何尤哉?然东海之敢行鸩主,罪固不可逭矣。

第二十回　战阳平苟晞破贼垒
　　　　佐琅琊王导集名流

　　却说新安杀颙的武夫,似盗非盗,实是由许昌将军梁臣,领着健卒数百名,扮作强盗模样,截路杀颙。许昌镇帅,是太傅越弟模,梁臣为许昌将,当然为模所遣。模杀颙后,就加封南阳王,可知主动力出越一人,自无疑义。前冀州刺史温羡,已起为中书监,得进官司徒,尚书仆射王衍,升授司空。羡与衍均见十八回。待惠帝安葬太阳陵,已是腊残春至,元日由怀帝御殿受朝,改元永嘉,颁诏大赦,除三族刑。族诛本是虐政,但怀帝诏令革除,亦特别施仁,乃是太傅越所陈请,就中也有一段原因。自从清河王覃,不得入嗣,仍然退居外邸,覃舅吏部郎周穆与妹夫御史中丞诸葛玫,尚欲立覃,共向越进言道:"今上得为太弟,全出张方私意,不洽众情。清河王本为太子,无端见废,先帝暴崩,多疑太弟,公何不效伊、霍盛事,安宁社稷呢?"语尚未终,越不禁瞋目道:"大位已定,汝等尚敢乱言?罪当斩首!"两人吓得魂不附体,还想哀词辩诉,偏越

第二十回 战阳平苟晞破贼垒 佐琅琊王导集名流

毫不容情,即命左右驱出两人,赏他两刀。穆与玫贸然进言,真是该死,但越未尝拷问,便即处斩,隐情亦可知了。穆为越姑子,本应援大逆不道的故例,罪及三族,越总算法外行仁,表称玫、穆世家,身外不应连坐,且因此请除三族旧刑。于是怀帝得下此诏,名为仁政,仍然由太傅越暗中营私呢。

越又请追复废太后杨氏尊号,依礼改葬,谥为武悼。怀帝年二十四,尚无子嗣,越因清河王未绝众望,不能无虑,乃倡议建立储君,即以清河王弟诠为太子。诠曾受封豫章王,尚在髫龄,越主张立诠,也是一番调停的苦心。怀帝践阼未久,不得不勉从越议,但因立储一事,免不得心下怏怏,乃援武帝旧制,听政东堂,每日朝见百官,辄留意庶政,勤诣不倦。黄门侍郎傅宣,叹为复见武帝盛事。怎晓得怀帝隐衷,是欲亲揽万机,免得军国大权,常落越手,越亦暗中窥透,自愿就藩。一再奉表,得邀俞允,许以原官出镇许昌,即调南阳王模为征西大将军,都督秦、雍、梁、益四州军事,镇守长安。改封东燕王腾为新蔡王,都督司、冀二州军事,乃居邺中。腾前镇并州,屡遇饥年,又尝为汉刘渊部众所掠,自刘琨出刺并州,移腾镇邺。腾喜出望外,不待琨至,便即东下。吏民万余人,统随腾就食冀州,号为乞活,所遗人口,不满二万家,寇贼纵横,道路梗塞。腾移镇邺中,琨出刺并州,均见前回。琨至上党,探得前途多阻,乃募兵得五百人,且斗且前,得至晋阳。晋阳境内,也是萧条不堪,经琨抚循劳徕,流民渐集,才得粗安。腾至邺城,总道是出险入夷,可以无恐,那知汲桑、石勒,复来相扰,好好一条性命,被两寇催索了去。人有旦夕祸福。

桑自公师藩败没,仍逃入牧马苑中,勒亦相随未散,回应前回。两人仍纠集亡命,劫掠郡县,桑自称大将军,署勒为讨虏将军,又声言为成都王报仇,转战至邺。腾仓猝闻警,亟调顿邱太守冯嵩,移守魏郡,堵御寇盗。嵩出兵迎击,禁不住寇势凶横,竟至败绩。石勒为桑前锋,长驱至邺,腾素来悭吝,更因邺中府库空虚,格外鄙啬,待遇军士,务从克扣,部下皆有怨言。至石勒兵至城下,不得已犒赐将士,促令守城。但每人不过给米数升,帛数尺,将士未惬所望,当然不愿尽力,一哄而散。死不放松,亦可愚蠢。腾支撑不住,轻骑出奔。桑将李丰,窥悉腾踪,从后追蹑,约至数十里外,与腾相及。腾无可逃生,只得拔出佩刀,拨马交战,才经数合,被李丰刺中要害,跌落马下。从吏或死或逃,一个不留。丰斩了腾首,返报汲桑。桑与石勒已入邺城,放火杀人,无恶不作。邺宫室尽被毁去,烟焰蔽霄,旬日不灭。复发出成都王颖棺木,载诸车上,呼啸而去。再从南津渡河,将击兖州。太傅越得知消息,飞调兖州刺史苟晞,及将军王赞等,往讨桑、勒。两下里相遇阳平,却是旗鼓相当,大小三十余战,互有杀伤,历久未决。太傅越乃出屯官渡,为晞声援,晞颇善用兵,见桑与勒锐气未衰,连战不下,索性不与交锋,固垒自守,以逸待劳。流寇最怕此策,既不得进，又不得退，坐至粮尽卒疲，各有散志。睎连日坐守，任令挑战，不发一兵，及见寇垒懈弛，始督军杀出，连破桑营，毁去八垒，毙贼万余。桑与勒收拾余众，渡河北走，又被冀州刺史丁绍，邀击赤桥，杀死无数。桑奔还马牧，勒逃往乐平。桑与勒从此分途。太傅越连接捷报，方还屯许昌，加丁绍为宁北将军，监督冀州军事，仍檄苟睎还镇兖州，加官抚军将军，都督青、兖军事。王赞亦从优加赏，不消细述。惟东平王楙，前经刘琨、田徽等出兵，怯走还镇，不敢与苟睎相抗，又经越调还洛阳，在京就第，怀帝即位，改封为竟陵王，拜光禄大夫，也不过循例议叙，不假事机，所以睎久镇兖州，训练士卒，累战不疲，威名称盛。叙入东平王，找足十八回文字。汲桑逃回牧苑后，乞活人田甄、田兰等，聚众同仇，为腾报怨，入攻马牧。桑不能拒，窜往乐陵，被甄兰等追上杀死，且将成都王颖遗棺，投入眢井中。枯骨尚遭此劫，生前何可不仁？嗣经颖旧日僚佐，再为收瘗及东莱王蕤子遵，奉怀帝诏，继承颖祀，乃得迁葬洛阳。东莱王蕤，系齐王攸子。

独石勒自乐平还乡，正值胡部大张䐸督等，入据上党，胡人呼部长为部大，姓张名䐸督。遂趋往求见。䐸督本无智略，徒靠着一身蛮力，做了头目，勒能言善辩，见了䐸督，说出一番绝大的议论，顿使䐸督心服，惟命是从。原来勒欲往投刘渊，因恐孑身奔往，转为所轻，乃特向䐸督游说，劝令归汉。见面时先恭维数语，引起䐸督欢心，旋即迎机引入道："刘单于举兵击晋，所向无敌，独部大拒绝不从，如果得长久独立，原是最佳，但究竟有此能力否？"䐸督沈吟道："这却不能。"勒又道："部大自思，不能独立，何不早附刘单于？倘迟延不决，部下或受单于赏募，叛了部大，自往趋附，反恐不妙。"䐸督瞿然道："当如君言。"说着，即令部众守候上党，自与勒谒刘渊。渊正招致枭桀，当然延纳，授勒为辅汉军，封平晋王，命䐸督为亲汉王，使勒至上党召入胡人，即归勒统带，作为亲军。乌桓长伏利度，有众二千，出没乐平。渊尝遣人招徕，屡为所拒。勒却为渊设策，佯与渊忤，出奔伏利度。伏利度大喜，与勒结为弟兄，使勒率众回掠，勇敢绝伦，众皆畏服。勒复买动众心，益得众欢，遂返报伏利度。伏利度出帐迎勒，被勒握住两手，呼令部众将他缚住，且遍语众人道："今欲起大事，我与伏利度，何人配做主帅？"大众愿推勒为主。勒即笑顾伏利度道："众愿奉我，我尚不能自立，只好往从刘大单于，试问兄究有何恃，能反抗刘单于呢？"伏利度已被勒缚住，且思自己果不及勒，乃愿从勒教。勒遂亲为释缚，并为道歉，使伏利度死心塌地，始从勒归汉。勒弄伏利度如小儿，确是有些智术。刘渊大喜，复加勒都督山东征讨诸军事，并将伏利度旧有部众，统付勒节制调遣。勒遂得如虎生翼，不可复制了。

话分两头，且说伪楚公陈敏，占据江左，已历年余，刑政无章，民不堪命，

又纵令子弟行凶,不加督责。顾荣等引以为忧,常欲图敏。适庐江内史华谭,遗荣等密书,且讽且嘲,略云:

> 陈敏盗据吴会,命危朝露,诸君或剖符名郡,或列为近臣,而更辱身奸人之朝,降节叛逆之党,不亦羞乎?吴武烈孙坚、父子,皆以英杰之才,继承大业,今以陈敏凶狡,七弟顽穴,欲蹑桓王孙策之高踪,蹈大皇之绝轨,远度诸贤,犹当未许也。皇舆东返,俊彦盈朝,将举六师以清建业,即金陵。诸贤何颜复见中州之士耶?幸诸贤图之!

荣得书,且愧且奋,因即密遣使人,往约征东大将军刘准,使发兵临江,自为内应,剪发明信。准乃遣扬州刺史刘机,出向历阳,领兵讨敏。敏亟召荣入议,荣答道:"公弟广武将军昶,历阳太守宏,均有智力,若使昶出屯乌江,宏出屯牛渚,据守要害,虽有强敌十万,也不敢入窥了。"敏即依荣议,分兵与二弟昶、宏,令他去讫。尚有弟处在敏侧,待荣退出,便密语敏道:"弟恐荣不怀好意,欲遣开我等兄弟,使彼得居中行事,一或生变,患且不测,不如先杀荣等为是。"敏瞋目道:"荣系江东名士,相从年余,并未闻有异志,今遣我二弟,正恐别人未必可恃,故有此议,汝奈何叫我杀荣?荣一冤死,士皆离心,我兄弟尚得生活么?"杀荣原未必能生,不杀荣,愈觉速死。昶司马钱广与周玘同为安丰人民,玘因递与密缄,劝令杀昶,协图反正。广复称如命,待昶至中途安营,熟睡帐中,即持刀突入,把昶刺死,即将昶首持示大众,谓已受密诏诛逆,如敢抗旨,夷及三族。众唯唯从命,遂由广勒兵回来,驻扎朱雀桥南,传檄讨敏。

敏闻广杀昶为变,惊惶得很,便遣甘卓拒广,所有坚甲精兵,尽付卓带去。顾荣恐敏动疑,忙驰入白敏道:"广为大逆,义当速讨,但恐城内或有广党,意外构变,所以荣特来卫公。"敏愕然道:"卿当四出镇卫,怎得就我?"荣乃辞出,竟往说甘卓道:"江东事如果有成,我等理应努力,但看今日情势,可得望成功否?敏本庸才,政令反复,计画不一,子弟又各极骄矜,不败何待?我等尚安然受他伪命,与彼同尽?使江西诸军,函首送洛,指为逆贼顾荣、甘卓首级,这岂非万世奇辱么?请君三思后行!"卓踌躇道:"我本意原不愿出此,只因女为敏媳,堕入诡计,勉强相从,今若背敏,未始不是正理,只我女不免惨死了。"荣慨然道:"以一女害三族,智士不为,且今日何尝不可救女呢?"卓造膝问计,荣与附耳数言,卓乃转忧为喜,俟荣退去,即出至朱雀桥,与广对垒,诘旦伪称有疾,高卧不起,亟遣使报敏,令女出视。敏尚不知有诈,竟遣卓女往省。卓得见爱女,麾兵渡桥,将桥拆断,与广合兵,并把北岸船只,一古脑儿撑至南岸。于是顾荣、周玘及丹阳太守纪瞻等,统与甘卓、钱广,联合一气,同声讨敏。

敏闻报大惧，没奈何召集亲兵，得万五千人，出城御卓。两军隔水列阵，卓遥语敏军道："本欲与汝等同事陈公，奈顾丹阳周安丰等名士，已皆变志，我亦不能支持，汝等亦宜早思变计。"敏众闻言，尚是狐疑未决，俄见顾荣跃马而出，揽辔遥语道："陈敏为逆，上干天怒，今新主当朝，派兵来讨，早晚将至，我等亦受密诏讨逆，汝等何尝不去，难道自甘灭族么？"说着，将手中所执的白羽扇，向敌一麾，敌众哗散，只剩下陈处一人，余皆溃去。一扇贤于十万军。敏亦只好回头北走，处随后同奔。顾荣复把白羽扇向后一招，部众即下舟渡江，登岸追敏。行不数里，便将敏兄弟擒住，解回建业。荣与甘卓等人，已尽入建业城，当即将敏兄弟处斩。敏长叹道："诸人误我，致有今日！"还要怨人。又顾弟处道："我负卿，卿不负我。"就使听了弟言，亦未必不致死。霎时间双首尽落，昆季归阴，所有敏弟及子，一并捕诛。只卓女不免守孀。

是时，征东大将军刘准，已经调任，继任为平东将军周馥。建业诸军，函着敏首，送交馥处，馥又传敏首至京师。有诏叙讨逆功，征顾荣为侍中，纪瞻为尚书郎太傅，太傅越辟周圯为参军。荣等奉命北行，到了徐州，闻北方未靖，仍复折回，朝廷特派琅琊王睿为安东将军，都督扬州诸军事，使镇建业。睿由下邳启行，仍用王导为司马，同至江东，每事必向导咨谋，非常亲信。导劝睿优礼名贤，收揽豪俊，睿当然依从。但睿尚无重望，为吴人所轻，所以睿虽加意旁求，总觉乏人应命。导为睿设策，从睿临江观禊，睿但乘肩舆，导与椽属，皆跨着骏马，安辔徐行。吴中人士，望见仪从雍容，始知睿真心爱士，相率称扬。可巧顾荣、纪瞻等，亦在江乘修禊，得睹丰采，也觉倾心，不由的望尘下拜。睿下舆答礼，毫无骄容，益令荣等悦服。及睿已回城，导因语睿道："吴中物望，莫如顾荣、贺循，宜首先汲引，维系人心，二人肯来，外此无虑不至了。"睿乃使导往聘循、荣。循、荣各欢喜应命，随导见睿。睿起座相迎，殷勤款接，立授循为吴国内史，荣为军司，兼散骑常侍，所有军府政事，无不与谋。荣与循转相荐引，名流踵至。纪瞻入为军祭酒，周圯进为仓曹属，外如济阴人卞壶，为从事中郎，琅琊人刘超为舍人，吴人张闿及鲁人孔衍，并为参军，端的是英才济济，会聚一堂。吴中幕府，于斯为盛。为政在人，观此益信。睿颇好酒，或致废事。导婉言进规，睿即引觞覆地，不复再饮。导又尝语睿道："谦以接士，俭以足用，清静为政，抚绥新旧，这便是创成大业的根本呢。"睿一一依议，见诸施行。果然吴会风靡，一体归诚。相传睿初生时，神光满室，户牖尽明，及年渐长成，日角上忽生长毫，皜白有光，隆准龙颜，目有精采，顾盼烨然。十五岁嗣父觐遗封，得为琅琊王，侍中嵇绍，见睿状貌，便语人道："琅琊王毛骨非常，前途难量，当不至终身为臣，就是天子仪表，亦不过如是罢了。"既而太妃夏侯氏，病殁琅琊，睿表请奔丧，葬毕还镇，加封镇东大将军，开府仪同三司。

惟尚有一条异闻,载诸稗史,流传今古,当非尽诬。睿名为觐子,实为小吏牛金所生。觐妃夏侯氏,貌赛王嫱,性同夏姬,因小吏牛金入值,见是美貌少年,就与他眉挑目逗,竟成苟合,未几即身怀六甲,产下一男,觐颇有所疑,因爱妃貌美,生子又有异征,遂含忍不发,认为己子。从前司马懿执政时候,闻玄石图记中,有牛继马后的谶文,尝隐忌牛氏,把将校牛金鸩死。哪知后来复出一牛金与他孙妇勾引成奸,居然生下一睿,为司马氏后继,保住江东半壁,即位称帝,号为中兴,这大约是天数已定,人事难逃,凭你司马懿足智多谋,也不能顾及子孙,防闲终古呢。我说还是司马氏幸运,别人替他生子,多传了百余年。小子有诗咏道:

中冓遗闻不可详,但留一脉保残疆。
若非当日牛金力,怀、愍沈沦晋已亡。

江东得睿镇守,差幸少安,惟江东以外,乱势方炽,不可收拾,欲知详情,试看下回接叙。

东嬴公腾,借兄之力,晋受王封,且调镇邺中,得避胡寇,可谓踌躇满志,不意有汲桑、石勒之乘其后,攻邺而追戕之。塞翁得马,安知非祸?腾亦犹是耳。苟晞用深沟固垒之谋,卒败桑、勒,桑窜死而勒北走,奔降刘渊,天不祚晋,欲留一痈以为晋患,此勒之所以终得逃生也。彼陈敏之盗据江东,智不若勒,乃欲收揽名士,而卒为名士所倾,夫岂名士之无良?正以见名士之有识耳。况琅琊王睿,移镇建业,得王导之忠告,招名士而礼用之。卒以成中兴之业,名士之有益于国,岂浅鲜哉?本回于琅琊王事,特别从详,正为后来中兴写照,不用贤则亡,削何可得,子舆氏固不我欺也。

第二十一回　北宫纯力破群盗
　　　　　　太傅越擅杀诸臣

却说江南既平,河北一带,尚是未靖,太傅越虽出镇许昌,朝政一切,仍然由他主持,怀帝统未得专行。越以邺中空虚,特请简尚书右仆射和郁为征北将军,往守邺城,且令王衍为司徒,怀帝自然准议。衍因往说越道:"朝廷危乱,当赖方伯,须得文武兼全的人材,方可任用。"越问何人可使?衍却援举不避亲的古例,即将二弟面荐,一是亲弟王澄,一是族弟王敦。越便允诺,奏请授澄为荆州刺史,敦为青州刺史。有诏令二人任职,二人当然不辞。衍喜语二弟道:"荆州内江外汉,形势雄固,青州面负东海,亦踞险要,二弟在外,我在都中,正好算作三窟了。"老天不由你料,奈何? 看官记着! 荆州自高密王略出镇,亏得刘璠出为内史,才得安堵,见十九回。略未几即死,后任为山涛子山简,因璠得众心,未免加忌,特奏请迁调。不及乃父远识。晋廷徙璠为越骑校尉,荆湘遂从此多事。澄虽有虚名,无非是王夷甫一流人物,衍字夷甫。徒尚空谈,不务实践,要他去镇守荆州,眼见是不能胜任呢。王敦眉目疏朗,神情洒脱,少时即号称"奇童",得尚武帝女襄城公主,拜驸马都尉,兼太子舍人,声名尤盛。但素性残忍,不惜人死,从弟王导,曾说他不能令终,太子洗马潘滔,亦尝讥他豺声未振,蜂目已露,人不噬彼,彼将噬人。如此刚暴不仁,衍却替他荐引,恃作护符,这也是知人不明,徒增妄想罢了。为澄、敦二人后来伏案。

敦甫经莅镇,即由太傅越征令还朝,授中书监,敦不免失望,但也只好奉召入都。青州刺史一缺,由兖州刺史苟晞调任,晞屡破巨寇,为越所重,常引晞升堂,结为异姓兄弟。此时潘滔为越长史,屏人语越道:"兖州为东方冲要,魏武尝借此创业,现由苟晞居守有年,若晞有大志,便非纯臣,今不若移镇青州,厚加名号,晞必欣然徙去,公乃自牧兖州,经纬诸夏,藩卫本朝,这才叫做防患未然哩。"越颇以为然,自为丞相,领兖州牧,都督兖、豫、司、冀、幽、并诸州军事,加苟晞为征东大将军,都督青州诸军事,领青州刺史,封东平郡公。晞虽奉调东去,却已是猜透越意,暗暗生嫌。他本来严刑好杀,不肯少宽,在兖州时,迎养从母,颇加敬礼。从母为子求将,晞摇首道:"王法无亲,若一犯法,我不能顾及从弟了,不如不做为妙。"从母固请如初,晞乃说道:"不要后悔。"因令为督护。后来果然犯法,晞即令处斩。从母叩头吁请,乞贷一死,晞终不从。及斩讫返报,乃素服临哀,且哭且语道:"斩卿是兖州刺史,哭弟是苟道将。"晞字道将。部下见他情法兼尽,很是惮服。实是一种权诈手段。至移镇青州,复思以严刑示威,日加杀戮,血流成川,州人号为"屠伯"。

晞弟名纯,亦颇知兵,由晞遣讨盗目王弥,得获胜仗。弥为恺音垦,县名。令刘伯根长史,伯根尝纠众作乱,为幽州都督王浚讨平,独弥亡命为盗,再集伯根遗众,出没青、徐。阳平人刘灵,少时贫贱,力大无穷,能手挽奔牛,足及快马,尝恨无人举引;又见晋室寖衰,不由的抚膺太息道:"老天! 老天! 我一贫至此,莫非令我造反不成?"及闻王弥为乱,也招致盗贼,揭竿起事,乃自称大将军,寇掠赵魏。已而弥为苟晞所败,灵为别将王赞所败,两人俱奉书降汉,敛迹不出。忽顿邱太守魏植,为流民所迫,有众五六万,大掠兖州。太傅越急檄苟晞进援,晞出屯无盐,留弟纯居守青州。纯嗜杀行威,比晞还要利害,州民生谣道:"一苟不如一苟,小苟毒过大苟。"如此凶残,安望有后。未几晞

第二十一回　北宫纯力破群盗　太傅越擅杀诸臣

得诛植，乃仍还青州。偏王弥又复蠢动，党羽集至数万人，分掠青、徐、兖、豫四州，所过残戮，郡邑为墟。苟晞再奉诏出征，连战未克，太傅亦下令戒严，移镇鄄城。

　　会闻前北军中侯吕雍与度支校尉陈颜等，谋立清河王覃为太子，便由越一道矫诏，遣将收覃，幽锢金墉城。过了旬月，索性命人赍鸩，把覃逼死。拥立者，也属无谓；加害者，抑何太毒？但越只能制内，不能制外，那王弥竟从间道突入许昌，且自许昌进逼洛阳，越亟遣司马王斌，率甲士五千人入卫京师。还有凉州刺史张轨，亦遣督护北宫纯等，领兵入援。轨系汉张耳十七世孙，家住安定，才华敏明，姿仪秀雅，与同郡皇甫谧友善，隐居宜阳女儿山。泰始初年叔父锡入京为官，轨亦随侍，得授五品禄秩，嗣复进官太子舍人，累迁散骑常侍征西军司。他见国家多难，谋据河西，筮得《周易》中泰与观卦，投筴大喜道："这是霸兆，得未曾有哩。"遂求为凉州刺史。天下无难事，总教有心人，果然得如所愿，一麾出守，及至凉州，适鲜卑为寇，盗贼纵横，便即调兵出讨，斩首万余级。嗣是威著西州，化行河右。张轨后嗣建国称凉，号为前凉，故特从详叙。至是闻王弥寇洛，因遣将勤王。晋廷方命司徒王衍，都督征讨诸军事，发兵出御辗辕，被王弥一阵杀败，兵皆溃归，京师大震，宫城昼闭，弥竟进攻津阳门。可巧凉州兵驰至，统将北宫纯，入城见衍，与东海司马王斌会师，相约出战。纯愿为前驱，选得勇士百余人，作为冲锋，疾驰而出，与弥对垒，才经交锋，由纯飐动令旗，便突出一队身长力大的壮士，跨着铁骑，持着利刃，不管那枪林箭雨，只硬着头冲将进去。凉州兵也不肯落后，既有勇士为导，当然拚了性命，一齐跟入，任他王弥党羽，是百战剧盗，都落得心慌意乱，纷纷倒退。北宫纯趁势杀上，王斌亦领兵继进，杀得盗党血流漂杵，尸积成山。王弥大败，抱头东窜。

　　都中又驱出一支生力军，系是王衍所遣，军官是左卫将军王秉，来应北宫纯、王斌两军。两军正追杀数里，稍觉疲乏，因即让过王秉一路人马，听令追去。秉追至七里涧，王弥见来军服饰，与前略殊，还道是强弱不同，复思回身一战，当下勒马横刀，令盗众一律返顾，与秉接仗。盗众勉强应命，但已是胆怯得很，不耐久斗，略略交手，又复溃散。弥始知不能再战，只得与部下盗目王桑，逃出轘关，竟去投汉。汉主刘渊，与弥本有旧交，当即遣使郊迎，且传令语弥道："孤已亲至客馆，拂席洗爵，敬待将军。"弥闻令大喜，便随入见渊。渊即面授弥为司隶校尉，加官侍中，且命王桑为散骑侍郎。刘灵得王弥归汉消息，也亲往谒渊，受封平北将军。渊收了两个大盗，便用为向导，使子聪带兵数千，同袭河东。

　　可巧北宫纯自洛阳旋师，途次与聪兵相值，即杀将过去。聪不意官军掩至,顿时忙乱,且疑此外尚有伏兵,不敢恋战,匆匆的收兵遁回,麾下已死了数百人,纯乃归凉州,禀明张轨,申表奏闻。有诏封轨为西平郡公,轨辞不受命,且屡贡方物,藩臣中推为首忠,也是确评。

惟刘渊闻聪败还,未免失望,且因并州一带,由刘琨据守晋阳,无隙可乘,前遣将军刘景往攻,亦遭一挫,两方面统是败仗,尤觉得忧悔交并。侍中刘殷、王育进议道:"殿下起兵以来,年已一周,乃专守偏方,王威未振,甚属可惜。诚使命将四出,决机大举,枭刘琨,定河东,建帝号,鼓行南下,攻克长安,作为都城,再用关中士马,席卷洛阳,易如反掌。从前高皇帝建竖鸿基,荡平强楚,便是这番谋画,殿下何不仿行呢?"渊不禁鼓掌道:"这正是孤的初心呢!"遂号召大众,亲自督领,趁着秋高马肥的时候,祃纛起行。到了平阳,太守宋抽,惊惶的了不得,弃城南奔。渊得拔平阳城,再入河东。太守路述,却是有些烈性,募集兵民数千,出城搦战,怎奈众寡不敌,伤亡多人,没奈何退守城中。渊督众猛攻,相持数日,城垣被毁去数丈,一时抢堵不及,竟为胡马所陷。述还是死战,力竭捐躯。渊连得数郡,遂移居蒲子。上郡四部鲜卑陆逐延,氐酋单征,并向渊请降。渊又遣王弥、石勒,分兵寇邺,征北将军和郁,也是贪生怕死,走得飞快,把一座河北险要的邺城,让与强胡。于是渊得逞雄心,公然称帝,大赦境内,改元永凤。命嫡子和为大司马,加封梁王,尚书令刘欢乐为大司徒,加封陈留王,御史大夫呼延翼为大司空,加封雁门郡公;同姓以亲疏为等差,各封郡县王;异姓以勋谋为等差,各封郡县公侯,就把这蒲子城,号为汉都。

看官记着!当时氐酋李雄,与刘渊同时称王,此次渊僭号称尊,比李雄还迟二年。李雄称帝,国号成,改元晏平,且在晋惠帝末年六月中。刘渊称帝,是在晋怀帝二年十月中。小子属辞比事,前文未及西陲,无复插叙,此次为刘渊称帝,不能不补叙李雄。五胡十六国开始,就是李雄、刘渊两酋长,最早僭号,看官幸勿责我漏落呢。补笔说得明白,更足令阅者醒目。

渊既僭号,两河大震。晋廷遣豫州刺史裴宪,出屯白马,车骑将军王堪,出屯东燕,平北将军曹武,出屯大阳,无非为防汉起见。偏刘渊得步进步,不肯少休,复遣石勒、刘灵率众三万,进寇魏、汲、顿邱三郡,百姓望尘降附,多至五十余垒。勒与聪请诸刘渊,各给垒主将军都尉印绶,并挑选壮丁五万为军士,老弱仍令安居。魏郡太守王粹,领兵抵御,一战即败,被勒活捉了去,押至三台,一刀毕命。越年为晋怀帝永嘉三年,正月朔日,荧惑星入犯紫微,汉太史令宣于复姓。修之,入白刘渊道:"陛下虽龙兴凤翔,奄受大命,但遗晋未灭,皇居逼仄,紫宫星变,犹应晋室。不出三年,必克洛阳。蒲子崎岖,不可久安,平阳近有紫气,且是陶唐旧都,愿陛下上迎乾象,下协坤祥。"渊当然大喜,便

第二十一回　北宫纯力破群盗　太傅越擅杀诸臣

即迁都平阳。会汾水滨有人得玺篆，文为"有新保之"四字，乃是王莽后投失，他却聪明得很，增刻"渊海光"三字，献与刘渊。渊表字元海，便称为己瑞，又复改元，即以河瑞二字为年号，封子裕为齐王，子隆为鲁王，聪为楚王，南向窥晋。

晋廷专靠太傅越为主脑，越不务防外，专务防内，真正可叹。他本已移镇鄄城，因鄄城无故自坏，心滋疑忌，乃徙屯濮阳。未几，又迁居荥阳，忽自荥阳带兵入朝，都下人士，相率惊疑。中书监王敦语人道："太傅专执威权，选用僚属，还算依例申请，尚书不察，动以旧制相绳，他必积嫌已久，来此一泄，不识朝臣有几个晦气，要遭他毒手呢。"及越既入都，盛气诣阙，见了怀帝，便忿然道："老臣出守外藩，尽心报主，不意陛下左右，多指臣为不忠，捏造蜚言，意图作乱，臣所以入清君侧，不敢袖手呢。"怀帝听了，大是惊惶，便问何人谋乱。越并未说明，即向外大呼道："甲士何在？"声尚未绝，外面已跑入一员大将，乃是平东将军王景，一作王秉，今从《晋书》。领着甲士三千人，鱼贯入宫，形势甚是汹涌，差不多与虎狼相似。越随手指挥，竟命将帝舅散骑常侍王延、尚书何绥、太史令高堂冲、中书令缪播、太仆卿缪胤等，一古脑儿拿至御前，请旨施刑。怀帝不敢不从，又不忍遽从，迟疑了好多时，未发一言。越却暴躁起来，厉声语王景道："我不惯久伺颜色，汝可取得帝旨，把此等乱臣，交付廷尉便了。"说着，掉头径去。跋扈极了。怀帝不禁长叹道："奸臣贼子，无代不有，何不自我先，不自我后，真令人可痛呢。"当下起座离案，握住播手，涕泣交下。播前在关中，随惠帝还都，应第十九回。与太弟很是亲善，所以怀帝即位，便令他兄弟入侍，各授内职，委以心膂。偏由越诬为乱党，勒令处死，叫怀帝如何不悲？王景在旁相迫，一再请旨，怀帝惨然道："卿且带去，为朕寄语太傅，可赦即赦，幸勿过虐，否则凭太傅处断罢。"景乃将播等一并牵出，付与廷尉，向越报命。越即嘱廷尉杀死诸人，一个不留。

何绥为前太傅何曾孙，曾尝侍武帝宴，退语诸子道："主上开创大业，我每宴见，未闻经国远图，但说生平常事，这岂是贻谋大道？后嗣子孙，如何免祸，我已年老，当不及难。汝等尚可无忧。"说到"忧"字，忽然咽住，好一歇才指诸孙道："此辈可惜，必遭乱亡。"你既知诸孙难免，何不嘱诸子辞官，乃日食万钱，尚云无下箸处，子劭尚日食二万钱，如此奢侈，怎得裕后？及绥被戮，绥兄嵩泣语道："我祖想是圣人，所以言有奇验哩。"后来洛阳陷没，何氏竟无遗种，这虽是因乱覆宗，但如何曾父子的骄奢无度，多藏厚亡，怎能保全后裔？怪不得一跌赤族了。至理名言。

越自解兖州牧，改领司徒，使东海国将军何伦，与王景值宿宫廷，各带部兵百余人，即以两将为左右卫将军，所有旧封侯爵的宿卫，一律撤罢。散骑侍郎高蹈，见越跋扈，略有违言，便被越斥为讪上，逼令自杀。嗣是朝野侧目，上下痛心。越留居都中，监制怀帝，无论大小政令，统须由越认可，才得施行。

那汉大将军石勒，已率众十余万，进攻钜鹿、常山，用张宾为谋主，刁膺、张敬为股肱，夔安、孔苌、支雄、桃豹、逯明为爪牙，除兵营外，另立一个君子营，专纳豪俊，使参军谋。张宾系赵郡中邱人，少好读书，阔达有大志，常自比为张子房。及石勒寇掠山东，宾语亲友道："我历观诸将，无如此胡将军，可与共成大业，我当屈志相从便了。"张子房为韩复仇，宾奈何觍颜事胡？乃提剑至勒营门，大呼求见。勒召入后，略与问答，亦不以为奇。嗣由宾屡次献策，无不合宜，因为勒所亲信，置为军功曹，动静必资，格外契合。正拟进略郡县，忽接刘渊命令，使率部众为前锋，移攻壶关，另授王弥为征东大将军，领青州牧，与楚王聪一同出兵，为勒后援，勒当然前往。并州刺史刘琨，急遣将军黄肃、韩述赴援。肃至封田，与勒相遇，一战败死。述至西涧，与聪争锋，亦为聪所杀。

警报传达洛阳，太傅越又令淮南内史王旷，将军施融、曹超，往御汉兵。旷渡河亟进，融谏阻道："寇众乘险间出，不可不防。我兵虽有数万，势难分御，不如阻水自固，见可乃进，方无他患。"旷怒道："汝敢阻挠众心么？"融退语道："寇善用兵，我等冒险轻进，必死无疑了。"遂长驱北上，逾太行山，次长平坂。正值刘聪、王弥，两路杀来，掩入晋军阵内，晋军大乱，旷先战死，融、超亦亡。旷是该死，只枉屈了融、超。聪乘胜进兵，破屯留，陷长子，斩获至万九千级，上党太守庞淳，举壶关降汉，汉势大炽。刘渊连得捷报，更命聪等进攻洛阳，晋廷命平北将军曹武，集众抵御，连战皆败。聪入寇宜阳，藐视晋军，总道是迎刃立解，不必加防。弘农太守垣延，探得汉兵骄弛，用了一条诈降计，自谒聪营，假意投诚。聪沿路纳降，毫不动疑，哪知到了夜半，营外喊声连天，营内亦呼声动地，外杀进，里杀出，立将聪营踏平。聪慌忙上马，引众宵遁，侥幸得全性命。诸君不必细问，便可知是垣延的兵谋了。垣延上表告捷，廷臣称庆，不料隔了两旬，那刘聪复到宜阳，前有精骑，后有锐卒，差不多有七八万人，比前次猖獗得多了。小子有诗叹道：

　　　　外患都从内讧生，金汤自坏寇横行。
　　　　乱华戎首刘元海，典午河山一半倾。

毕竟刘聪能否深入，待至下回表明。

晋初八王之乱，越最后亡，观前文之害死长沙，已太无宗族情，顾犹得曰义不死，都下之战祸，终难弭也。及纠合同盟，迎驾还洛，义闻不亚桓、文，几若八王之中，莫贤于越矣。惠帝之殁，谓越进毒，犹为疑案，至清河王之被鸩，而越之罪乃彰焉。王弥攻陷许昌，不闻速讨，徒遣王斌等五千人入卫，借非北宫纯之自西入援，前驱突陈，其能破百战之剧盗乎？张轨地位疏远，尚遣良将以勤王，越固宗亲，犹未肯亲自讨贼，其居心之险诈，不问可知。至其后带甲入朝，擅杀王延、缪播诸人，冤及无辜，气凌天子，设非外寇迭兴，几何而不为赵王伦也。要之有八王而后有五胡，八王犹甘心亡晋，于五胡何尤哉？

第二十二回　乘内乱刘聪据国　　借外援猗卢受封

　　却说刘聪复至宜阳，同行诸将，乃是刘曜、刘景、王弥、呼延翼，骑兵五万，步卒三万，大有气吞河洛之势焰，都中大震。聪率轻骑先进，连败戍兵，直达都下，屯兵西明门，凉州刺史张轨，再遣北宫纯等入援，纯至洛阳，与汉兵对面扎营，待至夜半，方率勇士千余人，直攻汉垒。聪亦预先防着，即令征虏将军呼延颢，开营抵敌。颢甫出营门，正与纯撞个满怀。纯眼明手快，一刀劈下，正中颢首，脑浆迸流，倒毙地上。汉兵见颢被杀死，顿时骇退，纯即踹入营中，左斫右劈，杀死汉兵数十人。聪喝令各军，上前拦阻，还是招架不住，亏得队伍尚齐，且战且行，退至洛水滨下寨。纯因夜色昏皇，也恐有失，便收兵回营。

　　越日，呼延翼营内自乱，步卒不服翼令，将翼杀死，竟自溃归。刘渊闻败，飞饬聪等还师。聪不肯遽退，表称"晋兵微弱，可以力取，不得以翼、颢死亡，自挫锐气，遽尔班师"云云。渊乃听令留攻，聪复分兵进逼，自攻宣阳门，令曜攻上东门，弥攻广阳门，景攻大夏门，四面猛扑，声震山谷。太傅越婴城拒守，且调入北宫纯等，一齐登陴，随方抵御。聪攻了数日，竟不能入，不由的想入非非，要至嵩岳中去祷山神，求他保佑，速下洛城，嵩岳有灵，岂容汝蹂躏中原？当下留平晋将军刘厉及冠军将军呼延朗，暂摄军事，自己竟带着千骑，跨马而去。太傅越参军孙询，探得聪不在营中，谓可乘虚出击，越即令询挑选劲卒，得三千人，由将军邱光、楼褒等带领，潜开宣阳门，呐一声喊，冲将出去。呼延朗身不及甲，马不及鞍，冒冒失失，前来搠战。邱光、楼褒，双械并举，杀得朗手法散乱，一个疏忽，被邱光挑落马下，楼褒再加一槊，结果性命，此次汉将死亡，都出呼延氏，想是呼延家运已衰。刘厉忙麾兵相救，已是不及。且邱、楼二将，越加胆壮，领着三千健卒，横冲直撞，辟易万人。厉亦只好却走。聪在半途闻变，忙即折回，方得招架一阵，邱、楼亦即收兵入城。刘厉恐为聪所责，竟投水自尽，聪不觉叹息。

王弥趋至聪营,向聪进言道:"今既失利,洛阳犹固,殿下不如还师,再图后举,下官当立兖、豫二州间,收兵积谷,守候师期。"聪皱眉答道:"前曾表请留攻,此时不待命令,便即还师,未免不合。"弥笑道:"这有何虑,下官为殿下设法便了。"遂即致书宣于修之,托他解说。修之已料知聪军不利,既得弥书,便入白刘渊道:"岁在辛未,当得洛阳,今晋气尚盛,大军不归,必败无疑。"渊乃促聪回军,聪始与刘曜同归。惟王弥南出辕辕,沿途流民,陆续趋附,多至数万人。

　　还有石勒一支人马,自攻破壶关后,仍留扰并州一带,收降山北诸胡,再与刘灵进攻常山。幽州都督王浚,遣部将祁弘,邀同鲜卑部酋务勿尘等,带领十余万骑,来讨石勒。勒从常山退兵数里,至飞龙山前,依险列营,专待祁弘角斗。弘驱众直进,行近山麓,望见勒兵扎住,营伍颇严,便心生一计,使务勿尘领着本部,登山而下,直压勒营,自统部众与勒接仗。勒令刘灵守营,分兵趋出,奋斗祁弘。两边统是朔方劲旅,旗鼓相当,酣战了两三个时辰,未分胜败,不防务勿尘从后面杀下,突破勒营,刘灵保不住营寨,也只得出会勒军,勒军见营垒已破,当然慌乱,就是勒亦万分惊惶,自知立脚不住,不如夺路逃奔,一声呼啸,向南飞逸。刘灵迟走一步,被祁弘追及背后,用槊猛戳,穿通心胸,立即倒毙。大力将军,只好至冥间报效去了。余众约毙万余人。勒垂头丧气,走保黎阳,及闻幽州兵回去,复分兵四出,攻陷三十余堡寨,又进寇信都。适东海司马王斌,出任冀州刺史,引兵拒勒,一战败亡。晋车骑将军王堪,北中郎将兼豫州刺史裴宪,奉诏联兵,合攻石勒。勒引兵还拒,道出黄牛垒,魏郡太守刘矩,举城降勒。勒收得粮械,兵势益振。裴宪胆小如鼷,探得勒众甚盛,即潜奔淮南,连兵马都不遑带去。王堪孤掌难鸣,也退保仓垣。勒便从石桥渡河,攻陷白马,坑死男妇三千余口,复东袭鄄城,杀害兖州刺史袁孚,再攻仓垣。王堪败没,还与王弥合兵,连下广宗、清河、平原、阳平诸县。捷书屡达平阳,刘渊加封勒为镇东大将军,兼汲郡公,又命聪、曜等出兵会勒,共攻河内。

　　河内太守裴整,飞表乞援,诏命宋抽为征虏将军,往援河内,被勒邀击中途,把抽杀死。河内人复执整降汉,整受汉职,拜为尚书左丞。河内督将郭默,收整余众,自为坞主。刘琨表称默为河内太守,时已为怀帝永嘉四年。会值刘渊得病,召还各军,河北山东,暂得少安。渊后呼延氏殁,另立氏酋单征女为皇后,这位新皇后的姿色,端的是纤丽无比,美艳无双,自从单征降汉,便将女纳为渊妾,宠号专房。生子名义,亦得殊宠。可巧渊妻病死,妾媵不下数十,偏被那娇娇滴滴的单氏女,越级超升,得为继后,且封义为北海王。单氏感恩不已,镇日里振起精神,侍奉刘渊。渊见她靓妆媚骨,处处可人,不由的为色所迷,贪欢无度。怎奈少女多情,老夫已迈,渐渐的精力不支,酿成羸疾。

第二十二回 乘内乱刘聪据国 借外援猗卢受封

蛾眉原是伐性,老年愈觉可畏。当下为顾托计,命梁王和为太子,齐王裕为大司徒,鲁王隆为尚书令,楚王聪为大司马大单于,特在平阳城西,置单于台,为聪任所。北海王乂为抚军大将军,领司隶校尉。始安王曜为征讨大都督兼单于左辅。廷尉乔智明为冠军大将军兼单于右辅。尚有同姓老臣陈留王刘欢乐,进官太宰,长乐王刘洋,进官太傅,江都王刘延年,进官太保。是时刘宣已死,故不列入。渊恃三人为心膂,所以加位三公,付他重任。到了病不能起,即召入禁中,亲授遗命,叫他拥立太子,同心辅政,三人自然遵嘱。越二日渊竟逝世,共计称王四年,称帝三年。

太子和嗣为汉主,和本渊妻呼延氏所生,前大司空呼延翼,便是后父,被杀洛阳,翼子名攸,官拜宗正。渊因他素无才行,终身不令迁官。侍中刘乘,与聪有隙,西昌王刘锐,未得预顾命,三人共怀不平,乃串同一气,入殿语和道:"先帝不顾重轻,使三王在内总兵,大司马拥劲卒十万,逼居近郊,陛下不过做了一个寄主,将来祸难,恐不可测,不如早为设法,先发制人。"和颇以为然。夜召武卫将军刘盛、刘钦、及左卫将军马景等,使图裕、隆、聪、乂诸王。盛抗声道:"先帝尚在殡宫,四王未有逆节,今忽生他谋,自相鱼肉,臣恐不能邀福,反且招祸。况四海未定,大业粗成,陛下但应继志述事,开拓鸿基,幸勿误听谗言,疑及兄弟。古诗有言:'岂无他人,不如我同父。'陛下不信诸弟,他人如何轻信呢?"锐与攸正在和侧,闻言大怒道:"今日计议,已由主上裁决,理无反汗,领军怎得妄言?"盛尚欲再言,已被锐拔出佩剑,劈为两段。可怜刘盛。钦与景不禁惶惧,慌忙应命,乃共在东堂设誓,诘旦举发。

转瞬间已是天明,由和派兵四路,分攻四王。锐与马景赴单于台,攻楚王聪,攸与右卫将军刘安国,诣司徒府,攻齐王裕,乘与钦攻鲁王隆,使尚书田密,武卫将军刘璿,攻北海王乂。乂尚年少,不知守备,立被田密、刘璿等闯入,只好延颈待戮,不料命未该绝,由璿抢步上前,把乂轻轻掖住,招呼部曲,斩关急走,趋往单于台。密亦随行,共见刘聪,报明内变。聪见乂无恙,心下大喜。已寓微意。便命军士服甲持械,静待刘锐等到来。锐至城外,已知田密、刘璿举动,料聪必有预备,不敢轻往,当下折回城中,与攸、乘等会攻隆、裕。复恐安国与钦,尚有异志,因再杀死二人,然后进攻司徒府。裕不能守御,竟为乱军所害。锐等移兵攻隆,隆亦被杀。

是夕,闻西明门外,喊声大震,乃是大司马聪,率领全军,来攻都城。锐、攸、乘三人,亟趋上城楼,督众拒守,约莫过了一日有余,已被聪军攻入,乱兵四窜。锐等奔入南宫,聪军追入,把锐、攸、乘陆续擒住。刘和避匿光极殿西室,托词守丧。聪军持械直进,不管他皇叔不皇叔,顺手乱砍,立即毙命。刘渊口舌未干,三子即遭惨死,可见治国以礼,多力无益。聪入居光极殿,命诛锐、攸、乘三人，枭首通衢，示众三日。马景未闻遭诛，先后均得幸免，是何运气？群臣联笺上聪，请即尊位，聪呼众与语道："我弟乂为单后所生，子以母贵，应该嗣立，我愿退就单于台。"道言甫毕，即有一少年趋至聪前，长跪流涕道："先帝创业未终，全仗兄长继承先志，倘或舍长立幼，如何维持？还乞兄长勉从众言。"聪俯首瞧着，正是北海王乂，忙即离座搀扶。乂不肯起立，百官亦皆跪请，乃慨然答道："乂与群公，既因四海未定，国难尚多，谓孤年较长，迫孤就位，这乃国家大事，不便固辞。今孤当远遵鲁隐，俟乂年长，当复子明辟，表孤素心。"百官交口称颂，乂亦拜谢，阅者至此，总道聪有让德，谁知他另存歹意。乃皆起身出殿，筹备新君即位礼仪。

聪进谒单后，请安道歉，礼节甚恭。单后见他仪容秀伟，冠冕堂皇，不禁由爱生羡，待遇加优。且因聪保全己子，柔声道谢。句中有眼。聪听得一副娇喉，禁不住情迷心荡，再审视单氏花容，毕竟轻盈艳冶，与众不同，可惜耳目众多，不能无端调戏，没奈何按定了神，对答数语，徐徐辞出，转往别宫，去谒生母张夫人。原来聪为渊第四子，母为渊妾张氏，怀妊时梦日入怀，醒后告渊，渊称为吉征。嗣过了十五月，方产一男，形体伟岸，左耳有一白毛，长二尺余，闪闪有光，渊因取名为聪。幼时敏悟过人，年至十四，博通经书百家及孙吴兵法，又工书草隶，善作诗文，十五岁演习骑射，能弯弓三百斤，膂力骁捷，冠绝一时。渊亦谓此儿不可限量，很是钟爱。果然武艺超群，得登大位。称尊以后，改元光兴，尊单后为皇太后，张夫人为帝太后，立乂为帝太弟，领大单于大司徒。立妻呼延氏为皇后，封子粲为河内王，领抚军大将军，都督中外诸军事。粲弟易为河间王，翼为彭城王，悝为高平王，乃为父渊发丧，移棺奉葬，号渊墓为永光陵，追谥为光文皇帝，庙号高祖。

聪既将国家要事，依次施行，所有王公百官，概仍旧职，毫无异言。他乐得趁闲寻乐，卖笑追欢，不过他心目中只有一人，要想同她勾搭，只苦不能下手，且有名分相关，似乎未便妄为。可奈意马心猿，不能自制，更且平时入省，时近芳容，越觉得撩乱情思，无从摆脱。嗣是朝朝暮暮，问安视寝，一个是垂涎已久，昏夜乞怜，一个是寂处难安，心神似醉。移花不妨接木，拢篙正可近舵，好风流处便风流，还管甚么尊卑上下呢？况名分虽嫌未合，年貌正是相当，意外鸳鸯，倍饶乐趣，从此春生鳌帐，连夕烝淫，望断长门，同悲陌路。俗语说得好："好事不出门，恶事传千里。"这汉主聪的不法行为，才经数夕，已是喧传内外，统说他母子通奸。别人不过播为笑谈，最难堪的是北海王乂，少年好胜，禁不起冷讽热嘲。有时入宫省母，隐约进规，那母亲却也怀惭，但木已成舟，无可挽回。到了黄昏时候，新皇帝复来续欢，不能不再效于飞，与子同梦。两口儿确是情浓，只北海王引为恨事，已气愤得不可名状。恐皇嫂也作

第二十二回　乘内乱刘聪据国　借外援猗卢受封

此想。

是时，略阳出了一个氐酋，叫做蒲洪，相传为夏初有扈氏苗裔，世作西戎酋长。洪家池中忽生了一枝蒲草，长约五丈，中有五节，略如竹形，时人号为蒲家，因即以蒲为姓。洪身长力大，权略过人，为群氐所畏服，威震一隅。即苻秦之祖，为后来十六国之一。汉主聪意欲羁縻，特遣使至略阳，拜洪为平远将军。洪不肯受命，却还来使，旋即自称秦州刺史略阳公，聪亦无暇过问。还是与母后调情，较为适意。惟雍州流民王如，寄居南阳，因晋廷逼他还乡，激使为乱，聚众至四五万，陷城邑，杀令长，自称大将军，向汉称藩。汉主聪当然收纳，且命石勒领并州刺史，使他略定河北，方好锐下河南。晋并州刺史刘琨，身当敌冲，恐孤危失援，为虏所乘，乃外结鲜卑部酋拓跋猗卢，表请为大单于，封为代公。这拓跋猗卢的履历，说来又是话长，小子只好略叙颠末。

这拓跋氏即索头部，俗喜用索编发，故号"索头"，世居北荒，不通中夏，至酋长毛始渐强大，统国三十六，大姓九十九，历五世至推寅，南迁大泽，又七世至邻，有兄弟七人，分统部众。邻传位与子诘汾，再使南迁，诘汾因徙居匈奴故地。相传诘汾好猎，尝出畋山泽间，见空中有一辎軿，冉冉下来，内坐一美妇人，姿容秀丽，自称天女，谓与诘汾有缘，竟下车握手，与他交合，尽欢而去。从古以来，未闻有这等天女。到了次年，诘汾再往原处游畋，天女又复来会，怀抱一男，授与诘汾，谓即去年成孕，得生此子，说毕复去。天女有这般无耻么？诘汾乃抱归抚养，竟得成人，取名力微。后来北魏传为佳话，编成二语道："诘汾皇帝无妇家，力微皇帝无母家。"便是为了这种原因。无稽之言勿听。诘汾死，力微立，复徙居并州塞外的盛乐城，部落寖盛。晋初，曾两遣嗣子沙漠汗入贡。力微活至一百四岁，方才病殁。沙漠汗已死，弟悉鹿立。悉鹿传与弟绰，绰传与子弗，弗死无嗣。叔父禄官嗣位，分国为三部，使沙漠汗子猗㐌，居代郡附近。猗㐌弟猗卢，居盛乐城，自居上谷的北边。猗卢善用兵，屡破匈奴、乌桓各部，降服三十余国。及刘渊起兵入寇，幽州刺史东嬴公腾，尝向猗㐌处乞援。猗㐌与弟猗卢，率众援腾，击散渊兵。腾表猗㐌为大单于，既而猗㐌、禄官，先后去世，猗卢遂总摄三部。会刘琨至并州，欲讨匈奴遗裔铁弗氏等，因遣使卑辞厚礼，结交猗卢，请他出兵相助。猗卢乃遣从子郁律，领二万骑助琨，破铁弗氏酋长刘虎。琨遂与猗卢约为兄弟，指水同盟，且遣长子遵往质，嗣因汉寇益盛，乃请以代郡封猗卢。朝议却也依琨，授册转交。惟代郡尚属幽州管辖，幽州都督王浚，不肯照允，发兵击猗卢，致为猗卢所败。自是浚与琨有隙，琨但求得猗卢欢心，不暇顾浚。这是刘琨误处。猗卢以封邑暌隔，民不相接，乃率部落万余家，由云中入雁门，向琨求陉北地。琨既引他入境，不能再拒，只得将楼烦、马邑、阴馆、繁畤、崞五县人民，徙至陉南，就把陉北地让与猗卢，这便是拓跋据代的源流。小子又考得"拓跋"二字，也有寓意，鲜卑称"土"为拓，后为"跋"，所以叫做"拓跋氏"。

　　会汉主刘聪，大举图晋，命河内王粲，始安王曜，与王弥率兵四万，入寇洛阳，又令石勒发四万骑兵，与粲等会师，共至大阳城。晋监军裴邈，逆战渑池，败绩南奔。汉兵直指洛川，复分两路。粲出轘辕，勒出成皋，沿途四掠，烽火连天。刘琨在并州闻警，即与猗卢同约举兵，往讨刘聪石勒，先遣人至洛阳，向太傅越报明。偏越别怀猜忌，复书谢绝。琨乃遣还猗卢，按兵不发。小子有诗叹道：

　　　　国势颠危已可忧，借资外助亦忠谋。
　　　　如何权相犹多忌，坐使神京一旦休！

　　欲知太傅越的隐情，试看下回分解。

　　刘渊以骁桀之姿，还踞朔方，进略河东，占平阳为根据地，又复遣将四掠，入窥洛阳，推其用意，无非欲为子孙帝王万世业耳。然身死未几，即有骨肉相戕之祸，司马氏因内乱而致危，不意刘汉亦蹈此辙，要之礼义不兴，鲜有不自相鱼肉者也。刘聪因乱得位，首烝母后，大本先亏，徒恃乃父之遗业，南向陵晋，晋之乱迄未有已，故刘聪得以乘之耳。彼刘琨之导入猗卢，虽未始非引虎自卫，然其时汉已势盛，胡马频乘，得猗卢以牵制之，亦一用夷攻夷之权道也。东海不察，谢绝刘琨，坐待危亡，是真不可救药也夫。

第二十三回　　倾国出师权相毕命
　　　　　　　　覆巢同尽太尉知非

　　却说太傅越拒绝刘琨，并不是猜忌外夷，实因青州都督苟晞与越有嫌，见二十一回。越恐他乘隙图乱，袭据并州，乃令琨固守本镇，不得妄动。琨只得奉令而行，遣还猗卢。那汉兵却齐逼洛阳，有进无退，洛阳城内，粮食空虚，兵民疲敝，眼见是不能御侮。太傅越乃传檄四方，征兵入援。前日拒绝刘琨，此时何又征兵？怀帝且面谕去使道："为我寄语诸镇，今日尚可援得，再迟即无及了。"可怜可叹！哪知朝使四出，多半不肯应召。惟征南将军山简，差了督护王万，引兵入援，到了涅阳，被流贼王如邀击一阵，兵皆溃散。王如且不能敌，怎能御汉。如反与徒党严嶷、侯脱等，大掠汉沔进逼襄阳。荆州刺史王澄，号召各军，拟赴国难。前锋行至宜城，闻襄阳被困，且有失陷消息，不由的胆怯折回。

第二十三回　倾国出师权相毕命　覆巢同尽太尉知非

汉将石勒,引众渡河,将趋南阳,王如等不愿迎勒,堵截襄城,顿时触动勒怒,移兵掩击,把贼党万余人,悉数擒住。侯脱被杀,严嶷乞降,王如遁去。勒趁势寇掠襄阳,攻破江西垒壁四十余所,还驻襄城。

晋太傅越,已失众望,心不自安,复闻胡寇益盛,警信屡至,乃戎服入见,自请讨勒。怀帝怆然道:"今胡虏侵逼郊畿,王室蠢蠢,莫有固志,朝廷社稷,惟仗公一人维持,公奈何远去,自孤根本?"越答道:"臣今率众出征,期在灭贼,贼若得灭,国威可振,四方职贡,自然流通。若株守京畿,坐待困穷,恐贼氛四逼,患且加盛。"看你如何灭贼?怀帝也不愿苦留,听越出征。越乃留妃裴氏,与世子毗及龙骧将军李恽,右卫将军何伦,守卫京师,监察宫省。命长史潘滔为河南尹,总掌留守事宜。于是调集甲士四万人,即日出发,并请以行台随军,即用王衍为军司,朝贤素望,悉为佐吏,名将劲卒,尽入军府,单剩着几个无名朝士,已老将官,局居辇毂,侍从乘舆。府库无财,仓庾无粮,荒饥日甚,盗贼公行。看官!试想这一座空空洞洞的洛阳城,就使天下太平,也不能支持过去,何况是四郊多垒,群盗交侵,哪里还得保全呢?谁为为之?孰令听之?越东出屯项,自领豫州牧,命豫州刺史冯嵩为左司马,复向各处传檄,略云:

> 皇纲失驭,社稷多难。孤以弱才,备当大任,自顷胡寇内逼,偏裨失利,帝乡便为戎州,冠带奄成殊域。朝廷上下,以为忧惧,皆由诸侯蹉跎,遂及此难。还要归咎他人。投袂忘履,讨之已晚,人情奉本,莫不义奋,当须会合之众,以俟战守之备,宗庙主上,相赖匡救,此正忠臣战士效诚之秋也。檄到之日,便望风奋发,勿再迟疑!

这种檄文,传发出去,并不闻有一州一郡,起兵响应,大约是看作废纸,都付诸败字簏中了。怀帝以越既出征,得离开这眼中钉,总好自由行动,哪知何伦等比越更凶,日夕监察,几视怀帝似罪犯一流,毫不放松。东平王楙,时改封竟陵王,未曾从军,因密白怀帝,谋遣卫士夜袭何伦。偏卫士都是何伦耳目,不从帝命,反先去报伦。伦竟带剑入宫,逼怀帝交出主谋。怀帝急得没法,只好向楙委罪。伦乃出宫捕楙,幸楙已得悉风声,逃匿他处,始得免害。先是汉兵日逼,朝议多欲迁都避难,独王衍一再谏阻,且出卖车牛,示不他移。至是扬州都督周馥,又上书阙廷,请迁都寿春,太傅越得悉馥书,谓馥不先关白,竟敢直接陈请,禁不住忿火交加,怒气勃发,即下了一道军符,令淮南太守裴硕,与馥一同入都,馥料知触怒,不肯遽行,但令硕率兵先进。硕诈称受越密令,引兵袭馥,反为馥败,乃退保东城,遣人至建业求救。琅琊王睿,总道是周馥逆命,即遣扬威将军甘卓等,往攻寿春。馥众奔溃,馥亦北走。豫州都督新蔡王确,系太傅越从子,即腾子。镇守许昌,当即遣兵邀馥,将他拘住,馥竟气死。谁叫你多去饶舌?已而石勒攻许昌,确出兵抵御,行至南顿,正值勒驱众杀来,矛戟如林,士卒如蚁,吓得确军相顾失色,不待接仗,先已却走。确尚想禁遏溃卒,与决胜负,哪知部下已情急逃生,未肯听令。胡阬却抢前急进,毫不容怜,一阵乱砍,晦气了许多头颅。就是新蔡王确,也做了刀头鬼。可为周馥吐气。勒扫尽确军,遂进陷许昌,杀死平东将军王康,占住城池。

许昌一失,洛阳愈危,怀帝寝馈难安,尚日传手诏,令河北各镇将,星夜入援。青州都督苟晞,接受诏书,便向众扬言道:"司马元超,越字元超。为相不道,使天下淆乱,苟道将怎肯以不义使人?汉韩信不忍小惠,致死妇人手中,今道将为国家计,惟有上尊王室,入诛国贼,与诸君子共建大功,区区小忠,何足挂齿呢?"说着,即令记室代草檄文,遍告诸州,称己功劳,陈越罪状。当有人传报都中,怀帝得信,复手诏敦促,慰勉殷勤。晞乃驰檄各州,约同勤王。适汉将王弥,遣左长史曹嶷,行安东将军事,东略青州。嶷破琅琊,入齐地,连营数十里,进薄临淄。晞登城遥望,颇有惧色。及嶷众附城,才麾兵出战,幸得胜仗。嶷且却且前,晞亦且战且守。过了旬日,晞挑选精锐,开城大战。不意大风陡起,尘沙飞扬,嶷兵正得上风,顺势猛扑,晞不能招架,遂至败溃,弃城遁走。弟苟纯亦随晞出奔,同往高平。嗣是收募众士,复得数千人。会得怀帝密敕,命晞讨越,晞亦闻河南尹潘滔及尚书刘望等,向越构己,因复上表道:

奉被手诏,肝心若裂。东海王越,以宗臣得执朝政,委任邪佞,宠树奸党,至使前长史潘滔,从事中郎毕邈,主簿郭象等操弄大权,刑赏由己。尚书何绥,中书令缪播,太仆缪胤,皆由圣诏亲加拔擢,而滔、等妄构,陷以重戮,带甲临宫,诛讨后弟,翦除宿卫,私树党人,招诱逋亡,复丧州郡,王涂圮隔,方贡乖绝,宗庙阙烝尝之飨,圣上有约食之匮。征东将军周馥,豫州刺史冯嵩,前北中郎将裴宪,并以天朝空旷,权臣专制,事难之兴,虑在旦夕,各率士马,奉迎皇舆,思隆王室,以尽臣礼。而滔邈等劫越出关,矫立行台,逼徙公卿,擅为诏令,纵兵寇抄,茹食居人,交尸塞路,暴骨盈野,遂令方镇失职,城邑萧条。淮、豫之氓,陷离涂炭,臣虽愤懑,局守东嵎,自奉明诏,三军奋厉,拟即卷甲长驱,径至项城,使越稽首归政,斩送滔等,然后显扬义举,再清胡阬,谨拜表以闻。

怀帝既得晞表,日望晞出兵到项,削除越权,偏是望眼将穿,晞尚未至。晞亦不是忠臣,何必望他?时已为永嘉五年仲春,怀帝近虑越党,外忧汉寇,镇日里对花垂泪,望树怀人。越党何伦等,倚势作威,形同盗贼,尝纵兵劫掠宦家,甚至广平、武安两公主私第,两公主系武帝女。亦遭蹂躏。怀帝忍无可忍,乃复

第二十三回　倾国出师权相毕命　覆巢同尽太尉知非

赐诏与晞，一用纸写，一用练书，诏云：

太傅信用奸佞，阻兵专权，内不遵奉皇宪，外不协毗方州，遂令戎狄充斥，所至残暴。留军何伦，抄掠官寺，劫制公主，杀害贤士，悖乱天下，不可忍闻。虽曰亲亲，宜明九伐。诏至之日，其宣告天下，率同大举。桓、文之绩，一以委公，其思尽诸宜，善建弘略，道涩故练写副手笔示意。

晞接诏后，因遣征虏将军王赞为先锋，带同裨将陈午等，戒期赴项，并遣还朝使，附表上陈。略云：

奉诏委臣征讨，喻以桓、文，纸练兼备，伏读跪叹，五情惶怛。自顷宰臣专制，委仗佞邪，内擅朝威，外残兆庶，矫诏专征，遂图不轨，纵兵寇掠，陵践官寺。前司隶校尉刘暾，御史中丞温畿，右将军杜育，并见攻劫。广平、武安公主，先帝遗体，咸被逼辱，逆节虐乱，莫此之甚。臣只奉前诏，部奉诸军，已遣王赞率陈午等，将兵诣项，恭行天罚，恐劳圣虑，用亟表闻。

朝臣赍表还报，行至成皋，不料被游骑截住，把他押至项城，往见太傅司马越。越令左右搜检，得晞表及诏书，不禁大怒道："我早疑晞往来通使，必有不轨情事，今果得截获，可恨！可恨！"你可谓守轨么？遂将朝使拘住，下檄数晞罪恶。即命从事中郎杨瑁为兖州刺史，使与徐州刺史裴盾，合兵讨晞。晞密遣骑士入洛，收捕潘滔。滔夜遁得免。惟尚书刘曾，侍中程延，为骑士所获，讯明是为越私党，一并斩首。

越以为不能逞志，累及故人，且内外交迫，进退两难，不觉忧愤成疾，遂致不起。临死时召入王衍，嘱以后事。衍秘不发丧，但将越尸棺殓，载诸车上，拟即还葬东海。大众推衍为元帅，衍不敢受，让诸襄阳王范。范系楚王玮子，亦辞不肯就，乃同奉越丧，自项城启行，径向东海进发。大敌当前，还想从容送丧，真是该死。讣音传入洛中，何伦、李恽等，自知不满众望，且恐虏骑掩至，不如先期出走，好良心。乃奉裴妃母子，出都东行。城外士民，相率惊骇，多半随去。还有宗室四十八王，也道是强寇即至，愿与何伦、李恽，同行避难。都去寻死。于是都中如洗，只有怀帝及宫人，尚然住着，孤危无助，嵩目苍凉，自思乱离至此，咎实在越，因追贬越为县王，诏授苟晞为大将军大都督，督领青、徐、兖、豫、荆、扬六州诸军事。

汉将石勒，闻越已病死，立率轻骑追袭，倍道前进。行至苦县宁平城，竟得追及越丧。王衍本不知用兵，全然无备，就是襄阳王范等，都未曾经过大敌，彼此面面相觑，不知所为。还是一位将军钱端，稍有主意，麾动士卒，出拒勒众。两下交战，约二三时，勒众煞是利害，任意蹂躏，无人敢当，端竟战死。勒复指麾铁骑，围住王衍等人。衍众不下数万，没一个是敢死士，更兼统帅无人，号令不专。大都怀着一个遁逃秘诀，你想先奔，我怕落后，自相践踏，积尸如山。最凶横的是个石勒，出了一声号令，叫骑士四面攒射，不使衍等脱逃。可怜王衍以下，只有闭目待死，束手就擒。当下由胡骑突入，东牵西缚，好像捆猪一般，无一遗漏。除衍及襄阳王范外，如任城王济，宣帝司马懿从孙。武陵王澹，琅琊王伷子，见前。西河王喜，济之从子。梁王禧，澹子。齐王超，齐王冏子，见前。及吏部尚书刘望，廷尉诸葛铨，前豫州刺史刘乔，太傅长史庾敳等，统被拿住，押入勒营。勒升帐上坐，令衍等坐在幕下，顾问衍道："君为晋太尉，如何使晋乱至此？"衍支吾道："衍少无宦情，不过备位台司，朝中一切政治，统由亲王秉政，就是今日从军，也由太傅越差遣，不得不行。若论到晋室危乱，乃是天意亡晋，授手将军，将军正可应天顺人，建国称尊，取乱侮亡，正在今日。"卖国求荣，全无廉耻。勒掀须狞笑道："君少壮登朝，延至白首，身居重任，名扬四海，尚得谓无宦情么？破坏天下，正是君罪，无从抵赖了。"这一席语，说得衍无词可答，俯首怀惭。求荣反辱，令人称快。勒命左右将衍扶出，更向他人讯问。众皆畏死，作乞怜状，独襄阳王范，神色不变，从旁呵叱道："今日事已至此，何必多言！"勒乃顾语部将孔苌道："我自从戎以来，东驰西骤，足迹半天下，未尝见有此等人物，汝以为可使存活否？"苌答道："彼皆晋室王公，终未必为我用，不如今日处决罢。"勒沉吟半响，方道："汝言亦是。但不可加他锋刃，使得全尸以终。"说至此，即令将被虏诸人，统驱往民舍中，监禁起来。俟至夜半，使兵士推倒墙壁，压入室内。覆巢之下，尚有什么完卵呢？唯王衍临死呼痛，惨然语众道："我等才力，虽不及古人，但若非祖尚玄虚，能相与戮力，匡扶王室，当不至同遭惨死。"晓得迟了。说到"死"字，顶遇巨石压下，顿时头破血流，奄然长逝。卖国贼其鉴诸。余皆同时毕命，砌成一座乱石堆，也不辨为谁氏尸骸，何人血肉了。譬如做一石桩。勒又命人劈开越棺，焚骨扬灰，且宣言道："乱晋天下，实由此人，我今为天下泄恨，故焚骨以告天地。"王弥弟璋，在勒军中，更将道旁尸首，一并焚毁，见有肥壮的死人，割肉烹食，咀嚼一饱，方拔营起行。到了洧仓，刚值何伦、李恽等，仓皇奔来，冤冤相凑，投入虎口，李恽忙自杀妻子，逃往广宗，何伦亦奔向下邳。晋室四十八王及越世子毗，统被勒众虏去，死多活少。惟越妻裴氏，已经年老，无人注目，当时乘乱走脱，嗣被匪人掠卖，售入吴姓民家，作为佣媪。后来元帝偏安江左，始辗转渡江，得蒙元帝收养，才得令终。八王乱事，至是作一结束。小子恐看官失记，再将八王提出，表明如下：

　　　　汝南王亮宣帝懿子，为楚王玮所杀。楚王玮武帝炎子，为贾后所杀。赵王伦宣帝懿子，奉诏赐死。齐王冏齐王攸子，为长沙王乂所杀。长沙王乂武帝炎子，为张方所杀。成都王颖武帝炎子，为范阳长史刘舆所杀。河间王颙安平王孚孙,为南阳部将梁臣所杀。东海王越高密王泰子,病殁项城,尸为石勒所焚。

后人又另有一说,去亮与玮,列入淮南王允及梁王肜,俱见前文。惟《晋书》中八王列传,却是亮、玮、伦、冏、乂、颖、颙、越八人,小子依史叙事,当然援照《晋书》。总之,晋室诸王,好的少,坏的多,八王手执兵权,骄横更甚,后来是相继诛戮,没有一个良好结果。越虽是善终,终落得尸骨被焚,妻被掠,子被杀,这也是祖宗诒谋,本非忠孝,子孙相沿成习,不知忠孝为何事,此争彼夺,各不相让。骨肉寻仇,肝脑涂地,五胡乘隙闯入,大闹中原,神州致慨陆沈,衣冠悉沦左衽,岂不可恨?岂不可痛?古人说得好:"告往知来",如晋朝的往事,确是后来的殷鉴。奈何往者自往,来者自来,兵权到手,便不顾亲族,自相残杀,甘步八王的后尘,情愿将华夏土宇,让与别人脔割呢。借端寄慨,遗恨无穷。小子有诗叹道:

八王死尽晋随亡,滚滚胡尘覆洛阳。
为语后人应鉴古,兵戈莫再构萧墙。

房焰大张,中原板荡,西晋要从此倾覆了。看官续阅下回,自见分晓。

司马越出兵讨勒,以行台自随,所有王公大臣,多半带去,仅留何伦、李恽,监守京师。彼已居心叵测,有帝制自为之想。能胜敌则迫众推戴,还废怀帝,不能胜敌,即去而之他,或仍回东海,据守一方;如洛阳之保存与否,怀帝之安全与否,彼固不遑计及也。无如人已嫉视,天亦恶盈,内见猜于怀帝,外见逼于苟晞,卒至忧死项坡,焚尸石勒,穷其罪恶,杀不胜辜。然妻离子戮,终至绝后,厥报亦惨然矣。王衍清谈误国,尚欲乞怜强虏,觍颜劝进,山涛谓:"何物老妪,生此宁馨儿?"吾谓实一贼子,何宁馨之足云?襄阳王范,稍存气节,而临变无方,徒自取死。余子皆不足齿数。晋用若辈为臣僚,虽欲不亡,奚可得耶?本回录苟晞二表,所以罪越,述王衍临死之语,所以罪衍,至结尾一段,更提出八王结局,缀以叹词,语重心长,实为当世作一棒喝,固非寻常小说,所得同日语也。

第二十四回 执天子洛中遭巨劫
起义旅关右迓亲王

却说怀帝因越已病死,改任大臣,进太子太傅傅祗为司徒,尚书令荀藩为司空,进幽州都督王浚为大司马,都督幽冀诸军事,南阳王模为太尉,凉州刺史张轨为车骑大将军,琅琊王睿为镇东大将军,兼督扬、江、湘、交、广五州诸军事。复颁诏四方,促令勤王。可奈神州鼎沸,世乱益滋,两河南北,胡骑充斥，各镇将自顾不遑，怎能入卫？就是荆湘一带，也闹得一塌糊涂。征南将军山简，驻守襄阳，俄为王如所逼，又俄为石勒所攻，他本是个酒中徒，时在高阳池滨游宴，童儿为简作歌道："山公出何许，住自高阳池。日夕倒载归，酩酊无所知。"照此看来，前时遣督护王万入援，事虽不成，还算他提醒精神，力图报效。回应前回。后来接连遇寇，安坐不稳，复迁屯夏口，勉强支撑。

外如荆州刺史王澄，误信谣言，折回江陵，亦见前回。适巴蜀流民，散居荆湘，与土人忿争，激成乱萌，戕杀县令，啸聚乐乡。澄遣内史王机，率兵往讨，流民已望风乞降，澄佯为许诺，暗令机乘夜掩袭，沈杀八千余人，所有流民妻子，悉数充赏。但尚有益、梁流民，未曾从乱，免不得兔死狐悲，更兼湘州参军冯素，亦欲尽诛流民，遂致流民大骇，寓居四五万家，同时造反，推醴陵令杜弢为主，奉为湘州刺史，南破零陵，东掠武昌。王机出军堵御，失利奔回。澄亦不加忧惧，且与机日夜纵酒，投壶博戏，消遣光阴。即如乃兄王衍，惨死宁平，他亦没甚悲戚，反抱着达观主义，得过且过罢了。

至若成都为李雄所据，前益州刺史罗尚，始终不能规复，反由李雄出兵东略，屡攻涪城，梓潼太守谯登，固守三年，食尽援穷，终遭陷没。登被擒不屈，致为所害。叙入此事，所以旌忠。长江上下游，如此扰乱，还有何人勤王？惟琅琊王睿镇守江东，尚觉安居无事，但他是已脱虎口，栖身乐国，何苦再投险地，来作孤注？所以宅中驭外的洛阳城，反弄到内无粮草，外无救兵。怀帝终日忧闷，徒唤奈何。会大将军大都督苟晞，表请迁都仓垣，并使从事中郎刘会，运船数十艘，宿卫五百人，谷米千斛，来迎乘舆。怀帝意欲从晞，召集公卿，决议行止。公卿已是寥寥，剩了几个糊涂虫，毫无智谋，当断不断。侍从左右，又只管眼前温饱，恋恋家室，未肯远行。究竟怀帝是个主子，不能孑身潜遁，没奈何顺从众意，又蹉跎了好几日。既而洛中饥困，人自相食，百姓流离转徙，十死八九。怀帝实不堪久居，再召公卿集议，决意启行。偏是卫从寥落，车马萧条，怀帝抚手长叹道："如何竟无车舆？"乃使傅祗出诣河阴，整治舟楫，自与朝士数十人，步行出西掖门。到了铜驼街，但见盗贼盈途，随处劫掠，料知不能过去，只好退回。度支校尉魏浚，率领流民数百家，出保河阴的硖石，有时掠得谷麦，献入宫廷。怀帝已饥不择食，未便问及来历，就将这谷麦赡济宫人，并加浚为扬威将军，仍领度支如故。居然做了贼皇帝。

蓦然间传入警报，乃是汉大将军呼延晏，率众二万七千人，杀奔洛阳来了，怀帝当然加忧。嗣是连接败耗，多至一十二次，统共合算死亡人数，直达三万余人。已而又闻汉兵日盛，刘曜、王弥、石勒三路人马，会同呼延晏，趋集都下，急得怀帝形色仓皇，不知所措。迁延数日，果然汉兵进逼，猛攻平昌门，城内汹汹，无心拒守。才阅一夕，便被汉兵陷入，再攻内城，杀人放火，猖獗得

第二十四回　执天子洛中遭巨劫　起义旅关右迓亲王

很。东阳门外，烟雾迷离，就是各府寺衙门，多被延烧，骚扰了一昼夜，竟尔退去。怀帝急命荀藩兄弟，具舟洛水，准备东行。藩与弟组奉命往办，船只甚少；东招西呼，才凑集了数十艘。不料汉兵又复转来，放起一把无名火，将各船一律毁尽。藩、组两弟兄，不敢回都，竟逃往辗辕去讫。第一条好计。

原来前时攻入都门，只有呼延晏一支兵马，他在都中扰乱一宵，还恐孤军有失，未敢久留，所以引兵暂退。及王弥、刘曜，先后继至，晏自然放心大胆，再来攻城，适见洛水中备有船只，料知晋主将遁，乐得乘机毁去，断他走路，遂与王弥再攻宣阳门。都中已经残破，越觉无人守御，晏与弥当即攻入，内城卫士，亦纷纷逃散。汉兵斩关直进，如入无人之境。两汉将驰入南宫，登太极前殿，纵兵大掠，所有宫中妇女，库中珍玩，抢劫一空。怀帝不能不走，带了太子诠、吴王晏、竟陵王楙等，趋出华林园门，欲奔长安。可巧刘曜自西明门进来，兜头碰着，一声号令，部将齐进，立把怀帝等抓住，拘禁端门，再拨兵收捕朝臣，凡右仆射曹馥，尚书闾邱冲、袁粲王绥，河南尹刘默及王公以下百余人，悉数拿住，一并屠戮。太子诠与晏、楙二王，亦为所害。只留侍中庾珉、王俊，陪侍怀帝，不令加刑。都下士民，被难死亡，约二万人。由曜命兵士迁尸，至洛水北滨，筑为京观。复发掘诸陵，焚毁宗庙宫阙，大肆凶威。是年正岁次辛未，适应宣于修之的前言。见二十二回。曜又搜劫后妃，自皇后梁氏以下，分赏诸将，充作妻妾，自己拣了一个惠皇后羊氏，逼与为欢。羊皇后在惠帝时，九死一生，留居弘训宫中，年已三十左右，犹是鬓发红颜，一些儿不见憔悴，此次为曜所逼，仍然怕死，不得已委身强虏，由他淫污。其余后妃嫔嫱，也与羊后一般观念，宁可失节，不可捐生。剥尽司马氏的脸面。独故太子遹妃王氏，在宫被掠，为汉将乔属所得，王氏召还宫中，见十二回。属见她风韵未衰，便欲下手行强，自快肉欲。不料王氏铁面冰心，誓不相从，觑着属腰下佩剑，趁他未及防备，顺手拔来，向属猛刺，偏属将身一扭，竟得闪过。王氏执剑指属道："我乃太尉公女，皇太子妃，义不为胡逆所辱，休得妄想！"衍有此女，胜过乃父十倍。乔属至此，禁不住怒气上冲，便向王氏手中夺剑，究竟王氏是个女流，怎能相敌？霎时间剑被夺去，还手乱砍，呜呼告终。一道贞魂，上冲霄汉。看官欲知烈妇遗名，乃是王衍少女王惠风。仿佛画龙点睛。石勒最后入都，见都中已同墟落，掠无可掠，乃仍然引去，往屯许昌。

刘曜既污辱羊后，又杀害太子诸王，尚嫌财帛未足，不免怨及王弥，说他先入洛阳，格外多取。弥尚未知曜意，向曜献议道："洛阳为天下中州，山河四塞，城阙宫室，不劳修理。殿下宜表请主上，自平阳徙都此地，便可坐镇中原，奄有华夏了。"曜借端泄忿道："汝晓得甚么？洛阳四面受敌，不可固守，况已被汝等掠夺净尽，只剩了一座空城，还有何用？"弥亦怒起，且行且骂道："屠各子，匈奴贵种，叫作屠各。莫非想自做帝王么？"遂亦引兵出洛，东屯项关。曜遣呼延晏押着怀帝及庾珉、王俊等赴平阳，复将宫阙焚去，挈了羊后，麾兵北行。汉兵已三路分趋，胡氛少散。司徒傅祗，曾出诣河阴，尚未还都。见上。便在河阴设立行台，传檄四方，劝令会师孟津，共图恢复，无如年垂七十，筋力就衰，偶然感冒风寒，就不能支，竟尔谢世。一路了。

大将军苟晞，屯兵仓垣，适太子诠弟豫章王端，自洛阳微服逃出，奔至晞处，晞始知洛阳已陷，即奉端为皇太子，徙屯蒙城，建设行台，自领太子太傅，都督中外诸军事，别将王赞出戍阳夏。他本出身微贱，超任上将，已不免志骄气盈，此次挟端承制，独揽大权，更觉得意气扬扬，饶有德色。平居侍妾数十，奴婢近千，终日累夜，不出庭户，僚佐等稍稍忤意，不是被杀，即是被黜；私党务为苛敛，毒虐百姓，因此怨声载道，将士离心。辽西太守阎亨，上书极谏，大触晞怒，即诱令入问，把他枭首。从事中郎明预，有疾居家，闻亨受戮，乃力疾乘车，入帐白晞道："皇晋如此危乱，乘舆播迁，生灵涂炭，明公亲禀庙算，将为国家拨乱反正，除暴安民，阎亨善士，奈何遭诛？预窃不解公意，所以负疾进陈。"此等人实不屑与谈。晞怒叱道："我自杀阎亨，与汝何涉，乃抱病前来，胆敢骂我！"预从容答道："明公尝以礼进预，预亦欲以礼报公。今明公怒预，恐天下亦将怒公。从前尧舜兴隆，道由佥受，桀纣败灭，咎在饰非，天子尚且如此，况身为人臣呢？愿明公暂且霁威，熟思预言。"晞见他意诚语挚，倒也不觉自惭，因巽词答复，遣令回家，惟骄惰荒纵，仍不少改。

部将温畿、傅宣等，相继叛去，并且疫疠交侵，饥馑荐至，眼见是不能保守，坐待灭亡。果然石勒从许昌杀来，先破阳夏，擒住王赞，复轻骑驰至蒙城。晞尚安坐厅中，与嬖妾等饮酒调情，直至勒兵已入，方惊出征兵，兵尚未集，寇已先临。那时大苟小苟，无处奔避，统被勒兵捉去。豫章王端，也即受擒。勒有意辱晞，锁住晞颈，且署为左司马，一面报告刘聪。聪加勒为幽州牧。王弥欲自王青州，只忌一勒，佯贻勒书，贺勒获晞，书中说道："公一鼓获晞，用为司马，猛以济宽，令弥拜服。果使晞为公左，弥为公右，天下有何难定呢？"勒览书毕，顾语参谋张宾道："王弥位重言卑，必非好意。"宾道："诚如公言，宾料王公私意，无非欲据有青州，自安故土，弥本青州人。只恐明公踵袭彼后，所以甘言试公，公不图彼，彼且图公了。"勒乃令宾作书答弥，谓愿与弥结欢，使弥主青州，自主并州，当即约期会盟。弥却信为真言，复书如约。欺人者卒被人欺。勒遂移营就弥，请弥至营内宴会。弥长史张嵩，劝弥勿往，弥不肯听，昂然径去。勒殷勤款待，酒至半酣，被勒拔剑出鞘，一挥了命，便即纵兵出营，持了弥首，往抚弥众。弥众不敢与争，只好降勒。于是弥在洛阳时，所掠子女玉帛，尽为勒有，勒始得如愿以偿了。目的物无非为此。

第二十四回　执天子洛中遭巨劫　起义旅关右迓亲王

汉主聪闻勒擅杀王弥，手书诘责。勒表称王弥谋叛，所以加诛。聪因王弥已死，损一大将，不得不笼络石勒，乃加勒镇东大将军，督并、幽二州军事。苟晞、王赞，潜谋杀勒，事泄被戮。豫章王端亦遇害，晞弟纯一并毙命。一路复了。勒复引兵南掠豫州诸郡，临江乃还，屯驻葛陂。尚有刘曜一军，进攻蒲阪，守将赵染，乃奉南阳王模军令，统兵留戍，至此竟举城出降。曜即遣染为先锋，使攻长安，自为后应。适河内王刘粲，亦由汉主聪遣发，领兵到来，与曜相会。曜偕粲同行，途次接赵染捷报，在潼关击破模兵，长驱至下邽，曜、粲大喜。未几又接染书，报称模已出降，粲志在劫掠，麾兵先进，及抵长安，染已将模拘至，令他见粲，且攘袂瞋目，旁数模罪，粲即令推出斩首。模妃刘氏，与次子范阳王黎，亦送至粲前，粲见刘氏姿貌平常，年亦半老，不禁冷笑道："此妇只合配我奴仆，奈何为王妃？"随即叫过胡奴张本，指刘与语道："赏了汝罢！"张本拜谢，竟领刘氏趋入帐后，大约是去效于飞了。王妃下配胡奴，可耻孰甚！范阳王黎，又由粲叱出处斩，惟模长子保，镇守上邽，幸得免难。都尉陈安，率模余众，出走依保，余如长史鲁繇，将军梁汾等俱作俘虏，由粲送入平阳。是时关西饥馑，饿莩盈途，粲无从饱掠，怏怏引去，留刘曜居守长安。曜得晋封中山王，领雍州牧，复遣兵出掠州郡，勒令归汉。

安定太守贾疋，惮汉兵威，方与诸氐、羌等，奉书与曜，且送子弟为质。途次遇着冯翊太守索綝，问明情由，截使折回，同行见疋，慨然与语道："公为晋臣，怎得未战先降？况关西亦不乏将士，何不首先倡议，勉图兴复呢？"疋愧谢道："我非无此意，但恨兵力未足，暂图安民，今得君来助，自当受教。"原来綝为模从事中郎，出守冯翊，因模已败死，乃与安夷护军麴允，频阳令梁肃等，共议为模复仇，即由綝往说贾疋，约同起义。疋已依了綝言，綝便召麴允、梁肃同至安定，公推疋为平西将军，集众五万，共指长安。雍州刺史麴特，新平太守竺恢，扶风太守梁综，亦望风响应，合兵十万，与疋相会，军势大振。

汉河内王粲，行次新丰，接得关西军警，忙令降将赵染，部将刘雅，往攻新平。索綝急引兵赴援，努力鏖斗，杀退赵、刘二将，再与贾疋会合，进攻刘曜。曜领兵至黄邱，一场大战，曜众败却，退还长安。疋移兵袭汉梁州，击毙汉刺史彭荡仲，又遣麴特等往攻新丰，也是卷甲衔枚，出其不意，得将刘粲杀败。粲奔还平阳，于是大集各军，合围长安。关西胡晋，翕然归附，大有叱咤风云，光复河山的气象。靡不有初，鲜克有终。

可巧前豫州刺史阎鼎，奉秦王业至蓝田，遣人告疋。疋乃发兵相迎，导入雍城，使梁综引众为卫，俟收复长安后，再定规程。这秦王业为吴王晏子，过继秦王柬为嗣，年甫十二，乃是司空荀藩外甥。藩与弟组同奔密县，业亦往依，适阎鼎招集西州流民，也至密县，藩乃奉业为主，用鼎为佐，前中书令李晖,司徒左长史刘畴,镇军长史周颢,司马李述等,陆续趋至,谓鼎才可用,劝藩署鼎冠军将军,仍行豫州刺史事。鼎本天水人氏,意欲还乡,乃与大众商议,拟奉业入关。荀藩等俱籍隶东南,不愿西去,只因山东未靖,总须迁地为良,于是转趋许颍。会河阳令傅畅,祇子。寄书与鼎,谓不如速赴长安,起兵雪耻,鼎遂决意西往。行至中途,荀藩等俱皆奔回,鼎勒兵返追,晖等被杀,唯藩、组、颢述四人,分路逃脱。鼎力追不及,才西趋蓝田,得疋相迎,转入雍城,这且待后再表。

且说荀藩兄弟及李述奔往荥阳,收集部属,往保开封。独周颢渡江东行,走依琅琊王睿。睿令颢为军谘祭酒,颇加礼遇。当时海内大乱,只江东少安,士大夫为避乱计,陆续东来。王导劝睿延揽俊杰,共得一百六人,皆辟为掾属,号百六掾。最著名的是前颍川太守刁协,东海太守王承,广陵相卞壶,江宁令诸葛恢,历阳参军陈頵,前太傅掾庾亮诸人,就是周颢亦参列在内。既而前骑都尉桓彝,亦奔投建业,见睿微弱,退语周颢道:"我因中州多故,来此求全,乃单弱至此,怎能济事?"颢也未免欷歔。及彝往见王导,与谈时事,导口讲指画,议论风生,顿令彝心悦诚服。又还语周颢道:"江左有管夷吾,我不必再忧了。"也恐未必。建业城南有临沧观,在劳劳山上,有亭七间,名曰"新亭"。导每与群僚往游,设宴共饮。周颢饮了数觥,不由的悲从中来,凄然叹息道:"风景不殊,举目有山河之异。"大众听了,俱相顾流涕。惟导慷慨激昂,举觞与语道:"我辈聚首一方,应共戮力王室,克复神州,奈何颓然不振,徒作楚囚对泣呢?"数语颇有丈夫气。众乃收泪,相与谢过。导又借着酒兴,谈了一番匡复事宜,方才偕归。已而陈頵与王导书,请黜虚崇实,大略说是:

中华所以倾敝,四海所以土崩者,正以取才失所,先白望虚名之意。而后实事,浮竞驱驰,互相贡荐。言重者先显,言轻者后叙,遂相波扇,乃至凌迟。加有老庄之俗,倾惑朝廷,养望者为弘雅,政事者为俗人,王职不恤,法物沦丧,夫欲制远,必由近始,故出其言善,千里应之。今宜改张,明赏信罚,拔卓茂于密县,显朱邑于桐乡,然后大业可举,中兴可冀耳。朱邑、卓茂皆东汉时人。

看官试阅頵书,应知晋室危亡,正坐此弊,就是隔江人士,过从如鲫,亦不过侈谈文物,雅号风流,若要他戮力从公,实是寥寥无几,导虽有志振兴,但究未能转移风俗,得了頵书,无非是付诸一叹罢了。小子有诗咏道:

不经坚忍不成忠,士节凌夷国本空。
但解清谈终误国,余风尚自染江东。

江东初造,百废待兴,忽闻石勒在葛陂治兵,有进攻建业消息,免不得又要开战了。欲知后事,且阅下回。

观怀帝之坐处危城,粮尽援绝,甚至欲出无车,欲奔无路,可见帝王失势,比庶民犹且不如。司马氏之列祖列宗,死后有知,应悔前时之挟权篡魏,反足贻祸子孙,是何如不为帝王之为愈也。刘曜、石勒、王弥辈,徒知屠掠,毫无英雄气象,不过因晋室无人,遂至横行海内,否则跳梁小丑,亦何能为?试看索綝、贾疋等之倡言起义,一鼓而集十余万人,破刘粲,败刘曜,兵威大震,向使始终如一,则中兴事业,当属诸愍帝,而琅琊王睿无与也。彼刘曜、石勒,亦乌能更迭称雄乎?要之得人者昌,失人者亡,两河已矣,江左虽多名士,亦不过互相标榜,无裨实用,此关洛之所以终亡,而江东之仍归积弱也。

第二十五回　贻书归母难化狼心
　　　　　行酒为奴终遭鸩毒

却说石勒屯兵葛陂,课农造船,将攻建业。琅琊王睿,得知消息,乃大集士卒,使至寿春城会齐,即命镇东长史纪瞻为扬威将军,统兵讨勒。勒整兵抵御,两下相持至三月余,霖雨浸淫,连旬不绝,勒军中遇疫,粮食又尽,死亡过半。勒不免加忧,与将佐共议行止。右长史刁膺,谓不如输款江东,暂且求和,再作计较。勒愀然长啸,声尚未绝,即闪出三十余将,由孔苌为首领,厉声大呼道:"刁长史休得胡言!试想我军未尝败衄,如何乞降?若分路进军,夜入寿春,斩吴将头,据城食粟,乘胜下丹阳,定江南,不出一年,可告成功,请刁公看着哩!"勒始有喜色,笑语诸将道:"这才不愧为勇将了。"遂各赏镫马一匹。惟谋士张宾,始终无言。别有会心。勒顾问道:"君意以为何如?"宾乃答道:"将军攻陷京师,囚执天子,杀害王公,妻掠妃主,得罪晋室,擢发难数,奈何尚得改颜事晋呢?去年既杀王弥,不应南来,今天降霖雨,明明示意将军,速宜变计。"天道有知,也不应助勒。勒掀髯道:"君意拟将何往?"宾又道:"邺城西接平阳,山河四塞,为将军计,亟宜北行据邺,经营河北。河北既定,南下未迟。今可令辎重先发,将军从后徐退,定保无虞。江东军闻我北去,幸得自全,哪里还愿追袭呢?"为勒设想,原是此策最善。勒攘袂鼓髯道:"妙计!妙计!决从张君。"又叱责刁膺道:"汝既来佐孤,应思共成大业,奈何劝孤降晋?本应处斩,姑念汝素来胆怯,别无歹意,特从宽贷,不来杀汝。"膺慌忙拜谢,赧颜退去。勒即黜膺为裨将,擢宾为左长史,称为右侯。

勒遣从子石虎,领着骑兵二千,抵挡晋军。自引兵出发葛陂,辎重在先,兵队在后，依次北去。石虎往向寿春，适值江南运船数十艘，载米到来，他即麾兵抢夺，不料两岸俱有伏兵，一鼓齐起，围击石虎。虎兵贪劫运米，已无纪律，当然四溃。虎亦拍马急奔，晋将纪瞻追击，直至百里以外，竟及勒军。勒整阵以待，很是严肃。瞻不敢进逼，乃退还寿春。勒复驱军北行，沿途皆坚壁清野，无从掠取，士卒饥甚，人自相食。致东燕渡河，闻汲郡太守向冰，聚众数千，驻扎枋头，勒恐被邀击，因召诸将问计。张宾鼓掌道："今我军欲渡河北去，正苦乏船，何妨向冰借用。"诸将闻言，俱不禁暗笑，连勒亦诧为奇语。宾又说道："诸君休笑！冰船尽在对岸，未入枋头，我若遣兵缚筏，从间道袭取冰船，载运大军，军一得济，还怕什么向冰呢？"勒依计而行，令部将孔苌、支雄，诣文荇津，缚筏夜渡。果然船中无备，尽被两将夺来。及冰得闻警，率军收船，不但船已被夺，且勒军亦陆续渡河。冰急忙回营，扼堑固守。

　　勒令主簿鲜于丰挑战，三面埋伏，诱冰出来。冰初意原不欲出战，经丰至垒门前，百般辱骂，惹动冰怒，乃开门来追。丰且战且走，引冰入伏，同时俱起，夹攻冰军。冰欲归无路，欲战无继，只好杀开血路，落荒遁去。勒得入冰营，尽取营中资械，长驱寇邺。守将刘演，将所有守兵，分布三台，为保邺计。曹操在邺中作铜雀台、金虎台、冰井台，号"邺中三台"。勒将孔苌等，即欲攻扑三台，张宾道："刘演虽弱，众尚数千，三台险固，未易攻拔，何必在此劳师？方今王浚、刘琨，为公大敌，宜先往取，区区一演，何足深虑！且天下饥乱，明公拥众游行，人无定志，终非善策，不如急据要地，广聚粮储，西禀平阳，北略幽、并，方可图王称霸呢。"勒说道："右侯所言甚是，但究应择居何地？"宾答道："莫如邯郸襄国，请择一为都。"勒喜道："我就进据襄国罢。"遂移兵至襄国，城内无备，兵民骇散，勒不费兵力，安据了襄国城。宾又向勒进议道："今将军据此为都，刘琨、王浚，必来相犯，若城堑未固，资粮未广，二寇交至，如何对待？宜亟收野谷，充作军食，一面速报平阳，具陈情形，将来缓急有恃，方可无虞。"勒乃表达刘聪，分命诸将略冀州，收降郡县数处，得粮济勒。刘聪亦复诏褒功，加勒散骑常侍，都督冀、幽、并、营四州军事，领冀州牧，封上党公。先是勒被鬻荏平，与母王氏相失，王氏至此尚存，由并州刺史刘琨，访得王氏踪迹，特遣属吏张儒将王氏迎入府厅，款留数日，乃令儒偕王氏同行，送交石勒。勒得见王氏，母子重逢，且悲且喜，一面厚待张儒，儒取出琨书，交勒启视，书中说道：

　　　　将军发迹河朔，席卷兖、豫，饮马江淮，折冲汉沔，虽自古名将，未足为喻，所以攻城而不有其人，略地而不有其土，禽尔云合，忽复星散，将军岂知其然哉？存亡决在得主，成败要在所附。得主则为义兵，附逆则为贼众，义兵虽败而功业必成，贼众虽克而终归殄灭。昔赤眉、黄巾，横逸宇宙，所以一旦败亡者，正以兵出无名，聚而为乱，将军以天挺之姿，威振

第二十五回　贻书归母难化狼心　行酒为奴终遭鸩毒

宇内,择有德而推崇,随时望而归之,勋义堂堂。长享遐贵,背聪则祸除,向主则福至,采纳往诲,翻然改图,天下不足定,蚁寇不足扫。今相授待中持节车骑大将军,领护匈奴中郎将襄城郡公,总内外之任,兼华戎之号,显封大郡,以表殊能,将军其受之,副远近之望也。自古以来,诚无戎人而为帝王者,至于名臣而建功业者,则有之矣。今之望风怀想,盖以天下大乱,亟须雄才,遥闻将军攻城野战,合于机神,虽不视兵书,暗与孙吴同契,所谓生而知之者上,学而知之者次,但得精骑五千,以将军之才,何向不摧？至心实事,皆张儒所具知,合当面述,伫待复音。

勒启书览毕,掀髯一笑,并不多言。唯设宴飨儒,款留一夕,至次日厚送赆仪,并取出名马珍宝,使儒转送刘琨,且给与复书,遣儒归报。儒即回晋阳,呈入勒书及礼仪。琨见书中寥寥数行,除首尾称呼外,只有四语,云：

事功殊念,非腐儒所闻。君当逞节本朝,吾自夷难为效。

琨掷下勒书,自思所谋未遂,禁不住长叹数声,随即趋入后庭,令歌伎数十人,作乐侑饮,排遣愁肠。原来琨素性奢豪,颇好声色,河南人徐润,善长音律,为琨所宠,琨竟擢为晋阳令。润恃势骄恣,干预政权。护军令狐盛,抗直敢言,屡劝琨除润,琨不肯从。已而润至琨处进谗,谓盛将劝公为帝,遂致激动琨怒,加盛死刑。琨母闻琨杀盛,召琨入责道："汝不能驾驭豪杰,与图远略,乃好佞恶直,害及正人,祸必及我。"琨母颇有远识,可惜终难免祸。琨颇自认过,极思矫正,但始终不肯诛润。到了愁闷无聊的时候,仍然借着声色,聊作欢娱。但部下将吏,总道他是纵逸忘情,互生讥议,再加令狐盛枉遭杀害,尤失人心。可见人不宜有偏嗜。

盛子泥潜踪奔汉,泣拜刘聪,乞师报仇。父仇怨不共戴天,但向虏乞兵,亦属不合。聪问及晋阳内容,泥具言虚实。聪不禁大喜,便令河内王粲,入寇并州,即用令狐泥为向导,一面使中山王曜,率兵继进。看官阅过前回,应知曜在关中,为贾疋等所围,此时曜已失败,弃城遁还,被贬为龙骧将军,留居平阳。及刘粲出攻并州,乃复使他领兵策应,无非叫他立功赎罪的意思。刘琨闻汉兵入寇,亟东出常山,招募兵士,但令部将郝诜、张乔,领兵拒粲。偏雁门诸胡,乘隙造反。上党太守龚醇,又复降汉,累得琨不能兼顾,没奈何遣使往代,至猗卢处乞援,自己决先平胡,然后御汉。哪知汉兵步步进逼,所遣郝诜、张乔二将,只与汉兵战了一次,便即败亡。刘粲、刘曜,竟乘虚进袭晋阳,晋阳虽尚有士卒数千,多系老弱残兵,不足御寇。太原太守高乔及并州别驾郝聿等,由琨委他居守,他急不暇择,竟开门迎纳汉兵。徐润不知何往,史传中未及提叙,大约总是降汉了。粲与曜相继入城,搜杀刘琨家属,琨父母并皆遇害。

汉主聪得晋阳捷报，仍授曜为车骑大将军，命前将军刘丰为并州刺史，同镇晋阳。刘琨正杀退诸胡，蓦闻晋阳被围，急率轻骑还援，已是不及，乃复走常山，飞使敦促代公猗卢，速即济师。猗卢令子六修及兄子普根，将军卫雄、范班、箕澹等，率众数万，作为前锋，自率大军为后应，耀武扬威，直指晋阳。刘琨收得散卒数千骑，自常山往会，导至汾东。刘曜出兵掇战，渡汾对垒，曜军已经饱掠，各无斗志，那代兵方如出水蛟龙，飞扬奋迅，一往无前，杀得曜军七颠八倒，东走西奔。曜尚不肯遽退，还想上前招架，偏遇代将突入，攒槊丛刺，曜身中七创，竟致堕落马下。汉讨房将军傅虎，奋勇救曜，杀退代将，把曜扶起，使乘己马，曜凄然道："我已不能再战了，宁可死在此地，将军不可无马，且驰还晋阳，请得大兵，为我报仇。"虎流涕道："虎蒙大王识拔至此，常思效命，今日正应致死了。况汉室初基，宁可无虎，不可无大王。"说着，扶曜上马，自己步行，翼曜至汾水旁，使曜涉汾，复返截追军，竟致战死。

曜奔回晋阳，夜与河内王粲，并州刺史刘丰，掠得晋阳子女，出城逸去。琨引猗卢大军，连夜追蹑，追及蓝谷，大破汉兵，擒住刘丰，斩汉将邢延等三千余级，伏尸数百里，只曜与粲飞马遁去。猗卢回至寿阳山，令部众陈阅尸首，流血盈途，山石皆赤。琨自营门步入拜谢，再乞进兵。猗卢道："我不早来，致君父母见害，未免抱愧。但君已得复州境，我军远来疲敝，不便再举。刘聪尚未可灭，容俟后图。"究竟是个外族，怎肯为琨尽力？琨亦不能相强，只好举酒饯行。猗卢留马牛羊各千余匹，车百乘，赠给与琨，并使部将箕澹、段繁，助戍晋阳，自引大军北归。琨入城后，收瘗父母尸骸，即将刘丰斩讫，取血祭灵，大恸一场。嗣见城中民居，已被掠尽，一时不能规复，又恐寇至难守，乃徙居阳曲，招集亡散，抚慰疮痍，徐图后举罢了。

且说关中郡县，自经贾疋、索綝等，兴兵匡复，多半略定，复将刘曜逐出长安，于是奉秦王业为皇太子，由雍城迎入长安，创立行台，祭坛告类。类系祭名。并建宗庙社稷，下令大赦，用阎鼎为太子詹事，总摄百揆，加封贾疋为镇西大将军，遥授南阳王保为大司马，领秦州刺史。保即模子，见前。尚书令司空荀藩，仍守本职，令他督摄远近。藩弟组为司隶校尉，行豫州刺史，仍奉永嘉年号，承制行事。且时距怀帝被掳的时候，已隔一年，中原久无共主，海内尚怀念故君，又无强宗可以推戴，所以海内臣民，除成、汉两国外，共沿称永嘉六年。

究竟怀帝掳入平阳，如何处置，应该补笔叙明。怀帝被汉兵拘住，由呼延晏押至平阳，汉主聪升殿受俘，堂皇高坐。呼延晏先行入报，聪当然欣慰，面加晏为镇南大将军。晏拜谢毕，起立一旁，即呼左右押入怀帝及晋臣庾珉、王俊等人。怀帝至此，身作俘囚，不得不向聪行礼。珉与俊随帝下拜。聪狞笑道："我父与汝先帝有交，应从宽宥，汝等可在此留居，听我命令便了。"怀帝

第二十五回　贻书归母难化狼心　行酒为奴终遭鸩毒

与珉、俊两人，又不得不稽首称谢。国君死社稷，何必至虏庭，况后来仍不得生存呢。聪乃命退居别室，派兵监守，一面称诏行赦，改元嘉平，封晋主为平阿公，晋臣庾珉、王俊，为光禄大夫。怀帝也只好忍垢含羞，做了胡虏的臣奴。好容易寄居一年，汉皇后呼延后去世，宫内发丧，汉臣当然吊送，晋君臣亦未能免例，大约亦低首送丧，这却毋庸细表。

先是刘聪上烝单太后，非常亲昵，太弟北海王乂，委实看不过去，屡至宫中进规单后，回应二十二回。单后又恨又惭，竟致成疾，不到一年，便即死别。聪悲悼万分，足足哭了好几日。嗣闻单后病死，由乂规谏所致，免不得与乂有隙。聪后呼延氏，又另存一种思想，时常忌乂，一日，向聪进言道："父死子继，古今常道，如陛下践位，实承高祖遗业，奈何今日立一太弟呢？妾恐陛下百年以后，粲兄弟将无遗种了。"不立太弟，未见粲等果得留种。聪半晌方答道："容我徐作计较。"呼延后复道："事缓变生。太弟见粲兄弟渐长，必至不安，万一有他人构衅，祸且立发了。陛下能容太弟，太弟未必肯侍陛下。"聪应声道："我知道了。"单太后有兄名冲，曾仕汉为光禄大夫，平时出入宫禁，已有风闻，乃往东宫见乂，未言先泣。乂惊问何因？冲方与密语道："疏不间亲，主上已属意河内王，请殿下先机退让，免蹈危机！"乂瞿然道："河瑞末年，主上因嫡庶有别，尝让位与乂。乂因主上年长，故相推奉，天下系高祖的天下，兄终弟及，有何不可？就是粲兄弟将来序立，犹如今日。若谓疏不间亲，乂想子弟关系，相去无几，主上亦未必爱子憎弟哩。"尚在梦中。冲见乂未肯相信，因默然退去。惟聪虽听信妇言，有意废乂，但回忆单后生时，如何柔媚，如何亲爱，又不觉耳热面红，未忍将乂废去。蹉跎过了一两年，呼延后得病身亡，想是忧死。少了一个太弟对头，越将前事搁起。

且聪本好色，自单后死后，广选名家女子，充入后宫，及呼延后殁，即命司空王育女为左昭仪，尚书令任颉女为右昭仪，大将军王彰女、中书监范隆女、左仆射马景女，皆为贵人，右仆射朱纪女为贵妃，均佩金印紫绶，轮流进御。后又探悉太保刘殷，家多丽姝，女二人，女孙四人，统是天姿国色，秀丽绝伦，遂欲一并纳入，充作嫔嫱。不问尊卑长幼，好算廓然有容。太弟又独援同姓不婚的古例，上书切谏。聪乃转问太宰刘延年及太傅刘景，两人专知迎合，便齐声答道："太保自谓出自刘康公，系周朝卿士，见《春秋左传》。与陛下同姓异源，何不可纳？"聪闻言大喜，便即召入刘氏二女及四女孙，拜二女为左右贵嫔，位在昭仪上，四女孙为贵人，位次贵嫔。六个美人儿，同时入宫，引得这位汉主聪，应接不暇，镇日里深居简出，罕闻外事。廷臣陈奏，辄令中黄门收入，归左右两贵嫔裁决。两贵嫔一名英，一名娥，隐寓娥皇、女英的意思。尧二女名娥皇、女英。刘殷本是晋臣，旧为新兴太守，陷没汉廷，历官侍中太保，并将二女及四孙女,尽献与聪,取荣求媚,这也是无耻已极了。应该斥骂。

既而聪授晋主仪同三司,加封会稽郡公。庾珉、王俊,依次加秩。晋君臣入朝拜谢,聪引与共饮,从容语晋主道:"卿前为豫章王时,朕在中原,曾与王武子即王济表字。见首文。访卿,卿尝示朕乐府歌,又引朕入射厅,同试技艺,朕得十二筹,卿与武子俱得九筹,卿赠朕柘弓、银砚,今可记忆否?"怀帝答道:"臣怎敢失记,但恨当时不早识龙颜。"亏他厚脸说出。聪又道:"卿家骨肉,何故屡相残害?"怀帝道:"这是天意,实非人事。大汉将应天受命,故为陛下自相驱除,若臣家能守武帝遗业,九族敦睦,陛下何从得平河洛呢?"聪不禁大笑,饮至黄昏,竟呼出小贵人刘氏,赏与怀帝,且与语道:"这是名公女孙,今赐为卿妻,卿好为待遇,幸勿轻视!"说至此,又转嘱刘氏数语,面封她为会稽国夫人,使怀帝即夕领去。

光阴容易,转瞬冬残,越年元旦,聪御光极殿,大宴群臣,使晋主改着青衣,旁立斟酒。怀帝不堪耻辱,满面生惭。庾珉、王俊,时亦在列,禁不住悲恸起来。聪顿时动恼,把他斥出。至怀帝行酒毕,亦令退去。过了旬月,有人告讦庾珉、王俊,说他阴谋变乱,将召刘琨入攻平阳,聪即遣人赍着毒酒,鸩死怀帝,并杀庾珉、王俊。总计怀帝在位四年余,臣虏一年余,殁时三十岁。小子有诗叹道:

  青衣行酒作囚奴,天子宁甘拜黠胡?
  畏死终难逃一死,何如临变早捐躯。

怀帝遇害,耗闻四达,欲知晋朝有无嗣主,且至下回说明。

  由石勒带及刘琨,由刘琨带及刘曜,由刘曜带及猗卢,事迹复杂,全赖作者一支妙笔,随事联属,方不至断断续续,足令阅者一目了然。下半回因秦王入关,串入怀帝,复由怀帝串入刘聪,叙及汉宫诸事,即以怀帝得配刘氏,主青衣行酒,遇害作结。看似随笔铺叙,而笔下煞费经营,阅者试览晋朝各史,有是穿插否?有是明白否?即此一回,已见作者苦心,而得失褒贬,又如见言表,是固兼有三长,与刘知几之言,隐相吻合者也。

第二十六回　诏江东愍帝征兵
　　　　　援灵武麹允破虏

  却说秦王业入居长安,已阅一年,长安新遭丧乱,户不满百,荆棘成林,太子詹事阎鼎与征西将军贾疋,职掌内外,又未免挟权专恣,未协舆情。汉梁州

第二十六回　诏江东愍帝征兵　援灵武麴允破虏

刺史彭荡仲,被疋袭死。见前回。荡仲子天护,纠合群胡,来攻长安。疋出拒天护,竟至败回。天护从后追击,时已日暮,疋误堕涧中,士卒奔散,无人捞救,再经天护等乱投矢石,眼见是一命归阴了。天护既得杀疋,引众自归,长安还得无恙。偏扶风太守梁综,调任京兆尹,与鼎争权,鼎将综杀死,另用王毗代任。综弟梁纬,方守冯翊,梁肃又新任北地太守,闻兄遇害,当然不服。索綝、麴允,本来是倡义勤王,应称功首。及秦王入关,反被阎鼎做了首辅,专揽大政,两人亦暗抱不平。綝与梁氏兄弟,又系姻亲,因即共同联络,说鼎擅杀大臣,目无主上,一面上笺秦王,请加严谴,一面号召党与,即行声讨。鼎虑不能敌,出奔雍城,为氐人窦首所杀,传首长安。事功未就便自相残害,怎得不亡？于是麴允、索綝,才得逞志。允领雍州刺史,綝领京兆太守,承制黜陟,号令关中。至怀帝凶问,得达长安。秦王业举哀成礼,由綝、索两大臣及卫将军梁芬等,奉业即位,是谓愍帝,传旨大赦,改元建兴。命梁芬为司徒,麴允为尚书左仆射,录尚书事,索綝为尚书右仆射,领吏部京兆尹。寻即加綝卫将军,兼官太尉。公私只有车四乘,百官无章服印绶,但用桑版署号,将就了事。嗣复命琅琊王睿为左丞相,都督陕东诸军事,南阳王保为右丞相,都督陕西诸军事,且诏谕二王道:

夫阳九百六之灾,虽在盛世,犹或遘之。朕以幼冲,纂承洪绪,庶凭祖宗之灵,群公义士之力,荡灭凶寇,拯拔幽宫,瞻望未达,肝心分裂。昔周、召分陕,姬氏以隆,平王东迁,晋、郑为辅,今左、右丞相,茂德齐圣,国之昵属,当侍二公。扫除鲸鲵,奉迎梓宫,克复中兴,令幽、并二州,勒卒三十万,直造平阳,右丞相宜率秦、凉、雍武旅三十万,径诣长安,左丞相率所领精兵二十万,径造洛阳,分遣前锋,为幽、并后应,同赴大期,克成元勋,是所至望,毋替成命！

是时琅琊王睿,保守江东,无心北上,得新皇诏旨,但遣使表贺,不愿兴师。前中书监王敦,由洛阳陷没以前,已出任扬州刺史,幸不及祸。睿召为军谘祭酒,及扬州都督周馥走死,见二十三回。睿又令敦复任扬州都督征讨诸军事。江州刺史华轶及豫州刺史裴宪,不受睿命,均由敦会师往讨。斩华轶,逐裴宪,威名寖盛。荆州刺史王澄,屡为杜弢所败,走奔沓来。见二十四回。他与敦为同族弟兄,因即致书乞援,敦转达琅琊王睿,睿令军谘祭酒周顗往代,召澄为军谘祭酒,且遣敦接应周顗,同讨杜弢。敦乃进屯豫章,为顗后援,澄既得交卸,回过豫章,与敦相见。敦自然接待,共叙亲情。惟澄素轻敦,敦素惮澄,此次澄遭败衄,尚傲然自若,仍把那旧日骄态,向敦凌侮,敦也是一个杀星,至此怎肯忍受？眉头一皱,计上心来,佯请澄留宿营中,盘桓数日,暗中实欲害澄。澄尚有勇士二十人，执鞭为卫，自己尝手捉玉枕，防备不测。敦不便下手，复想出一策，宴澄左右，俱令灌醉，又伪借玉枕一观，澄不知有诈，出枕付敦。敦奋然起座，指澄叱责道："兄何故与杜弢通书？"澄亦勃然道："哪有此事？有何凭据？"敦置诸不理，即召力士路戎等，入室杀澄。澄一跃登梁，呶呶骂敦道："汝如此不义，能勿及祸么？"敦指麾力士，上梁执澄。澄虽力大，究竟双手不敌四拳，终被路戎等拿下，把他搤死。澄固有取死之道，但敦之残忍，已可概见。

太子洗马卫玠，素为澄所推重，时正寓居豫章，见敦忍心害理，不欲久依，乃致书别敦，奔投建业。未几即殁，年才二十七岁。玠系故太保卫瓘孙，表字叔宝，幼时风神秀异，面如冠玉，当时号为"璧人"。骠骑将军王济，即王浑子。为玠舅父，亦具丰姿，及与玠相较，尝自叹道："珠玉在侧，使我形秽。"又辄语人道："与玠同游，好似明珠在侧，朗然照人。"至玠年已长，好谈玄理，语辄惊人。王澄雅善清谈，每闻玠言，必叹息绝倒。时人尝谓："卫玠谈道，平子绝倒。"平子即澄表字。玠妻父河南尹乐广，素有清名。广号"冰清"，玠称"玉润"，翁婿联镳，延誉一时。怀帝初年，征为太子洗马。玠见天下将乱，奉母南行，到了江夏，玠妻病逝，征南将军山简待玠甚优，且将爱女嫁为继室。玠纳妇山氏，又复东下，道出豫章，正值王敦镇守。敦长史谢鲲，相见倾心，欢谈竟夕。越日，引玠见敦，敦亦叹为名士。别敦后转趋建业。江东人士，素闻玠有美姿，聚观如堵。琅琊王睿，拟任以要职，偏玠体羸多病，竟致短命。玠被人看杀，语足解颐。谢鲲哭玠甚哀，人问他何故至此？鲲答道："栋梁已断，怎得不哀呢？"玠不过美容善谈，非必真命世才，后人称道不置，传为佳话。故随笔叙入。

且说王澄、卫玠，相继死亡，琅琊王睿，乃别用华谭为军谘祭酒，谭先为周馥属吏，走依建业，睿尝问谭道："周祖宣馥字祖宣。何故造反？"谭答道："馥见寇贼滋蔓，神京动摇，乃请迁都以纾国难，执政不悦，兴兵讨馥。馥死未几，洛都便覆，如此看来，馥非无先见，必谓他有意造反，实是冤诬。"睿又道："馥身为镇帅，拒召不入，见危不扶，就是不反，也是天下罪人呢。"谭亦接着道："见危不扶，当与天下人共受此责，不能专责一馥呢。"睿默然不答。自问能无愧衾影否？参军陈頵，数持正论，犯颜敢谏，府吏多半相忌，就是睿亦恨他多言，竟出頵为谯郡太守。不信仁贤，故卒致偏安。既而长安忽又有诏命到来，当由睿接读，诏书有云：

> 朕以冲昧，纂承洪绪，未能枭夷凶逆，奉迎梓宫，枕戈烦冤，肝心抽裂。前得魏浚表，知公率先三军，已据寿春，传檄诸侯，协齐威势，想今渐进，已达洛阳。凉州刺史张轨，乃心王室，连旍万里，已到汧陇，梁州刺史张光，亦遣巴汉之卒，屯在骆谷。秦川骁勇，其会如林，间遣使探悉寇踪，

第二十六回　诏江东愍帝征兵　援灵武麹允破房

具知平阳虚实。且幽、并隆盛，余胡衰破，顾彼犹恃险不服，须我大举，未知公今所到此处，是以息兵秣马，未便进军。今若已至洛阳，则乘舆亦当出会，共清中原。公宜思弘谋猷，勖济远略，使山陵旋返，四海有赖，故遣殿中都尉刘蜀、苏马等，具宣朕意。公茂德昵属，宣隆东夏，恢融六合，非公而谁？但洛都寝庙，不可空旷，公宜镇抚以绥山东。右丞相当入辅弼，追踪周、召以隆中兴也。东西悬隔，跂予望之！

睿读罢诏书，踌躇半晌，始接待刘蜀、苏马，与他会谈。略说："江东粗定，未暇北伐，只好宽假时日，方可兴师"云云。刘、苏二人，亦不便力劝，当即告辞。睿使他赍表还报，便算复命。当时恼动了一位正士，竟从京口谒睿，愿假一偏师，规复中原。这人为谁？乃是军谘祭酒祖逖。江东如逖，寡二少双，故从特笔。逖字士雅，世籍范阳，少年失怙，不修仪检。年十四五犹未知书，惟轻财好侠，慷慨有气节。后乃博览书史，淹贯古今，旋与刘琨俱为司州主簿，意气相投，共被同寝。夜半闻鸡鸣声，蹴琨使醒道："此非恶声，能唤醒世梦，披衣起舞。"有时与琨谈及世事，亦互相策励道："若四海鼎沸，豪杰并起，我与足下，当相避中原呢。"已而，累迁至太子舍人，复出调济阴太守。会丁母忧，去官守丧。及中原大乱，乃挈亲党数百家，避居淮泗。衣服粮食，与众共济，众皆悦服，推为行主。琅琊王睿，颇有所闻，特征为军谘祭酒，使戍京口。逖常怀匡复，纠合骁健，谋为义举。闻睿两得诏书，仍未北伐，乃毅然入谒，向睿进言道："国家丧乱，并非由上昏下叛，实由藩王争权，自相残杀，遂致戎狄乘隙，流毒中原。今遗黎既遭酷虐，人人思奋，欲扫强胡，大王若决发威命，使如逖等志士，作为统率，料想郡国豪杰，必望风归向，百姓亦共庆来苏，中原可复，国耻可雪，愿大王毋失时机！"是英雄语。睿见他义正词严，倒也不好驳斥，乃使为奋威将军，领豫州刺史，给千人粮，布三千匹，惟不发铠仗，使逖自往招募。明明是不愿动兵。逖也不申请，当即辞归，便率部曲百余家，乘舟渡江，驶至中流，击楫宣誓道："祖逖若不能澄清中原，便想渡还，有如大江。"语至此，神采焕发，非常激昂，众皆感叹。及抵江阴，冶铁铸械，募得二千余人，然后北进。并州都督刘琨，闻逖起兵渡江，慨然语人道："尝恐祖生先我着鞭，今祖鞭已进着了。"看官听说！这时候的刘琨，已由愍帝拜为大将军，都督并州诸军事。琨志在同仇，但苦力弱，当时曾奉一谢表，说得感慨淋漓，略云：

陛下略臣大愆，录臣小善，猥蒙天恩，光授殊宠，显以蝉冕之荣，崇以上符之位，伏省诏书，五情飞越。臣闻晋文以郤縠为元帅而定霸功，汉高以韩信为大将而成王业，咸有敦诗说礼之德，戎昭果毅之威，故能振丰功于荆南，拓洪基于河北。况臣凡陋，拟踪前哲，俯惧折鼎，虑在覆餗。昔曹沫三败而收功于柯盟，冯异垂翅而奋翼于渑池，皆能因败为成，以功补过。陛下宥过之恩已隆，而臣自新之善不立，臣虽不逮豫闻前训，恭谨之节，臣犹庶几。所以冒承宠命者，实欲没身报国，以死自效。臣闻夷险流行，古今代有，灵厌皇德，曾未悔祸。蚁狄纵毒于神州，夷裔肆虐于上国，七庙阙禋祀之飨，百官丧彝伦之序，梓宫沦辱，山陵未兆，率土永慕，思同考妣。陛下龙姿日茂，睿质弥光，升区宇于既颓，崇社稷于已替。四海之内，肇有上下，九服之萌，复睹典制。但尚蒙尘于外，越在秦郊，烝尝之敬在心，桑梓之思未克。臣备位历年，才质驽下，权假位号，未报涓埃。得奉先朝之班，苟存偏师之职，赦其三败之愆，收其一功之用，使获骋志虏场，快意大逆，虽身膏野草，无恨黄墟。陛下偏恩过隆，曲蒙抽擢，遂授上将，位兼常伯，征讨之务，得从便宜，拜命惊惶，五情战悸，深惧陨越，以为朝羞。昔申胥不殉柏举，而成复楚之勋，伍员不从城父，而济入郢之绩，臣虽顽钝，无觊古人，其于披坚执锐，致身寇仇，当惟力是视，有死无二。受恩图报，谨拜表陈闻！

琨上表后，适值汉石勒从子石虎，为勒所遣，率众攻邺。虎长七尺五寸，勇悍好杀，善战无前。勒尝因他生性凶残，意欲杀虎，还是勒母王氏，从旁戒勒道："快牛为犊，多能破车，汝且容忍为是。"真是养虎贻患。勒乃罢议，屡使虎领兵为寇。邺中守将刘演，系刘琨兄子，据守三台，见前回。被虎攻入。演奔廪邱，琨乃令演为兖州刺史，暂借廪邱为汛地。同时有三个兖州刺史，一为司空荀藩所遣，叫作李述，一为琅琊王睿所遣，叫作郗鉴，第三个便是刘演。琨因寇氛日亟，复议出师，即约同代公猗卢，会叙陉北，共谋击汉。猗卢乃遣拓跋普根，进屯北屈。琨亦进据蓝谷，使监军韩据，领兵攻西平。汉主聪使刘粲等拒琨，刘易等拒普根，兰阳等助守西平。琨见汉兵有备，又复退还。汉兵仍未撤回，为战守计。刘聪更命中山王曜，西攻长安。曜遣降将赵染为先锋，驱兵大进。愍帝忙遣麴允为冠军将军，出次黄白城，堵御汉兵。允与染交战数次，均皆失利，再加曜军从后继进，关东大震。愍帝又授索綝为征东大将军，引兵助允。染闻索綝复至军前，即向曜献策道："麴允、索綝，先后继至，长安必定空虚，若往掩袭，一鼓可下了。"曜亦以为奇计，立拨精兵五千，归染统带，使袭长安。染从间道绕出，直趋长安城下。长安果然无备，更兼染兵衔枚夜进，尤不及防。

三更已过，愍帝在秦宫酣寝，忽有卫士入报，说是汉兵已入外城，吓得愍帝梦中惊醒，慌忙披衣起床，走奔射雁楼。幸喜内城各门，还是紧闭，城上有卫卒保守，未曾失手，因此染不能攻入，只在龙首山麓，纵火大噪，焚掠诸营。待至天明，染始退屯逍遥园，晋将麴鉴，自阿城引兵入援，杀退赵染，乘胜追

第二十六回　诏江东愍帝征兵　援灵武麴允破虏

击,驰至灵武。刚值刘曜统兵前来,染得了援军,自然杀回。麹鉴部下,只五千人,怎能抵敌得住,顿时奔溃,逃还阿城。曜与染就在灵武扎营,拟休息一宵,再攻长安。不料到了夜半,营外突然火起,满寨皆红,曜从睡梦中跃起,仓皇对敌,部众都睡眼朦胧,穿了军服,不及持械,携了刀枪,不及衣甲,那外兵似潮涌入,如何阻拦?汉冠军将军乔智明,不识好歹,尽管向前堵截,突被来兵裹住,四面攒刺,戳毙帐中。汉兵无从抢救,越加心慌,彼此都逃命要紧,乱窜出营。曜与染亦料不可支,统从帐后遁去。到了晨光熹微,汉垒已都扫光,单剩了一堆尸骸,约莫有三五千名,来兵得胜而返,为首大将,乃是晋尚书左仆射麴允。允料曜恃胜无备,乘夜劫营,果得了一大胜仗,奏凯还师。倒戟而出。曜与染奔还平阳,好几月敛兵不动。

惟占据襄国的石勒,锐图幽、并,想出许多计策,既欺王浚,复绐刘琨,竟先将幽州夺去,然后规取并州。幽州都督王浚,自洛阳陷没后,设坛祭天,假立太子,自为尚书令,布告天下,托言密受中诏,承制封拜,备置百官,列署征镇。适前豫州刺史裴宪,由南方奔至,浚命宪与女夫枣嵩,并为尚书,大张威令,专行征伐。遣督护王昌,中山太守王豹等,会同鲜卑部长段疾陆眷,务勿尘子。务勿尘见前十六回。及疾陆眷弟匹䃅文鸯,从弟末柸,率众三万,共攻石勒。勒出战不利,奔还城中。末柸轻入城阃,为勒所获,勒即以末柸为质,遣人至疾陆眷处求和。疾陆眷恐末柸被杀,不得不允从和议,遂用铠马金银,取赎末柸。勒召末柸与饮,格外欢昵,约为父子,复厚赠金帛,送还疾陆眷军前。疾陆眷感勒厚惠,复与石虎订盟,结为兄弟,誓不相侵,引兵自去。王昌等失去厚援,当然退归。

看官记着!王浚与段氏,本来是甥舅至亲,相约为助,浚曾嫁女与务勿尘,故称甥舅。此次段氏被石勒诱去,仿佛似断了一臂,全体皆僵。父子且不可恃,遑问甥舅?浚尚不以为意,反与刘琨争冀州。原来代郡、上谷、广宁三郡人民,尚属冀州管辖,至是因王浚苛暴,趋附刘琨,所以浚愤愤不平,竟把讨勒各军撤回,与琨相距,往略三郡。琨不能与争,只好由他张威,三郡士女,俱被浚兵驱逐出塞,流离颠沛,奄毙道旁。浚且欲自称尊号,戕杀谏官,遂令强虏生心,伺间而入,这叫作"自作孽,不可活"呢。小子有诗叹道:

　　无才妄想建雄图,纵虐残民毒已逋。
　　天网恢恢疏不漏,诛凶手迹假强胡。

欲知王浚后事,且看下回详叙。

琅琊王睿,两次受诏,仍按兵不进,彼以江东为乐土,姑息偷安,已为有识者所共见。祖逖志士，击楫渡江，实为当时第一流人物，但大厦将倾，断非一木所能支持。他如江左夷吾，名未副实，余子碌碌，尤不足道。其稍称勇武者，则又如王敦辈之残忍好杀，致治不足，致乱有余耳。若愍帝草创长安，即遭内讧，预兆不祥，称尊以后，麹、索二相，智不足以御寇，才不足以保邦，灵武之役，得败刘曜，第一时之幸事耳。彼王浚、刘琨，名为健将，又自相龃龉，互构争端。要之晋室之败，在一"私"字，在一"争"字，诸王营私则相争，大臣营私则又相争，方镇营私，则更相争，内讧不已，而夷狄已入据堂奥，举国家而尽攫之，可哀也夫。

第二十七回　拘王浚羯胡吞蓟北
　　　　　　　毙赵染晋相保关中

　　却说王浚骄盈不法，意欲称尊，商诸燕相胡矩。矩婉言谏阻，致拂浚意，被徙为魏郡守。燕国霍原，志节清高，浚屡征不就，再使人诱令劝进，原当然不从，浚竟诬原谋变，派吏拘原，枭首以徇。北海太守刘搏，及司空掾高柔，相继切谏，又为浚所杀。女夫枣嵩，最得浚宠，尚有掾属朱硕，表字丘伯，亦专事谀媚，甚惬浚心。两人朋比为奸，贪婪无度，北州有歌谣云："府中赫赫朱丘伯，十囊五囊入枣郎。"又有一谣云："幽州城门似藏户，中有伏尸王彭祖。"彭祖即王浚表字。浚又令枣嵩督率诸军，出屯易水，复召段疾陆眷，与同讨勒。疾陆眷已与勒有盟，哪里还肯应召？浚引为深恨，使人赍着金帛，往赂代公猗卢，令讨段氏，再檄鲜卑部酋慕容廆，发兵助讨。猗卢遣子六修往攻，为疾陆眷所败，退还代郡。独慕容廆所向皆捷，得取徒河。慕容氏已见前文。先是河洛人氏，北向避乱，俱往依王浚，嗣见浚政刑日紊，往往他去，作塞外游。外族以段氏、慕容氏为最盛，段氏兄弟，专尚武力，不礼文士，惟廆喜交宾客，雅览英豪，所以士多趋附，远近如归。廆尝自称鲜卑大单于，至王浚承制封拜，授廆散骑常侍，冠军将军，前锋大都督，大单于名号，廆却不受。此次奉檄攻段，并非甘为浚使，不过段氏盛强，亦中廆忌，所以乐得卖情，出兵拓土。他部下却有许多人物，分任庶政，河东人裴嶷，代郡人鲁昌，北平人杨耽，为廆心腹。广平人游邃，北海人逢羡，渤海人封抽，西河人宋奭，河东人裴开，为廆股肱。平原人宋该，安定人皇甫岌、皇甫真，渤海人封弈封裕，并典机要。会稽人朱左车，泰山人胡母翼，鲁人孔纂，皆为宾友。又平原宿儒刘赞为东庠祭酒，令子皝带着国胄，北面受业，居然习礼讲让，用夏变夷。慕容之兴，实基于此。幽州从事韩咸，监护柳城，入谒王浚，盛称廆下士爱民，无非是借廆讽浚，诱令改

第二十七回　拘王浚羯胡吞蓟北　毙赵染晋相保关中

过的意思。不料浚竟翻起脸来，叱他私通外族，喝令斩首。

嗣是人心益离，往往叛入鲜卑，再加幽州一带，连岁饥馑，不是旱灾，就是蝗灾，百姓非常困苦。浚尚纵令枣嵩诸人，横征暴敛，荼毒生灵。古人有言："木朽虫生。"为了幽州衰敝，遂至汉将石勒，虎视眈眈。他还未敢遽行动手，拟先遣使往觇，探明虚实。僚佐请用羊祜陆抗故事，见前文。致书王浚，以便通使。勒乃转咨右长史张宾。宾答道："浚名为晋臣，实图自立，但患四海英雄，不肯依附，所以迁延至今。将军威振天下，若卑辞厚礼，与彼交欢，犹惧未信，况如羊陆抗衡，能使彼相信不疑么？"勒踌躇道："如右侯言，将用何术？"宾说道："荀息灭虞，勾践沼吴，俱见《春秋左传》。前策具在，奈何不行？"勒闻言大喜，便令宾草就一表，特遣舍人王子春、董肇，赍表诣浚，又使带去许多珍宝，半献王浚，半赠枣嵩。子春与肇，领命至幽州，当由王浚召入，问明来意。子春格外谦恭，拜呈表文，浚即取表展览，但见纸上写着：

勒本小胡，遭世饥乱，流离屯厄，窜命冀州，窃相保聚，以救性命。今晋祚沦夷，中原无主，殿下州乡贵望，四海所宗，为帝王者，非公其谁？勒所以捐躯起兵，诛讨暴乱者，正欲为殿下驱除尔。伏愿殿下应天顺人，早登皇祚。勒奉戴殿下，如天地父母，殿下察勒微忱，亦当视之如子也。谨此表闻！

浚览表毕，禁不住喜笑颜开，再由子春等奉上珍物，都是五光十色，价值连城，好钓饵。便命左右一概全收，使子春等左右旁坐，欢颜与语道："石公亦当世英雄，据有赵魏。今乃向孤称藩，殊为不解。"我亦不解。子春本是辩士，随口答道："石将军兵力强盛，诚如圣论，但因殿下中州贵望，威振华夷，石将军自视勿如，所以愿让殿下。况自古到今，胡人为上国名臣，尚有所闻，从未有突然崛起，得为帝王。石将军推功让美，正是明识过人，殿下亦何必多疑呢？"欺弄王浚即此已足。浚顿时大悦，面封子春等为列侯。子春等当然拜谢，退就宾馆。又将礼物一份，赠与枣嵩，托他善为周旋。嵩满口应承，入与王浚商议，遣使报勒，厚赆子春与肇，偕使同行。

既到襄国，勒先将劲卒精甲，藏入帐后，唯用羸卒站立，开府接使，北面拜受来书。浚使亦略有礼物相遗，内有麈尾一柄，勒佯不敢执，高悬壁上，且对浚使道："我见赐物，如见王公，当朝夕下拜呢。"随即款宴浚使，待如上宾，挽留了好几日，方才送归。复遣董肇奉表与浚，约期入谒，当亲上尊号，并修笺传达枣嵩，求封并州牧兼广平公。浚使返报，具言勒形势寡弱，款诚无二，再经董肇接踵到来，奉表递笺，喜得王浚翁婿二人，如痴如狂，一个是候补皇帝，一个是候补宰相，指日高升，说不尽的快活了。恐怕要请君入瓮。

石勒部署兵马，将赴幽州，唯尚有一种疑虑，迟延未发。张宾入问道："将军果欲袭人，须掩他不备。今兵马已经部署，尚延滞不行，莫非虑及刘琨及鲜卑、乌桓等部落，乘虚袭我么？"勒皱眉道："我意原是如此，右侯有无妙策？"宾答道："刘琨及鲜卑乌桓，智勇俱不及将军，将军虽然远出，彼亦未敢遽动。且彼亦未知将军一往，便能速取幽州，将军轻骑往返，不过二旬，就使彼有心图我，出师掩至，将军已可归来，自足抵御。若再恐刘琨路近，变生意外，何妨向琨请和，佯与周旋。琨与浚名为同寅，实是仇敌，万一料我袭浚，亦必不肯往援，兵贵神速，幸勿再延！"料事如神，可惜所事非主。勒跃然起立道："我所未了的事情，右侯能为我代了，还有何说？"遂命军士黉夜起程，亲自督行，所有与琨求和的书函，统委张宾办理。

宾替勒修笺，遣人达琨，无非说是"去逆效顺，讨汉自赎"等语。与对待王浚不同，便是看人行计。琨得笺大喜，移檄州郡，谓"勒已奉笺乞降，当与代公犄声，共讨平阳，这是累年积诚所感，得此效果"等语。仿佛做梦。勒在途中接得消息，越发放心前进，行至易水，为王浚督护孙纬所闻，忙驰入白浚，请速拒勒。浚笑语道："石公此来，正践前约，如何拒他？"说至此，旁立许多将佐，齐声进谏道："羯胡贪而无信，必有诡谋，不如出击为是。"浚不禁动怒道："他既有心推戴，正应迎他进来，汝等反谓可击，真正奇怪。"道言未绝，又由范阳镇守游统，奉书至浚，略言"石勒前来，志在劝进，请勿多疑"云云。看官！你道游统何故上书？原来统已阴附石勒，卖主求荣，所以特地报浚，借坚浚信。浚越以为真，便下令道："敢言击勒者，斩！"将佐乃不敢再言。浚且预备盛筵，俟勒入府舍时，替他接风。

过了两天，勒已率兵驰至，天适破晓，叫开城门，尚恐内有埋伏，先驱牛羊数十头进城，假称礼物，实欲堵截街巷，阻碍伏兵，待见城内空虚，乃麾众直进，立即四掠。浚左右亟请抵御，浚尚未邀允。但浚到此时，也觉惊惶，或坐或起，形神不安。勒率众升厅，召浚出见，浚还望他好意相待，昂然出来，甫至厅前，即被勒众七手八脚，把浚拘住。浚无子嗣，只有妻妾数人，被勒众入内搜劫，牵出见勒。浚妻乃是继室，年齿未暮，尚有姣容。勒拉与并坐，始令兵士推浚入厅。搂人妻而见其夫，太属淫恶，但莫非由浚自取。浚且惭且愤，向勒骂道："胡奴调侃乃公，为何凶逆至此？"勒狞笑道："公位冠元台，手握强兵，坐睹神州倾覆，不发一援，反欲自为天子，尚得谓非凶逆么？况闻公委任奸贪，残虐百姓，贼害忠良，毒遍燕蓟，这才叫做真正凶逆呢。"说着，即派部将王洛生，率领五百骑兵，先送浚往襄国。浚被押出城，愤投濠中，又被骑兵捞起，上了桎梏，匆匆去讫。勒收捕浚众万余人，一律杀死。

浚将佐等均诣勒帐谢罪，馈赂交错，独尚书裴宪，从事中郎荀绰，未见往

第二十七回　拘王浚羯胡吞蓟北　毙赵染晋相保关中

谢。勒使人召至，面加呵责道："王浚暴虐，由孤亲来讨伐，首恶已擒，诸人俱来庆谢，二人乃甘与同恶，难道独不怕死吗？"宪接口道："宪等世仕晋朝，得蒙宠禄，浚虽粗悍，犹是晋室藩臣，所以宪等相从，不敢有贰。明公若不修德义，专尚威刑，宪等自知应死，也不愿求免了。"言毕，即掉头趋出。勒急忙呼还，待以客体，惟拿下枣嵩、朱硕，责他纳贿乱政，推出枭斩。游统自范阳进见，满望功成加赏，不料勒叱他不忠，也命斩首。应该处斩，足为卖主求荣者戒。又籍浚将佐亲戚，多半是积资巨万，只裴宪、荀绰家内，有书百余箱，盐米十余斛罢了。勒语僚属道："我不喜得幽州，但喜得二人呢。"遂令宪为从事中郎，绰为参军。甘心事羯，终非好汉。分遣流民，各还乡里。一住二日，便拟旋师。授前尚书刘翰为幽州刺史，使他居守蓟城。临行时毁去晋宫，挈着浚妻，驰还襄国。途次被浚督护孙纬邀击，勒众败溃，惟勒得逃还，连浚妻都不知去向了。又不知作谁家妇。勒回至襄国，尚有余忿，立将王浚枭首，函送平阳。汉主聪加授勒为大都督兼骠骑大将军，封东单于。

乐陵太守邵续，为浚所署，屯居厌次，续子乂为勒所虏，使为督护，且令乂往劝续降。续因孤危失援，暂且附勒。渤海太守刘胤，弃郡依续，且语续道："大丈夫当思立名全节，君为晋臣，奈何从贼自污呢？"续凄然谢过，并说明苦衷，行当自拔。可巧幽州留守刘翰，亦不欲从勒，特举城让与段匹䃅。匹䃅为段疾陆眷弟，已见前回，疾陆眷与勒联盟。独匹䃅心下不愿，仍与刘琨通书，不忘旧好，故刘翰邀他守蓟，情愿去位。匹䃅遂贻邵续书，招使归晋。续即复称如约。或谓续不宜背勒，自害嗣子，续泣答道："我出身为国，怎得顾子废义呢？"当下与勒相绝，即遣刘胤往报江东，愿听琅琊王睿驱遣。睿用胤为参军，遥授续为平原太守。石勒闻续负约，竟杀邵乂，发兵攻续。续忙向蓟城乞援，段匹䃅令弟文鸯，引众援续。续被围，幸得文鸯援兵，才能退敌。且与文鸯追至安陵，虏勒所署官吏，并驱回流民三千余家，然后还兵。

刘琨得悉幽州军报，始知为勒所绐，懊悔无及，乃复遣人诣代，与猗卢约同攻汉。猗卢方有内患，不遑赴约，琨亦只好罢休。会有长安使至，传示诏书，并报称关东大捷。琨暂留来使，询明大捷情形。原来汉中山王刘曜，自被麹允击破营寨，与赵染奔回平阳。见前回。他却整缮兵甲，休养了好几月，又复从平阳出发，欲寇长安。曜进屯渭汭，染进屯新丰。晋征东大将军索綝，引兵出拒，行至新丰附近，早有虏谍报入染营，染奋然道："前次误堕诡计，致与中山王败退，今彼复敢前来，定是到此送死了。"长史鲁徽道："晋室君臣，亦知强弱难敌，只因我军入境，不得不拼死来争。古语有云：'一夫拼命，万夫莫当。'将军幸勿轻视。"染瞋目道："强盛如司马模，我一往取，势如摧枯，索綝一小竖子，不足污我马蹄，怕他甚么！"时已天晚，即欲出营杀去，又经徽好言拦阻,勉强按住忿火,宿了一宵。次日早起,便率轻骑数百人,前往迎战,且扬言道:"擒住索綝,还食未迟。"一面说,一面麾兵急进。到了新丰城西,正与綝军相遇,两下不及答话,便即厮杀起来。綝见染兵不多,却也生疑,但素知汉兵强悍,未可轻敌,因先麾动前队,与他交锋,约有两个时辰。染兵已经枵腹,气力不加,偏綝驱出后队的生力军,一拥齐上,逢人便斫,见马便戳,好像削瓜切菜一般,把染兵斩杀殆尽。染亦受伤,拨马奔回。后面追兵不舍,险些儿被他杀到,还亏鲁徽遣兵援应,方得保染回营。染且悔且叹道:"我不用徽言,致有此败。"既而又咬牙自恨道:"回去无面目见徽,不如杀死了他,免我生惭。"如此狠毒,禽兽不如。计划已定,方驰入营门,兜头碰着鲁徽,几似仇人相见,格外眼红,一声喝令,竟将鲁徽拿下。徽怅然道:"将军不听忠言,愚愎致败,乃复忌贤害士,欲快私忿,天地有知,能令将军安死衽席么?"赵染戕模降虏,心术可知,徽若果有智识,引避不暇,乃甘为属吏,死亦自取。染越加动恼,竟令杀徽。再向曜率众数万,从间道趋向长安。

　　愍帝因綝报捷,方加綝骠骑大将军承制行事,不防汉兵又进逼都城,连忙使麴允出御。允至冯翊,与曜染交战一场,不幸败绩,当夜收拾败卒,再劫汉营,避实击虚,杀入汉将殷凯营内。凯慌张失措,被允擒斩。及曜染整兵出救,允已退去。曜恐复为所袭,乃移攻河内太守郭默。默婴城固守,被围月余,粮食已尽,乃向曜乞籴,愿送妻子为质。曜得默妻子,总道默已愿降,乃给粮与默。那知默得了粮米,仍闭城拒曜。曜将默妻子沈死河中,督兵再攻。默亦邵续之流亚,故叙笔不肯从略。默因使人夜缒出城,驰往新郑,向太守李矩乞援,矩令甥郭诵迎默。诵闻汉兵势盛,不敢遽进,会刘琨遣将刘肇带领鲜卑五百余骑,入援长安,道阻不通,乃还过矩营。矩邀肇同击汉兵,汉兵最怕鲜卑骑士,不战自去,河内才得解围。默率众依矩,远避敌冲。曜已退屯蒲坂,独染转攻北地,由麴允移师赴救,再与染对垒争锋。染夜梦鲁徽,弯弓注射,负痛惊醒。翌晨出战,被允诱入伏中,四面突出弓弩手,弦声齐响,箭如飞蝗。染虽然凶悍,哪禁得万镞飞来,霎时间集矢如猬,倒毙马下,余众多死。这一次射毙悍虏,总算是大获胜仗了。刘琨闻报,送还朝使,又向愍帝上表道:

　　　　逆胡刘聪,敢率犬羊,凭陵肇毂,神人同愤,遐迩奋怒。伏省诏书,相国南阳王保,太尉凉州刺史张轨,纠合二州,同恤王室。冠军将军麴允,骠骑将军索綝,总齐六军,戮力国难,王旅大捷,俘馘千计。旌旗扬于晋路,金鼓振于河曲。崤、函无虔刘之惊,汧、陇有安业之庆,斯诚宗庙社稷,陛下神武之所致,含气之伦,莫不引领,况臣之心,能无踊跃?臣前与鲜卑猗卢,约讨平阳,适羯奴石勒,以诡计掩入蓟城,大司马王浚,受其伪和,为勒所戕,勒势转盛,欲来袭臣,城坞骇惧,唯图自守。又猗卢国内,适有变患,卢虽得诛奸臣,已惩成约,臣所以泣血宵吟,扼腕长叹者也。勒据襄国,与臣隔山,寇骑朝发,夕及臣城,同恶相求,其徒实繁。自东北八州,勒灭其七,先朝所授,存者唯臣,是以勒朝夕谋虑,以图臣为计,窥伺间隙,寇抄相寻。戎士不得解甲,百姓不得在野,天网虽张,灵泽未及。唯臣孑然与寇为伍,自守则稽聪之谋,进讨则勒袭其后,进退维谷,首尾狼狈,徒怀愤踊,力不从心。臣与二虏,势不并立,聪、勒不枭,臣无归志,比者秋谷既登,胡马已肥,前锋诸军,当有至者。臣愿首启戎行,身先士卒,得凭陛下威灵,使获展微效,然后陨首谢国,殁亦无恨矣!臣琨谨表。申录琨表,以揭其忠。

愍帝得表,复遣大鸿胪赵廉持诏,拜琨为司空,都督并、冀、幽三州军事。琨辞去司空,拜受都督,且进加封猗卢为王,好教他感激图报,共讨刘聪。小子有诗咏道:

　　　　一木难为大厦支,枕戈泣血勉扶持。
　　　　臣躯未死心犹在,敢掬丹忱报主知。

欲知愍帝是否依议,且至下回再详。

王浚、刘琨,俱为石勒所赚,堕入狡谋,但琨尚可原,而浚不可恕。琨之意在于讨汉,故闻石勒之请降,即以为强虏可平,喜出望外,智虽不足,忠实有余。所不能无讥者,坐视幽州之陷没,不能忘私耳。王浚身为晋臣,坐拥强兵,既不能宣劳王室,复不能堵御强胡,信贪夫,戮正士,种种罪恶,史不胜书,其为石勒所侮弄,非不幸也,宜也。见拘堂上,委命强胡,谩骂亦何补乎?赵染本为司马模僚属,乃背模降虏,反訑訑然以杀模为能,新丰之败,不听鲁徽,反杀鲁徽,凶横至此,宁能久存?此其所以终遭射死也。要之梦梦者天,昭昭者亦天。恶报昭彰,近则在身,远则在子孙,人亦何苦逆天行事,自贻伊戚乎哉?

第二十八回　汉刘后进表救忠臣
　　　　　　　　晋陶侃合军破乱贼

却说愍帝得刘琨申请,加封猗卢为代王,许置官属,食代、常山二郡。猗卢向刘琨借材,请拨并州从事莫含,作为参军。含不欲去琨,琨乃语含道:"并州单弱,外邻二寇,如我不才,尚得保存境土,实赖代王为援,我倾身竭资,奉事代王，且使长子为质，无非欲为国家雪耻，卿奈何徒顾小诚，转忘大体呢？"含乃往依猗卢。卢优礼相待，常与参商大计。惟卢有少子比延，最为昵爱，意欲立以为嗣，因使长子六修，出居新平城，且将六修母废去。父子兄弟，互生嫌隙，所以祸机暗伏，内外不安。卢亦防有变动，所以不能远出，助琨讨汉。

汉主聪自恃强盛，恣意奢淫。既将晋怀帝鸩死，复把小刘贵人收入后庭，仍为贵人，食品必备具珍馐，居处必穷极奢丽。左都水使者刘摅，失供鱼蟹，将作大匠靳陵，奉命筑造温明、徽光二殿，逾限不成，均枭首东市。又尝出外游猎，朝出晚归，观鱼汾水，用烛继昼，中军将军王彰，犯颜直谏，几致断首。还有彰女王氏，入宫为上夫人，见二十五回。代父乞哀，乃贷彰死罪，囚入狱中。再经聪母张氏，恨聪滥刑，三日不食，太弟又与河内王粲，舆榇切谏，还有太宰刘延年，率领百官，伏阙固诤，方将王彰释放。聪欲立左贵嫔刘英为继后，母张氏究嫌同姓，不使继立，因纳弟实二女徽光、丽光入宫，先使她们并为贵人，然后命聪择一为后。聪为母命所迫，没奈何指定徽光。会刘英父殷，得病身亡。英悲愤两迫，郁极致病，医药罔效，也即与聪长别，玉殒香消。聪乃立张贵人徽光为后，进后父将军实为光禄大夫。才阅数月，聪母张氏又殁，聪后徽光，哭姑甚哀，累得体瘠血枯，竟化做一场春梦，渺渺芳魂，返入冥途，仍至乃姑前侍奉去了。究竟红颜没福，或由刘英为祟，亦未可知。徽光已逝，丽光本可继立，但前此册立徽光，全由聪母作主，此时聪母已逝，眼见得中宫位置，被那刘家女夺去。刘英女弟刘娥，已由右贵嫔进为左贵嫔，挨次上升，即得为后，聪大加宠爱，特命造一鸳仪楼，鸳与鳯同。为藏娇计。廷尉陈元达，上书谏阻道：

  臣闻古之圣王，爱国如家，故皇天亦祐之如子。夫天生烝民而树之君，使司牧之，非以兆民之命，穷一人之欲也。晋民暗虐，视百姓如草芥，故上天剿绝其祚，眷佑皇汉，苍生引领，庶几息肩，怀更苏之望有日矣。我高祖光文皇帝，靖言惟兹，痛心疾首，故身衣大布，居不重茵，先皇后嫔，服无绮彩，重逆群臣之请，乃建南北二宫，今光极殿之前，足以朝群后，享万国矣；昭德、温明二殿以后，足以容六宫，列十二尊矣。陛下龙兴以来，外殄二京不世之寇，内兴殿观四十余所，加以军旅数兴，馈运不息。饥馑疾疫，死亡相继，兵疲于外，民怨于内，为民父母，果若是乎？伏闻诏旨，将营鸳仪，中宫新立，诚臣等乐为子来者也。窃以大难未夷，宫宇粗给，今之新营，尤实非宜。况有晋遗类，西据关中，南擅江表，李雄奄有巴蜀，刘琨窥觎肘腋，石勒、曹嶷，贡禀渐疏，陛下释此不忧，乃更为中宫作殿，岂目前之所急乎？昔太宗孝文皇帝，承高祖指汉高帝刘邦。之业，惠吕息役之后，四海之富，天下之殷，粟帛流衍，尚惜百金之费，辍露台之

第二十八回　汉刘后进表救忠臣　晋陶侃合军破乱贼

役,历代比美,迹垂不朽,故能断狱四百,拟于成康。陛下承荒乱之余,所有之地,不过太宗之二郡,战守之备,非特匈奴、南越而已。孝文之广,思费如彼,陛下之狭,欲损如此。愚臣所以敢犯颜切谏,冒不测之祸者也。昧死上闻,幸陛下鉴之!

聪览毕全文,掷诸地上,愤然大怒道:"朕为万乘主,但营一殿,何干汝鼠子事!乃敢妄言阻挠,藐视朕躬,不杀此鼠子,朕殿何由得成?"说至此,喝令左右:"快将元达拿到,斩首市曹,妻子一并骈戮,令他群鼠共穴,方泄朕恨。"言已,自往逍遥园去了。元达闻旨,先自锁腰入园,且用锁扳及堂下李树,朗声大呼道:"如臣所言,关系社稷至计,陛下不信,反命杀臣,臣死有知,当先诉上天,继诉先帝。朱云西汉时人。有言:'臣得与龙逢比干,同游地下,亦可无恨。'但未审陛下为何如主,常得保全身名否?"聪闻言益怒,叱左右牵他出斩。偏元达抱住李树,不令人曳,恼得聪拍案狂呼,几欲自拔佩刀,下堂加刃。大司徒任颛,光禄大夫朱纪,左仆射范隆,骠骑大将军刘易等,齐跪堂下,叩头流血道:"元达为先帝所知,开国受命,便已引置门下,彼亦尽忠竭虑,知无不言,臣等窃禄苟安,每对元达,自顾生惭。今元达语虽狂直,还乞陛下包容,开恩特宥。倘为了数语谏诤,即加诛戮,元达死固足惜,陛下亦累盛名,还乞三思!"聪怒尚未息,不肯依议。忽有一内侍踉跄出来,呈上一表,乃是新皇后的手笔,即由聪按阅道:

　　伏闻敕旨,将为营殿,今宫室已备,无烦更营。且四海未一,祸难犹繁,宜爱民力,廷尉之言,社稷之计也。陛下当加爵赏,而反欲诛之,四海谓陛下何如哉?夫忠臣进谏者,固不顾其身也,而人主拒谏者,亦不顾其身也,陛下为妾营殿,而杀谏臣,使忠良结舌者由妾,公私困敝者由妾,社稷阽危者由妾,天下之罪,皆萃于妾,妾何以当之?妾观自古败国亡家,未始不由妇人,每览古事,忿之不已,何由今日妾自为之,使后人视妾,犹妾之视前人也。妾复何面目仰侍巾栉?请归死此堂,以塞陛下之过!

聪看到"归死"二字,急得面色仓皇,连下文都不及看下,便顾语内侍道:"快……快入报皇后,朕决赦元达了,愿皇后放怀!"应有此状,应有此言,但幸由刘后贤明,得成佳话。内侍奉命复入,聪再览表文,只有结末数语,料想是官样文章。也无心细阅,便召任颛等上堂,赐令旁坐,从容与语道:"朕近来微得狂疾,往往喜怒失常,不能自制。元达原是忠臣,朕未及细察。幸诸卿能规我过失,竭诚效忠,朕且愧对诸卿,怎敢再违忠告呢?"任颛等听了聪言,无非将改过不吝的套话,说了几句,引得聪沾沾自喜,饶有欢容。当下指使左右,将元达开锁,赐给衣冠,亦令旁坐,取后表出示道:"外辅如公等,内辅如皇后,朕可无后忧了。"遂改称逍遥园为纳贤园,堂为愧贤堂,且笑顾元达道:"本意当使卿畏朕,偏今日使朕畏卿了。"非畏元达,实畏刘后。元达等拜谢而出。

小子演述至此,还要补叙数语:当元达抱树时,左右意存观望,不亟曳出,这是经刘后着人暗嘱,教他延挨时刻,好得进表,否则一个元达,怎能抵得住数人?就使力大如虎,也早被牵出斩首了。补添数语,免使阅者指摘,且更见刘后之贤。但刘聪虽似好贤,终不免荒淫败德。刘后聪明机警,可谏乃谏,不可谏亦只好听他做去。至嘉平四年正月,即晋愍帝建兴二年。天象地理,相继告变,有三日出自西方,径向东行,平阳地震,崇明观陷为陂池,水亦如血,有赤龙奋身飞去。最奇怪的是流星起自牵牛,入紫微垣,状如龙形,堕落平阳北十里,化为一肉,长三十步,阔二十七步,臭达平阳。肉旁常有哭声,昼夜不止。究是何物,可惜当时无博学家考究详明。平阳内外,哗称怪事。汉主聪亦不能无疑,乃召公卿等入问休咎。陈元达及博士张师,同声进对道:"陛下问及星变,臣等恐吉少凶多,不久将至。若后庭内宠过多,三后并立,必致亡国败家,愿陛下思患预防,毋自取咎!"此不过闻聪私议,因有此谏,若谓流星化肉,应兆三后,恐无此征。聪摇首道:"天变无常,难道定关人事么?"说着,拂袖入内,纵乐如故。适刘后有娠,常患腹痛,等到十月满足,势将临盆,非常难产,晕死了好几次,经医官竭力救治,才得分娩。不料生下两种怪物,一是半红半白的怪蛇,一是有角有头的怪兽,蛇兽并出,惊倒左右,霎时间蛇即窜去,兽亦遁走,不知去向。愈出愈奇,令人不可思议。有人蹑迹寻视,到了陨肉处,蛇兽俱在,似死非死,也不敢下手掩捕,惟还报都中,益称奇异。刘后既遭难产,又出重惊,当然酿成危症,挨了数日,气绝而亡。如此贤后,似不应遭此奇疾,这想是为刘聪所累。那陨肉却也失去,哭声亦止。汉主聪最爱此后,丧葬仪制,格外从隆,予谥武宣,并将后姊刘英,亦追谥为武德皇后。

二刘既死,尚有四小刘,统想承恩邀宠,求跻后位。聪已将四小刘挨次序进,最长的进位左贵嫔,次为右贵嫔,不过立后问题,还未解决。一日,至中护军靳准宅中,饮酒为欢。准呼二女出谒,由聪瞧着,好似那仙子下凡,嫦娥出世,不由的拍起案来,连声叫绝。准趁势面启道:"臣女月光、月华,年将及笄,倘蒙陛下不弃荛菲,谨当献纳。"恐是一条美人计。聪喜出望外,即夕载二女入宫,普施雨露,合抱衾裯,彻夜绸缪,其乐无极。翌日,即封二女为贵嫔。月光尤为妖媚,无体不骚,引得聪魄荡神迷,爱逾珍璧。过了旬月,竟立为继后。又过了数月,复因左右两个刘贵嫔,侍奉有年,不便向隅,特册左贵嫔刘氏为左皇后,右贵嫔刘氏为右皇后,《通鉴》载月华为右皇后,今从《晋书》及《十六国春秋》。加号皇后靳月光为上皇后。真是后来居上。校尉陈元达,上言:"三后并立,适如臣虑,将来必有大患,务乞收回成命。"聪不肯从。且调元达为右光禄

第二十八回 汉刘后进表救忠臣 晋陶侃合军破乱贼

大夫,阳示优礼,阴实夺权。已而太尉范隆,大司马刘丹,大司空呼延晏,尚书令王鉴等,情愿让位元达,乃复徙元达为御史大夫,仪同三司。

元达复居谏职,仍常监察宫廷,得间便谏。可巧查得一种秽史,遂援了有犯无隐的故例,确凿陈词,递将进去。聪取览奏牍,乃劾上皇后靳氏,私引美少年入宫,与他苟合等情。看官!试想天下没有一个男儿汉,不恨妻室犯奸。聪虽宠爱月光,听了"犯奸"二字,也不禁忿火中烧,便趋入上皇后宫内,痛詈月光,并将元达原奏,随手掷示,令她自阅。月光情虚畏罪,只好呜呜咽咽,哀乞求怜。偏聪置诸不理,拂袖竟去。到了次日,竟有内侍报聪,说是上皇后服药自尽。聪又不禁追念前情,急去临视,见她颦眉泪眼,尚带惨容,顿时爱不忍释,又抱尸大哭一场,才令棺殓。从此由悲生愤,深嫉元达,无论什么规谏,都置若罔闻。甚且益肆荒淫,终日不出,但命子粲为丞相,总掌百揆,一切国事,俱委粲裁决便了。

惟聪虽不道,余威未衰,石勒、刘曜,进退无常,终为晋患。愍帝孤守关中,势甚岌岌,只望着三路兵马,合力勤王。建兴三年二月,命左丞相睿为丞相,都督中外诸军事,南阳王保为相国,刘琨为司空。诏使分遣,加官进爵,无非是劝勉征镇的意思。无如琨在晋阳,介居胡、羯,一步不能远离,保自上邽出据秦州,收抚氐、羌,军势稍振,但也无心顾及长安。睿虽奄有江左,比并州、秦州两路,较为强盛,怎奈一东一西,相去太远。河洛未靖,荆湘又乱,中途被阻,未便行军,所以诏书日迫,睿总以道梗为辞,须俟两江戡定,方可启行。乐得推诿。小子查阅《晋书》,那时沿江乱首,莫如杜弢,次为胡亢、杜曾。杜弢已见前文,见二十四、二十五回。胡亢系前新野王歆牙门将,歆死后将佐四散。歆死张昌之难,见前文。亢至竟陵,纠集散众,自号楚公,用歆司马杜曾为竟陵太守。曾技勇过人,能被甲入水,不致沉没,所以亢恃为股肱,常使他出掠荆湘。荆湘人民,既苦杜弢、复苦胡亢、杜曾,当然不得宁居,流离失所。荆州刺史周颉,甫经莅镇,便为杜弢所迫,退走浔水城。扬州刺史兼征讨都督王敦,屯兵豫章,见二十六回。急檄武昌太守陶侃,寻阳太守周访,历阳内史甘卓等,合兵讨弢。弢正进围浔水城,由陶侃督兵往援,使明威将军朱伺为前驱,奋击弢众。弢还保冷口,侃语朱伺道:"弢必步向武昌,掩我无备,我军亟宜还郡,扼住寇踪,毋中彼计!"说着,仍遣伺带着轻骑,从间道先归,自率步兵继进。伺至江陵,城尚无恙,正在城外安营,遥闻喊声大震,料是弢众前来,不禁大呼道:"陶公真是神算,有我在此,看贼能摇动我城否?"当下按辔待着,不到片时,弢众已至,伺即麾骑杀出,迎头痛击,反使弢意外惊疑,仓猝对敌。两下里正在酣战,不防后面又来了一支步兵,各执短刀,杀入睎阵。弢前后受敌,立即溃散,遁归长沙。伺会同步兵,追至数十里外,擒斩千人,方才回城。

这支步兵,不必细问,便可知是陶侃带来。侃使参军王贡,向敦告捷,敦欣然道:"今日若无陶侯,便无荆州了。"遂表侃为荆州刺史,令屯沔左。周顗自浔水城,追至豫章,仍奉琅琊王命令,召还建业,复任军谘祭酒,不消细叙。

惟侃使王贡,由豫章西还,道出竟陵。竟陵城内的杜曾,已因胡亢好猜失众,潜引故都督山简参军王冲,袭杀胡亢,并有亢部,贡想乘机邀功,径入竟陵城,诈传陶侃号令,授曾为前锋大都督,使击王冲,冲本在山简麾下,因简病殁夏口,所以聚众为乱。杜曾闻王贡言,乐得转风使舵,将冲击死,即令贡报答陶侃,贡作书寄往沔左,但言曾愿投诚,未及矫命情事。侃乃征召杜曾,曾见来札中,并无前锋大都督字样,未免启疑,不肯应召。贡亦恐矫命事发,或至得罪,索性直告杜曾,且与曾合谋袭侃。侃哪知两人密谋,未及防备,蓦被杜曾潜兵突入,害得全营大乱。还亏命不该绝,侥幸逃生。百密难免一疏,可见行军之难。王敦得报,表夺侃官,以白衣领职,侃复邀同周访等,进破杜曾,敦乃奏复侃官。已而侃又为曾将王真所袭,败奔滠中,得周访援,方将王真击退。杜曾、王贡与曾联合,到处劫掠,王敦又令陶侃、甘卓等,并力击曾,大小数十战,曾众多死,乃遣使诣建业,向睿乞降。睿不肯许,曾已穷蹙,因再贻南平太守应詹书,托他代为解免,当图功赎罪。詹将原书转呈建业,并称曾有清望,应许他悔恶归善,借息兵锋。睿乃使前南海太守王运,往受曾降,赦免前愆,令为巴东监军。曾已受命,偏征曾诸将,未肯罢兵,仍然攻曾不止。曾不胜愤恨,拘害王运,又复为乱,分遣部将杜弘、张彦,掩袭临川、豫章。临川内史谢摛被杀,豫章亦几被陷没,幸周访击杀张彦,逐去杜弘,豫章复安。陶侃专攻杜曾,曾使王贡挑战,横足马上,状极嚣张。侃出马遥语道:"杜曾为益州小吏,盗用库钱,父死不奔丧,毫无礼义,卿本善人,奈何背我助逆?难道天下有白头贼么?"谓为贼不得至老。说至此,见贡敛容下足,易倨为恭,便不与交锋,还入原垒。夜间乃遣使慰谕,并截发为信,誓不记仇。贡遂趋降侃营,侃推诚相待,令贡反袭杜曾。曾骤为所乘,不能抵敌,除逃以外无别策。但贡与曾麾下将佐,均已熟识,当时向众大呼,降可免死,并可加官。于是人人解甲,个个投戈,单剩曾一人一骑,狂窜而去。贡收降众报侃,侃不戮一人,择尤录用,余皆给资遣归,遂乘胜进复长沙,后来追索杜曾,竟无下落,想已是走死荒野了。小子有诗叹道:

漂摇风雨满神州,日下江河乱未休。
戡定荆湘非易事,论功应独让陶侯。

杜曾已死,只有杜曾未除,逃匿石城。丞相琅琊王睿,得了长沙捷报,承制颁给赦书,分赏诸将,欲知底细,容待下回说明。

陈元达房臣也,刘娥房后也,一沧左衽,一偶番主,就是有善可称,亦似在无足轻重之列。然孔子《春秋》中国用夷礼,则夷之;进于中国,则中国之。无畛域之见存于其间,故《春秋》一书,流传万世。依例而推,则如元达之直谏刘聪,不得谓非忠臣,刘氏之疏救元达,不得谓非贤后,善善从长,恶恶从短,固史家应有之要旨也。杜弢为逆,胡亢、杜曾,又复从乱,乱逆之徒,人人得而诛之。陶侃、周访、甘卓等,合兵进讨,义在则然,但侃尤为忠勇,故叙侃较详,叙访卓则皆从略,详略之分,均具深意,是又阅者所当体察也。

第二十九回　小儿女突围求救
　　　　　　　大皇帝衔璧投降

　　却说琅琊王睿,因杜弢走死,湘州告平,遂进王敦为镇东大将军,都督江、扬、荆、湘、交、广六州诸军事,领江州刺史,封汉安侯。外如陶侃以下,无甚超擢,唯奖叙有差。敦既握六州兵权,得自选置官属,权势益隆。当时江东一带,内倚王导,外恃王敦,曾有"王马共天下"的谣言。实是王牛,并非王马。荆州刺史陶侃,最称有功,反中敦忌。侃却未悉敦情,但知平乱,复引兵往击杜曾。适愍帝派侍中第五猗为安南将军,监领荆、梁、益、宁四州军事。猗自武关南下,由杜曾至襄阳往迎,曲致殷勤,且娶猗女为侄妇,竟与猗分据汉沔,作为犄角。及侃赴石城攻曾,也未免恃胜生骄,视为易取。司马鲁恬谏侃道:"兵法有言,知己知彼,百战百胜,杜曾非可轻视,公当小心将事,毋中彼计。"侃不以为然,径向石城进发。到了城下,麾兵猛攻。曾多骑士,突然开门,纵骑突出,冲过侃垒。侃率众抢城,不遑顾后,哪知前面由曾杀出,后面又有骑兵返击,几至腹背受敌,为曾所乘,还亏侃军素有纪律,临危不乱,才得勉力支持,但兵众已战死了数百人。曾见侃力战不退,也不愿返守石城,因下马别侃。侃亦不欲进逼,由他自去。

　　时晋廷因山简已殁,见前回。续派襄城太守荀崧,都督荆州、江北诸军事,驻节宛城。杜曾自石城出走,引众往攻荀崧,突将宛城围住。崧不意寇至,顿时慌乱,又兼兵少食寡,势难久持,不得已向外乞援,为解围计。当时襄阳太守石览,为崧故吏,崧即缮就书函,拟遣人送达襄阳,求发援兵。偏僚佐不敢出城,得了崧命,都面面相觑,呆立不动。崧急得没法,只得据案欷歔;蓦见一垂髫女子,从屏后出来,振起娇喉,向崧朗禀道:"女儿愿往!"写得突兀。崧惊起俯视,乃是亲女荀灌,年只一十三龄,不由的叹息道:"汝虽愿往投书,但身为弱女,如何突围?"灌奋答道:"城亡家破,同时毕命,果有何益?女儿年虽幼弱，颇具烈志，倘能突出重围，乞得援兵，那时城池可保，身家两全，岂不甚善？万一不幸，为贼所困，也不过一死罢了，同是一死，何若冒险一行。"说至此，竟把两道柳眉，耸上眉棱，现出一种威毅的气象。旁边站立的僚佐，都不禁暗暗喝采，啧啧称奇。自知愧否？灌又向外召集军士，慨然与语道："我父被困，诸君亦被困，譬如同舟遇难，共虑覆亡，我一弱女子身，不忍同尽，所以自愿乞援，今夜即拟出发，如有与我同志，即请偕行。退贼以后，我父不惜重赏，与诸君共享安乐，愿诸君三思！"言未毕，即有壮士数十名，踊跃上前道："女公子尚不惜身命，我等怎敢自阻？愿为女公子先驱！"全从义愤激起。灌又顾语僚佐道："灌冒昧求援，往返必需时日，守城重责，我父以外，还仗诸公。"僚佐听了，也不好再为推诿，便即应声如命。灌乃与勇士立约，准至夜半出城，自己入内筹备。

到了黄昏时候，饱餐一顿，便即束住头巾，缚紧腰肢，身穿铁铠，足着蛮靴，佩了三尺青虹剑，携了两把绣鸾刀，出至堂上，辞别乃父。荀崧瞧着，好似一个女侠模样，不觉又喜又惊，便嘱语道："汝既愿往，我也不便阻汝，须要小心为上。"灌答道："女儿此去，必有佳音，愿父亲勿忧！"全无一些儿女态，真好英雌。崧乃递与乞援书，灌接藏怀中，即奋然告别道："女儿去了。"此四字胜过易水荆卿。一面说，一面出厅，但见壮士数十名，俱已扎束停当，携械待着，经灌一声招呼，都上前听令。灌命大众上马，自己亦跨上征鞍，驰至城边，潜开城门，一声驱出。杜曾营外，只有侦骑巡逻，见城内有人出来，忙即报知杜曾。待曾拨兵出阻，灌等已穿垒过去。曾兵相率来追，被灌指麾壮士，回杀一阵，砍倒曾兵数名。究竟夜深天黑，咫尺不辨，曾兵亦何苦寻死，乐得退还。

灌得驰至襄阳，入谒石览，呈上父书。览见灌是个少女，却能突围求救，自然另眼相看。再经灌词气慷慨，情致纯诚，当即满口应承，即日赴援。灌尚虑览兵未足，再代崧草书，遣人飞报寻阳太守周访，请他为助，自与石览兵众，还救宛城。城中日夕望援，见有救兵到来，欢声四噪，荀崧即督众出迎。灌引览至城下，被杜曾兵阻住，当即跃马冲入，且战且前。览军随进，奋力突阵，荀崧亦已杀出，里应外合，即将杜曾兵击退。崧、览并马入城，灌亦随进。未几，又来了一员小将，带兵三千，也来援崧。杜曾见救兵陆续到来，料知宛城难下，见机引去。看官欲问小将为谁？乃是周访子抚。崧迓抚入城，与览并宴，席中谈及乃女突围事情，览与抚同声赞美。从此灌娘芳名，遂得传诵一时，称扬千古了。力为巾帼褒扬。

石览、周抚，辞归本镇，不在话下，惟杜曾退次顺阳，遣人至荀崧处上笺，有"乞求抚纳，讨贼自效"等语。崧因宛中兵少，恐曾再至，不得不复书允许。陶侃闻报，亟贻崧书道："杜曾凶狡，性如鸱枭，将来必致食母，此人不死，州土

第二十九回　小儿女突围求救　大皇帝衔璧投降

不安,足下当记我言,幸勿轻许。"崧不听侃言,果然杜曾复出,进围襄阳,亏得襄阳有备,无懈可击,曾始退去。侃将还江陵,欲至王敦处告别,部将朱伺等,俱向侃谏阻,谓敦方见忌,不宜轻往。侃以为敦不足惧,慨然竟行。见敦以后,果为所留,别用从弟王廙为荆州刺史。侃吏郑攀、马俊等,诣敦上书,共请留侃,敦当然不许。攀等相率恨敦,竟率徒党三千人,西迎杜曾,同袭王廙。<small>激使为变,谁实尸之。</small>廙奔至江安,调集各军讨曾,曾既得郑攀等人,复北合第五猗,来攻王廙,廙又为所败。王敦嬖人钱凤,素来嫉侃,遂诬称攀等为乱,实承侃旨。看官!试想敦既与侃有嫌,又经钱凤从旁媒孽,顿时起了杀心,披甲持矛,拟往杀侃。转念一想,不便杀侃,又复回入。再一转念,仍要杀侃,又复趋出。辗转至四五次,为侃所闻,竟昂然见敦,正色与语道:"使君雄断,当裁制天下,奈何迟疑不决呢?"言毕,趋出如厕。<small>未免太险,但看下文梅陶等之谏,想侃已与接洽,故有此胆。</small>谘议参军梅陶,长史陈颁,并入谏敦道:"周访与侃,乃是姻亲,相倚如左右手,岂有左手被断,右手不应么?愿公慎重为是!"敦意乃解,释甲投矛,命设盛筵,召侃同宴,且调侃为广州刺史。侃宴毕即行,惟侃子瞻尚留敦处,由敦引为参军。

先是广州人民,不服刺史郭讷,另迎前荆州内史王机为刺史,<small>王机见二十四回。</small>机至广州,恐为王敦所讨,因遣使白敦,情愿转徙交州。敦却也允诺,故令侃往刺广州。偏机收纳杜曾将杜弘,<small>杜弘见前回。</small>听了弘言,仍欲还取广州。可巧陶侃驰至,击破王机及杜弘,机走死道中,弘奔投王敦。广州平定,侃得进封柴桑侯,食邑四千户。侃在州无事,辄朝运百甓至斋外,夜运百甓至斋内。左右问为何因?侃答说道:"我方欲致力中原,不宜过逸,今得少暇,欲借此习劳,免致筋力废弛呢。"左右乃服。只是郑攀等与廙相拒,尚未了结,俟至下文再表。

且说汉中山王刘曜,奉汉主聪命,复出兵寇掠关中。晋愍帝令麹允为大都督,率兵抵御,索綝为尚书仆射,都督宫城诸军事,保守长安。曜至冯翊,太守梁肃,弃城奔万年。冯翊为曜所得,再移兵攻北地。麹允出至灵武,因兵力单弱,不敢轻进,再上表长安,乞请济师。长安无兵可调,只得向南阳王征兵。南阳王保,与僚佐商议行止,僚佐皆说道:"蝮蛇螫手,壮士断腕,今胡寇方盛,不如且断陇道,见可乃进。"从事中郎裴诜道:"今蛇已螫头,头可断不可断么?"诘问得妙。保实不愿援长安,但使镇军将军胡崧为前锋都督,待诸军会集,然后进援。恐不耐久持了。麹允待援不至,又表请奉帝就保。索綝从中阻议道:"保得天子,必逞私图,不如不去。"<small>就保亦危,不就保益危,看到下文,是綝已隐有异志了。</small>乃不从允议,但促允速援北地。允不得已集众赴救,行至中途,遥望北地一隅,烟焰蔽天,仿佛大火燎原,不可向迩,心下已未免惊疑,又见有一班难民，狼狈前来，便饬军停住，问及北地情形。难民答说道："郡城已陷，往救恐不及了。且寇锋甚盛，不可不防。"说毕，即踉跄趋去。允听了此言，进退两难，不料部众竟先骇散，不待允令，便即奔回。允也只好拍马返走。其实，北地尚未陷没，由曜纵火城下，计惑援兵，就是一班难民，也是汉兵假扮，来绐麴允。允不辨真伪，竟堕曜计，回至磻石谷，又被曜众杀到，此时还有何心对敌，连忙奔窜，走入灵武城内。麾下不过数百骑兵，还算带头归来，是一幸事。允颇忠厚，惜无断制，威不足服人，惠不能及众，所以诸将慢法，士卒离心。直揭病根，瑕不掩瑜。安定太守焦嵩，本是由允荐举，嵩却瞧允不起，很是倨傲，至是允遣使告嵩，饬即进援。嵩冷笑道："待他危急，往救未迟。"遂却还来使，但言当会齐人马，然后趋救。允亦无法催逼，只好束手坐视。

那刘曜已攻取北地，进拔泾阳、渭北诸城，相继奔溃。曜长驱直进，势如破竹。晋将鲁充、梁纬等，沿途堵御，均为所擒。曜素闻充贤，召令共饮，且劝充道："司马氏气运已尽，君宜识时变计，能与我同心共事，平定天下不难了。"充怅然道："身为晋将，不能为国御敌，自致败覆，还有何面目求生？若蒙公惠，速死为幸！"曜连称义士，拔剑付充，充即自刎。梁纬亦不肯降曜，也被杀死。纬妻辛氏，亦在戍所，同时遭掳。辛氏形容秀丽，仪态端庄，曜不禁艳羡起来。便好言慰谕，想把她纳为妾媵。独不怕羊氏吃醋么？辛氏大哭道："妾夫已死，义不独生。况烈女不事二夫，妾若隳节，试问明公亦何用此妇？"曜亦叹为贞女，听令自杀，命兵士依礼棺殓，与纬合葬。鲁充遗骸，照样办理。忠臣烈妇，并得千秋，死且不朽了。特笔。

曜遂率众逼长安，西都大震，愍帝四面征兵，朝使迭发，并州都督刘琨，拟约同代王猗卢，入援关中。偏猗卢为子所弑，国中大乱。小子于前回起首，曾叙及猗卢宠爱少子，黜徙长子六修，并及修母，嗣因六修入朝，猗卢使下拜比延。六修不愿拜弟，拂袖竟去。猗卢饬将士往追，将士亦不服猗卢，纵还新平城。偏猗卢尚不肯干休，督兵往讨。六修佯为谢罪，夜间竟掩袭父营，猗卢未曾预备，再经将士离叛，一哄散去，单剩猗卢一人，逃避不及，竟为乱军所害。猗卢从子普根，居守代郡。闻得猗卢死耗，仗义兴师，往攻六修。前次为猗卢废长立幼，因致舆情不服，此次闻六修以子弑父，又不禁激起众愤，俱来帮助普根，同讨六修。究竟人心不死。六修连战失利，旋即伏诛。普根嗣立，国中尚未大定，当然不能助琨。琨孤掌难鸣怎能入援长安，琅琊王睿，路途遥远，又一时不能西行，只有凉州刺史张寔，遣将王该，率步骑五千人入援。

寔系凉州牧张轨子，轨镇凉有年，始终事晋，每遇国家危难，辄发兵勤王，晋封为太尉凉州牧西平公。愍帝二年六月，轨寝疾不起，遗令诸子及将佐，务安百姓，上思报国，下思宁家。已而轨没，长史张玺等，表称世子寔继摄父位。

第二十九回　小儿女突围求救　大皇帝衔璧投降

愍帝乃诏寔为凉州刺史，袭爵西平公，赐轨谥曰"武穆"。轨能忠晋,故特表明。凉州军士，得着玉玺一方，篆文为"皇帝行玺"四字，献与张寔。寔承父命，不肯背晋，即将玉玺送入长安，并奉上诸郡方贡。有诏命寔都督陕西军事，寔弟茂拜秦州刺史。及长安被困，寔乃遣王该入援，但该带兵不多，眼见是不能却房。安定太守焦嵩，始与新平太守竺恢，弘农太守宋哲等，引兵救长安。散骑常侍华辑，曾监守京兆、冯翊、弘农、上洛四郡，也募众入救，同至霸上，探得曜众甚盛，仍不敢前进，作壁上观。南阳王保，遣胡崧带兵进援，崧尚有胆力，独至灵台袭击曜营，得破数垒。索綝、麴允，并未遣人犒赏，崧怀恨退去，移屯渭北，未几竟驰还槐里。曜见晋军各观望不前，乐得麾众大进，攻扑长安。綝、允两人，保守不住，即由外城退入内城，外城遂致陷没。曜复攻内城，围得水泄不通。

　　城中粮食已尽，斗米值金二两，人自相食，或饿死，或逃亡，唯凉州义勇千人，入城助守，誓死不移。太仓有麯数十饼，由麴允先时运入，舂碎为粥，暂供宫廷，寻亦食尽。时已为愍帝三年仲冬，雨雪霏霏，饥寒交迫，外面的钲鼓声，刀箭声，又陆续不绝，日夜惊心。愍帝召入麴允、索綝，与商大计。允一言不发，只有垂泪。綝想了多时，但说出了一个"降"字。綝前时为模复仇,约同起义,尚有丈夫气象,胡为此时一变至此？愍帝亦不禁涕泣，顾语麴允道："今穷厄如此，外无救援，看来只好忍耻出降，借活士民。"允仍然不答。忽有将吏入报道："外面寇兵，势甚猖獗，恐城池不能保守了。"索綝便抢步出去，允亦徐退。愍帝长叹道："误我国事，就是麴、索二公。"随即召入侍中宗敞，叫他草就降笺，送往曜营。敞持笺出殿，转示索綝。綝留敞暂住，潜使子出城诣曜，向曜乞请道："今城中粮食，尚足支持一年，急切未易攻下，若许綝为车骑将军，封万户郡公，綝即当举城请降。"曜不禁动怒，叱责綝子道："帝王行师，所向惟义，孤将兵已十五年，未尝用诡计欺人，你前时何故绐允？必待他兵穷势竭，然后进取。今索綝所言如此，明明是晋室罪臣，天下无论何国，不讲忠义，乱臣贼子，人人得诛，果使兵食未尽，尽可勉力固守，否则粮竭兵微，亦宜早知天命，速即来降，何必欺我！"说着，即令左右将綝子推出，枭首徇众，送还城中。綝得了子首，当然悲哀，惟自己总还想保全性命，没奈何遣发宗敞，使诣曜营乞降。

　　曜收了降笺，令敞返报。愍帝委实没法，自乘羊车，衔璧舆榇，驰出东门。群臣相随号泣，攀车执愍帝手，哭声震地。何益国事？愍帝亦悲不自胜。御史中丞吉朗，掩面泣叹道："我智不能谋，勇不能死，难道就随主出降，北面事虏么？"说至此，即向愍帝前叩别，且启愍帝道："愿陛下好自珍重，恕臣不能追随陛下！臣今日死，尚不失为晋臣呢。"索綝其听之！拜毕起身，用头撞门，头破脑裂，倒地而亡。愍帝到了此时，已无主宰，意欲不去，又不好不去，乃径诣曜营。曜接见愍帝，居然行起古礼，焚榇受璧，暂使宗敞奉帝还宫，收拾行装，指日东行。

越宿，曜入长安城，检点图籍府库，令兵士入迫愍帝及公卿等迁往曜营。又越一日，曜派将押同愍帝等人，送往平阳。愍帝登汉光极殿，汉主聪早已坐着，由愍帝稽首行礼。麹允伏地痛哭，触动聪怒，命将允拘入狱中，允即自杀。还是与吉朗同时殉国，较为清白。聪授愍帝为光禄大夫，封怀安侯，赠麹允车骑将军，旌扬忠节，独责索綝不忠，处斩东市。斩得爽快。一面下令大赦，改元麟嘉，命中山王曜假黄钺大都督，统领陕西军事，进官太宰，改封秦王。于是西晋两都，一并覆灭，西晋遂亡。总计西晋自武帝称尊，传国三世，共历四主，凡五十二年。小子有诗叹道：

洛阳陷没已堪哀，谁料西都又被摧？
怀、愍相随同受掳，徒稽史迹话残灰。

西晋虽亡，尚有征镇诸王，能否兴废继绝，且至下回再表。

以十三龄之弱女，独能奋身而出，突围求援，如此奇女子，求诸古今史乘中，得未曾有，本回力为摹写，尤足使女界生色。吾慨夫近世女子，厕身学校，假"平等自由"四字为口头禅，居然侈言爱国，要求参政，曾亦闻有荀灌之实心实力，得保君亲否耶？他如梁纬妻辛氏，秉贞抱节，不肯苟全，谁谓中国妇女，素无学识？以视今日之略识之无，眼高于顶，自命为士女班头，而反荡检逾闲，不顾道德，吾正不愿有此奇邪之学识也。麹允、索綝，奉愍帝而续晋祚，复降刘曜而亡晋室，出尔反尔，自相矛盾，而索綝尤为不忠。允之死已有愧鲁充、吉朗诸人，綝之被杀，并有愧麹允。等是一死，而或则流芳，或反贻臭，奈之何不辨之早辨也？愍帝谓误我事者，麹索二公，其言诚然。或谓愍帝用人不明，未尝无咎，然愍帝年未及冠，又继流离颠沛之余，情有可原，迹更可悯，而索綝之罪，不容于死，试证以荀女梁妻，其相去为何如乎？

第三十回　牧守联盟奉笺劝进
　　　　　君臣屈辱蒙难丧生

却说长安陷没，愍帝被掳，荡荡中原，又变了没有正主的国家。霸上屯着的援兵，都已遁还，就是凉州差来了王该，也收回义勇，与黄门郎史淑同去。回应前回，一丝不漏。当愍帝出降前一日，淑曾亲受诏命，赍着愍帝手书，加拜

第三十回　牧守联盟奉笺劝进　君臣屈辱蒙难丧生

张寔为凉州牧，承制行事。且诏中有"朕已命琅琊王睿，继摄大位，愿公协赞，共济多难"云云。淑得先入王该营中，所以与该同往。行到姑臧，就是凉州治所，当下入见张寔，报明愍帝被掳情形。寔辞官不受，大哭三日。又遣司马韩璞等，率步骑万人，东往击汉，并贻南阳王保书。有云："王室多难，不敢忘死，况朝廷倾覆，天子蒙尘，东向悲愤，死有余责。今遣璞等讨贼，愿公即日会师，同建义举，寔当唯命是从。"这书亦付璞带去。璞至陕西，为寇所阻，自思手下只有万人，怎能敌得过数万汉兵，不如见机引还，尚保万全，乃麾兵径归。就是寄保一书，亦不得达。惟凉州一带，幸由张氏镇守，尚得无恙。先是关中有意谣云："秦州中，血没腕，惟有凉州倚柱观。"及长安失陷，汉兵四掠，氐羌亦乘隙蠢动，骚扰陇右。雍、秦两州人民，十死八九，惟凉州得安，果如歌谣相符。弘农太守宋哲，自长安奔至建康，由琅琊王睿接见。哲从怀中取出愍帝诏书，南面宣读。睿下阶跪伏，但听哲读诏道：

遭遇迍否，皇纲不振。朕以寡德，奉承洪绪，不能祈天永命，绍隆中兴，至使凶胡敢率犬羊，逼迫京辇，朕今幽塞穷城，忧虑万端，恐一旦奔溃，因令平东将军宋哲，诣丞相府，具宣朕意，使摄万几，恢复旧都，修缮陵庙，以雪大耻而报深仇，是所至望！丞相其毋辞！

诏既读毕，睿起身接受，留哲在府。哲复述及长安情状，睿乃入易素服，出次举哀，且移檄四方，拟即北征。西阳王羕，系前汝南王亮第三子，见前文。曾从睿渡江，睿承制拜为抚军大将军，至是邀同僚佐牧守，上笺劝进，睿不肯从。羕等再三固请，睿慨然流涕道："孤乃皇晋罪人，惟有蹈节死义，誓雪国耻，得能济事，尚可自赎，且孤本受封琅琊，若诸贤见逼，再四不已，孤只有仍归原国便了。"你亦知罪么？但恐言不由衷，徒然欺人。说罢，便自呼私奴，命驾归国。羕等不敢再劝，但请依魏晋故事，称为晋王。睿乃允诺，择日即晋王位，设坛西郊。届期受僚属参谒，改元建武，愍帝尚在平阳。睿既不欲称尊，何必急急改元。号建业为建康，颁令大赦。除杀祖父母、父母及刘聪、石勒等，不从此令外，悉数宥免。遂备置百官，立宗庙社稷。有司请立王太子，睿爱次子宣城公裒，意欲为嗣，因商诸王导道："立子应该尚德否？"导主张立长，谓世子绍与宣城公，朗俊相同，但立长较为顺理，幸勿乱序。睿乃立世子绍为王太子，次子裒为琅琊王，奉恭王后，恭王名觐，见前。使镇广陵。绍与裒同为宫人荀氏所生，颇得睿宠，唯睿妃虞氏，素妒荀宫人。荀氏不免怨望，为睿所闻，遂致见疏。虞妃无子，至睿为晋王时又已去世，所以立绍为嗣，绍虽见立，荀氏仍不得加位，但追尊虞氏为王后，这也无庸细评。西阳王羕，受封太保，外如征南大将军王敦，进为大将军领江州牧，右将军王导，进为骠骑将军，领扬州刺史，都督中外诸军事。左长史刁协为尚书左仆射,右长史周𫖮为吏部尚书,军谘祭酒贺循为中书令,右司马戴渊、王邃为尚书,司直刘隗为御史中丞,参军刘超为中书舍人,余亦封拜有差。王敦辞去州牧,王导因敦外握兵权,亦辞去中外都督,贺循亦自称老病,辞去中书令,睿皆准如所请。惟改任循为太常卿,循为江左儒宗,明习礼仪,颇为睿所推重。还有刁协历仕中朝,熟谙旧事,睿亦随事谘询。江东草创,百事待举,一切兴作,多由二人决议,才见推行。

未几,又来了一个名士,姓温名峤,字太真,乃是故司徒温羡从子,本是祁县人氏,父憺为河东太守。峤生性聪颖,博学能文,年十七时,已有盛名,州郡辟召,均皆不就。后为东阁祭酒,补授潞令。平北大将军并州刺史刘琨妻,系峤从母,琨因引为参军,迁擢上党太守,加建威将军,拒击石勒,辄有战功。琨进官司空,复任峤为右司马。小子尝阅《世说新书》,亦称《世说新语》,为刘宋临川王义庆所著。载有峤艳史一则。峤元配王氏,早年病殁,从姑刘氏有一女,秀外慧中,刘氏嘱峤觅婿,峤自有婚意,但佯答道:"佳婿难得,若有人似峤,可能中意否?"刘氏道:"不敢望汝。但教品学少优,便可将就了。"过了两三日,峤即入报道:"已得佳婿了,门地恰也清高,婿现为名宦,与峤相似。"刘氏大喜。峤即取出玉镜台一枚,作为聘物,刘氏当然收下。到了婚期,峤引导彩舆,往迎新嫁娘,刘家还道峤是媒妁,待以常礼,及刘女登舆,峤亦随回,竟令彩舆抬入己家,居然改穿吉服,自作新郎,与女交拜。礼毕入房,女用手自披纱扇,顾峤大笑道:"我原疑是老奴!"峤小笑道:"如峤可得配卿否?"女本来慕峤,自然乐允。旧中表作为新夫妇,相亲相爱,更逾常人。惟看官不要误作琨女,琨妻是峤的从母,俗例叫姨母,若刘氏是峤的从姑,乃是姑母,与姨母不同。《尔雅》谓父之从父姊妹为从姑,母之姊妹为从母。这事虽无关时势,但古今传为韵事,所以小子也随笔叙入,见得峤风流自喜,确是一个不羁才。

至长安陷没的时候,琨为石勒所攻,奔入蓟城,当时也有一段情事,不得不补叙明白。汉主聪使刘曜攻长安,复使石勒攻并州,双方并举,免得琨入援长安。勒进陷廪邱,守将刘演,遁往段氏,演守廪邱见二十六回。勒复进围乐平,太守韩据,向琨求救,适琨子遵,因代有内乱,见前回。引着代将卫雄、箕澹等,并及人马牛羊,趋回晋阳。琨得了资助,即拟出兵拒勒,箕澹谓代众新附,不宜轻用。琨急欲平寇,不从澹言,且使澹率代众为前趋,往救乐平,自屯广牧为后援。澹中石勒埋伏计,丧失兵马一大半,走还代郡。韩据亦弃城他窜,并土大震。那石勒确是厉害,又从间道袭晋阳,留守长史李弘,竟举城降勒,于是琨进退失据,不得已奔往蓟城,投依段匹䃅。匹䃅已领幽州刺史,见五十二回。见琨来奔,很加器重,与琨约为兄弟,并结姻好,两人遂歃血同盟,期复晋室,一面檄告华夷,邀同太尉豫州牧荀组,镇北将军刘翰,单于广宁公段辰,

第三十回　牧守联盟奉笺劝进　君臣屈辱蒙难丧生

辽西公段眷、冀州刺史邵续、兖州刺史刘广、东夷校尉崔毖、鲜卑大都督慕容廆等，并推晋王睿为晋主，同心讨汉。就是汉将曹嶷，占据齐、鲁间郡县，自守临淄，筑广固城，因与石勒有隙，也去汉附琨，愿戴晋王。琨即令温峤南赴建康，奉书劝进。峤奉令即行，母崔氏不愿峤往，牵住峤裾，峤绝裾径去。未免太忍，但为出行，亦属难辞。兼程至建康，王导、周𫖮等，素闻峤名，迎入客廨，问明来意。峤取笺出示，导等大喜，即引入见睿。睿而加慰劳，且取笺展览道：

臣闻天生蒸民，树之以君，所以对越天地，司牧黎元，圣帝明王，监其若此，知天地不可以乏享，故屈其身以奉之；蒸黎不可以无主，故不得已而临之。社稷多难，则戚藩定其倾，郊庙或替，则宗哲纂其祀，是以弘振遐风，式固万世。三五以降，靡不由之。伏维高祖宣皇帝，肇基景命，世祖武皇帝，遂造区夏，三叶重光，四圣继轨，惠泽侔于有虞，卜世过于周氏。自元康以来，艰难繁兴，永嘉之际，氛厉弥昏，宸极失御，登遐丑裔，国家之危，有若缀旒，赖先后之德，宗庙之灵，皇帝嗣建，旧物克甄，诞授钦明，服膺聪哲。玉质幼彰，金声凤振。冢宰摄其纲，百辟辅其政，四海想中兴之美，群臣怀来苏之望。不图天不悔祸，大灾荐臻，国未忘难，寇害寻兴，逆胡刘曜，纵逸西都，敢肆犬羊，陵虐天邑。主上幽劫，复沈虏庭，神器流离，再辱荒逆。臣每览史籍，观之前载，厄运之极，古今未有。苟在食土之毛，含血之类，莫不叩心绝气，行号巷哭。况臣等荷宠三世，位厕鼎司，闻问震惶，精爽飞越，且惊且惋，五情无主。臣闻昏明迭用，否泰相济，天命无改，历数有归，或多难以固邦国，或殷忧以启圣明。是以齐有无知之祸，而小白为五霸之长，晋有骊姬之难，而重耳主诸侯之盟。社稷靡安，必将有以扶其危，黔首几绝，必将有以继其绪。伏维陛下，玄德通于神明，圣姿合于两仪，应命世之期，绍千载之运，符瑞之表，天人有征，中兴之兆，图谶垂典。自京畿陨丧，九服奔离，天下嚣然，无所归怀，虽有夏之遘夷羿，宗姬之罹犬戎，蔑以过之。陛下抚征江左，奄有旧吴，柔服以德，伐叛以刑，抗明威以慑不类，杖大顺以号宇内，纯化既敷，则率土宅心，义风既畅，则遐方企踵，百揆时叙于上，四门穆穆于下。昔少康之隆，夏训以为美谈，宣王中兴，周诗以为休咏。况茂勋格于皇天，清晖光于四海，苍生颙然，莫不欣戴，声教所加，愿为臣妾者哉。且宣皇之胤，惟有陛下，亿兆依归，曾无与二。天祚大晋，必将有主，主晋祀者，非陛下而谁？是以迩无异言，远无异望，讴歌者无不吟讽徽猷，讼狱者无不思于圣德。天地之际既交，华夷之情允洽，一角之兽，连理之木，以为休征者，盖有百数，冠带之伦，要荒之众，不谋同辞者，动以万计。是以臣等敢考天地之心，因函夏之趣，昧死上尊号，愿陛下存舜、禹至公之情，抉由、巢抗矫之节,以社稷为务,不以小行为先,以黔首为忧,不以克让为嗣,上慰宗庙乃顾之怀,下释普天倾首之勤,则所谓生繁华于枯荄,育丰肌于朽骨,神人获安,无不幸甚。臣闻尊位不可久虚,万几不可久旷,虑之一日,则尊位已殆,旷之浃辰,则万几以乱。方今踵百王之季,当阳九之会,狡寇窥窬,伺国瑕隙,黎元波荡,无所系心,安可废而不恤哉?陛下虽欲逡巡,其若宗庙何?其若百姓何?昔者惠公虏秦,晋国震骇,吕、郤之谋,欲立子圉,外以绝敌人之志,内以固阖境之情,故曰丧君有君,群臣辑睦,好我者劝,恶我者惧。前事之不忘,后代之元龟也。陛下明并日月,无幽不烛,深谋远猷,出自胸怀,不胜犬马忧国之情,待睹神人开泰之路。是以陈其乃诚,布之执事。臣等忝于方任,久在遐外,不得陪列阙廷,与睹盛礼,踊跃之怀,南望罔极,敢布腹心,幸乞垂鉴!

睿既览毕,半晌才说道:"主上播越,正臣子见危致命的时候,奈何敢妄窃天位呢?"遂留峤在建康,另遣使赍递复书,语云:

豺狼肆毒,荐复社稷,亿兆颙颙,延首罔系。是以居于王位,以答天下,庶几迎复圣主,扫荡仇耻,岂可猥当隆极?此孤之至诚,著于遐迩者也。公受奕世之宠,极人臣之位,忠允义诚,精感天地,实赖远谋,共济艰难,南北回邈,同契一致。万里之外,心存咫尺,公其抚宁华戎,致罚丑类,动静以闻!

琨得晋王睿复书,便与段匹磾商议,先讨石勒,再击平阳。匹磾推琨为大都督,自为琨副,联名檄州郡牧守,会师襄国,且发兵出屯固安,俟集各军。偏匹磾从弟末柸,得勒厚赂,多方阻挠,各州郡牧守,亦多徘徊观望,未闻出师。琨与匹磾,只好付诸长叹,同归蓟城。总之晋乱已甚,天怒人怨,大势一去,无可挽回。汉主聪原是不道,但势方强盛,连虏二帝,晋室王公,半多束手,有几个佗谈匡复,或力不从心,或言不由衷,全局似散沙一般,怎能毅然进讨,问罪平阳呢?建武元年十二月,汉主聪复弑愍帝,简直如屠戮犬豕一般,从臣只死了一个辛宾,总算是孤忠耿耿,碧血千秋。

这愍帝遇弑原因,全是聪子粲一人主张,说将起来,又有一番颠末,应该约略叙明。自聪多内宠,不理朝政,凡事皆委粲办理,且加封晋王。粲不但欲代父统,并想奄有中原,做一个华夷大皇帝,惟事有先后,第一着下手,非除太弟乂不可。乂在东宫,亦窃窃自危。一日,天忽雨血,东宫延明殿中,下血尤多,乂且惊且忧,转问太傅崔遐,太保许遐。两人齐声道:"天象已明示殿下,须要流血一次,方可安枕,试想主上立殿下为太弟,无非暂安众心,今已属意晋王,任为相国,权势威重,高出东宫,殿下若再容忍过去,位必难保,且有不

第三十回　牧守联盟奉笺劝进　君臣屈辱蒙难丧生　　171

测的危祸,故不如先发制人,免为彼算。"乂迟疑不答。两人复并说道："今东宫卫兵,不下四千,相国轻佻,但教遣一刺客,便足了事,余王并幼,有何能为?若殿下有意,二万精兵,叱嗟可致,一鼓入云龙门,卫士必倒戈相迎,正无烦费力呢。"乂终不从。这却不能咎乂。

东宫舍人荀裕,竟入告汉主聪,报称崔、许劝太弟谋反,聪立收崔、许入狱,寻即诛死,别使冠威将军卜抽,率兵监守东宫,禁乂朝会。乂非常忧惧,上表乞为庶人,请以晋王粲入嗣。抽将表捺住,不使上达。乂虽未被废,已等囚奴,从前乂妾靳氏,为护军靳准从妹,与役吏宣淫,被乂窥透奸情,杀死靳氏,且屡次嘲准。准暗生忿恨,尝至粲处进谗,谓乂将谋变,窃发有期。粲不禁着急,向准问计。准说道："主上爱信太弟,若猝然相告,未必肯信,不如撤回东宫监守,使太弟仍得交通宾客,太弟素好待士,必不加防,俟探得间隙,下官乃可举发,再将太弟往来宾佐,拘住数人,利诱威逼,不怕大狱不成!"金壬狡谋,大率如此。粲喜从准言,便令卜抽引兵撤回。乂还道是相国有情,得免禁锢,哪知他是请君入瓮的诡谋。

汉主聪更加糊涂,沉湎酒色,好几月不出视朝,后宫佩皇后玺绶,多至七人,以靳月华为正皇后,又拣了一个宫人樊氏,使侍巾栉。樊氏系聪母张氏侍婢,生小入宫,垂髫后妖媚无比,便得偷沾雨露,仰沐皇恩。聪宠爱逾恒,竟令她为上皇后,做了靳月光的替身。采葑采菲,无以下体。想聪必熟读此诗。从来女子小人,往往有连带关系,宫中既有若干宠妾,当然有若干权阉,中常侍王沈、宣怀,中宫仆射郭猗等,皆嬖幸用事,车服第舍,僭越诸王,子弟多出为守令,靳准欲设法除乂,不得不联络阉人,表里为奸。东宫少府陈休,左卫将军卜崇,人品清正,素嫉宦官,虽在公座,不与王沈等交言。侍中卜干,尝引窦武、陈蕃故事,见《后汉演义》。隐戒休、崇。休、崇情愿一死,不肯少屈,果然忺人构陷,大祸临头。汉主聪忽御上秋阁,命收陈休、卜崇,及特进綦毋达,大中大夫公师彧,尚书王琰、田歆,大司农朱诞,一并加诛。綦毋达等,同为宦寺所忌,故亦连坐。侍中卜干,见诏旨猝下,慌忙谏阻,甚至叩头流血。王沈站立聪侧,厉声叱干道："卜侍中胆敢拒诏么?"聪闻沈言,拂衣竟入。休、崇等遂被牵出市曹,一齐处斩。干趋退后,有诏黜为庶人。太宰河间王刘易,大将军渤海王刘敷,粲弟。御史大夫陈元达,光禄大夫西河王刘延等,联名上表,弹劾宦官。汉主聪反将所上表章,取示王沈,且笑语道："群儿为元达所引,乃致有此痴语呢?"沈即叩头称谢。聪复召粲入问,粲极言沈等忠清,因复封沈等为列侯。刘易闻诏,伏阙上疏,稽首固谏。聪竟大怒,把易疏撕碎,掷还刘易。易乃趋出,恚忿而死。陈元达临丧大恸道："人之云亡,邦国殄瘁,我从此不能再言,还要活着做甚么?"及吊毕归家,亦服毒自杀。何不早去?

既而聪宴会群臣，引见太弟乂，见他面目憔悴，涕泣陈词，也不觉潸然泪下，乃与乂畅宴，待遇如初。那靳准、王沈等，却非常惶急，亟谒相国刘粲，授与密计。粲即使私党王平，往语太弟乂道："顷得密旨，谓京师将有大变，请饬左右衷甲戒严，豫备不虞。"乂信为真言，命宫臣衷甲以待。不意靳准、王沈，借此诬乂，聪听信谗言，竟使粲往围东宫，收捕太弟僚佐，屈打成招，自诬与乂谋反。供词入呈。聪反称沈等忠贤，并废乂为北海王。粲又使准进毒鸩乂，乂死得不明不白，无处伸冤。东宫官属，亦枉死了数十人。粲得立为皇太子，仍领相国大单于，总摄朝政如故。

会聪出猎上林，召晋愍帝行车骑将军，使他执戟前导，行三驱礼。平阳父老，聚观道旁，都不觉惨然道："这便是长安故天子呢！"粲时在列，听到是言，触起旧感，俟罢猎回宫，即向聪进言道："周武王岂愿杀纣，正恐同恶相求，容易生患，不如早除为是。"聪踌躇道："前杀庾珉、王俊，尚滋众议，我今不忍再行此事。"粲不肯遽退，又复力请，经聪以他日为约，方才退出，未几又在光极殿会宴，聪使愍帝行酒洗爵，及更衣时，又使执盖。晋尚书郎辛宾，侍从愍帝，不由的目击心伤，起抱帝腰，大哭失声。实属无谓。不过表明一腔愚忠。聪愤愤道："想汝不望再活，愿随庾珉辈后尘呢。"遂叱左右扯出辛宾，一刀杀死。愍帝吓得乱抖，只因死期未届，尚使退回。会荥阳太守李矩，招降洛阳汉将赵固，使与河内太守郭默，共攻汉境，师次小平津。聪令太子粲出御，固因扬言道："要当生缚刘粲，赎还天子。"粲即使人奉表道："今司马睿跨据江东，赵固、李矩，同逆相济，皆以故主为口实，须亟杀子业，示绝民望，彼矩、固等无词可借，士卒必离，不战自溃了。"聪乃害死愍帝，时年才一十八岁。小子有诗叹道：

　　一君陷死几何年，又听平阳惨报传。
　　执盖洗樽犹遇害，可怜天地两腥膻。

愍帝遇害，赵固、郭默等众，又被粲发兵击退。那时晋室统绪，当然要属诸晋王睿了。欲知底细，请看下回便知。

两都陷没，晋室垂尽，所留遗者，惟南阳、琅琊二王，同居征镇，欲求继绝，舍二王其谁与归？但南阳王保，局处秦州，琅琊王睿，雄踞江左，两者相较，固应属睿而不属保。即以才行言之，睿亦似稍胜一筹。刘琨等之联名劝进，谁曰不宜？惜乎睿有继承之势，而无匡复之心，怀、愍穷蹙，不闻出援，至长安失守，移檄北征，亦不过徒有虚名，未见实事，此作者之所以不能无讥也。下半回叙愍帝被弑事，夹入汉太弟乂之死谗，原为销纳之笔，但西晋于此告终，汉亦由是大乱，骨肉相残，必至覆祀，无古今中外一也，观于此而知作者之垂戒深矣。

第三十一回　晋王睿称尊嗣统
　　　　　汉主聪见鬼亡身

　　却说愍帝凶闻,传至建康,晋王睿斩衰居庐,百官请上尊号,睿尚不许,前会稽内史纪瞻,上书申请,大略说是:

　　　　陛下性与天道,犹复役机神于史籍,观古人之成败,今世事举目可知,不为难见。二帝失御,宗庙虚废,神器去晋,于今二载。梓官未殡,神人无主。陛下膺箓受图,特天所授,使六合革面,遐荒来庭,宗庙既建,神主复安,亿兆向风,殊俗毕至。若列宿之绾北极,百川之归巨海,而犹欲守匹夫之谦,非所以阐七庙,隆中兴也。但国贼宜诛,当以此屈己谢天下耳。而欲逆天时,违人事,失地利,三者一去,虽复倾匡于将来,岂得救祖宗之危急哉?适时之宜万端,其可纲维大业者,惟理与当。晋迪屯否,理尽于今,促之则得,可以隆中兴之祚,纵之则失,所以资奸寇之权,此所谓理也。陛下身当厄运,篡承帝绪,顾望宗室,谁复与让?当承大位,此所谓当也。四祖廓开宇宙,大业如此,今五都燔爇,宗庙无主,刘、石窃弄神器于西北,陛下方欲高让于东南,此所谓揖让而救火也。臣等区区,尚所不许,况大人与天地合德,日月并明,而可以失机后时哉?机不可失,时不再来,幸陛下垂察!

　　瞻一面上书,一面已安排御座,召集百官,力劝晋王睿登位。睿尚徘徊不进,至瞻等拥他升殿,还令殿中将军韩绩,撤去御座。瞻厉声叱绩道:"帝座上应列星,谁敢妄撤?妄撤即斩!"睿也为动容。瞻即请睿下即位令,慰副民望。睿乃允诺,当有草令官缮就文辞,颁发朝堂,令云:

　　　　孤以不德,当厄运之极,臣节未立,匡救未举,夙夜所以忘寝食也。今宗庙废绝,亿兆无系,群官庶尹,咸勉之以大政,亦何敢辞?谨从众请,即日履新,特此令知!

　　令文甫下,忽由奉朝请周嵩,递入一笺,乃是谏阻登基,与众不同。略言:"古时帝王,义全后取,让成后受,故能享世长久,万载重光。今梓宫未返,旧京未清,何不训卒励兵,先雪大耻?待至功德具隆,自然天与人归!"云云。这一张笺文,映入睿目,不由的心下一惊,默忖多时,才把原笺递示百官,又说出几句谦逊的话头。曲折写来,心术已昭然如揭。纪瞻等顿时大哗,统言周嵩无知,应从贬斥。右将军王导进言道："诸公不必哗噪,殿下亦不必过谦。圣如孔子,犹言从众,一二人异议,何足介怀,请殿下易衣登座,君临万民,然后四海有主,方好壹意讨虏了。"睿闻导言,始决意践阼,复入内改着法服,衮冕出郊,祭告天地,还朝即皇帝位,受百官谒贺。百官依次俯伏,三呼已毕,睿命导并升御床。导固辞道:"若太阳下同万物,苍生何从仰照呢?"睿乃罢议,因即下诏道:

　　昔我高祖宣皇帝,诞应期运,廓开王基。景文皇帝,奕世重光,缉熙诸夏,爰暨世祖,应天顺时,受兹明命,功格天地,仁济宇宙。昊天不融,降此鞠凶,怀帝短世,越去王都。天祸荐臻,大行皇帝崩殂,社稷无奉。肆群后三司六事之人,畴谘庶尹,至于华戎,致辑大命于朕躬。予一人畏天之威,用弗敢违,遂登坛南岳,受终文祖,燔柴颁瑞,告类上帝。惟朕寡德,缵我弘绪,若涉大川,罔知攸济,惟尔股肱爪牙之佐,文武熊罴之臣,用能弼宁晋室,辅予一人。思与万国,共同休庆。钦哉惟命!

　　看官记着! 睿是江东开国的第一个主子,历史上称为东晋,又因他后来庙号,叫作元皇帝,所以沿称元帝。先是江左有童谣云:"五马浮渡江,一马化为龙。"时人都莫名其妙。至永嘉年间,睿与西阳王羕,注见前文。汝南王祐,亮长孙。南顿王宗,羕弟。彭城王释,宣帝弟东武城侯馗曾孙。相继渡江,睿独得为帝,童谣始验。但穷究底细,实是牛代马后,小子于前文中,已经叙过,想看官应早接洽呢。话休絮烦。

　　且说元帝睿既已即位,颁诏大赦,复改建武二年为太兴元年,立王太子绍为皇太子。绍幼年聪颖,素得父宠,数岁时,坐置膝下。适长安使至,元帝问绍道:"汝谓日与长安,孰近孰远?"绍答道:"长安近,不闻人从日边来。"次日,元帝款待来使,并宴及群僚,又召绍出问道:"究竟长安近呢,还是日近呢?"绍却答言日近。元帝失色道:"汝曾言长安近,为何今日异词?"绍又答道:"举目见日,不见长安,所以说是日近。"元帝益觉惊异,群僚当然推为奇童。及长,颇知仁孝,喜属文辞,又善武艺,好贤礼士,虚心纳谏,与庾亮、温峤等,为布衣交。亮风格峻整,善谈老庄,仍不脱竹林窠臼。元帝称亮有清才,因纳亮妹为绍妇,绍为太子,庾氏当然为太子妃,亮亦得侍讲东宫。元帝尝以韩非书赐太子,亮进谏道:"申韩刻薄伤化,不足取法。"太子绍深纳亮言,故不尚烦苛,专主宽简,中外目为贤储君。

　　绍弟琅琊王裒,曾奉父命,带领锐卒三万,往助豫州刺史祖逖,北讨石勒。逖自击楫渡江,进至谯城,见二十六回。流人张平、樊雅,曾聚众谯郡,自称坞主。逖使参军殷乂,往招平、雅,乂意甚轻平,谓平屋只可作厩,又见大镬,谓可置铁器。平夸言是帝王镬,待天下清平,大有用处。乂冷笑道:"头且不保,

第三十一回　晋王睿称尊嗣统　汉主聪见鬼亡身

尚爱这镤么？"平勃然怒起，拔剑斩乂。乂真不知世务，徒自取死。遂督众固守。邃往攻不克，以重利啗平将谢浮，使杀张平。浮将平刺死，携首献邃。惟樊雅尚据住谯城，未肯降服，邃更使人说降，谯城乃下。石勒遣从子虎围谯，适南中郎将王含，使参军桓宣往援，虎乃退去，邃表宣为谯国内史。至琅琊王裒驰至，谯城已经解围，裒还建康，数月病殁。裒有弟冲，封东海王，使继故太傅越宗祀，尊越妃裴氏为太妃。见二十三回。冲弟晞，亦封武陵王，加王导骠骑大将军，开府仪同三司，仍进王敦为江州牧，迁刁协为尚书令，荀崧为尚书左仆射，其余内外文武各官，俱增位二等。惟出周嵩为新安太守，阴示薄惩。

　　忽由河北传到骇闻，乃是前并州都督刘琨，竟被幽州刺史段匹磾杀死。看官阅过前文，应知匹磾与琨，约为兄弟，申以婚姻，同盟讨汉，齐心事晋，为甚么凶终隙末，反致害琨呢？原来元帝即位，曾命琨为太尉，仍广武侯，匹磾为渤海公。会匹磾因兄死奔丧，琨遣嫡子群送往，偏匹磾从弟末柸，私通石勒，率众袭击匹磾，末柸得贿事见前回。匹磾走脱，刘群为末柸所执，厚礼相待，许琨为幽州刺史，诱群同攻匹磾。群不得已允了末柸，作书遗父，请为内应。偏匹磾回蓟，防备末柸，屡遣探骑侦察，凑巧末柸使人，被他拘住，搜得群书，献与匹磾。匹磾即将原书示琨，琨大为惊异。匹磾道："我知公无他意，所以白公。"琨答道："与王同盟，志匡王室，仰仗威力期雪国耻。若儿书密达，乃是末柸为反间计，离我二人，我终不私爱一子，负公忘义呢。"匹磾也一笑而罢。琨本别屯故征北府小城，此次由匹磾召来，彼此证明心迹，情好如初。琨即欲还屯，匹磾弟叔军白兄道："我等俱系胡人，向为晋所轻视，今不过畏我兵众，所以甘心俯就，若我骨肉构祸，示以间隙，适使彼得图我，倘有人奉琨发难，我族将从此无遗了。"匹磾因留琨不遣。琨庶长子遵，留居征北府小城，闻琨被拘，遂与琨左长史杨桥，并州治中如绥，闭门自守。匹磾使人慰谕，遵等不从。经匹磾发兵围攻，相持兼旬，小城中粮尽食空，守将龙季猛，暗降匹磾，斩桥、绥，执刘遵，开城纳匹磾兵。遵与群俱皆失计，徒致害死乃父。琨迭闻变故，自知难免，索性将生死置诸度外，毫不慌忙，惟尚有一腔忠愤，无处可挥，特吟五言诗一首，寄赠别驾卢谌，诗云：

　　　　幄中有悬璧，本自荆山球。维彼太公望，昔是渭滨叟。邓生何感激？千里来相求。白登幸曲逆，曲逆侯陈平。鸿门赖留侯。张良。重耳凭五贤，小白相射钩。能通二霸主，安问党与仇？中夜抚枕叹，想与数子游。吾衰久矣夫！何其不梦周？谁云圣达节？知命故无忧。宣尼悲获麟，西狩泣孔丘，功业未及建，夕阳忽西流。时哉不我与，去矣如云浮。朱实陨劲风，繁英落数秋。狭路倾华盖，骇驷摧双輈。何意百炼刚，化作绕指柔。

诗中寓意,无非借鸿门白登故事,激励卢谌。谌无甚奇略,但用常词酬和,且谓琨措词未合,不应作帝王思想。琨见他不知己意,付诸一叹罢了。已而代郡太守辟闾嵩,辟闾系复姓。与雁门太守王据,后将军韩据同谋,欲袭匹䃅,救出刘琨。不料韩据女为匹䃅儿妾,得知三人密计,竟告匹䃅。匹䃅即诱执王据、辟闾嵩,并皆杀死。会江州牧王敦,寄书匹䃅,嗾使杀琨。不知他所挟何仇? 莫非因忠奸不同,故有此举? 匹䃅亦虑众为变,托称建康有诏,处琨死刑。琨闻敦使到来,顾语子侄道:"处仲敦字处仲。使来,不闻见告,这明明是诱杀我呢。死生有命,但恨仇耻未雪,愧与君亲相见地下呢。"因呜咽流涕。俄顷,即有吏趋入,伪传诏命,逼琨自缢。琨子侄四人,亦俱被害。卢谌等率琨遗众,走依末抔,奉琨子群为主,暂依末抔部下。末抔、匹䃅,益寻仇不已,晋人尤不服匹䃅,相率离散,匹䃅亦转盛为衰。

　　元帝闻匹䃅杀琨,尚畏匹䃅势焰,不敢指斥,且未尝为琨举哀。琨右司马温峤,表称琨尽忠帝室,应加褒恤。元帝不报,但除琨为散骑侍郎。峤既悲琨死,又闻母亡,因固辞职位,苦请北归。有诏不许,且责峤道:"今寇逆未枭,诸军奉迎梓宫,尚不得进,峤怎得专顾私难,任官不拜呢?"峤不得已受命。

　　会凉州刺史西平公张寔,遣牙门将蔡忠,通问建康,书中尚用建兴年号,不称太兴。当时东西悬隔,元帝即位的诏书,尚未颁到,所以犹仍旧号,且遣忠东行,亦非无因。南阳王都尉陈安,举兵叛保,入逼上邽。保向凉州告急,寔发步骑二万人往援,安始退去。凉州兵还镇,谓保欲自称尊号,破羌都尉张诜,因向寔献议道:"南阳王不思国耻,遽欲称尊,将来必不能成功。晋王近亲,且有名德,公当为天下首倡,奉戴江东。"寔依诜言,乃使忠诣建康。及忠自建康西归,寔亦已知元帝即位,并由忠代赍诏书,虽语多慰勉,实含有专制的意义。寔也未免怀嫌,阳若奉晋,阴实离晋,嗣是凉州亦别为一国了。即十六国中之一。

　　当时尚有南安赤亭水名。羌人姚弋仲,为后汉时西羌校尉迁那子,怀帝末年,因见中国大乱,得由赤亭东徙榆眉,华夷人民,襁负相随,共有数万。弋仲遂自称扶风公。为后秦开国张本。略阳氐酋杨茂搜,见前文。有子难敌,袭踞梁州,刺史张光愤死,光子迈战殁,嗣由州人张咸,纠众逐去难敌,举州附成。成主李雄,得管领梁、益二州,难敌回至略阳,适茂搜病死,便嗣立为氐王,这也是一路杂胡。代王普根,戡定国难。不久即死,国人立猗卢从子郁律为主。郁律好武,击走铁弗部酋刘虎,收降虎众,又西取乌孙故地,东并勿吉诸部,士马精强,复得雄长北方。还有慕容廆庶兄吐谷浑,吐谷,读若突欲。与廆分部自治。会二部马斗,廆遣人诮浑,浑即率众西徙,后复度陇而下,据洮水西,拓地至白兰,羌别种。地方数千里。鲜卑谓兄为阿干,廆追怀兄浑,为作《阿歌》。浑子甚多,相传有六十人,长子吐延嗣位,未几为羌人所杀,子叶延继立。叶延好学尚礼,谓公侯之子,得用王父字为氏,因把吐谷浑三字作为国号,后来享国最长,在五胡十六国外,好算是一个西徼的雄封哩。连述数国,自成一束。

独汉主聪,骄淫荒虐,不修政事,朝廷内外,无复纲纪,佞人日进,货赂公行,后宫赏赐,动至千万。聪次子大将军敷,屡次泣谏,聪大怒道:"尔欲乃公速死么?朝朝暮暮,生来哭人。"敷积忧病死。河东大蝗,犬豕相交,东宫四门,无故自坏,内史女人,化为丈夫,灾异不绝,聪毫不戒惧。已而聪所居螽斯百则堂,猝遭火灾,焚死聪子孙二十余人,聪自投床下,哀塞气绝,良久乃苏。但事过又忘,淫昏如故。中常侍王沈,有一养女,年方十四,娇小玲珑,为聪所爱,拟立为左皇后。尚书令王鉴,中书监崔懿之,中书令曹恂等,上书谏阻,略云:

臣闻皇者之立后也,将以上配乾坤之性,象二仪敷育之义,生承宗庙,母临天下,亡配后土,执馈皇姑,必择世德名宗,幽娴令淑,乃副四海之望,称神祇之心。是故周文造周,姒氏以兴,关雎之化洽,则百世之祚永。孝成汉成帝。任心纵欲,以婢为后,使皇统亡绝,社稷沦倾。有周之隆,既如彼矣,大汉之祸,又如此矣。从麟嘉以来,乱淫于色,纵沈之女弟,刑余小丑,犹不可侍琼寝,污清庙,况其家婢耶?六宫妃嫔,皆公子公孙,奈何一旦以婢主之。何异象樽玉瓒,而对腐木朽槛哉?臣恐无福于国家,反有害于宫寝也。明知冒渎,不敢不陈,谨昧死上闻!

聪览毕大怒,即令中常侍宣怀,传语太子粲道:"鉴等小子,慢侮国家,狂言嫚语,无复君臣上下礼节,速即加刑。"粲一奉命,便饬兵吏收捕鉴等,牵往市曹。金紫光禄大夫王延,驰至殿门,意欲入谏,王沈密嘱司阍,不许入内。沈却自赴市曹监刑,用杖叩鉴等道:"庸奴!庸奴!尚能逞刁么?乃公养女为后,干汝甚事?"鉴瞋目叱沈道:"竖子!以竖子对庸奴,恰是绝对。使皇汉灭亡,即由汝等鼠辈,与靳准一人。我死后,当诣先帝前诉汝,活捉汝等至地下。"懿之亦厉声道:"靳准枭声獍形,必为国患,汝等为国蠹贼,党同枭獍,今日食人,他日人亦食汝,看汝能活到几时?"沈且怒且惭,立使刑吏加刃,刀光起处,首皆落地,时人都为呼冤。

中常侍宣怀,也觅得一个丽姝,作为养女,献入汉宫。聪多多益善,一视同仁,复立她为中皇后。这八九个年少娇娃,轮流供御,再加后庭粉黛,不下千百,任令聪随意选召,日夕淫嬲,就使铜头铁骨,也为所熔,何况是血肉身躯呢?聪渐觉不支,奄卧光极殿寝室中,常闻鬼哭,更迁至建始殿中,鬼哭如故。聪少子东平王约,已经夭逝,一日,聪适昼寝,并未睡熟,蓦见帐外有一人影,举目审视，不是别人，正是东平王约，禁不住大声呼异，声浪一传，那人影复杳然不见。这是聪淫欲过度，目光昏乱，并非真正见鬼。聪越加惊疑，便召太子粲入室，握手叮咛道："我寝疾缠绵，见闻多怪，今又见约来此，想是我命该终，此儿特来迎我呢。人死果有神灵，我亦何必怕死。但现今世难未平，汝不必拘守谅暗古制，朝死夕殓，旬日出葬便了。"何劳汝嘱，他已情愿汝速死了。粲含糊答应。聪又命粲颁发诏令，征刘曜为丞相，石勒为大将军，并录尚书事，夹辅朝政，二人皆奉表固辞。粲复入白，聪乃改令刘景为太宰，刘骥为大司马，刘颢为太师，朱纪为太傅，呼延晏为太保，并录尚书事。范隆守尚书令，仪同三司，靳准为大司空，领司隶校尉，皆迭决尚书奏事。过了数日，聪病加剧，满身呼痛，等到气竭声嘶，两目一翻，呜呼死了。共计在位九年，太子粲嗣为汉主，依聪遗命，旬日即葬，追谥聪为昭武皇帝，庙号烈宗。小子有诗叹道：

　　九载淫荒恶贯盈，到头一死国随倾。
　　及身幸免儿孙受，莫向苍天怨不平。

粲既嗣位，恣行无道，比乃父还要荒淫，欲知详情，试看下回续叙。

纪瞻、周嵩，一劝晋王睿称尊，一阻晋王睿即位，劝睿者以继统为正，阻睿者以雪耻为先，固皆持之有故，言之成理者也。但观睿之无志北征，则知纪瞻之请，实自揣摩迎合而来，不若周嵩之义正词严，较为直谅耳。睿一即位，使王导并坐御床，夫自古无君臣共坐之理，睿喜极忘怀，故有此语，然则睿之情亦大可见矣。若汉主刘聪，荒淫不道，天变人异，不足以做其心，甚至刑余养女，俱册为后，古人谓并后匹嫡，足为乱本，如聪之所为，正不特并后匹嫡已也。乃在位九年，竟获考终，阅者几疑恶报之未彰，不知报愈迟者祸愈烈，试观下回靳准之乱，掘墓毁庙，尽屠刘氏，乃知聪之恶为最甚，而报之惨亦蔑以加矣。

第三十二回　诛逆登基羊后专宠
　　　　　　乘衅独立石勒称王

　　却说刘粲为刘聪长子，少时却也聪隽，具文武才。自得为宰相后，威福自专，远忠贤，近奸佞，任情严刻，拒谏饰非；好兴宫室，罗列妾媵，相国府仿佛紫宫。及继承大位，毫无戚容。聪后靳月华，得尊为皇太后，樊氏号弘道皇后，宣氏号弘德皇后，王氏号弘孝皇后，这四后俱在妙年，未满二十，面庞儿均皆齐整，模样儿又皆轻狂，此次刘聪已死，眼见得四位嫠妇，不耐守孀，好在嗣主粲能体心贴意，善代父劳，一身周旋四后，夜以继日，挨次烝淫，妇人家水性杨花，乐得屈尊就卑，共图欢乐。聪只烝一单后。粲能烝及四人,确是跨灶。但粲已有妻拏，未免多嘴，粲乃立妻靳氏为皇后，想又是靳准家儿。子元公为太子，大赦境内，改年汉昌。

司空靳准，阴蓄异志，潜入白粲道："臣闻诸公欲行伊、霍故事，将先杀太保，次杀臣身，另推大司马统摄万几。陛下若不先图，臣恐祸机不远，便在旦夕间了。"粲矍然道："恐无此事，休得相疑！"准怏怏退出，恐粲转告诸刘，反致杀身，乃急商诸太后、皇后，教她们乘间进谗。二后俱系靳家儿女，当然唯命是从，趁着粲入宫行乐，便说诸刘如何设谋，如何废主，虽是无端捏造，一经莺簧百啭，竟觉得语语似真。靳月华尤善逗刁，对着粲前，呜咽与语道："宗臣等密谋废立，无非为嗣君烝淫而起，嗣君欲脱免此祸，幸勿再至妾宫，妾愿与陛下生别，冀得少安。"看官试想！粲与靳月华，已似胶漆相投，融成一片，哪里还分拆得开？经此一激，遂不管它是真是假，是好是歹，便毅然下令，收逮太宰上洛王刘景，太师昌国公刘颛，大司马济南王刘骥，大司徒齐王刘劢等，一古脑儿斩首。骥弟车骑大将军吴王刘逞，亦连坐被诛，惟太傅朱纪，太保呼延晏，太尉兼尚书令范隆，出奔长安。

粲又大阅上林，谋讨石勒，命丞相刘曜为相国，都督中外诸军事，贸镇长安。授靳准为大将军，录尚书事。准暗嘱内侍，令劝粲晏处后宫，凡军国重事，尽付大将军裁决。粲正流连四美，倚翠偎红，巴不得有此良臣，代主国事，好使他安心纵乐。哪知准怀着鬼胎，潜谋不轨，乃大权到手，遂矫托粲旨，用从弟靳明为车骑将军，靳康为卫将军，仿佛王衍三窟。所有宫廷宿卫，概归兄弟三人节制，于是决计作乱，戒兵待发。金紫光禄大夫王延，老成硕德，向负时望，准欲引为臂助，遣人与谋。延怎肯从乱，且拟入宫告粲，途次为靳康所劫，送至准处。准把延拘住，当即勒兵入宫。宫中无人阻拦，一任准等闯进，直登光极殿，使人执粲。粲尚在太后宫中，与靳月华饮酒调情，突见甲士驰入，还道是同宗发难，走匿床下。甲士呼道："司空有令，请主上升殿！"粲听了司空两字，不待收捕，便放胆出来，随甲士趋入殿中。哪知靳准竟高升御座，瞋目叱粲，说他种种淫虐，罪在不赦，粲才觉着忙，双膝跪下，叩头乞哀。女婿向岳丈磕头，理所应有，可惜这岳丈不肯容情。准置诸不睬，竟喝令左右，将粲刺死，一面拘拿刘氏眷属，无论男女，不问少长，皆屠戮东市，只留着靳太后、靳皇后二人。发掘刘渊、刘聪陵墓，枭聪死尸，焚毁刘氏宗庙。准与刘氏无仇，乃残毒至此，是必冥冥之中，另有一种公案。嗣是彻夜鬼哭，声闻百里。惟征北将军刘雅，得出奔西平。

准自号大将军汉天王，称制置百官，召语汉臣胡嵩道："从古无胡人为天子，今将传国玺付汝，汝可送还晋家。"既屠刘氏，却不愿为帝，靳准毋乃太愚。嵩不敢受。准又怒起，立命杀嵩，另派人通使司州。司州尚有晋属地，由河内太守李矩，迁为刺史，闻汉使到来，不知何因。至相见时，来使语矩道："刘渊屠各注见前文。小丑，因大晋内乱，乘隙称兵，矫称天命，至使二帝幽没北廷，现由靳大将军汉天王，为晋复仇，屠灭刘氏，谨率众扶侍梓宫，请代表上闻！"矩乃飞奏元帝，遣太常韩胤等奉迎梓宫。胤尚未至平阳，那刘曜、石勒等，已合兵攻准，眼见是战云扰扰，不便进行。准潜居宫禁，超擢私党，诛锄异己，仍将王延释出，令为左光禄大夫。延怒骂道："屠各逆奴，我岂肯为逆臣？快快杀我！且剜我左目置西阳门，右目置建春门，好看相国大将军入都，同诛逆贼哩。"准当然大愤，把延杀死。

相国刘曜，自长安发兵讨逆，大将军石勒，亦率精锐五万人，先驱讨准，据住襄陵北原。准屡拨兵挑战，勒坚壁不动，通书刘曜，愿会师同进。曜行抵赤壁，正与呼延晏、朱纪、范隆相遇，报明平阳惨状，且言曜母及兄，亦俱遭害。曜不禁大恸，誓报亲仇。呼延晏等遂请曜即尊，谓："国家不可一日无主，应先加尊号，维系众望。"曜即依议，就在赤壁设坛，行即位礼，大赦境内，惟准一门不在赦例。改元光初，使朱纪领司徒，呼延晏领司空，太尉范隆以下，各仍原职。遣使拜石勒为大司马大将军，加九锡，增封十郡，进爵赵公。勒进攻平阳，收降羌羯人民七万余名，均徙往所部郡县。刘曜亦檄征北将军刘雅，镇北将军刘策，进屯汾阴，作为声援。

靳准闻两路进兵，恐不能敌，乃使侍中卜泰，持了乘舆服御，送往勒营，情愿修和。勒将泰囚送曜营，曜释了泰缚，婉颜与语道："先帝末年，实乱大伦，司空仿行伊、霍故例，使朕得登大位，不特无罪，并且有功；若能早迎大驾，当以政事相委，宁止免死？卿可为朕入城，具宣此意。"泰乃别去，返报靳准。准已害曜母及兄，恐曜未必相容，因沉吟不决。会车骑将军乔泰王腾，卫将军靳康与将军马忠等，刺杀靳准，推靳明为盟主，再使卜泰赍奉传国六玺，献与刘曜。曜欣然语泰道："使朕得此神玺，建帝王大业，实赖卿力。"因厚待卜奉，嘱令返报，许他归降。

石勒闻卜泰持玺降曜，未尝报勒，遂不禁怒起，增兵攻明。明出战屡败，婴城固守，且遣人向曜求救。曜使刘雅等纳降，靳明率平阳士女万五千人，奔归曜营，不料曜变了面目，俟明入见时，一声呼喝，便把他两手绑住，推出枭斩，且将靳氏全家诛戮，就是靳太后、靳皇后等，亦悉数祭刀。惟靳康女，饶有姿容，为曜所羡，拟纳为皇后。女慨然道："陛下既诛妾父母兄弟，还要留妾何用？况妾家犯了逆案，致受诛夷，古人惩逆锄恶，尚当污宫伐树，难道可容留子女么?"靳家亦有烈女,不得谓部娄之下,必无松柏。说至此,泪容满面,越觉令人生怜。曜怎忍下手,还与她譬喻百端。康女总咬定一个"死"字,始终不肯从曜。曜乃纵令自去,且免康一子,使奉靳氏宗祀。

迎母胡氏丧于平阳,还葬粟邑,谥为宣明皇太后,追尊三代为皇帝,徙都长安,前筑光世殿,后筑紫光殿。立羊氏为皇后,羊氏就是晋惠帝继室,从前五废五复,九死一生,不料尚有这一段外缘,要去做那外国皇帝的正宫。曜尝私问羊氏道:"我比司马家儿优劣何如?"羊氏嫣然一笑,复柔声作昵语道:"陛下乃开国圣主,怎得与亡国庸夫,互相比论?彼贵为帝王,只有一妻一子及本身三人,尚不能保护,使妻子受辱庶人手中,妾当时已愤不欲生,何意复有今日?妾生长高门,误配庸奴,尝怪世间男子,为甚么无丈夫气?及得侍陛下,趋奉巾栉,乃知天下自有丈夫,正不能一概并论呢。"亏她老脸,说得出这种话儿。曜闻言大悦,宠爱有加。羊氏也格外逢迎,床笫承欢,情好百倍。接连生下三子,长名熙,次名袭,幼名阐,并得曜宠。曜前妻卜氏,已有子数人,曜竟舍长立幼,以羊氏长男熙为嗣,册为太子,另封诸子为王。缮宗庙,定社稷,用司空呼延晏议,谓:"晋以金德王天下,今宜承晋,取金水相生之义,不必沿汉旧号,可改称为赵。赵出天水,正与水德相符。"于是自称大赵,复以匈奴大单于为太祖,冒顿读若墨特,见《前汉演义》。配天,渊配上帝,牲牡尚黑,旗帜尚玄,颁令大赦。且使侍中郭汜,持节署石勒为太宰,领大将军,进爵赵王。

勒已入平阳,修复渊、聪二墓,收瘗刘粲以下百余尸骸,并将浑仪乐器,徙至襄国,一面遣左长史王修,至长安献捷,且贺曜即位。修谒曜称臣,呈上勒表,曜见表文中多恭逊语,很是欣慰,便留修馆宴,待遇甚优。勒有舍人曹平乐,前由勒遣至长安,应对皆如曜意。曜使侍左右,未曾遣归,至是独向曜进言道:"大司马遣修到此,外表输诚,内觇强弱,待修一返,报明虚实,彼必将潜兵西来,轻袭乘舆。羯人无信,不可不防!"曜矍然道:"卿言甚是,朕几为他所算。"遂发轻骑追还郭汜,且将王修牵出斩首。修随吏刘茂逃归,报明修被杀情形,勒遂回襄国,捕诛平乐家人,夷及三族,追赠修为太常,并下令示众道:

  孤兄弟之奉刘家,人臣之道过矣。若微孤兄弟,岂能南面称朕哉?根基既立,便欲相图。天不助恶,使假手靳准,孤惟事君之体,当资舜求瞽瞍之义,故复推崇令主,齐好如初。何图长恶不悛,杀奉诚之使,帝王之起,复何常耶?赵王赵帝,孤自取之,名号大小,岂其所节耶?此后与刘氏绝好,俾众周知!

自勒下此令后,与曜交恶,遂成仇敌,这便是胡、羯分离的张本,也就是刘曜灭亡的祸根了。夷狄原无信义，但曜、勒交恶，曲在曜，不在勒。秦州刺史陈安，即晋南阳王保都尉，他本是个反复无常的小人，曾叛保附汉，叛保事，见前回。寻复降成。及刘曜即位，又遣人至曜处奉表，为保复仇。原来保闻愍帝凶耗，便欲称尊，好容易过了一年，竟自称晋王，改元建康，分置官属。保体极肥大，相传重量至八百斤。想非十六两秤。平居嗜睡，暗弱无能。部将张春、杨次，触怒被责，因忿恚不平，相谋杀保。陈安尝逼攻上邽，偏此次上表刘曜，自称秦州刺史，托名讨贼。曜权词答复，安即引兵攻杀杨次，张春遁去。当下检出保尸，用天子礼安葬，私谥曰元，因即向曜告捷。曜授安为大将军，使镇上邽。嗣是晋又失去秦州。

还有蓬陂坞主陈川，尝自号宁朔将军，兼陈留太守。晋豫州刺史祖逖，遣人招抚，川愿效指挥。逖攻张平、樊雅时，川曾拨部将李头往助，力战有功，得逖优待，赠给骏马。头感叹道："若得此人为主，虽死无恨。"及平诛雅降，均见前回。头仍返蓬陂，不意陈川疑头归逖，将头杀死。头党冯宠，率亲属四百人，投奔逖军。川得报益怒，竟入掠豫州诸郡，大获子女车马，满载而归，行至谷水，突有一彪人马，从斜刺里杀出，截住川众，不许饱扬。川众顾命不遑，乱奔乱窜，还管甚么辎重。那时子女车马，仍得重归。看官欲问这支人马的来历，便是由祖逖差来，统将叫做卫策。策既截还所掠，还报祖逖。逖命将子女车马，各归原主，一无所私，百姓大悦。独川恐逖进讨，思借外援，自忖长安太远，未便通使，不如就近依附石勒，或得呼应较灵，乃奉书襄国，乞降求救。石勒即遣从子石虎，率兵五万，往援陈川。可巧祖逖亦引兵来攻，彼此相见，免不得一场大战。逖兵寡失利，退驻梁国。既而勒将桃豹，复率精骑至蓬关，遂与石虎、陈川，共击祖逖。逖设伏待着，败虎前驱，虎乃退去，与陈川同还襄国，留桃豹守川故城，即蓬陂坞。当下由虎倡议，请勒自称尊号。勒左长史张敬，右长史张宾，左司马张屈六，右司马程遐，及诸将佐百余人，当然赞成虎议，异口同辞。勒佯不肯允，虎等又复上书道：

臣等闻有非常之度，必有非常之功，有非常之功，必有非常之事。是以三代陵迟，五霸迭兴，静难济时，绩侔睿古。伏维殿下天纵圣哲，诞应符运，鞭挞宇宙，弼成皇业，普天率土，莫不来苏。嘉瑞征祥，日月相继。物望去刘氏，威怀于明公者，十分而九矣。今山川夷静，星辰不孛，夏海重译，天人系仰，诚应升御中坛，即皇帝位，使攀附之徒，蒙尽寸之润，请称大将军大单于领冀州牧赵王，依汉昭烈在蜀，魏王在邺故事，以河内、魏郡、汲郡、顿邱、平原、清河、巨鹿、常山、中山、长乐、乐平十一郡。并前赵国、广平、阳平、章武、渤海、河间、上党、定襄、范阳、渔阳、武邑、燕国、乐陵十三郡，合二十四郡户二十九万为赵国，封内依旧，改为内史。

第三十二回 诛逆登基羊后专宠 乘衅独立石勒称王

准禹贡冀州之境,南至盟津,西达龙门,东至于河,北至塞垣,以大单于镇抚百蛮,罢并朔司三州,通置部司以监之。伏愿钦若昊天,垂副群望,克日即位,翘首俟命。"

　　勒览书后,尚装出许多做作,西向五让,南向四让。越演越丑。僚佐等叩头固请,勒乃允诺,即赵王位,赦境内殊死以下,腾出百姓田租半额,分赐孝悌力田及死义子孙帛各有差。孤老鳏寡,每人谷二石,大酺七日,依春秋列国及汉初侯王故例,每世称元,号为赵王元年。史家称为后赵,示与刘曜有别。勒建社稷,立宗庙,营东西官署,从象中郎裴宪、参军傅畅、杜嘏,并领经学祭酒,参军续咸、庾景,并领律学祭酒,任播、崔浚,并领史学祭酒,中垒将军支雄,游击将军王阳,并领门臣祭酒。禁胡人陵侮华族,遣使循行州郡,劝课农桑,朝会始用天子礼乐。加张宾为大执法,专总朝政,位冠僚首。署石虎为单于元辅,都督禁卫诸军事,加骠骑将军,赐爵中山公。其余群臣,授位进爵有差。又悉召武乡耆旧,均至襄国,与同欢饮,畅叙平生。独旧邻李阳,不敢赴召。阳尝与勒争沤麻池,互致殴伤,所以畏缩不前。勒掀髯道:"我方经营天下,岂与匹夫为仇?阳尽管前来,决无他患。"乃又遣乡人召阳,阳只好硬着头皮,随同见勒,伏地谢罪。勒下座扶阳,引臂令起,且与笑语道:"孤往日惹卿老拳,卿亦饱孤毒手,事成已往,何足介怀?"因特给巨觥,命他畅饮,并赐阳甲第一区,拜为参军都尉。不念旧恶,原是厚道,惟拜官赐第,毋乃太过。嗣复下令道:"武乡是我故里,譬如汉朝的丰沛,百年以后,魂灵仍当归复,应豁除三世赋役,不得苦我乡人。"

　　会闻桃豹自蓬陂败还,颇以为虑,乃致书与逖,愿同和好。看官阅过上文,已知豹居守蓬陂,逖亦使部将韩潜,率兵掩入蓬陂坞,据住东台,从东门出入。豹守西台,从南门出入,与潜相持至四旬。逖用布囊盛土,伪作米状,使千余人运囊与潜,又别使数人挑米继进。豹见他陆续运粮,发兵出劫,挑米各人,弃担遁去。豹众正苦饥疲,夺得粮米,自然喜欢。独豹以逖粮食充足,不免加忧。逖却令部将冯铁,梭巡汴水,适值勒将刘夜堂,运粮馈豹,冯铁即报知韩潜,会兵截击,逐走夜堂,尽夺军粮。豹闻粮被夺去,料知难守,遂夤夜出走,遁往东燕城。

　　逖又使韩潜进次封邱,冯铁据有蓬陂,自至雍邱驻节,规画两河,剿抚兼施。石勒所遣各镇戍,不是散走,就是降逖,累得勒无法可施,只好与逖通好,乞求互市。逖得书不报,但默许商人往来,按货课税,收利十倍。勒因逖籍隶范阳,祖父墓皆在故里,特令范阳守吏代为修墓,并置守塚二家。逖乃遣使报谢,贻赠方物。勒厚赏逖使,报逖礼仪,计马百匹,金五十斤。既而逖将童建,擅杀新蔡内史周密,走降石勒。勒斩建首,函送与逖,且寄逖书道:"叛臣逃吏,是我深仇,建负将军,胆敢叛亡,我国非逋逃薮。亦与将军同恶,故枭恶以闻。"逖答书称谢,自是勒众来降,逖亦不纳,彼此各禁侵暴,两河南北,少得安息。小子有诗咏道：

中流击楫誓澄清,百战河南众丑平。
毕竟祖鞭先一著,虏庭也自慑威名。

石勒与逖修和,另图幽、冀、并三州,欲知他略地情形,待至下回再详。

靳准屠刘氏,刘曜亦屠靳家,天为刘氏之纵恶,而假手靳准,又为靳氏之肆逆,而假手刘曜,然则世人亦何苦纵恶肆逆,而自取灭门之祸哉？靳康有女,尚知守贞,而羊氏曾为中国皇后,乃委身强虏,献媚贡谀,我为中国愧死矣。篇目特标明羊后,嫉之也。石勒之力攻靳明,固未免营私,但如靳氏之敢为大逆,正应声罪行诛,岂可如曜之挟诈欺人,诱其降而复歼之乎？故略情原迹,勒尚不失为正,而曜则行同鬼蜮,未足服人,至杀靳使,而其理尤曲矣,宜乎勒之背曜独立也。

第三十三回　段匹磾受擒失河朔
　　　　　　王处仲抗表叛江南

却说幽州刺史段匹磾,害死刘琨,因致舆情不服,多半叛离。见三十一回。末抔复屡攻匹磾,匹磾不能支持,拟北奔乐陵,往依冀州刺史邵续,行至盐山,忽被一大队人马截住,统将叫作石越,乃是石勒麾下的前锋。匹磾不敢恋战,引众急退,已被石越掩杀一阵,零零落落,走保蓟城,已而石勒复遣部将孔苌,攻陷幽州诸郡,势将及蓟。匹磾大惧,又弃城出奔,拟往上谷。偏偏代王郁律,发兵扼阻,不令前进。匹磾恐代兵追来,慌忙窜去。途次又被末抔邀击,连妻子都不及顾,但与弟文鸯等,走依邵续。续顾念旧情,留任匹磾。_{匹磾前曾救续,事见二十七回。}匹磾凄然语续道："我本夷人,因慕义破家,君若不忘旧好,乞与我同讨末抔,感惠无穷。"_{匹磾如果知义,何致枉杀刘琨。}续慨然许诺,即督领部曲,与匹磾同击末抔,斩获甚众,末抔仓皇遁去。末抔弟占据蓟城,匹磾与弟文鸯,复移兵往攻。

唯邵续还屯乐陵,石勒从子石虎,与别将孔苌,伺续空虚,竟来攻续,突至城下,大掠居民。续麾兵出救,虎诈败佯输,诱续远追,暗中却令孔苌,带着精骑,绕出续背,前后夹攻。续中箭落马,为虎所擒,缚至城下,胁令招降守兵。续呼兄子竺等,慷慨与语道："我志欲报国,不幸至此,汝等但努力守城,奉匹碑为主,勿生贰心。"语毕自退。虎将续解往襄国,勒使人责续道:"汝前既归我,后复叛我,国有常刑,汝甘受否?"续答说道:"续为晋臣,宜尽臣节,本无贰心。前次委命纳贽,无非为保全乡宗起见,大王不察愚衷,诛及续子,使续不得早叩天门,是大王负续,非续负大王。大王如欲杀续,续自甘就死,尚有何言?"勒闻续言,顾语张宾道:"续言忠挚,孤且增惭,右侯可为孤招待便了。"宾奉勒命,延续入馆,厚加慰抚。寻复令续为从事中郎。续不愿事勒,亲自灌园鬻菜,作衣食资,勒称为高士,临朝时辄加叹赏,激励百僚。

　　惟续被擒后,匹䃅得报,急与文鸯还救乐陵,中途为石虎所遮,兵皆骇散。亏得文鸯多力,带领数百亲兵,保住匹䃅,血战入城,与续子缉,及续从子存、笠等,乘陴拒守。石虎、孔苌,屡攻不克,苌恃强无备,反为文鸯所袭,大败一阵,退军十里。虎亦却走。既而虎与苌,又复进攻,相持兼旬,城内粮食垂尽,城外亦被掠一空。文鸯请诸匹䃅,愿决一死战,匹䃅不许。文鸯毅然道:"我以勇力著名,故为民所倚望,今不能救民,已失民心,况粮竭无援,守亦死,战亦死,同是一死,何如一战,倒还好杀死几个胡虏。"说毕,径率壮士数十骑出战。石虎见文鸯出来,麾兵围绕,至数十匝。文鸯手执长槊,左挑右拨,十荡九决,戳毙虎兵无数,人尚未困,马却已乏,乃伏鞍少憩。虎高呼道:"兄与我俱出夷狄,久欲与兄同为一家,今天不违愿,复得相见,何必苦战,请释仗共叙。"文鸯骂道:"汝为寇贼,早该致死,天不祚我,使我骨肉相戕,令汝犹得称雄,我宁斗死,不为汝屈。"说着,下马再战,槊忽折断,拔刀冲突,自辰至申,腹枵力尽,然后被执。城上守兵,当然夺气。文鸯原是勇士,惜乎徒勇无谋。先是邵续被围,报至建康,吏部郎刘胤,曾奏闻元帝道:"北方藩镇,只一邵续,倘复为石虎所灭,何以对忠臣义士?请亟发兵往救,免致沉沦。"元帝不能用。至续已陷没,乃令王英持节北行,令续子缉承袭父职。英到了乐陵,坐居围城,不能南归。匹䃅欲与英突围,同赴建康,偏邵续弟洎,曾为乐安内史,不许匹䃅出城,且欲执英送虎。匹䃅正色道:"卿不遵兄志,逼我不得归朝,已经无礼,且并欲执天子使,送交寇虏,我虽夷人,却未闻有这般横逆哩。"洎竟迫令缉、笠等,舆榇出降。石虎入城见匹䃅,尚拱手行礼。匹䃅道:"我受晋恩,志在灭汝,不幸我国自乱,竟致如此,既不能死,也不能为汝加敬呢。"虎竟拥匹䃅出城,令与文鸯等同往襄国。勒授匹䃅为冠军将军,文鸯为左中郎将,散诸流民三万余户,各复本业,分置守宰,按地抚治。于是幽、冀、并三州,俱入后赵。匹䃅留居襄国,犹常着晋朝服,持晋旌节,一住年余。旧部又密谋规复,仍推匹䃅为主,不幸事泄,为勒所杀。文鸯、邵续,亦被鸩死。了过段匹䃅等。惟末抦尚存,臣事后赵,奄然不振,后文自有表见,暂且搁下。

　　且说晋江州牧王敦,扼守长江,权倾中外,但虑杜曾难制,特嘱梁州刺史周访，叫他努力擒曾，且预把荆州刺史一职，作为酬劳。上有元帝，敦怎得私约酬庸？可见敦已目无君上。先是杜曾出没汉沔，纠合郑攀、马俊，屡与荆州刺史王廙为难，小子于前文二十九回中，曾已叙明。嗣由武昌太守赵彦，襄阳太守朱轨，合兵救廙，杀败郑攀、马俊等军，攀等惶恐乞降。杜曾亦请击第五猗以自赎，廙因杜曾服罪，乃自江安赴荆州，留长史刘浚屯戍扬口，竟陵内史朱伺白廙道："曾乃猾贼，佯示屈服，诱公西行，待公启程，他定来袭扬口了。"廙不信伺言，便即就道。途次，接得刘浚急报，曾等果入袭扬口，慌忙遣伺还援，扬口已经被围。伺力战受伤，浮水得免。曾遣人招伺，伺拒绝道："我年逾六十，不能再从君作贼了。"乃还就王廙，病殁甑山。杜曾已陷入扬口，复击退朱轨各军，径趋沔口。轨等再战败死，曾势大振。幸周访屯兵沌阳，出奇制胜，大败曾兵。曾还走武当，汉沔复平。

访本为豫章太守，至是始迁南中郎将，领梁州刺史，进屯襄阳。访慨语将佐道："春秋时晋楚交兵，城濮一战，楚已败退，晋文谓得臣未死，尚有忧色。今不斩曾，祸难未已，我当与诸君再接再厉，誓诛此贼。"于是整缮兵马，再拟进击。可巧王敦以荆州相属，乐得公私两济，鼓勇直前。曾在武当，未及豫备，被访领兵突至，踊跃登城，曾众溃散。独曾狼狈出走，距城约数十里，由访部将苏温，引兵追来。曾欲逃无路，欲战无兵，只好束手就擒，牵入访营。访历数曾罪，腰斩以徇，复移军转攻第五猗。猗闻曾败没，已吓得魂胆飞扬，哪里还敢对敌？东逃西窜，结果是仍入罗网，为访所获。适王敦移镇武昌，访即将猗解往，且作书白敦，谓："猗本中朝所署，为曾所逼，应特加宽宥，不可加诛。"敦方欲杀人示威，怎肯听信周访？待猗解至，即升座叱责，置诸重辟。

时王廙已早莅荆州，滥杀陶侃将佐，士民交怨。元帝颇有所闻，征廙为散骑常侍，令访代任荆州刺史。敦以前时曾与访约，至此得朝廷委任，正好践言，倒也没有异议。偏从事郭舒语敦道："荆州虽遇寇难，现状荒敝，但究系用武要区，不可轻易假人，公宜自领为是。访既刺梁州，已足报功，倘再移荆州，恐尾大不掉，转为公忧。"敦听了舒言，竟易初志，便表达元帝，请留访仍任梁州，愿自领荆州刺史。虽由郭舒进谗所致，但主权总在王敦，敦怀私失信，咎将安辞？元帝不好驳议，只得加敦荆州牧，命访留任，但使为安南将军。访平素谦逊，不自矜功，此次也不禁动怒，贻书诋敦，敦裁笺作答，强为慰解，并馈访玉环玉碗，申明厚意。访将环碗掷地，顾叱敦使道："我非贾竖，不爱珍宝，怎得把此物欺我哩？"敦使自去。访务农训卒，秣马厉兵，本意欲宣力中原，规复河洛。自与敦有隙，隐料敦有异志，遂壹意防敦。守宰有缺，即择心腹补任，然后奏闻。敦虽然加忌，但惮访勇略，未敢逞威。无如访已垂老，天不假年，平曾后仅阅一载，竟致病逝。访系南安人氏，与陶侃素相友善，且结为儿女姻亲。庐江人陈训,有相人术,当访与侃卑贱时,尝语二人道:"二君皆位至方岳,功名亦大略相同。但陶得上寿,周得下寿,寿有长短,事业不能少异了。"及访病殁梁州任所,年六十一,尚小侃一岁。两人俱为刺史,适如训言。有诏赠访为征西将军,赐谥曰壮,另调湘州刺史甘卓继任,兼督沔北诸军事,仍镇襄阳。

卓未到时,王敦已遣从事中郎郭舒,监襄阳军。至卓已莅镇,敦乃召还郭舒,元帝征舒为右丞,敦留舒不遣,自是元帝亦未免疑敦,另引刁协、刘隗为腹心,裁抑王氏权势。就是佐命元勋王茂弘,即导表字,见前。亦渐被疏远。中书郎孔愉,谓:"王导忠贤,且有勋望,仍宜委任如初。"元帝竟出愉为司徒左长史。王导尚随势浮沈,没甚介意,独王敦愤愤不平,上疏陈请道:

臣从弟王导,昔蒙殊宠,委以事机,虚己求贤,竭诚奉国,遂借恩私,居辅政之重。帝王体远,事义不同,虽皇极初建,道教方阐,维新之美,犹有所阙。臣每慷慨于遐远,愧愤于门宗,是以前后表疏,何尝不寄言及此。陛下未能少垂顾眄,畅臣微怀。顷导见疏外,导诚不能自量,陛下亦未免忘情。天下事大,尽理实难,导虽凡近,未有秽浊之累,既往之勋,畴昔之顾,情好绸缪,足以激厉薄俗,明君臣合德之义。昔臣亲受嘉命云:"吾与卿及茂弘,当管鲍之交。"臣忝外任,渐冉十载,训诱之诲,日有所忘,至于斯命,铭之于心。窃犹眷眷,谓前恩不得一朝而尽。伏维陛下,圣哲日新,广延俊乂,临之以政,齐之以礼。顷者令导内综机密,出录尚书,杖节京都,并统六军。既为刺史,兼居重号,殊非人臣之礼。流俗好凭,必有讥谤,宜省录尚书杖节及都督。且王佐之器,当得宏达远识,高正明断,道德优备者为之。以臣暗识,未见其才。如导辅翼积年,实尽心力。自来霸王之主,何尝不任贤使能,共相终始。管仲有三归反坫之讥,子犯有临河要君之责,萧何、周勃,得罪图圄,然终为良佐。以导之才,何能无失?当令任不过分,役其所长,以功补过。若圣恩不终,则遐迩失望,天下荒弊,人心易动;物听一移,将致疑惑。臣非敢苟私亲亲,惟欲效忠于社稷耳。事阙补衮,不尽欲言。

这篇奏疏,明明是心怀怨望,挟制朝廷。使人到了建康,先至导第,取疏出示。导摇手道:"此疏不便上闻,烦汝持还便了。"因将原疏封固,交与来使,缴还王敦。敦不甘罢休,仍遣人直接奏陈。元帝觅到此疏,也觉介意,夜召谯王承入宫,出疏与阅,且语承道:"朕待敦不为不厚,今敦要求不已,语多忿激,究宜如何处置?"承答道:"陛下不早为抑损,致有今日,若再加姑息,祸患不远了。"元帝亦不免叹悔。越日,复召刘隗入商,隗请速简重臣,出镇方面,以备非常。元帝点首,适王敦表荐宣城内史沈充,代甘卓为湘州刺史,元帝不从，复召语谯王承道："王敦奸逆已著，视朕如惠皇帝，朕若不图，必蹈覆辙。湘州地居上游，形势冲要，怎得再用王敦私人，同恶相济？看来只好烦劳叔父，为朕一行。"承答说道："臣仰承诏命，唯力是视，何敢辞劳？但湘州甫遭寇乱，人物凋敝，若奉命莅镇，必及三年，方可从戎。否则时日迫促，教养两难，虽粉身亦恐无益呢。"却有先见之明。元帝竟颁下诏书，令承为湘州刺史。

承系谯王逊次子，即宣帝弟城阳亭侯进庶孙，兄随已殁，承得袭父爵，秉性忠厚，为元帝所亲信。此次出刺湘州，陛辞就道，行至武昌。撤去戎备，坦然见敦。敦不得不设宴相待，席间用言讽承道："大王系雅素佳士，恐未足为将帅才。"承知他有意诮己，便应声道："铅刀虽钝，或堪一割，公亦休得轻人。"敦付诸一笑。及宴毕散席，敦入语参军钱凤道："彼不知畏惧，漫学壮语，显见是虚骄无术，有甚么能为呢？"遂听令赴镇。

阅年为太兴四年，春季天变，日中有黑子，夏仲地震，终南山忽崩，时人目为不祥。元帝益恐王敦为乱，更命尚书仆射戴渊，为征西将军，出督司、兖、豫、并、雍、冀六州军事，领司州刺史，镇守合肥。丹阳尹刘隗，为镇北将军，出督青、徐、幽、平四州军事，领青州刺史，镇守淮阴。两人皆假节领兵，名为讨胡，实隐为防敦起见。且迁王导为司空，录尚书事，外尊内疏，一切机事，多不与议，但遥与刘隗密通敕奏，决定施行。隗实一庸才，元帝亦太误信。敦探悉刘隗专政，即寄书与隗，略言："足下近得圣眷，朝野共知，现今北虏未灭，中原鼎沸，敦欲与足下等，戮力王室，共静海内，事若有成，帝祚永隆，否则从此无望了。"隗复书道："鱼相忘于江湖，人相忘于道术，竭股肱之力，济以忠贞，便是区区素志，愿与公各勉将来。"敦得复书，见他言外寓意，更加忿恨。复表陈："古今忠臣，见疑君上，俱由幸臣交构所致。"这明明是指斥刘隗。元帝益生疑忌，但因筹备未固，暂加敦羽葆、鼓吹，借示羁縻。

敦视刘隗、刁协等人，均非己敌，惟豫州刺史祖逖，颇为所惮。逖已肃清河南，荡平群丑，方拟规画河北，逐渐进取，偏朝廷简派戴渊，来统豫州。逖因渊徒有虚名，不足共事，心甚怏怏。且闻王敦与刁、刘构隙，将致内乱，眼见是国家多难，势不能恢复中原，于是感愤成疾，日重一日。临危时，尚营缮虎牢，命诸将筑垒，工未告竣，魂已长辞。当时豫州分野，发现妖星，术士戴洋，谓祖豫州九月当死，历阳人陈训，亦谓西北当折一大将，就是逖亦知自应星象，抱病长叹道："我志平河北，乃天不佑国，偏欲杀我，我死尚有何望呢？"长使英雄泪满襟。已而果殁，享年五十有六。豫州士女，若丧考妣。谯、梁百姓，多为立祠，有诏赠逖车骑将军，令逖弟约，代领州事。约无抚驭才，士卒离心。王敦得祖逖死耗，喜出望外，遂以为天下无敌，决计发难。是时为太兴五年正月，元帝方改元永昌，颁诏大赦。那王敦发难的表文，接踵呈入，表云：

第三十三回　段匹磾受擒失河朔　王处仲抗表叛江南

刘隗前在门下，邪佞谄媚，谮毁忠良，疑惑圣听，遂居权宠，挠乱天机，威福自由，中外杜口。晋魏以来，未有此比。倾尽帑藏，以自资奉，大起事役，以扰士民。臣前求迎诸将妻息，圣恩听许，而隗绝之，使三军之士莫不怨愤。又徐州流人，辛苦经载，家计始立，隗悉驱逼，以实己府。当陛下践阼之始，投刺王官，本以非常之庆，使豫蒙荣分，而隗使更充征役，仍依旧名，百姓哀愤，怨声盈路。臣备位宰辅，与国存亡，诚乏平、勃济时之略，然自忘驽骀，志存社稷，岂可坐视成败，以亏圣美？事不获已，乃进军致讨。愿陛下深垂省察，速斩隗首，则众望厌服，皇祚复隆。隗首朝悬，诸军夕退。昔太甲不能遵明汤典，颠覆厥度，幸纳伊尹之勋，殷道复昌。汉武雄略，亦惑江充，至乃父子相屠，流血丹地，终能克悟，不失大纲。今日之事，有逾于此。忆昔陛下坐镇扬州，虚心下士，优贤任能，宽以得众。故君子尽心，小人毕力，如臣暗蔽，预奉徽猷，王业遂隆，维新克建，四海延颈，咸望太平。自从信隗以来，刑罚不中，街谈巷议，皆云如吴之将亡，闻之惶惑，精魂飞散，不觉胸臆摧破，泣血横流。陛下当令祖宗之业，存神器之重，察臣前后所启，奈何弃忽忠言，遂信奸佞，谁不痛心？愿出臣表，谘之朝臣。介石之饥，不俟终日，令诸军早还，不至虚扰，则四海乂安，社稷永固矣。攘甲待命，无任翘企！

表文既上，遂带领水陆各兵，出发武昌。宣城内史沈充，本系王敦爪牙，还至吴兴原籍，招募徒众，起应王敦。敦至芜湖，命充为大都督，督护东吴诸军事，又上表罪状刁协，迫令加诛，建康大震。小子有诗叹道：

　　　　果然蜂目露豺声，藐视朝廷敢逞兵。
　　　　纵使刁、刘难免咎，叛君毕竟是横行。

欲知元帝如何对付，下回再行说明。

先儒于段匹磾之死，多以全节许之，独本书叙述匹磾，贬过于褒，非好为此苛论也。刘琨志匡晋室，而匹磾杀之，彼固尝与琨结为昆季矣，口血未干，遽下毒手，对琨则不义，对晋即不忠。至杀琨以后，人心不附，迄为羯胡所虏，犹授石氏冠军将军之职，临难不死，徒著晋服，持晋节，自命为晋室忠臣，欺人耶？欺己耶？李陵答苏武书，有虚死不如立节之言，而后人鲜有为陵恕者，何于段匹磾而独嘉之也？王敦蜂目，潘滔早料其噬人，而元帝反付以重权，令督六州军事。夫当时义勇卓著，如祖逖、周访、陶侃诸人，皆可分任，乃专用一残忍无亲之王敦，虽欲不乱，得乎？况有刘隗、刁协之从中酝酿者哉！

第三十四回　镇湘中谯王举义
　　　　　失石头元帝惊心

却说元帝连接逆表,已知王敦造反,不由的动起怒来,当下飞召征西大将军戴渊,镇北将军刘隗,还卫京师,一面下诏讨敦。略云:

> 王敦凭恃宠灵,敢肆狂逆,方朕太甲,欲见幽囚,是可忍也,孰不可忍?今当统率六军,以诛大逆,有杀敦者封五千户侯。朕不食言。

敦闻诏后,毫无惧色,仍决意进兵,且拣选名士,入居幕府:一是故太傅羊祜从孙羊曼;一是前咸亭侯谢鲲;一是著作佐郎郭璞。曼本为黄门侍郎,迁晋陵太守,坐事免官,敦却引为左长史。曼性嗜酒,此时为敦所邀,不便固辞,乐得借酒涠迹,多醉少醒。那谢鲲是个放浪不羁的人物,能琴善歌,家住阳夏,表字幼舆,尝为东海掾吏,因佻达无行,除名回籍。邻家高氏女有姿色,鲲屡往挑引,被该女投梭中唇,击落门齿两枚,时人作韵语讥鲲道:"佻达不已,幼舆折齿。"鲲不以为羞,怡然长啸道:"尚不害我啸歌,折齿亦何妨呢!"究乖名教。既而王敦辟为长史,与讨杜弢,叙功得封咸亭侯,嗣因母忧去职,至敦将作乱,仍使起复,且召入与语道:"刘隗奸邪,将危社稷,我欲入清君侧,卿意以为何如?"鲲答道:"隗诚足为祸首,但城狐社鼠,何足计较。"此语恰还近理。敦愤叹道:"卿乃庸才,不达大体。"造反可谓大体吗? 便令鲲为豫章太守。鲲即日告辞,又留住不遣。及起兵东下,逼鲲同行。鲲随时通变,却也无喜无忧。

惟郭璞家世河东,素长经学,好古文奇字,通阴阳算历,尝拜隐士郭公为师,得青囊中书九卷,日夕研究,并通五行天文卜筮诸学。惠、怀时河东先乱,璞筮得凶象,避走东南,抵将军赵固汛地。适固丧良马,璞谓能起死回生,固向璞求术,璞答道:"可用健夫二三十人,俱持长竿东行,约三十里,见有丘林社庙,便用竿打拍,当得一物,可急持归来,医活此马。"固如言施行,果得一物,仿佛似猴。璞令置马旁,便向马鼻嘘吸,马一跃而起,鸣食如常,惟此物遁去,不知下落。固大加诧异,厚给资斧。行至庐江,太守吴孟康,由建康召为军谘祭酒,孟康不欲南渡。璞替他卜《易》,谓庐江不宜再居。孟康疑为妄言,不甚礼璞。璞寄居逆旅,见主人有一婢,婉娈可爱,便想出一法,取小豆三斗,分撒主人住宅旁。主人晨出,见赤衣人数千围绕,大骇奔还。璞自言能除此怪,谓宜贱鬻此婢,怪即立除。主人不得已从了璞言,将婢卖去。璞即为画

第三十四回 镇湘中谯王举义 失石头元帝惊心

一符,投入井中,数千赤衣人,皆反缚入井,杳无形影。主人大悦,厚赐璞资。其实该婢为璞所买,不过嘱人间接,至赆仪到手,除婢价外,尚有余资,且得了一个如花似玉的美鬟,挈领而去,途中偎玉倚香,不问可知。术士之坏,往往如此。

过了数旬,庐江果被寇蹂躏,村邑成墟。璞既过江,宣城太守殷祐,引为参军,屡占屡验。寻为王导所闻,征璞为掾。尝令卜筮,璞惊说道:"公当有灾厄,速命驾四出,至数十里外,有柏树一株,可截取至此,长如公身,置卧寝旁,灾乃可免了。"导亟向西行,果有柏树一株,取置寝室。数日,有大声出寝室,柏树粉碎,导独无恙。恐亦如前次撒豆成人之术,第借此以愚王导。

时元帝尚未登位,璞筮得咸、井二卦,便白王导,谓东北有武名郡县,当出铎为受命符瑞,西南有阳名郡县,井当上沸。已而武进县人,果在田中得铜铎五枚,献入建康。历阳县中井沸,经日乃止。及元帝为晋王时,又使璞占易,得豫及睽卦。璞说道:"会稽当出瑞钟,上有勒铭,应在人家井泥中。爻辞谓先王作乐崇德,殷荐上帝,便是此兆。"作乐两语,见《周易》豫卜象辞。未几,由会稽剡县,在井中发现一钟,长七寸二分,口径四寸半,上有古文奇书十八字,只有会稽岳命四篆文,尚易辨认,余皆莫识。璞独指为灵符,元帝就此称尊。安知非郭璞隐铸此钟,藏此井内?璞尝著《江赋》,又作《南郊赋》,词皆伟丽,为元帝所叹赏,因命为著作佐郎。后来迭上数疏,无非借灾祥变异,略进箴规。

王敦闻璞能预知,致书与导,召璞一行。导遣璞往武昌,敦即令为记室参军。璞知敦必为乱,恐自己预祸,常以为忧。大将军掾陈述,表字嗣祖,素有重名,为敦所重。敦将起兵,述即病逝。璞临哭甚哀,且向柩连呼道:"嗣祖嗣祖,安知非福?"璞知将来遇祸,何不设法他去?难遭命已注定,不能自免吗?惟敦见朝廷无人,必能逞志,所以率兵遽发,毫不迟疑。敦兄王含,曾在建康留仕,官拜光禄勋,闻敦已至芜湖,遂溜出都门,乘舟归敦。敦曾遣使告梁州刺史甘卓,约与同反,卓佯为允诺。及敦已出兵,卓竟不赴,但使参军孙双,往阻敦行。敦惊问道:"甘侯已与我有约,奈何失信?我并非觊觎社稷,不过入除凶邪,事成以后,当使甘侯作公,烦汝归报,幸勿渝盟。"双回报甘卓,卓叹道:"昔陈敏作乱,我先从后违,时人讥我反复无常,我若复作此态,如何自明?越要受人唾骂了。"乃使人转告顺阳太守魏该,该答复道:"该但知尽忠王室。今王公举兵内向,显是悖逆,怎得相从呢?"卓得闻该言,益不愿与敦同行。

敦又使参军桓罴至湘州,请谯王承为军司,承长叹道:"我将死了!地荒民寡,势孤援绝,不死何为?但得死忠义,亦所甘心。"因拘住桓罴,即檄长沙虞悝为长史。悝适遭母丧,承亲自往吊,向悝问计道:"我欲讨王敦,但兵少粮乏,且莅任不久,恩信未孚,卿兄弟系湘中豪杰,当如何教我?"悝答道:"大王不以悝兄弟为鄙劣,亲临下问,悝兄弟敢不致死。但本州荒敝,实难进讨,不如收众固守,传檄四方,先分敦势,然后图敦,或尚可望捷哩。"承遂授悝为长史,悝弟望为司马,督护诸军,当即移檄远近,劝令讨逆。零陵太守尹奉、建昌太守王循、衡阳太守刘翼、舂陵令易雄,皆应声如响,举兵讨敦。惟湘东太守郑澹不从。澹系敦姊夫,甘心附恶,承使司马虞望讨澹,澹出拒被诛,传首四境,徇示吏民。

　　承复遣主簿邓骞,往说甘卓道:"刘大连隗字大连。虽然骄蹇,自失民心,但与天下无甚大害,大将军王敦,蓄憾称兵,敢向北阙,忠臣义士,应当共愤。公受任方伯,奉辞伐罪,便是齐桓、晋文的盛举了。"卓微笑道:"桓、文事非我所能,若尽力国难,乃我本心,当徐图良策。"总未免多疑少决。骞再欲进言,旁有参军李梁,为卓献议道:"东汉初年,隗嚣跋扈,窦融保守河西,徐归光武,终享令名。今将军控驭上游,还可效法古人,按兵坐待。若大将军事捷,公必得方面,不捷亦可邀朝命,代大将军后任,始终不失富贵,何必出生入死,与决存亡哩?"言未毕,骞即接口驳梁道:"古今异势,怎得相比?从前光武创业,中国未平,故窦融可从容观望;今将军已久事晋室,理应为国尽力。襄阳又不若河西,可以固守,假使大将军得克刘隗,还镇武昌,增石城戍卒,绝荆湘粮运,试问将军将归何处?参军将依何人呢?"梁被骞一驳,倒也哑口无言。惟卓尚迟疑不决,留骞小住,再决行止。

　　骞待了两三日,未见举动,乃复见卓道:"今公既不为义举,又不承大将军檄,莫非坐自待祸么?骞想公数日不决,大约恐强弱不同,未能制胜,实则大将军部曲,不过万余,至留守武昌,只得五千人。将军麾下,势且过倍,本旧日之盛名,率本府的精锐,杖节鸣鼓,效顺讨逆,何忧不克?何患不成?为将军计,当乘虚先攻武昌,武昌一下,据军实,施德惠,镇抚二州,截断大将军归路,大将军当不战自溃,怎能还与公敌?今有此机会,乃束手安坐,自待危亡,岂非不智?岂非不义?"快人快语。卓听了骞语,也觉眉动色扬,跃跃欲动。

　　可巧来了王敦参军乐道融,由卓召入,问明来意。道融答道:"大将军催公东行,公果愿意呢,还不愿意呢?"卓半晌不答一词。道融请屏除左右,然后进白道:"道融此来,实为大将军所遣,促公启程,免得后顾。但道融究是晋臣,不便专事大将军,试想人主亲临万机,自用谯王为湘州,并非专用刘隗,乃王氏擅权构衅,背恩肆恶,举兵犯阙,敢为不韪。公受国重寄,若与他同逆,便是违悖大义,生为逆臣,死作愚鬼,岂不可惜?今不若伪许出兵,却暗地驰袭武昌,逆众闻风生惧,自然溃散,公就得坐建大功了。"慷慨激昂,也是邓骞流亚。卓乃转疑为喜,起座答道道:"君言正合我意,我志决了。"恐怕还是未决。乃使道融与骞同留幕下,参议军事,一面约同巴东监军柳纯、南平太守夏侯承,宜

第三十四回　镇湘中谯王举义　失石头元帝惊心

都太守谭该等,檄数敦罪,合军致讨,更遣参军司马赞、孙双,奉表入都,报明起义情形。再使参军罗英,南赴广州,邀同刺史陶侃,会师讨敦。侃便遣参军高宝,引兵北上,作为声援。

元帝加卓为镇南大将军,都督荆、梁二州军,领荆州牧,兼梁州刺史。侃为平南将军,都督交、广二州军事,兼领江州刺史。王敦闻警,却也心惊,惟令兄含,固守武昌,慎防袭击。另拨南蛮校尉魏义,将军李桓,率兵二万,往攻长沙。长沙为湘州治所,城郭不完,资储又阙,单靠谯王承一腔忠义,乘城守着,到底是不能久持。或劝承南投陶侃,或退保零桂,零陵、桂阳。承慨然道:"我起兵时,志在死节,岂可贪生苟免,临难即逃?事若不济,我身虽死,我心总可告无愧哩。"遂遣司马虞望,出城交战,互有杀伤,嗣复连战数次,望中箭而亡,全城恟惧。

邓骞闻长沙被围,请诸甘卓,乞即赴援。卓尚欲留骞,骞一再固辞,乃使参军虞冲,偕骞同赴长沙,赍交谯王承书,谓:"当出兵沔口,断敦归路,湘围当然可解,请暂从严守"云云。承遣还虞冲,付与复书,略言:"江左中兴,方在草创,不图恶逆,启自宠臣,我忝为宗室,猝受重任,不胜艰巨,但竭愚诚。足下能卷甲速来,尚可望救,若再迟疑,唯索我于枯鱼肆中。"这一番书辞,也算是万分迫切,偏甘卓年已垂老,暮气甚深,当驰檄讨敦时,颇似蹈厉发扬,饶有执戈前驱的状态,及过了数日,便即衰靡下去。想亦如今之所谓五分钟热心者。且州郡各军,一时亦未能趋集,他便得过且过,无心去顾及长沙了。

且说戴渊、刘隗,奉命入卫,隗先至建康,百官迎接道左。隗首戴岸帻,腰悬佩刀,谈笑尽欢,意气自若。及入见元帝,与刁协同陈御前,请尽诛王氏。元帝不许,隗始有惧色。司空王导,率从弟中领军邃,左卫将军廙,侍中侃彬,及诸宗族二十余人,每日辄诣台待罪。尚书周顗,晨起入朝,行径台省。导呼顗表字道;"伯仁!我家百口,今当累卿。"顗并不旁顾,昂然直入,既见元帝,却极言导忠,申救甚力。元帝颇加采纳,且命顗侍饮畅谈。顗素嗜酒,至醉乃出。导尚守候,又连呼伯仁,顗仍不与言,但顾语左右道:"今年当杀诸贼奴,好取斗大黄金印,系诸肘后了。"狂态如绘,然终因此送命。一面说,一面趋归宅中,又上表明导无罪,语甚切挚。导未知底细,还疑顗从中媒孽,暗暗切齿。会有中使出达帝命,还导朝服,导入阙谢恩,叩首陈词道:"逆臣贼子,无代不有,可恨今日出自臣族。"元帝跣足下座,亲执导手道:"茂弘!朕方欲寄卿重命,何烦多言。"导拜谢而起,自请讨敦,乃诏命导为前锋大都督,加戴渊骠骑将军,同掌军务。进周顗为尚书左仆射,王邃为右仆射,又使王廙往谕王敦,饬令撤兵还镇,敦怎肯从命,留廙不遣。廙为敦从弟,乐得在敦营中,希图荣利。敦即自芜湖进向石头,元帝命征虏将军周札为右将军,都督石头诸军事,另简刘隗屯守金城，复亲自披甲上马，出阅诸军，晓谕顺逆，然后还都。

敦既至石头，欲攻金城，敦将杜弘献计道："刘隗死士颇多，未易攻克，不如专捣石头，周札少恩，兵不为用，必致败覆。我得败札，隗众亦自然骇走了。"敦点首称善，即命弘为前锋，驱兵至石头城下，鼓噪攻城。城内守兵，果无斗志，多半思遁。札料不能战，竟开门纳弘。弘麾众直入，安安稳稳的据住石头。敦亦继进，登城自叹道："我今不能为盛德事了。"谢鲲在旁接入道："大将军何出此言？但使从今以后，日忘前忿，庶几君臣猜嫌，亦可日去，便无伤盛德呢。"敦默然不答。旋闻刁协、刘隗、戴渊等，率众来攻，便麾兵出战。刁、刘等本不知兵，所领军士，没甚纪律，一经对垒，统皆观望不前。那王敦部下，未曾剧战，一些儿没有劳乏，便仗着一股锐气，横冲直撞，驰突无前。自辰至午，刁、刘、戴三部将士，均已溃走，三帅也拨马奔还，再经王导、周顗，及他将郭逸虞潭，分道出御，导与顗已不相容，巴不得顗军战败，哪肯同仇敌忾？而且号令不一，行止不同，徒落得土崩瓦解，四散奔逃。郭逸、虞潭，相继败走，顗亦退还，王导并不出兵，也且同声报败，愿受那丧师失律的污名。直揭王导罪状，不为曲讳。

败报连达宫廷，太子绍忍耐不住，拟自督将士出战，决一存亡，当下升车欲行。中庶子温峤，执辔进谏道："殿下乃国家储贰，关系至重，奈何轻冒不测，自弃天下？"绍尚欲前进，被峤抽剑断鞅，然后停留。太子尚有雄心，故后来卒能诛逆。宫廷宿卫，惊慌的了不得，逃的逃，躲的躲，只有安东将军刘超及侍中二人，尚留值殿中。元帝到了此时，一筹莫展，但脱去戎衣，改著朝服，闷坐殿上，顾语刘超道："欲得我座，亦可早言，何必如此害民？"前时不肯北征，总道是可以偏安，谁知复有此日？超亦无词可劝，随声叹息。蓦闻敦纵使士卒，入掠都下，喧嚷声与啼哭声，杂沓不休。元帝乃遣使谕敦道："公若不忘本朝，便可就此息兵，共图安乐。若未肯已，朕当归老琅琊，自避贤路。"简直要拱手让人了。敦置诸不理，急得元帝没法摆布，越觉慌张。确是庸牛。适刁协、刘隗，狼狈入宫，俯伏座前，呜咽不止。元帝握二人手，相对涕洟，好一歇，才说出两语道："事已至此，卿二人速去避祸。"协答道："臣当守死，不敢有贰。"元帝又道："卿等在此，徒死无益，不如速行。"说着，便顾令左右，选择厩马二匹，赐与隗、协，并各给仆从数人，令他速去。二人拜别出殿，协老不堪骑，又素乏恩惠，一出都门，从人尽散，单剩他一人一骑，行至江乘，为人所杀，携首献敦。隗返至第中，挈领妻孥，及亲信数百人，出都北去，竟投后赵，勒用为从事中郎，累迁至太子太傅，竟得寿终。小子有诗叹道：

> 无端构衅动京尘，一死犹难谢国人。
> 况复逃生甘事虏，叛君误国罪维钧。

究竟元帝能否免祸，且至下回再详。

谯王承与甘卓，皆不附王敦，传檄讨逆，迹似相同，而心术不同。承甫莅长沙，兵单粮寡，加以乱离之后，城郭不完，自知不能御侮，而桓黑一至，即置狱中，毅然决然，不少迟疑，彼固舍生取义，而置利害于不顾者。卓则多疑少决，临事迟疑，论者谓其年老气衰，以至于此，实则畏死之见，与生俱来。当陈敏为逆时，甘心被胁，甚且冒充太弟，摇惑人心，设非畏死，何至昏愦若此？故谯王承之忠，乃为真忠，甘卓非其伦也。刁协、刘隗，智不足以驭人，勇不足以却寇，构衅有余，救乱不足。王敦一发，即陷石头，仓猝抵御，狼狈败还。刁协尚有守死不贰之言，而隗则不发一语，即挈妻孥而远遁，谁为首祸，乃置天子于不顾，竟藉虏廷以求活耶？元帝不察，尚以为忠，纵使避祸，此江左之所以终慨式微也。

第三十五回　逆贼横行廷臣受戮
　　　　　　　皇灵失驭嗣子承宗

却说刁协走死，刘隗奔往后赵。王敦并非不闻，本来君侧已清，理应入朝谢罪，收兵还镇，但敦是个蜂目豺声的忍人，既已起事，怎肯就此罢休？当下据住石头，按兵不朝，明明是胁迫元帝，志在横行。元帝无法抵制，只得令公卿百官，统往石头，劝令罢兵。敦盛气相见，不待百官开口，便先问戴渊道："前日交战，君尚有余力否？"渊听了此语，暗暗吃惊，勉强接口道："怎敢有余，但苦不足。"敦又问道："我今为此事，天下以为何如？"渊答道："但论形迹，未免指公为逆，若体诚心，应该谅公为忠。"模棱语恐不足欺奸。敦冷笑道："卿也好算是能言了。"又顾周顗道："伯仁！汝未免负我。"顗抗声道："公兴兵犯顺，下官亲率六军，不能尽职，终致王师挫败，这原是有负公心呢。"敦被顗讥嘲，倒也无词可答，但召入王导，屏人与语道："老弟不用我言，险些儿灭族了。"导答道："兄亦太觉孟浪，今日侥幸得志，还是祖宗的荫庇，得休便休，幸勿太过。"敦掀髯道："弟为何这般胆小？刁、刘余党，尚列朝廷，还须除去数人。且主子由我等推戴，怎得疑忌我家？就使主位不移，也当有一番改革，方免后忧。"导又道："但教朝廷悔祸，不再加忌，我兄弟长得安全，也好趁此罢手了。"可见导当时心术。敦尚是摇首，导乃退出。原来元帝即位时，敦忌帝年长，意欲另立幼君，以便专政，独导不肯依敦，所以敦有此云云。

导出与百官商议一番，还白元帝，百官承导意旨，当然不敢斥敦，但请元帝颁发赦书，并加王敦官爵，饬令退兵。元帝无可如何，只得下诏大赦，进王敦为丞相，都督中外诸军，录尚书事，封武昌郡公，领江州牧，使太常荀崧赍册诣敦，敦语荀崧道："我此来不望升官，唯欲为国家除患，一切封爵，我不愿受，烦卿缴还便了。"实是无君，非特伪让而已。崧申劝数语，敦终不听，乃辞归复命。敦又召集百官，议废太子，呼中庶子温峤至前，厉声诘问道："太子有何德望？卿侍东宫，理应深知。古人有言：'事父母几谏。'主上有过，不闻太子谏阻，难道尚得称孝么？"峤从容答道："钩深致远，非浅见所能窥，据峤看来，太子实是贤孝，就是公来辇下，亦未闻东宫抗议，贻误国家，怎见他不从中几谏哩？"大众亦随声附和，齐称太子有道，说得敦无可辩驳，不得不自发自收，含糊过去。百官乃复还朝。

　　元帝召周顗入见，蹙然与语道："近日大事，二宫无恙，诸人平安，大将军果得副民望么？"顗答道："二宫原如明谕，臣等生死，尚未可知。"元帝不禁长叹。顗退至朝堂，护军长史郝嘏等，与顗相遇，都劝顗暂避凶锋。顗奋袂道："我备位大臣，坐睹朝廷丧败，已足增羞，岂尚可草间求活，外投胡越么？"郝嘏等乃不便再劝，各叹息而去。果然不到数天，即致发作，首恶是王敦参军吕猗，从恶是王敦堂弟王导。书法严刻。吕猗尝为台郎，性好谄谀，为周顗、戴渊所嫉，此时出为敦助，竟乘隙白敦道："顗与渊俱负重名，今日不除，必为公患。"敦本忌二人才望，一闻猗言，遂起杀心。适值王导复入，便顾问道："周、戴望重南北，果应登列三司否？"导默然不答。敦又道："若不应列三司，止可使为令仆么？"导又不答。敦复张目道："既不应列三司，又不应为令仆，看来只好杀却了。"导仍然不答。三问三不答，无非不满周、戴。敦即遣部将邓岳，率兵往捕周顗、戴渊。

　　敦复召谢鲲入问道："近日都下人士，有无异议？"鲲应声道："物议悠悠，原不足计，但公尝谓朝臣重望，莫如周、戴，诚使大用二人，群情自然帖服了。"敦动怒道："君真粗疏，不达时事，二人怎可大用？我已遣人收捕了。"鲲不禁骇愕，再欲进言，旁有参军王峤，向敦谏阻道："济济多士，文王以宁，想公定知此语，奈何捕戮名士？"敦怒上加怒，竟欲杀峤。鲲亟进谏道："公举大事，不妄戮一人。峤不过纳言忤意，便欲把他菹醢，也未免过甚了。"敦乃释峤不诛，惟黜峤为领军长史。周顗被收，道经太庙，向庙大呼道："贼臣王敦，倾覆社稷，枉杀忠臣，神祇有灵，应速诛殄，毋使漏网。"说至此，被兵士用戟刺口，血流至踵，仍不改形。道旁行人，俱为流涕。至石头城南门外，正值戴渊亦被绑前来，渊已面无人色，顗仍容止自若，引颈就刑。顗被害后，渊首亦相随落地。同是一死，勇怯悬殊，泰山鸿毛，所以有别。

　　元帝又使王彬劳敦，慰劳他做甚？难道他能杀大臣么？彬素与顗善，先往哭

第三十五回　逆贼横行廷臣受戮　皇灵失驭嗣子承宗

颢,然后见敦。敦见他面目凄惨,尚有泪痕,便问为何事?彬直说道:"见伯仁尸首,不禁凄惨,所以下泪。"敦愤然道:"伯仁自寻死路,死何足惜!汝与他有甚么情谊,反去哭他?"彬答道:"满朝大臣,如伯仁忠直,实不多得。况朝廷新下赦诏,伯仁本无大罪,无故遭此酷刑,怎得不悲?怎得不哭?"敦又道:"汝莫非病疯么?"彬不禁瞋目道:"如兄抗旌犯顺,杀害忠良,谋为不轨,如此过去,恐祸及全家了。"说着,词气慷慨,声泪俱下。敦攘臂起诟道:"汝这般无礼,狂悖已极,难道我不能杀汝么?"这数语声达帐外。王导闻知,抢步趋入,忙为排解,且劝彬向敦拜谢。彬直答道:"脚痛不能拜。况彬并未尝得罪,何必致谢。"敦狞视道:"脚痛比颈痛,究竟是何种利害?"彬仍无惧容,仍不肯拜。导恐他再起冲突,即扯彬同出,导有愧彬多矣。敦乃不复追究。后来导入检中书故事,方见颢上表救己,执表流涕道:"我虽不杀伯仁,伯仁由我而杀,幽冥中负此良友了。"死骨已朽,追悔何益?

且说王敦既杀死周颢、戴渊,仍未罢兵。敦将沈充,陷入吴郡,吴国内史张茂被杀,此时镇南大将军甘卓,但出屯睹口,逗留不进。卓兄子印,曾为敦参军,敦先遣印归卓,嘱令传语道:"君兴师相抗,自守臣节,我也不敢怪君。但我为身家起见,不得不然,事平便当归镇,君亦可返旆襄阳,彼此再结旧好,往事不必重提了。"甘卓本来是没甚主意,见印得归来,已喜出望外,且闻敦有意修好,乐得观望徘徊,在途观变。既而敦又遣台使赍驺虞幡,晋朝有白虎、驺虞二幡。白虎是催军,驺虞是解斗。令卓退兵。卓问明台使,得周、戴二人死状,乃流涕语印道:"我正恐王敦得志,必害忠良,尚幸圣上元吉,太子无恙,我据敦上流,想敦未必敢遽危社稷,我若进夺武昌,敦无路可归,必劫持天子,越加狷獗,今不如还守襄阳,再作后图罢了。"便下令军中,拔营退回。都尉秦康,邀同乐道融,道融见前回。相偕进谏道:"将军奈何还兵?试想将军仗义东行,无非为讨逆起见,逆敦不除,有进无退,今正当分兵,堵截彭泽,使敦上下不得相救,众自离散,敦势既孤,一战可擒。若就此中止,转失人望。况将军麾下,士卒多思除逆立功,博取富贵,乃索然退回,恐反将嫁祸将军,将军尚能安然西还么?"苦口危言,难救膏肓沈痼。卓不肯从。道融复连番泣谏,仍不见听,竟致忧愤而殁。卓竟引兵退入襄阳去了。

王敦闻甘卓还军,当然心慰,令西阳王羕为太宰,王导为尚书令,王廙为荆州刺史,擅易百官及各处镇将,转徙黜免,数以百计。乃拟率兵西还武昌,谢鲲进言道:"公入都以来,累日不朝,所以功业虽成,众心未服。今若入朝天子,使君臣两释猜嫌,尚有何人不服呢?"敦沉吟道:"我若入朝,能保无他变吗?"鲲答道:"鲲近日入觐,主上正侧席待公,宫省穆然,必无他虞。若防有他变,鲲愿侍从。"敦勃然道:"君等屡来饶舌,我若杀君等数百人,也没有甚么害处。"一味蛮横。鲲见他声色俱厉，料难再谏，因即告退，未几病殁。敦始终不朝，自思布置已妥，便即启行，径还武昌。

南蛮校尉魏乂等，为敦所遣，围攻湘州。见前回。谯王承婴城拒守，已将匝月。宜都内史周级，曾密遣兄子该入长沙，向承投书，约为援应。该留住围城，见承危急，自请出外求援。承乃缒该出城，复命从事周崎，与该俱出。冤家碰着对头，竟被乂军阻住，擒送乂营。乂升座语崎道："汝尚望活否？"崎答道："生死由公，要死就死。"乂又道："汝若肯从我言，不但得活，并且加赏。"崎问为何语，乂说道："今令汝至城下，传语守卒，但言大将军已克建康，甘卓退还襄阳，外援阻绝，不如出降为是。"崎即允诺，径往城下，朗声大呼道："我不幸为贼所获，恐城中未知消息，故来相报。各处援兵，便可到来，请诸君努力坚守便了。"乂闻崎易词传报，不禁大怒，立命军士牵回，把崎杀死。一面严刑讯该，问他何故到此。该诡词作答，甚至掠死，终不肯稍吐真情，乃父周级，才得免祸。是忠臣，是孝子。

乂等奋力攻城，连日不已。嗣又由王敦递到台臣书疏，令乂射入城中，守兵知建康失守，莫不怅悒，但尚誓死守着，各无贰心。有时潜兵出扰，杀获乂军多名。相持至百余日，粮食已尽，士卒多死。衡阳太守刘翼，又复阵亡，于是支持不住，为乂所陷。谯王承尚率领残兵，巷战多时，害得械尽力穷，相继被执。长史虞悝，骂乂助逆不忠，乂先令斩首。悝子弟俱对悝号泣，悝慨然道："人生总有一死，今阖门为忠义鬼。死得留名，尚有何恨？"遂伸颈受刑。子弟亦多被杀害。乂用槛车载承，及春陵令易雄，解送武昌。佐吏统皆逃散，惟主簿桓雄，西曹书佐韩阶，从事武延，易服改装，扮作家童模样，随承同行，不离左右。乂见桓雄止不凡，料非常人，将他杀毙。阶与延仍无惧容，依然随着。途次遇着荆州刺史王廙，是密承王敦意旨，来杀谯王承。承便即被害，年五十有九。为司马氏中之佼佼者。阶、延两人，收尸棺殓，送入都中，安葬乃去。

惟易雄拘入武昌，意气慷慨，绝不少屈。王敦取出湘中原檄，遣人示雄道："小小邑令，檄中乃敢署名？"雄答道："确有此事，可惜雄位卑力弱，不能救国。今日战败被执，死也甘心。"敦因他义正词严，不便明戮，暂令释缚，使就客舍。大众以雄复更生，相率道贺。雄微笑道："我不过暂活数天，怎得再生？"果然不到数日，由敦潜遣心腹，害死易雄。惟长沙主簿邓骞，遁归故里，魏乂屡遣人搜索，里人皆为骞寒心。骞笑道："这有何怕？我料他不欲杀我，反将用我。他新得湘州，多杀忠良，自知不满众口，所以求我出见，畀我一官，聊塞人望呢。"说毕，径赴长沙见乂。乂果称为古时解扬，命为别驾。解扬，春秋时晋人。既而托疾引归。

晋廷调陶侃为湘州刺史，王敦不欲侃赴湘，贻书止侃。侃闻敦势力尚盛，

第三十五回　逆贼横行廷臣受戮　皇灵失驭嗣子承宗

且按兵养晦，并将前时所遣的参军高宝，亦召还广州，徐作计较。独甘卓引还襄阳，竟变易常度，性情粗暴，举动失常，常对镜自照，不见头颅，顾视庭树，仿佛头在树上，越加惊疑。全是怕死的心肠，激动出来。府舍中金柜忽鸣，声重似槌，召巫入卜。巫言金柜将离，所以悲鸣。主簿何无忌，及家人子弟，皆劝卓随时戒备。卓闻谏辄怒，呵叱交加，复遣散兵众，令他务农，毫不加防。襄阳太守周虑，得敦密书，嘱使图卓。虑遂想了一计，诈称湖中多鱼，劝卓遣发左右，向湖捕取。卓不虑所忌，即令帐下亲卒，都往捕鱼。到了夜间，正要就寝，忽听外面有人马声，非常喧嚷，惊出探视。适值周虑带兵进来，正要诘问，已被虑拔出佩刀，兜头劈下。卓将头一闪，刀中肩上，流血倒地；再复一刀，结果性命。卓有四子，俱为所杀。虑即枭卓首级，送与王敦。畏死者亦难免一死么！敦心下大喜，便命从事中郎周抚，往督沔北诸军事，代抚镇守襄阳，抚为故梁州刺史周访长子，得袭父荫，任官武昌太守。他与父志趣不同，甘心助敦，得敦亲信，所以特加委任。虎父生犬子。

敦既得志，骄倨益甚，四方贡献，多入府中。将相岳牧，皆出门下。用沈充、钱凤为谋主，诸葛瑶、邓岳、周抚、李桓、谢雍为爪牙。充等皆凶险残暴，大起营府，侵人里宅，剽掠市道，百姓互相咒诅，但祝王敦早亡。敦尚作福作威，自领宁、益二州都督，好像没有君主一般。会荆州刺史王廙病死，敦并不奏闻，即令卫将军王含，代刺荆州，都督沔南诸军事。又使下邳内史王邃，都督青、徐、幽、平四州军事，镇守淮阴。武昌太守王谅，为交州刺史，且令谅诱杀交州刺史修湛。朝廷毫无主权，长江上下游，全然是王敦的势力圈。余如淮北河南，屡受后赵寇锋。泰山太守徐龛，忽叛忽降，结果为石虎所破，龛被擒斩。兖州刺史郗鉴，退保合肥，徐州刺史卞敦，亦退保盱眙。石虎复进陷青州，别将石瞻，又攻取东莞东海。河南为后赵将石生所攻。司州刺史李矩，颍川太守郭默，屡战屡败，转向赵主刘曜处乞援。曜出击石生，大败奔还。敦、默南奔建康，李矩亦率众南归，病殁道中。豫州刺史祖约，自谯城退守寿春，陈留被陷。嗣是司、豫、青、徐、兖诸州，均被后赵夺去。总括一句，简而不漏。

元帝内迫叛臣，外逼强寇，名为江左天子，几乎号令不出国门。累日穷愁，无可告语，遂致忧郁成疾，卧床不起，自思内外重臣，只有司徒荀组，尚是老成宿望，因迁官太尉，兼领太子太保，意欲使他主持朝事，遥制王敦。偏组年已六十有五，未曾入拜，便即谢世。元帝很是悲叹，索性将司徒、丞相二职，暂从罢撤，不再补官。好容易过了数宵，元帝病势加剧，遂致弥留，不得已召入司空王导，嘱授遗诏，令辅太子绍即位，是夕驾崩。总计元帝在位五年，改元二次，享年四十七岁。元帝生平无甚设施，只有节俭一端，尚传后世。有司尝奏太极殿广室，应施绛帐。有诏令冬施青布，夏施青练。宫中将册封贵人，侍从请购金雀钗,又奉诏不许;所幸郑夫人,衣无文采,但着练裳;从母弟廙,筑屋过制,尝流涕谕禁,终使改作。所以轻赋薄税,民无怨声。可惜自治有余,治人不足,终致魁柄下移,豺狼当道,含羞忍垢,饮恨终身,这也是可怜可叹呢。评论精确。

太子绍受遗即位,是谓明帝,循例大赦,尊生母荀氏为建安郡君,别立第宅,颐养慈颜。是时已为永昌元年腊月,未几即腊尽春来,元日因梓宫在殡,不受朝贺,年号尚沿称永昌。再阅一月,始奉梓宫,葬建平陵,庙号中宗,尊谥元帝。明帝送葬尽哀,徒跣至陵所,亲视封墓,然后还宫。又阅月,方改元太宁,立妃庾氏为皇后,后兄亮为中书监。命特进华恒为骠骑将军,都督石头水陆诸军事。兖州刺史郗鉴,为安西将军,都督扬州江西诸军事。这两处镇将,是由明帝特别简任,明明是防备王敦,阴令扼守。如弈棋然,先下暗着,以此知明帝不凡。敦也知明帝谋略,密谋篡逆,特上表称贺,且讽朝廷征己入朝。明帝将计就计,即下手诏,召敦诣阙,且加敦黄钺班剑,奏事不名,入朝不趋,剑履上殿。敦托辞入觐,引兵至姑孰,屯驻湖县,仍然不进,请迁王导为司徒,自领扬州牧,部署军士,拟将犯阙。侍中王彬,系敦从弟,再四谏阻。敦面色遽变,顾视左右,意欲收彬。彬正色道:"君前时害兄,今又欲杀弟么?"原来彬从兄豫章太守王棱,曾为敦所害,所以彬有是言。敦听了彬语,也觉不忍,乃出彬为豫章太守,复因郗鉴督领扬州江西,诸多牵掣,乃表请授鉴尚书令,使他入辅。明帝也即准议,鉴闻命入都,道过姑孰,与敦相见,自述志趣,语多激昂。敦留鉴不遣,继思鉴为名士,不应加害,乃许令东行。鉴至建康,遂与明帝谋讨王敦,明帝方得着一个心腹士了。小子有诗咏道:

君明还要仗臣忠,一德同心始立功。
莫道茂弘堪寄命,赤心到底让郗公。

究竟王敦曾否行逆,明帝能否致讨,一切详情,容至下回表明。

元帝实一庸主,毫无远略,始则纵容王敦,使据长江上下游,继则信任刁协、刘隗,疑忌王敦,激之使叛,而外无可恃之将,内无可倚之相,孤注一掷,坐致神京失守,受制贼臣,刁协死,刘隗遁,周顗、戴渊,又复被戮,其不为敦所篡弑者,亦几希矣。谯王承之与城俱亡,最称忠节,甘卓误承,周虑绐卓,卓畏死而终死,甚至四子骈戮,且何若用乐道融言,断彭泽,据武昌,或得建功立业,不幸败死,犹不失为忠义鬼。百世而下,以卓视承,其相去为何如耶?元帝忧愤成疾,中年崩殂,犹幸付托得人,不致亡国,此专制之朝,所以不能无赖于君主也。

第三十六回　扶钱凤即席用谋
　　　　　　遣王含出兵犯顺

　　却说明帝谋讨王敦,虽与郗鉴定有密谋,究竟事关重大,王室孤危,未便仓猝从事。那王敦谋逆的心思,日甚一日。敦有从子允之,年方总角,性甚聪警,为敦所爱。一夕,侍敦夜饮,稍带酒意,便辞醉先寝。敦尚未辍席,与钱凤等商议逆谋,均为允之所闻。允之恐敦多疑,就用指控喉,吐出许多宿食,累得衣面俱污,还是闭眼睡着,伪作鼾声。童子能用诈谋,却也非凡。及敦既散席,果然取烛入炤,见允之寝处污秽,尚自熟睡,不由的呼了数声。允之明明醒着,却假意将身转侧,仍然睡去。敦置不复顾,自去安寝,才不疑及允之。允之自喜得计,睡至天明,方整理被褥,不消细叙。既而允之父王舒,得拜廷尉,允之即求归省父,得敦允许,便赴建康,急将敦、凤秘谋,详告乃父。舒与王导入白明帝,阴为戒备。敦还道逆谋未泄,但欲分树宗族,陵弱帝室,因请徙王含为征东将军,都督扬州江西诸军事,王彬为江州刺史。这三人中,只有含为敦兄,同恶相济,舒、彬虽为敦从弟,却未甘助逆,所以明帝尽从敦请,一并迁调。

　　会稽内史周札,前在石头城时,尝开门纳敦军,见三十四回。敦迭加荐擢,迁右将军,会稽内史,封东迁县侯。札兄子懋,为晋陵太守,封清流亭侯,懋弟筵,为征虏将军,兼吴兴内史,筵弟赞,为大将军从事中郎,封武康县侯,赞弟缙,为太子文学,封都乡侯。还有札次兄子勰,亦得为临淮太守,封乌程公。一门五侯,贵盛无比。及筵丁母忧,送葬达千人,因此反为王敦所忌。敦适有疾,钱凤劝敦早除周氏,敦也以为然,迁延未发。周顗弟嵩,由敦引为从事中郎,每忆兄无故遭殃,心常愤愤。敦无子嗣,便养王含子应为继子,并令统兵。嵩为王应嫂父,因私怨王敦,遂谓应难主军事。敦闻嵩言,不免疑嵩。时有道士李脱,妖言惑众,自称八百岁,号为李八百,由中州至建业,挟术疗病,得人信事。有徒李弘,转趋灊山,煽惑更甚,诡言应谶当王。敦遂乘隙设谋,唆使庐江太守李恒,上表建康,谓:"李脱谋反,勾通周札等人,请即捕脱正法"云云。晋廷接到此表,饬吏捕脱,讯得种种妖言,即将脱枭斩都市。敦得脱死信,一面遣人至灊山,收诛李弘,一面就营中杀死周筵,并把周嵩也连坐在内,说他与筵串同一气,潜通周札,故一概就戮。

　　嵩为故安东将军周浚次子,与兄顗,俱为浚妾所生。浚妾李氏,名叫络秀，系汝南人。浚为安东将军时，尝出猎遇雨，避止李家。李氏父兄，均皆外出，独络秀在室，宰牲备饭，款待浚等。浚左右约数十人，均得饱餐。且闻内室寂静如常，并无忙乱形状，不由的惊诧起来，暗地窥望，只有一女一婢，女容甚是秀美，浚因即生心，既回府舍，便令人赍给金帛，往酬李氏，并求李女为妾。李氏父兄，颇有难色。络秀道："门户寒微，何惜一女，若得连姻贵族，将来总有益处。否则得罪军门，恐反因此惹祸哩。"此女有识，并非情急求婚。父兄听了，也觉女言有理，不得已遣女归浚。浚当然宠爱，迭生三子，长即颐，次即嵩，又次名谟。颐等年长，浚已去世，络秀顾语诸子道："我屈节为妾，无非为门户起见，汝家仍不与我家相亲，我亦何惜余生，愿随汝父同逝罢。"颐等惶恐受教，乃与李氏相往来。晋代最重门阀，自周、李联为姻戚，李氏始得列入望族，免人奚落，及颐等并作显官，母亦得受封。会逢冬至令节，母子团圞聚宴，络秀因举觞相庆道："我家避难南来，尝恐无处托足。今汝等并贵，列我目前，我从此可无忧了。"嵩起语道："恐将来难如母意。伯仁志大才短，名高识暗，好乘人敝，未足自全。嵩性抗直，亦为世所难容，惟阿奴碌碌，当得终养我母呢！"阿奴就是谟小字。络秀闻言，未免不欢，哪知后来果如嵩言，只有谟得免戮，送母归灵，官至侍中中护军乃终。络秀入《列女传》，故随笔补叙，惟嵩既有自知之明，仍难免祸，弊在不学耳。

且说王敦既枉杀周嵩、周筵，复遣参军贺鸾，往诣沈充，向充拨兵，执杀周札诸兄子，进袭会稽。札未尝预防，仓猝被兵，但率麾下数百人，出城拒战，兵散被杀。札贪财渔色，专务刻啬，库中本储有精仗，及贺鸾兵至，左右请拨仗给兵，札尚靳惜，但将敝械出给，所以士卒离心，终至夷戮。札曾附逆，不死何为？是时已为太宁二年，敦病尚未愈，延至夏季，病且加重，矫诏拜养子应为武卫将军，兄含为骠骑大将军，开府仪同三司。钱凤入省敦疾，乘便问敦道："倘有不讳，便当将后事付应么？"敦唏嘘道："应尚年少，怎能当此大事？我果不起，只有三计可行。"凤复问及三计，敦说道："我死以后，即释兵散众，归事朝廷，保全门户，最为上计。若退还武昌，敛兵自守，贡献不废，便是中计。及我尚存，悉众东下，万一侥幸，得入京都，不幸失败，身死族灭，这就是下计了。"凤应命退出，召语同党道："如公下计，实为上策，我等就此照行罢。"呜呼罢了。遂致书沈充，约同起兵，再犯建康。

中书令温峤，前遭敦忌，由敦表请为左司马，峤竟诣敦所，佯为勤敬，尝进密谋，从敦所欲，厚结钱凤，誉不绝口。凤字世仪，峤与同僚谈及，必称钱世仪精神满腹，凤得峤赞扬，喜欢的了不得，遂与峤为莫逆交。可巧丹阳尹缺人，尚未补允，峤向敦启闻道："京尹责任重大，地扼咽喉，公宜急荐良才，免得朝廷用人，致有后悔。"敦答道："卿言诚是，但何人可补此缺？"峤说道："莫如钱凤。"敦召凤与语,凤情愿让峤,峤一再推辞,凤推峤愈坚,敦遂表峤为丹阳尹,使觇伺朝廷。有诏召峤莅镇。峤本意是欲得丹阳,可以入依帝阙,设法图敦,所谋既遂,即向敦告辞。敦力疾起床,为峤饯行。凤亦列席。峤恐自己去后,为凤所觉,或致遣人追还,因且饮且思,蓦得一计,便假作醉态,向凤斟酒,迫令速饮。凤略觉迟慢,峤即用手版击堕凤帻,且作色道:"钱凤何人?温太真行酒,乃敢不速饮么?"凤亦觉变色。敦见峤已醉,忙出言劝解,始无争言。至撤饮后,峤与敦话别,涕泗横流,既出复入,如是三次,方上马径去。凤入语敦道:"峤与庾亮有旧交,心在晋室,恐此去未必可恃。"敦冷笑道:"太真饮醉,稍加声色,汝怎得便来相谗?"观此可见温峤用计之妙。凤碰了一鼻子灰,默然退去。

　　过了数日,接得建康探报,谓峤入建康,即与庾亮日夕密商,共图姑孰。敦勃然道:"我乃为小物所欺,可恨可恨!"随即致书王导,略言:"太真别来几日,胆敢负我,我当募人生致太真,亲拔舌根,方泄我恨。"导此时已不愿附敦,置诸不理。峤与庾亮等定议讨敦,并有郗鉴为助,相偕入奏。明帝已有动机,再问光禄勋应詹,詹亦赞同众议,乃决意兴师。但究竟敦军情形,尚未详察,意欲亲往一窥、验明虚实,遂自乘巴滇骏马,微服出都,随身只带得一二人,直至湖阴,察敦营垒。敦正昼寝,梦见旭日绕城,红光炎炎,顿时惊寤。适帐外有侦骑入报,说有数人窥营,内有一人状甚英武,想非常侣。敦不禁跃起道:"这定是黄须鲜卑奴,来探虚实,快快追去,毋使逃脱。"帐下将士,即有五人应声,控骑出追。看官道黄须鲜卑奴,是何出典?原是明帝生母荀氏,系代郡人,明帝状类外家,须色颇黄,故敦呼为黄须奴。追兵出发,明帝已经驰去,马有遗粪,用水浇沃。道旁有老妪卖饼,由明帝购得数枚,赠以七宝鞭,并语老妪道:"后有骑兵追来,可取鞭出示。"说着即行。俄而追骑至卖饼处,问及老妪,老妪即取示七宝鞭。谓:"客已去远,恐难追及。"追骑互相把玩,遂致稽迟,且见马粪已冷,料不可及,乃拨马还营,明帝始得安然还宫。虽是胆略过人,但亦太觉冒险。越宿临朝,遂加司徒王导为大都督,领扬州刺史,丹阳尹温峤,为中垒将军,与右将军卞敦,共守石头城。光禄勋应詹,为护军将军,都督前锋及朱雀桥南诸军事。尚书令郗鉴,行卫将军,都督从驾诸军事。中书监庾亮,领左卫将军,尚书卞壶,行中军将军。导等俱皆受职,惟郗鉴谓徒加军号,无益事实,固辞不受,但请征召外镇,入卫京师。乃下诏征徐州刺史王邃,豫州刺史祖约,兖州刺史刘遐,临淮太守苏峻,广陵太守陶瞻等,即日入卫。一面拟传诏罪敦。王导闻敦已病笃,谓:"不如诈称敦死,嫁罪钱凤,方足振作士气,免生畏心。"总不免掩耳盗铃。乃率子弟为敦举哀,并令尚书颁诏讨罪,大略说是:

先帝以圣德应运，创业江东。司徒导首居心膂，以道翼赞，故大将军敦参处股肱，或内或外，夹辅之勋，与有力焉。阶缘际会，遂据上宰，杖节专征，委以五州。刁协、刘隗，立朝不允，敦抗义致讨，情希鹰鹯。鹰鹯兵谏，见春秋列国时。兵虽犯顺，犹嘉乃诚。礼秩优崇，人臣无贰。事解之后，劫掠城邑，放恣兵人，侵及宫省，背违赦诏，诛戮大臣，纵凶极逆，不朝而退。六合阻心，人情同愤。先帝含垢忍耻，容而不责，委任如旧，礼秩有加。朕以不天，寻丁酷罚，茕茕在疚，哀悼靡寄。而敦曾无臣子追远之诚，又无辅孤同奖之操，缮甲聚兵，盛夏来至，辄以天官假授私属，将以威胁朝廷，倾危宗社。朕愍其狂戾，冀其觉悟，故且含隐以观其后。而敦矜其不义之强，仍有侮辱朝廷之志，弃亲用疏，背贤任恶。钱凤竖子，专为谋主，逞其凶慝，诬罔忠良。周嵩亮直，谠言致祸。周札、周筵，累世忠义，札尝附逆，安得为忠？听受逸构，残夷其宗。秦人之酷，刑不过五，敦之诛戮，滥及无辜，灭人之族，莫知其罪。天下骇心，道路以目。神怒人怨，笃疾所婴。昏荒悖逆，日以滋甚，乃立兄息以自承代，从古未有宰相继体，而不由王命者也。顽兄相奖，无所顾忌，擅录冶工，私割运漕，志骋凶丑，以窥神器，社稷之危，匪旦则夕。天不长奸，敦以陨毙，凤承凶宄，弥复煽逆，是可忍也，孰不可忍？今遣司徒导，丹阳尹峤等，武旅三万，十道并进，平西将军邃，即王邃。兖州刺史遐，奋武将军峻，即苏峻。奋威将军瞻，即陶瞻。精锐三万，水陆齐势。朕亲御六军，率同左卫将军亮，护军将军詹，中军将军壶，骠骑将军南顿王宗，镇军将军汝南王祐，太宰西阳王羕等，被练三千，组甲三万，总统诸军，讨凤之罪。豺狼当道，安问狐狸？罪止一人，朕不滥刑。有能诛凤送首者，封五千户侯，赏布五千匹。冠军将军邓岳，志气平厚，识明邪正。前将军周抚，质性详简，义诚素著。功臣之胄，情义兼常，往年从敦，情节不展，畏逼首领，不得相违，论其乃心，无贰王室。朕嘉其诚，方欲任之以事。其余文武，为敦所授用者，一无所问。刺史、二千石，不得辄离所职，书到奉承，自求多福，无或猜嫌以取诛灭。敦之将士，从敦弥年，怨旷日久，或父母陨殁，或妻子丧亡，不得奔赴，衔哀从役，朕甚愍之，希不凄怆。其单丁在军，皆遣归家，终身不调。其余皆给假三年，休讫还台，当与宿卫同例三番。明承诏书，朕不负信。

这诏传到姑孰，为敦所见，非常懊恼，但当久病似后，忽又惹动一片怒意，转至病上加病，不能支持。惟心中总不肯干休，即欲入犯京师，便召记室郭璞筮《易》，决一休咎。璞筮《易》毕，直言无成。敦含怒问道："卿可更占我寿，可得几何？"璞答道："不必再卜，即如前卦，已明示吉凶，公若起事，祸在旦夕。唯退往武昌，寿不可测。"敦大怒道："卿寿尚得几何？"璞又道："今日午

第三十六回　扶钱凤即席用谋　遣王含出兵犯顺

刻,命已当终。"敦即命左右拘璞,牵出处斩。璞既出府,顾语役吏道:"当至何处?"役吏答称南岗头。璞言:"我命当尽双柏树下。"及抵南岗,果有柏树并立。璞又道:"此树应有大鹊巢。"役吏偏索不得。璞再令细觅,枝上果得一大鹊巢,为叶所蔽,故一时不得相见。先是璞经越城间,遇一人,呼璞姓名。璞即赠以裤褶,辞不肯受。璞语道:"尽可受得,不必多谦,将来自有分晓哩。"于是领受而去。及遇害时,便是此人行刑,感念璞惠,替璞棺殓,埋葬岗侧。后璞子骜,为临贺太守,才得改葬。璞撰卜筮书甚多,又注释《尔雅》《山海经》《穆天子传》《三仓方言》,及《楚辞》《子虚》《上林》赋,约数十万言,均得流传后世,死时四十九岁。及王敦平后,得追赠弘农太守。好艺者多以艺死,郭景纯便是前鉴。

敦既杀璞,即使钱凤、邓岳、周抚等,率众三万,东指京师。敦兄含语敦道:"这是家事,我当自行。"乃复使含为元帅。钱凤临行,向敦启问道:"事若得克,如何处置天子?"敦瞋目道:"尚未南郊,算什么天子?但教保护东海王及裴妃,此外尽卿兵力,无庸多顾了。"裴妃即东海王越妻,已见前文,但不知王敦何意,乃命保护?凤领命即发,王含亦随后东行。敦又遣人上表,以诛奸臣温峤等为名,明帝当然不睬。孟秋朔日,王含等水陆五万,掩至江宁西岸,人情惶惧。温峤移军水北,烧断朱雀桥,阻住叛兵。含等不得渡,但在桥南列营。明帝欲亲自往击,闻桥梁毁断,不禁动怒,召峤入问。峤答道:"今宿卫单弱,征兵未集,若被贼突入,危及社稷,宗庙尚恐不保,何爱一桥梁呢?"明帝方才无言。王导作书致含,劝令退兵,书云:

> 近闻大将军困笃,或云已至不讳,惨怛之情,不能自已。寻知钱凤首祸,欲肆奸逆,朝士忿愤,莫不扼腕。窃谓兄备受国恩,当抑制不逞,还镇武昌,尽力藩任,乃猝奉来告,竟与犬羊俱下,兄之此举,谓可得如大将军昔日之事乎?昔年佞臣乱朝,人怀不宁,如导之徒,心思外济。不营亲口供状。今则不然,大将军来屯于湖,渐失人心,君子危怖,百姓劳敝,将终之日,委重安期。即王应字。安期断乳未几,又乖物望,便可袭宰相之迹耶?自开辟以来,曾有宰相以孺子为之者乎?诸有耳者,皆知将为禅代,非人臣之事也。先帝中兴遗爱在民,圣主聪明,德洽朝野,兄乃欲妄萌逆节,凡在人臣,谁不愤叹?导门户大小,受国厚恩,今日之事,明目张胆,为六军之首,宁为忠臣而死,不为无赖而生。但恨大将军桓文之勋不遂,而兄一旦为逆节之臣,负先人平素之志,既没之日,何颜见诸父子于黄泉,谒先帝于地下耶?今为兄计,愿速建大计,擒取钱凤一人,使天下获安,家国有福。若再执迷不悟,恐大祸即至,试思以天子之威,文武毕力,压制叛逆,岂可当乎?祸福之机,间不容发,兄其早思之。

王含得书，并不答复。导待了两日，未见回音，因复议及战守事宜。或谓王含、钱凤，挟众前来，宜由御驾自出督战，挫他锐气，方可制胜。郗鉴道："群贼为逆，势不可当，宜用智取，未便力敌。且含等号令不一，但知抄掠，吏民惩前惩后，各自为守，以顺制逆，何忧不克？今贼众专恃蛮突，但求一战，我能坚壁相持，旷日持久，彼竭我盈，一鼓可灭。若急思决战，万一蹉跌，虽有申胥等投袂起义，何补既往，奈何举天子为孤注呢？"申胥即申包胥，春秋时楚人。于是各军皆固垒自守，相戒勿动。王含、钱凤，屡次出兵挑战，不得交锋，渐渐的懈弛起来。郗鉴却夜募壮士千人，令将军段秀及中军司马曹浑等，率领过江，掩他不备，突入含营。含仓皇命战，前锋将何康，出遇段秀，战未三合，被秀一刀，劈落马下。含众大骇，俱拥含遁走。段秀等杀到天明，斩首千余级，方渡江归营。王敦养病姑孰，闻含败状，盛气说道："我兄好似老婢，不堪一战，门户衰败，大事去了。看来只好由我自行。"说至此，便从床上起坐，方欲下床，不料一阵头晕，仍然仆倒，竟致魂灵出窍，不省人事。小子有诗咏道：

　　　　病亟犹思犯帝京，狼心到死总难更。
　　　　须知公理留天壤，乱贼千年播恶名。

毕竟王敦性命如何，且看下回续表。

　　王敦三计，惟上计最足图存，既已知此计之善，则中计、下计，何必再言。其所以不安缄默者，尚欲行险侥幸，冀图一逞耳。钱凤所言，正希敦旨，故敦未尝谕禁，寻即内犯，要之一利令智昏而已。王允之伪醉绐敦，确是奇童，温峤亦以佯醉戏敦，并及钱凤，敦虽狡猾，不能察峤，并不能察允之，而妄思篡逆，几何而不覆灭乎？元帝之为敦所逼，实为王导所误，导固附敦，至温峤入都，敦犹与导书，将生致太真，其往来之密切可知。及明帝决意讨敦，敦尚未死，而导且诈为敦发丧，嫁罪钱凤，如谓其不为敦助，奚可得乎？厥后与王含一书，情伪益著，惟郭璞精于卜筮，乃居敦侧而罹杀机，岂真命该如此耶？吾为之怀疑不置云。

第三十七回　平大憨群臣进爵
　　　　　　　立幼主太后临朝

　　却说王敦晕倒床上，不省人事，惊动帐下一班党羽，都至床前省视，设法营救，才见王敦苏醒转来。敦长叹数声，张目四顾，见舅羊鉴及养子王应，俱

第三十七回　平大憨群臣进爵　立幼主太后临朝

在床侧,便呜咽道:"我已不望再活了。我死应便即位,先立朝廷百官,然后办理丧事,方不负我一番经营。"还想做死皇帝么?鉴与应唯唯受命。越宿敦死,应秘不发丧,用席裹尸,外涂以蜡,暂埋厅中,自与诸葛瑶等,任情淫狎,不顾军情。王含自江宁败后,退驻数里,遥促沈充会师,再图进攻。明帝也恐沈充前来,特遣廷臣沈桢,往说沈充,许为司空,劝令投诚。充摇首道:"三司重任,我何敢当。古人谓"币重言甘,实是诱我",今日正应此语。况丈夫共事,始终不移,若中道变心,便失信义,将来还有何人容我呢?"顺逆不明,自寻死路。遂举兵趋江宁。宗正卿虞潭,因病乞休,辞还会稽故里,至是独起义余姚,传檄讨充。明帝即授潭为会稽内史。前安东将军刘超,宣城内史钟雅,亦皆募兵举义,与充为敌。义兴人周蹇,杀死王敦所署太守刘芳,平西将军祖约,亦逐敦所署淮南太守任台,彼此俱效命朝廷,交口讨逆。沈充尚怙恶不悛,自率万余人,兼程北行,与王含合兵。司马顾扬说充道:"今欲举大事,偏被王师先扼咽喉,锋摧气沮,相持日久,必致祸败。今不若决破栅塘,引湖中水,灌入京邑,一面乘着水势,纵舟进攻,这便是不战屈人的上计。此计不行,或借我军初至的锐气,并合东西各军,十道并进,我众彼寡,所向必摧,尚不失为中计。若欲转祸为福,因败为成,诱召钱凤计事,设伏斩凤,携首出降,乃是今日的下计。"我谓下计,却是上计。充迟疑半晌,终不作答。扬料充无成,遁归吴兴。

那兖州刺史刘遐,临淮太守苏峻,已各率精兵万人,同来勤王。明帝连夜召见,慰劳有加,并出库帛分赐将士,众皆踊跃。沈充、钱凤,欲因北军初到,迎头进击,乃自竹格渚渡淮,直前攻扑。护军将军应詹,建威将军赵胤等,拒战失利,退至宣阳门。充与凤乘胜进逼,拔栅将战,不意刘遐、苏峻,从东塘横击过来,把充、凤两军冲断,再加应詹、赵胤,也来助战,杀得充凤大败亏输,夺路飞奔,还逾淮水,人不及济,后面追兵大至。叛众纷纷投水,溺毙至三千人。刘遐尾追不舍,行至青溪,又奋击沈充一阵,充狼狈走脱。

寻阳太守周光,系周抚弟,因王敦举兵,也率数千人助敦。既至姑孰,与王应相见,便欲入省敦疾。应嗫嚅道:"我父病中,不愿见客,且待异日进见罢!"光退语道:"我远道来赴,不得一见王公,想必是已死了。"遂急赴军前,去探乃兄。抚闻光至,当然出见,光开口便语道:"王公已死,兄何故与钱凤作贼?"大众闻言,都不胜惊愕,连周抚亦有悔心,即夕遁还。王含势孤失援,也毁营夜遁。

明帝本已出屯南皇堂,闻叛党尽走,乃还宫大赦,惟敦党不在赦例。申命庾亮督同苏峻等军,往追沈充。温峤督同刘遐等,往追王含、钱凤。含奔回姑孰,拟挈王应同奔荆州。应谓不如投依江州。含皱眉道:"大将军生前,与江州屡有龃龉,奈何往依?"应答道:"正为江州平日异趣,所以宜往。彼时大将军兵马强盛，江州尚不肯阿附，识见高出常人，今见我困阨，必然相怜，不致加害。若荆州守文拘谨，怎能意外行事呢？"王应虽少智过乃父，但天道恶淫，岂容竖子漏网？含不肯依言，竟与应载一扁舟，往奔荆州。荆州刺史王舒，遣兵出迎。侯含父子入城，立命拿下，缚住手足，投诸江中，眼见是葬身鱼腹了。江州刺史王彬，却密具舟楫，静待王含父子，日久不至，料知窜死，却引为己恨。王含为逆，何足深惜，彬亦未知大体。钱凤走至阖庐洲，为周光所杀，函首诣阙，自赎前愆。沈充奔回吴兴，闻故吴内史张茂妻陆氏，招茂旧部，在途中守候充至，将执充脔割，为夫复仇。茂为充所杀，见三十五回。充不敢竟归，绕道奔窜，竟致失路，误入故将周儒家。儒诱充入复壁中，因笑语充道："我今日得三千户侯了。"充始知为儒所赚，乃流涕与语道："汝能顾义活我，我必厚报，若为利杀我，我死必令汝灭族，不要后悔。"儒竟杀充，传首建康。充子劲，例当坐诛，为乡人钱举所匿，幸得免死。后来劲竟灭周氏，如充所言。充为叛贼，顾能作厉鬼耶？

晋廷因叛党悉平，当然解严。有司发掘王敦尸首，焚去衣冠，扶尸跪着，枭去首级，与沈充首同悬高桥。郗鉴入奏明帝道："前朝诛杨骏等人，皆先加官刑，后听私殡。臣以为逆敦既伏王诛，不妨使全私义，可听敦家收葬，借示皇恩。"明帝准如所请，乃将敦首取下，听令葬埋。敦党周抚、邓岳，相偕出亡。抚弟光拟给兄路资，阴图执岳，抚怒道："我与邓伯山同亡，如欲害邓，宁先杀我。"伯山即岳表字，俄而岳至，抚即趋出，遥与岳语道："快去！快去！我弟尚不相容，何论他人。"岳回身返走。抚亦取得资斧，追及邓岳，同窜入西阳蛮中。后来再经大赦，才得东还。

明帝加封王导为始兴公，温峤为建宁公，卞壶为建兴公，庾亮为永昌公，刘遐为泉陵公，苏峻为邵陵公，郗鉴为高平侯，应詹为观阳侯，卞敦为益阳侯，赵胤为湘南侯，下此按功晋秩，不胜殚述。有司奏称王彬等为敦亲族，均应除名，复诏谓："司徒导大义灭亲，应宥及百世，况彬等皆司徒近支，毋庸再问。"大义灭亲四字，恐导不足当此。惟王敦纲纪，悉令除籍，参佐并皆禁锢。温峤又上疏解免道：

王敦刚愎不仁，忍行杀戮，亲任小人，疏远君子，朝廷所不能制，骨肉所不能阻，处其朝者，恒惧危亡，故士人结舌，道路以目，诚贤人君子，道穷数尽，遵养时晦之辰也。且敦为大逆之日，拘录人士，自免无路，原其私心，岂遑宴处？如陆玩、羊曼、刘胤、蔡谟、郭璞，常与臣言，备知之矣。必其赞导凶悖，自当正以典刑，如其枉陷奸党，还宜施之以宽。臣以玩等之诚，闻于圣听，当受同贼之责，苟默而不言，实负其心。陛下仁圣含弘，思求允中，臣阶缘博纳，于非其事，诚在爱才，不忘忠益，谨昧死上闻！

第三十七回　平大憝群臣进爵　立幼主太后临朝

明帝览疏，颇加感动，特下群臣议决。郗鉴谓："君臣有义，义在死节，不应偷生。王敦佐吏，虽多被胁，但进不能谏止逆谋，退不能脱身远引，有亏臣道，宜加义责。"此外或从峤议，或如鉴言，论久未决。还是明帝有意行仁，终从峤请，于是敦党皆免连坐。张茂妻陆氏，诣阙上书，语多哀痛，表面上是为茂谢罪，说他不能克敌，自致阵亡，实际上是为茂请封，无非说是"略迹原心，应待恩恤"等语。明帝乃赠茂太仆，且拨库帑，恌恤遗孥。陆氏始谢恩归家。也算一个奇妇人。即而再叙前勋，命王导为太保，兼领司徒，西阳王羕领太尉，应詹为江州刺史，刘遐为徐州刺史，苏峻为历阳内史，庾亮加护军将军，温峤加前将军，惟导固辞不受。江州本由王彬镇守，骤遭易任，吏民未安。嗣经詹加意怀柔，才得翕服。

转瞬又是一年，明帝追赠谯王承、甘卓、戴渊、周顗、虞望、郭璞、王澄等官，不及周札。札故吏为札讼冤，尚书卞壸，谓札居守石头，开门延寇，不当追赠。偏王导出来申辩道："往年札守石头，王敦逆迹未彰，如臣等俱昧先几，无怪一札。要想回护自己，不得不回护周札。后来瞧破逆情，札便举身委国，横被诛夷。札未尝有义举，怎得谓举身许国？臣意宜与周戴同例，一并赠谥。"郗鉴听着，心下很是不服。我亦不服。便从旁参议道："周、戴死节，周札延寇，迹异赏同，何从劝善？如司徒议，谓往年王敦犯顺，不妨延纳，是谯王、周、戴等，俱当加责，何得赠谥？今三臣既予褒扬，札尚不应加贬么？"是极。导尚强辩道："札与谯王、周、戴，虽所见不同，后来均至死节，奈何必吹毛索瘢呢？"鉴又道："王敦谋逆，好似履霜坚冰，由来已久，必谓敦往年入犯，义等桓、文，难道先帝亦如幽、厉么？"说到此语，驳得王导俯首无词。明帝终不忍违导，仍赠札官。

会因储君未立，国本有关，乃立长子衍为皇太子。衍为皇后庾氏所出，年甫五龄，受册礼毕，大酺三日，增文武官员各二级，赐鳏寡孤独布帛，每人二匹。调荆州刺史王舒为安南将军，都督广州诸军事，领广州刺史，即迁陶侃为征西大将军，都督荆、湘、雍、梁诸军事，领荆州刺史。侃性极勤谨，终日敛膝危坐，军府诸事，检摄无遗。远近文牍，随到随答，不使积滞，宾佐求见，无不接谈。尝语人道："大禹圣人，尚惜寸阴，至如众人，当惜分阴，怎得逸游荒醉？生无益于世，死无闻于后耶？"诸参佐或好饮好博，偶至废事，侃随时查察，搜得酒器樗蒲等具，悉令投江，将吏有犯，且加鞭扑，严词儆戒道："樗蒲系牧猪奴戏，汝等奈何出此？"樗蒲即博具。是时清谈余风，尚未尽改，侃辄忿恨道："老庄浮华，并非先王法言，怎可遵行？君子当振衣冠，摄威仪，哪有蓬头跣足，自诩宏达呢？"古今传为格言，故备录之。人民有所奉馈，必问所由来，若系力作所致，虽微必喜，慰赐三倍，否则掷还不受。一日出游，见有一人，手持禾秆，结谷未熟，因问作何用？答称禾遗路旁，所以拾取。侃大怒道："汝未尝为农，乃戏取人稻，还不知罪么？"竟加鞭数十，方才叱退。荆州士女，闻侃复至，互相庆贺。且因侃注重农桑，便相戒嬉游，各勤工作。因此家给人足，境内大安。侃既不旷时，又无弃物，竹头木屑，并皆收藏，旁人都不解侃意，及元旦宴贺，积雪始晴，厅前余雪尚湿，侃即将木屑铺地，往来交便，人始知侃有先见，号为精明。这且慢表。

且说明帝既调王舒至广州，寻复徙镇湘州，即以湘州刺史刘颙，移督广州，复命尚书令郗鉴，为车骑将军，都督青、兖二州军事，暂镇广陵。授领军将军卞壸为尚书令，寻复进尚书仆射，荀崧为光禄大夫，录尚书事，用尚书邓攸为尚书左仆射。此种叙述，看似闲文，实与后文俱有关系。到了闰七月间，明帝忽得暴病，医药罔效，势且垂危，亟召太宰西阳王羕，司徒王导，尚书令卞壸，车骑将军郗鉴，护军将军庾亮，前将军温峤，领军将军陆晔，并受遗诏，使辅太子诏云：

自古有死，贤圣所同。寿夭穷达，归于一概，亦何足深痛哉？朕抱病日剧，常虑忽然，仰惟祖宗洪基，不能克终堂构，大耻未雪，百姓涂炭，所以有慨耳。不幸之日，敛以时服，一遵先度，务从俭约，劳众崇饰，皆勿为也。衍以幼弱，猥当大重，当赖忠贤，训而成之。昔周公匡辅成王，霍氏拥育孝昭，义存前典，功冠二代，岂非宗臣之道乎？凡此公卿，时之望也，敬听顾命，任托付之重，同心断金，以谋王室。诸方岳征镇刺史将守，皆朕捍城推毂于外，虽事有内外，其致一也。故不有行者，谁捍牧圉？譬若唇齿，表里相资，宜戮力一心，若合符契，要以缉事为期。百辟卿士，其总己以听于冢宰，保佑冲幼，弘济艰难，永令祖宗之灵，宁于九天之上，则朕没于地下，无恨黄泉。特此留谕，钦哉惟命！

越日，明帝驾崩，年仅二十七岁，在位只得三年。右卫将军虞胤，左卫将军南顿王宗，本得明帝亲信，使典禁兵，入值殿内，掌守宫门管钥。当明帝寝疾时，庾亮尝夜入奏事，向宗求钥。宗辄不与，且叱亮使道："这难道是汝家门户，好自由出入么？"语亦近理，但不察缓急事宜，一味蛮言，亦属非是。亮从此恨宗。及明帝疾笃，群臣多不得进见。亮疑宗胤有异谋，排闼入见，请黜逐二人，明帝不从。既授遗诏，更命亮为中书令，亮因得专政。太子衍承统嗣位，群臣奉上玺绶，独王导称疾不至。无非忌一庾亮。卞壸入朝正色道："王公非社稷臣，大行在殡，嗣皇甫立，岂是大臣辞疾时么？"这数语传入导耳，导乃舆疾而至，谒见新主，行即位礼。再由大众会议，谓嗣皇年甫五龄，不能亲政，应请母后临朝。于是尊母后庾氏为皇太后，垂帘训政。命王导录尚书事，与中

第三十七回　平大憝群臣进爵　立幼主太后临朝

书令庾亮，夹辅帝室。导遇事退让，推亮主持。亮又是太后亲兄，太后当然倚任，所以军国重事，全归亮一人裁决，导不过列一虚名罢了。亮迁南顿王宗为骠骑将军，改授汝南王祐为卫将军，一面料理丧葬，至十月初旬，奉梓宫出葬武平陵，庙号肃祖，尊谥曰明。明帝在位三年，能奋发有为，亲除大憝，不可谓非英主。谥法称明，却是名实相符。可惜天不永年，未壮即殁。至太子衍立，便是成帝，越年改元咸和。

尚书左仆射邓攸，及徐州刺史刘遐、江州刺史应詹，相继去世。邓攸就是邓伯道，系平阳襄陵人氏，早丧父母，以孝友闻。祖殷尝为中庶子，攸得承祖荫，年逾弱冠，即为太子洗马，嗣出为河东太守。永嘉末年，陷没石勒，勒使为参军，攸不愿事虏，觊隙南奔，途挈妻子及从子绥，不幸遇贼，行装被掠。攸因子、侄皆幼，不能并携，拟弃子存侄，与妻贾氏商议道："我弟早亡，只有一子，理不可绝。但我儿亦幼，势难两全，只好把我儿弃去。我若得存，天必鉴我苦衷，再当使我生子。"贾氏涕泣从命。<u>不愧攸妻。</u>攸将子缚诸树上，挈绥急遁，辗转至江东。元帝令为中庶子，寻复出守吴郡，载米赴任，不受俸禄，但饮吴水。会吴郡大饥，亟开仓赈民，先行后奏，致挂弹章，还算元帝仁恕，不加攸罪。嗣因遇病辞职，始终不取吴郡一钱。百姓遮道挽留，攸乃小停，待夜潜去。及病愈复起，入拜侍中，复迁吏部尚书。好几年才得超任右仆射。越年即殁，追赠光禄大夫。攸妻贾氏，终不得孕。攸生前纳得一妾，颇加宠爱，旋讯妾家属，乃是北人遭乱，流落江南，述及父母姓名，竟是攸的甥女。攸非常悔恨，乃不复蓄妾，终至无嗣。时人尝叹为天道无知，乃使伯道无儿。从子绥服丧三年，悲号擗踊，不啻亲生，这也好算得恩义两全了。<u>犹子比儿，可为伯道一慰。</u>

刘遐为故冀州刺史邵续女夫，勇健无敌，冀人常拟为关张。<u>关羽、张飞。</u>河朔大乱，遐曾遣使至建康，禀承元帝节制，元帝命为龙骧将军。遐妻邵氏，亦勇敢有父风，遐尝为石虎所围，邵氏披甲跨马，督率数骑，陷阵救遐。遐亦奋呼杀出，与妻同归。后来渡江入朝，累任刺史，因功封泉陵公，已见前文，殁后得追赠安北将军。应詹汝南人，弱冠知名，博通文艺。前镇南大将军刘弘，系詹祖舅，引詹为长史，委以军政，措置咸宜。嗣迁南平太守，兼督天门、武陵二郡，讨平叛蛮，民皆爱戴。寻且破杜弢，败杜充、钱凤，出刺江州，尤洽民情。病笃时，尚致书陶侃，勖以忠义，少府卿韦泓，得詹厚惠，祀詹终身。江州百姓，闻詹病殁，远近举哀。晋廷追赠詹为镇南大将军，予谥曰烈。小子有诗叹道：

　　贤如伯道竟无儿，邵女能军又守嫠。
　　再看江州悲雾起，茫茫天道果难知。

徐、江二州,既亡刺史,免不得着人补授,欲知何人继任,容至下回再详。

　　王敦既平,余党概免连坐,虽曰行恕,究属过宽。温峤之上疏营解,安知非由王导之嘱托,始有此议乎?至追赠周札一事,尤属不经。卞壶、郗鉴之言,百世不易,而导欲自洗前愆,必使札与周、戴同例,明帝竟曲从所请,此苏峻、祖约之叛,所以不旋踵而又兴也。且明帝以未壮之年,遽尔溘逝,黄口幼儿,居然嗣位,青年国母,便即临朝,国事委诸元舅,老成相继沦亡,天不祚晋,降兹艰阨,江左其何自再振乎?

第三十八回　召外臣庾亮激变
　　　　　　入内廷苏峻纵凶

　　却说刘遐、应詹,相继去世,晋廷特派车骑将军郗鉴,出领徐州刺史,前将军温峤,出领江州刺史,再命征虏将军郭默,为北中郎将,监督淮南诸军事。刘遐妹夫田防,及部将史迭、卞咸、李龙等,不愿他属,竟拥遐子肇接任,反抗朝命。遐妻邵氏,谕止不从,乃潜自纵火,毁去甲械,免得滋乱。田防等尚不肯罢手,仍部署徒众,准备迎敌。晋廷即遣郭默进兵,往讨乱党。默甫就道,那临淮太守刘矫,已乘便袭击,得斩田防、卞咸。史迭、李龙,奔往下邳,由矫督兵追及,也即擒诛,传首诣阙。朝议令刘遐遗眷,及参佐将士,悉还建康。且因邵氏与肇,本未从乱,仍令肇袭父爵,留都养母,这也不必细表。

　　惟郗鉴陛辞出都,朝臣皆为饯别,王导常称病乞假,至是也出送鉴行,为尚书令卞壶所见,即上书劾导,说他亏法从私,失大臣体,应免官示罚。宫廷虽搁起不提,但举朝皆惮鉴风裁,各有戒心。壶平生廉俭,处事勤敏,不肯苟合时趋。丹阳尹阮孚,尝语壶道:"君常无闲泰,终日劳神独不嫌辛苦么?"壶正色道:"诸君子道德恢弘,侈尚风流,壶不与同性,自甘劳役,宜被人笑为鄙吝了。"是时贵游子弟,多慕王澄、谢鲲等人,好为放达。壶在朝指斥道:"悖礼伤教,实犯大罪,中朝倾覆,皆由此辈,我恨不一洗恶习哩。"实是正论。随即商诸王导、庾亮,拟奏劾当时名士。导与亮皆以文采为高,怎肯依议?壶只得罢休。惟导素尚宽和,能得众心,至亮专国政,任法裁物,不满人意。豫州刺史祖约,自恃重望,不落人后,偏明帝顾命,但及郗、卞诸人,于己无与,不由的心下怏怏。及遗诏褒进大臣,又不及约,连陶侃亦不得与列,所以约与侃书,疑亮从中舞弊,故意删除,侃因此亦不能无嫌。*侃且如此,遑问他人。*

　　历阳内史苏峻,讨贼有功,威望素著,部下甲仗精锐,遂致轻视朝廷,又尝

第三十八回　召外臣庾亮激变　入内廷苏峻纵凶

招纳亡命，仰食县官，稍不如意，即肆忿言。事为庾亮所闻，当然加忌，故令温峤出督江州，居守武昌，复调王舒为会稽内史，阴树声援。一面修缮石头城，作为预备。丹阳尹阮孚，私语亲属道："江东创业未久，主幼时艰，庾亮轻躁，德信未孚，恐祸乱又将发作了。"遂求为广州刺史，得请即行。却是趋避的妙法。南顿王宗，被亮调为骠骑将军，失去要职，遂生怨望，常与苏峻往来通书，欲废执政。亮颇有所闻，已有意除宗，可巧中丞钟雅，劾宗谋反，遂不请诏令，即使右卫将军赵胤，率兵捕宗。宗也挈部出拒，战败被杀，贬宗族为马氏。宗三子绰、超、演，皆废为庶人。西阳王羕，系是宗兄，也降封为弋阳县王。前右卫将军虞胤，已徙职大宗正，至此复左迁桂阳太守。宗是王室近支，羕又是先王保傅，一旦蔓黜，罪状不明，势不能慊服舆情，成帝全未闻知。过了多日，始问及亮道："前日的白头公，许久不见，究往何处？"原来宗多白发，故呼为白头公。亮沉吟半晌，方答称谋反伏诛。成帝流涕道："舅言人反，便好杀死，倘人言舅反，应该如何处置呢？"幼主能作是语，却也不凡。亮不禁失色。但总以幼主易欺，遇有异己，必加排斥。宗党下阐，亡奔历阳，亮遣人往索，苏峻匿阐不与，去使只好回报，亮益恨峻。适后赵将军石聪，进攻寿春，豫州刺史祖约，正在寿春驻守，见三十五回。闻后赵兵至，亟向建康乞援。亮前已忌约，竟不发兵。人可弃，地亦可弃么？聪进寇阜陵，建康大震。幸苏峻遣将韩晃，领兵邀截，方得击退聪兵。亮欲作涂塘，以遏胡寇。涂即滁河，在寿春东，若就河筑塘，便将寿春隔开。祖约闻报大恚道："这明明是欲弃我呢。"遂与苏峻，密谋抗命，互通往来。庾亮以峻、约勾连，必为祸乱，拟下诏征峻入朝。司徒王导劝阻道："峻好猜疑，必不肯奉诏，不若姑示包容，待后再议。"亮不以为然，召集群臣向众扬言道："苏峻狼子野心，终必作乱，今日颁诏征峻，就使彼不顺命，为祸尚浅，若再经年月，势且益大，不可复制。譬如汉朝七国，削亦反，不削亦反哩。"语非不是，但知彼不知己，如何制胜？大众闻言，莫敢驳议。独卞壶接入道："峻外拥强兵，逼近京邑，一旦有变，朝发夕至，现在都下空虚，还请审慎为是。"亮不肯从。壶知亮必败，乃与江州刺史温峤书，略云：

元规亮表字。召峻意定，怀此忧邑。温生足下，奈此事何？壶今所虑，是国之大事，峻已出狂意而召之，是更速其祸也，必纵毒螯以召朝廷。朝廷威力，即桓桓称盛，接锋履刃，尚未知能否擒逆。王公亦同此情。壶与之力争，终不见信，本出足下以为外援，而今更恨足下在外，不得相与共谏，如何如何？幸足下教之！

峤得书后，即作书谏亮，亮终不听。峻已得消息，遣司马何仍入都，与亮婉商道："讨贼外任，远近惟命，若欲峻内辅，实不相宜，请俯允通融，幸勿固执!"亮仍然不许,遣回何仍,召北中郎将郭默为后将军,领屯骑校尉,命司徒右长史庾冰,为吴国内史,严兵戒备。于是下诏征峻为大司农,加官散骑常侍,令峻弟逸代领部曲。峻复上表道:"昔明皇帝亲执臣手,使臣北讨胡虏,今中原未靖,臣何敢自安?乞补青州界一荒郡,俾臣得效鹰犬微劳,不胜万幸!"这一篇表文,呈递建康,亮置诸不理,但促峻即日入都。观峻两次请求,尚非决意叛国;何物庾亮,必欲激成巨变?峻整装将发,欲行又止。参军任让入语道:"将军求处荒郡,尚不见许,事势至此,恐无生路,不如勒兵自守,还可求全。"阜陵令匡术,亦阻峻入朝,峻遂不应诏,私自征兵。

温峤闻变,便致书与亮,愿率众入卫京师。亮复峤书道:"我忧西陲,且过历阳,足下幸勿越雷池一步,免我西忧。"峤乃罢议。亮尚遣使谕峻,示无他意。峻语朝使道:"台下说我欲反,我怎得再活哩?我宁山头望廷尉,不能廷尉望山头。从前国家,危如累卵,非我不济。狡兔既死,猎狗应烹,我已自分一死,不过我无端遭枉,死也要死得明白呢。"朝使见话不投机,自然东归。峻即遣参军徐会,驰赴寿春,推祖约为盟主,共讨庾亮。约不禁大喜,从子智、衍,又赞成约旨,便拟发兵助峻。谯国内史桓宣语智道:"本因强胡未灭,将戮力致讨,奈何反还抗帝室呢?使君欲为雄霸,何不助国讨峻,自显威名?今乃与峻同反,怎得久存?"智视为迂谈,鼻作嗤声。宣更求见约,又以闭门羹相待,乃与约断绝,不通往来。约遂遣兄子祖沛、逖之子。内史祖涣、女婿淮南太守许柳,率兵会峻。逖妻许氏,即许柳姊,固谏不从。姊为约嫂,弟为约婿,亦觉名义不合。峻既得约兵,因即发难,当有警报传入建康,有诏命尚书令卞壸,领右卫将军,会稽内史王舒,行扬州刺史事,吴兴太守虞潭,督三吴诸郡军事,整缮行伍,筹备出师。尚书右丞孔坦,司徒司马陶回,司徒属下有司马。共至王导前献议道:"峻已倡乱,必将东来,今请乘峻未至,急断阜陵,守江西、当涂诸口,阻住叛兵,以逸待劳,一战可决。若峻迟回不发,我亦可往攻历阳,否则我尚未往,彼已先来,人心一动,便不能与战了。"导极口称善,转告庾亮。亮不知兵法,踌躇未决。才阅两日,果得姑孰紧报,峻将韩晃、张健等,掩入姑孰,所有盐米,尽被取去。亮叹悔无及,乃颁诏戒严,自督征讨诸军事,授右卫将军赵胤为冠军将军,兼历阳太守,使与左将军司马流,出守慈湖,另派前射声校尉刘超,为左卫将军,侍中褚翜,典征讨军事,并使弟庾翼,白衣从戎,领数百人戍石头。

宣城内史桓彝,拟起兵赴难,长史裨惠谓:"郡兵寡弱,山民易扰,不如静守待时。"彝厉色道:"汝独不闻古语么?见无礼于君者,若鹰鹯逐鸟雀。见《春秋左传》。今社稷危迫,君主受困,难道尚坐视不成?"说毕,即调集数千人马,进屯芜湖。峻将韩晃,乘他初至,便掩杀过去。究竟宣城兵弱,敌不过历

第三十八回　召外臣庾亮激变　入内廷苏峻纵凶

阳锐卒，战不多时，竟致败退。韩晃就进攻宣城，彝退保广德，晃纵兵四掠，饱载而还。徐州刺史郗鉴，表请入卫，有诏令他备御北寇，不必移兵。时已残冬，雨雪载涂，彼此未便行军，因得相持过年。

未几，为咸和三年正月，江州刺史温峤，出屯寻阳，遣督护王愆期，西阳太守邓岳，_{即前文之邓岳，遇赦复官。}鄱阳太守纪睦为前锋，进次直渎。荆州刺史陶侃，也遣督护龚登，率兵会峤，听峤驱遣。苏峻恐日久兵集，屡促韩晃等进攻慈湖。慈湖守将司马流，素来懦弱，未战先怯但请济师。庾亮再拨侍中钟雅，为骁骑将军，督领水师，前往助流，不防流为韩晃所袭，猝被摧陷，竟至败死。赵胤亦拒战失利，慈湖被夺，单剩钟雅一支舟军，如何济事，没奈何拨棹退回。苏峻径率祖涣、许柳等，拥众二万人，自横江东渡，直登牛渚，进至蒋陵覆舟山。台军节节败退，警报与雪片相似，庾亮未免惶急。陶回复入献计道："石头设有重戍，峻必不敢直下。回料他必出间道，当从小丹阳步行前来，若用伏兵邀击，定可擒峻。峻既受擒，祖约等自无能为了。"亮谓峻必直向石头，不从回言。嗣闻峻果出小丹阳，夜迷失道，部伍尽乱，亮又自悔失机，纵峻得入，_{愚而好自用，灾必及身。}都中大惧，吏民相率潜奔，朝臣亦各遣妻孥，东出避难。独左卫将军刘超，挈妻孥入居宫内，冀定众心。

亮又传出诏书，命卞壶都督大桁以东军事，_{大桁即朱雀桁。}所有钟雅、赵胤、郭默等军，尽归节制。壶尚有继母裴氏，亦奉养京师，至此与母诀别，挈得二子眕、盱，慨然赴敌，出战西陵。峻兵凶悍，远过台军，任尔卞将军如何忠愤，不顾死生，怎奈兵不用命，孤掌难鸣，叛军节节向前，台军步步退后，结果是旗靡辙乱，舆尸败归。既而峻又进攻青溪栅，壶再率诸军抵御，两军攻守多时，未分胜负。偏是天不作美，竟起了一阵绝大的东风，峻因风纵火，烟雾迷漫，栅内各军，避火不暇，如何抗拒，霎时间栅尽延烧，一炬成墟。_{天实为之，谓之何哉？}壶知事不济，决计死节，尚率左右力战。时正背疮新愈，创痕未合，一经气愤，流血淋漓，再加用力过度，顿至暴裂，自觉忍痛不住，大叫一声，血从口出，倒地而亡。二子追随父后，见父毕命，亦痛不欲生，索性突入敌阵，格杀叛党数十名，身上各受重创，相继捐生。部下将壶尸抢回，舁入壶家，母裴氏抚尸大恸道："父为忠臣，子为孝子，谅无遗恨，只恨我年已老，尚见此惨剧哩。"壶字望之，系济阴冤句人，阵亡时，年四十八。还有丹阳尹羊曼，守住云龙门，与黄门侍郎周导，庐江太守陶瞻，统皆战死。庾亮在宣阳门内，麾兵布阵，尚未及列，众皆散走，不得已挈弟三人，及郭默、赵胤，俱奔寻阳。临行时，顾侍中钟雅道："后事一概委公。"雅答道："栋折榱崩，究是何人所致？"亮愀然道："事已至此，也不必再言了。"闹得一塌糊涂，竟以一走了之，真好计策。说着，匆匆出城，趋驾小舟。乱兵沿途劫掠，亮执弓射贼，误中舵工，应弦即倒。

技艺又如此不精。船上各相惊失色,亮独不动,且徐徐道:"此手何可使著贼?"你手不可著贼,人家的性命,如何视同草菅?众见他形态雍容,方才心定,驶舟而去。

峻兵突入台城,毁去台省及诸营寺署,焚掠一空。司徒王导,驰入宫廷,急语侍中褚翜道:"至尊当速御正殿,君可启阁,请御驾出来。"翜即诣阁中,抱掖成帝,出登太极前殿。导及光禄大夫陆晔荀崧、尚书张闿,共登御床,夹卫幼主。左卫将军刘超,及侍中钟、雅褚翜,站立两旁。太常孔愉,朝服守宗庙。峻兵呼噪而至,叱令褚翜下殿。翜兀立不动,还声呵斥道:"苏冠军来觐至尊,军人怎得侵逼?"峻兵被他一斥,倒也面面相觑,不敢闯入殿门。小立多时,待峻不至,乃转往后宫。宫中统是女侍,如何阻挡,被乱兵东牵西扯,劫去多人。所有珍玩衣饰,亦遭掳掠,甚至庾太后宫中,亦胆敢搜索。左右女侍,稍有姿色,便难幸脱。乱兵夺得子女玉帛,一拥出宫,复去劫掠豪门,任意凌侮,不但夺取财货,还要驱役官僚,令他肩挑背负,送往蒋山,稍一迟延,便加鞭挞。前江州刺史王彬,去职入都,受职光禄勋,素性抗直,与乱兵争论数语,乱兵即鞭捶交下,几至击死。最可悲的是宦家妇女,多被他掳往僻处,褫去衣服,污辱一番,且赤条条的任她们卧着,自往别处抢掠。妇女含羞忍耻,或觅得敝席坏毡,少蔽身体,无毡无席,用土自覆,哀号声震动内外。苏峻并不加禁,纵兵横行。宫中所藏布帛二十万匹,金银五千斤,钱亿万,绢数万匹,谷米数百斛,一古脑儿搬往峻营,只留御厨中食米数石,聊供御膳。

或语侍中钟雅道:"君性亮直,必不为寇贼所容,何不见几趋避?"雅答道:"国乱不能救,君危不能扶,尚欲趋避求生,朝廷要用甚么臣子呢?"还是硬汉。既而峻称诏大赦,惟庾亮兄弟,不在赦例。平素颇推重王导,故仍使为原官,自为骠骑大将军,录尚书事。令祖约为侍中太尉尚书令,许柳为丹阳尹,马雄为左卫将军,祖涣为骁骑将军。弋阳王羕,徒步见峻,称述峻功,峻当然心喜,仍封羕为西阳王,兼官太宰,录尚书事。峻复遣兵攻吴国内史庾冰。冰系亮弟,所以峻不肯干休。冰不能御,弃郡奔会稽,行至浙江,追兵尚不肯舍。幸有吴卒引冰下船,覆以草荐,吟啸鼓棹,泝流而去。每过逻所,辄用棹叩船,口作吴歌道:"苏将军,悬赏缉庾冰,庾冰正在此,奈何不问侬?"岸上逻兵,见他舟中无人,还道他是酒醉胡言,由他过去。冰得幸免,往侬会稽内史王舒。庾亮奔抵寻阳,宣太后诏,命温峤为骠骑将军,开府仪同三司,又加徐州刺史郗鉴为司空。峤怆然道:"今日当以灭贼为急,若无功加官,何以服天下?"遂辞官不受。一面分兵给亮,涕泣誓师,志在讨峻,且先遣使奉表建康,慰问二宫起居。偏苏峻已经防着,出屯湖阴,不容外使出入,峤使只得返报。其实太后庾氏,已不堪忧郁,得病身亡,年仅三十二岁。太后性本仁惠,兼美容仪,临朝一事,曾推让再三,不得已乃受。咸和元年,有司请追赠后父琛及母邱氏,又由太后固让,终不见从。只是阴教虽娴,难语治国,名为训政,实都归庾亮一人主持,酿成叛乱,终至忧愤而崩。小子有诗叹道:

汹汹乱党入宫城,母后遭凶饱受惊。
三十二年悲短命,九原应自怨亲兄。

欲知建康能否再安,且待下回再表。

王敦甫平,苏峻又乱。敦见忌于元帝,遂蓄异图,峻见忌于庾亮,乃生变志。推原祸始,皆由朝廷驭将无方,酿成巨衅。然庾亮之失,较元帝为尤甚。峻虽有不臣之心,但观其闻召之始,遣使白亮,自愿外迁,乃征命已下,又复乞补荒郡,倘亮许为通融,尚未敢称兵犯阙,大祸潜消,未可知也。乃一再不许,激之为乱,温峤、郗鉴,求入卫而俱却之,孔坦、陶回,谋截击而复不从,事前无弭变之方,临事无御贼之策,卒至忠臣战死,乱党入都,凭陵宫阙,劫掠府库,辱官吏,污士女,而亮反驾舟远逸,窜匿寻阳,谋人家国者,果可若是之躁妄粗疏、轻狂狡猾耶? 故吾谓苏峻之乱,亮实首祸,而峻犹其次焉者也。

第三十九回　温峤推诚迎陶侃
　　　　　毛宝负剑救桓宣

却说建康为苏峻所困,内外不通,宫中一切情事,外人无从得闻。江州刺史温峤,原想进兵讨逆,无如京城消息,一无所知,也不好冒昧前进。可巧有都人范汪,从间道奔至寻阳,报称:"苏峻政令不壹,贪暴凶横。人情愤怒,共愿诛峻,朝廷亦待援甚急,宜速进讨"云云。峤即使汪转白庾亮,亮即令汪参护军事。峤与亮本相友善,因互推为盟主。峤有从兄名充,佐峤戎幕,独向峤进议道:"陶征西位重兵强,何不推为领袖?"陶侃为征西大将军,见三十七回。峤颇以为然,遂遣督护王愆期,驰往荆州,邀侃同赴国难。侃与庾亮有隙,且以未预顾命为恨,见前回。便答愆期道:"我乃疆场外将,未敢与闻内事。"陶公大误。愆期依言复峤,峤再手书敦勉,终不见从。乃复遣使语侃,但说是仁公且守,仆当先行。使人已发,适参军毛宝,从他处回来,亟入见峤道:"欲举大事,当与天下共谋,古人谓"师克在和",便是此意。就使情迹可疑,尚留示人不觉,况自为携贰,尚能成事么?公急追使改书,推诚相与,料陶公亦不至固执了。"峤乃追还去使,另草一书,说得诚诚恳恳,愿奉侃为盟主。果然使人往

返,得了效果,由侃遣督护龚登,率兵诣峤。峤有众七千,洒泪登舟,一面列数苏峻罪状,移告各镇。文云:

> 贼臣苏峻、祖约,同恶相济,用生邪心,天夺其魄,死期将至,谴负天地,自绝人伦。寇不可纵,宜增军进讨,屯次溢口,即日护军庾亮来营,宣太后诏,寇逼宫城,王旅挠败,出告藩臣,谋宁社稷。后将军郭默,冠军将军赵胤,奋武将军龚保,与峤督护王愆期,西阳太守邓岳,鄱阳内史纪瞻,率其所领,相寻而至。逆贼肆凶,陵轹宗庙,火延宫掖,矢流太极。二宫幽逼,宰相困迫,残虐朝士,劫辱子女。承闻悲惶,精魂飞散。峤暗弱不武,不能殉艰,哀恨自咎,五情摧陨,惭负先帝托负之重,义在毕力,死而后已。今躬率所统,为士卒先,催进诸军,一时电击。西阳太守邓岳,寻阳太守褚诞等,连旗相继,宣城内史桓彝,已勒所属,屯滨江之要。江夏相周抚,与邓岳同时还朝,得为江夏相。乃心求征,军已向路。昔包胥楚国之微臣,重趼致诚,义感诸侯。蔺相如赵邦之陪隶,耻君之辱,按剑秦庭。皇汉之季,董卓作乱,劫迁献帝,虐害忠良,关东州郡,相率同盟。广陵功曹臧洪,郡之小吏耳,登坛歃血,涕泪横流,慷慨之节,实属群后。况今居台鼎,据方州,列名邦,受国恩者哉!不期而会,不谋而同,不亦宜乎?二贼合众,不盈五千,且外畏胡寇,城内饥乏。后将军郭默,已于战阵俘杀贼千人,贼今虽残破都邑,其宿卫兵人,即时出散,不为贼用。祖约情性褊窄,忌刻不仁,苏峻小子,惟利是视,残酷骄猜,权相假合,江表兴义以抗其前,强胡外寇以蹑其后,运漕隔绝,资食空悬,内乏外孤,势何得久?群公征镇,职在御侮,征西陶公,国之耆德,忠肃义正,勋庸弘著。诸方镇州郡,咸齐断金,同禀规略,以雪国耻。苟利社稷,死生以之。峤虽怯劣,忝据一方,赖忠贤之规,文武之助,君子竭诚,小人尽力。高操之士,被褐而从戎,负薪之徒,匍匐而赴命,率其私仆,致其私仗,人士之诚,竹帛不能载也,岂峤无德而致之哉?士禀义风,人感皇泽耳。且护军庾公,帝之元舅,德望隆重,率郭后军等,与峤戮力,得有资凭,且悲且庆,若朝廷之不泯也,其各明率所统,毋后事机。赏募之信,明如日月,有能斩约峻者,封五等侯,赏布万匹。忠为令德,为仁由己,万里一契,不在多言。

这篇移文,分使四颁,满望各处响应,同时举义。不意陶侃督护龚登,竟至峤舟相见,说是得陶公来书,促令还镇,弄得峤莫名其妙,慌忙将登留住,再遣王愆期致书陶侃,书中有云:

> 仆谓军有进而无退,宜增而不可减。近已移檄远近,言于盟府,克日大举。南康、建安、晋安三郡军,并在路次,同赴此会,惟须仁公督军戾

第三十九回　温峤推诚迎陶侃　毛宝负剑救桓宣

止，使齐进耳。仁公今乃召还督护，疑惑远近，成败之由，将在于此。仆才轻任重，实赖仁公笃爱，远禀成规，至于首启戎行，不敢有辞。仆于仁公，当如常山之蛇，首尾相衔耳。或者不达高旨，将谓仁公缓于讨贼，此声难追，仆于仁公并受方岳之任，安危休戚，理既同之。且自倾之顾，绸缪往来，情深义重，著于人士之口，一旦有急，亦望仁公悉众见救。况社稷之难，惟仆偏当一州，州之文武，莫不翘企，假令此州不守，约峻树置官长于此，荆楚西逼强胡，东接逆贼，因之以饥馑，将来之危，必有甚于今日者。以大义言之，则社稷颠覆，主辱臣死。公进当为大晋之忠臣，参桓文之义，开国承家，铭之天府；退当以慈父雪爱子之痛。约峻凶逆无道，囚制人士，裸其五体，近日来者，不可忍见，骨肉生离，痛感天地。人心齐一，咸皆切齿。今之进讨，如以石投卵，无虑不克，若出军既缓，复召兵还，人心乖离，是为败于几成也，愿深察所陈，以副三军之望。

愆期到了荆州，奉书与侃。侃展书详览，至慈父雪爱子之痛句，不禁流涕道："我儿果死了吗？"看官！你道侃子为谁？原来就是庐江太守陶瞻，小子在前回中，已曾叙及，不过尚未说明侃子。就是当时内外断绝，陶瞻战死，侃虽稍有所闻，尚未确悉，此次得了峤书，已经证实，当然生悲。愆期复接口道："公子殉难，真实不虚。且苏峻乃是豺狼，如得逞志，四海虽广，肯容明公托足么？"侃将书放下，投袂而起，立即大集将士，戎服登舟，与愆期同赴峤军，倍道急进。将至寻阳，令愆期先行返报。愆期驰抵峤营，峤问明原委，喜出望外，只庾亮捏着一把冷汗，惟恐侃来报复，不得不与峤相谋。谁叫你平日量狭？峤说道："陶公既来赴难，谅不至再记前嫌，就使尚有芥蒂，总教向彼谢过便了。有峤在此，保无他忧。"遂与亮回舟相迎，两下会叙，由峤引导庾亮，代达殷勤。侃见亮趋入，故意不睬，亮只好硬着头皮，向侃拜谢。急来抱佛脚。侃拈须冷笑道："庾元规乃拜陶士行么？"亮见他词色不佳，慌忙引咎自责，亏得他生就厚脸，又有三寸妙舌，说得悱恻动人。赖有此尔。侃意乃少解，握住亮手道："君侯修石头城，防备老子，今日反来求我，才知老子是忠心为国，未尝通叛呢。"峤在旁婉劝，侃益释然，便相偕入寻阳城，大开筵宴，欢谈竟夕。越宿复登舟启行，东指建康，共计戍卒四万，旌旗相蔽，轴舻互连，钲鼓声远达数百里。

徐州刺史郗鉴，在广陵接得亮书，并所传太后诏旨，已流涕誓众，指日勤王。及闻陶、温联兵东指，复遣将军夏侯长，间行语峤道："公既仗义兴师，鉴愿执鞭从事，但闻叛贼欲挟天子，东入会稽，请公先立营垒，屯据要害，防贼逃逸，又断彼粮道，坚壁清野，与贼相持，贼进不得攻，退无所掠，不出旬月，自然溃散了。"峤深服鉴策，遣还夏侯长，麾舟进行。

苏峻闻四方兵起，用参军贾宁计，自姑孰还据石头，分兵拒敌，一面入宫劫迁幼主,出居石头城。司徒王导,与峻力争,舌剑谈锋,怎敌真刀真槊? 毕竟拗他不过,强胁幼主登车。八龄天子,骤遭迫辱,哪得不掩面哀啼? 将军刘超,侍中钟雅,并步行相随。天适大雨,道路泥泞,峻给刘、钟二人乘马,二人皆不愿乘坐,且泣且行。到了石头,扶帝下车,入居仓屋,尘秕委积,不堪小住。峻即号为行宫,令亲信许方等人,补充司马督殿中监,外托宿卫为名,内实监制刘超、钟雅。超与雅日侍帝侧,还有右光禄大夫荀崧,金紫光禄大夫华恒,尚书荀邃,侍中丁潭等,同处患难,各不相离。成帝在宫,尝读《孝经》《论语》,超仍然禀授,不使少闲。一息尚存,此志不容少懈。峻既忌超,又复敬超,时有馈遗,超皆不受。左光禄大夫陆晔,为峻所迫,令守行台,峻党匡术守台城。

　　尚书左丞孔坦,奔往陶侃,侃令为长史,与同计议。坦谓:"须联合东军,两面夹攻,方可灭贼。"侃也称良策,只虑道路中梗,不得相通。事有凑巧,那司徒王导,已遣密使径达三吴,托称太后诏谕,勉令东军起义,入救天子。于是会稽内史王舒,使庾冰为奋威将军,领兵万人,西渡浙江。吴兴太守虞潭,吴国内史蔡谟,前义兴太守顾众等,均望风起应,募兵讨贼。潭母孙氏,系吴孙权族孙女,早岁守嫠,教子有方,至是复尽发家僮,随潭助战,且罄去环佩衣饰,充作军资,复召潭申诫道:"汝当移孝作忠,舍生取义,勿以我老为累呢。"是真贤母。潭益加奋勉,整兵将行。孙氏又闻会稽内史王舒,遣子允之为督护,乃再语潭道:"王府君遣子出征,汝何不相效,反出人下?"潭因令子楚为督护,使为前驱,往会允之。允之与庾冰,同至吴国,冰曾任吴国内史,见前回。蔡谟以冰当还旧任,即去职让冰,彼此同心协力,相继西进。途次与峻将管商、张健等相值,两下交锋,互有杀伤,急切不能抵京。东边方兵争未决,西边亦战舰迭乘,陶侃、温峤,进军茄子浦。峤因部兵习水,不善陆战,因下令军中,如有擅自登岸,立处死刑。

　　会峻送米万斛,馈运祖约,约遣司马桓抚率兵接应,为峤前锋将毛宝所闻,便欲上岸劫粮。部将以军令为辞,宝奋然道:"兵法有言,将在外,君命有所不受。今贼粮在道,难道可纵令过去,仍不登岸邀击么?"遂不暇白峤,即麾兵上岸,鼓勇直前,杀退桓抚及运粮等人,把粮米一并夺来,始向峤处请罪。峤大喜道:"君能通变达权,立功不小,何罪可言?"遂荐宝为庐江太守。陶侃亦表请王舒监浙东军事,虞潭监浙西军事,郗鉴都督扬州八郡军事,节制舒、潭等军。鉴率众渡江,与侃等会合,雍州刺史魏该,亦引兵诣侃,侃乃麾动舟师,直指石头,屯次查浦,峤军另屯沙门浦。苏峻闻西军大至,自登烽火楼,望见长江一带,舟楫如林,不禁失色道:"我原防温峤,能得众心,今果成事实了。"说毕,下楼派兵,分道扼守。庾亮使督护王彰,领兵进击,为峻党张曜所败,乃使司马殷融,送节谢侃。侃答语道:"古人三败,君侯尚止二次,当今事

第三十九回　温峤推诚迎陶侃　毛宝负剑救桓宣

势急迫,不宜自扰,致惑军心。"遂遣还殷融,劝令静守。侃部下都欲决战,侃与语道:"贼众尚盛,未可争锋,不如宽待时日,用计破贼,方保万全。"由是按兵待变,未尝进攻。

苏峻得再遣部将韩晃,往攻宣城,宣城内史桓彝,前次入讨无功,反致败还。见前回。长史裨惠,复劝彝通好苏峻,权与周旋,冀纾兵祸。彝勃然道:"我受国厚恩,义在致死,怎能忍耻与逆臣通问?事或不济,也是命数使然,虽死无恨。"遂遣偏将俞纵,往戍兰石。纵在戍未久,不遑修缮,闻韩晃掩至,只得驱兵出战。晃系百战悍将,部众又都精锐,眼见俞纵不是敌手,纵虽拚死奋斗,可奈部卒力弱,再进再却。左右劝纵退军,纵叹息道:"我受桓侯厚恩,理当死报,我不负桓侯,犹桓侯不负国家。今日是我绝命时候了。"说着,策马突阵,竟至战死。韩晃乘胜进薄宣城,彝困守多日,势孤力屈,终遭陷没,为晃所害。不没两忠。

先是彝与郭璞为友,尝令璞筮定休咎,筮既成卦,璞即用手搅乱,彝惊问何因?璞怅然道:"卦与我同。丈夫当此,必无良好结果,奈何奈何?"已而璞语彝道:"我与君情好多年,如来访我,尽可入室,但千万不可如厕。倘或误犯,必至客主有殃。"彝记在心中,未敢犯忌。一日过饮至醉,竟闯入璞家,觅璞无着,便往厕所。家人忙来拦阻,已是无及。他见璞对厕兀立,裸身被发,衔刀奠醊,禁不住狂笑起来。却是好笑。璞闻声回顾,见是桓彝,不觉大惊,掷刀与语道:"我前嘱君勿来厕所,君竟失约,不但祸我,君亦难免。天数难逃,无可禳解了。"彝似信非信,尚疑璞为捣鬼,大笑而去。谁料后来果如璞言,两人俱不得善终。命也何如。

话休叙烦,且说陶侃、温峤,屯兵江上,自夏经秋,已经累月。峤本主张急进,屡次出战,亦皆失利。侃决意坐守,并未与峻党交锋。会因峤军败还,峻兵尚耀威江岸,拟迫侃军,侃军多有惧色。监军李根,请诸陶侃,拟筑白石垒,以蔽舟车。侃依根议,即拨兵黉夜赶筑,至晓即成。忽闻峻军内有号炮声,诸将互相惊愕,总道是峻来攻垒,独长史孔坦驳议道:"峻若攻垒,必待东北风起,今天气清静,必不敢来,尽可勿虑。"诸将问何故鸣炮?坦又道:"我料他必发兵东出,堵御东来各军。"诸将尚不肯信,及侦骑来报,果由峻出兵东向,击败王舒虞潭等军。孔坦复献议道:"峻兵既得败东军,必来攻白石垒了,须亟遣重兵镇守。还有一虑,东军败退,京口随在可危,宜速使郗公还镇,尚可无忧。"侃乃使庾亮率精兵二千,往守白石,又令郗鉴与后将军郭默,同戍京口,立大业、曲阿、庱亭三垒,分峻兵势。峻果率步骑万余,攻白石垒,幸由庾亮严守,无隙可乘,方才退去。忽闻祖涣、桓抚等来袭湓口,侃料是祖约应峻,双方并举,遂拟遣雍州刺史魏该,率兵往御。便有军吏入报道:"魏刺史病故了。"侃惊疑道:"魏刺史病殁,只好由我自行了。"

遂往会温峤,拟留峤暂统各军,自率偏师,往援溢口。莫非有去意么？峤尚未答言,旁有一将应声道:"义军恃公为主帅,公奈何轻行？此等小贼,只配末将等往剿呢。"侃见是毛宝发言,便问宝愿往否？宝答称愿往,奉令即行。途次接得谯国警耗,乃是祖涣、桓抚,道出谯国,竟将谯城围住,当由宝兼程赴援,才到城下,即被涣、抚等一阵冲突,并令弓弩手更番迭射,毙宝前队多人。宝向前力战,也为流矢所中,贯髀彻鞍。宝使人蹋鞍拔箭,流血满靴,他却毫不呼痛,收军暂退。等到箭声中断,复转身杀上,冲将过去。涣与抚已自幸得胜,不加防备,忽见宝跃马冲来,一时未及拦阻,竟被突入。宝军见主将受伤,尚如此奋勇,哪有不相率感奋,一齐随上。你刀我斧,尽力掩杀,立将敌阵捣乱。桓抚料不可敌,拨马先逃。祖涣独力难支,自然随走,谯城因得解围。内史桓宣,得出城迎宝,宝见他憔悴得很,不能再当冲要,乃使他东赴峤营,自率军进捣东关,攻破合肥戍垒。会接峤营来使,召令东还,乃引兵退归。祖约闻宝已退去,又欲派兵进击,不料故尚书令陈光,号召徒党,潜入攻约,好容易把约擒住,及仔细审视,乃是一个假祖约,貌似相类,实出两人,姓名叫做阎秃,系约帐下的从吏,约已从后墙逸出,无从追获了。想还有数月可活。光斩了阎秃,恐约召兵来攻,不能抵敌,乃北奔后赵,请石勒袭取寿春。勒遂令石聪、石堪,领兵渡淮,径抵寿春城下。又由光寄发密书,诱动约将,使为内应。内外连结,顿将祖约逐去。约奔往历阳,聪等掳得寿春人民二万余户,渡淮北还。小子有诗咏道:

昆季如何大不同,乃兄靖虏弟兴戎。
痴心未遂先遭逐,叛贼由来少令终。

　　祖约败蹙,苏峻当然失势,峻将路永、匡术、贾宁等,向峻献策,峻却不从。究竟所献何计,容待下回叙明。

　　陶侃为晋室重臣,拥兵上游,理应为国图存,与同休戚,乃以一时之私忿,置国家于不顾,宁非大误？温峤一再贻书,推为盟主,而侃犹不从,甚至龚登已遣,尚欲召还,何私憾之深,一至于此耶？及闻陶瞻战死,舐犊生哀,乃登舟东指,与峤相会,然犹讥嘲庾亮,情见乎词。亮固有误国之罪,而侃亦不得为保国,若非温峤之推诚相与,则侃必不肯赴难,其去亮果几何也。厥后屯兵江上,旷日持久,虽峻兵尚盛,未易撄锋,然其徘徊瞻顾之状,犹可想见。桓彝之死,安知非侃之敛兵不动,有以致之？以视温峤之志在勤王,毛宝之志在戮力,盖不能无惭德矣。虞母孙氏尚知大义,奈何以堂堂之须眉,反出巾帼下？吾不禁为陶士行叹息云。

第四十回　枭首逆馘乱成功
　　宥元舅顾亲屈法

　　却说苏峻部将路永、匡术、贾宁等人，闻祖约败奔历阳，恐势孤援绝，不能成事，特向峻献议，劝峻尽诛司徒王导等，断绝人望，别树腹心。峻素来敬导，不允众议，路永遂生贰心。王导探知消息，即使参军袁耽，诱永归顺。永便即从导，导欲奉帝出奔，恐被峻觉拦阻，反致不妙，因挈二子恬、恰，与路永俱奔白石，往依义军。舍主自去，亦太取巧。陶侃、温峤，与苏峻相持日久，仍然不决。峻却分兵四出，东西攻掠，所向多捷，人情汹惧。就是朝士奔往西军，亦云峻众势盛，锐不可当，侃未免灰心。独峤怒答道："诸君怯懦，不能讨贼，反来誉贼么？"话虽如此，但屡战不胜，也觉胆寒，已而峤军粮尽，向侃告贷。侃愤愤道："使君曾与我言，不患无良将，无兵粮，但欲得老仆为主帅，今数战皆败，良将何在？荆州接近胡、蜀二虏，当备不虞，若再无兵食，如何保守？仆便当西归，更思良策，他日再来灭贼，也是未迟。"君可忘，子亦可忘吗？峤闻言大惊，忙答说道："师克在和，古有明训，从前光武济昆阳，曹公拔官渡，兵以义动，故能用寡胜众。今峻、约小竖，凶逆滔天，何患不灭？峻骤胜生骄，自谓无敌，若诱令来战，一鼓可擒，奈何自败垂成，反欲却退哩？况天子幽逼，社稷颠危，四海臣子，正当肝脑涂地，奋不顾身，峤与公并受国恩，何能坐视？事若得济，臣主同休，万一无成，亦惟灰身以谢先帝。今日势成骑虎，不能再下，公或违众独返，人心必沮，沮众败事，义旗将回指公身了。"侃默然不答。

　　峤乃退出，与参军毛宝熟商，宝奋然道："下官能留住陶公。"乃诣侃进言道："公本应镇守芜湖，为南北声援。前既东下，势难再返，军法有进无退，非但整率三军，示众必死，就是一退以后，士心离沮，仓皇失据，必致败亡。前日杜弢为乱，亦尝猖獗，公一举灭弢，始享盛名，今难道不能灭峻么？贼亦畏死，未必统是勇悍，公可先拨给宝兵，上岸截粮，若宝不立功，然后公去，人情也不致生恨了。"侃方答道："君既肯奋力杀贼，我愿依议。"遂加宝为督护，拨兵数千，遣令速往。宝奉令即行。

　　竟陵太守李阳，又替峤白侃道："今温军乏食，向公借粮。公若不借，必至温军溃散，大事无成，阳恐各军将集怨公身，公虽有粟，也无从得食了。"侃乃分米五万石，接济峤军。嗣闻毛宝告捷，把句容、湖熟诸屯粮，悉数毁去，这屯粮是苏峻的根本，根本既撤，料峻军必至乏食，久将自乱。侃乃留屯江上，不复言归。

峻遣韩晃、张健等，往攻大业戍垒，不出孔坦所料。垒为后将军郭默所守，被韩晃等困住，水泄不通，守兵无从汲水，甚至取饮粪汁，聊自解渴。郭默不耐苦守，突围出奔，惟留戍卒守着。郗鉴在京口驻节，蓦闻郭默潜遁，不免加忧，参军曹纳进言道："大业为京口屏蔽，大业失守，京口恐难保全，不如亟还广陵，再图后举。"鉴摇手不答，但命左右召集僚佐。至僚佐已集，方责纳道："我尝受先帝顾命，不能预救危难，虽捐躯九泉，未足塞责。今强寇在迩，众志未定，君为我腹心，乃倡议退归，摇惑众心，教我如何驭众呢？"说至此，便旁顾左右，拟将纳推出斩首。纳吓得魂不附体，慌忙跪伏哀求，僚佐亦替他解免，方得贷死。鉴即拨兵助守大业，且遣使至侃军乞援。

侃欲亲自赴救，长史殷羡进谏道："我兵不惯步战，若往救大业，不能得胜，大事反从此去了。今不若急攻石头，石头得克，大业不劳往救，自然解围呢。"侃依羡言，遂与庾亮、温峤、赵胤等会商，使亮等率着步兵，从白石南进，自督水军攻石头城。亮等皆如侃议，乃分率步兵万人，登岸南行。胤为前驱，峤与亮为后应。

苏峻闻步兵来攻，亲率八千人迎战，遣子硕与部将匡孝，分领前军数十骑，先薄胤军。匡孝骁勇异常，当先开路，及与胤军相遇，仗着那一杆铁槊，左挑右拨，运动如飞，胤军纷纷落马，无人敢当。后队兵士，相率倒退。胤亦禁遏不住，只好退走。峻在马上遥望，见胤军退去，不禁惹起野心，顾语左右道："孝能破贼，难道我不如孝么？"说着，即挈数骑前进，往追赵胤。寻死去了。可巧温峤军至，来助胤军，并力将匡孝杀退。孝已回马他遁，峻却冒冒失失，向前突阵。峤、胤两军，已经排齐队伍，准备厮杀，还怕甚么苏峻？峻见不可敌，回趋白木阪，忽听得扑踢一声，马失前蹄，竟至扑倒。峻亦随向前扑，不能安坐，正拟下马易骑，不防背后有物投来，忍不住一阵奇痛，便即跌下。看官道是何物？原来是一种兵器，叫作钩矛，俗语呼为钩头枪，这钩头枪是何人所掷？乃是彭世、李千。彭、李两人，为陶侃部将，从峤助战，见苏峻返奔，便策马力追。峻闻后有追兵，脚忙手乱，马缰一松，因致颠蹶。彭、李见他马蹶，相距还有数丈，只恐峻得脱逃，所以将矛遥掷，也是苏峻恶贯满盈，命数该绝，巧巧掷中背上，遂至坠地。彭世李千，立刻驰至，下马拔刀，将峻枭首。峻手下尚有数骑，逃命要紧，走得一个不留。温峤、赵胤等，一并趋集白木阪，命将峻尸脔割如糜，毁去尸骨。众军齐呼万岁。峻兵八千人，顿时骇散，惟石头城还未溃乱。峻弟逸在城中，由司马任让等，奉为主将，闭城自守。峻将韩晃，得峻死耗，撤大业围，引还石头。他将管商、弘徽，尚留攻庱亭垒，为郗鉴部将李闳，及长史滕含所破。管商走降庾亮，弘徽走依张健。温峤进薄石头城，就在城外设立大营，暂作行台，布告远近，凡故吏二千石以下，皆令赴台自效。官吏陆续趋集，各思图功。见危即避，闻利即趋，真是好计。

时光易过，两下相持，又过残年。光禄大夫陆晔，本由峻派守行台，峻将匡术，派守台城，至是晔令弟尚书陆玩，劝术反正。术见大势已去，乐得变计求生，遂举台城归附西军。百官亦乘势出头，推晔督领宫城军事。陶侃又遣毛宝入守南城，邓岳入守西城，建康复定，只有石头未下。右卫将军刘超，侍中钟雅，与建康令管旆等，拟奉成帝出赴西军，不幸密谋被泄，即由任让奉苏逸令，带兵入宫，拘住超、雅。成帝下座，将超、雅二人抱住，且语且泣道："还我侍中右卫。"让不肯从，扯开成帝，竟把二人牵出，一刀一个，杀死了事。复大发兵攻台城，韩晃当先，逸与从子硕继进，用了火弓火箭，射入城中，焚去太极东堂，延及秘阁。毛宝伤兵士扑救，自执弓矢，登城守御，弓弦响处，无不倒毙。晃见宝箭法如神，便仰首呼宝道："君号勇果，何不出斗？"宝亦答道："君号健将，何不入斗？"晃不禁大笑，再欲攻城，忽接到石头被攻消息，乃收兵退去。苏逸、苏硕，先已引还，那围攻石头的兵马，便是陶侃、温峤等军。就是扼守京口的郗鉴，亦遣长史滕含等入助。滕含带着步兵，在石头城下待着，邀击苏逸。逸退还时，被含痛击一阵，伤亡甚多。苏硕后至，与含混战，方得杀开走路，拥逸入城。至韩晃到来，含已退去，硕自恃骁勇，率领壮士数百，渡淮赴战，正值温峤截住，乘硕渡至中流，麾舟急击，把硕兵冲作数段。硕长陆战，不善水斗，弄得进退两难，立被峤军击毙。石头戍兵，闻硕败死，统皆夺气。韩晃开城出走，兵士争先恐后，一齐狂奔，无如门隘难容，互相践踏，死不胜计。滕含正在城外巡弋，趁机掩杀，门不及闭，便得攻进，兜头碰着苏逸，两马相交，刀枪并举，不到数合，被含卖个破绽，刺逸下马。含将李汤，从旁趋至，将逸擒住，任让急来抢救，已是不及。含麾众围让，让欲走无路，也即受擒。成帝尚在行宫，由含将曹据入卫，抱帝赴温峤船。峤率群臣迎谒，顿首请罪。成帝虽然年稚，究竟在位四年，多见多闻，也说了几句慰劳的话儿，均令起身。未几陶侃亦至，见过成帝，奉入京师，随即诛死苏逸，并斩任让。让与侃有旧交，侃请贷一死，成帝流泪道："他杀我侍中右卫，怎得赦免呢？"侃多怀私，反不及幼主明白。侃不便再言，让乃伏诛。又捕戮西阳王羕，及羕二子播、充。司徒王导，由白石入石头，令取故节，侃嘲语道："苏武节似不如是。"导不禁赧颜，侃一笑而散。于是颁诏大赦。

峻党张健，奔驻曲阿，弘徽、韩晃等，先后趋至。健拟东窜吴兴，弘徽谓不如北走，两人争论起来。健拔出佩刀，刴毙弘徽，遂使韩晃等乘车陆行，自己乘舟水行。舟车中满载子女玉帛，由延陵东赴吴兴，东军尚未退去，即由王允之亲督将士，截住水陆两路叛党，大破张健、韩晃，夺得男女万余口，并金银布帛等物。健、晃收拾余众,改向西奔,又被郗鉴阻住,不能过去,因转走岩山。鉴使参军李闳,领兵追击,健等逃匿山冈,不敢出战。惟韩晃挟箭两囊,至山腰中,自坐胡床,弯弓迭射。闳麾众登山,前驱多中箭倒毙,直至箭已射尽,才得杀上,把晃围住,四面攒击。任你韩晃如何枭悍,也落得身首异处,一命呜呼。闳众挟刃再登,搜杀健等,健料不能免,惶恐出降。闳责他罪恶滔天,立命枭首。自是峻党尽平。冠军将军赵胤,复遣部将甘苗,往攻历阳。祖约部将牵腾,开城迎苗。约挈领家族,及左右数百人,逃奔后赵去了。

两叛既灭,江左粗安,惟建康宫阙,已成灰烬,一时不及筑造,但借建平园为宫。温峤欲迁都豫章,三吴人士,请迁都会稽。议出两歧,纷纭未决。司徒王导,独主张仍旧,排斥众议道:"孙仲谋与刘玄德,俱言建康饶有王气,足为皇都,怎得无端迁徙呢?古时圣帝明王,卑宫菲服,不求华丽,若能务本节用,休养生息,不出数年,元气渐复,自见蕃昌;否则移居乐土,亦且成墟,即如近来北寇,日伺我隙,我再避往蛮越,更属非计,道在镇定如常,安内驭外,才无后忧。"此语却说得有理。温峤等听到此言,也以为导有远见,取消前议,不复迁都,即用褚翜为丹阳尹。翜收集散亡,尽心抚恤,京邑复安。朝廷论功行赏,进陶侃为侍中太尉,封长沙公,兼督交、广、宁州诸军事。郗鉴为侍中司空,封南昌公。温峤为骠骑将军,开府仪同三司,加散骑常侍,封始安公。陆晔进爵江陵公。此外得进封侯、伯、子、男,不可胜计。追赠卞壶、桓彝、刘超、钟雅、羊曼、陶瞻等官爵,并各赐谥。峻党路永、匡术、贾宁,相继反正,王导欲悉予封阶。温峤道:"永等皆苏峻腹心,首为乱阶,负罪甚大,晚虽改悟,未足赎罪。诚使得全首领,已为幸事,岂尚可再给荣封么?"导乃罢议。

陶侃因江陵偏远,请移镇巴陵。有诏依议,侃乃辞去。温峤亦陛辞归镇,朝议欲留峤辅政。峤推让王导,谓系先皇旧臣,仍当照常倚任,不宜参用藩臣,因固辞而出。且以京邑荒残,资用不足,特将私蓄财物,留献宫廷,然后西行。温太真确是纯臣。惟庾亮初谒成帝,稽颡谢罪,嗣复上表辞职,欲阖门投窜山海。成帝手诏慰谕,谓系社稷危难,责不在舅云云。未免左袒。亮自觉过意不去,又上书引咎道:

　　臣凡鄙小人,才不经世,阶缘戚属,累忝非服,叨窃弥重,谤议弥兴。皇家多难,未敢告退,遂随谍展转,便膺显任。先帝不豫,臣参侍医药,登遐顾命,又豫闻后事,岂云德授,盖以亲也。臣知其不可,而不敢逃命,实以田夫之交,犹有寄托,况君臣之义,道贯自然。哀悲眷恋,不敢违拒。加以陛下初在谅暗,先后亲揽万机,宣通外内,臣当其责,是以激节驱驰,志以死报。顾乃才下位高,知进忘退,乘宠骄盈,渐不自觉,进不能抚宁内外,退不能推贤宗长,遂使四海谤怨,群议沸腾。祖约、苏峻,不堪其愤,纵肆凶逆,事由臣发,社稷倾覆,宗庙虚废,先后以忧逼登遐,陛下旰食逾年,四海哀惶,肝脑涂地,臣之招也,臣之罪也。朝廷寸斩之,屠戮之,不足以谢祖宗七庙之灵。臣灰身灭族,不足以塞四海之责。臣负国家,其罪实大,实天所不覆,地所不载。陛下矜而不诛,有司纵而不戮,自古及今,岂有不忠不孝,如臣之甚?不能伏剑北阙,偷存视息,虽生之日,犹死之年。朝廷复何理齿臣于人次?臣亦何颜自次于人理?臣欲自投草泽,思愆之心也,愿陛下览先朝谬授之失,虽垂宽宥,全其首领,犹宜弃之,任其自存自殁,则天下粗知劝戒之纲矣。冒昧渎陈,翘切待命。

这书呈入,复有诏复答道:

苏峻奸逆,人所共闻,今年不反,明年必反。舅勃然而召,正是不忍见无礼于君者也。论情与义,何得谓之不忠乎?若以总率征讨,事至败丧,有司宜绳以国法,诚则然矣。但舅申告方伯,席卷东来,舅躬擐甲胄,卒得殄逆,社稷乂安,宗庙有奉,岂非舅与二三方伯,忘身陈力之勋耶?方当策勋行赏,岂可咎及既往?舅当上奉先帝付托之重,弘济艰难,使衍冲人,永有凭赖,则天下幸甚!

亮既接诏,尚欲逃入山海,准备舟楫,东出暨阳。可不必做主了。诏令有司收截各舟,亮乃改求外镇,效力自赎,因出督江西宣城诸军事,拜平西将军,假节豫州刺史,领宣城内史,镇守芜湖。还有湘州刺史卞敦,前曾闻难不赴,但遣督护带领数百人,随从大军。陶侃劾敦阻军观望,请槛车收付廷尉。敦原宜劾,但出自陶公,扪心果能免疚否?独王导谓丧乱甫平,应从宽宥,惟徙敦为广州刺史。敦适抱病,不愿南行,乃征为光禄大夫。未几病死,尚追赠散骑常侍,赐谥曰敬。宜削去右旁,谥一苟字。

温峤自建康西还武昌,舟过牛渚矶,水深不可测摸,相传下多怪物。峤发出奇想,令毁犀角照水,果见怪物丛集,或乘马,或乘车,多着赤衣,奇形异状,见所未见。是夕,卧宿舟中,梦有一异人来语道:"与君幽明相隔,何故照我?"峤尚欲详问,被异人用物击来,适中门牙,痛极而醒。次日,齿尚觉痛,他本有齿疾,至此因痛不可耐,将牙齿拔落二枚,不意痛仍未痊,反致唇舌艰涩,如中风状。莅镇以后,医治无效,不到旬日,便即去世,年只四十有二。江州士民,相率下泪。有诏赠峤侍中大将军,赐钱百万,布千匹,予谥忠武。

即令峤军司刘胤,嗣为江州刺史。陶侃、郗鉴,表称胤不胜任,宜别简良才,王导不从。胤素纵酒渔色,不恤政事。后将军郭默,曾为胤所侮,时常怀恨,此时留屯淮北,竟率兵夜向武昌,候旦开门,突然掩入,诈称有诏收胤,不问他人。胤部下将吏,不知何因,未便拒抗。默突入内寝,胤尚拥妾同卧,被默牵出床下,一刀砍死。妾有姿色,取为己有,又掠得金宝及胤妻女,自称江州刺史,一面将胤首传入建康,诬胤谋逆。王导虑不可制,但令默为豫州刺史,不敢问罪。王导专尚姑息。武昌太守邓岳,驰白陶侃。侃即上表讨默,且致导书道:"郭默害方州,就用为方州,倘再害宰相,莫非便使为宰相么?"诘问得妙! 导复书谓:"遵养时晦,留待足下。"侃览书大笑道:"这乃遵养时贼哩。"遂驱兵登舟,直向武昌,四面环攻。默将张丑、宋侯等,惧侃威势,缚默出降。侃斩默枭首,解送京师,诏令侃兼督江州,并领刺史。小子有诗叹道:

藐视王章太不伦,况经矫诏害疆臣。
若非当日陶公在,时贼居然得苟新。

侃既平默,威名益震,连后赵都惮他英威,不敢南窥。惟后赵主石勒,时正强盛,并吞前赵,欲知详情,请看下回分解。

合东西各军之力,夹攻苏峻,犹至旷日无功,非将帅之皆无用,弊在号令不专,互相观望耳。苏峻之突阵被斩,实遭天殛,非尽由人力也。试观书中所叙,唯温峤一人,志在讨逆,彻始贯终;毛宝勇敢,未始非为峤所激,感奋而成,陶士行辈皆无取尔。庾亮身为元舅,败不能死,徒自引咎,以塞众谤。卞敦观望不前,仍不加罪,晋政不纲,亦可知矣。成帝幼冲,原无足怪,司其责者,实惟王导,而时人反目为江左夷吾,其然,岂其然乎?

第四十一回　　察铃音异僧献技
　　　　　　　　失军律醉汉遭擒

却说后赵主石勒,乘晋内乱,连夺司、豫、青、徐、兖诸州,见三十五回。复遣兵进扰江淮,攻陷寿春。见三十九回。一面令石虎等率众四万,从轵关西行,往攻刘曜,略定河东五十余县,进迫蒲坂。曜大发水陆各军,亲自督领,由卫关北渡黄河,为蒲坂援应。石虎闻曜军大至,不免震惧,乃撤围退兵。曜追至高候,得及虎兵,两下交战,虎兵大败,偏将石瞻战死,余众亦伤亡大半,伏尸二百余里,丧失资械,不可胜计。虎逃奔朝歌,曜乘胜南下,攻金墉城。后赵守将石生,竭力抵御,曜猛扑不克,因决穿千金堨外的流水,灌入城中。城内兵民,险些儿变成鱼鳖,幸亏金墉城素来坚固,不致坍没。石生移民登阜,麾兵乘城,日夜严防,兀自支撑得住。曜见金墉难拔,又分兵转攻汲郡、河内,后赵荥阳太守尹矩、野王太守张进等,均迎降曜军,曜势大振,襄国戒严。

第四十一回 察铃音异僧献技 失军律醉汉遭擒

是时石勒右长史张宾,已经病殁,勒如失左右手,尝临丧大恸道:"天不欲我成事么?何故夺我右侯?"不令汝死,老天煞是有情。既而令司马程遐,代为右长史,遐智计不及张宾,但因妹为勒妾,得预政权。勒每与遐议及国事,意见不合,辄流涕道:"右侯遽舍我长逝,乃令我与此辈共议,岂非天数?"又要归咎于天,天岂常来顾汝么?及曜围金墉,勒拟亲出为援,程遐等入谏道:"刘曜乘胜南行,一时难与争锋,惟金墉城坚粮足,不致遽陷,待曜师老力疲,自然退去。大王不宜亲动,一或躁率,难保万全,大业反从此失败了。"勒怒叱道:"汝等何知?休来妄言!"遐尚欲再谏,勒竟拔剑置案,几欲动手杀遐,遐乃怯退。

先是参军徐光,醉后忘情,致忤勒意,为勒所幽。至是勒复忆光,释令出狱,召与商议道:"刘曜乘高候胜仗,进围洛阳,看似锋不可当,但孤思曜带甲十万,围攻一城,多日不克,势必懈怠。若率我锐卒,击彼怠兵,无虑不胜。倘迟至洛阳不守,曜必鼓勇前来,席卷河北,直至冀州,我军为彼所慑,不战必溃,大事去了。程遐等不欲我行,卿意以为何如?"光应声道:"大王所料,确是胜算,试想刘曜既战胜高候,不能进临襄国,乃反往攻金墉,显见是无能为呢。诚使大王督兵亲征,彼必望旗奔败,平定天下,在此一举,何必多疑。"勒狞笑道:"如卿才合孤心哩。"遂下令调集人马,克日启行。

勒平时常敬礼西僧佛图澄,因复将出师休咎,令他预决。澄忽作梵语道:"秀支替戾冈,仆谷劬秃当。"勒听了茫然不解,请澄释明意义。澄乃答道:"'秀支'便是'兵','替戾冈'是'出行'的意义,'仆谷'指刘曜胡位,'劬秃当'就是'捉人'意。依此解释,定能出兵拒曜了。"勒又问出自何经?澄答称是相轮寺铃音。铃音可作预谶么?勒将信将疑。澄自言尚有一法,可觇未来,当由勒请令一试,澄谓须展期七日,七日内令一童子持斋,斋期满,方能觇视,于是如法施行。眨眼间已是七日,澄即入见,在勒前行法,令左右取过麻油及胭脂,二物搀合,置诸掌心,又用两手摩擦,好一歇方才启掌,粲然有光。勒等只见他掌中光芒,看不出甚么奇异,独持斋七日的童子,顾视澄掌,不禁大诧道:"内有无数兵马,捉住一须长面白的大人。"澄即语勒道:"这就是刘曜了。"掌中有如此幻影,无怪如来佛能捉孙悟空。勒乃大喜,即令亲将石堪、石聪,往会豫州刺史桃豹等,各率部众趋荥阳,复饬石虎进据石门,自统步骑四万,出发襄国,下令敢谏者斩,程遐等自然不敢再言,一任勒上马登途去了。

但佛图澄究是何人,能有这般秘术?相传澄生长天竺,本姓帛氏,至晋怀帝永嘉四年,始至洛阳,自云百有余岁,能服气摄生,连日不食。每持神咒,役使鬼神,腹旁有一孔,用絮塞住,夜间拔絮露孔,光照一室。又尝至流水侧,从孔中取出脏腑,就水洗净,还纳腹中,洛人称为奇僧。至洛中大乱,投依勒将郭黑。黑从勒四出，每预知行兵吉凶，勒当然疑问。黑谓由澄所授，因即召澄相见，试以道法。澄取钵盛水，焚香持咒，立见钵中生出青莲，花光曜日，勒乃惊服。嗣是勒有举动，澄辄先知。勒为赵王至五年，襄国大旱，勒令澄祷雨，澄言祷求无益，别有良法。遂率徒侣往石井岗，掘得死龙一条，长约尺余，取置水盂，半日复苏。澄向龙咒诵，用酒为奠，蓦见龙一跃上升，腾往天空，即见阴霾四塞，大雨倾盆，田野沾足。因改名天井岗为龙岗。过了数年，襄国城壕，水源骤涸，勒又求澄设法。澄笑答道："城壕无水，敕龙往取便了。"勒本字世龙，疑澄有心嘲弄，亦笑语道："正因龙不能取水，所以商诸高僧。"澄乃正色道："这是实语，并非戏言。水泉无论大小，必有神龙居住，今城堑水源，在西北五里团丸祠下，若非敕龙取水，水何从来？"说毕自出。随引弟子法首等数人，径至团丸祠下，自坐绳床，烧安息香，口中念念有词，絮絮不绝。直至三日三夜，方有小水流动，一小龙长五六寸，随水出没，人民相率趋观。澄禁令逼视，不到半日，水势骤涨，汹涌澎湃，流满隍堑，龙亦不知去向了。澄返报石勒，勒益加敬礼，号为大和尚，这且待后再表。事见《十六国春秋》中。

且说赵王刘曜，自据位称尊后，起初还从善纳谏，用游子远为车骑大将军，讨平氐、羌。依侍中乔豫、和苞等言，罢建宫室。又在长乐宫东隅立太学，未央宫西隅立小学，凡百姓年在十三以上，二十五以下，聪颖可教，俱令入学肄业，共得千五百人。命中书监刘均领国子祭酒，散骑侍郎董景道为崇文祭酒，居然尊经讲道，用夏变夷。曜后羊氏，虽得专宠干政，究竟也没有甚么权力，曜立羊氏为后，见三十二回。在位四年，境内尚称平安，不过与后赵已成仇隙，屡有兵争。是年五月，终南山忽崩。长安人刘终，从山崩处拾得白玉一方，上有篆文云："皇亡皇亡，败赵昌，井水竭，构五梁。咢酉小衰，困器丧鸣。呜呼呜呼，赤牛奋靷其尽乎。"终莫名其妙，但赍玉献曜。曜臣都称为石勒将灭，乃有此征，因联翩入贺。曜也以为天锡祯祥，特斋戒七日，至太庙中拜受瑞玉，命终为奉瑞大夫。好像做梦。独中书监刘均上书道：

> 臣闻国主山川，故山崩川竭，国君为之不举。终南，京师之镇，国之所瞻，无故而崩，其凶可知。昔三代之季，其灾也如是，今朝臣皆言祥瑞，臣独言非，诚上忤圣旨，下违众议。然臣不达大理，窃所未同。何则，玉之于山石也，犹君之于臣下。山崩石坏，象国倾人乱，"皇亡，皇亡，败赵昌"者，此言王室将为赵所败，赵因之而昌大。今大赵都于秦雍，而勒跨全赵之地，赵昌之应，当在石勒，不在我也。"井水竭，构五梁"者，井谓东井，秦之分也，五谓五车，梁谓大梁，五车大梁，赵之分也，此言秦将绝灭以构成赵也。"咢"者，岁之次，名作"咢"也，言岁驭作咢酉之年，当有败军杀将之事。"困"谓"困敦"，岁在子之年名，玄嚣

第四十一回 察铃音异僧献技 失军律醉汉遭擒

亦在子之次,言岁驭于子,国当丧亡。"赤牛奋軥",谓赤奋若,在丑之岁名也。牛谓牵牛,东北维之宿,丑之分也,言岁在于丑,当灭之殆尽,无复遗也。太岁在酉曰"作号",在子曰"困敦",在丑曰"赤奋",若语见《尔雅》。此其诚悟蒸蒸,欲陛下勤修德化以禳之耳。纵为嘉祥,尚愿陛下夕惕以答之。《书》曰:"虽休勿休",愿陛下追踪周旦盟津之美,捐鄙虢公梦庙之凶,谨归沐浴以待妖言之诛,则国家幸甚!

曜览毕均书,倒也怵然动容。廷臣劾均狂言瞽说,诬妄妖瑞,应作大不敬论。曜却谓不问灾祥,均当深戒,怎得加罪刘均。越年,又从并州献入玉玺一枚,文为赵盛二字。曜乃不复称瑞,但收贮库中罢了。既而征服仇池王杨难敌,又因秦州刺史陈安叛乱,亲往讨平。赤亭羌酋姚弋仲,亦称臣受封。姚弋仲见前文。凉州牧张寔,为帐下将阎涉所戕,张寔见第三回。寔弟张茂,平定内乱,嗣为凉州刺史。曜复率领戎卒二十八万,进攻凉州。茂惮曜兵威,奉表称藩,曜乃退兵。自是渐即骄盈,沈湎酒色。羊后病死,更立侍中刘昶侄女刘氏为后。才阅一年,刘氏又病不能起,留有遗言,请纳从妹刘芳。芳女姿色,比姊秀美,年甫十三,已长七尺八寸,垂手过膝,发与身齐。曜当然纳入,即册为继后,时已为光初十一年。光初为刘曜年号,见三十二回。曜命骠骑将军刘述为大司徒,侍中刘昶为太保,召公卿以下子弟,入阙亲选,见有材武出众,便使为亲御郎,被甲乘马,随同出入。尚书郝述,都水使者支当等,谓人主不宜日近武人,致触曜怒,勒令服毒自尽。是夕,曜梦见空中降下三神,统是金面丹唇,东向逡巡,不言即退。当下恍惚前追,屈身下拜,俯履三人足迹。俄而惊寤,细思梦兆,辨不出什么吉凶。翌晨,召入公卿,令他详梦。一班谐臣媚子,无非曲意献谀,交口称贺,惟太史令任义,谓梦兆不祥,列陈见解,大略说是:

  三者历运统之极也,东为震位,王者之始次也。金为兑位,物衰落也。丹唇不言,事之毕也。逡巡揖让,退舍之道也。为之拜者,屈服于人也。履迹而行,慎勿出疆也。东井,秦之分也,五车,赵之分也,秦兵必大起,亡主丧师,留败赵地,远至三年,近七百日,其应不远,幸熟思而慎防之!

曜闻言大惧,即亲祀二郊,修缮神祠,遍祷名山大川,大赦死罪以下,减免百姓半租。徒务表面,有何益处?越年,春令大旱,好几月不见甘霖,曜偏分兵袭仇池,攻凉州,略河南,一些儿不加轸恤,但令出掠境外,夺得子女玉帛,还充府实。国人遇有旱灾,令他四出纵掠,不可谓非理财妙诀。又越年出败石虎,便是围攻金墉城一役。补叙刘曜数年间事,使知败亡之由来。后赵主石勒,自救金墉。至大堨渡河,时当仲冬,寒风似刀,河滨更甚。及勒军将渡,忽天气转为晴和,风静冰泮,安然得济。济毕又狂风大起,沉阴如故。勒大喜道:"这是天神佑我哩。"此番才有天了。遂改名大堨为灵昌津。参军徐光,亦随勒南行,勒顾语光道:"刘曜闻我出兵,若移兵成皋,据关拒我,方为上策;依洛为营,负水自固,乃是下策;坐守洛阳,束手待擒,便成无策了。"既而勒至成皋,会集诸军,得步兵六万,骑兵二万七千,鼓行而进,一路无阻,并不见有曜军。勒举手上指,又自指额,连声呼天,天何言哉。复令兵士卷甲衔枚,从间道出巩、訾间,昼夜不休,直至洛水,遥见曜兵俱退驻对岸,连营十余里,差不多有十多万人,更不禁大喜道:"曜真庸奴,为我所料,诸将士已好贺我了。"大众闻言,统向勒道贺。勒扬鞭得意,督步骑入宣阳门,由守将石生出接,迎入故太极前殿,升座劳众,休息一宵。越宿,乃部署兵马,整顿、器械,准期明日出战。命石虎率步卒三万人,自城北趋西,攻曜中军,石堪石聪各领骑兵八千人,自城西趋北,击曜前锋。三人领命归营。勒又预戒亲卒,五更造饭,黎明饱餐,开城助战。

　　这一边已安排就绪,那一边尚杂乱无章。刘曜围攻金墉,已过了三月有余,他见坚城难下,索性置诸度外,镇日与群臣饮博,酣醉无度,不恤士卒。左右或进言相规,曜斥为妄语,连杀数人。及闻勒渡河亲至,方拟遣兵增戍,堵截勒兵。议尚未定,勒兵已抵洛水,前驱谍使,被曜候骑获得一人,献入营中。曜亲问道:"大胡自来么?率众几何?"谍使答道:"大王自来,兵势甚盛。"曜闻言不禁失色,便下令撤围,退营洛水西岸。叙出曜军情形,方与上文接笋。到了勒兵入城,曜尚无布置,仍然拚命饮酒。临战的早晨,已闻石虎、石堪等两路杀来,还要饮酒数斗,喝得醉意醺醺,方披甲上马。马无故悲鸣,立住不动,经曜挥了数鞭,反见马倒退下去,一前一却,几乎把曜掀落,亏得左右将曜扶住,仓猝下马,改乘他骑。已兆不祥。曜疑是酒力未足,致马作怪,再命左右进酒一斗,一气喝干,乃策马出营,径诣西阳门。说时迟,那时快,石虎从左杀到,石堪、石聪从右杀来。曜兵抵挡不住,纷纷溃乱。曜已烂醉如泥,不知进退,但向西阳门驰去,不防石勒带着亲兵,由阊阖门绕至西阳门,迎头击曜。曜醉眼蒙眬,望不出甚么石勒,惟听得一声大喝道:"刘曜快来受死!"这一语传入耳鼓,才把十分酒意,吓退三分。又见前面兵士,好几个滚下头颅,乃拍马返奔,忙不择路,只管沿洛水边乱跑。又听背后有人叫道:"刘曜休走!"曜也不敢回头,飞马奔逃。那后面的箭镞,接连射来,可恨背上不生眼睛,无从闪避,徒受了三处箭伤。马亦中了数箭,负痛乱跃,高低不辨,竟致陷入石渠。曜慌忙提缰,马足虽得拔出,马力已竭,坠倒水滨,曜亦当然同坠。可巧水结成冰,将人马一同搁住,不致沉溺。还是溺死的好。奈左右俱已逃散,无人相救。俄而追兵驰到，用着挠钩等件，将曜钩起。曜身上又受创十余，卧在地上，由他捆缚，勉强开眼一瞧，面前立着一马，马上坐着一员大将，正是后赵都尉石堪。堪见曜西奔，率马追来，用箭射倒刘曜，遂得擒曜报功。

　　曜兵一半逃去，一半被杀。勒乃下令道："我只欲擒获一人，今已得擒住，将士等可抑锋止锐，毋得再加杀戮，有伤天仁。"于是收军入城，牵曜至河南丞廨，把他拘住。一面宰牛设飨，大犒将士。一连三日，方班师北还襄国，使征东将军石邃，押曜同行。曜创痕未痊，不能行动，因用马车载曜，令金创医李永，与曜同载，沿途疗治。既至北苑市，三老孙机，请诣勒前，愿一见曜，勒即允诺。机持酒一大觥，进白刘曜道："仆谷王，关右称帝王，当持重，保土疆；轻用兵，败洛阳，祚运穷，天所亡；开大量，进一觞。"曜见机庞眉皓首，须发似银，乃接觞答语道："老翁年当近百，尚这般康健么？我当为公满饮此觞。"说着，一吸立尽。适配胃口。孙机乃退。勒闻机言，也为怅然道："亡国奴，应该使老叟数罪哩。"及驰入襄国，勒令曜居永丰小城，遣还伎妾，与曜为伴，惟派兵监守，不准曜出入自由。

　　先是两赵连岁交兵，互有擒获，勒将石佗，为曜军所擒，便即杀死。曜将刘岳、刘震，为勒军所擒，尚未被杀，至此岳、震等，得奉勒命，许令见曜。曜瞿然道："我道卿等久为灰土，不意石王仁厚，全宥至今，我骤杀石佗，有愧石王，无怪今日遭祸呢。"乃留岳、震等同宴，终日始别。此时已近死期，乐得痛饮数杯。勒使人语曜，令致彼太子熙书，嘱使速降。曜不从勒意，但饬熙与群臣维持社稷，不必为我易虑云云。勒因此嫉曜，寻即将曜害死。曜僭位十三年，岁次戊子，兵败被擒，正与刘均言相符。小子有诗叹道：

　　　　谶纬遗文宁足凭？荒耽才是国亡征。
　　　　古今多少沧桑感，无道保邦得未曾。

　　曜子熙居守长安，能否保全宗祀，且看下回自知。

　　佛图澄之种种秘术，俱载前史，相传至今，是否确凿，亦无从证实。即果有其事，亦不过如张陆、于吉之流耳。律以治国平天下之大道，澄固未足语此也。刘曜少时，以聪慧闻，刘渊尝称为"千里驹"；及长尤多奇略，自比乐毅萧曹，刘聪又以世祖魏武拟之；及靳准篡汉，仗义讨贼，再兴刘氏，似乎刘渊父子之言，不为无见，乃观其金墉一役，醉态昏迷，毫无军谋，仓猝一战，便为所擒，岂其天夺之魄，使汩性灵？抑亦由沉湎酒色，乃有此昏庸之结果也！世间自有大丈夫，特淫妇人之媒词耳。曜顾信之不疑，酿成骄态，其曷能免灭亡之祸哉？

第四十二回　并前赵石勒称尊
防中山徐邈泣谏

却说刘熙居守长安，接得乃父被擒消息，当然大骇，急与南阳王刘胤等，商量方法。胤本是刘曜嫡子，为元配卜氏所生，从前靳准作乱，胤逃匿邻近郁鞠部。及刘曜即位，郁鞠部送胤归国，曜见他身长多力，意欲废熙立胤。胤舅左光禄大夫卜泰，及太子太保韩广等，均谓不宜废立，胤亦涕泣固辞。曜也追忆羊后，不忍废熙，乃封胤为王，号为皇子，追谥元配卜氏为元悼皇后，进卜泰为太子太傅，仪同三司。其实太子熙，原是懦弱，就是胤亦徒有外表，未足称能。曜率兵南下时，胤且进署大司马，辅熙居守。一切政事，归胤裁决，所以曜陷没后赵，熙即召胤计议。胤谓长安难守，不如退保秦州。尚书胡勋进言道："今主子虽已丧亡，国家尚未残缺，兵士不下数十万人，正可并力扼险，堵御石氏，万一力不能拒，再走未迟。"胤怒叱道："汝敢挠沮众心么？"遂喝令左右，把胡勋牵出斩首。胤不但无能，且是个糊涂虫，怎能保国？勋既冤死，还有何人再敢多嘴，遂相率奔往上邽。首都一动，各镇皆摇，汝阴王刘厚，安定王刘策，各弃镇西走，关中大乱。

将军蒋英、辛恕，拥众数万，入据长安，遣人奉表后赵，情愿投降。石勒览表，即敕洛阳守将石生，乘便西略。生即带领部曲，径入长安。那时刘胤却率兵数万，从上邽出发，来与石生争长安城。前时已愿弃去，此时复欲夺还，奇极怪极。陇东、武都、安定、新平、北地、扶风、始平诸郡胡人，亦奋起应胤。胤军次仲桥，石生婴城自守，飞使向襄国乞援。勒即遣石虎往救，拨给骑兵二万，由虎带去。虎行至义渠，与各郡胡人相值，好似虎入羊群，不值一扫，夷人四面遁去，虎即进捣胤营。胤闻胡人败遁，已是心怯，没奈何出营迎战。两阵对圆，锋刃相交，虎麾动铁骑，冲入胤阵，纵横驰骋，十荡十决。胤慌忙奔还，经虎从后追击，杀得尸横遍野，血流成渠，遂进薄上邽城下。上邽城内的将吏，见胤逃还，都吓得魂魄飞扬，哪里还敢抵御？不到数日，便即溃散。虎挥众登城，擒住赵太子熙，南阳王胤，及王公卿校以上三千余人，一律杀死，所有后宫妃妾，俱分给将士。惟曜有女安定公主，年甫十二，却生得身材窈窕，眉目轻盈。虎取为己有，也不管她年龄长幼，到了夜间，便将她抱入寝处，恣情行乐，亏得胡人体质，本来强壮，还勉强容受得住，但已是蕊破花憔，不堪狼藉了。身入虎口，不死亦伤。欢娱数夕，方挈女东行，并徙赵台省文武，关东流民，及

第四十二回 并前赵石勒称尊 防中山徐遐泣谏

秦、雍大族九千余人,俱至襄国,又坑死王公等及五郡胡人,共五千余名,比虎狼还要凶暴。前赵遂亡。总计自刘渊僭号,共历三传,前称汉,继称赵,凡三十五年。刘曜受擒,岁次戊子,刘熙被屠,岁次己丑。困嚣丧鸣,赤牛其尽,白玉篆文,至此毕验了。

石虎还至襄国,赍献前赵传国玺,并拟上勒尊号,奉为赵帝。勒未肯遽许,再经内外百僚,全体申请,无非说是"功德并隆,祥符俱萃,应亟崇徽号,下副人望"等语。勒又迁延过年,始自称为赵天王,行皇帝事。名称亦奇。立妻刘氏为王后;世子弘为太子;余子宏为骠骑大将军,都督中外诸军事,兼大单于,封秦王;斌为右卫将军,封太原王;恢为辅国将军,封南阳王;进中山公虎为太尉,兼尚书令,易公为王。虎子邃为冀州刺史,封齐王,石生为河东王,堪为彭城王,署左长史郭敖为尚书左仆射,右长史程遐为右仆射,徐光为中书令,领秘书监。此外,文武百官,各封拜有差。侍中任播等参议,谓赵承金为水德,旗帜尚玄,牲牡尚白,子社丑腊,方符天命。勒依议而行。右仆射程遐进言道:"天下初定,应明罚敕法,显示顺逆。从前汉高斩丁公,赦季布,便是此意。大王自起兵以来,褒忠诛逆,中外归心,惟江左叛臣祖约,犹存我国,窃为不解。且约大引宾客,又占夺先人田里,地主多衔怨切骨,大王何尚事姑容,不申天罚呢?"勒本谓约不忠,有心鄙薄,虽然前次收纳,却未尝召见,约降后赵,见四十回。至此听了遐言,便使人给约道:"祖侯远来,未暇欢叙,今幸西寇告平,国家无事,可率子弟来会,借表积诚。"言外又与订会期。

约得了此信,当然欣慰,届期这一日,约挈子弟登殿,求见赵天王石勒。勒佯称疾,但令程遐接待。遐邀入别室,引与共饮,暗中着人诈托约言,召约亲属,一并到来。约见全族俱至,不禁动疑,且室外甲士趋集,料知凶多吉少,自思无法脱身,索性拚命乱喝,得能从此醉死,也省得眼见惨刑。偏程遐瞧透约意,待约半醉,便起座大言道:"天王有令,祖约叛国不忠,罪应诛夷。"这语说出,甲士俱从外突入,立将祖约拿下,所有约亲信数十人,均被驱出,牵往市曹。蓦见有一群罪犯,由兵役押令前来,仔细一瞧,乃是一班蓬头少妇,垢面童儿,没一个不是家眷。此时心如刀割,险些儿晕了过去。忽有一数龄稚子,趋至约旁,手牵衣襟,哭呼外祖。约手未被缚,便将稚子抱起,且泣且语道:"外孙外孙,汝外祖不该背国,连害汝曹。"悔也迟了。旁边走过似虎似狼的甲士,把他外孙夺去,掷诸地上,已是跌个半死。一声炮响,刀光四闪,可怜祖约以下的男子,不论老少长幼,都做了无头鬼。就中只有祖逖庶子道重,由后赵左卫将军王安,买嘱兵士,将他留下,为安携去。余如妇女妓妾,也算赦免,但己皆没为官奴,分充羯人的婢妾去了。叛国贼听著!

看官道王安何人，肯救逖子？原来安本羯奴，为逖所得，留侍左右，很加宠爱。及逖镇雍邱，安亦浸长，逖与语道："石勒与汝同种，汝可往依，免汝久羁他乡，汝可愿否？"安尚不忍别，逖复说道："我亦不在尔一人，尔尽管前去便了。"遂厚给路资，遣令北去。安得见勒，累擢至左卫将军，及闻约族骈诛，不禁长叹道："怎可使祖士稚无后呢？"乃设法取出道重，匿居僧舍，令为沙门。时道重尚只十岁，及石氏灭后，始得南归。这未始非忠臣之报。逖有兄祖纳，与约异母，憎纳如仇，尝闲散家居，览书自乐。约为逆时，纳得不坐。及约奔降后赵，纳仍在江东，由温峤荐引，辟为光禄大夫，卒获考终。祖氏一脉，赖此不亡。道重归宗，便与纳子孙同居，不在话下。
　　且说石勒既自称天王，群臣尚申表固请，统说是名位未正，应加帝号。勒乃加号称帝，改元建平，由襄国迁都临漳，追尊三代。妻称皇后，王子弘为皇子，封进百官，毋庸再叙。惟史家因前赵已亡，此后但称勒为赵主，不称后赵，小子亦依史叙述，止称为赵，看官不要疑我脱漏一字呢。叙法绵密。勒并吞关陇，复窥江淮，特遣荆州监军郭敬，与南蛮校尉董幼，寇晋襄阳。晋南中郎将周抚，不能固守，退保武昌，襄阳遂陷。中州流民，悉数降赵，就是前平北将军魏该弟遐，亦率领部曲，自石城降敬。敬遂毁襄阳城，徙百姓至沔北，就樊城旁增筑城堡，居民屯兵，作为城镇。赵主石勒，即署敬为荆州刺史，领秦州牧。陇右氐、羌，不受赵命，兴众为乱，勒遣河东王石生往讨，一鼓荡平，赵威大震。东方的高句骊、肃慎诸国，贡入楛矢，宇文部并献名马。凉州牧张骏，本承叔父张茂遗命，嘱令服事晋室，仍守祖制，所以茂死骏继，自称晋大将军凉州牧，与前赵屡起战争。前赵亡，后赵主勒，遣使至凉州，拜骏征西大将军，兼凉州牧，加九锡殊礼，骏抗拒不受。及氐、羌为石生所败，多奔凉州，骏恐生乘胜进击，乃遣官诣赵，奉贡称臣。还有西域诸部落，如高昌、于阗、鄯善、大宛等，亦皆向赵奉贡，不惮远行。
　　赵主勒喜出望外，遂欲大营邺宫，自壮观瞻。廷尉续咸上书切谏，勒大怒道："不斩此老，朕宫如何得成？"说着，即饬御史收咸下狱。中书令徐光进规道："陛下天资聪睿，臣以为将超越唐虞，今乃厌闻直言，是将变作桀纣了。咸言可用即用，不可用亦当大度包容，奈何反欲加诛呢？"勒乃叹道："人主不得自专，一至于此。朕岂不知咸言为忠，但偶与为戏呢。匹夫略积家资，尚想购一别室，况富有天下，难道不能营缮一宫？将来终当筑造，现且暂停工作，不负忠言。"乃释咸引见，面加慰谕，赐绢百匹，稻百斛。随命公卿百僚，荐举贤良方正，直言秀异，孝义清廉各一人。一面就襄国西偏，创造明堂、辟雍、灵台，俨然有上法姬周的痴想。
　　既而霖雨经旬，中山西北，水忽暴涨，漂集巨木百余万根，共至堂阳。勒

第四十二回　并前赵石勒称尊　防中山徐遐泣谏

闻报大喜道:"天意欲我营邺宫哩。"遂大兴工作,亲授规模。自建平二年孟秋营造,历久未成。越年正月,勒仍在旧殿朝见群臣,遍赐盛宴,酒至半酣,顾语中书令道:"朕可比古时何等君主?"光答道:"陛下神武谋略,越过汉高,雄材卓荦,超绝魏武,自古以来,罕可比伦,大约为轩辕黄帝的流亚哩。"勒掀髯道:"人生岂不自知?卿言未免太过。朕若遇汉高祖,当北面臣事,与韩、彭毗肩,若遇光武,当并驱中原,未知鹿死谁手?大丈夫行事,须磊磊落落,皎如日月,怎可似曹孟德、司马仲达辈,曹操字孟德,司马懿字仲达。欺人孤儿寡妇,窃取天下?如朕品诣,应在二刘上下。轩辕乃上古圣人,朕何敢比拟哩?"群臣闻言,皆下座叩首,齐呼万岁。

　　勒本不识文字,但好令诸生讲读古书,静坐听诵,或出己意评论得失,类皆中肯,人多佩服。一日听读《汉书》,至郦食其劝立六国后,不禁惊诧道:"此法大误,何故能得天下?"及闻为留侯张良所阻,乃恍然道:"赖有此呢。"聪明原是过人,可惜不学。勒视当世人物,都不足取,惟晋豫州刺史祖逖,与荆州牧陶侃,先后推重,目为将才。侃方镇守巴陵,闻襄阳被陷,武昌垂危,倒也吃一大惊,接连是苏峻旧将冯铁,暗杀侃子,奔依石勒,得为戍将,害得侃又惊又悲,乃缮就一书,遣人赍往临漳,责勒纳用叛臣。勒有心干誉,便召入冯铁对着侃使,把他斩首。侃使才告谢南归。侃再遣长史王敷,赍送江南珍宝,与勒修好,并表谢忱。勒当即收受,厚待王敷,并赠贶仪。敷乃返报。

　　看官你道侃果真愿与勒和么?他因襄阳失守,意欲设法规复,所以计上加计,令他自弛兵备,好乘虚夺回襄阳,既得王敷归报,便从巴陵移镇武昌,命子斌率领锐卒,会同南中郎将桓宣,往袭樊城。赵将郭敬,果然无备,且督兵南掠江西,桓宣等掩入城中,将所有居守兵民,悉数俘获,又料敬必还援,使斌留镇樊城,自往涅水埋伏,截敬来路。敬得樊城警报,挟怒前来,到了涅水,听得一声号炮,伏兵猝发,他却毫不惊慌,分头抵敌。桓宣也督众力战,自午至暮,方将赵兵杀败,陆续退去。这一次鏖斗,赵卒原死了多人,宣兵亦伤亡过半。宣因飞使报侃,再请济师,侃令兄子南阳太守臻,竟陵太守李阳,率兵万人,共攻新野,遥应樊城。郭敬往救新野,又吃了一回败仗,方才北遁。襄阳城前已被毁,无人守着,当由侃军唾手取回,侃即命桓宣镇守。宣重修城寨,招集流亡,简刑罚,课农桑,复成重镇,赵一再进攻,终不能克。宣镇襄阳十余年,远近畏怀,时人比诸祖逖、周访,可见得捍边固圉,全靠着有良将呢。总断一笔。

　　惟赵主石勒,中了侃计,叹息累日,暗想陶侃用伪和计,夺去襄阳,自己亦好如法炮制,与晋言和。计策已定,待至建平四年正月,借着贺年的名目,遣使至晋,奉帛修好。偏晋廷拒绝来使,且将所献各帛,焚毁都下。赵使撞了一鼻子灰，匆匆北归。勒顿时怒起，又欲动兵侵晋，偏偏天变迭兴，内忧隐伏，转令一个足智多谋的石季龙，有所顾忌，未敢妄行。

建平三年的夏天，已是疾风骤雨，雷震建德殿端门，及襄国市西门，殛死五人。既而雹降西河介山，大如鸡卵，平地水深三尺。太原、乐平、武乡、赵郡、广平、钜鹿千余里，树木摧折，禾稼荡然。勒避殿禳灾，且问中书令徐光，主何凶兆？光言："介山为介之推所依，之推焚死，阴灵未泯，宜普复寒食故制，立祠奉祀。"原来勒曾禁止寒食，故光疑之推为祟，因致此灾。黄门郎韦谀，驳去光议，独援《春秋左氏传》言，谓："藏冰失道，阴气发泄为雹，与之推无关。若以之推为贤臣，但令绵、介间人民奉祀，便足申敬，何必普及全国呢。"此说较光语为长，但《左氏传》亦非真足据。勒从谀议，只命并州复行寒食，更迁冰室至极寒处所，期顺天时。到了建平四年的夏天，红日当空，寂静无风，塔上一铃，无故自鸣。佛图澄素识铃音，说是国有大丧，不出今年。过了数日，有流星大如象尾，足似蛇形，自北极西南流动，约五十余丈，光芒烛地，坠入河中，声闻九百余里，勒亦自觉非祥。忽爱子斌暴亡，遂疑为流星所应，将备棺殓。忽佛图澄趋入道："小殿下尚未致死，何故骤令入棺？"勒惊叹道："朕闻虢太子死，扁鹊能起死回生，难道大和尚亦能救死么？"澄答一"能"字，遂取杨枝沾水，且洒且咒，果见尸身少动，手足渐能屈伸。澄即向前握手道："可起来了。"言已，斌即坐起，饮食如常。勒因命诸少子居澄寺中，托他照管。惟太子弘年已弱冠，留居东宫，襄办军国大事，凡尚书奏请，多归太子参决。次为骠骑大将军大单于秦王宏，亦得预政，权侔主相。石虎守邺有年，前时宏为大单于。虎甚不平，私语于石邃道："我身当矢石二十余年，得成大赵基业，大单于位置，应该属我，奈何反轻授黄口婢儿？俟主上晏驾后，当尽杀无遗，方泄我恨。"勒自号英明，奈何养虎贻患？及弘、宏兄弟，得专国政，虎益怏怏。

弘素好文士，尝引与交游，石勒谓："世未承平，不宜右文轻武。"乃使刘彻、任播等教弘兵书，王阳教弘击刺，但弘已性格生成，终不脱文人气象。勒尝语徐光道："大雅弘字大雅。愔愔，可惜不类将种。"光答道："汉高祖以马上取天下，孝文帝治以玄默，守文令主，原与创业不同，何必过忧。"勒始有喜色。光因进言道："皇太子仁孝温恭，中山王雄暴多诈，陛下万岁以后，臣恐社稷必危，宜渐夺中山威柄，休使上逼储君。"勒虽然点首，但因虎累立大功，也未便遽夺虎权。既而右仆射程遐，复入白道："中山王勇武权智，群臣莫及，看他志意，除陛下一人外，统皆蔑视。今专征日久，威振内外，性又不仁，残暴好杀，诸子又并长大，似虎添翼，共预兵权，陛下在日，谅无他变，将来必致跋扈，非少主臣，还请陛下绸缪，早除此患。"勒变色道："今天下未平，兵难未已，大雅年少，宜资辅弼，中山系佐命功臣，亲同鲁卫，朕方欲委以重任，何至如卿所言。卿莫非因中山在侧,虽然身为帝舅,将来不得专政,故有此虑?朕已早为卿计,如或不讳,先当使卿参预顾命,卿尽可安心哩。"遐不禁流泪道:"臣实公言,并非私计,陛下奈何疑臣有私? 中山虽为皇太后所养,究竟非陛下骨肉,难语恩义,近不过托陛下神规,稍建功绩,陛下报以重爵,并及嗣子,也可谓恩至义尽了。魏任司马懿父子,终被篡国,前鉴未远,怎得不防?臣累沐宠荣,又与东宫托附瓜葛,若不尽言,尚望何人?陛下今不除中山,恐社稷不复血食了。"以疏间亲,亦非良策。勒终不肯从。遐只好叩头告退,小子有诗叹道:

养虎原为心腹忧,如何先事未绸缪。
毁巢取子犹难料,漫向廷臣诩智谋。

遐退出后,适与徐光相遇,免不得有一番叙谈。欲知后事,且至下回表明。

枭桀如石勒,不可谓非一世雄,观其智料刘曜,算无遗策,卒能举前赵而尽有之。及称尊以后,诛祖约,戮冯铁,虽曰权谋,不戾正道,天下之恶一也。约为晋臣,敢行悖逆,不诛何待?铁系逆党,又杀侃子,召而诛之,谁曰不宜?示人以彰瘅之公,与世无爱憎之异,勒之自矜磊落者,其以此夫。然明于远而忽于近,知其著未见其微,以凶残暴戾之石虎,不善驾驭,致贻后患,徐光谏之而不用,程遐言之而反致疑,此其所以身死未几,而子嗣沦亡也。

第四十三回　背顾命鸮子毁室　凛梦兆狐首归邱

却说程遐出遇徐光,便与光叙谈,述及进谏不从情形。光答道:"中山王对我两人,时常切齿,不但与国有害,且必累及家祸,我等总当预先设法,保国安家,怎可坐待危祸哩?"遐皱眉道:"君有甚么良策?"光想了多时,方答说道:"中山手拥强兵,威势甚盛,我等无拳无勇,如何抵制? 看来只好再三进谏,得能感悟主心,方得转祸为福呢。"但靠此策,何能制虎?遐摇首道:"只恐主上未必肯从。"光说道:"待我再去一试罢。"说毕乃散。过了数日,光入内白事,见勒面有愁容,便乘间讽勒道:"陛下廓平八州,驾驭海内,为何神色未怡?当有隐患。"勒怅然道:"今吴蜀未平,书轨不一,司马家儿,未绝丹阳,后世将疑我未应符箓,难为真主,我一想着,便不觉有忧色了。"光应声道:"臣以为陛下忧及心腹,哪知陛下徒忧及四肢,四肢尚不足忧,腹心乃是大患呢。从前魏承汉祚，为正朔帝王，刘备虽绍兴巴蜀，总不能谓汉尚未亡，吴尝跨据江东，与魏无损。今陛下包括二都，平荡八州，适与魏王相符，彼司马家僻居江左，无异刘备。李氏据蜀，尚逊孙权，帝王大统，不属陛下，将属何人？这不过是四肢的微患，无庸深忧。惟中山王托陛下威灵，所向无敌，中外共目为英武，有类陛下，可惜他残暴多奸，见利忘义，迹同管、蔡，情异伊、霍，且父子并据权位，势倾王室，臣见他尚未满意，阴蓄异图。近在东宫侍宴，傲慢不恭，轻视太子，陛下想亦察觉，不过曲示宽容，臣恐陛下传及太子，宗社必生荆棘，这才是腹心重病，足为大患，奈何陛下顾小忘大呢？"勒默然不答。光当然说不下去，没奈何趋回私第。

　　已而安定府间，报称蛇鼠相斗，越宿蛇死，临泾亦报称马忽生角，长安城内，又报称鸡有怪声，勒不以为意，西巡沣水宫，途次感冒风寒，竟致成疾，便即还都。那病势日加沉重，因召太子弘、中常侍严震，与中山王虎，并侍禁中。虎立即入宫，矫托勒命，阻住弘、震，不准入侍，就是王公大臣等问疾，也一概拒绝。内外隔断，不通音问，连勒病势的增减，都无人知晓。虎又召还秦王宏及彭城王堪，可巧勒病少瘥，起床散步，忽见宏进来请安，便向虎惊问道："秦王何故来此？我使王等出处藩镇，正为今日的预备，究竟是何人召入，还是不召自来呢？如或有人矫制召王，便当处斩。"虎慌忙答语道："秦王想念陛下，暂时归省，今即遣令还镇便了。"宏闻虎言，才知是由虎擅召，只因虎势力逼人，未敢与辩，不得已含忍而退，待了数日，并无遣还命令，又只好留住657下。勒问虎曾否遣宏？虎诈言奉谕即遣，所以勒不复再言。

　　是时荧惑入昴，星陨邺中，又有赤黑黄云，绵亘如幕，声如雷震，坠地后气热如火，尘起连天。勒是蕃王，未必果应天象，且据新学家言，天象与人事无关，惟史家罗列灾象，故略述一二。勒病势复剧，势难再起，乃遗令三日即葬，概从俭朴。牧守等不必奔丧，仍令照常镇守。内外百寮，既葬除服，毋禁婚嫁祭祀，饮酒食肉。又复申嘱数语道："大雅文弱，恐未能绍承我志，中山以下，宜各司所典，勿违朕命。大雅与斌宜好自维持，司马氏即汝等殷鉴，务须互相和好，勿蹈彼辙。中山王亦当三思周、霍，勉力匡辅，我死方得瞑目了。"恐不能如汝所愿。言讫即逝，年正六十，僭位十五年。虎主持勒丧，棺殓既毕，即舁棺夜瘗山谷，人不能测。这是何意？想亦如魏武疑冢，恐被人发掘，或即由勒私嘱石虎，亦未可知。别使大臣子弟六十人，为挽歌郎，引锦一匹，备具文物仪卫，虚葬城外，号高平陵，尊为高祖明皇帝。当下劫出太子弘，使他升殿，胁令手书，收捕程遐、徐光下狱，并召齐王邃入宫宿卫，监制太子。文武百官，统皆骇散。弘亦大惧，情愿让位与虎。虎冷笑道："君薨，世子当立，这是古今通义，臣怎敢背越礼法？"弘料虎不怀好意，复泣陈："才力庸弱，不堪重寄，还是让位为是。"

第四十三回　背顾命鸦子毁室　凛梦兆狐首归邱

虎变色道："如果不堪重任，天下自有公论，也不能私相授受呢。"岂亦想磊磊落落么？遂逼弘登位，改元延熙。文武百官，各进位一等，惟将程遐、徐光牵斩市曹。虎自为丞相，魏王大单于，加九锡礼，据魏郡等十三邑，总摄百揆。虎妻郑氏为魏王后，长子邃为王太子，加官侍中大将军，都督中外诸军，并录尚书事，次子宣为车骑大将军，领冀州刺史，封河间王，三子韬，为前锋将军，司隶校尉，封乐安王，四子遵为齐王，五子鉴为代王，六子苞为乐平王，徙太原王斌为章武王，所有虎旧时僚属，悉署台省要职，改称太子宫为崇训宫，勒后刘氏以下，俱迁居崇训宫中。凡故宫侍女，具有姿色，及车马珍宝服饰玩好等类，尽被载入丞相府署。令镇军将军夔安为左仆射，尚书郭殷为右仆射。安与殷均虎党羽，所有举措，俱禀虎后行。虎虽未篡位，简直与君主无二。

勒后刘氏，不堪胁迫，密召彭城王石堪入见，流涕与语道："皇祚恐将覆灭了。王与先帝，义同父子，应该顾全一脉，毋致凌夷。"堪唏嘘道："先帝旧臣，均已被斥，宫廷僚属，统是中山心腹，无可与谋。臣惟有出奔兖州，据住廪邱，挟南阳王为盟主，勒子恢为南阳王，见前回。宣太后诏，号召诸镇牧守，令各起义兵，入讨桀逆，方能济事。"刘氏道："事已万急，便应速发，毋使日久变生。"堪应命而出，微服轻骑，往袭兖州。不料兖州有备，未能掩入，部下不过百余骑，如何持久？只好南奔谯城。石虎得知消息，亟遣部将郭太等追击，行至城父，与堪相值。堪兵单力寡，被太围住，一阵乱箭，把堪射倒，活捉了去。虎见了石堪，怒冲牛斗，即命左右取出鼎镬，将他炙死，复召石恢还都。嗣探得刘氏与谋，竟带兵入崇训宫，逼令自杀，别尊弘母程氏为皇太后。

关中镇将石生，洛阳镇将石朗，闻虎敢杀太后，很是不平，遂连兵讨虎。虎留子邃居襄国，自率步骑七万人，倍道攻金墉城，朗不意虎兵骤至，仓猝守御，偏守兵各无斗志，相率骇走，城即被陷，朗被擒住。虎命先刖朗足，继砍朗首，然后移兵转攻长安，用将军石挺为前锋大都督，引兵急进。石生遣部将郭权，与鲜卑涉瞶部落，共二万人为前驱，自统大军为后应。权等到了潼关，正值石挺领兵前来，两下争锋，鲜卑兵骁悍异常，横冲直撞，立将挺阵捣破。挺竟战死，众多覆没。虎亦退走渑池，暗中差人赍着重赂，买嘱鲜卑，令他反攻石生。鲜卑贪赂忘信，背了郭权，还击生军。生猝不及防，单骑奔长安，又恐虎兵追至，潜逃至鸡头山。前此俱为骁将，何此时统皆没用？郭权尚有余众三千，退保渭汭，虎令裨将石广，与权相持，自率轻骑入关，竟至长安城下。长安守将蒋英，倒还凭城抵拒，好容易过了十多日，为虎所破，蒋英阵亡。再分兵四觅石生，且悬赏购募。生部下又贪厚赏，斩生出降。郭权孤军在外，当然不能支持，即逃往陇右。虎又遣将军麻秋进讨氐酋略阳公蒲洪，见前文。洪率部落二万户降虎，虎授洪为龙骧将军，使居枋头。羌帅姚弋仲，亦率众迎接虎军，虎又拜弋仲为奋武将军，兼西羌大都督，令徙居清河滠头，乃引兵东还襄国，颁令大赦，且讽弘命建魏台，一如魏武辅汉故事。寻闻郭权据住上邽，向晋投诚，晋授权为镇西将军，领秦州刺史。石广进攻失利，乃再遣将军郭敖，及章武王斌等，率步骑四万人攻权，行次华阴，那上邽人闻风惶骇，竟将权刺死，函首迎降。

　　虎因乱党悉平，踌躇满志，便欲篡移赵祚。适秦王隐有违言，即将他拘入别室，幽禁起来。弘更大惧，亲往魏宫，奉玺与虎。父如龙而儿如豚，奈何？虎摇首道："帝王大业，当由天下人公论，怎得屡来扰我？"遂却玺不受。弘流涕还宫，入白太后程氏道："先帝种果不得再遗了。"让位求生，还做不到，真正苦极。未几，即由尚书省出名，向虎上书，请依唐虞禅让故事。虎勃然道："弘性愚憨，居丧无礼，不能君临天下，直可废去，说甚么禅让呢？"倒还爽快，免得许多做作。便令右仆射郭殷持节入宫，废弘为海阳王，迫令徙居。弘徐步就车，顾语左右道："愚昧不堪承统，自惭群后。但也由天命已去，致遭此祸，尚复何言？"左右统皆流涕，宫人亦恸哭失声，于是群臣俱诣魏台劝进。虎下书道："王室多难，海阳自弃，四海任重，勉从推戴。但朕闻道合乾坤，方可称皇，德协神人，方可称帝。皇帝尊号，朕不敢当，今暂称为居摄赵天王，聊副众望。"既自称朕，又不愿称皇帝，此次未免近迂。群臣不好违议，虎即号居摄赵天王，升殿视朝，改元建武，立子邃为太子，进夔安为太尉，郭殷为司空，韩晞为尚书左仆射，魏概、冯莫、张崇、曹显为尚书，申钟为侍中，王波为中书令，此外文武百官，俱进秩有差。当下放出毒手，命将故主弘及太后程氏，并秦王宏南阳王恢等，一古脑儿锁禁崇训宫，派兵监守。暗中却嘱使党羽，乘夜突入，凡自程太后以下，悉数被戕。弘在位才得逾年，只二十二岁而终。

　　是时各郡镇将，俱奉表贺虎。独西羌大都督姚弋仲，称疾不贺。虎疑他有异志，屡次发使驰召。弋仲始至，正色语虎道："弋仲尝谓大王命世英雄，奈何把臂受托，乃遽行篡夺呢？"虎答道："我岂乐为此谋，但海阳年少，恐不能了家事，所以代为主治，卿亦太不谅我哩。"弋仲听不入耳，奋衣趋出。虎见弋仲诚实，也不加罪。实是自愧。惟因谶文中云："天子当从东北来。"乃特备法驾，东往信都，再向北方环巡一周，然后还都，这算是自己应谶的意思。全是痴想。

　　徐州从事朱纵，不服赵政，杀毙刺史郭祥，举城降晋。虎遣将军王朗击纵，纵奔淮南。虎率众南下，行近历阳，但欲张皇声威，恫吓晋廷，实无深入用兵的意思。历阳太守袁耽，吓得心胆俱裂，飞使报达建康，混称石虎入寇。江南已有好几年不闻兵革，骤得此信，都是错愕失措，相顾彷徨，再加太尉荆州

第四十三回　背顾命鸦子毁室　凛梦兆狐首归邱

牧陶侃,已经病亡,朝廷失去一座长城,更觉得守边乏材,不寒而栗。小子叙到此处,又不得不将侃死情形,略为表明。侃自克复襄阳后,见前回。晋廷因功加赏,拜侃为大司马大将军,剑履上殿,入朝不趋,赞拜不名。侃上表固辞,不肯受赏。相传侃少时往渔雷泽,网得一织布梭,取回家中,悬挂壁上。俄而天大雷雨,梭化为龙,破壁飞去,侃视为祥征,有志自负。寻复在夜间得了一梦,乃是身生八翼,奋飞上天,得登天门八重,惟一重不得阑入。内有阍人,携杖出击,触身坠地,致折左翼,痛极而寤。次日左腋尚痛,数宿乃愈。又尝诣厕所,见一人朱衣介帻,敛版前谒道:"君有长者风,故特来报,君将来当得公封,位至八州都督。"言讫不见。嗣复有相士师圭,握视侃手,随即指示道:"君左手中指有直纹,理当封公。若向上贯彻,便贵不可言了。"侃闻圭言,就用针戳中指上纹,欲使纹路上达。忽有指血漂入壁上,流为公字,再用纸揩指中恶血,也现出一个公字,愈拭愈明。及都督八州,受封长沙公,自思前事俱验,不敢再有他望,且每念及折翼梦兆,更恐盈满致祸,屡与僚佐言及,将上书乞休。僚佐再三苦留,方才中止。至成帝咸和七年,侃已七十六岁,一病垂危,即上表辞职,略云:

> 臣少长孤寒,始愿有限,过蒙圣朝历世殊恩,陛下睿鉴,宠灵弥泰,有始必终,自古而然。臣年垂八十,位极人臣,启手启足,当复何恨,但以陛下春秋尚富,余寇不诛,山陵未反,所以愤忾兼怀,不能已已。臣虽不知命,年时已迈,国恩殊特,赐封长沙,陨越之日,当归骨故土。臣父母旧葬,尚在寻阳,拟以来秋奉迎窀穸,待葬事讫,乃告老下藩。不图所患,遂尔绵笃,伏枕感结,情不自胜。臣间者犹谓犬马之齿,尚可小延,欲为陛下西平李雄,北吞石虎,是以遣毋丘奥于巴东,授桓宣于襄阳,良图未叙,于此长乖。此方之任,内外之要,愿陛下速选臣代,使必得良才,奉宣王猷。遵成臣志,则臣死之日,犹生之年。陛下虽圣姿天纵,英奇日新,方事之殷,当赖群俊。司徒导鉴识经远,光辅三世,司空鉴简素贞正,内外惟允,平西将军亮雅量详明,器用周时,即陛下之周召也。献替畴咨,敷融政道,地平天成,四海幸赖。谨遣左长史殷羡,奉送所假节麾幢曲盖,侍中貂蝉太尉章,荆、江州刺史印传棨戟,仰恋天恩,悲酸感结。以后事付右司马王愆期,加督护统领文武职衔,俾臣得归死首邱,虽在泉壤,亦拜赐无穷矣。谨待死上闻!

表文已发,即将军谘器仗,牛马舟车,照簿移交。仓库自加管钥,付与王愆期掌管,自己一无所私,乃力疾登舆,出府自去。愆期等送至江口,洒泪告别。侃顾语道:"老子婆娑,徘徊未去之意。正为君辈,今恐当长别了。"说罢,下舆登舟，行至樊溪，越宿便逝。讣闻晋廷，即有诏颁发道：

> 故使持节侍中太尉，都督荆、江、雍、梁、交、广、益、宁八州诸军事，荆、江二州刺史长沙郡公，经德蕴哲，谋猷弘远，作藩于外，八州肃清，勤王于内，皇家以宁。乃者桓、文之勋，伯舅是凭，方赖大猷。俾屏予一人，前进位大司马，礼秩册命，未及加崇，昊天不吊，奄忽薨殂。朕用震悼于厥心，今特追赠大司马，予谥曰桓，祀以太牢，魂而有灵，嘉兹宠荣。

总计侃在军中四十一年，雄毅有权，临机善断，事无大小，莫不明察，因此兵民不敢相欺。自南陵至白帝城，道不拾遗。尚书梅陶，尝与友人书云："陶公机神明鉴似魏武，忠顺勤劳似孔明，非陆抗诸人所能及。"太常卿谢裒子安，亦谓："陶公用法，常得法外意。"可见得陶侃才名，实为东晋诸臣的翘楚，不过苏峻乱时，稍存芥蒂，不离俗见，未免有些阙憾哩。评论公允。晋廷以侃既寿终，特调平西将军豫州刺史庾亮，代镇武昌。亮名不副实，又辟殷浩为记室参军，专谈《老》《易》，徒尚风流，怎能与陶侃时相比？一闻石虎南来，正是自顾不暇。晋廷选不出将才，只好仍请出这位年高望重的王茂弘，抵御羯寇，当下加官大司马，假黄钺，都督征讨诸军事。成帝时已十有四岁，也观兵广漠门，分遣诸将，命将军刘仕救历阳，赵胤屯慈湖，路永戍牛渚，王允之戍芜湖。司空郗鉴，亦使广陵相陈光率众卫京师中外戒严，非常紧急。小子有诗叹道：

> 到底江南暮气深，一闻寇至便惊心。
> 纷纷遣将徒滋扰，虎子怀安不尔侵。

欲知后来有无战事，且待下回再表。

石勒之有从子虎，犹刘渊之有族子曜。曜助渊而建汉祚，虎佐勒而成赵业，当时之为主立功，情固相同。厥后曜得嗣聪，虎得继弘，迹亦相类。但曜之得国，取诸靳准之手，尚有中兴之名，虎则直攫勒子而有之，其罪大，其恶极，曜尚不若是也。夫刘氏之亡，主之者勒，辅之者虎，而勒之妻孥，亦终为虎所残灭，养虎噬人，即还而自噬，何报应若是之速耶？若东晋将才，足以畏赵者，惟祖逖、陶侃二人，而侃之功为尤大，史称其都督八州，据上流，握强兵，潜有窥窬之志，每思折翼之祥而止，是说未足尽信。侃生平并无逆迹，第当苏峻之乱，不遽入援，必待温峤之敦促而始发，时人乃疑其有贰耳。然袁氏了凡，犹谓其诬，是则侃固东晋之名臣欤。本回又于侃之没世，特加详叙，正善善从长之遗意也。

第四十四回　尽愚孝适贻蜀乱
　　　　　　保遗孤终立代王

　　却说晋廷防备石虎,遣将调兵,慌张的了不得。忽有探马来报,赵兵退向东阳去了,建康城中,方稍稍安定。嗣闻石虎已回临漳,乃下诏解严,但授南中郎将桓宣为平北将军,都督江沔前锋征讨诸军事,领司州刺史,仍镇襄阳。石虎还都后,复遣征虏将军石遇,率同骑兵七千人,渡过沔水,进攻桓宣。宣督兵守城,更遣人至荆州乞援。荆州都督庾亮,亟使辅国将军毛宝、南中郎将王国、征西司马王愆期等,往救襄阳。石遇掘地攻城,三面掘通三窟,欲从地道,入达城中。宣早已防着,招募壮士,先在地道中守候。俟外兵潜入,用了火器,向地道外烧将出去,外兵连忙倒退,已死伤了好几百人,遇策全然失败。宣又纵兵杀出,获得铠马甚多,弄得遇无法可施。又闻援兵将至,自己军粮垂尽,乃撤围夜遁。宣收回南阳诸郡难民,共八千余人,诏令宣督南阳、襄阳、新野、南乡诸军事兼梁州刺史。毛宝为征虏将军,镇守邾城。边境少安。
　　是年,已为成帝第十年,应加元服,改元咸康。增文武位秩各一等,大酺三日。成帝甚推重王导,幼时相见,每向导下拜,即位后手书与导,犹必加"惶恐言"三字,下诏亦云"敬问"。导年垂六十,常有羸疾,不能赴朝。成帝亲幸导第,纵酒作乐,尽欢乃归。<u>世未平治,亦不应在大臣第饮酒作乐。</u>遇有要政召询,必令乘舆入殿,赐座案侧。导性和缓,与人无忤,所以两遇内乱,终得保全禄位,安享天年。独导妻曹氏,性甚妒忌,为导所惮,导密营别馆,居住姬妾,<u>老头儿尚欲藏娇么?</u>不料为曹氏所闻,即欲往视。导恐众妾被辱,忙令备车,自去保护。车夫驾马稍迟,竟至迫不及待,即改乘牛车,自执麈尾柄驱牛,驰至别馆,使众妾避匿他处。及曹氏到来,已变了一间空屋,但向导诟詈不休。导如痴聋一般,置诸不理,曹氏亦急得没法,只好悻悻归去。<u>不能齐家,安能治国?但以柔道制悍妻,不可谓非良诀。</u>太常蔡谟,闻知此事,向导戏语道:"朝廷将加公九锡了。"导自言无功无德,决不敢受。谟笑语道:"可惜未曾备物,但有短辕犊车,长柄麈尾罢了。"导不禁色变,谟大笑而去。导引为耻事,尝语僚属道:"我昔与诸贤共游洛中,并未闻有蔡克儿,今反来侮弄老夫,也太不循礼了。"原来谟父名克,曾为河北从事中郎,新蔡王腾,为汲桑等所害,克亦殉难。<u>腾死时,见前文。</u>谟少有令名,累任至太常,素好诙谐,故与导为戏。导当时颇觉不平,后来事过情忘,却也不忍报复,这便是他的大度。<u>想是为冤杀伯仁,所</u>

以改过。话休叙烦。

且说成帝即位以后,西北两方的僭国,除前后赵兴亡,并见前文外,尚有成、代二国,先后代嬗,也经过许多沿革,应该大略表明。成主李雄,据有巴蜀,却安享了二三十年,彼时中原大乱,晋代播荡,势不能顾及西隅,就是前、后两赵,也只管寇扰两河,无暇西略。雄既将巴蜀占据,已是心满意足,兴学校,薄赋敛,与民休息,无志动兵,所以四海鼎沸,蜀独安全。未始非蜀民之幸。惟朝无威仪,官无禄秩,君子小人,服章无别,免不得品流猥杂,贤否混淆,又因舍子立侄,致启后来的争端,当时说他贻谋不臧,酿成祸患,其实也是国运使然,不能专责李雄。雄尝立妻任氏为后,任氏无子,惟有妾子十余人,他因长兄荡,战死成都,见前文。荡子班性颇仁孝,且尝好学,遂命立为太子。雄叔父太傅骧,与司徒王达进谏道:"先王传子立嫡,无非为防备篡夺起见,吴王舍子立弟,终致专诸刺僚,指春秋吴王余祭事。宋宣不立与夷,独立穆公,终致华督弑主。亦见《春秋左传》。事贵守经,不宜自紊,请三思后行!"雄叹道:"我从前起兵据蜀,不过举手扦头,本无帝王思想,适值天下丧乱,得安西土,诸君谬相推戴,忝窃大位,自思目前基业,皆为先考所贻,吾兄嫡长,不幸捐躯,有子成材,应使主器,怎得私子忘侄呢?我志已定,毋庸多言。"语亦近理。骧知难再谏,退朝流涕道:"乱从此起了。"

会凉州牧张骏,遣使诣蜀,劝雄自去帝号,向晋称藩。雄复称:"晋室陵夷,德声不振,所以称长西方,盖欲远尊楚汉,推崇义帝,见汉史。雄借以比晋。却是《春秋》大义。假使晋出明主,我亦相从,引领东望,非自今始了。"一派滑头话。骏还道雄语出真诚,很加敬服,自是聘问不绝。既而骏为赵兵所逼,不得已向赵称臣。见前回。及赵有内乱,复欲通表建康,因遣使向成借道,雄不肯许。骏又使治中从事张淳,再向成称藩,卑辞假道。雄佯为允诺,暗使心腹扮作盗状,将俟淳出东峡,把他颠覆江中。可巧有蜀人桥赞,侦知消息,潜往告淳。淳乃使人白雄道:"寡君使臣假道上国,通诚建康,实因陛下嘉赏忠义,乐成人美,故有此举。今闻欲使盗杀臣江中,威刑不显,何以示人?"雄不意密谋被泄,只答称:"并无此事。"司隶校尉景骞谓:"淳系壮士,不如留为我用。"雄答道:"壮士怎肯为我留?卿且先探彼意。"骞遂往见淳道:"卿体丰肥,天热未便行道,不如小住我国,待至天凉,再行未迟。"淳答道:"寡君以皇舆播越,梓宫未返,生民涂炭,故遣淳通诚上都,会议北伐,就使汤山火海,亦所不辞,寒暑何足惮呢?"雄乃引淳入见,并问淳道:"贵主英名盖世,地险兵强,何不亦乘时称帝,自娱一方?"淳应声道:"寡君自祖考以来,世笃忠贞,近因仇恨未雪,方且枕戈待旦,何暇自娱?"雄不禁怀惭,赧颜与语道:"我乃祖乃父,也是晋臣,前与六郡流民,避难此地,为众所推,乃有今日。果使晋室中兴,自

第四十四回　尽愚孝适贻蜀乱　保遗孤终立代王

当率众归附,卿至建康,可为我达意。"说着,即厚礼馈淳,遣淳就道。淳谢别而出,自往建康去了。可谓不辱使命。

会太傅李骧病死,雄令骧子寿为大将军,西夷校尉,都督中外诸军事,如骧故例。此亦一祸本。又命太子班为抚军将军,班弟玝为征北将军,兼梁州牧。嗣遣寿督同征南将军费黑,征东将军任邵,陷晋巴郡。太守杨谦,退保建平,费黑乘胜进逼,建平监军毋丘奥,退屯宜都。寿引兵西归,但使任邵屯巴东。已而又调费黑攻朱提。朱提与宁州相近,刺史尹奉,发兵往援。黑屡攻不下,寿亲督兵往攻,包围数月,城中食尽。朱提太守董炳,及宁州援将霍彪等,开城出降。寿复移兵攻宁州,尹奉闻风惶惧,亦举州降寿。寿迁奉至蜀,自领宁州刺史。雄因寿有功,加封建宁王,召令还朝。寿乃分宁州地,别置交州,使降将霍彪,为宁州刺史,爨琛为交州刺史,自引兵还成都。时雄在位,已三十年,寿逾六十,忽头上生痈,脓血淋漓。雄子车骑将军越等,统憎嫌的了不得,不愿近前。独班亲为吮痈,毫无难色,每当尝药,辄至流涕,昼夜不脱冠带,侍奉寝宫。可奈雄痈大溃,不可收拾。加以前时百战,伤痕甚多,至此相继溃决,遂至丧命。大将军建宁王寿,受遗诏辅政,拥班嗣位,尊谥雄为武帝,庙号太宗。班依谅暗古礼,苫次守丧,政事皆委寿办理。雄子越,曾出镇江阳,前虽入省,未几即还,此次闻讣奔丧,自思大位传班,很觉不平,遂与弟期密谋为乱。班弟玝,却瞧透三分,劝班遣越还镇,并出期为梁州刺史,戍葭萌关。班言梓宫未葬,怎可遽遣?不如推诚相待,使释猜嫌。想是多读古书,执而不化。玝再加苦谏,班非但不从,反调玝出戍涪城。适天空有白气六道,流动不休,太史令韩豹入奏,谓:"宫中有阴谋起兵,兆主宗亲。"班尚未悟,但在殡宫居哭,日夕闻声。越与期贪夜突入,班尚对棺恸哭,不防刀光一闪,头已落地,两目间还带泪痕,年终四十有七,在位不满一年。迂愚亦足致死。

越又杀班仲兄领军将军都,诈传太后任氏命令,诬班罪状,废为戾太子。期欲奉越嗣位,越却让与弟期,这却令人不解。期遂僭就大位,徙封建宁王寿为汉王,进任大都督。又封兄越为建宁王,位兼相国,加大司马大将军,与寿并录尚书事。仲兄霸为镇南中领军,弟保为镇西中领军,从兄始为征东将军,代越镇江阳。一面移雄遗柩,出葬安都陵。始因期弑主篡位,隐怀不服,乃与寿密商,意图讨逆。寿惮不敢发,始不禁怒起,竟向期告变,反说寿欲为逆。前后如出两人,可见人禽之界,只判几希。期本拟诛寿,适值涪城守将李玝,抗命起兵,将为兄复仇。期欲借寿敌玝,因改变前意,令寿出攻涪城。寿先遣人告玝,为言去就利害,示明去路。玝料不能敌,便与部将进会罗凯等,弃城东奔,向晋乞降。寿据实报期,期即使寿为梁州刺史,居守涪城。越年期改元玉恒,立妻阎氏为皇后,仍尊任氏为皇太后。期为雄第四子,生母冉氏,本为贱妾。

任氏见期面目清秀,移养为儿,故期事任氏,不啻己母。仆射罗演,为班母舅,表面上虽为期臣,心中恨期甚深,常欲杀期泄忿。汉王相上官谈,与演友善,遂同谋杀期,改立班子幽为主。事尚未行,计已先泄。期即收杀演、谈,并害班母罗氏。嗣是期放斥旧臣,专任亲幸,外倚尚书令景骞及尚书姚华、田褒,内恃中常侍许涪等人,庆赏刑威,但令数人裁决,纪纲废弛,法度荡然,国势渐见衰颓了。<small>暂作一来。</small>

且说代王郁律,为猗㐌、猗卢从子,自猗㐌子普根殁后,入嗣王爵,已见前文。姿质雄壮,饶有威略。击走匈奴支部刘虎,收降刘虎从弟路孤,复西取乌孙故地,东并勿吉西境,士马精强,雄长朔方。赵主石勒,遣使通问,愿与郁律结为兄弟。郁律不许,斩使示威。东晋授册加封,亦拒绝不纳。好容易过了五年,普根母惟氏,欲立己子贺傉,想把郁律摔去。郁律向来疏阔,毫不加防,那惟氏却阴结诸将,乘间逞谋,得将郁律害死,并戮部酋数十人。郁律有子什翼犍,幼在襁褓,母王氏,匿居袴中,向天遥祝道:"天若有意存孤,切切勿啼。"果然什翼犍并不发声,好似睡熟一般。王氏藏儿出帐,惟氏令诸将监视,但见她孑身外徙,总道妇女没有能力,乐得放走,哪知她已挈儿出去。还有什翼犍兄翳槐,年已长成,向居外部,故亦得避难逃奔,往依贺兰部酋蔼头。蔼头系翳槐舅家,就是王氏带出什翼犍,亦借贺兰为藏身地。蔼头当然收纳,概令羁居。惟氏遂得立贺傉,自己出来训政,总握朝纲。她恐赵主记念前仇,或致加兵,因特着人赍书往赵,说是:"翳槐已受天诛,今另立新君,力反旧政,情愿修好邻邦。"赵主勒问明情形,含糊答应,惟索交宗子为质。代使答须回禀太后,方可定夺,勒乃遣归。赵人因他权归惟氏,特号他为女国使。

过了四年,惟氏病死,贺傉始得亲政,但贺傉素来懦弱,未足服人。<small>不似乃母。</small>各部酋多半生贰,阴有违言,累得贺傉胆怯心虚,徙居东木根山,倚险筑城,作为都邑。他尚恐各部进逼,时怀忧俱,愁里光阴,不堪消受,结果是心神劳悴,终丧天年。<small>得毋安知非祸。</small>贺傉死后,弟纥那嗣。纥那较为刚猛,制服诸部,又向贺兰部酋蔼头,索交翳槐。蔼头顾全亲谊,不肯从命,纥那即约同宇文部,共击蔼头。蔼头向赵求救,赵拨兵助蔼头,破宇文部,并逐纥那,纥那退保大宁,于是蔼头号召诸部,拥立翳槐为代王,再向大宁进兵。纥那复奔宇文部,收合余烬,徐图恢复。翳槐当然加防,因使季弟什翼犍,至赵为质,与敦和好,隐树外援。纥那却也生畏,不敢动兵,偏是蔼头恃拥立功,骄恣不臣,非但不修职贡,还要今岁索金,明岁索币,屡与翳槐为难。翳槐初尚容受,积忿至六七年,实是忍耐不住,因诱蔼头入帐,暗伏甲士,刺杀蔼头。蔼头一死,各部酋俱咎翳槐负德,相继离叛。<small>两造俱属非是。</small>纥那得乘隙而入,再还大宁,与诸部共攻翳槐。翳槐奔邺依赵,赵王石虎,遣将军李稷等,帮助翳槐,往攻纥那。

第四十四回　尽愚孝适贻蜀乱　保遗孤终立代王

纥那拒守数月，部落复叛，自知不能久持，弃城奔燕。翳槐复得为代王，就盛乐筑城，安然居住。先后在位九年，得病不起，召庶弟屈孤与语道："我命在旦夕，想难再生，两弟皆非治国才，看来只有迎立什翼犍，方可主持社稷，长治久安。"未几遂殁。孤欲奉兄遗命，往迎什翼犍，独屈有心自立，故意迁延，各部酋互相私议，谓："国家不可无君，什翼犍在赵为质，来否尚未可定，就使得来恐为屈所拒，未必得位。屈刚暴多诈，难为人主，不如杀屈立孤，较为妥当。"议定后，当即举行，共入盛乐，把屈杀死，请孤即日正位。孤流涕道："孤实不才，未堪承统，诸公如不忘先王，应各守遗言，迎立什翼犍。否则孤宁饮刃，尚可对我父兄。"不亚曹子臧、吴季札。各部酋见他名正言顺，倒也未便抗议，但虑赵未肯放还质子。孤复道："由我自往，不患什翼犍不来。"遂跨马出都，星夜驰至赵都，入见赵主石虎，说明来意。石虎果然迟疑，孤慨语道："孤奉先君遗命，来迎什翼犍，若大王见疑，孤情愿留身为质，但求放还什翼犍便了。"石虎听了，不禁赞许道："孝友兼全，情义两尽，我怎得不曲成人美哩。"残戾如虎，犹知仁义。因遣令俱归。孤拜谢而出，即与什翼犍同还。

什翼犍年方十九，身长八尺，仪表过人，隆准龙颜，立时发长委地，卧时乳垂至席。翳槐尝目为英器，所以留有遗嘱，使立什翼犍。既归故帐，就在繁峙北设坛登位，创立正朔，纪元建国。革弊制，订新仪，仿华夏立国规程，设立百官，分掌众务。用代人燕凤为长史，许谦为郎中令，特定叛逆、杀人、奸盗诸刑律，号令严明，政事清简，人民悦服，相率趋附。在位甫及三年，已得众数十万人，东自濊貊，西至破落那，南距阴山，北及沙漠，统翕然向慕，无复异言。果非凡品。什翼犍又大会诸部，议定都灅源川，彼此持论未决，什翼犍母王氏道："我先世以来，居无定所，无非为防患起见。今国家多难，尚未奠平，若必筑城定都，恐一旦寇至，无从避难，不如仍守旧制罢！"什翼犍依了母命，不复营都，但将境内分作二大部，北境命孤监守，南境命实君监守。孤即什翼犍弟兄，实君系什翼犍子，年甫数龄，另遣大臣为辅。什翼犍虽然有室，不过系出卑微，并非望族。此次拟立皇后，意欲求婚他国，较示优崇。当时北方强国，除赵以外，要算燕王慕容皝。什翼犍乃遣使诣燕，乞与和亲，小子有诗咏道：

奉币远来乞许婚，欲加象服待邦媛。
休言齐大非吾耦，得匹豪宗即外援。

究竟慕容氏曾否许婚，待至下回续叙。

李雄舍子嗣而立班，李班尽子道以事雄，雄能传贤，班能全孝，不可谓非盛德事，然卒酿成篡夺之祸者，何哉？盖非有盛德者，不能为盛德事，有尧之盛德，而后能开禅让之局，有舜之盛德，而后能化顽傲之心，否则如宋宣公，如吴王余祭，皆以授受之不经，酿成隐祸，何惑于李雄？即宋殇、吴僚之遭弑，亦皆与李班相同，何惑于李班？顾或者谓班性仁孝，乃罹惨祸，几疑天道之无知，实则班似仁而实迂，似孝而实愚，对盗跖而谈礼义，入裸国而被衣冠，几何不为所戕害也？什翼犍以患难余生，终得嗣统，翳氏不能杀，石虎不能拘，冥漠中似隐有护之者。然郁律无过而被戕，贺傉无才而攘国，其不能不辗转推迁，属诸什翼犍之身，亦理数之所必然者也。况有翳槐之知人，与拓跋孤之守义乎哉？

第四十五回　杀妻孥赵主寡恩
　　　　　　　协君臣燕都却敌

　　却说燕王慕容皝，就是慕容廆第三子。慕容廆见前文。廆为鲜卑大单于，建牙辽西大棘城，礼贤下士，声望日隆。平州刺史崔毖，密结高句丽段氏、宇文氏，合谋灭廆，三分廆地。廆遣子皝，与长史裴嶷，击破宇文部。段氏高句丽皆惧，遣使乞和。崔毖遁往高句丽。廆乃使裴嶷献捷建康，晋封廆为辽东公，都督幽、平二州诸军事，领平州牧，仍为鲜卑大单于。廆因置官司守宰，立子皝为世子，命庶长子翰为建威将军，少子仁为征虏将军，分守要塞。赵遣使通和，因廆拒命，嗾使宇文部酋乞得归，再引兵攻廆。廆仍命皝等出御，连败乞得归，直入宇文部帐，虏得人民牲畜，奏凯班师。乞得归穷蹙失势，为别部逸豆归所逐，窜死荒郊。逸豆归继为宇文部长，收复故土。复经慕容皝率兵往讨。逸豆归惶恐乞盟，方才引还，皝威名大振。补叙慕容廆，兼及慕容皝，文法不漏。已而廆得病身亡，寿终六十五岁。廆自晋武帝十年时，受晋封为鲜卑都督，直至封公去世，共阅四十九年。

　　皝承袭父位，忌翰及仁。翰奔依段氏。仁据住平郭，与皝为仇，尽取辽东地。皝督兵攻克辽东，轻骑趋平郭，掩仁不备，擒仁而归，杀死了事。又遣将军封奕等，击败段氏、宇文氏，遂自称燕王，立妻段氏为王后，子俊为王太子，拜封奕为国相，韩寿为司马，裴开阳、鸶王宇、李洪等为列卿，历史上称为前燕。即十六国中之一。至代王什翼犍，遣使求婚，皝闻什翼犍才名，自为两雄相遇，愿与和亲，乃将妹兴平公主嫁与什翼犍。什翼犍大喜，迎为王后，就在盛乐城筑起宫室，暗寓金屋藏娇的意思。看官记着！这时候除东晋外，共为五国，赵为最大，次为成，次为燕，次为代，次为凉。提要钩玄，点醒眉目。凉州牧张骏，虽未曾僭号，但境内统称他为凉王，不过他尚守先命，仍然称藩晋室，自遣张淳赴建康,见前回。晋廷格外嘉尚,特拜骏为大将军,都督陕西、雍秦、凉州诸军事。骏乃岁修朝贡,通使不绝。至成帝咸康元年冬季,骏复遣参军麹护,奉表晋都,请即北伐。表文有云:

> 东西隔塞,逾历年载,凤承圣德,心系本朝,而江湖寂静,余波莫及,虽肆力修涂,同盟靡恤,及至奉诏,悲喜交并。天恩光被,褒崇辉渥,即以臣为大将军,都督陕西、雍秦、凉州诸军事。休宠震赫,万里怀戴,嘉命显至,衔感屏营。伏维陛下天挺岐嶷,堂构晋室,遭家不造,播幸吴楚,宗庙有黍离之哀,园陵有珍废之痛,普天咨嗟,含气悲伤。臣专命一方,职在斧钺,退域僻陋,势极秦陇,人怀反正,谓石虎、李期之命,曾不崇朝,而皆篡继凶逆,鸱目有年,东西辽旷,声援不捷,遂使桃虫鼓翼,四夷喧哗,向义之徒,更思背诞。铅刀有干将之志,萤烛希日月之光,是以臣前章恳切,欲并力声讨,而陛下雍容江表,坐视祸败,怀目前之安,替四祖之业,驰檄布告,徒设空文,臣所以宵吟荒漠、痛心长路者也。且兆庶离主,渐冉经世,先老销落,后生靡识,忠良受枭悬之罚,群凶贪纵横之利,怀君恋故,日月告流,虽时有尚义之士,畏逼首领,哀叹穷庐。臣闻少康中兴,由于一旅,光武嗣汉,众不盈百,祀夏配天,不失旧物。况以荆扬剽悍,尽州突骑,吞噬遗羯,在于掌握哉!愿陛下敷弘臣虑,永念先绩,敕司空鉴征西亮等,泛舟江沔,首尾齐举,臣愿执囊鞬以从,廓清河朔不难矣。拜表神驰,无任引企!

　　这篇表文,到了建康,正值成帝筹备大婚,有什么工夫,去讨北虏?但不过礼遣麹护,期诸他日罢了。越年二月,册立杜氏为皇后。后系故镇南将军杜预曾孙女,父父曾为丹阳丞,姿容秀美,擅有盛名。前宣城内史桓彝,尝谓卫玠神清,杜乂形清。王导从子秘书郎羲之,亦称乂肤若凝脂,目如点漆,可谓神仙中人。怎奈天不假年,早岁去世,所遗仅一女子。妻裴氏嫠居养女,谨守礼教,甚有德音。女少擅容仪,姿采发越,有是父应有是女。惟年至二七,尚未生齿,因此人来求婚,往往中止。及成帝选为中宫,纳采这一夕,齿忽尽生,当时传为奇闻。至备礼入宫时,成帝亲御太极前殿,受群臣庆贺,盛赐筵宴,直至昼漏已尽,宫门悬龠,百官始散席告归。后与成帝同年,乾坤合德,龙凤呈祥,当然恩爱缠绵,不消细说。当张骏申请北伐时,插入立后一段,虽是按时叙事,未免寓有讽意。惟张骏因未遂所请,再遣使申陈前意,适值赵主石虎,迁都邺城,闻张骏常与晋往来,料有他故,特命侦骑四布,遇有凉州使人,由西赴东,往往把他截住,拘回邺中,所以骏使东行,多不得达。石虎自恃富强,浸成骄侈,命在旧都筑太武殿,新都造东西宫。太武殿基高二丈八尺,纵六十五步,阔七十五步，砌以文石，下置窟室，设卫士五百人，用漆灌瓦，金珰银楹，珠帘玉壁，穷工极巧，不计价值。殿上施白玉床、流苏帐，特制金莲花，盖住帐顶。广采良家美女，充作宫妾，服珠玉，被绮縠，长黛轻裾，多至万余人。又教宫女占星气，习骑射，用女骑千人为卤簿，皆着紫纶巾，衣熟锦裤，金银镂带，五色成文，每一出游，必令她们随行，执羽仪，鸣鼓吹，仿佛天女散花，令人眩目。是时，境内大旱，粟二斗，值金一斤，百姓嗷嗷待哺。虎却徭役并兴，日夜不休，又使牙门将张弥，至洛阳宫中，迁徙钟虡、九龙、翁仲、飞廉等物，搬入邺城。一钟沉入河流，募得泗水壮士三百人，捞取此钟。岸上系着竹缏，驱牛百头，仿辘轳法，引钟出水，才得捞起，用大舟载归。石虎大悦，赦二岁刑，赉百官粟帛，赐民爵一级。又依尚方令鲜飞计议，就邺南投石河中，欲造飞桥，工费数千万亿，桥竟不成。既而赵太保夔安等，上虎尊号，甫入殿庭，座燎油沸，猝然倒下，散及百官身上，炮得头青面肿，有几个火气攻心，舁回家中，竟致暴毙。虎引为深恨，拿下值殿侍臣成公段，责他疏忽，腰斩阊阖门。

先是虎已欲称尊，戴服衮冕，将祀南郊，尝揽镜自照，不见己首，乃大加惶惧，不敢称帝。至此因群臣劝上尊号，但自称赵天王，再就南郊筑坛，即位受朝。*天王与皇帝何殊？岂即可保全首领么？*立后郑氏为天王后，太子邃为天王太子，惟诸子反降王为公，宗室且降王为侯。*这是何意？大约即民无二王之意。*郑后小字樱桃，本为晋冗从仆射郑世达家歌妓，没入襄国。虎见她妖冶绝伦，即纳为己妾。虎元配郭氏，系征北将军郭荣女弟，虎本与她相敬如宾，未尝反目。不过郭氏无子，常为虎忧。及樱桃入室，生成一种淫妒性质，先用柔媚手段，把虎迷住，然后掩袖工谗，媒蘖正室。郭氏不堪忍受，免不得反唇相讥，哪知虎袒护樱桃，不令郭氏插嘴。郭氏如何肯依，竟致与虎争执。虎性似烈火，口舌不足，继以武力。拳打足踢，立将郭氏殴毙，再娶清河崔氏女为继室。相处年余，适值樱桃生男，崔氏欲养为己子，樱桃不许。俄而婴儿夭殇，樱桃又对虎哭诉，捏称崔氏挟嫌诅咒，致子夭亡；且多取胡儿为养子，未识何心。虎闻言大怒，急取弓箭，召崔入问。崔徒跣出庭，且泣且语道："勿妄杀妾，乞听妾言！"虎狞笑道："汝若不生歹意，何必着忙。且还入座中，随汝分剖。"崔氏转身入座，不防背后弓弦声响，急欲闪避，已是不及，刚刚穿入胸中，倒地毕命。*虎善咥人，遑问爱妻。*

自是樱桃得为虎继妻，生有二男，长子就是太子邃，小名阿铁，次子名遵，受封郡公。邃秉性阴鸷，膂力过人。*确是有遗传性。*虎既立邃为天王太子，复命他参决尚书奏事，且常顾左右道："司马氏父子兄弟，自相残灭，故使朕得至此，试想阿铁是我大儿，我肯忍心杀他么？"*慢着！*左右齐声道："陛下父慈子孝，怎出此言？"已而太子邃恃宠生骄，因骄成暴，酗酒渔色，纵慾无度，或终日

第四十五回　杀妻孥赵主寡恩　协君臣燕都却敌

游畋，入夜乃归，或夜出宫臣家，见有姿色妇女，即迫与交欢，有时且妆饰宫人，斩首洗血，置诸盘上，传示四座。又采纳美貌女尼，白日宣淫，狎媒既毕，便视作猪羊一般，洗剥宰割，与猪羊肉合贮一器，煮熟取食，有余遍赐左右，令他分尝一胔。肉味何如？河间公石宣，乐安公石韬，皆邃庶弟，得虎宠爱，邃独视如仇雠。虎毫不加察，也变做一个糊涂虫，左抱娇妾，右执大觥，镇日里昏醉沉迷，不问朝事。邃尝有事呈报，虎嫌他琐碎，即呵斥道："这等小事，呈报什么？"后来邃未报闻，被虎察觉，又召邃入骂道："为什么揞匿不报？"邃未免记述前言，益触虎怒，往往鞭笞交下，不少宽贷。邃屡遭鞭责，当然不平，私语中庶子李颜等道："官家指主子言。很难服侍，我欲行冒顿故事，卿等肯从我否？"冒顿弑父自立，见前汉事。颜等不敢置词，都与傀儡相似。邃即托词有疾，不出莅事，暗中却带领宫僚，共计五百余骑，往饮李颜家。酒至半酣，顾颜与语道："我欲往杀河间公。"颜答言："今日饮酒，且从缓图。"邃又狂饮数觥，因酒使气，勃然起座，即上马饬众道："快随我杀河间公，如或不从，便当斩首。"大家骇走。颜叩头苦谏，邃亦醉不能支，踉跄趋归。

虎闻邃有疾，拟往探视，命人驾车，蓦见一人趋入，叩马谏阻道："陛下不宜屡往东宫。"虎瞧将过去，乃是大和尚佛图澄，遂延他入座，且命停车不赴。原来佛图澄言多奇验，很为虎所敬信。及与澄谈了数语，澄即别去，虎又不禁怀疑，瞋目大言道："我为天下主，难道亲如父子，反不相信么？"随即遣女官觇邃。邃佯呼与语，背地里拔出佩剑，殴击女官。幸亏女官身材伶俐，只被他击了一下，便转身逃出，奔回报虎。虎乃大怒，收逮中庶子李颜等三十余人，当面诘问。颜知无可讳，具白邃状。虎仍责他辅导无方，都令推出斩首，全是强暴行为。因将邃幽锢东宫。甫经半日，便令释出，传他入见。邃照常朝谒，并未叩谢，拜毕便退。虎令左右传谕道："太子当入朝中宫，奈何便去？"邃似无所闻，昂头径出。于是虎怒不可遏，立废邃为庶人，仍把他拘禁起来。到了夜间，索性遣人杀邃，并邃妻张氏，及男女二十六人，一律诛死，同瘗一棺。又杀东宫僚属二百余人，就是邃母王后郑樱桃，也连坐得罪，被废为东海太妃，另立河间公宣为太子，宣母杜昭仪为后。

适燕主慕容皝，遣使至赵，具表称藩，愿乞师会讨段氏。虎最喜用兵，又见皝表文恭顺，当然大悦，便与来使约定师期，遣他归报，当即招募壮士三万人，赐官龙腾中郎。旋命横海将军桃豹、渡辽将军王华，统领舟师十万，出漂渝津。虎骧将军支雄，冠军将军姚弋仲，统领步骑十万，充作前锋，往伐段氏。虎也督率亲兵，出次金台。段氏酋长名辽，闻赵将入犯，先遣从弟段屈云进袭幽州，刺史李孟退保易州。及支雄兵到，击退屈云，复长驱直进，连拔四十余城。燕王慕容皝，亦出兵遥应，攻掠令支北面。令支即段氏建牙处，段辽使弟兰御虓，为虓所诱，引入伏中，大破兰兵，驱五千户而返。辽南北皆败。又闻赵兵已入安次，杀毙部酋那楼奇，不由的心惊意骇，急率母妻子姓等，黄夜出奔，逃往密云山。辽左长史刘群，右长史卢谌，司马崔悦等，封好府库，遣使至虎军乞降。虎再遣将军郭泰、麻秋，带着轻骑二万，倍道追辽。行至密云，与辽相遇，辽众无心恋战，怎能敌得过赵兵？眼见是仓皇四溃，如鸟兽散。辽亦单骑窜去，连母妻都不及顾，尽被赵兵挈住；又乘势追杀，斩首三千级。虎直入令支，据住辽宫，正值辽子乞特真，赍献表文，情愿投诚，并贡名马百匹。虎许令降附，收受名马，徙民户二万余人，入居司雍兖豫四州。

是时，燕王慕容皝，已早还师，不复来会。虎恨他无礼，拟移军攻燕。佛图澄随虎偕行，从旁谏阻道："燕势方盛，福德正隆，现在未可加兵，不若班师为是。"虎作色道："我率大众进攻，战必胜，攻必取，区区小竖，唾手可擒，能逃到哪里去呢？"太史令赵揽亦入谏道："燕地岁星所守，行师无功，且恐受祸。"虎大怒道："你也敢来阻我么？"命左右鞭揽百下，把他逐出，谪为肥如长。当下引众出令支城，攻入燕境，并遣使招诱民夷。燕地各郡县，却也闻风惶骇，相继请降。虎得燕城三十六，乘锐东进，直捣棘城，有众数十万，四面猛扑，呐喊声震彻辽东。燕王皝日夕担忧，竟欲出走。帐下将士慕舆根进言道："赵强我弱，不宜轻动，大王若一举足，全局瓦解，适张赵威。若赵人掠我国民，夺我府实，兵多粮足，如何可敌？且赵人四面环迫，正欲大王畏惧出亡，奈何堕他诡计？今不若固守坚城，镇定士心，观形察变，出奇制胜，就使不能济事，走亦未晚，怎可望风委去，自速灭亡哩？"言之有理。皝乃决计守城，但面上总难免惧色。玄菟太守刘佩献议道："今强寇在外，众志惊惶，国事安危，系诸一人。大王今日，无从推诿，当振作精神，率厉将士，不宜再示疲弱。事已万急，臣愿拚死出击，就使不能大捷，亦可小挫敌锋，借定众心呢。"皝乃许诺。佩即率敢死士数百骑，乘夜出城，掩击赵兵。赵兵虽然防备，究竟夜深月黑，不知有多少来军，仓猝抵敌，虚张声势。那佩众却人自为战，不按纪律，但用短兵突阵，乱砍乱斫，俘斩赵兵数百名，便收军入城。为了这一番踹营，赵兵稍稍气沮，守卒才有生机。

皝再向封奕问计，奕答道："石虎凶残已甚，人神共嫉，祸败将至，计日可待。今倾国远来，攻守势异，彼虽强横，无能为患。若顿兵多日，必将自乱，大王但坚守不怠，俟彼退去，遣锐追击，必得大胜。"皝意乃安。石虎射书招降。守兵拾书呈皝，皝扯碎来书，慨然说道："孤方欲规取天下，肯降这凶竖么？"既而虎督兵猛攻，四面蚁附，缘城而上。守将慕舆根等，力战不退，所有缘城的赵兵，尽被击仆，相持至十余日，赵兵死了无数，终不能克。虎无法可施，只好引退。行了数里，忽见后面尘头大起，燕兵努力追来。为首一员少年将官，横槊跃马,当先趋至,大呼:"石虎快来受死。"虎闻声怒起,饬令大众回马接战,偏各军都有归志,不服号令,随你石虎如何督饬,只是掉头不顾,落荒窜去。小子有诗叹道:

自古佳兵定不祥,况兼暴戾等豺狼。
劳师已久军心溃,失律贻凶即否臧。

欲知石虎能否退敌,下回再当表明。

晋元东渡,两河为墟,胡、羯、鲜卑诸部落,乘势入据,互相吞并,其目无典午也久矣。独凉州张氏,本为汉族,世奉晋室,如张骏之申请北伐,尤为东晋史上仅见之文字。本回录入原表,所以旌张氏之忠也。惜乎!江左诸君,志在偏安,无暇北讨,而残虐凶暴之石虎,反得横行河洛,称霸一方,天地晦盲,膻腥四煽,岂非一极大厄运欤?夫石虎宠妾杀妻,性本残忍,及子邃谋逆,连坐妻孥。邃有罪当诛,邃之妻子,何为俱诛?东宫僚属,宁无臧否?一并屠戮,其草菅人命也甚矣!至若攻燕一役,顿兵城下,日久无功,虽由燕臣之善谋,坚守不挠,要亦由石虎之暮气已深,天不容其再逞耳。否则如慕容皝之戕贼骨肉,背盟败约,亦石虎之流亚也,虎何至遽为所败哉!

第四十六回　议北伐蔡谟抗谏
篡西蜀李寿改元

却说石虎还至中途,遇着燕兵追来。燕将叫作慕容恪,乃是慕容皝的第四子。恪为皝妾高氏所生,高氏无宠,恪亦失爱。及恪年十五,容貌雄毅,谋虑精详,皝始目为奇童,授以孙吴兵法。至是统兵追虎,部下不过二千骑,却击败赵兵十余万人。赵兵原是劳敝,不堪再战,但亦由恪勇往直前,才得大破虎众,斩获至三万余级,夺还三十六城,奏凯而回。虎狼狈还邺,检点各军,统皆残缺,独游击将军石闵,一军独全。闵本姓冉,世居魏郡,石勒破魏,掳得闵父冉瞻,少年有力,为勒所爱,乃命待虎左右,使为虎养子。瞻遂易姓为石,历任左积射将军,封西华侯,后竟战死。虎悯瞻殉难,因抚闵如孙,使承父荫。闵既长成,也饶勇略,得为北中郎将游击将军。至是从虎出师,还军时队伍整齐,不缺一人。虎极口赞赏,奖叙有加。养虎贻患,好一个冥中报应。复召赵揽为太史令,一面造船积谷,再图攻燕。

时段辽尚在密云山,遣使诣赵,乞赵发兵相迎,嗣复中悔,又遣使至燕,谢罪投诚。燕王皝亲率诸军迎辽,辽与皝相见,自述前时使赵情形,现当助燕拒赵,计歼赵军。皝大喜过望,便遣慕容恪带领精骑,埋伏密云山,专待赵军到来。赵主石虎,怎知段辽中变,竟遣征东将军麻秋,领众三万,往迎段辽。临行时却面嘱麻秋道:"受降如受敌,不可轻忽哩。"毕竟有些智略,可惜已中人计。又命尚书左丞阳裕为军司马,令作向导。裕本段氏旧臣,前次赵军入蓟,战败降赵。虎因他驾轻就熟,所以命助麻秋,也是格外谨慎的意思。麻秋领兵前进,还道是石虎过虑,尽管纵马急行。将到三藏口,乃是密云山入谷要道,远远探望,只有深林丛箐,并无兵马往来,他遂麾兵入谷。才经一半,猛听得胡哨声起,深谷震响,始觉得毛发森竖,胆战心惊。正顾虑间,那慕容恪已挥动伏兵,两面杀来。秋慌忙退兵,怎奈山路崎岖,易进难退,一时情急失措,竟致自相蹴踏,伤毙甚多。再经燕兵大刀阔斧,当头乱劈,就使铜头铁骨,也被斫伤。何况是血肉身躯,怎禁得这番横暴?当下赵兵三万人,约死了二万有余。单剩得几千残兵,保秋还奔。秋马已受伤,下马急跑,才得幸免。

阳裕已被燕兵擒去。赵将单于亮失马被围,冲突不出,索性倚石危坐。燕兵叱令起来,亮厉声道:"我是大赵上将,怎肯受屈小人?汝等若能杀我,尽可下手,否则让开走路,听我自归。"燕兵见他状貌伟岸,声气雄壮,倒也不敢进逼,但遣人走报慕容皝。皝用马迎亮,召与叙谈,大加器重,遂授为左常侍。亮见皝厚礼相待,也即受命。从前平州刺史崔毖东遁,妻女没入燕庭。崔毖事见前回。皝命将毖女妻亮,且释出阳裕,使为郎中令,遂载辽俱归,待若上宾。越年,辽复谋叛,乃把辽杀死,并辽党数十人。又遣长史刘翔,参军鞠运,至晋报捷,并乞册封,晋廷未许,惟闻赵为燕败,也不禁跃跃思逞,倡出北伐的议论来了。也想出些风头,其实可以不必。

看官道何人首倡此议?原来是征西将军庾亮。出诸彼口,尤属不符。咸康四年,成帝命司徒王导为太傅,郗鉴为太尉,庾亮为司空。导性宽厚,委任诸将赵胤、贾宁等,多不奉法,朝臣多引以为忧。亮不服王导,挟嫌尤深,尝与太尉郗鉴书道:"人主春秋既盛,尚不稽首归政,究竟怀着何意?况身为师傅,豢养无赖,更属非宜。公与下官,并受顾命,朝廷有此大奸,不能扫除,他日到了地下,如何对得住先帝?现拟与公同日起事,廓清君侧,公作内应,亮为外援,不患无成,愿公勿疑!"鉴览书后,付诸一笑,并不答复。有人探悉此事,报知王导,劝导密为防备。导叹息道:"我与元规谊同休戚,当无异心,果如君言,我便角巾还第,有什么畏惧呢?"话虽如此,但因亮在外藩,却要来干预内政,心下总未免不平。尝遇西风尘起,举扇自蔽,慢慢地说道:"元规尘污人。"晋臣多半矫情。晋廷诸臣,统因导老成宿望,为帝师傅,格外推重,且拟降礼相见。太常冯怀,商诸光禄勋颜含,含正色道:"王公虽为傅相,究竟是个人臣,礼无偏敬,诸君如要降礼,可请自便。鄙人年老,未识时务,但知遵守古礼呢。"及冯怀别去,转告亲友道:"我闻伐国不问仁人,冯祖思怀字祖思。意欲谄人,偏来问我,莫非我有邪德不成?"随即上表辞官,退归琅琊故里;再历二十余年,安殁家中。表明高尚。

惟庾亮既反对王导,又欲窃名邀誉,借着北伐的虚声,张皇中外。因特援举不避亲的古义,把两弟登诸荐牍,一是临川太守庾怿,谓可监督梁雍二州军事,使领梁州刺史,镇守魏兴;一是西阳太守庾翼,谓可充任南蛮校尉,使领南郡太守,镇守江陵。再请授征虏将军毛宝,监督扬州及江西诸军事,与豫州刺史樊峻,同率精骑万人,出戍邾城。然后调集大兵十万,分布江沔,由自己移镇石城,此非江南之石头城,乃在沔水左近。规复中原,乘机伐赵。表文上面,说得天花乱坠,俨然有运筹帷幄,决胜疆场的状态。这叫做画饼充饥。成帝览到亮表,也不禁怦然心动,便将表文颁示廷臣,令他议复。太傅王导,是朝中领袖,且又得成帝诏命,升任丞相。这番军国大事,当然要他首先裁决,导看了表文,掀髯微笑道:"庾元规能行此事,还有何说,不妨请旨施行。"言下有不满意,实是请君入瓮。太尉郗鉴接口道:"我看是行不得的,现在军粮未备,兵械尚虚,如何大举?"忠厚人口吻。此外百官,亦多赞成鉴议。太常蔡谟,更发出一篇大议论,作为议案,由小子录述如下:

  盖闻时有否泰,道有屈伸。暴逆之寇,虽终灭亡,然当其强盛,皆屈而避之,是以高祖受屈于巴汉,忍辱于平城也。若争强于鸿门,则亡不终日,故萧何曰:"百战百败,不死何待也。"原始要终,归于大济而已,岂与当亡之寇,争迟速之间哉?夫惟鸿门之不争,故垓下莫能与之争。文王身厄于羑里,故道泰于牧野,勾践见屈于会稽,故威申于强吴。今日之事,亦犹是耳。贼假息之命垂尽,而豺狼之力尚强,为吾国计,莫若养威以待时。时之可否,系于胡之强弱,胡之强弱,系于石虎之能否。自石勒举事,虎常为爪牙,百战百胜,遂定中原,所据之地,同于魏世,及勒死之日,将相欲诛虎,虎独起于众异之中,杀嗣主,诛宠臣,内难既定,千里远出,一举而拔金墉,再举而擒石生、诛石聪,如拾遗,取郭权,如振槁,还据根本,内外平定,四方镇守,不失尺土。以是观之,虎为能乎,抑不能也?假令不能者为之,其将济乎,抑不济也?贼前攻襄阳而不能拔,诚有之矣,但不信百战之效,而徒执一攻之验,譬诸射者百发而一不中,即可谓之拙乎?且不拔襄阳者,非虎自至,乃石遇之边师也。桓平北桓宣为平北将军,见前。守边之将耳,遇攻襄阳,所争者疆场之土,利则进,否取退,非所急也。今征西指庾亮。以重镇名贤,自将大军,欲席卷河南,虎必自率一国之众,来决胜负,岂得以襄阳为比哉?今征西欲与之战,何如石生?

若欲守城,何如金墉?欲阻沔水,何如大江?欲拒石虎,何如苏峻?凡此数者,宜详较之。石生猛将关中精兵,征西之战,殆不能胜也。金墉险固,刘曜十万众所不能拔,今征西之守,殆不能胜也。又当是时洛阳关中,皆举兵击虎,今此三镇,反为其用,方之于前,倍半之势也。石生不能敌其半,而征西欲当其倍,愚所疑也。苏峻之强,不及石虎,沔水之险,不及大江,大江不能御苏峻,而欲以沔水御石虎,又愚所疑也。昔祖士稚在谯,田于城北,虑贼来攻,预置军屯以御其外。谷将熟,贼果至,丁夫战于外,老弱获于内,多持炬火,急则烧谷而走,如此数年,竟不得其利。是时贼唯据沔北,方之于今,四分之一耳。士稚不能捍其一,而征西欲御其四,又愚所疑也。或云贼若多来,则必无粮。然致粮之难,莫过崤函,而石虎首涉此险,深入敌国,平关中而后还。今至襄阳,路既无险,又行其国内,自相供给,方之于前,难易百倍,前已经至难,而谓今不能济其易,又愚所疑也。然此所论,但说征西既至之后耳,尚未论道路之虏也。自沔以西,水急岸高,鱼贯泝流,首尾百里,若贼无宋襄之义,及我未阵而击之,将如之何?今王师与贼,水陆异势,便习不同,寇若送死,虽开江延敌,以一当千,犹吞之有余,宜诱而致之,以保万全。若弃江远进,以我所短,击彼所长,惧非庙胜之算也。鄙议如此,伏乞明鉴?

这篇大文,表示大众,没一人敢与他批驳,就是呈入御览,成帝亦一目了然,料知北伐是一种难事,乃诏亮停止北伐,不必移镇。会太尉郗鉴得疾,上疏逊位,疏中有云:

臣疾弥留,遂至沉笃,自忖气力,不能再起,有生有死,自然之分。但忝位过才,曾无以报,上惭先帝,下愧日月,伏枕哀叹,抱恨黄泉。臣今虚乏,危在旦夕,因以府事付长史刘遐,乞骸骨归丘园,惟愿陛下崇山海之量,弘济大猷,任贤使能,事从简易,使康哉之歌,复兴于今,则臣虽死,犹生之日耳。臣所统错杂,率多北人,或逼迁徙,或是新附,百姓怀土,皆有归本之心。臣宣国恩,示以好恶,处以田宅,渐得少安。闻臣疾笃,众情骇动,若当北渡,必启寇心。太常臣谟,平简贞正,素望所归,可为都督徐州刺史,臣亡兄子晋陵内史迈,谦爱养士,甚为流亡所宗,又是臣门户子弟,堪任兖州刺史。公家之事,知无不为,是以敢希祁奚之举。祁奚,春秋时晋人。迫切上闻。

这疏上后,不到数日,便即谢世,年已七十有一。鉴系高平金乡人,忠亮清正,能识大体,殁后予谥文成,所有朝廷赠恤,一如温峤故事。且依鉴遗疏,迁蔡谟为徐州刺史,都督徐兖二州军事,即授郗迈为兖州刺史。可巧丞相王

第四十六回 议北伐蔡谟抗谏 篡西蜀李寿改元

导,与鉴同时起病,先鉴告终,成帝特别哀悼,特遣大鸿胪监护丧事,赗襚典礼,仿诸汉博陆侯霍光,及晋安平献王司马孚,予谥文献。导卒年六十有四,当时号为中兴第一名臣。看官阅过前文,应知导毕生事实,究竟优劣何如,请看官自下断语,小子恕不琐叙了。意在言中。且随郗鉴带叙,明示导不如鉴,有瑜不掩瑕之意。

成帝征庾亮为丞相,亮复表固辞,乃进丹阳尹何充为护军将军,亮弟会稽内史庾冰为中书监,领扬州刺史,充并参录尚书事。冰办理政务,不舍昼夜,礼遇朝贤,引擢后进,朝野翕然归心,号为贤相。胜过乃兄。独庾亮尚欲北伐,又想申表固请,适接邾城失守警信,方不敢再提北伐二字。邾城虚悬江北,内无所倚,外接群夷,真是孤危得很。从前陶侃在日,镇守武昌,僚属屡劝侃分成邾城,侃乃引集将佐,渡水指示道:"此城为江北要冲,差不多是虎口中物,我国家现在势力,只能保守江南,倚江为堑,阻住戎马,若出守此城,必致引虏入寇,非但无益,反且有损。我闻孙吴御魏,尝用三万兵扼守此城,今我兵不过数万,怎能分顾?不若弃为空地,省得夷人生心,我却好安守江南,尚不失为中策呢。"将佐因侃说得有理,当然无言,随侃渡江回镇。侃既去世,由亮代任。亮视邾城为要地,谓可借此进兵,乃使毛宝、樊峻,往守邾城,见本回上文。果被石虎闻知,立遣大都督夔安,带领石鉴、石闵、李农、张貉、李菟等五将,分率五万人,进攻邾城。毛宝忙向亮求救,亮反视若无事,不急往援,终致邾城陷没。宝与峻突围出走,为赵兵所追,俱投江溺死。夔安又转陷沔南,连拔江夏义阳等郡,进围石城。还亏竟陵太守李阳,发兵掩击,得破赵兵,斩首五千余级,才将赵兵杀退。亮始终不敢渡江,但上表谢过,自愿贬降三等,权领安西将军。有志北伐者,果如是乎?有诏免议,惟庾怿为辅国将军,领豫州刺史,监督宣城庐江历阳安丰四郡军事,镇守芜湖。亮自邾城陷没,忧慨成疾,旋即殁世,年五十二,追赠太尉,谥曰文康,进护军将军何充为中书令,命南郡太守庾翼为安西将军,领荆州刺史,都督江荆司雍梁益六州诸军事,代亮镇武昌。

翼年仅及壮,超居大任,时人恐他不能称职,他却竭尽志虑,劳谦不懈,戎政严明,经略深远,自是公私充实,舆论帖然。惟翼志大言大,好谈兵事,既欲灭赵,又思平蜀,仍不脱阿兄气习。因通使燕凉,拟与和好,倚为外援。那赵主石虎,却也雄心思逞,贻书西蜀,志在并吞江南,愿与蜀主平分。蜀本称成,此时已改号为汉,就是主子李期,也已遭弑,为大将军李寿所篡了。李期见四十四回。期据位后,骄虐日甚,滥杀无辜,籍没资财妇女,充入后宫,内外汹汹,道路侧目。镇南大将军李霸,镇北大将军李保,俱系雄子,相继暴亡,朝臣都说是为期所鸩。期从子尚书仆射李戴,素有才名,期又诬他谋反,迫令自尽。大将军汉王李寿,本为期所忌,幸得不死,外镇涪城。亦见前文。每当入朝,辄诈造边书,辞以警急。会有巴西处士龚壮,谒见李寿,为寿划策,劝他入袭成都。看官道是何因？原来龚壮父叔,前为李特所杀,壮早欲报仇,苦不得间,历年悲恸,服阕未除,远近称为孝子。寿亦闻壮名,礼征不起,及寿与期有嫌,为壮所知,乃拟借寿泄恨,密加游说。寿竟信壮言,遂与掾吏罗恒、解思明谋攻成都。期亦防寿为变,屡遣中常侍许涪窥寿,侦察动静；又鸩杀寿养弟安北将军李攸；一面与建宁王越,及尚书令景骞,尚书田褒、姚华等,共议袭寿。将要发兵,不料寿已先发,自率步骑万人,由涪城径趋成都,用部将李奕为先锋,长驱直达。寿子势为翊军校尉,留居成都,正是一个好内应。马上开城迎接,李奕先入,李寿继进,便围住宫门,鼓噪不休。期不及防备,急得没法,只得遣人出慰寿军。寿奏称建宁王越,与景骞、田褒、姚华,以及李遐、李西,统皆怀奸乱政,宜加重辟。期尚未复报,已由寿指挥兵士,收捕越等,随到随诛。兵士乘间四掠,数日乃定。寿即矫称任太后令,废期为邛都县公,幽居别室,追谥戾太子李班为哀皇帝。于是大会将佐,熟商后事。

罗恒、解思明、李奕,劝寿称镇西将军益州牧成都王,向晋称藩,执邛都公,送往建康。独寿妹夫任调,与侍中李艳、司马蔡兴等,请寿称帝,不宜屈膝江东。寿乃令卜人占验吉凶,卜人视得卦兆,谓可作数年天子。任调跃起道：“一日为帝,已足称威,况多至数年呢。”怪不得古今盗贼,都想自做皇帝。解思明驳说道：“数年天子,何如百世诸侯？”寿微笑道：“朝闻道,夕死尚可。任卿语原是上策哩。”所望在此。遂僭即帝位,改国号汉,纪元汉兴,追尊父骧为献皇帝,母昝氏为皇太后,立妻阎氏为皇后,世子势为皇太子,命旧吏董皎为相国,罗恒为尚书令,解思明为广汉太守,任调为征北将军,领梁州刺史,李奕为西夷校尉,从子权为宁州刺史；所有公卿守令,一律参换,旧臣近亲,悉皆摈斥；特用安车乘马,征龚壮为太师,壮独不受,乃听令缟巾素带,待若宾师。庸中佼佼。邛都公李期,被幽兼旬,慨然叹道：“天下主降为小县公,生不如死。”说着,即解带自缢,年仅二十五,在位三年,寿谥为幽公。期妻子徙死穷边。小子有诗叹道：

敢戕孝子乱天常,叛贼何能不速亡？
容易得来容易失,投环尚幸免刑章。

寿既僭位,便得赵主石虎来书,约他连兵寇晋,究竟寿如何复赵,待至下回说明。

亡西晋、掳怀愍者,非他,一为刘曜,一即石勒也。曜为勒所灭,已受冥诛,勒虽死而虎尚存,雄暴且过于勒。为典午复仇计,原宜北伐,为河朔救民计，亦宜北伐，庾亮之奏请伐赵，似也。所惜者，亮有其志而无其才耳。蔡谟之驳议，非谓赵不可伐，正以亮之不能伐赵，不得不为此激切之辞也。若夫李期篡国，刑政无章，此而能久，谁不可为天下主？李寿直入成都，一举而即废之，彼尚以小县公为怏怏，自言生不如死，遂致投环毕命，曾亦思李班何罪，乃擅加弑逆乎？我杀人，人亦杀我，推刃之报，固其宜也，于李寿乎何尤？

第四十七回　饯刘翔晋臣受责
逐高钊燕主逞威

却说汉主李寿，得了赵主来书，竟喜出望外，即遣散骑常侍王嘏，中常侍王广，驰赴邺中，与赵定约。龚壮曾上陈封事，劝寿附晋，寿不肯从；至是又谏阻联赵，仍然不听；且大修军舰，储粮缮甲，准备东下。一面命尚书令马当为六军大都督，调集军士七万余人，齐至东场，由寿亲往校阅，并下书誓众，略言"吴会遗烬，久逭天诛，今将大兴百万，躬行天讨"云云。小人得志，往往大言不惭。及军舰告成，便分载水师，舣集成都城下。寿登城俯瞩，但见帆樯蔽日，舳舻横江，不由的露出骄容，扬扬得意。偏群臣多与寿异心，相率谏阻道："我国地小兵单，只可自守，不应进取。且吴会险远，更未易图，一动不如一静，幸勿为赵所误，自蹈危机。"寿怒叱道："天与不取，反受其咎，今赵欲与我平分江南，正是天授我朝的机会，奈何勿往？"广汉太守解思明，再向寿反复陈词，极言利害，寿终不信。至龚壮申疏切谏，谓通胡宁可通晋，并援假虞灭虢事以戒寿，寿尚以为非。又经群臣叩头固争，方才罢议。大众齐称万岁。

寿有旧将李闳，前为东晋所获，得间奔赵。寿向赵致书，请遣还李闳。书中称虎为赵王石君，虎未免不悦，付诸廷议。中书监王波进言道："李闳尝志在故国，以死自誓，诚使陛下遣还蜀汉，使彼感恩，理当纠率宗族，归向王化，就使不如臣料，我国将多士众，何必留这一人？今寿既自称尊号，僭据一方，若我用制诏，彼必不受，不如赠以国书，示彼大度，免有违言，这也未始非怀柔之计。"虎意乃释然，遣闳使归。适挹娄国献入楛矢，波谓可转赠巴蜀，使寿知我国威服远人，虎亦依议，因派使臣偕闳赴蜀，往送楛矢。及使臣返国，报称李寿并未称谢，且下令国中道："羯使来庭，献楛矢。"于是石虎大怒，黜免王波，令以白衣领职。既而凉州牧张骏，遣别驾马诜至赵，贡献方物，虎颇有喜色，览及来文，语多謇傲。虎转喜为怒，即欲斩诜。全是喜怒无常。侍中石璞道："今日为陛下大患，莫若江东，区区河右，何关轻重？今若斩马诜，必征张骏，出师西略，无暇南讨，建业君臣，反得苟延过去，岂非失策？况凉州一隅，就使胜彼,也不足为武,不胜反贻笑四邻,倒不如格外厚抚,使彼改图谢罪,彼若执迷不悟,往讨未迟。"璞与王波却同是一流人物。虎乃礼待马诜,便即遣归。

忽闻燕兵有入侵消息,乃大加防备,集兵五十万,具船万艘,自河通海,运谷千一百万至乐安城,且由幽州东迄白狼山,广兴屯田,括取民马,得四万余匹,大阅宛阳,为攻燕计。哪知燕王皝已探悉虎谋,密与诸将商议道:"石虎专顾乐安城,总道是防守重复,固若金汤,若蓟城南北,必不设备。我今从间道出发,掩他不备,破彼积聚,才不致他轻觑哩。"说着即整率各军,从蠮螉塞攻入赵境,连破各戍,直抵蓟城。幽州刺史石光,拥兵数万,不敢出战,但闭城拒守。燕兵转渡武遂津,驰诣高阳,沿途焚毁积聚,掠徙幽冀三万余户而还。虎闻燕兵入境,急拟整军对敌,一时未及召齐,只好迁延数日。到了兵马会集,燕兵已饱载远扬,虎始知皝有智略,倒也不敢轻自出兵了。皝引兵归国,因前使刘翔等,尚留江东,未见北返,乃再贻晋中书监庾冰书,责他忘仇误国,大略说是:

君以椒房之亲,舅氏之昵,总据枢机,出纳王命,兼拥列将州司之位,昆弟网罗,显布畿甸,自秦汉以来,隆赫之极,岂有若此者乎?以吾观之,若功就事举,必享申伯之名,如或不立,不免梁、窦之迹矣。每观史传,未尝不宠恣母族,使执权乱朝,先有殊世之勋,寻有负乘之累,所谓爱之适足以为害。吾尝忿历代之王,不尽防萌终宠之术,何不以一土之封,令藩国相承,如周之齐陈?如此则永保南面之尊,宁复有黜辱之忧乎?窦武、何进,虚己好善,天下归心,虽为阉竖所危,天下嗟痛,犹有能履以不骄,图国亡身故也。方今天下有倒悬之急,中夏逋僭逆之寇,家有滩血之怨,人有复仇之憾,宁得安枕逍遥,雅谈卒岁?吾虽寡德,过蒙先帝列将之授,以数郡之人,尚欲并吞强虏,是以自顷及今,交锋接刃,一时务农,三时用武,而犹师徒不顿,仓有余粟,敌人日畏,我境日广。况乃王者之威,堂堂之势,岂可同年而语?若之何不自振作,反为胡人笑也?传曰:"畏首畏尾,身其余几。"幸执事图之!

是时江左君臣,为了燕使乞封问题,议论经年,尚未决定。燕使刘翔,争论数次,晋廷总借口成制,谓大将军不处边,异姓不封王,翔不得所请,所以淹留不去。至燕王皝贻书责冰,冰颇加惭惧,乃与中书令何充商议,不如封皝为王。充尝与刘翔会叙,翔直言语充道:"四海板荡,忽已三纪,宗社为墟,生灵涂炭,这正庙堂宵旰忧劳、卧薪尝胆的时候。翔羁居年余,每见诸公宴安江左,以奢靡为荣,以放诞为贤,试问如此过去,怎能尊主济民呢?"应被揶揄。充闻翔言,也觉抱愧。因与冰联名奏请,乞封慕容皝为大将军、幽州牧、大单于、

第四十七回 饯刘翔晋臣受责 逐高钊燕主逞威

燕王。成帝下诏依议，翔既得奉诏，乃入朝辞行。朝旨又授翔为代郡太守，翔固辞不受，叩头趋出，当下与晋臣等告别，整装启行。公卿等饯送都门，宴饮尽欢，翔慨然道："古时少康兴夏，一成一旅，尚灭有穷，勾践霸越，甲楯三千，终沼强吴，蔓草尚宜早除，况国仇呢？今石虎、李寿，志在吞噬，王师即未能澄清北方，亦当从事巴蜀，一旦石虎先人举事，西并李寿，据形胜地以临东南，虽有智士，恐也不能善后了。"是有心人吐属。中护军谢广，时亦在座，奋衣起应道："刘君高论，实获我心，应该大家努力呢。"已而饮毕撤席，翔等自去，晋臣等当然散归。

才过数日，忽宫中传出大丧，乃是皇后杜氏，得病而亡，百官相率入临，毋庸絮述。杜后在位六年，未得子嗣，享年只二十有一。当时三吴女子，并簪白花，好似素柰一般。相传为天亡织女，因着素服，哪知适应在杜后身上。成帝下诏治丧，概从节俭，应筑陵墓，但求洁扫，不得滥用涂车刍灵。又禁远近遣使吊赠，俟至葬讫，概令臣民释服。追谥杜后为恭皇后。杜后殁后，宫中要算周贵人最邀宠眷，生有二男，长名丕，次名奕。后文自有表见。

好容易过了一年，元旦正值日食，都人目为不祥。又越半载，成帝不豫，竟至辍朝。王公大臣，统至宫门请安，不意有中书符敕，颁发出来，谓不得擅纳宰相，大众不禁失色。中书监庾冰，独不改容，徐徐说道："敕从何来？我备位中书，毫不接洽，可见得是虚伪了。"当下入宫拷问，果无是敕。冰但戒饬僚吏，此后务从审慎，不必追究既往，所以群疑俱释，镇定如常。<small>冰颇能持大体。</small>及入谒成帝，见帝病已垂危，拟请以琅琊王岳为嗣。岳系成帝母弟，比成帝仅少一岁。冰因成帝二子，皆在襁褓，<small>即丕、奕。</small>故欲立长君。中书何充在侧，私语庾冰道："父子相传，先王旧典，若嗣立皇弟，如何处置孺子？"冰答道："强寇逼伺，国家未靖，倘再立幼主，如何支持社稷呢？"未几，由成帝传召大臣，并授顾命，除冰、充二人外，尚有武陵王晞，<small>元帝子。</small>会稽王昱，<small>元帝少子。</small>尚书令诸葛恢，均至榻前受旨。冰即请立琅琊王岳。成帝颔首，便令冰代草遗诏，诏云：

> 朕以眇年获嗣洪绪，托于王公之上，于兹十有八年，未能阐融政道，剪除逋渫，夙夜战兢，不遑宁处。今忽遘疾，竟致不起，是用震悼于厥心。千龄奕字千龄。眇眇，未堪艰难，司徒琅琊王岳，亲则母弟，体则仁长，君人之风，允塞时望，肆尔王公卿士其辅之，以祗奉祖宗明祀，协和内外，允执其中。呜呼！敬之哉！无坠祖宗之顾命！

遗诏既已草就，冰等乃退。越三日，成帝驾崩，年只二十二。帝冲龄嗣统，受制舅家，苏峻叛乱，实由庾亮一人激成，及乱事告平，迁亮出镇，成帝方得亲理万几。但亮尚思干预朝纲，引子弟为要援，庾冰居内，庾翼居外，还算有些才干，足当大任。惟豫州刺史庾怿，素性褊狭，尝与江州刺史王允之有嫌，特遣人赍送毒酒，谋害允之。允之却也小心，先把酒令犬试饮，犬一饮即毙，因将情状上闻。成帝不禁动怒道："大舅已乱天下，小舅复敢出此么？"这语传到芜湖，怿悔惧交并，又当庾亮殁后，失一护符，自恐得罪被谴，遂致仰药自杀。本欲害人，反致害己，可为阴险者鉴。王公大臣，始畏成帝英明，且成帝崇俭恶奢，力求简约，尝欲就后园增设射堂，估计需四十金，便即罢议。可惜年方逾冠，便即去世，这也是气运使然，无可挽回呢。

皇弟琅琊王岳，受遗入嗣，即皇帝位，是谓康帝。封成帝子丕为琅琊王，丕弟奕为东海王，追尊成帝为显宗，奉葬兴平陵，进中书令何充为骠骑将军，中书监庾冰，为车骑将军，令他同心辅政，匡奕王室。此外文武百官，各增二等。立王妃褚氏为皇后。后为豫章太守褚裒女，裒字季野，为京兆人氏，慎重寡言，夙负盛名。桓彝尝谓季野有皮里春秋，说他外无臧否，内寓褒贬。谢安亦极加推重，尝语人云："裒虽不言，却具四时正气。"郗鉴辟裒为参军，嗣迁司徒从事中郎，转任给事黄门侍郎。成帝闻裒女端淑，因聘为母弟琅琊王妃，至是夫尊妻贵，遂得正位中宫。裒方出为豫章太守，特旨征召，迁官侍中。他却不愿内任，有志避嫌，坚求外调。适江州刺史王允之病殁，乃令裒代刺江州，出镇半洲。

越年元旦，改正朔为建元元年。建元二字，由庾冰议定。冰拥立康帝，原以长君利国为名，但未尝不怀着一种鬼胎。康帝为成帝母弟，当然是庾氏次甥，冰仍居舅氏地位，不致疏远，所以年号亦议定建元，取再兴中朝的意义。有人入语冰道："从前郭璞遗下谶文，曾云'立始之际丘山颓'，今年号建元，建训为立，元训为始，丘山即嗣皇本名，据此看来，这年号应即改易，不宜自应谶语。"冰也觉失惊，渐复自叹道："吉凶早定，但改年号，恐未必就能禳灾呢。"遂仍用建元二字。果然康帝不能永年，事见后文。冰谓吉凶早定，我亦云然，但冰不应自存私意。

且说燕王皝既受晋册封，特授刘翔为东夷校尉，领大将军长史。使内史阳裕为左司马，令至龙出西麓，督工筑城。建立宗庙宫阙，取名龙城，率众徙居，作为新都。皝见慕容翰，曾出奔段氏，见四十五回。段氏败亡，又北走宇文部，部酋逸豆归忌翰才名，阴欲加害。翰乃佯狂酣饮，或被发歌呼，或拜跪乞食，逸豆归以为真疯，不复监察，听令自由。翰得随地往返，默览山川形势，一一记忆。皝追忆翰才，且因他挟嫌出奔，并非叛乱，特令商人王车，至宇文部觇翰，劝令归国，并密遗弓矢。翰遂窃逸豆归名马，自挈二子，携弓矢逃归。逸豆归闻翰脱走，忙使骁骑百余名追翰，将要追及，翰回身顾语道："我久客思归,既得上马,断无还理。我前此佯作愚狂,实是诳汝,我艺犹在,幸勿相逼,自取死亡哩。"追骑见他手下寥寥,不肯退回,仍然趋进。翰复朗声道:"我久居汝国,不愿杀汝,汝今可距我百步,握刀立住,我若得射中汝刀,汝即可回去,非我敌手,如或我射不中,汝等尽可追来。"前追骑乃解刀立住,由翰射箭。翰发箭射去,叮当一响,正中刀环,追骑便即骇走。翰得揽辔徐归。

皝闻翰至,大喜出迎,握手道故,殷勤款待,仍署翰为建威将军。翰乃为皝设策道:"宇文部强盛日久,屡为我患。今逸豆归性情庸暗,将帅非才,国无防卫,军无部伍,臣久在他国,熟悉地形,彼虽远附强羯,声势不接,缓急难恃,我若发兵往击,可保必胜。惟高句丽接近我国,常相窥伺,我果破灭宇文,免不得使彼生惧,俟我一出,必且掩我不备,乘虚深入。我少留兵卒,不足自守,多留兵卒,不足远行,这却是心腹大患,应该早除。宇文部只知负固,料不能远来争利,我既得取高句丽,再还取宇文部,势如反手,立见成功。至两国既平,利尽东海,国富兵强,无返顾忧,然后好徐图中原了。"独不闻鸟尽弓藏、兔死狗烹之语,乃必设策毒人,真是何苦? 皝连声称善,即召集将士,出攻高句丽。高句丽古称朝鲜,系周时箕子旧封,汉初为燕人卫满所篡,两传即亡,地为汉有。见《前汉演义》。至汉元帝时,汉威已衰,不能及远,高朱蒙纠众自立,创建高句丽国,后来日渐强大,屡寇辽东。慕容氏据有辽土,尚与高句丽时有战争。朱蒙十世孙钊,号称故国原王,正与慕容皝同时。皝既决意东略,遂与诸将会议军情。诸将谓高句丽有二道,北道坦平,南道险狭,今不如从北道进兵,较为无虞。独慕容翰献议道:"不入虎穴,焉得虎子? 臣谓宜南北并进,使他应接不暇,方可得志。且虏情必谓我从北道,当重北轻南,我正可避实击虚,以南道为正兵,北道为偏师;大王宜自率锐骑,掩入南道,出其不意,直捣彼都,别遣他将出北道,就使北道无功,我已取彼腹心,四肢亦何能为呢?"皝依翰议,即命翰为前锋,由南道进兵,自督劲卒四万为后应。另派长史王宇等,率兵万五千人,从北道徐入。

高句丽王钊,果然如翰所料,注重北面,所有国中精锐,悉令出诸北道,即命弟武为统帅,自挈老弱残兵,防备南道。不意慕容翰从南道杀来,部下都是锐卒,搅入高句丽阵中,好似虎入羊众,所向披靡。钊尚勉强抵敌,东拦西阻,至慕容皝继进,势如潮涌,无坚不摧,高句丽兵统是羸弱,哪里还能招架? 不是被杀,就是四溃,单剩钊子身逃走,不敢还都。燕兵乘胜长驱,攻入高句丽都城。钊母及妻子统被燕兵拘住,钊父利墓,亦为所掘,所有库中珍宝,及男女五万余口,悉遭掳掠。高句丽都城,叫作丸都,简直是搬徙一空,变做墟落。皝还拟穷兵追钊,闻北道兵已经败没,乃变计言归,载钊父尸,及钊母、钊妻、钊子,并子女玉帛等,一并驱回。临行时,复将丸都城毁去。钊穷无所归,不得已遣使至燕，奉款称臣，乞还父尸及母妻等。皝将钊父尸发还，留母为质。钊亦没法，只好收拾残众，徙都国内城。小子有诗叹道：

> 慈母娇妻悉受擒，丸都王气尽销沉。
> 须知御侮需才智，庸弱何能免敌侵？

皝既战胜高句丽，乃规取宇文部，究竟宇文部是否被灭，且看下回分解。

有国耻而不能雪，有国仇而不能报，偷安旦夕，故步自封，宜其见笑外人，为慕容皝所揶揄，与燕使刘翔之讥议也。庾冰身为大臣，但知久揽政权，拥立次甥，听其言，未始非计，问其心，不免近私，其与亮、怿之相去，有几何哉？慕容皝贻书而即惧，至若何充抗议，乃以长君为借口，固执不从，对外何怯，对内何勇也？皝用慕容翰言，欲图宇文部，先攻高句丽，并且避实击虚，皆如所料。高钊败走，丸都陷没，子女玉帛，悉数掳归。翰之为皝计固得矣，而其自为计则未也。敌国破而谋臣亡，翰其能免此祸乎？

第四十八回　斩敌将进灭宇文部　违朝议徙镇襄阳城

却说慕容皝既破高句丽，即谋取宇文部。宇文部酋逸豆归，却先遣国相莫浅浑，引兵击燕。皝反下令诸将，不准出战，但须严守堡寨。无处非计。莫浅浑数次挑战，无人对敌，还道是燕兵怯弱，不足为虑，遂报知逸豆归，述及燕兵畏懦情形。逸豆归信以为真，遂酣饮纵猎，不复设备。哪知过了一月，燕兵奋击莫浅浑，莫浅浑大败而逃，但以身免，余众都被燕兵俘去。逸豆归方才着急，忙遣骁将涉奕干等，调集精兵，防堵燕军。果然慕容皝乘胜大举，令建威将军慕容翰为先锋，刘佩为副，率着骑士二万，作为正兵，再分遣广威将军慕容军、渡辽将军慕容恪、平狄将军慕容霸，及折冲将军慕舆根，三道并进，自引亲兵为后应。左司马高诩道："我军今伐宇文部，无虑不胜，惟恐将帅未免罹殃。"说着，也不愿回家，但使人传语妻孥，嘱及家事，便即从军前行。

宇文将涉奕干，自恃骁勇，麾众逆战。慕容翰、刘佩、高诩等，与他厮杀，两下鏖斗，足足战了半日有余，未分胜负。时将天暮，翰等拟鸣金收军，不防对面阵内，一声梆响，箭如雨发，燕兵多被射倒。翰不禁大忿，自与刘佩、高诩断后，麾军退还。那来箭尚未中断，竟向翰等射来。翰、佩、诩三将，各中流矢，忍痛支持，且战且回。既归本营，检点兵马，伤亡不少。翰令受伤军士，皆

第四十八回　斩敌将进灭宇文部　违朝议徙镇襄阳城

至后帐休养，自与佩、诩拔去箭镞，幸尚未中要害，不过各负创痛，彼此敷上箭疮药，方觉少瘥，一面遣人报达燕王皝。皝使人复语道："奕干雄悍，勇冠三军，未可轻敌，不如暂避凶锋，待彼势骄怠，然后进战，自足制胜。"翰奋然道："逸豆归尽出锐卒，付与涉奕干，正为奕干素有勇名，威倾全部，我能杀败涉奕干，部众闻风畏惧，不战自溃了。惟我在宇文部有年，素知奕干有勇无谋，徒播虚声，未识韬略，但教用一小计，便可擒戮渠魁，奈何避锋示弱，挫我兵气呢？"遂佯为高卧，累日不起，暗中却约同平狄将军慕容霸，为夹攻计。霸年方二九，善用双槊，有万夫不当之勇，他本与翰等分道异趋，及得翰书，方与翰约期会兵，同攻涉奕干。

涉奕干屡逼翰营，再四搦战，见翰兵固垒不动，他便令兵士指名辱骂，啰啰唆唆，无非说翰背德负义，应速受死等语。翰置若罔闻，但戒军士妄动，违令者斩。约莫过了三五天，已知慕容霸将到，便自起整军，披甲上马，开营跃出。涉奕干正来挑战，还道慕容翰照常闭垒，仍无战事，因此饬众散坐，信口喧哗。不意翰一马当先，厉声大呼道："涉奕干休得罗唣，今日是汝死期，特来取汝首级。"<small>写得突兀。</small>涉奕干虽然骁勇，见翰突至，声若洪钟，也不禁慌乱起来，忙令部众上马，倒退里许，才与接战。部众不知就里，疑是涉奕干怯退，相率骇走，无复行列。翰引兵杀上，好似摧枯拉朽一般，刺倒敌兵好几百名。涉奕干大吼一声，舞着大刀，挺身接战，翰略与交锋，一来一往，约有数合，刘佩驰马冲至，代翰战住涉奕干，翰即退下，俟佩续战数合，又命高诩替佩。<small>是用车轮战计。</small>涉奕干连战三将，并不退缩，刀法盘旋，一无渗漏。诩负疮未愈，反敌不住涉奕干，涉奕干刀法一紧，没头没脑的劈来，害得诩眼花缭乱，几乎不能招架。忽斜刺里驰到一将，双槊并举，左槊格住涉奕干刀锋，右槊刺入涉奕干心窝。涉奕干不及闪避，仓猝被刺，鲜血直喷，一声狂叫，倒毙马下。<small>写涉奕干死状，益见其有勇无谋。</small>

看官道来将为谁？原来就是慕容霸。霸既挑死涉奕干，便趁势乱戮虏兵。虏兵已失了主将，当然乱窜，逃得慢的，都做了刀头鬼。于是慕容霸在先，慕容翰在后，直入宇文部，沿途无人阻挡，一任他杀到虏庭。逸豆归素无恩惠，部下离心，都一哄儿遁去，仅剩逸豆归家属，如何固守？急忙相挈遁逃，窜往漠北，宇文氏从此散亡。燕王皝接得捷报，也驰入宇文氏都城，尽收畜产资货，辟地千余里，徙宇文部众五万余至昌黎。先是涉奕干居南罗城，为宇文部各城领袖，皝命改为威德城，使弟左将军彪居守，自引诸军还都。赵主石虎，因宇文部本为藩属，累岁朝贡不绝，至此闻逸豆归被兵，特派右将军白胜，并州刺史王霸，出兵相救。及行至宇文部，已成墟落，只得进攻威德城。连日未克，撤兵退去，反被慕容彪追击一阵，丧失许多辎重，连兵士亦死了千人。

虎闻白胜等败还,也只有付诸一叹,再探逸豆归消息,已在漠北病死,无从援助了。了过宇文氏。

高诩、刘佩箭疮迸发,相继毕命。诩善占天文,皝尝与语道:"卿有佳书,独不肯给我,未免不忠。"诩答道:"臣闻人君执要,人臣执职,执要乃逸,执职乃劳。所以后稷播种,尧不预闻。今欲占候天文,必须深夜不寐,未晨即兴,备极劳苦,非至尊所宜亲为,殿下何用出此哩。"观此知高诩前言,当是从占候而知。皝乃罢议。惟慕容翰还军后,亦因箭疮未愈,卧病多日,嗣得渐痊,在家试骑乘马。有人与翰有嫌,向皝进谗,诬翰诈病不朝,私习骑乘,恐将为变。皝虽借翰勇略,但心下常自忌翰,竟不察真伪,遽赐翰死。翰闻命自叹道:"我负罪出奔,幸得重还,直至今日方死,已是迟了。但羯贼跨据中原,我不自量,意欲为国家荡壹区夏,此志不遂,遗恨无穷,这想是命数使然,尚有何言呢。"说毕,即仰药而死。弑庶兄,害功臣,皝之残忍可见。

会代王什翼犍,因皝妹兴平公主病亡,复向燕求婚,皝使纳马千匹作为聘礼。什翼犍不允,复书多倨慢语。什翼犍娶燕王皝妹,见四十五回。皝遣世子俊等往讨,什翼犍遁去,俊乃退还。既而犍复遣部酋长孙秩,至燕谢罪,皝乃遣女适代,嫁与什翼犍为继室,一面请代女为己妃。什翼犍乃将翳槐遗女,遣嫁慕容皝。什翼犍本为慕容皝妹夫,乃娶皝女为继室,是变做皝婿了。又复将翳槐女嫁皝,翳槐为犍兄,兄女为皝妻,皝又变为犍之侄婿,未知彼时将如何相呼?燕代仍旧和好,待后再表。

且说晋安西将军庾翼,代兄亮镇守武昌,府舍中屡有妖怪,乃欲移镇乐乡,上书朝廷,乞如所请。朝议纷纭未决,征虏长史王述,独向车骑将军庾冰上笺,谓不宜徙镇,略云:

乐乡去武昌千有余里,数万之众,一旦移徙,新立城壁,公私劳扰。又江州当沂流数千里,供给军府,力役增倍。且武昌实江东镇戍之中,非但捍御上流而已,缓急赴告,呼应不难。若移乐乡,远在西陲,一旦江渚有虞,不相接救,宁不可虑?方岳重将,固当居要害之地,为内外形势,使窥觎之心,不知所向。昔秦忌亡胡之谶,卒为刘、项之资,周恶檿弧之谣,适启褒姒之乱。是以达人君子,直道而行,禳避之道,皆所不敢。但当凭人事之胜理,思社稷之长计耳。安西之请,似不可行,乞公鉴之!

冰得笺后,颇以为然,乃撤销翼议,仍令镇守武昌。骠骑将军何充,本与冰同受遗诏,夹辅晋室。嗣见冰自恃贵戚,事多专断,乃不欲在朝尸位,乞请外调。朝旨乃令充出镇京口,都督扬徐二州军事,兼领徐州刺史。自是冰主内政,翼主外务,兄弟相应,又把那东晋国家,变做庾氏的产业了。

第四十八回　斩敌将进灭宇文部　违朝议徙镇襄阳城

时琅琊内史桓温,为宣城内史桓彝子,彝殉难后,晋廷特加优恤,使温得尚南康公主。温性情豪爽,议论崇闳,尝与庾翼友善。翼甚相器重,当成帝未崩时,曾上疏推荐道:"温系当世英雄,愿陛下勿以常人相待,常婿相畜,诚使委以重任,必能弘济艰难,方叔、召虎不难复见哩。"但知其一,未知其二。成帝乃令温为琅琊内史。温与翼彼此通问,互相标榜,即互相期许。翼常欲灭赵取蜀,及得温怂恿,更跃跃欲动,遂遣使东约燕王皝,西约凉王骏,克期并举,当即上表道:

羯贼石虎,年垂六十,奢淫理尽,丑类怨叛,又欲决死辽东,皝虽骁果,未必能固。若北无掣肘之虏,则江南将不异辽左矣。臣所以辄激天良,不顾忿谷,然东西形援,未必尽举,且议北进,移镇安陆,入沔五百里,通道涓水,先率南郡太守王愆期,江夏相谢尚,寻阳太守袁真,西阳太守曹据等,精锐三万,风驰上道,并勒平北将军桓宣,往取丹水,摇荡秦雍,御以长辔,用逸待劳。比及数年,兴复可冀。臣既临许洛,窃谓桓温可渡戍广陵,何充可移据淮泗,路永可进屯合肥。伏愿表上之日,便决圣听,不可广询同异,以乖事会。兵闻拙速,不闻工之久也。谨此吁闻。

这表既上,遂调发所统六州兵马,昼夜催迫。百姓不堪需索,怨声盈路。康帝遣使谕止,朝士亦多贻书劝阻。还有车骑参军孙绰,又上笺力谏。翼皆不从,径引众出发夏口,复上表请徙镇襄阳,略云:

臣近以胡寇有敝亡之势,暂率所统,致讨山北,略复江夏数城。臣以九月十九日发武昌,以二十四日达夏口,简卒搜乘,停当上道,而所调供牛马,来处皆远,百姓所畜,谷草不充,并多羸瘠,难以涉路。加以向冬野草渐枯,往返二千里,或容蹶顿,辄便随事筹量,权停此举。又山南诸城,每至秋冬,水多燥涸,运漕用功,实为艰阻。窃思襄阳为荆楚之旧,西接益梁,与关陇咫尺,北去洛河,不盈千里,土沃田良,方城险峻,水路流通,转运无滞,进可以扫荡秦赵,退可以保据上流。臣虽不武,意略浅短,荷国厚恩,志存立效,是以受任四年,唯以习戎为务,实欲上凭圣朝威灵之被,下借士民义愤之诚,因寇衰敝,渐临逼之。去年春,曾上表请据乐乡,广农蓄谷,以伺二寇之衅,乃值天高听邈,未垂察照。朝议纷纭,遂令微诚不畅。自尔以来,上参天人之微,下采降俘之言,胡寇衰灭,为日不远。臣虽未获长驱中原,馘截凶丑,亦不可不进据要害,徐思攻取之宜。是以量宜入沔,徙镇襄阳,其谢尚、王愆期等,悉令还据本戍,须到所在,驰遣启闻。

康帝迭览翼表,与己意实不相同,就是中外臣僚,也多有异议,只庾冰桓温,与前谯王承子无忌,极口赞成。两庾统是元舅,虽康帝亦拗他不过,只得听他施行。冰因翼移镇襄阳,亦欲外出为继,作翼声援。康帝乃使冰都督江荆宁益梁交广七州,及豫州四郡军事,领江州刺史,出镇武昌,为翼援应,且加翼都督征讨诸军事;征徐州刺史何充入朝辅政,录尚书事,调琅琊内史桓温,都督青兖徐三州军事,领徐州刺史;召还江州刺史褚裒,入为卫将军,领中书令。转眼间已是一年,翼有众四万,驻节襄阳,六会僚佐,具陈旌甲,亲授各将弓矢,分给后尚余三箭,遂奋身起座道:"我今日引众北行,有如此矢。左右可取正鹄至百步外,由我迭射,试看我能命中否?"说着,已有军吏摆好箭靶。翼三射三中,顿时大众喝采,喧声如雷。当下檄令梁州刺史桓宣,往击丹水。宣奉檄出兵,行至丹水附近,正与赵将李黑相值。黑骁勇过人,部下亦多精锐,竟将宣军杀败。宣失利奔回,翼奏贬宣为建威将军。宣惭愤成疾,竟致谢世。翼令长子方之为义城太守,代领宣众,又授司马应诞为襄阳太守,参军司马勋为梁州刺史,并戍西城。

时赵王石虎,方大兴土木,连筑台观四十余所,又营洛阳长安二宫,工役多至四十余万人,并欲自邺城起造阁道,直达襄国,一面饬河南四州,整备舟械,为南侵计;并朔秦雍,筹集兵马,为西略计;青冀幽州,储积刍粟,为东攻计。诸州军赶造甲胄,共集五十余万人,还有舟夫篙工,又多至十七万名。再加公侯牧宰,竞营私利,暴敛横征,民不堪命。贝邱人李弘,乘势为乱,自言姓名应谶,号召党羽,署置百僚。经石虎派兵剿捕,始得诛灭,连坐至数千家。虎以为乱党立平,无人敢侮,索性日日畋游,纵情淫乐。又尝微服出行,觇察工役。侍中韦謏,婉言规谏,虎厚赐谷帛,似重善言,其实是并不少悛,荒诞如故。秦公韬为虎庶子,常得虎宠,独太子宣隐加猜忌,与韬有嫌。右仆射张离,向宣献媚,谓宜减削诸公府吏,免致侵逼东宫。宣闻言大悦,即令张离上书奏请,得虎允许,遂饬秦、燕、义阳、乐平四公府,只准置吏百九十七人,兵二百人。四公以下,三成减二。为这一番裁减,得腾出兵士四万,悉配东宫。诸公相率含怨,遂生暗衅。石虎尚似睡在梦中,一些儿没有察觉。

会青州守吏报称济南平陵城北,有一石头雕制的老虎,忽然活动,走至城东南,后有狼狐千余头跟着,所过脚迹,统皆成蹊。石虎大喜道:"石虎便是朕名。自西北徙至东南,大约天意欲使朕荡平东南呢。天意不可违,应敕诸州兵悉集,明年当由朕亲率六军,奉天南讨便了。"全是妄想。于是群臣皆贺。就中有一百七人,上皇德颂,说得石虎功德巍巍,尽情谀媚。虎益加欢忭,遂制令民家五户,出车一乘,牛二头,米十五斛,绢十匹,违令者斩,不足亦斩。可怜百姓无从筹给,甚至卖男鬻女,上供军需,尚不满数,没奈何自缢道旁。乡村林麓,遗骸累累,一方怨气,酿成变异。泰山上面,有石自燃,八日乃灭。东海有大石自立,旁有血流。邺西山石间出血,流十余步,延袤二尺余。太武殿初成,壁上多绘古圣先贤、忠臣孝子、贞夫烈妇,忽皆变做异状,狰狞可怖,过了旬日,头皆缩入肩中,仅余冠巾露出。虎也觉惊异,秘不使宣。惟佛图澄为虎所信,呼令入视。澄但欷歔流涕,不发一言。澄为奇僧,何不借端规谏?乃徒以流涕了事! 已而虎御太武前殿,宴飨群臣,见有白雁数百翔集,虎命群臣起射,无一得中,复由自己射雁,亦无所得,不由的惊诧起来,乃召问太史令赵揽。揽密白道:"白雁集庭,是宫室将空的预兆。陛下但静镇宫城,不可南行,便足隐弭此变了。"还是揽能善谏。虎因往至宣武观,大阅军士,各军已会集百余万,候命南下,当由虎校阅一番,饬令散归,全体解严。嗣是虎无意南下,但饬各戍将严守本汛,不得擅离,所以晋朝的庾翼、庾冰,主张北伐,调兵遣将,瞎闹了一年有余,虽然不见成功,还算是未经大敌,不至大败。至康帝建元二年九月,帝忽寝疾,日甚一日,险些儿要归天了。小子有诗叹道:

> 国丧才了又遭丧,两载君王一旦亡。
> 毕竟丘山容易倒,谶文未必尽荒唐。谶文见前回。

欲知康帝曾否崩逝,且看下回再表。

慕容翰之智,足以料涉奕干,并足以料逸豆归,独于慕容鹿之雄猜好忌,反不能逆料,卒至自杀其身,岂明能烛远,而昧于察近耶? 盖喜功之心一深,往往忽近图远,能料敌人于千里之外,而于萧墙之间,转轻心掉之。文种见诛于勾践,韩信被杀于吕后,皆类是耳。彼晋之庾翼、庾冰,亦未始非喜功之士,才不逮慕容翰,而权且过于慕容翰。幸而赵虎荒虐,将士离心,晋康庸弱,主权旁落。两庾得张皇其词,违众自行,丹水一战而桓宣败还,先机已挫,假令石氏之百万雄师,长驱南牧,试问两庾将如何对待乎? 谋之未臧,乃欲以侥幸图功,虽曰名正言顺,其如才力之未逮何也?

第四十九回 擢桓温移督荆梁 降李势荡平巴蜀

却说康帝寝疾,日甚一日,内外诸臣,免不得有些惶急。最紧要的第一着,是储嗣未定,将来康帝不起,应由何人承统? 大众遂开紧急会议,一面且遥问二庾。庾冰、庾翼,仍欲推立长君,拟立会稽王昱为嗣。见四十七回。惟何充在内建议,愿立康帝长子聃为太子,领司徒蔡谟等亦皆赞成。此时两庾在外，鞭长莫及，内事统由何充作主，一经议定，便即册定东宫。两庾亦无可奈何，只有暗恨何充罢了。悔不该出外图功。未几，康帝告崩，年仅二十有二，在位只阅两年。何充等奉太子聃即位，是为穆帝。聃甫及二龄，镇日里需人保抱，怎能亲揽万几？当下由何充、蔡谟，想出一策，尊康帝后褚氏为皇太后，即请太后临朝摄政，当下推蔡谟领衔，上奏太后道：

> 嗣皇诞哲岐嶷，继承天统，率土宅心，兆庶蒙赖，陛下体兹坤道，训隆文母，昔涂山光夏，简狄熙殷，实由宣哲以隆休祚。伏惟陛下德侔二妫，淑美关雎，临朝摄政，以宁天下。今社稷危急，兆庶悬命，臣等章惶，一日万几，事运之期，天禄所钟，非复冲虚高让之日。汉和熹顺烈，并亦临朝，近明穆指明帝后庾氏。故事，以为先制。臣等不胜悲怖，谨伏地上请，乞陛下上顺祖宗，下念臣吏，推公弘道，以协天人，则万邦协庆，群黎更生，天下幸甚！臣等幸甚！

褚太后览奏后，亦下了一道诏旨，无非说是"嗣主幼冲，宜赖群公同心夹辅，今既众谋佥同，恳切上词，当勉从所请，暂遵先后故事"云云。于是遂临朝称制。何充希太后旨，独表荐后父褚裒，宜总朝政。太后乃命裒为侍中，兼卫将军，录尚书事。偏裒以近戚避嫌，固辞内职，坚请外调，乃改授裒都督徐兖青三州，并扬州二郡军事，兼徐兖二州刺史，仍官卫将军，出镇京口，另征江州刺史庾冰入朝。冰迺有疾，不便就征，已而病笃，临终时，语长史江虨道："我将死了，报国初心，不能终展，岂非天命？我死以后，殓用常服，毋得妄用官物呢！"言讫而逝。冰清廉自矢，临财不苟，殁后无绢为衾，又室无妾媵，家无私积，时人传为美谈。一节之长，亦必备录。讣闻朝廷，追赠侍中司空，予谥忠成。庾翼得报，留子方之戍襄阳，自还夏口，兼辖冰所遗部兵。有诏令翼仍督江州，并领豫州刺史。翼表辞豫州，又请移镇乐乡，廷议不许。翼乃缮修军器，大修积谷，勉图后举。但尚遣益州刺史周抚、西阳太守曹据，侵入蜀境，与蜀将李桓接战，得破蜀兵，夺得辎重牲畜，随即还师。

越年元旦，晋廷改元永和，皇太后御太极殿，悬设白纱帷，抱帝临轩，颁诏大赦。进武陵王晞为镇军大将军，开府仪同三司，镇军将军顾众，为尚书右仆射，且复召褚裒入辅。吏部尚书刘遐，及长史王胡之，向裒进言道："会稽王令德雅望，可作周公，理宜授以大政，公何弗推德让美，避重就轻呢？"裒乃辞不就征，即表称会稽王昱，可当大任。有诏令昱为抚军大将军，录尚书六条事。吏部、殿中、五兵、田曹、度支、五民号为六条。昱清虚寡欲，好为玄辞，尝引刘惔、王濛、韩伯为谈客，郗超为抚军掾，谢万为从事中郎，清谈遗俗，至此复盛，这也是司马家的气运了。

第四十九回　擢桓温移督荆梁　降李势荡平巴蜀

会由江州都督庾翼上表，报称患病甚剧，特荐次子爰之为荆州刺史，委以后任。朝旨尚未答复，接连是讣状上闻，乃追赠翼为车骑将军，予谥曰肃。当时廷臣会议，谓："诸庾世在西藩，人心向附，不如从翼所请，即令爰之继任。"独何充驳斥道："荆楚为我国西门，户口百万，北控强胡，西邻劲蜀，难道可用一白面少年，当此重任么？我看现在牧守，只有徐州刺史桓温，才略过人，足守西藩，外此恐皆未及呢！"会稽王昱，亦以为然。独丹阳尹刘惔，私白昱道："温原有大才，可惜心术未纯，此人得志，适为国忧。荆州地控上游，夙号形胜，怎可令他往镇，酿成后患？为大王计，不如自请出守。惔虽不敏，粗具智识，若以军司马见委，效劳麾下，谅亦不至偾事呢。"言人所未言，不为无智。昱未信惔言，竟遣使传诏，命温代翼，都督荆梁诸州军事。

惔字真长，世居沛国，祖宏，曾为光禄勋，表字终嘏。宏兄粹，字纯嘏，官至侍中。宏弟漼，字仲嘏，官至吏部尚书。兄弟并有时名，都人尝谓洛中雅雅，唯有三嘏。惔父耽亦尝为晋陵太守，中年去世，家无遗财。惔与母任氏，寓居京口，织履为业，人莫能识。独王导留意延揽，推为清才。后来入登仕籍，音望鹊起，得尚明帝女庐陵公主。会稽王昱，待如上宾，每一列座，语辄惊人，无敢与辩。就是桓温，亦服他伟论。温尝问惔道："近日会稽王谈玄，有进境否？"惔答道："大有进境，不过未列上乘，只好排在第三流哩。"温惊问道："第一流当属何人？"惔答道："当在我辈。"温一笑而散。

小子前时叙及桓温，但云为宣城内史桓彝子，就中尚有许多故事，尚未详载，应该撮要申明。温生未及期，为故将军温峤所见，便谓温有奇骨，又试温使啼，声甚洪壮，峤极叹为英物。彝因婴儿为峤所赏，遂取名为温，表字元子。峤笑语道："移姓为名，此后我将易姓呢。"及彝为苏峻部将韩晃所害，泾令江播，亦曾助晃。桓彝殉难，见前文。温年方十五，枕戈泣血，誓复父仇。播已反正，随时戒备，无隙可乘。越三年，播病死发丧，温伴为吊客，挟刃踵门，突入丧次，斫死播子彪等三人，随即自首。朝廷嘉温孝义，不复论罪，温以此得名。及温年逾冠，姿貌甚伟，面有七星。刘惔尝语人道："温眼如紫石棱，须作猬毛磔，是孙仲谋、司马宣王的流亚呢。"语有分寸，与对会稽王昱语相符。

既而温得尚公主，见前。累任至荆梁都督。他本是个豪爽不羁、睥睨一切的人物，既得蟠踞上游，手握重兵，当然想做些事业，显些威风。到了永和二年，何充又复病殁，晋廷予谥文穆，特进前国子祭酒顾和为尚书令，前司徒长史殷浩为扬州刺史。这两人为褚裒所荐。和以孝著名，正直有余，干济不足。浩父名羡，尝为豫章太守，就是不肯寄书、掷诸流水的殷洪乔，羡字洪乔。浩素尚风流，谈吐不俗，前为庾亮参军，得亮信任。亮殁后，屏居墓侧，屡征不起。时人目为管葛，王濛谢尚且相偕劝驾，不得邀允，归途互语道："深源不起,如苍生何?"深源即浩小字。浩越不肯出,越负令名。独庾翼谓:"丧乱时代,此辈只应束诸高阁,俟天下太平,再议任使。"嗣翼为江荆都督,拟辟洁为司马,致书与浩,有"毋为王夷甫,即王衍,见前。当出图济世"等语,浩当然不就。桓温亦尝轻浩,谓少时尝与浩游戏,共骑竹马,我将竹马弃去,浩辄取归,可见浩出我下。至是命浩为扬州刺史,浩尚固辞。会稽王昱,贻书劝勉,至有"足下去就,关系兴废"二语,于是浩乃授命就职。何必摆这般架子?桓温隐加鄙薄,每叹朝廷用人失宜,惟因情急建功,尚无暇顾及内事,但与僚佐等议伐胡蜀,准备出师。江夏相袁乔白温道:"胡蜀二寇,俱为我患,但蜀虽险固,比胡为弱,再加李势无道,臣民不附,若用精卒万人,轻赍疾进,直趋蜀境,待彼警觉,我已得入据险要,就使李氏君臣,出来抵御,也可一战成擒了。"温大喜道:"诚如卿言。"将佐等尚多异议,谓:"我军入蜀,赵必乘虚袭我,不可不防。"袁乔又申驳道:"羯赵久据河朔,内讧不已,势亦寖衰。且闻我万里出征,总道我有内备,未敢轻举,就使逾河南来,沿江诸军,亦足自守,可无他忧。惟蜀土富实,号称天府,从前诸葛武侯恃蜀为固,抗衡中夏,今即不能为害,究竟他据住上游,易为寇盗,我若乘机袭取,得蜀财,抚蜀众,岂非国家的大利么?"温奋起道:"我志决了,卿可为我先驱,我为卿后应,灭蜀就在此举了。"乔应声道:"愿效微劳。"温遂令乔率水军二千人,充作前锋,自与益州刺史周抚,南郡太守谯王无忌等,领军继进,即日拜表入都,不待复报,便即启行。晋廷接到温表,虑温兵少无继,骤入险地,恐难成功。独丹阳尹刘惔,料温必克,或问惔如何先知?惔笑道:"温素好博,今日伐蜀,与博相似,若自知不胜,如何肯行?但恐温既胜蜀,未免专恣,倒是朝廷的隐忧了。"始终是看透温志。这且不必絮叙。

且说蜀已称汉,汉主李势,就是李寿的太子。见四十六回。寿篡位后,尝欲与赵连横图晋,经龚壮再三谏阻,方才中止。壮劝寿向晋称藩,寿终不从,因此壮辞疾归里,终身不复入成都。寿初尚宽俭,旋由使臣往返邺中,屡述石虎威强,宫殿美丽,刑禁苛严,寿不禁生慕,乃改从侈汰,也居然大修宫室,广凿陂池,募工兴役,多多益善。臣下偶有谏议,即指为诽谤,置诸极刑。左仆射蔡兴,入宫极谏,竟被叱出处斩。右仆射李嶷,也因直言忤旨,诬以他罪,下狱论死。并把李雄诸子,一律并戮。好容易过了五年,忽得了一种重病,镇日里狂言谵语,闹个不休,不是说李嶷索命,就是说蔡兴伸冤,喧噪了好几天,终落得一命呜呼,伏惟尚飨。太子势嗣称汉帝,改元太和,尊嫡母阎氏为皇太后,生母李氏为太后。阎氏无子,势为寿妾李氏所出。李父名凤,前为李骧所杀,凤女没入掖庭,身长貌美,姿态动人,寿遂纳为妾媵,生子名势。杀人父而纳其女,怪不得生亡国儿。势亦脑满肠肥,腰带十四围,犹善附仰,蜀人称为奇姿。所娶妻室,也是姓李,父作子述。即位后,册为皇后。李后也连生数女,不得一男。

势弟汉王广,求为太弟,势不肯允。旧臣马当、解思明,相偕入谏道:"陛下兄弟不多,若复加废黜,恐益孤危,不如从汉王议,可固国基。"势默然不答。两人又复力请,惹动势怒,将他们叱出。嗣复疑马当等与广有谋,竟使相国董皎,收诛马当、解思明,夷及三族。思明素有智谋,抗直敢谏,临刑长叹道:"国家不亡,赖有我等数人,今我等无罪遭诛,国亡不远了。"说着,伸首就刑,毫无惧态。马当亦素得民心,及两人死后,士卒无不动哀。势且令太保李奕,袭执汉王广,贬广为临邛侯。广服毒自尽,奕得受命为镇东大将军,镇守晋寿。越年,奕竟谋反,攻陷巴东,蜀人相率从奕,聚至数万,遂进迫成都。势登城拒战,奕单骑突门,守兵觑奕不防,暗放冷箭,得中奕脑,倒毙马下,叛众骇散。势引兵屠抄奕家,独见奕女有色,贷她死罪,带回宫中。是夕即令她侍寝,一夜欢娱,曲尽恩爱,诘旦即封女为妃,并大赦境内,改元嘉宁。自是日益淫纵,渔财好色,每令内侍访求美妇,不问她有夫无夫,但教面貌韶秀,尽令强取入宫,该夫或稍争执,当即杀死。后庭妇女,多至千百,势遂日夜宣淫,不问国事,坐此众叛亲离,夷獠四起。群下谏诤,无一听从,反且横起夷戮,冤气盈衢。宫人张氏,妖淫善媚,大得势宠。一夕,忽化大斑理蛇,长约丈余,由势逐出宫门,窜入苑中。到了夜半,蛇复入宫,卧势床下,势益惊惧,呼令武士,将蛇杀死。张氏想是蛇妖,故终化为蛇,但妇人心性,多半是蛇蝎,幻影何足深怪? 还有一个郑美人,也是势所宠爱,忽然化为雌虎,噬食宫人。宫人大哗,各持械驱逐,虎竟自毙。此外怪异,不可胜举。势尚不少改,依然荒淫。

蓦得边成急报,晋桓温引军入境,前锋已到青衣江,势乃出调将士,遣叔父右卫将军李福,从弟镇南将军李权,与前将军昝坚等,带领数千人,自山阳趋往合水,堵截晋军。诸将谓宜设伏江南,以逸待劳,昝坚不从,引兵渡江,竟向犍为进发。那时晋军已进次彭模,与汉兵相距不远。桓温拟分作两军,异道并进,袁乔道:"今悬军深入,不遑返顾,事若得济,大功可成,否则将无遗类。为我军计,惟有同心并力,一战扬威,若分作两路,反致军心不壹,一或偏败,大事去了。故不如合军驱进,弃去釜甑,但赍三日干粮,示无还志,方得将士死力,战胜可豫决了。"温依乔议,留参军孙盛、周楚,在彭模守住辎重,自率步兵,径趋成都。蜀将李福,进攻彭模,被孙盛一鼓击退。桓温进遇李权,三战三捷,蜀兵尽败还成都。昝坚到了犍为,方知与温异道,急忙返渡沙头津,还救成都,行至十里陌,但见晋军已排好阵势,旌旗甲仗,甚是精严,不由的魂驰魄散,相率窜去。

势闻各军俱溃,不得已乃悉众出战。到了笮桥,正与温军相遇,两下交战,蜀兵却也利害,迎头痛击。晋参军龚护阵亡,温未肯遽却,尚自麾军前搏,不防前面突来一箭,险些儿射中脑前,亏得温眼明手快,纵辔一跃,那箭向马头落下,得免受伤。温遭此一吓,也觉胆寒,便勒马不进。大众俱不敢向前,即欲退还,令鼓吏击鼓退兵。偏鼓吏误作进鼓,又蓬蓬勃勃的擂将起来,袁乔拔剑当先,督众力战。于是人人拚死,争突敌阵。势不能抵御,败回成都,各军皆溃。温遂进薄成都城,四面纵火,焚毁城门,守兵大骇,一日数惊。汉中书监王瑕,散骑常侍常璩,劝势出降。势转问侍中冯孚,孚答道:"东汉时吴汉征蜀,尽诛公孙氏,今晋下书不赦,若诸李出降,恐亦未必能保全呢。"势乃夜开城门,与昝坚等突围出走,奔至葭萌城。逃亦无益。温得入成都,拟即遣兵追势,可巧势遣散骑常侍王幼,来送降书,由温展开,只见纸上写着道:

伪嘉宁二年,略阳李势,叩头死罪,伏维大将军节下:先人播流,恃险因衅,窃有汉蜀,势以暗弱,复统末储,偷安荏苒,未能改图。猥烦朱轩,践冒险阻,将士狂愚,干犯天威,仰惭俯愧,精魂飞散,甘受斧锧,以衅军鼓。伏惟大晋,天网恢宏,泽及四海,恩过阳日,逼迫仓卒,自投草野。即日到白水城,谨遣私署散骑常侍王幼,奉笺以闻,并敕州郡投戈释仗,穷池之鱼,待命漏刻,诸乞矜鉴!

温既得降书,便令王幼还报,准他投诚,不加罪责。幼奉令去后,果见李势面缚舆榇,趋至军门。还有李福、李权等十余人,也随同前来。温开营纳降,令势入见,当即释缚焚榇,以礼相待。随将李势等送往建康,所有汉司空谯献之等,仍用为参佐,举贤旌善,蜀人大悦。惟汉尚书仆射王誓、镇东将军邓定、平南将军王润、将军隗文等,复纠众拒温。温与袁乔、周抚等,分头扑灭,阵斩王誓、王润,惟邓定、隗文遁去。温留成都三十日,振旅还江陵,留盖州刺史周抚,镇守彭模。既而邓定、隗文,复入据成都,迎立故国师范长生子范贲为帝,捏造妖言,煽动蜀境。蜀人多半趋附,也猖獗了一两年。嗣经益州刺史周抚,引兵往剿,围攻多日,方得破入成都,擒斩范贲等人,蜀土复平。李势到了建康,受封为归义侯。总计李氏据蜀,自特为始,至势被灭,共得六世,凡四十六年。势居建康十二年乃死,小子有诗叹道:

笮桥一败蜀中休,面缚迎降也足羞。
试问十年天子贵,何如百世作诸侯?

温既平蜀,晋廷论功行赏,拟封温为豫章郡公。忽有一人出来谏阻,欲知他姓甚名谁,容待下回再表。

本回叙桓温之发迹,以及桓温之建功,当其时头角不凡,英才卓荦,固俨然一忠臣子也。杀江彪而报父仇，无惭孝义，轻殷浩而加鄙薄，不愧灵明。至引兵伐蜀，一鼓荡平，举四十六年之蜀土，重还晋室，此固庾冰、庾翼之所不能逮，何充、司马昱之所未及料也。假令功高不伐，全节终身，即起祖逖、陶侃而问之，亦且自叹弗如。乃中外方称为英器，而刘惔独料其不臣，天未祚晋，惔不幸多言而中。盖古来之奸雄初起，如曹操、司马懿辈，未有不先自立功，而继成专恣者，温亦犹是也，而惔之所见远矣。

第五十回　选将得人凉州破敌
　　　　　　筑宫渔色石氏宣淫

　　却说晋廷议加封桓温，将给豫章大郡。有一人出来梗议道："温若复平河洛，试问将赏他何地？"朝臣相率注视，乃是尚书左丞荀蕤，一时瞠目结舌，不知所对。于是改封温为临贺郡公，兼征西大将军，开府仪同三司。加谯王无忌为前将军，袁乔为龙骧将军，封湘西伯。自从温平蜀后，威名大盛，震动朝廷。会稽王昱，也不禁畏忌起来，乃引殷浩为心膂，阴欲抗温。浩方因父忧去职，扬州刺史一缺，由领司徒蔡谟摄任。至浩已服阕，复起为扬州刺史，兼建武将军，参预政权。秘书丞荀羡，即尚书左丞蕤弟，少有令名，浩特荐为征北将军，兼义兴太守。未几，又迁任吴国内史。所有桓温奏请，浩与羡尝互相抗议，酌量驳斥。看官试想！这时候的桓元子，温字元子，见前回。威势方隆，怎肯受制浩羡？不过因国无他衅，勉强容忍，心下实已是衔恨了。暗伏下文。

　　故丞相王导从子羲之，识见旷达，素有清名，表字叫作逸少，与导子王悦、湛子王承，皆以年少见称，时号为王氏三少。太尉郗鉴，尝使门生至王导府中，选择女夫，导令往就东厢，遍览子弟。门生览毕自归，向鉴复报道："王氏诸少并佳，但听到择婿二字，各自矜持，反至拘谨，独一人在东床袒腹，饮食自如，恍若不闻，此子应算是王氏翘楚了。"鉴惊喜道："佳婿！佳婿！我当访明确实，即与联姻。"后来探知袒腹王郎，便是羲之，当即将女许嫁。羲之生平，最工书法，尤长隶书，相传羲之笔势，飘若浮云，矫若惊龙。先是魏太傅钟繇，以善书闻，繇曾孙女琰，颇得祖传，能文工书，嗣嫁与晋司徒王浑为妻，礼仪法度，为中表则，又与浑弟湛妻郝氏，和好无间。琰为世家，未尝挟贵陵郝；郝出卑族，未尝因贱谄琰，当时称为钟有礼、郝有法。古人最重妇德，所以钟夫人的文字，反搁起不提。钟女往适卫家，为故太子洗马卫玠母。玠祖卫瓘，善草书，父卫恒，善草隶书，因此卫氏子女，俱工书法。恒有从妹名铄，曾适太守李矩，笔法高妙，冠绝一时，时号为卫夫人。羲之家世琅琊，与王浑系出晋阳，虽

是同姓不宗，但因伯叔通籍，当然与王、卫二家，互相往来。羲之少时，素慕钟
繇书法，后得卫夫人笔迹，仿佛钟繇，才知她辗转传授，学有渊源，因即师事卫
夫人，亲承指示，遂臻绝技。插入此段，叙明魏晋字学真传，且将钟、郝礼法，及卫夫
人墨技，亦就此补叙，借古以讽今也。初出为秘书郎，旋为征西长史，累迁宁远将
军。殷浩雅重羲之，复引为护军将军。羲之固辞不允，复求外调，乃命为右军
将军，会稽内史。羲之既至会稽，闻浩与桓温不协，贻书劝浩，略称内外和衷，
然后国家可安。浩私心未化，怎肯遽纳嘉言？因此内外嫌隙，越积越深。惟
温素轻浩，虽然挟嫌，却瞧浩不起，以为容易摔去，倒不如再行图功；等到河洛
平定，那时威震四海，就是皇帝老子，也在掌中，还怕甚么殷浩呢？

是时，凉州牧张骏病殁，由世子重华嗣位。骏本誓守臣节，不愿称王，惟
境内都以凉王相呼。到了晚年，分境地为二十三郡，始自称大都督大将军，假
摄凉王，置百官，建旌旗，私拟王制，越年即殁。永和元年。重华自称凉州牧，
假凉王，尊嫡母严氏为太王太后，生母马氏为王太后，轻赋敛，除关税，省园
囿，赈贫穷，居然有宽仁气象。惟因赵主石虎，比晋为强，恐不免乘丧入犯，所
以遣使报丧，先赵后晋。偏石虎不讲道理，一味蛮横，既闻张骏去世，嗣子重
华年未及冠，便道是机不可失，乐得兴兵图凉，略定河西。当下令将军王擢，
引兵袭武街，擒去守将曹权、胡宣；再遣将军麻秋，为凉州刺史，进攻金城，胁
降太守张冲。凉州大震。

重华呕使征南将军裴恒，统率境内全军，出御赵兵。恒行次广武，逗留不
进。凉州司马张耽，进白重华道："臣闻国以兵为强，兵以将为主，将有优劣，
关系存亡，所以燕任乐毅，几下全齐，及骑劫代将，立失七十余城，可见是将难
轻任呢。今朝士举将，多推宿旧，臣独谓未尽合宜。试想，汉举韩信，齐用穰
苴，吴用吕蒙，何尝是任用旧将？但教才足专阃，便可委任。今强寇在郊，诸
将不进，人情骚动，国势岌岌，若再不另擢良将，主持军务，如何能却敌安民？
臣见主簿谢艾，文武兼长，晓明兵略，若授彼斧钺，使彼专征，必能折冲御侮，
歼除丑类，请殿下勿疑。"张耽不愧荐贤。重华听了，即召艾入询方略。艾答
道："汉耿弇不欲以贼遗君父，蜀黄权愿以万人当寇，今殿下委心用臣，臣愿假
兵七千人，自足扫贼。王擢、麻秋，怕他甚么？"重华大喜，即授艾为中坚将军，
使统步骑五千人，出击麻秋。

艾拜命即行，道出振武，正值天暮，乃择地安营。到了夜半，有二枭飞止
营帐，鸣声聒噪。艾闻声遽起道："六博得枭，便是胜兆。今枭鸣帐上，胜敌无
疑。"这是借枭鸣以作士气，并非真寓胜兆。说着，即令部众齐起，埋锅造饭，饱餐
一顿。不待天明，便拔寨前进，衔枚疾走，直逼赵营。赵将麻秋，因连日不得
一战，懈怠无备，尚是高枕卧着，哪知营外鼓角乱鸣，一彪军奋勇杀到。待至

第五十回　选将得人凉州破敌　筑宫渔色石氏宣淫

麻秋惊起,垒门已被捣破,赵兵身不及甲,马不及鞍,又兼腹中饥饿,如何支持?眼见是弃营四散了。麻秋也跨马遁去,幸全性命。凉州兵乘势追杀,斩首五千级,天已大明,才收军退回。重华闻捷,大喜过望,即封艾为福禄伯,待遇甚隆。偏贵戚豪门,互嫉艾功,交相谮毁,乃出艾为酒泉太守。功臣之难处如此。石虎闻谢艾被斥,又遣麻秋进攻大夏。大夏护军梁式,执住太守宋晏,举城降秋。秋胁晏作书招降宛戍都尉宋距,距扯毁来书,逐出来使。秋得报大怒,麾众往攻。宋距自知不敌,向秋遥语道:"辞父事君,当立功义,功义不立,当守名节。距宁为主死,不敢偷生。"说毕,即先杀妻子,然后自刎,戍卒皆散。秋遂移兵进攻枹罕,晋阳太守郎坦谓枹罕城大难守,拟弃去外城。武城太守张悛道:"不可不可。外城一弃,众心摇动,内城亦不能守了。"宁戍校尉张璩,赞成悛议,固守大城。秋屡攻不下,调集兵士八万人,把枹罕城四面围住,上架云梯,下穿地道,仰攻俯凿,日夕不休。张璩随方守御,用炬毁梯,用土塞穴,击毙赵兵甚多。赵复遣刘浑率兵二万,来助麻秋。张璩仍婴城死守,独郎坦恨己言不用,密嘱弁目李嘉,潜引赵兵千余人,乘夜登城。亏得璩防备甚严,立率诸将力战,杀退赵兵,斩获三百余人,且查出李嘉奸谋,诛嘉徇众。一面佯为嘉使,出诱赵兵,乘隙纵火,毁去赵兵攻具。麻秋刘浑,没奈何退回大夏。张璩功绩,不亚谢艾,可惜郎坦未闻加诛。

石虎闻秋等败回,再遣中书监石宁,为征西将军,率领并司二州兵二万余人,会同秋等,再攻凉州。重华使部将宋秦,统兵堵御。秦畏赵势盛,反驱民二万户降赵。赵兵长驱直进,警报飞达重华,几与雪片相似。重华惶急非常,只好再召酒泉太守谢艾,使为军师将军,率骑兵三万人,往堵临河。艾乘轺车,戴白帽,鸣鼓进行。到了临河前面,遇着赵将麻秋,带着大队,截住途中。他便叫过裨将张瑁,密嘱秘计,瑁奉命自去。艾乃乘车径出,直呼麻秋答话。秋见艾冠服雍容,神情闲暇,不由的大怒道:"艾一年少书生,身临大敌,乃敢这般闲雅,这明明是轻我呢。我与他有什么攀谈,但杀将过去,擒住了他,便好进捣凉州了。"遂督黑稍龙骧军三千人,鼓勇突阵。艾将李伟,见赵兵踊跃过来,忙请艾退回阵内,易车乘马。就是艾众,亦俱有惧容。惟艾不慌不忙,容色自若,反令左右移出胡床,索性下车坐着,指挥军士,站立两旁,不准妄动。秋率赵兵驰至,距艾坐处,不过丈许,便令军士呐喊起来,响声震彻山谷,艾似不见不闻一般,仍然端坐。镇定如此,才足为将。秋不禁动疑,戒兵轻进,但呆呆的瞧艾举动。艾令左右大呼道:"麻秋何不进兵?"呼声愈急,秋愈不敢进。猛听得赵兵阵后,喊声大振,秋回头一顾,见凉州兵绕出后面,慌忙还救。艾见秋退去,却上马麾军,并力追击,并下令军前,能擒斩麻秋,立加重赏。部众已经放胆追杀,更兼望赏心切,统不管死活,向秋进蹑;再加凉州将张瑁，在赵军后队杀入，两下夹攻，大败赵兵。秋从斜刺里逃去，凉州兵将，怎肯舍秋，只管前追。秋将杜勋、汲鱼，返身拦阻，被凉州将围裹拢来，一阵乱砍，杀死两人。秋得了两个替死鬼，一溜风的奔往大夏去了。

艾得此大捷，检点俘馘，约得一万三千名，当然返报。重华进艾为左长史，封邑五千户，赏帛八千匹。才阅两旬，麻秋又与石宁、王擢等，集兵十二万，分道进攻。重华以寇众大至，拟亲出拒敌，艾极力谏阻，从事索遐亦进谏道："一国主君，不应轻动，左长史谢艾，屡建奇功，足当大任，殿下但居中作镇，委艾御贼，已破贼有余了。"重华乃使艾持节，都督征讨诸军事，行卫将军，遐为正军将军，率二万人出拒赵兵。艾建牙誓众，适有西北风吹至，飘动旌旗，尽指东南。遐喜语艾道："风为号令，今使旗帜俱指东南，正天令我破贼哩。"也是鼓动士气之言。艾亦大悦，进次神乌，正值赵将王擢前锋，便驱众痛击，擢等败遁。艾又进击麻秋，斩首千余级，俘二千八百人，获牛羊十余万头，秋遁还金城。石虎屡接败报，不禁长叹道："我帅偏师定九州，所向无敌，今用九州兵力，出攻枹罕，反为所困，可见凉州有人，未可轻图呢。"遂无心西略，专事游畋。

太子宣亦日兴土木，使人四伐大树，充作宫材，役夫数万，吁嗟满道。领军王朗，据实白虎，请下禁令，为宣所恨。会星象告变，荧惑守房，宣使太史令赵揽进言道："房为天王，今为荧惑所守，必主祸殃，请陛下移祸贵臣，方可禳灾。"虎问何人可当此祸？揽答道："无如王领军。"虎踌躇道："此外尚有何人？"揽想了多时，便将中书监王波，对答出去。想是与波积有仇恨。虎乃下诏收波，追论波前议楛矢罪，楛矢事，见四十七回。把他腰斩，并杀波四子，投尸漳水；嗣复闵波无辜，追赠司空，封波孙为侯。虎第五子鉴，封义阳公，出镇长安，旋复令鉴弟乐平公苞，代鉴出镇，修治长安未央宫，又发诸州工役二十六万人，往缮洛阳宫阙，再使各州民出牛二万余头，配朔州牧场，增置女官二十四等，诸公侯七十余国，皆令置女官九等。凡民女二十以下，十三以上，概令应选，充作女官。郡县有司，仰承意旨，务求美色，往往夺人妻女，多至三万余名。太子及诸公，又私自采访，强取至万余人。这四万妇女，驱至邺中，虎临轩简选。多是妙年韶秀，袅袅娉婷，不由的心花怒开，盛称采择得人，赏功封爵，计得十有二侯。当下按第分派，与众同乐，自己仗着一种虎力，糟蹋民妇，日夜不休。哪知义夫烈妇，不肯应命，或被杀，或自尽，已是不可胜计。河南人民流叛略尽，虎又坐罪守令，说他不善抚绥，下狱论死，共五十余人。金紫光禄大夫逯明，当面切谏，虎叱武士，将明拉死。自是朝臣杜口，莫敢发言。尚书朱轨，与中黄门严生未协，生屡思构陷，会值霪雨连绵，道路污陷，生遂谮轨不修道途，讪谤朝政。虎当然动怒，收轨系狱。冠军将军蒲洪，上书直谏道：

第五十回　选将得人凉州破敌　筑宫渔色石氏宣淫

臣闻圣王之御天下也，土阶三尺，茅茨不剪，食不累味，刑措而不用。亡君之驭海内也，倾宫琼台，象箸玉杯，截胫剖心，脯贤刳孕，故其亡也忽焉。今陛下既有襄国邺宫，足康帝宇，又修长安洛阳宫殿，将何以用之？盘于畋游，耽于女色，三代之亡，恒必由此；而忍为猎车千乘，环数千里，以养禽兽，夺人妻女数万口，以充后宫，圣帝明王之所为，固若是乎？尚书朱轨，纳言大臣，今以道路不修，将加酷法，此自陛下德政失和，阴阳灾沴，天降霪雨，七日乃霁，霁方二日，虽有鬼兵百万，亦未能去道路之涂潦，而况人乎？刑政如此，其如史笔何？其如四海何？愿止作徒，罢苑囿，出宫女，赦朱轨，以副众望，则天下安而国祚自永矣。伏乞明鉴施行！

虎览书不悦，惟畏洪强直，却也不敢加罪，为罢洛阳长安诸工役，但仍不肯赦轨，竟处死刑。一面聚敛金帛，贪多无厌，悉发前代陵墓，掘取宝货。沙门吴进白虎道：“国运将衰，晋当复兴，宜苦役晋人，镇压戾气。”虎乃使尚书张群，发近郡男女十六万人，车十万乘，运土至邺城北隅，筑华林苑。沿苑遍筑长墙，广袤数十里。是年八月，天大雨雪，积地三尺，役夫冻毙至数千人。赵揽、申钟、石璞等，上言：“天文错乱，百姓凋敝，宜停止工役。”虎大怒道：“我筑苑墙，干天甚事？就使阴至天谴，但得苑墙朝成，我虽夕死，也无遗恨。”遂促张群连夜赶造，四围燃烛，光同白昼，筑三观，辟四门。三门通漳水，皆用铁屏为障。忽遇暴风大雨，涨水丈余，漂没至数万人。扬州献黄鹄五雏，颈长一丈，声闻十余里，虎令游泳池中，俄化为龟，因号池为玄武池。此外，郡国牧守，先后献入苍麟十七头，白鹿七头，虎命司虞张昌柱，管驭麟鹿，驾以芝盖，每遇朝会，即将麟鹿站立殿庭，俨然有百兽率舞的意思。已而令太子宣出祀山川，为祈福计。虎不畏天，何需祈福？宣驾着大辂，羽葆华盖，建天子旌旗，前呼后拥，戎卒至十八万，出金明门，虎在后宫登凌霄观，遥见宣仪容煊赫，甲仗如林，便掀髯笑语道：“我家父子，如此威武，若非天崩地塌，尚有何忧？我但当抱子弄孙，自求乐趣便了。”仿佛梦呓。

宣借祷祀为名，沿途驻足，辄列长围，驱逐禽兽，至暮皆集行幄，文武官吏，或跪或立，环绕幄外，烽炬连宵，照彻百里。夜间犹令劲骑驰射，自与姬妾乘辇临观，欢娱忘返，必至兽尽乃止。所过三州十五郡，有司供张，穷极珍奇，历年积储，皆无孑遗。及还邺复命，虎复命秦公韬继出，自并州至秦雍，亦与宣行径相似。宣本已忌韬，又闻韬与己匹敌，格外生嫌。宦官赵生，得宣宠幸，遂劝宣谋韬。宣性暴戾，往往与虎面谈，亦有傲色。虎尝谓悔不立韬，韬闻言益骄，宣恨韬及虎，隐起杀心。可巧韬在府第中筑起一堂，取名宣光殿，梁长九丈，宣当然闻知，引众往视，斥他逾制，斩匠截梁，悻悻而去。韬亦怒甚,重加修筑,增至十丈。宣乃与力士杨柸,及幸臣赵生牟成道:"凶竖傲傻,敢违我命,汝等如能杀却,我当将韬所有国邑,分给汝等。且韬既杀死,主上必亲临韬丧,我乘此得行大事,当无虑不济了。"柸等应声道:"殿下所委,敢不敬从。"宣因此大喜,便令柸等伺隙行事,要做出一种逆天害理的行为来了。小子有诗叹道:

> 到底豺狼种祸苗,一波才了一波摇。
> 东宫兴甲成常事,险衅都缘乃父招。

欲知宣如何逞谋,试看下回便知。

石虎以九州兵力,不能制一凉州,虽敌有谢艾,智力过人,而石赵之势,已衅浸衰,所谓强弩之末,势不能穿鲁缟者也。虎尚不少悛,反且大筑宫室,妄戮谏臣,甚至夺民妇数万人,驱入邺中,自淫不足,反导子弟尽为淫人,是亦安望有贤子弟耶?虎子邃阴谋弑父,为虎所杀,别立邃弟宣为太子。宣建天子旌旗,出祀山川,是其心目中已无君父。虎不加禁止,反有喜色,是明明纵子为恶,与人何尤?至悔不立韬,盖已晚矣!虽然,如虎之淫暴,而使其有令子,是善不足劝,而恶不必惧也,虽曰乱世,岂真无天道哉?

第五十一回　诛逆子纵火焚尸
责病主抗颜极谏

却说赵太子石宣谋害弟韬,并欲弑父,因恐计不得逞,往访高僧佛图澄,及与澄相见,并坐寺中,又不便直达私衷,但听塔上一铃独鸣,宣乃问澄道:"大和尚素识铃音,究竟主何预兆?"澄答道:"铃音所云,乃是'胡子洛度'四字。"宣不禁变色道:"什么叫作胡子洛度?"究竟心虚。澄不好直答,诡词相对道:"老胡为道,不能山居无言,乃在此重茵美服,这便叫做洛度呢。"说着,正值秦公韬徐步进来,澄起座相迎,待韬坐定,只管注目视韬。韬且惊且问,澄答道:"公身上何故血臭?老僧因此疑视。"隐语。韬周视衣襟,毫无血迹,免不得又要诘问。澄只微笑不答。宣虑澄察泄秘谋,遂邀韬同行,辞澄出寺去了。

越宿由石虎遣人召澄,澄即入见,虎语澄道:"我昨夜梦见一龙,飞向西南,忽然坠地,不知吉凶何如?"澄应声道:"眼前有贼,不出十日,殿东恐要流血,陛下慎勿东行。"虎素来信澄,倒也默然无言。忽见屏后有一妇人趋出,娇

第五十一回　诛逆子纵火焚尸　责病主抗颜极谏

声语澄道："和尚莫非昏耄么？宫禁森严,怎得有贼?"澄见是虎后杜氏,便微笑道:"六情所感,无一非贼,年既老耄,还属无妨,但教少年不昏,方才是好哩。"已经说出后事,可惜愚妇无知。已而遇秋社日,天空有黄黑云,由东南展至西方,直贯日中,及日向西下,云分七道,相去约数十丈,幻成白色,如鱼鳞相似,历时乃灭。韬颇解天文,顾语左右道:"天变不小,恐有刺客起自京师,未知由何人当灾哩。"是夕,韬与僚属会宴东明观,召令乐工歌伎,弹唱侑酒。宴至半酣,不觉长叹道:"人生无常,别易会难,诸君试畅饮一觥,各宜使醉,须知后会有期,应该乘时尽兴哩。"说至此,竟泫然涕下。死兆已见！大众听了,都不禁骇异,惟见韬涕泗横流,也不禁触动悲怀,相率欷歔,都非佳象。到了夜半,众皆别去,韬趁便留宿佛寺中。

哪知事出非常,变生不测,仅越半夜,好好一个石家主子,竟变做血肉模糊的死尸。天已大明,寝门尚闭,韬有侍役,怪韬高卧不起,撬户入视,已是腹破肠流,手断足折,倒毙在寝榻前。旁有刀箭摆着,也不辨是何人所置,何人所杀,当下慌乱无措,不得已着人飞报。偏宫中已经得知,赵主石虎,正闻变惊恸,晕倒床上。宫人七手八脚,环集施救,好容易才得救醒,尚是悲号不止。究竟由何人先去报闻？查将起来,乃是赵太子石宣。应该由他先知。虎号哭多时,便拟亲往视丧。时百官已俱入请安,闻虎命驾将出,各欲扈从前去。独司空李农进谏道:"害死秦公,未知何人,臣料是衅起萧墙,危生肘腋,陛下不宜轻出,当速缉凶手,毋使幸脱。"虎得农言,猛然记起佛图澄语,不由的顿足叹息道:"是了,是了。究竟和尚通灵,朕到此才能觉悟呢。"遂停止不行。一面饬卫士戒严,一面派官吏治丧。太子宣驾坐素车,引东宫兵千人,往视韬殓,使左右举衾观尸,仔细一瞧,反呵呵大笑,掉头自去。实是一个莽汉,若使韬知预防,何至被杀。还至东宫,将委罪韬吏,命收大将军记室参军郑靖、尹武等人。韬曾为车骑大将军。

偏是恶报昭彰,难逃冥谴,有一东宫役吏史科,向石虎处讦发阴谋,虎始知祸由太子,气得两目咆哮,无名火高起三丈,亟命左右往召太子宣。宣不敢径往,中使诈称奉杜后命,叫他进去。宣还道是另有密商,因即入省,甫进宫门,便有人传着虎谕,把宣驱入别室,软禁起来。那时杨杯、牟成、赵生等,已闻风出走,生稍迟一步,致被卫士拘住,交与刑官拷讯。生无可抵赖,始供称杀韬情迹,实由杨杯等隐受宣嘱,伺韬留宿寺舍,夜用猕猴梯架墙,逾垣入室,因得逞凶。这供词呈将进去,虎不瞧犹可,既已瞧着,大呼:"了不得,了不得。"便命将宣移禁席库,更用铁环穿通宣额,锁诸柱上,且作数斗可容的木槽,中贮尘粪土饭,迫使宣食,仿佛似猪狗一般。一面取入杀韬刀箭,见上面尚有血痕,便伸舌吮舐,且舐且泣,哀声震彻内外。徒哭何益？百官俱入内劝解,哪里禁遏得住？大众无法可想,只好往请佛图澄,前来解免。澄当然驰至,见了石虎,说出一番前因后果,稍得令虎止哀。惟虎即欲加宣极刑,澄复谏道:"宣与韬皆陛下子,今宣杀韬,陛下又为韬杀宣,是反变成两重祸祟了。陛下今日,诚使息怒加慈,福祚尚保灵长,可延六十余年,若必欲诛宣,恐宣魂当化为彗星,将来要下扫邺宫呢。"这是何因何果？可惜尚未说明。虎执意不从,待澄趋退,便令左右至邺城北隅,堆积薪柴,就柴堆上竖一标竿,竿上架着辘轳,两端穿绳,悬垂上面,当下把宣牵就柴上,用绳系住。并使韬平时宠幸二阉,一叫郝稚,一叫刘霸,拔宣发,抽宣舌,斫宣目,剖宣肠,断宣手足,然后将宣尸用辘轳绞上,挂诸天空,下面纵火焚薪,薪燃火盛,烟焰冲天,不到半时,已将宣尸烂焦,如燔如炙,好一个烧烤。及绳被毁断,尸复下坠,立成灰烬。这是何刑？最可怪的是暴主石虎,挈领宫妾数千人,共登高台,瞭望火所,看它燔灼。莫非是看放焰火么？至火已垂灭,再令检出尸灰,分置诸门交道中,并收宣妻子二十九人,一并杀死。究竟是虎狼性格,名不虚传。宣有幼儿,年才数岁,伶俐可爱,虎不忍加诛,抱置膝上,向他垂涕。儿亦啼哭道:"这非儿罪。"虎欲赦儿不诛,偏秦府属吏,定请并诛此儿,看虎恋恋不舍,竟向虎膝上牵夺。儿揽住虎衣,狂叫痛号,甚至带绝手脱,始被猛掷出去,踢跶一声,登时断命。虎掩面入宫,敕废宣母杜氏为庶人,诛东宫僚属三百人,阉寺五十人,统皆车裂支解,弃尸漳水,洿东宫以养猪牛。还有东宫卫卒十余万人,全体谪成凉州。太史令赵揽,已迁任散骑常侍,前曾入白道:"宫中将有变乱,宜豫备不虞。"及虎既杀宣,疑揽预知宣谋,独不实告,亦勒令处死。可为王波泄恨。贵嫔柳氏,系尚书柳耆长女,才色俱优,耆有二子尝侍直东宫,为宣所宠,此时已共诛死。虎复令柳女连坐,逼使自尽。既而追念柳氏姿容,未免生悔,幸柳氏尚有一妹,在家待字,便饬左右驱车接入,就在芳林园引见。细瞧芳容,不亚乃姊,就下座掖入寝床,令做乃姊替身,恣情淫狎,不消细说。姊妹花并堕虎口,死者固已矣,生者亦去死无几。

　　过了匝月,虎复议册立太子,太尉张举道:"燕公斌有武略,彭城公遵有文德,惟在陛下自择。"虎答道:"卿言正合我意。"语尚未终,偏有一人闪出道:"燕公母贱,又尝有过,彭城公与前太子邃同母,母郑氏已经坐废,怎得再立她次子？还请陛下三思！"虎闻言瞧着,发言的系戎昭将军,就是前掳刘曜幼女的张豺。曜女安定公主,掳入赵宫,得虎宠爱,小子在前文中,已曾叙过,至此生有一子,取名为世,已有十龄,豺因虎年长多疾,意欲立世为嗣,俟虎死后,世母刘氏为太后,必感豺德,令他辅政,所以特地进言,阴图逞志。果然虎为所动,沉吟多时,不答一言。豺乘机说虎道:"陛下再立储宫,母皆倡贱,不足服众,所以祸乱相寻,今宜自惩前辙,必须母贵子孝,方可册立,免致生患。"

虎爽然道："卿且勿言，朕已悟卿意了。"豻乃趋出。越宿由虎召集群臣，面加晓谕道："朕欲取纯灰三斛，自涤心肠，何故专生恶子？年过二十，便欲弑父，今少子世年方十岁，待他及冠，我已老了，就使世再不肖，也不至为我所见哩。"但期保全首领，也是无聊之思。道言未绝，即由太尉张举，司空李农，同时应声道："臣等愿奉诏立齐公。"原来齐公是世封爵，臣下不便直呼世名，因以齐公二字相代。农既倡议，大众便附和一辞，独大司农曹莫无言。张、李二人，又谓应完备手续，先由公卿联名上疏，请立世为太子，及疏已草就，莫复不肯署名。虎使张豻问明莫意，莫答道："天下重器，不应立少，故不敢署名。"虎闻言叹道："莫为忠臣，可惜未达朕旨。惟张举、李农，能体朕心，可转示委曲，免得误会。"举与农应命谕莫，相偕退去。虎遂立世为太子，进世母刘氏为皇后，命太常条攸为太子太傅，光禄勋杜嘏为太子少傅，并嘱使朝夕箴规，毋令太子再蹈前愆。何济于事？

又阅两月，虎在太武前殿，大飨百僚，佛图澄亦至。酒阑席散，澄起座告辞，褰衣行吟道："殿乎殿乎？棘子成林，将坏人衣。"吟毕自去。虎料澄语必有因，即令左右发殿下石，果有棘子丛生，立命拔去。哪知佛图澄所说的棘子，并不是真棘子，乃是一个棘奴。棘奴究是何物？看官不必急问，待至下文，自当说明。是作者用笔狡狯处。惟佛图澄还至佛寺，环视佛像，欷歔太息道："可怅可恨，不得长此庄严。"嗣复自作问答，先发问道："可得三年否？"答言："不得。"又问："可得二年么？一年么？百日么？一月么？"答言："不得，不得。"随即默然，返入禅房。弟子法祚等，见澄自说自话，多不可解，便随澄入问玄妙。澄乃明语道："今年岁次戊申，祸机已萌，明年己酉，石氏当灭，我尚在此干甚么事，不如去罢。"法祚又问道："当去何地？"澄仍作隐语道："去！去！自有去处。"法祚等不敢再问，方才趋退。仅隔一夕，便遣徒侣往辞石虎道："物理必迁，身命难保，贫僧化期已及，不能再延，素荷恩遇，用敢上闻。"虎怆然道："昨尚无疾，今乃使人告终，岂不可怪？"便命驾自往省视，见澄形态如故，益加惊疑。澄微哂道："出生入死，乃是常理。人命短长，定数难逃。但道重行全，德贵勿怠，道德无亏，虽死犹生，否则生不如死。贫僧死期已至，自思生平尚无大过，死亦何妨。不过国家心存佛理，建寺度僧，本宜仰蒙天祐，奈何政事猛烈，淫刑酷滥，显违圣典，隐悖法戒，如此过去，怎能得福？若亟降心易虑，惠以下民，那时国祚永长，道俗庆赖，僧虽就尽，可无遗恨了。"见道之意，非常僧所能道。虎似信非信，支吾半晌，便即退回。

先是虎为澄先造生墓，至是因澄言将死，又为凿圹营坟。约阅旬余，澄竟圆寂，坐化禅林。百官并往视殓，即将澄平时所用锡杖银钵，纳置棺中，移葬圹所,更由虎命为澄立祠,适天久不雨,陇土尽裂,虎诣澄祠虔祷,便有二白龙降下,引沛甘霖,泽遍千里。嗣有沙门从雍州来,曾见澄西入关中,及行至邺下,与僧侣晤谈,两不相符,彼此诧为奇事。又有郭门守吏,听得沙门传语,也猛忆前事,谓:"澄曾携一履出城,当时疑为目眩,今又由沙门相见,莫非真在人间,确是未死。"为此两人语言,遂至传遍邺中,连石虎亦有所闻,暗生惊异,遂命石工掘墓启视,说也奇怪,棺中只有一履,并无澄尸,惟多了一石。工人当即飞报,石虎且惊且恨道:"朕姓石,便是朕埋石棺中,莫非朕将死了么?"嗣是闷闷不乐,坐卧徬徨。尝见已死诸子孙,环立坐隅,不由的毛发森竖,悲悔交并,因此饮食无味,形体渐羸。蹉跎过了残冬,便是赵天王建武十五年的元旦,晋永和五年。虎疾少瘳,自恐余生有限,不如僭称帝号,借以自娱,乃命在南郊筑坛,即位称帝,改元太宁。诸子进爵为王,百官各增位一等,颁制大赦。惟前东宫卫卒等万余人,谪戍凉州,不在赦例。见上文。

　　卫卒中有一队长,呼做高力督,姓梁名犊,本来有些膂力,此时遇赦不赦,当然生怨;就是一班卫卒,也共抱不平。犊得乘隙煽动,聚众为乱,自称晋征东大将军,攻陷下辩,胁雍州刺史张茂为大都督,连拔秦雍间城戍,戍卒多半依附。进至长安,有众十万人。乐平王石苞为长安镇帅,尽锐出战,反为所败,不得已回城固守。犊遂率众出潼关,趋洛阳。赵主石虎,忙命李农为大都督,行大将军事,统率卫军将军张贺度,征西将军张良,征虏将军石闵等,麾兵十万,出拒新安。犊众都挟着一种怨气,拚死前来,虽然兵甲不整,却是一可当十,十可当百。李农麾下,人数与犊众相等,只是气势不敌,一战败绩,再战又败,没奈何退保成皋。犊又东掠荥阳、陈留诸郡,声焰大张。石虎惧甚,旧疾复发,再令燕王斌为大都督,与冠军大将军姚弋仲,车骑将军蒲洪,合兵讨犊。

　　弋仲入朝求见,虎适卧床养疴,传令免谒,但引弋仲至领军省,赐给御食。弋仲怒说道:"国家有贼,令我出击,主上理应面授方略,才可破贼,今乃徒赐我御食,难道我来乞食么?"说至此,即欲趋归。当有人报知石虎,虎乃力疾传见,弋仲抢步进去,怒尚未息,既见虎面,便大声诋虎道:"为儿生愁么?何故致病!有儿不教,纵使为逆,因逆加诛,还愁什么?我想汝病已久,反立幼儿为储,万一不测,天下必乱,汝先当忧及此事,贼尚不足忧哩。犊等穷困思归,相聚为盗,所过残虐,已失民心,我老羌当为汝出力,一举平贼。"看他口吻,仿佛《水浒传》中的李逵。虎听他出言不逊,也觉生忿,但因乱事日亟,要靠他出兵平乱,只好含忍三分。且弋仲素性戆直,到了气急时候,往往不顾尊卑,但呼汝我,事成惯例,更不足责。所以虎耐着性子,嘱令旁坐,面授弋仲为征西大将军,特赐铠马。弋仲并不称谢,唯起座申语道:"汝看我老羌能破贼否?"说着,即取铠披身,跨鞍上马,就中庭驰骋数周,乃扬鞭一挥,跃马自去。却是爽快。虎又气又笑,静待报命。

约过旬日,便得弋仲捷报,在荥阳大破犊众,已而捷音复至,将犊擒斩,扫平余党。虚写以省笔墨。虎传旨褒功,封弋仲为平西郡公,履剑上殿,入朝不趋。蒲洪为侍中车骑大将军,都督秦雍诸州军事,领雍州刺史,封略阳郡公。弋仲等尚未回邺,虎病已日深一日,因授彭城王遵为大将军,使镇关右。燕王斌为丞相,录尚书事。张豺为镇卫大将军,并受遗诏辅政。独刘后心下不悦,密召张豺入商,意图害斌,免为后患。豺即为定谋,遣使给斌道:"主上疾已渐愈,王若留猎,尽可自便。"斌本好猎嗜酒,得了此谕,乐得朝畋暮饮,流连数日。刘后遂与张豺发出矫诏,谓斌貌视父疾,不忠不孝,勒令免官归第;且使豺弟雄领龙腾军五百人,逼斌入室,严加管束。彭城王遵,时在幽州,奉诏至邺,刘后不令入省,但饬在朝堂受拜,即发给禁兵三万,遣往关右。遵涕泣而去。石虎全未预闻,因病得小瘥,勉强起床,出问遵已到否?左右答言去已两日,虎愠道:"奈何不使见我?"说罢,复亲临西阁,见有龙腾中郎两军将士,环拜面前,约有二百余人。虎问他有何乞请?大众哗声道:"圣体不安,宜令燕王入值宿卫,监制兵马。"还有几个随后续陈:"请改立燕王为太子。"虎惊疑道:"燕王尚未到京么?"左右诈言燕王病酒,不能入朝。虎又道:"可持辇迎入,当付玺绶。"左右虽然答应,却是阳奉阴违,并未往迎。虎无力支撑,竟至头晕心摇,使左右掖还寝宫。张豺竟令雄矫诏杀斌,入报刘后。刘后大喜,擅命豺为太保,都督中外诸军,录尚书事。侍中徐统,自语亲属道:"大乱将作,我若再生,恐反遭夷灭了,不如早死为佳。"遂仰药自杀。邺宫内外,方无故自扰,那穷凶极恶的赵石虎,已不省人事,晕绝数次,结果是两眼一翻,两足一伸,呜呼毕命了。小子有诗咏道:

> 如此凶人得善终,上苍降鉴似非聪。
> 待看国乱家屠日,才识天心本大公。

虎既毙命,应由太子世入嗣,究竟有无乱端?容至下回续表。

石邃既诛,又有石宣,遣人杀弟,密谋弑父,其恶视邃为尤甚,杀之宜也。但此为石虎淫恶之报,虎不知反省,乃徒以毒刑加宣,令人惨不忍闻。况前诛邃妻子二十六人,至是又诛宣妻子二十九人,骨肉相关,全不体恤。有罪则固诛之,无罪亦并戮之,待子孙尚且如此,何怪他人之灭其子孙乎?厥后信张豺言,舍长立幼,幼子世为刘女所生,刘曜一门,为虎所残,留女以祸石氏,亦一显然之报应也。姚弋仲快人快语,读之可浮一大白。虎尝滥杀群臣,独于出言不逊之姚弋仲，能优容之，并加厚赐。姚氏有昌后之机，固非石虎所能杀，抑亦由虎之隐有疚心，闻姚言而不能无愧欤？石虎祸刘，张豺祸石，一虎一豺，两两相对，大造之巧为播弄，尤足使人称异云。

第五十二回　乘羯乱进攻反失利
弑赵主易位又遭囚

却说赵太子石世，年甫十一，由张豺等拥他即位，尊世母刘氏为太后。刘氏临朝称制，进张豺为丞相，豺面辞不受，情愿让与彭城王遵、义阳王鉴。他恐二王不服，所以有此推荐。刘氏乃命遵为左丞相，鉴为右丞相。豺又与太尉张举，谋杀司空李农，举素与农善，遣人密告，农出奔广宗。豺使举统领宿卫精兵，往围李农，一面授张离为镇军大将军，监中外诸军事，兼司隶校尉，作为己副。邺中群盗四起，迭相劫掠，豺与离不能禁遏，只好紧守宫门，得过且过。

彭城王遵，往诣关右，途次闻丧，乃屯次河内。可巧冠军大将军姚弋仲，车骑大将军蒲洪，安西将军刘宁，征虏将军石闵等，平乱班师，*即前回梁犊之乱。*与遵相遇，当下同声说遵道："殿下年长且贤，先帝尝欲立殿下为嗣，至晚年昏耄，乃为张豺所误，今女主临朝，奸臣用事，众心未服，京内空虚，殿下若声讨张豺，鼓行东进，哪有不倒戈开门，欢迎殿下哩？"遵欣然相从，即从河内举兵，还指邺都。洛州刺史刘国等，并引兵往会，传檄至邺。张豺大惧，飞召张举还军。举未及归，遵已将到，急得豺形色仓皇，不能不调兵出御。偏都中耆旧羯士，互相告语道："天子儿来奔丧，我辈正当出迎，奈何反随张豺拒守哩？"于是相率逾城，陆续迎遵。豺虽严令禁止，滥加杀戮，终不能止。继闻镇军大将军张离，亦率龙腾军二千，斩关出迎，越吓得手足无措。适宫中有旨传召，只好应命趋入。刘太后向豺泣语道："先帝梓宫未殡，便遇外祸，今上幼冲，国事尽托将军，将军将如何弭乱？现欲加遵重官，未知能撤兵免祸否？"这叫做一厢情愿，豺支吾半响，说不出一句话儿，唯有唯唯听命。

刘太后乃遣使谕遵，命为丞相，领大司马大都督，统辖中外诸军，录尚书事，并加黄钺九锡，增封十郡。遵不受命，谢绝来使，且进至安阳亭，邺中恟惧。张豺一筹莫展，没奈何硬着头皮，引众往迎。遵面加叱责，令左右将豺拘住，当即贯甲耀兵，自太武门驰入，直登太武前殿，擗踊尽哀，退至东阁，命兵士牵出张豺，至平乐市中枭首，并夷三族。且假传太后令云："嗣子幼冲，为先帝私恩所授，但皇业至重，非幼子所能承受，今当令彭城王遵，入嗣大位，勉绍

第五十二回　乘羯乱进攻反失利　弑赵主易位又遭囚

洪基"云云。遵伪让至三，朝臣依次劝进，乃御殿称尊，照例大赦。废石世为谯王，食邑万户，降刘太后为太妃。未几将刘氏母子，一并鸩死。可怜十一岁的小皇帝，在位只三十三日，冤冤枉枉的送了性命，就是如花似玉的刘太后，享受了数载尊荣，也落得香消玉殒，一命呜呼。富贵原似春梦。遵遂立生母郑氏为太后，妻张氏为皇后，故燕王斌子衍为皇太子，义阳王鉴为侍中太傅，沛王冲为太保，乐平王苞为大司马，汝阴王琨为大将军，武兴公闵都督中外诸军事，兼辅国大将军，录尚书事，下诏罢广宗围，召还张举。李农亦入都谢罪，仍复原官。

　　遵嗣位仅及七日，邺中暴风拔树，雷雨大作，下雹如盂，水火俱下，毁去太武辉华殿，及宫中府库，所有闾阖诸门观阁，亦尽成灰烬。乘舆服饰，大半被焚，火焰烛天，兼旬乃灭。已而，天复雨血，遍及邺城，时沛王石冲镇蓟，闻遵杀世自立，召语僚佐道："世受先帝遗命，嗣立为君，遵敢擅加废弑，罪大恶极，孤当亲自往讨，可饬内外戒严，克日启行。"于是留宁北将军沐坚，居守幽州，率众五万，由蓟南下，一面传檄燕赵，所至云集。及抵常山，有众十余万，进次苑乡，遇有中使自邺都到来，传示赦书。冲忽变初志，顾语左右道："遵亦我弟，既得定位，我何必再加残害？况死不可追，生宜相顾，得休便休，不如归去罢了。"道言甫毕，部将陈暹闪出道："彭城篡弑自尊，实负大罪，王欲北旆，臣愿南辕，俟平定京师，擒住罪首，然后奉迎大驾，入靖皇宫。"说着，即率部下兵自去。这是石冲的催命鬼。冲见暹前进，倒也不敢中止，只好麾兵随行。途中复接遵使王擢，赍到遵书，劝令罢兵。冲摇首不答，擢乃归报。遵假石闵黄钺金钲，令与司空李农等，统率精兵十万，出拒石冲。两军共至平棘，便即交锋，也是冲命数该绝，不幸碰着逆风，被石闵等顺风痛击，杀得七颠八倒，大败弃逃。冲策马还走，至元氏县，马蹄忽蹶，致为闵军追及，生生擒住。余众一半溃散，一半乞降。闵向遵报捷。遵下诏赐冲自尽，冲当然毕命。闵恐降兵变乱，掘坑诱入，全数活埋，共死三万余名，如此暴虐，怎得善终？乃班师还邺。

　　遵因石冲已平，不复加虑，独闵入内白遵道："蒲洪是现今人杰，今领雍州刺史，镇守关中，恐将来秦、雍二州，非国家所得复有，还请早图为是！"遵信闵言，遂撤去蒲洪官职，洪因此挟嫌；自领部曲，径归枋头，且遣使降晋。晋征西大将军桓温，已探得赵乱消息，出屯安陆，经营北方。赵扬州刺史王浃，举寿春城归晋。晋命西中郎将陈逵，往戍寿春。还有征北大将军褚裒，也想借此扬威，上表晋廷，请即伐赵，当日戒严，直指泗口。朝议谓："裒任重责大，不应深入，但宜先遣偏师，为渐进计。"这议案传到京口，裒不以为然，申表固请。略谓："前遣先锋督护王颐之等，径诣彭城，遍示威信，继遣督护糜嶷，进军下邳，守贼不战自溃，已由嶷安据城池，今宜速发大兵，助成声势。"晋廷乃加裒为征讨大都督,使率众三万人,向彭城进发。河朔士民,闻衷出兵,日来降附。朝野人士,各怀奢望,都说是规复中原,就在此举。惟光禄大夫领司徒蔡谟,引以为忧,尝语亲友道:"此举未足灭胡,就使胡人得灭,反为国家贻患,故我谓不如勿行。"亲友听了,不免疑问,谟复说道:"古来顺天乘时,弘济苍生,拨乱世,大一统,类皆由大圣英雄,方能出此。此外只有度德量力,不可妄动。我看今日时局,欲要平胡,非常材所能办到,必且经营分表,劳民求逞,至才略疏短,终难如愿,那时财已尽了,力已穷了,智勇两困,尚能不忧及朝廷么?"果然事机不顺,竟如所料。

褚衷发兵北进,适有鲁郡民五百余家,起兵来附。衷遣部将王龛、李遇,率兵三千,往迎鲁民,行至代陂,正值赵都督李农,带兵二万,南下防戍,龛等无路可避,不得不上前交战。究竟寡不敌众,一场鏖斗,全军覆没。李农进逼寿春,晋将陈逵,恐为所乘,遂焚寿春积聚,毁城遁还。褚衷也不禁胆怯,退屯广陵,表请自贬。何前勇而后怯?有诏不许,但命他还镇京口,免去征讨都督职衔。会河北大乱,遗民二十余万渡河,欲来归附,偏值褚衷退还,无人抚纳,大众流离荡析,死亡殆尽。衷还至京口,沿途只闻哭声,顾问左右,究为何因?左右答道:"代陂覆师,家属犹存,怎得不哭?"衷未免惭愤。还镇未几,即至病终。讣闻晋廷,诏赠侍中太傅,予谥文穆。另迁吴国内史荀羡,持节监徐、兖二州,及扬州属郡晋陵诸军事,领徐州刺史。羡年方二十有八,东渡以后诸方伯,羡为最少,这真叫做人无大小,达者为先哩。

且说赵乐平王石苞,得着石冲败死的消息,也动了兔死狐悲的观感,拟就长安镇所起兵,进攻邺都。左长史石光,及司马曹曜等,固谏不从,反被杀死,因此将吏离心。雍州豪酋,料知苞难成事,统驰使告晋。晋梁州刺史司马勋,率众往会,又有仇池公杨初,也遥应晋兵,袭赵西城。仇池自杨茂搜死后,传子难敌,难敌本降附刘曜,受封武都王,既而病死,子毅嗣立,因刘曜已亡,遣使朝晋,愿为藩属。偏族兄初阴图篡夺,袭杀杨毅,据有世祚,称臣石赵,嗣闻石氏内乱,复向晋通好。晋廷但务羁縻,管甚么篡位不篡位,即册初为征南将军,雍州刺史。仇池公初乃与晋兵约为犄角,共攻赵境。补叙前文所未及,且说明联晋情由。司马勋领兵出骆谷,破长城赵戍,进次悬钩,距长安约二百余里,遂遣治中刘焕,进逼长安,阵斩赵京兆太守刘秀离,得拔贺城。三辅豪杰旧称京兆、左冯翊、右扶风为三辅。多杀守令应勋,共得三十余营,数约五万人。

赵乐平王石苞,只好把攻邺计谋,暂且搁起,专务防晋。当下派遣部将麻秋姚回,引兵拒勋。赵主石遵,已闻苞有异图,遂借击勋为名,使车骑将军王朗,带着铁骑二万,西趋长安,暗中却嘱使伺苞,俟击退晋兵,迫苞赴邺。晋司马勋闻赵兵大至,却也自虑兵少,不敢轻进。那赵将石遇,复奉赵主遵命令,

第五十二回　乘羯乱进攻反失利　弑赵主易位又遭囚

攻陷宛城,擒去晋南阳太守郭启。勋亟移师往援,杀败石遇,克复宛城,斩赵新署南阳太守袁景,引还梁州。

是时,燕主慕容皝,已经病殁,由世子俊嗣位,平狄将军慕容霸,也欲乘石氏乱衅,兴兵攻赵,因上书白俊道:"石虎穷凶极恶,为天所弃,余烬仅存,自相鱼肉。今中原涂炭,群望仁施,若我军一出,势必投戈,此机不宜坐失哩。"北平太守孙兴,亦表言:"石氏大乱,宜乘时进取中原。"俊独以为新遭大丧,谢绝勿许。霸又驰诣龙城,当面语俊道:"时机难得易失,倘石氏衰后复兴,或有英雄凭借遗业,奋然跃起,不但我失此大利,且恐更为后患。"俊踌躇道:"邺中虽乱,尚有虏将邓恒,据住乐安,兵精粮足,我若伐赵,乐安当我东路,恐难进取,势不能不绕道卢龙。卢龙山径险窄,若被虏乘高据要,夹击我军,岂不是首尾受困,何从制胜?"霸又道:"邓恒虽为石氏拒守,部下将士,已不免闻乱思家,各怀归志,若大军一至,当然瓦解。臣愿为殿下前驱,东出徒河,西越令支,出彼不意,两路并进,彼必惶骇,上不过闭城自守,下不免弃城溃去,还有何心御我呢?殿下尽可安步前行,毋劳多虑。"为后来灭魏伏线。俊尚狐疑未决,转问五材将军封弈。弈答道:"敌强用智,敌弱用势,这是用兵要诀,所以大吞小如狼食豚,治易乱如日沃雪。大王自上世以来,积德累仁,兵强士练,石虎穷极凶暴,死未瞑目,子孙争国,上下乘乱,民苦倒悬,日望救拔。大王若扬兵南下,先取蓟城,继指邺都,宣耀威德,怀抚遗民,哪有不扶老携幼,恭迎大王?凶党将望旗胆落,逃死不暇,岂尚能为我害么?"从事中郎黄泓,与折冲将军慕容恪,亦先后进言。俊乃勉从众议,即命慕容恪为辅国将军,慕容评为辅弼将军,左长史阳骛为辅义将军,叫做三辅,分统军事。再令慕容霸为前锋都督,建锋将军,调集大兵二十余万,讲武戒严,定期攻赵。

赵尚未接燕军警信,已是内乱相寻,几闹得不可收拾。原来赵主遵入邺以前,曾许石闵为太子,嘱使努力。及入都篡位,自背前言,竟立燕王子衍为太子,遂致闵隐生怨望。闵素骁勇,屡立战功,为宿将所畏服,又复都督各军,得总内外兵权,声威益盛,平时抚循殿中将士,各奏署员外将军,爵关内侯,并各赐给宫女,隐树私恩。遵未悉闵意,但将闵所奏署的将士,注明善恶,使知劝戒。众将士未免介意,怨遵日甚,感闵日深。中书令孟准,左卫将军王鸾,私下劝遵裁抑闵权,遵因此疏闵,闵益恨遵不置。可巧乐平王苞,自长安至邺,遵不暇除苞,但欲除闵,当下召苞入宫,并及义阳王鉴,汝阴王琨,淮南王昭等,一并入议。郑太后亦出御内殿,由遵先晓示道:"闵目无君上,逆迹已萌,今欲设法加诛,是否可行?"鉴等皆随声道:"闵既谋逆,应该就诛。"附和同辞,实是一班好乱人物。独郑太后摇首道:"河内旋师,若无棘奴,哪有今日?就使棘奴稍稍骄纵,也当格外宽容,怎得骤然处死哩?"看官听说,这棘奴就是石闵小字，前回中叙及棘子，乃是佛图澄的隐语，庸耳俗目，怎能预解？此番祸已临头，小子也应该说明了。回应前回。

遵闻母言，默然不应。鉴与苞等随即退出，遵送母入室，自往后庭寻乐，与妃妾等弈棋为欢。才毕数局，忽听得一片噪声，由外传入，不由的惊惧交并，便出琨华殿探视，正值将军周成、苏彦，带着许多甲士，持刀执械，蜂拥进来。看他形色狰狞，定非吉兆，一时无从趋避，只好勉强喝问道："汝等来做甚么？敢是造反不成！"大众哗声道："来诛篡弑的逆贼！"遵又颤声道："反……反！究是何人造反？"成厉声答道："义阳王鉴，应该继立。"遵复道："似我尚有今日，汝等立鉴，能……能有几时？"说到"时"字，已被成挥众上前，乱刀砍死。成等遂闯入内庭，索性将郑太后、张皇后、太子衍等，随手斫去，杀得精光。复捕戮孟准王鸾，及上光禄大夫张斐。遵僭位仅一百八十三日，至此一门毕命。比石世多百余日，地下亦好自夸。

看官欲问起乱原因，乃是石鉴出宫，密遣宦官杨环，报知石闵。闵即劫住司空李农，与右卫将军王基，同谋废立，当下遣苏、周二将，入行大事。迅雷不及掩耳，竟得侥幸成功。于是拥鉴即位，改元青龙，进武兴公闵为大将军，封武德王，李农为大司马，录尚书事，张举为太尉，郎闿为司空，刘群为尚书左仆射，卢谌为中书监。鉴恃闵得立，心中却很是忌闵，夜召乐平王苞、中书令李松，殿中将军张才，使攻石闵、李农。三人应命行事，总道是闵等无备，唾手可成，哪知闵却预防一著，自与农入宿琨华殿，分派殿中将士守卫。将士多系闵腹心，都抖擞精神，目不交睫，通宵守着。石苞等冒昧闯入，立被卫士杀退，霎时间禁中大扰。鉴知事无成，反诿罪石苞，及李松、张才，待他还报，竟喝令左右，斫毙三人，然后把三人首级，出示石闵、李农，诈言罪人已得，不必惊惶。闵亦料鉴预谋，但既有词可借，不如将错便错，俟后再图。乃下令将士，各归部伍，毋得再哗，总算安静了事。只平白地冤杀三人。新兴王石祗，也是石鉴兄弟，久镇襄国，因闻闵、农为乱，遂与姚弋仲、蒲洪通和，合兵连谋，起攻闵、农。闵请诸石鉴，遣汝阴王琨为大都督，与太尉张举，侍中呼延盛等，率步骑七万人，往击石祗。中领军石成，侍中石启，前河东太守石晖，谋诛闵、农，反为闵、农所杀。龙骧将军孙伏都、刘铢，号召羯士三千人，拟挟鉴讨闵、农，适鉴在御龙观中，登台见伏都等，鱼贯而入，惊问何因？伏都答道："石闵、李农谋反，已至东掖门，臣欲严兵往讨，谨来启问。"鉴抚慰道："卿是功臣，好为官家出力，朕在台上观卿，事平以后，不吝重赏。"伏都等应声趋出，径攻闵、农，连战不利，退屯凤阳门。闵、农却率众数千，向金明门突入，来寻石鉴。鉴见闵、农等进来，料知伏都等战败，忙从台上传令道："孙伏都谋反，卿等何不速讨，来此做甚？"又用老法儿来做挡牌。闵、农等得了此令，便晓谕卫士，同击伏都，伏都虽有勇力,毕竟众寡不敌,眼见是败绩丧身。刘铢亦同时毕命,部下三千羯人,多被杀毙。自凤阳门至琨华殿,积尸累累,流血盈途。闵传令内外兵民,毋得执械,违令立斩。羯人或夺门窜去,或逾城出走,先后不可胜计。闵遂使尚书王简,少府王郁,领众数千,监守御龙观,不准鉴自由进出。就是鉴一饮一食,亦只由观门悬入,勿许他入进餐。好好一个赵主鉴,反变做瓮中鳖,釜中鱼了。小子有诗叹道:

> 腹中有剑笑中刀,入阱如何不获逃?
> 我欲害人人害我,才知作伪总徒劳。

闵既幽鉴,又想出一条计策,歼尽羯人,欲知他如何行计,且看下回表明。

石遵废世,石鉴又杀遵,石闵又幽鉴,数月之间,迭遭篡逆,石氏之乱,可云甚矣!夫如石虎之穷凶极恶,应该有此巨谴,不于其身,必于其子孙,固然无足怪也。惟石氏内乱如此,正予晋以可乘之隙,桓温之出屯安陆,犹不过徒示虚威,褚裒则一再上表,分兵北进,宜其规复中原。扫清宿耻,乃王龛等一败而即惧,便退屯广陵,自请贬职,嗒然若丧,是比诸庾亮、庾翼,且逊一筹矣。要之东晋诸臣,专尚空谈,虚骄之气盛,实行之略疏,《左氏传》所云"张脉偾兴,外强中干"者,正此类也,而蔡谟之意料远已。

第五十三回 养子复宗冉闵复姓
屛主授首石氏垂亡

却说石闵幽主擅权,复下令城中,略言:"孙刘构逆,已得伏事,支党并诛,不及良善。此后与官同心,尽可留住,否则任令他去,不复相禁。"遂大开城门,纵使出入。于是羯人相率出城,填门塞道,独赵人陆续趋入,远近争集,闵知羯人不为己用,因颁令内外赵人,斩一羯首送凤阳门,文官进位三级,武官立拜牙门。看官!试想人生无不欲富贵,得了这种机会,哪有不欢跃奉命的道理。才阅一日,携首来献,多至数万。闵且亲率赵人,再行搜诛羯种,羯人共毙二十余万,弃尸城外,馁饲豺狼狐犬。就是一班外戍羯士,也由闵分投书札,令身为将帅的赵人,诛戮殆尽。太宰赵庶,太尉张举,中军将军张春,光禄大夫石岳,抚军将军石宁,武卫将军张季,及诸公侯卿校龙腾军等万余人,至此都恐连累,出奔襄国。汝阴王琨,亦奔据冀州,抚军张沈据滏口,张贺度据石渎,建义将军段勤据黎阳,宁南将军杨群据桑壁,刘国据阳城,段龛据陈留，姚弋仲据滠头，蒲洪据枋头，众各数万，皆不附闵。王朗麻秋，也自长安奔洛阳。闵遣人召秋，令图王朗，秋袭杀朗部羯人千余名，朗幸逃免，转奔襄国。秋忽生悔意，亦走依蒲洪。

汝阴王琨及张举王朗，纠众七万，向邺讨闵。闵自率骑兵出拒，列阵城北，遥见敌军如墙而来，便跃马出阵，手持两矛，直奔敌军。敌军前队，远来疲乏，不防闵轻骑杀到，一时不及招架，便致倒退。琨等尚在后面，见前军纷纷退后，还道闵军甚盛，抵敌不住，自己顾命要紧，也即拍马返奔。为这一走，遂致全军奔溃，仿佛天崩地塌一般。闵得任情追杀，斩首至三千级，待至琨等逃远，方收兵还邺，琨等仍奔还冀州去了。并非石闵善战，实是琨等无用。闵既大获胜仗，复与李农率三万骑兵，往攻石渎。石鉴被锢御龙观中，因闵农外出，监守少懈，乃得写就一书，密令近侍赍送滏口，嘱令抚军张沈等，乘虚袭邺。哪知近侍不去报沈，反将鉴书持达闵、农。石苞、李松、孙伏都等，都为石鉴所卖，怪不得近侍使刁。闵、农当即驰还，突入御龙观，责鉴反复，褫去赵主的名目，又复赠他一刀，结果性命。鉴在位只一百零三日。闵索性大诛石氏，捕得石虎孙二十八人，骈戮无遗。惟尚有虎子数人，如石琨、石祗等，统居外境，尚未遭难。

邺中已无石氏遗种，闵即欲僭号称尊，司徒申钟，司空郎闿，密承闵旨，联络朝臣四十八人，同声劝进。闵佯为退逊，让与李农。农不敢受，誓死固辞。辞与不辞相等，始终难逃一死。闵乃语众道："我等本是晋人，今晋室犹存，愿与诸君分割州郡，各称牧守公侯，奉表迎晋天子还都洛阳，诸君以为何如？"诚能如是，倒也完名全节，可惜言不由衷。尚书胡睦进言道："陛下圣德应天，宜登大位，晋氏衰微，远窜江表，岂尚能总驭英雄，混一四海么？"看汝能长为闵臣否？闵欣然道："胡尚书可谓识机知命，我当勉从。"遂至南郊即位，公然称帝，易赵号魏，复姓冉氏。纪元永兴，追尊祖隆为元皇帝，父曜为高皇帝，奉母王氏为皇太后，妻董氏为皇后，子智为皇太子，余子亦皆封王。命李农为太宰，领太尉，录尚书事，加封齐王，农诸子皆为县公。文武各进位三等，封爵有差。并遣使持节，尉谕各处军戍，一律免罪。

诸军屯皆不受命，赵新兴王石祗，闻鉴被弑，也在襄国称帝，改元永宁。用汝阴王琨为相国，并授姚弋仲为右丞相，待以殊礼，弋仲子襄为骠骑大将军。时弋仲据滠头，蒲洪据枋头，各思称雄关右，互生疑忌。秦雍流民，相率归洪，洪有众至十余万。弋仲恐洪过盛难制，遣子襄引兵击洪，为洪所破。洪遂自称大都督大将军大单于，兼三秦王。即前秦之权舆。且因谶文有草付应王一语，乃改姓苻氏。洪第三子健，少娴弓马，勇武有力，尝为石氏父子所亲爱，洪因立为世子。赵将麻秋，既往依洪，洪命秋为军师将军。秋劝洪先收关中，然后东争天下，洪深服秋言。哪知人心不测，暗杀难防，洪引秋为知己，秋偏视洪若仇家，一无心，一有心，两人终夕昵谈，继以宴饮，秋竟置毒入酒，劝洪痛饮数杯。及秋辞宴退出，洪腹中忽然绞痛，不可忍耐，自知遭秋暗算，急召世子健入语道："我拥众十万，据住险要，冉闵、慕容俊等，本可指日荡平，就是姚襄父子，亦在我掌握，所以迟迟入关，实欲先清中原，再行西略；不意为竖子所欺，致我中毒。我死后，看汝兄弟未能肖我，休得再想中原，不如鼓行西进，得踞关中，也好独霸一方呢。"一麻秋尚不能防，还说能平定中原，也是痴想。言讫竟死。健秘不举哀，即率亲兵往捕麻秋。秋正安排兵甲，将乘丧为乱，不防苻健已先到来，急切不能抵御，立被健麾众拿下，一刀两段，报了父仇，然后为父发丧，承袭遗业。且遣使向晋报讣，自削王号，用晋封爵。原来洪先降晋，见前回。曾受封征北大将军，都督河北诸军事，冀州刺史，广川郡公。此时健即自称征北将军，向晋请命。赵石祗甫经称帝，也欲笼络苻健，命为镇南大将军，健佯为受命，在枋头修缮宫室，督兵种麦，示不复出；暗中却部署兵马，谋取关中。

关中本为赵属土，由将军王朗居守。朗自长安奔洛阳，复自洛阳奔襄国，见上文。当时但留司马杜洪，居守长安。洪常恐苻氏入关，阴加戒备。及苻氏父死子继，已放心了一大半，嗣闻健课农筑舍，更觉不以为意，谁知苻健竟自称晋征西大将军，都督关中诸军事，领雍州刺史，尽众西行，在盟津架起浮桥，渡河直进。至大众毕济，将桥毁断，仿佛破釜沉舟，有进无退。健弟雄先驱至潼关，洪始得报，乃遣部将张先出拒，与雄交战，倒还不分胜负。及健继至，张先势孤难敌，败回关中。健虽得战胜，犹修笺致洪，并送名马珍宝，谓将自至长安，奉洪尊号。洪也虑苻健怀诈，顾语属吏道："这所谓币重言甘，明明是诱我呢。"乃尽召关中兵士，东出拒健。健已进次赤水，遣雄略地渭北，又追击张先至阴槃，把他擒住；再派兄子菁旁徇诸城，所至辄陷。洪出长安才数十里，迭接各处败报。又闻健乘胜杀来，急得面色仓皇。部众见主帅失色，越发惊心，你奔我逃，如鸟兽散。洪只剩得数百骑，眼见得不能对敌，并不敢再回长安，索性奔往司竹去了。

健竟入长安，据为都城，遣使至晋廷告捷，且向桓温修好。健有长史贾玄硕等，请依刘备称汉中王故事，表健为关中大都督大单于秦王。健佯怒道："我岂就好做秦王么？况晋使未返，我所应有的官爵，难道汝等所能预知么？"众始无言。越年为晋穆帝永和七年，晋使已归，不闻加封，他复密使心腹，讽玄硕等表上尊号。玄硕等不敢不从，遂请健为天王大单于。健尚假惺惺的谦让一番，至玄硕等两次劝进，便自号秦天王大单于，建元皇始。史家称为前秦。为十六国中之一。当下缮宗庙，置社稷，立妻强氏为天王后，子苌为天王太子，弟雄为丞相，都督中外诸军事，兼车骑大将军，领雍州刺史。自余封拜百官，位秩有差。又遣使四出，问民疾苦，旁求俊义，除去赵时苛政。关中人民，赖是少安。

赵主祇方与冉闵相持，无暇西顾，因此健得从容布置，据有西秦。冉闵欲北向攻赵，赵主祇已遣汝阴王琨，及张举王朗等，统兵十万，南行攻闵。闵遣人临江传语晋使道："羯贼扰乱中原，已数十年，今我已诛去羯首，只有余党未平，江东若能共讨，可即发兵前来。"晋使转报晋廷，廷议以闵亦乱贼，置诸不睬。闵欲自出拒敌，恐李农居中为变，竟将农诱入杀死，并戮农三子。与人共事，人得利而己先受害，如李农辈，最不值得。还有尚书令王谟，侍中王衍，中常侍严震、赵升等，俱连坐农党，尽被骈诛，乃遣卫将军王泰为前锋，出击赵兵，自为后应。

会赵汝阴王琨，南入邯郸，与镇南将军刘国，会师并进。途次遇着王泰，一战败绩，死伤万余人。琨退归邯郸，国亦还屯繁阳。既而国与段勤、张贺度、靳豚等，复会兵攻邺，闵遣刘群为行台都督，率同诸将王泰、崔通、周成等，共十二万众，出堵黄城。闵自统精卒八万继进，与刘国大战苍亭，刘国等虽然连兵，却是将令不齐，众心未壹，反不如魏兵一致，鼓动一股锐气，东冲西撞，斫毙刘国连合军，共二万八千人。国等败遁，靳豚稍迟一步，中槊被杀，残众尽溃。闵振旅归邺，旌旗钲鼓，绵亘百余里，仿佛如石氏全盛时。既入邺城，行饮至礼，群下欢舞。闵且欲笼络人心，求才兴学，特备玄纁束帛，礼征陇西辛谧。谧字处道，少有志操，博学能文，精草隶书，为时楷法，及长，尝杜门晦迹，谢绝交游。刘聪、石勒，再三征召，终不肯起，及得闵征书，依然不就，但复书答闵道：

> 昔许由辞尧，以天下让之，全其清高之节。伯夷去国，之推逃赏，皆显史牒，传之无穷，此往而不返者也。然贤人君子，虽居庙堂之上，无异山林之中，斯穷理尽性之妙，岂有识之者耶？是故不婴于祸难者，非为避之，但冥心至趣，而与吉会尔。谧闻物极则变，冬夏是也；致高则危，累棊是也。君王功已成矣，而久处之，非所以顾万全，远危亡之祸也。宜因兹大捷，归身本朝，指晋。必有许由伯夷之廉，享乔松之寿，永为世辅，岂不美哉？

复书既去，尚恐闵不肯放过，竟自甘绝粒，不食而死。不没高人。闵怎肯听从谧言，又起步骑十万人，往攻襄国。封次子胤为太原王，进号大单于，署骠骑大将军，配以降胡千人，令他居守。光禄大夫韦謏谏言："降胡难恃，且不宜仿称单于。"哪知闵闻言大怒，反责謏离间戎夷，把他处斩，并杀謏子伯阳，

第五十三回　养子复宗冉闵复姓　屠主授首石氏垂亡

直抵襄国城下，四面围攻。上筑土山，下穿地道，仰登俯凿，誓破坚城。赵主祗督兵固守，支持至百余日，幸还无恙。闵令军士筑室返耕，为久持计，于是祗相顾惶急，自去帝号，改称赵王。使张举诣燕乞师，许送传国玺，遣张春赴滠头，向姚弋仲处求援。弋仲即命子襄率骑兵三万八千，往援襄国，就是燕王慕容俊，也令将军悦绾，率骑兵三万人，救赵拒魏。再加赵汝阴王石琨，又从冀州赴急，三方会合，共得劲卒十余万，直逼闵垒。闵使将军胡睦御襄，孙威御琨，并皆战败，孑身遁还。闵自拟出击，卫将军王泰谏阻道："今襄国未平，外援云集，若我军出战，必至腹背受敌，岂非危道？不若固垒相持，伺隙而动，方保万全。况陛下亲临行阵，万目共瞻，一或挫失，大事去了，请持重勿出，臣愿率诸将为陛下破敌。"闵点首称是。忽由道士法饶进言道："陛下围攻襄国，旷日逾年，尚无尺寸功效，今群寇趋至，又避难不击，试问将何以使众哩？且太白入昴，当应赵分，百战百克，何待踌躇。"闵被他一说，不由的眉飞色舞，攘袂大言道："我计决了，敢言不战者斩！"乃倾垒出发，与姚襄对阵交锋。可巧石琨从东面驰来，悦绾从西面趋至，尘头大起，惊动闵军。赵主石祗，又由城中冲出，前后左右，四集攻闵。闵军在外日久，已经疲敝，哪里挡得住四面兵马，顿时大溃，先走的得逃性命，后走的都做鬼奴。

闵与十余骑拚命飞跑，走还邺城，那知次子冉胤，已被降胡执住，往降襄国。邺中大乱，所有司空石璞，尚书令徐机，车骑将军胡睦，侍中李绲，中书监卢谌以下，尽被杀死，人物歼尽，盗贼蜂起，司冀大饥，人自相食。闵已潜入邺中，邺人尚未闻知，内外恟恟。讹言闵已败没，射声校尉张艾，劝闵亲出抚慰，安定众心。闵乃至南郊收劳军士，讹言少息，遂诛道士法饶父子，支解以徇，追尊韦謏为大司徒，已经迟了。一面搜卒补乘，再图御敌。姚襄已还滠头，姚弋仲责他不擒冉闵，杖襄百下，惟不复用兵。燕将悦绾，也即退去，独赵主祗更遣部将刘显，率众七万，再攻冉闵，进次明光宫，去邺止二十三里。闵急召卫将军王泰，商议拒敌方法。泰恨前言不用，托病不入。至闵亲往访问，泰仍固称病笃，不能参议。闵不禁大怒，还宫语左右道："可恨巴奴，乃公岂定要靠他，才得保命吗？我当先灭群孽，再斩王泰。"说着，便悉众尽出，拚死杀去，得破显军，追至阳平，乘势斩杀，得首级三万余颗，杀得显穷蹙失措，几乎无路可奔，不得已遣使乞降，情愿杀祗自效。闵乃纵显使去，自还邺中。左右密承闵旨，诬言王泰将叛奔入秦。闵正要杀泰，听得此语，好似火上添油，立命将泰处斩，并夷三族。

过了匝月，果得刘显来文，报称杀赵主祗，及丞相乐安王炳，太保张举，太宰赵庶等十余人，据定襄国，纳质请命。闵喜如所望，尚未答复，那赵主祗的头颅，已自襄国献入邺中。闵令悬示三日，焚诸通衢，乃封显为大单于，领冀州牧。看官听着！赵主祗称帝襄国，只越一年，便即遭弑，后赵至是乃亡，总计后赵自石勒建国，至祗已易六人，共得七主，只合成二十三年。了结后赵。刘显降闵，才阅百日，又欲自上尊号，谋袭冉闵，偏被闵预先探知，发兵邀击，杀退显兵，显狼狈走还。但闵虽得胜，所辖各土，已皆瓦解。徐州刺史刘启，兖州刺史魏统，豫州刺史张遇，荆州刺史乐弘，俱举州降晋。还有魏平南将军高棠，征虏将军吕护，执住洛州刺史郑系，也向晋请降。又如故赵将周成屯廪邱，高昌屯野王，乐立屯许昌，李历屯卫国，亦陆续归晋，就是刘显据住襄国，虽经屡败，也居然僭号称尊，且率众攻魏常山。常山太守苏彦，飞使至邺城乞援。闵使太子智留守邺城，以大将军蒋干为辅，自率锐骑八千人，往救常山，一战却敌。显前军大司马石宁，举枣强城降闵，闵势益盛，更进兵追显。显奔还襄国，大将军曹伏驹，知显无成，竟为闵内应，开门纳入追军。显无处奔避，眼见为闵军所困，乱刃分尸，所有家眷及伪署公卿，一股脑儿屠杀净尽。又放起一把无名火来，毁去襄国宫室；凡襄国遗民，尽被闵驱至邺中。可怜石氏遗种，单剩了一个汝阴王琨，系是石虎幼子，他已弄得无兵无饷，没奈何挈领妻妾，南走建康，向晋乞怜，保他一脉。晋廷追念宿仇，怎肯相容，立将琨绑缚起来，驱出市曹，一刀两段。琨妻妾亦同时骈首，于是石氏遂绝。小子有诗叹道：

莫道贻谋可不臧，祖宗积恶播余殃。
羯胡一败无遗类，到底凶人是速亡。

晋既杀死石琨，又想趁这机会，规复中原。欲知成功与否，待小子下回再详。

冉闵乘石氏之敝，起灭石氏，扫尽羯胡，僭帝号，复原姓，说者谓其志不忘晋，临江呼助，设晋果招而用之，亦一段匹䃅之流亚。吾意不然。段匹䃅之害刘琨，吾犹恨其昧公徇私，不能以厌次数言，遂为之恕。彼闵蒙乃父之余荫，受石氏之豢养，予以高官，给以厚禄，犬马犹知报主，闵犹人耳，何竟不顾私恩，对宠我荣我者而反噬之？况羯虽异族，远系从同，必欲尽歼无遗，设心何毒？是可忍孰不可忍？而谓其能顾祖国，必无是理。其所以临江相呼者，惧赵主祗之扼其背，与秦王健之掣其肘，不得已而为将伯之求耳。晋廷之置诸不理，吾犹幸晋吏之不为李农也。若赵主祗之终归陨灭，与汝阴王琨之被杀建康，覆巢之下，致无完卵，此乃石勒父子之孽报，不如是不足以暴其恶也，于他人乎何尤？

第五十四回　却桓温晋相贻书
　　　　　灭冉魏燕王僭号

　　却说晋征西大将军桓温,因石氏乱亡,已屡请经略中原,辄不见报。晋穆帝年尚幼冲,褚太后女流寡断,一切国政,均归会稽王昱主持,领司徒光禄大夫蔡谟,本已实授司徒,诏书屡下,终不就职。褚太后遣使敦劝,谟仍固辞,且自语亲属道:"我若实任司徒,必为后人所笑,义不敢受,只好违命罢了。"虽是谦让,但谓必贻笑后人,毋乃过虑。永和六年,复上疏陈疾,乞请骸骨,缴上光禄大夫领司徒印绶。有诏不许。会穆帝临朝会议,使侍中纪璩,与黄门郎丁纂,召谟入商。谟自称病笃,不能入朝。会稽王昱,谓谟为中兴老臣,定须邀他与议,从旦至申,使人往返,几十数次,谟终不至。殊太偃蹇。时穆帝尚只八岁,不耐久持,顾问左右道:"蔡司徒尚不见来,究怀何意?临朝已将一日,为他一人,遂致早晚不顾,岂不可恨?难道他不到来,今夕不能退朝么?"左右转禀太后,太后亦自觉疲倦,乃诏令罢朝。

　　会稽王昱,不禁懊恨起来,顾语朝臣道:"蔡公傲违上命,无人臣礼,若我辈都似蔡公一般,试问由何人议政呢?"群臣齐声应道:"司徒谟但染常疾,久逋王命,今皇帝临轩,百僚齐立,候谟终日,若谟愿止退,亦宜诣阙自辞,今乃悖慢如此,自应明正国法,请即拘付廷尉,依律拟刑。"这番议案,尚未定夺,已有人传达谟第。谟方才惶惧,率子弟诣阙待罪。当有一人趋入朝堂,厉声大言道:"蔡谟今日,果无疾来阙么?欺君罔上,应当何罪?宜置诸大辟,为中外戒。"朝臣听他语言激烈,也觉一惊,连忙注视,乃是中军将军殷浩。当下互相讨论,议久未决,浩尚与固争,还是徐州刺史荀羡,私语殷浩道:"蔡公望倾内外,今日被诛,明日必有人借口,欲为齐桓晋文的举动了,公何苦激成乱衅呢?"暗指桓温。浩乃无言。大众遂请由太后裁决,太后谓:"谟系先帝师傅,宜从末减,不忍骤加重辟。"乃诏免谟为庶人。

　　那桓温闻浩擅权,很是动忿,一时无词劾浩,只把北伐为名,呈入一篇表文,略称:"朝廷养寇,统为庸臣所误。"这句话明明是指斥殷浩。浩在内揞住温表,不使批答,谁知温竟率众数万,顺流东下,屯兵武昌,隐然有入清君侧的寓意。廷臣闻报,相率骇愕。浩亦急得没法,至欲去位避温。实是没用。吏部尚书王彪之,进白会稽王昱道:"浩若去职,人情必更张皇,殿下首秉国钧,倘有变乱,何从诿责呢?"又顾语殷浩道:"温若抗表问罪,必举卿为首恶,卿虽欲自作匹夫，恐亦未能保全，不如静镇勿动，且由相王指会稽王。先与手书，为陈祸福，彼若不从，更遣中诏，再若不从，当用正义相裁，奈何无故匆匆，先自滋扰呢？"浩与昱依彪之议，即命抚军司马高崧，代昱草表，遣使致温。略云：

> 寇难宜平，时会宜接，此实为国远图，经略大算，能弘新会，非足下而谁？然异常之举，众情所骇，游声嚣沓，想足下应亦闻之。苟或望风震扰，一时奔散，则望实并丧，社稷之事去矣。吾与足下，虽职有内外，安社稷，保国家，其致一也。天下安危，系诸明德，当先宁国而后图其外，使王基克隆，大义弘著，此吾之所深望于足下者也。区区诚怀，岂可复顾嫌而不尽哉？幸足下察之！

果然一缄书札，足抵十万雄师，才阅数日，即得温谢罪表文，自愿收军还镇去了。晋廷上下，才得放心。

已而姚弋仲遣使来降，有诏授弋仲为车骑大将军，六夷大都督，子襄为平北将军，兼督并州。弋仲年逾七十，有子四十二人，尝召集与语道："我因晋室大乱，起据西偏，嗣石氏待我甚厚，我欲替他讨贼，借报私情，今石氏已灭，中原无主，从古以来，未有戎狄可作天子，我死后，汝等便当归晋，竭尽臣节，毋得多行不义，自取咎戾呢。"越年为永和八年，弋仲老病缠身，竟致不起，卒年七十三。子襄秘不发丧，竟率众攻秦。

秦王苻健，自僭称天工后，安据关中，嗣闻晋梁州刺史司马勋，与故赵将杜洪相应，侵入秦川，当即出堵五丈原，击退勋兵，再移兵往攻杜洪。洪正由司竹出屯宜秋，洪奔司竹见前回。欲应晋军，不料司马张琚，忽生变志，诱众杀洪。琚自立为秦王，分置官属，部署未定，健军已经掩至。他却冒冒失失的出来拒敌，一战败死，身首两分。健秦凯入关，即僭称秦帝。进封诸公为王，命子苌为大单于，又遣弟雄及兄子菁分略关东，招纳晋降将豫州刺史张遇，仍命镇守许昌。姚襄与苻氏挟有宿嫌，所以父丧不发，便即与秦为难。但苻氏气势方盛，将勇兵精，凭你姚襄如何骁悍，也一时攻不进去。

襄转向洛阳，行次麻田，与故赵将李历相遇，两下酣斗，襄马首忽中流矢，将襄掀下，部众相顾骇愕。李历乘隙闯入，飞马取襄，幸亏襄弟苌先到一步，把襄扶起，自将乘骑让兄，翼他出险，但经此一跌，部众已经奔散，丧亡无数。襄走回㵎头，草草治丧，自悔前事冒昧，乃承父遗命，单骑南下，向晋款关，走依晋豫州刺史谢尚。尚自去仗卫，幅巾出见，推诚相待，欢若平生。襄为尚画策，令遣建武将军戴施，进据枋头。施奉令前往，果然得手，兵不血刃，即将枋头据住。可巧魏主冉闵，与燕鏖兵，战败被擒。闵子智尚守邺城，由将军蒋干为辅，派人至谢尚处乞援。尚即调戴施援邺，助守三台。

第五十四回　却桓温晋相贻书　灭冉魏燕王僭号

究竟冉闵如何战败,应该由小子表明大略。闵既克襄国,游食常山中山诸郡。故赵立义将军段勤,聚胡羯至万余人,保据绎幕,自称赵帝。燕王慕容俊,已遣辅国将军慕容恪略地中山,收降魏太守侯龛及赵郡太守李邽。还有辅弼将军慕容评,亦奉俊命,往攻鲁口,击斩魏戍将郑生。至是俊又命建锋将军慕容霸,出击段勤,更调慕容恪专攻冉闵。闵率兵御恪,行至魏昌城,与恪相遇,即欲交战。大将军董闰,车骑将军张温,俱向闵进谏道:"鲜卑兵乘胜前来,锐不可当,且彼众我寡,不如暂避敌锋,待他骄惰,然后添兵进击,不患不胜。"闵瞋目道:"我引军至此,方欲扫平幽州,擒慕容俊,今但遇一慕容恪,便这般胆小,将来如何用兵呢?"说毕,便将董张二人叱出。狃于襄国一胜,故有此骄态。司徒刘茂,及特进郎闿,私相告语道:"我君刚愎寡谋,此行必不返了,我等怎好自取戮辱,不如速死为宜。"遂皆服药自尽。

闵素有勇名,部兵虽不过万人,却是个个强壮,善战冲锋,当下与燕兵接仗,十荡十决,燕兵统被击退。闵兵俱系步卒,因燕皆骑士,恐被意外冲突,乃引趋林中。慕容恪巡劳军士,遍加晓谕道:"冉闵有勇无谋,不过一夫敌呢。且士卒饥疲,不堪久用,俟他怠弛,再击未迟。我军可分为三队,互相犄角,可战可守,怕他甚么?"参军高开献议道:"我骑兵利用平地,不宜林麓,今闵引兵入林,倚箐自固,不可复制。为目前计,应速遣轻骑挑战,只许败,不许胜,得能诱他转身,仍至平地,然后好纵兵挟击了。"恪依开计,便拨兵诱敌,且行且詈。冉闵听了,那里忍受得住,当即麾兵杀回。燕骑并不与战,拍马便走,惟口中辱骂如故。闵追了一程,停住不赶。燕骑复笑骂道:"冉贼!冉贼!我料你只能避匿林中,怎敢再至平地,与我等大战一场?"这数语传入闵耳,闵越觉动怒,索性还就平地,列阵待战。确是有勇无谋。

恪已分军为三队,部署妥当,见闵复来就平原,喜他中计,因诫令诸将道:"闵性轻躁,又自知兵寡,不便久持。今复来迎战,必拚死来突我军,我但严阵以待,守住中坚,诸君亦在旁静候,但看中军与闵合战,便好前来夹击,左右环攻,定可破贼。"诸将应命而去。恪复选得鲜卑箭手,共五千人,各使乘马,连环锁住,成一方阵,令充前队,自率劲兵后列,竖起一面大纛旗,作为全军耳目,徐徐前进。那冉闵跨一骏马,号为朱龙,每日能行千里,此时拍马来争,当先突出,左操一杆双刃矛,右持一柄连钩戟,直至燕军阵前,连挑连拨,无人敢当。燕兵慌忙射箭,有几个脚忙手乱,连箭都发不出来。闵毫不畏怯,左手用矛飞舞,所来各箭,尽被拨开。右手用戟乱钩,燕兵稍不及避,便被钩落马下。闵众挟刃齐上,随手下刃,所有落马的燕兵,头颅都不知去向。闵杀得性起,怎肯罢休,又望见前面有一大旗竖着,料是燕军中坚,索性趁势冲入,直攻慕容恪。恪正勒马观战,专待闵亲来送死,可巧闵引兵杀到,便令勇士摇动大旗,指挥各军,于是骑士大集,合力击闵。中军原一齐奋勇,抵敌闵军,就是左右两路,也从旁杀到,包围冉闵,环至数匝。究竟闵兵有限,单靠着自己勇力,总敌不住数万人马,他尚舍命冲突,形似猘犬,好容易杀透重围,向东奔去。狂走二十余里,距敌已远,方敢下马少息。旁顾左右,不满百人,只有仆射刘群,与将军董闰、张温等,还算随着。闵形色惨沮,如丧魂魄,身上亦血迹淋漓,创痕累累,勉强按定了神,想与刘群等商议行止。

不防鼓声四震,燕兵从后面追来,闵自知不能再战,仓皇上马,挥鞭急驰。刘群等也即随行。哪知燕兵来得真快,才经里许,便被追及,群回马与战,未及数合,即被杀死。董闰、张温,无路可逃,双双就擒。闵所骑的朱龙马,本来是瞬息百里,迅速异常,偏偏跑了一程,无缘无故的停住不行,闵用鞭乱击,直至鞭折手痛,马仍然不动,反颓然向地倒下;仔细一瞧,已是死了。总由临敌受伤之故,史称朱龙忽毙,关系闵命,亦未尽然。闵失了坐骑,好像失去性命,就使脚长力大,也是逃走不脱,眨眼间燕将攒集,七手八脚,把闵活捉了去,解送燕都。燕王慕容俊,面加呵责道:"汝乃奴仆下才,怎得妄自称帝?"闵仍不少屈,抗声答道:"天下大乱,汝等凶横,人面兽心,还想篡逆,我乃中土英雄,为甚么不得称帝呢?"却是个硬汉,可惜仁智不足。俊当然动怒,命左右鞭闵三百,拘禁狱中。

会接慕容霸军报,伪赵帝段勤,已与弟思聪举城出降。寻又得慕容恪捷书,谓已阵斩魏将金光,进据常山。俊即令恪为常山留守,召霸还军,另派慕容评等攻邺,邺中大震。闵子智与将军蒋干,闭城拒守,城外一带,俱被燕军陷没。智与干当然惶急,不得已遣使降晋,向谢尚外乞师。尚将戴施,率壮士百余人,往邺助守。蒋干见来兵甚寡,大失所望。施得间给干道:"汝主既降顺我朝,应该将传国玺出献。现今燕寇在外,道路不通,就使汝果献玺,也未便赍送江南,不如暂付与我,我当专使驰告天子,天子闻玺在我所,信汝至诚,必遣重兵,发厚饷,来救邺城。燕寇见我军大至,自然退去,保汝无恙。"好似一个大骗子。干尚怀疑未决,不肯出玺。适邺中大饥,人自相食,守兵无从觅粮,就将故赵宫人,烹食充饥。滋味何如?干弄得没法,只好将玺取出,交与戴施。施佯令参军何融,往枋头运粮,暗将传国玺付给融手,使至枋头转报谢尚。尚得融报,亟遣振武将军胡彬,率骑兵三百,至枋头迎玺,送入建康。晋廷交相庆贺,不消细叙。

且说邺城被困,已经月余,城中孤危得很,还亏枋头运到粮米数百斛,暂救眉急,守兵暂免枵腹,勉力支撑。燕将慕容评,屡攻不克,燕王俊又遣广威将军慕容军,殿中将军慕舆根,右司马皇甫真等,统率步骑二万人,至邺助评。邺城守将蒋干,闻燕兵继至,焦急万分,意欲乘夜出袭,期得一胜,当下挑选锐

第五十四回　却桓温晋相贻书　灭冉魏燕王僭号

卒五千人,俟至夜半,开城杀出,直捣燕营。不防慕容评早已预备,四面设伏,等到蒋干驰至,一声号令,伏兵齐起,把干军尽行围住,逞情杀戮。干弃去盔甲,扮做小兵模样,才得混出围中,奔还邺城;五千人尽致覆没,守卒益惧。慕容评等围攻益急,魏长水校尉马愿等,开城迎降。蒋干、戴施,缒城出走,逃往仓垣。魏后董氏,太子冉智,及太尉申钟,司空条攸等,一古脑儿做了俘虏,送往燕都。惟魏尚书令王简,左仆射张乾,右仆射郎萧,并皆自杀。冉氏篡赵建国,阅三年即亡。

是时,燕王俊方出巡常山,遣将分徇魏地,及邺城传到捷报,乃返至蓟郡,命将冉闵牵送龙城,祭告先祖考庙、祧庙中,然后推闵往遏陉山,枭首徇众。不料闵一杀死,山中草木,亦皆枯凋,并且连月不雨,蝗虫四起。自从闵被执至蓟,直至闵死后三月有余,尚是亢旱。俊疑闵暗中作祟,乃使用王礼葬闵,遣官致祭,谥为悼武天王。是日,遂得大雪三寸。崔鸿《十六国春秋》内,载冉闵被擒,系在四月,燕王杀闵,乃在八月,案八月深秋,草木应枯,且连月不雨,系是偏灾。闵何能为祟?俊之所为,不值一噱。旱灾未靖,符瑞盛传,是年燕都正阳殿,有燕来巢,生下三雏,项上统有直毛。各城又竞献五色异鸟,于是群僚附会穿凿,共上美词,或说燕首有直毛,便是大燕龙兴,应戴通天冠的征验,燕生三子,数应三统。或说神鸟五色,便是国家将继五行帝箓,统御四海。彼献颂,此贡谀,说得天花乱坠,斐然成章。燕相封弈,遂联络一百二十人,劝燕王俊即称尊号。俊尚作逊词道:"我世居幽漠,但知射猎,俗尚被发,未识衣冠,帝箓非我所有,何敢妄想? 卿等无端推美,如孤寡德,不愿闻此"云云。

既而冉闵妻子等,由慕容评解送至蓟,凡赵魏相传的乘舆法物,一并献入。俊诈称闵妻董氏,实献传国玺,特别传见,好言慰谕,封董氏为奉玺君,赐冉智爵为海滨侯,用申钟为大将军右长史,并授慕容评为司州刺史,使镇邺中。故赵将王擢等,前时拥兵,据有州郡,至此俱闻燕声威,遣使请降。俊任王擢为益州刺史,夔逸为秦州刺史,张平为并州刺史,李历为兖州刺史,高昌为安西将军,刘宁为车骑将军。惟故赵幽州刺史王午,尚据住鲁口,自称安国王。俊命慕容恪往讨,恪出次安平,储粮整械,为讨午计。适中山人苏林,起兵无极,伪称天子,恪乃先往讨林,又值慕舆根前来会攻,马到成功,将林击死,再攻王午。午已为部将秦兴所杀,恪乃奉表劝进。燕臣一致同词,共上尊号。俊始置百官,进相国封弈为太尉,恪为侍中,左长史阳骛为尚书令,右司马皇甫真为左仆射,典书令张悕为右仆射,其余文武均拜授有差。然后在蓟城即燕帝位,大赦境内,自谓得传国玺,改年元玺,追尊祖廆为高祖武宣皇帝,父皝为太祖文明皇帝,立妻可足浑氏为皇后,子晔为皇太子。晋廷方遣使诣燕,与燕修和,俊语晋使道:"汝归白汝天子,我承人乏,为中原所推,已得做燕帝了。此后如欲修好，不宜再赍诏书。"晋使怏怏自归。相传石虎僭位时，曾使人探策华山，得玉版文，内有四语云："岁在申酉，不绝如线，岁在壬子，真人乃见。"燕主俊僭号称帝，正当晋穆帝永和八年，岁次壬子，燕人即援作瑞应，史家号为前燕。即十六国中三燕之一。小子有诗咏道：

> 符谶遗文宁足凭，但逢战胜即龙兴。
> 须知乱世无真主，戎狄称尊问孰膺。

燕既称帝，与秦东西分峙，各称强盛，偏晋臣不自量力，又想规复中原。欲知底细，且看下回续表。

桓温之出屯武昌，胁迫朝廷，已启不臣之渐，然实由殷浩参权而起。浩一虚声纯盗者流，而会稽王昱，乃引为心膂，欲以抗温，是举卵敌石，安有不败？高崧代昱草书，而温即退兵还镇，此非温之畏昱服昱，特尚惮儒生之清议，未勇骤逞私谋耳。北伐北伐，固不过援为口实已也。彼冉闵之尽灭石氏，乃石虎作恶之报。闵一莽夫，宁能雄踞一方？燕王俊乘乱伐闵，得慕容恪之善算，即擒闵而归，诛死龙城，闵妻董氏，及嗣子冉智，尚得滥叨封爵，未受骈诛，此犹为冉氏之幸事耳。闵恶未稔而即毙，故妻子犹得幸存，彼慕容俊以草枯天旱，疑闵为祟，反追谥而礼祭之，毋乃慎欤！

第五十五回　拒忠言殷浩丧师　　射敌帅桓温得胜

却说晋中军将军殷浩，累蒙迁擢，都督扬、豫、徐、兖、青五州军事。他本来大言不惭，至此因桓温屡请北伐，便想自担重任，得能侥幸一胜，方好压倒桓温，免受奚落。当下拟定草表，自请北出许洛，相机恢复。尚书左丞孔严，向浩进规道："近来众情摇惑，很足寒心，不识使君当如何善后哩？愚意以为材分文武，职区内外，韩、彭应专征伐，萧、曹宜守管钥，各有所司，方免误事。且廉、蔺屈身，始能全赵，平、勃交欢，方得安刘，使君材识过人，亦当先弭内衅，穆然无间，然后好保大定功呢。"浩不能从，竟将表文呈入。有诏依议，浩遂使安西将军谢尚，北中郎将荀羡为督统，进屯寿春。右军将军王羲之，贻书谏浩，并不见报。谢尚既奉浩令，即约姚襄同攻许昌，襄方寓居谯城，招集部众，便出兵会浩，相偕北行。姚襄奔晋见前回。

许昌为秦降将张遇居守，闻晋军将至，即向关中乞援。秦主苻健，使弟雄

第五十五回　拒忠言殷浩丧师　射敌帅桓温得胜

领兵往救,与谢尚等交战颍上,尚等大败,死亡至万五千人。尚奔还淮南,襄送尚至芍陂。尚尽将后事付襄,使屯历阳。苻雄亦退晋军,驰入许昌,索性将张遇家属,及民户五万余家,迁到关中,另用右卫将军杨群为豫州刺史,留守许昌。张遇无法,只好随雄入关。遇有后母韩氏,年逾三十,华色未衰,丰姿依旧,入关以后,为健所闻,特别召见。韩氏应召入谒,由健仔细端详,果然是绝世芳容,不同凡艳。健妻强氏,曾册为皇后,姿貌不过中人,就是后宫妾媵,也没有与韩氏相似,惹得健目迷心眩,不肯放还。韩氏嫠居有年,伤心别鹄,每遇春花秋月,未免增愁,此时身入秦宫,撩起一番情绪,也不觉心神失主,如醉如痴。况苻健春秋鼎盛,面貌魁梧,端的是个乱世枭雄,番廷狼主,彼此互相慕悦,当然凑成了一对佳偶,颠倒鸳鸯,交欢数夕,居然由苻健下旨,册韩氏为昭仪,授张遇为司空。遇不免怀惭,但寄人篱下,如何反抗?只好含垢忍耻,模糊过去。只恐对不住乃父。嗣闻江东又要出兵,当即令人探听虚实,想乘此袭杀苻健,报复私仇。究竟晋军再举,是由何人主张?说来说去,仍是那有名无实的殷深源。浩字深源,已见前文。殷浩自谢尚败还,未免扼腕,但雄心究还未死,仍拟整兵再举。王羲之因前谏不听,已遭败衄,一误不堪再误,乃更剀切陈书,重谏殷浩道:

> 近闻安西败丧,公私愧怛,不能须臾去怀。以区区江左,所营如此,天下寒心,固已久矣,而加之败丧,益令气沮。往事岂复可追?愿思弘济将来,令天下寄命有所,自隆中兴之业;正以道胜,宽和为本,力争武功,非所宜也。自寇乱以来,处内外之任者,未有深谋远虑,括囊至计,而疲竭根本,竟无一功可论,一事可记。忠言嘉谟,弃而莫用,遂令天下将有土崩之势。任其事者,岂得辞四海之责哉?今军破于外,资竭于内,保淮之志,非所复及,莫若还保长江,令督将各复旧镇。自长江以外,羁縻而已,秉国钧者,引咎责躬,深自贬降,以谢百姓,更与朝贤,思布平心,除其烦劳,省其贱役,与百姓更始,庶可允塞群望,救倒悬之急。使君起于布衣,任天下之重,尚德之事,未能事事允称,当重统之任,而丧败至此,恐阖朝群贤,未自与人分其谤者。今亟修德补阙,广延群贤,与之分任,尚未知获济所期。若犹以前事为未工,复求之于分外,宇宙虽广,自容何所?明知言不必用,或反取怨执政,然当情慨所在,正自不能不尽怀极言,惟使君谅之!

这书去后,又上会稽王昱一笺,无非是谏阻北伐,大致说是:

> 古人耻其君不为尧舜,北面之道,岂不愿尊其所事,比隆往代?况遇千载一时之运,何可自沮?顾智力有所不及,岂得不权轻重而处之也?

今虽有可欣之会,内求诸己,而所忧乃重于所欣。传曰:"自非圣人,外宁必有内忧。"今外不宁,内忧以深。古之弘大业者,或不谋于众,倾国以济一时功者,亦往往而有之。诚独运之明,足以迈众,暂劳之弊,终获永逸者可也。求之于今,可得拟议乎? 夫庙算决胜,必宜审量彼我,万全而后动。功就之日,便当因其众而即其实;今功未可期,而遗黎歼尽,劳役无已,征求日重,以区区吴越,经纬天下十分之九,不亡何待? 而不度德,不量力,不敝不已,此封内所痛心叹悼,而莫敢吐诚者也。往者不可谏,来者犹可追,愿殿下更垂三思,解而更张,令殷浩、荀羡,还据合肥。广陵许昌谯郡梁彭城诸军,皆还保淮南,为不可胜之基,俟根立势举,谋之未晚,此实当今策之上者。若不行此,社稷之忧,可计日待也。殿下德冠宇内,以公室辅朝,最可直道行之,致隆当年,而未允物望,受殊遇者所以寤寐长叹,实为殿下惜之。国家之虑深矣,常恐伍员之忧,不独在昔,麋鹿之游,将不止林薮而已。愿殿下暂废虚远之怀,以救倒悬之急,可谓以亡为存,转祸为福,则宗庙之庆,四海有赖矣。

一书一笺,统是直言谠论,痛切不浮,无如殷浩是情急贪功,不顾利害。会稽王昱,又是深信殷浩,总道他有作有为,一败不至再败,所以羲之书笺,都付高阁,并不见行。浩复出屯泗口,遣河南太守戴施据石门,荥阳太守刘遯戍仓垣,甚至饷源无着,停办太学,遣归生徒,把经费拨充军需。<small>不营因噎废食。</small>谢尚留屯芍陂,亦遣冠军将军王侠,攻克武昌,秦豫州刺史杨群,退守弘农。那晋廷却征尚为给事中,尚乃还戍石头。最可怪的殷深源,未出兵时,不能听信良言,但好刚愎;既已出兵,又不能推诚任人,但务疑猜。他闻姚襄安次历阳,广兴屯田,训厉将士,未尝表请北伐,总道他别有异图,意欲先加除灭,免滋后患,乃屡遣刺客刺襄。襄雅善抚循,颇得士心,刺客阳奉浩命,到了历阳,反将实情转告。襄因此加防,日夕巡逻。浩复遣心腹将魏憬,率众五千,潜往袭襄,偏被襄预先探知,出城邀击,杀死魏憬,并有憬众。浩恨计不成,索性明下军书,迁襄至梁国蠡台,表授梁国内史。襄益加疑惧,因使参军权翼,诣浩陈情。浩问翼道:"我与姚平北共为王臣,休戚相关,为何平北尝举动自由,与我异趣呢?"<small>晋封姚襄为平北将军,见前回。</small>翼答道:"姚平北英姿绝世,拥兵数万,乃不惮路远,来归晋室,无非因朝廷有道,宰辅明哲,想做一个盛世良臣。今将军轻信谗言,与彼有隙,愚谓咎在将军,不在平北。"浩忿然道:"平北擅加生杀,又纵小人掠夺我马,这岂还好算得王臣么?"翼又道:"平北归命圣朝,怎敢妄杀无辜? 惟内奸外宄,有违王法,理宜为国行刑,怎得不杀?"浩又问何故掠马? 翼正色道:"闻将军猜忌平北,屡欲加讨,平北为自卫计,或至使人取马,诚使将军坦怀相待,平北也有天良,何至出此?"浩不禁笑语道:"我

第五十五回　拒忠言殷浩丧师　射敌帅桓温得胜

也何尝欲加害平北,尽请放怀!"试问你何故屡遣刺客？遂遣翼归报,翼拜辞而去。

浩又阴使人招诱秦将雷弱儿等,令杀秦主苻健,许以关中世爵。王师宜堂堂正正,乃专为鬼祟,如何成事？弱儿等复称如约,且请师接应。浩遂调兵七万,自寿春出发,进向洛阳。哪知弱儿等将计就计,伪称内应,并非真心从浩。惟一个降将张遇,为了苻健奸占后母,且居然呼他为子,心有不甘,因贿通中黄门刘晃,拟夜入袭健,偏偏事机不密,为健所闻,立将遇捕入处死。惟察得韩昭仪未曾与谋,不使连坐,仍然宠爱如常。想韩氏正交桃花运,所以有此侥幸。浩接得苻秦内变消息,未悉确状,还道是弱儿等已经发难,即调姚襄为先锋,自督大军急进。吏部尚书王彪之,奉笺与昱,谓秦人多诈,浩不应率军轻行。昱似信非信,延宕多日,始拟着人往询军情,偏败报已经到来,姚襄叛命,返袭浩军,山桑一战,浩军大溃,辎重尽失,浩已走还谯城了。昱乃语王彪之道:"果如君言,张良、陈平,亦不过如是哩。"有了张、陈,惜无刘季。原来姚襄已经仇浩,佯作前驱,诱浩至山桑,返兵袭败浩军,俘斩万余人,尽得浩军资仗,乃使兄益守山桑,自己仍往淮南。浩遭襄暗算,且惭且愤,复遣刘启、王彬之,往攻山桑。襄从淮南还援,内外夹攻,刘、王以下,并皆败亡。前已死伤万余人,尚嫌不足,又复以二将部曲加之,浩之不仁极矣！襄遂进屯盱眙,招掠流民,有众七万,分置守宰,劝课农桑。复遣使至建康,陈浩罪状,并自陈谢。诏乃命谢尚都督江西淮南诸军事,往镇历阳。嗣是殷浩大名,一落千丈,投井下石的疏文,陆续进呈。就中有一疏最为利害,署名非别,便是那殷浩的仇家桓温。疏云：

按中军将军殷浩,过蒙朝恩,叨窃非据。宠灵超卓,再司京辇,不能恭慎所任,恪居职次,而侵官离局,高下在心。前司徒臣蔡谟,执义履素,位居台辅,师傅先帝,朝之元老,年登七十,以礼请退,虽临轩固辞,不顺恩旨,适足以明逊让之风,弘优贤之礼,而浩虚生狡说,疑误朝听,狱之有司,几致大辟。自羯胡天亡,群凶殄灭,而百姓涂炭,企迟拯接,浩受专征之重,无雪耻之志,坐自封殖,妄生风尘,遂致寇仇稽诛,奸逆并起,华夏鼎沸,黎元殄悴。浩惧罪将及,不容于朝,外声进讨,内求苟免,出次寿阳,即寿春。顿甲弥年,倾天府之资,竭五州之力,收合亡赖以自卫,爵命无章,猜害罔顾。羌帅姚襄,率命归化,浩不能抚而用之,阴图杀害,再遣刺客,为襄所觉,襄遂惶惧,用致逆命。生长乱阶,自浩始也。复不能以时扫灭,纵放小竖,鼓113毒害,身狼狈于山桑,军破碎于梁国,舟车焚烧,辎重覆没,三军积实,反以资寇,精甲利器,更为贼用。神怒人怨,众之所弃,倾危之忧,将及社稷,臣所以忘寝屏营,启处无地。夫率正显义,所以致训,明罚敕法,所以齐众。伏愿陛下上追唐尧放命之刑,下鉴春秋无君之典,即不忍诛殛,且宜遐弃,摈之荒裔,虽未足以塞山海之责,亦粗可以宣诫于将来矣。谨此表闻。

晋廷接到温疏,因惮温威势,不得已废浩为庶人,徙浩至信安郡东阳县。浩抵徙所,口无怨言,夷神委命,谈咏不辍。惟有时忧从中来,辄用笔书空,作"咄咄怪事"四字。浩甥韩伯,为浩所爱,随浩至东阳,经岁还都。浩送至渚侧,口吟古诗云:"富贵他人合,贫贱亲戚离。"本曹颜远诗。吟毕泣下。未免有情。后来桓温权倾内外,语掾属郗超道:"浩有德有言,使作令仆,亦足仪型百揆,前时朝廷用为外藩,原非所长,今拟起浩为尚书令,卿可为我致他一书,看他如何复我?"超当即缮就一书,寄与殷浩。浩览书大喜,便即裁答,写了许多套话,无非是感激愿效的意思。当下折就方胜,用函封固,又恐语中尚有错误,开闭至十数次,弄得精神恍惚,反将信笺遗落案下,竟把那一个空函,复达桓温。温展函检阅,并无一字,疑浩故意使刁,大为忿恨,遂不复起召。越二年,浩竟病死。强作镇定,实是热中,患得患失,不死何为。

且说桓温既劾去殷浩,料知朝廷不敢反对,遂于永和十年二月,抗表伐秦。统率步骑四万,出发江陵,且命水师并进,自襄阳入均口,直达南乡,步兵由淅川趋武关,命梁州刺史司马勋出子午谷,直捣长安,别军攻上洛,擒住秦荆州刺史郭敬,进击青泥,连破秦兵。秦王苻健,遣太子苌,丞相雄,淮南王生,平昌王菁,北平王硕等,率兵五万,出屯蓝田。雄与菁已见前文,生、硕皆苻健子。生幼即无赖,一目盲瞽,祖洪在日,甚不悦生,尝对生语左右道:"我闻瞎儿一泪,未知信否?"左右答声称是。生竟拔佩刀,从瞽目中自刺出血,指示洪道:"这岂不是一泪么?"洪不禁惊骇,寻又用鞭挞生。生不觉痛苦,反大喜道:"性耐刀槊,不宜鞭捶。"洪叱道:"汝乃贱骨,只配为奴。"生复道:"难道如石勒不成?"洪正任石氏,恐因生妄言招灾,急起掩生口,且召健与语道:"此儿狂悖,将来必破人家,应早除灭为是。"健虽然应诺,究竟情关父子,不忍下手,因转与弟雄熟商。雄劝阻道:"待儿长成,自当改过,何必无故加诛。"说着,又向洪前替生缓颊,生得不死。既而年已成丁,力举千钧,雄悍好杀,能手格猛兽,走及奔马,击刺骑射,冠绝一时。至桓温入关,与太子苌等相偕出拒,生单骑前驱,一遇温军,便恃勇突入。温将应诞,上前拦阻,才经交手,便被生大喝一声,劈落马下。他将刘泓,又挺枪接战,才经数合,复被杀死。温军前队大乱,由生执刀旋舞,出入自如,再加太子苌等,随生杀入,几乎把晋军前队,枭斩略尽。善战者颇多暴虐,叙此事以明苻生之发迹,为后文伏案。

忽听得晋军阵后,发出一声鼓号,声尚未绝,那箭杆似飞蝗一般,攒射过来。生用刀拨箭,毫不慌忙,偏背后有人狂叫,音带悲酸,急忙回首顾视,已见一人落马,那时不能不救,下马扶起,并非别人,乃是行军统帅太子苌。苌身中两矢,因此坠下,气息仅属,生只好掖他上马,保护回营。不防晋军纷纷杀来,势似暴风疾雨,不可遮拦,秦兵顿时披靡。苻生虽勇,只好保住太子苌,奔回要紧,不能再逞威风,眼见得全军溃散,一败涂地。看官阅此,应益知晋帅桓温,确是有些能耐呢。温弟桓冲,进军白鹿原,再与秦丞相雄交锋,又得胜仗。温亦转战直前,进至灞上。秦太子苌等退屯城南,秦主健领老弱兵六千,保守长安小城,尽发精兵三万,使雷弱儿为大司马,统率出城,会同苌军,并力御温。温抚谕居民,概令复业,禁兵侵犯。秦民多牵牛担酒,迎犒军前,男女多夹道聚观,耆老相顾泪下道:"不图今日复睹官军。"于是三辅郡县,亦多遣使请降。三辅注见前。忽有一介儒生,从容前来,身上穿着一件褐衣,不衫不履,进谒桓温。温志在延揽人才,不拒贫士,当下传入相见。他但对温长揖,昂然就坐,扪虱而谈,旁若无人。顿使一军皆惊,目为怪物。小子有诗咏道:

> 何来狂客谒军门?绝肖当年辩士髡。
> 岂是读书遵孟训,巍巍勿视大人尊。

究竟来人为谁,待下回表明姓名。

王羲之之谏殷浩,与桓温之劾殷浩,皆深中浩之过失,谏之者为爱浩起见,而其言固关痛切;劾之者为排浩起见,而其言亦非虚诬。浩不能从谏于先,安能免劾于后乎?浩一鄙夫,既忌姚襄而复用之,不败何待?且与桓温龃龉已久,而晚得温书,即欣喜过望,以致神情颠倒,误达空函,多疑寡断,嗜利无耻,彼尝咄咄书空,叹为怪事,吾谓如彼之行止,乃真可怪耳。桓温出师伐秦,蓝田一战,力挫苻氏,关中父老,牛酒欢迎,不可谓非一时杰;但进锐退速,外强中干,能败秦而不能灭秦,此贪功者之所以难成功也。

第五十六回　逞刑戮苻生纵虐　盗淫威张祚杀身

却说桓温方进逼长安,屯兵灞上,暮来了一个狂士,被褐扪虱,畅谈当世时务,不但温军惊异,就是温亦怪诧起来。当下问他姓名,才知是北海人王猛。猛为苻秦智士,故特笔书名。猛字景略,幼时贫贱,尝鬻畚为业,贩至洛阳,有一人向猛购畚,愿出重价,但自云无钱,令猛随同取值,猛乃随往,不知不觉的行入深山,见一白发父老,踞坐胡床,由买畚人引猛进见。猛当即下拜,父老笑语道:"王公何故拜我哩?"说着,即命左右取偿畚值,并送他白镪十两,即使买畚人送出山口。猛回顾竟无一人,只有峨峨的大山。走询土人,乃是中州的嵩岳。当下怀资归家,得购兵书,且阅且读,深得秘奥。嗣是往来邺都,无人顾问。及入华阴山中,得异人为师,隐居学道,养晦待时。至是闻温入关,方出山相见。温既问明姓氏,料非庸流,乃复询猛道:"我奉天子诏命,率锐兵十万西来,为百姓扫除残贼,乃三秦豪杰,未见趋附,究是何因?"猛答道:"公不远数千里,深入秦境,距长安不过咫尺,尚逗留灞上,未渡灞水,百姓未识公心,所以不至。"温沉吟多时,复注目视猛道:"江东虽多名士,如卿却甚少哩。"遂署猛为军谋祭酒。

秦丞相苻雄等,收集败卒,再来攻温。温与战不利,伤亡至万余人。温初入关中,因粮运艰难,意欲借资秦麦,偏秦人窥透温计,先期将麦刈去,坚壁清野,与温相持。温无粮可食,不得已下令旋师,招徙关中三千余户,一同南归。临行时赐猛车马,拜为高官督护,邀与同还。猛言须还山辞师,温准猛返辞,与约会期。及届期不至,温乃率众自行。原来猛还山中,向师问及行止,师慨然道:"汝与桓温岂可并世?不若留居此地,自得富贵,何必随温远行呢。"猛乃不复见温,但寄书报谢罢了。温循途南返,为秦兵所追,丧失不资,就是司马勋出子午谷,孤军失援,也被秦兵掩击,败还汉中。温驰出潼关,径抵襄阳,由晋廷派使慰劳,毋庸琐叙。惟温尝自命不凡,私拟司马懿、刘琨,有人说他形同王敦,大拂彼意。及往返西南,得一巧作老婢,旧为刘琨妓女,与温初见,便潸然泪下。温惊问何因?老婢答道:"公甚似刘司空。"温闻言甚喜,出外整理衣冠,又呼老婢细问,谓与刘司空究相似否?老婢徐徐答道:"面甚似,恨薄;眼甚似,恨小;须甚似,恨赤;形甚似,恨短;声甚似,恨雌。"温不禁色沮,自往寝处,褫冠解带,昏睡了一昼夜。至睡醒起床,尚有好几日不见欢容。不及刘琨,也非真是恨事。这且待后再表。

且说秦主苻健,既击退晋军,正拟论功行赏。那丞相东海王苻雄,得病身亡,健闻讣大哭,甚至呕血,且呕且语道:"天不欲我定四海么?奈何遽夺我元才呢?"仿佛石勒之哭张宾。元才就是雄表字,雄位兼将相,权倾人主,独能谦恭奉法,下士礼贤,所以望重一时,交相推重。次子名坚,承袭雄爵,相传坚母苟氏,尝游漳水,至西门豹祠中祈子,豹系战国时魏臣。是夜梦与神交,遂致有娠。豹尝禁为河伯妇,岂此时反祟苟氏么?越十二月生坚,有神光从天下降,照御庭中。坚生时背有赤文,隐起成字,仔细辨认,乃是"草付臣又土王咸阳"八字。祖洪很是奇异,因即将"臣又土"三字,拼做一字,取名为坚。坚幼即聪颖,状貌过人,臂垂过膝,目有紫光,及长,颇具孝思,博学有才艺。苻健尝梦见天使降临,命拜坚为龙骧将军,及醒寤后,诧为异事,因在曲沃设坛,即将龙骧将军印绶,亲自授坚,且嘱语道:"汝祖曾受此号,今汝为神明所命,当思上承祖武,

第五十六回　逞刑戮苻生纵虐　盗淫威张祚杀身

毋贻神羞。"坚顿首受命。嗣是厚自激厉，遍揽英豪，如略阳名士吕婆楼强汪梁平老等，皆与交游，为坚羽翼。坚因此驰誉关中，不让乃父。也隐为下文写照。坚既蒙父荫，得袭王爵，此外如淮南王生，因功进中军大将军，平昌王菁，升授司空，大司马雷弱儿，代雄为相，太尉毛贵，晋官太傅，太子太师鱼遵，得为太尉，惟太子苌箭疮复发，竟至逝世。

健因谶文有"三羊五眼"，疑为生当应谶，乃立生为太子。命司空平易王菁为太尉，尚书令王堕为司空，司隶校尉梁楞为尚书令。未几，健忽罹疾，不能视事。平昌王菁，阴谋自立，独勒兵入东宫，欲杀太子。偏太子生入宫侍疾，无从搜寻，空费了一番举动。自思一不做，二不休，索性移攻东掖门，讹称主上已殂，太子暴虐，不堪为君，借此煽惑军心。不意秦主健力疾出宫，自登端门，陈兵自卫，并下令军士，速诛祸首，余皆不问。菁众见健尚活着，当然骇愕，统弃仗逃生。菁亦拍马欲遁，经健指挥亲军，出门追捕，把菁拘住，面数罪状，枭斩了事。此外一概赦免，便即还宫。越数日，健病加剧，授叔父武都王安为大将军，都督中外诸军事，一面召入丞相雷弱儿，太傅毛贵，太尉鱼遵，司空王堕，尚书令梁楞，左仆射梁安，右仆射段纯，吏部尚书辛牢等，嘱咐后事，受遗辅政；并语太子生道："六夷酋帅，及贵戚大臣，如有不从汝命，宜设法早除，毋自贻患！"教猱升木，能无速乱。生欣然受教。又越三日，健乃病殁，年三十有几。如何处置韩氏？

太子生当日即位，大赦境内，改元寿光。群臣俱进谏道："先帝甫经晏驾，不应即日改元。"生勃然大怒，叱退群臣。嗣令嬖臣穷究议主，乃是右仆射段纯所倡，因即责他违诏，立处死刑。总算恪遵先命。已而追谥苻健为明皇帝，庙号世宗，尊母强氏为皇太后，立妻梁氏为皇后，命太子门大夫赵韶为右仆射，太子舍人赵诲为中护军著作郎，董荣为尚书。这三人素以谄佞见幸，故同时登庸。又封卫大将军苻黄眉为广平王，前将军苻飞为新兴王。两苻原系宗室，但也是与生莫逆，因得受封。命大将军武都王苻安领太尉，弟晋王柳为征东大将军并州牧，出镇蒲坂。魏王庾为镇东大将军豫州牧，出镇陕城。二王受命辞行，由生亲出饯送，乘便闲游，蓦见一缟素妇人，跪伏道旁，自称为强怀妻樊氏，愿为子延请封。实来寻死。生便问道："汝子有何功绩，敢邀封典？"妇人答道："妾夫强怀，前与晋军战殁，未蒙抚恤。今陛下新登大位，赦罪铭功，妾子尚在向隅，所以特来求恩，冀沾皇泽。"生复叱道："封典须由我酌颁，岂汝所得妄求？"那妇人尚未识进退，还是俯伏地上，泣诉故夫忠烈，喃喃不休。当下惹动生怒，取弓搭箭，飕的一声，洞穿妇项，辗转毙命。生亦怏怏回宫。

越宿视朝，中书监胡文，中书令王鱼入奏道："近日有客星孛大角，荧惑入东井，大角为帝座，东井乃秦地分野，恐不出三年，国有大丧，大臣戮死，愿陛下修德禳灾。"生默然不答。及退朝后,饮酒解闷,自言自语道:"星象告变,难道定及朕身？朕思皇后与朕,对临天下,若皇后死了,便是应着大丧,毛太傅呢,梁车骑呢,梁仆射呢,统是受遗辅政的大臣,莫非应该戮死么？"想入非非。近侍听了,还道他是醉语呓呓,莫名其妙,谁知过了数日,他竟持着利刃,趋入中宫。梁后见御驾到来,当然起身相迎,语未开口,刃已及颈,霎时间倒毙地上,玉殒香消。这难道是乃父教他。生既杀死梁后,立即传谕幸臣,往拘太傅录尚书事毛贵,车骑将军尚书令梁楞,左仆射梁安,不必审问,即饬推出法场,一同斩首。贵系梁皇后母舅,安且是皇后生父,楞亦与后同族,朝臣俱疑椒房贵戚,有甚么谋逆情事？哪知他们并无罪过,但为了胡文、王鱼数言,平白地断送性命,这真是可悲可痛呢！

生遂迁吏部尚书辛牢为尚书令,右仆射赵韶为左仆射,尚书董荣为右仆射,中护军赵海为司隶校尉。两赵有从兄名俱,曾为洛州刺史。生本欲召俱为尚书令,俱托疾固辞,且语韶海道:"汝等不顾祖宗,竟敢做此灭门事么？试想毛梁何罪,乃竟诛死？我有何功,乃得升相？我情愿速死,不忍看汝等夷灭呢。"未几,果以忧愤告终。丞相雷弱儿,刚直敢言,见赵韶、董荣等用事,导主为恶,往往面加指斥,不肯少容。荣等遂暗地进谗,诬他构逆,生因杀死弱儿,并及他九子二十二孙。弱儿系南安羌酋,素得羌人信服,至无辜受诛,羌人当然怨生。生不以为意,名为居丧,仍然游饮自若,弯弓露刃,出见朝臣,锤钳锯凿,备置左右。即位未几,凡后妃公卿,下至仆隶,已被杀毙五百余人。司空王堕,又为董荣所谮,说是天变相关,把他处斩。堕甥洛州刺史杜郁,亦连坐受诛。

一日,生在太极殿召宴群臣,命尚书辛牢为酒监,概令极醉方休。群臣饮至尽醉,牢恐他失仪,不便相强。生大怒道:"汝何不使人饮酒,乃坐视无睹么？"说至此,手中已取过雕弓,搭矢射去,适贯牢项,便即倒毙。吓得群臣魂魄飞扬,不敢不满觥强饮,甚至醉卧地上,失冠散发,吐食污衣,弄得一塌糊涂。生反拍手欢呼,引为大乐,又连喝了数大觥,也自觉支持不住,方返身入寝去了。群臣如蒙恩赦,乃踉跄散归。

越年二月,生谕征东将军晋王柳,命参军阎负梁殊,出使凉州,招谕归附。凉州牧张重华,自击退赵兵后,重任谢艾,事必与商。应五十回。偏庶长兄长宁侯祚,与内侍赵长等,表里为奸,交潜谢艾,惹得重华也起疑心,复出艾为酒泉太守。嗣是重华不免骄怠,希见宾佐。晋廷尝遣御史俞归,册授重华为侍中,都督陇右关中诸军事,封西平公,重华方谋为凉王,不愿受诏,经归再三劝导,方才无言。嗣因燕降将王擢,为秦所逼,率众奔凉,即命擢为秦州刺史,使与部将张弘宋修,会兵攻秦,被秦将苻硕杀败,掳去弘修,惟擢得脱身逃还。

第五十六回　逞刑戮苻生纵虐　盗淫威张祚杀身

重华不加擢罪,再拨众二万,使复秦州。擢感激思奋,拚死报恩,果得大败苻硕,仍将秦州夺还。重华乃拜表晋廷,请会师伐秦。晋但遣使慰谕,实授重华为凉州牧。重华因晋未出师,也不敢冒昧用兵。

天下不如意事,十常八九,最难堪的是中冓贻丑,敝笱含羞,防不胜防,说无可说,遂令一位年富力强的藩帅,酿成心疾,郁郁而亡。史未详言重华病因,作者读书得间,故有此论。重华嫡母严氏,奉居永训宫,生母马氏,奉居永寿宫。马氏本有姿色,为重华父骏所宠,骏殁时年将四十,还是丰容盛鬋,蠒首蛾眉。就中有一个登徒子,暗暗垂涎,靠着那宗室懿亲,脂韦媚骨,出入宫禁,侍奉寝帷,费尽了许多心思,竟得将马氏勾搭上手,演成一回鹑鹊缘。那马氏美等宣姜,淫同夏姬,倒也不惜屈尊降贵,甘献禁脔,两口儿朝栖暮宿,非常狎昵,只瞒过了一个张重华。后来年深月久,不免暴露,竟被重华闻知,懊恼得不可名状。看官道淫夫为谁?就是重华庶长兄长宁侯祚。祚虽非马氏所生,名分上也称母子,此时以子烝母,怎得不使重华恨煞?重华意欲诛祚,计尚未定,忽有厩卒入报,厩马四十匹,一夜都自断后尾,转令重华惊愕得很,只恐诛祚生变,未敢径行。既而十月闻雷,日中现三足乌,变异迭出,益使重华寒心,且忧且愤,竟致成病,渐渐的沉重起来。乃命子耀灵为世子,且手诏征谢艾入侍。艾尚未至,重华已殁,年才二十有四。《晋书》作二十七。在位只八年。

耀灵甫及十龄,承袭父位,内事由祖母马氏主张,外政当然被伯父张祚,把持了去。名为伯父,实可呼为祖父了。右长史赵长尉缉等,向与祚秘密往来,结为异姓兄弟。至是矫托遗命,授祚为抚军大将军,都督中外诸军事。祚意尚未足,再嗾长等建议,说是时难未平,应立长君,一面自求马氏,乞从长意,立己为主。马氏身且委祚,哪有不从之理?这是枕席效劳的好处。当下废耀灵为宁凉侯,由祚自立,称大都督大将军凉州牧凉公。祚既得志,索性大肆淫虐,重华妃裴氏,年方花信,也生得妩媚可人,他竟召令入室,逼使伴寝;就是重华妾媵,俱胁与宣淫,甚至未嫁诸妹,也公然纳入,轮流奸污。专喜奸淫本家妇女,也是奇癖。重华有女,才阅十龄,玲珑娇小,未解风情,偏又被祚引诱入内,强褫下衣,任情摆布。幼女怎堪承受,徒落得床褥呻吟,无从诉苦。三代被淫,不知是何果报。凉州人士,争赋墙茨三章,作为讽刺,祚还管甚么清议,但教自快肉欲,彻夜寻欢罢了。

越年正月,赵长尉缉等,复上书劝进,祚竟就谦光殿中,僭登王位,《晋书》作帝位,但观他尊三代为王,当是称王无疑。立宗庙,置百官,郊祀天地,用天子礼乐,下书谓:"中原丧乱,华夷无主,因勉徇众请,摄行大统,俟得扫秽二京,再当迎帝旧都,谢罪天阙"云云。先是凉州遵晋正朔,未尝改元,惟沿用愍帝建兴年号,直至祚篡位时,尚称建兴四十一年,及是乃改建兴四十二年为和平元年,赦殊死,赐鳏寡粟帛,加文武爵各一级,追尊曾祖轨为武王,祖实为昭王,从祖茂为成王,父骏为文王,弟重华为明王。立妻辛氏,次妻叱干氏,俱为王后。何不立马、裴二氏？长子泰和为王太子,次子庭坚为建康王,弟天锡为长宁王,耀灵弟玄靓为凉武侯。是夕,天空有光,状如车盖,声若雷霆,震动城邑。翌日,大风拔木,日中如晦。祚反诱诛谢艾,大肆淫威。尚书马岌,直谏免官;郎中丁琪,再谏被杀。适晋征西大将军桓温入关,见前回。秦州刺史王擢,时镇陇西,遣使白祚,谓："温善用兵,如得克秦,必将及凉。"祚不禁惶惧,又恐擢乘急反噬,仍召马岌复位,与谋刺擢。密遣心腹将往陇西,不得下手,反被擢查出杀死。祚得报益骇,号召士卒,托词东征,实欲西保敦煌。嗣闻温已南归,更遣平东将军牛霸等攻擢。擢拒战失利,奔降苻秦。

　　河州刺史张瓘,为祚宗室,外镇枹罕,士马盛强,祚常加猜忌,容忍了一年有余,不能再止,乃遣部将易揣张玲,带领步骑万余人,往击张瓘,并发兵三十余道,分剿南山诸夷。张掖人王鸾,素通术数,入殿白祚道："军不可行,出必不还。凉州将有大变,不可不防。"祚叱为妖言。鸾即直陈祚恶,说他无道三大事,恼得祚气冲牛斗,立命推出斩首。鸾至法场大呼道："我死后不出二十日,兵败王死,定难幸免了。"想鸾亦自知该死,故自来徼祸。祚不但杀鸾,又夷鸾族,然后发兵,再遣张掖太守索孚,往代张瓘。瓘不肯依令,斩孚誓众,出击易揣张玲。玲正前驱渡河,瓘军掩至,猝不及防,被打得落花流水,尽入洪波。只易揣尚在岸上,单骑奔回。瓘遂济河追蹑,直逼凉州,且传檄州郡,拟将祚废去,仍立耀灵。骁骑将军宋混,与弟澄聚众应瓘,引瓘并进。祚情急仓皇,想出一个釜底抽薪的计策,潜令亲将杨秋胡,趋入东苑,拉死耀灵,埋尸沙坑。他还道是斩草除根,免得外兵借口,哪知宋混等越觉有词,即为耀灵缟素举哀,一片白旗白甲,直捣姑臧。姑臧就是凉州的治所,祚愈急愈愤,命收瓘弟琚及瓘子嵩,先拟加诛。琚与嵩召集市人数百名,随处传呼道："张祚淫虐无道,我父兄纠合义旅,已到城东,若再敢与祚同恶,无故拿人,罪及三族。"兵民等相率袖手,不敢干预。琚、嵩等便杀死门吏四百余人,斩关招纳外军。祚避入神雀观,祚将赵长等惧罪,急忙入阁,呼马太后出谦光殿,改立耀灵弟玄靓为主,一面大开宫门,迎宋混等趋入殿中,顿时齐声欢呼,统称万岁。祚在神雀观中,听得一片欢呼声,错疑长等已经平乱,便出观慰劳,谁知殿外列着,统是宋混等军,此时已无从躲避,只好拔剑大呼,饬令左右死战。左右无一答应,纷纷避去。从前极力逢迎的赵长,反手持长槊,向祚乱刺。祚仗剑招架,短剑不及长槊的利害,竟被刺中面颊,鲜血直喷,自知不能再战,还是逃命要紧,乃转身就跑,驰入万秋阁。兜头来了一个厨子,执刀劈来,正中祚首,立即晕毙阁下。小子有诗咏道：

残贼由来号独夫,况兼烝报效雄狐。
　　刀光一闪头颅落,如此淫凶应受诛。

欲知厨子姓名,容至下回续详。

　　苻生、张祚,同时肆恶,一在关中,一在陇右。吾不知两人具何肺肠,而顾若此之稔恶为也,生之好杀过于祚,而祚之好淫,亦甚于生。自古未有好淫好杀,而可以长享国祚者。况无故杀妻,灭绝人伦,公然烝母,遍污亲族,古称桀、纣为无道,以苻生、张祚较之,吾犹谓其彼善于此矣。宇宙之下,竟有此人面兽心,至于斯极者,虽曰速亡,其亦戾气之独钟乎?

第五十七回　具使才说下凉州　满恶贯变生秦阙

　　却说张祚被杀,下手的厨子,叫做徐黑。名足副实。黑既劈倒张祚,便出报外兵,宋混等入阁枭祚,取首悬竿,宣示中外,并暴尸道旁。凉州士民,同称万岁。祚二子泰和、庭坚,均遭骈戮。总计祚篡国僭位,仅阅三年,已是恶贯满盈,身死子灭。将军易揣等,也已与宋混联络,引兵入殿,拿下赵长,并所有张祚幸臣,一一声罪伏诛。张瓘亦驰入姑臧,推立玄靓为大将军大都督凉王,尊马氏为太王太后。淫妇何堪再尊?怪不得凉乱未已。玄靓年才七岁,由瓘秉持政柄,自为尚书令凉州牧,行大将军事,都督内外兵马。授宋混为尚书仆射,改易百官,废去和平年号,复称建兴四十三年。陇西人李俨,据郡抗命,擅杀大姓彭姚,自立为王,遥奉东晋正朔,旬月间有众万人。瓘遣将军牛霸往讨,霸至中途,忽闻西平太守卫缉,亦据郡为乱,与俨相应,霸众顿时大溃,单剩霸一人奔还。瓘更遣弟琚击缉,得破缉兵。西平人田旋,密劝酒泉太守马基,起兵应缉,谓:"缉攻东面,我攻西面,不出六旬,可定凉州。"基信为奇谋,也即发难。哪知瓘司马张姚王国,已奉瓘命,兼程到来,突入酒泉。基部署兵马,尚未办齐,怎能与他为敌,眼见得束手就擒。就是主谋人田旋,亦被拿下,两人杀死一双,好头颅送入姑臧。缉闻酒泉失败,当然不敢再出,就是李俨亦负嵎自守,不敢出兵。

　　瓘兄弟自恃有功,浸成骄侈,也不免跋扈起来。适秦使阎负、梁殊,到了姑臧,与瓘相见。回应前回。瓘启问道:"我凉州世为晋臣,不敢擅交外使,二君来此做甚?"阎负答道:"我秦王现镇雍州,与贵国同为邻藩,所以遣使修好,何为见怪?"瓘又道:"我君臣尽忠事晋,迄今六世,今若与苻征东通使,便是上违先训，下堕臣节，故不愿闻命。"负、殊齐声道："晋室衰微，久失天命，所以令先王尝幡然变计，称臣二赵，知机顺时，应该如此。今大秦威德方盛，凉王欲自帝河右，必非秦敌，诚使以小事大，亦何如舍晋事秦，得长保福禄呢？"瓘微笑道："中州无信，好食誓言，从前我国与石氏通好，使车方返，戎骑即来，如此欺诈，怎得令人信服？我国已不愿再闻和议了。"负、殊又道："三王异政，五帝殊风，岂可相提并论？况赵多奸诈，秦尚信义，本来是政教不同，风俗互异。今上更道合二仪，仁施四海，信义交孚，不分中外，奈何以二赵相比呢？"语多虚诈，但外交之道，应作别论。瓘复说道："果如君言，秦已威德无敌，何不先取江南，使天下尽为秦有？乃徒劳君等跋涉，来做说客，苻征东亦未免失计哩。"梁殊道："我先帝大圣神武，开构鸿基，强燕纳款，八州效顺。是二语更属虚言。今主上缵承遗绪，威爱兼施。以为吴会倔强，必须力征，凉州柔顺，可以义服，故遣行人等先申大好，免动兵戈。如凉人未达天命，我国当缓图吴会，先讨凉州，恐河右便非君有了。"瓘勃然道："我地跨三州，带甲十万，西包葱岭，东阻大河，伐人尚且有余，何况自守，难道便怕秦不成？"阎负道："贵州山河虽固，未若崤函，五郡虽众，未若秦雍，试想杜洪张琚，因赵成资，据天险，策锐卒，内陆外海，劲士风集，骁骑如云，兵强财富，自谓关中可据，天下可平。我先帝戎旗西指，冰消云散，才经旬月，便致易主。见五十四回。燕虽虎视关东，尚且震慑天威，俯首帖服。余如单于屈膝，名王内附，不可胜计。若我主上因贵州不服，赫然震怒，控弦百万，鼓行西来，未识凉州将如何对待哩？"好一副广长舌。瓘复道："秦果威德普及天下，江南何不入朝？"问及此语，瓘已未免退怯了。梁殊道："江南为文身旧俗，负阻江山，从古以来，道污必先叛，化盛且后宾，所以古诗有云：'蠢尔蛮荆，大邦为仇。'这正说他顽梗无知，不应与语德义，只好兵甲示威，才能制服，岂凉州也复如是么？"瓘又问及秦相如何？秦将如何？越问越馁。负、殊两人，把苻氏王亲国戚，以及内外文武，都一一陈报出来。不是誉他经世奇才，便是称他折冲健将，你一唱，我一和，端的把关中人士，一古脑儿抬高声价，恍似伊吕重出，周召复生。这一席舌战词锋，说得瓘无言可驳，只能诿诸凉王玄靓，谓当禀命后行。负、殊再逼进一步道："凉王虽英睿夙成，但年尚幼冲，究难明决，君居伊霍重任，关系安危，见机而作，责无旁贷，何必互相推诿呢？"瓘自思国乱初平，河西又所在兵起，倘或秦兵再至，势不可敌，不若暂与修和，再作计较。乃用玄靓命令，特派行人，与负、殊偕行入秦，愿为藩属。秦王生即将来表所署官爵，授册赐封，毋庸细叙。

会姚襄遣使降燕，燕主慕容儁，命襄夹攻苻秦，襄复报如约，儁乃遣将军慕舆长卿等，率兵七千人，自轵关攻幽州，襄亦引众攻平阳，晋将军王度，也乘隙攻青州。秦主苻生闻报，命建节将军邓羌拒燕，新兴王飞御晋，遥饬晋王柳

第五十七回　具使才说下凉州　满恶贯变生秦阙

救平阳。羌至裴氏堡南,与燕兵交战,大破燕兵,擒住长卿,枭得甲首二千七百余级。晋将王度,接得燕兵败没消息,不战自退。独姚襄转战无前,击退苻柳援军,陷入平阳城外的匈奴堡,杀毙守将苻产,且将产众悉数坑死。既而襄却向秦假道,愿回陇西,秦主生欲从襄请,东海王坚谏阻道:"襄乃当今人杰,若纵还陇西,还当了得!不如诱以厚利,伺彼无备,击死了他,方绝后患。"生乃依坚议,遣使拜襄官爵。襄不愿受,杀死秦使,扯碎来册,又进兵侵掠河南。生当然大怒,适并州刺史张平,弃燕降秦,由生授为大将军,令率部众数万人击襄。襄自恐寡不敌众,乃卑辞厚币,与平结欢,面订盟约,结为兄弟,始各撤兵退回。

生因战事已平,乐得经营土木,遂发三辅民修治渭桥。金紫光禄大夫程肱谓:"有害农时,不应劳民。"反被生驱出斩首。未几,大风拔木,行人颠仆,秦宫中讹传贼至,自相惊扰,宫门昼闭,五日方息。生查得造谣数人,刳心剖胃,惨加极刑。光禄大夫强平,为生母舅,实在看不过去,便入殿切谏,劝生爱民事神,缓刑崇德,才能上弭灾祲,下息奸回。语尚未完,已惹动生怒,命左右取凿过来,凿穿平顶,不得少延。卫将军广平王黄眉、前将军新兴王飞、建节将军邓羌,时正在侧,急忙叩头固谏,谓:"平系强太后弟,应从薄谴。"生哪里肯听,但促左右凿平。可怜平脑破浆流,死于非命。生且黜黄眉为左冯翊,飞为右扶风,羌为咸阳太守。这三人素有勇名,所以生尚不忍加诛,但示薄惩。那强太后却哭弟过哀,恨子不道,竟致忧郁成疾,绝食而亡。生毫无戚容,反自书手诏,颁示中外,略云:

> 朕受皇天之命,君临万邦,嗣统以来,有何不善?而谤讟之声,扇满天下,杀不过千,而谓之残虐,行者毗肩,未足为希,方当强刑极罚,复如朕何?

是时,潼关以西,长安以东,虎狼为害,日中阻道,夜间发屋,不食六畜,专务食人,百姓不敢耕桑,都徙居城邑。百官奏请禳灾,生狞笑道:"野兽腹饥,自然食人,饱即不食,何必过虑。天道本来好生,正因民多犯罪,特降虎狼替朕助威,为甚么要去祈禳呢?"可笑可恨。一日,出游阿房,见有男女二人,行过道旁,容貌都尚秀丽,便令左右拉住二人,当面问道:"汝二人却是佳偶,已结婚否?"二人答道:"小民乃是兄妹,不是夫妻。"生笑道:"朕赐汝为夫妇,汝即可就此交欢,毋庸推辞。"奇语。二人固执不从,生即拔剑出鞘,把他砍死。旋与继妻登楼眺望,继妻指问楼下一人,是何官职姓名?生望将下去,乃是尚书仆射贾玄石,仪容秀伟,素有美名,禁不住惹起醋意,便顾语道:"汝莫非艳羡此人么?"亏你聪明,能知妻意。说着,即召过卫士,交与佩剑,嘱使取玄石首来。

卫士携剑下楼，才阅片时，已取玄石首复命。生掷与继妻道："赠汝何如？"继妻又惭又悔，弄得局蹐不安，匍匐待罪。生却怜妻有色，扶使起身，携手回宫去了。只枉死了玄石。

生平时最喜食枣，尝患齿痛，令太医令程延诊视。延诊毕语生道："陛下并无他疾，不过食枣太多，因致损齿。"说至此，忽听得一声狂吼道："咦！汝非圣人，怎知我多食枣？"延心胆俱落，急拟下跪谢过，不料剑锋已到，首即坠地。嗣又使别医合安胎药，加入人参，嫌太细小。医谓："参质虽细，未具人形，但已可合用。"生怒道："汝敢讥笑我吗？"遂使左右剜出医目，然后枭首。医官到死，尚未知所犯何罪，及他人察及剜目情由，才料到苻生误会，还道是借参寓讥，与自己瞽目有关，所以冤冤枉枉的杀死该医。

越年，为秦主生寿光三年，就是晋穆帝升平元年。穆帝年阅十五，预行冠礼，褚太后撤帘归政，故改永和十三年为升平元年。秦与晋东西分峙，年号原是不同，惟史家推晋为正统，因此随笔叙明，聊醒眉目，看官不要嗤我夹七夹八呢。是年二月，太白犯东井，秦太史令康权上言道："东井系秦地分野，太白罚星，恐主暴兵犯京师。"生狂笑道："太白入井，想是因渴求饮，与人事有何关系呢？"不但生自己好笑，就是我亦闻言笑倒了。

又越两月，接得边地急报，乃是姚襄入据黄落，将逼长安。生不得不遣将调兵，出击姚襄。襄前时出没淮北，骎突河南，自称大将军大单于，据住许昌，并窥洛阳。洛阳本由魏将周成驻守，及冉魏败亡，成举城降晋，仍得晋廷委任。晋大将军桓温，尝请迁都洛阳，修复园陵，穆帝未许，但命温为征讨大都督，使讨姚襄。适周成复叛，襄亦引兵回洛，彼此相持，未分胜负。温乃自江陵发兵，遣督护高武据鲁阳，辅国将军戴施屯河上，自率大军继进。温登船楼北望中原，慨然叹道："使神州陆沈，百年邱墟，王夷甫诸人，实难逭责呢。"当下进次伊水。襄撤洛阳围，移兵拒温，先使部下精锐，避匿林中，乃遣人语温道："公率大军远来，襄愿奉身归命，与公相见，但请公敕兵少退，即当拜谒路旁。"温知襄有诈，掀须微哂道："我自来恢复中原，敬谒山陵，干君甚事？君既归顺，便当来见，何必烦劳使人，多费纠缠呢。"襄使返报，襄知所谋不遂，乃与温夹水对垒。温亲被甲胄，督众过击，襄众大败，死伤数千人，奔往北山。温追襄不及，进略洛阳，周成率众出降。温执成送建康，自徙屯金墉城，修复诸陵，分置陵令，表请调镇西将军谢尚，都督司州诸军事，镇守洛阳。尚有疾不行，未几去世。温乃留戴施为河南太守，使与冠军将军陈祐，居洛卫陵，自率大军还镇。

襄西奔平阳，收降秦并州刺史尹赤，乃改图关中，进屯杏城。羌胡及秦民，陆续趋附，得五万余户，遂据黄落。黄落在长安南境，相距不过二三百里，

第五十七回　具使才说下凉州　满恶贯变生秦阙

秦即遣广平王黄眉，东海王坚，及将军邓羌，率步骑万五千人，直抵黄落。襄深沟高垒，固守不战。羌向黄眉献策道："襄被桓温杀败，锐气已尽，今固垒不战，明明是惊弓伤鸟，未肯轻发，但我若长此顿兵，亦非良计。襄性刚狠，可以刚克，今宜鼓噪扬旗，直压襄垒，使他怒不可遏，勃然前来，我用埋伏计诱他入阱，必擒无疑。"黄眉依计施行，便令羌率骑兵二千，前往诱襄，自与坚埋伏三原，专待襄至。羌引兵至襄垒门，大声诟骂，襄果忍耐不住，尽锐出战。羌且战且却，退至三原，始回马力战。襄恃兵众，麾兵围羌，喊杀声震动山谷。俄而黄眉与坚，左右杀到，反将襄军裹入里面，羌从内杀出，黄眉等从外杀入，把襄兵冲得七零八落。襄所乘骏马，叫做黧眉骃，雄骏非常。此时襄思急遁，慌忙挥鞭，不防马忽自倒，将襄倾落马下，即被秦兵擒住，牵至坚前。坚见襄年少面悍，料不可制，不如乘此剪除，乃叱令斩首，余众尽降。襄尝载父柩从军，亦为秦房，坚因此招襄弟姚苌，谓苌若不降，当枭乃父尸。苌乃率诸弟投诚。坚能料襄，不能料苌，也是苻坚气运。秦兵奏凯班师，秦主生命葬襄父弋仲柩于孤磐，许用王礼，并用公礼葬襄，授苌为扬武将军。独黄眉等未得重赏，反加叱辱，黄眉忿甚，潜谋杀生，事发被诛。王公亲戚，亦多连坐，骈戮至数百人。

生尝梦大鱼食蒲，以为不祥，又闻长安有歌谣云："东海有鱼化为龙，男便为王女为公，问在何所洛门东。"这三语是阴寓苻坚。坚为东海王，兼龙骧将军，住宅正在洛门东。生不明玄旨，反疑及广宁公鱼遵，平白地把他杀死，并诛及七子十孙。谁叫你姓鱼？长安市民，复起一种歌谣道："百里望空城，郁郁何青青？瞎儿不知法，仰不见天星。"生听悉是歌，命将境内空城，悉数毁去。其实谣言预兆，乃是指清河王法。法为坚兄，后来起兵发难，便属此人，生怎能预知，一味儿轻举妄动罢了。

金紫光禄大夫牛夷，虑不免祸，乞请外调。偏生命为中军将军，召入与谑道："牛性迟重，善持辕轭，虽无骥足，能负百石。"夷答道："虽服大事，未经峻壁，愿试重载，乃知勋绩。"生笑道："爽快得很，公尚嫌所载过轻么？朕将把鱼公爵位处公。"夷叩谢而出。转思生言，寓有别意，恐不免为鱼遵第二，遂服毒自杀。

生荒暴益甚，日夜狂饮，连月不出视事，或至日入时御朝，每醉必妄加杀戮，妻妾臣仆，误言残缺偏只字样，常以为讥他眇目，置诸死刑。暇时辄问左右道："我自临天下以来，外人以我为何如主？想汝等应有所闻。"或答言："圣明治世，举国讴歌。"生怒叱道："汝为何媚我？"立即杀毙。他日又问，左右不敢再谀，只答言陛下稍觉滥刑。生又叱他何故谤我？亦令处斩。真是别有肺肠。所以臣下得保一日，如度十年。他尚有一种奇嗜，专喜观男女淫亵事，往往上坐饮酒，呼令宫人与近臣，裸体交欢，如有不从，立杀无赦。或生剥牛羊驴马，活焚鸡豚鹅鸭，纵诸殿前，看它惨死。又尝剥死囚面皮，迫令歌舞，种种怪剧，不胜枚举。

寿光三年六月，太史令康权入奏，谓："昨夜三月并出，孛星入太微，光连东井，且自去月上旬，沉阴不雨，直至今日，恐有下人谋上的隐祸。"生拍案道："汝又敢来造妖言么？"立命扑死。御史中丞梁平老等，与东海王坚友善，便私语坚道："主上失德，人怀贰心，燕晋二方，伺隙欲动。一旦祸发，家国俱亡，殿下何不早图呢？"坚颇以为然，但畏生趫勇，未敢遽动。会有宫婢报坚道："主上昨夜饮酒，曾言'阿法兄弟，亦不可信，便当除灭'云云。坚令转告兄法，法亟与梁平老强汪等密商。梁汪俱主张先发，法便遣人告坚，自与梁汪两人，号召壮士数百，潜入云龙门。坚亦与侍中尚书吕婆楼，带领麾下三百余人，鼓噪继进。宿卫将士，皆释仗相从。生尚醉卧床中，至坚兵杀入，方起问左右道："这等人何故擅入？"左右答言："是贼。"生醉眼矇眬，尚满口胡言道："既说是贼，何不拜他？"左右相将窃笑，连坚兵亦且笑且哗。生又催言何不速拜，不拜就斩。坚应声道："不要汝拜，但教汝徙居别室。"说着，即指麾众士，至卧榻前，把生拖下，牵拉出去。生醉后无力，一任他拥入别室去了。小子有诗叹道：

> 不防天变不忧人，似此凶狂正绝伦。
> 待到萧墙生变祸，暴君毒已遍西秦。

欲知苻生性命如何，待至下回续叙。

阎负梁殊，受秦主苻生之命，往说张瓘。掉三寸舌以服凉州，大有战国策士遗风。本回特从详叙，寓有微意。为世道计，则以尚诈少之，为使才计，则以专对多之。抑扬并见，固非浪费笔墨也。姚襄往来侵掠，卒死黄落，善战必亡，可以概见。苻生之恶，古今罕有，依史叙入，穷极凶顽，此殆真丧心病狂者。二年乃亡，吾犹恨其不速诛也。

第五十八回　围广固慕容恪善谋
战东河诸葛攸败绩

却说苻生被徙入别室，醉尚未醒，当即有人传入，废生为越王，生亦不知为何人所授。及醒后已失权威，虽然懊恼异常，但已似鸟入笼中，无从跳跃，只好再向酒中寻乐，终日沉酣。那苻法苻坚，已废去暴主，无人反抗，遂议另

第五十八回　围广固慕容恪善谋　战东河诸葛攸败绩

立嗣君。法与坚互相推让，法谓："坚系嫡嗣，且有贤名。"坚谓："法年较长，应该序立。"兄弟谦说多时，迄无定议。惟群臣多主张立坚，坚母苟氏趋入道："社稷重事，我儿既自知不能，不如让人。若谬膺大位，他日有悔，当由诸君任咎哩。"看到后文，才知苟氏所言，寓有深意。群臣一齐顿首，盛称坚贤，必能安邦定国。苟氏乃喜。遂由坚升殿即位，自立帝号，称大秦天王。诛董荣赵韶等二十余人，复遣使逼生自尽。生临死时，尚饮酒数斗，醉倒地上，不省人事，当被坚使拉毙，年只二十三，在位二年有余，坚谥生为厉王。生子馗尚值幼冲，许袭越王封爵，总算是秦王坚的仁恩。句中有刺。当下大赦改元，年号永兴，追谥父雄为文桓皇帝，尊母苟氏为皇太后，妻苟氏为天王后，子宏为太子，兄法为丞相，都督中外诸军事。诸王皆降封为公。从祖永安公侯为太尉，晋公柳为车骑大将军尚书令，封弟融为阳平公，双为河南公，子丕为长乐公，晖为平原公，熙为广平公，叡为钜鹿公，命李威为左仆射，梁平老为右仆射，强汪为领军将军，吕婆楼为司隶校尉，王猛为中书侍郎。

　　猛自还居华阴后，隐遁如故。应五十六回。坚欲图生，令吕婆楼延访人才，婆楼与猛有旧交，因即举荐。坚遂使婆楼往召，猛应召而至，与坚谈及时事，口若悬河，滔滔不绝，说得坚倾心悦服，自谓如刘玄德遇孔明，竭诚相待。及斩关废立，猛亦与谋。李威为苟太后姑子，坚事威如父，威亦知猛贤，劝坚委猛国事。坚尝语猛道："李公知君，不啻管鲍。"所以猛事威如兄。坚又任薛赞为中书侍郎，权翼为给事黄门侍郎，令与猛并掌机密。赞与翼皆姚襄参军，降秦事坚，坚任为心膂，事辄与商，这且不在话下。

　　惟坚母苟氏，尊为太后，尝恐众心未附，嗣主不安，又因法为庶长，得揽大权，将来未免生变，特别加防。一日出游宣明台，路过法第，留心注视，正值车马盈门，非常热闹，她遂忧上加忧，返与李威密谋，即夕发出内旨，收法赐死。坚仓猝闻报，趋往东堂，与法诀别，流涕悲号，甚至呕血。法虽由内旨赐死，坚岂真不可挽回？乃佯为恸哭，欺人可知。及法死后，谥曰献哀，封法子阳为东海公，敷为清河公，于是举异才，修废职，课农桑，恤困穷，礼神祇，立学校，旌节义，如前时鱼遵雷弱儿王堕毛贵梁楞梁安段纯辛牢等后嗣，俱量能授用，且追复本身官爵，依礼改葬，吏民大悦。无非噢咻小惠。尚书左丞程卓，案多不治，勒令免官，代以王猛。既而并州镇将张平，据州叛命，坚遣建节将军邓羌往讨，杀败平军，擒平养子蚝，送入长安。平乃悔罪投诚，坚特旨赦免，仍署平为右将军，并命蚝为武贲中郎将，但徙平部曲三千户入关。是年秋季天旱，坚减膳撤悬，发出金帛锦绣，充作赈资。后宫后妃，悉去罗绮，开垦山泽，与民共利，因此旱不为灾。看官！试想从前苻生在位时，如何暴虐，如何昏狂，此次得了这位英主，与苻生判若天渊，真是倒悬立解，事半功倍，还有何人不歌功颂德，想望太平呢？其实是牢笼手段。

且说燕主慕容俊，僭号称帝，雄长朔方，接应五十四回。大封宗室诸臣，多授王爵。慕容军得封襄阳王，慕容恪得封太原王，慕容评得封上庸王，慕容霸得封吴王，慕容疆得封洛阳王。军为抚军将军，恪为大司马侍中大都督，录尚书事，皆留居蓟城。惟遣评为征南将军，都督秦雍益梁江扬荆徐兖豫十州诸军事，使镇洛水。疆为前锋，都督荆徐二州诸军事，进屯河南。霸为安东将军，领冀州刺史，留守旧都龙城。霸有勇略，前曾得乃父皝欢心，特名为霸，恩遇比世子为优。俊颇怀嫉忌，不过因霸常立功，未便加罪。霸少好畋游，堕马折齿，俊既僭位，令霸改名为𡙇，霸不愿受命，至是乃令减去右旁，但留垂字。霸始易名为垂。垂既镇龙城，抚众课民，得收东北大利。俊又恐他势盛，仍复召还。俊母段氏，系出徒河，与段辽从子龛，有中表谊。龛父名兰，兰死后，龛收遗众，东屯广固，自号齐王，向晋称藩，袭燕郎山，击走俊将荣国，乃贻书与俊，抗称中表，斥俊僭号。俊得书甚怒，即遣太原王恪为征讨大都督，尚书令阳骛为副，同讨段龛。

先是俊父皝临终时，曾有遗言嘱俊云："恪智勇兼济，才堪任重，骛志行高洁，忠干贞固，可托大事。"俊谨记勿忘，凡军国重要，统与二人商决。此次因龛众方盛，特遣二人出师。龛弟罴骁勇过人，且有智谋，闻燕军将至，即向龛献议道："慕容恪素善用兵，更有阳骛为助，率众前来，恐不可当，若听彼渡河，顿兵城下，虽欲乞降，亦不可得。王但固守城中，由罴带领精锐，往拒河上；幸得战胜，王可合兵力追，乘胜歼虏，使他匹马不返，万一不胜，即可请降，尚不失为万户侯哩。"龛不肯从。已而罴闻燕军近河，重申前议，龛仍不许，罴情急语戆，竟触龛怒，拔剑杀罴。未曾遇敌，先将亲弟杀死，安得不亡。那慕容恪方屯兵河上，安排舟楫，好几日不敢渡河，也恐龛遣兵掩击，格外持重。至探得杀罴消息，才知龛无能为，麾兵急渡，陆续东进，行至淄水南岸，方见龛自来拒战。恪与骛分军为二，包抄龛兵，龛左右遇敌，招架不住，遂至败退。龛弟钦被擒，右长史袁范等，统皆战死。

恪追龛至广固城下，龛闭门固守，恪但令军士筑栅，四面兜围，另分兵招抚旁郡。龛所有诸城，依次附燕。恪或仍令故吏居守，或请派新官往署，从容布置，进退咸宜；独未尝督攻围城，镇日里按兵不动。诸将莫名其妙，群请速攻。恪乃与语道："用兵不宜执一，或宜缓行，或宜急取，若彼我势均，外有强援，一或顿兵，腹背受敌，自应急攻为是，冀速大利；倘我强彼弱，又无外援，不如羁住守兵，静待彼毙，兵法所谓十围五攻，便是此意。龛恩结贼党，众未离心，前此淄南一战，彼非不锐，不过用兵未善，为我所败；今我得凭阻天险，上下戮力，攻守势倍，行军常法，必欲急攻，谅亦数旬可克，但恐困兽犹斗，必须

第五十八回 围广固慕容恪善谋 战东河诸葛攸败绩

恶战，伤我士众，定在意中。我国家连年用兵，未得休息，我每念士卒疮痍，几忘寝食，奈何再轻残民命哩？故我意持久以取，勿贪近功。"诸将始皆下拜，自称未及。我亦佩服。就是军士闻言，亦皆悦服。于是严固围垒，屯田课耕。齐民亦争运粮刍，馈给燕军。

好容易过了半年，城中粮储已尽，樵采路绝，甚至人自相食，龛不得已悉众出战。恪早防到此着，开垒接仗，潜令骑兵抄到龛兵背后，截他归路。龛兵统皆枵腹，怎能杀得过燕军？一经交锋，便即败却，龛只好退回。不意到了城边，又被燕骑截住，弄得进退两难，没奈何拚死杀入，才得冲开走路，跟跄入城。燕骑也不去追逼，唯驱杀龛众，斩馘殆尽，守兵从此夺气，莫有固志。龛穷蹙万分，因使部将段蕴，缒城夜出，诣晋乞援。晋遣北中郎将荀羡，率兵往救，进次琅琊，探得燕军强盛，不敢轻进。阳郡守将王腾，方背龛降燕，他想讨好恪前，立些功绩，遂不待恪命，欲乘虚袭晋鄄城。将士方调发出去，谁知晋军已掩到城下，原来晋将荀羡，自恐逗留得罪，正思进攻阳郡，求功补过，凑巧阳郡出兵，城内空虚，遂引军扑城，日夜不休。老天有意做人美，连宵下雨，冲坍城墙，羡即乘隙攻入，把腾擒住，杀死了事。欲侮人者反为人侮，可见贪足杀身。腾所遣赴鄄将士，中途闻耗，当然骇散，不消细叙。惟段龛待援不至，无法支持，且经恪许他不死，乃面缚出降。恪入城安民，禁止侵掠，人民大悦，遂定齐地。命龛为伏顺将军，同返蓟城。留镇南将军慕容尘居守广固。龛后为俊所杀。

晋将荀羡，闻广固失陷，退还下邳，留泰山太守诸葛攸，及高平太守刘庄，率兵三千守琅琊。参军戴逯，率兵二千守泰山。燕将慕容兰屯汴城。羡顺道进击，斩兰而去。越年燕太子晔病逝，谥曰献怀。俊立第三子𬀩为太子，改元光寿。是年即晋穆帝升平元年。晋泰山太守诸葛攸，攻燕东郡，进兵武阳。俊复遣慕容恪阳骛，及乐安王臧，俊之子。引兵拒攸。攸才略有限，哪里是慕容恪的对手，一战即败，逃回泰山，恪遂进兵渡河，连陷汝颍谯沛诸郡县，分置守宰，振旅北归，还据上党，收降河内太守冯鸯，略定河北全境。燕主俊遂自蓟城徙都邺中，缮修宫殿，复作铜雀台。注见前。命昌黎辽东二郡，建庙祀廆。范阳燕郡，建庙祀皝，即派护军平熙，领将作大匠，监造二庙。独吴王垂素遭俊忌，垂妃段氏，为故鲜卑单于段末杯女，才高性烈，自恃贵姓，又不肯尊事俊后。后可足浑氏引为深恨，遂与中常侍涅浩密谋，诬称段氏为巫蛊事，收付廷尉讯验。亏得段氏抵死不认，垂始得免连坐。段氏不堪箠楚，竟死狱中。俊颇加悔悯，乃授垂为东夷校尉，领平州刺史，出镇辽东。幸有此妇，应该终身顶礼。

秦右将军张平，复叛秦降燕，据有并州壁垒三百余所，得胡晋遗民十余万众。会燕调降将冯鸯为京兆太守，改令别将吕护代任。鸯与护阴相联络，通款晋廷，就是张平亦模棱两可，意欲联晋。俊遣上庸王慕容评讨鸯，鸯固守不下，再由燕领军将军慕舆根，奉命助评，合兵急攻。鸯乃开城夜遁，奔投吕护。评又移兵往攻张平，平正与兖州刺史李历，安西将军高昌，通使连盟，阳事燕主，暗通秦晋。张平历见前文，李历高昌见五十四回中。评侦实报闻，燕主俊使阳骛讨昌，乐安王臧讨历。历从濮阳奔荥阳，昌从东燕奔乐陵，平势日孤，所署征西将军诸葛骧，镇东将军苏象，宁东将军乔庶，镇南将军石贤等，又举并州壁垒百余所，降顺燕军。那时平支撑不住，也率众三千奔平阳，竟遣使向晋乞降。

俊因晋屡纳叛将，遂思大举南下，并拟经略关西，当下命州郡校阅现丁，详核隐漏，每户只准留一丁，余悉充当兵役，定额一百五十万，约期来春大集，进临洛阳。武邑人刘贵上书，极陈民力凋敝，不应过事征调，并陈时政失宜十三事。俊乃宽限征发，改来春为来冬，但中使仍然四出，募兵征饷，络绎道旁。郡县不堪供应，相率咨嗟。太尉封弈，谓："调发事宜，尽可责成州郡，不必另行遣使，所有从前使臣，概请召还，以省烦扰。"俊总算依议。已而晋北中郎将荀羡，攻入山茌，擒住燕泰山太守贾坚。坚祖父本皆晋臣，羡因劝坚降顺，且与语道："君世代事晋，不应忘本归虏。"坚答说道："晋自弃中原，并非坚甘心忘本。今既身为燕臣，怎得再思改节呢？"遂绝粒而死。愚忠亦不足道。

忽由燕将慕容尘，遣司马悦明来救泰山。羡与战失利，只好退走，山茌复被燕军夺去，羡愤恚成病，上书求代。晋廷乃遣吴兴太守谢万为西中郎将，监督司豫冀并四州军事，领豫州刺史。再命散骑常侍郗昙为北中郎将，都督徐兖青冀幽五州军事，领徐兖二州刺史。二人才具，均不及羡，惟昙为故太尉郗鉴次子，万为故镇西将军谢尚从弟，皆以门阀邀荣，得列方镇。右将军王羲之曾贻万书，说他用非所长，既已受职建牙，应与士卒共同甘苦，万不能用。万兄谢安，亦诫万道："汝为元帅，须常接待诸将，联络欢心，不宜自命风流，矜才傲物。"万亦不少悛。临行时，由安亲托诸将，一一慰勉。万还道阿兄多事，怏怏而去。为后文败归伏线。荀羡解职还都，旋即去世。穆帝很加悲悼，叹为折一股肱，因追赠骠骑将军。羡尚有令名，故叙及病殁。

未几为升平三年，晋泰山太守诸葛攸，大起水陆兵士，共得二万余人，再往伐燕，自石门进次河渚，分遣部将匡超据碻磝，萧馆屯新栅，督护徐冏，带领水军三千，游弋河中，泛舟上下，作为东西声援。燕主俊即命上庸王评，率同长乐太守傅颜等，领兵五万，往拒攸军。评屡经战阵，纪律颇严，部下又统皆精锐，踊跃争先，行至东阿相近，正与攸军遇着，不待列营休息，便即麾兵上前，步骑相间，纵横驰骤。攸虽有志平虏，怎奈才力不济，徒靠着一时血气，究

第五十八回　围广固慕容恪善谋　战东河诸葛攸败绩

竟敌不过百战雄师，两下交战多时，攸军多半受伤，眼见是旗靡辙乱，不能再奋，没奈何败退下去。评趋兵追击，大杀一阵，俘斩不可胜计，遂乘胜围攻东阿，且分兵进窥河洛。

晋廷诏令西中郎将谢万，出驻下蔡，北中郎将郗昙，出驻高平。万在军中，仍然啸咏自如，未尝拊循士卒，每经升帐，不发一言，但手执如意，指麾四座。将士统不服万，万尚不以为意，引众出涡颍间，拟援洛阳。途次闻郗昙退屯彭城，不禁惶骇，也即拍马逃归。部将见他傲慢无能，相率鄙视，恨不得将他刃毙，只因受安嘱托，未敢妄言，但各走各路，分道引归罢了。究竟昙为何事退兵？后来传下诏书，才知昙因病自归。朝廷格外原谅，仅降昙为建武将军，惟谢万无故溃退，罪难轻恕，着即免为庶人。还是失刑。

燕上庸王慕容评，正想略定河洛，会接燕主俊寝疾消息，乃收兵还邺。俊自太子晔逝世，不免追悼，尝对群臣流涕，谓此儿若在，我可无忧。又因嗣子㬙年轻质弱，未及乃兄，深以为虑，因此寝馈不安，酿成心疾。一夕，梦见石虎闯入，牵臂乱啮，不由的猛呼一声，才将梦魇驱出，醒后尚觉臂痛，乃命发掘虎墓，有棺无尸。寻复悬赏百金，购人告发。适有故赵宫女李菟，得知石虎葬处，在邺宫东明观下，因即应募报闻。俊遂令李女引示，发掘至数丈以下，果得一棺，剖棺出尸，僵卧不腐。俊亲往验视，用足蹴踏，对尸怒叱道："死羯奴敢梦扰活天子么？"说着，又命御史中丞杨约，数他罪恶，计数百件，遂加鞭挞，打得筋断骨折，乃投诸漳水中。死尚被罚，人何苦生前作恶？尸尚倚着桥柱，终未漂没。及苻秦灭燕，王猛始收尸埋葬，并杀女子李菟，这是后话。王猛亦未免好事。

惟俊既弃去虎尸，病仍未瘳，因召大司马太原王恪，入室与语道："我病恐不起，将与卿等长别。人生寿数，本有定限，死亦何恨，但秦晋未平，景茂尚幼，㬙字景茂。怎能遽当大位？我欲效宋宣公故事，即以社稷付汝，汝意以为何如？"恪答道："太子虽幼，秉性宽仁，必能胜残去杀，为守成令主。臣实何人，怎敢上干正统？"俊变色道："兄弟间还要虚饰么？"恪从容道："陛下既称臣能主社稷，难道不能辅少主吗？"俊乃转怒为喜道："汝果能为周公，我复何忧？"恪便趋退。俊复召吴王垂还邺，寻因病体少瘳，复欲遣兵寇晋。越年正月，且出郊阅兵，派定大司马恪，及司空阳骛为正副元帅，定期出兵。是夕还宫，自觉劳倦。翌日，旧疾复发，遂至危笃，即召恪与阳骛，暨司徒评，领军将军慕舆根等，受遗辅政，言毕遂殂，年五十三，在位十有二年。燕人称俊为令主，小子有诗叹道：

　　六朝衰运慨泯棼，遍地胡腥不忍闻。
　　但得一方中主出，民间已是号贤君。

俊既病逝，百官复议立恪，究竟恪是否从众，容至下回叙明。

慕容俊僭号称尊，国势日盛，所恃者莫如慕容恪，次为慕容垂，而慕容评尚不足道也。观恪之往围广固，不欲急攻，非特深谙兵法，并且体恤全军。迨段龛出降，禁止侵掠，不嗜杀而齐地自定，虽古之良将，无以过之。俊能承父遗命，倚恪为重，并及阳骛，其致强也宜哉。且平时虽尝忌垂，而不忍加罪。垂妻被诬，仍免垂连坐，使镇辽东，俊其固有知人之明乎？慕容评粗具战略，视恪与垂，相去实远，而晋将诸葛攸等，尚为所败，晋实无人，此燕之所以横行河朔，而益得称雄也。

第五十九回　谢安石应征变节　　　　张天锡乘乱弑君

却说慕容恪受遗辅政，当然拥立太子𬀩。百官多倾心事恪，意图推戴，恪哪里肯从，但言国有储君，不容乱统，乃由𬀩升殿嗣位。𬀩年方十一，恪率百官入朝，谨守臣节，当下循例大赦，改元建熙，追谥俊为景昭皇帝，庙号烈祖。尊俊后可足浑氏为太后，进太原王恪为太宰，专掌百揆。上庸王评为太傅，司空阳骛为太保，领军将军慕舆根为太师，夹辅朝政。根自恃勋旧，举动倨傲，且有异图，适太后可足浑氏，干预外事，根欲从中播弄，煽乱徼功，乃先向恪进言道："今主上幼冲，母后干政，殿下宜预防不测，亟思自全，且安定国家，全是殿下一人的功劳，兄终弟及，古有常制，应俟山陵事毕，废去幼主，由殿下自践尊位，永保国基，方为长策。"恪惊诧道："公莫非酒醉么，奈何敢出此言？我与公同受先帝遗诏，口血未干，怎得异议？"根不禁怀惭，赧颜退去。

恪转告吴王垂，垂劝恪速即诛根，恪摇首道："今国家新遭大丧，二邻方在旁观衅，若宰辅自相诛夷，就使内乱不生，亦招外侮，不如暂忍为是。"秘书监皇甫真，又谓："根已谋乱，不可不除。"恪仍然不听。无非慎重。哪知根竟入宫进谗，密白太后道："太宰太傅，将谋不轨，臣愿率禁兵捕诛二人。"太后可足浑氏，素好猜忌，一闻根言，便欲依议。还是嗣主𬀩从旁进言道："二公系国家亲贤，先帝特加选任，托孤寄命，想彼未必愿出此，莫非太师自欲为乱，因有此言？"小时了了，大未必佳。可足浑氏乃拒绝根议。根又思归东土，入白太后及𬀩道："今天下萧条，外寇不一，国大忧深，不如仍还旧都。"太后与𬀩亦未从所请。

恪得闻根言，知根必将为乱，乃与太傅评联名，密陈根罪，即使右卫将军

第五十九回　谢安石应征变节　张天锡乘乱弑君

傅颜，引兵至内省诛根，并拘根妻子党与下狱，酌处死刑。中外未悉详情，还疑燕廷骤诛大臣，不免惊愕。恪独镇定逾恒，绝不张皇，每有出入，只令一人步从，或劝恪宜自戒备。恪答说道："人情方怀疑贰，非静镇不足安众，怎得自相惊扰呢？"果然不到数日，人心复定。惟各郡县所征兵士，乍闻大丧，并有内乱谣传，往往乘间散归，自邺以南，路人拥挤，几至断塞。恪授垂为镇南将军，都督河南诸军事，领兖州牧，兼荆州刺史，出镇蠡台。又令孙希为并州刺史，傅颜为护军将军，带领骑士二万，观兵河南，临淮而还。于是全国兵民，各知朝内无事，相率安堵，不复生疑了。如恪才为社稷臣。

且说晋穆帝自亲政后，立散骑常侍何准女为皇后，准兄充尝为骠骑将军，后以名门应选，受册后正位中宫，柔顺有仪，毋庸细叙。司徒会稽王昱，奉表归政，穆帝不许，内政仍付昱参决，外政多为桓温把持。前领司徒蔡谟，虽由褚太后特诏起复，仍使为光禄大夫。谟称疾固辞，不复朝见，寻即病殁。诏赠侍中司空，赐谥文穆。谟不失为良臣，故录及终身。自升平纪元，荏苒五年，江淮一带，尚无大变，不过与燕兵争战数次，均皆失利。西中郎将谢万，不战即溃，尤损国威。且王谢素号世家，当时风俗人心，统重门阀阶级，谢万得罪被黜，不但国家感受影响，就是谢氏门第，亦为一落。万兄谢安，幼即风神秀彻，长益智识深沉，善行书，工诗文，朝中权贵，互相钦慕，累征不起。祖籍本为阳夏人氏，随晋东渡建康。安独寓居会稽，与王羲之等为友，游山眺水，歌咏自娱。有司奏安屡不就征，性情乖僻，应禁锢终身，安不以为意，索性栖迟东土，放情邱壑，每出必挟妓从游，不拘小节。会稽王昱素闻安名，尝语僚属道："安石与人同乐，必肯与人同忧。"安石就是安小字。安妻刘氏，为丹阳尹刘惔妹，见伯叔多半富贵，独安隐居不仕，常语安道："大丈夫当不若是呢。"妇人终难免势利。安掩鼻道："卿所见未能免俗，岂丈夫定要富贵么？"及万已褫职，门第减色。安年已四十余，免不得顾虑家门，转思仕进。君亦未能免俗了。可巧征西大将军桓温，表请辟安为征西司马，朝旨立即召安。安便至都中。自新亭启行，朝士多往饯送，中丞高崧戏语道："卿累违朝旨，高卧东山，诸人互相私议，谓安石不出，如苍生何？苍生今亦将如卿何？"说毕大笑。安被他一嘲，也不禁惭愧起来，勉强支吾，终席即去。

既到江陵，与温相见，谈笑竟日，甚惬温意。及安趋出，温问左右道："汝等曾见有如此佳客否？"嗣温有事访安，至安居室，安适早起理发，久不出见。温在外坐待，始闻室内有人传呼，令人取帻。温即朗声道："不必，不必，请司马即戴便帽，就好相见了。"安依言见温，坦然与语，取决如流。温满意乃去。晋廷复起谢万为散骑常侍，万受职未久，便即病死。安本不欲随温，无非借温干进，暂作过渡思想。及万已去世，遂假弟丧为名，投笺求归。温准令返家治丧，安此后不复诣温。寻由朝廷授为吴兴太守，便一麾赴郡去了。

升平五年五月，穆帝有疾，数日即逝，年仅十有九岁，在位十七年，帝尚无子，当由会稽王昱等，入白褚太后，请迎成帝长子琅琊王丕嗣位，褚太后依议施行，因即下令道：

> 帝奄不救疾，胤嗣未建，琅琊王丕，中兴正统，明德懋亲，昔在咸康，属当储贰，以年在幼冲，未堪国难，故显宗高让。今义望情地，莫与为比，其以王奉大统，毋坠厥命！

这令下后，当由百官备齐法驾，至琅琊王第迎丕入宫，升殿即位，是为哀帝。丕时年二十有二，曾纳司徒左长史王濛女为妃，至是册为皇后。封弟奕为琅琊王，奉葬穆帝于永平陵，庙号孝宗。尊所生母周氏为皇太妃，穆帝后何氏为穆皇后，又诏谕中外道：

> 显宗成皇帝顾命，以时事多艰，弘高世之风，树德博重，以隆社稷，而国故不已，康穆早世，祚胤不融。朕以寡德，复承先绪，感惟永慕，悲痛兼摧，夫昭穆之义，固宜本之天属，继体承基，古今常道，宜上嗣显宗以修本统。特此诏告中外，俾使周知。

越年，改元隆和。会闻北方降将吕护，又背晋归燕，将攻洛阳。乃命吴国内史庾希为北中郎将，领徐兖二州刺史，镇守下邳；前锋监军袁真为西中郎将，监督司豫并冀四州军事，领豫州刺史，镇守汝南。两将方才莅镇，那燕吕护已驱动燕军，进逼洛阳。守将河南太守戴施，闻风奔宛，只冠军将军陈祐，飞使至桓温处告急。温留戴施陈祐守洛阳事，见五十七回。温急檄北中郎将庾希，及竟陵太守邓遐，同率水师援洛阳。遐为建武将军广州刺史邓岳子。岳见前文。岳镇交广二州，垂十余年，岭南颇仰岳声威，相率畏服。岳又得击破夜郎，加督宁州，进征虏将军，迁平南将军。当时伏波将军葛洪，迁官避地，居罗浮山炼丹，岳素重洪，极力劝挽，表请任洪为东官太守。洪固辞不就，只留兄子望在广州，为岳记室参军。洪自号抱朴子，著书一百十六篇，类言长生要诀，分作内篇外篇，即以《抱朴子》名书。此外著作，不一而足，大约以方技杂事为最多，如《金匮药方》百卷，《肘后要急方》四卷，阐究医药，流传后世，医家奉为金针。洪至八十一岁时，寄书与岳，自言将远行寻师。岳即往送别，及抵罗浮山石室中，见洪兀坐不动，抚视已无气息，不过颜色如生。岳乃为棺殓，瘗葬山间。役夫举棺甚轻，因皆疑为尸解成仙。未几岳亦谢世。因邓遐事，补叙及岳，复因岳补叙葛洪，俱是文中销纳法。子遐勇力绝人，时人比诸樊哙，桓温辟为参军，从战有功。晋任冠军将军，累充各郡太守。襄阳城北沔水中，有蛟蛰伏，屡为人害。遐拔剑入水，与蛟角斗。蛟绕住遐足，遐挥剑斩蛟，截

第五十九回　谢安石应征变节　张天锡乘乱弑君

为数段,携蛟首而出,自是遂无蛟患。可与周处齐名。及为竟陵太守,受温檄使,便引兵进屯新城。庾希遣部将何谦为先驱,驾舟援洛,与燕将刘则交战檀邱,得获胜仗。刘则败去。西中郎将袁真,又从汝南运米五万斛,接济洛阳。洛城既得外援,复足粮食,当然支撑得住。

桓温复表请迁都洛阳,谓:"自永嘉以后,东迁诸族,须一切北徙,仍返故土,再由御驾朝服济江,仪表两河,宅中驭外。臣虽庸劣,愿宣力先锋,廓清中原"云云。看官!试想河洛一带,迭经戎马,已闹得乱七八糟,不可收拾,此时虽经桓温规复,终究是劫灰满目,景物萧条。况燕人又屡次窥伺,烽火不绝,怎好仓猝迁都,举乘舆为孤注哩?只是满廷大臣,多半畏温,明知温言难从,却又不敢驳斥。独散骑常侍兼著作郎孙绰上疏道:

> 昔中宗龙飞,非惟信顺协于天人,实赖万里长江,画而守之耳。今自丧乱以来,六十余年,洛河邱墟,函夏萧条,士民播流江表,已经数世。存者老子长孙,亡者邱陇成行,虽北风之思,感其素心,而目前之哀,实为交切。温今此举,试欲大览终始,为国远图,而百姓震骇,同怀危惧,岂不以反旧之乐赊,而趋死之忧促哉!何者?植根江外数十年矣。一朝顿欲拔之,驱蹴于穷荒之地,提挈万里,逾险浮深,离坟墓,弃生业,田宅不可复售,舟师无从得依,舍安乐之国,适习乱之乡,将顿仆道涂,漂溺江川,仅有达者,此仁者所宜哀矜,国家所宜深虑也。臣之愚见,以为且宜遣将帅有威名资实者,先镇洛阳,扫平梁许。清一河南,运漕之路既通,开垦之积已丰,豺狼远窜,中夏小康,然后可徐图迁徙耳。奈何舍百胜之长理,举天下而一掷哉?谨此疏闻,伏希睿鉴!

绰系晋初冯翊太守孙楚孙,表字兴公,少慕高尚,尝著《遂初赋》以见志。自此表为温所闻,温甚是不乐,特遣人传语道:"致意兴公,何不寻君《遂初赋》,乃来预人家国事呢。"时朝廷忧惧,将遣使止温。扬州刺史王述道:"温但欲虚声威人,并非实事,朝廷亦何妨允许哩。"乃有诏复温道:

> 在昔丧乱,忽涉五纪,戎狄肆暴,继袭凶迹,眷言西顾,慨叹盈怀。如欲躬率三军,荡涤氛秽,廓清中畿,光复旧京,非忘身殉国,孰能若此?诸所处分,委之高算,但河洛邱墟,所营者广,经始之勤,致劳怀也。

温得诏后,果然不行,何必虚张声势!寻且议迁洛阳钟簴。晋廷因述智足料温,复命述答辞道:"永嘉不靖,暂都江左,方期荡平区宇,旋轸旧京,万一不克如期,亦当改迁园陵,不应先徙钟簴。"这数语理直气壮,又使温无可置喙,只好罢议。全是无谓。

会燕将吕护攻洛,中箭受伤,退守小平津,疮裂而死。他将段崇收兵北去,晋得解严。庾希自下邳还屯山阳,袁真自汝南还屯寿阳,这且待后再表。

且说凉州大将军张瓘,恃功骄恣,阴蓄异图。仆射宋混,素性忠直,为瓘所惮,瓘谋杀混及混弟澄,即废主自立,乃征兵数万,会集姑臧。混诇悉瓘谋,遂与澄率壮士数十人,奄入南城,宣告诸营道:"张瓘谋逆,我兄弟奉太后令,速诛此贼。汝等助顺有赏,从逆立诛。"各营兵听到此言,立即趋附,得众二千,随混攻瓘。瓘出战败却,混策马追瓘,忽刺斜里有一槊刺来,几中腰下,亏得身穿坚甲,槊不能入。混将槊夺住,与他坚持,宋澄等复引兵拥上,那人料不可敌,弃槊返奔。混乘他转身,用槊横击,那人站立不住,倒地成擒,讯明姓氏,叫做玄胪。胪系张瓘部下的勇士,既被擒住,余众皆投械乞降。瓘势孤力尽,即与弟琚同时刎死。混夷瓘家族,声罪安民。凉王玄靓,乃进混为骠骑大将军,代瓘辅政。混劝玄靓去凉王号,复称凉州牧。又召玄胪与语道:"卿前刺我,幸得不伤,今我辅政,卿可知惧否?"胪答道:"胪受瓘恩,彼时但知有瓘,不知有公,尚恨刺公未深,有何足惧?"混称为义士,亲为释缚,优加待遇,胪始拜谢。

既而混罹重疾,不能起床。玄靓及祖母马氏,同往探视,且与语道:"将军倘有不测,寡妇孤儿,将托谁人?可否以林宗继任?"混答说道:"臣儿林宗,年尚幼弱,不堪重任,殿下若不弃臣家,臣弟澄尚可参政,但恐他材质迂缓,未足达权,还望殿下随时策励,才免误事。"既知澄之迂缓,不宜推荐,且玄靓幼弱,能知策励乃么？及玄靓随马氏同归,混复召诫子弟道:"我家受国厚恩,当以死报,慎勿挟势骄人。"嗣见朝臣俱来问疾,又惟举忠君爱国四字,一再劝勉,余无他言,寻即殁世。路人闻丧,统皆挥涕。

玄靓即命澄为领军将军,使代兄任。才阅半年,偏有一右司马张邕,恶澄专政,竟胁众杀澄,并灭澄族。未始非夷瓘宗族之报。澄虽不及乃兄的贤明,惟骄恣却不若张瓘,邕敢擅杀大臣,罪应立诛,乃玄靓反授邕为中护军,使与叔父中领军天锡,同掌国政,说来也有一种原因。玄靓祖母马氏,本来是个淫妇班头,前次曾与张祚私通,祚死后复伤岑寂,见邕身材雄伟,不亚张祚,复不禁暗暗动心。邕知情识意,乐得乘间凑奉,居然两相情愿,合成好事。此番擅杀宋澄,马氏非不预闻,所以并未加罪,反令他代执政权。玄靓冲幼无知,一由马氏作主,从此淫人得志,生杀自专,复为国患。

天锡年未及壮,所结党羽,亦多属少年。有郭增刘肃二人,年皆止十八九,尝为天锡腹心,因密白天锡道:"国家恐将复乱了。"天锡惊问何因？二人齐声道:"今护军出入,仿佛长宁,张祚封长宁侯见前。怎得不乱?"天锡道:"我亦早疑此人,未敢出口,今当如何处置?"肃答道:"何勿早除了他。"天锡道:

第五十九回　谢安石应征变节　张天锡乘乱弑君

"何人可使？"肃便自请效力。天锡道："汝年太少，须更求臂助。"肃又道："同僚赵白驹，颇有胆力，得他为助，便足诛邕。"天锡大喜，便召集壮士四百人，诘旦入朝。肃与白驹，当然随入，正值邕在门下省，肃即拔刀斫邕，被邕闪过。白驹继进，持刀乱斫。邕颇有勇力，跳跃盘旋，巧为趋避。嗣见壮士齐集，乃翻身逸去。天锡急与肃等驰入禁中，闭住禁门。才过须臾，即闻门外有呼噪声，由天锡登屋俯望，见邕领着甲士数百，前来攻门，便凭高大呼道："张邕凶逆，横行不道，既灭宋氏，又欲倾覆我家，汝将士世为凉臣，何忍兵戈相向？我不怕死，实恐先人废祀，不得不为除逆计。今我但欲取邕，他无所问，天地有灵，我不食言。"汝心亦未必可质天地。邕众闻言，陆续散去。天锡即下屋开门，引众出击。邕只剩孤身，自知不能脱逃，遂引刃自杀。天锡悉诛邕党，入见玄靓，备陈邕罪。玄靓便令天锡为冠军大将军，都督中外诸军事，执掌朝政。天锡乃奉东晋正朔，改去建兴年号，并遣使通好建康。晋授玄靓为大都督，领凉州刺史，护羌校尉，封西平公。

已而玄靓祖母马氏，得病而死，该死久矣。因尊生母郭氏为太妃。郭氏以天锡权盛，与疏宗张钦等密谋，拟诛天锡，偏为天锡所闻，搜杀张钦，并引兵入宫，质问玄靓母子。玄靓大惧，情愿让位。天锡不应，悻悻趋出。刘肃已升任右将军，便向天锡进言，劝他自立。天锡遂使肃等入弑玄靓，诈称暴卒，年才十四，谥曰冲公；自称大都督，大将军，护羌校尉，凉州牧，西平公。他系张骏少子，为刘美人所出，所以天赐篡位，仍尊嫡母严氏为太王太后，生母刘美人为太妃，且遣司马纶骞奉表建康，请命乞封。小子有诗咏道：

世变纷纷太不平，乱臣贼子敢胡行。
江东气运衰微久，谁奉天威仗钺征？

欲知晋廷曾否给封，待至下回再表。

　　谢安放情山水，无心仕进，及弟万被黜，即应温召，可见当时之屡征不起，无非矫情，而益叹富贵误人，非真高尚者，固不能摆脱名缰也。高崧戏言，可抵《北山移文》一篇，幸谢安聪敏过人，借温干进，旋即辞温告归，不致连污逆耳。彼桓温之屡请迁洛，但骛虚声，王述且能逆料之，固无待谢安也。凉州之乱，始之者张祚，终之者天锡，而实皆成于马氏，不有马氏之通祚，则祚不得废耀灵，而张瓘之祸可免矣。不有马氏之通邕，则邕不得杀宋澄，而天锡之乱可免矣。张氏世笃忠贞，而误于一妇人之手，此尤物之所以万不可近也。

第六十回　失洛阳沈劲死义
　　　　　　阻石门桓温退师

　　却说凉州使臣,奉表至晋,晋廷徒务羁縻,管甚么篡逆情事,但教他奉表称臣,已是喜出望外,当下厚待来使,即将前封玄靓的官爵,转授天锡,来使拜谢自去。天锡又使人向秦报丧,并陈即位情形。秦王苻坚,亦遣大鸿胪至凉州,拜天锡为大将军凉州牧,兼西平公。天锡受两国封册,安然在位,遂以为太平无事,乐得纵情酒色,坐享欢娱。越年元日,专与嬖幸褻饮,既不受群僚朝贺,又不往谒太后太妃。从事中郎张虑,舆榇切谏,并不见从。少府长史纪锡,上疏直言,又复不答。那太王太后严氏,本来是静居深宫,不预外事,及内变迭起,已不免忧惧交乘,天锡嗣位,名为尊奉,仍然不见礼事,越觉惹起懊恨,抑郁以终。天锡亦没甚悲戚,但循例丧葬罢了。话分两头。
　　且说晋哀帝不嗣位逾年,又改元兴宁。太妃周氏,在琅琊第中寿终,帝出宫奔丧,命会稽王昱,总掌内外诸务。嗣因燕兵入寇荥阳,太守刘远弃城东走,乃加征西大将军桓温为侍中大司马,都督中外诸军事,并假黄钺。且命西中郎将袁真,都督司冀并三州军事。北中郎将庾希,都督青州诸军事。桓温令王坦之为长史,郗超为参军,王珣为主簿。超多须,时人号为髯参军;珣身矮,时人号为短主簿。尝有歌谣云:"髯参军,短主簿,能令桓公喜,能令桓公怒。"温尝睥睨一切,予智自雄,惟谓超才不可测,待遇甚厚。超亦深自结纳,为温效忠。又有谢安兄子玄,亦为温掾属,温辄语左右道:"谢掾年至四十,拥旄仗节,王掾当作黑头公,二人皆非凡才,前途正不可限量呢。"
　　越年,哀帝寝疾,复请褚太后临朝摄政,拜温为扬州牧,使侍中颜旄,宣温入朝参政。温上表固辞,朝旨不许,再发使征温。温乃启行至赭圻,不料来了尚书车灌,止温入都,无非说是"秦燕内侵,仍须赖公外镇"云云。想是虑他权重难制,故使中止。温不肯即还,便在赭圻筑城,暂时驻节,遥领扬州牧。那哀帝因迷信方士,好饵金石,以致毒性沉痼,生就一种慢性症,一时不至遽死,亦不能复愈。迁延过了一年,已是兴宁三年了,皇后王氏,却得了暴病,骤致不起,因即棺殓治丧,追谥曰靖。上元令节,变作哀期,适燕太宰慕容恪,复拟取晋洛阳,先遣镇南将军慕容尘,攻陷许昌汝南诸郡,然后使司马悦希驻盟津,豫州刺史孙兴驻成皋,渐渐的进逼洛水。洛阳守将陈祐,检阅部兵,不过二千,粮饷又不过数月,自知不能固守,不如引众先走,遂借援许为名,出城径

第六十回　失洛阳沈劲死义　阻石门桓温退师

去，但留长史沈劲守洛阳。劲系王敦参军沈充子，充受诛后，劲逃匿乡里，年三十余，不得入仕。吴兴太守王胡之，受调为司州刺史，特请免劲禁锢，起为参军。有诏依议。偏胡之忽婴疾病，未得莅镇。劲独上书自请，愿至洛阳效力。晋廷乃命劲为冠军长史，使自募兵士，赴洛从军。劲募得壮士千人，入洛助祐，前此得却燕围，劲力居多，至祐出城自行，将士多由祐带去，只剩下五百人，随劲留守。劲明知孤危，却反欣然道："我志在致命，今可偿我初志了。"遂率五百人誓死守城。

那陈祐自洛阳出发，并未往许，竟奔趋新城。晋廷得报，即由会稽王昱，亲赴赭圻，与大司马桓温议御燕事。温乃移镇姑孰，表荐右将军桓豁监督荆州扬州的义城，及雍州的京兆诸军事，振威将军桓冲，监督江州荆州的江夏的随郡，及豫州的汝南西阳新蔡颍川诸郡军事。豁与冲俱系温弟，温虽是举不避亲，究竟有阴布羽翼，广拓声威的意思。直诛其心。会闻哀帝大渐，会稽王昱匆匆返都，及抵建康，哀帝已经升遐了。昱入见太后，与议嗣位事宜。哀帝无子，只好令哀帝弟奕，入承大统，当由太后褚氏下令道：

　　帝遂不救厥疾，艰祸仍臻，遗绪泯然，哀恸切心。琅琊王奕，明德茂亲，属当储嗣，宜奉祖宗，纂承大统，俾速正大礼以宁人神，特此令知。

昱奉令出宫，颁示百官，当即迎奕入殿，缵承帝祚，颁诏大赦，奉葬哀帝于安平陵。哀帝崩时才二十五岁，在位只阅四年。晋廷丧君立君，方忙碌的了不得，那燕兵竟乘隙进攻洛阳，遂使壮士丧躯，园陵再陷，河洛一带，复为强虏所有了。言之慨然。

燕太宰慕容恪，探知洛阳兵寡，遂与吴王垂，率兵数万，共攻洛阳。恪语诸将道："卿等尝患我不肯力攻，今洛阳城虽高大，守卒孤单，容易攻下，此番可努力进取，不必疑畏。倘或顿兵日久，敌得外援，恐反不能成功了。"缓攻广固，急攻洛阳，慕容恪却是知兵。诸将得了恪令，个个是摩拳擦掌，踊跃直前。一到洛阳城下，便四面猛扑，奋勇争登。城中只有五百兵士，怎能挡得住数万雄师？守将沈劲，见危授命，明知城孤兵寡，当不可支，但一息尚存，不容少懈，因此登陴守御，力拒燕军。起初是备有矢石，掷射如注，就使燕军志在拔帜，前仆后继，究竟是血肉身躯，不能与矢石争胜，所以攻了数日，那一座孤危万状的围城，兀自保持得住。后来矢尽石空，守城无具，尚仗着一腔热血，赤手空拳，与敌鏖斗，待至粮食已尽，兵士饥疲，五百人丧亡一大半，眼见得势穷力尽，不能再持。燕兵并力登城，城上不过一二百人，如何拦阻？遂遭陷没。劲尚引着残卒，拚死巷斗，毕竟双拳不敌四手，被燕兵左右攒集，把他活捉了去，牵往见恪。恪劝劲降燕，劲神色自若，连说不降。恪暗暗称奇，欲加宽宥。中军将军慕容度道："劲虽奇士,看他志趣,终不肯为我用,今若加宥,必为后患。"恪乃将劲杀死,令左中郎将慕容筑为洛州刺史,镇守金墉,留卫洛阳;自与吴王垂略定河南,直至崤渑,关中大震。秦王坚亲率将士,出屯陕城,备御燕军。恪见秦有备,方收兵还邺,惟使垂为征南大将军,领荆州牧,都督荆扬洛徐兖豫雍益凉秦十州军事,配兵一万,驻守鲁阳。晋廷始终不发一兵,往复河洛,但追赠沈劲为东阳太守,聊旌忠节罢了。劲若有知,尚留余恨。

是年七月,帝奕立妃庾氏为皇后,后为前荆江都督庾冰女,亲上加亲,当然乾坤合德,中外胪欢。只是帝奕后来被废,殁无尊谥,历史上但称帝奕,小子不得不沿例相呼。特别提明。庾氏得列正宫,好像是预知废立,不愿久存。才阅十月,便安然归天,予谥曰孝,当即奉葬。进会稽王昱为丞相,录尚书事,入朝不趋,赞拜不名,履剑上殿。是年,改元太和,算是帝奕嗣位的第一年。益州刺史周抚病殁,诏令抚子楚继任。抚镇益州三十余年,甚有威惠,远近詟服。梁州刺史司马勋,久思据蜀,只因抚有威名,惮不敢发,及抚死楚继,遂举兵造反,自称成都王,攻入剑阁,围住成都。周楚遣使至下流告急,桓温遣江夏相朱序往援,会同楚兵,内外夹攻,得将司马勋击毙,蜀地复平。序收兵东归。

惟燕兵复屡寇晋境,燕抚军将军慕容厉寇兖州,连陷鲁高平数郡。晋南阳督护赵亿,举宛城降燕。燕令南中郎将赵盘戍宛。越年初夏,燕镇南将军慕容尘,又寇晋竟陵,亏得晋太守罗崇,应变有方,出兵击退燕军,又与荆州刺史桓豁,合兵攻宛,走赵亿,逐赵盘,夺还宛城,崇还戍竟陵。豁追赵盘至雉城,复杀败盘兵,且将盘活擒归来,燕人始稍稍夺气,敛兵自固。并且燕室长城慕容恪,得病垂危,不能视事,所以境外军务,暂从搁置,不复进兵。

恪尝虑燕主庸弱,太傅评又好猜忌,将来军国重任,无人承乏,因此时在记心。适乐安王臧前来探疾,恪即握手与语道:"今南有遗晋,西有强秦,二寇都想伺机进取,只因我未有隙,不敢来侵。从来国家废兴,全靠将相,大司马总统六军,更宜量能授职,若果推才任忠,和衷协恭,就使混一四海,亦非难事,怕甚么秦晋二寇呢?我本庸才,猥受先帝顾托,每欲扫平关陇,荡一瓯吴,续成先帝遗志,乃忽罹重疾,势且不起,岂非天命?我死后以亲疏论,大司马一职,若非授汝,应该轮着中山王冲。汝两人未始无才,但少不更事,难免疏忽。惟吴王垂天资英敏,才略过人,汝等能交相推让,使握军权,自足安内攘外,幸勿贪利徇私,不顾国计哩。"臧唯唯而出。已而慕容评至,恪又申述大意,及病至弥留,由燕主㬙亲往省视,恪复将垂面荐,再三叮咛,未几即殁,追谥曰桓。临死荐贤,不得谓其非忠。

㬙偏不从恪言,竟令中山王冲为大司马。冲为㬙弟,才不及垂。㬙总道

第六十回　失洛阳沈劲死义　阻石门桓温退师

是懿亲可恃,所以舍垂任冲,但进垂为车骑大将军。会秦将苻庾举陕降燕,请兵接应,晞欲发兵救庾,因图关右。太傅评素无经略,谓不宜远出劳师。魏尹范阳王慕容德,表请乘机出兵,又为评所阻。时太尉阳骛,又相继谢世,继任的乃是司空皇甫真。真与垂统主张西略,并得苻庾来笺,极力怂恿,当由垂私下语真道:"今我所患,莫若苻坚王猛。主上年少,未能留心政事,太傅才识,远不及苻坚王猛,现在秦方有衅,可取不取,恐正如苻庾来笺,将有甬东后悔哩。"《春秋左传》越灭吴,置吴王于甬东,苻庾笺中,曾引此为喻。真答道:"我亦与殿下同意,但言不见用,奈何奈何!"说着,与垂相对欷歔,挥涕而别。

旋闻陕城失守,苻庾被杀,还有庾党苻双苻柳苻武等,俱由秦王猛等讨平,一场好机会,坐致失去,垂与真更太息不已,徒恨蹉跎,俄而警报大至,晋兵大举西犯,前锋攻陷湖陆,宁东将军慕容忠,已经败没了,垂即自请出拒。燕主晞尚未肯任垂,但饬下邳王慕容厉为征讨大都督,给兵二万,使他前往。厉受命即行,究竟晋兵由何人率领,原来是晋大司马桓温。先是燕主慕容俊病殁,晋廷将相,统说是中原可图,独温谓慕容恪尚存,未可轻视。及闻恪死耗,温乃疏请伐燕,拟即大举。适平北将军徐兖二州刺史郗愔,因病辞职,朝旨授温兼代愔任,准令出师。温遂率弟南中郎将桓冲,及西中郎将袁真等,引兵五万,大举西进。参军郗超,谓漕运未便,不如缓行。温不肯依议,遣建威将军檀玄为先锋,进攻湖陆,一鼓即下,擒住守将慕容忠。温闻捷甚喜,即率大军进次金乡。

时为太和四年六月,天气亢旱,水道不通。温使冠军将军毛虎生,凿通钜野三百里,引汶水会入清水,乃从清水挽舟入河,舳舻达数百里。郗超又入谏道:"清水入河,仍难通运,若寇坚持不战,运道必绝,再思因寇为资,复无所得,岂非危道?计不若率众趋邺,彼惮公威,或即望风奔溃,北归辽碣,我即唾手可得邺城,若彼能出战,便与交锋,一战可决,倘恐胜负难必,务欲持重,何如顿兵河济,控引漕运?待粮储充足,来夏乃进,舍此两策,徒连兵北上,进不速决,退更为难。寇得迁延岁月,设法困我,渐及秋冬,水更滞涸,北方早寒,三军未带裘褐,必叹无衣,不但无食可忧哩。"温仍然不从。超为温所信任,何此时两不见从?岂胜败果有数么?已而慕容厉领兵来战,温与厉对垒黄墟,麾兵猛斗,大败厉众,厉匹马奔还。燕高平太守徐翻,望风降晋。温复分遣前锋将邓遐朱序,往攻林渚,击败燕将傅颜,温节节进兵。适燕乐安王臧,奉燕王命,再统各军堵截晋师,被温迎头痛击,又大败亏输,逃之夭夭了。晋军随温进驻武阳,燕故兖州刺史孙元,挈领族党,起应温军,温直至枋头。

是时,燕主晞及太傅评,连接败报,吓得魂魄飞扬,一面遣散骑常侍李凤,向秦求救,一面召集大臣,谋奔和龙。吴王垂奋然道:"臣愿统兵击敌,如再不胜，走亦未迟。"晞乃命垂为南讨大都督，使与征南将军范阳王德等，调集步骑五万，出御晋军。垂请令司空左长史申胤，黄门侍郎封孚，尚书郎悉罗腾，皆为参军。晞当然允准，惟尚恐垂难却敌，再遣散骑侍郎乐嵩，驰赴关中，催促援兵，情愿将虎牢西境，作为赠品。秦王坚与群臣集议东堂，群臣俱进言道："从前桓温侵我，屯兵灞上，燕未尝发兵相援，今温自攻燕，与我无涉，我何必往救。且燕从未向我称藩，我更不宜往救呢。"温至灞上，见五十五回。大众异口同声，并作一词，只王猛在旁默坐，不发片言。胸有成竹。秦王坚退入后庭，召猛入问。猛答说道："燕虽强大，慕容评实非温敌，若温举山东，进屯洛邑，收幽冀兵士，得并豫食粟，观兵崤渑，恐陛下大事去了。今不若与燕合兵，并力退温，温退燕亦疲，我可承他劳敝，一举取燕，岂不是良策么？"计固甚是，可惜太毒。坚抚掌称善。因遣将军苟池，洛州刺史邓羌，率步骑二万人救燕，出自洛阳，进至颍川。更遣散骑常侍姜抚，至燕报使，名为赴援，实是借此观衅，要想并吞燕土哩。

且说燕大都督慕容垂，带领将士，行近枋头，择地驻营，按兵不动。参军封孚，密向申胤道："温众强士整，乘流直进。今我军徒逡巡南岸，兵不接刃，如何能击退强敌哩？"胤答道："如温今日声势，似足有为，但我料他决难成功。现在晋室衰弱，温跋扈专制，想晋臣未必尽肯服温，所以温得遂逞志，众必不愿，势且多方阻挠，使温无成。且温恃众生骄，应变反怯，率众深入，应该急进，今反逍遥中流，坐误事机，彼欲持久取胜，岂不思粮道悬绝，转运为难么？我料他师劳粮匮，情见势绌，必且不战自溃了。"孚喜道："诚如君言，我可坐待胜仗哩。"

翌日，慕容垂升帐，但命参军悉罗腾，与虎贲中郎将染干津等，引兵五千，授他密计，出营拒温。腾行至中途，遥见一敌将跃马前来，背后引着晋兵千余人。仔细辨认，乃是燕人段思，叛燕降晋，便语染干津道："可恨此贼，定是来作向导，卿可诱他过来，我当设法擒他。"染干津听着，便率五百人前进，遇着段思，便与交锋。才经数合，便虚晃一枪，拍马就走。思不知是计，纵马追去，不料悉罗腾纵兵杀出，染干津亦回马夹攻。段思能有偌大本事，禁得起两路兵马？一场厮杀，被腾生擒活捉去了。腾将思解送大营，自与染干津共往魏郡。可巧兜头碰着李述，乃是故赵部将，归属晋军，当下告染干津道："我都督曾料晋兵旁掠，特遣我等到此。今果与敌相遇，须力斩来将，方好挫他锐气。"借腾口中，叙明密计。染干津便跃马摇枪，往战李述。述非染干津敌手，战了片时，力怯欲遁。悉罗腾纵辔出阵，向述一刀，砍去左肩，返身坠地。染干津下马枭首，述众皆遁，被腾杀死大半，回营报功。垂已令范阳王德，与兰台侍御史刘当，分率骑士万五千人，往屯石门，截温运漕。更使豫州刺史李邦，带领州兵五千,截温陆运。温方命袁真攻克谯梁,拟通道石门,以便运粮。偏燕将慕容德等,已在石门扼住,不能前进。德复令将军慕容寅,前往挑战,引诱晋军追来,用埋伏计,杀毙晋军多人。温闻粮道梗塞,战又失利,当然不能久留,且探得秦兵又至,没奈何焚舟弃仗,遵陆退归。小子有诗叹道:

> 行军第一是粮需,饷道艰难即险途。
> 锐进由来防速退,事前何不用良谟。

欲知温退兵情形,本回不及再表,须看下回自知。

洛阳可救而不救,徒致沈劲之死节,晋廷可谓无人。然尸其咎者非他,桓温也。哀帝崩,帝奕立,当交替之际,晋廷之不能援洛,犹为可原,温自赭圻移镇姑孰,何不即日出师,往援洛阳乎?彼沈劲能盖父之愆,为晋殉节,变凶逆之族,为忠义之门,此本回之所以特从详叙也。桓温利恪之死,乃大举伐燕,不知恪虽死而垂尚存。垂之才不亚于恪,宁必为温所败?况郗超二策,上则悉众趋邺,次则顿兵河济,诚为当日不易之良谟,温两不见听,徒迁道兖州,被阻石门,师已老而屡战无功,粮将竭而欲输无道,卒致焚舟却走,仓猝退师。人谓温智,温亦自谓予智,智果安在哉?故洛阳之陷,有识者已为温咎,至枋头之败,温之咎更无可辞云。

第六十一回　慕容垂避祸奔秦　王景略统兵入洛

却说桓温自枋头奔归,焚舟弃仗,丧失不赀,但命毛虎生督东燕等四郡军事,领东燕太守。温从东燕出仓垣,凿井而饮,沿途饥渴交乘,很觉困顿。那燕大都督慕容垂,却未曾急追。诸将争请追击,垂与语道:"我并非不欲往追,但行军须知缓急,不应轻动。今温方引兵退去,必严兵断后,我若骤然追击,恐难得志,不如展缓一两日,他见追兵未至,定当昼夜疾趋,速离我境,至离我已远,力尽气衰,然后我倍道往追,无虑不胜了。"如垂智谋仿佛似恪,故恪之推荐,确有特识。说着,乃亲督精骑八千人,徐徐进行。温果兼程疾驰,力行至七百里,总道是去敌已遥,可以无忧,乃安营休息。早有燕骑探知消息,向垂返报。垂遣范阳王德,率劲骑四千名,从间道抄至襄邑,埋伏东涧中,截温去路,自引四千骑急进,直逼温营。温麾下尚有数万人,只因连日奔波,不堪再战,忽遇燕兵追到,顿时人人失色,个个惊心。温也捏了一把冷汗,没奈何出营厮杀。本来是我众彼寡，尽可支持，无如众无斗志，见敌即怯，温禁遏不住，只好且战且走。行至东涧相近，蓦听得一声胡哨，旷野中遍竖旗帜，引着许多铁骑，截杀过来。晋军统吓得胆落，不暇辨视来兵多寡，只恨身上少生两翅，无术腾空，不得已觅路四窜，你也走，我也逃，越想逃走，越是送死。燕兵前拦后逼，煞是厉害，见一个，杀一个，好似斫瓜切菜一般。好容易逃脱一半，已是二三万人断送性命了。温垂头丧气，还至谯郡，谁知又有一彪军杀出，截住温军。温慌忙挈着轻骑，拚命冲过，后队被来兵拦杀，死伤又近万人。好似曹操之战赤壁。究竟来兵从何处杀到？原来是援燕的秦军，统将叫作苟池。接应六十回。池得胜归去，晋军七零八落，回至姑孰，五万人只剩得六七千了。

温经此挫，自觉脸上无光，不得不设法分谤。适袁真自石门奔归，温遂说他拥兵观望，贻误饷源，以致粮尽丧师。当下拜表劾真，并把邓遐亦牵连在内。晋廷惮温如故，即免真为庶人，并夺遐官，遐得休便休，只袁真心下不服，也上表劾温罪状。好几日不见复诏，真竟据住寿春，叛晋降燕，遣人诣邺中求救。无罪遭诬，原是难受，但背主降房，究属不合。燕遣大鸿胪温统，持册拜真为征南大将军，领扬州刺史，封宣城公。统在道病殁，免不得稽延使事，真望眼将穿，不得邺中消息，又通使关中，向秦乞降去了。这真叫做朝摩燕阙，暮谒秦关。惟燕故兖州刺史孙元，前次起应温军，及温军败还，元据武阳拒燕，燕使左卫将军孟高，率兵讨元。元战败遭擒，当然毕命。晋东燕太守毛虎生，在淮北站足不住，逾淮南归，温使虎生为淮南太守，镇守历阳，晋廷反遣侍中罗含，赍牛酒犒温军。又由会稽王昱，诣温会议，再图后举。昱返都后，诏授温世子熙为征虏将军，领豫州刺史，败不加诛，反给封赏，可怪不可怪呢！明是教猱升木。

且说燕将吴王垂，自襄邑还邺，威名益振。太傅评向来忌垂，至此益甚，垂表列将士功赏，统被评抑置，无一照行。垂不免忿怼，入阙面请，与评争论廷前。燕主㬅不能裁决，燕臣又惮评威势，不敢助垂，可怜垂舌敝唇焦，终无效果，反与评多结怨恨罢了，就中尚有一段情由，关系垂事。垂妃段氏，为燕太后可足浑氏所谮，冤死狱中。事见五十八回。垂格外悲悼，因娶段妃女弟为继室。偏可足浑氏胁令出妻，硬把亲妹长安君嫁垂。垂虽勉强遵命，心中很是不乐，名目上配合长安君，其实是心怀故剑，不及新欢，所以伉俪无情，看同陌路。这长安君遭夫白眼，怎能不上诉椒房？因此可足浑太后，时常恨垂。再加燕主㬅新立一后，就是可足浑太后的侄女，姑侄变成婆媳，亲上加亲，联同一气，太后与垂有嫌，皇后自应表同情，宫帏里面，交口毁谤，任你燕主㬅如何英明，也未免听信谗言，况㬅原是个糊涂虫，怎能不为所迷，太后可足浑氏，见㬅亦嫉垂，遂召太傅评入议，将加垂罪，置诸死刑。独不怕阿妹守寡么？故太宰恪子楷，及垂舅兰建，诇得秘谋，即往告垂道："先发制人，后发为人制，今但

第六十一回　慕容垂避祸奔秦　王景略统兵入洛

除太傅评及乐安王臧,余众自无能为了。"垂慨然道:"骨肉相残,自为乱首,我虽死,不忍出此!"二人乃退。越宿,又来告垂道:"内意已决,不如先发。"垂复答道:"如果不可弥缝,我宁可出奔他方,此外不敢与闻!"心术可取。二人复进说道:"就使出亡,也宜早行,等到祸机一发,欲行亦无及了。"说毕自去。

垂踌躇未决,在家闷坐,世子令尚未得知,但见垂有忧色,乃就前禀问道:"我父面带愁容,莫非因主上庸弱,太傅猜疑,功高身危,因劳忧虑么?"垂说道:"汝既能知吾心,可有良策否?"令答道:"主上方委政太傅,一旦祸发,必似迅雷,今欲保族全身,不失大义,莫若逃往龙城,逊辞谢罪,如古时周公居东,静待主悟,再得还邺,方为大幸;否则内抚燕代,外睦群夷,守险自固,亦不失为中策哩!"垂起语道:"汝言甚是,我计决了!"翌晨,即托词游猎,挈领诸子,微服出邺,径向龙城进发。行次邯郸,不意少子麟背地逃还。垂素不爱麟,料知麟必走归邺中,告发隐情,乃亟令世子令断后,自率左右前进。果然不到半日,西平公慕容疆率骑追来,幸亏追兵不多,由世子令在后截住,倒也不敢进逼。延至日暮,追骑渐退,令走与垂语道:"本欲保守东都,为自全计,今事机已泄,谋不及行,现闻秦王方延揽英豪,不如暂时往投,再作计较!"垂不甚愿意,摇头道:"我自有计,何必投秦!"当下散骑晦迹,仍向南山绕道还邺,暂憩城外显原陵。适有猎人数百骑,四面环集,垂进退两难,仓皇失措,可巧猎鹰飞逸,众骑追鹰四散,才得无虞。垂乃杀马祭天,誓告从者。世子令又语垂道:"太傅评忌贤嫉能,不惬众情,邺中人士,莫不瞻望我父,若掩入城中,攻其无备,都人必欣然相应,定能唾手成功。事定以后,除害简能,匡辅主上,既能安国,更足保家,这乃今日上计,决不可失,但教给儿数骑,便可措办了。"策固甚佳。垂半晌才道:"似汝谋图,事成原是大福,倘或不成,追悔何及。汝前劝我西入关中,今日事等燃眉,不如依汝前言,就此西奔罢!"遂潜召段夫人,与兄子楷,舅兰建等,一同奔秦,只继妃可足浑氏,即长安君。听她居邺,不与偕行。到了河阳,为津吏所阻,垂拔刀杀毙津吏,挈众渡河,奔入关中。

秦王苻坚,方思图燕,只惮慕容垂。蓦有关吏入报,垂弃燕来奔,不禁大喜,急率吏郊迎。握手与语道:"天生俊杰,必相与共处,共成大功。今卿果前来依我,我当与卿共定天下,告成岱宗,然后还卿本邦,世封幽州,卿去国仍不失为孝,归我亦不失为忠,岂非一举两善么?"垂拜谢道:"远方羁臣,得蒙收录,已为万幸,怎能有他望呢!"坚又接见慕容令、慕容楷等,都称为后起英雄,延入都城,优礼相待。关中士民,素慕垂名,交相倾慕,独王猛入谏道:"慕容垂父子,譬如龙虎,若借彼风云,必不可制,不如早除为是!"坚愕然道:"我方欲收揽英雄,肃清四海,奈何反杀降臣?况我已推诚相与,视同心腹,匹夫尚不食言,难道万乘主反好欺人么?"坚不肯杀垂,原是驾驭群雄之道,不得以后来叛去遽咎当时。坚遂令垂为冠军将军,封宾都侯。垂兄子楷,为积弩将军,赏赐巨万,待遇甚隆。

是时,秦与燕方敦和好,使节往来。燕散骑常侍郝晷,及给事黄门郎梁琛,相继赴秦。晷与王猛有旧,彼此叙谈,免不得将燕廷情事,约略告知。独琛自尊国体,不肯轻泄一语。琛从兄弈,仕秦为尚书郎,秦特使他为招待员,延琛往寓私舍。无非欲探刺隐情。琛说道:"从前诸葛瑾为吴聘蜀,与诸葛亮本为兄弟,亮惟公朝相见,退不私面,我与兄迹等古人,应该效法前贤,怎敢擅留兄室呢?"弈乃如言返报,秦主坚又命弈过问燕事。琛答道:"今秦燕分据东西,兄弟并蒙荣宠,食禄忠君,各尽本职。琛欲言东国美政,恐非西国所乐闻,此外又非使臣所得妄言,兄来问我做甚!"好一个使臣。弈又复报闻。王猛劝坚留琛,坚留琛月余,至慕容垂入秦,乃遣琛归燕。

琛兼程回国,一入邺城,便往见太傅慕容评,坐定即说道:"秦人日阅军旅,聚粮陕东,无非意图东略,必不能与我久和,今吴王又去归秦,多一虎伥,太傅宜赶早筹备,勿堕敌谋!"评沉着脸道:"秦岂肯信我叛臣,自败和好么?"呆话。琛答道:"今二国分据中原,常思吞并,近来桓温入寇,彼发兵来援,并非真心爱我,实借援我为名,探我虚实,我若有衅,彼岂遽忘本志么?"评问秦王为何如人?琛说是英明善断。评又问王猛如何?琛说是名不虚传,评始终不信,冷笑而罢。琛再入告燕主㙛,㙛亦不以为然,琛复退告皇甫真,真疏请拨兵防边,毋恃和议。㙛乃召评入商,评嚣然道:"秦国小力弱,当恃我为援,苻坚名为贤主,亦未必肯纳叛臣,我何必无故自扰,反启寇心!"㙛随口称善。

已而秦遣黄门郎石越报聘,评反盛设供张,夸示富丽。尚书郎高泰,及太傅参军刘靖,相偕语评说:"秦使言动目肆,居心可知,公宜示以兵威,或可折服彼意,今反示以奢侈,恐益使轻视了!"评仍然不从,泰遂谢病归家。尚书左丞申绍,见燕政日紊,内由可足浑太后专政,外有太傅评等擅权,贪冒无厌,引用非才,不由的忧愤交并,因上书言事,极陈时弊。大略说是:

> 臣闻汉宣有言:"与朕共治天下者,其惟良二千石乎!"是以特重此选,必揽英才。今之守宰,率非其人,或武臣出自行伍,或贵戚生长绮纨,既不闻选举之方,复不得黜陟之法,贪惰者无刑戮之惧,清修者无旌赏之劝,百姓困敝,侵昧无已,兵士逋逃,寇盗充斥,纲颓纪紊,莫相纠摄。且吏多政烦,由来常患,今之现户,不过汉之一大郡,而备置百官,加之新立军号,虚假名位,公私驱扰,人不聊生,是非并官省职,何由饬政安民?彼秦吴二虏,僭据一方,尚能任道捐情,肃谐伪郡,况大燕累圣重光,君临四海,而可政治失修,取陵奸寇哉!邻之有善,众之所望,我之不修,众之愿也。秦吴狡猾,地居形胜,非惟守境而已,乃有吞噬之心。中州丰实,户

第六十一回　慕容垂避祸奔秦　王景略统兵入洛

兼二寇,弓马之劲,秦吴莫及,比者赴敌后机,兵不速济何也?皆由赋法靡恒,役之非道,郡县守宰,每于差调之际,无不舍置殷强,首先贫弱,行留俱窘,资赡无所,人怀嗟怨,遂致奔亡,进阙供国之饶,退离蚕桑之要。兵岂在多,贵于用命,宜严制军务,精择守宰,复习兵教战,使偏伍有常,从戎之外,足营私业。父兄有陟岵之观,子弟怀孔迩之顾,虽赴水火,何所不从?夫节俭省费,先王格言,去华敦实,哲后恒宪,故周公戒成王,以丰财为本,汉文以皂帛变俗,孝景宫人,弗过千余,魏武宠赐,不盈十万,薄葬不坟,俭以率下,所以割肌肤之惠,全百姓之力也。今后宫之女,四千有余,僮仆厮役,过兼十倍,一日之费,价盈万金,绮縠罗绮,岁增常额,戎器弗营,奢玩是务,帑藏空虚,军士无赖,宰相王侯,迭尚侈丽,风靡之化,积习成俗,卧薪之谕,未足甚焉。宜罢浮华非要之役,峻定婚姻丧葬之条,禁绝奢靡浮烦之事,出倾宫之女,均农商之额,公卿以下,以四海为家,赏必当功,罚必当罪,如此则纲纪肃举,公私两遂。温猛之首,可悬之白旗,秦吴二主,可礼之归命,岂特保境安民而已哉!陛下若不远追汉宗弋绨之风,近崇先帝补衣之美,臣恐颓风弊俗,亦且改变靡途,中兴之歌,无以轸诸弦咏矣!更有请者,索房什翼犍,疲病昏悖,虽乏贡御,无能为患,而劳兵远戍,有损无益,不若移置并豫,控制两河,重晋阳之戍,增南藩之兵,严战守之备,衔千金之饵,蓄力待时,庶乎一举而灭二寇,如其虔刘送死,俟入境而断之,可使匹马不返,非惟绝二国之窥觎,抑亦戡乱殄寇之要图也。惟陛下览焉!

这篇书牍,正是救燕的良策,偏燕主㬂,毫不加省,反令他出守常山。且秦使来索前约,请割虎牢西境,见六十回。燕太傅评反语秦使道:"行人失辞,救患分灾,系邻国常理,奈何来索重赂呢?"看官试想!这秦王坚早思西略,只恨无隙可乘,一时不便兴兵,此次燕人负约,正是师出有名,怎肯坐失机会!当下用王猛为辅国将军,使率建威将军梁成,洛州刺史邓羌,率领步兵三万,直压洛阳。洛阳守将乃是燕洛州刺史武威王慕容筑。见前回。他闻秦兵入境,当然集众守城,只苦部兵寥寥,挡不住西来雄师,因急遣使至邺,速请援兵。

时值燕主㬂建熙十年冬季,燕廷方准备过年,竟把洛阳事搁起。越年元旦,且援例庆贺,喜气盈廷,那知洛阳已是万急,警报日至,才遣乐安王臧,出兵援洛。是年燕亡,故特提叙燕历,以醒眉目。慕容筑苦守孤城,待援不至,已是焦急异常,适有敌书从城外射入,由军吏拾起呈览,因即展阅,内云:

我国家已塞成皋之险,杜盟津之路,大驾虎旅百万,自轵关取邺都。

金墉穷戍,外无救援,城下之师,将军所监,岂三千敝卒所能支乎?语云:识时务者为俊杰。吴王已导于前,将军何不随踵其后,否则孤城一破,玉石俱焚,愿将军图之。

筑阅书后,自思吴王垂尚且降秦,燕必危亡,不如依了敌书,出降秦军,随即复书请降。王猛陈兵城下,待筑开城,筑率众出迎,由猛欢颜接见,麾兵入城,抚众安民,不劳而定。当命偏将杨猛,往探路踪,以便进取。杨猛行至石门,适值燕乐安王臧,引兵前来,急切无从趋避,手下又不过数百骑,如何抵敌?当被燕军困住,活擒了去。臧遂筑新乐,进屯荥阳,王猛得知消息,便遣梁成邓羌,统众往击,大破臧军,俘斩万余人。臧退保石门,梁邓二将,乘胜进逼,相持经旬。因得王猛军书,召他还洛,于是徐徐引退,羌在前,成在后。那乐安王臧,不知好歹,还道秦兵引退,乐得追赶。先锋杨璩,又是个冒失鬼,策马轻进,刚值梁成返军待着,兜头拦住,两下交战,才经数合,被成舒开猿臂,将杨璩一把抓来,掷诸地上,眼见由秦兵绑去。成复驱兵转杀,斩首至三千余级,吓得慕容臧伏鞍急逃,奔回石门,成始收兵还洛。王猛一一记功,留邓羌居守金墉,自与梁成等退入关中。

先是王猛出发时,引慕容令为参军,使作向导,且至慕容垂处叙别。垂设宴饯行,猛且饮且语道:"今当远别,君将何物赠我,使我睹物怀人?"垂莫名其妙,便解佩刀相赠。猛宴毕即行,慕容令当然随去。及抵洛阳,猛却召入帐下走卒,叫作金熙,密赠金帛,叫他诈充垂使,即将垂所赠佩刀,使他赍去给令,且嘱使传语,伪为垂词道:"我父子奔入关中,无非为逃死起见。今王猛嫉人如仇,谗毁交至,秦王虽阳示厚善,隐情究不可知,若我父子仍不免一死,何如归死首邱。近闻东朝已渐悔悟,主后相尤,我所以决计东归,已经就道,汝迹速行为要!汝若不信,可视佩刀。"令未识猛计,且前时赠刀一事,亦未得闻,总道是来使可信,况金熙曾在垂处,充过役使,佩刀又非赝鼎,尚有何疑?当下遣还金熙,悄悄的奔出军营,往投乐安王臧,猛即表令叛状,垂闻报即走。到了蓝田,被追骑赶着,不得已再回关中。秦王坚召垂入见,垂惶恐谢罪。坚怛然道:"卿家国失和,委身投朕,贤郎心不忘本,仍然返国,倒也不足深咎,不过燕已将亡,非贤郎所能使存,徒入虎口,有损无益。朕非暴主,也知父子兄弟,罪不相及,卿何必畏罪骇走呢?"垂拜谢而出。小子有诗讥王猛道:

　　　　楚材晋用亦何妨,但免忮求罔不臧。
　　　　尽说英雄王景略,如何作幻惯诪张!

慕容垂幸得免罪,慕容令能否脱祸,容至下回表明。

微子奔周而商亡,由余奔秦而戎灭,伍胥奔吴而楚覆。自来豪杰出亡,甘为敌用,必致祖国沦胥,如慕容垂之奔秦,亦犹是也。燕之存亡,关系于垂之去留,垂去而燕尚能久存乎?本回特别叙明,志燕之所由亡也。况如梁琛皇甫真申绍等之进谏,而无一见用,内有妒后,外有贪相,虽欲不亡,不可得已。王猛以燕之背约,统兵入洛,理直气壮,无虑不胜,但必以慕容垂父子,未可轻信,即劝秦王坚杀之,劝之不听,又设种种诈谋以陷害之,是何褊窄若此!厥后垂兴坚败,乃坚骄盈之咎耳,岂不杀垂之咎哉!

第六十二回　略燕地连摧敌将
　　　　　　拔邺城追掳孱王

　　却说慕容令奔至石门,见了乐安王臧。臧恐他来做奸细,面上佯表欢迎,心中很怀疑窦,当下报知燕廷,表明己意。燕主晔立即复谕,饬将慕容令谪徙沙城。沙城在龙城东北六百里,令被他徙往该处,正是满目荒凉,不堪郁闷,自思终不免祸,不如冒险图功,于是联络沙城戍卒,谋袭龙城,偏有人告知龙城守将,预先防备,往攻不克,恼丧而返。戍卒恐为令所累,竟将令刺死,函首送燕。东西跋涉,空落得身首分离,父子长别,这也是命数使然,可悲可叹呢。实是王猛害他。

　　且说晋桓温自枋头败还,尚拟再举,闻得秦人取洛,正好乘隙图燕,乃亟发徐兖州民,增筑广陵城,自率麾下兵士,由姑孰移镇广陵。当时征役繁重,疫疠又兴,十死四五,民不堪命。秘书监孙盛,是一个文章妙手,与散骑常侍干宝齐名,干宝尝作《搜神记》二十卷,刘惔号为鬼董狐,嗣复著《晋纪》二十卷,自宣帝起,宣帝即司马懿。至愍帝止,词旨婉直,世称良史。从孙盛带叙干宝,不没文名。盛亦继作《魏晋春秋》直书时事,如桓温败绩枋头,他却据实记载,毫不讳言。温得见盛文,怒不可遏,便召盛子潜与语道:"枋头虽然失利,何至如尊君所言,若此史得传,君家门户,亦休想保全呢!"说至此,张目如铃,奋须似戟,吓得孙潜魂不附体,慌忙下拜,情愿还家告父,即为修改。温乃将潜叱退。潜知盛家法素严,到老更辣,此时为身家计,不得不回家禀白,备述情形。盛愤愤道:"桓元子丧师辱国,还想我替他掩饰么?我若下一曲笔,算甚么史家书法!"潜跪请道:"现在桓氏权盛,朝廷尚且怕他,还请我父三思!"盛益怒道:"我不怕死!"潜再叩头泣请,就是一门家口,无论长幼,统环跪盛前,固请删改,保全家门。盛奋袖入室,仍然不许,且另钞别本,寄往北方。潜急得没法,只好瞒过乃父,私下修改,持示桓温,伪称是乃父手笔。温见原文已改去大半,并为极力回护,方才转怒为喜,令潜持还,一面部署兵马,先讨袁真。

真据住寿春,受燕封为扬州刺史,逾年病毙。陈郡太守朱辅,与真友善,也随真降燕,因立真子瑾为建武将军,领豫州刺史,保住寿春,遣子乾之及司马彝亮,赴邺请命。燕授瑾为扬州刺史,辅为荆州刺史,且遣兵助瑾,进至武邱。晋将竺瑶,已奉桓温军令,往击袁瑾,正值燕兵到来,便移军与战,得破燕兵。南顿太守桓石虔,为温从子,又由温遣攻寿春,突入南城。温连得捷报,亲率二万人继进,至寿春城下,筑起长围,内遏敌冲,外截援道。燕复遣左卫将军孟高,引兵救援,途中接得邺中急诏,乃是秦兵大举,攻克壶关,促高返御秦寇。高只好匆匆还军,不暇顾及寿春了。接入秦燕交兵,时序不紊。

先是王猛旋师,正因粮道不继,所以急归,秦王坚进猛为司徒,录尚书事,封平阳郡侯。猛固辞不许,乃整兵储粟,再拟伐燕。筹备至半年有余,俱已安排妥当,乃由坚下令,仍使猛为统帅,督同镇南将军杨安等十将,步骑六万人,祃纛出关。坚亲送猛至灞上,执卮与语道:"今委卿经略关东,当先破壶关,继平上党,长驱取邺,如迅雷不及掩耳,方可成功。我当亲率万众,继卿星发,舟车粮运,水陆并进,卿尽管前行,可勿劳后顾呢。"说着,便将酒卮给猛,使猛取饮。猛拜受饮毕,慨然答说道:"臣得仗威灵,奉成算,往平残胡,如风扫叶,不烦銮舆亲犯尘雾,但愿预敕有司,处置俘虏便了!"踌躇满志。坚闻言大悦,再赐猛尚方宝剑,准令便宜行事。猛拜领而去,坚当然还都。

猛麾军直逼壶关,遣杨安等往攻晋阳。燕主㬜闻秦兵入境,亟令太傅慕容评,调集中外兵马三十万,出拒秦军。会邺中屡有妖异,㬜颇以为忧,乃召散骑侍郎李凤,黄门侍郎梁琛,中书侍郎乐嵩入见,问及军事道:"秦兵多少如何?今我军大出,王猛能与我战否?"好似呓语。李凤答道:"秦国小兵弱,怎能敌我王师?王景略乃是常才,又非我太傅敌手,何劳忧虑!"简直是梦话了。琛与嵩却接入道:"将在谋不在勇,兵贵精不贵多。秦兵远来为寇,怎肯不战?我当用谋求胜,奈何反望他不战呢!"㬜初闻凤言,颇有喜色,及听得二人言论,又变作怒容。正愤闷间,外面已传入警报,乃是壶关失守,上党太守,南安王越,被敌擒去,郡县相继降秦,急得㬜面目又改,变做了一片土色;但使李凤出外催评,速即进兵。凤受命趋出,琛与嵩亦相继告退。

慕容评领兵出发,行至潞川,探得秦兵甚锐,不敢前进,便在潞川逗留。朝命虽然敦促,他总是顾命要紧,仍然不动。那王猛已攻入壶关,留屯骑校尉苟苌守着,自引兵往助杨安。安攻晋阳,连日未下。及猛至城下,见城池高深,不易力取,乃使虎牙将军张蚝,督领壮士数百人,夜凿地道。至地道已成,即由蚝与壮士,从地道偷入城中。燕兵但防秦军登城,不料蚝等从地下突出,大呼斩关,招纳秦军。燕并州刺史东海王庄,为晋阳守将,蓦闻急警,忙率兵

第六十二回　略燕地连摧敌将　拔邺城追掳孱王

拦阻。秦军如潮涌入，就使庄三头六臂，也是不及抵挡。当下拍马返奔，被张蚝持矛追及，刺落马下，捆绑了去。余众多降，晋阳遂破。两个燕室懿亲做了俘囚先导。猛又使将军毛当成晋阳，自引大军趋入潞川，与评对垒。

评素贪鄙，在潞川逗留多日，私据鄣固山泉，令军人入绢一匹，方得给水二石。军人无可如何，只得向他购水，纳入钱帛，高等邱陵。这叫做死要铜钱。至闻猛悬军深入，仍然闭住营门，不准将士出战，但言当持重制敌，毋得妄动。猛侦知情形，不禁冷笑道："慕容评真是奴才，虽有众百万，也不足惧，何况止二三十万呢！我此行定能灭燕了。"遂召游击将军郭庆入帐，使率骑兵五千，夜袭燕兵辎重，不得有误。庆领命而去，当夜出发，从间道绕出燕营后面。正值三更时候，遥望燕辎重营，扎住山上，一些儿没有影响，料知辎重兵都已睡着，便令部众各燃火炬，跃马登山，呼噪直上。燕兵守住辎重，不过数千，仓猝惊醒，睡眼蒙眬，向下一望，差不多有几万火炬，大家惊惶得很，还是趁先逃走，较为见机，一动百动，纷纷乱窜，霎时间逃得精光。郭庆驰至辎重旁，已无一人，便集五千火炬，焚毁辎重。火盛风炽，山高焰飞，连邺城里面都得了见，邺中大震。黄门侍郎封孚，私问司徒长史申胤道："此城可得保存否？"胤答道："此城必亡，我辈亦必为秦虏；但目前福德在燕，秦虽得志，不出一纪，燕可重兴了。"燕主㬙遣侍中兰伊，驰赴潞川，传敕责评道："王系高祖嗣子，当以社稷宗庙为忧，奈何不抚战士，反榷卖泉水，自谋货殖呢？试想国家府库，朕与王应同享受，何虑贫穷？若寇得直进，家国破亡，王持钱帛，存置何处？皮且不存，毛将怎附？可急将钱帛散给三军，振作士气，得能平寇凯旋，立功报国，朕与王才得安荣了！"

评接到此敕，惊惧交并，没奈何致书秦营，向猛请战。猛批回战期。届期这一日，猛陈师渭源，向众宣誓道："王景略受国厚恩，任兼内外，今与诸君深入战地，应该竭力致死，有进无退，誓报国家，待功成归国，受爵君廷，称觞亲室，岂不是一大喜事么？"大众齐声应命，于是破釜弃粮，大呼竞进。猛在后督军，望见燕兵大至，趋集如蚁，也恐众寡不敌，私自踌躇。旁顾邓羌在侧，乃手抚羌背道："今日大敌当前，非将军不能破灭，成败利钝，在此一举，愿将军努力！"羌应声道："若能给我司隶一职，公可无忧！"羌亦太贪富贵。猛答道："这非我所能及，将军如得立功，我当表请为安定太守，万户侯。"羌默然不答，反向后退去。猛不禁着急，驰呼羌还，准如所请。羌即与张蚝、徐成等，跨马运矛，突入燕阵。秦军一齐随上，横厉无前。燕兵虽数倍秦军，可奈人无斗志，各思趋避，你推我诿，任凭秦军，出入自由。战至日中，燕兵大溃，秦军乐得追杀，俘斩至五万余人，逃去约十余万，乞降又六七万，评单骑走还邺城。

猛长驱围邺，一面遣使告捷。秦王坚返报道："将军役不逾时，便即大捷，直抵寇都，功无与比。朕当亲率六军星夜前来，将军可休养将士，静待朕至。"猛乃屯兵城下，严申军律，法简政宽，远近帖然。燕民各安生业，喜相告语道："不图今日复见太原王。"猛闻知舆论，不禁叹息道："慕容玄恭，确是奇士，可称为古时遗爱了！"遂特具太牢，亲往祭墓。看官听着！这慕容玄恭，就是太原王恪的表字。

过了七日，秦王坚已自率精锐十万，到了安阳。猛潜往谒坚，坚戏语道："昔周亚夫不迎汉文帝，今将军独临敌弃兵，究是何意？"猛答道："亚夫不纳汉文，太觉好名，臣尝未敢赞同；且臣奉陛下威灵，东讨残虏，釜底游魂，立可荡平，何劳陛下远临？"坚又道："朕留太子监国，李威为辅，内顾无忧，所以率甲远来，看卿灭贼。"猛太息道："监国冲幼，未能守国，倘有不测，追悔何及！陛下独不记臣灞上语么？"坚但说无妨，俟平邺后，即当西归，猛乃辞别回营，督兵急攻。

先是燕宜都王桓，率众万余，屯居沙亭，为评后援。及闻评败，移驻内黄。坚使邓羌攻信都，信都与内黄相近，桓闻风惶惧，奔往龙城，邺中益震。燕散骑常侍余蔚等，率同扶余高句丽及上党质子五百余人，夜开邺城北门，纳入秦军。

燕主㻿与太傅评，乐安王臧，定襄王渊，左卫将军孟高，殿中将军艾朗等，溃围北去。秦王坚得入邺城，即使游击将军郭庆，麾骑追㻿。㻿出邺城时，卫士尚有千余骑，既而沿途四散，惟十余人随㻿北行，道旁又是荆棘，群盗又四起如毛。孟高扶侍燕主，护持二王，非常劳瘁，且所在遇盗，转斗而前。好几日行至福禄，依冢暂憩，不意有剧盗数十人，张弓挟矢，吆喝前来。高即持刀与战，杀伤数盗。及刀折力穷，自知不免，乃直前抱住一贼，同仆地上，凄声大呼道："男儿今日死了！"言未已，身上已中数箭，呕血而亡。艾朗见高独战，也上前奋斗，与高俱死。㻿乘马中箭，乃下鞍步行，踉跄急走。偏有大队人马，从后追到。回头一望，并非暴客，乃是秦将郭庆部下的先驱，叫作巨武。既至㻿前，便指挥兵士，上前缚㻿。㻿叱道："汝是何人，敢缚天子？"还要自称天子，总算大胆。武厉声答道："我奉诏缚贼，何物小丑，尚敢自称天子呢！"㻿无法撑拒，只好束手受擒，被武牵回邺中。独慕容评北奔龙城，外此数人，统作俘虏，一并解入邺中。秦王坚见㻿后，问他何故不降？㻿答道："狐死尚正首邱，但欲归死先人墓侧呢。"坚也觉动怜，敕令还宫，使率文武出降。总计前燕自慕容廆据大棘城，至俊僭号，传㻿亡国，共八十五年。前燕了。

坚又使郭庆进攻龙城，慕容评东奔高句丽，慕容桓也逃往辽东。辽东太守韩稠，已通款降秦，闭城拒桓。桓攻城不下，复因郭庆追至，弃众潜奔。庆遣部将朱嶷追捕，嶷率轻骑急驰，行至数十里，便得见桓，击杀了事。慕容评

第六十二回 略燕地连摧敌将 拔邺城追掳孱王

被高句丽人拘住,械送邺中,秦王坚也加赦宥。封降王㬎为新兴侯,命评为给事中,所有燕宫子女玉帛,俱分赐将士,且下诏大赦道:

> 朕以寡薄,猥承休命,不能怀远以德,柔服四维,至使戎车屡驾,有害斯民,虽百姓之过,然亦朕之罪也。其大赦五下,与之更始,特此诏闻!

先是燕黄门侍郎梁琛使秦,曾用侍辇苟纯为副,一切应对事宜,琛未尝与纯商议,纯因此挟嫌。及与琛返邺,当即进谗道:"琛在长安,与王猛很是亲善,莫非有异谋不成!"㬎尚未深信,琛屡言坚、猛多才,不可不防,果然不到期年,秦即攻燕。燕兵屡败,㬎乃疑琛知秦谋,收琛系狱。琛若与秦通谋,岂肯劝㬎豫防?㬎如此不明,怎得不亡?至是,秦王坚将琛释出,授中书著作郎。又闻孟高、艾朗,随主殉难,称为忠臣,俱命厚加殓葬,且引高朗子入见,拜为郎中。于是,授王猛为关东六州都督,领冀州牧,进爵清河郡侯,镇守邺中。守令有阙,得便宜补授。封杨安为博平侯,邓羌为真定侯,郭庆为襄城侯。此外与战将士,封赏有差。州县守令,悉仍旧贯,惟进燕常山太守申绍为散骑侍郎,使与散骑侍郎韦儒,并为绣衣使者,循行关东州郡,观省风俗,劝课农桑,赈恤穷困,收葬死亡,旌扬节行,改革敝政。关东大悦,就是六夷渠帅,无不望风输诚。

秦王坚乃启驾西还,所有慕容㬎以下,如后妃王公百官,暨鲜卑四万余户,一古脑儿徙入长安。复拜㬎为尚书,皇甫真为奉车都尉,李洪为驸马都尉,李邽为尚书,封衡为尚书郎,慕容德为张掖太守,平睿为宣威将军,悉罗腾为三署郎。凡故燕稍有才望的官僚,各得署秩。独慕容垂见燕故僚,常有愠色。前郎中令高弼,私语垂道:"大王具命世才,遭无妄运,流寓外邦,备极困苦。今虽国家倾覆,怎知不剥极再复,更得龙兴?他日重造江山,舍大王尚有何人?愚谓宜恢弘度量,延纳旧臣,为山九仞,始自一篑,若徒记前嫌,反失众望,窃谓大王不取哩!"却是良谋。垂欣然受教,从此待遇旧僚,仍归和好,惟不肯放过慕容评。独入白秦王道:"臣叔父评,为亡燕首恶,不宜再污圣朝,愿陛下声罪加诛,以谢燕人。"坚不愿戮评,惟出为范阳太守。余如故燕诸王亦徙补边郡。燕故太史黄泓叹道:"燕必中兴,将来定属吴王,可惜我年已老,恐不及见呢!"还有汲郡人赵秋,亦私语亲友道:"天道在燕,偏为秦灭,不出十五年,秦必复为燕有了。"

是时,晋桓温已攻破寿春,擒住袁瑾、朱辅,送往建康。秦将王鉴、张蚝,曾由秦王坚差遣,带领步骑二万人,往援寿春,为温击败,引兵退归。袁瑾、朱辅到建康后,当然处斩,无庸细叙。惟秦王坚因南援无功,改图西略,特命博平侯杨安等,带领步骑七万人,往伐仇池。仇池自杨初嗣位后,尝遣使至建康,向晋称藩。晋命初为雍州刺史,封仇池公。初为族弟宋奴所杀。初子国,又杀宋奴。国从父俊,复杀国,俊传子世,世传子纂。世臣事秦晋,纂独与秦绝好,所以秦兴兵往讨。众至鹫峡,纂集众得五万人,出拒秦军。晋扬州刺史杨亮,也遣督护郭宝卜靖,领千余骑助纂,与秦军交战峡中。秦军久经百战,个个是骁悍绝伦,仇池兵怎能与敌?一经交手,勇怯悬殊,只落得步步倒退。秦军直前乱斫,杀死仇池兵一二万人,连郭宝等亦俱战殁。纂拚命遁还。武都太守杨统,系纂叔父,素与纂相仇杀,至此遂举城降秦。秦军进攻仇池,纂保守不住,没奈何面缚出降。当由杨安送纂入关,秦王坚接得捷报,即加安都督南秦州诸军事,留镇仇池,使杨统为南秦州刺史。小子有诗叹道:

<blockquote>外侮都缘内乱兴,仇池虽小亦堪惩。
从知骨肉相争日,瓦解无非兆土崩。</blockquote>

仇池被灭,梁州孤危,晋廷也无暇西顾,那大司马扬州牧桓温,平空起浪,闯出一场绝大的事情。看官欲问为何事,请即续阅下回。

燕有致亡之事四:忌慕容垂而逼之出奔,一也;任慕容评而令其专国,二也;轻许秦地,旋即背约,三也;不听谏臣,自弛边防,四也。王猛一入,三十万大众,不堪一战。潞川败绩,邺城遽陷,燕主晔仓皇北遁,终为所擒,其不致遽死也,尚为幸事!秦王坚灭燕以后,观其所为,几若汤武之流亚,诚使持盈保泰,始终不渝,则混一天下不难矣,燕亦何能再复乎?惜乎其有初而鲜终也!

第六十三回　海西公遭诬被废
　　　　　　　昆仑婢产子承基

却说桓温得专晋政,威权无比。他本来是目无君相,窥觊非分,尝卧对亲僚道:"为尔寂寂,恐将为文景所笑!"文景指司马师兄弟。嗣又推枕起座道:"不能流芳百世,亦当遗臭万年!"为此一念,贻误不少。又尝经过王敦墓,慨望太息道:"可人!可人!"先是有人以王敦相比,温甚不平,至此反慨慕王敦,意图叛逆。会有远方女尼,前来见温,温见她道骨珊珊,料非常人,乃留居别室。尼在室中洗澡,温从门隙窥视,见尼裸身入水,先自用刀破腹,继断两足,温大加惊异。既而尼开门出来,完好如常,且已知温偷视己浴,竟问温道:"公可窥见否?"温料不可讳,便问主何吉凶?尼答云:"公若作天子,亦将如是!"温不禁色变,尼即别去。术士杜炅,能知人贵贱;温令言自己禄秩,炅微笑道:

第六十三回 海西公遭诬被废 昆仑婢产子承基

"明公勋格宇宙,位极人臣。"温默然不答。若非此二人相诫,温已早为桓玄了。

他本欲立功河朔,收集时望,然后还受九锡。自枋头败归,声名一挫,及既克寿春,因语参军郗超道:"此次战胜,能雪前耻否?"超答言尚未。既而超就温宿,夜半语温道:"明公当天下重任,年垂六十,尚未建立大功,如何镇惬民望!"温乃向超求计,超说道:"明公不为伊霍盛举,恐终不能宣威四海,压服兆民。"温皱眉道:"此事将从何说起?"超附耳道:"这般这般,便不患无词了。"此贼可恶。温点首称善,方才安寝。越日,便造出一种谣言,流播民间,但说帝奕素有痿疾,不能御女,嬖人朱灵宝等,参侍内寝,二美人田氏孟氏,私生三男,将建立太子,潜移皇基云云。看官试想!这种暧昧的情词,从何证实?明明是无过可指,就把那床笫虚谈,架诬帝奕,这真所谓欲加之罪,何患无词呢。

温既将此语传出,遂自广陵诣建康,奏白太后褚氏,请将帝奕废去,改立丞相会稽王昱,并将废立命令,拟就草稿,一并呈入。适褚太后在佛屋烧香,由内侍入启云:"外有急奏。"太后出至门前,已有人持入奏章,捧呈太后。太后倚户展阅,看了数行,便怅然道:"我原疑有此事。"疑奕耶?疑温耶?说着,又另阅令草,才经一半,即索笔写入道:"未亡人不幸罹此百忧,感念存殁,心焉如割。"写毕,便交与内侍,饬令送还。废立何事,乃草草批答,褚太后亦未免冒失。温在外面待着,但恐太后不允,颇有忧容。及内侍颁还令草,无甚驳议,始改忧为喜。越日,温至朝堂,召集百官,取示令草,决议废立。百官都震栗失色,莫敢抗议;只是两晋相传,并没有废立故事,此次忽倡此议,欲要援证典章,苦无成制,百官都面面相觑,无从悬定。就是温亦仓皇失措,不知所为。仓猝废立,典礼都未筹备,乃百官莫敢抗议,晋廷可谓无人。独尚书仆射王彪之,毅然语温道:"公阿衡皇家,当参酌古今,何不追法先代?"温喜语道:"王仆射确是多能,就烦裁定便了。"彪之即命取汉《霍光传》援古定制,须臾即成,乃朝服立阶,神采自若。逢迎权恶,装出甚么仪态。然后将太后命令,宣示朝堂道:

> 王室艰难,穆哀短祚,国嗣不育,储宫靡立。琅琊王奕,亲则母弟,故以入纂大位。不图德之不建,乃至于斯!昏浊溃乱,动违礼度。有此三孽,莫知谁予。人伦道丧,丑声遐布。既不可以奉守社稷,敬承宗庙,且昏孽并大,便欲建树储藩,诬罔祖宗,倾移皇基,是而可忍,孰不可怀!今废奕为东海王,以王还第,供卫之仪,皆如汉朝昌邑故事。指昌邑王贺。但未亡人不幸罹此百忧,感念存殁,心焉如割。社稷大计,义不获已。丞相录尚书事会稽王昱,体自中宗,明德劭令,英秀玄虚,神契事外,以具瞻允塞,故阿衡三世,道化宣流,人望攸归,为日已久,宜从天人之心,以统皇极。饬有司明依旧典,以时施行。此令。

总计帝奕在位六年,无甚失德,不过奕虽在位,好似傀儡一般,内有会稽王昱,外有大司马温,把持国政。他尝自虑失位,召术士扈谦筮易,卦象既成,谦据实答道:"晋室方如磐石,陛下未免出宫。"至是竟如谦言。温使散骑侍郎刘享,收帝玺绶,逼奕出宫。时值仲秋,天气尚暖,奕但着白帢单衣,步下西堂,乘犊车出神兽门,群臣相率拜辞,莫不欷歔。有何益处?侍御史殿中监,领兵百人,送奕至东海第中。一面具备法驾,由温率同百官,至会稽邸第,迎会稽王昱入殿。昱戴平巾帻,单衣东向,拜受玺绶,呜咽流涕。何必做作?当即入宫改着帝服,升殿受朝,即改太和六年为咸安元年,史家称他为简文帝。温出次中堂,分兵屯卫,有诏因温有足疾,特命乘舆入朝。温欲陈述废立本意,及引见时,但见简文帝泣下数行,倒也无词可说,只好默然告退。

太宰武陵王晞,与简文帝系出同胞。简文即位,顾念本支,当然优礼相待。惟晞素好武事,又与殷浩子涓,常相往来。浩殁时,温遣人赍书往吊,涓并不答谢,为温所恨,因并及晞。新蔡王晃,系从前新蔡王腾后裔,亦与温有隙。还有广州刺史庾蕴,太宰长史庾倩,散骑常侍庾柔,皆为前车骑将军庾冰子,就是废帝奕皇后庾氏的弟兄。庾后既连带被废,降为东海王妃,温恐庾家族大宠多,阴图报复,于是想出一法,先扳倒武陵王晞,诬他父子为恶,曾与袁真同谋叛逆,因即免官归藩。简文帝不得不从,出晞就第,罢晞子综、瑾等官。温又迫令新蔡王晃,诬罪自首,连及武陵王晞父子,并殷涓、庾倩、庾柔等,一同谋逆,且将太宰掾曹秀,舍人刘强,凭空加入,一古脑儿收付廷尉。御史中丞谯王恬,<small>即谯王承孙。</small>阴承温旨,请依律诛武陵王晞。简文帝复诏道:"悲惋惶怛,非所忍闻,应更详议。"温复自上一表,固请诛晞,语近要挟,简文帝手书给温,内有晋祚未移,愿公奉行前诏;若大运已去,请避贤路云云。

温览到此诏,也不觉汗流色变,始奏废晞及三子家属,皆徙新安郡,免新蔡王晃为庶人,徙锢荥阳。殷涓、庾倩、庾柔、曹秀、刘强,一律族诛。简文帝不便再驳,勉依温议,可怜殷、庾两大族,冤冤枉枉死了若干人。<small>炎炎者灭,隆隆者绝。</small>庾蕴在广州任内,闻难自尽,蕴长兄前北中郎将庾希,季弟会稽王参军庾邈,及希子攸之,并逃往海陵陂泽中。独东阳太守庾友,也是蕴兄,因子妇为温从女,特邀赦免。温自是气焰益盛,擅杀东海王奕三子,及田氏、孟氏二美人。旋复奏称东海废黜,不可再临黎元,应依昌邑故事,筑第吴都。简文帝商诸褚太后,请太后下令,谓不忍废为庶人,可妥议徙封。温复奏可封海西县侯,有诏徙封奕为海西县公。废后庾氏,积忧病殁,尚追贬为海西公夫人。会吴兴太守谢安,入为侍中,遥见温面,便即下拜。温惊呼道:"安石谢安表字见前。何故如此?"安答道:"君且拜前,臣难道敢揖后吗?"温明知安有意嘲讽,但素重安名,不便发作,且默记前时女尼微言,也有戒心,因即上书鸣谦,求归

第六十三回 海西公遭诬被废 昆仑婢产子承基

姑孰。诏进温为丞相,令居京师辅政。温仍然固辞,乃许他还镇。

秦王坚闻温废立,顾语群臣道:"温前败灞上,后败枋头,不知思忿自贬,遍谢百姓,反且废君逞恶,六十老人,作此举动,怎能为四海所容?古谚有云'怒其室,作色于父',便是桓温的注脚呢。"

温虽然还镇,揽权如故。且留郗超为中书侍郎,名为入值宫廷,实是隐探朝事。简文帝格外拱默,尚恐温再有异图,会荧惑星逆行入太微,简文帝越觉惊惶,原来帝奕被废以前,荧惑尝守太微端门,仅逾一月,即有废立大事。此番又经星文告变,哪得不危悚异常。当下召语郗超道:"命数修短,也不遑计,但观察天文,得勿复有前日事么?"超答道:"大司马温,方思内固社稷,外恢经略,非常事只可一为,何至再作?臣愿百口相保,幸陛下勿忧!"简文帝道:"但得如此,尚有何言!"超即告退。侍中谢安,尝与左卫将军王坦之,诣超白事,超门多车马,络绎不休,待至日旰,尚未得间。坦之欲去,安密语道:"君独不能为身家性命,忍耐须臾么?"坦之乃忍气待着,直至薄暮,才得与超清谈,语毕乃别。超父愔卸职家居,偶有不适,由超请假归省,简文帝与语道:"致意尊翁,家国事乃竟如此,自愧不德,负疚良深,非一二语所能尽意。"说至此,因咏昔人诗云:"志士痛朝危,忠臣哀主辱。"二语本庾阐诗。咏罢泣下,超无言可对,拜别而去。

好容易过了残年,复遣王坦之征温入辅,温复固辞,惟与坦之言及,请将海西公外徙。坦之返报,乃徙海西公至吴县西柴里。敕吴国内史刁彝,就近防卫,并遣御史顾允,监督起居,免有他变。蓦闻庾希、庾邈,联结故青州刺史武子沈遵,聚众海滨,掠得鱼船,黉夜突入京口城。晋陵太守卞眈,猝不及防,逾城奔曲阿,于是建康震惊,内外戒严。嗣又得庾希等檄文,托称受海西公密旨,起诛首恶桓温,累得京畿一带,讹言蜂起,益相惊扰。平北参军刘奭,高平太守郗逸之,游军督护郭龙等,引兵往击,就是卞眈,亦调发县兵,并讨庾希等人。希众统是乌合,一战即败,闭城自守,再由桓温遣到东海太守周少孙,也有锐骑数千,合力攻城,攀堞杀入。庾希兄弟子侄,以及沈遵等人,没处逃奔,遂致陆续被擒,送到建康市中,伏诛了案。一番乱事,数日即平,晋廷诸臣,入朝庆贺,又像是化日光天。冷隽语。

哪知吉凶并至,悲喜相寻,简文帝忽然得病,医治罔效,差不多将要归天。当时皇后太子,俱尚未立,说将起来,又须溯述源流,表明颠末。简文帝为元帝少子,生母郑氏,受封建平国夫人,咸和元年病殁。简文帝受封主爵,追号郑氏为会稽太妃,嗣位后时日尚浅,故未及追尊。惟简文帝先娶王氏,生子道生为世子,后来母子并失帝意,俱被幽废,王氏忧郁成疾,亦即去世,此外妾媵颇多,生有三男,又皆夭逝。未几道生又亡,简文帝年垂四十,迭丧诸子,未免悲悼,况膝下竟致无男,诸姬偏皆绝孕,不由的寸心焦灼,百感彷徨。会闻术士扈谦,善能卜易,因召令入筮。谦筮毕作答道:"后房中已有一女,当生二贵男,长男尤贵,当兴晋室。"简文帝乃转忧为喜,但麒麟佳种,究未识属诸谁人,适徐贵人生下一女,眉目韶秀,酷肖生母。徐氏本以秀慧见幸,既得破胎,总望她接连有娠,得产麟儿。谁料一索再索,音响寂然。简文帝却年齿日增,望子愈切,不得已访求相士,得一叔服后人,叔服系周时内史,具相人术。令他入视诸姬,能否生男?偏他接连摇首,无一许可。乃再将婢媵等一齐出示,仍未称善。最后看到一个织婢,身长色黑,仿佛似乡僻女子一般,不禁惊诧道:"这才算是贵相,必生贵男。"别具只眼。宫人听了,都葫芦大笑道:"昆仑婢要发迹了!日前的好梦,才得实验了!"简文帝叱道:"何故罗唣?"大众始不敢再言,嗣经简文帝问明底细,始知此婢姓李,名叫陵容,家世寒微,入充织坊女工。旁人因她形体壮硕,替她取一绰号,叫做昆仑婢。她尝梦见两龙枕膝,日月入怀,便欣然称为吉兆,屡与同侪说及。同侪相率揶揄,不是说她要做皇后,就是说她要做皇娘。偏偏弄假成真,变虚为实,简文帝竟令她侍寝,一度春风,遽结珠胎,十月分娩,居然一雄。临盆以前,李氏复梦一神人,送给一儿,且嘱咐道:"此儿畀汝,可取名昌明。"李氏向神接受,忽觉一阵腹痛,遂致惊醒,当下起床坐蓐,立即产出一儿,呱呱坠地。时值黎明,李氏记受神嘱,使侍媪转启简文帝,呼婴儿为昌明。简文帝闻报,谓既得诸神授,当然不宜更换,惟以昌明为字,即将昌明二字的寓意,取名为曜,后来简文帝猛记前事,曾见一谶文云:"晋祚尽昌明!"不觉流涕道:"天数天数,只好听天由命罢!"看到后文,又觉似是而非。既而李氏又生一男一女,男名道子,后得封王专政,女长成后,至昌明嗣位,封为鄱阳长公主,这且再表。

且说简文帝寝疾经旬,渐至弥留,乃立皇子昌明为太子,并封道子为琅琊王,领会稽内史,使奉帝母郑太妃祀,又召大司马温入辅,一日一夜,连发四诏,未见温至。此番架子却摆错了!乃命草遗诏,使大司马温依周公居摄故事,且谓少子可辅最佳,如不可辅,卿可自取。这草诏颁将出去,被王坦之接着。坦之已迁官侍中,看了草诏,便即趋入,直抵简文帝榻前,把草诏撕作数片。简文帝瞧着,已知坦之用意,便顾语道:"天下系傥来物,卿有何嫌!"坦之道:"天下乃宣帝元帝的天下,陛下怎得私相授受呢!"帝乃使坦之改诏道:"家国事一禀大司马,如诸葛武侯、王丞相指王导。故事。"坦之改就,乃持诏而出。是夕,简文帝崩,年五十有三,在位实不满一年。只因过一元旦,两个半年,算做两年。

群臣会集朝堂,未敢立嗣,互相私议,或谓须归大司马处分。尚书仆射王彪之正色道:"天子崩,太子代立,这乃古今通例,大司马何致异言?若先面咨,恐反为所责了。"朝议乃定,遂奉太子昌明嗣即帝位,颁诏大赦,是为孝武帝,帝年尚只十龄,褚太后以冲人践阼,并居谅暗,不如使温依周公居摄故事,令照前议施行。王彪之又进言道:"这乃异常大事,大司马必当固让,恐转使万机倍滞,稽废山陵,臣等未敢奉令,谨即封还!"于是议遂不行。桓温颇望简文临终,召己禅位,否则或使居摄,不意遗诏颁到,大失所望,乃贻弟冲书道:"遗诏但使我依武侯王公故事呢。"一语已写尽怨望。

是年十月,彭城妖人卢悚,自称大道祭酒,煽惑愚民八百余家,因遣徒许龙如吴,驰入海西公门,诈传太后密诏,奉迎兴复。海西公奕,几为所惑,幸保母在旁谏阻,始却龙请。龙愤然道:"大事垂成,奈何听信儿女子言!"奕答道:"我得罪居此,幸蒙宽宥,怎敢妄动?且太后有诏,应使官属来迎,汝系何人,乃敢妄来传旨呢?"一经说明,其假立见,然非保母提醒,几去送死。龙尚不肯行,当由奕叱令左右,上前缚龙,尤始仓皇遁去。

是时,宫廷方料理丧葬,奉安简文皇帝于高平陵,庙号太宗。葬事才毕,忽有乱徒,突入云龙门,哗称海西公还都,直达殿廷,略取武库甲仗,卫士骇愕,不知所为,亏得游击将军毛安之,闻变入云龙门,引着部曲,奋击乱党。又有左卫将军殷康,中领军桓秘,从止车门驰入,也有部众数百人,与安之并力夹击,乱党不过三四百名,哪里敌得过猛将三员,虎旅千余,顿时死的死,逃的逃,那头目也情急欲遁,被毛安之截住厮杀,不到十合,已将他打倒地上,用绳捆住。讯明姓名,便是妖贼卢悚,当即按律拟罪,伏法市曹。海西公曾拒绝乱徒,得免连坐,但经此一吓,越觉小心,索性杜聪塞明,无思无虑,有时借酒消遣,有时对色陶情,时人怜他无辜遭废,为作哀歌。奕却屏去一切,得过且过,直至太元十一年冬,安然病逝,享年四十有五。小子有诗叹道:

废主由来少善终,居吴幸免海西公。
天心似为冤诬惜,不使屠王剑血红!

越年,改元宁康。大司马温竟自姑孰入朝,都中复大起讹言,恼惧的了不得。究竟有无祸事,俟至下回说明。

桓温败绩枋头,仅得寿春之捷,何足盖愆,乃反欲仿行伊霍,入朝废主,真咄咄怪事!从前如操懿辈,皆当功名震主之时,内遭主忌,因敢有此废立之举,不意世变愈奇,人心益险,竟有如晋之桓温者也。况帝奕在位五年,未闻失德,乃诬以暧昧,迫使出宫,温不足责,郗超之罪,可胜数乎?会稽王昱,不思讨贼,居然受迎称帝,徒作涕泣之容,反长凶残之焰,朝危主辱,嗟何及乎?昆仑女入御以后,虽得生二男,然昌明道子,后来皆不获善终,且致斫丧晋祚。有子无子,同归于尽,徒庆宜男,亦何益哉?

第六十四回 谒崇陵桓温见鬼
重正朔王猛留言

却说孝武帝宁康元年,国乱粗定,大司马桓温,竟从姑孰入朝。朝臣重望,要算谢安、王坦之,安已迁任吏部尚书,坦之仍任侍中。都下人士,相率猜疑,群谓温无故入朝,不是来废幼主,就是来诛王谢。谢安却不以为忧,独坦之未免焦灼,偏宫廷又发出诏命,竟使安与坦之,赴新亭迎温,坦之接诏,惊得面色如土,安仍谈笑自若。且语僚属道:"晋祚存亡,在此一行。"安而行之,可谓名不虚传。当下启行出都,径往新亭,百官相随甚众。及与温遇,温大陈兵卫,延见朝士,凡位望稍崇的官员,但恐得罪,都向温遥拜,战栗失容,坦之更捏着一把冷汗,趋诣温前,几似魂灵出窍,连手版都致倒持。人生总有一死,何必这般股栗?惟谢安从容步入,一些儿不拘形迹。温见他态度异人,自然加敬,便即起身延坐,两下坐定。安眼光如炬,已有所见,乃即语温道:"安闻诸侯有道,守在四邻,明公亦何须壁后置人?"温笑答道:"恐有猝变,不得不然。"说着,即顾令左右,撤去后帐,帐后本列甲士,亦一齐麾退。安与温笑语移时,方才请温动身,同入建康。坦之呆若木鸡,一语不发,只背上的冷汗,已经湿透里衣,幸温无一语相责,始得将魂魄收回,偕行还都。他平时本与安齐名,经此一举,优劣乃分。

温入朝谒见孝武帝,讯及卢悚犯阙事,由尚书陆始,检察不严,以致贼入禁门,乃将陆始收付廷尉,按律治罪;此外没甚举动,朝臣才得少安。温寓居建康数日,安与坦之,屡往议事。忽觉凉风入室,吹开后帐,内有一榻,榻上卧着一人,安略略瞧着,便识是中书侍郎郗超,当即微笑道:"郗生可谓入幕宾了。"超本受温密嘱,留卧帐后,窃听客谈,既被安瞧破机关,不得已起身出帐,与安相见,安谑而不虐,转使温超两人,愧赧交并。及安等去后,温心下亦很觉忌安,但因安素孚物望,一时未便下手,只好暂从容忍,观衅后动。于是拟谒高平陵,诘旦登车,左右见他凭轼起敬,统暗暗称奇。途次复顾语道:"先帝究属有灵,汝等可得见否?"左右听着,亦不知他说何鬼话。到了陵前,温下车叩拜,且拜且语道:"臣不敢!臣不敢!"及拜毕后,还说臣不敢三字,左右俱莫名其妙。温仍驾车还寓,复问左右道:"殷涓如何形状?"左右答称涓身肥矮,温不觉失色道:"不错不错,他亦曾在先帝左侧呢。"疑心生暗鬼。是夕,即寒热交作,谵语不休,经医诊治,好几日才得少瘥,乃辞行还镇。

第六十四回　诏崇陵桓温见鬼　重正朔王猛留言

既抵姑孰,病又转剧,他还想荣膺九锡,特遣人入都请求。谢安、王坦之未敢峻拒,不过逐日延挨,至温使再三催促,乃令吏部郎袁宏具草。宏有文才,援笔即就,偏谢安吹毛索瘢,屡嘱修改,遂至匝月未成。宏密问仆射王彪之,究应如何著笔,彪之道:"如卿大才,何烦修饰,这是谢尚书故意如此,彼知桓公病势日增,料必不久,所以借此迁延呢。"宏始释然。

温未得如愿,当然悲恨。适温弟江州刺史冲,过问温疾,见温病垂危,便问及王、谢二人,温喟然道:"渠等非汝所能处分,我死后熙等庸弱,所有部曲,归汝统率便了。"冲应命而出。看官听说,温有六子,长名熙,次名济,又次为韵、祎、伟、玄。熙闻冲面受温命,将统遗众,心中很是不服。遂与弟济谋诸叔秘,意欲杀冲。冲诇悉阴谋,不敢复入,嗣由熙等报温死耗,召冲临丧,冲即遣力士直入丧次,拘住熙、济,且逐秘出外,然后举哀。已而奏徙熙、济至长沙,罢黜秘官,且称温遗命,以少子玄为嗣。晋廷追赠丞相,赐赗衮冕,予谥宣武,此外丧葬礼仪,一依汉大将军霍光及晋太宰安平献王孚故事,即命玄袭封南郡公。玄年才五岁,冲总道他幼弱易制,可无后忧,哪知他长成后,比乃父还要凶险呢?暗伏下文。相传玄为温庶子,生母马氏,夜坐月下,见流星坠盆水中,用瓢掬吞,因得有娠。及生玄时,有光照室,家人诧为神奇,乃取一小名,叫作灵宝。乳媪每抱玄省温,经过重门,必易人乃至,说是沉重异常,故温甚加宠爱。冲立玄为嗣,或果承温遗命,亦未可知,这且待后慢表。

且说桓温既死,有诏进冲为中军将军,都督扬、雍、江三州军事,兼扬、豫二州刺史,使镇姑孰。加右将军荆州刺史桓豁,为征西将军,都督荆、扬、广三州军事。豁子竟陵太守石秀,为宁远将军,兼江州刺史,使镇寻阳。或劝冲入诛王、谢,专执朝权,冲将他叱退。冲力反温政,一切生杀予夺,皆先时奏闻,然后施行,晋廷上下,始得解忧。

谢安尚恐桓冲干政,拟请褚太后临朝。褚太后为康帝后,康帝系元帝孙,与孝武帝本为叔嫂,从前简文入嗣,比褚太后辈分较长,但因她既为太后,不得以家人礼相待,故仍称为太后,且因她居住崇德宫,特尊为崇德太后。至是由谢安倡议,再请训政,群僚皆无异词,独尚书仆射王彪之抗议道:"前代人主,幼在襁褓,母子一体,故可请太后临朝,但太后亦未能专断,仍须顾问大臣。今主上年逾十岁,将及冠婚,反令从嫂临朝,表示人君幼弱,这难道好光扬圣德么?"议固甚是。安不肯从,竟率百官奏白太后,大略说是:

王室多故,祸难仍臻,国忧始周,复丧元辅,天下悯然,若无攸济,主上虽圣明天亶,而春秋尚富,兼在谅暗,蒸蒸之思,未遑庶事。伏维太后陛下,德应坤厚,宣慈圣善,遭家多艰,临朝亲览,光大之美,化洽在昔,讴歌流咏,播益无外,虽有莘熙殷,任姒隆周,未足以喻。是以五谋克从,人鬼同心,仰望来苏,悬心日月。夫随时之义,《周易》所尚,宁固社稷,大人之任,伏愿陛下,抚综万几,厘和政道,以慰祖宗,以安兆庶,不胜喁喁待命之至!"

褚太后俯从众议,便即复诏道:

> 王室不幸,仍有艰屯,览省启事,感增悲叹,内外诸君,并以主上春秋冲富,加以蒸蒸之慕,未能亲览,号令宜有所由。苟可安社稷,利天下,亦未便有所固执。当敬从所启,但暗昧之阙,自知难免,望尽弼谐之道,献可替否,则国家有攸赖焉。

这诏既下,次日便即临朝。进王坦之为尚书令,谢安为仆射,两人同心辅政,终安晋室。越年令坦之出督徐兖等州军事,但命谢安总掌中书。安好声律,虽遇期功丧服,不废丝竹,士大夫相率仿效,浸成风俗。坦之尝贻书苦谏,安不能用。这是谢安短处。安又尝与王羲之登冶城,慨然遐想,有出世志,羲之独规诫道:"夏禹勤王,手足胼胝,文王旰食,日不暇给。今四郊多垒,宜思自效,若虚谈废务,浮文妨要,恐非当世所宜为呢。"安笑答道:"秦用商鞅,二世即亡,岂必是清谈贻祸么?"未几,坦之病殁,留有遗书,分贻谢安、桓冲,语不及私,但以国家为忧。晋廷追赠安北将军,赐谥曰献。坦之为故尚书令王述子,父子俱有重名,殁后不衰。只倒持手版一事,未免贻笑大方。

中军将军桓冲,因谢安素洽时望,愿将扬州刺史兼职,转让与安,自求外出。桓氏族党,莫不苦谏,冲竟出奏。有诏调冲为徐州刺史,令安领扬州刺史。宁康三年,孝武帝年已十三,册立前司徒长史王濛孙女为皇后,后即哀帝后侄女,以贵戚入选中宫,又越年正月朔日,帝行冠礼。褚太后归政,仍居崇德宫,下诏改元,号为太元元年。进谢安为中书监,录尚书事,征郗愔为镇军大将军,加桓豁为征西大将军,迁桓冲为车骑将军,兼尚书仆射。此外,文武百官,各进位一等,毋庸絮述。

惟苻秦雄踞北方,尝出兵寇晋,连陷梁、益二州。梓潼太守周虓,固守涪城,遣兵送母妻东下,拟由汉水趋江陵,使她避难,偏途中为秦将朱肜所获,牵至城下,迫令招虓,虓不得已出降。秦王坚素闻虓名,欲拜为尚书令,虓愀然道:"虓蒙晋室厚恩,理宜效死,只因老母见获,没奈何屈节偷生,今得母子两全,已出望外,怎敢再邀富贵呢?"遂辞不受官,坚更加器重,时常引见。虓有时箕踞坐着,谩骂不逊,甚至呼坚为氐贼,既已降敌,何必再作此态。秦人无不动怒,坚独不以为意,反加优待,这也是大度包荒,非人所及。一面召冀州牧王猛入关,使为丞相,另调阳平公苻融为冀州牧。猛至长安,复加都督中外诸军事。猛辞章屡上,终不见许,乃受命就职。嗣是放黜贪庸,擢拔幽滞,督课农

第六十四回　谒崇陵桓温见鬼　重正朔王猛留言

桑,练习军旅,官必当才,刑必当罪,国家大治,驯致富强。

会有彗星出尾箕间,长十余丈,经太微,历夏、秋、冬三季,光尚未灭,秦太史令张亚上言道:"尾箕二星,当燕分野,东井乃秦分野,今彗起尾箕,直扫东井,明是燕兴秦亡的预兆。十年后燕当灭秦,二十年后,代当灭燕。臣想慕容晔父子兄弟,是我仇敌,今乃布列朝廷,贵盛无比,将来必为秦患。天变已著,不可不防。"果有天道,亦非人力所能挽回。坚不肯听。嗣又接到阳平公融谏书,略称燕据六州,南面称帝,经陛下劳师累年,然后得灭,彼本非慕义前来,不过穷蹙乃降。陛下格外亲信,令他父子兄弟,森然满朝,狼虎心肠,终未可养,况天象已经告变,务须留意为是。坚仍然未信,且报书道:"朕方混六合为一家,视夷狄如赤子,不劳汝等多忧,且修德方可禳灾,岂多杀反能免祸?诚使内求诸己,无亏德行,还怕甚么外患呢!"果如汝言,自可不亡,可惜心口未符。已而,又有人入明光殿,厉声呼道:"甲申乙酉,鱼羊食人,悲哉无复遗!"坚听到此语,叱左右立即搜捕,人忽不见,于是秘书监朱肜,秘书侍郎赵整,同请诛诸鲜卑,以为"鱼羊"二字,便是鲜字左右两旁,坚又复不睬。

慕容垂寓居关中,常恐遭祸,特遣夫人段氏,屡入秦宫,侦探举动。段氏小字元妃,幼即敏慧,具有志操,尝语妹季妃道:"我终不作凡人妻。"季妃亦答道:"妹亦不作庸夫妇。"元妃姊曾嫁慕容垂,遭谗致死。见前文。元妃得为垂继室。季妃亦适慕容德,果然得配英雄。及元妃随垂入秦,为夫所遣,常入谒坚,凭着那玉貌冰肌,锦心绣口,惹得秦王坚目迷耳软,惟言是从。一日,坚竟引元妃同辇,游玩后庭。这岂是道德行为?赵整随辇同行,信口作歌道:"不见雀来入燕室,但见浮云蔽白日。"坚听得歌声,回首返顾,见是赵整,也不觉内省怀惭,乃命元妃下辇,且改容谢整。整本来是个宦官,博闻强记,善属文,好讽谏,颇得坚宠,故语多见从。

至秦王坚建元十一年,就是晋孝武帝宁康三年,秦丞相王猛有疾,秦王坚亲祈宗庙社稷,又分遣近臣,遍祷河岳,冀疗猛病,果得少瘥,当复为猛赦死录囚,猛乃上疏称谢,且进规道:

> 臣累蒙宠遇,得总百揆,报称无方,忽罹重疾。不图陛下以臣之命,而亏天地之德,开辟以来,未之有也。臣闻报德莫如尽言,谨以垂没之命,窃献遗款。伏惟陛下威烈振乎八荒,声教光乎六合,九州百郡,十居其七,平燕定蜀,有如拾芥。夫善作者,不必善成;善始者,不必善终,是以古先哲王,知功业之不易,战战兢兢,如临深谷,伏惟陛下追踪前圣,天下幸甚!

坚览到此疏,不禁泪下。过了旬余,猛病复转剧,势且垂危。坚亲往省视，问及后事，猛喘着道："晋虽僻处江南，究竟正朔相承，上下安和，臣闻亲仁善邻，足为国宝，臣死后，愿陛下勿再图晋，惟鲜卑西羌，是我仇敌，终为大患，宜逐渐剪除，免误社稷！"说到稷字，语不成声，两目一翻，呜呼毕命，年五十有一。

坚大哭一场，因即还宫，拨给帛三千匹，谷万石，使充丧费，又遣谒者仆射，监护丧事，追赠侍中尚书，余官如故。安排就绪，复诣猛第哭灵，且挈太子宏同往。至棺殓时，往返已历三次，且语太子宏道："天不欲使我平六合么？奈何夺我景略，有这般迅速呢？"随命葬礼如汉霍光故事，谥为武侯。朝野巷哭三日，方才罢休。猛之死，关系前秦存亡，故叙笔从详。先是王猛在日，因凉州牧张天锡，遣使诣秦，骤告绝交，猛奉坚命，特作书贻天锡道：

<blockquote>
昔贵先公称藩刘石者，惟审于强弱也。今论凉土之力，则损于往时，语大秦之德，则非二赵之匹，而将军幡然自绝，无乃非宗庙之福也欤？以秦之威，旁振无外，可以回弱水使东流，返江河使西注。关东既平，将移兵河右，恐非六郡士民，所能抗也。刘表谓汉南可保，将军谓西河可全，吉凶在身，元龟不远，宜深算妙虑，自求多福，毋使六世之业，一旦而坠地也！
</blockquote>

天锡得书，却也知惧，因复通使修好，谢罪称藩。秦王坚不复苛求，待遇如初，惟天锡沉湎酒色，不恤国事，敦煌处士郭瑀，虽屡经天锡征聘，终因他不足有为，屏居绝迹。凉使孟公明，拘瑀门人，强胁瑀至，瑀叹道："我乃逃禄，并非逃罪，如何害及门人！"乃出诣姑臧。适值天锡母刘氏病殁，瑀即括发入吊，三踊遂出，仍返南山隐居去了。天锡也不再强留，由他自去。将军刘肃、染景，曾助天锡诛死张邕，因功得宠，赐姓张氏，并使预政。又使肃、景诸子，入侍左右，作为义儿，肃、景得横行无忌，弄法舞文。

天锡长子大怀，已立为世子，偏天锡得了一个焦氏女，宠冠后庭。生子大豫，尚在襁褓，焦氏因宠生骄，屡在天锡面前，求立己子为世子。天锡为色所迷，竟遣大怀为征西将军，封高昌郡公，改立大豫为世子，号焦氏为左夫人。另有美人阎、薛二姬，也为天锡所宠。天锡尝患重疾，顾语二姬道："汝二人将如何报我？我若不测，难道汝等愿为他人妻么？"二姬齐声道："尊驾倘若不讳，妾当死随地下，供给洒扫，决不敢再生异心！"既而天锡疾笃，二姬果皆自杀。二女入《烈女传》故并表明。哪知二姬死后，天锡反得渐瘥，因特加悲悼，丧葬用夫人礼。只天锡怙过不悛，荒耽如故，二姬亡后，仍然别选丽姝，入充下陈。

忽闻秦遣河州刺史李辩，据守枹罕，储粟募兵。枹罕系凉州要塞，为秦所踞，整顿戎务，当然不怀好意。那天锡也未免寒心，因就姑臧立坛，宰杀三牲，率领官属，遥与晋三公为盟，即遣从事中郎韩博，赍送盟文，直达江南，约为声援。偏偏弄巧成拙，得罪秦廷。至晋太元元年仲夏，秦王坚拟并吞凉州，下令国中道：

> 张天锡虽称藩受任，然臣道未纯，可遣使持节武卫将军苟苌，左将军毛盛，中书令梁熙，步兵校尉姚苌等，将兵临西河。尚书郎阎负梁殊，奉诏征天锡入朝，若有违王命，即进师扑讨，毋得稽延！

这令下后，就调集步骑十三万，归各将分领。再命秦州刺史苟池，河州刺史李辩，凉州刺史王统，率三州部众，作为继应，阎负梁殊，先期出发，直赴姑臧。小子有诗叹道：

> 十三万众下西凉，九世华宗一旦亡。
> 莫怨符秦专黩武，败家覆国是淫荒。

究竟张天锡如何对付，且看下回再详。

桓温入朝，都下惝惧，而一无拳无勇之谢安，犹能以谈笑折强臣之焰，此由温犹知好名，阴自戒惧，故未敢倒行逆施，非真为安所屈也。且当其谒陵时，满口谵言，虽天夺其魄，与鬼为邻，而未始不由疚心所致。及还镇以后，复求九锡，理欲交战于胸中，不死不止，幸有弟如冲，能修温阙，桓氏宗族，不致遽覆，揆厥由来，犹食桓彝忠贞之报，至桓玄而祖泽乃斩矣。彼王猛之不愿随温，未尝无识，迨为符秦将相，立功致治，而临殁遗言，唯以图晋为戒，后人谓其不忘祖国，相率称之。然何如终隐华山，不受虏职之为愈也。秦王坚以诸葛孔明比猛，坚固不得为刘先主，猛其亦自愧孔明乎！

第六十五回　失姑臧凉主作降虏
　　　　　　守襄阳朱母筑斜城

却说秦使阎负、梁殊，行至姑臧，赍传秦命，征天锡入朝。天锡召集官属，与商行止道："今若朝秦，恐必不返；如或不从，秦兵必至，如何是好？"禁中录事席仂道："先公原有故事，遣质爱子，赂遗重宝，今且照旧施行，缓兵退敌，徐作计较，这也是孙仲谋即吴孙权。屈伸的良法呢！"语才说毕，即由群僚指驳道："我世事晋朝，忠节著闻海内，今一旦委身贼廷，辱及祖宗，岂不可耻？且河西天险，百年无虞，若悉众出拒，右招西域，北引匈奴，与秦一战，难道定不能胜敌么？"天锡听了，即攘袂大言道："我计决了，言降即斩！"乃引负、殊入语道："汝两人欲生还呢？还是死返呢？"负、殊仍不少屈，朗声辩论。天锡大怒，叱左右拿下负、殊，牵缚军门，即命军吏射死二人，且出令道："射若不中，是不肯与我同心，就当坐罪。"军吏齐声得令，弯弓竞射。忽有天锡母严氏出来，且泣且语道："秦王起自关中，横制天下，东平鲜卑，南取巴蜀，兵不留行，汝若出降，尚可苟延性命。今欲将蕞尔一隅，抗衡大国，又命射死秦使，激怒敌人，国必亡了！家必灭了！"莫谓妇人无识。天锡不听，仍促军吏急射，两人是血肉身子，怎能禁得起许多箭镞，当然为国捐躯。

那张天锡即使龙骧将军马建，率兵二万，出拒秦兵。秦将梁彪、姚苌、王统、李辩等，已至清石津，攻凉河会城。凉守将骁烈将军梁济，举城降秦。秦苟池又自石城津济师，与梁熙等会攻缠缩城，又得陷入。凉将马建，途次闻两城失守，不禁惊惶，反令前队变作后队，退屯清塞，且飞报姑臧，再请添兵。天锡复遣征东将军常据，率众三万，戍洪池，自领余众五万，驻金昌。安西将军宋皓，入白天锡道："臣昼察人事，夜观天文，秦兵不可轻敌，不如请降。"天锡怒道："汝欲令我为囚奴么？"遂将皓叱出，贬为宣威护军。广武太守辛章，保城固守，与晋兴相彭知正、西平相赵疑商议道："马建出自行阵，必不肯为国家效死，若秦兵深入，彼若不走，定即迎降，我等须自为定计，且合三郡精卒，断他粮道，与争死命，方可保全陇西。"彭、赵二人，恰也赞成，惟欲先通报常据，约为声援，当下由辛章遣报常据，据请诸天锡，天锡搁置不理，于是一条好计，徒付空谈！

秦兵却连日进行，姚苌为先驱，苟苌等陆续继进。行近清塞，马建只好出兵迎战，一边是奋勇直前，有进无退；一边是未战先怯，有退无进，彼此成了一个反比例，自然秦胜凉败。马建见不可敌，便即弃甲下马，匍匐乞降，余众多半逃散。苟苌既收纳马建，复移兵攻洪池。常据率兵奋斗，与马建却不相同，无如凉兵都不耐战，一经交锋，统是彷徨却顾，不敢直前。秦兵着着进逼，东斫西劈煞是厉害，单靠常据一腔忠忱，究竟不能支住，终落得旗靡辙乱，一败涂地。据马被秦兵刺死，偏将董儒另授他马，劝据奔避，据慨然道："我三督诸军，再秉节钺，八统禁旅，十总外兵，受国宠荣，无人可比，今在此受困，应该致死，还要走到何处呢？"说着，步行回营，免胄西向，稽首再拜，自刎而死。军司席仂，见据已死节，也慷慨赴敌，格杀秦兵多名，伤重身亡。张轨四世忠贞，总算得此两人。

秦兵遂入清塞，天锡闻耗，亟遣司兵赵充哲，中卫将军史荣等，领兵五万，往拒苟苌。不意赤岸一战，全军覆没。秦兵长驱至金昌城，天锡不得已，出城自战。兵刃初交，狂风大起，天昏地黑，白日无光，凉兵本无斗志，经此一变，

第六十五回 失姑臧凉主作降虏 守襄阳朱母筑斜城

立即骇散。天锡也欲回城,偏是城门紧闭,不纳天锡,眼见得城中已叛,只好带着骑兵数千,奔还姑臧。金昌城内的守吏,即开城迎纳,秦军苟苌等,休息一宵,便向姑臧进发。

先是张骏为凉州刺史时,已有童谣云:"刘新妇簸米,石新妇炊羝,荡涤簸张儿,张儿食之口正披。"这种不伦不类的歌谣,大众视为胡诌,不值研索。谁知一传十,十传百,百传千万,到了秦兵攻凉的时候,姑臧城内的童儿,无一不歌此曲。后来有人解释,谓刘曜、石虎,先后伐凉,均不得克,及秦兵一至,方才迎降。解释亦不甚确当。

还有天锡所居西昌门,及平章殿,无故自崩。天锡又尝梦见一绿色狗,形甚长大,从城东南跃入,欲噬天锡,天锡避匿床上,狗尚未舍,惊极乃寤。自知此梦不祥,阴有戒心。及败回姑臧,婴城固守,才阅数日,秦兵已到城下。天锡登城巡阅,俯见敌军统帅,身著绿地锦袍,手执令旗,跨马指挥,督兵攻城,当下顾问军士,秦帅姓甚名谁?军士有几个认识苟苌,便即报告。天锡猛悟道:"绿色狗,绿袍苟,梦兆果不虚了!"遂下城太息,闷坐厅中。

接连警报数至,或说东门紧急,或说南门孤危,累得天锡心似辘轳,惊惶不定。可巧左长史马芮驰入,喘声说道:"东南门要被攻陷了!"天锡顿足道:"奈何!奈何!"马芮道:"现在已无他法,只有屈节出降,保全一城生灵。"天锡道:"能保我一门生全否?"芮答道:"待芮出投降书,凭着三寸不烂舌,为王请命。"天锡允诺,遂令芮草就降表,遣他出去。未几即得芮返报,许令不死,且保富贵。天锡大喜,因即素车白马,舆榇出城,走降秦营。秦帅苟苌,释缚焚榇,送天锡诣长安,于是凉州郡县,相继降秦。

秦王坚命梁熙为凉州刺史,留镇姑臧。天水太守史稷,前曾暴殁,五旬复苏,谓见凉州谦光殿中,尽生白瓜,至此梁熙镇凉,小名正是白瓜二字,岂非奇验。熙奉秦王坚命,徙凉州豪右千余户入关,余皆安堵如故。天锡入秦,亦得受封为归义侯,任比部尚书,迁右仆射。凉自张轨牧守凉州,至天锡降秦,共历九主,计七十六年。天锡后事,下文慢表。

且说秦既灭凉,复拟攻代。凑巧匈奴部酋刘卫辰,为代所逼,向秦乞援。秦正好借此兴兵,即令幽州刺史行唐公洛,会同镇军将军邓羌、尚书赵迁、李柔、前将军朱肜、前禁将军张蚝、右禁将军郭禁等,共出步骑三十万,东向击代。代王什翼犍,本来是有些能力,尝与燕彼此和亲,燕为秦灭,又向秦入贡,不相侵犯。就是刘卫辰亦曾娶什翼犍女为妻,有翁婿谊,惟刘卫辰系刘虎孙,绰有祖风,素好反复,俄而附代,俄而叛代。什翼犍恨他无礼,发兵往讨,卫辰西走降秦。秦王坚送还朔方,遣兵助守。什翼犍拟部署兵马,再击卫辰,适部将长孙斤密图内乱,引兵入帐,将弑什翼犍,亏得什翼犍子实,侍直帐中,奋身格斗,得将长孙斤截住。斤持槊刺入实胁,实尚忍痛与战,帐外卫士,也来助实,遂把斤擒住,乱刀砍死。实受伤已重,越月竟殁。实尝娶东部大人贺野干女,生一遗腹子,取名涉圭,后改名珪。即拓跋珪,为后魏之祖。什翼犍喜得生孙,令赦境内死罪。一面因兵马整齐,复讨卫辰。卫辰南走,仍然向秦乞救。秦遂大发兵众,令卫辰为向导,侵入代境。叙事简净,且得回应前文。

代王什翼犍,忙使白部独孤部南御秦兵。两部出战数次,统遭败衄,乃改遣南部大人刘库仁抵敌秦军。库仁与卫辰同族,不过库仁为什翼犍甥,所以特遣,婿不可恃,甥可恃耶?且调发十万骑兵,归库仁统带。库仁行至石子岭,正与秦军相值,战了一场,又复败绩,四面逃散。什翼犍又适患病,不能出拒,只得北奔阴山。已而秦兵渐退,乃还次云中。犍弟孤,尝分据部落,比犍先殁。孤子斤,失职怨望,时思构乱。犍子实,本居嫡长,由犍立为世子。实死后,尚未立嗣。犍继妃慕容氏,生有数子,俱尚稚弱,独有贱妾子寔君,年龄最长,秉性悍戾。斤正好乘间煽祸,密语寔君道:"王将立慕容妃子,恐汝不服,先拟杀汝,汝肯束手就毙么?"寔君听了,无名火高起三丈,便浼斤为助,私集兵甲,突攻犍帐,杀死诸弟。犍闻寔君为乱,正思出帐弹压,偏乱众已经杀入,不管尊卑上下,竟持刀乱劈,把犍杀死。慕容妃已早亡故,尚有实妻贺氏,挈子珪走依贺讷。讷就是野干嗣子,与珪有甥舅谊,当然容纳。此外如后庭男妇,都仓皇奔散,有几个反往投秦军,向敌乞援。秦兵虽然渐退,尚在君子津驻扎,既闻代乱,乐得乘机急进,直趋云中,家必自毁,然后人毁之;国必自伐,然后人伐之。寔君方拟据位,猝遇秦兵到来,如何抵敌?况部众俱已倒戈,益觉无力支撑,只好迎降秦军。

秦将露布告捷。秦王坚召代长史燕凤,问明情状,也勃然怒道:"天下有这等乱贼么?身为臣子,敢弑君父,我当代为问罪,诛除大逆。"你自己思想果能无愧么?当下飞敕尚书李柔等,拘送寔君及斤,到了长安,用五马分尸法,车裂以徇。又引问燕凤,谓什翼犍有无遗嗣,凤以珪对,坚欲遣使征珪母子,凤申请道:"代王新亡,群下叛散,遗孙幼弱,不能统摄,别部刘库仁,骁勇有智,刘卫辰狡猾善变,各难独任,今宜将代众分属两部,就令他两人分辖。两人素有深仇,莫敢先发,俟珪年已长,方为册立。陛下果俯纳臣言,兴灭继绝,再存代祀,人非木石,能不感恩?他时子子孙孙,不侵不叛,永作秦藩,岂不是安边长策么?"坚喜从凤言,乃分代众为二部,河东属库仁,河西属卫辰,划境分管。

库仁迎珪母子,居养帐中,恩礼备至,未尝以废兴易意,且语诸子道:"此儿志趣不凡,将来必能恢隆祖业,汝等须善加待遇,慎勿忘怀!"为拓跋珪兴魏张本。随即招抚离散,厚意怀柔,凡代郡流亡人民,多半趋附,恩信聿著。秦

第六十五回　失姑臧凉主作降虏　守襄阳朱母筑斜城

王坚加库仁为广武将军,赏给幢麾鼓盖,隐示功劳的意思。卫辰无从得赏,向隅抱怨,攻杀秦五原守吏。秦令库仁往讨,库仁遂率众往击卫辰。卫辰屡战屡败,北奔阴山,经库仁追逐至千余里外,虏得卫辰妻子,方才还兵。卫辰自知穷蹙,不得已向秦谢罪,秦乃命卫辰为西单于,督辖河西杂胡,屯代来城。但从此僻处偏隅,无复从前威焰了。

秦王坚荡平西北,威声大振,凡东夷西羌诸国,联翩入贡,外使盈廷。坚大喜过望,免不得骄侈起来。是前秦兴亡之枢纽。故赵将作功曹熊邈,屡次白坚,谓石氏宫室器玩,多用金银,非常华丽。坚乃命邈为将作长史,领尚方丞,大修舟舰兵器,就将石氏金银移用,作为饰品,备极精巧。慕容垂从子绍,为秦阳平国常侍,私与兄楷相语道:"秦王自恃强大,转战不休,北戍云中,南守蜀汉,转运万里,民不堪命,今复筑舟铸兵,穷极奢侈,眼见是盛极必衰了!冠军叔父,智识英伟,必能恢复燕祚,我等但当爱身待时,不患无成。"还有垂子慕容农,亦密语垂道:"自从王猛死后,秦法日颓,今乃加以汰侈,祸必不远,父王宜结纳豪杰,仰承天意,兴复燕宗,机不可失了!"垂笑道:"天下事非尔等所及知,我自有区处呢!"意在言中。

会秦王坚欲图统一,经略江南,当有细作报知建康。晋廷诏敕内外诸臣,整顿防务。荆州刺史桓豁,表请调兖州刺史朱序,为梁州刺史,驻守襄阳,孝武帝自然依议。已而桓豁病殁,有诏令桓冲代任,都督江、荆、梁、益、宁、交、广七州军事。冲以秦人强盛,欲移扼江南,乃奏自江陵徙镇上明,使冠军将军刘波,守江陵,谘议参军杨亮守江夏。孝武帝除准奏外,复诏求文武良将,捍御北方。尚书仆射谢安,即以兄子玄应诏。孝武帝加安侍中,令都督扬豫徐兖青五州军事,即授玄领兖州刺史,监辖江北。又授五兵尚书王蕴,都督江南诸军事,领徐州刺史。蕴上表固辞,安劝阻道:"卿为后父,与国家同休戚,不应妄自菲薄,致失上意。"蕴乃受命。

中书郎郗超,尝以父愔资望,出谢安右,偏安握重权,愔居散地,未免心下不平,屡生讥议。及闻安举兄子玄,却很是赞成,谓安能违众举亲,不失为明,如玄材具,将来必不负所举。或疑超如何变议,超答道:"我尝与玄共在桓公府,早知玄有使才,足任方面,若无端加毁,岂非太诬蔑时贤么?"果然玄出镇广陵,练兵募材,连日不懈。得彭城人刘牢之,使为参军。牢之智勇兼全,常领精锐为前锋,所向披靡,时人号为北府兵。自有北府兵成立,方得与强秦抗衡,保全江左。暗伏下文。郗超且惭且愤,先父病殁,超本擅时誉,交游皆一时俊秀,惟党同桓温,遂为遗玷,父愔虽无甚功业,但心却忠晋,与子异趋。超平生与桓温计议,多不使愔知,临殁时,自出一箧,付与门生道:"我死以后,倘我父为我悲悼,致损眠食,汝等可将此箧呈父,否则焚毁为要。"后来愔果悲超,寝食俱废，门生依超遗言，呈入一箧，经愔启阅，统与温往返密计，不禁大怒道："小子死已迟了！"遂不复记忆，病亦渐瘥。及太元九年乃殁，追谥文穆。叙此以别郗超父子之忠奸。这且无庸絮叙。

且说太元三年二月，秦王坚大举侵晋，遣征南大将军长乐公丕，都督征讨诸军事，率同武卫将军苟苌，尚书慕容𬀩，共步骑七万人，南寇襄阳。又命秦荆州刺史杨安，率樊、邓二州兵马为先锋，与征虏将军石越，步骑万人，出鲁阳关，冠军将军京兆尹慕容垂，扬武将军姚苌，率众五万，出南乡。领军将军苟池，右将军毛当，强弩将军王显，率众四万，出武当，统在襄阳城下会齐，限期攻克。襄阳守将朱序，闻秦兵大至，不以为虞。看官道是何因？他恃汉水为阻，且探得秦兵，不具舟楫，总道他无术飞渡，可以放心；不料秦将石越，竟驱骑兵五千，浮渡汉水，直逼襄阳。序仓皇得报，才不觉脚忙手乱，立即调兵守城，中城已布置妥当，外城尚不及严防，竟被石越攻入，且夺去战船百艘，往渡余军。秦长乐公苻丕等，次第得渡，同来攻城，城中大震。

序有老母韩氏，颇通兵略，自挈婢仆等登城，亲行察视。至西北隅，便蹙眉道："此处很不坚固，怎能保守得住呢？"说着，即督同婢仆，在城内增筑斜城，婢仆不足，另募城中妇女为助，即将库中布帛，及室内饰玩，作为犒赏，一日一夜，即将斜城筑就。工役方竣，那西北隅果被攻陷，坍坏数丈，秦兵一齐拥进，亏得城内尚有一道斜城，兀然竖着，仍将秦兵阻住，秦兵但得了一埭壕沟，仍无用处，襄阳人至此，始知序母确有识见，齐呼新城为夫人城。小子有诗咏道：

> 寇兵十万下襄阳，守备孤单未易防。
> 幸有夫人城不坏，彤编留得姓名香。

究竟襄阳城能否固守，且至下回续叙。

降敌，非良策也。承先人数世之遗业，不能自振，乃忕忕俔俔，屈膝虏廷，宁不可耻？但如张天锡之沉湎酒色，毫无备御，乃欲以一战屈人，谈何容易，况以十三万之秦军，猝然压境，就使凉兵素号精练，亦未必果能却敌，盖强弱之势，固不相同，客主之形，又甚悬绝故也。席仂一谏而不听，严母再诫而又不从，卒致忠臣毕命，陇右为墟，与其舆榇出降，亦何若先机谢罪之为愈乎？秦王坚乘天锡之愚而灭凉，复因寔君之乱而灭代，狃胜而骄，遽忘王景略遗言，下令侵晋，劳师近二十万，不能遽破襄阳；徒顿兵于夫人城下。城传而夫人益传，巾帼中有英雄，固宜特别阐扬也。

第六十六回 救孤城谢玄却秦军
违众议苻坚窥晋室

却说襄阳被围，西北隅坍陷数丈，幸有朱母预筑斜城，才得敛众拒守。但秦兵未肯退去，单靠这埭夫人城，仍是孤危得很。晋江荆都督桓冲，屯兵上明，有众七万，也怕秦兵强盛，未敢径进。秦长乐公苻丕，欲急攻襄阳，武卫将军苟苌道："我军十倍敌人，糗粮山积，但稍得汉沔人民，移往许洛，塞彼运道，断彼兵援，彼似网中鱼，笼中鸟，无虑不获，何必多杀将士，急求成功呢？"丕乃依议，暂从缓攻，惟饬兵围着，杜绝内外。

既而秦冠军将军慕容垂，攻克南阳，执住太守郑裔，亦至襄阳会师。秦复遣兖州刺史彭超，都督东讨诸军事，使与后将军俱难，右禁将军毛盛，洛州刺史邵保，统领步骑七万，寇晋淮阳盱眙，进攻彭城。晋命右将军毛虎生，率众五万，出镇姑孰。彼此相持多日，已阅暮冬。秦御史中丞李柔，劾奏长乐公丕，师老无功，请收下廷尉治罪。秦王坚因使黄门侍郎韦华，持节责丕，且赐丕剑道："来春不捷，汝可自裁，不必再来见我了！"丕接到此谕，当然惶急，时已残腊，在城下过了新年，乃誓众急攻。朱序督兵固守，有时见秦兵少懈，出奇猛击，杀伤秦兵多人，丕引退数里。序见秦兵退去，防守少疏，且因士卒多苦，略命休息。不料过了数日，秦兵又蜂拥攻城。序仓皇抵御，正在危急的时候，忽然北门洞开，纳入秦军，事出意外，令人不测，序只好拚命搏战。可巧督护李伯护前来，由序呼同效死，伯护佯为应诺，及趋近序旁，竟拔剑击伤序马，马负痛倒地，序亦坠下。伯护即麾动左右，缚序送秦军。看官不必细问，便可知这李伯护卖主求荣，私通外国了。罪不容于死。序母韩氏，却挈着健婢，及兵役数百人，从西门出走，绕道东归，幸得脱祸。智妇总不至枉死。

序被执送长安，秦王坚闻序能守节，拜为度支尚书，独责李伯护不忠，将他斩首。令中垒将军梁成，为荆州刺史，配兵一万，使镇襄阳。秦将军慕容越，复将顺阳夺去，擒送太守丁穆，坚欲授穆官爵，穆固辞不受。还有晋魏兴太守吉挹，也为秦将韦钟所攻，粮尽被陷，挹拔刀在手，意欲自刎，偏左右夺去挹刀，挹求死不得，为秦所执，挹自草遗疏，密授参军史颖，令他逃归建康，自在秦营数日，绝不一言，并不一食，竟尔饿死。秦王坚叹为忠臣。晋得史颖归报，亦追赠挹为益州刺史，不没忠忱。

惟彭城被围已久，由晋兖州刺史谢玄，率众万余，往救彭城。行次泗口，拟遣使往报彭城太守戴逯,大众都互相推诿,不敢轻往。唯部将田泓,慨然愿行,玄当然遣去。是时彭城外面,统是秦营扎住,端的是水泄不通,无路可入。泓泅水潜行,到了城下,探头出望,正与秦巡兵打个照面。巡兵大声呼捉,泓知不可逃,索性登岸,趋入秦营,秦将彭超,啗以重利,使他传语城中,只言南军已败,泓佯为允许。及趋至城下,却扬言道:"戴太守以下诸将士听着!我是兖州部将田泓,单行来报,南军将至,望诸军努力待援,我不幸为贼所得,已不望生还了!"说至此,被秦将喝令斩首,刀光起处,碧血千秋。**好与吉挹并传不朽。**

秦兵急攻彭城,旦夕将陷,亏得晋后军将军何谦,奉谢玄命,来劫秦兵辎重。秦将彭超,方引兵还御,彭城太守戴逯,遂乘隙出奔,兵民始不致全没,但何谦一退,彭城便被秦兵占去。超留治中徐褒守城,自督兵南攻盱眙,掳去高密内史毛璪之,得将盱眙陷入。秦将俱难,亦攻克淮阴。再加秦将毛当王显,又从襄阳出发,来会彭超,俱难两路人马,进攻三阿。三阿距广陵百里,晋廷大震,临江列戍,一面遣征虏将军谢石,<small>谢安弟。</small>率舟师出屯涂中,右卫将军毛安之,率步兵出屯堂邑。秦将毛当、毛盛,夜袭毛安之军,安之惊溃,一毛不及二毛。独谢玄自广陵往救三阿,至白马塘,击斩秦将都颜,直至三阿城下,彭超俱难,并马来战,被谢玄麾军杀去,纵横驰骤,锐不可当。超与难虽经百战,未曾见过这般锐卒,顿时惊退,部兵折伤甚多,余兵随着两将,走保盱眙。谢玄入三阿城,与刺史田洛,招集邻境士卒,得五万人,进攻盱眙。难超出战,又复败绩,奔往淮阴。玄复遣后军将军何谦,带领舟师,乘潮直上,夤夜纵火,焚毁淮桥。秦淮阴留守邵保,出兵拦截,怎禁得火焰直冲,敌势又猛,徒落得焦头烂额,一命呜呼!难超欲上前救应,只见淮桥左右,笼着一片火光,不由的逡巡畏缩,再奔淮北。玄与何谦戴逯田洛等,并力追击,又大破难超等军。难超仓皇北遁,仅以身免。秦王坚闻报大怒,征超下狱,超惧罪自杀,难削爵为民。用毛当为徐州刺史,使镇彭城,毛盛为兖州刺史,使屯湖陆,王显为扬州刺史,使戍下邳。

晋谢玄凯旋广陵,详报捷状。孝武帝进玄为冠军将军,加领徐州刺史。并进谢安为司徒,领卫将军,开府仪同三司。桓冲亦并授开府,如谢安例。他将亦赏功有差。

越年为孝武帝太元五年,即秦王坚建元十六年,坚徙行唐公苻洛为散骑常侍,都督宁益西南夷诸军事,兼征南大将军,领益州牧,使镇成都。洛雄武有力,为坚所忌,故但使外任,不令预政。此次在幽州奉命,又要他由东至西,心甚不平,乃商诸将佐,意欲谋变。幽州治中平规,促令起事,洛遂自称大都督秦王,用平规为谋主,就在幽州发难,集众七万,西指长安,关中震动,盗贼

第六十六回　救孤城谢玄却秦军　违众议苻坚窥晋室

四起。坚遣使责洛道："天下尚未统一,全仗兄弟戮力同心,廓清区宇,奈何无故谋反？请即还和龙,当仍以幽州为世封。"洛不受命,且语来使道："汝可还白东海王,幽州偏僻,不足容万乘,须还王咸阳,上承高祖遗业；若能在潼关迎驾,当位为上公,爵归本国。"这数语由使人返报,坚当然大愤,立遣左将军窦冲,及步兵校尉吕光,统率步骑兵四万,东出拒洛。又命右将军都贵,驰传诣邺,发冀州兵三万为前锋,授阳平公融为征讨大都督,率兵援应；再使屯骑校尉石越,率骑一万,从东莱出石迳,浮海四百余里,往袭和龙。

洛领众至中山,适北海公重,亦率众来会,共计得十万人。未几,由窦冲等驰至,与洛交战数次,洛皆失利。校尉吕光,素有勇略,料知洛将奔回,急从间道驰出洛后,截洛归路,果然洛引众退走,被光截住厮杀,洛将兰殊,拍马与战,才及数合,只听得踢蹋一声,殊已坠地,即为光手下捉去。洛众大溃,洛夺路欲逃,马蹄忽蹶,也致掀倒,为光所擒,独重没命乱跑,行至幽州附近,被光追及,一刀断命。和龙尚未接败报,但由平规居守,未曾加防,突来了一支秦军,掩入城门,劈死平规,及叛党百余人,这支人马,便是石越的骑兵,一鼓驰入,立下幽州,吕光械洛入关,并将兰殊随解。秦王坚特加赦宥,仍署兰殊为将军,惟流洛至凉州西海郡,屏诸远方,终身示罚。洛虽立平,然已是衰乱之兆。

当下征阳平公融为中书监,都督诸军,录尚书事。长乐公丕,为冀州牧。平原公晖,为豫州牧,且因诸氏族类繁滋,不便聚处,特将三原九嵕武都汧雍氏十五万户,使诸宗亲分道率领,散居方镇,如古诸侯世封成制。长乐公丕分得氏众三千户,辞阙启行。坚亲送至灞上,一嘱属别,父子俱有戚容,就是三千户子弟,拜别父兄,亦皆恸哭失声,哀感行路。秘书侍郎赵整,援琴作歌道："阿得脂,阿得脂,伯劳舅父是仇绥,尾长翼短不能飞,远徙种人留鲜卑,一旦缓急当语谁？"坚知他有意嘲讽,但微笑不答。他为了苻洛一乱,格外加防,所以分遣氏众,免得他变生肘腋,哪知同族不可恃,他族更不可恃,坚徒防同族,不防他族,这真是顾及眉睫,不防肩臂呢！为慕容氏叛秦张本。已而坚调左将军都贵为荆州刺史,屯驻彭城,特置东豫州,令毛当为刺史,屯守许昌,都贵遣司马阎振,及中兵参军吴仲,领兵二万,入寇竟陵。晋江荆都督桓冲,飞饬从子南平太守石虔,与虔弟参军石民,出兵截击,大破秦军。振与仲退保管城,石虔乘胜攻入,擒住振仲,斩首七千级,俘虏万人,飞章告捷。有诏授石虔为河东太守,特封桓冲子谦为宜阳侯,仍令江淮戒严,防备秦寇。

秦王坚好大喜功,日思统一,尝就渭城作教武堂,命旁通兵法的太学生,教授将士,秘书监朱肜谏阻道："陛下南征北讨,已得海内十分之八,此时宜偃武修文,与民休息,乃反立学教战,徒乱人意,何足致治！况将士多经过战阵,莫不知兵,今更使受教书生,亦不足激厉志气,与实无益,与名有损,不如不设为是。"坚乃罢议。

太常韦逞,素受母训,劬学成名,坚平时尝留心儒术,故命逞典礼,一日由坚亲临太学,问及博士经典,博士卢壶答道:"废学已久,书传零落,近年多方搜辑,粗集正经。惟《周官》礼注,尚乏师资,窃见太常韦逞母宋氏,世学《周官》,夙承父业,今年垂八十,耳目犹聪,非此母不能讲解《周官》音义,传授后生。"坚不待说毕,便欣然道:"既有韦母,何妨令诸生就学哩。"随即召逞与议,使他禀白老母,即就逞家设立讲堂,特遣生员百二十人,偕往受业。宋氏当然依命,隔幔授经,连日不辍。坚复赐给侍婢十人,号宋氏为宣文君,自是《周官》学复得发明,时称为韦氏宋母,传名后世。不没贤母。还有才女苏蕙,表字若兰,系陈留令苏道贤第三女,幼通文史,雅善诗歌,智识精明,仪容妙丽,年十六为窦滔妇,滔很是敬爱。嗣滔为秦州刺史,复纳一妾,叫做赵阳台,妖冶善媚,未免夺宠。苏蕙虽号多才,究不脱儿女性质,由妒生恨,渐与窦滔反目,滔因此疏蕙。旋滔坐罪被谴,徙往流沙,但挈阳台西去,留蕙家居。蕙独处岑寂,不免思夫,乃为回文诗数首,织诸锦上,宛转循环,寓意悱恻,共得八百四十字,寄与窦滔,滔接阅回文旋锦图,反复吟哦,也为泣下。可惜回文诗未曾录入。可巧秦王坚亦赦令回家,马上启行,东归探妇,伉俪重逢,和好如初。这也是一段情天佳话,后人播为美谈,看官幸勿笑我夹杂哩。不没才妇。

且说秦王坚阳若好文,阴仍尚武,始终不忘南略。勉强捱延了两年,正拟大举南侵,偏东海公苻阳,及侍郎王皮,尚书郎周虓,通同谋叛,定期举事。阳系法子,皮系猛子,虓系晋故益州刺史周抚孙,降秦受官,三人纠众作乱,倒也是一场大难。偏偏逆谋预泄,被坚饬人收捕,面加讯鞫。阳抗声道:"臣父哀公。苻法死谥哀公,事见前文。死不当罪,臣欲为父复仇呢!"坚不禁流涕道:"哀公致死,事不在朕,如何错怪?"虽由苟太后主张,坚亦不能尽谅。说至此,复问皮何故谋逆?皮答道:"臣父丞相猛,有佐命大功,臣乃不免贫贱,为富贵计,不得不然。"遁辞。坚叱道:"丞相临终,只贻汝十具牛,嘱汝治田,未尝为汝求官,朕念汝先父有功,擢汝为侍郎,汝反忘恩肆逆,这真叫做知子莫若父哩!"说着,又顾虓问状。虓答道:"世受晋恩,生为晋臣,死为晋鬼,何劳再问?"虓果忠晋,不宜受秦官爵,既受秦封,如何谋叛?坚喝令系狱,叹息入宫。旋即颁发命令,曲贷三人死罪,惟徙阳至高昌,皮、虓至朔方塞外,算作了案。未免失刑。

会西域车师鄯善二国,遣使入朝,愿为向导,引秦兵经略西域,秦王坚即遣将军吕光为都督,统兵十万,往定西域。阳平公融入谏道:"西域荒远,得民未必可使,得地未必可食,从前汉武西征,得不偿失,臣愿陛下毋循覆辙呢!"坚不肯从,竟令吕光西行。光出陇西,越流沙,收服焉耆诸国,惟龟兹王白纯

第六十六回　救孤城谢玄却秦军　违众议苻坚窥晋室

一作帛纯。拒命,为光所逐,光遂居龟兹,威爱兼施,远近悦服,秦威大震。

　　适前高密内史毛璪之等,由秦逃亡,仍归晋室。璪之被获,事见上文。秦王坚乃亲御太极殿,大会群臣,当面宣谕道:"今四方略定,只有东南一隅,未沾王化,现计我国兵士,可得九十余万,朕欲大举亲征,卿等以为可否?"尚书左仆射权翼道:"昔商纣不道,三仁在朝,武王犹且旋师。今晋虽微弱,未有大恶;谢安、桓冲,并皆江表伟人,君臣辑睦,内外同心,依臣愚见,晋却未可速图呢。"坚沉吟半晌,又左右旁顾道:"诸卿可各言所见。"太子左卫率石越应声道:"今岁镇二星,适守南斗,福德在吴,未可轻讨。且彼有长江天险,民尚乐用,臣以为不宜加兵。"权翼是畏晋人和,石越并说及天时地利。坚说道:"从前武王伐纣,逆岁违卜,天道幽远,未易可知。夫差孙皓,皆保据江湖,终归覆灭。今凭我百万兵马,投鞭江中,已足断流,怕甚么天险呢?"越又答道:"三国君主,统淫虐无道,所以敌国往取,易如拾芥。今晋虽寡德,究无大愆,愿陛下且按兵积谷,坐待敌衅,果使有隙可乘,发兵未迟。"此外群臣各言利害,纷纭莫决。坚懊怅道:"这便是筑室道旁,无时可成,看来惟我独断罢!"群臣见坚有愠色,自然不敢再言,相率退出。独阳平公融尚在座侧,坚顾语道:"人主欲定大事,不过一二臣可以与谋,今众议纷纭,徒乱人意,我当与卿专决此事。"融答道:"今欲伐晋,却有三难,天道不顺,就是一难;晋国无衅,就是二难;我国屡经征讨,兵力已疲,势转怯斗,就是三难。群臣谓不宜伐晋,确是忠谋,愿陛下依从众议!"坚忿然道:"汝也来作此说么?我尚何望?试想我有强兵百万,资械如山,我虽未为令主,究非暗劣,乘我累胜,击彼垂危,何患不克?怎可复留此残寇,长为国忧呢?"融泣语道:"晋未可灭,昭然易知,今欲劳师大举,实非万全计策。且如臣所忧,更不止此,陛下宠养鲜卑,羌羯布满畿甸,这统是萧墙大患,如陛下督师南征,太子独与弱卒留守京师,一旦变生肘腋,悔何可追?臣本顽愚,言不足采。王景略乃一时俊杰,陛下尝比为诸葛武侯,他临殁时,曾有遗诫,难道陛下忘记么?"比权、石二人还要说得明白,这真是苦口忠言。坚愈加不乐,退入内庭。融当然趋出。

　　适太子宏入内问安,坚与语道:"我欲伐晋,以强临弱,可保必胜,朝臣皆言未可,我实不解!"宏婉答道:"今岁在吴分,晋君又无大过,若南征不捷,外损国威,内殚民力,所伤实多,无怪群下疑沮呢。"坚摇首道:"前我出兵灭燕,亦犯岁星,天道原不可尽凭。况古时秦灭六国,六国君主,岂必皆暴虐么?"说罢,便顾令左右,宣召冠军将军慕容垂入议,垂应召即至,坚问及伐晋事宜,垂抵掌道:"弱肉强食,乃是古今通例。如陛下神武应运,威加海内,虎旅百万,韩信白起满朝,乃蕞尔江南,独违王命,不伐何为?古诗有云:'谋夫孔多,是用不集。'愿陛下断自圣衷,不必多虑!陛下可记得晋武平吴,只有张杜二三臣,与他同意,若必从众议,如何能统一中原呢?"美疢不如恶石。坚不禁起舞道:"与朕共定天下,独卿一人。余子碌碌,何足与谋!"遂命赐帛五百匹,垂拜谢而出。

坚即命阳平公融为司徒,领征南大将军,并调谏议大夫裴元略为巴西梓、潼二郡太守,嘱令速具舟师,指日南下。阳平公融,辞不受职,且再入谏道:"知足不辱,知止不殆,自来穷兵黩武,鲜有不亡,况国家本系戎狄,正朔未归,江东虽然微弱,尚存中华正统,天意亦必不遽绝哩?"坚作色道:"帝王历数,有何定例?刘禅非汉室苗裔么?何故为魏所灭,汝所以不能及我,就在此拘执的弊病呢!"融无言而退。坚仍授融为征南大将军,不过取消司徒职衔。融无奈受命。

坚素信沙门道安,群臣托他乘机进谏,道安允诺。一日得与坚同辇,出游东苑,坚笑语道:"朕将与公南游吴越,泛长江,临沧海,公以为可乐否?"安接口道:"陛下应天御宇,居中宅外,自足比隆尧舜,何必栉风沐雨,亲往遐方哩?况东南卑湿,容易染疫,舜禹俱巡游不返,陛下幸勿亲行!"坚驳说道:"天下必统属一尊,方可太平,朕经略四海,已得八九,难道使东南一隅,独不被泽么?必如公言,是古时圣帝明王,何为不惮劳苦,巡狩四方呢?"道安见不可谏,乃更易一说道:"陛下如必欲南征,也只可驻跸洛阳,但遣一使贻书江南,怵以兵威,彼亦必稽首称臣,无烦圣驾跋涉了。"坚终不从,小子有诗叹道:

帝典王谟戒面从,矧经群议已知凶。
如何骄主矜张甚,但务穷兵未敛锋。

既而后宫又有一人,上书谏坚,请勿伐晋!究竟书中如何措词,待至下回再表。

秦兵横行江淮,连破名城,迭擒晋将,至三阿一役,彭超俱难,屡战屡败,仅以身免,此可见师劳力疲,不堪久用。秦之转盛为衰,已见一斑,非谢玄之果能无敌也。况苻洛发难,内讧已起,而鲜卑羯羌,杂伏关中,尤为苻秦之隐患,此时唯急谋镇定,与民休息,尚足制治保邦,奈何好大喜功,尚思大举侵晋耶?权翼一谏而不从,石越再谏而又不从,至苻融详陈利害,尚不见听,利令智昏,不败何待?彼慕容垂之赞成坚议,固将觇坚之胜负,以定从违耳。坚但知面从为忠,适中垂计,天下事失之毫厘,谬以千里,坚其殆犹是乎!

第六十七回　山墅赌弈寇来不惊
　　　　　　淝水交锋兵多易败

却说秦王坚有一宠妾张氏，明敏有识，素得坚宠，号为张夫人。她闻坚欲侵晋，亦以为兵凶战危，不宜常动，乃上书规谏道：

　　妾闻天下之生万物，圣王之驭天下，皆因其自然而顺之，故功无不成。是以黄帝服牛乘马，因其性也；禹浚九川，障九泽，因其势也；后稷播殖百谷，因其时也；汤武率天下而攻桀纣，因其心也。自来有因则成，无因则败，今朝野之人，皆言晋不可伐，陛下独决意行之，妾不知陛下何所因也？《书》曰："天聪明，自我民聪明。"天犹因民，而况人主乎？妾又闻王者出师，必上观乾象，下采众祥，天道崇远，非妾所知，以人事言之，未见其可。谚云：鸡夜鸣者，不利行军，犬群噪者，官室将空，兵动马惊，军败不归。自秋冬以来，众鸡夜鸣，群犬哀噪，厩马多惊，武库兵器，自动有声。此皆非出师之祥也，愿陛下详而思之！

坚得书览毕，搁过一边，且自语道："妇人有何见识，来管什么军旅大事？"正懊恨间，幼子中山公诜，亦驰入面谏道："臣闻国家兴亡，系诸贤才，用贤必兴，不用贤即亡。今阳平公为一国谋主，陛下奈何不用？晋有谢安、桓冲，皆号贤才，陛下乃欲往伐，臣不胜滋疑，故敢直陈无隐！"坚又叱道："天下大事，孺子何知，也敢来饶舌吗？"儿女犹知危殆，坚奈何不知？说得诜满怀惭愤，低头退出。

好容易又阅一年，晋桓冲率众十万，攻秦襄阳，使前将军刘波等，攻沔北诸城，辅国将军杨亮，攻蜀涪城，鹰扬将军郭铨，攻武当。冲攻襄阳未下，分兵拔筑阳，当有警报飞达长安，秦王坚亟遣征南将军钜鹿公睿，冠军将军慕容垂等，率步骑五万救襄阳，兖州刺史张崇救武当，后将军张蚝，步兵校尉姚苌救涪城。桓冲闻秦兵大至，退屯沔南，惟郭铨击败张崇，掠得二千户东还。慕容垂为秦军前驱，进临沔水，与桓冲夹岸对垒。他却想出一法，夜命军士，各持十炬，燃系树枝，光彻数十里。冲果被吓退，自沔南还保上明。张蚝出斜谷，杨亮亦引兵东归，桓冲表荐从子石民为襄阳太守，使戍夏口，自求领江州刺史，有诏依议，乃各莅镇辖守。

秦王坚以晋敢先发，倍加震怒，遂下令全国，集众侵晋。约计民间十丁，抽一为兵，良家子年在二十以下，如有材勇，皆入选为羽林郎，共得三万余骑。拜秦州主簿赵盛之为少年都统，且预先下令道："平晋以后，可令司马昌明为尚书左仆射，谢安为吏部尚书，桓冲为侍中。"朝臣闻令，俱嗤为太早。我亦要笑。独慕容垂、姚苌，及良家子等，怂恿苻坚，即速发兵。阳平公融又进谏道："鲜卑羌虏，实我仇雠，所陈计划，无非利我疲敝，彼得乘间逞志，何可从？良家少年，类皆富饶子弟，不娴军旅，但知逢迎上意，希宠求荣，陛下误信彼言，轻举大事！臣恐功既不成，且有后患，后悔将无及了。"坚始终不听，反饬融督同张蚝慕容垂等，率步骑二十五万为前锋，自率大军为后应，又命兖州刺史姚苌，为龙骧将军，监督益梁二州军事，并面语苌道："朕尝为龙骧将军，得建王业，今特将此职授卿，愿卿勉力！"左将军窦冲，在旁进言道："王者无戏言，这乃是不祥征验呢！"坚默然不答。亦自知失言么？苌即辞去。

慕容楷、慕容绍私语慕容垂道："主上骄矜日甚，亡象已见，叔父此行，正好规复旧业哩。"垂点首道："这须由汝等合力，方可成功；今且勿言，俟南下观衅便了。"乃随坚出发长安，戎卒共六十余万，骑士约二十七万，旗鼓相望，前后千里。是时为晋孝武帝太元八年仲秋，凉风拂地，玉露横天。正好行军。秦王坚左杖黄钺，右秉白旄，安坐云母辇，徐徐启行，留太子宏居守。宠妃张夫人自请从征，当由坚敕备副车，令她随着，端的是须眉巾帼，八面威风。力为后文反照。

到了九月初旬，行抵项城，凉州兵始达咸阳，蜀汉兵方顺流东下，幽冀兵已到彭城，东西万里，水陆并进。苻融等前驱兵二十五万，先至颍口。江淮各戍，飞报建康，孝武帝急命尚书仆射谢石，为征虏将军，兼征讨大都督，并授徐、兖二州刺史，谢玄为前锋都督，与辅国将军谢琰，谢安子。西中郎将桓尹等，督众八万，出御秦军。又使龙骧将军胡彬，带领水军五千，往援寿阳。谢玄既奉朝命，也恐众寡不敌，未免加忧，因向谢安问计，安夷然答道："已别有旨。"玄待了多时，并不闻有什么计议，自己不便渎陈，因令僚属张玄重请。安从容道："且俟明日再谈。"到了翌晨，玄再往请教，安却召集亲朋，同游山墅，命玄亦相偕出游。玄只好随去，及抵山墅中，安绝口不谈军务，反令玄对坐弈棋。玄棋本胜安一筹，此时怀着鬼胎，无心下子，所以应接多疏，反致见输。约下数局，少胜多负，玄殊不耐烦。偏安强令续弈，直至傍晚，方才撤枰。安又与亲朋登山览水，入夜乃还，终不道及军情。矫情镇物。越日得桓冲来书，拟遣精锐三千人，入援京师，安对来使道："朝廷处分已定，兵甲无阙，不劳桓公遣兵；且西藩关系重大，幸勿疏防！"来使受命返报，桓冲顾语僚佐道："谢安石有庙堂雅量，可惜不谙军略。今大敌将至，尚务游谈，但遣诸不经事的少年，督师拒敌，兵又单弱，天下事已可知了，恐我辈不免左衽呢！"谁知后来偏出所料。

又越一月，秦苻融攻克寿阳，擒去守将徐元喜。晋龙骧将军胡彬，闻寿阳被陷，退保硖石，融复引兵进攻。秦卫将军梁成等，又率众五万，进屯洛涧，沿淮列栅，阻遏东兵。谢石谢玄等，至洛涧南岸，距梁成军二十五里，惮不敢进。胡彬因粮食将尽，潜遣人告石等道："今贼势甚盛，硖石乏粮，倘或不测，恐不能再见大军。"这使人行至中途，为秦逻骑所获，送入融营。融讯悉情形，便驰使白秦王坚道："贼少易擒，但恐逃去，宜急击勿失！"坚乃留大军在项城，自引轻骑八千名，倍道就融，且遣朱序至谢石营，劝令速降。序本晋臣，志在保晋，因私语谢石、谢玄道："秦兵不下百万，若同时并至，诚不可敌，今乘诸军未集，宜速与战，若得败秦前锋，余众夺气，将不战自溃了！"亏有此人。石尚踌躇未决，玄赞成序议，并嘱序俟机归晋，序唯唯而去。玄既送序出营，便促石进兵。石仍有难色，谓秦王坚已到寿阳，未可轻敌，不如固垒勿动，待彼师老，然后进兵。辅国将军谢琰道："机不可失，敌不可纵，朱序此来，正天授我机宜，奈何勿从！"石乃依议，遂与玄商定进行。

玄遣广陵相刘牢之，率精骑五千，直趋洛涧。秦将梁成，阻涧列阵，静待厮杀。牢之麾兵渡水，奋击成军，成开阵与战，不防牢之持槊突入，左挑右拨，杀退秦兵，竟至成前，成措手不及，被牢之一槊刺来，正中腰胁，痛极坠马，死于非命。秦弋阳太守王咏，忙来救成，两下交手，才及数合，由牢之用槊格住咏刀，右手拔出宝剑，用力砍去，把咏劈作两段。秦兵既失梁成，又丧王咏，吓得心胆俱裂，各自逃生。再加谢玄、谢琰，又来接应，大杀一阵，俘斩数千。牢之更往截秦兵归津，秦兵尽弃甲抛戈，越淮奔窜，有数千人不善泅水，并皆溺死。秦扬州刺史王显等，一并受擒，共计秦兵死伤万五千人，所有器械军资，都被晋军载归。于是晋军水陆继进，连谢石亦放大了胆，策马前行。

秦苻融得洛涧败报，趋回寿阳，与秦王坚登城遥望，见晋军踊跃到来，步伐井井，很是严整，已不禁暗暗生惊。再向东北隅的八公山，眺将过去，差不多有千军万马，布满山上。坚愕然语融道："这也好算得劲敌哩！怎得说他弱国？"融也觉寒心，乃下城部署，更谋一战。看官听说！八公山上并无兵马，不过草木蕃衍，经冬未衰，苻坚由惊生疑，还道是草木皆兵呢。有幸心者，易生惧心。坚既疑惧交并，累得寝食不安，但骑虎难下，只好督同苻融等人，再与晋军一决雌雄。当下驱动各军，出寿阳城，径至淝水沿岸列阵。谢玄见对岸尽是秦军，苦不得渡，乃遣使语苻融道："君悬军深入，志在求战，乃逼水为阵，使我军不得急渡，究竟是欲速战呢，还欲久持呢？若移阵稍退，使我军得济，与决胜负，也省得彼此久劳了。"融即转白苻坚，坚欲依晋议，诸将皆谏阻道："我众彼寡，不如遏住岸上，使不得渡，才保万全。"坚驳说道："我军远来，利在速战,若夹岸相持,何时可决？今但麾兵小却,乘他半渡,我即用铁骑围蹙,可使他片甲不回,岂不是良策么？"计非不是,乃天人不肯相从奈何？融也以为然,遂麾兵使退。

秦军正如墙列着,一闻退军的命令,便即掉头驰去,不可复止。那晋军已控骑飞渡,齐集岸上,一面用着强弓硬箭,争向秦兵射来。秦兵越觉着忙,竞思奔避,忽又有一人大呼道:"秦兵败了。"于是秦兵益骇,顿时大溃。苻融拍马略阵,还想禁遏部军,偏部众不肯回头,晋军却已杀到,急得融无法可施,拟加鞭西奔,哪知马足才展,忽然倒地,自己不知不觉,随马坠下。说时迟,那时快,晋军并力杀上,刀枪并举,乱斫乱戳,将融葅成肉泥。苻坚见融落马,惊惶的了不得,便即返奔,连云母辇都弃去。晋军乘胜追击,直达青冈,秦兵大败,自相践踏,死亡不可胜计。或侥幸逃脱性命,听得道旁风声鹤唳,都疑是晋军将至,昼夜不敢息足,草行露宿,冻饿交并,可怜百万大兵,十死七八,仿佛是曹操赤壁,王寻昆阳。

当时秦兵仓皇四散,究不知由何人呼败,惊动全军,后来朱序与徐元喜乘势奔晋,始由序自述前因,佯呼兵败,吓退秦兵。照此看来,朱序实是破秦的第一功臣。还有前凉主张天锡,也随序归晋。谢石、谢玄等,统表欢迎。复引兵夺还寿阳,拘住秦淮南太守郭褒。唯苻坚宠妃张夫人,得由亲兵保护,从寿阳城出走,奔依苻坚。坚身上亦中流矢,单骑狂奔。到了淮北,闻后面已无声响,料知距敌已远,方敢下马少憩,可奈饥肠乱鸣,辘轳不息,一时无食可觅,只得彷徨四顾,做了一个墦间乞食的齐人。百姓前来问讯,方识是秦王坚。乃进壶飧,奉豚髀,坚方得一饱。正虑无物可酬,凑巧张夫人驰至,带有绵帛等物,坚且悲且喜,即命取下绵帛若干,分赏百姓。百姓辞谢道:"陛下厌苦安乐,自取危困,臣民为陛下子,陛下为臣民父,怎有子奉父食,乃思求报么？"遂不顾而去。坚深为叹息,旁顾张夫人,见她花容憔悴,云鬟蓬松,不由的怜悯起来。转念自己狼狈至此,灭尽前日威风,便且泣且语道:"我今还有何面目再治天下？"何不当时依张妃言？张夫人不便答坚,也惟有相对下泪。未几,有散骑陆续趋集,报称冠军将军慕容垂,独得全师,部众三万人,不折一名。坚乃率骑往依,垂迎坚入营,谨执臣礼。

垂子宝密白垂道:"祖国倾覆,天命人心,皆归至尊,不过因时运未至,晦迹埋名。今秦王兵败,委身属我,是天意亡秦,使我兴燕,此时不图,尚待何时？幸勿徒顾微恩,自忘社稷！"垂徐徐道:"汝言也自有理,但彼既诚心投我,如何加害？天若弃秦,何患不亡？不如暂为保护,聊报旧德！待至有衅可乘,然后举事,方不致有负宿心,且可仗义执言,取服天下。"宝乃无言。奋威将军慕容德入白道:"秦强时并吞我燕,今秦已弱,正可报仇雪耻,并非有负宿

第六十七回　山墅赌弈寇来不惊　淝水交锋兵多易败

心,兄奈何得而不取,坐失机会呢?"垂说道:"我前为太傅所不容,置身无地,乃逃死关中,秦王以国士待我,恩礼备至,嗣复为王猛所卖,不能自明,赖秦王明我心迹,毫不加谴,此恩此德,何可遽忘? 若氏运必穷,我当怀集关东,规复旧业,关西却非我所愿有了。"冠军行参军赵秋道:"明公当绍复燕祚,图谶甚明,今天时已至,尚复何待? 若杀秦王,据邺都,鼓行西进,三秦可唾手而定,何必迟疑?"垂终不从,因举兵授坚。坚收集离散,偕垂同归。行至洛阳,溃兵次第趋还,尚不下十余万。百官仪物,才得少备。垂子农复启垂道:"尊不迫人于险,义声足感动天地,但尝闻秘记云:燕若复兴,当在河阳,譬如取果,或在未熟,或待自落,先后相去,原不过旬日间,但难易美恶,未免悬殊,还请尊见裁择!"垂点首道:"我自有区处。"心已动了。

嗣又自洛阳抵渑池,将入潼关,垂向坚面请道:"北鄙人民,闻王师不利,互相煽动,臣愿得一诏书,驰往抚慰,且乘便过谒陵庙,请陛下准议!"想出法子来了。坚即许诺,垂欣然告退。

左仆射权翼亟进谏道:"国家新败,四方皆有贰心,应即召集名将,置诸京师,自固根本。垂勇略过人,世长东夏,前次西来,不过为避祸起见,岂得一冠军职衔,便已足望? 陛下独不见养鹰么? 饥乃附人,一遇风起,便思凌霄,只可谨备绦笼,系住不放,若一经宽纵,任彼所欲,难道还重来不成?"坚爽然道:"卿言亦是,但朕已许他前去,匹夫尚不食言,况为万乘主呢? 天命果有废兴,亦非智力所能挽回,只好听诸天命罢了!"语近迂腐。翼又说道:"陛下重小信,轻社稷,终嫌失算,臣料垂一去不返,关东祸乱,从此开始了!"坚不肯听,即遣将军李蛮、闵亮、尹固等,率众三千送垂,又令骁骑将军石越,率精卒三千戍邺,骠骑将军张蚝,率羽林五千戍并州,镇军将军毛当,率部曲四千戍洛阳,俟各军分头出发,乃西入关中。

权翼密遣壮士百人,潜伏河桥,谋刺慕容垂。垂预防不测,使典军程同,扮作自己模样,衣冠马匹,悉数给同,自己却微服轻装,从凉马台编结草筏,悄悄渡河。那程同却挈着童仆,夜逾河桥,黄昏遇伏,同急驰获免。权翼闻垂得脱去,自恨计策不成,垂头丧气,随坚入关。坚抵长安,在郊外辟坛祭融,大哭一场,追谥曰哀。方才入城,下令大赦,抚恤阵亡家属,这且不必细表。

且说谢石、谢玄,既得破秦,便驰书告捷,司徒谢安,方对客围棋,接到捷书,草草一阅,便搁置案上,弈棋如故。客问为何事? 安徐答道:"小儿辈已经破贼了!"客起身道贺,安仍无喜色,邀客终局。及弈毕,客去,返入内室,急跨门限,屐齿为折。看官阅此,应知谢安是未尝忘情,不过对客时,故示镇定,好似忧怒不形,具有绝大度量。至客已辞去,遂不觉趾高气扬,流露喜色了! 小子有诗咏道:

> 一生忧乐本常情,露布传来喜气生。
> 怪底当年谢太傅,欺人只是一棋枰。

既而谢石班师,奏凯还朝,晋廷当有一番封赏,且至下回说明。

秦苻坚大举伐晋,而谢安围棋别墅,一若行所无事,誉安者称其镇定,毁安者讥其轻弛,此皆属一偏之见,未足垂为定评。典午东迁,积弱已久,欲以八万士卒,敌秦兵百万之众,虽有孙吴,亦难为谋,安非全无心肝,宁不知军情重大,成败难料。不过因万全无策,只可委心气运,与其张皇自扰,益乱人意,不若勉示镇静,稍定众心,此乃为安之苦衷,不足与外人道也。幸而,朱序通谋,苻融失利,谢石、谢玄等得一战而胜,奏功淝水,天不亡晋,幸有此捷,何怪安之喜出望外,屐齿为折乎?故誉安者非,毁安者更非。诸葛空城,得退司马,乃其生平之第一幸事,安亦犹是耳。彼慕容垂之不忍杀坚,犹有知己之感,余尝以此多之。盖垂固不欲灭秦,第欲复燕,设秦王坚不遇姚苌,则燕秦并存可也,欲复燕为承祖计,不灭秦为报德计,垂其尚知有义乎?

第六十八回　结丁零再兴燕祚
　　　　　　索邺城申表秦庭

却说谢石班师,还至建康,孝武帝按功加赏,进谢石为尚书令,谢玄为前将军,谢安为太保,他将亦各从优叙。惟玄固辞不受,有诏嘉奖,赐钱百万,彩锦千段。并封张天锡为散骑常侍,兼西平公,朱序为琅琊内史,行赦境内,中外解严。嗣由谢安上疏,请乘苻坚丧败,经略淮北,乃复命前锋都督谢玄,率同冠军将军桓石虔,再趋涡颍,往定兖青冀各州。这三州俱为秦有,守吏当然报达长安,无如天下事,不堪一败。为了淝水战事,秦兵大挫,遂致土崩瓦解,乱端四起,累得秦王坚不遑抚近,哪里还能顾及远方!小子且先将苻秦乱事,依次叙来。

陇西有乞伏氏,系出鲜卑,从前有一部酋纥干,雄悍过人,得统附近部落,号乞伏可汗,传至祐邻,部众浸盛,据住高平川。祐邻四传至司繁,复迁居度坚山,为秦将王统所破,因向秦请降。秦王坚赐号南单于,征居长安,寻遣令西讨叛胡,留镇勇士川,甚有威惠。司繁死后,子国仁嗣,坚征为前将军,使从大军侵晋,但留国仁叔父步颓居勇士川。及淝水败还,步颓首先叛秦,坚使国仁往抚。步颓迎国仁入寨,愿推国仁为主,背秦独立,国仁乃置酒高会,攘袂大言道:"苻氏因石赵乱华,妄窃名号,穷兵黩武,跨僭八州,疆宇既宁,应该修德行仁，与民休息，彼乃广骛虚威，专谋远略，骚动苍生，疲敝中国，天怒人怨，致有此败，自来物穷必亏，祸盈必覆，天道如此，苻氏怎能违天？看来是终要覆亡了。我当与诸君据守一方，勉成霸业哩。"大众齐声应命，乃召集诸部，自张一帜，遇有未肯归附的胡人，即用兵力胁服，有众十余万。为西秦立国基础。

秦王坚正拟加讨，哪知铜山西崩，洛钟东应，丁零、翟斌又起兵为乱，谋攻洛阳。丁零系西番种落，世居康居，辗转徙入河洛，服属苻秦；秦命翟斌为卫军从事中郎，至是因秦败挫，遂有贰心。再加燕族慕容凤，燕臣王腾，辽西段延等，各率部曲依斌，斌乐得拥众自主，兴兵图洛。

豫州牧平原公苻晖，飞书报坚，坚亟遣使至邺，嘱使冀州牧长乐公丕，传谕慕容垂，令率部兵讨斌。垂自离长安后，行至安阳，即遣参军田山，奉笺启丕，作问候状。丕也恐垂有异图，密谋袭击，侍郎姜壤进谏道："垂未露反形，明公擅加诛杀，似未合臣子大义，不如以礼接待，严加管束，密表情状，待敕后行。"丕乃依议，乃出郊迎垂，馆诸邺西。可巧长安使至，令转饬垂讨丁零，丕乃召垂与语道："翟斌兄弟，因王师小失，便敢肆逆。今得长安来敕，欲烦冠军一行。冠军英略盖世，定能灭贼。"垂答道："下官乃大秦鹰犬，敢不唯命是听！"垂亦自比为鹰，将乘此扬去了。丕乃厚给金帛，垂皆不受，惟请赐还旧田园，丕当然应允。独拨给羸兵二千，归垂统领，又遣部将苻飞龙，率领氐骑千人，作为垂副。临行时密嘱飞龙道："卿系王室肺腑，官秩虽卑，义同统帅，此去用兵制胜，防微杜贰，一委诸卿，愿卿毋忽！"飞龙受命，遂偕垂同行。镇将石越，驰入白丕道："王师新败，人心未定，丁零一倡，旬日间即得众数千，公奈何复遣垂出发，垂系故燕宿将，常思规复，今复畀彼兵甲，这真似为虎添翼了。"丕说道："垂在邺中，好似伏虎寝蛟，常恐为患，今遣令外出，可纾内忧。且翟斌凶悖，必不肯为垂下，使他两虎相斗，我得乘彼敝，用兵制伏，这就是卞庄子的遗策哩。"偏偏不从汝料奈何？

正议论间，有一外吏入禀道："慕容垂私谒燕庙，擅戕亭吏，且将亭毁去了。"丕尚未答言，石越在旁问吏道："垂已去否？"外吏道："已出城了。"越复顾丕道："垂敢轻侮方镇，杀吏烧亭，反形已露，望殿下速除此人！"丕说道："垂曾向我前面请，欲入城拜谒故庙，我尚未许，今敢烧亭杀吏，咎固难辞，但淮南一役，王师败衄，垂独侍卫乘舆，此功亦不可遽忘呢。"越应声道："垂为燕臣，事燕尚且不忠，怎肯尽忠事我？失今不取，必为后患！"丕终不信。越出告僚佐道："长乐公父子，好为小仁，不顾大计，终当为人所擒呢！"

垂挈家属出行，只留慕容农、慕容楷、慕容绍在邺，使丕勿疑。及达汤池，适有私党从邺来报，述及丕与飞龙密语，垂不禁怒起，便宣告部属道："我事苻氏，不为不忠，彼乃专图我父子，我岂可束手就毙吗？"乃托言兵寡，暂停河内募兵，约阅旬日，得众八千。秦豫州牧苻晖，促使进兵，垂语飞龙道："今距寇不远，当昼止夜行，出彼不意，方可制胜。"飞龙亦以为然，谁知中了垂的诡计。垂少子麟，前曾告讦乃父，为垂所嫉。见六十一回。燕为秦灭，麟与母仍然归垂。垂杀死麟母，尚不忍杀麟，惟尝置外舍，罕得侍见。此次往来河洛，麟得随从军中，为垂画策，谋杀飞龙。飞龙不能调破，还道昼止夜行，却是好计。时当岁暮，寒夜无光，垂遣世子宝率兵居前，季子隆勒兵居后，令飞龙约束氐骑，五人为伍，居中急走，行至夜半，一声鼓号，宝与隆前后合兵，围杀飞龙。飞龙寡不敌众，又因昏夜，不辨南北，徒落得一刀两段，连氐兵都杀得精光，不留一人。未免残忍。垂自是以麟为能，宠爱如初。一面使田山赴邺，潜告慕容农等，令起兵相应。慕容绍因先出蒲池，盗丕骏马数百匹，守候农、楷。到了除夕，农、楷微服出邺，与绍相会，同奔往列人去了。翌晨为晋太元九年元旦，秦长乐公丕，大宴宾客，使人往邀慕容农，不见下落。才知农等已经遁去。再令左右四出侦察，遍求至三日有余，方闻他已往列人，追悔无及，徒唤奈何！

那秦苻晖待垂不至，只好另檄他将毛当，往剿翟斌。斌与慕容凤等商议对敌方法，凤奋然道："凤今将为先王雪耻，愿代将军斩此氐奴！"说毕，即披甲上马，当先出寨。丁零部众，随凤驰出，劲气直达，所向无前，秦兵相率披靡。凤闯入秦阵，突至毛当面前，手起刀落，竟将毛当砍倒，再加一刀，结果性命。当仓猝被杀，连魂灵儿都莫名其妙，只模模糊糊的走诣枉死城。

秦兵大溃，凤乘胜攻入凌云台戍，获得甲仗马匹，不计其数。会闻慕容垂济河焚桥，有众三万，将抵洛阳，凤乃劝翟斌迎垂，推为盟主。斌从凤议，遣使白垂，垂尚虑有诈，乃拒绝斌使道："我来救豫州，不来赴君，君既欲建大事，成败祸福，由君自择，我不愿与闻！"斌使乃去，及垂抵洛阳，苻晖闭门不纳，且责他擅杀飞龙。垂正在彷徨，适翟斌又遣长史郭通，来申前议。垂尚有疑色，通进言道："将军屡拒和议，莫非因翟斌兄弟，山野异类，无甚远略，所以不愿与谋，独不思将军今日，与斌合兵，可济大业，否则将军进为秦阻，退为斌扼，恐反致进退两难了！"垂乃允议，遣通返报翟斌。斌率众来与垂会，因劝垂即称尊号，垂谦言道："新兴侯指慕容㬂，见前。乃是我主，当迎归反正，我怎好背主自尊呢！"恐非由衷之言。遂向众宣谋道："洛阳四面受敌，北阻大河，若欲控驭燕赵，实非易事，计不如北取邺都，较得形便。"众齐声称善，垂因复东还。故扶余王余蔚，正为荥阳太守，邀同昌黎鲜卑卫驹等，迎垂入荥阳，垂又得万余人。群下再请上尊号，垂乃依晋中宗故事，称大将军大都督燕王，承制行事，号为统府，群下称臣，文表奏报，封拜官爵，皆如王制。命弟德为车骑大将军，封范阳王，兄子楷为征西大将军，封太原王，翟斌为建义大将军，封河南王，余蔚为征东将军，封扶余王，卫驹为鹰扬将军，慕容凤为建策将军。部署已定，

第六十八回　结丁零再兴燕祚　索邺城申表秦庭

即从石门筑起浮桥,渡河向邺。

慕容农奔列人时,借宿乌桓人鲁利家,利置馔饷农,农但笑不食。利入内语妻道:"慕容郎乃是贵人,今到我家,自恨贫微,不能备具盛馔,为之奈何?"妻答道:"郎有雄才大志,今无故到此,岂徒为饮食起见?妾料他必有隐图,君宜亟出与议,不必多疑。"此妇颇有特识。利因复出见,农语利道:"我欲在此募兵,锐图兴复,卿可从我否?"利便答应道:"死生唯命!"谨遵阃教! 农大喜进食,醉饱尽欢。嗣又往约乌桓部豪张骧。骧亦愿为效死,于是农驱居民为士卒,斩木为兵,裂裳为旗,并使赵秋说下屠各东夷乌桓等众,约同举事。远近趋集,众至数万。农号令整肃,随才署职,上下帖然,兵民共悦。

长乐公丕,使部将石越,率着步骑万人,往击农军。农众请治列人城以便战守,农笑道:"今纠众起义,惟敌是求,若得战胜,当以山河为城池,区区列人,何足整治呢!"旋闻越军将至,便命赵秋及参军綦毋滕击越前锋,斩俘数百人,得胜回营。参军赵谦白农道:"越甲仗虽精,人心危骇,容易破灭,请急击勿延!"农答道:"彼甲在外,我甲在心,若与彼昼战,我军见他外貌,未免怯惧,不如待暮出击,可保必胜!"遂令军士严装待命,毋得妄动。会见越立栅自固,复笑语诸将道:"越兵精士众,不知乘锐来攻,反立栅为防,我知他无能为呢!"应为所笑。待至日暮,乃鸣锣动众,出阵城西,牙将刘木,请先攻越栅,农即使为先锋,令率壮士数百,前往拔栅,自率大众继进。刘木奋勇直前,毁栅直入,秦兵抵挡不住,向后退却。石越素号骁勇,不肯遽退,便持枪跃马,来与刘木决斗。月光隐约,火具模糊,彼此一来一往,战了数十回合,不分胜负。偏慕容农麾众入栅,喊声震地,刀光闪处,血肉横飞,秦兵多半骇散,越亦无心恋战,虚晃一枪,回马便走。木眼明手快,就从越背后直刺一刀,越不及顾避,大叫一声,撞落马下,木即下马割了越首,复上马追杀秦兵,血流数里,方才收军回城。越与毛当,皆秦骁将,秦王坚特使帮助丕子,镇守冀豫,及相继败亡,秦人夺气。叙毛石二人战殁,笔法不同。

慕容农即使刘木,函送越首,驰报垂军,自引兵随后赴邺。垂至邺下,先接刘木捷报,继与农等相会。农本由大众推戴,权称骠骑大将军,都督河北诸军事。垂即令实授官阶,立世子宝为太子,改秦建元二十年为燕元年,史家称为后燕。亦十六国中之一。服色朝仪,概如旧章,大封宗室功臣,计王公侯伯子男百余人。

秦长乐公丕,使属吏姜让至垂营,责他负德。垂答道:"孤受秦王厚恩,未尝背负,故欲保全长乐公,使他率众往赴长安,然后修我旧业,与秦永为邻好,若长乐公执迷不悟,未肯举邺城归还,孤只可悉众与争,一经决裂,恐长乐公匹马求生,也不可得了。"让厉声道:"将军不容本国,奔命我朝,岂尚得有故燕尺土么？主上与将军风殊类别，一见倾心，亲如宗族，宠逾勋旧，从来君臣际遇，有如此隆厚么？今因王师小败，遂有异图，长乐公乃主上元子，受命镇邺，岂肯低首下心，便将全邺相让，将军欲裂冠毁冕，自可穷极兵势，何劳多言！不过将军年垂七十，叛道致败，悬首白旗，高世忠臣，反为逆鬼，实未免令人可惜哩！"垂听了让言，倒也无言可驳。惟左右都恨让不逊，俱请杀让，垂摇首道："彼此各为其主，让有何罪？"仍依礼遣归。因即麾众攻邺，且遣使上表长安，愿送丕入关，乞还邺城。表文有云：

> 臣才非古人，致祸起萧墙，身婴时难，归命圣朝。陛下恩深周汉，猥叨微顾之遇，位为列将，爵忝通侯，誓在戮力输诚，尝惧不及。去夏桓冲送死，一出云消，回讨郧城，俘馘万计，斯诚陛下神算之奇，抑亦愚臣忘死之效，方将饮马桂州，悬旗闽会，不图天助乱德，大驾班师，陛下单马奔臣，臣奉卫匪贰，岂惟陛下圣明，鉴臣丹心，皇天后土，实亦知之。臣奉诏北巡，受制长乐，丕外失众心，内多猜忌，令臣野次外庭，不听谒庙。丁零逆竖，寇逼豫州，丕迫臣单赴，限以师程，惟给敝卒二千，尽无兵仗，复令飞龙潜为刺客。及至洛阳，平原公晖，复不信纳。臣窃维进无淮阴功高之虑，退无李广失利之愆，但惧青蝇，交乱黑白，颠倒是非。丁零夷夏，以臣忠而见疑，乃推臣为盟主，臣受托善始，不遂令终，泣望西京，挥涕即迈。军次石门，所在云赴，虽周武之会于孟津，汉祖之集于垓下，不期之众，实有甚焉。**语太自豪。**臣欲令长乐公尽众西还，以礼发遣，而丕固守匹夫之志，不达变通之理。臣息农，收集故营，以备不虞，而石越倾邺城之众，轻相掩袭，兵阵未交，越已陨首。臣既单车悬轸，归者如云，斯实天符，非臣之力。且邺系臣国旧都，应即惠及，然后西向受命，永守东藩，上成陛下遇臣之意，下全愚臣感报之诚。今进兵至邺，并喻丕以天时人事，而丕不察机运，杜门自守，时出挑战。兵刃相交，恒恐兵矢误中，以伤陛下天性之念。臣之此诚，未简天听，辄遏兵止锐，不敢穷攻。夫运有推移，来去常事，惟陛下鉴之！

秦王坚得表，当然愤恨，也有一书报垂道：

> 朕以不德，忝承灵命，君临万邦，二十余年矣。遐方幽裔，莫不来庭，惟东南一隅，敢违王命。朕爱奋六师，恭行天罚，而玄机不吊，王师败绩，赖卿忠诚之至，辅翼朕躬，社稷之不陨，卿之力也。中心藏之，何日忘之！方拟任卿以元相，爵卿以郡侯，庶弘济艰难，敬酬勋烈，何意伯夷忽毁冰操，柳惠倏为淫夫，览表怃然，有惭朝士。卿既不容于本国，匹马而投命，朕则宠卿以将位，礼卿以上宾，任同旧臣，爵齐勋辅，歃血断金，披心相

第六十八回　结丁零再兴燕祚　索邺城申表秦庭

付,谓卿食椹怀音,保之偕老,岂意畜水覆舟,养兽反害,悔之噬脐,将何所及!诞言骇众,夸拟非常,周武之事,岂卿庸人所可并论哉!失笼之鸟,非罗所羁;脱网之鲸,岂罟所制,翘陆任怀,何烦闻也。念卿垂老,老而为贼,生为叛臣,死为逆鬼,侏张幽显,布毒存亡,中原士女,何痛如之!朕之历运兴丧,岂复由卿,但长乐平原,以未立之年,遇卿于两都,虑其经略,未称朕心,所恨者此焉而已,余复何言!

垂览书不顾,但督兵围住邺城,攻入外郭。秦苻丕退守中城,与垂相持,经旬未下。垂遣老弱至魏郡肥乡,筑造新兴城,置守辎重,复令弟范阳王德,及从子太原王楷等,攻据枋头馆陶,置戍而还。自是关东六州郡县,依次降燕。

秦北地长史慕容泓,系前燕主慕容㒈弟,闻垂已起兵恢复,遂亡奔关东,收集鲜卑遗众,得数千人,还屯华阴,自称都督陕西诸军事,大将军,雍州牧,济北王。秦王坚急命钜鹿公睿为大将军,都督中外诸军事,并授左将军窦冲为长史,龙骧将军姚苌为司马,拨兵五万,使往讨泓。兵队方发,忽报平阳太守慕容冲,亦起兵河东,攻秦蒲坂,冲系泓弟,从前秦灭燕时,冲年尚只十有二岁,与乃姊清河公主同为秦俘,充入掖廷。清河公主,年方二七,具有绝色,正是芬含豆蔻,艳若芙蕖,坚怎肯放过,逼令侍寝。亡国女儿,不能自主,只好由他摆布,充做玩物。冲亦面若冠玉,与乃姊不相上下,坚又视若娈童,晨夕与共,扑朔雌雄,迷离莫辨。当时长安有歌谣云:"一雌复一雄,双飞入紫宫。"王猛在日,极言切谏,坚不得已遣冲出宫。俟冲稍长,便令为平阳太守,哪知他得了尺符,也乘势发难,竟与兄起兵响应,小子有诗咏道:

　　到底男戎胜女戎,龙阳崛起亦称雄。
　　可知伊训由来旧,误毗顽童长乱风。

冲复叛秦,秦王坚不得不防,又只好调兵往御。欲知何人为将,且待下回再表。

秦王坚父子之纵垂,同一失策。垂可取坚而不取,至赴邺以后,杀吏烧亭,始露异谋。嗣且借征讨之名,袭杀苻飞龙,联合翟斌,公然叛秦,自号燕王。何其舍易而就难,先顺而后逆也,推垂之意,以为英雄举事,不迫人险,纵坚所以报私恩,联斌所以复旧业,晋文公退避三舍,卒败楚于城濮,后世不讥其负德,垂亦犹是耳。且观其上表秦庭,犹以臣道自处,虽仿之周武汉高,不无过夸,然其不欲以叛人自处,已在言表。坚之报书责垂,有悔恨语。不知坚之致亡,咎由自取,违众寇晋,一败涂地,即无慕容氏之发难,而姚苌等伺隙而动,宁不足以乱秦!秦固无久安之理也,于慕容垂乎何尤?

第六十九回　据渭北后秦独立
　　　　　　入阿房西燕称尊

　　却说慕容冲起兵平阳,进攻蒲坂,秦王坚欲调兵抵御,一时苦无统将,只好将钜鹿长史窦冲,拨使讨冲。钜鹿公苻睿,少了一个帮手,未免势孤,但睿是少年使气,粗猛任性,不管甚么利害,即倍道往攻华阴。慕容泓接得探报,说他来势凶猛,却也寒心,当下引众东走,将奔关东。睿便欲率兵邀击,司马姚苌进谏道:"鲜卑各众,并皆思归,所以群起为乱,今彼既东行,正好驱令出关,由彼自去,不宜阻遏。试想鼷鼠甚微,被人执尾,尚能反噬;况乱党甚多,凶猛可知,倘或进退无路,必将向我致死,我一失利,悔将何及! 故不若鸣鼓相随,但教张皇声势,彼已是奔避不遑了。"睿悍然道:"今日驱出关外,他日待我旋师,彼又入关,终为后患,俗语有云:斩草除根,能乘此斩尽根株,岂不较善! 况我兵比寇倍蓰,怕他甚么?"匹夫之勇,徒自取死。遂不从苌议,自为前驱,往截慕容泓。泓正防秦军掩击,却故意逗留华泽,分兵四伏,专待苻睿到来。睿未曾探明路径,但知向前乱闯,纵辔急进,行至华泽附近,见有一簇人马,停驻泽旁,便麾兵杀去。泓略略接战,当即退走,睿不肯舍泓,从后追赶。到了泽畔,正值春草繁茂,一碧连天,看不出甚么高低,辨不出甚么燥湿,睿尚自恃兵众,不以为意。猛听得胡哨声起,草泽里面,钻出许多伏兵,各执长槊,前来厮杀,睿忙督众抵敌,不防一面伏发,四面俱起,一齐围裹拢来,累得睿前后左右,统是敌兵。睿自知不佳,只好退兵,为了一退,顿致行伍错乱,没路乱窜。华泽中多是泥淖,一不经心,立即滑倒,断送性命,睿亦急不暇择,误蹈淖中,马足越陷越深,一时无从自拔,那敌兵即乘势攒集,你一槊,我一槊,戳得苻睿身上有几十百个窟窿,就使铜头铁脚,也是活不成了。余众亦大半陷没,只剩得残卒数千,还亏姚苌驰来援应,方得救回。

　　苌返至华阴,检查兵士,十失七八,几难成军。乃遣龙骧长史赵都,速诣长安,报明败状,一面谢罪,一面请示。哪知赵都去后,杳无复音,派人探听,才知都被杀,且有敕命来拿姚苌。苌当然惶急,潜奔渭北,转至马牧。西州豪族尹详、赵曜、王钦、狄广等,共挈五万余家,愿推苌为盟主,苌未肯照允。天水人尹纬进言道:"百六数周,秦亡已兆,如将军威灵命世,必能匡济时艰,所以豪杰驱驰,共乐推戴,将军宜降心从议,曲慰众望,不可坐观沉溺,同就沦胥。"苌踌躇半响,自思秦已与绝,无路可归,不如就此独立,较为得计。全是苻

第六十九回　据渭北后秦独立　入阿房西燕称尊

坚激成。遂依了纬议，据万年为根本地，自称大将军大单于秦王，大赦境内，改元白雀。即用尹详、庞演为左右长史，姚晃、尹纬为左右司马，狄伯支焦虔等为从事中郎，王钦赵曜狄广等为将帅。历史上称苻氏为前秦，姚氏为后秦。为十六国中三秦之一。

时慕容冲为秦将窦冲所破，奔依兄泓。泓仍屯华阴，集众至十余万，因贻书秦王坚道："吴王指慕容垂。已定关东，可速资备大驾，奉送家兄皇帝，指慕容㥯。泓当率关中燕人，翼卫皇帝还主邺都，与秦以武牢为界，分王天下，永为邻好。钜鹿公轻骛锐进，为乱兵所害，非泓本意，还幸俯原！"若讥若讽，比唾骂还要利害。坚得书大怒，即召慕容㥯入责道："卿兄弟干纪僭乱，乖逆人神，朕应天行罚，拘卿入关，卿未必改迷归善，乃朕不忍多诛，宥卿兄弟，各赐爵秩，虽云破灭，不异保全，奈何因王师小败，便猖獗至此？垂叛关东，泓冲复称兵内侮，岂不可恨！今泓书如此，付卿自阅，卿如欲去，朕当相资助，如卿宗族，可谓人面兽心，不能以国士相待呢。"说着，将来书掷示慕容㥯，㥯连忙叩头，流血泣谢。坚怒意少解，乃徐徐说道："古人云父子兄弟，罪不相及，今三竖构兵，咎不在卿，朕非不晓，许卿无罪，仍守原官。但卿宜分书招谕，令三叛速即罢兵，各还长安，须知朕不为已甚，所有前愆，概从恩宥便了。"全是呆气。㥯唯唯而出，名为奉命致书，暗中却遣密使嘱泓道："秦数已终，燕可重兴，惟我似笼中禽鸟，断无还理，且我不能保守宗庙，自知罪大，不足复顾。汝可勉建大业，用吴王为相国，中山王㥯曾封冲为中山王。为太宰，领大司马，汝可为大将军，领司徒，承制封拜，听我死耗，汝便即尊位，休得自误！"亡国主自知死罪，死期亦不远了。泓得㥯使传言，乃进向长安，改元燕兴，且致书与垂，互结声援。

垂围攻邺城，日久未下，因向右司马封衡问计，衡请决漳水灌城。垂依议施行，水入城中，固守如故。垂未免焦烦，特自往游猎，聊作消遣，顺便过饮华林园，不意为内城所闻，出兵掩袭，将园围住，飞矢如注，垂几不得脱，幸冠军将军慕容隆，麾骑往援，冲破秦兵，才得翼垂出围。

垂既得回营，太子宝入白道："翟斌恃功骄恣，潜有贰心，不可不除！"垂说道："河南盟约，不应遽负，况罪状未露，便欲下手，人必谓我嫉功负义。我方欲收揽豪杰，恢弘大业，奈何示人褊狭，自失人望呢！果使彼有异谋，我当预先防备，彼亦无能为了。"宝趋退后，范阳王德，陈留王绍，骠骑大将军农，俱进见道："翟斌兄弟，贪骄无厌，必为国患。"垂又驳道："贪必亡，骄必败，怎能为患？彼有大功，当听他自毙罢。"既而斌嘱使党羽，代请为尚书令，垂复语道："翟王功高，应居上辅；但现在台尚未建，此官不便遽设，且俟邺城平定，自当相授。"斌以所求不遂，竟致怀怒，潜与城中勾通，使人泄去漳水。当有人向垂报闻，垂不动声色，佯召斌等议事，斌与弟檀敏入帐，由垂叱令左右，将他弟兄拿下,面数斌罪,按律斩首。檀、敏亦被杀,余皆不问。

斌从子真,却夜率部众,北走邯郸。嗣又还向邺下,欲与苻丕,内外相应。垂太子宝,与冠军大将军隆,凑巧碰着,迎头痛击,得将真众击退,向垂报功。垂又遣农、楷二人,带着骑兵数千,北往追真。驰至下邑,见真众驻扎前面,多是老弱残兵。楷即欲进战,农谏阻道:"我兵远来,已经饥疲,且贼营内外,未见丁壮,定有诈谋,不如安营自固,免堕彼计!"楷不听农言,径击真营,真弃营佯退,诱楷往追。楷恃勇追去,果为伏兵所围,冲突不出,势将覆没。还是农急往相救,杀开血路,方将楷拔出围中,狼狈驰还,兵士已伤毙不少了。垂见楷等败归,乃宣告大众道:"苻丕穷寇,必且死守,丁零叛扰,乃我心腹大患,我且迁往新城,纵丕西还,既可谢秦王宿惠,复可防翟真来侵,这也未始非目前至计呢。"众无一异议,垂遂引兵去邺,北屯新城,再遣慕容农往攻翟真。真转趋中山,据住承营,复遣从兄辽,往扼鲁口,作为犄角。农乃先攻翟辽,辽屡战屡败,仍奔依翟真去了。垂借翟起兵,旋为翟累,他人之不可恃也如此。

后秦王姚苌,进屯北地,秦王坚调集步骑二万人,亲出讨苌。行次赵氏坞,使护军杨璧,带领游骑三千,堵苌去路。又令右军徐成,左军窦冲,镇军毛盛等,三面攻苌,连破苌兵,并将苌营水道,扼住上源,不使通入。时当盛夏,苌军无从得水,当然患渴。苌令弟尹买出营,领着劲卒二万,往击上流守堰的秦兵,期通水道。不防秦将窦冲,埋伏鹳雀渠,待至尹买到来,一鼓齐出,竟将尹买击死,斩首至一万三千级,只余数千人逃回。苌众大惧,向地掘坎,不得涓流,去路又被塞断,好似竹管煨鳅,危险万状。约莫过了三五日,苌营内渴死多人,急得苌仰天长叹,焦灼异常。忽然间,黑云四布,雷电交乘,大雨倾盆而下,滂沛周流,苌众得饮甘霖,不由的欢跃逾恒,精神陡振。更可怪的是苌营里面,水深至三尺许,距营百步外,水仅寸余。秦王坚方在营用膳,得着雨信,甚至投箸起座,出指空中道:"老天,老天!难道汝亦佑贼么?"汝何尝非贼?秦军见天意归苌,并皆气馁,苌军转衰为盛,又通使慕容泓,约为奥援。

会燕谋臣高盖等,因泓持法严峻,德望不及乃弟冲,竟引众杀泓,推立冲为皇太弟,承制行事,署置百官,即用高盖为尚书令。杀兄者反举为首辅,可见冲实与谋。姚苌闻冲得众心,特致书相贺,且遣子崇往质冲营,令冲速赴长安,牵制苻坚。一面集众七万,径攻秦军。秦将杨璧,挡住去路,被苌冲杀过去,立即荡破,且将杨璧擒住。再分头掩击徐成、毛盛各营,无不摧陷。连徐、毛二将,一并擒来,只窦冲得脱。苌却厚待杨璧、徐成、毛盛三人,与他宴饮,好言抚慰,以礼遣归。乐得客气。

秦王坚很是懊丧,又接长安警报,慕容冲兵马日逼,不得已舍了姚苌,奔回长安。适平原公苻晖,率领洛阳陕城兵众七万人,还援根本,坚遂命晖都督中外诸军事,配兵五万,出拒慕容冲。行至郑西,与冲接战,秦兵已成弩末,所向皆靡,晖只得退走。坚又遣前将军姜宇,与少子河间公琳,率众三万,御冲坝上,又复败绩。琳与宇相继战死,冲遂入据阿房城。冲小字凤皇,当时长安有歌谣道:"凤凰凤凰止阿房。"秦王坚还道阿房城内,将有真凤凰到来,意谓凤凰非梧桐不栖,非竹实不食,特植桐竹数十万株,专待凤凰。哪知来的是人中凤凰,不是鸟中凤凰,反使秦王坚一番奢望,变作深愁。这岂非变生不测么?

俗语说得好,喜无双至,祸不单行。秦既为慕容氏姚氏所困,已闹得一塌糊涂,偏江左的桓、谢各军也乘势进略淮北,连下各城。荆江都督桓冲,已自愧前时失言,悔不该轻视谢氏,遂至悲愤成疾,病殁任所。<small>回应六十七回中桓冲语,且因冲尚为贤臣,故随笔叙及冲之病殁。</small>晋廷追赠冲为太尉,予谥宣穆。只从子桓石虔,方随谢玄逾淮北行,拔鲁阳,下彭城,逐去秦徐州刺史赵迁,玄表石虔为河东太守,使守鲁阳。自为彭城镇帅,使内史刘牢之,攻秦兖州,击走秦守吏张崇。崇奔依燕王慕容垂,牢之得进据鄄城,晋军大振。河南城堡,陆续归晋,晋授太保谢安为大都督,统辖扬江荆司豫徐兖青冀幽并梁益雍凉十五州军事,并加黄钺,余官如故。安表辞太保职衔,情愿统兵北征,恢复中原全境,有诏不许。适谢玄进图青州,特遣淮阳太守高素,率兵三千,往攻广固。秦青州刺史苻朗,系秦王坚从子,放达有余,韬略不足,急得手足无措,只好奉书乞降。玄当即收纳,送朗入都,再分檄各将,北攻冀州,刘牢之进据碻磝,济阳太守郭满,又进据滑台,将军颜肱刘袭等,复进逼黎阳。秦冀州牧苻丕,闻报大惊,急遣将军桑据,至黎阳抵御晋军。不料黎阳又被陷没,更闻燕军复来围邺,正是愁不胜愁,拒不胜拒,没奈何遣参军焦逵,向晋乞和,宁让邺城与晋,但请假途求粮,西赴国难。

逵奉命后,密语司马杨膺道:"今丧败至此,长安阻绝,存亡且不可知,就使屈节竭诚,径乞粮援,尚恐不得见许,乃长乐公豪气未除,语设两端,事必无成,奈何奈何?"杨膺道:"这也何难,但教改书为表,自称降晋,许以王师一至,便当致身南归,我想晋军方锐图冀州,定必前来援邺了。"焦逵犹有难色,膺附耳与语道:"君虑彼未肯相从吗?如果晋军到来,我等可逼令出降,否则生缚与晋,看他何法拒我?"<small>好一个参谋。</small>说罢,便将丕书私下改窜,令逵赍送晋军。

晋将接着,送逵往见谢玄,玄欲征丕子入质,然后出援。逵固陈丕无他志,且将杨膺所嘱,亦约略表露,玄始有允意,遣使转白谢安。安正与琅琊王道子有隙,乐得借此为名,出外督军,遂许玄收邺,自请往镇广陵,经略中原。孝武帝当即批准,亲饯西池,由安献觞赋诗,从容尽欢,然后别主出都,尽室偕行,径赴广陵去了。

且说慕容垂屯兵新城,遣子麟攻入常山,收降秦将苻定、苻绍、苻亮、苻评,进拔中山,执住守将苻鉴,遂得入中山城。慕容农引兵会麟,与麟共攻翟真,驰至承营,两人并辔先驱,观察形势,随从只数千骑兵,真却驱众齐出,竟来角斗。燕兵俱逡巡欲退,慕容农语麟道:"丁零非不勇悍,翟真却是懦弱,我若简率精锐,专攻翟真,真必却走,众亦自散,可蹙使尽歼了。"说着,便回头返顾,见骁骑将军慕容国,方在背后,就使他率领锐骑百余,径冲翟真,真果返奔,众亦驰还。农与麟从后追逐,迫压营门,真众争门奔入,自相践踏,死伤甚众。燕军得夹杂进门,遂拔承营外郭。真慌忙逃入内城,闭门守住,有一半未及奔入,统弃械降燕。慕容农收了降众,再攻内城。相持多日,真粮将尽,潜开门遁往行唐,真司马鲜于乞叛真,将真刺死,自称赵王。真众不服,又共杀乞,拟推立翟辽为主。偏辽已奔往黎阳,只有从弟翟成,尚在军中,大众就奉为主帅,据住行唐,苟延残喘罢了。

慕容垂拟北都中山,将自新城启行,闻苻丕在邺,引晋援师,不由的怒气上冲,便语范阳王德道:"苻丕可去不去,与我争邺,且向晋乞援助守,情实可恨,我且去赶走了他,再作计较。"德也即赞成,因复引兵围邺,但留出西门一路,纵丕出奔。丕仍不肯去,居守如初。

垂在城下数日,接得慕容冲来书,乃是故主慕容㬉被杀,在秦诸宗族,一律就歼,只垂幼子柔,与垂孙盛,脱奔冲营,幸得无恙,请垂放心。且说自己承㬉遗命,已在阿房城称尊即位,勉承燕祚,云云。垂不禁悲叹,将佐统向垂劝进,垂谓冲已称号关中,不应遽自加号,且从缓议为是,<small>垂非不愿称尊,实恐柔盛为冲所害,故置诸缓图。</small>将佐方才无言。究竟慕容㬉如何被杀,应该约略叙明。

㬉在长安,尚有宗族千余人,他本思奔往关东,苦无间隙。慕容绍兄肃,与㬉密谋,将乘㬉子婚期,请坚入室,为刺坚计,坚全未得知。既而婚期已届,㬉入见坚,稽首称谢道:"臣弟冲不识义方,辜负国恩,臣罪该万死,蒙陛下恩同天地,许臣更生,臣次子适当结婚,愚意欲暂屈銮驾,幸臣私第,臣得奉觞上寿,不胜万幸!"坚当即许诺,会遇大雨,坚果不出,㬉计遂败。乃决意出奔,密令部酋悉罗腾屈突铁侯等,潜告鲜卑遗众,诈言自己将受命出镇,旧部俱可随去,应预先会集,在城外伺候。部众信以为真,内有一人名叫突贤,往与妹别,妹为秦将窦冲妾,不忍乃兄远离,请诸窦冲,乞留突贤。冲即入白秦王,秦王坚惊诧道:"朕并未有遣㬉情事,为何设此谎言?"冲答道:"陛下既未有此意,定是慕容㬉有异谋了。请速传召悉罗腾,讯明虚实。"坚即召腾入讯,备悉㬉谋,因复传召㬉、肃。肃语㬉道:"无故猝召,事必泄了,入即俱死,不如杀死来使,斩关出奔,或可得一生路。"㬉尚谓秦王未必知谋,当有别事相商,遂与肃并入见坚。坚果盛气相向,叱晖负恩谋叛。晖尚思抵赖,肃直答道:"家国事重,顾不得小恩小惠,我等不幸事泄,外面二王即至,秦祚总不久了。"坚竟大怒,喝斩晖、肃。并令卫兵搜捕鲜卑各众,无论男女老幼,尽加诛戮。惟慕容柔寄养阉人宋牙家,幸得免死,且与慕容盛乘隙逃出,奔依慕容冲。

冲为晖发丧,托称受遗即位,称帝阿房,改元更始,因即贻书与垂,如上所述。史称慕容冲为西燕,但因他历年短促,不列入十六国中。特别提醒。小子有诗叹道:

　　　　桐竹纷披引凤凰,矫雏一举入阿房。
　　　　当年僭国俱垂史,独略西燕为速亡。

冲既称帝,复西逼长安。欲知秦王坚如何拒冲,请看官续阅下回。

　　本回事实,最为拉杂,总之为苻秦衰亡之兆。慕容垂、慕容泓、慕容冲,皆燕臣而降入于秦者也。姚苌为姚弋仲第二十四子,亦因兄襄之败没,率诸弟而降入于秦者也。垂之叛,秦纵之;苌之叛,秦实激之,纵之已为失策,激之尤属非计,故秦王坚之败亡,皆其自取耳。慕容泓、慕容冲,因垂之发难而并起,紫宫之谶,凤凰之谣,何莫非坚之自召,乐极悲生,理有固然,无足怪者。晋与秦本为仇敌,其乘秦乱而出兵,尤势所必至者也。翟斌辈特其导线耳。故本回虽头绪纷繁,而实可一言以蔽曰:苻秦之乱亡。

第七十回　堕虏谋晋将逾绝涧
　　　　　　应童谣秦主缢新城

　　却说慕容冲进逼长安,众至数万。秦王坚登城俯视,见冲在马上耀武扬威,不禁失声道:"此虏从何处出来,乃敢猖獗至此!"当还问自己。说着,复大声呼冲道:"奴辈止可牧牛羊,何苦自来送死!"前时何亦引入紫宫?冲答道:"正因不愿为奴,所以欲取尔位!"坚将士登陴守御,自下城踌躇多时,乃遣使赉取锦袍一袭,出城送入冲营,且令传谕道:"古人交兵,不绝使人,朕想卿远来草创,岂不惮劳,特命使臣赐汝一袍,聊明本怀,朕与卿何等恩情,卿为甚么变志?"冲亦遣詹事复答,自称皇太弟,谓现今心在天下,岂顾一袍小惠,如果知命,便可君臣束手,早送出皇帝梓宫,孤当笃贷符氏,借报前惠,省得汝口口声声,自矜旧谊。龙阳之宠,原不足道。这一席话,气得苻坚两目圆睁,且怒且悔道:"我不用王景略阳平公言,使白虏胆敢至此,岂不可叹!"秦人向呼鲜卑为白虏。遂调兵出战,互有杀伤。两下里相持兼旬,已战过了好几次,未决胜负。秦王坚不觉愤发,亲督将士,与冲交战仇班渠,得破冲军,进至雀桑再战又捷,复进至白渠,陷入伏中,为冲所围。<u>又是骄兵之过。</u>殿中上将军邓迈,左中郎将邓绥,尚书郎邓琼,自相告语道:"我家世受秦恩,怎可不死君难!"当下各执长矛,拚死突围,三将在前,诸军随后,一齐奋勇,立将冲兵冲散。坚得着走路,始克驰归。

冲收兵不进,到了夜间,却遣尚书令高盖,引众疾走,潜袭长安。城中未曾戒备,晨启南门,突被冲军掩入,门不及闭,幸左将军窦冲,前禁将军李辩等,从内城杀出,猛厉无前,得把高盖杀退,斩首八百,脔尸分食。盖败退后,复移兵往攻渭北诸垒,与秦太子宏相值,战复失利,奔回冲营。秦王坚又自出击冲,大获胜仗,逐冲至阿房城,城尚未阖。秦将请乘胜杀入,偏坚惩着前败,只恐城内有伏,不敢径进,竟鸣金收军,退回长安。<u>前次轻进,此次轻退,总之气数将尽,无一合宜。</u>

后秦王苌,闻冲入关,与僚佐共议进止,齐声道:"大王宜亟西行,得能先取长安,方可立定根本,再图四方。"苌笑说道:"诸君所论,皆非明见。今日燕人起兵,意在规复故土,就使得志,也必不愿久留关中,我当移屯岭北,广收资实,坐待秦亡,俟燕人既去,然后引众入关,长安可唾手而取了。"<u>是即鹬蚌相争,渔翁得利之策。</u>僚佐方才拜服,苌乃留长子兴居守北地,自率部众趋新平。从前石虎季年,清河人崔悦为新平相,被郡人杀死,悦子液奔入长安,至苻坚僭位,得官尚书郎,自表父仇不共戴天,欲与新平人拚命,坚代为调停,削去新平城角,作为纪念。新平士豪,引为己耻,常思自立忠义,得补前恨。及苌至新平,太守苟辅,因兵单难守,即欲降苌,郡人冯杰等入谏道:"天下丧乱,忠臣乃见,昔田单仅守一城,尚得存齐,今秦犹连城数百,难道便灭亡不成?况既为臣子,服事君父,要当尽心竭力,除死方休,奈何甘作叛臣,遗臭万年呢?"辅乃誓众固守,多方抵御。苌筑土山,辅亦筑土山,苌凿地道,辅亦凿地道,内外相制,屡挫苌众。辅又为诈降计,诱苌入城,伏兵邀击,几得擒苌。苌幸得逃脱,部众丧亡万余人。嗣是苌不与辅战,但在城外,筑起长围,堵截粮汲,辅坚守数月,粮尽矢竭,连水道尚且不通,眼见是无力再支。苌探得消息,即遣使语辅道:"我方以义取天下,岂忍仇害忠臣?君可率众男女还长安,请勿他虑,我但求此城设镇罢了。"辅信为真言,遂率男女万五千口,开城西走,哪知苌已预设陷坑,坑旁置伏,一俟辅众出来,即发伏四蹙,迫使入阱,可怜万五千口兵民,都堕落陷坑中,尽被坑死,无一孑遗。<u>如此暴虐,哪得久长?</u>苌得入据新平,专探听长安消息,再议进行。

那邺城为燕王垂所困,再遣使至晋促援。晋前锋都督谢玄,乃遣刘牢之

第七十回　堕房谋晋将逾绝涧　应童谣秦主缢新城

率兵二万,北援邺城,并馈秦兵粮米二万斛,燕王垂督众逆战,挡不住牢之锐气,纷纷溃退,垂不得已撤围北走。牢之不愿入城,便即长驱追击。秦长乐公丕,正出城迎接牢之,偏牢之已经过去,乃亦督兵继进。牢之恃勇轻追,昼夜疾驰二百里,至董唐渊,将及垂兵。垂语将佐道:"秦晋瓦合,各自争强,胜不相让,败不相救,实非同心。今两军相继追来,势尚未合,我宜用计,先破晋军,晋军败去,苻丕亦何能为呢?"遂在五桥泽旁,散置辎重,作为晋饵,使慕容德、慕容隆两将,分兵伏住五丈桥,静候晋军。牢之引众越五桥泽,见沿路尽是辎重,不禁欣羡起来,晋军又个个好利,统望前争取,遂致不顾行列,哪知慕容德慕、容隆两军,左右杀出,急切里如何抵挡?再加慕容垂统着大众,又复杀回,三面受敌,料难招架,不得不拍马返奔,回至桥畔,禁不住叫一声苦,原来桥板已被燕兵拆去,只有涧水潺潺,络绎不绝。牢之逃命要紧,索性退后数步,将马缰一提,幸亏是匹骏马,腾空跃起,得将五丈涧跳过。也是牢之命尚未绝。部众无此马匹,相率投入涧中,好许多卷入漩涡,随水漂没,惟素能泅水的,还得幸逃性命。偏燕兵尚不肯舍,架起桥板,仍逾桥追来。牢之倍觉着急,适值苻丕踵至,才得保救牢之,击退燕兵。牢之随丕回邺,邺中大饥,前时由晋给与二万斛,经旬散尽。丕不得已引众至枋头,就食晋谷,令刘牢之入守邺城。谢玄以牢之兵败,征还原镇。丕亦仍然回邺,察知杨膺前谋,将他诛戮,自是仍不服晋。

　　慕容垂亦无从觅粮,趋回中山,沿途但取桑椹代食,饥疲异常。关东前时,曾有谣言道:"幽出狱,生当灭;若不灭,百姓绝。"狱系慕容垂原名。曾见前文。垂与丕相持经年,害得百姓不安耕稼,遂致野无青草,人自相食,应了前日谣言;这也未始非劫运侵寻,所以有此兵争呢。实是争城者之罪。

　　且说慕容冲败回阿房,收集败军,再加整缮,复四出寇掠。秦平原公苻晖,屡次为冲所败,秦王坚使人责晖道:"汝为我子,拥众数万,不能制一白虏小儿,还想活着做甚?"晖闻言恚慨,竟至自杀。前禁将军李辩,都水使者彭和正,恐长安不守,召集西州人,出屯韭园,坚征召不至。高阳公苻方,与尚书韦钟父子,驻守骊山。方与冲战殁,钟父子并皆擒住。冲命钟子谦为冯翊太守,使招降三辅士民。冯翊垒主邵安民等,责谦道:"君系雍州望族,今乃从贼自失忠义,有何面目对人!乃尚敢来饶舌吗?"谦羞惭满面,返白父钟,钟不胜悔叹,仰药以殉,谦南下奔晋。秦左将军苟池,右将军俱石子,率骑五千,与冲争麦,冲族人征西将军慕容永,击杀苟池,石子奔邺。秦复遣骁将杨定,引兵击冲。定系故仇池公杨纂族人,仇池陷没,降入苻秦,秦灭仇池,见六十二回。坚爱定骁勇,招为女婿,拜领军将军,至是率左右精骑二千五百人,前击冲军,十荡九决,无人敢当,冲众大败,被定掳得万余人,还城报功。坚命将俘虏一并坑毙,再令定出徇坝上,又破慕容永,永退语慕容冲,谓定难力敌,宜用智取。冲乃设堑自固,俟养足锐气,再行进攻。嗣闻长安城上有群鸟数万翔鸣,俱作悲声,关中术士,多言长安将破,冲乃悉众攻长安,秦王坚亲出督战,飞矢集身,流血满体,不得已走还城中。

冲纵兵暴掠,民皆流散,道路断绝,千里无人烟。惟冯翊堡壁三十余所,推平远将军赵敖为统主,共结盟誓,辄遣人负粮助坚,途中多为燕兵所杀,不过二三人得入长安。坚使人传语道:"闻来使多不得达,忠义可嘉,死亡可悯。当今寇氛日恶,非数人可能拒灭,但望明灵照护,祸绝灾退,方有转机,卿等当善保诚顺,为国自爱,裹粮坐甲,静听师期,不可徒劳役夫,轻縻虎口。为此谕令周知"等语。既而三辅豪民,又遣人告坚,请拨兵攻冲,愿放火为内应。坚又与语道:"诸卿忠诚,可敬可哀,但时运剥丧,恐无益国家,空使诸卿夷灭,益足伤心!试想我猛士如虎,利刃若霜,乃反为小丑所困,岂非天意,愿卿等善思为是!"天道恶盈,坚其果知此义否?偏豪民又复固请,情愿效死,坚乃遣骑士八百,往劫冲营。三辅人却也纵火,无奈风势不顺,焰反倒冲,竟致自焚,十有九死。

坚闻报益哀,就在长安设祭招魂,且亲制诔文道:"有忠有灵,来就此庭,归汝先父,勿为妖形。"一面遣护军仇腾为冯翊太守,往抚郡县,大众都感激涕零,誓无贰志。无如人心尚固,天意难回,长安城中,但闻有人夜呼道:"杨定健儿应属我,宫殿台观应坐我,父子同出不共汝。"到了诘旦,遍索此人,查无踪迹。长安又有遗书,叫做《古苻传贾录》,内有帝出五将久长得一语。又秦人亦有谣传云,坚入五将久长得。坚知长安东北有五将山,还道是往至五将,便可久长得国。乃嘱太子宏留守长安,且与语道:"谶文谣言,统谓我宜出五将。大约天意欲导我出外,集兵剿寇。今留汝兼总兵政,善守城池,不必与贼争利,我当出陇收兵,输粮给汝便了。"计议已定,先使将军杨定,出西门击冲,截住冲军,自与宠妃张夫人,及幼子中山公诜,幼女宝锦,率骑数百,东出五将。正要启行,即有败卒入报道:"杨将军为贼所算,追贼不慎,堕入陷坑,竟被贼捉去了!"杨定被擒,事从虚写。坚不禁大骇,匆匆嘱别,出城自去。

长安城中的战将,首推杨定,定既被擒,阖城惊惧。燕兵又猛攻不息,秦太子宏,料不能守,奉母挈妻及宗室男女等,西奔下辨。百僚逃散,司隶校尉权翼等数百人,奔投后秦。慕容冲入据长安,纵兵大掠,死亡不可胜计。那秦王坚出长安城,行过韭园,麾骑袭击,前禁将军李辩奔燕,都水使者彭和正走死,坚乃径往五将山。

后秦主姚苌,探得苻坚出奔,正拟往袭,适值权翼奔来,益知苻氏虚实,遂遣骁骑将军吴忠,带领骑兵,往围五将山。忠星夜前进,行抵五将,一声鼓噪,

第七十回　堕房谋晋将逾绝涧　应童谣秦主缢新城

把山围住。秦兵当即骇走，只侍御十余人，随着苻坚。坚神色自若，尚召宰人进膳，从容下箸。俄而后秦兵至，把坚拘往新平。所有坚妾张夫人以下，一并被掳，幽禁新平佛寺中。姚苌不见苻坚，但使人向坚求玺道："苌次应历数，可将传国玺见惠。"坚瞋目怒叱道："小羌敢干逼天子，太无天理，图纬符命，有何依据？五胡次序，无汝羌名，玺已送晋，岂授汝小无么？"苌尚不肯已，再遣右司马尹纬，迫坚禅位。坚见纬状貌魁梧，志气英挺，身长八尺，腰带十围，不由的惊问道："卿在朕朝，曾否得官？"纬答道："曾做过几年吏部令史。"坚叹息道："卿仪容不亚王景略，也是一宰相才，朕无耳目，独不知卿，怪不得今朝败亡哩？"纬乃援尧舜禅让故事，从容讽坚。坚变色道："禅让故事，惟圣贤可为，姚苌叛贼，怎得上拟古人！"汝也不配为圣贤。说着，复大骂姚苌背恩负义，唠叨不休。纬知不可说，返报姚苌，苌竟遣使逼坚自尽。坚临死时，顾语张夫人道："不可使羌奴辱我女儿。"遂拔出佩剑，先杀宝锦，然后投缳毕命，计年四十八岁。张夫人向尸再拜，大哭一场，就把坚佩剑拾起，向颈一横，碧血飞溅，红颜委逝。中山公诜，也取剑自刎，随那父母灵魂，同往鬼门关去了。难得有此烈妇孝子！

后秦将士，得知此变，也为哀恸。姚苌至此，亦不欲自播恶名，只言坚父子自尽，许为殓葬，追谥坚为壮烈天王。先是关中，尝有童谣云："河水清复清，苻坚死新城。"坚闻谣知戒，每出征伐，遇有地方名新，便即避去，但到头终缢死新平。又有童谣云："阿坚连牵三十年，后若欲败时，当在江淮间。"又云："鱼羊田升当灭秦。"前谣是应在淝水一役，后谣是应在鲜卑亡秦；鱼羊便是鲜字，田升乃是卑字，总计坚在位二十七年，为晋所败，后二年，燕入长安，走死五将，俱如谣言，这且不必细表。

且说秦太子宏，奔至下辩，为南秦州刺史杨璧所拒。璧妻本是坚女，叫作顺阳公主，为太子宏女兄，他却欲自保身家，不认郎舅，竟致拒绝。世态炎凉，可见一斑！宏乃转奔武都，顺阳公主也恨夫薄情，弃璧投宏。尚恐璧发兵来追，索性南下归晋。晋廷令处江州，寻给辅国将军职衔。惟秦长乐公苻丕，趋还邺城，尚有部众三万人，会王猛子幽州刺史王永，与平州刺史苻冲，屯兵壶关，遣使迎丕。丕恐燕军复来攻邺，不如先机出走，乃率男女六万余口，西往潞州。秦骠骑将军张蚝，并州刺史王腾，趋候途中，迓丕入晋阳。王永闻信，留苻冲守壶关，自率万骑见丕，述及长安失守，及故主凶终等情。乃就晋阳举哀，三军缟素，追谥坚为宣昭皇帝。

丕即日嗣位，为坚立庙，号称世祖，改建元二十一年为太安元年。命张蚝为侍中司空，王永为侍中，都督中外诸军事，兼车骑大将军尚书令，王腾为中军大将军，司隶校尉，苻冲为尚书左仆射，封西平王，余官亦进职有差。立妃杨氏为皇后,子宁为皇太子,颁告远近,大赦境内。适前尚书令魏昌公苻纂,自长安奔晋阳,丕拜纂太尉,封东海王。就是苻定、苻绍、苻谟、苻亮等,亦皆闻风反正,自河北遣使谢罪。四苻降燕见前回。还有中山太守王兖,固守博陵,为秦拒燕,上表沥陈。丕授兖为平州刺史,兼平东将军,且拜苻定为冀州牧,苻绍为冀州都督,苻谟为幽州牧,苻亮为幽平二州都督,并进爵郡公。秦左将军窦冲,秦州刺史王统,河州刺史毛衅,益州刺史王广,俱奔集陇右,合图规复。领军将军杨定,亦从燕营脱走,趋至陇上,即如南秦州刺史杨璧,也居然为秦效节,一古脑儿奉表晋阳,请讨姚苌。杨璧拒宏奉丕,可谓狡变。丕大喜过望,封杨定等俱为州牧,即令王永传檄州郡,声讨慕容氏及姚苌。小子有诗叹道:

> 存亡继绝亦当然,一脉留贻得再延。
> 可惜苻丕非令主,晋阳兴替仅逾年。

欲知檄文中如何命词,请看下回便知。

苻氏衰微,兵端四起,正予东晋以规复之机会。谢安请命北征,正其时也。顾苻丕请援,即授意谢玄,遣将援邺。苻坚寇晋,仅越年余,淝水之战,侥幸一捷,此仇此恨,何可遽忘?声其罪而讨之,谁曰不宜?乃贪一邺城,反为寇援,已足见讥于外族。且刘牢之有勇鲜谋,冒险轻进,卒为慕容垂所算,弃师遁还。河洛以北,仍为左衽,是何莫非谢氏之失策耶?彼秦苻坚因骄致败,困守长安;假使招集三辅,背城借一,犹可图存,乃徒示口惠,复惑谶书,猝奔五将,受虏姚氏新平之幽,靳玺不予,亦何益哉?惟如张夫人之殉节,中山公诜之殉孝,虽曰戎狄,犹秉纲常,坚死有知,其尚足自豪乎?

第七十一回　用僧言吕光还兵
　　　　　　　依逆谋段随弑主

却说苻丕嗣位以后,令侍中王永,都督诸军,拟讨慕容氏及姚苌,因先传檄州郡,号召吏民,檄文有云:

> 大行皇帝弃背万国,四海无主。征东大将军长乐公,先帝元子,圣武自天,受命荆南,威振衡海,分陕东都,道被夷夏,仁泽光于宇宙,德声侔于下武。永与司空蚝等,谨顺天人之望,以季秋吉辰,奉公绍承大统,衔哀即事,牺谷总戎,枕戈待旦,志雪大耻。慕容垂为封豕于关东,泓冲

第七十一回　用僧言吕光还兵　依逆谋段随弑主

继凶于京邑,致乘舆播越,宗社沦倾。羌贼姚苌,我之牧士,乘衅滔天,亲行大逆,有生之巨贼也。永累叶受恩,世荷将相,不与骊山之戎,荥泽之狄,共戴皇天,同履厚土。诸牧伯公侯,或宛沛宗臣,或四七勋旧,岂忍舍破国之丑竖,纵杀君之逆贼乎?主上飞龙九五,实协天心,灵祥休瑞,史不辍书,投戈效义之士,三十余万,少康光武之功,可旬朔而成。今以卫将军俱石子为前军师,司空张蚝为中军都督,武将猛士,风烈雷震,志殄元凶,义无他顾。永谨奉乘舆,恭行天罚,君臣始终之义在三,忘躯之诚,戮力同之,以建晋郑之美,因申羿奡之诛,宁非善乎?特具檄以闻。

这篇檄文,传递出去,却亦说得有条有理。无如苻氏已衰,不能复振,徒凭那纸上空谈,唤不起什么义举!还有秦将吕光,自略定西域后,得受封西安将军西域校尉,_{光定西域,见六十六回中。}他闻关中大乱,拟留居龟兹,不愿东归。惟当时有西僧鸠摩罗什,为光所得,颇加信用,独劝光亟还陇右。光乃用橐驼二万余头,载运外国珍宝,及奇技异戏,殊禽怪兽千百余品,并骏马万余匹,启程而还。

小子叙到此处,记得那鸠摩罗什的履历,也与后赵时的佛图澄,同一怪异,说将起来,又有一番特别源流。鸠摩罗什世居天竺,祖宗尝为国相,父鸠摩罗炎,秉性聪懿,将嗣相位,独辞避出家,东度葱岭,行至龟兹,龟兹王闻他重名,出郊迎入,尊为国师。王有妹年已二十,才慧过人,邻国交来乞婚,俱不见许,惟见了鸠摩罗炎,却是芳心相契,愿订丝萝。才女亦喜配和尚么?炎不甚乐从,偏国王硬为要求,只好勉从王命,谐成一番欢喜缘。未几炎妻有孕,慧解逾恒,十月满足,产生罗什。过了七年,见罗什已有知识,乃挈与出家,命罗什从师受经。罗什过目成诵,日读千偈,无不记忆,且尽通晓。既而鸠摩罗炎,不知所适,罗什母也挈子远游,行至沙勒,颇得国王优待,乃暂寓沙勒国中。罗什更博览五明密论,及阴阳星算,莫不阐幽尽妙,所以吉凶休咎,都能豫知。年至二十,声名大噪,国人多奉以为师。龟兹国王,遣使迎归,罗什广说诸经,四远学徒,无人能及。罗什母亦悟彻禅机,欲往天竺求佛,但留罗什传教东土,孑身西去,后来得成正觉,进登第三果,坐化了事。惟罗什留居龟兹,专以大乘教课徒,远近景仰。秦王苻坚,亦有所闻,拟密迎罗什至国。可巧太史奏称西域分野,出现明星,当有大智入辅中国,坚憬然道:"莫非就是鸠摩罗什么?"及将军吕光,受命西征,坚特与语道:"若得罗什,即当驰驿送来,休得迟慢!"光唯唯而去。罗什闻光军将至,便语龟兹王白纯道:"国运已衰,将有勍敌从中国来,宜尽礼迎纳,勿抗敌锋。"白纯不从,果被光陷入国都,将纯逐走,掳住纯家属多人。一面搜访罗什,竟得相见。光因罗什年齿尚少,未有妻室,当将龟兹王女,强使为妻。罗什坚辞不受,光笑道:"道士贞操,岂过乃父,何必固辞?"罗什尚不肯依,光乃佯言罢议,但使罗什酣饮醇醪,待他沉醉,扶卧密室,又迫龟兹王女与他同寝。至罗什酒醒,始知中计,不得不将错便错,同效于飞。可谓作述重光。会光引军出巡,使罗什从行,道经山麓,下令安营,将士已皆休息,罗什白光道:"将军在此,必致狼狈,宜徙军陇上。"光以为妄言,笑而不纳。到了夜半,天果大雨,洪潦暴起,水深数丈,溺死至数千人,光始服罗什先见。及光欲久居龟兹,罗什又进谏道:"此处乃凶亡故土,不宜淹留,关陇自有福地可居,请即东还!"光因前次不从罗什,致遭水患,此番怎好再违忠告,自蹈凶机? 乃决计引归。

行至玉门,为凉州梁熙所拒,责光擅命还师,特遣子胤与部将姚皓、别驾卫翰,引众五万,出击光军。一战即败,再战又败,胤率轻骑数百人东奔,被光将杜进追着,活擒而去。于是武威太守彭济,诱执梁熙,向光乞降。光杀熙父子,遂入姑臧,自领凉州刺史,护羌校尉,表杜进为抚国将军武威太守,封武始侯,自余封拜各有差。陇西郡县,陆续归附,惟酒泉太守宋皓,南郡太守索泮,不服光命。光发兵往攻,依次陷入,执住宋皓、索泮,责他违令不臣,泮朗声道:"将军受诏平西域,未闻受诏略凉州,梁公何罪,乃为将军所杀,泮不能为国报仇,深加惭恨,主灭臣死,何必多言!"却是个硬头子。光竟令斩泮,并及宋皓。

先是张天锡南奔,见六十七回。世子大豫,不及随从,走依长水校尉王穆家,穆与大豫同走河西。魏安人焦松齐肃张济等,纠众数千,迎大豫为主帅,占据一方。光入凉州,令部将杜进招讨,大豫麾众杀退杜进,追逼姑臧。王穆谏阻道:"吕光粮多城固,甲兵精锐,未可轻攻,不如席卷岭西,厉兵秣粟,然后东向与争,不出期年,便可得志了。"大豫不从,遣穆至岭西乞师。建康太守李隰,祁连都尉严纯阎袭等,统起兵相应。又有鲜卑旧部秃发思复鞬,即晋初叛酋树机能侄曾孙,避居河西,渐复旧业,树机能事见前文。此时也愿助大豫,遣子奚于等至姑臧。大豫屯兵城西,王穆与奚于屯兵城南,光猝发兵出南门,袭击奚于兵营,奚于不及防御,骤为所乘,竟至败殁。王穆亦被牵动,全军俱溃,就是大豫所率的兵士,也闻风骇退。于是大豫奔广武,王穆奔酒泉。广武人执住大豫,送至姑臧,被斩市曹。

会光得接长安音信,才知秦王坚为姚苌所害,乃令部曲丧服举哀,设祭城南,谥坚为文昭皇帝,大临三日。乃大赦境内,建元太安,自称中外大都督大将军,领护匈奴中郎将凉州牧酒泉公。

看官欲知吕光的身世,原来就是秦太尉吕婆楼的长儿,源出氏族,素居略阳。婆楼为秦王坚佐命功臣,故得享尊荣,垂及子嗣。相传光生时曾有光绕室,因名为光。年十岁,与村童嬉戏,喜为战阵,自作统领,部署精详,侪类莫

第七十一回　用僧言吕光还兵　依逆谋段随弑主

不悦服。惟不乐读书，专好驰马，及成年后，身长八尺四寸，目有重瞳，左肘有肉印，沈毅凝重。王猛尝目为异人，白诸苻坚，举为美阳令，颇有政声。嗣迁鹰扬将军，调任步兵校尉，累著战绩。及往略西域，左臂肉印中现出赤文，有巨霸二字，夜间安营，尝有黑物护住营外，头角崭然，目光如电，诘旦即云雾四周，不得复见。光疑为黑龙，杜进谓即龙飞九五的预兆，光以此自喜，遂有大志。返据凉州，乘机自立，这便是后凉建国的权舆。亦列入十六国中，故特从详叙。

　　同时乞伏国仁，亦在勇士川筑城为都，国仁见六十八回。自称大都督大将军大单于，领秦河二州牧，改元建义。何义之有？设置将相，分属境为十二郡，是为西秦。彼分此裂，不相统属，可见得苻秦一败，逐鹿已多，单靠着晋阳苻丕，孤危一线，欲系千钧，谈何容易！惟故尚书令魏昌公苻纂，为丕宗亲，自关中奔至晋阳，与丕相见，丕拜纂为太尉，进封东海王，遇事必咨，共图恢复。兵尚未发，那邺城已早被燕将慕容和据去。且博陵守将王兖，本是苻氏第一忠臣，偏被那燕王垂子慕容麟，引兵围住，害得粮尽援穷。功曹张猗，逾城出降，并为慕容麟招募丁壮，编成队伍，号为义兵。引至城下，呼兖答话，劝令降燕，兖登城叱责道："卿为秦人，我为卿主，卿乃纠众应贼，反称义旅，何名实不符，竟至如此？古人有言，求忠臣于孝子之门，卿有老母在城，甘心弃去，还说出什么忠义！我不料中州文物，偏出一卿，不孝不忠，试问卿有何面目长居人世呢？"说着，弯弓欲射。猗急忙驰退，才免箭伤。阅数日，城被陷没，兖被擒不屈，便即遇害。还有秦固安侯苻鉴，也为麟所杀。能为宗邦殉节，不论夷夏，俱属忠臣。

　　麟向慕容垂报功，垂已至中山，见城郭缮固，宫室构新，所有府库仓廪，统皆充溢，便顾语诸将道："这是乐浪王的大功，就使汉代萧何，想亦不过如是了。"看官，你道乐浪王为谁？乃是前燕主慕容俊第四子温。垂起兵攻邺时，温亦引众往会，由垂命为征东将军，封乐浪王，使与慕容农等同定中山，即留温居守。温劝课农桑，怀远招携，外拒丁零，内抚郡县，吏民争馈粮糒，遂得富足，缮城筑室，措置裕如。垂既得此安乐乡，当然不愿他去，将佐复联笺劝进，乃以中山为国都，就南郊燔柴祭天，自称燕帝，改元建兴。署置公卿百官，缮修宗庙社稷，立世子宝为太子，余子农为辽西王，麟为赵王，隆为高阳王，范阳王德为尚书令，太原王楷为左仆射，乐浪王温为司隶校尉，领冀州刺史。追尊生母兰氏为文昭皇后，徙皝后段氏神主至别室，改奉兰氏配飨。博士刘详董谧，谓尧母位列第三，并未尝因尧为天子，上陵姜源，王道贵尔大公，不宜自存私见。垂不肯依议，又废皝后可足浑氏，说她倾覆社稷，不足袝庙。实是报复前怨，事见六十一回。尊俊昭仪为景德皇后，配飨龙陵。龙陵为慕容俊墓。追谥先妃段氏为成昭皇后，册立继室段氏为皇后。可记秦王见幸时否？太子宝为先段后所出，后来宝多失德，后段后劝垂易储，议不果行，反惹出许多祸乱，事见下文。

且说西燕主慕容冲，逐去秦王坚父子，遂入据长安，怡然自得，渐即淫荒，赏罚不均，号令不明。慕容柔与慕容盛，尚在冲麾下。柔与盛奔依慕容冲，见六十九回。盛年方十三，密语叔父柔道："从来为十人长，亦须才过九人，然后得安，今中山王指冲，见前文。智未迈众，才不逮人，功尚未成，先自骄侈。据盛看来，恐必不能持久哩！"这也所谓小时了了，大未必佳。冲遣尚书令高盖，率众五万，往伐后秦。行至新平南境，与姚苌兵马相遇，两下交战，盖兵大败，十亡七八，盖恐还军得罪，索性与残众数千人，降附姚苌，苌令为散骑常侍。这音耗传到长安，冲好似失一左臂，乃惟与左仆射慕容恒，右仆射慕容永，协图政事，但也不甚信用，遂致群怨交集，众叛亲离。将军韩延等，因众心未悦，即与前将军段随商议道："今主上骄侈日甚，臣民不安，如何而可？我与将军百战疆场，才得关中，怎堪令庸主败坏呢！"段随道："据君意见，应该如何处置？"韩延附耳说了两语，随只是摇头。延变色道："将军如不见信，恐难免灭族了！"随不觉失惊，延说道："韩信彭越，功高天下，尚且被诛，试问将军能如韩彭么？"随听此一语，也觉动心，因即依延计，乘夜行事。

到了黄昏，便密召兵士，攻入宫中。冲尚在酣饮，猛见乱兵入室，始起坐惊问，一语未完，刀锋及项，立即颈血模糊，倒毙地上，左右皆已骇散。延即率兵登殿，召集文武，高声宣令道："慕容冲饮酒淫荒，不堪为主，我等已为众除暴，另议立君，今段将军威德日闻，可为燕主，愿诸公同心辅戴，不得有违！"文武百官，皆错愕失容，不知所对。延竟顾视左右，令拥段随御座，且厉声道："如不服新主，便当处斩！"大众闻一"斩"字，一时不敢违慢，只好勉强谒贺，再作后图。段随居然受谒，改元昌平。草草毕礼，才命殡葬慕容冲。

当时冲将王嘉，曾劝冲东还邺城。冲见长安宫阙崇宏，后庭充牣，便乐得久居，无志东归。嘉作歌讽冲道："凤凰凤凰，何不高飞还故乡？何故在此取灭亡？"冲亦知"凤皇"二字，是自己的小字，六十八回中亦曾叙过。只因志在苟安，始终不从，遂遭此祸。

慕容永与慕容恒，与冲同族，怎肯坐观成败，竟令外人霸据成业，安然称王？当下两人密谋，号召旧部，袭杀段随，并诛韩延等人，推立宜都王慕容恒子颢为主。恒系慕容俊弟，尝留镇辽东，燕亡时为秦将朱嶷所杀。长子便是慕容凤，曾劝丁零翟斌迎慕容垂，遂归垂麾下。见六十八回。垂为燕王，令凤承袭父爵。凤弟即慕容颢，随冲入关，永与恒乃奉为燕王，改元建明。且率鲜卑男女四十万，出关东行。才至临晋，不意恒弟慕容韬，阴怀异志，竟将颢刺死。永与武卫将军刁云攻韬，韬战败遁去。恒再立冲子瑶为主，改元建平，谥冲为威皇帝。大众不服恒所为，情愿依永，当即奉永攻恒，恒亦败走，瑶不及脱身，竟死乱军中，于是众情一致，戴永为主。永系慕容廆从孙，祖名运。自言序不当立，决计让去，另立慕容泓子忠。忠既嗣立，改元建武，即授永为丞相，封河东公。再东行至闻喜，始知慕容垂已称尊号，惮不敢进，即在闻喜县中筑造燕熙城，为自固计。偏刁云等又复杀忠，定要推永为主，永乃自称大将军大单于，领雍秦梁凉四州牧，录尚书事，兼河东王。置君如弈棋。总之晦气几个鲜卑小鬼。一面遣使至中山，向慕容垂处称藩，一面遣使至晋阳，向秦主苻丕处假道。看官试想！这秦主苻丕与慕容垂，具有不共戴天的大仇，难道就肯假道么？小子有诗叹道：

　　　　大仇未复慢投戈，假道何堪谬许和。
　　　　可惜苻秦王气尽，遗灰总莫障颓波！

欲知苻丕当日情形，容至下回续叙。

佛图澄与鸠摩罗什，先后相继，留传史乘，此皆由世道衰微，圣王不作，乱臣贼子盈天下，故羽客缁流，得挟异技以干宠耳。佛图澄之于石勒，鸠摩罗什之于吕光，当其佐命之初，几若一指南之圭臬，然卒之徒炫小智，无关大体，此其所以忽兴忽衰，难与言治也。慕容冲以龙阳之姿，一跃而称燕帝，自宋朝弥子瑕以来，从未闻有此奇遇者，彼狡童者，何能为国？观其僭号以后，仅逾年而即死人手，不亦宜乎？惟段随既为冲臣，甘从韩延之逆谋，躬与篡弑，罪不容诛，虽延为主动，随为被动，然据位称尊，随实尸之。晋赵穿之弑灵公，春秋犹书赵盾，况段随乎？故本回以段随为首恶，遵《春秋》之大义也。

第七十二回　谋刺未成秦后死节　失营被获毛氏捐躯

　　却说秦自博陵失守，燕兵四至，冀州牧苻定，镇东将军苻绍，幽州牧苻谟，镇北将军苻亮，自知不能御燕，复向燕请降，受封列侯，就是王统、王广、毛兴等，亦互相攻夺。广败奔秦州，为鲜卑人匹兰所执，解送后秦，兴亦为枹罕诸氏刺死，改推卫平为河州刺史。平年已老，不能驭众。坚有族孙苻登，素有勇略，得受封为南安王，拜殿中将军，迁长安令，寻坐事黜为狄道长。关中陷没，登走依毛兴，充河州长史，兴颇重登才，妻以爱女，擢为司马。至兴被戕时，登孤掌难鸣，只好含忍过去。后来枹罕诸氏，悔立卫平，再议废置，连日未决。

会七夕大宴,氐将啖青,拔剑大言道:"今天下大乱,豺狼塞路,我等义同休戚,不堪再事庸帅,前狄道长苻登,虽系王室疏属,志略却很是英强,今愿与诸君废昏立明,共图大事;如有不从,便申异议,休得一误再误呢!"说至此,仗剑离座,怒目四视,咄咄逼人。大众莫敢仰视,俱俯首应诺;乃拥登为抚军大将军,都督陇右诸军事,领雍、河二州牧,称略阳公。与众东行,攻拔南安,因遣使至晋阳请命。登为九年秦主,故不得不详所由来。秦主丕不能不从,准如所请,且授登为征西大将军,仍封南安王,命他同讨姚苌。

是时,王永进为左丞相,已二次传檄,预戒师期。丕乃留将军王腾守晋阳,右仆射杨辅戍壶关,自率众四万进屯平阳。适值慕容永驰使假道,自愿东归,丕当然不许,且下令云:

鲜卑慕容永,乃我之骑将,首乱京师,祸倾社稷,豕凶继逆,方请逃归,是而可忍,孰不可忍?其遣左丞相王永,及东海王纂,率禁卫虎旅,夹而攻之,即以卫大将军俱石子为前锋都督,誓歼乱贼,以复国仇,其各努力毋违!

令甲既申,诸军并出,总道是旗开得胜,马到成功,哪知天下不如意事,十常八九。丕在平阳静待数日,起初尚接得平安军报,只说是军至襄陵,与贼相遇,未决胜负,后来即得败报,前锋都督俱石子战死了,最后复得绝大凶信,乃是左丞相王永,亦至阵亡,全军俱败溃了。虚写战事,又另是一种笔墨。丕不禁大惊,忙问东海王纂下落,侦吏报称纂亦败走,惟兵士死伤,尚属不多。这语说出,急得丕失声大呼,连说不佳。看官道是何因?原来纂从长安奔晋阳,麾下壮士,本有三千余人,丕恐纂为乱,胁令解散,此次又惧纂报复,所以越觉惊惶。匆匆不及细想,便率骑士数千,狼狈南奔,径赴东垣。探得洛阳兵备空虚,意欲率众掩袭。洛阳时已归晋,当由晋西中郎将桓石民,探知消息,即遣扬威将军冯该,自陕城邀击苻丕。丕不意中道遇敌,仓猝接仗,部骑惊溃,丕跃马返奔,马蹶坠地,可巧冯该追至,顺手一槊,了结性命。不度德,不量力,怎能不死?总计丕僭称帝号,不过二年。尚有秦太子宁,长乐王寿,及左仆射王孚,吏部尚书苟操等,俱被晋军擒住,连丕首共送建康。还算蒙晋廷厚恩,命将丕首埋葬,所有太子宁以下,一体赦免,饬往江州,归苻坚子宏管束。宏降晋见七十回。

东海王纂,与弟尚书永平侯师奴,招集余众数万,奔据杏城。此外后妃公卿,多被慕容永军掳去。永遂入长子,由将佐劝称帝号,便即被服衮冕,居然御殿受朝,改元中兴。他见丕后杨氏,华色未衰,即召入后庭,迫令侍寝。杨氏貌若芙蕖,心同松柏,怎肯失节事仇,含羞受辱?当下拒绝不从。永复与语道:"汝若从我,当令汝为上夫人;否则徒死无益!"杨氏听了"徒死无益"四字,不由的被他提醒,便佯为进言道:"妾曾为秦后,不宜复事大王,但既蒙大

第七十二回 谋刺未成秦后死节 失营被获毛氏捐躯

王见怜,妾亦何惜一身,上报恩遇!但必须受了册封,方得入侍巾栉,免致他人轻视呢。"永闻言犴笑道:"这亦不妨依卿,俟明日授册,与卿欢叙便了。"说罢,即使杨氏出宿别宫。翌日,下令册封杨氏为上夫人,令内官赍册入奉,杨氏接得册宝,勉为装束,专待夜间下手。夜餐已过,永即至杨氏寝室,来与调情。杨氏起身相迎,假意拜谢,永见杨氏浓妆如画,秀色可餐,比昨日更鲜艳三分,禁不住欲火上炎,便欲与她共上阳台,同谐好梦。偏杨氏从容进言道:"今夕得侍奉大王,须待妾敬奉三觞,聊表敬意。"永不忍推辞,乃令侍女取出酒肴,自己坐在上面,由杨氏侧坐相陪。杨氏先斟奉一觞,永一吸而尽,第二觞亦照样的喝干了。到了第三觞上奉,杨氏左手执觞,递至永口,右手却从怀中拔出短刀,向永猛刺。也是永命不该绝,先已瞧着,急将身子一闪,避过刀锋。杨氏扑了一个空,又因用力过猛,将刀戳入座椅,一时反不能拔出,更被永左手一挥,把杨氏推开数步,跌倒尘埃。杨氏自知无成,才竖起黛眉,振起娇喉,向永诟詈道:"汝系我国逆贼,夺我都,逐我主,反思凌辱我身,我岂受汝凌辱么?我死罢了!恨不能戡汝逆贼!"说着,已被永抽刀一掷,正中杨氏柔颈,血花飞溅,玉碎香消。完名全节,一死千秋!永怒尚未息,喝令左右入室,拖出尸身,自向别室寻乐去了。

慕容盛叔侄,随永至长子,见永所为不合,恐自己不免遭殃,因密白叔父柔道:"闻我祖父已中兴幽冀,东西未壹,我等寄身此地,自居嫌疑地位,好似燕在幕上,非常危险,何不乘此机会,便即高飞,一举万里,免得坐待罗网哩!"柔也以为然,遂与盛等悄悄出奔,从间道趋往中山。途次遇着群盗,拦住去路,盛慨然与语道:"我是六尺男儿,入水不溺,在火不焦,还问汝敢当我锋否?汝若不信,试离我百步,高举汝手中箭镞,我若射中,汝可小心仔细,防着丧命,倘射不能中,便当束手待毙,由汝处置罢!"盗见他年少语夸,必有奇技,乃退至百步以外,举箭待着。脚才立定,已听得飕的一声,有箭射到,不偏不倚,插入箭镞。盗不禁咋舌,掷箭拱手道,"郎君乃贵人子,具有家传绝技,我等但欲相试,岂敢相侵!"说罢,反从囊中取出白镪,作为贽仪,让路送行。盛也不多辞,受赠作别,径往中山去了。

永闻盛等私奔中山,勃然大愤,竟收捕慕容俊子孙,无论男女少长,骈戮无遗。如此淫虐,能活几时?这且待后再表。

且说后秦主姚苌,探得慕容永等出关,料知长安空虚,遂自新平西进,驰入长安,御殿称帝,改元建初,国号大秦,改名长安为常安。立妻蛇氏为皇后,子兴为太子,分置百官,服色尚赤。追谥父弋仲为景元皇帝,兄襄为魏武王。命弟绪为征虏将军,领司隶校尉,留守长安,自率众往安定,击破平凉胡金熙,及鲜卑支酋没柔干,乘势转趋秦州。秦州刺史王统尚为苻氏旧将,出兵相拒,连战失利，不得已举城降苌。苌授弟硕德为征西将军秦州刺史，都督陇右诸军事，领护东羌校尉，镇守上邽。适秦南安王苻登，招集夷夏三万余户，兵马浸盛，进攻秦州。姚苌正自上邽启行，欲还长安，途中闻秦州被攻，亟引兵返援，与硕德同出胡奴阪，截击苻登。不料苻登部下，勇健善斗，个个是冲锋上选，苌众无一敢当，竟被他蹂躏一场，伤亡至二万余人。苌连忙返奔，背上已着了一箭，为登将啖青所射，深入骨髓，犹幸未中要害，还得忍痛逃归。硕德亦走还上邽，婴城拒守。

时岁旱众饥，饿殍载道，登每战杀敌，即取尸肉蒸啖，号为熟食，且语军士道："汝等旦日出战，暮即得饱食人肉，还愁甚么饥馁呢？"以人食人，真是禽兽世界。军士闻令，争取死人为粮，每食必饱，故壮健如飞。姚苌察悉情形，急召硕德同归，并传语道："汝若不来，恐麾下兵士，定将苻登食尽了！"硕德遂弃去秦州，亦东奔长安。

登既得胜仗，再图进取，适值丕尚书寇遗，奉丕子渤海王懿，济北王昶，自杏城奔至登军，述及丕败死等情，于是登为丕发丧，三军缟素。拟即立懿为嗣主，部众都趋进道："渤海王虽先帝嗣子，但年尚幼冲，未堪继立。国家多难，须立长君，这是《春秋》遗义。今三房跨僭，寇贼盛强，豺狼枭獍，举目皆是，大王挺剑一起，便败姚苌，可谓威振华夷，光极天地，宜即正大位，龙骧武奋，光复旧京，再安社稷宗庙，怎可徒顾曹臧吴札小节，自失中兴盛业呢！"这一席话，恐是由苻登嘱使出来。曹臧吴札并见《春秋》。登乃命在陇东设坛，嗣为秦帝，改太安二年为太初元年，仿置文武官属。且就军中设立苻坚神主，仍依苻丕旧谥，称坚为世祖宣昭皇帝，见七十回。载以辒辌，卫以龙贲，凡所欲为，必启主后行。当下集众五万，将讨后秦，便在坚神主前，拜祷读祝道：

维曾孙皇帝臣登，以太皇帝之灵，恭践宝位。昔五将之难，贼羌肆害于圣躬，实登之罪也。今收合义旅，众逾五万，精甲劲兵，足以立功，年谷富穰，足以资赡。即日星驰电迈，直造贼庭，奋不顾命，陨越为期，庶上报皇帝酷怨，下雪人民大耻。维帝之灵，降监厥诚！

读祝既毕，唏嘘泣下。将士莫不悲恸，志在必死，各刻鍪铠中，为死休字样，每战辄用长槊钩刃，列为方圆大阵，遇有厚薄，从中分配，所以人自为战，所向无前。前中垒将军徐嵩，屯骑校尉胡空，各聚众五千，结垒自固。既而受姚苌官爵，借避兵锋。及苻坚遇害，嵩等请领坚尸，以王礼营葬。苻登称帝，嵩与空复率众请降。登拜嵩为镇军将军，领雍州刺史，空为辅国将军，兼京兆尹，改葬坚柩，用天子礼。

越年正月，登立妃毛氏为后，渤海王懿为皇太弟，遣使拜东海王纂为太

第七十二回 谋刺未成秦后死节 失营被获毛氏捐躯

师,领大司马,都督中外诸军事,进封鲁王,纂弟师奴为抚军大将军,领并州牧,封朔方公。纂不欲受命,怒叱来使道:"渤海王系世祖孙,为先帝遗体,南安王何不拥立,乃妄自称尊呢?"来使以国难未平,须立长君为词,纂意终未释。独长史王旅进谏道:"南安已立,理难中改,今国虏未平,不宜先仇宗室,自相鱼肉,容俟二虏平定,再作后图。"说得有理。纂乃对使受职,遣令归报。登复调梁州牧窦冲为南秦州牧,雍州牧杨定为益州牧,南秦州刺史杨璧为梁州牧,并授乞伏国仁为大将军大单于,封苑川王。

杨定与东海王纂,会攻后秦,进至泾阳,正值姚硕德奉行兄令,率众来战。被定纂两路夹攻,顿致大败。姚苌自督兵往救,纂乃退守敷陆,檄令他镇济师。窦冲进拔后秦汧、雍二城,苌移兵击冲,冲战败退还。秦冯翊太守兰椟,引众二万,自频阳入和宁,贻书苻纂,共图长安。纂正喜得一帮手,偏乃弟师奴,谓不如背了苻登,自进尊号,纂不肯从,竟为师奴所杀。师奴遂自称秦公,欲袭长安,途次遇着苌军,逆战大败,奔亡鲜卑。*杀兄贼怎能济事!* 兰椟闻报,亦即退去,苌更遣将军梁方成引兵攻秦雍州刺史徐嵩军垒,嵩兵单力弱,不能支持,竟被陷入,且为所擒。方成责嵩反复不忠,徒自取死。嵩怒骂道:"汝姚苌已坐死罪,乃蒙先帝恩赦,授任内外,备极荣宠,今乃负恩忘义,身为大逆,连犬马尚且不如。汝附逆为虐,不知责己,反来责我,我不幸被执,情愿速死,早见先帝,收汝逆苌生魂,治罪地下。"说至此,怒眦尽裂,噀血横喷,惹得方成大愤,拔剑杀嵩,连斫三剑,嵩始陨命,遗众数千,俱被方成坑死。*嵩虽曾降苌,仍为苻秦殉节,不失为忠。*姚苌亦引兵来会,发掘秦王坚墓,劈棺鞭尸,剥去殓服,裹以荆棘,埋入坎中。*伍胥鞭尸,且贻讥后世,何况姚苌!*

苻登闻姚苌猖獗,出屯胡空堡,招集戎夏兵民十余万众,循陇西下,径入朝那。苻懿得病而死,予谥献哀。登乃立子崇为太子,弁为南安王,尚为北海王。姚苌亦移据武都,与登相持,大小经数十战,苌多败少胜,退营安定。登粮亦垂尽,令大军就食胡空堡,自率精骑万余,进围苌营。四面大哭,哀声动人,苌亦命三军皆哭,与外相应,登乃引还。苌见登军中,载着苻坚神主,遂疑是坚有神验,故登战辄胜。当下想入非非,亦在军中立坚神主,作文致祝。文词似涉诙谐,颇堪一噱,由小子录述如下:

往年新平之祸,非苌之罪。臣兄襄从陕北渡,假路来西,狐死首邱,欲暂见乡里,陛下与苻眉要路距击,不遂而殁。襄敕臣行杀,非臣之罪。苻登陛下末族,尚欲复仇,臣为兄报耻,于情理何负?昔陛下假龙骧之号,尝谓臣曰:"朕以龙骧建业,卿其勉之!"明诏昭然,言犹在耳,陛下虽没世为神,岂假手于苻登而图臣,竟忘前征时言耶?今为陛下立神像,可归休于此,勿记臣过,鉴臣至诚,永言保之!杀其身,鞭其尸,还欲向之求庇,苌之愚暴,一何可笑。

既而苻登复进兵攻苌,望见苌军亦立坚神主,便登车楼语苌道:"从古到今,难道有身为弑逆,反立神像求福,还想得益么?"苌闻言不答,登又大呼道:"弑君贼姚苌出来,我与汝决一死战,看汝果能胜我否?"苌仍然不应。登乃下楼,督军攻苌。苌遣将出战,败回营中,再战又败,军中每夕数惊。苌乃伐鼓斩像,将像首掷入登营,自引兵退入安定城内,潜遣中军将军姚崇,袭大界营。大界营是苻登安顿辎重的地方,所有登后毛氏,及登子弁尚等,俱在营中居住,留作后应。崇从间道绕至大界,偏为登所闻知,还军邀击,大破崇军,俘斩至二万五千人,崇狼狈遁还。

登因此次得胜,总道苌不敢再来掩袭,便进拔平凉,留尚书苻愿居守,再进拔苟头原,逼攻安定。哪知姚苌复自率铁骑三万,夜袭大界营,营中不及预防,竟被攻入。登后毛氏,颇黠多力,且善骑射,仓猝上马,带领壮士力战,左手张弓,右手发箭,弦声所至,无不倒地,苌众被射死七百余人。待至箭已放尽,寇仍未退,反一重一重的围裹拢来,毛氏弃弓用刀,尚拚死格斗,终因寡不敌众,马蹶被擒。就是登子弁尚,亦俱被拘去。

苌军将毛氏推至苌前,苌见她皎皎芳容,亭亭玉立,刚健婀娜,宜武宜文,另有一番态度。不觉惹动情魔,便令军士替她释缚,且涎脸与语道:"卿能依我,仍不失为国母。"毛氏当面唾骂道:"呸!我为天子后,怎肯为贼羌所辱!"苌老羞成怒道:"汝不怕死么?"毛氏又道:"羌奴!羌贼!可速杀我。"苌尚未忍加刑,毛氏仰天大哭道:"姚苌!汝既弑天子,又欲辱皇后,皇天后土,岂肯容汝长活么?"苌听她越说越凶,遂命左右推出斩首,一道贞魂,上升天国去了。与杨氏并传不朽。登子弁尚,亦相继受戮。小子有诗赞毛氏道:

> 贞心亮节凛冰霜,一死留为青史光。
> 写到苻秦三烈妇,笔头也觉绕余香。

苌既杀毛氏母子,诸将请往击登军。究竟苌是否允议,且看下回便知。

本回叙述二苻兴亡,实为杨毛二后作传。苻丕嗣坚称帝,不二年而即亡,其材之庸劣可知。苻登虽稍胜苻丕,然徒知黩武,害及妻孥,是亦未足与语中兴耳。惟坚之时有张夫人,后又有杨氏、毛氏二后,义不受辱,并皆殉节。苻氏之家法不足传,独此三妇得并传不朽,名播千秋,是亦苻氏之光也。《晋书·列女传》但载坚妾张氏,登妻毛氏,而于丕妻杨氏独略之,殊为不解。《十六国春秋》中,虽经备述,但徒厕入秦后妃中,亦未足表扬贞节。得此书以阐发之,而幽光乃毕显云。

第七十三回　拓跋珪创兴后魏
　　　　　慕容垂讨灭丁零

却说姚苌既破大界营，诸将欲乘胜击登，苌摇首道："登众尚盛，未可轻视，不如回军为是。"乃驱掠男女五万余口，仍归安定。登闻大界营失陷，妻子覆没，悲悔的了不得，经将佐从旁劝慰，乃退回胡空堡，收合余众，暂图休养，两秦始罢战半年。是时，中华大陆除江东司马氏外，列国分峙，大小不一。秦分为三：若秦，若后秦，若西秦。燕别为二：若燕，若西燕。尚有凉州的吕光，史称后凉，共计六国。此外又有一国突起，乃是死灰复燃，勃然兴隆，渐渐的扫清河朔，雄长北方，传世凡九历年至百有五十，好算是当时最盛的强胡。这人为谁？就是前文六十五回中所叙的拓跋珪。*特笔*。

珪为代王什翼犍孙，与母贺氏同依刘库仁，库仁待遇甚优，母子乃得安居。已而，库仁为燕将慕舆文等所杀，库仁弟头眷代统部众。头眷破贺兰，败柔然，兵势颇盛，偏库仁子显，刺杀头眷，自立为主，并欲杀拓跋珪。显弟亢埿妻，为珪姑母，得知显意，走告珪母贺氏。又有显谋主梁六眷，系代王什翼犍甥，亦使人告珪。珪年已十有六，生得聪颖过人，亟与母贺氏商定秘谋，安排出走。贺氏夜备筵宴，召显入饮，装出一番殷勤状态，再三劝酒，显不好推辞，又因贺氏虽然半老，丰韵犹存，免不得目眩神迷，尽情一喝，接连饮了数巨觥，醉得朦胧欲睡，方才归寝。珪已与旧臣长孙犍元他等，轻骑遁去。到了翌晨，贺氏又潜至厩中，鞭挞群马，马当然长嘶，显从睡梦中惊醒，急至厩中探视，但见贺氏作搜寻状，当下问为何因？贺氏竟向显大哭道："我子适在此处，今忽不见，莫非被汝等杀死么？"显忙答道："哪有此事！"贺氏佯不肯信，仍然号啕不休。显极力劝慰，但言珪必不远出，定可放心，贺氏方返入后帐。显也不加疑，总道珪未识己谋，不致他去，所以劝出贺氏，仍未尝遣人追寻。

珪已奔入贺兰部，依舅贺讷，诉明详情，讷惊喜道："贤甥智识不凡，必能再兴家国，他日光复故物，毋忘老臣！"珪答道："果如舅言，定不相忘！"已而贺氏从弟贺悦，为刘显部下外朝大人，亦率部亡去，潜往事珪。显待珪不归，正在怀疑，及闻贺悦复遁，料知阴谋已泄，由贺氏居中设法，纵使他去，遂持刀往杀贺氏，贺氏走匿神车中，接连三日，幸得亢埿夫妇，向显力请，始得幸免。嗣南部大人长孙嵩，亦率所部七百余家，叛显归珪。显追嵩不及，怅怅而还。哪知中部大人庾和辰，乘显他去，竟入迎贺氏，投奔贺兰部。及显回帐，贺氏早已远扬,气得显须眉直竖,徒呼恨恨罢了。

珪居贺兰部数月,远近趋附,深得众心,偏为贺讷弟染干所忌,使党人侯引七,觑隙刺珪。代人尉古真,又向珪告知染干诡谋,珪严加防备。侯引七无隙可乘,只好复报染干。染干疑古真泄计,将他执讯,用两车轴夹古真头,伤及一目,古真始终不认,才命释去。惟引众围住珪帐,珪母贺氏出语道:"染干!汝为我弟,我与汝何仇?乃欲杀死我子呢?"染干亦惭不能答,麾众引退。又阅数旬,珪从曾祖纥罗兄弟,及诸部大人,共请徙贺讷,愿推珪为主,贺讷自然赞成,遂于次年正月,奉珪至牛川,大会诸部,即代王位,纪元登国。即晋孝武帝太元十一年。使长孙嵩为南部大人,叔孙普洛为北部大人,分统部众。命张衮为左长史,许谦为右司马,王建及跋叔孙建庾岳等为外朝大人,奚牧为治民长,皆掌宿卫。嵩弟长孙道生等,侍从左右,出纳教命,于是十余年灭亡的故代,又得重兴。珪嫌牛川地僻,不足有为,因徙居盛乐,作为都城,务农息民,众情大悦。北人谓土为拓,后为跋,因以拓跋为姓,且改代为魏,自称魏王。

先是前秦灭代,徙代王什翼犍少子窟咄至长安,从慕容永东徙,永令窟咄为新兴太守。刘显为逼珪计,特使弟亢埿引兵数千,往迎窟咄,使压魏境,并代为传告诸部,说是窟咄当为代王,诸部因此骚动。魏王珪左右于桓等,与部人同谋执珪。往应窟咄,幢将代人莫题等,亦潜与窟咄勾通。幸桓舅穆崇,与珪莫逆,预向珪处报明。崇亦知大义灭亲耶?珪捕诛于桓等五人,莫题等赦免不问。为了这番乱衅,珪不免日夕戒严,尚恐内难未绝,暗算难防,不得已再逾阴山,往依贺兰部。更遣外朝大人安同,向燕求救。燕主慕容垂,因遣赵王麟援珪。麟尚未至魏,窟咄又与贺染干联结,侵魏北部。北部大人叔孙普洛,未战先遁,亡奔刘卫辰,魏都大震。麟在途中闻报,急遣安同归报魏人。魏人知援军将至,众心少安。窟咄进屯高柳,珪与燕军同攻窟咄,杀得窟咄大败亏输,奔投刘卫辰。卫辰把他杀死,余众四散,由珪招令投诚,不问前罪,散卒当然归魏。乃改令代人库狄干为北部大人,犒赏燕军,送令归国。燕主垂封珪为西单于,兼上谷王,珪不愿受封,但托言年少材庸,不堪为王,即将燕诏却还。已见大志。

刘卫辰久居河西,招军买马,日见强盛。后秦主姚苌,封卫辰为河西王,领幽州牧,西燕主慕容永,亦令卫辰为朔州牧。卫辰因遣使诣燕,贡献名马,行至中途,被刘显部兵夺去,使人逃往燕都,只剩了一双空手,不得不向燕泣诉。燕主垂勃然大愤,便拟兴兵讨显。可巧魏主珪虑显进逼,再遣安同至燕乞师,燕主垂一举两得,立遣赵王麟与太原王楷,率兵击显。显地广兵强,浸成骄很,士众无论亲疏,均有贰心,至是倾寨出拒,略略交锋,便即溃散。显知不可敌,奔往马邑西山。魏王珪复引兵会同燕军,再往击显,大破显众。显走

第七十三回　拓跋珪创兴后魏　慕容垂讨灭丁零

入西燕，所有辎重牛马，都为燕魏两军所得。彼此分肥，欢然别归。

自是魏势日盛，连破库莫奚高车叱突邻诸部落，雄长朔方，甚且密谋图燕，特遣太原公仪，以聘问为名，至燕都窥探虚实。夷狄无信，即此可见。燕主垂诘问道："魏王何不自来？"仪答道："先王与燕尝并事晋室，约为兄弟，臣今奉使来聘，未为失礼。"垂作色道："朕今威加四海，怎得比拟前日！"仪从容道："燕若不修德礼，但知夸耀兵威，这乃将帅所司，非使臣所得与闻呢。"语有锋芒，但如垂所言，亦有令人可议处。垂见他语言顶撞，虽然怒气填胸，却也无词可驳。留仪数日，遣令北还。仪返魏告珪道："燕主衰老，太子暗弱。范阳自负材气，非少主臣，若燕主一殁，内难必作，乃可抵隙蹈瑕，掩他不备，今尚未可速图呢！"珪点首称善，因与燕仍然往来，不伤和气。

彼此敷衍了一两年，珪复与慕容麟会集意辛山，同攻贺兰附近纥突邻纥奚诸部，所过披靡，相率请降。会刘卫辰收合余烬，又来出头，令子直力鞮攻贺兰部，贺讷忙向魏乞援。魏王珪引兵援讷，直力鞮望风退走。珪乃徙讷部众，居魏东境。既而讷弟染干，与讷相攻，构兵不已。珪欲并吞贺兰部，想出一条借刀杀人的计策，使吏告燕，请讨贺讷兄弟，情愿自为向导。报冤之道，如是如是！燕主垂即遣麟督兵，出击贺讷，讷本没有甚么能力，更兼兄弟阋墙，闹得一塌糊涂，怎能再敌燕军？至燕军已经逼寨，向魏请救，杳无复音，没奈何硬着头皮，自出抵敌，打了一仗，兵败力竭，被麟军擒了过去。贺染干不敢进战，便诣燕营乞降。麟驰书告捷，燕主垂还算有恩，命麟归讷部落，但徙染干入燕都，且召麟班师。麟还都告垂道："臣看拓跋珪举动，必为我患，不如征令来朝，使该弟监国，较可无虞。"垂未以为然，经麟一再请求，方遣使至魏，征使朝贡。珪令弟觚，至燕修好，慕容麟等劝垂留觚，更求良马。珪不肯照给，使张衮至西燕求和，燕遂不肯释觚。觚伺隙潜逃，又被燕太子宝追还，燕与魏就从此失好了。为燕魏交战张本。

且说西燕主慕容永，称帝逾年，屡出兵侵晋河南，旋复率众寇晋洛阳。时晋太保谢安，曾在广陵遇疾，卸职还都，竟至病逝。晋廷赠官太傅，追谥文靖。不略谢安之殁，意在重才。另命琅琊王道子领扬州刺史，录尚书事，都督中外诸军，加前锋都督谢玄，统辖徐、兖、青、司、冀、幽、并七州军事，寻又录淝水战功，赠谢安为庐陵公，封谢石为南康公，谢玄为康乐公，安子琰为望蔡公。会泰山太守张愿叛晋，北方不靖，谢玄上疏请罪，自乞罢职。孝武帝不从所请，只令玄还镇淮阴，调豫州刺史朱序代镇彭城。玄又称病谢职，有诏令为会稽内史。未几，玄殁，年止四十六，比乃叔谢安寿数，短少二十年。特叙此笔，补出谢安年纪。晋廷追赠车骑将军，予谥献武。乃命朱序都督司雍诸州军事，移戍洛阳，谯王恬无忌子。都督兖、冀诸州军事，就镇淮阴。会值慕容永侵洛，序即带领兵马,从河阴渡河,击走永军。永走还上党,序追至白水,尚未收军。忽由洛阳守吏,递到急报,乃是丁零翟辽,谋袭洛阳,序始引军亟归。中道与翟辽相遇,一阵猛击,辽众俱仓皇遁去。

看官阅过前文,应知辽奔就黎阳,丁零遗众,奉翟成为主帅,驻守行唐;见六十九回。后来成为燕灭。惟辽尚存,晋黎阳太守滕恬之,为辽所欺,非常爱信,辽竟起歹心,乘恬之出外时,闭城峻拒,恬之无路可归,东奔鄄城,又被辽引众追及,擒还恬之,据住黎阳。朱序曾遣将军秦膺等讨辽,辽且先发制人,遣子钊南寇陈颍,正与秦膺等相值,被膺击退。嗣高平人翟畅,执住太守徐含远,举郡降辽。高平已为燕属,燕主垂怎肯干休,即亲自出讨,命太原王楷为前锋都督,杀往黎阳。辽众皆燕赵遗旅,俱云太原王子,犹我父母,不可不降,遂相率投诚。辽闻风惊惧,亦输款燕营,垂乃授辽为徐州牧,封河南公,受降而还。不到数月,辽又叛燕,出掠燕境,寻又遣司马眭琼,诣燕谢罪。燕主垂恨他反复,斩琼绝辽。辽竟自称魏天王,也居然建设百僚,改元建光,引众徙屯滑台,南图晋,北窥燕,阴使人赴冀州,诈降燕刺史乐浪王慕容温。见七十一回。温留置帐下,竟被刺死。燕辽西王慕容农,往捕刺客,得诛数人。辽自幸得计,又欲袭晋洛阳,幸为朱序击败,方才退还。序留将军朱党守石门,自引兵还镇。辽却雄心未死,又命子钊寇晋鄄城。晋将刘牢之领兵邀击,钊始败去。前泰山太守张愿叛晋,为燕所破,复投翟辽,辽令愿来敌牢之。愿知辽不可恃,致书牢之,自陈悔过,牢之乃许愿归降,并进逼滑台,再破辽众。辽入城固守,牢之猛攻不下,自恐饷运难继,才撤兵退回。

已而辽竟病死,由钊继立,改元定鼎。复欲承父遗志,攻燕邺城,失利而还。再遣部将翟都,侵燕馆陶,屯苏康垒。好兵不戢,必致自焚。于是燕主垂不能再忍,下令亲征,自率步骑十万,径压苏康垒前。翟都弃垒夜走,奔还滑台。翟钊闻燕兵大至,也不禁惶急起来,连忙缮就哀书,借兵西燕。西燕主慕容永,召集群臣商议行止,尚书郎鲍遵道:"两寇相争,势必俱敝,我随后出兵,乘敝制寇,便是卞庄刺虎的遗策了。"中书侍郎张腾道:"强弱异势,何至遽敝,不如率兵往救,使成鼎足,方可牵制强燕,一面分兵直趋中山。昼设疑兵,夜设火炬,使彼自相疑惧,引兵自退,然后我冲彼前,钊蹑彼后,必可蹙燕,这乃天授机会,万不可失呢!"永不肯依腾,却回翟使,使人返报翟钊。钊只好调集部众,出拒黎阳。

燕主垂至黎阳北岸,临河欲济,钊列兵河南堵截。燕军见钊众气盛,颇有惧色,俱劝垂留兵缓渡。垂掀髯笑道:"竖子有何能为?卿等可随朕杀贼哩!"诸将始不敢多言,但静待军令,严装候着。到了次日,垂忽下令拔营,迁往西津,去黎阳西四十里,具备牛皮船百余艘,载着兵仗,将溯流东上,进逼黎

第七十三回　拓跋珪创兴后魏　慕容垂讨灭丁零

阳。钊见垂引兵西向,不得不随向西趋,防垂渡河。哪知垂是诱他过去,到了夜半,却暗遣中垒将军桂阳王镇,率骁骑将军国等,仍到黎阳津偷渡。平风息浪,竟达河南,当即乘夜筑栅,及旦告成。钊得知燕军东渡,急忙麾众赶回,来夺燕寨。偏燕军依栅自固,坚壁勿动,钊一再挑战,统被燕军射退。待至午后,钊士卒往来饥渴,只好引还,不意燕营内一声鼓角,驱兵杀出,竟来追钊。钊亟回军抵敌,两下里正在酣战,突有一彪人马到来,为首大将,乃是燕辽西王慕容农。他因钊众东回,得从西津渡河,前来助镇,左右夹攻钊众。钊如何抵挡得住,慌忙引众返走,已被燕军杀得七零八落,只带得残骑数百,奔归滑台。燕军陷入黎阳,再乘胜逼遍,钊力不能支,没奈何挈着妻子,率数百骑北走,渡河登白鹿山,凭险自守。

燕军追至山下,望见山路险仄,林箐朦胧,急切不敢进去,便在山下安营。一住数日,并无一人出山,慕容农语将士道:"钊仓猝入山,粮必不多,断不能久居山中,惟我军常围山下,彼且惮死不出,不如佯为退兵,诱他下山,方可一鼓歼灭了。"父子兵略,俱属可观。将士当然赞成,便即引退,钊果下山西走,行未数里,燕军已两面突至,掩杀钊众。亏得钊乘着骏马,飞奔而去,所有妻子部曲,悉数被擒。钊所统七郡将吏,均向燕请降。垂从子章武王宙为兖、豫二州刺史,居守滑台,徙徐州七千余户至黎阳,亦留从子彭城王脱居守,领徐州刺史,自引军还中山,命辽西王农都督兖、豫、荆、徐、雍五州军事,屯兵邺城。独翟钊单骑奔入西燕,西燕主慕容永好意延纳,授钊车骑大将军,领兖州牧,封东郡王,偏钊住了年余,又生异志,复思叛永。永察出阴谋,方将钊杀死了事,翟氏乃绝。小子有诗叹道:

　　居心反复太无诚,不信如何得幸生!
　　试看丁零衰且尽,益知作伪总难成。

欲知后事如何,且看下回分解。

　　拓跋珪母子,屡濒死地,而卒得不死,是得毋天将兴魏,王者不死耶!然观诸珪之心术,实无足取,彼赖舅贺讷而得存,乃未几而导燕灭贺矣;彼恃慕容氏之援而得兴,乃未几而遣仪窥燕矣,无信无义,何以立国?顾竟得雄长朔方,历祚至百五十年,天道茫茫,殊不可问!岂其时方丁闰运,固凭力不凭理欤?丁零翟氏,燕之所借以规复者也,翟斌忽迎垂,忽又欲叛垂,事泄被诛,咎由自取。然翟真、翟成、翟辽、翟钊等,辗转构难,虽相继败死,卒归于尽,而慕容氏之兵力,盖亦已半敝矣。夷狄无亲,难与共事,慕容垂固尝负秦,亦曷怪翟氏之反复哉?

第七十四回 智姚苌旋师惊噩梦 勇翟瑶斩将扫屏宗

却说秦主苻登,自退屯胡空堡后,按兵不出。接应前回。后秦主姚苌,使弟硕德镇守安定,分置秦州守宰,派从弟常成陇城,邢奴戍冀城,姚详戍略阳。秦益州牧杨定,出攻陇冀,阵斩姚常,并擒邢奴。姚详大惧,即将略阳城弃去,奔往阴密。定遂自称秦州牧,晋爵陇西王。秦主登方借定拒苌,不便斥责,只好许称王号,且加定为左丞相上大将军,都督中外诸军事,领秦、梁二州牧。一面进窦冲为大司马,兼骠骑大将军,都督陇东诸军事,领雍州牧,杨璧为大将军,领南秦益二州牧,约与共攻后秦。三人才略心术,俱难重任,登所用非人,宜其致败。又敕并州刺史杨政,冀州刺史杨楷,各率部曲相会,再图大举。

姚苌遣将军王破虏,略地秦州,为杨定所破,狼狈奔还。秦主登出攻鸯泉堡,由姚苌亲自驰救,登亦引退。苌嘱使东门将军任瓮等,致书与登,诈为内应,登得书后,即欲轻骑践约。征东将军雷恶地,在外将兵,得知此事,即驰入白登道:"姚苌多诈,怎可轻信?请三思后行!"登乃中止。嗣探得任瓮诈降,悬门以待,乃惊语左右道:"雷征东料敌如神,若非彼言,我几为竖子所欺了。"恶地因谏苌有功,亦未免语带矜夸,偏登又阴怀猜忌,只恐他另生恶念,逐渐见疏。莫非因他以恶为名故致生忌,但好猜如此,何由御人?恶地果然疑惧,竟往降后秦,姚苌命恶地为镇军将军。

既而秦镇东将军魏褐飞,自称冲天王,号召氐胡部落,围攻杏城。杏城为后秦安北将军姚当成所守,便驰使报告姚苌,请速济师。苌自引精兵千六百人,往援杏城,哪知降将恶地,又与褐飞相应,反攻李润。镇名在冯翊西。两人会合拢来,众至数万,氐胡又相继奔赴,络绎不绝。苌固垒不战,佯示怯弱,褐飞见苌兵弱少,意存轻蔑,毫不加防,不意后面有苌兵掩入,立致惊溃。苌既分兵绕击褐飞,自己在营中眺着,望见褐飞后营,尘头扰乱,料知褐飞中计,便即驱兵杀出,直击褐飞前营。褐飞前后受敌,吓得手足无措,只好没路的乱撞。偏偏冤家路狭,正与姚苌相值,再欲回头返奔,已是不及,那好头颅即被人取去了。褐飞有众三万人,死了一万,降了一万,逃去一万,霎时间成为平地。杏城守将姚当成,出迎姚苌,苌命就营址间,每一栅孔,改植一树,作为战胜纪念。当成嫌营地太小,苌笑道:"我自结发以来,与人交战,从没有这般奇捷。试想我军不过千余,能骤破三万贼众,可见营地以小为奇,如贼大营,有

第七十四回 智姚苌旋师惊噩梦 勇翟瑶斩将扫屏宗

什么用处哩！"说着，复命移兵往击恶地。兵方启行，恶地已前来谢罪，俯伏投诚。苌传命宥免，令他随归长安，待遇如初。恶地首鼠两端，实可杀却。

过了一年，冯翊人郭质，忽起兵应秦，移檄三辅，数苌过恶。三辅多赍书归附，独郑县人苟曜不从，聚众数千，与质为敌。秦授质为冯翊太守，后秦授曜为豫州刺史。曜与质互相战争，质屡次失利，败奔洛阳，后来苟曜为秦所诱，密约秦主登出兵，愿为内应。胡人真多反复。登督兵赴约，竟至马头原，姚苌引众逆战，为登所败，右将军吴忠阵亡。姚硕德等拚命拦截，才得勉强收军，不致大挫。苌令军士饱食干粮，再行进战，硕德旁问道："陛下每战不胜，即有奇谋，今战既失利，又欲进攻，果有何策？"苌答道："登用兵迟缓，不识虚实，今轻兵直进，竟据我东首，这定是苟曜竖子，与他通谋，所以冒险前来；若再不与战，日久势增，祸更难测，故不如更与交锋，使苟曜未得连合，登尚疑信参半，当可转败为胜，解散贼谋哩。"说毕，上马督兵，进攻登营。登不防姚苌再至，仓皇接仗，士无斗志，纷纷溃退，苌驱众追杀一阵，斩获无算，直至登奔往郿城，始命凯旋。诸将益佩服苌谋。

嗣闻登复移攻安定，苌命太子兴居守长安，自往拒登。临行时嘱兴道："苟曜好为奸变，他闻我北行，必来见汝，汝宜将他捕戮，免贻后患。"兴唯唯受教。果然苌就道后，曜即入关见兴，当被兴喝令拿下，推出枭首，然后报达姚苌。苌闻苟曜已死，安心前行。至安定城东，见登引众来前，立即麾众与斗，把登击退。苌入城犒军，宴集将佐，诸将进言道："今日魏武王尚存，苌谥兄襄为魏武王见七十二回。必不令此贼久盛，陛下但务拒守，不愿进击，所以养寇到今，尚未荡平呢。"苌微哂道："我原是不及亡兄，约算起来，共有四种。我兄身长八尺五寸，臂垂过膝，人一望见，便觉生畏，这是我第一种不及处；我兄与天下争衡，虽遇十万雄师，毫不畏缩，当先直进，横厉无前，这是我第二种不及处；我兄谈古知今，讲论道艺，善遇英雄，广罗俊异，这是我第三种不及处；我兄董率大众，履险如夷，上下咸服，人人愿尽死力，这是我第四种不及处。我事事不及亡兄，尚得建立功业，策任群贤，无非靠了一些智略，稍得过人一筹。苻登穷寇，将来总要覆亡，何必急速求功，反致败事哩！"于是群下咸称万岁。越日苌复下书，令诸镇各置学官，不得偶废，考试优劣，量才擢叙。会秦骠骑将军没奕于，率户六千，来降姚苌，苌授没奕于为车骑将军，封高平公。

既而苌遇重疾，因遣弟硕德镇李润，仆射尹纬守长安，亟召太子兴驰诣行营。那秦主苻登，方立昭仪李氏为继后，连日庆宴，闻得姚苌有病，不禁大喜，便欲乘机往攻，厉兵秣马，特向苻坚神主前祷告道：

> 曾孙登自受任执戈，几将一纪，未尝不上天锡佑，皇鉴垂歆，所在必

克,贼旅冰摧。今由太皇帝之灵,降灾疢于逆羌,以形类推之,丑虏必将不振。登当因其陨毙,顺行天诛,拯复梓宫,谢罪清庙。神祖有灵,实式凭之!

祷毕,复大赦境内,加百僚位秩各二等,遂督兵出行,进逼安定。去城只九十余里,忽由侦骑入报道:"姚苌已引兵出城,想是前来迎战了。"登惊诧道:"敢是苌已病愈了么?"随即带领轻骑,自往觇苌。行至中途,又有探马来报道:"姚苌已遣将姚熙隆,从间道绕出,攻我大营去了。"登又恐大营有失,勒马回营,望见距营数里,果有敌军扎住,因天色已晚,不欲往攻,但命部众戒严,枕戈夜宿,好容易过了一宵,差幸夜间无事,黎明即起,正在营中早餐,忽有逻骑入告道:"贼营都空空洞洞,不知所向了!"登大惊道:"这是何人?去令我不知,来令我不觉,人人说他将死,他偏又来出现,我与此羌同时,真是不幸极了!"遂引兵徐退,途次亦严勒部伍,井井不紊,才得安然还雍。究竟姚苌用何计策,得退登军。原来登出兵时,苌病小愈,他不欲与登剧战,所以想出了一条疑兵计,诡去诡来,使登无从测摸。等到登退兵还雍,他本已绕出登前,伏兵待着。及见登行列整齐,料不可犯,也乐得让他过去,自还安定罢了。确是狡狯。

秦雍州牧窦冲,已进任右丞相,冲徙屯华阴,被晋河南太守杨佺期击走,他尚矜才使气,上书登前,自请加封天水王。是由杨定为王引使出来。登偏不许,冲竟僭称秦王,改年元光。登闻报大怒,即引兵攻冲。厚杨定而薄窦冲,登实不公。冲情急生变,遂向后秦乞降,请发援师。姚苌欲力疾赴救,尹纬进言道:"太子纯厚有声,惟将略未曾著闻,可遣令代征,使示威武,也是固本的要着哩。"苌乃召兴入嘱道:"闻冲兵现屯野人堡,汝若趋救,必有一场恶战,胜负未可逆料,不若径攻胡空堡,使苻登撤围还援,那时冲围自解,汝亦可全军引还了。"兴受计而去,行抵胡空堡,登果还救,兴遵着父命,不与交战,便即退归。

苌因久病未瘥,命兴先还长安,自引从臣继发。到了新支堡,夜宿驿中,朦胧中见一金甲皇帝,领着数多将士毁门进来,仔细一瞧,那皇帝不是别人,正是秦王苻坚。当下骇惧欲奔,回头急望,恍惚见有宫门开着,便跟跄跑入。可巧有宫人出来,便向他们呼救,宫人手中,各有长矛持着,应声拒敌,争把手中矛掷去,不意敌兵未曾击倒,自己的肾囊上,反被掷中一矛,顿致痛彻肺腑。更可恨的是敌兵哗笑,拍掌欢语道:"正中死处,正中死处!"那时又痛又愤,咬着牙根,将矛拔去。矛才拔出,血即狂流,越觉痛不可耐,一声号呼,竟致惊悟,才知是一魇梦。心虚易致鬼揶揄。挑灯审视,既没有甚么皇帝,又没有甚么将士,不过肾囊上却是有些暴痛,卸裳俯视,略略红肿,也不知是何病症。挨至天明,肿势又添了一半,便召医官入视,医官就病论病,无非说是疝气等类,

第七十四回　智姚苌旋师惊噩梦　勇翟瑶斩将扫屏宗

外敷内治，全不见效，只觉得囊胀难忍，令医用针刺治。医官不得已如言施针，竟致血出不止，仿佛似梦，苌痛极致晕，不省人事。好容易灌救得活，仍是神志不清，狂言谵语，或云臣苌该死；或云杀死陛下，实为兄襄，并非臣罪，幸勿枉臣！半真半假，死且欺人。从官见苌病亟，不便逗留，只得将苌舁置车中，使他卧着，匆匆还入长安。苌偶觉清醒，便召太尉姚旻，尚书左仆射尹纬，右仆射姚晃，尚书狄伯支等，受遗辅政，且嘱太子兴道："受遗诸公，统是我患难至交，如有人无端诬毁，慎勿轻信！汝能抚骨肉以仁，接大臣以礼，待物以信，字民以恩，四德具备，自可永年，我虽死无忧！"言毕即逝，时年六十有四，在位八年。

兴恐内外有变，秘不发丧，急调叔父绪镇安定，硕德镇阴密，召弟崇还镇长安。硕德部下诸将佐，各进白硕德道："公威名素振，部曲最强，今闻故主已终，新君甫继，恐不免与公相猜，公不若径赴秦州，观望时势，自作良图，免贻后戚。"硕德怫然道："太子志度宽明，必无疑阻。今苻登未灭，即自寻干戈，是蹈三国时二袁覆辙，袁谭、袁尚。徒取灭亡，我宁死不愿出此呢！"随即启行至长安，与兴相见，兴优待如常，遣令赴镇。一面自称大将军，授尹纬为长史，狄伯支为司马，部署将士，严备苻登。

登屡使侦骑觇视，探得姚苌死耗，当即还报，登欣然道："姚兴小儿，怎能敌我，但折杖以笞，便足使他屈服了。"夜郎自大。遂驱众尽出，但留弟安成王广守南安，太子崇守胡空堡，自督兵径向关中。复遣使拜金城王乞伏乾归为河南王，领秦梁益凉沙五州牧，并加九锡。这乞伏乾归，就是乞伏国仁弟。国仁尝受苻登封爵，称苑川王，见七十二回。逾年即殁，子公府尚在幼年，部众谓宜立长君，因推乾归为大将军大单于，改元太初，徙居金城。且向秦报闻，秦遣使册封乾归为金城王。乾归雄武英杰，不亚乃兄，征服附近部落，威振边陲。立妻边氏为王后，用出连乞都为丞相，悌眷为御史大夫，也是一个小朝廷制度。苻登欲规取长安，所以加封乾归，联为声援，自引兵急进，从六陌趋废桥。后秦始平太守姚详，据住马鬼堡，堵截登军。姚兴恐详不能御，特遣长史尹纬，率兵助详。纬径至废桥拒登，登争水不得，兵多渴死，遂麾众攻纬。纬正欲与战，忽见狄伯支驰至，传达兴命，教他持重，不可轻战。纬勃然道："先帝升遐，人情震惧，今不思奋力歼寇，乃使逆竖压境，日久变生，大事去了！纬情愿死争，不敢闻命！"说罢，便麾众出战，一当十，十当百，竟将登众杀败，追奔数里，斩馘甚多。

是夜，登竟溃归，纬乃旋师奏功。兴始为父发丧，举哀成服，命在槐里筑坛，嗣即帝位，大赦境内，改元皇初。寻由长安至安定，调集人马，再击苻登。登败回南安，不料弟广与子崇，都因闻败心惊，弃戍远窜，转令登穷无所归，没奈何奔至平凉，收集溃卒，走入马毛山。蓦闻姚兴又率众来攻，自思众心携散，不能再战，乃亟遣子崇驰诣金城，向乞伏乾归处求援，并进封乾归为梁王，愿将妹东平长公主嫁与乾归。乾归乃遣前将军乞伏益州，冠军翟瑥，分领骑兵二万，往救苻登。登闻援兵将至，出山探望，遥见山南有大兵驰到，正道是援兵前来，便即踊跃欢迎。待至两下遇着，才觉叫苦不迭，原来不是援兵，乃是姚兴进袭的潜师。那时退避不遑，只好与他交战，不到半时，部众一半伤毙，一半逃去，单剩登一人一马，返身乱跑，被兴兵快马追及，你矛我槊，戳死马下。总计登在位九年，大限五十二岁。

登子崇窜至湟中，得悉乃父死耗，还想据位称尊，草草登极，改元延初，再遣人至乾归处乞师。时乞伏益州等不及援登，中道折回，报明苻登战死情状，乾归即变易初心，逐回崇使。崇孤立无助，自知艰危，乃走依陇西王杨定。定闻乾归不肯发兵，投袂而起，召集步骑二万人，与崇共攻乾归。乾归得报，顾语诸将道："杨定勇虐聚众，穷兵逞欲，我看他此次前来，乃是恶贯已盈，徒自取死。天方授我，此机正不可错过呢！"乃遣凉州牧乞伏轲殚、秦州牧乞伏益州、立义将军诘归等，出拒杨定。

益州为乾归弟，素称骁勇，先驱急进，驰至平川，正值杨定麾兵进来。益州兵少，杨定兵多，毕竟双拳不敌四手，被定杀败，夺路奔回。轲殚诘归，亦引众退还，独冠军翟瑥，趋入轲殚营中，仗剑进言道："我王具神武英姿，开基陇右，东征西讨，无不席卷，所以威振秦梁，声光巴汉，将军身膺重寄，位重维城，理应宣力致命，保安家国，秦州虽败，二军犹全，奈何不思赴救，便即返奔，将军自思，尚有甚么面目，敢见我王呢？瑥虽不才，愿为国效死！"可谓壮士。轲殚听了，不禁怀惭，便向瑥谢过道："我所以未赴秦州，正恐众心摇动，未肯向前，今如将军所言，已知众愤，且败不相救，当坐军罚，我难道敢自偷生，徒取罪戾么！"说着，即命瑥为先锋，自率骑兵继进；且遣人分报益州诘归。益州诘归，也勒众再进，夹攻杨定。定恃胜无备，陡遇三路杀来，竟至无法抵挡。主将慌忙，众愈骇散，那翟瑥舞着大刀，左斩右劈，如入无人之境。定尚思拦阻，不防瑥已至马前，砉的一声，头竟落地。就是秦嗣主崇，亦不及奔逃，致为敌军所杀。秦自苻健僭号，传至苻崇，合计六主，共四十四年而亡。小子有诗叹道：

　　　　善败不亡善战亡，苻秦一代费评章。
　　　　寿春六陌重寻辙，祸始佳兵终不祥。

苻氏已亡，乾归并有陇西巴蜀诸地，遂增置官属，张示声威，欲知他一切详情，待至下回再叙。

五胡十六国中，苻秦最盛，而衰败亦最速。苻坚以淝水之败，便至不振，卒死姚秦之手。苻登以废桥之败，即无所归，仍为姚氏所杀，而苻崇更不足道焉。即是以观，可见姚苌之梦见苻坚，并非坚之真能为祟，不过苌私心负疚，恐遭冥谴，迨至病危神散，乃有此梦魂之可怖耳。不然，坚能祸苌，宁独不能自保子孙耶？惟坚之得国，由于篡弑，故其后卒不得令终；苌虽叛坚，而为兄复仇，犹有可说，其得保首领以殁，盖于侥幸之中，有理数存焉。谁谓乱世之必无天理哉！

第七十五回　失都城西燕被灭　压山寨北魏争雄

却说乞伏乾归，增置官属，令长子炽磐领尚书令左长史，边芮为尚书左仆射右长史，秘宜为右仆射，翟瑥为吏部尚书，翟勋为主客尚书，杜宜为兵部尚书，王松寿为民部尚书，樊谦为三公尚书，方弘、麴景为侍中。此外拜授，一如魏武晋文故事，犹自称大将军大单于。惟杨定死后，天水人姜乳，袭据上邽，因遣乞伏益州往讨。边芮王松寿入谏乾归道："益州贵为介弟，屡立战功，因胜致骄，常有德色，古人谓骄兵必败，若令他专阃，恐非所宜。"乾归道："益州骁勇，非诸将所能及，我但恐他刚愎自用，或致偾事，今当另简穆佐，便可无忧！"说着，遂派韦乾为行军长史，务和为司马，令与益州偕行。至大寒岭，益州果不加部勒，反纵军士解甲游畋，日夕酣饮；且下令道："敢言军事者斩！"韦乾看不过去，只好邀同务和，违令进谏道："将军为王室懿亲，受命专征，期殄凶丑，今贼已逼近，奈何解甲自宽，宴安鸩毒，古有明戒，望将军三思！"益州大言道："乳众乌合，闻我到来，理应远窜，若欲与我决战，便是自来送死，我自有擒贼方法，卿等勿忧！"全是骄态，惟不杀韦乾，还算宽宥。韦乾等只好退出，自加戒备。果然姜乳引众劫营，益州未曾预防，竟被陷入，仓皇惊溃。还亏韦乾等救护益州，且战且行，才得逃脱性命。乾归闻益州败还，也仿秦穆公悔过语云："孤违蹇叔，致有此败，将士何罪，罪实在孤呢！"乃概令复职，悉置勿问。并令兵士休养，暂息干戈。

杨定无子，从弟盛先守仇池，特为定发丧，追谥武王，自称秦州刺史仇池公。仇池前为秦灭，曾由杨安镇守，见六十二回。后来杨安他徙，辗转为杨定所据，定死盛继，仍算未绝，并遣使称藩东晋，晋廷但务羁縻，封盛为仇池公。盛与定原属氐族，因分氐羌为二十部护军，各自镇戍，不设郡县。乞伏乾归也不愿过问，仇池始得少安。

事且慢表，且说燕主慕容垂，扫灭丁零，还至中山，闻翟钊奔入西燕，乃议兴兵西略，往攻慕容永。诸将俱说道："永未有大衅，不宜轻伐，且近来连岁战争，士卒久劳，居民亦不暇耕织，疮痍满目，哭泣盈途，宜乘此安抚兵民，待时而动，区区长子，无庸深忧呢！"独司徒范阳王德驳议道："昔三祖积德，遗训在耳，所以陛下龙兴，人皆思燕，不谋而合。永与陛下系出同宗，乃独僭称尊号，煽动华夷，惑民视听，致令群竖纵横，逐鹿不息，今若不先加除灭，恐民心不壹，后患方长，怎得谓不足深忧！就使士卒疲劳，此举亦不能再缓了！"垂掀须语诸将道："司徒所议，与我同意，古称：'二人同心，其利断金。'我计决了！且我年虽老，扣囊底智，尚足歼除此贼，不宜再留遗患，累我子孙呢！"除去慕容永，亦未必子孙久长。乃发步骑七万人，遣镇西将军丹阳王瓒，及龙骧将军张崇，往攻晋阳，征东将军平视，往攻沙亭，自率大军赴邺。晋阳守将，为西燕主永弟武乡公友，沙亭守将，为西燕镇东将军段平。西燕主永，尚恐两处有失，因再遣尚书令刁云，与车骑将军慕容钟，率众五万，出屯潞川，使为援应。垂复使太原王楷出滏口，辽西王农出壶关，自出沙亭击永。

永急令从子征东将军小逸豆归，镇东将军王次多，右将军勒马驹等，率兵万余，往戍台壁。又派遣诸将，分道拒守。偏燕军沿途逗留，月余不进。永莫名其妙，但恐垂声东击西，佯从邺城进兵，暗中却分兵潜入太行，山名。绕击背后，所以预防一着，特调诸军还扼太行，严守轵关；惟留台壁军不遣。垂正要他调开各军，好使部众前进，既闻慕容永中计，立即趋就慕容楷，同进滏口，入天水关，直抵台壁。小逸豆归飞报慕容永，永遣太尉大逸豆归，至台壁助战，适垂将平视引兵驰至，垂即使与大逸豆归交锋，一阵痛击，大逸豆归败去。小逸豆归不得已与王次多勒马驹等，开壁出战。平视再与奋斗，正杀得难解难分的时候，忽由慕容楷、慕容农杀到，两支统是生力军，纵横驰骤，锐不可当。小逸豆归自知不敌，急忙收兵入壁，偏敌军两面围裹，一时不能杀出，等到死命冲突，才得一条血路，奔入垒中。部兵万余名，伤亡了六七千。就是王次多勒马驹，也相继战死，连骸骨都无从夺回。更可怕的是台壁外面，统是敌军，围得铁桶相似，除非插翅腾空，不敢出去。小逸豆归坐守孤城，只眼巴巴的向西望着，专待援军到来。

时大逸豆归已奔还报永，永乃自率精兵五万，驰救台壁，屯兵河曲，贻垂战书。垂批回战期，列阵台壁南面，分农、楷二军为左右翼，又使慕容国率兵千人，伏深涧下。越日交兵，由垂亲往挑战，两下里不及答话，便将对将，兵对兵，角斗起来。才及片时，垂竟拍马返奔，将士亦佯作败状，曳械遁走。永不管好歹，挥兵急追，人驰马骤，争向深涧中跃过，似乎有灭此朝食的气象。不料驰至半途，那慕容楷、慕容农两军，出来截住，夹攻永军，垂又翻身转来，迎头痛击，永三面受敌，如何支持？只得回马奔还。追兵变做逃兵，逃兵反变做

第七十五回　失都城西燕被灭　压山寨北魏争雄

追兵,胜负变幻,真不可测。永驰还涧旁,不防慕容国又复杀出,截住去路。垂与农、楷等在后紧追,累得永进退两难,顿致全军大乱,或被杀,或被溺,死了无数士卒。永还须迟死数月,所以幸得逃脱,奔还长子。永已用兵数年,连诱敌计都未预防,实是个没用家伙。

晋阳沙亭潞川各守将,统闻风逃散,慕容钟且奔降垂营。永闻钟叛去,竟将钟妻子拘住,悉数骈戮。死在目前,还要如此暴虐。又恐长子受围,拟留太子亮居守,自奔后秦。侍中兰英道:"昔石虎攻我龙城,我太祖坚守不去,终得创业垂基,造成大燕。今垂七十老翁,厌苦兵革,难道能连年不返,长此围攻么?为今日计,但当缮修守备,坚壁勿战,待他师老粮尽,自然退去了。"永乃依议,婴城拒守。那燕兵即陆续趋至,环集城下,四面筑栅,把一座长子城,团团围住。一攻一守,约莫有四五十日,城中虽未被陷,却已孤危得很。乃遣子常山公泓,赍取玉玺一方,缒城夜出,向晋雍州刺史郗恢处求救,恢即请命晋廷。晋虽有诏许援,但征发需时,一时如何应急?永恐晋兵不至,又遣太子亮诣魏乞师。亮出城时,被燕将平视探知,引兵追及,把亮擒回。只有随骑逃脱,得至盛乐,见魏王拓跋珪,涕泣求援。珪本与西燕通好,见七十三回。乃命陈留公虔,将军庾岳,率骑五万,出屯秀谷,相机进行。怎奈长子城日危一日,晋魏兵又皆未至,急得守城将士,朝不保暮。大逸豆归与部将窦韬等,起了歹心,竟潜通外兵,开城延敌。慕容永惊悉内变,忙挈着眷属,奔往北门。冤冤相凑,兜头碰着燕军前队,一声呐喊,把永围住。永无从逃脱,只好束手受擒,所领家属,无一幸免,统被缚至慕容垂前。垂责他僭据位号,滥杀宗族,罪无可恕,叱出斩首,妻子等当亦受戮。慕容俊子孙前时被永所杀,至此始得瞑目。又执住刁云等四十余人,一体加诛。大逸豆归昂首进谒,还道是开城有功,得邀重赏,偏被垂叱他不忠,赏他一刀两段。该死!总计西燕自慕容泓改元,至永亡国,已易六主,合计只十有一年。

垂既灭西燕,得永所统八郡七万余户。令宜都王慕容凤为雍州刺史,镇守长子,丹阳王慕容瓒为平州刺史,镇守晋阳,自率军驰还邺城,复东巡阳平平原,因闻晋有救永意,特使慕容农渡河,与镇南将军尹国,攻晋廪邱阳城,先后陷入,晋平东太守韦简,引兵截击,败死平陆。晋高平太守徐含远,遣使至刘牢之处乞援,牢之不能赴援,遂致高平泰山琅琊诸郡,陆续奔溃。慕容农进兵临海,分置守宰,方才引还。垂北往龙城,告捷太庙。

会接得北方军报,谓魏王珪已出师秀谷,侵逼附塞诸郡。垂本拟亲出伐魏,因年已衰迈,疲病难行,乃遣太子宝为统帅,使与辽西王农赵王麟等,率步骑八万人,自五原伐魏。是时慕容柔、慕容楷诸人,相继病殁,惟慕容德、慕容绍掌兵如故。垂令绍统步骑一万八千,为宝后应,散骑常侍高湖,上书谏垂道:"魏与燕世为姻婚,结好已久,今因求马不得,拘留彼弟,彼直我曲,不宜用兵。且拓跋珪、沈鸷善谋,幼历艰难,饱尝世故,兵精士盛,更难轻敌。太子年少气壮,必且藐视珪众,诸多玩忽,万一挫失,大损国威,愿陛下慎重将事"云云。语皆合理。垂非但不从,反褫湖官爵,竟令宝等北进。老昏颠倒。

魏王拓跋珪,方讨平刘卫辰,斩获卫辰父子,并诛他宗党五千余人。只卫辰少子勃勃,逃往薛干部,不及追获。当下掠得战马三十余万匹,牛羊四百余万头,载归盛乐,充做国用。嗣又向薛干部索交勃勃,薛干部酋太悉伏,拒绝魏使,竟将勃勃一人,送往后秦高平公没奕于。魏王珪又恨他抗命,袭破薛干部帐,逐去太悉伏,入帐屠掠,尽把财物取归,因此国帑充足,士饱马腾。补叙数行文字,上结刘卫辰,下引赫连勃勃。此次燕军入境,长史张衮语珪道:"燕灭丁零,杀慕容永,一入滑台,再陷长子,今复倾众前来,总道我亦无能为,一战可取,我不如暂避凶锋,佯示羸弱,使他骄怠无备,然后发兵邀击,定可得胜!这就是兵志所谓'居如处女,出如狡兔'呢。"珪喜从衮议,遂徙部落畜产,西行渡河,直至千余里外,方才休息。

燕军进至五原,收降魏别部三万余家,割取穄田百余万斛,穄读祭,形似麦而性不粘,为朔方特产。移置黑城。复进军临河,采木造船,作为济具,约历旬余,才得制成千余艘。魏王珪闻燕兵将济,始发兵出拒,并遣右司马许谦,至后秦借兵,遥乞声援。燕太子宝,正备齐船只,督兵下船,忽河中刮起一阵狂风,吹动船只,有数十艘牵勒不住,竟顺风漂往对岸。适魏兵前队,濒河游弋,即将燕舟缆住,搜获甲士三百余人,魏王珪与语道:"燕主已死,燕太子何不早归,反要渡河前来呢?"说毕,即令一一释缚,纵使归营。燕兵得命,即将珪言还报,太子宝不免惊疑。原来宝引兵至五原,与中山使命往来,屡不见答,还道垂果有不测情事。其实中山非无复使,统被魏暗地遣兵,绕出燕营后面,把他截住,牵缚了去,所以出兵多日,不得闻垂起居。魏王珪既将燕兵纵归,使他传言,复令所执燕使人,隔河传语燕营,伪证燕主死状,益令宝等惊惶,士卒骇动,因此不敢径渡。珪遂使陈留公虔率五万骑屯河东,东平公仪,率十万骑屯河北,略阳公遵,率七万骑绕出河南,堵截燕军归路。再加后秦亦遣将杨佛嵩,引兵救魏,魏势益盛。

先是燕太子宝,行至幽州,所乘车轴,无故自断,术士勒安极言不祥,劝宝还军,宝不肯从。至是安复白宝道:"天时不利,咎征已集,急速还军,尚可幸免!"宝仍然不听。安退出告人道:"我辈并将委尸草野,不得生还了!"赵王麟部将慕舆嵩,疑垂真死,密谋作乱,将就军中奉麟为主,事泄被诛。宝因此忌麟,自思顿兵非计,遂焚船夜遁。时值初冬,天不甚寒,河冰未结,宝料魏兵必不能渡,未设斥堠。偏偏隔了一宵,河上朔风暴吼,天气骤冷,河冰四合。

第七十五回 失都城西燕被灭 压山寨北魏争雄

魏王珪竟引兵渡河,挑选锐骑二万余名,亟追燕军。

燕军还屯参合陂,突有大风裹着黑气,状若堤防,或高或下,从后过来,覆压军上。沙门支昙猛,知为凶象,急向宝进言道:"风气暴迅,魏兵将至,请遣兵抵御为要!"宝以为去敌已远,尽可无虑,但从鼻中嗤了一声,余不复言。昙猛固请不已,慕容麟在旁发怒道:"如殿下神武过人,拥兵甚众,自足威行沙漠,索虏怎敢远来?今昙猛无端絮聒,摇惑众心,按律当斩!"昙猛泣语道:"秦王苻坚驱动百万雄师,南下侵晋,一败涂地,正由恃众轻敌,不信天道所致。今天象已经告警,还斥昙猛多言,昙猛死亦何恨,只可惜许多将士哩!"宝虽不欲杀昙猛,但总未肯尽信。还是范阳王德谓:"宁可预防,毋贻后悔。"宝乃遣麟率众三万,作为殿军,借防不测。既从德言,何不即使德断后,乃仍委麟充任,总之,麟宝各有忮心。麟之誉宝实欲败宝,宝之遣麟即欲害麟,营私如此,怎得不败!麟虽依令断后,总道魏兵不至来追,但纵骑游猎,不肯设备。

俄而黄雾四塞,日月无光,宝遣侦骑还诇魏兵,侦骑只行了十余里,即解鞍卧着,魏兵昼夜兼行,到了参合陂西偏,燕军尚未察觉。靳安又白宝道:"今日西北风甚劲,定是追兵将至的应兆,宜饬兵士倍道速归,否则难免祸了!"宝尚以诘旦为期,是夜还安宿营中。至次日天明,晨曦已上,方拟饬军启行,哪知山上已鼓角乱鸣,震动天地。开营仰望,见魏兵正从山腰下来,好似泰山压卵一般。这一惊非同小可,吓得燕军个个股栗,各思逃生。再加宝平日在营,不善拊循,毫无纪律,仓猝遇敌,哪个肯为宝效死,一声哗噪,都弃营飞奔。魏兵从上临下,正如风扫残叶,所过皆靡。燕军急不择路,统向涧中乱走。涧中虽有坚冰,到了人马腾踔的时候,或被滑倒,或致踏碎,不是压死,就是溺死,迟一步的,即被魏兵杀死。及逾涧后,死伤已达万人;再经魏拓跋遵率兵冲出,截住去路,燕军四五万人,都恨宝不用良言,致陷绝地,索性投戈抛甲,敛手就擒。只有数千将佐,保住太子宝等,杀开一条血路,跟踉走脱。陈留王慕容绍被杀,鲁阳王倭奴,桂阴王道成,济阴公尹国等,及文武将吏数百人被擒,还有太子宝宠妻,及东宫侍女,*出兵打仗,何必挈此妻小?宝之淫昏,可见一斑!*以及兵甲辎重,军粮资财,一古脑儿被魏掠去。

魏王珪但欲拣留数人,余皆赦还。偏有一人出阻道:"不可,不可!"珪看将过去,乃是中部大人王建。便问他有何评议,建抵掌高谈,强说出一番大道理来,遂令被擒的燕军,都做了异域的鬼奴。小子有诗叹道:

　　　　大德由来是好生,如何入帐敢相争?
　　　　片言断送多人命,惨比长平赵卒坑。

欲知王建如何说法,待至下回声明。

本回叙后燕战事,一胜一负,恍若有特别之报应,寓乎其间。慕容垂之顿兵不进,拓跋珪之避敌远徙也。慕容垂之分道攻永,拓跋珪之分军爇宝也。慕容垂善于诱敌,而拓跋珪适似之。垂能灭人国,覆人师,方自诩为囊底智术,运用无穷,而不意其子之不能肖父,竟为拓跋珪所赚,参合之败,全军覆没,父若虎而子若豚犬,何相反之若是其甚也!意者由父不修德,但务骋智,天道恶盈,乃有此极端之报复欤?靳安支昙猛辈,虽极口苦谏,宁能挽天道于无形哉?

第七十六回 子逼母燕太后自尽
　　　　　　弟陵兄晋道子专权

却说王建入帐,请魏王珪尽杀燕军,略谓燕恃强盛,来侵我国,今幸得大捷,俘获甚众,理应悉数诛戮,免留后患,奈何反纵使还国,仍增寇焰云云。珪尚以为疑,顾语诸将道:"我若果从建言,恐南人从此仇视,不愿向化,我方欲吊民伐罪,怎可行得?"吊民伐罪一语,不免过夸,但珪之本心,却还可取。偏诸将赞同建议,共请行诛。建又向珪固争,珪乃命将数万俘虏,尽数坑死,才引还盛乐去了。燕太子宝,弃师遁还,不满人口,宝亦自觉怀惭,请再调兵击魏。范阳王德,亦向垂进言道:"参合一败,有损国威,索虏凶狡,免不得轻视太子,宜及陛下圣略,亲往征讨,摧彼锐气,方可免虑,否则后患恐不浅了!"即能摧魏,亦未必果无后患!垂乃命清河公会领幽州刺史,代高阳王隆镇守龙城,又使阳城王兰汗为北中郎将,代长乐公盛镇守蓟郡。会为太子宝第二儿,与盛为异母兄弟,盛妻兰氏,即兰汗女,且与垂生母兰太后,系出同宗,所以亦得封王。垂使两人代镇,是要调还隆盛部曲,同攻北魏,定期来春大举。太史令入谏道:"太白星夕没西方,数日后复见东方,不利主帅,且此举乃是躁兵。躁兵必败!"垂以为天道幽远,不宜过信,仍然部署兵马,准备出师。惟自参合陂败后,精锐多半伤亡,急切招募,未尽合用。尚幸高阳王隆,带得龙城部曲,驰入中山,军容很是精整,士气方为一振。垂复遣征东将军平视,发兵冀州,不料平视居然叛垂。视弟海阳令平翰,又起兵应视,镇东将军余嵩,奉令击视,反至败死。垂不得已亲出讨逆,视始怯遁。翰自辽西取龙城,亦由清河公会,遣将击走,奔往山南。于是垂留范阳王德守中山,自率大众密发,逾青岭,登天门,凿山开道,出指云中。魏陈留公拓跋虔,正率部落三万余家,居守平城。垂至猎岭,用辽西王农,高阳王隆,为前锋驱兵袭虔。虔自恃初胜,未曾设防,待至农、隆两军掩至城下,方才知悉。他尚轻视燕军,即冒冒失失的率兵出

第七十六回 子逼母燕太后自尽 弟陵兄晋道子专权

战。龙城兵甚是勇锐,呐一声喊,争向虔军队内杀入。虔拦阻不住,方识燕军厉害,急欲收兵回城,那慕容隆已抄出背后,堵住门口。待虔跃马奔回,当头一槊,正中虔胸,倒毙马下。内外魏兵,见虔被杀,统吓得目瞪口呆,无路奔逃,只好弃械乞降。隆等引众入城,收降魏兵三万余人,当即向垂报捷。垂进至参合陂,见去年太子宝战处,积尸如山,不禁悲叹,因命设席祭奠。军士感念存亡,统皆哀号,声震山谷。垂由悲生惭,由惭生愤,霎时间胸前暴痛,竟致呕血数升,几乎晕倒。左右忙将垂异登马车,拟即退还,垂尚不许,仍命驱军前行,进屯平城西北三十里。太子宝等本已赴云中,接得垂呕血消息,便即引归。魏王珪闻燕军深入,却也惊心,意欲北走诸部,嗣又有人传报,讹言垂已病死阵中,复放大了胆,率众南追。途次得平城败耗,更退屯阴山。垂驻营中十日,病且益剧,乃逾山结营,筑燕昌城,为防魏计,既而还至上谷,竟至殁世。遗命谓祸难方启,丧礼务从简易,朝终与殡,三日释服,惟强寇在迩,应加戒备,途中须秘不发丧,待至中山,方可举哀治葬等语。太子宝一律遵行,密载垂尸,亟还中山,然后发丧。垂在位十三年,殁年已七十有一。由太子宝嗣即帝位,谥垂为神武皇帝,庙号世祖。尊母段氏为太后,改建兴十一年为永康元年。*垂称王二年,虽易秦为燕,未定年号,至称帝以后,方改年建兴。事见前文。*命范阳王德,都督冀、兖、青、徐、荆、豫六州军事,领冀州牧,镇守邺城,辽西王农,都督并、雍、益、梁、秦、凉六州军事,领并州牧,镇守晋阳,赵王麟为尚书左仆射,高阳王隆为右仆射,长乐公盛为司隶校尉,宜都王凤为冀州刺史。余如异姓官吏,亦晋秩有差。宝为慕容垂第四子,少时轻佻,也无志操,弱冠后冀为太子,乃砥砺自修,崇尚儒学,工谈论,善属文,曲事乃父左右,购得美名。垂因立为储贰,格外宠爱。其实宝是假名窃位,既得逞志,复露故态,中外因此失望。垂继后段氏,尝乘间语垂道:"太子姿质雍容,轻柔寡断,若遇承平时候,尚足为守成令主;今国步艰难,恐非济世英雄,陛下乃托以大业,妾实未敢赞成!辽西高阳二王,本为陛下贤子,何不择一为嗣,使保国祚!赵王麟奸诈强愎,他日必为国患,这乃陛下家事,还乞陛下图谋,毋贻后悔!"垂不禁瞋目道:"尔欲使我为晋献么?"段氏见话不投机,只好暗暗下泪,默然退出。原来宝为先段后所出。麟农隆柔熙,出自诸姬,均与继后段氏,不属毛里。段氏生子朗鉴,俱尚幼弱,所以垂疑段后怀妒,从中进谗,不得不将她叱退。段氏既怏怏退出,适胞妹季妃入见,*季妃为慕容德妻,见六十四回。*因即流涕与语道:"太子不才,内外共知,惟主上尚为所蒙,我为社稷至计,密白主上,主上乃比我为骊姬,真是冤苦!我料主上百年以后,太子必丧社稷!赵王又必生乱,宗室中多半庸碌,惟范阳王器度非常,天若存燕,舍王无第二人呢!"段元妃未尝无识,惟为此杀身亦是失计。季妃亦不便多言,但唯唯受教罢了。古人说得好,属垣防有耳,窗外岂无人？段后告垂及妹,虽亦秘密相商,但已被人窃听,传出外面,为太子宝及赵王麟所闻。两人当然怀恨,徐图报复。到了宝已嗣位,故旧大臣,总援着旧例,尊皇后为皇太后,宝说不出从前嫌隙,只好暂时依议。过了半月,即使麟入胁段太后道:"太后前日,尝谓嗣主不能继承大业,今果能否？请亟自裁,还可保全段宗！"段太后听了,且怒且泣道:"汝兄弟不思尽孝,胆敢逼杀母后,如此悖逆,还想保守先业么？我岂怕死,但恐国家将亡,先祖先宗,无从血食呢！"说毕,便饮鸩自杀。虽不做凡人妻,但结果亦属欠佳。麟出宫语宝,宝与麟又复倡议,谓段氏曾谋嫡储,未合母道,不宜成丧。群臣也不敢进谏。惟中书令眭邃抗议道:"子无废母的道理,汉时阎后亲废顺帝,尚得配享太庙,况先后语出传闻,虚实且未可知,怎得不认为母？今宜依阎后故事,遵礼发丧。"宝乃为太后成服祔葬,追谥为成哀皇后。这且慢表。

且说晋孝武帝亲政以后,权由己出,颇知尽心国事,委任贤臣。淝水一战,击退强秦,收复青、兖、河南诸郡,晋威少振。事俱散见前文。太元九年,崇德太后褚氏崩,朝议以帝与太后,系是从嫂,服制上不易规定。褚氏为康帝后,康帝为元帝孙,而孝武为元帝少子,简文帝三男,故对于褚后实为从嫂。独太学博士徐藻,援《礼经》夫属父道、妻皆母道的成训,推衍出来,说是夫属君道,妻即后道,主上曾事康帝为君,应事褚后为后,服后应用齐衰,不得减轻云云。孝武帝遂服齐衰期年,中外称为公允。惟孝武后王氏,嗜酒骄妒,有失阃仪,孝武帝特召后父王蕴,入见东堂,具说后过,令加训导。蕴免冠称谢,入宫白后,后稍知改过,不逾大节。过了五年,未产一男,竟至病逝。褚太后与王皇后,并见六十四回中。当时后宫有一陈氏女,本出教坊,独长色艺,能歌能弹,应选入宫。孝武帝方值华年,哪有不好色的道理,花朝拥,月夜偎,尝尽温柔滋味,竟得产下二男,长名德宗,次名德文。本拟立为继后,因她出身微贱,未便册为正宫,不得已封为淑媛,但将中宫虚位,隐然以皇后相待。偏偏红颜不寿,翠袖生寒,到了太元十五年,又致一病告终。孝武帝悲悼异常。幸复得一张氏娇娃,聪明伶俐,不亚陈淑媛,面庞儿闭月羞花,更与陈淑媛不相上下,桃僵李代,一枯一荣,孝武帝册为贵人,得续欢情,才把陈淑媛的形影,渐渐忘怀,又复易悲为喜了。为下文被弑伏线。

惟自张贵人得宠,日伴天颜,竟把孝武帝迷住深宫,连日不亲政务。所有军国大事,尽委琅琊王道子办理。道子系孝武帝同母弟,俱为李昆仑所生。见六十三回。孝武即位,曾尊李氏为淑妃,嗣又进为皇太妃,仪服得与太后相同。道子既受封琅琊王,进位骠骑将军,权势日隆,太保谢安在位时,已因道子恃宠弄权,与他不和。见六十九回。安婿王国宝,系故左卫将军王坦之子,素性奸佞,为安所嫉,不肯荐引。国宝阴怀怨望,会国宝从妹,入选为道子妃,

第七十六回　子逼母燕太后自尽　弟陵兄晋道子专权

遂与道子相昵，常毁妇翁，道子亦入宫行谗。孝武帝素来重安，安又避居外镇，故幸得考终。但自安殁后，道子即首握大权，录尚书事，都督中外诸军，领扬州刺史。道子嗜酒渔色，日夕酣歌，有时入宫侍宴，亦与孝武为长夜饮，纵乐寻欢。又崇尚浮屠，僧尼日集门庭，一班贪官污吏，往往托僧尼为先容，无求不应。也是结欢喜缘。甚至年轻乳母，貌俊家童，俱得道子宠幸，表里为奸。道子又擢王国宝为侍中，事辄与商，国宝亦得肆行无忌，妄作威福，政刑浊乱，贿赂公行。

尚书令陆讷，望宫阙叹道："这座好家居，难道被纤儿撞坏不成？"会稽处士戴逵，志操高洁，屡征不起。郡县逼迫不已，他见朝政日非，越加谢绝，逃往吴郡。吴国内史王珣，在武邱山筑有别馆，逵潜踪往就，与珣游处兼旬，托珣向朝廷善辞，免得再召。珣与他设法成全，逵乃复返入会稽，隐居剡溪。不略逸士。会稽人许荣，适任右卫领营将军，上疏指陈时弊，略云：

今台府局吏，直卫武官，及仆隶婢儿，取母之姓者，本臧获之徒，无乡邑品第，皆得命议，用为郡守县守，并带职在内，委事于小吏手中。僧尼乳母，竞进亲党，又受货赂，辄临官领众，无卫霍之才，而妄比古人，为患一也。佛者清虚之神，以五诫为教，绝酒不淫，而今之奉者，秽慢阿尼，酒色是耽，其违二矣。夫致人于死，未必手刃害之，若政教不均，暴滥无罪，必夭天命，其违三矣。盗者未必躬窃人财，讥察不严，罪由牧守，今禁令不明，劫盗公行，其违四矣。在上化下，必信为本，昔年下书，敕使尽规，而众议毕集，无所采用，其违五矣。僧尼成群，依傍法服，五诫粗法，尚不能遵，况精妙乎？而流惑之徒，竞加敬事，又侵逼百姓，取财为害，亦未合布施之道也。

疏入不报。会孝武帝册立储贰，命子德宗为皇太子。德宗愚蠢异常，口吃不能言语，甚至寒暑饥饱，均不能辨，饮食卧起，随在需人，所以名为储嗣，未尝出临东宫。似此蠢儿，怎堪立为储君！许荣又疏言太子既立，应就东宫毓德，不宜留养后宫，孝武帝亦置诸不理。

惟道子势倾内外，门庭如市，远近奔集，孝武帝颇有所闻，不免怀疑。王国宝谄事道子，隐讽百官。奏推道子为丞相，领扬州牧，假黄钺，加殊礼。护军将军车胤道："这是成王尊崇周公的礼仪，今主上当阳，非成王比，相王在位，难道可上拟周么？"乃托词有疾，不肯署疏，及奏牍上陈，果触主怒，竟把原奏批驳下来，且因奏疏中无车胤名，嘉他有守。

中书侍郎范宁徐邈，守正不阿，指斥奸党，不稍宽假。范宁尤抗直敢言，无论亲贵，遇有坏法乱纪，必抨击无遗。尝谓王弼、何晏二人，浮词惑众，罪过桀、纣,所以待遇同僚,必以礼法相绳。王国宝为宁外甥,宁恨他卑鄙,屡戒不悛,乃表请黜逐国宝。国宝仗道子为护符,反构隙潜宁。不顾妇翁,宁顾母舅! 宁且恨且惧,遂乞请外调,愿为豫章太守。豫章一缺,向称不利,他人就任,辄不永年,朝臣视为畏途。孝武帝览表亦惊疑道:"豫章太守不可为,宁奈何以身试死哩!"宁一再固请,方邀允准。宁临行时尚申陈一疏,大略说是:

> 臣闻道尚虚简,政贵平静,坦公亮于幽显,流子爱于百姓,子读若慈,见《礼记》。然后可以轻夷险而不忧,乘休否而常夷,否上声,读如痞。先王所以致太平,如此而已。今四境晏如,烽燧不举,而仓庾虚耗,帑藏空匮。古者使民,岁不过三日,今之劳扰,殆无三日休息,至有残形剪发,要求复除,生儿不复举养,鳏寡不敢妻娶,岂不怨结人鬼,感伤和气!臣恐社稷之忧,积薪不足以为喻。臣久欲粗启所怀,日延一日,今当永离左右,不欲令心有余恨,请出臣启事,付外详择,不胜幸甚!

孝武帝得了宁疏,却也颁诏中外,令公卿牧守,各陈时政得失。无如道子国宝,蟠踞宫廷,虽有良言,统被他两人抹煞,不得施行。就是范宁赴任后,也有一篇兴利除害的表章,大要在省刑减徭,戒奢惩佚数事,结果是石沉海底,毫无音响。惟王国宝前被纠弹,尝使陈郡人袁悦之,因尼妙音,致书后宫,具言国宝忠谨,宜见亲信。这书为孝武帝所见,怒不可遏,即饬有司加罪悦之,处以斩罪。国宝越加惶惧,仍托道子入白李太妃,代为调停,方得无恙。

道子贪恣日甚,卖官鬻爵,无所不为。嬖人赵牙出自倡家,贡金献妓,得官魏郡太守。钱塘捕贼小吏茹千秋,纳贿巨万,亦得任为谘议参军。牙且为道子监筑东第,迭山穿沼,植树栽花,工费以亿万计。道子且就河沼旁开设酒肆,使宫人居肆沽酒。自与亲昵乘船往饮,谑浪笑敖,备极丑态。孝武帝闻他筑宅,特亲往游览,道子不敢拒驾,只好导帝入游。帝眺览一周,使语道子道:"府内有山,足供游眺,未始不佳;但修饰太过,恐伤俭德,不足以示天下!"道子无词可答,只好随口应命。及帝既还宫,道子召语赵牙道:"皇上若知山由版筑,汝必坐罪致死了!"赵牙笑道:"王在,牙何敢死!"倡家子也读过《鲁论》么? 道子也一笑相答。牙退后并不少戒,营造益奢。茹千秋倚势敛财,骤致巨富,子寿龄得为乐安令,赃私狼藉,得罪不诛,安然回家。博平令闻人奭据实弹劾,孝武帝虽怀怒意,终因道子袒护,不复查究。道子又为李太妃所爱,出入宫禁,如家人礼,或且使酒谩骂,全无礼仪。

孝武帝愈觉不平,意欲选用名流,任为藩镇,使得潜制道子。当时中书令王恭、黄门郎殷仲堪,世代簪缨,颇负时望,孝武帝因召入太子左卫率王雅,屏人密问道:"我欲外用王恭、殷仲堪,卿意以为何如?"雅答道:"恭风神简贵,志气方严，仲堪谨修细行，博学能文，但皆器量褊窄，无干济才。若委以方面，天下无事，尚足称职，一或变起，必为乱阶。愿陛下另简贤良，勿轻用此二人！"雅颇知人。孝武帝不以为然，竟命恭为平北将军，都督青、兖、幽、并、冀五州军事，领青、兖二州刺史，出镇京口，仲堪为振威将军，都督荆、益、宁三州军事，领荆州刺史，出镇江陵。又进尚书右仆射王珣为左仆射，王雅为太子少傅，内外分置心膂，无非欲监制道子。哪知内患未去，反惹出一场外患来了。小子因有诗叹道：

    恶习都由骄纵成，家无贤弟咎由兄。
    尊亲尚且难施法，假手群臣乱益生！

欲知晋廷致乱情形，且至下回再表。

  家无贤子弟，家必败，国无贤子弟，国必亡。慕容垂才略过人，卒能恢复燕祚，不可谓非一世雄，其独择子不明，失之于太子宝，反以段后所言为营私。垂死而段后遇弑，子敢弑母，尚有人道乎？即无北魏之侵扰，其必至亡国，可无疑也。所惜者，段元妃自诩智妇，乃竟不免于祸耳。彼晋孝武帝之纵容道子，弊亦相同。道子固同母弟也，然爱弟则可，纵弟则不可。道子不法，皆孝武帝酿成之，委以大权，与之酣饮，迨至道子贪婪骄恣，宠昵群小，乃始欲分置大臣以监制之，何其谬耶！而王国宝辈更不值评论也。

第七十七回 殷仲堪倒柄授桓玄
       张贵人逞凶弑孝武

  却说孝武帝防备道子，特分任王恭、殷仲堪、王珣、王雅等，使居内外要津，分道子权。道子也窥透孝武帝心思，用王国宝为心腹，并引国宝从弟琅琊内史王绪，作为爪牙，彼此各分党派，视同仇雠。就是孝武帝待遇道子，也与从前大不相同，还亏李太妃居间和解，才算神离貌合，勉强维持。道子又想推尊母妃，阴竖内援，便据母以子贵的古例，启闻孝武帝，请尊李太妃为太后。孝武帝不好驳议，因准如所请，即改太妃名号，尊为太后，奉居崇训宫。道子虽为琅琊王，曾领会稽封国，为会稽太妃继嗣。会稽太妃，就是简文帝生母郑氏，见六十三回。郑氏为元帝妾媵，未列为后。故归道子承祀，至是亦追尊为简文太后，上谥曰宣。群臣希承意旨，谓宣太后应配飨元帝，独徐邈谓太后生前，未曾伉俪先帝，子孙怎得为祖考立配？惟尊崇尽礼，乃臣子所可为，所建陵庙,宜从别设。有诏依议,乃在太庙西偏,另立宣太后庙,特称宣太后墓为嘉平陵。

又徙封道子为会稽王,循名责实,改立皇子德文为琅琊王。德文比太子聪慧,孝武帝常使陪侍太子,凡太子言动,悉由德文主持,因此青宫里面,尚没有甚么笑话,传播人间。何不直截了当立德文为储嗣！惟道子内恃太后,外恃近臣,骄纵贪婪,终不少改。

太子洗马南郡公桓玄,就是前大司马桓温少子,见六十四回。五龄袭爵,及长颇通文艺,意气自豪,朝廷因父疑子,不给官阶,到了二十三岁,始得充太子洗马。玄以为材大官小,很是怏怏,乃往谒道子,为夤缘计。凑巧道子置酒高会,盛宴宾朋,玄得投刺入见,称名下拜。道子已饮得酣醉,任他拜伏,并不使起,且张目四顾道:"桓温晚年,想做反贼,尔等曾闻知否?"玄听到此言,不觉汗流浃背,匍伏地上,未敢起来。还是长史谢重,在旁起答道:"故宣武公温,谥宣武,亦见六十四回中。黜昏登圣,功超伊霍,外间浮议纷纭,未免混淆黑白,还乞钧裁!"道子方点首作吴语道:"侬知！侬知！"因令玄起身,使他下座列饮。玄拜谢而起,饮了一杯,便即辞出。自是仇恨道子,日夕不安。未几得出补义兴太守,仍郁郁不得志,尝登高望震泽湖,即鄱阳湖。欷歔太息道:"父做九州伯,儿做五湖长,岂不可耻！"因即弃官归国,上书自讼道:

> 臣闻周公大圣而四国流言,乐毅王佐而被谤骑劫,巷伯有豺虎之慨,苏公兴飘风之刺,恶直丑正,何代无之！先臣蒙国殊遇,姻娅皇极,常欲以身报德,投袂乘机,西平巴蜀,北清伊洛,使窃号之寇,系颈北阙,园陵修复,大耻载雪,饮马灞汭,悬旌赵魏,勤王之师,功非一捷。太和之末,太和系帝奕年号,见前文。皇基有潜移之惧,遂乃奉顺天人,翼登圣朝,明离既朗,四凶兼澄,向使此功不建,此事不成,宗庙之事,岂堪设想！昔太甲虽迷,商祚无忧,昌邑虽昏,弊无三孽。因兹而言,晋室之机,危于殷汉,先臣之功,高于伊霍矣。而负重既往,蒙谤清时,圣帝明王黜陟之道,不闻废忽显明之功,探射冥冥之心,启嫌谤之途,开邪枉之路者也。先臣勤王艰难之劳,匡平克复之勋,朝廷若其遗之,臣亦不复计也。至于先帝龙飞九五,陛下之所以继明南面,请问谈者,谁之由耶？谁之德耶？岂惟晋室永安,祖宗血食,于陛下一门,实奇功也。自顷权门日盛,丑政实繁,咸称述时旨,互相煽附,以臣之兄弟,皆晋之罪人,臣等复何理可以苟存身世,何颜可以尸飨封禄？若陛下忘先臣大造之功,信贝锦萋菲之说,臣等自当奉还三封,受戮市朝,然后下从先臣,归先帝于玄宫耳。若陛下述遵先旨,追录旧勋,窃望少垂恺悌覆盖之恩,臣虽不肖,亦知图报。犬马微诚,伏维亮鉴！

第七十七回　殷仲堪倒柄授桓玄　张贵人逞凶弒孝武

看官阅读此疏，应知玄满怀郁勃，已露言中，后来潜谋不轨，逞势行凶，便可概见。那孝武帝怎能预料，惟将来疏置诸不理，便算是包荒大度。就是道子瞧着，也因玄无权无势，不值一顾，但视为少年妄言罢了。及殷仲堪出镇江陵，玄在南郡，与江陵相近，免不得随时往来。桓氏世临荆州，为士民所畏服，仲堪欲牢笼物望，不能不与玄联结，并因玄风神秀朗，词辩雄豪，便推为后起隽杰，格外优待，渐渐的大权旁落，反为玄所把持。孝武方倚为屏藩，乃不能制一桓玄，无能可知。玄尝在仲堪厅前，戏马舞槊，仲堪从旁站立，玄竟举槊向仲堪，作欲刺状。中兵参军刘迈，在仲堪侧，忍不住说出二语，谓玄马槊有余，精理不足。玄听到迈言，并不知过，反怒目视迈，仲堪也不禁失容。及玄既趋出，仲堪语迈道："卿系狂人，乃出狂言，试想桓玄久居南郡，手下岂无党羽？若潜遣刺客，乘夜杀卿，我岂尚能相救么？况见他悻悻出去，必思报复，卿不如赶紧出避，尚可自全。"倘玄欲刺汝，汝将奈何？迈乃微服出奔，果然玄使人追赶，幸迈早走一时，不为所及，才得幸免。征虏参军胡藩，行过江陵，进谒仲堪，乘便进言道："桓玄志趣不常，每怀怨望，节下崇待太过，恐非久计。"仲堪默不一言，藩乃辞出。时藩内弟罗企生，为仲堪功曹，藩即与语道："殷侯倒戈授人，必难免祸，君不早去，恐将累及，后悔不可追了！"企生亦似信非信，不欲遽辞，藩嗟叹而去。良言不听，宜乎扼腕。

看官听说，殷仲堪不能驾驭桓玄，哪里能监制道子？道子权威如故，孝武帝越不自安。中书侍郎徐邈，从容入讽道："昔汉文明主，尚悔淮南，指厉王长事，见《汉史》。世祖聪达，负悔齐王，见前文。兄弟至亲，相处宜慎，会稽王虽稍有失德，总宜曲加宽贷，借释群疑，外顾大局，内慰太后，庶不致有他变呢！"孝武帝经此一言，气乃少平，委任道子，仍然如初。爱弟之道，岂必定要委任！

惟王国宝有兄弟数人，皆登显籍。长兄恺尝袭父爵，入官侍中，领右卫将军，多所献替，颇能尽职，次兄愉为骠骑司马，进辅国将军，名逊乃兄，弟忱少即著名，历官内外，文酒风流，睥睨一切。王恭、王珣，才望且出忱下。恭出镇江陵以前，荆州刺史一职，系忱所为，别人总道他少不更事，不能胜任，谁知他一经莅镇，风裁肃然，就是待遇桓玄，亦尝谈笑自如，令玄屈服。只是素性嗜酒，一醉至数日不醒，因此酿成酒膈，因病去官，未几即殁。国宝欲奔丧回里，表请解职，有诏止给假期。偏国宝又生悔意，徘徊不行，事为中丞褚粲所劾。国宝惧罪，只得再求道子挽回，都下不敢露迹，竟扮作女装，坐入舆中伪称为王家女婢，混入道子第中，跪请缓颊。道子且笑且怜，即替他设法进言，终得免议。权相有灵，国宝当自恨不作女身为他作妾。

已而假满复官，更加骄蹇，不遵法度，后房妓妾，不下百数，天下珍玩，充满室中。孝武帝闻他僭侈，召入加责，经国宝泣陈数语，转使孝武帝一腔怒气,自然消融。他素来是个逢迎妙手,探得孝武帝隐憎道子,遂竭力迎合,隐有闲言,并厚赂后宫张贵人,代为吹嘘,竟至相府爪牙,一跃为皇宫心腹。媚骨却是有用!道子察出情形,很觉不平,尝在内省遇见国宝,斥他背恩负义,拔剑相加,吓得国宝魂胆飞扬,连忙奔避。道子举剑掷击,又复不中,被他逃脱。嗣经僚吏百方解说,才将道子劝回。孝武帝得悉争端,益信国宝不附道子,视作忠臣,常令国宝侍宴。酒酣兴至,与国宝谈及儿女事情,国宝自陈有女秀慧。孝武帝愿与结婚,许纳国宝女为琅琊王妃,国宝喜出望外,叩头拜谢。至宴毕出宫后,待了旬余,未见有旨,转浼张贵人代请,才得复音,乃是"缓日结婚"四字,国宝只好静心候着,少安毋躁罢了。恐阎王要来催你性命奈何?当时有人戏作《云中诗》,讥讽时事云:

　　相王沉醉,轻出教命,捕贼千秋,干预朝政。王恺守常,国宝驰竞,荆州大度,散诞难名。盛德之流,法护王宁,仲堪仙民,特有言咏。东山安道,执操高抗,何不征之,以为朝匠?

　　诗中所云千秋、王恺、国宝,实叙本名,想看官阅过上文,当然了解。荆州系指王忱,不指殷仲堪,法护系王珣小字,宁即王恭,仙民即徐邈字,安道即戴逵字。这诗句传入都中,王珣欲孚民望,表请征戴逵为国子祭酒,加散骑常侍,逵仍不至。太元二十年,皇太子德宗,始出东宫。会稽王道子兼任太子太傅,王珣兼任太子詹事,与太子少傅王雅,又上疏道:

　　会稽处士戴逵,执操贞厉,含味独游,年在耆老,清风弥劭。东宫虚德,式延正士,宜加旌命,以参僚侍。逵既重幽居之操,必以难进为美,宜下诏所在有司,备礼发遣,进弼元良,毋任翘企!

　　孝武帝依议,复下诏征逵,逵仍称疾不起,已而果殁。那孝武帝溺情酒色,日益荒耽,镇日里留恋宫中,徒为了一句戏言,酿出内弑的骇闻,竟令春秋鼎盛的江东天子,忽尔丧躯,岂不是可悲可愤么!当孝武帝在位时,太白星昼现,连年不已,中外几视为常事,没甚惊异。太元二十年七月,有长星出现南方,自须女星至哭星,光芒数丈。孝武帝夜宴华林园,望见长星光焰,不免惊惶,因取手中酒卮,向空祝语道:"长星劝汝一杯酒,从古以来,没有万年天子,何劳汝长星出现呢?"真是酒后呓语。既而水旱相继,更兼地震,孝武帝仍不知警,依然酒色昏迷。仆射王珣,系故相王导孙,虽然风流典雅,为帝所昵,但不过是个旅进旅退的人员,从未闻抗颜谏净,敢言人所未言。颇有祖风。太子少傅王雅,门第非不清贵。祖隆父景,也尝通籍,究竟不及王珣位望。珣且未敢抗辩,雅更乐得圆融,所以识见颇高,语言从慎。时人见他态度模棱,或且目为佞臣,雅为保全身家起见,只好随俗浮沉,不暇顾及讥议了。孝武帝恃二王

第七十七回　殷仲堪倒柄授桓玄　张贵人逞凶弑孝武

为耳目，二王都做了好好先生，还有何人振聋发聩？再经张贵人终日旁侍，蛊惑主聪，酒不醉人人自醉，色不迷人人自迷，越害得这位孝武帝，俾昼作夜，颠倒糊涂。

太元二十一年秋月，新凉初至，余暑未消，孝武帝尚在清暑殿中，与张贵人饮酒作乐，彻夜流连，不但外人罕得进见，就是六宫嫔御，也好似咫尺天涯，无从望幸。不过请安故例，总须照行，有时孝武帝醉卧不起，连日在床，后宫妾媵，不免生疑，还道孝武帝有什么疾病，格外要去问省，献示殷勤。张贵人恃宠生骄，因骄成妒，看那同列娇娃，简直是眼中钉一般，恨不得一一驱逐，单剩自己一人，陪着君王，终身享福。描摹得透。有几个伶牙俐齿的妃嫔，窥透醋意，免不得冷嘲热讽，语语可憎。张贵人愤无可泄，已是满怀不平。

时光易过，转瞬秋残，清暑殿内，銮驾尚留，一夕与张贵人共饮，张贵人心中不快，勉强伺候，虚与绸缪。孝武帝饮了数大觥，睁着一双醉眼，注视花容，似觉与前少异，默忖多时，猜不出她何故惹恼，问及安否，她又说是无恙。孝武帝所爱惟酒，以为酒入欢肠，百感俱消，因此顾令侍女，使与张贵人接连斟酒，劝她多饮数杯。张贵人酒量平常，更因怀恨在心，越不愿饮，第一二杯还是耐着性子，勉强告干，到了第三四杯，实是饮不下了。孝武帝还要苦劝。张贵人只说从缓。孝武帝恐她不饮，先自狂喝，接连数大觥下咽，又使斟了一大觥，举酒示张贵人道：“卿应陪我一杯！”说着，又是一口吸尽。死在眼前，乐得痛快。张贵人拗他不过，只得饮了少许。孝武帝不禁生忿，迫令尽饮，再嘱侍女与她斟满，说她故意违命，须罚饮三杯。本想替她解愁，谁知适令增恨！张贵人到此，竟忍耐不住，先将侍女出气，责她斟得太满，继且顾语孝武帝道：“陛下亦应节饮，若常醉不醒，又要令妾加罪了！”孝武帝听了加罪二字，误会微意，便瞋目道：“朕不罪卿，谁敢罪卿，惟卿今日违令不饮，朕却要将卿议罪！”张贵人蓦然起座道：“妾偏不饮，看陛下如何罪妾？”孝武帝亦起身冷笑道：“汝不必多嘴，计汝年已将三十，亦当废黜了！朕目中尽多佳丽，比汝年轻貌美，难道定靠汝一人么？”说到末句，那头目忽然眩晕，喉间容不住酒肴，竟对张贵人喷将过去，把张贵人玉貌云裳，吐得满身肮脏。侍女等看不过去，急走至御前，将孝武帝扶入御榻，服侍睡下。孝武帝头一倚枕，便昏昏的睡着了。

惟张贵人得宠以来，从没有经过这般责罚，此次忽遭斥辱，哪里禁受得起，凤目中坠了无数泪珠儿。转念一想，柳眉双竖，索性将泪珠收起，杀心动了。使侍女撤去残肴，自己洗过了脸，换过了衣，收拾得干干净净。又踌躇了半晌，竟打定主意，召入心腹侍婢，附耳密嘱数语。侍婢却有难色，张贵人大怒道：“汝若不肯依我，便叫你一刀两段！”侍婢无奈，只好依着闺令，趋就御榻，用被蒙住孝武帝面目，更将重物移压孝武帝身上，使他不得动弹。可怜孝武帝无从吐气,活活闷死! 过了一时,揭被启视,已是目瞪舌伸,毫无气息了。看官记着! 这孝武帝笑责张贵人,明明是酒后一句戏言,张贵人伴驾有年,难道不知孝武帝心性? 不过因华色将衰,正虑被人夺宠,听了孝武帝戏语,不由的触动心骨,竟与孝武帝势不两立,遂恶狠狠的下了毒手,结果了孝武帝的性命。总计孝武帝在位二十四年,改元两次,享年只三十有五。小子有诗叹道:

    恩深忽尔变仇深,放胆行凶不自禁。
    莫怪古今留俚语,世间最毒妇人心!

  张贵人弑了孝武帝,更想出一法,瞒骗别人。究竟如何用谋,待看下回分晓。

  桓玄一粗鄙小人耳,智识远不逮荓懿,即乃父桓温,犹未克肖,微才如王忱,且能以谈笑折服之,固不待谢安石也。殷仲堪懦弱无能,纵之出秭,至玄执絷相向,益复畏之如虎,莫展一筹。孝武帝欲借之以制道子,庸讵知其更纵一患耶? 王雅谓其必为乱阶,何见之明而词之悚也。但孝武不能测一张贵人,安能知一殷仲堪,床阃之间,危机伏焉,环珮之侧,死象寓焉。经作者演写出来,尤觉得酒食之祸,甚于戈矛。褒妲之亡殷周,犹为间接,而张贵人竟直接弑君,甚矣! 女色之不可近也!

第七十八回 迫诛奸称戈犯北阙
    僭称尊遣将伐西秦

  却说张贵人弑主以后,自知身犯大罪,不能不设法弥缝,遂取出金帛,重赂左右,且令出报宫廷,只说孝武帝因魇暴崩。太子德宗,比西晋的惠帝衷,还要暗弱,怎能摘伏发奸? 会稽王道子,向与孝武帝有嫌,巴不得他早日归天,接了凶讣,暗暗喜欢,怎肯再来推究? 外如太后李氏,以及琅琊王德文,总道张贵人不敢弑主,也便模糊过去。王珣、王雅等,统是仗马寒蝉,来管什么隐情,遂致一种弥天大案,千古沉冤。后来《晋书》中未曾提及张贵人,不知她如何结局,应待详考。

  王国宝得知讣音,上马急驰,乘夜往叩禁门,欲入殿代草遗诏,好令自己辅政。偏侍中王爽,当门立着,厉声呵叱道:"大行皇帝晏驾,太子未至,无论何人,不得擅入,违禁立斩!"国宝不得进去,只好怅然回来。越日,太子德宗即位,循例大赦,是谓安帝。有司奏请会稽王道子,谊兼勋戚,应进位太傅,邻

第七十八回　迫诛奸称戈犯北阙　僭称尊遣将伐西秦

扬州牧，假黄钺，备殊礼，无非讨好道子。有诏依议，道子但受太傅职衔，余皆表辞。诏又褒美让德，仍令他在朝摄政，无论大小政事，一律咨询，方得施行。道子权位益尊，声威益盛，所有内外官僚，大半趋炎附热，奔走权门。最可怪的是王国宝，本已与道子失欢，不知他用何手段，又得接交道子，仍使道子不念前嫌，复照前例优待，引为心腹，且擢任领军将军。无非喜谀。从弟王绪，随兄进退，不消多说。阿兄既转风使舵，阿弟自然随风敲锣。

平北将军王恭，入都临丧，顺便送葬。见了道子辄正色直言，道子当然加忌。惟甫经摄政，也想辑和内外，所以耐心忍气，勉与周旋。偏恭不肯通融，语及时政，几若无一惬意，尽情批驳，声色俱厉。退朝时且语人道："榱栋虽新，恐不久便慨黍离了！"过刚必折。道子知恭意难回，更加衔恨。王绪谄附道子，因与兄国宝密商，谓不如乘恭入朝，劝相王伏兵杀恭。国宝以恭系时望，未便下手，所以不从绪言。恭亦深恨国宝。有人为恭画策，请召入外兵，除去国宝，恭因冀州刺史庾楷，与国宝同党，士马强盛，颇以为忧，乃与王珣密谈，商决可否。珣答说道："国宝虽终为祸乱，但目前逆迹未彰，猝然加讨，必启群疑。况公拥兵入京，迹同专擅，先应坐罪，彼得借口，公受恶名，岂非失算？不如宽假时日，待国宝恶贯满盈，然后为众除逆，名正言顺，何患不成！"恭点首称善。已而复与珣相见，握手与语道："君近来颇似胡广。"汉人以拘谨闻！珣应声道："王陵廷争，陈平慎默，但看结果如何，不得徒论目前呢。"两人一笑而散。

过了一月，奉葬先帝于隆平陵，尊谥为孝武皇帝。返衬以后，恭乃辞行还镇，与道子等告别。即面语道子道："主上方在谅暗，冢宰重任，伊、周犹且难为，愿相王亲万机，纳直言，远郑声，放佞人，保邦致治，才不愧为良相呢！"说着，睁眼注视道子。旁顾国宝在侧，更生愠色，把眼珠楞了数楞。国宝不禁俯首，道子亦愤愤不平，但不好骤然发作，只得敷衍数语，送恭出朝罢了。

到了次年元旦，安帝加元服，改元隆安。太傅会稽王道子稽首归政，特进左仆射王珣为尚书令，领军将军王国宝为左仆射，兼后将军丹阳尹。尊太后李氏为太皇太后，立妃王氏为皇后。后系故右军将军王羲之女孙，父名献之，亦以书法著名，累官至中书令，曾尚简文帝女新安公主，有女无子。及女得立后，献之已殁，至是始追赠光禄大夫，与乃父羲之殁时，赠官相同。史称羲之有七子，惟徽之、献之，以旷达称，两人亦最和睦。献之病逝，徽之奔丧不哭，但直上灵床，取献之琴，抚弹许久，终不成调，乃悲叹道："呜呼子敬，人琴俱亡！"说毕，竟致晕倒，经家人舁至床上，良久方苏。他平时素有背疾，坐此溃裂，才阅月余，也即去世。叙此以见兄弟之友爱。徽之字子猷，献之字子敬，还有徽之兄凝之，亦工草隶，性情迂僻，尝为才妇谢道韫所嫌。事见后文。

且说王国宝进官仆射,得握政权。会稽王道子,复使东宫兵甲,归他统领,气焰益盛。从弟绪亦得为建威将军,与国宝朋比为奸,朝野侧目。国宝所忌,第一个就是王恭,次为殷仲堪,尝向道子密请,黜夺二人兵权。道子虽未照行,谣传已遍布内外,恭镇戍京口,距都甚近,都中情事,当然早闻,因即致书仲堪,谋讨国宝。仲堪在镇,尝与桓玄谈论国事,玄正思利用仲堪,摇动朝廷,便乘隙进言道:"国宝专权怙势,唯虑君等控扼上流,与他反抗,若一旦传诏出来,征君入朝,试问君将如何对付哩?"仲堪皱眉道:"我亦常防此着,敢问何计可以免忧?"玄答道:"王孝伯即王恭表字。嫉恶如仇,正好与他密约,兴晋阳甲,入清君侧,援引《春秋》晋赵鞅故事。东西并举,事无不成!玄虽不肖,愿率荆楚豪杰,荷戈先驱,这也是桓文义举呢。"仲堪听着,投袂而起,深服玄言。遂外招雍州刺史郗恢,内与从兄南蛮校尉殷顗,南郡相江绩,商议起兵。顗不肯从,当面拒绝道:"人臣当各守职分,朝廷是非,与藩臣无涉,我不敢与闻!"绩亦与顗同意,极言不可,惹得仲堪动怒,勃然作色。顗恐绩及祸,从旁和解。绩抗声道:"大丈夫各行己志,何至以死相迫呢?况江仲元绩自称表字。年垂六十,但恨未得死所,死亦何妨!"说着,竟大踏步趋出。仲堪怒尚未平,将绩免职,令司马杨佺期代任,顗亦托疾辞职。仲堪亲往探视,见顗卧着,似甚困顿。乃顾问道:"兄病至此,实属可忧。"顗张目道:"我病不过身死,汝病恐将灭门。宜求自爱,勿劳念我!"仲堪怀闷而出。嗣得郗恢复书,亦不见允,因复踌躇起来。适值王恭书至,乃想出一条圆滑的法儿,令恭即日先驱,自为后应。恭得了复书,喜如所愿,便即遣使抗表道:

　　后将军国宝,得以姻戚频登显列,道子妃为国宝妹,故称姻戚,事见七十六回。不能感恩效力,以报时施,而专宠肆威,以危社稷。先帝登遐,夜乃犯阙叩扉,欲矫遗诏,赖皇太后明聪,相王神武,故逆谋不果。又夺东宫现兵,以为己用,谗嫉二昆,甚于仇敌。与其从弟绪同党凶狡,共相煽连,此不忠不义之明证也。以臣忠诚,必亡身殉国,是以谮臣非一,赖先帝明鉴,浸润不行。昔赵鞅兴甲,诛君侧之恶,臣虽驽劣,敢忘斯义!已与荆州督臣殷仲堪,约同大举,不辞专擅,入除逆党,然后释甲归罪,谨受铁钺之诛,死且不朽!先此表闻。

　　为了王恭这篇表文,遂令晋廷大臣,个个心惊。当下传宣诏命,内外戒严,道子日夕不安,即召王珣入商大计。珣本为孝武帝所信任,孝武暴崩,珣不得预受顾命,名虽加秩,实是失权。及应召进见,道子便问道:"二藩作逆,卿可知否?"珣随口答辩道:"朝政得失,珣勿敢预;王殷发难,何从得知?"道子无词可驳,只好转语王国宝,且有怨言。国宝实是无能,急得不知所措。此

第七十八回　迫诛奸称戈犯北阙　僭称尊遣将伐西秦

时用不着媚骨了。没奈何派遣数百人，往戍竹里，夜遇风雨，竟致散归。国宝越加惶惧，王绪进语国宝道："王珣阴通二藩，首当除灭，车胤现为吏部尚书，实与珣同党。为今日计，急矫托相王命，诱诛二人，拔去内患，然后挟持君相，出讨二藩，人心一致，怕甚么逆焰呢？"计颇凶狡。国宝迟疑不答，被绪厉声催逼，方遣人召入珣、胤。至珣、胤到来，国宝又不敢加害，反向珣商量方法。珣说道："王殿与君，本没有甚么深怨，不过为权利起见，因生异图。"国宝不待说毕，便愕然道："莫非视我作曹爽不成！"曹爽事见《三国志》。珣微哂道："这也说得过甚，君无爽罪，王孝伯亦怎得比宣帝呢？"宣帝即司马懿。国宝又转顾车胤道："车公以为何如？"胤答道："昔桓公围攻寿春，日久方克。即桓温攻袁真事，见六十二回。今朝廷发兵讨恭，恭必婴城固守，若京口未拔，荆州军又复到来，君将如何对待呢？"国宝闻言失声道："奈何奈何？看来只好辞职罢！"珣与胤窃笑而去。胤字武子，系南平人，少时好学，家贫不常得油，夏月取萤贮囊，代火照书，囊萤照读故事，便是车胤古典。一长可录，总不轻略。成人后得膺仕籍，累迁至护军将军，前时王国宝讽示百官，拟推道子为丞相，胤不肯署名，独与国宝反对，所以绪将他牵入，欲加毒手。至计不得遂，因长叹道："今日死了！"国宝置诸不睬，即上疏解职，诣阙待罪。嗣闻朝廷不加慰谕，又起悔心，乃矫诏自复本官。不料道子与他翻脸，竟因他诈传诏命，立遣谯王尚之，收捕国宝及绪，付诸廷尉，越宿赐国宝死，命牵绪至市曹枭首。一面贻书王恭，自陈过失，且言国宝兄弟，已经伏诛，请即罢兵。恭乃引兵还屯京口。殷仲堪闻国宝已死，才遣杨佺期出屯巴陵，接应王恭。旋亦接到道子来书，并知恭已退归，因亦召还佺期，一番风潮，总算暂平。

国宝兄侍中王恺，骠骑司马王愉，与国宝本是异母，又素来不相和协，故得免坐，悉置不问。惟会稽世子元显，年方十六，才敏过人，居然得官侍中，他却禀白乃父，谓王、殷二人，终必为患，不可不防。道子乃即奏拜元显为征虏将军，所有卫府及徐州文武，悉归部下，使防王、殷。于是除了两个佞臣，又出一个宠子来了。道子门下，无非厉阶。这且待后再表。

且说凉州牧吕光，背秦独立，据有河西。回应七十一回。武威太守杜进，是吕光麾下第一个功臣，权重一时，出入羽仪，与光相亚。适光甥石聪自关中来，光问聪道："中州人曾闻我政化否？"聪答道："止知杜进，不知有舅。"光不禁愕然，遂将杜进诱入，把他杀死。好良心。既而光宴会群僚，谈及政事，参军段业进言道："明公乘势崛起，大有可为，但刑法过峻，尚属非宜。"光笑道："商鞅立法至峻，终强秦室，吴起用术无亲，反霸荆蛮，这是何故？卿可道来。"业答道："公受天眷命，方当君临四海，效法尧舜，奈何欲将商鞅、吴起的敝法，压制神州？难道本州士女，归附明公，反自来求死么？"光乃改容谢过，下令自责，改革烦苛，力崇宽简。会酒泉被王穆袭入，也自称大将军凉州牧，见七十一回。诱结吕光部将徐炅，及张掖太守彭晃。光遣兵讨炅，炅奔往张掖，光亟自引步骑三万，倍道兼行，直抵张掖城下。晃不意光军骤至，仓猝守城，并向王穆处乞援。穆军尚未赴急，城中已经内溃，晃将寇颉，开城纳光。晃不及脱身，被光众擒斩。光复移兵掩入酒泉，王穆正出援张掖，途中闻酒泉失守，慌忙驰还，偏部将相率骇散，单剩穆一人一骑，窜至驿马。驿马令郭文，顺手杀穆，函首献光。光乃从酒泉还军，适金泽县令报称麒麟出现，百兽相随，恐未必是真麒麟。光目为符瑞，遂自称三河王，改年麟嘉。立妻石氏为王妃，子绍为世子，追尊三代为王，设置官属。中书侍郎杨颖上书，请依三代故事，追尊吕望为始祖，立庙飨祀，世世不迁。吕望并非氏族，如何自认为祖？光欣如所请，因自命为吕望后人。

会张掖督邮傅曜，考核属县，为邱池令尹兴所杀，投尸入井，急图灭迹。偏是冤魂未泯，竟向吕光托梦，自陈履历，且言尹兴赃私狼藉，惧为所发，是以将臣杀害，弃尸南亭枯井中，臣衣服形状，请即视明，乞为伸冤云云。光闻言惊寤，揭帐启视，灯光下犹有鬼形，良久乃灭。次日即遣使案视，果得尸首，因即诛兴抵罪。时段业已任著作郎，犹谓光平日用人，未能扬清激浊，以致贤奸混淆，乃托词疗疾，径至天梯山中，拨冗著作，得表志诗九首，叹七条，讽十六篇，携归呈光。光却也褒美，但究竟未能听从，不过空言嘉许罢了。业在此时也想做个直臣，奈何始终不符？

南羌部酋彭奚念，入攻白土。守将孙峙，退保兴城，一面飞使报光。光遣武贲中郎将庶长子纂，与强弩将军窦苟，带领步骑五千，往讨奚念，大败而还。奚念进据枹罕，光乃大发诸军，亲自往击。奚念才觉惊慌，命在白土津旁，迭石为堤，环水自固，并遣精兵万名，守住河津。光遣将军王宝，潜趋河水上游，绕越石堤，夜压奚念营垒，光从石堤直进，隔岸夹攻，守兵俱溃，遂并力攻奚念营，奚念亦遁。光驱众急追，乘势突入枹罕，逼得奚念无巢可归，没奈何逃往甘松，光留将士戍枹罕城，振旅班师。

先是光徙西海郡民，散居诸郡。侨民系念土著，不乐迁居，乃编成歌谣道："朔马心何悲，念旧中心劳；燕雀何徘徊，意欲还故巢！"光恐他互相煽乱，因复徙还。并因西海外接胡虏，不可不防，乃复使子复为镇西将军，都督玉门以西诸军事，兼西域大都护，镇守高昌。

光又自号天王，称大凉国，改年龙飞。立世子绍为太子，诸子弟多封公侯。进中书令王详为尚书左仆射，著作郎段业等五人为尚书，此外各官，不胜殚述。时为晋孝武帝太元二十一年。史家称他为后凉。西秦王乞伏乾归，见七十四回。尝向吕光称藩，未几即与光绝好。光曾遣弟吕宝等，出攻乾归，交战失利,宝竟败死。光屡思报怨,只因彭奚念入扰,不暇顾及乾归,坐此迁延。奚念本依附乾归,曾受封为北河州刺史。至奚念败窜后,光还称尊号,更欲仗着天王威势,凌压西秦。可巧乾归从弟乞伏轲弹,与乞伏益州有隙,奔投吕光,光不禁大悦,即日下令道:

乞伏乾归,狼子野心,前后反复,朕方东清秦赵,勒铭会稽,岂令竖子鸱峙洮南,且其兄弟内相离间,可乘之机,勿过今也。其敕中外戒严,朕当亲征!

这令下后,即引兵出次长最,使扬威将军杨轨,强弩将军窦苟,偕子纂同攻金城,作为中路。又遣部将梁恭金石生等,出阳武下峡,会同秦州刺史没奕于,从东路进兵。再命天水公吕延,征发枹罕守卒,出攻临洮武始河关,向西杀入。延为光弟,最号骁悍,接了光命,首先发兵,奋勇前驱,所向无敌。

当有警报传达乾归,乾归已徙都西城,便召集将佐,商议拒敌。众谓光军大至,不易抵敌,且东往成纪,权避寇锋。乾归怫然道:"昔曹孟德击败袁本初,陆伯言摧毁刘玄德,皆三国时事。统是谋定后战,以少胜多。今光兵虽众,俱无远略,光弟延有勇无谋,何足深虑!我能用谋制延,延一败走,各路皆退,乘胜追奔,当可尽歼了!"颇有小智。

正议论间,帐外驰入金城来使,报称万急。乾归只好亟援金城,自率部兵二万,行至中途,又接着急报。乃是金城陷没,太守卫鞬被擒。接连复得数处警耗,临洮失守了,武始失守了,河关又失守了,乾归至此,也不觉大惊。小子有诗咏道:

扰扰群雄战未休,雄师三路发凉州。
须知兵众仍难恃,用力何如用智谋!

欲知乾归如何拒敌,待至下回表明。

会稽王道子,贪利嗜酒,实是一个糊涂虫。假使朝右有人,自足制驭道子,遑论王国宝。乃王珣、王雅辈,徒事模棱,毫无建白,而又奉一寒暑不辨之司马德宗,以为之主,安得不乱!王恭之兴师京口,以讨王国宝兄弟为名,旧史已称之曰反。吾谓此时之王恭,志在诛佞,犹可说也。不然,国宝兄弟,窃位擅权,靡所纪极,将待何时伏诛耶!后凉主吕光,无甚才略,不过乘乱窃地,独据一方,观其所为,俱不足取。至倾师而出,往攻西秦,竭三路之兵力,不足以制乾归,毋怪为乾归所评笑也。

第七十九回　吕氏肆虐凉土分崩
　　　　　　燕祚寖衰魏兵深入

　　却说乞伏乾归连接警耗，不禁惶急起来。沉思多时，乃泣语将士道："今事势穷蹙，无从逃命，死中求生，正在今日。凉军虽四面到来，究竟相去尚远，不能立集，我果能败他一军，不怕凉军不退。"将士听了，统踊跃应声道："如大王命，愿效死力！"乾归道："我意总在杀退吕延。延甚骁勇，不可力敌，我当用计取他便了。"遂分派将士，散伏要隘，人卷甲，马衔枚，静候不动。一面令敢死士数人，佯探延兵，故意被擒，伪说本军退走。果然延拘讯死士，信为真言，即释令不诛，使为前导。此引彼随，直入陷阱，那死士不知去向。但听得数声胡哨，伏兵四面杀出，把延兵冲成数段。延情急失措，正要寻路返奔，又被万弩竞射，就使力大无穷，也禁不住许多硬箭，眼见是一命呜呼了。无谋者终不可行军。延有司马耿稚，本戒延轻进，延不用忠言，因致败死。稚尚在后队，急与将军姜显，结阵自固，收集逃卒，徐徐引退，才得还屯枹罕。光闻延败殁，神色沮丧，遂命各军退回，自己匆匆返入姑臧。乾归复进据枹罕，使定州刺史翟瑥居守，召入彭奚念为镇卫将军，命镇西将军屋弘破光为河州牧，因即还师。

　　惟吕光遭此一挫，声威顿减，遂令部将离心，又生出南北二凉来了。南凉为秃发乌孤所建，乌孤就是思复鞬次子。思复鞬尝使长子奚于，助张大豫拒光，为光所杀，事见前文。见七十一回。未几，思复鞬亦死，乌孤嗣立，欲报兄仇，因与大将纷阤，谋取凉州。纷阤道："凉州方盛，未可急取，请先务农讲武，招俊杰，修政刑，巩固根本，然后观衅而动，可报前仇。"乌孤依议施行，才越数年，已易旧观，振作一新。吕光欲羁縻乌孤，特遣使封乌孤为冠军大将军，领河西鲜卑大都统。乌孤问诸将道："吕氏远来授官，可接受否？"诸将多应语道："吕氏与我有仇，怎可与和？况近来士强兵盛，难道还受人制么？"乌孤道："我意亦是如此。"独有一人抗声道："欲拒吕光，今尚未可。"乌孤瞧着，乃是卫弇石真若留。便诘问道："卿怕吕光么？"石真若留道："今根本未固，邻近未服，还宜随时遵养，未可轻动。况吕光势尚未衰，地大兵众，若向我致死，恐不可敌，不如暂时受屈，使他不防，彼骄我奋，一举成功了。"胡人亦多智士。乌孤道："卿言亦是，我且依卿。"乃对使受封。及凉使去后，乌孤即整顿兵马，出破乙弗、折掘二部落，又遣将石亦干筑廉川

第七十九回　吕氏肆虐凉土分崩　燕祚寖衰魏兵深入

堡,作为都城。乌孤遂徙居廉川。

已而登廉川大山,但泣不言。石亦干在旁进言道:"臣闻主忧臣辱,主辱臣死,大王今日不乐,想是为了吕光一人。光年已老,师徒屡败。今我得保据大川,养足锐气,将来一可当百,岂尚怕吕光不成!"乌孤道:"吕光衰老,我非不知,但我祖宗德威及远,异俗倾心。今我承祖业,未能制服诸部,近且未怀,怎思及远!悲从中来,不能不泣呢。"旁又闪出大将苻浑道:"大王何不振旅誓众,讨服邻近部落?"乌孤道:"卿等肯同心协力,我便当出师。"苻浑等齐声应命。可见乌孤一泣,实是一激将法。随即出兵四略,迭破诸部。吕光闻乌孤日盛,进封乌孤为广武郡公。广武人赵振,少好奇略,弃家依乌孤。乌孤素慕振才,立即引见,与言国政,无不称意。遂大喜道:"我得赵生,大事成了!"适凉州又有使人到来,进乌孤征南大将军益州牧左贤王,并给鼓吹羽仪等物。乌孤语来使道:"吕王擅命专征,得有此州,今不能怀柔远人,惠安黎庶,诸子贪淫,群甥肆暴,郡县土崩,远近愁怨,我岂尚可违反人心,助桀为虐么?帝王崛起,本无常种,有德即兴,无道即亡,我将应天顺人,为天下主,不愿再事吕王了!"遂将鼓吹羽仪,一并留住,但拒绝封册,仍交原使赍回。于是自称大都督大将军大单于西平王,纪元太初,是年为晋安帝隆安元年。治兵广武,攻凉金城。凉王吕光,遣将军窦苟往援,到了街亭,被乌孤率兵邀击,苟兵大败,狼狈奔还。金城遂被乌孤夺去。复取凉乐都、湟河、浇河三郡,收纳岭南羌胡数万家,就是凉将杨轨、王乞基,亦率户数千降乌孤。乌孤复改称武威王。史家因他占据各地,在凉州南面,所以号为南凉,免与前后凉相混,这也是史笔的界划呢。

南凉既兴,北凉又起,首先发难的,叫作沮渠蒙逊。蒙逊系张掖郡卢水胡人,先世尝为匈奴左沮渠王,因以沮渠为氏。蒙逊有伯父二人,一名罗仇,一名麹粥,均在吕光麾下,从光往伐西秦。吕延败死,光众退还,麹粥语兄罗仇道:"主上荒耄,骄纵诸子,朋党相倾,逸人侧目。今兵败将亡,必多猜忌,我兄弟素为所惮,必不见容,倘或徒死无名,何若勒兵径向西平,道出苕藋,奋臂一呼,凉州可立下了。"罗仇道:"汝言亦自有理,但我家世代忠良,为西土所归仰,宁人负我,我却不忍负人哩。"既而光果听信谗言,竟将败军的罪名,诿诸罗仇、麹粥身上,将他骈戮。死若有知,麹粥亦不免与兄相阋了。蒙逊素有谋略,博涉经史,并晓天文,突遭此变,当然悲愤交并,不得已殓葬两尸。诸部多为沮渠氏姻戚,多来送葬,数达万人,蒙逊向众哭语道:"吕王昏耄,滥杀无辜,我先世尝统辖河西,保安诸部,今乃受人戮辱,岂不可耻!我欲与诸公并力,为我二伯父复仇雪恨,不使他埋怨泉下,未知诸公肯助我否?"大众听了,都齐称万岁。当下结盟起兵,攻凉临松郡,阵斩凉护军马邃。临松令井祥,屯据金山。凉主吕光,遣子纂率兵往攻,蒙逊抵敌不住,逃入山中。

适蒙逊从兄男成,由晋昌纠众数千,起应蒙逊。酒泉太守垒澄,引兵出击,临阵败死,男成遂进攻建康。此与东晋之都城异地同名。建康太守段业,正为仆射王详所排,出就外任,男成遣人说业道:"吕氏政衰,权臣擅命,刑杀无常,人皆生贰,百姓嗷然,无所依附,近已瓦解,将必土崩,府君奈何以盖世英才,效忠危地!男成等今倡大义,欲屈府君抚临鄯州,造福百姓,尽使来苏,岂不甚善!"业不肯从,登陴拒守,且向姑臧乞师,相持至二旬余,援兵不至,郡人高逯、史惠等,劝业不如俯从男成,业恐王详等居中反对,阻住援军,乃决与男成联络,开城纳入。男成即推业为大都督龙骧大将军,领凉州牧,号建康公,改吕氏龙飞二年为神玺元年。男成派人往召蒙逊,蒙逊遂出山投业。业授男成为辅国将军,委任国事,蒙逊为镇西将军,兼张掖太守。

蒙逊请速攻西郡,将佐互有异言。蒙逊道:"西郡为岭南要隘,不可不取。"业乃令蒙逊为将,引兵往攻。蒙逊到了城下,相视地势,见城西有河相通,遂佯为攻扑,暗堵河流。西郡太守吕纯,为吕光从子,专在城上守着,不防河水灌入城中,汹涌澎湃,势如奔潮,兵民相率惊徙,不暇拒战。蒙逊得乘际杀入,城即被陷,吕纯无从奔避,被蒙逊督众擒归。于是晋昌太守王德,敦煌太守孟敏,俱举郡降业。业封蒙逊为临池侯,命德为酒泉太守,敏为沙州刺史,再使男成及王德,进攻张掖。张掖为光次子常山公弘所守,未战即溃,弃城东走。男成等得入城中,向业告捷。业即驰至张掖,誓众追弘。蒙逊谏阻道:"归师勿遏,穷寇勿追,这乃兵法要言,不可不戒。"业不以为然,竟率众往追。适值纂奉了父命,领兵迎弘,望见业众追来,便分部兵为二队,使弘率右翼,自率左翼,夹道以待。至业已驱至,一声号令,两队夹击,杀得业左支右绌,慌忙返奔。吕纂等哪里肯舍,当然追赶。业落荒急走,手下不过百余人,幸得蒙逊前来救应,方得保业退还。吕纂见有援兵,也收兵自去。段业叹道:"孤不能用子房言,致有此败!"以张子房视蒙逊,可惜汝不似沛公!懊怅了好几日,又命兵役往筑西安城,用部将臧莫孩为太守,蒙逊又谏道:"莫孩有勇无谋,知进忘退,今乃令彼往守,是无异与彼筑坟,怎得称为筑城呢?"业复不从。奈何又不信子房。俄而吕纂兵至,莫孩战死,西安城果然失守,枉费了许多财力,蒙逊自此轻业。为后文弑业伏笔。业尚侈然自大,自号凉王,又复改元天玺,进蒙逊为尚书左丞,梁中庸为右丞,即以张掖为国都。张掖在凉州北面,所以史家号为北凉,南北相对,都从后凉分出,后凉吕氏,就此寝衰了。十六国中有五凉,上文叙过共计四凉。

话分两头。且说后燕主慕容宝,嗣位以后,即弑太后段氏,已失众心。回

第七十九回　吕氏肆虐凉土分崩　燕祚寖衰魏兵深入

应七十六回。嗣又违背父命，溺爱少子，立储非人，益致内乱。宝有数子，最长为长乐公盛，次为清河公会，又次为濮阳公策，皆非嫡出。惟策母本出将门，最得宝宠；盛母较贱，会母尤贱。盛与会颇有智略，会更为祖垂所爱，每遣宝北伐，必令会代摄东宫诸事，已寓微意。嗣又以龙城旧都，宗庙所在，特使会往镇幽州，委以东北重任，国官府佐，俱采选一时名俊，使崇威望。及垂临死嘱宝，须立会为宝嗣，宝虽承遗嘱，心下却爱怜少子，未肯立会。会生年本与盛同，不过因月日较先，号为长男。盛因自己不得立储，也不愿会得嗣立，索性让与季弟，因向宝陈词，请立弟策。宝正合意旨，尚恐族议未同，特与赵王麟等商及，麟极口赞成。乃即立策为太子，并立策母段氏为皇后。策年才十二，外若秀美，内实蠢愚。盛为排会起见，劝宝立策。麟更怀着私意，利立愚稚，将来容易摔去，好行僭逆。宝怎知两人隐衷，无非是溺爱不明，背父遗言，暂图快意。还有会怏怏失望，很觉不平。暗中伏着如许祸祟，试想这后燕还能平静么？语足微世。宝虽进封盛会为王，终难释怨。再加那北方新盛的后魏，常来惊扰，因此内乱外患，相继迭乘。

魏王拓跋珪，养兵蓄马，日见盛强。群臣劝称尊号，珪始建天子旌旗，出警入跸，改登国十一年为皇始元年。魏王珪纪元登国，见七十三回。魏人所惮，惟一慕容垂，垂既去世，拓跋珪以下，无不心喜。参军张恂，遂劝珪进取中原，珪乃大举攻燕，率步骑四十余万，南出马邑，逾句注山，旌旗达二千余里，鼓行前进，直逼晋阳，又分兵东袭幽州，燕并州牧慕容农，与骠骑将军李晨，督兵出战，挡不住魏兵锐气，并因寡不敌众，竟至大败，奔还晋阳。不料司马慕舆嵩在城居守，忽起歹心，竟将慕容农妻子，驱出城外，把城门紧紧关住。不杀慕容农妻子，还算好人。

农跑至城下，遇着妻孥诉苦，气得不可名状，但退无所归，进不能战，只好挈了妻子，向东急走。偏部众统皆惊骇，沿途四散，单剩数十骑随农。到了潞川，后面尘头大起，乃是魏将长孙肥，引兵追来。农逃命要紧，连妻子都不及顾了，挥鞭疾驰。距敌少远，背上尚着了一箭，忍痛逃脱，还至中山，随从只有三骑，那爱妻娇儿，久不见归，想总被魏兵拘去，悲亦无益，只好入见燕主。燕主宝不好斥责，略略慰谕数语，令他归第休息。越日，即得警报，晋阳降魏，并州陷没了。

又过了两三天，复有急报传到，乃是魏将奚牧，攻入汾州，擒去丹阳王买德，及离石护军高秀和。燕主宝也觉着忙，亟召群臣会集东堂，咨问拒敌方法。中山尹苻谟道："今魏兵强盛，转战千里，乘胜前来，勇气百倍，若纵入平原，更不可敌，亟宜遣兵扼险，遏住寇锋，方可无虑。"中书令眭邃道："据臣意见，不如令郡县人民，聚众为堡，坚壁清野，但守勿战。彼寇骑往来剽锐，马上赍粮,不过旬日可以支持;若进无所掠,粮何从出,数日食尽,自然退去了。"尚书封懿道:"睢中书所言,亦属未善;今魏兵数十万,蜂拥前来,百姓虽欲营聚,势难自固,且屯粮积食,转为寇资,计不如阻关拒战,还不失为上策哩。"宝听了众议,无从解决。胸无主宰,总难济事。因旁顾及赵王麟,麟答道:"魏兵大至,锐不可当,宜完守设备,与他相持。待他粮尽力敝,然后出击,当无虑不胜了。"主意与封懿略同。于是修城积粟,为持久计,且命辽西王农,出屯安喜,作为外援。所有军事调度,悉归赵王麟主持。

魏主拓跋珪,已使部将于栗䃅、公孙兰等,带领步骑二万,从晋阳出井陉路,拔木通道,俾便往来,复自率大军驰出井陉,进拔常山,擒住太守苟延。常山以东诸守宰,统皆惶惧,或望风输款,或弃城逃生。只有邺与信都二城,尚固守不下。魏主珪即命征东大将军东平公拓跋仪,率五万骑攻邺,冠军将军王建,左将军李栗等攻信都,自进兵直攻中山,掩至城下。城中已有预备,当然不致陷入。珪督兵围攻数日,毫不见效,乃顾语诸将道:"我料宝不能出战,定当凭城固守,急攻必伤我士卒,缓攻又费我粮糒,不如先平邺与信都,然后还取中山,我众彼寡,自然易克了。"诸将齐声称善。珪尚为示威计,再麾众猛扑一场,南城墙不甚固,几为魏兵所毁。燕高阳王慕容隆,镇守南郭,一面派兵修缮,一面率锐力战。自旦至暮,杀伤至数千人,魏兵乃退,乘夜南行。

先是燕章武王慕容宙,奉垂及段后灵车,往葬龙城,并由燕主宝命,叫他毕葬回来,顺便将前镇军慕容隆家属部曲,带还中山。清河王会,方代镇龙城,见七十六回。阴蓄异志,把他部曲,多半截留,不肯遽遣。宙拗他不过,只得挈隆家眷,及隆参佐等,趋还中山。途次闻有魏寇,驰入蓟州,与镇北将军慕容兰登城守御。兰系慕容垂从弟。魏将石河头,往攻不克,退屯渔阳。应上文东袭幽州句。魏主珪南抵鲁口,博陵太守申永,弃城奔河南,又有高阳太守崔宏,也出奔海渚。珪素闻宏名,遣骑追及,把宏擒归。急命释缚,用为黄门侍郎,使与给事黄门侍郎张衮,并掌机要,创立礼制。博陵令屈遵降魏,也即命为中书令,出纳号令,兼总文诰。后来拓跋氏各种制度,及所有谕旨,多出二人手裁。小子有诗咏道:

  楚材入晋再弹冠,用夏变夷易旧观。
  只是华人甘事虏,史家终作贰臣看!

欲知魏兵南下情形,且至下回再表。

秃发乌孤之背吕光,乘光之衰也,沮渠蒙逊之叛吕光,因光之暴也。乌孤与光,本有杀兄之宿嫌,不得已敛尾戢翼,受光之封。至毛羽已丰,不飞何待?蒙逊本为光臣,与光无怨,待诸父罗仇、麴粥无辜被杀,挟愤而起。一则蓄之于平素,一则迫之于崇朝,要之皆有词可援,非无因而至也。然使吕光能修明政刑无急厥治,则乌孤不能崛兴,蒙逊何至猝变?分崩之祸,不戢自消,乃知瓦解土崩之患,莫非自召耳。后燕主慕容宝,背父弑母,舍长立幼,拨诸天理,必亡无疑,魏之大举深入,尚不足以亡燕,故当时之主战主守,不足深评,必至内乱纷起,然后外侮一乘,而国即亡矣。要之立国之道,惟仁与义,夷狄举仁义而尽废之,其速亡也宜哉!

第八十回　拓跋珪转败为胜　慕容宝因怯出奔

却说邺中镇守的燕将,乃是范阳王慕容德。见七十六回。他闻魏将拓跋虔来攻,便使安南王慕容青,系慕容皝曾孙。率领将士,夤夜出城,袭击魏营。拓跋虔未及防备,竟被捣破,伤了许多兵马,踉跄返奔,退入新城,青回城报功。到了次日,还要引兵追击,别驾韩𫍯劝阻道:"古人先谋后战,昨夜掩他无备,才得胜仗,今不可轻击魏军,共有四端:悬军远客,利在野战,一不可击;深入近畿,向我致死,二不可击;前锋既败,后阵必固,三不可击;彼众我寡,四不可击。并且官军不宜轻动,亦有三要,本地争战,胜且扰民,一不宜动;倘或不胜,众心难固,二不宜动;城隍未修,敌来无备,三不宜动。为今日计,不如深沟高垒,持重勿战,彼师远来,无粮可因,难道能久留不去么?"慕容德依了𫍯言,止青勿出。

魏辽西公贺赖卢为魏主珪母舅,奉了珪命,来会拓跋仪攻邺。适魏别部大人没根,为珪所忌,投奔中山,燕主宝命为镇东大将军,封雁门公。没根素有胆勇,请还袭魏营,宝尚未深信,只给百余骑随去。行近魏主珪大营,适当日暮,没根走入僻处,令群骑吃了干粮,悄悄伏着,待到夜半,方趱至魏营门外,仿着魏兵口号,叩营径入。魏兵还道他是巡卒,并未拦阻,至没根直入中帐,始被珪卫兵截住,两下里动起手来,喊声震动。魏主珪才从帐中惊醒,跣足趋入后帐,急命将士拒战。没根等东斫西劈,已得了首级百余,及见魏兵陆续趋集,方大喝一声,夺路走脱。魏兵因月黑天昏,不敢追赶,一听没根驰回。这次魏营被劫,虽然不致大损,但魏主珪常有戒心,倒也有三分胆怯了。无人不怕死。只拓跋虔围邺逾年,终未退去。燕范阳王德,也守得力倦神疲,不得已遣使入关,至后秦姚兴处乞救。后秦太后蛇氏,正患寝疾,兴颇有孝思,日夕侍奉，不愿出兵。兴尊母蛇氏为太后，见七十四回。邺使只好返报，守兵闻秦援不至，颇加恟惧。忽城外有书射入，经守兵拾呈慕容德，德展览后，颇有喜色。原来魏辽西公贺赖卢，自恃国戚，不愿受拓跋仪节制，互相猜疑。仪司马丁建阴与德通，因射书入城，报明魏营情形，令德放怀。德知魏军必有变动，当然易忧为喜。又越数日，大风暴起，白日如昏，赖卢营中爇炬代光，丁建伪报拓跋仪道："贺营已纵火烧营了，必乱无疑。"仪不禁着忙，急引兵趋退。贺赖卢莫名其妙，但见仪众退去，也只好撤还。丁建竟入邺降德，且言仪师老可击，德乃遣慕容青等带着精骑七千，追击魏兵；果然大得胜仗，夺了许多军械，搬回邺城。燕主宝得邺城捷报，也使左卫将军慕舆腾，收复博陵高阳，杀魏所置守令诸官，堵塞魏军粮道。

魏主珪因邺城难下，信都又复未克，乃亲督军赴信都，往助冠军将军王建。建攻信都与仪攻邺，俱见前回。燕冀州刺史宜都王慕容凤，已守了七十余日，粮食将尽，又闻魏主珪亲来围攻，自知不支，竟逾城夜走，奔归中山。信都失了主帅，所有将军张骧、徐超等，不能再拒，便即开城出降。

燕失去信都，却得拔杨城，杀虢守兵三百余人。慕容宝拟大举击魏，尽取出府库金帛，购募壮士，不论良莠，悉数录用，甚至金帛不足，把宫中闲散侍女，也作为赏赐。还是活口赏人，可省口粮，似为得计，一笑。于是盗贼无赖，统皆应募，数日间得数万人。乌合之徒，宁足成事！会没根兄子丑提，为并州监军，闻叔降燕，恐连坐被诛，因即还国作乱。魏主珪防国都有失，意欲北归，乃遣国相涉延，诣燕求和。燕主宝不肯照允，使冗从仆射兰真，责珪负恩，悉发部众出拒，统计步卒十二万，骑兵三万六千，行至钜鹿郡内的柏肆坞，临滹沱河沿岸为营。可休勿休，岂靠着一班无赖，便足徼功么？魏主珪不得所请，当然怒起，叱还燕仆射兰真，即引兵至滹沱河南，与燕军夹岸列寨。

燕主宝见魏兵势盛，又有惧容，还是高阳王隆，想出一计，自请潜师夜渡，往劫魏营。宝依了隆计，自在营中戒严，作为后援。隆从募兵中挑出勇士万人，各执火具，待到夜静更深，悄然渡河。一经登岸，便乘风纵火，且烧且进，突向魏营杀入。魏营中虽有夜巡，未及入报，魏兵从睡梦中惊醒，顿致大乱，自相践踏。魏主珪仓猝起视，见外面尽是火光，也不由惊心动魄，连衣冠都不及穿戴，匆匆逃脱。燕将乞特真，捣入魏主寝帐，那魏主已经走远，只剩得衣靴等件，劫取而回。魏主珪前曾被劫，至此又复弃营，也算善循覆辙。此外粮械，由燕兵悉数搬运，你抢我夺，竟至互相争论，私斗起来。可见兵宜训练，临时召募之徒，虽胜亦不中用。魏主珪惊走数里，觉后面并无追兵，乃敢少息。溃兵亦次第趋集，仍然择地安营。复登高遥望，见燕军抢夺各物，自相斫射，不禁欣喜道："今夜尚可转败为胜哩！"随即回营伐鼓，号召散卒，在营外遍布火炬，然后纵

第八十回　拓跋珪转败为胜　慕容宝因怯出奔

骑冲击燕兵。

燕兵方才罢斗,由慕容隆弹压平静,捆载各物,正要渡河还营,不防魏兵来打还复阵,好似怒虎咆哮,逢人便噬。燕军已无行列,又无斗志,逃的逃,死的死。将军高长,略略对敌,便被魏兵攒绕拢来,把他打翻,捆绑了去。慕容隆到此,也只好自管性命,奔回宝营。宝忙出兵援应,才得救回一二千人,此外不是被杀,就是被擒。越宿,魏兵又整队临河,对营相持,军容很是严肃,燕人大惧,上下夺气。慕容麟与慕容农,劝宝还师,宝乃拔营急归。魏兵越河追蹑,屡败燕军,并因春寒未解,风雪交乘,士多冻死,枕藉道旁。宝驱马急驰,不遑顾及全军,只带旧兵二万骑,匆匆北走,尚恐被魏兵追及,令士卒抛仗弃甲,赶紧行路,所有兵器数十万,一齐丧失,寸刃无遗。

燕尚书闵亮,秘书监崔逞,太常孙沂,殿中侍御史孟辅等,不及奔还,但为魏兵所虏,悉数降魏。崔逞素有才名,魏张衮常为称扬,至是魏主珪得逞甚喜,即授官尚书,使录三十六曹,委以政事。一面麾众再进,竟抵中山城外,屯芳林园。

燕主宝奔入中山,喘息未休,尚书郎慕舆皓,竟阴谋杀宝,推立赵王麟。幸有人预先讦发,宝即派兵严查,皓自知谋泄,斩关奔魏。宝本欲罪麟,又闻魏兵进逼,不敢遽发,只好飞使往达龙城,召清河王会入援。会犹怀私怨,未肯遽赴。事见前回。但使征南将军库傉官伟,建威将军余崇,率兵五千,先驱进行。伟等到了卢龙,静待后应,约莫至三阅月,未见会至,所带粮饷,早已食尽,甚至宰牛杀马,烹食充饥,亦且无余。时中山已被困多日,燕主宝累诏催会,会尚托词练兵,迁延不发,目无君父。伟在卢龙,也觉焦急,意欲使轻骑先进,侦敌强弱,且为中山遥接声援,诸将皆互相推诿,不敢奉令,独余崇奋然道:"今巨寇滔天,都城危迫,匹夫尚思致命,往救君父,诸君受国重任,乃如此贪生怕死么?若社稷倾覆,臣节不立,死有余辜。诸君尽管居此,崇愿自往一行,虽死无恨!"可惜会不闻此言!伟极口褒许,便选给精骑数百人,随崇出发。行至渔阳,遇魏游骑千余人,众皆彷徨,且前且却,崇又励众道:"彼众我寡,不战必死,与战或尚可求生。"遂当先进击,众亦随上,格杀数十人,活捉十余人,魏骑骇退,崇亦引还。当下讯明俘虏,得知魏主亦有归志,乃驰使报会,会方引兵就道,沿途还是逗留,好几日才至蓟城。

燕都被围日久,将士统欲出战,高阳王隆,向宝献议道:"魏主虽得小利,但顿兵经年,锐气已挫,士马亦大半死伤,人心思归,诸部离散,正是可击的机会,且城中将士,已尽思奋,彼衰我盛,战无不克,若持重不决,将士气丧,日益困逼,事久变生,恐无能为力了。"宝颇以为然,令隆整兵出战,偏赵王麟多方阻挠,竟致隆孤掌难鸣,欲出又止。

宝急得没法，因使人至魏营请和，愿送还魏主弟觚，并割让常山西境，即以常山为燕魏分界。魏主珪因母后贺氏，念觚致疾，竟至谢世，未免怀着余哀。_{回应前文，并了结贺氏。}此次由燕许归觚，并得常山西境，乐得乘机罢兵，便不复多求，愿如所约。燕使请即撤围，然后照约履行，珪亦许诺，遣还燕使，自引兵退屯卢奴。谁知宝又复翻悔，不肯照行和约，自食前言。_{好似儿戏。}魏主珪待了数日，杳无音信，复督诸将进攻中山，燕将士数千人，俱入殿自请道："今坐守孤城，终致困毙，臣等早愿出战，陛下一再禁止，难道待死不成？且受围多日，无他奇策，徒欲延时积日，待寇自退。臣等见内外形势，强弱悬殊，彼必不肯无故舍去，请从众决战，背城借一，彼见我尚能奋力，自然知难即退了！"宝当面允许，又命隆率众出击。隆被甲上马，勒兵诣门，将要出城，偏慕容麟驰马急至，不准开门。隆亦未便与争，涕泣还第，大众从此灰心，各悻悻散去。

到了夜间，麟竟带领部众，迫左卫将军慕容精，入宫弑宝，精抗议不从，惹动麟怒，拔刀杀精，自率妻子出城，奔往西山，于是人情骇震。

燕主宝闻报大惊，只恐麟出夺会军，拟遣将迎会追麟，可巧麟麾下属吏段平子，背麟奔还，报称麟赴西山，招集丁零余众，谋袭会军，东据龙城。宝顿足道："果不出我所料，奈何？奈何？"说着，即召农、隆二王入议，欲弃去中山，走保龙城。_{呆极。}隆应声道："先帝栉风沐雨，成此基业，今崩未逾年，大局遽坏，岂非孤负先帝，但外寇方盛，内乱又起，骨肉乖离，百姓疑惧，原是不足拒敌，北迁旧都，未始非权宜计策。但龙城地狭民贫，若移众至彼，要想足食足兵，断非旦夕可成。陛下诚能节用爱民，务农训士，待至公私充实，可守可战，将来赵魏遗民，厌苦寇暴，追怀燕德，当不难返旆南来，克复故业。否则不如凭险自固，静镇不动，或尚足优游养锐哩。"_{语意亦太模棱。}宝答道："卿言确有至理，朕当一从卿意，今日是不能不迁了。"隆默然退出，农亦随退。辽东人高抚，素善卜筮，为隆所信。隆返第后，抚即入见，附耳与语道："殿下北行，恐难及远，太妃亦未必相见，若使主上独往，殿下留守都城，不但无祸，并得大功。"_{隆家属留居蓟城，事见前回，故云太妃未必相见。}隆摇首道："国有大难，主上蒙尘，老母又在北方，我若得归死首邱，亦无所恨，怎得另生异志呢？"乃遍召僚佐，预嘱行期。僚佐多不愿从行，惟司马鲁恭，参军成岌，尚无异言。隆喟然道："愿从者听，不愿从者亦听！"僚佐闻言，便各散归，隆遂部署行装，准备出走。慕容农与隆同意，亦即日整装，部将谷会归进谏道："城中兵士，俱因参合一战，家属多亡，恨不得与敌拼命，只因赵王禁遏，不能伸志。今闻主上北徙，大众互相私议，俱谓得慕容氏一人，奉为主帅，与魏力战，虽死无怨。大王尽可留此，俯从众望，击退魏军，抚宁畿甸，奉迎大驾，重整河山，岂不是忠勇兼全

第八十回　拓跋珪转败为胜　慕容宝因怯出奔

么？"比高抚言更为豪爽。农怫然不悦，意欲拔刀杀归。转思归有才勇，不忍下手，但作色与语道："必如汝言，才可望生，我终不愿，宁可就死！"农从垂起兵时，颇有才识，此时何亦无生气耶？归只得告退。是夜燕主宝开城北走，除农、隆二人随行外，尚有太子策、长乐王盛等，带着万骑，衔枚急奔。河间王熙、渤海王朗、博陵王鉴，皆垂子，见七十六回。年尚幼弱，不能出城，隆复入城迎接，护令同行，方得走脱。燕将王沈等降魏，乐浪王惠、中书侍郎韩范、员外郎段宏、太史令刘起等，挈工役三百余人，奔往邺城。

　　燕都无主，百姓惊惶，东门连夜不闭。事为魏主珪所闻，即欲引兵入城，偏冠军将军王建，志在掳掠，偏至魏主面前，谓夜间昏黑，恐士卒入盗库物，无从彻查，不如待至天明，魏主乃止。及晨鸡报晓，旭日已升，魏主始引兵至东门，哪知门已紧闭，城上守兵俱列，反比前日整齐，不由的惊诧起来。遂饬众并力猛攻，偏是矢砯下，无隙可乘，自朝至暮，一些儿没有见功，反伤害了数百人。次日，又复攻扑，仍然无效，乃使人上登巢车，招谕守兵道："慕容宝出城奔走，已弃汝等北去，汝等百姓，复替何人把守？难道汝等俱不识天命，徒自取死么？"守兵齐声答道："从前参合一役，降且不免，今日守亦死，降亦死，所以不愿出降，情愿死守！况城中并非无主，去一君，立一君，难道汝魏人能杀尽我么？"魏主珪听了，顾视王建，直唾建面。当下遣中领将军长孙肥、左将军李栗，率三千骑追慕容宝。行至范阳，尚不见有宝踪迹，但新城戍兵，约有千人，索性攻将进去，俘得数百名，还报大营。魏主珪懊悔无及，尚拟攻克中山，未肯撤围。究竟中山由何人主持？原来是燕开封公慕容详。详系慕容青弟。详未曾出城，即由守兵奉为主帅，闭城拒守，因此宝虽北去，城尚保存。小子有诗叹道：

　　　　国都未破主先逃，遗族留屯差自豪。
　　　　假使岩垣长不坏，维城宗子也名高。

　　欲知慕容宝在途情状，待至下回再详。

　　慕容宝一鄙夫耳，喜怒靡常，进退无主，观其所为，即安内尚且不足，遑问拒外！魏人一至，可和不和，可战不战，可守不守，虽欲不败，乌得而不败？虽欲不亡，乌得而不亡？不然，魏主拓跋珪，智术亦疏，没根二击而惊走，慕容隆再击而猝奔，当两军对垒之时，无备若此。向令宝父尚存，珪亦安能逞志乎？慕容农与慕容隆，名为燕室忠臣，乃父中兴，两人亦尝佐命，乃小胜即喜，小败即怯，既不能监制慕容麟，又不能匡正慕容宝，都城可弃，何一不可弃耶？观此回可知后燕败亡之由来云。

第八十一回 攻旧都逆子忘天理
##　　　　　陷中山娇女作人奴

却说慕容宝弃都出走,行至阰城,适与赵王麟相遇。麟不意宝至,还道他亲自出讨,顿致惊溃,奔往蒲阴。宝不遑追击,但驱众北趋,到了蓟城。随从卫士,散亡略尽。惟慕容隆部下四百骑,留卫行幄。慕容会率骑兵二万人,方至蓟南,闻宝已入蓟,乃进城相见。父子叙谈,会语多讽刺,面上亦很觉不平。宝俟会退出,即召农、隆二人,入语会不平情形。二人均说道:"会尚年少,专任方面,习成骄盈,所以有此情状。臣等执礼相绳,料彼也不致生异了。"除非立会为太子,或可释嫌。宝虽然许可,心中总未免疑会,遂欲夺会兵权,归隆统辖。隆恐会有变,当面固辞。宝犹分拨会众,给与农、隆。又遣西河公库傉官骥,率兵三千,助守中山,一面尽徙蓟中库藏,北趋龙城。

魏将石河头引兵追宝,驰至夏谦泽,得及宝军。宝不欲与战,会抗声道:"臣抚练士卒,正为今日,今大驾蒙尘,人思效命,乃狡虏敢来送死,太违情理。兵法有言:'归师勿遏。'又云:'置之死地而后生。'彼犯二忌,我得二利,若再不战,益启寇心,龙城亦岂可长保么?"宝乃从会言,列阵拒敌。会出当敌冲,使农、隆二军,分攻魏兵左右,三路夹击,大败魏兵,追奔百余里,斩首数千级。隆尚未肯罢休,再追至数十里外,夺得许多甲仗,方才回军,归途语故吏阳璆道:"中山城积兵数万,不得伸展我意,今日虽得一胜,尚令我遗恨无穷。"说着,慷慨太息,泪下数行。独会经此一捷,骄夸愈甚,隆不得不从旁训勉。会非但不听,反加忿恨,又因农、隆俱常镇龙城,名望素出己右,恐宝至龙城后,大权必在农、隆掌握,自己越致失势,乃潜谋作乱。幽、平二州士卒,统已受会牢笼,不愿归二王节制,遂向宝陈请道:"清河王勇略过人,臣等愿与同生死,今请陛下与太子诸王,留住蓟宫,臣等从清河王南征,解京师围,还迎大驾便了。"宝似信非信,默然不答。大众退后,宝左右进言道:"清河王不得为太子,神色已很是不平,且材武过人,善收人心,陛下若从众请,臣恐解围以后,必有卫辄故事,不可不防。"卫辄拒父事,见《东周列国》。宝点首示意。侍御史仇尼归,系会私党,探悉宝情,便私下告会道:"大王所恃惟父,父已异图,所仗在兵,兵已去手,试问将如何自全呢?不如诛二王,废太子,由大王自处东宫,兼任将相,匡复社稷,方为上策。"双方谗间,怎得不乱?会尚犹豫未决。

宝语农、隆道:"我看会已有反志,今若不除,难免大祸。"农、隆齐声道:

"今寇敌内侮，中土纷纭，社稷危如累卵，会镇抚旧都，来赴国难，威名远震。逆迹未彰，若一旦加诛，不但父子伤恩，人心亦必将不服呢。"宝慨然道："逆子已不顾君亲，卿等兹恕，尚不忍诛，一旦变起，必先害诸父，然后及我，后悔恐无及了。"农、隆为妇人之仁，不知弭乱，宝既知子恶，仍不加防，是亦妇人之见而已。话虽如此，但也不肯急切下手，仍向龙城进行。

到了广都黄榆谷，时已天晚，因即驻宿。农与隆二人为卫，卧至夜半，忽有一片哗噪声，从外而入。隆急忙起视，见有十数人持刀进来，料知有变，便欲返身入报，不防背上已中了一刀，痛彻心窝，立致晕倒，接连又被一刀斫下，自然断命。时农已拔甲出来，跨马欲遁，偏被那强人阻住，用刀乱斫，农急忙闪避，左臂已着了刀伤，忍痛走脱。背后却有数健卒相随，代抱不平，俱奋力留拒强人，格翻几个，赶去几个，独擒得一个头目，仔细辨认，正是侍御史仇尼归。当下将他捆住，牵送慕容农。农已窜入山谷，健卒亦跟了进去，待至追及，由农讯问仇尼归，供称为会所遣。农乃裹创待晓，然后出山，返报慕容宝。

宝夜间闻变，正在惊惶，突见会跟跄趋入道："农、隆谋逆，臣已将他二人除去了。"宝知会有诈，一时不便叱责，乃佯为慰谕道："我素疑二王，果然谋变，今得除去，甚好！甚好！"此时倒还有急智。会喜跃而出。翌晨，由会排齐兵仗，严防他变，始拥宝就道。建威将军余崇，请收殓隆尸，载往龙城，会尚未许，经崇涕泣固请，方得邀允。即由崇殓隆入棺，用车载行。适慕容农自来谒宝，并押献仇尼归。宝不令农诉明情迹，但伪叱道："汝何故负我？"遂令左右将农拿下。仇尼归乐得狡赖，只说农等为逆，拒战被擒，宝即令释缚，仍复原官。约行十余里，正要午餐，宝召群臣同食，且议加农罪。会方就坐，宝目顾卫军将军慕舆腾，暗嘱杀会。腾拔剑出鞘，向会行刺。会把头一低，冠被劈去，略受微伤，身子向外一掠，竟得逃走。腾不及追杀，慌忙奉宝急奔，飞驰二百余里，得抵龙城。时已夕阳下山了；会号召徒党，追宝至石城，终不得及，乃使仇尼归为前驱，径攻龙城。宝令壮士贪夜出击，得破仇尼归。会且上书要求，请诛左右佞臣，并求立为太子。宝当然不许，惟乘舆器物及后宫妾御，不及随宝进城，尽被会掠去，分赏将吏，擅置官属，自称皇太子，录尚书事，引众再攻龙城，以讨慕舆腾为名。宝登城责会，会跨马扬鞭，意气自如，且令军士鼓噪扬威。城中将士，见会如此无礼，统皆愤怒，开城迎战。天下事全仗理直，理直自然气壮，一鼓作气，锐不可当，便将会众杀退。毕竟人心未死。会走还营中，到了夜半，侍御史高云，又从城中潜出，带着敢死士百余人，袭击会营。会众大乱，相率逃散。会不能成军，只带十余骑奔往中山。开封公慕容详，怎能容会，立将会拘住斩首，并派人传报龙城。宝乃颁令大赦，凡从前与会同谋，悉置不问，使复旧职。免罪尚可说得，复官未免太宽。又论功行赏，封侯拜将，共数百人。命慕容农为左仆射，兼职司空，领尚书令，进高云为建威将军，封夕阳公，养为义儿，追赠高阳王隆为司徒，予谥曰康。龙城一隅，暂得少安。

惟邺城尚被围住，积久未退，慕容详尚有能耐，坚持到底。魏主珪因军食不继，命东平公仪撤去邺围，徙屯钜鹿，筹运粟米。慕容详又暗遣步卒，出袭魏营，虽然魏主有备，杀败守兵，但终因粮道未通，解围自去，就食河间。详还道是威足却魏，竟僭称皇帝，改元建始，用新平公可足浑谭为车骑大将军，领尚书令。此外设官分职，居然备置百官。且闻慕容麟出屯望都，即遣兵掩击，逐麟入山，擒麟妻子还都。燕西河公库傉官骥，本奉燕主宝命，助守中山，见上文。及详既僭位，便思逐骥。骥与他反抗，遂致互阋，结果是众寡不敌，为详所杀。详尽灭库傉官氏，又杀中山尹苻谟，诛及家族。惟谟有二女娥娥、训英，娇小玲珑，幸得走脱，后文自有表见。天生尤物，不肯令其遽死。详既得逞志，便即淫荒，嗜酒无度，横加杀戮。所授尚书令可足浑谭直言进谏，适值详酒醉糊涂，竟不分皂白，喝令左右，把谭推出斩首。官吏等当然不服，均有异言，详更使人监谤，遇有私议政事的人员，不论贵贱，一体处斩。自详僭号以后，但阅一月，所诛王公以下，已五百余人，内外屏息，莫敢发言。

城中又复饥迫，百姓欲出外觅粮，偏详下令严禁，不准出入，因此人多饿死，举城皆恨详无道，欲就近往迎赵王麟。麟与详相去几何？百姓亦但管目前，未遑顾后。详尚未察悉，但因城中乏食，遣辅国将军张骥，率五千余人赴常山，督办粮糈。慕容麟伺隙复出，招集丁零余众，潜袭骥军。骥正在灵寿县，严加督责，戕害吏民，众心浮动，一闻麟至，都去欢迎，连骥部下各兵士，亦弃骥就麟。骥仓皇窜去，麟即引众掩至中山，城门不闭，得一拥直入，城中兵民，见麟到来，无不喜慰，从前被杀诸大臣家属，乐得乘机报怨，各引麟趋入伪宫，往捉慕容详。详醉后酣寝，未及逃避，即被大众七手八脚，把他捆住，牵出见麟。详尚睡眼模糊，不知为何人所执，但听得一片杀声，才开眼一睁，那刀光已到颈上，未及开言，头颅已落。得做醉鬼，详亦甘心。又搜杀详亲党三百余人。麟复僭称尊号，听民四出觅食，大众才得一饱。

魏主珪闻中山变乱，即遣中领军将军长孙肥，带领轻骑七千人，潜袭中山，得入外郭。麟忙集众出拒，肥始退去。麟复率步骑四千，追至派水，由肥麾众返击，彼此各有杀伤。麟丧失铠骑二百，肥亦身中流矢，两造统收军引还。魏主珪移驻常山九门，军中大疫，人马多死，将士多半思归。珪觇知众意，便语众将道："前闻丑提作乱，本即北返，嗣因燕主悔约，丑提乱亦得平。从珪口中了过丑提。我意决拔中山，再作归计，今全军遇疫，岂天意不欲我取中山？但四海以内，人民众多，无处不可立国，诚使我抚驭有方，谁不悦服？

第八十一回 攻旧都逆子忘天理 陷中山娇女作人奴

目前病死多人,也不足顾恤呢。"语不足法。诸将始不敢再言。珪即令抚军大将军略阳公拓跋遵,引兵再袭中山,割取禾稻,捆载而还。中山失禾,饥荒益甚。慕容麟不能安居,因率众三万余人,出据新市。

魏主珪已进兵攻麟,太史令晁崇进谏道:"今日进军,恐防不吉。"珪问为何因?崇答道:"纣以甲子亡,故后世称甲子日为疾日,今日适当甲子,不宜出兵。"珪笑道:"纣以甲子亡,周武不以甲子兴么?"崇无言可对。珪即启行至新市,与麟对垒。麟不免心怯,退屯派水,依渐沫泽立营,意图自固。彼此相持数日,魏兵进压麟营,麟不得已开营出战,一场交手,哪里敌得过魏兵?二万人死了九千余,逃去一万余,单剩得数十骑,随麟奔还。麟妻子前为详所拘,未曾处死,见上文。麟入中山,当然放出,此次复挈了妻子,遁入西山,从间道赴邺。魏主珪驰入中山,凡麟所署公卿将吏,及守城士卒,统皆迎降,共约二万余人。又得燕所传皇帝玺绶,并图书府库珍宝,以巨万计,还有后宫妇女,数亦盈千。并得慕容详遗女一人,年青貌美,秀色可餐,珪即纳为妾媵,晚令侍宿。详女亦只好随缘作合,供他淫污。越日,又发慕容详冢,锉尸焚骨,并查得拓跋觚死时,由燕人高霸、程同下手,便将两人磔死,并夷五族。霸固为详所使,本不应置重辟,况又夷及五族,珪之淫虐如此,无怪其不得令终。于是颁赏将士,多寡有差。

慕容麟奔至邺城,与范阳王慕容德相见,便向德献议道:"魏兵既克中山,必来攻邺,邺中虽有蓄积,但城大难固,且人心怔惧,恐难坚守,不如南赴滑台,较为万全。"德闻言心动,遂拟南迁。时滑台守将,为燕鲁阳王慕容和,亦遣人迎德,德因决计徙屯。好容易又是残冬,越年为燕主宝永康三年,即晋安帝隆安二年。正月上旬,德率户四万,南徙滑台,将吏当然随行。无故弃邺,也是失策。魏东平公拓跋仪,已进封卫王,引众入邺,追德至河,不及乃还。慕容麟等向德劝进,德依兄慕容垂故事,自称燕王元年,摄行帝制,备设官属,用慕容麟为司空,领尚书令,慕容法为中军将军,慕舆拔为尚书左仆射,丁通为右仆射,这便是南燕的始基。是为四燕之殿。看官听说!慕容麟劝德南徙,仍然为自己起见,他因河间常有麟现,自谓与己名相应,必得君临燕土。中山僭号,不满三月,匆匆奔邺,欲用德为傀儡,迁往河南,仍好废德自立。哪知天不助逆,竟至谋泄,被德赐死,狡猾半生,终归不得善终。可作晨钟之警。

那慕容宝尚未知滑台情形,还遣鸿胪卿鲁遽,册拜慕容德为丞相,领冀州牧,封南夏公,一面大阅兵马,仍欲规复中原。会魏主北归,慕容德亦命侍郎李延,向宝报闻,谓"魏军已返,中原空虚,正好及时收复"等语。宝心下大喜,即拟南行。辽西王农,长乐王盛进谏道:"今方北迁,兵疲力弱,魏新得志,未可与争,不如养兵观隙,更俟他年。"宝颇欲依议,偏抚军将军慕舆腾抗言道："寇虏已返,我师大集,正宜乘机进取,百姓可与乐成,难与图始,惟当独决圣虑,不应广采异同,阻挠大计。"宝闻言奋袂道："我计决了,敢谏者斩!"遂留慕容盛居守龙城,命慕舆腾为前军大司马,慕容农为中军,自为后军,统率步骑三万,自龙城依次出发,南屯乙连。

燕制称卫兵为长上,素随乘舆出入,不令迁调,此次宝统众南行,当然随着,但众情俱不愿征役,各有怨言。卫弁段速骨、宋赤眉等,本为高阳王隆旧部,入充宿卫,此次因众心蠢动,遂纠众作乱,逼立隆子崇为主帅,立即发难,杀毙司空乐浪王慕容宙,中牟公段谊诸人。惟河间王熙,素与崇善,崇代为庇护,始得免难。燕主宝突然遇变,急率十余骑奔往农营。农急忙出迎,左右抱住农腰,谓营卒亦恐应乱,不宜轻出。农抽刀吓退左右,才得出营见宝,接入营中。一面遣人追还前军慕舆腾,一面拔营回讨段速骨等。谁知军心都变,俱弃仗散走,就是慕舆腾部下,亦皆溃散。宝与农只好奔还龙城,乱兵尚在后追赶,亏得龙城留守长乐王盛,引兵出接,才得迎入宝与农。小子有诗叹道:

> 不从众议妄行师,祸起军中悔已迟。
> 纵使一时能幸脱,窜身便是杀身时。

宝与农既入龙城,乱兵亦进逼城下,欲知乱事如何结果,容待下回表明。

君君臣臣,父父子子,此为修齐治平之要素,先圣固尝言之矣。慕容宝之不君不父,乌足为国?观其立太子时,已启内乱之渐,以立长言,则宜立长乐公盛,以受遗言,则宜立清河王会,策为少子,又非嫡嗣,徒以溺爱之故,越次册立,无惑乎会之谋乱也。会固不子,宝实不父,而又当断不断,徒受其乱,亲为父子,反成仇敌,家且不齐,国尚能治乎?幸而会乱已平,正宜与民更始,休养生息,徐图规复,乃不察民生之困苦,不问将士之罢劳,冒昧径行,侈言南讨,是君不君也。君不君,臣即不臣,段速骨等之作乱,亦意中事,无见怪也。彼慕容农与慕容隆,心固无他,才实不足。慕容麟好行不义,终至自毙,燕事如此,即无拓跋氏之外侮,亦终必亡而已矣。

第八十二回　通叛党兰汗弑君
　　　　　　诛贼臣燕宗复国

却说段速骨等引着乱兵,进逼龙城。城中守兵甚少,由慕容盛募民为役,始得万人,登陴奋力拒守。速骨等人数虽多,但同谋不过百人,余皆胁从为

第八十二回　通叛党兰汗弑君　诛贼臣燕宗复国

乱，并无斗志。惟尚书顿邱王兰汗，本为慕容垂季舅，又是慕容盛妇翁，他偏起了歹心，与速骨等通谋，所以速骨等有恃无恐，日夕鼓噪，威吓城中；且诱慕容农出城招抚，愿与讲和。农恐城不能守，潜自夜出，往抚乱兵。乱兵未曾被甜，怎肯投诚？农潜往招抚，不啻送死。速骨怎肯依农，反把农拘住不放。翌晨，复引众攻城，城上守兵，拒战甚力，伤毙乱卒百余人。守兵正在得势，忽见速骨牵出慕容农，指示城上，呶呶乱语。农亦有口，奈何畏死不言？守兵本恃农为重，忽见农在城下，也不暇问明情由，骤然夺气，一哄而散。速骨等得缘梯登城，纵兵杀掠，死亡相枕。燕主宝与慕舆腾、余崇、张真、李旱等，轻骑南奔。

速骨尚不敢杀农，但将他幽住殿内。另有同党阿交罗，为速骨谋主，意欲废崇立农，偏被崇左右闻知，就中有靧让出力鞭两人，为崇效力，骤入杀农，并及阿交罗。农故吏左卫将军宇文拔，亡奔辽西，速骨恐人心忆农，必且生变，因归罪靧让出力鞭，把他诛死。哪知与他反对的，不是别人，就是前时通谋的兰汗。汗阳与勾通，暗中仍然嫉忌，速骨未曾防着，突被汗纠众袭击，见一个，杀一个，才阅半日，已将速骨等亲党百余人，一古脑儿送他归阴。当下废去慕容崇，奉太子策监国，承制大赦，且遣使迎宝北归。

时长乐王盛等，已逾城从宝，同至蓟城，接见兰汗来使，宝即欲北还。盛等俱进谏道："兰汗忠诈，尚未可知，今若单骑往赴，倘汗有异志，悔不可追，不如南就范阳王，合众取冀州，就使不捷，亦可收集南方余众，徐归龙城，这却是万全计策呢。"宝乃依议，从间道趋邺。邺人颇愿留宝，宝独不许。南至黎阳，暂驻河西，命中黄门令赵思，召北地王慕容钟，使他迎驾。钟为慕容德从弟，曾劝德称尊，至是执思下狱，并即报德。德召僚属与语道："卿等为社稷大计，劝我摄政，我亦因嗣主播越，民神乏主，暂从群议，聊系众心。今天方悔祸，嗣主南来，我将具驾奉迎，谢罪行辕，然后角巾还第，不问国事，卿等以为何如？"全是假话。黄门侍郎张华应声道："陛下所言，未免失计，试想天下大乱，断非庸材所能济事，嗣主暗弱，不足绍承先绪，陛下若蹈匹夫小节，舍天授大业，恐威权一去，身首不保，社稷宗庙，岂尚得血食么？"将军慕容护亦接入道："嗣主不达时宜，委弃国都，自取败亡，尚何足恤？从前蒯聩出奔，卫辄不纳，《春秋》尚不以为非，孔圣亦未尝赞成。彼为子拒父，尚属可行，况陛下为嗣主叔父，难道不可拒犹子吗？"正要你二人说出此话。德半晌才道："古人逆取顺守，终欠合理，所以我中道徘徊，怅然未决呢。"护又道："赵思南来，虚实未明，臣愿为陛下驰往调察，再作计较。"德乃遣护前往，佯为流涕。多此做作。护率壮士数百人，偕思北往。适宝得樵夫言，谓德已僭号，料知不为所容，仍转身北去，护追宝不及，复执思南还。

德闻思练习掌故，召他入见，欲为己用。思慨然道："犬马尚知恋主，思虽刑臣，颇识大义，乞加惠赐归。"德作色道："汝在此受职，与在彼何异？"思亦发怒道："周室东迁，晋郑是依，陛下亲为叔父，位居上公，不能倡率群臣，匡扶帝室，乃反幸灾乐祸，欲效晋赵王伦故事，思虽不能效申包胥，乞援存楚，尚想如王莽时的龚胜，不屑偷生，归既不得，死亦何妨！"阉人中有此义士，恰也难得。德被他揶揄，容忍不住，便命将思推出斩首，真情毕露。嗣是遂与宝绝。

宝遣盛与慕舆腾，收兵冀州，盛因腾请兵启衅，激成祸乱，且素来暴横不法，为民所怨，因即将他杀死。总嫌专擅。行至钜鹿，遍谕豪杰，俱欲起兵奉宝，约期会集。偏宝闻兰汗祀燕宗庙，举动近理，便欲北还龙城，不肯再留冀州，于是召盛速还，即日启行。到了建安，留宿土豪张曹家。曹素武健，自请纠众效劳，盛又劝宝缓归，俟确觇兰汗情状，再定行止。宝乃遣冗从仆射李旱，往见兰汗，自在石城候信。

会兰汗遣左将军苏超，至石城迎宝，极陈兰汗忠诚。宝信为真言，不待李旱返报，遂自石城出发。盛涕泣固谏，宝仍不从，但留盛在后徐行。盛与将军张真等下道避匿，不肯遽赴。盛为宝子，知父有难，不肯随往，亦太忍心。宝匆匆急返，抵索莫汗陉，去龙城只四十里，城中皆喜。兰汗惶惧，欲自出谢罪，兄弟同声谏阻。汗因遣弟加难率五百骑出迎，又令兄提闭门止仗，禁人出入。城中皆知汗有变志，但亦无法挽回。加难驰至陉北，与宝相见，拜谒甚恭。宝即令他护驾，昂然进行。颍阴公余崇，密白宝道："加难形色不定，必有异谋，陛下宜留待三思，奈何径往？"宝尚说无妨。又行了十余里，加难忽喝令骑士向前执崇，崇徒手格斗，毕竟寡不敌众，终为所缚。崇大骂道："汝家幸为国戚，迭沐宠荣，今乃敢为篡逆，天地岂肯容汝？不过稍迟旦暮，便当屠灭，但恨我不得手脍汝曹呢！"加难听了，竟拔刀杀崇。宝至此悔已无及，只好随了加难，同入龙城。加难不令入殿，但使寓居外邸，用兵监守。到了夜间，便遣壮士潜入邸中，将宝拉死。莫非自取。兰汗闻报，命为棺殓，追谥曰灵。又杀太子策及王公卿士以下百余人。汗自称大都督大单于大将军，昌黎王，改元青龙，令兄提为太尉，弟加难为车骑将军，封河间王熙为辽东公。使如周时杞宋故例，备位屏藩。居然想作周天子了。

慕容盛在外闻变，即拟奔丧入城，将军张真，极力劝阻。盛说道："我今拚死往告，自述哀穷，汗性悟浅，必顾念婚姻，不忍害我。约过旬月，我得安排妥当，便足伸志，这也是枉尺直寻的办法呢。"遂不从真言，径入城赴丧，先使妻兰氏进求汗妻，为盛乞免。汗妻乙氏，究是女流，见女涕泣哀请，自然代为缓颊。汗本意颇欲害盛，但见了一妻一女，宛转哀鸣，免不得心肠软活，化刚为柔。惟兄提及弟加难，谓斩草留根，终足滋患，不如一并杀盛。盛妻又向伯叔叩头，哀吁不已，提与加难尚有难色，汗独恻然道："我就赦汝夫婿，但汝当

第八十二回　通叛党兰汗弑君　诛贼臣燕宗复国

为我传言,须怀我德,毋记我嫌。"盛妻当然应命。汗即遣子迎盛,引入宫中。盛见汗匍伏,且泣且谢。亏他忍耐。汗还道他是诚心归附,一再劝慰,且伪言宝实自尽,并非加害,当即为宝治丧,令盛及宗族亲党,一律送葬,复授盛为侍中,兼左光禄大夫。还有太原王奇,系前冀州牧慕容楷子,为汗外孙,汗亦将奇宥免,命为征南将军。奇既得受职,遂与盛同列,两人俱怀报复,且系从曾祖兄弟,当然患难相亲,于是盛得了一个帮手,尝与密谋。

兰提等随时防着,屡次劝汗杀盛,汗终不从,兄弟间遂有违言。提又骄狠荒淫,动逾礼法,就是与汗相见,亦往往恶语相侵。汗情不能忍,益生嫌隙。盛得乘间媒孽,如火添薪,又潜使奇出外招兵,为恢复计。奇密往建安,募集丁壮,得数千人,使据城自固。提闻变报汗,汗即遣提往讨,偏盛入白汗道:"善驹即奇表字。小儿,怎敢起事? 莫非有假托彼名,谋为内应不成?"汗瞿然道:"这是由太尉入报,当不相欺。"盛屏人语汗道:"太尉骄诈,不宜轻信,若使发兵出讨,一或为变,祸不胜言了。"汗闻盛言,即饬罢提兵,汗实愚夫,若使有一隙之明,定必不信。另遣抚军将军仇尼慕,率众讨奇。时龙城数月不雨,自夏及秋,异常亢旱。汗疑得罪燕祖,致遭此谴,乃每日至燕太庙中,顿首拜祷,又向故主宝神主前,叩陈前过,实由兄弟二人起意,应当坐罪云云。提与加难,得悉汗言,统怒不可遏,竟擅领部曲将士,出袭仇尼慕军,杀毙无算。

仇尼慕幸得不死,奔回告汗。汗不禁惊骇,立遣长子穆出讨。穆临行时,密语汗道:"慕容盛与我为仇,今奇起兵,盛必与闻,这是心腹大患,急宜除去,再平内乱未迟。"汗半疑半信,欲召盛入见,觇察情实,然后加诛。盛妻兰氏,稍有所闻,忙即告盛。盛伪称有疾,杜门不出。汗亦搁着不提。燕臣李旱、卫双、刘忠、张豪、张真等,本与盛有旧交,因见兰穆势盛,虚与周旋,穆遂引为腹心,使旱等往来盛室,为监察计。哪知旱等反向盛输情,为盛谋主,伺隙起事。会穆击破兰提等军,回城献捷,汗遂大飨将士,欢宴终日,父子统饮得酩酊大醉,分归就寝。当有人诣盛通报,盛夜起如厕,逾墙趋出,直往东宫。李旱等已先待着,即拥盛斩关,入室寻穆。穆高卧未醒,被旱等手起刀落,立即毙命。盛得穆首级,携带出门,徇示大众。众未解严,尚扎住东宫外面,一闻盛起兵杀穆,大都踊跃赞成,便听盛指挥,往攻兰汗。汗醉寝宫中,至大众突入,才得惊醒,起视门外,遥见一片火光,滚滚前来,火光中露出许多白刃,料知不是好事,亟呼卫卒保护,偏卫卒已逃散,不知去向,任他喊破喉咙,并无一人答应。他想返身避匿,奈两脚如痿躄一般,急切不能逃走。那外兵已趋近身边,不由分说,便即劈头一刀,但觉脑袋上非常痛苦,站立不住,就致晕倒,一道灵魂,与长子穆先后归阴,同登森罗殿上,同燕主宝对簿去了。恐怕是同去喝黄汤哩!

汗尚有子和与扬,分戍令支白狼,盛连夜使李旱、张真,驰往诱袭,相继诛死。兰提加难，也由盛遣将掩捕，同时受戮。人民大悦，内外帖然，盛因妻为汗女，当坐死罪，因拟遣她出宫，迫令自尽，盛之复兴，半由妻兰氏营救之功，奈何遽欲杀妻，男儿薄幸，可为一叹！亏得献庄太子妃丁氏，从旁力争，始得免死。看官道献庄太子为谁？就是慕容垂长子令。令前时走死，事见上文。在六十三回。垂称帝时，曾追谥令为献庄太子，令妻丁氏，尚得生存，宝尝迎养宫中，以礼相待。盛妻兰氏，奉侍维谨，所以丁氏壹力保护，极言兰氏相夫有功，如何用怨报德？说得盛无词可驳，不得不曲予通融。但后来盛称尊号，仍不立兰氏为后，终未免心存芥蒂，这且无庸絮言。

且说慕容盛得复父仇，便告成太庙，大赦境内，一时不称尊号，暂以长乐王摄行统制，降诸王爵为公，文武各复旧官，并召太原公奇还都。奇听信逸言，竟抗不受命，勒兵叛盛，回屯横沟，去龙城只十里。盛亲督将士，出城击奇，奇手下虽有三万余人，究竟是临时召募，没有纪律，乘兴便至，见敌即逃。奇不能禁遏，如何拒盛？盛驱兵追杀，又令军士接连射箭，射倒奇马，奇坠地受擒，牵入龙城，立即处死。奇党严生、王龙等，一并捕诛。遂命河间公熙为侍中，都督中外诸军事，改谥先主宝为惠闵皇帝，庙号烈宗。宝尚有庶子元，受封阳城公，兼卫将军，东阳公根，为尚书令，张通为左仆射，卫伦为右仆射，李旱为辅国将军，卫双为前将军，张真为右将军，皆封郡公。又进刘忠为左将军，张豪为后将军，并赐姓慕容氏。既而步兵校尉马勒等谋反，事泄伏诛，案连高阳公崇，即段速骨等所立之慕容崇。因即将崇赐死。这是盛有心杀崇。

是夕，大风暴起，拔去阙前七大树，宫廷震悚。可见天道有知，隐隐为崇鸣冤。偏群臣一味迎合，还要向盛劝进。盛初尚不许，嗣复屡接奏牍，请上尊号，盛乃即燕帝位，改元建平，追尊伯考献庄太子为皇帝，宝后段氏为皇太后，献庄太子妃丁氏为献庄皇后，谥太子策为献庄太子。后来张豪、张真、张通及尚书段成，昌黎尹留忠等，相继谋叛，依次发觉，一并伏诛。就是东阳公慕容根，亦株连被戮。即用阳城公元为尚书令，改封平原公。才阅一年，复改元长乐。每有罪犯，盛必自矜明察，亲加鞫讯；且因宝宽弛失国，务从严刻，无论宗族勋旧，稍有过失，便置重刑。辽西太守李朗，在郡十年，威行境内，盛屡征不至，且阴召魏兵，阳吓燕廷。盛察知有诈，便将他留居龙城的家属，尽加屠戮，并遣辅国将军李旱，率骑讨朗。旱奉命出次建安，忽又接到朝使，召他还都。旱只得驰还。及抵阙下，谒盛问故。盛但云："恐卿过劳，所以召归休息。"旱乃退出。越宿，又遣旱从速出兵，群臣都莫名其妙，就是旱亦无从索解，只好依令奉行。

朗初闻旱兵出击，当然防守，及旱中途却还，总道是龙城有变，不复设备，留子养守住令支，即辽西治所。自往北平迎候魏兵。旱兼程前进，掩入令支，擒斩李养,复遣广威将军孟广平,引骑追朗。朗尚未抵北平,已被孟广平追及,纵骑奋击,攻他无备。朗慌忙抵敌,与广平战了数合,因见从骑溃散,未免胆怯,手下一松,即由广平觑隙猛刺,中朗左胁,坠落马下。广平再加一槊,断送朗命,当下枭了首级,取回报旱。旱即传首龙城,盛得捷报,方明谕群臣道:"朗甫谋叛,必忌官威,或纠合同类,与我力敌,或亡窜山泽,据险自固,一时如何荡平?我所以前召旱还,使他无备,再令旱出,猝加掩击,这是避实击虚之妙计。今果一鼓平逆,得奸渠魁,总算是计不虚行了。"徒矜小智,无当大体。群臣自然贡谀,群称神圣。盛即将朗首悬示三日,一面召旱班师。旱应召西归,途次得卫双被诛消息,不禁惶骇,弃军潜奔,走匿板陉。盛知旱无他意,不过畏罪逃亡,乃遣使往谕,说是:"卫双有罪,不得不诛,与旱无涉,可即日还朝。"旱乃入都谢罪,盛仍令复职,惟讨平辽西的功劳,已付诸汪洋大海,搁起不提了。小子有诗咏道:

> 用宽用猛贵相兼,但尚刑威总太严;
> 罚不当辜功不赏,君臣怎得免猜嫌!

盛虽得平辽西,魏兵却已出境,欲知燕魏交战情形,且至下回详叙。

观本回兰汗之弑慕容宝,与慕容盛之杀兰汗,芒刃起于萧墙,亲戚成为仇敌,皆权利思想之为害也。兰汗身为国舅,其女又为长乐妃,亲上加亲,应同休戚,乃潜通外叛,诱杀国君,宝不负汗,汗实负宝,盖比莽、操之恶,为尤过矣。盛阳归兰汗,阴纵反间,冒险忍辱,卒举汗父子兄弟而尽戮之,甚且欲连坐贤妇,忘德报怨,阴鸷若此,可惊可畏,论者不以为暴,无非因盛之手刃父仇,大义灭亲故耳。然卒之好猜嗜杀,安忍无亲,宗戚勋旧,多罹刑网,诩诩然自矜明察,而以为杜渐防微,人莫予毒,庸讵知治国之道,固在仁不在暴耳,而盛之遇祸亦不远矣。

第八十三回　再发难王恭受戮　好惑人孙泰伏诛

却说魏主拓跋珪,自中山还军以后,复徙都平城。营宫室,建宗庙,立社稷,正封畿,制郊甸,遣使循行郡国,考核守宰,明正黜陟。又命尚书吏部郎刘渊,立官制,协音律,仪曹郎董谧制礼仪,三公郎王德定律令,太史令晁崇考天象。进黄门侍郎崔宏为吏部尚书,总司典要,纂定各制,垂为永式。就于魏皇始三年十二月，即晋安帝隆安二年。即皇帝位，改元天兴，命朝野皆束发加帽，追崇远祖毛以下二十七人，皆称皇帝。尊六世祖力微为神元皇帝，庙号始祖，祖什翼犍为昭成皇帝，庙号高祖，父寔为献明皇帝，仿行古制，定郊庙朝飨礼乐。又用崔宏条议，自谓黄帝后裔，以土德王，徙六州二十二郡守宰，及土豪二千家至代郡。凡自代郡以西，善无以东，阴馆以北，参合以南，俱为畿内。此外四方四维，分置八部师监守，居然有体国经野的遗规。魏自拓跋珪称帝，为北方强国，故叙述从详。平城附近有秀容川，旧有酋长尔朱羽健服属魏主，且随攻晋阳中山，立有战功。魏主珪特别加赏，即就秀容川四围三百里，给为封土，于是尔朱氏亦蕃盛起来。独志祸本事，见《南北史演义》。

会因燕李朗遣使借兵，乃命材官将军和拔，入袭幽州。幽州刺史卢溥，旧为魏民，戕吏据州，叛魏降燕，至是被和拔突入，擒溥及子焕，押送平城，车裂以徇。燕主盛闻幽州被兵，亟遣广威将军孟广平往救，已是不及，但斩魏戍吏数人，引师退还。盛复去皇帝号，贬称庶人天王，封弟渊为章武公，虔为博陵公，子定为辽西公。适太后段氏病殁，谥为惠德皇后。襄平令段登，与段太后同宗，忽然谋变，由盛遣将捕诛。前将军段玑，系段太后兄子，迹涉嫌疑，恐致连坐，即逃往辽西，嗣复还都归罪，得邀赦免，赐号思悔侯，使尚公主，入直殿庭。养虎贻患。一面尊献庄皇后丁氏为皇太后，立子辽西公定为皇太子，颁制大赦，命百僚会集东堂，亲考器艺，超拔十有二人。并在新昌殿遍宴群臣，令各言志趣。七兵尚书丁信，年方十五，因为丁太后兄子，擢居显要，他独起座面陈道："在上不骄，居高不危，这是小臣的志愿呢。"这数语是因盛好杀，暗加讽谏，盛亦知他言中寓意，便微笑相答道："丁尚书年少，怎得此老成论调呢？"话虽如此，但盛终不肯反省，仍然苛刻寡恩，免不得激成众怒，终罹大祸。事且慢表。

且说晋青兖刺史王恭，及荆州刺史殷仲堪，分镇长江，势倾朝右。会稽王道子，惧他侵逼，既令世子元显为征虏将军，配给重兵，使为内备，事见七十八回。复因谯王尚之，及尚之弟休之，素有才略，引为谋士。尚之休之系谯王承子，无忌孙。尚之向道子进议道："今方镇强盛，宰相权轻，大王何不外树腹心，自增藩位？"道子听着，即令司马王愉为江州刺史，都督江州及豫州四郡军事。偏豫州刺史庾楷，不愿分权，抗疏辩驳，略言："江州系是内地，与豫州四郡，素不相连，不应使王愉分督。"疏入不报。楷因遣子鸿往说王恭道："尚之兄弟，为会稽羽翼，权过国宝，欲借朝威，削弱方镇，王愉又是国宝兄弟，前来督豫，公等若不早图，恐必来报复前嫌，祸且不测了。"王国宝，亦见七十八回。王恭本虑道子报怨，一闻此言，当然着急，忙遣人报告殷仲堪。仲堪即与桓玄商议，玄本是个闯祸的头目，哪有不劝令为乱，况当时又有一种刺激，更增玄忿，

第八十三回 再发难王恭受戮 好惑人孙泰伏诛

尤觉得跃跃欲动,乘隙寻仇。原来玄在荆州,料为道子所忌,特故意上书,求为广州刺史,果得朝廷允准,且敕令兼督交、广二州。当下佺为受命,暗中实无意启行。凑巧遇着王恭来使,阴约仲堪,此时不怂恿起事,更待何时?乃与仲堪拟就复书,愿推恭为盟主,约期同趋建康。恭得书后,便欲发兵,司马刘牢之进谏道:"将军为国家元舅,义同休戚,恭为孝武后王氏之兄。会稽王乃天子叔父,又当国秉政,前因将军责备,诛及王国宝王绪,自割所爱,为将军谢过,将军亦已可谓得志了。现在王愉出镇江州,虽未惬人意,亦不为大失,就是豫州四郡,割配王愉,与将军何损?晋阳兵甲,可一不可再呢。"牢之谏恭之言,不为不忠,可惜后来变卦。恭不肯从,即上表请讨王愉,及尚之兄弟。

道子闻庾楷从恭,即使人说楷道:"孤前与卿恩如骨肉,帐中共饮,结带与言,也好算是亲密了。卿今弃旧交,结新援,难道竟忘王恭前日的欺侮么?若欲委身事恭,使恭得志,恭也必疑卿反复小人,怎肯诚心亲信?身首且不可保,还望甚么富贵呢!"楷本为王国宝私党,事见前文,故道子又有此言。楷闻言大怒,即令使人还报道:"王恭前赴山陵,相王忧惧无计,我知事急,发兵入卫,恭乃不敢猝发。去年恭勒众内向,我亦蘘鞯待命,我事相王,未尝有负,相王不能拒恭,反杀国宝兄弟,国宝且死,何人再为相王尽力?庾楷身家百口,怎能再不见几,自取屠灭呢?相王今日责己,毋徒责人。"这一篇话报知道子,道子素来胆小,急得不知所为。独世子元显奋然道:"前不讨恭,致有今日,今若再姑息,难道还有朝廷么?我虽年少,愿出当逆贼。"道子听了,稍稍放怀,乃将兵马大权,悉付元显,自在府第中日饮醇酒,作为排遣罢了。

殷仲堪闻恭已举兵,也即勒兵出发,但平时素无将略,所有军事,尽委南郡相杨佺期兄弟,使佺期率舟师五千,充作前锋。桓玄继进,自督兵二万为后应。佺期到了湓口,王愉尚全然无备,惶遽奔临川。桓玄遣偏将追愉,愉不及逃避,竟被擒去。建康闻报,很是震动,内外戒严,当即加会稽王道子黄钺,命元显为征讨都督,遣卫将军王珣,右将军谢琰,率兵讨王恭。谯王尚之率兵讨庾楷。楷方出兵至牛渚,突遇尚之统众杀来,一时惊惶失措,立致溃散,楷单骑奔投桓玄。会稽王道子,遂授尚之为豫州刺史。尚之有弟三人,除上文所叙的休之外,尚有恢之、允之,此时均授要职。休之为襄城太守,恢之为骠骑司马丹阳尹,允之为吴国内史,各拥兵马,为道子声援。不意桓玄乘锐杀入,所向无前,连破江东各戍,由白石直进横江。尚之驱军与战,竟为所败,仓皇遁走。恢之所领各舟军,又被玄捣破,悉数覆没,于是都城大震。道子自屯中堂,令王珣守北郊,谢琰屯宣阳门,严兵守备。元显独出守石头城,英气直达,毫不畏缩。当时会稽府中,多半谀媚元显,说他聪明英毅,有明帝风。他亦自命不凡,居然以安危为己任,因见敌势甚锐,遂多方探刺敌情,果被察出破绽,想就一条反间计来。

自王恭不用刘牢之言,贸然出兵,牢之虽尚随着,却不愿为恭效死。恭又淡漠相待,越使牢之灰心。正在懊怅的时候,忽有庐江太守高素,借入报军机为名,得与牢之密语,啖以厚利,大略劝牢之背恭,事成后即将恭位转授。牢之自然心动,踌躇不答。素见牢之情状,乐得和盘托出,便从怀中取出一书,交与牢之,作为凭信。牢之启视,乃是会稽王道子署名,书中所说,也与素言相符,这封书是元显手笔,托名乃父,牢之未尝不知,但已闻元显握有全权,足为道子代表,便深信不疑,因即遣素返报,愿如所约。一面语子敬宣道:"王恭曾受先帝大恩,今为帝舅,不能翼戴王室,反屡发兵寇逼京师,我想恭蓄志不轨,事果得捷,尚肯为天子相王所制么?我今欲奉国威灵,助顺讨逆,汝以为可行否?"敬宣答道:"朝廷近政,虽不能媲美成康,究竟没有幽厉的残暴,恭乃自恃兵威,陵蔑王室,大人与恭,亲非骨肉,义非君臣,不过共事有年,略联情好,但彼既营私负国,大人原不宜党逆叛君,今欲助顺讨逆,理应如此,何必多疑。"敬宣此言,原是正论。牢之乃与敬宣密谋,将乘间图恭。

恭参军何澹之,素与牢之不协,至是侦知机密,急入白恭。恭尚疑澹之挟嫌进谗,不肯遽信,且特置盛宴,邀请牢之,就在席间拜他为兄,所有精兵坚甲,悉归牢之统领,使率帐下督颜延为先锋,进攻建康。一误再误,且送死一个颜延。牢之谢过了宴,立即登程。行至竹里,即将颜延一刀两段,送首入石头城。并遣子敬宣,及女婿东莞太守高雅之,还军袭恭。恭方出城阅兵,拟为牢之后继,不防敬宣麾骑突至,纵横驰骤,乱杀乱剁,霎时间将恭兵驱散。恭匹马回城,城门已闭,城上立着一员大将,便是东莞太守高雅之。他已混入城中,据城拒恭。恭知不可入,忙纵马奔往曲阿。他平时本不善骑,急跑了数十里,髀肉溃裂,流血浡浡,不得已下马觅舟。适有曲阿人殷确,为恭故吏,乃用舟载恭,送往桓玄军营;行至长塘湖,偏被逻吏截住,将恭擒送建康。恭至此还有甚么希望,眼见是引首就刑。惟临死时,尚自理发鬓,颜色自若,顾语刑吏道:"我误信匪人,致遭此祸,但原我本心,岂真不忠?使百世以下,知有王恭,我死已值得了。"以此为忠,何人不忠?恭既受诛,所有子弟党羽,当然骈戮无遗。晋廷遂命刘牢之为辅国将军,都督兖、青、冀、幽、并、徐、扬各州军事,代恭镇守京口。

俄而杨佺期、桓玄至石头,殷仲堪至芜湖,俱上表为恭伸冤,请诛刘牢之。元显见他势盛,却也生畏,遂悄悄的驰还京师,令丹阳尹王恺等发京邑士民数万人,共往石头。佺期与玄,方在石头城下,耀武扬威,猖獗得很。忽见建康兵士,如蜂拥,如蚁攒,漫山遍野,踊跃前来。两人不禁失色,当即麾军倒退,回屯蔡州。惟仲堪尚在芜湖,拥众数万,气焰未消。晋廷不知虚实,尚以为忧。左

第八十三回　再发难王恭受戮　好惑人孙泰伏诛

卫将军桓修，入白道子道："西军情实，修已了如指掌了，彼纠众为逆，殷桓以下，单靠王恭，恭既破灭，西军气沮，今若以重利啗玄，并及佺期，二人必然心喜，桓玄已足制仲堪，再加一佺期，便可使倒戈取仲堪了。"道子乃令玄为江州刺史，召还雍州刺史郗恢，使为中书，即命佺期代刺雍州，并都督梁、雍、秦三州军事。任修为荆州刺史，权领左卫文武，即日赴镇。遣刘牢之带领千人，护修前行。黜仲堪为广州刺史，使仲堪叔父太常殷茂，赍诏敕仲堪回军。

仲堪接诏，愤怒的了不得，便一再遣使，催促桓玄、佺期进军。玄等得着朝命，颇为所动，犹豫未决。仲堪防他生贰，急从芜湖南归，又着人传谕蔡州军士道："汝辈若不早散归，我至江陵，当尽诛汝等家属了。"蔡州军士，听到此言，当然恟惧。佺期部将刘系，潜率二千人先归，一军已去，余众皆动。玄与佺期，不能禁遏，也只好随众西还。众惧家属被诛，倍道还趋，行至寻阳，得与仲堪相值。仲堪已经失职，不能不倚玄等为援，玄等见仲堪众盛，一时也不便相离，虽是两下猜嫌，表面上只好联络，所以彼此叙面，各无异言，且比前日较为亲昵，你指天，我誓日，俨然有沥肝披胆的情形，甚至各出子弟，互相抵质，就在寻阳筑台，歃血为盟，仍皆不受朝命，并连名上疏，提出三大条件：一是请申理王恭；二是求诛刘牢之，及谯王尚之；三是诉仲堪无罪，不应独被降黜。明明兴兵犯阙，如何说得无罪？不过玄与佺期同罪异罚，仲堪应也呼冤。这篇奏牍呈将进去，又令道子以下，无法抗辩，莫展一筹，统是酒囊饭袋。结果是召还桓修，仍将荆州给与仲堪，还要优诏慰谕，明示和解。成何体统！御史中丞江绩，且劾桓修专为身计，贻误朝廷，于是修被褫官爵，放归田里。冤哉枉也！

仲堪等得了诏谕，虽尚未尽如愿，但名位各得保全，已足令人意快，不如得休便休，受了诏命。偏佺期又来作怪，密语仲堪，谓："将来玄必为患，索性乘早袭击，杀死了他，方免后忧。"仲堪非不忌玄，但寻阳联盟，还是仗玄声望，得吓朝廷；且佺期素有勇略，兄广及弟思平，又皆粗悍强暴，不易驾驭，若杀玄以后，必更嚣张，势益难制，所以不从佺期，且加禁止。佺期孤掌难鸣，只得罢手，辞别赴镇。仲堪亦与玄相别，各就镇所去了。

三镇暂息战云，东南忽生妖雾，遂致建康都内，又复恐慌，正是祸端日出，防不胜防，这也是典午将亡，所以有此剧变呢。先是钱塘人杜子恭，挟有秘术，为众所推，尝就人借一瓜刀，数日不还。刀主向他索取，子恭道："当即相还，但不必由我亲交呢。"刀主似信非信，不过因刀为微物，未便强索，乃辞即去。会刀主有事赴吴，舟行至嘉兴，忽有大鱼一条，跃入舟中，当下将鱼获住，剖腹待烹，腹中有刀一柄，仔细审视，就是前日借与子恭的瓜刀。刀主很是惊异，免不得传示他人，一传十，十传百，顿时哄动远近，大都称子恭为神，多往就学，负笈盈门。国家将亡，必有妖孽。当时有琅琊人孙泰，系是西晋时孙秀的后裔,世奉五斗米道,汉张陵有异术,往学者必先奉五斗米,故称五斗米道。闻子恭有异术,特南访子恭,愿为弟子。子恭即收泰为徒,便将生平秘技,一一传授。已而,子恭病死,泰为子恭高弟,就将那师家秘传,试演一二,便得愚民信仰,奉若神明。泰性狡猾,青出于蓝,往往借端敛钱,自供挥霍,甚且为人禳灾祈福,见有年轻女子,便乘机引诱,据为婢妾。愚民有何知识,但教有福可求,有灾可避,就使倾资竭产,也是甘心。至若女生外向,本要嫁给人家,何妨进奉仙师,可徼全家福利。于是泰既得财帛,又得子女,食必粱肉,衣必文绣,最快乐的是左拥娇娃,右抱丽姝,日夜演那彭祖采战的秘戏,生下六个红孩儿。左仆射王珣,闻他妖言惑众,即请诸会稽王道子,把泰流戍广州。偏广州刺史王怀之,为泰所惑,竟使为郁林太守。他复借术欺人,名驰南越。太子少傅王雅,本与泰交游,竟向孝武帝前推荐,说他养性有方,因复召还都城,使为徐州主簿,寻迁辅国将军,兼新安太守。王恭发难,泰私集徒众,得数千人,号为义兵,为国讨恭。黄门郎孔道、鄱阳太守桓放之、骠骑谘议周勰等,都替泰揶扬,声誉日盛。就是会稽世子元显,也时常诣泰,求习秘术。泰见天下起兵,以为晋祚将终,乃聚资巨亿,号召三吴子弟,意图作乱。朝士多知泰异谋,只因元显与泰相契,惮不敢发。独会稽内史谢𬘭,密白道子,揭发泰隐。道子乃使元显诱泰入都,泰昂然进见,不防道子厅前,伏着甲士,见泰进来,一齐突出,立将泰拿下,推出斩首,并发兵捕泰六子,尽加诛戮。只泰兄子孙恩,逃奔入海,愚民尚说泰蝉蜕成仙,纠资送往海岛中,接济孙恩。恩得聚合亡命百余人,潜谋复仇。小子有诗叹道:

人道反常妖自兴,瓜刀幻术有何凭?
渠魁虽戮余支在,东海鲸波又沸腾。

究竟孙恩能否起事,待至下回再表。

王恭初次发难,以讨王国宝兄弟为名。国宝兄弟,骄纵不法,讨之尚属有名,至罪人已诛,收军还镇,已可谓遂志矣!谚有之:"得意不宜再往。"况庾、楷本国宝余党,王愉之兼镇豫州,所损惟楷,于恭无与,恭奈何偏信楷言,竟为楷所利用乎?引兵犯顺,一再不已,其卒至身首异处者,非不幸也,宜也。殷仲堪、桓玄、杨佺期,约恭进击,罪与恭同,幸得无恙。晋固威柄下移,而仲堪等蔑视朝廷,自相猜忌,有不至杀身不止者。无操、懿之功,而思为操、懿之行,未有不身诛族灭者也。孙泰妖言惑众,妄思借讨恭之名,号召徒党,乘机作乱,不旋踵而父子骈戮,同归于尽。《书》曰:"惠迪吉,从逆凶。"亶其然乎?

第八十四回　戕内史独全谢妇
　　　　　　杀太守复陷会稽

　　却说孙恩逃往海岛,还想纠众作乱,只因亡命诸徒,陆续趋附,尚不过百余人,所以未敢猝发。适会稽王道子有疾,不能视事。世子元显,竟暗讽朝廷,解去道子扬州刺史兼职,授予元显,朝廷竟允所请。及道子疾得少痊,始知此事,未免懊恼,但事成既往,无可奈何,徒落得一番空恨罢了。谁教你溺爱不明。元显既得领扬州,引庐江太守张法顺为谋主,招集亲朋,生杀任意,并发东土诸郡,凡免奴为客诸人民,尽令移置京师,充作兵士。免奴为客,是得免奴籍,侨居东土诸客户,故有是称。东土嚣然苦役,各有怨言。孙恩因民心骚动,遂得乘势号召,集众至千余人,从海岛中出发,登岸入上虞境,戕官据城,沿途劫掠,复引众进攻会稽。

　　会稽内史谢辅,已经去职,换了一个王凝之。凝之就是前右军羲之的次子,由江州刺史调任,素性迂僻,工书以外,没甚才能,但奉五斗米道,讲习符箓祈祷诸事。他妻便是谢道韫,乃安西将军谢奕女,素有才名,略见前文。少时已善属诗文,叔父安尝问道韫,谓《毛诗》中何句最佳? 道韫答云:"全诗三百篇,莫若《大雅·嵩高篇》云,吉甫作颂,穆如清风。仲山甫永怀,以慰其心。"安一再点首,谓道韫有雅人深致。又尝当冬日家宴,天适下雪,安问雪何所似? 兄子谢朗道:"撒盐空中差可拟。"道韫微哂道:"未若柳絮因风起。"安不禁大悦,极称道韫敏慧。已而适王凝之,归宁时谒见伯叔,很是怏怏。安问道:"王郎乃逸少子,羲之字逸少见前。并不恶劣,汝有何事未快呢?"道韫怅然道:"一门叔父,有阿大中郎。群从兄弟,有封胡羯末,不意天壤中乃有王郎。"以凤随鸦,无怪不乐。安也为叹息不置。阿大疑即指安,中郎系指谢万。万曾为西中郎将。万长子韶,小字为封,曾任车骑司马。胡系朗小字,父据早卒,朗官至东阳太守,乃终。羯即玄小字,乃是道韫胞兄,位望最隆,详见上文。还有谢川小字,就叫作末,也是道韫从兄,青年早逝。这四人俱有才名,为谢氏一门彦秀,所以道韫提及,作为凝之的反比例。看官阅此,便可知凝之的本来面目了。

　　凝之弟献之,雅擅风流,为谢安所器重,辟为长史。他本来善谈玄理,有时与辩客叙议,或至词屈,道韫在内室闻知,即遣婢白献之道:"欲为小郎解围。"宾客闻言,一座皆惊。少顷用青绫步障,施设屏前,即由道韫出坐帷内,再申献之前议,与客辩难,客亦词穷而去。才女遗闻,应该补叙。及凝之赴任会稽,挈家同行,才越半年,即由孙恩乱起,将逼会稽城下。凝之并不调兵,亦不设备,厅室中向设天师神位,每日焚香讽经,至是闻寇氛日逼,但在天师座下,日夕稽颡,且叩且诵,几把那道教中无上宝咒,全体念遍,又复起立东向,仗剑焚符,好像疯子一般,令人可笑。张天师以捉妖著名,恩虽为妖人余裔,奈部众统是强盗,并非妖怪,天师其如恩何?官吏入见凝之,请速发兵讨贼。凝之大言道:"我已请诸道祖,借得神兵数千,分守要隘,就使有十万贼众,也无能为了。"哪知凝之虽这般痴想,神兵终未见借到,反致贼势日逼日近,距城不过数里。属吏连番告急,凝之方许出兵,兵未调集,贼已麇至,城中人民,夺门避难,凝之尚在道室叩祷,忽有隶役入报道:"贼已入城了。"凝之方才惊起,急挈诸子出走,连妻谢道韫都不暇带去。才行至十里左右,已被贼众追及,仆从骇散,天尊无灵,只剩下父子数人,无从逃避,徒落强人手中,牵缚至孙恩面前,由恩责讯数语,但说他殃民误国,叱令枭首。凝之尚念念有词,不知诵什么避刀咒,无奈咒语仍然没效,但听得几声刀响,那父子数人的头颅,统已砍去了。好去见天师了。

　　谢道韫尚在内室,举动自如,及得凝之父子凶闻,始失声恸哭,下了数行痛泪。百忙中还有主宰,命婢仆等舁入小舆,自己挈着外孙刘涛,乘舆出走,弃去细软物件,但使各携刀械,防卫身体。甫出署门,即有数贼拦住,道韫使婢仆与斗,杀贼二人,余贼返奔,复去纠贼百余,前来抢掳。道韫见不可敌,索性下舆持刃,凭着那生平气力,也与贼奋斗起来。贼猝不及防,竟被砍倒数人,后来一拥齐上,才为所执。外孙刘涛,尚止数龄,自然一并掳去。道韫毫无惧色,但请往见孙恩。既至恩前,从容与语,说得有条有理,反令恩暗暗称奇,不敢加害;惟见了幼儿刘涛,却欲把他杀毙,道韫又抗声道:"这是刘氏后人,今日事在王门,何关他族?必欲杀儿,宁先杀我!"恩也为动容,乃不杀涛,各令释缚,使她自去。

　　道韫自是嫠居会稽,矢志守节,律身有法。后来孙恩被逐,会稽粗安,太守刘柳闻道韫名,特往求见。道韫素知柳才,亦坦然出来,素髻素褥,自坐帷中,与柳问答。柳整冠束带,侧坐与谈。道韫风韵高迈,叙谈清雅,先述家事,慷慨流涟,徐酬问意,词理圆到。柳谈了片时,乃告退自叹道:"巾帼中罕见此人,但瞻察言气,已令人心形俱服了。"强盗且不敢加害,何况刘柳?道韫亦云:"亲从阔亡,始遇此士,听他问语,亦足开人心胸。"这也是惺惺惜惺惺的意思。先是同郡张玄,亦有慧妹,为顾家妇。玄每向众自夸,足敌道韫。有济尼往游二家,或问及谢张两女优劣,济尼道:"王夫人神情散朗,自有林下风,顾家妇清心玉映,也不愧为闺房翘秀哩。"道韫所著诗赋诔颂,辑成卷帙,至寿终后，遗集流传，脍炙人口。但古来才女，总不免有些命薄，曹大家读若姑，见《汉书》。中年丧夫，谢道韫自伤不偶，且致守孀，难道天意忌才，果不使有美满姻缘么？感慨中寓郑重之意。话休叙烦。

且说孙恩既陷入会稽，遂高张巨帜，号召远近。吴国内史桓谦，临海太守王崇，义兴太守魏隐，皆弃郡窜去。凡会稽吴郡吴兴义兴临海永嘉东阳新安八郡，土豪蜂起，戕吏附贼。吴兴太守谢邈，永嘉太守司马逸，嘉兴公顾胤，南康公谢明慧，黄门侍郎谢冲、张琨，中书郎孔道等，相继被杀。冲、邈皆谢安从子，明慧又是冲子，过继南康公谢石，故得袭封。邈兄弟且至灭门，罹祸尤惨。邈先纳妾郗氏，颇加宠爱，嗣娶继室郗氏，貌美心妒，为邈所惮。妾郗氏竟致见疏，阴怀忿怼，遂written书与邈，凄词决绝。邈知文非妾出，疑为门下士仇玄达所作，因黜玄达。玄达竟投依孙恩，引贼执邈，逼令北面下跪。邈厉声道："我未尝得罪天子，何用北面？"此时颇有丈夫气，奈何前惮一妇。说毕被害。玄达复搜邈家族，屠戮无遗。

时三吴承平日久，兵不习战，但知望风奔溃，或且降附孙恩。恩住会稽旬余，得众至数十万，遂自称征东将军，胁士人为官属，号为长生党。士民或不肯相从，立屠家属，戮及婴孩。每拘邑令，辄醢为肉酱，令他妻子取食，一不从令，即支解徇众。所过诸境，掠财物，毁庐舍，焚仓廪，无论男女，悉驱往会稽充役。妇人顾恋婴儿，未肯即行，便把她母子尽投水中，且笑祝道："贺汝先登仙堂，我当随后就汝。"想是恩自知结果，故有此谶语。百姓横遭酷虐，不可胜数。恩恐师出无名，未足动众，乃上表罪会稽王父子，请即加诛。晋廷当然不许，遂内外戒严，复加会稽王道子黄钺，进元显为领军将军，命徐州刺史谢琰，兼督吴兴义兴诸军事，征兵讨恩。青、兖七州都督刘牢之，自请击贼，拜表即行。谢琰为谢安次子，颇负重望，既奉诏督军，即调集兵士，长驱直进。行至义兴，与贼党许允之，一场大战，便将允之首级取来，义兴城唾手夺还。召回前太守魏隐，仍令照前办事。再移兵进攻吴兴，又破贼邱尪，可巧刘牢之亦麾军到来，遂与他分头征剿，转斗而前，所向皆克。琰留屯乌程，遣司马高素助牢之，南临浙江。有诏命牢之都督吴郡诸军事，牢之引彭城人刘裕为参军。看官听说，这刘裕系乱世枭雄，就是将来的宋武帝。此时正当发轫，自然英武特出，比众不同。相传裕为汉楚王交二十一世孙，交尝受封彭城，后裔就在彭城居住。嗣随司马氏东迁，方移居丹徒县京口里。裕字德舆，小名寄奴，幼时贫贱，粗识文字，好骑射，善樗蒲，无计谋生，没奈何织屦为业。尝至荻州伐荻作薪，忽遇着大蛇一条，长约数丈，他急拔箭射去，适中蛇两目间，蛇负痛自去。次日复往，见有群儿捣药，便问作何用？一儿答道："我王为刘寄奴所伤，故遣我等采药，捣敷伤痕。"裕又问："汝王为谁？"儿答为山神。裕惊诧道："山神岂不能杀一寄奴？"儿又谓："寄奴王者不死。"裕听了儿言，胆气益壮，便叱退群儿，把臼中药取归，每遇伤痕，一敷即愈。自此襟期远大，有出仕意，遂往投冠军将军孙无终麾下，充入行伍，未几，即擢为司马。裕为一朝主子，故叙明履历。

牢之尝闻裕智勇过人，因即引参军事，与商计议，多出意表。牢之使裕率数十人，往探贼势。裕毅然径行，途次遇贼数千名，即挺身与斗，从人多死，裕亦逼坠岸下。贼欲下岸刺裕，裕手中执着长刀，仰斫数人，复一跃登岸，大呼杀贼，贼竟骇走。适牢之子敬宣，见裕久出不归，恐他遇险，因引兵往寻，及见裕了身驱贼，不禁惊叹，遂助裕进击，斩获贼党千余人，然后回营。

孙恩前据会稽，闻八郡响应，喜出望外，便笑语党羽道："取天下如反掌了，我当与诸君朝服至建康。"嗣因贼党屡败，又闻牢之兵已临江，复对众叹息道："我割浙江以东，尚不失为越勾践哩。"至牢之引兵渡江，防贼相继溃归，恩扼腕道："孤不羞走，将来再出未迟。"遂驱男女二十余万口，向东急奔，沿途抛散宝物子女，赚弄官军。果然官军从后追蹑，见了珍奇的宝物，髫秀的子女，无不争取，遂至趑路迟滞，不得及恩，恩复逃入海岛中去了。高素亦连破贼党，斩恩所署吴郡太守陆瑰，吴兴太守邱尪，余姚令孙穆夫。东土人民，稍稍还复旧居。惟官军亦不免纵掠，以暴易暴，殊失民望。

朝廷虑恩复至，用谢琰为会稽太守，都督五郡军事，率领徐州文武，镇守海浦。琰以资望守越，时论总道他驾驭有方，可无后患，哪知他莅任以后，荒废职务，既不抚民，又不训兵，镇日里闲居厅舍，饮酒自遣。将佐多入请道："强贼在海，伺人形便，宜广扬仁风，宽以济猛，俾彼自新。"琰傲然道："苻坚拥兵百万，尚自送死淮南，况孙恩败奔海岛，怎能复出？如或出来，乃是天歼贼党，令他速死了。"遂不从所请。

既而孙恩果复寇浃口，入余姚，破上虞，进逼邢浦，距山阴北只三十五里。琰乃遣参军刘宣之引兵往击，得破贼众，恩又退还海中。宣之还军报琰，琰益以为贼不足虑，高枕无忧。偏孙恩探得官军已返，复领众登岸，再攻上虞。太守张虔硕驱兵出战，为恩所破，败走邢浦。恩乘胜进击，戍兵多望风骇退，于是贼势复张，人情大骇。警报纷至琰所，琰尚不以为意，将吏又请诸琰前，谓："宜严加防堵，挫遏贼锋。"琰还摇首道："彼来送死，待我一出，便可立歼了。"谈何容易。或谓："贼颇猖獗，未可轻视，最好是预遣水军，埋伏南湖，俟他到来，发伏邀击，不患不胜。"此计最妙。琰付诸一笑，总道是贼党乌合，容易破灭，不必多设机谋。

迁延了一两日，贼已大至，琰尚未朝食，闻报即出，招集将士，便命击贼。帐下督张猛，请食毕后行。琰瞋目道："么麽小丑，一鼓可平，我当先灭此寇，再来会食未迟。"猛又道："众皆枵腹,如何从戎?"琰不待说毕,便厉声喝道："汝敢违我军令么?左右快与我拿下,斩讫报来!"他将见琰动怒,乃环跪帐前,为猛乞免。琰尚执着"死罪可免,活罪难饶"二语,令把猛笞杖数十,然后发放。一面出厅上马,命广武将军桓宝为先锋,匆匆出战。行至江塘,与贼相遇,宝颇有胆力,前驱陷阵,杀贼甚多。琰见先锋得胜,麾兵急进,怎奈塘路迫狭,不能四面直上,只好鱼贯而前。琰尚恨迟慢,从后催趱,不防江外有贼舰驱至,舰中贼弯弓迭射,竟向官军射来。官军无法避免,多被射倒,贼复从舰中登岸,上塘冲击,把官军截做两段,官军前后不能相顾,前面的贼党,顿时起劲,围住桓宝。宝虽称骁悍,究竟不能久持,手下所领的兵士,又是饥敝得很,无力再战,宝自知必死,索性下马格斗,杀贼数十人,刀缺力竭,自刎而亡。余众尽做了刀下鬼兵。

那谢琰领着后队,不得前进,自然倒退,到了千秋亭,贼众不肯相舍,还是恶狠狠的赶来。琰正在着忙,忽背后有一骑驰至,用刀斫琰马尾,马负痛倒地,琰亦坠下,顶上又着了一刀,便即归阴。究竟是为何人所杀?原来就是帐下督张猛。猛既杀琰泄恨,逼官军降贼,官军或逃或降,贼得与猛同入会稽。一不做,二不休,可恨逆猛忍心,还要屠琰家眷。琰有二子肇、峻,俱为所害,只有少子混曾尚晋陵公主,孝武帝女。就职都中,幸得免难。后来刘裕破贼左里,活擒张猛,押送与混。混剖出猛肝,生食泄忿。有诏谓:"琰父子陨于君亲,忠孝萃于一门,应并加旌典。"乃追赠琰为侍中司空,予谥忠肃。琰子肇得赠散骑常侍,峻得赠散骑侍郎。小子有诗叹道:

谢家琪草本多栽,况复东山受训来。
谁料骄兵遭败劫,捐躯徒使后人哀。

孙恩再入会稽,转寇临海,晋廷当然遣将抵御,欲知后事,请看官续阅下回。

孙恩能杀王凝之,而不能杀谢道韫,非有幸有不幸也。凝之迷信道教,不知战守,其死也固宜;道韫以一妇人,能从容抗贼,不为所屈,恩虽剧盗,亦诧为未有,纵之使去。林下高风,令人倾倒,是固《列女传》中独占一席者也。造物忌才而故阨之,又若怜才而特佑之,道韫有知,其亦可无遗恨欤?谢琰为安次子,资望并崇,当其奉诏讨贼,累战皆克,亦非真庸劣无能者比。厥后镇守会稽,乃不听将佐之谋,仓猝战败,致为悫将所戕,斯皆由骄之一字误之耳。曹操苻坚,拥兵百万,犹以骄盈复众,况谢琰乎!

第八十五回　失荆州参军殉主
　　　　　弃苑川乾归逃生

却说晋廷闻谢琰战殁,亟遣将军孙无终、桓不才、高雅之等,分讨孙恩。恩转寇临海,为雅之所击,退走余姚。雅之进兵再战,竟至败绩,退保山阴,部众十死七八,诏令刘牢之都督会稽五郡,率众击恩。恩颇惮牢之兵威,复走入海。牢之乃东屯上虞,使刘裕戍勾章,吴国内史袁崧,筑垒沪渎,作为后备,才得少安。惟荆州刺史殷仲堪,前次虽不听佺期,未袭桓玄,但心中也恐玄跋扈,足为己患,所以与佺期仍相联络,互结姻缘。玄也颇闻佺期密谋,先事预防,督兵屯戍夏口,用始安太守卞范之为长史,充作谋主;且引庾楷为武昌太守。楷尝挟嫌寻衅,见嫉朝廷,故仲堪等免罪,楷独不得遇赦。玄引罪人为心腹,已隐与朝廷反抗,偏又上告执政,谓:"殷杨必再滋事,请先给特权,以便控制"云云。会稽王道子等,亦欲三人自相构隙,使他乖离,乃加玄都督荆州四郡军事。又以玄兄桓伟,代佺期兄广为南蛮校尉,佺期原是不平,广更忿恨的了不得,定要兴兵拒伟。惟佺期尚未敢遽发,禁广暴动,且出广为宜都建平二郡太守。会后秦主姚兴,寇晋洛阳,擒去河南太守辛恭靖,河洛一带,相继陷没。佺期想出一条声西击东的计策,部署兵马,阳言援洛,暗中实欲袭玄;自思兵力未足,仍遣使商诸仲堪。何苦寻衅?仲堪又恐佺期得势,也非己利,因复书苦劝,并遣从弟遹屯北境,防遏佺期。佺期不能独举,且未测仲堪命意,因此敛兵不动。仲堪多疑少决,谘议参军罗企生,密语弟遵生道:"殷公优柔寡断,终必及祸,我既蒙知遇,义不可去,将来必与彼同死了。"遵生也为太息。但见兄已决死,不好劝他引退,只好听天由命罢了。前时胡藩曾劝罗早去,罗终未决,虽士为知己者死,但仲堪非忠义臣,何必与同死生!是时,荆州水溢,洪流遍地,仲堪偏发仓廪,赈济饥民。桓玄欲乘他空虚,先攻仲堪,继及佺期,表面上也以救洛为名,筹备军事,先遣人致书仲堪道:

　　佺期受国恩而弃山陵,宜共罪之。今当入沔,讨除佺期,已屯兵江口,若公与同心,可速收杨广杀之。如其不尔,便当率兵入江,公其毋悔!

　　仲堪得书,不答一词。玄遂遣兵袭入巴陵,夺取积谷,作为军粮。适梁州刺史郭铨,奉命赴官,道经夏口,玄把铨留住,诈称朝廷遣铨助己,使为前锋,拨给江夏部曲,督同诸军并进,且密报兄伟,使为内应。伟毫不预备,急切不

第八十五回　失荆州参军殉主　弃苑川乾归逃生

知所为。仲堪亦稍有所闻,便迫伟入见,诘问桓玄消息。伟恐为所杀,只好和盘说出,谓与自己无干。仲堪将伟拘住,使与玄书,说得情词迫切,吁乞退军。玄览书微笑道:"仲堪为人,素少决断,必不敢加害我兄,我可无忧,尽管准备进兵便了。"遂使部将郭铨、苻宏,掩至江口,与殷遹军相值。遹仓猝接战,败还江陵。仲堪再遣杨广,及从子道护等往拒,又为玄军所败,江陵震骇;且因城中乏食,用胡麻代粮,权时充饥,偏桓玄乘胜进逼,前锋距江陵城,仅二十里,仲堪大惧,急召杨佺期过援。佺期道:"江陵无粮,如何待敌?可请来相就,共守襄阳。"仲堪得报,不欲弃州他往,乃复遣人给佺期道:"现已收储粮米,不虞无食了。"此事岂可骗得?佺期信以为真,即率步骑八千,直趋江陵,仲堪无粮可给,但使人挑出数担胡麻饭,饷佺期军。莫非使他尽去登仙?佺期始知被绐,勃然大怒道:"这遭又败没了!"遂不暇入见仲堪,忙与兄广一同击玄。玄闻佺期挟锐前来,暂避凶锋,退屯马头,但令郭铨留戍江口。佺期杀将过去,铨兵少势孤,怎能抵敌?险些儿被他擒住,幸亏逃走得快,才保性命。佺期等既得胜仗,休息一宵,锐气已减,谁知桓玄领着大兵,突然杀到,闯入佺期营内。佺期兵立时哗散,单剩佺期兄弟二人,如何退敌?没奈何拚命逃生,奔往襄阳。途次被玄将冯该,引兵追到,佺期及广,无处可奔,束手受死。冯该怎肯容情,便将他兄弟缚去献玄。玄立命枭斩,传首建康。佺期弟思平,与从弟尚保孜敬,逃入蛮中。

仲堪闻佺期败走,即出奔鄾城,旋接佺期死耗,又率数百人西奔。将赴长安,行至冠军城,为玄军追及,数百人逃避一空,只有从子道护随着,四顾无路,两叔侄被捉去一双,还至柞城,逼令仲堪自杀。道护抚尸恸哭,也为所害。仲堪尝信奉释道,不吝财贿,惟专务小惠,未识大体;及桓玄来攻,尚求仙祷佛,毫无战守方略,终致败死。后由仲堪子简之,觅得遗骸,移葬丹徒,庐居墓侧,有复仇志,事且慢表。

先是仲堪出走时,文武官属,无一人送行,独罗企生随与同往。路经家门,适弟遵生待着,便语企生道:"今日作这般分离,何可不握手言别?"企生乃停辔授手,遵生素有膂力,竟将企生牵腕下马,且与语道:"家有老母,去将何往?"企生挥泪道:"我决与殷公同死,不宜失信,但教汝等奉养老母,不失子道,便是罗氏一门忠孝两全,我死亦无遗恨了。"遵生仍然牵住,不令脱身。仲堪回头遥望,见企生被弟掖住,料无脱理,因即策马自去,故企生尚得不死。及桓玄已杀仲堪,唾手得了荆州,自然急诣江陵。江陵人士,统去迎谒,惟企生不往,专为仲堪办理家事。有友人驰语企生道:"君为何不识时务?恐大祸就在目前了。"企生道:"殷公以国士待我,我何忍相负?前为我弟所制,不得随行,共除丑逆,今有何面目去见桓玄,屈志求生呢?"这数语为玄所闻,当然忿恨，但颇怜惜企生材具，乃使人传语道："企生若肯来谢我，必不加罪。"企生慨然道："我为殷荆州属吏，殷荆州已死，我还去谢何人？"玄因企生不屈，遂将他收系狱中，复遣人问企生，尚有何言？企生道："前文帝尝杀嵇康，康子绍仍为晋忠臣，今我不求生，只乞活一弟，终养老母。"玄乃引企生至前，自与语道："我待汝素厚，何故见负？难道真不怕死么？"企生道："使君兴音阳甲，出次寻阳，与殷荆州并奉王命，各还本镇，当时升坛盟誓，言犹在耳。今口血未干，乃遽生奸计，食言害友。企生自恨庸劣，不能翦灭凶逆，死已嫌迟，还怕甚么！"玄被他诘责，益觉恼羞成怒，因令左右将企生斩讫，总算释免遵生，不使连坐。企生母胡氏，尝由玄赠一羔裘，及企生遇害，胡母即日焚裘。玄虽然闻知，也置诸不理，企生尝列《晋书·忠义传》中，非不足以风世，但企生出处，亦欠斟酌。惟上表归罪殷杨，自求兼领荆州。晋廷但务羁縻，并不责玄专杀，只调玄都督荆、司、雍、秦、梁、益、宁七州军事，领荆州刺史，另起前将军桓修为江州刺史。玄得了荆州，失去江州，心仍不甘，再上疏固求江州。于是加督八州，兼领江、荆二州刺史。玄兄伟未曾被害，由玄擅授为雍州刺史，且令从子振为淮南太守。朝廷不敢违忤，遂致玄肆无忌惮，越要恃势横行了。为下文谋逆伏案。

是时，河北诸国，后秦最强。秦主姚兴，礼耆硕，登贤俊，讲求农政，整饬军容，尝遣弟姚崇寇晋洛阳。晋河南太守辛恭靖，固守百余日，援绝粮尽，城乃被陷。恭靖被执至长安，得见姚兴。兴与语道："卿若肯降我，我将委卿以东南重任，可好么？"恭靖厉色道："我宁为国家鬼，不愿为羌贼臣。"再叙辛恭靖事，无非称美忠臣。兴虽不免动怒，将他幽锢别室，但也未尝加刑。后来恭靖逾垣逃归，兴也不欲追赶，由他自返江东。惟自洛阳陷没，淮汉以北诸城，多半降秦，姚兴并不矜夸；且因日月薄蚀，灾眚屡见，自削帝号，降称秦王。凡群公卿士，将帅牧守，俱令降级一等，存问孤寡，简省法令，清察狱讼，严定赏罚，远近肃然，推为美政。

西秦主乞伏乾归，自杀退凉主吕光后，与南凉主秃发乌孤和亲，互结声援；又讨服吐谷浑，攻克支阳、鹯武、允吾三城，威焰日盛。接应七十九回。只因所居西城南景门，无故忽崩，虑及不祥，乃复自西城迁都苑川。后秦主姚兴，恐乾归逼处西陲，势大难制，乃拟先发制人，特遣征西大将军陇西公姚硕德，统兵五万攻西秦，趋南安峡。乾归出次陇西，督率将士，抵御硕德。俄闻兴潜军将至，因召语诸将道："我自建国以来，屡摧劲敌，乘机拓土，算无遗策，今姚兴倾众前来，兵势甚盛，山川阻狭，未便纵骑与敌，计惟诱入平川，待他懈怠，然后纵击，国家存亡，在此一举，愿卿等努力杀贼，毋少退缩。若能枭灭姚兴，关中地便为我有了。"于是遣卫军慕容允，率中军二万屯柏阳。镇军将军罗

第八十五回　失荆州参军殉主　弃苑川乾归逃生

敦,率外军四万屯侯辰谷。乾归自引轻骑数千,前候秦军。

会大风骤起,阴雾四霾,军士无故自骇,东奔西散,致与中军相失。姚兴却驱军追末,乾归忙驰入外军。诘旦,天雾少晴,开营出战,敌不过秦军锐气,前队多半伤亡,后队便即奔溃。乾归见势不佳,弃军急走,逃归苑川,余众三万六千,尽降姚兴。兴遂进军枹罕,乾归不能再战,复自苑川奔金城,泣语诸豪帅道:"我本庸才,谬膺诸军推戴,叨窃名号,已逾一纪。今败溃至此,不能拒寇,只好西趋允吾,暂避寇焰,但欲举众前往,势难速行,倘被寇众追及,必致俱亡。卿等且留居此城,万一不能保全,尽可降秦,免屠家族,此后可不必念我了。"何前倨而后恭? 诸豪帅齐答道:"从前古公杖策,豳人归怀,玄德南奔,荆楚襁负,临歧泣别,古人所悲,况臣等义深父子,怎忍相离? 情愿随着陛下,誓同生死!"乾归道:"从古无不亡的国家,如果天未亡我,再得兴复,卿等复可来归,何必今朝俱死呢? 况我将向人寄食,亦不便携带多人。"诸豪帅见乾归志决,乃送别乾归,恸哭而返。乾归遂率着家属,数百骑西走允吾,一面遣人至南凉,奉书乞降。

南凉主秃发乌孤,因酒醉坠马,伤胁亡身,僭位仅及三年。遗命宜立长君,乃立弟凉州牧利鹿孤为嗣主,改元建和,追谥乌孤为武王。才阅半年,即得乾归降书,乃令弟广武公傉檀,往迎乾归,使居晋兴,待若上宾。镇北将军秃发俱延,入白利鹿孤道:"乾归本我属国,妄自尊大,今势穷来归,实非本心,他若东奔姚氏,必且引兵西侵,为我国患,故不如徙置西陲,使他不得东往,才可无忧。"利鹿孤道:"我方以信义待人,奈何疑及降王,徙置穷边? 卿且勿言!"俱延乃退,已而乾归得南羌梁弋等书,谓:"秦兵已撤回长安,请乾归还收故土。"乾归即欲东行,偏为晋兴太守阴畅所闻,驰白利鹿孤。利鹿孤遣弟吐雷,率骑三千,屯扎天岭,监察乾归。乾归恐为利鹿孤所杀,因嘱子炽磐道:"我因利鹿孤谊兼姻好,情急相投,今乃忘义背亲,谋我父子,我若再留,必为所害。今姚兴方盛,我将往附,若尽室俱行,必被追获,现惟有送汝兄弟为质,使彼不疑,我得至长安,料彼也不敢害汝呢。"炽磐当然从命。乾归即送炽磐兄弟至西平,作为质信。果然利鹿孤不复加防,乾归得潜身东去。去了二日,利鹿孤始得闻知,急遣俱延往追,已是不及。

那乾归径诣长安,往降姚兴。兴喜得乾归,即命他都督河南军事,领河州刺史,封归义侯。寻复迁还苑川,使收原有部众,仍然留镇。乞伏炽磐质押西平,常思乘间窃逃,奔依乃父。一日已得脱行,偏被利鹿孤探知,遣骑追还。利鹿孤欲杀炽磐,还是广武公傉檀,替他解免,说是:"为子从父,乃是常情,不足深责,宜加恩宽宥,表示大度。"利鹿孤乃赦免炽磐,不复加诛。炽磐心终未死,过了年余,竟得逃还苑川。乾归大喜,使他入朝姚兴。兴命为振忠将军,领兴晋太守。炽磐父子,总算共事姚氏,暂作秦臣。虎兕终难免出柙。

惟南凉秃发氏,与后凉吕氏,常有战争,小子宜就此补叙,表明后凉衰乱情形。吕光晚年,政刑无度,土字分崩,除北凉段业,另行建国,已见前文外,见七十九回。尚有散骑常侍太史令郭黁读若贲。连结西平司马杨统,叛光为乱,借兵南凉,于是两凉构兵,差不多有一年余。黁颇识天文,素善占候,为凉人所信重。会荧惑星守东井,黁语仆射王详道:"凉地将有大兵,主上老病,太子暗弱,太原公指吕光庶长子纂。又甚凶悍,我等为彼所忌,倘或乱起,必为所诛。现田胡王乞基两部最强,东西二苑卫兵,素服二人,我欲与公共举大事,推乞基为主帅,俟得据都城,再作计较。"详颇以为然,与黁约期起事。不料事尚未发,谋已先泄,王详在内,首被捕诛。黁即据东苑,集众作乱。凉主吕光,急召太原公纂讨黁,纂司马杨统,为黁所诱,密告从兄桓道:"郭黁举事,必不虚发,我欲杀纂应黁,推兄为主,西袭吕弘,据住张掖,号令诸郡,这却是千载一时的机会哩。"桓勃然道:"臣子事君,有死无贰,怎得称兵从乱?吕氏若亡,我为弘演,尚是甘心哩。"弘演系春秋时卫人,见《列国志》。统见兄不从,恐为所讦,遂潜身奔黁。太原公纂,初击黁众,为黁所破。嗣由西安太守石元良来援,方得杀败黁兵。黁先入东苑,拘住光孙八人,及兵败生愤,把光孙一并杀死,肢分节解,饮血盟众。众皆掩目,惨不忍睹。识天文者果如是耶?

适凉人张捷、宋生等,纠众三千,起据休屠城,与黁勾通,共推凉后军杨轨为盟主。轨遂自称大将军凉州牧西平公,令司马郭伟为西平相,率步骑二万人,往助郭黁。黁已打了好几个败仗,遣人至南凉乞援。南凉利鹿孤傉檀,先后发兵赴救,两路兵共逼姑臧,凉州大震,亏得吕纂已驱黁出城,严兵把守。黁兵十死五六,余众因黁性残忍,尽已离心。黁不禁气夺。至杨轨进营城北,欲与纂决一雌雄,反被黁从旁阻住,屡引天道星象,作为证据,只说是不宜急动,急动必败。此时想又换过一天,故前后言行不符。看官试想!行兵全仗一股锐气,若久顿城下,不战自疲;还有南凉兵远道前来,携粮不多,利在速战,但因杨轨等未尝动手,也只好作壁上观,不但兵粮日少一日,军心也日懈一日,相持至数阅月,已有归志。会凉常山公吕弘,为北凉沮渠男成所攻,拟自张掖还趋姑臧。凉主吕光,令吕纂发兵往迎,杨轨闻报,语将士道,"吕弘有精兵万人,若得入姑臧,势且益强,凉州万不可取了。"乃与南凉兵邀击纂军。纂正防此着,驱军大杀一阵,南凉兵先退,轨亦败退,于是纷纷溃散。郭黁先东奔魏安,轨与王乞基等南走廉川。南凉兵当然归国,姑臧解严,纂与弘安然入都。惟吕光受了一番虚惊,老病益甚,要从此归天了。小子有诗叹道:

重瞳肉印并奇闻,谁料耄昏治日棼。
十载光阴徒一瞥,五胡毕竟少贤君。

欲知吕光临死情形,且至下回说明。

殷仲堪与杨佺期,皆非桓玄敌手,仲堪之失在畏玄,佺期之失在忌玄。畏玄者终为所制,忌玄者不能制玄,终必失败,其结果同归一死而已。罗企生不从胡藩之言,甘心殉主,徒死无益,殊不足取。惟当世道陵夷之日,犹得一视死如归之烈士,不可谓非名教中人,《晋书》之列入《忠义传》,良有以也。乞伏乾归,承兄遗业,斩杨定,杀吕延,拓地西陲,几若一鲜卑霸王,然姚兴兵至,一败即奔,又何其怯也?姚兴能屈服乾归,而吕光反为所屈,此后凉之所以一蹶不振也夫。

第八十六回　受逆报吕纂被戕 据偏隅李暠独立

却说后凉主吕光,老病已剧,自知不起,乃立太子绍为天王,自称太上皇,命庶长子纂为太尉,纂弟弘为司徒,且力疾嘱绍道:"我之病势日增,恐将不济,三寇窥觎,指南凉、北凉、西秦。迭伺我隙,我死以后,汝宜使纂统六军,掌朝政。委重二兄,尚可保国,倘自相猜贰,起衅萧墙,恐国祚从此殄灭了。"说毕,又召纂、弘入嘱道:"永业绍字永业。非拨乱才,但因正嫡有常,使为元首,今外有强寇,人心未宁,汝兄弟能互相辑睦,自可久安,否则内自相图,祸不旋踵,我死亦难瞑目呢。"乘乱窃国,怎得久存?纂与弘受命而退。未几光死,享年六十三,在位十年。已算久长。绍恐有内变,秘不发丧。已忘父训。纂已闻知,排闼入哭,尽哀乃出。绍所忌惟纂,恐为所害,乃呼纂与语道:"兄功高年长,宜承大统,我愿举国让兄。"纂答道:"臣虽年长,但陛下系国家冢嫡,不能专顾私爱,致乱大伦。"绍尚欲让纂,纂终不从,绍乃嗣位,为父发丧,追谥光为懿武皇帝,庙号太祖。

光有从子二人,长名隆,次名超,皆为军将。此次送葬已毕,超即乘间白绍道:"纂连年统兵,威震内外,临丧不哀,步高视远,看他举止,必成大变,宜设法早除,方安社稷。"绍摇首道:"先帝顾命,音犹在耳,况我年尚少,骤当大任,方赖二兄安定家国,怎得相图?就使彼若图我,我亦视死如归,终不忍自戕骨肉,愿卿勿言!"超又道:"纂威名素盛,安忍无亲,今不早图,后必噬脐。"劝人杀兄,难道非安忍无亲么?绍半晌答道:"我每念袁尚兄弟,未尝不痛心忘食,宁可待死,不愿相戕。"恐非由衷之言。超叹息道:"圣人尝言,知几其神,陛下临几不断,臣恐大事去了。"既而绍在湛露堂,适纂进来白事。超持刀侍侧,屡次顾绍，用目示意，欲绍下令收纂。绍终不为动，纂得从容退去。

弘前得光宠，望为世子，及绍得嗣立，弘常怀不平，至是遣尚书姜纪，私下语纂道："先帝登遐，主上暗弱，兄尝总摄内外，威震远迩，弟欲追踪霍子孟，即汉霍光。废暗立明，即推兄为中宗，兄以为如何？"又是一个乱首。纂尚觉踌躇，再经姜纪怂恿数语，动以利害，不由纂不从弘议，遂夜率壮士数百人，潜逾北城，攻广夏门。弘亦率东苑卫士，斫洪范门，与纂相应。左卫将军齐从，方守融明观，闻禁门外有哗噪声，即孑身出视，问为何人？纂手下兵士齐声道："太原公有事入宫。"从抗声道："国有大故，主上新立，太原公行不由道，夜入禁门，莫非谋乱不成？"说着，即抽剑直前，向纂刴去。纂连忙闪过，额已被伤，左右争来救纂，与从对敌。从双手不敌四拳，终为所擒。纂称为义士，宥从勿杀。绍在宫中闻变，乃遣武贲中郎将吕开，率禁兵出战端门。吕超亦引众助战，偏兵士都惮纂声威，相率溃散。纂得入青光门，升谦光殿，绍知不可为，趋登紫阁，自刎而亡，超独出奔广武去了。

弘入殿见纂，纂见弘部众强盛，也不得不佯为推让，劝弘即位。弘微笑道："绍为季弟，入嗣大统，所以人心未顺，因有此变。我违先帝遗训，愧负黄泉，若复越兄僭号，有何面目偷息人间？大兄年长才高，威名远振，宜速就大位，安定人心。"纂遂僭称天王，改元咸宁，谥绍为隐王，命弘为侍中大都督大司马车骑大将军，录尚书事，封番禾郡公。此外封拜百官，不胜具述。惟前左卫将军齐从，仍令复职。纂引从入见，且与语道："卿前次砍我，未免太甚。"从泣答道："隐王为先帝所立，臣当时惟知有隐王，尚恐陛下不死，怎得说是太甚呢？"纂仍嘉从忠，优礼相待，且遣人慰谕吕超，说他迹不足取，心实可原。超乃上疏陈谢，得复原官。

惟弘因功名太盛，恐不为纂所容，时有戒心，纂亦不免加忌。两下里猜嫌已久，弘竟从东苑起兵，围攻禁门。纂遣部将焦辨，率众出击，弘战败出奔，逃往广武。纂纵兵大掠，所有东苑将士的妇女，悉充军赏。弘妻女不及出走，也被纂兵掠去，任意淫污。纂自鸣得意，笑语群臣道："今日战事，卿等以为何如？"侍中房晷应声道："天祸凉室，衅起萧墙，先帝甫崩，隐王幽逼，山陵甫讫，大司马惊疑肆逆，京邑交兵，骨肉相戕，虽由弘自取夷灭，究竟陛下亦未善调和。今宜省己责躬，慨谢百姓，乃反纵兵大掠，污辱士女，衅止一弘，百姓何罪？况弘妻为陛下弟妇，弘女为陛下侄女，奈何使无赖小人，横加凌侮？天地鬼神，岂忍见此？"说直可风。说罢，歔欷泣下。纂亦不禁改容，乃禁止骚扰，召还弘妻及男女至东宫，妥为抚养。已被人污辱得够了。寻由征东将军吕方，执弘系狱，飞使告纂。纂使力士康龙，驰往杀弘。康龙将弘拉死，还归复命。身为戎首，宜其先亡。纂妻杨氏，为弘农人杨桓女，美艳绝伦，纂即立为皇后，授后父桓为散骑常侍,尚书左仆射,封金城侯。且因内乱已平,侈图远略,遂拟兴兵往攻南凉。中书令杨颖进谏道:"秃发利鹿孤,上下用命,国未有衅,不宜遽伐。今且缮备兵马,劝课农桑,待至有机可乘,然后往伐,乃可一举荡平。今日国家多事,公私两困,若非先固根本,内患恐将复起,愿陛下计出万全,毋轻用兵。"纂不肯从,竟引兵渡浩亹河,侵入南凉境内,果为利鹿孤弟傉檀所败。纂尚未肯罢休,复移兵西袭张掖。尚书姜纪又谏道:"今当盛夏,农事方殷,若废农用兵,利少害多,且逾岭攻旁,旁亦必乘虚来袭都下,不可不防,还请回军为是。"纂尚不以为然,侈然说道:"利鹿孤有甚么大志,若闻朕军大至,自守尚且不暇,还敢来攻我都么?"已经一败,还要自夸。遂进围张掖。偏傉檀不即赴援,竟引兵入逼姑臧,当由姑臧守将,飞报纂军。纂慌忙驰还,傉檀乃收兵退去。

先是纂弑绍据国,姑臧城内,有母猪生一小猪,一身三头;又有黑龙出东箱井中,蟠卧殿前,良久方去。纂目为祥瑞,改殿名为龙翔殿。俄而黑龙又升悬九宫门,纂复改名九宫门为龙兴门。大约是条黑蛇,纂强名为黑龙。时西僧鸠摩罗什,尚在姑臧,因吕光父子,不甚听从,所以闲居寺中,无所表白,至是闻纂用兵不已,才入殿告纂道:"前时潜龙屡出,豕且为妖,恐有下人谋上的隐祸,宜亟增修德政,上挽天心。"纂虽当面应诺,下令罢兵;但性好游畋,又耽酒色,越是酣醉,越是喜游。杨颖一再谏阻,终不少改;再经殿中侍御史王回,中书侍郎王儒,叩马极谏,仍然不从。好容易过了一年,吕超调任番禾太守,擅发兵击鲜卑思盘。思盘遣弟乞珍,至姑臧诉纂谓超无故加兵。纂乃征超与思盘,一同入朝。超至姑臧,当然惧罪,先密结殿中监杜尚,求为内援,然后进见。纂怒目视超道:"汝仗着兄弟威势,敢来欺我,我必须诛汝,然后天下可定。"超叩首求免,纂乃将超叱退。欲斩即斩,何必虚张声势,况超固有可诛之罪耶!

超趋出殿门,心下尚跳个不住,乃急往兄第。兄隆为北部护军,此时正返姑臧,便与超密商多时,决定异谋,伺机待发。也是纂命已该绝,不能久待,越日即引入思盘,与群臣会宴内殿,又召隆、超两人,一同预席,意欲为超与思盘,双方和解。当下和颜与语,谈饮甚欢。超佯向思盘谢过,思盘亦不敢多求,宴至日旰,大家都已尽兴,谢宴辞出,思盘亦随着退去。惟隆起两人,怀着异图,尚留住劝酒,纂是个酒中饿鬼,越醉越是贪饮,到了神志昏迷,才乘车入内。隆与超托词保护,跟入内庭,车至琨华堂东阁,不得前进。纂亲将窦川、骆腾,置剑倚壁,帮同推车,方得过阁。超顺便取剑,上前击纂,因为车轼所隔,急切不得刺着。偏纂恃着勇力,一跃下车,徒手与搏,怎奈醉后晕眩,一阵眼花,被超刺入胸间,鲜血直喷,急返身奔入宣德堂。川、腾与超格斗,超持剑乱斫,劈死二人。纂后杨氏,闻变趋出,忙命禁兵讨超,哪知殿中监杜尚,不奉后命，反引兵助超，导入宣德堂，把纂杀死，且枭首徇众道："纂背先帝遗命，杀害太子，荒耽酒猎，昵近小人，轻害忠良。番禾太守超，属在懿亲，不敢坐视，所以入除僭逆，上安宗庙，下为太子复仇。凡我臣庶，同兹休庆。"这令一下，众皆默然，不敢反抗。

惟巴西公吕他，陇西公吕纬，居守北城，拟约同讨贼。他妻梁氏，阻他不赴，纬又为超所诱，佯与结盟，伪言将奉纬为主。纬欣然入城，立被拿下，结果性命。超径入宫中，搜取珍宝。纂后杨氏，厉声责超道："尔兄弟不能和睦，乃致手刃相屠，我系旦夕死人，尚要金宝何用？现皆留储库中，一无所取，但不知尔兄弟能久享否？"倒是个巾帼须眉。超不禁怀惭；又见她华色未衰，起了歹心，因暂退出。少顷，又着人索交玉玺。杨氏谓已毁去，不肯交付，自与侍婢十余人，收殓纂尸，移殡城西。超召后父杨桓入语道："后若自杀，祸及卿宗。"桓唯唯而退，出语杨后。杨氏知超不怀好意，便毅然语桓道："大人本卖女与氏，冀图富贵，一次已甚，岂可至再么？"遂向殡宫前大哭一场，扼吭自尽。烈妇可敬。

还有吕绍妻张氏，前因绍被弑，出宫为尼，姿色与杨氏相伯仲，并且年才二八，正是娇艳及时，前为吕隆所见，久已垂涎，此次已经得志，即自造寺中，逼她为妾。张氏登楼与语道："我已受佛戒，誓不受辱。"隆怎肯罢手，竟上楼胁迫，强欲行淫。张氏即从窗外跳出，跌得头青额肿，手足俱断，尚宛转诵了几声佛号，瞑然而逝。足与杨氏并传不朽。

隆扫兴乃返，超遂请隆嗣位。隆有难色，超忙说道："今譬如乘龙上天，怎好中途坠下呢？"隆遂僭即天王位，拟改年号。超在番禾时，曾得小鼎一枚，遂以为神瑞，劝隆改元神鼎。隆当然依议，追尊父宝吕光之弟。为皇帝，母卫氏为皇太后，妻杨氏为皇后，命弟超为辅国大将军，都督中外诸军事，封安定公。一面为纂发丧，追谥为灵皇帝，与杨后合墓同葬，总计纂在位不过年余，惟自晋安帝隆安三年冬季僭号，至五年仲春被弑，先后总算三年。纂平时与鸠摩罗什弈棋，得杀罗什棋子，辄戏言斫胡奴头。罗什从容答道："不斫胡奴头，胡奴斫人头。"纂听了不以为意，谁料吕超小字胡奴，竟将纂斫死，后人才知罗什所言，寓着暗谜。真是玄语精深，未易推测呢。

话分两头。且说北凉主段业，虽得乘时建国，却是庸弱无才，威不及远，当时出了一个敦煌太守李暠，起初是臣事北凉，后来也居然自主，另建年号，变成一个独立国，史家叫做西凉。不过他本是汉族华裔，与五胡种类不同。十六国中有三汉族，前凉居首，西凉次之，其三为北燕见下文。相传暠为汉李广十六世孙，系陇西成纪人。高祖雍，曾祖柔，皆仕晋为郡守。祖弇仕前凉为武卫将军，受封安世亭侯。父旭少有令名，早年逝世，遗腹生暠。暠字玄盛，幼年好

第八十六回 受逆报吕纂被戕 据偏隅李暠独立

学,长习武略,尝与后凉太史令郭黁,及同母弟宋繇同宿。想是母已改嫁宋氏。黁起谓繇道:"君当位极人臣,李君且将得国,有骊马生白额驹,便是时运到来了。"黁明于料人,暗于料己。已而段业自称凉州牧,调敦煌太守孟敏为沙州刺史。敏署暠为效谷令,宋繇独入任中散常侍。及孟敏病殁,敦煌护军郭谦,沙州治中索仙等,因暠温惠服人,推为敦煌太守。暠尚不肯受,适宋繇自张掖告归,即语暠道:"段王本无远略,终必无成,兄尚记郭黁遗言么?白额驹今已生了。"暠乃依议,遣使向业请命。业竟授暠为敦煌太守,兼右卫将军。至业僭称凉王,右卫将军索嗣,向业潜暠道:"李暠难恃,不可使居敦煌。"业乃遣嗣为敦煌太守,令骑兵五百人从行。将到敦煌,移文至暠,使他出迎。暠颇欲迎嗣,宋繇及效谷令张邈,同声劝阻道:"段王暗弱,正是豪杰有为的机会,将军已据有成业,奈何拱手让人?"暠问道:"若不迎嗣,当用何策?"宋繇遂与暠密谈数语,暠点首许可,乃即遣繇往见索嗣。繇与嗣晤谈,满口献谀,说得嗣手舞足蹈,得意扬扬。繇辞归语暠道:"嗣志骄兵弱,容易成擒,请即发兵击嗣便了。"暠遂使二子歆让,及宋繇、张邈等引兵出击,出嗣不意,杀将过去。嗣不知所措,急忙拍马返奔,逃回张掖,五百人死了一大半,歆让等得胜回军。暠与嗣本来友善,此次反被谗间,当然痛恨,遂上书段业,请即诛嗣。业迟疑未决,适辅国将军沮渠男成,亦与嗣有嫌,从旁下石借端复仇,于是业竟杀嗣;且遣使谢暠,进暠都督凉兴巴西诸军事,领镇西将军。即此可知业之庸弱。

时有赤气绕暠后园,龙迹出现小城,众以为瑞应在暠,交相传闻。疑是暠捏造出来。晋昌太守唐瑶,首先佐命,移檄六郡,推暠为大都督大将军凉公,领秦、凉二州牧。暠既得推戴,便颁令大赦。是年,岁次庚子,系晋安帝隆安四年。即以庚子纪元。追尊曾祖弇为凉景公,父旭为凉简公,命唐瑶为征东将军,郭谦为军谘祭酒,索仙为左长史,张邈为右长史,尹建兴为左司马,张体顺为右司马,宋繇为从事中郎,兼折冲将军。即遣繇东略凉兴,并拔玉门以西诸城,屯田积谷,保境图强,是为西凉。北凉主段业,闻暠独立,也欲发兵出讨,无如庸柔不振,力未从心,再加沮渠蒙逊等从中作梗,连自己位且不保,怎能顾及敦煌,所以李暠背业自主,安稳连年。那段业非但不能往讨,甚至大好头颅,也被人取去。看官欲问业为何人所杀?便是那尚书左丞沮渠蒙逊。小子有诗叹道:

> 文弱终非命世才,因人成事反招灾。
> 须知祸福无常理,大祸都从幸福来。

究竟蒙逊如何弑业,非一二语所能详尽,欲知底细,请至下回看明。

观本回后凉之乱,全由兄弟互阋而成,实则自吕光启之。光既知永业之非才,则舍嫡立长,未始非权宜之举;况纂有却敌之功,岂肯受制乃弟乎?光以为临危留嘱,可无后患,讵知口血未干,内衅即起,绍忌纂,纂亦忌绍,又有超与弘之隐相构煽,虽欲不乱,乌得而不乱?然纂之弑绍,弘实首谋,首祸者必先罹祸,故弘即被诛;纂不能逃弑主之罪,卒授手于超以杀之。胡奴斫头,何莫非因果之报应耶?惟绍妻张氏,纂妻杨氏,宁死不辱,并足千秋,吕宗之差强人意者,只此巾帼二人,余皆不足道也。西凉李暠,乘势自主,犹之吕光、段业诸人。吕光氐也,段业籍隶京兆,虽非胡裔,而不得令终。暠为汉族,能崛起于河朔腥膻之日,亦未始非志在有为,庸中佼佼之称,暠其犹足当此也夫。

第八十七回　扫残孽南燕定都
　　　　　　　立奸叔东宫失位

却说北凉主段业,用沮渠蒙逊为尚书左丞,貌似信用,暗实猜嫌,蒙逊窥业意,深自晦匿。业授门下侍郎马权为张掖太守,甚见亲重。权自恃豪略,蔑视蒙逊,蒙逊遂伺隙谮权,业信以为真,将权杀死。蒙逊既除去一患,还想设法除业,因复语从兄男成道:"段业愚暗,非济乱才,信谗爱佞,鉴断不明,前有索嗣马权,为业心腹,未可急图,今已皆诛死,我正可下手,除业奉兄,兄以为何如?"男成道:"业本孤客,为我家所拥立,彼得我兄弟,情同鱼水,人既亲我,我不应背人,背人不祥。"蒙逊即默然趋出。越宿,即向业而陈,愿出为西安太守。业正虑蒙逊内逼,巴不得他离开眼前,既得此请,当即乐从。蒙逊佯赴外任,致书男成,约与同祭兰门山,暗中却先使司马许咸,入告段业道:"男成将乞假为乱,若求祭兰门山,便见臣言不虚了。"业疑信参半,到了次日,果由男成请假,谓须出祭兰门山。业遂信许咸言,把他拿下,勒令自杀。<small>耳软若此,不死何为?</small>男成道:"蒙逊先与臣谋反,臣因兄弟至亲,但加斥责,不忍遽发。今与臣共约祭山,反诬臣为逆,臣若朝死,彼必夕发,为大王计,不若诈言臣死,暴臣罪恶,待蒙逊倡乱,然后出臣往讨,名正言顺,无忧不克了。"业竟不肯听,迫使速死。<small>愚愤之至。</small>

蒙逊闻男成死状,便泣告部众道:"我兄男成,忠事段王,反被枉杀,岂不可恨?况我等拥段为主,本欲安土息民,今段王如此无道,戮害忠良,试想我等还能安枕么?诸君如肯为我兄复仇,请速从我来。"<small>杀兄求逞,心术之险,自古罕闻。</small>部众未悉阴谋,并怀男成旧恩,便即泣涕应命,踊跃从行,霎时间已得

第八十七回　扫残孽南燕定都　立奸叔东宫失位

万人。便由蒙逊引逼氐池，镇军臧莫孩，率众请降，羌胡亦多响应。蒙逊又进屯侯坞，业至此悔杀男成，亟授梁中庸为武卫将军，饬使专征。右将军田昂，得罪被囚，业复将他释放，令与中庸共讨蒙逊。别将王丰孙入谏道："昂貌恭心险，不宜重用。且羁囚有日，定必怀仇，奈何反使他讨逆呢？"业蹵然道："我亦未尝无疑，但事至今日，非昂不能讨蒙逊，卿且勿言！"<small>疑人勿用，业乃反是，真是该死！</small>昂奉命出发，一至侯坞，即率骑五百，归降蒙逊。中庸麾下各将士，不战先溃，害得中庸无法可施，也只好向蒙逊请降。

蒙逊毫不费力，长驱直进，竟到张掖。昂兄子承爱，愿为内应，就斩关纳蒙逊军。业惶急万状，号召左右，已皆奔散，顿时抖做一团，没法摆布。俄而蒙逊率兵进来，业越加惊慌，不得已流涕语蒙逊道："孤孑然一身，为君家所推，勉居此位，今愿推位让国，但乞全我一命，使得东还，与妻子相见，便是再造宏恩了。"<small>还想求生，徒形其丑。</small>蒙逊回顾部众道："彼杀人时，并未加怜，今死在目前，倒想人怜惜，汝等以为可恕么？"部众听了，都说是可杀可杀，杀声一起，便由蒙逊顺手一挥，众刃齐进，就使段业铜头铁额，到此也裂成数段了。蒙逊既得斩业，便召集梁中庸等，拟立嗣主。<small>全是诈伪。</small>中庸等当然推立蒙逊，蒙逊尚谦让三分，但自称大都督大将军凉州牧张掖公，改元永安，署从兄伏奴为镇军领张掖太守，封和平侯，弟挐为建忠将军，封都谷侯，田昂为镇南将军，领西郡太守，臧莫孩为辅国将军，梁中庸房晷为左右长史，张隄、谢正礼为左右司马，布赦安民，臣庶大悦。看官！你道蒙逊窃位的方法，善不善呢？刁不刁呢？

小子一支秃笔，演述这边，又不得不演述那边。当时南燕王慕容德，已自滑台徙都广固，竟由王称帝了，<small>回应八十二回。</small>说来又有一段表白，请看官浏览下去。五胡十六国时，实是头绪纷繁，不能不特笔表明。先是秦主苻登，为姚兴所灭，<small>事见前文。</small>登弟广收拾残众，奔依南燕。慕容德令为冠军将军，使居乞活堡，会荧惑守东井，有人谓秦当复兴，广遂自称秦王，击败南燕北地王慕容钟。德乃留鲁王慕容和守滑台，自率精骑讨广，竟得荡平，斩广了事。不意滑台留守慕容和，竟为长史李辩所杀，举城降魏。德闻报大怒，即欲引兵还攻。前邺令韩范谏阻道："前时魏为客，我为主，今日我为客，魏为主，客主情形，大不相同，人心危惧，不可再战。今宜先据一方，自立根本，然后养足兵力，取还滑台，方为上计。"正议论间，帐外报称右卫将军慕容云到来。<small>此慕容云与高云不同。</small>德即传入。云献上李辩首级，并言已救出将士家属二万余口，一并带来。德军正系念家眷，得了此信，统去分别认领，聚首言欢。

德又集将佐商议道："苻广虽平，滑台复失，进有强敌，退无所依，将用何策？"给事中书令张华进言道："彭城为楚旧都，依山带川，地广民饶，可取作基本,急往勿延。"德不甚赞成,犹豫未答。慕容钟、慕舆护、封逞、韩谅等,谓不如仍攻滑台。独尚书潘聪献议道:"滑台四通八达,不易安居,且北通大魏,西接强秦,两国环伺,防不胜防。彭城土广人稀,坦平无险,又距晋甚近,晋必与我相争,我长陆战,彼长水战,就使我幸得彭城,到了秋夏霖潦的时候,江淮水涨,千里为湖,晋人鼓棹前来,如何抵御?故欲取彭城,亦非久计。惟青齐沃壤,向号东秦,地方二千里,户口十余万,右控山河,左负大海,可谓用武胜地;况广固为曹嶷所营,曹嶷事见前。山形险峻,足为皇都,今被辟闾浑据住,浑本燕臣,辜负国恩,今宜遣辩士先往招谕,再用大兵在后继进,彼若不从,一战可下。既得广固,然后闭关养锐,伺衅乃动,这也好似西汉的关中,东汉的河内呢。"德尚以为疑,特遣牙门苏抚,往询齐州沙门僧朗。朗素善占候,与抚相见,抚即自陈来意,并述群臣各议。朗答道:"三策中莫如潘议。按诸天道,亦无不合。今岁彗星起自奎娄,遂扫虚危,奎娄二星,当鲁分野,虚危二星,当齐分野,彗星适现,正是除旧布新的天象。今请先定兖州,巡抚琅琊,待至秋风戒令,乃可北转临齐,应天顺人,正在此举。"抚又密问道:"将来历年几何?"朗微笑不言。抚再三固问,朗乃布蓍占易,详审卦兆,才密告道:"燕衰庚戌,年适一纪,传世及子。"为后文南燕败亡张本。抚惊起道:"有这般短促么?"朗说道:"卦兆如是,无关人事,但留证后来便了。"人果不能胜天吗?抚当即告别,还报慕容德,但说当进取广固,所有年数长短,不敢遽述。

德遂决意东行,引兵入薛城。兖州北鄙诸郡县,望风迎降。德另置守宰,禁兵侵掠,百姓安堵,统赉牛酒犒军。德又遣谕齐郡太守辟闾浑,辟闾浑抗命不从,乃命慕容钟率步骑二万,即日进攻,自率兵进据琅琊。徐、兖人民,陆续归附,数达十余万户。兖州守将任安,弃城遁去。渤海太守封孚,就是后燕的吏部尚书,前次兰汗作乱,孚南奔辟闾浑,浑令他署守渤海。兰汗乱事,见八十二回。及德至莒城,孚乃出降。德大喜道:"我得平青州,尚不足喜,所喜者在得卿呢。"遂委任机密,事辄与商。再拟进军广固,为钟后援。辟闾浑闻德将至,徙八千余家守广固,遣司马崔诞守薄荀,平原太守张豁守柳泉,诞豁俱遣子奉书,向德投诚。浑孤立无助,当然惊骇,急挈妻子奔魏。行至莒城,被德将刘刚追及,擒住斩首。浑有少子道秀,自诣德营,愿与父俱死。德叹息道:"父虽不忠,子独能孝,我何忍加诛呢?"遂赦免道秀,只杀浑参军张瑛,随即入据广固,作为都城,并为僧朗建神通寺,酬绢百匹。越年,德自称皇帝,即位南郊,改元建平。因人民不易避讳,特在德字上加一备字,叫做备德,即援二名不偏讳故例,诏示境内。名果能副实么?复在宫南建筑祖庙,遣使致祭,奉策告成,追谥前燕主慕容晄为幽皇帝,用慕容钟为司徒,慕舆拔为司空,封孚为左仆射,慕舆护为右仆射,立妻段氏为皇后。后即段仪次女季妃,自誓不作庸

第八十七回　扫残孽南燕定都　立奸叔东宫失位

夫妇，见六十回回。至此果得为南燕后，也可谓如愿以偿了。

惟备德为前燕主慕容皝少子，母公孙氏尝梦日入脐，因致怀孕。生备德时，尚昼寝未醒，及侍女惊呼，方醒寤起床。皝谓此儿寤生，颇似郑庄公，将来必有大德，乃以德为名。郑庄亦未见有德。及为范阳王，由后秦太史令高鲁，遗赠玉玺一纽，上有篆文镌着，系"天命燕"三字。又图谶秘文，载有四语云："有德者昌，无德者亡，德受天命，柔而复刚。"此外尚有童谣云："大风蓬勃扬尘埃，八井三刀卒起来。四海鼎沸中山颓，唯有德人据三台。"为了种种征验，所以备德入广固，终称尊号。独母公孙氏及兄慕容纳，陷落长安。备德前时别母，曾留金刀与诀，及从慕容垂起兵背秦，秦苻昌收捕备德家属，杀纳及备德诸子，公孙氏因老免死。纳妻段氏方娠，下狱待刑，狱掾呼延平，为备德故吏，私释二人，同奔羌中。纳妻段氏，生下一男，就是慕容超。超年十岁，祖母公孙氏方殁，临危时取出金刀，付超垂嘱道："这是汝叔留下的纪念。若天下太平，汝可东往寻叔，赍刀送还便了。"超自然受教。呼延平代为理丧，复恐秦人掩捕，转挈超母子往投后凉。备德屡遣使入关，访问母兄，杳无下落，后由故吏赵融从长安东来，具述前情，才知母兄凶闻，备德连番恸哭，甚至呕血，寝疾数日，经良医调治，始得渐愈。但兄纳妻子，逃入后凉，不但备德无从探悉，就是赵融亦未尝闻知。后来超得东归，容至下文表明，叙入此段，为立超嗣位伏案。小子却要叙入后燕了。

后燕主慕容盛，苛刻少恩，前文中已经叙过，见八十三回。勉强过了二年，宗族亲旧，多半携贰。盛尚不知恩抚，单靠着暗地钩考的思想，寻隙索瘢，不遗余力，独有一种暧昧的事情，发自太后宫中，盛虽自矜明察，反被她始终瞒着，毫无所闻。丁太后为盛伯母，看官应早阅悉，见八十二回。她本是个燕中的尤物。到了中年，还是丰容盛鬋，雪貌花肤，就中有个河间公慕容熙，索性渔色，又仗着皇叔懿亲，骠骑重任，时常出入宫廷，谒问太后。丁氏见他年甫逾冠，绰有丰仪，好一个翩翩公子，免不得另眼相看。熙就此勾引，朝挑暮拨，惹动丁氏情肠，你有情，我有意，彼此不顾嫂叔名义，竟凑成一番露水缘。宫中大小妇寺，就使得知，总教利诱势驱，自然不敢多口，只碍着主子慕容盛，不好明目张胆，夜夜交欢。盛又尝调熙远征，东伐高句骊，北讨奚契丹，情郎行役，闺妇怀愁，个中况味，唯有两人亲尝，不能与外人诉说，所以两人视盛，已似眼中钉一般，恨不得置盛死地，好让他日夜欢娱。谋夫杀子，多由纵奸所致。可巧燕主盛长乐三年，盛往伐库莫奚，大获而还，饮至行赏，宫廷交庆。左将军慕容国，与秦舆段赞等，谋率禁兵袭盛，熙与丁氏，稍有所闻，但望他一举成功，偏偏机事未密，被盛察觉，竟将慕容国等先行拿斩，连坐至五百余人，惟舆子兴赞子泰等，幸得逃脱。

过了数日,兴与泰串同思悔侯段玑,见八十三回。夜入禁中,鼓噪大呼,响震屋瓦。盛闻变起床,亟率左右出战,击退乱党,玑亦被创,走匿厢屋间。忽有一贼潜蹑盛后,用刀斫盛。盛闻声跃起,身虽闪免,足已受伤,回顾那贼,却一闪儿不见了。此贼恐系丁氏所遣。盛忍不住痛苦,忙乘辇出升前殿,申约禁卫,宣召叔父河间公熙,拟嘱后事。熙尚未至,盛已晕倒座上,经左右昇入内廷,便即断气。中垒将军慕容拔,冗从仆射郭仲,急入白太后丁氏。丁氏装出一副泪容,颦眉与语道:"嗣主不测,为贼所伤,现惟有亟立新君,捕诛贼党,方足安慰先灵。"慕容拔道:"太子在外,请即迎立。"丁氏道:"国家多难,宜立长君,太子年幼,恐不堪承祚呢。"郭仲从旁插入道:"太子即不可立,不如迎立平原公。"丁氏又复摇首。再由慕容拔等请示,丁氏乃推出那心上人儿,说他名望素隆,足靖国难。又温言笼络拔等,即令他乘夜往迎,休得漏泄。拔等奉命而出,适值慕容熙进来,遂导令入宫,准备即位。又好与丁氏续欢了。

转眼间,便是天明,群臣联翩入朝,才知盛已暴殁。内廷有择立长君的消息,当时平原公慕容元,系盛季弟,曾任司徒尚书令,群望相属,总道是不立太子,必立太弟,就是郭仲所说,也属此人。偏待了半晌,由内侍传出太后手诏,乃是继立河间公熙,竟使叔承侄统,大众未免惊愕。但因熙职掌兵权,不好反抗,只得联名上书,向熙劝进。熙尚谓元宜嗣位,故意推让。元当然固辞,熙遂僭即尊位,捕诛叛臣段玑,及秦兴段赞等人,并夷三族。且将平原公元,亦牵入案内,只说是与玑同谋,迫令自尽。真是辣手。乃下令大赦,为盛营葬。盛在位三年,殁时只二十九岁,追谥昭武皇帝,庙号中宗,出葬兴平陵。丁氏亦出都送葬,尚未还宫,中领军慕容提,及步军校尉张佛等,谋立故太子定,乘间发难。偏有人报知慕容熙,熙忙发兵捕获慕容提、张佛,立即斩首,并将定一并赐死。又下了一次毒手。及丁氏回来,宫廷已安静如常了。熙再颁赦令,改元光始,把北燕台改称大单于台,置在右辅,位次尚书,每日除视朝外,惟与太后丁氏调情取乐,俨然与伉俪相似。丁氏亦华装盛饰,日夜陪着,还道天长地久,生死不离,哪知男子心肠,本多薄幸;再加丁氏华年,要比熙加长十余龄,熙未免嫌她年老,暗嘱左右幸臣,采选美人儿入宫。凑巧有一对姊妹花,流寓龙城,得被选入。经熙仔细端详,端的是面似桃花,眉似柳叶,目如点漆,发如堆云,齿若瓠犀,领若蝤蛴,再加一副轻盈体态,画笔难描,真令熙喜极欲狂,真把魂灵儿交付两美,惹得颠倒迷离,慢慢地按定了神,讯明姓氏,方知是前中山尹苻谟女儿,长名娀娥,次名训英。见八十一回。熙也不暇再问来历,便命左右摆起盛宴,令两美左右侍饮。红灯绿酒,翠鬓朱颜,真个是春色撩人,无情不醉。况熙系登徒子一流人物,怎得不馋涎欲滴?才饮数觥,已按不住欲火,便搂住两美,同入欢帏,去做那阳台梦了。小子有诗叹道:

冶容本是诲淫媒,况复娇维并翼来。
一箭双雕原快事,谁知极乐即生哀。

熙既得了大小苻女,左拥右抱,欢爱的了不得,当然将丁氏冷淡下去。欲知后事,且看下回便知。

典午之季,五胡云扰,无礼无义,其淆乱也甚矣!沮渠蒙逊欲废主而窃国,虽卖兄亦所不恤,兄可卖,主亦何不可弑乎?慕容德之下青齐,入广固,定都称帝,似夺之于乱臣之手,于后燕绝不相关,然德既为后燕臣,后燕未亡,德乌能称帝?是德固无君也。若慕容熙更不足责矣。太后可烝,太子可杀,淫凶暴戾,凌侮孤寡,此而畀之以国,天道果真无知乎?但稔恶必亡,近报在身,远报在儿孙,觉于慕容熙之结果,不及慕容德,又不及沮渠蒙逊,乃知恶愈甚者亡愈速,天道固非尽无凭也。

第八十八回　吕隆累败降秦室
　　　　　　刘裕屡胜走孙恩

却说大小苻女,并邀宠幸,与慕容熙欢爱数宵,大苻女娀娥,受封贵人,小苻女训英,受封贵嫔,两姊妹轮流伴寝,说不尽的凤倒鸾颠。但小苻女年既娇小,态愈鲜妍,更足令人生爱,所以得熙专宠,比阿姊还突过一筹。看官试想,两苻女貌本相同,只为了年龄上长幼,略有区别,便觉大不如小,何况这太后丁氏,已过中年,任她如何美艳,究竟残花败叶,不及嫩柳娇枝,自从两苻女入宫,熙遂与丁氏断绝关系,好几月不去续欢。丁氏忍耐不住,尝遣侍女请熙,熙哪里肯往,有时还要谩骂侍女,侵及丁氏。痴心女子负心汉,教丁氏如何不恼?如何不怨?七兵尚书丁信,为丁氏兄子,当由丁氏召他入议,密谋废熙。天道祸淫,不使丁氏再得快意,竟至密谋发泄,信被执下狱,所有丁氏定策功劳,一笔勾消,反说她是谋逆首犯,活活的胁使自尽,还算保全太后脸面。丁氏至此,悔也无及,只有一死罢了。是淫妇结局,后之妇女其鉴诸。熙命用后礼殓葬,谥曰献幽皇后,想还念旧日恩情。惟将丁信处斩了事。高而不危之言,奈何忘却?越年,进大苻女为昭仪,嗣复立小苻女为皇后,阿妹竟高出阿姊么?大苻女好微行游宴,熙为凿曲光海、清凉池,盛暑兴工,役夫多半渴死。小苻女好骑马游畋,熙尝与她并辔出猎,北登白鹿山,东过青岭,南临沧海,沿途征索供亿,不堪骚扰。士卒多为豺狼所害,并因路上遇寒,冻死至五千余人。熙全不顾恤,但教得两美人的欢心,还管甚么兵民,眼见是要好色亡国了。好色未必亡国,好色不爱兵民,国必亡。

且说后凉主吕隆,僭称天王,壹意逞威,收捕内外叛党,不遗余力。杨轨王乞基等,早自廉川奔降南凉,郭黁亦自魏安奔依西秦。应八十五回。南凉主利鹿孤,本收纳杨轨等人,既而杨轨阴有异谋,为利鹿孤所杀。了却杨轨。西秦主乞伏乾归,服属后秦,势力方衰,郭黁虽然投奔,不过苟延残喘,未能唆使乾归,进图后凉。吕隆本可少安,偏他尚疑忌群臣,只恐为吕纂复仇,稍涉嫌疑,即加诛戮,因此内外骚然,各有戒心。魏安人焦朗,遣人至后秦,怂恿陇西公姚硕德道:"吕氏自武皇弃世,后凉谥吕光为懿武皇帝,见前文。诸子相攻,政治不修,但务威虐,百姓饥馑,死亡过半。明公位尊分陕,威振遐方,何不弃吕氏衰残,吊民伐罪,救此一方涂炭呢?"也是一个虎伥。硕德遂转告秦主姚兴,兴令率步骑六万人,进攻后凉。乞伏乾归亦领七千骑从军。硕德自金城渡河,直逼姑臧,部将姚国方献策道:"今悬军深入,后无援应,乃是危道,宜乘我锐气,与他速战,他总道我远来疲乏,可以力拒,我若得将他杀败,他自然生畏,无虑不克了。"硕德遂严申军律,准备厮杀。吕隆遣弟吕超,及龙骧将军品邈等,出城迎战。兵刃甫交,秦军如潮涌进,十荡十决,杀毙凉兵无数,超慌忙遁回,邈迟走一步,已被秦军打倒马下,活捉去了。姑臧大震,巴西公吕他,率东苑兵二万五千,出降秦营。隆惊惶得很,急忙收集离散,婴城拒守。西凉主李暠,北凉主沮渠蒙逊,南凉主秃发利鹿孤,俱遣使贡秦,且贺秦胜凉。

凉尚书姜纪,前因隆超僭夺,惧奔南凉。南凉广武公傉檀,与谈兵略,甚相契合,坐必同席,出必同车。利鹿孤常语傉檀道:"姜纪原有美才,但我看他目动言肆,必不肯在此久留。倘若入秦,必为我患,不如趁早除去。"傉檀闻言大惊,忙接口道:"臣以布衣交待纪,料纪必不负我,请勿他疑。"未免过信。利鹿孤乃止。不意秦凉战起,纪竟潜奔秦军,往说硕德道:"吕隆孤城乏援,明公率大军围攻,城中危急,势必乞降,但乞降乃是虚文,非真心服,公若班师,彼又抗命,现请给纪步骑三千,与焦朗等互为犄角,箝制吕隆,隆必无能为了。否则秃发在南,兵强国富,若乘公退兵,入据姑臧,威势益振,李暠、沮渠蒙逊等,必且折入秃发,岂非公将来大患么?"硕德大喜,遂表为武威太守,给兵三千,使屯晏然,再督兵进攻姑臧。城中多谋外叛,将军魏益多,且煽惑兵士,谋杀隆超,事泄被诛,连坐至三百余家。于是群臣多向隆上书,请与秦军通和。隆尚不许,再经超一再进劝,略说"强寇外逼,兵粮内竭,上下嗷嗷,势难自固,不如遣使乞和,卑辞退敌。敌果退去,完境息民,若卜世未终,自可复旧,万一天命已去,亦得保全宗族"等语。隆乃依议,派使出城,乞降秦营,愿遣子弟为质。硕德不欲苛求,允如所约,一面转报长安。秦主兴即使鸿胪卿桓敦,册拜隆为镇西大将军,都督河西军事,领凉州刺史,封建康公。隆对使受命,乃遣

第八十八回　吕隆累败降秦室　刘裕屡胜走孙恩

母弟爱子,及文武旧臣慕容筑、杨颖等五十余家,入质长安。硕德振旅而还,往返皆严肃部伍,秋毫无犯,西土皆称为义师。

　　过了二日,吕超又引兵攻姜纪,因纪严守不下,转攻焦朗。朗向南凉求救,南凉广武公傉檀,率兵赴援,到了魏安,见城下并无一人,只城门还是紧闭,一些儿没有影响。傉檀大是惊疑,即在城下大呼,促朗出迎,但听城上有人应声道:"寇已退走,无劳援军费心,也请退还,恕不送迎。"好似一种调侃语。傉檀勃然怒起,便欲麾兵攻城,部将俱延谏阻道:"朗但靠孤城,总难久持,今岁不降,明年自服,何必多劳士卒,同他拚命?且为丛驱雀,转非良策,不如退兵数里,发使晓谕,令他自知无礼,定然出来谢罪了。"傉檀依议而行,果由朗复使谢过,乃仍与朗连合,顺道进军姑臧,就胡坑立营。夜间防凉兵掩袭,蓄火戒严,兵不解甲。到了夜半,营外突然火起,凉将王集,果来劫垒,傉檀徐起,纵兵出击,内外火炬齐明,光同白昼。集部下不过千人,敌不住傉檀大营,便欲返奔。偏傉檀驱兵杀上,集措手不及,竟被砍死。败兵逃回姑臧,吕隆惊骇,与超密谋,想出一条诈计,致书傉檀,伪与修好,且请傉檀入盟。傉檀也恐有诈,因使将军俱延往代。俱延入城,由超引至东苑,发伏出攻。俱延不及上马,徒步急奔,还亏城阃两旁,有南凉将军郭祖,引兵待着,让过俱延,截住超兵,且战且走,才得退归营中。傉檀大愤,遂攻显美城。昌松太守孟祎,固守待援,吕隆遣将荀安国石可等,领兵往救,中道却还。孟祎守了数旬,援军不至,竟被傉檀陷入,祎巷战被擒。傉檀问他何不早降?祎抗声道:"祎受吕氏厚恩,分符守土,若明公大军甫至,便即归附,如何对得住吕氏?想明公亦必斥为不忠呢。"傉檀改容礼祎,命即释缚,面授为左司马。祎固辞道:"吕氏将亡,圣朝必取河右,可无疑义。但祎为人守,城不能全,若再忝居显任,益增愧赧。果使明公加惠,令祎就戮姑臧,祎死且知感了。"词婉意诚,不失为忠。傉檀称为义士,纵使归去。且恐师劳粮绝,收兵自归。

　　会姑臧大饥,斗米值钱五千,人自相食,饿莩盈途。吕隆恐有变祸,饬闭城门,日夜不开,樵采路绝。百姓乞出城觅食,愿为胡虏奴婢,日有数百。隆恨他煽动众心,索性把他拘住,尽行坑死,尸积如山。北凉主沮渠蒙逊,乘隙攻姑臧,隆不得已卑辞厚币,向南凉乞援。南凉再使傉檀赴急,蒙逊闻傉檀将至,勒兵挑战,为隆所败,乃与隆讲和结好,留谷万余斛,赈济凉民,然后退还。傉檀到了昌松,得知蒙逊回兵消息,因亦引军折回,途次接到利鹿孤命令,嘱他移讨魏安,乃改辙北行,再攻魏安守将焦朗。朗无力守城,不得已面缚出降。傉檀送朗赴西平,徙魏安人民至乐都。嗣是复屡寇姑臧,再加沮渠蒙逊,与吕隆背了前盟,也去侵扰。傉檀在南,蒙逊在北,恰好似喝着同心酒,共图后凉,累得隆南防北守,奔走不遑。偏后秦又来作祟,遣使征吕超入侍,隆急得没法,只好令超赍着珍宝,奉献秦廷,情愿将姑臧归秦,请兵相迎。秦主兴遂遣左仆射齐难等,率步骑四万人迎隆。军至姑臧,隆素车白马,出候道旁。难令司马王尚署凉州刺史,给兵三千,权守姑臧,分置守宰,镇守仓松番禾二城。隆使吕胤告辞光庙道:"陛下前抒远略,开建西夏,德被苍生,威震遐裔,后嗣不肖,迭相篡弑,二虏交迫,将归东京,谨与陛下诀别,从此长离。"早知今日,何必当初?胤告毕复命,隆即率宗族僚属,及民万户至长安。秦主兴授隆为散骑常侍,超为安定太守,其余文武三十余人,量才录用,不使向隅。但后凉自吕光开基,至隆亡国,共历四主,合十九年。

先是太史令郭黁,占得术数,谓代吕者王,故叛凉起兵,先推王详,后推王乞基。及吕隆东迁,代以王尚,恰如黁言,可惜黁徒算得一半,知姓不知名,所以终归失败。且奔投西秦后,从乞伏乾归降秦,又暗中推算,以为灭秦者晋!却是算着,但不能自算存亡,终归差了半着。乃复潜身东奔,偏被秦人追获,割去头颅,这叫做人有千算,天教一算,算到尽头,徒落得身首两分,追悔无及了。了过郭黁。那吕隆仕秦数年,亦连坐乱党,终至伏诛,待后再表。此处却要补述晋事了。

自孙恩被逐入海后,余灰复燃,又纠众进寇勾章,转攻海盐。接应八十五回。勾章守将刘裕,随地抵御,且就海盐添筑城堡。恩屡来攻城,由裕麾兵出击,得破孙恩,阵斩恩党姚盛,然后收兵还城。惟恩虽败挫,余焰未衰,城中兵少势孤,恐难久持;裕乃想出一法,待至夜半,把城上旗帜,一齐拔去,密遣精兵伏住城闉。到了天明,竟把城门大开,只遣几个老弱残兵,嘱咐数语,登城立着。恩探得城内空虚,驱兵复进,将到城下,遥见城门开着,便厉声喝问道:"刘裕何在?"城上赢卒答应道:"昨夜已引兵出走了。"贼众信为真言,拥众入城,陡听得一声鼓响,城门左右,突出两路伏兵,大刀阔斧,向贼乱斫。贼挤住城闉,进退无路,除被裕军杀死外,多半由自相蹴踏,倒毙无数。恩尚在城外,掉头急奔,幸逃性命,余众死了一半,一半随恩北走,径趋沪渎。

裕复弃城追击,海盐令鲍陋,遣子嗣之率吴军一千,从裕讨贼。嗣之年少,自恃骁勇,请为前驱。裕与语道:"贼众善战,非吴军所能与敌,卿为前驱,倘或失利,必至牵动我军,不如随着我后,可作声援。"嗣之勃然道:"将军亦未免小觑后生了。"嗣之决意前行,效力杀贼,虽死无怨。"确是前去送死。说着,引兵即去。裕明知不佳,没奈何从后继进,但使两旁多伏旗鼓,作为疑兵,等到前驱遇贼,两下交锋,裕令伏兵扬旗呐喊,摇鼓助威,贼果疑他四面有军,仓皇引退。偏嗣之不肯少停,策马急追,竟致裕军落后,无人相助,冒冒失失的闯将进去,被贼众翻身杀转,围住嗣之。嗣之独力难支,竟至战殁。贼众既得胜仗,便乘势来击裕军。裕见来势凶猛,也只得且战且走,走了数里,贼尚

第八十八回　吕隆累败降秦室　刘裕屡胜走孙恩

未肯舍去，麾下兵却死伤多人。裕索性下马，令左右脱去死人衣，故示闲暇。贼众见了，倒不禁生疑，勒马停住。裕反上马大呼，麾兵杀贼，贼始骇退，裕得从容引归。刘裕用兵仿佛曹阿瞒。孙恩知裕不易敌，竟北赴沪渎，攻入守将袁山松营垒，将山松杀死，山松部下伤毙四千人。恩劫掠三吴丁壮，胁使为贼，遂航海直往丹徒。党羽十余万，楼船千余艘，烽火夜逼建康，都城大骇，内外戒严。

百官入命省内，使冠军将军高素等守石头，辅国将军刘袭堵淮口，丹阳尹司马恢之戍南岸，冠军将军桓谦等备白石，左卫将军王嘏等屯中堂，征豫州刺史谯王尚之入卫京师。会稽都督刘牢之，自山阴发兵邀击孙恩，已是不及，乃使刘裕从海盐入援。裕闻命即行，部兵不满千人，偏兼程前进。恩甫至丹徒，裕亦踵至，丹徒守军，本无斗志，百姓多荷担欲逃。恩率众登岸，鼓噪登蒜山，声震江流，兵民益骇。独裕晓谕兵民，叫他勿惧，自率步兵上山奋击，一当十，十当百，竟把恩众击退，复乘胜杀下，大破恩众。恩狼狈遁回船中，贼党投崖溺水，不下万人。惟恩尚有余众八九万，势还猖獗，他想丹徒有刘裕守住，未可轻进，不如直趋建康，遂驶舰西上，步步进逼。会稽世子后将军元显，发兵拒战，并皆失利。会稽王道子，无他谋略，但向蒋侯庙中焚香祷禳，日日不休。蒋侯名叫子文，系东汉时广陵人，嗜酒好色，尝自谓骨具青色，死当为神。及汉末为秣陵尉，逐贼至钟山下，受创而死。吴据江东，有故吏见子文出现，乘白马，执白扇，遮道与语道："我当为此间土神。"言讫不见。后来土地祠中，果常见灵异，吴主乃封为都中侯，加印绶，立庙堂，改钟山为蒋山，表示神灵。说明蒋侯来历，亦不可少。道子很是敬信，所以镇日祈祷，只望他暗中显灵，驱除贼寇，哪知寇氛甚恶，日逼日紧，宫廷内外，恟惧的了不得。幸亏谯王尚之，率锐驰至，入屯积弩堂。恩楼船高大，又遇逆风，不得疾行，莫非就是蒋侯显灵了。好几日才到白石，探得尚之已至建康，都城有备，倒也不敢径进。又恐刘牢之截住后路，或至腹背受敌，因浮海北走郁洲，另遣党羽攻陷广陵，杀毙守兵三千人。朝旨调刘裕为下邳太守，集兵讨恩。裕仗着谋力，与恩大小数十战，无一不胜。恩逃至沪渎，再走海盐，俱由裕督兵尾追，好似飙迅电扫一般，杀得恩抱头狂奔，仍然窜入海中。到了安帝六年，改年元兴，恩还想出来骚扰，入寇临海，被太守辛景一场痛击，几乎杀尽贼党，恩投海自溺，方才毕命。亲党及妻妾等，从死百人，残众还称他为水仙。小子有诗叹道：

　　　　黄巾左道尽虚诬，篝火狐鸣吓腐愚。
　　　　若果水仙通妙术，海滨何事伏兵诛。

恩既溺死，尚有残众数千，未曾解散，又由众推出一个头目来了。欲知头目为谁,容至下回报明。

吕隆、吕超,篡逆得国,兄为君,弟为相,踌躇满志,谓可安享天年,孰知焦朗姜纪,为秦作伥,竟导姚硕德之进攻乎?超战败请降,秦军即返,威虽尽杀,国尚幸存,孰知北有沮渠,南有秃发,相逼而来,竟欲分割后凉而后快乎?隆、超两人,无术保全,不得已弃国降秦,此非邻国之不肯容隆,实天意之不肯恕隆也。孙恩以海岛余孽,招集亡命,骚扰东南,得良将以扑灭之,原非难事,乃一误于王凝之,再误于谢琰,遂致匪党日盛。当时尚疑其妖术胜人,未可力敌,然观于刘寄奴之累战累胜,乃知恩固无术,徒为胁从之计而已。寄奴非能破法者,胡为足使水仙之返劫乎?

第八十九回　　覆全军元显受诛
　　　　　　　夺大位桓玄行逆

却说孙恩溺死,尚有妹夫卢循,未曾从死,为众所推,奉为头目。循系晋从事中郎卢谌从孙,双眸炯彻,眉宇清扬,少时工草隶书,并善弈棋。沙门惠远,有相人术,尝语循道:"君可谓风雅士,可惜志存不轨,终乏善果,奈何奈何!"卢循听了此言,倒也不以为意。及长,娶孙恩妹为妻。恩纠众作乱,与循通谋。循常劝恩抚绥士卒,故人乐为循用。恩死后即奉循为主,仍然蟠踞海岛,不服晋命。晋廷还想命刘牢之等,出兵剿循,偏长江上游,突起了一场大乱,几乎把东晋江山,席卷了去,于是不暇顾循,但期扫清长江乱事,好几年才得就绪。

看官欲问乱首为谁?就是都督八州,兼领荆、江二州刺史的桓玄。应八十五回。玄先令兄伟为雍州刺史,晋廷不敢驳议,他遂得步进步,表移伟为江州刺史,镇守夏口。司马刁畅为辅国将军,监督八郡军事,镇守襄阳。且遣部将桓振、皇甫敷、冯该等,并戍溢口。移沮漳蛮二千户至江南,为立武宁郡,更招集流民万人,为立绥安郡。两郡俱增设郡丞。晋廷征广州刺史刁逵,及豫章太守郭昶之入都,俱被玄留住不遣。玄自谓地广兵强,势压朝廷,遂欲篡夺晋祚,屡上书报告祯祥,隐讽执政。更向会稽王道子上笺,再为王恭讼冤。会稽王父子,见了玄笺,当然惶惧。庐江太守张法顺,进白元显道:"玄始得荆州,人心未附,若使刘牢之为先锋,再用大军继进,取玄不难了。"激成乱衅,斯为厉阶。元显本倚法顺为谋主,听了此言,自然心动。适武昌太守庾楷,密使人自结元显,请为内应,反复小人,最为可恶。元显大喜,即遣法顺至京口,转告

第八十九回　覆全军元显受诛　夺大位桓玄行逆

牢之,牢之颇有难色。法顺还报元显道:"牢之无意效命,看他词色,将来必且叛我,不如召他入京,先斩此人,否则反多一敌,难免误事。"元显听了,不以为然,竟不从法顺所请。此议偏独不从,也是该死。一面大治水军,准备讨玄。

元兴元年元旦,竟由晋廷颁诏,数玄罪状。即授元显为骠骑大将军,征讨大都督,加黄钺,节制十八郡军马。小船怎可重载。使刘牢之为前锋,谯王尚之为后应,克日出发,前往讨玄。加会稽王道子为太傅,居中秉政。元显欲尽诛诸桓,骠骑长史王诞,为中护军桓修舅,力向元显解免,谓修等与玄,志趣不同,元显乃止。法顺又入请道:"桓谦兄弟,谦即修兄。每为上流耳目,应速即加诛,借杜奸谋,况兵事成败,系诸前军,牢之居前,一或有变,祸败立至,最好令刘牢之杀谦兄弟,示无贰心,彼若不肯受命,隐情已露,我也好预先防备了。"元显怫然道:"今非牢之不能敌玄,且三军甫出,先诛大将,人情亦必不安,这事怎可行得?"法顺再三固请,元显只是不从,且因谦父桓冲,遗惠及荆,特授谦荆州刺史,都督荆、益、宁、凉四州军事,冀抚荆人。不杀反赏,真是颠倒。

桓玄坐踞江陵,自思东土未靖,朝廷不暇西顾,可以蓄力观衅。及闻元显已统军出讨,也不禁意外惊心,因欲完城聚甲,为自固计。长史卞范之道:"明公声威,传闻远近,元显口尚乳臭,刘牢之大失物情,若进逼近畿,示以祸福,势必瓦解。明公自可得志,怎可延敌入境,自取穷蹙呢?"玄依范之言,遂抗表传檄,罪责元显。留兄伟守江陵,自举大兵东下。途次尚未免却顾,及行过寻阳,并不见有官军,才放大了胆,驱军急进,部众亦勇气加倍。又探悉庾楷诡谋,分兵诱袭,把他拘住,于是江东大震。元显甫出都门,接得桓玄来檄,已经心慌,再得庾楷被囚消息,免不得惊上加惊,勉强下船,终不敢发。晋廷上下,也不免着忙,特遣齐王柔之,原故南顿王宗之子,过继齐王同,承祀袭封。执着驺虞幡,出告荆、江二州,谕令罢兵。途中遇着桓玄前锋,不服朝命,竟将柔之杀死。玄顺流直至姑孰,使部将冯该等,往攻历阳。襄城太守司马休之,即谯王尚之弟。婴城固守,玄军堵截洞浦,纵火焚豫州军舰。豫州刺史谯王尚之,率步卒九千,列阵浦上,又遣武都太守杨秋,屯兵横江。秋竟降玄军,反引玄军攻尚之,尚之众溃,自奔涂中,避匿数日,终被玄军擒去。休之出战败绩,弃城遁走。

刘牢之本来观望,不附元显,他想利用桓玄,除去元显父子,再伺玄隙,把玄翦除,然后好职掌大权,唯所欲为,算盘太精明了。所以牢之虽为前驱,始终未肯效力。下邳太守刘裕,此时也奉调从军,为牢之参谋,请牢之亟往击玄。牢之摇首不答。可巧牢之之族舅何穆,阴受玄嘱,进说牢之道:"从古以来,功高必危,试看越文种,秦白起,汉韩信,俱身事明主,尽忠戮力,功成以后,且不免诛夷,何况为暗主所任使呢?君如今日战胜,亦必倾宗,战败当然夷族。胜败俱不能自全,何若幡然改图,尚得长保富贵。古人射钩斩袪,还不害为辅佐,今君与桓玄,素元嫌隙,难道不好相亲么?"牢之正有此意,便令何穆报玄,阴与相通。刘裕再谏不从,牢之甥何无忌,为东海中尉,也极谏牢之,终不见听。裕又使牢之子敬宣入谏,以汉董卓比玄,请牢之急击勿失。牢之反怒叱道:"我也知桓玄易取,但平玄以后,试问骠骑能容我否?"敬宣不好违父,只得唯唯听受。牢之遂遣敬宣潜诣玄营,奉上降书。玄佯为优待,授任谘议参军,乘势进迫建康。

元显将要出发,忽有急报传到,谓玄已至新亭,吓得魂不附体,弃船返奔,退屯国子学。越日,出阵宣阳门外,军中自相惊扰,俄而玄军前队,鼓噪前来,大呼放仗。元显拍马急奔,还入东府,元显讨王恭时,曾以果锐见称,此时竟如此颓靡,到已死得半截了。将佐统皆逃散,惟张法顺一骑随归。元显前曾录尚书事,与乃父东西对居,道子所居称东录,元显所居称西录,西府车骑辐辏,东府门可张罗,后来星孛天津,元显解职,仍加尚书令。吏部尚书车胤,密白道子,请抑元显。元显闻悉,谓胤离间父子,意欲害胤,胤竟惶急自杀。自是公卿以下,无一敢与元显抗礼。至元显败还,大都袖手旁观,无人顾恤,只有道子是情关骨肉,狼狈相依,虽平时亦隐恨元显,到此丢去前嫌,想替儿子设法。怎奈想了多时,不得一筹,惟有相对泣下。俄而从事中郎毛泰,导引玄军,闯将进来,七手八脚,把元显抓了出去,送往新亭,缚诸舫前,由玄历数元显罪恶。元显也不多言,但自称为王诞、张法顺所误,懊悔不休。玄复命将王诞、张法顺拿住,与元显同付廷尉,置诸狱中,一面整仗入京,矫诏解严,自为丞相,总掌百揆,都督中外诸军,录尚书事,领扬州牧。令桓伟为荆州刺史,桓谦为尚书左仆射,桓修为徐、兖二州刺史,桓石生为江州刺史,卞范之为丹阳尹,王谧为中书令。新安太守殷仲文,系玄姊夫,弃郡投玄,星夜入都,玄即授为谘议参军。晋安帝本同木偶,未晓国事,内政一切,统由琅琊王德文代理,德文又无兵无权,如何能制服桓玄?玄得独断独行,不过借着天子的名目,号令四方,当下将元显等牵出狱外,先将元显开了头刀,次及谯王尚之,又次及庾楷、张法顺。惟王诞本应同斩,桓修为舅乞怜,才得免死,流戍岭南。再收捕元显家属,得元显子六人,一并处死。只因道子为安帝叔父,不得不欺人耳目,先行奏闻,然后处置。奏中有"道子酗纵不孝,罪应弃市"等语。复诏援议亲故例,贷道子死,徙居安成郡,使御史杜竹林,偕往管束。竹林密承玄旨,鸩死道子,父子代握政权,威吓已极,至此相继遇害,这叫做自作孽,不可活呢。*法语之言*。

刘牢之留次溧州,静待好音,好几日才见朝命,但授为会稽内史。牢之惊叹道:"今日便夺我兵权,祸在目前了。"已而敬宣自建康驰至,乃是讨差出

第八十九回　覆全军元显受诛　夺大位桓玄行逆

来,佯称替玄慰谕,暗中却为父设谋,进袭桓玄。牢之迟疑未决,私召刘裕入商道:"我悔不用卿言,致为桓玄所卖。今欲北趋广陵,联结高雅之等,起兵讨逆,卿可从我去否?"裕答道:"将军率劲卒数万,望风降玄,今玄已得志,威震天下,朝野人士,已失望将军,将军岂尚能再振么?裕只有弃官归里,不敢再从将军。"言毕即退,出外遇着何无忌。无忌密问道:"汝将何往?"裕与语道:"我观刘公必不能免,卿不若随我至京口。桓玄若守臣节,我与卿不妨事玄,否则与卿图玄便了。"无忌依议,也不向牢之告辞,竟偕裕同往京口去了。牢之大集僚佐,拟据住江北,纠众讨玄。参军刘袭进言道:"天下惟一反字,最悖情理,将军前反王兖州,指王恭。近日反司马郎君,指元显。今又欲反桓玄,一人三反,如何自立?"这数句话说得牢之瞠目结舌,无言可答。袭亦退出,飘然自去。佐史亦多半散走。牢之惊惧,使敬宣至京口迎家眷。敬宣愆期不还,牢之还道是机谋已泄,为玄所杀,乃率部曲北走。到了新洲,部众散尽,牢之悔恨已极,且恐玄军追来,竟解带悬林,自缢而死。真是死得不值。尚有左右数人,代为棺殓,草草了事。及敬宣奔至,惊悉牢之早死,无暇举哀,匆匆渡江,逃往广陵。桓玄闻报,命将牢之斫棺枭首,曝尸市中。牢之骁勇过人,当时推为健将,惟故太傅谢安在日,尝说牢之器小,不可独任,独任必败,至是果如安言。

　　桓玄又伪示谦恭,让去丞相,改官太尉,兼领豫州刺史,余官如故。国家大事,俱就咨询,小事乃决诸尚书令桓谦,及丹阳尹卞范之。自从安帝嗣位以来,会稽父子,秉权乱政,闹得一蹋糊涂。玄初入建康,黜奸佞,揽贤豪,都下人民,欣然望治。过了月余,玄即奢侈无度,政令失常,朋党互起,凌侮朝廷,甚至宫中供奉,亦隐加克扣。安帝以下,不免饥寒;再加三吴大饥,民多饿死。临海永嘉,又遭孙恩、卢循等侵掠,十室九空,百姓流离死亡,苦不胜言。桓玄出屯姑孰意欲抚安东土,乃遣人招致卢循,使为永嘉太守。循虽然受命,仍是暗中劫夺,骚扰不休。玄却自诩有功,隐讽朝廷,录取前后勋绩,加封豫章桂阳诸郡公。又复表辞不受,暗嘱有司为子侄请封。晋廷怎敢不依,因封玄子昇为豫章公,玄兄子濬为桂阳公。乐得炫赫。一面钩求异党,再杀吴兴太守高素,将军竺谦之、刘袭等人。数子皆牢之旧将,故一并遇害。袭兄冀州刺史刘轨,邀同司马休之、刘敬宣、高雅之等,共据山阳,欲起兵攻玄,被玄先期察觉,发兵控御。轨等自知无成,走投南燕去了。

　　越年二月,玄上表申请,愿率诸军讨平关洛,有诏授玄为大将军。玄命整缮舟师,先制轻舸数艘,装载服玩书画。有人问为何因?玄答道:"兵凶战危,倘有意外,当使轻便易运,免为敌人所掠呢。"这语一传,大众始知他饰辞北伐,其实为求封大将军起见。果然不到数日,朝旨复下,饬玄缓进。玄借朝命宣示将士，不复出兵。一味诈伪。已而荆州刺史桓伟病死，玄令桓修继任。从事中郎曹靖之说玄道："谦修兄弟，专据内外，权势太重，不可不防。"玄乃令南郡相桓石康为荆州刺史，石康为玄从弟，仍系桓氏亲属，曹靖之徒费唇舌，反多为桓氏增一羽翼罢了。侍中殷仲文，散骑常侍卞范之，为玄心腹，密劝玄早日受禅，且由仲文起草，代撰九锡文及册命，玄当然心喜。朝右大臣，统是玄党，便即迫安帝下诏，册命玄为相国，总百揆，晋封楚王，领南郡南平宜都天门零陵营阳桂阳衡阳义平十郡，加九锡典礼，得置丞相以下官属。桓谦进任卫将军，录尚书事。王谧为中书监，领司徒，桓胤为中书令，桓修为抚军大将军。

时刘裕为彭城内史，修因召裕密问道："楚王勋德崇隆，中外属望，闻朝廷将俯顺人情，仿行揖让故事，卿意以为何如？"裕应声道："楚王为宣武令嗣，温谧宣武，见前文。勋德盖世，宜膺大宝。况晋室衰弱，民望久移，乘运禅代，有何不可？"看到后文，实是请君入瓮。修欣然道："卿以为可，还有何人敢云不可呢？"裕暗笑而退。

新野人庾仄，为殷仲堪旧党，闻玄谋篡逆，即纠众袭击襄阳，逐走刺史冯该。当下辟地为坛，祭晋七庙祖灵，祃师誓众，传檄讨玄，也是汉翟义流亚，故特叙入。江陵震动。适值桓石康莅镇，引兵攻襄阳，仄出战败绩，奔投后秦。玄伪欲避嫌，自请归藩。桓修等入白安帝，请帝手诏慰留，安帝不得不从。玄又诈言钱塘临平湖忽开，江州有甘露下降，使百僚集贺庙堂，矫诏谓："相国至德，感格神祇，所以有此嘉瑞"云云。玄复自思前代受命，多得隐士，乃特征前朝高隐皇甫谧六世孙希之，为著作郎，又使希之固辞不就，然后下诏旌礼，号为高士，时人讥为充隐。都人士有法书好画，及佳园美宅，必为玄所垂涎，尝诱令赌博，使作孤注，得胜便取为己有。生平尤爱珠玉，玩不释手，至逆谋已成，遂假传内旨，加玄冕十有二旒，建天子旌旗，出警入跸，车驾六马，乐舞八佾，妃得称王后，世子得称太子。卞范之便代草禅诏，迫令临川王司马宝，持入宫中，胁安帝照文眷录，盖用御印，当即发出。越宿，逼帝临轩，交出玺绶，遣令司徒王谧赍给楚王，复徙帝出居永安宫。又越宿，迁太庙神主至琅玡庙，逼何皇后系穆帝后，尝居永安宫。及琅玡王德文，出居司徒府。何皇后行过太庙，停舆恸哭，哀感路人；后来为玄所闻，勃然怒道："天下禅代，不自我始，与何氏妇女何涉，乃无端妄哭呢？"你既要笑，何后怎得不哭？

王谧既将玺绶献玄，百官又统至姑孰，联名劝进。玄命在九井山北，筑起受禅台来，便于元兴二年十二月朔旦，僭即帝位，改国号楚，纪元永始，废安帝为平固王，王皇后为平固王妃，降何后为零陵县君。琅玡王德文为石阳公，武陵王遵为彭泽县侯，追尊父温为宣武皇帝，母南康公主为宣皇后，封子昇为豫章王。余如桓氏子弟族党，一律封赏，大为王，次为公，又次为侯。过了数日，玄乘法驾，设卤簿，驰入建康宫。途中适遇逆风，旌旗皆偃，及登殿升座，猛听得豁喇一声，御座陷落，好似有人在后推玄，险些儿跌将下来。小子走笔至此，因随书一诗道：

唐虞禅位传文德，汉魏开基本武功。
功德两亏谋盗国，任他狡狯总成空。

究竟玄曾否跌下，待至下回续表。

会稽父子，相继为恶，实为东晋厉阶。桓玄之起兵作乱，祸实启于元显一人，而道子之不能制子，亦宁得谓其无咎？故元显之枭首，与道子之鸩死，理有应得，无足怪也。惟刘牢之欲收鹬蚌之利，卒死于桓玄之手，党恶亡身，欲巧反拙，天下之专图利己者，其亦可自返乎？桓玄才智，不及乃父，徒乘晋室之衰，遍树族党，穷人家国，彼方以为人可欺，天亦可欺，篡逆诈夺，任所欲为，庸讵知冥漠之中，固自有主宰在耶？盖观于逆风之阻，御座之倾，而已知天意之诛玄矣。

第九十回　贤孟妇助夫举义　勇刘军败贼入都

却说桓玄上登御座，忽致陷落，几乎跌下。左右慌忙扶住，才得站住。群下统皆失色，独殿仲文向前道："这是圣德深厚，地不能载，所以致此。"亏他善谀。玄乃易惊为喜，出殿还宫，徙安帝出居寻阳，纳桓温神主于太庙中，立妻刘氏为皇后。散骑常侍徐广，请依据晋典，建立七庙。玄自以为祖彝以上，名位未显，不欲追尊，但诡词辩驳道："礼云三昭三穆，与太祖为七，是太祖应为庙主，昭穆皆在太祖以下。近如晋室太庙，宣帝反列在昭穆中，次序错乱，怎得奉为定法呢？"广乃默然退出，适遇秘书监卞承之，述及前言。承之喟然道："宗庙祭祀，上不及祖，眼见是楚德不长了。"桓彝忠晋，桓玄篡晋，祖孙志趣不同，无怪玄之不愿追尊。承之谓楚德不长，岂尊祖便能长久么？

玄性苛细，好自矜伐，朝令暮更，群下无所适从，遂致奏案停积，纪纲不治；惟素好游畋，日必数出。兄伟葬日，且哭晚游。且出入未尝预告，一经命驾，传呼严促，侍从奔走不暇，稍或迟慢，即遭斥责，所以众情咸贰，怨气盈廷。玄心中也不自安，时常戒备。一夕，有涛水涌至石头城下，奔腾澎湃，突如其来,岸上人不及奔避,多被狂涛卷去,顿时天昏地暗,鬼哭神号。玄在建康宫中,也有声浪传到,矍然惊起道:"敢是奴辈发作么,如何是好?"说着,即命左右出外探听。及接得还报,方知巨涛为祟,才得放心。

寻遣使至益州,加封刺史毛璩为散骑常侍,兼左将军。璩不肯服玄,竟将来使拘住,扯碎玄书。因授桓希为梁州刺史,令他分派诸将,调戍三巴,严防毛璩。璩索性传檄远近,列玄罪状,慷慨誓师,克日东讨。仿佛似雷声一震。当下遣巴东太守柳约之,建平太守罗述,征虏司马甄季之,会攻桓希,大得胜仗,遂引兵进屯白帝城。玄又命桓弘为青州刺史,镇守广陵,刁逵为豫州刺史,镇守历阳。弘令青州主簿孟昶,入都报政,玄见他词态雍容,很加器重,便语侍臣刘迈道:"素士中得一尚书郎,与卿同一州里,卿可相识否?"迈与昶皆下邳人,素不相悦,至是即应声道:"臣在京口,不闻昶有异能,但闻他父子纷纷,互相赠诗哩。"玄付诸一笑,乃遣昶仍返青州。昶行至京口,正与刘裕相遇,彼此叙谈,颇觉投机。裕笑语道:"草泽间当有英雄崛起,卿可闻知否?"昶接口道:"今日英雄为谁,想便应属卿了。"看官听说,昶因刘迈从中媒孽,隐怀愤恨,所以见了刘裕,乐得乘间挑衅,要他去做个冲锋,推倒桓玄。

裕乃与昶共议匡复方法,当时有好几处机会,可以联络,一是弘农太守王元德,与弟仲德皆有大志,不服桓玄,此时卸职入都,正好使他内应。还有前河内太守辛扈兴,振威将军童厚之,亦寓居建康,与裕素有往来,亦可密令起应元德,做个帮手;二是裕弟道规,方为青州中兵参军,正好使他暗袭桓弘,当令孟昶还白道规,佐以沛人刘毅合同举事;三是豫州参军诸葛长民,也是裕一个密友,正好使他同时举发,袭取豫州刺史刁逵,据住历阳。安排已定,便分头通知。

孟昶立即辞行,返至青州,即向妻周氏说道:"刘迈在都中毁我,使我一生沦落,我决当发难,与卿离绝,倘然得遇富贵,迎汝未迟。"周氏接口道:"君有父母在堂,理应奉养,今君欲建立奇功,亦非妇人所能谏阻,万一不成,当由妾谨事舅姑,死生与共,义无归志,请君不必多心。"好妇人。昶沈吟多时,欲言不言,因抽身起座,意欲外出。周氏已瞧破情形,抱儿呼昶,复令返座道:"看君举措,并非欲谋及妇人,不过欲得我财物呢。"说着,又指怀中儿示昶道:"此儿如可质钱,亦所不惜。"昶乃起谢。原来周氏多财,积蓄颇饶,至此遂倾资给昶,昶得与刘道规等联同一气,相机下手,一面预报刘裕。裕与何无忌同居京口,无忌尝思为舅复仇,当然与裕同志,事必预谋。裕既决计起兵,令无忌夜草檄文,无忌母为刘牢之姊,从旁瞧着,不禁流涕道:"我不及东海吕母,王莽时人,见《汉书》。汝能行此,还有何恨?"随即问同谋为谁?无忌答称刘裕。母大喜道:"得裕为主,桓玄必灭了。"孟昶有妻,何无忌有母,却是无独有偶。

第九十回　贤孟妇助夫举义　勇刘军败贼入都

过了两日，无忌偕裕出行，托词游猎，号召义徒，共得百余名，就中选得志士二十人，使充前队，自己冒作敕使，一骑当先，扬鞭入丹徒城。徐、兖二州刺史桓修，闻有敕使到来，便出署相迎。兜头遇着无忌，正要启问，偏被无忌顺手一刀，头随刀落，当下大呼讨逆，众皆骇散。刘裕得无忌捷报，即驰入府舍，揭榜安民，片时已定。当将桓修棺殓，埋葬城外。召东莞人刘穆之为府主簿，穆之直任不辞。徐州司马刁弘，得知丹徒有变，方率文武佐吏，来探虚实。裕登城与语道："郭江州指前刺史郭昶之。已奉乘舆，反正寻阳，我等并奉密诏，诛除逆党，今日贼玄首级，已当枭示大众，诸君皆大晋臣子，来此何干？"弘等闻言，信以为真，当即退去。适值孟昶、刘毅、刘道规，诱杀桓弘，收众渡江，来会刘裕。裕令刘毅追袭刁弘，杀死了事。

青、徐、兖三州已经略定，只有建康及豫州二路，尚未发作。裕令毅作书报告乃兄，乃兄就是刘迈，得了毅书，踌躇未决。致书人周安穆，见迈怀疑，恐谋泄罹祸，匆匆告归。迈正受玄命为竟陵太守，意欲夤夜出行，冀得避难，忽由桓玄与书，谓："北府人情云何？卿近见刘裕，彼作何词？"迈阅书后，还道玄已察裕谋，竟默然待旦，自行出首。玄顿觉大惊，面封迈为重安侯，立饬卫兵出宫，收捕王元德辛扈兴童厚之等，骈戮市曹。已而有人向玄谮迈，谓迈纵归周安穆，不免同谋。玄遂收迈下狱，亦处死刑。_{迈亦该死。}

那刘裕已为众所推，作为盟主，总督徐州军事，用孟昶为长史，檀凭之为司马，当下号召徐、兖二州众士，得一千七百人，出次竹里，传檄远近，声讨桓玄。玄因命扬州刺史桓谦为征讨都督，并令侍中殷仲文，代桓修为徐、兖二州刺史，会同拒裕。谦请发兵急击，玄皱眉道："彼众甚锐，向我致死，我若一挫，大事去了，不若屯兵覆舟山下，以逸待劳，彼空行至二百里，无从一战，锐气必挫。忽见我大军屯守，势必却顾，我再按兵坚垒，勿与交锋，使彼求战不得，自然散去，这乃是今日的上计哩。"谦尚执定前议，仍然固请。玄乃请顿邱太守吴甫之，右卫将军皇甫敷，北击裕军。各军陆续出发，玄心下还带着惊慌，绕行宫中，傍徨不定。左右从旁劝慰道："裕等不过乌合，势必无成，至尊何必多虑？"玄摇言道："裕乃当世英雄，刘毅家无担石，樗蒱且一掷百万，何无忌酷似彼舅，共举大事，何谓无成？"说至此，又忆从前不听妻言，懊怅不置。原来裕为彭城内史，曾在桓修麾下，兼充中书参军。修尝入都谒玄，裕亦从行。玄见裕风骨不凡，称为奇杰，待遇甚优，每值宴会，必召裕入座。玄妻刘氏，从屏后窥见裕貌，谓裕龙行虎步，瞻顾非凡，将来必不可制，因劝玄趁早除裕。玄欲倚裕为助，故终不见从，谁知裕还京口，果然纠众发难，做了桓玄的对头，玄怎得不悔？怎得不恨？但已是无及了。_{刘寄奴王者不死，蛇神且无如之何，玄夫妇怎能死裕。}

刘裕率军径进，攻克京口，用朱龄石为建武参军。龄石父绰，曾为桓冲属吏，至是龄石虽受裕命，自言受桓氏厚恩，不欲推刃。裕叹为义士，但令随着后队，不使前驱。行至江乘，正值玄将吴甫之，引兵杀来。甫之向称骁勇，全不把刘裕放在眼中，拍马直前，挺槊急进。裕军前队，却被拨落数人，正在杀得兴起，驀有一将驰至，厉声大呼道："吴甫之敢来送死吗？"甫之未曾细瞧，已被来将大刀一劈，剁落马下。看官道是何人？原来就是刘裕。裕乘甫之不备，把他劈死，便即杀散余众，进军罗落桥。对面有敌阵列着，乃是玄将皇甫敷。裕又欲亲出接战，独司马檀凭之，纵马先出，与敷交锋，战了数十回合，凭之力怯，一个失手，为敷刺死。裕不禁大怒，自出接仗，敷素闻裕名，不敢轻与交手，惟麾众围裕，绕裕数重。裕毫不畏缩，倚着大树，与敷力战。敷呼裕道："汝欲作何死？"说着，即拔戟刺裕。裕大喝一声，吓得敷倒退数步，不敢近前。可巧裕党共来救应，击破敷众，敷解围欲走，裕令军士一齐放箭，射中敷额，敷遇创仆地，裕持刀直前，将要杀敷，但听敷凄声语道："君得天命，敷应受死，惟愿以子孙为托。"裕一面允诺，一面下手斩敷，随令军吏厚恤敷家，安抚孤寡，示不食言。且因檀凭之战死军中，特令他从子檀祇，代领遗众，仍然进薄建康。

桓玄闻二将战死，越觉惊心，忙召诸术士推算吉凶，并为厌胜诅咒诸术，并问及群臣道："朕难道就此败么？"群臣皆不敢发言。独吏部郎曹靖之抗声道："民怨神怒，臣实寒心。"玄瞿然道："民或生怨，神有何怒？"靖之道："晋氏宗庙，飘泊江滨，大楚祭不及祖，怎得不怒？"玄又道："卿何不先谏？"靖之道："辇下君子，统说是时逢尧舜，臣何敢多言。"玄无词可答，只长叹了好几声。威风扫尽。寻使桓谦出屯东陵，卞范之出屯覆舟山西，共合二万人。裕至覆舟山东，使军士饱餐，弃去余粮，期在必死，先令老弱残兵，登高张旗，作为疑兵，然后与刘毅等分作数队，突进谦阵。毅与裕俱身先士卒，拚死直前，将士亦踊跃随上，喊声动地。适有大风从东北吹来，裕军正在上风，便放起一把火来，火随风势，风助火威，烧得桓谦部下，都变了焦头烂额的活鬼，哪里还敢恋战，纷纷大溃。谦与范之，也一溜烟似的跑去，苟延生命。

玄因两军交战，时遣侦骑探报，侦骑见了疑兵，即返报裕军四塞，不知多少。玄亟遣武卫将军庾赜之，带领精兵，往援谦军，暗中却使领军将军殷仲文，至石头城预备船只，以便逃走。忽有探马踉跄入报，说是桓谦、卞范之两军，俱已败溃。玄忙集亲信数千人，仓皇出奔，口中还声言赴战，挈同子昇及兄子濬，出南掖门。适遇前相国参军胡藩，叩马谏阻道："今羽林射手，尚有八百，非亲即故，彼受陛下累世厚恩，应肯效力，乃不驱令一战，偏舍此他去，究竟何处可以安身？"玄不暇对答，但用鞭向天一指，便即策马西走。驰至石头，

第九十回　贤孟妇助夫举义　勇刘军败贼入都

见仲文已备齐船只,即下船驶行。船中未曾备粮,经日不食。及驶至百里外,方从岸上觅得粗粝,刈苇为炊,大众才得一饱。玄勉强取食,咽不能下,由子昇代为抚胸,惹得玄涕泣俱下,复恐追兵到来,径往寻阳去了。

惟建康城内,已无主子,司徒王谧等,当然背玄,迎裕入都。王仲德抱元德子方回,出城候裕。裕接见后,便将方回抱入怀中,与仲德对哭一场,面授仲德为中兵参军,追赠元德为给事中,然后将方回缴还仲德,引兵驰入都中。越日,移屯石头城,设立留台,令百官照常办事,取出桓温神主,至宣阳门外毁去,另造晋室新主,奉入太庙。又派刘毅等追玄,所有桓氏族党,留居建康,尽行捕诛。再使部将臧熹入宫检收图书器物,封闭府库,熹一一敛贮,毫无所私。裕乃倡言迎驾,使尚书王嘏,率百官往寻阳,迎还安帝。嘏与百官奉令去讫,惟王谧居守留台,推裕领扬州军事。裕一再固辞,让谧为扬州刺史,仍领司徒,兼官侍中,录尚书事。谧复推裕都督扬、徐、兖、豫、青、冀、幽、并八州,领徐州刺史,裕即受任不辞。辞扬州而不辞八州,其意可知。当下令毅为青州刺史,何无忌为琅琊内史,孟昶为丹阳尹,刘道规为义昌太守。凡军国处置,俱委任刘穆之,仓猝办定,无不就绪,朝野翕然。只诸葛长民前与裕约,谋据历阳,事尚未发,为刺史刁逵所闻,将他拘住,槛送建康。行至当利,闻得桓玄出走,建康已属刘裕,解差乐得用情,破槛放出长民,还趋历阳。历阳兵民,乘机反正,逐去刺史刁逵,逵弃城出走,正与长民相值,再经城中兵士追来,无从逃避,只好下马受缚,由他解送石头,一刀处死。子侄等亦皆骈戮,惟季弟给事中刁聘,幸得赦免。裕令魏咏之为豫州刺史,镇守历阳,诸葛长民为宣城内史。先是裕少年微贱,轻狡无行,名流多不与往来,惟王谧素来重裕,尝语裕道:"卿当为一代英雄。"裕亦因此自负。会与刁逵赌博,输资不偿,逵缚诸树上,责令还值,嗣由谧代为偿还,方得释裕。裕感谧愈深,恨逵亦愈甚,至是酬恩报怨,才得伸志。惟桓玄篡位时,谧实助玄为虐,手解安帝玺绶,献与桓玄。见前回。时论皆不直王谧,谓宜声罪伏诛,独裕力为保全,谧才得无恙。因私废公,终属非是。

桓玄奔至寻阳,将要息肩,闻得刘毅等又复追来,他急胁迫安帝兄弟,及何、王二后,乘舟西行。安帝被徙寻阳,事见上文。留龙骧将军何澹之,与前将军郭铨,刺史郭昶之等,堵仗湓口。刘毅等不能前进,尚书王嘏等,无从迎驾,只好还报刘裕。裕乃托称受帝密诏,迎武陵王司马遵为大将军,暂居东宫,承制行事。遵父名晞,就是元帝第四子,受封武陵,由遵袭爵,留官建康,任中领军。桓玄篡位,降遵为彭泽侯,勒令就镇。遵甫出石头,裕军已至,乃退还就第,此时总摄百揆,称制大赦,惟桓玄一族,不在赦例。可巧刘敬宣司马休之,自南燕奔归,遂令休之领荆州刺史,监督荆、益、梁、宁、秦、雍六州军事,敬宣为晋陵太守。他两人奔往南燕时,曾与刘轨高雅之同行,见前回。后欲密图南燕王慕容备德,事泄南奔,轨与雅之被南燕兵追斩,独休之敬宣得脱,还为晋臣。休之奉命赴镇,但此时的荆州,尚为桓石康所据,怎肯让与休之,再加桓玄自寻阳奔赴,当然迎纳桓玄,与晋反抗。玄仍称楚帝,即以江陵为楚都,眼见得桓玄虽败,还有一片尾声。小子有诗咏道:

<blockquote>
石头城内庆安全,半壁江山得少延。
只有荆襄还未靖,尚劳兵甲扫残烟。
</blockquote>

欲知江陵如何攻克,待至下回再表。

刘裕起兵讨玄,主谋者实为孟昶,昶之怂恿刘裕,为私怨而发,非真知有公义也。观其对妻之言,全为刘迈一人,而周氏独能倾囊相助,且谓义无归志,彼知从夫之义,宁不能知报国之忠,其所由慨然给资者,正欲昶之乘间除逆耳。周氏诚贤矣哉!本回特举以标目。所以扬巾帼,愧须眉也。何无忌母,为弟复仇,犹其次焉者耳。刘裕一举,桓氏瓦解,师直为壮,曲为老,复得裕以统率之,何患不成?玄之惧裕,譬诸贼胆心虚,不寒自栗耳。然裕诛刁逵而不诛王谧,裕已第知有私,不知有晋矣,宁待篡位而始见裕之心哉?

第九十一回　蒙江洲冯迁诛逆首
陷成都谯纵害疆臣

却说桓玄退居江陵,仍称楚帝,署置百官,用卞范之为尚书仆射,倚作心腹,自恐奔败以后,威令不行,乃更加严刑罚,好杀示威。殷仲文劝玄从宽,玄发怒道:"今因诸将失律,天文不利,故还都旧楚。今群小纷纷,妄兴异议,方当严刑惩治,奈何反说从宽呢?"仲文不便再劝,只好退出。玄兄子歆,贿结氐帅杨秋,进寇历阳,为魏咏之诸葛长民刘敬宣等击败,追至练固,将秋杀毙。玄再使武卫将军庾雅祖,江夏太守桓道恭,率数千人助何澹之,共守溢口。见前回。晋将何无忌、刘道规,引兵至桑落洲,与澹之等乘舟交战。澹之平时的坐船,羽仪旗帜,很是辉煌,无忌语众将道:"澹之必不居此,无非虚张声势,摇惑我军,我当先夺此船。"众将道:"澹之既不在此船,就使夺得,也属无益。"无忌道:"彼众我寡,胜负难料,澹之既不居此船,战士必弱,我用劲兵往攻,定可夺取,夺取以后,彼衰我盛,乘势迫击,破贼无疑了。"以实攻虚,也是一策。道规也以为然,遂遣精兵往攻。船中果无健将,立被晋兵夺来。无忌即令军士

第九十一回　蒙江洲冯迁诛逆首　陷成都谯纵害疆臣

传呼道："我军已擒得何澹之了。"是谓以虚欺实。澹之军中，闻声大惊，自相哗扰。就是晋军也道是已得澹之，勇气百倍，当由无忌道规，麾军进攻澹之等。澹之各军，已经气夺，怎禁得晋军猛扑，奋勇杀来，顿时逃的逃，死的死，澹之等一齐遁去。无忌道规，得驶入湓口，进屯寻阳，取得晋宗庙主祐，奉还京师。

桓玄接得澹之等败报，复大集荆州士卒，得众二万人，楼船数百艘，再挟安帝东下，亲来督战。使散骑常侍徐放先行，入说刘裕等道："若能旋军散甲，当共同更始，各授爵位，令不失职。"裕等当然不从，更拨青州刺史刘毅，及下邳太守孟怀玉，会师寻阳，与何无忌刘道规两军，西出拒玄。两军相遇峥嵘洲，毅军尚不满万人，见玄军军容甚盛，各有惧色，意欲退还寻阳。独刘道规挺身道："行军全在气势，不在多寡，今欲畏怯不进，必为所乘，就使得返寻阳，亦岂遂能固守？玄虽外示声威，内实悾怯，并且前次已经奔败，众无固志，临机决胜，在此一举，怕他什么！"说着，即麾众前进，毅等乃鼓棹随行。两下方才交锋，忽江面刮起一阵大风，吹向玄舟，道规大喜，即令军士纵火，顺风烧贼。毅等亦助薪扬威，烟焰迷蒙，统望玄舟扑去。玄众本无斗志，再加大火冲来，船多被焚，哪里还敢对敌，当下散舟大溃。玄坐舫边备有小舸，慌忙挟帝换船，飞桨西走。时何王二后，亦被玄胁令从军，避火乱奔，行至巴陵，殷仲文收集散卒，背叛桓玄，奉二后奔往夏口，旋即东入建康。惟桓玄挟住安帝，再返江陵，玄将冯该，请再整兵拒战，无如人情离沮，号令不行。玄不得已乘夜出走，欲奔汉中，往依梁州刺史桓希。甫至城闉，忽暗中有数人闪出，持刀斫玄。玄手下尚有心腹百余人，慌忙代玄格住，玄才得免伤。彼此互相刺击，天又昏黑，不能细辨，但乱杀了一回，徒落得肝脑涂地，尸首塞途。玄单骑逃出，幸得下船，待了片刻，唯卞范之踉跄奔来，尚有嬖人丁仙期万盖等，也随后趋至，偕玄西行。好算是桓玄患难朋友。安帝才免挟去，由荆州别驾王康产，奉帝入南郡府舍。南郡太守王腾之，率领文武，为帝侍卫。琅琊正德文，始终随着安帝，不离左右。安帝至此，才觉惊魂粗定，稍安寝食了。慢着。

益州刺史毛璩，前曾移檄讨玄，因为桓希所阻，未曾东下。事见前回。有侄修之，为汉中屯骑校尉，与璩交通，他闻玄战败西奔，正好设法除奸，便亲诣玄舟，诈言蜀地无恙，不妨前往。玄已如漏网鱼，脱笼鸟，但教有路可奔，无不愿行，再加子侄辈陆续奔集，船中也有数十人，乐得一同西往，权寻一个安身窠。日暮途穷，还想择地安身么？适宁州刺史毛璠，在任病殁，璠系璩弟，由璩遣从孙毛祐之，及参军费恬，督护冯迁等，护丧归江陵，道出枚回洲，正与桓玄遇着。两边俱系舟行，祐之眼快，看见玄坐在舟中，便遥问道："逆贼何往？"一声喝着，舟中竞起，统弯弓放箭，射向玄舟。玄惊慌得很，嬖人丁仙期万盖，挺身蔽玄，俱被射死。益州督护冯迁，索性督同壮士，跃过玄舟，持刀径入。玄战声道："汝，汝何人？敢杀天子？"迁应声道："我来杀天子的贼臣。"道声未绝，刀光一闪，已将玄首劈下。玄子昇忙来救护，已是不及，反被冯迁等打倒，捆绑起来。毛祐之、费恬等，一齐到玄舟中，劈死桓石康、桓濬，惟卞范之凫水逃去。毛修之持了玄首，毛祐之锁住桓昇，同赴江陵，即遣人迎入安帝，暂借江陵为行宫，下诏大赦。惟桓氏不赦，命将桓昇牵出市曹，一刀斩讫。进毛修之为骁骑将军，余亦封赏有差，一面传送玄首，悬示大桁。

刘毅等闻乘舆反正，总道江陵已平，不必速进，且连日为逆风所阻，未便行舟，所以沿途逗留。哪知死灰复燃，余孽再炽。玄从子桓振，自华容浦纠众出来，掩袭江陵城。桓谦本避匿沮中，也聚党应振，众又逾千。江陵空虚，只有王康产王腾之守着，蓦被桓振等陷入，慌忙抵敌，已是不及，两人相继战死。桓振跃马操戈，直入行宫，向安帝追索桓昇，张目奋须道："臣门户何负国家，乃屠灭至此？"安帝面如土色，连一句话都说不出来。还是琅琊王德文，从旁代答道："这岂我兄弟本意么！"语亦可怜。振尚不肯敛手，奋戈指帝。可巧桓谦驰入，斥振无礼，苦加禁阻。振乃敛容下马，再拜而出。越宿为玄发丧，伪谥武悼皇帝。又过一宵，桓谦等率领群臣，奉还玺绶，且上言道："主上法尧禅舜，德媲唐虞，今楚祚不终，民心仍还向晋室，谨将玺绶奉缴，借副众望。"琅琊王德文，接了玺绶，交与安帝，又不得不婉言羁縻，令他退候诏旨，谦等奉命退出。未几，即有诏命颁发，授德文为徐州刺史，桓振为荆州刺史，都督八郡军事，桓谦复为侍中卫将军，加江、豫二州刺史。于是桓氏又得专政，侍御左右，皆振爪牙。振少时无赖，为玄所嫉，至是振叹息道："我叔父不早用我，遂致败亡；若使叔父尚在，我为前锋，天下已早定了。今局居此地，果将何归？看来是不能久持呢。"颇有自知之明。谦劝振引兵东下，自守江陵。振方纵情酒色，肆行杀戮，欲安享几日的威福，怎肯再行赴敌？谦只得招募徒众，出堵马头，使桓蔚往戍龙泉。

刘毅、何无忌、刘道规等，接得江陵警耗，方鼓行西进，击破桓谦，又分兵再破桓蔚，兵势大振。无忌欲乘胜直趋江陵，道规谏阻道："兵法屈伸有时，不可轻进。诸桓世居西楚，群小皆为竭力，振又勇冠三军，难与交锋，今且息兵养锐，佯为示弱，待他骄怠，不患不胜。"无忌不从，引军直进。桓振果倾众出战。冯该、卞范之等，又先后趋集，与无忌交战灵溪。无忌抵挡不住，前队多死，没奈何退保寻阳，与刘毅等上笺请罪。刘裕仍命毅节度诸军，惟夺去青州刺史官职。毅整署兵甲，修缮船械，再图西进。刘敬宣豫储粮食，拨给各军，所以无忌等虽然败退，不致大挫。休养数日，复从寻阳出发，前往复口。桓振遣冯该守东岸，孟山图据鲁山城，桓仙客守偃月垒。共计万人，水陆互援。刘毅攻孟山图，道规攻偃月垒，无忌遏住中流，抵御冯该，自辰至午，晋军大胜，

第九十一回　蒙江洲冯迁诛逆首　陷成都谯纵害疆臣

擒住山图仙客,独冯该走往石城。毅等进拔巴陵,军令严整,不准侵掠,百姓安堵如常。

刘裕复命毅为兖州刺史,规复江陵。时益州刺史毛璩,从白帝城引兵出发,袭破汉中,得诛桓希。桓氏势力日蹙,惟荆襄尚为所据。桓振令桓蔚驻守襄阳,勉强过了残年。一交正月,南阳太守鲁宗之,起兵讨逆,掩入襄阳城。桓蔚走还江陵,刘毅并集各军,再攻马头。桓振挟安帝出屯江津,遣使求割江、荆二州,然后送还天子。刘毅不许。振正欲拒战,不防鲁宗之杀入柞溪,击破振将桓楷,进驻纪南。振不得不还防宗之,留桓谦、冯该、卞范之守住江陵,监视安帝兄弟。谦令冯该堵截豫章口,为刘毅等所击败,再奔石城。毅等直至江陵城下,纵火焚门,谦等弃城西遁。惟卞范之迟走一步,被晋军拦住,拿下处斩。随即扑灭余火,麾军入城。卞范之到此才死,总算桓氏的异姓忠臣。桓振到了纪南,杀退鲁宗之军,返救江陵,途中望见火起,料知城已被陷,部众溃散,振无路可归,逃往涢川。安帝再得正位,改元义熙,复下赦诏,惟桓氏仍不得赦。前丰城公桓冲,有功王室,特赦免冲孙胤一人,徙居新安。进刘毅为冠军将军,所有行宫政令,悉归毅主持。授鲁宗之为雍州刺史,毛璩为征西将军,都督益、梁、秦、凉、宁五州军事。璩弟瑾为梁、秦二州刺史,瑗为宁州刺史,遣建威将军刘怀肃,追剿桓氏余党,阵斩冯该。桓谦、桓蔚、桓楷、何澹之等,都西奔后秦。

会建康留台,备齐法驾,来迎安帝。何无忌奉帝东还,留刘毅、刘道规居守夏口,江陵归荆州刺史司马休之入守,不意桓振再收遗众,又从涢川进袭江陵。司马休之未曾豫备,仓皇出敌,吃了一个败仗,奔往襄阳。振再入江陵,自称荆州刺史。建威将军刘怀肃,急引军救江陵城,刘毅又遣广武将军唐兴为助,夹攻桓振。振出战沙桥,还靠着一把大刀,盘旋飞舞,乱劈晋军。怀肃素知桓振厉害,早备着强弓硬箭,与他对敌,兵刃初交,便令军士弯弓迭射,箭如骤雨一般。振众死了一半,逃去一半,那时振亦没法支持,拍马欲逃,偏偏马已中箭,掀倒地上,振亦坠马。怀肃急抢前一步,手起刀落,把振剁作两段。桓氏后起悍将,至此才尽。江陵城当然夺还。

惟益州刺史征西将军毛璩,得了江陵再陷消息,集众三万,东出讨振。使弟瑗出外水,参军谯纵出涪江,偏蜀人不乐远征,多有怨言,纵将侯晖,与巴西人阳昧联谋,逼纵为主。纵不敢承受,自投水中,又为晖等捞起,再三固请,胁纵登车,往攻秦梁二州刺史毛瑾。瑾在涪城,闻变调兵,一时无从召集,即被侯晖等陷入,把瑾杀死,遂推纵为梁、秦二州刺史。毛璩行至略城,才知纵等为乱,慌忙赶还成都。亟使参军王琼,率三千人讨纵,又令弟瑗领兵四千,作为后应。琼至广汉,适值侯晖引众拦阻,当由琼麾兵杀去,击毙晖众数十名,晖即引退。琼乘胜急追，瑗亦从后趋进，驰至绵竹，不意谯纵弟明子，奉了兄命，暗设两重伏兵，悄悄待着。琼陷入第一重伏中，尚然未觉，及深入第二重，前后胡哨大作，伏兵齐起，把琼困在垓心，琼拚命冲突，竟不得出。至毛瑗兵到，杀开血路，救琼出围，琼众已十死八九，就是毛瑗麾下，也战死了一半。瑗与琼奔还成都，侯晖谯明子等追至成都城下，日夕攻扑。益州营户李腾，潜开城门，引入外寇，毛璩及瑗，不及逃避，均为所戕。侯晖谯明子，遂据住成都，迎纵为主。纵令从弟洪为益州刺史，明子为征东将军，领巴州刺史，使率部众五千，出屯白帝城，于是全蜀大乱，汉中空虚。氐帅仇池公杨盛，得遣兄子杨抚，乘虚袭据汉中，余地多归入谯氏。晋廷方搜捕桓氏余孽，不遑西顾，谯纵得安然为成都王，霸占一隅了。谯纵据蜀，不在十六国之列。且说晋安帝东还建康，留台诸官，诣阙待罪，有诏令一律复职，命琅琊王德文为大司马，武陵王遵为太保，刘裕为侍中，兼车骑将军，都督中外诸军事，领青、徐二州刺史。刘毅为左将军，何无忌为右将军，分督扬州、豫州诸军事。刘道规为辅国将军，督淮北诸军事。魏咏之为征虏将军，兼吴国内史。余官亦进职有差。惟刘裕固让不受，安帝还道他未足偿愿，优诏慰勉，再加裕录尚书事。裕又表辞，且恳请归藩。安帝复遣百僚敦劝，并亲幸裕第，面加劝谕，裕仍不受命，始终请调任外镇。居心可知。乃改授裕都督荆、司、梁、益、宁、秦、雍、凉诸州军事，并前时扬、徐等八州，合成十六州都督，驻守京口，裕始拜命而去。已将东晋江山，一大半归诸掌握了。

先是，刘毅尝为刘敬宣宁朔参军，时人或称毅为雄杰，独敬宣说他"内宽外忌，夸己轻人，将来得志，必致陵上取祸"云云。毅得闻此言，衔恨甚深。及敬宣因功加赏，擢任江州刺史，毅使人白裕道："敬宣未预义谋，授为郡守，已属过优，今超任至江州刺史，岂不令人骇愕么？"是即夸已轻人之一斑。裕却未依毅议。敬宣已稍有所闻，自请解职，乃召还为宣城内史。毅复与何无忌等，分讨桓氏余党，所有桓亮、桓玄等遗孽，一概荡平。荆、湘、江、豫四州，从此肃清。有诏命毅都督淮南五郡，无忌都督江东五郡，晋室粗安。惟永安何皇后自巴陵还都后，年已六十有六，累经跋涉，饱受虚惊，便即一病去世，追谥为章皇后。了结何后，笔不渗漏。当时，宫廷虽经丧乱，但大憝已除，人心自然思治，共望升平。惟有一个彭泽令陶潜，系是故大司马陶侃曾孙，表字元亮，一字渊明，独因郡中遣到督邮，县吏谓应束带出迎。潜慨然太息，谓不能为五斗米折腰，遂于义熙二年，解印去县，归隐栗里，自作《归去来辞》表明高志。后来诗酒自娱，屡征不起；到了刘宋开国，还去征召，仍然不就，竟得寿终，这也是危邦不居，无道则隐的意思。不没高士。小子有诗赞道：

摆脱尘缨且挂冠,何如归隐尚堪安。
北窗醉卧东皋啸,能效陶公始达观。

陶潜归隐,寓有深衷,实在是江左乱端,未曾平定,试看下回卢循等事,便可分晓。

桓玄无赫赫之功,足以名世,但乘会稽父子之乱政,闯入建康,窃取大位,其为舆情之不服也可知。刘裕、刘毅、何无忌等,奋臂一呼,玄即败溃,始则犹挟安帝为奇货,及一失所挟,即被诛于枚回洲。计其僭位之期,不过半年,其亡也忽,谁曰不宜?论者谓玄挟主而不敢弑主,至桓振再起,欲弑主矣,而卒为桓谦所阻,是桓氏犹有敬主之心,虽曰为逆,尚可少原。不知彼欲借主以逃死,并非活主以鸣恭,假使玄得在位一二年,安帝宁尚得再生乎?惟毛璩首先倡义,不愧为忠,至闻桓振复陷江陵,又率众东下,报主之心,可谓挚矣。乃其后卒为叛徒所戕,祸及灭门,忠而构难,是亦当与刘越石同一叹惜也。然观于谯纵之速亡,璩亦可无遗恨也乎?

第九十二回　贪女色吞针欺僧侣　戕妇翁拥众号天主

却说卢循侵掠海滨,连年未已,虽前应桓玄招抚,受职永嘉太守,仍然未肯敛锋。见八十九回。当时为刘裕堵击,一再败循,循弃去永嘉,浮海南走。及裕起义讨玄,循复转寇南海,攻陷番禺,执住广州刺史吴隐之,自称平南将军,摄广州事,使姊夫徐道复往袭始兴,掩入城中,把始兴相阮腆之拘住,于是,循据广州,道复据始兴。及安帝反正,得平逆党,循亦未免畏忌,乃使人入贡晋廷,窥探虚实。晋廷方欲休兵息民,无暇南讨,因令循为广州刺史,道复为始兴相。实属不当。循复贻刘裕益智粽,裕报以续命汤。前琅琊内史王诞,时在广州,为循所迫,令为平南长史。诞因说循道:"诞未习戎旅,留此无用,不若遣诞北上。诞与刘镇军素来友善,前去必蒙委任,倘与将军交际,定当从中相助,仰答厚恩。"循颇以为然,正要使诞启行,忽接刘裕来书,令循释还吴隐之。循尚不肯从,诞复语循道:"将军今留吴公,实非良策。孙伯符即孙策。岂不欲留华子鱼?即华歆。但一境不容二主,所以纵还,将军独未闻此义么?"好口才。循乃释出隐之,使与诞同还建康。裕因隐之既归,得休便休,奈何忘却阮腆之。且暂时羁縻卢徐,容后再图。小子亦暂搁循事,到后再表。

且说后秦主姚兴,自收纳吕隆后,应八十八回。闻西僧鸠摩罗什,道行甚高,也即遣人迎入,尊为国师,鸠摩罗什散见前文。令居西明阁及逍遥园,翻译佛经。罗什博通经典,所有西域梵音,无不熟诵,及见关中通行诸佛书,多半错谬,乃召集沙门僧睿僧肇等八百余人,传授奥旨,笔述经纶三百余卷。沙门慧睿,才识高明,尝随罗什传写,罗什每与慧睿详论西方辞体,商榷异同,且云:"天竺国俗,甚重文制,大约以宫商声韵,可入管弦,最为美善,所以臣民觐见国王,必有赞德经中偈颂等,语皆叶调,无不谐音。惟因中土流传,多非大乘教旨。"因特撰实相论二卷,呈诸姚兴。兴奉若神明,亲率朝臣及沙门千余人,肃容静听。罗什登座谈经,从容演讲。一日讲了多时,忽下座白兴道:"有二小儿登我肩上,致生欲障,不得不求御妇人。"兴欣然道:"大师聪明超悟,海内无双,若一旦入定,怎可使法种无嗣呢?"因即罢讲还宫,拨遣宫女一人,使伴罗什住宿。罗什一与交媾,果生二子,嗣是不住僧房,别立廨舍。兴敬礼不衰,优加供给,更拨女使十名,为充服役。罗什得了众女,索性肉身说法,与结大欢喜缘。高僧亦如是耶。僧徒等从旁艳羡,免不得互相效尤,作狭邪游。罗什乃持出一钵,召语僧徒道:"汝等能将钵内贮物,取食净尽,方可蓄养妻妾,否则不得效我。"僧徒听了,都向钵中瞧着,不禁咋舌。原来钵中并非他物,乃是七大八小的绣花针,当下无人敢食,面面相觑。罗什却举匕箸针,一一进食,好似食韭一般,到口便软,自然熔化。恐怕是遮眼术。僧徒等不禁叹服,方才敛迹,相戒淫游。佛子佛孙,想已有许多传出了。后来,罗什居秦九年,年已七十有四,自觉不适,因口出二番神咒,令外国弟子传诵,意图自救。偏是大命该绝,诵祷无灵,到了病危时候,与众僧诀别,但言"传译诸经,俱系真旨,当使焚身以后,舌不燋烂"云云。西俗向用火葬,故罗什留有此语。罗什既死,姚兴令在逍遥园中,依西域法,用火焚尸,薪灭形碎,唯舌尚存。僧肇为作诔文,说得罗什非常神悟,共计有数千言。小子不忍割爱,特节录诔词如下:

> 先觉登遐,灵风缅邈,通仙潜凝,应真冲漠。丛丛九流,是非竞作,悠悠盲子,神根沈溺。时无指南,谁识冥度? 大人远觉,幽怀独悟。冲恬静默,抱此玄素,应期乘运,翔翼天路。既曰应运,宜当时望,受生乘利,形标奇相。襁褓俊远,龆龀逸量,思不再经,悟不待匠。投足八道,游神三向,玄根挺秀,宏音远唱。又以抗节,忽弃荣俗,从容道门,尊尚素朴。有典斯寻,有妙斯录,弦无自替,宗无拟族。霜结如冰,神安如岳,外迹弥高,内朗弥足。恢恢高韵,可模可因,悄悄冲怀,惟妙惟真。静以通玄,动以应人,言为世宝,默为时珍。华风既立,二教亦宾,谁谓道消? 玄化玄新。自公之觉,道无不弘,灵风遐扇,逸响高腾。廓兹大力,燃斯慧镫,道音始唱,俗网以崩。痴根弥拔,上善弥增,人之寓俗,其徒无方。统斯群

第九十二回　贪女色吞针欺僧侣　戕妇翁拥众号天主

有，纽兹颓纲，顺以四恩，降以慧霜。如彼维摩，迹参城坊，形虽圆应，神冲帝乡。来教虽妙，何足以臧？伟哉大人，振隆圆德。标此名相，显彼冲默，通以众妙，约以玄则。方隆般若，以应天北，如何运遭，幽里冥克。天路谁通？三途谁塞？呜呼哀哉！至人无为，而无不为，拥网退笼，长途远羁。纯恩下钓，客旅上摛，恂恂善诱，肃肃风驰。道能易俗，化能移时，奈何昊天，摧此灵规？至真既往，一道莫施，天人哀泣，悲恸灵祇。呜呼哀哉！公之云亡，时维百六，道匠韬斤，梵轮摧轴。朝阳颓景，琼岳颠覆，宇宙昼昏，时丧道目。哀哀苍生，谁抚谁育？普天悲感，我增摧衄。呜呼哀哉！昔吾一时，曾游仁川，遵其余波，纂承虚玄。用之无穷，钻之弥坚，跃日绝尘，思加数年。微情未叙，已随化迁，如何赎兮？贸之以千。时无可待，命无可延，惟身惟人，靡凭靡缘，驰怀罔极，情悲昊天。呜呼哀哉！

自从鸠摩罗什讲经以后，尚有道恒、道标、道融昙无成等，具为罗什高徒广传佛法。西僧佛陀耶舍，弗若多罗，及觉贤法明，亦开关入秦，与罗什辩疑析难，多所发明。秦人沿为风气，佞佛啑经，十居八九。姚兴迷信释氏，煦煦为仁。关中臣民，颇免刑虐。但小信未孚，大体已失，姚氏国运，已启衰机。佛教是一种哲学，究非治平之道。晋十六州都督刘裕，因桓氏余孽，奔入关中，恐他引秦入寇，特遣参军衡凯之，诣秦通好。秦亦遣吉默报聘，由是使节往来，东西不绝。裕复求南乡诸郡，兴慨然许诺。廷臣多半谏阻，兴遍谕道："天下善恶，彼此从同。刘裕拔萃起微，匡辅晋室，乃能讨平逆党，修明政治，这正是当世英雄，我何惜数郡土地，不成彼美呢？"这也是信佛所致。遂将南乡、顺阳、新野、舞阴等十二郡，割与东晋。惟仇池公杨盛，附魏抗秦，兴乃遣陇西公姚硕德，及冠军将军徐洛生等，往伐仇池，连得胜仗。盛穷蹙乞降，遣子难当及僚佐等数十人，入质长安。兴因署盛为征南大将军益州牧，都督益宁二州军事，召硕德等还师。硕德为姚氏勋戚，独具忠忱，兴亦特别待遇，每见硕德，必具家人礼，语必称字，车马服御，赏给甚丰。至此硕德凯旋，顺道入觐，兴盛筵相待，欢宴数日。待硕德辞行返镇，兴亲送至雍，然后与别，这也是兴优礼勋戚的好处。一节之长，不忍略过。

是时，南凉王秃发利鹿孤，已早去世，由弟广武公傉檀嗣立，傉檀少时机警，颇有才略，乃父思复鞬，尝语诸子道："傉檀器识，非汝等所及。"因此乌孤传位利鹿孤，利鹿孤传位傉檀，兄终弟及，有吴子诸樊兄弟遗意。谁知傉檀竟至亡国，可见小时了了，大未必佳。傉檀既嗣兄位，自号凉王，迁居乐都，改元弘昌。他见姚秦势盛，不能不与为联络，因此上表秦廷，报称嗣立。秦主兴遣使册拜傉檀为车骑将军，封广武公。已而，傉檀欲得姑臧，特向秦格外输诚，自去年号，罢尚书丞郎官，乃遣参军关尚诣秦入贡。秦主兴与语道："车骑投诚献款,为国屏藩,今闻他擅兴兵众,自造大城,究属何意?"尚答道:"王公设险守国,系是古来成制,预备不虞,试想车骑僻处遐藩,密迩勍寇,南方逆羌未宾,西方蒙逊跋扈,一或有失,不但危及车骑,并且有害大秦,陛下奈何反启猜嫌呢?"兴闻言始笑道:"卿言甚是,朕不免错怪了。"尚归报傉檀,傉檀乘机用兵,使弟文支出破南羌,向秦告捷,并求凉州。姚兴不许,但加傉檀散骑常侍,增邑二千户。傉檀再发兵攻北凉,沮渠蒙逊登陴固守,傉檀芟割禾苗,掠得牲畜数千头,引兵退还。于是再遣使至秦,献马三千匹,羊二万口,复乞给凉州城。秦王兴以傉檀为忠,始命都督河右诸军事,进车骑大将军,领凉州刺史,镇守姑臧。召凉州留守王尚还长安。王尚守姑臧,见八十八回。

凉州人申屠英等,遣主簿胡威赴长安,请留王尚仍守凉州,兴不肯从,威流涕白兴道:"臣州奉戴王化,迄今五年,仰恃陛下威德,良牧仁政,士民戮力固守,才得保全,陛下何故贱人贵畜,以臣等易马羊呢?若军国须马,但烦尚书一符,令臣州三千余户,各输一马,朝下夕办,并非难事。昔汉武倾天下财力,开拓河西,截断匈奴右臂,今陛下无故弃五郡士民,俾资暴房,窃恐房情狡诈,不但虐我百姓,且劳圣朝旰食呢。"说得有理。兴始有悔意,使人止住王尚,并谕令傉檀缓进,哪知傉檀已率众三万,倍道行至五涧,逼尚出城。尚不得已让去姑臧,自还长安,傉檀遂入姑臧城,就宣德堂宴集群僚,酒至半酣,仰视建筑,很觉崇闳,便感叹道:"古人谓作者不居,居者不作,今果然了。"凉州故吏孟祎进言道:"从前张文王指前凉张骏,张祚尝尊骏为文王。筑造城苑,缮治宫庙,无非欲传诸子孙,永垂久远,乃秦兵渡河,全州瓦解;梁熙据有此州,拥兵十万,丧师酒泉,亡身彭济,吕氏掩入,势可排山,称王西夏,再传以后,率土崩离,衔璧秦雍。事并见前。昔人有言,富贵无常,忽乱易人,此堂建设,已将百年,共历十有二主,大约信顺乃可久安,仁义才能永固,愿大王慎图远久,无间始终。"傉檀改容称谢,推为谠言。先令弟文支镇守姑臧,自还乐都,旋即迁居姑臧城,车服礼仪,统如王制,不过向秦称藩罢了。

先是魏主拓跋珪称帝,暂不立后,前文八十三回,叙述魏事未及立后,至此补足数语。珪本来好色,所得妃妾,不下十百,大都恃娇倚宠,想做一个正宫娘娘,无如旧不敌新,后来居上,那慕容宝的季女,被虏入魏,竟因年轻貌美,得宠专房。见八十一回。魏俗欲立皇后,必先范铜为像,像成乃得册立。慕容氏铸像适成,遂得立为魏后。约莫过了三五年,珪又想另选娇娃,特遣北部大人贺狄干,向秦求婚。秦王兴闻魏已立后,当然不从,且将贺狄干拘留,不令归魏。珪闻报大怒,便亲自督兵,出攻秦属没奕于诸部。当时,北狄有柔然国,为东胡苗裔,姓郁久闾氏,始祖名木骨闾,本为代王猗卢骑卒,逭匿广漠。子车鹿会勇武过人,始纠众立国,号为柔然。后裔社仑,正与拓跋珪同时,连结后秦,屡侵魏境，至是复援秦拒魏，为珪所破，远徙漠北，夺高车为根据地，自号豆代可汗，不劳琐叙。惟秦主兴也遣弟姚平，率兵攻魏阳，陷入乾壁。珪移众击平，将平围住。平向兴乞援，兴自统兵往救，被珪邀击蒙坑，杀退兴军。姚平乃不得出围，粮竭矢尽，投水殉难。余将狄伯支等，尽被擒去。兴力不能救，举军恸哭，因遣使向魏请和。珪尚不许，且进攻蒲坂。守将姚绪，用了坚壁清野的计策，固垒扼守，珪无从抄掠，方才引还。嗣因柔然复盛，又为魏患，魏乃与秦通好，放还秦俘。秦亦遣归贺狄干，释怨罢兵，谁知反惹了一个降臣，恨秦通魏，居然叛秦自立，独霸一方。看官道是何人？原来是刘卫辰子勃勃。

卫辰为魏所灭，勃勃辗转入秦，奔依秦高平公没奕于。事见前文。没奕于妻以爱女，使谒姚兴。兴见他身高八尺，腰带十围，仪容伟岸，应对详明，禁不住暗暗称奇，便面授骁骑将军兼奉车都尉，所有军国大议，常使参谋。兴弟邕入谏道："勃勃天性不仁，未可轻近，愿陛下留意。"兴怫然道："勃勃有济世才，我方欲与平天下，何为见疏？"这叫做养虎自卫。寻命勃勃为安远将军，封阳川侯，使助没奕于镇高平。且令朔方杂夷，及卫辰遗众三万人，拨归勃勃节制，使他伺魏间隙，报复宿仇。姚邕复与兴固争，力言不可。兴又道："卿如何知他性气？"邕答道："勃勃奉上慢，御众残，贪暴无亲，轻为去就，如欲过宠，必为边害。"兴乃罢议。未几，复拜勃勃为安北将军，封五原公，配以三交五部鲜卑，及杂虏三万余落，使镇朔方。勃勃既得专方面，号令一隅，免不得暗蓄雄心，跃跃思逞。会闻秦魏通和，遂与秦有嫌，起了叛意。适值柔然部酋社仑，遣使贡秦，有马八千匹，路过大城，竟被勃勃截住，夺为己有。又复召集部众三万余人，伪猎高平川，诱令没奕于出会。没奕于以女夫入境，定无歹心，便即坦然相迎。不料勃勃生成戾性，不顾妇翁，竟暗嘱部众，刺死没奕于，并有高平部曲，众至数万。晋安帝义熙二年，便僭称天王大单于，建元龙升，署置百官，自谓系出匈奴，乃夏后氏苗裔，因以夏为国号。也列入十六国中。命长兄右地代为丞相，封代公，次兄力俟提为大将军，封魏公，弟阿利罗引为征南将军，兼司隶校尉。异姓依次授任，尊卑有差。当下出击鲜卑薛干等三部，收降万余人，复进攻三城以北诸戍垒。

三城为秦要塞，由秦将杨丕、姚石生等守着，既闻勃勃来攻，当然督兵堵击。偏勃勃兵锋甚锐，势不可当，杨、姚二将，连战失利，相继败亡。勃勃尚随地侵掠，不肯少休。部将请定都高平，自固根本，勃勃道："我新创大业，士众未多，姚兴亦一时英雄，诸将用命，未可骤图，我若专恃一城，彼必并力攻我，亡可立待，不如东西飙突，攻他无备，彼顾后必失前，顾前必失后，劳碌奔波，不战亦敝，我得游食自如，不出十年，岭北河东，可尽为我有。待兴既死，然后进攻长安，兴子泓庸弱小儿，怎能敌我？我自有擒他的计策。古时轩辕氏亦迁居无常，至二十多年，始定国都，何必以我为怪呢？"确是狡谋。部将相率拜服。勃勃遂攻秦岭北诸城，忽来忽去，害得诸城门终日关闭，白昼不开。种种警报，传入长安，秦主兴方自叹道："我不用黄儿言，致生此患，今已无及了。"小子有诗咏道：

> 狼性难驯本易知，献箴况复有黄儿。
> 如何不纳忠良语，坐昧先几后悔迟。

欲知黄儿为谁，且看下回便知。

观鸠摩罗什之所为，实是一种邪术，不足厕入高僧之列，否则六根已净，何致再生欲障，纳女生男。食针之举，特借此以欺人耳。吾尝谓佛图澄之入后赵，无救石氏之亡，鸠摩罗什之入后秦，反致姚氏之敝，释氏子之无益人国，已可概见。而鸠摩罗什之道行，且出佛图澄下，修己未能，遑问济人乎？姚兴自侫佛后，割南乡十二州以畀晋，弃凉州五郡以给南凉，皆误会佛氏舍身救人之义。而轻撤国防，至命赫连勃勃之镇朔方，尤为大误。勃勃胡种，与秦异族，狼子野心，岂宜重任？就使秦不和魏，亦必有反噬之忧，及僭号叛秦，侵轶岭北，而姚兴始有不用良言之悔，晚矣。

第九十三回　　葬爱妻遇变丧身
　　　　　　　立犹子临终传位

却说后秦主姚兴，连接岭北警报，始悔从前不听黄儿，黄儿就是姚邕小字，但此时已经无及，只好严饬边城防备。勃勃已杀死妇翁没奕于，不欲立妻为后，乃更遣使至南凉，向秃发傉檀乞婚。傉檀不许，勃勃遂率骑兵二万，进攻南凉。傉檀方与沮渠蒙逊互起战争，少胜多败，又遇勃勃来攻，慌忙移军阳武，与他对敌。勃勃气势方盛，所向无前，南凉兵已经战乏，怎能招架得住？一场角逐，傉檀大败，将佐死了十余人，兵士伤毙万余，自与散骑逃入南山，才得幸免。勃勃裒尸成丘，号为髑髅台；又大掠人民牲畜，满载而归。

时西秦主乞伏乾归，自苑川入朝后秦。姚兴闻他兵势寝强，恐将来不易制服，因留乾归为主客尚书，惟令他长子炽磐，署西夷校尉，监抚部众。傉檀阴欲背秦，曾遣使邀同炽磐，共图姚氏。炽磐杀死来使，传首长安。兴得炽磐报闻，方知傉檀已有贰心，非但不肯往援，且欲声罪致讨。傉檀大惧，急还姑臧，并将三百里内民居，悉数徙入，国中骇怨。屠各部内的成七儿，劫众谋叛，幸亏殿中都尉张猛，设法解散，骑将白路等追斩七儿，才得无事。寻又由军谘祭酒梁裒，辅国司马边宪等，潜图不轨，事泄被诛，这是南凉气运未终，所以还有此侥幸呢。暂作一结。

小子因后燕构乱，正在此时，不得不插叙慕容熙事，成一片段文章。回应八十八回。慕容熙纳二苻女，姊为昭仪，妹为皇后，宠爱的了不得。大兴土木，筑造宫室，最大的叫做龙腾苑，广袤十余里，役徒二万人，苑内架迭景云山，台广五百步，峰高十七丈；又建逍遥宫甘露殿，连房数百，观阁相交。熙与苻氏两姊妹，朝游暮乐，快活异常，两女所言，无不依从，甚至刑赏大政，亦尝关白帷房，使她裁断，所以两女权力，几出熙上。会熙游城南，暂憩大柳树下，忽听树中有声发出，好似有人呼道："大王且止！大王且止！"熙甚觉骇异，即命卫士用斧伐树。树方劈开，忽有一大蛇蜿蜒出来，长约丈余，闪闪有光，当由卫士各用长槊，竞相攒刺，好多时才得刺死。维虺维蛇，女子之祥。大苻女正随熙同行，见了这般大蛇，也觉惊心，追还宫后，遂至精神恍惚，体态慵忪，过了数日，便一病不起，奄卧床中。龙城人王荣，自言能疗昭仪疾病，愿为诊治。熙忙使入视，开方进药，连服了两三剂，竟把这如花似玉的苻昭仪，医得两眼翻白，一命呜呼。好一个医生。熙不胜悲愤，命将王荣拿下，责他妄言诞语，反使宠妾速亡，当下推出公车门，处以磔刑，支解四体，焚骨扬灰。庸医杀人，未尝无过，但何至犯此大罪？一面用后礼殓葬，追谥为愍皇后。熙经此悼亡，连日不欢，亏得宫中还有个小苻女，本来是宠过乃姊，以小加大，此次从旁解劝，格外绸缪，方把那慕容熙的悲伤，渐渐的淡了下去。蛾眉善妒，不问姊妹。熙固悼亡，安知小苻女不暗地生欢？

光始四年冬季，光始系慕容熙年号，见前。东方的高句骊国，入寇燕郡，杀掠百余人。越年孟春，熙督兵东征，令苻后从行。到了辽东，攻高句骊城，仰用冲车，俯凿地道，高下并进，守兵不遑抵御，几被陷入。熙遍号令军中道："待铲平寇城，朕当与后乘辇共入，休得着忙！"将士等得了此令，只好缓进，城内得严加堵塞，反致难下。会春寒加剧，雨雪霏霏，兵士多致冻僵，熙与苻后披裘围炉，尚觉不温，只好引兵退还。辽西太守邵颜，供应不周，遂至黜责，并欲将颜处死。颜亡命为盗，侵掠人民。熙遣中常侍郭仲往讨，用了无数的兵力，才得斩颜。转瞬间又是暮冬，苻后欲北往围猎，熙不得不依。出猎已毕，苻后尚不肯还宫，劝熙北袭契丹，熙乃在塞外过年。元旦已过，即与苻后进趋陉北，探得契丹兵戍，很是严密，料难取胜，因拟收兵南归。偏苻后不欲空行，定欲出些风头，得着战胜的荣誉，方肯回南，熙不忍违抗后旨，又未敢轻迫契丹，只好想出别法，改向东行，再袭高句骊。途中不便载重，索性将辎重弃去，但率轻骑东趋。军行三千余里，士马俱疲，又适遇着大雪，冻死累累，勉强行至木底城，攻打了一二旬，全然无效，夕阳公慕容云，身中流矢，因伤辞归，士卒亦无斗志，苻后兴亦垂尽，乃一并引还。妇人之误国也如此。

慕容宝子博陵公虔，上党公昭，皆为熙所忌，诬他谋反，相继赐死。又为苻后砌承华殿，高出承光殿一倍，负土培基，土与谷几至同价。宿卫典军杜静，载棺诣阙，上书极谏。熙怒令斩首，弃尸野中。苻后尝在季夏时，思食冻鱼脍，至仲冬时，思食生地黄。熙令有司采办，有司无从觅取，竟责他不奉诏命，辄置死刑。到了光始七年的元旦，复改元建始，大赦境内。太史丞梁延年，梦见月光散采，化为五白龙，就在梦寐中占验吉凶，谓："月为臣象，龙为君象，将来臣化为君的预兆。"说着，竟被鸡声唤醒，想了片刻，觉得梦象不虚，乃起语家人道："国运恐要垂尽了。"

已而由春历夏，苻后忽然遘疾，急得慕容熙眠食不安，遍求内外名医，多方疗治。偏偏昙花易散，好梦难圆，苓苢无灵，芙蕖竟萎。熙悲号擗踊，如丧考妣，且在尸旁陪着，终日不离，自朝至暮，抚尸大哭道："体已冷了，难道果就此绝命么？"道言未绝，竟至晕倒地上。好一个义夫。左右慌忙救护，过了多时，才得苏醒，不如就此死去，省得后来饮刀。还是哭泣不休，嘱令缓殓。时当孟夏，天气温和，尸身不致骤坏，停搁两日，左右屡请殓尸，方才允准。大殓已毕，盖棺移殿。熙不许移棺，还望她起死回生，再命左右启棺审视。说也奇怪，那尸体原是未朽，并且面色如生，仍然杏脸桃腮，红白相衬。熙亲为摩抚，看一回，哭一回，嗣复想入非非，俯下了首，与死后接一个吻。两口相交，禁不住欲火上炎，竟遣开左右，扒入棺内，俯压尸身，把她卸去下衣，演出一番独角戏。闻所未闻。好一歇才平欲火，仍复出棺，见尸身忽然变色，蓬蓬勃勃的臭气，熏将出来。熙方始避开，召入侍从，把棺盖下，自己斩衰食粥，就宫内设立灵位，令百僚依次哭灵；且暗令有司监视，凡哭后有泪，方为忠孝，若无泪即当加罪。于是群臣震惧，莫不含辛取泪，免受罪名。前高阳王慕容隆妻张氏，本为熙嫂，素美姿容，兼有巧思，熙将令为苻氏殉葬，特吹毛索瘢，把她毾𣰆拆毁，见有敝毡，即诬她厌胜，勒令自尽。三女叩头求免，熙终不许。可怜这位张嫠妇，平白地丧了性命。毕竟美人薄命。熙又传出命令，凡公卿以下，及兵民各户，统须前往营墓。墓制非常弘敞，周轮数里，内备藻绘，下及三泉，所费金银，不可胜计。熙语监吏道："汝等须妥为办理，朕将随后入此陵了。"右仆射韦璆等，并恐殉葬，沐浴待死，还算命未该绝，不见令下。至墓已营就，号为徽平陵。启殡时全体送葬，惟留慕容云居守。熙披发跣足，步随柩后。丧车高大，不能出城，因即拆毁北门，才得舁出。长老私相叹息道："慕容氏自毁国门，怎得久享呢？"

既至南苑，忽由中黄门赵洛生，踉跄奔至，报称祸事。看官道是何因？原

第九十三回　葬爱妻遇变丧身　立犹子临终传位

来中卫将军冯跋、左卫将军张兴，曾坐事出奔，至是得混入城中，与跋从兄万泥等二十二人，密结盟约，即推慕容云为主，发尚方徒五千余人，分屯四门。跋兄子乳陈等鼓噪入宫，禁卫皆散，遂由跋等闭门拒熙。熙得赵洛生警报，却投袂奋起道："鼠子有何能为？待朕还剿，便可荡平。"说着，即收发贯甲，驰还赴难。夜至龙城，门已紧闭，命卫士攻扑多时，无从得胜，乃退入龙腾苑中。越日，由尚方兵褚头，逾城从熙，自称营兵将至，愿来助顺。熙未曾听明，便即趋出。前勇复怯，不死已馁。左右不及随行，待了半日，未见熙还，方向各处找寻，并无下落，只有衣冠留在沟旁。中领军慕容拔，语中常侍郭仲道："大事垂捷，主上却无故出走，令人可怪，但城内已经悬望，不应久延，我当先往城中，留卿待着，卿如寻得主上，便应速来。若主上一时未归，我亦好安抚兵民，再出迎驾，也不为迟哩。"郭仲允诺。拔即率壮士二十余人，趋登北城。城中将士，还道是熙已前来，俱投械请降，已而熙久不至，拔无后继，众心疑惧，复下城赴苑，遂皆溃散，拔竟为城中人所杀。

慕容云既据龙城，令冯跋等搜捕慕容熙。熙自龙腾苑出走，错疑城中兵来攻，避匿沟下，累得拖泥带水，狼狈不堪。良久不见变动，方从沟中潜出，脱去衣冠，辗转逃入林中，为人所执，送至云处。云亲数熙罪，把他处斩，好与大小符女，再去交欢，也不枉一死了。并杀熙诸子，同殡城北。总计熙在位七年，还只二十三岁，当时先有童谣云："一束藁，两头燃，秃头小儿来灭燕。"燕人初不解所谓，及熙死云手，才应谣言，藁字上有草，下有木，两头燃着，乃是草木俱尽，成一高字。云本姓高，系高句骊支庶，从前慕容皝破高句骊，被徙青山，遂世为燕臣。云父名拔，小字秃头，拔有三子，云列第三，所以称为秃头小儿。起初入事慕容宝，拜为侍御郎，旋因袭败慕容会军，宝乃养为义儿，封夕阳公。见八十一回。冯跋向与交好，所以推他为主，篡了燕祚，当下僭称天王，复姓高氏，大赦境内，改元正始，国仍号燕。命冯跋为侍中，都督中外诸军事，领征北大将军，开府仪同三司，录尚书事，封武兴公。冯万泥为尚书令，冯乳陈为中军将军，冯素弗为昌黎尹，兼抚军大将军，张兴为辅国大将军。此外，封伯子男及乡亭侯，共五十余人。所有慕容熙故臣，仍令复官。谥熙为昭文皇帝，与苻后同葬徽平陵。自慕容垂僭号称帝，至熙共历四世，凡二十四年。高云为慕容宝养子，或仍附入后燕谱录，其实是已经易姓，不能再沿旧称了。《通鉴》列高云于北燕，不为无见，惟《晋书》及《十六国春秋》，仍附云于后燕之末。

是时，南燕主慕容备德，据住广固，势尚未衰，蹉跎过了五年，已是六十九岁，苦无后嗣，探闻兄子超流寓长安，乃遣使购求。超母子尝随呼延平奔入后凉，前文中已曾叙过，见八十七回。后因凉主吕隆，失国降秦，呼延平又挈超母子徙入长安。未几平殁，超号恸经旬，母段氏语超道："我母子死中逃生，全亏呼延氏保护,若受恩不报,必受天殃。平今虽死,我欲为汝纳呼延女,聊报前恩,汝以为何如?"超当然从命,遂娶平女为妻。平女嫁超,想有两三年称后的福气。惟因诸父在东,恐为秦人所捕,乃佯狂乞食,敝服游市中,秦人都目为贱丐。独东平公姚绍,看破隐情,即入白姚兴道:"慕容超姿干魁伟,必非真狂,愿微加爵禄,略示羁縻。"兴便召超入见,详加研诘。超故为谬语,答非所问,兴顾语绍道:"谚云'妍皮裹痴骨',今始知是妄语哩。"乃叱超令退,不复加意。超得自由往来,无拘无束,途中遇着一个相士,叫做宗正谦,看超面目,便与语道:"汝当大贵,奈何混居市中?"超不禁着忙,亟引正谦入僻静处,详告履历,嘱使讳言。正谦系济阴人,即替超设法,使人密报南燕。备德才有所闻,因遣济阴人吴辩,往探虚实。辩至长安,先访宗正谦,当由正谦告超。超不敢转白母妻,竟与吴宗两人,变易姓名,潜行至梁父,投入镇南长史悦寿廨舍,方吐真名。寿报诸兖州刺史南海王法,法说道:"昔汉有卜人,诈称卫太子,今怎知非此类呢?"遂不肯迎超。为下文伏案。悦寿即送超入广固,备德闻超到来,大喜过望,即遣三百骑往迎。超进谒备德,呈上金刀,具述祖母临终遗语。备德抚超大恸,泣下数行,当下封超为北海王,授官侍中,拜骠骑大将军,领司隶校尉。超仪表雄壮,颇肖备德,备德很加宠爱,意欲立超为嗣,乃为超筑第万春门内,规制崇闳,每日有暇,必亲自临幸,与超谈论国事。超曲意承欢,侍奉弥谨;又复开府置吏,屈己下人,内外誉望,翕然相从。

约莫过了一年,暮秋天凉,汝水忽竭,备德未免失惊,越两月,竟至寝疾。超请往祷汝水神,备德道:"人主命数,本自天定,难道汝水神所能专主么?"遂不从所请。是夜,备德梦见父慕容皝,临榻与语道:"汝既无男,何不立超为太子?否则恶人将从此生心了。"这恐是因想成梦。备德欲问恶人何名,偏有人从旁唤醒,开目一瞧,乃是皇后段氏,不由的歔欷道:"先帝有命,令我立储,看来是我将死了。"翌日,力疾起床,勉御东阳殿,引见群臣,议立超为太子。事尚未决,忽觉地面震动,坐立不安。百僚都窜越失位,备德也支持不住,乘辇还宫,延至夜分,病已大增,口不能言。段氏在旁大呼道:"今召中书草诏,立超为嗣,可好么?"备德张目四顾,见超已侍侧,便即颔首。段后因宣入中书,草定遗诏,立超为皇太子,备德遂瞑目而逝。年正七十,在位六年。

诘朝由超登殿,嗣为南燕皇帝,循例大赦,改元太上。尊备德后段氏为太后,命北地王慕容钟都督中外诸军,录尚书事。南海王慕容法为征南大将军,都督徐、兖、扬、南兖四州诸军事。桂阳王慕容镇为开府仪同三司,尚书令封孚为太尉,鞠冲为司空,潘聪为左光禄大夫,段弘为右光禄大夫,封嵩为尚书左仆射。此外封拜各官,不必备述。追谥备德为献武皇帝,庙号世宗。惟奉灵出葬时,却先有十余柩,夜出西门,潜葬山谷,至正式告窆的东阳陵,实是一

口空棺,谅想由备德生前之预嘱呢。小子有诗叹道:

> 奸诈几同曹阿瞒,不为疑冢即虚棺。
> 生前若肯留余地,朽骨何容虑未安!

欲知慕容超嗣位后事,且看下回再表。

苻秦之灭,慕容氏为之,慕容氏之灭,苻氏实为之,天道好还,因果不爽。且俱研丧于妇人女子之手,何其事迹之相似也?慕容垂妻段氏,苻坚尝与之同辇出游,慕容冲姊弟专宠,长安有雌雄凤凰之谣,至慕容熙纳苻谟二女,宠爱绝伦,大苻早殁,熙杀王荣,小苻继逝,熙如丧考妣,衰服送葬,以嫂为殉,而叛徒即乘间发难。说者谓衅起冯跋,成于高云,于苻匪何与?不知兴土木,倾府库,惟妇言是用,皆亡国之媒介也。岂尽得归咎于冯、高二子哉?若慕容备德之立慕容超,犹子比儿,不违古义。且超内能尽孝,外能下士,贤名凤表,誉重一时,此而不立,将立何人?况有慕容觊之感及梦象哉!然其后终不免亡国,此非德立超之过,乃德叛宝之过也。德不知有主,安能传及后嗣?十余枢之潜发,德亦自知负疚矣乎?

第九十四回　得使才接眷还都
　　　　　　失兵机纵敌入险

　　却说慕容超既得嗣位,引亲臣公孙五楼为武卫将军,领司隶校尉,内参政事。五楼欲离间宗亲,多方媒孽。超因出慕容钟为青州牧,段弘为徐州刺史。太尉封孚语超道:"臣闻亲不处外,羁不处内,钟系国家宗臣,社稷所赖,弘亦外戚懿望,百姓具瞻,正应参翼百揆,不宜远镇外方。今钟等出藩,五楼内辅,臣等实觉未安。"超终信五楼,不听孚言。钟与弘俱不能平,互相告语道:"黄犬皮恐终补狐裘呢。"嗣为五楼所闻,嫌隙益深。超因前时归国,为慕容法所不容,因亦怀恨在心。备德殁时,法恐为超所忌,不入奔丧,至是超遣使责法。法遂与慕容钟、段弘等,合谋图超。不意被超察悉,立召令入都,法与钟皆称疾不赴,超先搜查内党,捕得侍中慕容统,右卫将军慕容根,散骑常侍段封等,一体枭斩;复将仆射封嵩,镮裂以殉。然后遣慕容镇攻钟,慕容昱攻弘,慕容凝、韩范攻法,封嵩弟融,出奔魏境,号召群盗,袭石塞城,击杀镇西大将军余郁。青土震恐,人怀异议。慕容凝也有异心,谋杀韩范,袭击广固。范侦得凝谋,勒兵攻凝,凝出奔后秦。慕容法亦保守不住,弃城奔魏。钟在青州,亦被镇引兵攻入，钟自杀妻孥，凿隧逃出，也奔往后秦去了。枝叶已尽，根本何存？

超既平叛党，遂以为人莫敢侮，肆意畋游。仆射韩谅切谏不从。百姓屡受征调，不堪供役，多有怨言。会超忆念母妻，特使御史中丞封恺，前往长安请求。秦主姚兴，本已将超母妻拘住，至此闻恺到来，乃召入与语道："汝主欲乞还母妻，朕亦不便加阻，但从前苻氏败亡，太乐诸伎，悉数归燕；今燕当前来归藩，并将诸伎送还，否则或送吴口千人，方可得请呢。"恺如言还报，超使群臣详议。左仆射段晖，谓："不宜顾全私亲，自降尊号。且太乐诸伎，为先代遗音，怎可畀秦？万不得已，不如掠吴口千人，付彼罢了。"是乃忍人之言。尚书张华，力驳晖议，说是："侵掠吴边，必成邻怨，我往彼来，贻祸无穷。今陛下慈亲，在人掌握，怎可靳惜虚名，不顾孝养？今果降号修和，定能如愿，古人谓'枉尺直寻'，便是此意。"超大喜道："张尚书深得我心，我也不惜暂屈了。"遂遣中书令韩范，奉表入秦。

秦主兴取阅表文，见他称藩如仪，便欣然语范道："封恺前来，致燕王书，曾与朕抗礼，今卿赍表来附，莫非为母受屈么？还是以小事大，已识《春秋》古义呢？"范从容答道："昔周爵五等，公侯异品，小大礼节，缘是发生；今陛下命世龙兴，光宅西秦，我朝主上，上承祖烈，定鼎东齐，南面并帝；通聘结好，若来使矜诞，未识谦冲，几似吴晋争盟，滕薛竞长，恐伤大秦堂堂国威，并损皇燕巍巍美德，彼此俱失，义所未安。"兴不待说毕，便作色道："若如卿言，是并非以小事大了。"范又道："大小且不必论，今由寡君纯孝，来迎慈母，想陛下以孝治人，定必推恩锡类，沛然垂悯呢。"不亢不卑，是专对才。兴方转怒为喜道："我久不见贾生，自谓过彼，今始知不及了。"乃厚礼相待，欢颜与叙道："燕王在此，朕亦亲见；风表有余，可惜机辩不足。"范答道："'大辩若讷'，古有名言。若使锋芒太露，便不能继承先业了。"兴笑道："使乎？使乎？朕今当为卿延誉了。"范复乘间聘词，说得兴非常惬意，面赐千金，许还超母妻。时慕容凝已早至长安，入白姚兴道："燕王称藩，实非本心，若许还彼母，怎肯再来称臣呢？"兴意乃中变，又不好自食前言，但称天时尚热，当俟秋凉送还，因即遣范归燕，且使散骑常侍韦宗报聘。

超北面受秦诏敕，赠宗千金，再遣左仆射张华，给事中宗正元赴秦，送入乐伎一百二十人。兴喜如所望，延华入宴，酒酣乐作，雅韵铿锵。黄门侍郎尹雅语华道："昔殷祚将亡，乐师归周；今皇秦道盛，燕乐来庭，废兴机关，就此可见了。"华不肯受嘲，忙即接口道："从古帝王，为道不同，欲伸先屈，欲取姑与，今总章西人，必由余东归，由余戎人，入关事秦，见《列国演义》。祸福相倚，待看后来方晓哩。"兴听着华言，不禁勃然道："古时齐楚竞辩，二国兴师，卿乃小国使臣，怎得抗衡朝士？"华乃逊辞道："臣奉使西来，实愿交欢上国，上国

第九十四回　得使才接眷还都　失兵机纵敌入险

不谅,辱及寡君社稷,臣何敢守默,不为仰酬?"也是一个辩才。兴始改容道:"不意燕人都是使才。"乃留华数日,许奉超母妻东还。宗正元先驰归报命,超乃亲率六宫,出迎母妻。彼此聚首,自有一种悲喜交并的情形,无庸细表。

越年,为太上四年,正月上旬,追尊父纳为穆皇帝,立母段氏为皇太后,妻呼延氏为皇后。超亲祀南郊,柴燎无烟。灵台令张光,私语僚友道:"今火盛烟灭,国将亡了。"及超将登坛,忽有一怪兽至圜丘旁,大如马,状类鼠,毛色俱赤,少顷即不知所在,但见暴风骤起,天地昼昏,行宫羽仪帷幔,统皆毁裂。超当然惶恐,密问太史令成公绥。绥答道:"陛下信用奸佞,诛戮贤良,赋税烦苛,徭役杂沓,所以有此变象哩。"超因还宫大赦,谴责公孙五楼等,疏远了好几日,旋复引用如前;再遇地震水溢诸变,毫不知儆,又荒耽了一年。

太上五年元旦,超御东阳殿朝会群臣,闻乐未备音,自悔前时送使入秦,乃拟南掠吴人,补充乐伎。领军将军韩𫓧进谏道:"先帝因旧京倾覆,戢翼三齐,遵时养晦,今陛下嗣守成规,正当闭关养锐,静伺贼隙,恢复先业,奈何反结怨南邻,自寻仇敌呢?"超怫然道:"我意已决。卿勿多言!"祸在此了。当下遣将军慕容兴宗斛谷提公孙归等,率骑兵寇晋宿豫,掳去阳平太守刘千载,济阴太守徐阮,及男女二千五百人,载归广固。超令乐官分教男女,充作乐伎。并论功行赏,特进公孙归为冠军将军,封常山公;归父公孙五楼兄,故赏赉独隆;五楼且加官侍中尚书令,兼左卫将军,专总朝政;就是他叔父公孙颁,也得授武卫将军,封兴乐公。桂阳王慕容镇入谏道:"臣闻悬赏待勋,非功不侯,今公孙归结祸构兵,残贼百姓,陛下乃封爵酬庸,岂非太过?从来忠言逆耳,非亲不发,臣虽庸朽,忝居国戚,用敢竭尽愚款,上渎片言。"超默然不答,面有怒容,镇只好趋退。群臣从旁瞧着,料知超喜佞恶直,遂相戒不敢多言。尚书都令史王俨,谄事五楼,连年迁官,超拜左丞,时人相传语云:"欲得侯,事五楼。"超又使公孙归等率骑五千,入寇南阳,执住太守赵光,俘掠男女千余人而还。

晋刘裕欲发兵进讨,先令并州刺史刘道怜,出屯华阴,一面部署兵马,请命乃行。时刘裕已晋封豫章郡公,刘毅何无忌,也分封南平安成二郡公。三公当道,裕权最盛。无忌素慕殷仲文才名,因仲文出任东阳太守,请他过谈。仲文自负才能,欲秉内政,偏被调出外任,悒悒不乐,因此误约不赴。无忌疑仲文薄己,遂向裕进逸道:"公欲北讨慕容超么?其实超不足忧,惟殷仲文桓胤,是心腹大病,不可不除。"裕也以为然。适部将骆球谋变,事泄被诛,裕遂谓仲文及胤,与球通谋,即将他二人捕戮,屠及全家。二人罪不至死,惟为桓氏余孽,死亦当然。

已而,司徒兼扬州刺史王谧病殁,资望应由裕继任。刘毅等不欲裕入辅政，拟令中领军谢混为扬州刺史。或恐裕有异言，谓不如令裕兼领扬州，以内事付孟昶。朝议纷纭莫决，乃遣尚书右丞皮沈，驰往询裕。大权已旁落了。沈先见裕记室刘穆之，具述朝议。穆之伪起如厕，潜入白裕道："晋政多阙，天命已移，公勋高望重，岂可长作藩臣？况刘孟诸人，与公同起布衣，共立大义，得取富贵，不过因事有先后，权时推公，并非诚心敬服，素存主仆之名义。他日势均力敌，终相吞噬，不可不防。扬州根本所系，不可假人，前授王谧，事出权道；今若再授他人，恐公终为人制，一失权柄，无从再得，不如答言事关重大，未便悬论，今当入朝面议，共决可否。俟公到京，彼必不敢越公，更授他人了。"裕之篡晋，实由穆之一人导成。裕极口称善；见了皮沈，便依言照答，遣他复命。果然沈去数日，便有诏征裕为侍中，扬州刺史，录尚书事。裕当然受命，惟表解兖州军事，令诸葛长民镇守丹徒，刘道怜屯戍石头。

会闻谯纵据蜀，有窥伺下流消息，乃亟遣龙骧将军毛修之，会同益州刺史司马荣期，共讨谯纵。荣期先至白帝城，击败纵弟明子，再请修之为后应，自引兵进略巴州。不料参军杨承祖，忽然心变，刺死荣期，擅称巴州刺史，回拒修之。修之到了宕渠，接得警耗，退还白帝城，邀同汉嘉太守冯迁，即九十一回中之益州督护。同击承祖，幸得胜仗，把他枭首。再欲进讨谯纵，偏来了一个新益州刺史鲍陋，从旁阻挠，牵制修之。修之据实奏闻，刘裕乃表举刘敬宣为襄城太守，令率兵五千讨蜀，又命并州刺史刘道规，为征蜀都督，节制军事。谯纵闻晋师大至，忙遣使至后秦称臣，奉表乞师；且致书桓谦，招令共击刘裕。谦将来书呈入秦主，自请一行。秦主兴语谦道："小水不容巨鱼，若纵有才力，自足办事，何必假卿为鳞翼？卿既欲往，宜自求多福，毋堕人谋。"谦志在报怨，竟拜辞而去。到了成都，与纵晤谈，起初却还似投契，后来谦虚怀引士，交接蜀人，反被纵起了疑心，竟把他锢置龙格，派人监守。谦流涕道："姚主果有先见，求福反致得祸了。"已而谯纵出兵拒敌，与刘敬宣接战数次，均至失利，再遣人至秦求救。秦遣平西将军姚赏，梁州刺史王敏，率兵援纵。纵亦令将军谯道福，悉众出发，据险固守。敬宣转战入峡，直抵黄虎，去成都约五百里。前面山路崎岖，又为谯道福所阻，不能进军。相持至六十余日，军中食尽，且遭疫疠，伤毙过半，没奈何收兵退回。敬宣坐是落职，道规亦降号建威将军。裕因荐举失人，自请罢职，有诏降裕为中军将军，余官如故。

裕本欲自往讨蜀，因南燕为患太近，不得不后蜀先燕，于是抗表北伐，指日出师。朝臣多说是西南未平，不宜图北，独左仆射孟昶，车骑司马谢裕，参军臧熹，赞同裕议。安帝不能不从，便命裕整军启行。时为义熙五年五月，夏日正长，大江方涨，裕率舟师发建康，由淮入泗，直抵下邳，留住船舰辎重，麾兵登岸。步至琅玡，所过皆筑城置守。或谓裕不宜深入，裕笑道："鲜卑贪婪，

第九十四回　得使才接眷还都　失兵机纵敌入险

何知远计？诸君不必多虑，看我此行破房呢。"乃督兵急进，连日不休。

南燕主超闻有晋师，方引群臣会议，侍中公孙五楼道："晋兵轻锐，利在速战，不宜急与争锋。今宜据住大岘山，使不得入，旷日延时，挫他锐气，然后徐简精骑二千，循海南行，截彼粮道，别敕段晖发兖州兵士，沿山东下，腹背夹攻，这乃是今日的上计。若依险分戍，筹足军粮，芟刈禾苗，焚荡田野，使彼无从侵掠，彼求战不得，求食无着，不出旬月，自然坐困，这也不失为中策。二策不行，但纵敌入岘，出城逆战，便成为下策了。"莫谓五楼无才，超本深信五楼，何为此时不用？超作色道："今岁星在齐，天道可知，不战自克。就是证诸人事，彼远来疲乏，必不能久，我据有五州，拥民万亿，铁骑成群，麦禾布野，奈何芟苗徙民，先自蹙弱哩？不若纵使入岘，奋骑逆击，以逸待劳，何忧不胜？"辅国将军贺赖卢道："大岘为我国要塞，天限南北，万不可弃，一失此界，国且难保了。"超摇首不答。太尉桂林王慕容镇又谏道："陛下既欲主战，何不出岘逆击？就使不胜，尚可退守，不宜纵敌入岘，自弃岩疆。"超终不从，拂袖竟入。镇出语韩𧅁道："既不能逆战却敌，又不肯徙民清野，延敌入腹，坐待围攻，是变做刘璋第二了。刘璋即汉后主。今年国灭，我必致死，卿系中华人士，恐仍不免文身了。"𧅁无言自去，径往白超。超怒镇妄言，收镇下狱，乃集莒与梁父二处守兵，修城隍，简车徒，静待晋兵到来。

刘裕得安然过岘，指天大喜道："兵已过险，因粮灭房，就在此举了。"慕容超方命五楼为征房将军，使与辅国将军贺赖卢，左将军段晖等，率步骑五万人，出屯临朐。自督步骑四万，作为后应。临朐南有巨蔑水，距城四十里，公孙五楼领兵往据，方达水滨，已由晋将孟龙符杀来，兵势甚锐，不容五楼不走。晋军有车四千辆，分作左右两翼，方轨徐进。将至临朐城下，与慕容超大兵相遇，杀了半日有余，不分胜负。刘裕用胡藩为参军，至是向裕献策，请出奇兵径袭临朐城。裕即遣藩及谘议将军檀韶，建威将军向弥，引兵绕出燕兵后面，直攻临朐，且大呼道："我军从海道来此，不下十万人，汝等守城吏，能战即来，否则速降。"城内只有老弱残兵，为数甚少，惟城南有燕将段晖营，不及乞援，已被向弥擐甲登城，立即陷入。段晖闻变，料难攻复，只得遣人飞报慕容超。超闻报大惊，单骑奔还，投入段晖营中。南燕兵失了主子，统皆骇散，当被刘裕纵兵奋击，追到城下，乘胜蹿入晖营。晖出营拦阻，一个失手，要害处中了一槊，倒毙马下。还有燕将十余人，相继战死。超策马急奔，不及乘辇，所有玉玺豹尾等件，一古脑儿抛去。晋军一面搬运器械，一面长驱追超。超逃入广固，仓皇无备，那晋军已随后拥入，竟将外城占据了去。小子有诗咏道：

设险方能制敌强,如何纵使入萧墙?
　　良谋不用嗟何及,坐致岩疆一旦亡。

欲知慕容超如何拒守,容至下回说明。

　　慕容超之迎还母妻,不可谓非孝义之一端。超母跋涉奔波,备尝艰苦,超既得承燕祀,宁有身为人主,乃忍其母之常居虎口乎?呼延女之为超妇,超母以报德为言,夫欲报之德,反使之流落长安,朝不保暮,义乎何在?所屈者小,所全者大,此正超之不昧天良也。惜乎!有使才而无将才,顾私德而忘公德,无端寇晋,启衅南邻,迨至晋军入境,又不听公孙五楼之上中二策,纵使入岘,自撤藩篱,愚昧如此,几何而不为刘璋乎?史称超身长八尺,腰带九围,雄伟如此,乃不能保一广固城,外观果曷恃哉!

第九十五回　覆孤城慕容超亡国　诛逆贼冯文起开基

　　却说晋军入广固外城,急得慕容超奔避不遑,慌忙闭内城门,集众固守。刘裕督兵围攻,四面筑栅,栅高三丈,穿堑三重,抚纳降附,采拔贤俊,华夷大悦。超闷坐围城,无计可施,乃遣尚书郎张纲,诣秦乞援,并敕桂林王慕容镇,令督中外诸军,兼录尚书事。当即召入与语,自悔前误,殷勤问计。迟了,迟了!镇慨答道:"百姓怨望,系诸一人,今陛下亲董六师,战败奔还,群臣离心,士民短气,今欲乞秦援兵,闻秦人亦有外患,恐不暇分兵救人。惟我散卒还集,尚有数万,宜尽出金帛,充作犒赏,更决一战。若天意助我,定能破敌,万一不捷,死亦殉国,比诸闭门待尽,恰是好得多了。"语尚未毕,旁有司徒乐浪王慕容惠接口道:"晋兵乘胜,气势百倍,今徒令羸兵与战,不败何待?秦虽与勃勃相持,未足为患,且与我分据中原,势如唇齿,怎得不前来相援?但不令大臣西向,恐彼未必遽出重兵,尚书令韩范,望重燕秦,宜遣令乞师为是!"超依了惠言,再令韩范前去。

　　是时,秦主兴因南凉生贰,秃发傉檀内外多难,意欲乘此进讨,收还姑臧。应九十三回。先使尚书郎韦宗往觇虚实,宗与傉檀相见,傉檀纵横辩论,洞悉古今。宗大为叹服,归报秦主兴道:"凉州虽敝,傉檀权谲过人,未可骤图。"兴疑问道:"刘勃勃兵皆乌合,尚能击破傉檀,况我军曾经百战,攻无不克,难道还不及勃勃么?"宗答道:"傉檀为勃勃所欺,敝在轻视勃勃,不先留意,今我用大军往讨,彼必戒惧求全,兵法有言:'两军相见,哀者必胜。'臣所以为

第九十五回 覆孤城慕容超亡国 诛逆贼冯文起开基

不宜轻攻哩。"兴不信宗言,竟令子广平公弼,及后军将军敛成,镇远将军乞伏乾归等,率领步骑三万,袭击傉檀。又使左仆射齐难,率领骑兵二万,往攻勃勃。吏部尚书尹昭入谏道:"傉檀自恃险远,故敢违慢,不若诏令沮渠蒙逊,及李皓往讨,使他自相残杀,互致困敝,不必烦我兵力哩。"是即卞庄刺虎之计。兴仍然不从,惟使人致书傉檀,伪称:"我国发兵,实是往讨勃勃,请勿多虑!"兴自以为得计,谁知弄巧反拙。傉檀信为真言,遂不设备。谁知秦军已乘虚直进,攻克昌松,杀毙太守苏霸,直达姑臧城下。傉檀方知为秦所赚,急忙调兵登陴,日夕督守,伺敌少懈,密遣精骑夜出,劫破秦垒。秦统将姚弼退据西苑,暗使人嗾动城中,买嘱凉州人王钟宋钟王娥等,使为内应。偏被傉檀察悉,把他叛党坑死,再命各郡县散牛羊,作为敌饵。果然秦将敛成,纵兵抄掠,自紊军律。傉檀即遣将军俱延敬归等,开城纵击,大败秦兵,斩首七千余级。

姚弼收集败兵,固垒自守,且驰报长安,请速济师。秦主兴复遣常山公显,率骑二万,倍道赴援。显至姑臧,令射手孟钦等五人,至凉风门前挑战,不意城外已伏着凉将宋益,觑得孟钦走近,引兵突出。孟钦弦不及发,已被劈倒,余四人不值一扫,尽皆毙命。显始知傉檀有备,不易攻克,乃遣人与傉檀修好,委罪敛成,引众退归。还有齐难一军,驰入夏境,沿途四掠。勃勃却退兵河曲,佯示虚弱,乘难无备,潜师掩袭,俘斩至七千人。难慌忙退走,奔至木城,被勃勃引兵追到,四面兜围,把难擒去,余众皆为所虏,数共万三千人,于是岭北一带,俱降勃勃。勃勃遍置守宰,分疆拒秦,秦已将亡,故两路俱败。秦主兴未免懊悔,尚欲再讨勃勃,适值南燕求援,自觉不遑东顾,但权允发兵,令张纲先行返报。

纲经过泰山,为太守申宜所执,送入晋营。刘裕素闻纲有巧思,善制攻具,便引纲入见,亲为解缚,好言抚慰,使登楼车巡城,呼语守吏道:"刘勃勃大破秦军,秦主无暇来救,只好由汝等自寻生路罢。"守吏听了此言,无不失色。慕容超惶急异常,乃遣使至裕营请和,愿割大岘山南地归晋,世为藩臣。裕拒绝不许,未几来一秦使,传语刘裕道:"慕容氏与秦毗邻,素来和好,今晋军无端加攻,秦已遣铁骑十万,行次洛阳,若晋军不还,便当长驱直进了。"裕怒答道:"汝可归白姚兴,我平燕后,便当来取关洛,若姚兴自愿送死,尽管速来。"秦使自去。参军刘穆之入白道:"公奈何挑动敌怒?今广固未下,再来羌寇,敢问公将如何抵御?"裕笑道:"这是兵机,非卿所解。试想姚兴果肯救燕,方且潜师前来,何至先遣使命,令我预防,这明明是虚声吓人,不足为虑。"一口道破。穆之乃退。

秦主兴本遣卫将军姚强,带着步骑万人,偕燕使韩范至洛阳,令与洛城守将姚绍合兵,往救广固。嗣闻勃勃杀败秦军,窥伺关中,乃追还姚强,但用了一个虚张声势的计策,去吓刘裕。裕不为所动,秦谋自沮。只韩范怏怏自归,且悲且叹道:"天意已要亡燕了。"燕臣张华、封恺,出兵击裕,均被裕军擒住。封融、张俊,相继乞降。俊语刘裕道:"燕人所恃,惟一韩范,今范甫归,还道他能致秦师,若得范来降,燕城自下了。"裕乃表范为散骑常侍,致书招范。长水校尉王蒲,劝范奔秦,范慨然道:"刘裕起自布衣,灭桓玄,复晋室,今兴师伐燕,所向崩溃,这乃天授,未必全由人力呢。燕若灭亡,秦亦难保,我不可再辱,不如降晋罢了。"遂潜投裕营。裕得范大喜,即使范至城下,招降守将,城中愈觉夺气。或劝燕主超诛范家族,超因范弟谆尽忠无贰,因赦范家。嗣见晋军建设飞楼,悬梯木,幔板屋,覆以牛皮,上御矢石,料知此种攻具,定是张纲所为,遂将纲母捕到,悬缚城上,支解以徇。死在目前,何必行此惨虐。

既而太白星入犯虚危,灵台令张光,谓天象亡燕,劝超降晋。超并不答言,便把佩剑拔出,刜落光首。好容易过了残腊,翌日为晋义熙六年元旦,超登天门,在城楼朝见群臣,杀马犒飨将士,并迁授文武百官。越宿,与宠姬魏夫人登城,见晋兵势甚强盛,不禁唏嘘泪下,与魏氏握手对泣。韩谆从旁进言道:"陛下遭际厄运,正当努力自强,鼓励士气,奈何反与女子对泣呢?"超乃拭泪谢过。尚书令董锐又劝超出降,超复系锐下狱。贺赖卢、公孙五楼暗凿地道,通兵出战。晋军不及防备,几被掩入,幸亏裕军律素严,前仆后继,仍把燕军杀退。城门久闭不开,居民无论男女,俱生了一种脚气病,不能行走,就是超亦染了此症,乘辇登城。尚书悦寿语超道:"今天助寇为虐,战十凋敝,城孤援绝,天时人事,已可知了。从来历数既终,尧舜尚且避位,陛下亦应达权通变,庶得上存宗庙,下保人民。"超怃然道:"兴废原有天命,我宁奋剑致死,不愿衔璧求生。"颇有血性,可惜不知守国。

刘裕见城中困乏,乃下令破城,悉众猛扑。或谓:"今日往亡,不利行师。"裕掀须道:"我往彼亡,有何不利?"遂亲自督攻,不克不止。悦寿在城上望着,料知不能支持,因开门迎纳晋军。超与左右数十骑,逾城出走,才行里许,即被晋军追到,捉得一个不留。当下押至裕前,由裕叱责数语,大略是说他抗命不降,殃及兵民。超神色自若,但将母托刘敬宣,余无一言。裕乃命将超置入槛车,解送建康。且因广固围久乃下,恨及燕人,意欲把男子一并坑死,妇女尽赏将士。韩范入谏道:"晋室南迁,中原鼎沸,士民失主,不得不归附外族。既为君臣,自当替他尽力,其实统是衣冠旧族,先帝遗民,今王师吊民伐罪,若不问首从,一概加诛,窃恐西北人民,将从此绝望了。"裕虽改容称谢,尚斩燕王公以下三千人,没入家口万余,毁城平濠,变成白地,然后班师。慕容超解入晋都,枭首市曹,年才二十有六。总计超僭位六年,与慕容德合并计算,共得十有一年,南燕遂亡,慕容氏从此垂尽。慕容宝养子高云,已经篡

第九十五回　覆孤城慕容超亡国　诛逆贼冯文起开基

位,仍复原姓。见九十三回。但使慕容归为辽东公,使主燕祀,是前燕、后燕、南燕三国,至此俱已沦亡。就是史家把高云僭位,列入后燕,也不过一年有余,便即告终。

云本由冯跋等推立,僭号天王,立妻李氏为后,子彭城王为太子,名目上算做一国主子,实际上统是冯跋专权。云亦恐跋等为变,心不自安,特养壮士为爪牙,令他宿卫。当时卫弁头目,一名离班,一名桃仁,日夕随侍,屡蒙厚赐,甚至高云的饮食起居,也慷慨推解,毫不少吝,居然有甘苦同尝的意思。哪知小人好利,贪婪无厌,任你高云如何宠遇,总有一二事未惬他意,遂致以怨报德,暗起杀心。迁延到一年有余,突然生变,班、仁两人,怀剑直入,向内启事。高云毫无所觉,出临东堂。桃仁递上一纸,交云展阅。云接纸在手,不防离班抽剑斫来,吓得云不知所措,还算忙中有智,把几提起,挡住离班的剑锋,无如一剑未中,一剑又至,这剑乃是桃仁所刺,急切无从招架,竟被穿入腰胁,大叫一声,晕倒地下;再经离班一剑,当然结果性命。小人之难养也,如此。

冯跋在外闻报,忙升洪光门观变。帐下督张泰李桑语跋道:"二贼得志,将无所不为,愿为公力斩此贼。"跋点首应诺,泰与桑仗剑下城,招呼徒众,扑入东堂。途中遇着离班,大呼杀贼,班迫不及避,也恶狠狠的持剑来斗,桑接住厮杀,徒众齐上,并力击班。独泰恐桃仁遁走,亟向东堂驰入,冤冤相凑,正值桃仁出来,由泰劈头一剑,好头颅左右分离,立致倒毙。可巧桑已枭了班首,进来助泰,见泰诛死桃仁,自然大喜,当下迎跋入殿,推他为主。跋情愿让弟素弗,素弗道:"从古以来,父兄得了天下,方传子弟,未闻子弟可突过父兄。今鸿基未建,危甚赘疣,臣民俱属望大兄,何必再辞。"张泰、李桑等,亦同声推戴。跋乃允议,遂在昌黎城即天王位,改元太平,国仍号燕,是为北燕。为十六国之殿军。

跋字文起,世为汉族,系长乐郡信都人。祖父和曾避晋乱,迁居上党,父安雄武有力,尝为西燕将军。西燕灭亡,跋复东徙和龙,住居长谷。屋上每有云气护住,状若楼阁,时人诧为奇观。及慕容宝即位,署跋为中卫将军。跋弟素弗,素性豪侠,不务正业,尝与从兄万泥,及诸少年同游水滨,见一金龙出溪水中,问诸万泥等人,皆云未见。素弗捞得金龙,取示大众,无不惊异。后来被慕容熙闻知,暗加疑忌。熙既篡立,欲诛冯跋兄弟,增设禁令。跋适犯禁,惧祸潜奔,与子弟同匿山泽,每夜独行,猛兽尝为避路。跋乃奋然起事,与兄弟潜入龙城,弑熙立云。补九十三回中所未详。云既被戕,跋得称尊,总算不忘旧谊,为云举哀发丧,依礼奉葬。云妻子亦已遇害,统皆代埋,设立云庙,置园邑二十家,四时致祭。追谥云为惠懿皇帝。一节可取。一面追尊祖考,称祖和为元皇帝,父安为宣皇帝,奉母张氏为太后,立妻孙氏为王后,子永为太子,弟范阳公素弗为车骑大将军,录尚书事。次弟汲郡公弘为侍中,兼尚书仆射。从兄广川公万泥,领幽、平二州牧,从兄子乳陈为征西大将军,领并、青二州牧。余如张兴冯护等,佐命功臣,亦皆封赏有差。

素弗当弱冠时,曾向尚书左丞韩业处求婚,业因素弗行谊不修,毅然谢绝。素弗再求尚书郎高邵女,邵亦弗许。至是得为宰辅,并不记嫌,待遇韩业等,反且加厚。又能拔寒畯,举贤能,谦恭俭约,以身率下,端的是休休有容,不愧相度,这也好算是难得呢。惟万泥乳陈,自命勋亲,欲为公辅,偏跋令居外镇,作为二藩。乳陈性尤粗悍,不顾利害,因密遣人告万泥道:"乳陈有至谋,愿与叔父共议。"万泥遂往与定约,兴兵作乱。跋遣弟弘与将军张兴,率步骑二万人往讨,弘先传书招谕道:"我等兄弟数人,遭际风云,鼓翼齐起。今主上得群下推戴,光践宝位,裂土分爵,与兄弟共同富贵,并享荣华,奈何无端起衅,目寻干戈呢?人非圣人,不能无过;过贵能改,方不终误。属在至亲,所以极诚相告,还望释嫌反正,同奖王室,勿再沉迷。"万泥得书,便欲罢兵谢罪,独乳陈按剑怒吼道:"大丈夫死生有命,怎得中道生变,不战即降呢?"遂答书不逊,约同一战。张兴语弘道:"贼与我约,明日争锋,恐今夜就来劫营,应命三军格外戒备,方保无虞。"弘乃密下军令,每人各携草十束,备着火种,分头埋伏,自与张兴出伏要路,静待乱兵到来。

黄昏已过,万籁无声,尚不闻有什么动静,到了夜半,果见尘头纷起,约莫有千余人,疾趋而来。弘不禁暗叹道:"张将军确有先见,贼众前来送死了。"再阅半时,那乱兵已经过去,才发了一声胡哨,号召各处伏兵,霎时间火炬齐明,呼声四集,吓得乱兵东逃西窜,拚命乱跑。怎奈四面八方,统已有人拦着,不是被杀,就是被擒,扰乱了小半夜,千余人全体覆没,无一得还。弘等得胜回营,天色已大明了。乳陈得了败耗,方才惊惧,与万泥诣营乞降。只有这般胆量,何必前此发威!弘召他入营,诘责罪状,即命左右推出斩首。余众赦免,然后班师。跋进弘为骠骑大将军,改封中山公,且署素弗为大司马,改封辽西公。嗣是除苛政,惩贪赇,省徭赋,课农桑,燕人大悦,恰享了好几年的太平。同时,南凉的秃发傉檀复称凉王,改元嘉平。西秦的乞伏乾归,也逃归苑川,复称秦王,改元更始,这都因后秦浸衰,所以不甘受制,仍然独立。惟有那雄长朔方的拓跋珪,立国已二十四年,尚只三十九岁,被那逆子清河王绍,入宫弑死,这也是北魏史上的骇闻。小子有诗叹道:

　　父子相离已灭伦,况经手刃及君亲。
　　莫言胡俗无天性,祸报由来有夙因。

毕竟拓跋珪何故遇弑,且至下回再详。

慕容超之亡国，非刘裕得亡之，超实自亡之也。超之致亡，已见前评，及城不能保，尚未肯出降，自决一死，卒至为裕所虏，送斩建康，彼得毋援国君死社稷之义，诩诩然自谓正命耶？但王公以下，被杀之三千人，家口没入至万余，虽由裕之残虐不仁，亦何莫非由超之倔强不服，激成裕愤，区区一死，亦何足谢国人也。彼慕容云之愚昧，且出超下，其得立也出诸意外，其被戕也亦出乎意外。冯跋不必防而防之，离班、桃仁，不宜亲而亲之，然欲不死得乎？跋之称尊，不得谓其非僭，然较诸沮渠、蒙逊辈，相去远矣，况有冯素弗之良宰辅乎。

第九十六回　何无忌战死豫章口　刘寄奴固守石头城

却说拓跋珪素来好色，称帝时曾纳刘库仁从女，宠冠后宫，生子名嗣，后因慕容氏貌更鲜妍，特立为后，已见前文。见九十二回。珪母贺氏，已早殁世，追谥为献明太后。太后有一幼妹，入宫奔丧，生得一貌如花，纤浓合度，珪瞧入眼中，暗暗垂涎，便想同她狎昵，无如这位贺姨母，已经嫁人，不肯再与苟合，惹得珪心痒难熬，竟动了杀心，密嘱刺客，把贺姨夫杀毙。贺姨母做了寡妇，无从诉冤，只好草草发丧，丧葬已毕，即由宫中差来干役，逼令入宫。贺氏明知故犯，不能不随他同去，一经见珪，还有什么好事，眼见得衾裯别抱，露水同栖。冤家有孽，生下了一个婴儿，取名为绍，蜂目豺声，与乃母大不相同，想是贺姨夫转世。渐渐的长大起来，凶狠无赖，不服教训，珪尝把他两手反缚，倒悬井中，待他奄奄垂毙，然后释出。他经此苦厄，稍稍敛迹，但心中愈加含恨。珪哪里知晓，还道他惧罪知改，特拜为清河王。后来珪势益盛，纳妾愈多，一人怎能御众，免不得求服丹药，取补精神。哪知这药性统是燥烈，愈服愈燥，愈燥愈厉，遂至喜怒乖常，动辄杀人。长子嗣本受封齐王，至是立为太子，嗣母刘贵人，反被赐死。珪召嗣与语道："昔汉武将立太子，必先杀母，实预恐妇人与政，所以加防。今汝当继统，我不得不远法汉武了。"汉武杀钩弋夫人，宁足为训？况珪曾赖母得立，奈何不思？嗣闻言泣下，悲不自胜。珪反动怒，把他叱退。待嗣还居东宫，还闻他朝夕恸哭，又遣人召嗣入见。东宫侍臣，劝嗣不应遽入，因托疾不赴。卫王拓跋仪前镇中山，为珪所忌，召还闲居，阴有怨言。珪适有所闻，便说他蓄谋不轨，勒令自杀。贺夫人偶然忤珪，亦欲加刃，吓得贺氏奔避冷宫，立遣侍女报绍，令他入救。绍本怀宿愤，又听得生母将死，气得双目直竖，五内如焚，当下招致心腹，贿通宫女宦官，使为内应，趁着天昏夜静，逾垣入宫，宫中已有人前导，引至内寝，破户直入。珪才从梦中惊醒，揭帐启视，刀已飞入，不偏不倚，正中项下，颈血模糊，便即毕命。莫非孽报。

绍既弑父，便去觅母。贺氏见绍夜至，问明情状，却也一惊，忙去视珪，果被杀死，不由的泪下两行。曾忆念前夫么？绍却欲号召卫士，往攻东宫，意图自立。卫士多不愿助绍，相率观望。适东宫太子拓跋嗣，使人报告将军安同，促令诛逆。安同慷慨誓众，无不乐从，遂一拥入宫，搜捕逆绍。卫士争先应命，七手八脚，把绍抓出，送交安同。安同迎嗣登殿，声明绍罪，立命枭斩。绍母贺氏，一并坐罪赐死。死后却难见二夫。于是嗣即尊位，为珪发表，追谥为宣武皇帝，庙号太祖。后来改谥道武，这且慢表。

且说晋刘裕既平南燕，还屯下邳，意欲经营司、雍二州，忽由晋廷飞诏召裕，促令还援。看官道是何因？原来卢循陷长沙，徐道复陷南康、庐陵、豫章，顺流东下，居然想逼夺晋都了。先是卢、徐二人，虽受晋官职，仍然阳奉阴违，伺机思逞。徐道复闻刘裕北伐，致书卢循，劝他入袭建康，循复称从缓。道复自往语循道："我等长住岭外，岂真欲传及子孙？不过因刘裕多智，未易与敌，所以郁郁居此。今裕方顿兵北方，未有还期，我正好乘虚掩击，直入晋都，何、无忌。刘毅。等皆不及裕，无能为力。若我得攻克建康，裕虽南还，也不足畏了。"却是个好机会。循尚狐疑未决。道复奋起道："君若不肯同行，我当自往。始兴兵甲虽少，也可一举，难道不能直指寻阳么？"循见他词气甚厉，不得已屈志相从。道复即还至始兴，整顿舟舰。他本预蓄异谋，尝往南康山伐取材木，至始兴出售，鬻价甚贱，居民争往购取，不以为疑，其实是留贮甚多，至尽取做船材，旬日告成，遂与卢循北出长江，分陷石城，舣舟东指。

晋廷单靠刘裕，自然驰使飞召，裕即令南燕降臣韩范，都督八郡军事，封融为渤海太守，引兵南行。到了山阳，又接得豫章警报，江荆都督何无忌，为徐道复所败，竟至阵亡。无忌系江左名将，突然败死，令裕也惊心。究竟无忌如何致败？说将起来，也是冒险轻进，有勇寡谋，遂落得丧师失律，毕命战场。当无忌出师时，自寻阳驶舟西进，长史邓潜之进谏道："国家安危，在此一举，卢、徐二贼，兵舰甚盛，势居上流，不可轻敌，今宜暂决南塘，守城自固，料彼必不敢舍我东去，我得蓄力养锐，待他疲老，然后进击，这乃是万全计策呢。"无忌不从。参军殷阐复谏道："循众皆三吴旧贼，百战余生，始兴贼亦骁捷善斗，统难轻视，将军宜留屯豫章，征兵属城，兵至合战，也不为迟。若徒率部众轻进，万一失利，悔将何及？"无忌是个急性鬼，仗着一时锐气，径至豫章西隅，徐道复已据住西岸小山，带了数百弓弩手，迭射晋军。晋军前队，多受箭伤，不敢急驶过去，惹得无忌性起，改乘小舰，向前直闯。偏偏西风暴起，将他小舰吹回东岸，余舰亦为浪所冲，东飘西荡。道复乘着风势，驶出大舰，来击无忌，

第九十六回　何无忌战死豫章口　刘寄奴固守石头城

无忌舟师已散,如何抵当,顿致尽溃。独无忌不肯倒退,厉声语左右道:"取我苏武节来。"左右取节呈上,无忌执节督战,风狂舟破,贼众四集,可怜无忌身受重伤,握节而死。虽曰忠臣,实是无益有害。

刘裕得知无忌死耗,恐京畿就此失守,便即卷甲急趋,与数十骑驰至淮上。可巧遇着朝廷来使,急忙问讯,朝使谓贼尚未至,专待公援,裕才放心前进,行至江滨,适值风急波腾,众不敢济。裕慨然道:"天若佑晋,风将自息,否则总是一死,覆溺何害!"此时尚是一大忠臣。说着,便挺身下舟,众亦随下。说也奇怪,舟行风止,竟安安稳稳的驶至京口。百姓见裕到来,齐声相庆,倚若长城。越二日,裕即入都,因江州覆没,表送章绶,有诏不许。时青州刺史诸葛长民、兖州刺史刘藩、并州刺史刘道怜,各将兵入卫。藩系豫州刺史刘毅从弟,与裕相见,报称毅已起兵拒贼,有表入京。裕谓兵宜缓进,不可求速,遂展纸作书云:

　　吾往日习击妖贼,晓其变态,贼新获利,锋不可当。今方整修船械,限日毕工,当与老弟同举。平贼以后,上流事自当尽委,愿弟勿疑!

书毕加封,令藩赍书诣毅,并嘱他传语乃兄,切勿躁进。藩趋往姑孰,投书与毅,且述裕言。毅展阅未毕,便瞋目顾藩道:"前日举义平逆,权时推裕,汝道我真不及他吗?"休说大话!说着,将书掷地,立集水师二万,出发姑孰。到了桑落州,正值卢循、徐道复合兵前来,船头很是高锐,毅舰低脆,一与相触,便致碎损。客主情形,既不相符,毅众当然惊避。卢、徐乘势冲突,连毅舟都被撞碎。毅慌忙弃舟登岸,徒步奔还,随行只有数百人,余众都被贼虏去。果能及刘裕否?卢循审讯俘虏,得知刘裕已还建康,颇有戒心,意欲退还寻阳,攻取江陵,据住江、荆二州,对抗晋廷。独道复谓宜乘胜急进。彼此争论数日,毕竟道复气盛,循不得不从,便即连樯东下。

警报传达建康,裕因都城空虚,亟募民为兵,修治石头城。或谓宜分守津要,裕摇首道:"贼众我寡,再若分散,一处失利,全局俱动,今不如聚众石头,随宜应赴,待至徒众四集,方可再图。"诸葛长民、孟昶等,探得贼势猖獗,舳舻蔽江,有众十数万,都不禁魂驰魄散,想出了一条趋避的计策,欲奉乘舆过江,独裕不许。昶料事颇明,曾谓何无忌、刘毅出师,必遭败衄,后皆果如昶言。此时因北师甫还,战士已经疲乏,亦恐裕不能抗循,所以主张北徙,朝议亦大半赞成。惟龙骧将军虞邱面折昶议,还有中兵参军王仲德,也不服昶论,独向裕进言道:"明公具命世才,新建大功,威震六合,妖贼乘虚入寇,闻公凯旋,自当惊溃,若先自逃去,威名俱丧,何以图存?公若误从众议,仆不忍同尽,请从此辞。"裕大喜道:"我意正与卿相同。南山可改,此志不移呢。"正问答间,见孟昶踉跄进来，又申前议。裕勃然道："今重镇外倾，强寇内逼，人情惶骇，莫有固志。若一旦迁动，必致瓦解，江北岂果可得至么？就使得至，也不能久延。今兵士虽少，尚足一战，我能胜贼，臣主同休，万一不胜，我当横尸庙门，以身殉国，难道好窜伏草间，偷生苟活么？我计已决，卿勿再言！"昶还要泣陈，自请先死。裕忿然道："汝且看我一战，再死未迟。"昶怏怏退出，归书遗表，略言"臣裕北讨，臣实赞同，今强贼乘虚进逼，自愧失策，愿一死谢过"云云。表既封毕，便仰药而死。愚不可及。

俄闻卢循已至淮口，不得不内外戒严，琅琊王德文督守宫城，刘裕出屯石头，使谘议参军刘粹，辅着四龄少子义隆，往镇京口。余将亦由裕调度，各有职守。裕登城遥望，见居民多临水眺贼，不禁动疑，顾问参军张劭。劭答道："今若节钺未临，百姓将奔散不暇，尚敢临水观望吗？照此看来，定是有恃无恐，所以得此安详。"裕又凝望片刻，召语将佐道："贼若由新亭直进，锐不可当，只好暂时回避，徐决胜负。若回泊西岸，贼势必懈，便容易成擒了。"将佐等听了裕言，便专探贼舰消息。徐道复原欲进兵新亭，焚舟直上，偏卢循不肯冒险，逡巡未行，且语道复道："我军未向建康，闻孟昶已惧祸自裁，看来晋都空虚，必且自乱，何必急求一战，多伤士卒呢？"道复终不得请，退自叹息道："我必为卢公所误，事终无成。若使我独力驰驱，得为英雄，取天下如反手哩。"也是过夸，试看后来豫章之战。

既而刘裕登石头城，望见敌船，引向新亭，也觉失色。嗣看他退驻蔡洲，方有喜容。龙骧将军虞邱，请伐木为栅，保护石头淮口，又修治越城，增筑查浦、药园、廷尉宜寺所居之处。三垒，杜贼侵轶。裕皆依计施行，人心渐固。刘毅奔还建康，诣阙待罪。有诏降毅为后将军，裕却亲加慰勉，使知中外留守事宜。再派冠军将军刘敬宣屯北郊，辅国将军孟怀玉屯丹阳郡西，建武将军王仲德屯越城，广武将军刘默屯建阳门外。又令宁朔将军索邈，用突骑千匹，外蒙虎皮，分扎淮北。部署既定，壁垒皆新。卢循探悉情形，才悔因循误事，急遣战舰十余艘，进攻石头城的防栅。栅中守卒，并不出战，但用神臂弓竞射，一发数矢，无不摧陷，循只好退去。寻又伏兵南岸，伪使老弱东行，扬言将进攻白石。刘裕留参军沈林子、徐赤特防备南岸，截堵查浦，嘱令坚守勿动，自与刘毅、诸葛长民等，往戍白石，拒遏贼军。卢循闻裕北去，自喜得计，遂引众进毁查浦，直攻张侯桥。徐赤特即欲出击，林子道："贼众声往白石，乃反来此挑战，情诈可知。我众寡不敌，不如据垒自固，静待大军。况刘公曾一再面嘱，怎好有违？"赤特不听，自引部曲出战，遇伏败走，遁往淮北。贼众趁势攻栅，喊杀连天，亏得林子据栅力御，又经别将刘钟、朱龄石等，相率来援，方将贼众击退，循引锐卒趋往丹阳。

第九十六回　何无忌战死豫章口　刘寄奴固守石头城

裕抵白石，未见贼至，料知贼有诈谋，急率诸军驰还石头，捕斩赤特，然后出阵南塘，令参军诸葛叔度，及朱龄石等渡淮追贼。贼众转掠各郡，郡守统坚壁待着，毫无所得。循乃语道复道："我兵老了，不如退据寻阳，并力取荆州，徐图建康便了。"乃留徒党范崇民，率众五千，居守南陵，自向寻阳退去。晋廷进刘裕为太尉，领中书监，并加黄钺。裕表举王仲德为辅国将军，刘钟为广州太守，蒯恩为河间太守，令与谘议参军孟怀玉等，引兵追循，自还东府整治水军，增筑楼船；特遣建威将军孙处，振武将军沈田子，领兵三千，自海道径袭番禺，捣循巢穴。将佐谓海道迂远，不宜出发，裕微笑不答，但嘱孙处道："大军至十二月间，必破妖贼，卿可先倾贼巢，截彼归路，不怕不为我所歼哩。"却是釜底抽薪的妙计。孙处等奉令自去。

那卢循退至寻阳，遣人从间道入蜀，联结谯纵，约他夹攻荆州。纵复称如约，并向后秦乞师。秦主姚兴，册封纵为大都督，相国蜀王，加九锡礼，得承制封拜，并使前将军苟林，率兵会纵。纵乃释出桓谦，令为荆州刺史，应九十四回。又使谯道福为梁州刺史，兴兵二万，与秦将苟林共寇荆州。荆州为贼寇所阻，与建康音问不通，刺史刘道规，曾遣司马王镇之，率同天门太守檀道济，广武将军刘彦之，入援建康。镇之行至寻阳，适值秦苟林抄出前面，击败镇之，镇之退走。卢循欢迎苟林，使为南蛮校尉，拨兵相助，会攻荆州。桓谦又沿途募兵，得众二万，进据枝江。苟林入屯江津，二寇交逼江陵，荆州大震，士民多思避去。刘道规会集将士，对众晓谕道："诸君欲去，尽请自便。我东来文武，已足拒寇，可不烦此处士民了。"说着，令大开城门，彻夜不闭，任令自由出入，暗中却日夕增防，士民不禁惮服，反无一人出走。会雍州刺史鲁宗之，自襄阳率军与援，或谓宗之情不可测，道规独单骑迎入，推诚相待，引为腹心。虽是一番权术，却不愧为济变才。当下留宗之居守，自引各军士击桓谦，水陆齐进，直达枝江。天门太守檀道济，奋呼陷阵，大破谦众。谦单舸奔逃，被道规追击过去，一阵乱箭，把谦射死。再移军进攻苟林。

林闻谦败死，未战先逃，道规令参军刘遵，从后追赶，驰至巴陵，得将苟林击毙。道规回军江陵，检得士民通敌各书，一律焚去，不复追究，人情大安。鲁宗之当即辞去。忽闻徐道复率贼三万，奄至破冢，将抵江陵，城中又复惊哗，一时谣言蜂起，且云："卢循已陷京邑，特使道复来镇荆州。"道规也觉怀疑，自思追召宗之，已是不及，眼前惟有镇定一法，募众守城。好在江陵士民，统感道规焚书德惠，不再生贰，誓同生死，因此秩序复定。可巧刘遵亦得胜回来，道规即使为游军，自督兵出豫章口，逆击道复。道复来势甚锐，突破道规前军，节节进逼。不防斜刺里来了战舰数艘，横冲而入，把道复兵舰截作两段，道复前后不能相顾，顿致慌乱。道规得乘隙奋击，俘斩无算。再经来舰中

的大将,帮同拦截,杀得道复走投无路,拚死的杀出危路,走往溢口去了。小子有诗赞刘道规道:

> 江陵重地镇元戎,战守随宜终立功。
> 尽有良谋能破贼,强徒漫自诩英雄。

究竟何人来助道规,得此胜仗,待至下回报明。

叙何无忌、刘毅之败衄,益以显刘裕之智能。无忌猛将也,而失之轻,刘毅亦悍将也,而失之慑,轻与慑皆非良将才,徐道复谓其无能为,诚哉其无能为也。然观于毅之苟免,犹不如无忌之舍生,虽曰徒死无益,究之一死足以谢国人,况观于后来之刘毅,死于刘裕之手,亦何若当时殉难,尚得流芳千古乎?刘裕临敌不挠,见机独断,诚不愧为一代枭雄,曹阿瞒后,固当推为巨擘,卢循、徐道复诸贼,何足当之?宜其终归败灭也。刘道规为裕弟,智力不亚乃兄,刘氏有此二雄,其亦可谓世间之英乎?

第九十七回　窜南交卢循毙命　平西蜀谯纵伏辜

却说刘道规至豫章口,击破徐道复,全亏游军从旁冲入,始得奏功。游军统领,便是参军刘遵,当时道规将佐,统说是强寇在前,方虑兵少难敌,不宜另设游军。及刘遵夹攻道复,大获胜仗,才知道规胜算,非众所及,嗣是益加敬服,各无异言。刘裕闻江陵无恙,当然心喜,便拟亲出讨贼。刘毅却自请效劳,长史王诞密白刘裕道:"毅既丧败,不宜再使立功。"裕乃留毅监管太尉留府,自率刘藩、檀韶、刘敬宣等,出发建康。王仲德、刘钟各军,前奉裕令追贼,行至南陵,与贼党范崇民相持,至此闻裕军且至,遂猛攻崇民,崇民败走,由晋军夺还南陵。凑巧裕军到来,便合兵再进,到了雷池,好几日不见贼踪,乃进次大雷。越宿,见贼众大至,舳舻衔接,蔽江而下,几不知有多少贼船,裕不慌不忙,但令轻舸尽出,并力拒贼,又拨步骑往屯西岸,预备火具,嘱令贼至乃发,自在舟中亲提旛鼓,督众奋斗。右军参军庾乐生,逗留不进,立命斩首徇众。众情知畏,不敢落后,便各腾跃向前。裕又命前驱执着强弓硬箭,乘风射贼,风逐浪摇,把贼船逼往西岸。岸上晋军,正在待着,便将火具抛入贼船,船中不及扑救,多被延烧,烈焰齐红,满江俱赤,贼众纷纷骇乱,四散狂奔。卢循、徐道复,也是逃命要紧,走还寻阳。卢、徐二贼,从此休了。

第九十七回 窜南交卢循毙命 平西蜀谯纵伏辜

裕得此大捷，依次记功，复麾军进迫左里。左里已遍竖贼栅，无路可通，裕但摇动麾竿，督众猛扑，砉然一声，麾竿折断，幡沈水中，大众统皆失色。裕笑语道："往年起义讨逆，进军覆舟山，幡竿亦折，今又如此，定然破贼了。"覆舟山之战，系讨桓玄时事，见九十回。大众听了，气势益奋，当下破栅直进，俘斩万余。卢、徐二贼，分途遁去。裕遣刘藩、孟怀玉等，轻骑追剿，自率余军凯旋建康，时已为义熙六年冬季，转眼间便是义熙七年了。徐道复走还始兴，部下寥寥，只剩了一二千人，并且劳疲得很，不堪再用。偏晋将军孟怀玉，与刘藩分兵，独追道复，直抵始兴城下。道复硬着头皮，拚死守城。一边是累胜军威，精神愈振，一边是垂亡丑虏，喘息仅存，彼此相持数日，究竟贼势孤危，禁不住官军骁勇，一着失手，即被攻入。道复欲逃无路，被晋军团团围住，四面攒击，当然刺死。

独卢循收集散卒，尚有数千，垂头丧气，南归番禺。途次接得警报，乃是番禺城内，早被晋将孙处、沈田子从海道掩入，占踞多日了。回应前回。原来卢循出扰长江，只留老弱残兵，与亲党数百人，居守番禺，孙处、沈田子引兵奄至城下，天适大雾，迷蒙莫辨，当即乘雾登城，一齐趋入。守贼不知所为，或被杀，或乞降。孙处下令安民，但将卢循亲党，捕诛不赦外，余皆宥免，全城大定。又由沈田子等分徇岭表诸郡，亦皆收复。只卢循得此音耗，累得无家可归，不由的惊愤交并，慌忙集众南行。倍道到了番禺，誓众围攻，孙处独力拒守，约已二十余日，晋将刘藩，方驰入粤境，沈田子亦从岭表回军，与藩相遇，当下向藩进言道："番禺城虽险固，乃是贼众巢穴，今闻循集众围攻，恐有内变，且孙季高系处表字。兵力单弱，未能久持，若再使贼得据广州，凶势且复振了，不可不从速往援。"藩乃分兵与田子，令救番禺。田子兼程急进，到了番禺城下，便扑循营，喊杀声递入城中。孙处登城俯望，见沈田子与贼相搏，喜出望外，当即麾兵出城，与田子夹击卢循，斩馘至万余人。循狼狈南遁。处与田子合兵至苍梧、郁林、宁浦境内，三战皆捷。适处途中遇病，不能行军，田子亦未免势孤，稍稍迟缓，遂被卢循窜去，转入交州。

先是九真太守李逊作乱，为交州刺史杜瑗讨平，未几瑗殁，子慧度讣达晋廷，有诏令慧度袭职。慧度尚未接诏，那卢循已袭破合浦，径向交州捣入。慧度号召中州文武，同出拒循，交战石砰，得败循众。循党尚剩三千人，再加李逊余党李脱等，纠集蛮獠五千余人，与循会合，循又至龙编南津，窥伺交州。慧度将所有私财，悉数取出，犒赏将士。将士感激思奋，复随慧度攻循。循党从水中舟行，慧度所率，都是步兵，水陆不便交锋，经慧度想出一法，列兵两岸，用雉尾炬烧着，掷入循船。雉尾炬系束草一头，外用铁皮缚住，下尾散开，状如雉尾，所以叫做雉尾炬。循船多被燃着，俄而循坐船亦致延烧，连忙扑救，还不济事，余舰亦溃。循自知不免，先将妻子鸩死，后召妓妾遍问道："汝等肯从死否？"或云："雀鼠尚且贪生，不愿就死。"或云："官尚当死，妾等自无生理。"循将不愿从死的妓妾，一概杀毙，投尸水中，自己亦一跃入江，溺死了事。又多了一个水仙。慧度命军士捞起循尸，枭取首级，复击毙李脱父子，共得七首，函送建康。南方十多年海寇，至此始荡涤一空，不留遗种了。也是一番浩劫。晋廷赏功恤死，不在话下。

且说荆州刺史刘道规，莅镇数年，安民却寇，惠及全州，嗣因积劳成疾，上表求代。晋廷令刘毅代镇荆州，调道规为豫州刺史。道规转赴豫州，旋即病殁。荆人闻讣，无不含哀。独刘毅素性贪愎，自谓功与裕埒，偏致外调，尝郁郁不欢。裕素不学，毅却能文，因此朝右词臣，多喜附毅。仆射谢混，丹阳尹郗僧施，更与毅相投契。毅奉命西行，至京口辞墓。谢、郗等俱往送行，裕亦赴会。将军胡藩密白裕道："公谓刘荆州终为公下么？"裕徐徐答道："卿意云何？"藩答道："战必胜，攻必取，毅亦知不如公。若涉猎传记，一谈一咏，毅却自诩雄豪。近见文臣学士，多半归毅，恐未必肯为公下，不如即就会所，除灭了他。"裕之擅杀，藩实开之。裕半晌方道："我与毅共同匡复，毅罪未著，不宜相图，且待将来再说。"杀机已动。随即欢然会毅，彼此作别。裕复表除刘藩为兖州刺史，出据广陵。毅因兄弟并据方镇，阴欲图裕，特密布私人，作为羽翼。乃调僧施为南蛮校尉，毛修之为南郡太守，裕皆如所请，准他调去。是亦一郑庄待弟之策。毅又常变置守宰，擅调豫、江二州文武将吏，分充僚佐；嗣又请从弟兖州刺史刘藩为副。于是刘裕疑上加疑，不肯放松，表面上似从毅请，召藩入朝，将使他转赴江陵。藩不知是计，卸任入都，便被裕饬人拿下，并将仆射谢混，一并褫职，与藩同系狱中。越日，即传出诏旨，略言"刘藩兄弟与谢琨同谋不轨，当即赐死。毅为首逆，应速发兵声讨"云云。一面令前会稽内史司马休之为荆州刺史，随军同行。裕弟徐州刺史刘道怜为兖、青二州刺史，留镇京口。使豫州刺史诸葛长民监管太尉府事，副以刘穆之。

裕亲督师出发建康，命参军王镇恶为振武将军，与龙骧将军蒯恩，率领百舰，充作前驱，并授密计。镇恶昼夜西往，至豫章口，去江陵城二十里，舍船步上，扬言刘兖州赴镇。荆州城内，尚未知刘藩死耗，还道传言是实，一些儿不加预防。至镇恶将到城下，毅始接得侦报，并非刘藩到来，实是镇恶进攻，当即传出急令，四闭城门，哪知门未及闭，镇恶已经驰入，驱散城中兵吏。毅只率左右百余人，奔突出城，夜投佛寺，寺僧不肯容留，急得刘毅势穷力蹙，没奈何投缳自尽。究竟逊裕一筹，致堕诡计。镇恶搜得毅尸，枭首报裕。裕喜已遂计，即西行至江陵，杀郗僧施，赦毛修之。宽租省调，节役缓刑，荆民大悦。裕留司马休之镇守江陵，自率将士东归。有诏加裕太傅，领扬州牧，裕表辞不

第九十七回　窜南交卢循毙命　平西蜀谯纵伏辜

受,惟奏征刘镇之为散骑常侍。镇之系刘毅从父,隐居京口,不求仕进,尝语毅及藩道:"汝辈才器,或足匡时,但恐不能长久呢。我不就汝求财位,当不为汝受罪累,尚可保全刘氏一脉,免致灭门。"毅与藩哪里肯信,还疑乃叔为疯狂,有时过门候谒,仪从甚多,辄被镇之斥去。果然不到数年,毅、藩遭祸,亲族多致连坐,惟镇之得脱身事外。裕且闻他高尚,召令出仕,镇之当然不赴,唯守志终身罢了。不没高士。

豫州刺史诸葛长民,本由裕留监太尉府事,闻得刘毅被诛,惹动兔死狐悲的观念,便私语亲属道:"昔日醢彭越,今日杀韩信,祸将及我了。"长民弟黎民进言道:"刘氏覆亡,便是诸葛氏的前鉴,何勿乘刘裕未还,先发制人?"长民怀疑未决,私问刘穆之道:"人言太尉与我不平,究为何故?"穆之道:"刘公溯流西征,以老母稚子委足下,若使与公有嫌,难道有这般放心么?愿公勿误信浮言!"穆之为刘裕心腹,长民尚且不知,奈何想图刘裕?长民意终未释。再贻冀州刺史刘敬宣书道:"盘龙刘毅小字。专擅,自取夷灭,异端将尽,世路方夷,富贵事当与君共图,幸君勿辞!"敬宣知他言中寓意,便答书道:"下官常恐福过灾生,时思避盈居损,富贵事不敢妄图,谨此复命!"这书发出,复将长民原书,寄呈刘裕。裕掀髯自喜道:"阿寿原不负我呢。"阿寿就是敬宣小字。说毕,即悬拟入都期日,先遣人报达阙廷。

长民闻报,不敢动手,惟与公卿等届期出候,自朝至暮,并不见刘裕到来,只好偕返。次日,又出候裕,仍然不至,接连往返了三日,始终不闻足迹,免不得疑论纷纭。裕又作怪。谁知是夕黄昏,裕竟轻舟径进,潜入东府,大众都未知悉,只有刘穆之在东府中,得与裕密议多时。到了诘旦,裕升堂视事,始为长民所闻,慌忙趋府问候。裕下堂相迎,握手殷勤,引入内厅,屏人与语,非常款洽。长民很是惬意,不防座后突入两人,把他拉住,一声怪响,骨断血流,立时毙命,遂舁尸出付廷尉,并收捕长民弟黎民、幼民,及从弟秀之。黎民素来骁勇,格斗而死;幼民、秀之被杀。当时都下人传语道:"勿跋扈,付丁旿。"旿系裕麾下壮士,拉长民,毙黎民,统出旿手,这正好算得一个大功狗了。意在言中。

裕又命西阳太守朱龄石,进任益州刺史,使率宁朔将军臧熹,河间太守蒯恩,下邳太守刘钟等,率众二万,西往伐蜀。时人统疑龄石望轻,难当重任,独裕说他文武优长,破格擢用。臧熹系裕妻弟,位本出龄石上,此时独属归龄石节制,不得有违。临行时,先与龄石密商道:"往年刘敬宣进兵黄虎,无功而还,今不宜再循覆辙了。"遂与龄石附耳数语,并取出一锦函,交与龄石,外面写着六字云:"至白帝城乃开。"龄石受函徐行,在途约历数月,方至白帝城。军中统未知意向,互相推测,忽由龄石召集将士,取示锦函,对众展阅,内有裕亲笔一纸云："众军悉从外水取成都，臧熹从中水取广汉，老弱乘高舰十余，从内水向黄虎，至要勿违。"大众看了密令，各无异言，便即倍道西进。前缓后急，统是刘裕所授。

蜀王谯纵，早已接得警报，总道晋军仍由内水进兵，所以倾众出守涪城，令谯道福为统帅，扼住内水。黄虎系是内水要口，此次但令老弱进行，明明是虚张声势，作为疑兵。外水一路，乃是主军，由龄石亲自统率，趋至平模，距成都只二百里。谯纵才得闻知，亟遣秦州刺史侯晖，尚书仆射谯诜，率众万余，出守平模夹岸，筑城固守。时方盛暑，赤日当空，龄石未敢轻进，因与刘钟商议道："今贼众严兵守险，急切未易攻下，且天时炎热，未便劳军，我欲休兵养锐，伺隙再进，君意以为何可否？"钟连答道："不可不可。我军以内水为疑兵，故谯道福未敢轻去涪城，今大众从外水来此，侯晖等虽然拒守，未免惊心，彼阻兵固险，明明是不敢来争，我乘他惊疑未定，尽锐进攻，无患不克。既克平模，成都也易取了。若迟疑不定，彼将知我虚实，涪军亦必前来，并力拒我，我求战不得，军食无资，二万人且尽为彼虏了。"龄石矍然起座，便誓众进攻。能从良策，便是良将。

蜀军筑有南、北二城，北城地险兵多，南城较为平坦，诸将欲先攻南城，龄石道："今但屠南城，未足制北，若得拔北城，南城不麾自散了。"当下督诸军猛攻北城，前仆后继，竟得陷入，斩了侯晖、谯诜，再移兵攻南城。南城已无守将，兵皆骇遁，一任晋军据住。可巧臧熹亦从中水杀进，阵斩牛脾守将谯抚之，击走打鼻守将谯小狗，留兵据守广陵，自引轻兵来会龄石。两军直向成都，各屯戍望风奔溃，如入无人之境，成都大震。谯纵魂飞天外，慌忙挈了爱女，弃城出走，先至祖墓前告辞。女欲就此殉难，便流泪白纵道："走必不免，徒自取辱，不若死在此处，尚好依附先人。"纵不肯从，女竟咬着银牙，用头撞碣，砰的一声，脑浆迸裂，一道贞魂，去寻那谯氏先祖先宗了。烈女可敬！纵心虽痛女，但也未敢久留，即纵马往投涪城。途次正遇着道福，道福勃然怒道："我正因平模失守，引兵还援，奈何主子匹马逃来？大丈夫有如此基业，骤然弃去，还想何往？人生总有一死，难道怕到这般么？"说着，即拔剑投纵。纵连忙闪过，剑中马鞍，马尚能行，由纵挥鞭返奔，跑了数里，马竟停住，横卧地上。纵下马小憩，自思无路求生，不如一死了事，遂解带悬林，自缢而亡。不出乃女所料。巴西人王志，斩纵首级，赍送龄石。龄石已入成都。蜀尚书令马耽，封好府库，迎献图籍。当下搜诛谯氏亲属，余皆不问。谯道福尚拟再战，把家财尽犒兵士，且号令军中道："蜀地存亡，系诸我身，不在谯王。今我在，尚足一战，还望大家努力！"众虽应声称诺，待至金帛到手，都背了道福，私下逃去。都是好良心。剩得道福孤身远窜，为巴民杜瑾所执，解送晋营，结果是头颅一

颗,枭示军门。总计谯氏僭称王号,共历九年而亡。小子有诗叹道:

> 九载称王一旦亡,覆巢碎卵亦堪伤。
> 撞碑宁死先人墓,免辱何如一女郎。

朱龄石既下成都,尚有一切善后事情,待至下回续叙。

卢循智过孙恩,徐道复智过卢循,要之皆不及一刘裕,裕固一世之雄也。道复死而循乌得生?穷窜交州,不过苟延一时之残喘而已。前则举何无忌、刘毅之全军,而不能制,后则仅杜慧度之临时召合,即足以毙元恶,势有不同故耳。然刘毅不能敌卢循,乌能敌刘裕?种种诈谋,徒自取死。诸葛长民,犹之毅也。谯纵据蜀九年,负险自固,偏为朱龄石所掩入,而龄石之谋,又出自刘裕,智者能料人于千里之外,裕足以当矣。然江左诸臣,无一逮裕,司马氏岂尚有幸乎?魏崔浩论当世将相,尝目裕为司马氏之曹操,信然。

第九十八回 南凉王愎谏致亡 西秦后败谋殉难

却说朱龄石入成都后,上书告捷,晋廷叙功加赏,命龄石监督梁秦二州军事,赐爵丰城县侯。龄石恐降臣马耽,在蜀生事,特将他徙往越巂。耽至徙所,私语亲属道:"朱侯不送我入凉,无非欲杀我灭口,看来我必不免了。"乃盥洗而卧,引绳扼死,既而龄石使至,果来杀耽。见耽已死,即戮尸归报,龄石乃安。可见龄石不免营私。后来龄石遣使诣北凉,宣谕晋廷威德,北凉王沮渠蒙逊,却也有些畏惧,因上表晋廷。略云:

> 上天降祸,四海分崩,灵曜拥于南裔,苍生没于丑虏。陛下累圣重光,道迈周汉,纯风所被,八表宅心。臣虽被发旁徼,才非时俊,谬经河右遗黎,推为盟主,臣之先人,世荷恩宠,虽历夷险,执义不回,倾首朝阳,乃心王室。近由益州刺史朱龄石,遣使诣臣,始具朝廷休问。承车骑将军刘裕,秣马挥戈,以中原为事,可谓天赞大晋,笃生英辅。彼亦唯知一裕。臣闻少康之兴大夏,光武之复汉业,皆奋剑而起,众无一旅,犹能成配天之功,著《车攻》之咏。陛下据全楚之地,拥荆扬之锐,宁可垂拱晏然,弃二京以资戎虏乎?若六军北轸,克复有期,臣愿率河西诸戎,为晋右翼,效力前驱,橐鞬待命!

看官听说!这时候的沮渠蒙逊已夺了南凉的姑臧城,从张掖徙都姑臧,自称河西王,改元玄始,差不多与吕光一律了。原来南北二凉,互相仇敌,争战不休。迭见前文。南凉王秃发傉檀,背秦僭位,称妻折掘氏为王后,子虎台为太子,也设置臣僚,封拜百官。应九十五回。且遣左将军枯木,与驸马都尉胡康等,往侵北凉,掠去临松人民千余家。北凉怎肯干休?由蒙逊亲率骑士,称戈报怨,突入南凉的显美境内,大掠而去。南凉太尉俱延,引兵追蹑,被蒙逊回军奋击,大败遁还。于是傉檀也征兵五万,往攻蒙逊。左仆射赵晁,及太史令景保谏阻道:"近年天文错乱,风雨不时,陛下惟修德责躬,方可晋吉,不宜再动干戈。"傉檀勃然道:"蒙逊不道,入我封畿,掠我边疆,残我禾稼,我若不再征,如何保国?今大军已集,卿等反出言沮众,究出何意?"谁叫你先去害人?景保道:"陛下令臣主察天文,臣若见事不言,便负陛下。今天象显然动必失利。"傉檀道:"我挟轻骑五万,亲征蒙逊,可战可守,有甚么不利呢?"景保还要强谏,惹得傉檀性起,锁保随军,且与语道:"有功当斩汝徇众,无功当封汝百户侯。"当下亲自出马,引众直趋穷泉。

蒙逊当然出拒,两下相见,北凉兵非常厉害,杀得南凉人仰马翻,纷纷逃溃。傉檀亦单骑奔还,只有量保锁着,不能自由行走,致被北凉兵擒去,推至蒙逊面前。蒙逊面责道:"卿既识天文,为何违天犯顺,自取羁辱?"保答道:"臣非不谏,谏不肯从,亦属无益。"蒙逊道:"昔汉高祖免厄平城,赏及娄敬;袁绍败溃官渡,戮及田丰。卿谋同二子,可惜遇主不同,卿若有娄敬的功赏,我当放卿回去,但恐不免为田丰呢。"保又道:"寡君虽才非汉祖,却与袁本初不同,臣本不望封侯,亦不至虑祸呢。释还与否,悉听明断便了。"蒙逊乃放归景保。保还至姑臧,傉檀引谢道:"卿为孤蓍龟,孤不能从,咎实在孤,孤今当从卿了。"乃封保为安亭侯。已经迟了。

蒙逊进围姑臧,城内大骇,民多惊散。傉檀亦非常着急,只得遣使请和,遣子他及司隶校尉敬归,入质蒙逊。蒙逊乃引兵退去。归至胡坑,乘间逃还,他亦走了里许,仍被追兵拘住,将他械归。傉檀恐蒙逊复至,不敢安居,竟率亲党徙居乐都,但留大司农成公绪守姑臧。甫出城门,魏安人焦谌、王侯等闭门作乱,收合三千余家,占据南城,推焦朗为大都督,自称凉州刺史,通款蒙逊。蒙逊复进兵姑臧,焦朗未悉谌谋,纠众守城,偏偏谌为内应,潜开城门,迎纳蒙逊。朗不及出奔,束手受擒。还算蒙逊大开恩典,把朗赦免,再移兵往取北城。成公绪早已遁去,姑臧城遂全属蒙逊了。傉檀轻弃姑臧,原是失策,但易得易失,亦理所固然。蒙逊令弟挐为秦州刺史,居守姑臧,自率兵进攻乐都。

傉檀迁居未久,闻得蒙逊兵至,慌忙勒兵登陴,日夕守御。蒙逊相持匝月,尚幸全城无恙,惟守卒已死了多人,总觉岌岌可危,不得已再与讲和。蒙逊索傉檀宠子为质,傉檀不肯遽许,旋经群臣固请,才令爱子安周出质,蒙逊

第九十八回　南凉王愎谏致亡　西秦后败谋殉难

乃去。过了数月，傉檀复欲往攻蒙逊，邯川护军孟恺进谏道："蒙逊方并姑臧，凶势方盛，不宜速攻，且保守境土为是。"傉檀急欲复仇，不听恺言，<u>忽惧忽忿，好似小儿模样</u>。遂分兵五路，同时俱进。到了番禾苕藋等地方，掠得人民五千余户，乃议班师。部将屈右入白道："陛下转战千里，已属过劳，今既得利，亟宜倍道还师，速度险陁。蒙逊素善用兵，士众习战，若轻军猝至，出我意外，强敌外逼，徙户内叛，岂不危甚？"道言方绝，卫将伊力延接口道："彼步我骑，势不相及，若倍道急归，必致捐弃资财，示人以弱，这难道是良策么？"屈右出语诸弟道："我言不用，岂非天命？恐我兄弟将不能生还了。"傉檀徐徐退还，途次忽遇风雨，阴雾四塞。那蒙逊兵果然大至，喊声四震，吓得南凉兵魂不附体，没路飞跑。傉檀亦即返奔，弃去辎重，狼狈走还。蒙逊追至乐都，四面围攻，傉檀又送出一个质子染干，方得令蒙逊回军。<u>亏得多男。</u>

是时，西秦王乞伏乾归，叛秦独立。<u>见九十五回。</u>乃号妻边氏为王后，子炽磐为太子，兼督中外诸军，录尚书事。屡寇秦境，陷入金城、略阳、南安、陇西诸郡。秦主姚兴，不遑西讨，只好遣吏招抚，曲为周旋。乾归方欲图南凉，乃与秦修和，送还所掠守宰，答书谢罪。兴更册拜乾归为征西大将军、河州牧、大单于、河南王，都督陇西岭北匈奴杂胡诸军事，炽磐为镇西将军、左贤王、平昌公。乾归父子受了秦命，送遣炽磐及次子审虔，带领步骑万人，往攻南凉，击败南凉太子虎台，掠得牛马十余万匹而还。未几，复与秦背约，寇掠略阳、南平，徙民数千户至谭郊。令子审虔率众二万，赴谭郊筑城。筑就后又复迁都，但命炽磐留镇苑川。

从子乞伏公府，系国仁子，年已长成，自恨前时不得嗣立，深怨乾归。<u>公府事见前文。</u>会乾归出畋五溪，有枭鸟飞集手上，忙即拂去，心中不能无嫌，惟未曾料及隐患。是夕，宿居猎苑，被公府招引徒党，突入寝处，刺死乾归。因恐炽磐往讨，走保大夏。炽磐闻变，立命弟智达木奕于等，引兵讨逆，留骁骑将军娄机镇苑川，自帅将佐至枹罕城。已而智达击败大夏，追公府至峡山，把他擒住，并获公府四子，解至谭郊，车裂以徇。炽磐遂自称大将军河南王，改元永康，迎回乾归遗枢，安葬枹罕，追谥为武元王，号称高祖。署翟勃为相国，麹景为御史大夫，段晖为中尉；当即兴兵四出，攻讨吐谷浑诸胡，先后俘得男女二万八千人。越二年余，有五色云出现南山，炽磐目为符瑞，喜语群臣道："我今年应得大庆，王业告成了。"嗣是缮甲整兵，专待四方衅隙。适南凉王傉檀，西讨乙弗，炽磐拔剑奋起道："平定南凉，在此一行了。"当下征兵二万，克日起行。

那傉檀连年被兵，损失不资，国威顿挫。唾契汗乙弗，向居吐谷浑西北，臣事南凉，至是亦叛。因此傉檀定议西征。邯川护军孟恺又进谏道："连年饥馑,百姓未安,炽磐、蒙逊,屡来侵扰,就使远征得克,后患必深,计不如与炽磐结盟,通籴济难,足食缮兵,相时乃动,方保万全。"傉檀不从,使太子虎台居守,预约一月必还,倍道西去,大破乙弗,掳得马牛羊四十余万头,饱载归来。哪知乐极悲生,福兮祸倚,中途遇着安西将军樊尼,报称:"乐都失守,王后太子,俱已陷没了。"傉檀听到此耗,险些儿晕了过去,勉强按定了神,问明情形,才知为炽磐所掩袭。乐都城内的兵民,仓猝奔溃,虎台不及出奔,遂致被掳,妻妾等统是怯弱,当然不能脱身了。傉檀踌躇多时,复号众与语道:"今乐都为炽磐所陷,男夫多死,妇女赏军,我等退无所归,只好再行西掠,尽取乙弗资财,还赎妻子罢。"说着,又麾众西进。偏将士俱思东归,多半逃还。傉檀遣镇北将军段苟往追,苟亦不返。俄而将佐皆散,惟安西将军樊尼,中军将军纥勃,后军将军洛肱,散骑常侍阴利鹿,尚是随着。傉檀泣叹道:"蒙逊、炽磐,从前俱向我称藩,今我若穷蹙往降,岂不可耻?但四海虽广,无可容身,与其聚而同死,不若分而或生。樊尼系我兄子,宗祧所寄,我众在北,尚不下二万户,可以往依。蒙逊方招怀远迩,不致寻仇,纥勃、洛肱,俱可同去。我已老了,无地自容,宁与妻子同死罢。"言若甚悲,实由自取。樊尼与纥勃、洛肱,依言别去。傉檀掉头东行,随从只阴利鹿一人,因凄然顾语道:"我亲属皆散,卿何故独留?"利鹿道:"臣家有老母,非不思归,但忠孝不能两全,臣既不能为陛下保国,难道尚敢相离么?"傉檀感叹道:"知人原是不易,大臣亲戚,统弃我自去,惟有卿终始不渝,卿非负我,我实愧卿。"说毕,泪下如雨。利鹿亦泣慰数语,乃再相偕同行。

途次探得炽磐已归,留部将谦屯都督河右,镇守乐都,又任秃发赴单为西平太守,镇守西平。赴单系乌孤子,为傉檀侄。傉檀得此援系,当即往投。赴单已臣事西秦,自然报达炽磐。炽磐从前入质南凉,利鹿孤尝给宗女为妻,后来炽磐奔还,傉檀曾将炽磐女送归。及炽磐攻入乐都,掳得傉檀季女,见她艳丽动人,遂逼令侍寝。为此两道姻谊,所以遣使往迎傉檀,待若上宾,令为骠骑大将军,封左南公。就是虎台被他带归,亦优礼相待。傉檀乃遣阴利鹿归省,利鹿方去。

自从乐都失陷,南凉各城,尽归炽磐,惟浩亹守将尉贤政,固守不下。炽磐遣人招谕道:"乐都已溃,卿妻子都在我处,何不早降?"贤政答道:"主上存亡,尚未探悉,所以不敢归命。若顾恋妻子,便忘故主,试问大王亦何用此臣?"去使还报炽磐。炽磐再使虎台赍去手书,往招贤政。贤政见了虎台,便正色道:"汝为储副,不能尽节,弃父忘君,自堕基业,贤政义士,岂肯效汝么?"虎台怀惭而去。及傉檀受爵左南,才举城归附后秦。<small>与阴利鹿志趣相同,犹为彼善于此。</small>炽磐既并吞南凉,遂自称秦王,立傉檀女秃发氏为王后,前妻

第九十八回　南凉王愎谏致亡　西秦后败谋殉难

秃发氏为左夫人。重后轻前,亦属非是。旋恐傉檀尚存,终为后患,竟遣人赍了鸩毒,往毒傉檀。傉檀一饮而尽,俄而毒发,痛不可当,左右请亟服解药,傉檀瞑目道:"我病岂尚宜疗治么?"言讫即毙。年终五十一,在位十三年。南凉自秃发乌孤立国,兄弟相传,共历三主,凡十有九年而亡。

傉檀子保周破羌,利鹿孤孙副周,乌孤孙承钵,皆奔往北凉,转入北魏。魏并授公爵,且赐破羌姓名,叫作源贺,后来为北魏功臣。就是傉檀兄子樊尼,亦入魏授官,不遑细叙。惟虎台仍在西秦,北凉王沮渠蒙逊,遣人引诱虎台,许给番禾、西安二郡,且愿借兵士,使报父仇。虎台恰也承认,阴与定约。偏被炽磐闻知,召入宫廷,不令外出,但表面上还不露声色,待遇如初。炽磐后秃发氏,与虎台为兄妹,起初是无法解脱,只好勉侍炽磐,佯作欢笑,及得立为后,历承恩宠,心中总不忘君父,自恨身为女流,无从报复。可巧乃兄召入,尝得相见,遂觑隙与语道:"秦与我有大仇,不过因婚媾相关,虚与应酬,试想先王死于非命,遗言不愿疗治,无非为保全子女起见,我与兄既为人子,怎可长事仇雠,不思报复呢?"虽含有烈性,究竟自己被污,也不免迟了一着。虎台点首退出,密与前时部将越质、洛城等设谋,阴图炽磐。不料宫中却有一个奸细,本是秃发氏遗胄,偏他甘心事房,反噬虎台兄妹,这叫丧尽天良,可叹可恨呢!

看官道是何人?便是炽磐左夫人秃发氏。她自傉檀女入宫得宠,已怀妒意,又平白地失去后位,反使后来居上,越觉愤愤不平,但面上却毫不流露,佯与王后相亲,很是投机。秃发后仍以姊妹相呼,误信她为同宗一派,当无异心,所以有时晤谈,免不得将报仇意计,漏说数语。她便假意赞成,盘问底细,得悉她兄妹隐情,竟去报知炽磐。炽磐不听犹可,听了密报,自然怒起,立把王后兄妹,及越质、洛城等人,一并处死。自是左夫人秃发氏,得快私愤,复沐专宠了。惟炽磐元妃早殁,遗下数男,次子叫做慕末,由炽磐立为太子。慕末弟轲殊罗,亦为前妻所出。后来炽磐身死,慕末继立,秃发左夫人做了寡妇,不耐嫠居,竟与轲殊罗私通,谋杀慕末。慕末闻知,鞭责轲殊罗,赦他一死,独勒令秃发氏自尽,事在刘宋元嘉六年,乃是东晋后事。小子因她妒悍淫昏,终遭恶报,所以特别提出,留作榜样。奉劝后世妇女,切莫效此丑恶事呢。是有心人吐属。因随笔凑成一诗道:

　　一门姊妹不相侔,谗杀同宗甘事仇。
　　待到后来仍自尽,何如死义足千秋。

西秦方盛,后秦却已垂亡,欲知详情,试看下回分解。

秃发傉檀,北见侵于蒙逊,东受迫于炽磐,其危亡也必矣。然使听孟恺之言,和东拒北,尚不至于遽亡,乃人方眈伺,彼尚逞兵,乙弗不必讨而讨之,乐都不可忽而忽之,卒至众叛亲离,束手降房,举先人之基业,让诸他人,寻且服鸩自毙,嗟何及哉! 僞檀女为西秦后,冀復父仇,谋泄而死。一介妇人,独有亢宗之想,计虽不成,志足悲也。彼左夫人亦秃发氏女,何忘仇无耻若是? 同一巾帼,判若径庭,然则秃发后其可不传乎? 特笔以表明之,所以补《晋书》之阙云。

第九十九回　入荆州驱除异党
　　　　　　　夺长安翦灭后秦

却说秦主姚兴嗣位后,曾立昭仪张氏为后,长子泓为太子,余子懿、弼、洸、宣、谌、愔、璞、质、逵、裕、国儿等,皆封公爵。弼受封广平公,素性阴狡,潜谋夺嫡,外面却装作孝谨,深得父宠,出为雍州刺史,权镇安定。降臣姜纪,曾叛凉归秦,依弼麾下,劝弼结兴左右,自求入朝。弼如言施行,果得兴诏,征为尚书侍中大将军,得参朝政。嗣是引纳朝士,勾结党羽,势倾东宫,为国人所侧目。左将军姚文宗,与东宫常相往来,很是亲昵。弼因之加忌,诬称文宗怨望,嘱使侍御史廉桃生为证人。兴不察虚实,竟将文宗赐死,群臣益复畏弼,不敢多言。溺爱不明,适足致乱。弼令私人尹冲为给事黄门郎,唐盛为治书侍御史,伺察机密,监制朝廷。右仆射梁喜,侍中任谦,京兆尹尹昭,不忍坐视,乘间白兴道:"家庭父子,人所难言,但君臣恩义,与父子相同,臣等理不容默,故敢直陈。广平公弼势倾朝野,意在夺嫡,陛下反假他威权,任所欲为,时论皆言陛下有废立意,果有此事,臣等宁死不敢奉诏。"兴愕然道:"哪有此事?"喜等复道:"陛下既无此事,爱弼反致祸弼,应亟加裁制,方免他忧。"兴默然不答,喜等只好趋退。大司农窦温,司徒左长史王弼,为弼说情,劝兴改立弼为太子。兴虽然不允,亦未尝驳责,益令朝右生疑,但不过腹诽心议罢了。

未几,兴遇重疾,太子泓入侍,弼谋作乱,潜集党羽数千人,披甲为备,拟俟兴死后,杀泓自立。兴子裕侦悉弼谋,遣使四出,飞告诸兄。于是上庸公懿治兵蒲坂,陈留公洸治兵洛阳,平原公谌治兵雍州,俱欲入赴长安,会师讨弼。尚幸兴病渐愈,弼谋不得遂。征房将军刘羌,乘兴升殿,泣告前情。兴慨然道:"朕过庭无训,使诸子不睦,负惭四海,今愿卿等各陈所见,俾安社稷。"京兆尹尹昭复请诛弼,右仆射梁喜,亦如昭议,惟兴始终不忍,但免弼尚书令,使以将军公就第。懿、洸、谌闻兴已瘳,各罢兵还镇。已而懿、洸、谌及长乐公宣,联翩入朝,使弟裕先入报兴,求陈时事。兴怫然道:"汝等无非论弼得失,

第九十九回 入荆州驱除异党 夺长安翦灭后秦

我已尽知,不烦进言了。"裕答道:"弼果有过,陛下亦宜垂听,若懿等妄言,尽可加罪,奈何不令入见呢?"兴乃就谘议堂引见诸子。宣流涕极陈弼罪,兴徐嘱道:"我自当处弼,何必汝等加忧?"宣始趋出。抚军东曹属姜虬疏请黜弼,兴将虬疏取示梁喜,喜复请早决,兴仍然不从,蹉跎过去,又越年余。

晋荆州刺史司马休之,据住江陵,雍州刺史鲁宗之,据住襄阳,与太尉刘裕相争,因驰书入关,乞发援兵。秦主兴遣将姚成王、司马国璠等,率八千骑赴援,指日出发。究竟休之、宗之,何故与裕失和?说来又是一番原因。休之出镇江陵,颇得民心。子文思过继谯王,留居建康,豪暴粗疏,为太尉裕所嫉视。有司希旨,阴伺文思过失,适文思捶杀小吏,正好据事纠弹。有诏诛文思党羽,本身贷死。裕将文思送给休之,令自训厉,意欲休之将子处死。休之但表废文思,并寄裕书,陈谢中寓讥讽意。裕因之不悦,特使江州刺史孟怀玉,兼督豫州六郡,监制休之。翌年,又收休之次子文质,从子文祖,并皆赐死,一面声讨休之,即加裕黄钺,领荆州刺史,起兵西行。裕令弟中军将军刘道怜监留府事,进刘穆之兼左仆射,佐助道怜,自己好放心前去。休之闻报,忙邀雍州刺史鲁宗之,及宗之子竟陵太守鲁轨,合拒裕军。裕使参军檀道济、朱超石,率步骑出襄阳。江夏太守刘虔之,聚粮以待,偏被鲁轨暗袭虔之,把他击死。裕婿徐逵之,与别将蒯恩、沈渊子等,出江夏口,又堕入鲁轨的埋伏计。逵之、沈渊子阵亡,惟蒯恩得免。

裕连接败报,不由的怒气勃勃,麾军渡江,亲决胜负。休之也恐不能敌裕,因向后秦乞援。秦虽遣将为助,究因道途相隔,未能遽至。回应上文。休之子司马文思,与宗之子鲁轨,合兵四万,夹江扼守,列阵峭岸,高约数丈。裕舟近岸,将士见了峭壁,不敢上登。裕披甲出船,自欲跃上,诸将苦谏不从。主簿谢晦,把裕掖住,气得裕瞋目扬须,拔剑指晦道:"我当斩汝!"晦答道:"天下可无晦,不可无公。"有何用处?不过留他篡晋呢。将军胡藩,忙趋出裕前,用刀头挖穿岸上,可容足趾,便蹑迹登岸。将士亦陆续随上,向前力战。文思与轨,稍稍却退。转瞬间,裕亦上岸,麾军大进,顿将文思等击退,直指江陵。休之、宗之,闻裕军锐甚,无心固守,亦弃城北遁。惟轨退保石城,裕令阆中侯赵伦之、参军沈林子攻轨,另遣武陵内史王镇恶领着舟师,追蹑休之、宗之。休之在途中收集败军,拟援石城,不意石城已被攻破。轨独狼狈奔来,乃相偕奔往襄阳。襄阳参军李应之闭门不纳,休之等只好奔往后秦。行至南阳,正遇秦将姚成王等前来,彼此谈及,知荆雍已被裕军夺去,不如同入长安,再作后图,乃相引入关去了。

休之有亲属司马道赐,为青冀二州刺史刘敬宣参军,密拟起应休之,与裨将王猛子等合谋,竟将敬宣刺毙。敬宣府吏当即召众戡乱,捕斩道赐、猛子,青冀二州，仍然平定。裕饬诸军还营，奏凯入朝。廷旨加裕太傅扬州牧，剑履上殿，入朝不趋，赞拜不名。裕表辞太傅州牧，其余受命。是年，又命裕都督二十二州军事。越年，再任裕为中外大都督。裕闻后秦乱起，骨肉相残，已有亡征，乃说他援纳叛党，决计西讨；当下敕令戒严，准备启行。

自从秦主兴收纳休之，命为镇军将军，领扬州刺史，使他侵扰荆襄，且欲调兵接应。无如诸子相争，国内不安，天灾地变，复随时告警，忽而大旱，忽而水竭，忽而白虹贯日，忽而荧惑出东井，童谣讹言，哗传不息。兴亦未免怀忧，乃不遑出师。再越一年，已是秦主兴的末年了。正月元旦，兴御太极前殿，朝会群臣，礼毕退朝，群臣忽闻有哭泣声，仔细一查，乃是沙门贺僧。贺僧能言未来吉凶，为兴所敬礼，所以宴会时尝得列席。此次退朝哭泣，大众不免疑问，他且默然自去。尽在不言中。兴哪里知晓，北与拓跋魏和亲，特遣女西平公主，嫁与拓跋嗣为夫人，南使鲁宗之父子，寇晋襄阳。宗之道死，由鲁轨引兵独行，为晋雍州刺史赵伦之击退。兴自出华阴，调兵南下，不意旧疾复发，没奈何趋还长安。太子泓留守西宫，意欲出迎，宫臣进谏道："主上有疾，奸臣在侧，殿下今出，进不得见主上，退且有不测奇祸，不如勿迎。"泓蹙然道："臣子闻君父疾笃，尚可不急往迎谒么？"宫臣答道："保身保国，方为大孝，怎可徒拘小节呢？"泓乃不敢出郊，但在黄龙门下，迎兴入宫。时黄门侍郎尹冲，果欲因泓出迎，刺泓立弼，偏偏计不得遂，只好罢议。

尚书姚沙弥，为冲画策，拟迎兴入弼第。冲因兴生死未卜，欲随兴入宫作乱，故不用沙弥言。兴既入宫，命太子泓录尚书事，且召入东平公姚绍，使与右卫将军胡翼度，典兵禁中，防制内外。且遣殿中上将军敛曼嵬，往收弼第中甲仗，纳诸武库。未几，兴疾益剧，有妹南安长公主，入内问疾，兴不能答，于是阖宫仓皇，群谓兴死在目前。兴少子耕儿，出告兄南阳公愔道："主上已崩，请速决计！"愔闻言即出，号召党羽尹冲、姚武伯等，率甲士攻端门。敛曼嵬勒兵拒战，胡翼度率禁兵闭守四门，愔等不得突入，索性在端门外面，放起火来，那时宫内臣妾，见外面火光烛天，当然骇噪。秦主兴耳目尚聪，力疾起问，才得乱报，便令侍臣扶掖出殿，传旨收弼，立即赐死。何若先事预防，或可免此惨剧。禁兵见兴出临，无不喜跃，争往击愔。愔败奔骊山，愔党建康公吕隆即后凉亡国主。奔雍，尹冲及弟泓奔晋，秦宫少定。兴已弥留，亟召姚绍、姚赞、梁喜、尹昭、敛曼嵬等，并入内寝，受遗诏辅政，越日兴殂。泓秘不发丧，便遣将捕诛南阳公愔及吕隆等人，然后发丧。追谥兴为文桓皇帝，总计兴在位二十二年，寿终五十一岁。

泓乃嗣位，改元永和。北地太守毛雍，起兵叛泓，泓命东平公绍往讨，将雍擒斩。长乐公宣，未知雍败，遣将姚佛生等，入卫长安。佛生既行，宣参军

第九十九回　入荆州驱除异党　夺长安翦灭后秦

韦宗好乱,劝宣乘势自立,宣竟为所误,也即发难。再由东平公绍移军往击,大破宣兵。宣诣绍归罪,为绍所杀。既而西秦王炽磐,仇池公杨盛,夏主勃勃,先后交侵,秦土日蹙。再经晋刘裕引着大军,得步进步,姚氏宗祧,从此要灭亡了。

　　刘裕既兴兵讨秦,加领征西将军,兼司豫二州刺史。世子义符为中军将军,留监府事。左仆射刘穆之,领监军中军二府军司,入居东府,总摄内外。司马徐羡之为副,左将军朱龄石守卫殿省,徐州刺史刘怀慎守卫京师。部署既定,然后西讨军出都,分作数路。龙骧将军王镇恶,冠军将军檀道济,自淮、沔向许洛;新野太守朱超石,宁朔将军胡藩趋阳城;振武将军沈田子,建威将军傅弘之入武关;建武将军沈林子,彭城内史刘遵考,率水军出石门,自汴达河;又命冀州刺史王仲德为征虏将军,督领前锋,开钜野入河。刘穆之语镇恶道:"刘公委卿伐秦,卿宜努力!"镇恶道:"我若不克关中,誓不复渡江。"当下各路出发,陆续西进。裕亦徐出彭城,连接前军捷报。王镇恶收服漆邱,檀道济降项城,拔新蔡,下许昌,沈林子克仓垣,王仲德亦入滑台,好算是势如破竹,先声夺人了。

　　惟滑台系是魏地,守将尉建、骤见晋军到来,不明虚实,便即遁去。魏主拓跋嗣闻报,即遣部将叔孙建、公孙表等,引兵渡河。途遇尉建返奔,就将他缚住,押往滑台城下,一刀斩首,投尸河中。随即问城上晋兵,责他何故入犯?仲德使司马竺和之答语道:"刘太尉遣王征虏将军,自河入洛,清扫山陵,并未敢侵掠魏境,不过魏将弃城自去,王征虏暂借空城,休息兵士,缓日即当西去,便将原城奉还。"不假道而入城,究属牵强。叔孙建不便启衅,使人飞报魏主。魏主嗣又令建致书刘裕,裕婉词答复道:"洛阳系我朝旧都,山陵具在,今为西羌所掠,几至陵寝成墟,且我朝叛犯,均由羌人收纳,使为我患,我朝因此西讨,假道贵国,想贵国好恶从同,定无违言。滑台一军,便当令彼西引,断不久留。"这一席话,答将过去,魏人倒也无词可驳,只好按兵待着,俟仲德他去,收复滑台。

　　那晋将檀道济,进拔秦阳、荥阳二城,直抵成皋。秦征南将军姚洸,屯戍洛阳,急向关中乞援。秦主泓遣武卫将军姚益男,越骑校尉阎生,合兵万三千人,往救洛阳。又令并州牧姚懿,南屯陕津,作为声援。姚益男等尚未到洛,晋军已降服成皋,进攻柏谷。秦宁朔将军赵玄,劝洸据险固守,静待援师,怎知司马姚禹,已暗通晋军,但请洸发兵出战。洸即令赵玄,领兵千余,出堵柏谷坞,广武将军石无讳,出守巩城。玄临行时,泣语洸道:"玄受三帝重恩,理当效死。但公误信奸人,必贻后悔。"说毕,即与司马骞鉴,驰往柏谷,正值晋军攻入,便与交锋。晋军越来越多,玄兵只有千余,又无后继,如何拦截得住?

玄拚命冲入，身中十余创，力不能支，据地大呼。司马骞鉴抱玄泣下，玄凄声道："我死此地，君宜速去。"鉴泣答道："将军不济，鉴将何往？"遂相偕战死。不愧为姚氏忠臣。无讳至石阙奔还，姚禹逾城降晋。晋军直逼洛阳，四面围攻。姚洸待援不至，只好出降。檀道济俘得秦兵四千余名，或劝他悉加诛戮，封作京观。道济道："伐罪吊民，正在今日，怎得多杀哩？"是极。因皆释缚遣归，入城安民，秦人大悦。

姚益男等闻洛阳失陷，不敢再进，折回关中。刘裕使冠军将军毛修之往镇洛阳，再饬道济等前进。适西秦王炽磐，遣使诣裕，愿击秦自效。裕即表封炽磐为平西将军河南公，自引水军发彭城，接应前军。秦主泓方惶急得很，不防并州牧姚懿，到了陕津，误听司马孙畅计议，意图篡立，反倒戈还攻长安。秦主急遣东平公姚绍等，引兵击懿。懿败被擒，孙畅伏诛。接连是征北将军齐公姚恢，复自称大都督，托言入清君侧，自北雍州还趋长安，再由姚绍移军攻恢，恢方败死。懿为泓弟，恢为泓叔，不思共救国危，反相继谋逆，真是姚氏气数。姚绍得进封鲁公，升官太宰，都督中外诸军事，率同武卫将军姚鸾等，拥兵五万，东援潼关。别遣副将姚驴守蒲坂。晋将王镇恶入渑池，进薄潼关，檀道济、沈林子，自陕北渡河，进攻蒲坂。蒲坂城坚难下，林子谓不若会同镇恶，合攻潼关。道济依议，便与林子回军，共至潼关下寨。姚绍开关搦战，被道济等纵兵奋击，丧亡千人，不得已退保定城，据险固守；再令姚鸾出击晋军粮道，偏为晋将沈林了所料，黄夜袭鸾，把鸾击毙。绍又使东平公姚赞，截晋水军，亦被沈林子击败，奔回定城。

秦主泓连接败报，仓皇失措，只好向魏乞援。晋刘裕泝河西上，亦使人向魏借道。魏主拓跋嗣集众会议，多说秦魏方通婚媾，理应拒晋援秦。秦女西平公主为魏夫人事，见上文。独博士祭酒崔浩，谓："秦已垂亡，往救无益，不如假裕水道，听他西上，然后发兵堵塞东路。裕若胜秦，必感我惠，否则我亦有救秦的美名，这乃是一举两得的上计。"拓跋嗣不能无疑，再经宫内的拓跋夫人，劝嗣拒晋，嗣乃遣司徒长孙嵩等屯兵河北，遏住裕军。裕引军入河，魏兵随裕西行。裕遣亲兵队长丁旿，率勇士七百人，坚车百乘，登岸列阵；再命朱超石领着弓弩手二千，登车环射魏兵，且射且进；再用大锤短槊，左右猛击，连毙魏兵无数。魏兵大溃，魏将阿薄干阵亡，裕军遂安然向西去了。

魏主嗣始悔不听崔浩，再与浩商议军情，欲截裕军归路。浩答道："裕能得秦，不能守秦，将来关中终为我有，何必目前劳兵？臣尝私论近世将相，王猛佐秦，乃是苻坚的管仲，慕容恪辅燕，乃是慕容晄的霍光，刘裕相晋，乃是司马德宗的曹操，彼欲立功震世，篡代晋室，岂肯长留关中么？"料事如神。嗣乃大喜，不再出兵。晋将王镇恶，久驻潼关，粮食将尽，意欲弃去辎重，还赴大军。沈林子拔剑击案道："今许洛已定,关右将平,前锋为全军耳目,奈何自沮锐气,功败垂成呢?"镇恶乃自至弘农,晓谕百姓,劝送义租,百姓应命输粮,军食复振。林子复击破河北秦军,斩秦将姚洽、姚墨、蠚唐小方。姚绍愧愤成疾,呕血而亡。秦兵失了姚绍,越加惊心,无心战守。晋将沈田子、傅弘之等,领着偏师千余骑,袭破武关,进屯青泥。秦主泓率众数万,前来抵御。弘之欲退,田子独慷慨誓众,鼓噪奋进。姚泓素未经大战,蓦见晋军各执短刀,冒死冲来,好似虎狼一般,不由的惊心动魄,急忙返奔。余众当然披靡,统皆溃散,所有乘舆麾盖,抛弃殆尽。沈林子恐田子有失,亟往驰救,见秦主已经败去,便相偕追入,再加刘裕到了潼关,令王镇恶自河入渭,亟捣长安。裕军继进,斩姚强,走姚难,直达渭桥。姚丕扼守渭桥,由镇恶舍舟登岸,身先士卒,大破丕军。姚泓引兵援丕,反被丕败卒还冲,自相践踏,不战即溃。泓匹马奔还,镇恶追入平朔门,长安已破,急得泓不知所为,挈妻子奔往石桥。姚赞还救姚泓,众皆散去,胡翼度走降晋军。泓无法可施,只得输款乞降。后秦自姚苌僭号,共历三世,凡三十二年而亡。小子有诗叹道:

<blockquote>
霸踞关中卅二年,如何豆釜竟相煎!
内忧外侮侵寻日,莫怪姚宗不再延。
</blockquote>

姚泓出降,独有一幼子涕泣谏阻,坠城殉国。欲知详情,下文还有一回,请看官仔细看明。

司马休之,晋宗室之强者也。刘裕既杀刘毅与诸葛长民,宁能再容休之?其所由使镇荆州者,亦一调虎离山之秘计耳。文思有罪,废之可也,乃必送交休之,令其处死,是明知休之之不忍杀子,可声罪以讨之。休之不能敌裕,卒致兵败西走,而鲁宗之父子,亦随与同行,裕之驱除异己,从此垂尽矣。后秦主姚兴父子,其恶皆不若姚苌,兴得幸免,泓竟速亡,祸实由苌贻之。内有诸子之相争,外有强邻之相逼,虽曰人事,亦由天道。如姚苌之狡鸷,犹得传祚三世,不可谓非幸事。姚泓以仁孝闻,卒致失国陨身,乃知凶人之必归无后也。

第一百回　招寇乱秦关再失
迫禅位晋祚永终

却说姚泓幼子佛念,年才十二,他料乃父出降,未足自全,因涕泣语泓道:"陛下今虽降晋,亦必不免,还不如自裁为是。"泓怃然不应。佛念竟自登宫墙，跃坠下地，脑破身亡。倒是一个国殇。泓率妻子及群臣诣镇恶营前乞降，镇恶命属吏收管，待刘裕入城处置，一面出示抚慰，严申军令，阖城粗安。既而闻裕到来，出迎灞上，裕面加慰劳道："成我霸业，卿为首功。"镇恶再拜道："威出明公，力出诸将，镇恶何功足录呢？"裕笑道："卿亦欲学汉冯异么？"说着，即偕镇恶入城，收秦仪器法物，送往建康，外如金帛珍宝，分赏将士。秦平原公姚璞，及并州刺史尹昭，以蒲坂降。东平公姚赞，亦率宗族百余人投降。裕尽令处斩，且解送姚泓入都，枭首市曹，年才三十。司马休之父子及鲁轨，已见机先遁，逃入北魏，裕无法追捕，只好罢休。

晋廷遣琅琊王德文，暨司空王恢之，并至洛阳，修谒五陵。裕欲表请迁洛，谘议将军王仲德，谓："劳师日久，士卒思归，迁都事未可骤行。"裕乃罢议，惟暗嘱行营长史王弘，入朝讽请，加九锡礼。有诏进裕为相国，总掌百揆，封十郡为宋公，兼加九锡。裕反佯辞不受。请之而复辞之，全是狡诈。寻又封裕为王，裕仍表辞。时夏主勃勃雄踞朔方，就黑水南面筑一大城，作为夏都，自谓将统一天下，君临万邦，故名都城为统万城。又言祖宗误从母姓，实属不合，特改刘氏为赫连氏，取徽赫连天的意思。远族以铁伐为氏，谓刚锐如铁，并足伐人。无非杜撰。嗣是屡寇秦边，掠民突境。至闻刘裕伐秦，因笑语群臣道："姚泓本非裕敌，且兄弟内叛，怎能拒人？眼见是要灭亡了。但裕不能久留，必将南归，但使子弟及诸将居守，我正好进取关中呢。"遂秣马厉兵，进据安定。秦岭北郡县镇戍，皆降勃勃。

裕得此消息，亦知勃勃必进图关中，乃遣使赂勃勃书，约为兄弟。勃勃使侍郎皇甫徽，预草答书，一诵即熟，乃对着裕使，口授舍人，令他书就，即交裕使赍归。裕问悉情形，并展读复书，不禁愧叹，自谓勿如，也被勃勃所给么？因欲经略西北，为弭患计。偏由建康递到急报，乃是左仆射刘穆之得病身亡。裕恃穆之为腹心，府事统归他主裁，忽然病死，顿令裕内顾怀忧，当即决意东归，留次子义真为安西将军，都督雍梁秦州军事，镇守关中。义真年仅十三，特使谘议将军王修为长史，王镇恶为司马，沈田子、毛德祖、傅弘之为参军从事，留辅义真，自率诸军启行。既知勃勃为患，乃使幼子守秦，裕亦有此失策，令人不解！三秦父老，各诣军门泣阻道："残民不沾王化，已阅百年，今复得睹汉仪，人人相贺，长安十陵，是公祖墓，咸阳宫阙，是公旧宅，去此将何往呢？"裕祖乃汉高帝弟交，曾见前文，故秦民所言如此。裕只以受命朝廷，不得擅留为辞。且言："有次子义真及诸文武共守此土，可保无虞。"吾谁欺？欺天乎？秦民只好退去。王镇恶恃功贪恣，盗取库财，不可胜记。又与沈田子等不和，田子屡次白裕，谓："镇恶贪婪不法，且家住关中，不可保信。"裕终不问。至裕启程时，又与傅弘之同申前议，裕答道："猛兽不如群狐，卿等十余人，难道怕一王镇

第一百回 招寇乱秦关再失 迫禅位晋祚永终

恶么？"此语益错。语毕即行，自洛入河，开汴渠以归。

夏主勃勃，闻裕已东归，便召王买德问计，欲夺关中。买德道："关中为形胜地。裕乃令幼子居守，匆匆东返，无非欲急去篡晋，不暇顾及中原，一语窥破。我若不再取关中，尚待何时？青泥上洛，是南北险要，可先遣游军截住，再发兵东塞潼关，断他水陆要道，然后传檄三辅，兼施威德。区区义真，如网罟中物，自然手到擒来了。"勃勃大喜，遂命子赫连璝率兵二万，南向长安；前将军赫连昌，往屯潼关；使买德为抚军长史，出据青泥；自率大军继进。璝至渭阳，秦民多降。关中守将沈田子、傅弘之等，督兵出御，因闻夏兵势盛，不敢前进，但退守刘回堡，遣使还报刘义真。王镇恶语王修道："刘公以十岁儿付我侪，理当竭力匡辅，今大敌当前，拥兵不进，试问房何时得平？"说着，即遣还来使，自率部曲往援。田子得使人返报，益恨镇恶，随即造出一种讹言，谓："镇恶将自王关中，送归义真，杀尽南人。"军士闻言，当然惊惶。及镇恶到来，由田子邀入傅弘之营，诈称有密计相商，请屏左右。镇恶贸然径入，突被田子宗党沈敬仁一刀刺死，复矫称："刘太尉密令，谓镇恶系前秦王猛孙，反复难恃，所以加诛"云云。弘之本未与田子同谋，骤遭此变，急忙奔还长安，告知王修。修拥义真披甲登城，潜令军士埋伏城外，等到田子返报，即发伏拿下田子，责他擅杀大将，斩首徇众。当下命冠军将军毛修之，代为司马，与傅弘之同出拒战，连破夏兵。夏兵乃退。

王修遣人报知刘裕，裕表赠镇恶为左将军青州刺史，别遣彭城内史刘遵考为并州刺史，领河东太守，出镇蒲坂。征荆州刺史刘道怜为徐兖二州刺史，调徐州刺史刘义隆出镇荆州。义隆系裕第三子，年尚幼弱，辅以刘彦之、张邵、王昙首、王华等人。四方重镇，统用刘氏子弟扼守，刘裕心术，不问可知了。已而相国、宋公的荣封，及九锡殊礼，联翩下诏，裕居然受封。正要将篡立事下手进行，偏得关中警耗，乃是长安大乱，夏兵四逼，非但秦地难守，连爱子义真都命在须臾。裕不禁着忙，急遣辅国将军蒯恩率兵西往，召还义真，再派右司马朱龄石为雍州刺史，代镇关中。龄石临行，裕与语道："卿到长安，速与义真轻装出关，待至关外，方可徐行，若关右必不可守，即与义真俱归便了。"既知爱子，何必令守关中？龄石领命而去。裕又遣龄石弟超石，宣慰河洛，随后继进，才稍稍放下忧心。

哪知关中变乱，统是义真一人酿成。所谓成事不足，败事有余。义真年少好狎，赏赐无节，王修每加裁抑，为众小所嫉视，遂日进谗言，诬修谋反。义真不明曲直，便使嬖人刘乞等，刺杀王修，于是人情疑骇，无复固志。义真悉召外兵入卫，闭门拒守。这消息传入夏境，赫连勃勃即发兵南下，占据关中郡县，复自率亲军入踞咸阳，截断长安樵汲，长安大震。义真自然向裕乞援。到了蒯恩入关,促义真即日东归,偏义真左右志在子女玉帛,一时未肯动身。及龄石踵至,再三敦促,义真乃出发长安。部下趁势大掠,满载妇女珍宝,方轨徐行,傅弘之、蒯恩随着,一日只行十里。忽闻夏世子赫连璝,轻骑追来,弘之急白义真,劝他弃了辎重,赶紧出关。义真还不肯从。俄而夏兵大至,尘雾蔽天,弘之即令义真先行,自与蒯恩断后,且战且走。夏兵不肯舍去,尽管追蹑,累得傅、蒯两人,力战了好几日,杀得人困马乏,才到青泥。不料夏长史王买德,引兵截住,傅弘之、蒯恩,虽然死斗,究竟敌不住夏兵,结果是同被擒去。司马毛修之,也为买德所擒,单逃出一个义真。还是死的干净。义真见左右尽亡,避匿草中,幸遇中兵参军段宏,窃负而逃,又当夜色迷蒙,无人能辨,才得脱归。

夏主勃勃入攻长安,长安只有朱龄石居守,百姓不服龄石,把他撵逐。龄石焚去前朝宫殿,奔往潼关。弟超石奉令西行,亦入关探兄,兄弟方才相会,同入戍将王敬垒中。偏夏将赫连昌引众来攻,先截水道,后扑戍垒。垒中兵渴不能战,竟被陷入。龄石使超石速去,超石泣道:"人谁不死?宁忍今日别兄,自寻生路呢?"遂与敬等出斗,力竭负伤,统为所擒。勃勃遂入长安,据有关中。龄石兄弟,及王敬、傅弘之等,并皆不屈,均遭杀害。勃勃且积人头为京观,号为髑髅台,然后命在灞上筑坛,自称皇帝,改元昌武。寻复还居统万城,留世子赫连璝为雍州牧,镇守关中,号为南台,这且搁下不提。

且说刘裕闻长安失守,未知义真存亡,顿时怒不可遏,即欲兴兵北伐。侍中谢晦等固谏,尚未肯从,嗣得段宏启闻,知已救出义真,乃不复发兵,但登城北望,慨然流涕罢了。是岁为晋义熙十四年,即安帝二十二年。西凉公李歆,遣使至建康,报称父丧,且告嗣位。歆父就是李暠,自与北凉脱离关系,据有秦凉二州郡县,初称凉公,嗣称秦凉二州牧,应八十六回。改年建初,由敦煌迁都酒泉,一再奉表建康,词极恭顺。就是境内自治,亦注重文教,志在息民。惟北凉主沮渠蒙逊,屡往侵扰。暠每出防堵,互有胜负。在位十九年,年已六十七岁,得疾而亡。临殁时,遗命长史宋繇道:"我死后,我子与卿相同,望卿善为训导,勿负我心。"繇当然受命,嗣奉暠子歆为西凉公,领凉州牧,改元嘉兴,追谥暠为武昭王,尊暠继妻尹氏为太后。暠元配辛氏,贞顺有仪,中年去世,暠尝亲为作诔,并撰悼亡诗数十首。续配尹氏,本是扶风人马元正妻。元正早卒,尹乃改嫁,自恨再醮失节,三年不言,抚前妻子,恩过所生;及暠创业时,多所赞助,故当时有李尹王敦煌的谣传。尹氏排入《晋书·列女传》,故文不从略。歆既嗣位,进宋繇为武卫将军,录三府事。繇劝歆仍事晋室,尹太后语亦从同,所以歆遣使报晋。晋授歆为镇西大将军,封酒泉公。北凉王蒙逊,闻歆得邀封,也遣使向晋称藩。有诏授蒙逊为凉州刺史,惟此时颁发诏旨,已为琅

第一百回　招寇乱秦关再失　迫禅位晋祚永终

琅王德文所出,那晋安帝已被刘裕弑死了。

裕年逾六十,急欲篡晋,自娱晚年,尝查阅谶文云:"昌明后尚有二帝。"昌明即晋孝武帝表字,见前文。乃决拟弑主应谶,密嘱中书侍郎王韶之,贿通安帝左右,乘间弑帝。安帝原是傀儡,一切辅导,全仗弟琅王德文。德文自往洛阳谒陵后,便即还都,仍然日侍帝侧,不敢少离。韶之等无隙可乘,如何下手?会德文有疾,不得不回第调养,韶之趁势入宫,指挥内侍,竟用散衣作结,套住安帝颈中,生生勒毙。阅至此,令人发指。年止三十七岁,在位二十二年。韶之既已得手,便去报知刘裕,裕因托称安帝暴崩,且诈传遗诏,奉琅王德文嗣位,是为恭帝。越年正朔,改元元熙,立妃褚氏为皇后。后系义兴太守褚爽女,颇有贤名。可惜已成末代。恭帝因先兄未葬,一切典仪,概从节省。过了元宵,方将梓宫奉葬,追谥为安皇帝,一面加封百官,进刘裕为宋王。裕老实受封,移镇寿阳。嗣复讽令朝臣,再加殊礼,得用天子服驾,出警入跸,进母萧氏为王后,世子义符为太子。

好容易过了一年,裕在寿阳宴集群僚,伪言将奉还爵位,归老京师。僚属莫名其妙,只有一中书令傅亮,悉心揣摩,居然窥透裕意,到了席散出厅,复叩扉请见道:"臣暂应还都。"裕掀髯一笑,并无他言。贼心相照。亮便即辞去,仰见天空中现出长星,光芒四射,不禁抚髀长叹道:"我尝不信天文,今始知天道有凭了。"越宿,即驰赴都中。未几,即有诏命传出,征裕入辅。裕留四子义康镇寿阳,参军刘湛为辅,自率亲军匆匆启行。到了建康,傅亮已安排妥当,迫帝禅位,自具诏草,进呈恭帝,令他照稿誊录。恭帝顾语左右道:"桓玄时晋已失国,亏得刘公恢复,又复重延,到今将二十年。今日禅位,也是甘心。"说着,即强作欢颜,操笔书就,付与傅亮;眼中想已包含无数泪珠。复取出玺绶,交给光禄大夫谢澹、尚书刘宣范,赍送宋王刘裕;自挈皇后褚氏等,凄然出宫去了。当时,司马氏中,稍有才望的人物,或逐或死,已经垂尽,只司马楚之有万余人,屯据长社,司马文荣引乞活千余人,屯据金墉城南,乞活见前。司马道恭自东坦率三千人,屯据城西,司马顺明集五千人屯陵云台,彼此统是晋室遗胄,志在规复,但没有一定统领,好似散沙一般,如何成事?结果是被各处戍将,驱逐出境,同奔北魏去了。强弩之末,势不能穿鲁缟。宋王刘裕得了禅诏,表面上还三揖三让,佯作谦恭,那一班攀鳞附翼的臣僚,连番劝进,遂在南郊筑坛,祭告天地,即皇帝位,国号宋,颁诏大赦,改晋元熙二年为宋永初元年。废晋恭帝为零陵王,晋后褚氏为零陵王妃,徙居故秣陵县城,使冠军将军刘遵考率兵管束,东晋遂亡。更可恨的是狠心辣手的刘裕,暗想废主尚存,终是祸根,不如一律铲除,好免后患。自晋元熙二年六月受禅,到九月中,竟用毒酒一罂,命鸩零陵王司马德文。起初是遣琅郎中令张伟往鸩,伟竟取来自饮,毒发即亡。尚是一个晋氏忠臣,故特表出。后竟令兵士逾垣,再鸩德文。德文不肯饮鸩,竟被兵士用被掩死。可怜德文在位才及年余,便遭惨毙,年终三十六岁。宋主裕佯为举哀,辍朝三日,追谥曰恭。总计东晋自元帝至恭帝,共十一主,得一百零四年,若与西晋并合计算,共十五主,得一百五十六年。

至若刘宋开国,一切事实,具详《南北史演义》中,此书名为《两晋演义》,便应就此收场。惟东晋亡时,西凉亦亡。西凉主李歆,好兴土木,又尚严刑,累得人民不安,变异迭出。歆尚不知儆,从事中郎张显,切谏不从。北凉主蒙逊,乘隙图歆,佯引兵攻西秦,暗中却屯川岩,专待歆军。果然歆为彼所诱,拟乘虚往袭北凉。武卫将军宋繇等,苦口谏阻,终不见听,再经尹太后危词劝戒,仍然不从;遂将步骑三万人东行。中途被蒙逊邀击,一败涂地。或劝歆还保酒泉,歆慨然道:"我违母训,自取败辱,不杀此胡,有何面目再见我母呢?"当下收拾残兵,再战再败,竟为所杀。蒙逊遂进据酒泉,灭掉西凉。西凉自李暠独立,一传而亡,凡二主,共二十二年。只西凉母后尹氏,见了蒙逊,蒙逊却好言劝慰,尹氏正色道:"李氏为胡所灭,尚复何言?"蒙逊默然,仍令退去。或语尹氏道:"母子命悬人手,奈何倨傲若此?"尹氏道:"兴灭死生,乃是定数,但我一妇人,不能死国,难道尚怕加斧钺,求为他人臣妾么?若果杀我,我愿毕了。"蒙逊闻言,反加敬礼,娶尹氏女为子妇。后来尹氏自往伊吾,与诸孙同居,竟得寿终。特叙西凉之亡,全为尹氏一人。惟北凉沮渠蒙逊,传子牧犍,为魏所灭;西秦乞伏炽磐,传子慕末,为夏所灭。夏历二传,_{赫连冒赫连定}。北燕只一传,冯跋弟弘。先后入魏。就是仇池杨氏,亦被魏吞并,这都属刘宋时事,详载《南北史演义》,请看官另行取阅便了。_{交代清楚}。不过五胡十六国的兴亡,却有略表数行,录述如下:

(一)汉刘渊。(前赵)刘曜。　　匈奴汉历三主,分为二赵,前赵刘曜,为后赵所灭。

(二)北凉沮渠蒙逊。　　　　　同上凡二主,为北魏所灭。

(三)夏赫连勃勃。　　　　　　同上凡三主,为北魏所灭。

(四)前燕慕容皝。　　　　　　鲜卑凡三主,为前秦所灭。

(五)后燕慕容垂。　　　　　　同上凡五主,为北燕所篡。

(六)南燕慕容德。　　　　　　同上凡二主,为晋所灭。

(七)西秦乞伏国仁。　　　　　同上凡四主,为夏所灭。

(八)南凉秃发乌孤。　　　　　同上凡三主,为西秦所灭。

(九)后赵石勒。　　　　　　　羯凡七主,为冉闵所篡,闵复为前燕所灭。

(十)成(汉)李雄。　　　　　氐凡三主,雄弟寿,改国号汉,寿子势为晋所灭。

(十一)前秦苻洪。　　　　　　同上凡七主,为后秦所灭。

(十二)后凉吕光。　　　　同上凡四主,为后秦所灭。
(十三)后秦姚苌。　　　　羌族凡二主,为晋所灭。
(十四)前凉张重华。　　　汉族凡五主,为前秦所灭。
(十五)西凉李暠。　　　　同上凡二主,为北凉所灭。
(十六)北燕冯跋。　　　　同上凡二主,为北魏所灭。

小子叙述既毕,尚有煞尾诗二首,作为本编的余声,看官毋遽掩卷,且再阅后面两行。诗云:

　　　　百年遗祚竟沦亡,大好江东让宋王。
　　　　我篡他人人篡我,祖宗作法子孙偿。

　　　　彝夏如何溃大防,五胡迭入竟猖狂。
　　　　可怜中土无宁宇,话到沧桑也黯伤。

刘裕既得关中,乃令次子义真居守,彼岂不知义真尚幼,无守土才,况王、沈诸将,嫌隙已萌,即无赫连勃勃之窥伺,亦未必常能保全。其所由遽尔东归者,篡晋之心已急,利令智昏,不暇为关中妥计耳。至裕一归而秦地即乱,诸将多死,惟义真幸得脱归,失于彼必偿于此,而裕之篡晋益急矣。弑安帝复弑恭帝,何其残忍至此!意者其亦司马氏篡魏之果报欤?然司马昭弑高贵乡公,其子炎犹不杀陈留王,故尚能传祚至百余年;裕以一身弑两主,欲子孙之得长世,难矣!本回叙东晋之亡,简而不略,诛刘裕之心也。(详见《南北史演义》中)末段复将五胡十六国始末,作一总结,以便收束全书。阅者得此,则回忆前文,更自了然,而作者之苦心,益可见矣。

中国历朝通俗演义

南北史演义

《南北史演义》自序

　　子舆氏有言曰:"世衰道微,邪说暴行有作,臣弑其君者有之,子弑其父者有之。孔子惧,作《春秋》。《春秋》作,而乱臣贼子惧。"夫孔子惧乱贼,乱贼亦惧孔子,则信乎一字之贬严于斧钺,而笔削之功为甚大也。春秋以降,乱贼之迭起未艾,厥惟南北朝,宋武为首恶,而齐,而梁,而陈,无一非篡弑得国,倏入倏出,忽兴忽亡。索虏适起而承其敝,据有北方,历世十一,享国至百七十余年。合东西二魏在内。夷狄有君,诸夏不如,可胜唧哉!至北齐、北周,篡夺相仍,盖亦同流合污,骎骎乎为乱贼横行之世矣。隋文以外戚盗国,虽得混一南北,奄有中华,而冥罚所加,躬遭子祸。阿麼弑君父,贼弟兄,淫烝无度,卒死江都,夏桀、商辛不过是也。二孙倏立倏废,甚至布席礼佛,愿自今不复生帝王家,倘非乃祖之贻殃,则孺子何辜,乃遽遭此惨报乎?然则隋之得有天下,亦未始非过渡时代,例以旧史家正统之名,隋固不得忝列也。沈约作《宋书》,萧子显作《齐书》,姚思廉作梁、陈二书,语多回护,讳莫如深。沈与萧为梁人,投鼠忌器,尚有可原;姚为唐臣,犹曲讳梁、陈逆迹,岂以唐之得国,亦旧篡窃之故智欤?抑以乃父察之曾任梁、陈,乃不忍直书欤?彼夫崔浩之监修《魏史》,直书无隐,事未蒇而身死族夷。旋以谄谀狡佞之魏收继之,当时号为"秽史",其不足征信也明甚。《北齐书》成于李百药,《北周书》成于令狐德棻,率尔操觚,徒凭两朝之记录,略加删润,于褒贬亦无当焉。《隋书》辑诸唐臣之手,而以魏征标名。魏以直臣称,何以《张衡传》中,不及弑隋文事,明明为乱臣贼子,而尚曲讳之,其余何足观乎?若李延寿之作南、北史,本私家之著述,作官书之旁参,有此详而彼略者,有此略而彼详者,兹姑不暇论其得失,但以隋朝列入《北史》,后人或讥其失宜,窃谓《春秋》用夷礼则夷之,李氏固犹此意也。嗟乎!乱臣贼子盈天下,即幸而牢笼九有,囊括万方,亦岂真足光耀史乘,流传后他乎哉?本编援李氏南、北史例,捃摭事实,演为是书;复因年序之相关,合南北为一炉,融而冶之,以免阅者之对勘,非敢谓是书之作,足以步官私各史之后尘。但阅正史者,常易生厌,而览小说者不厌求详。鄙人之撰历史演义也有年矣,每书一出,辄受阅者欢迎,得毋以辞从浅近,迹异虚诬,就令草草不工,而于通俗之本旨,固尚不相悖者欤!抑尤有进者,是书于乱贼之大防,再三致意,不为少讳。值狂澜将倒之秋,而犹欲扬汤止沸,鄙人固不敢出此也。若夫全书之体例,已数见前编之各历史演义中,兹姑不赘云。中华民国十三年一月,古越蔡东藩自序于临江书舍。

南史世系图

宋

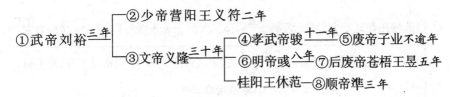

齐

```
            ┌─始安王道生─⑤明帝鸾─五年─┬─⑥东昏侯宝卷 二年
            │                    └─⑦和帝宝融 一年
①高帝萧道成─四年─②武帝赜─十一年─太子长懋─┬─③郁林王昭业 不逾年
                                    └─④海陵王昭文 不逾年
```

梁

```
                    ┌─昭明太子统(后梁)─宣帝詧─七年─明帝岿─二十四年─后主琮 二年
①武帝萧衍─四十八年─┼─②简文帝纲 二年
                    └─③元帝绎─三年─④敬帝方智 三年
```

陈

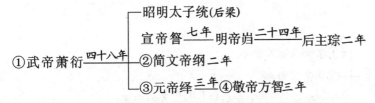

北史世系图

魏

①道武帝拓跋珪 二十三年 — ②明元帝嗣 十五年 — ③太武帝焘 二十八年 — 景穆太子晃 — ④文成帝濬 十四年

⑤献文帝弘 五年 — ⑥孝文帝宏 二十九年 改姓元氏 — ⑦宣武帝恪 十六年 — ⑧孝明帝诩 十三年 — 广陵王羽

⑩节闵帝恭 二年
 ┌ 广平王怀 — ⑪孝武帝修 三年
 ├ 京兆王愉（西魏）文帝宝炬 十七年 ┬ 废帝钦 三年
 │   └ 恭帝廓 三年 复姓拓跋氏
 └ 清河王怿 — 清河王亶（东魏）孝静帝善见 十七年

— 彭城王勰 — ⑨孝庄帝子攸 三年

齐

神武帝高欢
 ├ ①文宣帝洋 十年 — ②废帝殷 不逾年
 ├ ③孝昭帝演 二年
 └ ④武成帝湛 五年 — ⑤后主纬 十二年 — ⑥幼主恒 不逾年

周

文帝宇文泰
 ├ ①孝闵帝觉 不逾年
 ├ ②明帝毓 四年
 └ ③武帝邕 十八年 — ④宣帝赟 不逾年 — ⑤静帝阐 三年

隋

①文帝杨坚 二十四年 — ②炀帝广 十三年 — 元德太子昭 ┬ ③恭帝侑 二年
                                                  └ ④恭帝侗 二年

第一回　射蛇首兴王呈预兆
　　　　　睹龙颜慧妇忌英雄

　　世运百年一大变,三十年一小变,变乱是古今常有的事情,就使圣帝明王,善自贻谋,也不能令子子孙孙,万古千秋的太平过去,所以治极必乱,盛极必衰,衰乱已极,复治复盛,好似行星轨道一般,往复循环,周而复始。一半是关系人事,一半是关系天数,人定胜天,天定亦胜人,这是天下不易的至理。但我中国数千万里疆域,好几百兆人民,自从轩辕黄帝以后,传至汉、晋,都由汉族主治,凡四裔民族,僻居遐方,向为中国所不齿,不说他犬羊贱种,就说他虎狼遗性,最普通的赠他四个雅号,南为蛮,东为夷,西为戎,北为狄。这蛮夷戎狄四种,只准在外国居住,不许他闯入中原,古人称为华夏大防,便是此意。界划原不可不严,但侈然自大,亦属非是。

　　汉、晋以降,外族渐次来华,杂居内地,当时中原主子,误把那怀柔主义,待遇外人,因此藩篱自辟,防维渐弛,那外族得在中原境内,以生以育,日炽日长,涓涓不塞,终成江河,为虺勿摧,为蛇若何。嗣是五胡十六国,迭为兴替,害得荡荡中原,变做了一个胡腐腥膻的世界。后来弱肉强食,彼吞此并,辗转推迁,又把十六国土宇,浑合为一大国,叫作北魏。北魏势力,很是强盛,查起他的族姓,便是五胡中的一族。其时汉族中衰,明王不作,只靠了南方几个枭雄,抵制强胡,力保那半壁河山,支持危局,我汉族的衣冠人物,还算留贻了一小半,免致遍地沦胥,无如江左各君,以暴易暴,不守纲常,不顾礼义,你篡我窃,无父无君,扰扰百五十年,易姓凡三,历代凡四,共得二十三主,大约英明的少,昏暗的多,评论确当。反不如北魏主子,尚有一两个能文能武,武指太武帝焘,文指孝文帝宏。经营见方,修明百度,扬武烈,兴文教,却具一番振作气象,不类凡庸。他看得江左君臣,昏淫荒虐,未免冥落,尝呼南人为枭夷,易华为夷,无非自取。南人本来自称华胄,当然不肯忍受,遂号北魏为索虏。口舌相争,干戈继起,往往因北强南弱,累得江淮一带,烽火四逼,日夕不安。幸亏造化小儿,巧为播弄,使北魏亦起内讧,东分西裂,好好一个魏国,也变做两头政治,东要夺西,西要夺东,两下里战争未定,无暇顾及江南,所以江南尚得保全。可惜昏主相仍,始终不能展足,局促一隅,苟延残喘。及东魏改为北齐,西魏改为北周,中土又作为三分,周最强,齐为次,江南最弱,鼎峙了好几年,齐为周并,周得中原十分之八,江南但保留十分之二,险些儿要尽属北周了。

就中出了一位大丞相杨坚,篡了周室,复并江南,其实就是仗着北周的基业,不过杨系汉族,相传为汉太尉杨震后裔,忠良遗祚,足孚物望;更兼以汉治汉,无论南北人民,统是一致翕服,龙角当头,王文在手,均见后文。既受周禅,又灭陈氏,居然统一中原,合并南北。当时人心归附,乱极思治,总道是天下大定,从此好安享太平,哪知他外强中干,受制帷帟,阿麽炀帝小名。小丑,计夺青宫,甚至弑君父,杀皇兄,烝庶母,骄恣似苍梧,宋主昱。淫荒似东昏,齐主宝卷。愚蔽似湘东,梁主绎。穷奢极欲似长城公,陈主叔宝。凡江左四代亡国的覆辙,无一不蹈,所有天知、地知、人知、我知的祖训,一古脑儿撇置脑后,衣冠禽兽,牛马裾襟,遂致天怒人怨,祸起萧墙,好头颅被人斫去,徒落得身家两败,社稷沦亡;妻妾受人污,子弟遭人害,闹得一塌糊涂,比宋、齐、梁、陈末世,还要加几倍扰乱。咳!这岂真好算做混一时代么?小子记得唐朝李延寿,撰南、北史各一编,宋、齐、梁、陈属《南史》,魏、齐、周、隋属《北史》,寓意却很严密,不但因杨氏创业,是由北周蝉蜕而来,可以属诸《北史》,就是杨家父子的行谊,也不像个治世真人,虽然靠着一时侥幸,奄有南北,终究是易兴易哀,才经一传,便尔覆国,这也只好视作闰运,不应以正统相待。独具只眼。小子依例演述,摹仿说部体裁,编成一部《南北史通俗演义》,自始彻终。看官听着,开场白已经说过,下文便是南北史正传了。虚写一段,已括全书大意。

且说东晋哀帝兴宁元年,江南丹徒县地方,生了一位乱世的枭雄,姓刘名裕字德舆,小字叫作寄奴。他的远祖,乃是汉高帝弟楚元王交。交受封楚地,建国彭城,子孙就在彭城居住。及晋室东迁,刘氏始徙居丹徒县京口里。东安太守刘靖,就是裕祖,郡功曹刘翘,就是裕父,自从楚元王交起算,传至刘裕,共历二十一世。裕生时适当夜间,满室生光,不啻白昼;偏偏婴儿堕地,母赵氏得病暴亡,乃父翘以生裕为不祥,意欲弃去,还亏有一从母,怜惜侄儿,独为留养,乳哺保抱,乃得生成。翘复娶萧氏女为继室,待裕有恩,勤加抚字,裕体益发育,年未及冠,已长至七尺有余。会翘病不起,竟致去世,剩得一对嫠妇孤儿,凄凉度日,家计又复萧条,常忧冻馁。裕素性不喜读书,但识得几个普通文字,便算了事;平日喜弄拳棒,兼好骑射,乡里间无从施技;并因谋生日亟,不得已织屦易食,伐薪为炊,劳苦得了不得,尚且饔飧鲜继,饥饱未匀;惟奉养继母,必诚必敬,宁可自己乏食,不使甘旨少亏。揭出孝道,借古风世。一日,游京口竹林寺,稍觉疲倦,遂就讲堂前假寐。僧徒不识姓名,见他衣冠褴褛,有逐客意,正拟上前呵逐,忽见裕身上现出龙章,光呈五色,众僧骇异得很,禁不住哗噪起来。裕被他惊醒,问为何事?众僧尚是瞧着,交口称奇。及再三诘问,方各述所见。裕微笑道:"此刻龙光尚在否?"僧答言:"无有。"裕又道:"上人休得妄言!恐被日光迷目,因致幻成五色。"众僧不待说毕,一齐

第一回　射蛇首兴王呈预兆　睹龙颜慧妇忌英雄

喧声道:"我等明明看见五色龙,罩住尊体,怎得说是日光迷目呢?"裕亦不与多辩,起身即行。既返家门,细思众僧所言,当非尽诬,难道果有龙章护身,为他日大贵的预兆?左思右想,忐忑不定。到了黄昏就寝,还是狐疑不决,辗转反侧,蒙眬睡去。似觉身旁果有二龙,左右蟠着,他便跃上龙背,驾龙腾空,霞光绚彩,紫气盈途,也不识是何方何地,一任龙体游行,经过了许多山川,忽前面笼着一道黑雾,很是阴浓,差不多似天地晦冥一般,及向下倚瞩,却露着一线河流,河中隐隐现出黄色,黑气隐指北魏,河中黄色便是黄河,宋初尽有河南地,已兆于此。那龙首到了此处,也似有些惊怖,悬空一旋,堕落河中。裕骇极欲号,一声狂呼,便即惊觉,开眼四瞧,仍然是一张敝床,惟案上留着一盏残灯,临睡时忘记吹熄,所以余焰犹存。回忆梦中情景,也难索解,但想到乘龙上天,究竟是个吉兆,将来应运而兴,亦未可知,乃吹灯再寝。不意此次却未得睡熟,不消多时,便晨鸡四啼,窗前露白了。

裕起床炊爨,奉过继母早膳,自己亦草草进食,已觉果腹,便向继母禀白,往瞻父墓,继母自然照允。裕即出门前行,途次遇着一个堪舆先生,叫作孔恭,与裕略觉面善。裕乘机扳谈,方知孔恭正在游山,拟为富家觅地,当下随着同行,道出候山,正是裕父翘葬处。裕因家贫,为父筑坟,不封不树,只耸着一抔黄土,除裕以外,却是没人相识。裕戏语孔恭道:"此墓何如?"恭至墓前眺览一周,便道:"这墓为何人所葬,当是一块发王地呢。"裕诈称不知,但问以何时发贵?恭答道:"不出数年,必有征兆,将来却不可限量。"裕笑道:"敢是做皇帝不成?"恭亦笑道:"安知子孙不做皇帝?"彼此评笑一番,恭是无心,裕却有意,及中途握别,裕欣然回家,从此始有意自负,不过时机未至,生计依然,整日里出外劳动,不是卖履,就是斫柴;或见了飞禽走兽,也就射倒几个,取来充庖。

时当秋日,洲边芦荻萧森,裕腰佩弓矢,手执柴刀,特地驰赴新洲,伐荻为薪。正在俯割的时候,突觉腥风陡起,流水齐嘶,四面八方的芦苇,统发出一片秋声,震动耳鼓。裕心知有异,忙跳开数步,至一高涧上面,凝神四望,蓦见芦荻丛中,窜出一条鳞光闪闪的大蛇,头似巴斗,身似车轮,张目吐舌,状甚可怖。裕见所未见,却也未免一惊,急从腰间取出弓箭,用箭搭弓,仗着天生神力,向蛇射去,飕的一声,不偏不倚,射中蛇项,蛇已觉负痛,昂首向裕,怒目注视,似将跳跃过来,接连又发了一箭,适中蛇目分列的中央,蛇始将首垂下,滚了一周,蜿蜒而去,好一歇方才不见。裕悬空测量,约长数丈,不禁失声道:"好大恶虫,幸我箭干颇利,才免毒螫。"说至此,复再至原处,把已割下的芦荻,捆做一团,肩负而归。汉高斩蛇,刘裕射蛇,远祖裔孙,不约而同。次日,复往洲边,探视异迹,隐隐闻有杵臼声,越加诧异,随即依声寻觅,行至榛莽丛中,得见童子数人，俱服青衣，围着一臼，轮流杵药。裕朗声问道："汝等在此捣药，果作何用？"一童子答道："我王为刘寄奴所伤，故遣我等采药，捣敷患处。"裕又道："汝王何人？"童子复道："我王系此地土神。"裕辗然道："王既为神，何不杀死寄奴？"童子道："寄奴后当大贵，王者不死，如何可杀？"裕闻童子言，胆气益壮，便呵叱道："我便是刘寄奴，来除汝等妖孽，汝王尚且畏我，汝等独不畏我么？"童子听得"刘寄奴"三字，立即骇散，连杵臼都不敢携去。裕将臼中药一齐取归，每遇刀箭伤，一敷即愈。裕历得数兆，自知前程远大，不应长栖陇亩，埋没终身，遂与继母商议，拟投身戎幕，借图进阶。继母知裕有远志，不便拦阻，也即允他投军。

裕辞了继母，竟至冠军孙无终处，报名入伍。无终见他身材长大，状貌魁梧，已料非庸碌徒，便引为亲卒，优给军粮，未几即擢为司马。晋安帝隆安三年，会稽妖贼孙恩作乱，晋卫将军谢琰，及前将军刘牢之，奉命讨恩。牢之素闻裕名，特邀裕参军府事。裕毅然不辞，转趋入牢之营。牢之命裕率数十人，往侦寇踪，途次遇贼数千，即持着长刀，挺身陷阵，贼众多半披靡。牢之子敬宣，又带兵接应，杀得孙恩大败亏输，遁入海中。

既而牢之还朝，裕亦随返。那孙恩无所顾惮，复陷入会稽，杀毙谢琰。再经牢之东征，令裕往戍勾章。裕且战且守，屡败贼军。贼众退去，恩复入海，嗣又北犯海盐，由裕移兵往堵，修城筑垒。恩日来攻城，裕募敢死士百人，作为前锋，自督军士继进，大破孙恩。恩转走沪渎，又浮海至丹徒。丹徒为裕故乡，闻警驰救，倍道趋至，途次适与恩相遇，兜头痛击。恩众见了裕旗，已先退缩，更因裕先驱杀入，似生龙活虎一般，哪里还敢抵挡？彼逃此窜，霎时跑散。恩率余众走郁州。晋廷以裕屡有功，升任下邳太守。裕拜命后，再往剿恩。恩闻风窜去，自郁州入海盐，复自海盐徙临海，徒众多被裕杀死，所掳三吴男女，或逃或亡。临海太守辛景，乘势逆击，杀得孙恩上天无路，入地无门，只好自投海中，往做水妖去了。孙恩了。

恩有妹夫卢循，神采清秀，由恩手下的残众，推他为主，于是一波才平，一波又起。荆州刺史桓玄，方都督荆、江八州军事，威焰逼人。安帝从弟司马元显，与玄有隙，玄遂举兵作乱，授卢循为永嘉太守，使作爪牙。安帝即令元显为骠骑大将军，征讨大都督，并加黄钺，调兵讨玄。遣刘牢之为先锋，裕为参军，即日出发。

行至历阳，与玄相值，玄使牢之族舅何穆来作说客，劝牢之倒戈附玄。牢之也阴恨元显，意欲自作卞庄，姑与玄联络，先除元显，后再除玄。裕闻知消息，与牢之甥何无忌，极力谏阻，牢之不从。裕再嘱牢之子敬宣，从旁申谏，牢之反大怒道："我岂不知今日取玄，易如反掌？但平玄以后，内有骠骑，猜忌益深,难道能保全身家么?"联络桓玄,亦未必保身。遂遣敬宣赍着降书,投入玄营。

玄收降书之,进军建康。即晋都。元显毫无能力,奔入东府,一任玄军入城。玄遂派兵捕住元显,及元显党羽庾楷、张法顺,与谯王尚之,一并杀死,自称丞相,总百揆,都督中外。命刘牢之为会稽内史,撤去兵权。牢之始惊骇道:"桓玄一入京城,便夺我兵柄,恐祸在旦夕了!"嗟何及矣。

敬宣劝牢之袭玄,牢之又虑兵力未足,不免迟疑。当下召裕入商道:"我悔不用卿言,为玄所卖,今当北至广陵,举兵匡扶社稷,卿肯从我否?"裕答道:"将军率禁兵数万,不能讨叛,反为虎伥,今枭桀得志,威震天下,朝野人情,已失望将军,将军尚能得广陵么?裕情愿去职,还居京口,不忍见将军孤危呢。"言毕即退。

牢之又大集僚佐,议据住江北,传檄讨玄。僚佐因牢之反复多端,都有去意,当面虽勉强赞成,及牢之启行,即陆续散去,连何无忌亦不愿随着,与裕密商行止。裕与语道:"我观将军必不免,君可随我还京口。玄若能守臣节,我与君不妨事玄,否则设法除奸,亦未为晚!"无忌点首称善,未与牢之告别,即偕裕同往京口去了。

牢之到了新洲,部众俱散,日暮途穷,投缳自尽。子敬宣逃往山阳,独刘裕还至京口,为徐兖刺史桓修所召,令为中书参军。可巧永嘉太守卢循,阳受玄命,阴仍寇掠,潜遣私党徐道覆,袭攻东阳,被裕探问消息,领兵截击。杀败道覆,方才回军。

既而桓玄篡位,废晋安帝为平固王,迁居寻阳,改国号楚,建元永始。桓修系玄从兄,由玄征令入朝。修驰入建业,裕亦随行。当时依人檐下,只好低头,不得不从修谒玄。玄温颜接见,慰劳备至,且语司徒王谧道:"刘裕风骨不常,确是当今人杰呢。"谧乘机献媚,但说是天生杰士,匡辅新朝,玄益心喜。每遇宴会,必召裕列座,殷勤款待,赠赐甚优。独玄妻刘氏,为晋故尚书令刘耽女,素有智鉴,尝在屏后窥视,见裕状貌魁奇,知非凡相,便乘间语玄道:"刘裕龙行虎步,瞻顾不凡,在朝诸臣,无出裕右,不可不加意预防!"玄答道:"我意正与卿相同,所以格外优待,令他知感,为我所用。"刘氏道:"妾见他器宇深沈,未必终为人下,不如趁早剪除,免得养虎贻患!"玄徐答道:"我方欲荡平中原,非裕不解为力,待至关陇平定,再议未迟。"刘氏道:"恐到了此时,已无及了!"玄终不见听,仍令修还镇丹徒。

修邀裕同还,裕托言金创疾发,不能步从,但与何无忌同船,共还京口。舟中密图讨逆,商定计画。既至京口登岸,无忌即往见沛人刘毅,与议规复事宜。毅说道:"以顺讨逆,何患不成?可惜未得主帅!"无忌未曾说出刘裕,惟用言相试道："君亦太轻量天下，难道草泽中必无英雄？"毅奋然道："据我所见，只有一刘下邳啰。"下邳见前。无忌微笑不答，还白刘裕。适青州主簿孟昶，因事赴都，还过京口，与裕叙谈，彼此说得投机。裕因诘昶道："草泽间有英雄崛起，卿可闻知否？"昶答道："今日英雄，舍公以外，尚有何人？"裕不禁大笑，遂与同谋起义。

裕弟道规，为青州中兵参军。青州刺史桓弘，为桓修从弟，裕因令昶归白道规，共图杀弘。且使刘毅潜往历阳，约同豫州参军诸葛长民，袭取豫州刺史刁逵。一面再致书建康，使友人王元德、辛扈兴、童厚之等，同作内应。自与何无忌用计图修，依次进行。看官听说，这是刘裕奋身建功的第一着！画龙点睛。小子有诗咏道：

发愤终为天下雄，不资尺土独图功。
试看京口成谋日，豪气原应属乃公。

欲知刘裕能否成功，容待下回续叙。

开篇叙一楔子，括定全书大意，且援李延寿史例，将隋朝归入《北史》，见地独高。及正传写入刘裕，历述符谶，俱系援引《南史》，并非向壁臆造。惟经妙笔演出，愈觉有声有色，足令人刮目相看。桓玄妻刘氏，鉴貌辨色，能知裕不为人下，劝玄除裕。夫蛇神尚不能害寄奴，何物桓玄，乃能置裕死地乎？但巾帼中有此慧鉴，不可谓非奇女子，惜能料刘裕而不能料桓玄。当桓玄篡位之先，不闻出言匡正，是亦所谓知其一不知其二者欤？惟晋事当具晋史，故于晋事从略，第于刘裕事从详云。

第二回　起义师入京讨逆
　　　　　迎御驾报绩增封

却说刘裕既商定密谋，遂与何无忌托词出猎，号召义徒。共得百余名，最著名的约二十余人，除何无忌、刘毅外，姓名如左：

刘道怜即刘裕弟。　魏咏之　魏欣之咏之弟。　魏顺之欣之弟。　檀凭之
檀祗隆凭之弟。　檀道济凭之叔。　檀范之道济从兄。　檀韶凭之从子。
刘藩刘毅从弟。　孟怀玉孟昶族弟。　向弥　管义之　周安穆　刘蔚
刘珪之蔚从弟。　臧熹　臧宝符熹从弟。　臧穆生熹从子。　童茂宗
周道民　田演　范清

这二十余人各具智勇,充作前队。何无忌冒充敕使,一骑当先,扬鞭入丹徒城,党徒随后跟入。桓修毫不觉察,闻有敕使到来,便出署相迎。无忌见了桓修,未曾问答,即拔出佩刀,把修杀死。随与徒众大呼讨逆,吏士惊散,莫敢反抗。刘裕也驰入府署,揭榜安民,片刻即定。当将桓修棺殓,埋葬城外。召东莞人刘穆之为府主簿,更派刘毅至广陵,嘱令孟昶、刘道规,即日响应。

昶与道规,伪劝桓弘出猎,以诘旦为期。翌日昧爽,昶等率壮士数十人,佇待府署门前,一俟开门,便即驰入。弘方在啜粥,被道规持刀直劈,劈破弘脑,死于非命。当即收众渡江,来会刘裕。

徐州司马刁弘,闻丹徒有变,方率文武佐吏,来至丹徒城下,探问虚实。裕登城伪语道:"郭江州已奉戴乘舆,反正寻阳,我等奉有密诏,诛除逆党,今日贼玄首级,已当晓示大航。诸君皆大晋臣,无故来此,意欲何为?"刁弘等信为真言,便即退去。

可巧刘道规、孟昶等自广陵驰至,众约千人,裕即令刘毅追杀刁弘。待毅归报,又令毅作书与兄,即遣周安穆持书入京,促令起事。原来毅兄刘迈留官建康,桓玄令迈为竟陵太守,整装将发。既得毅书,踌躇莫决。安穆见迈怀疑,恐谋泄罹祸,匆匆告归,连王元德、辛扈兴、童厚之等处也未及报闻。迈计无所出,意欲夤夜下船,赴任避祸。忽由桓玄与书,内言北府人情,未知何如?近见刘裕,亦未知彼作何状,须一一报明。此书寓意,乃俟迈抵任后,令他禀报。偏迈误会书义,还道玄已察裕谋,不得不预先出首。这叫作贼胆心虚。遂不便登舟,坐以待旦,一俟晨光发白,即入朝报玄。

玄闻裕已发难,不禁大惧,面封迈为重安侯。迈拜谢退朝,偏有人向玄谮迈,谓迈纵归周安穆,未免同谋。玄乃收迈下狱,并捕得王元德、辛扈兴、童厚之三人,与迈同日加刑。一面召弟桓谦,及丹阳尹卞范之等,会议拒裕。谦请从速发兵,玄欲屯兵覆舟山,坚壁以待。经谦等一再固请,始命顿邱太守吴甫之,右卫将军皇甫敷,北遏裕军。

裕闻桓玄已经发兵,也锐意进取,自称总督徐州事,命孟昶为长史,守住京口。集得二州义旅,共千七百人,督令南下。且嘱何无忌草檄,声讨玄罪。

无忌夜作檄文,为母刘氏所窥,且泣且语道:"我不及东海吕母,王莽时人。汝能如此,我无遗恨了!"兄弟之仇,不可不报。至无忌檄已草就,翌晨呈入。裕即令颁发远近,大略说是:

夫成败相因,理不常泰,狡焉肆虐,或值圣明。自我大晋,屡遘阳九,隆安以来,隆安为晋安帝嗣位时年号。国家多故,忠良碎于虎口,贞贤毙于豺狼。逆臣桓玄,敢肆陵慢,阻兵荆郢,肆暴都邑。天未忘难,凶力繁兴,逾年之间,遂倾里祚,主上播越,流幸非所,神器沈辱,七庙毁坠。虽夏后之㸌涊、殪，有汉之遭莽、卓，方之于玄，未足为喻。自玄篡逆，于今历年，亢旱弥时，民无生气，加以士庶疲于转输，文武困于版筑，室家分析，父子乖离，岂惟大东有杼轴之悲，摽梅有倾筐之怨而已哉！仰观天文，俯察人事，此而可存，孰为可亡？凡在有心，谁不扼腕？裕等所以椎心泣血，不遑启处者也，是故夕寐宵兴，搜奖忠烈，潜构崎岖，险过履虎，乘机奋发，义不图全。辅国将军刘毅，广武将军何无忌，镇北主簿孟昶，兖州主簿魏咏之，宁远将军刘道规，龙骧参军刘藩，振威将军檀凭之等，忠烈断金，精白贯日，荷戈奋袂，志在毕命。益州刺史毛璩，万里齐契，扫定荆楚。江州刺史郭昶之，奉迎主上，宫于寻阳。镇北参军王元德等，并率部曲，保据石头。扬武将军诸葛长民，收集义士，已据历阳。征虏参军庾颐之，潜相连结，以为内应。同力规协，所在蜂起，即日斩伪徐州刺史安城王桓修，青州刺史桓弘。义众既集，文武争先，咸谓不有统一，则事无以辑。裕辞不获命，遂总军要，庶上凭祖宗之灵，下罄义夫之力，翦馘逋逆，荡清京华。公侯诸君，或世树忠贞，或身荷爵宠，而并俯眉猥竖，无由自效，顾瞻周道，宁不吊乎！今日之举，良其会也。裕以虚薄，才非古人，受任于既颓之运，接势于已替之机，丹忱未宣，感慨愤激，望霄汉以永怀，盼山川以增伫，投檄之日，神驰贼廷。檄到如律令！

观檄中所载，如毛璩以下，多半是虚张声势，未得实情。郭昶之何曾反正，王元德并且被诛。就是诸葛长民，亦未能据住历阳，不过讹以传讹，也足使中土向风，贼臣丧胆。桓玄自刘裕起兵，连日惊惶。或谓裕等乌合，势必无成，何足深惧？玄摇首道："刘裕为当世英雄，刘毅家无担石，樗蒱且一掷百万，何无忌酷似若舅，共举大事，怎得说他无成呢？"恐亦惭对令正。果然警报频来，吴甫之败死江乘，皇甫敷败死罗洛桥，那刘裕军中，只丧了一个檀凭之，进战益厉。玄急遣桓谦出屯东陵，卞范之出屯覆舟山西，两军共计二万人。

裕至覆舟山东，令各军饱餐一顿，悉弃余粮，示以必死。刘毅持槊先驱，裕亦握刀继进，将士踊跃随上，驰突敌阵，一当十，十当百，呼声动天地。凑巧风来助顺，因风纵火。烟焰蔽天，烧得桓谦、卞范之两军，统变成焦头烂额，与鬼为邻。桓谦、卞范之，后先骇奔，裕复率众力追，数道并进。玄已料裕军难敌，先遣殷仲文具舟石头，为逃避计。至是接桓谦败耗，忙令子升策马出都，至石头城外下舟，浮江南走。裕得乘胜长驱，直入建康。

京中已无主子，由裕出示安民，且恐都人惶惑，徙镇石头城，立留台，总百官，毁去桓氏庙主，另造晋祖神牌，纳诸太庙。更遣刘毅等追玄，并派尚书王嘏，率百官往迎乘舆。一面收诛桓氏宗族，使臧熹入宫，检收图籍器物，封闭府库。

第二回　起义师入京讨逆　迎御驾报绩增封

　　司徒王谧本系桓玄爪牙，玄篡位时，曾亲解安帝玺绶，奉玺授玄。当时大众目为罪魁，劝裕诛谧，偏裕与谧有旧，少年孤贫时，尝由谧代裕偿债，至此不忍加诛，仍令在位。未免因私废公。谧又向裕贡谀，愿推裕领扬州军事。裕一再固辞，令谧为侍中，领扬州刺史，录尚书事，谧更推裕都督八州，扬、徐、兖、豫、青、冀、幽、并。兼徐州刺史，裕乃受任不辞。令刘毅为青州刺史，何无忌为琅琊内史，孟昶为丹阳令，刘道规为义昌太守，所有军国处分，均委任刘穆之。仓猝立办，无不允惬。

　　惟诸葛长民愆期未发，谋泄被执，刁逵尚未得建康音信，把长民羁入槛车，派使解京。途次闻桓玄败走，建康已为刘裕所据，那使人乐得用情，即将长民放出，还趋历阳。历阳军民，乘机起事，围攻刁逵。逵溃围出走，凑巧遇着长民，兜头截住，再经城中兵士追来，任你刁逵如何逞刁，也只好束手受缚，送入石头，饮刀毕命！

　　桓玄逃至寻阳，刺史郭昶之，供玄乘舆法物，可见刘氏前次檄文，纯系虚声。玄仍自称楚帝，威福如故。嗣闻刘毅等率军追来，将到城下，玄又惊惶失措，急遣部将庾雅祖、何澹之堵住湓口，自挟一主即晋安帝。二后，一系穆帝后何氏，一系安帝后王氏。西走江陵。刘毅与何无忌、刘道规诸将，至桑落洲，大破何澹之水军，夺湓口，拔寻阳，遣使报捷。刘裕因安帝西去，乃奉武陵王司马遵为大将军，入居东宫，承制行事。再饬刘毅等西追桓玄。

　　玄至江陵，收集荆州兵，有众二万，复挟安帝东下。行抵峥嵘洲，正值刘毅各军，扬帆前来。刘道规望玄船，麾众先进，刘毅、何无忌，鼓棹随行。此时正是仲夏天气，西南风吹得甚劲，道规乘风纵火，毅等亦助薪扬威，烧得长江上下，烟雾迷濛。玄所督领诸战舰，多半被焚，部卒大乱。玄慌忙改乘小舟，仍将安帝挟去，遁还江陵。

　　部将殷仲文叛玄降刘，奉晋二后还京。玄再返江陵，人情离叛，没奈何乘夜出奔，欲往汉中。南郡太守王腾之，荆州别驾王康产，奉安帝入南郡府，寻迁江陵。

　　益州刺史毛璩有侄修之，为玄屯骑校尉，诱玄入蜀。玄依言西行，至枚回洲，适上流来了丧船数艘，船首立着一员卫弁，与修之打了一个照面，便厉声呼道："来船中有无逆贼？"修之不答，桓玄却颤声说道："我是当今新天子，何处盗贼，敢来妄言！"此时还想称帝，太不自量。道言未绝，那对船上又跳出二将，拈弓搭矢，飞射过来，玄嬖人万盖、丁仙期，挺身蔽玄，俱被射倒。玄正在惊惶，突有数人持刀跃入，为首的正是对船卫弁。便骇问道："汝……汝等何人？敢犯天子！"卫弁即应声道："我等来杀天子的贼臣！"说至此，即用刀劈玄，光芒一闪，玄首分离。看官道卫弁为谁？原来是益州督护冯迁。

益州毛璩有弟毛璠，为宁州刺史，在任病殁。璩使兄孙祐之，及参军费恬，扶榇归葬，并派冯迁护丧。恰巧中流遇着玄船，由修之传递眼色，便一齐动手，杀死贼玄。看官不必细问，就可知对船发矢的二将，便是费恬、毛祐之了。冯迁既枭玄首，执住玄子桓升，杀死玄族桓石康、桓浚，令毛修之赍献玄首，及槛解桓升，驰诣江陵。安帝封毛修之为骁骑将军，诛升东市，下诏大赦，惟桓氏不原。

玄从子桓振，逃匿华容浦中，招聚党徒，得数千人，探得刘毅等退屯寻阳，即袭击江陵城。桓谦亦匿居沮川，纠众应振。江陵城内，只有王腾之、王康产二人守着，士卒无多，径被两桓掩入。腾之、康产战死。安帝尚寓居江陵行宫，振持刀进见，意欲行弑。还是桓谦驰入劝阻，方才罢手，下拜而出。为玄举哀发丧。谦率百官朝谒安帝，奉还玺绶，所有侍御左右，一律撤换，改用两桓党羽，乘势攻取襄阳等城。

刘毅等还居寻阳，总道是元凶就戮，逆焰消除，可以高枕无忧，哪知死灰复燃，复有两桓余孽，袭取江陵。急忙令何无忌、刘道规二将，进讨两桓。师至马头，已由桓谦派兵扼住。两下里杀了一场，谦众败退。无忌、道规，直趋江陵。桓振令党徒冯该，设伏杨林，自率众逆战灵溪。无忌恃胜轻进，被贼军两路杀出，冲断阵势，大败奔还。幸亏刘敬宣聚粮缮船，接济无忌、道规，复得成军，蹶而复振。

敬宣即刘牢之子。前时逃往山阳，拟募兵讨玄，未克如愿。再往南燕乞师，南燕主慕容德，不肯发兵。敬宣潜结青州大族，及鲜卑豪酋，谋袭燕都，事泄还南。时玄已败死，走归刘裕，裕令为晋陵太守，寻又迁授江州刺史。他因刘毅等讨玄余党，所以筹备舟械，随时接应。补笔不漏。

无忌、道规得此一助，再进兵夏口。毅亦督军随进，攻入鲁城。道规亦拔偃月垒，复会师进克巴陵。号令严整，沿途无犯，再鼓众至马头。桓振挟安帝出屯江津，遣使请和，求割江、荆二州，奉还天子。以皇帝为交换品，却是奇闻。毅等不许。会南阳太守鲁宗之，起兵袭襄阳，振还军与战，留桓谦、冯该守江陵。谦遣该守豫章口，为毅等击败，谦弃城遁走。毅等驰入江陵，擒住逆党卞范之等，一并枭斩。

安帝时在江陵，未被桓振挟去。毅得入行宫谒帝，由帝面加慰劳，一切处置，悉归毅主持。毅正拟追剿两桓，适振回救江陵，在途闻城已失守，众皆骇散，振亦只好逃匿涢州。既而召集散众，复袭江陵，为将军刘怀肃所闻，伏兵邀击，一鼓诛振。振为桓氏后起悍将，至此毙命，桓氏遗孽垂尽，惟桓谦等奔入后秦。

安帝改元义熙。再下赦书，除桓谦等不赦外，独赦桓冲孙胤，徙居新安，

第二回 起义师入京讨逆 迎御驾报绩增封

令存桓冲宗祀,保全功臣一脉。冲系桓玄叔父,有功晋室,封丰城公,详见《两晋演义》。刘裕闻报,使刘毅、刘道规留屯夏口,命何无忌奉帝东归。安帝乃自江陵启銮,还至建康。百官诣阙待罪,有诏令一并复职。授琅琊王司马德文为大司马,武陵王司马遵为太保,且封赏功臣,首刘裕,次及刘毅、何无忌、刘道规。诏敕有云:

朕以寡昧,遭家不造,越自遘闵,属当屯极。逆臣桓玄,垂衅纵慝,穷凶恣虐,滔天猾夏,诬罔神人,肆其篡乱,祖宗之基既湮,七庙之飨胥殄,若坠渊谷,未足斯譬。皇度有晋,天纵英哲,都督扬、徐、兖、豫、青、冀、幽、并、江九州诸军事镇军将军,徐、青二州刺史刘裕,忠诚天亮,神武命世,用能贞明协契,义夫向臻,故顺声一唱,二溟卷波,英风振路,宸居清翳。冠军将军刘毅,辅国将军何无忌,振武将军刘道规,舟旗遄迈,而元凶传首,回戈叠挥,则荆汉雾廓。俾宣元之祚,永固于嵩岱,倾基重造,再集于朕躬。宗庙歆七百之祐,皇基融载新之命。念功惟德,永言铭怀,固已道冠开辟,独绝终古,书契以来,未之前闻矣。虽则功高靡尚,理至难文,而崇庸命德,哲王攸先者,将以弘道制治,深关盛衰,故伊、望膺殊命之锡,桓、文飨备物之礼,况宏征不世,顾邈百代者,宜极名器之隆,以光大国之盛。而镇军谦虚自衷,诚旨屡显,朕重逆仲父,乃所以愈彰德美也。镇军可进位侍中车骑将军都督中外诸军事,使持节徐、青二州刺史如故。显祚大邦,启兹疆宇,特此诏闻!

这诏下后,裕上表固辞。再加录尚书事,裕又不受,且乞请归藩。安帝不允,遣百僚敦劝,裕仍然固让,入朝陈情,愿就外镇,乃改授裕都督荆、司、梁、益、宁、雍、凉七州,并前十六州诸军事,仍守本官,裕始受命,还镇丹徒。封刘毅为左将军,何无忌为右将军,分督豫州、扬州军事,刘道规为辅国将军,督淮北诸军事。余如并州刺史魏咏之以下,皆加官进爵有差。

先是刘毅尝为刘敬宣参军,时人推毅为雄杰,敬宣道:"有非常的材具,必有非常的度量,此君外宽内忌,夸己轻人,设使一旦得志,亦恐以下陵上,自取危祸呢。"*为后文刘裕杀毅张本。*裕闻敬宣言,尝引以为憾。及得授方镇,遂使人白刘裕道:"敬宣未与义举,授为郡守,已觉过优,擢置江州,更足令人骇愧,恐猛将劳臣,不免因此懈体呢。"裕迟迟不发。敬宣得知消息,心不自安,乃表请解职,因召还为宣城内史。刘毅再与何无忌,分道出讨桓玄余党,所有桓亮、符玄等小丑,一概诛灭,荆、湘、江、豫皆平。晋廷命毅都督淮南五郡,兼豫州刺史。何无忌都督江东五郡,兼会稽内史。毅自是益骄,免不得目空一切,有我无人了。小子有诗叹道:

> 平矜释躁始成才，器小何堪任重来！
> 古有一言须记取，谦能受益满招灾。

过了一年，追叙讨逆功绩，又有一番封赏，待小子下回说明。

桓玄一乱，而刘裕即乘九而起，是不啻为渊驱鱼，为丛驱雀，玄死而裕贵，玄固非鹯即獭也。大抵枭桀之崛兴，其始必有绝大之功业，足以耸动人心，能令朝野畏服，然后可以任所欲为，潜移国祚于无形。莽、懿之徒，无不如是。裕为莽、懿流亚，有玄以促成之，玄何其愚，裕何其智耶！至于安帝返驾，封赏功臣，裕为功首，而再三退让，成功不居。"周公恐惧流言日，王莽谦恭下士时。假使当年身便死，一生真伪有谁知？"我读此诗，我更有以窥刘裕矣。

第三回　伐南燕冒险成功　捍东都督兵御寇

却说晋安帝复辟逾年，追叙讨逆功绩，封刘裕为豫章郡公，刘毅为南平郡公，何无忌为安成郡公。一国三公，恐刘裕未免介介。此外亦各有封赏，不胜枚举。独殷仲文自负才望，反正后欲入秉朝政，因为权臣所忌，出任东阳太守，心下很是怏怏。何无忌素慕仲文，贻书慰藉，且请他顺道过谈。仲文复书如约，不意出都赴任，心为物役，竟致失记。无忌伫候多日，并不见到，遂心疑仲文薄己，伺隙报怨。适南燕入寇，刘裕拟督军出讨，无忌即向裕致书道："北虏尚不足忧，惟殷仲文、桓胤，实系心腹大病，不可不除。"裕心以为然。会裕府将骆球谋变，事发伏诛，裕因谓仲文及胤，与球通谋，即捕二人入京，并加夷诛。已露锋芒。

司徒兼扬州刺史王谧病殁，资望应由裕继任。刘毅等已是忌裕，不欲他入朝辅政，乃拟令中领军谢混为扬州刺史。或恐裕出来反对，谓不如令裕兼领扬州，以内事付孟昶。安帝不能决议，特遣尚书右丞皮沈驰往丹徒，以二议谘裕。用人必须下问，大权已旁落了。沈先见裕记室刘穆之，具述朝议。穆之伪起如厕，潜入白裕，谓皮沈二议，俱不可从。裕乃出见皮沈，支吾对付，暂令出居客舍，复呼穆之与商。穆之道："晋政多阙，天命已移，公匡复皇祚，功高望重，难道可长作藩将么？况刘、孟诸公，与公同起布衣，倡立大义，得取富贵，不过因事有先后，权时推公，并非诚心敬服，素存主仆的名义，他日势均力敌，终相吞噬。扬州为国家根本，关系重大，如何假人？前授王谧，已非久计，今若复授他人，恐公将为人所制，一失权柄，无从再得。今但答言事关重要，不便悬论,当入朝面议,共决可否。俟公一至京邑,料朝内权贵,必不敢越次授人,公可坐取此权位了。"为裕设计,恰是佳妙,但亦一许攸、荀彧之徒。

裕极口称善,遂遣归皮沈,托言入朝面决。沈回京复命,果然朝廷生畏,立即下诏,征裕为侍中扬州刺史,录尚书事。裕又佯作谦恭,表解兖州军事,令诸葛长民镇守丹徒,刘道怜屯戍石头城,又遣将军毛修之,会同益州刺史司马荣期,共讨谯纵。

纵系益州参军,擅杀刺史毛璩,自称成都王,蜀中大乱。晋廷简授司马荣期为益州刺史,令率兵讨蜀。荣期至白帝城,击败纵弟明子,再拟进师,因恐兵力不足,表请援应。裕乃再遣毛修之西往。修之入蜀,与荣期相会,当令荣期先驱,自为后应,进薄成都。荣期抵巴州,又为参军杨承祖所杀,承祖自称巴州刺史。及修之进次宕渠,始接荣期死耗,不得已退屯白帝城。时益州故督护冯迁,已升任汉嘉太守,发兵来助修之。修之与迁合兵,击斩杨承祖,拟乘胜再进。不意朝廷新命鲍陋为益州刺史,驰诣军前,与修之会议未协。修之据实奏闻,裕乃表举刘敬宣为襄城太守,令率兵五千讨蜀,并命荆州刺史刘道规为征蜀都督,调度军事。

谯纵闻晋军大至,忙向后秦称臣,乞师拒晋。秦主姚兴遣部将姚赏等援纵,会同纵党谯道福,择险驻守。刘敬宣转战而前,至黄虎岭,距城约五百里,岭路险绝。再经秦、蜀二军坚壁守御,敬宣屡攻不入,相持至六十余日,粮食已尽,饥疲交并,没奈何引军退还,死亡过半。敬宣坐是落职,道规亦降号建威将军。裕以敬宣失利,奏请保荐失人,自愿削职。无非做作。有诏降裕为中军将军,守官如故。

裕拟自往伐蜀,忽闻南燕入寇,大掠淮北,乃决计先伐南燕,再平西蜀。南燕主慕容德,系前燕主慕容皝少子,后燕主慕容垂季弟。皝都龙城,传三世而亡,垂都中山,传四世而亡。详见《两晋演义》。独德为范阳王,收集两燕遗众,南徙滑台,东略晋青州地,取广固城,据作都邑。初称燕王,后称燕帝,改名备德,史家称为南燕。德僭位七年,殁后无嗣,立兄子超为嗣。超宠私人公孙五楼,猜忌亲族,屡加诛戮,且遣部将慕容兴宗、斛谷提、公孙归等,率骑兵入寇宿豫,掳去男女数千人,令充伶伎。嗣又大掠淮北,执住阳平太守刘千载,及济南太守赵元,驱略至千余家。刘裕令刘道怜出戍淮阴,严加防堵,一面抗表北伐,即拟启行。

朝臣因西南未平,拟从缓图。惟左仆射孟昶、车骑司马谢裕、参军臧熹,赞同裕议,乃诏令裕调将出师。裕使孟昶监中军留府事,调集水军出发,溯淮入泗,行抵下邳,留下船舰辎重,但麾众登岸,步进琅琊。所过皆筑城置守,诸将或生异议,叩马谏阻道:"燕人闻我军远至,谅不敢战,但若据大岘山,刘粟清野，使我无从觅食，进退两难，如何是好！"裕微笑道："诸君休怕！我已预先料透，鲜卑贪婪，不知远计，进利掳掠，退惜禾苗，他道我孤军深入，必难久持，不过进据临朐，退守广固罢了，我一入岘，人知必死，何虑不克！我为诸君预约，但教努力向前，此行定可灭虏呢。"所谓知彼知己。乃督兵亟进，日夕不息。果然南燕主慕容超，不听公孙五楼等计议，断据大岘，惟修城隍，简车徒，静待一战。

及裕已过岘，尚不见有燕兵，不禁举手指天道："我军幸得天祐，得过此险，因粮破虏，在此一举了！"

时慕容超已授公孙五楼为征虏将军，令与辅国将军贺赖卢，左将军段晖等，率步骑五万人，出屯临朐。至闻晋军入岘，复自督步骑四万，出来援应。临朐南有巨蔑水，离城四十里，超使公孙五楼，领兵往据。五楼甫至水滨，晋龙骧将军孟龙符，已率步兵来争，势甚锐猛。五楼抵敌不住，向后退去。晋军有车四千辆，分为左右两翼，方轨徐进，直达临朐，距城尚约十里，慕容超已悉众前来。两下相逢，立即恶斗，杀得山川并震，天日无光。转眼间夕阳西下，尚是旗鼓相当，不分胜负。

参军胡藩白裕道："燕兵齐来接仗，城中必虚，何不从间道出兵，往袭彼城？这就是韩信破赵的奇计呢。"裕连声称善，即遣藩及谘议将军檀韶，建威将军向弥，率兵数千，绕出燕兵后面，往袭临朐城。城内只留老弱居守，惟城南有一营垒，乃是段晖住着，手下兵不过千名。向弥擐甲先驱，径抵城下，大呼道："我等率雄师十万，从海道来此，守城兵吏，如不怕死，尽管来战，否则速降，毋污我刃！"这话说出，吓得城内城外的燕兵，不敢出头。弥即架起云梯，执旗先登，刘藩、檀韶等，麾军齐上，即陷入临朐城。

段晖飞报慕容超，超大吃一惊，单骑驰还。燕兵失了主子，当然溃退，被刘裕纵兵奋击，追杀至城下，乘胜踹段晖营，晖慌忙拦阻，措手不及，也为晋军所杀。慕容超策马飞奔，马蹶下坠，险些儿被晋军追着，亏得公孙五楼等，替他易马授辔，仓皇走脱。所有乘马伪辇，玉玺豹尾等件，尽行弃去，由晋军沿途拾取，送入京师。

慕容超逃回广固，未及整军，那晋军已经追到，突入外城。超与公孙五楼等，忙入内城把守。裕猛扑不下，乃筑起长围，为久攻计，垒高三丈，穿堑三重，抚纳降附，采拔贤俊，华夷大悦。超遣尚书郎张纲，缒城夜出，至后秦乞师。秦主姚兴，方有夏患，夏主赫连勃勃攻秦，详见下回。无暇分兵救燕，但佯允发兵，遣纲先行返报。纲还过泰山，被太守中宣擒住，送入裕营。裕得纲大喜，亲为释缚，赐酒压惊。纲感裕恩，情愿归降。

先是裕治攻具，城上人尝揶揄道："汝等虽有功具，怎能及我尚书郎张纲？"及纲既降裕，裕令纲登楼车，呼语守卒，谓秦人不遑来援。守卒大惧，慕容超亦惊惶得很，乃遣使至裕营请和，愿割大岘山为界，向晋称藩。裕斥还来使，超穷急无法，只得再命尚书令韩范，向秦乞师。秦主兴遣使白裕，请速退兵，且言有铁骑十万，进屯洛阳，将涉淮攻晋。裕怒答道："汝去传语姚兴，我平定青州，将入函谷，姚兴自愿送死，便可速来！"妙极。

秦使自去，录事参军刘穆之入谏道："公语不足畏敌，反致怒敌，若广固未下，羌寇掩至，敢问公将如何对待呢？"裕笑道："这是兵机，非卿所解：试想羌人若能救燕，方且潜师前来，攻我无备，何致先遣使命，使我预防？这明是虚声吓人，不足为虑！"一语道破，裕固可号智囊。穆之亦领悟而退。

裕即令张纲制造攻具，备极巧妙，设飞楼，悬梯木，幔板屋，覆以牛皮，城上矢石，毫无所用。眼见得城内孤危，形势岌岌。韩范自后秦东归，见围城益急，竟至裕营投诚，裕表范为散骑常侍，并令范至城下，招降守将。城中人情离沮，陆续逾城出降。慕容超尚坚守两三月，且遣公孙五楼潜掘地道，出击晋兵。晋营守御极严，无懈可击，于是阖城大困。刘裕知城中穷蹙，乃誓众猛攻。是日适为往亡日，不利行师，裕奋然道："我往彼亡，有何不利？"足破世人述梦。遂遍设攻具，四面攻扑。南燕尚书悦寿，料知不支，即开门迎纳晋军。慕容超即率左右数十骑，惶遽越城，逃窜里许，被晋军追到，捉得一个不留，牵回城中。

刘裕升帐，责超抗命不降的罪状，超神色自若，一无所言。裕屠南燕王公以下三千人，没入家口万余，把慕容超囚解进京，自请移镇下邳，进图关洛。

晋廷诛慕容超，加裕兼青、冀二州刺史，拟许便宜行事。不料卢循陷长沙，徐道覆陷南康、庐陵、豫章，顺流而下，将袭晋都，江东大震，急得晋廷君臣，不知所措，只好飞召刘裕，率军还援。盈廷只靠一人，怪不得晋祚垂尽。原来刘裕讨灭桓玄，迎帝回銮，彼时因朝廷新定，不暇南顾，暂授卢循为广州刺史，徐道覆为始兴相，权示羁縻。循遗裕益智粽，裕报以续命汤。及裕出师伐燕，道覆劝循乘虚入袭，循初尚不从，经道覆亲往献议，谓裕尚未归，机不可失，乃分道入寇。

循攻长沙，一鼓即下，道覆且连陷南康、庐陵、豫章诸郡，沿江东趋，舟楫甚盛。江荆都督何无忌，自寻阳引兵拒贼，与道覆交战豫章。道覆令弓弩手数百名，登西岸小山，顺风迭射，无忌急命船内水军，用藤牌遮护。偏是西风暴急，战船停留不住，竟由西岸飘至东岸，贼众乘势驰击，用着艨艟大舰，进逼无忌坐船。无忌麾下，顿时骇散，无忌厉声语左右道："取我苏武节来！"至节已取至，无忌持节督战，风狂舟破，贼势四蹙。可怜无忌身受重伤，握节而死！

无忌亦一时名将,可惜死于小贼之手。

刘裕已奉召至下邳,用船载运辎重,自率精锐步归。道出山阳,接得无忌凶耗,恐京邑失守,急忙卷甲疾趋,引数十骑至淮上。遇着朝使敦促,便探问消息。朝使说道:"贼尚未至,但教公速还都,便可无忧。"裕心甚喜。驰至江滨,正值风急浪腾,大众俱有难色,裕慨然道:"天命助我,风当自息,否则不过一死,覆溺何害!"遂麾众登舟,舟移风止。过江至京口,江左居民,望见旗麾,统是额手欢呼,差不多似久旱逢甘,非常欣慰。<small>晋祚潜移,于此可见。</small>

越二日即入都陛见,具陈御寇规画,朝廷有恃无恐,诏令京师解严。豫州都督刘毅,自告奋勇,愿率部军南征。裕方整治舟械,预备出师。既得毅表,令毅从弟刘藩,赍书复毅,略言贼新获利,锋不可当,今修船垂毕,愿与老弟会师江上,相机破贼云云。

藩至姑孰,将书交毅,毅阅书未终,已有怒色,瞋目视藩道:"前次举义平逆,不过因刘裕发起,权时推重,汝便谓我真不及刘裕么?"说着,把来书掷弃地上,立集舟师二万,从姑孰出发。<small>是谓忿兵。</small>急驶至桑落洲,正值卢循、徐道覆两贼,顺流鼓楫,舣舰前来,船头甚是高锐,突入毅水师队中。毅舰低脆,偶与贼舰相撞,无不碎损,没奈何奔避两旁。舟队一散,全军立涣。两贼渠指挥徒众,东隳西突,害得毅军逃避不遑,或与舟俱沉,或全船被掳。毅无法支撑,只好带着数百人,弃船登岸,狼狈遁走。所有辎重粮械,一古脑儿抛置江心,被贼掠去。<small>毅试自问,果能及刘裕?</small>

这败报传达都中,上下震惧,刘裕急募民为兵,修治石头城,为控御计。时北师初还,疮痍未复,京邑战士,不满数千,诸葛长民、刘道怜等,虽皆闻风入卫,但也是部曲寥寥,数不盈万。

那卢、徐二贼,毙何无忌,败刘毅,连破江、豫二镇,有众十余万,舟车百里不绝,楼船高至十二丈,横行江中。他心目中只畏一刘裕,闻裕还军建业,未免惊心。循欲退还寻阳,转攻江陵,独道覆谓宜乘胜进取。两人议论数日,方从道覆言,联樯东下。

警报与雪片相似,飞达都中,还有败军逃还,亦统称贼势甚盛,不应轻敌。孟昶、诸葛长民,倡议避寇,欲奉乘舆过江,独刘裕不许。参军王仲德进白刘裕道:"明公新建大功,威震六合,今妖贼乘虚入寇,骤闻公还,必当惊溃;若先自逃去,势同匹夫,何能号召将士?公若误徇时议,仆不忍随公,请从此辞!"裕亟慰谕道:"南山可改,此志不移,愿君勿疑!"

孟昶尚固请不已,裕勃然道:"今日何日,尚可轻举妄动么?试想重镇外倾,强寇内逼,一或迁徙,全体瓦解,江北亦岂可得至?就使得至江北,亦不过苟延时日罢了,今兵士虽少,尚足一战,战若得胜,臣主同休,万一挫败,我当横尸庙门,以身殉国,断不甘窜伏草间,偷生苟活呢。我计已决,君勿复言!"据裕此言,几似忠贯天日,可惜此后不符。昶尚涕泣陈词,自愿先死,惹得刘裕性起,厉声呵叱道:"汝且看我一战,再死未迟!"昶悒悒归第,手自草表道:"臣裕北讨,众议不同,唯臣赞成裕计,令强贼乘虚进逼,危及社稷,臣自知死罪,谨引咎以谢天下。"表既封就,仰药竟死。呆鸟。

未几闻卢循已至淮口,内外戒严,琅琊王司马德文督守宫城,刘裕自出屯石头,使谘议参军刘粹,引第三子义隆,往戍京口。义隆年仅四龄,裕借此励军,表示毁家纾难的意思,且召集诸将,预揣贼势道:"贼若由新亭直进,不易抵御,只好暂时回避,将来胜负,尚未可料;倘或回泊西岸,贼锋已靡,便容易成擒了。"遂常登城西望。起初尚未见寇踪,但觉烟波一碧,山水同青。百忙中叙此闲文,格外生色。俄而鼓声到耳,远远有敌船出没,引向新亭,不由的旁顾左右,略露忧容。嗣见敌船回泊蔡洲,乃变忧为喜道:"果不出我所料。贼党虽盛,无能为了。"

原来徐道覆既入淮口,本拟由新亭进兵,焚舟直上。独卢循多疑少决,欲出万全,所以徘徊江中,既东复西。道覆曾叹息道:"我终为卢公所误,事必无成。使我得独力举事,取建康如反掌明。"一面说,一面拔椗西驶。

自卢、徐等回泊蔡洲,刘裕得从容布置,修治越城以障西南,筑查圃药园种芍药之所。廷尉官寺所居,因以为名。三垒,以固西鄙,饬冠军将军刘敬宣屯北郊,辅国将军孟怀玉屯丹阳郡西,建武将军王仲德屯越城,广武将军刘默屯建阳门外。又使宁朔将军索邈,仿鲜卑骑装,用突骑千余匹,外蒙虎斑文锦,光成五色,自淮北至新亭,步骑相望,壁垒一新。小子有诗咏道:

  从容坐镇石头城,匕鬯安然得免惊。
  可笑怯夫徒慕义,仓皇仰药断残生。

欲知卢、徐二贼,进退如何,且待下回分解。

观本回之叙刘裕,备述当时计议,益见其智勇深沉,非常人所可及。大岘山,南燕之险阻也,裕料慕容超之必不扼守,故冒险前进,因粮于敌,卒得成功。新亭,东晋之要害也,裕料卢循之必不敢进,故决计固守,效死勿去,卒能却寇。盖行军之道,必先知敌国之为何如主,贼渠之为何如人,然后可进可退,能战能守。彼何无忌、刘毅之轻战致败,孟昶之怯敌自戕,非失之躁,即失之庸,亦岂足与刘裕比耶? 裕固一世之雄也,曹阿瞒后,舍裕其谁乎?

第四回 毁贼船用火破卢循
发军函出奇平谯纵

　　却说卢循、徐道覆回泊蔡洲，静驻了好几日，但见石头城畔，日整军容，一些儿没有慌乱。循始自悔蹉跎，派遣战舰十余艘，来攻石头城外的防栅。刘裕命用神臂弓迭射，一发数矢，无不摧陷，循只好退去。寻又伏兵南岸，使老弱乘舟东行，扬言将进攻白石。白石在新亭左侧，也是江滨要害，裕恐他弄假成真，不得不先往防堵。会刘毅自豫州奔还，诣阙待罪，安帝但降毅为后将军，令仍至军营效力，带罪图功。毅见了刘裕，未免自惭，裕却绝不介意，好言抚慰，即邀他同往白石，截击贼船，但留参军沈林子、徐赤特等，扼定查浦，令勿妄动。

　　及裕已北往，贼众自南岸窃发，攻入查浦，纵火焚张侯桥。徐赤特违令出战，遇伏败遁，单舸往淮北。独沈林子据栅力战，又经别将刘钟、朱龄石等，相继入援，贼始散去。卢循引锐卒往丹阳，裕闻报驰还，赤特亦至，由裕责他违令，斩首徇众。自己解甲休息，与军士从容坐食，然后出阵南塘，命参军诸葛叔度，及朱龄石分率劲卒，渡淮追贼。

　　龄石部下多鲜卑壮士，手握长矟，追刺贼众，贼虽各挟刀械，终究是短不敌长，靡然退去，龄石等亦收军而回。卢循转掠各郡，郡守皆坚壁待着，毫无所得，乃语徐道覆道："我军已敝，不如退据寻阳，并力取荆州，徐图建康罢了。"兵法有进无退，一退便要送终了。乃留贼党范崇民，率众五千，踞守南陵，自向寻阳退去。

　　晋廷授刘裕太尉中书监，并加黄钺。裕受钺辞官，朝旨不许。裕表荐王仲德为辅国将军，刘钟为广川太守，蒯恩为河间太守，令与谘议参军孟怀玉等，率众追贼，自己大治水军，广筑巨舰，楼高十余丈，令与贼船相等。船既筑成，即派将军孙处、沈田子领着百艘，由海道径袭番禺，直捣卢循老巢。诸将以为海道迂远，跋涉多艰，且自分兵力，尤觉非计。裕笑而不答，但嘱孙处道："大军至十二月间，必破妖房。卿为我先捣贼巢，使彼走无所归，不怕他不为我擒了。"料敌如神。孙处等奉令去讫。

　　那卢循还入寻阳，遣人从间道入蜀，联结谯纵，约他夹攻荆州。纵复言如约，回应前回。一面向后秦乞师。秦主姚兴，封纵为大都督，兼相国、蜀王，且拨桓谦助纵。桓谦奔秦，见第二回。纵令谦为荆州刺史，谯道福为梁州刺史，率

第四回　毁贼船用火破卢循　发军函出奇平谯纵

众二万寇荆州。秦将军苟林，亦奉秦主兴命令，率骑兵往会，声势甚盛。

先是卢循东下，荆、扬二州，隔绝音问，荆州刺史刘道规，遣司马王镇之，与天门太守檀道济，广武将军到彦之，入援建业。途次与苟林相遇，正在交锋，忽由卢循等派兵接应，夹攻镇之，镇之败退。卢循厚犒秦军，并授苟林为南蛮校尉，分兵为助，令林进攻江陵。苟林系后秦将军，奈何受卢循封职，贪利若此，安得不死！林遂入屯江津。桓谦沿途召募旧党，又集众至二万人，进据枝江。两寇交逼，江陵大震，士民多怀观望。刘道规默察舆情，索性大开城门，令士民自择去就，一面严装待寇。士民不禁惮服，无人出走，城中反觉安堵。道规权术可爱，不愧为刘裕弟。

时鲁宗之已升任雍州刺史，自襄阳率兵援荆。或谓宗之情不可测，独道规单骑出迎，导入城中，叙谈甚欢。竟留宗之居守，自领各军出讨桓谦，水陆并进，疾抵枝江。桓谦大陈舟师，与道规对仗。道规前锋为檀道济，首突谦阵，水陆各军，乘势随上，夹击桓谦，谦众大溃。道规鼓全力追，将谦射死，遂移军出江津，往攻苟林。林闻桓谦败死，未战先怯，望尘便遁。道规令参军刘遵，从后追赶，驰至巴陵，得将苟林围住，一鼓击毙。

遵回军报功，刘道规已返江陵，送归鲁宗之。蓦闻徐道覆统众三万，长驱前来，免不得谣言散布，安而复危。道规欲追召宗之，已是不及，只得部署各军，再出迎战。可巧刘遵得胜回来，遂命遵为游军，自至豫章口抵御道覆。道覆联舟直上，兵势张甚，遇着道规前队，兜头接仗，凭着一鼓锐气，横厉无前。道规督军力战，尚是退多进少。道覆兴高采烈，步步逼人，不防刘遵自外面杀到，把道覆麾下的兵舰，冲作两段。道覆顾前失后，顾后失前，禁不住慌张起来。遵与道规，并力夹击，斩贼首万余级，挤溺无算。道覆奔还湓口，江陵复安。

刘裕闻江陵无恙，贼众皆败，遂亲率刘藩、檀韶等南讨贼党。留刘毅监太尉府，委以内事。诸军方发，接得王仲德捷报，已逐去悍贼范崇民，夺还南陵。裕很是喜慰，溯流出南陵城，与王仲德等会师，进达雷池。好几日不见贼至，再进军大雷。

翌日黎明，方闻贼众趋至，由裕自登船楼，向西眺望，只见舳舻衔接，绵亘江心，几不知有多少战船。他仍不动声色，先拨步骑往屯西岸，嘱他备好火具，待时纵火，然后躬提幡鼓，悉发轻利斗舰，齐力向前。右军参军庾乐生，乘舰徘徊，立命斩首号令。于是各军争奋，万弩齐发，好在风又助顺，水亦扬波，把贼船逼往西岸。岸上早列着步兵，手执火具，各向贼船抛去。火随风炽，风助火威，霎时间烈焰飞腾，满江俱赤，贼船多半被毁，骇得贼众狂奔。卢、徐两贼，仓猝遁走，既还寻阳，复趋豫章，就左里竖起密栅，阻遏晋军。

裕大获胜仗，留孟怀玉守雷池，再督兵往攻左里，将到栅前，忽裕所执麾竿，无故自折，沉入水中。大众不禁惶惧，裕欣然道："从前覆舟山一役，见第二回。幡竿亦折，今复如此，破贼无疑了！"无非稳定众心。遂易麾督攻，破栅直进。贼众虽然死战，始终招架不住，或饮刃，或投水，死亡至万余人。卢循孤舟驰去，余众多降。裕还至雷池，遣刘藩、孟怀玉追剿卢、徐，自率余军凯旋。安帝遣侍中黄门诸官，出郊迎劳，俟裕入阙，面加奖赏，授裕为大将军扬州牧，给仪卫二十人，裕又固辞。假惺惺做甚？略称卢、徐未诛，怎可受封？安帝乃收回成命。

那卢循收集散卒，尚不下万人，走还番禺。徐道覆退保始兴。始兴尚幸无恙，番禺早入晋军手中。晋将军孙处、沈田子等自海道袭番禺，番禺虽有贼党守着，毫不防备。处等率军掩至，天适大雾，咫尺不辨，及晋军四面登城，城中方才惊觉，百忙中如何对敌，顿时夺门逃散，有许多生得脚短的，都做了刀头鬼。处安抚旧民，捕戮贼渠亲党，勒兵谨守，全城大定。又遣沈田子等分击岭表诸郡，依次克复。

卢循闻巢穴被破，惊慌得了不得，忙率众驰攻番禺，由孙处独力固守，相持不下。刘藩、孟怀玉分追卢、徐，怀玉到了始兴，攻破城池，阵斩徐道覆；藩入粤境，正与沈田子遇着，即分军与田子，令救番禺。田子引兵至番禺城下，捣入循营，喊杀声震彻城中。孙处闻有援兵到来，也出兵助战。一场合击，杀死贼党数千名，循向南窜去。处与田了奋力追蹑，至苍梧、郁林、宁浦诸境，三战皆捷。循势穷力蹙，逃入交州，交州刺史杜慧度，发兵至龙编津，截循去路。循众尚有三千人，舟约数十艘，被慧度掷炬纵火，毁去循船，岸上又飞矢如雨，无隙可钻。循自分必死，先鸩妻子，后杀妓妾，一跃入水，顷刻毙命。慧度命军士捞起循尸，枭取首级，传入建康。南方逆党，至此才平。了结卢、徐。

会荆州刺史刘道规，因病求代，晋廷遣刘毅往镇荆州，调道规为豫州刺史。道规在荆州数年，秋毫无犯，惠及人民。及调任豫州，未几即殁，荆人闻讣，相率流涕。有善必录。

刘毅自豫州败后，与刘裕同朝相处，外似逊顺，内益猜疑。裕素不学，毅独能文，所以朝右词臣，喜与毅相结纳。仆射谢混，丹阳尹郗僧施，往来尤密。及毅出镇荆州，多反道规旧政，檄调豫州文武旧吏，隶置麾下。且求兼督交广，请任郗僧施为南蛮校尉，毛修之为南郡太守。

刘裕在朝览表，一一允行，将军胡藩白裕道："公谓刘将军终为公屈么？"裕沈吟半响，方说道："卿意如何？"藩答道："统百万雄师，战必胜，攻必取，毅原愧不如公，若涉猎传记，一谈一咏，却自命为豪雄。近见搢绅文士，多半归附，恐未必终为公下！"裕微笑道："我与毅协同规复，功不可忘，过尚未著，怎

第四回 毁贼船用火破卢循 发军函出奇平谯纵

得无故害人？"仿佛郑庄之待叔段。藩默然趋出。

裕复因刘藩讨逆有功，擢任兖州刺史，出镇广陵。会毅在任遇疾，郗僧施劝毅上表，乞调藩为副帅。毅依言表闻，刘裕始有心防毅，佯从毅请，召藩入朝。藩自广陵入都，甫至阙下，即由裕饬令卫士，收藩下狱。并请得诏书，诬称刘毅兄弟，与仆射谢混，共谋不轨，立命并混拿下，与刘藩同日赐死。一面自请讨毅，刻日召集诸军，仗钺西征。真是辣手。

授前镇军将军司马休之为平西将军、荆州刺史，随同前往，且遣参军王镇恶、龙骧将军蒯恩，带领前队军士，掩袭江陵。镇恶用轻舸百艘，昼夜兼行，伪充刘兖州旗号，直至豫章口。荆州人士，尚未知刘藩死状，总道是刘藩西来，绝不疑忌。镇恶舍舟登岸，径达江陵。刘毅探悉实信，急欲下关，已被王镇恶闯入，关不及键，兵不及甲，顿时全城鼎沸。毅率左右数百人，驰突出城，夜投佛寺，寺僧不肯收纳，仓猝缢死。镇恶搜得毅尸，枭首市曹，并将毅所有子侄，一并杀毙。

越数日，刘裕军至江陵，捕杀郗僧施，宥免毛修之，宽租省调，节役缓刑，荆民大悦。遂留司马休之镇守江陵，自率大军还京师。

先是裕西行时，留豫州刺史诸葛长民，监太尉军府事，又加刘穆之为建威将军，使佐长民。长民闻刘毅被杀，私语亲属道："昔日醢彭越，今日斩韩信，恐我等亦将及祸了！"长民弟黎民献议道："刘氏灭亡，诸葛氏岂能独免？宜乘刘裕未归时，速图为是。"长民犹豫未决，潜问刘穆之道："人言太尉与我不平，究为何因？"穆之道："刘公溯流远征，以老母稚子委节下，若与公有嫌，怎肯出此？"

长民意终未释，复贻冀州刺史刘敬宣书，有共图富贵等语。敬宣竟寄与刘裕。裕阳言某日入都，长民等逐日出候，并未见到，不意裕夤夜入府，除刘穆之外，无人得闻。越日天晓，裕升堂视事，长民才得闻知，惊趋入门。裕下堂握长民手，屏人与语，备极欢洽。长民方欲告别，忽帐后突出壮士，抓住长民，把他勒死，舁尸付廷尉。长民弟黎民、幼民，及从弟秀之，均遭逮捕。黎民素来骁勇，格斗而死，幼民、秀之被杀。

当时都下传语道："勿跋扈，付丁旿。"看官道是何说？原来刘裕伏着的壮士，叫作丁旿。勒长民，毙黎民，统出旿手。大众畏他强悍，所以有此传闻。丁旿亦典韦流亚。

这且休表。且说刘裕既翦灭二憾，乃命朱龄石为益州刺史，令与宁朔将军臧熹、河间太守蒯恩、下邳太守刘钟等，率军二万，往讨西蜀。时人多谓龄石望轻，难当重任，裕独排众议道："龄石既具武干，又练吏职，此去必能成功。诸君不信，待后便知！"另眼看人。当下召入龄石，密谈数语，且付一锦函，上书六字道："待至白帝乃开。"龄石持函出都,溯江西行。诸将闻龄石受裕密计,究不知他如何进取,但一路随着,晓行夜宿。好容易到了白帝城,龄石乃披发锦函,但见函中藏有一纸,上面写着：

众军悉从外水取成都,臧熹从中水取广汉,老弱乘高舰,从内水向黄虎,速行不误。违令毋赦！

看官阅过前回,应知刘敬宣前时伐蜀,道出黄虎,无功而还。此次独令众军取道外水,明明是惩着前辙,改道行军。又恐蜀人预料,特令龄石派遣老弱,作为疑兵,牵制蜀人。复命臧熹从中水进兵,亦无非是分蜀兵势。伪蜀王谯纵,果疑晋军仍薄黄虎,急遣谯道福出守涪城,严防内水。那龄石已自外水趋平模,距成都只二百里,谯纵才得知晓,派秦州刺史侯晖,尚书仆射谯诜,率众万余,出屯平模对岸,筑城拒守。

天适盛暑,赤日炎炎,龄石颇费踌躇,与刘钟密商道："今天时甚热,贼众据险自固,未易攻入,我拟休兵养锐,伺隙乃发,君意以为何如？"刘钟道："此计错了！我军以内水为疑兵,所以谯道福出守涪城。今重军到此,出其不意,侯晖等虽然来拒,未免惊慌,我乘他惊疑未定,尽锐往攻,定可必胜。俟平模战克,鼓行西进,成都自不能守了。若顿兵不前,使他知我虚实,调涪军前来援应,并力拒守,我既不能进,又不能退,师老食绝,二万人将尽为蜀虏,岂不可虑！"龄石愕然道："非君言,几误人事！"遂麾兵齐进,共集城下。

蜀人筑有南北城,北城倚山靠水,地阴兵多,南城较为平坦。诸将请先攻南城,龄石道："攻坚难,抵瑕易,我能先拔坚城,贼众自靡,南城可以立取。这才是一劳永逸呢！"于是拥众攻北城,前仆后继,半日即下。侯晖、谯诜,先后战死,蜀兵大败。龄石引兵趋南城,南城守卒,已经溃散,寂无一人。乃毁去二垒,舍舟步进。臧熹从中水趋入,阵斩蜀将谯抚之,击走蜀吏谯小苟,据住广汉,留兵戍守,自率亲军来会龄石。两军直向成都,势如破竹。

谯纵迭接败耗,吓得魂飞天外,急弃成都出走。纵女年仅及笄,涕泣谏纵道："走必不免,徒自取辱,不若至先人墓前,一死了事。"纵不能从,辞墓即行,女竟撞死于墓侧。还是此女烈毅,可惜生于谯家。谯道福闻平模失守,自涪城还兵入援,途中与纵相遇,见纵狼狈情状,不禁忿忿道："大丈夫有如此功业,一旦轻弃,去将安归！人生总有一死,有甚么畏怯呢！"因拔剑投纵,掷中马鞍。纵情急奔避,左右四散,没奈何解带自经。巴西人王志,斩了纵首,献与龄石。

道福尽散金帛,犒赏军士,再拟背城一战,偏军士得了赏给,仍然散去。道福子身远窜,为巴民杜瑾所执,也送至龄石军前。龄石已入成都,搜诛谯纵亲属，余皆不问。及道福执至，因系谯氏宗族，亦枭示军门。

蜀尚书令马耽，封闭府库，留献晋军。龄石独徙耽至越巂。耽叹息道："朱公不送我入京，无非欲杀我灭口，我必不免了！"求荣反辱，虽悔曷追？乃盥洗而卧，引绳缢死。既而龄石使至，果来杀耽。见耽已死，戮尸归报。龄石驰书奏捷。诏命龄石进监梁、秦州六郡军事，赐爵丰城县侯。小子有诗咏道：

> 锦函授策似先知，外水长驱计独奇。
> 莫道蚕丛天险在，王师履险竟如夷！

龄石平蜀，谋出刘裕，当然叙功加封。欲知封赏大略，且至下回表明。

非刘裕不能破卢、徐，非刘裕不能平谯纵，卢循智过孙恩，徐道覆且智过卢循，往来江豫，盘踞中流，实为东晋腹心之大蠹。议者谓循之致败，误于不用徐道覆之言；然大雷一战，徐亦在列，胡不预备火攻，严师以待，且败走始兴，先循被杀。彼尝欲身为英雄，奈智不若刘裕何也！谯纵据有成都，负嵎自固，刘敬宣挫师黄虎，天险足凭。乃朱龄石等引军再进，多方误蜀，破竹直入，杀敌致果者为诸将，发纵指示者实刘裕。锦函之授，远睹千里，裕诚一枭杰矣哉！至若杀刘毅，杀诸葛长民，一挥手而两首悬竿，何其敏且速也！然讨卢循、徐道覆、谯纵，犹似近公，袭杀刘毅、请葛长民，纯乎为私，司马昭之心，路人皆知，宁待至篡国后哉！

第五回　捣洛阳秦将败没
　　　　破长安姚氏灭亡

却说晋安帝加赏刘裕，仍申前命，授裕太傅扬州牧，加羽葆鼓吹二十人。裕只受羽葆鼓吹，余仍固辞。还要作伪。乃另封裕次子义真为桂阳县公。一门烜赫，父子同荣，不消细说。会司马休之子文思，入继谯王，《宋书》谓系休之兄子。性情暴悍，滥结党徒，素为裕所嫉视。文思又捶杀都中小吏，由有司上章弹劾，有诏诛文思党羽，贷文思死罪。休之在江陵闻悉，奉表谢罪。裕饬将文思执送江陵，令休之自加处治。休之但表废文思，并寄裕书，陈谢中寓讥讽意。裕由是不悦，使江州刺史孟怀玉，兼督豫州六郡，监制休之。

越年又收休之次子文质，从子文祖，并皆赐死。自领荆州刺史，出讨休之。留弟中军将军刘道怜，掌管府事，刘穆之为副。事无大小，皆取决穆之。遂率大军出都，溯江直上。

休之因上书罪裕,并联合雍州刺史鲁宗之,及宗之子竟陵太守鲁轨,抵御裕军。裕招休之录事韩延之,延之复书拒绝。乃使参军檀道济、朱超石,率步骑出襄阳,又檄江夏太守刘虔之,聚粮以待。道济等未曾得粮,虔之已被鲁轨击死。裕再使女夫振威将军徐逵之,偕参军蒯恩、王允之、沈渊子等,出江夏口,与鲁轨对垒。轨用埋伏计,诱击逵之,逵之遇伏阵亡。允之、渊子赴援,亦皆战死。独蒯恩持重不动,全军退还。

刘裕闻报大怒,自率诸将渡江。鲁轨与司马文思,统兵四万,夹江为守,列阵峭岸。岸高数丈,裕军莫敢上登,彼此相觑。裕怒不可遏,自被甲胄,突前作跳跃状。诸将苦谏不从,主簿谢晦将裕掖住,气得裕头筋暴涨,瞋目扬须,拔剑指晦道:"汝再阻我,我将杀汝!"想为女婿被杀,因致如此。晦从容道:"天下可无晦,不可无公!"必欲留他篡晋耶!

裕尚欲上跃,将军胡藩,亟用刀头凿穿岸土,可容足指,躐迹而上。随兵亦稍稍登岸,直前力战,轨众少却。裕麾军上陆,用着大刀阔斧,奋杀过去,轨与文思,立即败溃。一走一追,直抵江陵城下。休之与鲁宗之、韩延之等,弃城皆走,独鲁轨退保石城。裕令阆中侯赵伦之、参军沈林子攻轨,另派内史王镇恶,领舟师追休之等。休之闻石城被攻,拟与宗之收军往援,哪知到了中途,遇轨狼狈奔来,报称石城被陷,乃相偕奔往襄阳。偏偏襄阳参军,闭门不纳,休之等无可如何,俱西奔后秦。

是时司马道赐为休之亲属,与裨将王猛子密谋刺死青冀二州刺史刘敬宣,响应休之。敬宣府吏,即时起兵攻道赐,把他击毙,连王猛子亦砍作肉泥。青、冀二州,仍然平定。

刘裕奏凯班师,诏仍加裕为太傅扬州牧,剑履上殿,入朝不趋,赞拜不名。裕仍固辞太傅州牧,余暂受命。嗣又加裕领平北将军,都督南秦,凡二十二州,未几且晋封中外大都督。裕长子义符为兖州刺史,兼豫章公,三子义隆为北彭城县公,弟道怜为荆州刺史。

裕因后秦屡纳逋逃,决意声讨。后秦自姚苌僭位,传子姚兴,灭前秦,降后凉,在位二十二年,颇号强盛。兴死,长子泓嗣,骨肉相争,关中扰乱。详见《两晋演义》。裕乘机西征,加领征西将军,兼司、豫二州刺史,长子义符为中军将军,监留府事。刘穆之为左仆射,领监军中军二府军司,入居东府,总摄内外。司马徐羡之为副。左将军朱龄石守卫殿省。徐州刺史刘怀慎守卫京师。

裕将启行,分诸军为数道:龙骧将军王镇恶、冠军将军檀道济,自淮、泗向许洛;新野太守朱超石,宁朔将军胡藩趋阳城;振武将军沈田子,建威将军傅弘之趋武关;建武将军沈林子,彭城内史刘遵考,率水军出石门,自汴达河。又命冀州刺史王仲德为征虏将军,督领前锋,开巨野入河。刘穆之语王镇恶

第五回　捣洛阳秦将败没　破长安姚氏灭亡

道："刘公委卿伐秦，卿宜勉力，毋负所委！"镇恶道："我不克关中，誓不复济江！"当下各队出都，依次西进。刘裕在后督军，亦即出发，浩浩荡荡，行达彭城。

镇恶、道济驰入秦境，所向皆捷。秦将王苟生举漆邱城降镇恶，刺史姚掌，举项城降道济。诸屯守俱望风款附，惟新蔡太守董遵守城不下。道济一鼓入城，将遵擒住，立命斩首。进克许昌，又获秦颍川太守姚垣，及大将杨业。

沈林子自汴入河，襄邑人董神虎来降，从林子进拔仓垣，收降秦刺史韦华。神虎擅还襄邑，为林子所杀。

王仲德水军渡河，道过滑台。滑台为北魏属地，守吏尉建庸懦，还道是晋军来攻，即弃城北走。仲德入滑台宣言道："我军已预备布帛七万匹，假道北魏，不意北魏守将，弃城遽去，我所以入城安民，大众不必惊惶，我将自退。"魏主嗣接得军报，立命部将叔孙建、公孙表等，自河内向枋头，引兵济河。途遇尉建还奔，将他缚至滑台城下，投尸河中，仰呼城上晋兵，问他何故侵轶？仲德使人答语道："刘太尉遣王征房将军，自河入洛，清扫山陵，并未敢侵掠魏境，魏守将自弃滑台，剩得一座空城，王征房借城息兵，秋毫无犯，不日即当西去。晋魏和好，始终守约，幸勿误会！"叔孙建也无词可驳，遣人飞报魏主。魏主又令建致书刘裕，裕婉辞致复道："洛阳为我朝旧都，山陵俱在，今为西羌所据，几至陵寝成墟。且我朝罪犯，均由羌人收纳，使为我患。我朝因发兵西讨。欲向贵国假道，想贵国好恶从同，断不致有违言。滑台一军，自当令彼西引，愿贵国勿忧！"远交近攻，却是要着。魏主嗣乃令叔孙建等按兵不动，俟仲德退去，然后收复滑台。

晋将军檀道济领兵前驱，连下秦阳、荥阳二城，直抵成皋。秦征南将军陈留公姚洸屯驻洛阳，忙向关中求救。秦主泓遣武卫将军姚益男、越骑校尉阎生，合兵万三千人，往援洛阳。又令并州牧姚懿，南屯陕津，遥作声援。姚益男等尚未到洛，晋军已降服成皋，进攻柏谷。秦将军赵玄，在洸麾下，先劝洸据险固守，静待援兵。偏司马姚禹，暗向晋军输款，促洸发兵出战。洸即遣赵玄率兵千余，南出柏谷坞，迎击晋军。玄泣语洸道："玄受三主重恩，有死无二，但明公误信谗言，必致后悔！"说毕，麾旗趋出，与行军司马蹇鉴，驰往柏谷，兜头遇着晋龙骧司马毛德祖，带兵前来，两下不及答话，便即交战，自午至未，杀伤相当，未分胜负。那晋军越来越多，玄兵越斗越少，再战了好多时，玄身中十余创，力不能支，呕血无数，据地大呼。司马蹇鉴抱玄泣下，玄凄声道："我创已重，自知必死，君宜速去！"鉴泣答道："将军不济，鉴将何往？"玄再呼毕命。鉴挺刀死战，格毙晋军数人，亦自刎而亡。为主捐躯，不失为忠。毛德祖杀尽玄兵，直捣洛阳。檀道济亦至，四面围攻。洛阳司马姚禹，即逾城出降。

姚洸无法可施，也只好举城奉献，作为贽仪。道济俘得秦兵四千余名，或劝道济悉数坑毙，作为京观，道济道："伐罪吊民，正在今日，何用多杀哩！"因皆释缚遣归，秦人大悦，相率趋附。

秦将军姚益男、阎生等闻洛阳已陷，不敢进兵，退还关中。秦廷惶急得很，偏州牧姚懿，到了陕津，听了司马孙畅的计议，反攻长安。秦主泓急令东平公姚绍等，往击姚懿，懿败被擒，畅亦伏诛。既而征北将军齐公姚恢，又复自称大都督，托言入清君侧，进关西向。秦主又飞召姚绍等击恢，恢亦败死。看官听说！这姚懿为秦主泓母弟，姚恢乃秦主泓诸父，本来休戚相关的至亲，乃国危不救，反且倒戈内逼，试想姚氏至此，阋墙构变，不顾外侮，还能保全国家么？当头棒喝。恢、懿等虽然伏法，秦兵已伤了一半。

晋太尉刘裕且引水军发彭城，留三子彭城公义隆居守，兼掌徐、兖、青、冀四州军事，自督大兵西进。

王镇恶入渑池，趋潼关，檀道济、沈林子，自陕北渡河，进攻蒲阪。秦东平公姚绍，升任鲁公，进官太宰，督武卫将军姚鸾等，率步骑五万援潼关，别遣副将姚驴救蒲阪。道济、林子，攻蒲阪不克，林子语道济道："蒲阪城坚兵众，未易猝拔，不若往会镇恶，并力攻潼关，潼关得手，蒲阪可不战自下了。"道济依言，移军往潼关，与镇恶会师合攻。姚绍开关出战，由道济、林子等奋击，大破绍兵，斩获千数。绍退屯定城，据险固守，令姚鸾屯兵大路，堵截晋军粮道。晋沈林子夜率锐卒，突入鸾营，鸾措手不及，竟为所杀。余众数千人，立时扫尽。姚绍又遣东平公姚赞出师河上，断晋水道，复被沈林子击败，奔还定城。

秦兵累败，急得秦主泓不知所为，忙遣人向魏乞援。泓有女弟西平公主，曾适北魏为夫人。北魏主拓跋嗣，正欲发兵，可巧刘裕溯河西上，亦有假道书传入，累得北魏主左右两难，不得不集众会议。左右齐声道："潼关号称天险，刘裕用水军攻关，必难得志，若登岸北侵，便较容易。况裕虽声言伐秦，志不可测，今日攻秦，安知他日不来攻我，我与秦固为婚媾国，更当相救，宜发兵断河上流，勿使得西。"博士祭酒崔浩，独抗言道："不可不可！刘裕早蓄志图秦，今姚兴已死，子泓懦弱，国内多难，势已岌岌，裕大举入秦，志在必克。我若遏他上流，裕心忿戾，必上岸北侵，是我转代秦受敌呢！为今日计，不若假裕水道，听裕西上，然后用兵塞住东路。裕若克捷，必感我假道，断不与我为仇，否则我亦有救秦美名，这才是一举两得的上策，况且南北异俗，就使我国家弃去恒山以南，俾裕占据，裕亦不能驱吴越士卒，与我争河北地，可见是不足为患哩！"

魏主始终以为疑，且因左右啧有烦言，夫人拓跋氏亦在内吁请，乃遣司徒长孙嵩督领山东诸军事，率同将军娥清，刺史阿薄干屯河北岸。遇有晋军船

第五回　捣洛阳秦将败没　破长安姚氏灭亡

被风漂流，由南至北，辄加杀掠。

裕遣兵往击，魏人即去，及晋兵退还，魏人又来。裕因遣亲军队长丁旿，率勇士七百人，坚车百乘，渡往北岸。上岸百余步，列车为阵，每车内置勇士七人，总竖一帜，用氂为饰，叫作白毦。魏人莫明其妙，只眼睁睁的望着，忽见白毦高举，由晋将军朱超石，领着二千人过来，赍了连臂弓百张，分登车上，一车增二十人。魏都督长孙嵩，恐晋军进逼，乃用先发制人的计策，麾众三万骑，来攻车阵。晋军发矢迭射，伤毙魏兵不少。但魏兵抵死不退，四面猛扑，血肉齐飞。突见晋军取出两般兵器，迎头痛击，一件是数十斤重的大锤，一件是三四尺长的短槊，锤过处头颅粉碎，槊截处胸脊洞穿，更兼车高临下，容易击人，魏兵招架不住，当然倒退。哪知车阵展开，四面蹂躏，魏兵稍一缓行，即被撞倒，碾入车下，肠破血流。长孙嵩、娥清，拨马逃脱，阿薄干迟了一步，马蹶仆地，立被踏死。至此才知车阵厉害。还有晋将军胡藩、刘荣祖等，也来援应超石，追击至数十里外，斩获千计。及魏兵退入平城，才收兵南旋。魏主闻败，始悔不用崔浩言，但已是无及了。

惟王镇恶等驻扎潼关，食尽兵疲，意欲遁还，沈林子拔剑击案道：“今许洛已定，关右将平，奈何自沮锐气，致堕前功！况前锋为全军耳目，前锋一退，后军必靡，怎得成功！”镇恶乃遣使白裕，乞即济粮。裕本令镇恶等静待洛阳，与大军齐进，镇恶等贪利邀功，径趋潼关，已为裕所介意，况正与魏人交战，也无暇顾及镇恶，镇恶得去使返报，无粮可济，乃自至弘农劝谕百姓，令他赍送义租。百姓应命输粮，军乃得食，众心方定。林子复击破河北秦军，斩秦将姚治、姚墨蠡、唐小方，因遣人驰报刘裕道：“姚绍气盖关中，今一蹶不振，命且垂尽，恐不得膏我铁钺，但姚绍一死关中无人，取长安如反掌了！”果然不到数日，姚绍愤恚成疾，呕血而死，把军事付与东平公姚赞。赞引兵袭沈林子，为林子所料，设伏击退。

既而沈田子、傅弘之得入武关，进屯青泥，秦主泓自率步骑数万，往击田子。田子麾下，本非正兵，但率游骑千余人，袭破武关，至此闻姚泓亲至，并不畏避，反欲上前迎击。傅弘之以众寡不敌，劝令暂避。田子慨然道：“兵贵用奇，不在用众，且今众寡相悬，势不两立，若彼结营既固，前来困我，我从何处逃命！不如乘他初至，营阵未立，先往杀入，尚可图功。”说至此，即策马先往。弘之亦从后继进，约行数里，便见秦军漫山遍野，徐徐而来。田子慨然誓众道，"诸君冒险远来，正求今日一战，若幸得战胜，拜将封侯，就在此举了！”士卒踊跃争先，各执短兵临阵，鼓噪齐进。古人说得好，一夫拚命，万夫莫当，况田子有兵千人，一当十，十当百，任他数万秦军，尚不值千人一扫。秦主泓未经劲敌，骤见晋军这般犷悍，正是见所未见，不由的魂驰魄散，易马返奔。主子一走，全军四溃，倒被田子追杀一阵，斩馘万余级，连秦王乘舆法物，也一并夺来。

刘裕到了潼关，正虑田子兵少，亟遣沈林子带兵数千，自秦岭赴援。到了青泥，秦主已经败去，乃相偕追入。关中郡县多望风迎降。田子陆续报捷，刘裕大喜。

将军王镇恶愿统水军自河入渭，径捣长安，裕允令前往。镇恶行至泾上，正值秦恢武将军姚难，与镇北将军姚强，会师拒战。镇恶使毛德祖进击，秦兵皆溃，强死难遁。秦主泓自屯逍遥园，使姚赞屯灞东，胡翼度屯石积，姚丕屯渭桥。镇恶溯渭直上，所乘皆蒙冲小舰，水手俱在舰内，秦人见它行驶如飞，并无水手，统惊为神助。及镇恶到了渭桥，令军士食毕，各持械登岸，落后者斩。霎时间大众毕登，舰皆随流漂去，不知所向。仿佛是破釜沉舟。镇恶申谕士卒道："我辈俱家居江南，今至长安北门，去家万里，舟楫衣粮，统已随水漂没，若进战得胜，功名俱显，否则骸骨不返，无他希望了！愿与诸君努力，一决死生！"众齐声应命，激响如雷。镇恶身先士卒，持槊直前，众皆竞进，奋击姚丕。丕军大败，向西乱窜。

那冒冒失失的秦主姚泓，方引兵来援，巧值丕军败还，自相践踏，不战即溃。王镇恶追杀过去，乱杀乱剁，如刈草芥。秦镇西将军姚谌，前军将军姚烈，左卫将军姚宝安，散骑常侍王帛，扬威将军姚蚝，尚书右丞孙玄等，并皆战殁。秦主泓单骑还都。王镇恶追入平朔门，泓挈妻子奔石桥。姚赞引众救泓，众皆溃去，胡翼度走降晋军。晋军驰至石桥，将泓围住，泓束手无策，只好送款乞降。泓子佛念，年才十二，涕泣语泓道："陛下今欲降晋，晋人将甘心陛下，终必不免，请自裁决为是！"泓怃然不应。佛念遂登宫墙，一跃而下，脑裂身亡。不亚蜀北地王刘谌，尤难得是少年殉国。泓率妻子及群臣，诣镇恶营前请降，镇恶命属吏收管，待刘裕入城处置。城中居民六万余户，由镇恶出示抚慰，号令严肃，阖城安堵。

越数日，刘裕统军入长安，镇恶出迎灞上，裕面加慰劳道："成吾霸业，卿为首功！"镇恶拜谢道："这都仗明公威灵，诸将武力，所以一举成功，镇恶有何功足称呢？"裕笑道："卿亦欲学汉冯异么？"遂与镇恶并辔入城。嗣闻镇恶盗取库财，不可胜纪，亦置诸不问。收秦彝器浑仪、土圭、记里鼓、指南车等，送入京师，其余金帛财宝，悉分给将士。

秦镇东将军平原公姚璞，与并州刺史尹昭，以蒲阪降，抚军将军东平公姚赞，率姚氏子弟百余人，亦诣军门投诚。裕不肯赦免，一律处斩，且解送姚泓入都，戮诸市曹。年才三十。小子有诗叹道：

> 嗣祚关中仅二年，东师一入即颠连。
> 河山破碎头颅陨，弱主由来少瓦全。

裕既灭秦，再索逃犯司马休之等人。究竟捕获与否，容至下回再叙。

司马休之并无逆迹，第为文思所累，得罪刘裕，遂致江陵受祸，西走入秦，秦虽屡纳逋逃，然所纳诸人，皆刘裕之私仇，非东晋之公敌，来者不拒，亦仁人所有事耳。史称秦主泓孝友宽和，尊师好学，似亦一守文之主，误在仁柔有余，英武不足，内变未靖于萧墙，外侮复迫于疆场，卒至泥首献阙，被戮市曹。弱肉强食，由来已久，固无所谓公理也。王镇恶、沈田子等，助裕攻秦，冒险入关，不可谓非智勇士；然立功最巨，致死最速，以视赵玄、寒鉴，且有愧色矣！良禽择木而栖，良臣择主而事，彼王、沈诸徒，胡甘为许褚、典韦之流亚，而求荣反辱耶！读此当为一叹。

第六回　失秦土刘世子逃归
　　　　　移晋祚宋武帝篡位

却说司马休之、鲁宗之、韩延之等曾奔投后秦。秦为晋灭，宗之已死，休之等见机先遁，转入北魏，北魏各给官阶，使参军政。休之寻卒，子文思及鲁轨等，遂为魏臣。刘裕大索不获，只好罢休。晋廷已遣琅琊王司马德文，与司空王恢之，先后至洛，修谒五陵。刘裕欲表请迁都，仍至洛阳，王仲德谓劳师日久，士卒思归，迁都事未可骤行，裕乃罢议。晋廷已加授裕为相国，总掌百揆，封十郡为宋公，备九锡礼，裕又佯辞不受。再进爵为王，增封十郡，裕仍表辞。封爵虽崇，终未满意。更欲进略西北，为混一计，忽由京中递到急报，乃是前将军刘穆之，得病身亡，禁不住惊惶悲恸，泪下数行。

穆之为裕心腹，自裕西征后，内总朝政，外供军需，决断如流，事无壅滞。属吏抱牍入白，盈阶满室，经穆之目览耳听，手批口酬，不数时便即了清。平时喜交名士，座上常满，谈答无倦容。又食必方丈，未尝独餐，尝语刘裕道："仆家贫贱，养生多阙，蒙公宠遇，得叨禄位，朝夕所须，未免过丰，此外一毫不敢负公！"裕当然笑允，始终倚任不疑。每届出师，无论国事家事，悉数委托，穆之极尽心力，勉图报效。及九锡诏下，穆之未曾与谋，闻由行营长史王弘，奉裕密旨，自来讽请，因此不免怀惭。刘裕讽求九锡，又复表辞，何其鬼祟若此？嗣是愧惧成疾，竟致逝世。比荀彧尚觉勿如。

刘裕失一良佐，恐根本无托，决意东归，留次子义真为安西将军，都督雍梁秦州军事，镇守关中。义真年才十三，少不更事。关中重地，偏留稚子居守，未知何意？裕令谘议将军王修为长史，王镇恶为司马，沈田子、毛德祖、傅弘之为参军从事，留辅义真，自率各军东还。三秦父老，闻裕整装欲返，俱诣军门泣请道："残民不沾王化，已阅百年，今复得睹汉仪，人人相贺。长安十陵，是公家祖墓，指汉高以下十陵。咸阳宫阙，是公家旧宅，舍此将何往呢？"裕亦黯然欲涕，随即慰谕道："我受命朝廷，不得擅留，诸君诚意可感，今由次子义真及文武贤才，共守此土，汝等勉与安居，谅不至有意外变动呢！"大众乃退。

沈田子忌镇恶功，屡言镇恶家住关中，不可保信，至是复与傅弘之同入白裕。裕答道："猛兽不如群狐，这是古人名论。今留卿等文武十余人，统兵逾万，难道还怕一王镇恶么？"既知军将相忌，奈何不为之防，反导之使乱，想是篡弑心急，故不遑远图。语毕即行，自洛入河，开汴渠以归。

当时后秦西北，有统万城，为夏主赫连勃勃根据地。勃勃本姓刘，父名卫辰，建牙代他，卫辰为北魏所灭，勃勃奔至后秦，秦授他为安北将军，使镇朔方。秦魏通好，勃勃背秦自主，僭称夏王，改姓赫连氏，屡寇秦边。及闻刘裕入秦，顾语群臣道："裕此行必得关中，但不能久留，若留子弟及将吏戍守，必非我敌，我取关中不难了！"乃秣马厉兵，进据安定，收降岭北郡县。刘裕曾遗勃勃书，约为兄弟，勃勃含糊答复。裕不遑西顾，仓猝东归。勃勃即遣子璝率兵二万，南向长安，使前将军赫连昌出潼关，长史王买德出青泥，自率大军为后继。

关中守将沈田子与傅弘之督兵出御，因闻夏兵势盛，不敢向前，退屯留回堡，遣使还报王镇恶等。镇恶语王修道："刘公以十岁儿付我侪，应该竭力夹辅，乃大敌当前，拥兵不进，试问将如何退敌呢？"镇恶为裕出力，虽事非其主，但不负委托，心术尚可节取。遂遣还来使，自率部曲往援。

田子得使人返报，益恨镇恶，当下造出一种讹言，谓镇恶欲尽杀南人，送归义真，自据关中为王。这语一传，此唱彼和，几乎众口同声。惟镇恶尚未得闻，匆匆至留回堡，与田子会议军情。田子邀镇恶至弘之营，托言有密计相商，请屏左右。镇恶不知有诈，单骑驰入，突由田子族党沈敬仁，驱兵杀出，竟将镇恶砍死幕下。

田子即矫称刘太尉密命，饬诛镇恶。镇恶本前秦王猛孙，南奔依裕，裕一见如故，擢为参军，任至上将，前进谗言，后起讹传，原因从此处补出。至是为田子所杀。弘之未免惊惧，奔告义真，义真急召王修计事。修拥义真被甲登城，潜令亲军埋伏城外，从容待变。俄见沈田子率数十骑到来，即在城上遥呼，问以镇恶情状。田子下马答词，才说出"镇恶造反"四字，那伏兵已经尽发，立将田子拿下。王修责他擅戮大将，立命枭首。实是该死。一面令冠军将军毛修

第六回　失秦土刘世子逃归　移晋祚宋武帝篡位

之代为安西司马，与傅弘之等同出拒战。一败赫连璝于池阳，再破夏兵于寡妇渡，斩获甚众，夏人乃退。

刘裕还镇彭城，未曾入朝，闻王镇恶被害，上表朝廷，请追赠镇恶为左将军、青州刺史。并令彭城内史刘遵考为并州刺史，兼领河东太守，出镇蒲阪。征荆州刺史刘道怜为徐、兖二州刺史，调徐州刺史刘义隆出镇荆州，以到彦之、张邵、王昙首、王华等为参佐。义隆年少，府事皆决诸张邵。裕又召谕义隆道："王昙首器度深沉，真宰相才，汝当遇事咨询，自不致有误事了。"义隆应命而去。

忽又接到关中急报，长安大乱，夏兵四逼，顿令这雄毅沈鸷的刘寄奴，也不免惶急起来。原来刘义真年少好狎，昵近群小，赏赐无节，王修每加裁抑，激成众怨，遂交谮王修道："王镇恶欲反，为沈田子所杀，王修又杀沈田子，难道是不欲反么？"义真始尚未信，继经左右浸润，竟信以为真，遽遣嬖人刘乞等，刺杀王修。修既刺死，人情惶骇，长安城中，一日数惊。义真悉召外军入卫，闭门拒守。夏兵伺隙复来，秦民相率迎降，郡县多为夏有。赫连勃勃入据咸阳，截断长安樵汲，义真大惧，飞使求援。刘裕急遣辅国将军蒯恩，率兵速往，召还义真。一面派右司马朱龄石为雍州刺史，代镇关中。龄石临行，裕与语道："卿若抵长安，可饬义真轻装速发，既出关外，然后徐行，若关右必不可守，可与义真俱归便了。"先时若果加慎，何至狐埋狐搰。

龄石既去，又遣中书侍郎朱超石，宣慰河洛，随后继进。蒯恩先入长安，促义真整装东归，义真摒挡行李，悉集服货珍玩，足足收拾了三五天，及龄石驰至，尚未启程。龄石一再敦促，乃出发长安。义真左右，又趁势掠夺财物，并强劫美色妇女，尽载车上，方轨徐行。途次得着警耗，乃是夏世子赫连璝，率兵三万，从后追来。傅弘之急白义真道："刘公有命，令速出关，今辎重杂沓，一日行不过十里，虏骑复将追至，如何抵御？请即弃车轻行，方可免祸。"义真怎肯割舍辎重，其余亲吏，尚且贪心不足，更不愿从弘之言，仍然徐徐而行。猛听得几声胡哨，从后吹来，回头一望，那夏兵似蜂蚁一般，疾趋而至。弘之急令义真先行，自与蒯恩断后，力拒夏兵。夏兵先被击却，俟傅、蒯两人东行，又复追蹑。傅弘之、蒯恩，走一程，战一场，一日数战，累得人困马乏，无从休息；再经义真等尚在前面，辎重车行得甚慢，又不好抢前越行。好容易得到青泥，天色将晚，斜刺里杀出一支敌兵，敌帅就是夏长史王买德。接应上文。看官，你想此时的傅弘之、蒯恩，还能支撑得住么？弘之拚着一死，奋力再战，蒯恩也是死斗，被夏兵围绕数匝，用箭射倒两人坐马，相继擒去；部兵亦无一得免。还有司马毛修之，因与义真相失，四处寻觅，冤冤相凑，遇着了王买德，亦为所擒。义真逃匿草中，左右尽散，辎重车统已失去，形单影只，倍极凄凉。

服货尚在否？珍宝无恙否？我愿一问。天已昏黑，辨不出路径，眼见是死多活少。偶闻有人相呼，声音甚熟，乃匍匐出来，见是参军段宏，喜极而泣。宏将义真束诸背上，策马飞遁，始得脱归。

赫连勃勃进攻长安，长安人民，逐走朱龄石，龄石焚去宫殿，出奔潼关，偏被赫连昌截住，进退无路，束手就擒。朱超石即龄石弟，趋至蒲阪，往探龄石，亦为夏人所执，送至勃勃军前，同时被杀。勃勃闻傅弘之骁勇，迫令投降，弘之不屈。勃勃因天气严寒，褫弘之衣，裸置雪窖中，弘之叫骂而死。勃勃遂入长安，据有关中。

刘裕得青泥败耗，未知义真存亡，投袂而起，即欲出师报怨，侍中谢晦等固谏，尚未肯从。会得段宏驰报，知已救出义真，乃不复发兵，可见他全然为私。但登城北望，慨然流涕罢了。义真还至彭城，降为建威将军兼司州刺史。进段宏为黄门郎，领太子右卫率。召刘遵考东还，令毛德祖接替，退戍虎牢。为德祖被擒伏案。嗣闻勃勃称帝，也不禁雄心逞逞，想与勃勃东西并峙，做一个江南天子，聊娱晚年。于是相国、宋公的荣封，也承受了，九锡殊礼也接领了，尊继母萧氏为宋公太妃，世子义符为中军将军、副贰相国府，用太尉军咨祭酒孔靖为宋国尚书令，青州刺史檀祗为领军将军，左长史王弘为仆射，从事中郎傅亮、蔡廓为侍中，谢晦为右卫将军右长史，郑鲜之为参军，殷景仁为秘书郎。此外僚属，均依晋朝制度，差不多似晋宋分邦，彼此敌体；独孔靖不愿受职，慨然辞去。气节可嘉。

裕按据谶文，谓昌明后尚有二帝。昌明系晋孝武帝表字，安帝承嗣孝武，尚止一代，似晋祚不致遽绝，当还有一个末代皇帝。数不可违，时难坐待，只得想出一法，密嘱中书侍郎王韶之，入都行计。看官道是何策？乃是使王韶之贿通内侍，要做那篡逆的大事。语有筋节。

琅琊王司马德文系是晋安帝母弟，自谒陵还都，谒陵见上。见刘裕权位日隆，已恐他进逼安帝，随时加防。每日入值宫中，小心检察，就是安帝饮食，亦必尝而后进，所以王韶之等无隙可乘，安帝尚得苟活数天。不料安帝命数该绝，致德文无端生病，出居外第，那时韶之正好动手，指挥内侍，竟将安帝揪住，用散衣作结，硬将安帝勒毙。是可忍，孰不可忍！

当下托言安帝暴崩，传出遗诏，奉德文即皇帝位。德文亦明知有变，怎奈宫廷内外，已都是刘裕爪牙，孤身如何发作，只好得过且过，权登帝座。史家称他为晋恭帝。越年改安帝元兴年号，称为元熙元年，立王妃褚氏为后，依着历代故例，大赦天下，加封百官。再进封刘裕为宋王，又加给十郡采邑。裕此时是老实受封，徙都寿阳，嗣复讽令朝臣，申加殊礼。恭帝不敢违慢，更命裕得戴冕旒，建天子旌旗，出警入跸，乘金根车，驾六马，备五时副车，乐舞八佾，

第六回　失秦土刘世子逃归　移晋祚宋武帝篡位　585

设钟簴宫悬，进王太妃为太后，世子为太子，居然与晋朝无二了。是古来所未有。

　　勉强过了一年，裕已六十有五岁，自思来日无多，急欲篡位，一时又不好启口，只得宴集群臣，微示己意。酒至半酣，乃掀须徐语道："桓玄篡国，晋祚已移，我倡义兴复，平定四海，功成业著，始邀九锡，今年将衰迈，备极宠荣，物忌盛满，自觉不安，现欲奉还爵位，归老京师，卿等以为何如？"群臣听了，尚摸不着头脑，只得随口敷衍，把那功德巍巍、福寿绵绵的谀词，说了数十百言，但见裕毫无喜容，反露出一种怅惘的形状。实是闷闷。群臣始终不解，挨至日暮撤席，方各散去。

　　中书令傅亮已出门外，忽恍然悟道："我晓得了！"还算汝有些聪明。遂又转身趋入，门已下扃，特叩扉请见，面白刘裕道："臣暂应还都。"裕不禁点首，面有喜色。亮知已猜着裕意，便即辞出；仰见天空现一长星，光芒烛天，因拊髀长叹道："我常不信天文，今始知天象有验了！"越日即驰赴都中。

　　刘裕遣发傅亮，专待好音。过了数日，果有诏旨到来，召令入辅，裕留四子义康镇寿阳，命参军刘湛为长史，裁决府事，自率亲军即日启行。才入京师，傅亮已遍结朝臣，迫帝禅位，自具诏草，呈入恭帝。恭帝览毕，语左右道："桓玄跋扈，我晋朝已失天下，幸赖刘公恢复，统绪复延，迄今将二十年，我早知有今日，禅位也是甘心呢。"遂操笔为书，令裕受禅。越日即传出赤诏，略云：

　　　　咨尔宋王，夫玄古权舆，悠哉邈矣，其详靡得而闻。爰自书契，降逮三五，莫不以上圣君四海，止戈定大业；然则帝王者宰物之通器，君道者天下之至公。昔在上叶，深鉴兹道，是以天禄既终，唐、虞勿得传其嗣；符命来格，舜、禹不获全其谦。所以经纬三才，澄叙彝化，作范振古，垂风万叶，莫尚于兹。自是厥后，历代弥劭，汉既嗣德于放勋，魏亦方轨于重华，谅以协谋乎人鬼，而以百姓为心者也。昔我祖宗钦明，辰居其极，而明晦代序，盈亏有期，朅商兆祸，非惟一世，曾是弗克，矧伊在今，天之所废，有自来矣。惟王体上圣之姿，苞二仪之德，明齐日月，道合四时。乃者社稷倾覆，王拯而存之，中原芜梗，又济而复之。自负固不宾，干纪放命，肆逆滔天，窃据万里，靡不润之以风雨，震之以雷霆，九伐之道既敷，八法之化自理，岂徒博施于民，济斯黔庶？固以义洽四海，道盛八荒者矣。至于上天垂象，四灵效征，图谶之文既明，人神之望已改，百工歌于朝，庶民颂于野，亿兆忭踊，倾伫惟新，自非百姓乐推，天命攸集，岂伊在予所得独专？是用仰祈皇灵，俯顺群议，敬禅神器，授帝位于尔躬，大祚告穷，天禄永终。于戏！王其允执厥中，敬遵典训，副率土之嘉愿，恢洪业于无穷，时膺休祐,以答三灵之眷望。此咨!

这诏传出,遂由光禄大夫谢澹,尚书刘宣范,奉着皇帝玺绶,送交宋王刘裕。复附一禅位书云:

  盖闻天生蒸民,树之以君;帝皇寄世,实公四海。崇替系于勋德,升降存乎其人,故有国必亡,卜年著其数;代谢无常,圣哲握其符。昔在上世,三圣系轨,畴哲四岳以弘揖让,惟先王之有作,永垂范于无穷。及刘氏致禅,实宪是法,有魏告终,亦宪兹典,我世祖所以抚归运而顺人事,乘利见而定天保者也。乃道不常泰,戎夷乱华,丧我洛京,蹙国江表,仍遘否运,沦没相因,逮于元兴,遂倾宗祀。幸赖神武光天,大节宏发,匡复我社稷,重造我国家,内纾国难,外播弘略,诛大憝于汉阳,逋僭盗于沂渚,澄氛西岷,肃清南越,再静江湘,拓定樊沔。若乃永怀区宇,思一声教,王师首路,则伊洛澄流,棱威崤潼,则华岳寒霭,伪酋衔璧,咸阳即叙,虽彝器所铭,诗书所咏,庸勋之盛,莫之与哀也。遂偃武修文,诞敷德政,八统以驭万民,九职以刑邦国,思兼三王以施四事,故信著幽显,义感殊方。朕每敬维道勋,永察符运,天之历数,实在尔躬。是以五纬升度,屡示除旧之迹,三光协数,必昭布新之祥,图谶祯瑞,皎然斯在。昔土德告沴,传胙于我有晋,今历运改卜,永终于兹,亦以金德而传于宋。仰四代之休义,鉴明昏之定期,询于群公,爰逮庶尹,佥曰休哉,罔违朕志。今遣使持节兼太保散骑常侍光禄大夫谢澹,兼太尉尚书刘宣范,奉交皇帝玺绶,受终之礼,一如唐虞汉魏故事。王其允答神人,君临万国,时膺灵祉,酬于上天之眷命!

刘裕得禅位书,尚且上表陈让,佯作谦恭。那时晋恭帝已被逼出宫,退居琅琊王旧第,百官送旧迎新,扬扬得意,惟秘书监徐广犹带哀容。也是无益。刘裕三揖三让,还是装腔做势。太史令骆达,掇拾天文符瑞数十条,作为宋王受命的证据,裕乃筑坛南郊,祭告天地,还宫御太极殿,受百官朝贺,颁制大赦。改晋元熙二年为宋永初元年,封晋帝为零陵王,迁居故秣陵城。令将军刘遵考率兵防卫,明明是管束故主的意思。小子有诗叹道:

  洛阳当日归夷虏,江左残邦付贼臣。
  剩得秣陵一片土,留埋亡国主人身。

宋主裕既即帝位,当然有尊亲酬庸的典礼。欲知详情,请看官续阅下回。

刘裕数子,年皆童稚,裕各令为镇帅,岂不知其不能胜任,而漫为出此者,有二因焉:一则为分封子姓之预备,二则为镇压将吏之先机。裕之帝制自为,目无晋室也,盖已久矣,然稚子究未能守土,虚声亦宁足制人,观关中之乍得乍失,自丧爪牙,几至委义真于强虏之手,天下事之专欲难成者,何一不可作如是观耶?至若胁晋禅位,由渐而进,始则佯为逊让以欺人,继则实行篡弑以盗国,其心术之狡鸷,比操、懿为尤甚,魏晋已导于前,裕乃起而踵于后,青出于蓝,冰寒于水,固非偶然也。顾晋之得国也如是,其失国也亦如是,天道好还,司马氏其固甘心哉!

第七回　弑故主冤魂索命　丧良将胡骑横行

却说宋主刘裕开国定规,追尊父刘翘为孝穆皇帝,母赵氏为穆皇后,奉继母萧氏为皇太后,追封亡弟道规为临川王。道规无嗣,命道怜次子义庆过继,承袭封爵,晋封弟道怜为长沙王。故妃臧氏,即臧熹姊。已于晋安帝义熙四年,病殁东城,追册为后,予谥曰敬,立长子义符为皇太子,封次子义真为庐陵王,三子义隆为宜都王,四子义康为彭城王。加授尚书仆射徐羡之为镇军将军,右卫将军谢晦为中领军,领军将军檀道济为护军将军。从前晋氏旧吏,宣力义熙,与宋主预同艰难,一依本秩;惟降始兴、庐陵、始安、长沙、康乐五公为县侯,令仍奉晋故臣王导、谢安、温峤、陶侃、谢玄宗祀。晋临川王司马宝亦降为西丰县侯。进号雍州刺史赵伦之为安北将军,北徐州刺史刘怀慎为平北将军,征西大将军杨盛为车骑大将军。又封西凉公李歆为征西大将军,西秦主乞伏炽磐为安西大将军,高句丽王高琏为征东大将军,百济王扶余映进为镇东大将军,蠲租省刑,内外粗安。

西凉公李歆,相传汉前将军李广后裔,父名暠,曾臣事北凉,任敦煌太守,后来自称西凉公,与北凉脱离关系,取得沙州、秦州、凉州等地,定都酒泉。暠殁歆嗣,曾遣使至江东,报称嗣位,是时晋尚未亡,封歆为酒泉公。及宋主受禅,更覃恩加封。北凉主蒙逊,与歆为仇,伪引兵攻西秦,潜师还屯川岩,果然李歆中计,还道是北凉虚空,乘隙往袭,途中被蒙逊邀击,连战皆败,竟为所杀。蒙逊遂入据酒泉,转攻敦煌。敦煌太守李恂,即李歆弟,乘城拒守,被蒙逊用水灌入,城遂陷没,恂自刎死。子重耳出奔江左,因道远难通,投入北魏,五传至李渊,就是唐朝第一代的高祖,这是后话慢表。随笔带叙西凉灭亡。

宋主裕闻西凉被灭,无暇往讨北凉。惟自思年老子幼,不能图远,亦当顾近。那晋祚虽然中绝,尚留一零陵王,终究是胜朝遗孽,将来或死灰复燃,适贻子孙祸患，左思右想，总须再下辣手，斩草除根。是为残忍。乃用毒酒一罂，授前琅琊郎中张伟，使鸩零陵王。伟受酒自叹道："鸩君求活，徒贻万世恶名，不如由我自饮罢！"遂将酒一口饮尽，顷刻毒发，倒地而亡。却是司马氏忠臣。宋主得张伟讣音，倒也叹息，迁延了好几月，心终未释。

太常卿褚秀之，侍中褚淡之，统是故晋后褚氏兄，褚氏本为恭帝后，帝已被废，后亦降称为妃。秀之兄弟贪图富贵，甘做刘家走狗，不顾兄妹亲情，褚妃生男，秀之等受裕密嘱，害死婴孩。零陵王忧惧万分，整日里与褚妃共处，相对一室，饮食一切，概由褚妃亲手办理，往往炊爨床前，不劳厨役，所以宋人尚无隙可乘。

宋主裕不堪久待，乃于永初二年秋九月，决计弑主，遣褚淡之往视褚妃，潜令亲兵随行。妃闻淡之到来，暂出别室相见，哪知兵士已逾垣进去，置鸩王前，迫令速饮。王摇首道："佛教有言，人至自杀，转世不得再为人身。"现世尚是难顾，还顾转世做甚？兵士见王不肯饮，索性挟王上床，用被掩住，把他扼死，随即越垣还报。及褚妃返室视王，早已眼突舌伸，身僵气绝了。可怜！可叹！

淡之本是知情，闻妹子入室大恸，已料零陵王被弑，当即入内劝妹，代为料理丧事。狼心狗肺。一面讣闻宋廷。宋王已经得报，很是喜慰，至讣音到后，佯为惊悼，率百官举哀朝堂，依魏明帝服山阳公故事。魏明帝即曹叡，山阳公即汉献帝。且遣太尉持节护丧，葬用晋礼，给谥为恭，这也不在话下。

且说宋主裕既弑晋恭帝，自谓无患，遂重用徐羡之、傅亮、谢晦三人，整理朝政，有心求治。可奈年华已迈，筋力就衰，渐渐的饮食减少，疾病加身，到了永初三年春季，竟至卧床不起。长沙王刘道怜，司空录尚书事徐羡之，尚书仆射傅亮，领军将军谢晦，护军檀道济，并入侍医药，见宋主时有呓语，请往祷神祇，宋主不许。但使侍中谢方明，以疾告庙，一面专命医官诊治，静心调养。幸喜服药有灵，逐渐痊愈，乃命檀道济出镇广陵，监督淮南诸军。

太子义符素来是狎昵群小，及宋主得病时，更好游狎。谢晦颇以为忧，俟宋主病瘳，乃进言道："陛下春秋已高，应思为万世计，神器至重，不可托付非人。"宋主知他言出有因，徐徐答道："庐陵何如？"晦答道："臣愿往观可否。"乃出见义真，义真雅好修饰，至是益盛服与谈，娓娓不倦。晦不甚答辩，还报宋主道："庐陵才辩有余，德量不足，想亦非君人大度呢。"宋主乃出义真镇历阳，都督雍、豫等州军事，兼南豫州刺史。既而宋主复病，病且日剧，有时蒙眬睡着，但见有无数冤魂，前来索命，且故晋安、恭二帝，亦常至床前。疑心生暗鬼。往往被他惊醒，汗流浃背。自思鬼魅萦缠，病必不起，乃召太子义符，至榻前面嘱道："檀道济虽有武略，却无远志，徐羡之、傅亮事朕已久，当无异图；惟谢晦屡从征伐，颇识机变，将来若有同异，必出是人，汝嗣位后，可处以会

第七回　弑故主冤魂索命　丧良将胡骑横行

稽、江州等郡，方免他虑。"专防谢晦，当是尚记前言。又自为手诏，谓后世若有幼主，朝事一委宰相，母后不烦临朝。待至弥留，复召徐羡之、傅亮、谢晦等，入受顾命，令他辅导嗣君，言讫遂殂，在位只二年有余，年六十七岁。

宋主裕起自寒微，素性俭约，游宴甚稀，嫔御亦少，不宝珍玩，不爱纷华。宁州尝献琥珀枕，光色甚丽，会出征后秦，谓琥珀可疗金创，即命捣碎，分给诸将。及平定关中，得秦主兴从女，姿色甚丽，一时也为色所迷，几至废事。谢晦入谏，片语提醒，即夕遣出。宋台既建，有司奏东西堂施局脚床，用银涂钉，致为所斥，但准用铁。岭南献入筒细布，一端八丈，精致异常，宋主斥为纤巧，即付有司弹劾太守，并将布发还，令此后禁作此布。公主下嫁，遣送不过二十万缗，无锦绣金玉等物。平时事继母甚谨，即位后入朝太后，必在清晨，不逾时刻。诸子旦问起居，入阁脱公服，止著裙帽，如家人礼。又命将微时农具，收贮宫中，留示后世。这都是宋主的美德。惟阴移晋祚，迭弑二主，为南朝篡逆的首倡，实是名教罪人。看官阅过上文，已可知宋主刘裕的定评了。褒贬处关系世道。是年七月，安葬蒋山初宁陵，群臣上谥曰武皇帝，庙号高祖。南北朝各君实皆不足列为正统，故本书演述，但称某主，与汉唐诸代不同，五季史亦仿此例。

太子义符即位，制服三年，尊皇太后萧氏为太皇太后，生母张夫人为皇太后，立妃司马氏为皇后，妃即晋恭帝女海盐公主，小名茂英。命尚书仆射傅亮为中书监尚书令，与司空徐羡之、领军将军谢晦，同心辅政。长沙王刘道怜病逝，追赠太傅；太皇太后萧氏，年逾八十，因哭子过哀，不久亦殁，追谥孝懿。宋廷连遇大丧，忙碌得了不得。那嗣主义符，年才十七，童心未化，但知戏狎，一切居丧礼仪，多从阙略，特进致仕范泰，上书规谏，毫不见从。就是徐羡之、傅亮、谢晦等，随时指导，亦似聋瞽一般，无一听纳。都人士已料他不终；偏是北方强寇，乘隙而来，河南诸郡，遍罹兵革，累得宋廷调兵遣将，又惹起一番战争。看官听着！这就是宋、魏交兵的开始。事关重大，特笔提明。

魏太祖拓跋珪源出鲜卑，向例用索辫发，因沿称为索头部。世居北荒，晋初始通贡使。怀帝时拓跋猗虚，与并州刺史刘琨，结为兄弟。琨表猗虚为大单于，封以代郡，号为代公。嗣复进爵为王，六传至什翼犍，有众数十万，定都盛乐，威震云中。匈奴部酋刘卫辰，被逐奔秦，秦主苻坚大举伐代，令卫辰为向导。什翼犍拒战败绩，还走盛乐，为庶子寔君所弑，部落分散。秦主坚捕诛寔君，分代为二，西属刘卫辰，东属什翼犍甥刘库仁。什翼犍有孙名珪，由库仁抚养，恩勤周备，及长颇有智勇，为库仁子显所忌，走依贺兰部母舅家。会秦已衰灭，代亦丧乱，朔方诸部，推珪为主，即代王位，仍还盛乐，逐去刘显，改国号魏，纪元天赐。史家称为后魏，亦称北魏；因恐与三国时曹魏有混，故有此称。

刘卫辰攻珪败窜而死。子勃勃逃奔后秦,后为夏国,已见前回。珪复破柔然,掠高车,蹂躏后燕,遂徙都平城,立宗庙社稷,僭号称帝,初纳刘库仁从女,宠冠后宫,生子名嗣。寻获后燕主慕容宝幼女,姿色过人,即立为后。后又见姨母贺氏,貌更美艳,竟将她本夫杀毙,硬夺为妃,产下一男,取名为绍。珪晚年服饵丹药,躁急异常,往往因怒杀人,贺夫人偶然忤珪,亦欲加刃,吓得贺氏奔匿冷宫,向子求救,子绍已封清河王,夜入弑珪。长子嗣受封齐王,闻变入都,执绍诛死,并杀贺氏,乃即帝位,尊珪为太祖道武皇帝。于是勤修政治,劝课农桑,任用博士崔浩等,兴利除弊,国内小康。

自从南军鏖战河北,失利而还,滑台一城,始终不得收复,未免引为恨事。<small>应第五回。</small>只因刘宋开基,气焰方盛,不得不虚与周旋,请和修好,岁时聘问。<small>北魏亦占本书之主位,故叙述源流较他国为详。</small>及宋主裕老病去世,宋使沈范等自魏南归,甫及渡河,忽被魏兵追来,把范等截拿而去。看官道为何因?原来魏主嗣欲乘丧南侵,报复旧怨,因将宋使执回,即日遣将征兵,进攻滑台,并及洛阳、虎牢。崔浩谓伐丧非义,应吊丧恤孤,以义服人,魏主嗣驳道:"刘裕乘姚兴死后,即灭姚氏,今我乘裕丧伐宋,有何不可?"浩答道:"姚兴一死,诸子交争,故裕得乘衅徼功,今江南无衅,不得援为此例。"崔浩言固近义,但刘裕乘丧伐秦,适为魏主借口,故人必自侮然后人侮之。魏主仍然不从,命司空奚斤为大将军,使督将军周几、公孙表等,渡河南行。

先是晋宗室司马楚之亡命汝颍间,聚众万人,屯据长社,欲为故国复仇,宋主裕尝遣刺客沐谦往刺。谦不忍下手,且因楚之待遇殷勤,反为表明来意,愿作楚之卫士。<small>刺客却有良心。</small>楚之留谦自卫,日思东攻,苦不得隙,及闻魏兵渡河,遂遣人迎降,请作前驱。魏授楚之为征南将军,兼荆州刺史,令侵扰北境。奚斤等道出滑台,与楚之遥为犄角,夹攻河洛。

宋司州刺史毛德祖,屯戍虎牢,亟遣司马翟广等,往援滑台,又檄长社令王法政,率五百人戍召陵,将军刘怜,领二百骑戍雍上,防御楚之。楚之引兵袭刘怜,未能得手,就是奚斤等围攻滑台,亦不能下,惟魏尚书滑稽,引兵袭仓垣,得乘虚攻入。宋陈留太守严棱,自恐不支,向奚斤处请降。奚斤顿兵滑台城下,仍然未克,遣人至平城乞师。魏主嗣自将五万余人,南逾恒岭,为奚斤声援,且令太子焘出屯塞上,一面严谕奚斤,促令猛攻。

奚斤惧罪思奋,亲冒矢石,督众登城。滑台守吏王景度力竭出奔,司马阳瓒尚率余众拒魏兵,至魏兵已经陷入,还与之巷战多时,受伤被执,不屈而死。奚斤乘胜过虎牢,击走翟广,直抵虎牢城东。毛德祖且守且战,屡破魏军,魏军虽多杀伤,毕竟人多势众,未肯退去。

两下相持不舍,那魏主又遣黑矟将军于栗䃅,出兵河阳,进攻金墉。栗䃅

第七回　弑故主冤魂索命　丧良将胡骑横行　591

为北魏有名骁将，善用黑矟，因封黑矟将军。德祖再遣振威将军窦晃，屯戍河滨，堵截栗磾。魏主更派将军叔孙建等，东略青兖，自平原逾河。宋豫州刺史刘粹，忙遣属将高道瑾，据项城，徐州刺史王仲德，自督兵出屯湖陆，与魏兵相持。魏中领军娥清、期思侯、闾大肥等，复率兵会叔孙建，进至碻磝，宋兖州刺史徐琰望风生畏，便即南奔。凡泰山、高平、金乡等郡，皆被魏兵陷没。叔孙建东入青州，青州刺史竺夔，方出镇东阳城，飞使至建康求救。宋遣南兖州刺史檀道济，监督军事，会同冀州刺史王仲德，出师东援。庐陵王刘义真，亦遣龙骧将军沈叔狸，带领步骑兵三千人，往击刘粹，随宜救急。

好容易过了残冬，便是宋主义符即位的第二年，改元景平，赐文武官进秩各二等，改元纪年，万难略过。享祀南郊，颁发赦书。京都里面，好像是国泰民安，哪知河南的警信，却日紧一日。魏将于栗磾，越河南下，与奚斤合攻宋军，振威将军窦晃等均被杀败，相率退走。栗磾进攻金墉城，河南太守王涓之，复弃城遁走，金墉被陷，河、洛失守。魏令栗磾为豫州刺史，镇守洛阳，虎牢越加吃紧，奚斤、公孙表等，并力攻扑，魏主又拨兵助攻。毛德祖竭力抵御，日夕不懈，且就城脚边凿通地道，分为六穴，出达城外，约六七丈，募敢死士四百人，从穴中潜出，适在魏营后面，一声呐喊，突入魏营。魏兵还疑是天外飞来，不觉惊骇，一时不及抵敌，被敢死士驰突一周，杀死魏兵数百人，毛德祖乘势开城，出兵大战，又击毙魏兵数百，收集敢死士，然后入城。

魏兵退散一二日，又复四合，攻城益急。德祖特用了一个反间计，伪与公孙表通书，书中所说，无非是结约交欢的意思，表得书示斤，自明无私，斤却心中起疑。德祖又更作一书，书面是送至公孙表，却故意投入斤营，斤展阅后，比前书更进一层，乃遣人赍着原书，驰报魏主。魏太史令王亮，与表有隙，乘间言表有异志，不可不防，魏主遂使人夜至表营，将表勒毙。表权谲多谋，既被杀死，虎牢城外，少一敌手，德祖当然快意，嗣是一攻一守，又坚持了好几月。极写德祖智勇。

魏主嗣自至东郡，令叔孙建急攻东阳城，又授刁雍为青州刺史，令助叔孙建。刁雍与前豫州刺史刁逵同族，刁逵被杀，家族诛夷，见第二回。惟雍脱奔后秦。秦亡奔魏，魏令为将军，此时遣助叔孙，明明是借刀杀人的意思。东阳守吏竺夔，检点城中文武将士，只千五百人，忙招城外居民入守，还有未曾入城的百姓，令他伏据山谷，芟夷禾稼，所以魏军虽据有青州，无从掠食。济南太守桓苗，驰入东阳，与夔协同拒守，及魏兵大至，列阵十余里，大治攻具，夔预浚四重濠堑，阻遏魏兵，魏兵填满三重，造撞车攻城，城中屡出奇兵，随时奋击，又穴通隧道，遣人潜出，用大麻绳挽住撞车，令他自折。魏人一再失败，遂筑起长围，四面环攻，历久城坏，坍陷至三十余步，夔与苗连忙抢堵，战士多死,用尸填缺,勉强堵住。好在天气盛暑,魏军多半病殁,无力续攻,城才免陷。刁雍以机会难得,请一再接厉,为破城计。建拟稍缓时日,忽闻檀道济引兵将至,不禁太息道:"兵人疫病过半,不堪再战,今全军速返,还不失为上策哩!"乃毁营西遁。

道济到了临朐,因粮食将尽,不能追敌,但令竺夔缮城筑堡,防敌再来。夔因东阳城圮,急切里不遑修筑,移屯不其城,青州还算保全。

魏主因东略无功,索性西趋河内,并力攻虎牢,所有叔孙建以下各军,统令至虎牢城下会齐,由魏主亲往督攻,真个是杀气弥空,战云蔽日。

虎牢被围已二百日,无日不战,劲兵伤亡几尽,怎禁得魏兵合攻,防不胜防,毛德祖拚死力御,尚固守了一二旬。及外城被毁,又迭筑至三重城,魏人更毁去二重,只有一重未破,兀自留着。守卒眼皆生疮,面如枯柴,仍然昼夜相拒,终无贰心。可见德祖之义勇感人。时檀道济出军湖陆,刘粹驻军项城,沈叔狸屯军高桥,皆畏魏兵强盛,不敢进援。统是饭桶。魏人遍掘地道,泄去城中井水,城中人渴马乏,兼加饥疫,眼见是束手就毙,不能再支。魏兵陆续登城,守将欲挟德祖出走,德祖大呼道:"我誓与此城俱亡,断不使城亡身存!"因引众再战,挺身死斗。

魏主下令军中,必生擒德祖。将军豆代田,用长矛搠倒德祖坐马,方将德祖擒献,将士亦尽作俘虏,惟参军范道基,率二百人突围南奔。魏兵亦十死二三,司、兖、豫诸郡县,俱为魏有。魏主劝德祖投降,德祖怎肯屈节,由魏主带回平城,留周几镇守河南。德祖身已受创,未几遂亡。小子有诗赞道:

> 频年苦守见忠忱,可奈城孤寇已深。
> 援卒不来身被虏,宁拚一死表臣心。

败报传达宋廷,未知如何处置,且俟下回说明。

教子正道也,不能教子,反欲弑主以绝后患,何其谬欤!子舆氏有言:"杀人之父,人亦杀其父,杀人之兄,人亦杀其兄。"楚灵王曰:"余杀人子多矣,能无及此乎!"刘裕以年老子幼,决弑零陵,亦思乃祖汉刘季,以匹夫而得天下,其果为帝胄否耶?义符童昏,不知教导,徒犯大不题之名,迭行弑逆,造恶因者必种恶果,几何不还报子孙也。即如北魏之乘丧侵宋,亦何莫非刘裕之自取,观魏主嗣答崔浩言,即起刘裕于地下而问之,亦将无以自解,南北鏖兵,连年不已,卒致司、兖、豫三州,俱沦左衽,忠勇如毛德祖、汤瓒等,后先被执,捐躯殉难,丧良将,失膏腴,庸非大可慨乎!本回特揭出之以垂后戒,而世之为子孙计者,可以鉴矣。

第八回　废营阳迎立外藩
反江陵惊闻内变

　　却说宋廷迭接败报，相率惊惶，徐羡之、傅亮、谢晦三相，因亡失境土，上表自劾。宋主义符，专务游幸，管甚么黜陟事宜，但说是无庸议处，便算了事。当时内外臣僚，尚虑魏兵未退，进逼淮、泗，嗣闻魏主北归，稍稍放心。魏将周几，留守河南，复陷入许昌、汝阳，宋豫州刺史刘粹，屯兵项城，恐魏人深入，日夕戒严。会值魏主嗣病殁平城，太子焘入承魏祚，尊嗣为太宗明元皇帝，改元始光，仍然重用崔浩。浩劝焘休兵息民，乃饬周几等各守疆土，暂停战争。宋军已日疲奔命，更兼新败以后，疮痍未复，巴不得相安无事，暂免兵戈。

　　越年为景平二年，宋主义符不改旧态，整日游戏，无心朝事。庐陵王义真，颇加觊觎，尝与太子左卫率谢灵运、员外常侍颜延之，及慧琳道人等，往来通问，非常款洽。且侈然道："我若得志，当令灵运、延之为宰相，慧琳为西豫州都督。"这数语传入都中，徐羡之等阴加戒惧，特出灵运为永嘉太守，延之为始安太守。义真闻二人左迁，明知执政与己反对，益生怨言，且性好浮华，时有需索，又被羡之等裁抑，不肯照给，因此恨上生恨，自请还都，表文中言多不逊，隐然有人清君侧的语意。乃父一生鬼蜮，其子何不肖若此！羡之等因嗣主不肖，正密谋废立事宜，既得义真表文，更激动一腔怒意，一不做，二不休，索性先除了义真，然后再废嗣主义符，乃由徐、傅、谢三相会衔，奏陈义真过恶，请即废黜。疏词有云：

　　　　臣闻二叔不咸，难结隆周，淮南悖纵，祸兴盛汉，莫非义以断恩，情为法屈；二代之事，殷鉴未远，仁厚之主，行之不疑。故共叔不断，几倾郑国，刘英容养，衅广难深；前事之不忘，后王之成鉴也。案车骑将军庐陵王义真，凶忍之性，生自稚弱，咸阳之酷，丑声远播，先朝犹以年在绔绮，冀能改厉，天属之爱，想能革心。自圣体不豫以及大渐，臣庶忧惶，内外屏气，而彼乃纵博酣酒，日夜不辍，肆口纵言，多行无礼。先帝贻厥之谋，图虑谨固，亲敕陛下面诏臣等，若遂不悛，必加放黜。至言若厉，犹在纸翰，而自兹迄今，日月增甚；至乃委弃藩屏，志还京邑，潜怀异图，希幸非冀，转聚甲卒，征召车马。陵墓未乾，情事犹昨，遂蔑弃遗旨，显违成规，整棹浮舟，以示归志，肆心专己，无复谘承。圣恩低徊，深垂隐忍，屡遣中使苦相敦释，而乃亲对散骑侍郎邢安泰、广武将军茅仲思，纵其悖骂，讪主谤朝,此久播于远近,暴于人听。臣以为燎原不扑,蔓延难除,青青不灭,终致寻斧,况忧深患者,社稷虑切。请一遵晋朝广陵旧典,使顾怀之旨,不坠于武庙;全宥之德,或申于昵亲。临启感动,无任悲咽。表中援引刘英,疑即汉朝楚王英,广陵疑即广陵王司马通。

宋主义符本与义真不甚和协,况朝政由羡之等主持,义符除狎游外,悉听三相裁决,因即下诏废义真为庶人,徙居新安郡,改授皇五弟义恭为冠军将军,任南豫州刺史。

原来宋武帝刘裕有七子,长子义符,为张夫人所出,已见上回。次子义真,生母为孙修华。三子义隆,生母为胡婕妤。四子义康,生母为王修容。五子义恭,生母为王美人。六子义宣,生母为孙美人。七子义季,生母为吕美人。前时只封义真、义隆、义康为王,不及义恭以下诸子。因为义恭等年皆幼稚,所以未曾加封。补叙义恭以下诸子,但为后文伏案。此次义真被废,义隆、义康俱有封邑,故将义恭挨次补入,这却待后再表。

惟义真年只十八,仓猝废徙,尚没有确实逆迹,未免令人不服。前吉阳令张约之上书谏阻,力请保全懿亲,赐还爵禄。为这一奏,顿时触怒当道,谪往梁州,寻且赐死。复遣人到了新安,亦将义真勒毙。乃召南兖州刺史檀道济,江州刺史王弘,即日入朝。两人不知何因,星夜前来,即由徐羡之等召入密室,与谋废立,两人一体赞成。谢晦因府舍敞隘,尽令家人出外,但调将士入府,诘旦举事。又约中书舍人邢安泰、潘盛为内应。夜邀檀道济同宿,道济就寝,便有鼾声,惟晦彷徨顾虑,竟夕不眠,不由的暗服道济。为下文讨晦伏线。

时已为景平二年六月,天气溽暑,入夜不凉。宋主义符避暑华林园中,设肆沽酒,戏为酒保。傍晚乘坐龙舟,与左右同游天渊池,直至月落参横,才觉少疲,就在龙舟中留宿。翌日天晓,檀道济自谢领军府出来,引兵前驱,突入云龙门,徐羡之、傅亮、谢晦,随后继进。门内宿卫,已由邢安泰等预先妥嘱,统皆袖手旁观,一任道济等驰入,径造华林园。宋主义符,尚在龙舟内作华胥梦,猛闻喧声入耳,才从梦中惊醒,披衣急起,已见来兵拥登舟中,持刃直前,杀死二侍。仓猝中不及启问,竟被军士牵拥上舟,扯伤右指,你推我挽,迫至东阁。由徐羡之等收去玺绶,召集百官,宣布皇太后命令。略云:

> 王室不造,天祸未悔,先帝创业弗永,弃世登遐。义符长嗣,属当天位,不谓穷凶极悖,一至于此。大行在殡,宇内哀惶,幸灾肆于悖词,喜容表于在戚,至乃征召乐府,鸠集伶官,倡优管弦,靡不备奏,珍馐甘膳,有加平日,采择媵御,产子就宫,觍然无怍,丑声四达。及懿后崩背,懿后即

萧太后,见前。重加天罚,亲与左右执绋歌呼,推排梓官,抃掌笑谑,殿省备闻。又复日夜媟狎,群小漫戏,兴造千计,费用万端,帑藏空虚,人力殚尽,刑罚苛虐,幽囚日增。居帝王之位,好皂隶之役,处万乘之尊,悦厮养之事,亲执鞭扑,殴击无辜以为笑乐。穿池筑观,朝成暮毁,征发工匠,疲极兆民,远近叹嗟,人神怨怒,社稷将坠,岂可复嗣守洪业,君临万邦!今废为营阳王,一依汉昌邑即昌邑王贺。晋海西即海西公奕。故事,奉迎镇西将军宜都王义隆,入篡大统,以奠国家而乂人民。特此令知!

宣令既毕,百官拜辞义符,暂送至故太子宫,令他具装出都,徙往吴郡。并废皇后司马氏为营阳王妃,使檀道济入守朝堂,一面令傅亮率领百官,备齐法驾,至江陵迎宜都王。祠部尚书蔡廓,偕傅亮同至寻阳,遇疾不能行,乃与亮别,且语亮道:"营阳徙吴,宜厚加供奉,倘有不测,恐廷臣俱蒙弑主恶名,将来有何面目,再生人世呢!"览廓语意,似不愿废立,恐中途遇病,亦属托词。亮出都时,营阳王亦已就道,他本与徐羡之议定,令邢安泰随王前去,到吴行弑。至是亮闻廓言,也觉有理,忙遣人谕止安泰,然已是无及了。

原来安泰送义符至金昌亭,即遵照羡之等密嘱,麾兵将亭围住,持刃径入。义符颇有勇力,立起格斗,且战且走,竟得突围出奔,驰越阊门。安泰率兵追上,用门闩掷去,正中义符腰背,受伤仆地,安泰赶上一刀,结果性命,年仅一十九岁。史家称为少帝。

傅亮得去使返报,未免愧悔,但人死不能重生,只好付诸一叹,遂西行至江陵,诣行台奉表,并进玺绶。表文有云:

  臣闻否泰相革,数穷则变,天道所以不慆,卜世所以灵长。乃者运距陵夷,王室艰晦,九服之命,靡所适归,高祖之业,将坠于地。赖基厚德深,人神同奖,社稷以宁,有生获乂。伏惟陛下君德自然,圣明在御,孝悌著于家邦,风猷宣于藩牧,是以征祥杂沓,符瑞煇辉,宗庙神灵,乃睠西顾,万邦黎献,望景托生。臣等忝荷朝列,预充将命,后集休明之运,再睹太平之业,行台至止,瞻望城阙,不胜喜悦,凫藻之情,谨诣门拜表以闻!

宜都王义隆,亦下教令答复道:

  皇运艰敝,数钟屯夷,仰惟崇基,感寻国故,永慕厥躬,悲慨交集。赖七百祚永,股肱忠贤,故能休否以泰,天人式序。猥以不德,谬降大命,顾已兢悸,何以克堪!行当暂归朝廷,展哀陵寝,并与贤彦申写所怀。望体其心,勿为辞费!

既而府州佐吏并皆称臣,申请题榜诸门,一依宫省,义隆不许。宜都将佐,闻营阳、庐陵二王,后先遇害,亦劝义隆不可东下。独司马王华道:"先帝为天下立功,四海畏服,虽嗣主不纲,人望仍然未改。徐羡之中材寒士,傅亮布衣诸生,并非晋宣帝司马昭。王大将军王敦。可比;且受寄深重,未敢骤然背德,不过畏庐陵严断,将来不能相容,不如奉迎殿下,越次辅立,尚得徼功。况羡之等同功并位,莫肯相让,欲谋不轨,势亦难行,今因废主尚存,或恐受祸,不得已下此毒手,此外当无逆谋,尽可勿疑!殿下但整辔入都,上顺天心,下副人望,臣敢为殿下预贺呢!"料得定,拿得稳。义隆微笑道:"卿亦欲为宋昌么?"宋昌劝汉文帝事,见汉史。长史王昙首,校尉到彦之,亦劝义隆东行。义隆乃留王华镇荆州,到彦之镇襄阳,自率将佐发江陵。

当下召见傅亮,问及营阳、庐陵二王事,悲恸呜咽,左右亦为之流涕。亮亦汗流浃背,几不能对。义隆止泪后,即引傅亮等登舟。中兵参军朱容之,佩刀侍侧,不离左右,就是夜间寝宿,亦衣不解带,防备非常。

既抵京师,由群臣迎谒新亭。徐羡之私问傅亮道:"今上可比何人?"亮答道:"在晋文、景以上。"羡之道:"英明若此,定能鉴我赤心。"恐未免带黑了。亮徐徐答道:"恐怕未必!"羡之亦不暇再问,谒过义隆,导驾入城。义隆顺道谒初宁陵,即宋武帝陵,见前回。然后乘辇入阙。百官奉上御玺,义隆谦让再四,方才接受,遂御太极前殿,即皇帝位,大赦改元,称景平二年为元嘉元年,追尊生母胡婕妤为太后,奉谥曰章。复庐陵王义真封爵,迎还灵柩,并义真母孙修华,妻谢妃,尽归京都。彭城王南徐州刺史义康,官爵如故,进号骠骑将军。南豫州刺史义恭,进号抚军将军,加封江夏王。册第六皇弟义宣为竟陵王,第七皇弟义季为衡阳王。进授司空徐羡之为司徒,卫将军王弘为司空,中书监傅亮加左光禄大夫,开府仪同三司,南兖州刺史檀道济为征北将军。弘与道济并皆归镇,惟领军将军谢晦,前由尚书录命,除授荆州刺史,权行都督荆、襄等七州诸军事,此时实行除拜,加号抚军将军。

看官听说!司空徐羡之本兼录尚书事,他恐义隆入都,荆州重地,授与他人,所以先用录命,使晦接任,好教他居外为援。所有精兵旧将,悉数隶属。晦尚未登程,新皇已至,因即随同朝贺,至此奉诏真除,当然喜慰。临行时密问蔡廓道:"君视我能免祸否?"廓答道:"公受先帝顾命,委任社稷,废昏立明,义无不可。但杀人二兄,仍北面为臣,内震人主,外据上流,援古推今,恐未能自免,还请小心为是!"依情度理之言。晦听了此言,只恐不得启行,即遭危祸,及陛辞而去,回望石头城道:"我今日幸得脱身了!"慢着!

宋主义隆因谢晦出镇荆州,即召还王华,令与王昙首并官侍中,昙首兼右卫将军,华兼骁骑将军,更授朱容子为右军将军。未几,又召还到彦之,令为

第八回　废营阳迎立外藩　反江陵惊闻内变　　597

中领军,委以戎政。彦之自襄阳还都,道出江陵,正值谢晦莅任,便亲往投谒,表示诚款,且留马及刀剑,作为馈遗。晦亦殷勤饯别,厚自结纳。待彦之东行,总道是内援有人,从此可高枕无忧了。宋主义隆年才十八,却是器宇深沉,与乃兄静躁不同。他心中隐忌徐、傅、谢三人,面上却不露声色,遇有军国重事,仍然一体谘询。而且立后袁氏,所备礼仪,均委徐、傅酌定。徐、傅均为笼络,盛称主上宽仁,毫不疑忌。袁后事就此带叙。

未几已是元嘉二年,徐羡之、傅亮上表归政,宋主优诏不许。及表文三上,乃准如所请,自是始亲览万机,方得将平时积虑,逐渐展布出来。江陵参军孔宁子,向属义隆幕下,扈驾入都,得拜步军校尉。他与侍中王华,为莫逆交,尝恨徐羡之、傅亮擅权,日加媒孽。宋主因遂欲除去二人,并及荆州刺史谢晦。

晦有二女,一字彭城王义康,一字新野侯义宾,系刘道怜第五子。此时正遣妻室曹氏,及长子世休,送女入都,完成婚礼。宋主授世休为秘书郎,把他留住都中,好一个软禁方法。一面托词伐魏,预备水陆各师,并召南兖州刺史檀道济入都,令主军事。王华入奏道:"陛下召道济入都,果真要伐魏么?"宋主屏去左右,便语华道:"卿难道尚未知朕意?"华答道:"臣亦知陛下注意江陵,但道济前与同谋,怎可召用?"宋主道:"道济系是胁从,本非首犯,况杀害营阳,更与他无涉,若先加抚用,推诚相待,定当为朕效力,保无他虑!"华乃趋退,宋主又授王弘为车骑大将军,加开府仪同三司,弘即昙首长兄,从前加封司空,尝再三辞让,仍然出镇江州,至是宋主有意笼络,别给崇封,且遣昙首密报乃兄。弘当然赞同,毫无异议。

徐羡之、傅亮,虽在朝辅政,尚未得知消息,不过北伐计议,未以为然,特会同百僚,上书谏阻。宋主义隆,搁置不报,徐、傅也莫明其妙。嗣由宫廷中传出消息,谓当遣外监万幼宗,往访谢晦,再定进止。傅亮因潜贻晦书,述及朝廷情事,且言万幼宗若到江陵,幸勿附和云云。晦照书答复,无非是谨依来命等语。

未几已是元嘉三年,都中事尚未发作,那宋主与王华密谋,已稍稍泄露。黄门侍郎谢㬭,系谢晦弟,急使人往江陵报闻。晦尚未信,召入参军何承天,取示亮书,且与语道:"万幼宗想必到来,傅公虑我好事,所以驰书预报。"承大道:"外间传言,统言北征定议,朝廷即将出师,还要幼宗来做什么?"晦又说道:"谣传不足信,傅公岂来欺我!"遂使承天预草答表,略谓征虏须俟来年。

忽由江夏参军乐冏,奉内史程道惠差遣,递入密函。晦急忙展阅,乃是寻阳人寄书道惠,报称朝廷有绝大处分,不日举行。晦始觉不安,乃呼承天入议。再出程书相示,因即启问道:"幼宗不来,莫非朝廷果有变端么?"承天道:"幼宗本无来理,如程书言,事已确凿,何必再疑!"晦又道:"若果与我不利,计将安出?"承天道:"蒙将军殊遇,尝思报德,今日事变已至,区区所怀,恐难尽言!"晦不禁失色道:"卿岂欲我自裁么?"承天道:"这却尚不至此,惟江陵一镇,势不足敌六师,将军若出境求全,最为上计,否则用心腹将士,出屯义阳,将军自率大军进战夏口,万一不胜,即从义阳出投北境,尚不失为中策。"晦踌躇良久,方答说道:"荆州为用武地,兵粮易给,暂且决战,战败再走,料亦未迟。"逐次写来,见谢晦实是寡智。乃立幡戒严,先与谘议参军颜邵,商议起兵。邵劝晦勉尽臣节,被晦诘责数语,邵即退出,仰药自杀。晦又召语司马庾登之道:"我拟举兵东下,烦卿率三千人守城。"登之道:"下官亲老在都,又素无部众,此事不敢奉命!"一个已死,一个又辞,即为后日离散之兆。

晦愈加怅闷,传问将佐,何人愿守此城。有一人闪出道:"末将不才,愿当此任!"晦瞧将过去,乃是南蛮司马周超,便又问道:"三千人足敷用否?"超答道:"不但三千人已足守城,就使外寇到来,亦当与他一战,奋力图功!"粗莽。庾登之听了超言,忙接口道:"超必能办此,下官愿举官相让。"晦即而授超为行军司马,领南义阳太守,徙登之为长史,一面筹集粮械,草檄兴兵。

才阅一两日,忽有人入报道:"不好了,司徒徐羡之,左光禄大夫傅亮,已身死家灭了!"晦不禁跃起道:"果有这等事么?"言未已,复有人入报道:"不好了!不好了!黄门侍郎二相公,新除秘书郎大公子,并惨死都中了!"晦但说出"啊哟"二字,晕倒座上。小子有诗咏道:

> 欲保身家立嗣皇,如何功就反危亡?
> 江陵谋变方书檄,子弟先诛剧可伤。

毕竟谢晦性命如何,容至下回再叙。

营阳童昏,废之尚或有辞,弑之毋乃过甚。庐陵罪恶未彰,废且不可,况杀之乎!宋主刘裕,剪灭典午遗胄,无非为保全子嗣计,庸讵知死灰难燃,而害其子嗣者,乃出于托孤寄命之三大臣乎?徐羡之、傅亮、谢晦,越次迎立义隆,意亦欲乞怜新主,借佐命之功,固一时之宠,不谓求荣而招辱,希功而得罪,义隆嗣立,才及二年,而三子皆为义隆所杀。三子固有可诛之罪,但诛之者乃为一力助成之新天子,是不特为三子所未及料,即他人亦不料其若此也。人有千算,天教一算,观于营阳、庐陵之遭害,及徐、傅、谢三子之被诛,是正天之巧于报复欤!

第九回　平谢逆功归檀道济
　　　　入夏都击走赫连昌

却说谢晦闻子弟被诛，禁不住一阵心酸，顿时晕倒座上。左右急忙施救，灌入姜汤，方才苏醒。又恸哭多时，先令江陵将士，为徐羡之、傅亮举哀，继发子弟凶讣，即日治丧。嗣又接到朝廷诏敕，由晦阅毕，撕掷地上，即出射堂阅兵，调集精兵三万人，克期东下。看官！你道诏书中如何说法？由小子录述如下。

　　盖闻臣生于三，事之如一，爱敬同极，岂惟名教？况乃施侔造物，义在加隆者乎？徐羡之、傅亮、谢晦，皆因缘之才，荷恩在昔，超居要重，卵翼而长，未足以譬。永初之季，天祸横流，大明倾曜，四海遏密，实受顾托，任同负图，而不能竭其股肱，尽其心力，送往无复言之节，事居阙忠贞之效，将顺靡记，匡救蔑闻，怀宠取容，顺成失德。虽未因惧祸以建大策，而逞其悖心，不畏不义，播迁之始，谋肆鸩毒，至此未几，显行怨杀，穷凶极虐，荼毒备加，颠沛皂隶之手，告尽逆旅之馆，都鄙哀愕，行路饮涕。故庐陵王英秀明远，风徽凤播，鲁卫之寄，朝野属情。羡之等暴蔑求专，忌贤畏逼，造构贝锦，成此无端。罔主蒙上，横加流屏，矫诬朝旨，致兹祸害，寄以国命而剪为仇雠，旬月之间，再肆鸩毒，痛感三灵，怨结人鬼。自书契以来，弃常安忍，反易天明，未有如斯之甚者也。昔子家从弑，郑人致讨，宋肥无辜，荡泽为戮；况逆乱倍于往衅，情痛深于国家！此而可容，孰不可忍？即宜诛殄，告谢存亡。而当时大事甫定，异同纷结，匡国之勋未著，莫大之罪未彰，是以远酌民心，近听舆讼，虽或讨乱，虑或难图，故忍戚含哀，怀耻累载。每念人生实难，情事未展，何尝不顾影恸心，伏枕泣血。今逆臣之衅，彰暴遐迩，君子悲情，义徒思奋，家仇国耻，可得而雪，便命司寇肃明典刑。晦据有上流，或不即罪，朕当亲率六师，为其遏防，可遣中领军到彦之即日电发，征北将军檀道济，络绎继路，并命征虏将军刘粹，断其走伏。罪止元凶，余无所问，敕示远迩，咸使闻知！

原来宋主义隆未发此诏时，已召徐羡之、傅亮入宫，密令卫士待着，拿付有司。偏为谢曜所闻，急报傅亮令勿应召，亮候内使至门，托言嫂病正笃，少待即来。一面通知徐羡之，自乘轻车出郭门，奔避兄傅迪墓旁。羡之已奉命赴朝,行至西明门外,始接傅亮急报,乃折还私第,改乘内人问讯车,微行出都。奔至新林,见后面有追骑到来,慌忙趋匿陶灶内,自经而死。亮亦被屯骑校尉郭泓追获,送入都门。宋主遣中使持示诏书,且传谕道:"卿躬与弑逆,罪在不赦,但念汝至江陵时,诚意可嘉,当使汝诸子无恙。"亮读诏毕,且悲且恨道:"亮受先帝宠眷,得蒙顾托,黜昏立明,无非为社稷计,今欲加亮罪,何患无辞。"未几复有诏使出来,命诛傅亮。赦亮妻子,流徙建安。又收捕羡之子乔之、乞奴,及谢晦子世休,一并诛死。逮晦弟谢㬜下狱,当时晦闻子弟被诛,尚有讹词,其实㬜在狱中,尚未受诛。补叙徐、傅二人死状,是倒戟而出之法。晦既整兵待发,复奉表自讼道:

  臣晦言:臣昔蒙武皇帝殊常之眷,外闻政事,内谋帷幄,经纶夷险,毗赞王业,预佐命之勋,膺河山之赏。及先帝不豫,导扬末命,臣与故司徒臣羡之,左光禄大夫臣亮,征北将军臣道济等,并升御床,跪受遗诏,载贻话言,托以后事。臣虽凡浅,感恩自励,送往事居,诚贯幽显,逮营阳失德,自绝宗庙,朝野岌岌,忧及祸难,忠谋协契,殉国忘身,援登圣朝,惟新皇祚。陛下驰传乘流,曾不加疑,临朝殷勤,增崇封爵,此则臣等赤心,已亮于天鉴,远近万邦,咸达于圣旨。若臣等志欲专权,不顾国典,便当协翼幼主,孤负天日,岂复虚馆七旬,仰望鸾旗者哉!故庐陵王于营阳之世,屡被猜嫌,积怨犯上,自贻非命。天祚明德,属当昌运,不有所废,将何以兴!成人之美,春秋之高义,立帝清馆,臣节之所可。耿弇不以贼遗君父,臣亦何负于宋室耶!况衅积阋墙,祸成威逼,天下耳目,岂伊可诬!臣忝居藩任,乃诚匪懈,为政小大,必先启闻,纠剔群蛮,清夷境内,分留弟侄,并待殿省。陛下聿遵先志,申以婚姻,童稚之目,猥荷齿召。荐女遣子,阖门相送,事君之道,义尽于斯。臣羡之总录百揆,翼亮三世,年耆乞退,屡抗表疏,优旨绸缪,未垂顺许。臣亮管司喉舌,恪虔夙夜,恭谨一心,守死善道,此皆皇宋之宗臣,社稷之镇卫。而逸人倾覆,妄生国衅,天威震怒,加以极刑,并及臣门,同被孥戮。元臣翼命之佐,剿于好邪之手,忠良匪躬之辅,不免夷灭之诛。陛下春秋方富,始览万机,民之情伪,未能鉴悉。王弘兄弟,轻躁昧进,王华猜忌忍害,盗弄威权,先除执政以逞其欲,天下之人,知与不知,孰不为之痛心愤怨者哉!昔白公称乱,诸梁婴胄,恶人在朝,赵鞅入伐,臣义均休戚,任居分陕,岂可颠而不扶,以负先帝遗旨?爰率将士,缮治舟甲,须其自送,投袂扑讨。若天祚大宋,卜世灵长,义师克振,中流轻荡,便当浮舟东下,戮此三竖,申理冤耻,谢罪阙廷,虽伏锧赴镬,无恨于心。伏愿陛下远寻永初托付之旨,近存元嘉奉戴之诚,则微臣丹款,犹有可察。临表哽慨,不尽欲言!

第九回　平谢逆功归檀道济　入夏都击走赫连昌

　　这篇表文到了宋廷,宋主义隆当然愤怒,当即下诏戒严,命讨谢晦。檀道济已早入都,由宋主面加慰问,且与商讨逆事宜。道济自请效力,且申奏道:"臣昔与晦同从北征,入关十策,晦居八九,才略明练,近今少匹。但未尝孤军决胜,戎事殆非所长,臣服晦智,晦知臣勇。今奉命往讨,以顺诛逆,定可为陛下擒晦呢!"道济自愿效力,不出宋主所料。宋主大喜,即召入江州刺史王弘,授侍中司徒,录尚书事,兼扬州刺史。命彭城王义康,都督荆、襄等八州诸军事,兼荆州长史,留都居守。自率六军亲征,命到彦之为前锋,檀道济为统帅,陆续出都,溯流西进。

　　先是袁皇后产下一男,形貌凶恶,后令人驰白宋主道:"此儿状貌异常,将来必破国亡家,决不可育,愿杀儿以绝后患!"袁后颇有相术。宋主闻报,不胜惊异,忙至后寝殿中,拨幔示禁,乃止住不杀,取名为劭。祸在此矣。

　　此时宋主服尚未阕,讳言生子,因戒宫中暂从隐秘,不许轻传。至是已经释服,更因亲征在即,乐得将弄璋喜事,宣布出来。不过说是皇子初生,皇后分娩,尚未满月,特令皇姊会稽公主入内,总摄六宫诸事。这位会稽长公主,系是宋武帝正后臧氏所出,下嫁振威将军徐逵之。逵之战殁江夏,事见第五回。长公主釐居守节,随时出入宫中,所以宋主命她暂掌宫事。宫廷已得人主持,乃启跸出都,放胆西行。

　　谢晦也命弟遁领兵万人,与兄子世猷、司马周超、参军何承天等,留戍江陵,自引兵三万人,令庾登之总参军事,由江津直达破冢,舳舻相接,旌旗蔽空。晦临流长叹道:"恨不用此作勤王兵!"谁叫你造反。遂传檄京邑,以入诛三竖为名,顺流至江口,进据巴陵,前哨探得宋军将至,乃按兵待战。会霖雨经旬,庾登之不发一令,但在舟中闲坐。参军刘和之白晦道:"天降霖雨,彼此皆同,奈何不进军速战?"晦乃促登之进兵,登之道:"水战莫若火攻,现在天气未晴,只好准备火具,俟晴乃发。"晦亦以为然,仍逗留不前。登之不愿从反,已见前言,晦乃令参决军事,且信其迂说,智者果如是耶? 但使小将陈祐,督刈茅草,用大囊贮着,悬挂帆樯,待风干日燥,充作火具。

　　延宕至十有五日,天已晴霁,始遣中兵参军孔延秀进攻彭城洲。洲滨已立宋军营栅,由到彦之偏将萧欣领兵守着。欣怯懦无能,没奈何出来对敌,自己躲在阵后,拥楯为卫。及延秀驱兵杀入,前队少却,他即弃军退走,乘船自遁,余众皆溃。延秀乘胜纵火,毁去营栅,据住彭城洲。彦之闻败,不免心惊。也是个无用人物。诸将请还屯夏口,以待后军。彦之恐还军被谴,留保隐圻,使人促道济会师。道济率众趋至,军始复振。

　　谢晦闻延秀得胜,复上表要求,语多骄肆,内有"枭四凶于庙廷,悬三监于绛阙,申二台之匪辜,明两藩之无罪,臣当勒众旋旗,还保所任"等语。看官听着！这表文中所说两藩，一说自己，一说檀道济，他以为道济同谋，必难独免，所以替道济代为解免。哪知辅主西征的大元帅，正是南兖州刺史檀道济。

表文方发，军报已来，说是道济与到彦之合师，渡江前来，惊得谢晦仓皇失措，不知所为。方焦急间，孔延秀亦已败回，报称彭城洲又被夺去。没奈何整军出望，远远见有战舰前来，不过一二十艘，还道是来兵不多，可以无恐。当命各舰列阵以待，呐喊扬威。那来舰泊住江心，并不前来交战，晦亦勒兵不进。

到了日暮，东风大起，来舰四集，前后绵亘，几不知有多少兵船，且处处悬着檀字旗号。蓦闻鼓声大震，来舰如飞而至。这一惊非同小可，慌忙下令对仗，偏部众不战先溃，顷刻四散。晦亦只好还投巴陵。继思巴陵狭小，必不能守，索性夜乘小舟，逃还江陵去了。

前豫州刺史刘粹，调任雍州，奉旨往捣江陵，驰至沙桥，被周超驱兵杀败，退至数十里外。超收军回城，见晦狼狈奔还，才知全军溃败，不由的忧惧交并。晦愧谢周超，嘱令并力坚守，超佯为允诺，竟夜出潜奔，往投到彦之军。

晦失去周超，越加惶急，又闻守兵亦溃，无一可恃，忙与弟遁及兄子世基、世猷，共得七骑，出城北走。遁体肥壮，不能骑马，晦沿途守候，行不得速，才至安陆，为守吏光顺之所执。七个人无一走脱，尽被拘入囚车，解送行在。庾登之、何承天、孔延秀等，悉数迎降。

宋主奏凯班师，入都后敕诛谢晦、谢遁、谢世基、谢世猷，并将谢曒亦提出狱中，斩首市曹。晦有文才，兄子世基，尤工吟咏，临刑时世基尚吟连句诗道："伟哉横海鳞，壮矣垂天翼！一旦失风水，翻为蝼蚁食！"晦亦不觉技痒，随口续下道："功遂侔昔人，保退无智力。既涉太行险，斯路信难陟。"叔侄吟罢，伸头就戮。迂腐可笑。

忽有一少妇披发跣足，号啕而来，见了谢晦，即抱住晦头，且舐且哭。刑官因刑期已至，劝令让避，该妇乃与晦永诀道："大丈夫当横尸战场，奈何凌籍都市？"晦凄然道："事已至此，不必多说了。"言未已，一声炮响，头随刀落。少妇尚晕仆地上，经从人救她醒来，舁入舆中，疾行去讫。看官道少妇何人？原来是晦女彭城王妃。此妇颇有烈气。

晦既被诛，同党周超、孔延秀等，虽已投降，终究是抗拒王师，罪无可贷，亦令受诛，惟庾登之、何承天等，总算免他一死。宋主加封檀道济为征南大将军，开府仪同三司，兼江州刺史，到彦之为南豫州刺史。此外将士，各赏赉有差。又召还永嘉太守谢灵运，令为秘书监，始兴太守颜延之，令为中书侍郎。既而命左卫将军殷景仁、右卫将军刘湛，与王华、王昙首并为侍中，擢镇西谘议参军谢弘微为黄门侍郎，都人号为元嘉五臣，冠冕一时。

第九回　平谢逆功归檀道济　入夏都击走赫连昌

这且慢表。且说魏主焘嗣位以后，休息经年，国内无事，忽报柔然入寇，攻陷云中。那时魏主焘不好坐视，当然督兵赴援。这柔然国系匈奴别种，先世有木骨闾，曾为魏主远祖代王猗卢骑卒，因坐罪当斩，遁居沙漠，生子车鹿会，很有勇力，招集番人，成一部落，号为柔然，即以木骨闾为氏，转音叫作郁久闾。六传至社仑，骁悍有智，与魏太祖拓跋珪同时。两雄相遇，免不得互启战争，拓跋珪卒破社仑。社仑奔至漠北，并有高车，兼灭匈奴余种，气焰益盛，自号豆代可汗。"可汗"二字，就是中国人所称的皇帝，"豆代"二字，乃是驾驭开张的意思。尝南向侵魏，欲报前败。社仑死后，兄弟继立，篡杀相寻，从弟大檀，先统西方别部，入靖国乱，自号纥升盖可汗，寓有制胜的意义，承兄遗志，复来攻魏。且闻魏主新立，意存轻视，竟率众六万骑，大举入云中。

魏主焘兼程驰救，三日二夜，趋至盛乐。盛乐是北魏旧都，已被大檀夺去，大檀复纵骑来战。兵多势盛，围绕魏主至五十余重，魏兵大惧，独魏主焘神色自若，亲挽强弓，射倒柔然大将于陟斤。柔然兵不战自乱，再经魏主麾兵力击，得将大檀击退。魏主焘收复盛乐，还至平城，再遣将士五道并进，追逐大檀出漠北，杀获甚多，方才班师。叙述柔然源流，笔不苟略。魏主焘因他无知，状类虫豸，改号柔然为蠕蠕。越年，夏主勃勃病殁，长子瓌先死，次子昌嗣立。魏尝称勃勃为屈丐，意在卑辱勃勃，但勃勃凶狡善兵，颇亦为魏所惧。至是闻勃勃已死，因欲乘机伐夏，群臣请先伐蠕蠕，然后西略，独太常博士崔浩请先伐夏。魏相长孙嵩道："我若伐夏，大檀必乘虚入寇，岂不可虑？"浩驳道："赫连残虐，人神共弃，且土地不过千里，我军一到，彼必瓦解。蠕蠕新败，一时未敢入寇，待他来袭，我已好奏凯归来了！"魏主焘与浩意合，决计西征，乃遣司空奚斤率四万五千人袭蒲阪，将军周几袭陕城，用河东太守薛谨为向导，向西进发。魏主焘自为后应，行次君子津，适遇天气暴寒，河冰四合，遂率轻骑二万渡河，掩袭夏都统万城。夏主昌方宴集群臣，蓦闻魏兵掩至，惊扰的了不得，慌忙撤去筵席，号召兵将，由夏主亲自督领，出城拒战。看官！你想这仓猝召集的部众，怎能敌得过百战雄师？一经交锋，便即败溃。夏主昌匆匆走还，城未及闭，已被魏将豆代田，麾轻骑追入，直逼西宫，纵火焚西门。宫门骤闭，代田恐被截住，逾垣趋出，仍还大营。魏主焘尚在城外，见代田回来，面授勇武将军，再分兵四掠，俘获万计，得牛马十余万头。会夏主复登陴拒守，兵备颇严。魏主焘乃语诸将道："统万城坚，尚未可取，且俟来年再举，与卿等共取此城便了。"遂掠夏民万余人而还。

时周几已攻破弘农，逐去守吏曹达。几入弘农，一病身亡，由奚斤代统各军，进攻蒲阪。守将乙斗，即遁往长安。长安留守赫连助兴，为夏主弟，见乙斗来奔，也弃城奔往安定，大好关中，被奚斤唾手取去。易得易失，也有定数。

北凉王沮渠蒙逊，氐王杨盛子玄，闻魏兵连捷，并皆惶恐，各遣使至魏，纳贡称藩。北凉及氐详见后文。魏主焘当然喜慰，更命军士伐木阴山，大造攻具，再谋伐夏。可巧夏主遣弟平原公定，率众二万，进攻长安，与魏帅奚斤，相持数月，未见胜负。魏主焘仍用前策，拟乘虚往袭统万，简兵练士，部分诸将，命司徒长孙翰及常山王拓跋素等，陆续出发。自督骑兵继进，至拔邻山，舍去辎重，径率轻骑三万人，倍道先行。群臣俱劝阻道："统万城非旦夕可下，奈何轻进？"魏主笑道："兵法以攻城为最下，不得已出此一策；若与步兵攻具，同时俱进，彼必坚壁以待。我攻城不下，食尽兵疲，进退无路，如何了得！不如用轻骑直薄彼都，再用羸形诱敌，彼或出战，定可成擒。试想我军离家，已二千余里，又有大河相隔，全靠着一鼓锐气，来求一战，置诸死地而后生，便在此一举了！"番主却亦能军。遂扬鞭急进，分兵埋伏深谷，但用数千人至城下。

夏主昌飞召平原公定，叫他还援。定命使人返报，请夏主坚守，俟擒住奚斤，便即还救。夏主依议施行。适夏将狄子玉，缒城出降，报明定计。魏主焘即命退军，军士稍稍迟慢，立加鞭扑，又纵使奔夏，令报魏军虚实。夏主闻魏兵无继，且乏辎重，便督众出击。要中计了。

魏主焘且战且走，夏兵分作两翼，鼓噪追来，约行五六里，突遇风雨骤至，扬沙走石，天地晦冥，魏宦官赵倪颇晓方术，亟白魏主道："今风雨从贼上来，彼顺风，我逆风，天不助人，愿陛下速避贼锋！"道言未毕，崔浩在旁呵叱道："你说什么？我军千里远来，赖此决胜，贼贪进不止，后军已绝，我正好发伏掩击，天道无常，全凭人事作主呢！"

魏主连声称善，再诱夏兵至深谷间，一声鼓号，伏兵齐起。魏主焘分为两队，抵挡夏兵，复一马当先，突入夏兵阵内。夏尚书斛黎文，持槊刺来，魏主焘揽辔一跃，马失前蹄，身随马仆。危乎险哉。斛黎文见魏主坠马，即下马来捉魏主，亏得魏将拓跋齐，上前急救，大呼："勿伤我主！"一面说，一面拦住斛黎文，拚死力斗。斛黎文未及上马，那魏主已腾身跃起，拔刀刺毙斛黎文。复乘马驰突，杀死夏兵十余人，身中数箭，仍然奋击不止。魏兵俱一齐杀上，夏兵大败。

夏主昌欲逃回城中，偏被魏主绕出马前，截住去路，没奈何拨马斜奔，逃往上封去了。魏司徒长孙翰，率八千骑追夏主昌，直至高平，不及乃还。魏主焘乘胜攻城，城中无主，立即溃散，当由魏兵拥入，擒住文武官吏，及后妃公主宫女，不下万人。只夏主母由夏将拥出，西奔得脱。此外马约三十余万匹，牛羊约数千万头，均为魏兵所得，还有府库珍宝，车旗器物，不可胜计。小子有诗叹道：

雄踞西方建夏都，一传即被索头驱。
可怜巢覆无完卵，男作俘囚女作奴。

魏主焘既得统万城，亲自巡阅，禁不住叹息起来。究竟为着何事，且看下回便知。

谢晦举兵，上表自讼，看似振振有词，曾亦思废立何事，弑逆何罪，躬冒大不韪之名，尚得虚词解免乎？夫贤如霍光，犹难免芒刺之忧，卒至身后族灭。谢晦何人，乃思免责。叛军一举，便即四溃，晦叛君、晦众即叛晦，势有必至，无足怪也。赫连勃勃乘乱崛起，借凶威以据西陲，祸不及身，必及其子。赫连昌之为魏所制，虽曰不乃父若，要亦勃勃之贻祸难逃耳。故保身在义，保国在仁，仁义两失，未有不身死国亡者也。观此回而益信云。

第十回　逃将军弃师中虏计
　　　　亡国后侑酒作人奴

却说魏主焘巡阅夏都，见他城高基厚，上逾十仞，下阔三十步，就是宫墙亦备极崇隆，内筑台榭，统皆雕镂画，饰以绮绣，不禁喟然叹道："蕞尔小国，劳民费财，一至于此，怎得不亡呢！"可为后鉴。遂将所得财物，分给将士，留常山王素镇守统万，自率众还平城。所有男女俘虏，悉数带归。夏太史令张渊、徐辩，颇有才学，仍命为太史令。故晋将军毛修之，前被夏掳，见第六回。至是复为魏所俘，因他善解烹调，用为大官令。夏后、夏妃，没入掖庭。夏公主数人，内有三女生成绝色，统是赫连勃勃所出，魏主焘召纳后宫，迫令侍寝。红颜力弱，只好勉抱衾裯，轮流当夕，魏主特降恩加封，俱号贵人。其父可名为丐，其女如何骤贵？寻且进册赫连长女为继后，这且不必细表。

惟魏主焘因奚斤在外，日久劳师，特召令北还。斤上书答复，力请添兵灭夏，乃命宗正娥清、太仆邱堆，率兵五千，进略关右，援应奚斤；复拨精兵万人，马三千匹，发往军前。赫连定闻统万失守，更见魏兵日增，也奔往上邽，奚斤追赶不及，乃进军安定，与娥清、邱堆合兵，拟再进取上邽。偏是天气不正，马多疫死，营中亦渐渐乏粮，一时不便再进，但深垒自固，遣邱堆督课民间，勒令输粟，士卒又四出劫掠，不设儆备。夏主昌伺隙掩击，杀败邱堆。堆收残骑还安定城，夏兵又时至城下抄掠，令魏军不得刍牧。

奚斤颇以为忧，监军侍御史安颉道："赫连昌轻率寡谋，往往自出挑战，若伏兵掩击，定可擒他。"斤以粮少马乏为辞，安颉道："今日不战，明日又不战，粮愈少，马愈乏，死在旦夕，还想破敌么？"斤尚欲静守待援，颉知他无能，自与将军尉眷密议，选骑以待。果然夏主昌自来攻城，当先督阵，颉与尉眷纵骑杀出，奋力搏战，适大风骤起，尘沙飞扬，魏兵乘风驰突，专向夏主前杀去。夏主料不可敌，情急返奔，被颉策马追上，槊伤夏主坐骑，夏主昌坠落马下，魏兵活捉而归。夏兵除死伤外，悉数遁去。

安颉、尉眷押夏主昌至平城，魏主焘却优礼相待，唯爵会稽公，令居西宫门内。昌仪容颇伟，又娴骑射，为魏主所受宠，便将妹子始平公主，给与为妻。掳人妻妹，却以己妹偿之，好算特别报酬。且尝与出猎逐鹿，深入山谷。群臣恐昌有异心，一再进谏，魏主道："天命有归，何必顾虑！"仍昵待如初。封安颉为建威将军，兼西平公，尉眷为宁北将军，兼渔阳公。

奚斤以功出偏裨，引为己耻，探得夏主弟赫连定，自上邽奔平凉，僭号称帝，便赍三日军粮，率兵击定。定设伏邀击，大破魏军，擒去奚斤，并及他将娥清、刘拔。太仆邱堆，输辎重至安定，闻斤等被擒，弃去辎重，还奔长安。夏主定乘胜进逼，邱堆又弃城奔蒲阪。

魏主闻报，立命安颉往斩邱堆，代领部众，控御夏兵。且又欲督军出讨，会闻柔然寇边，乃先击柔然，星夜北驱，直抵栗水。柔然酋长大檀，不及抵御，自毁庐舍，仓皇西走，部落四散。魏主分军搜讨，俘获甚众，进至涿邪山，惧有伏兵，乃引军南归。大檀一蹶不振，愤悒而死。子吴提嗣立，号敕连可汗，番语称神圣为敕连，他亦自知衰弱，遣人至平城朝贡，向魏乞和。魏主得休便休，许为北藩，北方已算征服了。

先是宋主义隆嗣位，曾遣使如魏修好，魏亦遣使报聘。及魏主将伐柔然，正值魏使北归，述宋主语，索还河南，否则将发兵攻取云云。魏主大笑道："龟鳖小竖，有何能为？我若不先灭蠕蠕，转使腹背受敌了。今日北征，他日南伐未迟！"崔浩又从旁怂恿，乃决计北行，果得征服柔然，马到成功。凯旋后，加授浩为侍中，特进抚军大将军，凡遇军国大事，必先咨浩，然后施行。

宋元嘉七年春季，宋主义隆特选甲卒五万，命右将军到彦之，安北将军王仲德，兖州刺史竺灵秀，并为统领，泛舟入河。使骁骑将军段宏，率骑兵八千，直指虎牢，豫州刺史刘德武，领兵万人继进，皇从弟长沙王刘义欣，即道怜长子。统兵三万，监督征讨诸军事，出镇彭城。先遣殿前将军田奇使魏，传语魏主道："河南是我宋地，故遣兵修复旧境，与河北无涉。"

魏主焘勃然道："我生发未燥，已闻河南属我，奈何前来相侵？必欲进军，悉听汝便，看汝能夺我河南否？"遂遣奇返报，一面使群臣会议。众请出兵三万，先发制人，并诛河北流民，绝宋向导。独崔浩进议道："南方卑湿，入夏水涨，草木蒙密，地气郁蒸，容易生疫，不利行师；若彼果能北来，我正可以逸待劳，俟他疲倦，然后出击，那时秋高马肥，因敌取食，才不失为万全计策呢！"魏主素来信浩，便按兵不发。

嗣由南方诸将，一再上表，乞派兵助守，并请就漳水造舰，为御敌计，朝臣统是赞成。更想出一法，谓宜署司马楚之、鲁轨、韩延之为将帅，使他招诱南人。楚之等入魏，分见上文。崔浩又谏阻道："楚之等为宋所忌，今闻我悉发精兵，大造舟舰，欲存立司马氏，诛除刘宗，他必全国震骇，拚死来争，我徒张虚声，反召实害，岂非大谬！况楚之等皆纤利小才，止能招合无赖，断不能成就大功，徒使我兵连祸结，有何益处！"见地原胜人一筹。魏主未免踌躇，浩更援据天文，谓："南方举兵，实犯岁忌，定必不利，我国尽可无忧！"

魏主不欲违众，命造战舰三千艘，调幽州以南戍兵，会集河上，且授司马楚之为安南大将军，封琅琊王，出屯颍川。宋右将军到彦之等，自淮入泗，适值淮水盛涨，逆流而上，每日止行十里，自孟夏至孟秋，始至须昌，未免沿途逗留，否则亦未必至此。乃溯河西上。到了碻磝，魏兵已撤戍北归，再进滑台，也只留一空城，又趋向洛阳、虎牢，统是城门大开，并无一个魏卒。彦之大喜，命朱修之守滑台，尹冲守虎牢，杜冀守金墉，余军入屯灵昌津，列守南岸，直抵潼关。大众统有欢容，惟王仲德有忧色，语诸将道："诸君未识北土情伪，必堕狡计。胡虏仁义不足，凶狡有余，今敛戍北归，并力完聚，待至天寒冰合，必将复来，岂不可虑？"彦之等尚似信未信，说他多心。是谓之愚。

才过月余，天气转寒，魏主焘大举南侵，令冠军将军安颉，督护诸军，来击彦之。彦之遣裨将姚耸夫等，渡河接战，哪里挡得住魏军，慌忙退还，麾下已十亡五六。颉乘胜逾河，攻金墉城，城中乏粮，宋将杜冀南遁，城遂被陷。洛阳已拔，又移军攻虎牢。守将尹冲，忙向彦之处求援。彦之令裨将王蟠龙，率军援应，行至七女津，被魏将杜超截击，阵斩蟠龙。尹冲闻援军败没，便与荥阳太守崔模，迎降魏军，虎牢又复失去。

彦之自魏兵南渡，畏缩得很，逐日退师，还保东平，且上表宋廷，请速派将添兵。宋主义隆，命征南将军檀道济，都督征讨诸军事，出兵伐魏，魏亦续遣寿光侯叔孙建，汝阴公长孙道生，越河南下，接应安颉。到彦之闻魏军大至，道济未来，不禁惶急异常，便欲引退，将军垣护之贻书谏阻，谓宜令竺灵秀助守滑台，更督大军进趋河北。彦之怎肯听从，且拟焚舟步走。

王仲德进言道："洛阳既陷，虎牢自不能守，这是应有的事情；今我军与虏相距，不下千里，滑台尚有强兵，若遽舍舟南走，士卒必散，愚意谓且引舟入济，再定行止。"彦之乃督率舰队，自清河入济南。才至历城，闻报魏兵追来，慌忙焚舟弃甲，登岸徒步，一溜风似的逃还彭城。何不改姓为逃。竺灵秀也弃了须昌，南奔湖陆，青、兖大震。

长沙王义欣誓众戒严。将佐恐魏兵大至，劝义欣委镇还都，义欣慨然道："天子命我镇守彭城，义当与城存亡，奈何弃去？"如君才不愧一义字。遂坚持不动,人心稍定。

魏兵东至济南,济南城内,兵不满千,太守萧承之,用了一个空城计,开门以待。魏人疑有伏兵,探望多时,始终不敢进城,相率退去。叔孙建入攻河陆,竺灵秀弃军遁走。

各败报传入宋都,宋主大怒,命诛灵秀,收击到彦之、王仲德,下狱免官。仲德似尚可贷。迁垣护之为北高平太守,旌赏直言,并促檀道济速救滑台。

道济自清河进兵,为魏将叔孙建、长孙道生所拒,先后三十余战,多半得胜。转战至历城,被叔孙建等前后邀击,焚去刍粮,遂不得进,魏将安颉、司马楚之等,得并力攻滑台。朱修之坚守数月,援绝粮空,甚至熏鼠为食,魏又使将军王慧龙助攻,眼见得城池被陷,修之成擒。

檀道济食尽引还,魏叔孙建得宋降卒,讯知道济乏食还军,即趋兵追赶。将及宋军,宋军大惧,道济却不慌不忙,择地下营,夜令军士唱筹量沙,贮作数囤,用米少许,遮盖囤上,摆列营前。到了黎明,魏兵前哨探视,见米囤杂列,不胜惊讶,忙报知叔孙建。叔孙建闻道济有粮,还道是降卒妄言,喝令处斩,率骑士逼道济营,道济令军士被甲随着,自己白服乘舆,从容出来,向南徐走。叔孙建疑为诱敌,不敢进击,反且引退,道济得全军而回。宋将中应推此人。

魏主已攻克河南,饬安颉旋师。安颉系归朱修之,魏主嘉他固守,拜为侍中,妻以宗女。司马楚之请再举伐宋,魏主不许,召楚之为散骑常侍,令王慧龙为荥阳太守。慧龙在郡十年,农战并修,声威大著,宋主义隆,使人往魏,散布谣言,但称慧龙功高位下,积怨已久,有降宋背魏等情。魏主不信,宋主复遣刺客吕玄伯,往刺慧龙。玄伯诈为降人,投入荥阳,被慧龙搜出匕首,纵使南归,且笑语道:"彼此各皆为主,我不怪汝!"玄伯感泣请留,慧龙竟留侍左右,待遇甚优。后来慧龙病殁,玄伯代为守墓,终身不去,这也好算做豫让第二了。褒中寓贬。

且说夏主赫连定战败魏军,擒住魏帅奚斤等,据有关中,声势复盛,尝遣使至宋,约同攻魏,共分魏地。魏主焘正拟出兵讨夏,闻报大怒,遂亲赴统万城,进袭平凉。夏主方出居安定,引兵还救,途中遇魏将古弼,便即交战。古弼佯退,引夏主入伏中,杀得夏兵东倒西歪,斩首至数千级。夏主走保鹑觚原,命余众结一方阵,抵御魏兵。魏将古弼纵兵环集,又由魏主遣将尉眷等,来助古弼。两军相合,把鹑觚原围住,截断夏兵粮道,连樵汲都无路可通。夏兵又饥又渴,马亦乏草可食,没奈何下鹑觚原,突围出走。夏主定从西面杀出,正遇魏将尉眷截住,一场死斗,方得杀开一条血路,奔往上邽。所有夏主弟乌视拔秃骨,及公侯以下百余人,一古脑儿被魏人擒去。

魏兵乘胜攻安定,夏将东平公乙斗,竟弃了安定城,遁入长安,嗣复西奔上邽,往依赫连定去了。

第十回　逃将军弃师中虏计　亡国后侑酒作人奴

那平凉城为魏主所攻,经旬未下,夏上谷公杜干、广阳公度洛弧,婴城固守,专望夏主定来援,魏主使赫连昌招降,亦不见从,乃掘堑营垒,督兵围攻。相持至一月有余,杜干等已是力尽,且闻夏主定败奔上邽,无从得援,没奈何开城出降。

魏将豆代田先驱入城,掳得夏宫中后妃,并在狱中择出奚斤等人,送交魏主。魏主大喜,入城安民,置酒高会,令豆代田就座左席,位出诸将上,并呼奚斤至前道:"全汝生命,赖有代田,汝宜膝行奉酒,方可报德。"奚斤不敢违命,只好捧觞至代田前,屈膝奉饮。代田起座接受,一饮而尽。魏主又命将夏后释缚,唤她侑宴,令就代田处斟酒。代田见她低眉半蹙,泪眼微红,一种娇愁态度,令人暗暗生怜,便起禀魏主道:"她也是一个主母,望陛下稍稍顾全!"魏主微笑道:"你爱她么? 我便把她赐你便了。"代田喜出望外,出座拜谢,及酒阑席散,便将夏后领去,享受美人滋味,越宿又接到诏敕,晋封井陉侯,加散骑常侍右卫将军,既邀艳福,复沐宠荣,真个是喜气重重,得未曾有了。只难为了赫连定,叫他作元绪公。

平凉既下,长安一带,复为魏有,魏主留巴东公延普镇安定,镇西将军王斤镇长安,自率各军还平城。那夏主定仅保上邽,所有故土,多半失去,自思东隅难复,不如改辟西境,还可取彼偿此,再振雄图。

当时陇西有西秦国,系鲜卑种族,初属苻秦,苻秦败亡,乞伏国仁据有凉州、临洮、河州,自称大单于,领秦、河二州牧。国仁死,弟乾归嗣,尽有陇西地,始称秦王,历史上号为西秦。乾归为兄子公府所弑,公府复为乾归子炽磐所杀,炽磐并吞南凉秃发氏,秃发傉檀为西秦所灭事见晋史。拓地益广,传子暮末,屡与北凉战争,师财劳匮,众叛亲离,暮末不得已向魏乞降,魏遣将往迎暮末,暮末焚城邑,毁宝器,率部民万五千人东行。道出上邽,正值夏主定有心西略,便出兵邀击。暮末不敢争锋,退保南安,夏主定令叔父韦伐,驱兵进逼,即将南安城围住。城中无粮可依,人自相食,秦侍中出连辅政,乞伏国祚及吏部尚书乞伏跋跋,逾城奔夏。暮末窘急万状,只好面缚舆榇,出城请降。

夏将韦伐,把暮末送至上邽,又将乞伏氏宗族五百余人,悉数擒献,当被夏主定严刑屠戮,杀得一个不留。危亡在即,还要如此惨虐,安得不自速其死! 复驱秦民十余万口,自治城渡河,欲夺北凉疆土,作为根据。不意吐谷浑吐读如突,谷读如欲。王慕瑰,骤发劲骑三万人,前来袭击,顿令这痴心妄想的赫连定,从此了结,一命呜呼。

吐谷浑也是鲜卑支派,远祖名叫谷吐浑,为晋初鲜卑都督慕容廆庶兄,旧居辽西。迁往阴山,再传至孙叶延,颇好学问,用王父字为氏,故国号吐谷浑。又三传至阿豺,据有并、氐、羌地方数千里,自称骁骑将军、沙州刺史。宋景平初年，通使江南，进献方物，宋少帝封为浇河公，未及拜受。至宋主义隆入嗣，始受册命。阿豺有子二十人，临死时，命诸子各献一箭，共得二十支。又召母弟慕利延入帐，令他取折一箭，应手而断，更命把十九箭总作一束，再使取折，慕利延费尽腕力，不损分毫。阿豺顾语子弟道："汝等可共视此箭，孤单易折，众厚难摧，愿汝等戮力同心，保全社稷！"至理名言，不可勿视。言讫即逝。

弟慕璝嗣立，奉表至宋，宋封为陇西公。慕璝又遣使通魏，魏亦封为大将军。至是闻夏主西来，遂遣慕利延等率骑三万，沿河截击，乘着夏兵半济，奋杀过去。夏兵大半溺死，夏主定拖泥带水，登岸飞逃，偏被敌骑逾河追至，七手八脚，把他拖去。当下置入囚车，献与慕璝，慕璝又遣侍郎谢太宁，押定送魏。魏主焘即令斩定，且嘉奖慕璝，加封为西秦王。

既而赫连昌亦叛魏西走，为河西军将格毙，并收捕赫连昌子弟，一并诛夷。夏传三主而亡，勃勃子孙被诛殆尽。小子有诗叹道：

　　侈言徽赫与天连，勃勃改姓赫连，即本此意。三主相传廿六年。
　　虎父不能生虎子，平城流血几成川。

夏已灭亡，上邽为氐王所据，自称都督雍、凉、秦三州军事，且发兵进窥汉中，与宋构衅。欲知详情，俟下回说明。

宋主欲规复河南，何不先用檀道济，而乃命怯懦无能之庸帅，侥幸一试，痴望成功？魏兵之不战而退，明明是欲取姑与之谋，譬如鸷鸟搏食，必先敛翼，然后一往无前。王仲德虽尚能料事，顾亦徒托空言，未尝预备。至于魏兵再下，宋师屡败，始用檀道济以援应之，晚矣！道济之唱筹量沙，古今传为奇计，但只能却敌，不能破敌，大好中州，终沦左衽，嗟何及耶！赫连兄弟，先后就擒，男作俘囚，女作妾媵，未始非勃勃残恶之报。赫连定已经授首，赫连昌尚属幸存，受魏封爵，娶魏公主，假令安分守己，不生异图，则赫连氏何至无后？乃复叛魏西走，卒至全族诛夷，凶人之后，其果无噍类也乎！

第十一回　　破氐帅收还要郡
　　　　　　　杀司空自坏长城

却说关陇南面，有一胜地，叫作仇池，地方百顷，平地起凸，四面斗绝，高约七里有奇，统是羊肠曲道，须经过三十六个回峰，力登绝顶。上面水草丰美，且可煮盐，向为氐族所据。东汉末年，氐族头目，姓杨名腾，占据此地。其孙名千万,称臣曹魏,受封百顷王,再传至杨飞龙,势渐强盛,晋封他为平西将军。飞龙无嗣,养外甥令狐茂搜为子,茂搜冒姓杨氏,又三传至杨初,自号仇池公。曾孙名纂,为苻秦所灭。苻秦败亡,杨氏遗族杨定,亡奔陇右,收集旧众千余家,仍据仇池,徙居历城,距仇池二十里,与山东之历城不同。夺取天水、略阳等地,僭称陇西王,后为西秦王乞伏乾归所杀。从弟杨盛,留守仇池,自称仇池公,出略汉中,向晋称藩,晋封盛为征西大将军,兼仇池王。宋主篡晋,复封盛为车骑将军,晋爵武都王。盛仍奉晋正朔,尚沿用义熙年号。

元嘉二年,盛病将死,授遗嘱与子玄道:"我年已老,当终为晋臣,汝宜善事宋帝。"玄涕泣受命,及盛没后,向宋告哀,始用元嘉正朔。宋令玄仍袭父爵,玄又通好北魏,受封征南大将军兼南秦王。才越四年,又复病剧,召弟难当入,语道:"今国境未宁,正须抚慰,我子保宗,年尚冲昧,烦弟继承国事,毋坠先勋!"难当固辞,愿辅立保宗。至玄死发丧,难当果不食言,立保宗为嗣主。偏是难当妻姚氏,密语难当道:"国险未平,应立长君,奈何反事孺子呢?"妇人专喜播弄是非。难当听信妇言,竟将保宗废去,自称都督雍、凉、秦三州军事,兼征西大将军、秦州刺史、武都王。

可巧赫连族灭,上邽空虚,他即命子顺收取上邽,充任留守。又授保宗为镇南将军,使戍宕昌。保宗谋袭难当,事泄被拘。难当又欲并吞汉中,伺隙思逞。补叙详明。

会梁州刺史甄法护,刑政不修,宋主特遣刺史萧思话代任。思话尚未莅镇,那杨难当又乘机先发,调拨兵将,径袭梁州。甄法护本来糊涂,一切兵备,统已废弛,蓦闻氐众到来,吓得魂驰魄散,慌忙挈领妻孥,逃出城外,奔投洋州。氐众当然入城。

萧思话到了襄阳,接得梁州失守的消息,忙遣司马萧承之,率五百人前进,长史萧汪之,率五百人为后应。看官听着!这萧承之就是后来齐太祖的父亲,前为济南太守,曾用空城计却魏。事见前回。此次调任汉中太守,偕思话东行,兼充行军司马。既奉思话军令,作为前驱,自思随兵太少,应该沿途招募,便陆续收集丁壮,约得千人,乃进据磝头。

杨难当焚掠汉中,引众西还,留将军赵温居守梁州,温令魏兴太守薛健据黄金山,副守姜宝据铁城。铁城与黄金山相对,仅隔里许,斫树塞道,阻截宋军。萧承之遣阴平太守萧坦,进攻二戍,扫除芜秽,长驱直达,先拔铁城,继下黄金山,杀得薛健、姜宝大败而逃。赵温亲自出马,来攻坦营,坦又出兵奋击,舞刀先进,左斫右劈,杀死氐众数十人。后面兵士随上,搅破温阵,温知不可当,狼狈遁去。坦亦受创,退归大营养疴,承之另遣司马锡文祖,往戍黄金山。后队萧汪之亦至,还有平西将军临川王刘义庆,即道规继子,见第七回。方出镇荆州，也遣将军裴方明，带兵三千，来助思话。思话派参军王灵济，率偏师出洋川，进向南城。氐将赵英，据险扼守，为灵济所破，将英擒住。南城空虚，无粮可因，灵济引军退还，与承之合师。

承之督令诸军追击氐众，行抵汉津，但见两岸遍布敌营，中通浮桥，步骑杂沓，戈戟森严，料知有一场恶斗，乃立营布阵，从容待战。极写承之。那敌营中的统帅，乃是杨难当子杨和，会集赵温、薛健等人，据津拒敌，兵约万余。既见宋军到来，便麾众来攻，环绕承之行营，至数十匝。承之开营逆战，因与敌接近，弓箭难施，只好各用短刀，上前力搏。偏氐众尽穿犀甲，刃不能入，承之急命将士截断长梢，上系大斧，横砍过去，每一动手，砍倒氐兵十余人，氐众抵敌不住，纷纷溃散。杨和等逃回寨中，放起一把无名火来，将所有营帐及所筑浮桥，尽行毁去，退保大桃。

既而萧思话、裴方明等一齐驰至，与承之并力进攻，连战皆捷，不但将大桃敌众，悉数逐走，就是梁州亦唾手取来。从前杨盛时候，略汉中地，夺去魏兴、上庸、新城三郡，至是且尽行克复，汉中全境，无一氐人。杨难当恐宋军入境，慌忙上表谢罪，宋主义隆，方下诏赦宥。令萧思话镇守汉中，加号宁朔将军。召萧承之还都，令为太子屯骑校尉，收逮甄法护下狱，赐令自尽。此外有益州贼赵广，秦州贼马大玄，先后作乱，俱得荡平，这也无容细表。

且说魏主焘既得河南，分兵戍守，加授崔浩为司徒，长孙道生为司空。道生平素俭约，得一熊皮为毯，数十年不易，魏主尝使歌工作颂，有"智如崔浩，廉如道生"二语。浩更劝魏主偃武修文，征求世胄遗逸，得范阳人卢玄，博陵人崔绰，赵郡人李灵，河间人邢颖，渤海人高允，广平人游雅，太原人张伟等，各授中书博士。惟崔绰以母老为辞，不肯受官。浩又改定律令，除四岁五岁刑律，增一年刑，授议亲议贵议功诸例，凡官阶九品以上，得酌量减免，妇人当刑而孕，概令延期，待产后百日，始按律取决。阙下悬登闻鼓，使冤民得诣阙伸诉，击鼓上闻，舆情畲服，国内称治。一面欲通好江左，息争安民，乃请命魏主，令散骑侍郎周绍南来，至宋聘问，并乞和亲。宋主含糊作答，但遣使臣魏道生报聘，嗣是两国使节，往来不绝。

魏主立子晃为太子，又派散骑常侍宋宣至宋，为太子求婚，宋主仍然支吾对付，卒无成议，惟南北和好，约得十余年，好算是魏主的美意。应该使南人领情。

宋主义隆，闻魏主求贤恤民，也下了几道劝农举才的诏敕，无如亲贵擅权，吏胥舞法，就使有几个遗贤耆老，怎肯冒昧出山，虚縻好爵。武帝时，尝召武阳人李密为太子洗马，密愿终养祖母刘氏，上了一篇《陈情表》，决意辞征。作者误，此系晋武帝。武帝只好收回成命，许令终养。还有谯郡戴逵子颙，承父遗训，雅好琴书，屡征不起。南阳人宗炳，与妻罗氏，并隐江陵，亦终不就征。他如广武人周续之、临沂人王弘之、鲁人孔淳之、枝江人刘凝之等，均立志高尚，迭经宋廷召用，并皆固辞。最著名的是寻阳陶渊明先生。他名潜，字元亮，系晋大司马陶侃曾孙，晋季曾为彭泽县令，郡遣督邮至县，故例应束带迎见，渊明慨然道："我不能为五斗米折腰！"乃解组自归。随赋《归去来辞》，自明志趣。门前种五柳树，因作《五柳先生传》，为己写照。妻翟氏亦与同志，偕隐栗里，渊明前耕，翟氏后锄，并安勤苦，不慕荣利。宋司徒王弘，为江州刺史时，尝使渊明友人庞通之，赍着酒肴，邀他共饮。渊明嗜酒，欣然应召，入座便饮。俄顷弘至，渊明只自饮酒，不通姓名，既醉即去。平时所著文章，必书年月，但在晋义熙以前，尝署年号，一入宋初，唯署甲子，隐寓不事宋室的意思。宋主义隆，正拟遣发征车，适渊明病殁，方才罢议，后世号渊明为靖节先生。叠叙高人，以愧干禄之士。

王弘闻讣，亦叹息不置。元嘉九年，弘进爵太保，才阅月余，亦即逝世。王华、王昙首又皆病终。荆州刺史彭城王义康已入任司徒，录尚书事，至是因元老丧亡，遂得专握政权。领军将军殷景仁升任尚书仆射，太子詹事刘湛升任领军将军。湛本为景仁所引，既沐荣宠，却暗忌景仁。且前时曾为彭城长史，与义康有僚佐情，遂格外巴结义康，想将景仁挤排出去。是谓小人。偏偏景仁深得主心，更加授中书令兼中护军。湛未得加官，但命兼任太子詹事，湛益愤怒，与义康并进谗言，诋毁景仁。宋主始终不信，待遇景仁，反且加厚。景仁亦知刘湛排己，尝对亲旧叹息道："引虎入室，便即噬人！"乃托疾辞职，累表不许，但令他在家养疴。湛尚不能平，拟令兵士诈为劫盗，夜入景仁私第刺杀景仁。谋尚未发，偏有人传报宋主，宋主亟令景仁徙居西掖门，使近宫禁，因此湛计不行。宋主既知湛阴谋，何不立加穷治，乃使其连害骨肉耶？

嗣是义康僚属，及湛相知的友人，潜相约勒，无敢入殷氏门。独彭城王主簿刘敬文，有父名成，尚向景仁处求一郡守。敬文得悉，忙至湛第，长跪叩首，湛惊问何因？敬文呜咽道："老父悖耄，就殷家干禄，竟出敬文意外。敬文不知豫防，上负生成，阖门惭惧，无地自容！为此踵门请罪。"无耻已极。湛徐答道："父子至亲，奈何不先通知，此次且不必说，下次须要加防！"敬文听了，如遇皇恩大赦一般，又捣了几个响头，方才辞出。作者亦太挖苦。

后将军司马庚炳之，颇有才辩，往来殷、刘二家，皆得相契，暗中却输忠宋主。宋主屡使炳之传达密命，往谕景仁，景仁虽称疾不朝，仍然有问必答，密表去来，俱令炳之代达，刘湛全然未知，但闻炳之出入殷家，也还道是探问疾病，不加猜疑。此等处何独放心？

嗣因谢灵运得罪被收，宋主怜他多才，拟加赦宥。彭城王义康，听刘湛言,说他恃才傲物,犯上作乱,定须置诸重典,乃流戍广州。究竟灵运有何逆迹,待小子略略叙明。

灵运前曾蒙召为秘书监,见第九回。使整理秘阁书籍,补足阙文,且命他撰述晋书。他尝挟才自诩,意欲入朝参政,不料应召以后,但教他职司翰墨,未免心下怏怏,所以奉命撰史,不过粗立条目,日久无成。及迁任侍中,朝夕引见,或陈诗,或献字,宋主尝称为二宝,辄加叹赏。惟总不令他参预朝纲,因此灵运益觉不平,时常称疾不朝。有时出郭游行,兼旬不返,既未表闻,又不请假,廷臣啧有烦言。宋主亦嫌他不守官方,讽令辞职,灵运始上表陈疾,奉旨东归。

族父谢方明,为会稽太守,灵运即往省视,与方明子惠连相见,大加赏识。又与东海人何长瑜,颍川人荀雍,泰山人羊璿之,诗酒倡和,联为知交,惠连亦得与列,称为四友。谢氏本为名族,灵运得先世遗资,畜养僮奴数百人,又得门生数百,同游山泽间,穷幽极险,伐木开径,百姓惊扰,目为山贼。可巧会稽太守,换了一个新任官,叫作孟𫖮,𫖮迷信佛教,灵运独面讽道:"得道须慧业文人,公生天当在灵运前,成佛必在灵运后。"𫖮深恨此言,遂与灵运有隙,上书奏讦。灵运原是多嘴,孟𫖮亦觉逞刁。

灵运忙诣阙自讼,得旨令为临川内史。一行作吏,仍然游放自若,为有司所纠劾,遣使逮治,偏他抗衡不服,竟将来使执住,且作诗道:"韩亡子房奋,秦帝鲁连耻,本自江海人,忠义感君子。"这诗一传,有司越加借口,称为逆迹昭著,兴兵捕住灵运,请旨正法。还是宋主特别垂怜,连义康面奏诸词,都未听从,才得免死流粤。也是灵运命运该绝,又有人奏了一本,说他私买兵器,纠结健儿,欲就三江口起事。那时宋主只好割爱,饬令在广州弃市。看官!你想灵运是个文人,怎能造反?无非是文辞狂放,触怒当道,徒落得身首异处,贻恨千秋呢!实是一种文字狱。

未几又由刘湛主谋,要把那宋室长城,凭空毁坏。真个是逸人罔极,妨功害能,说将起来,可痛可恨!当时宋室良将,首推檀道济,自历城全师退归,进位司空,仍然还镇寻阳。即江州。左右心腹,并经百战,有子数人,如给事黄门侍郎檀植,司徒从事中郎檀粲,太子舍人檀隰,征北主簿檀承伯,秘书郎檀遵等,又皆秉受家传,才具卓荦。功高未免震主,气盛益足陵人,朝廷已时加疑忌,留意豫防。会宋主寝疾,历久不愈,刘湛密语义康道:"宫车倘有不测,余无足忧,最可虑的是檀道济。"义康道:"君言甚是,应如何预先处置?"湛答道:"莫如召他入朝,但托言索虏入寇,要他来都面议,如欲乘此除患,便容易下手了。"

义康点首称善,入白宋主,请召道济入朝。宋主神疲意懒,无暇问明底细,但模糊答应了一声,义康遂飞诏驰召。

第十一回 破氐帅收还要郡 杀司空自坏长城

道济接到诏敕，即整装起行，妻向氏语道济道："震世功名，必遭人忌，今无故相召，恐不免及祸哩。"颇有见识，但奉召不入，亦属非是。道济道："诏敕中说有边患，不得不赴，谅来亦无甚妨碍，卿可放心！"言为心声，可见道济存心不贰。随即启程入都。

及至建康，与义康等晤谈，义康谓索虏已退，只是主疾可忧。道济遂入宫问疾，见宋主却是狼狈，略略慰问，便即趋出。嗣是宋主病势，牵缠不退，道济只好在都问安，计自元嘉十二年冬季入都，直至次年春暮，始见宋主少瘥，乃辞行还镇。方才下船，忽有中使驰至，谓圣躬又复不安，仍命他返阙议事。道济不敢不依，还入都城，甫至阙下，忽由义康出来，指示禁军，拿下道济，且令他跪听宣敕，旁边趋出刘湛，即捧敕朗读道：

檀道济阶缘时幸，荷恩在昔，宠灵优渥，莫与为比，曾不感佩殊遇，思答万分，乃空怀疑贰，履霜日久。元嘉以来，猜阻滋结，不义不昵之心，附下罔上之事，固已暴之民听，彰于远迩。谢灵运志凶辞丑，不臣显著，纳受邪说，每相容隐，又潜散金货，招诱剽猾逋逃，必至实繁弥广，日夜伺隙，希冀非望。镇军将军王仲德，往年入朝，屡陈此迹，朕以其位居台铉，预班河岳，弥缝容养，庶或能革。而乃长恶不悛，凶愿遂遘，因朕寝疾，规肆祸心。前南蛮行参军庞延祖，具悉奸状，密以启闻。夫君亲无将，刑兹罔赦，况罪衅深重，若斯之甚，便可收付廷尉，肃正刑书，事止元恶，余无所向。特诏！

道济听毕诏书，不禁大愤，张目注视刘湛，好似电闪一般。转思已落人手，多言无益，索性脱帻投地道："乃坏汝万里长城！"说着，即起身自投狱中。那阴贼险狠的刘湛，竟怂恿义康，收捕道济诸子，令与乃父一同牵出，骈首都市。还有随从道济的参军薛彤，一体收斩。又遣尚书库部郎顾仲文、建武将军茅亨，领兵至寻阳，捕系道济妻向氏，少子夷、邕、演等，及参军高进之，悉置死刑。道济有子十一人，统遭骈戮，诸孙亦死，只留邕子孺一人，使续檀氏宗祀。何罪至此？薛彤、高进之，皆有勇力，为道济所倚任，时人比为关羽、张飞。魏人闻道济被诛，私自庆贺道："道济一死，吴人均不足畏了！"小子走笔至此，也不禁为道济呼冤。即自录一诗道：

百战经营臣力多，无端谗构起风波。
都门脱帻留遗恨，坏汝长城可奈何！

义康与湛既冤杀檀道济，宋主病亦渐愈。忽有前滑台守将朱修之，自虏中逃归，替燕求援。欲知燕国详情，容至下回再叙。

萧承之力破氏众，为萧氏篡刘之滥觞，故本回特别叙明；志功首，即所以记祸始也。刘湛列元嘉五臣之一，而二王迭逝，彭城秉政，乃隐结义康，以排殷景仁，始联殷而得主宠，继倾殷而欲自专，小人变诈，几不胜防，无怪景仁之引为长叹也。谢灵运之被诛，当时谓其逆迹昭著，而史官独以恃才凌物，为其致祸之由，诚有特见。灵运一文人耳，吟诗遭忌，锻炼深文，刑重罚轻，已为可悯。檀道济以不世之功，罹不测之祸，自坏长城，冤无从诉。乃知陶靖节之归隐柴桑，自耽松菊，其固有加人一等者欤！本回连类汇叙，彰瘅从公，益可见下笔之不苟云。

第十二回　燕王弘投奔高丽
　　　　　魏主焘攻克姑臧

却说燕主冯弘，为后燕中卫将军冯跋弟。跋尝得罪后燕，亡命山泽。后燕主慕容熙<small>即慕容宝之叔。</small>淫荒失德，跋即乘势作乱，推慕容氏<small>即慕容宝。</small>养子高云为主，弑慕容熙。云自称天王，寻复遇弑，由跋代定国乱，继为燕主，定都龙城，史家称为北燕。魏遣使臣于什门至燕，敕令称藩，冯跋不从，拘住于什门，迫令投降。什门不屈，跋亦不肯遣归，魏遂与燕有隙，屡次鏖兵。既而冯跋病剧，命太子翼摄政，跋妃宋氏，欲立亲子受居，迫翼退居东宫。跋弟弘乘间入阁，便即篡位，跋竟惊死。弘杀太子翼，及跋子弟百余人。

魏主焘再督兵伐燕，连败燕兵。燕尚书郭渊，劝弘送款献女，向魏求和。弘摇首道："负岭在前，结怨已深，就使屈志降敌，也未必保全，不如另图别计。"乃再行调兵，与魏相持。魏降将朱修之，系怀祖国，因魏主自出攻燕，拟与前时被俘诸南人，联络起事，往袭魏主，事成归宋。当下商诸毛修之，毛修之亦系宋臣，被掳多年，甘心事魏，不肯相从。<small>同名不同姓，同迹不同心，我为一叹。毛修之被掳见第六回。</small>朱修之恐他泄谋，逃奔入燕。燕主弘遣令归宋，乞师北援，因即汎海南行，仍返故都。看官！你想此时的彭城王义康，及领军将军刘湛，方自坏长城，冤杀良将，还有何心去援北燕，再伐北魏！朱修之替燕求救，徒托空言，惟得了一个官职，充任黄门侍郎，没奈何蹉跎过去。

魏主焘闻南人谋变，引兵西还，燕得苟延旦夕。不意内讧复起，反召外侮，遂令冯弘自取危祸，从此败亡。

原来弘妻王氏，生有三子，长名崇，次名朗，又次名邈，妾慕容氏生子王仁，及弘已篡国，以妾为妻，竟立慕容氏为后，王仁为太子。崇受封长乐公，出镇辽西，朗与邈私议道："今国家将亡，无人不晓，我父又听慕容氏谗言，恐我

第十二回　燕王弘投奔高丽　魏主焘攻克姑臧

兄弟要先遭惨祸了，不如先走为是。"乃同奔辽西，劝兄降魏。嫡庶相争，非乱即亡，弘之得国也在此，其失国也亦在此，可谓天道好还。崇遂使邀赴魏都，举郡请降。

冯弘闻三子卖国，勃然大怒，立遣部将封羽往讨。崇再向魏求救，魏授崇为车骑大将军，兼幽、平二州牧、封辽西王，食辽西十郡。更派永昌王拓跋健，左仆射安原，往援辽西，进攻龙城。拓跋健到了辽西，探得燕将封羽，在凡城驻兵，便遣裨将楼勃，率五千骑兵往攻，封羽不战即降，凡城复为魏有。

冯弘大惧，不得已遣使至魏，情愿纳女求成。魏主焘索还于什门，且令燕太子王仁为质，方许罢兵。弘乃遣于什门归燕。什门在燕二十一年，终不屈节，魏主比为苏武，拜治书御史。惟弘子王仁，仍未遣往，由魏使征令入朝。弘钟爱少子，当然迟疑，更兼宠后慕容氏，从旁阻挠，掩袖工啼，牵袍揾泪，惹得这位燕王弘，倍加怜惜，宁可亡国，不肯割爱。小不忍，则乱大谋。

散骑常侍刘滋入谏道："从前蜀刘禅依山为固，吴孙皓据江为城，后来顿为晋俘，可见得强弱不同，终难幸免。今魏比晋强，我且不如吴蜀，若不从魏命，恐速危亡，还请陛下暂舍太子，令他入魏。一面修政治，抚百姓，收离散，赈饥穷，劝农桑，省赋役，维持国本，返弱为强，那时魏主亦不敢轻视，太子自得重归了。"计划甚是。道言未绝，弘已拍案道："你也有父子情谊，难道教朕送儿就死么？"滋亦抗声道："陛下遣子往魏，子未必死，国家可保；否则危亡在即，不但失一太子呢！"弘更大怒道："逆臣咒诅朕躬，罪无可赦，左右快将他绑出朝门，斩首报来！"左右一声遵旨，便将刘滋绑出，一刀了命。可与龙逢、比干共传不朽，故本书不肯略过。

随即叱还魏使，另遣使至建康，称藩乞援。宋廷称他为黄龙国，会燕使赍还诏书，封弘为燕王，但未尝出师相救。弘料不可恃，再命部将汤烛，奉贡魏都，托言太子有疾，故未遣质。魏主焘知他饰词，下诏逐客。先命永昌王拓跋健等伐燕，割取禾稼，继命骠骑大将军乐平王拓跋丕，镇东大将军徒河、屈垣等，带领骑兵四万，直捣龙城。弘闻报大惧，亟备牛酒犒师。魏将屈垣先到城下，由弘遣发部吏，牵羊担酒，犒劳魏兵，并令太常卿杨崏求和。屈垣道："汝国不送侍子，所以我军前来；如果悔罪投诚，速将侍子献出，不得迟延！"杨崏唯唯而还。屈垣待了一日，未见复音，乃纵兵大掠，虏得男女六千余口。未几拓跋丕亦至，麾兵薄城。燕主弘既忧外侮，复舍不得膝下宠儿，害得彷徨失措，昼夜不安。没奈何再遣杨崏出城，限期送入侍子，求他退兵。拓跋丕总算应允，许以一月为期，自率四万骑兵，及所掠人口，从容退去。转眼间限期已满，弘仍未践约，杨崏一再入劝，弘答道："我终不忍出此，万一事急，不如东投高丽，再图后举。"崏对道："魏用全国兵力，来压我国，理无不克，高丽也是异族，始虽相亲，终必为变，不可不防！"燕臣非无智虑。弘终不从，密遣尚书阳伊,东往高丽,请发兵相迎。阳伊未返,魏师又来,弘又向魏进贡方物,愿送侍子入质。魏主焘到了此时,却不肯应许了,魏平东将军娥清,安西将军古弼,奉魏主命,率精骑万人,杀入燕境,再檄平州刺史拓跋婴,调集辽西诸军,一齐会合,鼓行而进,攻陷白狼城,入捣燕都。凑巧燕尚书阳伊,也乞得高丽兵将数万人,来迎燕主,进屯临川。燕尚书令郭生,不欲东迁,骤开城门纳魏兵。魏兵疑他有诈,未敢径入,郭生竟勒兵攻弘。弘急引高丽将葛卢、孟光入城,与生交锋。生中箭倒毙,余众奔散。葛卢、孟光,乘势掠取武库,搬出甲胄刀械,颁给高丽兵士。高丽兵易去旧褐,焕然一新,且见城中人民殷实,索性任情打劫,彻夜不休。燕民何辜! 燕主弘遂迫民东徙,纵火焚去宫阙,但携细软什物,出城启行。令后妃宫人被甲居中,阳伊率兵外护,葛卢、孟光殿后,方轨并进,绵亘八十余里。

魏将古弼因高丽兵众,立营自固,作壁上观。至燕主东行,弼正举酒独酌,陶然忘情。忽由部将高苟子入报,请率骑兵追击燕人,弼已含有醉意,拔刀斫案道:"谁敢打断老夫酒兴,如再多言,便即斩首!"高苟子伸舌而退。弼醉后就寝,翌日始醒,闻燕主已经遁去,始有悔意,乃率兵驰入龙城,据实奏报。不到数日,即有槛车到来,责弼拥兵纵寇,把他拘去,并召还娥清,一律加罪,黜为门卒。另派散骑常侍封拨,驰诣高丽,饬他送弘入魏。

高丽王高琏不肯送弘,但复书魏都,谓当与冯弘俱奉王化。魏主焘恨他违命,拟发兵进讨,还是乐平王丕上书规谏,方才罢议。弘到了高丽,由高琏遣人郊劳道:"龙城王冯君,远来敝郊,敢问士马劳苦否?"弘且惭且愤,还要摆着皇帝架子,使人赍着诏书,谯让高琏。太不自量。高琏未免动怒,不许入城,但令弘寓居平郭,嗣复徙往北丰。弘佻然自大,政刑赏罚,独行独断,仍与在龙城时相似,惹得高琏怒上加怒,竟遣发骑士,驰至北丰,夺去冯弘侍臣,并把他太子王仁,一并拘去。令人一快。

看官试想! 这冯弘为了爱子娇妻,甘心弃国,此时仍弄到父子生离,哪得不悲愤交集? 当下再遣密使,奉表宋廷,哀求援助,宋主遣吏王白驹等往迎冯弘,且饬高琏给资遣送。高琏益加愤恨,索性差了两员大将,一是孙漱,一是高仇,带了数百兵士,至北丰杀死冯弘,并弘子孙十余人。慕容后如何下落,可惜史中未详。

北燕自冯跋篡立,一传即亡。高琏阳谥弘为昭成皇帝,但说他因病暴亡,浼王白驹返报宋主。宋主原不过貌示怀柔,既闻冯弘病殁,也就罢休,不复追诘了。

魏主焘既灭北燕,乃进图北凉。北凉沮渠氏,世为匈奴左沮渠王,以官为姓。后凉主吕光,背秦自立,用那沮渠罗仇为尚书,后凉兴灭,见《两晋演义》。

第十二回　燕王弘投奔高丽　魏主焘攻克姑臧

出伐西秦,竟致败绩。吕光归罪罗仇兄弟,将他处斩。罗仇从子蒙逊,起兵报怨,推太守段业为凉州牧,自为部将,击败后凉,擒住吕光侄吕纯。段业遂自称凉王,用蒙逊为尚书左丞,历史上称为北凉。蒙逊功高权重,为业所忌,出为西平太守,因密约从兄男成,谋共除业。男成亦辅业有功,不从蒙逊计议,蒙逊先谮男成,令业赐男成自尽,然后托词纠众,为兄报仇。阴害从兄,为弑主计,仁义安在?遂攻入凉州,弑了段业,自为大都督、大将军、凉州牧,兼张掖公。至后凉为后秦所灭,令南凉主秃发傉檀据守姑臧,蒙逊击走傉檀,即将姑臧夺来,作为国都,挈族迁居,加号河西王。嗣又破灭西凉,得地更广。蒙逊灭西凉见第七回。尝遣使通好江南,迭受册封,又遣子安周入侍北魏,魏亦遣官授册。两头讨好,计亦甚狡。僭号至二十余年,免不得骄淫起来。

西僧昙无谶自言能使鬼治病,且有秘术,为蒙逊所信重,尊为圣人,令诸女及子妇,皆往受教。恐他是肉身说法。魏主焘独信道教,甚嫉释徒,闻蒙逊礼事西僧,遂遣尚书李顺,往征无谶。蒙逊抗命不遣,因此失魏主欢。李顺屡至姑臧,蒙逊渐不为礼,甚至箕踞上坐,受书不拜。顺正色道:"齐桓公九合诸侯,一匡天下,周天子赐胙,命无下拜。桓公犹谨守臣道,下拜登受。今王不及齐桓,我朝又未尝谕王免拜,乃反骄蹇无礼,莫非轻视我朝不成!"这一席话,说得蒙逊神色悚惶,方起拜受诏。

顺辞行归魏,魏主焘问及凉事,顺答道:"蒙逊控制河右,将三十年,粗识机谋,绥集荒裔,虽不能贻厥孙谋,尚足传及一世。惟礼为德舆,敬为德基,蒙逊无礼不敬,死期将至,不出一两年,就当毙命了。"魏主复问道:"易世以后,何时当灭?"顺又道:"蒙逊诸子,臣皆见过,统是庸才,惟敦煌太守牧犍,较有器识,继位必属此人,但终不及乃父,这乃是天授陛下呢。"魏主喜道:"能如卿言,朕当记着!"果然过了一年,北凉遣使告哀,说是蒙逊已殁,由世子牧犍嗣位。魏主谓李顺道:"卿言已验,看来朕取北凉,亦当不远了。"乃进授安西将军,仍令他赍送封册,拜牧犍为凉州刺史兼河西王。

牧犍有妹兴平公主,曾由魏主求为夫人,蒙逊前已允诺,尚未遣送,至是牧犍奉父遗命,特派右丞李繇,送妹入魏,得册为右昭仪。魏主亦愿将亲妹武威公主,嫁与牧犍,牧犍仍遣李繇迎归。彼此联姻,共敦睦谊,总道是亲戚关系,可以无虞,偏魏主征令牧犍子封坛,入侍左右。牧犍虽然不愿,也只好惟命是从。且因魏使李顺,仍然往来,特厚加馈赂,托他斡旋,所以魏主欲依顺前言,加兵北凉,均经顺婉言劝止,暂免兵戈。

忽有老人在敦煌东门,投入书函,函中写着:"凉王三十年若七年。"守吏得书,视为奇事,四处寻觅老人,并无下落,乃将原书呈献牧犍。牧犍也是不懂,召问奉常张慎,奉常官官。慎答道:"臣闻虢国将亡,有神降莘,愿陛下崇德修政，保有三十年世祚；若好游畋，耽酒色，臣恐七年以后，必有大变。"可作警铎。牧犍听了，很是不乐。

原来牧犍有嫂李氏，色美好淫，牧犍兄弟三人，均与通奸，惟妇人格外势利，对着牧犍，特别加媚，大得牧犍欢心，独王后拓跋氏即武威公主。看不过去，常有怨言。李氏遂与牧犍姊密商，寘毒食中，谋毙王后。牧犍姊何故通谋，莫非想做鲁文姜么？幸拓跋氏稍稍进食，便觉腹痛，自知遇毒，即令内侍飞报魏主。魏主焘急遣解毒医官，乘传往救，始得告痊。医官还报魏主，魏主又传谕牧犍，索交李氏，牧犍与李氏结不解缘，怎肯将她献出，佯对魏使，将李氏黜居酒泉，其实是辟窟藏娇，仍与往来。

魏主再遣尚书贺多罗至凉州，探伺牧犍举动。多罗返报，谓牧犍外修臣礼，内实乖悖，魏主乃更问崔浩。浩答道："牧犍逆萌已露，不可不诛！"于是大集公卿，会议出师。自奚斤以下三十余人，统说牧犍心虽未纯，职贡无阙，朝廷待以藩臣，妻以公主，原为羁縻起见，今罪恶未彰，应加恕宥。且北凉土地卤瘠，难得水草，若往攻不下，野无所掠，反致进退两难，不如不讨为是。魏主因李顺常使北凉，复详加谘询。顺至北凉已有十二次，前时亦尝得蒙逊赂遗，及牧犍嗣立，赠馈加厚，乃伪语道："姑臧附近一带，地皆枯石，野无水草，城南天梯山上，冬有积雪，深至丈余，春夏消释，下流成川，居民引以灌溉。若我军往讨，彼必决通渠口，泄去积水，并且无草可资，人马饥渴，如何久留！奚斤等所言，不为无见，还请陛下三思！"

魏主召入崔浩，与述众议，浩对众辩论道："《汉书·地理志》曾谓凉州畜产，素来饶富，若无水草，畜何由蕃？且前人筑造城郭，建设郡县，定有地利可因，难道无水无草，尚可立足么？如谓人民汲饮，全恃雪水，试想雪水消融，仅足敛尘，何能通渠灌溉？似此妄言，只可欺人，何能欺我！"数语道破，不啻亲睹。李顺又接口道："眼见是真，耳闻是假，我尝亲见，何必多辩！"浩厉声道："汝受人金钱，便以为我目不见，乐得替人掩饰么？"顺被浩说出心病，禁不住满面羞惭，低首而退。奚斤亦即趋出。

振威将军伊馛独留白魏主道："凉州若果无水草，凉人如何立国？众议皆不可用，请从浩言！"魏主乃治兵西郊，下敕亲征，留太子晃监国，宜都王穆寿为辅。又使大将军稽敬，率二万人屯漠南，防御柔然，自率大军登程。传诏北凉，数牧犍十二罪，结末有数语道："汝若亲率群臣，委贽远迎，谒拜马首，尚不失为上策；至六军既临，面缚舆榇，已是下策；倘执迷不悟，困死孤城，自甘族灭，为世大戮，乃真正无策了。"

牧犍受诏不报，魏主遂由云中渡河，至上郡属国城，部分诸军，命永昌王拓跋健、尚书令刘洁，与常山王拓跋素为先锋，两道并进；乐平王拓跋丕、阳平

第十二回　燕王弘投奔高丽　魏主焘攻克姑臧

王杜超为后继，用平西将军秃发源贺为向导。源贺系秃发傉檀子，入魏拜官，由魏主询问征凉方略，源贺答道："姑臧城旁，有四部鲜卑，均系祖父旧民，臣愿处军前，宣扬威信，他必相率归命。外援既服，取孤城如反掌了。"魏主称善。源贺沿途招慰，收得诸部三万余人，魏军得专攻姑臧。永昌王拓跋健，掠得河西畜产二十余万头，北凉大震。

牧犍向柔然求救，柔然路远不至，乃遣弟董来领兵万人，出战城南，略略争锋，便即溃退。牧犍婴城固守，魏主亲自督攻，见姑臧附近，水草甚饶，顾语崔浩道："卿言已验，可恨李顺欺朕！"浩答道："臣原不敢虚言呢。"魏主又遣使入城，谕令牧犍速降，牧犍还未肯应命，等到城中内溃，兄子万年，领众降魏，牧犍乃无法可施，面缚出降。计自牧犍嗣位至此，正满七年。回应老人书中语。

魏主但诘责数语，仍令释缚，以妹婿礼相待。一面统军入城，收抚户口二十余万，所得仓库珍宝，不可胜计。又使张掖王秃发保周、龙骧将军穆罴等，分徇诸部。杂胡闻风降附，又得数十万人。魏主遂留乐平王丕及征西将军贺多罗，镇守凉州，命牧犍带领宗族，及吏民三万户，随归平城，北凉遂亡。

尚有牧犍弟无讳、宜得、安周等，前曾分戍沙州、酒泉、张掖等处，至此为魏军所攻，相继奔散。无讳又收集遗众，更取酒泉，由魏主再遣永昌王健，督军往讨。无讳穷蹙，方才请降。魏授无讳为征西大将军兼酒泉王，又封万年为张掖王。

无讳复有异志，再经魏镇南将军尉眷往击。无讳食尽，与弟安周西走鄯善。鄯善王比龙怯走，城为无讳所据。无讳兄弟又还据高昌，遣部吏氾隽奉表宋廷。宋封无讳为征西大将军、河州刺史、河西王，都督凉、河、沙三州军事。无讳病死，弟安周继得宋封，仍袭兄职，后为柔然所并。

万年调任冀、定二州刺史，复坐谋叛罪赐死，就是牧犍父子，留居平城，忽被魏人告讦，说他隐蓄毒药，姊妹皆为左道，朋行淫佚，毫无愧颜。终为西僧所误。魏主遂将沮渠昭仪，勒令自尽，也怕做元绪么？并令司徒崔浩，赐牧犍死，诛沮渠氏宗族数百人。惟牧犍妻武威公主，系是魏主胞妹，才得保全。小子有诗叹道：

　　　　休言婚媾本相亲，隙末凶终反丧身。
　　　　才识丈夫应自立，事功由己不由人。

魏主已灭北凉，大河南北，尽为魏有，只有一氐王杨难当，尚据上邽，一隅仅保，免不得同就灭亡。欲知后事，再阅下回。

北燕、北凉，兴亡之迹不同，而其因女色而亡也则同。冯弘以妾为妻，偏爱少子，沮渠、牧犍以叔盗嫂，下毒正妃，卒皆得罪强邻，同归覆灭。故弘之有妾慕容氏，牧犍之有嫂李氏，实皆燕、凉之祸水，而以美色倾人家国者也。然冯弘之得国也，由于乃兄之宠宋夫人，嫡庶相争，因乱窃位，故其受报也亦在于宠妾；沮渠、牧犍之嗣国也，由于乃父之谮杀男成，昆季相戕，托名报怨，故其受报也即在于艳嫂。报应之来，迟早不爽，阅者观于燕、凉之遗事，有以知亡国之由来矣。

第十三回　捕奸党殷景仁定谋
　　　　　露逆萌范蔚宗伏法

　　却说氐帅杨难当，自梁州兵败，保守己土，不敢外略，每年通使宋魏，各奉土贡。过了年余，复自称大秦王，立妻为王后，世子为太子，也居然大赦改元。释出兄子杨保宗，使镇薰亭。魏主焘闻难当僭号，即命乐平王拓跋丕，尚书令刘絜等，率军进讨。先遣平东将军崔颐赍奉诏书，往谕难当，难当大惧，情愿将上邽归魏，令子顺引还仇池。魏主才算允议，但饬拓跋丕入上邽城，抚慰初附，全军还朝。

　　看官听着！从前东晋时代，五胡并起，迭为盛衰，先后凡十六国，二赵前赵、后赵。四燕前燕、后燕、南燕、北燕。三秦前秦、后秦、西秦。五凉前凉、后凉、南凉、西凉、北凉。还有成夏，到了晋亡宋兴，只有夏赫连氏，北燕冯氏，北凉沮渠氏，尚算存在。魏主焘连灭三国，灭夏见第九回，灭燕灭凉见前回。于是窃据一方的酋长，划除殆尽。总计十六国的土地，惟李雄据蜀称成，三传为晋所灭，中经谯纵攻取，复由刘裕克复。见第四回。裕篡晋祚，蜀亦由晋归宋，此外统为北魏所并，所以中国疆域，宋得三四，魏得六七，两国对峙，划分南北，后世因称为南北朝。总揭数语，为上文结束，俾阅者醒目。

　　魏以此时为最盛，威震塞外。就是西域诸国，如龟兹、疏勒、乌孙、悦般、渴槃陀、鄯善、焉耆、车师、粟特九大部落，先后入贡。远如破落那、者舌二国，去魏都约万五千里，亦向魏称臣，极西如波斯，极东如高丽，统皆服魏，独柔然不服，经魏主屡次出师，逐出漠北，部落亦渐渐离散，不敢入犯。魏主焘乃专意修文，命司徒崔浩，侍郎高允，纂修国史，订定律历，尚书李顺，考课百官，严定黜陟。顺素性贪利，未免受贿，品第遂致不平，魏主察破赃私，并忆及前时保庇北凉，面欺误国等情，索性两罪并发，立赐自尽；仕途为之一肃。

　　惟当时有嵩山道士寇谦之，宗尚道教，自言遇老子玄孙李谱文，授以图籍真经，令佐辅北方太平真君，因将神书献入魏主。魏主转示崔浩，浩竟拟为河

第十三回　捕奸党殷景仁定谋　露逆萌范蔚宗伏法

图洛书,极言天人相契,应受符命,说得魏主欣慰无似,下诏改元,称为太平真君元年。即宋元嘉十七年。尊寇谦之为天师,立道场,筑道坛,亲受符箓。谦之请魏主作静轮宫,高约数仞,使鸡犬无闻,才可上接天神。崔浩在旁怂恿,工费巨万,经年不成。崔浩为北魏智士,奈何迷信异端? 太子晃入谏道:"天人道殊,高下有定,怎能与神相接? 今耗府库,劳百姓,无益有损,不如勿为。"魏主不听,一意信从寇谦之。

这且慢表。且说宋主义隆,素好俭约,尝戒皇后袁氏,服饰毋华,袁后亦颇知节省,得宋主欢。惟后族寒微,不足自赡,每由后代求钱帛,接济母家。宋主虽然照允,但不肯多给,每约钱只三五万缗,帛只三五十匹,后来选一绝色丽姝,纳入后宫,大得宋主宠爱,不到数年,便加封至淑妃,与皇后止差一级。这淑妃姓潘,巧笑善媚,有所需求,辄邀宋主允许。袁皇后颇有所闻,故意转托潘妃,向宋主索求三十万缗。果然片语回天,求无不应,仅隔一宿,即由潘妃报达袁后,如数给发。袁皇后佯为道谢,暗中却深怨宋主,并及潘妃。往往托病卧床,与宋主不愿相见。

宋主得新忘旧,把袁皇后置诸度外,每日政躬有暇,即往西宫餐宿。潘淑妃产下一男,取名为浚,母以子贵,子以母贵,潘淑妃越加专宠,宋主义隆亦越觉垂怜。区区老命,要在她母子手中送死了。古人有言,蛾眉是伐性的斧头,况宋主本来羸弱,自为潘淑妃所迷,越害得精神恍惚,病骨支离;一切军国大事,统委任彭城王义康。

义康外总朝纲,内侍主疾,几乎日无暇晷,就是宋主药食,必经义康亲尝,方准献入。友爱益笃,倚任益专,凡经义康陈奏,无不允准。方伯以下,俱得义康选用,生杀予夺,往往由录命处置,义康录尚书事,见十一回。势倾远近,府门如市。义康聪敏过人,好劳不倦,所有内外文牍,一经披览,历久不忘,尤能钩考厘剔,务极精详。惟生平有一极大的坏处,不学无术,未识大体。他自以为兄弟至亲,不加戒慎,朝士有才可用,并引入己府,又私置豪僮六千余人,未尝禀报,四方献馈,上品概达义康,次品方使供御。宋主尝冬月啖柑,嫌它味劣。义康在侧,即令侍役至己府往取,择得甘大数枚,进呈宋主,果然色味俱佳,宋主不免动了疑心。还有领军刘湛,仗着义康权势,奏对时辄多骄倨,无人臣礼,宋主益觉不平。殷景仁密表宋主,谓相王权重,非社稷计,应少加裁抑,宋主也以为然。

义康长史刘斌、王履、刘敬文、孔胤秀等,均谄事义康,见宋主多疾,尝密语义康道:"主上千秋以后,应立长君。"这句话是挑动义康,明明有兄终弟及,情愿拥立义康的意思。可巧袁皇后一病不起,竟尔归天,宋主悼亡念切,也累得骨瘦如柴,不能视事。原来宋主待后,本来恩爱,不过因潘妃得宠,遂致分情。袁皇后愤恚成疾,竟于元嘉十七年孟秋,奄奄谢世。临终时由宋主入视,执袁后手,唏嘘流涕,问所欲言。袁后不答一词,但含着两眶眼泪,注视多时,既而引被覆面,喘发而亡。宋主见了袁后死状,免不得自嗟薄幸,悲悔交乘,特令前中书侍郎颜延之作一诔文,说得非常痛切,益使宋主悲不自胜,尝亲笔添入"抚存悼亡,感今怀昔"八字,特诏谥后为元,哀思过度,旧恙复增。既有今日,何必当初?好几日不进饮食,遂召义康入商后事,预草顾命诏书。义康还府,转告刘湛。湛说道:"国势艰难,岂是幼主所可嗣统?"义康流涕不答,湛竟与孔胤秀等,就尚书部曹索检晋立康帝故例,康帝系成帝弟,事见晋史。意欲推戴义康,其实义康全未预闻。哪知宋主服药有效,得起沈疴,渐渐闻知刘湛密谋,总道是义康串同一气,疑上加疑。义康欲选刘斌为丹阳尹,宋主不允,义康倒也罢议,偏刘湛从旁窥察,引为己忧,不幸母又去世,丁艰免职,湛顾语亲属道:"这遭要遇大祸了!"汝亦自知得罪么?

先是殷景仁卧疾五年,常为刘湛等所谗毁,亏得宋主明察,不使中伤。及湛免官守制,景仁遽令家人拂拭衣冠,似将入朝,家人统莫明其妙。到了黄昏,果有密使到来,立促景仁入宫。景仁戴朝冠,服朝衣,应召趋入,见了宋主,尚自言脚疾,由宋主指一小床舆,令他就坐,密商要事。看官道为何因?就是要收诛刘湛,黜退义康的密谋。景仁一力担承,便替宋主下敕,先召义康入宿,留止中书省。待至义康进来,时已夜半,复开东掖门召沈庆之。庆之为殿中将军,防守东掖门,暮闻被召,猝着戎服,缚袴径入。宋主惊问道:"卿何故这般急装?"庆之答道:"夜半召臣,定有急事,所以仓猝进来。"宋主知庆之不附刘湛,遂命他捕湛下狱,与湛三子黯、亮、俨,及湛党刘斌、刘敬文、孔胤秀等。

时已天晚,当即下诏暴湛罪恶,就狱诛湛父子,及湛党八人。一面宣告义康,备述湛等罪状。义康自知被嫌,慌忙上表辞职,有诏出义康为江州刺史,往镇豫章,进江夏王义恭为司徒,录尚书事。义康待义恭到省,便即交卸,入宫辞行。宋主唯对他恸哭,不置一言,义康亦涕泣而出。宋主遣沙门慧琳送行,义康问道:"弟子有还理否?"慧琳道:"恨公未读数百卷书!"义康尚将信将疑,怏怏辞去。梦尚未醒。

骁骑将军徐湛之,系是帝甥,为会稽长公主所出,公主嫁徐逵之见第九回。至是亦坐刘湛党,被收论死。会稽长公主闻报,仓皇入宫,手中携一锦囊,掷置地上,囊内贮一衲布衫袄,取示宋主,且泣且语道:"汝家本来贫贱,此衣便是我母与汝父所制,今日得一饱餐,便欲杀我儿么?"宋主瞧着,也不禁泪下。这衲布衫袄的来历,系是宋武微贱时,由臧皇后手制,臧后薨逝,留付公主道:"后世子孙,如有骄奢不法,可举此衣相示。"公主奉了遗嘱,因将此衣藏着,

第十三回　捕奸党殷景仁定谋　露逆萌范蔚宗伏法

这次正好取用,引起宋主怅触,乃将湛之赦免。

吏部尚书王球,素安恬淡,不阿权贵,独兄子履为从事中郎,深结刘湛,往来甚密,球屡戒不悛。及湛在夜间被收,履闻变大惊,徒跣告球,球从容自若,命仆役代为取鞋,且温酒与宴,徐徐笑问道:"我平日语汝,汝可记得否?"履附首呜咽,不敢答言。球见他觳觫可怜,方道:"有汝叔在,汝怕什么?但此后须要小心!"履始泣谢。越日诏诛湛党,履果免死,但褫夺官职,不得再用。球却得进官仆射,受任未几,即称疾乞休,卒得令终。<u>热中者其视之。</u>

宋主命殷景仁为扬州刺史,仍守本官,尚书刘义融为领军将军。又因会稽长公主的情谊,特任徐湛之为中护军,兼丹阳尹。会稽长公主入宫道谢,由宋主留与宴饮,相叙甚欢。公主忽起,离座下拜,叩首有声。宋主不知何意,慌忙下座挽扶,公主悲咽道:"陛下若俯纳愚言,方敢起来。"宋主允诺,公主乃起,随即说道:"车子岁暮,必不为陛下所容,今特替他请命!"说着,泪如雨下,宋主亦觉欷歔,便与公主出指蒋山道:"公主放心,我指蒋山为誓,若背今言,便是负初宁陵!"<u>即宋武陵。</u>公主乃破涕为欢,入座再饮,兴尽始辞。看官欲问车子为谁?车子就是彭城王义康小字。宋主又将席间余酒,封赐义康,并致书道:"顷与会稽姊饮宴,记及吾弟,所有余酒,今特封赠。"义康亦上表谢恩,无容絮述。

惟殷景仁既预诛刘湛,兼领扬州,忽致精神瞀乱,变易常度。冬季遇雪,出厅观望,愕然失色道:"当阁何得有大树?"寻复省悟道:"我误了!我误了!"遂返寝卧榻,呓语不休。才阅数日,一命呜呼!或说是刘湛为祟,亦未知真否,小子未敢臆断。宋主追赠司空,赐谥文成,扬州刺史一缺,即授皇次子始兴王浚。

宋主长子名劭,已立为太子,次子浚年尚幼冲,偏付重任,州事一切,悉委任后军长史范晔,主簿沈璞。晔字蔚宗,具有隽才,《后汉书》百二十卷,实出晔手,几与司马迁、班固齐名。惟素行佻达,广置妓妾,常为士论所鄙。晔尚谓用不尽才,屡怀怨望。宋主爱他才具,令为扬州长史,嗣又擢任左卫将军,兼太子詹事,与右卫将军沈演之,分掌禁旅,同参机密。吏部尚书何尚之,入谏宋主道:"范晔志趣异常,不应内任,最好是出为广州刺史,距都较远,免致生事,尚可保全。若在内构衅,终加铁锧,是陛下怜才至意,反不能慎重如始了!"宋主摇首道:"方诛刘湛,复迁范晔,人将疑朕好信谗言,但教知晔性情,预为防范,他亦怎能为害呢?"<u>忠言不听,终致误事。</u>尚之不便再言,只好趋退。

彭城王义康出镇江州,越年表辞刺史,乃令都督江、处、广三州军事。前龙骧将军扶令育,诣阙上书请召还义康,协和兄弟,偏偏触动主怒,下狱赐死。宋主始终疑忌义康,只因会稽长公主在内维持,义康还得无恙。公主又因竟陵王义宣,衡阳王义季,年已浸长,未邀重任,亦尝与宋主谈及,请令出镇上游。宋主不得已任义宣为荆州刺史,义季为南兖州刺史,已而复调义季镇徐州。

先是广州刺史孔默之,因赃得罪,由义康代为奏解,方邀宽免。默之病死,有子熙先,博学文史,兼通数术,充职员外散骑侍郎。他感义康救父深恩,密图报效。尝按天文图谶,料宋主必不令终,祸由骨肉,独江州应出天子。后事果如所料,可惜尚差一着。当下属意义康,总道是江州应谶,可以乘机佐命,一则期报私惠,二则借立奇功,主见已定,伺机待发。

好容易待了两三年,无隙可乘,熙先孤掌难鸣,必须联结几个重臣,方可起事。左瞻右瞩,只有范晔自命不凡,常怀觖望,或可引与同谋。乃先厚结晔甥谢综,使为先容。综为太子中书舍人,本与晔并处都中,朝夕过从,乐得引了熙先,同往见晔。晔与熙先谈论今古,熙先应对如流,已为晔所器重,晔素好博,熙先又故意输钱,买动晔欢,晔遂格外亲爱,联作知交。熙先以摴蒲买欢,实开后世干禄法门。熙先因从容说晔道:"彭城王英断聪敏,神人所归,今远徙南陲,天下共愤,熙先受先君遗命,愿为彭城王效死酬恩,近见人情骚动,天文舛错,正是智士图功的机会。若顺天应人,密结英豪,表里相应,发难肘腋,诛异己,奉明圣,号令天下,谁敢不从,未知尊见以为何如?"晔听他一番言语,禁不住错愕失色。熙先又道:"公不见刘领军么?挟权千日,碎首一朝。公自问谅不及刘领军,万一祸及,不可幸逃,若乘势建功,易危为安,享厚利,收大名,岂不较善!"再进一步,是晓以利害。

晔尚沉吟不决,熙先复说道:"愚尚有一言,不敢不向公直陈,公累世通显,乃不得连姻帝室,人以犬豕相待,公岂不知耻!尚欲为人效力么?"更进一步,是抉透隐情。这数语激起晔恨,不由的感动起来。晔父范泰,曾任为车骑将军,从伯弘之,袭封武兴县五等侯,只因门无内行,不得与帝室为婚,晔原引为耻事,所以被熙先揭破,遂启异图。熙先鉴貌辨色,已知晔被说动,便与晔附耳数语,晔点首示意,熙先乃出。

谢综尝为义康记室参军,综弟约娶义康女为妻,当然与义康联络。又有道人法略,女尼法静,皆受义康豢养,素感私恩,并与熙先往来。法静妹夫许曜,领队在台,约为内应。就是中护军丹阳尹徐湛之,本是义康亲党,熙先更与连谋,并羼入前彭城府史仲承祖,日夕密议废立事。三个缝皮匠,比个诸葛亮,况有十数人主谋,便自以为诸葛亮复生,定可成功。当下想出一法,拟嫁祸领军将军赵伯符,诬他逞凶行弑,由范晔、孔熙先等入平内乱,迎立彭城王义康。逞情妄噬,怎得不败?一面由熙先遣婢采藻,随女尼法静往豫章,先与义康接洽,及法静、采藻还都,熙先又恐采藻泄言,把她鸩死。残忍。又诈作义康与湛之书,令在内执除谗慝,阳示同党,待期举发。

适衡阳王义季辞行出镇,皇三子武陵王骏,简任雍州刺史,皇四子南平王铄,也出为南豫州刺史,同日启行。宋主赐饯武帐冈,亲往谕遣。熙先与晔,拟即就是日作乱,许曜佩刀侍驾,晔亦在侧。宋主与义季等共饮,曜一再指刀,斜目视晔,究竟晔是文人,胆小如鼷,累得心惊肉跳,始终未敢动手。原来是银样镴枪头。

俄而座散,义季等皆去,宋主还宫,徐湛之恐事不济,竟密表上闻。宋主即命湛之收查证据,得晔等预备檄草,上面已署录姓名。当即按次掩捕,先呼晔及朝臣,入集华林园东阁,留憩客省,然后饬拿谢综、孔熙先等,一一审讯,并皆供服。宋主出御延贤堂,遣人问晔,晔满口抵赖。再命熙先质对,熙先笑语道:"符檄书疏,统由晔一人主稿,怎得诬赖别人!"自己本是首谋,偏说他人主议,小人之可畏也如此。晔还未肯供认,经宋主取示草檄,上有晔亲笔署名手迹,自知无可隐讳,只好据实直陈。乃将晔拿下,与熙先等同拘狱中。

晔在狱上书,备陈图谶,申请宋主推诚骨肉,勿自贻祸等语。宋主置诸不理,但命有司穷治逆案,延至二旬,还未定刑。晔在狱中赋诗消遣,尚望更生。小子阅《范晔列传》,见有晔咏五古一首,当即随笔抄录,作为本回的结束。其诗云:

祸福本无兆,惟命归有极。
必至定前期,谁能延一息?
在生已可知,来缘懵音画。不慧貌。无识。
好丑共一邱,何足异枉直!
岂论东陵上,宁辨首山侧。
虽无嵇生琴,晋嵇康被害遭刑,索琴弹曲,操《广陵散》。庶同夏侯色。魏夏侯玄为司马师所杀,就刑东市,神色不变。
寄言生存子,此路行复即。

既而刑期已至,范晔等统要骈首市曹,临刑时尚有各种情形,待小子下回再叙。

义康未尝图逆,而刘湛、范晔,先后构衅,名若为义康谋,实则为身家计,求逞不成,杀身亡家,观于本回之叙录,病其狡,转不能不悯其愚焉!夫刘湛、范晔,无功业之足称,而一则为领军将军,一则兼太子詹事,入参机密,位非不隆,襄令废立事成,逆谋得逞,度亦不过拜相封侯已耳。况古来之佐命立功者,未必能长享富贵,飞鸟尽,良弓藏,狡兔死,走狗烹,刘、范固自称智士，胡为辨不蚤辨，自取诛夷耶？子舆氏有言：其为人也小有才，未闻君子之大道，则足以杀其躯而已。刘湛、范晔，正此类也。彼刘斌、孔熙先辈，鄙诈小人，更不足道，而义康为所播弄，始被黜，继遭废，死期已不远矣。

第十四回　陈参军立栅守危城
　　　　薛安都用矛刺虏将

却说范晔等系狱兼旬，谳案已定，当然处斩，晔为首犯，当先赴市。谢综、孔熙先等随后，彼此互相问答，尚有笑声。是谓憨不畏死。会晔家母妻，并来探视，且泣且詈，晔无愧色，亦无戚容。嗣由晔妹及妓妾来别，晔不禁悲涕流连。谢综在旁冷笑道："舅所言夏侯色，恐不若是！"晔乃收泪，旁顾亲属，不见综母，遂顾语综道："我姊不来，究竟比众不同！"又呼监刑官道："为我寄语徐童，鬼若有灵，定当相讼地下！"原来徐湛之小名仙童，晔怨湛之泄谋，故有此言。未几由监刑官促令开刀，几声脆响，头都落地。晔子蔼、遥、叔、蒌，孔熙先弟休先、景先、思先，子桂甫，孙白民，谢综弟约，及仲承祖、许曜等，皆同时伏诛。查抄晔家资产，乐器服玩，并皆珍丽，妓妾所有珠翠，不可胜计。惟晔母居处敝陋，只有一厨中少积刍薪，晔弟子冬无被，叔父单布衣，薄父母，厚妾媵，不仁如晔，宜乎速死。世人其听之。

晔孙鲁连，谢综弟纬，蒙恩免死，流徙远州。臧皇后从子臧质，前为徐、兖二州刺史，与晔厚善，宋主顾念亲情，不令连坐，但降为义兴太守。削彭城王义康官爵，列为庶人，徙安成郡。命宁朔将军沈邵，为安成相，领兵防守。用赵伯符为护军将军。伯符系宋主祖母赵氏从子，宋主因逆党草檄，仇视伯符，所以引为宿卫，格外亲信。义康到了安成，记及慧琳赠言，方开箧阅书，读至汉淮南厉王长事，竟掩卷自叹道："古时已有此事，我未曾知晓，怪不得要遭重谴了！"悔之晚矣。

衡阳王义季，自南兖州移镇徐州，闻义康被废，未免灰心，遂终日饮酒，沉湎不治，宋主屡戒不悛。俄闻北魏寇边，越觉纵饮，夜以继昼，他本自祈速死，所以借酒戕生。果然不出两年，便即送命，年止二十三岁。原是速死为幸。追赠侍中司空，有子名嶷，许令袭爵。调皇三子武陵王骏为徐州刺史，捍卫京畿，控遏北虏。

看官阅过上文，应知宋、魏已经修和，为何又要开战呢？说来话长，由小子逐事叙明。接入无痕。

第十四回　陈参军立栅守危城　薛安都用矛刺房将

　　自氐王杨难当,投顺北魏,遣兄子保宗出镇薰亭,事见前回。保宗竟奔往北魏。魏授保宗为征西大将军,都督陇西军事,兼秦州牧武都王,镇守上邽,妻以公主;一面拜难当征南大将军领秦、凉二州牧,兼南秦王。难当以受职征南,进窥蜀土,驱兵袭宋益州,拔葭萌关,围攻涪城。太守刘道锡固守不下,难当乃移寇巴西,掠去维州流人七千余家。宋遣龙骧将军裴方明,会同梁、秦二州刺史刘真道,合兵往讨,大破难当,捣入仇池,擒住难当子虎,及兄子保炽。难当走依上邽,仇池无主,乃留保炽居守,献虎入宋都,杀死了事。宋命辅国司马胡崇之为北秦州刺史,监管保炽,助守仇池。魏独遣人迎难当至平城,起用古弼为统帅,与杨保宗等出兵祁山,直向仇池进发。胡崇之督军逆战,军败被擒,杨保炽遁走,仇池被魏夺去。魏使河间公拓跋齐,与杨保宗对镇骆谷。保宗弟文德,劝保宗乘间叛魏,规复故国,保宗也颇感动,只恐妻室不从,未敢遽发。哪知他妻室魏公主,窥透隐情,竟提及"出家从夫"四字,愿与保宗背魏。或谓公主不宜忘本,公主道:"事成当为国母,不比一小县公主了。"也是利令智昏。于是保宗决计叛魏。拓跋齐微有所闻,计诱保宗,把他擒住,送往平城,活活处死。独杨文德即据住白崖山,进图仇池,自号仇池公,称为保宗复仇。魏将军古弼击败文德,文德退走,遣使至宋廷乞援,宋命文德为征西大将军武都王,特派将军姜道盛驰救,与文德攻魏浊水城,魏将拓跋齐等逆战,道盛败死,文德退守葭芦,后来又被魏兵攻破,奔入汉中,妻子僚属,悉数陷没。就是杨保宗妻魏公主,亦为所取,由魏主赐令自尽。宋亦以文德失守故土,削爵免官。为这一事,宋、魏复成仇敌。

　　偏偏一波未平,一波又起。魏国属部卢水胡盖吴,纠众叛魏,为魏所破,吴又奉表宋廷,乞师为助。宋主也忘了前辙,即封吴为北地公,发雍、梁兵出屯境上,为吴声援,吴终敌不住魏兵,未几败死,魏主遂借口南侵,亲督步骑十万,逾河南来。

　　南顿太守郑琨,颖川太守郑道隐,望风遁去。豫州刺史南平王刘铄,方镇寿阳,亟遣参军陈宪,往戍悬瓠城。城中战士不满千人,魏兵大举来攻,环城数匝,且多设高楼瞰城,飞矢迭射,好似急雨一般,乱入城中,宪令军士拥盾为蔽,昼夜拒守,兵民汲水,统负着户板,为避矢计。魏兵又在冲车上面,设着大钩,牵曳楼堞,毁坏南城,宪复内设女墙,外立木栅,督兵力拒,誓死不退。魏主怒起,亲出指挥,使军士运土填堑,肉薄登城,宪率众苦战,杀伤甚众,尸与城齐,魏兵乘尸上城,挟刃相接,经宪奋臂一呼,士气益奋,一当十,十当百,任你魏兵如何骁勇,总不能陷入城中。但见头颅乱滚,血肉横飞,自朝至暮,杀了一日,那孤城兀自守着,不动分毫,魏兵却死了万人,只好退休。城中兵民,亦伤亡过半,陈宪仍然抚定疮痍,再与魏主相持,毫无惧色。*好一员守城将吏。*

魏永昌王拓跋仁掠得沿途生口，驻扎汝阳，徐州刺史武陵王刘骏，奉宋主命，发骑兵赍三日粮，遣参军刘泰之、垣谦之、臧肇之，及左常侍杜幼文，殿中将程天祚等，出兵五千，往袭拓跋仁。拓跋仁但防寿阳兵，不防彭城兵，忽被泰之等突入，顿时骇散，泰之等杀毙魏兵三千余人，毁去辎重，放出许多生口，悉令东还，然后收兵徐退。拓跋仁收集溃兵，探得泰之等兵无后继，复来追击，垣谦之纵辔先走，士卒惊溃。泰之战死，肇之溺毙，天祚被擒，惟幼文得脱，检查士卒，只得九百余人，余皆阵亡。
　　宋主闻报，命诛垣谦之，系杜幼文，降武陵王骏为镇军将军，再遣南平内史臧质，司马刘康祖，率兵万人，往援悬瓠。
　　魏主令任城乞地真截击，与臧质等鏖斗一场，乞地真马蹶被杀，余众除死伤外，溃归大营。魏主在悬瓠城下，已阅四十二日，正虑城坚难克，又闻兵挫将亡，援师将至，恐将来进退两难，不如知难先退，乃下令撤围，引兵北归。陈宪以守城有功，得擢为龙骧将军，兼汝南、新蔡两郡太守。
　　宋主因与魏失和，遂欲经略中原。彭城太守王玄谟，素好大言，屡请北伐，丹阳尹徐湛之，吏部尚书江湛，更从旁怂恿，独新任步兵校尉沈庆之，入朝谏阻道："我步彼骑，势不相敌，昔檀道济两出无功，到彦之失利退还，今王玄谟等未过两将，兵力也未见盛强，不如休养待时，徐图大举！"宋主怫然道："道济养寇自资，彦之中途疾返，所以王师再屈，未见成功。朕思北虏所恃，以马为最，今夏水盛涨，河道流通，泛舟北进，碻磝必走，滑台易下，虎牢、洛阳，自然不守。待至冬初，城戍相接，虏马过河，亦属无用，或反为我所擒获，亦未可知。此机如何轻失呢！"能说不能行奈何？庆之仍力言不可，宋主使徐湛之、江湛面与辩驳。庆之道："治国譬如治家，耕当问奴，织当问婢，陛下今欲伐魏，反与白面书生商议，怎能有成？"江、徐二人，面有惭色，宋主大笑而罢。
　　太子劭及护军将军萧思话，亦奏称不宜出师，宋主始终不信。又接到魏主来书，语语讥讽，益足增恼。更闻魏臣崔浩，得罪被诛，虏廷少一谋士，越觉有隙可乘。崔浩被诛，详见下文，因为时序起见，故特带叙一笔。遂毅然决计，下诏北征，特加授王玄谟为宁朔将军，令偕步兵校尉沈庆之，谘议参军申坦，率水军入河，归青、冀二州刺史萧斌调度。新任太子左卫率臧质，骁骑将军王方回，出兵许洛，徐州刺史武陵王骏，豫州刺史南平王铄，各率部众出发，东西并进。梁、秦二州刺史刘秀之，西徇沔陇，太尉江夏王义恭，出次彭城，节制各军。一朝大举，饷运浩繁，国库中本无储积，不得不竭力搜括，凡王公妃主，及朝士牧守，各令量力输将，接济兵费，且遍查扬、徐、兖、江四州人民，计家资在五十万以上四成中要硬借一成，僧尼或有二十万积蓄，亦应四分借一，待军事

第十四回　陈参军立栅守危城　薛安都用矛刺房将　631

已竣,乃许归偿,又恐兵力未足,悉征青、冀、徐、豫、兖诸州民丁,充入行伍。如有骑射优长,武技出众诸壮士,先加厚赏,继委兵官,真个是八方搜罗,不遗余力。真正何苦?

建武司马申元吉引兵趋碻磝,魏刺史王买德弃城北遁;将军崔猛引兵投安乐,魏刺史张淮之亦弃城遁去。萧斌与沈庆之留守碻磝,王玄谟率领大军进攻滑台。魏主初闻宋师大举,顾语左右道:"马今未肥,天时尚热,我若速出,未必有功,倘敌来不止,不如退避阴山,延至冬初,便无忧了。"及滑台被围,已值暮秋,魏主即命太子晃屯兵漠南,防御柔然,更令庶子南安王余,留守平城,自引兵南救滑台。

宋将王玄谟本不知兵,但遣钟离太守垣护之,率百舸为前锋,往据石济。石济距滑台西南百二十里,总算要他扼截援军,作为犄角,自领各军驻扎滑台城下,四面环攻。城中本多茅屋,诸将请用火箭射入,使他延烧,玄谟摇首道:"城中一草一木,统是值钱,将来都当属我,奈何遽令烧毁呢?"无非妄想。过了一日,城中居民,即撤屋穴处,守将日夕防备,无懈可击,玄谟又出示召募兵民,河洛壮丁,络绎奔赴,操械投营,玄谟只给他每家匹布,还要勒供大梨八百枚,遂致众心失望,相率解体。

城下顿兵数月,士气日衰,忽接到垣护之来书,说是魏兵将至,请促兵攻城,愈速愈妙云云。玄谟尚不在意,蹉跎过去。又越旬余,由侦骑仓皇奔入,报称魏主南来,已到枋头,有众百万人。吓得玄谟面如土色,急召诸将会议。诸将又请发车为营,防备冲突,玄谟仍迟疑不决。到了夜间,但听得鼓声隐隐,自远传来,更觉惊慌失措,三更已过,斗转参横,突有铁骑冲围直入,驰向城中,玄谟也不敢下令截击,一任来骑入城,看官欲问骑将姓名,原来叫作陆真,是奉魏主焘命令,先来抚慰城中,报知援师消息。麾下不过数骑,王玄谟尚是怯战,何况魏主带来的大兵呢?

是夕魏兵大至,鼙鼓声喧,比昨夜还要震耳,玄谟出营北望,从月光下瞧将过去,尘头陡乱,扑面生惊,慌忙入帐传令,立刻退走,将士已无斗志,一闻令下,争先奔还,玄谟也上马急奔,只恨爹娘少生两翅,急切飞不到江东。那魏兵从后赶来,乘势乱斫,把宋军后队的将士,一古脑儿杀光,就是前队人马,亦多逃散。沿途委弃军械,几同山积,眼见是赠与魏人了。一刀一剑,统是值钱,奈何甘心赠房?

垣护之尚在石济,得知魏军渡河,正拟致书玄谟,与约夹攻,不料玄谟未战先溃,魏人夺得玄谟战舰,反来截击护之归路。护之又惊又愤,把百舸列成一字,横驶归来,中流被战舰阻住,连贯铁絙三重,系以巨锁,护之先执长柄巨斧,猛力奋劈,得将铁絙割断一重,部众也依法施行,你斩我斫,立将三重攻破,越舸南下。魏人见他来势凶猛,却也不敢拦阻,由他冲过,各舸多半无恙,只失去了一舸。

萧斌尚在碻磝,闻报魏主来援,便命沈庆之率兵五千,往救玄谟。庆之道:"玄谟士众疲敝,不足一战,寇虏已逼,五千人何足济事,不如勿往!"斌强令驰救,庆之方才出城,约行数里,即见玄谟狼狈奔还,自知前进无益,也只好中途折回,与玄谟同见萧斌。斌面责玄谟,意欲将他处斩,庆之忙谏阻道:"佛狸系魏主焘小字。威震天下,控弦百万,岂玄谟所能抵敌,徒杀战将,反以示弱,愿明公慎重为是!"玄谟罪实可杀,不过所杀非时。斌意乃解,再议固守碻磝,庆之道:"今青、冀虚弱,乃欲坐守穷城,实非良策;若虏众东趋,青冀恐非我有了。"斌因欲还镇,适值诏使到来,令斌等留住碻磝,再图进取。庆之又入语斌道:"将在外,君命不受,诏从远来,未明事势,今日须要从权,未可专从君命!"斌答道:"且俟经过众议,方定行止。"庆之抗声道:"节下有一范增不能用,空议何益?"范增系项羽臣,庆之借以自比。斌笑顾左右道:"不意沈公却有此学问。"庆之益厉声道:"众人虽知古今,尚不如下官耳学呢。"斌乃留王玄谟戍碻磝,申坦、垣护之据清口,自率诸军还历城。

先是宋主出师,除饬徐、豫两亲王,分道发兵外,又任第六子随王诞为雍州刺史,使镇襄阳,且暂辖江州军府,将所有文武官吏,移住雍州,归诞调拨。诞遣中兵参军柳元景,振威将军尹显祖,奋武将军曾方平,建武将军薛安都,略阳太守庞法起等,从西北进兵,入卢氏县,斩魏县令李封,用城中豪民赵难为县令,使充向道。再进兵攻弘农,擒住魏太守李初古。连章奏捷,有诏命元景为弘农太守。元景又使庞法起、薛安都、尹显祖等西进,自在弘农督饷济军。

法起等到了陕城,城垣险固,攻打不下,魏洛州刺史张是连提率众二万,渡殽救陕,纵骑突入宋军,很是厉害。宋军纷纷却退,薛安都呼喝不住,恼得气冲牛斗,脱去盔甲,只着绛袖两裆。前当心,后当背,谓之两裆。并卸去马鞍,跃马横矛,当先突出,直向魏军阵内杀入。无论魏军如何精悍,但教被他矛头钩着,无不丧命。宋军也趁势杀转,反将魏军冲散。说时迟,那时快,魏将张是连提,见安都奋着两条赤膊,锐不可当,便令军士一齐放箭,统向安都射来,偏安都这枝蛇矛,神出鬼没,看他四面旋舞,连箭簇都不能近身,不过安都手下的随军,倒被射死了好几个。战至日暮,两军尚有余勇,未肯罢手。可巧宋将鲁元保,从函谷关杀到,来助安都,魏将见有生力军来援,方收军退去。

越宿天晓,曾方平又引兵到来,与安都谈及战事,方平也是个不怕死的好汉,慨然语安都道:"今强敌在前,坚城在后,正是我等效死的日子。我与君

第十四回　陈参军立栅守危城　薛安都用矛刺虏将

约,同出决战,君若不进,我当斩君,我若不进,君可斩我!"安都大喜道:"愿如君言!"以死为约,越不怕死,越是不死。

方平又召入副将柳元佑,与他附耳数语,元佑应令自去。有勇还贵有谋。乃与安都至陕城西南,列阵待战。

魏将张是连提,倒也不管死活,仗着兵多马众,前来接仗。安都在左,方平在右,各率部众猛进。两下里喊杀连天,声震山谷,约有百数十个回合,魏兵死伤甚众,已觉无力支撑。蓦听得鼓声大震,一彪军从南门杀来,旌旗甲胄,很是鲜明,吓得魏军胆战心惊,步步倒退。这支人马,就是柳元佑领计前来。安都乘势奋击,流血凝肘,矛被折断,易矛再进,杀到天昏地暗,日薄西山。张是连提料知不能再持,策马欲奔,不防安都突至马前,兜心一矛,戳破胸膛,倒毙马下。魏军失了主帅,当然大溃,将卒伤亡三千余人,此外坠河填堑,不可胜数,有二千人无路可走,降了宋军。

翌日,柳元景亦驰至陕城,责语降卒道:"汝等本中国人民,反为虏尽力,必待力屈乃降,究是何意?"降卒齐声道:"虏将驱民使战,稍一落后,便要灭族,且用骑蹙步,未战先死,这是将军所亲见,还乞见原!"诸将请尽杀降兵,元景道:"王旗北指,当使仁声载路,奈何多杀无辜!"仁人之言。遂悉数纵归,众皆罗拜,欢呼万岁而去。

元景乃督攻陕城,隔宿即下,更令庞法起等进攻潼关。魏戍将娄须遁去,关为法起所据,揭榜安民,关中豪杰,及四山羌胡,统输款军前,情愿投效。不意宋廷传下诏书,竟召柳元景等还镇,元景只好奉诏班师,仍归襄阳。小子有诗叹道:

　　　　王旗西指入河潼,百战功成指顾中。
　　　　谁料朝廷常失策,无端马首促归东!

欲知宋廷召还西师的原因,且至下回再表。

陈宪、薛安都,一善守,一善战,将将或不足,将兵则固属有余。他如沈庆之之持重,柳元景之好仁,俱有名将态度,以之将将,未必不能胜任,有此干城之选,而不获重用,乃独任阘茸无能之萧斌,为正军之统帅,虚憍无识之王玄谟,为正军之前驱,几何而不丧师失律,贻误军机也!《周易》有言:长子帅师,弟子舆尸,贞凶。如萧斌、王玄谟者,正受此害,汉弧不张,胡焰益炽,不谓之贞凶得乎!师贵文人,恶小子,宋室君臣,皆未足语此。必以恢复河南为宋主咎,尚非探本之论也。

第十五回　骋辩词张畅报使　贻溲溺臧质复书

却说宋廷驰诏入关，召还柳元景以下诸将，诏中大略，无非因王玄谟败还，柳元景等不宜独进，所以叫他东归。元景不便违诏，只好收军退回，令薛安都断后，徐归襄阳。为这一退，遂令魏兵专力南下，又害得宋室良将，战死一人。

原来豫州刺史南平王刘铄，曾遣参军胡盛之出汝南，梁坦出上蔡，攻夺长社，再遣司马刘康祖，进逼虎牢。魏永昌王拓跋仁，探得悬瓠空虚，一鼓攻入，又进陷项城。适宋廷召还各军，各归原镇，刘康祖与胡盛之，引兵偕归。行至尉武镇，那后面的魏兵，却是漫山遍野，蜂拥而来。胡盛之急语康祖道："追兵甚众，望去不下数万骑，我兵只有八千人，众寡不敌，看来只好依山逐险，间道南行，方不致为虏所乘哩。"康祖勃然道："临河求敌，未得出战，今得他自来送死，正当与他对垒，杀他一个下马威，免令深入，奈何未战先怯呢？"勇有余而智不足。遂结车为营，向北待着，且下令军中道："观望不前，便当斩首！惊顾却步，便当斩足！"军士却也齐声应令。声尚未绝，魏军已经杀到，四面兜集，围住宋营。宋军拚命死斗，自朝至暮，杀毙魏兵万余人，流血没踝，康祖身被数创，意气自若，仍然麾众力战。会日暮风急，虏帅拓跋仁，令骑兵下马负草，纵火焚康祖车营，康祖随缺随补，亲自指挥，不防一箭飞来，穿透项颈，血流不止，顿时晕倒马下，气绝身亡。余众不能再战，由胡盛之突围出走，带着残兵数百骑，奔回寿阳，八千人伤亡大半。

魏兵乘势蹂躏尉武，尉武镇将王罗汉，手下只三百人，怎禁得虏骑数万，把他困住，一时冲突不出，被他擒去。魏使三郎将锁住罗汉，在旁看守，罗汉伺至夜半，觑着三郎将睡卧，扭断铁练，趄至三郎将身旁，窃得佩刀，枭他首级，抱锁出营，一溜风似的跑到盱眙，幸得保全性命。

拓跋仁进逼寿阳，南平王铄登陴固守。魏主拓跋焘把豫州军事，悉委永昌王仁，自率精骑趋徐州，直抵萧城。前写宋师出发，何等势盛，此时乃反客为主，可见胜败无常，令人心悸。萧城距彭城只十余里。彭城兵多粮少，江夏王义恭，恐不可守，即欲弃城南归。沈庆之谓历城多粮，拟奉二王及妃女，直趋历城，留护军萧思话居守。长史何勖，与庆之异议。欲东奔郁洲，由海道绕归建康。独沛郡太守张畅，闻二议龃龉不决，即入白义恭道："历城、郁洲，万不可往，亦

第十五回 骋辩词张畅报使 贻溲溺臧质复书

万不易往,试想城中乏食,百姓统有去志,但因关城严闭,欲去无从,若主帅一走,大众俱溃,虏众从后追来,难道尚能到历城、郁洲么?今兵粮虽少,总还可支持旬月,哪有舍安就危,自寻死路?若二议必行,下官愿先溅颈血,污公马蹄。"道言甫毕,武陵王骏亦入语道:"叔父统制全师,欲去欲留,非道民所敢干预;道民系骏小字。惟道民本此城守吏,今若委镇出奔,尚有何面目归事朝廷?城存与存,城亡与亡,道民愿依张太守言,效死勿去!"十一年南朝天子,是从此语得来。义恭乃止。

魏主焘到了彭城,就戏马台上,叠毡为屋,瞭望城中,见守兵行列整齐,器械精利,倒也不敢急攻。便遣尚书李孝伯至南门,馈义恭貂裘一袭,饷骏橐驼及骡各数头,且传语道:"魏主致意安北将军,可暂出相见,我不过到此巡阅,无意攻城,何必劳苦将士,如此严守!"武陵王骏,曾受安北将军职衔,恐魏主不怀好意,因遣张畅开门报使,与孝伯晤谈道:"安北将军武陵王,甚欲进见魏主,但人臣无外交,彼此相同,守备乃城主本务,何用多疑?"

孝伯返报魏主,魏主求酒及橘蔗,并借博具,由骏一一照给,魏主又饷毡及胡豉与九种盐,乞假乐器。义恭仍遣张畅出答。畅一出城,城中守将,见魏尚书李孝伯,控骑前来,便拽起吊桥,阖住城门。孝伯复与畅接谈,畅即传命道:"我太尉江夏王,受任戎行,未赍乐具,因此妨命!"孝伯道:"这也没甚关系,但君一出城,何故即闭门绝桥?"畅不待说毕,即接口道:"二王因魏主初到,营垒未立,将士多劳,城内有十万精甲,恐挟怒出城,轻相陵践,所以闭门阻止,不使轻战。待魏主休息士马,各下战书,然后指定战场,一决胜负。"颇有晋栾鍼整暇气象。孝伯正要答词,忽又由魏主遣人驰至,与畅相语道:"致意太尉安北,何不遣人来至我营,就使言不尽情,也好见我大小,知我老少,观我为人,究竟如何?若诸佐皆不可遣,亦可使僮干前来。"畅又答道:"魏主形状才力,久已闻知,李尚书亲自衔命,彼此已可尽言,故不复遣使了。"孝伯接入道:"王玄谟乃是庸才,南国何故误用,以致奔败?我军入境七百里,主人竟不能一矢相遗,我想这偌大彭城,亦未必能长守哩!"畅驳说道:"玄谟南土偏将,不过用作前驱,并非倚为心膂,只因大军未至,河冰适合,玄谟乘夜还军,人商要计,部兵不察,稍稍乱行,有甚么大损呢?若魏军入境七百里,无人相拒,这由我太尉神算,镇军秘谋,用兵有机,不便轻告。"亏他自圆其说。孝伯又易一词道:"魏主原无意围城,当率众军直趋瓜步,若一路顺手,彭城何烦再攻?万一不捷,这城亦非我所需,我当南饮江湖,聊解口渴呢!"畅微笑道:"去留悉听彼便,不过北马饮江,恐犯天忌;若果有此,可是没有天道了!"这语说出,顿令孝伯出了一惊。看官道为何故?从前有一童谣云:"虏马饮江水,佛狸死卯年。"是年正岁次辛卯,孝伯亦闻此语,所以惊心。便语畅告别道:"君深自爱,相去数武,恨不握手!"畅接说道:"李尚书保重,他日中原荡定,尚书原是汉人,来还我朝,相聚有日哩!"遂一揖而散。好算一位专对才。

次日,魏主督兵攻城,城上矢石雨下,击伤魏兵多人。魏主遂移兵南下,使中书郎鲁秀出广陵,高凉王拓跋那出山阳,永昌王拓跋仁出横江,所过城邑,无不残破。江淮大震,建康戒严,宋主亟授臧质为辅国将军,使统万人救彭城。行至盱眙,闻魏兵已越淮南来,亟令偏将臧澄之、毛熙祚等,分屯东山及前浦,自在城南下营。哪知臧、毛两垒,相继败没,魏燕王拓跋谭,驱兵直进,来逼质营。质军惊散,只剩得七百人,随质奔盱眙城,所有辎重器械,悉数弃去。

盱眙太守沈璞,莅任未久,却缮城浚隍,储财积谷,以及刀矛矢石,无不具备。当时僚属犹疑他多事,及魏军凭城,又劝璞奔还建康。璞奋然道:"我前此筹备守具,正为今日,若虏众远来,视我城小,不愿来攻,也无庸多劳了。倘他肉薄攻城,正是我报国时候,也是诸君立功封侯的机会哩!诸君亦尝闻昆阳、合肥遗事么?新莽、苻秦,拥众数十万,乃为昆阳、合肥所摧,一败涂地,几曾见有数十万众,顿兵小城下,能长此不败么?"僚佐闻言,方有固志。

璞招得二千精兵,闭城待敌。至臧质叩关,僚属又劝璞勿纳,璞又叹道:"同舟共济,胡越一心,况兵众容易却虏,奈何勿纳臧将军!"遂开城迎质。质既入城,见城中守备丰饶,喜出望外,即与璞誓同坚守,众皆踊跃呼万岁。

那魏兵不带资粮,专靠着沿途打劫,充作军需。及渡淮南行,民多窜匿,途次无从抄掠,累得人困马乏,时患饥荒,闻盱眙具有积粟,巴不得一举入城,饱载而归。偏偏攻城不拔,转令魏主无法可施,因留数千人驻扎盱眙,自率大众南下。

行抵瓜步,毁民庐舍,取材为筏,屋料不足,济以竹苇。扬言将渡江深入,急得建康城内,上下震惊。宋主亟命领军将军刘遵考等,率兵分扼津要,自采石至暨阳,绵亘六七百里,统是陈舰列营,严加备御。太子劭出镇石头,总统水师。丹阳尹徐湛之,往守石头仓城。吏部尚书江湛,兼职领军,军事处置,悉归调度。宋主亲登石头城,面有忧色,旁顾江湛在侧,便与语道:"北伐计议,本乏赞同,今日士民怨苦,并使大夫贻忧,回想起来,统是朕的过失,愧悔亦无及了!"江湛不禁赧颜,俯首无词。宋主复叹道:"檀道济若在,岂使胡马至此!"谁叫你自坏长城?

嗣又转登幕府山,观望形势,自思重赏之下,当有勇夫,因即榜示军民,有能得魏主首,封万户侯,或枭献魏王公首,立赏万金。又募人赍野葛酒,置空村中,诱令魏人取饮,俾他毒死。统是儿女子计策。偏偏所谋不遂,智术两穷。还幸魏主无意久持,遣使携赠橐驼名马,请和求婚。宋主亦遣行人田奇,答送珍羞异味。魏主见有黄柑,当即取食,且大进御酒。左右疑食中有毒,密戒魏主,魏主不应,但出雏孙示田奇道:"我远来至此,并非贪汝土地,实欲继好息民,永结姻缘。汝国若肯以帝女配我孙,我亦愿以我女配武陵王,从此匹马不复南顾了!"田奇乃归白宋主。宋廷大臣,多半主张和亲,独江湛谓戎狄无信,不如勿许。忽有一人抢入道:"今三王在阽,主上忧劳,难道还要主战么?"这数语的声浪,几乎响彻殿瓦,<small>豺狼之声。</small>害得江湛大惊失色,慌忙审视,进言的不是别人,乃是太子刘劭。自知此人难惹,便即匆匆退朝。劭且顾令左右,当阶挤湛,几至倒地,宋主看不过去,出言呵禁,劭尚抗声道:"北伐败辱,数州沦破,独有斩江、徐二人,方可谢天下!"宋主蹙额道:"北伐原出我意,休怪江、徐!汝肯认过,怪不得后来遇弑?"劭怒尚未平,悻悻而出。

　　可巧魏主也不复请和,但在瓜步山上,过了残年。越日已为元嘉二十八年元旦,魏主大集群臣,班爵行赏,便下令拔营北归。道出盱眙,魏主又遣使入城,馈送刀剑,求供美酒。守将臧质,却给了好几坛,交来使带回。魏主酒兴正浓,即命开封取酒,哪知一股臭气,由坛冲出。仔细验视,并不是酒,乃是混浊浊的小溲,<small>臧质亦太恶作剧。</small>

　　魏主大怒,便令将士攻城,四面筑起长围,一夕即就。且运东山土石,填砌濠堑,就君山筑造浮桥,分兵防堵,截断城中水陆通道,一面贻臧质书道:

　　　　尔以溲代酒,可谓智士,我今所遣攻城各兵,尽非我国人,城东北是丁零与胡,南是氐羌,设使丁零死,正可减常山赵郡贼;胡死可减并州贼;羌死可减关中贼;尔若能尽加杀戮,于我甚利,我再观尔智计也!

　　臧质得书,亦复报道:

　　　　省示具悉奸怀!尔自恃四足,屡犯边境。王玄谟退于东,申坦散于西,尔知其所以然耶?尔独不闻童谣之言乎?盖卯年未至,故以二军开饮江之路耳!冥期使然,非复人事。我受命扫虏,期至白登,师行未远,尔自送死,岂容复令尔生全,缲有桑干哉!尔有幸得为乱兵所杀;不幸则生遭锁缚,载以一驴,直送都市耳!我本不图全,若天地无灵,力屈于尔,斋之粉之,屠之裂之,犹未足以谢本朝。尔智识及众力,岂能胜苻坚耶!今春雨已降,兵方四集,尔但安意攻城,切勿遽走!粮食乏者可见语,当出廪相遗。得所送剑刀,欲令我挥之尔身耶?各自努力,毋烦多言!

　　魏主接阅复书,当然大怒,特制铁床一具,上置许多铁镵,仿佛与尖刀山相似。且咬牙切齿,指床示众道:"破城以后,誓生擒臧质,叫他坐在镵上,尝试此味!"臧质得知消息,亦写着都中赏格,有斩佛狸首封万户侯等语。魏主益怒,麾兵猛攻,并用钩车钩城楼。臧质将计就计,命守卒数百人,各执巨絚,将他来钩系住，反令车不得退。相持至夜间，质见魏兵少懈，缒桶悬卒，出截各钩，悉数取来。次日辰刻，魏主改用冲车攻城，城土坚密，颓落不多。魏兵即肉薄登城，更番相代，前仆后继，质与沈璞分段扼守，饬用长矛巨斧，或戳或斫，一些儿没有放松。可怜魏兵只有下坠，不能上升，究竟性命是人人所惜，死了几十百个，余外亦只好退休。今日攻不下，明日又攻不下，好容易过了一月，仍然不下，魏兵倒死了万余人。春和日暖，尸气熏蒸，免不得酿成疫疠，魏兵多半传染，均害得骨软神疲。探得宋都消息，将遣水军自海入淮，来援盱眙，并饬彭城截敌归路，魏主知不可留，乃毁去攻具，向北退走。

盱眙守将欲追蹑魏兵，沈璞道："我军不过二三千名，能守不能战，但教佯整舟楫，示欲北渡，能使虏众速走，便无他虑了！"可行则行，可止则止，是谓良将。魏主闻盱眙具舟，果然急返，路过彭城，也无暇住足，匆匆驰去。彭城将佐，劝义恭出兵追击，谓虏众驱过生口万余，当乘势夺回。义恭很是胆怯，不肯允议。

越日诏使到来，命义恭尽力追虏，是时魏兵早已去远，就使有翅可飞，也是无及。义恭但遣司马檀和之驰向萧城，总算是奉诏行事，沿途一带，并不见有魏兵，但见尸骸累累，统是断胫截足，状甚可惨。途次遇着程天祚，乃是由虏中逃归，报称南中被掠生口，悉数遭屠，丁壮都斩头斩足，婴儿贯诸槊上，盘舞为戏，所过郡县，赤地无余，连春燕都归巢林中，说将起来，真是可叹！谁生厉阶，一至于此？还有王玄谟前戍碻磝，也由义恭召还，碻磝仍被魏兵夺去。

看官听着！这废王刘义康，就在这战鼓声中了结生命。当时故将军胡藩子诞世，拟奉义康为主，纠集羽党二百余人，潜入豫章，杀死太守桓隆之，据郡作乱。适值交州刺史檀和之卸职归来，道出豫章，号召兵吏，击斩诞世，传首建康。太尉江夏王义恭，引和之为司马。且奏请远徙义康，宋主乃拟徙义康至广州。先遣使人传语，义康答道："人生总有一死，我也不望再生，但必欲为乱，何分远近？要死就死在此地，已不愿再迁了！"宋主得来使返报，很是介意。及魏兵入境，内外戒严，太子劭及武陵王骏等，恐义康乘隙图逞，屡把"大义灭亲"四字，申劝宋主。宋主遂遣中书舍人严龙，持药至安成郡赐义康死。如前誓何？义康不肯服药，蹴然道："佛教不许自杀，愿随宜处分。"零陵王曾有此语，不意于此复得之，刘裕有知，亦当悔弑零陵。严龙遂用被掩住义康，将他扼死。死法亦与零陵相同。

太尉江夏王义恭，徐州刺史武陵王骏俱因御虏无功，致遭谴责，义恭降为骠骑将军，骏降为北中郎将。青、冀刺史萧斌，将军王玄谟，亦坐罪免官。自经此次宋、魏交争，南兖、徐、兖、豫、青、冀六州，邑里为墟，倍极萧条。元嘉初政，从此寖衰了。小子有诗叹道：

>自古佳兵本不祥,况闻将帅又非良。
>
>六州残破民遭劫,毕竟车儿太不明! 车儿系宋主义隆小字。

兵为祸始,身且凶终。过了一两年,南北俱有重大情事,出人意表。小子当依次演述,请看官续阅下回。

观张畅之出报魏使,措辞敏捷,可称为外交家。观臧质之复答魏书,下笔诙谐,可称为滑稽派。但吾谓宁效张畅,毋效臧质。张畅所说,不亢不卑,能令魏使李孝伯自然心折,三寸舌胜过十万师,张畅有焉。臧质以溲代酒,殊出不情,所致复书,语语挑动敌怒,曩令沈璞无备,区区孤城,岂能长守! 且使魏主无意北归,誓拔此城,彭城又不敢发兵相救,则援绝势孤,终有陷没之一日,恐虏主所设之铁床,难免质之一坐耳。然则张畅之却敌也,得之于镇定;臧质之却敌也,得之于侥幸,镇定可恃,侥幸不可恃,臧质一试见效,至欲再试三试,宜后来之发难江州,一跌赤族也。

第十六回　永安宫魏主被戕 含章殿宋帝遇弑

却说魏主焘驰还平城,饮至告庙,改元正平,所有降民五万余家,分置近畿,无非是表扬威武,夸示功绩的意思。魏自拓跋嗣称盛,得焘相继,国势益隆,但推究由来,多出自崔浩功业。浩在魏主南下以前,已为了修史一事,得罪受诛,小子于十四回中,曾已提及,不过事实未详,还宜补叙。本回承前启后,正应就此表明。

浩与崔允等监修国史,已有数年,见十三回。魏主尝面谕道:"务从实录。"浩因将魏主先世,据实列叙,毫不讳言。著作令史闵湛郗标,素来巧佞,见浩平时撰著,极口赞谀,且劝浩刊布国史,勒石垂示,以彰直笔。浩依言施行,镌石立衢,所有北魏祖宗的履历,无论善恶,一律直书。时太子晃总掌百揆,用四大臣为辅,第一人就是崔浩,此外三人,为中书监穆寿,及侍中张黎、古弼。弼头甚锐,形似笔尖,忠厚质直,颇得魏主信任,尝称为笔头公。浩亦直言无隐,常得太子敬礼,因此权势益崇,为人所惮。古人说得好,道高一尺,魔高一丈,崔浩具有干才,更得两朝优宠,事皆任性,不避嫌疑,免不得身为怨府,遭人构陷,中书侍郎高允,已早为崔浩担忧,浩全不在意,放任如故。致死之由。果然谗夫交构,大祸猝临,一道敕书,竟将浩收系狱中。

高允与浩同修国史,当然牵连,太子晃尝向允受经,意图营救,便召允与语道："我导卿入谒内廷,至尊有问,但依我言,当可免罪。"允佯为遵嘱,随太子进见魏主。太子先入,谓允小心慎密,史事俱由崔浩主持,与允无涉,请贷允死罪。魏主乃召允入问道："国史统出浩手么?"允跪答道："太祖记是前著作郎邓渊所作,先帝记及今上记,臣与浩共著,浩但为总裁,至下笔著述,臣较浩为更多。"魏主不禁盛怒,瞋目视太子道："允罪比浩为大,如何得生?"太子面有惧色,慌忙跪求道："天威严重,允系小臣,迷乱失次,故有此言。臣儿曾向允问明,俱说是由浩所为。"魏主又问道："东宫所陈,是否确实?"允从容答道："臣罪当灭族,不敢虚妄,殿下哀臣,欲丐余生,所以有此设词。"壮哉高允。魏主怒已少解,复顾语太子道："这真好算得直臣了!临死不易辞,不失为信,为臣不欺君,不失为贞,国家有此纯臣,奈何加罪!"便谕令起身,站立一旁。复召崔浩入讯。浩面带惊惶,不敢详对。魏主令左右牵浩使出,即命高允草诏,诛浩及僚属僮吏,凡百二十八人,皆夷五族。允持笔不下,魏主一再催促,允搁笔奏请道："浩若别有余衅,非臣所敢谏净;但因直笔触犯,罪不至死,怎得灭族!"魏主又怒,喝令左右将允拿下。太子晃更为哀求,魏主乃霁颜道："非允敢谏,更要致死数千人了。"太子与允,拜谢而退。越日有诏传出,命诛崔浩,并夷浩族;余止戮身,不及妻孥。还是一场冤狱。

他日太子责允道："我欲为卿脱死,卿终不从,致触上怒,事后追思,尚觉心悸。"允答道："史所以记善恶,垂戒今古。崔浩非无他罪,但作史一事,未违大礼,不应加诛,臣与浩同事,浩既诛死,臣何敢独生!蒙殿下替臣救解,恩同再造,不过违心苟免,非臣初愿,臣今独存,尚有愧死友哩!"太子不禁动容,称叹不置。语为魏主所闻,也有悔意。会尚书李孝伯病笃,讹传已死,魏主呜咽道："李尚书可惜!"半晌又改言道："朕几失词,崔司徒可惜!李尚书可哀!"嗣闻孝伯病愈,遂令入代浩职,每事与商,仿佛如浩在时,这且毋庸细表。

惟太子晃为政精察,素与中常侍宗爱有嫌,给事中仇尼道盛,得太子欢,亦与爱不协。偏魏主好信爱言,爱遂谮间东宫,先将仇尼道盛,指为首恶,次及东宫官属十数人。魏主竟一体处斩,害得太子晃日夕惊惶,致成心疾,未几遂殁。太吓不起。

既而魏主知晃无罪,很是悲悼,追谥晃为景穆太子,封晃子浚为高阳王。嗣又以皇孙世嫡,不当就藩,乃复收回成命。浚时年十二,聪颖过人,魏主格外钟爱,常令侍侧。只宗爱见魏主追悔,自恐得罪,遂想了一计,做出弑逆的大事来了。

一年易过,苦难下手。至魏正平二年春季,魏主焘因酒致醉,独卧永安宫。宗爱伺隙进去,不知他如何动手,竟令这英武果毅的魏主焘,死得不明不白,眼出舌伸。也是杀人过多的报应。

第十六回　永安宫魏主被弑　含章殿宋帝遇弑

经过了好多时，始有侍臣入视，见魏主这般惨状，骇极欲奔，狂呼而出，那时宗爱早已溜出外面，佯作惊愕情状，即与尚书左仆射兰延、侍中和疋、<small>音雅。</small>薛提等，商量后事，暂不发丧。当下审择嗣君，互生异议。和疋以皇孙尚幼，欲立长君，薛提独援据经义，决拟立孙。彼此辩论一番，尚未定议，和疋竟召入东平王翰，置诸别室，将与群臣会议，立为嗣君。宗爱独密迎南安王余，自便门入禁中，引至枢前嗣位。这东平王翰及南安王余，统是魏主焘子，太子晃弟，翰排行第三，余排行第六。宗爱尝谮死东宫，听着薛提立孙的议论，原是反对，但与翰亦夙存芥蒂，不愿推立，因即矫传赫连皇后命令，<small>魏立赫连后，见第十回。</small>召入兰延、和疋、薛提三人，待他联翩入宫，竟突出宦官数十名，各持刀械，一拥而上，吓得三人浑身发颤，眼睁睁的被他缚住，霎时间血溅颈中，头颅落地。东平王翰居别室中，还痴望群臣来迎，好去做那嗣皇帝，不意室门一响，闯入许多阉人，执刀乱斫，半声狂叫，一命呜呼！真是冤枉。

宗爱即奉余即位，宣召群臣入谒，一班贪生怕死的魏臣，哪个还敢抗议；不得已向余下拜，俯首呼嵩。随即照例大赦，改元永平，尊赫连氏为皇太后，追谥魏主焘为太武皇帝，授宗爱为大司马大将军太师，都督中外诸军事，领中秘书，封冯翊王。<small>备述宗爱官职，所以见余之不子。</small>余因越次继立，恐众心未服，特发库中财帛，遍赐群臣。不到旬月，库藏告罄。偏是南方兵甲，蓦地来侵，几乎束手无策，还亏河南一带，边将固守，胜负参半，才将南军击退。

原来宋主义隆，闻魏主已殂，又欲北伐，可巧魏降将鲁轨子爽，及弟秀复来奔宋，奏称父轨早思南归，积忧成病，即致身亡，臣爽等谨承遗志，仍归祖国云云。<small>鲁轨先奔秦，后奔魏，俱见第五、六回中。</small>宋主大喜，立授爽为司州刺史，秀为颍州太守，与商北伐事宜。爽等竭力怂恿，遂遣抚军将军萧思话，督率冀州刺史张永等，进攻碻磝。鲁爽、鲁秀、程天祚等，出发许洛，雍州刺史臧质，率部众趋潼关。沈庆之等固谏不从。青州刺史刘兴祖请长驱中山，直捣虏巢，亦不见听。反使侍郎徐爱，传诏军前，遇有进止，须待中旨施行。从前宋师败绩，均由宋主专制过甚，诸将趑趄莫决，所以致此。此次仍蹈前辙，眼见是不能成功。

张永等到了碻磝，围攻兼旬，被魏兵穴通地道，潜出毁营，永竟骇退，士卒多死。萧思话自往督攻，又经旬不下，粮尽亦还。臧质顿兵近郊，但遣司马柳元景等向潼关，梁州参军萧道成，<small>即萧承之子。</small>亦会军赴长安，未遇大敌，无状可述。惟鲁爽等进捣长社，魏守将秃发幡弃城遁去，再进至大索，与魏豫州刺史拓跋仆兰，交战一场，斩获甚多。追至虎牢，闻碻磝败退，魏又派兵来援，乃还镇义阳。柳元景等自恐势孤，亦引军东归，一番举动，又成画饼。宋主因他擅自退师，降黜有差，这也不在话下。

且说魏主余闻宋师已退，放心安胆，整日里沉湎酒色，间或出外畋游，不恤政事。宗爱总握枢机，权焰滔天，不但群臣侧目，连魏主余亦有戒心。有时见了宗爱，颇加裁抑，宗爱不免含愤，又复怀着逆谋，欲将余置诸死地。小人难养，观此益信。会余夜祭东庙，宗爱即嘱令小黄门贾周等，用着匕首，刺余入胸，立刻倒毙。

群臣尚未闻知，惟羽林郎中刘尼，得知此变，便入语宗爱，请立皇孙浚以副人望。爱愕然道："君大痴人，皇孙若立，肯忘止平时事么？"招太子晃事。尼默然趋出，密告殿中尚书源贺。贺有志除奸，即与尼同访尚书陆丽，与丽晤谈道："宗爱既弑南安，今复作弑，且不愿迎立皇孙，显见他包藏祸心，不利社稷，若不早除，后患正不浅哩！"丽惊起道："嗣主又遭弑么？一再图逆，还当了得！我当与诸君共诛此贼，迎立皇孙！"遂召尚书长孙渴侯，商定密计，令与源贺率同禁兵，守卫宫廷，自与尼往迎皇孙。皇孙浚才十三岁，即抱置马上，驰至宫门。长孙渴侯开门迎入，丽入宫拥卫皇孙，尼率禁兵驰还东庙，向众大呼道："宗爱弑南安王，大逆不道，罪当灭族。今皇孙已登大位，传令卫士还宫，各守原职！"大众闻言，欢呼万岁。尼即麾众拿下宗爱、贾周，勒兵返营。奉皇孙浚御永安殿，即皇帝位，召见群臣，改元兴安。诛宗爱、贾周，具五刑，夷三族。追尊景穆太子晃为皇帝，庙号恭宗，妣郁久闾氏为恭皇后。立乳母常氏为保太后，常氏本辽西人，因事入宫，浚生时母即去世，由常氏哺乳抚育，乃得成人，所以特别尊养，隐示报酬。寻且竟尊为皇太后。虽曰报德，未足为训。封陆丽为平原王，刘尼为东安公，源贺为西平公，长孙渴侯为尚书令，加开府仪同三司，国事粗定，易危为安。那南朝的宋天子，却亲遭子祸，死于非命，仿佛有铜山西崩，洛钟东应的情状，这正所谓乱世纷纷，华夷一律呢。开下半回文字。

宋自袁皇后病逝后，潘淑妃得专总内政。太子劭性本凶险，又忆及母后病亡，由淑妃所致，不免仇恨淑妃，并及淑妃子浚。浚恐为劭所害，曲意事劭，因得与劭相亲。劭姊东阳公主，有婢王鹦鹉，与女巫严道育往来，道育贪缘干进，得见公主，自言能辟谷导气，役使鬼物。妇人家多半迷信，遂视道育为神巫。道育尝语公主道："神将赐公主重宝，请公主留意！"公主记在心中，入夜卧床，果见流光若萤，飞入书笥，慌忙起视，开箧得二青珠，即目为神赐，益信道育。

劭与浚出入主家，由公主与语道育神术，亦信以为真。他两人素行多亏，常遭父皇呵斥，可巧与道育相识，便浼他祈请，欲令过不上闻。道育设起香案，对天膜拜，念念有词，也不知他是甚么咒语。是无等等咒。既而向空问答，好似有天神下降，与他对谈，约有半个时辰，才算祷毕。无非捣鬼。入语劭、浚

第十六回　永安宫魏主被戕　含章殿宋帝遇弒

二人道："我已转告天神，必不泄露。"二人大喜，共称道育为天神。道育恐所言未验，索性为劭、浚设法，用巫蛊术，雕玉成像，假托宋主形神，瘗埋含章殿前。东阳公主婢王鹦鹉，与主奴陈天与、黄门陈庆国，共预秘谋。劭擢天与为队主，宋主说他录用非人，面加诘责。天神何不代为掩饰。劭未免心虚，且恨且惧，适浚出镇京口，遂驰书相告。浚复书道："彼人若所为不已，正好促他余命。"彼人暗指宋主，劭与浚往来通信，尝称宋主为彼人，或曰其人。却是一个新名词。

已而东阳公主，一病不起，竟致谢世。何不先浼道育替她禳解？王鹦鹉年亦寖长，既为公主毕丧，理应遣嫁，当由浚代为主张，命嫁府佐沈怀远为妾。怀远格外爱宠，竟至专房。鹦鹉原是得所，偏她有一种说不出的隐情，横亘在胸，未免喜中带忧。看官道为何因？原来鹦鹉在主家时，曾与陈天与私通，此次嫁与怀远，恐天与含着醋意，泄露巫蛊情事，左思右想，无可为计，不如先杀天与，免贻后患。世间最毒妇人心。当下自往告劭，但说是天与谋变，将发阴谋。劭怎知情弊，立将天与杀死，陈庆国骇叹道："巫蛊秘谋，惟我与天与得闻，天与已死，我尚能独存么？"遂入见宋主，一一具陈。宋主大惊，即遣人收捕鹦鹉，并搜检鹦鹉箧中，果得劭、浚书数百纸，统说诅咒巫蛊事。又在含章殿前，掘得所埋玉人，当命有司穷治狱案，更捕女巫严道育，道育已闻风逃匿，不知去向。想是由天神救了去。只晦气了一个王鹦鹉，囚禁狱中。宋主连日不欢，顾语潘淑妃道："太子妄图富贵，还有何说？虎头浚小字。也是如此，真出意料！汝母子可一日无我么？"遂遣中使切责劭、浚，两人无从抵赖，只得上书谢罪。宋主虽然怀怒，尚是存心舐犊，不忍加诛！真是溺爱不明。

蹉跎蹉跎，又经一载，已是元嘉三十年了。浚自京口上书，乞移镇荆州，宋主有诏俞允，听令入朝。会闻严道育匿居京口张旿家，即饬地方官掩捕，仍无所得。但拘住道育二婢，就地审讯，供称道育曾变服为尼，先匿东宫，后至京口依始兴王，浚封始兴王已见十三回中。曾在旿家留宿数宵，今复随始兴王还朝云云。宋主大怒，即命京口送二婢入都，将与劭、浚质对。

浚至都中，颇闻此事，潜入宫见潘淑妃。淑妃抱浚泣语道："汝前为巫蛊事，大触上怒，还亏我极力劝解，才免汝罪，汝奈何更藏严道育？现在上怒较甚，我曾叩头乞恩，终不能解，看来是无可挽回，汝可先取药来，由我自尽，免得见汝惨死哩！"浚听了此言，将母推开，奋衣遽起道："天下事任人自为，愿稍宽怀，必不相累！"说着，抢步出宫去了。

宋主召入侍中王僧绰，密与语道："太子不孝，浚亦同恶，朕将废太子劭，赐浚自尽，卿可检寻汉、魏典故，如废储立储故例，送交江、徐二相裁决，即日举行。"僧绰应命趋出，当即检出档册，赍送尚书仆射徐湛之，及吏部尚书江湛，说明宋主密命，促令裁夺。江湛妹曾嫁南平王铄，徐湛之女为随王诞妃，两人各怀私见，因入谒宋主，一请立铄，一请立诞。宋主颇爱第七子建平王弘，意欲越次册立，因此与二相辩论，经久未决。

僧绰入谏道："立储一事，应出圣怀，臣意宜请速断，不可迟延！古人有言，当断不断，反受其乱，愿陛下为义割恩，即行裁决！若不忍废立，便当坦怀如初，不劳疑议。事机虽密，容易播扬，不可使变生意外，贻笑千秋！"宋主道："卿可谓能断大事，但事关重大，不可不三思后行！况彭城始亡，人将谓朕太无亲情，如何是好？"瞻望徘徊，终归自误。僧绰道："臣恐千载以后，谓陛下只能裁弟，不能裁儿！"宋主默然不应，僧绰乃退。

劭是每夕召湛之入宫，秉烛与议，且使绕壁检行，防人窃听。潘淑妃遣人伺察，未得确报，俟宋主还寝，佯说劭、浚无状，应加惩处。宋主以为真情，竟将连日谋画，尽情告知。淑妃急使人告浚，浚即驰往报劭，劭与队主陈叔儿、斋帅张超之等，密谋弑逆，即召集养士二千余人，亲行酌酒，嘱令戮力同心。

到了次日，夜间诈为诏书，伪称鲁秀谋反，饬东宫兵甲入卫，一面呼中庶子萧斌，左卫率袁淑，中舍人殷仲素，左积弩将军王正见等，相见流涕道："主上信谗，将见罪废，自问尚无大过，不愿受枉，明旦将行大事，望卿等协力援我，共图富贵！"说至此，起座下拜。萧斌等慌忙避席，逡巡答语道："从古不闻此事，还请殿下三思！"劭不禁变色，现出怒容。斌惮劭凶威，便即改口道："当竭力奉令！"仲素等亦依声附和。淑独呵叱道："诸君谓殿下真有此事么？殿下幼尝患疯，今或是旧疾复发哩。"劭益加奋怒，张目视淑道："汝谓我不能成事么？"淑答道："事或可成，但成事以后，恐不为天地所容，终将受祸！如殿下果有此谋，还请罢休！"陈叔儿在旁说道："这是何事，尚说可罢手么？"遂麾淑使出。

淑还至寓所，绕床行走，直至四更乃寝。何不速报宋主。翌晨宫门未开，劭内着戎服，外罩朱衣，与萧斌同乘画轮车，出东宫门，催呼袁淑同载。淑睡床未起，经劭停车力促，乃披衣出见，劭使登车，辞不肯就，即被劭指麾左右，一刀了命。实是该死。遂趋至常春门，门适大启，推车直入。旧制东宫队不得入禁城，劭取出伪诏，指示门卫道："接奉密敕，有所收讨，可放后队入门。"门卫不知是诈，便一并放入。张超之为前驱，领着壮士数十人，驰入云龙门。驰过斋阁，直进含章殿，宋主与徐湛之密谋达旦，烛尚未灭，门阶户席，卫兵亦尚寝未起。

超之等一拥入殿。宋主惊起，举几为蔽，被超之一刀劈来，剁落五指，投几而仆。超之复抢前一刀，眼见得不能动弹，呜呼哀哉！享年四十七岁。小子有诗叹道：

到底妖妃是祸胎，机谋一泄便成灾。
须知枭獍虽难驭，衅隙都从帷帘来！

宋主被弑，徐湛之直宿殿中，闻变惊起，趋往北户，未知能逃脱性命否，且待下回续详。

北朝弑主，南朝亦弑主，仅隔一年，祸变相若，以天地间不应有之事，而乃数见不鲜，可慨孰甚！尤可骇者，魏阉宗爱，一载中敢弑二主，当时忠如崔允，直如古弼，俱尚在朝，不闻仗义讨贼，乃竟假手于刘尼、陆丽诸人，向未著名，反能诛逆，彼崔允、古弼辈，得毋虚声纯盗耶！宋主被弑，出自亲子，当断不断，反受其乱，诚如王僧绰所言。江、徐两相，得君专政，不能为主除害，寻且与主同尽，怀私者终为私败，人亦何苦不化私为公也！然乱臣贼子遍天下，而当时之泯泯棼棼，已可概见。太武称雄，元嘉称治，史臣所云，其然岂其然乎！

第十七回　发寻阳出师问罪　克建康枭恶锄奸

却说徐湛之趋入北户，正拟开门逃生，那背后已有乱兵追到，立被杀死。江湛夜直上省，早起闻喧噪声，料知有变，喟然叹道："不用王僧绰言，乃竟至此！"遂避匿小屋中，亦被乱兵搜捕，结果性命。左细仗主广威将军卜天与，不暇被甲，执刀持弓，疾呼左右出战，一箭射去，几中劭颈。劭急忙闪避，幸得躲过，劭党围击天与，砍断天与左臂，大吼一声，倒地而亡。队长张泓之、朱道钦、陈满等，一同战死。

劭入含章殿中阁，杀毙中书舍人顾嘏，他如宿卫旧将罗训、徐罕，及左卫将军尹弘，皆望风屈附。劭又使人闯入东阁，往杀潘淑妃。淑妃方才起床，尚未盥栉，蓦见乱兵冲入，吓做一团。赳赳武夫，管甚么玉骨冰肌，竟把她一刀砍死，剖开胸膛，挖心献劭。何不前时仰药，免得受此惨劫。还有宫中侍役，平时得宋主亲信，约有数十人，也共做了刀头面，随着潘淑妃的芳魂，同到冥府中去侍宋主了。

浚宿居西府，由舍人朱法瑜，踉跄走告道："不好了！不好了！宫中变起，外面统说是太子造反了！"浚佯惊道："有这等事么？奈何奈何！"法瑜道："不如急往石头，据城观变。"将军王庆呵止道："宫中有变，未知主上安危，做臣子的理应投袂赴难，奈何反往石头！"浚尚未知宫中确耗，竟从南门出，带着文武千余人，驰往石头城。

城中由南平王铄留守，见浚奔至，惊问宫廷情状。浚答说未毕，即由张超之到来，召浚入朝。浚屏去左右，向超之问明底细，便戎服上马，急驰而去。朱法瑜劝阻不从，王庆叩马直谏，提出"声罪讨逆"四字，更与浚意相反。浚即怒叱道："皇太子有令，敢有多言，便当斩首！"遂与张超之匆匆入朝，与劭相见。劭说道："弟来甚好！可惜这潘淑妃，"说到"妃"字，不禁住口。浚问道："敢是已死了么？"劭见他形色自如，才答道："为兄的一时失检，淑妃竟为乱兵所害！"浚怡然道："这是卜情所愿，死何足惜！"劭可无父，浚亦何必有母！

劭甚是喜慰，又诈传诏书，召入大将军江夏王义恭，及尚书令何尚之，拘至别室，胁令屈服。并召百官入殿，有数十人应召到来。劭即被服冕旒，居然登位，且宣示敕书道：

徐湛之、江湛弑逆无状，吾勒兵入殿，已无所及，号恸崩衂，心肝破裂。今罪人斯得，元凶克殄，可大赦天下，改元太初，俾众周知！

即位已毕，便还居永福省，不敢临丧，但命亲党入宫殿中，棺殓宋主及潘淑妃，谥宋主义隆为景皇帝，庙号中宗。当即发丧，葬长宁陵，命萧斌为尚书仆射，领军将军，何尚之为司空，前太子右卫率檀和之戍石头，征虏将军营道侯义綦镇京口。义綦系道怜幼子。殷仲素为黄门侍郎，王正见为左军将军，张超之、陈叔儿以下，皆升官进爵有差。又令辅国将军鲁秀，与屯骑将军庞秀之，分掌禁军，杀尚书左丞荀赤松，右丞臧凝之。两人系江、徐亲属，所以被杀。王僧绰授任吏部尚书，兼官司徒，嗣由劭检查故牍，及江湛家书疏，得僧绰所上前代废储典故，不禁怒起，即令加诛。迟死数日，便是逆臣。僧绰弟僧虔亦死。劭又诬称宗室王侯，与僧绰谋反，收系义欣子长沙王瑾，及瑾弟楷。义庆子临川王晔，义融子桂阳侯颛，义宗子新渝侯玠，义融、义宗皆义欣弟。一并处死。授江夏王义恭为太保，南谯王义宣为太尉，始兴王浚为骠骑将军，调雍州刺史，臧质为丹阳尹，随王诞为会州刺史，立妃殷氏为皇后，后季父殷冲为司隶校尉。号女巫严道育为神师，释王鹦鹉出狱，厚赏金帛。鹦鹉至劭处谢恩，劭见她妖冶善媚，格外加怜，竟引入密室，特赐雨露。鹦鹉本来淫荡，骤然得此奇遇，真是喜出望外，流连枕席，曲意承欢，引得劭心花怒开，通宵取乐，恨不即立她为后。只因正宫有主，一时不便废易，权且列作妾媵，再作后图。鹦鹉原是禽类，应与禽兽为匹。

是时武陵王骏，移镇江州，仍然开府。回应十四回中江州罢府事，文笔不漏，且与十三回中江州应出天子语，亦遥相印证。适值江蛮为寇，骏出屯五洲，并由步兵校尉沈庆之，自巴水来会，并讨群蛮。劭阳授骏为征南将军，暗中却与沈庆之手书，令他杀骏。可巧典签董元嗣，也自建康至五州，具言太子弑逆状，庆之密语僚佐道："萧斌妇人，余将帅皆不足道，看来东宫同恶，不过三十人，此

第十七回　发寻阳出师问罪　克建康枭恶锄奸

外胁从，必不为用，我若辅顺讨逆，不患无成！"乃入帐见骏，骏已略闻密书消息，阴有戒心，即托疾不见。庆之竟自突入，取出劭书，当面示骏。骏无从避匿，但对书泣下道："我死亦不怕，但上有老母，可否许我一诀？"原来骏母为路淑媛，尝随骏就藩，所以骏有此言。庆之奋然道："殿下视庆之为何如人？庆之受先帝厚恩，今日当辅顺讨逆，惟力是视，殿下何必多疑！"骏起座再拜道："国家安危，皆在将军！"庆之答拜毕，即命内外勒兵，克期东指。

府主簿颜竣道："劭据有天府，急切难攻，若单靠一隅起义，未免孤危，不如待诸镇协谋，然后举事。"庆之厉声道："今欲仗义出师，乃来这黄头小儿，挠阻军心，怎得不败？宜斩首号令，振作士气！"骏见庆之动怒，忙令竣拜谢庆之，庆之乃和颜语竣道："君但当司笔札事，出兵打仗，非君所能与闻。"骏喜说道："愿如将军言！"当下戒严誓众，命沈庆之为府司马，襄阳太守柳元景，随郡太守宗悫，为谘议参军，内史朱修之署平东将军，颜竣为录事，长史刘延孙为寻阳太守，行留府事。

庆之部署内外，才阅旬日，便已整备，时人目为神兵。当命颜竣草檄，传示四方，使共讨劭。荆州刺史南谯王义宣，雍州刺史臧质，司州刺史鲁爽，首先起应，举兵相从。骏留鲁爽守江陵，自与臧质出赴寻阳。

劭闻骏出师，调兖、冀二州刺史萧思话为徐、兖二州刺史，起张永为青州刺史。思话不奉劭命，竟率兵应骏，建武将军垣护之，也自历城赴寻阳，与骏联合。就是随王诞亦致书与骏，愿共讨逆。不到一月，已是义师四起，伐鼓渊渊。可见人心未死。劭尚自恃知兵，召语朝士道："卿等但助我料理文书，不必注意军旅，若有寇难，我自能抵御，但恐贼虏未敢遽动呢！"嗣闻四方兵起，方有忧色，乃下令戒严。

春去夏来，警信益急，柳元景统领宁朔将军薛安都等，出发溢口，共计十有二军。武陵王骏，亦自寻阳出发，命沈庆之总掌中军，浩浩荡荡，杀奔建康。一面传檄入都，历数劭罪。

劭得阅檄文，探知是颜竣手笔，便召太常颜延之入殿，投檄相示道："你可知何人所作？"延之方应劭征，入为光禄大夫，竣即延之长子，延之从容览檄，料知劭是故意质问，便直供道："这当是臣儿所为。"劭又问道："汝如何知晓？"延之道："臣子竣笔意如此，臣不容不识。"劭又道："竣如何这般毁我？"延之道："竣不顾老父，怎知顾陛下！"劭怒少解，叱令退朝，命拘竣子至侍中下省，义宣子至太仓空舍，一体幽禁，且欲尽杀三镇将士家口。

江夏王义恭，司空何尚之进言道："人生欲举大事，必不顾家，否则定是胁从，无法解免；若将他家室诛灭，益令众心绝望，更增敌焰呢。"娓娓动听，保全不少。劭也以为然，因不复问。惟自思朝廷旧臣，均不足恃，只好厚抚辅国将军鲁秀,及右军参军王罗汉,委以军事,令萧斌为谋主,殷冲掌兵符。

斌劝劭整率水军,自出决战,或保据梁山,固垒扼守。江夏王义恭有心结骏,恐他仓猝起兵,船只狭小,不利水战,乃劝劭养锐待期,不宜远出。斌厉色道:"武陵郎二十少年,能做出这般大事,殆未可量;况复三方同恶,势据上流,沈庆之谙练军事,柳元景、宗悫屡次立功,形势如此,实非小敌。今都中人心未离,尚可勉力一战,若端坐台城,如何能久持哩!"劭不听斌言,但慰劳将士,督治战舰,拟俟敌军逼近,然后决战。朵鸟。或劝劭保石头城,劭说道:"前人据守石头,无非待诸侯勤王,我若守此,何人来援,唯应与他决战,方可取胜。"既而遣庞秀之出戍石头,秀之竟往奔骏军,于是人情大震。

骏军到了鹊头,宣城太守王僧达,又驰往谒骏,骏即授为长史,置诸左右。柳元景因舟舰未坚,不便水战,特倍道疾行,至江宁登岸,使薛安都带领铁骑耀兵淮上,且贻书朝士,为陈逆顺利害。朝士多潜出建康,往投军前。骏自寻阳东行,途次遇疾,不能见将士,唯颜竣出入卧内,亲视起居。有时因骏病加剧,不便禀白,即专行裁决,军政以外,所有文檄往来,似出一人,毫无稽滞。

好容易过了兼旬,连舟中甲士,亦未知骏有危疾,毫不慌张。那柳元景日报军情,俱由竣批答出去,令他相机进取,不为遥制。元景潜至新亭,依山为垒,劭使萧斌统步军,褚湛之统水军,与鲁秀、王罗汉等,合精兵万余人,攻新亭寨。劭自登朱雀门督战。

元景下令军中道:"鼓繁气易衰,声喧力易竭,汝等但衔枚接仗,听我鼓起,方许发声。"传令已毕,遂分兵士为两队,出寨决斗,一队抵敌步军,一队防遏水军,所有勇士,悉数遣出,但留左右数人,宣传军令。两下里猛力交锋,争个你死我活。一边是仗义而来,人人奋勇,一边是贪赏而至,个个争先。自午前杀至午后,不分胜败。那王罗汉杀得性起,挺着一枝长矛,闯入义军队内,左挑右拨,无人敢当。褚湛之亦麾兵登岸,与萧斌左右夹攻,看看义军势弱,有些儿招架不住。元景出营督队,也捏着一把冷汗。忽闻萧斌军内,打起几声退鼓,顿令萧斌、褚湛之等,动起疑来,向后却顾。元景觑着此隙,援枹击鼓,鼕鼕不绝,部众闻鼓踊跃,呐一声喊,统向敌军杀去。敌军骇散,多半坠入淮水,溺毙甚多。

劭见各军败退,自率余众,再来攻垒,复被元景杀败,伤亡无数。萧斌受伤先遁,鲁秀、褚湛之、檀和之,统奔降柳营,劭单骑走脱,驰还建康。

元景迎纳鲁秀等,谈及军事,才知前次退鼓,乃由鲁秀所击,就是褚、檀两人,也由秀邀他反正,所以同奔。元景大喜,露布告捷,且迎武陵王骏至新亭。

骏病体已痊,即至新亭劳军,乘便入江宁城。凑巧江夏王义恭,自建康脱身驰至,上劝进书。又来了散骑侍郎袁爰,佯说是追赶义恭,亦至武陵王处投

第十七回　发寻阳出师问罪　克建康枭恶锄奸

顺。爰素习朝仪，遂令兼太常丞，草述即位仪注。编制已就，便在新亭筑坛，由武陵王骏即皇帝位，大赦天下。文武各赐爵一等，从军加二等，改谥大行皇帝曰文，庙号太祖。授大将军义恭为太尉，录尚书事，兼南徐州刺史，南谯王义宣为中书监，兼扬州刺史，随王诞为卫将军，兼荆州刺史，臧质为车骑将军，兼江州刺史，沈庆之为领军将军，萧思话为尚书左仆射，王僧达为右仆射，柳元景、颜竣为侍中，宗悫为右卫将军，张畅为吏部尚书。其余将士各加官有差。改号新亭为中兴亭，再图进取。

劭自新亭奔还，闻义恭逃去，即将他十二子一并拘到，尽行杀毙，立子伟之为太子，又复大赦。唯刘骏、义恭、义宣、诞不原。命浚为南徐州刺史，与南平王铄并录尚书事，浚闻骏军将至，忧迫无计，当与劭想出一法，用辇迎蒋侯神像，异置宫中，稽颡求福，拜大司马，封钟山王，又封苏侯为骠骑将军，也是焚香顶礼，日夕虔求。*想是严道育教他。* 偏是臧质等步步进逼，直指建康。劭遣殿中将军燕钦等出拒，相遇曲阿，未战即溃。劭乃缘淮树栅，派兵戍守。男丁多半逃散，城内外只有妇女，也迫令从军，充当役使。鲁秀等募勇士攻破大航，钩得一舶。王罗汉尚逍遥江上，挟妓醉酒，忽闻秀军已经登岸，急得不知所措，慌忙出降。缘淮各戍依次奔散，器仗鼓盖，充塞路衢。

劭闻戍军溃退，没奈何闭守六门，并在城内凿堑立栅，城中一日数惊，非常慌乱。丹阳尹尹弘等逾城出降，萧斌亦令部兵解甲，自石头城携着白旛，奔投军前。鲁秀等奏达新亭奉诏以斌甘党恶，情罪较重，饬即处斩，当下将斌械送，枭首行辕。

这时候的元凶刘劭，自知大事已去，毁去乘辇及冕服，打算逃走，浚劝劭载运宝货，航海远奔。劭恐人情离散，载宝出走，反惹众目，意欲轻骑逃生。两人计议未决，那闻阊门外的守兵，已走还入殿，薛安都、程天祚等领着义师，乘乱随入。臧质、朱修之分门杀进，同会太极殿前。逆党四处逃奔，王正见首被擒获，当场斩首。张超之走入含章殿，匿御床下，被义军追寻得手，抓出殿阶，乱刀分尸，刳肠剖心，啖肉立尽。

劭不能出走，穴通西垣，窜入武库井中，义军队副高禽，率兵进内，七手八脚，将劭擒住，反绑起来。劭问道："天子何在？"禽答道："就在新亭！"当下牵劭出庭，臧质瞧着，向他悲恸。劭觍然道："天地所不覆载，丈人何为见哭？"*此时也自知罪么？臧质何故恸哭，我亦要问。* 质乃停泪，把劭缚住马上，押送行辕。一面捕得伪皇后殷氏、伪皇子伟之等兄弟四人，并诸女妾媵，及严道育、王鹦鹉等妇女系狱，男子械送，封府库，清宫禁，只不见了传国玺。再遣人向劭诘问，劭言在严道育处，因将道育身上检搜，果然藏着，便即取献新皇。*道育怀藏国宝，莫非要送与天神不成！*

劭与四子俱至军门，江夏王义恭等出视，义恭先叱劭道："我背逆归顺，有何大罪，乃杀我十二儿？"劭答道："杀死诸弟，原是我负叔父！"江湛妻庾氏，乘车往詈，庞秀之亦加诮让，劭厉声道："何必多说！我死罢了！"义恭怒起，先命斩劭四子，然后及劭。劭临刑时，尚叹息道："不图宋室弄到如此！"出汝逆贼，所以如此。劭父子首都枭示大航，暴尸市曹。

义恭奉命先归，道出越城，正值浚父子狼狈逃来，还有铄亦偕行。见了义恭，浚下马问道："南中郎今作何事？"义恭道："皇上已君临万国！"浚又道："虎头来得太迟了！"虎头见前。义恭道："未免太迟。"浚又问："可不死否？"义恭道："可诣行阙请罪。"乃勒令上马相从，乘他不备，剁下头颅。浚有三子，一并斩首，献至行辕，命与劭父子首同悬大航。

又有诏传入建康，凡伪皇后殷氏以下，俱赐自尽。殿氏且死，语狱丞江恪道："我等无罪，何故枉杀？"恪答道："受册为后，怎得无罪！"殿氏道："这是暂时的册封，稍迟数月，便当册王鹦鹉为后了。"随即用帛自尽。诸女妾媵皆自杀，惟严道育、王鹦鹉两人，牵出都市，鞭笞交下，宛转交毙。要想做天师、皇后的滋味。焚尸扬灰，掷置江中。殷冲为殷氏季父，尹弘王罗汉，曾事劭尽力，一概赐死。淮南太守沈璞，坐守湖上，观望不前，亦即加诛。

嗣主骏自新亭入都，就居东府，百官踵府请罪，有诏不问。遂遣建平王弘至寻阳，迎生母路淑媛，及妃王氏入都。尊母为皇太后，册妃为皇后。追赠袁淑为太尉，徐湛之为司空，江湛为开府仪同三司，王僧绰为金紫光禄大夫。毁劭所居东宫斋室，作为园池。封高禽为新阳县男，追号潘淑妃为长宁国夫人，特置守冢。祸由彼起，不应追赠，即如王僧绰之甘受伪命，亦不宜赠官。进江夏王义恭为太傅，领大司马，南平王铄为司空，建平王弘为尚书左仆射，随王诞为右仆射，寻且改南谯王义宣为南郡王，随王诞为竟陵王。余皆论功行赏，各有迁调。惟褚湛之本为浚妇翁，自南奔归顺后，赦去前罪，受职丹阳尹，女为浚妃，因湛之反正，浚与妃绝，亦得免诛。又有何尚之虽曾附逆，但与义恭从中调护，保全三镇，心向义军，理应特别原情，仍授为尚书令。子何偃为大司马长史，任遇如故。宋主骏乃入居大内，粗享太平。小子有诗咏道：

> 江州天下语非虚，一举功成恶尽除。
> 毕竟人情犹向义，元凶结局果何如！

过了两月，南平王铄，竟致暴亡。究竟为着何事，待小子下回表明。

弑宋主者为元凶劭。劭何能弑主？潘淑妃实召之。宋主死而淑妃亦死，宜也。淑妃死而劭与浚相继俱死，尤其宜也。武陵王骏，亦南平王铄之流，非真能成大事者,幸赖沈庆之昌言起义,始得号召义旅,入诛元凶。天下虽滔滔皆是,而公论犹存,凶人卒殄,是可见弑君弑父者,终不能幸全性命;否则天理沦亡,顺逆不辨,几何不胥为禽兽也。乃逆党殄平,不问原委,且追赠潘淑妃为长宁国夫人,另置守冢,是岂不可以已乎! 吾乃知骏之终为阇主也。

第十八回　犯上兴兵一败涂地
诛叔纳妹只手瞒天

　　却说南平王铄,与义恭等还入建康,虽得进位司空,但因归义最迟,终为宋主骏所忌。铄亦常怀忧惧,寤寐不安,夜眠时或尝惊起,与家人絮谈,语多荒谬,及神志清醒,始自觉为失魂。一日食中遇毒,竟尔暴亡。当时统说由宋主所使,将他毒毙,表面上追赠司徒,总算掩饰过去。

　　越年就是宋主骏元年,年号孝建。才经一月,江州复起乱事,免不得又要兴师。自宋主骏入都定位,凡被劭拘禁诸子,及义宣诸儿,当然放出。立长子子业为皇太子,并封义宣子恺为南谯王。义宣固辞,乃降封恺为宜阳县王,恺兄弟有十六人,姊妹亦多,或随义宣就藩,或留住都中。义宣受宋主骏命,兼镇扬州,他却不愿内任,情愿还镇荆州。宋主骏准如所请。义宣陛辞而去,所留都中子女,仍然居京邸中。

　　宋主骏年才三八,膂力方刚,正是振作有为的时候,偏他有一种好色的奇癖。好色亦是常情,不得目为奇癖。无论亲疏贵贱,但教有几分姿色,被他瞧着,便要召入御幸,不肯放松。路太后居显阳殿中,内外命妇,及宗室诸女,免不得进去朝谒,骏乘间闯入,选美评娇,一经合意,便引她入宫,迫令侍寝。有时竟在太后房内,配演几出龙凤缘。太后溺爱得很,听令胡闹,不加禁止,因此丑声外达,喧传都中。

　　义宣诸女曾出入宫门,有几个生得一貌如花,被宋主骏瞧着,也不管她是从姊从妹,竟做了春秋时候的齐襄公。义宣女不好推脱,只好勉遵圣旨,也凑成了第二、三个鲁文姜。天下事若要不知,除非莫为,渐渐的传到义宣耳中。看官!你想这义宣恨不恨呢? *女为帝妃,何必生恨!*

　　会雍州刺史臧质调任江州,自谓功高赏薄,阴蓄异图,闻义宣怀恨宋主,遂遣心腹往谒义宣,赍投密书。略云:

　　　　自来负不赏之功,挟震主之威者,保全能有几人! 今万物系心于公,声闻已著,见机不作,将为他人所先。若命鲁爽、徐遗宝驱西北精兵,来屯江上,质率沅江楼船,为公前驱,已得天下之半。公以八州之众,徐进而临之，虽韩、白韩信、白起。复生，不能为建康计矣。且少主失德，闻于道路，沈庆之、柳元景。诸将，亦我之故人，谁肯为少主尽力者？夫不可留者年也，不可失者时也，质常恐溘先朝露，不得展其膂力，为公扫除。再或蹉跎，悔将无及，愿明公熟思之！"

义宣得书，反复览诵，不免心动。质系臧皇后从子，臧皇后见前。与义宣为中表兄弟，质女为义宣子采妻，更做了儿女亲家，戚谊缠绵，深相投契，此次怨及宋主，又是不谋而合。义宣总道他有几分把握，自然多信少疑。还有谘议参军蔡超，司马竺超民等，希图富贵。统劝义宣乘时举事，如质所言，义宣乃复书如约。

时鲁爽为豫州刺史，素与义宣交好，亦与质相往来。兖州刺史徐遗宝，向为荆州部将，义宣即遣使分报二人，密约秋季举兵，爽方被酒，未曾听明来使传言，即日调集将士，首先发难。私造法服登坛，自号建平元年。遗宝亦整兵向彭城。爽弟瑜在建康，闻信奔至爽处。瑜弟弘为质府佐，有诏令质收捕。质执住诏使，也即举兵，一面报知义宣，促令会师。

义宣出镇荆州，先后共计十年，虽然兵强财富，但欲称戈犯阙，期在秋凉。蓦闻鲁爽、臧质，先期发难，自己势成骑虎，不得不仓猝起应。只因师出无名，不得不与质互商，想出一条人清君侧的话柄，各奉一表，传达建康。义宣自称都督中外诸军事，置左右长史司马，使僚佐上笺称名，加鲁爽为征北将军。爽送所造舆服至江陵，使征北府户曹投义宣版文，有云：丞相刘今补天子，名义宣，车骑臧今补丞相，名质，皆版到奉行。义宣瞧着，很加诧异。我亦惊疑。复贻书臧质，密令注意。质意图笼络，特加鲁弘为辅国将军，令戍大雷。义宣亦遣谘议参军刘湛之，率万人助弘，并召司州刺史鲁秀，欲使为湛之后继。秀至江陵，入见义宣，彼此问答片时，即出府太息道："我兄误我，乃与痴人作贼，这遭要身败家亡了！"既知义宣不足恃，何不另求自全之计？

宋主骏闻义宣发难，恐他兵力盛强，不能抵敌，乃与诸王大臣商议，为让位计，拟奉乘舆法物，往迎义宣。竟陵王诞劝阻道："兵来将挡，火来水灭，况义宣犯上作乱，无幸成理，奈何持此座与人！"宋主乃止，命大司马江夏王义恭，作书劝谕义宣，历陈祸福。义宣不报，于是授领军将军柳元景为抚军将军，兼雍州刺史，左卫将军王玄谟为豫州刺史，安北司马夏侯祖欢为兖州刺史，安北将军萧思话为江州刺史。四将一齐会集，即令元景为统帅，往讨义宣、臧质及鲁爽。

雍州刺史朱修之得义宣檄文，佯为联络，暗中却通使建康，愿共讨逆。宋廷本虑他趋附义宣，所以令元景兼刺雍州，既得修之密报，当然复谕奖勉，调他为荆州刺史。益州刺史刘秀之，斩义宣使，遣中兵参军韦楸，率万人袭江

第十八回 犯上兴兵一败涂地 诛叔纳妹只手瞒天

陵。义宣尚未闻知,命臧、鲁两军先发,自督部众十万,出发江津,舳舻达数十里。授子恺为辅国将军,与左司马竺超民,留镇江陵,檄朱修之出兵接应。修之已输诚宋室,哪里还肯发兵?义宣始知修之怀贰,特遣鲁秀为雍州刺史,分兵万人,令他北攻修之。

王玄谟闻秀北去,不由的心喜道:"鲁秀不来,一臧质怕他甚么!"遂进兵扼守梁山。冀州刺史垣护之,系徐遗宝姊夫,遗宝邀护之同反,护之不从,且与夏侯祖欢约击遗宝,遗宝方进袭彭城,长史明胤预先防备,击退遗宝,并与祖欢、护之合军,夹击湖陆。遗宝保守不住,焚城出走,奔投鲁爽。兖州叛兵已了。

爽引兵直趋历阳,与臧质水陆俱下。殿中将军沈灵赐,奉元景将令,带着百舸,游弋南陵,正值臧质前锋徐庆安,率舰东来,灵赐即掩杀过去。可巧遇着东风,顺势逆击,把庆安坐船挤翻,庆安覆入水中,由灵赐指麾勇夫,解衣泅水,得将庆安擒住,回军报功。臧质闻庆安被擒,怒气直冲,驱舰急进,径抵梁山。王玄谟扼守多日,营栅甚固,质猛攻不下,乃夹岸立营,与玄谟相拒,且促义宣从速援应。义宣自江津启行,突遇大风暴起,几至覆舟,尚幸驶入中夏口,始得无恙。已兆死谶。

好容易到了寻阳,留待臧、鲁二军消息。既得臧质来书,便拨刘湛之率兵助质,又督军进驻芜湖。质复进攻梁山,顺流直上,得拔西垒。守将胡子友等迎战失利,弃垒东渡,往就玄谟,玄谟忙向柳元景告急。元景正屯兵姑熟,急遣精兵助玄谟,命在梁山遍悬旗帜,张皇声势。又令偏将郑琨、武念出戍南浦,为梁山后蔽,果然臧质派将庞法起,率众数千,来击梁山后面,冤冤相凑,与琨、念碰着。一场厮杀,法起大败,堕毙水中。

时左军将军薛安都,龙骧将军宗越,往戍历阳,截击鲁爽,斩爽先行杨胡兴。爽不能进,留驻大岘,使弟瑜屯守小岘,作为犄角。宋廷特简镇军将军沈庆之,出督历阳将士,奋力进讨。庆之系百战老将,为爽所惮,且因粮食将尽,麾兵徐退,自率亲军断后,从大岘趋往小岘。兄弟相见,杯酒叙情,总道是官军未至,可以放心畅饮,不防薛安都带着轻骑,倍道追来,直至小岘营前。爽与瑜方才得悉,仓皇出战,队伍未齐,爽已饮得醉意醺醺,不顾好歹,尽管向前乱闯,兜头碰着薛安都,挺刃欲战,偏偏骨软筋酥,抬手不起。但听得一声大喝,已被安都一枪刺倒,堕落马下。安都部将范双,从旁闪出,枭爽首级。爽众大溃,瑜亦走死。安都追至寿阳,沈庆之继至,寿阳城内,只有一个徐遗宝,怎能支持?便弃城往奔东海,为土人所杀。豫州叛众又了。

兖、豫二州,俱已荡平,爽系累世将家,骁勇善战,号万人敌,一经授首,顿使义宣、臧质,心胆皆惊。沈庆之又将爽首赍送义宣,义宣益惧。勉强到了梁山，与质相晤，质献上一策，请义宣攻梁山，自率万人趋石头，义宣迟疑未决。原来江夏王义恭，屡与义宣通书，谓质少无美行，不可轻信。实是离间之计。因此义宣怀疑。刘湛之又密白义宣道："质求前驱，志不可测，不如合攻梁山，待已告克，然后东进，方保万全。"义宣遂不从质议，只令质进攻东城。

那时薛安都、宗越等，均已驰至梁山，垣护之亦至，王玄谟慷慨誓师，督众大战。薛安都、宗越，并马出垒，分作两翼，俟质众登岸，即冲杀过去。安都攻质东南，一枪刺死刘湛之，宗越攻质西北，亦杀毙贼党数十人。质招架不住，只好退走，纷纷登舟，回驰西岸。不防垣护之从中流杀来，因风纵火，烟焰蔽江。质众大乱，走投无路，各舟又多延燃，烧死溺死等人，不计其数。可谓水火既济。

义宣在西岸遥望，正在着急，那垣护之、薛安都、宗越各军，已乘胜杀来，吓得不知所措，即驶船西走，余众四溃。臧质亦单舸遁去，梁山所遗贼砦，统被官军毁尽，内外解严。质奔还寻阳，欲与义宣计事，偏义宣已先经过，不及入城，但命将臧采妻室，接取了去，即义宣女。一同西奔。质知寻阳难守，毁去府舍，挈了妓妾，奔往西阳。太守鲁方平，闭门不纳，转趋武昌，也遇着一碗闭门羹。日暮途穷，无处存身，没奈何窦入南湖，采莲为食。未几有追兵到来，他自匿水中，用荷覆头，止露一鼻。忽为追将郑俱儿望见，射了一箭，直透心胸。既而兵刃交加，肠胃尽出，枭首送建康。江州叛首又了。

义宣奔至江夏，欲趋巴陵，遣人往探，返报巴陵有益州军，不得已回入径口，步向江陵。众散且尽，左右只十数人，沿途乞食，又患脚痛。好几日始至江陵郭外，遣人报知竺超民，超民乃率众出迎。义宣见了超民，且泣且语，备述败状。超民恐众心变动，慌忙劝阻，义宣左右顾望，又见鲁秀亦在，惊问底细，方知秀为朱修之杀败，走回江陵。不如意事常八九，可与人言无二三，没奈何垂头丧气，偕超民等同入城中。亲吏翟灵宝，谒过义宣，便即进言道："今荆州兵甲，不下万人，尚可一战，请殿下抚问将佐，但说臧质违令致败，现特治兵缮甲，再作后图。从前汉高百败，终成大业，怎知他日不转败为胜，化家为国呢！"义宣依议召慰将佐，也照了灵宝所说，对众晓谕。他本来口吃舌短，如期期艾艾相似，语不成词。此次又仓皇誓众，更属蹇涩得很，及说到汉高百败一语，他竟忙中有错，误作项羽千败。语言都不清楚，记忆又甚薄弱，乃想入做皇帝，真是痴人！大众都忍不住笑，各变做掩口葫芦。义宣始觉错说，禁不住两颊生红，返身入内，竟不复出。

鲁秀、竺超民等尚欲收拾余烬，更图一决，叵奈义宣昏沮，腹心皆溃，所有城中将弁，多悄悄遁去。鲁秀知不可为，因即北行。义宣闻秀已北去，亦欲随往，急令爱妾五人，各扮男装，自与子恺带着佩刀，携着乾粮，前导后拥，跨马而出。但见城中兵民四扰,白刃交横,又不觉惊惶无措,吓落马下。真正没用家伙。还亏竺超民随送在后,把他扶起,送出城外,复将自己乘马,授与义宣,乃揖别还城,闭门自守。

义宣出城数里,并不见有鲁秀,随身将吏,又皆逃散,单剩子恺一人,爱妾五人,黄门二人,举目苍凉,如何就道?不得已折回江陵,天色已晚,叩城不应,乃转趋南郡空廨,荒宿一宵。无床席地,待至天明,遣黄门通报超民。超民已变初意,竟给他敝车一乘,载送至刺奸狱中。义宣入狱,坐地长叹道:"臧质老奴,误我至此!"似你这般痴人,即不为臧质所误,恐亦未必长生。嗣由狱吏遣出五妾,不令同居,义宣大恸道:"常日说苦,尚非真苦,今日分别,才算是苦!"

那鲁秀本拟奔魏,途次从卒尽散,单剩了一个光身,不便北赴,也只好还向江陵。到了城下,城上守兵,弯弓竞射,秀急忙趋避,背后已中一箭,自觉逃生无路,投濠溺毙。守兵出城取首,传送都中,诏令左仆射刘延孙至荆、江二州,旌别枉直,分行诛赏。且由大司马义恭,与荆州刺史朱修之,叫他驰入江陵,令义宣自行处治。书未及达,修之已入江陵城,杀死义宣及子恺,并同党蔡超、颜乐之、徐寿之;就是竺超民亦不能免罪,一并伏诛。义宣有子十八人,两子早死,尚余十六子,由宋廷一一逮捕,俱令自尽。臧质子孙,亦悉数诛夷。豫章太守任荟之,临川内史刘怀之,鄱阳太守杜仲儒,并坐质党,同时处斩。加封沈庆之为镇北大将军,柳元景为骠骑将军,均授开府仪同三司。余如王玄谟以下,皆迁升有差。

先是晋室东迁,以扬州为京畿,荆、江二州为外藩,扬州出粟帛,荆、江二州出甲兵,各使大将镇守。宋因晋旧,规制不改。宋主骏惩前毖后,谓各镇将帅,一再叛乱,无非由地大兵多所致,遂令刘延孙分土析疆,划扬州、浙东五郡,为东扬州,置治会稽,并由荆、湘、江、豫四州中,划出八郡,号为郢州,置治江夏,撤去南蛮校尉,把戍兵移居建康,荆、扬二镇,坐是削弱,但从此地力虚耗,缓急难资。太傅义恭,见宋主志在集权,不欲柄归臣下,乃请将录尚书事职衔,就此撤销,且裁损王侯车服器用,乐舞制度,共计九条。宋主自然准奏,尚因王侯仪制,裁抑未尽,更令有司加添十五条,共计二十四条,嗣是威福独专,隐然有言莫予违的状况。

沈庆之功高望重,恐遭主忌,年纪又已满七十,乃告老乞休,宋主不许,庆之入朝固请道:"张良名贤,汉高且许他恬退,如臣衰庸,尚有何用?愿乞赐骸骨,永感圣恩!"宋主仍面加慰留。经庆之叩头力请,继以涕泣,乃授庆之为始兴公,罢职就第。柳元景亦辞去开府,迁官南兖州刺史,留卫京师。朝右诸臣,见义恭及沈、柳两人,尚且敛抑惧罪,哪个还敢趾高气扬?大家屏足重息,兢兢自守。就使宫廷有重大情事,也不敢进谏,个个做了仗马寒蝉。不意庸才如骏,却有这番专制手段。

宋主骏乐得放肆,除循例视朝外,每日在后宫宴饮,狎亵无度。前时义宣诸女,虽得仰承雨露,尚不过暗地偷欢,未尝列为嫔御,至此由宋主召令入宫,公然排入妃嫱,追欢取乐。只是姊妹花中,性情模样,略有不同,有一个生得姿容纤冶,体态苗条,面似芙蕖,腰似杨柳,水汪汪的一双媚眼,勾魂动魄,脆生生的一副娇喉,曼音悦耳,痴人生此娇女恰也难得。引得这位宋主骏,当作活宝贝看待,日夕相依,宠倾后宫。几度春风,结下珠胎,竟得产一麟儿,取名子鸾,排行第八,宋主越加喜欢,拜为淑仪。但究竟是个从妹,不便直说出去,他托言是殷琰家人,入义宣家,由义宣家,没入掖廷。俗语有云,张冠李戴,明明是个义宣女,冒充殷氏家人,封号殷淑仪,这真叫作张冠李戴呢。小子有诗叹道:

自古人君戒色荒,况兼从妹备嫔嫱。
冠裳颠倒同禽兽,国未亡时礼已亡。

中冓丑闻总难掩饰,当时谤言四起,又惹出一场阋墙的大衅来了。欲知后事,且看下回。

宋武七男,少帝、文帝,为臣子所废弑,义真、义康,先后受戮,义季不寿,所存者仅义恭、义宣耳。义宣讨逆有功,受封南郡,方诸姬旦,几无多让。曩令始终不贰,安镇荆州,则以懿亲而作外藩,几何不与国同体也。乃始而诛逆,继且为逆,轻率如臧质,狂躁如鲁爽,引为同党,率尔揭竿,乃知向之躬与讨逆者,第为一时之侥幸,至此则情态毕露,似醉似痴。圣狂之界,只判几希。能讨逆则足媲元圣;一为逆则即属痴人,身名两败,家族诛夷,非不幸也,宜也。然义宣启衅之由,始自宋主骏之淫及己女,义宣败而女为淑仪,宠擅专房,女无耻,男无行,易刘为殷,欲盖弥彰,其得保全首领以殁也,何其幸欤!然骨肉相残,人禽无辨,祸不及身,必及子孙;阅者于此,足以观因果焉。

第十九回　发雄师惨屠骨肉
　　　　　　备丧具厚葬妃嫱

却说宋主骏既诛义宣,复纳义宣女为淑仪,冒称殷氏,一面压制诸王,凌轹大臣,省得他多嘴多舌,起事生风。偏是专制益甚,反动益烈,群臣原屏足重息,那宋主自己的亲弟,却未肯受他抑迫,免不得互起猜嫌。原来宋主骏有

第十九回　发雄师惨屠骨肉　备丧具厚葬妃嫱

二兄，一劭、一浚，已经诛死。亲弟却有十六人，最长的即南平王铄，遇毒暴亡；次为庐陵王绍，已经早卒，又次为建平王弘，佐骏除劭，官左仆射，未几亦殁，又次为竟陵王诞，受职右仆射；又次为东海王祎，义阳王昶，武昌王浑，湘东王彧，即明帝。建安王休仁，山阳王休祐，海陵王休茂，鄱阳王休业，新野王夷父，顺阳王休范，巴陵王休若，除夷父濛逝外，余皆少年受封，无甚表见。叙次明白。

孝建元年，柳元景辞去雍州兼职，令武昌王浑为雍州刺史，浑年轻有力，身长七尺，莅任以后，与左右戏作文檄，自称楚王，年号元光，备置百官。长史王翼之，上表奏闻，有诏削浑王爵，免为庶人，寻即逼令自杀。痴儿可悯。竟陵王诞，年龄较长，功绩最高，讨劭时已预义师，讨义宣时，又主张出兵。得平三镇，遂进宫太子太傅，领扬州刺史。他遂造立亭舍，穷极工巧，园池华美，冠绝一时。又募壮士为卫，甲仗鲜明，夸耀畿甸。宋主骏本来多疑，更经义宣乱后，益滋猜忌，见诞举动不经，特阳示推崇，加诞为司空，调任南徐州刺史，出镇京口。嗣因京口尚近都城，更徙诞为南兖州刺史，另派右仆射刘延孙镇守南徐，阴加戒备。朝内用了两戴一巢，作为腹心，遇有军国大事，必与三人裁决，然后施行。两戴一名法兴，一名明宝，旧为江州记室，宋主即位，均擢为南台侍御史；兼中书通事舍人。一巢名叫尚之，涉猎文史，颇擅声誉，亦得与两戴同官。

到了孝建三年冬季，两戴一巢，上书献谀，无非说是臣民禽服，远近畏怀。宋主骏亦踌躇满志，特命改孝建四年元旦，为大明元年正朔，大赦天下，行庆施惠，粉饰太平。忽由东平太守刘胡，递入急报，说索虏内侵，与战失利，乞即发兵出援。宋主乃遣薛安都等往救，驰至东平，魏兵已退，因即班师。嗣是内外粗安，直至次年秋季，南彭城妖民高阇，与沙门昙标等谋反，勾通殿中将军苗允，拟内应外合，推阇为帝，幸有人告讦密谋，事前捕获，斩首了案，中书令王僧达，自恃才高，诽议朝政，路太后兄子尝访僧达，升榻高坐，竟被屏弃，遂入诉太后，求惩僧达。太后转告宋主，宋主已恨他讪上，即诬僧达与阇通谋，冤冤枉枉的把他赐死。

已而魏镇西将军封敕文，又入攻清口，为守将傅乾爱所破，魏征西将军皮豹子，复入寇青州，也为青、冀刺史颜师伯所败，索头军不能得志，相继退还。南兖州刺史竟陵王诞，竟乘隙思遥，托词防魏，缮城聚甲，将与宋主骏一决雌雄。又是一个痴人。参军刘智渊，料知诞将作乱，请假还都，密报诞状。宋主命智渊为中书侍郎，俟诞起事，即加声讨。会吴郡民刘成，豫章民陈谈之，均上书告变，一说诞私造乘舆，一说诞密行巫蛊。宋主连得二书，遂召台臣劾诞罪恶，应收付廷尉治罪。及批答出去，却援着议亲议功故例，特别宽宥，但降爵为侯，撤去南兖州领职，遣令就国。另擢义兴太守桓阆为兖州刺史，拨给羽林禁兵，且遣中书舍人戴明宝，为阆主谋，乘间袭诞。做了堂堂天子，为何专喜鬼祟。

阆至广陵，即南兖州治所。诞毫不防备，典签蒋成，得戴明宝密函，约为内应。成恐孤掌难鸣，更与府舍人许宗之相谋，求他臂助。宗之佯为允诺，悄悄的入府白诞，时已入夜，诞正就寝，听得宗之密报，披衣惊起，立呼左右，及平时食客数百人，收捕蒋成，一面列兵登陴，阖城拒守。待至黎朗，果闻桓阆叩城，便即斩了蒋成，掷首城下。阆得了成首，始知事泄，急忙策马倒退，不防诞驱兵杀出，仓猝间不及措手，立被杀毙，只戴明宝脱身奔还。

宋主闻报，特起始兴公沈庆之为车骑大将军，兼领南兖州刺史，统兵讨诞。诞毁去郭邑，驱城外居民入城，分发书檄，要结远迩，且遣人奉表，投诸建康城外。当有人拾起表文，呈入宫廷，宋主当即披阅，但见上面写着道：

往年元凶祸逆，陛下入讨，臣背凶赴顺，可谓常节。及丞相构难，臧鲁协从，朝野恍惚，咸怀忧惧，陛下欲遣百官羽仪，星驰推奉，臣前后谏诤，方赐俞允，社稷获全，是谁之力？陛下接遇殷勤，累加荣宠，骠骑扬州，旬月移授，恩秩频加，复赐徐兖，臣感蒙恩遇，久要不忘！岂谓陛下信用逸言，遂令无名小人，来相掩袭！不任枉酷，即加诛翦，雀鼠贪生，仰违诏敕。今亲勒部曲，镇扞徐兖。先经何福，同生皇家，今有何怨，便成胡越。陵锋奋戈，万没岂顾；荡定以期，冀在旦夕。陛下宫闱之丑，岂可三缄？临纸悲塞，不知所言！特录诞表，见得诞犹可原，以揭宋主不义不友之隐。

看官，你想宋主骏览着此表，尚能不怒愤填胸么？当下遣官四缉，凡与诞有亲友关系，及诞党同籍期亲，留居都中，不论他通诞与否，一体处斩，共死千余人。淫刑以逞。自己出居宣武堂，内外戒严，奈何不与从妹同宿？且促庆之速进广陵，并饬豫州刺史宗悫，徐州刺史刘道隆，会师广陵城下，限期破城。

宗悫南阳人，字元干，少有大志，叔父炳高尚不仕，尝问悫志如何？悫答道："愿乘长风破万里浪！"炳叹道："汝不富贵，且破我家！"悫兄泌方娶妻，吉夕有盗入门，悫年仅十四，挺身拒盗，盗约十余人，皆披靡不敢入室，勇名始著。后随江夏王义恭麾下，义恭举悫南略林邑，奏绩北归。已而为随郡太守，复征服雍州群蛮，元凶劭肆逆时，从讨有功，官左卫将军，封洮阳侯。宗系一代人杰，故叙述较详。至诞据广陵，不服朝命。悫正驻节豫州，表求赴讨，当即乘驿入都，而受节度。时年逾六十，顾盼自豪，宋主很是嘉勉，便遣令赴军，归沈庆之节制。

诞闻宗悫到来，颇加畏惧，但下令军中道："宗悫助我，尽可放心！"悫至城下，知城中有如此伪令，即绕城一周，跃马大呼道："我宗悫也！只知讨逆，

第十九回　发雄师惨屠骨肉　备丧具厚葬妃嫱

不知助逆。"如闻其声，诞自悔失计，登城俯望，正值庆之指麾众士，将要攻城，便凄声呼语道："沈公沈公，年垂白首，何苦来此？"庆之道："朝廷因君狂愚，不足劳动少壮，所以遣老夫前来。"

诞见军势甚盛，颇有惧色，当即下城整装，留中兵参军申灵赐居守，自将步骑数百人，及帐下亲卒，托词出战，开门北走。约行十余里，望见后面尘头陡起，料有追兵到来，大众哗噪道："同一遇敌，不如还城！"诞蹙额道："我若还城，卿等能为我尽力否？"众皆许诺。部将杨承伯牵住诞马，且泣语道："无论生死，且返保城池，速即退还，尚可入城，迟恐不及了！"诞乃复还，即与追军相值，来将为戴宝之，单骑直前，挺槊刺诞，几中咽喉，亏得杨承伯用刀格去，敌住宝之，余众拥诞冲锋，杀开一条走路，匆匆还城。承伯且战且行，宝之因随兵不多，也放令走还。

诞既入城，授申灵赐为骠骑府录事，参军王屿之为中军长史，世子景粹为中军将军，别驾范义为中军长史，此外府州文武将佐，一概加秩，筑坛歃血，誓众固守。命主簿刘琨之为中兵参军，琨之系宋宗室将军刘遵考子，不肯就职，正色谢诞道："忠孝不能两全，琨有老父在都，未敢奉命！"诞怒他抗违，囚絷狱中，不屈遇害。右卫将军垣护之，虎贲中郎将殷孝祖等，前曾奉诏防魏，至是俱还广陵，与沈庆之合军攻城。诞遗庆之食物，庆之毫不启视，悉令毁去。诞又在城上捧一函表，托庆之转达朝廷，庆之道："我受诏讨贼，不能为汝送表，汝欲归死朝廷，便当开门遣使，我为汝护送便了！"写庆之忠直。诞无词可答，乃遣将分出四门，袭击宋营，俱被宋将杀退。

宋主颁发金章二钮，赍至军前，一为竟陵县开国侯，食邑一千户，系是悬赏擒诞，一为建兴县开国男，食邑三百户，乃是悬赏先登。并命庆之预设三烽，举一烽是克外城，举两烽是克内城，举三烽是已擒诞。且又遣屯骑校尉谭金、前虎贲中郎将郑景玄，率羽林兵再助庆之，促令速拔广陵。会值夏雨连绵，不便进攻，因此久持不下，诏使相继催迫，络绎道旁。及天雨已霁，宋主命太史择日，拟渡江亲征，太傅义恭固谏，方才罢议。但使御史奏劾庆之，并将原奏寄示行营，令他自省。若使庆之不忠，岂非激令附逆？庆之益督励诸军，奋勇进攻，诞屡战屡败，穷蹙无法，将佐多逾城出降。记室参军贺弼，曾再四谏诞，终不见听。或劝弼宜早出，弼答道："叛君不忠，背主不义，只好一死明心罢了！"乃饮药自杀。参军何康之等，斩关出降，诞拘住康之母，缚置城楼，不给饮食，母且呼且号，数日而死。诞已死在目前，尚且如此残忍。庆之亲冒矢石，攻破外郭，乘势进拔内城，诞与申灵赐走匿后园，为庆之裨将沈胤之等追及，击伤诞面，诞坠入水中，又被官军牵出，枭首送京。诞母殷修华，修华为女嫔名。妻徐氏，俱随诞在镇，同时自尽，余众多死。

庆之连举三烽,报捷都中,宋主御宣阳门,左右争呼万岁,独侍中蔡兴宗在侧,绝不作声。宋主顾问道:"卿何独不呼?"兴宗正色道:"陛下今日,正应涕泣行诛,怎得令称万岁?"宋主怫然不悦,且传令军前,饬屠广陵城。沈庆之忙即奏阻,请自五尺以下,并皆贷死。虽得宋主许可,但丁壮皆诛,妇女充作军赏。庶民何辜,遭此惨虐!更有杀人不眨眼的宗越,临辕监刑,备极苛虐,或刳肠抉目,或笞面鞭腹,先令他血肉横飞,然后剁落头颅,共计首级三千余,奉诏持至石头城南岸,聚为京观。诞子景粹,由黄门吕昙济,携逃出城,匿居民间,好几日始得觅着,当然处斩。临川内史羊璿,与诞素善,连坐伏诛。山阳内史梁旷,家在广陵,因不应诞召,全家被戮,至是受命为后将军。刘琨之亦得擢为黄门侍郎。

沈庆之班师回朝,赏赉有差,诏进庆之为司空,领南兖州刺史。庆之受职未久,仍然乞休,且将司空职衔,让与柳元景。自挈家属徙居娄湖,广辟田园,优游自乐,蓄有妓妾数十人,奴僮千计,非经朝贺,不复出门,居然想做一陶朱公了。若果与世无求,何至后来遇祸?

颜竣因佐命功,得为丹阳令,席丰履厚,夸耀一时。乃父颜延之,仍布衣茅屋,不改书生本色,尝乘羸牛笨车,出游郊外,遇竣跨马前来,仪从甚盛,即屏住道侧。已而步入竣署,面诫竣道:"我生平不喜见要人,今不料见汝!"竣仍不改,广筑居室,华丽无比。延之又申谕道:"汝宜善为,勿令后人笑汝拙呢!"竣又尝晏起,甚至宾客盈门,尚未出见。延之往斥道:"汝在粪土中,升云霄上,乃遽骄惰如此,怎能长久哩?"延之生平品行无甚可取,惟诫子数语,却是治家格言。

既而延之病卒,竣丁父忧,才阅一月,即起为右将军,仍任丹阳尹。宋主奢淫自恣,竣欲沽名市直,屡有诤言,为宋主所隐恨。身且不正,安能正君?竣见言多不纳,乞请外调,有诏徙为东扬州刺史。竣始知恩宠已衰,渐有惧意,寻遭母忧,送葬还都,偏为仇家所讦,说他怨望诽谤,宋主竟将竣列入诞案,诬称与诞通谋,勒令自尽,妻子徙交州。复遥嘱押解官吏,把他男口沉死江中,延之所言,果然尽验。功成不退,往往罹祸。

庐陵内史周朗,每上书言事,语多切直,宋王怒起,命传送宁州,杀毙道旁。

到了大明五年,雍州刺史海陵王休茂,又复谋变,未成即死,休茂为宋主第十四弟,兄浑被诛,见本回上文。出代后任。司马庚深之行府州事,因休茂年少,不令专决,府吏张伯超,得休茂宠,专恣不法,尝遭深之呵责,伯超遂劝休茂杀死休之,建牙驰檄,征兵作乱。参军尹玄度潜结壮士,夜袭休茂,当场擒获,斩首送建康,母蔡美人亦死。

第十九回　发雄师惨屠骨肉　备丧具厚葬妃嫱

义恭进位太宰，希宋主意旨，即把竟陵、海陵等作为话柄，申请裁抑诸王，不使出任边州，且令绝宾客，禁甲兵。宋主意欲准奏，由侍中沈怀文固谏，方将此议搁起，但心中未免怏怏。怀文素与颜竣、周朗友善，竣、朗受诛，惟怀文犹进直言。宋主尝召与语道："竣若知有死日，也不敢向朕多嘴了。"怀文不答。

看官听说！古来直臣正士，明知闇君不能受谏，只因一腔热血，熬受不住，总要出去多言；况宋主骏好色好货，好博好饮，好猜忌群下，好狎侮大臣，种种行止，皆失君道，试想庸中佼佼的沈怀文，怎能隐忍过去？每过旬日，总有一二本奏牍，数十句箴言，宋主始终逆耳，不愿听从。怀文又尝偕侍臣入宴，宋主必使列座沈醉，互相嘲谑。独怀文素不饮酒，又不喜戏言，宋主益恨他故意违旨，出为广陵太守。大明六年正月，入都觐贺，事毕当还，因女病乞请展期，致挂弹章，奉旨免官。怀文请卖去京宅，返归武康原籍，哪知益触主怒，竟诬他还家谋变，下诏赐死。

朝中又少了一个直臣，于是正人短气，奸佞扬镳。两戴一巢，内邀恩宠，外受赃赇，家累千金，门外成市。还有青冀刺史颜师伯，入为侍中，生平所长，莫如谀媚，朝夕入直，事事得宋主心。好算一个人才。宋主常与他作摴蒱戏，一掷得雉，自谓必胜，师伯独一掷得卢，急得宋主失色，不意师伯善解上意，慌忙敛子道："几乎得卢。"遂自愿认输。待至罢博，师伯竟输钱百万缗，宋主大喜。君臣相博，成何体统！况师伯所输之钱，试问从何处得来？平时对大臣言谈，好涉戏谑，常呼光禄大夫王玄谟为老伧，仆射刘秀之为老悭，颜师伯为齼。齼，露齿的意义，师伯唇不包齿，故有此称。此外长短肥瘦，各替他取一绰号。又嬖宠一昆仑奴，状似昆仑国人，长大多力，令他执仗侍侧，稍不惬意，便令他殴击群臣。惟蔡兴宗入朝，容仪严肃，颇为宋主所惮，不敢狎媟，且命与给事中袁粲，同为吏部尚书。有仪可象，其效如此！粲亦持正，吏治少清。

惟宋主骄侈日甚，奢欲无度，土木被锦绣，赏赐倾库藏，财用不足，想出一个敛取的方法，每经刺史二千石，卸职还都，辄限使献奉，又召他入戏摴蒱，必将他宦囊余积，悉数输出，然后快意。仿佛无赖子所为。所得财物，又任情挥霍，因嫌宫殿狭小，特另造玉烛殿。坏高祖所居潜室，见床头用土作障，壁上挂葛灯笼，麻绳拂，宋主瞧着，用鼻做嗤笑声。侍中袁顗，有意讽谏，极称高祖俭德，宋主反变色道："田舍翁得此器用，已算是过度了！"试问汝是田舍翁何人？顗知话不投机，方才退去。

义恭自诸王被祸，日夕忧惧，他本兼领扬州刺史，因恐权重遭忌，一再表辞。宋主乃令次子西阳王子尚为扬州刺史，年未十龄。嗣又立第八子子鸾为新安王，领南徐州刺史，年仅六龄。鸾母殷淑仪，宠擅专房，见前回。鸾亦独邀异数,怎奈红颜命薄,天不假年,大明六年四月,殷淑仪一病身亡,惹得这位宋主骏,悲悼不休,如丧考妣。追册淑仪为贵妃,予谥曰宣,埋玉龙山,立庙皇都。出葬时特给辒辌车,载奉灵柩,卫以虎贲班剑,导以鸾辂九旋,前后部羽葆鼓吹,几比帝后发丧,还要烜赫。送丧人数,不下数千,外如公卿百官,内如嫔御六宫,无不排班执引,素服举哀。宋主出南掖门,目送丧车,悲不自胜。何不去做孝子?因饬执事中谢庄,作哀策文。庄夙擅文才,援笔立就,说得非常哀艳,可泣可歌。宋主还宫偃卧,由内侍呈入哀诔,才阅数行,禁不住潸潸泪下。及全篇阅毕,起坐长叹道:"不谓当今复有此才!"说着,自己亦觉技痒,特拟汉武帝李夫人赋,追诔殷贵妃,语语悱恻,字字缠绵,但比那谢庄哀文,尚自觉弗如。当下将谢庄哀文颁发,勒石镌墓,都下传写,纸墨价为之一昂。小子因限于篇幅,无暇录述,但总结一诗道:

> 为昵私情益悼亡,秽闻欲盖且弥彰。
> 伤心南郡犹知否?父死刀头女盛丧!

宋主忆妃爱子,更进子鸾为司徒,加号抚军,命谢庄为抚军长史,令佐爱儿。好容易过了两年,宋主骏也要归天了。欲知宋主何疾致死,且看下回声明。

郑伯克段于鄢,《春秋》不书弟贱段而甚郑伯也,甚郑伯之处心积虑成于杀也。宋竟陵王诞,罪不段若,而宋主骏之恝刻,则过于郑庄,诞之反,实宋主骏激成之,雀鼠哀生,情殊可悯。及沈庆之攻克广陵,复下诏屠城,虽经庆之谏阻,尚杀三千余口,筑为京观,视骨肉如鲸鲵,不仁孰甚!且杀颜竣,戮周朗,赐沈怀文死,饰非拒谏,草菅人命,而独嬖一从妹,宠一爱子,何薄于彼而厚于此耶?至若好博好财,有愧君道,盖独其失德之小事。古谓其父行劫,其子必且杀人,无怪子业之淫恶加甚也。

第二十回　狎姑姊宣淫鸾掖
　　　　　　辱诸父戏宰猪王

却说宋主骏忆念宠妃,悲悼不已,后宫佳丽虽多,共产二十八男。但自殷淑仪死后,反觉得此外妃嫔,无一当意,也做了伤神的郭奉倩,<small>即魏郭嘉。</small>悼亡的潘安仁,<small>即晋潘岳。</small>渐渐的情思昏迷,不亲政事。挨到大明八年夏季,生了一病,不消几日,便即归天。在位共十一年,年只三十五岁。遗诏命太子子业

第二十回　狎姑姊宣淫鸾帔　辱诸父戏宰猪王

嗣位,加太宰义恭为中书监,仍录尚书事,骠骑大将军柳元景,领尚书令,事无大小,悉白二公。遇有大事,与始兴公沈庆之参决,军政悉委庆之,尚书中事委仆射颜师伯;外监所统,委领军王玄谟。

子业即位枢前,年方十六,尚书蔡兴宗亲捧玺绶,呈与子业。子业受玺,毫无戚容,兴宗趋出告人道:"昔鲁昭不戚,叔孙料他不终,是春秋时事。今复遇此,恐不免祸及国家了!"不幸多言而中。

既而追崇先帝骏为孝武皇帝,庙号世祖,尊皇太后路氏为太皇太后,皇后王氏为皇太后。子业系王氏所出,王太后居丧三月,亦患重疾。子业整日淫狎,不遑问安,及太后病笃,使宫人往召子业,子业摇首道:"病人房间多鬼,如何可往?"奇语。宫人返报太后,太后愤愤道:"汝与我快取刀来!"宫人问作何用?太后道:"取刀来剖我腹,哪得生宁馨儿!"也是奇语。宫人慌忙劝慰,怒始少平,未几即殁,与世祖同葬景宁陵。

是时戴法兴、巢尚之等仍然在朝,参预国事。义恭前辅世祖,尝恐罹祸,及世祖病殂,方私自庆贺道:"今日始免横死了!"慢着。但话虽如此,始终未敢放胆,此番受遗辅政,仍然引身避事。法兴等得专制朝权,诏敕皆归掌握。蔡兴宗因职掌铨衡,常劝义恭登贤进士,义恭不知所从。至兴宗奏陈荐牍,又辄为法兴、尚之等所易,兴宗遂语义恭及颜师伯道:"主上谅阉,未亲万机,偏选举例奏,多被窜改,且又非二公手笔,莫非有二天子不成?"义恭、师伯,愧不能答,反转告法兴,法兴遂向义恭谗构兴宗,黜为新昌太守。义恭渐有悔意,乃留兴宗仍住都中。同官袁粲,改除御史中丞,粲辞官不拜。领军将军王玄谟,亦为法兴所嫉,左迁南徐州刺史,另授湘东王彧为领军将军,越年改元永光,又黜彧为南豫州刺史,命建安王休仁为领军将军。已而雍州刺史宗悫,病殁任所,乃复调彧往镇雍州。

子业嗣位逾年,也欲收揽大权,亲裁庶政。偏戴法兴从旁掣肘,不令有为。子业当然衔恨,阉人华愿儿,亦怨法兴裁减例赐,密白子业道:"道路争传,法兴为真天子,官家为假天子;况且官家静居深宫,与人罕接,法兴与太宰颜、柳,串同一气,内外畏服,恐此座非复官家有了!"子业被他一吓,即亲书诏敕,赐法兴死,并免巢尚之官。颜师伯本联络戴巢,权倾内外,骤闻诏由上出,不禁大惊。才阅数日,又有一诏传下,命师伯为尚书左仆射,进吏部尚书王彧为右仆射,所有尚书中事,令两人分职办理;且将师伯旧领兼职,尽行撤销。师伯由惊生惧,即与元景密谋废立,议久不决。需events之贼。

先是子业为太子时,恒多过失,屡遭乃父诟责,当时已欲易储,另立爱子新安王子鸾。还是侍中袁顗,竭力保护,屡称太子改过自新,方得安位。及入承大统,临丧不哀,专与宦官宫妾,混作一淘,纵情取乐。华愿儿等欲攫大权,所以抬出这位新天子来,教他显些威势,好做一块当风牌。

元景师伯即欲声明主恶,请出太皇太后命令,废去子业,改立义恭。当下商诸沈庆之,庆之与义恭未协,又恨师伯平时专断,素未与商,乃佯为应允,密表宫廷。子业闻报,遂亲率羽林兵,围义恭第,麾众突入,杀死义恭,断肢体,裂肠胃,挑取眼睛,用蜜为渍,叫作鬼目粽,并杀义恭四子。宋武诸子至此殆尽。另遣诏使召柳元景,用兵后随。元景知已遇祸,入辞老母,整肃衣冠,乘车应召。弟叔仁为车骑司马,欲兴甲抗命,元景不从,急驰出巷,巷外禁兵林立,挟刃相向。元景即下车受戮,容色恬然。元景有六弟八子,相继骈戮,诸侄亦从死数十人。颜师伯闻变出走,在道被获,当即杀毙,六子尚幼,一体就诛。师伯该死,义恭、元景未免含冤。

子业复改元景和,受百官朝贺,文武各进位二等,进沈庆之为太尉,兼官侍中,袁顗为吏部尚书,赐爵县子,尚书左丞徐爰,夙善逢迎,至是亦徼功获赏,并得子爵。自是子业狂暴昏淫,毫无忌惮,有姊山阴公主,闺名楚玉,与子业同出一母,已嫁驸马都尉何戢为妻,子业独召入宫中,留住不遣,同餐同宿,居然与夫妇相似。父淫从妹,子何不可与女兄宣淫。有时又同辇出游,命沈庆之为骖乘,沈公年垂白首,何苦如此?徐爰为后随。

山阴公主很是淫荡,单与亲弟交欢,意尚未足,为问伊母王氏,哪得此宁馨儿?尝语子业道:"妾与陛下男女虽殊,俱托体先帝,陛下六宫万数,妾止驸马一人,事太不均,还请陛下体恤!"子业道:"这有何难?"遂选得面首三十人,令侍公主。面首,即美貌男子,面谓貌美,首谓发黑,公主得许多面首,轮流取乐,兴味盎然。忽见吏部侍郎褚渊,身长面白,气宇绝伦,复面白子业,乞令入侍,子业也即允许,令渊往侍公主。哪知渊不识风情,到了公主私第中,似痴似呆,随她多方挑逗,百般逼迫,他竟守身如玉,好似鲁男子一般,见色不乱,一住十日,竟与公主毫不沾染,惹得公主动怒,把他驱逐出来。恰是难得,只辜负了公主美意。

子业且封姊为会稽长公主,秩视郡王。不过因公主已得面首,自己转不免向隅。故妃何氏颇有姿色,奈已去世,只好追册为后,不能再起图欢。继妃路氏,系太皇太后侄女,辈分亦不相符。年虽髫秀,貌未妖淫,子业未能满意。此外后宫妾媵,亦无甚可采,猛忆着宁朔将军何迈妻房,为太祖第十女新蔡公主,生得杏脸桃腮,千娇百媚,此时华色未衰,何妨召入后廷,一逞肉欲。中使立发,彼美旋来,人面重逢,丰姿依旧,子业此时,也顾不得姑侄名分了,顺手牵扯,拥入床帷。妇人家有何胆力,只得由他摆布,任所欲为,流连了好几夕。恩爱越深,连新蔡公主的性情,也坐被熔化,情愿做了子业的嫔御,不欲出宫。子业更不必说,但如何对付何迈?无策中想了一策,伪言公主暴卒,舁棺出

第二十回　狎姑姊宣淫鸾帔　辱诸父戏宰猪王

去。这棺材里面，却也有一个尸骸，看官道是何人？乃是硬行药死的宫婢，充做公主，送往迈第殡葬。一面册新蔡公主为贵嫔，诈称谢氏，令宫人呼她为谢娘娘。可谓肖子。一日与谢贵嫔同往太庙，见庙中只有神主，并无绘像，便传召画工进来，把高祖以下的遗容，一一照绘。画工当然遵旨，待绘竣后，又由子业入庙亲览，先用手指高祖像道："渠好算是大英雄，能活擒数天子！"继指太祖像道："渠容貌恰也不恶，可惜到了晚年，被儿子斫去头颅！"又次指世祖像道："渠鼻上有齄，奈何不绘？"齄音樝，鼻上疱也。立召画工添绘齄鼻，乃欣然还宫。新安王子鸾，因丁忧还都，未曾还镇。子业记起前嫌，想着当年储位，几乎被他夺去，此时正好报复，便勒令自尽。子鸾年方十岁，临死语左右道："愿后身不再生帝王家！"子鸾同母弟南海王子师，及同母妹一人，亦被杀死。并掘发殷贵妃墓，毁去碑石，怪不得先圣有言，丧欲速贫，死欲速朽。甚且欲毁景宁陵。即世祖陵见前。还是太史上言，说与嗣主不利，才命罢议。

义阳王昶系子业第九个叔父，见前回。时为徐州刺史，素性褊急，不满人口，当时有一种讹言，谓昶将造反，子业正想用兵，出些风头，可巧昶遣使求朝，子业语来使蘧法生道："义阳曾与太宰通谋，我正思发兵往讨，他倒自请还朝，甚好甚好！快叫他前来便了。"法生闻言，即忙退去，奔还彭城，据实白昶。昶募兵传檄，无人应命，急得不知所为。蓦闻子业督兵渡江，命沈庆之统率诸军，将薄城下，那时急不暇择，贪夜北走，连母妻俱不暇顾，只挈得爱妾一人，令作男子装，骑马相随，奔投北魏。在道赋诗寄慨，佳句颇多。魏主浚时已去世，太子弘承接魏阼，闻昶博学能文，颇加器重，使尚公主，赐爵丹阳王。昶母谢容华等还都，还算子业特别开恩，不复加罪。

吏部尚书袁颛，本为子业所宠任，俄而失旨，待遇顿衰。颛因求外调，出为雍州刺史，颛舅就是蔡兴宗，颇知天文，谓襄阳星恶，不宜前往。颛答道："白刃交前，不救流矢，甥但愿生出虎口呢！"适有诏令兴宗出守南郡，兴宗上表乞辞，颛复语兴宗道："朝廷形势，人所共知，在内大臣，朝不保夕，舅今出居南郡，据江上流，颛在襄沔，与舅甚近，水陆交通，一旦朝廷有事，可共立桓、文齐桓晋文。功业，奈何可行不行，自陷罗网呢！"兴宗微笑道："汝欲出外求全，我欲居中免祸，彼此各行己志罢了。"看到后来毕竟兴宗智高一筹。颛匆匆辞行，星夜登途，驰至寻阳，方喜语道："我今始得免祸了！"未必。兴宗却得承乏，复任吏部尚书。

东阳太守王藻，系子业母舅，尚太祖第六女临川公主。公主妒悍，因藻另有嬖妾，很为不平，遂入宫进谗，逮藻下狱，藻竟愤死，公主与王氏离婚，留居宫中。岂亦效新蔡公主耶？新蔡公主，既充做了谢贵嫔，寻且加封夫人，坐鸾辂、戴龙旗，出警入跸，不亚皇后。只驸马都尉何迈，平白地把结发妻房，让与子业，心中很觉得委屈，且惭且愤，暗中蓄养死士，将俟子业出游，拿住了他，另立世祖第三子晋安王子勋。偏偏有人报知子业，子业即带了禁军，掩入迈宅。迈虽有力，究竟双手不敌四拳，眼见是丢了性命。有艳福者，每受奇祸。

沈庆之见子业所为，种种不法，也觉看不过去。有时从旁规谏，非但子业不从，反碰了许多钉子，因此灰心敛迹，杜门谢客。迟了！迟了！吏部尚书蔡兴宗，尝往谒庆之，庆之不见，但遣亲吏范羡，至兴宗处请命。兴宗道："沈公闭门绝客，无非为避人请托起见，我并不欲非法相干，何故见拒！"羡乃返白庆之，庆之复遣羡谢过，并邀兴宗叙谈。兴宗又往见庆之，请庆之屏去左右，附耳密谈道："主上渎伦伤化，失德已甚，举朝惶惶，危如朝露。公功足震主，望实孚民，投袂指挥，谁不响应？倘再犹豫不断，坐观成败，恐不止祸在目前，并且四海重责，归公一身！仆素蒙眷爱，始敢尽言，愿公速筹良策，幸勿自误！"庆之掀须徐答道："我亦知今日忧危，不能自保，但始终欲尽忠报国，不敢自贰，况且老退私门，兵权已解，就使有志远图，恐亦无成！"尸居暮气。兴宗又道："当今怀谋思奋，大有人在，并非欲徼功求赏，不过为免死起见；若一人倡首，万众起应，指顾间就可成事；况公系累朝宿将，旧日部曲，悉布宫廷，公家子弟，亦多居朝右，何患不从？仆忝职尚书，闻公起义，即当首率百僚，援照前朝故事，更简贤明，入承社稷，天下事更不难立定了，公今不决，人将疑公隐逢君恶，有人先公起行，祸必及公，百口难解！公若虑兵力不足，实亦不必需兵，车驾屡幸贵第，酣醉淹留，又尝不带随从，独入阁内，这是万世一时，决不可失呢！"庆之终不愿从，慢慢儿答道："感君至言，当不轻泄；但如此大事，总非仆所能行，一旦祸至，抱忠没世罢了！"死了！死了！兴宗知不可劝，怏怏别去。

庆之从子沈文秀受命为青州刺史，启行时亦劝庆之废立，甚至再三泣谏，总不见听，只好辞行。果然不到数日，大祸临门。原来子业既杀何迈，并欲立谢贵嫔为后，恐庆之进谏，先堵青溪诸桥，杜绝往来。庆之怀着愚忠，心终未死，仍入朝进谏。及见桥路已断，始怅然折回。是夕即由直阁将军沈攸之，赍到毒酒，说是奉旨赐死。庆之不肯遽饮，攸之系庆之从子，专知君命，不顾从叔，竟用被掩死庆之，返报子业。子业诈称庆之病死，赠恤甚厚，谥曰忠武。庆之系宋室良将，与柳元景齐名，元景河东解县人，庆之吴兴武康人，异籍同声，时称沈、柳。两人以武功见称，故并详籍贯。

庆之死时，年已八十，长子文叔，曾为侍中，语弟文季道："我能死，尔能报！"遂饮庆之未饮的药酒，毒发而死。文季挥刀跃马，出门径去，恰也无人往追，幸得驰免。文叔弟昭明，投缳自尽，至子业被弑后，沈、柳俱得昭雪，所遗子孙，仍使袭封，这且慢表。

且说庆之已死，老成殆尽，子业益无忌惮，即欲册谢贵嫔为正宫。谢贵嫔

第二十回　狎姑姊宣淫鸾掖　辱诸父戏宰猪王

自觉惭愧，当面固辞，乃册路妃为后，四厢奏乐，备极奢华。子业又恐诸父在外，不免反抗，索性一并召还，均拘住殿中，殴捶陵曳，无复人理。湘东王彧、建安王休仁、山阳王休祐，并皆肥壮，年又较长，最为子业所忌。子业号彧为猪王，休仁为杀王，休祐为贼王，尝掘地为坑，和水及泥，褫彧衣冠，裸置坑中，另用木槽盛饭，搅入杂菜，使彧就槽餂食，似牧猪状，作为笑谑。且屡次欲杀害三王。亏得休仁多智，谈笑取悦，才得幸全。东海王祎，姿性愚陋，子业称为驴王，不甚见猜。桂阳王休范、巴陵王休若，尚在少年，故得自由。自彧以下，均见前回。

少府刘矇妾怀孕临月，子业迎入后宫，俟她生男，当立为太子。湘东王彧，不愿做猪，未免怨怅，子业令左右缚彧手足，赤身露体，中贯以杖，使人异付御厨，说是今日屠猪。休仁在旁伴笑道："猪未应死！"子业问是何故？休仁道："待皇太子生日，杀猪取肝肺。"子业不待说毕，便大笑道："好！好！且付廷尉去，缓日杀猪。"越宿，由休仁申请，但言猪应豢养，不宜久拘，乃将彧释出。及矇妾生男，名曰皇子，颁诏大赦，竟将屠猪事失记。这也是湘东王彧，后来应做八年天子，所以九死一生。

晋安王子勋，系子业第三弟，五岁封王，八岁出任江州刺史，幼年出镇，都是宋武遗传。子业因祖考嗣祚，统是排行第三，太祖义隆为宋武第三子，世祖骏为太祖第三子。恐子勋亦应三数，意欲趁早除去。又闻何迈曾谋立子勋，越加疑忌，遂遣侍臣朱景云，赍药赐子勋死。景云行至湓口，停留不进，子勋典签谢道迈，闻风驰告长史邓琬，琬遂称子勋教令，立命戒严。且导子勋戎服出厅，召集僚佐，使军将潘欣之，宣谕部众，大略谓嗣主淫凶，将危社稷，今当督众入都，与群公卿士，废昏立明，愿大家努力云云。众闻言尚未及对，参军陶亮，跃然起座，愿为先驱。于是众皆奉令，即授陶亮为谘议中兵，总统军事，长史张悦为司马，功曹张沈为谘议参军，南阳太守沈怀宝，岷山太守薛常宝，彭泽令陈绍宗等，传檄远近，旬日得五千人，出屯大雷。

那子业尚未闻知，整日宣淫，又召诸王妃公主等，出聚一室，令左右幸臣，脱去衣裳，各嬲妃主，妃主等当然惊惶。子业又纵使左右，强褫妃主下衣，迫令行淫。南平王铄妃江氏，抵死不从，子业怒道："汝若不依我命，当杀汝三子！"江氏仍然不依，子业益怒，命鞭江氏百下，且使人至江氏第中，杀死江氏三子敬深、敬猷、敬先。铄已早死，竟尔绝嗣。淫恶如此，自古罕闻。子业因江氏败兴，忿尚未平，另召后宫婢妾，及左右嬖幸，往游华林园竹林堂。堂宇宽敞，又令男女裸体，与左右互相嬲逐，或使数女淫一男，或使数男淫一女，甚且想入非非，使宫女与羝羊猴犬交，并缚马仰地，迫令宫女与马交媾，一宫女不肯裸衣从淫，立刻斩首。诸女大惧，只好勉强遵命，可怜红粉娇娃，竟供犬马蹂躏，有几个毁裂下体，竟遭枉死。子业反得意洋洋，至日暮方才还宫。夜间就寝，恍惚见一女子突入，浑身血污，戟指痛詈道："汝悖逆不道，看你得到明年否？"子业一惊而醒，回忆梦境，犹在目前。翌日早起，即向宫中巡阅，适有一宫女面貌，与梦中女子相似，复命处斩。是夜又梦见所杀宫女，披发前来，厉色相诟道："我已诉诸上帝，便当杀汝！"说至此，竟捧头颅，掷击子业，子业大叫一声，竟尔晕去。小子有诗咏道：

> 反常尚且致妖兴，淫暴何能免咎征。
> 两度冤魂频作厉，莫言幻梦本无凭。

毕竟子业曾否击死，试看下回便知。

自古淫昏之主，莫如桀、纣；然桀在位五十二岁，纣在位三十二祀，历年已久，昏德始彰，未有若宋子业之即位逾年，而淫凶狂暴，若是其甚者也！伊尹放太甲，霍光废昌邑王贺，太甲、昌邑王，亦不子业若，而后世以伊尹为圣，霍光为贤，国君危社稷则变置，古训昭然，无足怪也。沈庆之以累朝元老，不能行伊、霍事，反害义恭及柳元景，寻亦被杀，愚忠若此，何足道焉！阅此回几令人作三日呕云。

第二十一回　戕暴主湘东正位
　　　　　　讨宿孽江右鏖兵

却说子业被女鬼一击，竟致晕去。看官不要疑他真死，他是在睡梦中受一惊吓。还道是晕死了事，哪知反因此晕死，竟得醒悟。仔细一想，尚觉可怕，于是要想出除鬼的法子来了。还是被鬼击死，免得刀头痛苦。

先是子业杀死诸王，恐群下不服，或致反动，遂召入宗越、谭金、童太一、沈攸之等，令为直阁将军，作为护卫。四子皆号骁勇，又肯与子业效力，所以俱蒙宠幸，赏赐美人金帛，几不胜计。子业恃有护符，恣为不道，中外骚然。左右卫士，皆有异志，但因宗越等出入警跸，惮不敢发。湘东王彧，屡次濒危，朝不保夕，乃密与主衣阮佃夫、内监王道隆、学官令李道儿、直阁将军柳光世等，共谋杀主，觑隙行事。子业素嫉主衣寿寂之，常加呵斥，寂之又与阮佃夫等连合，并串通子业左右，如淳于文祖、朱幼、王南、姜产之、王敬则、戴明宝诸人，同伺子业行动，候便开刀。

子业不务防人，反欲防鬼，竟带了男女巫觋，及彩女数百人，往华林园中

第二十一回　戕暴主湘东正位　讨宿孽江右鏖兵

的竹林堂,备着弓箭,与鬼从事。鬼岂畏射,真是妄想! 会稽长公主也同随往,建安王休仁、山阳王休祐,受命前导,独湘东王彧尚软禁秘书省中,不使同行。当时民间讹言,湘中将出天子,子业欲南巡厌胜,令宗越等先期出阃,部署各军,暗中谋杀湘东王,然后启程。会因两次梦鬼,猝拟往射,总道是鬼不胜力,且有巫觋为卫,不必召入宗越等人,所以左右扈驾,无一勇士。

当下到了竹林堂,时已黄昏,先由巫觋作法,作召鬼状,然后由子业亲发三箭,再命侍从依次递射。平白地乱了一阵,巫觋等齐拜御前,说是鬼已尽死,喧呼万岁。真是搞鬼。子业大喜,便命张筵奏乐,庆鬼荡平。

正要入座饮酒,蓦见有一群人,持刀直入,为首的是寿寂之,次为姜产之,又次为淳于文祖,此外不及细认。但觉他来势凶猛,料知有变,慌忙引弓搭箭,向寂之射去。偏偏一箭落空,寂之仍然不退,反向前趋进。不能射人,专能射鬼。那时脚忙手乱,不遑再射,只好向后逃走。休仁、休祐等已早奔出,巫觋彩女等亦皆四窜。子业且走且呼,口中叫了寂寂数声,已被寂之追及,一刀刺入背中,再一刀断送性命。寂之即齐声道:"我等奉太皇太后密命,来除狂主,今已了事,余众无罪,不必惊慌!"话虽如此,那竹林堂中,除寂之等外,已阒如无人了。

休仁奔至景阳山,未知竹林堂消息,正在遑迫无措,可巧寂之等寻至山中,报称宫廷无主,亟应迎立湘东王。休仁乃径诣秘书省,见了湘东王彧,便拜手称臣。彧虽有心弑主,但未料到这般迅速,此次从睡中惊起,由休仁促赴内廷,中途失屦,跣足急行。既至东堂,犹着乌帽,休仁召入主衣,易用白帽,并给乌靴。仓猝登座,召见百官,群臣依第进谒,统无异言。当由中书舍人戴明宝,代草太皇太后命令,对众宣读,词云:

前嗣王子业,少禀凶毒,不仁不孝,著自髫龄。孝武弃世,属当辰历,自梓官在殡,喜容腼然。天罚重离,欢悆滋甚。逼以内外维持,忍虐未露,而凶惨难抑,一旦肆祸,遂纵戮上宰,殄害辅臣。子鸾兄弟,先帝钟爱,含怨既往,枉加屠酷。昶茂亲作扞,横相征讨。新蔡公主,逼离夫族,幽置深宫,诡云薨殒。襄事甫尔,丧礼顿释,昏酣长夜,庶事倾遗。朝贤旧勋,弃若遗土。管弦不辍,珍羞备膳。詈辱祖考,以为戏谑。行游莫止,淫纵无度,肆宴园陵,规图发掘。诛剪无辜,籍略妇女。建树伪竖,莫知谁息。拜嫔立后,庆过恒典,宗室密戚,遇若婢仆,鞭捶陵曳,无复尊卑。南平一门,特钟其酷,反天灭理,显暴万端。苛罚酷令,终无纪极,夏桀殷辛,未足以譬。阖朝业业,人不自保,百姓皇皇,手足靡措。行秽禽兽,罪盈三千,高祖之业将泯,七庙之享几绝。吾老疾沈笃,每规祸鸩,忱遂漏刻,气命无几。开辟以降,所未尝闻。远近思奋,十室而九。卫将军湘东王体自太祖，天纵英圣，文皇钟爱，宠冠列藩，吾早识神睿，特兼常礼。潜运宏规，义士投袂，独夫既殒，悬首白旗，社稷再兴，宗祐永固，人鬼属心，大命允集，且勋德高邈，大业攸归，宜遵汉晋故事，纂承皇极。未亡人余年不幸，婴此百艰，永寻情事，虽存若殒，当复奈何！当复奈何！

宣读既毕，天已大明。直阁将军宗越等闻变，始踉跄趋入，湘东王好言慰抚，越等也无可奈何，唯唯从命。扬州刺史豫章王子尚，傲顽无礼，不啻乃兄，会稽长公主淫乱宫闱，俱由太皇太后命令，即日赐死。面首三十人可令殉葬！子业尸首，尚暴露竹林堂，未曾棺殓。蔡兴宗语仆射王彧道："彼虽凶悖，曾已为天下主，应使丧礼粗备，否则人言可畏，亦足寒心。"彧乃依言入白，因草具丧礼，藁葬秣陵县南，年仅十七。改元未及一年，时人称为废帝。穷凶极恶，总有此日。

湘东王母沈婕妤早卒，尝经路太后抚养，王事太后甚谨，太后爱王亦笃，至是命太后从子路休之为黄门侍郎，茂之为中书侍郎，算是报答太后的深恩。又复论功行赏，如寿寂之等十余人，或封县侯，或封县子。弑主者得与荣封，究属未当。改号东海王祎为庐江王，兼中书监太尉，建安王休仁为司徒尚书令，领扬州刺史，山阳王休祐为荆州刺史，桂阳王休范为南徐州刺史，晋安王子勋为车骑将军，开府仪同三司。是年十二月，湘东王彧即皇帝位，宣诏中外，又有一篇革故鼎新的文字，小子亦录述如下：

昔高祖武皇帝德润四瀛，化绵九服；太宗文皇帝以大明定基，世祖孝武皇帝以下武宁乱，日月所照，梯山航海，风雨所均，削衽袭带，所以业固盛汉，声溢隆周。子业凶嚚自天，忍悖成性，人面兽心，见于龆日，反道败德，著自比年，其狎侮五常，怠弃三正，矫诬上天，毒流下国，实开辟所未有，书契所未闻。再罹遏密，而无一日之哀，齐斩在躬，方深北里之乐。虎兕难柙，凭河必彰，遂诛灭上宰，穷崒逆之酷，虐害国辅，究拏戮之刑。子鸾同生，以昔憾殄殪，敬猷兄弟，以睚眦歼夷，征逼义阳，将加屠脍，陵辱戚藩，捶楚妃主，夺立左右，窃子置储，肆酗于朝，宣淫于国。事秽东陵，行污飞走，积衅罔极，日月兹深。比遂图犯玄宫，暴行无忌，将肆枭獍之祸，逞豺虎之心，又欲鸩毒崇宪，路太后居崇宪宫。虐加诸父。事均宫闱，声遍国都，鸥枭小竖，莫不宠昵，朝廷忠臣，必加戮挫。收掩之旨，虓虎结辙，掠夺之使，白刃相望。百僚危气，首领无有全地，万姓崩心，妻子不复相保。所以鬼哭山鸣，星钩血降，神器殆于驭索，景祚危于缀旒。朕假寐凝忧，泣血待旦，虑大宋之基，于焉而泯，武文之业，将坠于渊。赖七庙之灵，借八百之庆，巨猾斯殄，鸿渐时襄，皇纲绝而复纽，天纬缺而更张。猥以寡薄，属承乾统，上缉三光之重，俯顾庶民之艰，业业兢兢，若履

第二十一回　戕暴主湘东正位　讨宿孽江右麇兵

冰谷,思与亿兆,同此维新。可大赦天下,改景和元年为泰始元年,一切法度,悉依前朝令典。其昏制谬封,并皆刊削,不使留存。特此谕知!

即位礼成,又有一番封赏,特进南豫州刺史刘遵考为光禄大夫辅国将军,历阳、南谯二郡建平王景素为南豫州刺史,荆州刺史临海王子顼为镇军将军,徐州刺史永嘉王子仁为中军将军,左卫将军刘道隆为中护军。建安王休仁,闻道隆升职,上表辞官,谓不愿与道隆同朝。宋主彧几莫明其妙,嗣经左右查明,方知子业在日,曾召入休仁母杨氏,嘱令道隆逼奸。道隆乐得宣淫,竟将这位杨太妃,按倒榻上,备极丑态。杨氏亦不为无过,如何不学南平王妃?休仁不堪此辱,所以情愿解职。宋主彧既知底细,便将道隆赐死。片刻欢娱,丢去性命,何苦何苦!宗越、谭金、童太一等,虽经新皇抚慰,心中终属不安,嗣复闻有外调消息,遂与沈攸之密谋作乱。攸之竟去告密,越等当然被捕,勒毙狱中。好杀人者,终为人杀,观越可知。尚书右仆射王彧,表字景文,因避宋主名讳,易字为名,正任仆射,总尚书事,内外布置,统已就绪。独晋安王子勋,偏不肯服从命令,仍然用兵未休。

子勋年仅十龄,晓得甚么军事,凡事统由长史邓琬作主。琬因子勋排行第三,且起兵寻阳,与世祖骏相符,还道是后先辉映,定获成功。当时由都中新令,传到江州,将佐统共喜贺,琬忽取令投地道:"殿下将南面听政,如车骑将军等职,乃是我等所为,奈何授与殿下!"众皆骇愕,琬独与陶亮合谋,缮治兵甲,征兵四方。

雍州刺史袁颚,偕谘议参军刘胡,起兵相应,诈称奉太皇太后密令,嘱使出师。一面表达寻阳,劝子勋速即帝位。邓琬遂替子勋传檄,略言孤志遵前典,废幽陟明,湘东王彧,矫害明茂,指宋主杀豫章王事。篡窃大宝,干我昭穆,寡我兄弟,藐孤同气,犹有十三,圣灵何辜,乃致乏飨云云。这檄文传达远近,四处闻风;于是郢州刺史安陆王子绥,荆州刺史临海王子顼,会稽太守寻阳王子房,均与子勋谊关兄弟,愿作臂助。他如徐州刺史薛安都,冀州刺史崔道固,青州刺史沈文秀,义阳内史庞孟虬,行会稽郡事孔颚,吴郡太守顾琛,吴兴太守王昙生,义兴太守刘延熙,晋州太守袁标,益州刺史萧惠开,湘州行事何慧文,广州刺史袁昙远,梁州刺史柳元怙,山阳太守程天祚等,皆归附子勋。何攀龙附凤者之多耶!

邓琬因趋附日多,遂伪言受路太后玺书,率将佐劝进,草草定仪,竟于宋主彧泰始二年,奉子勋为帝,改元义嘉,用邓琬为尚书右仆射,张悦为吏部尚书,袁颚为尚书左仆射,此外将佐及诸州郡官吏,各加官进爵,赏赐有差,四方贡献,多归寻阳。

宋主彧只保有丹阳、淮南数郡,几乎危急得很,亟派建安王休仁,都督征讨诸军事，命王玄谟为江州刺史，做了休仁的副手。沈攸之为寻阳太守，率兵万人，出屯虎槛。休仁等出都西去，才隔数日，忽由东南传来警报，说是会稽太守寻阳王等，已进兵至永世县。永世县地隔建康，不过数百里，都下震惧，风鹤惊心。宋主彧忙召群臣计事，蔡兴宗进言道："今普天同叛，各怀异志，亟宜处以镇静，推诚待人；即如叛党亲戚，散布宫省，若用法相绳，转致激变，不为瓦解，必为土崩。今宜速颁明诏，示以罪不相及，待至舆情既定，人有战心，将见六军精勇，器械犀利，与叛众交战，自操胜算，何必过忧？"宋主彧连声称善，依议施行。

甫越两日，又闻豫州有附逆消息。豫州刺史殷琰，家属多在建康，本不愿归附寻阳，建武司马刘顺，替寻阳游说，力劝琰背东归西，琰犹豫未决，寻由右卫将军柳光世，出奔彭城，道过寿阳，谓建康万不可守，又兼豫州参军杜叔宝，从中迫胁，令琰不能自脱，没奈何起应子勋。宋主彧又复添忧，仍召兴宗等入商，蹙然与语道："各处未平，殷琰又复同逆，奈何奈何？"兴宗道："顺逆两端，臣不暇辨，惟现时商旅断绝，米却丰贱，四方云合，人情反安，照此看来，荡平可卜。臣所忧不在今日，却在将来。昔晋羊祜言事平以后，方劳圣虑，臣意亦这般想呢。"宋主道："诚如卿言，且卿前言叛党亲属，不宜株累，朕今拟厚抚琰家，卿以为何如？"兴宗道："这正是招携怀远的要策呢。"宋主遂令侍臣慰抚琰家，令他作书招琰。并遣兖州刺史殷孝祖甥荀僧韶，往谕孝祖，饬令即日入朝。

僧韶到了兖州，谒见孝祖道："景和凶狂，开辟未闻，今主上夷凶剪暴，再造河山，不意群迷相煽，摇动众听。假使天道助逆，群凶逞志，亦必至祸难百出，不堪复问。舅父少有大志，若能招集义勇，辅佐明廷，不但匡主静乱，且更足扬名竹帛呢。"孝祖听了，奋袂遽起，也不管甚么妻孥，立率文武二千人，随僧韶至建康。

时会稽各郡叛军，愈逼愈近，内外忧危，群欲奔散，亏得孝祖驰至，所带随兵，饶有赳赳气象，人心因是得安。宋主彧即进孝祖为抚军将军，督前锋诸军事，使往虎槛。再遣山阳王休祐为豫州刺史，督领辅国将军刘勔，宁朔将军吕安国等，北讨殷琰。又派巴陵王休若，率同建威将军沈怀明，尚书张永，辅国将军萧道成等，东讨孔觊。觊方会合东南各军，使出晋陵，气焰甚盛。沈怀明至奔牛镇，未敢进战，但筑垒自固。永至曲阿县，更被吓退，逃还延陵，往就休若。时方孟春，连日风雪，陂塘崩溃，众无固志。诸将劝休若退保破冈，休若怒道："叛贼未来，奈何轻退！敢有言退者斩！"诸将方不敢再言，乃筑垒息甲，严兵以待。

适殿中御史吴喜，在宋主前自请效力，宋主授喜建武将军，特简羽林勇士

第二十一回　戮暴主湘东正位　讨宿孽江右縻兵

千人,遣往军前。喜尝出使东吴,情性宽厚,得人敬爱,此次出兵,竟自成一路,往捣贼巢。吴人闻喜到来,多望风欢迎,不战自服。足副大名。永世县令孔景宣,本已叛应孔觊,为土民徐崇之所杀,向喜报捷。喜令崇之权署县事,自进兵至吴城,连破义兴军。义兴太守刘延熙,筑栅长桥,保郡自守。喜正长驱进击,又来了一个好帮手,乃是司徒参军任农夫,也是自请从军。到了义兴,与喜同攻刘延熙,延熙保守不住,棚毁兵溃,投水自尽,眼见得义兴克复了。

孔觊闻义兴兵败,不寒自栗。宋廷又遣积射将军江方兴,御史王道隆,出至晋陵,督厉诸军,连战皆胜,攻克晋陵,各军皆遁,王昙生、顾琛、袁标等,亦弃郡出走。吴郡、吴兴、晋州各地,相继荡平。捷书连达宋廷,宋主调张永等击彭城,江方兴等击寻阳,但留建武将军吴喜,与建威将军沈怀明,东击会稽。喜遂引兵入柳浦,拔西陵,兵威所至,无不披靡。上虞县令王晏,复起兵攻郡城,孔觊逃往崤山,单剩一个寻阳王子房。子房系子勋弟,与子勋同年,乳臭犹存,怎能自保?当被王晏攻入,把他缚住,械送建康。复悬赏购觊,觊即被获,并觊从弟孔璪,一并诛死。

会稽平定,王昙生、顾琛、袁标等,无路可逃,不得已诣吴喜营,叩首乞怜。喜代达朝廷,均蒙赦宥;就是子房解到建康,也因他年幼无知,特别宽免,但贬为松滋侯。东路了。

山阳王休祐到了历阳,令刘勔为先行,进军小岘。殷琰所署南汝阴太守裴季之,举合肥城出降。宁朔将军刘怀珍,又奉了宋主遣发,带同龙骧将军王敬则等,共步骑五千人,诣刘勔营,助讨寿阳,击斩庐江太守刘道蔚。琰遣部将刘顺、柳伦、皇甫道烈、庞天生等,率兵八千,东拒宛唐,与刘勔南北相持,约有月余。刘顺等粮食将尽,急向殷琰处索粮。参军杜叔宝,发车千五百乘,运粮饷顺,途次为勔军所劫,弃粮遁还。顺军无从得食,自然溃散,刘勔遂进薄寿阳。殷琰非常惶急,但与杜叔宝招集散兵,婴城自守,势孤援绝,料难保全。

张永与萧道成往攻彭城,彭城系徐州治所,为薛安都所据。安都从子薛索儿,偕太原太守傅灵越,夺据睢陵,阻截官军。张、萧两将,与索儿大战城下,索儿败退,食尽走死。傅灵越奔往淮西,武卫将军王广之,诱执送勔。勔送建康,宋主爱他骁勇,颇欲贷死,灵越抗言不逊,因即伏诛。惟殷孝祖驰至虎槛,会同寻阳太守沈攸之,进攻赭圻,仗着自己猛力,不顾士卒,昂然直往,且用羽仪前导,显示威风。他将已料他不终,果然与寻阳军将,大战一场,身中流矢,倒地而亡。小子有诗叹道:

　　　　为王执殳效前驱,危局颇期只手扶。
　　　　忠勇有余谋不足,赭圻一战竟捐躯。

孝祖中箭阵亡,众情大沮,后来胜负如何,容至下回续表。

子业为寿寂之所弑,湘东王或实尸之,例以春秋书法,或为首恶,不能辞咎。惟子业淫昏凶暴,浮于桀纣,汤武征诛,不为不义,何尤于湘东!本回标目,不曰弑而曰戕,至演述事实,复连录二令,所以罪子业,恕湘东也。子勋起兵寻阳,对于子业,尚属有名,对于湘东,实为无理。彼虽幼稚,未知逆顺,但既有统军之名,不得以其年幼而恕之,标目曰讨,书法特严。历叙叛党之不耐久战,正以见助逆之难成,莫谓乱世之果无公理也。

第二十二回　　扫逆藩众叛荡平
　　　　　　　　激外变四州沦陷

　　却说殷孝祖阵亡,众情震骇,还亏沈攸之御众有方,勉力支持,方得镇定人心,不致溃散。时江方兴已由南调北,与攸之名位相埒,_{应前回}。大众拟推攸之为统军,攸之独让与方兴。方兴大喜,便督厉诸将,准备开战。
　　赭圻守将,为寻阳左卫将军孙冲之,右卫将军陶亮等人,统兵约二万名。冲之语亮道:"孝祖骁将,一战便死,天下事不难手定了。此地不须再战,便当直取京师。"亮不肯从,但与部将薛常宝、陈绍宗、焦度等,出兵对垒,决一胜负。方兴与攸之夹攻敌阵,有进无退,杀得寻阳军士,弃甲曳兵,一哄儿逃往姥山。死亡过半,失去湖、白二城。陶亮大惧,亟与孙冲之退保鹊尾,只留薛常宝等守赭圻。
　　寻阳长史邓琬,闻前军败绩,复遣豫州刺史刘胡,率众三万,铁骑二千,援应孙、陶。胡系宿将,颇有勇略,为将士所敬惮,孙、陶二人,亦倚以为重,总道是长城可靠,后必无虞。会宋廷已擢沈攸之为辅国将军,代殷孝祖督前锋军事,又调建武将军吴喜,自会稽至赭圻。攸之以军势颇盛,遂麾军围赭圻城。
　　薛常宝乘城扼守,且因粮食不继,向刘胡处乞援。胡自督步卒万人,负囊运米,乘夜救薛,天明至城下,偏为攸之大营所阻,不得入城。攸之且出兵邀击,与刘胡鏖斗多时,胡却也厉害,持槊直前,冲突多次。经攸之号令诸军,迭发强弩,把他射住,胡尚三却三进,直至身中数箭,方自觉支撑不住,向后倒退。攸之乘势奋击,胡众大败,舍粮弃甲,缘山奔去。胡狼狈逃走,仅得回营。
　　薛常宝见胡败去,料知孤城难守,便开门突围,走入胡寨。他将沈怀宝,也想随奔,适被攸之截住,战不数合,就做了刀头鬼。陈绍宗单舸走鹊尾,城中尚有数千人,当即出降。攸之入赭圻城,建安王休仁,亦自虎槛至赭圻。宋

第二十二回　扫逆藩众叛荡平　激外变四州沦陷

主复遣尚书褚渊,驰抵行营,赏犒将士,促兵再进。

邓琬传子勋号令,征袁颛至寻阳,令他统军赴敌,颛尽率雍州部曲,来会寻阳各军。楼船千艘,战士二万,如火如荼,趋至鹊尾,刘胡等迎颛入营,谈论军情,颛略略交谈,便算了事。住营数日,并未闻有甚么方略,但见他常服雍容,赋诗饮酒,差不多似没事一般。*也想学谢太傅么?* 刘胡因南军未至,军需匮乏,特向颛商借襄阳军资,颛不肯应允。又闻路人谣传,谓建康米贵,斗米千钱,遂以为不劳往攻,可以坐定;因此连日延宕,不发一兵。刘胡等屡请出战,颛乃令胡出屯浓湖,堵截官军。

会青、兖各郡史,并起兵应建康,青州刺史沈文秀,勉与相持,势颇危急。弋阳西山蛮田益之,也输诚宋室,率蛮众万人围义阳,司州刺史庞孟虬,由邓琬差遣,击退益之,且引兵往援殷琰。刘勔致休仁书,请分兵相助,休仁欲遣龙骧将军张兴世赴援,兴世方谋绕越鹊尾,上据钱溪,截击寻阳军粮道,偏休仁令他北援,未免背道而驰,甚为叹惜。

沈攸之本赞成兴世,即入白休仁道:"孟虬蚁聚,必无能为,但遣别将往救,已足相制,兴世谋袭叛军粮道,乃是安危枢纽,万难中止,还请大帅注意!"休仁依攸之言,另派部将段佛荣率兵救虬,令兴世简选战士七千,用轻舸二百艘分装,溯流而上。途次辄遇逆风,屡进屡退。刘胡闻报大笑道:"我尚不敢轻越彼军,下取扬州,张兴世有何能力,乃敢据我上流呢!"遂不复戒备。

哪知天心助顺,不如人料,一夕东北风大起,兴世得悬帆直上,径越鹊尾。及刘胡闻知,急令偏将胡灵秀往追,已是不及。兴世竟趋钱溪,扎住营寨,堵截交通。刘胡自率水部各军,往攻钱溪,前锋为兴世所败,伤毙数百人。胡不禁大怒,驱军猛进,不防袁颛着人追还,说是浓湖危急,促令返救,胡只得回军浓湖。看官听说!这浓湖危急的军报,并非袁颛虚造,实是休仁遥应兴世,特令沈攸之、吴喜等,率舰进击,牵制刘胡。胡既东返,攸之等也即引还。*无非是丞肆以敌,多方以误之计。*

是时广州刺史袁昙远,为下所杀,山阳太守程天祚反正投诚。赣令萧颐,系辅国将军萧道成世子,擒获南康相沈肃之,据住南康,起应君父。就是庞孟虬到了弋阳,也被吕安国等击走,遁还义阳。王玄谟子昙善,又起兵据义阳城,击逐孟虬,孟虬窜死蛮中。皇甫道烈等闻孟虬败死,相率降勔。勔遂遣还段佛荣,仍至浓湖。

刘胡等军中乏食,粮运为兴世所阻,梗绝不通。胡再攻钱溪,仍然不克,更遣安北府司马沈仲玉,竟往南陵征粮。仲玉至南陵,载米三十万斛,钱布数十舫,还过贵口,可巧碰着宋将寿寂之、任农夫,麾兵杀来。那时逃命要紧,不得已弃去米布,走回颛营。

刘胡闻报大惊,阴谋西窜,佯令人通知袁颛,只说是再攻钱溪,兼下大雷,暗令薛常宝办船,径趋海根,毁去大雷诸城,自向寻阳遁去。颛至夜方知,顿足大愤道:"不意今年为小子所误,悔无及了!"一面说,一面即出跨乘马,顾语部众道:"我当自往追胡,汝等不应妄动,在营守着!"语毕,即带着千人,策马飞驰,走往鹊头。依样画葫芦。

浓湖及鹊尾各营,统共不下十万人,两处并无主帅,如何保守?索性尽降宋军。建安王休仁,既入浓湖,复至鹊尾,收降敌垒数十,遂遣沈攸之等追颛。

颛与鹊头守将薛伯珍,又趋向寻阳,夜止山间,杀马飨将士,且语伯珍道:"我非不能死,但欲一至寻阳,谢罪主上,然后自尽呢。"伯珍不答。到了翌晨,竟请屏人言事。颛不知他是何妙计,便命左右退去,与他密谈,哪知他拔剑出鞘,向颛砍来。颛骇极欲避,偏偏身不由主,手足反笨滞得很,只听见"耆"的一声,魂灵儿已飞入幽都。

伯珍枭了颛首,持示大众,嘱令降宋,众皆听命,他即持颛首驰往钱溪。适遇马军将军俞湛之,出首相示,湛之佯为道贺,暗拔刀斫伯珍首,共得两颗头颅,送往休仁大营,据为己功。强中更有强中手。

寻阳连接败报,邓琬等仓皇失措,忽见刘胡到来,诈称袁颛叛去,军皆溃散,惟自己全军回来,请速加部署,再图一战。琬信为真言,拨粮给械,令他出屯湓城,不料他一出寻阳,竟转向沔口去了。

琬闻胡去,越加惶急,与中书舍人褚灵嗣等,商量救急方法,大家智尽能索,无一良谋。尚书张悦,却想出一条妙计,诈称有疾,召琬议事。琬应召入室,向悦问安,悦答道:"我病为国事所致,事至今日,已迫危境,足下首倡此谋,敢问计将安出?"琬踌躇多时,方嗫嚅答道:"看来只好斩晋安王,封库谢罪,或尚得保全生命!"好计策。悦冷笑道:"这也太觉不忍,难道可卖殿下求活么?且饮酒一樽,徐图良策。"说至此,即向帐后回顾,佯呼取酒。帐后一声应响,便闪出许多甲士,手中并无杯箸,但各执刀械相伺。琬欲走无路,立被甲士拿下,由悦数责罪状,当场斩首!该杀。复令捕到琬子,一并加诛,自乘单舸诣休仁军前,献入琬首,赎罪乞降。

休仁即令沈攸之等驰往寻阳。寻阳城内,已经大乱,子勋已被蔡道渊囚住,城门洞开,一任攸之等趋入。可怜十一岁的垂髫童子,做了半年的寻阳皇帝,徒落得一刀两段,身首分离。

当下传首建康,露布告捷,再遣张兴世、吴喜、沈怀明等,分徇荆、郢、雍、湘各州,及豫章诸郡县。刘胡逃至石城,为竟陵丞陈怀直所诛。郢州行事张沈、荆州行事孔道存,相继毕命。临海王子顼,由荆州治中宗景,执送建康,勒令自杀。安陆王子绥也即赐死。还有邵陵王子元,系子勋弟,本迁任湘州刺

第二十二回　扫逆藩众叛荡平　激外变四州沦陷

史，道出寻阳，为子勋所留，加号抚军将军，至是亦连坐受诛，年止九岁。所有叛附子勋诸党羽，除见机归顺外，多被捕诛。徐州刺史薛安都，冀州刺史崔道固，益州刺史萧惠开，梁州刺史柳元怙等，先后乞降。独湘州刺史何慧文，未曾投顺，由宋主诏令吴喜，宣旨招抚。慧文叹道："身陷逆节，不忠不义，还有何面目见天下士！"遂仰药自杀。有诏追赠死节诸臣，及封赏有功将士，各分等差，并召休仁还朝。

时路太后已遇毒身亡，追谥为昭太后，葬孝武陵东南，号修宁陵。名目上虽未减损，实际上很是草率。原来路太后闻子勋建号，颇以为幸，及子勋将败，路太后竟召入宋主，置毒酒中，伪令侍饮。宋主彧全不加防，经内侍从旁牵衣，始悟毒谋。即将计就计，起奉面前樽酒，为太后寿。路太后无可推辞，只好拚死饮尽。原是自己速死。是夕毒发暴亡。宋主彧尚秘不发丧，但迁殡东宫，至寻阳告捷，乃草草奉葬。

休仁应召入都，复密白宋主道："松滋侯兄弟尚在，终为祸阶，宜早自为计！"宋主因将松滋侯子房以下，共计兄弟十人，一并赐死，连路太后从子体之、茂之，也连坐加诛。总计孝武二十八子，至此俱尽。上文虽约略分叙，未曾详明，由小子列表如下：

废帝子业。遇弑。豫章王子尚。赐死。晋安王子勋。被杀。安陆王子绥。赐死。子深。未封而殇。寻阳王子房。降为松滋侯赐死。临海王子顼。赐死。始平王子鸾。为子业所杀。永嘉王子仁。赐死。子凤。未封而殇。始安王子真。赐死。子玄。未封而殇。邵陵王子元。赐死。齐敬王子羽。早卒，追加封谥。子衡子况。俱未封而殇。淮南王子孟。赐死。南平王子产。赐死。晋陵王子云。早卒。子文。未封而殇。庐陵王子舆。赐死。南海王子师。为子业所杀。淮阳王子霄。早卒，追加封谥。子雍。未封而殇。子趋。未封赐死。子期。未封赐死。东平王子嗣。赐死。子悦。未封赐死。

以上为孝武帝二十八男，由宋主彧赐死，得十四人，这也可谓残虐骨肉，太无仁心了。答在休仁。

辅国将军刘勔，围攻寿阳，自春至冬，尚未能下，宋主彧使中书草诏，招抚殷琰。尚书蔡兴宗入谏道："天下既定，琰宜知过自惧，但须由陛下赐给手书，彼方肯来，否则仍使疑贰，尚非良策！"宋主不从，果然殷琰得诏，疑是刘勔行诈，不敢出降。杜叔宝且藏瞒寻阳败报，益加守备。嗣经宋主发到降卒，使与城中人问答，守卒始知寻阳败没，各生贰心。琰欲北走降魏，主簿夏侯详，极力劝阻。琰乃使详出见刘勔，婉言乞请道："今城中兵民，明知受困，尚且固守不变，无非惧将军入城，一体受诛；倘将军逼迫太急，彼将北走降魏，为将军计，不如网开三面，一律赦罪，大众得了生路，还有不相率归顺么？"勔慨然应诺，即使详至城下，呼城上将士，传达勔意。琰乃率将佐面缚出降，勔悉加慰抚，不戮一人。入城又约束部曲，秋毫无犯，城中大悦。宋主亦有诏赦琰。琰还都后，复得为镇南谘议参军，仕至少府而终。北路亦了。

他如兖州刺史毕众敬，豫章太守殷孚，汝南太守常珍奇，从前常向应子勋，至是俱上表输诚，愿赎前愆。宋主因叛乱已平，更欲示威淮北，特授张永为镇军将军，沈攸之为中领军，使统甲士十五万，往迎徐州刺史薛安都。蔡兴宗谏道："安都已经归顺，但须一使传书，便足征召，何必多发大兵，反令疑忌呢！若谓叛臣罪重，不可不诛，亦应在未赦以前，早为处置。今已加恩宽宥，复迫令外叛，招引北寇，恐欲益反损，朝廷又不遑旰食了！"历观兴宗所陈，多有特见。宋主不以为然，转询萧道成，道成亦答称不宜遣兵，宋主道："诸军猛锐，何往不利，卿等亦未免过虑了！"骄必败。遂径遣张、沈二将北行。

安都闻大兵将至，果然疑惧，亟遣子入质魏廷，向他求救。汝南太守常珍奇，亦恐连坐遭诛，也举悬瓠城降魏。魏主弘系拓跋浚长子，浚在位十四年病殂，由弘承父遗统，与宋主彧同年即位，尊浚为文成皇帝。弘年仅十二，丞相太原王乙浑，总决国事。补前文所未详。越年，乙浑有谋反情事，太后冯氏密定大计，收浑伏诛。冯氏为弘嫡母，颇有智略，因临朝听政。可巧薛安都、常珍奇二人，奉书乞援，遂与中书令高允等，商决出兵，立派镇南大将军尉元，镇东将军孔伯恭等，率骑兵万人，东救彭城。镇西大将军西河公拓跋石，都督荆豫南雍州诸军事张穷奇，率步兵万人，西救悬瓠，授薛安都为镇南将军，领徐州刺史，封河东公，常珍奇为平南将军，领豫州刺史，封河内公。

兖州刺史毕众敬，与安都异趋，表达建康，请讨安都。书尚在途，忽闻子元宾坐罪被杀，不禁大怒，拔刀斫柱道："我已白首，只生一子，今在都中受诛，我亦不愿生存了！"为子叛君，也不合理。未几魏军至瑕邱，众敬即遣人乞降，魏将尉元，拨部众随入兖州，便将城池据去，不令众敬主持。众敬始觉悔恨，好几日不进饮食，但已是无及了。

魏西河公石至上蔡，与尉元同一谋画，俟常珍奇出迎，即麾众入城，勒交管钥，据有仓库。珍奇也有悔心，复欲图变，奈石已防备严密，无从下手，没奈何屈意事石，蹉跎过去。引狼入室，应有此遇。

薛安都尚未知两处消息，但闻张永、沈攸之等已到下磕，忙遣使催促魏军。尉元长驱至彭城，见薛安都开门迎谒，便派部将李璨，偕安都入城，收检库钥，更令孔伯恭用精兵二千，守卫城池内外，方才驰入。既至府署，堂皇高坐，令安都下阶参见，好似上司对下属一般。安都不禁愤恚。退语部众，再欲叛魏归宋，偏又为尉元所闻，召入署中，语带讥讽。安都且愧且惊，不得已携

第二十二回　扫逆藩众叛荡平　激外变四州沦陷

出私资,重赂尉元,复委罪女夫裴祖隆,将他杀死。女夫何罪,乃斩其首,女又何辜,乃令其寡？徇利贪生,一至于此,比毕、常二人犹且勿如。元乃使李璨守城,安都为助,自率兵出袭张永粮道。

永正派羽林监王穆之,领兵五千,在武原守住辎重,不意魏兵杀到,措手不及,只好将辎重弃去,奔就永营。永等方进薄彭城,蓦见穆之逃来,说是辎重被夺,不觉大骇,又兼冬春交季,雨雪纷纷,自知站立不住,索性弃营遁还。适泗水冰合,船不能行,复把兵船弃去,渡冰南走。士卒已多半冻毙,及渡过南岸,行抵吕梁相近,突遇魏兵杀出,首领正是尉元。原来元袭穆之辎重,已绕出永营后面,预料永军绝粮,必将奔还,因即逾淮待着,截击永军。永已无心恋战,既遇魏军,不得不勉强厮杀,哪知后面又有鼓声,乃是薛安都领兵追到,也来乘势邀功。何颜之厚。永前后受敌,如何了得,急令沈攸之抵挡后军,自督兵冲突前军。好容易杀开血路,已是足指被伤,忍痛走脱。沈攸之也仅以身免。部众死亡逾万,横尸六十里,所有军资器械,抛散殆尽。

宋主接得败报,召语蔡兴宗道:"朕不听卿言,竟致徐、兖失守,今自觉无颜对卿呢。"兴宗道:"徐、兖已失,青、冀亦危,速请抚慰为是!"宋主乃遣沈文秀弟文炳,持诏宣抚,又遣辅国将军刘怀珍,与文炳同行。途次果闻青、冀有变,由怀珍兼程急进,连定各城,青州刺史沈文秀,冀州刺史崔道固,始不敢生贰,仍绝魏归宋。怀珍乃还。

魏既得徐、兖二州,复拟攻青、冀二州,再遣平东将军长孙陵赴青州,征南大将军慕容白曜为后应,驱兵大进,势如破竹,据无盐,破肥城,夺去糜沟。垣苗二戍,又进陷升城。守将非死即降。宋主复命沈攸之等规复彭城,俾得通道东北,往援青、冀。攸之谓淮泗方涸,不便行军,宋主怒起,立要他立功赎罪。攸之不得已北行,萧道成亦奉命镇淮阴,接应攸之军需。攸之至滩清口,被魏将孔伯恭截住,战了半日,攸之败退。孔伯恭乘胜追击,杀毙宋龙骧将军崔彦之,攸之身亦受创,走还淮阴。下邳、宿豫、淮阳诸守将,皆弃城遁还。

青、冀二州,日夕待援,始终不至,崔道固孤守历城,即冀州治所。被围年余,力竭降魏。沈文秀困守东阳,即青州治所。被围三年,士卒昼夜拒战,甲胄生虮虱,魏将长孙陵,督众陷入,执住文秀,缚送慕容白曜。白曜喝令下拜,文秀亦厉声道:"汝为北臣,我为南臣,彼此名位从同,何必拜汝!"白曜倒也起敬,待以酒食,始转送平城。魏主令为中都下大夫,于是青、冀二州,也为魏有。小子有诗叹道:

　　无端挑衅启兵争,外侮都因内变生。
　　试看四州沦陷日,才知师出本无名。

豫州境内,又有魏兵出入,亏得有人守住,击斩魏将,才得保全。欲知此人为谁,且至下回再叙。

子勋之死,咎由自取,袁顗、邓琬、刘胡等,死有余辜,更不足责。子顼、子房、子绥,同类受诛,尚不得为冤死。子元被留寻阳,死非其罪,顾犹得日受抚军将军之伪命,固不便轻赦也。子仁以下共九人,年皆冲幼,又未尝趋附子勋,何罪何辜,乃尽赐死?休仁原是不仁,而宋主彧之妄加锄戮,举孝武遗胄而悉屠之,安得谓非残忍乎?子勋既败,余党尽降,薛安都亦奉表归命,无端发兵十五万,往迎安都,可已不已,激成外变,辛至徐、兖、青、冀四州,相继沦没。江左小朝,不及北魏之半,又复失去四州,是地且益小矣。呜呼刘勔弄巧反拙,原厥祸始,实误于"骄"之一字。裴子野谓齐桓矜于葵邱,而九国叛,曹公不礼张松,而三国分,合以宋主彧之失四州,几成鼎足,乃知持盈保泰之固自有道也。

第二十三回　杀弟兄宋帝滥刑
　　　　　　好佛老魏主禅统

却说豫州刺史刘勔甫经莅任,闻魏司马赵怀仁,入寇武津,亟遣龙骧将军申元德,出兵拦截。元德击退魏兵,且斩魏于都公阏于拔,获运车千三百乘,魏移师寇义阳,又由勔使参军孙台灌把他驱逐,豫州才幸无事。勔复致书常珍奇,叫他反正,珍奇亦生悔念,乃单骑奔寿阳,魏始不敢南侵。宋亦无力恢复,但矫立徐、兖、青、冀四州官吏。徐治钟离,兖治淮阴,青、冀治郁洲,虚置郡县,招辑流亡,不过摆着个空场面。那徐、兖、青、冀的人民,都已沦为左衽,无力南迁了。

宋主彧遭此一挫,未尝刷新图治,反且纵暴肆淫。即位初年,立妃王氏为皇后,王氏系仆射王景文胞妹,秉性柔淑,赋质幽娴,与宋主却相敬爱。后来宋主纵欲,选择嫔御数百人,充入后房,渐把王后疏淡下去。王后倒也不生怨忿,随遇自安。惟王后只生二女,未得毓麟,就是后宫许多嫔御,亦不闻产一男儿。寡欲始可生男,否则原难望子。

宋主好色过度,渐至不能御女,只好向人借种,乃把宫人陈妙登,赐给嬖臣李道儿。妙登本屠家女,原没有甚么廉耻,既至李家,与道儿连日取乐,不消一月,已结蚌胎。如此得孕,有何佳儿?事为宋主所闻,又复迎还。曾不思覆水难收么?十月满足,得产一子,取名慧震,宋主说是自己所生。又恐他修短难料，更密查诸王姬妾，遇有孕妇，便迎纳宫中，倘得生男，杀母留子，别使宠姬为母，抚如己儿。至慧震年已三龄，牙牙学语，动人怜爱，宋主即册立为太子，改名为昱，册储节宴，很是热闹。

到了夜间，复在宫中大集后妃，及一切公主命妇，列坐欢宴。饮到半酣，却下了一道新奇命令，无论内外妇女，均令裸着玉体，恣为欢谑。王皇后独用扇障面，不笑不言，宋主顾叱道："外舍素来寒乞，今得如此乐事，偏用扇蔽目，究作何意？"后答道："欲寻乐事，方法甚多，难道有姑姊妹并集一堂，反裸体取乐么？外舍虽寒，却不愿如此作乐！"宋主不待说毕，益怒骂道："贱骨头不配抬举，可与我离开此地！"王后当即起座，掩面还宫。宋主为之不欢，才命罢宴。

次日为王景文所闻，语从舅谢纬道："后在家时，很是懦弱，不意此番却这般刚正，真正难得！"纬亦为叹赏不置。

看官听说！从来淫昏的主子，没有不好色信谗，女子小人，原是连类并进，似影随形，宋主彧既选入若干妇女，免不得有若干宵小。游击将军阮佃夫，中书舍人王道隆，散骑侍郎杨运长，并得参预政事，权亚宋主。就中如佃夫最横，纳货赂，作威福，宅舍园池，冠绝都中。平居食前方丈，侍妾数百，金玉锦绣，视同粪土，仆从附隶，俱得不次升官，车夫仕至中郎将，马士仕至员外郎。朝士无论贵贱，莫不伺候门庭。从前二戴一巢，号称权幸，也未及佃夫威势。且巢、戴是士人出身，尚知稍顾名誉，佃夫是从小吏入值，由主衣得充内监，不过因废立预谋，骤得封至建城县侯。寻阳乱作，从军数月，又得兼官游击将军，声灵赫濯，任性妄行。王道隆、杨运长等，与为倡和，往往援引党徒，排斥异类。最畏忌的是皇室宗亲，宗亲除去，他好侮弄人主，永窃国权，所以随时进谗，凭空构衅。好一段大文章，含有至理。

宋主彧本来好猜，更有佃夫等从旁鼓煽，越觉得至亲骨肉，纯是祸阶。可巧皇八兄庐江王祎，与河东人柳欣慰，诗酒劝酬，订为知交。欣慰密结征北谘议参军杜幼文，意图立祎，偏幼文奏发密谋，遂将欣慰捕戮，降祎为车骑将军，徙镇宣城，特遣杨运长领兵管束。运长更嘱通朝士，讦祎怨望，祎坐夺官爵，且为朝使所迫，勒令自裁。

扬州刺史建安王休仁，与宋主彧素相友爱，前曾保全彧命。彧即位后，更由休仁亲冒矢石，迭建大功，位冠百僚，职兼内外，渐渐的功高遭忌，望重被逸。休仁已不自安，至祎被诛死，即上表辞扬州兼职。宋主乃调桂阳王休范为扬州刺史，并改封山阳王休祐为晋平王，自荆州召还建康，另派巴陵王休若为荆州刺史。休祐刚狠，屡次忤旨，宋主积不相容，故召回都下，设法剪除。泰始七年春二月，车驾至岩山射雉，特令休祐随行，射了半日，有一雉不肯入场,呼休祐驰逐,必得雉始归。休祐既去,宋主密嘱屯骑校尉寿寂之等,追随休祐,自己启跸还宫。天色将暮,日影西沉,休祐尚未得雉,控辔驰射,不意后面突来数骑,冲动马尾,马遇惊跃起,竟将休祐掀下。休祐料有急变,奋身腾立,顾见寿寂之等,正要诘问,那寂之等已四面凌逼,拳足交加。休祐颇有勇力,也挥拳抵敌,横厉无前,忽背后被人暗算,引手撩阴,一声爆响,晕倒地上,复被大众殴击,自然断命。寂之驰白宋主,报称骠骑坠马,休祐原任骠骑大将军,所以有此传呼。宋主佯为惊愕,即遣御医络绎往视,医官检验伤痕,明知殴毙,但返报气绝无救罢了。殓葬时尚追赠司空,旋且废为庶人,流徙家属。究竟要露出真相。

一波未平,一波又起,都中忽起谣言,谓巴陵王休若,有大贵相,宋主复召休若为南徐州刺史。休若将佐,都劝休若不宜还朝,中兵参军王敬先进言道:"荆州带甲十余万,地方数千里,上可匡天子,除奸臣,下可保境土,全一身,奈何自投罗网,坐致赐剑呢!"休若阳为应诺,至敬先趋出,即令人把他拿下,奏请加惩,奉诏将敬先诛死。及启行入都,会宋主遇疾,医治乏效,自恐病不能兴,特召杨运长等筹商后事。运长独指斥建安王休仁,以为此人不除,必贻后患。宋主尚觉踌躇。嗣闻宫廷内外,多属意休仁,拟俟宋主晏驾,即行推戴,仍恐出运长等谗言。于是决计先发,召休仁直宿尚书省。

休仁至尚书省中,闲坐多时,已将夜半,乃和衣就寝。蓦然有诏使到来,宣敕赐死,且进毒酒。休仁叱道:"主上得有天下,究系何人的功劳?今天下粗安,乃欲我死,从前孝武诛夷兄弟,终至子孙灭绝,前车不鉴,后辙相循,宋祚岂尚能长久么?"原是冤枉,但松滋兄弟,并无致死之罪,汝何故奏请诛夷?诏使逼令饮酒,休仁道:"我死后,看他能活到何时?"说着,遂取杯饮尽,未几毒发身死。宋主虑有他变,力疾乘舆,夜出端门,及接得休仁死报,才复入宫。

黎明又下一诏,诈言休仁谋反,惧罪引决,应降为始安县王。惟休仁子伯融,许令袭爵,伯融为休仁妃殷氏所出。殷氏嫠居抱病,延医生祖翻诊治,祖翻面白貌秀,殷氏亦甫在中年,两下相窥,你贪我爱,竟相拥至床,实行那针灸术。后来奸案发觉,遣还母家,亦迫令自尽。裸体纵欲,已成常事,何必勒令自尽!宋主且语左右道:"我与建安年龄相近,少便款狎,景和、泰始年间,原是仗他扶持,今为后计,不得不除,但事过追思,究存余痛呢!"说至此,潸然泪下,悲不自胜,左右相率劝解,还说是情法两全,可以无恨。彼此相欺,亡无日矣。

先是吏部尚书褚渊出为吴郡太守,宋主谋杀休仁,促令入见,流涕与语道:"我年甫逾壮,病日加增,恐将来必致不起,今召卿进来,特欲卿试着黄裬呢。"看官道黄裬是何衣?原来是当时乳母服饰。宋主以子昱年幼,有志托孤,乃有此语。渊婉辞慰答。及与谋诛休仁事,却由渊谏阻,宋主怒道:"卿何

第二十三回　杀弟兄宋帝滥刑　好佛老魏主禅统

太痴！不足与计大事！"渊乃恐惶从命。既而进右仆射袁粲为尚书令，渊为尚书左仆射，同参国政。

适巴陵王休若，到了京口，闻得休仁死耗，惊惧交并，正在进退两难的时候，接到朝廷手敕，调任江州，惟促令入都相见，定期七夕会宴。休若不得已入朝，宋主尚握手殷勤，叙家人谊。到了七夕宴期，休若入座，主臣欢饮，并没有什么嫌疑。宴罢归第，时已入夜，偏有朝使随到，赍酒赐死。休若无可奈何，只好一饮而尽，转眼间已是毕命。追赠侍中司空，命子冲袭封，总算敷衍表面，瞒人耳目。

又调休范刺江州，休范在兄弟中，最为朴劣，宋主或尝语王景文道："休范材具庸弱，不堪出镇，只因我承大统，令他富贵，释氏谓愿生王家，便是此意。"承情之至。景文唯唯而退。其实文帝十九子，除宋主彧外，此时只休范尚存，不过因他庸愚寡识，尚得苟延残喘，但也是死多活少，命在须臾了。文帝十九子，已见前文，故本回不再复述。

宋主既猜忌骨肉，复迷信鬼神，特辟故第为湘宫寺，备极华丽。新安太守巢尚之，罢职还朝，宋主与语道："卿可往湘宫寺否？这是朕生平一大功德。"尚之还未及答，旁有一官闪出道："这都由百姓卖儿贴妇钱，充作此费，佛若有灵，当暗中嗟叹，有甚么功德可言！"宋主闻言，怒目顾视，乃是散骑侍郎虞愿，便喝令左右，驱愿下殿。愿从容趋出，毫不动容。过了数日，宋主与彭城丞王抗弈棋，抗本善弈，远出宋主上，只因天威咫尺，不便争胜，往往故意逊让，且弈且言道："皇帝飞棋，使臣抗不能下手。"这句话明明是不愿与弈，那宋主还自得其乐，愈嗜弈棋，虞愿又进谏道："尧尝用弈教丹朱，非人主所应留意。"宋主只听得两语，已经怒起，便挥手使退，但因他是个文人，不足为虞，所以未尝加罪，始终含容过去。独屯骑校尉寿寂之，孔武有力，豫州都督吴喜，智计过人，均阴中上忌，先后赐死。寂之手刃子业，应死已久；吴喜且有大功，奈何赐死！萧道成出镇淮阴，为人所潜，也被召入朝。将佐等劝勿就征，道成慨然道："死生自有定数，我若淹留，乃足致疑；况朝廷摧残骨肉，祸必不远，方当与卿等戮力图功，有甚么顾虑呢！"随即偕使入朝。果然到了阙下，并无危祸，惟改官散骑常侍，兼太子左卫率，不令还镇罢了。能杀他人，不能杀萧道成，岂非天数。

宋主又欲规复淮北，命北琅琊、兰陵太守垣崇祖出师，当时北琅琊、兰陵两郡，已被魏陷没，崇祖侨驻郁洲，只率数百人袭入魏境，据住蒙山。魏人闻信出击，崇祖恐众寡不敌，仍然引还。

魏自拓跋弘即位，第一年改元天安，第二年又改元皇兴。皇兴元年，后宫李夫人生下一子，取名为宏，由冯太后取入己宫，勤加抚养，一面把政权付还魏主。魏主弘始亲国事，追尊生母李贵人为元皇后，向例魏立太子，即将生母赐死。弘册为太子时,李贵人应依故事,条记事件,付托兄弟,然后自尽。此等秕政,实属无谓。弘回忆生初,当然伤感,因追尊为后。自亲政后,大小必察,赏不滥,刑不苛,黜贪尚廉,保境息民,十五六岁的北朝天子,居然能移易风俗,整肃纪纲,中书令高允,却也竭诚辅导,知无不言。所以皇兴年间,魏国称治。惟冯太后尚在盛年,不耐寡居,巧值尚书李敷弟奕,入充宿卫,太后见他年少貌美,遂引入宫中,赐以禁脔。宫女等素惮雌威,不敢窃议,所以李奕得出入无忌,尝与冯太后交欢,只瞒着魏主弘一人。

　　魏主弘性好释老,做了三五年皇帝,已不耐烦,就将那襁褓婴儿,册为储贰。到了皇兴五年,太子宏年仅五岁,一时不便禅授,意欲传位京兆王子推。子推系文成帝弟,与魏主弘为叔父行,弘因他器宇深沉,故欲推位让国,令他主治,自己可以养性参禅。匪夷所思。当下召集公卿,议禅位事,公卿等听作奇闻,莫敢应对。独子推弟任城王子云,抗言进谏道:"陛下方坐致太平,君临四海,怎得上违宗庙,下弃兆民! 必欲委置尘务,亦应传位储君,方不乱统。"不私所亲,却是一个正人。太尉源贺,尚书陆馛,亦相继应声道:"任城所言甚是,请陛下采纳!"魏主弘不禁变色,似有怒意,中书令高允插口道:"臣不敢多言,但愿陛下上思宗庙付托,何等重大,追念周公抱成王事,也是从权办法,陛下择一而行,才不致惊动中外!"魏主弘乃徐徐道:"据卿等奏议,宁立太子,不过太子幼弱,全仗卿等扶持。"高允等尚未及答,魏主弘又道:"陆馛素来正直,必能保全我子。"馛闻言即叩首谢奖,魏主即授为太保,令与太尉源贺,准备禅位事宜。

　　宏生有至性,上年魏主病痈,由宏亲为吮毒,至是得受禅信息,向父泣辞。魏主弘问为何因? 宏答道:"臣儿幼弱,怎堪代父承统,中心忧切,因此泪下!"五岁小儿,却能如此,恐未免史笔夸张。魏主弘叹道:"尔能知此,必可君人。我意已决定了!"遂令陆馛等整缮册文,即日传位。文中略云:

　　　　昔尧、舜之禅天下也,皆由其子不肖,若丹朱、商均,果能负荷,岂必搜扬侧陋而授之哉! 尔虽冲弱,有君人之表,必能恢隆主道,以济兆民。今使太保建安王陆馛,太尉源贺,持节奉皇帝玺绶,致位于尔躬。尔其践升帝位,克广洪业,以光祖宗之烈,使朕优游履道,颐神养性,可不善欤!

　　五龄太子,出受册文,也被服帝衣,登上御座,受文武百官朝谒,改年为延兴元年。礼毕还宫,又由公卿大夫,引汉高帝尊奉太上皇故事,奉魏主弘为太上皇帝,仍总国家大政。魏主弘准如所请,自徙居崇光宫,采椽不斫,土阶不垩,差不多有太古风。又仿西印度传闻,特在宫苑中建造鹿野浮图,引禅僧同住,研究佛学。惟国有大事,始令上闻。这也是别有心肠,非人情所得推测呢。这且慢表。

且说北朝禅位以后,遣使告宋,宋亦遣使报聘,南北又复通好,暂息兵争。只宋主屡次抱病,骨瘦如柴,无非渔色所致。渐渐的支撑不住。自恐一旦不讳,子昱尚幼,不能亲政,势必由皇后临朝,王景文为皇后兄,必进为宰相,大权在握,易生异图。乃特书手敕,遣人赍付。景文方与客围棋,见有敕至,启函阅毕,徐置局下。及棋局已终,敛子纳奁,乃取敕示客道:"有敕赐我自尽。"客不觉大惊,景文却神色自若,自书墨启致谢,从容服毒而死。使人得启返报,宋主方才安心。是夜又梦人告语道:"豫章太守刘愔谋反了!"宋主突然惊寤,俟至天明,便发使持节,驰至豫章,杀死刘愔。

嗣是心疾日甚,精神越加恍惚,每当夜静更阑,辄见有无数冤魂,环集榻旁,争来索命。他亦无法可施,特命改泰始八年为泰豫元年,暗取安豫的意思。也是痴想。又命在湘宫寺中,日夕忏醮,祈福禳灾。可奈神佛无灵,鬼魂益迫,休仁、休祐,索命愈急,宋主呓语不绝,尝云司徒怼我,或说是骠骑宽我。模模糊糊的说了几日,略觉有些清醒,便命桂阳王休范为司空,褚渊为护军将军,刘勔为右仆射,与尚书令袁粲,仆射兼镇东将军蔡兴宗,及镇军将军郢州刺史沈攸之,入受顾命,嘱令夹辅太子。渊等受命而出。复由渊保荐萧道成,说他材可大任,乃加授道成为右卫将军,共掌机事。

是夕宋主彧病剧归天,享年三十四岁。改元二次,在位共八年。太子昱即皇帝位,大赦天下,命尚书令袁粲,护军将军褚渊,左右辅政,尊谥先帝彧为明皇帝,庙号太宗。嫡母王氏为皇太后,生母陈氏为皇太妃。昱时年仅十龄,居然有一个妃子江氏,妻随夫贵,也得受册定仪,正位中宫。一对小夫妻,统治内外,眼见是宫廷紊乱,要收拾那宋室的江山了。小子有诗叹道:

乏嗣何妨竟择贤,如何借种便相传!
十龄天子痴狂甚,两小宁能把国肩?

还有阮佃夫、王道隆等,依旧用事,搅乱朝纲。欲知后来变乱情形,俟小子下回再叙。

休仁为兄弟计,议杀诸侄;宋主彧为嗣子计,并杀兄弟,而休仁亦不得免。休仁不能保身,而宋主彧不能保子,且不能保国,天下未有自残骨肉,而尚能庇其身世者也!夫同姓不可恃,遑问异姓?观后来之萧齐篡宋,尽灭刘氏,何莫非宋主彧好杀之报乎?若夫魏主弘之禅位,亦出不经,考魏主践阼之年,仅十二龄,越年改元天安,又越年改元皇兴,禅位时年仅十有九岁。太子宏虽聪睿凤成，究属五龄童子，未能御宇；况冯太后内行不正，秽渎深宫，不知先事防闲，乃迷信佛老，遽弃尘务，是亦为取祸之媒，不至杀身不止。王道不外人情，蔑情者必亡，矫情者必危，观宋魏遗事而益恍然矣。

第二十四回　江上堕谋亲王授首
　　　　　　　殿中醉寝狂竖饮刀

　　却说阮佃夫、王道隆等仍然专政，威权益盛，货赂公行。袁粲、褚渊两人，意欲去奢崇俭，力矫前弊，偏为道隆、佃夫所牵制，使不得行。镇东将军蔡兴宗，当宋主彧末年，尝出镇会稽，或病殂时，正值兴宗还朝，所以与受顾命。佃夫等忌他正直，不待丧葬，便令出督荆、襄八州军事。嗣又恐他控制上游，尾大难掉，更召为中书监光禄大夫，另调沈攸之代任。兴宗奉召还都，辞职不拜，王道隆欲与联欢，亲访兴宗，蹑履到前，不敢就席。兴宗既不呼坐，亦不与多谈，惹得道隆索然无味，只好告别。未几兴宗病殁，遗令薄葬，奏还封爵。兴宗风度端凝，家行尤谨，奉宗姑，事寡嫂，养孤侄，无不尽礼。有子景玄，绰有父风，宋主命袭父职荫，景玄再四乞辞，疏至十上，乃只令为中书郎。三世廉直，望重济阳。兴宗济阳人，父廓为吏部尚书，夙有令名。信不愧为江南人表。铁中铮铮，理应表扬。

　　自兴宗去世，宋廷少一正人，越觉得内外壅蔽，权幸骄横。阮佃夫加官给事中，兼辅国将军，势倾中外。吴郡人张澹，系佃夫私亲，佃夫欲令为武陵太守，尚书令袁粲等不肯从命，佃夫竟称敕施行，遣澹赴郡。粲等亦无可奈何。但就宗室中引用名流，作为帮手。当时宗室凌夷，只有侍中刘秉，为长沙王道怜孙，刘道怜见前文。少自检束，颇有贤名，因引为尚书左仆射，但可惜他廉静有余，才干不足，平居旅进旅退，无甚补益。尚有安成王准，名为明帝第三子，实是桂阳王休范所生，收养宫中。昱既践阼，拜为抚军将军，领扬州刺史，准年只五龄，晓得甚么国家大事，唯随人呼唤罢了。

　　越年改元元徽，由袁、褚二相勉力维持，总算太平过去。翌年五月，江州刺史桂阳王休范，竟擅兴兵甲，造起反来。休范本无材具，不为明帝所忌，故尚得幸存。及昱嗣宋祚，贵族秉政，近习用权，他却自命懿亲，欲入为宰辅。既不得志，遂怀怨愤，典签许公舆，劝他折节下士，养成物望，由是人心趋附，远近如归。一面招募勇夫，缮治兵械，为发难计。宋廷颇有所闻，阴加戒备。会夏口缺镇，地当寻阳上流，朝议欲使亲王出守，监制休范，乃命皇五弟晋熙王燮出镇夏口，为郢州刺史。郢州治所即夏口。燮只四岁，特命黄门郎王奂为长史,行府州事。四岁小儿,如何出镇,况所关重要,更属非宜,宋政不纲,大都类是。又恐道出寻阳,为休范所留,因使从太子洑绕道莅镇,免过寻阳。

休范闻报,知朝廷已经疑己,遂与许公舆谋袭建康。起兵二万,骑士五百,自寻阳出发,倍道急进,直下大雷。大雷守将杜道欣,飞使告变,朝廷惶骇。护军将军褚渊,征北将军张永,领军将军刘勔,尚书左仆射刘秉,右卫将军萧道成,游击将军戴明宝,辅国将军阮佃夫,右军将军王道隆,中书舍人孙千龄,员外郎杨运长,同集中书省议事,半日未决。

萧道成独奋然道:"从前上流谋逆,都因淹缓致败,今休范叛乱,必远惩前失,轻兵急下,掩我不备,我军不宜远出,但屯戍新亭、白下,防卫宫城,与东府石头,静待贼至,彼自千里远来,孤军无继,求战不得,自然瓦解。我愿出守新亭挡住贼锋,征北将军可守白下,领军将军但屯宣阳门,为诸军节度。诸贵俱可安坐殿中,听我好音,不出旬月,定可破贼!"说至此,即索笔下议,使众注明可否。大众不生异议,并注一同字。一班酒囊饭袋。独孙千龄阴袒休范,谓宜速据梁山,道成正色道:"贼已将到,还有甚么闲军,往据梁山?新亭正是贼冲,我当拚死报国,不负君恩。"说着,即挺身起座,顾语刘勔道:"领军已同鄙议,不可改变,我便往新亭去了。"

勔应声甫毕,外面又走进一人,素衣墨绖,曳杖而来。是人为谁?就是尚书郎袁粲。粲正丁母艰,闻变乃至。当由萧道成与述军谋,粲亦极力赞成。道成即率前锋兵士,赴戍新亭。张永出屯白下,另遣前南兖州刺史沈怀明,往守石头城。袁粲、褚渊入卫殿省,事起仓猝,不遑授甲,但开南北二武库,任令将士自取,随取随行。

道成到了新亭,缮城修垒,尚未毕事,那休范前军,已至新林,距新亭不过数里。道成解衣高卧,镇定众心,既而徐起,执旗登垣,使宁朔将军高道庆,羽林监陈显达,员外郎王敬则等,带领舟师,堵截休范。两军交战半日,互有杀伤,未分胜负。

翌日黎明,休范舍舟登岸,自率大众攻新亭,分遣别将丁文豪,往攻台城。道成挥兵拒战,自辰至午,杀得江鸣海啸,天日无光,休范兵不少却,但觉鼓声愈震,兵力愈增,城中将士,都有惧色。道成笑道:"贼势尚众,行列未整,不久便当破灭了!"

言未毕,忽有休范檄文,射入城内。当由军士拾呈道成,道成取视,但见起首数行,乃说杨运长、王道隆等蛊惑先帝,使建安、巴陵二王,无罪受戮,望执戮数竖,聊谢冤魂云云。后文尚有数行,道成不再看下,即用手撕破,掷置地上。旁边闪出二人道:"逆首檄文,想是招降,公何不将计就计,乘此除逆?"道成瞧着,乃是屯骑校尉黄回,与越骑校尉张敬儿,便应声问道:"敢是用诈降计么？"两人齐声称是。道成又道："卿等能办此事，当以本州相赏。"两人大喜，便出城放仗，跑至休范舆前，大呼称降。

休范方穿着白服，乘一肩舆，登城南临沧观，览阅形势，左右护卫，不过十余人。既见两人来降，便召问底细。回伴致道成密意，愿推拥休范为宋主，惟请休范订一信约，休范欣然道："这有何难？我即遣二子德宣、德嗣，往质道成处，想他总可相信了。"遂呼二子往道成垒中，留黄、张二人侍侧。亲吏李桓、钟爽等，交谏不从，自回舟中高坐，置酒畅饮，乐以忘忧。所有军前处置，都委任前锋将杜黑骡处置。哪知遣质二子，早被道成斩首，他尚似在梦里鼓里，一些儿没有闻知。

黄回、张敬儿反导他游弋江滨，且游且饮。一夕天晚，休范已饮得酒意醺醺，还是索酒不休，左右或去取酒，或去取肴，黄回拟乘隙下手，目示敬儿，敬儿即趋至休范身后，把他佩刀抽出，休范稍稍觉察，正要回顾，那刀锋已经刺来，一声狂叫，身首两分。好去与十八兄弟重聚，开一团乐大会，重整杯盘。左右统皆骇散，敬儿持休范首，与回跃至岸上，驰回新亭报功。

道成大喜，即遣队长陈灵宝，传首都中。灵宝持首出城，正值杜黑骡麾兵进攻，一时走不过去。没奈何将首投水，自己扮作乡民模样，混从间道，得达京城，报称大憝已诛。满朝文武，看他无凭无据，不敢轻信，唯加授萧道成为平南将军。道成因叛军失主，总道他不战自溃，便在射堂查验军士，从容措置。不防司空主簿萧惠朗，竟率敢死士数十人，攻入射堂。道成慌忙上马，驱兵搏战，杀退惠朗，复得保全城垒。原来惠朗姊为休范妃，所以外通叛军，欲作内应。

惠朗败走，杜黑骡正来攻扑，势甚慓劲，亏得道成督兵死拒，兀自支撑得住。由晡达旦，矢石不息，天又大雨，鼓角不复相闻。将士不暇寝食，马亦觉得饥乏，乱触乱号，城中顿时鼎沸，彻夜未绝。独道成秉烛危坐，厉声呵禁，并发临时军令，乱走者斩，因此哗声渐息，易危为安。可见为将之道，全在镇定。

黑骡尚未知休范死耗，努力从事，忽闻丁文豪已破台城军，向朱雀桁进发，遂也舍去新亭，趋向朱雀桁。右军将军王道隆，领着羽林精兵，驻扎朱雀门内，骤闻叛军大至，急召刘勔助守，勔驰至朱雀门，命撤桁断截叛军。道隆怒道："贼至当出兵急击，难道可撤桁示弱么？"勔乃不敢复言，遽率众出战。甫越桁南，尚未列阵，杜黑骡已麾众进逼，与丁文豪左右夹攻，勔顾彼失此，竟至战死。道隆闻勔已阵亡，慌忙退走，被黑骡长驱追及，一刀杀毙。害人适以自害。张永、沈怀明各接败报，俱弃去泛地，逃回宫中。抚军长史褚澄，开东府门迎纳叛军。叛众劫住安成王准，使居东府，且伪称休范教令道："安成王本是我子，休得侵犯！"中书舍人孙千龄，也开承明门出降，宫省大震。

第二十四回　江上堕谋亲王授首　殿中醉寝狂竖饮刀

皇太后王氏,皇太妃陈氏,因库藏告罄,搜取宫中金银器物,充作军赏,嘱令并力拒贼。贼众渐闻休范死音,不禁懈体。丁文豪厉声道:"我岂不能定天下,何必借资桂阳!"许公舆且诈称桂阳王已入新亭,惹得将吏惶惑,多至新亭垒间,投刺求见,名达千数。道成自登北城,俯语将吏道:"刘休范父子,已经伏诛,暴尸南冈下,我是萧平南,请诸君审视明白,勿得自误!"说至此,即将所投名刺,焚毁城上,且指示道:"诸君名刺,今已尽焚,不必忧惧,各自反正便了。"正好权术。将吏等一哄散去,道成复遣陈显达、张敬儿等,率兵入卫。

袁粲慷慨语诸将道:"今寇贼已逼,众情尚如此离沮,如何保得住国家!我受先帝付托,不能安邦定国,如何对得住先帝?愿与诸公同死社稷,共报国恩!"说着,披甲上马,纵辔直前,诸将亦感激愿效,相随并进。可巧陈显达等亦到,遂共击杜黑骡,两下交战,流矢及显达目,显达拔箭吮血,忍痛再斗,大众个个拚死,得将黑骡击走。黑骡退至宣阳门,与丁文豪合兵,尚有万余人,越日天晓,张敬儿督兵进剿,大破叛众,斩黑骡,战文豪,收复东府,叛党悉平。

萧道成振旅还都,百姓遮道聚观,同声欢呼道:"保全国家,全赖此公!"为将来篡宋张本。道成既入朝堂,即与袁粲、褚渊、刘秉会着,同拟引咎辞职。表疏呈入,当然不许,升授道成为中领军,兼南兖州刺史,留卫建康,与袁粲、褚渊、刘秉三相,更日入直决事,都中号为四贵。

荆州刺史沈攸之曾接休范书札,并不展视,具报朝廷,且语僚佐道:"桂阳必声言与我相连,我若不起兵勤王,必为所累了!"乃邀同南徐州刺史建平王景素,郢州刺史晋熙王燮,湘州刺史王僧虔,雍州刺史张兴世,同讨休范。休范留中兵参军毛惠连等守寻阳,为郢州参军冯景祖所袭,惠连等不能固守,开门请降。休范尚有二子留着,一体伏诛。有诏以叛乱既平,令诸镇兵各还原地,兵气销为日月光,又有一番升平景象了。语婉而讽。

宋主昱素好嬉戏,八九岁时,辄喜猱升竹竿,离地丈余,自鸣勇武。明帝在日,曾饬陈太妃随时训责,扑作教刑,怎奈江山可改,本性难移,到了继承大统,内有太后、太妃管束,外有顾命大臣监制,心存畏惮,未敢纵逸。元徽二年冬季,行过冠礼,三加玄服,遂自命为成人,不受内外羁勒,时常出宫游行。起初尚带着仪卫,后来竟舍去车骑,但与嬖幸数人,微服远游,或出郊野,或入市廛。陈太妃每乘青犊车,随踪检揽,究竟一介女流,管不住狂童驰骋。昱也惟恐太妃踪迹,驾着轻轿,远驰至数十里外,免得太妃追来。有时卫士奉太妃命,追踪谏阻,反被昱任情呵斥,屡加手刃,所以卫士也不敢追寻,但在远山瞻望,遥为保护。昱得恣意游幸,且自知为李道儿所生,尝自称为李将军,或称李统。营署巷陌,无不往来,或夜宿客舍,或昼卧道旁,往往与贩夫商妇,贸易为戏,就使被他揶揄,也是乐受如饴,一笑了事。直是一个无赖子。平生最多小智，如裁衣制帽等琐事，过目即能。他如笙管箫笛，未尝学吹，一经吹着，便觉声韵悠扬，按腔合拍。

蹉跎蹉跎，倏过二年。荆襄都督沈攸之威望甚盛，萧道成防他生变，特使张敬儿为雍州刺史，出镇襄阳。世子贲出佐郢州，防备攸之。攸之未曾发难，京口却先已起兵。原来建平王景素，时为南徐州刺史，他是文帝义隆孙，为故尚书令宣简王弘长子。弘为文帝第七子，见前文。好文礼士，声誉日隆。适宋主昱凶狂失德，朝野颇属意景素，时有讹言。杨运长、阮佃夫等，贪辅幼主，不愿立长，密唆防阁将军王季符，诬讦景素反状，俾便出讨。萧道成、袁粲窥破阴谋，替他解免，阻住出师，景素亦遣世子延龄，入都申理。杨、阮等还未肯干休，削去景素征北将军职衔，景素始渐觉不平，阴与将军黄回，羽林监垣祗祖通书，相约为变。

酝酿了好几个月，忽由垣祗祖带了数百人，奔至京口，说是京师乱作，台城已溃，请即乘间发兵。景素信为真言，即据住京口，仓皇起事。杨、阮闻报，立遣黄回往讨。萧道成知回蓄异图，特派将军李安民为前驱，夜袭京口，一鼓破入，擒斩景素，所有叛党，统共伏诛。

宋主昱因京口告平，骄恣益甚，无日不出，夕去晨返，晨去夕归，令随从各执铤矛，遇有途人家畜，即命攒刺为戏，民间大恐，商贩皆息，门户昼闭，道无行人。有时昱居宫中，针椎凿锯，不离左右，侍臣稍稍忤意，便加屠剖，一日不杀，便愀然不乐。因此殿省忧惶，几乎不保朝暮。

阮佃夫与直阁将军申伯宗、朱幼等，阴谋废立，拟俟昱出都射雉，矫太后命，召还队仗，派人执昱，改立安成王准。事尚未发，为昱所闻，立率卫士拿住阮佃夫、朱幼，下狱勒毙。佃夫也有此日耶！申伯宗狼狈出走，中途被捕，立置重刑。或告散骑常侍杜幼文，司徒左长史沈勃，游击将军孙超之，亦与佃夫同谋，昱复自往掩捕，执住杜幼文、孙超之，亲加脔割，且笑且骂，语极秽鄙，不堪入耳。转趋至沈勃家，勃正居丧在庐，蓦见昱持刀突入，不由的怒气上冲，便攘袂直前，手搏昱耳道：“汝罪逾桀纣，就要被人屠戮！”说到"戮"字，已由卫士一拥而进，把勃劈作两段，昱又亲解支体，并命将三家老幼，一体骈诛。十四岁的幼主，如此酷虐，史所未闻。杜幼文兄叔文，为长水校尉。即遣人把他捕至，命在玄武湖北岸，裸缚树下，由昱跨马执槊，驰将过去，用槊刺入叔文胸中，钩出肝肠，嬉笑不止，卫士齐称万岁！

昱尽兴还宫，偏遇皇太后宣召，勉强进去，听了好几句骂声，无非说他残虐无道，饬令速改，惹得昱满腔懊闷，怏怏趋出。已而越想越恨，索性召入太医，嘱令煮药，进鸩太后。左右谏止道："若行此事，天子应作孝子，怎得出入自由！"昱爽然道："说得有理。"乃叱退医官，罢除前议。嗣是狎游如故，偶至

第二十四回　江上堕谋亲王授首　殿中醉寝狂竖饮刀

右卫翼辇营，见一女子矫小可怜，便即搂住，借着营中便榻，云雨起来。事毕以后，又令跨马从游，每日给数千钱，供她使用。

一日盛暑，竟掩入领军府。萧道成昼卧帐中，昱不许他人通报，悄悄的到了帐前，揭帐审视，见他袒胸露腹，脐大如鹄，不禁痴笑道："好一个箭靶子！"这一语惊醒道成，张目瞧视，见是当今小皇帝，不胜惊异，慌忙起床整衣。昱摇手道："不必不必，卿腹甚大，倒好试朕的箭法！"说着，即令左右拥着道成，叫他露腹直立，画腹为的，自引弓作注射状，道成忙用手版掩腹，且申说道："老臣无罪！"旁由卫队长王天恩进言道："领军腹大，原是一好射堋，但一箭便死，后来无从再射，不如用骲箭射腹，免致受伤！"是道成救星。昱依天恩言，即令他取过骲箭，搭上弓弦，喝一声"着"，正中道成肚脐。当下投弓大笑道："箭法何如？"天恩极口赞美，连称陛下只须一箭，不必更射，说得昱喜上加喜，方出署自去。

道成无词可说，送出御驾，回入署中，自思此番幸用骲射，乃是骲镞所为，不致伤人。<small>骲箭注射，就此带叙。</small>但侥幸事情，可一不可再，当速图自全，乃密访袁粲、褚渊二人，商及废立问题。渊默然不答，粲独说道："主上年少，当能改过，伊霍事甚不易行，就使成功，亦非万全计策！"道成点首而出。"点首"二字，暗寓狡猾。

俄由宫中漏出消息，得知昱尝磨铤，欲杀道成，还是陈太妃从中喝阻，谓道成有功社稷，不应加害，昱乃罢议。道成却越加危惧，屡与亲党密谋，意欲先发制人。或劝道成出诣广陵，调兵起事，或谓应令世子赜率郢州兵，东下京口，作为外应。道成却欲挑动北魏，俟魏人入寇，自请出防，乘便笼络军士，入除暴君。这三策都未决议，累得道成日夕踌躇。领军功曹纪僧真，把三策尽行驳去，谓不若在内伺衅，较为妥当。道成族弟镇军长史顺之，及次子骠骑从事中郎嶷，均言幼主好为微行，但教联络数人，即可下手，何必出外营谋，先人受祸等语。道成乃幡然变计，密结校尉王敬则，令贿通卫士杨玉夫、杨万年、陈奉伯等，共二十五人，专伺上隙。

夏去秋来，新凉已届，宋主昱正好夜游，七月七日，昱乘露车至台冈，与左右跳高赌技。晚至新安寺偷狗，就昙度道人处杀狗侑酒，饮得酩酊大醉，方还仁寿殿就寝，杨玉夫随从在后，昱顾语道："今夜应织女渡河，汝须为我等着，得见织女，即当报我；如或不见，明日当杀汝狗头，剖汝肝肺！"<small>你的狗头要保不牢了。</small>玉夫听着醉语，又笑又恨，没奈何应声外出。

看官听说！自昱嗣位后，出入无常，殿省门户，终夜不闭，就是宿卫将士，统局居室中，莫敢巡逻。只恐与昱相值，奏对忤旨，便即饮刃，所以内外洞开，虚若无人，杨玉夫到了夜半，与杨万年同入殿内，趋至御榻左近，侧耳细听，呼呼有鼾睡声，再走进数步，启帐一瞧，昱仍熟睡，惟枕旁置有防身刀，当即抽刀在手，向昱喉下戳入，昱叫不出声，手足一动，呜呼哀哉！年仅十五。在位只五年，后人称子业为前废帝，昱为后废帝。小子有诗叹道：

> 童年失德竟如斯，陨首宫廷尚恨迟。
> 假使十龄身已死，刘家兴替尚难知。

杨玉夫已经弑昱，持首出殿，突遇一人拦住，不由的魂飞天外。究竟来人为谁，且至下回说明。

桂阳王休范，不死于泰始之时，而死于元徽之世，殊属出人意外；然其获免也以愚，其致死也亦以愚。愚者可一幸不可再幸，终必有杀身之祸。试观其中诈降计，纳黄回、张敬儿于左右，肘腋之间，自召危机，尚复日饮醇酒，游宴自如，不谓之愚得乎！建平王景素，亦一愚夫耳。轻信垣祗祖之言，仓猝起兵，不亡何待！史家不恕休范，而独恕景素，殆以景素发难，由杨阮之激迫而成，欲罪杨阮，不得不于景素有恕词，要知亦一愚人而已，废帝昱愚而且暴，与子业相似，其被弑也亦相同。狡如宋武，而后嗣多半昏愚，然后知仁厚者可卜灵长，而狡黠者之终难永久也。

第二十五回　讨权臣石头殉节
　　　　　　　失镇地栎林丧身

却说杨玉夫手持昱首，驰出殿门，适与一人相遇，不觉惊惶。及仔细审视，乃是同党陈奉伯，方才放心，即将昱首交与奉伯。奉伯诈传敕旨，开承明门，门外由王敬则待着，复把昱首转交。敬则驰诣领军府，叩门大呼，道成不知何事，未敢开门。敬则投首入墙，由道成洗首验视，果系昱头，乃戎服乘马，偕敬则等入殿。殿中相率惊怖，经道成说明昱死，始同声呼万岁。道成就殿廷槐树下，托称王太后命，召袁粲、褚渊、刘秉等入议。

道成语秉道："这是君家私事，外人不敢擅断。"秉顾视道成，但见他须髯尽张，目光似电，令人可怖，不由的嗫嚅道："尚书诸事，可以见委，军旅处分，当由领军作主！"错了！错了！道成复让与袁粲，粲亦不敢承认。也是没用。王敬则拔刀跃入道："天下事都应关白萧公；如有异言，血染敬则刃！"遂手取白纱帽，加道成首，劝他即位；且说道："今日尚有何人，敢来多嘴？事须及热，何必迟疑！"比许褚、典韦还要出力。

道成取去纱帽，正色呵斥道："汝等统是瞎闹！"粲欲乘势进言，又被敬则怒目相视，不敢开口。褚渊接入道："今非萧公不能了此！"道成乃徐徐道："诸君都不肯建议，我亦未便推辞，今日只有迎立安成王为是！"刘秉、袁粲等模糊答应。敬则尚欲推戴道成，由道成用目相示，乃挟刘、袁、褚三相，出待东城，另备法驾往迎安成王准。

　　秉行过道旁，适与从弟韫相遇，韫急问道："今日事是否归兄？"秉答道："我等已让萧领军主持！"韫惊叹道："兄肉中究有血否？今年恐被族灭了！"秉似信非信，与韫别去。

　　既而安成王准已经迎入，当由道成替太后宣令，追废昱为苍梧王，命安成王准嗣皇帝位。略云：

前嗣王昱以冢嫡嗣登皇统，方冀体识日弘，社稷有寄，岂意穷凶极悖，自幼而长，善无细而不违，恶有大而必蹈！前后训诱，常加隐蔽，险戾难移，日月滋甚。弃冠毁冕，长袭戎衣，犬马是狎，鹰隼是爱，皂历轩殿之中，韝緤宸衷之侧。至乃单骑远郊，独宿深野，手挥矛铤，躬行刽斲，白刃为弄器，斩害为恒务，舍交戟之卫，委天毕之仪，趋步阛阓，酣歌罏肆，宵游忘返，宴寝营舍，夺人子女，掠人财物，方策所不书，振古所未闻。沈勃儒士，孙超功臣，幼文兄弟，并预勋效，四人无罪，一朝同戮，飞镞鼓剑，孩稚无遗，屠裂肝肠，以为戏谑，投骸江流，以为欢笑。又淫费无度，帑藏空竭，横赋关河，专充别蓄，黔首嗷嗷，厝生无所。吾与其所生，每励以义方，遂谋鸩毒，将骋凶忿。沈忧假日，虑不终朝。自昔辛癸，爰及幽厉，方之于此，未譬万分。民怨既深，神怒已积，七庙阽危，四海褫气，废昏立明，前代令范，况乃灭义反道，天人所弃，衅深牧野，理绝桐宫。故密令萧领军潜运明略，幽显协规，普天同泰。骠骑大将军安成王，体自太宗，天听淹叡，风神凝远，德映在田，地隆亲茂，皇历攸归，亿兆系心，含生属望，宜光奉祖宗，临享万国。便依旧典，以时奉行。昱虽穷凶极暴，自取覆灭，弃同品庶，顾所不忍，可特追封苍梧郡王。未亡人追往伤怀，永言感绝，所望嗣皇帝远绍洪规，近惩覆辙，痌瘝兆民，期天永命，则宗庙社稷之灵，庶其攸赖，用此令知！

　　小子前述明帝彧事，说他不能御女，致乏子嗣，昱已为李道儿所生，准为明帝彧第三子，料亦由诸王所出，取育宫中。史称明帝有十二男，陈贵妃生昱，就是后废帝；谢修仪生法良，早年去世；陈昭华生准，就是安成王；徐婕妤生第四皇子，未曾取名，即已殀殇；郑修容生智井，及晋熙王燮，泉美人生邵陵王友，及江夏王跻，徐良人生武陵王赞，杜修华生南阳王翙，及次兴王嵩，最幼的是始建王禧,也相传为泉美人所出,其实统是螟蛉继儿,由妃嫔抚养成人,便冒充为己子哩。特别表明,贯穿前后。

且说安成王准,由东城迎入朝堂,刘秉、袁粲、褚渊,随归谒见,萧道成也带领百官,一同迎谒,当奉准升殿入座,即皇帝位,准年仅十一,颁诏大赦,改永徽五年为升明元年。尊生母陈昭华为皇太妃,替苍梧王发丧,降陈太妃为苍梧王太妃,江皇后为苍梧王妃。授道成为司空录尚书事,兼骠骑大将军,领南徐州刺史,留镇东府。刘秉为尚书令,加中军将军,褚渊加开府仪同三司,袁粲为中书监,出镇石头。进号荆州刺史,沈攸之为车骑大将军,兼尚书左仆射,王僧虔为尚书仆射,刘韫为中领军,兼金紫光禄大夫,王琨为右光禄大夫,晋熙王燮为抚军将军,调任扬州刺史,武陵王赞为郢州刺史,邵陵王友为江州刺史,南阳王汎为湘州刺史,杨玉夫等二十五人,各赏赐爵邑有差。无非导人篡弑。此外文武百官,皆加官二级,不在话下。

先是刘秉用意,以为尚书关系政本,由己主持,可致天下无变,所以与道成会议时,情愿将兵权让与道成。及道成兼总军国,散布心腹,予夺自专,褚渊又趋炎附势,甘党道成。秉势成孤立,始有悔心。袁粲素性恬静,每有朝命,必一再固辞,不得已乃始就职。至是知道成跋扈不臣,有心除患;因此一经朝命,毫不推让,即出镇石头城去了。

荆襄都督沈攸之,前与道成同直殿省,很是和协,道成且与订姻好,把长女嫁与攸之子文和为妻。及攸之出镇荆州,与道成尚无嫌隙,不过因朝局日紊,未免雄心思逞,暗蓄异图。会直阁将军华容人高道庆,告假回家,路过江陵,为攸之所邀,戏与赌槊,彼此争胜,语未加检。攸之不免失词,由道庆记在胸中,假满入朝,遂述攸之狂言,已露反状,愿假轻骑三千,往袭江陵。刘秉等未以为然,道成顾念亲情,更力保攸之不反,惟杨运长等嫉忌攸之,与道庆密谋,使刺客潜往江陵,无隙可乘,反为攸之察觉,杀死刺客。攸之因怨恨朝廷,并疑道成不为帮护,亦有微嫌。

主簿宗俨之,功曹臧寅,劝攸之从速举兵,攸之因长子元琰,留官建康,投鼠忌器,未便速发,乃延宕下去。会苍梧王被弑,朝政一变,道成也嫉杨运长,出为宣城太守。又遣攸之子元琰,持苍梧王刻斲遗具,往示攸之。在道成意见,一则为攸之黜退仇人,示全亲谊;二则使攸之与闻主恶,表明己功。偏攸之以道成名位,素出己下,至是专制朝权,愈加不平,且因元琰得至江陵,疑为天助,遂顾语道:"儿得来此,尚复何忧? 我宁为王陵死,王陵汉人。不为贾充生!"贾充晋人。乃留住元琰,不使还都。一面上表称庆,并与道成书,阳为推功。

适有朝使至江陵,加攸之封号,并由太后赐烛十挺,攸之遂借此开衅,谓

第二十五回　讨权臣石头殉节　失镇地栎林丧身　695

在烛中剖出太后手敕，有云社稷事一以委公，因此整兵草檄，指日举事。攸之妾崔氏、许氏同谏道："官年已老，奈何不为百口计！"攸之指示裲裆角，由两妾审视，乃是素书十数行，写着明帝与攸之密誓。<small>恐也是捏造出来。</small>两妾颇识文字，阅罢后亦不便多言。

攸之复遣使往约雍州刺史张敬儿，豫州刺史刘怀珍，梁州刺史范柏年，司州刺史姚道和，湘州行事庾佩玉，巴陵内史王文和等，共同举兵。敬儿本由道成差遣，监制攸之，当然是不肯照约，即将来使斩讫，驰表上闻。<small>敬儿出镇见前回。</small>怀珍、文和，也与敬儿相联，依法办事。柏年、道和、佩玉，模棱两可，共守中立，文和胆力最小，一俟攸之出兵，便弃去州城，奔往夏口。

攸之又贻道成书云："少帝昏狂，应与诸公密议，共白太后，下令废立，奈何私结左右，亲加弑逆，乃至暴尸不殡，流虫在户，凡在臣下，莫不惋骇；且闻擅易朝旧，密布亲党，宫闱管籥，悉付家人，我不知子孟<small>即汉霍光。</small>孔明<small>即诸葛亮。</small>遗训，曾否如此！足下既有贼宋之心，我宁敢捐包胥之节！"<small>书中语恰也近理，可惜他未必为公！包胥即楚申包胥。</small>

这封书驰达道成，道成自然动恼，当即入守朝堂，命侍中萧嶷代守东府，抚军行参军事萧映往镇京口，嶷映皆道成子，故特付重任。长子赜本出佐晋熙王燮，以长史行郢州事，燮徙镇扬州，赜升任左卫将军，随燮东行。刘怀珍致书道成，谓夏口冲要，不宜失人，道成乃与赜书，令他择能代任。赜荐郢州司马柳世隆自代，世隆得奉朝命为郢州长史，辅佐武陵王赞。<small>燮徙扬州，赞镇郢州，俱见上文。</small>赜临行时，语世隆道："我料攸之必将作乱，一旦变起，倘焚去夏口舟舰，顺流东下，却不可当；若留攻郢城，顿兵不进，君为内守，我为外援，攸之不足虑了！"世隆应声如约，赜乃启行。

甫至寻阳，已闻攸之发难，朝廷尚不见处置。或劝赜速赴建康，赜摇首道："寻阳地居中流，密迩畿辅，我今当留屯湓口，内卫朝廷，外援夏口，保据形胜，控制西南，这是天授机会，奈何弃去！"左中郎将周山图亦极端赞成。赜即奉燮镇湓口，军事悉委山图。山图截取行旅船板，筑楼橹，立水栅，旬日办竣，使人驰报道成。道成大喜道："赜真不愧我子呢！"<small>仿佛操丕。</small>遂授赜为西讨都督，山图是副。赜又恐寻阳城孤，表移邵陵王友同镇湓口，但留别驾胡谐之守住寻阳。<small>这是防攸之推戴邵陵，故表移湓口。</small>

适前湘州刺史王蕴，因母丧辞职，还过巴陵，与攸之潜相结纳，及入居东府，为母发丧，欲乘道成出吊，把他刺死，偏道成狡猾，先事预防，但遣人吊唁，并未亲往。蕴计不能遂，乃与袁粲、刘秉，共图别计。将吏黄回、任侯伯、孙昙瓘、王宜兴、卜伯兴等，皆与通谋。

道成亦防粲立异，自至石头城，与粲计事，粲拒不见面，通直郎袁达，劝粲不应相拒。粲答道："彼若借'主幼时艰'四字,迫我入朝,与桂阳时无异,我将何辞谢绝?一入圈中,尚得使我自由么?"遂不从达言。也是误处。

道成另召褚渊入议,每事必谘,格外亲昵。渊前为卫将军,遭母丧去职,朝廷敦迫不起,粲独往劝渊,渊乃从命。及粲为尚书令,亦丁母忧,免官守制,渊亦亲往怂恿,力劝莅事,粲终不为动;渊由是恨粲。小事何足介意,渊之度量可知!至是进白道成道:"荆州构衅,事必无成,明公先当防备内变,幸勿疏虞!"道成点首称善。

已而粲与刘秉等谋诛道成,拟告知褚渊。众谓渊素附道成,断不可告,粲说道:"渊与彼虽友善,但事关宗社,渊亦不得大作异同;倘成不告,是多增一敌手了!"此着大误。遂把密谋告渊。渊愿为萧氏爪牙,当即转白道成。道成即遣军将苏烈、薛渊、王天生等,往戍石头,名为助粲,实是监粲。又因刘韫为中领军,卜伯兴为直阁将军,与粲相通,特派王敬则一同直阁,牵制二人。

粲谋矫太后令,使韫与伯兴,率宿卫兵攻道成,由黄回等为外应,定期举事。刘秉尚在都中,届期这一日,禁不住心惊肉跳,那起事的期间,本在夜半,偏秉胆小如鼷,竟于傍晚时候,载家属奔石头,部曲数百,张皇道路,粲闻秉骤至,忙出相见道:"何事遽来?这遭要败灭了!"秉泣答道:"得见公一面,虽死无恨!"笨伯岂可与谋?说着,孙昙瓘亦自京奔至,粲越加惶急,但也想不出甚么方法,只顿足长叹罢了。

丹阳丞王逊,走告道成,道成亦已略悉,即遣人密告王敬则,使杀刘韫、卜伯兴等人。时阁门已闭,敬则欲出无路,亟凿通后垣,佩刀出走。趋至中书省,正值韫列烛戒严,危坐室中。突见敬则闯入,便惊起问道:"兄何为夜顾?"敬则瞋目道:"小子怎敢作贼!"一面说,一面用手拔刀。韫忙抱住敬则,怎禁得敬则力大,用拳捆颊。韫不胜痛楚,晕到地上,被敬则拔刀一挥,立致殒命。敬则持刀至伯兴处,伯兴猝不及防,也被杀死。

苏烈、王天生等,已据住仓城,与粲相拒,道成又遣军将戴僧静,助烈攻粲。粲遣孙昙瓘出战,与苏烈等相持一宵,到了黎明,戴僧静攻毁府西门,刘秉在城东回望,见城西火起,竟与二子俣俟,逾城遁去。真不济事。粲亦料不可守,下城谕子最道:"早知一木难支大厦,但因名义至此,死不足恨了!"语尚未已,僧静已逾城进击。最奋身翼粲,为僧静斫伤。粲涕泣向最道:"我不失忠臣,汝不失孝子。"遂与最力斗数合,俱为所害。百姓为粲哀谣道:"可怜石头城,宁为袁粲死,不为褚渊生!"有志无才,徒付一叹。

僧静既杀害袁氏父子,复召集各军,往追刘秉,驰至额檐湖,得将秉父子拿住,立即斩首。秉实该死。任侯伯等乘船赴石头,闻粲已死节,便即驰

第二十五回　讨权臣石头殉节　失镇地栎林丧身

还。王蕴也率数百壮士，到石头城，被薛渊闭城射退，逃往斗场，也遭擒戮。孙昙瓘遁去。黄回由新亭进攻，行过石头，得悉同党俱败，乃佯称入援道成。道成也知他刁狡，但一时不欲多诛，因慰抚如旧，仍然遣驻新亭。此外坐粲党羽，一体赦免，均不复问。巧与笼络。授尚书仆射王僧虔为左仆射，新除中书令王延之为右仆射，度支尚书张岱为吏部尚书，吏部尚书王奂为丹阳尹。

满朝文武，已尽是道成心腹。道成乃自请出讨攸之，有诏假道成黄钺，出屯新亭。攸之也遣中兵参军孙同等五将，率五万人为前驱，司马刘攘兵等五将，率二万人为后应，中兵参军王灵秀等四将，分兵出夏口，据住鲁山。

攸之自恃兵强，饶有骄态，遣人至郢州，语柳世隆道："奉太后令，当暂还都，卿果同心奉国，应知此意。"世隆托使人答复道："东下雄师，久承声问，郢城镇小，只能自守，恕不相从！"攸之闻言，不禁动怒，即欲往攻郢城。功曹臧寅，谓郢城险固，攻守势异，非旬日可拔，不如长驱东下，速图建康。攸之乃留偏师攻郢城，自率大众东进。

将要启行，忽报柳世隆出兵西渚，前来搦战。攸之使王灵秀迎击，郢兵不战即退，灵秀进簿城下，郢州参军焦度，登城拒守，百般辱骂，恼得灵秀性起，麾兵猛扑。那城上矢石交下，反将灵秀兵击伤数百人。灵秀飞报攸之，请即济师，攸之被他一激，遂改计攻郢，亲督诸将西行。到了城下，筑起长围，昼夜攻战。着了道儿。柳世隆随方拒应，或战或守，游刃有余。相持过年，攸之屡攻不克，反被世隆击破数次，伤损甚多。萧赜依着前约，令军将桓敬屯据西塞，为世隆声援。

攸之素失人情，全是势迫形驱，意气用事。初发江陵，已有兵士逃亡，及顿兵郢城，月余不拔，逃亡愈多，攸之乘马巡查，日夕抚慰，怎奈大众离心，单靠着一言一语，无人肯信，仍相继离散。攸之大怒，召集诸将道："我奉太后令，仗义起师，大事若成，当与卿等共图富贵；否则朝廷诛我百口，不涉他人，近来军人叛散，皆由卿等不肯留意，自今以后，兵士叛去，军将当连带坐罪！"诸将虽然面从，心中愈觉不平。会闻道成遣黄回等西袭荆州，溯流而上，大众益加惊骇，各怀异志。刘攘兵射书入城，愿降世隆，请他上表洗罪。世隆复称如约，攘兵遂毁营自去。诸军猝见火起，顿时骇散，将帅不能禁。攸之忿火中烧，气得咬须嚼齿，立收攘兵兄子天赐及女夫张平虏，处以极刑，自率残众东归。

行至鲁山，众竟大溃，各将亦皆四散，独臧寅慨然道："得势即从，失势即去，我却不忍出此！"遂投水自尽。攸之只有数十骑相随，忙宣令军中道："荆州城中，大有余钱，何不一同还取，作为资粮！"这令一下，散军乃逐渐趋集，且因郢州未有追军,徐还江陵,复得随兵二万人。无所望而去,有所望而来,此等兵将如何足恃!哪知途次接得急信,好好一座江陵城,已被张敬儿夺去!奈何!奈何!逼得攸之进退无路,只好转走华容,沿途随众复溃。到了栎林,随身只有一人,乃是攸之子文和。攸之下马,长叹数声,解带悬林,自尽而死。文和亦缢。村民斩二人首,献入江陵。

原来张敬儿侦得攸之攻郢,江陵空虚,遂引兵掩袭江陵。江陵城内,由攸之子元琰,与长史江乂,别驾傅宣共守。夜间听着鹤唳声,疑是军至,乂与宣即开门遁去。吏民接踵逃散,元琰也奔往宠洲,为人所杀。敬儿尚在沙桥,得悉此信,急趋入城,捕诛攸之二子四孙,并及攸之亲党,掳得财物数十万,悉入私囊。嗣经栎林,村民献入攸之父子首级,即按置楯上,覆以青伞,徇行城市。越日乃函首送建康。

留府司马边荣,先为府录事所辱,攸之替荣鞭杀录事,及敬儿入城,荣被执住,由敬儿慰问道:"边公何不早来?"荣答道:"身受沈公厚恩,受命留守,怎敢委去!本不祈生,何须见问?"敬儿笑道:"死何难得!"即命左右牵荣出斩。荣怡然趋出,荣客程邕之抱荣道:"与边公交友,不忍见边公死,乞先见杀!"兵士又入白敬儿,敬儿道:"求死甚易,何为不许!"遂命先杀邕之,然后杀荣。旁观诸人,共为泪下。主簿宗俨之,参军孙同等皆被杀死。小子有诗叹道:

> 功名富贵漫相争,取义何妨且舍生。
> 谁是忠贞谁是逆,千秋总有大公评!

荆州既平,萧道成还镇,封赏功臣。欲知详情,且阅下回自知。

袁粲、刘秉,皆非任重才。秉以军事让萧道成,已为失策,至约期举事,先奔石头,胆小如此,安望有成!粲平时闻望,高出秉上,乃密谋甫定,遽告褚渊,彼与渊共事有年矣,宁不知渊为萧党,而独不从众议,贸然相告,是并秉且不若矣!裴子野谓粲蹈匹夫之节,无栋梁之具,诚哉其然也。沈攸之不速赴建康,反顿兵郢城,就令军无贰志,亦与讨贼之志不合,南辕北辙,不死奚为!夫当时粲、秉图内,攸之图外,取萧道成犹反手事耳。粲以寡识败,攸以失机败,反使道成权位愈隆,篡逆愈急,是袁粲、沈攸之起事,非惟无益,反从而害之矣。然史家书法,于沈攸之之举兵也则书讨,袁粲、刘秉之定议也,则书谋诛;嫉乱贼,奖忠义,此其所以羽翼麟经,有功名教也。本回亦隐寓是意,可于夹缝中求之。

第二十六回　篡宋祚废主出宫
　　弑魏帝淫姬专政

　　却说萧道成还镇东府,命长子赜为江州刺史,次子嶷为中领军,进尚书左仆射,王僧虔为尚书令,右仆射王延之为左仆射,柳世隆为右仆射,道成送还黄钺,自加太尉,都督南、徐等十六州军事,加卫将军褚渊为中书监司空。召平西将军黄回还至东府,留住外斋,即令宁朔将军桓康,率数十人缚回,历数回罪,一刀杀死。骠骑长史谢朏,素有清名,道成欲引为腹心,参赞大业,每夜召入与语,屏除侍从,但使二小儿捉烛,总道他有佐命良谟,造膝前陈,哪知朏坐了多时,并没有说及心事。道成恐朏为难,取烛置案,再遣去二小儿,朏仍然无言。愚不可及。道成乃呼入左右,朏亦别去。太尉右长史王俭,窥知道成微意,密语道成道:"功高不赏,古今甚多,如公所处地位,难道可长居北面么?"道成佯为呵止,面色却微露欢容。俭又说道:"蒙公青睐,故言人所未言,奈何见拒!试想宋氏失德,非公何能安定;但恐人情浇薄,未能久持,公若再加延宕,人望且从此去了!不但大业永沦,连身家亦将难保呢!"道成始徐徐道:"卿言亦似有理。"俭复道:"公今日名位,不过一经常宰相,理应加礼同寅,微示变革。现在朝右大臣,惟褚公尚可与商,俭愿为公先容。"教猱升木,不顾名义。道成道:"我当自往!"

　　越两日亲访褚渊,说了许多闲文,方话说道:"我梦应得大位。"渊支吾道:"目下一二年间,恐未便轻移,就使公有吉梦,亦未必应在旦夕,请公慎重为是!"道成乃出,还告王俭,俭答道:"这是褚公尚未曾达识哩。俭当为公设法!"遂倡议加道成太傅,假授黄钺,使中书舍人虞整草诏。简直是没有宋主。道成亲吏任遐道:"如此大事,应报褚公。"道成道:"褚公不从,奈何!"遐笑道:"褚彦回系褚渊字。贪生怕死,并没有奇才异能,怕他甚么!遐今往报,不患不从!"道成乃令遐告褚。褚渊前尚犹豫,经遐怵以利害,渊果无异词。确是贪生怕死。

　　遐欣然还报,便即缮诏颁发,假道成黄钺,都督中外诸军,加官太傅,领扬州牧,剑履上殿,入朝不趋,赞拜不名,余官如故。道成上表佯辞,由侍臣奉诏敦劝,乃受黄钺,辞殊礼。酷肖刘裕。召赜为领军将军,调嶷为江州刺史,令三子映为南兖州刺史,四子晃为豫州刺史。

　　已而宋主准立谢氏为皇后,十二岁即立皇后,未免太早。后系故光禄大夫谢庄女孙,即谢朏侄女。既已正位,覃恩庆赏,再申前命,加封道成,道成尚不肯受。越年正月,擢江州刺史萧嶷,都督荆、湘等八州军事,领荆州刺史,出左仆射王延之为江州刺史。道成又欲引用谢朏,令为左长史,尝置酒召饮,与论魏晋故事,微言挑逗道:"昔石苞不早劝晋文,指司马昭。迟至奔丧,方才恸哭,若与冯异相较,冯异东汉人,曾向光武帝劝进。究不得为知几。"朏答道:"晋文世事魏室,所以终身北面,设使魏行唐、虞故事,亦当三让鸣高。"

道成愀然不乐,改官朏为侍中,更用王俭为长史。俭格外效力,先申前命,请道成不必再辞。复拟加封公爵,初议封为梁公,员外郎崔祖思道:"纤书有云,金刀利刃齐刘之,今宜称齐,乃应天命。"于是代为缮诏,进道成为相国,总掌百揆,封十郡为齐公,备九锡礼,所有官属礼仪,并仿朝廷。道成三让乃受,即命王俭为齐尚书右仆射,兼领吏部。

会宣城太守杨运长免职还家,道成遣人勒死运长。陵源令潘智与运长友善,为临川王刘绰所深知。绰系故临川王义庆孙,承袭旧封,自忧宋祚将移,遂遣亲吏陈赞,向智代白道:"君系先帝旧人,我是宗室近属,一旦权奸得志,势难两全,乘此招合内外,起图保国,尚可挽回末运,免致沦胥!"智佯为允诺,遣归陈赞,暗中却报知道成。道成即遣兵捕绰,并绰兄弟亲党,悉数加诛。

嗣复毒死武陵王赞,召还雍州刺史张敬儿,令为护军将军。授萧长懋为黄门侍郎,出官雍州刺史。长懋系道成孙,即赜长子,赜领南豫州刺史,为相国副。寻复进爵道成为齐王,增封十郡,得建天子旌旗,出警入跸,冕十有二旒,乘金根车,驾六马,备五时副车,乐舞八佾,设钟虡宫悬。世子赜改称太子,王女王孙爵命,一如旧仪。与刘裕篡晋时好似一幅印板文字。于是大事告成,好把那刘宋四世六十年的帝祚,轻轻夺来。

不到数日,便逼宋主准禅位,可怜十三岁的小皇帝,在位只三年,也要他下禅位诏。诏曰:

惟德动天,玉衡所以载序;穷神知化,亿兆所以归心。用能经纬乾坤,弥纶宇宙,阐扬鸿烈,大庇生民,晦往明来,积代同轨。前王踵武,世必由之。宋德湮微,昏毁相袭,景和骋悖于前,元徽肆虐于后。三光再翳,七庙将坠,璇极委驭,含识知泯。我文武之祚,眇焉如缀,静惟此紊,夕惕疚心。相国齐王,天诞叡圣,河岳炳灵,拯倾提危,澄氛靖乱,匡济艰难,功均造物。宏谋霜照,秘算云回,旌旆所临,一麾必捷,英风所拂,无思不偃,表里清夷,遐迩宁谧。既而光启宪章,弘宣礼教,奸宄之类,睹隆威而革情,慕善之俦,仰徽猷而增厉,道迈于重华,勋超乎文命,荡荡乎无得而称焉!是以辫发左衽之酋,款关清吏,木衣卉服之长,航海来庭,岂惟萧慎献楛,越裳荐翚而已哉!故四奥载宅,六府克和,川陆效珍,祯祥

第二十六回　篡宋祚废主出宫　弑魏帝淫姬专政

麟集,卿烟玉露,旦夕扬藻,嘉穟芝英,晷刻呈茂。革运斯炳,代终弥亮,负扆握枢,允归明哲,固已狱讼去宋,讴歌适齐。昔圣政既沦,水德缔构,天之历数,皎焉攸征,朕虽寡昧,闻于大道,稽览隆替,为日已久,敢忘列代遗则,人神至愿乎? 便逊位别宫,敬禅于齐,依唐、虞、魏、晋故事,俾众周知!

这诏传出,宋主准应即徙居。那阴鸷险狠的萧道成,尚有一番做作,连上三表恳辞,所以宋主还得淹留一日。王公大臣,统向齐王府劝进,朝廷又连下诏书,促令受禅。内推外挽,统是一班狐群狗党,巧为播弄,遂于次日行禅位礼。

宋主准本应临轩,他却畏缩得很,匿居佛盖下。王敬则引兵入殿,令军士昇着板舆,趋进宫中,胁主出宫。因宋主避匿,一时搜寻不着,惹得敬则动恼,大肆咆哮。太后等惊骇得很,只好自督内侍,四处找寻。既将幼主觅着,乃送交敬则,可怜幼主准鼻涕眼泪,进做一堆,瞧着板舆,好似囚车一般,不肯坐入。当由敬则拥令升舆,驱使出殿。准收泪语敬则道:"今日要杀我否?"敬则道:"没有此事,不过徙居别宫,官家先世取司马家,也是这般!"报应显然。准复泣下,自作恨声道:"愿后身世世勿复生天王家!"帝王末路,多半如此,人生何苦想作皇帝! 宫中自太后以下,无不哭送。

准复拍敬则手道:"如无他虑,愿饷公十万钱!"敬则不答,及出至朝堂,百官均已候着,独侍中谢朏,入直阁中,并未出来。当由诏使趋呼道:"侍中应解玺绶授齐王!"朏答道:"齐自应有侍中,何必使我!"说着,引枕自卧。诏使不禁着忙,便问道:"侍中是否有疾? 我当走报。"朏又道:"我有甚么疾病,不劳诳言!"诏使无法,只好自去。朏竟步出东掖门,登车还宅。

齐仆射王俭代为侍中,趋至宋主身旁,解去玺绶。敬则遂令宋主改乘画轮车,出东掖门,就居东邸,静待新皇命令。光禄大夫王琨,在晋末已为郎中,至是复见宋主授禅,便攀宋主车号哭道:"他人以寿为欢,老臣以寿为戚,既不能先驱蝼蚁,乃复遇着此事,怎得不悲!"老而不死是为贼。左右亦为泣下,敬则反加呵止。俟宋主已入东邸,派兵监守,然后再入殿门。

司空褚渊,尚书令王僧虔,赍奉玺绶,率百官驰诣齐宫,道成尚佯为谦让。善学刘裕。渊等固请受玺,并由渊宣读玺书道:

皇帝敬问相国齐王。大道之行,与三代之英,朕虽闻昧而有志焉。夫昏明相袭,晷景之恒度,春秋递运,岁时之常序,求诸天数,犹且隆赞,矧伊在人,能无终谢! 是故勋华弘风于上叶,汉魏垂式于后昆。昔我高祖钦明文思,振民育德,皇灵眷命,奄有四海。晚世多难,奸宄实繁,蘖鼓宵闻，元戎旦警，亿兆夷人，启处靡届，加以嗣君荒急，敷虐万方，神鼎将迁，宝策无主，实赖英圣，匡济艰危。惟王体天则地，含弘光大，明并日月，惠均云雨，国步斯梗，则棱威外发，王猷不造，则渊谟内昭。重构闽吴，再宁淮济。静九江之洪波，卷海坼之氛祲，放斥凶昧，存我宗祀，旧物维新，三光改照。逮至宠臣裂冠，则裁以庙略，荆汉反噬，则震以雷霆。麾旆所临，风行草靡，神算所指，龙举云属，诸夏廓清，戎翟思虔，兴文偃武，阐扬洪烈，明保冲昧，翱翔礼乐之场，抚柔黔首，咸跻仁寿之域。自霜露所坠，星辰所经，正朔不通，人迹罕至者，莫不逾山越海，北面称藩，款关重译，修其职贡。是以祯祥发采，左史载其奇，玄象垂文，保章审其度。凤书表肆类之运，龙图显班瑞之期。重以珠衡日月，神姿特挺，君人之义，在事必彰。书不云乎：皇天无亲，惟德是辅，民心无常，惟惠之怀。神祇之眷如彼，苍生之愿如此，笙管变声，钟石改调，朕所以拥璇持衡，倾伫明哲。昔金德既沦，而传祚于我有宋；历数告终，实在兹日，亦以水德而传于齐。式遵前典，广询群议，王公卿士，咸曰惟宜。今遣使持节兼太保侍中中书监司空褚渊，兼太尉守尚书令王僧虔，奉皇帝玺绶，受终之礼，一依唐、虞故事。王其允副幽明，时登元后，宠绥八表，以酬昊天之休命！

还有太史令陈文建，奏陈符命，说自六为亢位，后汉历一百九十六年，禅位与魏；魏历四十六年，禅位与晋；晋历一百五十六年，禅位与宋；宋历六十年，禅位与齐，数朝俱六终六受，验往揆今，若合符节，这便是大齐受命的符瑞。牵强附会。王俭又呈上即位的仪注，劝道成即日登基，因择定宋升明元年四月甲午日，即位南郊，祭告天地，改元建元，登坛受贺。褚渊、王僧虔以下，称臣山呼，舞蹈如仪。丑。

礼成还宫，颁诏大赦，废宋主准为汝阴王，王太后为汝阴王太妃，谢皇后为汝阴王妃，撤去汝阴王陈太妃名号，各令迁出宫中，移居丹阳，筑宫置戍，限制自由。降宋晋熙王燮为阴安公，江夏王跻为沙阳公，随阳王翙翙已改封为随阳王。为舞阴公，新兴王嵩为定襄公，建安王禧为荔浦公，郡公主为县君，县公主为乡君。所有宋室功臣子孙，袭爵封国，一并撤销，唯存南康、华容、萍乡三邑封爵，使奉刘穆之、王弘、何无忌宗祀。二台官僚，依任摄职，进褚渊为司徒，柳世隆为南豫州刺史，陈显达为中护军，王敬则为南兖州刺史，李安民为中领军，他如王俭、张敬儿以下，各加官进爵有差。

褚渊从弟炤前为安成太守，卸职家居，当渊奉玺劝进时，曾问渊子贲道："司空今日何往？"贲答道："奉玺绶往齐王府！"炤叹道："我不知汝家司空，把一家物送与一家，是何命意？"及渊为司徒，贺客盈门，炤复叹道："彦回少立名行，不意病狂至此！门户不幸，致有今日；倘使彦回作中书郎时，便即病死，

第二十六回 篡宋祚废主出宫 弑魏帝淫妪专政

岂不是一位名士么？正惟名德不昌，乃享期颐上寿。"渊有此弟，不啻跖、惠。渊闻炤言，颇自觉惭闷，上表辞官。奉朝请裴颙，独上表数道成罪恶，挂冠径去。道成遣人追及，把他杀死。太子萧颐请杀谢朏，道成摇首道："彼不畏死，我若杀他，反成彼名，不如置诸度外，足示包容。"于是朏乃免死，但罢职归家。

处士何点戏语人道："我已撰罢齐书，首列功臣二赞，分作十六字四句。第一句是渊既世族，第二句是俭亦国华，第三句是不赖舅氏，第四句是遑恤国家！"原来渊父湛之，曾尚宋武帝女始安公主，俭父僧绰，亦尚武康公主，所以何点讥讽二人，如是云云。

那废主准徙居丹阳，未及匝月，忽闻门外有走马声，卫士疑为乱起，奔入杀准，伪报病死。萧道成未曾加罪，反且赏功，但追谥为宋顺帝，一切饰终仪制，如晋恭帝故事。宋自武帝至此，共历四世八主，计六十年而亡。尤可恨的是齐主道成，一不做，二不休，索性把刘宋宗室，如阴安公燮以下，一概捕戮，各家无论少长，也同处死。惟刘遵考子澄之，与褚渊善，渊代为哀求，总算赦免，尚得幸存。比刘裕还加惨毒，故享国较短。

萧氏既开国号齐，追尊祖考，他本汉相国萧何二十四世孙，当然以萧何为始祖。萧何居沛，何孙彪徙居东海兰陵县，传至淮阴令令整，即道成五世祖，适值晋乱，奔至江左，居晋陵武进县。当时邑人统皆南徙，便号称为南兰陵。道成父承之，仕宋至右军将军，屡立战功。前文于承之事，亦曾散叙。宋元嘉二十四年，承之病殁，道成年亦弱冠，姿表英异，龙颡钟声，鳞纹遍体，时人已目为英奇。又有一种异征，他母陈氏生道成时，屡忧乏乳，夜梦神人持糜粥两瓯，呼令尽饮。饮毕乃醒，乳遂大出，陈氏也不胜惊异。道成有庶兄二人，一名道度，一名道生，有相士见陈氏道："夫人当生贵子，只可惜不能亲见！"陈氏叹道："我有三儿，不知将哪个应相？"嗣复指道成道："斗将大约将来当应验汝身呢！"原来道成表字绍伯，小名斗将，当丧父时，家乏余资，母陈氏尚亲操井臼。及道成为建康令，冬月尚无缣纩，独奉膳甚厚。陈氏尝撤去兼肉，语道成道："居家务宜勤俭，我得一盘肉食，也好知足了。"未几亦殁。

道成篡宋受禅，追尊父承之为宣皇帝，母陈氏为孝皇后。还有两兄一妻，均先时去世，追封兄道度为衡阳王，道生为始安王。妻刘氏少年寝卧，常有云气拥护，适道成后，治家有法。宋明帝末年，刘亦病殁，升明二年，追赠为齐国妃，齐建元元年，复册谥为昭皇后。补叙萧氏履历，是必不可少之笔。太子赜为皇储，次子嶷为豫章王，三子映为临川王，四子晃为长沙王，五子晔为武陵王，六子暠为安成王，七子锵为鄱阳王，八子铄为桂阳王，九子早夭，十子鉴为广陵王，十一子钧为衡阳王，钧出继道度为嗣，皇孙长懋为南郡王，光前裕后，安国定邦，饶有兴朝气象。

蓦闻魏遣梁郡王拓跋嘉，奉丹阳王刘昶，昶系宋文帝第九子，景和元年奔魏，事见前文。南侵寿阳，齐主道成怡然道："我早料有此着，已派垣崇祖出镇豫州，力能制虏，当不至有他虑。"遂不复调兵遣将，但拨运粮饷，接济寿阳。

小子欲叙寿阳战事，又不得不将北朝事迹，约略补述。自魏主弘传位太子，自居崇光宫，柔然侵魏，弘因嗣主年幼，不能治军，乃复督兵北讨，逐走虏众。嗣复南巡西幸，一再外出，这位淫姣不贞的冯太后，乐得与李奕朝欢暮乐，共效于飞。应二十三回。适尚书李䜣，出为相州刺史，受赃枉法，被人告讦，尚书李敷，暗中袒䜣，替他掩饰，偏为上皇弘所闻，槛车征䜣，考验当死。又欲黜退李敷兄弟，䜣婿裴攸，替䜣设法，谓应讦发李敷兄弟阴事，当可免罪。䜣初意不欲背敷，转思生死攸关，也顾不得旧时僚谊，乃列李敷兄弟罪状三十余条，奏陈上去。弘不禁大怒，立诛李敷兄弟，䜣得减死。未几仍复任尚书。

看官，你想这冯太后贪欢恋爱，与李奕如何情密，平白地将情夫诛死，怎得不痛恨交并！当下嘱使左右，就上皇弘饮食间，暗加鸩毒。弘不知就里，食将下去，须臾毒发，痛得肝肠寸裂，七窍流血，一命呜呼！妇人心肠，如此阴毒。年仅二十三岁。追谥为献文帝，庙号显祖。时为魏主宏延兴六年，即宋主昱元徽四年。点醒年序，令人豁目。

冯太后复临朝称制，改元太和，受尊为太皇太后，知书达事，亲决万机。授兄冯熙为太师中书监。熙恐人情不服，一再乞辞，乃出除洛阳刺史，仍官太师。太卜令王叡，姿貌伟晳，由冯氏特加青睐，令作李奕第二，超拜尚书。秘书令李冲，美秀而文，亦邀私宠。去一得二，其乐也融融。外面却优礼勋旧，如东阳王拓跋丕等，均加厚赏。

丹阳王刘昶，由宋奔魏，迭遭宠遇，三尚公主。至是闻萧氏篡宋，表请声讨，冯太后与群臣计议，许昶规复旧业，世祚江南，作为魏藩，乃发兵数万，号称二十万人，归梁郡王嘉统带，奉昶南下，寿阳大震。豫州刺史垣崇祖，却不慌不忙，想出一条御敌的计策，保守危城，果得建功。小子有诗叹道：

扞边端的仗奇谋，胡骑南侵不足忧。
借得一泓肥水力，管城城守等金瓯。

毕竟崇祖用何妙计，且看下回分解。

"果报"二字，为释氏口头禅，儒家亦未尝不守此说。子舆氏曰，杀人之父，人亦杀其父，杀人之兄，人亦杀其兄，然则非自杀之也，一间耳。观于刘裕篡晋，传及四世，而萧道成起而篡宋，与刘裕如出一辙，阴谋攘夺，阳示谦恭，零陵、汝阴、同归于尽。王敬则更明告汝阴王，谓官家先取司马家亦如此，令起刘裕而问之,恐亦不能自解也。天网恢恢,疏而不漏,其报应诚巧矣哉!魏冯太后之弑魏主弘,亦未始非北朝之果报。北朝故事,后宫生子,将为储贰,必先令其母自尽,秕俗相沿,乃有母杀其子之怪剧,是亦一天之巧于报应也。若夫萧道成之奸险,与冯太后之淫乱,则演义已详,无容赘论焉。

第二十七回　膺帝箓父子相继　　礼名贤昆季同心

却说齐豫州刺史垣崇祖闻魏兵大至,即设一巧计,命在寿阳城西北,叠土成堰,障住肥水。堰北筑一小城,四周掘堑,使数千人入城居守。将佐统言城小无益,不足阻寇,崇祖笑曰:"我设此城,无非为诱敌起见,虏骑远来,骤见城小,必以为一举可拔,悉力尽攻,谋破我堰,我决堰纵水,淹彼不备,就使不尽淹没,也要漂流不少。锐气一挫,自然遁去了!"原是好计。将佐等方无异言。

果然魏兵一至,即攻小城。崇祖自往督御,坐着肩舆,从容登城。魏兵举首仰望,但见他冠服雍容,不穿甲胄,首戴白纱帽,身著白绛袍,好似平居无事一般。大众很是惊讶,惟自恃人多势旺,也不管他甚么态度,当即蚁附攻城。不意澎湃一声,大水骤至,城下一片汪洋,害得魏兵无从立足,慌忙倒退。怎奈前队兵士,被后队挤住,一时不能速走,那流水最是无情,霎时间淹去人马,已达千数,余众拚命奔逃,也已拖泥带水,狼狈不堪。这一场的挫败,把魏兵一股锐气,销磨了一大半。崇祖仍将肥堰筑好,还驻寿阳,一面派兵往朐山,令他埋伏城外,与城中相呼应,防敌往攻。魏将梁郡王嘉,心果未死,移师往攻朐山,甫至城下,伏兵齐起,与守卒内外夹击,又杀伤魏兵千余。梁郡王嘉,只好麾众北走,退出豫州境外去了。

先是崇祖在淮上,谒见齐主萧道成,便自比韩信、白起,众皆未信。及捷报入都,齐主语朝臣道:"我原料他力能制虏,今果如是,真是朕的韩、白呢!"可惜是为汝爪牙,终累盛名。遂进官都督,号平西将军,增封千五百户。崇祖闻陈显达、李安民等,得增给军仪,因也上表请求,随即奉到朝廷敕书,谓卿才如韩、白,比众不同,今特赐给鼓吹一部,崇祖拜受。又恐魏骑转寇淮北,奏徙下蔡城至淮东。

是年夏季,魏兵果欲攻下蔡,既闻内徙,乃声言当平除故城。崇祖麾下诸将佐,虑虏骑设戍故城,崇祖道:"下蔡距镇甚近,虏岂敢立戍,不过欲平城示威罢了。我当率众往击,休使轻视!"遂率众渡淮。正值魏兵毁掘城址,便驱兵杀将过去,吓得魏兵弃去器械,匆匆退走。崇祖趁势奋击,追奔数十里,杀获数千人,到了日暮,才收军回城。垣氏威名,从此远震。

越年,魏兵复侵齐淮阳,军将成买,拒守甬城。齐遣将军李安民、周盘龙等,领兵往援,买亦出城与战。魏兵分头抵敌,很是厉害,买竟战死。李安民、周盘龙等与魏兵相持,未分胜负。那魏兵已战胜买军,并力来围李、周两人,盘龙子奉叔,率壮士二百人,突入魏兵阵内,又被魏兵围住,或言奉叔陷殁,惹得盘龙性起,跃马奋矟,杀入魏阵,所向披靡。奉叔乘隙杀出,闻知乃父陷入,复转身杀进,救父盘龙。父子两骑萦扰,十荡十决,得将魏兵击退。李安民驱军追上,力破魏兵,魏兵约有数万,四散奔逃,乃不敢再窥齐境。刘昶亦打消前念,还居平城。

既而齐遣参军车僧朗,至魏行聘,魏主宏问僧朗道:"齐辅宋日浅,何遽登大位?"僧朗答道:"唐、虞登庸,身陟元后,魏、晋匡辅,贻厥子孙,这都是因时制宜,不容相提并论呢。"魏主却也不加辩驳,惟赐宴时,尚有宋使一人,因萧齐篡宋,留住魏都,至是也召入列宴,位置在僧朗上首。僧朗不肯就席,宋使出言诟詈,顿时恼动僧朗,拂衣趋出,仍就客馆俟命。刘昶袒护宋使,阴使人刺杀僧朗,魏主宏颇不直刘昶,厚赆丧仪,送榇南归,并遣还宋使。齐主道成,尚欲整兵北伐,只因年将花甲,筋力就衰。有时且患疾病,未免力不从心。

好容易过了四年,褚渊已进任司徒,豫章王嶷,进位司空,兼骠骑大将军,领扬州刺史,临川王映为前将军,领荆州刺史,长沙王晃为后将军,兼护军将军,南郡王长懋为南徐州刺史,安成王暠为江州刺史,召还江州刺史王延之,令为右光禄大夫。未几疾病交作,医治罔效,甚且沉重。自知不起,乃召司徒褚渊,左仆射王俭,至临光殿,面授顾命。且下遗诏道:

> 朕本布衣素族,念不到此,因藉时来,遂隆大业。风道沾被,升平可期,遘疾弥留,至于大渐。公等奉太子,愿如事朕,柔远能迩,辑和内外,当令太子敦穆亲戚,委任贤才,崇尚节俭,弘宣简惠,则天下之理尽矣。死生有命,夫复何言!

越二日,就在临光殿逝世,年五十六,在位只四年。太子萧赜嗣位,追谥为高皇帝,庙号太祖,窆武进泰安陵。齐主秉性清俭,喜怒不形,博涉经史,善属文,工草隶书。即位后,服御无华,主衣中有玉介导,或作玉导,系是冠簪。谓留此反长病源,命即打碎。后宫器物栏槛,向用铜为装饰,悉改用铁。内宫施黄纱帐,宫人著紫皮履,华盖除金花,爪用铁回钉,尝语左右道:"使我治天下十年,当使黄金与土同价。"即使天假之年,恐亦未能得此,且恭俭乃是小善,不能掩篡弑大恶,夸诞何为!

自齐主殁后,嗣主赜力从俭约,尚有父风。赜小字龙儿,为刘昭后所出。刘昭后见上。生赜时,与始陈孝后同梦,见龙据屋上,因字赜为龙儿。赜少受

第二十七回　膺帝箓父子相继　礼名贤昆季同心

父训，颇具韬略，后来亦屡立战功，至是得承遗统，升殿即位，命司徒褚渊录尚书事，尚书左仆射王俭为尚书令，车骑将军张敬儿为开府仪同三司，司空豫章王嶷为太尉，追册故妃裴氏为皇后。裴氏为左军参军裴玑之女，纳为太子妃，建元三年病殁，予谥曰穆，故前称穆妃，后称穆皇后。立长子长懋为太子，次子子良为竟陵王，三子子卿为庐陵王，四子子响，出为豫章王嶷养子，未得受封，五子子敬为安陆王，六子早夭，七子子懋为晋安王，八子子隆为随郡王，九子子真为建安王，十子子明为武昌王，十一子子罕为南海王，余子并幼，因特缓封。尚有幼弟数人，前尚年少，未得封爵，乃特封皇十二弟锋为江夏王，十五弟锐为南平王，十六弟铿为宜都王，后来又封十八弟铄为晋熙王，十九弟铉为河东王，总计齐祖萧道成，共生十九男，自赜以下至十一子，已见前回，十三十四十七子，早亡无名，史家称为高祖十二王。衡阳王钧出继，不在此例。太子长懋子昭业，亦得受封为南郡王。司徒褚渊，复进位司空。且由嗣主赜召宴东宫，群臣多半列座，右卫率沈文季，与渊谈论，语言间偶有龃龉。渊不肯少让，文季怒道："渊自谓忠臣，他日死后，不知如何见宋明帝！"渊亦老羞成怒，起座欲归，还是齐主赜好言劝解，特赐他金镂柄银柱琵琶。朝秦暮楚，不啻倡伎，应该特赐琵琶。乃顿首拜受，终席始出。

越宿入朝，天气盛热，红日东升，渊用腰扇为障。功曹刘祥，从旁揶揄道："作这般举止，怪不得没脸见人！但用扇遮面目，有何益处？"渊听入耳中，禁不住开口道："寒士不逊。"祥冷笑道："不能杀袁、刘，怎得免寒士！"渊惭不能答，自是愧愤成疾，竟致谢世。渊丰采过人，独眼多白睛，世拟为白虹贯日，指作宋氏亡征。亦太附会。殁时年四十八岁。长子贲为齐世子中庶子，领翊军校尉，既丁父忧，当然免职。及服阕进谒，诏授侍中，领步军校尉，贲固辞不拜。渊曾封南康公，贲当袭爵，他复让与弟蓁，自称有疾。大约是耻父失节，所以守志不仕，营墓终身，这也可谓善干父蛊了。幸有此儿。

越年改元永明，授太尉豫章王嶷领太子太傅，护军将军长沙王晃为南徐州刺史，镇北将军竟陵王子良为南兖州刺史。召还豫州刺史垣崇祖，令为五兵尚书。中兵、外兵、骑兵、别兵、都兵为五兵。改司空谘议荀伯玉为散骑常侍。从前齐主赜为太子时，年已强仕，与乃父同创大业，朝政多由专断，幸臣张景真，骄侈僭拟，内外莫敢言，独司空谘议荀伯玉，密白宫廷，齐祖道成，即命检校东宫，收杀景真，且宣敕诘责太子。赜惊惶称疾，月余尚难回父意，几乎储位被易，幸亏豫章王嶷无意夺嫡，孝悌兼全，王敬则又替赜救解，始免易储。但伯玉益得上宠，赜更引为怨恨，与伯玉势不相容。垣崇祖亦未尝附赜，当破魏入朝时，尝与太祖密谈终夕，赜亦未免怀疑；因此即位改元，便召崇祖入都，佯为抚慰。过了数月，密嘱宁朔将军孙景育，诬告崇祖构煽边荒,意图不轨,伯玉与为勾结,约期作乱等事,遂将崇祖伯玉,收系狱中,论死处斩。

车骑将军张敬儿因佐命有功,很得宠遇,家中广蓄妓妾,奢侈逾恒。初娶毛氏,生子道文,后见尚氏女有美色,竟将毛氏休弃,纳尚氏为继妻。尚氏尝语敬儿道:"从前妾梦一手热,君得为南阳太守,嗣梦一脾热,君得为雍州刺史,近复梦半身热,君得为开府仪同三司,今且梦全体俱热,想又有绝大的喜事了。"要杀头了。敬儿大悦,私语左右,当有人报入宫中。齐主赜不能无疑,敬儿又遣人贸易蛮中,朝廷又疑他勾通蛮族。适华林园设斋超荐,朝臣皆奉敕入园,敬儿亦往。才经入座,即有卫士突出,拿下敬儿。敬儿自脱冠貂,愤然投地道:"都是此物误我!"贪图富贵者其听之!下狱数日,便即诛死,子道文、道畅、道固、道休并伏诛,惟少子道庆赦免。聊为汝阴吐气。弟恭儿官至员外郎,留居襄阳,闻敬儿被诛,率数十骑走蛮中。

小子尝阅《宋书》,得悉敬儿兄弟略迹。敬儿初名狗儿,恭儿名猪儿,宋明帝因他名称鄙俚,改名敬儿、恭儿。敬儿叛宋佐齐,做了一个开国功臣,总道是与齐同休,哪知阅时未几,父子同死刀下,这可见助恶附逆的贼臣,侥幸成功,也不能富贵到底,人生亦何苦不为忠义呢!敬儿本南阳人,曾在襄阳城西,筑造大宅,储积财货。恭儿虽官员外郎,却不愿出仕,并与敬儿异居,自处上保村中,起居饮食,不异凡民,自虑为兄受累,乃窜迹蛮穴。后来上表自首,历陈本末,齐主赜亦知他与兄异趣,下诏原宥,仍得还家。一死一生,公理自见,本书不嫌琐叙,实欲唤醒梦梦。

侍中王僧虔,为宋太保王弘从子,世为宰辅。齐祖萧道成,素与僧虔友善,所以开国前后,特加重任。齐祖善书,僧虔亦善书,两人尝各书一纸,比赛高下,书毕,齐祖笑示僧虔道:"谁为第一?"虔答道:"臣书第一,陛下书亦第一。"齐祖复笑道:"卿可谓善自为谋了。"建元三年,出任湘州刺史,都督湘州诸军事,永明改元,召还都中,授侍中左光禄大夫,开府仪同三司。僧虔累表固辞。尚书令王俭,系僧虔从子,僧虔与语道:"汝位登三事,将邀八命褒荣,我若复得开府,是一门有二台司,岂不是更增危惧么!"既而得齐主敕书,收回开府成命,改授侍中特进左光禄大夫。

或问僧虔何故辞荣?僧虔答道:"君子所忧无德,不忧无宠,我受秩已丰,衣暖食足,方自愧才不称位,无自报国,岂容更受高爵,加贻官谤!且诸君独不见张敬儿么?敬儿坐诛,不特子姓受殃,连亲戚亦且坐罪。谢超宗门第清华,不让敝族,今亦因张氏赐死,你道可怕不可怕呢!"原来超宗为谢灵运孙,好学有文辞,宋孝武帝时,为新安王子鸾常侍,曾为子鸾母殷淑仪作诔,孝武帝大为叹赏,谓超宗殊有凤毛,当是灵运复出,遂迁为新安王参军。足补前

第二十七回　膺帝箓父子相继　礼名贤昆季同心

文十九回之阙。后来齐祖萧道成为领军,爱超宗才,引为长史。萧氏受禅,迁授黄门郎,嗣因失仪被黜,竟至免官,超宗未免怨望。及萧赜嗣统,使掌国史,除竟陵王谘议参军,益怏怏不得志。尝娶张敬儿女为子妇,敬儿死后,超宗语丹阳尹李安民道:"往年杀韩信,今年杀彭越,尹亦当善自为计!"安民具状奏闻,齐主赜遂收系超宗,夺官戍越,行至豫章,复赐自尽。所以僧虔引为申诫。

僧虔于永明三年病殁,追赠司空,赐谥简穆。王俭本僧绰子,僧绰遇害,俭由僧虔抚养成人。至是为僧虔守制,表请解职。齐主不许,但改官太子少傅。向例太子敬礼师长,二傅从同,此时朝廷易议,太子接遇少傅,视同宾友。太子长懋,颇知好学,每与俭问答经义,俭逐条解释,曲为引申。竟陵王子良、临川王子映,亦尝侍太子侧,互相引证。天渊讲学,望重一时,子良尤好宾客,延揽文士。永明五年,进官司徒,他却移居鸡笼山,特开西邸,召集名流,联为文字交。当时如范云、萧琛、任昉、王融、萧衍、谢朓、沈约、陆倕八人,皆有才誉,子良各与相亲,号为八友。次如柳恽、王僧孺、江革、范缜、孔休源等,亦皆预列。惟太子好佛,子良亦好佛,东宫尝开拓玄圃,筑造楼观塔宇。子良亦就西邸中,开厦辟舍,营斋造经,召致名僧,日夕呗诵。*萧氏好佛,此为先声。* 范缜屡言无佛,子良道:"汝不信因果,何故有富贵贫贱?"缜答道:"人生与花蕊相似,随风飘荡,或吹入帘幌,坠诸茵席,或吹向篱墙,落诸粪坑。殿下贵为帝胄,譬如花坠茵席,下官贱为末僚,譬如花落粪坑,贵贱虽殊,究竟有甚么因果呢!"*理由亦未尽充足。* 缜又著《灭神论》,以为神附于形,形存神自存,形亡神亦亡,断没有形亡神存的道理。子良使王融与语道:"卿具有美才,何患不得中书郎,奈何矫情立异,自辱泥涂!"缜笑说道:"使缜卖论取官,就使不得尚书令,也好列入仆射了。"

范云即缜族兄,子良尝奏白齐主,请简云为郡守,齐主赜道:"我闻云卖弄小材,本当依法惩治,就使不尔,亦将饬令远徙。"子良道:"臣有过失,云辄规谏,谏草具存,尽可复核。"遂取云谏书上呈,由齐主赜检阅,约百余纸,词皆切直,因语子良道:"不意云能如此直言,我当长令辅汝,怎可使他出守!"太子长懋,尝出东田观获,顾语僚佐道:"刈此亦殊可观。"众皆唯唯,不复置议,独云趋前进言道:"三时农务,关系国计民生,伏愿殿下知稼穑艰难,毋令一朝游佚!"太子闻言,改容称谢。齐主赜素好射雉,云复劝子良进谏,代为属草。大略说是:

> 鸾舆亟动,天跸屡巡,陵犯风烟,驱驰野泽,万乘至重,一羽甚微,从甚微之欢,忽至重之诚,臣窃以为未可也。顷郊郭以外,科禁严重,匪直刍牧事罢,遂乃窀掩殆废。且田月向登,桑时告至,士女呼嗟,易生噂议,弃民从欲,理未可安。曩时巡幸,必尽威防,领军景先,高帝从子。詹事

赤斧，高帝从祖弟。坚甲利兵，左右屯卫。令驰骛外野，交侍疏阔，晨出晚还，顿遗清道，此实愚臣最所震迫耳。况乎卫生保命，人兽不殊，重躯爱体，彼我无异，故语云闻其声不食其肉，见其生不忍其死。今以万乘之尊，降同匹夫之乐，夭杀无辜，易致伤仁害福。菩萨不杀，寿命得长，施物安乐，自无恐怖，姑无论驰射之足以致危，即此动辄伤生，亦非陛下祈天永命之意。臣本庸愚，齿又未及，以管窥天，犹知得失，庙廊之士，岂闻是非，未闻一人开一说，为陛下远害保身，非但面从，亦畏威耳！臣若不启，陛下于何闻之？

齐主赜览表，颇为感动，不复出射。

会因连年无事，齐主有志修文，特命王俭领国子祭酒，就在俭宅开学士馆，举前代四部书，充入馆中。俭夙娴礼学，谙究朝仪国典，所有晋、宋故事，无不记忆，当朝理事，判决如流，发言下笔，皆有精采。十日一还学，监试诸生，巾卷在庭，剑卫令史，仪容甚盛，自作解散髻，斜插帻簪，朝野吏士，相率仿效。俭尝语人道："江左风流宰相，唯有谢安。"言下寓有自拟意。恐怕勿如。至永明七年，遇疾而殁，年才三十八岁。礼官欲谥为文献。吏部尚书王晏，与俭有嫌，特入启齐主道："此谥自宋氏以来，不加异姓。"齐主赜乃令改谥文宪，追赠太尉侍中中书监，旧封南昌公，仍使如故。一切丧葬礼制，悉依前太宰褚渊故事。小子有诗咏王俭道：

斜簪散髻号风流，侈拟东山转足羞。
谢傅不为桓氏党，如何附势倡奸谋！

未几为永明八年，巴东王子响，忽有谋反消息，又惹起一番兵祸来了。究竟子响是否谋反？容待下回表明。

萧赜嗣位，即杀垣崇祖、荀伯玉，盖亦一雄猜之主也。崇祖为萧齐健将，御房有功，正宜令彼扞边，永作干城，乃以青宫私怨，诬罪处死，其冤最甚。伯玉亦无可杀之罪，挟嫌报怨，置诸死地，究属非宜，即如张敬儿之伏诛，诛之可也，令诛者为齐主萧赜，不可也。彼佐齐篡宋，甘为贼首，虽死尚有余辜，但于齐则固为佐命功臣，杀之不以道，我且为敬儿呼冤矣。褚渊、王俭，身为贰臣，皆不足道。王僧虔因贵知惧，犹不失为智士，然赍宋玺绶，送入齐宫，对诸袁粲、刘秉，当有愧色。绳以春秋贼讨之义，其亦褚渊之流亚乎？长懋兄弟，敬师下士，颇有可取；然江左文人，尚风流而少气节，虽得百士，亦属无补。且佞佛呗经，几与村妪相似，是亦不足观也已。

第二十八回　造孽缘孽儿自尽
　　　　　　　全愚孝愚主终丧

　　却说巴东王子响,系齐主赜第四子,本出为豫章王嶷养儿。嶷早年无子,后来连生五男,乃命将子响还本,进封巴东王。永明七年,由江州刺史调镇荆州,都督荆、襄、雍、梁、宁、南北秦七州军事。子响少年好武,膂力绝人,能开四斛重硬弓。自选壮士六十人,被服甲胄,随从左右。莅镇年余,辄在内斋杀牛置酒,犒飨壮士,又令内人私做锦袍绛袄,与蛮人交易器仗。长史刘寅等,密表上闻。齐主赜遣使查问,子响拒不见面,先将刘寅等拿下,一一杀毙。朝使奔归阙下,报明齐主,齐主当然动怒,即召将军戴僧静入朝,令他统兵万人,往讨子响。

　　僧静奏道:"巴东王少年喜事,不知审慎,长史等亦操持太急,忿不思难,所以致此。试想天子儿过误杀人,也没有甚么大罪,骤然遣军西进,反致人情惶惧,恐非良策,还请陛下三思!"僧静所奏,似是而非。齐主乃别遣卫尉胡谐之,游击将军尹略,中书舍人茹法亮,带领甲仗数百人,驰往江陵,查捕群小,且传诏道:"子响若束身来归,当许保全生命。"

　　谐之等行至江津,筑城燕尾洲,遣传诏石伯儿,诣江陵城抚慰子响,子响闭门不纳,但白服登城,呼语伯儿道:"天下岂有儿子叛父的道理?长史等捏造蜚言,负我太甚,所以将他杀死。我罪不过擅杀,便当单骑还阙,自请处分,何必筑城相逼,欲捉我报功呢!"伯儿返报燕尾洲,尹略愤然道:"擅杀长史,罪已非轻,今又拒绝诏使,还好说是不反么?"遂欲整众攻城。子响闻报,乃杀牛具酒,遣使至燕尾洲犒军。略将来使拘住,所有牛酒,悉委江流。太为造孽,所以速死。

　　子响又使人走告法亮,愿见传诏,法亮复把他拘系。于是子响怒起,洒泪誓众,集得府州兵卒二千人,即令养士六十人为前导,从灵溪西渡,直薄燕尾洲,自与百余人跨马后随,押着连臂弓数十张,接应前军。尹略不管好歹,一闻叛兵驰至,即驱兵出敌,趋至堤上,正遇叛兵相值,不暇问答,便与交锋,叛兵头目王冲天,左手执盾,右手执刀,恶狠狠的向前冲突,略挺枪拦阻,才经数合,杀得略气喘吁吁,臭汗直流,慌忙虚幌一枪,勒马返奔,不防叛兵里面,发出无数硬箭,没头没脑的射来。略正叫苦不迭,忽听见"飕"的一声,那箭镞已射着项后,贯入颈中,一时忍不住痛,晕落马下。巧巧王冲天追到,顺手一刀,剁作两段。该死。余众死了一半,逃还一半。王冲天持盾陵城,茹法亮胆怯即奔,胡谐之亦弃城退走。燕尾洲的城垒,被王冲天毁去。

齐主赜接得败报,再遣丹阳尹萧顺之,率军讨逆。顺之为齐祖道成族弟,尝从齐祖为军副,所向有功。顺之为梁主萧衍父,故特别提明。石头一役,黄回顺流直下,由顺之坐据朱雀桥,从容镇定。回凤仰威名,始不敢进攻。补二十五回所未及。齐祖倚若左右手。赜为太子时,顺之尝至东宫问讯,豫章王嶷在侧,赜指示道:"我家若非此翁,无以致今日!"及赜既嗣祚,颇相忌惮,故不使入居台辅,但封为临乡县侯,授领军将军,兼丹阳尹。此次奉命西行,威声先达,叛兵望风生畏,相率散去。王冲天也无能为力了。

子响知事不济,自乘小舰赴建康。太子长懋,素忌子响,密与顺之书,谓须早为了结,勿令生还。顺之乃截住子响。子响穷蹙,进见顺之,乞顺之代为申诉,顺之不许。又请随诣阙前,自行请死,顺之又不许。子响乃索纸笔,手书绝启,托顺之代呈,随即解带自经,年只二十三岁。其启文中有云:

刘寅等入斋检校,具如前启。臣罪既山海,分甘斧钺,奉敕遣胡谐之、茹法亮等,俯赐重劳,胡、茹竟无宣旨,便建旗入津,对城南岸,筑城相逼。臣累遣书信,招呼法亮,乞白服相见,乃卒不见从,遂致群小惶怖,酿成攻战,此臣之罪也。臣于是月二十五日,束身投军,希还天阙,停宅一月,臣自取尽,可使齐代无杀子之讥,臣无逆父之谤,既不遂心,今便命尽。临启哽咽,知复何陈!

顺之窜改数语,方才进呈,廷臣又奏绝子响属籍,乃削夺爵邑,废为庶人,改姓为蛸。余党依次搜捕,分别定罪,刘寅等统皆赠官。后来齐主赜游华林园,见一猿跳掷悲鸣,不觉奇诧起来。左右进言道:"猿子前日坠崖,竟致跌死,所以老猿如此哀鸣!"齐主赜览物生感,禁不住悲从中来,太息泪下。先是高祖弥留,尝戒赜道:"宋氏非骨肉相残,他族怎得乘弊?汝宜知戒,勿忘予言!"赜涕泣受教,嗣位后待遇子弟,虽不甚苛刻,但亦未尝相亲。长沙王晃为南徐州刺史,罢职归都,载还兵仗数百人,赜尝禁诸王蓄养私仗,闻晃违命犯法,立欲科罪,亏得豫章王嶷顿首代请道:"晃罪原不足宥,但陛下当忆先朝,垂爱白象!"说至此,呜咽不能成声。赜亦泣下,乃搁置不提。白象系晃小字,最得父宠,故嶷有此言。武陵王晔,尝入宫侍宴,醉后伏地,冠上貂抄入肉柈。音盤,义亦相通。齐主赜笑道:"肉且污貂,岂不可惜!"晔因醉忘情,率尔奏对道:"陛下未免爱羽毛,疏骨肉了!"齐主不禁变色,饶有怒容。既而游宴东田,诸王皆应召趋至,独不闻召晔。豫章王嶷面请道:"风景颇佳,诸弟毕集,可惜只缺一武陵!"齐主赜乃宣晔入宴,酒后命诸王赌射,连发数矢,无不中

第二十八回　造孽缘孽儿自尽　全愚孝愚主终丧

的。遂顾语四座道:"手法如何?"座间多半喝采,惟齐主有不悦状,嶷已窥破隐情,即面白齐主道:"阿五平日,没有这般善射,今日仰仗天威,所以发无不中。"好兄弟,我愿崇拜之。齐主赜乃开颜为笑,畅饮而归。补入此段,以表齐主赜之好猜。至子响缢死,不得丧葬,豫章王嶷复上疏乞请道:

　　臣闻将而必戮,炳自春秋,罄于甸人,著于经礼,犹怀不忍之言,尚有如伦之痛,岂不事因法往,情以恩留?故庶人蛸子响,识怀靡树,见沦不逞,肆愤一朝,取陷凶德,遂使迹怜非孝,事近无君,身膏草野,未云塞衅。但鞁矢倒戈,归罪司戮,即理原心,亦既迷而知返,衅骨不收,辜魂莫赦,抚今追往,载伤心目。伏愿一下天矜,爰诏蛸氏,使得安兆未郊,旋窆余麓,微列苇籁之容,薄申封树之礼,岂仅穷骸被德,实且天下归仁。臣属忝皇枝,偏蒙友睦,以臣继别未安,子响言承出命,提携鞠养,抚恩成人。虽辍胤蕃条,归体璇萼,循执之念不移,传训之怜何已?敢冒宸严,布此悲诚,涕泣上闻!

齐主赜始尚未许,嗣经嶷入宫申请,乃命将子响营葬,赐封鱼复侯。嶷身长七尺八寸,善持容范,文物卫从,礼冠百僚。每出入殿省,人皆瞻仰,他却深自敛抑,事上甚谨,对下亦恭,始终保全同气,曲意周旋。每见父兄盛怒,辄婉言劝解,片语回天。乃父原是钟爱,乃兄亦友爱日深,就是内外大臣,亦无一与忤,相率敬服。道成有此佳儿,却是难得。

永明五年,嶷进位大司马,至七年表求还第。有诏令嶷子子廉,代镇东府,遇有军国重事,常召入谘询,或且就第与商。有时车驾出游,必令嶷相随。嶷妃庾氏有疾,内侍屡奉旨往省,及疾已渐瘳,齐主挈领妃嫔,统往嶷宅庆贺,且先敕外监道:"朕往大司马第,不啻还家,汝等但当清道,不必屏除行人。"既至嶷第,趋入后堂,张乐设饮,欢宴终日。嶷执卮上寿,且语齐主道:"古来颂祝圣寿,尝谓寿如南山,就是世俗相沿,亦必称皇帝万岁,愚以为言近虚浮,反欠切实,如臣所怀,愿陛下寿享百年,意亦足了!"齐主笑道:"百年何可必得,但教东西一百,便足济事。"嶷矍然道:"陛下年逾大衍,臣年亦将半百,百岁已周,怕不能再过百年么?"齐主亦自觉失言,一笑而罢。饮至月上更催,方率宫人还宫。

偏齐主酒后率词,竟同摽语。转瞬间为永明十年,嶷正四十九岁,忽然抱病,病且日甚,齐主屡往问视,遍召名医诊治,无如寿数已尽,药石难回。长子子廉,次子子恪,侍疾在侧,嶷顾语道:"人生在世,本无常境,我年已老,死不为夭,但望汝兄弟共相勉厉,笃睦为先,才有优劣,位有通塞,运有富贫,这是理数使然,不必强求,若天道有灵,汝等各自修立,便足保全世祚。勤学行,守基业，治闺庭，尚闲素，如此自无忧患。圣主储君及诸亲贤，当不以我死易情，我死后丧葬从俭，祭祀毋丰，我虽才愧古人，颇不以遗财为累，所余薄资，汝有弟未婚，有妹未嫁，可量力办理。后事甚多，不能尽告，汝兄弟依理而行，我死亦瞑目了！"遗训足传后世。子廉等垂泪受教。嶷又申述己意，命子廉草遗启道：

臣自婴今患，亟降天临。医走术官，泉开藏府，慈宠优渥，备极人臣。臣生年疾迫，遽阴无几，愿陛下审贤与善，极寿苍昊，强德纳和，为亿兆御。臣命违昌数，奄夺恩怜，长辞明世，伏涕呜咽！

启奏草就，齐主又自来省视，握手欷歔。嶷略说数语，无非是启中大意。齐主尚嘱他保重，流涕自去。傍晚又枉驾过问，嶷已口不能言，对着齐主一喘而终。齐主悲不自胜，掩面还宫，越宿即下诏道：

宠章所以表德，礼秩所以纪功，慎终追远，前王之盛策，累行酬庸，列代之通诰。故使持节都督扬、南徐二州诸军事大司马、领太子太傅扬州牧豫章王嶷，体道秉哲，经仁纬义，挺清誉于弱龄，发韶风于早日，缔纶霸业之初，翼赞皇基之始，孝睦著于乡闾，忠谅彰乎邦邑。及秉德论道，总牧神甸，七教必荷，六府咸理，振风润雨，无愆于时候，恤民拯物，有笃于矜怀。雍容廊庙之华，仪形列郡之观，神凝自远，具瞻允集。朕友于之深，情兼家国，方授以神图，委诸庙胜。缉颂九弦，陪禅五岳。天不愁遗，奄焉薨逝，哀痛伤惜，震恸乎厥心。今先远戒期，寅谋袭吉，宜加茂典以协徽猷，可赠假黄钺都督中外诸军事扬州牧，具九服锡命之礼，侍中大司马太傅王如故。给九旒銮辂，黄屋左纛，虎贲班剑百人，辒辌车前后部羽葆鼓吹葬送，仪依汉东平献王故事，以示朕不忘勋亲之至意。

嶷殁后第库无现钱，一切丧葬费用，皆由国库支给，原不消说。齐主又月给现钱百万，赡养子孙，并赐谥文献。自夏经秋，内廷不举乐，不设宴，好算君臣兄弟，善始善终了。原是叔世所罕闻。是年授司徒竟陵王子良为尚书令，领扬州刺史，更命西昌侯萧鸾为尚书左仆射。鸾系齐祖道成兄子。父即始安王道生，道生早殁，鸾年尚幼，为叔父所抚养。宋泰豫元年，出为安吉令，颇有吏才，升明中累迁淮南、宣城二郡太守。齐建元二年，封西昌侯，调郢州刺史。永明元年入为侍中，领骁骑将军，至是复擢为尚书左仆射，渐渐的位高望重，专制朝权。这且待后再表。隐伏一案。

且说魏主宏秉性孝谨，事无大小，悉禀命慈闱。宏本后宫李夫人所出，由冯太后抚养成人。见二十三回。宏为太子，李夫人依例赐死，宏终不知为谁氏所生，但从幼随着太后冯氏，视祖母如生母一般，所以乃父遇害，越觉孝顺太后。太后冯氏，已尊为太皇太后，临朝称制，乐得恣行威福，任意欢娱。尚书王睿，出入闱闼，不数年便为宰辅，加封至中山王，赏赐无算，已而睿死，赐谥立庙，令文士作诔，约百余篇。秘书令李冲，是太后第二情夫，密加赐赉，也不可胜纪。宦官王琚、张祐、符承祖等，送暖迎新，非常得宠，自微阉拔为大官，居然得拜爵崇封。

太后自知内行不谨，常令权阉侦察内外，遇有谤言丑语，立刻捕至，也不关白魏主，便即杀毙。青州刺史南郡王李惠，为魏主宏母舅，所历各郡，颇有政声，只不合评谤宫闱，致为冯太后所闻，竟诬他谋逆，屠戮全家。惟待遇勋旧，恩礼不衰。就使宠臣有过，亦不肯少恕，动加箠楚，多至百余，少亦数十。不过性无宿憾，过必罚，功必赏，往往昨日受刑，明日升官，所以人无怨言，反愿效死。这是英雌手段。

中书令光禄大夫高允，历事五朝，出入三省，居官五十余年，资望最隆，年逾九十，因老乞归。冯太后怀念老成，仍用安车征至平城，拜为中书监，特命乘车入殿，朝贺不拜，且使他申定律令。允老眼无花，按律审刑，折衷至当，尝慨然叹道："刑狱为人命所系，不容轻忽。古称至德如皋陶，明刑弼教，应无枉滥，后嗣子孙，英六先亡。况在常人，可不再三审慎么！"冯太后代主下诏，谓允家贫养薄，饬传乐部十人，五日一诣允第奏乐娱允，朝哺给膳，朔望致牛酒，月给衣服绵绢，入见备几杖。垂问政事，允知无不言。魏主宏太和十一年，允病殁都城，年九十八，追赠司空，予谥曰文。

越三年冯太后病殂，年四十九。魏主宏哀毁过礼，勺饮不入口，约有五日。何不使李冲等殉葬。群臣上章固谏，始进一粥，王公表请依例茔葬，魏主宏有诏答道："奉侍梓宫，犹希仿佛，山陵迁厝，尚未忍闻！"王公等又复固请，乃奉葬永固陵。太尉荥阳王拓跋宏，申请勉抑至情，循行旧典。魏主宏又道："祖宗志在武略，未遑修文，朕仰禀圣训，思习古道，论时比事，与先世不同。况圣人制礼，卒哭变服，夺情以渐，今甫及旬日，即从吉服，岂非有违古礼么？"秘书丞李彪道："汉明德马后，保养章帝，后崩后葬不淹旬，旋即从吉，章帝不受讥，明德不损名，愿陛下垂察！"魏主宏复道："朕眷恋衰绖，情所未忍，并非矫饰沽名，且公卿尝称四海晏安，礼乐日新，可以参美唐、虞，今乃苦夺朕志，使朕不得逾魏、晋，究是何意？"群臣尚未及答，魏主宏申说道："朕闻高宗谅闇，三年不言，若不许朕衰绖视事，理应拱默礼庐，委政冢宰，二事惟公卿所择！"尚书游明根对道："渊默不言，大政将旷，仰顺圣心，请从衰服！"魏主宏呜咽道："朕处不言地位，不应如此喋喋；但公卿欲夺朕情，遂至烦言，追念慈恩，叫朕如何释念哩！"说至此，号哭而入。顾小失大，迂愚可笑。群臣亦流涕退出。

既而有诏颁发,决行期年衰服,近臣亦皆服衰,外臣得变服就练,七品以下,除服从吉。于是公卿以下,莫敢异议,追谥太皇太后,为文明太后,且屡次谒祭永固陵。

越年元旦,魏主宏乃临朝听政。看官,你道魏主宏这般孝思,究竟是大孝呢,还是小孝呢？想看官阅过上文,应知冯太后这般行为,不该出此孝孙,小子也无容评断了。不贬之贬,尤甚于贬。

齐主萧赜,特派散骑常侍裴昭明,侍郎谢竣,如魏吊丧,意欲朝服行事。魏命著作郎成淹,据经辩驳。昭明等无词可答,乃改易吊服,魏亦命散骑常侍李彪,随使报聘。既至齐廷,齐为置宴设乐,彪固辞道："主上孝思罔极,兴坠正失,朝臣虽除衰绖,尚是素服从事,使臣何敢仰叨盛贶呢！"齐主见他尽礼,颇加器重,因撤乐留饮,馆待数日。及彪陛辞北还,车驾亲送至琅琊城,且命群臣赋诗,作为嘉宠。彪亦申谢而去。嗣是南北又复通使,彪六次往返,均不辱命。那魏主宏却有心复古,正祀典,作明堂,营太庙,周年祥祭,易服终哭,谒永固陵,哀瘠殊甚。

先是冯太后在日,忌宏英敏,恐于己不利,尝在严寒时候,幽诸空室,绝食三日,意欲把他废立,还幸朝右大臣,上疏切谏,因得释出。嗣又由权阉暗中诬构,致宏无故受杖,宏竟毫不介意。

及丧已逾期,还是哭泣不休,魏臣多退有后言。可巧隆冬大旱,兼遇大风,司空穆亮,借此进谏。谓天子父天母地,子或过哀,父母亦必不欢,今和气不应,未始非过哀所致,愿陛下袭轻裘,御常膳,庶使天人交庆云云。魏主宏却下诏辩驳,说是孝悌至行,无所不通。今飘风旱气,是由诚慕未深,不能格天,所言咎本过哀,殊为未解等语。

冯太后尝欲家世贵宠,简选冯熙二女,充入掖廷。后宫林氏,生皇子恂,魏主宏拟废去故例,不令林氏自尽,独冯太后不肯俯允,迫令依旧施行。恂尚未得立储,林氏却先勒死。到了太和十七年,魏主终丧,始知生母为李夫人,追尊为思皇后,并册谥故妃林氏为贞皇后。惟总不忘冯氏旧恩,续立冯熙次女为皇后,长女为昭仪。昭仪系是庶出,所以妹尊姊卑。只是娥眉争宠,狐媚工谗,免不得要搅乱宫闱了。小子有诗叹道：

　　背父忘仇已不伦,哪堪更尔顾私情？
　　国风敝笱贻讥久,二女如何再近身！

北朝方隐构内衅,南朝又迭报大丧。欲知一切情形,待至下回申叙。

子响非真好叛者,误在任性好杀,不明是非。戴僧静谓其忿不思难,固也。谓天子儿杀人，无甚大罪，则其言实谬。法为天下共守之法，岂人主所得而私废乎？茹法亮、尹略等，又激动兵戈，致子响身罹大戮，投缳自尽，不足为冤。但齐主赜纵容于先，抑勒于后，失君臣之义，伤父子之情，感猿兴悲，嗟何及哉！豫章王嶷，仁恕廉谨，德望冠时，史家以嶷比周公，原为过誉。惟庸中佼佼，铁中铮铮，叔季有此人，应当崇拜，亟表扬之以风后世，亦尚论者应有事耳。魏冯太后亲弑上皇，律以不共戴天之义，嗣主宏应负深仇；况秽渎宫闱，淫乱禁掖，拘而废之，亦为通变达权之举。顾乃生尽孝养，没尽哀思，祖父不可忘，君父独可忘乎？忘君不忠，忘父不孝，忠孝已乖，反与仇人而事之，淫后而尊之，可已不已，不可已而已，斯其所以为蛮夷之孝也夫！

第二十九回　萧昭业喜承祖统　魏孝文计徙都城

却说齐主赜永明十一年，太子长懋有疾，日加沉重，齐主赜亲往东宫，临视数次，未几谢世，享年三十六岁，殓用衮冕，予谥文惠。长懋久在储宫，得参政事，内外百司，都道是齐主已老，继体在即。忽闻凶耗，无不惊悚。齐主赜抱痛丧明，更不消说。后经齐主履行东宫，见太子服玩逾度，室宇过华，不禁转悲为恨，饬有司随时毁除。

太子家令沈约正奉诏编纂《宋书》，至欲为袁粲立传，未免踌躇，请旨定夺。齐主道："袁粲自是宋室忠臣，何必多疑！"说得甚是。约又多载宋世祖孝武帝骏。太宗明帝彧。诸鄙琐事，为齐主所见，面谕约道："孝武事迹，未必尽然，朕曾经服事明帝，卿可为朕讳恶，幸勿尽言！"约又多半删除，不致芜秽。

齐主因太子已逝，乃立长孙南郡王昭业为皇太孙，所有东宫旧吏，悉起为太孙官属。既而夏去秋来，接得魏主入寇消息，正拟调将遣兵，捍守边境，不意龙体未适，寒热交浸，乃徙居延昌殿，就静养疴。乘舆方登殿阶，蓦闻殿屋有衰飒声，不由的毛骨森竖，暗地惊惶。死兆已呈。但一时不便说出，只好勉入寝门，卧床静养。偏北寇警报，日盛一日，雍州刺史王奂，正因事伏诛，乃亟遣江州刺史陈显达，改镇雍州及樊城。又诏发徐阳兵丁，扼守边要。竟陵王子良，恐兵力不足，复在东府募兵，权命中书郎王融为宁朔将军，使掌召募事宜。会有敕书传出，令子良甲仗入侍。子良应召驰入，日夕侍疾。太孙昭业，间日参承，齐主恐中外忧惶，尚力疾召乐部奏技，藉示从容。怎奈病实难支，遽致大渐，突然间晕厥过去，惊得宫廷内外，仓猝变服。独王融年少不羁，竟欲推立子良，建定策功，便自草伪诏，意图颁发。适太孙闻变驰至，融即戎服绛袍，出自中书省阁口，拦阻东宫卫仗，不准入内。太孙昭业，正进退两难，忽由内侍驰出，报称皇上复苏，即宣太孙入侍，融至此始不敢阻挠，只好让他进去。其实子良却并无妄想，与齐主谈及后事，愿与西昌侯萧鸾，分掌国政。当有诏书发表道：

> 始终大期，贤圣不免，吾行年六十，亦复何恨；但皇业艰难，万几事重，不能无遗虑耳。太孙进德日茂，社稷有寄，子良善相毗辅，思弘治道，内外众事，无论内外，可悉与鸾参决。尚书中是职务根本，悉委王晏、徐孝嗣，军旅捍边之略，委王敬则、陈显达、王广之、王玄邈、沈文季、张瑰、薛渊等，百辟庶僚，各奉尔职。谨事太孙，勿复懈怠，知复何言！

又有一道诏书，谓丧祭须从俭约，切勿浮靡，凡诸游费，均应停止。自今远近荐馈，务尚朴素，不得出界营求，相炫奢丽。金粟缯纩，弊民已多，珠玉玩好，伤工尤重，应严加禁绝，不得有违。后嗣不从，奈何！是夕齐主升遐，年五十四，在位十一年。中书郎王融，还想拥立子良，分遣子良兵仗，扼守宫禁。萧鸾驰至云龙门，为甲士所阻，即厉声叱道：“有敕召我，汝等怎得无礼？”甲士被他一叱，站立两旁。鸾乘机冲入，至延昌殿，见太孙尚未嗣位，诸王多交头接耳，不知何语。时长沙王晃已经病殁，高祖诸子，要算武陵王晔为最长，此次也在殿中。鸾趋问道：“嗣君何在？”晔即朗声道：“今若立长，应该属我，立嫡当属太孙。”鸾应声道：“既立太孙，应即登殿。”晔引鸾至御寝前，正值太孙视殓，便掖令出殿，奉升御座，指麾王公，部署仪卫，片刻即定。殿中无不从命，一律拜谒，山呼万岁。子良出居中书省，即有虎贲中郎将潘敞，奉著嗣皇面谕，率禁军二百人，屯居太极殿西阶，防备子良。子良妃袁氏，前曾抚养昭业，颇加慈爱，昭业亦乐与亲近。及闻王融谋变，因与子良有隙。成服后诸王皆出，子良乞留居殿省，俟奉葬山陵，然后退归私第，奉敕不许。王融恨所谋不遂，释服还省，谒见子良，尚有恨声道：“公误我！公误我！”子良爱融才学，尝大度包容，所以融有唐突，子良皆置诸不理，一笑而罢。越宿传出遗诏，授武陵王为卫将军，与征南大将军陈显达，并开府仪同三司，西昌侯鸾为尚书令，太孙詹事沈文季为护军，竟陵王子良为太傅。

又越数日，尊谥先帝赜为武皇帝，庙号世祖。追尊文惠皇太子长懋为世宗文皇帝，文惠皇太子妃王氏为皇太后。立皇后何氏。何氏为抚军将军何戢女，永明二年，纳为南郡王妃，此时从西州迎入，正位中宫。先是昭业为南郡王时，曾从子良居西州，文惠太子常令人监制起居，禁止浪费。昭业佯作谦恭，阴实佻达，尝夜开西州后阁，带领僮仆，至诸营署中，召妓饮酒，备极淫乐。每至无钱可使，辄向富人乞贷，无偿还期。富人不敢不与。师史仁祖，侍书胡

第二十九回 萧昭业喜承祖统 魏孝文计徙都城

天翼,年已衰老,由文惠太子拨令监督。两人苦谏不从,私相语道:"今若将皇孙劣迹,上达二宫,恐不免触怒皇孙,且足致二宫伤怀。若任他荡佚,无以对二宫;倘有不测,不但罪及一身,并将尽室及祸。年各七十,还贪甚么余生呢!"遂皆仰药自杀。二人亦可谓愚忠。昭业反喜出望外,越加纵逸,所爱左右,尝预加官爵,书黄纸中,令他贮囊佩身,俟得登九五,依约施行。

女巫杨氏,素善厌祷,昭业私下密嘱,使呪诅二宫,替求天位。已而太子有疾,召令入侍,他见着太子时,似乎愁容满面,不胜忧虑;一经出外,便与群小为欢。及太子病逝,临棺哭父,擗踊号咷,仿佛一个孝子,哭罢还内,又是纵酒酣饮,欢笑如恒。世祖赜欲立太孙,尝独呼入内,亲加抚问,每语及文惠太子,昭业不胜呜咽,装出一种哀慕情形。世祖还道他至性过人,呼为法身,再三劝慰,因此决计立孙,预备继统。至世祖有疾,又令杨氏祈他速死,且因何妃尚在西州,特暗致一书,书中不及别事,但中央写一大"喜"字,外环三十六个小"喜"字,表明大庆的意思。有时入殿问安,见世祖病日加剧,心中非常畅快,而上却很是忧愁。世祖与谈后事,有所应诺,辄带凄声,世祖始终被欺,临危尚嘱咐道:"我看汝含有德性,将来必能负荷大业;但我有要嘱,汝宜切记!五年以内,诸事悉委宰相,五年以后,勿复委人,若自作无成,可不至怨恨了!"哪知他不能逾期。昭业流涕听命。至世祖弥留时候,握昭业手,且喘且语道:"汝……汝若忆翁,汝……汝当好作!"说到作字,气逆痰冲,翻目而逝。昭业送终视殓,已不似从前失怙时,擗踊哀号。到了登殿受贺,却是满面喜容。礼毕返宫,竟把丧事撇置脑后,所有后宫诸妓,悉数召至,侑酒作乐,声达户外。此时原不必瞒人了。

过了十余日,便密饬禁军,收捕王融,拘系狱中。融既下狱,乃嘱使中丞孔稚珪,上书劾融,说他险躁轻狡,招纳不逞,诽谤朝政,应置重刑,于是下诏赐死。融母系临川太守谢惠宣女,凤擅文艺,尝教融书学,因得成才。可惜融恃才傲物,常怀非望,每自叹道:"车前无八驺,何得称丈夫!"至是欲推戴子良,致遭主忌,因即罹祸。融上疏自讼,不得解免,更向子良求救,子良已自涉嫌疑,阴怀恐惧,哪里还敢援手,坐令二十七岁的卓荦青年,从此毕命!少年恃才者,可援以为戒。融临死自叹道:"我若不为百岁老母,还当极言!"原来融欲指斥昭业隐恶,因恐罪及老母,所以含忍而终。

齐嗣主昭业既斩融以泄恨,遂封弟昭文为新安王,昭秀为临海王,昭粲为永嘉王。尊女巫杨氏为杨婆,格外优待。民间为作《杨婆儿》歌。奉祖柩出葬景安陵,未出端门,即托疾却还,趋入后宫,传集胡伎二部,夹阁奏乐,这真所谓纵欲败度,痴心病狂了。

小子前叙世祖遇疾时,曾有北寇警报,至昭业嗣位,反得淫荒自恣,不闻外侮,究竟魏主曾否南侵,待小子补笔叙明。魏主宏雅怀古道,慨慕华风,兴礼乐,正风俗,把从前辫发遗制,毅然更张,也束发为髻,被服衮冕。且分遣牧守,祀尧舜,祭禹周公,谥孔子为文圣尼父,告诸孔庙,另在中书省悬设孔像,亲行拜祭,改中书学为国子学,尊司徒尉元为三老,尚书游明根为五更,又养国老庶老,力仿三代成制。

他尚日夕筹思,竟欲迁都洛阳,宅中居正,方足开拓宏规,因恐群臣不从,特议大举伐齐,乘便徙都。先在明堂右个,斋戒三日,乃命太常卿王谌筮易。可巧得了一个革卦,魏主宏喜道:"汤武革命,顺天应人,这是最吉的爻筮了!"尚书任城王拓跋澄趋进道:"陛下奕叶重光,帝有中土,今欲出师南伐,反得革命爻象,恐未可谓全吉哩。"魏主宏变色道:"繇云大人虎变,何为不吉?"任城王澄道:"陛下龙兴已久,如何今才虎变?"魏主宏厉声道:"社稷是我的社稷,任城乃欲沮众么?"澄又道:"社稷原是陛下所有,臣乃是社稷臣,怎得知危不言!"魏主宏听了此言,却亦觉得有理,乃徐徐申说道:"各言己志,亦属无伤。"

说毕,启驾还宫,复召澄入议,屏人与语道:"卿以为朕真要伐齐么?朕思国家肇兴北土,徙都平城,地势虽固,但只便用武,不便修文,如欲移风易俗,必须迁宅中原。朕将借南征名目,就势移居,况筮易得一革卦,正应着改革气象,卿意以为何如?"澄乃欣然道:"陛下欲卜宅中土,经略四海,这是周汉兴隆的规制,臣亦极愿赞成!"魏主宏反皱眉道:"北人习常恋故,必将惊扰,如何是好?"澄又道:"非常事业,原非常人所能晓,陛下果断自圣衷,想彼亦无能为了。"魏主笑道:"任城原不愧子房哩。"汉高定都关中,想是魏主记错。遂命作河桥,指日济师。一面传檄远近,调兵南征。部署至两月有余,乃出发平城,渡河南行,直达洛阳。

适天气秋凉,霖雨不止,魏主宏饬诸军前进,自著戎服上马,执鞭指麾。尚书李冲等叩马谏阻道:"今日南下,全国臣民,统皆不愿,独陛下毅然欲行,臣不知陛下独往,如何成事!故敢冒死进谏。"冲果拚死,何不从冯太后于地下!魏主宏发怒道:"我方经营天下,有志混一,卿等儒生,不知大计,国家定有明刑,休得多渎!"说着,复扬鞭欲进。安定王拓跋休等,又叩首马前,殷勤泣谏,魏主宏说道:"此次大举南来,震动远近,若一无成功,如何示后?今不南伐,亦当迁都此地,庶不至师出无名。卿等如赞成迁都,可立左首,否则立右。"定安王休等均趋右侧,独南安王拓跋桢进言道:"天下事欲成大功,不能专徇众议,陛下诚撤回南伐,迁都雒邑,这也是臣等所深愿,人民的幸福呢!"说毕,即顾语群臣,与其南伐,宁可迁都,群臣始勉强应诺,齐呼万岁。于是迁都议定,入城休兵。

第二十九回　萧昭业喜承祖统　魏孝文计徙都城

李冲复入白道："陛下将定鼎雒邑，宗庙宫室，非可马上迁移，请陛下暂还平城，俟群臣经营毕功，然后备齐法驾，莅临新都，方不至局促哩。"魏主宏怫然道："朕将巡行州郡，至邺小停，明春方可北归，今且缓议。"冲不敢再言。魏主即遣任城王澄驰还平城，晓谕留司百官，示明迁都利害，且饯行嘱别道："今日乃真所谓革呢。王其善为慰谕，毋负朕命！"澄叩辞北去，魏主宏尚虑群臣异议，更召卫尉卿征南将军于烈入问道："卿意何如？"烈答道："陛下圣略渊远，非浅见所可测度，不过平心处议，一半乐迁，一半尚恋旧呢。"魏主宏温颜道："卿既不倡异议，便是赞同，朕且深感卿意。今使卿还镇平城，一切留守庶政，可与太尉丕等悉心处置，幸勿扰民！"于烈亦拜命即行。原来魏太尉东阳王丕，与广陵王羽，曾留守平城，未尝随行，故魏主复有是命。

魏主宏乃出巡东埔城，征司空穆亮，与尚书李冲，将作大匠董爵，经营洛都。自从东埔趋河南城，顺道诣滑台，设坛告庙，颁诏大敕，再启驾赴邺。凑巧齐雍州刺史王奂次子王肃，奔避家难，王奂伏诛，见上文。驰至邺城，进谒魏主，泣陈伐齐数策。魏主已经解严，不愿南伐，惟见他语言悲怆，计议详明，不由的契合入微，与谈移晷。嗣是留侍左右，器遇日隆，或且屏人与语，到了夜半，尚娓娓不倦，几乎相见恨晚，旋即擢肃为辅国将军。

适任城王澄，自平城至邺，报称"留司百官，初闻迁都计画，相率惊骇，经臣援引古今，譬谕百端，已得众心悦服，可以无虞。"魏主宏大喜道："今非任城，朕几不能成事了。"随即召入王肃，谕以朕方迁都，未遑南伐，俟都城一定，当为卿复仇。卿为江左名士，应素习中朝掌故，所有我朝改革事宜，一以委卿，愿卿勿辞！肃唯唯遵谕，便替魏主草定礼仪，一切衣冠文物，逐条裁定，次第呈入，魏主无不嘉纳，留待施行。当下在邺西筑宫，作为行在。又命安定王休，率领官属，往平城迎接家属，自在行宫过了残冬。

越年为魏太和十八年，即齐主昭业隆昌元年，魏中书侍郎韩显宗，上书陈事，共计四条：一是请魏主速还北都，节省游幸诸费，移建洛京，二是请魏主营缮洛阳，应从俭约，但宜端广衢路，通利沟渠；三是请魏主迁居洛城，应施警跸，不宜徒率轻骑，涉履山河；四是请魏主节劳去烦，啬神养性，惟期垂拱司契，坐保太平。魏主宏颇以为然，乃于仲春启行，北还平城。

留守百官迎驾入都，魏主宏登殿受朝，面谕迁都事宜。燕州刺史穆罴出奏道："今四方未定，不应迁都，且中原无马，如欲征伐，多形不便。"魏主宏驳道："厩牧在代，何患无马，不过代郡在恒山以北，九州以外，非帝王所宜都，故朕决计南迁。"尚书于栗又接入道："臣非谓代地形胜，得过伊洛。但自先帝以来，久居此地，吏民相安，一旦南迁，未免有怫众情。"魏主听了，面有愠色，正要开口诘责，东阳王丕复进议道："迁都大事，当询诸卜筮。"魏主宏道："昔周召圣贤,乃能卜宅。今无贤圣,问卜何益!且卜以决疑,不疑何卜!自古帝王以四海为家,或南或北,随地可居。朕远祖世居北荒,平文皇帝即拓跋郁律,始居东木根山,昭成皇帝即什翼犍。更营盛乐,道武皇帝即拓跋珪。迁都平城。朕幸叨祖荫,国运清夷,如何独不得迁都呢?"群臣始不敢再言。魏主宏又复西巡,幸阴山,登阅武台,遍历怀朔、武川、抚冥、柔玄四镇。及还至平城,已值秋季。到了初冬,闻洛阳宫阙,营缮粗竣,便即亲告太庙,使高阳王拓跋雍,及镇南将军于烈,奉神主至洛阳,自率六宫后妃,及文武百官,由平城启行,和鸾锵锵,旗旐央央,驰向洛都来了。小子有诗咏道:

霸图造就慕皇风,走马南来抵洛中。
用夏变夷怀远略,北朝嗣主亦英雄。

魏主迁洛的时候,正值齐廷废立的期间,欲知废立原因,且看下回演叙。

冢子先亡,嫡孙承重,此系古今通例,毫不足怪。萧昭业为文惠太子之胤,太子殁而昭业继,祖孙相承,不背古道。议者谓昭业淫慝,难免覆亡,不若王融之推立子良,尚得保全齐高之一脉,其说是矣。然天道远,人道迩,立孙承祖,人道也。孙无道而覆祖业,天道也。帝乙立纣,不立微子,后世不能归咎于太史,以是相推,则于萧鸾乎何尤!王融妄图富贵,叛道营私,何足道哉!魏主宏南迁洛阳,本诸独断,后世又有讥其轻弃根本,侈袭周、汉故迹,以至再传而微。夫国家兴替,关系政治,与迁都无与,政治修明,不迁都可也;即迁都亦无不可也。否则株守故土,亦宁能不危且亡者!必谓魏主宏之迁都失策,亦属皮相之谈。本回于萧鸾之拥立太孙,魏主宏之迁都洛邑,各无贬词,良有以也。

第三十回　上淫下烝丑传宫掖
　　　　　　内应外合刃及殿庭

却说齐嗣主昭业,即位逾年,改元隆昌。自思从前不得任意,至此得了大位,权由己出,乐得寻欢取乐,快活逍遥,每日在后宫厮混,不论尊卑长幼,一味儿顽皮涎脸,恣为笑谑。世祖时穆妃早亡,不立皇后,后宫只有羊贵嫔、范贵妃、荀昭华等,已值中年,尚没有甚么苟且事情。独昭业父文惠太子宫内,尚有几个宠姬,多半是年貌韶秀,华色未衰。不过贞淫有别,品性不同。就中有一霍家碧玉,年龄最稚,体态风骚,当文惠太子在日,也因她柔情善媚,格外

第三十回　上淫下烝丑传宫掖　内应外合刃及殿庭

见怜,此时嫠居寂寞,感物伤怀,含着无限凄楚,偏昭业知情识趣,眉去眼来,一个是不衫不履,自得风流,一个是若即若离,巧为迎合,你有情,我有意,渐渐的勾搭上手,还有甚么礼义廉耻。更有宦官徐龙驹,替两人作撮合山,从旁怂恿,密为安排。好一个牵头。于是云房月窟,暗里绸缪,海誓山盟,居然伉俪,说不尽的鸾颠凤倒,描不完的蝶浪蜂狂。龙驹又想出一法,只说度霍氏为尼,转向皇太后王氏前,婉言禀闻。王太后哪识奸情,便令将霍氏引去,龙驹竟导至西宫,令与昭业彻夜交欢,恣情行乐,并改霍氏姓为徐氏,省得宫廷私议,贻笑鹑奔。此外又选入许多丽姝,充为姜媵,就是两宫中的侍女,也采择多人。不过霍氏是文惠幸姬,格外著名,昭业更格外宠爱,所以齐宫丑史,亦格外播扬。

更可丑的是皇后何氏,也是一个淫妇班头。她在西州时候,因昭业入宫侍奉,耐不住孤帐独眠,便引入侍书马澄,与他私通。及迎入为后,与昭业虽仍恩爱,但昭业是见一个,爱一个,见两个,爱一双,仍使何后独宿中宫,担受那孤眠滋味。她前时既已失节,此时何必完贞。可巧昭业左右杨珉,生得面白唇红,丰姿楚楚,由何后窥入眼中,便暗令宫女导入,赐宴调情。杨珉原是个簧片朋友,既承皇后这般厚待,还有甚么不依,数杯酒罢,携手入帏,为雨为云,不消细说。那时昭业上烝庶母,何后下私幸臣,尔为尔,我为我,两下里各自图欢,倒也无嫌无疑,免得争论。却是公平交易。

昭业不特渔色,并好侠游,每与左右微服出宫,驰骋市里,或至乃父崇安隧中,掷涂赌跳,作诸鄙戏,兴至时滥加赏赐,百万不吝,尝握钱与语道:"我从前欲用汝一枚,尚不可得,今日须任我使用了!"钱神有知,应答语道:快用快用,明年又轮不着用了!

先是世祖赜生平好俭,库中积钱五亿万,斋库亦积钱三亿万,金银布帛,不可胜计。昭业更得任情挥霍,视若泥沙,祖宗为守财奴,子孙往往如此。尝挈何后及宠姬,入主衣库,取出各种宝器,令相投击,砰礓砰礓的好几声,悉数破碎,昭业反狂笑不置。或令阉人竖子,随意搬取,顷刻垂尽。中书舍人綦母珍之、朱隆之,直阁将军曹道刚、周奉叔,各得宠眷。珍之内事谄媚,外恣威权,所有宫廷要职,必须先赂珍之,论定价值,然后由珍之列入荐牍。一经保奏,无不允行。珍之任事才旬月,家累巨万。往往不俟诏旨,擅取官物,及滥调役使,有司辄相语云:"宁拒至尊敕,难违舍人命!"

宦官徐龙驹得受命为后阁舍人,常居含章殿,戴黄纶帽,披黑貂裘,南面向案,代主画敕,左右侍直与御坐前无异。这是做牵头的好处。卫尉萧谌,为世祖赜族子,世祖尝引为宿卫,使参机密。征南谘议萧坦之,与谌同族,曾充东宫直阁,昭业因二人同为亲旧,亦加信任。谌或出宿,昭业常通宵不寐,直待谌还直宫中,方得安心。坦之出入后宫,每当昭业游宴,必令随侍。昭业醉后忘情,脱衣裸体,坦之扶持规谏,略见信从;但后来故态复萌,依然如故。何皇后私通杨珉,恐事发得罪,所以对着昭业,比前尤昵,曲意承欢。昭业喜不自胜,迎后亲戚入宫,使居耀灵殿,斋阁洞开,彻夜不闭,内外淆杂,无复分别,好似那混沌世界,草昧乾坤。想是子业转世来亡齐祚。

当时恼动了一位宰辅,屡次上疏,规戒主恶。怎奈言不见听,杳无复谕,自欲入宫面奏,又常被周奉叔阻住禁门,不准放入。情急智生,由忧生愤,遂欲仿行伊、霍故事,想出那废立的计谋。这人为谁?就是尚书令西昌侯萧鸾,特笔提叙,喝起下文。鸾拥立昭业,得邀重任,政无大小,多归裁决。武陵王晔,虽亦见倚赖,但政治经验,未能及鸾,所以遇事推让。竟陵王子良已被嫌疑,只好钳口不言,免滋他祸。

鸾专握朝纲,见嗣主纵欲怙非,不肯从谏,乃引前镇西谘议参军萧衍,与谋废立。衍劝鸾待时而动,不疾不徐。鸾怅然道:"我观世祖诸子,多半庸弱,惟随王子隆,世祖第八子。颇具文才,现今出镇荆州,据住上游,今宜预先召入,免滋后患。惟他或不肯应召,却也可忧。"衍答道:"随王徒有美名,实是庸碌,部下并无智士,只有司马垣历生,太守卞白龙,作为爪牙,二人唯利是图,若给他显职,无有不来!随王处但费一函,便足邀他入都了。"鸾抚掌称善,即征历生为太子左卫率,白龙为游击将军。果然两人闻信,喜跃前来。再召子隆为抚军将军,子隆亦至。鸾又恐豫州刺史崔慧景,历事高、武二朝,未免反抗,因即遣萧衍为宁朔将军,往戍寿阳,慧景还道是意外得罪,白服出迎,由衍好言宣慰,偕入城中。那萧鸾既抚定荆、豫,释去外忧,便好下手宫廷,专除内患。

萧坦之、萧谌两人本系昭业心腹,因见昭业怙恶不悛,也恐祸生不测。鸾乘间运动,把两萧引诱过来,晓以祸福利害,使他俯首帖耳,乐为己用,然后使坦之入奏,请诛杨珉。昭业转告何后,何后大骇,流涕满面道:"杨郎直呼杨郎曾否知羞?年少无罪,何可枉杀!"昭业出见坦之,也将何后所说,复述一遍,坦之请屏左右,密语昭业道:"杨珉与皇后有情,中外共知,不可不诛!"昭业愕然道:"有这般事么?快去捕诛便了。"坦之领命,忙去拿下杨珉,牵出行刑。何皇后闻报,急至昭业前跪求,哭得似泪人儿一般。昭业也觉不忍,便命左右传出赦诏。甘作元绪公。哪知坦之早已料到此着,一经推出杨珉,便即处决。至赦文传到,珉早已头颅落地了。牡丹花下死,做鬼也风流。诏使返报昭业,昭业倒也搁起,独何后记念情郎,不肯忘怀,一行一行的泪珠儿,几不知滴了多少。

坦之虑为所谮,向鸾问计。鸾正欲诛徐龙驹,便嘱坦之贿通内侍,转白何后,但言杨珉得罪,统是龙驹一人唆使。坦之依计而行,何后不知真假,便深恨龙驹,请昭业速诛此人,昭业尚未肯应允,再经鸾一本弹章,令坦之递呈进去,内外夹迫,教龙驹如何逃生!刑书一下,当然毙命。

　　杨、徐既除,要轮到直阁将军周奉叔了。奉叔恃勇挟势,陵轹公卿,尝令二十人带着单刀,拥护出入,门卫不敢诃,大臣不敢犯。尝哓哓语人道:"周郎刀,不识君!"鸾亦亲遭嫚侮,所以决计剪除。当下嘱使二萧,劝昭业调出奉叔,令为外镇。昭业耳皮最软,遂出奉叔为青州刺史。奉叔乞封千户侯,亦邀俞允。独萧鸾上书谏阻,乃止封奉叔为曲江县男,食邑三百户。奉叔大怒,持刀出阁,与鸾评理。鸾不慌不忙,从容晓谕,反把奉叔怒气,挫去了一大半,没奈何受命启行。部曲先发,自入宫面辞昭业,退整行装,跨马欲走。鸾与萧谌矫敕召奉叔入尚书省,俟奉叔趋入省门,两旁突出壮士,你一锤,我一挝,击得奉叔脑浆迸流,死于非命。鸾始入奏,托言奉叔侮蔑朝廷,应就大戮。昭业拗不过萧鸾,且闻奉叔已死,也只好批答下来,准如所请。只能欺祖考,不能欺萧鸾。

　　溧阳令杜文谦尝与南郡王侍读,至是语綦母珍之道:"天下事可已知了!灰尽粉灭,便在旦夕,不早为计,将无噍类呢!"珍之道:"计将安出?"文谦道:"先帝旧人,多见摈斥,一旦号召,谁不应命?公内杀萧谌,文谦愿外诛萧令,就是不成而死,也还有名有望,若迟疑不断,恐伪敕复来,公赐死,父母为殉,便在眼前了!"珍之闻言,犹豫未决。不到旬日,果为鸾所捕,责他谋反,立即斩首。连杜文谦也一并拘住,骈首市曹。

　　武陵王晔忽尔病终,年只二十八。竟陵王子良时已忧闷成病,力疾吊丧,一场哀恸,益致困顿。既而形销骨立,病入膏肓,便召语左右道:"我将死了!门外应有异征。"左右出门瞭望,见淮中鱼约万数,浮出水上,齐向城门。不禁惊讶异常,慌忙回报,子良已痰喘交作,奄然而逝了,年三十有五。

　　子良为当时贤王,广交名士,天下文才,萃集一门。又有刘瓛兄弟,素具清操,无心干进,子良欲延瓛为记室,瓛终不就。继除步兵校尉,又复固辞。京师文士,多往从学,世祖且为瓛立馆,拨宅营居,生徒皆贺。瓛叹道:"室美反足为灾,如此华宇,奈何作宅!幸奉诏可作讲堂,尚恐不能免害呢!"子良折节往谒,瓛与谈礼学,不及朝政。年四十余,尚未婚娶,历事祖母及母,深得欢心。母孔氏很是严明,尝呼瓛小字,指语亲戚道:"阿称阿瓛小字。便是今世曾子呢。"后奉朝命,娶王氏女。王女凿壁挂履,土落孔氏床上,孔氏不悦,瓛即出妻。年五十六病终。子良移厨至瓛宅,嘱瓛徒刘绘花缜等,代为营斋。后世为瓛立碑,追谥贞简先生。

　　瓛弟琎亦甚方正,与瓛同居,瓛至夜间,隔壁呼进共语,琎下床着衣,然后应瓛。瓛问为何因？琎答道："向尚未曾束带，所以迟迟。"又尝与友人孔澈同舟，澈目注岸上女子，琎即与他隔席，不复同坐。子良为他延誉，由文惠太子召入东宫，遇事必谘，琎每上书，辄焚削草稿。寻署琎为中兵兼记室参军，病殁任所。<u>刘瓛兄弟，系叔季名士，故特笔带叙</u>。

及子良逝世，士类同声悲悼，独昭业素有戒心，至是很觉欣慰，不过形式上表示褒崇，赗赠加厚，算作饰终尽礼罢了。看官听说！这武陵王鞍，与竟陵王子良，本是高武以后著名的哲嗣，位高望重，民具尔瞻，此次迭传耗问，失去了两个柱石，顿使齐廷阒寂，所有军国重权，一古脑儿归属萧鸾。昭业虽进庐陵王子卿<u>世祖第三子</u>，为卫将军，鄱阳王锵<u>高帝第七子</u>，为骠骑将军，究竟两人资望尚浅，比萧鸾要逊一等。鸾又得加官中书监，进号镇军大将军，开府仪同三司。自是权势益隆，阴谋益急，废立两字的声浪，渐渐传到昭业耳中。

昭业尝私问鄱阳王锵道："公可知鸾有异谋否？"锵素和谨，应声答道："鸾在宗戚中，年齿最长，并受先帝重托，谅无他意。臣等少不更事，朝廷所赖，惟鸾一人，还请陛下推诚相待，勿启猜疑！"昭业默然不答。过了数日，又商诸中书令何胤。胤系何后从叔，后尝呼胤为三父，使直殿省。昭业与谋诛鸾，胤不敢承认，但劝昭业耐心待时。

昭业乃欲出鸾至西州，且由中敕用事，不复向鸾关白。鸾知昭业忌己，急谋诸左仆射王晏，及丹阳尹徐孝嗣，乞为臂助，两人亦情愿附鸾。会由尼媪入宫，传达异闻，昭业又召问萧坦之道："镇军与王晏萧谌，意欲废我，传闻藉藉，似非虚诬，卿果有所闻否？"偏偏问着此人，真是昭业快死。坦之变色道："变色"二字，甚妙。"天下宁有此事！好好一个天子，谁乐废立？朝贵亦不应造此讹言，想是诸尼媪挑拨是非，淆惑陛下，陛下切勿轻信！况无故除此三人，何人还能自保呢？"昭业似信非信，复商诸直阁将军曹道刚。道刚为昭业心腹，即密与朱隆之等设法除鸾。尚未举行，鸾已有所闻，急告坦之。坦之转白萧谌，谌答道："始兴内史萧季敞，南阳太守萧颖基，已奉调东都，我正待他到来，共同举事，较易成功。"坦之道："曹道刚、朱隆之等，已有密谋，我不除他，他将害我，卫尉若明日不举，恐事已无及了！弟有百岁老母，怎能坐听祸败？只好另作他计呢。"谌被他一吓，不由的惶遽起来，亟向坦之问计。坦之与他附耳数语，谌连声称善。当即约定次日起事，连夜部署，准备出发。

一宵易过，转瞬天明，谌令兵士早餐，食毕入宫，正与曹道刚相遇。道刚惊问来由，才说一语，刃已入胸，倒毙地上，肠已流出。谌麾众再进，又碰着朱隆之，乱刀直上，挥作数段。直后将军徐僧亮怒气直冲，扬声号召道："我等受主厚恩，今日应该死报！"说着，即拔刀来斗，究竟寡不敌众，也被萧谌杀死。萧鸾继入云龙门，内着戎服，外被朱衣，跟跄趋进，急至三次失履。王晏、徐孝

第三十回　上淫下烝丑传宫掖　内应外合刃及殿庭

嗣、萧坦之、陈显达、王广之、沈文季等,一并随入,宫中大扰。昭业在寿昌殿,闻有急变,忙使内侍闭住殿门。门甫阖就,外面已喊声大震,萧谌引着数百人,斩关直入。昭业骇极,奔入徐姬房,与姬诀别,徐姬也抖作一团,涕泗滂沱。这便是先笑后号咷。

两人正无法可施,偏喊声又复四集,昭业遽起,拔剑出鞘,吞声饮恨道:"他……他不过要我性命,我就自了罢!"说着,用剑自刺,急得徐姬抢前来救,将昭业抱住,连呼陛下动不得动不得。何不前日作此语?昭业见徐姬满面泪容,凄声欲绝,禁不住心软手颤,坠剑落地。俄而萧谌驰入,逼昭业出殿庭。昭业自用帛缠颈,随谌出延德殿。宿卫将士,皆隶谌麾下,作壁上观。昭业也竟无一言,被谌引入西斋,就昭业颈上缠帛,把他勒毙,年止二十一岁。遂舁尸出殡徐龙驹故宅,一面奉萧鸾命,收捕嬖幸,并及改姓无耻的徐姬,尽行牵出,一刀一个,了结残生。绝妙徐娘,又好与昭业作地下鸳鸯了。

鸾顾语大众道:"废君立君,目下应属何人?"已有自立意。徐孝嗣应声道:"看来只好立新安王!"鸾微笑道:"我意也是如此,但必须作太后令,卿可急速起草。"孝嗣道:"已早缮就了。"说着,即从袖中取出一纸,递呈与鸾。鸾略阅一周,便道:"就是这样罢。"当下将令文宣布,大略说是:

自我皇历启基,受终于宋,睿圣继轨,三叶重光。太祖以神武创业,草昧区夏,武皇以英明提极,经纬天人,文帝以上哲之资,体元良之重,虽功未被物,而德已在民。三灵之眷方永,七百之基已固。嗣主特钟沴气,爱表弱龄,险戾著于绿车,愚固彰于崇正,狗马是好,酒色方湎,所务唯鄙事,所嫉唯善人。世祖慈爱曲深,每加容掩,冀年志稍改,立守神器。自入篡鸿业,长恶滋甚。居丧无一日之哀,缞绖为欢宴之服,昏酣长夜,万机斯壅,发号施令,莫知所从。阉竖徐龙驹专总枢密,奉叔珍之,互执权柄。自以为任得其人,表里缉穆,迈萧、曹而愈信布,倚泰山而坐平原。于是恣情肆意,罔顾天显,二帝姬嫔,并充宠御,二宫遗服,皆纳玩府,内外混漫,男女无别。丹屏之北,为酤鬻之所,青蒲之上,开桑中之肆。又微服潜行,信次忘返,端委以朝虚位,交战而守空宫。宰辅忠贤,尽诚奉主,诛锄群小,冀能悛革,曾无克已,更深怨憾。公卿股肱,以异己置戮,文武昭穆,以德誉见猜,放肆丑言,将行屠脍,社稷危殆,有过缀旒。昔太宗克光于汉世,简文代兴于晋氏,前事之不忘,后人之师也。镇军居正体道,家国是赖,伊霍之举,实寄渊谟,便可详依旧典,以礼废黜。新安王体自文皇,睿哲天秀,宜入嗣鸿业,永宁四海,即当以礼奉迎,使正大位。未亡人属此多难,投笔增慨,不尽欲言!

看官阅过前回,应知新安王就是昭文,系文惠太子第二子。当时曾任中军将军,领扬州刺史,年方十五。由萧鸾等迎入登台,授鸾为骠骑大将军,录尚书事,兼领扬州刺史,晋封宣城郡公。颁诏大赦,改隆昌元年为延兴元年。复奉太后命令,追废故主昭业为郁林王,何皇后为王妃。总计昭业在位,仅得一年。小子有诗叹道:

　　　　到底欢娱只一年,两斋毙命亦堪怜。
　　　　早知如此遭奇祸,应悔当初恶未悛!

　　昭文即位,朝局粗定,除萧鸾晋爵外,还有一番封赏。欲知底细,须待下回表明。

　　宋有子业,齐有昭业,好似天生对偶,名相似而迹亦略同。且子业时代,有会稽公主谢贵嫔之淫乱,昭业时代,有霍宠姬何皇后之淫污,男女宣淫,又若后先一辙;其稍有不同者,则子业好杀,昭业尚不如也。宋湘东王彧,屡濒于危,不得已而图一逞,死中求生,情尚可原。齐西昌侯萧鸾,权倾中外,诛杨珉、徐龙驹,杀周奉叔、綦母珍之,一举即成,不烦智力。假使有伊尹之志,放昭业于崇安邸中,用正人以辅导之,亦未始不可为太甲,乃必谋废立,杀主西斋,为将来篡逆之先声,以视湘东王彧之所为,毋乃过甚!本回演述大意,始则归咎昭业,继则归罪萧鸾,盖与二十一回之文法,隐判异同,明眼人自能灼见也。

第三十一回　杀诸王宣城肆毒
　　　　　　　篡宗祚海陵沉冤

　　却说新安王昭文嗣位,封赏各王公大臣,进鄱阳王锵为司徒,随王子隆为中军大将军,卫尉萧谌为中领军,司空王敬则为太尉,车骑大将军陈显达为司空,尚书左仆射王晏为尚书令,西安将军王玄邈为中护军。此外亲戚勋旧,各有迁调,不及细表。独萧鸾从子遥光遥欣,本没有甚么大功,不过遥欣为始安王道生长孙,得袭封爵。此次复为鸾效力,因特授南郡太守,不令莅镇,仍留为参谋。遥光除兖州刺史,嗣又命遥欣弟遥昌,出为郢州刺史。鸾已有心篡立,所以将从子三人,布置内外,树作党援。

　　鄱阳王锵,随王子隆,年龄俱未及壮,但高武嗣子,半即凋零,要算锵与子隆,名位最崇,资望亦最著。萧鸾阴实忌他,外面却佯表忠诚,每与锵谈论国事,声随泪下。锵不知有诈,还道他是心口相同,本无歹意;实则朝廷内外,统

第三十一回　杀诸王宣城肆毒　篡宗祚海陵沉冤

已看透萧鸾诡秘,时有戒心。

制局监谢粲,私劝锵及子隆道:"萧令跋扈,人人共知,萧鸾已进录尚书事,粲尚呼为萧令,是沿袭旧称。此时不除,后将无及!二位殿下,但乘油壁车入宫,奉天子御殿,夹辅号令,粲等闭城上仗,谁敢不从?东府中人,当共缚送萧令,去大害如反掌了。"恐也未必。子隆颇欲依议,锵独摇首道:"现在上台兵力,尽集东府,鸾为东府镇守,坐拥强兵,倘或反抗,祸且不测,这恐非万全计策呢!"我亦云然,但此外岂竟无良策么?

已而马队长刘巨复屏人语锵,叩头苦劝。锵为所怂恿,命驾入宫。转念吉凶难卜,有母在堂,须先禀诀为是。乃复折回私第,入白生母陆太妃。陆太妃究系女流,听着这般大事,吓得魂不附体,慌忙出言谕止,累得锵迟疑莫决,只在家中绕行。盘旋了好半日,天色已晚,尚未出门。事为典签所闻,典签官名,即记室之类。竟驰往东府告鸾。鸾立遣精兵二千人,围攻锵第。锵毫无预备,只好束手就死。谢粲、刘巨,俱为所杀。

子隆方待锵入宫,日暮未闻启行,黄昏又无消息。正拟就寝,忽闻有人入报,鄱阳王居第已被东府兵围住了。子隆料知有变,但也没法自防,不得不听天由命。统是没用人物。过了片刻,那东府兵已蜂拥前来,排墙直入,子隆无从逃匿,坐被乱兵杀死。两家眷属,并皆遇害,财产抄没。锵年才二十六,子隆年只二十一,一叔一侄,携手入鬼门关去了。

江州刺史晋安王子懋,系子隆第七兄,闻二王罹祸,意甚不平,遂欲起兵赴难。自思生母阮氏,尚居建康,应先事往迎,免得受害,乃密遣人入都,迎母东行。偏阮氏临行时,使人报知舅子于瑶之,令自为计,传文作兄子瑶之,疑有误。瑶之反驰白萧鸾。自为计则得矣,如亲谊何!鸾即奏称子懋谋反,自假黄钺督军,内外戒严,立派中护军王玄邈,率兵往讨子懋。一面遣军将裴叔业,与于瑶之径袭寻阳。

子懋与防阁军将陆超之、董僧慧商议,以湓城为寻阳要岸,恐都军沂流掩击,即拨参军乐贲率兵三百人往守。裴叔业等乘船西上,驶至湓城,见城上有兵守着,便不动声色,但扬言奉朝廷命,往郢州行司马事。当下悬帆直上,掉头自去。城中见他驶过,当然放心,夜间统去熟睡。不意到了三更,竟有外兵扒城进来,一声喧噪,杀入署中。乐贲仓皇惊醒,披衣急走,才出署门,兜头碰着裴叔业,大呼速降免死!贲知不可脱,没奈何伏地乞降。叔业收纳乐贲,据住湓城。因闻子懋部曲,多雍州人,骁悍善战,不易攻取,乃更使于瑶之诣寻阳城,往赚子懋。

子懋因湓城失陷,正在着忙,召集府州将吏,登城捍御。忽见瑶之叩门,还疑是戚谊相关,前来相助,便命开城迎入。瑶之视了子懋,行过了礼,便开口说道:"殿下单靠一座孤城,如何久持!不若舍仗还朝,自明心迹,就使不能复职,也可在都下作一散官,仍得保全富贵,决无他虑!"子懋被他一说,禁不住心动起来。寻阳参军于琳之,系瑶之亲兄,此时也从旁闪出,与乃兄一唱一和,说得子懋越加移情。琳之复劝子懋重赂叔业,使他代为申请,洗刷前愆。子懋已为所迷,遂取出金帛,使琳之随兄同往。琳之见了叔业,非但不为子懋说情,反教叔业掩取子懋。叔业即遣裨将徐玄庆,率四百人随着琳之,驰入州城。

子懋正坐斋室中,静待琳之归报,蓦闻门外有蹴踏声,惊起出视,只见琳之带着外兵,各执着亮晃晃的宝刀,踊跃而来。不由的大骇道:"汝从何处招来兵士?"琳之瞋目道:"奉朝廷命,特来诛汝!"子懋乃怒叱道:"刁诈小人,甘心卖主,天良何在!"言未毕,琳之已趋至面前。子懋退入斋中,被琳之抢步追入,揪住子懋,用袖障面,外边跟进徐玄庆,顺手一刀,头随刀落,年只二十三。死由自取,不得为枉。

琳之取首出斋,徇示大众,那时府中僚佐,早已逃避一空,剩得几个仆役,怎能反抗?此外有若干兵民,统是顾命要紧,乐得随风披靡,顺从了事。可巧王玄邈大军亦到,见城门洞开,领兵直入。琳之、玄庆等接着,报明情形,玄邈大喜,复分兵搜捕余党。

兵士捕到董僧慧,僧慧慨然道:"晋安举兵,仆实预谋,今为主死义,尚复何恨!但主人尸骸暴露,仆正拟买棺收殓,一俟殓毕,即当来就鼎镬!"玄邈叹道:"好一个义士!由汝自便。我且当牒报萧公,贷汝死罪!"僧慧也不言谢,自去殓葬子懋。子懋子昭基,年方九岁,被系狱中,用寸绢为书,贿通狱卒,使达僧慧。僧慧顾视道:"这是郎君手书,我不能援救,负我主人!"遂号恸数次,呕血而亡!

还有陆超之静坐寓中,并不避匿。于琳之素与超之友善,特使人通信,劝他逃亡。超之道:"人皆有死,死何足惧!我若逃亡,既负晋安王厚眷,且恐田横客笑人!"田横齐人,事见汉史。玄邈拟拘住超之,囚解入都,听候发落。偏超之有门生某,妄图重赏,佯谒超之,觑隙闪入超之背后,拔刀奋砍,头已坠下,身尚不僵。超之非罪,其徒恰似逢蒙。遂携首往报玄邈。玄邈颇恨门生无礼,但一时不便诘责,仍令他携首合尸,厚加殡殓。大殓已毕,门生助举棺木,棺忽斜坠,巧巧压在门生头上。一声脆响,颈骨已断,待至旁人把棺扛起,急救门生,已是晕倒地上,气绝身亡!莫谓义士无灵!玄邈闻报,也不禁叹息,惟受了萧鸾差遣,只好将昭基等械送入都,眼见是不能生活了。

鸾复遣平西将军王广之,往袭南兖州刺史安陆王子敬。系武帝第五子。广之命部将陈伯之为先驱,佯说是入城宣敕。子敬亲自出迎,被伯之手起刀

第三十一回 杀诸王宣城肆毒 篡宗祚海陵沉冤

落,砍倒马下。后面即由广之驰到,城中吏民,顿时骇散。经广之揭张告示,谓罪止子敬,无预他人,于是吏民复集,稍稍安堵。广之飞使报鸾,鸾更遥饬徐玄庆,顺道西上,往害荆州刺史临海王昭秀。

玄庆轻车简从,驰抵江陵,矫传诏命,立召昭秀同归。荆州长史何昌寓,料有他变,独出见玄庆道:"仆受朝廷重寄,翼辅外藩,今殿下未有过失,君以一介使来,即促殿下同去,殊出不情!若朝廷必须殿下入朝,亦当由殿下启闻,再听后命。"玄庆见他理直气壮,倒也不好发作,乃告辞而去。嗣由正式诏使,征昭秀为车骑将军,别命昭秀弟昭粲继任,昭秀乃得安然还都。

萧鸾续命吴兴太守孔琇之,行郢州事,且嘱使杀害晋熙王銶。高帝第十八子。琇之不肯受命,绝粒自尽。乃改遣裴叔业西行,翦除上流诸王。叔业自寻阳至湘州,湘州刺史南平王锐,拟迎纳叔业。防阁将军周伯玉朗声道:"这岂出自天子意?为今日计,宜收斩叔业,举兵匡扶社稷,名正言顺,何人不依!"快人快语。锐年才十九,没甚主见,典签在旁,呵叱伯玉,竟勒令下狱。待叔业入城,矫诏杀锐,又将伯玉杀死。叔业再趋向郢州,也是依法泡制,銶年十六,更加懦弱,服毒了命。更由叔业驰往南豫州。豫州刺史宜都王铿,高帝第十六子。也不过十八岁,惊惶失措,也被叔业勒毙。

上游诸王,已经尽歼,叔业欣然东还,复告萧鸾。萧鸾遂自为太傅,领扬州牧,进爵宣城王,引用当时名士,与商大计,指日篡位。侍中谢朓不愿附逆,求出为吴兴太守,得请赴郡。用酒数斛,贻送吏部尚书谢瀹,且附书道:"可力饮此,勿预人事!"统做好好先生,自然乱贼接踵。原来瀹系朓弟,朓恐他好事惹祸,故有此嘱。宣城王鸾,尚恐人情未服,不免加忧。骠骑谘议参军江悰面请道:"大王两胛上生有赤志,便是肩擎日月。何不出示众人,俾知瑞异!"鸾点首无言。适晋寿太守王洪范,入都谒鸾,鸾便袒臂相示,且故意密语道:"人言此是日月相,愿卿勿泄!"洪范道:"公有日月在躯,如何可隐?当为公极力宣扬!"鸾佯为失色,洪范退后,却暗暗喜欢,欣慰不置。桂阳王铄,高帝第八子。与鄱阳王锵齐名,锵好文章,铄好名理,时称鄱桂。鄱阳王遇害,铄由前将军迁任中军将军,并开府仪同三司。他本来流连诗酒,不愿与闻政事。此时勉强接任,明知鸾不怀好意,也因没法推辞,虚与周旋。一日往东府见鸾,坐谈片刻,还语侍读山悰道:"我日前往见宣城王,王对我呜咽,即夕害死鄱阳、随郡二王,今日宣城见我,又复流涕,且面有愧色,恐我等也要受害哩!"自知顾明,惜不能先几远引。是夕心惊肉跳,很觉不安。果然到了夜半,有东府兵斩关突入,把铄杀毙,年只二十四。

铄以下诸弟,便是始兴王鉴,高帝第十子。曾为秘书监,领石头戍事,时已去世;又次为江夏王锋,锋有才行,并有武力,任骁骑将军。至是贻书责鸾,说他残虐宗族，忍心害理，鸾引为深恨。只因他勇武过人，不敢遣兵入第，但使他出祀太庙，就庙中埋伏甲士，俟锋登车前来，突出害锋。锋从车上跃下，挥拳四击，前至数人，皆被击倒，怎奈来兵甚众，四面攒殴，且手中尽执刀械，绕身攒刺，任你江夏王如何骁悍，毕竟赤手空拳，寡不敌众，身上受了数十创，大吼而亡，年只二十。

鸾又遣典签何令孙，往杀建安王子真。武帝第九子。子真方十九岁，胆子甚小，走匿床下。令孙追入，一把抓住，吓得子真浑身发抖，伏地叩首，哀乞为奴，冀免一死。偏令孙不肯容情，拔剑一挥，呜呼毕命！

鸾杀死数王，意尚未足，更令中书舍人茹法亮，往杀巴陵王子伦。武帝第十三子。子伦阅年十六，颇有英名，时正为南兰陵太守，镇治琅琊，闻得法亮到来，即从容不迫，整肃衣冠，出受诏命。法亮读过伪敕，并递过毒酒一杯，逼令速饮。子伦唏嘘道：“圣人有言，鸟死鸣哀，人死言善，先朝前灭刘氏，几无遗类，今子孙遭祸，也是理数循环，不足深怨。惟君是我家旧人，独奉使到此，想是事不得已，此酒何劳劝酬，我拚着一死罢了！”此子颇觉明白，可惜为鸾所杀。法亮怀惭不答，但看他酒已毕饮，当即趋退。不到片时，子伦已毒发归天。法亮又入内殡殓，也为泪下。假惺惺何为？

随即返报萧鸾，鸾并杀死衡阳王钧。钧系高帝十一子，过继衡阳王道度为嗣，曾任秘书监，好学有文名，生年二十二岁，也为萧鸾所害。看官！你道是冤不冤，惨不惨呢！出尔反尔，盍读子伦遗言。

鸾逞情杀戮，无一敢违，正好趁势做去，把高、武两帝传下的宝座，篡夺了来。齐主昭文，本来是个殿中傀儡，一切政事，听命萧鸾，就是一饮一食，也必经萧鸾允给，方由御厨供俸。一日思食蒸鱼菜，饬厨官进陈，厨官答称无宣城命，竟不上供。似这无权无力的小皇帝，要他推位让国，真是容易得很。况且宗亲懿戚，已害死了一大半，朝上一班元老，又统是朝秦暮楚，没甚廉耻，但得保全富贵，管甚么帝祚旁移！因此延兴元年十月终旬，竟颁出一道太后敕令，废齐主昭文为海陵王，命宣城王鸾入登大位。令云：

夫明晦迭来，屯平代有，上灵所以眷命，亿兆所以归怀。自皇家淳耀，列圣继轨，诸侯官方，百神受职，而殷忧时启，多难荐臻。隆昌失德，特紊人思，非徒四海解体，乃亦九鼎将移。赖天纵英辅，大匡社稷，崩基重造，坠典再兴。嗣主幼冲，庶政多昧，且早婴尪疾，弗克负荷，所以宗正内侮，戚藩外叛，觇天视地，人各有心。虽三祖之德在民，而七庙之危行及，自非树以长君，镇以渊器，未允天人之望，宁息奸宄之谋！太傅宣城王，胤体宣皇，钟慈太祖，识冠生民，功高造物，符表夙著，讴颂有在。宜入承宝命，式宁宗祊。帝可降封海陵王，吾当归老别馆。昔宣帝中兴汉

第三十一回　杀诸王宣城肆毒　篡宗祚海陵沉冤

室,简文重延晋祀,庶我鸿基,于兹永固。言念国家,感庆载怀。

这令一下,昭文当然出宫,别居私第。还有昭文妃王氏,方册为皇后,不到旬月,仍降为海陵王妃。就是太后王氏,本居养宣德宫,至鸾入嗣位,也只好让出宫外,另就鄱阳王故第,略加修葺,沿袭旧号,仍称为宣德宫。那太傅领大将军扬州牧宣城王萧鸾,还且三揖三让,待至群臣三请,然后入殿登基。愈形其丑。当即改元建武,颁诏大赦。自谓入承太祖,列作第三子。要篡就篡,何必强词附会!加授太尉王敬则为大司马,司空陈显达为太尉,尚书令王晏为骠骑大将军,左仆射徐孝嗣为中军大将军,中领军萧谌为领军将军,兼南徐州刺史,中护军王玄邈为南兖州刺史,平北将军王广之为江州刺史,晋寿太守王洪范为青、冀二州刺史。所有扬州刺史要缺,特委任长子宝义。宝义少有废疾,不堪外镇,乃更改命始安王遥光代任。遥光弟遥欣镇荆州,遥昌镇豫州,三人与鸾最亲,更有佐命功勋,所以特委重任,倚若长城。为后文伏笔。

度支尚书虞悰独自称病重,不肯入朝。王晏奉新主命,慰谕虞悰,令他出佐新朝,悰慨然道:"主上圣明,公卿戮力,自能安邦定国,还须老朽何用?悰实不敢闻命!"说至此,恸哭不已。惹得王晏无可再说,只得入朝复旨,朝议即欲具奏劾悰,徐孝嗣独进言道:"这也是古来遗直呢!"想亦自觉觍颜。朝臣闻孝嗣言,方才罢议。

过了数日,追尊生父始安王道生为景皇帝,生母江氏为景皇后,赠故兄凤为侍中骠骑将军,封始安王弟缅为侍中司徒,封安陆王。凤仕宋为郎官,宋季已经病故,嗣子就是遥光兄弟。缅在齐太祖时,受爵安陆侯,世祖永明九年病殁,嗣子宝晊袭爵,出为湘州刺史。宝晊弟宝览封江陵公,宝宏封汝南公。册故妃刘氏为皇后,追谥曰敬。刘后去世,差不多有六七年,遗下四子,长宝卷,次宝玄,次宝夤,又次为宝融。尚有庶出诸子,最长的就是宝义,次宝源,次宝攸,次宝嵩,最幼为宝贞。鸾既为帝,欲立储贰,因宝义虽为长子,究是庶出,且有废疾,因特立宝卷为太子,封宝义为晋安王,宝玄为江夏王,宝源为庐陵王,宝夤为建安王,宝融为随王,宝攸为南平王,宝嵩为晋熙王,宝贞为桂阳王。

又对着废主昭文,伴加优待,命依汉东海王疆汉光武子。故事,给虎贲旄头画轮车,设钟虡宫悬,一切供养,俱从隆厚。到了十一月间,忽称海陵王有疾,屡遣御医诊视,哪知进药数剂,反把他断送性命。形式上却下了一道哀诏,命大鸿胪监护丧事,殓用衮冕,葬给辒辌车,仪仗用黄屋左纛,前后羽葆鼓吹,挽歌二部,予谥为恭。可怜十五岁的废主,徒博得一副葬仪,还算比高武文惠诸男,外观较美呢。小子有诗叹道:

郁林废去海陵来，半载蹉跎受劫灰。
幼主未曾闻失德，徒遭篡弑令人哀！

齐主鸾正心满意足，如愿以偿，偏外人仗义执言，竟尔声罪致讨，兴动干戈。欲知何人讨鸾，且看下回再详。

高武文惠诸男，不可谓少，乃萧鸾图逆，恣意杀戮，未敢有违；惟鄱阳王锵，随王子隆，晋安王子懋本欲先发制鸾，顾皆为鸾所害。三王之死，皆一疑字误之；当断不断，反受其乱，古语诚不虚也。夫以诸王之内居外守，竟不能监束一鸾，毋乃所谓景升之子，皆豚犬耶！昭文嗣位，未及一年，饮食起居，皆待鸾命，掉而去之，犹反手耳。然昭文不足亡国，而亡国者实为昭业，鸾之篡位，昭业使之也。但前有郁林，后有东昏，悖入悖出，两两相称，鸾犹残戮诸王，为后嗣计，毒若蛇蝎，愚若犬彘，读此回而不叹恨者，未之有也。

第三十二回　假仁袭义兵达江淮
　　　　　　易后废储衅传河洛

却说魏主宏迁都洛阳，经营粗定，应二十九回。闻得南齐废立，萧鸾为帝，意欲乘机出兵，托词问罪。可巧边将奏报，谓齐雍州刺史曹虎，有乞降意。魏主大喜，即遣镇南将军薛真度出攻襄阳，大将军刘昶、平南将军王肃出攻义阳，徐州刺史拓跋衍出攻钟离，平南将军刘藻出攻南郑，四路并进。又特派尚书仆射卢渊，督襄阳前锋诸军，渊不愿受命，托言未习军事。魏主不许，渊叹息道："我非不愿尽力，但恐曹虎有诈，将为周鲂，奈何！"周鲂三国时人。相州刺史高闾上表，略称洛阳草创，曹虎并未遣质，必非诚心，不应轻举。魏主仍然不从，再召公卿会议，欲自往督师。镇南将军李冲，及任城王澄，同声劝阻，独司空穆亮，主张亲征。公卿等多半模棱，澄瞋目语亮道："公等平居议论，俱未尝赞成南征，何得面对大廷，即行变议！事涉欺佞，岂是纯臣所为？万一倾危，试问咎归何人？"李冲从旁插入道："任城王所言，确是效忠社稷！"魏主宏怫然道："任城以从朕为佞，不从朕为忠。朕闻小忠为大忠之贼，任城可也晓得否？"澄复道："澄质愚暗，虽似小忠，要是竭忠报国，但不知陛下所谓大忠，究有何据？"魏主宏无词可答，但气得目瞪口呆，坐了半晌，拂袖还宫。越日竟传出敕命，令季弟北海王详为尚书仆射，留掌国事，李冲为副，同守洛都，又命皇弟赵郡王干，始平王勰，分统禁军宿卫左右，自率大军南下。

行至悬瓠，连促曹虎会兵，虎终不至。魏主宏仍不肯罢兵，警报传达齐

第三十二回 假仁袭义兵达江淮 易后废储衅传河洛

廷,齐遣镇南将军王广之、右卫将军萧坦之、尚书右仆射沈文季,分督司、徐、豫三州兵马,抵御魏军。魏将拓跋衍攻钟离,由齐徐州刺史萧惠休乘城拒守,且用奇兵出袭魏营,击败拓跋衍。刘昶、王肃攻义阳,由齐司州刺史萧诞抗御,诞出战不利,闭城自守,城外居民,多半降魏,统计约万余人。

魏主宏渡淮东行,直抵寿阳,众号三十万,铁骑满野。适春雨连宵,魏主自登八公山,览胜赋诗,并命撤去麾盖,冒雨巡行,示与士卒共同甘苦。见有军士抱病,辄亲加抚慰。一面呼城中人答话,豫州刺史萧遥昌,使参军崔庆远出见魏主,且问何故兴师?魏主宏道:"卿问我何故兴师,我且问汝主何故废立?"庆远道:"废昏立明,古今通例,何劳疑问!"魏主又道:"齐武子孙,今皆何在?"庆远道:"周公大圣,尚诛管蔡,今七王同恶,不得不诛。此外二十余王,或内列清要,或外典方牧,并没有意外祸变。"魏主复道:"汝主若不忘忠义,何故不立近亲,与周公辅成王相类,为什么自行篡取呢?"庆远道:"成王有守成美德,所以周公可辅,今近亲皆不若成王,故不可立。汉霍光尝舍武帝近亲,迎立宣帝,便是择贤为主的意思。"魏主笑道:"霍光何以不自立?"庆远道:"霍光异姓,故不自立,主上同宗,正与汉宣帝相似。且从前武王伐纣,不立微子,难道也是贪图天下么?"亏他善辩,好似宋张畅之答魏尚书。魏主被他驳倒,几乎理屈词穷,便强作大笑道:"朕本前来问罪,如卿所言,却似有理,朕也未便显斥了。"庆远便接口道:"见可而进,知难而退,便不愧为王师!"前驳后谀,正好只口才。魏主道:"据卿意见,欲朕与汝国和亲么?"庆远道:"南北和亲,两国交欢,便是生民大幸。否则彼此交恶,生灵涂炭,这在圣衷自择,不必外臣多言!"

魏主不禁点首,便赏庆远宴饮,并赏给衣服,遣令还城。自移军转趋钟离。齐复遣左卫将军崔慧景,宁朔将军裴叔业,至钟离援萧惠休。平北将军王广之与黄门侍郎萧衍,太子右卫率萧谏等,至义阳援萧诞。诞为萧谋兄,谏为萧诞弟,此次救兄情急,从广之往救义阳,恨不得即日驰到。偏广之行至中途,距义阳城百余里,探得魏兵甚盛,未敢遽进。谏急白萧衍,请催广之进兵,衍乃转告广之。广之尚在迟疑,经衍自请先驱,愿与谏间道赴援。广之乃分兵拨给,令他二人前去。

二人领兵夜发,衔枚疾走,直达贤首山,去魏军仅隔数里,满山上插起旗帜,鼓角齐鸣。魏刘昶、王肃等,正堑栅三重,并力攻义阳城,蓦闻鼓角声从后传至,不禁惊异,回首探望,隐约见有无数旌旗,飘扬山上,几不辨齐军多少,未敢派兵往攻。转眼天明,城中亦望见援军,由长史王伯瑜带领守兵,出攻魏栅,因风纵火,烟焰薰天。萧衍等从高瞧着,急驱军下山,从外夹击,一番混战,魏军支持不住,解围遁去。萧诞复会师追击,俘获至数千人。

魏主时在钟离城下，尚未接义阳败耗，拟乘锐渡江，掩齐不备，乃自督轻骑南行。司徒冯诞病不能从，魏主与他诀别，忍泪出发。约行五十里，即接得钟离急报，报称诞已逝世，不由的涕泪俱下。又闻齐将崔慧景等来援钟离，相去不远，乃只好夤夜趋还。到了钟离城下，抚冯诞尸，哭泣不休，达旦犹闻哭声。诞与魏主宏同年，幼同砚席，并尚魏主妹乐安公主，平素虽无甚才名，但资性却是淳厚，所以魏主格外含哀，赒殓仪制，特别加厚。待诞榇发回安葬，魏主尚无归志，又遣使临江，传达檄文，历数齐主罪状，应该有此。自督兵围攻钟离。

　　钟离城守萧惠休，本来有些智勇，那崔慧景、裴叔业等，又复驰至，扎营城外，与城中相应。内守外攻，与魏兵相持旬日，魏兵不得便宜，反战死了许多士卒。魏主宏乃至邵阳，就洲上筑起三城，栅断水路，为久驻计，被裴叔业率兵攻破，计不得逞。更欲置戍淮南，招抚新附，会魏相州刺史高闾，及尚书令陆叡，先后上书，劝魏主退归洛阳，魏主乃渡淮北去。

　　兵未渡完，忽有齐兵飞舰前来，据住中渚，截击魏人。魏主宏亟悬赏购募，谓能击破中渚兵，当立擢为直阁将军。军弁奚康生应募奋出，缚筏积薪，引着壮士数百名，驶至中渚，因风纵火，毁齐战舰，趁着烟雾迷濛的时候，持刀直进，乱斫乱砍，逼得齐兵仓皇失措，四散逃去。魏主大喜，即命康生为直阁将军，各军依次毕济。

　　惟将军杨播，领着步卒三千，骑兵五百，作为殿军，尚未涉淮。偏齐兵又复大至，战舰塞川，截住杨播归路。播结阵自固，齐兵上岸围攻，由播猛力搏战，相拒至两昼夜，兀自守住。只苦军中食尽，不能枵腹从戎。魏主宏在北岸遥望，屡思越淮救播，可奈春水方涨，船只未备，急切不便徒涉，无从施救。惟有相对欷歔。幸而淮水渐退，播自阵中杀出，引得精骑三百名，至齐舰旁大呼道："我等便要渡江，有人能战，快来接仗，休得误过！"一面说，一面跃马入水，向北径渡。齐兵见他勇悍，也不敢追逼，由他游泳自去。越不怕死，越不会死。

　　魏主宏见播到来，很是喜慰，便引兵回洛去了。惟邵阳洲上，尚留魏兵万人，也欲北归，因被崔慧景等阻住，无法退还，不得已遣使求和，愿输良马五百匹，借一归路。慧景未许，副将张欣泰道："归寇勿遏，不如纵使北去。否则困兽犹斗，彼若拚死来争，就使我得幸胜，亦不为武，不胜反隳弃前功，岂不可惜！"慧景乃纵令北还。嗣被萧坦之劾奏，二人皆不得赏，未免怏怏，后文另有交代。

　　惟魏兵出发，本由四路进兵。钟离、义阳两路，已经退归。还有襄阳一路，是魏将薛真度为帅，到了南阳为齐太守房伯玉杀败，无功而还。南郑一

第三十二回 假仁袭义兵达江淮 易后废储衅传河洛

路,军帅乃是刘藻,行至中途,适梁州刺史拓跋英,也引兵来会,便合军进击汉中。齐梁州刺史萧懿,遣部将尹绍祖、梁季群等,率兵二万,据险扼守,设立五栅,防御敌兵。拓跋英侦得消息,便嚣然道:"齐帅皆贱,不能统一,我但挑选精卒,攻他一营,彼必不肯相救;一营得破,四营不战自溃了。"说着,便自统精骑数千人,急攻一营。营中守将正是梁季群,蓦闻魏兵到来,便开栅逆战。拓跋英持槊当先,与季群大战数合。季群力怯,战不过拓跋英,正思勒马退走,不防拓跋英乘隙刺来,慌忙闪避,被英横槊一掠,跌了一个倒栽葱,即由魏兵擒去。齐兵失了主将,当然弃栅逃散。尹绍祖闻季群遭擒,吓得魂胆飞扬,把四栅一并弃去,狼狈奔回。拓跋英乘胜长驱,进逼南郑。萧懿又遣他将姜修击英,途次遇着伏兵,俱为所俘,竟至片甲不回,遂直达南郑城下,四面围住。懿登陴固守,约历数十日,城中粮食将尽,兵中恟惧异常。参军庾域,却想了一计,封题空仓数十,指示将士道:"仓中粟米皆满,足支二年,但能努力坚守,怕甚么强虏呢!"大众听了此语,方得少安。懿复遣人煽诱仇池诸氐,使起兵断英运道,英乃不能久持。适魏主有敕颁到,召还刘藻,并令英还镇,英乃撤围西返,使老弱先行,自率精兵断后,且仰呼城中,与懿告别。懿恐有诈谋,不敢遽追,过了两日,方遣将倍道追去。英见有追兵,下马待战,故示从容,懿兵又不敢进逼,重复折回。英始取道斜谷,返入仇池,沿途遇着叛氐,且战且前,流矢射中英颊,英督战如故,终得将叛氐杀平,安抵仇池。叙清两路,缴足上文。

又有魏城阳王拓跋鸾,攻齐赭阳,也不能拔,齐遣右卫率垣历生赴援,鸾恐众寡不敌,下令退兵,偏部将李佐,留兵逆战,吃了一个大败仗,方匆匆走还。督军卢渊,本是勉强受命,至此归心愈急,早已弃师还洛。魏主转趋鲁城,亲祀孔子,拜孔氏二人,颜氏二人为官,且选孔氏宗子一人,封崇圣侯。奉孔子祀,重修园墓,更建碑铭,饶有尊圣明经的意思。既而还都,特立国子太学,四门小学,选了几个耆年硕彦,充做国老庶老,赐宴华林园,各给鸠杖衣裳,求遗书,正度量,制礼作乐,黼黻太平。

越年,又下诏易姓,称为元氏。魏人尝自称为黄帝子昌意后裔,昌意少子,受封北国,有大鲜卑山,遂以为号。黄帝以土德王。北俗谓土为拓,后为跋,所以叫作拓跋氏,魏主宏谓土属黄色,是万物原始,此次变礼从华,不宜仍袭北语,因特改姓为元,凡诸功臣旧族,姓或重复,悉令改更,就是内外文牍,及普通语言,均不得再仍旧俗。又仿南朝制度,一切选调,推重门族。尚书仆射李冲进言道:"陛下选用官吏,如何专取门品,不拔才能?"魏主道:"世家子弟,就使才具平常,德性要自纯笃,朕故就此录用。"冲又道:"傅说版筑,吕望钓叟,何尝出自世家?"魏主道:"非常人物,古今只有一、二人,怎得拘为成例?"中尉李彪亦插嘴道:"鲁有三卿,如何孔门四科?"魏主道:"如有高明特达,出类拔萃,朕亦自当重用,不拘一格呢。"两李方才无言,相继告退。南朝雅重门望,实是敝制,如何魏亦仿此?看官!你道魏主宏变夷从夏,好似一个有道明君,哪知他钓名沽誉,诸多粉饰,连宫闱里面,尚是偏听不明,对着六七个嗣子,亦未闻有义方教训,是不能齐家,焉能治国!名为尊崇孔圣,实与孔子遗言,简直是大不相符呢。

　　从前魏主终丧,曾纳太师冯熙二女,长为昭仪,次为皇后,当时因长女庶出,所以妹尊姊卑,小子于前文二十八回中,曾已略叙,但皇后颇有德操,昭仪独工姿媚,魏主宏初尚重后,后来觉得中宫坦率,总不及爱妾多情,而且玉貌花容,妹不及姊,好德不如好色,魏主宏正犯此病,迁都以后,姊妹花同入洛阳,冯昭仪尤邀宠幸。魏主除视朝听政外,日夕在昭仪宫内,同餐同宿,形影不离。昭仪更献出百般殷勤,笼络魏主,直把那魏主爱情,尽移到一人身上,不但后宫无从望幸,就是中宫皇后,也几同寂寂长门。冯皇后虽非妒妇,也不免自嗟命薄,私怨鸰原。昭仪本自恃年长,不肯遵循妾礼,又况宠极专房,更视阿妹如眼中钉。每当枕席私谈,无非说皇后坏处,惹得魏主怒上加怒,竟把皇后废去,贬入冷宫。勿以妾为妻,魏主曾闻古语否?后乞出居瑶光寺,情愿为尼,总算得魏主允许,遂以练行尼终身。看到后文,乃姊应自愧弗如。朝臣进谏不从,惟暂行立后问题,搁起了三五月。

　　冤冤相凑,又惹出废储一案,遂致夫妇不终,父子亦不终。魏主长子名恂,系故妃林氏所出。见第二十八回。太和十七年,恂年十一,立为皇太子。既而行加冠礼,魏主为他取字,叫作元道。且召令入见,诫以冠义,并面嘱道:"字汝元道,所寄不轻,汝当顾名思义,勉从吾旨。"及改姓元氏,又改字宣道。适太师冯熙,病死平城,魏主遣恂吊丧,临行嘱咐道:"朕位居皇极,不便轻行,欲使汝展哀舅氏,并顺便拜谒山陵及汝母墓前。在途往返,当温读经籍,勿违朕言。"冯熙之死,就此带过。恂虽允诺而去,但素性懒惰,不甚好学,体又肥壮,每苦河洛暑热,不愿南居,此时奉命北去,乐得假公济私,偷图安逸。偏是乃父性急,相离不过两三月,竟下了数道诏旨,促使南归。恂无法推诿,只好硬着头皮,还洛复命。魏主训责数语,又令在东宫勤学,不得佚居。恂阳奉阴违,且有怨词,中庶子高道悦,屡次苦谏,恂不惟不从,反引为深恨。

　　会魏主巡幸嵩岳,留恂居守金墉城,恂欲轻骑北去,为道悦所阻,顿时触动恂怒,拔剑一挥,杀死道悦。幸领军元徽,勒兵守门,不使恂得擅越;一面遣报魏主。魏主骇愤,亟自汴口折还,召恂责问,亲加笞杖。皇弟咸阳王禧等入内劝解,魏主反令禧代杖百下。禧虽未下重手,究竟是金枝玉叶,从未经过这

第三十二回　假仁袭义兵达江淮　易后废储衅传河洛

般捶楚，宛转呻吟，不能起立。魏主叱令左右，把恂扶曳出外，幽锢城西别馆。恂卧床不起，竟至月余。魏主怒尚未息，至清徽堂召见群臣，议即废恂，司空兼太子太傅穆亮，仆射太子少保李冲，并免冠顿首，代为哀请。魏主勃然道："古人有言：大义灭亲，此儿今日不除，必为国家大祸。南朝永嘉乱事，可为借鉴，奈何好姑息养奸哩！"遂即下诏，废恂为庶人，移置河阳无鼻城，所供服食，仅免饥寒。

适恒州刺史穆泰，定州刺史陆叡，不乐移徙，共谋作乱。魏主闻报，急使任城王澄，掩捕二人，拘系平城狱中。魏主又亲往审鞫，诛穆泰、赐陆叡自尽。还至长安，接得中尉李彪密报，谓废太子恂，将与左右谋逆，恐是蜚言。乃使咸阳王禧，与中书侍郎邢峦，奉诏赍鸩，迫令取饮。恂饮毕即死，年才十五。用粗棺常服为殓，藁葬河阳城。另立次子恪为太子。恪母高氏，为将军高肇妹，幼时梦为日所逐，避匿床下，日化为龙，绕身数匝，大惊而寤。时已目为奇征，年十三岁入掖庭，婉艳动人，由魏主召幸数次，得孕生恪。嗣又生子名怀，恪为太子，怀尔亦受封广平王，至冯昭仪得宠，高氏亦为魏主所疏。昭仪无出，闻高氏幼有异梦，料将来应在恪身，乃欲养恪为子，竟将高氏毒毙。恪年尚幼，遂归冯昭仪抚养，每日必亲视栉沐，慈爱有加。魏主还嘉她抚恪有恩，不啻己出，其实她是慕效姑母，想做第二个文明太后，蓄志正不小呢！计策固佳，可惜无文明太后福命！

东阳王拓跋丕，前曾劝阻迁都，及魏主诏改衣冠，丕仍着旧服，诸多忤旨，降封为新兴公。丕子隆及弟超，又与穆泰密谋为乱，经魏主宏穷治泰党，隆超皆连坐伏诛。丕本不预谋，亦被斥为民。当时北魏宗室，丕年最高，资望亦为最隆，历事六朝，垂七十年，骤然夺职，还为庶人，朝野皆为叹惜。魏有两拓跋丕，一为太武之弟，封乐平王，已经早殁，此拓跋丕为代王翳槐玄孙，非道武嫡裔，阅者幸勿混视。魏主宏还特别加恩，免丕死罪。未几，即立冯昭仪为继后，疏斥老成，专宠艳妃，一位守文中主，损德实不少呢。小子有诗叹道：

　　无辜弃妇先伤义，有意诛儿又害慈。
　　尽说孝文魏主宏殁后谥法。能复古，如何恩义两乖离！

魏主远贤近色，好大喜功，闻得南朝屡杀大臣，众心不服，复乘隙起兵，进攻南阳。欲知胜负如何，下回再行详叙。

　　本回所叙，专指魏事，齐事第连类带叙而已。当魏主之决计南伐也，名非不正，乃屈于崔庆远之数言，即致气沮，已见其用志之不专。萧鸾横逆，敢弑二君，据事驳斥，彼将何辞？乃以萧衍之战胜，冯诞之病死，即引军还洛，仅遣使临江，数罪而去，言不顾行，多辞奚益？要之一味意气用事，徒假虚名以欺人世耳。至若皇后无过，乃以宠妾之谮构，遽黜为尼，太子恂少年寡识，未始不可教之为善，乃始则废徙，继则赐死。观夫李彪之密表，及次子恪之归养昭仪，竟得夺嫡，其暗中之谮间播弄，不问可知。魏主宏甘为所蔽，以致夫妇失道，父子贼恩，家不齐则国不治，是而谓为守文令主也，谁其信之！

第三十三回　两国交兵齐师屡挫
　　　　　十王骈戮萧氏相残

却说齐主鸾篡位时，第一个佐命功臣，要算中领军萧谌，鸾曾许他迁镇扬州，及事后食言，但命他兼刺南徐，别授萧遥光为扬州刺史。谌怏怏失望，尝语友人道："炊饭已熟，便给别人。"尚书令王晏，得闻谌言，却暗中冷笑道："何人再为谌作瓯等！大家得过且过罢了。"鸾性本好猜，即位后更密遣亲幸，随处侦察。应是贼胆心虚。凡谌平时言动，多经侦役报明，遂致疑忌。可巧魏主侵齐，谌兄诞力守司州，与魏相拒，诞弟诔更从军援诞，昆季二人，为国效劳，鸾只好暂从含忍，迁延未发。谌不管死活，尚且恃功干政，遇有选用，窃援引私党，嘱使尚书录奏，因此益遭主忌，酿祸尤深。会魏兵已退，鸾召大臣入宴华林园，谌亦与坐，畅饮尽欢，至夜才撤席散去。谌亦退居尚书省。忽由御前亲吏莫智明，赍敕到来，向谌宣读道："隆昌时事，非卿原不得今日，今一门二州，兄弟三封，朝廷相报，不为不优，卿乃屡生怨望，乃云炊饭已熟，合甑与人，究是何意？今特赐卿死！"谌听毕敕语，当然惶骇，转思事已至此，无法求免，遂顾语智明道："天人相去不远，我与至尊杀高、武诸王，都由君传达往来，今令我死，君未尝出言相救，我将申诉天廷，冤冤相报，莫谓地下无灵呢！"郁林、海陵于卿甚事，何故助桀为虐？此次赐死，难道不是天道么？语至此，即服毒自杀。

智明入内报鸾，鸾更遣使至司州，诛诞及诔，复将西阳王子明，世祖第十子。南海王子罕，世祖第十一子。邵陵王子贞，世祖第十四子。亦一并牵连进去，概赐自尽。子明、子罕，年仅十七，子贞年仅十五，少不更事，有何谋虑？此次为萧谌一案，缘同连坐，显见得是冤诬致死哩。揭破鸾谋，不肯滑过。

尚书令王晏，因萧谌已死，乘势专权，又为嗣主鸾所忌。始安王萧遥光，前已劝鸾诛晏，鸾曾迟疑道："晏与我有功，且未得罪，如何就诛？"遥光道："晏尝蒙武帝宠任，手敕至三百余纸，与商国事，彼尚不肯为武帝尽忠，怎肯为陛下效力呢！"一语足死王晏。鸾不禁变色。已而亲吏陈世范，报称晏尝屏人私语，恐有异谋。鸾愈加戒备，更命世范悉心侦伺。

第三十三回　两国交兵齐师屡挫　十王骈戮萧氏相残

好容易至建武四年，世范又复告密，谓晏将俟主上南郊，纠集世祖亲旧，窃发道中。鸾闻言益惧，竟召晏入华林省，敕令诛死，并杀晏弟广州刺史诩及晏子德元、德和。

鸾两次废立，晏皆与谋，从弟思远谏晏道："兄荷世祖厚恩，今一旦叛德助逆，后来将如何自立！若及此引决，还可保全门户，不失后名。"晏微笑道："我方啜粥，未暇此事。"及超拜骠骑将军，顾语子弟道："隆昌末年，阿戎思远小字。尝劝保自裁，我若依他，何有今日！"思远遽应声道："如阿戎所见，今尚为未晚哩。"晏仍然未悟，濒死前十日，思远又语晏道："时事可虑，兄亦自觉不凡，但当局易昧，旁观乃清，请兄早自为计！"晏默然不答，思远乃出。晏且叹且笑道："世上有劝人觅死，真是出人意外！"哪知过了旬日，便即遭诛。晏外弟阮孝绪，亦知晏必罹祸，辄避不见面。晏赠酱甚美，孝绪未觉，食酱时亦称为异味。嗣闻由晏家送来，立即吐出，倾覆水中。至晏既受诛，孝绪亲友，恐他连坐，代为加忧，孝绪怡然道："亲而不党，何畏何疑！"果然王晏狱起，孝绪不闻连累，就是思远亦得免罪。趋炎附势者其听之！不过萧谌死后，莫智明果遇祟暴亡。王晏为陈世范所害，世范却安然如故，幽明路隔，无从查悉原因。小子但依事演述罢了。补出莫智明死状，回应萧谌遗言。

齐主鸾授萧坦之为领军将军，徐孝嗣为尚书令，宣抚中外，粗定人心。那魏主宏谓有隙可乘，大发冀、定、瀛、相、济五州丁壮，得二十万，亲自督领，出发洛阳。留吏部尚书任城王澄居守，中尉李彪，仆射李冲为辅。授彭城王勰为中军大将军，都督行营事宜，勰面辞道："亲疏并用，方合古道，臣叨附懿亲，不应屡邀宠授。"魏主不从，命勰调军后随，自引兵径诣襄阳。

先是镇南将军薛真度，劝魏主先取樊邓，魏主命他往攻南阳，竟被齐太守房伯玉击退。至是为报复计，先向南阳进发。众号百万，各用齿吹唇，作鹰隼声，响彻远近。

既至南阳城下，一鼓作气，攻克外郛，房伯玉入守内城，誓众抵御。魏主遣中书舍人孙延景，传语伯玉道："我今欲荡平六合，不似前次南征，冬来春去，如或未克，终不还北。卿此城当我首冲，不容不取，远期一载，近止一月，封侯枭首，就在此举！且卿有三罪，今特一一晓示：卿先事武帝，不能效忠，反靦颜助逆，这就是第一大罪。近年薛真度来，卿乃伤我偏师，这就是第二大罪。今銮辂亲临，尚不闻面缚出降，这就是第三大罪。若再怙恶不悛，恐死在目前，我虽好生，不能轻贷！"三大罪中，只有第一条还算中肯。伯玉亦遣副将乐稚柔答语道："大驾南侵，期在必克，外臣职守卑微，得抗君威，与城存亡，死且得所！从前蒙武帝采拔，怎敢妄思？只因嗣主失德，今上光绍大宗，不特远近悁望，就是武皇遗灵，亦所深慰，所以区区尽节，不敢贰心！即如前次北师深入，寇扰边民，外臣职守所关，唯力是视；难道北朝政府，反导人不忠么？"语颇近理，可惜不能坚持！延景返白魏主，魏主自逼城外吊桥，跃马径上。不意桥下却突出壮士，戴虎头帽，身服斑衣，来击魏主，魏主人马皆惊，幸有魏将原灵度随着，拈弓搭箭，发无不中，连毙南阳壮士数人，方将魏主救脱。魏主乃留咸阳王禧攻南阳，自引军趋新野。

新野太守刘思忌凭城守御，魏主屡攻不克，四筑长围，并遣人呼守卒道："房伯玉已降，汝何为独取糜碎？"思忌亦遣人应声道："城中兵食尚多，未暇从汝小房命令；彼此各努力便了！"魏主倒也没法，但命将围攻，连日不休。

齐主鸾闻魏兵压境，曾遣直阁将军胡松，助北襄城太守成公期，保守赭阳，义阳太守黄瑶起保守舞阴。又因雍州关系重要，遣豫州刺史裴叔业往援，叔业谓北人不乐远行，专喜抄掠，若侵入虏境，虏主自然回顾，司、雍便可无虞。齐主鸾以为奇计，许他便宜行事，叔业遂引兵攻魏虹城，俘得男女四千余人。一面令别将鲁康祚、赵公政等，率兵万人，往攻太仓口。

魏豫州刺史王肃，使长史傅永，率甲士三千人，堵塞太仓，与齐军夹淮列阵。永语左右道："南人专喜斫营，夜间必来劫我寨，近日乃是下弦，夜色苍茫，我料他越淮前来，当在淮中置火，记明浅处，以便还涉。我正可将计就计，歼敌立功，就在今日了！"遂分部兵为二队，埋伏营外，又使人用瓠贮火，密渡南岸，至水深处置火，嘱待夜间火起，悉数燃着，不得有误。各士卒依言去讫，永设着空营，厉兵以待。到了夜静更深，果有齐兵杀到。鲁康祚、赵公政，并马入营，见营中虚设灯火，不留一人，料知中计，急忙麾兵退还。蓦闻一声胡哨，伏兵从左右杀出，夹击齐军。鲁、赵两将，拚命冲突，也顾不得行列步伐，霎时间人马散乱，弄得七零八落。赵公政策马飞奔，兜头遇着一将，正是傅永，一时不及措手，被永伸手过来，活活擒去。鲁康祚见公政就擒，慌忙脱去甲胄，从斜刺里奔至水滨，跃马急渡，偏偏南岸信火，散作数处，辨不出甚么浅深，那时情急乱涉，失足灭顶，竟致溺死。部下兵士，一半为魏人所杀，还有一半渡淮南奔，也因深浅难辨，溺毙无数。只有几个寿命延长的，奔报叔业。

永械住赵公政，复捞得鲁康祚尸首，奏凯而归。王肃大喜，遣使向魏主处报述永功。嗣闻叔业进薄楚王戍，仍令永率三千人赴援。永先遣心腹将弁，倍道驰告戍军，令急填塞外堑，就城外埋伏千人，俟援军驰至，鸣炮为号，两路夹攻，戍军当然遵行。既而叔业进兵戍所，正拟部分将士，下令猛攻，不防号炮一响，前有伏兵杀出，后有永兵掩至，害得叔业心慌意乱，夺路奔逃，连一切伞扇鼓幕，一并弃去，兵士甲仗，丧失无算。也是鲁赵一流人物。永也不蹑击，但收拾所得兵械，整军欲归。左右尚劝永急进，永喟然道："吾弱卒不过三千人，彼精甲犹盛，并非力屈，不过堕我计中，仓猝遁去。我但俘获此数，已足使

第三十三回　两国交兵齐师屡挫　十王骈戮萧氏相残

彼丧胆,还要追他做甚么?"乃驰还报捷。

肃更为奏闻,魏主即拜永为安远将军,兼汝南太守,封贝邱县男。永有勇力,好学能文,魏主尝叹道:"上马击贼,下马作露布,唯傅修期一人。"修期便是永字。魏主呼字不呼名,正是器重傅永的意思。原是能手。

一面命统军李佐,急攻新野,刘思忌堵守不住,竟被攻入,且因巷战力竭,为佐所缚。献至魏主驾前,魏主笑问道:"今可降否?"思忌朗声道:"宁作南朝鬼,不为北虏臣!"可为硬汉。乃推出斩首。魏主遂南循沔水,沔北大震。赭阳戍将成公期,舞阳戍将黄瑶起,相继南遁。瑶起曾害死王奂,魏主欲为王肃报仇,饬兵追捕,竟得擒住,当下缚送与肃。肃见是杀父仇人,便摆起香案,破瑶起心,哭祭父灵。再将瑶起脔割烹食,聊泄旧恨。王奂被杀,王肃投魏事,见前文二十九回中。魏主又移攻南阳,房伯玉势孤援绝,不得已面缚出降。有愧刘思忌。伯玉见从弟思安,曾仕魏为中统军,屡为伯玉泣请,魏主乃特命贷死,留居营中。

齐主鸾闻新野南阳,相继陷没,复遣太子中庶子萧衍,度支尚书崔慧业,带领军将刘山阳、傅法宪等,共将士五千余人,出救襄阳。进诣彭城,忽见魏兵数万骑,蹀躞前来,气势甚盛,慧景忙敛众入城,为守御计。萧衍检阅城中,无粮无械,禁不住一把冷汗,便顾语慧景道:"我军远来,蓐食轻行,已有饥色;若见城中粮备空虚,势必溃变,如何保守得住!不若仗着锐气,冲击一阵,倘能杀退房兵,士气尚可振作,不致为变呢。"慧景支吾道:"我看房众多是游骑,日暮自当退去,尽可无虑。"既而天色将晚,魏兵越来越多,势且凭城。慧景竟潜开南门,带着自己部曲,向南遁去,余众当然大哗,相继皆遁。萧衍亦不能禁遏,只好令山阳、法宪二将,率兵断后,且战且行。

魏兵自北门杀入,见齐军已经尽遁,便长驱追赶。齐军闻有追兵,都想急奔,适前面有一阔沟,上架木桥,被崔慧景前队过去,急不暇择,已将桥梁踏断。那后队无桥可渡,挤做一堆,惊惶的了不得。魏兵煞是厉害,用着强弓硬箭,夹道射来,傅法宪中箭落马,一呼而亡。士卒拚死逾沟,多半坠没。亏得刘山阳遇急生智,忙令军士舍去甲仗,填塞沟中,逃兵始得半沉半浮,褰裳过去。山阳亦越沟南还,趋至沔城,已值黄昏,后面鼓声大震,魏主自率大兵驰至,山阳急入城闭门。幸城中备有矢石,陆续运至城上,或射或掷,伤毙魏兵前队数十人,魏主乃退。转趋樊城,城上守御颇严,雍州刺史曹虎,正在此堵截魏军。魏主料知难下,转向悬瓠城去了。魏又一胜,齐又一挫。独镇南将军王肃,进攻义阳。

齐豫州刺史裴叔业,自楚王戍败归,搜卒补乘,得五万人,闻义阳被攻,又用了一条围魏救赵的计策,不救义阳,直攻涡阳。仍然是老法儿。魏南兖州刺史孟表，为涡阳城守，无粮可因，但食草木皮叶，飞使至悬瓠乞援。魏主使安远将军傅永，征虏将军刘藻，辅国将军高聪等，并救涡阳，统归王肃节制。高聪为前锋，刘藻继进，被裴叔业迎头痛击，杀得人仰马翻，东逃西散。傅永从后接应，也为前军所冲，不能成列，没奈何收军徐退。傅将军也没法了。叔业驱军再进，聪与藻都弃师逃窜。单剩傅永一军，抵当叔业。部下都无斗志，勉强战了几合，便即溃走。永亦只得奔还，这次算是齐军大捷，斩首万级，活捉三千余人，所得器械杂畜财物，不可胜计。

魏主闻败，命锁三将至悬瓠，聪与藻流戍平州，永亦夺官，连王肃亦坐降为平南将军。肃请再遣军救涡阳，魏主复谕道："卿何不自救涡阳，乃徒向朕絮聒，更乞派兵？朕处若分兵太少，不足制敌，太多转不足扈跸，卿当为朕熟筹！义阳可取乃取，不可取即舍，若失去涡阳，卿不得为无罪哩！"肃得此谕，乃撤义阳围，转救涡阳，步骑共十余万，叔业见魏兵势盛，不敢抵敌，黄夜退兵。翌晨被魏兵追及，杀伤甚众，匆匆的走保义阳。王肃亦收军而回。齐兵又败。

齐主鸾连得败耗，颇怀忧惧，渐渐的积忧成疾，不能视朝。宗室诸王，都入内问安。鸾叹道："我及司徒诸儿，多未长成，司徒指安陆王缅，见三十一回。独高、武子孙，日见壮盛，将来终恐为我患呢！"既而太尉陈显达进谒，鸾述及己意，显达道："这等小王，何足介意！"鸾闭目不答。及显达退出，遥光入见，鸾复与议及，正中遥光下怀，便竭力撺掇，劝鸾尽歼高、武子孙。原来遥光素有躄疾，每乘肩舆入殿，辄与鸾屏人密谈，鸾即向左右索取香火，供爇案上，自己呜咽流涕。到了次日，必杀戮同宗，遥光非常快意。他的存心，并非为萧鸾子孙计，实欲借鸾逞凶，灭尽高、武后裔。等到鸾死，却好把鸾子鸾孙，再加翦灭，将来的齐室江山，容易占住，也得安然为帝。鸾未曾察觉，还道是遥光爱己，惟言是从，遥光遂乘鸾有疾，矫制收捕高、武子孙，共得十王，一律杀死。欲知十王为谁，由小子表明如下：

> 河东王铉。高帝第十九子，时年十九。临贺王子岳。武帝第十六子，时年十四。西阳王子文。武帝第十七子，年亦十四。衡阳王子峻。武帝第十八子，年亦十四。南康王子琳。武帝第十九子，年亦十四。永阳王子岷。武帝第二十子，出继衡阳王道度为孙，时年亦十四。湘东王子建。武帝第二十一子，时年十三。南郡王子夏。武帝第二十三子，年仅七岁。巴陵王昭秀。由临海王改封，系文惠太子第三子，时年十六。桂阳王昭粲。文惠太子第四子，年才八岁。

自这十王被杀后，高、武子孙，得封王爵诸人，无一留遗，煞是可叹！从前齐世祖武帝在日，尝梦见一金翅鸟，突下殿廷，搏食小龙无数，始飞上天空。文惠太子长懋，亦尝语竟陵王子良道："我每见鸾，辄怀恶心，若非彼福德太

第三十三回　两国交兵齐师屡挫　十王骈戮萧氏相残

薄,必与我子孙不利!"至是皆验。遥光既杀死诸王,乃使公卿诬构十王罪状,请正典刑。鸾尚有诏不许,俟再奏后,方才允议,且进遥光为大将军,并改建武五年为永泰元年。

大司马王敬则,出任会稽太守,因见萧谌、王晏,依次受诛,未免动了兔死狐悲的观感。至此复闻高、武子孙,悉数尽歼,又加了一层疑惧。自思为高、武旧将,终且被嫌,日夜筹画,尚苦无自全计策。齐主鸾却也相疑,不过因他年已七十,并居内地,所以稍稍放心,未曾诛夷。敬则长子仲雄,留侍殿廷,雅善弹琴,宫中留有蔡邕汉人。焦尾琴一具,由鸾给仲雄鼓弹,仲雄操懊侬曲,曲中有歌词云:"常叹负情侬,郎今果行许。"又有语云:"君行不净心,哪得恶人题!"鸾闻琴声,愈加猜愧。及寝疾日笃,特命张瓌为平东将军兼吴郡太守,防备敬则。敬则大惊道:"东无寇患,用甚么平东将军?大约是欲平我呢。我岂甘心受鸩么?"

徐州行事谢朓,系敬则女婿,敬则第五子幼隆,曾为太子洗马,与朓密书往来,约同举事。朓竟执住来使徐岳,奏报朝廷,于是鸾决计加讨,指日遣兵。消息传到会稽,敬则从子公林,曾为五官掾,劝敬则急速上表,请诛幼隆,自乘单舸还都谢罪。敬则不应,竟举兵造反,扬言奉南康侯子恪为主,将入都废鸾。子恪系豫章王嶷次子。为这一番传闻,遂令大将军始安王遥光,驰入白鸾,请将高、武余裔,无论长幼,悉召入宫,一体就诛。鸾已病剧,模糊答应,遥光遂召集高、武诸孙,置诸西省,所有襁褓婴儿,亦令与乳母并入,令太医速煮椒二斛,都水监办棺材数十具,俟至三更天气,好将高、武诸孙,尽行毒毙。小子有诗叹道:

　　忍心竟欲灭同宗,狼子咆哮亦太凶。
　　待到东城匍伏日,问他曾否得乘龙!事见下文。

毕竟高、武诸孙,是否同尽?容至下回说明。

魏主宏二次出师,再攻襄邓,实是忿兵,忿兵必败。其所以幸胜者,由齐君臣之互相猜忌,所遣将吏,未肯为主尽力耳。萧谌诛矣,王晏死矣,两人有佐命大功,结果如此,彼如裴叔业、崔慧景、萧衍诸人,能不寒心!心一寒而气即馁,欲其杀敌致果,谈何容易!然魏兵且有涡阳之败,以屡胜之傅永,亦致狼狈奔还,忿兵必败之言,非其明证欤?齐主鸾不能外攘,专事内残,遥光得乘间而入,屠戮十王。前用鸾者为萧道成,后用遥光者为萧鸾,卒之皆授人以柄,自取覆亡。遥光后虽诛死,而东昏已成孤立,齐祚之不永也有以夫!

第三十四回　齐嗣主临丧笑秃鹜
　　　　　　魏淫后流涕陈巫蛊

　　却说南康侯子恪,本不与敬则通谋。他曾为吴郡太守,因朝廷改任张瓌,卸职还都。蓦闻都下有此谣传,不禁大骇。起初是避匿郊外,嗣得宫中消息,谓将尽杀高、武诸孙,乃拚死还阙,徒跣自陈。到了建阳门,时已二更三点了,中书舍人沈徽孚,与内廷直阁单景俊,正密谈遥光残忍,无法救解。适萧鸾睡熟,拟将三更时刻,暂从缓报。可巧子恪叩门,递入诉状,景俊大喜,忙至寝殿中白鸾。鸾亦醒寤,令景俊照读状词,待至读毕,不禁抚床长叹道:"遥光几误人事!"乃命景俊传谕,不准妄杀一人,并赐高、武子孙供馔,诘旦悉遣还第,授子恪为太子中庶子。

　　嗣闻敬则出发浙江,张瓌遁去,叛众多至十万人,已达武进陵口,高、武诸陵,俱在武进。乃亟诏前军司马左兴盛,后军将军崔恭祖,辅国将军刘山阳,龙骧将军胡松等,共赴曲阿,筑垒长冈。又命右仆射沈文季都督各军,出屯湖头,备京口路。敬则驱众直进,猛扑兴盛、山阳二垒。兴盛、山阳,竭力抵御,尚不能敌,意欲弃垒退师,又苦四面被围,无隙可钻,不得已督兵死战。胡松引着骑兵,来救二垒,从敬则后面杀入。敬则部众虽多,大都乌合,顿时骇散。兴盛、山阳趁势杀出,与胡松并力合攻,敬则大败。崔恭祖又倾寨前来,正值敬则返奔,便挺枪乱刺,适中敬则马首,敬则忙跃落马下,大呼左右易马,怎奈左右俱已溃乱,仓猝不及改乘,那崔恭祖的枪尖,又刺入敬则左胁。敬则忍痛不住,竟致仆地,兴盛部将袁文旷,刚刚杀到,顺手一刀,结果性命。余众或死或逃,一个不留。当下传首建康,报称叛党扫平。

　　时齐主鸾已经病笃,太子宝卷,急装欲走,都下人士,惶急异常。至捷报传到,方得安定。所有敬则诸子,悉数捕诛,家产籍没,宅舍为墟。敬则母尝为女巫,生敬则时,胞衣色紫,母语人道:"此儿有鼓角相。"及年龄稍长,两腋下生乳,各长数寸,又梦骑五色狮子,侈然自负。善骑射,习拳术,萧氏得国,实出彼力,因此官居极品,父子显荣。只是天道昭彰,善恶有报,似敬则的逼死苍梧,助成篡逆,若令他富贵终身,子孙长守,岂不是惠迪反凶,从逆反吉吗? 至理名言。

　　左兴盛、崔恭祖、刘山阳、胡松四人,平敬则有功,并得封男。谢朓先期告变,亦得擢迁吏部郎,朓三让不许。惟朓妻王氏,常怀刃衣中,欲刺朓谢父,朓

第三十四回　齐嗣主临丧笑秃鹙　魏淫后流涕陈巫蛊

不敢相见。同僚沈昭略尝嘲朓道："君为主灭亲，应该超擢，但恨今日刑于寡妻！"朓无言可答，惟报颜相对罢了。为当日计，却亦难乎为朓！

是年七月，齐主鸾病殁正福殿，年四十七。遗诏命徐孝嗣为尚书令，沈文季、江祏为仆射，江祀为侍中，刘暄为卫尉；军事委陈太尉显达，内外庶务，委徐孝嗣、萧遥光、萧坦之、江祏；遇有要议，使江祀、刘暄协商；至若腹心重任，委刘悛、萧惠休、崔惠景三人。此外无甚要言，但面嘱太子宝卷道："作事不可落人后，汝宜谨记勿忘！"看官听着！为了这句遗嘱，遂令宝卷委任群小，任情诛戮，搅乱的了不得，终弄得身亡国灭呢。是谓天道。

宝卷即位，谥鸾为明皇帝，庙号高宗。鸾在位只五年，改元二次，残刻寡恩，事多过虑，平时深居简出，连郊天大典，都屡次延约，始终不行。又尝迷信巫觋，每出必先占利害，东出云西，西出云北，及疾已大渐，尚不许左右传闻。无非推己及人，防他变乱，但如此为帝，有何趣味！且因巫觋进言，谓后湖水经过宫内，不利主上，乃欲堵塞后湖，作为厌胜。其实宫中取饮，全仗此湖，鸾为疗疾起见，至欲因噎废食，亏得早死数日，事乃得寝。史家称他起居俭约，宫禁肃清，罢新林苑，废钟山楼馆，斥卖东田园圃，舆辇舟乘，剔去金银，后宫服饰，概尚朴素，御食时有裹蒸一大枚，尝令剖作四块，食半留半，充作晚餐，从前高、武俭德，亦不过如是。哪知圣帝明王，德量宽广，不在区区小节；若徒从俭省一事，传作美谈，岂非是不虞之誉，未足凭信么？评论精严。

这且不必絮谈，且说太子宝卷，素性好弄，不喜书学，乃父亦未尝斥责，但命尽家人礼。宝卷求每日入朝，有诏不许，但使三日一朝。夜间无事，辄捕鼠达旦，恣情笑乐。至入承大统，不愿谘询国事，但与宦官宫妾等，终日嬉戏，彻夜流连。梓宫殡太极殿中，才经数日，即欲速葬。徐孝嗣入内固争，始延宕了一月，出葬兴安陵。宝卷临丧不哀，每哭辄托云喉痛。大中大夫羊阐入临，号恸俯仰，脱帻坠地，露首无发，好似秃头一般。宝卷瞧着，忍不住狂笑起来，且笑且语道："秃鹙啼来了！"左右闻言，亦笑不可抑，统做了掩口葫芦。到了奉灵安葬，宝卷越无哀思，从此欢天喜地，纵乐不休。左右嬖幸，捉刀随侍，俱得希旨下敕，时人遂有刀敕的称呼。扬州刺史始安王萧遥光，尚书令徐孝嗣，右仆射江㴥，右将军萧坦之，侍中江祀，卫尉刘暄，更番入直，分日帖敕，朝三暮四，无所适从。眼见是纪纲日紊，为祸不远了。暂作一结。

魏主宏闻齐主病殂，却下了一道诏敕，证经引礼，不伐邻丧，说得有条有脊，居然似仁至义尽，效法前贤。哪知他却有三种隐情，不得不归，乐得卖个好名，引兵北去。极写魏主心术。看官听我叙来，便可知晓。魏主南下，留任城王澄，及李彪、李冲居守。见上回。彪家世孤微，赖冲汲引，超拜太尉，此次共掌留务，偏与冲两不相容，事多专恣。冲气愤填胸，历举彪过，请置重辟。魏主但令除名。冲余恨未平,竟病肝裂,旬日毕命。好去重会文明太后了。洛阳留守,三人中少了二人,魏主不免担忧,遂动归志。这是第一层。还有高车国在魏北方,服魏多年,此次魏主南侵,调发高车兵从行,高车兵不愿远役,推奉袁纥树者为主,抗拒魏命。魏主遣将军宇文福往讨,大败奔还。更命将军江阳王元继,再出北征,继主张招抚,一时不能平乱。魏主未免心焦,拟自往北伐,所以不能不归。这是第二层。最可恨的是宫闱失德,贻丑中冓,累得魏主躁忿异常,不得不驰还洛都,详讯一切。魏主好名,偏遇艳妻出丑,哪得不恨!

原来冯昭仪谲谋得逞,正位中宫,本来是鱼水谐欢,无夕不共,偏偏魏主连岁南下,害得这位冯皇后,凄凉寂寞,闷守孤帏。适有中官高菩萨,名为阉宦,实是顶替进来,仍与常人无二,而且容貌顾眄,资性聪明,每日入侍宫帏,善解人意。冯皇后很加爱宠。他竟巧为挑逗,引起冯后欲火,把他侍寝,权充一对假鸳鸯。谁知他阳道依然,发硎一试,久战不疲,冯后是久旱逢甘,得此奇缘,喜出望外。真是一个救苦救难的大菩萨。嗣是朝欢暮乐,我我卿卿,又得阉竖双蒙等,作为腹心,内外瞒蔽,真个是洞天花月,暗地春宵。但天下事若要不知,除非莫为,冯皇后虽买通侍役,代为掩饰,终不免漏泄出去,使人闻知。会魏主女彭城公主,曾为刘昶子妇,年少嫠居,冯后欲令她改嫁,即为亲弟北平公冯夙求婚,请命魏主,魏主却也允许。偏是公主不愿,将近婚期,竟潜挈婢仆十数人,乘轻车,冒霖雨,直达悬瓠,进谒魏主,跪陈本意,且言后与高菩萨私乱情形。魏主将信将疑,又惊又愕,只好暂守秘密,还鞫实情。这是第三层。途次忧愤交并,竟致成疾。

彭城王勰筑坛汝滨,祷告天地祖宗,自乞身代,果然神祖有灵,勰仍无恙,魏主却渐渐告痊。行至邺城,接得江阳王继来表,招抚高车,已有成效,树者虽亡入柔然,但也有出降意,尽可无忧。魏主稍稍放心,休养旬月,就在邺城过冬。越年为魏主太和二十三年,就是齐主宝卷永元元年,年序不便常混,故本编屡次点清。正月初旬,魏主即自邺还洛,一入宫廷,便拿下高菩萨、双蒙,当面审问。二人初尚狡赖,一经刑讯,才觉熬受不住,据实招供,并说出冯后厌禳情事。

先是彭城公主南赴悬瓠,冯后恐公主讦发阴私,渐生忧虑,召母常氏入宫,求托女巫禳厌,使魏主速死,自得援文明太后故例,另立少主,临朝称制。又尝取三牲入宫,托词祈福,阴实为厌禳计。常氏或自诣宫中,或遣婢入宫,与相报答。偏迅雷不及掩耳,那高菩萨、双蒙等,已被魏主讯得确供,水落石出。冯皇后原是惊惶,魏主亦气得发昏,旧疾复作,入卧含温室中。

到了夜间,令菩萨等械系室外,召后问状,后不敢不来,入室有遽色。魏主令宫女搜检后身,得一小匕首,长三寸许,便喝令斩后。后慌忙跪伏,叩头无数,涕泣谢罪。魏主乃命她起来,赐坐东楹,隔御寝约二丈余,先令菩萨等陈状,菩萨等不敢翻供,仍照前言陈明。魏主瞋目视后道:"汝听见否?汝有妖术,可一一道来。"后欲言不言,经魏主一再催迫,方乞屏去左右,自愿密陈。魏主使中宫侍女,一概出室,唯留长秋卿白整在侧,且起取佩刀,指示后面,令她速言。后尚不肯语,但含着一双泪眼,注视白整。魏主会意,用棉塞整两耳,再呼整名,整已无所闻,寂然不应,乃叱后从实供来。后无可抵赖,只得呜呜咽咽,略述大概。亏她老脸自陈。

魏主大愤,直唾后面。且召彭城王勰,北海王祥入室,嘱令旁坐。二人请过了安,见后亦在座,未免局促不安。魏主指语道:"前是汝嫂,今是他人,汝等尽管坐下。"二人方才谢坐。魏主又语道:"这老妪欲挟刃刺我,可恶已极,汝等可穷问本末,不必畏难!"二人见魏主盛怒,只好略略劝解,魏主道:"汝等谓冯家女不应再废么?彼既如此不法,且令寂处中宫,总有就死的一日,汝等勿谓我尚有余情呢!"二王趋退,魏主即命中官等送后入宫,后再拜而出。

过了数日,魏主有事问后,令中官转询,后又摆起架子,向中官叱骂道:"我是天子妇,应该对面,怎得令汝传述呢?"中官转白魏主,魏主大怒,即召后母常氏入宫,详述后罪,并责常氏教女不严,纵使淫妒。常氏未免心虚,恐为厌襀事连坐致刑,不得已挞后百下,佯示无私。魏主尚顾念文明太后旧恩,不忍将后废死,但敕诛高菩萨、双蒙二人,并嘱内侍等不得纵后,略加管束,就是废后敕书,亦迟久不下。所有六宫嫔妾,仍令照常敬奉,唯太子恪不得朝谒,示与后绝,这真算是特别加恩了。未免有情。

会闻齐太尉陈显达,督领将军崔慧景,规复雍州诸郡,魏将军元英迎战,屡为所败,被齐军夺去马圈、南乡两城,魏主病已少痊,力疾赴敌,并命广阳王拓跋嘉,从间道绕出均口,邀截齐军归路。齐军前后受敌,杀得大败亏输,显达南走,慧景亦还。魏主虽然欣慰,但跋涉奔波,终不免有一番劳顿,病骨支离,禁受不起,又复病上加病,奄卧行辕。彭城王勰,旁侍医药,昼夜不离,饮食必先尝后进,甚至蓬首垢面,衣不解带。好兄弟,好君臣。魏主命勰都督中外诸军事,勰面辞道:"臣侍疾无暇,怎可治军?愿另派一王,使总军务。"魏主道:"我正恐不起,所以命汝主持,安六军,保社稷,除汝外尚有何人?幸勿再辞!"勰乃勉强受命。

既而魏主疾亟,乘卧舆北归,行次谷塘原,病势益甚,顾语彭城王勰道:"我已不济事了,天下未平,嗣子幼弱,倚托亲贤,所望惟汝!"勰泣答道:"布衣下士,尚为知己尽力,况臣托灵先皇,理应效命股肱,竭力将事。但臣出入喉膂,久参机要,若进任首辅,益足震主,圣如周旦,尚且遁逃,贤如成王,尚且疑惑,臣非矫情乞免,实恐将来取罪,上累陛下圣明,下令愚臣辱戮呢!"勰非不知远虑！后来仍难免祸，功高震主之嫌，非上智其能免乎？魏主沉吟半晌，方徐答道："汝言亦颇有理，可取过纸笔来。"勰依言取奉纸笔，由魏主强起倚案，握笔疾书，但见上面写着：

  汝第六叔父勰，清规懋赏，与白云俱洁，厌荣舍绂，以松竹为心。吾少与绸缪，提携道趣，每请朝缨，恬真邱壑。吾以长兄之重，未忍离远，何容仍屈素业，长婴世网？吾百年之后，其听勰辞蝉舍冕，遂其冲挹之性也！

书至此，手已连颤，不能再写，乃掷笔语勰道："汝可将此谕付与太子，惬汝素怀。"勰见魏主困惫，扶令安卧。魏主喘吁多时，又命勰草诏，进授侍中北海王详为司空，平南将军王肃为尚书令，镇南大将军广阳王嘉，为尚书左仆射，尚书宋弁为吏部尚书，令与太尉咸阳王禧，尚书右仆射任城王澄，并受遗命，协同辅政，随即口述己意，命勰另书道：

  谕尔太尉、司空、尚书令、左右仆射、吏部尚书：惟我太祖丕丕之业，与四象齐茂，累圣重明，属鸣历于寡昧，兢兢业业，思纂乃圣之遗踪，迁都嵩极，定鼎河瀍，庶南荡瓯吴，复礼万国，以仰光七庙，俯济苍生，天未假年，不永乃志。公卿其善毗继子，隆我魏室，不亦善欤！可不勉之！

勰俱书就，呈与魏主阅过，魏主始点首无言。是时惟任城王澄、广阳王嘉从军，嘉为太武帝焘孙，澄为景穆太子晃孙，年序最长，齿爵并崇，当由魏主召入，略述数语。二王奉命退出，勰仍留侍。越二日，魏主弥留，复语彭城王勰道："后宫久乖阴德，自寻死路，我死后可赐她自尽，葬用后礼，庶足掩冯门大过，卿可为我书敕罢！"勰复依言书敕，书毕呈阅，魏主已不省人事，顷刻告终。年三十有三。

魏主宏雅好读书，手不释卷，所有经史百家，无不赅览，善谈庄老，尤精释义，才藻富赡，好为文章诗赋铭颂，自太和十年以后诏册，俱亲加口授，不劳属草，平居爱奇好士，礼贤任能，尝谓人君能推诚接物，胡越亦可相亲，如同兄弟。又尝诫史官道："直书时事，无讳国恶，人主威福自擅，若史复不书，尚复何惧！"至若郊庙祭祀，未有不亲，宫室必待敝始修，衣冠迭经浣濯，犹然被服。在位二十三年，称为一时令主。惟宠幸冯昭仪，以致废后易储，有乖伦纪，渐且酿成宫闱丑事，饮恨而终，这可见色为祸原，常人且不宜好色，况系一国的主子呢。*大声疾呼。*

彭城王勰，与任城王澄等计议，因齐兵尚未去远，且恐麾下有变，只得秘不发丧，仍用安车载着魏主，趱程前进。沿途视疾问安，仍如常时，一面飞使赍敕，征太子恪至鲁阳，及两下会晤，才将魏主棺殓，发丧成服，奉恪即位。咸阳王禧,是魏主宏长弟,自洛阳奔丧,疑勰为变,至鲁阳城外,先探消息,良久乃入。与勰相语道:"汝非但辛勤,亦危险至极!"勰答道:"兄识高年长,故防危险,弟握蛇骑虎,不觉艰难。"禧微笑道:"想汝恨我后至哩。"此外东宫官属,亦多疑勰有异志,密加戒备。勰推诚尽礼,无纤芥嫌。俟恪即位,即跪奉遗敕数纸。恪起座接受,一一遵行。当下令北海王详,及长秋卿白整等,赍着遗敕,并持药入宫,赐冯后死。冯后尚不肯引决,骇走悲号,整指挥内侍,把后牵住,强令灌下。小子有诗叹道:

尤物从来是祸苗,一经专宠便成骄。
别官赐死犹嫌晚,秽史留贻恫北朝!

欲知冯后曾否服毒,且俟下回再表。

萧鸾一生凶诈,而独有狂愚之嗣子,拓跋宏一生英敏,而独有淫恶之艳妻。先贤有言,身不行道,不行于妻子,鸾之不德,宜有是儿。魏主好文稽古,兼长武事,顾乃不能制一妇人,菩萨为崇,厌禳继兴,巫盅不足,甚且挟刃图逞天下。好妒之妇人,未有不淫,好淫之妇人,未有不悍。魏主宏为色所迷,已乖伦纪,身为元绪公,险做刀头鬼,犹沾沾于文明太后之私恩,不声罪以诛之。夫文明太后,有杀父之大仇,尚不知报,何怪淫后之胆大妄为,效尤益甚!其得安姐谷塘原,保全首领以殁,亦幸矣哉!然后知凶诈者固不足诒谋,英敏者亦非真能制治也。

第三十五回　泄密谋二江授首
　　　　　　遭主忌六贵洿诛

却说魏冯后见了毒药,尚不肯饮,且走且呼道:"官家哪有此事,无非由诸王恨我,乃欲杀我呢!"嗣经内侍把她扯住,无法脱身,没奈何饮毒自尽。白整等驰报嗣主,咸阳王禧等,欢颜相语道:"若无遗诏,我兄弟亦当设法除去,怎得令失行妇人,宰制天下,擅杀我辈呢!"魏主恪遵照遗言,尚用后礼丧葬,谥为幽皇后。仍命彭城王勰为司徒,摄行冢宰,委任国事,一面奉梓宫还洛阳。守制月余,乃出葬长陵,追谥皇考为孝文皇帝,庙号高祖,并尊皇妣高氏为文昭皇后,配飨高庙。高氏见三十二回。封后兄肇为平原公,显为澄城公。从前冯氏盛时,冯熙为文明太后兄,尚公主,官太师,生有三女,二女相继为后,还有一女亦纳入掖廷,得封昭仪。子诞为司徒,修为侍中,聿为黄门郎。

侍中崔光尝语聿道："君家富贵太盛,终必衰败。"聿变色道："君何为无故诅我?"光答道："物盛必衰,天地常理,我非敢诅咒君家,实欲君家预先戒慎,方保无虞。"聿转白父熙,熙不能从。过了年余,修获罪黜,熙与诞先后谢世,幽后废死,聿亦摈弃,冯氏遽衰。述此以讽豪门。高氏遂得继起,一门二公,富贵赫奕,几与冯氏显盛时,相去不远了。这且待后再表。

且说齐主萧宝卷,嗣位以前,曾简萧懿为益州刺史,萧衍为雍州刺史。衍闻宝卷入嗣,萧遥光等六人辅政,遂语从舅参军张弘策道："一国三公,尚且不可,今六贵同朝,势必相图。乱将作了。避祸图福,无如此州,所虑诸弟在都,未免遭祸,只好与益州共图良策呢!"弘策亦以为然。懿为衍兄,衍所说"益州"二字,便是指懿。嗣是密修武备,多伐竹木,招聚骁勇,数约万计。中兵参军吕僧珍,阴承衍旨,亦私具橹数千张。

已而懿罢刺益州,改行郢州事,衍即使弘策说懿道："今六贵比肩,人自画敕,争权夺势,必致相残。嗣主素无令誉,狎比群小,慓轻忍虚,怎肯委政诸公,虚坐主诺! 嫌疑久积,必且大行诛戮。始安欲为赵王伦。晋八王之一。形迹已露,但性褊量狭,徒作祸阶,萧坦之忌克陵人,徐孝嗣听人穿鼻,江祏无断,刘暄阉弱,一朝祸发,中外土崩。吾兄弟幸守外藩,宜为身计。及今猜嫌未启,当悉召诸弟西来,过了此时,恐即拔足无路了。况郢州控带荆湘,雍州士马精强,世治乃竭忠本朝,世乱可自行匡济,因时制宜,方保万全;若不早图,后悔将无及呢!"懿默然不应,惟摇首示意。弘策又自劝懿道："如君兄弟,英武无敌,今据郢、雍二州,为百姓请命,废昏立明,易如反掌,愿勿为竖子所欺,贻笑身后!雍州揣摩已熟,所以特来陈请,君奈何不亟为身计!"懿勃然道:"我只知忠君,不知有他!"语非不是,但未免迂愚。弘策返报,衍很为叹息。自遣属吏入都,迎骠骑外兵参军萧伟及西中郎外兵萧憺,并至襄阳,静待朝廷消息。

果然永元改元,甫阅半年,即有二江被诛事。江祏、江祀,是同胞兄弟,系景皇后从子,与齐主鸾为中表亲。景皇后系鸾生母,见三十一回。鸾篡帝祚,祏与祀并皆佐命。所以格外信任,顾命时亦特别注意。卫尉刘暄,乃是敬皇后弟,敬皇后系鸾故妃,亦见三十一回。与二江同受遗敕,夹辅嗣君。当时宝卷不道,屡欲妄行,徐孝嗣不敢谏阻,萧坦之依违两可,独祏常有谏诤,坚持到底,致为宝卷所恨。宝卷平日,最宠任茹法珍、梅虫儿二人,祏又屡加裁抑,法珍等亦视若仇雠。徐孝嗣常语祏道:"主上稍有异同,可依则依,不宜一律反对。"祏答道:"但教事事见委,定可无忧。"专欲难成。

宝卷失德益甚,祏欲废去宝卷,改立江夏王宝玄,独刘暄与他异议,拟推戴建安王宝夤。宝玄宝夤并系鸾子,见三十一回。原来暄前为郢州行事,佐助宝

第三十五回 泄密谋二江授首 遭主忌六贵洊诛

玄，有人献马，宝玄意欲取观，暄答道："马是常物，看他甚么？"宝玄妃徐氏，命厨下燔炙豚肉，暄又不许，且语厨人道："朝已煮鹅，奈何再欲燔豚？"为此二事，宝玄尝恚恨道："舅太无渭阳情。"暄闻言亦滋不悦。至是人秉政权，当然不愿立宝玄。祏因暄异议，乃转商诸萧遥光。看官阅过上文，应知遥光本意，早图自取。此时正想下手，怎肯赞同祏意，推立宝玄！惟又不便与祏明言，只好旁敲侧击，托言为社稷计，应立长君。祏知他言中寓意，出白弟祀，祀亦谓少主难保，不如竟立遥光，累得祏惶惑不定，大费踌躇。如此大事，怎得胸无主宰！

萧坦之正丁母忧，起复为领军将军，祏乘便与商，谓将拥立遥光。坦之怫然道："明帝起自旁支，入正帝位，天下至今不服，若复为此举，恐四方瓦解，我却不敢与闻呢！"祏乃趋退。坦之恐为祏所累，仍还宅守丧。

吏部郎谢朓，素有才望，祏与祀引为臂助。召朓入语道："嗣主不德，我等拟改立江夏王，但江夏年少，倘再不堪负荷，难道再废立不成！始安王年长资深，乘时推立，当不致大乖物望。我等为国家计，因有此意，并非欲要求富贵呢！"朓未以为然，不过支吾对答。说了数语，便即辞归。可巧丹阳丞刘沨，奉遥光密遣，致意与朓，嘱使为助。朓又随口敷衍，似允非允。沨返报遥光，遥光竟命朓兼知卫尉事。朓骤得显要，反有惧心，即转将祏、祀密谋，转告太子右卫率左兴盛。兴盛却不敢多言。朓又说刘暄道："始安王一旦南面，恐刘沨等将入参重要，公将无从托足呢！"暄佯作惊惶，俟朓去后，即驰报遥光及祏。遥光道："他既不愿相从，便可令他出外，现在东阳郡守，正当出缺，令他继任便了！"祏独入阻道："朓若外出，适足煽惑众人，必于我辈不利，请早日翦除为是！"比遥光更凶。遥光乃矫制召朓，收付廷尉，然后与徐孝嗣、江祏、刘暄三人，联名具奏，诬朓妄贬乘舆，窃论宫禁，私谤亲贤，轻议朝宰，种种不法，宜与臣等参议，肃正刑书等语。宝卷游狎不遑，无心查究，便令他数人定谳，当即论死，勒令狱中自尽。朓入狱后，还想告讦遥光等阴谋，意图自脱，偏狱吏不容传书，无从讦发，乃流涕叹息道："我虽不杀王公，王公由我而死！"指前回王敬则事。今日罹祸，不足为冤，我死罢了！"遂解带自经。

遥光即欲发难，不料刘暄又复变计。看官道是何因？他想遥光得位，自己把元舅资望，凭空失去，转致求荣反辱，所以变易初心。萧衍谓刘暄闻弱，尚非定评，暄实一反复小人，不止闻弱而已。祏与祀见暄有异，也不敢从速举事。遥光察悉情状，恨暄切齿，潜遣家将黄昙庆刺暄。暄正出过青溪桥，护队颇多，昙庆悼不敢出，留匿桥下。偏暄马惊跃而过，惹动暄疑，仔细侦察，方知由遥光暗算，幸得免刺。由惊生惧，由惧生怒，竟想出一条釜底抽薪的计策，密呈一本，报称江祏兄弟罪状。宝卷仰承遗训，不肯落后，即传敕召祏，并即收祀。

祏正入值内殿,略得风声,忙遣使报祐道:"刘暄似有异谋,应如何防备？"祐尚不以为意,但说出"镇静"二字。有顷由敕使驰至,召祐入见,暂憩中书省候宣。忽有一人持刀入省,用刀环击祐心胸,张目叱祐道:"汝尚能夺我封赏么？"祐仓皇辨认,乃是直阁袁文旷,不由的颤动起来。文旷前斩王敬则,论功当封,祐坚执不与。文旷因此挟嫌,乘势报复,先将祐击伤,然后用械锁祐。俄而又来敕使,传敕处斩,文旷即将祐牵出,交与刑官。祐至市曹,祀亦被人牵至,两人相对下泪,喉噎难言。只听得一声号令,魂灵儿已驰入重泉,连杀头的痛苦,也无从知觉了。兄弟同死,却免鸰原遗恨。

宝卷既除江祐,无人强谏,好似拔去眼中钉,乐得逍遥自在,日夜与左右嬖幸,鼓吹戏马。每至五更始寝,日晡乃起,台阁案奏,阅数十日乃得报闻,或且被宦官包裹鱼肉,持还家中,连奏牍都不见着落。一日乘马出游,顾语左右道:"江祐常禁我乘马,此奴尚在,我怎得有此快活呢！"左右统是面谀,盛称陛下英明,乃得除害,宝卷又问江祐亲属,有无留存,左右答道:"尚有族人江祥,拘系东冶,未曾处决。"宝卷道:"快取纸笔来。"左右奉呈纸笔,就从马上书敕,赐祥自尽,令人传往东冶。东冶乃是狱名,祥本以疏亲论免,至此被诛。此外江祐家属,不问可知,小子也毋庸细述了。

萧遥光虽未连坐,心下很是不安,季弟遥昌,领豫州刺史,已病终任所,只有次弟遥欣,尚镇荆州,他遂与遥欣通书,密谋起事,据住东府,使遥欣自江陵东下,作为外援。事尚未发,遥欣偏又病亡,弟兄三人,死了一双,弄得遥光孤立无助,懊怅异常,宝卷亦阴加防备,尝召遥光入议,提及江祐兄弟罪案,遥光益惧,佯狂称疾,不问朝事。

会遥欣丧还,停留东府前渚,荆州士卒,送葬甚多,宝卷恐他为变,拟撤他扬州刺史职衔,还任司徒,令他就第。当下召令入朝,面谕意旨,遥光恐蹈祐覆辙,不敢应召。一面收集二弟旧部,用了丹阳丞刘沨,及参军刘晏计议,托词讨刘暄罪,夜遣数百人,破东冶出囚,入尚方取仗,并召骁骑将军垣历生,统领兵马,往劫萧坦之、沈文季二人。坦之、文季,已闻变入台,免被劫去。历生遂劝遥光夜攻台城,遥光狐疑不决,待至黎明,始戎服出厅,令部曲登城自卫。历生复劝他出兵,遥光道:"台中自将内溃,不必劳我兵役。"历生出叹道:"先声乃能夺人；今迟疑若此,怎能成事呢！"

萧坦之、沈文季两人入台告变,众情恟惧。俟至天晓,方有诏敕传出,召徐孝嗣入卫,人心少定。左将军沈约,也驰入西掖门,于是宫廷内外,稍得部署。遥光若从历生计议,早可入台,然如遥光所为,若使成事,是无天理了。徐孝嗣屯卫宫城,萧坦之率台军讨遥光,出屯湘宫寺,右卫率左兴盛屯东篱门,镇军司马曹虎屯青溪桥,三路兵马,进围东府。遥光遣垣历生出战,屡败台军,阵斩

第三十五回　泄密谋二江授首　遭主忌六贵淹诛

军将桑天受。坦之等未免心慌。忽由东府参军萧畅,及长史沈昭略,自拔来归,报称东府空虚,力攻必克。坦之大喜,便督诸军猛攻。东府中失去萧、沈两人,当然气沮,萧畅系豫州刺史萧衍弟,沈昭略系仆射沈文季从子,两人俱系贵阀,所以有关人望。垣历生见两人已去,益起贰心,遥光命他出击曹虎,他一出南门,便弃槊奔降虎军。虎责他临危求免,心术不忠,竟喝令枭首。遥光闻历生叛命,从床上跃起,使人杀历生二子,父子三人,统死得无名无望,恰也不必细说。

坦之等攻城至暮,用火箭射上,毁去东北角城楼,城中大哗,守兵尽溃。遥光走还小斋,秉烛危坐,令左右闭住斋阁,在内拒守。左右皆逾垣遁去,外军杀入城中,收捕遥光。破斋阁门,遥光吹灭烛焰,匍伏床下。外军暗地索寻,就床下用槊刺入。遥光受伤,禁不住有呼痛声,当被军人一把拖出,牵至阁外,禀明萧坦之等,便即饮刀。死有余辜。军人复纵火烧屋,斋阁俱尽,遥光眷属,多死火中。刘渢、刘晏,亦遭骈戮。一场乱事,化作烟消。

坦之等还朝复命,有诏擢徐孝嗣为司空,加沈文季为镇南将军,进萧坦之为尚书右仆射,刘暄为领将军,曹虎为散骑常侍右卫将军。坦之恃功骄恣,又为茹法珍等所嫌,日夕进谗。宝卷亟遣卫帅黄文济,率兵围坦之宅,逼令自杀。

坦之有从兄翼宗,方简授海陵太守,未曾出都,坦之呼语文济道:"我奉君命,不妨就死,只从兄素来廉静,家无余资,还望代为奏闻,乞恩加宥!"文济问翼宗宅在何处,坦之以告,经文济允诺,乃仰药毕命。文济返报宝卷,并述及翼宗事,宝卷仍遣文济往捕,查抄翼宗家资,一贫如洗,只有质帖钱数百。想即钱券之类。持还复命,宝卷乃贷他死罪,仍系尚方。坦之子秘书郎萧赏,坐罪遭诛。茹法珍等尚未满意,复入谮刘暄。宝卷道:"暄是我舅,怎有异心!"彼也有一隙之明耶?直阁徐世标道:"明帝为武帝犹子,备受恩遇,尚灭武帝子孙,元舅岂即可恃么?"谗口可畏。宝卷被他一激,便命将暄拿下,杀死了事。嗣后因曹虎多财,积钱五千万,他物值钱,亦与相等,一道密敕,把虎收斩,所有家产,悉数搬入内库。萧翼宗因贫免死,曹虎因富遭诛,世人何苦要钱,自速其死!统计三人处死,距遥光死期,不到一月。就是新除官爵,俱未及拜,已落得身家诛灭,门阀为墟!富贵如浮云。

惟徐孝嗣以文士起家,与人无忤,所以名位虽重,尚得久存。中郎将许准,为孝嗣陈说事机,劝行废立。孝嗣谓以乱止乱,决无是理,必不得已行废立事,亦须俟少主出游,闭城集议,方可取决。准虑非良策,再加苦劝,无如孝嗣不从。沈文季自托老疾,不预朝权,从子昭略,已升任侍中,尝语文季道:"叔父行年六十,官居仆射,欲以老疾求免,恐不可必得呢!"文季但付诸微笑，不答一词。

过了月余，有敕召文季叔侄，入华林省议事。文季登车，顾语家人道："我此行恐不复返了！"及趋入华林省，见孝嗣亦奉召到来，两人相见，正在疑议，未知所召何因。忽由茹法珍趋至，手持药酒，宣敕赐三人死。昭略愤起，痛詈孝嗣道："废昏立明，古今令典，宰相无才，致有今日！"说至此，取酒饮讫，用瓯掷孝嗣面道："使作破面鬼！"言讫便僵卧地上，奄然就毙。文季亦饮药而尽。孝嗣善饮，服至斗余，方得绝命。子演尚武康公主，况尚山阴公主，统皆坐诛。女为江夏王宝玄妃，亦勒令离婚。昭略弟昭光，闻难欲逃，因不忍别母，持母悲号，被收见杀。昭光兄子昙亮，已经逃脱，闻昭光死，且恸且叹道："家门屠灭，留我何为！"也绝吭自尽。未免太迂。

嗣是同朝六贵，只剩太尉陈显达一人，显达为高、武旧将，当明帝篡在位时，已恐得罪，深自贬抑，每出必乘敝车，随从只十数人，非老即弱，尝蒙明帝赐宴，酒酣起奏道："臣年衰老，富贵已足，唯欠一枕，还乞陛下赐臣，令臣得安枕而死！"明帝失色道："公已醉了，奈何出此语！"既而显达又上书告老，仍不见许，及预受遗敕，出师攻魏，为魏所败，狼狈奔还。见前回。御史中丞范岫，劾他丧师失律，应即免官，显达亦请解职，宝卷优诏慰答，不肯罢免。寻且命显达都督江州军事，领江州刺史，仍守本官。显达得了此诏，好似跳出陷坑，非常快慰。至朝中屡诛权贵，且有谣言传出，谓将遣兵袭江州，显达遂与长史庾弘远，司马徐虎龙计议，拟奉建安王宝夤为主，即日起兵。小子有诗叹道：

　　寻阳一鼓起三军，主德昏时乱自纷。
　　我有紫阳书法在，半归臣子半归君。

师期已定，又令庾弘远等出名，致书朝贵，颇写得淋漓痛快，可泣可歌。欲知书中详情，容待下回录叙。

六贵同朝，人自画敕，此最足以致乱，萧衍之说韪矣。但平心论之，六人优劣，亦有不同。萧遥光怂恿萧鸾，残害骨肉，其心最毒，其策最狡。江祏、江祀，密图废立，乃欲奉戴遥光，党恶助虐，绳以国法，遥光固为罪首，二江其次焉者也。刘暄反复靡常，亦不得为无罪。萧坦之、徐孝嗣、沈文季三人，讨平遥光，非特无辜，抑且有功。就令坦之恃功骄恣，而罪状未明，乌得妄杀！孝嗣、文季，更无罪之可言。故遥光可诛，江祏、江祀可诛，刘暄亦可诛，坦之、孝嗣、文季，实无可诛之罪，诛之适见其诬枉耳！人徒谓宝卷滥杀大臣，因致亡乱，不知无罪者固不应诛，有罪者亦非真不可诛也。彼宝卷之亡国，犹在彼不在此焉。

第三十六回 江夏王通叛亡身
　　　　　潘贵妃入宫专宠

却说陈显达决计起兵，将攻建康，先令长史庾弘远、司马徐虎龙，致书朝贵，大略说是：

　　诸公足下：我太祖高皇帝，睿哲自天，超人作圣，属彼宋季，纲纪自紊，应禅从民，构此基业。世祖武皇帝，昭略通远，克纂洪嗣，四关罢险，三河静尘。郁林、海陵，顿孤负荷。明帝英圣，绍建中兴。至乎后主，行悖三才，琴横由席，绣积麻筵，淫犯先宫，秽兴闱闼，皇陛为市廛之所，雕房起战争之门，任非华尚，宠必寒厮。江仆射兄弟，忠言屡进，正谏繁兴，覆族之诛，于斯而至。故乃狂噬之刑，四剽于海路，家门之衅，一起于中都。萧、刘二领军，拥升御座，共秉遗诏，宗戚之苦，谅不足谈，渭阳之悲，何辜至此！徐司空累叶忠荣，清简流世，匡翼之功未著，倾宗之罚已彰。沈仆射年在悬车，将念几杖，欢歌园薮，绝影朝门，忽招陵上之罚，何万古之伤哉！遂使紫台之路，绝廛绅之俦，缨组之间，罢金张之胤。悲起蝉冕，为贱宠之服；呜呼皇陛，列劫竖之坐。且天人同怨，乾象变错，往者三州流血，今者五地自动，咎征迭著，昏德未悛，此而未废，孰不可兴！诸公多先朝遗旧，志在名节，并列丹书，要同义举。建安殿下，秀德冲远，实允神器。昏明之举，往圣留言，今忝役戎驱，亟请乞路，须京尘一静，西迎大驾，歌舞太平，不亦佳哉！我太尉体道合圣，仗德修文，神武横于七伐，雄略震于九纲，是乃仗义兴师，还抗社稷。本欲鸣笳振铎，无劳戈刃，但忠说有心，节义难遣，信次之间，森然十万，飞旍咽于九派，列舰迷于三川，此盖捧海浇萤，列火消冻耳。吾子其择善而从之！毋令竹帛无名，空为后人笑也！

朝臣得了此书，当即报知宝卷。宝卷令护军崔慧景为平南将军，督兵往击显达，后军将军胡松，骁军将军李叔献，率水军屯梁山，左卫将军左兴盛，督前锋屯杜姥宅。陈显达出发寻阳，沿流东下，道出采石，适遇胡松截住，两下交锋，约历半日有余，胡松败走。再进兵至新林，左兴盛麾军堵御，彼此未经大战，显达却虚设屯火，绊住兴盛，自率轻舸夜渡，潜袭都城。偏偏遇着逆风，至晓方达，舍舟登落星冈。守卫诸军，不意显达猝至，急忙闭城设守。显达手横长槊,匹马当先,随后有勇士数百人,鼓噪攻城。城中出兵与战,挡不住显达长槊。显达年已七十三,尚是精神矍铄,奋勇无前。战至数十回合,十荡十决,刺死守卫军百余人。俄而槊竟折断,一时掉不出顺手兵器,只好仗剑督战。会左兴盛各军,回救都门,显达寡不敌众,没奈何退至西州。后骑官赵潭注,率兵力追,抢步至显达马后,用槊猛刺。显达不及预防,竟被刺落马下,再加一槊,已是血流满地,不能动弹了。诸子皆被执伏诛。庾弘远亦为所获。临刑索帽,顾语刑官道:"子路结缨,吾不可以不冠。"及帽既取戴,复慨然道:"我非乱贼,乃是义兵,来此为诸君请命。陈公太觉轻事,我曾谏他持重,若用我言,人民当免致涂炭呢。"也恐未必。弘远有子子曜,年才十四,抱父乞代,并为所杀。父愚子亦愚。各军将入城报功,当又有一番封赏,不消琐述。

豫州刺史裴叔业闻朝廷屡诛大臣,很是危惧,朝廷亦防他有变,调镇南兖州,令他内徙。叔业愈觉不愿,未肯启行,他有兄子裴植,曾为殿中直阁,至是亦惧奔寿阳,谓朝廷必相掩袭,宜早为计。叔业遣亲人马文范,潜赴襄阳,问萧衍道:"天下大势,已是可知;但我辈不能自存,现拟回面向北,尚不失为河南公,公意以为何如?"衍使文范返报道:"群小用事,怎能虑远? 若果疑公,暂宜送家还都,作为质信,万一意外相迫,可勒马步军,直出横江,断他后路,天下事一举可定。今欲北向,恐彼必遣人相代,别以河北一州处公,河南公尚可复得么?"智虑却是过人。

叔业乃遣子芬之入质建康。芬之已去,又欲北向投魏,特向魏豫州刺史薛真度处,致书探问,略表己意。真度劝令早降,复书有云:若至事迫始来,反致功微赏薄,事贵从速,不必多疑。叔业意终未决,不过与真度屡通书信,往来不绝。都中人士,已渐有风闻,咸传叔业外叛,芬之恐被收捕,溜出都门,竟返寿阳。叔业竟遣芬之奉表降魏,魏主宏令彭城王勰出镇寿阳,封叔业为兰陵郡公,仍领豫州刺史。齐廷闻报,不得不发兵加讨,特遣平西将军崔慧景,带领水军,出讨叔业。宝卷亲出送行,戎服坐琅琊城上,召慧景单骑入城,略问数语,慧景即拜辞而去。宝卷还宫,复下诏命萧懿为豫州刺史,助慧景西讨寿阳。

慧景此次出行,已蓄异图,曾与子觉密约,令他隔宿出都,驰赴军前。觉曾为直阁将军,得了父命,即于次日单骑出走,行抵广陵,始与慧景相会。慧景过广陵十余里,召会各军将弁,涕泣晓谕道:"我受三帝厚恩,愧无以报,今幼主昏狂,朝廷浊乱,持危扶倾,莫如今日,愿与诸君还立大功,共立社稷,未知众意若何?"众皆应声听令。慧景遂还向广陵,司马崔恭祖守广陵城,开门迎入。慧景停广陵二日,将集众渡江,因遣人驰见江夏王宝玄,愿奉他为主。宝玄喝斩来使,发兵守城,并飞报诸中。宝卷亟派马军将戚平,外监黄林夫,

第三十六回　江夏王通叛亡身　潘贵妃入宫专宠

出助宝玄,镇守京口。总道他是长城可靠,不生变端,哪知宝玄是阳绝慧景,阴实勾通。他与妃子徐氏,本来伉俪情深,只因孝嗣被杀,迫令离婚,心中好生不乐。此次斩使请命,实欲引诱台军,自增势力。

戚平、黄林夫到了京口,宝玄即引与密商,探他意见。二人语多未合,恼动宝玄,呼令左右,刷二人首。司马孔矜,典签吕承绪,不禁大呼道:"殿下造反了!"宝玄更怒不可遏,杀死二人。**好杀不祥。**更派长史沈佚之,谘议柳澄,分统部众,专待慧景到来。

慧景自广陵东返,顺抵京口,由宝玄开城纳入,即令慧景为先驱,自乘翠舆,手执绛麾幡,督军继进。都中大震,亟遣骁骑将军张佛护,直阁将军徐元称等,出屯竹里,堵截叛军。慧景前锋将崔恭祖,带着百战不疲的壮士,与佛护等一场鏖斗,佛护等败入城中。恭祖乘胜攻入,斩佛护,降元称,进迫查硎。中领军王莹,奉宝卷命,都督水陆各军,据住湖头,筑垒蒋山西岩,屯甲数万,恭祖不能前进。及慧景继至,亦无法可施,悬赏求计。

竹塘人万副儿献议道:"今平路皆有重兵堵住,不可议进,最好从蒋山背后,蹑登山顶,从上临下,出其不意,方可得志。"慧景依计而行,遂分遣壮士千名,绕出山后,鱼贯而上。俟至夜半,突起鼓角,由西岩驰下,各戍垒闻声大骇,不知所为,一齐弃垒遁去。慧景得追至都下,攻扑各门,右卫将军左兴盛,率台军三万人,就北篱门扼守,军中望风溃散,兴盛亦遁。东府、石头、白下、新亭诸城,统皆骇走,兴盛无路可奔,逃匿淮渚获舫中,被慧景部兵搜获,立即杀毙。慧景突入外城,驻乐游苑,崔恭祖率骑兵千余,攻北掖门,将要陷入,为宫中卫兵所拒,仍复折回,宫门皆闭。慧景引众围攻,又毁去兰陵府署,作为战场。宫中危急万分,幸得卫尉萧畅,屯守南掖门,处分城内,多方应拒,众心稍定。

慧景捏传宣德太后命令,**宣德太后见三十一回。**废齐主宝卷为吴王,却把推立宝玄的问题,反搁置起来,未曾提及。**又生变计。**原来竟陵王子良子昭胄,曾封巴陵王,永泰元年,十王被戮,昭胄与弟昭颎,避难出奔,至江西澗迹为道人。慧景举兵入都,昭胄兄弟,又奔投慧景,慧景与谈甚欢,更欲拥立昭胄,心如辘轳,未能遽定。子觉又与恭祖争功,竹里一捷,功出恭祖,觉但主粮运,偏说是功与相侔。慧景舐犊情深,不免祖觉,遂致恭祖失望。恭祖又进献一计,请用火箭攻北掖楼,慧景道:"大事垂定,何必多毁,免得将来更造,多费财力。"恭祖怏怏而退。慧景素好佛学,善谈释义,自乐游苑移居法轮寺,整日闲坐,对客高谈。恭祖窃叹道:"今日何日,难道是参禅时么!"想是要求往西方去了。

蓦闻豫州刺史萧懿,自采石渡江,来援都城,恭祖忙至法轮寺中,自请击懿。慧景道:"汝且留此,不如叫我子前去罢。"恭祖趋出,大为怫意,还顾寺门道："看汝父子能成事么？萧豫州岂是好惹的人！"慧景全然未悟，竟遣觉率精兵数千，往拒萧懿去了。

懿本奉命西讨，出屯小岘，闻得裴叔业病死，正拟乘虚往击，忽由都中遣到密使，促令勤王。懿方就食，投箸起座，即率军将胡松、李居士等数千人，从采石渡江东行，举火示城中。台城居人，欢呼称庆。懿军已达南岸，崔觉才领军趋至，与懿接仗。懿下令军中，前进有赏，后退即斩；于是人人致死，个个拚生。

崔觉本非战将，骤遇劲敌，教他如何抵挡！战不多时，即大败奔还，部下伤毙至二千余人。觉率败众逃还都中，正值恭祖抄掠东宫，取得女使数人，饶有姿色。觉不禁垂涎，竟把他拦住，将女妓劫为己有。强盗碰着强盗。恭祖已怨恨慧景，又经此一激，不由的忿火中烧，竟与骁将刘灵运，夜降台军。慧景部下，见崔觉败还，恭祖引去，料知不能成事，多半离散。慧景亦立足不住，潜引心腹数人，自往北渡。余众尚未曾闻知，留住城下。那萧畅却麾兵杀出，击毙数百人，众始散走。

慧景留都历十二日，一败涂地，匆匆奔至江滨，被萧懿麾下的巡兵，驱逐一程，随从都不知去向。只有慧景一人一骑，逃至蟹浦，浦口有渔人会集，见他形迹可疑，仔细盘问，知是崔慧景。渔人已闻他是叛首，乐得杀叛徼赏，呼众奋斫，立将慧景砍死，枭了首级，纳入鱼篮，担送建康。觉亡命为道人，嗣被捕诛。崔恭祖虽然投顺，朝议以他穷蹙始降，不能贷罪，仍拘系尚方，未几亦处斩如律。宝玄逃匿数日，因都中大索，无人容纳，没奈何自出投首。宝卷召入后堂，四面用幛围裹，令群小数十人，鸣鼓而攻。且使人传语道："汝近日围我，与此相类，我亦令汝一尝此味呢！"仿佛儿戏。已而牵出，赐药勒毙。

军将搜得叛人党册，内列姓氏甚多，朝士亦或参入，宝卷并不察阅，但令左右取毁，且慨然道："江夏尚且如此，还问别人做甚？"寻又颁诏大赦，所有叛徒余孽，悉令自新，不复穷治。这却是宝卷即位以后，绝无仅有的美政！却是难得。偏一班佥任宵小，不依诏书，查有家道殷实的人民，概诬为贼党，屠门借资，充入私囊。若本系贫穷，就使前时从贼，也置诸不问。或语中书舍人王咺之道："赦书无信，物议沸腾。"咺之道："会当复有赦书。"已而赦书又下，群小横行如故。宝卷日事嬉游，无心顾问，但任他所为罢了。统计宫中嬖幸左右侍从，凡三十一人，黄门十人。

直阁骁骑将军徐世摽，得委重权，一切刑戮，都由他一人主持。世㯿亦知宝卷昏纵，密语同党茹法珍、梅虫儿道："何世天子无要人，可惜我主太恶，恐未能长保呢！"法珍等本阴忌世㯿，得此一言，便转告宝卷。宝卷怒起，即令法珍督领禁兵，往杀世㯿。世㯿拒战不胜，终遭杀毙。法珍、虫儿，得并为外监，口称诏敕。王咺之专掌文翰，朋比为奸。及慧景乱平，法珍且受封余干县男,虫儿亦得封竟陵县男。

　　宝卷以权贵悉除,益加骄纵,或间日一出,或一日一出,既无定时,亦无定所,东西南北,无处不游。朝夕旦暮,在所不计,所经道路,必先屏逐居民,有人犯禁,格杀勿论。自万春门至郊外,周围数十百里,皆空家尽室,巷陌悬幔为高幛,置使人防守,号为屏除,亦称长围。尝游至沈公城,有一妇临产不去,即命剖腹验胎,辨视男女。商纣遗风。又尝至定林寺,有僧老病不能行,藏匿草间,偏为宝卷所见,命左右射僧,百箭俱发,集身如猬。宝卷亦自发数矢,贯入僧脑,自夸绝技。置射雉场二百九十六处,每出射雉,必先令尉司击鼓,鼓声一传,当役诸人,立命奔走,甚至不暇衣履。尝在夜中三四更间,驾出踢围,鼓声四起,火光烛天,幡戟横路,士民喧走,相随老小,无不震惊,啼号遍道,宝卷反自鸣得意。他本膂力过人,能挽三斛五斗的重弓,又能在齿上驾运白虎幢,高可七丈五尺,甚至折齿不倦。

　　他在东宫时,纳妃褚氏,即位后册为皇后。妾黄氏生子名诵,立为太子,黄氏得封淑媛。褚氏本故相褚渊侄女,姿貌平庸,宝卷不甚垂爱。黄淑媛略有姿色,不幸早亡。茹法珍、梅虫儿等格外效劳,代主采艳,选了美女数十名,充入后宫。就中翘楚,要算余、吴两姬为最美,宝卷封余氏为妃,吴氏为淑媛,后来得了一个潘家女,是王敬则营妓,流落都中,真乃天生尤物,妖冶绝伦。体态风流,如春后梨云冉冉,腰肢柔媚,似风前柳带纤纤;一双眼秋水低横,两道眉春山长画,肤成白雪,异样鲜妍,发等乌云,倍增光泽,更有一种销魂妙处,便是裙下双钩,不盈一握。销魂处,恐尚不止此。

　　宝卷得了此女,好似天女下凡,见所未见。一宵欢会,五体酥麻,越日即册封为妃,又越月余,复册为贵妃。所有潘氏服御,极选珍宝,无论如何价值,但得潘氏欢心,千万亦所不惜。相传一琥珀钏,值价百七十万。就是潘氏宫中的器皿,亦纯用金银。内库所贮,不够取用,更向民间收买,金银宝物,价昂数倍,并令京邑酒租,折钱输金。那潘氏既邀特宠,也任情挥霍,一些儿不知节省,今日索某宝,明日采某珍,供使络绎,不绝道中。每当宝卷出游,必穷极华装,与驾同出。宝卷却令她乘舆先驱,自跨骏马后随。天子为随奴,潘妃亦大出风头。急装缚袴,不避寒暑,驰骋至渴,辄下马解取腰边蠡器,酌茗为饮,或且亲至潘妃舆前,持茗给妃,然后还登马上,仍然驰去。日暮尚未言归,辄往亲幸家留宴。

　　潘父宝庆,因妃得宠,赐第都中,宝卷呼他为阿丈。就是对着茹法珍,亦以丈相呼。茹家无女,何亦呼他为丈!呼梅虫儿为阿兄。营兵俞灵韵,素善骑马,宝卷向他学驰,故亦呼他为兄,一淘儿游戏,即一淘儿至宝庆家,妃为调羹,躬自汲水。安排既就,便与潘妃并坐取饮,法珍、虫儿等依次列席,不分男女上下,恣为欢谑。还有阉人王宝孙，年仅十余，生得眉目清扬，不啻处女，宝卷号为伥子，非常宠爱。就是潘妃亦青眼相看，宝孙巧小玲珑，常坐潘妃膝上，一同饮酒。伥子何幸，得亲香泽，可惜少一东西。至夜深还宫，得在御榻旁留寝，因此恃宠生骄，渐得干政。甚且移易诏敕，控制大臣，如梅虫儿、王咺之等，尚有惧意。有时骑马入殿，诋诃天子，宝卷不以为意，日夕留侍，备极宠怜。

从前世祖赜筑兴光楼，上施青漆，宝卷谓武帝未巧，何不纯用瑠璃！谁意永光二年八月间，宝卷挈潘妃等夜游，尚未还宫，祝融氏忽入临宫禁，大肆威焰，毁去房屋三千余间。宫门夜闭，外人非奉敕令，不敢擅开，至宝卷闻火驰归，传谕开门，宫内已付诸一烬。侍女小竖，烧死无数，宝卷也不禁叹息。

当时宫中嬖幸，皆号为鬼，有赵鬼能读西京赋，向宝卷进言道："柏梁既灾，建章是营。"宝卷乃大起芳乐玉寿等殿，用麝涂壁，刻为装饰，穷工极巧。此番想可纯用琉璃了。工匠彻夜动作，尚苦不及，因搜剔佛寺刹殿，见有玉石狮象，便运入新屋，充作点缀。且凿金为莲花，遍贴地面，命潘妃徐行而过，花随步动，步逐花娇。宝卷从旁称羡道："这真是步步生莲花呢！"小子有诗叹道：

纤足风开自六朝，莲花生步不胜娇。
美人未必能倾国，祸水都从暗主招。

古人有言，乐不可极，极乐必亡，似宝卷这种淫乐，怎得不自速危亡！欲知后事，试看下回。

陈显达一举即败。崔慧景已入外都，殆将成事，乃以多疑而亦败。此由宝卷之恶贯未盈，故陈、崔皆无所成耳。纲目于二人起事，未尝书叛，及其死也，又不书诛，非为二人恕，嫉宝卷不得不恕二人。江夏王宝玄，无拳无勇，徒欲依慧景以觊天位，多见其不知量耳。裴叔业之叛齐降魏，其居心之卑鄙，更出陈、崔二人下，宜其为萧衍所齿冷也。宝卷不道，恶不胜纪，而独归咎于潘贵妃，非一妇人即足亡国；盖蛊惑主聪，乱必及之。桀、纣之亡，史家必兼咎妹、妲，盖亦此物此志也夫。

第三十七回　杀山阳据城传檄
　　　　　　立宝融废主进兵

却说萧懿入援，得平崔慧景，宝卷留懿在都，超拜尚书令。懿弟畅为卫尉，职掌管籥，雍州刺史萧衍，系懿次弟，即遣亲吏虞安福，入都语懿道："兄一

第三十七回　杀山阳据城传檄　立宝融废主进兵

举平贼,功高震主,就使遭际清时,尚或难免,况在乱世,怎能自全!计不如勒兵入宫,行伊、霍故事,却是万世一时的机会。否则仍表请还镇,托名拒房,内畏外怀,谁敢不从!若放弃兵权,徒縻厚爵,高而无民,必生后悔!"懿摇首不答,长史徐曜甫从旁苦劝,又不见从。茹法珍、王咺之等,惮懿威权,密语宝卷道:"懿将行隆昌故事,恐陛下命在旦夕。"宝卷矍然起座,即命法珍等设法除懿。

徐曜甫得知消息,慌忙具舟江渚,劝懿出奔襄阳。懿慨然道:"自古皆有死,岂有叛走尚书令么?"懿有弟九人,除衍、畅外,长为萧敷,余为融、宏、伟、秀、憺、恢。伟与憺已入襄阳,见三十五回。敷、融等统尚在都,预备逃匿。法珍等恐懿为变,伺懿在尚书省,即持敕赐药。懿毫不流连,惟向中使慨语道:"家弟在雍,很为朝廷担忧哩。"既有衍将为变,不如先立贤君,尚得保全齐祚。说毕,即饮药自尽。懿弟侄统皆亡去,惟融为所捕,亦被处死。一面遣直后将军郑植,往刺萧衍。

植弟绍叔曾为衍宁蛮长史,法珍等遣植往刺,嘱令联络绍叔,乘间行事。绍叔既与植会谈,即将乃兄来意,据实告衍。衍特备办酒宴,令担至绍叔家,为植接风。自己亦备驾前往。宾主会席,饮至半酣,衍笑语道:"朝廷遣卿图我,今日闲宴,我特戴头前来,何勿急取!"植亦大笑道:"且待明日取公,今且饮酒罢。"及酒阑席散,衍又令植遍阅城隍府库,与士马器械舟舰。植既阅毕,退语绍叔道:"雍州实力,确是坚强,未易规取。"绍叔道:"兄还都后,不妨实告天子,若欲取雍州,绍叔愿率众力战,一决雌雄。"植住了两日,便告辞而行。绍叔送至南岘,握手流涕,歔欷别去。

植出都时,懿尚未死,所以植未提及。至是耗问已至,衍东向恸哭,到了夜间,便召参军张弘策、吕僧珍,长史王茂,别驾刘庆远,功曹吉士瞻等,入宅定议。翌晨出厅视事,召集僚佐与语道:"昏主暴虐,恶盈桀纣,当与卿等入都,废昏立明,共扶社稷!"众皆许诺。当下建牙集众,得甲士万余人,马千余匹,船三千艘,出从前所贮竹木,补葺船只,事皆立办。诸将又复索橹,吕僧珍有橹数百张,搬将出来,每船付与二橹,适足敷用。

正拟整军出发,闻朝廷遣辅国将军刘山阳,到了荆州,会合荆州长史萧颖胄,将袭襄阳。衍遂遣参军王天虎驰赴江陵,沿途与州府书,声言山阳西上,并袭荆、雍。又与颖胄兄弟各一函,约他同时起义,共入建康。颖胄是齐祖萧道成族侄,父名赤斧,曾为太子詹事,见二十七回子良疏中。殁后由颖胄袭荫,累佐诸王出镇。此时南康王宝融,明帝第八子。都督荆州,命颖胄为冠军将军西中郎长史,行荆州府州事。既得衍书,怀疑未决。颖胄弟颖达,亦在南康王幕中,览书后与兄密议,也一时不能定谋。

山阳行至巴陵,逗留十余日,徘徊不进。颖胄已遣还天虎,天虎复奉萧衍命,传书颖胄,指示方略。颖胄乃呼参军席阐文,及谘议柳忱,闭斋密议。阐文道:"萧雍州蓄养士马,非复一日,江陵人素畏襄阳,又众寡不敌,万难相制。就使幸能制服,朝廷反多疑忌,不肯包容。今若诱杀山阳,与雍州共事,改立天子,号令诸侯,未始非一时霸业呢!"忱亦接入道:"朝廷狂悖已甚,京师贵人,莫不重足屏息。君等幸在远镇,尚能自安,今乃命山阳前来,假我图雍,这明明是卞庄刺虎的计策。君独不闻萧令君么?率精兵数千,破崔氏十万众,尚为群邪所陷,竟至杀身。况萧雍州雄略盖世,必非山阳所能敌。山阳被破,朝廷转归罪荆州,谓我不能相助,进退两难,何不早从席参军言,别筹良计。"萧颖达闻二人言,亦奋然道:"二君言是,阿兄不可不依!"颖胄道:"席参军劝我诱杀山阳,计将安出?"阐文道:"山阳迟疑不进,明是疑我;我只好斩天虎首,送与山阳,山阳必欢然前来,我得乘便下手了。"颖胄道:"如杀天虎,萧雍州能不疑我么?"阐文道:"这也不难!可先复书与他,说明诱杀山阳,不得不尔。以一天虎易山阳,想萧雍州亦必谅我呢!"计固甚善,可惜太毒!

颖胄依议,遂遣使报达萧衍,自召天虎入室,愀然与语道:"卿与刘辅国相识,今只得权借卿头。"头可借得么?天虎骇极,方欲答言,已由颖达趋入,从背后拔出佩剑,劈死天虎。当即枭首送与山阳,一面征发车牛,扬言将起兵讨雍。山阳得天虎首,即单车白服,只带左右数十人,来见颖胄。颖胄使前汶阳太守刘孝庆等,伏兵城内,自率数人出迎。待山阳入城,一声暗号,伏兵齐出,就使山阳三头六臂,至此也不能抵敌,立即毙命。山阳副将李元履,闻山阳被杀,不得已挈众请降。

颖胄恐司马夏侯详,未肯从议,商诸柳忱。忱答道:"这也容易,近日详子求婚,尚未允诺,今欲举大事,何惜一女呢!"遂以女字详子夑,约同起事。详当然允洽。乃即奉南康王宝融为主,下教戒严。宝融年只十三,有何大略,凡事俱由颖胄主张,不过假他为名。令萧衍都督前锋诸军事,自为都督行留诸军事,加夏侯详为征虏将军,遣宁朔将军王法度,出徇巴陵。一面使人送山阳首至雍州,约期来年二月,进兵建康。

衍遣王天虎赍书时,曾语张弘策道:"兵法以攻心为上,天虎往荆州,人皆有书,独于南康部下,只有两函,与行事兄弟,外人必谓行事另有隐谋,行事无以自明,不得不姿心就我,是两空函足定一州了。"萧衍隐谋,借他口中自述。及颖胄计诱山阳,驰书说明杀天虎事,衍不加可否,无词答复。便是默许。至山阳首传到,谓须延期进兵,衍问何因?来使言年月未利,所以延期。衍勃然道:"行军全仗锐气,事事赶先,尚恐疑怠,若顿兵十旬,必生悔吝。且太白星已现西方,仗义兴师,有何不利!从前周武伐纣,行逆太岁,并未闻展年待月,

第三十七回　杀山阳据城传檄　立宝融废主进兵

终得成功。今处分已定，事难中止，还要迁延做甚！"言之有理。遂遣还来使，自上南康王笺，请称尊号，即日举义进兵。

南康王宝融，一时未敢称尊，但使萧颖胄、夏侯详二人出名，檄告京邑百官，及诸州郡牧守。檄云：

夫运不尝夷，有时而陂，数无恒剥，否极则亨。昔我太祖高皇帝德范生民，功极天地，仰纬彤云，俯临紫极。世祖嗣兴，增光前业，云雨之所沾被，日月之所出入，莫不举踵来王，交臂纳贡。郁林昏迷，颠覆厥序，俾我大齐之祚，蔼焉将坠。高宗明皇帝建道德之盛轨，垂仁义之至踪，绍二祖之鸿基，继三五之绝业。昧旦丕显，不明求衣，故奇士盈朝，异人幅辏。嗣主不纲，穷肆陵暴，十愆毕行，三风咸袭，丧初而无哀貌，在戚而有喜容，酗酒嗜音，罔惩其侮，逸贼狂邪，是与比周，遂令亲贤婴荼毒之谋，宰辅受菹醢之戮。江仆射、萧刘领军、徐司空、沈仆射、曹右卫，或外戚懿亲，或皇室令德，或时宗民望，或国之虎臣，并勋彰中兴，功比周召，秉钧赞契，受遗先朝。咸以名重见疑，正直贻毙。害加党族，虐及婴孺。曾无渭阳追远之情，不顾本支殄落之痛，信必见疑，忠而获罪，百姓业业，罔知攸暨。崔慧景内逼淫刑，外不堪命，驱土崩之民，为免死之计，倒戈回刃，还指宫阙，城无完守，人有异图。赖萧令君勋济宗祜，业拯苍氓，四海蒙一匡之德，亿兆凭再造之功。江夏王拘迫威强，牵制巨力，迹屈当时，心犹可亮，竟不能内恕探情，显加鸩毒。萧令君自以亲惟族长，任实宗臣，至诚苦言，朝夕献入，逸丑交构，渐见疏疑，浸润成灾，奄罹冤酷。用人之功以宁社稷，刈人之身以骋淫滥，台辅既诛，奸小兢用。梅虫儿、茹法珍妖忍愚戾，穷纵丑恶，贩鬻主威，以为家势，营惑嗣主，恣其妖虐。宫女千余，裸服宣淫，孽臣数十，袒裼相逐。帐饮阛肆之间，宵游街陌之上。刘山阳潜受凶旨，规肆狂逆，天诱其衷，既就枭翦。夫天生蒸民，树之以君，使司牧之，勿使失性。岂有尊临寓县，毒遍黔首，绝亲戚之恩，无君臣之义，功重者先诛，勋高者速毙！九族内离，四夷外叛，封境日蹙，戎马交驰，帑藏已空，百姓已竭，不恤不忧，慢游是好。民怨于下，天怒于上，故荧惑袭月，孽火烧宫，妖水表灾，震蚀告沴。七庙阽危，三才莫纪，大惧我四海之命，永沦于地。南康殿下，体自高宗，天挺英懿，食叶之征，著于弱年，当璧之祥，兆乎绮岁，亿兆颙颙，咸思戴奉。且势居上游，任总连帅，忧深责重，誓清时艰。今特命冠军将军杨公则等，振旅三万，径造秣陵，冠军将军蔡道恭等，被甲二万，直指建业。即建康。辅国将军邓元起等，铁骑一万，分趋白下，宁朔将军柳忱等，组甲五万，络绎继发。雄剑高挥，则五星从流，长戟远指，则云虹变色。天地为之禴皇，山渊以之崩沸。幕府亲贯甲胄,授律中权,董率熊罴之士十有五万,征鼓纷沓,雷动荆南。宁朔将军南康王友萧颖达,领虎旅三万,抗威后拒。萧雍州勋业盖世,谋猷渊肃,既痛家祸,兼愤国难,泣血枕戈,誓雪冤酷。精卒十万,已出汉川。张郢州并见上文。节义慷慨,悉力齐奋。江州邵陵王,即宝攸。湘州张行事,王司州并见下文。远近悬契,不谋而同,并勒骁猛,指景风驱,舟舰鱼丽,车骑云屯,平原雾塞。以同心之士,伐倒戈之众,盛德之师,救危亡之国,何征而不服,何诛而不克哉!今兵之所指,唯在梅虫儿、茹法珍二人而已。诸君德载累世,勋著先朝,属无妄之时,居道消之运,受迫群竖,念有危惧。大军近次,当各思拔迹,来赴军门。檄到之日,有能斩送虫儿、法珍首者封二千户,开国县侯!若迷惑凶党,敢拒军锋,刑兹无赦,戮及宗族!赏罚之信,有如曒日!江水在此,誓不食言!

是时宁朔将军王法度,延宕不进,勒令免官。改遣冠军将军杨公则进拔巴陵,直向湘州,又定辅国将军邓元起,进兵夏口,适夏侯详子骁骑将军亶,自建康逃至江陵,颖胄遂授以密计,教他托称宣德太后敕令,谓南康王宜纂承皇祚,方侯清宫,未即大号,可封十郡为宣城王,相国荆州牧,加黄钺,选百官,领西中郎府南康国如故。凡遇军次,近路军主,宜详依旧典,备驾奉迎等语。时将年暮,宝融拟俟新岁受命,但将太后敕颁示四方。

萧衍部署军马,即拟启行。竟陵太守曹景宗,劝衍迎宝融至襄阳,建都正位,然后进军。衍置诸不答。已有帝制自为之意。长史王茂语张弘策道:"今使南康王置人手中,彼挟天子令诸侯,节下前进,受人指使,这岂他日的长计么?"弘策依言白衍,衍微笑道:"若前途大事不捷,势且兰芝同焚;幸而得克,方且威震四海,怎敢不从!岂长是碌碌因人,听他处分么?"志意毕露。

先是陈、崔发难,人心不安,上庸太守韦睿道:"陈虽旧将,非命世才,崔颇历练,庸懦不武,怎能成事?欲平天下,必在我州将呢!"乃遣二子结识萧衍。衍既起兵,睿率精兵二千,倍道诣襄阳,华山太守康绚,亦率三千人往会,汋均口戍弁冯道根,方居母丧,亦率乡人子弟依衍。梁、秦二州刺史柳惔,即柳忱兄,亦起兵相应。

衍在沔南立新野郡,安置新附,候令调遣。都中已备闻消息,下诏讨荆、雍二州。命冠军长史刘浍为雍州刺史,遣骁骑将军薛元嗣,制局监暨荣伯,带领兵士,并运粮百四十余艘,送交郢州刺史张冲,使拒西师。元嗣等得江陵檄文,有张郢州悉力齐奋一语,未免生疑,且惩刘山阳覆辙,益有惧心。乃停住夏口浦,不敢入郢。嗣闻西师将至,张冲亦未通江陵,乃输粮入郢城。前竟陵太守房僧寄,卸职还都,途次接得朝敕,令留守鲁山,除拜骁骑将军。张冲与他结盟,更遣军将孙乐祖,率数千人助守。萧颖胄与邓元起,寄书张冲,劝令

第三十七回　杀山阳据城传檄　立宝融废主进兵　　767

归附，冲竟不从。杨公则兵至湘州，湘州行事张宝积迎降，公则驰入长沙，揭示安民。湘州遂定。

　　越年为永光三年，南康王宝融，始称相国，颁令大赦，唯梅虫儿、茹法珍不在赦例。命萧颖胄为左长史，号镇军将军，萧衍为征东将军，杨公则为湘州刺史。衍自襄阳出兵，积雪开霁，众皆欢跃，留弟伟总府州事，憺守垒城。魏兴太守裴师仁，齐兴太守颜僧都，不受衍命，反举兵袭襄阳，幸伟憺发兵邀击，大破二军。裴、颜等遁去，雍州乃安，衍得无后顾忧。

　　行次竟陵，命长史王茂，太守曹景宗为前军，留中兵参军张法安守城。诸将共白萧衍，请用正军围郢，偏军袭西阳武昌，衍摇首道："房僧寄固守鲁山，与郢城为犄角，我若悉众前进，僧寄必来绝我后，悔无可及！今遣王曹诸军渡江，与荆州军合，共逼郢城，我自围鲁山，通道沔汉，使郢城、竟陵济粟，江陵、湘中济兵，兵多食足，何忧两城不拔！天下事正可坐定呢。"成算在胸。乃使王茂等率众济江。

　　进次九里，正值郢州参军陈光静，前来掳战。由茂等一鼓杀退，光静身受重伤，还城即死。张冲闭城自守，茂与景宗，遂进拔石桥浦。荆州将邓元起、王世兴、田安之，率数千人来会雍州兵，湘州刺史杨公则，亦悉众至夏口，萧颖胄命荆州诸军，皆受公则节度，另派参军刘坦为长沙太守，行湘州事。坦先尝任职湘州，素得民心，至是下车，民多欢迎。坦遂发民运粮，得三十余万斛，助荆雍军，兵食才免匮乏。衍筑汉口城阻住鲁山，且命水军将张惠绍游弋江中，断绝郢鲁二城往来。张冲悲愤成疾，便即逝世。骁骑将军薛元嗣，与冲子孜，及征房长史程茂共守郢城。

　　两军尚相持未下，南康王宝融，已由萧颖胄等劝进，即位江陵，改元中兴。就南北郊设立宗庙，宫府悉依建康旧制。立皇后王氏，授萧颖胄为尚书令，兼守本官，萧衍为左仆射，都督征讨诸军，夏侯详为中领军，晋安王宝义明帝长子。为司空，庐陵王宝源明帝第五子。为车骑将军，开府仪同三司，建安王宝寅明帝第六子。为徐州刺史，将军萧伟为雍州刺史，废主宝卷为涪陵王，大赦天下。梅虫儿、茹法珍仍不准赦。且遣御史中丞宗夬至夏口，慰劳衍军。宁朔将军庚域，隶衍部下，为衍语夬道："黄钺未加，不便总率侯伯，君何不代为请命？"夬应诺而还。未几即由冠军将军萧颖达，来助衍军，乘便传敕，假衍黄钺。衍欣然领命。小子有诗叹道：

　　　　未经建绩已怀奸，黄钺秉承始上坛。
　　　　千古枭雄同一例，果然名器假人难！

　　衍既受黄钺，即道出沔江，命王茂、萧颖达进逼郢城。欲知郢城攻守如何,容待下回再叙。

萧颖胄之起事江陵,实由萧衍诱成之,是颖胄之才智,已非衍敌。宝融固一傀儡耳,颖胄亦一萧衍之傀儡也。曹景宗反劝衍奉迎宝融,安知衍之本意?衍岂甘居人下者!彼为衍效力诸军将,皆傀儡中之傀儡耳。观其初出夏口,即欲假黄钺,其居心已可概见。宋齐开国之主,何一不自假钺始耶!檄文一篇,却写得声容并壮,是南朝时代一篇好文字,故特录之。

第三十八回　张欣泰败谋罹重辟　王珍国惧祸弑昏君

却说萧衍出沔,命王茂、萧颖达等进逼郢城,薛元嗣不敢出战,但闭城严守,并遣使至建康乞援。宝卷已命豫州刺史陈伯之,移镇江州,西击荆、雍,至是复令军将吴子阳、陈虎牙等,率十三军往救郢州,进屯巴口。

萧颖胄令席阐文至军前语萧衍道:"今顿兵两岸,不并军围郢,定西阳、武昌,转取江州,似已失计,不如向魏通好,乞师为助,尚是上策。"衍笑语道:"汉口路通荆、雍,控引秦、梁,粮运资储,四面可达,所以兵压汉口,连结数州。今若并军围郢,又分兵前进,鲁山必截我后路,粮道不通,如何持久?西阳、武昌,非不可取,但取得二城,应该分兵把守,最少须有万人,粮饷相等,倘使东军西来,用万人攻两城,我若再分军应援,首尾俱弱,否则孤城必陷,一城失守,全局土崩,天下事从此去了!今若得拔郢城,西阳、武昌,自然风靡,何必先分兵散众,自取祸患呢!大丈夫举事,欲清天步,拥数州兵入诛群小,譬如悬河注火,一扑即灭,怎得北面事虏,求援戎狄?彼未信我,我已足羞,这是下计,何谓上策?卿为我还白镇军,*即指颖胄。*前途攻取,不妨悉委,事在目中,无虑不捷,但仗镇军静镇便了!"料得着,说得透。阐文唯唯而去。衍命军将梁天惠等屯渔湖城,唐修期等屯白阳垒,夹岸相对,专待东军到来。

吴子阳进至加湖,距郢城约三十里,见西师沿路设屯,不敢前敌,但倚山带水,筑寨自固。会值春水暴涨,衍使王茂等率领自师,夜袭加湖,子阳未曾预备,骤闻西军大至,战鼓喧天,急得心慌意乱,不遑部署。那王茂等已登岸攻寨,杀进帐中,子阳上马急奔,仓皇走脱,将士溺死杀死,不可胜计。茂等俘得余众,回营报功。郢、鲁二城,闻子阳败去,相率夺气。鲁山守将房僧寄,又遭病死,众推助防将孙乐祖为主,仍复拒守。无如粮食已罄,所有军士,只在矶头捕鱼供食。

衍探悉情形,恐他出走,特遣偏军截住去路,一面致书劝降。孙乐祖窘迫无计,只好依了衍书,举城归顺。

郢城被围已经数月,士卒十死七八,守将薛元嗣、邓茂,日坐围城,惶急万状。衍令孙乐祖作书招降,元嗣等以鲁山失守,孤城万难保全,不得已令张孜复书,情愿投诚。张冲故吏房长瑜语孜道:"前使君忠贯昊天,郎君亦当坐守画一,负荷析薪;若天命已去,惟有幅巾待命,下从使君,奈何靦颜出降呢!"孜不能从,与薛、邓等迎纳衍军。衍即令韦睿为江夏太守,行郢府事,恤死抚生,郢人大安。

诸将欲休兵夏口,缓日进行,衍叱道:"此时不乘胜长驱,直捣建康,尚待何时!"张弘策、庚域等亦以为然,乃整军出发,陆续东行。

可笑那齐主宝卷,尚在都中撤阅武堂,改造芳乐苑,恣意奢淫。苑中山石,概涂五采,闻民家有好树美石,概毁墙撤屋,徙置苑间。傍池筑榭,叠石成楼,复壁邃房,俱绘着裸体男女,作猥亵状。又就苑中设立店肆,使宦官宫妾,共为稗贩,命潘妃为市令,自为市吏录事。遇有争斗等情,概就潘妃判断,应罚应答,一由妃意。宝卷自有小过,妃辄上座审讯,或罚宝卷长跪,甚且加杖,宝卷乐受如饴。后世之跪踏板者,想是受教东昏。复开渠立埭,躬自引船,埭上设店,入坐屠肉。都下有歌谣云:"阅武堂,种杨柳,至尊屠肉,潘妃酤酒。"宝卷闻歌,愈觉得意,待遇潘妃,不啻孝子。潘妃生女,百日夭殇,他却自服衰绖,内衣亦悉著粗布,积旬不听音乐。群小来吊,盘旋坐地,举手受执蔬膳。后经伥子王宝孙等,并营肴馐,云为天子解菜,方食荤腥。潘妃无福,不能早死,若此时病殁,倒有一个大孝子,应比潘妃女哀毁十倍。

潘妃父宝庆,与诸小共逞奸毒,富人悉诬为罪犯,籍资归己,又辗转牵连,一家被陷,祸及亲邻,宝卷概不过问。惟素性好淫,虽然畏惮潘妃,尚引诸姊妹游苑,觑隙交欢。或为潘妃所闻,辄召入杖责,乃敕侍臣不得进荆荻,期免凌辱。古今无此愚主。又偏信蒋侯神,即蒋子文。迎入宫中,尊为灵帝,昼夜祈祷。嬖臣朱光尚,自言能见鬼神,日引巫觋,哄诱宝卷。宝卷迷信益深,博士范云语光尚道:"君是天子要人,当思为万全计。"光尚道:"至尊不可谏正,当托鬼神达意便了。"既而宝卷出游,人马忽惊,便顾问光尚,光尚诡词道:"向见先帝大瞋,不许屡出。"宝卷大怒道:"鬼在何处?汝快导我前去,杀死了他!"遂拔刀促行。光尚无法,只得领他寻鬼,盘旋了好几次,方言鬼已遁去,因缚菰为明帝形,北向枭首,悬诸苑门。可恨可笑。

先是昭胄兄弟,奔投崔慧景,慧景败死,昭胄等幸免株连,仍得以王侯还第,唯心中总不自安。前为竟陵王防阁将军桑偃,至是入宫,为梅虫儿军副,因感子良旧恩,谋立昭胄。子良即昭胄父,见三十六回。故巴西太守萧寅,与桑偃友善，亦与同谋。昭胄预许寅为尚书左仆射护军，复遣人诱说新亭戍将胡松，约言宝卷出游，即闭城行废立事。若宝卷奔至新亭，幸勿纳入，松亦许诺。适宝卷新造芳乐苑，经月不出，偃等拟募健儿百余人，从万春门入刺宝卷，昭胄谓非良策，偃党山沙虑事久无成，转告御刀徐僧重，谋遂被泄。昭胄兄弟，与桑偃等皆为所捕，同时伏诛。

胡松闻昭胄事败，隐怀危惧。会新除雍州刺史张欣泰，与弟欣时，递给密书，将与前南谯太守王灵秀，直阁将军鸿选等，奉立建安王宝夤，废去宝卷，诛诸嬖幸，乞松为助。松当然复书赞成。宝卷方遣中书舍人冯元嗣，往援郢州，茹法珍、梅虫儿，及太子右卫率李居士，制局监杨明泰，送元嗣至新亭。欣泰使人怀刃，随着元嗣，俟法珍等入座饯别，突起斫元嗣头，坠入盘中。明泰慌忙救护，也被刺倒，剖腹流肠，虫儿亦受伤数处，手指皆堕，忍痛逃出。法珍、居士，抢先急走，驰还台城，王灵秀趋至石头，迎入建安王宝夤，百姓数千人，皆空手相随，欣泰亦驰马入宫。

说时迟，那时快，法珍等知有变祸，飞马奔还，先至禁中，闭门上仗，禁止出入。欣泰不得进去，鸿选亦不敢发，宝夤入憩杜姥宅，待至日暮，并没有喜信传到，从人渐渐溃散。宝夤再欲出城，城门已闭，城上有人守着，用箭射下，自知不能脱走，仍然折回，向隐僻处躲避三日。城中大索罪人，欣泰等次第见收，统遭死罪，连胡松亦俱收诛。宝夤索性出来，戎服诣草市尉，自请处分。还是此着。尉报宝卷，宝卷召宝夤入宫，问明原委，宝夤泣答道："臣在石头，不知内情，偏有人逼使上车，令入台城，左右皆有人监制，不许自由。今左右皆去，臣始得出诣廷尉，自行请罪。"亏他善诳，暂得保全性命。宝卷不禁冷笑，再经宝夤哀请，始令仍复爵位。宝卷还能顾全兄弟，不似乃父残忍。

嗣又命宝夤为荆州刺史，冠军将军王珍国为雍州刺史，辅国将军申胄监郢州事，龙骧将军马仙琕监豫州事，骁骑将军徐元称监徐州事，特简太子右卫率李居士，总督西讨诸军事，屯新亭城。旋闻江州刺史陈伯之降附衍军，乃更令居士兼领江州刺史。

伯之初镇江州，为吴子扬等声援，子扬败去，郢、鲁二城，俱为衍有。衍语诸将道："用兵非必需实力，但教威声夺人，已足使远近丧胆。寻阳不必劳兵，一经传檄，自可立定了。"乃命查检俘囚，得伯之旧部苏隆之，厚加赏赐，令招伯之，且仍许伯之为江州刺史。过了数日，隆之返报，果得伯之降书，但云大军不应遽下。衍笑道："伯之虽云归附，还是首鼠两端，我军今宜往逼，使他计无所出，方肯诚心来降。"乃命邓元起引兵先驱，自率杨公则等从后继进。伯之退保湖口，留陈虎牙守湓城，虎牙即伯之子，至衍军进薄寻阳，伯之只好迎降。

第三十八回　张欣泰败谋罹重辟　王珍国惧祸弑昏君

新蔡太守席谦,从伯之镇寻阳,乃父恭祖,曾为镇西司马,被鱼复侯子响杀死。子响事见二十八回。谦闻衍东下,语伯之道:"我家世忠贞,有死无二。"伯之遂拔刀杀谦,出城迎衍,束甲待罪。衍托宝融命令,授伯之为江州刺史,虎牙为徐州刺史。汝南民胡文超,亦起兵遥应,司州刺史王僧景,遣子贞孙请降。衍遂留骁骑将军郑绍叔守寻阳,与伯之引兵东下。临行语绍叔道:"卿是我萧何、寇恂呢!隐以汉高、光武自居,怎肯受制宝融。事若不捷,我应任咎,粮运不继,责专在卿。"绍叔流涕应命,衍得无后顾忧,专向建康。

忽由江陵驰到急使,报称巴西太守鲁休烈,巴东太守萧惠子瓒,出兵峡口,东击江陵,将军刘孝庆败走,任漾之战死,江陵危急,请即遣还杨公则,顾救根本。衍复答道:"公则已经东向,若令他折回江陵,就使兼程趋至,亦恐不及。休烈等系是乌合,不能久持,但教镇军少须持重,便足退敌。必欲急需兵力,两弟在雍,尽可调遣,较易入援,请镇军酌夺!"来使还报颖胄,颖胄自遣军将蔡道恭,出屯上明,抵御巴军。

衍驱兵东进,直指江宁,宝卷以前次乱事,不久即平,此次亦视若寻常,仅备百日刍粮,且顾语茹法珍道:"待叛众来至白门,当与一决!"嗣闻衍军已抵近郊,乃聚兵议守,特赦二尚方二冶囚徒,充配军役,惟已经论死,不得再活,即牵至朱雀门外,斩决了案。总督军士李居士,自新亭出屯江宁,西军先锋曹景宗,率兵至江宁城下,未曾列营,居士即出兵邀击,鼓噪而前,景宗麾军迎战,劲气直进,大破居士。居士遁还新亭,景宗乘胜进逼,王茂、邓元起、吕僧珍,依次继进。新亭城主江道林,引兵出战,被各军左右夹攻,悉数擒归。于是景宗据皂荚桥,王茂据越城,邓元起据道士墩,陈伯之据篱门。李居士侦得僧珍兵少,复率锐卒万人,薄僧珍垒。僧珍道:"我兵不多,未可逆战,须俟他入堑,并力向前,方可获胜。"俄而居士兵皆越堑拔栅,僧珍分兵上城,矢石俱发,自率马、步三百人,绕出居士后面,城上人复下城出击,号炮一声,内外齐奋,杀得居士胆战心寒,拨马奔回,又丧失了许多甲械。宝卷再遣征虏将军王珍国,及军将胡虎牙,率精兵十余万,列阵朱雀航南。宦官王宝孙,持白虎幡督战,开航背水,自绝归路,示与西军拚命。两军初交,东军却是厉害,并力冲击,西军稍稍却退。王茂奋然下马,单刀直前,茂甥韦欣庆,手执铁缠稍,翼茂继进,曹景宗复麾兵直上,专向东军中坚,冒死突入,东军也抵死招架。鼓声鼙鼙,杀气腾腾,几乎天昏地暗,寒日无光。适遇西风骤起,飞石扬沙,吕僧珍乘风纵火,焚扑东营,珍国等不禁骇乱,纷纷退走。王宝孙持幡大骂,斥辱诸将。直阁将军席豪,发愤西向,突入西军阵内,西军已经得势,就使生龙活虎,也要食肉寝皮,何况是区区一个席豪,当下将豪围住,你刀我槊,把豪槊成几个窟窿,眼见是不能活了。豪系著名骁将,一经战殁,全军瓦解,赴淮溺死,数不胜计，积尸与舰等，宝孙亦弃幡逃回。只有这般胆力，何必信口骂人！

衍军追至宣阳门，都中恟惧，宁朔将军徐元瑜，举东府城出降。青、冀二州刺史恒和，奉召入援，见衍军势盛，也率众请降。光禄大夫张瓌，弃去石头，奔还宫中。李居士孤守新亭，也穷蹙乞降。衍入石头城，令诸军围攻六门。宝卷命烧门内营署，驱兵民尽入宫城，闭门自守。外军筑起长围，把他困住，都人谓宝卷出游，随处障幔，叫作长围，见三十六回。便是预谶。衍家弟侄，前遭懿难，逃匿各处，至此俱出赴军前，衍令他晓谕各戍，劝令从顺。于是京口屯将左僧庆，广陵屯将常僧景，瓜步屯将李叔献，破墩屯将申胄，相继奉书，愿归麾下。衍遣弟秀镇京口，恢镇破墩，各权授辅国将军，从弟景镇广陵，权授宁朔将军。

嗣接中领军夏侯详密函，报称颖胄病殁，因恐巴东西两军，乘隙进逼，所以秘不发丧。衍作书答详，令亟向雍州征兵，自在军中，亦绝口不谈颖胄死事。详遂向雍征兵，留守萧伟，遣弟憺赴援。巴东西军，闻建康已危，且有援军来攻，相率骇散。萧璝、鲁休烈，不得已投降宝融。江陵乃为颖胄发丧，追赠丞相，封巴东公，予谥献武。速死为幸，否则和帝废死，颖胄亦恐难幸免了。

自颖胄死后，众望尽属萧衍。衍已得宝融诏敕，便宜从事，此时中外归心，更觉大权在握，可以任所欲为了。

宝卷为衍所困，城中军事，悉委王珍国，兖州刺史张稷入卫，受命为珍国副手，兵甲尚有七万人。宝卷与黄门刀敕，及后宫健妇，习斗华光殿，佯作败状，仆地僵卧，令宫人用板舁去，号为厌胜。又尝跨马出入，用金银为铠胄，饰以孔翠，昼眠夜起，仍如平时。倒也亏他镇定。或闻外面鼓噪声，便自被大红袍，登景楼屋上，遥望外兵，流矢几及足胫，却也不甚畏惧，从容下楼，但遣朱光尚祷蒋侯神，求福禳灾。茹法珍发兵出战，一再败还，乃请诸宝卷，乞发库银犒军，振作士心。宝卷道："贼来岂独取我么？何故向我求物！"愚鄙可笑。后堂贮数百具大木，法珍等欲移作城防，宝卷谓留此造殿，不得妄移，并饬工匠雕镂杂物，务求速成。岂已自知要死，速成玩物，以图一快耶？抑恃有蒋侯神默祷耶？众情无不怨怼，惟待早亡，但无人敢为首难。

梅虫儿又邀同法珍，入白宝卷道："大臣不忠，使长围不解，陛下宜诛罪伸威，方得军人效命！"宝卷迟疑未决，那消息已传达军中。王珍国、张稷，当然忧惧，即密遣亲吏出城，赍一明镜，献与萧衍，衍亦断金为报。各寓隐情。珍国遂与稷定谋，令兖州参军冯翌、张齐，入弑宝卷，并约后阁舍人钱强，御刀丰勇之为内应。

时已残冬，宝卷在含德殿中，与潘妃等夜饮，仍然是笙歌杂奏，环珮成围。只此半夕了。钱强潜开云龙门，放入张齐、冯翌等人，自为前导，直趋含德殿，宝卷已经撤宴，潘妃等均返后宫。只宝卷饶有醉意，暂就殿中寝榻，为休息计。突闻兵入，即趋出北户，欲还后宫，宫门已闭，宦官黄泰平用刀刺宝卷膝，痛极仆地，外兵已经驰入，张齐执刀先驱，见宝卷仆地呼号，便手起刀落，劈作两段。宝卷年才十九，在位三年。

珍国与稷，也引兵入殿，召尚书右仆射王亮等，列坐殿前，令百僚署笺，并用黄绸裹宝卷首，遣博士范云等，送诣石头。右卫将军王志叹道："冠虽敝不能加足，奈何倒行逆施呢！"遂佯作痴呆，不肯署名。云等既至石头城，萧衍大喜。且因与云有旧，留参帷幄，使张弘策等先入清宫，封府库及图籍。城中珍宝委积，由弘策禁勒部曲，秋毫无犯。杨公则率兵入东掖门，卫送公卿士民出城，俱使安归，毫不侵掠。惟拿下茹法珍、梅虫儿、王宝孙、王咺之等四十一人，及妖艳淫靡的潘贵妃，拘系狱中，听候萧衍发落。衍乃入屯阅武堂，用宣德太后令，追废涪陵王宝卷为东昏侯，褚后及太子诵为庶人。小子因有诗叹道：

> 到底淫荒足杀身，为君在位仅三春。
> 孽妃受戮原同罪，但累妻孥作庶人！

欲知太后令中，如何措词，请看官续阅下回。

　　宝卷即位三年，变乱四起，至于荆、雍举事，已失上游，非陈显达之仅恃江州，崔慧景之专依京口，所得而比。乃犹撤阅武堂，筑芳乐苑，穷奢极欲，恣意荒淫，其致亡也必矣。萧昭胄意图自立，无兵可恃，张欣泰欲拥立宝寅，其失与昭胄等。假使外应荆、雍，伏甲以待，则他日成事，亦不失王侯之赏；乃自便私图，侥幸求逞，故宝卷可亡，而二人不能亡宝卷，反致速死。及西军长驱入都，宫廷被围，王珍国等谋贰于内，不烦兵戈，而昏主授首。萧衍无弑主之名，坐收讨乱之实，虽其智力过人，亦未始非乘势待时之利也。然举兵之始，即以天子自居，彼心目中固已无宝融矣。萧鸾残害骨肉，卒不能保全子嗣，终为疏族所篡夺，猜忍者果何益哉！

第三十九回　谏远色王茂得娇娃　窃大宝萧衍行弑逆

　　却说萧衍入屯阅武堂，即称奉宣德太后命令，晓示官民。大略说是：

　　皇室受终，祖宗齐圣，太祖高皇帝肇基骏命，膺箓受图；世祖武皇帝系明下武，高宗明皇帝重隆景业，咸降年不永，宫车早晏。皇祚之重，允属储元，而禀质凶愚，发于稚齿。爰自保姆，迄至成童，忍戾昏顽，触途必著。高宗留心正嫡，立嫡惟长，辅以群才，间以贤戚，内外扶持，冀免多难。未及期稔，便逞屠戮，密戚近亲，元勋良辅，覆族夷门，旬月相系。凡所任杖，尽麽穷奸，皆营伍屠贩，容状险丑，身秉朝权，手断国命，诛戮无辜，纳其财产，睚眦之间，屠覆比屋。身居元首，好是贱事，危冠短服，坐卧以之。晨出夜返，无复已极，驱斥氓庶，巷无居人，老幼奔皇，置身无所。东迈西屏，北出南驱，负疾舆尸，填街塞陌。兴筑缮造，日夜不穷，晨构夕毁，朝穿暮塞，络以随珠，方斯已陋，饰以璧珰，曾何足道。时暑赫曦，流金铄石，移竹藏果，匪日伊夜，根未及植，叶已先枯，畚锸纷纭，动倦无已。散费国储，专事浮饰，逼夺民财，自近及远，兆庶恂恂，流窜道路，工商稗贩，行号道法。屈此万乘，躬事角觝，昂首翘肩，逞能喝木，观者如堵，曾无怍容。芳乐华林，并立阛阓，踞肆鼓刀，手操轻重，干戈鼓操，昏晓靡息，无戎而城，岂足云譬。至于居丧淫宴之愆，三年载弄之丑，反道违常之衅，牝鸡晨鸣之愿，于事已细，尚可得而略也。磬楚、越之竹，未足以言，校辛、癸之君，岂或能匹！征东将军忠武奋发，投袂万里，光奉明圣，翌成中兴，乘胜席卷，扫清京邑。而群小靡识，婴城自固，缓戮稽诛，倏逾旬月。宜速剿定，宁我邦家。乃潜遣间介，密宣此旨，忠勇齐奋，端加荡朴，放斥昏凶，卫送外第。未亡人不幸遭此百罹，感念存殁，心焉如割。令依汉海昏侯即昌邑王贺。故事，宝卷降封为东昏侯，宝卷后褚氏及太子诵并为庶人。肃清宫掖，重见升平，未亡人亦与有幸焉。

　　看官！你想此时的宣德太后，出居鄱阳王故第，来管甚么朝事？也轮不着管。萧衍不欲自居废立，因借太后为名，这也是古今废立的常例。又托太后命令，进衍为大司马，录尚书事，兼骠骑大将军扬州刺史，封建安郡公，承制行事，百僚致敬。王亮出见萧衍，衍与语道："颠而不扶，焉用彼相！"亮答道："若果可扶，明公亦不得有今日！"衍不禁大笑，即授亮为长史，以司徒扬州刺史晋安王宝义为太尉，仍领司徒，改封建安王宝夤为鄱阳王。衍弟宏得拜中护军。诛茹法珍、梅虫儿、王宝孙、王咺之等四十一人。潘贵妃尚在狱中，衍不忍加戮，意欲留侍巾栉，特商诸领军王茂。茂答道："亡齐乃是此物！若留居宫中，必招外议。"衍不得已勒令缢死。威福已享尽了。当下颁发敕文，蠲除敝制，放宫女二千人出宫，分赐将士。惟佘妃、吴淑媛，华色未衰，衍早闻艳名，便即入镇殿中，据住二美。还有宫人阮氏，系始安王遥光妾媵，遥光败后，没入掖庭，也生得身材袅娜，体态轻盈。衍亦纳为彩女，随意谐欢。均为后文伏线。自古英雄多好色，这也不足深怪。

第三十九回 谏远色王茂得娇娃 窃大宝萧衍行弑逆

当时远近州郡，均望风纳款，独豫州刺史马仙琕，吴兴太守袁昂，不肯受命。衍使仙琕故人姚仲宾招降，仙琕设筵相待，至仲宾述及衍意，被仙琕叱出，枭示军门。驾部郎江革，为衍致书袁昂，书中略云："根本既倾，枝叶安附？况竭力昏主，未足为忠，家门屠戮，非所谓孝，何苦幡然改图，自招多福。"昂复书婉拒，大致谓既食人禄，不便遽忘，请示含容，毋责后至等语。衍乃复命李元履为豫州刺史，出抚东土，令勿以兵威从事。元履至吴兴，昂仍然不降，但开门撤备，由他拘去。及转招仙琕，仙琕泣语将士道："我受人任寄，义不容降，君等皆有父母，不应令家属坐诛，我为忠臣，君等为孝子，两无所憾了！"乃悉遣将士出降，尚剩壮士数十人，闭门独守。俄而元履兵入，仙琕令壮士持弓相待，兵不敢逼。到了日暮，仙琕始投弓道："诸君但来见取，我义不降！"兵士始执住仙琕，槛送建康。衍见马、袁两人送至，亲为释缚，且语左右道："令天下见二义士。"两人感衍厚意，始皆归降。仍然降顺，前时何必做作？

衍前在竟陵王西邸，曾与范云、沈约、任昉等，同处宾僚。见二十七回。至是怀念故交，引范云为谘议，沈约为司马，任昉为记室。又征前吴兴太守谢朏，国子祭酒何胤，二人不至。衍迎宣德太后王氏入宫，即于中兴二年正月，奉后称制，自撤"承制"二字，余官如故。沈约入语衍道："齐祚已终，明公当入承帝运，虽欲自守谦光，恐不可复得了。"衍沈吟道："此事可行得么？"约又道："天人相应，何不可行！"衍复嗫嚅道："且待三思。"约慨答道："公初建牙樊沔，应该三思，今王业已成，何容疑虑！若不早定大业，将来天子入都，公卿在位，君臣分定，无复异心；果使君明臣忠，难道尚有他人助公作贼么！"极力怂恿，好个梁初走狗。衍始点首。

约既趋出，复召范云入议。云所对亦如沈言，衍欣然道："智士所见略同，卿明早与休文更来。"云出语约，约答道："明晨须要待我，同见大司马。"云笑道："休文何必多虑，当然相待。"遂拱手别去。休文是约表字。诘旦云仍趋入，未见约至，待了多时，仍然没有到来。问明殿中卫士，方知约已早入，不禁惊诧异常。本欲闯将进去，又恐未奉传宣，不便遽入，乃徘徊寿光阁下，连呼咄咄怪事！攀龙附凤，应走先着，云自己落后，被人愚弄，何怪之有！既而见约出来，慌忙迎问道："何以处我？"约举手向左，云始解颐道："幸不失望！"看官道是何因？原来沈约左指，便是令云为左仆射的意思。云已经解意，所以转惊为喜，即得开颜。热中如此，可叹可鄙！

未几由衍召入，取出数纸，折递与云。云接入手中，约略瞧视，一纸是加九锡文，一纸是封梁王文，还有一纸，竟是内禅诏书，不由的失声道："好快笔墨！"从范云目中看出，笔法不平。衍叹道："休文才智，当今无匹。我起兵至今，已历三年，诸将同心辅助，各有功劳，但造成帝业，惟卿与休文二人！"云欣然称谢。

越数日,即诏进大司马衍位相国,总百揆,领扬州牧,封十郡为梁公,备九锡礼。又越数日,复诏梁公增封十郡,进爵为王。所有梁国要职,悉依天朝成制。于是授沈约为吏部尚书,兼右仆射,范云为侍中。云前为约诳,致落人后。此时日夕留心,恨不把梁王衍即刻抬上,便好做个开国元勋。自二月间衍封梁王,迁延旬月,尚不闻准备受禅,连衍亦未曾提及,不禁格外心焦。常思乘间进言,偏衍深居简出,除出殿视事对众裁决外,整日里在内休养。有时云入启事,且往往谢绝,不得见面。仔细探听,方知衍为女色所迷,竟将大事搁起。

衍妻郗氏为故太子舍人郗晔女,幼即明慧,善隶书,通史传,女工女容,无不娴熟。宋后废帝昱欲纳女为后,事不果行,齐初安陆王缅,又欲娶女为妃,郗家托词女疾,婚议复寝。建元末年,竟嫁衍为妻,伉俪甚谐。衍出为雍州刺史,郗氏随行,病殁襄阳官廨中,惟郗氏在日,性多妒忌,禁衍置妾。衍只有一妾丁氏,尝遭郗氏虐待,每日使舂米五斛。幸丁氏是一村女,不甚懦弱,却还吃苦得起,按日照舂。若有神助,从未违限,亦无怨言。郗氏迭生三女,不得一男,丁又遭忌,鲜得当夕。及郗氏病死,丁氏始得怀妊,产下一男,取名为统,就是后来的昭明太子。统生月余,衍起师围郢,丁氏母子,当然是不便随行,留居雍城。带叙萧衍妻妾,贯穿前后。

及衍既入建康,已做了两年旷夫,骤得余、吴两姬,趋承左右,朝拥暮偎,欢乐可知。惟吴淑媛已经有娠,未便常侍枕席,遂令余妃专宠,日夕相亲。这位多才多智的梁王衍,也被那色魔扰住,几乎似醉似痴,沈湎不治。色之害人大矣哉!

云既洞悉情由,遂屡次求见。衍不好屡却,或许进谒,云请屏去左右,衍但说左右俱是心腹,有事不妨尽言。究竟投鼠忌器,属耳须防,云恐为左右泄语,未敢直谏,只得隐约陈情,劝衍戒色。衍虽然面允,耽乐如故。云乃想出一计,特邀领军王茂,一同进谏。茂佐衍起兵,战必先驱,推为功首,初为雍州长史,超迁至领军将军,衍格外优待,言听计从。云得茂为帮手,便放胆进去,排闼入见。衍惊问何因?云朗声道:"昔汉高祖居山东,贪财好色,及入关定秦,财帛无所取,妇女无所幸,范增畏他志大,后来终得成功。今明公始定建康,海内方想望风声,奈何为色所迷,取亡国女子,自累盛德呢!"衍默然不答,茂即下拜道:"范云言是! 公以天下为念,不宜留此亡国妇。"

衍被二人缠住,勉强答说道:"我便当放她出去。"云趁势进言道:"公既采纳愚言,便应速行。前时放出宫人二千名,分赏将士,独王领军尚无所得,王领军为公效力,忠勇过人,何为独令向隅? 今愿将余、吴二姬,择一为赐!"

第三十九回　谏远色王茂得娇娃　窃大宝萧衍行弑逆

衍遽答道："吴氏已有娠了。"云复道："吴既有娠，请出余氏赉茂罢。"说至此，以目视茂，茂即顿首拜谢。衍心实不愿，转思大事将成，不能为一女子，违忤功臣，反滋众怨，因慨然语茂道："我便将余氏赉卿！"说着，顾令左右，召出余氏，竟命王茂领去。余妃不防有此一着，急得蛾眉紧蹙，珠泪欲垂，当即拜倒衍前，嘤嘤泣语。衍不待启口，便拂袖起座道："汝去罢！不必多说了。"又顾王茂道："卿须善待此妇，勿负我言！"一面说，一面走入内室去了。有此决心，故得为帝四十余年。余氏不好再留，只得起身收泪，随茂出门，上舆赴茂私第。从此又另是一番情缘，毋庸细表。倒便宜了王茂。

且说衍既放出余妃，复赐云、茂钱各百万。是霸王权术。于是决计篡齐，准备参禅。湘东王宝晊，系安陆王缅嗣子，素好文学，为衍所忌，诬他谋反，立即捕诛。宝晊弟宝览、宝宏，一并受戮。还有邵陵王宝攸，晋熙王宝嵩，桂阳王宝贞，年龄都不过十岁上下，都缘宝晊连坐，悉令自尽。庐陵王宝玄忧死，鄱阳王宝夤，穿墙夜出，逃匿山涧，昼伏夜行，得抵寿阳东城，投降北魏。明帝诸子，只剩了晋安王宝义及江陵嗣主宝融。衍乃奉表江陵，佯请宝融东归，入都为帝。宝融带领百官，便即启行，留萧憺为荆州刺史，都督荆、湘军事。

那边马首东瞻，这边已攀龙附凤，自行劝进。接连是上陈符瑞，迭报祯祥，或称景星见，或称甘露降，或称凤凰至，或称驺虞兴，种种奇异，不知他是真是假，统说是上天应命，百兽率仪。沈约、范云等，又贻书夏侯详，教他迫主禅位，不得迟延。夏侯详见风使帆，乐得做个人情，同佐新朝景运。及宝融到了姑熟，便遣使入都，与范云、沈约等接洽，定受禅仪。应用诏书，已由沈约草就，便即颁发出来。语云：

> 夫五德更始，三正迭兴，驭物资贤，登庸启圣。故帝迹所以代昌，王度所以改耀，革晦以明，由来尚矣。齐德沦微，危亡洊袭，隆昌凶虐，实违天地，永元昏暴，取衮神人。三光再沈，七庙如缀，鼎业几移，含识知泯。我高明之祚，眇焉将坠，永惟屯难，冰谷载怀。相国梁王，天诞睿哲，神纵灵武，德格玄祇，功均造物，止宗社之横流，及生民之涂炭，扶倾颓构之下，拯溺逝川之中，九区重缉，四维更纽，绝礼还纪，崩乐复张，文馆盈绅，戎亭息警，浃海隅以驰风，馨轮裳而禀朔，八表呈祥，五灵效祉，岂止鳞羽祯奇，星云瑞色而已哉！勋茂于百王，道昭乎万代，固已明配上天，光华日月者也。河岳表革命之符，图谶纪代终之运，乐推之心，幽显共积，歌颂之诚，华裔同著。昔水政既微，木德升绪，天之历数，实有攸归，握镜璇枢，允集明哲。朕虽庸蔽，阁于大道，永鉴崇替，为日已久，敢忘列代之高义，神人之至愿乎！今便敬禅于梁，即安姑熟，一依唐、虞、晋、宋故事，王其毋辞！

这诏传出，那宣德太后王氏，当然是不能安居，也由沈约等代下一令道：

西诏至，帝宪章前代，敬禅神器于梁。可临轩遣使，恭授玺绶，未亡人便归别宫，如令施行。

中兴二年四月壬戌日，宣德太后遣尚书令王亮等，奉玺绶诣梁宫，又有一两篇大文章。其玺书云：

夫生者天地之大德，人者含生之通称，并首同本，未知所以异也。而禀灵造化，贤愚之情不一，托性五常，强柔之分或舛。群后靡一，争犯交兴，是故建君立长，用相司牧，非谓尊骄在上，以天下为私者也。兼以三正迭改，五运相迁，绿文赤字，征文表洛。在昔勋华，深达兹义，眷求明哲，授以蒸人。迁虞事夏，本因心于百姓，化殷为周，实受命于苍昊。爰自汉、魏，罔不率由，降及晋、宋，亦遵斯典。我高皇所以格文祖而抚归运，畏上天而恭宝历者也。至于季世，祸乱洊臻，王度纷纠，奸回炽积。亿兆夷人，刀俎为命，已然之逼，若线之危，蹐天踏地，逃形无所，群凶挟煽，志逞残戮，将欲先殄衣冠，次移龟鼎，衡保周召，并列宵人，巢幕累卵，方此非切。自非英圣远图，仁为己任，则鸱枭厉吻，蓟焉已及。惟王崇高则天，博厚仪地，熔铸六合，陶甄万有。锋旛交驰，振灵武以遐略，云雷方扇，鞠义旅以勤王。扬旌旆于远路，戮奸宄于魏阙，德冠往初，功无与二，弘济艰难，缉熙敬止。待旦同乎殷后，日昃过于周文，风化肃穆，礼乐交畅。加以赦过宥罪，神武不杀，盛德昭于景纬，至义感于鬼神。若夫纳彼大麓，膺此归运，烈风不迷，乐推攸在，治五甝于已乱，重九鼎于既轻，自声教所及，车书所至，革面回首，讴吟德泽。九山灭祲，四渎安流，祥风扇起，淫雨静息，玄甲游于芳荃，素文驯于郊苑，跃九川于清溪，鸣六象于高岗，灵瑞杂沓，玄符昭著。《书》云：天监厥德，用集大命。《诗》云：文王在上，于昭于天。所以二仪乃眷，幽明永叶，岂惟宅是万邦，缉兹讴讼而已哉！朕用是拥璇沈首，属怀圣哲。昔水行告厌，我太祖既受命，代终在日，天禄永谢，亦以木德而传于梁。远寻前典，降惟近代，百辟遐迩，莫违朕心。今遣使兼太保侍中中书监尚书令王亮，兼太尉散骑常侍中书令王志，奉皇帝玺绶，受终之礼，一依唐虞故事，王其陟兹元后，君临万方，式传洪烈，以答上天之休命！

衍既得玺书，踌躇满志，只形式上未便遽受，不得不抗表陈让，佯作谦恭，又要抄老文章了。齐百官豫章王元琳等八百十九人，及梁侍中范云等一百十七人，此次由范云列首，也算如愿以偿。再上书称臣，乞请践阼，衍尚谦让不受。太史令蒋道秀陈天文符谶六十四条，事皆明著，亏他搜拾。范云等又复固请，乃择期丙寅日，即位南郊，祭告天地，登坛受百官朝贺。改齐中兴二年为梁天监元年，大赦天下。废齐主宝融为巴陵王，暂居姑熟，宣德太后为齐文帝妃，迁住别宫。皇后王氏为巴陵王妃，齐世王侯封爵，悉从降省。惟宋汝阴王不在降例，追尊父顺之为文皇帝，庙号太祖，母张氏为献皇后，追谥故妃郗氏为德皇后，追赠兄太傅懿为长沙王，予谥曰宣，弟融为桂阳王，予谥曰简；又因弟敷、畅并殁，赠敷为永阳王，予谥曰昭，畅为衡阳王，予谥曰宣。封拜文武夏侯详为公侯，食邑有差。

　　还宫以后，复召入沈约、范云等密商，拟改南海郡为巴陵国，徙居宝融。云未及答，约忙说道："不可慕虚名，受实祸。"梁主颔首，过了一日，即遣亲吏郑伯禽，驰赴姑熟，用生金进巴陵王。巴陵王宝融叹道："我死不须金，醇醪亦足了。"乃取酒令饮，饮至沉醉，就将他拉毙榻上，年才十五。伯禽返报。衍却托称暴亡，伪为哀恸，且追尊为齐和帝，葬恭安陵。先是文惠太子与才人共赋七言诗句，辄云愁和帝，至此方验。总计齐自太祖萧道成篡宋，至和帝亡国，凡七主，共二十三年。当时独有一个齐末忠臣，不食数日，为齐殉节。小子有诗赞道：

　　　　　　新朝佐命尽弹冠，独有孤臣大节完。
　　　　　　劲草疾风知不改，首阳遗石好重刊。

　　毕竟何人殉节，且至下回叙明。

　　沈约、范云，同赞逆谋，而约尤为狡黠。与云同约，即负云先入，但慕荣利，不顾小信，其心迹尤为可鄙。且云尚知谏衍，请出佘妃，一节可取，而约独无闻。约第知劝衍受禅，迫宝融传位。即如宝晊等之受戮，亦安知非由约之参谋，不过史未之详耳。且衍废宝融，尚欲全其生命，而约独唛使加弑，为衍弭祸，即为己固宠。范云之所不敢为者，约皆悍然为之，是衍之篡逆，实约一人首导之也。不然，衍因范云、王茂之直谏，能举佘妃而急出之，未始非可与有为之主，假令辅佐得人，亦宁不能为唐高、宋太耶！篡即未免，弑或不为，略迹论心，不能不深恶痛嫉于沈休文矣！

第四十回　萧宝夤乞师伏虏阙
　　　　　　魏邢峦遣将夺梁州

　　却说齐和帝被弑，有一位殉节忠臣，绝粒而死。看官欲问他姓名，乃是琅琊人颜见远。他本为荆州参军，及宝融称帝，进官御史中丞，至是独为齐死节。备书爵里，法本紫阳。梁主衍闻报，慨然说道："我自应天顺人，何预天下士大夫事？不意颜见远乃竟至此！"因命萧宝义为巴陵王，使奉齐祀。宝义幼有废疾，喑不能言，独不中时忌，得终天年。宣德太后逊居外宫，本来是个庸姬，任人播弄，故亦得寿终。后来祔葬崇安陵，由梁廷谥为安皇后。这也不必琐叙。了过齐朝。

梁主衍南面垂裳，大封勋戚，命弟宏为临川王，领扬州刺史，秀为安成王，领南徐州刺史，伟为建安王，领雍州刺史，恢为鄱阳王，授左卫将军，憺为始兴王，领荆州刺史。加领军中军王茂为镇军将军，中书监王亮为尚书令，左长史王莹为中书监，吏部尚书沈约为尚书右仆射，侍中范云为尚书左仆射。立子统为皇太子。置谤木，设肺石，各附一函。凡布衣处士，欲陈清议，可投谤木函中。功臣材士，欲伸屈抑，可投肺石函中。御用衣饰，概从朴素，常膳只备菜蔬。每简长史，务选廉平，皆召见前殿，勖以政道。小县令有能，迁大县，大县令有能，迁二千石，廉能知劝，吏治少清。惟尚有东昏余孽，隐怀反侧，推孙文明为首，密谋作乱。

五月初旬，天适阴雨，夜昏如墨。孙文明竟纠众起事，毁神虎门入总章观。卫尉张弘策，直宿观中，被他杀毙。复烧尚书省及云龙门，军司马吕僧珍，亟召集卫兵，出御乱党。因天昏不辨咫尺，虽有火炬，总难用力奋斗。没奈何保住殿省，分堵各门。那乱党呼喊连天，声彻宫禁。梁主衍身著戎服，出御殿前，镇定众心，且语左右道："贼从夜间作乱，人必不多，待晓便散走了。汝等可传谕巡士，速击五鼓！"毕竟有智。左右领命出去，不到片刻，即闻更鼓五下，音响且清。这更声传达门外，乱党疑是将晓，果然散去。偏遇镇军王茂，引兵入卫，把乱党拦住，或杀或捉，所有孙文明以下诸悍目，悉数擒住。诘旦骈诛，宫禁乃安。

才阅数日，接得豫章太守郑伯伦急报，内称江州刺史陈伯之造反，侵及豫章，请速发兵讨逆云云。原来伯之从梁主入都，受禅事定，令复原镇。伯之目不识书，一切予夺，俱取决幕僚。别驾邓缮，参军褚緭、朱龙符，乐得乘间舞弊，恣为奸利。梁主闻知弊窦，乃请人代缮，伯之不肯受命。缮且劝伯之造反，緭亦一律赞成，便诈为齐建安王宝寅书，使伯之取示僚佐。伯之更对众泣语道："我受明帝厚恩，应誓死报德！"当下部勒兵士，移檄州郡。豫章太守郑伯伦，整军为备，一面飞报朝廷。梁主览奏，便命镇军将军王茂兼领江州刺史，率兵讨叛。伯之正进攻豫章，与伯伦相持不下，偏王茂引军趋至，来攻伯之。城中守兵，又由伯伦督领，杀将出来。伯之内外受敌，不能招架，只好挈了亲属，夺路北走，绕出间道，渡江奔魏。

魏任城王澄，方受任为镇南大将军，迎纳齐建安王宝寅，宝寅奔魏见前回。

第四十回　萧宝夤乞师伏房阙　魏邢峦遣将夺梁州

优礼相待。宝夤为故主持丧，自服衰绖，居处一庐，澄率官僚赴吊，宝夤拜伏地上，泣请复仇。澄乃令自谒魏主，护送入洛。可巧伯之亦至，也拟请兵伐梁，遂由澄一并送行，随宝夤同赴洛都。

先是齐和帝即位江陵，魏镇南将军元英，曾上书魏主，乞乘隙南侵。车骑大将军源怀，也与元英同意，相继请命。魏主乃命任城王澄，为镇南大将军，领扬州刺史，经略江东。澄既受命，将欲出师，偏又接到魏主敕命，令他慎重，不应轻进。魏主不乘隙南下，实是失机。

此次齐宝夤到了魏廷，终日伏阙，定要乞师南伐，虽遇暴风大雨，终不暂移。好似一个申包胥。陈伯之亦请兵自效，诚恳异常，魏主恪乃召入宝夤，赐令旁坐。宝夤年只十七，与魏主相问答，语语呜咽，字字凄凉，说得魏主也为动容，遂允请发兵。过了两日，即授宝夤为镇东将军，加封齐王，都督东阳等三州军事，给兵万人屯东城。伯之为平南将军，仍任江州刺史，都督淮南诸军事，率旧部出屯阳石，俟秋冬交季，大举伐梁。宝夤闻命，尚通宵恸哭，达旦即诣阙拜命。真耶假耶！魏主见他惨形悴色，愈觉垂怜，又听宝夤自募四方壮勇，补充队伍。

宝夤叩首辞行，沿途募得壮士数千人，拔颜文智、华文荣等六人为军将，使统新军，且屡致书任城王澄，乞他上书提早师期。澄乃表闻魏主，略言萧衍堵塞东关，欲令巢湖泛滥，灌我淮南诸戍，且灌且掠，淮南地恐非我有。寿阳去江五百余里，众庶惶惶，并惧水害，若因民愿望，攻敌空虚，预集诸州士马，首秋大举，应机经略，就使不能混一，江西定可无虞了。魏主乃发冀、定、瀛、相、并、济六州兵马，得兵二万人，马千五百匹，令至仲秋中澣，毕会淮南。并寿阳屯兵三万，俱归任城王澄调度。就是萧宝夤、陈伯之两军，亦皆受澄节制。嗣复令镇南将军元英，督征义阳诸军事，与任城王澄同时举兵。

梁同州刺史蔡道恭，闻魏军将至，亟遣将军杨由，收集城外居民，屯保贤首山，列为三栅。梁天监二年秋季，元英麾军至贤首山，围攻三栅，杨由督厉兵民，且战且守。约历旬月，兵民伤亡不少。由用法过峻，为民所怨，土豪任马驹斩由出降。

任城王澄，命统军党法宗、傅竖眼、王神念等，分攻东关、大岘、淮陵、九山，高祖珍率三千骑为游军，澄自为后应。魏军连拔关要、颖川、大岘三城，白塔、牵城、清溪诸梁戍，望风奔溃。梁徐州司马明素，率兵三千救九山，徐州长史潘法邻率兵二千救淮陵，宁朔将军王燮保焦城。魏将党法宗等，长驱直进，锐不可当。一战拔焦城，王燮败溃，再战破九山，明素受擒，三战入淮陵，潘法邻被杀，势如破竹，直趋阜陵。

阜陵由南梁太守冯道根居守，道根先期月余，已修城隍，严斥堠，俨临大敌。僚佐笑为多事,道根道:"诸君不闻怯防勇战么? 若俟寇逼城下,何暇及此!"是谓有备无虞。已而城工粗竣,党法宗等有众二万,果然掩至,众皆失色,道根命大开城门,缓服登城,但遣精骑二百人,出城冲阵,东荡西突,撞倒魏军前队数百人,杀毙数十,从容退还。魏兵见所未见,又仰望城上高坐的冯道根,笑容可掬,毫无惧色,总道是城中设伏,不敢进去,便引兵却退。仿佛空城计。道根复遣百骑掩击高祖珍,亦得胜仗,且扬言将袭魏粮,党法宗等正恐粮运不继,慌忙引还。阜陵解严,道根因功超擢,得拜豫州刺史。

越年二月,任城王澄,复举兵攻钟离,梁将军姜庆真,乘虚袭寿阳,魏长史韦缵,仓皇失措,急忙调兵抵御,已是不及,被梁兵攻入外郭。任城王太妃孟氏,素有干才,勒众据守内城,激厉文武,抚慰新旧,又亲披戎服,昼夜巡城,不避矢石,严定赏罚,因此人人争奋,守备遂坚。萧宝夤引兵来援,与州将合击庆真,庆真败走。孟太妃乃遣使报澄,令他安心进攻,澄遂把钟离围住。梁遣将军张惠绍等,输粮至钟离,为澄将刘思祖所邀,大战邵阳,梁兵败绩,杀虏几尽,惠绍等俱被擒去。思祖因功论赏,应封千户侯。侍中元晖,向思祖索求二婢,思祖不与,元晖遂从中抑制,不令封侯,由是军心未服,不免懈体。

既而霪雨连旬,淮水暴涨,澄乃引还寿阳。一经退军,行伍自乱,由梁军追蹑数里,俘斩至四千余人。澄坐降三阶。梁主命将所俘将士,向魏易还张惠绍等,得澄允许,彼此俘虏,各得生还。

魏镇南将军元英,闻澄无功还镇,不禁愤懑起来,遂投袂奋起,督兵围攻义阳。义阳城中,守兵不满五千人,粮食仅支半载,魏兵昼夜猛扑,声势甚锐。幸司州刺史蔡道恭,随方抗拒,相持至百余日,魏兵无从攻入,反丧亡了许多人马,竟欲卷甲退还。

会道恭积劳成疾,竟致不起,呼从弟骁骑将军灵恩,兄子尚书郎僧勰,及部下将佐,至榻前面嘱道:"我受国厚恩,不能杀退虏众,愧愤交并!今疾苦缠身,万不可支,但望汝等效死守节,勿使我殁有遗恨!"灵恩等涕泣受命,道恭不久即殁。

灵恩摄掌州事,代守城池。梁主遣平西将军曹景宗,及后军将军王僧炳,分领步骑三万,往救义阳。僧炳率二万人先进,行次凿岘,适魏冠军将军元逞等,奉元英军令,趋至樊城,来截僧炳。僧炳上前搦战,见来兵不多,未免藐视,哪知鼓声一响,敌骑踊跃前来,冲突入阵,前队各军,统皆披靡,后队亦被牵动。僧炳弹压不住,只得返奔,失去四千余人。曹景宗趋至凿岘,正值僧炳奔还,不觉大惊,遂顿兵不进。统是酒囊饭袋。

义阳因丧了道恭,将士夺气。魏兵本欲引退,得此消息,反麾兵急攻。灵恩飞使求救,梁廷再遣宁朔将军马仙琕,统兵赴急。仙琕转战而前,兵势颇

第四十回 萧宝夤乞师伏虓阙 魏邢峦遣将夺梁州

锐,元英派将堵截,俱被击退。乃自至士雅山,结寨立栅,分命诸将埋伏四隅,掩旗示弱。仙琕恃胜生骄,直迫英营。英亲出挑战,才斗数合,即回马佯奔,诱至伏中,纵令伏兵四出,合攻仙琕。仙琕已知中计,但事已至此,不得不驱兵鏖斗。猛见敌军中有一老将,擐甲执槊,冲将过来,便命军士放箭,一箭正中老将左股。那老将不慌不忙,拔去箭镞,流血及趾,仍然猛力驰入,握槊四刺,槊毙梁兵多人,连仙琕子亦死槊下。仙琕不胜悲愕,引兵亟走。这老将便是魏统军傅永。永见仙琕败去,尚跃马前追,元英急向前拦阻道:"公已受伤了,请还营休养,待我督兵追击罢!"永答道:"昔汉祖受伤扪足,不令人知,下官虽微,也是国家一将,伤未及死,怎得畏缩呢!"说毕,仍然力追,俘获梁兵多名,及暮始返。永时年已七十三,全军皆为敬服。老当益壮。

仙琕输了一阵,再收集余众,尚得万人,复与元英决战。三战三败,阵亡大将陈秀之,余军不能再振,狼狈奔还。义阳城内的蔡灵恩,势穷援绝,只为了贪生怕死四字,竟违背兄言,举城降魏。千古艰难惟一死。平靖、武阳、黄岘三关,所有梁朝戍将,亦弃关南遁。魏封元英为中山王,傅永以下,俱得加赏,士马欢腾,不消细说。

惟梁廷连接败报,当然惊惶,御史中丞任昉,奏弹曹景宗拥兵不救,应即加谴。梁主因他佐命有功,置诸不问,但令就南义阳建置司州,移镇关南,用卫尉郑绍叔为刺史。绍叔立城隍,缮器械,广田积谷,招集流亡,兵民安堵,复成重镇。魏人却也不敢进逼,惟据住义阳,扼要设戍罢了。

已而梁汉中太守夏侯道迁,复举汉中降魏。魏令邢峦为镇西将军,西略梁州,所向摧破。白马戍将尹天宝,景寿太守王景胤,都向益州告急。益州刺史邓元起,观望不前。天宝战死,景胤败走,巴西太守庞景民,又为郡民严玄思所杀,举地附魏。梁遣将军孔陵等,率兵西援。一面招诱仇池军将,令他叛魏归梁,夹击魏军。

仇池自杨文德归宋,杨难当降魏后,彼此分事南北。见前文。文德弟文度,据有葭芦,自立为武兴王,被魏击死。文度弟文弘,奉表魏廷,谢罪称藩,魏乃除文弘为南秦州刺史,授武兴王封爵,兼拜征西将军西戎校尉。文弘传侄后起,后起传子集始,集始又传子绍先,并受魏封。绍先年幼,委事二叔集起、集义。两人闻汉中入魏,恐仇池不免剪夷,又经梁人招诱,遂鼓动群氐,推绍先为帝,出截魏人粮道。

魏镇西将军邢峦,拨兵邀击,得将氐众杀退。叙仇池事,简而不漏。又遣统军王足,带领万骑,抵敌梁将孔陵,连战皆捷。陵退保梓潼。足攻入剑阁,趁势略地,凡梁州十四郡,尽为魏有,益州大震。梁假邓元起都督征讨诸军事,出援梁州,另授西昌侯萧渊藻代为刺史。

渊藻莅镇，见粮储器械，悉被元起取去，免不得愤恨交乘，遂入元起营，乞拨还良马百匹。元起勃然道："年少郎君，要良马做甚？"渊藻愈愤，忍气而出。越宿邀元起过宴，托词饯行，更迭行觞，灌使烂醉。渊藻拔剑遽起，把他杀死。且指挥左右，尽戮元起随员，然后闭城自固。元起部曲，立营城外，闻元起被戮，便即围城，呼问元起罪状。渊藻登城朗声道："天子有诏，命诛元起，汝等无罪，速宜敛甲归营，毋得取咎！"众乃散归。惟元起故吏罗研，诣阙讼冤，梁主以渊藻为兄懿次子，不忍加谴，但遣使责让，贬渊藻为冠军将军，恤赠元起，赐谥曰忠。未免失刑。

渊藻年未弱冠，颇有胆识，会益州乱民焦僧护，纠众起事，渊藻共乘肩舆，巡行贼垒，乱党聚弓乱射，箭如飞蝗，渊藻左右，忙举楯为蔽，渊藻叱令撤去，大呼道："汝等多是良民，奈何从贼！能射速射，不能射速降！"贼众闻言，俱为咋舌。又见所发各箭，统从渊藻身旁飞过，毫不受伤，更疑为神助。不是神助，实由乱党乌合，未能射着。渊藻从容退归，贼竟夜遁，由渊藻发兵进剿，斩首数千级，僧护瘐死，余党荡平。渊藻得进号信威将军。

魏将王足，进围涪城，邢峦且一再上表，请即大举入蜀，魏主独敕令从缓，但令王足行益州刺史，相机进兵。不识何意？不到数日，又命梁州军司羊祉代足，足很是怏怏。时魏主恪委政权幸，疏忌亲属，足恐遭谗被祸，即背魏归梁。

邢峦失一骁将，叹息不置。自在梁州驻节，恩威并著，原是抚驭有方，大得众心。但一身不能分镇，所得巴西郡城，只好遣军将李仲迁往守。仲迁好酒渔色，既莅任后，广采美姬，得了一个张法养女，妖淫善媚，宠爱异常，郡中公事，悉任属吏办理。就是邢峦有事，遣人往商，亦不得见他一面。使人返报邢峦，峦当然痛恨，正拟把他撤调，偏巴西已经变乱，仲迁被戕，首级献与梁人，一座城池，得而复失，又为梁人占据去了。

峦且恨且悔，更闻杨集义等围攻阳平关，因使建武将军傅竖眼，领兵往讨，兼程前进。到了关下，大破氐众，集义遁走。竖眼乘胜逐北，掩入仇池，执住杨绍先，送入洛阳。集起、集义，奔匿数日，穷无所归，也只得出降魏军。仇池自晋惠帝时，氐王杨茂搜始据此地，至是乃灭。改称武兴镇，寻又改为东益州，这是梁天监五年，魏正始三年间事。

那时梁主衍因失去司梁，无从泄恨，既得王足等投降，报称魏廷内容，才知魏政腐败，如咸阳王禧、北海王详等，均已受诛，外戚高肇，宠臣茹皓，内外弄权，逸害勋旧，正是有隙可乘的时候，遂命扬州刺史临川王萧宏，都督北讨诸军事，尚书右仆射柳惔为副，出次洛口，调兵北进。宏系皇室介弟，位虽隆重，才实平庸，骤然间手握兵符，身为统帅，看官试想，能胜任不胜任呢！小子有诗叹道：

>兵为凶器战尤危,庸竖何堪使帅师!
>梁室初年纲已紊,输人一著是萦私。

宏既出师,魏人怎肯退缩,当然遣兵派将,来抗梁师。但魏主恪委政权幸,上文未曾详叙,须待下回说明,看官少安毋躁,请阅下回便知。

萧宝夤避难奔魏,乞师魏阙,效申包胥秦庭之哭,似乎忠臣孝子之所为;然观后来之叛魏称帝,则无非借忠孝之名,觊一时之富贵耳。史称其伏阙终日,风雨不移,拜命前夕,恸哭达旦,过期尚悴色麓衣,未尝嬉笑者,皆伪态也。自宝夤乞师南下,而魏任城王澄,及镇南将军元英,分兵内扰,据有司州,镇西将军邢峦,又遣王足等夺据巴西,兵锋直达涪城。梁人东西奔命,应接不遑。虽萧衍以篡弑得国,不足深惜;然百姓何辜,遭此蹂躏,是岂非由宝夤之挟私图逞,贻害生灵乎?后人犹有以逡巡观望,为魏主咎者。夫欲咎魏主,即归美宝夤,一孔之见,实属大谬。论人者当就其终身行事,以下定评,岂可徒以一节称之?况第为声音笑貌云乎哉!

第四十一回　弟子舆尸溃师洛口　将帅协力战胜钟离

却说魏主恪即位时,改元景明,年仅十六,未能亲决大政,曾授皇叔彭城王勰为司徒,录尚书事。勰志在恬退,未几辞职归第,太尉咸阳王禧,进位太保司空,北海王详进位大将军,两王俱系魏主叔父,所以倚畀俱隆。魏主尊生母高贵人为太后,高氏为冯幽后毒毙,见三十二回。兄肇在朝,由魏主推类锡恩,特封为平原公,也得专政。见三十五回。还有太尉于烈,兼充领军,烈弟劲有女端好,得册为后,因此烈、劲并预朝权。政出多门,已成乱兆,再加幸臣茹皓、王仲兴、赵修、赵邕、寇猛等,居中用事,更觉庶政丛脞,泯泯棼棼。

咸阳王禧因权为所夺,致蓄异图,竟欲废帝自立,谋泄被诛。诸子削籍,家产分给高肇、赵修二家,及内外百官。禧家财帛,不可胜计,百官所得分赐,每人得帛百匹,或数十匹,最少亦有十匹。宫人常作歌道:"可怜咸阳王,奈何作事误!金床玉几不能眠,夜蹋霜与露;洛水湛湛弥岸长,行人哪得度!"歌辞惋切,流传江表。

北海王详,尝讦禧阴谋,至是得进位太傅,兼领司徒。高肇得官尚书令,茹皓任冠军将军。皓娶高肇从妹为妻,妻姊为安定王元爕妃。爕为详从父,详常出入爕家,见爕妃容貌妖冶,未免垂涎。爕妃高氏,亦见详丰姿秀美,远出蒙上，两人眉去眼来，也不顾婶侄名分，竟做成了苟且的事情。嗣是与茹皓益相亲狎。皓虽闻详奸通妻姊，但因详权势方隆，亦乐得依附，引作党援。皓独不怕做元绪公么？直阁将军刘胄，系详所引荐，与殿中将军常季贤、陈扫静等，皆党同详、皓，招权纳贿，无所不至。

高肇系出高丽，为详、皓等所轻视，偏魏主恪为母尊舅，格外优礼，事必与商。肇遂欲与详、皓争权，辄相谗构。肇兄偃生有一女，貌美色娇，得入为贵嫔，他即暗受肇嘱，与肇表里为奸，诬称详、皓有谋逆情事。魏主恪方宠高贵嫔，当然信为真言，遂于正始元年四月，魏景明五年，改元正始。召中尉崔亮入禁中，使劾详贪淫骄纵，及茹皓、刘胄、常季贤、陈扫静四人，专恣不法，谋为不轨等情。亮依旨上奏，当夜收捕皓等，拘系南台。更遣虎贲百人，围守详第。诘旦赐皓等死，废详为庶人，锢居太府寺。详母高太妃，妻刘氏，仍居旧第，令五日得一视详。

高太妃家法素严，详有微罪，辄用絮裹杖，亲加笞罚，所以详平日贪淫，不敢白母。至此高太妃始悉淫烝事，向详怒叱道："汝自有妻妾侍婢，皆年少如花，何故与高丽婢犯奸？今致此罪，我若见高丽婢，当生啖彼肉！"说着，携杖去絮，挞详百下。详不胜痛楚，杖痕累累，皆至创脓。高太妃又指详妻刘氏道："汝亦大家女，门户匹敌，何畏何疑，乃不规谏夫婿？"刘微笑不答，跪伏姑前，亦被杖数十。刘氏即宋王刘昶女，姿色寻常，为详所憎，她独不谈夫恶，情愿受杖，却是一位贤妇。

未几详即暴死，想是由魏主遣使暗害，但佯下诏敕，令得还丧故宅。所有诸王宗室，仍使奔赗，母妻等依然给饩，当时以详虽贪淫，罪不至死，共为惊叹不置。魏主复起彭城王勰为太师，勰固辞不获，乃遵敕就职。但高肇益得弄权，且劝魏主分拨卫队，监守诸王宅第。勰切谏不从，从此外戚有权，宗室反无权了。隐伏下文。

且说魏主闻梁师大举，已出洛口，乃授中山王元英为征南将军，都督扬、徐诸军事，率众十万，抵敌梁军，又使镇西将军邢峦，都督东讨诸军事，发定、冀、瀛、相、并、肆六州人马，约十余万，接济元英，魏兵尚未到齐，梁军已经先出。江州刺史王茂，侵魏荆州，诱魏边民及诸蛮，更立宛州，随遣所署宛州刺史雷豹狼等，袭取河南城。太子右卫率张惠绍，侵魏徐州，攻入宿预城，擒住守将马成龙。北徐州刺史昌义之，也得拔魏梁城。选写梁军胜仗，反衬下文。

豫州刺史韦睿，遣长史王超等攻小岘，日久未下。睿亲往行营，巡阅围栅，魏兵亦出数百人，列阵门外。睿即欲下令攻击，部将叩马进谏道："今日随驾来此，未具战备，请还镇授甲，方可进战。"睿驳说道："魏城中有二三千人，尚能固守，今无故出城列阵，必自恃骁勇，藐视我军，我若败他一阵，使他知惧,然后守卒寒心,此城可不攻自破了!"众尚面面相觑,各有难色,睿张目四顾,握节出示道:"朝廷授我此节,并非徒饰外观,诸君相从有年,难道还未知韦睿军法么?"大众见他动恼,方才应令,乃并力向前,猛击魏兵。魏兵果自恃骁悍,齐来争锋,哪禁得睿军拚死,一当十,十当百,竟把魏兵击退。便乘势攻城,果然城中内溃,经宿即下。遂乘胜进薄合肥,就淝水设了一堰,令水汇集城旁,使通舟舰。

魏将杨灵胤率众五万,来救合肥,梁将恐众寡不敌,请睿奏请添兵。睿笑道:"强虏当前,再求添兵,还来得及么?况我求添兵,彼亦添兵,何时得了?兵贵出奇,虽多何益!"说着,即列阵以待。至灵胤驱军过来,便冲杀前去。灵胤未曾防着,恰被睿驰突一场,折损了许多人马,退至数里下寨。睿本遣军将王怀静,筑垒堰旁,令他守堰。灵胤夜遣锐卒,攻破怀静营垒,复掩至堤下,兵容甚盛。睿众又欲退守巢湖,或拟还保三汊,睿变色道:"哪有此理!"遂命取大纛旗蠢立堤下,并下令道:"堤存与存,堤亡与亡,妄动即斩!"既而魏人俱来凿堤,睿督众与争,摽弓攒射,箭伤魏兵多名,魏兵怯走。睿即沿堤筑垒,约高数仞,并将斗舰架起垒上,与城相齐,然后鸣鼓督攻。城中人失去凭借,个个慌张,骇极而哭。守将杜元伦登城督战,中箭倒毙,蛇无头不行,兵无主自乱,就在夜间开城遁去。睿一面入城,一面发兵追逐,斩俘万余级,获牛马亦万数。

睿素来体弱,未尝跨马,每战辄乘白板舆,督厉将士,勇气无敌。平时与士卒同甘苦,极意拊循,所以令出必行,无战不胜。平时待下有恩,战时始可用威,否则士不用命,威亦何益,这是本段着眼处。灵胤亦闻风退走。叡率将士至东陵,有诏令他班师,乃悉遣辎重前行,自乘小舆殿后,从容还至合肥。魏人服睿威名,不敢追蹑。睿就把豫州官府,俱迁入合肥城,即以合肥为豫州治所。庐江太守裴邃,也有能名,连拔魏羊石、霍邱二城,青、冀二州刺史桓和又克魏朐山及固城。

梁廷屡得捷书,盈廷相庆,哪知胜负靡常,得失无定!王茂到了河南城,被魏平南将军杨大眼,一鼓杀败,茂弃甲遁还,杨豹狼亦弃城逃走,河南城复为魏有了。张惠绍自宿预进发,北攻彭城,遣署徐州刺史宋黑,往围高塚,又被魏武魏将军奚康生,率兵来援,黑竟战死。惠绍继战亦败,仍退保宿预城。魏中山王元英,及将军邢峦,先后继进,连战皆捷。再加魏平南将军安乐王元诠,亦督后军随赴淮南,梁军都望风生畏,节节退还。桓和保不住固城,张惠绍保不住宿预,俱隳弃前功,仓猝南奔。前叙胜,后叙败,兔起鹘落,笔势不平。

那时临川王宏尚逗留洛口,拥兵不进。闻魏军进逼梁城,不禁生惧,亟召诸将会议,意欲旋师。吕僧珍首先开口道:"知难而退,也是行军要诀。"宏即答道："我意也作是想。"柳惔接入道："我军出境,连克名城,怎得谓难？何必遽退！"裴邃亦说道："此次出师,原为杀敌而来,明知非易,奈何畏难？"马仙琕朗声道："王奈何自堕志节,甘取败亡！试想天子举全国将士,悉数付王,有前死一尺,无却生一寸！"昌义之更怒气勃勃,须发尽张,面唾僧珍道："吕僧珍直可斩首,岂有百万大兵,出未遇敌,便望风遽退！似此庸奴,尚有面目还见圣主么？"朱僧勇、胡辛生拔剑趋出道："欲退自退,下官当前向取死！"诸将亦含怒欲出,僧珍乃谢诸将道："殿下昨来风动,意不在军,深恐大致沮丧,故欲全军速返。"裴邃尚欲有言,见僧珍以目示意,乃含忍不发。俟大众尽退,宏亦入内,因复问僧珍道："公系佐命元勋,今为何自怯若此？"僧珍即附耳低语道："王不但全无谋略,且很是胆怯,我与王屡言军事,俱格不相入,看此情势,怎能成功！故不如见机退兵,还得保全大众。"邃始叹息而出。

宏因众情违沮,未便遽退,却亦未敢遽进。魏人知他不武,以巾帼相遗,宏虽不免怀惭,始终畏缩不前。当时魏人有歌谣云："不畏萧娘与吕姥,但畏合肥有韦虎！"韦虎是指韦睿,萧娘指宏,吕姥指僧珍。僧珍听得此谣,越加愧叹,请遣裴邃分军取寿阳,宏终不从。

魏将奚康生,遣杨大眼请命元英,略言梁军屯留不进,畏我无疑,王若进军洛口,彼自奔败云云。英答说道："萧临川虽然庸呆,部下却有良将,韦、裴诸人,皆未可轻视,汝等且静观形势,勿与交锋！"元英亦未免自沮,然用兵不可无良将,于此益见。

未几已值深秋,洛口暴风大作,继以骤雨,梁军相率惊哗。临川王宏,竟潜率数骑夜遁,将士求宏不得,顿时四散,弃甲抛戈,填满水陆。宏乘小船渡江,趋至白石垒,天尚未明,便叩城求入。临汝侯萧渊猷系衡阳王萧懿第三子,据守垒城,便登城问为何人？宏以实对。渊猷答道："百万雄师,一朝鸟散,国家前途,可危孰甚！倘或奸人乘间图变,如何支持？此城地当冲要,不便夜开,且俟至天明罢。"宏亦无法,唯向渊猷求食,渊猷乃缒食馈宏,待旦才纳入。渊猷颇不愧官守。

昌义之尚驻守梁城,闻洛口军溃,与张惠绍引兵退还。此次梁廷出师,倾国大举,器械统是精利,甲仗亦很整齐,出次半年,只招降了一个反复无常的陈伯之,与梁廷没甚利益。伯之亦旋即病殁。此外劳师縻饷,损失甚多,兵士溃散,及老弱死亡,差不多有五万人,这都由任将非人,徇私废公,所以遭此一跌呢。语意谨严。

魏主恪传诏各军,乘胜平南,中山王英,进陷马头城,夺得城中积粟,悉数运去。梁主闻宏溃归,急命添戍钟离。或谓魏兵运粮北归,当不致南下,梁主衍道："这真是狡虏诈计,怎得不防！"此时还算明白。遂饬昌义之速入钟离城,

第四十一回　弟子舆尸溃师洛口　将帅协力战胜钟离

缮垣浚濠,严兵守着。不到数日,魏兵前队,已到钟离城下,亏得昌义之先已防备,毫不仓皇,一攻一守,相持多日。

魏主复令邢峦引兵会攻,峦上疏道:"南军虽不善野战,却善城守,今尽锐往攻钟离,实为失策。钟离远处淮南,就使束手归顺,尚恐无粮可守,况顿兵城下,血薄与争呢!国家有事南方,转瞬经年,士卒劳敝,不问可知。愚意谓不如敛兵北返,修复旧戍,抚循诸州,徐图后举。"魏主不从,反促令进兵。峦复申奏道:"今中山王进军钟离,臣实未解。若专图南略,不顾万全,亦不如直袭广陵,或可掩他不备。乃徒载八十日刍粮,欲取钟离城,谈何容易!钟离天险,城堑水深,非可填塞,彼坚守不战,我师当然坐老;若遣臣接应,从何致粮?臣部下只带袷衣,未赍冬服,倘遇冰雪,又从何取济?臣宁受责逗挠,不愿同遭败损。陛下果信臣言,乞赐臣免职;若谓臣惮行求还,臣愿将所率部曲,尽付中山王,任他处分!臣不妨孑身单骑,听令驱策。倘知难不言,非但负将士,并且负陛下了!"颇有远识。魏主乃召峦还,另遣镇东将军萧宝夤助攻钟离。

钟离守将昌义之,守备有余,因恐魏兵日增,不得不奉表求援。梁主因遣右卫将军曹景宗,督兵二十万,往救钟离,且令暂留道人洲,候诸军到齐,然后进发。景宗请先据邵阳洲尾,奉诏不许,他却违诏前进。途次适遇暴风,淹死数百人,乃还守先顿。梁主衍闻报,反有喜色道:"景宗不能独进,是天意教我破贼了!若孤军得行,猝遇大敌,必至狼狈,大将溃走,他有何望呢?"景宗静待各军,过了残冬,尚未能启行。

越年为梁天监六年,魏中山王英,与平东将军杨大眼等,率众数十万,进围钟离。城北沮住淮水,不便合围,英特就邵阳洲上,筑桥跨淮,树栅为垒,屯兵攻城。英据南岸,大眼据北岸,督众猛扑,不舍昼夜。城中守卒才三千人,昌义之激厉将士,随方抵御。魏人负土填堑,复用严骑迫蹙,人未及返,土又随压,连人带泥,叠入堑中。俄而堑满,即用冲车撞城,城土屡堕。义之用泥补城,随坏随补,终得堵住。魏人缘梯登城,更番相代,前仆后继,不少退却,经义之率领守兵,用着长刀大戟,刈人如草,但见魏兵随升随堕,始终不得登城。一日战数十合,前后杀伤万计,尸与城平,城仍未下。魏主因顿兵日久,召英使还,英不肯退兵,但请宽假时日。魏主又遣步兵校尉范绍,驰抵英营,相视形势。绍见钟离城坚固难下,亦劝英还,英仍不从。非败不归。

那时梁统帅曹景宗已经启行。豫州刺史韦睿,亦受命会师,归曹景宗节度。睿自合肥出发,取便道赴钟离,所过阴陵大泽,道多涧谷,随驾飞桥,立即济师。或虑魏兵势盛,请睿缓行,睿毅然道:"钟离兵民,凿穴而处,负户而汲,不胜困惫,我等急往赴难,还恐不及,难道尚可延宕么?魏人已堕我腹中,愿卿等勿忧!"于是星夜前进。到了邵阳洲,才阅旬日,曹景宗亦即驰至。两下相见,似漆投胶,很是欢洽。景宗本来好胜,动辄陵人,惟韦睿年高望重,颇为景宗所敬礼,故毫无嫌疑,和衷办理。梁主衍也恐景宗使气,先给密敕道:"韦睿老成,与卿有关乡望,卿宜厚待为是!"及闻景宗见叡,持礼甚谨,便欣然道:"二将和衷,无不济事了!"想亦惩宏覆辙,故格外小心。

睿自率部众,夜逼魏营,堑洲设垒,通宵赶筑。南梁太守冯道根,为睿前驱,能走马步地,按步计功,才至天明,垒已成立。魏中山王英,总道他无此迅速,所以夜间不加防备。天明出望,梁营已经屹立,距本寨仅百余步,不禁大惊,用杖击地道:"是何神速至此!"魏将见梁营联接,横亘洲旁,旗帜器械,焕然一新,也相顾夺气。

杨大眼系杨难当孙,勇冠诸军,径率万余骑攻睿。睿结车为阵,按兵不动,俟大眼麾骑围绕,乃发出梆声。一声怪响,万弩齐发,洞甲穿胸,射得魏兵个个倒毙,连大眼右臂,也中数矢,只好退去。可惜只射中右臂,不能射他两目。

翌晨,英自督众来战,睿乘木舆,执白角如意,麾军对敌。杀了数十回合,英不能胜,怅然回营。过了两日,魏人复猛攻睿垒,飞矢如雨,睿登垒督守,绝不畏避。睿子黯请下垒避箭,及将士有怯噪声,统由睿厉声呵止,静镇不乱,仍然得安。

杨大眼臂创少愈,复遣兵四出,断截梁兵刍牧。曹景宗募得勇士千余人,竟至大眼营前,筑垒堵住,不令出掠。大眼一再来争,均被梁兵杀退,及垒既筑就,使别将赵草扼守,草内护外拒,刍牧无忧,因呼为赵草城。可谓劲草。

已而有朝敕到来,授他方略,乃是火攻计,令景宗与睿,各攻一桥。两将依敕待行,光阴易过,又是春暮,淮水暴涨六七尺,睿遣前锋冯道根,与庐江太守裴邃,秦郡太守李文钊等,各乘斗舰,奋击洲上魏兵,一战尽殪。别用小船载草,沃以膏油,纵火焚桥,风烈火炽,烟尘缭乱。道根等皆亲自搏战,麾动锐卒,拔栅斫桥。桥梁栅木,半被毁去,半入淮流,顷刻俱尽。曹景宗因使众军鼓噪,奋突魏营,仿佛似川鸣谷应,海啸山崩。魏中山王英,弃营亟走,杨大眼亦毁营窜去,诸垒依次土崩,抛戈弃甲,争投淮水中,多半溺毙,淮水为之不流。睿遣报昌义之,义之且悲且喜,不暇答语,但呼道:"更生!更生!"当下部署残军,也出城追虏。景宗与睿,遣各军并力逐北,至灄水上。沿途尽情杀掠,伏尸四十里,生擒五万人,收获军粮器械,牛马驴骡,不可胜计。

景宗与诸将争先告捷,睿独居后。及义之邀诸军入城,置酒犒宴,请景宗与睿共席。酒酣兴至,掷骰为戏,设二十万钱为博注。景宗一掷得雉,睿徐掷得卢,他却忙取一子,翻将转来,情愿作塞,且连称异事。景宗一笑而罢。小子有诗咏韦睿道:

不贪名利不争功,德愈谦时望愈隆。
为问萧梁诸将士,阿谁能学韦公风?

　　景宗等既献捷报功,当由梁主下诏,命班师还朝。欲知凯旋后事,且看下回分解。

　　梁室诸将,莫如韦睿,次为裴邃。当时欲出师北伐,何不用睿为帅,邃为将,专阃得人,奏功自易事耳。不此之审,乃独用一无才无勇之临川王宏,宏虽介弟,未足统军,不战而逃,原意中事。假令当日无韦、裴二将,为敌所忌,魏中山王英等,直迫洛口,吾恐宏且南走之不暇,而全军且尽覆没矣!异哉萧衍,明知韦睿之为时望,而不能重用,几陷乃弟于死地。乃弟可死,如全军何!及钟离一役,又未尝专任韦睿,而独任曹景宗,令睿归景宗节制。幸睿素负重名,为景宗所敬礼,始得和衷共济,大破魏军。否则,景宗尝违诏进军矣;虽有密敕,令彼敬睿,亦乌足恃?然后知萧衍之智,不过寻常,无怪其老且益愚也!

第四十二回　诬通叛魏宗屈死
　　　　　　图规复梁将无功

　　却说曹景宗奉诏班师,还朝饮至,盈廷大臣,统皆列席。当时左仆射范云已早病逝,另用尚书左丞徐勉,及右卫将军周捨,同参国政。左仆射沈约有志台司,终不见用。惟才华富赡,兼长诗文,梁主衍有所制作,必令约属草,倚马万言。至是与宴华光殿中,遵敕赋诗,夸张战绩。曹景宗亦擅诗才,不得与赋,意甚不平,遂起求赋诗。梁主衍道:"卿技能甚多,何必吟咏?"景宗求作不已,梁主衍见约所作,赋韵将尽,只剩得竞病二字,便笑语景宗道:"卿能赋此二字否?"景宗索笔成书,立就四语,呈与梁主。但见纸上写着:

　　　　去时儿女悲,归来笳鼓竞。借问路旁人,何如霍去病!

　　梁主瞧毕,击节叹赏道:"卿文武兼全,陈思王即魏曹植。不能专美了!"景宗顿首谢奖。及宴毕散座,梁主还宫,即颁发诏敕,进景宗为领军将军,加封竟陵公。韦叡为右卫将军,加封永昌侯。昌义之为征虏将军,移督青、冀二州军事,兼领刺史。余如冯道根以下,各受赏有差。越年出景宗为江州刺史,病殁道中,追赠征北将军开府仪同三司,予谥曰壮。是年尚书右仆射夏侯详,亦老病谢世。这且慢表。

　　且说魏中山王英,及镇东将军萧宝寅,败奔梁城,魏廷言官,当然上章弹劾,请诛英及宝夤。魏主恪减等议罪,夺去二人官爵,除名为民。杨大眼亦坐徙营州。别简中护军李崇为征南将军,兼扬州刺史。崇深沉宽厚,颇得士心,出镇寿阳,远近畏服,所以钟离虽挫,淮右尚安堵如常。独魏主恪外宠高肇,内惑高贵嫔,疏忌宗室,迷信桑门,一切军国大事,未尝亲理。彭城王勰,虽起任太师,有位无权。勰兄广陵王羽,受职司空,好酒渔色,尝与员外郎冯俊兴妻私通。俊兴恚恨,伺羽夜游,骤出狙击,致受重伤,未几即死。羽弟高阳王雍,继任司空,学识短浅,无善可称。还有广陵王嘉,系太武帝拓跋焘庶孙,齿爵并尊,但好容饰。雍由司空擢太尉,嘉得进位司空,旅进旅退,备员全身。就是魏主四弟,如京兆王愉、清河王怿、广平王怀、汝南王悦等,资望皆轻,未足参政,所以北朝政令,几全出高氏手中。总叙魏主宗室,俱为后文伏案。

皇后于氏,本为魏主所宠爱,自纳高贵嫔后,宠遇渐衰。正始四年,后忽暴疾,半日即殂。宫禁内外,明知由高氏加毒,但怕她势大,不敢显言。魏主已移情高氏,也没甚悲悼,惟依礼丧葬,谥为顺皇后,算作了事。于后有子名昌,年只二岁,越年三月,昌复得病,侍御师王显,不加疗治,由他啼号,才阅两日,一命呜呼。魏主仅得此子,忽然夭逝,当然比于后殁时,较为哀痛。嗣因高贵嫔从旁劝慰,仗着三寸慧舌,挽回一片哀肠,遂令魏主境过情迁,竟将于后母子二人,撇诸脑后。就是王显失医等情,亦绝不问及。看官不必疑猜,便可知是高氏阴谋,巧为蒙蔽了。

于后世父于烈,出镇恒州,父于劲,虽留仕魏都,究竟孤掌难鸣,未敢奏讦。高氏得逍遥法外,任所欲为。

过了数月,高贵嫔即受册为后,太师彭城王勰,上书谏阻,那魏主已堕入迷团,任他如何苦口忠言,统已逆耳不受,反令勰得罪高氏,视若仇家。高肇恃势益骄,权倾中外,妄改先朝成制,削封秩,黜勋臣,怨声盈路,朝野侧目。度支尚书元匡,独与肇抗衡,先自造棺,置诸厅间,拟舆棺诣阙,详劾肇罪,然后自杀,隐寓尸谏的意思。忠而近愚。事尚未行,适奉诏议权量事,与太常卿刘芳互有龃龉。高肇主张芳议,匡不直肇,便据理力争,且表称肇指鹿为马,必为国害。魏主尚未批答,偏奏斥元匡的弹章,相继呈入,署名为谁,就是前充侍御师,后升中尉的王显。可见前次失医皇子,明是高氏授意。当下将两奏尽行颁出,命有司论奏,有司皆趋承高肇,统复称元匡诬谤宰相,应处死刑。还算魏主加恩宽免,但降匡为光禄大夫。

权豪跋扈,祸变猝来,魏主弟京兆王愉,忽自信都起兵构乱,也居然称帝改元,托言高肇谋逆,魏主被弑,不得不从权继立,入讨乱臣。看官听着!高肇虽然专横,究竟尚未弑逆,如何京兆王凭空捏造,骤敢作乱?说将起来,也有一段隐情。

第四十二回　诬通叛魏宗屈死　图规复梁将无功

先是魏主恪颇知友爱，尝令诸弟出入宫掖，寝处与共，不异家人。愉由护军将军迁授中书监，入直殿阁，更成常事。魏主为娶于后妹为妃，于氏貌不动人，未得愉欢。愉另纳妾杨氏，能歌善媚，宠擅专房。只因杨氏出身微贱，特令拜中郎将李恃显为养父，冒姓为李。产下一子，取名宝月。于妃未免妒恨，屡入宫诉告乃姊，于后因召李入宫，亲加斥责，且勒令为尼，把宝月归妃抚养，愉虽不能抗命，心中总系念宠妾，日夕不忘，乃托人请求后父，乞为转圜。时于后尚未产男，后父于劲，也劝后格外包容，使魏主得广纳嫔御。又因愉屡次请托，乐得替他说情，仍将李氏归愉。于后本来柔淑，遂勉承父命，遣还李氏。碧玉重归，情好益笃。自高肇用事，高贵嫔得立为继后，魏主信任外戚，摈斥宗亲，待遇诸弟，迥异从前。愉又喜引宾客，崇奉佛道，用度浩繁，常患不足，渐渐的纳贿营私，致有不法情事。高肇害死于后，常恐于氏报复。愉为于婿，适中肇忌，所以日陈愉短，潜毁多端。魏主恪召愉入宫，面数罪恶，杖愉五十，出为冀州刺史。

愉既莅任，愤无所泄，乃欲乘间构难，冒险求逞，长史羊灵，抗词谏诤，竟为所杀。司马李遵，畏死相从，遂诈称得清河王怿密函，说是高肇弑逆，应该继统讨罪。当下筑坛城南，自称皇帝，改元建平，伪诏大赦。又把这娇娇滴滴的爱妾，抬举起来，立为皇后。以妾为妻，第一着便铸成大错，怎得济事？法曹参军崔伯骥，不肯从命，又为所杀。且逼令长乐太守潘僧固一同起事。僧固系彭城王勰母舅，为此一隙，遂令一代贤王，也陷入案中，平白地做了一个枉死鬼魂。

高贵嫔得为继后，勰尝谏阻，高氏恨勰甚深，只苦无隙可乘，不能置诸死地。可巧僧固附逆，被高肇吹毛求疵，抵隙下石。一面请遣尚书李平，督军讨愉，一面诬奏彭城王勰，说他与愉通谋，纵舅助逆，应速除内应，才戢外奸。魏主恪尚称明白，把遣发李平一奏，立即允议，独将彭城王一案，暂从搁置。

高肇怎肯罢手，嗾使侍中元晖，申疏论勰，晖不肯从。乃更嘱郎中令魏偃，前防阁高祖珍，交章谗构，证成勰罪。魏主方才动疑，召问元晖，晖力白冤诬。晖亦一小人，此时独持正论，故特揭之。魏主乃更问高肇，肇又引魏偃、高祖珍，共陈勰有通谋实情，说得魏主不能不信。再加那艳后从中煽惑，遂决计杀勰，竟与高肇等定谋，征令入宴，秘密行诛。

越宿即遣出中使，召勰及高阳王雍、广阳王嘉、清河王怿、广平王怀，入宴禁中，肇亦与宴。勰妃李氏方产，固辞不赴，中使一再敦促，不得已与妃诀别，乘牛车入东掖门。将度小桥，牛不肯进，牛果能则知耶！由中使解去牛缰，挽车驰入。彼此列席宴饮，直至黄昏，尚无他变。大家都有酒意，各起至别室休息。

才阅须臾，忽由卫军元珍，引着武士，赍鸩前来，逼勰使饮。勰瞿然道："我有何罪？愿一见至尊，虽死无恨！"元珍道："至尊不能再见！"勰复道："至尊圣明，不应无罪杀我，诬告何人，愿与一对曲直！"元珍不应，但目视武士。武士用刀环击勰三下，勰抗声道："冤哉皇天！忠乃见杀。"武士再用刀击勰，勰乃取鸩饮讫。毒尚未发，又被武士刺死。翌晨用褥裹尸，载归第故，诈云因醉致死。李妃闻报，向天大号道："高肇枉理杀人，天道有灵，怎得善终！"魏主佯为举哀，赙赠从厚，赐谥武宣。及举柩出葬，行路士女，统望柩流涕道："高肇小人，枉杀如此贤王！"嗣是中外舆情，益恨肇不休。莫谓直道无存！

那李平督领各军，进攻信都，愉出城拒战，屡战屡败，乃闭门静守。李平分兵围城，连日攻扑，闹得城中昼夜不安，各生贰心。再加河北各州，已由定州刺史安乐王诠，檄称魏主无恙，休信叛王讹言，遂致鬼蜮伎俩，俱被瞧破，没一人信从伪主。愉情势两穷，没法摆布，只好挈了伪后，及爱子四人，并左右数十骑，溜出后门，命伪冀州牧韦超，居守信都。李平闻愉出走，亟遣统军叔孙头追捕，自督将士登城，即日攻入，杀死韦超，揭榜安民，全城复定。叔孙头也将愉等拿到，不漏一人，便由平奉表告捷。

高肇等请就地诛愉，魏主不许，但命械送洛阳，责以家法。平乃派将送愉，及愉妾李氏子四人，乘驿解往。愉每止宿亭，必与李氏握手言情，备极私昵，一切饮食，悉如平日，毫无怍容。行至野王，由高肇传到密令，迫愉自杀。愉服毒待尽，且语人道："我虽不死，亦无面目见至尊。"又与李氏永诀，悲不自胜，俄而气绝，年只二十一。李氏与四子至洛，魏主赦免四子，惟拟置李氏极刑。中书令崔光谏道："李氏方娠，刑至刳胎，乃桀、纣所为，严酷非法，须俟产毕，然后行刑。"魏主依议，按功行赏，加李平散骑常侍，即令还朝。平入信都，从参军高颢言，宥胁从，禁杀掠，子女玉帛，一无所取，还都以后，中尉王显，索赂不得，遂劾平隐没官口，乱党子女，应没入宫廷，叫作官口。显有情弊。高肇亦恨他毫无馈遗，奏除平名，有功反罪，国事更可知了。不乱不止。

梁天监七年，魏郢州司马彭珍等，叛魏降梁，潜引梁兵趋义阳。三关即平靖、武阳、武胜三关，并见前文。戍将侯登，亦向梁请降。魏悬瓠军将白早生，又杀死豫州刺史司马悦，自号平北将军，致书梁司州刺史马仙琕，乞发援师。仙琕上书奏闻，梁主衍令仙琕往援早生，且授早生司州刺史。仙琕进屯楚王城，但遣副将齐苟儿，率兵二千，助守悬瓠。魏复起中山王英，都督南征诸军事，出援郢州。再命尚书邢峦，行豫州事，领兵击白早生。峦尚未发，先遣中书舍人董绍，抚慰悬瓠，早生执绍送建康。峦闻绍被执，忙率骑士八百，倍道兼行。五日至鲍口，早生遣将胡孝智，领兵七千，出城二百里逆战，为峦所破，遁还悬瓠。峦进至汝水，早生自往截击，又复败还。峦遂渡水围城。魏宿预守将严

第四十二回　诬通叛魏宗屈死　图规复梁将无功

仲贤,因邻境被兵,正拟戒严,参军成景隽,刺死仲贤,竟举城降梁。于是魏郢、豫二州属境,自悬瓠以南,直至安陆,均为梁有。唯义阳一城,为魏坚守。

中山王英,虑兵不敷用,求请添兵。魏主但遣安东将军杨椿,率兵四万,进攻宿预。命英就邢峦军,同攻悬瓠。悬瓠城已经危急,复见英军助攻,越加恟惧。白早生尚欲死守,偏自司州遣来的齐苟儿,遽开城出降。苟儿应改名狗儿,故愿乞怜外族。魏兵一拥入城,擒斩早生,及余党数十人。英乃引兵赴义阳。

义阳太守辛祥,与郢州刺史娄悦,婴城共守。梁将军胡武城、陶平房,引兵进逼,祥与悦共议战守事宜。悦但主守,俟英来援,祥独主战,夜率壮士掩袭梁营。梁人果然中计,胡武城仓猝逃还,陶平房略慢一步,被辛祥活捉了去。义阳得安。悦耻功出祥下,奉书高肇,掩没祥功,赏竟不行。

中山王英到了义阳,梁兵早已败去,乃欲规取三关。先与众将计议道:"三关相须,如左右手,若攻克一关,两关可不战自下。攻难不如攻易,应先攻东关为宜。"东关即武阳关。众将自无异言。英又使长史李华,引兵赴西关,即平靖关。牵制梁军,自督诸军向东关。六日而下,虏得守将马广、彭瓮生、徐元季,再移兵攻广岘。守将李元履遁去,又攻西关,梁将马仙琕亦遁。

梁主亟遣韦睿往援仙琕,行至安陆,闻三关已经失守,忙入城为备,增筑城垣二丈余,更开大堑,起高楼,收集溃卒,严加防堵。部将或以怯敌为疑,睿笑道:"为将当有怯时,怎可徒恃勇气!"马仙琕等陆续退还,魏中山王英乘胜急追,欲复邵阳旧耻,及闻睿复出守安陆,不免生畏,便即退师。

梁主以连岁用兵,师劳力竭,特释魏中书舍人董绍,召入面谕道:"两国战争,连年不息,民物涂炭,彼此同忧,吾今释卿归国,愿修和好,卿宜备申朕意。若果罢战息民,我愿将宿预还魏,魏亦当还我汉中。"绍唯唯遵谕,辞还洛都,即将梁主意旨,详报魏主。魏主不从,南北失好如故。

已而魏荆州刺史元志,率兵七万攻潺沟,驱迫群蛮,群蛮皆渡过汉水,乞降雍州。梁雍州刺史侯昺,收纳群蛮,使司马朱思远部勒蛮众,往击魏军。蛮众积忿竞斗,大破元志,斩首万余级,元志走还。

过了两年,天监十年。琅琊土豪王万寿,纠众戕官,据住朐山,密召魏兵。魏徐州刺史卢昶,遣戍将傅文骥赴援,青、冀二州刺史张稷,发兵往剿,与战失利。文骥入据朐山,梁廷遣马仙琕往攻,把朐山城围住,困得水泄不通。朐山无粮可因,樵汲复断,文骥无法可施,没奈何开城出降。卢昶不谙军事,仓猝往援,途次接得朐山败报,回马就逃,部众皆溃。时值大雪,冻毙甚多,又经仙琕追击,十死七八,粮畜器械,丧失无数。

惟张稷还兵郁洲,青、冀二州,宋时已被魏陷没,南朝借郁洲地侨置青、冀州治,事见前文。自愧无功，心益郁闷。他尝仕齐为侍中，东昏被废，稷曾与谋。梁主衍因他有功，迁任左卫将军。稷自谓功大赏薄，每当侍宴，辞色怏怏。梁主衍瞧透情形，便向他嘲笑道："卿与杀君主，有何名称？"稷答道："臣原无美名，不过对着陛下，未为无功。况东昏暴虐，义师一起，天下归心，岂止臣一人响应么？"梁主掀髯微哂道："张公真足畏人！"语带忌刻。乃命他为安北将军，领青、冀二州刺史。稷仍未惬望，莅镇后懒治政事，宽弛失防。朐山一役，无功而归，僚吏益多轻视，乐得暗地营私。

好容易过了二年，郁洲人徐道角，招集亡命，及许多怨民，夤夜袭入州城，闯进官廨，怀刃害稷。稷长女楚瑗，为会稽孔氏妇，无子归宗，随稷在任。至此挺然出来，以身蔽父。乱党见人便斫，管甚么孝女烈妇，第一刀杀死楚瑗，第二刀将稷剁毙。不没楚瑗，意在阐幽。索性枭稷头颅，函送北朝，作为赘献礼物。魏主调兵收降，偏被梁北兖州刺史康绚，走了先着，引兵掩入郁洲，捕诛乱党。及魏兵东下，徐道角早已伏辜，郁洲平定如恒。那魏兵也只得敛甲告归。

梁主本不满张稷，追论稷病民致乱，削夺官爵。稷固无状，稷女何不旌扬！嗣复与沈约谈及，尚觉不平。约答道："已往事不必复论。"梁主陡然忆起，知约与稷尝联婚谊，不由的愤愤道："卿作此语，好算得忠臣么？"语毕入内。约骤遭诘责，不觉惊惶，连梁主入室时，都似未见，仍然呆坐。经左右呼令趋退，方惘惘还第。未曾至床，却悬空睡将下去，跌了一交，几乎中风。家人忙扶他入寝，延医服药，稍得免痛。到了夜间，忽大叫道："阿哟！不好了！不好了！舌被割去了！"小子有诗叹道：

  为慕虚荣不顾名，与谋篡弑得公卿。
  可知夜气销难尽，妖梦都从胆怯生。

究竟何人割舌，待至下回报明。

先圣有言，女子小人为难养，养且不可，况宠信乎！高肇小人也，高贵嫔为女子，更无庸言。魏主恪委任高肇，使握朝纲，嬖宠高贵嫔，使攘后位，内有艳妻，外有豪戚，女子小人，表里用事，毒于后，害皇子昌，谮京兆王愉，诬彭城王勰，阴贼险狠，莫此为甚。愉迫于私忿，遽敢称戈，野王之戮，尚其自取。勰为中外属望之贤王，乃冤诬致死，妨贤病国，高氏宁能长存乎？顾魏政不纲，朝野解体，降梁者日益众，梁出师图复郢、豫，旋得旋失，终归败挫，非魏将之勇略过人，实梁无良将之所致也。梁有一韦睿而不能重用，何怪其屡出无功乎！朐山、郁洲之平乱，其犹为幸事哉。

第四十三回　充华产子嗣统承基　母后临朝穷奢极欲

却说沈约夜卧床中，精神恍惚，似觉舌被割去，痛不可耐，乃拚命呼救。待家人把他唤醒，尚觉舌有余痛。细忆起来，乃是南柯一梦。梦中见齐和帝入室，手执一剑，把自己舌根截去。于是越想越慌，嘱家人召入一巫，令他详梦。巫不待说明，便道是齐和帝作祟，乃即挽巫祷禳，日夕忏醮。并自撰赤章，焚诉天廷，内称禅代情事，统是梁主衍一人所为，与己无涉。人且不可欺，天可欺乎？凑巧梁主遣御医徐奘，往视约疾，得见赤章，问明原由，才知梦状。当下还宫复命，据实具陈。梁主不禁怒起，立遣中使责约，略言禅让草诏，皆约所为，怎得诿诸朕躬！约愈加惶急，既畏主谴，又惧冥诛，两忧相迫，便即毙命，寿已七十三岁了。不死何为？

梁主还算有情，仍赠本官，赙钱五万，布百匹。朝议请赐谥为文，梁主烛改一隐字。颇合沈约行谊。约以文名著世，所撰晋书百一十卷，宋书百卷，齐纪二十卷，宋文章志三十卷，文集百卷。又制四声谱，自谓穷神入妙。梁主衍不以为奇，且问参政周捨道："何谓四声？"捨举"天子圣哲"四字，表明平上去入的四声。梁主淡淡的答道："这也有甚么奇怪呢？"遂将韵谱搁起，不复遵用。后来却流传人世，推为巨制。

当时与约齐名，尚有江淹、任昉等人。淹字文通，仕齐为秘书监，梁主起兵，却微服往投。嗣迁金紫光禄大夫，封醴陵侯。天监四年逝世，予谥曰宪。淹少年好学，尝梦神人授以五色笔，遂擅文才。晚年又梦神人将笔索还，从此遂无妙句，时人叹为江郎才尽。平生著作百余篇，及齐史十志，并传后世。

昉字彦升，雅善属文，尤长载笔，起草即成，不加点窜。母裴氏尝昼寝，梦见一彩旗盖，四角悬铃，从天坠下，一铃落入怀中，惊动有娠，遂得生昉。昉在齐末，亦官司徒右长史。梁主入都，召为骠骑记室参军，寻拜黄门侍郎，迁吏部郎中。天监六年，出为宁朔将军，领新安太守，为政清约，辄曳杖徒行，为民决讼视事。期年病殁官舍，百姓怀德不忘，就城南设一祠堂，岁时祭奠。梁主亦闻讣举哀，追赠太常卿，予谥曰敬。留有杂传二百四十七卷，地记二百五十二卷，文章三十三卷，亦传诵士林，历久不磨。

此外尚有前侍中谢朏，亦素有文名，齐季归隐田里，屡征不起。梁初又征朏为侍中，朏仍不至。嗣忽自乘轻舟，诣阙陈词，有诏命为侍中司徒尚书令，朏表称足疾，不堪拜谒，但戴角巾，坐肩舆，诣云龙门谢诏。梁主召见华林园，又乘小车就席，翌日梁主又亲至朏宅，宴语尽欢。朏固陈本志，未邀俞允，因请还里迎母，为梁主所允准，赋诗送别。寻奉母至京师，虽奉诏受职，不治官事，未几即丁母忧，仍令摄职。服阕后改授中书监司徒，旋即病死。追赠侍中司徒，谥曰靖孝。著有文章书籍，亦广流传，不过晚节不终，迹近矫诈，免不得贻讥公论呢。类举文士，亦寓重才之意。这且不必细表。

且说魏主恪宠信高贵嫔，立为继后。后貌美性妒，所有后宫嫔御，不令当夕。生下一子一女，子偏早殇。魏主年已将壮，尚未有嗣，不免心焦。可巧宫中有一胡充华，为司徒胡国珍女，容色殊丽，秀外慧中。相传胡女生日，红光四绕，术士赵胡，尝由国珍召问，谓此女后必大贵，当为天地母。实是一个祸水。魏主恪略有所闻，特召入掖庭，册封充华。高后见她纤丽动人，当然加忌，偏胡充华巧言令色，颦笑皆妍，能使这位貌美性妒的高皇后，也觉得楚楚可怜，另眼相待。魏主恪乘间召入，与胡充华演了一出鸾凤缘，天子多情，美人有幸，竟暗结珠胎，怀成六甲。

先是六宫嫔御，相与祈祷，但愿生诸王公主，不愿生太子，独胡充华慨然道："国家旧制，子为储君，母应赐死，这原是特别的苛条；但妾却不怕一死，宁可令皇家育一冢嗣，不愿为贪生计，贻误宗祧！"语似有理，志已不凡。

及怀妊后，同列或劝她服药堕胎，胡充华不从，夜间焚香，仰天私誓道："但得产下男儿，排行居长，就使子生身死，亦所不辞！"已而分娩，竟生一男，魏主取名为诩，且恐皇后妒忌，致生不测，特另择乳保，取育别宫，不但皇后不得过问，就是胡充华也不使抚视。

过了三年，诩已三龄，魏主欲立诩为太子，下诏改元，号永平五年为延昌元年，加尚书令高肇为司徒，清河王怿为司空，广平王怀为骠骑大将军，开府仪同三司。到了孟冬，便立皇子诩为太子，此次册立皇储，竟变易旧制，不令胡充华自尽。高后与高肇，很是不服，劝魏主仍遵故事，魏主始终不从，反进胡充华为贵嫔，高后越加愤恚，欲暗下毒手，置胡死地。胡向中给事刘腾求救，腾转告左庶子侯刚，刚又转告侍中领军将军于忠。忠系领军于烈子，嗣父袭爵，因于后暴亡事，憾及高后，当下借公报私，即向太子少傅崔光处问计。光与忠附耳数语，忠大喜照行，仅阅两日，即由魏主下一内敕，命将胡贵嫔迁居别宫，饬令亲军严加守卫，不得妄通一人。为这一策，竟使高氏无从施毒，胡贵嫔得安居无恐，保养天年。死期未至，故得救星。

清河王怿惩彭城覆辙，常有戒心。一夕与高肇等侍宴禁中，酒酣语肇道："天子兄弟，尚有几人，公何故翦灭殆尽？从前王莽头秃，借渭阳势力，遂篡汉室，今君身曲，恐终成乱阶，不可不慎！"肇不禁惊愕，扫兴趋出。会天遇大旱，

第四十三回　充华产子嗣统承基　母后临朝穷奢极欲

肇擅录囚徒,宥死颇多。怿复入白魏主道:"臣闻名器不可以假人,昔李氏旅泰山,孔子引为深戒,这无非为天尊地卑,君臣有别,事贵防微,不应加渎呢!今欲减膳录囚,应归陛下所为,司徒究是人臣,奈何擅敢僭越,下陵上替,祸且不远了!"魏主恪向他微笑,不发一言。已是会意。

越年,魏恒、肆二州,地震山鸣,人民压死甚众。魏主忧心天变,益防高氏。又越年冬季,梁涪人李苗,及校尉淳于诞奔魏,上书魏阙,请即取蜀。魏主乃即命高肇为大将军,率步骑十万,攻益州。侍中游肇进谏道:"今国家连年水旱,不宜劳役。蜀地险隘,镇戍无隙,怎可轻信浮言,遽动大众!事不慎始,恐后悔转无及了。"魏主又默然不应。

倏忽间已是岁阑,度过残冬,便是魏延昌四年正月。高肇西去,尚无捷音,那魏主恪却生成重疾,医药无灵,才经三日,便已归天。侍中领军将军于忠,侍中中书监崔光,詹事王显,庶子侯刚,即至东宫迎太子诩,趋入内殿,贪夜嗣位。王显系高氏心腹,谓翌日登基,也不为迟。崔光道:"天位不可暂旷,何可待至明日?"显又道:"太子即位,亦须奏达中宫。"光又道:"皇帝驾崩,太子继立,这乃是国家常典,何须中宫命令!"进请太子入立东序,由于忠扶住太子,西向举哀。哭至十余声,便令止哭。光摄太尉,奉册进玺绶,太子跪受册玺,被服衮冕,御太极殿,即皇帝位。光等与夜直群臣,伏殿朝贺,稽首呼万岁。翌日大赦天下,征还西讨东防诸军,尊谥先帝恪为宣武皇帝,庙号世宗。皇后高氏为皇太后,胡贵嫔为皇太妃。

于忠与门下省侍中等官,会议国事,大略以嗣主冲幼,未能亲政,宜使高阳王雍裁决庶事。又因任城王澄,为肇所忌,久居闲散,此时肇西出未归,正好起用老成,使总国事。当下奏白太后,请即教授。王显意欲弄权,不愿二王秉政,独矫太后命,令高肇录尚书事,自与肇兄子猛,同为侍中。于忠等先发制人,即乘显入殿,喝令拿下,责他侍疗无效,传旨削职。显临执呼冤,被直阁将军用刀环击伤腋下,牵送右卫府,一宿即死。遂下诏令太保高阳王雍入居西柏堂,任城王澄录尚书事。百官总已听命二王,中外却也悦服。

高肇西至函谷关,所乘戎车,忽然折轴,已是隐怀疑虑。至此接到嗣主哀书,且召令入朝,益恐内廷有变,于己不利,急得朝夕哭泣,神槁形枯。贼胆心虚。匆匆东归,途次由家人相迎,亦不与见,即星夜跑至阙下,格外小心,已是无及。满身穿着衰服,入临太极殿,恸哭尽哀。高阳王雍,与领军于忠密议,拟即诛死高肇,断绝后患。当下令卫士邢豹等,潜伏中书省中,俟肇哭毕,由于忠引他入省,托名议事。甫经入门,忠忽大呼道:"卫士何在?"邢豹等应声突出,把肇执住。肇欲开口鸣冤,偏被豹用手叉喉,不令出声。两手又为卫士所缚,不得动弹。才过片时,喉噎气塞,再由豹用力一扼,但见他目出舌伸,立即毙命。威焰到何处去了？当有一道敕书，数肇过恶，说他畏罪自尽。此外亲党悉无所问，但褫肇官爵，葬用士礼。到了黄昏，从厕门出尸，送归肇家。

肇既伏诛，高太后当然不安，再加这位胡太妃乘势报怨，竟与于忠等商议，勒令高太后为尼，徙居瑶光寺，非大节庆，不得入宫。这叫做打落水狗。嗣是于忠内结宫闱，外总宿卫，又为门下省领袖，专揽朝政，权倾一时。尚书裴植，仆射郭祚，恨忠专横，密白高阳王，劝令黜忠。雍尚未发，忠已先闻，即令有司诬构二人，证成罪状，矫诏赐他自尽。甚至欲杀高阳王，还是侍中崔光，从旁力阻，乃出雍归第，不令执政。寻且尊胡太妃为皇太后，居崇训宫，进于忠为尚书令，崔光为车骑大将军，刘腾为太仆，侯刚为侍中。这四人都有功胡氏，所以加官进爵，同日酬勋。

太后父胡国珍得封安定公，兼职侍中，还有太后妹胡氏，适江阳王继子父为妻。江阳王继，系道武帝珪曾孙，袭封江阳王，宣武时为青州刺史，取良家女为奴婢，坐罪夺爵。胡太后为妹加恩，复继本封，进位太保，授父为通直散骑侍郎，父妻为新平君，拜女侍中。于忠、崔光等，且奏请太后临政，太后当即允议，垂帘称制。她本是个聪明伶俐的女钗裙，喜读书，善属文，内外政事，均亲自裁决，随手批答。又素娴骑射，发矢能中针孔，有此种种技艺，故指挥如意，游刃有余。哲妇倾城。听政经旬，即引门下侍官，入问于忠声望。群臣揣摩迎合，料太后不慊于忠，因俱言未能称职。太后领首，遂出忠为征北大将军，领冀州刺史。忠既外出，雍乃上表自劾，谓"臣初入柏堂，每见于忠专恣，欲加裁抑，忠反欲矫诏杀臣，幸由同僚坚拒，始得免死。自思忝官尸禄，辜负恩私，愿返私门，伏听司败"等语。胡太后不忍罪忠，但优诏慰雍，起为太师，领司州牧。加清河王怿为太傅，兼官太尉，广平王怀为太保，兼官司徒，任城王澄为司空，兼官骠骑大将军。澄希承意旨，奏请安定公宜出入禁中，参谘大务，胡太后当然乐从。

太后初临朝时，尚称令行事，群臣上书称殿下，旋即改令为诏，居然称朕，群臣亦改称陛下。到了冬季十二月，大飨宗庙，太后因嗣主年幼，未能亲祭，拟仿周礼君与夫人交献古制，代行祭礼，礼官均以为未可，乃转问侍中崔光。光独曲意逢迎，竟引据汉和熹邓后汉和帝皇后。荐祭故事，陈将上去，适中胡太后心坎，便将光语援作铁证，饬侍卫备齐全副仪仗，亲至宗庙，摄行祭祀。又饬造申讼车，随时驾御，出云龙门，进千秋门，遇有吏民诉讼，当即审判，有所未决，乃付有司。凡州郡荐举孝廉秀才，及一切计吏，也由胡太后亲御朝堂，临轩发策，且自览试卷，评定甲乙，颇洽舆情。

一日与幼主幸华林园，就都亭曲水旁，宴集群臣，令王公以下各赋七言诗。太后自为首唱，随口说道："化光造物含气贞，"次语令幼主诩续下，诩年

第四十三回　充华产子嗣统承基　母后临朝穷奢极欲

方七岁，却也有些聪慧，思索半晌，乃续咏道："恭己无为仰慈英。"太后面有喜容，又合心坎。即叹赏道："七龄幼主，有此续句，也好算是难得了。"群臣齐呼万岁。太后乃令群臣赓续，你一语，我一句，凑成一片古风，无非是颂扬母德，敷奏升平。太后大喜，命左右取出贮帛，颁赏有差。

越年改元熙平。是梁天监十五年。侍中侯刚，掠杀羽林军，为中尉元匡所劾，诏付廷尉议处。廷尉谓杀人抵死，应处大辟，胡太后记念前功，偏说刚因公掠人，邂逅致死，不得坐罪。嗣经少卿袁翻，力为辩驳，始削刚封邑三百户，撤去尝食典御职使。刚以善烹调得幸，尝主御食，充使垂三十年，至此始被撤销，但仍得出入宫禁，与闻朝政。有时且随从太后，游幸宗戚勋旧各家，往往宴至夜半，方才还宫。侍中崔光，援经据史，谏止游宴。太后可主祭祀，为何不可游幸！

看官，你想胡太后到了此时，已是荡逸飞扬，从心所欲，哪里还肯听信崔光，深居简出呢？而且历朝妇女，多信佛事，胡太后有一姑母，曾作女冠子，好谈释教，太后自幼相依，耳熟能详，至此特命在崇训宫侧，建造一永宁寺，又在伊阙口建石窟寺。两寺皆备极华丽，永宁寺尤觉辉煌，内设九层浮图，高九十丈，浮图上柱，复高十丈，四面悬着铃铎。每当夜静，铃铎为风所激，清音泠泠，声闻十里。此外佛殿僧房，尽是珠玉锦绣，炫饰而成，真个是五光十色，骇人心目。自从佛法传入中国，寺刹巍峨，得未曾有。落成时候，太后率领王公夫妇等，自往拈香，凡京内外僧尼士女，俱得入寺瞻仰，络绎奔赴，不下十万人。扬州刺史李崇，谓宜裁省寺塔糜费，移葺明堂太学，一再上表，好似石沉大海，毫无转音。到了熙平三年，有人献一异龟，当作神奇看待，遂改称神龟元年，恐怕是个死乌龟，要应在宣武身上。颁诏大赦，庆宴群臣。

忽报称征北大将军灵寿公于忠身死，大众颇称快意，独太后优诏褒荣，赐谥武敬，并赠厚赙。又越数日，司徒安定公胡国珍又死。国珍系胡太后父，饰终典礼，格外从隆，追赠相国太师，兼假黄钺，加号太上秦公，并迎太后母皇甫氏灵柩，同墓合葬，称为太上秦孝穆君。当时有一个谏议大夫张普惠，还想斟情酌理，竭力奏谏，说是太上名称，不能施诸人臣。同朝统说他不识时务，从旁讥笑，普惠却应机辩析，驳得朝臣哑口无言。但终是空费唇舌，不闻收回成命，徒博得一个直臣名目罢了。

过了数月，天象告变，月食几尽，胡太后恐自己当祸，特想出一件替身符来，密令心腹内侍，赍毒至瑶光寺中，药死故太后高氏，佯说是得病暴亡，棺殓俱用尼礼，草草治丧，即令舁柩至北邙山，埋葬了事。高氏该有此结局，胡氏狠毒尤甚，怪不得后来沉河。内外百官，毫无异议。胡太后越无顾忌，索性任情纵欲，引入一位皇叔，自荐枕席，作成了一段叔嫂奇缘。小子有诗叹道：

> 雄鸣求牡已增羞,叔嫂何堪结凤俦!
> 才识妇人须尚德,飞扬荡逸总贻忧。

欲问皇叔为谁,待小子下回申叙。

北魏故例,后宫生男,立为太子,即赐母自尽,此为夷狄之敝俗,不足为训。但胡氏不死,后竟临朝称制,恣为威福,穷极奢淫。论者或归咎魏主恪,谓其不遵古制,致贻后患,实则未然。北魏之宫闱不正,非自胡氏始;就使胡氏已死,而貌美心狠之高皇后,安知其不与胡氏相等耶!高氏专横已甚,天特假手胡氏,令其翦灭。胡氏不惩前辙,尤而效之,罪又甚焉;故其后日之结果,亦较高氏为尤甚。盖天下未有骄淫荡佚之妇人,而能长此不亡者也。故圣王起化,始自闺门,刑于之大本先端,自可无忧女祸。彼留子杀母之故事,岂真足为治平之道乎!

第四十四回 筑淮堰梁皇失计
　　　　　　害清河胡后被幽

却说胡太后引入皇叔,自荐枕席。这位皇叔为谁?就是清河王怿。怿为孝文诸子中,最美丰仪,胡太后看上了他,授以重位,事必与商。且尝至怿第夜宴,目逗眉挑,已非一日。怿却不愿盗嫂,虚与周旋,未尝沾染。偏胡太后欲火上炎,忍耐不住。一夕召入寝宫,托名议事,怿只好奉诏进去,哪知她与怿相见,开口叙谈,便是床头兵法。怿始知中计,但已无法脱身,不得不通变达权,将顺了事。嗣是出入宫闱,几成惯习,渐渐的秽声腾播,贻谤都中。只因怿素有才望,好贤下士,辅政后亦多所裨益,所以毁不掩誉,一时尚能免害。但日长时久,总不免为人所乘,翩翩佳公子,恐跳不出后来一着呢。色上有刀。小子因胡后听政时,有梁、魏争夺淮堰一事,不得不将魏廷内政,暂从缓表,且将淮堰事叙明。

梁天监十二年,魏寿阳城为水所淹,漂没庐舍。镇帅李崇,勒兵泊城上,天雨不止,水涨未已,城垣仅露二版。将佐皆劝崇弃去寿阳,往保北山,崇喟然道:"我忝守藩岳,德薄致灾,淮南万里,系诸我身,我一动足,百姓瓦解,此城恐非我有了!但士民无辜,不忍令他同死,可结筏随高,各使自脱,决与此城俱没,幸勿多言!"治中裴绚,率城南民数千家,泛舟南走,避水高原。因水势迭涨,还道崇必北归,乃自称豫州刺史,送款梁将马仙琕,情愿投诚。崇闻绚叛,未测虚实,特遣僚吏韩方兴单舸召绚,绚且惊且悔,转思势成骑虎,已是

第四十四回　筑淮堰梁皇失计　害清河胡后被幽

难下，乃遣方兴返报道："适因大水迷漫，为众所推，不得已便宜从事。今民非公民，吏非公吏，愿公早行，无犯将士！"崇得报始愤，即遣从弟李神等，率领舟师讨绚。绚战败窜匿，被村民执住，械送寿阳。绚至中途，对湖长叹道："我有何面目再见李公！"因投水自尽。马仙琕调兵救绚，不及而还。

寿阳水势渐退，居民复安。为这一番水溢，遂由梁降将王足，献策梁廷，请堰淮水以灌寿阳。王足降梁见四十回。梁主衍称为良策，便遣材官将军祖暅，水工陈承伯等，相地筑堰，大发淮、扬兵民，充当工役。命太子右卫率康绚，权督淮上各军，看护堰作。这次筑堰，为梁廷特别巨工，南起浮山，北抵巉石，依岸培土，合脊中流，役夫需二十万众，兵士不足，取派人民，每二十户令出五丁，并力合作，自天监十三年仲冬为始，直至次年孟夏，草草告成。不料一宵风雨，水势暴涨，澎湃奔腾，竟将辛苦筑成的堤堰，冲散几尽。当时舆论纷纭，早有人谓淮岸聚沙，地质未固，恐难成功，梁主不以为然，决拟兴作，及经此一溃，仍然不肯中阻，再接再厉。实是多事。或谓蛟龙为祟，能乘风雨破堰，唯性最畏铁，可用铁冶入水中，免致冲损，于是采运东西冶铁，得数千万斤，沉诸水滨，仍不能合。蛟龙畏铁，不知出自何典？乃改用他法，伐树为井榦，填以巨石，上加厚土，沿淮百里内，木石无论巨细，悉数取至。兵民朝夕负担，肩上皆穿，更且夏日薰蒸，蝇蚋攒集，酿成一股疫气，不堪触鼻。可怜充当巨役的苦工，迭受驱迫，无法求免，没奈何拚去性命，与天时相搏战。究竟人不胜天，死亡相踵。好容易到了秋天，暑气已退，乘流增筑，尚堪耐劳，奈转眼间又是寒冬，淮、泗尽冻，朔风凛冽，劳役诸人，手足俱僵。天公也故意肆虐，雨雪连宵，比往年更增冷度，浮山堰中的兵民，十死七八，真可谓一大巨劫了。为谁致之？孰令听之？

天下本无事，庸人自扰之。那淮堰尚未竣工，魏已复起杨大眼为平南将军，督诸军屯荆山，来争淮堰。梁主衍意图先发，亟派左游击将军赵祖悦，袭据魏境西硖石，进逼寿阳。魏假定州刺史崔亮旌节，命充镇南将军，出攻硖石。又起萧宝夤为镇东将军，进次淮堰。梁将赵祖悦闻崔亮到来，出城迎击，为亮所败，退归拒守。亮竟率兵围城，并约寿阳镇帅李崇，水陆并进。崇屡次愆约，遂致亮围攻硖石，隔年未下。

魏胡太后闻崔亮无功，料知诸将不一，特简吏部尚书李平，任镇军大将军，兼尚书右仆射，率步骑二千，驰抵寿阳，别为行台，节度诸军，准令军法从事。平至寿阳，督谕李崇，令即调发水陆各军，助攻硖石，一面促萧宝夤进攻淮堰。宝夤遣部将刘智文等，渡淮攻破三垒，又在淮北击败梁将垣孟孙。梁使左卫将军昌义之，率兵救浮山。义之未至，护淮军使康绚，已麾兵杀退萧宝夤军。义之在途奉敕，与直阁将军王神念，溯淮往救硖石。魏将崔亮，遣将军崔延伯守下蔡，延伯与别将伊瓮生，夹淮为营，取车轮去辋，削锐轮辐，两两接对，揉竹为纫，互相连贯，穿成十余道，横木为桥，两头施火轆轳，随意收放，不使烧斫。既断赵祖悦走路，又得堵截梁援。义之、神念，不能前进，只得暂驻梁城。李平自至硖石，督令水陆各军，奋力猛扑，攻克外城。赵祖悦势穷出降，为平所斩，余众尽为魏俘。平复进攻浮山堰。崔亮以前日李崇愆期，隐怀宿憾，平又为崇从弟，更不愿受他节制，遂托疾请归，带领部曲，竟自返洛。平奏请处亮死刑，胡太后意在袒亮，但诏许立功补过，平不免怏怏，索性全军退还。崇前守寿阳，颇见忠诚，不知他何故愆期？平不责从兄，专咎崔亮，亦属未是。

魏廷论功加封，进李崇为骠骑将军，加开府仪同三司，李平为尚书右仆射，崔亮亦进号镇北将军。平在殿前争论亮罪，亮亦斥平挟私排异，由胡太后曲为调解，改亮为殿中尚书。萧宝夤尚在淮北，梁主衍致书招降，令袭彭城。宝夤将来书陈报魏廷，胡太后下诏嘉奖，令他静守边防。杨大眼亦敛兵不出，但在荆山驻守。

梁人得专力筑堰。至天监十五年四月，淮堰始成，长约九里，上阔四十五丈，下阔一百四十丈，高二十丈，杂种杞柳，间设军垒。有人献议康绚道："淮列四渎，天所以节宣水气，不宜久塞；若凿黎同汭，东注，使它波流纡缓，这堰可长久不坏了。"说近无稽。绚又开黎东注，又使人纵反间计，往语萧宝夤道："梁人但惧开黎，不畏野战。"宝夤正患水涨，遂为所诳，乃开黎北注，水势日夜分流，尚不少减。李崇就硖石戍间，筑桥通水，又在八公山即北山。东南，筑魏昌城，作为寿阳城保障。居民多散处冈垄，旧有庐舍塚墓，多被浸没，此嗟彼怨，不得宁居。李崇随处抚慰，大众益仇恨梁人，誓死守境，各无叛心。

梁徐州刺史张豹子，自谓筑堰监工，必归己任。偏梁廷简派康绚，并饬豹子受绚节制。豹子惭愤交迫，多方谗构，诬绚与魏有交通情事。梁主衍虽然未信，但因筑堰事毕，召绚还朝，绚既奉诏入都，淮堰归豹子管辖。豹子不复加修，堰受水激，不免松动。惟魏廷以寿阳被水，引为大患，更授任城王澄为上将军，都督南讨诸军事，将东下徐州，大举攻堰，仆射李平进言道："淮堰不久必坏，何须兵力！"乃敕任城王暂从缓进，静待秋汛。

忽由东益州刺史元法僧，呈入警报，乃是葭萌乱民任令宗，擅杀晋寿太守，举城降梁。梁益州刺史鄱阳王恢，遣太守张齐迎纳令宗，据住葭萌。法僧遣子景隆拒齐，连战皆败，齐更进围武兴，全境岌岌，速请济师等语。魏遂授傅竖眼为益州刺史，引兵赴援，倍道入益州境。转战三日，行二百余里，连获胜仗，解武兴围。张齐退保白水，嗣复出兵侵葭萌关。关城守将，为梓潼太守荀金龙，时适患疾，不能督战，妻刘氏率厉兵民，登关守御。副戍高景谋叛，由刘氏察觉，拿下斩首。嗣因水道为梁兵所据，守卒乏饮，幸值天雨，刘氏出公

第四十四回　筑淮堰梁皇失计　害清河胡后被幽

私布绢,及所有衣服,悬诸空中,绞取雨水,储以杂器,于是饮水不竭,人心乃固。特叙刘氏为巾帼劝。竖眼复移师往救,击退张齐,齐乃引还,葭萌复为魏有。魏封金龙子为平昌县子,旌刘氏功。应该加旌。

已而时值季秋,淮水盛涨,梁堰崩溃,声如雷吼,震动三百里左右。沿淮城戍及村落兵民约十余万口,一古脑儿漂入海中,连尸骸都无着落。胡太后闻报大喜,优赏李平,停止任城王进兵。惟梁主衍懊怅终日,空耗了许多财帛,死了若干生命,终弄到前功尽弃,毫无效益,渐渐的自怨自艾,迷信佛教。诏罢宗庙牲牢,荐祭只用蔬果,朝野诧为奇闻,统说宗庙去牲,乃是不复血食。再由廷臣参议,拟用大脯代牛。偏梁主决意舍牲,但命用面捏成牲像,以饼代脯,这真叫做舍大就小,轻人重畜哩。越弄越错。

临川王宏自洛逃归,未尝加罚,仍令为扬州刺史,加官司徒。宏好内爱酒,沉湎声色,侍女数百人,皆极绮丽,妾吴氏更擅国色,宠冠后庭。有弟法寿,性躁且悍,恃势杀人,尸家指名申诉,怎奈法寿匿宏府中,有司不能搜捕。旋为梁主所闻,始令宏缴出法寿,即日伏法。南台御史,请并罪宏,罢免官爵。梁主挥涕批答道:"爱宏是兄弟私情,免宏是朝廷王法,准如所议!"罢宏归第。未几复以宏为司徒,宏淫侈如故。

天监十七年,梁主将幸光宅寺,忽闻都下有谋变情事,乃从各航中搜索,得一刺客,讯知为宏所使。乃召宏入,涕泣与语道:"我人才胜汝百倍,幸居天位,时恐颠坠,汝奈何尚作妄想?我非不能为周公、汉文,周公诛管蔡,汉文废死济北、淮南二王。为汝愚昧,特加怜悯,汝反不知感,真太无人心了!"宏顿首道:"无是!无是!"梁主因再免宏官,勒令回第。嗣又有人密报梁主,谓宏私藏铠仗,包藏祸心。梁主乃送盛馔与宏,且亲往就饮。酒至半酣,径入宏后堂检视。列屋约三十余间,各有色纸标封。旁顾及宏,面色沮丧,益疑是所报非虚,便命随从校尉邱佗卿,启封查阅,每屋多贮制钱,百万为一聚,标用黄签,千万为一库,标用紫签,梁主与佗卿屈指计算,凡三十余间屋内,约得现钱三亿余万;尚有旁屋数所,各贮布绢丝棉漆蜜纻蜡朱纱黄屑杂货等,满室堆砌,不知多少。宏恐梁主见斥,越加慌张,哪知梁主反露笑容,温颜与语道:"阿六,宏排行第六。汝生计大佳!"民膏民脂,岂容敛积,如何梁主反为得意!遂返座畅饮,至夜方还。自经此次检查,料宏徒知私积,当无大志,乃更使复原职。

梁主次子豫章王综,仿晋王褒《钱神论》,戏作《钱愚论》讥宏,梁主犹命综速毁,但已流传都中。宏引为愧恨,稍自敛束,不久复萌故态,更闯出一桩逆伦伤化的重案。这也由梁主姑息养奸,为私忘公,一误再误,贻患实不浅呢。事且慢表。

且说魏胡太后称制五年,奢淫无度,一掷千万,毫不吝惜,赏赐左右,不可胜计。又命内外添筑寺塔，竞尚崇闳，特派使臣宋云，与比丘僧徒别称。慧生等，往西域求佛经，西行约四千里，度过赤巅，乃出魏境。再西行历二年，至乾罗国，始得佛书百七十部而还。其时交通不便，所以有此困难。胡太后分供佛寺，设会施僧，又糜费了无数金银。诸王贵人，宦官羽林军，迎合意旨，各在洛阳建寺，所费不赀。且因奢风传播，习成豪侈。高阳王雍，富甲全国。河间王琛，系文成帝浚孙。与他斗富，厩畜骏马十余匹，俱用银为槽，窗户上装潢精美，相传为金龙吐旆，玉凤衔铃。宴会酒器，有水精峰、玛瑙碗、赤玉卮等，统是绝无仅有的珍品。尝夸语僚友道："我不恨不见石崇，晋人。但恨石崇不见我。"当时传为异谈。

看官，试想宇宙间所出财产，地方上所供赋税，本有一定数目，不能凭空增添，亏得北魏历朝皇帝，按时节省，代有余积，熙平、神龟年间，府库颇称盈溢。偏经这位胡太后临朝，视若粪土，浪用一空。他如宗室权幸，虽由祖宗积蓄，朝廷赏赉，博得若干财帛，但为数也属不多，要想争奢斗靡，免不得贪赃纳贿，横取吏民。一班热中干进的下僚，蝇营狗苟，恨不得指日高升，荣膺爵禄，所以仕途愈杂，流品益淆。小说中有此大议论，益增光采。

征西将军张彝子仲瑀，独上封事，请量削选格，排抑武人。羽林虎贲各军士，得此消息，立集千人，至尚书省诟骂。省门急闭，乱众抛瓦掷石，闹了片时，便趋诣张宅，把张彝父子拖出，拳打脚踢，几无完肤。一面纵火焚宅，仲瑀兄始均叩头乞恕，被乱党提掷火中，烧得乌焦巴弓。仲瑀奄卧地上，贼疑为已死，不加防守，他得忍痛走免。彝气息仅属，再宿即死。胡太后闻变，慌忙派官宣抚，但收捕乱首八人，斩首伏辜，余皆不问。且下诏大赦，并令武人得依资入选。

适怀朔镇函使高欢至洛阳，函使谓函奏往来之使。见张彝死状，还家散财，结交宾佐，或问为何意？欢答道："宿卫军将，焚杀大臣，朝廷不敢穷究，政事可知，私产怎能守呢？"乱世枭雄，类具特识。欢系渤海蓚县人，字贺六浑，曾祖湖为燕郡太守，奔投魏国。祖谧为魏御史，坐法徙怀朔镇，因世居北边。欢执役平城，有富人娄氏女，见他状貌魁梧，愿嫁为妇，乃得资购马，报效镇将，充做函使。后来便是北齐始祖，事见下文。志北齐之所自始。

魏尚书崔亮迁掌吏部，因官不胜选，特创立停年格，不问贤否，只论年限，虽为杜绝幸进起见，未始非权宜计策；但贤能或因此负屈，庸才反循例超升，选举失人，实自此始。洛阳令薛琡，一再辨谬，终不见从，就是亮甥刘景安，贻书劝阻，亮亦不从。寻且以国用不足，减损百官俸禄，四成中短少一成。任城王澄，谓不如节省浮费，较全大体，胡太后置诸不理，恣肆依然。

宦官刘腾恃功怙宠，由太仆迁官侍中，兼右光禄大夫，干预朝政，卖官鬻爵。胡太后不加禁止，反擢腾为卫将军，加开府仪同三司。唯清河王怿，用法相绳，不肯容情。吏部请授腾弟为郡守，怿搁置不提，还有散骑侍郎元乂，超擢至侍中领军将军，骄恣不法，亦为怿所裁抑。乂与腾共嫉怿如仇，阴图报复。

龙骧府长史宋维，由怿荐为通直郎，浮薄无行，怿常加戒饬。乂乘隙召维，用利相啗，使告怿有谋反情事。胡太后与怿通奸，更兼怿实无反情，一经案验，全出冤诬。怿当然无罪，维照例反坐。乂亟入白太后道："今若诛维，他日果有人真反，何人敢告！"胡太后听了乂言，也觉有理，乃止黜维为昌平郡守。乂与腾更日夜密谋，料知怿为太后所幸，非用釜底抽薪的计策，断不能独除一怿。一不做，二不休，索性把太后幽禁，方好任所欲为。当下使主食胡定，进白魏主，伪言怿将进毒，贿臣下手，臣不敢为逆，故即自首。魏主年方十一，究是儿童性质，容易被欺，遂嘱定转告元乂，速图去害。

是年为魏神龟三年，序值新秋，乂奉魏主御显阳殿，腾闭住永巷门，杜绝太后出路，独召怿入见。怿至含章殿后，又为乂所阻，不令怿入。怿大声道："汝欲造反么？"乂亦怒叱道："乂不敢反，特欲缚汝反贼。"怿再欲抗辩，已由乂指挥宗士，牵住衣袖，迫入含章东省，令人监守。腾称诏召集公卿，论怿大逆，拟置死刑。群臣畏他势力，莫敢抗议，独仆射游肇，出言相阻。乂、腾毫不理睬，竟入白魏主，谓公卿同议诛怿。魏主有何主见，含糊许可，当即将怿处死，并诈为太后诏敕，自称有疾，归政嗣君。遂将太后幽锢北宫，宫门昼夜长闭，内外断绝。腾自执管钥，连魏主都不得入省，只许按时进餐。太后不免饥寒，私自泣叹道："养虎遭噬，便是我今日所处了！"此时尚非真苦。

是时任城王澄已殁，乂与太师高阳王雍等，同掌朝政，改元正光，乂为外御，腾作内防，魏主呼乂为姨父，政由乂出。高阳王雍等亦只能随声附和，不敢相违。游肇愤悒而终。朝野闻怿被杀，统皆丧气，胡人为怿劙面，计数百人。小子独有诗讥怿道：

　　　　含章受刃似冤诬，笔伐难逃古董狐。
　　　　自古人生终有死，为何被胁作淫夫？

已而由相州递入急奏，请诛元乂、刘腾，且将起兵讨罪。究竟相州是何人主持，待至下回表明。

梁主用降人王足计，命筑淮堰，无论其劳民费财，实为厉阶，即令淮堰易成，成且经久，亦岂遽足夺寿阳！果使寿阳归梁，于魏亦无一损，仁者杀一不辜而得天下，犹且不为，况丧民无数，以邻为壑，必欲争此一城，果何为者？甚矣哉梁武之不仁也！夫欲筑淮堰，不惜民命，荐祭宗庙，乃欲废牲，甚至如宏之一再谋乱，一再姑息，子弟可爱，百姓独不必爱乎？牺牲可惜，人民独不足惜乎？愚谬若此，真出意外。若夫胡太后之骄奢淫佚，原足致乱，即无元乂、刘腾，亦岂能长治久安？清河王怿之罹害，不无冤累，但未能预为防闲，反甘受牝后之淫逼，宫闱之乐事未终，而釜鑊已临于颈上，畏死者仍归一死，亦何若拒淫死义之为愈乎！吾于怿无所取焉。

第四十五回　宣光殿省母启争端
　　　　　　　沃野镇弄兵开祸乱

　　却说魏相州刺史元熙，系中山王元英长子，英自攻克三关后，三关事见三十二回。还朝病故，由熙袭封。熙颇好学，具有文才，惟轻躁浮动，常为英忧。英欲立熙弟略为世子，略固辞乃止。熙妻为于忠女，借忠威权，骤擢为相州刺史，又与清河王怿素称友善，通问不绝。
　　熙莅任时，时方初秋，忽遇狂风骤雨，酿成奇寒，冻死驴马数十匹，随卒数人。嗣复有蛆生庭中。熙尝夜寝，见有一人与语道："任城王当死，死后三日外，君亦不免；如或不信，但看任城王家。"熙恍惚相随，趋至任城王家前，果见四面墙坍，不遗一堵。正在惊叹，蓦被鸡声唤醒，方知是梦。回忆梦境，恐兆不祥，告诸亲友，大都从旁劝解，说是梦不足凭。及闻怿被诬受戮，不禁怒从中来，便欲起兵讨罪。熙妃于氏，援梦谏阻，熙已忿不可遏，不从妻言，遂称兵邺上，声讨乂、腾。
　　黄门侍郎元略，司徒祭酒元纂，俱系熙弟，由洛阳奔至邺城，助兄举兵。长史柳元章等佯为从命，暗中却嗾动部众，鼓噪入府，杀熙左右，即将熙、纂二人拿住，锢置高楼。一面飞报都中，元乂立派尚书左丞卢同，赍诏至邺，监斩熙、纂及熙诸子。熙将死时，贻僚友书道："我与弟并蒙太后知遇，兄据大州，弟得入侍，垂训殷勤，恩同慈母。今太后见废北宫，清河王横遭屠酷，主上幼年，不能自主，君亲若此，臣子奚安？所以督厉兵民，誓建大义，不幸智力浅短，遽见囚执，上惭朝廷，下愧知交，流肠碎首，亦复何言！凡百君子，各敬尔身，为国为家，善勖名节！"元熙发难，虽若可原，但始谋不慎，徒死何裨？至熙首传至洛阳，亲旧莫敢过视，惟前骁骑将军刁整，竟为收埋，时共称为义友。
　　熙弟元略独得幸脱，走匿西河太守刁双家，约历年余。因内外索捕甚急，别双奔梁，梁封为中山王，领宣城太守。魏元乂闻略受梁封，特遣使至建康，与梁通好。梁亦知魏深意，虚与应酬，即日遣归罢了。
　　魏主诩久疏定省，意欲朝母，向乂陈明，乂乃允诺。太后在西林园，由魏

第四十五回　宣光殿省母启争端　沃野镇弄兵开祸乱

主带领文武百官,朝见太后。并即开宴,魏主与群臣侍饮。饮至半酣,武臣起舞为欢。右卫将军奚康生独为力士舞,阶下盘旋,每顾视太后,举手蹈足,作执杀罪人形状。太后窥透微意,暗暗心喜,但一时未敢遽言。看官听着!康生与乂,本是转弯亲戚,康生子难当,娶侯刚女为妻,刚子为元乂妹婿,所以乂幽太后,康生亦曾与谋。但康生素性粗武,与乂同值禁中,往往因词气高下,致有龃龉,积久遂成嫌隙。也是一个小人。此时借着舞势,示杀乂意。胡太后毕竟聪明,默视良久,待至日色将暮,即命魏主留宿北宫。侯刚在旁道:"至尊已经朝讫,何必在此留宿?"康生道:"至尊为太后陛下亲儿,太后有命,至尊不可不遵。"胡太后乘势起座,即携住魏主臂,下堂径去。

既入宣光殿,在北宫中。太后挈魏主上坐,左右侍臣,分立阶下。康生仗着酒胆,即欲传诏执乂,不意乂已防着急变,指令军士,闯入殿中,七手八脚,把康生牵去。两阶侍臣当然哗乱,胡太后见此情形,也觉慌张,光禄勋贾粲,入白太后道:"侍臣惶恐不安,请陛下出殿抚慰。"胡太后便即起身,甫出殿阶,粲即扶魏主下座,就东序趋出,至显阳殿。太后回顾,已失魏主所在,自知为粲所绐,复入殿徘徊。聪明人,又着了道儿。那贾粲又偕刘腾等人,进胁太后,仍居北宫。所有宫殿各门,照旧关锁去了。

奚康生被牵至门下省,由侍中黄门仆射尚书等十余人,私承乂嘱,当夜审讯,模糊定谳,康生拟斩,子难当拟绞。草案呈入,乂在内矫诏处决,康生死罪,如群臣议,难当恕死,坐流安州。时已昏暮,刑官即驱康生赴市,依谳处斩。难当哭辞乃父,康生独慨然道:"我无反状,乃为贼臣陷害,一死何辞!汝亦不必多哭了!"遂伸颈就刑。前时何故附乂?难当收尸埋葬,又得留家百余日,始往流所。这是元乂顾全侯刚面目,暂时买情。及难当去后,密遣人致书行台,叫他刺死难当。难当仍不得生,一道羁魂往冥府中去寻死父,自不消说。

刘腾得进任司空,刑余腐竖,位列三公,实为北魏创例。八座九卿,尝旦造腾宅,伺候颜色,既得腾命,然后各赴省府,依言办事。公私请托,专视货贿多少,决定可否。岁入以巨万计,寡廉鲜耻的下吏,辄投拜门下,愿为义儿,权焰薰天,远近侧目。车骑大将军崔光,随班进退,无所补救,时人比为汉张禹、胡广,至此得升授司徒。江阳王继,为元乂父,已徙封京兆王,本领司徒重职,继恐父子权位太盛,愿以司徒让崔光。元乂听从父意,请命魏主,魏主虽将司徒授光,仍改官继为太保,名异实同,不过掩饰耳目罢了。

未几又有元乂贪金,用兵柔然事。柔然前为魏所逐,逃居漠北,后来复屡入寇边,终被魏戍兵击退,魏宣武帝正始元年,柔然库者可汗复遣兵寇魏沃野,及怀朔镇,魏遣车骑大将军源怀,出巡北边,增筑九城,设兵防守,柔然始不敢入窥。库者可汗死,子佗汗可汗嗣。佗汗可汗屡向魏乞和,魏廷勿许。

既而佗汗为高车所杀，子伏跋可汗继立，勇悍有武略，为父复仇，击破高车，擒杀酋长弥俄突，漆头为溺器，复扫灭叛国，转弱为强。伏跋有幼子祖惠，忽然亡去，四觅勿得。适有女巫地万，入见伏跋，谓祖惠现在天上，我能召还。乃即就大泽中量地张幄，祷祀天神，地万喃喃诵咒，约历昼夜，果见祖惠自帐中出来，自言为天神所摄，今始遣归。伏跋大喜，号地万为圣女。地万出入帐中，姿态妖淫，善蛊人主。伏跋初颇尊敬，继与狎亵，竟得地万顺从，枕席风光，远过妾妇，喜得伏跋似遇天仙，当即册为可敦，地万所望在此，胡人称主为可汗，后为可敦。大加爱宠。

已而祖惠寖长，与母私语道："我系人身，怎得上天？地万留我在家，教我诳言。"母闻祖惠言，便转告伏跋，伏跋已为地万所迷，摇首答说道："地万能前知未然，汝等何必谗妒呢！"地万且喜且惧，潜杀祖惠。祖惠母怎肯干休，泣诉伏跋母侯吕陵氏。侯吕陵氏乘伏跋出畋，竟把地万拘住，遣大臣具列等，绞死地万。及伏跋闻变驰归，地万已死，他不胜悲愤，欲诛具列等人。适值邻国阿至罗入寇，由伏跋率兵邀击，失利奔还。侯吕陵氏竟会同群臣，杀死伏跋，立伏跋弟阿那瓌为可汗。

甫经匝旬，伏跋族兄示发举兵击阿那瓌。阿那瓌战败，与弟乙居伐奔魏。魏使京兆王继等迎入，赐劳甚厚，引见置宴，封为朔方公、蠕蠕王。阿那瓌乞请援师，回国讨叛，朝议经久未决。阿那瓌居洛数月，得知元乂用事，赂金百斤，元乂乃调发近郡兵万五千人，使怀朔镇将杨钧为将，送阿那瓌返国。尚书右丞张普惠上书谏阻，谓蠕蠕久为边患，今天亡丑虏，使彼自乱，阿那瓌束身归命，正好令为内属，戢彼野心，奈何发兵送还，自增劳扰？这一书奏将进去，那元乂全然不睬。但令杨钧从速部署，指日北行。无非为了百斤黄金。阿那瓌入辞北堂，特赐给军器衣被杂米粮畜，悉从优厚，阿那瓌拜谢而去。

时柔然为示发所破，杀死阿那瓌祖母侯吕陵氏及他亲弟二人。偏又有从兄婆罗门，纠众逐示发，示发奔往地豆干。地豆干把他杀毙，国人推立婆罗门为可汗。杨钧入柔然境，恐柔然出兵抗拒，再乞济师。魏遣使臣谍云具仁，先往宣谕。婆罗门骄倨不逊，经具仁与他抗辩，始令大臣邱升头等，随具仁迎阿那瓌。具仁轻骑还报，阿那瓌又惧不敢进，情愿还洛。会高车王弥俄突弟伊匐，乞师嚈哒，收拾余众，来击柔然，报复兄仇，大破婆罗门。婆罗门窘急，也率十部落诣凉州，向魏乞降。

柔然无主，国人愿迎奉阿那瓌，阿那瓌又复请归。魏凉州刺史袁翻，上言蠕蠕二主，并宜抚存，可令东西各居，分驭部落，也是一条安边保塞的至计。朝议颇以为然，乃命阿那瓌居怀朔北方，地名吐若奚泉，婆罗门居凉州北境，就是西海故郡。

第四十五回　宣光殿省母启争端　沃野镇弄兵开祸乱

哪知戎狄豺狼,野性难测。婆罗门却阴怀异志,侨居逾年,走归嚈哒,幸由魏平西长史费穆,引兵往讨,用埋伏计诱婆罗门,一鼓掩获,送至洛阳,好容易瘐死狱中。阿那瓌先求粟种,魏输给万石,继复因年谷不登,突入魏境,表求赈给,魏令尚书右丞元孚,持节抚劳,反被阿那瓌拘留,引众南侵,所过剽掠,直至平城附近。闻魏遣尚书令李崇等大举北征,始将元孚释回,驱民北遁。李崇追蹑三千里,不及乃还。这都由元乂贪贿纵奸,酿成戎祸,渐渐的尾大不掉,反为夷狄所制呢。暗伏后文。

元乂为恶不悛,取民无度。乃父京兆王继性亦贪纵,专受赂遗。平时请属有司,无敢违慢,牧令守长,哪个肯毁家报效？当然是竭泽而渔,上供欲壑,于是朔方叛乱,相继迭起。又开生面。

先是魏都平城,曾在四邻置设六镇,一武川,二抚冥,三怀朔,四怀荒,五柔玄,六御夷,皆在长城北面,用备藩卫,素来资给从厚。至孝文南迁,漠然相待,将士渐有怨言。尚书令李崇,出击阿那瓌,长史魏兰根语崇道："从前沿边置镇,地广人稀,所遣将士,或系强宗子弟,或系国家爪牙。晚近以来,有司号为府户,役同厮养。厚内薄外,适足滋怨,怨久必乱,不可不防。今宜改镇立州,分置郡县,凡属府户,悉免为民,入官次叙,一准旧制,文武兼用,威爱并施,庶几人心归向,可无北顾忧了。"此语若行,何致生乱？崇颇以为然,依议奏闻。权贵只识金钱,晓得甚么后虑,便将崇奏搁起不提。

怀荒镇将于景,系故尚书令于忠弟,为元乂所忌,出就外镇。阿那瓌入寇时,镇民求饷,景不肯给,激动众怒,竟将于景杀死。乱尚未了,那六镇以外的沃野镇,复有豪民破六韩拔陵,聚众造反,攻杀镇将,据境称王。遣党徒卫可孤,围武川镇,又分兵攻怀朔镇。怀朔镇将杨钧,擢尖山人贺拔度拔为统军。度拔有三子,长名允,次名胜,幼名岳,皆有材力,随父从军,分任队长。据守经年,外援不至,杨钧遣贺拔胜突围而出,至临淮王元彧处告急,且语彧道："怀朔一陷,武川亦危,虽有良、平,张良、陈平皆汉人。不能为计了。"彧许为出师,并即表闻。魏命彧都督北讨军事,往征破六韩拔陵。彧遣胜先归,会武川失守,杨钧弃城南遁,留胜父子居守,卫可孤乘隙攻入,胜父子巷战力屈,俱为所擒。及彧至五原,两镇早陷,破六韩拔陵,麾众邀击,尽锐冲突,彧不能抵敌,大败退归。

魏主闻耗,亟召群臣问计,吏部尚书元修义,请遣重臣督军,出镇恒朔,捍御叛寇。魏主欲任用李崇,崇已早还朝,时亦在列,便自陈衰老,请另择贤才。魏主不许,即加崇开府仪同三司,领北讨大都督事,所有抚军将军崔遇,及镇军将军广阳王元渊以下,渊或作深,系太武帝曾孙。皆受崇节度,陆续北行。

是时西北一带,寇盗蜂起,响应拔陵。敕勒酋长胡琛,凉州幢帅于菩提,营州民就德舆等,群起为乱。还有朔方汾州诸胡,亦乘时蜂起,骚扰边境。各州刺史,就近征剿,倏出倏没,未得荡平。秦州刺史李彦,政刑残虐,群下生怨,部将薛珍等突入杀彦,推党人莫折大提为秦王。南秦州民张长命、韩祖香、孙掩等,亦戕刺史崔游,举城应大提。大提袭入高平,杀害镇将赫连略及行台高元荣。既而大提病死,子念生居然称帝,自号天建元年。魏命雍州刺史元志为征西都督,往讨念生。念生弟天生,率众下陇,志连战连败,退保岐州。天生乘胜进逼,四面登城,志竟被杀,岐州陷没。

说也奇怪,元志方殁岐州,李崇也败退云中。崇本遣崔暹出北道,教他不得浪战,但牵制拔陵兵力,自从东道进兵,直捣沃野。暹违崇将令,竟转斗而前,被拔陵诱入伏中,杀得全军覆没,只剩了一人一骑,狼狈走还。拔陵得并力攻崇,崇抵挡不住,没奈何退守云中,与寇相持。魏正遣尚书元修义为西道行台,规复岐州,偏又接得李崇败报,宫廷相率惊惶。广阳王渊申崇前说,仍请改镇为州。魏主不省,惟召还崔暹,命系廷尉。暹忙将良田美妓,献纳元乂,乂替他解免,竟得宥罪。

未几东西铁敕部,统皆叛命,归附破六韩拔陵,魏主乃思李崇及元渊言,下诏改镇为州,遣黄门侍郎郦道元为大使,抚慰六镇兵民。哪知六镇已皆叛魏,道元去亦无益,仍折回都中。南秀容人乞伏莫于,又复起反,总算出了一个酋长尔朱荣,集众讨平。当下奉表魏廷,详报平贼情事,魏封荣为博陵郡公。荣高祖羽健,初封秀容川,父名新兴,善事畜牧,牛羊马驼,辨色为群,尝弥漫山谷间。魏有事北方,新兴辄献牲畜助军。至荣讨平叛乱,进爵为公,方阴蓄大志,拟乘四方变乱的时候,发愤为雄。所有畜牧资财,悉数取出,散给勇士,结交豪杰。于是侯景、司马子如、贾显、段荣、窦泰等,先后趋附,整日里练兵储械,待时出发。这乃是北魏一大隐患,不比那四方草寇,剽掠无定,尚容易处置呢。*俱为下文写照。*

且说梁主萧衍,闻魏乱方盛,欲趁势经略中原。当时南朝良将,为韦睿、裴邃二人,睿于普通元年病逝,*随笔带过韦睿。*只裴邃尚存。乃授邃为信武将军,领豫州刺史,出镇合肥。适临川王宏第三子正德,背梁奔魏,魏已起萧宝夤为尚书仆射,谓正德无故来投,情不可测,不若拘戮为是。魏主虽然不从,但亦未尝礼待,正德因复逃归。前时梁主无子,曾取正德为养儿。及太子统生,仍使正德还本,赐爵西丰侯。正德以不得立储,衔恨多年,乃觑隙奔魏。既不得志,南行还梁,恐遭梁主诘责,不得不捏造谎言。当诣阙谢罪,托言北侦房情,确是有乱可乘,请速出师等语。梁主亦瞧透三分,诘问数语,正德具陈魏乱,似觉详明,乃仍复本封,并促裴邃出兵北略。

邃因率骑袭寿阳,掩入外郛。魏扬州刺史长孙稚,奋力抵御,一日九战,杀伤相当。邃因后军不至,引军暂归。嗣复取魏建陵、曲木,及狄城、甓城、司吾城。徐州刺史成景儁拔睢陵,将军彭宝孙拔琅琊,曹世宗拔曲阳、秦墟,李国兴且进拔三关。魏徐州刺史元法僧,又遣子景仲至梁,奉表输诚。梁即授降王元略为大都督,与将军陈庆之等,率兵接应,为魏安乐王元鉴击败。法僧却乘鉴骄怠,杀将过去,得了一个大胜仗。梁授法僧为司空,封始安郡公,复命西昌侯萧渊藻及豫章王萧综等,相继进兵,接济裴邃。

邃攻下新蔡郡,进克郑城、汝颖一带,所在响应。魏河间王元琛及寿阳守将长孙稚,率众五万,前来截击,邃暗设四伏,诱稚入阱,四面相迫,好似网中捕鱼,瓮中捉鳖。还算长孙稚有些勇力,拚命冲突,夺路奔逃。再加元琛从后援应,方得将长孙稚救回寿阳,但已丧毙了一二万人。邃威名大振,将乘胜荡平淮甸,再图河洛,偏偏天不假年,竟尔一病不起,告殁军中。身后赠典,比韦睿更优。睿得赠侍中,给谥曰严;邃亦得赠侍中,且进爵为侯,予谥曰烈。淮、沔军民,感念邃恩,莫不流涕。再与韦睿相较,是不忘良将之意。小子有诗叹道:

> 北征大将肃军威,万众全凭只手挥。
> 功业未成身已殒,萧梁气运兆衰微。

邃既死事,后任为中护军夏侯亶。亶虽有才名,究竟不及韦、裴两人,因此敛兵不进,南北粗安,那魏人得专力北方。欲知后事,且看下回叙明。

元乂、刘腾,为北魏之祸首,而胡后实纵成之。奚康生久预军机,始不能诛锄权戚,乃反甘作爪牙,与谋幽后。后固自取,而康生之党恶济奸,未始非乂、腾之流亚也。及西林省母,渐有转机。康生如有悔心,亦惟导后以慈,勖主以孝,内联母子,外正君臣,则苦志弥缝,安身即以安国。计不出此,乃徒以舞笏示意,挑拨胡后,宣光殿之被执,门下省之受诛,虽死何补,适见其好乱取祸耳!沃野之乱,不特为六镇之引线,并且为亡魏之祸阶,一蚁溃穴,全堤皆动,乱之不可以使长也,有如此者。然不有内乱,安有外乱?胡后导于先,又腾蹱于后,读史者可以知所鉴矣。

第四十六回　诛元乂再逞牝威
拒葛荣轻罹贼网

却说魏尚书元修义,出讨莫折念生,中途遇着风疾,不能治军,乃命萧宝夤代任,并命崔延伯为岐州刺史,兼西道都督,与宝夤俱出屯马嵬。莫折天生方列营黑水,由延伯前往挑战,天生开营追逐,延伯徐徐引还,行伍整齐,步伐不乱,反将贼众惊退。越日复勒兵出战,延伯当先突进,将士尽锐长驱,大破天生,俘斩十余万,追奔小陇山,岐、雍及陇东皆平。魏京兆王继正受命为大都督,出统西道各军。既得岐、雍捷报,乃诏令班师。

时宦官刘腾已死,司徒崔光亦卒,元乂耽酒好色,淫宴自如,无论姑姊妇女,稍有姿色,即与宣淫。嗣是常留家不出,或出游忘返,无暇防卫宫廷。

胡太后察悉情形,转忧为喜,乘乂他出,即召魏主与群臣入见,当面宣谕道:"元乂隔绝我母子,不听往来,还复留我何用?我当削发出家,修道嵩山,闲居寺院,聊尽余生罢了。"说着,泪下不止。一派伪态。魏主见太后容色,免不得天良发现,即叩头劝阻,群臣亦跪伏哀求。胡太后置诸不理,反令侍女觅取快剪,立即削发。魏主越加惶急,禁住侍女,再三苦劝,太后尚未肯依。越装越像。群臣乃请魏主伴宿,夜间母子叙情,谈至夜半,无非说元乂不法,必将为乱。左右且从旁报密,谓乂尝遣从弟洪业与武州人姬库根,潜买马匹,预备起事。魏主年已十六,已有知觉,也恐帝位被夺,顿起疑心,遂与太后密谋黜乂。及乂还朝入直,魏主但与言太后意见,将往嵩山修道。乂巴不得太后出家,便劝魏主顺承母旨,魏主含糊应允。

看官!试想这胡太后年将四十,尚是华装艳服,盛鬓丰容,哪里肯出家为尼,除绝六欲?她不过借此为名,计愚元乂。乂却竟为所愚,还道太后无颜问政,不必防闲。太后遂得屡御外殿,不似从前幽锢。有时且偕魏主出游,无人阻碍。乂举元法僧为徐州刺史,法僧叛魏奔梁,太后屡以为言,乂颇自愧悔。高阳王雍虽位居乂上,权力不能及乂,所以暗加畏忌。会魏主奉太后出游,往幸雒水,雍邀两宫至私第中,开宴畅饮。饮至日晡,太后与魏主起座,偕雍同入内室,谈了许多时刻,方才出来。从官皆不得与闻,惟由太后传令还驾,始皆奉跸还宫。

过了数日,雍从魏主入朝太后,奏称元乂父子,权位太重,致多疑谤,太后乃召乂入语道:"元郎若果效忠朝廷,何故不辞去领军,以他官辅政?"乂乃免冠拜伏,求解领军职衔。当由两宫允准,授乂为骠骑大将军,开府仪同三司,兼尚书令,仍守侍中等官。改用侯刚为领军将军,暂安乂意。乂因刚为同党,果然不疑。

魏主立太后侄女胡氏为后,不甚爱宠。想是姿貌平庸。寻纳一潘氏女为充华,名叫外怜,色擅倾城,容能媚主,最得魏主欢心。南有潘贵妃,北有潘充华,何潘家多美女乎?阉竖张景嵩、刘思逸等与乂未协,屡白潘充华,谓乂有害潘意。潘充华乃泣诉魏主道:"元乂心存叵测,尝欲杀妾,并将不利陛下,请陛下早为留意!"魏主既受教慈闱,又牵情帷闼,遂视元乂为眼中钉,恨不把他即日

第四十六回　诛元乂再逞牝威　拒葛荣轻隳贼网

摔去。侍中穆绍，又劝胡太后即速除乂。太后以乂党尚盛，未便遽发，先出侯刚为冀州刺史，去了元乂一条左臂，又迁贾粲为济州刺史，把元乂右臂亦复除去，然后安排黜乂。

正光六年四月朔，胡太后复临朝摄政，下诏罪元乂、刘腾，黜元乂为庶人，追削刘腾官爵。清河国郎中令韩子熙，乘间上书，为清河王怿讼冤，乞诛元乂，并戮刘腾尸。太后乃命发刘腾墓，劈棺散骨，尽杀腾养子，籍没家资。遣使追杀贾粲，降侯刚为征虏将军，夺刺史官。刚还家病死。石子熙为中书舍人，又征齐州刺史元顺还朝，授职侍中。顺为任城王澄子，前为黄门侍郎，直言忤乂，因致外迁。此次还都受职，颇邀宠眷。他本与乂未协，因见乂尚未伏诛，不免怀忧。

一日入朝内殿，由太后赐令旁坐，顺拜谢毕，顾视太后右侧，坐一中年妇人，乃是太后亲妹，即元乂妻冯。当下用手指示道："陛下奈何眷念一妹，不正元乂罪名，使天下不得大伸冤愤！"太后默然不答。乂妻已潸然泪下，顺乃趋出。先是咸阳王禧，谋逆见诛，诸子多南奔入梁。咸阳王事见前文。一子名树，受梁封为邺王。树贻魏公卿书，暴乂罪恶，大略说是：

乂本名夜叉，弟罗实名罗刹，两鬼食人，非遇黑风，事同飘堕。呜呼魏境！罹此二灾。恶木盗泉，不息不饮，胜名枭獍，不入不为；况昆季此名，表能噬物，暴露久矣，今始信之。

魏公卿得了此书，也即进呈，胡太后因妹乞恩，尚不忍诛乂。至此顾语侍臣道："刘腾、元乂，前向朕索求铁券，冀得不死，朕幸未照给。"舍人韩子熙接入道："事关生杀，不计赐券，况陛下前尚未给，今何故知罪不诛？"太后怃然无言。是谓妇人之仁。

已而有人讦乂阴谋，将与弟瓜招诱六镇降户，谋变定州，太后尚迟疑未决。群臣固请诛乂，魏主亦以为然，乃赐乂及弟瓜自尽。乂既伏诛，犹赠乂原官。京兆王继亦被废归家，未几即死。独乂妻居家守丧，寂寂寡欢。乂弟罗未曾连坐，有心盗嫂，日夕勾引，竟得上手，即与乂妻结不解缘，情同伉俪。胡氏姊妹淫行相同，这乃不脱夷狄旧俗哩。中国亦未必不尔。

胡太后两次临朝，改元孝昌，把前日被幽苦况，撇诸脑后，依然是放纵无度，饱暖思淫。乃父胡国珍有参军郑俨，容仪秀美，不亚清河，当即引为中书舍人，与同枕席。俨又引入徐纥、李神轨，皆为舍人，轮流侍寝，彻夜交欢。太后愈老愈淫，多多益善，惟心目中最爱郑俨，俨有时归家，太后必令内侍随去，只许俨与妻同言，不准留宿。俨亦无法，只好勉从慈命。淫妇必妒，盍观胡氏。太后又屡出游幸，装束甚丽，侍中元顺面谏道："古礼有言，妇人无夫，自称未亡人，首去珠玉，衣不文饰。陛下母仪天下，年垂不惑，修饰过甚，如何能仪型后世呢？"太后惭不能答。及还宫后，召顺诘责道："千里相征，岂欲众中见辱？"顺又抗声道："陛下不畏天下耻笑，乃独恨臣一言，臣亦未解！"却是个硬头子。太后驳他不倒，一笑而罢，但心中也未免怨顺。城阳王元徽与中书舍人徐纥，窥承意旨，屡加谮毁，太后始尚含容，后竟徙顺为太常卿。顺拜命时，见徐纥侍侧，戟指诟詈道："此人便是魏国的宰嚭，魏国不亡，此人不死，想也是气数使然呢！"纥面有愧容，胁肩而去。顺复叱语道："尔系刀笔小才，只应充当书吏，奈何污辱门下，坏我彝伦！"实不止污辱门下，顺尚言之未尽。纥跟跄避去，太后佯作不闻，顺亦自出。

忽闻豫章王综自徐州来归，胡太后喜他投诚，嘱令魏主优礼相待。魏主乃召综入殿，温言接见，特授职侍中，封丹阳王。综系梁主衍次子，母为吴淑媛，本系齐东昏侯宠妃，衍入建康，据为己有。七月生综，宫中多说是东昏遗胎。吴淑媛事见前文。既而吴氏年暮色衰，渐次失宠。综已寖长，年约十余。尝梦见一肥壮少年，抚摩综首，综私自惊讶，密语生母吴淑媛。淑媛问及梦中少年，如何形状，由综约略陈述，正与东昏侯相似，便不禁泣下道："我本齐宫嫔御，为今上所迫，七月生汝，汝怎得比诸皇子？但汝为太子次弟，幸保富贵，切勿泄言。"综听了此语，抱母而泣。嗣复将信将疑，暗思人间俗语，用生人血滴死人骨，渗入乃为父子，此次正可仿行，试验真伪。遂密引心腹数人，微行至东昏侯墓前，私下发掘，剖棺出骨。沥血试验，果然渗入。返至家中，有次子才生月余，竟将他一把揿死。藁葬数日，日夜遣人发取儿骨，再行滴血，渗入如初。遂自信为东昏遗子。每日在静室中，私祭齐氏祖宗，一面求经略边境。

梁主始尚未许，会魏元法僧降梁，元略、陈庆之接应法僧，为魏所败，见前回。乃命综出督诸军，镇守彭城，并摄徐州府事。召法僧入都授职，法僧应召诣建康，魏调临淮王彧为东道行台，率兵逼彭城，梁主又恐综未惯战，促令引还，出尔反尔，究属何因？综竟输款魏营，夜投彧军。城中失了主帅，隔宿大溃，魏人陷入彭城，掳去长史江革，及司马祖暅，令随综入洛阳。综得受魏封，遂为东昏侯举哀，服斩衰三年，改名为缵。一作缵。

梁主闻报，大为骇愕，有司奏削综爵土，撤除属籍。有诏准议，并废吴淑媛为庶人，寻且赐死。已而魏遣还江革、祖暅，交换元略，梁主乃礼遣略归。略还魏阙，魏已给复乃父中山王熙官爵，并拜略为侍中，赐爵东平王，迁尚书令，格外宠任。但徐、郑用事，略亦不能有为，只好随俗浮沉罢了。

梁主衍既遣归元略，召问江革、祖暅，问明综奔魏情形，江革、祖暅，据实奏陈。梁主以综顾本支，颇有孝思，且追忆吴淑媛旧情，又复生悔。萧衍晚年

第四十六回 诛元乂再逞北威 拒葛荣轻罹贼网

误事,便由胸无主宰。乃赐复综爵,仍令入籍,并复吴淑媛品秩,予谥曰敬。封综子直为永新侯,令主吴淑媛丧葬事宜。

还有一件暧昧的事情,说将起来,尤觉可丑可笑。梁主衍有数女,临安、安吉、长城三公主,并有文才,独永兴公主,顽而且淫,竟与叔父临川王宏通奸。宏与谋篡逆,约事成后立为皇后。回应四十四回。梁主尝为三日斋,与诸公主并入斋室。永兴公主使二僮行刺,乔扮女装,随入室中。僮阍阈失履,为真阁将军所疑,密白丁贵嫔。贵嫔欲转告梁主,因恐梁主未信,特使真阁加防。真阁令舆卫八人,整装立幕下。及斋座将散,永兴公主果上前面陈,请叙机密。梁主屏去左右,令主密谈,那二僮竟趋至梁主背后,拟从怀中取刃。舆卫八人,立即突出,擒住二僮。梁主惊坠地上,幸由卫士扶起,坐讯二僮逆迹,二僮初尚抵赖,一经搜检,取出利刃二柄,且系假充女婢,水落石出,无从讳言,只得供明逆情,说是为宏所使。梁主不欲详诘,但命将二僮斩讫,用漆车载着公主,撵逐出外。公主也觉无颜,便即暴卒。临川王宏忧惧成疾,梁主犹七次临视,未几告终,尚追赠侍中大将军扬州牧,并假黄钺,给羽葆鼓吹一部,增班剑六十人,赐谥曰靖。傲弟逆女,如此不法,尚欲多方掩饰,不忍行诛,甚且特别优待,这真叫做当断不断,反受其乱了。

那北魏的祸乱也是日盛一日,不可收拾。莫折天生虽然败去,敕勒酋长胡琛,却自称高平王,遣部将万俟丑奴,寇魏泾州。萧宝夤、崔延伯移师往援,与丑奴会战安定。丑奴狡猾得很,屡次诈败,引诱延伯。延伯恃胜轻进,至为丑奴所乘,杀伤至二万人。宝夤入城自保,延伯再战再败,中矢而亡。贼势益盛,魏廷大震。

时北道都督李崇病殁,广阳王渊进兵五原,贺拔度拔父子,正袭杀拔陵将卫可孤,西拒铁勒。度拔战死,子胜等奔至五原,投入广阳王渊麾下。渊爱他骁勇,引为亲将,适破六韩拔陵,纠众大至,把五原城四面围住。胜募健卒二百人,开东门出战,斩贼百余人,贼渐引却。渊乃拔军赴朔州。即怀朔镇。参军于谨,能通诸番言语,招降西铁勒部酋长乜列河,并结合蠕蠕主阿那瓌,大破拔陵,收降叛众二十万。拔陵穷蹙,奔还沃野,阿那瓌出兵进击,连战皆捷,擒斩拔陵,献捷魏廷。拔陵了。魏主遣中书舍人冯隽,前往宣劳,犒赏从优。阿那瓌送归冯使,遂自称头兵可汗,蟠踞塞外,拥众称雄。这且待后再表。

且说沃野告平,魏已去一乱首,只有莫折念生、胡琛两路,尚未扑灭,不能不分头征剿,静俟澄清。哪知二寇未歼,复又生出二寇,遂致乱祸益炽,势等燎原。看官听说!一路是柔玄镇乱民杜洛周,起反上谷,改元真王;一路是五原降户鲜于修礼,起反定州,改元鲁兴。警报与雪片相似,传达魏廷,魏命幽州刺史常景,为行台征虏将军,与幽州都督元谭,往讨洛周。扬州刺史长孙稚，为骠骑将军，都督北讨军事，与都督河间王琛，往讨鲜于修礼。两两写来，有条不紊。彼此战争数月，元谭军溃，用别将李琚相代，琚复战死，更换了一个于荣。荣颇善战，军务始有起色。河间王琛与长孙稚未协，稚兵至滹沱河，被修礼伏兵邀击，伤亡甚多。琛观望不救，稚大败南奔，两人互相奏讦，俱坐罪除名。改用广阳王渊为大都督，以章武王元融，及将军裴衍为副，出击修礼。渊为太武帝曾孙，与城阳王元徽，系是从祖兄弟。徽妻于氏，与渊相奸，徽不能防闲于氏，惟恨渊甚深。渊既出征，徽上白胡太后，谓渊心不可测，恐有异图。胡太后乃密敕章武王融，令他潜加防备，融却持密敕示渊。渊乃上表讦徽，论徽过恶，说他谮害功臣，并及己身，请调徽出外，然后得免牵掣，方可效死击贼。胡太后搁置不理。徽时为尚书令，与郑俨等朋比为奸，外似柔谨，内实忌克，赏罚任情，魏政益乱。渊闻朝廷不用己言，越加疑惧，事无大小，不敢自决，因此沿途逗挠。会贼将元洪业，杀毙鲜于修礼，向渊请降。鲜于修礼了。渊正拟遣将招抚，偏修礼部下葛荣，替主复仇，刺死洪业，自为贼帅。旋且僭称皇帝，立国号齐，居然下诏改元，称为广安元年，率众趋瀛州。魏廷促渊进讨，渊遣章武王融，前往击荣，兵败战死。渊外畏贼势，内虑谗言，越弄得进退徬徨，自悲歧路。你要奸通人妻，应该受此折磨。城阳王徽，乐得下阱投石，嘱令侍中元晏，劾渊盘桓不进，坐图不轨。参军于谨，实主渊谋，胡太后因诏牓省门，悬赏缉谨。谨既有所闻，乘使语渊道："今女主临朝，信用谗佞，殿下迹被嫌疑。若无人代为表明，恐遭奇祸！谨愿束身归罪，宁可诬谨，不可诬殿下！"渊乃与谨泣别，谨星夜入都，自投牓下。有司以闻，胡太后立即召入，厉声责谨。谨从容奏对，为渊辩诬，且备陈按兵情由，说得胡太后亦为动容，不由的怒气潜消，释谨不问。

徽计不得逞，又致书定州刺史杨津，嘱使图渊。渊因葛荣势盛，退保定州，津遣都督毛谧等，夜袭渊舍，渊只率左右数人，仓皇走脱。行至博陵郡界，正值葛荣游骑，把他截住，劫往见荣。贼党欲奉渊为主，荣已自称天子，势不两立，便将渊杀死了事。城阳王徽，即诬渊降贼，拘渊妻孥。莫非欲污辱渊妻么？还是广阳府佐宋游道，替渊诉理，具报渊遇害实情，乃赦渊家属，不复论罪。即授杨津为北道都督，使拒葛荣。并因朔方扰乱，特授博陵郡公尔朱荣为安北将军，都督恒、朔二州军事。荣过肆州，刺史尉庆宾闭城不纳，惹动荣怒，引众登城，执庆宾还秀容，擅署从叔羽生为刺史。嗣是兵威渐盛，魏不能制。小子有诗叹道：

　　一麾出督便称雄，枭桀何曾肯效忠？
　　试看肆州轻易吏，咆哮已自蔑皇风。

贺拔胜兄弟,也投奔尔朱荣。荣得胜大喜,署为军将。欲知后事如何,待至下回再叙。

元乂可诛,而牝后不宜再出,胡氏之重复临朝,魏之乱亡也必矣。高阳王雍等,卑鄙无能,原不足道,元顺刚直敢言,何不力请胡后,归政魏主,乃徒谏毕饰,斥幸臣,不揣其本而齐其末,讵得谓之社稷臣乎?元略奔梁,萧综奔魏,当时南北二朝,喜纳亡人,几成习惯,略之逃亡也有名,综之叛亡也亦未始无名,但为梁主计,则综实乱贼,似难曲恕。彼既削综籍,旋即赐复,朝令暮改,憧憧往来,无非由内省多疚耳!淫弟逆女犹可恕,于综果何尤耶?魏既召还元略,赐爵东平,而略仍不能匡救时艰,犹之一高阳王雍也。盗贼麇于外,嬖幸蟠于内,庸臣旅进旅退,毫无干济。广阳王渊,虽遭谗罹祸,饮刃贼巢,然常则思淫,变则思避,天下有如是之取巧乎?其致死也,谁曰不宜!

第四十七回　萧宝夤称尊叛命　尔朱荣抗表兴师

却说尔朱荣在肆州,得了贺拔胜兄弟,不禁大喜,抚胜背道:"卿兄弟肯来从我,天下便容易平靖了。"遂署为军将,行止进退,随时与议。胜等亦乐为效力。看官阅荣词色,已可知他拔扈飞扬,名为魏廷御乱,实是后来一大厉阶。那魏廷正乱势纷纷,只忧兵将不足,想靠荣做北方长城,眼前事且不暇顾,怎能顾到日后呢!

古人有言:外宁必有内忧。这魏国是内忧交迫,外亦未宁,正是内外摇动的时候。梁豫州刺史夏侯亶,趁着淮水盛涨,攻魏寿阳。魏扬州刺史李宪,待援不至,只好举城降梁。亶令将军陈庆之入城安民,收降男女七万五千人,复称寿阳为豫州,改合肥为南豫州,二州俱归亶管辖。嗣复由梁将湛僧智,及司州刺史夏侯夔,会师武阳关,围魏广陵。魏尝称广陵为东豫州,刺史元庆和,保守不住,外城被陷。魏将陈显伯,率兵赴援,又为僧智所破。庆和无法可施,不得已投降梁军,显伯夜遁。梁军追击至十里外,斩获万计。僧智受命镇广陵,夏侯夔镇安阳。

已而梁主复遣将军陈庆之,与领军曹仲宗等,攻魏涡阳,寻阳太守韦放,亦引军往会。途次与魏将元昭等相遇,不及列营,部下皆有惧色。元昭麾下,步骑共五万人,分队夹进,声势锐甚。放系睿子,凤受家传,至此仍不慌不忙,免胄下马,自坐胡床,誓众迎战。于是士卒皆奋,踊跃直前,一当十,十当百,竟得杀退魏兵。不略韦放,仍为韦叡生色。乃徐徐收军,趋晤庆之。庆之不肯落后,也率麾下二百骑,驰往奋击,斫死魏兵前队百余人,因勒骑还营,与诸军并进。元昭分设十三垒,抵御梁军,两下相持,互有杀伤。差不多过了一年,仲宗因欲班师,庆之独杖节军门,誓死不退,遂简选锐卒,衔枚夜出,直捣魏营。魏人积劳致倦,仓猝不能抵敌,溃去四垒。庆之俘馘多名,陈列涡阳城下,指示守将王纬,纬乃乞降。魏兵尚有九垒,又由庆之移示俘馘,鼓噪进攻,吓得魏兵四散奔逃。元昭亦顾命要紧,弃垒遁去。庆之上前追蹑,杀毙无数,涡阳为尸血所积,几乎胶浅不流。自宋季被魏南侵,淮北为魏所据,齐末又由魏兵渡淮,陷入淮南,至此梁乘魏乱,攻克两淮城镇。

魏人失地颇多,无力与争,已是懊怅得很。叙入南北交涉,是按时销纳文字。再加那北方乱事,日急一日,真个是寇氛遍地,烽火连天。杜洛周寇掠蓟南,转趋范阳,屡为行台常景所破。景所恃唯一于荣,荣忽病殁,景遂失势。幽州民甘心从乱,竟开门迎纳洛周,景被掳去,幽州当然陷没了。葛荣守瀛州南趋,进逼殷州。殷州由定、相二州分出,领有四郡,刺史崔楷,甫经到任,城内无备,由楷召集兵民,谕以忠义,与贼党徒手相搏。连战半旬,终因力竭城崩,被贼杀入,楷不屈遇害。荣复转围冀州,刺史元孚督厉将士,昼夜拒守,自春及冬,粮储告罄,外无救兵,尚且据城死战。及城已被陷,孚与兄湛俱为所擒,兄弟各自引咎,愿为国死。都督潘绍等,亦向荣叩请,愿代死以活使君,荣叹为忠臣义士,统皆赦免。强盗发善心,连叙崔楷、元孚,意在教忠。

但殷、冀二州,俱为贼有,还有西道行台大都督萧宝夤,出兵累年,縻饷添兵,不知凡几,始终没有成效。特提萧宝夤,为本回前半截主脑。莫折念生与胡琛不和,两贼自相攻杀。念生屡挫,乃输款宝夤。宝夤使行台左丞崔士和,往收秦州。不意念生复反,擒杀士和,秦州再陷。宝夤出师泾阳,亲讨念生,一场交战,全军败绩,退屯逍遥园东。汧城、岐州相继降贼,幽州刺史毕祖晖,又复战没。西道都督北海王元颢,亦被杀败,关中大扰。雍州刺史杨椿,急忙募兵拒守,得士卒七千余人,登陴力御,才获保全。魏加椿为侍中,领行台统帅,节制关西诸将。念生遣弟天生,大举攻雍州,萧宝夤令部将羊侃,往助杨椿。侃隐身堑中,伺天生近城,一箭射去,应弦而毙。椿乘势杀出,贼众大溃,斩首数千级,雍州解严。念生方进据潼关,闻天生已死,乃弃关西去。

魏主因宝夤败退,褫夺官爵,免为庶人。一面下诏西征,整备兵马。既得潼关捷音,复说将北讨葛荣。诏书中很是夸张,仿佛有銮跸亲临,灭此朝食的气象,其实统是纸上谈兵,唯日在销金帐中,与潘嫔等练习肉战,有甚么行军思想。那胡太后亦纵情行乐,宫闱里面,通宵狎亵,笑语时闻,任他警报频来,且管目前肉欲,毫不加忧。死在目前,乐得纵欢。一切军事,都委城阳王徽及二

第四十七回　萧宝夤称尊叛命　尔朱荣抗表兴师

三嬖臣，随便处置。

可奈贼势未靖，宿将渐凋，雍州行台杨椿，又复上书报病，请人相代。魏廷无将可遣，只得复任萧宝夤，都督淮泾等四州军事，兼领雍州刺史。椿交卸还乡，因子昱将适洛阳，特嘱昱转奏两宫，谓宝夤非不胜任，但恐有异志，须慎选心膂为辅，方可戢彼野心。昱奉命至洛，面启魏主母子，两宫已是晨昏颠倒，神志迷离，哪里肯如言施行。

会闻葛荣进围信都，乃命金紫光禄大夫源子邕，为北讨大都督，率兵赴援。子邕方发，又接相州急报，刺史乐安王元鉴，文成帝孙。据邺叛魏，通款葛荣。因再命舍人李神轨，出会子邕，并召同将军裴衍，先讨邺城。才算一举得手，入邺诛鉴，传首洛阳。神轨还都，诏除子邕为冀州刺史，使讨葛荣。裴衍亦表请同行，奉敕允议。子邕独上书自陈，谓两人不宜同往，衍行臣请留，臣行请留衍，若逼使同行，必致败衄。有诏不许，子邕不得已偕衍北进。行至漳水，突遇贼十万众，蜂拥前来。两将本不同心，号令不一，猝遭大敌，兵士骇散，子邕及衍，相继阵亡。葛荣尽锐攻相州，还亏刺史李神，悉众固守，协力致死，才得不陷。可见用兵之道，全恃一心。偏雍州行台萧宝夤，竟杀死关右大使郦道元，居然造起反来。果如杨椿所料。

宝夤西讨莫折念生，前次败绩遭谴，已不自安，后来虽得起复，终怀疑惧。莫折念生返至秦州，由州民杜粲纠众发难，击死念生，粲自掌州事。南秦州城民辛琛，亦自行州事，各遣使至萧宝夤处乞降。莫折念生亦了。宝夤表闻魏廷，魏主尽复宝夤旧封，仍爵齐王兼尚书令。

中尉郦道元，素号严猛，不避权戚。司州牧汝南王元悦，宠信小吏邱念，弄权不法。道元收念付狱，拟处重刑。悦亟白胡太后，请赦念罪。太后敕令赦念，偏道元不待赦至，先已杀念，复劾悦纵奸枉法诸罪状，太后不理。悦深恨道元，想出一法，请调道元为关右大使。关右为萧宝夤势力范围，遣使镇压，明明是悦的诡计，使他激怒宝夤，好借刀杀死道元。魏廷哪里知晓，即派道元西行。果然宝夤闻知，由疑生畏，由畏生忿，特商诸僚佐柳楷。楷答道："大王为齐明帝子，天下属望，何必定居人下！况近有谣言：鸾生十子，九子毈，音断，卵坏也。一子不毈，关中乱。乱训为治，大王当治关中，已无疑义。"宝夤乃决计叛魏，密遣部将郭子恢，潜伏阴盘驿，俟道元过境时，突出拦阻。把他刺死。佯言为贼所害，命人收殡，诡词奏闻。魏责宝夤捕凶正法，宝夤当然不理，即欲称帝关中。

行台郎中苏湛，人品端方，素为宝夤所重，时正抱病在家。宝夤使他姨弟姜俭与商，湛不待说毕，便放声大哭。奇哉！俭惊问何因？湛且泣且语道："我家百口，今将屠灭，怎得不哭！"又哭至数十声，乃徐语俭道："为我白齐王！王本似穷鸟投人，赖朝廷假王羽翼，荣宠至此，奈何无端背德！且魏德虽衰，天命未改，齐王恩信，未洽民情，乃欲率羸惰兵卒，守关问鼎，怎能有成？湛不能举家同尽，愿乞骸骨归还乡里，使得病死，下见先人。"俭返报宝夤，宝夤知湛不为己用，听令还里。

长史毛遐，与弟鸿宾，奔往马祇栅，召集氐羌，抗拒宝夤。宝夤遣将军卢祖迁击遐，一面自称齐帝，改元隆绪，置百官都督，公然被服衮冕，出祀南郊，行即位礼。伪官呼嵩未毕，忽有败报传来，祖迁败死，禁不住神色仓皇，匆匆入城。别派部将侯终德，往击毛遐兄弟，并派重兵据守潼关。

正平民薛凤贤、薛修义等，亦聚众河东，分据盐池，围攻蒲阪，东西连结，响应宝夤。魏命尚书仆射长孙稚，为行台统帅，往讨宝夤，遣都督宗正珍孙，往讨二薛。

长孙稚驰至恒农，闻宝夤围攻冯翊，尚未陷入，乃与将佐会议所向。行台左丞杨侃献计道："贼据潼关，守御已固，未易攻入，不如北取蒲坂，渡河西行，直捣心腹。贼回顾巢穴，冯翊必当解围，就是潼关守兵，亦必却顾而走，支节既解，长安自可坐取了。若以为愚计可行，愿效前驱！"长孙稚皱眉道："汝计甚善，但薛修义方围河东，薛凤贤复据安邑，近闻宗正珍孙，军至虞坂，不能前进，我军如何可往？"侃微笑道："珍孙一行阵匹夫，怎知行军？二薛党羽，统是乌合，只能欺吓珍孙，不能欺吓别人。"房在目中。稚乃使长男子彦，随着杨侃，带领骑兵，自恒农北渡，进据石锥壁。侃扬言道："我军今且停此，暂待步军。为念沿途村民，无知受胁，情实可怜，今先告父老百姓，速送降名，各自返村，俟我军举起三烽，也当举烽相应，我军誓不相犯；若无人应烽，定系贼党，当进屠村落，夺取子女玉帛，犒赏我军。"诳贼足矣。村民闻了此言，转相告语，多递降名。一俟官军举烽，无论已降未降，皆举烽相应，火光彻数百里。薛修义等围住河东，遥见烽火齐红，不觉大骇，当即遁还，与凤贤同约来降。潼关守兵，果然返顾，相率却走，侃即飞报长孙稚。稚见潼关空虚，已率全军入关，进至河东，与侃相会。侃更长驱直进，宝夤遣将郭子恢截击，连战皆败。那往击毛遐的侯终德，竟与遐等联络，还袭宝夤。

宝夤连忙出敌，军无斗志，未战先逃，慌得宝夤驱马奔回，挈领妻孥，自后门出奔，径投万俟丑奴。丑奴为胡琛部将，琛被拔陵余党费律诱至高平，将他杀死。胡琛了。余众并归丑奴，再据高平，剪灭拔陵余党。既得宝夤投奔，引为谋主，授官太傅，自称天子，僭置官属。适波斯国献狮至魏，被丑奴截留，作为符瑞，自称神兽元年。奴可为帝，兽足表年，扰乱时代，应该有此奇闻呢！语极冷隽。

且说魏主诩年已寖长，知识日开，胡太后帷薄不修，时怀疑忌。通直散骑常侍谷士恢，得邀上宠，日在魏主左右，胡太后恐他传闻秽事，诬以他罪，勒令

第四十七回　萧宝夤称尊叛命　尔朱荣抗表兴师

自尽。尚有密多道人，能作胡语，亦尝出入殿廷，为魏主所亲信。太后又使人伺他踪迹，刺死城南，佯为悬赏购贼。此外如魏主宠臣，多被太后迁黜。魏主当然恚恨，遂致母子生嫌。

是时葛荣、杜洛周，互相吞噬，洛周被葛荣击死，杜洛周了。余党降荣。荣凶焰益盛，南趋邺城。安北将军尔朱荣，因葛荣南逼，表请自发骑兵，东援相州，并不见报。惟纳女入宫，得册为嫔。魏主诩所爱唯此。进封尔朱荣为骠骑将军，都督并、肆、汾、广、恒、云六州军事，寻复进位右光禄大夫，开府仪同三司。怀朔镇函使高欢，初与段荣、尉景、蔡隽先等，投入杜洛周，嗣见洛周不能成事，转奔葛荣，旋复亡归尔朱荣。荣见欢形容憔悴，不以为奇，但安置帐下，作为随卒。会欢从荣入马厩，厩有悍马，专喜蹄啮，荣命欢修剪马鬣。欢不加羁绊，执刀徐剪，马竟不动。剪毕，语荣道："御恶人也如是呢！"荣暗暗点首，即引欢入室，屏去左右，访问时事。欢抵掌道："今天子闇弱，太后淫乱，嬖孽擅命，朝政不行，如公雄才大略，乘时奋发，入讨郑俨、徐纥等，廓清君侧，霸业可一举即成了。"荣大喜道："得卿言，似梦初醒哩。"遂复与欢促膝密谈，自日中至夜半，欢才趋出。嗣后遇有军事，必与欢谋。

并州刺史元天穆，系元魏宗室，与尔朱荣很是投契，荣复与他密谋入洛，天穆亦甚赞成。帐下都督贺拔岳，又从旁怂恿，荣遂部署兵马，聚集义勇，北捍马邑，东塞井陉，将南向入都。适接到魏主密敕，召荣入除徐、郑，荣愈觉有名，即日出师，用高欢为前锋，浩浩荡荡，向南出发。此是高欢发轫之始。

行次上党，忽又有密敕颁到，止荣入都。荣不禁踌躇，欢又语荣道："明公今日，骑虎难下，有进无退，何必多疑！"荣乃复拟进行。越日由都中发出哀诏，说是魏主暴崩，立嗣子为皇帝。又越数日，传到太后诏令，谓嗣子非男，实系皇女，今决立临洮王世子钊，入纂正统，大赦天下。这种迷离恍惚的诏书，顿时触怒尔朱荣，当即抗表道：

伏承大行皇帝，背弃万方，奉讳号踊，五内摧剥。仰承诏旨，实用惊惋。今海内草草，异口一言，昔云大行皇帝鸩毒致祸，臣等外听讼言，内自追测，去月二十五日，圣体康怡，隔宿即奄忽升遐，即事观望，实有所惑。且天子寝疾，侍臣不离左右，亲贵名医，瞻仰患状，面奉音旨，亲承顾托，岂容不豫初，不召医，崩弃曾无亲奉，欲使天下不为怪愕，四海不为丧气，岂可得乎？是以皇女为储两，虚行庆宥，上欺天地，下惑朝野，已乃选君于孩提之中，使奸竖专朝，贼臣乱纪，惟欲指影以行权，假形而弄诏，此何异掩眼捕雀，塞耳盗钟！今秦陇尘飞，赵魏雾合，丑奴势逼幽雍，葛荣凭陵河海，楚兵吴卒，密迩在郊，古人有言：邦之不臧，邻之福也。一旦闻此，谁不窥窬？窃惟大行皇帝，圣德驭宇，断体正君，犹边烽迭举，妖寇不灭。况今从佞臣之计,随亲戚之谈,举潘嫔之女以诳百姓,奉未言之儿而临四海,欲使海内安爱,实所未闻!伏愿留圣善之慈,回须臾之虑,鉴臣忠诚,录臣至款,听臣赴阙,参预大议,问侍臣帝崩之由,访禁卫不知之状,以徐、郑之徒,付之司败,雪同天之耻,谢远近之怨,然后更召宗亲,推其年号,声副遐迩,改承宝祚,则四海更苏,百姓幸甚!

看官听说!这魏主诩年才十九,素无疾病,如何忽然暴崩?原来郑俨、徐纥,因尔朱荣引兵南向,情甚惶急,阴与胡太后商议,谋鸩魏主。太后已与魏主有嫌,乐得依从,遂将魏主鸩死,立伪皇子为帝。先是潘嫔生女,托称皇子,庆赦并行,改元武泰。及魏主被鸩,权立皇女,后且据实声明,改立临洮王世子钊。从前京兆王愉,叛命削籍,见四十二回。胡太后却追愉为临洮王,令子宝月袭爵。魏书明帝纪作宝晖。钊即宝月子,年甫三岁,太后利他年幼,因即迎立。偏尔朱荣出来反对,抗表上闻。胡太后接览荣表,很是惊心,亟拟故主诩尊谥,称为孝明皇帝,庙号肃宗,丧葬礼仪,概从隆备。一面遣荣从弟世隆,赍敕慰荣,劝令还镇。小子有诗叹道:

淫牝怎得屡司晨,况复戕君灭大伦!
当日尔朱犹假义,出师还算魏忠臣。

究竟尔朱荣曾否依敕,且至下回再详。

萧宝夤事魏已久,封王爵,拜尚书令,魏之待宝夤也,不为不优。即一再免官,亦由宝夤之丧师致罪,非魏之过事苛求也。况旋黜旋用,宠眷不衰,彼乃妄思称尊,构兵叛魏,其视杜洛周、葛荣、万俟丑奴辈,固不可同日语矣。杜葛等未受魏恩,揭竿为乱,史笔不得谓之非贼,况宝夤乎!本回历叙战事,独提宝夤为主脑,诛其心也。胡太后以母害子,纲目直书曰弑。君主时代,尊无二上,不得以太后恕之;况其为淫乱不法,毫无母德耶!尔朱荣抗表问罪,义正词严,假使他日入洛,清宫掖,肃纪纲,则功绩岂出伊、霍下?故以事迹论,则尔朱兴师之日,尚非肆逆之时。应贬则贬,应褒则褒,论史者固具有苦心乎!

第四十八回　丧君有君强臣谢罪
　　　　　　因敌攻敌叛王入都

却说尔朱世隆,赍着魏廷诏敕,行至晋阳,适与尔朱荣相遇。兄弟叙谈,当然有一番情话。荣览敕后,语世隆道:"这事我不便依从,弟亦无须回朝。"

世隆道："朝廷疑兄，故遣世隆到此，今留世隆，反使朝廷得以预防，亦属非计。"荣乃遣还世隆，自与元天穆商议，谓彭城王勰凤有忠勋，名传身后，第三子子攸，近封长乐王，亦有令望，不如将他拥立，较孚众望云云。天穆亦以为然，荣因令从子天光等，往见长乐王子攸，具述荣意。子攸便即允议。皇帝是人人喜做的。天光等返至晋阳，向荣报命，荣又不免疑惑起来。从前魏国立后，必范铜为像，像成方得册立，否则目为不祥，应即罢议。荣援例卜吉，也将显祖献文帝即魏主弘。子孙，一一铸像，多半未就。惟长乐王独成，乃即起兵发晋阳。

　　世隆还都后，模糊复旨，及闻荣南下，潜逃出都，径投荣军。胡太后得了军报，很觉徬徨，悉召王公大臣等入议。大众都不直太后，莫肯发言。独徐纥出对道："尔朱荣乃是小胡，擅敢称兵向阙！据现在文武宿卫，出外控制，已是有余。今但分守险要，以逸待劳，臣料彼千里远来，士马疲敝，不出数月，包管能剿灭呢。"不容你算奈何？胡太后乃授黄门侍郎李神轨为大都督，率众拒荣。另遣他将郑先护、郑季明等往守河桥，武卫将军费穆屯小平津。

　　荣行至河内，遣使至洛，密迎子攸。子攸即与兄彭城王劭，弟霸城公子正，潜自高清渡河，至河阳会荣。将士见子攸到来，争呼万岁，子攸即引着荣军，复济河南行，在途称帝，筑坛受朝。也未免太急。进兄劭为无上王，子正为始平王，尔朱荣为侍中，都督中外诸军事，兼尚书令领军将军，封太原王。当即传诏远近，谕令效顺。

　　郑先护素善子攸，与郑季明开城相迎，费穆亦奉表通诚。李神轨狼狈夜遁。徐纥闻报，料知大势已去，也不暇顾及胡太后，竟捏称诏敕，夜开殿门，取御厩中良马十匹，挈领眷属，东奔兖州。郑俨也照样施行，逃回乡里。统是薄幸郎。胡太后失去二璧，好似没有手足一般，急得不知所措。踌躇多时，想出一着无聊的方法，尽召肃宗后妃，迫令出家，自己亦执着银剪，把头上的玲珑宝髻，一刀除去。烦恼青丝，已剪得太迟了。她以为做了道姑，总可免罪，省得尔朱氏追究。哪知尔朱荣不肯放松，一面召百官出迎新主，一面派骑士入宫，掳了太后及幼主，同至河阴。百官奉召，急急的奉了玺绶，备着法驾，至河桥恭迎新主子攸。胡太后见了尔朱荣，尚带泣带语，自言为嬖幸所误，请荣鉴原。幼主钊一味啼哭，晓得甚么好歹，惹得荣拂衣起座，顾令左右，立把太后、幼主驱出，沉入河中。河伯如欲娶妇，倒还可以将就。

　　费穆入见尔朱荣，附耳密语道："公士马不出万人，今长驱向洛，兵不血刃，成功太速，威力无闻。京中文武官吏，不下数百，兵民更不可胜计，若知公虚实，必致轻视。今日非大行诛罚，更植亲党，恐公他日北还，未逾太行山，内变便要发作了。"导人好杀，怎得令终！荣一再点首，转告亲将慕容绍宗，绍宗道："胡太后荒淫失道，嬖幸弄权，淆乱四海，所以公得兴兵问罪，入清宫廷，今无故歼戮多士，不分忠佞，恐天下失望，反与公有不利，请公三思！"

荣不肯从，佯请新主子攸，就陶渚引见百官，只说是即日祭天。俟百官趋集，却下了一声军令，纵骑兜围，把百官困住垓心，然后申辞指斥。说是国家丧乱，肃宗暴崩，统由朝臣贪虐，未能匡弼，应该声罪行诛，不使稽戮云云。这语一传，王公大臣等，才知为荣所赚，各吓得魂驰魄散，面色仓皇。那尔朱荣确是厉害，即遣骑士入围捕戮，拿一个，杀一个，也不问有罪无罪，一古脑儿割下首级，自丞相高阳王雍，司空巨平王钦，仪同三司东平王略，以及广平王悌，常山王邵，北平王超，任城王彝，赵郡王敏，中山王叔仁，齐郡王温等，凡元氏宗室，在朝任职，悉数毕命。就是直声卓著的元顺，时已为左仆射，亦为所杀。不忘遗直。公卿以下，遇害至二千人，尚有朝士百余，迟到数刻，亦被胡骑围住。荣又下令道："有人能作禅位文，便即免死！"言未毕，即有侍御史赵元则，应声如响。是一个好差使，哪得不上前速应？当下释出元则，令他草诏，余多戮毙。荣复谓元氏当灭，尔朱氏当兴，嘱军士同声附和，共称万岁。乃遣将弁数十人，持刀入行宫，刹毙彭城王劭，始平王子正，迫子攸徙居河桥，锢置幕下。比董卓、朱温还要凶狠。

子攸忧愤交并，使人向荣达意道："帝王迭兴，盛衰无常。今四方瓦解，将军投袂起师，所向无前，这是天意，原非人力所能致此！我生不辰，遭际衰乱，本不敢妄觊天位，只因将军见逼，勉强承统。若天命已归将军，不妨早正位号。就使推让不居，存魏社稷，亦当更择亲贤，善为辅弼。我但求保全生命，不必多疑！"荣听了此言，再与将佐熟商。都督高欢，劝荣即日称帝。独将军贺拔岳进言道："将军首建义兵，志除奸逆，大勋未立，遽有此谋，恐未必邀福，反足速祸呢！"荣志忐不定，自铸铜为像，四次不成。又令功曹参军刘灵助，卜筮吉凶，灵助亦言未吉。荣沉吟良久，方语灵助道："我若不吉，天穆何如？"灵助道："天穆亦不应推立，只有长乐王方应吉征。"荣素信灵助言，不由的惭惧起来，自傍晚至夜半，不食不寝，但在室中绕行，且自言自语道："尔朱尔朱，为何这般弄错？只好一死塞责，报谢朝廷！"贺拔岳乘间入言，请杀高欢谢天下。荣亦被他激动，意欲杀欢，经左右代欢解免，方才罢议。

时已四更，荣匹马出营，直诣河阳幕下，拜谒子攸，叩头请死。何前倨而后恭。子攸不得已慰勉数语，扶令起身，荣即自为前导，引子攸入宿营中。诘旦即拟奉主入都，部众以滥杀朝士，积成怨愤，将来必有报复情事，不如迁都北方，可避后患。荣至此又不免起疑。好听人言，怎能有成？武卫将军讯礼，从旁力谏，乃将迁都计议，仍复打消。于是安排仪仗，簇拥嗣主子攸，舆驾入洛阳城，下诏大赦，改元建义。

第四十八回　丧君有君强臣谢罪　因敌攻敌叛王入都

京中官吏,已十死八九,剩了几个散员末秩,也是逃避一空,不敢出头。宿卫空虚,官守废旷,只有散骑常侍山伟,诣阙谢赦,叩首山呼。尔朱荣瞧这形状,也觉凄寂得很,便上书陈请道:

臣世荷藩寄,征讨累年,奉忠王室,志存效死。直以太后淫乱,孝明暴崩,遂率义兵,扶立社稷。陛下登祚之始,人情未安,大兵交际,难可齐一。诸王朝贵,横死者众,臣今粉躯,不足塞往责以谢亡者。然追荣褒德,谓之不朽,乞降天慈,微申私责:无上王请追尊帝号,诸王刺史,乞赠三司,其位班三品,请赠令仆,五品之官,各赠方伯,六品以下,赠以镇郡。诸死者无后听继,即授封爵,均其高下,节级别科,使恩洽存亡,有慰生死,或尚足少赎臣愆,谨拜表以闻!

魏主子攸当然允议,先尊皇考彭城王勰为文穆皇帝,皇妣李氏为文穆皇后,迁神主至太庙,号为肃祖。然后尊皇兄劭为孝宣皇帝,皇嫂李氏为文恭皇后;从子韶窜匿民家,遣人访获,令还朝袭封彭城王。他如皇伯父高阳王雍,皇弟始平王子正等,悉予尊谥。其余死难诸臣,亦如荣言赐恤。荣又请遣使劳问旧臣,文官加二阶,武官加三阶,百姓复租役三年,都下吏民,始得少安。旧臣亦相继赴阙,多仍原职。荣部下诸将士,因从龙有功,普加五阶。

诸将士尚防有后患,劝荣请魏主徙都,荣复为所动,入白魏主子攸,主张北迁,都官尚书元谌,独出来反对,与荣力争。荣怒叱道:"迁都事与君无关,何必争执?且河阴一役,君曾闻知否?"谌亦抗声道:"天下事当与天下公论,奈何举河阴毒虐,来吓元谌!谌系国家宗室,位居常伯,生既无益,死亦何损,就使今日碎首流肠,也不足畏呢!"元氏犹有此人,好算难得。这一席话,惹得荣气冲牛斗,即欲加谌死罪。尔朱世隆在旁力劝,谌得不死。盈廷无不震慑,谌仍神色不变,徐徐引退。

过了数日,魏主子攸偕荣登高,俯视宫阙壮丽,列树成行。荣叹息道:"前日愚昧,有北迁意,今见皇居壮盛,方信元尚书言,确有至理,无怪他抵死不从呢。"魏主亦好言抚谕,荣乃绝口不谈迁都。惟郑俨、徐纥、李神轨三人,在逃未获,檄令地方有司,搜捕治罪。俨遁归乡里,与从兄荥阳太守仲明,谋据郡起兵,为部下所杀。纥奔至泰山郡,投依太守羊侃,嗣闻朝廷严捕,乃与侃南奔降梁。神轨不知下落,想已是窜死了。汝南王悦,临淮王彧,北海王颢,前已避难南奔,或因魏主定位,访求宗室,乃上书梁廷,乞求放归。梁主颇惜彧才,但不便强留,准令北还。魏主授彧尚书令,兼大司马,彧遇事敢言,颇有直声。

已而魏主欲册立皇后,尔朱荣嘱使朝臣,拟将前时纳充嫔御的孺女,改配魏主，好乘时正位中宫。看官，试想荣女曾为肃宗嫔，肃宗谓系子攸从侄，名分攸关，怎得将侄妇充做御妻？子攸不便依荣，又未敢违荣，当然是怀疑未决。黄门侍郎祖莹进议道："从前春秋时候，晋文在秦，怀嬴入侍，事贵从权。幸陛下勿疑！"却是一条正比例，但怀嬴止为晋文妾，荣女却为子攸后，是尚不能强同。子攸不得已如祖莹言。小子上文曾叙及肃宗后妃，被胡太后迫令出家，及尔朱荣入都，荣女正在瑶光寺，由荣迎回。此时祖莹为荣申请，既得魏主允准，赶即报荣。荣不禁大喜，即令媚女释服改装，打扮得与娥姁相似，乘舆入宫。魏主子攸，见她炫服华容，倒也可爱，乐得将错便错，同赴高唐。一连三宿，订定立后礼仪，御殿受册。这位尔朱嫔丰神绰约，环珮雍容，居然被服翚衣，统掌六宫事宜，好做那北朝国母了。魏加尔朱荣为北道大行台，巡方黜陟，先行后闻。

荣乃欲还镇晋阳，入阙白主，申谢河桥罪过，誓言后无贰心。魏主起座扶荣，也与他握手设誓，彼此不贰。荣很是喜慰，求酒畅饮，喝得酩酊大醉，由魏主召令左右，掖入床舆。听他鼾声大作，不由的记忆前恨，惹起杀心。当下取刀在手，拟即杀荣，左右慌忙谏阻，各说是投鼠忌器，万不可行。乃命将床舆昇入中常侍省，荣尚一睡未醒，直至夜半，方才惊寤。渐闻魏主有下刃意，心不自安，遂辞行北去。特荐元天穆为侍中，录尚书事，领京畿大都督，兼领军将军。行台郎中桑乾、朱瑞为黄门侍郎，兼中书舍人，内外勾通，腹心密布，仍然与在朝无异，不肯放宽一着。魏主亦只好得过且过，付诸缓图。

会葛荣引兵围邺，众号百万，魏主将亲往讨，命大都督上党王元天穆，总众八万为前军，大将军太原王尔朱荣，带甲十万为左军，司徒杨椿，勒兵十万为右军，司空穆绍，统卒八万为后军。荣奉到诏敕，亟自率精骑七千名，倍道兼行，用侯景为前驱，东出滏口。葛荣横行河朔，所过残破，闻尔朱荣孤军前来，佻然语众道："区区一军，怎能敌我！尔等可各办长绳，来一个，缚一个，不得有误！"如此骄盈，不败何待？便令列阵数十里，西向待着。

尔朱荣潜军山谷，分骑士为数队，每队约数百骑，扬尘鼓噪，使贼众不辨虚实，自率健骑绕出葛荣阵后，预约夹攻。葛荣只管前面，不管后面，但听得哗声大至，急忙备御。等了许久，并无来军，正拟解甲休息，又觉得喊声四起，尘头滚滚。好多时不见到来，转使葛荣且惊且疑。既而自笑道："这是尔朱荣的疑兵计，毫无实力，徒乱我心，我适受彼赚，不如大众静坐，休养锐气为是！"这才中计。遂令部众静守，不必他顾。部众各散伍小憩，不意阵前阵后，胡哨迭吹，霎时突入铁骑，搅乱贼阵。葛荣仓猝上马，尚只督众向前，为抵敌计，忽背后驰到一大将，手起槊落，竟将葛荣打倒马下，一声呼喝，已由好几个健卒，跳跃而至，立把葛荣缚住。贼众见渠魁受擒，无不胆落，那大将又复传

第四十八回　丧君有君强臣谢罪　因敌攻敌叛王入都

令,降者免死,于是贼众一齐投戈,匍匐乞降。大将又宣谕道:"尔等都有父母妻孥,奈何从贼寻死!我但拿问首逆,不问胁从,愿留者听,愿归者亦听。"这谕传出,大众多半愿归,泥首拜谢,欢跃而去。冀、定、沧、瀛、殷五州,自是肃清。看官欲问大将为谁?无非是个尔朱荣。

荣既遣散贼众,尚有若干贼目,无家可归,亦量能录用,不使失所。可巧贼目中有一少年,虎背猿躯,与众不同,问他姓名,叫做宇文泰。乃父名肱,随鲜于修礼战死,泰转投葛荣,至此为尔朱荣所爱,擢为军将。宇文泰始此。随将葛荣槛送入洛,枭斩都市。葛荣了。魏主加荣为大丞相,都督河北畿外诸军事,并封荣诸子为王。一面撤回元天穆各军,进司徒杨椿为太保,城阳王徽为司徒。

是时梁将军曹义宗,围魏荆州,已历三年,守将王罴百计拒守,幸得不陷。魏廷因朔方多难,不遑南顾,至是始遣中军将军费穆,都督南征各军,往援荆州。梁军久顿城下,已经疲敝,不料费穆猝至,闯入梁营,曹义宗不及措手,竟被擒去,荆州解围。梁主衍闻义宗被掳,当然不肯干休,索性想出因敌攻敌的计策,封降王元颢为魏王,派将军陈庆之引军纳颢。颢南奔梁见上文。颢遂北行,得拔荥城,擒住魏行台统帅济阴王元晖,自称魏帝,改元孝基。

魏大都督元天穆方出略河间,往讨伪汉王邢杲。杲前为幽州主簿,也想乘乱为王,招集河北流民,占踞北海,骚扰青州。天穆奉敕东征,一军不能两顾,魏主令他熟筹缓急。他决计先灭邢杲,然后讨颢。却喜东征得手,不到数月,便将杲擒送洛阳,斩首了事。乃移军南趋,在途迭闻警耗,系是元颢导着梁军,乘虚深入,取梁国,拔荥阳。当下驱军急进,直至荥阳城下,偏被陈庆之杀将出来,急切不能阻拦,竟至败北。庆之乘势追击,复陷虎牢。虎牢为洛阳要塞,一经失守,洛都当然大震。

魏主子攸急欲避难,未知所向,因召群臣会议。或劝魏主赴长安,中书舍人高道穆进言道:"关中荒残,不宜再往。颢乘虚深入,将士不多,若陛下亲率卫士,背城一战,臣等亦誓尽死力,不难破颢。倘谓胜负难料,不若暂时渡河,征召大丞相尔朱荣,与大将军天穆,犄角进讨,不出旬月,定可成功。这乃是万全之计呢!"魏主子攸,遂带领数骑,夜走河内。都中无主,便即大乱。临淮王彧,安丰王延明,倡议迎颢,遂封府库,备法驾,率百僚迎颢入城。

颢入洛阳宫,改元建武,也循例施赦,授陈庆之为侍中,领车骑大将军。元天穆收集败卒,得四万人,掩入大梁,再分兵二万,使费穆为将,往攻虎牢。颢亟遣庆之击穆,穆正力攻虎牢,闻庆之将至,已有畏心。嗣又得天穆北去消息,只剩得自己孤军,越觉彷徨失措,一俟庆之到来,即望尘迎降。庆之送穆至洛,颢责他趋奉尔朱,滥杀王公,即令推出枭首。该杀。一面命黄门侍郎祖莹，作书贻子攸道："朕泣请梁朝，誓在复耻，但欲问罪尔朱，出卿虎口，卿与我肯同心戮力，皇魏或可再兴，否则尔朱得福，卿益得祸。卿宜三复斯言，庶富贵可共保哩。"

书去后杳无复音，唯河南州郡，陆续输诚。再遣使四出，招谕官民。齐州刺史沛郡王元欣，意欲受诏，军司崔光韶抗言道："元颢受制南朝，引寇兵覆宗国，乃是乱臣贼子，人人得诛，不但大王家事，所应切齿，就是下官等亦夙受国恩，未敢仰从！"长史崔景茂等，亦齐声道："军司言是！"欣乃斩颢使，示与决绝。还有襄州刺史贾思同，广州刺史郑先护，南兖州刺史元暹，俱不受颢命。冀州刺史元孚，自葛荣受诛后，仍复原职。颢令为东道行台，封彭城郡王，孚将颢书转献魏主子攸，表明诚意。平阳王元敬先，起兵讨颢，不克而死。

颢入洛城时，适遇暴风，缓辔至阊阖门，马忽惊跃，不肯入城，当由左右代为执辔，驱策数次，才得驰入。颢颇有戒心，所以入城申谕，禁止侵掠，内自宫掖，外及民舍，统皆安堵如恒。过了一二旬，渐渐的骄怠起来，所有宾客近习，统皆宠待，自己日夕纵酒，不恤兵民。所从南兵，陵轹市里，不复加禁，因此朝野失望，公私不安。恒农人杨昙华私语亲友道："颢必无成，假兖冕不过六十日。"谏议大夫元昭业，亦窃议道："从前更始即新莽时之刘玄。自洛西行，初发马惊，奔触北宫铁柱，三马皆死，后卒无成。援古证今，相去亦不远呢。"高道穆兄子儒，自洛阳出从子攸，子攸问洛中事，子儒答道："颢败在旦夕，不足深虑！"子攸才得少安。小子有诗叹道：

　　休言成败属穹苍，一得生骄定不长；
　　阊阖门前惊坐马，区区未足验灾祥。

颢既骄恣，复欲叛梁。欲知后来情形，俟至下回再表。

　　尔朱荣入清君侧，本属有名，前回中已经评及。及观本回所叙之事实，乃知荣之心术，比莽、操为尤凶。胡后有罪，亦应上告宗庙，妥定刑名，幼主何辜，竟同赴洪流，惨遭溺毙。如此处置，已觉过甚，复误信费穆奸言，屠戮王公大臣，多至二千余人，长乐二弟，亦遭骈戮，是可忍，孰不可忍乎？天夺其魄，始迎新主入都，乃复有纳女为后一事。女为媵妇，使之改适，一不可也；以侄妇而再醮叔翁，逆伦伤化，二不可也。倒行逆施，一至于此，魏岂尚有国法乎？葛荣恶贯满盈，天然假诸荣手，非荣之果能歼贼也。彼元颢导敌覆宗，亦不足道，彭城王勰，有功枉死，其子子攸，尚为人所属望。北海王详，贪淫不法，死不足惜，颢徒借梁军以图一逞，误矣。况一得自豪，即萌骄态，此而不亡，不特无天道，并且无人道矣。贬抑之以儆效尤，所以示天下乱贼之防也。

第四十九回　设伏甲定谋除恶
纵轻骑入阙行凶

却说元颢自铚县出发，转战入洛，共取三十二城，大小四十七战，无不获胜，这都出之陈庆之的功劳。哪知他忘恩负义，潜生贰心，私与临淮王彧、安丰王延明，密谋背梁；因此待遇庆之，亦渐不如前。庆之已微察隐情，预为戒备，且入朝语颢道："我军不满万人，远来至此，幸得成功，人情尚未尽服。彼若知我虚实，调兵四合，如何抵御？不如速启南朝，更请济师。如北方有南人陷没，应敕诸州送入都中，兵多势厚，方可无虞。"颢支吾对付，转告安丰王延明。延明道："庆之兵不过七千，已是难制，今若更添兵力，怎肯再为我用？大权一去，事事仰人鼻息，恐元氏宗社，要自此颠覆了。"颢乃遣使上表梁廷，但言河北河南，同时戡定，只有尔朱荣一部，尚敢跋扈，臣与庆之自能擒讨，不烦添兵劳民云云。庆之之副将马佛念，密白庆之道："将军威行河洛，声震中原，功高势重，为魏所疑，一旦变生不测，祸且及身，不如乘他无备，杀颢据洛，倒是千载一时的机会，将军幸勿错过。"*为庆之计，确是良谋。*庆之摇首道："此计太险，恐不可行。"

嗣来了河北急报，尔朱荣自晋阳发兵，与天穆相会，护送子攸南还，前驱已到河上了。庆之亟往见颢，颢令庆之出守北中城，自据南岸，抵遏北军。庆之引兵直前，与北军相持三月，接仗至十一次，杀伤甚众，未尝败衄。安丰王延明等，沿河固守，北军泛舟可渡，亦不能亟进。尔朱荣意欲退师，再图后举，黄门侍郎杨侃语荣道："胜负本兵家常事，裹创血战，古今屡闻，况今并未大损，怎可中道折还，自阻锐气？今四方颙颙，视公此举，遽复引归，民情失望。如虑乏舟渡河，何勿多为桴筏，参用舟楫，沿河数百里间，皆为渡势，使颢防不胜防，一或得渡，必立大功。"高道穆亦进言道："今乘舆飘荡，主忧臣辱，大王拥百万雄兵，奉主南归，若分兵造筏，沿河散渡，指掌可克，奈何无端退却，使颢复得完聚？这所谓养虺成蛇，悔将无及了。"荣已为感动，询及刘灵助，灵助亦谓不出十日，河南必平。适伏波将军杨㯹族人，居住马渚，自言有小船数艘，愿为向导，荣乃命从子车骑将军尔朱兆，与都督贺拔胜，缚木为筏，自马渚夜渡，袭击颢军。

颢不及预备，仓猝应敌，至为北军所乘。领军将军冠受，系颢爱子，竟被擒去。颢大惊遁还，安丰王延明等亦皆溃退。陈庆之孤军失倚，忙收众结阵，匆匆引归。会值嵩高水涨，不便徒涉，那尔朱荣却自督大军，从后追来。庆之部众，急不择路，或投河溺毙，或缘河逃散，单剩得数十百骑，随着庆之。庆之急令从骑下马易服，自把须发薙去，溷充沙门，从间道逃至汝阴，始得奔归建康。

颢由辕轘南出临颍，从骑四窜，临颍县卒江丰，诱颢入室，取刀杀颢，传首洛阳。魏主子攸，早至北邙，由中军大都督杨津，洒扫宫禁，召集百僚，出迎子攸，涕泣谢罪。子攸慰劳已毕，遂入居华林园，颁诏大赦。加尔朱荣为天柱大将军，尔朱兆为车骑大将军，仪同三司，元天穆为太宰。凡北来军士，及随驾文武诸臣，各加五级，出宫人三百名，缯锦杂彩数万匹，班赐有差。临淮王彧，仍诣阙请罪，有诏不问。安丰王延明自觉无颜，挈妻子南奔梁朝，后来病死江南。

尔朱荣留都数日，仍辞归晋阳，遣都督贺拔胜出镇中山，复使统军侯渊，讨灭葛荣余党韩楼。越年再使从子骠骑将军尔朱天光，与左都督贺拔岳，右都督侯莫陈悦，率兵往讨万俟丑奴。丑奴出没关中，屡为民患，时正往攻岐州，令党徒尉迟菩萨等，自武功南渡渭水，扑城攻栅。贺拔岳引着千骑，倍道赴援，菩萨已拔栅收兵。岳前往挑战，诱菩萨至渭南，依山设伏，俟菩萨轻骑追来，发伏齐起，得将菩萨捉住，名为菩萨，奈何毫无神力？收降贼众万余。

丑奴闻菩萨陷没，退保安定。岳与天光会师岐州，扬言夏令将至，不便行师，应俟秋凉再进。丑奴信为实言，散众归耕，据险立栅。天光遂与岳、悦二都督，乘夜发兵，攻入大栅。所得俘囚，悉数纵还，诸栅闻风皆降。天光长驱直进，径达安定，丑奴无兵可守，弃城出走，贺拔岳等从后追蹑，赶至平凉，围住丑奴。裨将侯莫陈崇，单骑突入，与丑奴交手，不到三合，便把丑奴活捉了来，大呼出阵，贼皆披靡，乘胜进逼高平。萧宝寅为丑奴太傅，尚欲拒守，天光将丑奴推至城下，指示守卒，谕令速降。守卒立即应命，执住宝寅，送入大营，关中悉平。丑奴、宝寅，械送都中，缚至闾阖门外，示众三日，方将宝寅赐死，丑奴处斩。丑奴了，宝寅亦了。

宇文泰曾随军讨颢，因功封宁都子，至此复从贺拔岳入关，讨平丑奴，魏主子攸，擢泰为征西将军，行原州事。泰安抚关陇，待民有恩，民皆感悦，互相告语道："早遇宇文君，我等怎肯从乱呢！"为北周开国张本。

这且慢表。且说尔朱荣迭平叛乱，勋爵愈隆，威势亦愈盛，虽居外藩，遥制朝政，宫廷内外，遍布心腹，伺察魏主动静。魏主有心振作，勤政不怠，常与吏部尚书李神儁，议清治选部，荣奏补曲阳县令，资格未合，为神儁所搁置。荣当即怒起，擅自调补，神儁惶恐辞职，荣即使从弟仆射尔朱世隆，代理吏部，欲调北人镇河南诸州，魏主未许。太宰元天穆，出镇并州，竟为荣上奏道："天

第四十九回　设伏甲定谋除恶　纵轻骑入阙行凶

柱立有大功，为国宰相，若请变易全国官吏，陛下亦不得遽违，况止调数人为州吏，如何不即允许哩。"魏主复谕道："天柱若不为人臣，朕亦须听他命令；如犹存臣节，怎得黜陟百官！"天穆转告尔朱荣，荣当然生恨。尔朱后性又妒忌，稍有不平，便忿然道："天子由我家置立，怎得自专？我父原拟自为，何不早自决计呢！"尔父若为天子，尔只能做个公主，怎能总制六宫？世隆亦谓兄不为帝，自己未得封王，阴生觖望。惟魏主外制强臣，内迫悍后，居常愀然不乐。城阳王徽妃，系魏主舅女，侍中李彧，是魏主姊婿，魏主因她戚谊相关，格外亲信。二人欲得权宠，尝恨尔朱氏牵制，所以日夕毁荣，劝主除害。侍中杨侃，胶东侯李侃晞，仆射元罗等，亦曾与谋。魏主亦时思除荣，只一时未敢猝发。荣好游猎，寒暑不辍，辄绘缚禽图进呈，谓臣不忘武功，实欲北扫汾胡，南平江淮，为天子作统一计。又称参军许周，劝臣取九锡礼，臣未立大功，怎得叨受殊荣，已将许周斥去等语。魏主见他词意骄倨，益有戒心，唯玺书褒答，申奖忠诚。无非以假应假。

会尔朱后怀妊九月，将要分娩，荣表请入朝，欲乘便视后。城阳王徽等谓荣果诣阙，正好伏兵刺毙。李侃晞独言荣必设备，恐未可图，不如先杀荣党，发兵拒荣为是。两议俱属未妥。魏主尚是未决，都下已颇泄秘谋。中书侍郎邢子才等多畏祸东去。尔朱世隆亦有所闻，自为匿名书，粘贴门上，有天子欲杀天柱一语。旋即揭纸寄荣，荣自恃盛强，不以为意。且扯书掷地道："世隆胆怯，孰敢生心！看我单骑入朝，有人能挠我毛发么？"荣妻亦劝荣不行，荣终不听。即率将士等南下，妻亦随行，直抵洛阳。

魏主本即欲杀荣，因恐天穆在并州，必为后患，乃虚与周旋，优礼相待。荣入宫待宴，醉后奏陈，谓外人屡言陛下疑臣，意欲加诛。魏主不待说毕，便接口道："人亦有言王欲害我，谣说无凭，怎可轻信！"荣欢颜称谢。嗣是入谒，从人不过数名，又皆不持兵仗，魏主见荣尚无反意，拟取消前议，城阳王徽怂恿道："就使荣果不反，亦不可耐；况未必可保呢。"魏主乃征天穆入朝，欲一并除去。荣全未察觉。再加朝士随员，向荣献谀，或说是将加九锡，或说是将下禅文，或说是长星入中台，为除旧布新的预兆，或说是并州城上有紫气，不日当有应验，哄得尔朱荣心花怒开，扬扬自得。

荣有小女，适魏主兄子陈留王宽，荣尝指宽示人道："我终当得此婿力。"这种词态，传入宫廷，越令魏主生嫌。魏主又梦中取刀，自割十指，醒后很觉惊惧。问诸徽及杨侃，徽答道："蝮蛇螫手，壮士断腕，梦中割指，亦是此类。陛下若临机立断，可保吉征。"魏主意乃决定。

可巧天穆奉召入都，由魏主邀同尔朱荣，迎入西林园，摆酒接风。荣请令群臣校射，且面奏道："近来侍臣多不习武，陛下宜率五百骑出猎，振励武功。"魏主含糊许可,但心中愈觉动疑。越日召入中书舍人温子升,问汉杀董卓事,魏主道:"王允若赦凉州人,必不至死。"良久复语子升道:"如朕心理,卿亦应知,死犹欲为,况未必死呢!若戮及渠魁,曲赦余党,想不至有意外祸端!"子升唯唯应命。魏主嘱他预作赦文,指日诛恶,子升受命退去。

诘旦即召荣与天穆,入宴明光殿,令杨侃等伏甲以待。荣与天穆入座,宴饮未毕,便即起出。侃等从东阶入殿,见荣等已至中庭,不便动手,乃任他自去。既而荣诣陈留王家饮酒,大醉而归,因自称病发,连日不入。

魏主恐密谋漏泄,寝馈不安,城阳王徽入白道:"事不宜迟,何不托言后生太子,召荣入朝,就此毙荣?"魏主道:"后怀孕只及九月,怎得即言生子?"徽又道:"妇人不及产期,便是生儿,也是常事,彼必不疑。"魏主乃再伏兵明光殿,声言皇子已生,遣徽驰告荣及天穆。荣正与天穆坐博,徽即脱去荣帽,欢舞盘旋。忽又由殿中文武,传声促入,荣信以为真,遂与天穆一同入贺。两人应该同死,所以连属。

魏主闻荣等进来,不觉失色,温子升趋入道:"陛下色变,速请饮酒壮胆。"魏主因索酒连饮,渐觉心胆少豪。子升袖出赦文,正要呈览,遥见荣已登殿,料知不及再阅,便取文趋出。巧巧与荣相遇,荣问是何文书?子升只说一赦字。荣见他神色自若,也不欲取视,惘然竟入。魏主在东序下西向坐着,荣与天穆,至御榻西北入席。尚未开谈,李侃晞等持刀进来。荣料知有异,起趋御座,魏主已横刀膝下,顺手取出,向荣力斫,荣即仆地。侃晞追上一刀,呜呼毕命!天穆亦被砍死。荣长子菩提等,共三十人,随荣入宫,俱为伏兵所杀。内外欢噪,声满都城。

魏主即登闾阖门,饬温子升宣诏大赦,并遣武卫将军奚毅、前燕州刺史崔渊,率兵镇北中城。尔朱世隆,闻变夜出,奉荣妻及荣部曲,走屯河阴。荣党田怡等,欲进攻宫门,贺拔胜谓内必有备,不如出城,再图他计。怡乃随世隆出走,胜独不往。黄门侍郎朱瑞,虽为荣所委,却能委曲将事,颇得主眷。故虽从世隆出城,半途逃回。金紫光禄大夫司马子如,素为尔朱氏死党,弃家奔世隆。世隆即欲北还,子如道:"兵不厌诈,今天下汹汹,唯强是视,君若北走,反示人以弱,不如分兵据守河桥,还袭京师,出其不意,或可成功。"子如实是戎首。世隆依议,即夜攻河桥,擒杀将军奚毅等人,据北中城。魏主大惧,遣前华阳太守段育慰谕,竟被世隆杀死。

先是散骑常侍高乾,与弟敖曹避难奔齐,受葛荣官爵,聚民为乱。魏主招令反正,授乾为给事黄门侍郎,敖曹为通直散骑侍郎。尔朱荣奏请黜乾兄弟,谓叛人不宜再用,乃听解职还乡。敖曹复行抄掠,由荣诱拘晋阳,荣入都时,恐他生变,独令随行,禁居驼牛署。荣已诛死,魏主释令入侍,授官直阁将军。

第四十九回　设伏甲定谋除恶　纵轻骑入阙行凶

高乾亦自冀州至洛都，魏主命为河北大使，使与敖曹偕归，招集乡曲，作为外援。乾兄弟临行时，魏主亲送出城，举酒指河道："卿兄弟本冀部豪杰，能令士卒致死；倘京都有变，可为朕至河上，耀众扬尘。"乾垂涕受谕，敖曹拔剑起舞，誓以必死，待魏主回城，始相偕引去。

世隆遣族人尔朱拂律归，率胡骑千人，白衣至郭下，索太原王尸。魏主自登大夏门眺望，且令从臣牛法尚俯语道："太原王立功不终，阴图叛逆，王法无亲，已正刑书。罪止荣身，余皆不问。"拂律归应声道："臣等随太原王入朝，忽致冤酷，今不忍空归，愿得太原王尸，生死无恨！"言已大哭，群胡相率举哀，声震京邑。魏主亦觉怅然，便遣朱瑞赍着铁券，往赐世隆。世隆道："太原王尚不得生，两行铁字，何足为凭！"说着，举券投地。瑞拾券还报，魏主乃募敢死士讨世隆。三日得万人，出御拂律归，究竟士系新募，未习战阵，屡战不克。会皇子诞生，下诏大赦。庆贺既毕，复议讨叛，群臣皆面面相觑，不发一言。只能放火，不能收火，此等人有何用处？独散骑常侍李苗挺身道："小贼敢横逆如此！臣虽不武，愿率一旅出战，为陛下径毁河桥！"魏主大喜，即假平西将军职衔，率数百人出城，由马渚上流，乘船夜下，纵火焚河桥。尔朱兵顿时大乱，从南岸争桥北渡，俄而桥绝，溺毙甚众。苗还泊小渚，守待南援，哪知官兵一个不至，敌兵却陆续趋击。苗拚死力战，终因寡不敌众，部下尽歼，苗亦投水自尽。魏主闻报，很是痛惜，追封河阳侯，予谥忠烈。何不预发援兵？尔朱世隆经此一吓，却召回拂律归，向北遁去。

魏主诏行台都督源子恭出西道，杨昱出东道，各率兵万人，追讨世隆。子恭至太行丹谷，筑垒设防，控遏晋阳。时尔朱兆为汾州刺史，已发兵至晋阳城，拟即南向犯阙。适值世隆北返，两下会谈，议先奉太原太守行并州事长广王晔为主，然后进攻洛阳。晔系前中山王英从子，轻躁有力，既得尔朱氏推戴，便欣然称帝，改元建明。命世隆为尚书令，兆为大将军，皆封王爵，世隆从兄卫将军度律为太尉，天柱长史彦伯为侍中，徐州刺史仲远为车骑大将军，兼尚书左仆射，领徐州大行台。仲远遂起兵遥应，约共入洛。

骠骑大将军尔朱天光，正与贺拔岳、侯莫陈悦，西循关陇，闻荣死耗，亦下陇南行，拟向洛阳。魏主使朱瑞往抚，进天光为侍中，仪同三司，兼领雍州刺史。天光与贺拔岳谋，欲令魏主外奔，更立宗室。乃使瑞归报云："臣无异心，但欲仰奉天颜，再申宗门罪状。"又令僚属佯为奏闻，谓天光暗蓄异图，愿思胜算以防微意。狡哉天光。魏主两得奏报，不免怀疑，只好加封天光为广宗王，曲示羁縻。那长广王晔，亦封天光为陇西王。天光隐持两端，观望成败。

尔朱兆引众向洛，先召晋州刺史高欢，愿与偕行。兆素骁勇善战，独尔朱荣未死时，谓兆非欢匹，终当为彼穿鼻。至是欢接兆书，慨然叹道："兆狂愚如是,敢为悖逆,我不能长事尔朱了!"遂托言山蜀未平,不肯应召。

兆自督众南行,到了丹谷,与源子恭相持。尔朱仲远亦自徐州北向,陷西兖州,擒去刺史王衍。魏主亟命城阳王徽,兼大司马,录尚书事,总统内外,使车骑将军郑先护为大都督,与右卫将军贺拔胜共讨仲远。先护疑胜曾附尔朱,挥置营外,胜已心怀怨望。及行次滑台东境,与仲远相遇,交锋数次,先护并不出援,竟至败却。胜挟恨益深,遂潜奔仲远,返攻先护。先护狼狈奔走,后且投顺梁朝。南路失败,北路亦溃,源子恭部将崔伯凤阵亡,史仵龙开壁降兆。子恭慌忙奔回,还算幸全性命,洛阳大怖。

城阳王徽,毫无韬略,但惜财吝赏,失将士心。魏主与他商议,一味敷衍,谓小贼无虑不平。魏主亦以大河深广,兆等未能即来,谁知永安三年十一月间,河水浅涸,暴风扬尘,兆竟轻骑南来,渡河入都,守城将士,仓猝四溃,及兆纵骑叩宫,宿卫方才惊觉,立即骇散。魏主仓皇出走,步行至云龙门外,适遇城阳王徽,跨马急奔,连呼数声,并不见应。及徽已去远,却来了胡骑数十名,顺手把魏主牵住,往报尔朱兆去了。小子有诗叹道:

　　叛臣入阙始惊奔,失势何人认至尊?
　　天子穷途犹若此,才知处士贵争存。

未知魏主性命如何,容待下回再详。

　　平葛荣,灭元颢,诛万俟丑奴,擒萧宝夤,尔朱荣之功,不可谓不高。功高者本易震主,况如尔朱荣之有心篡逆,遥制朝政,而能不遭主忌耶!魏主子攸,定谋阙下,伏甲除奸,梁冀死而钟簴不惊,董卓诛而宫廷无恙,不可谓非一时快事。惜乎所用非人,满廷阘茸,城阳王徽,贪佞无能,而任为统帅;源子恭、郑先护辈,皆等诸自郐以下,不足讥焉。忠愤如李苗,挺身出战,冒险焚桥,乃不为后援,任其战死,虽欲不亡,宁可得乎?逆兆入宫,始得闻知,狼狈出走,立遭牵絷,识者有以知子攸之自取矣。

第五十回　废故主迎立广陵王
　　　　　　煽众兵声讨尔朱氏

　　却说魏主子攸,被胡骑牵去,往报尔朱兆。兆不欲与见,但令牵往永宁寺中,锁禁楼上。自入宫扑杀皇子,见有嫔御妃主,一并拘住,拣得几个美貌少妇,恣情污辱。独不提及尔朱后,想尚顾全姊妹。余皆随给将弁,任他处置,并纵

第五十回　废故主迎立广陵王　煽众兵声讨尔朱氏

兵大掠,都市为墟。司空临淮王彧,尚书左仆射范阳王诲,青州刺史李延实等,皆为乱兵所杀。

城阳王徽走至山南,抵前洛阳令寇祖仁家。祖仁一门三刺史,皆徽所引拔,总道他记念旧情,肯为留纳,哪知祖仁佯为欢迎,请徽入室。徽有金百斤,马五十匹,皆寄交祖仁,祖仁私语子弟道:"今日富贵并至,不但可得徽财,且可因徽得赏呢!"徽仅留一日,祖仁即伪言官捕将至,纵令他适。徽慌忙逃避,途次被杀。这刺客便由祖仁所使。既得徽首,便传送洛阳,兆竟不加赏。

未几兆梦中见徽,叫他往祖仁家,取贮金二百斤,马百匹。鬼犹狡猾,生前可知。兆即遣人掩捕祖仁,祖仁料不可匿,据实供明。兆疑与梦中未符,硬要逼索,祖仁将私蓄黄金三十斤,马三十四,悉数输兆。兆尚未信,怒执祖仁,悬首高树,用大石系足,搒掠至死。可怜寇祖仁贪图富贵,不顾仁义,害得这般结局!孽报难逃,可作后鉴,奉劝世人,勿昧心利己哩!苦口婆心。

尔朱世隆闻兆已成功,也即至洛。兆按剑瞋目道:"叔父在朝日久,耳目应广,如何令天柱受祸!"说至此,声色俱厉,吓得世隆胆战心惊,慌忙拜谢,方得无事。仲远亦自滑台入洛阳。会河西贼帅纥豆陵步蕃,声称奉魏主密诏,讨尔朱兆,进军秀容。兆无暇居洛,亟还晋阳,并将魏主劫去,留世隆、度律、彦伯等,镇守洛都。晋州刺史高欢,率骑兵邀截魏主,已是不及,乃作书致兆,为陈祸福,谓不应加害天子,徒受恶名。兆毁掷欢书,竟拘魏主至三级佛寺中,把他缢死,年才二十四。越二年为魏主修太昌元年,始追谥为孝庄皇帝,庙号敬宗。

陈留王宽曾随魏主北行,也为兆所杀。兆自率众御步蕃,到了秀容,连战皆败,急遣使至晋州,向刺史高欢乞援。欢虽应召,沿途逗留,直至兆再三告急,方与兆会师平乐。步蕃乘胜进逼,欢约兆为后应,自当前锋。行至石鼓山,大破河西寇众,击死步蕃。兆大喜过望,即与欢约为兄弟,连宵宴饮,相得甚欢。恐要被他穿鼻了。且因葛荣余党,出没六镇,谋乱不止,特向欢问计。欢答道:"六镇叛众,不能尽歼,王何不选用心腹,使为统帅!如有叛乱,统帅连坐,叛乱自渐少了。"兆欣然道:"此计甚善!但何人可使?"旁座贺拔允接入道:"莫如高公!"道言未绝,那唇间已着了一拳,流血满口,折落一齿。看官道由何人所击?原来就是高欢。出人不料。欢既击落允齿,且厉声道:"天下事取舍在王,汝何得妄言!王宜速杀此人!"浑身是假。兆摇手道:"允言甚是,君何必作态?今日便分兵属君,统帅六镇。"正要你说出此语。欢尚饰词谦让,兆以欢为诚,越加信任,坚嘱勿辞。

酒阑席散,兆已醉枕座上,欢恐他醒后悔言,遂出谕大众,已受委统州镇兵,可集汾东受号令。乃即建牙阳曲川,部署兆军。军士素惮兆凶狠,情愿就欢,相率投效麾下。欢又请将并、肆降户,就食山东。兆信欢方深,又复依议。长史慕容绍宗道:"不可!不可!今四方纷扰,人怀异望,高公雄才盖世,若再使外握强兵,譬如蛟龙得云雨,尚肯受人约束么?"兆怫然道:"我与彼有香火重誓,何必过虑!"绍宗道:"亲兄弟尚不可信,何论一区区香火呢!"兆不禁动怒,便叱道:"你敢离间我友情么?"遂喝令左右,把绍宗牵禁狱中。全然是一卤莽汉。一面促欢就道。

欢自晋阳出滏口,正值尔朱荣妻,自洛阳行来,有良马三百匹。他即指麾军士,截夺良马,另用羸马掉换。荣妻未敢与争,只好入城报兆,兆始觉惊疑,释出慕容绍宗,再与商议。绍宗道:"欢去未远,还是掌握中物呢。"兆乃自追欢至襄垣,适漳水暴涨,桥被冲坍,欢隔水拜语道:"借马非有他意,实防山东盗贼,王乃信谗来追,欢何惜一死,但恐部众便要叛离了。"兆亦自明无他,复跃马渡水,与欢并坐帐前,拔刀授欢,引颈就斫。欢大哭道:"自从天柱薨逝,贺六浑何所仰望,但愿大家千万岁,戮力同心,今奈何忽出此言!"兆乃投刀地上,复命斩白马,与欢为誓,且留宿夜饮。欢部下尉景,欲乘机执兆,欢啮臂戒谕道:"今欲杀兆,彼党必并力来争,势不可敌,不若且从缓议。兆徒勇无谋,将来总为我所擒呢。"尉景乃止。

诘旦兆渡河归营,复召欢会谈。欢上马欲行,长史孙腾牵住欢衣,欢乃托词不赴。兆隔水责欢,说他负约,欢不与答语。兆亦无法,不得已驰还晋阳。

那尔朱世隆等镇守洛阳,屏除盗贼,流通商旅,恰尚能勉力维持。尔朱天光入会世隆,谈及新主元晔,未洽人望,不如更立近亲。世隆也以为然,郎中薛孝通入白天光道:"何不改立广陵王?既属近支,又有令望,沈晦不言,多历年所,若奉以为主,必天人允叶了!"天光因告世隆,世隆道:"广陵王数年不言,莫非真有瘖疾不成?"天光道:"且遣人试验真伪。"乃使尔朱彦伯往告广陵王,他竟说出"天何言哉"四字,才知他并非真瘖,实是"遵养时晦"的意思。彦伯返报世隆,世隆大喜,便决意改立广陵王。

究竟广陵王为谁?闻他单名是一恭字,就是孝文帝宏的侄儿,广陵王羽的嗣子。广陵王羽见四十二回中。从前元乂擅权,恭恐得祸,避居龙华寺,佯称瘖疾,谢绝交通。至永安年间,都下谣传,寺中有天子气,由魏主攸遣人监束,并无异征,乃得免害。世隆等既议定废立,天光仍还雍州。同谋不同行,无非取巧。可巧长广王晔,来都定位,已至邙山南首,世隆亟遣泰山太守窦瑗,往启晔道:"天意人心,俱属广陵,愿王行尧舜事,勿再迟疑。"晔不觉失色,满口支吾,瑗已怀着禅文,竟取出示晔,硬令署印。晔无法推托,只好照署,瑗即返示广陵王恭。恭尚奉表三让,及百官备驾恭迎,然后入宫即位,改建明二年为普泰元年。令黄门侍郎邢子才草撰赦文,文中叙及太原王荣枉死情状,魏主

第五十回　废故主迎立广陵王　煽众兵声讨尔朱氏

恭勃然道："永安手翦强臣,并非失德,不过因天未厌乱,所以遇着成济的遗祸呢。"成济弑曹髦见三国魏史中。因取笔自作赦文,节去尔朱荣死事。恭闭口八年,至是始言,中外推为明主,想望太平。改封长广王晔为东海王,余如乐平王尔朱世隆、颍川王尔朱兆、彭城王尔朱仲远、陇西王尔朱天光、常山王尔朱度律,各仍元晔时故封。车骑大将军高欢,及都督斛斯椿以下,各加六级。斛斯椿本为魏东徐州刺史,曾依附尔朱荣,荣受诛时,椿惧祸南奔,依附汝南王悦。悦曾奔梁见四十二回。及尔朱复盛,仍然北归,得为将军,这且待后再叙。

惟尔朱世隆等,请追赠尔朱荣,魏主恭赠荣为相国、晋王,并加九锡。世隆意尚未足,再使百官议荣配飨。司直刘季明抗言道："今若配飨世宗,恪。时尚无功;配飨孝明,诩。亲害乃母;配飨先帝,子攸。为臣不终,下官谓无从配飨!"不愧司直。世隆发怒道："汝不怕死么?"季明道："下官既为议首,自当依礼直陈,不合尊意,翦戮唯命!"世隆倒被他驳倒,不敢加刑。但将荣配飨高祖即孝文帝。庙廷。又至首阳山立庙,就借周公庙旧址,重加建筑。庙貌甫成,偏被祝融氏收去。不可谓元圣无灵。世隆亦只好罢休。

尔朱兆以废晔立恭,事未预闻,将发兵攻世隆。世隆令彦伯前往调停,费了无数唇舌,才平兆怒,总算按兵不发,但已未免生嫌了。尔朱之败,已露端倪。

最可笑的是幽州刺史刘灵助,好谈术数,为尔朱荣所赏拔,得刺幽州。此时自加推算,逆料尔朱将衰,竟纠众为乱,自称燕王,声言为故主子攸复仇,且妄述图谶,谓刘氏当王。幽、瀛、沧、冀四州愚民,多往奔投,灵助遂引众南下,进据博陵郡的安国城。

河北大使高乾兄弟,前曾奉遣至冀州,招募徒众,应前回。尔朱兆防他为变,特遣监军孙白鹞往冀州城,托言调发兵马,将掩捕高乾兄弟。乾瞧破机关,即与前河内太守封隆之等,袭据信都,击杀白鹞,奉隆之行州事,并为故主子攸举哀,缟素升坛,誓众讨尔朱氏。一面通书灵助,愿受节制。殷州刺史尔朱羽生,率兵袭击,及城中闻知,羽生兵已到城下。高敖曹不及擐甲,携槊上马,仅十余骑出城,冲入羽生军中,舞槊四刺,无人敢当。从骑亦皆死战,以一当百,顿时摧陷敌阵,纷纷窜散。高乾登城拒守,缒下五百人接应,那羽生已魂销胆落,逃回殷州去了。时人俱服敖曹骁勇,称为项籍再生。

偏高欢硬来出头,扬言将讨灭信都,信都人当然惊惶。高乾道："高晋州雄略盖世,岂肯长居人下! 今日尔朱无道,弑君虐民,正是英雄立功的机会。他欲来此,必有深谋,我且前去谒他,定可无虞。"乃与封隆之子子绘,潜至滏口,迎见高欢。欢召入与语,乾乘机进言道："尔朱酷逆,痛结神人,凡有知识,莫不思奋。明公威德素著,天下归心,若兵以义动,无论如何倔强,不足敌公。敝州虽小,户口不下十万,赋税亦足济军资,愿公熟思,毋误事机!"欢见乾词气慷慨，语语动人，几乎相见恨晚，便促膝与谈，呼乾为叔，话至夜半，且引与同寝。

越宿先遣乾归，自引兵东向徐进。前驱遇着一人，乘露车，载素筝浊酒，投刺军前，自言愿谒见高公。当有军吏传报，欢略阅名刺，见是南赵郡太守李元忠数字。便道："这人是个酒鬼，见我何为？"说着，也不传见，又不拒绝。元忠待了片刻，不见复语，便下车独坐，酌酒擘脯，且饮且嚼。连饮了好几觥，乃复顾语军吏道："闻高公招延隽杰，故不惜来谒。今未见吐哺迎贤，慢士可知，请还我名刺，不劳再报！"军吏又复告欢，欢始命引入，尚是淡漠相遭。元忠再就车上取酒及筝，一面饮酒，一面弹筝，继以长歌。歌罢乃语欢道："天下事已可知，公尚欲事尔朱么？"欢答道："富贵皆因彼所致，怎敢不处彼尽节！"元忠嘐然道："迂拘小谨，怎得称为英雄！"狂态咈语，仿佛三国时之祢衡。嗣又问及高乾兄弟，曾来过否？欢诈言未来。元忠又道："公果是真语呢，还是假语呢？"欢微哂道："赵郡醉了。"因使人扶出。元忠不肯起，长史孙腾进言道："此君系天遣至此，愿公勿违。"欢乃复与问答，元忠慨陈时事，呜咽流涕。欢亦不觉动容。元忠因进策道："河北形势，莫如冀、殷，殷州城小，又无粮仗，不足济大事，最好是往就冀州，高乾兄弟必倾心事公，殷州便可赐委元忠。冀、殷既合，沧、瀛、幽、定自然弭服了。"欢闻言起座，握元忠手，亲为道歉，留诸幕下，与谈数日，方令归图殷州，自率众至信都。

隆之与乾，开门纳欢。敖曹正在外略地，未预乾议，闻乃兄迎欢入城，嗤为妇人，即遗兄布裙。欢素知敖曹勇悍，加意笼络，特遣长子澄往见敖曹，执子孙礼，敖曹乃与澄俱来。欢格外优待，敖曹方无异言。

乾与隆之，本依附刘灵助，既迎高欢为主帅，便与灵助断绝往来。魏亦使大都督侯渊，骠骑将军叱列延庆，往讨灵助。灵助尝自占道："三月末旬，必入定州。"渊至固城，用延庆计，伪言将西入关中，暗中却简选精骑，昏夜疾驰，直入灵助垒中。掩他不备，得将灵助首级取来，函入定州，正值三月末日。灵助只算得半着，平白地丧了性命。

魏廷既讨平灵助，复欲规画冀州，阳赐高欢为渤海王，征令入朝。看官，试想此时的高欢，还肯应命入都，再受尔朱氏的暗算么？尔朱世隆升授太保，专揽朝纲，尔朱兆兼督十州军事，奄有并汾，尔朱天光加位大将军，专制关右，尔朱仲远徙镇大梁，复加兖州刺史，性最贪暴，境为富室，往往诬他谋反，取男子投入河流，籍没妇女财产，悉入私家，所入租税，亦未尝解送洛阳。东南州郡，畏仲远似虎狼，恨不即日诛殛。只因尔朱势盛，未敢反抗，没奈何忍气吞声。即为尔朱灭亡张本。独高欢养士缮甲，招兵抚民，将与尔朱氏决一雌雄，蓄锐以待，所以魏廷征令入朝，当然托辞不至。魏廷亦无可如何，只好设法羁縻，授欢为大都督、东道大行台，领冀州刺史。征朝不至，反授重寄，尔朱氏未亡先

第五十回　废故主迎立广陵王　煽众兵声讨尔朱氏

馁,衰兆已见,魏主恭亦安得为英主耶!

　　欢益起雄心,再加部将斛律金、库狄干,及妻弟娄昭、姊夫段荣,从旁怂恿,劝他速讨尔朱。欢乃诈为尔朱兆书,谓将遣六镇人刺配契胡,众皆忧惧。又伪示并州符檄,征兵讨步落稽。亦胡人之一种。因调发万人出郊,由欢亲自送行,洒泪叙别,大众号恸,声震原野。欢且泣且谕道:"我与尔等均为羁客,义同一家,不意在上征发如此!今若西向,一当死;后军期,二当死;配国人,三当死。奈何奈何?"大众齐声道:"只有造反一法。"逼出一个反字。欢皱眉道:"造反二字,实非美名,万不得已,亦须推一人为主帅。"大众闻言,当然推欢。欢又叹道:"尔等独不见葛荣么?有众百万,散漫无纪,终致败亡。今若推我为主帅,当听我号令,毋陵汉人,毋违军律!否则我不能为天下笑呢。"众皆叩首道:"死生唯命。"欢乃椎牛飨士,起兵信都,但尚未敢显斥尔朱。

　　会李元忠起兵逼殷州,劝令高乾率众往应。乾佯言是赴救殷州,单骑入见尔朱羽生,与谋战守事宜。羽生即偕乾出御元忠,乾觑隙刺死羽生,与元忠会师,持羽生首胁降州民,遂留元忠守殷州,自携首级报欢。欢抚膺道:"今日只好决计造反了!"乃令元忠为殷州刺史。随即表闻魏廷,历举尔朱氏罪状,抗辞声讨。

　　尔朱世隆匿表不通,但奏称高欢造反,于是尔朱兆、尔朱仲远、尔朱天光、尔朱度律等,皆受命讨欢,由世隆居中调度。狼子狼孙,一齐出来,煞是热闹。欢闻尔朱氏一齐来攻,当然要部署兵马,出御各军。

　　忽有一人满身衰绖,踉跄至军门,求见高欢。欢一见名刺,即命召入。那人到了案前,匍匐地上,放声大哭,欢亦泪下,自起扶持,令他起坐。与见李元忠时又是一种写法。那人尚流涕道:"一家百口,尽毙贼臣手中,闻明公起义兴师,所以奔波至此,愿效犬马,图报大仇!"欢叹息道:"君家世忠孝,乃为逆贼所屠,可悲可恨,我正为此起事,天道有知,必不使逆贼漏网哩!"遂面授行台郎中,令他参议军情。

　　看官道此人为谁?原来是魏司空杨津子愔。津长兄名播,次兄名椿,皆仕魏有名。播性刚毅,椿津谦恭,家世孝友,缌服同爨,男女百口,人无间言。椿津位至三公,一门七郡太守,三十二州刺史。播先病逝,子侃曾为侍中,与杀尔朱荣。见前回。尔朱兆入洛,侃逃归华阴故里,尔朱天光佯言赦侃,召令出仕,侃明知有诈,但尚望保全百口,宁糜一身。乃即出应召,果为天光所杀。时杨椿亦已致仕,与子昱同返华阴。椿弟冀州刺史顺,顺子东雍州刺史辩,正平太守仲宣,皆在洛阳,就是司空津,亦留居都中。尔朱氏恨侃切齿,甚至欲屠戮全家,乃由世隆出奏,诬言杨氏谋反,请一律捕治。魏主恭不肯依议,偏经世隆固请,乃命有司检案以闻。世隆遽遣兵围津第,屠戮无遗。原来天光亦发兵至华阴，把杨氏一门老小，杀得精光。只有杨愔在外，幸得脱逃，奔至信都谒欢。尚留杨愔一人，未始非孝友之报，然亦惨矣。

愔颇有才智，为欢谋议，甚得欢心。欢因将文檄教令等件，一概委愔，但令咨议参军崔㥄，作为副手。愔下笔千言，词多慨切，一经颁布，无不传诵，于是尔朱氏罪恶，遐迩共知。尔朱兆出攻殷州，李元忠独力难支，弃城奔信都。酒鬼究属无用。尔朱仲远及尔朱度律，与将军斛斯椿、贺拔胜、贾显智等，亦进军高平，欢颇以为忧。

长史孙腾献议道："今朝廷隔绝，号令无所禀承，众将沮散，不如先立元氏宗亲，维系众志。"此策实属无谓。欢不能无疑，腾一再固请，乃奉渤海太守鲁郡王元朗为帝。朗系景穆太子晃玄孙，父为章武王融，至是迎入信都，即皇帝位，改元中兴。命高欢为侍中、丞相，都督中外诸军事，高乾为侍中、司空，高敖曹为骠骑大将军，领冀州刺史，孙腾为尚书左仆射，魏兰根为右仆射。欢既受命统军，指日出征，用了一条反间计，遂令尔朱氏自相猜忌，走仲远、度律，并大破兆军。小子有诗叹尔朱氏道：

> 人生兴废本无常，一姓争荣一姓亡。
> 自古强宗无不覆，祸根多半起参商。

究竟高欢计策若何，请看下面第五十一回。

本回述高氏得势之由来，即北齐开国之动机，无尔朱氏之乱魏，则高氏不得兴；无尔朱氏之举兵相委，则高氏亦不得兴。谚有之：乱世出英雄。高欢其果为乱世之英雄乎？彼尔朱子弟，皆非欢敌，尔朱荣固已逆料之矣。尔朱将佐只有一慕容绍宗，而不能用。贺拔兄弟反复无常，皆不足取。欢则蓄甲养士，疏狂如李元忠而优容之，悍戾如高敖曹而礼遇之，迹其所为，仿佛魏武，宜乎乘时崛起，而为一世雄也。然尔朱氏目无长上，置君如弈棋，倏废倏立，致当时目为乱贼，而高欢亦从而蹈之，为义不忠，以暴易暴，欢之与尔朱相去，得毋所谓不能以寸耶！

第五十一回　战韩陵破灭子弟军
　　　　　　　入洛宫淫烝大小后

却说高欢自信都发兵，出御尔朱氏各军。因闻尔朱势盛，颇费踌躇。参军窦泰劝欢用反间计，使尔朱氏自相猜疑，然后可图。欢乃密遣说客，分途造

第五十一回 战韩陵破灭子弟军 入洛宫淫烝大小后

谣,或云世隆兄弟阴谋杀兆,或云兆与欢已经通谋,将杀仲远等人。兆因世隆等擅废元晔,已有贰心,至是得着谣传,越发起疑,自率轻骑三百名,往侦仲远。仲远迎他入帐。他却手舞马鞭,左右窥望。仲远见他意态离奇,当然惊讶,彼此形色各异。兆不暇叙谈,匆匆出帐,上马竟去。确是粗莽气象。仲远遣斛斯椿、贺拔胜追往晓谕,反为所拘。仲远大惧,即与度律引兵南奔。狼怕虎,虎怕狼,结果是同归于尽。

兆既执住椿、胜,怒目叱胜道:"汝有二大罪,应该处死!"胜问何罪?兆厉声道:"汝杀卫可孤,罪一;卫可孤为拔陵将,与兆何与?兆乃指为胜罪,一何可笑!天柱薨逝,尔不与世隆等同来,反东击仲远,罪二;杀可孤事见四十六回,击仲远事见四十九回。我早欲杀汝,汝尚有何言?"胜抗言道:"可孤乃是贼党,胜父子为国诛贼,本有大功,怎得为罪?天柱被戮,是以君诛臣,胜当时知有朝廷,不暇顾王,今强寇密迩,骨肉构隙,不能安内,怎能御外?胜不畏死,畏死不来,但恐大王未免失策啰。"兆闻胜言,恰是有理,倒也不欲下手,再经斛斯椿婉言劝解,乃释二人使归,自待高欢厮杀。

欢尚恐众寡不敌,更问段荣才韶,韶答道:"尔朱氏上弑天子,中屠公卿,下虐百姓,王以顺讨逆,如汤沃雪,怕他甚么!"欢又道:"若无天命,终难济事!"韶申说道:"尔朱暴乱,人心已去,天从人愿,何畏何疑!"欢乃进至广阿,与兆一场鏖斗,果然兆军皆溃,兆亦遁走,俘得甲士五千余人,随即引兵攻邺。

相州刺史刘诞婴城固守,相持过年,欢掘通地道,纵火焚城,城乃陷没。刘诞受擒,欢授杨愔为行台右丞,即令愔表达新主元朗,迎入邺城。朗至邺后,进欢为柱国大将军,兼职太师,欢子澄为骠骑大将军。

尔朱世隆闻欢得邺城,当然忧惧,急忙卑辞厚礼,向兆通诚,与约会师攻邺。并请魏主恭纳兆女为后,兆乃心喜,更与天光、度律,申立誓约,复相亲睦。斛斯椿与贺拔胜,自兆处释归,仍入尔朱军。椿密语胜道:"天下皆怨恨尔朱,我辈若再为所用,恐要与他同尽了,不如倒戈为是。"胜答道:"天光与兆,各据一方,去恶不尽,必为后患,如何是好?"椿笑道:"这有何难!看我设法便了。"妙有含蓄。遂入见世隆,劝他速邀天光等,共讨高欢。世隆自然听从,立即遣人征召天光。

天光意存观望,延不发兵,斛斯椿自愿西往,兼程入关,进见天光道:"高欢作乱,非王不能平定,王难道坐视不成?高氏得志,王势必孤,唇亡齿寒,便在今日。"天光瞿然道:"我亦正思东出哩。"时贺拔岳为雍州刺史,天光召与熟商,岳献议道:"王家跨据三方,士马强盛,料非高欢所能敌。诚使戮力同心,往无不胜。今为王计,莫若自镇关中,固守根本,分遣锐卒,与众军合势,庶进可破敌,退可自全。"若用岳言,天光何致遽死?天光颇欲从岳,偏斛斯椿力请自行,乃留弟尔朱显寿守长安,自引兵赴邺城。椿即返报世隆,世隆亟檄兆与仲远两军,同会天光,又遣度律自洛往会。于是四路尔朱军,陆续到邺,众号二十万,列着洹水两岸,扎满营垒,如火如荼。返跌下文。

高欢尽起徒众,步兵不满三万人,骑兵不过二千,此时既遇大敌,只好一齐调出,往屯紫陌。时封隆之已升任吏部尚书,留使守邺,欢亲出督师。高敖曹进官都督,也率里人王桃汤等三千人从欢。欢见敖曹部曲,统系汉人,恐未足济事,欲分鲜卑兵千余人,接济敖曹。敖曹道:"兵与将贵相熟习,鲜卑兵素不相统,若羼杂旧部,适起争端,反足碍事,不如各专责成为是。"我亦云然。欢乃罢议,便在韩陵山下设一圆阵,后面用牛驴连系,自塞归路,以示必死。尔朱兆出营布阵,召欢答话,问欢何故背盟?欢应声道:"我与汝前曾立誓,共辅帝室,今天子何在?"兆答道:"永安枉害天柱,我出兵报仇,何必多议!"欢又道:"君要臣死,不得不死! 况天柱未尝不思叛君,罪亦应诛,何足言报? 今日与汝义绝了!"说着,即擂鼓开战。欢自将中军,高敖曹将左军,欢从父弟岳将右军,各奋力向前,拚死决斗。兆为前驱,天光、度律为左右翼,仲远为后应,仗着兵多将众,包抄过来,恰是厉害得很,且专向中军杀入,意欲取欢。欢虽督众死战,怎奈敌势凶猛,实在招架不住,前队多被杀伤,后队未免散步。高岳、高敖曹两军,未曾吃紧,岳遂抽出五百锐骑,直冲尔朱兆,敖曹亦率健骑千人,横击尔朱左右翼。别将斛律敦收集散卒,绕出敌军后面,攻击仲远。尔朱各军,各自受敌,便皆骇奔。欢见他阵势分崩,麾众皆进,大破尔朱军,贺拔胜与徐州刺史杜德解甲降欢。兆知不可敌,对着慕容绍宗,抚膺太息道:"不用公言,乃竟至此!"说着便驱马西走。勇而寡谋,实是无用。还亏绍宗返旗鸣角,取拾溃兵,始得成军退去。仲远亦奔往东郡,度律、天光逃向洛阳。

都督斛斯椿语别将贾显度、显智道:"尔朱尽败,势难再振,今不先执尔朱氏,我辈将无噍类了。"乃夜至桑下立盟,倍道先还,入据河桥,把尔朱氏的私党,一并捕戮。度律、天光闻变,整兵往攻,适值大雨倾盆,士卒四散,两人只率数十骑,拖泥带水,向西窜去。斛斯椿遣兵追捕,捉住度律、天光,解至河桥。再由贾显智等入袭世隆,也是马到擒来。尔朱彦伯入直禁中,闻难出走,同为所执,与世隆牵至阊阖门外,枭了首级,送往高欢。就是度律、天光两人,虽尚未死,也被械送入邺,归欢处治。欢将二人暂系邺城。

魏主恭使中书舍人卢辩,赍敕劳欢。欢使见新主元朗,辩抗辞不从。欢不能夺志,遣令还洛。尔朱部将侯景,本与欢并起朔方,辗转投入尔朱军,至是仍奔邺依次。不略侯景,为下文伏案。还有雍州刺史贺拔岳,闻天光失败,亦生变志,商诸征西将军宇文泰。泰为征西将军,见四十九回。泰劝岳径袭长安,并为岳至泰州,诱约刺史侯莫陈悦,一同会师,直抵长安城下。长安留守尔朱

第五十一回　战韩陵破灭子弟军　入洛宫淫烝大小后

显寿见上。猝闻敌至，一些儿没有防备，只好弃城东走。泰等追至华阴，得将显寿擒住，送与高欢。欢令岳为关西大行台，泰为行台左丞，领府司马。嗣是泰在岳麾下，事无巨细，悉归参赞。这且待后再表。

且说高欢奉主元朗，自邺城出发，将向洛阳。行至邙山，又复变计，密与右仆射魏兰根商议，谓新主元朗，究系疏族，不如仍奉戴元恭。兰根道："且使人入洛觇视，果可奉立，再决未迟。"欢即使兰根往观。及兰根返报，主张废恭。看官道是何因？原来魏主恭丰姿英挺，兰根恐他将来难制，所以不欲奉戴。欢召集百官，问所宜立，太仆綦毋儁称恭贤明，宜主社稷。黄门侍郎崔㥄作色道："必欲推立贤明，当今莫若高王！广陵本为逆胡所立，怎得尚称天子？若从儁言，是我军到此，也不得为义举了！"*好一只高家狗。* 欢乃留朗居河阳，自率数千骑入洛都。

魏主恭出宫宣慰，由欢指示军士露刃四逼，竟将魏主恭拥入崇训寺中，把他锢住。自己仗剑入宫，拟往杀尔朱二后。

小子前曾叙过，魏主攸，纳尔朱荣女为后，魏主恭复纳尔朱兆女为后，当时宫中有大尔朱后、小尔朱后的称呼。尔朱兆入洛时，尝污辱嫔御妃主，只因大尔朱后为从妹，当然不好侵犯，仍令安居，至广陵王恭入嗣，大尔朱后尚留宫内，未曾徙出。既而兆女为后，与大尔朱后有姑侄谊，彼此素来熟识，更兼亲上加亲，格外和好，不愿相离。偏偏高欢发难，把尔朱氏扫得精光，死的死，逃的逃，单剩姑母侄女，在宫彷徨，相对欷歔。*总叙数语，贯串前后。* 不料魏主恭又被劫去，累得这位小尔朱后越加惊骇，忙至大尔朱后宫寝中，泣叙悲怀，不胜凄惋。大尔朱后亦触动愁肠，潸然泪下。

正在彼此呜咽的时候，忽有宫人奔入道："不好了！不好了！高王来了！"这语未毕，小尔朱后已吓做一团，面无人色。还是大尔朱后芳龄较长，究竟有些阅历，反收了泪珠儿，端坐榻上。才经片刻，果见高欢仗剑进来。大尔朱后不待开口，便正色诘问道："你莫非是贺六浑么？我父一手提拔，使汝富贵，汝奈何恩将仇报，杀死我伯叔兄弟？今又来此，难道尚欲杀我姑侄不成！"欢见她柳眉耸翠，杏靥敛红，秀丽中现出一种威厉气象，不由的可畏可慕。旁顾小尔朱后，又是颤动娇躯，别具一种可怜情状。当下把一腔怒气，化为乌有，惟对着大尔朱后道："下官怎敢忘德！当与卿等共图富贵。"*不呼后而呼卿，意在言中。* 语毕，仍呼宫人等好生侍奉，不得违慢。随即趋出，派兵保护宫禁，不得损及一草一木，违令处死。

当下与将佐议及废立事宜，将佐等不发一言，欢独说道："孝文帝为一代贤君，怎可无后！现只有汝南王悦，尚在江南，不如遣人迎还，使承大业。"将佐等唯唯听命，乃即派使南下迎悦。*舍近就远，究为何意，看官试阅下文。*

斛斯椿私语贺拔胜道："今天下事在尔我两人，若不先制人，将为人制。现在高欢初至，正好趁势下手，除绝后患。"胜劝阻道："彼正立功当世，如欲加害，未免不祥。"椿尚未以为然。嗣与胜同宿数宵，胜再三谏止，椿乃不行。

那高欢借迎悦为名，乐得安居洛都，颐指气使，享受一两月的尊荣。就中有一段欢娱情事，也得称愿，真是心满意足，任所欲为。天未厌乱，故淫人得以逞志。原来欢本好色，前娶娄氏为妻，却是聪明伶俐，才貌双全，所以伉俪情深，事必与议，女子好时无十年，免不得华色渐衰，未餍欢欲。欢娶娄氏，见四十四回。欢又屡出从军，做了一个旷夫，见有姿色妇女，当然垂涎。不过位置未高，尚是矜持礼法，沽誉钓名。到了战败尔朱，攻入邺城，威望已经远播，遂不顾名义，渐露骄淫。相州长史游京之有女甚艳，为欢所闻，即欲纳为妾媵，京之不允，欢令军士入京之家，硬将京之女抢来，迫令侍寝。一介弱女，如何抗拒，只得委身听命，供他受用。京之活活气死。

及欢自邺入洛，本意是欲斩草除根，杀毙尔朱二后，嗣见二后容貌，统是可人，便将杀心变作淫心。每日着人问候，加意奉承，后来渐渐入彀，索性留宿宫中。大尔朱后原没甚气节，既做了肃宗诩的妃嫔，复改醮庄宗子攸，册为皇后，此时何不可转耦高欢？而且高欢见了大尔朱后，把平时雄纠纠的气象，一齐销熔，口口声声，自称下官，我我卿卿，誓不薄幸。大尔朱后随遇而安，就甘心将玉骨冰肌赠与老奴。小尔朱后也是个水性杨花，便跟了这位姑母娘娘，一淘儿追欢取乐。再经高欢是个伟男子，龙马精神，一夕能御数女，兼收并蓄，游刃有余，于是大小尔朱后，又俱做了高王爷的并头莲。尔朱氏真是出丑。高欢一箭双雕，快乐可知。

光阴似箭，倏忽兼旬，汝南王悦已自江南至洛。欢又不愿推立，说他素好男色，不礼妃妾，性情狂暴，及今未悛，不堪继承大统，乃另求孝文嫡派，奉为魏主。

是时魏宗诸王，多半逃匿，独孝文孙平阳王修，为广平王怀第三子，匿居田舍，竟被访着。欢使斛斯椿往见。椿知员外散骑侍郎王思政，为修所亲，乃特邀与同行，见修行礼，说明来意。修不禁色变，问思政道："得毋卖我否？"思政答了一个不字。修又问道："可保得定么？"思政又道："变态百端，未见得一定可保哩！"确是真言。斛斯椿在旁，却为欢表诚，谓无他意。修支吾不决，椿即返报高欢。

欢便遣四百骑迎修入都，相见帐下，涕泣陈情。修自言寡德，欢再拜固请，修亦答拜。当下进汤沐，出御服，请修装束停当，彻夜严警。诘旦命百官入谒，由斛斯椿奉表劝进。修令思政取表，瞧阅一周，顾语思政道："今日不得不称朕了！"欢又遣人至河阳，迫元朗作禅位书，持入示修。一面筑坛东郭，出

第五十一回　战韩陵破灭子弟军　入洛宫淫烝大小后

郊祭天。还御太极殿,受群臣朝贺。

礼毕升闾阖门,下诏大赦,改元太昌。命高欢为大丞相天柱大将军太师,世袭定州刺史。欢子澄加侍中开府仪同三司。从前尔朱党中的侍中司马子如,与广州刺史韩贤,与欢有旧,所以子如虽已出刺南岐州,仍由欢召回,委充大行台尚书,参军国事,韩贤任职如故。余如尔朱氏所除官爵,一概削夺。另派前御史中尉樊子鹄,兼尚书左仆射,为东南道大行台,与徐州刺史杜德,往追尔朱仲远。仲远已窜往梁境,寻即病死,乃命樊杜等移攻谯城。

谯郡曾为魏所据,梁主衍特遣降王元树,乘魏内乱,占夺谯郡。树为魏咸阳王禧第三子,因父罪奔梁,受封邺王。禧被诛事,见四十一回。此时踞住谯城,屡扰魏境,魏因遣樊杜二将往攻。元树坚守不下,樊子鹄使金紫光禄大夫张安期,入城游说,勖以无忘祖国,树乃愿弃城南还。安期返报子鹄,子鹄佯为允诺,诱令出城,杀白马为盟。誓言未毕,那杜德竟麾兵围树,把树擒送洛阳,迫令自尽。子鹄等便即班师。已而杜德忽发狂病,喧呼元树打我,至死犹不绝口,身上俱成青黑色。子鹄亦不得善终,冤冤相报,不为无因。劝人莫做亏心事。

高欢因谯郡已平,拟即还镇,但尚虑贺拔岳雄踞关中,未免为患,乃请调岳为冀州刺史。魏主修当即颁敕,敕使入关,与岳相见。岳即欲单骑入朝,右丞薛孝通问岳道:"公何故轻往洛都?"岳答道:"我不畏天子,但畏高王!"孝通道:"高玉率鲜卑兵数千,破尔朱军百万,威势烜赫,原是难敌,但人心究未尽服。尔朱兆虽已败走,尚在并州,余众不下万人,高王方内抚群雄,外抗劲敌,自顾不暇,有甚么工夫来争关中!公倚山为城,凭河为带,进可控山东,退可封函谷,奈何反甘为人制呢?"岳矍然起座,握孝通手道:"君言甚是!我决不南行了。"遂遣还敕使,并逊辞为启,复奏朝廷。

高欢亦无可如何,便整装还邺。先挈大小尔朱后出宫,派兵载归,并访得任城王妃冯氏,城阳王妃李氏,青年孀居,都生得国色天姿,不同凡艳,当下遣兵劫至,不管从与不从,一并带回邺中。也好算得惠及怨女。魏主修亲自饯行,出城至乾脯山,三樽御酒,一鞭斜阳,这大丞相天柱大将军太师高王毕饮辞行,向东北去讫,魏主修也即还宫。

过了旬日,邺中解到尔朱度律及尔朱天光二犯,由魏主命即正法,骈戮市曹。于是尔朱子弟,只剩一尔朱兆,由晋阳遁至秀容,负嵎自固。高欢一再声讨,师出复正,直至次年正月,潜遣参军窦泰,带领精骑,日夜行三百里,直抵秀容,欢复率大军继进。兆正在庭中宴会,突闻欢军驰至,仓皇惊走,当被窦泰追杀一阵,众皆溃散。兆只挈数骑遁去,爬过赤洪岭,窜入穷谷,见前后统是峭壁,几乎无路可奔。兆下马长啸数声,拔剑杀死乘马,解带悬树,自缢林中。部将慕容绍宗收众降欢,欢厚待绍宗,并厚葬兆尸。并州告平,尔朱军皆尽。惟尔朱荣子文畅、文略,由欢挈归,仍给厚俸。看官,你道高欢果真不忘旧德,无非顾着大小尔朱面上,所以格外周全呢。小子有诗叹道:

> 甘将玉体事仇雠,国母居然愿抱裯。
> 虽是保家由二女,洛波难洗尔朱羞!

欢既平兆,上书告捷。魏主当然优奖,欢反表辞天柱大将军名号。是否得邀俞允,容待下回说明。

尔朱氏以二十万众夹击邺城,高欢以三万人御之,众寡悬殊,欢似有败而无胜,乃韩陵一战,胜负之数,反不如人所料,此非欢之能灭尔朱,实尔朱之自取覆亡也。天道喜谦而恶盈,如尔朱氏之所为,骄盈极矣,虽欲不败,乌得而不败!智如曹操,犹熸于赤壁,强如苻坚,犹覆于彭城,况如尔朱氏者,而能不同就败亡耶?惟欢之骄恣,不亚尔朱,尔朱立晔而复废晔,欢亦立朗而复废朗,晔朗俱无过可指,忽立忽废,其道何在?借曰疏远,则推立之始,胡不审慎若是!且入洛以后,举大小尔朱后而尽烝之,二后虽亦无耻,为尔朱家增一丑秽,然欢尝臣事二主,奈何敢宣淫宫掖耶?去一尔朱,又生一尔朱,是又关于元魏之气运,非仅在二族之兴亡已也。

第五十二回　梁太子因忧去世
　　　　　贺拔岳被赚丧身

却说魏主修接阅欢表,见他词意诚恳,坚请辞去天柱名号,料知欢借鉴尔朱,不愿有此称呼,因即优诏允许。惟魏主恭尚幽居崇训寺,朗自河阳入都,受封为安定王。嗣主修势不相容,先议除恭,次议除朗。恭在寺中赋诗云:"朱门久可患,紫极非情翫,颠覆立可待,一年一易换,时运正如此,唯有修真观!"这诗一传,益触时忌。即由魏主修派遣心腹,导恭入门下外省,逼令服毒自尽,时年三十五,葬用殊礼。过了旬月,安定王朗亦被鸩死,年只二十。既而又将东海王晔,汝南王悦,一并加害。总道是嫌疑尽去,当可高枕无忧,哪知当时的大患,不在宗室,却在强藩!平白地残害同宗,究竟有甚么好处? 为魏主修下一定评。史家称恭为前废帝,朗为后废帝,独晔为尔朱氏所立,称帝不过三月,所以不入帝纪。至西魏摈斥高欢,连元朗亦被削去,但追谥恭为节闵帝,所以后人作北魏世系图,仅列前废帝恭,未及后废帝朗。梳栉详明。

第五十二回　梁太子因忧去世　贺拔岳被赚丧身

事已叙过。且说魏主修已经定位，所有宗室诸王渐次还朝，诣阙进谒。淮阳王欣，赵郡王谌，俱系献文帝弘孙，为魏主修从叔。<small>欣系广陵王羽子，谌系赵郡王幹子。</small>南阳王宝炬，京兆王谕子。清河王亶，清河王怿子。俱系孝文帝宏孙，为魏主修从兄弟。魏主修授欣为太师，谌为太保，宝炬为太尉，亶为骠骑大将军，兼官司徒，侍中长孙稚为太傅。追谥魏主子攸为孝庄帝，葬宣武皇后胡氏，就是从前两次临朝的胡太后。胡太后被尔朱荣沉死，遗尸收殡双灵寺中，至此乃得安葬，仍用后礼，加谥曰灵。<small>补叙胡太后葬谥，笔不渗漏。</small>又追尊皇考广平王怀为武穆帝，皇太妃冯氏为武穆后，皇妣李氏为皇太妃。迎丞相欢女高氏为皇后，遣使纳币。

高欢时已徙居晋阳，特建大丞相府，坐镇西北。朝使到了晋阳，由欢迎见，彼此乃是故交，握手言欢，很是亲昵。看官道来使为谁？原来就是李元忠。<small>见五十回。</small>元忠曾随欢入洛，留任太常卿，此次充纳币使，正是魏主修因事择人。欢从容与宴，述及旧事，元忠连饮数巨觥，<small>酒鬼作冰上人，恰合身份。</small>方笑语道："昔日与王起义，却是轰轰烈烈，很有趣味，近来寂寞得很，无人过问，倒弄得郁郁寡欢了！"欢亦大笑，指示旁座道："此人逼我起兵。"元忠戏言道："若不令我为侍中，当别求起义的地方。"欢亦戏应道："起义原无止境，但虑如此老翁，不可再遇！"元忠道："正为此老翁不可多得，所以不去。"说着，起座捋欢须，大笑不已。欢亦知他意诚，殷勤款待。元忠复坐下酬饮，直至夜静更阑，方才罢席。一住数日，大宴小宴，几不胜计，乃迎欢女至洛阳，诹吉行册后礼。仪文隆备，龙凤呈祥，不消细说。

小子因魏乱迭起，梁尚太平，所以连叙魏事，几把梁朝情事，搁起不提。此处不得不将梁廷要事，约略叙入。<small>却是要紧。</small>

梁主衍篡齐据国，已过了三十年，改元约有数次。天监十九年，改元普通，普通八年，改元大通，大通二年，又改元为中大通。中大通元年以前，事已略见上文，就是图洛纳颢，功败垂成。陈庆之狼狈奔还，也是中大通元年事。<small>见四十八回。</small>陈庆之为南朝骁将，败归后不闻加谴，仍得任右卫将军。平时尝语散骑常侍朱异道："我前谓大江以北，必无异人，哪知到了洛阳，衣冠文物，几非江东可及，才知北朝实未可轻图呢！"异正以经术邀宠，入参机密，<small>梁祸始自朱异，故特别提出。</small>既闻庆之言论，便即转告梁主，梁主乃稍戢雄心，不复北略。

是年冬季，妖贼僧强，起乱北徐州，自称天子，土豪蔡伯龙纠众响应，竟将北徐州城占去。还亏庆之出镇北兖州，就近讨贼，擒斩僧强蔡伯龙，克日肃清。先是庆之在洛，曾与萧赞通书，劝令回国，赞即梁主次子豫章王综，<small>见四十六回。</small>降魏后得任职司徒，且尚魏主攸姊寿阳公主。时方出镇齐州，故庆之致书相劝，赞复答庆之，颇愿南归。嗣因庆之奔归，遂不果行。及尔朱发难，齐州归附尔朱兆，赞走死阳平。梁人窃赞柩归南，梁主衍尚葬以子礼。不意假子去世，真子也接踵而亡。而且还是一位贤明仁孝的储君，竟致不禄，害得梁主衍晚年哭子，几乎丧明。

梁主长子名统，即位初年，便立为太子。见前文。统幼年聪睿，三岁受《孝经》《论语》，五岁能遍诵五经，十余岁尽通经义。又善评诗文，每出游宴，祖道赋诗，动辄数十韵，随口吟成，不劳思索。天监十四年，始行冠礼，梁主使省录朝政，辨析诈谬，秋毫必睹。但徐令改正，未尝纠弹一人。平断刑狱，往往全宥，士民交称为仁慈，更且宽和容众，喜怒不形，好引才俊，不蓄声伎。每遇霪雨积雪，必遣左右巡行闾巷，赈济贫寒。平居在东宫坐起，面常西向，不敢乱尊。入朝必在五鼓以前，守待殿外，毫无倦容。至普通七年，生母丁贵嫔有疾，亟入宫侍奉，夜不解带。贵嫔薨逝，水浆不入口，腰带十围，减削过半。梁主屡遣使戒谕，劝进饮食，统稍食饘粥，日止数合，不尝兼味。至葬后始进麦粥一升。惟贵嫔葬后，有一道士操堪舆术，谓将来不利长子，宜预先厌禳，乃为蜡鹅及诸物，埋藏墓侧。

宫监鲍邈之初得太子亲信，后忽见疏，进密白梁主，谓太子有厌祷事。梁主遣人发掘，果得鹅物，免不得惊疑交集，便欲付有司穷治。幸经右光禄大夫徐勉固谏，乃止诛道士，不问太子。道士欲为太子厌祷，何不先自禳灾，乃致轻生若此！太子虽幸得无事，但终身引为惭恨，闷闷不乐。到了中大通三年，竟生就一种绝症，病不能兴。唯尚恐乃父增忧，奉敕慰问，尚力疾书启，不假人手。既而疾笃，左右欲入白梁主，尚摇手戒止道："奈何使至尊知我如此。"是仅得谓之小孝。未几即殁，年才三十一。梁主亲幸东宫，临哭尽哀，殓用衮冕，谥曰昭明。司徒左长史王筠，奉敕为哀册文，词甚悱恻，由小子节录如下：

　　式载明两，实惟少阳，既称上嗣，且曰元良。仪天比峻，俪景腾光，奉祀延福，守器传芳。睿哲应期，旦暮斯在，外弘庄肃，内含和恺。识洞机深，量苞瀛海，立德不器，至功弗宰。宽绰居心，温恭成性，循时孝友，率由严敬。咸有种德，惠和齐圣，三善递宣，万国同庆。轩纬掩精，阴羲弛极，缠哀在疚，殷忧衔恤。孺泣无时，蔬饘不溢，禫遵逾月，哀号未毕。实惟监抚，亦嗣郊禋，问安肃肃，视膳恂恂。金华玉藻，玄驷班轮，隆家干国，主祭安民。光奉成务，万机是理，矜慎庶狱，勤恤关市。诚存隐恻，容无愠喜，殷勤博施，绸缪恩纪，爱初敬业，离经断句。莫爵崇师，卑躬待傅，宁资导习，匪劳审谕，博约是司，时敏斯务。辩究空微，思探几赜，驰神图纬，研精爻画。沉吟典礼，优游方册，餍饫膏腴，含咀肴核。括囊流略，包举艺文，遍该湘素，殚极邱坟，卷帙充积，儒墨区分，瞻河阐训，望鲁

第五十二回　梁太子因忧去世　贺拔岳被赚丧身

扬芬。吟咏性灵，岂惟薄技！属词婉约，缘情绮靡。字无点窜，笔不停纸，壮思泉流，清章云委。总览时才，网罗英茂，学穷优洽，辞归繁富。或擅谈丛，或称文囿，四友推德，七子惭秀。望苑招贤，华池爱客，托乘同舟，连舆接席。摘文捒藻，飞觞汎醳，恩隆置醴，赏逾赐璧。徽风遐被，盛业日新，神器非重，德辂易遵。泽流兆庶，福降百神，四方慕义，天下归仁。云物告征，祲沴襄象，星埋恒耀，山颓朽坏。灵仪上宾，德音长往，具僚无荫，咨承安仰。呜呼哀哉！皇情悼愍，切心缠痛，胤嗣长号，跗萼增恸。慕结亲游，悲动氓众，忧若殄邦，惧同折栋。呜呼哀哉！首夏司开，麦秋纪节，容卫徒警，菁华委绝。书幌空张，谈筵罢设，虚馈馂馂，孤灯翳翳。呜呼哀哉！简辰请日，筮合龟贞，幽埏凤启，玄宫献成。式校齐列，文物增明，昔游漳滏，宾从无声，今归郊郭，徒御相惊。呜呼哀哉！背绛阙以远徂，辕青门而徐转，指驰道而讵前，望国都而不践。陵修阪之威夷，遡平原之幽缅，骥踯足以酸嘶，挽凄怆而流泫。呜呼哀哉！混哀音于箫籁，变愁容于天日，虽夏木之森阴，返寒林之萧瑟。既将反而复疑，如有求而遂失，谓天地其无心，遽永潜于容质。呜呼哀哉！即玄宫之溟漠，安神寝之清閟，传声华于懿典，观德业于徽谥。悬忠贞于日月，播鸿名于天地，惟小臣之纪言，实含毫而无愧。呜呼哀哉！

自昭明太子薨逝，朝野惋愕，京师士女，奔走宫门，号泣满路。就是四方氓庶，亦闻讣含哀。梁朝有此贤储贰，偏不永年，这也未始非关系气数哩。太子遗有文集二十卷，古今典诰文言正序十卷，文章英华二十卷，文选三十卷，传诵后世，推为词宗。太子有数男，长男名欢，已封华容公，梁主欲立为太孙，历久未决。嗣竟立第三子晋王纲为太子，时议多以为未顺。侍郎周宏正尝为纲主簿，上笺谏纲，劝纲为宋目夷、曹子臧。俱春秋列国时人。纲不能从。孰不乐为嗣君？无怪萧纲。已而梁主因人言未息，特进封欢为豫章王，欢弟誉为河东王，誉弟詧为岳阳王，这且待后再表。

且说魏主修既纳欢女为后，欢权势益隆，仿佛当年尔朱荣。斛斯椿在都辅政，受职侍中，本来是有意图欢，至是与南阳王宝炬，将军元毗、王思政等，屡加谗构，劝魏主预先戒备。中书舍人元士弼，又劾欢受诏不敬，魏主惩尔朱覆辙，也觉动疑，遂用斛斯椿计，添置阁内都督部曲，约数百员，统由四方骁勇，募集充选。一面密结关西大行台贺拔岳，倚为外援。又封贺拔胜为荆州刺史，佯示疏忌，实建屏藩。

时高乾已入任侍中，兼官司空，因父丧解职，不预朝政。魏主修欲引为己用，尝召乾入华林园，特别赐宴。宴罢与语道："司空累世忠良，今日复建殊勋，虽与朕名为君臣，义同兄弟，愿申立盟约，历久不渝！"乾莫明其妙，但答言道："臣以身许国，何敢有贰！"魏主修定欲与盟，乾不便固辞，共申盟约。当时亦未尝报欢。

嗣闻元士弼、王思政等往来关西，情迹可疑，乃致书晋阳，密陈时事。欢得书后，即召乾至并州，面谈一切。乾因劝欢逼魏禅位，欢用袖掩乾口道："幸勿妄言！今当令司空复为侍中便了！"欢此时尚无歹意。乾辞欢回洛，欢为乾表，请许乾复任，魏主不允。

乾知祸变将作，自愿外调，再作书告欢，乞代求徐州刺史。欢再为陈请，魏主乃授乾为骠骑将军，出刺徐州。乾尚未发，魏主闻乾漏泄机关，即传诏与欢道："乾邕即高乾子。与朕私有盟约，今乃反复两端，令人不解！"欢未闻乾谈及盟事，也疑乾暗中播弄，离间君臣，遂将乾前时密书，遣使呈入。魏主便召乾对责，乾勃然道："陛下自有异图，乃斥臣为反复，欲加臣罪，何患无辞！臣死有知，尚幸无负庄帝！"魏主竟敕令赐死，又遥敕东徐州刺史潘绍业，往杀乾弟敖曹。敖曹方镇守冀州，闻乾死耗，急遣壮士伏住要路，得将绍业拘住，搜出诏敕，遂率十余骑奔晋阳。欢抱敖曹首大哭道："天子枉害司空，可悲可叹！"*汝亦未尝无功。* 乃留敖曹居幕下，优待如初。敖曹次兄仲密，方为光州刺史，亦由间道奔晋阳。

仲密名慎，因字著名，就是敖曹本名，也只是一昂字。高氏兄弟三人，惟仲密颇通文史。乾与敖曹素来好勇，敖曹尤为粗悍，少就外傅，便不遵师训，专事驰骋。尝言："男儿当横行天下，自取富贵；若徒端坐读书，做一个老博士，有何益处！"乃父次同道："此儿不灭吾族，当光大吾门。"嗣与兄乾四出劫掠，骚扰闾里。乾求博陵崔圣念女为妻，崔氏因乾强暴无行，当然不许。敖曹即引乾往劫，硬将崔女牵回，置诸村外，且促乾道："何不行礼？"乾遂胁崔女交拜，野合而归。*实是强盗出身。* 既而乾颇改行，且系前中书令高允族侄，因得入仕。

欢自乾被戮后，才知为魏主所卖，悔恨交生，乃与魏主有隙。魏主修方信任贺拔岳，屡遣心腹入关，嘱令谋欢。岳尝使行台郎冯景往晋阳，欢与景设盟，约与岳为兄弟。景归语岳，谓欢奸诈有余，不宜轻信。府司马宇文泰，自请至晋阳侦欢。欢见泰状貌非常，欲留为己用。*惺惺惜惺惺。* 泰固求复命，欢乃遣还。泰料欢必后悔，兼程西行，驰抵关前，后面果有急足追至。他亟纵辔入关，关内守卒如林，那追来的晋阳急骑，只好回马自去。

泰入语岳道："高欢已欲篡魏，所惮惟公兄弟，侯莫陈悦等皆非所虑。公但先时密备，图欢不难，今费也头代北别部，后遂为姓。骑士，不下万人，夏州刺史斛拔弥俄突，有胜兵三千余名，灵州刺史曹泥，河西流民纥豆陵伊利，各拥部众，未有所属，公若移军近陇，威爱两施，即可收辑数部，作为爪牙。又西抚

第五十二回　梁太子因忧去世　贺拔岳被赚丧身

氐羌,北控沙塞,还军长安,匡辅魏室,一高欢不足畏了!"岳闻言大喜,遂遣泰往诣洛阳,密陈情状。魏主面加泰为武卫将军,仍令返报如约。寻即授岳都督雍、华等二十州军事,兼雍州刺史,并割心前血赐岳。岳因西出平凉,借牧马为名,招抚各部。斛拔弥俄突、纥豆陵伊利,及费也头、万俟受洛干、铁勒斛律沙门等,相继归附,惟曹泥不服。

　　众推宇文泰出镇夏州。岳沉吟道:"宇文左丞乃我左右手,怎可遣往?"继思外此乏才,乃表请用泰为夏州刺史。魏廷自然依议。泰奉敕赴夏州。

　　这消息传到晋阳,高欢即遣长史侯景,劝谕纥豆陵伊利,伊利不从。欢得景归报,即引兵袭击伊利,把他擒归。魏主闻信驰诏责欢道:"伊利不侵不叛,为国纯臣,王无端袭取,且未尝预报朝廷,究出何意?"欢含糊答复,惟力图贺拔岳。且恐秦州刺史侯莫陈悦,与岳连合,更觉可忧。右丞翟嵩入请道:"何不用反间计? 嵩愿为王效力,管教他自相屠灭呢。"欢改忧为喜,立遣嵩赴秦州,凭着三寸利舌,一说便妥。嵩驰还晋阳,报知高欢,安坐观变。

　　贺拔岳因曹泥不服,正拟往讨,特使都督赵贵至夏州,商决行止。泰说道:"曹泥孤城远阻,未足为忧;侯莫陈悦贪诈无信,不可不防!"哪知岳误会泰言,反邀悦会师高平,一同讨泥。悦欣然前来,与岳叙宴,两下里很似投契,实是一真一假,心志不同。悦且愿作前驱,先至河曲立营,俟岳引兵继进,便邀他入帐,坐议军事。谈论未毕,悦伪称腹痛,托辞如厕,岳毫不觉察。忽有一人趋至岳后,拔刀斫岳,那害的一声,岳已身首分离,倒毙座下。看官欲知何人下手? 乃是悦婿元洪景。

　　洪景既将岳杀毙,复出谕岳众,只说是奉旨诛岳,不及他人。岳众尚无异言,悦却未敢招纳,自率部众还水洛城。岳尸被悦取去,由赵贵诣悦请尸,方许收葬。岳众散走平凉,未得统帅,赵贵道:"宇文夏州,英略盖世,远近归心,若迎为军帅,无不济事了!"都督杜朔周应声赞成,遂由朔周驰至夏州,请泰还统岳军。泰与将佐共议去留,大中大夫韩褒倡言道:"这乃天授,何必多疑!"泰点首道:"我意也是这般。悦既敢害我元帅,不乘势直据平凉,反退屯水洛,可知他无能为了。天下事难得易失,我当速往!"开口便胜悦一筹。当下与诸将共盟讨悦。察得都督元进,阴怀异谋,便叱出斩首。立率帐下轻骑,驰赴平凉,收集岳众,为岳举哀。将士悲喜交集,无不如命。小子有诗咏道:

　　　　一波未了一波生,大陆龙蛇竞战争。
　　　　优胜无非由劣败,枭雄多向乱邦鸣!

　　泰至平凉,便拟为岳复仇。欲知发兵情形,待至下回再表。

于魏事杂沓间,忽插入梁太子病殁事,非为时序起见,实因太子贤孝,不得不特别表明,阐扬潜德耳。录入王筠哀文,亦本此意。否则储君之殁亦多矣,作者尝随事带叙,固非皆另成片段也。高欢之恃宠怙权,固失臣道;然衅隙之生,始之者为斛斯椿,成之者实魏主修,贺拔岳之死,亦半由魏主致之。侯莫陈悦,一庸才耳,而岳且死于其手。岳不能拒悦,亦安能敌欢耶! 魏主修之联岳,拒欢,亦徒促其死已耳,吾于魏主修无讥焉。

第五十三回　违君命晋阳兴甲
　　　　　　　谒行在关右迎銮

却说宇文泰到了平凉,一经招抚,众心已定,即令杜朔周引兵据弹筝峡。朔周沿途宣抚,士民悦附,泰很加器重,令复本姓,改名为达。原来朔周旧姓赫连,曾祖库多汗避难改姓,至是乃仍得复原。高欢闻贺拔岳已死,亟令侯景往抚岳众,偏被宇文泰走了先着。行至安定,两下相遇,泰语景道:"贺拔公虽死,宇文泰犹存,卿来此何为?"景失色道:"我身似箭,随人所射!"泰乃遣还。及泰至平凉,欢复使劳泰,并令散骑常侍张华原,义宁太守王基偕行。泰不肯受命,且欲劫留华原。华原不屈,乃俱使还晋阳。王基归见高欢,请速出兵击泰,欢笑道:"卿不见贺拔、侯莫陈么? 我自有计除他。"太轻觑宇文了。

魏主正遣将军元毗收还贺拔岳部军,并召侯莫陈悦,悦不肯应召。泰与元毗相见,请朝廷暂留岳众,即托毗赍还表文。略谓:臣岳惨遭非命,臣泰为众所推,权掌军事;今高欢已驱众至河东,侯莫陈悦尚屯水洛,岳众多是西人,顾恋乡邑,且必欲逼令赴阙,恐欢与悦前后邀击,势且立尽,不如少赐停缓,徐令东行。巧言如簧。魏主乃命泰为大都督,使统岳兵,并遣卫将军李虎,西行佐泰。虎本在贺拔岳麾下,岳死,乃奔诣荆州,至贺拔胜处告哀;劝胜往收岳众,胜不肯行。虎还至阌乡,为高欢部将所获,解送洛阳,魏主反拜为卫将军,使往就泰。泰与虎叙谈,已知朝廷意向,乃贻侯莫陈悦书,内言:贺拔公为国立功,尝荐君为陇右行台,君背德负盟,反党附国贼,共危社稷,岂非大谬! 今我与君俱受诏还阙,进退唯君是视。君若下陇东趋,我亦自北道还朝,倘或首鼠两端,我即为贺拔公复仇,指日相见云云。

悦置诸不理,泰即进拔原州,留兄子导居守,自引兵上陇,秋毫无犯,百姓大悦。出木峡关,时适春季,北道尚寒,雪深二尺。泰引军速进,为悦所闻,但留万人守水洛,自己退守略阳。泰至水洛,守兵即降。再趋略阳,悦又退保上郢,召南秦州刺史李弼,与同拒泰。弼本悦妻妹夫,曾致书与悦道:"贺拔无

第五十三回　违君命晋阳兴甲　谒行在关右迎銮　855

罪,公乃加害,又不抚纳遗众。今宇文夏州前来,声言为主复仇,理直气壮,恐不可敌。公宜解兵谢过,否则难免噬脐!"悦不肯从,乃弼至上邽,料知悦必败亡,便遣人诣泰,愿为内应。谏悦不从,便即图悦,亦未免对不住姨夫。泰依约逼城,弼即开门迎泰。悦惊窜南山,欲往灵州依曹泥,偏泰将贺拔颖率军追来。悦手下不过数十骑,如何抵敌,没奈何投缳毕命。

泰入上邽,收悦府库财物,尽犒士卒,不取纤毫。左右窃一银瓮,由泰察出,立即加罪,命将银瓮剖赐将士。无非笼络人心。即命李弼镇原州,部将拔也恶蚝镇南秦州,可朱浑镇渭州,赵贵行秦州事,征幽、泾、岐、东秦各州粟米,赡给军糈。氐酋杨绍先前已逃归武兴,仍然称王,闻泰并有关中,忙上表称藩,且送妻孥为质。高欢闻泰军甚盛,复用甘言厚币向泰结欢,泰仍然拒绝,且封欢书上达魏主,一面使雍州刺史梁御入据长安。魏主封泰为关西大都督,略阳县公,承制封拜。泰因命都督寇洛为泾州刺史,调李弼为秦州刺史,起前略阳太守张献,为南岐州刺史,练兵储粟,东向图欢。

从前欢入洛阳,曾留封之孙腾等在朝辅政,隆之为侍中,腾为仆射。适魏主妹平原公主丧夫守寡,颇有姿色,腾与隆之并省丧妻,争欲娶公主为继室,魏主令妹自择,平原公主愿适隆之,乃许隆之尚主。想是隆之年轻貌秀。腾且妒且忿,屡思中伤。可巧隆之有密书致欢,谓斛斯椿等擅权,必构乱祸。欢未知隆之与腾有隙,尝与腾书,述及隆之关白,请并防斛斯椿。腾正欲加害隆之,竟向椿告发,椿即转白魏主。隆之闻密书被泄,恐不免祸,逃归乡里。公主曾带去否？欢召隆之诣晋阳。嗣腾带仗入省,擅杀御史,亦惧罪奔欢。

欢使大都督邸珍,潜至徐州,胁逼守吏华山王鸷缴出管钥。魏主亦将欢党建州刺史韩贤,济州刺史蔡儁,免去官职,作为报复。又增置勋府庶子骑官各数百人,欲伐晋阳。因即下诏戒严,佯称将南下征梁。大发河南诸州兵,与斛斯椿出阅洛水,部署戎行。

越日颁诏晋阳,令欢守密,内言:宇文泰、贺拔胜等颇有异志,所以朕托辞南伐,潜为防备,王亦宜共为声援,此诏读讫,请付丙丁等语。欢亦复奏云:闻荆、雍将有逆谋,臣今潜勒兵马三万,自河东渡往,又遣恒州刺史库狄干等统兵四万,自来达津出发,领军将军娄昭等,率兵五万,南讨荆州,冀州刺史尉景将山东兵七万、突骑五万,东讨江左,现皆部勒成军,伏听处分等语。

魏主览奏,料欢已猜透秘谋,乃再行颁敕,谕止欢军。欢复上表云:"臣为嬖佞所间,致动主疑,若臣果负陛下,使身受天殃,子孙殄绝。陛下能垂信赤心,愿赐酌量,亟废黜佞臣一二人!"魏主不答,但遣大都督源子恭守阳湖,汝阳王元暹守石济,又令仪同三司贾显智为济州刺史,率豫州刺史斛斯元寿等赴镇。元寿为斛斯椿弟,与贾同往,是恐他为欢所诱,特加监束的意思。偏

前刺史蔡儁不肯受代,拒绝显智,显智逗留长寿津,据实奏闻。魏主愈怒,乃使中书舍人温子升撰敕赐欢,大略说是:

> 朕不劳尺寸,坐为天子,所谓生我者父母,贵我者高王,今若相安无事,则使身及子孙,宜如王誓。近虑宇文为乱,贺拔应之,故京邑戒严,并欲王遥为声援。今观其所为,尚无异迹。东南不宾,为日已久,我国乱离甫定,不堪再事穷兵。朕本暗昧,不知佞人为谁?高乾之死,岂独朕意!王忽对昂言乾枉死,且闻库狄干语王云:本欲取懦弱者为主,无庸立此长君,使其不可驾驭,今但作十五日行,自可废之。此论出自王间勋人,岂属佞人之口?且封隆之孙腾,遁逃晋阳,王若事君尽诚,何不斩送二首?王虽启云西去,而四道俱进,南渡洛阳,东临江左,闻者宁能不疑?王若举旗南指,纵无马匹只轮,犹欲奋空拳而争死,纵令还为王杀,幽辱齑粉,了无遗憾!本望君臣一体,若合符契,不图今日分疏至此,言之增怅,唯王图之!

敕书颁去,欢亦不答。一报还一报。中军将军王思政入白魏主道:"高欢心术,昭然可知。洛阳非用武地,不如往就宇文泰,再复旧京,无虑不胜!"欢不可恃,邕泰果可恃乎?魏主因遣柳庆西往,与泰陈述上旨,泰愿奉迎车驾,遣庆复命。会东郡太守裴侠应征诣洛,王思政与商西巡事宜。侠答道:"宇文泰雄踞秦关,所谓已操戈矛,怎肯轻授人柄?今车驾往投,恐也似避汤入火呢?"言之有理。思政道:"如君言,今将何往?"侠皱眉道:"东出图欢,祸在眉睫,西巡依泰,患在将来;且至关右,再作良图。"暂济眉急,也是无策。思政也以为然,乃荐侠为中郎将。魏主意欲西行,尚未决议,忽闻高欢派遣骑兵,出屯建兴,并添河东及济州兵,拥诸和糴粟入邺城,将逼魏主迁邺。魏主益觉惊惶,复颁敕谕欢道:

> 王若厌伏人情,杜绝物议,唯有归河东之兵,罢建兴之戍,送相州之粟,追济州之军,使蔡儁受代,邸珍出徐,止戈散马,各事家业。脱须粮廪,别遣转输,则谗人结舌,疑悔不生,王可高枕太原,朕亦垂拱京洛矣。王若马首南向,问鼎轻重,朕虽不武,为宗庙社稷计,欲止不能。决在于王,非朕能定,为山止篑,甚为王惜之!

看官,试想这时候的高大丞相,已与魏主修怨不两立,怎肯降心受诏,如敕施行?当下作书答复,极陈斛斯椿、宇文泰罪状,谓将代主除奸。魏主亦下敕罪欢,命宇文泰为关西大行台,且愿将爱妹妻泰,令泰遣骑奉迎。一面敕贺拔胜引兵入洛,同敌高欢。

欢已召弟定州刺史高琛守晋阳,长史崔暹为辅,自引大军南向,用高敖曹

第五十三回　违君命晋阳兴甲　谒行在关右迎銮

为先锋，星夜前进，声言率兵赴阙，但诛斛斯椿，不及他人。宇文泰亦传檄讨欢，自将大军屯高平，命前队出驻弘农。两虎争雄，俱由斛斯椿一人所致。独贺拔胜出屯汝水，作壁上观。此子惟狡狯一事，尚算胜人。魏主也下诏亲征，督军十万至河桥，令斛斯椿为前驱，列营北邙山。

椿请率精骑二千，乘夜渡河，掩欢不备，魏主称善，偏黄门侍郎杨宽进言道："高欢不臣，人所共知，斛斯椿心亦难测；若渡河有功，恐灭一高欢，又生一高欢了。"魏主即命椿停行。当信不信，不当信而信，安得不败！椿叹道："近日荧惑入南斗，天象告警，今上信左右谗间，不用我计，这真所谓天道了！"遂驰书报泰。泰亦顾语僚佐道："高欢远道急驰，数日行八九百里，这是兵家所忌，正当出奇掩击，主上不能渡河决战，但知沿河据守，试想黄河万里，防不胜防，一处疏虞，令彼得渡，大事去了！"说着，亟命赵贵自蒲坂渡河，直趋并州，又遣都督李贤率轻骑千名，往洛扈驾。

魏主使斛斯椿守虎牢，令行台长孙稚，大都督元斌之为副，行台长孙子彦守陕州，贾显智、斛斯元寿守滑台，总道是扼要居守，欢军不能飞渡。哪知才阅两日，滑台军司元玄驰至河桥，报称显智怯退，速请济师。魏主亟遣大都督侯几绍赴援。未几又接到警报，绍已阵亡，显智降欢，欢已从滑台渡河了。魏主当然着忙，急向群臣问计，或请奔梁，呆话。或请南依贺拔胜，也靠不住。或请西就关中，下策。或请守洛口死战，不能。纷纷聚讼，整日不决。忽见元斌之踉跄奔还，喘声报告道："高欢来了！"吓得魏主修不知所措，匆匆还洛。但挈妃主数人，及从妹明月西奔。不及高后，隐伏下文。

南阳王宝炬，清河王亶，广阳王湛，扈跸随行，沙门惠臻，负玺持千牛刀相从。途次遣人至虎牢，飞召椿还，椿及长孙稚，方与欢将窦泰相持，闻召却归，奔至瀍西，得见魏主，方知为元斌之所卖。斌之与椿争权，潜归给主，诡言高欢已至，以致魏主骇奔。椿益加叹息，只好随主西行。椿弟元寿，因滑台失守，已为乱军所杀。长孙稚在虎牢，独力难支，也即奔赴行在。就是长孙子彦，闻滑台、虎牢均已失败，也弃陕西走。子彦即长孙稚冢男。长孙父子尚得重逢，斛斯兄弟不能再见，这也是有幸有不幸呢！百忙中有此骈句，亦可谓好整以暇。

清河王亶，广阳王湛，竟从半途逃归，仍还洛阳。惟武卫将军独孤信却单骑追及魏主，奉驾西进。魏主叹道："将军辞父母，抛妻孥，竟来从朕。古人有言：世乱识忠臣。朕始知非虚语了！"比诸清河、广阳两王，应该优奖。嗣是西向奔驰，途次糇浆乏绝，惟饮涧水。到了湖城，有村民献上麦饭壶浆，聊解饥渴，魏主命免该村徭役十年。再行至崤西，方与泰所遣李贤相遇，奉驾同归。及入潼关，大都督毛鸿宾迎献酒食，从行各员才得一饱了。

高欢长驱入洛，使娄昭、高敖曹等，往追魏主，不及乃还。欢乃召集百官，启口诘问道："为臣奉主，理应匡救危乱，若处不谏争，出不陪从，无事时希宠邀荣，有事时委主逃窜，臣节何在？请诸君自陈！"你好算得尽臣节么？众莫敢对，独尚书左仆射辛雄道："主上与近臣图事，雄等不得预闻。及乘舆西幸，若即追往，恐迹同佞党，所以留待大王，今又以不从蒙责，是转使雄等进退俱无从逃罪了。"未免遁辞。欢叱道："卿等备位大臣，理应尽忠报国，群佞用事，卿等曾有一言谏诤么？国事至此，罪将何归？"说至此，即指示左右，拿下辛雄，及仪同三司叱列延庆，兼吏部崔孝芬，都官尚书刘廞，兼度支尚书杨机，散骑常侍元士弼一并处死。曾自记前言否？推司徒清河王亶为大司马，承制决事，居尚书省。孝芬子中郎猷出避家难，间道入关。

宇文泰使赵贵、梁御，引兵二千，出迎魏主。魏主循河西上，与赵、梁二人相遇，指河示御道："此水东流，朕乃西上，若得复见洛阳，亲谒陵庙，统是卿等的功劳哩！"言已涕下。莫非自取。泰备仪卫接驾，行至东阳驿，得见魏主，免冠伏谒道："臣不能式遏寇虐，使乘舆播迁，实为有罪！"魏主忙亲为扶起，且慰劳道："朕实不德，负乘致寇，今日相见，自觉厚颜！此后当以社稷委卿，愿卿勉力！"

泰山呼万岁，方才起身。将士等亦齐呼万岁。随即导魏主修入长安，即以雍州廨舍为行宫，颁诏大赦。进泰为大将军雍州刺史，兼尚书令，取决军国大事。又命行台尚书毛遐、周惠达为左右尚书，分掌机要。二尚书戮力办公，积粮储，治器械，简士马，利赖一时。魏主即将爱妹冯翊长公主，嫁泰为妻，借践旧约。公主曾适开府张欢。欢性贪残，遇主无礼，魏主将欢杀死，因把公主改嫁与泰。后来生子名觉，就是北周的孝闵帝，这且待后再表。

先是荧惑入南斗，去而复还，留止六旬，江南北有童谣云："荧惑入南斗，天子下殿走。"梁主衍恐灾及己身，特跣足下殿，为禳灾计。及闻魏主西奔，不禁赧颜道："北虏亦应天象么？"当时传为笑柄。不知修德禳灾，乃徒跣足下殿，岂非丑态！

自魏主入关，贺拔胜尚在汝南，未决进止。从前胜出发时，掾吏卢柔曾进三策，上策是席卷赴都，仗义讨欢，中策是拒欢联泰，观衅乃动；下策是举州归梁，苟全性命，胜俱不用。至欢已入洛，胜再与僚佐会议，意在南归，行台左丞崔士谦进议道："今帝室颠覆，主上蒙尘，公宜倍道兼行，往朝行在，然后与宇文行台同心戮力，倡举大义，天下闻风，自当响应；若舍此遽还，恐人人懈体，一失事机，悔无及了！"胜乃使长史元颖行荆州事，居守南阳，自率部众西进。

行次浙阳，探得前途消息，高欢已攻克潼关，擒住守将毛鸿宾，进屯华阴，当下毛骨森竖，踉跄奔回。哪知欢已遣行台侯景等攻荆州，荆民邓诞，袭执元颖,送往侯景,害得胜无路可归,不得不与侯景争锋。偏偏众情涣散,各无斗志,一遇景军,便即弃甲曳兵,四处奔窜。胜无计可施,只得依了当日卢柔的下策,奔往梁朝。其名曰胜,实则善败。

侯景驰入荆州,向欢告捷。欢自晋阳至洛,由洛至华阴,连上四十启,奏达魏主,不得一答,乃拟另立新主。返至洛阳,再遣使奉表魏主云:"陛下若远赐一诏,许还京洛,臣当率领文武,清宫以待;若返正无日,宗社不能无主,臣宁负陛下,**不负社稷**"等语。魏主仍然不报,欢乃召集百僚耆老,议立新君。

清河王亶已视帝座为己有,出入警跸。偏大众开议,由欢首倡,谓嗣主应继承明帝,不应昭穆失序,因语亶道:"今欲立王,不如立王的世子,较为顺次。"语未说完,但听得在座诸人,同声赞成,亶只好俯首趋出,由愧生愤,由愤生忧,竟尔轻骑南奔。子得为帝,便是大喜,何必狂奔如此?欢遣人追还,遂于永熙三年孟冬,立清河王世子善见为帝,年才十一。改永熙三年为天平元年,于是魏分为二,高氏所立为魏主,史家称为东魏,宇文氏所奉的魏主,便叫作西魏了。小子有诗叹道:

> 世乱都从主暗来,江山分裂魏风颓。
> 北方从此无宁宇,虎斗龙争剧可哀!

魏既分裂,东西并峙,成为敌国,高欢遂定议迁都。究竟迁往何处?下回再当说明。

尔朱氏亡而高欢兴,高欢兴而宇文泰又起,一雄得势,而一雄继之,要之皆乱世之雄,欲其乃心魏室,始终不渝,是责莽懿为伊周,固世所罕有事也。但魏主修之得立为帝,实出高欢,欢虽雄鸷,而出镇晋阳,纳女为后,君臣之间,初无芥蒂,魏主修乃误信斛斯椿言,始倚贺拔岳,继依宇文泰,卒至激成欢怒,引兵向洛。斛斯椿乘夜渡河之计,又复不从,前何信椿,后何疑椿!愚而多疑,安能处变,有徒为二雄之傀儡已耳!天下本无事,庸人自扰之。此二语实可为魏主修之定评。

第五十四回　饮宫中魏主遭鸩毒　陷泽畔窦泰死战场

却说高欢还洛,另立新君善见。善见尚在冲年,当然不能亲政,一切黜陟大权,全握欢手。欢请授赵郡王谌为大司马,咸阳王坦为太尉,仪同三司高盛为司徒，高敖曹为司空，以下文武百官，各有定职，规模粗具，再议西侵。忽闻宇文泰进攻潼关，杀毙守将薛瑜，虏去戍卒七千人，欢不禁彷徨，遂把迁都的计议，重复提起，即欲实行。当下入朝申谕，谓洛阳西逼关中，南近梁境，在在可虞，不如迁邺为是。嗣主善见，有何主意！王公大臣等，势难与抗，只得依议迁都。欢只限期三日，即奉驾启程，四十万户，狼狈就道，百官无从备马，多半乘驴东行。至车驾已到邺中，留仆射司马子如、高隆之，侍中高岳、孙腾，在邺辅政，改相州刺史为司州牧，魏郡太守为魏尹，司州改作洛州，命尚书令元弼为洛州刺史，镇守洛阳，欢仍还原镇。当时有童谣云："可怜青雀子，飞去邺城里，羽翮垂欲成，化作鹦鹉子。"时人指青雀为清河王，鹦鹉为高欢，这也无庸评断了。洛阳遂为战争地。

且说魏主修在洛阳时，性颇渔色，有从妹三人，不准他适，留侍宫中。最爱宠的就是明月，本与南阳王宝炬同产，受封平原公主，次为清河王亶妹，亦封安德公主，还有一个名叫蒺藜，史家未详为何王儿女，也照例封为公主。这三公主留居宫掖，公然与魏主相奸，差不多与妃嫔相似，所以高欢女虽入宫为后，未蒙垂爱，绿衣黄裳，已成惯例。魏主修尝设内宴，使明月侍坐首席，诸宫人因羡生慕，即席赋诗，或咏鲍照乐府云："朱门九重门九闱，愿随明月入君怀！"魏主也不以为意，唯视明月如掌中珠，爱不忍离，就是弃洛西奔，把高皇后撇置宫中，独有明月不肯舍去，挈领入关。

宇文泰因魏主淫及从妹渎伦伤化，暗令元氏诸王诱出明月，置诸死地。及魏主闻报，已是玉殒香消，不得重生。看官，试想魏主所爱，只此一人，平白地为宇文泰所害，如何不悲！如何不愤！恨不得杀泰报仇！又弄错了。有时弯弓，有时推案，无非注意宇文泰。泰亦心不自安。

未几已是残腊，有高车别部阿至罗遣使入朝，魏主幸逍遥园，宴待外使，顾语侍臣道："此处仿佛华林园，使人触景生悲。"已而宴毕，命取所乘波斯骝马，驾载还宫。偏该马不受羁勒，跳跃异常，魏主命南阳王笼辔扳鞍，马亦不服，一蹶而死。魏主乃另易他马，还至宫门，马又惊跃，未肯遽进，连下鞑扑，方才驰入。近侍潘弥颇通术数，晨间曾启奏魏主，谓今日不可不慎，防有急兵。魏主记着，还宫后语潘弥道："今日幸无他事。"弥答道："须过夜半，方称大吉。"魏主似信非信。晚餐时多饮数杯，聊解忧闷，不意过了片刻，胸腹搅痛，竟不可当，连忙卧倒床上，痛益难耐，辗转呼号，神疲力尽，未几即殁，目瞪舌伸。侍臣料是遇毒，想由宇文泰主使，不敢发言。可怜魏主修在位，不满三年，年仅二十五岁。泰命将魏主棺殓，移殡草堂佛寺中，谥曰孝武，直至十年以后，方得安葬云陵。弑主事不问可知。

先时已有歌谣云："狐非狐，貉非貉，焦梨狗子啮断索。"至魏主遇弑，人

第五十四回 饮宫中魏主遭鸩毒 陷泽畔窦泰死战场

方谓谣言有验。魏本索发,故称为索,焦梨狗子,就指宇文泰。泰小字叫作黑獭,籍隶武川,相传为系出炎帝。远祖葛乌兔,始为鲜卑酋长。数传至普回,得一玉玺,篆文有"皇帝玺"三字,惊为天授。鲜卑呼天为宇,君为文,因号宇文国,并以为氏。普回子莫那,徙居辽西,九传为前燕所灭,遗胤陵由燕奔魏,遂居武川。陵曾孙名肱,肱妻王氏生泰时,有黑气如盖,下覆儿身,所以取名黑獭,非狐非貉,便是暗寓黑獭的意义。宇文泰家世,前未叙及,故就此带过。

泰既毒死魏主修,遂率王公大臣,推立南阳王宝炬。宝炬为孝文帝孙,京兆王愉子,官拜太宰,录尚书事。宝炬循例三让,然后允诺。时已岁暮,遂于次年元旦,即位长安,大赦改年,纪元大统。追尊皇考愉为文景皇帝,皇妣杨氏为皇后。立妃乙弗氏为正宫,世子钦为太子。进宇文泰为大丞相,封安定郡公,都督中外诸军,录尚书事,斛斯椿为太保,广平王赞为司徒,广陵王欣为太傅,万俟寿乐干为司空。遣都督独孤信招抚荆州,东魏令恒农太守田八能,候途邀击,为信所败。信直抵荆州,复击破东魏刺史辛纂,纂败遁入城,门未及阖,被信前驱杨忠,追入斩纂,遂据荆州。既而东魏复遣侯景、高敖曹等攻荆州城,信因众寡不敌,复与杨忠奔梁;荆州又入东魏。

会渭州刺史可朱浑元,潜与欢通,率部众三千户,奔往晋阳。高欢始闻魏主修遇弑事,因启请素服举哀。太学博士潘崇和,谓君以无礼待臣,不必素服,商民不哭桀,周臣不服纣,便是此意。国子博士卫既隆、李同轨等,但主张高后守制,谓高后未绝永熙,应为服素,东魏主乃命依议。

高后尚在青年,不耐守寡,勉强为故主素服,暗中却另思择配。适彭城王韶为司州牧,温文尔雅,年貌翩翩,韶为彭城王勰子,见四十八回。被高后瞧入眼波,惹动情思,屡与乃父谈及。高欢爱女情深,料她有意求合,遂召入彭城王韶,愿将嫠女嫁与为妃。韶见高家势盛,乐得借此攀援,遂满口称谢。欢遂令嫠女改服盛装,配韶为妇,并将洛阳宫中的珍宝,赠作妆奁。就中有珍器二具,最称奇美,一是成对的玉钵,晶洁无瑕,雕工尤妙,用水贮入,虽经倒置,亦不渗漏,一是玛瑙榼,能容三升,凑缝中用玉嵌入,好似生成一般。相传为西域神工所制,献入魏廷,传为秘宝。余物不可胜计,韶既娶国母为妻室,复得了许多珍品,真是喜出望外,欣感莫名。那高氏女亦幸获佳偶,深慰渴念,鱼水谐欢,无容絮叙。只是伦纪上说不过去。

那高欢亦愈老愈淫,自载归尔朱两后后,左拥右抱,非常欢昵。大尔朱后生子名澈,小尔朱后生子名湝,俱为欢所钟爱。他如冯娘、李娘,即五十一回之任城、城阳二王妃。由洛阳取归,均被欢奸占为妾;还有韩娘、王娘、穆娘等,随时纳入,亦随时侍寝。王娘有子名浚,穆娘有子名淹,浚、淹未长,两母已亡。及迁都邺城,复得一广平王妃郑氏,芳名叫作大车,丰容盛鬋,妖冶绝伦,欢复据为己有，宠冠后庭。郑氏产得一男，取名为润。

东魏天平二年，欢因稽胡、刘蠡升，据云阳谷，僭称皇帝，屡为边患，乃督军出征，兼程掩击，破灭蠡升，斩首而归。到了晋阳，忽得侍婢密报，说是世子高澄，与郑大车有暧昧情事，欢因澄年才十四，未必遽敢淫烝，反斥侍婢妄言。嗣又经二婢为证，方勃然大怒，召澄入室，加杖百下，幽禁别室。澄系正妃娄氏所生，欢得发迹，半由娄氏为助，见四十四回。所以情好甚笃。娄氏连生六男二女，俱获长成，自欢广纳妾媵，把爱情移到美姬身上，不免与娄妃相疏。负心汉。偏又长子澄奸案发觉，恨子及母，竟与娄妃隔绝不通，且欲立大尔朱氏子浟为嫡嗣，将澄废黜。何不并锢郑氏？

澄很是焦急，忙向司马子如处求救，子如在邺辅政，得澄密书，即至晋阳谒欢。欢与子如向系旧交，无论国事家事，彼此从不讳言，而且妻妾俱得相见，不必趋避。此次子如到来，明明是为高澄母子说情，他却佯作不知，唯与欢谈论国事，直至无语可说，始请谒见娄妃，欢乃述及澄奸庶母，娄妃失察情状，子如微笑道：“孽子消难，亦奸子如妾，家丑不宜外扬，只可代为掩饰。亏得老脸说出家丑。况娄妃是王结发妇，常把母家财物助王，王在怀朔镇时，触怒镇帅，受杖伤背，妃昼夜看护，目不交睫，后避葛贼，同走并州，沿途劳顿，日暮履穿，妃又亲燃马粪，代为制靴，此等恩义，怎可忘却？今日女嫁男婚，相安已久，更不宜为一妇人，自伤和气。况婢言亦未必可信呢！”欢答道：“君言未尝无理，但事果属实，究难轻恕！”子如道：“待子如鞫问情伪，再作计较。”欢即许诺。子如趋至别室，令释澄候质。澄既得见子如，尚未开口，子如便诘责道：“男儿何故畏威，甘心自诬？”好一个问官。澄闻子如言，自然抵赖，且称三婢挟嫌诬告。子如召入数婢，厉声威吓，不令诉辩。三婢料不敢抗，统皆自缢。子如即报欢道：“果系刁婢妄言，已情虚自尽了！”欢乃大悦，亟召娄妃母子进见，父子夫妻，相对泣下，嗣是和好如初。欢命设盛筵，款侍子如，自起斟酒道：“全我父子，皆出君力！”子如也避席称谢。这一席宴饮，自傍晚到了夜半，方才停撤，彼此散寝。次日子如辞行，欢赠子如黄金百三十斤，澄亦馈他良马五十匹，子如乐得叨惠，取金及马，驰还邺城。

澄自是不敢亲近郑大车，大车安然无恙，仍得欢宠眷，始终不衰。但如此重案，化作冰消，后庭侍姬，渐渐放纵起来。欢弟赵郡公琛，留居晋阳，总掌相府政事，他常出入帷闼，见小尔朱氏楚楚动人，竟引起邪心，随时挑逗。小尔朱氏也爱他弱冠年华，丰神韶秀，竟伺欢外出时，邀琛入室，私与交欢。婢媪等惩着前辙，莫敢告发，一任她送暖偷香，消受温柔滋味。但天下事若要不知，除非莫为。欢本老奸巨猾，阴为伺察，稍有所闻，即设法赚他二人，果然奸夫淫妇，中了欢计。一夕正续旧欢，偏被欢破门突入，当场捉出一对露水夫

第五十四回　饮宫中魏主遭鸩毒　陷泽畔窦泰死战场

妻,当时怒极欲狂,即取过大杖,猛力击琛,接连数十百下,打得琛皮开肉烂,僵卧地上。再欲殴挞小尔朱氏,那小尔朱氏早长跪膝前,凭着那一双泪眼,两道愁眉,娇滴滴的吐着珠喉,向欢乞怜,竟把欢的铁石心肠,渐渐熔化。结果是说出数语道:"你欲求生,立刻离开此地,免我动手!"小尔朱氏无可奈何,只好磕头拜谢,草草整装,听欢发落。欢将她逐出灵州,置诸不齿。琛自被曳出户,因受伤甚重,延挨了一两日,便即毕命,年只二十有三。色之害人大矣哉。欢讣告邺中,但说是暴病身亡,东魏主善见,不得不追赐官阶,即赠琛为太尉尚书令,予谥曰贞。贞字不知如何解法?后来又加给太师,进爵为王。那小尔朱氏至灵州后,寂寞无依,孤苦了一两年,遇着一个范阳人卢景璋,娶为继室,竟随他过活去了。还算幸事。

惟东西魏已经分峙,北方各镇,东投西奔,忙个不了。关内都督赵刚,举东荆州归附西魏。宇文泰命为光禄大夫。刚劝泰召还贺拔胜等,泰甚以为是,即遣刚南下请求。刚至梁州,与刺史杜怀瑶相识,因托他移书建康。梁主衍尝优待降将,得书以后,召贺拔胜等入朝,令他自陈行止。胜等俱愿北返,梁主乃亲饯南苑,厚礼遣归。贺拔胜与独孤信、杨忠三人,同时返至长安,各得就职。泰爱忠勇,且留置帐下。胜感梁主恩礼,凡鸟兽南向,概不复射,借示报答的意思。西魏主宝炬,喜胜北来,特加隆眷,累擢胜至太师,胜乃与宇文泰部勒三军,专谋东略。时斛斯椿已死,宇文泰专政,进位柱国大将军,用李虎、元欣、李弼、独孤信、赵贵、于谨、侯莫陈崇七人为辅。进行台郎中苏绰为左丞,绰博闻强记,熟谙掌故,尝与泰终夜叙谈,娓娓不倦。泰目为奇士,一切机密,辄令参预。绰始作文案程式,朱出墨入,及计帐户籍诸法,推行一时,秩然不紊。后人多遵为定制,用备钩稽,这也好算一个吏治家了。特别钩元。

那东魏大丞相高欢,令世子澄入邺辅政,副以左丞崔暹,澄年方十五,用法严峻,威震中外。澄弟名洋,亦得封太原公,貌似不飏,内独明决。欢尝令诸子治理乱丝,试察智愚,诸子多脚忙手乱,不堪纷扰,洋独抽刀断丝,顾语兄弟道:"乱即当斩,何必费心!"后来狂暴,已见端倪。欢因此儿有识,宠爱逾恒。嗣是邺城有澄,晋阳有洋,欢以为内顾无忧,尽可与西魏争衡。

适梁遣镇北将军元庆和侵入东魏,乃遣高敖曹率三万人趋项城,窦泰率三万人趋城父,侯景率三万人趋彭城,控御东南。元庆和闻报退还,侯景进陷楚州,掳去刺史桓和,且乘胜至淮上,梁都督陈庆之,发兵邀击,杀败景军。景抛弃辎重,仓皇北遁。

欢方锐图西魏,不暇南顾,遂想了一条远交近攻的计策,遣使南下,与梁修和。梁主衍亦得休便休,许与通好,敕庆之班师。于是欢调回各军,自率轻骑万人,径袭西魏夏州。沿途但食干粮,不遑火食,及抵夏州城下,正值夜半,见城上无人守御，便令军士缚梢为梯，猱升而上，顿时攻破全城，擒住刺史斛拔俄弥突，带回晋阳。并将部落五千户，悉数迁归，留都督张琼镇守。会闻灵州曹泥，为西魏将士所围，因复调兵往援，拔出曹泥，也令他徙至晋阳。可巧西魏传诏，数欢二十罪，指日东征。欢不禁大怒，亦斥宇文泰、斛斯椿为逆徒，谓当分命诸将，刻日西讨。两下里互相指斥，各说得我是人非，有道有理。欢欲先发制人，因高敖曹、窦泰等，已皆北归，遂令敖曹移攻上洛，窦泰出逼潼关，自率军赴蒲坂，命筑浮桥三座，拟即渡河。

西魏大行台宇文泰督兵出拒，进次广阳，既探悉欢军行踪，便语诸将道："贼犄我三面，浮桥待渡，这无非虚张声势，牵缀我军，使窦泰得乘虚西入呢！欢计被泰喝破。窦泰尝为欢前驱，屡战屡胜，必有骄心，我不如径袭窦泰，泰军一破，欢不战自走了。"将佐齐声道："舍近袭远，恐非良图；如欲往击窦泰，何不分兵前往！"泰笑语道："欢虽作桥，未能径渡，不过五日，我已可破灭窦泰呢。"乃扬言欲保陇右，退还长安，潜行东出。

诸将犹有异议。泰有从子名深，幼即好兵，尝叠石为营，折草为旗，与群儿布列行阵，井井有条，此时为直事郎中，屡预军谋。泰因向深问计，令他先陈意见。深答道："窦泰为高欢骁将，与欢东西分出，我若至蒲坂攻欢，欢扼我前，窦泰袭我后，岂不是表里受敌么？今若简选轻锐，潜击窦泰，彼性躁急，必来决战，欢不及往援，我就可一鼓擒窦了。窦既受擒，欢势自沮，回军击欢，定可决胜。"泰欣然道："我原作这般想，汝与我同心，我计决了。"遂夤夜东发。

又行了一昼夜，已抵小关，窦泰猝闻敌至，自恃骁勇，渡河直前。宇文泰列营牧泽，用四面埋伏计，引诱窦泰。窦泰不知厉害，怒马当先，陷入重围，泽中泥淖相间，铁骑不得驰突，再加西魏各军，万弩齐发，把窦泰手下将士，射死了一大半。窦泰见士卒垂尽，身上亦中了数箭，料知无法脱围，便拔出佩剑，自刎而亡。窦泰为高欢姨夫，战无不从，此次由邺出发，曾有惠化尼云："窦行台，去不回！"至是果验。小子有诗叹道：

> 将军一去不回头，拚死前驱未肯休。
> 牧泽陷围溅颈血，半由好勇半无谋！

窦泰既死，被西魏军枭了首级，送往长安。高欢尚在蒲坂，闻报大恸，几乎晕倒。欲知他后来处置，但看下回自知。

魏主修猜忌高欢，以致蒙尘出走，西入关中，幸宇文泰迎入雍州，尚有容身之所。为惩前毖后计，宜勇于改过，推诚待下，则以秦关之固，宇文之力，东向而待高欢，未始不可有为。奈何身为雄狐，效禽兽行，为一女子而怨及功臣,卒被毒毙,甚矣哉魏主修之淫且愚也!夫天下之好淫者,祸不及身,必及子孙,魏主修之死,死于淫,固已。高欢淫占多人,虽若无恙;然生前有子弟之烝报,死后有子孙之荒耽,有恶因必有恶果,高氏宁能幸免乎?且弄兵不戢,忽东忽西,骁勇如窦泰,终堕黑獭计中,陷死牧泽;泰虽寡谋,要不得谓非高欢害之也。泰妻为欢妃娄氏妹,夫死妻寡,惨及一门,欢岂不可以已乎!

第五十五回　用少击众沙苑交兵
　　　　　　废旧迎新柔然纳女

　　却说高欢闻窦泰死耗,不胜悲悼,自思泰既陷没,大违初愿,遂撤去浮桥,退回晋阳。宇文泰亦还军长安。惟高敖曹尚未得闻,引军急进,直抵上洛城下。洛郡人泉岳及弟猛略,与顺阳人杜窋等,欲翻城出应敖曹。洛州刺史泉企,探悉阴谋,捕戮泉岳兄弟,独杜窋得缒城出走,奔归敖曹。敖曹猛力扑城,城上矢石交下,连中敖曹三矢。敖曹晕坠马下,良久复苏,复上马督攻。泉企固守旬余,二子元礼、仲遵,皆有勇力,随父拒敌,日夕不懈。会仲遵被流矢伤目,不能再战,城遂失陷,企与二子皆被擒。及企见敖曹,大声呼道:"我系力屈,本心原不服哩!"敖曹也不去杀他,系诸幕下,即用杜窋为刺史。

　　休兵数日,拟进攻蓝田关。忽来了晋阳使人,传述欢令道:"窦泰战殁,人心摇动,宜收军即还;万一路险贼盛,但求自脱罢了。"敖曹不忍弃众,令部曲先行,自己断后,徐徐引退。西魏军却不敢追蹑,任他自归。泉企子元礼,由敖曹带还。仲遵伤重不能行,仍使在洛州城。企在途中,私诫元礼道:"我余生无几,死不足畏,汝兄弟二人,才器足以立功,须自觅生机,勿因我已东去,遂亏臣节!"此君颇似王陵母。元礼乃伺隙逃还,与仲遵阴结豪右,袭杀杜窋,西魏遂授元礼为洛州刺史,准令世袭,企竟病死邺中。

　　高欢欲为窦泰报仇,大阅兵马,再拟出师,适宇文泰出拔恒农,把东魏陕州刺史李徽伯掳去,欢即发兵二十万,由壶口趋蒲津,使高敖曹率兵三万出河南。时关中大饥,人自相食,宇文泰部下不满万人,留屯恒农就食,已阅五旬,探报谓欢将渡河,乃引兵入关。高敖曹进围恒农,城中有备,一时攻打不下。欢长史薛琡语欢道:"西人连年饥馑,故冒死来陕州,欲取仓粟,今敖曹已围陕城,粟不得出,但宜置兵诸道,勿与野战,待他麦秋无收,民自饥死,宝炬、黑獭,无虑不降,今且不必渡河!"侯景时亦从军,也进谏道:"今日举兵西来,关系极大,倘或不胜,猝难收集,不如分作二军,相继进行,前军得胜,后军方进,前军若败,后军亦可往援,这乃是万全之计。"欢不肯依议,竟从蒲津济河。

华州刺史王罴首当冲要,宇文泰致书相勉,罴答复道:"卧貉子怎得轻过?"及欢至冯翊城,呼罴问道:"何不早降?"罴戎服登陴,朗声传语道:"此城是王罴家,死生在此,汝等何人善战,请来一决雌雄!"欢知不可攻,乃移驻信原。

宇文泰因欢军入境,亦驰诣渭南,征调诸州兵马,急切未能召集,泰不堪久待,便欲进兵击欢,诸将以寡不敌众,请俟欢西进,再观形势。泰正色道:"欢若得至长安,人情必且大震,今乘他远来,兜头迎击,彼衰我锐,何患不胜!"遂下令军中,就渭水架设浮桥,即日渡渭,直抵沙苑,与东魏军相隔,只六十里。

诸将虽不敢违令,各有惧色,独宇文深称贺,并语泰道:"高欢镇抚河北,甚得众心,若据境自守,却是难图;今悬军渡河,非众所欲,彼无非为窦泰战死,挟恨前来,这就是叫作忿兵,忿兵必败。今愿假深一节,发王罴兵,截欢走路,前犄后角,使无遗类,怎得不贺?"深有此智,不愧为宇文家儿。泰乃遣颖昌公达奚武往觇欢军。武只率三骑潜往,改作东魏军装,日暮去营数百步,下马潜听,得敌军号,夜间上马历营,与巡夜相似。欢毫不备防,所有军中情状,俱被武窥悉,还营报泰。泰正思进逼欢营,忽由侦骑报到,欢兵且至,泰又召集将佐,商议对敌的方法。仪同三司李弼献策道:"彼众我寡,不可平地列阵,此东十里有渭曲,请先行据守为佳。"泰亦称善,便徙至渭曲,背水列营,令李弼为右拒,赵贵为左拒,将士皆埋伏苇中,闻鼓乃起。待至日暮,欢军乃至,望见西魏营内,偃旗息鼓,毫无声响,营旁苇深土泞,不堪进逼。欢亦防有伏兵,拟纵火焚苇,偏侯景进言道:"我军大举前来,应生擒黑獭,晓示百姓,若徒用火攻,就使将黑獭烧死,也是无名无望,不足示威!"欢将彭乐愤愤道:"我众贼寡,百人擒一,亦尚有余,要用什么火攻计!"好好一条计策,徒被二人破坏。欢乃麾兵直进,大众争前恐后,一涌而上,无复行列。俄闻西魏营内,鼓声骤震,芦苇丛里的伏兵,执戈齐起,来杀欢军,赵贵从左冲入,李弼自右突进,把欢军裂作数截,欢军立即大乱。李弼弟檦年少胆壮,隐身鞍甲中,跃马陷阵,伺敌不防,露首出矛,左搠右刺,应手落马。欢军争噪道:"当避此小儿!"欢将彭乐使性善斗,且带着三分酒意,跃马乱闯,好象猘尤一般。既而杀得性起,把甲胄尽行卸去,裸体驰入宇文阵内,适遇西魏征虏将军耿令贵,一枪挑来,不偏不倚,刺入乐胸。乐忙用刀格开,肠已流出,鲜血狂喷,他却大吼一声,拚死再战。旁有他将驰至,接住令贵厮杀,乐方得回马出阵,纳肠裹胸。还欲返身杀入,怎奈各军俱已败还,连让步都来不及,怎能再入敌阵?那后面亦鸣金收军,只好随众退回。宇文泰也不追赶,勒兵还营,各将都上前献功。泰见了李檦,顾语左右道:"出兵打仗,全靠胆壮,不必昂藏七尺,但看他年轻身矮,亦能杀贼

第五十五回　用少击众沙苑交兵　废旧迎新柔然纳女

哩!"语未毕,又见耿令贵入帐,甲裳尽赤。泰又说道:"甲裳中有如许血迹,奋勇可知!"遂一一记功,静待犒赏。各将士散归本营,休息去讫。

那高欢奔回信原,尚欲收拾残军,再行决战,使张华原巡视各营,照簿点兵,无人应出。急忙还白道:"众已散尽,各营皆空虚了!"欢尚未肯去,阜城侯斛律金在侧,便启请道:"众心离散,不可复用,宜速还河东为是!"遂命左右牵马入帐,促欢上马。欢跨上马鞍,尚未纵辔,由金用鞭拂马,方才东驰。到了河滨,蓦闻后面人声马沸,震荡波流,料知有追兵到来,只好匆匆急渡。偏偏船离岸远,一时不能驶近,有许多将士情急逃生,跃马入河,俱被流水漂去。欢改乘橐驼就船,始得东渡。共计丧失甲士八万人,铠仗十有八万件。

宇文泰闻欢遁走,始督军追至河上,遥望欢已过河,乃停军不追。可巧征调各兵,陆续报到,都督李穆道:"高欢已经破胆,请速渡河追去,毋令漏网。"泰叹道:"穷寇莫追,兵家至言,我军已获全胜,得意不宜再往了!"乃返至战所,令每人种柳一株,留旌武功。越日凯旋渭南,奏捷论功,李弼、赵贵以下,皆进爵增邑有差。

高欢还入晋阳,忿懑异常。侯景亦愤然道:"黑獭新胜而骄,必不为备,愿得精骑二万,擒归黑獭,报复前恨!"又来说大话了。欢迟疑未决,入白娄妃,娄妃道:"果如景言,景岂尚有还理?得一黑獭,失一侯景,究有何利?"欢乃罢议。娄妃却是知人。高敖曹得欢败耗,也解恒农围,退保洛阳。

宇文泰自沙苑得胜,复欲图洛,乃遣行台王季海,与独孤信率步骑二万,径趋洛阳,又命洛州刺史李显赴三荆,贺拔胜、李弼围蒲坂。蒲坂守将,为东魏秦州刺史薛崇礼,登陴力御。别驾薛善,系崇礼族弟,密语崇礼道:"高欢有逐君大罪,善与兄忝列簪缨,世荷国恩,今大军已临,尚为高氏固守,一旦城陷,函首送长安,署为逆贼,死有余愧,不如先行归款,尚得自全!"崇礼嘿然不答,善竟与族人开城,迎纳贺李等军。崇礼仓猝出走,中途被获。宇文泰闻捷驰至,赐薛善等五等封爵。善固辞不受,崇礼为善从兄,因得宥死,不复加罪。泰遂略定汾、绛二州。

独孤信行至新安,高敖曹引兵北去,只留广阳王元湛守洛阳。湛无胆略,也弃城奔邺,信遂得据金墉城。东魏颍川长史贺若统,又执住刺史田迄,举城降西魏军。梁州、荥阳、广州,望风归附。东魏行台任祥,往攻颍川,为西魏大都督宇文贵击败,任祥奔还。阳州刺史邢椿,被州将是云宝刺死,亦奔降西魏军。西魏都督韦孝宽,复攻陷东魏豫州,河南诸州郡,多半没入西魏。

东魏大行台侯景治兵虎牢,谋复河南诸州,韦孝宽等未免胆怯,又弃城遁去。侯景出兵四略,夺还南汾、颍、豫、广四州,遂邀同高敖曹,进围金墉。高欢亦率军继进,独孤信飞报长安,请即济师。西魏主宝炬,正因洛阳得手,拟谒园陵，凑巧洛使告急，遂命尚书左仆射周惠达，辅太子钦守长安，自与宇文泰督军东行，令李弼、达奚武为前驱，直达潼城。

日暮下寨，李弼登高遥望，遥见群鸟向西北飞来，便道："天色已晚，鸟应归栖，今尚西翔，必有贼军前来，不可不防！"遂偕达奚武移屯孝水，遣人哨探，并令军士取薪为备。约过片刻，果有探马入报，敌军来了！弼即命部众曳薪扬尘，鼓噪前进，敌骑不过千人，未测弼军多寡，当即返奔。弼麾军追上，斫毙敌将一人，一将逃免，余众尽得俘获，解送恒农。看官道敌将为谁？一将叫作莫多娄贷文，已经被杀，一将就是可朱浑元，竟得逃脱。叙笔矫变。原来侯景闻西魏军至，拟整兵待着，偏莫多娄贷文，不受景命，邀同可朱浑元，率千骑来袭西魏军，刚被李弼侦觉，一场追击，贷文毕命，元得幸还。

李弼待泰同进，共至瀍东，侯景撤围引去。泰率轻骑追至河上，景回马布阵，北据河桥，南倚邙山，与泰对仗。两军交锋，才及数合，景见泰执旗指挥，便拔箭射去，正中泰坐马。马负创惊逸，不可羁勒，泰随马窜去，约经里许，竟为所掀，坠落地上。侯景瞧着，骤马追来，泰身旁并无他人，只有都督李穆，紧紧随着。穆见侯景来追，手下约有百余骑，孤身如何抵挡，眉头一皱，计上心来，佯用马鞭扶泰背上，厉声叱道："笼东军士，笼东系披靡之意。尔主何在？乃尚留此，不急上马，更待何时？"好似曹阿瞒的急智。景听得此言，还疑自己看错，停马不追。穆即以己马授泰，与泰俱走，回入大营，调军再进。

侯景方才回营，总道泰军已去，不致复来，哪知西魏兵如潮涌至，不及列阵，竟被蹂躏。景拨马遁去，部兵四散，独高敖曹自恃勇悍，尚建着麾盖，与泰角战。泰尽锐围攻，杀得敖曹部下，七倒八歪。敖曹仗着长槊，突出重围，单骑走投河阳南城。守将高永乐为欢从子，与敖曹有宿嫌，闭门不纳。敖曹潜匿桥下，追骑趋至，见有金带浮出，竟向桥下攒射。敖曹自知不免，始奋首与语道："来！来！好给汝开国公！"说着，那头颅已被人斫去。强盗结果，应该如此。

高欢得报，如丧肝胆，召责永乐，加杖二百下。追赠敖曹太师，兼大司马太尉。一面督率大军，自往争洛。两下相遇，彼此阵势绵亘，首尾远隔，从旦至未，战至数十百合，氛雾四塞，莫能相知。西魏左右翼独孤信、赵贵等，战并不利，又未知君相所在，弄得茫无头绪，弃军奔还。此外各军，当然溃散。宇文泰尚在营中，亦觉保守不住，毁去营寨，奉主西归，留仪同三司长孙子彦，守金墉城。西魏将军王思政，尚与东魏军猛斗，举稍横击，一举辄蹋敌数人。既而陷入敌阵，左右尽死，思政亦受创晕仆。他平时出战，尝着破衣敝甲，敌人疑是末弁，由他倒地，不暇枭首，还有他将蔡祐，率亲兵数十人，下马步斗，齐声大呼，击毙东魏兵甚多。东魏兵四面绕集，围至数十重，祐弯弓持满，盘旋

第五十五回　用少击众沙苑交兵　废旧迎新柔然纳女

四射,发无不中,敌不敢近。突有壮士数名,身穿厚甲,手执长刀,跃马径入,去祐骑仅三十步。祐随身只有一矢,左右劝祐速射,祐从容道:"我等性命,在此一矢,怎可虚发!"道言未绝,那来兵相距不远,方把弓弦一扯,飕的一声,正中来兵头目,流血坠下,余人却退。祐乘势突出,徐徐引还,东魏兵不敢追逼,也收军回营。思政部将雷五安,失去主将,复至战场寻觅尸首,可巧思政已苏,即割衣裹创,扶他上马,驰还恒农。宇文泰已入恒农城,检阅大将,尚少王思政、蔡祐二人,正在着急,见祐引军回来。祐字承先,泰即呼道:"承先得还,我无忧了!"再问及战斗情形,祐毫不言功。最难得者在此,可为孟之反第二。经部下替祐述明,泰益惊叹道:"承先有功不伐,真算是难得了!"未几思政亦到,见他创痕累累,黯然泣下。笼络将士。因授思政为东道行台,留镇恒农,自奉宝炬还长安。不料长安变乱,留守周惠连,偕太子钦出奔渭北,关中大扰。这变乱的原因,是由留守兵少,前所虏东魏士卒,拥戴故将赵青雀,伺隙据城。又有雍州刁民于伏德等,亦劫咸阳太守慕容思庆,同时作乱。西魏主宝炬,留驻阌乡,由宇文泰入关讨贼。泰因士马疲敝,不愿速进,且谓青雀等乌合,不足为患,散骑常侍陆通进谏道:"蜂虿有毒,不宜轻视!今军虽疲乏,精锐尚多,加以明公声威,麾军压贼,立可荡平;若养痈贻患,转非良策。"泰即依议,整军西入,父老见泰回师,且悲且喜,士女亦交相庆贺。华州刺史宇文导,系泰从子,继王罴后任,起兵袭咸阳,斩思庆,擒伏德,渡渭会泰,同攻青雀。青雀败死,泰遣使至阌乡报捷,迎驾入长安。泰出屯华州。东魏丞相高欢,进攻金墉,长孙子彦毁去城中室庐,开门潜遁,欢入城巡视,遍地已成瓦砾,索性将城砦毁去,但使洛州刺史王元轨镇辖,自返晋阳。

是年冬季,西魏复遣将军是云宝,掩入洛阳,王元轨弃城东走,广州亦为西魏将赵刚所陷,襄、广以西,复为西魏有。

是时柔然复强,头兵可汗阿那瓌,雄踞朔方。见前文。起初尚向魏称臣,及魏已分裂,遂把臣字削去,通使东西,居中取利,先向东魏求婚,东魏许将宗女兰陵公主,嫁与为妻。柔然遂帮助东魏,侵扰西魏,宇文泰方有事东方,不遑北顾,也只好设法羁縻,饵以女色。无非晦气几个宗女。乃使中书舍人库狄峙,北赴柔然,与议和亲,头兵可汗有弟塔寒,未曾婚娶,因向西魏求妇,西魏封舍人元翌女为化政公主,遣嫁了去。

但东西两魏,虽都用着美人计,笼络柔然,究竟东魏宗女,配与可汗,西魏宗女,不过一个可汗的弟妇,两边权势,相形见绌。宇文泰特劝主子宝炬,纳头兵女为妃,再向柔然议婚,偏头兵可汗,定欲纳女为后,方肯如约。泰不得已为废后计,请宝炬割爱从权。以女易女,却还值得,只难为了乙弗后。看官,试想宝炬已纳乙弗氏为后,生男育女,已有数人,就是太子钦亦乙弗后所出。后父瑗曾为兖州刺史，母为淮阳长公主，乃是孝文帝第四女，本来是阀阅名媛，更兼容德兼全，仁而且俭。此次顾全大局，不得不游居别宫，后且自愿为尼，削发参禅。乃令扶风王元孚至柔然迎女。

柔然送女南来，有车七百乘，马万匹，橐驼千头。行次黑盐池，遇着卤簿仪仗，来迎新后。孚请柔然女正位南面，柔然女答道："我未见汝主，尚是柔然女儿，汝国以南面为尊，我国却尚东面，各守国俗便了。"于是西魏仪仗，尽皆南向，柔然营幕，仍然东向。及迎入长安，即行册后礼。后号郁久闾氏，年才十四，容貌端严，颇饶才识，只有一种大病，便是一个妒字。她因废后乙弗氏尚在都中，常有违言。西魏主宝炬，取悦新后，特遣次子戊为秦州刺史，奉母乙弗氏赴镇。母子入宫辞行，与宝炬相见，并皆泣下。宝炬本无芥蒂，为势所迫，勉强出此，此时触起旧情，也泪下不止。且密嘱乙弗氏在外蓄发，再图后会。乙弗氏母子，乃拜辞而去。小子有诗叹道：

　　废后原来事不经，况兼妇德足仪型。
　　如何迎入侏儳女，诀别妻孥泣帝庭！

光阴易过，倏忽经年，那柔然竟来犯边。究竟为着何因，待小子下回再表。

沙苑之役，为东西魏第一次大战。高欢发兵二十万，渡河而西，当时已目无关中，几视黑獭如囊中物，卒之渭曲交兵，遭人暗算，曹操之败于赤壁，苻坚之败于淝水，高欢之败于沙苑，皆恃众不整，出以轻心故耳。厥后河东、河南，没入西魏，莫多娄贷文以轻战而死，高敖曹以轻敌而亡，轻躁者之不可行军，固如此哉！洛阳再战，宇文失利，一则因屡败而惧；一则因屡胜而骄，甚矣用兵之不可不慎也。若夫两国相争，结邻为助，而柔然适得博渔人之利，智如黑獭，且劝宝炬废旧迎新，纳侏儳之女，逐上国之母，毋乃悖甚！况女德无极，妇怨无终，和亲岂果足恃耶！识者于此，当亦以轻率讥之矣。

第五十六回　战邙山宇文泰败溃
　　　　　　　幸佛寺梁主衍舍身

却说西魏立柔然女郁久闾氏为后，是大统四年间事。越年废后乙弗氏，随子戊出居秦州。又越年二月，柔然入犯，举国南来，直抵夏州。西魏主宝炬，免不得遣使诘问，究为何事兴兵？柔然主头兵可汗，谓一国不能有二后，西魏故后尚存,将来仍拟复封,我女总要被黜,所以兴师问罪云云。看官,试想柔然远居塞外,如何晓得魏宫中情事?这无非是郁久闾氏,闻知乙弗氏临别,由西魏主嘱她蓄发,所以暗中怀妒,通报柔然,叫他兴兵内逼,好把故后除去,免贻后患。西魏主宝炬,接得去使还报,踌躇了好多时,便叹息道:"岂有百万番兵,为一女子大举?但朕若不肯割爱,自招寇患,亦有何面目自见诸将帅呢!"外人要你杀妻,你便将爱妻杀却,若叫你自杀,你将奈何?乃遣中常侍曹宠,赍手敕赴秦州,令乙弗氏自尽。

乙弗氏洒泪,泣语曹宠道:"愿至尊享千万岁,天下康宁。我死无恨!"说着,召次子武都王戊至前,嘱他后事。且令传语皇太子,善事阿父,勿念生母,语多凄怆,惨不忍闻。左右皆垂涕失声,莫能仰视。时乙弗氏已蓄发鬖鬖,因复召僧供佛,再向佛像前落发,始入室服毒,引被自覆而殁,年三十一。

当下凿麦积崖为龛,殓棺告窆,柩将入穴,有二丛云先入龛中。一灭一出,人皆诧为异事,后来号为寂陵。曹宠还都复命,西魏主又遣人报告柔然,头兵可汗,乃引兵退去。

是年郁久闾氏怀妊将产,居瑶华殿,辄闻狗吠声,心甚不安。继而临盆坐蓐,胞久不下,医巫相继召集,或为诊治,或为祈祷,郁久闾氏惟双睁凤目,满口谵言,忽言有盛饰妇人入室,忽言妇人立在床边,用物击我,医巫皆无所见,都吓得毛骨森竖,齿牙皆震。好容易产下一儿,那郁久闾氏已两目一翻,呜呼哀哉,年只十六。当时宫禁内外,统说是故后为祟,因致产亡。容或有之。西魏主宝炬,命将遗骸安葬少陵原,不消细述。

东魏接连改元,始因南兖州获得巨象,称为祯祥。及改年元象,越年册立高欢次女为皇后,营立新宫,复改元兴和。禁民间立寺,改停年格,命百官就麟趾阁议定新制,号为麟趾格,颁敕施行。命侯景为吏部尚书,兼尚书仆射,出任河南大行台,随机防御。

适北豫州刺史高仲密,阴谋外叛。高欢遣将奚寿兴代掌军事,仲密竟执住寿兴,通款西魏,以虎牢为贽仪。原来仲密为高敖曹次兄,见前。本来是忠事东魏,官拜御史中尉,遇事敢言,颇有直声。嗣因与妻室反目,将妻休弃,遂致与妻舅崔暹有嫌。所选御史,均被暹排去,免不得怏怏失望,怨及朝廷。暹为高澄心腹,与澄同在邺中,见五十四回。澄为大丞相世子,姊入为后,又娶东魏主妹冯翊公主为妻,真是元勋贵戚,权焰熏天。崔暹倚作党援,当然是指挥如意,他妹被仲密休弃后,即由澄出为媒介,别嫁显宦,格外备仪。仲密亦娶一继妻李氏,美艳工文,澄借贺喜为名,亲往审视,果然是丰姿绰约,比众不同。嗣是暗地垂涎,伺仲密外出时,竟驰至高宅,挑诱李氏。李氏拒绝不从,澄竟用出强暴手段,硬胁李氏入室,为强奸计。当由高氏家人,飞报仲密,仲密跟跄归家，澄乃自去。李氏衣裳破裂，泣告仲密，仲密怀恨益深，遂乞请外调，出为北豫州刺史，挈眷赴镇，潜通西魏。可巧高欢激变，索性明目张胆，背东归西。仲密无故弃妻，惹出许多祸祟，这也自贻伊戚，不能尽咎他人。

高欢闻仲密叛去，事出崔暹，即召暹赴晋阳，将加死罪。如何不知子恶？暹忙向高澄乞怜，澄匿暹府中，浼人说欢，一再请免，欢乃宥暹不问。嗣闻西魏授仲密为侍中司徒，并由宇文泰督率诸军，来收虎牢，且进围河桥南城，欢因发兵十万，亲至河北，御宇文泰。泰退军瀍上，令军士驾舟，纵火上流，欲毁河桥。东魏将斛律金，使行台郎中张亮，用小艇百余艘，阻截敌船，用链横河，系以长锁，钉住两岸，敌人不得近桥，桥始获全。欢渡河据邙山，依险立营，数日不进。泰在瀍曲留住辎重，乘夜袭欢，侦骑驰报欢营，欢笑道：“贼距我四十里，黉夜前来，必患饥渴，我正好以逸待劳呢。”乃整阵待着。候至黎明，泰军果然驰到。欢将彭乐，不俟泰军列阵，便率数千精骑，冲将过去。泰军见欢有备，已是惊惶，更遇着骁勇善战的彭乐，执着一杆长刀，左右乱劈，但见头颅滚滚，飞掷空中，不由的旁观股栗，纷纷逃回。泰亦只好退走。

欢军见彭乐得胜，统上前力追，杀死泰军无数。彭乐且一马当先，追至瀍上，踹入泰营，泰弃营再遁。西魏侍中大都督临洮王元柬，蜀郡王元荣宗，江夏王元升，巨鹿王元阐，谯郡王元亮，詹事赵善等，仓猝不及遁逃，俱被掳去。泰正策马西奔，忽背后有人大呼道：“黑獭休走！”泰急返顾，见一敌将威风凛凛，杀气腾腾，禁不住一身冷汗，勉强按定了神，徐声与语道：“汝非大将彭乐么？从泰口中呼出彭乐，笔势好不平。一个伟男子，可惜太呆，试想今日无我，明日岂尚有汝么？何不急速还营，收取金宝！”彭乐闻言，也觉有理，遂停住不赶，泰得脱去。

乐还入泰营，得泰金带一囊，携去归营。诸将各收军还报，载归甲仗，不可胜计。欢升帐记功，已有人报乐纵泰。及乐入帐复命，且行且呼道：“黑獭漏刃遁去，但已是破胆了！”欢不禁怒起，勃然离座道：“汝敢来欺我吗？”乐本已心虚，慌忙伏地，欢亲揸乐头，三举三下，拔出佩剑，置诸乐颈，责他私纵黑獭，并前日沙苑一役轻战致败的罪状。乐嗫嚅道："愿乞五千骑士，再为王擒取黑獭！"欢益怒叱道："汝纵他使去，尚说好擒取么？"说至此，又取剑欲斫，将下未下，共计三次。诸将已窥透欢意，均上前乞情，黑压压的跪满座下。欢乃还座，令左右取绢三千匹，压乐背上，乐兀自负住，不闻气喘。欢又道："有力不忠，也是徒然！今日饶汝，汝应自知前愆，效力赎罪！"乐连声遵令，欢因命将绢卸下，仍赐与乐，不没前驱的功劳。好权术。乐拜谢而退。

越日复与宇文泰交战，泰自将中军，领军若干惠若干系复姓。为右军，两路夹击欢军，欢军败绩，所有步卒，悉为泰军所擒。欢落荒东走，随员只有七

第五十六回　战邙山宇文泰败溃　幸佛寺梁主衍舍身

人,后面追兵大至,都督尉兴庆奋然道:"王速去! 兴庆腰佩百箭,尚足杀敌百人。"欢乃留兴庆拒战,纵辔急奔,兴庆独截追兵,矢尽而死。

泰料欢东奔不远,更召健卒三千人,令执短兵,用贺拔胜为统将,再往追欢。胜与欢本来相识,执槊当先,竟得追及。欢见胜到来,驱马急奔,胜率十三骑力赶,驰至数里,槊已及欢马尾,便大呼道:"贺六浑! 今日在贺拔破胡手中,誓必杀汝!"胜字破胡,故自称表字。欢吓得胆落,坠落马下。胜正挺槊刺欢,不防坐马一蹶,也将胜掀落尘埃。原来东魏将军段韶正来救欢,见欢命在须臾,忙弯弓射胜,正中胜马;因此胜亦仆地。及胜跃起,韶已驰至,扶欢上马,向东逸去。胜易马再追,复有东魏河州刺史刘洪徽,引兵拦阻,连射二矢,毙胜从骑二人。胜知不能得欢,便即长叹道:"今日不执弓矢,岂非天意!"泰遇彭乐,欢遇贺拔胜,终得脱免,不可谓非天意。乃引骑西还。

惟东魏骑兵尚能再战,将军耿令贵整众复出,突入敌阵,锋刃乱下,杀伤相继。西魏将士不防有此回马兵,多半懈怠,怎禁得令贵冲入,似虎似狼,霎时间旗靡辙乱。西魏将赵贵等禁遏不住,也俱回窜。宇文泰亲自出拒,交战数合,那东魏兵陆续攒集,气势甚锐,弄得泰亦无法拦阻,没奈何策马返奔。东魏兵鼓勇追蹑,幸亏西魏将独孤信、于谨等收集散卒,从后绕出,大呼杀贼,追兵也彷徨惊顾,倒退下去,西魏各军,才得保全。若干惠且建旗鸣角,徐徐引还。

泰走入关中,屯兵渭上,欢进至陕城。泰使达奚武拒守,东魏行台郎中封子绘白欢道:"混一东西,正在今日。昔魏太祖平汉中,不乘胜取巴蜀,失在迟疑,后悔无及。愿大王不以为疑!"欢点首称善,集诸将会议进止。诸将多说野无青草,人马疲瘦,不可远追。欢乃收军东归,但令侯景等收复虎牢。

时高仲密亦随泰入关,家属尚在虎牢城内。留偏将魏光居守。宇文泰遣谍赍书,送给魏光,令他固守待援。中途为侯景所获,搜得书札,改易数字,叫他速去。乃复将书发还,纵谍入城。光见书即夤夜遁走。景麾军入城,捕得仲密妻子,解送邺都。高澄得报,不禁喜出望外,忙盛服出城,往迎仲密后妻赵氏。待了半日,方见心上人儿,被军士押至,花容惨淡,云鬓蓬松,越觉可怜可爱,当即令军士释缚,载以良马,导入都中私第,召集婢媪,替赵氏沐浴梳妆。到了黄昏,饮过交杯酒,搂入合欢床,绝处逢生的赵美人,身不由主,只得任他所为。从此仲密妻变作高澄妾,又另是一番天地了。千古艰难惟一死,伤心岂独息夫人!

高欢因高乾有义勋,高敖曹死王事,家属皆免连坐。尚有仲密幼弟季式,曾行晋州事,镇守永安,至是先诣晋阳请罪,欢亦相待如初。惟高澄借父威势,得升任大将军,领中书监,移门下机事,总归中书,文武赏罚,皆由澄主张。

想是肉战的功劳。侍中孙腾自恃为高澄父执，不肯敬澄。澄叱左右牵腾至阶，筑以刀环，使立门下。定州刺史库狄干，为澄姑夫，自定州入谒，立门下三日，始得相见。尚书令司马子如，太师咸阳王坦，为澄心腹崔暹所劾，说他贪黩无厌，并削官爵。高欢反与邺中诸贵书，略言儿年寖长，公等不宜撄锋，即如咸阳王司马令两人，皆我故交，同时获罪，我尚不得相救，他人更不必论了。纵容儿子，一至于此。自是公卿以下，无不惮澄。澄又授崔暹为御史中尉，宋游道为尚书左丞。二人俱系高澄鹰犬，所有弹章，无不照行，或黜或死，几难胜数。澄威权几过乃父，东魏主善见，简直是个木偶，毫无能力，徒拥虚名罢了。为北齐篡位张本。

西魏丞相宇文泰自邙山败后，方惮东略，并且太师贺拔胜悔恨致疾，又复去世，国中失一大将，愈觉灰心。胜弟岳早被杀关中，见五十二回。兄允留官洛阳，为高欢所忌，闭置一室，竟致饿死。胜诸子亦多为欢所杀。胜既悔失欢，又痛覆家，因此不得永年。临死时，自写遗书致宇文泰，书中略云："胜万里杖策，归身阙廷，每望与公扫除捕寇，不幸殒毙，微志不伸，死若有知，尚当魂飞贼庭，借报恩遇"等语。泰览书流涕，表请赠胜为太宰，录尚书事，予谥贞献。贺拔氏三弟兄从此皆亡，后来贺拔岳子纬，纳宇文泰女为妻，受封霍国公，得承宗祀，事且慢表。前段了过高仲密兄弟，此段了过贺拔胜兄弟，两人关系较大，故特表明始末。

且说梁主衍中大通七年，复改元大同，江南无事，坐享承平。虽与北方屡有交涉，但北魏正东分西裂，无暇顾及江淮，且东魏与梁修和，边境安宁，更觉得囊弓戢矢，四静烽烟。梁主衍政躬多暇，竟欲皈依佛教，为参禅计。特在都下筑一同泰寺，供设莲座，宝相巍峨，殿宇弘敞，他即亲幸寺中，设四部无遮大会，居然披服缁衣，跌坐蒲圃，扮做一个老和尚，自号三宝奴，叫做舍身为僧。尤可笑的是公卿以下，醵钱一亿，纳入寺中，替梁主赎身还宫。这种法制，好似从平康里中采来。既而又舍身同泰寺，仍然戴毗卢帽，穿黄袈裟，亲升法座，为四部众讲涅槃经，说得天花乱坠，有条有理。其实统是佛学皮毛，未得大乘真谛。就使识得真谛，亦与治道无关。讲毕以后，拟在寺中居住，不复还宫，再经群臣出钱奉赎，表请返驾。第一、二表还不肯从，三表乃许。做出甚么鬼态！

南印度僧菩提达摩，得悉梁朝重佛，从海路航至广州。梁主闻有高僧到来，亟命地方有司，护送入都，召见内殿，赐他旁坐，且婉问道："朕欲多造佛寺，写经度僧，可有功德否？"达摩答道："没有甚么功德，参禅不在形迹，须由静生智，由智生明，从空寂中体会出来，方有功德可言！"梁主复道："朕在华林园中，总集许多经典，高僧前来，可能为朕逐日讲解，指误觉迷否？"达摩微笑道："佛学在心不在口，一落言论，仍非上乘，所以明心见性，自能成佛，不在区区经论呢。"确有至理。梁主被他两番驳斥,反弄得哑口无言。达摩便起身告辞,梁主亦不挽留,由他自去。他乃渡江北行,至嵩山少林寺中,面壁十年,方才入寂,是为中国禅宗第一祖。弟子慧可承受衣钵,这却是佛学真传。

那梁主衍但尊俗僧慧约为师,亲自受戒,并令太子王公以下,亦皆师事慧约,受戒至五万人。究竟佛学弘旨,无一了解,徒然开口谈经,闭口坐禅,有何益处?况且梁主是身为天子,一日万几,怎得无端佞佛,反将政事搁起?为这一误,遂使朝纲废弛,宵小弄权。贤相周舍、徐勉等,又相继逝世。侍中朱异,尚书令何敬容,表里用事。敬容还有些朴实,异才足济奸,辩能惑主,任官三十年,广纳贿赂,蒙蔽宫廷,所有园宅玩好,饮膳声色,均极华备。性又甚吝,不肯施舍,厨下珍羞腐烂,每月尝弃十余车。梁主衍却非常宠眷,言听计从,于是赏罚无章,隐生乱祸。并因梁主好佛,上行下效,士大夫争向空谈,不习武事。

丹阳处士陶弘景少年好学,有志养生,齐高帝萧道成尝召为诸王侍读,虽应命入都,仍然谢绝交游,不愿与闻朝事,旋即上表辞禄,归隐茅山。梁主衍早与相识,即位后通问不绝,大事必谘,且劝令出山。弘景颇为献替,惟终不就征,当时号为山中宰相。梁主每得复书,辄焚香虔受,遥申敬礼。太子纲未为储贰时,曾出督南徐州,想望风采,延弘景至后堂,谈论数日,才许辞去。弘景年八十,得辟谷导引诸术,尚有壮容,又越五年乃殁。弥留时尚口占一诗道:"夷甫即晋王衍。任散诞,平叔善论空,平叔即晋何晏字。岂悟昭阳殿,遂作单于宫!"时人谓弘景此诗,明明是讥讽时事,且为侯景乱梁的预谶。可惜梁廷不悟,卒致大乱,梁主衍闻弘景丧讣,特赠中散大夫,谥曰贞白先生。前述达摩,此述陶弘景,奇人高士,亦必阐扬,是作者本意。

大同八年,安城郡民刘敬躬妖言惑众,逐去郡吏萧𧦬,据郡造反。攻庐陵,陷豫章,党徒多至数万,进逼新淦、柴桑。是由梁廷佞佛,感召出来。梁主第七子湘东王绎,方出为江州刺史,亟遣中兵参军曹子郢,府司马王僧辩,引兵往讨。南方久弛兵革,甲士窳惰,幸僧辩颇有智计,刘敬躬众皆乌合,因此一鼓荡平。

交州刺史武林侯萧谘,梁主从侄。苛暴失民心,郡民李贲纠众为乱。谘不能御,由梁廷派遣高州刺史孙冏,新州刺史卢子雄,会师往援。适值春瘴方起,众皆溃归,谘诬奏冏与子雄,通贼逗留,并皆赐死。子雄弟子略,为兄复仇,举兵攻谘,谘奔广州。高要太守陈霸先,召集精甲三千,克日出讨,大破子略,子略走死。霸先因功进直阁将军。梁廷召谘还都,改任杨瞟为交州刺史,霸先署府司马,进征李贲。贲方自称越帝,创置百官,屯兵苏历江口,阻遏官军。瞟推霸先为先锋,直逼苏历江,拔去城栅,所向摧陷。贲走嘉宁城,转奔典撤湖,俱被霸先攻入。再窜入屈獠洞中,由霸先谕令缚送,屈獠斩贲以献,传首建康,交州乃平。嗣是霸先威名,震耀南方。

霸先系吴兴人,字兴国,小字法生,自云为汉太邱长陈实后裔,少有大志,不事生产,及长乃涉猎史籍,好读兵书,身长七尺五寸,日角龙颜,垂手过膝。梁主闻他状貌过人,特令图形以进,并因更造建功,除拜西江督护,兼高要太守,都督七郡军事。陈霸先、王僧辩俱为后来重要人物,惟霸先后为陈祖,故叙述处详略不同。小子有诗叹道:

> 盛衰倚伏本无常,佞佛容奸即兆亡。
> 乱世偃文只尚武,但能平贼便称强。

欲知后事如何,且看下回再叙。

沙苑败而高欢不复西行,邙山败而宇文泰不复东出,分据之势,自是遂定。要之欢、泰两人,智力相埒,故忽胜忽败,变幻靡常。惟欢性好色,纵子淫暴,邙山之战,实自高澄酿成之。其得战胜宇文,实出一时之侥幸,或者由宇文助叛,名义未正,故有此挫失,俾高氏得以幸胜耳。梁主衍安据江南,不乘两魏相争之际,修明政治,渐图混一,乃迷信释教,舍身佛寺,一任朱异擅权,紊乱朝纪,何其愦愦乃尔!夫梁主衍手造邦家,未始非一英武主,其所由误入歧途,攻乎异端者,得毋鉴沈约之死,获罪齐和,自省亦未免多疚,乃欲借佛教以图忏悔耶!然而愚甚!然而谬甚!

第五十七回　责贺琛梁廷草敕
防侯景高氏留言

却说梁主信佛,太子纲独信道教,尝在玄圃中讲论老庄。学士吴孜每入圃听讲,尚书令何敬容道:"昔西晋丧乱,祸源在祖尚玄虚,今东宫复蹈此辙,恐江南亦将致寇了。"这语颇为太子所闻,很滋不悦。后来敬容妾弟费慧明,充导仓丞,夜盗官米,为禁司所执,交领军府惩办。敬容贻书领军将军,代为乞免。领军将军河东王萧誉,为太子纲犹子,见五十二回。当然与太子叙谈,太子即嘱令封书奏闻,梁主大怒,立将何敬容除名。敬容既去,朱异权势益专,更得引用私人,搅乱朝政。散骑常侍贺琛不忍缄默,因上书论事,略云:

> 窃闻慈父不爱无益之子,明君不畜无益之臣,臣荷拔擢之恩,曾不能效一职,献一言,此所以当食废飡,中宵叹息也。今特谨陈时事,具列

第五十七回　责贺琛梁廷草敕　防侯景高氏留言

于后,倘蒙听览,试加省鉴,如不允合,乞亮赣愚。其一事曰:今北边稽服,戈甲解息,正是生聚教训之时,而天下户口减落,关外弥甚。郡不堪州之控总,县不堪郡之哀削,更相呼扰,莫得治其政术,惟以应赴征敛为事。小民辗转流离,或依于大姓,或聚于屯封,盖不获已而窜亡,非乐之也。国家于关外,赋税盖微,乃至年常租课,动致逋积,而民失安居,宁非牧守之过欤?东境户口空虚,皆由使命烦数,驽困邑宰,则拱手听其渔猎,桀黠长吏,又因之而为贪残,虽年降复业之诏,屡下蠲赋之恩,而民终不得反其居也。其二事曰:天下宰守,所以皆尚贪残,罕有廉白者,实由风俗侈靡使然。夫食方丈于前,所甘一味,今之燕喜,相竞夸豪,积果如山岳,列肴同绮绣,露台之产,不周一燕之资,加以歌姬盛畜,舞女盈庭,竞尚奢淫,不问品制,凡为吏牧民者,竞事剥削,虽致资巨亿,而罢归以后,不支数年。率皆尽于燕饮之物,歌讴之具。所费等于邱山,为欢止在俄顷,乃更追恨向所取之少,今所费之多,如复傅翼,增其搏噬,一何悖哉! 其余淫侈,日见滋甚,欲使人守廉隅,吏尚清白,安可得耶! 今宜严为禁制,导之以节俭,贬黜雕饰,纠奏浮华,使众皆知变其耳目,改其好恶。盖论至治者必以淳素为先,正雕流之弊,莫有过于俭朴者也。其三事曰:圣躬荷负苍生以为任,弘济四海以为心,不惮胼胝之劳,不辞癯瘦之苦,岂止日昃忘饥,夜分废寝。至于百司,莫不奏事,上息责下之嫌,下无逼上之咎,斯实道迈百王,事绝千载。但斗筲之人,藻棁之子,既得伏奏帷扆,便欲诡竞求进,不论国之大体,但务吹毛求疵,运斝瓶之智,侥分外之求,以深刻为能,以绳逐为务,迹虽似于奉公,事更成其威福,长弊增奸,实由于此。所愿责其公平之效,黜其邪慝之心,则上安下谧,无侥幸之患矣! 其四事曰:曩昔征伐北境,帑藏空虚,今天下无事,而犹日不暇给者,何也? 去国弊则省其事而息其费,事省则民养,费息则财聚。止五年之中,尚能无事,必能使国丰民阜,若积以岁月,成效愈巨,斯乃范蠡灭吴之术,管仲霸齐之由。今应内省职掌,各简所部,或十省其五,成三除其一,至国容戎备,在昔应多,在今宜少,凡四方屯传邸治,或旧有,或无益,有所宜除除之,有所宜减减之,兴造有非急者,征求有可缓者,皆宜停省,以蓄财而息民,蓄其财者,正所以大用之也,息其民者,正所以大役之也。若扰其民而欲求生聚,耗其财而徒务赋敛,则奸诈盗窃,日出不已,何以语富强,图远大乎? 伏思自普通以来,二十余年,刑役荐起,民力雕流,今魏氏和亲,疆场无警,不于此时大息四民,使之殷阜,减省国费,使之储峙,一旦异境有虞,关河可扫,则国弊而民疲,事至方图,恐无及矣! 臣心所谓危,固知忌讳,谨昧死上闻!

梁主衍览书，不禁大怒，立召侍臣至前，口授敕书，令他照录，大旨是诘责贺琛，令他据实指陈，不得徒托空言。第一事谓牧守贪残，应指出某官某吏，以便黜逐。第二事谓风俗侈靡，不便一一严禁，自增苛扰。朕常思本身作则，绝房室三十余年，不饮酒，不好音，雕饰各物，从未入宫。宗庙牲牢，久未宰杀，朝廷会同，只备蔬菜，且未尝奏乐。朕三更即起理事，每至日昃，日常一食，昔腰十围，今裁二尺，勤俭如许，不得谓非淳素。舍本逐末，无益于事。第三事谓百司干进，谁为诡竞？谁为吹毛求疵？谁为深刻绳逐？若不令奏事，专委一人，与秦二世宠信赵高，汉元后付托王莽，亦复何异？第四事谓省事息费，究竟何事宜省？何事宜息？国容戎备，如何减省？屯传邸治，如何裁并？何处兴造非急，何处征求可缓？宜条具以闻，不得空作漫语，徒沽直名。这道敕文，颁给贺琛，琛不禁畏缩，未敢复奏，但申表谢过罢了。原来是银样镴枪头。

大同十二年三月，梁主衍又幸同泰寺，讲三慧经，差不多过了一月，方才罢讲。再设法会，大赦天下，改元中大同。是夜同泰寺竟肇火灾，毁去浮图，梁主叹道："这便佛经上叫作魔劫呢！"浮图成灾，并非魔劫，似你这般佞佛，却是要堕入魔劫了！遂令重造浮图十二层，格外崇闳，需工甚巨，经年未成。梁主衍年逾八十，虽精神尚可支持，终究是老态龙钟，不胜繁颐。再加平时览诵佛经，时思修寂，尤觉得耄期倦勤，厌闻政治。

是时储嗣虽定，诸子未免不平，因为梁主不立嫡孙，但立庶子，大家资格相等，没一个不觊觎神器，猜忌东宫。邵陵王纶，系梁主第六子，性最浮躁，喜怒无常，车服尝僭拟乘舆，游行无度。梁主屡戒不悛，曾将他锢置狱中，免官削爵，已而仍复旧封，命为扬州刺史，纵肆如故。遣人就市购物，不给价值，商民怨声载道，甚至罢市。府丞何智通具状上闻，纶竟遣人刺杀智通。梁主乃将纶召回，锁禁第舍，免为庶人。过了数月，又赐复封爵，何溺爱乃尔！授丹阳尹。纶恃宠生骄，妄思夺储，太子纲当然嫉视，请出纶为南徐州刺史，有诏依议。还有梁主第五子庐陵王续，出镇荆州，第七子湘东王绎，出镇江州，第八子武陵王纪，出镇益州，皆权侔人主，威福自专。惟次子豫章王综，已死北朝，四子南康王绩，长孙豫章王欢，俱已去世，免为东宫敌手。但太子纲终不自安，常挑选精卒，为自卫计。

梁主衍未察暗潮，反因舍嫡立庶的情由，未免内愧，所以待遇昭明太子诸男，不亚诸子。河东王誉得为湘州刺史，岳阳王詧亦授雍州刺史，詧见梁主年老，朝多秕政，也不免隐蓄雄心，豫先戒备。自思襄阳形胜，为梁业开基地，正好作为根据，遂聚财下士，招募健卒数千人，环列帐下。一面究心政事，拊循士民，辖境称治。未几庐陵王续，病殁任所，调江东王绎继任。绎喜得要

第五十七回　责贺琛梁廷草敕　防侯景高氏留言

地，入阃欢跃，靴履为穿。

梁主怎知诸子用意，总道是孝子贤孙，不复加忧，整日里念佛诵经，蹉跎岁月。中大同二年，又复舍身同泰寺，群臣出金奉赎，如前二次故例。满望佛光普照，天子万年，哪知祸为福倚，福为祸伏，平白地得了河南，收降了一个东魏叛臣，遂闹得翻天覆地，大好江南，要变做铜驼荆棘了。直呼下文。

且说东魏大丞相高欢，自邙山战后，按兵不动，休养了两三年。东魏主善见复改元武定。嗣闻柔然与西魏连兵，将来犯境，乃亟令高欢为备。欢仍执前策，决与柔然续行修好，遣行台郎中杜弼为使，北诣柔然，申议和亲，愿为世子澄求婚。澄已有妻有妾，还要求什么婚！头兵可汗道："高王若须自娶，愿将爱女遣嫁。"还要悖谬。杜弼归报高欢，欢年已五十，自思死多活少，不堪再偶柔然公主，因此犹豫未决。何必犹豫，将来替汝效劳，大有人在。事为娄妃所闻，遂白欢道："为国家计，不妨从权，王无庸多疑！"欢半晌才道："我娶番女，岂不要委屈贤妃？"娄妃道："国事为大，家事为轻，枉尺直寻，何惜一妾！"欢一笑而罢。已而世子澄与太傅尉景，俱劝欢迎纳柔然公主，欢乃使慕容俨为纳采使，迎女南来。

欢出迎下馆，但见柔然仆从，无论男女，统皆控骑而至，就是这位新嫁娘，亦坐下一匹红鬃马，身服行装，腰佩弓矢，落落大方，毫无羞涩态度。最后随着一位番官，也是雄赳赳的少年，与新嫁娘面庞相似。欢又惊又喜，问明慕容俨，乃知送亲的随员，便是女弟秃突佳。当下彼此接见，问讯已毕，始引还晋阳城。欢妾大尔朱氏等，也出城相迎，一拥而归。柔然公主素善骑射，在途见鹔鸟飞翔，便在佩囊中取出弓矢，一发即中，鹔随箭落。大尔朱氏亦不禁技痒，由从人手中取过了弓箭，亦斜射飞鸟，应弦而落。既有此技，何不前时射死高欢，为主复仇！欢大喜道："我得此二妇，并能击贼，岂非快事！"说着，便纵辔入城。

到了府舍，与柔然公主行结婚礼，娄妃果避出正室，令柔然公主安居。欢感激异常，寻至别室，得见娄妃，不由的五体投地，向妻拜谢。娄妃慌忙答礼，且笑且语道："男儿膝下有千金，奈何向妾下跪！况番国公主，有所察觉，反觉不美，王尽管自去，与新人作交颈欢，不必多来顾妾了！"欢乃起身去讫。是夕老夫少妻，共效于飞，不必絮述，惟大尔朱氏器量褊窄，未及娄妃的大度，她情愿出家为尼。欢特为建筑佛寺，俾她静修。

秃突佳传述父命，谓待见外孙，然后返国，因此留居晋阳。看官！试想这高欢年经半百，精力渐衰，况他是好酒渔色，宠妾盈庭，平时已耗尽脂膏，怎能枯杨生稊，一索得男！柔然公主望儿心急，每夕嬲欢不休，累得欢形容憔悴，疾病缠身。有时入宿射堂，暂期休养，偏秃突佳硬来逼迫，定要欢去陪伴乃姊,欢稍稍推诿,秃突佳即发恶言。可怜欢无从摆脱,没奈何往就公主,力疾从事,峨眉伐性,实觉难支。欢乃想出一法,只说要出攻西魏,督军经行。肉战不如兵战。

先是西魏并州刺史王思政居守恒农,兼镇玉璧,嗣受调为荆州刺史,举韦孝宽为代。孝宽莅任后,闻高欢率军西来,即至玉璧扼守。欢至玉璧城下,昼夜围攻,孝宽随机抵御,无懈可乘。城中无水,仰给汾河,欢堵住水道,并就城南筑起土山,拟乘高扒城。城上有二楼,孝宽缚木相接,高出土山,居上临下,使不得逞。欢愤语守兵道:"虽尔缚楼至天,我自有法取尔。"因凿地为十道,穿入城中。孝宽四面掘堑,令战士屯守堑上,见有地道穿入,便塞柴投火,用皮排吹,地道变成火窟,掘地诸人,悉数焦烂。欢又改用攻车撞城,孝宽缝布为幔,悬空遮护,车不能坏。欢命兵士各执竹竿,上缚松麻,灌油加火,一面焚布,一面烧楼,孝宽用长钩钩竿,钩上有刃,得割松麻,竿仍无用。欢再穿地为二十道,中施梁柱,纵火延烧,柱折城崩。孝宽积木以待,见有崩陷,立即竖栅,欢军仍不得入。城外攻具已穷,城内守备,却还有余。孝宽更夜出奇兵,夺据土山。

欢知不能拔,乃使参军祖珽,呼孝宽道:"君独守孤城,终难瓦全,不如早降为是!"孝宽厉声答道:"我城池严固,兵多粮足,足支数年,且孝宽是关西男子,怎肯自作降将军!"珽复语守卒道:"韦城主受彼荣禄,或当与城存亡,汝等军民,何苦随死?"守卒俱摇首不答。珽复射入赏格,谓能斩城主出降,拜太尉,封郡公,赏帛万匹。孝宽手题书背,返射城外,谓能斩高欢,准此赏格。欢苦攻至五十日,始终不能得手,士卒战死病死,约计七万人,共为一冢。大众多垂头丧气,欢亦旧病复作,入夜有大星坠欢营中,营兵大哗,乃解围引还。欢悉众攻一孤城,终不能下,所谓强弩之末,势不能穿鲁缟。

当时远近讹传,谓欢已被孝宽射死。西魏又申行敕令道:"劲弩一发,凶身自殒。"欢也有所闻,勉坐厅上,引见诸贵。大司马斛律金为敕勒部人,欢使作敕勒歌,歌云:"敕勒川,阴山下,天似穹庐,笼罩四野。天苍苍,夜茫茫,风吹草低见牛羊。"斛律金为首倡,欢依声作和,语带呜咽,甚至泪下。死机已兆。自此病益沉重,好容易延过残冬,次年为武定五年,元旦日蚀,欢已不能起床,慨然叹道:"日蚀恐应在我身,我死亦无恨了!"日蚀乃天道之常,干卿甚事!遂命次子高洋,往镇邺郡,召世子澄返晋阳。

澄入问父疾,欢嘱他后事,澄独以河南为忧。欢说道:"汝非忧侯景叛乱么?"澄应声称是。欢又道:"我已早为汝算定了,景在河南十四年,飞扬跋扈,只我尚能驾驭,汝等原不能制景,我死后,且秘不发丧,库狄干、斛律金,性皆道直,终不负汝。可朱浑元、刘丰生,远来投我,当无异心。韩轨少戆,不宜

第五十七回　责贺琛梁廷草敕　防侯景高氏留言

苛求。彭乐轻躁，应加防护。将来能敌侯景，只有慕容绍宗一人，我未尝授彼大官，特留以待汝，汝宜厚加殊礼，委彼经略，侯景虽狡，想亦无能为了。"说至此，喉中有痰壅起，喘不成声，好一歇始觉稍平，乃复嘱澄道："段孝先即段韶字。忠亮仁厚，智勇兼全，如有军旅大事，尽可与他商议，当不致误。"是夕遂殁，年五十二。

澄遵遗命，不发丧讣，但诡为欢书，召景诣晋阳。景右足偏短，骑射非长，独多谋算，诸将如高敖曹、彭乐等，皆为景所轻视。尝向欢陈请，愿得兵三万，横行天下，要须济江缚取萧衍老公，令作太平寺主，欢因使景统兵十万，专制河南。景又尝藐视高澄，私语司马子如道："高王尚在，我未敢有异心，若高王已没，却不愿与鲜卑小儿共事。"子如忙用手掩住景口，令勿多言。景复与欢约，谓自己握兵在外，须防诈谋，此后赐书，请加微点，欢从景言，书中必加点以作暗号。高澄却未知此约，作书召景，并不加点，景遂辞不就征。且密遣人至晋阳，侦欢病状。

旋接密报，晋阳事尽归高澄主持，料知欢必不起，乃决意叛去，通书西魏，愿举河南降附。西魏授景为太傅，领河南大行台，封上谷公。景遂诱执豫州刺史高元成，襄州刺史李密，广州刺史暴显等，潜遣兵士二百人，夜袭西兖州，被刺史邢子才探悉，一律掩获，因移檄东方诸州，各令严防。高澄即派司空韩轨，督兵讨景。

景恐关、陕一路，为轨所断，不如南向投梁，较无阻碍，乃遣郎中丁和，奉表至梁。内言臣景与高澄有隙，愿举函谷以东，瑕邱以西，如豫、广、颍、荆、襄、兖、南兖、济、东豫、洛阳、北荆、北扬等十三州内附，所有青、徐数州，但须折简，即可使服。齐、宋一平，徐事燕、赵，混一天下，便在此举云云。忽降西魏，忽附南朝，景之狡猾已可想见。

梁主衍接阅景表，因召群臣廷议，尚书仆射谢举进谏道："近来与东魏通和，边境无事，若纳彼叛臣，臣窃以为未可！"梁主怫然道："机会难得，怎得胶柱鼓瑟？"群臣多赞成举议，请勿纳景。独有一人鼓掌道："天与不取，反受其咎；况陛下吉梦征祥，臣曾料是混一的预兆，今言果验，奈何勿纳！"梁主亦欣然道："诚如卿言，朕所以拟纳侯景呢。"小子有诗叹道：

　　竖牛入梦叔孙亡，故事曾从经传详。
　　尽说春秋成答问，如何迷幻自招殃！梁武曾作春秋答问，见《梁书本纪》。

究竟梁主曾梦何事，与梁主详梦，及劝纳侯景，又为何人？俟小子下回再详。

　　贺琛上书言事，胪陈四则，未尝无理。梁主衍护短矜长，颁敕诘责，昏耄情形,已可概见。然读其敕文,犹令琛指实具陈,琛少振即馁,仍作寒蝉,主不明,则臣不能伸其直,于琛何尤焉!惟梁主信佛过甚,教子无方,琛上书时,亦未闻提及,舍本逐末,皮相虚谈,绳以国家大体,琛固未足知此也。高欢年已五十,尚娶蠕蠕公主,老犹渔色,不死何为?玉璧之围,五旬不下,虽由韦孝宽之善守,亦由高欢之精神不济,未能振作军心。将帅疲敝,而望士卒之振奋,不可得也。及归死晋阳,犹能智料侯景,以慕容绍宗为嘱,工心计于生前,贻智谋于身后,此其所以为乱世之雄也欤!

第五十八回　悍高澄殴禁东魏主　智慕容计擒萧渊明

却说梁主衍太清元年正月,曾得一梦,梦见中原牧守,并举地来降,盈庭称庆,醒寤后尚觉得意。诘旦召入中书舍人朱异,详述梦境,且语异道:"我平生少梦,若有梦必验。"异便即献谀道:"这便是宇内混一的预兆哩。"至是侯景来归,群臣皆主张拒绝,就中有一人反对,援梦相证,请即纳景,便是曲意迎合的朱舍人。是梁朝祸魁。

梁主听了异言,即优待来使丁和,令居客馆俟命。越宿复召异入语道:"我国家固若金瓯,无一伤缺,今忽受景地,倘自致纷纭,悔将无及!"异答道:"圣明御宇,南北归仰,今侯景来降,为北方的先导,若一见拒,反绝人望,愿陛下勿再疑!"仍是揣摩迎合。梁主乃授景为大将军,封河南王,都督河南北诸军事。令丁和赍敕还报,续遣司州刺史羊鸦仁,兖州刺史桓和,仁州刺史湛海珍等,发兵三万,同趋悬瓠,接应侯景。

平西将军谘议周弘正素善占候,数年前即语人道:"国家将有兵变。"及闻朝廷纳景,不禁长吁道:"乱阶在此了!"

东魏高澄已派韩轨督兵讨景,复恐诸州有变,自出巡抚,乘便入邺都谒主。东魏主善见特赐盛宴,澄酒酣起舞,欢跃异常,好似乃父未死时情状。及宴毕出宫,闻韩轨调兵未齐,不能遽发,因另遣将军元柱等率兵数万,往袭侯景。哪知景已有备,设伏待柱。柱等遇伏中计,大败而还。景因梁军未至,亦退保颍川。

既而韩轨督军趋集,围颍川城,景见他兵势甚盛,阴有畏心,再遣使至西魏求救,愿割东荆、北兖、鲁阳、长社四城为赂。西魏尚书仆射于谨道:"景奸诈难测,不必遣兵。"荆州刺史王思政谓不若乘机进取,乃率荆州兵万

第五十八回　悍高澄殴禁东魏主　智慕容计擒萧渊明

余人，出鲁阳关，向阳翟进发。宇文泰时镇华州，承制加景大将军，兼尚书令，遣太尉李弼，仪同三司赵贵，率兵万人，援颍川。韩轨闻西魏军至，引兵还邺。

景又因通款西魏，恐被梁主诘责，特遣参军柳昕，上表朝廷，只说是王师未至，不得不乞援西魏，暂救目前。一面欲诱执李弼、赵贵，讨好梁廷。赵贵正虑景有诈，不愿见景，且闻东魏退兵，乐得与弼引归。惟王思政带兵入颍川，景畏他兵盛，不敢生谋，唯托词略地，出屯悬瓠，向西魏乞师。宇文泰再调同轨戍将韦法保等，往助侯景，且令召景入朝。景待遇法保，佯表谦恭，法保长史裴宽，密白法保道："景外示隆礼，内实藏奸，窃料他必不入关，公能设伏杀景，最为上策，否则当时时防备，愿勿信他诳诱，自贻后悔！"法保遂不敢信景，亦不敢图景，竟辞别还镇。王思政亦料景多诈，分布诸军，据景州镇。景乃决意归梁，致书报宇文泰道："我耻与高澄雁行，怎能比肩大弟！"泰乃召还前后所遣各军，示与景绝，且将授景各职，移给王思政。思政固辞，经泰再四敦谕，但受都督河南军事职衔。

梁司州刺史羊鸦仁，得引兵入悬瓠城，梁主命改悬瓠为豫州，寿春为南豫州，合肥为司州，即授鸦仁为司、豫二州刺史，镇守悬瓠。西阳太守羊思达为殷州刺史，镇守项城。

已而梁廷下诏，大举伐东魏，拟选鄱阳王萧范为元帅。范即恢子，系梁主侄。朱异忌范英武，忙入阻道："鄱阳王雄豪盖世，颇得人死力，但所至残暴。恐未足吊民。"梁主踌躇良久，乃答说道："会理何如？"异对道："陛下得人了！"适贞阳侯萧渊明，亦上表请行，乃遣渊明、会理两人，分督诸将，陆续北赴。渊明系梁主兄懿子，本无将略，会理为梁主孙，即南康王绩子，袭封王爵，庸懦骄倨，在途常不礼渊明。渊明致书朱异，请调还会理，异乃申请召还。梁主溺爱儿孙，故不察智愚，一味乱用。时当盛夏，天气酷暑，军士不便就道，只好徐徐进行，所以沿途逗留，缓期出境。盛暑行军，并非赴急，这也是违悖天道。

东魏高澄自邺下还晋阳，方为父欢发丧。东魏主举哀东堂，追赠欢为相国，进爵齐王，备九锡殊礼，谥曰献武。且亲临送葬，命高澄为大丞相，都督中外诸军，录尚书事，袭爵勃海王，澄表辞大丞相职衔，有诏依议。澄弟洋为哀畿大都督，仍至邺都辅政。柔然世子秃突佳，尚在晋阳，因高欢已殁，始欲还国。澄因柔然公主适在盛年，不愿令她守寡，意欲替父效劳。好在柔然国俗，子妻后母，数见不鲜，他即援以为例，与秃突佳面商。秃突佳转告乃姊，乃姊入偶高欢，虽已逾年，历时不过数月，正在懊恨得很，驀闻此信，倒也忧喜兼并。况澄年才逾冠，又生得仪表雄伟，弓马精通，与公主是一对佳偶，移花接木，乐得随缘，便即应允下去。秃突佳转告高澄，澄喜如所愿，便即趋入正室，与公主略迹表情，两下里同会巫山，男贪女爱，不问可知。后来产了一女，毋庸细表。这也可谓之世袭。惟秃突佳急欲北还，由澄厚赠赆仪，出城饯别，自回柔然去了。了过秃突佳，并了过蠕蠕公主。

那东魏主善见，多力善射，又好文学，时人谓有孝文风烈。高欢在日，尚敬事善见，事无大小，必先上闻，可否听命。有时入朝侍宴，亦必俯伏上寿，或随主行香，执炉步从，鞠躬屏气，承望颜色。所以群下奉主，莫敢不恭。及澄既当国，与乃父大不相同，尝使黄门侍郎崔季舒，伺察深宫动静。善见未免不平，一经季舒报告，澄顿时怒起，立驰入邺，愤愤上朝。善见看他满面怒容，料知他怀恨在胸，只好盛筵相待。澄斟着大觥，强主饮尽，善见辞不能饮，澄勃然道："臣澄劝陛下酒，陛下如何却臣？"善见忍耐不住，拂袖起座道："从古无不亡的国家，朕连饮酒都不能自主，何用求生？"澄亦怒叱道："朕、朕！狗脚朕！"随呼季舒道："可殴他三拳！"亏他说出。季舒恃澄威势，竟举拳相饷，连击三下，澄乃趋出。

越日复遣季舒入谢，善见亦只好优容，反赐季舒绢百匹。真是买打。及季舒退后，随口咏谢灵运诗道："韩亡子房奋，秦帝鲁连耻，本自江海人，忠义动君子！"侍讲荀济闻诗知意，乃与祠部郎中元瑾，华山王大器，淮南王宣洪，济北王徽等，谋诛高澄。诈称在宫中作土山，隐开地道，通至北城千秋门，达澄寓所，拟募勇士从地道刺澄。计亦太愚。

偏门吏日夕巡逻，听得地下有发掘声，忙向澄报闻。澄使人掘视，下面有地道通入宫中，越气得神色咆哮。当下勒兵入宫，见了主子善见，竟不行礼，昂然就座，怒目视主道："陛下何意欲反？"善见听了，也觉无名火高起三丈，骤声答道："从古只闻臣反君，未闻君反臣，王自欲反，奈何责我！"澄又道："臣父子功存社稷，何负陛下！陛下想亦不欲害臣，或系左右嫔妃等从中谗构，所以致此。"善见复答道："我不害王，王亦必害我，我身且不能顾，何惜妃嫔，必欲弑逆，迟速唯王！"口齿亦健。澄觉得语言太重，乃下座叩头，号泣谢罪。善见不得已扶他起坐，亦勉强慰谕，更设席与宴。澄借酒浇闷，饮至酣醉，夜久始出。

越日使人追究地道情事，知由荀济等所为，乃捕济等付有司。济少居江东，博学能文，与梁主衍为布衣旧交，梁主篡齐，济心不服，常语人道："我若得志，当就盾鼻上磨墨草檄。"梁主闻言，很觉不平。嗣后上书规谏，以信佛筑寺为戒，词多激切。梁主怒不可遏，便欲斩济。舍人朱异令济逃生，济因奔往东魏。高欢颇加爱重，但虑他锋芒太露，不加大任。及高澄入邺辅政，欲用济为侍讲，欢叹道："我欲全济，故不用济。"澄固请乃许。至此谋泄被捕，侍中杨遵彦问济道："荀侍讲年力已衰，何苦乃尔！"济答辩道："正因年纪衰颓，功名

第五十八回　悍高澄殴禁东魏主　智慕容计擒萧渊明

不立,所以上挟天子,下诛权臣!"澄颇追忆父言,欲宥济死,特亲加审讯道:"荀公,汝何为造反?"济抗声道:"奉诏诛高澄,怎得谓反!"澄当然加怒,立命就烹。有司见济老病,用鹿车载至东市,纵火焚死,余如华山王大器以下,一并被焚,遂将东魏主善见软禁含章堂,派心腹人临守,限制出入。谘议温子升方为高欢作碑文,澄疑他与济通谋,俟碑文告成,即牵往晋阳,饿毙狱中,弃尸道旁,籍没家口。澄也自归晋阳。

适值彭城急报,杂沓前来,略言梁军来攻,请速发援兵,澄乃遣大都督高岳,往救彭城。拟令金门郡公潘乐为副,行台丞陈元康道:"乐才不如慕容绍宗,况系先王遗命,何不遵行!"澄因命绍宗为东南道行台,与乐偕行。侯景在悬瓠治兵,方拟进攻谯城,闻绍宗督军南来,叩鞍有惧色,且皇然道:"谁教鲜卑儿,使绍宗来?难道高王尚未死么?"死高欢能料生侯景。遂遣人至萧渊明军,请勿轻视绍宗,如或得胜,逐北切勿过二里。

渊明在途数月,始抵彭城,梁廷复遣侍中羊侃,赍敕示渊明,令就泗水筑堰,截流灌城,俟得城后,再进军与侯景相应。渊明乃驻军寒山,距彭城约十八里,令羊侃监工筑堰,两旬告成。侃劝渊明乘水进攻,渊明正在狐疑,适接侯景来书,心下更忐忑不定。俄有探骑来报,慕容绍宗已率众十万,至橐驼岘,来援彭城了。羊侃在旁进言道:"敌军远来,不免劳乏,请急击勿失!"渊明不答。翌晨又劝渊明出战,仍然不从。侃知渊明必败,索性自率一军,出屯堰上。

又越日,绍宗率众进逼,自引前驱万人,攻梁左营。营将为潼州刺史郭凤,急忙抵御,矢如雨集,渊明正饮酒过醉,卧不能起,帐下叠报左营受敌,尚是鼾睡无闻。糊涂虫。好容易把他唤醒,他才发出军令,叫诸将出救郭凤,诸将皆不敢发。独北兖州刺史胡贵孙鼓勇出营,往扑东魏军,劲气直达,所向无前,斩首二百级。绍宗见来军轻悍,麾众使退。当有探卒报知渊明。渊明闻贵孙得胜,顿时胆大起来,便上马督军,驰往战场。望将过去,果然东魏军弃甲曳兵,向北乱窜,一时情急徼功,竟把侯景书中要语,撇诸脑后,并力追赶。约追了三五里,不意后面有敌兵杀到,冲散梁军,前面又由绍宗麾兵杀转,首尾夹攻。梁军本无斗志,不过乘兴前来,蓦见前后皆敌,统吓得东逃西窜,抱头狂奔。渊明亦叫苦不迭,策马乱撞,被东魏兵围裹拢来,你牵我扯,把他硬拖下马,活擒了去。胡贵孙也杀得力疲,身中数创,也被擒住,他将被虏,不可胜计,丧失士卒数万名。惟羊侃结阵徐退,不失一人。看官不必细问,便可知渊明各军,是陷入绍宗的诱敌计了!找足一笔。

梁主衍方昼寝殿中,由宦官张僧胤入报,谓朱异有急事启闻。梁主慌忙起床,出殿见异,异才说出"寒山失律"四字,惊得梁主身子发晃,几乎堕落座下。老头儿禁不起吓了。僧胤急从旁扶住,方叹息道:"我莫非再为晋家么?"异亦嘿然而退。已而复闻潼州失守,郭凤遁归,嗣见风声鹤唳,触处生惊,忽又传到东魏檄文。略云:

> 皇家垂统,光配彼天,唯彼吴越,独阻声教,元首怀止戈之心,上宰薄兵车之命,遂解絷南冠,谕以好睦,虽嘉谋长算,爰自我始,罢战息民,彼获甚利。侯景竖子,自生猜贰,远托关陇,凭依奸伪,逆主定君臣之分,伪相结兄弟之亲,岂曰无恩,终成难养。俄而易虑,亲寻干戈,衅暴恶盈,侧首无托,以金陵遁逃之薮,江南流寓之地,甘辞卑礼,委贽图存,诡言浮说,抑可知矣。而伪朝大小,幸灾忘义,主荒于上,臣蔽于下,连结奸恶,断绝邻好,征兵保境,纵盗侵国。盖物无定方,事无定势,或乘利而受害,或因得而更失,是以吴侵齐境,遂得勾践之师,赵纳韩地,终有长平之役。矧乃鞭挞疲民,侵轶徐部,筑垒壅川,舍舟徼利,是以援枹秉麾之将,拔巨投石之士,含怒作色,如赴私仇。彼连营拥众,依山傍水,举螳螂之斧,被蛣蜣之甲,当穷辙以待轮,坐积薪而候燎。及锋刃暂交,埃尘且接,已亡戟弃戈,土崩瓦解,掬指舟中,衿甲鼓下,同宗异姓,缧绁相望,曲直既殊,强弱不等。获一人而失一国,见黄雀而忘深阱,智者所不为,仁者所不向,诚既往之难逮,犹将来之可追。侯景以鄙偎之夫,遭风云之会,位班三事,邑启万冢,揣身量分,久当止足;而周章向背,离披不已,夫岂徒然,意亦可见。彼乃授之以利器,诲之以慢藏,使其势得容奸,时堪乘便。今见南风不竞,天亡有征,老贼奸谋,将复作矣。然御坚强者难为功,摧枯朽者易为力,窃计江南军帅,虽非孙吴猛将,燕赵精兵,犹是久涉行阵,曾习军旅,岂同剽轻之师,不比危脆之众,拒此则作气不足,攻彼则为势有余。若及此不图,以恶为善,终恐尾大于身,踵粗于股,屈强不掉,很戾难驯。呼之则反速而衅小,不征则叛迟而祸大。会应遥望廷尉,不育为臣,自据淮南,亦欲称帝,但恐楚国亡猿,祸延林木。城门失火,殃及池鱼,横使江淮士子,荆扬人物,死亡矢石之下,夭折雾露之中。彼梁主操行无闻,轻险有素,射雀论功,荡舟称力,年既老矣,耄又及之,政散民流,礼崩乐坏,加以用舍乖方,废立失所,矫情动俗,饰智惊愚,毒螫满怀,妄敦戒素,躁竞盈胸,谬治清净,灾异降于上,怨讟之兴于下,人人厌苦,家家思乱。履霜有渐,坚冰且至,传险躁之风俗,任轻薄之子孙,朋党路开,兵权在外,必将祸生骨肉,衅起腹心,强弩冲城,长戈指阙。徒探雀鷇,无救府藏之虚,空请熊蹯,讵延晷刻之命?外崩中溃,今实其时,鹬蚌相持,我乘其敝。方使精骑追风,精甲辉日,四七并列,百万为群,以转石之形,为破竹之势,当使钟山渡江,青盖入洛,荆棘生于建业之宫,麋鹿游于姑苏之

馆。但恐革车之所辗轹,剑骑之所踩践,杞梓于焉倾折,竹箭以此摧残。若吴之王孙,蜀之公子,归款军门,委命下吏,当即授客卿之秩,特加骠骑之号。凡百君子,勉求多福,檄到如约,决不食言!

这篇檄文,系是东魏军司杜弼手笔,后来梁室祸败,多如弼言。怎奈梁主不悟,反因渊明被擒,愈欲倚重侯景。景遣行台左丞王伟,驰赴建康,奏称东魏主为高澄所幽,元氏子弟,多避难南朝,请择立一人为主,镇抚河北云云。梁主令太子舍人元贞为咸阳王,拨兵护送,使还北方。贞系魏咸阳王元禧孙,梁降王元树子,树被东魏擒戮,贞留梁为太子舍人,至是由梁主诏敕,许他渡江即位,称为魏主。

那东魏将慕容绍宗已乘胜进攻侯景,景退保涡阳。绍宗长驱而进,与景交锋,景令部众被短甲,执短刀,驰入绍宗阵内,但斫人胫马足,不少仰视,东魏军纷纷倒地,连绍宗坐下的马足,也被砍断,把绍宗掀落马下。亏得绍宗身材伶俐,急忙跳起,方得易马返奔。东魏仪同三司刘丰生也受伤遁去。显州刺史张遵业,为景所擒。

绍宗等奔回谯城,裨将斛律光、张恃显等因绍宗失律至败,互生讥议。绍宗道:"我曾经百战,未见如侯景狡悍,汝等不服,尽可再试;看汝胜负何如!"光与恃显,乃引军再攻侯景,到了涡水,被侯景一阵乱射,恃显落马被擒,光狼狈走还。绍宗微哂道:"今果如何!怎得咎我!"光惶恐谢罪。

越日恃显由侯景纵还,再约与绍宗决战。绍宗下令各军,不准妄动,深沟固垒,为持久计。这一着却是抵制侯景的上计。小子有诗叹道:

　　善战何如用善谋,凭城固垒且深沟。
　　跛奴纵有兼人技,末着终还逊一筹。

侯景与绍宗相持数月,粮食将尽,不能再持,绍宗乃下令出兵,突击侯景。欲知战时情状,待至下回表明。

语有之:其父行劫,其子必且杀人。高欢逐君为逆,改立少主,而每事上闻,恪恭将事者,岂果真心出此,毋乃由缘饰虚文,掩人耳目欤?及其子高澄当国,敢殴君主,且从而幽禁之,彼直视主上如犬马,而尚有下座叩头,号泣谢罪之伪态,狡黠如父,而凶悍过于父,是非所谓父行劫,子且杀人耶!高欢能防景于身后,而梁主衍不能察景于生前。杜弼谓年既老矣,耄又及之,正不啻一梁主写照。且误用从子渊明,自覆全军,昏耄之征,一至于此,无怪其终困死台城也。

第五十九回　纵叛贼朱异误国　却强寇羊侃守城

却说慕容绍宗固守谯城,自冬经春,未尝出战。是年为梁太清二年,东魏武定六年。侯景求战不得,攻城又不克,营中粮食将尽,正在愁烦。忽报城中发出铁骑五千,由绍宗亲自督领,前来攻营。景急上马出寨,见敌骑甚是踊跃,士饱马腾,勇气百倍,不由的畏忌起来。旁顾部众,亦俱带惧容,他即想了一计,出言诳众道:"汝等家属,已为高澄所杀,若要报仇,全仗此战。"部众不禁切齿,向敌大呼道:"可恨高澄!殄我父母妻孥,我等当与汝拚命!"慕容绍宗听得此言,急从马上立着,遥应景军道:"汝等休信跛奴诳言,现在汝等家属,并皆完好,若去逆归顺,官勋如旧!"景众尚未肯信,绍宗免冠散发,向北斗设誓。于是景众信为真情,一声呐喊,哄然散去。景将暴显等统掣领部曲,奔降绍宗。侯景自知不佳,忙招众退还,偏众情已经北向,多半掉头不顾,那绍宗又麾骑杀来。此时穷极无法,惟有向南逃走。好容易渡过涡水,手下已经散尽,只剩得心腹数人,自硖石渡淮。散卒稍集,得步骑八百人,昼夜兼行,闻后面尚有追兵,乃遣人走语绍宗道:"景欲就擒,公尚有何用?"绍宗乃收军不追。这是绍宗误处,然若景得受擒,梁亦何致遘乱。景奔至寿春,监南豫州事韦黯闭城不纳。景遣寿阳人徐思玉入城说黯,黯乃开门迎景。景入据寿春,上表告败,自求贬削。梁廷闻景败耗,未知确实消息,或云景与将士尽没,上下皆以为忧。时何敬容起为太子詹事,入侍东宫,太子纲语敬容道:"侯景生死未卜,近有人传说,谓景已得免。"敬容道:"景若遂死,还是朝廷幸福。"太子惊问原因,敬容道:"景反复叛臣,终当乱国。"太子尚将信将疑,嗣由梁主接得景表,喜景未死,即命景为南豫州牧,本官如故。光禄大夫萧介上书切谏道:

　　窃闻侯景以涡阳败绩,只马归命。陛下不悔前祸,复敕容纳。臣闻凶人之性不移,天下之恶一也。昔吕布杀丁原以事董卓,终诛董而为贼,刘牢反王恭以归晋,还背晋以构妖。何者?狼子野心,终无驯狎之性,养虎之喻,必见饥噬之祸。侯景以凶狡之才,荷高欢卵翼之遇,位忝右司,任居方伯,然而高欢坟土未干,即遭反噬,逆力不逮,乃复逃死关西,宇文不容,故复投身于我陛下。前者所以不逆细流,正欲比属国降胡以讨匈奴,冀获一战之效耳。属国,汉官名,疑指汉班超事。今既亡师失地,直是境上之匹夫。陛下爱匹夫而弃与国,臣窃不取也!若国家犹待其更鸣之

第五十九回　纵叛贼朱异误国　却强寇羊侃守城

晨，岁暮之效，臣窃思侯景必非岁暮之臣，弃乡国如脱屣，背君亲如遗芥，岂知远慕圣德，为江淮之纯臣乎？事迹显然，无可致惑。臣老朽疾侵，不应干预朝政；但楚囊将死，有城郢之忠，卫鱼临亡，亦有尸谏之道。臣忝为宗室遗老，不敢不言，惟陛下垂察！

梁主阅书，恰也叹为忠言，但终不能用。那豫州刺史羊鸦仁，闻景军败溃，弃悬瓠城，走还义阳，殷州刺史羊思迁亦弃项城走还，河南诸州又尽入东魏。梁主衍怒责鸦仁等，鸦仁乃启申后期，屯军淮上。何不责景？

东魏大将军高澄既复河西，乃遗书梁廷，复求通好，一面优待萧渊明，和颜与语道："先王与梁主和好，已十余年，今一朝失信，致此纷扰，料非梁主本心，当是侯景煽动所致。卿可遣人启闻，若梁主不忘旧好，我岂敢违先王遗意？所有俘虏诸人，并即遣归；就是侯景家属，亦当同遣。"言甘必苦。渊明大喜，立遣从人奉启梁廷，备述澄言。梁主衍前得澄书，尚不欲许和，及得渊明奏启，即召群臣商议。朱异首先开口道："静寇息民，不若许和。"又是他来迎合。御史中丞张绾等亦随声附和。独司农卿傅歧道："高澄方得胜仗，何必求和？这无非是反间计，欲令侯景自疑，景意不安，必图祸乱，他好从中取利呢！"数语喝破。偏朱异等固请宜和，梁主亦厌用兵，乃赐渊明书，令来使夏侯僧辩赍还。

僧辩还过寿阳，为侯景所遮留，索书启视，内云高大将军既待汝不薄，当别遣行人，重修睦谊云云。景不免懊怅，虽然遣去僧辩，心下很是不欢，遂上梁主书道："高澄忌贾在狄，恶会在秦，春秋晋灵公时，贾季奔狄，士会奔秦，晋人患之。求盟请和，欲除彼患，若臣死有益，万殒无辞，唯恐千载，有秽良史。"又致书朱异，并赂金三百两，托他挽回。异将金收纳，所有景上梁主书，却阻使不通。好一个贪利法门。

梁主遣使赴晋阳，吊高欢丧，并与澄申议和约。侯景又上书道："臣与高氏衅隙已深，仰凭威灵，期雪仇耻，今陛下复与高氏联和，使臣何地自处？乞申后战，宣扬皇威。"梁主复谕道："朕与公大义已定，岂有忽纳忽弃的道理？今高氏有使求和，朕亦更思偃武，所以暂与修好，公但宁静自居，不劳多虑。"景更申请战期，梁主仍把前言敷衍，叫他不必渎陈。景乃诈为邺中书，求以贞阳侯易景。梁主不知真伪，即欲答允，司农卿傅岐已升任中书舍人，朱异兼官中领军，两人入朝计事。傅岐道："侯景因穷来归，既已收纳，不必再弃；况景系百战余生，难道肯束手受缚么？"异独抗声道："景战败势蹙，但教一使传诏，便好就絷了。"谚谓得人钱财，替人消灾，异贪而且凶，令人发指！梁主竟用异言，复书有贞阳旦至，侯景夕返二语。景得复报，出书示左右道："我原知吴老公是薄心肠呢。"

从前侯景归梁，曾由行台左丞王伟献议，此次伟复进言道："今坐听亦死，举大事亦死，唯王裁察！"景始为反计，编寿春居民为兵，百姓子女，悉令配给将士，且屡向梁廷需索，并因妻孥陷没东魏，求与王、谢二家结婚。梁主复答道："王、谢门高，不便择配，可就朱、张以下，访求佳偶。"景闻言生恨道："会当使吴儿女配奴。"又表求锦万匹，为军人制袍，异但给以青布，景益愤愤。梁廷又遣建康令谢挺，散骑常侍徐陵，往聘东魏。景得知消息，反谋益甚。

咸阳王元贞见景有异志，累请还朝。景与语道："河北事虽不能成，江南在我掌握，何不忍耐一二年？"贞闻言益惧，逃回建康，据实上闻。梁主但命贞为始兴内史，并不问景。

时临贺王萧正德，_{履历见前文。}得任左卫将军，贪暴日甚，阴聚死士，潜谋不轨。正德前曾奔魏，与侯景有一面交，且与徐思玉素有交谊。景令思玉为司马，使他往见正德，赍笺以进，略言天子年尊，奸臣乱国，大王位当储贰，中被废黜，海内俱代为不平。景虽不敏，实思自效，愿王允副苍生，鉴景诚款云云。正德大喜，立写复书，令思玉带还。景启书审视，内云朝廷事如公所言，仆亦存心多日，志与公同。今仆为内应，公作外援，何事不济？事贵从速，幸勿缓图！_{癞虾蟆想吃天鹅肉了。}景遂部署兵马，指日发难。

鄱阳王萧范，_{即恢子，}系梁主任。方为合州刺史，居守合肥，已知景谋，密遣人报达梁廷。梁主也觉动疑，偏朱异谓景众皆散，必无反理。_{还要误人。}梁主乃报范道："景孤危寄命，譬如婴儿仰人乳哺，何能为反？汝且勿忧。"范又上书道："不早翦扑，祸及君臣，朝廷若不欲发兵，臣范愿自率部众，往讨侯景。"梁主仍然不许，朱异且语范使道："鄱阳王太属多心，难道不许朝廷容纳一客么？"范得去使返报，大为愤闷。再请黜异讨景，均被异阻住，匿不上闻。

既而羊鸦仁执送景使，谓景邀臣同反，所以执使献阙，请朝廷从速预防。异反嚣然道："景手下只数百人，有何能为？"竟将景使释还。景益无忌惮，遂举兵叛梁，也公然移檄四方，但言中领军朱异，少府卿徐驎，太子右卫率陆验，制局监周石珍，蟠踞宫廷，荧惑主聪，所以兴师入朝，志清君侧云云。原来驎、验、石珍，并奸佞骄贪，为世所嫉，号为三蠹，故景托词除奸，耸动众听。当下出攻马头，执住戍将曹璆等。警报飞达梁廷，梁主反抚须笑道："景何能为？我一折篦，便足笞景了！"谈何容易！遂命合州刺史鄱阳王范为南道都督，北徐州刺史封山侯萧正表为北道都督，司州刺史柳仲礼为西道都督，散骑常侍裴之高为东道都督，特简侍中邵陵王纶为统帅，持节督军，会讨侯景。另悬赏格，谓斩景立功，得封三千户公，除授州刺史。

景闻台军已发，更向王伟问计，伟答道："邵陵若至，彼众我寡，必为所

第五十九回　纵叛贼朱异误国　却强寇羊侃守城

困，不如决志东向，直掩建康，临贺内应，大王外攻，天下可立定了！兵贵神速，请即进兵！"景乃留外弟王显贵守寿阳，佯称游猎，径袭谯州。助防董绍开城出降，刺史萧泰竟为所获。泰系范弟，贪虐百姓，所以人无斗志，遇寇即降。转攻历阳，太守庄铁，复举城降景，劝景速趋建康。景即命铁为前导，引兵临江，江上镇戍，连番报警。尚书羊侃，入朝献策，请急发二千人往据采石，截住贼景。一面遣邵陵王袭取寿阳，使景进退无路，方可就擒。却是要着。朱异又出阻道："景必不渡江，何必发兵！"朱异昏愦，梁主何亦如此糊涂！侃出叹道："这遭要败事了！"梁主再授临贺王正德为平北将军，都督京师诸军事，出屯丹阳郡。正德遣大船数十艘，诈称载荻，实是装运粮械，接济侯景。景大喜道："我得济事了！"遂从横江渡采石，部下不过八千人，马止数百匹，分兵袭入姑熟，直趋慈湖。

梁廷闻侯景渡江，统惊惶的了不得，太子纲戎服入觐，禀受方略。梁主支吾道："这是汝事，何必更问！今将内外军一概付汝，汝可便宜行事！"大事已去，乃一概推与儿子，真变作萧娘了。太子乃出留中书省，指挥军事，命扬州刺史宣城王大器，系太子纲子。都督城内诸军事，尚书羊侃为副，分派各将士守城，敛集各寺库公藏钱，聚置德阳堂，充作军需。何奈人情惶骇，莫肯应募，再加临贺王正德叛情，自梁主以下，无一察悉，反令他屯守朱雀门。这朱雀门是建康要户，乃使叛党把守，还有甚么好处？

侯景到了板桥，尚未知都城虚实，特派徐思玉入都，求见梁主。梁主当即召见，思玉入朝俯伏，诈称背景，请间白事。梁主命左右退去，舍人高善宝在旁，大声叱道："思玉方从贼中来，情伪难测，怎可使他独在殿上？"朱异侍坐道："徐思玉岂是刺客么？"还似做梦。梁主闻善宝言，却也迟疑，善宝令思玉直陈无隐。思玉乃出景奏启，内言异等弄权，臣景愿带甲入朝，肃清君侧。梁主阅毕，递示朱异，异且览且惭，赧然不答。

梁主乃遣中书舍人贺季，主书郭宝亮，随思玉赴景营，宣敕慰抚，景还算北面受敕。季问景道："今日此举，究属何名？"景直答道："无非想作皇帝呢！"直捷得妙。王伟趋进道："朱异等乱政，所以兴师除奸，皇帝一语，尚是戏言。"景复道："萧老公可做皇帝，难道我不配做皇帝么？"说着，即将贺季拘住，但令宝亮还报。

是时梁主建国，已四十七年，境内无事，公卿士大夫罕见甲兵，宿将又俱凋谢，后进少年多在边戍，或随邵陵王军前。全仗羊侃一人，指挥军旅，威爱两施，都下还勉强支住。景率众至朱雀桁南，正德已与密通音问。东宫学士庾信，率宫中文武三千余人，立营桁北，拟开桁冲击，借挫贼锋，正德不从。俄而景众大至，信始开桁迎敌，甫出一舸，见景军俱戴铁面，不禁骇退。信方含甘蔗，突有一飞矢射来，拂过信手，将蔗撞落。信亦魂胆飞扬，弃军遁还。正德遂派游军沈子睦，开桁渡景，正德率众出迎，至张侯桥相遇。马上交揖，并辔入朱雀门。景望阙下拜，佯作欷歔。先是童谣有云："青丝白马寿阳来。"景欲应谣，特跨白马，用青丝为辔，乘胜犯阙。

都中汹惧异常，羊侃诈称得邵陵王书，揭示大众，谓已与西昌侯萧渊藻引兵入援，众心少安。惟石头白下石头城俱戍，已皆奔散。景得进围台城，鸣鼓吹角，喧声动地，纵火毁大司马东西华诸门，羊侃亲自督守，使凿门上为窍，喷水灭火。太子纲亦自捧银鞍，赏赐将士，将士始奋，逾城洒水，火才得灭。景又令众执长柄大斧，奋斫东掖门，羊侃又令凿门为孔，用矟戳出，刺死二人，景众乃退。景党宋子仙入据东宫，掠得东宫妓数百人，分给军士。范桃棒入据同泰寺，寺中蓄积被掠一空。景复作木驴数百攻城，城上投下大石，木驴多碎。景更作尖顶木驴，石不能破。侃使作雉尾炬，灌渍膏油，且燃且掷，尖驴又被焚尽。既而景又作登城车，高约十余丈，欲临射城中，侃笑说道："车高堑虚，彼来必倒，但教安坐看他啰！"及敌车推至堑中，果然尽覆。景屡次失败，乃但筑长围，断绝内外。又射入启文：请诛朱异等人。侃亦射出赏格，购募景首。

两下里相持数日，朱异请出兵击贼，梁主召问羊侃，侃答言不可。异一再固请，总是他来作梗。竟使千余人出战，侃子鹥亦执殳从军。景麾众来争，城中兵未及交锋，已先吓退。鹥单骑断后，因被捉去，景令推鹥至城下，招侃出降。侃愤然道："我倾宗报主，犹恨不足，岂顾一子，生杀任便！"景乃将鹥牵归。越数日又复牵来，侃语鹥道："我道汝已早死，哪知汝尚在世乎？"说着，即引弓注射。景忙令牵鹥回营，因乃父忠义可风，倒也不敢杀他，留住营中。

太清二年十一月，景奉正德为帝，刑白马为盟，就太极殿前，祭祀蚩尤，正德被服衮冕，在仪贤堂登位，景率众朝谒，齐呼万岁。正德也下伪诏，略言普通以来，奸邪乱政，主上久病，社稷将危，河南王景释位来朝，猥奉朕躬，绍兹宝位，可大赦改元正平，立世子见理为皇太子，授景为丞相，以女妻景。并出私家宝货，悉助军资。

景立营阙前，护卫正德，实是监守。分兵二千人攻东府，三日乃克。杀死守将南浦侯萧推，且诈言梁主已死，令官民改奉新帝正朔。都中得此讹传，也觉疑信参半，太子纲请梁主巡城，梁主亲御大司马门，城上闻警跸声，并鼓噪流涕，于是谣言始息。

南津校尉江子一，当侯景济江时，曾率舟师拒景，舟师皆溃。子一奔还，梁主面责子一，子一拜谢道："臣以身许国，常恐不得死所，今所部皆弃臣遁去，臣只一人，怎能击贼？若贼敢犯阙，臣誓当碎首报君，自赎前罪！"梁主乃赦罪不问。至是与弟左丞子四、东宫主帅子五,领百余人出城,直抵景营。景发兵围攻,子一引槊四刺,杀贼数十人,贼众攒集,斫断子一左肩,乃倒毙地上。子四中槊,洞胸而死。子五伤股驰还,方至堑上,一恸径绝。小子有诗赞道:

> 舍身报国赎前愆,战死疆场剧可怜!
> 兄弟三人同毕命,义碑好把姓名镌。

侯景围都城月余,城中日望外援,忽有临川太守陈昕夜缒入城。究竟为着何事? 待至下回再叙。

劝纳侯景者为朱异,激叛侯景者亦朱异,纵容侯景者又为朱异,吾不知朱异何心,必欲覆梁? 并不知梁主何心,必欲信异? 景之智力,并无大过人处,渡江时众不满万,设用萧范、羊侃之言,俱足制贼。叛王正德,前已奔魏,心术之坏,不问可知,废黜不用,绝景内线,景亦不至遽敢犯阙。乃一误再误,既不逆击叛首,反且委任叛党。梁主固昏耄无知,太子纲亦一庸才耳。古人有言:小人之使为国家,菑害并至,虽有善者,亦无如何。观羊侃之纳谋不用,又复率众守城,随宜却贼,实一梁朝社稷臣,然硕果仅存,内外无继,一善士其如梁何哉!

第六十回 援建康韦粲捐躯
陷台城梁武用计

却说临川太守陈昕,前曾出戍采石,为景所擒,景囚诸帐下,令党徒范桃棒监守。昕诱劝桃棒归梁,使率所部袭杀王伟、宋子仙等,桃棒颇也动心,纵昕出囚,令他缒城入报,愿为外援。梁主大喜,敕镌银券赐桃棒,俟侯景平定,即封桃棒为河南王。独太子纲疑他有诈,不肯轻信。小心过甚,亦觉误事。昕出城还报桃棒,桃棒又使昕入启,请开城纳降。太子纲终以为疑,不肯开门。俄而桃棒事泄,为景所杀。昕尚未知桃棒遇害,仍出城赴侯景营,景把昕拘住,逼令射书城中,诈称桃棒来降,好乘势入城。昕不肯从,反痛詈侯景,也被杀死。不没昕忠。

景乃射书入城,招降罪奴。朱异家有奴仆,缒城降景,景即授他仪同三司,奴乘良马,着锦袍,往来城下,且行且诟道:"朱异,朱异,汝做官至四五十年,才得一中领军,我方降侯王,便已仪同三司了。"于是群奴陆续偷出,趋降景营，共计千数。景一一厚抚，配入军伍。奴隶何知忠义，统皆感激私恩，愿为效死。

景初至建康，军令颇严，不许侵扰，及攻城不下，人心渐散，仰食石头常平诸仓，又将告罄，不得已纵兵掠民，无论金帛菽粟，并尽情劫夺。百姓流离荡析，无从得食，甚至升米万钱，多半饿死沟壑。正德太子见理镇守东府，素性贪险，夜与群盗出掠大桁，中矢竟死。

梁荆州刺史湘东王绎移檄湘州刺史河东王誉，雍州刺史岳阳王詧，江州刺史当阳公大心，<small>大器弟。</small>郢州刺史南平王恪，<small>梁主侄，即萧伟子。</small>使发兵勤王，自督兵三万人，由江陵出发，向东进行。就是邵陵王纶，前曾督师出都，行至钟离，闻侯景已渡采石，乃还军入援。渡江遇风，人马溺毙不少。纶率步骑三万，从京口西上，前谯川刺史赵伯超，在纶麾下，因即献议道："若从黄城大路进行，恐与贼遇，不如径指钟山，突据广漠门，出贼不意，围城当可立解了！"纶依伯超言，由黄城进兵，夜行失道，迂回二十余里，诘旦始立营蒋山。景正分兵至江，防遏纶军，不意纶军猝至，也觉惶骇，遂送所掠妇女玉帛，贮石头城，更分兵三路攻纶。纶击破景军，景退至覆舟山北，招集败军，倚山列营。纶进逼玄武湖，与景对垒，相持不战。

到了日暮，景收军徐退。安南侯萧骏，<small>懿孙。</small>疑景怯走，即率壮士追赶，不料景麾众还攻，骏不能敌，败奔纶营。赵伯超见景众杀来，望尘先遁，诸军俱相顾惊溃，纶率余兵千人，奔入天保寺。景纵火烧寺，纶复遁往朱方。时值隆冬，冰雪盈途，士卒四处窜散，多半冻毙。西丰公大春，<small>大器弟。</small>及前司马庄邱慧，军将霍俊，不及逃避，均为所擒，辎重亦被景夺去。<small>邵陵一路败退。</small>

景将大春等推至城下，胁令给城中守卒，只说邵陵王已死军中。偏霍俊不肯从景，朗声呼道："邵陵王稍稍失利，已全军还京口，城中但坚守待着，援兵即至。"说至此，景众用刀击俊背，俊辞色益厉。景尚怜他忠义，不忍加害，那伪皇帝萧正德，独不肯放松，竟将俊杀死。<small>比强盗更凶。</small>

是日晚间，鄱阳王范遣世子嗣与裴之高，及建安太守赵凤举，各将兵入援，驻营蔡洲。封山侯萧正表本受命为北道都督，偏与景暗中勾通，受伪封为南郡王，兼南兖州刺史，<small>正表系正德弟，无怪他与兄同逆。</small>统军万人，立栅欧阳，佯言将入援都城，实是阻截上流援军，一面诱广陵令刘询，使烧城为应。询转告南兖州刺史南康王会理，<small>见五十八回。</small>会理使询领步骑千人，夜袭正表，攻入欧阳营栅。正表败走钟离，询取得正表军粮，返就会理，再行部署，为勤王计。

侯景闻正表败还，恐援军四集，索性大举攻城，就台城东西两面，高筑土山，临城攻扑，城中亦随筑土山，与他相持。会大雨倾盆，城内土山骤崩，景乘

第六十回　援建康韦粲捐躯　陷台城梁武用计

隙登城，与守卒城上鏖斗，两边死了多人，景众不退。羊侃忙令兵士争抛火炬，乱烧景众，又在城内筑垒为防，景众乃退。侃因连日忧劳，竟至遘疾，疾且日剧，旋即告终。城中所恃惟侃，侃既谢世，人心益震。幸有材官吴景，素有巧思，善制守具，随宜抵御。右卫将军柳津，潜凿地道，出挖城外土山，景未及预防，土山猝倒，贼众压死甚多。嗣是弃去土山，自焚攻具，另决玄武湖水，灌入台城，阙前皆为洪流，势甚岌岌。

适衡州刺史韦粲募兵五千，兼道赴援。司州刺史柳仲礼亦率步骑万余人至横江，与粲相会。裴之高亦自蔡洲渡江，接应仲礼。粲正推仲礼为大都督，偏之高自命先进，负气不服。粲单舸至之高营，当面谯让道："今两宫危迫，猾寇滔天，惟柳司州久镇边疆，名足骇贼，所以粲等奉为主帅。公为梁臣，应以灭贼为期，不宜意气用事，必欲立异，咎将归公，公亦何苦受人唾骂呢！"之高乃垂涕致谢，便决推仲礼统军，集众十万，沿淮列栅，与景争锋。景亦在淮水北岸，列栅自固，且因之高弟侄子孙俱在东府，令部众搜捕至营，驱列阵前，后面摆着刀锯鼎镬，遥呼之高道："裴公不降，即烹他弟侄子孙！"之高从容自若，反令弓弩手注射己子。再发不中，景乃撤回。

仲礼入韦粲营，部分众军择地据守，令粲往扼青塘。粲说道："青塘当石头城要冲，贼必来争，粲义无可逶，但恐所部寡弱，奈何！"仲礼道："青塘要地，非兄不可，若嫌兵少，当拨军相助。"乃使直阁将军刘叔胤助粲。时已年暮，粲不敢逗留，便即启行。太清三年元旦，大雾漫天，不辨南北，粲军迷路迁行，及到青塘，夜已过半，立栅未就，景即率锐卒掩入，刘叔胤遁去，粲将郑逸战败，自相蹴踏，全营大乱。左右牵粲避贼，粲兀立不动，叱子弟力战，究竟寡不敌众，血战未几。粲弟助警构，从弟昂及子尼，陆续殉难，粲亦身受重伤，呕血毕命。一门忠义，足表千秋。

仲礼方徙营大桁，早起就食，闻粲死耗，投箸起座，披甲上马。麾众至青塘，掩击景军。景军败退，仲礼挺槊追景，相去咫尺。忽来了贼将支伯仁，从旁面骤斫一刀，适中仲礼左肩，仲礼慌忙闪避，已是不及，马又倒退数步，陷入淖中。贼众环刺仲礼，亏得仲礼骑将郭山石，力救仲礼，杀退贼众，仲礼才得走归，经此一战，景不敢复渡南岸，仲礼亦索然气馁，不敢再言战事了。血气之勇，不足济事，仲礼各军，又复退却。

邵陵王纶，再会同东扬州刺史临城公大连等，进驻桁南，亦推仲礼为大都督，湘东王世子方，及假节总督王僧辩，并至都下。台城被困多日，内外不通，就是援军音信，也无从递入。城中官民，共诟朱异，异惭愤成疾，因即致死。大是幸事。梁主还很加痛惜，特赠异为尚书右仆射，大众益视为恨事。太子纲迁居永福省，募人献计，使达援军音问。有小吏羊车儿进策，请作纸鸢系敕，顺风遥放，冀达众军，太子恪也依议。偏纸鸢放出城外，被贼射下，仍不得达。已而鄱阳王世子嗣，募人送启入城，部吏李朗，想出一条苦肉计，先受鞭扑，佯为得罪，往降景营，因得伺隙入城，城中方知援兵四集，鼓噪一时。<small>也欠镇定。</small>梁主授朗为直阁将军，赐金遣还。朗乘夜出城，从钟山后绕道归营，宵行昼伏，积日乃达。于是鄱阳世子嗣，湘东世子方，征集各军，相继渡淮，攻毁东府前栅，景众少退。

各援军立营青溪，再拟进攻。可巧高州刺史李迁仕，天门太守樊文皎，引兵五千人来援。文皎骁勇善斗，与迁仕驱兵独进，所向披靡，及抵菰首桥东，景将宋子仙用埋伏计，诱文皎陷入伏中，四面围集，毕竟双手不敌四拳，任你文皎如何勇力，怎禁得悍贼环攻，战了半日，力竭身亡。迁仕逃命要紧，管不及文皎生死，便即遁回。各军闻文皎战死，又复夺气，再加柳仲礼自惩前辙，不肯再进，待遇各将，又傲慢不情。邵陵王纶每日候门，常被拒绝，坐是彼此离心，不愿再进。<small>数路援军，并皆失势。</small>

那侯景却也戒惧，更因士卒饥馁，无从掠食，未免加忧。王伟又献策道："今台城不可猝拔，援军日盛，我军乏食，何弗佯与求和，为缓兵计，俟他内外懈怠，一举攻入，方可得志。"景连声称善，遂遣将任约、于子悦二人，至城下跪伏，拜表求和，请赐还原镇。太子纲以城中穷困，入白梁主，劝许和议，梁主勃然道："和不如死！"<small>此语尚有见地。</small>太子固请道："都城久困，援军怯战，不如暂且许和，再作后图。"梁主踌躇多时，方嗫嚅道："随汝自谋，勿令取笑千载！"太子乃承制许和。景乞割江右四州地，并求宣城王大器出送，然后退兵。中领军傅岐固争道："怎有贼起兵犯阙，尚与许和？这不过欲却援军，借此给我，戎狄兽心，必不可信！且宣城王系皇室冢孙，国脉所关，岂可轻出！"<small>诚然！诚然！</small>梁主乃命大器弟石城公大款为侍中，出质景营，并敕诸军不得复进。敕文中有"善兵不战，止戈为武"两语。<small>堕贼狡计，还想虚词粉饰。</small>授侯景为大丞相，都督江西四州诸军事，领豫州牧，仍封河南王。设坛西华门外，遣仆射王克，吏部郎萧瑳，与景将任约、于子悦、王伟等，登坛为盟。又令右卫将军柳津，出西华门，与侯景遥遥相对，歃血为誓。一方面是专望解围，情真语挚，一方面是但知行诈，口是心非。

两下里盟誓既毕，总道景遵约撤兵，哪知他仍然围住，托词无船，不能还渡。嗣又遣大款还台，复求宣城王出送，种种刁难，无非是设词迟宕。会南康王会理等至马邛州，景复表请勒归会理。太子纲不得不从，饬会理退屯江潭苑。已而复称永安侯萧确，及直阁将军赵威方，截臣归路，请即召入以便西还。有诏授确为广州刺史，威方为盱眙太守，即日入觐。确为邵陵王纶次子，固辞不入。邵陵王纶泣语确道："围城既久，主上忧危，不得已从景所请，遣归贼众，汝宜遵敕入朝，奈何拒命？"确亦泣语道："侯景虽云欲去，仍然长围不解，情迹可知。召确入城，究属何益？"未几由朝使出城，一再征确，确尚不肯入。纶不禁怒起，喝令斩确，确乃流涕入城。

城中粮食将尽，御厨中蔬菜亦绝，梁主时常蔬食，至是乃食鸡子。纶献入鸡子数百枚，由梁主亲自检点，欷歔不已。湘东王绎，驻兵武城，河东王誉，驻军青草湖，桂阳王慥，驻军西峡口，慥系萧懿子。皆观望不前。湘东参军萧贲屡请进兵，为绎所恨。及得梁主和诏，贲仍执前议，竟被杀死。侯景闻援师已急，并将东府米运入石头，遂有意败盟。伪皇帝正德及左丞王伟，更从旁怂恿，景乃决计背约，胪陈梁主十失，上启梁廷。略云：

陛下与高氏通和，岁逾一纪，舟车往复，相望道路，必将分灾卹患，同休等戚，宁可纳臣一介之服，贪臣汝、颍之地，便绝好河北，檄置高澄。聘使未归，陷之虎口，扬兵击鼓，侵逼彭宋，天下宁有万乘之主，见利忘义若此！其失一也！第一条即使梁主愧死。臣与高澄既有仇憾，义不同国，归身有道，陛下授以上将，任以专征。臣受命不辞，实思报效，方欲荡涤夷氛，一匡宇内，乃陛下始信终疑，欲分臣功，使臣击河北，自举徐方。遣庸懦之贞阳，任骄贪之胡赵，才见旗鼓，鸟散鱼溃，慕容绍宗，席卷涡阳，诸镇靡不弃甲，疾雷不及掩耳，散地不可固全，使臣狼狈失据，妻子为戮，斯实陛下负臣之深。其失二也。梁主任将非人，反令叛贼借口。臣退保淮南，方欲收合余烬，尅申后战，封韩山即寒山。之尸，雪涡阳之耻，陛下丧其精魄，无复守气，便信贞阳谬启，复请通和。臣屡表谏阻，终不见从，反覆若此，童子犹且羞之，况在人君！其失三也。畏惧逗留，军有常法，贞阳精甲数万，不能拒抗敌国，反受囚执，以帝之犹子，而面缚虏庭，实宜绝其属籍，以衅征鼓，陛下曾不追责，悯其苟存，欲以微臣相贸易，人君之道，可如是乎？其失四也。悬瓠大藩，古称汝颍，臣举州内附，而羊鸦仁无故弃之，弃之者不闻加罪，得之者未见加功。其失五也。臣涡阳退缩，非战之罪，实由陛下君臣，相与见误，乃还寿春，曾无悔色，祇奉朝廷。鸦仁自知弃州，内怀惭惧，遂启臣欲反；欲反当有形迹，何所征验，诬陷乃尔。陛下曾无辨究，默然信纳，岂有诬人莫大之罪，而可比肩事主者乎？其失六也。此条实含血喷人。赵伯超拔自无能，任居方伯，惟渔猎百姓，行货权幸。朱异之徒，积受金贝，遂拟胡、赵为关、张，胡指贵孙，上文胡赵同此。诬掩天听，谓为真实。韩山之役，女妓自随，才闻敌鼓，与妾俱逝，不待贞阳，故只轮莫返。论其此罪，应诛九族，而纳贿中人，还处州任。伯超无罪，臣功何论？赏罚无章，何以为国？其失七也。臣御下素严，无所侵物，关市征税，咸悉停原，寿阳之民，无不慰悦。乃裴之悌等助戍在彼，惮臣检制，无故遁归，又启臣欲反。陛下不责其违命离镇，反受其浸润之谮，处臣如此，使何地自安？其失八也。此条未见上文，借景启中补入。臣虽才愧古人，颇无遗策，及委贽陛下，罄竭忠规，每有陈奏，恒被抑遏。朱异专断军旅，周石珍总尸兵仗，陆验、徐驎，典司谷帛，皆明言求货，非赂不行。臣无贿于中，故常遭抑责。其失九也。鄱阳之镇合肥，与臣邻接，臣推以皇枝，每相祗敬。而嗣王无端疑忌，臣有使命，必加弹射，或声言臣反，或启臣纤介，招携当须以礼，忠烈何以堪此！其失十也。此条又是诬罔。其余条目，且不胜陈。臣心直辞戆，有忤龙鳞，遂发严诏，便见讨袭。昔重华纯孝，犹逃凶父之杖，赵盾忠贤，不讨杀君之贼，臣何亲何罪，而能坐受歼夷？韩信雄桀，亡项霸汉，末为女子所烹，方悔蒯通之说。臣每览书传，心窃笑之，岂容遵彼覆车，而快陛下佞臣之手哉！是以兴晋阳之甲，乱长江而并济，愿得升赤墀，践文石，口陈枉直，指画臧否，诛君侧之恶臣，清国朝之秕政，然后还守藩翰，以保臣节，实臣之至愿也。谨此启闻。

看官，你想梁主衍见了此启，怎得不惭愤交并？便于三月朔日，就太极殿前设坛，祷告天地，说是侯景背盟，不可不讨。恐天地亦不肯多管。一面举烽征军，再拟交兵。先是闭城拒贼，城中男女共十余万，士卒约二万余人，被围既久，十死八九，乘城不满四千人，类皆羸饿。暮闻侯景负约，当然大惧，惟日望外援。柳仲礼专聚妓妾，置酒作乐，不许诸将出战，乃父即右卫将军柳津，登城呼仲礼道："汝君父日坐围城，汝尚不肯竭力，试想百岁以后，将且汝为何如人？"仲礼面色如常，毫不介意。邵陵王纶亦顿兵不战。安南侯萧骏向纶进言道："城危至此，尚坐视不救，倘有不测，殿下有何颜再立人世？今宜分军为三道，出贼不意，当可却贼！"纶终不听。

南康王会理与羊鸦仁、赵伯超等，进营东府城北，约在夜间渡军。鸦仁违约不至，景已令宋子仙攻击会理。会理营尚未就，军士惊乱，伯超先遁，会理支持不住，便即退走，战死溺死，约五千人。景聚首城下，指示守军，城中益惧。景督兵攻城，昼夜不息，邵陵世子坚，屯太阳门，终日蒲饮，不恤吏士。书佐董勋华、白昙朗等，夜引景众登城，永安侯确，力战不能却，乃排闼入宫，报知梁主道："城被陷了！"梁主衍尚安卧不动，喟然叹道："我得我失，亦复何恨！"复顾语确道："速去语汝父，勿以二宫为念！"确方欲趋出，又由梁主申命，使确慰劳外军。确奉命去讫。

俄而景左丞王伟入殿奉谒，拜呈景启，无非说是奸佞所蔽，因领众入朝，惊动圣躬，特诣阙谢罪。梁主便问道："侯景何在？汝可为我召来！"伟乃出杀报景，景竟引甲士五百人，昂然入见。既至殿前，望见仪卫森严，也不禁三分胆怯,因跪就殿阶,叩首如仪。典仪引就三公座上,梁主正容语景道:"卿在军日久,曾劳苦否?"景不敢仰视,汗涔涔下。贼胆心虚。梁主又道:"卿何州人,乃敢至此?妻子尚在北方么?"景仍不敢对,景将任约在侧,代景答道:"臣景妻子,皆为高氏所屠,只有一身归服陛下。"梁主复道:"卿既忠事我朝,应即约束军士,不得骚扰。"景应诺而出,复至永福省谒见太子,太子亦无惧容。侍卫统皆骇散,惟中庶子徐摛,通事舍人殷不害在侧。摛朗声道:"侯王来,当礼谒东宫!"景乃下拜。太子与言,景亦不能答。

既而退出,自语同党道:"我尝跨鞍对阵,矢刃交下,了无惧意;今见萧公,使人自愧,岂非天威难犯,我不便再见两宫了!"随即纵兵入宫,胁逐两宫侍卫,劫掠乘舆服御,及宫女若干人。又收朝士王侯,送永福省,使王伟守武德殿,于子悦屯太极殿东堂,矫诏大赦,自加大都督中外诸军,录尚书事。小子有诗叹道:

乱贼猖狂反许和,痴心还望戢干戈。
推原祸始由贪利,后悔难追可奈何!

嗣又遣石城公大款,赍着敕文,解散援军。欲知援军是否遵敕,请看官续阅下回。

台城被困,各军之入援者,大都庸懦无能,才不足而志亦不专。邵陵一败而即溃,湘东一奋而即衰,目睹君父之危难,且偷生畏死,未肯赴义,遑问他人!独韦粲战死青塘,樊文皎战死菰首桥,功虽未成,忠则过之。而韦粲之死事尤烈。柳仲礼、裴之高,皆经粲激励而来,之高虽为国忘家,卒未闻有血战之役,仲礼鼓勇追贼,亦颇壮往,乃以左肩之受伤,遂致怯战,以视粲之视死如归,甘与子弟同殉,其相去为何如耶!若侯景之称戈犯阙,明明为一叛贼,与贼许和,敕止援军,是延贼入门,又自绝其外援也。梁主亦知和不如死,乃胸无主宰,始明终昧,卒致堕入贼计,台城陷而正容语景,果何益耶?我得我失,死复何恨,徒付诸一叹而已,而梁亡矣。

第六十一回　困梁宫君王饿死
攻湘州叔侄寻仇

　　却说侯景伪传敕命,解散援军,邵陵王纶等,大开军事会议,推柳仲礼主决。纶语仲礼道:"今日事悉委将军,请将军酌定进止。"仲礼熟视不答,裴之高、王僧辩齐声道："将军拥众百万,坐致宫阙沦没,居心何忍!现只好竭力决战,何必多疑!"仲礼竟无一言,诸军遂陆续散归。邵陵王纶,亦奔往会稽。仲礼及羊鸦仁、王僧辩、赵伯超等,并开营降景。僧辩既已主战,奈何降贼!军士莫不愤惋。仲礼入城,先往谒景,然后入见梁主。梁主绝不与言,退省乃父,柳津不禁大恸道:"汝非我子,何劳相见!"景遣仲礼归司州,僧辩归竟陵。

先是伪皇帝萧正德,与景私约,入城后不得全二宫。及景已入城,正德亦引众随至,挥刀欲入宫中,偏宫门被景军守住,不准放入。正德正要喧嚷,哪知景已传示敕书,令他为侍中大司马。他恨景负约,又平白地将皇帝革去,仍降做梁朝臣子,叫他如何不愤,如何不悔?当下易去帝服,进见梁主,且拜且泣。梁主口述古语道:"啜其泣矣,何嗟及矣!"见《诗经》。正德垂涕而出,懊丧欲绝。景却格外防范,不使与闻朝事。一面嘱前临江太守董绍先,使赍敕文,往召南兖州刺史南康王会理。绍先带去兵士,不满二百人,并且连日饥疲,面有菜色。会理拥有州兵,士饱马腾,僚佐说会理道:"景已陷京邑,欲先除诸藩,然后篡位,今若四方拒绝,立当溃败。王不如诛死绍先,发兵固守,倘虑兵力不足,尽可与魏连和,静观内变,奈何举全州土地,轻资贼手呢?"会理道:"诸君心事,与我不同,天子年尊,受制贼虏,今有敕召我入朝,臣子怎得违背?且远处江北,事业难成,不若身赴京都,就近图贼,成功与否,听诸天命。我志已决定了!"有兵有马,尚不能讨贼,难道赤手空拳还得成事么?遂开城迎入绍先。绍先悉收文武部曲,铠仗金帛,但遣会理单骑还都。及会理诣阙,由景授官侍中,兼中书令。会理暗思匡复,怎奈手无寸柄,如何成谋?只得过一日,算一日,徐俟机会罢了。

那湘东王绎出驻武城,始终不前。应前回。世子方等自都下驰归,才知台城失守,索性退还江陵。信州刺史桂阳王慥,自西峡口入江陵城,拟待绎回议军情,方还信州。适有雍州刺史张缵,贻绎密书,内称河东欲袭江陵,岳阳亦与同谋,不可不防。嗣又由裨将朱荣,亦遣人走报,谓桂阳留此,无非与河东岳阳,里应外合。为这种种逸构,遂使君父大仇,置诸不顾,徒惹出一场叔侄的争端来了。回应五十七回文字。雍州刺史岳阳王詧,与湘州刺史河东王誉,统是昭明太子遗胤。詧隐蓄异志,待乱图功,梁主早有所闻,特令张缵往代。缵本刺湘州,自河东王誉入湘,缵轻誉少年,迎候多疏,为誉所恨,因留缵不遣。缵轻舟夜遁,欲赴雍州,又恐詧不受代,左思右想,只有湘东王绎,尚是故交,不如径赴江陵,劝绎除灭誉詧。可巧绎出屯武城,留缵助守。当时兵马倥偬,也无暇进陈私意,及援军还镇,乐得乘隙进谗,自快宿忿。朱荣与缵同党,更欲翦除桂阳。绎向来多疑好猜,闻谗即信,便匆匆返至江陵。

桂阳王慥莫名其妙,上前相迎,片语未完,即由绎麾动左右,把慥拿下。

第六十一回　困梁宫君王饿死　攻湘州叔侄寻仇

愷问得何罪？绎责他勾通詧、誉，不容愷辩明冤诬，自拔佩剑，把他头颅砍去。死得冤苦。且遣人至汉口，说通戍将刘方贵，使袭襄阳，方贵系岳阳王詧府司马，本来受詧差遣，引兵勤王，旋因湘东各军，多半逗留，方贵亦勒兵不进。此次与绎连谋，将拟倒戈，忽由詧传令召还。方贵疑秘谋已泄，遂据住樊城，不受詧命。詧发兵往讨方贵，方贵出战被杀。樊城当然归詧。那湘东王绎尚未得信，赠缵厚资，令赴雍州。缵至大隄，始闻方贵战死情状，彼时不便折回，只好赍敕赴任。

詧已得悉侯景入都，国家无主，哪里还肯受代？暂令缵寓居城西白马寺，并令偏将杜岸给缵道：“看岳阳情势，不容使君，何勿且往西山，权时避祸。”缵信为真言，与岸结盟，自着妇人衣，乘青布舆，逃入西山。詧讨缵有名，即使岸引兵追蹑，把缵擒归。缵情愿割发为僧，改名法缵，詧含糊答应，但仍遣兵监守，不令他适。嗣是与绎有仇，专务私斗，把国家事全然不睬，反使侯景得独揽朝纲，任意横行。

梁主衍受制侯景，非常懊怅。景荐宋子仙为司空，梁主道：“调和阴阳，须有特长，此种人物，怎得轻用！”景又欲使徒党二人为便殿主帅，亦不见许。太子纲虑景衔恨，入宫泣陈，梁主叱道：“谁使汝来？若社稷有灵，终当克复；否则虽朝夕哭泣，亦属何益！”太子乃惶遽出宫。景擅使部众入直省中。或驱马佩刀，出入宫廷。梁主偶有所见，不免叱问，直阁将军周石珍，随口答道："这是侯丞相的甲士。"梁主瞋目道：“什么丞相！但叫侯景罢了。"口中倔强，亦属无益。

景备闻消息，当然挟嫌，遂遣私党监视御膳，一切饮食，格外克损。梁主有所需索，辄不令进。自思衰年结局，弄到这般地步，哪得不悲从中来，终日怏怏，郁极成病，遂至卧床不起，辗转呻吟。太子纲随时入省，无非是以泪洗面，没法可施。并因正妃王氏，甫经病殁，悼亡未毕，禁不住再遘父危。最可恨的是叛贼侯景，还不肯令御医入治，但祝梁主早崩。就是太子出入，亦尝派人侦察，不使自由。太子益生疑惧，特致湘东王绎密书，以幼子大圜相托，且自翦爪发，一并寄去。湘东王绎方与二侄为难，也不过虚与周旋，敷衍了事。太清三年五月上澣，梁主大渐，口中觉苦，索蜜不得，自呼荷荷，声嘶力竭，痰喘交作，竟尔去世，享八十六岁。统计在位四十八年，改元七次。天监、普通、大通、中大通、大同、中大同、太清。

侯景秘不发丧，迁殡昭阳殿，但迎太子入永福省，使照常入朝。且使党羽王伟、陈庆等陪伴太子，名为侍侧，实是监督。太子只吞声饮泣，不敢悲号。殿外文武，尚未知有大丧，直至五月下旬，景见内外无事，方才讣闻。把梓宫迁入太极殿中，奉太子纲即皇帝位，颁诏大赦。景屯朝堂，分兵守卫，并请嗣主覃恩,凡北人陷没南方,充作奴仆,概令释放。嗣主纲不得不从,他却从中收录,引为己用。未几有诏命传出,追谥故妃王氏为简皇后,立宣城王大器为皇太子,封诸子大心为寻阳王,大款为江陵王,大临为南海王,大连为南郡王,大春为安陆王,大成为山阳王,大封为宜都王。简文首政,即以赠妻封子为急务,其志可知。命南康王会理为司空,兼尚书令。会理懦弱,虽是有心讨贼,究竟不能制侯景。萧正德为景所卖,密诏鄱阳王范,令带兵入除首恶,偏传书人为景所获,立召正德对质,正德无言可答,被景驱入别室,将他绞死。死已晚矣。

景遣于子悦略吴郡,太守袁君正,举郡降景,唯新城戍将戴僧遏,不肯从令。景又遣来亮入宛陵,宣城太守杨白华,诱亮入城,拿下处斩。御史中丞沈浚避难东归,与吴兴太守张嵊,会同讨景。景令李贤明攻宣城,侯子鉴入吴郡。特派仪同三司宋子仙,经略东南,又授仪同三司郭元建为尚书仆射,领北道行台,总江北诸军事。

永安侯萧确见前回。材勇过人,自入都后,景爱他膂力,尝引置左右。邵陵王纶,顾念私恩,屡遣密使往召,前时何故逼令入都?确语来使道:"侯景轻佻,一夫可制,我尝欲手刃此贼,但苦无闲可乘,卿为我还启家王,勿以确为念!"来使自去还报。确日伺景隙,辄思下手。可巧景召确同游钟山,确借射鸟为名,拈弓搭矢,向景射去,不料用力过猛,弓弦陡绝,那箭干抛至侯景马前,突然自落。景知确存心不善,即挥动左右,将确拿住。确怒叱道:"我不能杀汝,汝即可杀我,我岂从贼为逆么?"说着,项下已着了一刀,陨首毕命。

南徐州刺史萧渊藻因入援无功,又闻景将萧邕出据京口,迫令解职,顿时气愤填胸,疾病交作。或劝他出奔江北,渊藻叹道:"我位居台铉,受眷特隆,既不能诛剪逆贼,正当同死,怎可投身异类,苟延残喘呢!"嗣是累日不食,竟致丧生。确与渊藻尽忠梁室,故特别表明。

鄱阳王范闻建康失守,复拟整军入卫,僚佐进谏道:"今东魏已据寿阳,若大王移足,虏骑必进窥合肥,前贼未平,后城失守,岂非失计!不如待四方兵集,再议兴师,进不失勤王,退可固根本,方算得两全了。"范闻言也觉踌躇,果然东魏遣西兖州刺史李伯穆进逼合肥,又使魏收致书与范,勒让合州。范方谋讨侯景,不得已将合州割让,又使二子勤广往质东魏,乞师图逆。自引战士二万人,出屯濡须,檄召上游各军,一同进援,偏上游无一到来,东魏亦不闻出师,害得范进退彷徨,更兼粮食告罄,没奈何溯流西上。到了枞阳,景发兵出屯姑熟,范将裴子悌率众降景,范势益孤。幸江州刺史寻阳王大心,贻书邀范,范乃趋诣江州,寓居湓城,尚向各镇通书,协图匡复。

湘东王绎因自称奉得密诏,得假黄钺,大都督中外诸军事,承制封拜,集众讨景。一面征兵湘州,遣使督促军需。明是挑衅。湘州刺史河东王誉,已与

第六十一回　困梁宫君王饿死　攻湘州叔侄寻仇

湘东王有隙，自然不肯受命。绎即遣少子方矩，往代誉任，并令世子方等发兵护送。行至麻溪，被誉率众邀击，一场鏖斗，方等败死。方矩慌忙逃还，侥幸得了性命。

绎闻方等败没，毫无戚容。看官道是何因？原来方等生母徐妃，与绎不睦，绎眇一目，妃尝为半面妆，居室俟绎，绎瞧见妃容，知她有意嘲笑，盛怒而出，所以累年不入妃房。妃妒而且淫，见有无宠的妾媵，始与接坐。或察知有娠，往往手刃致毙。平居无事，辄往寺院中焚香。荆州瑶光寺中，有一智远道人，面目伟皙，为妃所爱，竟引与私通。嗣又见湘东幕僚暨季江，才貌翩翩，丰神楚楚，遂使心腹侍婢，导他入房，密与交欢。一对露水夫妻，比伉俪还要狎昵。季江尝自叹道："柏直狗，虽老犹能猎，萧溧阳马，虽老犹骏，徐娘虽老，犹尚多情。"那徐妃得了季江，起初原是我我卿卿，欢好无间，连智远道人的旧情，也撇置脑后。后来复得见僚佐贺徽，面庞儿还要俊俏，又不免惹动情魔，想与同梦，<small>煞是情敌。</small>屡次遣婢勾引，徽却尚知顾忌，不肯应命。徐妃想出一法，自往普贤尼寺，设词召徽，徽只好前往。甫入禅林，即有二三侍女，引入密室，妃已卸妆相待。一见徽面，好似珍宝一般，相偎相倚，并入欢帏。待至云收雨散，起床整衣，特书白角枕为诗，互相倡和。诗中所述，无非是中冓私情，言之可丑，小子也不愿录述了。绎闻妃淫行，怒不可遏，便将她生平秽史，榜示大阁，且因此与方等有嫌。<small>徒扬家丑。</small>

方等战死，绎毫不介意，置诸度外。会绎宠妃王氏生子，产后病逝，绎疑为徐妃下毒，逼令自尽，妃投井溺死。绎令将尸舁还徐氏，呼为出妻，藁葬江陵瓦官寺侧，才算泄恨。又遣竟陵太守王僧辩，与信州刺史鲍泉，出兵攻誉，限令即日就道。僧辩请略宽期限，绎召僧辩入问，声色俱厉。且拔剑斫伤僧辩，牵系狱中，但令鲍泉往攻。

泉至湘州，誉出兵迎战，为泉所败，乃退保长沙，并向雍州乞援。岳阳王詧，即留参军蔡大宝守襄阳，自率骑卒二万，径攻江陵，遥救湘州。湘东王绎，很是惊慌，急召僚佐会议，大众俱不知所答。适僧辩母为子谢罪，自陈无训，绎乃给他良药，疗治僧辩，且遣左右至狱中问计。僧辩侃侃直陈，有条有理，经绎闻知，忙释令出狱，面加慰劳，使为城中都督。<small>急时抱佛脚。</small>

詧至江陵，设十三营，环攻江陵城。偏天公不肯做美，连宵大雨，平地水深四尺，累得詧军拖泥带水，锐气尽衰。新兴太守杜崱，随詧攻城，绎与崱素有交谊，招使归降，崱遂与兄岌弟幼安及兄子龛，入城降绎。岌愿率五百骑袭襄阳，得绎允诺，遂昼夜兼行，距襄阳才三十里，城中始觉。蔡大宝亟奉詧母龚氏，登城拒守，一面遣人报詧，詧慌忙退回，抛弃粮械金帛，不可胜计。张缵病足，詧常加监束，载缵从军，及仓猝奔还，恐为追兵所夺，把缵杀死，弃尸江中。杜岸闻訾还援,亦奔往广平,依兄南阳太守杜巘。訾使将军薛晖,追岸至广平城下,乘势围攻。巘不能守,弃城遁走,岸为晖所获,送往襄阳。訾见了杜岸,好似杀父大仇,先用乱鞭击面,使无完肤,再把他舌头拔去,支解四体,烹诸鼎镬。又斸发杜氏祖墓,焚骨扬灰,用头颅为漆碗。杜岸叛訾,不为无罪,但如此处置,抑何残忍!

湘东王绎既欲攻誉,又欲攻訾,特使王僧辩赴长沙,逮回鲍泉,因他日久无功,意欲加诛,还是僧辩替他转圜,令泉申启具谢,始得免罪。自是攻誉一路,专属僧辩,别遣司州刺史柳仲礼,出镇竟陵,为图訾计。訾恐不能自存,乃向西魏求救,愿为附庸。西魏丞相宇文泰,欲乘势经略江汉,乐得允许,即遣使至襄阳议约。訾专务防绎,也顾不得甚么妻孥,即命正妃王氏,与世子嶚,入质西魏,乞即济师。宇文泰便遣开府仪同三司杨忠,都督三荆等十五州诸军事,镇守穰城。

适柳仲礼率众趋襄阳,杨忠遂与行台仆射长孙俭,同击仲礼,且分兵攻下义阳、随郡,收降义阳太守马伯符,拘住随郡太守桓和,再进军围安陆。柳仲礼引兵还援,西魏将士,统请杨忠急攻安陆,休待仲礼还师。忠笑语道:"攻守势殊,未易猝拔,若旷日劳兵,表里受敌,更属非计。我闻南人多习水军,不习野战,仲礼兵马将至,我正好出他不意,用奇兵邀击,彼怠我奋,一举可克。既克仲礼,安陆不攻自下,诸城可传檄自定了。"诸将士方才拜服。忠即选精骑二千,衔枚夜进,行至漂头,择地伏着,专待仲礼到来。仲礼毫不防备,匆匆驰归,一入伏中,魏兵齐起,仲礼部下,不战已乱,最厉害的是遍设陷坑,无从顾避,但只听得跌踬声,铙钩声,铁索声,不到数时,已将仲礼部众,一齐捆住。仲礼叫苦不迭,蓦觉马足不稳,也坠入坑中,被西魏兵手到擒来,缚住手足,似扛猪的抬将去了。早知如此,何不拼死拒景,还好挣些名节。

安陆守将马岫,闻仲礼被擒,便开门出降。竟陵守将王叔孙,也知保守不住,同做了降将军,于是汉东土地,尽入西魏。杨忠乘胜至石城,进逼江陵,湘东王绎急得不知所为。还是舍人庾恪愿往说忠,为绎解忧。绎即令驰赴敌营。恪不慌不忙,至西魏营中,进见杨忠道:"湘东为叔,岳阳为侄,贵国助侄攻叔,如何能服天下?"忠答道:"汝言未尝无理,但我军前来,是征讨不服,与叔侄无关。若湘东果愿投诚,我即便退去了。"恪如言回报,绎乃遣舍人王孝祀,送子方略往质,卑辞求和。忠许与通好,当由绎亲出歃血,加载盟书。略云:

> 魏以石城为封,梁以安陆为界,请同附庸,并送质子,贸迁有无,永敦邻谊;有渝此盟,明神殛之!

盟毕,绎仍然还城,忠亦退去,江陵解严。绎得专心攻誉,发兵助攻长沙。

第六十一回　困梁宫君王饿死　攻湘州叔侄寻仇

誉向邵陵王纶处乞师。纶颇思往救,因恐兵粮不足,未敢轻率从事,乃寄书湘东王绎,劝他休兵。大致说是:

> 天时地利,不及人和,况乎手足股肱,岂可相害!今社稷危耻,创巨痛深,唯应剖心尝胆,泣血枕戈,其余小忿,或宜容贳,若外难未除,家祸仍构,料今访古,未或不亡。夫征战之理,唯求克胜,至于骨肉之战,愈胜愈酷,捷则非功,败则有丧,劳兵损义,亏失多矣。侯景之军,所以未窥江外者,良为藩屏盘固,宗镇强密,弟若陷洞庭,不戢兵刃,雍州疑迫,何以自安?必引进魏军以求形援,弟若不安,家国去矣。必希解湘州之围,存社稷之计,顾全大局,毋俟踌躇!

书去后,得绎复音,申陈誉恶,罪在不赦。纶掷书地上,慷慨流涕道:"天下事一败至此!湘州若亡,我亦将葬身无地了!"已而河东王誉,守不住长沙城,意欲溃围出走,偏部将慕容华引僧辩入城。誉不及奔逃,竟为僧辩所执,誉语僧辩道:"勿即杀我,愿一见七官!绎为梁主衍第七子,向呼七官。指出逸贼,死且无恨!"僧辩不许,把誉处斩,函首送江陵。湘东王绎还首归葬,进僧辩为左卫将军,兼侍中镇西长史。

先是誉将败时,引镜照面,不见头颅。又夜见长人据屋,两手垂地,恍惚中被他抓住,噉脐暴痛,狂呼求救,始由左右入视,他已倒在地上,不省人事。好容易把他救醒,长人早已不知去向。未几复见白狗如驴,窜出城外,亦无下落。誉已自知不祥,至是终为僧辩所杀。小子有诗叹道:

> 叔侄如何不并容,兵戈构怨及同宗?
> 湘东推刃河东毙,首祸心肠亦太凶!

绎既攻克长沙,乃为梁主衍发丧,传檄讨景。欲知后事如何?试看下回便知。

湘东邵陵,皇子也,河东岳阳,皇孙也,子视父难,竟养寇不讨,遑问皇孙!梁主衍有此胤嗣,无或乎受制逆贼,终致饿死也。惟当时之最乏孝思者,莫若湘东。湘东初移檄入援,河东岳阳,并皆听命,乃出屯武城,逗留不进,发起者犹且如此,安能责及他人!且河东岳阳,与湘东无纤芥嫌,乃以憸人之谮构,遽致骨肉之纷争,君父之危,可以不顾,叔侄之衅,必欲相残,试问湘东何心,乃倒行逆施若是乎!邵陵始勇终怯,不为无辜;然贻书湘东,词多痛切,彼犹知为大局计,湘东视之,有愧多矣。河东杀方,衅由湘东,而河东之因是陷戮,吾且为彼呼冤;若桂阳王慥之被害,则正冤之尤冤者耳。

第六十二回　取公主侯景胁君
　　　　　　篡帝祚高洋窃国

　　却说湘东王绎为梁主衍开丧,已是隔年,时梁主梓宫,已奉葬修陵,追尊为武皇帝,庙号高祖。嗣主纲改元大宝,颁诏国中,独绎仍称太清四年,刻檀为高祖像,供设厅堂,每事必先启像前,然后施行。*搞甚么鬼?* 一面移檄远近,申讨侯景。景将侯子鉴已陷入吴兴,太守张嵊,并前御史中丞沈浚,俱被执送建康。景颇悯二人忠义,好言劝慰。嵊慨然道:"我忝任专城,目睹朝廷倾危,不能匡复,还求什么生活,不如速死为幸!"景尚欲宥他一子,嵊复道:"我一门已登鬼箓,不愿向尔贼乞恩!"景不禁怒起,遂并杀张嵊父子。沈浚亦不为所屈,同时殉节。

　　还有宋子仙受了景命,南略钱塘,新城戍将戴僧遏,战败出降,子仙引兵渡浙江,进攻会稽,邵陵王纶,奔往鄱阳。东扬州刺史南郡王大连,居守会稽城,朝夕酣饮,不恤士卒。司马留异,凶狡残暴,为众所嫉,大连却委以兵事。及子仙兵至,异毫不防守,即将城池献与子仙。大连醉卧室中,由左右舁入床舆,从后门出走,欲奔鄱阳。行至信安,被追骑掩至,把他拘去。骑将不是别人,就是司马留异。异将大连械送入都,大连还醉眼蒙眬,昏头磕脑,途中过了一夜,方才惊寤。及抵建康,向景下拜,景因令释缚,授为轻车将军,行扬州事。自是三吴尽为景有。*三吴即吴郡、吴兴、会稽。*

　　独前广陵太守祖皓,从士人来嶷言,纠合勇士百余人,袭破广陵,斩景党南兖州刺史董绍先,*见前回*。推前太子舍人萧勔为刺史,传檄拒景。景遣郭元建攻皓,皓婴城固守,元建不能拔。景又令侯子鉴率舟师八千,从水道进攻,自督步兵一万,从陆路进攻,两军直指广陵,日夕猛扑。皓苦守三日,终为所乘,犹复巷战达旦,力竭被擒。景缚皓城头,麾众攒射,矢集如猬,然后车裂以殉。城中无论少长,概令活埋。来嶷满门屠戮,独一子逃免,后仕陈朝。萧勔降景免死,带还建康,留子鉴镇守广陵。

　　景凯旋入都,梁主纲特赐盛宴,饮至半酣,景离座跪请,乞赐溧阳公主为妻。溧阳公主,系梁主纲爱女,年才十四,生得娇小玲珑,动人怜爱。景瞧在眼中,早已垂涎,此时当面乞求,不由梁主不从。他即胁梁主当夕遣嫁,饮毕载归。可怜妙年帝女,失身贼手,徒供他连宵受用,淫恣不休。*妒花风雨便相摧。*

第六十二回　取公主侯景胁君　篡帝祚高洋窃国

未几已届上巳，景请梁主纲至乐游苑，禊宴三日。及梁主还驾，复与溧阳公主送入宫中，夫妇共据御床，南面并坐，令群臣分列两旁，张乐侍宴，梁主亦无可如何。既而景复请梁主幸西州，梁主乘坐素辇，侍卫四百余人，景率铁骑数千，翊卫左右。既至行宫，无非是酒醴具陈，笙簧迭奏。梁主闻声生感，不觉泪下，因恐景见泪生疑，命他起舞。景舞了一回，谓独舞无趣，亦请梁主起座对舞。梁主勉强应允，两下舞讫。君臣对舞，成何体统？兴阑席散，梁主掖景至床，唏嘘叹道："我念丞相！"景答道："陛下如不念臣，臣何得至此！"说毕趋退，越宿乃归。

是年江南连年旱蝗，江、扬尤甚，百姓流亡，共入山谷江湖，采取草根木实，聊充饥腹，草木垂尽，饿莩满野。就是富室豪家，亦皆乏食，鸠形鹄面，坐怀金玉，俯伏床帷，奄奄待毙。千里绝烟，人迹罕见，白骨成堆，高如邱陇，景绝不轸念，反在石头城设立大碓，凡兵民犯法，辄令捣毙。又尝戒诸将道："破栅平城，立屠毋赦，使天下知我威名！"诸将得此号令，每遇战胜，专务焚掠，杀人如草芥，人或偶语，刑及外族，故百姓虽惮景威，始终不肯乐附。景却命部下将帅，悉称行台，归附诸官，悉称开府，余如亲信军吏，号为左右厢公，勇力兼人，号为库直都督。但江南一带，叛附靡常，淮南更不遑顾及，坐使敌人入境，囊括全淮。这敌人属诸何国？就是与梁通好的东魏。

东魏大将军高澄视萧渊明为奇货，嘱令通书梁廷，离间侯景，明明是使景叛梁，坐收厚利的秘计。景发难后，梁北徐州刺史萧正表，先举州降东魏，由澄收纳，东徐、北青二州，亦相继至东魏通诚，东魏不费一矢，坐得数州。澄又遣高岳及慕容绍宗、刘丰生等，往攻颍川，颍川为西魏土地，西魏令王思政扼守，无隙可乘。刘丰生乃决洧灌城，城多崩陷。王思政身当矢石，与士卒同劳苦，悬釜炊食，各无贰心。慕容绍宗，募得弓弩手数百，乘着大舰，凭城迭射，守卒多死，城几陷没，绍宗与丰生又亲至舰中，督兵登城，不料暴风大至，船被漂流。绍宗、丰生的坐船，向城撞去，城上守兵将，用长钩牵船，矢石雨下，二将皆被击毙。高岳忙收拾败军，退至十里外安营，不敢再进，但将败状报知高澄。

澄用散骑陈元康议，自往督攻，再命设堰，三成三决。顿时恼了澄意，把负土填堰的兵役，亦推入堰间，尸土相并，方得塞住。水势灌入城中，竟致暴涨，城坍坏数十丈，思政抢堵不遑，只好引众上土山，誓死固守。澄下令军中，谓能生致王大将军，应即封侯，若有损伤，立斩无赦。将士踊跃登山，思政虽竭力拦阻，究竟顾此失彼，无可奈何，因涕泣谕众道："我力屈计穷，只有一死报国！汝等去留任便。"说着，仰天大恸，复西向再拜，拔剑在手，意欲自刎。何不即死？都督骆训道："公尝面谕训等，谓汝赍我头出降，不但可得富贵，且可保全阖城百姓。今高相既有此令,公为百姓计,何勿从权相屈,且作后图!"思政尚未肯从,训等夺下手剑,不得引决。适东魏营中,来了通直散骑赵彦深,传达澄命,延请思政,乘势握思政手,一同下山,驰入营中。澄下座相迎,邀令旁坐,不复令拜。思政感澄厚待,乃即投诚。澄改颍川为郑州,顾语左右道:"我不喜得颍川,独喜得王思政。"西闾祭酒卢潜道:"思政不能死节,何足重轻!"应该奚落。澄笑答道:"我有卢潜,是更得一王思政了。"

自颍川没入东魏,西魏将赵贵等皆奉宇文泰军令,退兵还国。澄亦率军东归,乘便朝邺,东魏主善见,进澄为相国,封齐王,赞拜不名,入朝不趋,剑履上殿,仍都督中外诸军事。澄让封不许,乃归晋阳。看官阅过前文,当知高澄好色,胜过乃父。高欢一死,他便将柔然公主,恣意淫烝。见五十八回。嗣复令黄门侍郎崔季舒,物色娇娃,充入后房,朝欢暮乐,成为常事。

次弟太原公洋,娶妻甚美,高出长姒,澄暗加艳羡,且甚不平。洋貌为朴诚,口尝慎默,有时为妻李氏购办服玩,稍得佳件,澄即令逼取,李氏或恚不肯与,洋笑语道:"此物并非难求,兄既需索,何必过吝呢!"澄闻李氏言,也不觉惶愧起来,未便径取,洋即持还,也不加谦。澄因目为痴物,常语亲属道:"此人亦得富贵,相书究作何解?"从此不复忌洋。但见了弟妇,往往有调笑情事,洋亦假作不知,相安无语。

一日澄出外游猎,途次遇着一个绝色丽姝,即召她至前,问明履历,系是魏高阳王斌庶妹,名叫玉仪。斌系高阳王雍子,雍遇害河阴,家室仳离,玉仪避居民间,不肯守贞,徒然借色衒人,流为歌妓。后来斌得袭封,屏诸不齿,玉仪辗转入孙腾家,颇得见宠,偏玉仪放浪形骸,已成习惯,免不得鬼鬼祟祟,暧昧不明。孙腾又把她放逐,遂致飘萍逐梗,随处栖身。此次得遇高澄,询明巅末,便载令归第,即夕同寝,荡妇得遇淫夫,仿佛似媚猪一般,曲尽绸缪,备极狎亵,引得高澄喜出望外。诘旦起来,出厅视事,见崔季舒在侧,便顾语道:"尔向来为我求色,不如我自得一姝,只恨崔暹卖直,必来谏我;我亦当设法对待,免他多言!"及暹入白事,澄故作怒容,不假词色。暹当然解意,除陈明公事外,不加一词。澄即为玉仪奏请,乞为加封,魏主封玉仪为琅琊公主。玉仪倍加感激,竭力承欢,澄亦越加爱宠。惟尚恐崔暹进规。一日暹复入白事,袖中忽堕下一纸。为澄所见,令左右拾起,乃是一张名刺,便问暹怀此何用?暹悚然道:"愿得达琅琊公主。"澄大喜道:"卿亦愿见公主么?"遂起握暹臂,入见玉仪。暹执礼甚恭,玉仪却从容谈笑,毫不拘束。确是一荡妇状态。澄越加欣慰。及暹辞归,为季舒所闻,不禁叹息道:"暹尝在大将军前,说我谄佞,应该处死,哪知他谄佞过我呢!"看官听说!季舒本与暹同宗,季舒为叔,暹为侄,叔侄宗旨,本来不同。此次暹惧失澄意,也变态逢迎,怪不得季舒揶揄呢。

第六十二回　取公主侯景胁君　篡帝祚高洋窃国

澄得逞赞成，益无顾忌。玉仪有一同产姊静仪，面貌与玉仪相似，也是放诞风流，宜嗔宜笑，曾嫁黄门郎崔括为妻，因玉仪得澄殊宠，暇辄过访，留宿府中。澄得陇望蜀，意欲勾通静仪，做成一对并头莲，好在玉仪并不妒忌，反从旁撮合，使偿澄愿，澄亦为静仪乞封公主。好称做难姊难妹。还有黄门郎崔括，贪恋利禄，情愿戴着绿头巾，纵妻宣淫，绝不过问。澄见括知情识意，时加厚赐，连崔括的父母，也得了许多布帛，许多金银。崔家幸有此佳妇，好博这般缠头费。

澄既得了两仪，朝朝暮暮，缱绻情深，兴至时辄私语道：“我若得为天子，当立卿二人为左右皇后。”两仪当然拜谢。澄因欲篡位，想出一法，假国本为名，诣邺谒主，面请册立皇太子，隐探主衷。东魏主善见还道澄是好意，遂立皇子长仁为太子。哪知澄是巧为尝试，实欲善见推位让国，令己受禅，偏偏弄假成真，册了皇储，大与本意相反；遂与散骑常侍陈元康，吏部尚书杨愔，黄门侍郎崔季舒，密谋篡立事宜。

适有膳奴兰京，入请进食，澄拍案叱退，元康等问为何因？澄答道："昨夜梦此奴斫我，我便思除彼，还要他来进食么？"过了片刻，兰京复捧盘趋进，就案陈食。澄大怒道："我不愿汝造食，汝为甚事复来胡闹！"京将盘放下，从盘底抽出快刀，向澄劈将过去，且厉声道："我来杀汝！"言未已，外面复跑入数人，俱手执刀械，来助兰京。澄见不可敌，离座返走，急不择路，足被绊伤，没奈何走匿床下。京率众追入，杨愔遁去，崔季舒窜避厕中，惟陈元康独力挡贼，与贼争刃，胸中被刺，肠出血流，晕倒地上。京众去床斫澄，乱刀齐下，就使生铁铸成，也被斫碎，还有甚么不死，年只二十九岁。柔然、琅琊两公主，闻之不知作何状？

看官道兰京何故杀澄？京为梁徐州刺史兰钦子，被澄擒去，令充膳奴。钦作书贻澄，愿出重资赎还，澄不肯许。京又自请乞免，澄杖京百下，且呵叱道："汝若再赎，便当杀汝。"京遂私结同党，潜谋作乱。可巧澄入邺下，寓居城北东柏堂，地甚僻静，澄约琅琊公主等，往来欢会，所以喜静恶喧。此时与心腹密议，复屏去左右，所以兰京得乘隙下手。

澄弟太原公洋，在邺城东双堂，闻变出门，调兵立集，即趋至东柏堂讨贼，捉得一个不留，醢成肉酱。复从容出语道："恶奴为逆，大将军受伤，尚无大苦，可保生命。"说着，即指麾左右，舁澄尸入床舆，用衣盖着，托言尚生，令赴私第，并扶起陈元康，也用卧舆舁入第中。元康痛绝复苏，手书别母，并口占数语，令功曹参军祖挺代书，奏陈后事，入夜乃殁。洋俱密为棺殓，秘不发丧，召大将军督护唐邕，部分将士，镇遏四方。邕支配部署，须臾毕事，洋叹为奇材，深加器重，留太尉高岳，太保高隆之，开府司马子如，尚书杨愔守邺，自率甲士入朝，辞归晋阳。

魏主善见得澄死信，方语左右道："大将军今死，似有天意，威权当复归帝室了。"言未已，洋已入谒，随从甲士，约八千人，随登殿阶，约二百余人，皆攘袂握刃，如临大敌。洋面奏道："臣有家事，须诣晋阳一行。"东魏主尚未对答，洋已再拜而起，掉头竟去。善见不觉失色，以目送洋，且垂涕自语道："此人又似不相容，朕不知死在何日了！"一蟹不如一蟹。

洋返至晋阳。晋阳旧臣宿将，素来轻洋，洋大会文武，谈论风生，英采飚发，与从前判若两人，顿令四座皆惊，不敢藐视。洋且钩考政令，见有不便推行的条件，酌量改革，不少延误，众益知洋有隐德，至此始彰。

越年，为东魏武定八年，洋见内外悦服，方为乃兄发丧。东魏主善见亦至太极殿东堂举哀，赙帛八万匹，赠齐王玺绂辒辌车，黄屋左纛，羽葆鼓吹，并备九锡礼，谥曰文襄。进高洋为丞相，都督中外诸军，录尚书事，袭封齐王。洋用渤海人高德政为记室，言无不从，金紫光禄大夫徐之才、北平太守宋景业，皆善图谶，谓太岁在午，应该革命，遂托德政为先容，劝洋受禅。洋当然心动，但一时未便承认。当时有童谣云："一束藁，两头燃，河边殺勃飞上天。"之才等依谣解释，说是藁燃两头，便成高字；河边殺勃，就是水边羊，隐寓洋名；飞上天即龙飞预兆，因力劝洋乘机禅位。童谣如此，恐即由之才等唆使。

洋入告生母娄太妃，太妃道："汝父如龙，汝兄如虎，尚且终身北面，汝有何功德，乃敢觊觎天位呢！"说得洋哑口无言，出告之才。之才道："正为未及父兄，故宜早升天位；如或迟延，人且生心。况谶文有云：'羊饮盟津，角拄天'盟津是水，羊饮水就是王名，角拄天就是即尊，证以童谣，与谶相合，请王勿疑！"又加一层附会。洋尚有疑意，铸像卜兆，一制即成，乃决计篡位，特使仪同三司段韶，往问肆州刺史斛律金，金独言未可，自至晋阳谏洋，且请谒见娄太妃。洋乃请母出厅，与诸贵再开会议，太妃面谕道："我儿懦直，必无此心，想由高德政辈，贪功乐祸，教儿为此呢。"金因劝洋遣黜德政，并说宋景业首陈符命，应置死刑。洋默然不答，金亦辞去。

洋因人心不一，复令高德政诣邺，察公卿意，自率将士东行，作为后盾。司马子如出迎辽阳，阻洋入都。长史杜弼，亦叩马谏诤，洋乃折回，居常闷闷不乐。徐之才、宋景业又多方怂恿，洋令景业筮易，得乾之鼎，亟向洋称贺道："乾为君象，鼎为五月卦，王正可仲夏受禅。"洋欣然大悦，再发晋阳，便心腹陈山提，驰驿赍书，密报杨愔。愔愿为效力，即召太常卿邢邵，撰列受禅仪注，秘书监魏收，草定九锡禅让劝进诸文，并引东魏宗室诸王，入居北宫东斋，不准外人出入。才阅二日，即迫东魏主下诏，进洋位相国，总百揆，备九锡礼。及洋入邺城，召役夫办集筑具，即日筑受禅台。太保高隆之见洋，谓用此何为？洋作色道："我自有事，何劳君问！难道不畏灭族么？"隆之惶恐申谢，便即趋出。司马子如等知洋意已决，不敢多言。毕竟是贪生畏死。于是作圜邱，备法物，建台设坛。安排停当，乃遣司空潘乐，侍中张亮，黄门郎赵彦深等，入宫启闻。

东魏主善见御昭阳殿，召见潘乐等人，张亮首先开口道："五行递运，有始有终，齐王圣德钦明，万方仰归，愿陛下远法尧舜，禅位齐王。"善见敛容道："此事推挹已久，谨当逊避。"侍中杨愔，当即趋入，袖出草诏，逼令署印。善见只好照署，且颤声道："朕居何处？"愔答道："北城别有馆宇，尽可徙居。"善见乃起身下座，步就东廊，口咏范蔚宗《后汉书·赞》云："献生不辰，身播国屯，终我四百，永作虞宾。"随即入宫与后妃诀别，阖宫皆哭。李嫔诵陈思王即魏曹植。诗云："王其爱玉体，俱享黄发期！"直阁将军赵道德，用犊车一乘，载着善见，送出云龙门。王公百僚拜辞，高隆之洒泪告别。徒效儿女子态，何益故君？善见遂徙居北城，杨愔遣彭城王元韶等，奉玺与洋，洋即于次日即位南郊，柴燎告天，登台南面，受群臣朝贺。礼毕还宫，大赦改元，称为天保元年，国号齐。史家怕与萧齐相混，特叫作北齐。小子有诗叹道：

君不君兮臣不臣，衰朝无复顾彝伦。
莫言勋戚堪长恃，篡弑多闻出帝姻。

高洋篡位以后，所有开国情事，待至下回表明。

侯景初欲择配王、谢，梁武以为未合，令求诸朱、张以下，不谓发难入都，毙梁武，立太子纲，玩二君于股掌之上，致使十四龄之溧阳公主，以身供贼，迫受淫污，谁为为之，纵贼至此！嗣主纲且抱景至床，谓我念丞相。夫与其忍辱以偷生，曷若杀贼而拼死，况不死者之未必终生乎！东魏主善见，庸弱相似，高澄淫侈，图篡未成，身死奴手。东魏谓似有天意，吾亦云然。高洋以韬晦闻，乃大权在手，悍过乃兄，逼主出宫，骤然南面。天不相澄而独相洋，令人不解！阅此回，窃不禁有骚首问天之感矣。

第六十三回　陈霸先举兵讨逆
　　　　　　 王僧辩却贼奏功

却说高洋篡位，改国号齐，追尊祖树为文穆皇帝，祖妣韩氏为文穆皇后，父欢为献武皇帝，庙号高祖，兄澄为文襄皇帝，庙号世宗。奉母娄太妃为皇太后,降东魏诸臣封爵有差。惟效力高氏诸臣,不在此例。封宗室高岳等十人为王,功臣库狄干等七人,亦授王爵。皇弟浚为永安王,淹为平阳王,浟为彭城王,演为常山王,涣为上党王,淯为襄城王,湛为长广王,湝为任城王,湜为高阳王,济为博陵王,凝为新平王,润为冯翊王,洽为汉阳王。澄与洋本同母兄弟,就是演、湛、淯、济,亦系娄太妃所出,余九人出自他姬,不必絮述。洋降封故主善见为中山王,故后高氏为中山王妃,兼称太原长公主,免令称臣,派官监束。有时亦邀中山王入宴,或令随从出入。太原公主尝与偕行,饮食起居,随时护视,故善见尚得苟延。

洋拟立正妃李氏为后,李氏为赵郡李希宗女,高隆之、高德正两人,谓李系汉妇,不宜尊为国母,独杨愔请依汉、魏故事,不改元纪。洋从愔言,竟立李氏为后。后子殷为太子,并尊文襄王妃为文襄皇后,居静德宫。文襄王子孝琬,得受封河间王,孝琬弟孝瑜,亦受封河南王。命太师库狄干为太宰,司徒彭乐为太尉,司空潘乐为司徒,仪同三司司马子如为司空,高隆之录尚书事,弟淹为尚书令,元绍为尚书左仆射,段韶为尚书右仆射。既而段韶去职,进杨愔为右仆射。初政清明,简静宽和,任人以才,驭下以法,内外肃然,却是有些新朝气象。

西魏大丞相宇文泰闻高洋篡位,假义兴师,由恒农筑桥渡河,进军建州。高洋亲自督兵,出次东城,泰闻洋军容严盛,不禁叹息道:"高欢乃有此儿,虽死犹不死了!"会天雨不止,畜产皆死,乃引军西还。嗣是洛阳、平阳诸守吏,皆降北齐,洋又南略梁境,夺去南青州及山阳郡,并淮阴、司州、两河、两淮,悉为齐有,好算是一个东方霸国了。北齐盛时,无过于此。

梁主纲受制侯景,事无大小,统须由景主张,又不敢通书藩镇,饬令勤王,只有日夕涕洟,听天由命。鄱阳王范寓居湓城,本来是有心匡复,应前回。嗣因寄身江州,无从展足,乃改变方针,欲将江州据为己有,特升晋熙县为晋州,令世子嗣为刺史,渐渐的拓权略地,所有郡县名称,多半更张。江州刺史寻阳王大心,政令所行,不出郡门,乃与范生嫌,使部将徐嗣徽率兵二千,筑垒稽亭,遏绝市籴。范众无从得食,多半饿死,范且忧且愤,疽发背上,竟致病殁。范尚有志操,可惜度量不足,徒致身死名裂。

世子嗣尚在晋州,为侯景将任约所袭,也致败亡。约进击江州,大心迎战亦败,举州降约。徐嗣徽奔往江陵,投归湘东王绎麾下,鄱阳将侯瑱,居守豫章,亦被景将于庆攻入,力屈请降。邵陵王纶自鄱阳避入郢州。是时有一乱世枭雄,崛起海南,独起兵讨贼,拥众北行。这人为谁?就是西江督护陈霸先。见五十六回。

先是广州刺史元景仲,得侯景书,密与联络,景仲遂欲起应。独霸先不

第六十三回　陈霸先举兵讨逆　王僧辩却贼奏功

从,集兵南海,击死景仲,别迎定州刺史萧勃镇广州。勃系梁武从侄,乃父便是吴平侯萧景。莅镇以后,适有前高州刺史兰裕,煽诱始兴等十郡,共攻衡州。监衡州事欧阳頠,向勃乞援,勃使霸先往救,一战即捷,擒斩兰裕,勃乃令霸先为始兴太守。霸先结交豪杰,得郡人侯安都、张偲等数千人,遂遣统将杜僧明、胡颖出屯岭上,檄讨侯景。勃反遣使劝阻,霸先慨语来使道:"仆荷国恩,常图报效,前闻侯景渡江,即欲往援,适值元兰构衅,梗我中道,因不果行,今外变已靖,内讧未平,君辱臣死,怎敢受命! 君侯体重宗支,任系方岳,理应泣血枕戈,偕仆就道,奈何反谕仆中止呢!"枭桀举事之初,统是名正言顺。遂遣还勃使,派人由间道至江陵,愿受湘东王绎节度,绎授霸先为交州刺史,封南野县伯。

会南康土豪蔡路养,起兵据郡,萧勃令谭世远为曲江令,与路养相结,同遏霸先。萧勃想无心肝,否则何至出此? 霸先遂进讨南康,至大庾岭,杜僧明引军来会,与蔡路养交战南野。杜僧明策马先驱,横槊刺敌,路养亦持刃相迎,战至数合,敌不住僧明勇力,拖刀败走。僧明跃马追赶,不防路养妻侄萧摩诃,从斜刺里驰马出来,拦住僧明。僧明见他年尚垂髫,视为无能,即用槊猛刺过去,偏摩诃狡猾得很,把身一闪,致僧明一槊落空。僧明将槊抽回,那摩诃的长槊已至胸前,慌忙策马一跃,槊头正中马眼。马负痛掀倒,僧明亦堕落地上。幸亏霸先驰救,杀退摩诃,扶起僧明。僧明愤激得很,仍欲再战,霸先即将自己乘马,让与僧明。僧明上马复进,霸先亦易马麾兵,奋勇杀入,路养大败,脱身遁去。萧摩诃投降,霸先得收复南康,修理崎头古城,引兵居守。

高州刺史李迁仕,曾与兰裕交好,至是欲为友复仇,拟袭南康,并召高凉刺史冯宝,入州计事。冯宝为北燕遗裔,曾祖业浮海奔宋,留居新会,世为罗州刺史,及宝始徙任高凉,娶妻冼氏,智勇兼优,威服部众。宝奉召欲往,冼氏谏阻道:"刺史无故,不应召太守,想是迁仕欲反,胁君同行,愿君勿往,徐观后变!"宝乃托病不赴,果然迁仕出兵,使军将杜平虏往袭南康。霸先已经探悉,使部将周文育出拒,胜负未分。冼氏闻知消息,又语冯宝道:"杜平虏与官军相争,不能骤还,迁仕在州,实无能为。君可致书迁仕,谓病尚未瘳,特遣妇参见,并输军资,彼必心喜,不加戒备。妾率千人步担杂物,声言输送,一入州城,便可破迁仕了。"宝依计行事,冼氏整装随发,行至高州城下,迁仕果然无备,开城纳入。哪知担中统是甲仗,由冼氏一声暗号,大众各穿甲持械,攻入州署,迁仕仓皇窜逸,逾垣脱身,得往宁都。杜平虏亦被文育杀败,走回城下,仰见城门紧闭,上面坐着一位女将军,俯首娇呼道:"平虏休来! 我已驱除叛贼了。"平虏料不肯纳,绕城遁去。及文育驰至,冼氏乃开城出迎,说明情由,文育大喜。冼氏欲往谒霸先,当由文育派兵为导,到了赣石,得与霸先相见。

霸先厚加慰劳，且赐金帛。冼氏不受，辞归高凉，复语冯宝道："陈都督不是常人，将来不但平贼，且必乘时立业，不可限量，君宜厚加资助，图保终身！"宝乃拨送粮械，接济霸先，霸先当然申谢。此段力写冼氏，以旌女豪。一面再遣杜僧明等往攻迁仕，迁仕拒守数月，终被僧明杀入，擒还南康，结果性命。

霸先自南康出发，进兵江州，赣石旧有二十四滩，行旅视为畏途，至此水涨数丈，巨石皆没，一任航行。霸先行次西昌，有龙出现水滨，五采鲜曜，时人目为异征。湘东王绎即授霸先为江州刺史。霸先请发兵相会，绎却无暇顾应，尚欲有事郢州。看官道是何因？原来邵陵王纶至郢州后，由刺史南平王恪，梁武侄，即萧伟子。推纶为假黄钺都督承制。纶大修铠仗，拟讨侯景，偏湘东王绎不肯相容，竟使王僧辩鲍泉率领舟师，潜往袭击，至鹦鹉洲，纶已察觉，特使人致书僧辩，略云："将军前年为人杀侄，今年复为人攻兄，借此求荣，恐为天下所不齿，请将军自思！"僧辩将原书报绎，绎仍令进军。纶闻僧辩复进，乃集众西园，挥涕与语道："我本无他，志在灭贼，湘东疑我争帝，发兵来攻，今日欲守，奈乏粮储，欲战且取笑千载，看来只好避往下流罢！"麾下壮士，争请出战，纶仍不从，即与世子躜登舟北去。

郢州刺史南平王恪，迎僧辩入郢州城，僧辩送恪诣江陵，向绎报捷。绎遣世子方诸为郢州刺史，方诸年仅十五，因为绎宠妃王氏所生，格外钟爱，特令出镇江夏，即郢州治。用鲍泉为辅，控遏下游。邵陵王纶，北至武昌，稍收散卒，屯齐昌城，遣使向北齐乞降，齐封纶为梁王。绎固无兄，纶亦无父，背国降虏，同归于尽。纶乃移营马栅，将引齐军共攻南阳。侯景部将任约，方由江州西上，进寇西阳武昌，闻纶在马栅立营，使偏将叱罗通，带领数百精骑，潜往袭纶。纶猝不及防，溃走汝南。汝南为西魏属地，城主李素系纶故吏，开门迎纶，纶乃修城池，集士卒，将图安陆。西魏安州刺史马岫，报知宇文泰，泰遣将军杨忠攻汝南，适天寒雨雪，不便攻扑，纶与李素，乘城协守，魏兵多死。相持数旬，天气通温，杨忠督兵猛攻，李素中箭身亡，城遂被陷。纶拚命巷战，为忠所杀，投尸江岸。岳阳王詧，时已称臣西魏，受封梁王，在襄阳建台置吏，特遣人致书杨忠，愿收纶尸埋葬。忠即允诺，当由襄阳使人，取尸棺殓，面色尚如生时，因载回襄阳，择地营葬去了。梁武家儿又弱一个。

宁州刺史徐文盛，受湘东王绎命令，募兵得数万人，东下讨贼。行次贝矶，正值景将任约，据有西阳、武昌，拥着艨艟大舰，逆流前来。文盛纵兵迎战，击破约军，阵斩叱罗通等，约走西阳，侯景方自称汉王，进位相国，又加号宇宙大将军，都督六合诸军事。梁主纲毫不预闻，及见文牒上载此名号，方惊叹道："将军乃有宇宙的称呼么？"景令王克为太师，宋子仙为太保，元罗为太傅，郭元建为太尉，张化仁为司徒，任约为司空，王伟为尚书左仆射，索超世为

第六十三回　陈霸先举兵讨逆　王僧辩却贼奏功

尚书右仆射。所有军国大权,仍归侯景掌中。会因任约兵败,乃引军自出,驻扎晋熙。南康王会理,因侯景出戍,都城空虚,遂与左卫将军柳敬礼,即仲礼弟。西乡侯萧劝、东乡侯萧励,皆萧景子。密谋起兵,诛灭景党。王伟是景第一心腹,会理等暗中规画,想把他先开头刀,不意建安侯萧贲,正德弟正立子。与始兴王萧憺孙子邕,竟将会理等密谋,通报王伟。伟先发制人,立率党羽,收捕会理,与会理弟通理、乂理,还有萧劝、萧励、柳敬礼等,一古脑儿拘入狱中,飞使报景,乞请处置。景并不多说,只回答一个杀字,可怜会理等人,骈首就刑。那丧尽天良的萧贲、萧子邕,得景赐姓,改萧为侯,且受景封爵为王。萧氏得此坏子孙,直把那远祖萧何丞相的面目都剥光了!比正德还要弗如。

武林侯萧谘,鄱阳王范弟。姿禀文弱,不为景忌,尝得出入宫廷,侍谈主侧。自会理等谋泄被害,遂为贼党注目。谘因事至广莫门外,突然遇盗,把他杀死,这明明是景党所遣,伪为盗装,了结谘命。真也是一个斩草除根的绝计。景尝与梁主纲登重云殿,礼佛设誓道:"自今君臣,两无猜贰,臣不得负陛下,陛下亦不得负臣!"至此景疑梁主与会理通谋,所以杀谘。梁主纲亦自知不久,见舍人殷不害在侧,指殿与语道:"庞涓当死此下!"不害亦叹息而出。

惟侯景闻内变已平,遂由晋熙趋宣城。宣城守将杨白华,拒守经年,已累得粮尽力疲。偏侯景亲自到来,眼见得不能支撑,景又致书招降,许令不死,白华只好出迎。宣城虽下,三吴又义兵迭起,新吴有余孝顷,会稽有张彪,俱严辞讨景,羽檄交驰。景不得已还至建康,遣将堵御,怎奈顾东失西,图近忽远,任约屯兵西阳,屡次失利,武昌被徐文盛夺去,告急书络绎不绝。景只得再自出师,倍道至西阳,与徐文盛夹江筑垒,准备厮杀。文盛闭营不动,俟景渡江来攻,他始麾舟逆击。令旗一飐,数百号小舟,如箭驶至,攒攻侯景。景慌忙迎敌,正杀得难解难分,那文盛一箭射来,本意是欲射侯景,偏右丞库狄式和,立在前面,做了侯景的替死鬼,堕水丧命。景不禁胆寒,引舟急退,逃还营中,只晦气了若干将士。自经此一战,景知文盛难敌,拔营复退,遣宋子仙、任约等掩袭郢州。

郢州刺史萧方诸但知嬉戏,未谙军旅,行郢州事鲍泉,又是个酒囊饭袋,专供方诸戏弄,有时伏床作马,背负方诸,有时卧地作牛,口引方诸,镇日里游戏作乐,毫不设备。某日大风急雨,天色晦冥,有守卒登城遥望,隐约见有许多贼骑,卷旆前来,忙下城报泉道:"贼骑来了!"泉怡然道:"徐文盛方杀败贼众,何因得至?汝休得谎报!"说着又有走报如前。泉尚未信,直至探报迭至,方令闭城,那贼骑已经趋入,守卒逃避一空。泉不闻声响,还与方诸戏狎。方诸踞坐泉腹,用五色彩线,替泉辫髯,忽有一将排闼径入,持刀欲斫,方诸眼快,忙跪伏地下,叩头求免。确是一个小儿态。泉望将过去,正是贼帅宋子仙,急向床下一缩，匍匐进去。老头儿更不济事。宋子仙早已瞧着，顺手去扯泉须，泉痛不可耐，只好爬出，须与彩线，已半被拔落。当由子仙召入部众，将两人捆送景营。景闻郢州得手，竟顺风张帆，越过文盛军营，直入江夏。文盛大惊，溃归江陵。

湘东王绎已命王僧辩为大都督，率诸军至巴陵。途次闻郢州失守，乃即在巴陵驻军，飞使报绎。绎复书道："贼既乘胜，必将西下，卿不劳远击，但散守住巴邱，以逸待劳，无虑不胜！"又语僚佐道："景若率水陆两路，直指江陵，最是上策；否则据夏首，积兵粮，尚不失为中策；倘徒力攻巴陵，乃真是下策了。巴陵城小势固，僧辩自能坚守，景攻城不拔，野无所掠，待暑疫迭起，食尽兵疲，还有甚么不破呢！"想是湘东应做数年皇帝，所以福至心灵。乃命罗州刺史徐嗣徽，武州刺史杜崱，各引兵往助僧辩。

侯景使丁和守夏首，任约趋江陵，自督宋子仙等攻巴陵。景颇三策并用，但注重巴陵，已落下计。僧辩乘城固守，偃旗息鼓，静若无人，景遣轻骑至城下，问城中何人主守？僧辩令守卒回答道："守将为王领军。"城下复仰问道："何不速降？"僧辩复令守卒应声道："汝军但向荆州，此城不足为碍。"骑兵返报侯景，景颇以为疑。宜州刺史王琳，从僧辩屯巴陵。乃兄王珣，前曾驻守江夏，投降景军，景乃把珣两手反缚，推至城下，使招琳降。琳厉声道："兄受命拒贼，不能死难，尚敢来哄我么？"言已，弯弓欲射。珣赧颜趋退，景即督士卒百道攻城。但听城中梆声一响，旗鼓张皇，矢石如雨点般飞下，伤死景众无数，景只好却退。僧辩又迭出奇兵，与景角斗。景身被甲胄，在城下督战；僧辩却宽袍大袖，乘舆巡城，一些儿不露惊惶，反令守卒鼓吹奏乐。景不禁叹服，屡战无功。

湘东王绎令武猛将军胡僧祐，出援僧辩，且面谕道："贼若水战，但用大舰迎击，必然大胜，若止步战，可鼓棹自往巴邱，不烦与他交锋了。"僧祐奉令至湘浦，与景将任约相遇，佯为畏约，避就他路。约驱众急追，直抵羊口，遥呼僧祐道："吴儿何不早降？走将何往？"僧祐不应，潜引兵至赤沙亭，适信州刺史陆法和，引兵来会，法和有异术，能预料吉凶，当侯景围台城时，尝语人道："景亦胜亦不胜。"至此闻任约进逼江陵，自请会击。湘东王绎乃令他接应僧祐。法和与僧祐定计，伏兵待约。约自恃屡胜，驰入阱中，那时伏兵骤起，左有僧祐，右有法和，两军围裹拢来，随你任约勇力过人，到此也似虎落陷坑，无从逞威，被法和军活擒了去；余众多死。

景在巴陵城下，众多病疫，又兼粮食告罄，正思退军，暮闻任约被擒，且惊且俱，便即焚营夜遁，用丁和为郢州刺史，留宋子仙守郢城，别将支化仁守鲁山。法和送约至江陵，自请还镇，并语绎道："侯景将平，不必多虑，惟蜀贼将至,不可不防!"绎乃遣屯峡口,任约亦愿归诚,绎因许赦免。更命王僧辩、胡僧祐等引兵东下。僧辩先攻鲁山,擒住支化仁,进薄郢州,攻克外郭,斩首千级。宋子仙退据金城,僧辩四面筑垒,环攻不休。子仙惶急得很,情愿献还郢城,乞放开一网,俾得生还。贼党也有此时。僧辩假意允许,撤去一面围兵,给船百艘,令他载归。一面命别将杜龛,领着精兵千人,攀堞齐上,鼓噪奋进。子仙开城驾舟,与丁和飞桨遁逃。驰至白杨浦,天色将晚。子仙拟拢舟近岸,不防芦苇中闪出一军,为首一员大将,装束与天魔相似,大声喝道:"逆贼休走!周铁虎等候多时了!"小子有诗为证,诗云:

> 悍贼横行已数年,到头毕竟有谁怜?
> 一声惊响心先碎,乱党从来少瓦全。

究竟宋子仙等能否逃生,且至下回再叙。

　　陈霸先起兵讨贼,为陈氏开基之始。彼本安居岭南,独能仗义执言,纠众兴师,当其出南海,越大庾,转战无前,所向披靡,元景仲、兰裕、蔡路养、李迁仕等,非死即遁,未闻有敢与久持者,何其锐也!冯夫人冼氏,谓非常人,诚哉其然。惟冼氏为一妇人,乃能鉴别枭雄,已非凡品,且为冯宝设谋,智赚迁仕,有此巾帼,不亚须眉,宜本回之力为旌扬,不肯苟略。王僧辩之从容拒景,智勇不在霸先下,瑜、亮并生,同辅一主,设非后日之互启猜嫌,各思攘柄,宁非亦萧氏之周召耶!故本回提出二人,作为纲领,所以表贼景之平,实由二人为首倡云。

第六十四回　弑梁主大憝行凶　离侯贼庶支承统

　　却说宋子仙等行至白杨浦,兜头遇着一将,率兵拦住,叫做周铁虎。铁虎本在河东王誉麾下,誉败死后,铁虎为僧辩所擒。僧辩因他骁勇绝伦,屡摧将士,特下令就烹,铁虎大呼道:"侯景未灭,奈何烹壮士!"僧辩暗暗称奇,乃许释缚,收为部将。至是特令他往截子仙,子仙已经胆怯,不得已与他交锋,战了数合,被铁虎卖个破绽,把他擒住。丁和本是无能,见子仙受擒,吓做一团,当由铁虎麾动左右,牵令下马,一同捆缚。余众或死或降。铁虎回营献俘,僧辩即解二俘往江陵。湘东王绎,亲加审讯,问明方诸、鲍泉下落。才知方诸由侯王带去,鲍泉已被丁和捶死,投尸黄鹤矶,于是绎怒不可遏,即将二俘斩首,并命王僧辩进兵江州,与陈霸先会师。

时侯景返至建康,猛将多死,自恐不能久存,因欲篡梁称帝,暂娱目前。王伟希旨进言道:"从古移鼎,必须废立,既示我威,且绝彼民望,幸勿再延!"景乃使前寿光殿学士谢昊,代草诏书,略言"弟侄争立,星辰失次,皆由朕非正绪,召乱致灾,宜禅位豫章王栋"云云。既要篡位,何必再立豫章?诏既草就,遂遣党徒吕季略赍入,逼梁主纲署印。一面即着卫尉卿彭隽等,带兵入宫,拥梁主至永福省,派兵监守,杀太子大器,寻阳王大心,西阳王大钧,建平王大球,义安王大昕皆梁主纲子。及宗室王侯二十余人。大器风度端嶷,未尝屈事贼党,或劝他稍贬气节,大器道:"贼不杀我,抗礼无伤;若要见杀,百拜何益!"景西出时,曾挟大器俱行,为质军中。及自巴陵败归,步伍错乱,大器坐船在后,左右劝他乘隙北往,免受贼制。大器道:"国家丧亡,本不图生,今若逃匿,不是避贼,乃是叛父了!"此语未免愚孝。景因他器宇深沉,防为后患,故先行下手。临死时颜色不变,且从容道:"久已待死,已恨过迟。"贼党取衣带上前,大器道:"此物何能即死,不如用系帐绳罢。"贼党乃将绳取下,套大器颈,一绞即已断气。后来湘东正位,追谥为哀太子,这且不必细表。

且说侯景既废去梁主纲,降封为晋安王,遣人迎立豫章王栋。栋系昭明太子长孙,父即豫章王欢,欢已去世,栋闲居第中,廪饩甚薄,方与妃张氏灌园锄葵,忽见法驾来迎,大惊失措,没奈何涕泣升舆。将入宫中,忽有回风,从地涌起,吹去华盖,飞出端门,都人已目为不祥。侯景等拥栋至武德殿,被服衮冕,即位受朝,改大宝二年为天正元年。太尉郭元建自秦郡驰还,向景进言道:"主上系先帝太子,奈何见废?"景答道:"王伟劝我早绝民望,所以举行。"元建道:"我挟天子令诸侯,尚惧不济;况无端废立,更失人心,祸且不远了!"景犹豫未决。更有溧阳公主,顾念父恩,亦劝景迎父复位。景素爱公主,又因元建谏诤,即欲迎还故君,令新主栋为太孙。王伟闻信,亟入见景道:"废立大事,难道可朝令暮改么?"景乃罢议。伟又劝景尽杀梁主纲子,景因遣使四出,一至吴郡杀南海王大临,一至姑熟杀南郡王大连,一至会稽杀安陆王大春,一至京口杀高唐王大壮。又将太子妃赐郭元建,元建道:"岂有皇太子妃,为人作妾么?"还算有些天良。景亦不便强迫,乃搁过不提。

惟王伟凶恶得很,复劝景弑故主纲。景因遣彭隽、王修纂与伟同至永福省,尚说是奉觞上寿。纲笑道:"寿酒么?想是要祝我归天了!"遂嘱陈肴馔,兼使鼓乐,饮得酩酊大醉,入卧床中。伟使隽携入土囊,压纲身上,再令修纂就土囊上坐,一个醉天子,当然是气绝身僵,时年四十九岁,在位只有二年。纲字世缵,被幽时题壁自序云:有梁正士兰陵萧世缵,立身行道,始终如一,风雨如晦,鸡鸣不已,弗欺暗室,何况三光!数至于此,命也如何! 又作连珠二

第六十四回　弑梁主大憝行凶　裔侯贼庶支承统

首，词极凄怆，平素著述颇多，不可殚纪。王伟见故主已殁，便撤户扉为棺，迁殡城北酒库中，然后欣然复命。想与梁主有宿世冤仇，故狠毒至此。景为故主纲拟谥，称为明皇帝，庙号高宗。越年由王僧辩等入都，奉葬庄陵，追崇为简文皇帝，庙号太宗。

新主栋即位后，尊先祖昭明太子统为昭明皇帝，先考豫章王欢为安皇帝，进东道行台刘神茂为司空，余官如故。神茂闻侯景败归，阴谋反正，至司空命下，即誓众绝景，谓系受国厚恩，理应为国讨贼等语。乃据住东阳，遥应江陵。江陵大将王僧辩，复自郢州东下，收降豫章守将侯瑱，直入湓城，与陈霸先会师屯邱，得霸先接济粮米三十万石，军势大震。再引兵拔晋熙，下寻阳，所向无前，贼众尽靡。

侯景急欲称帝，自加九锡，置丞相以下百官。嗣建天子旌旗，出警入跸。未几逼栋禅位，僭号汉帝，升坛受贺。坛前忽有兔跃起，一跃即杳，天空有白虹贯日，众皆惊讶。景还登太极前殿，改天正元年为太始元年，封萧栋为淮阴王，幽锢监省。栋弟桥樛，亦并禁密室。王伟请立七庙，景问道："甚么叫做七庙？"伟答道："天子祭七世祖考，所以应立七庙。"景默然不答，伟又问七世名讳，景乃说道："前代祖名，我不复记，但记我父名标，死在朔州，去此甚远，就是阴灵未泯，怎得到此来啖血食呢？"左右不禁暗笑。我说他一生狡猾，惟此数语，尚本天真。有一侯景旧将，记得景祖名乙羽周，余皆无考。王伟捏造名号，推汉司徒侯霸为始祖，晋征士侯瑾为七世祖，祖周为大丞相，父标为元皇帝。遣赵伯超为东道行台，往戍钱塘。令中军都督李庆绪，右厢都督谢答仁，左厢都督李遵等，出击刘神茂。神茂连战皆败，部将王晔郦通出降谢答仁，神茂亦穷蹙乞降。答仁送神茂至建康，景命特制大锉碓，自足至头，寸寸锉碎。还有神茂部将元頵、李占等，临阵被擒，亦截去手足，绑示大众，辗转呼号，经日乃毙。都人恨景残忍，愈觉离心。景又深居禁中，荒耽酒色，非故旧不得进见，部将亦多怨望。

那王僧辩、陈霸先两军，受湘东王号令，于次年二月初旬，会讨侯景，舳舻数百里；两统帅至白茅湾，筑坛歃血，共读誓文。大旨在协力讨贼，永无贰心，大众闻言，统皆踊跃听命。僧辩即使侯瑱率师，袭击南陵、鹊头二戍，再战皆克，遂顺流东进。侯景已遣侯子鉴带着水兵，出屯肥水，郭元建带着陆兵，进趋小岘。子鉴正攻入合肥外城，闻西师将至，退保姑熟。景又遣将史安和、宋长贵等，往助子鉴，且自赴姑熟巡视垒栅，面谕子鉴道："西人善长水战，勿可轻与争锋，若得马步一交，定可得胜。汝但坚守待变便了。"言讫还都。子鉴依命办理，舍舟登陆，闭营不出。王僧辩等到了芜湖，探得侯子鉴立营岸上，却也不敢轻进，逗留至十余日。当有人通报侯景，谓西军将遁，急击勿失。景方下一伪诏,赦湘东王绎、王僧辩等罪状,部众笑为无益,乃令子鉴整备水战,子鉴复由陆登舟。僧辩得报,即率舟师趋姑熟。子鉴发步骑万余人,上岸挑战,另用鹢舸千艘,分载战士,为追逐计。鹢舸音鸟了,系是长船,两旁着楫,往来如飞。僧辩不与步战,且麾小船退后,但留大舰夹泊两岸。子鉴部下,疑他怯战,便各驶船前追,僧辩待他过去,然后鼓动大舰,断他归路,复扬旗指麾小船,四面截击,鼓噪大呼,杀得贼船东沉西没,无路可奔。子鉴弃甲改装,夺路逃脱。败报为侯景所闻,景不禁大惧,涕下满面,引衾蜷卧,良久方起,叹道:"我误杀乃公!"当下使石头戍将张宾,用海艚缒沈淮中,堵塞淮口,再沿淮筑城,自石头城至朱雀桁,楼堞相接,亘十余里,拒遏西师。也是呆人呆想。

王僧辩督领诸将,乘潮入淮,见前面守备严整,也觉踌躇,因向陈霸先问计。霸先道:"前柳仲礼拥兵数十万,隔水久驻,贼登高俯瞰,一望无余,故能覆我师徒。今欲围攻石头,须速渡北岸,诸将若不能当锋,霸先愿先去立栅,请公无虑!"僧辩大喜。霸先遂往石头西面落星山,择地筑栅。僧辩亦进军招提寺北。侯景亲出抵御,有众万余人,铁骑八百余匹,列阵西州西隅。霸先道:"我众贼寡,应分贼兵势,休使他聚精蓄锐,向我致死。"乃命诸将分道置兵,张皇声势。

景意欲速战,纵骑进攻,冲入西军偏将王僧志营,僧志少却。霸先遣将军徐度,率弓弩手三千,绕出景后,更番迭射,景后队多伤,只好引退。霸先与王琳、杜龛等,麾动铁骑,突入景阵,僧辩又率大军继进,仿佛泰山压卵一般,教侯景如何抵挡,没奈何退入栅中。石头城守将卢晖,见西军势胜,景已败还,料知景必危亡,便开门出降。僧辩入据石头城,霸先尚在城外,与景相持。景尚督众死战,自率百余骑,弃槊执刀,硬行冲突,再进再却,众遂大溃。诸军逐北至西明门,景返至阙下,召王伟叱责道:"尔迫我为帝,今日何如?"伟不能答。景即欲出走,伟执辔谏阻道:"从古岂有叛天子!现在宫中卫士,尚足一战,去此意欲何往?"景喟然道:"我从前败贺拔胜,破葛荣,扬名河北,渡江入台城,降柳仲礼如反掌,今日是天亡我了!"恶贯满盈,应该至此。乃用皮囊盛二婴儿,系在江东所生,俱属襁褓,分挂鞍后,与亲党百余骑,东走入吴。侯子鉴、王伟等奔朱方。

僧辩命杜龛、杜崱等入据台城,军士剽掠居民,不加禁止,可怜男女裸体,号泣盈途。僧辩不得善终,已兆于此。是夕军役失火,焚去太极殿及东西堂,所有宝器羽仪辇辂,一古脑儿付与祝融。僧辩命侯瑱等率精甲五千,驰追侯景,自率诸将诣阙,王克、元罗等偕台内旧臣,恭迎道旁,僧辩笑语王克道:"君等服事房主,想亦甚劳!"克等惭不能对。僧辩又问玺绶何在?克噁嚅道:"已被持去。"僧辩叹道:"我王氏百世卿族,一朝坠地无遗了!"当下迎故主纲梓

第六十四回　弑梁主大憝行凶　裔侯贼庶支承统

宫入殿,率百官哭踊如仪,然后报捷江陵,奉表劝进,且迎都建康。湘东王绎,复称缓议。不可无此做作。

从前绎遣僧辩东行,僧辩道:"平贼以后,嗣君万福,究应如何行礼?"绎直答道:"六门以内,自极兵威。"太觉忍心。僧辩又道:"讨贼事由臣负责,若命臣为成济,见前注。臣不敢为!请另用他人!"绎乃密嘱宣猛将军朱买臣,使他便宜处置。此朱买臣非汉会稽太守之朱买臣。及西师入都,萧栋及二弟桥樛,得从密室出走,途次遇着杜崱,替他释去锁械,桥樛相语道:"今日始得免横死了。"栋皱眉道:"倚伏难知,我尚耽忧。"言未已,朱买臣已经趋至,呼萧栋兄弟下船,出酒劝饮,灌得三人醉如烂泥,令左右把他扛出,但听得扑通扑通好几声,俱到水晶宫挂号去了。买臣虽奉主命,手段亦觉太辣。

僧辩使陈霸先赴广陵,招降郭元建、侯子鉴等,子鉴恐不相容,与元建投奔北齐。独王伟与子鉴相失,俘归建康。僧辩问道:"卿为贼相,不能死主,还想求活草间么?"伟答道:"兴废乃是天命;若汉帝早从伟言,明公岂有今日!"僧辩冷笑数声,送往江陵,归湘东王取决。

惟侯景南走钱塘,赵伯超闭门不纳,再北趋松江,被侯瑱追及,景尚有船二百艘,众数千人,瑱麾众进击,擒住彭㒞、田迁、房世贵等。景与腹心数十人,单舸飞奔,推堕二子入水,拟东航入海。瑱遣副将焦僧度追景,景手下有库直都督羊鹍,为景妻兄,曾随景东走,见景穷蹙无归,不觉心变,乘景昼寝,却令舟子转舵,驶向京口。景睡醒起望,前面已是胡豆洲,距京口不过数十里,顿时大骇,召鹍入问,鹍拔刀指景道:"我等为王效力,已有数年,今王已无成,乞借头颅,博取富贵!"景未及答,刀锋已近身旁,慌忙避入船中,用佩刀抉船底,意欲凿船逃生,鹍取过一槊,用力猛刺,直穿景背。景猛叫一声,立即倒毙。景将索超世在别船,鹍诈传景命,召至船中,把他拘住,连人带尸,献与南徐州刺史徐嗣徽。嗣徽诛死超世,用盐纳景腹中,送往建康。僧辩枭景首级,传入江陵,尸身陈列市曹,士民争往脔食,并骨俱尽。溧阳公主,尚在都中,因父兄遇害,恨景亦深,也欲烹食景肉。众将景阳物割下,畀与公主,公主亦囫囵吞入,嚼尽无余。上下倒置,太要朵颐。赵伯超、谢答仁等,皆乞降瑱军,瑱一并送至建康。僧辩只斩一房世贵,余皆解往江陵。

湘东王绎得侯景首,悬市三日,用漆烫过,藏诸武库。遣南平王萧恪为扬州刺史,进王僧辩为司徒、镇卫将军,封长宁公,陈霸先为征虏将军,开府仪同三司,封长城县侯。一面审讯俘囚,十杀七八,只赦任约、谢答仁。王伟在狱中,曾上五百言诗,绎爱他文才,欲加赦宥,或谓伟前日曾作檄文,词意甚佳。此人必与伟有仇。绎即命检视,檄文中有联语云:"项羽重瞳,尚有乌江之败;湘东一目,宁为赤县所归!"绎不禁大怒,命牵伟出狱,拔舌钉柱,剜腹裔肉,然后致死。侯景叛逆，皆伟主议，虽置伟极刑，不足蔽辜，但湘东为私意杀伟，转难服众。

伟既伏诛，乃下令大赦。南平王恪等统上书劝进，绎尚未遽许，但已遣人求玺。这玺绶曾由侯景带去，景嘱侍中兼平原太守赵思贤掌管，且预语道："若我死，宜沉玺入江，勿使吴儿再得此物！"玺有何用？岂吴儿不得此玺，便不能为帝吗？思贤唯唯受命。及景为羊鹍所杀，思贤持玺潜逃，从京口渡江，中途遇盗，投弃草间。奔至广陵详告郭元建，元建使人寻取，果然得玺，献与北齐行台辛术。术转献齐廷，传国玺遂为高氏所有了。

齐主高洋使散骑常侍曹文皎，南下聘问。湘东王绎亦遣散骑常侍柳晖报聘。两下方玉帛修仪，不意高洋纳郭元建言，竟令司空潘乐出兵，偕元建围梁秦郡。行台辛术，谓信使往来不绝，不宜无端动兵，高洋不从。陈霸先方出镇京口，先遣徐度、杜崱等陆续赴援，寻且自往秦郡，击退齐兵，斩首万余级，然后班师。王僧辩再会公卿百官，奉表江陵，请绎嗣位，绎乃准如所请，即位江陵，颁行诏书。略云：

> 夫树之以君，司牧黔首，帝尧之心，岂贵黄屋？诚弗获已而临莅之。朕皇考高祖武皇帝，明并日月，功格区宇，应天从民，惟睿作圣。太宗简文皇帝，地佯启诵，方符文景，羯寇凭陵，时难孔棘。朕大拯横流，克复宗社。群公卿士，百辟庶僚，咸以皇灵眷命，归运所及，天命不可以久淹，宸极不可以久旷，粤若前载，宪章令范，畏天之威，算隆宝历，用集神器于予一人。昔虞、夏、商、周，年无嘉号，汉、魏、晋、宋，因循以久，朕虽云拨乱，且非创业，思得上系宗祧，下惠亿兆，可改太清六年为承圣元年。绎尚奉太清年号，见六十二回。逋租宿负，并许弘贷；孝子义孙，可悉赐爵；长徒锁士，特加原宥；禁锢夺劳，一皆旷荡。与民更始，令众周知！

即位这一日，不升正殿，但在偏殿中召集百僚，草草行礼，算是权宜办法。越数日，追尊生母阮修容为文宣太后，立王子方矩为皇太子，改名元良。方智为晋安王，方略为始安王。当时江陵以东，但以长江为限，江北地俱入北齐，江陵以西，仅至峡口，西蜀一带，有益州刺史武陵王纪据守，不服湘东命令，岭南也由萧勃自主，阳奉阴违，绎虽称帝，权力有限，不过千里以内，尊为梁主罢了。小子有诗叹道：

> 国难君危两不知，痴心但望嗣皇基。
> 江陵侥幸登君位，蜗角偷安得几时！

梁主绎即位时，湘州长史陆纳，已经起叛。欲问他出自何因，容至下回分解。

侯景之乱，成之者为王伟，败之者亦王伟。伟之恶实浮于景，不过景为渠魁，罪归于主，故后世多嫉景而略伟耳。试阅本回之弑纲废栋，及屠戮大临、大连等人，何一非伟导成之？自篡弑之恶，大暴于天下，而景之始鸣得意者，终变而为大失意，众矢集之，不亡何待！商割之遭，虽为恶贯满盈所致，顾景非王伟，恶不至此，误杀乃公之悔，顾何及哉！湘东王绎尚欲曲宥伟罪，及见湘东一目之文，始有拔舌剸腹之罚。满腔私意，无自服人，此所以即位未几，而仍致败亡也欤！

第六十五回　杀季弟特遣猛将军　鸩故主兼及亲生女

却说湘州刺史王琳，曾偕僧辩入都平景，功居第一。他本家居会稽，以行伍起家，姊妹皆入湘东王宫，琳因侍王左右，得邀荣宠，平时常倾身下士，所得赏赐，不入私囊，尽给兵吏，麾下约有万人，多系江淮群盗，乐为彼用，自平乱有功，恃宠纵虐。僧辩不能禁，密表请诛，绎但调琳为湘州刺史。琳恐及祸，使长史陆纳率部众赴州，自诣江陵陈谢。临行时，与纳相语道："我若不返，汝将何往？"纳等齐声请死，乃洒泪而行，既至江陵，一入殿中，即被卫军拿住，下吏论罪，另授皇子始安王方略，代镇湘州，用廷尉黄罗汉为长史，使与太舟卿_{太舟官名。}张载，同至巴陵，抚驭琳军。陆纳及士卒并哭，不肯受命，载素性悍戾，又得主眷，遂厉声喝阻，_{不管死活。}才及半语，已由纳麾动士卒，一拥而上，把载绑缚起来，并将罗汉拘住。惟方略为王琳甥，纵使归报。梁主绎续遣宦官陈旻，往谕纳众。纳反将张载牵出，刳腹抽肠，系诸马足，策马使行，肠尽气绝，及剖心焚骨，率众欢舞，惟黄罗汉向来清谨，得免惨祸。_{究竟悍吏不及清官。}纳遂引兵据住湘州。梁主绎复令宜丰侯萧循_{萧谘弟。}为湘州刺史，一面征王僧辩督师会讨，循至巴陵，驻节以待，忽得纳请降书，求送妻子，循微笑道："这明是诈降计，今夜必来袭我了！"因将麾下千人，分头埋伏，自己兀坐胡床，开垒待着。延至夜半，纳果用轻舸载兵，飞驰而至，遥见垒门大启，上面坐着一人，端居不动。纳未免惊诧，便令兵士鼓噪直前。将逼垒门，那上坐的仍然如故。当时疑为草人，正思用槊入刺，不防两旁突起伏兵，大刀阔斧，奋勇杀来，纳知是中计，忙勒兵倒退，已被杀伤多人，慌忙下舟南遁。最后一舰，不及开驶，眼见为循军夺去。纳垂头丧气，走保长沙，王僧辩亦至，与循相会，共逼长沙城下。纳复率众迎战，僧辩亲执旗鼓，循亦躬冒矢石，东西并进，大破纳众，纳入城拒守，由僧辩等进兵环攻，连旬不下。梁主绎特遣送王琳至长沙，令谕纳众，纳众在城上罗拜，且泣语道："朝廷若肯赦王郎，乞许彼入城，纳等情愿待罪。"僧辩尚未肯许，仍将王琳送回江陵。适武陵王纪自西蜀发兵，来窥江陵，信州刺史陆法和，屯兵峡口，与纪相持，并遣人至江陵乞援，梁主绎欲调长沙兵往助，不得已赦琳前罪，仍遣为湘州刺史。琳复至长沙，纳众迎降，湘州告平，乃更调琳拒蜀。看官欲知武陵王纪，何故与江陵为难？说来又是一种情由。

纪系梁武第八子，少得父宠，大同三年，受命为益州刺史。纪因道远固辞，梁武密嘱道："天下方乱，惟益州可免，故特处汝，汝宜勉行为是。"纪乃涕泣赴镇。及侯景入都，曾得朝廷密敕，加位侍中，假黄钺都督征讨诸军事，促令入卫。纪尝令世子圆照，领兵三万，受湘东王绎节度，会兵讨景。绎命圆照屯白帝城，未许东下，至梁武饿死，纪将督兵自行，又为绎所劝阻。纪次子圆正，方任西阳太守，绎署为平南将军，诱令入谢，把他囚住，荆、益衅端，从此始开。纪颇有武略，居蜀十七年，南开宁州、越巂，西通资陵、吐谷浑，内劝农桑，外通商贾，财用丰饶，器甲殷积，因与江陵生隙，遂从长史刘孝胜言，僭号蜀中，改元天正，与萧栋同一年号。时已有人顾名思义，谓天为二人，正为一止，已各寓一年即止的预兆。这也未免牵强。司马王僧略，参军徐怦，谓不应称帝，并皆切谏，纪不但不从，且把他并置死刑。梁主绎承圣二年，纪遂率军东下，留益州刺史萧撝守成都，行次西陵，军容甚盛，惟峡口设有二城，为陆法和所增筑，取名七胜城，锁江断峡，使纪军不得飞越。但乞江陵速发援师，梁主绎很怀忧惧，特贻书西魏，书中引着左氏传文，有子纠亲也，请君讨之二语。西魏大丞相宇文泰道："取蜀制梁，在此一举。"诸将俱以为未可，惟大将军尉迟迥，为宇文泰甥，力言可克，且禀泰道："蜀与中国隔绝，百有余年，自恃险远，不虞我至，若用铁骑倍道进兵，径袭成都，蜀自不战可破了。"泰乃托词援梁，即遣尉迟迥出散关，引军入蜀。进至涪水，潼州刺史杨乾运，举州请降，迥分兵守潼州，径袭成都。纪方锐意东下，接得成都急报，乃遣梁州刺史谯淹还援。偏又为尉迟迥所破。败报复至西陵，纪欲返救根本，独世子圆照，及益州长史刘孝胜，力言不可，纪乃舍西图东。诸将各有异言，纪竟下令道："敢谏者死！"自投死路，还要吓人。遂命将军侯睿，率众七千，遍筑营垒，与陆法和相拒。梁主绎释出任约，令为晋安王司马，使领禁兵，往助陆法和。继又用谢答仁为步兵校尉，遣令再往，且致书与纪，劝他还蜀，专制一方。纪不肯从，答书如家人礼，并未称臣，绎复致书道：

吾年为一日之长，属有平乱之功，膺此乐推，事归当璧，倘遣使乎？良所希也。如曰不然，于此投笔，兄肥弟瘦，无复相见之期，让枣推梨，永罢欢愉之日。心乎爱矣！书不尽言。

第六十五回　杀季弟特遣猛将军　鸩故主兼及亲生女

纪得书不答,满望旗开得胜,直指江陵,怎奈屡战无功,师老财匮。又闻西魏军围攻成都,孤危愤懑,不知所为,乃遣度支尚书乐奉业,诣江陵求和。奉业反入白梁主道:"蜀军乏粮,士卒多死,危亡可立待呢。"梁主绎因拒绝和议;纪亦无法。将士多半思归,各有贰心,更因纪吝啬不情,平时尝熔金成饼,饼百为篋,篋以百计,银比金约五六倍,锦罽缯彩,不可胜数,每战但悬示将士,并未分赏。宁州刺史陈智祖,请犒军励士,纪不肯从,智祖竟至哭死。或欲向纪申请,纪又辞疾不见,因此众心益离。守财奴怎思济事!巴东民符升等,斩峡口城主公孙晃,出降王琳,谢答仁、任约,合攻侯睿,连破三垒,于是两岸十四城俱降。梁游击将军樊猛,出兵截纪归路,纪不获退兵,只好顺流再进。猛趁势追击,纪众大溃,赴水溺死,约八千余人。再由猛联舟为阵,把纪众困在垓心,一面飞章奏捷。梁主绎密敕复报道:"与纪生还,不得言功!"杀害骨肉,已成惯技。猛乃督兵环攻纪船,纪在舟中绕床而走,不知所为。驀见猛一跃过舟,挺槊来刺,自知命在须臾,急取金囊掷猛,且顾语道:"此物赠卿,愿送我一见七官。"注见前。猛叱道:"天子如何得见?我杀足下,金将何往?"说着,手起槊落,把纪戳倒,又加一槊,立即毙命。金钱本可买命,至此时也属无济了。

纪有幼子圆满,亦遭杀死。陆法和收捕圆照兄弟三人,送入江陵,梁主绎削纪属籍,改姓饕餮氏。刘孝胜亦被擒至,拘系狱中,嗣得释出。纪次子圆正在狱,由绎使人传语道:"西军已败,汝父已不知存亡了。"这二语是逼他自裁,圆正但号呼世子,哭不绝声。绎乃使与圆照相见,圆正顾圆照道:"兄奈何自残骨肉?徒使痛酷至此!"圆照唯自悔前误,付诸长叹罢了。既而两人并因狱中,连日不得一餐,甚至啮臂啖血,历旬有二日乃死。远近统代为悲悼,咎绎不仁。那西蜀已被西魏军取去。成都守将萧摝举州外附,尉迟迥使民复业,唯收奴婢及储积,犒赏将士,不私一钱。西魏命迥为益州刺史,自剑阁以南,均归迥承制黜陟,迥申明赏罚,互用恩威,抚辑州民,招徕异族,华夷相率翕服,安帖无哗,从此西蜀版图,归入西魏,后事容待缓表。

且说梁主绎既除季弟,便欲还都建康,将军宗懔、黄罗汉,皆系楚人,不愿东迁。领军将军胡僧祐,御史中丞刘毅,亦与宗、黄同意,极力谏阻,绎乃召朝臣会议,多至五百人,仍然聚讼未决。绎复下令道:"劝吾迁都可左祖;否则右祖。"一时左祖的人,竟至过半。武昌太守朱买臣进言道:"建康旧都,山陵所在,荆镇边疆,非帝王所居地,愿陛下勿疑,免致后悔!臣家在荆州,岂不愿陛下居此?但恐是臣富贵,并非陛下富贵呢。"买臣此语,不为无见。梁主再使术士杜景豪卜易,未得迁都吉兆,因答言未吉。及趋退后,私语亲友道:"此兆恐为鬼贼所留呢。"嗣是梁主因建康彫残,江陵全盛,卒从僧祐等言,但令王僧辩还镇建康,陈霸先还镇京口。会齐遣郭元建治军合肥,将袭建康,梁命南豫州刺史侯瑱,迎战东关,击退齐师。

时齐主高洋,已鸩死故主善见,并善见二子,谥为魏孝静皇帝,葬诸邺城西隅。故后高氏,已降为中山王妃,与善见情好颇笃,善见被幽,高氏随时护视。洋欲行弑,特召高氏入宴,至宴毕退还,善见已死。妃当然哀号,葬毕入宫,为洋所迫,令她转嫁杨愔,愔毫不推辞,竟礼迎而去。乐得受赐。洋复发中山王墓,把故主善见遗棺,投入漳水,并将所有元魏神主,焚毁殆尽。彭城公元韶,曾纳孝武后高氏为妃,特邀异宠。开府仪同三司美阳公元晖业,位望隆重,从齐主洋在晋阳,尝至宫门外骂韶道:"汝不及汉朝老妪,负玺畀人,何不当时击碎?我出此言,自知必死,看汝能生得几时!"谓汉元后投玺缺角,韶何故奉玺入齐!果然齐主闻言,召入晖业,一刀了事。韶文弱似妇女,由齐主令剃须髯,施粉黛,着妇人衣,随从出入。尝语左右道:"我用彭城为嫔御。"韶亦不以为羞,旅进旅退,委蛇过去。

齐主洋又亲征突厥,并救柔然。自柔然与高氏结婚,往来通好,连年无事。回应五十八回。高洋篡魏,柔然主头兵可汗亦遣使入贺,洋亦答使报聘。偏有突厥起自西域,为柔然患。相传突厥系平凉杂胡,姓阿史那氏,集成部落,后被邻部破灭,只剩一个十龄小儿,刖足断臂,委弃草泽中,有牝狼衔肉相饲,乃得生长,竟与牝狼交合,俨若夫妇。邻部酋长,复派兵捕杀遗儿,惟牝狼窜至高昌国西北,匿居深岩。狼已有孕,一产十男,十男渐长,分出穴中,掠民为妻,嗣是生育日蕃,得五百家,聚居金山南面,服属柔然,世为铁工。金山形似兜鍪,番俗呼兜鍪为突厥,因以为号。传至大叶护,种类渐强。既而伊利嗣世,强悍过人,募众击铁勒部,收降五万余家,遂自称土门可汗。遣人向柔然求婚,头兵可汗不允,且叱为锻奴,使人斥责。伊利怒斩来使,率众袭柔然,柔然与战不利,由伊利乘胜进击,围住柔然营帐。头兵可汗屡战屡败,愤恚自杀,有子菴罗辰,及头兵从弟登注俟利等,突围奔齐。伊利可汗亦得胜回国,柔然余众,拥立登注次子铁伐为主。铁伐为契丹所杀,齐因送还登注,入主柔然。登注也不得善终,众复推立登注子库提。适伊利弟木杆俟斤,承袭兄业,状貌奇异,面阔尺余,颜似赭石,眼若琉璃,素性刚暴多智,锐意拓地,便起兵再击柔然。柔然酋长库提,哪里是他对手,没奈何举族奔齐。齐主高洋督军北巡,迎纳柔然部众,惟废去库提,改立菴罗辰为可汗,令居马邑川,赐给廪饩缯帛。当下往御突厥,突厥主木杆可汗,闻齐天子亲自出马,前来征剿,也带着三分惧意,便致书请降。齐主洋亦得休便休,但饬令每岁朝贡,定约而还。突厥事始此。越年为齐天保五年,齐主洋复自击山胡,大破番众,男子过十三岁,一律腰斩,妇女及幼弱充赏,遂得平石楼山。山本绝险,终魏世不得制服,

第六十五回　杀季弟特遣猛将军　鸩故主兼及亲生女

经齐主一鼓荡平,远近胡人,始不敢抗命。齐主洋乃志得气盈,渐成狂暴。有都督战伤将死,医治难疗,索性刳挖五脏,令九人分食,骨肉俱尽。此后视人如畜,刲割烹炙,几成为常事了。北齐事暂且按下,西魏事应当叙入。

自宇文泰当国以后,权势日盛,西魏主宝炬拱手受教,不能有为。泰初用苏绰为度支尚书,百度草创,损益咸宜。绰又尝以国家为己任,荐贤拔能,务期称职,每与公卿谈论,自昼达夜,事无巨细,若指诸掌,因此积劳成疾,遂至谢世。泰痛悼不置,当绰柩归葬时,由泰亲送出城,酹酒为奠道:"尔知我心,我知尔意,方欲共平天下,奈何舍我遽去!"说至此,举声大恸,酒卮竟堕落地上,尚未觉着,直至柩已去远,方怏怏退回。

未几又仿古时寓兵于农遗意,创作府兵,平时仍然务农,到了农隙,讲阅战阵,马畜粮械,由民自备,惟将租庸调三项,尽行蠲免。输粟为租,输帛为调,力役为庸。每府归一郎将统率,百府得百郎将,分属二十四军,每军归一开府主持,合两开府置一大将军,合两将军置一柱国,共计柱国六人,最高统帅,称为持节都督,宇文泰即手握都督重权。看官试想,国家治内控外,莫如兵力,泰既膺此重任,简直是把西魏版图,运诸掌上,那主子宝炬,还有甚么权威?但教画诺允行,不违泰意,便算是明哲保身了。府兵制度,向称良法,故特别提及。

宝炬在位十七年,病终乾安殿,年四十有五。太子钦入嗣帝位,尊父为文皇帝,母乙弗氏为文皇后,合葬永陵。越年虽然改元,不立年号,册妃宇文氏为皇后,就是宇文泰女。尚书元烈,系西魏宗室,密谋诛泰,谋泄被杀。钦由是怨泰,屡思拔去眼中钉。临淮王元育,广平王元赞,统说宇文氏根深蒂固,不能动摇,否则必将及祸;钦不以为然。两王再涕泣固争,仍不省。泰诸子皆幼,兄子章武公导,中山公护,又皆出镇,唯用诸婿为腹心。清河公李基,义成公李晖,常山公于翼,并取泰女为妇,故各为武卫将军,分掌禁兵。钦有所谋,无非与二三幸臣,日夕私议,怎得中用,且反为宇文氏所探知。泰遂将钦废去,徙置雍州,改立钦弟齐王廓,且逼廓复姓拓跋氏。魏初统国三十六,大姓九十九,后多灭绝。泰封有功诸将为三十六国,次为九十九姓,所领士卒,亦改从统将姓氏。是何意见?

过了三月,复由泰密遣心腹,赍毒酒至雍州,鸩死故主元钦,史家称为废帝。钦后宇文氏,自愿殉夫,也饮鸩而亡。后幼有风神,尝在座侧置列女图,有志效法,泰辄语人道:"每见此女,良慰人意。"及嫁为钦妃,志操雅正,内助称贤,钦亦格外爱重。至钦嗣父祚,不置嫔御,仍与后伉俪甚欢。钦被废徙,后亦随往,可怜一对好夫妻,生同室,死同穴,魂魄相随,仍作地下鸳鸯去了。小子有诗叹道:

殉夫殉国两全贞,烈妇由来不惜生。
拚死愿随故主去,好教彤史永留名!

宇文泰既弑故主,复讽淮安王育上表,请如古制,降爵为公,于是西魏宗室诸王,皆降为公爵,眼见得拓跋就衰,宇文益盛,要将西魏篡取了去。欲知后事,试阅下回。

武陵王纪出镇益州,梁武谓可以免祸,其为爱子计,固至密矣。贼景入都,纪尝遣子入援,中道为湘东所阻,乃逗留不进,是其咎当归诸湘东,于武陵犹可恕也。湘东平贼,因即正位,略心原迹,尚属名正言顺。武陵本为季弟,绳以兄友弟恭之义,应当赞助湘东,光复旧物;否则据境自守,专制一方,犹不失为中计,奈何僭号称帝,挟忿兴师,一误于刘孝胜,再误于世子圆照,卒致身死峡口,地为魏有,可恨亦可悲也!或谓武陵之死,由湘东激之使然,斯亦未尝无见。但湘东当乱离之余,究竟不遑西顾,纪之冒昧东进,正不啻飞蛾扑火,自取其灾耳。宇文泰既弑孝武,复弑废帝,两弑君主,凶逆与高氏相同。独高欢二女,并为帝后,厥后长女嫁元韶,次女适杨愔,降尊就卑,不耻再醮;而宇文女乃独能为夫殉节,有光名教,乃父闻之,其亦知愧否耶!

第六十六回　陷江陵并戕梁元帝　诛僧辩再立晋安王

却说宇文泰既鸩死帝后,改立新主,朝野上下,统料他有心篡逆,不肯再守臣节。偏泰迟延未发,仍然照常办事。是曹阿瞒第二。一面窥伺东南,特遣侍中宇文仁恕,借聘问为名,觇梁虚实。仁恕至江陵,凑巧齐使亦至,梁主绎礼待仁恕,不及齐使。仁恕归国语泰,泰笑道:"吴儿必有所求,所以待卿有礼呢。"既而梁果遣使报聘,请据旧日版图,重定疆界。泰问梁使道:"汝主尚思拓土么?但教保得住江陵,已算万幸了。"梁使亦抗词对答,语多不逊,被泰叱使南归,且顾语左右道:"古人有言:天之所废,谁能兴之?难道萧绎违天不成!"嗣是图梁益急。再加降王萧詧,按时贡献,屡请师期,好一个虎伥。乃特召荆州刺史长孙俭入朝,商议攻取方法。俭振振有词,与泰意隐相符合,乃复令还镇,使他预备刍粮,为进兵计。魏将马伯符,旧为梁臣,陷入关中,至此颇眷怀故国,密遣人赍书至梁,报知泰谋。梁主绎尚多疑少信,置诸不提。

会广州刺史萧勃,启求入朝,梁主绎特徙勃为晋州刺史,另调湘州刺史王琳代任。琳部曲强盛,又得众心,所以梁主绎阴怀猜忌,特将琳远徙岭南,琳

第六十六回　陷江陵并戕梁元帝　诛僧辩再立晋安王

亦知上微意,私语江陵主书李膺道:"琳一小人,蒙官家拔擢至此,岂不知感?今天下未定,迁琳岭南,倘有不测,琳怎得远道奔援?窃想官家微旨,无非疑琳生变,琳毫无奢望,何至与官家争帝?为官家计,不若令琳为雍州刺史,镇守武宁,琳自放兵屯田,为国御侮,君臣一德,内外无忧,岂不是今日良策么?"膺深服琳言,但一时不敢启闻。琳乃陛辞而去。叙入此事,为后文许多伏案。

散骑郎庾季才颇识天文,特上书预谏道:"今年八月丙申,月犯心中星,今月丙申,赤气犯北斗,心为天主,丙主楚分,臣恐一建子月,江陵必有寇患,陛下宜留重臣镇江陵,整旆还都,远避祸患;就使魏虏侵蹙,止失荆湘,尚不至倾危社稷,愿陛下勿疑!"梁主绎亦略知天象,喟然叹道:"祸福在天,何从趋避?"遂不从庾言。

到了暮秋,西魏果遣柱国常山公于谨,中山公宇文护,大将军杨忠等,出发长安,南下图梁,将士共五万人。长孙俭迎入戍所,向谨启问道:"大军前往江陵,未知萧绎将出何计?"谨答道:"耀兵汉沔,席卷渡江,直据丹阳,乃为上策;移郭内居民,退保子城,深沟高垒,静待援军,尚是中策;若不先移动,但守外郭,便成为下策了。"俭又道:"如公高见,究竟绎用何策?"谨微哂道:"我料萧绎必出下策!"老成料事,如在目中。俭问何因?谨说道:"绎庸懦无谋,多疑少断,愚民又难与虑始,皆恋邑居,上下偷安,我所以料定萧绎,必出下策哩。"俭闻言拜服,且预贺成功。谨等遂统兵南下。

梁武宁太守宗均,忙向梁廷告警。梁主绎与群臣会议,领军胡僧祐,太府卿黄罗汉道:"两国通好,未生嫌隙,当不至兴兵入寇。"侍中王琛亦插入道:"日前臣奉使西魏,宇文尝温颜相待,何致忽然生变!"彼且不知有君,遑问汝国!绎乃复令琛北行,探问确音,琛奉命而去。是时梁主绎迷信道教,方在龙光殿中,召集群臣,演讲老子《道德经》。忽有边骑入报,谓西魏兵已至襄邓,叛王詧,亦率兵往会,指日前来,不可不防。梁主绎乃辍讲戒严。已而复由黄罗汉呈上一书,乃是王琛寄至,内云我至石梵,境上帖然,边报多是戏言,未足为凭。绎将信将疑,再至龙光殿讲论老子,百官戎服以听。父好佛,子信老,非此父不生此子。越宿又得边警,尚疑为未确。及警耗迭至,乃使主书李膺赴建康,征王僧辩为大都督,兼荆州刺史,命陈霸先徙镇扬州。僧辩、霸先两人,正与齐冀州刺史段韶,交兵境上,失利还师。一闻江陵被寇,僧辩亟遣豫州刺史侯瑱,兖州刺史杜僧明,分领程灵洗、吴明彻诸将,先后进兵。郢州刺史陆法和,亦自郢州入汉口,将诣江陵,梁主绎独遣使谕止法和,略云都兵已足御贼,卿但镇郢州,不烦前来。法和不得已退还,涂垩城门,自著衰绖,兀坐苇席,终日乃脱去。无非幻术欺人。

那西魏军已渡汉水,由于谨派令宇文护、杨忠两将,率精骑先据江津,堵截东路,建康各军,不得入援;护复攻克武宁,把太守宗均掳去。梁主闻报,夜率妃嫔等登凤凰阁,仰观天文,皱眉太息道:"客星入翼轸,恐难免败亡了!"妃嫔等并皆泣下,绎相对郗歔,夜半乃还宫就寝。翌晨,出津阳门阅兵,适值朔风暴雨,当面吹扑,冷不可当,没奈何轻辇折回。又过数日,已是十一月了,绎复乘马出城,督军筑栅,周围六十余里,命领军将军胡僧祐,都督城东诸军事,尚书右仆射张绾为副,左仆射王褒,都督城西诸军事,四厢领直元景亮为副,他如王公以下,各派职守,部署已毕,始还入城中。未几已闻敌兵至黄华,距江陵仅四十里,绎亟命太子元良巡阅城楼,令居民助运木石。是夕即有敌骑进逼栅下。武昌太守朱买臣,衡阳太守谢答仁等,诘旦出战,互有杀伤,未得胜仗,仍然退还。西魏统帅于谨,令部众纵火焚栅,烈焰燎原,不可向迩,栅内居民数千家,及城楼二十五座,俱成灰烬,遂四筑长围,断绝江陵出入。绎屡次巡城,俯瞩敌军强盛,惟四顾叹息,莫展一筹。或且口占诗词,命群臣属和,算是消愁的方法。愚不可及。嗣复裂帛为书,遣人催促王僧辩,书云:我忍死待公,何不速至! 这书传将出去,终被西魏军截住,无从得达。王褒、胡僧祐、朱买臣、谢答仁等,再开门出战,又皆败还。绎复令王琳为湘州刺史,征使还援。琳忙督军北上,先遣长史裴政,从间道入报江陵,行至百里州,为萧詧部下所获,詧与语道:"我乃武皇帝孙,难道不可为尔主么?若从我计,贵及子孙,否则立杀勿贷!"政诡言唯命。詧锁政至城下,嘱令传语,谓王僧辩已自称帝,琳军孤弱,不能入援。政一面允诺,一面呼语守兵道:"援军大至,各思自勉,我奉王将军命,前来通报,不幸被擒,当碎身报国!"詧闻言大怒,即命斩首。西中郎参军蔡大业谏阻道:"这是民望,若一杀死,江陵便不能下了。"乃释缚纵还。裴政孤忠,足以风世。

西魏军百道攻城,城中守兵,负户蒙楯,由胡僧祐日夕指挥,亲当矢石,明赏罚,严军律,众皆致死,故尚得相持数日。不料僧祐中箭身亡,内外大骇,朱买臣按剑进言道:"今日惟斩宗懔、黄罗汉,尚可谢天下!"梁主绎叹道:"前日不愿移都,实出我意,宗黄何罪?"这语一传,众情益贰,及西魏军并力攻城,竟有人偷开西门,纳入敌兵。绎忙与太子元良,及王褒、朱买臣等,退保子城。诸将苦战终日,渐不能支,相继散去。绎入东阁竹殿,命舍人高善宝,焚去古今图书十四万卷,并欲自投火中,为左右所阻,乃用宝剑击柱,且击且叹道:"文武大道,今夜毁尽了!"死且不悟,可叹可恨!

当下使御史中丞王孝祀,草就降文,谢答仁、朱买臣进谏道:"城中兵士尚多,乘夜突围,寇必惊退;如得脱身,便可渡江求救。"绎素不便走马,摇首语道:"难成! 难成!"答仁道:"陛下如不便驰骋,臣愿从旁扶掖陛下。"王褒闻言厉声道:"答仁系侯景余党,怎得相信! 与其倚贼,不若出降。"答仁气愤填

第六十六回　陷江陵并戕梁元帝　诛僧辩再立晋安王

膺，复申请道："臣蒙陛下厚恩，所以自愿效死，陛下如不愿夜出，内城将士，尚不下五千人，臣请背城一战，死亦甘心！"绎颇为感动，面授答仁为大都督，许配公主，即令出外部署。偏王褒固言答仁难信，且五千人怎能退敌，绎乃收回成命。及答仁再请入见，被门吏所阻，气得肝火暴升，狂喷鲜血，倒地而亡。贼中非无义士！

绎遣人出递降书，于谨征太子为质，由王褒奉绎命令，送太子元良入西魏营，谨闻褒善书，经与纸笔，褒执笔为书道："柱国常山公家奴王褒。"偷生怕死，一至于此。谨令褒召绎出迎，绎服素衣，乘白马驰出东门，抽剑击扉，自呼表字道："萧世诚，奈何至此！"西魏兵见绎出城，即逾堑牵住绎马，胁入营中。既见于谨，强令下拜，萧詧复在旁斥辱，绎亦无可奈何，但忍气吞声，由他发落。何不早死？詧将绎囚住乌幔下，于谨复逼使为书，传召王僧辩。绎不肯照写，魏使道："王今岂尚得自由？"绎答道："我既不自由，僧辩亦不由我！"或问绎何故焚书？绎凄然道："读书万卷，犹有今日，我所以尽焚了。"读与不读无异，想是一目已眇，只能看得偏旁。于谨拟处置萧绎，尚未定议，萧詧独坚请杀绎，并遣尚书傅准监刑，遂用土囊将绎压死。詧弑叔父，罪不容诛，但绎亦好戕骨肉，故亦遭死报。詧令用布缠尸，外用蒲席为殓，藁葬津阳门外。并杀太子元良，及始安王方略，桂阳王大成等人。大成系简文帝子。总计梁主绎在位三年，享年四十七岁，生平好学能文，著述词章，多半传世，惟秉性残忍，不知仁恕，兄弟子侄，视同陌路，稍挟私忿，必尽杀乃快。至魏兵围城，狱中死囚，多至数千人，有司请一律释放，充作战士，绎尚不允，概令处死，未及施刑，城已被陷，后来弄到这般结果。江陵人士，未尝叹惜，这可见众叛亲离，终归绝灭呢！唤醒尘梦。

詧将尹德毅，向詧进言道："魏房贪残，任情杀掠，江东人民，涂炭至此，统说由殿下主使，怨气交乘，殿下既杀人父兄，孤人子弟，人尽仇敌，谁与相助？今为殿下计，莫若佯为设宴，会请于谨等入席，暗中设伏武士，起杀虏帅，再分派诸将，掩袭虏营，大歼群丑，使无遗类，然后收抚江陵百姓，礼召王僧辩、陈霸先诸将，朝服渡江，入践皇位，不出旬日，功成业就。古人有言：天与不取，反受其咎。愿殿下恢廓远略，勿徇小谅！"此计太毒，即使有成，恐天道亦不相容。詧半响才道："卿策未尝不善，但魏人待我甚厚，不宜背德；若骤从卿计，恐人将不食吾余了！"德毅叹息而退。魏立詧为梁主，但将荆州给詧，延袤止三百里。雍州被圈领了去，又置防兵居西城，托名助詧，实加监制。命前仪同三司王悦，留镇江陵。于谨收取府库珍宝，及宋浑天仪，梁铜晷表，及南朝遗传法物，尽俘王公以下，及百姓男女数万口，编充奴婢，分赏三军，驱归长安。老弱残疾，一并杀死，仅留存三百余家。詧送归魏军，还城四顾，已是寂寞荒凉，目不忍睹，不由的长叹道："悔不用尹德毅言！"不悔为虎作伥，反悔不听德毅，始终谬误。

越年正月，詧始称帝，改元大定。追尊昭明太子为昭明皇帝，庙号高宗，太子妃蔡氏为昭德皇后，生母龚氏为皇太后，立妻王氏为皇后，子岿为太子，刑赏制度，多从旧制。惟上表西魏，仍然称臣。用参军蔡大宝为侍中，王操为五兵尚书。大宝足智多谋，晓明政事，詧目为诸葛孔明，推心委任。操亦大宝流亚，竭诚辅詧，詧始得稍具规模，成一个荆州小朝廷，史家称为后梁，这且慢表。

且说齐主高洋，闻魏兵进围江陵，曾遣清河王岳，攻魏安陆，遥救萧梁。岳至义阳，探悉江陵被陷，乃进军临江。郢州刺史陆法和，举州降齐。有幻术者，亦不过尔尔。齐因立贞阳侯萧渊明为梁王，令上党王高涣率兵护送，使向建康进发。渊明被虏见五十八回。时萧绎第九子晋安王方智，已由江州刺史任内，东归建康，王僧辩与陈霸先定议，奉方智为梁主，即皇帝位，年才一十三岁。命僧辩守官太尉，录尚书事，领中书监，兼骠骑大将军，都督中外诸军事。陈霸先守官司空，加征西大将军职衔，追尊皇考绎为孝元皇帝，庙号世祖。

正在兴绝继废的时候，忽由北齐尚书邢子才，驰驿到来，赍书与王僧辩。当由僧辩接阅来书，但见书中写着：

贵国丧君有君，见卿忠义；但闻嗣主冲藐，未堪负荷。贞阳侯系梁武犹子，长沙之胤，以年以望，堪保金陵，故置为梁主，送纳贵国，卿宜部分舟舰，迎接今主，并心一力，善建良图。

僧辩瞧着，不胜惊疑，那邢子才又取出一书，交与僧辩，书由萧渊明署名，求僧辩派兵出迎。僧辩踌躇多时，乃向邢子才道："主位已定，不应再易，烦君复报，以口代书。"子才复加劝导，僧辩不从，但另写一书，答复渊明，托子才带回。书云：

嗣主体自宸极，受于文祖，明公倘能入朝，同奖王室，伊吕之任，舍日仰归；若意在主盟，不敢闻命！

子才持书自去，还报齐主。齐主高洋怎肯罢休？仍饬高涣等进行。涣与渊明行至东关，更遣人致书僧辩。僧辩亟遣散骑裴之横等，率兵往阻。之横到了东关，与齐兵交锋，不幸败殁，只剩得溃卒数百人，走报僧辩。僧辩大惧，出屯姑熟，乃拟迎纳渊明。陈霸先方留镇京口，忙遣使劝阻僧辩，毋纳渊明。僧辩不敢拒齐，只好与霸先异议，奉启渊明，定君臣礼，且请许晋安王为太子，渊明准如所请，遂由采石渡江，直指建康。僧辩备齐龙舟法驾，往迎江滨，齐高涣驻兵江北，但遣侍中裴英起，护卫渊明，趋至建康郊外，与僧辩相会。僧

第六十六回　陷江陵并戕梁元帝　诛僧辩再立晋安王

辩见过英起,即礼谒渊明。渊明涕泣慰谕,由朱雀门入都,越宿即位,改元天成,降晋安王方智为皇太子,命僧辩为大司马,霸先为侍中。齐师闻渊明得立,当然北归。渊明再表请齐廷,乞还郢州。郢州自陆法和降齐,齐遣仪同三司慕容俨镇守,僧辩亦尝令江州刺史侯瑱往攻。俨坚守数月,城中食尽,至煮草木根叶及靴皮带角为食,守卒尚无异心。及齐得渊明乞请,乃召俨归国,举州还梁,且因梁已称藩,所有前时虏归的梁民,一律放还。渊明复申表陈谢,哪知历时未几,京口发难,侥幸窃位的萧渊明,坐不住这凤阁鸾台,于是新旧交替,又要那冲年天子,入篡皇基。这事起自陈霸先,待小子说明情由。

霸先与僧辩共灭侯景,情好甚笃,僧辩又为子颀聘霸先女,正要成婚;适值僧辩丧母,乃将婚礼展期。颀兄顗屡在父前,极言霸先难信,僧辩不以为然。及僧辩迎纳渊明,霸先力争不得,因与僧辩生嫌。霸先尝叹道:"武帝子孙甚多,惟孝元能复仇雪耻,嗣子何罪,乃遭废黜?况我与王公同处托孤地位,王公独一旦改图,外依戎狄,援立失次,究不知是何意?我为大义计,也顾不得私情了。"语虽近是,意未尽然。乃谋进击建康。可巧僧辩记室江旰,前来京口,说是齐将入寇,应该预防。霸先趁势定谋,留旰不遣,竟发兵往袭僧辩,留从子著作郎昙朗,居守京口,自督马步军启行。使部将徐度、侯安都,率水军趋石头城。

石头城北接冈阜,不甚危峻,安都舍舟登岸,潜至城下,被厚甲,带长刀,令军士以肩承足,迭接而上,自己作为首导,逾城直入,众亦随进,击死南门守卒,开城纳霸先军。僧辩方升厅视事,有人报称兵至,忙自厅内驰出,与子颀同至门外,随从约数十人。侯安都已到门前,持刀四劈,僧辩亦上前迎战,不到数合,安都部众,一拥而进,霸先亦率众接应,眼见是孤寡难支,当下夺路奔窜,走登南门楼。霸先麾众围攻,急得僧辩仓皇失措,只好拜请求哀。霸先毫不怜惜,反令部众搬集薪刍,势将纵火,僧辩无法,挈子下楼,为众所执。霸先问僧辩道:"我有何罪,公乃欲引齐兵讨我?且何为无备至此?"僧辩道:"委公北门,何谓无备?"霸先不答,竟命将僧辩父子牵系,绞死狱中。怕死者,反至速死。

前青州刺史程灵洗,率部曲救僧辩,与霸先军鏖战多时,灵洗败退。霸先遣使招谕,许为兰陵太守,灵洗乃降。霸先遂传檄中外,具列僧辩罪状,且云罪止僧辩父子兄弟,余皆不问。萧渊明闻僧辩被杀,自知帝位难居,便逊国就邸。还算见机。霸先仍奉晋安王方智正位,颁诏大赦,改元绍泰。内外文武百官,各赐位一等,授渊明为司徒,封建安郡公,霸先为尚书令,都督中外诸军事,兼扬、徐二州刺史,仍官司空。小子有诗叹道:

到底枭雄不让人，乘机掩入杀王臣。
大权攫得心才快，宁顾当时儿女亲！

霸先复立晋安王，都城粗安，忽由吴兴传到警信，乃是三叛连盟，反抗霸先。欲知三叛为谁，待至下回声明。

萧绎偷安江陵，不愿迁都，已自速败亡之兆。及魏兵南下，尚无志渡江，甘出下策，其致亡也必矣。夫绎性成残忍，无父无兄无子侄，伐柯寻斧，自戕枝叶，颠蹷致毙，非不幸也，宜也！独萧詧甘心召寇，主议杀叔，罪且浮于萧绎，即其后江陵存祚，传位二君，而昭明有知，亦岂肯遽往歆祀耶！萧渊明身为敌虏，宁足承祧？王僧辩以齐师之逼，迎立为主，宜为陈霸先所忌。但霸先之袭杀僧辩，亦非真心为梁。利害切身，亲友可以不顾，朝媾嫱而暮寇仇，军阀固如是乎！读此回，窃不禁有居今思古之感云。

第六十七回　擒敌将梁军大捷　逞淫威齐主横行

却说吴兴太守杜龛，系是王僧辩女夫，僧辩尝改称吴兴为震州，即进杜龛为刺史。龛闻妇翁被害，当即据城拒命，还有僧辩弟僧智，为吴郡太守，亦起应杜龛，义兴太守韦载，本是僧辩心腹，也与连盟，反抗霸先。霸先兄子陈蒨，助守吴兴，已得霸先密书，令还长城故里，立栅备龛。蒨至长城，收兵才数百人，龛遣部将杜泰，率精兵五千人，掩至栅下，蒨众相顾失色，独蒨谈笑自若，毫不张皇，众心乃定。泰攻扑数旬，不克乃还。霸先使周文育，往攻义兴，韦载募集弓弩手，射退文育，便在城外据水立栅，用兵扼守。霸先自督兵接应文育，留高州刺史侯安都，石州刺史杜棱，宿卫台省。

谯、秦二州徐嗣徽，有从弟名叫嗣先，系僧辩外甥，僧辩被杀，嗣先怂恿嗣徽，举州降齐。及闻霸先东攻义兴，遂密结南豫州刺史任约，乘虚袭建康，掩入石头。游骑至台城下，侯安都闭门静守，且下令军中道："登陴窥贼者斩！"嗣徽莫名其妙，不敢进逼，暂收兵还石头。诘旦，又进攻台城，忽见城门大启，冲出壮士数百名，踊跃直前，锐不可当。嗣徽抵敌不住，仍奔还石头城。太不济事。

霸先到了义兴，攻入水栅，使韦载族人韦翙，赍书招载，载因情穷势绌，不能坚持，没奈何偕翙出城，投降霸先。霸先好言慰抚，引置左右，特命翙监义兴郡事，乃卷甲还建康。移周文育兵救长城，更遣宁远将军裴忌，轻骑倍道，

第六十七回　擒敌将梁军大捷　逞淫威齐主横行

直趋吴郡。夜至城下,鼓噪登城,王僧智从睡中惊起,疑是大军到来,忙从后门逃出,轻舟奔吴兴。忌遂入据吴郡,奉霸先命留为太守。

霸先拟急攻石头,蓦闻齐兵来援徐嗣徽,并运粮三十万石,马千匹,已至湖墅。霸先未免耽忧,亟向韦载问计,载答道:"齐兵若分据三吴,略地东境,岂不可虑?今急宜至淮南筑城,保护东方粮道,再分兵绝彼输运,使他进无所资,不出旬日,齐将头颅,定可悬阙下了!"霸先依议,即使侯安都夜袭湖墅,放起一把无名火来,把齐船千余艘粮米,一炬成空。仁威将军周铁虎,得擒住齐北徐州刺史侯领州,械送建康。韦载复至淮南筑垒,使杜棱驻守,借通饷道,建康各军,才得无虞。<u>霸先能善用叛人,因有此效。</u>齐兵就仓门水南,设立二栅,与梁军相拒。侯安都出袭秦郡,攻破城栅,俘数百人,得徐嗣徽家琵琶及鹰,因遣人送还嗣徽,且传语道:"昨至老弟处得此,军前不需此物,因特送还。"<u>调侃得妙。</u>嗣徽大惊,急向齐营乞援。齐淮州刺史柳达摩,渡淮列阵,霸先督众猛斗,纵火烧栅,齐兵大败,溺死甚众。嗣徽与任约再引齐兵,屯驻江宁浦口,侯安都又带领水军,袭破齐兵,嗣徽等单舸脱走,柳达摩尚不肯去,留守石头城,霸先召集水陆各军,围攻石头,城中无水,达摩无法可施,乃遣使求和,惟要求质子。霸先与百官会议,大众以建康虚弱,粮运不继,不若易战为和。霸先乃令从子昙朗,及永嘉王萧庄,出质齐营,与达摩会盟城外。<u>霸先此着,未免太弱。</u>达摩始引兵自去。徐嗣徽、任约偕出奔齐。齐主高洋,闻达摩擅与梁和,且丧亡粮械马匹,不可胜计,遂归罪达摩,将他诛死,再令仪同三司萧轨,调集大军,克期南下。时已残冬,雨雪盈途,急切里不便行军,暂命展缓。

那震州刺史杜龛,尚据住吴兴,未曾除去。梁将周文育与霸先兄子蒨,屡攻杜龛,龛固守不下,相持逾年。文育暗结龛将杜泰,作为内应,一面诱龛出战。龛与杜泰出城,两下交锋。泰按兵不动,害得龛独力难支,奔回城中。泰亦随入,劝龛出降。龛迟疑未决,商诸妻室王氏,王氏道:"我与霸先,仇隙甚深,何可求和?"<u>倒还是个烈女。</u>因取奁中金银首饰,及所藏布帛等类,悉数犒军,与决一战。军士得了重赏,统是感激得很,情愿效死,开城出斗,一当十,十当百,果将梁军杀败,退至十里外下寨。

龛素嗜酒,每饮辄醉,此时幸得胜仗,便放心畅饮,整日里醉意醺醺,几忘朝晚。哪知杜泰已勾引梁军,开门纳入。龛尚高卧床中,沉醉未醒,妻王氏屡唤不应,也顾不得结发深情,当下将万缕青丝,付诸并剪,变了一个秃头妇人,混出府舍,往做尼姑去了。王僧智尚在吴兴,忙与弟僧愔,从后门出走,奔投北齐。陈蒨等杀入府中,搜捕杜龛,龛鼾声直达,还在黑甜乡中,做那痴梦,当由梁军把他舁出,扛至项王寺前,一刀了事。<u>不在刘伶祠,而在项王寺,未免杀错地方。</u>

东扬州刺史张彪,向为王僧辩党羽,不附霸先,霸先更遣陈蒨、周文育往袭会稽。即东扬州。彪迎战大败,走入若耶山中,被蒨将章昭达追及,枭首报功。南方已平,只北方警信日亟。徐嗣徽、任约进袭采石,执去明州张怀钧,霸先闻报,急遣帐内荡主主勇士,以荡突敌人,故称荡主。黄丛率兵往堵。适齐大都督萧轨,引兵南下,与徐嗣徽、任约合军,众至十万,趋向梁山。黄丛仗着锐气,迎头痛击,杀死齐兵前队数百人,齐兵不觉惊骇,退至芜湖。十万大军,不敌黄丛,其后日之覆亡已可想见。当下致书霸先,但言奉齐主命,来召建安公萧渊明,并非与南朝争胜。霸先乃具舟送渊明,偏渊明背上生疽,病不能兴,未几竟死。齐兵待渊明不出,即从芜湖出发,入丹阳,至秣陵。霸先亟遣周文育出屯方山,徐度出屯马牧,杜棱出屯大航,抵御齐军。齐人跨淮筑桥,立栅渡兵,自方山直进倪塘,游骑竟至都下,建康大震。

霸先忙召周文育等还援,自督军出屯白城。周文育亦率兵来会,与齐军对垒列阵。两下相交,正值西风大起,扑入梁营。霸先拟收军以待,独文育请战,霸先道:"用兵最忌逆风,奈何出战?"文育道:"事已急了,何用古法?"遂抽槊上马,鼓勇先进。众军一齐随上,风亦转势,得俘斩齐兵数百人。徐嗣徽分扰耕坛,由梁将侯安都截住。安都麾下只十二骑,左冲右突,无人敢当,齐将乞伏无劳,独拨马来截安都,战不三合,即被安都运动猿臂,活擒了去。无劳要想有劳,当然败事。嗣徽骇退,齐兵亦敛迹回营。

已而复潜至幕府山,霸先早已防着,密遣别将钱明,带领水师,绕出齐军后面,截击齐人粮船,劫得数十艘,齐军乏食,至宰食驴马充饥。未几又入逾钟山,霸先与众军分屯乐游苑东,及覆舟山北,断敌冲要。齐兵复转趋玄武湖,将据北郊坛,梁军也从覆舟山移驻坛北,与齐兵相持。可巧连日大雨,平地水深丈余,齐人昼夜立泥淖中,足指腐烂,悬釜以炊。惟梁军居处高原,尚得无虞。不过因霪雨连绵,粮运不继,未便枵腹从戎。会由陈蒨馈运米三千斛,鸭千头,到了梁营,霸先亟命炊米煮鸭,各令用荷叶裹饭,夹入鸭肉数脔,分给将士。大众饱餐一日,遂于翌日黎明,麾众出幕府山。侯安都为先锋,语部将萧摩诃道:"卿骁勇有名,千闻不如一见。"摩诃答道:"今日当令公亲见便了!"萧摩诃见六十三回。说着,即偕安都杀入敌阵。齐兵见他来势凶猛,急命军士迭射,安都不肯少却,冒矢向前,身上受了数箭,尚非致命要穴,却还熬受得住,偏马眼中着了一矢,马竟狂跃,将安都掀落地上。齐人见安都坠马,争来擒捉,猛听得一声大呼,突入一位少年将军,用槊四拨,把齐人纷纷杀退,救起安都。这少年不必细问,便可知是萧摩诃。安都易马再战,齐军披靡,霸先令部将吴明彻、沈泰等,首尾齐举,纵兵大战。安都引兵横出,冲散齐军,齐人大溃。徐嗣徽及弟嗣宗,先被梁军擒住,斩首示众,复鼓众力追,直至临沂,

第六十七回　擒敌将梁军大捷　逞淫威齐主横行

沿途屡有擒获，连齐大都督萧轨，也逃走不及，由梁将活捉了来。只任约、王僧愔跑得较快，幸免性命，余众无舟渡江，各缚荻茷北渡，中流沉溺，不计其数，流尸塞岸，弃械盈途。

梁军凯旋还都，由霸先下令，把齐帅萧轨以下，凡将吏四十六人，悉数处斩，然后请旨大赦，内外解严。霸先得进位司徒，加中书监，封长城公，余官如故，他将各封赏有差。霸先以侯安都为首功，愿将徐州刺史兼职，让授安都。梁主方智当然依议，寻且加授霸先为丞相，录尚书事，兼镇卫大将军扬州牧，封义兴公。霸先乃踌躇满志，要想帝制自为了。

独广州刺史王琳，前曾北援江陵，行次长沙，闻元帝殉难，自己家属，亦被西魏军掳去，不禁涕泪交并；遂为元帝发丧，三军缟素，且遣别将侯平，率舟师攻后梁。侯平连破后梁军，兵威颇振，遂不受王琳命令。琳遣将讨平，平走依江州刺史侯瑱。琳所有精锐，本已尽给侯平，平已叛去，军势遂衰，不得已奉表降齐。又因妻子皆为魏虏，复献款长安，乞请取赎。魏太师宇文泰，许还妻子，琳又请归元帝及太子元良棺木，亦邀宇文泰允许。琳迎葬元帝父子，报闻梁廷，仍然称臣，自是王琳一人，变做了三国臣仆，这好算是狡兔三窟呢。太觉聪明。

且说齐主高洋，闻齐师覆败，萧轨等被梁擒斩，当然大怒，亦命将质子陈昙朗，置诸极刑。惟永嘉王萧庄，非陈氏子，准令免死。本拟兴兵报怨，适值大修宫殿，无暇再举，乃将兵事搁起，专务佚游。原来高洋自荡平山胡，致生骄侈，应五十九回。渐渐的荒耽酒色，肆行淫暴。或躬自歌舞，尽日通宵，或散发胡服，杂衣锦彩，或袒露形体，涂傅粉黛，或乘牛驴橐驼白象，不施鞍勒，或盛暑炎热，赤膊游行，或隆冬严寒，去衣驰走，从吏俱不堪苦虐，洋独习以为常。有时觉得疲倦，令崔季舒、刘桃枝扶掖而行，勋戚私第，朝夕临幸，闲街曲市，常见足迹。既而淫恣益甚，遍召娼妓，褫去衣裳，令从官相嬲为乐，自己淫兴勃发，即使娼妓杂卧榻上，任意奸淫。甚至行及宫中，凡元氏、高氏两族妇女，悉数征集，亦视如娼妓一般，先择几人上前，逼令卸装露体，供他淫污，稍或违拗，即拔刀杀死。除与己交欢外，把妇女分给左右，概使当面肆淫。左右乐得从命，可怜这班妇女，为了一条性命，只好不顾羞耻，任他所为！父兄好淫，子弟必从而加甚。

高澄妻元氏，由洋尊为文襄皇后，居静德宫。洋忽猛忆道："我兄昔戏我妇，我今须报。"遂将元氏移居高阳宅中，自入元氏卧室，用刀相迫。元氏不敢逆意，没奈何宽衣解带，惟命是从。娄太后闻洋昏狂，召洋诃责，且举杖击洋道："当效汝父，当效汝兄！"洋不肯认错，受杖数下，即起身奔出，回指太后道："当嫁此老母与胡人！"娄太后大怒，遂不复言笑。洋颇知自悔，屡向太后前谢罪，娄太后怒气未平，终不正视。洋自觉乏趣，唯饮酒解闷，醉后益触起旧感，复趋至太后宫中，匍匐地上，自陈悔意。娄太后仍然不睬，洋不由的懊恼起来，把太后的坐榻，用手掀起。太后未尝预防，突然倒地，经侍女从旁扶起，面上已有伤痕，当时怒上加怒，立将洋撵出宫外。未几洋已酒醒，大为悔恨，又至太后宫请安。娄太后拒不肯见，洋使左右积柴炽火，欲投身自焚。当有人报知太后，太后究系女流，免不得转恨为怜，乃召洋入见，强为笑语道："汝前酒醉，因致无礼，后当切戒为是！"洋乃命设地席，且召平秦王高归彦入宫，归彦系高欢从祖弟。令执杖施罚。自跪地上，袒背受杖，并语归彦道："杖不出血，当即斩汝！"娄太后亲起扶持，免令加杖。洋流涕苦请，乃使归彦笞脚五十，然后衣冠拜谢，呜咽而出。因是戒酒数日，过了旬余，又复如初，甚且加剧。

归彦幼孤，寄养清河王高岳家，岳为高欢从父弟，见前文。岳待遇甚薄，及归彦长成，辄怀隐恨。岳尝将兵立功，颇有威望，起第城南，很是华腆。归彦向洋进谗，说岳僭拟宫禁，洋由是忌岳。岳性爱酒色，曾召入邺下歌妓薛氏姊妹，侑酒为欢。后来薛氏妹得入后宫，邀洋宠爱，洋遂往来薛氏家。薛氏姊为父乞司徒，洋勃然怒道："司徒大官，岂可求得？"薛氏姊亦出言不逊，竟被洋刳人锯死。且因薛氏妹尝侑岳酒，疑岳通奸，便罪岳入问。岳答道："臣本欲纳此女，因嫌她轻薄，所以不取，并未与她有奸。"洋终未释嫌。及岳辞归，即令归彦赍鸩赐岳。岳自言无罪，归彦道："饮此尚得全家。"岳乃服鸩而亡。洋仍葬赠如礼，惟令改岳宅为庄严寺。薛氏妹尚是得宠，册为嫔御。嗣忽忆她与岳通奸，亲刳薛首，藏诸怀中，自赴东山游宴，肴核方陈，群臣列席，洋探怀出薛氏头，投诸盘上，一座大惊。又命左右取薛氏尸，把她支解，以髀骨为琵琶，且击且饮，且饮且泣，喃喃自语道："佳人难再得。"乃载尸以归，被发步行，哭泣相随，待亲视殓葬，然后还宫。实是丧心病狂。

已而嫌宫室卑陋，乃发工匠三十余万，修广三台宫殿。殿高二十七丈，两栋相距二百余尺，工匠危怯，皆系绳防颠，洋登脊疾走，毫不畏怖。旁人代为寒心，他却身作舞势，折旋中节，好多时方才下来。

平时出游，好作武夫装，兵器不离手中，尝在途中见一妇人，面目伶俐，便召问道："你道今日的天子行为如何？"妇人未曾相识，猝然答道："癫癫痴痴，成何天子！"语未毕，已被洋一刀两段。

洋乘便入李后母家，后母崔氏出迎，不防洋突射一矢，正中面颊。崔氏惊问何因？洋怒叱道："我醉时尚不识太后，老婢问我何为？"遂复用马鞭乱击，至百余下，打得崔氏面目青肿，方才驰去。转入第五弟彭城王浟家，浟母即大尔朱氏，当然出见。洋瞧将过去，觉得尔朱氏虽值中年，尚饶丰韵，不觉欲火上炎，竟

第六十七回　擒敌将梁军大捷　逞淫威齐主横行

牵住尔朱氏，欲与交欢。尔朱氏难以为情，未肯照允，惹得洋易喜为怒，立即拔刀砍去，尔朱氏无从闪避，头破身亡。前时已经失节，此时偏要顾名，死不值得！

洋既杀死尔朱氏，复别往魏安乐王元昂家，昂妻李氏，即李后之姊，颇有姿色，巧值元昂外出，由李氏出迓车驾，洋入室后，便将李氏拥住，李氏惮他淫威，无法摆脱，勉承主欢。嗣是洋屡次往幸，并欲纳为昭仪，恐昂不肯舍，先召昂入便殿，使他匍伏，自引弓射昂百余箭，凝血满地，乃使舁归家中，即夕毕命。洋反自往吊丧，就丧次逼拥昂妻，与他续欢。一面命从官脱衣助襚，号为信物。李后终日哭泣，不愿进食，但乞让位与姊。娄太后俟洋入宫，面加训导，方不纳昂妻为昭仪。

洋又作大镬长锯锉碓等类，陈列殿庭，每醉辄杀人为戏，刌解屠炙，成为常事。左丞卢斐、李庶，及都督韩哲，俱无罪遭戮，惟宰相杨愔，始终倚任，但亦视若奴隶，使进厕筹，或用鞭笞愔背，流血盈袍。有时令愔露腹，欲执小刀劙皮，还是崔季舒托为诽言，从旁笑语道："老小公子恶戏。"因把刀掣去，才免劙腹。愔因洋嗜杀人，尝简邺下死囚，置诸仗内，号为供御囚，三月不杀，方才赦宥。开府参军裴谒之，上书极谏，洋语愔道："谒之愚人，怎敢如此！"愔答道："彼欲陛下加刑，使得传名后世。"谲谏语。洋笑道："我不杀他，怎得成名！"正要你说此言。一日，泣语群臣道："黑獭不受我命，奈何！"都督刘桃枝道："臣愿得三千壮士，西入关中，牵絷以来。"洋闻言大喜，赐帛千疋。侍臣赵道德进言道："东西两国，势均力敌，我可擒彼，彼亦可擒我；桃枝妄言应诛，陛下奈何滥赏？"洋幡然道："道德言是！"乃收回桃枝赐绢，转赏道德。会洋使道德从游，至漳水旁，欲跃马驰下峻岸，道德揽辔劝阻，洋恨他逆旨，拟拔刀刺道德，道德从容道："臣死不恨，当至地下启奏先帝，谓此儿淫凶颠狂，不可教训！"滑稽得妙。洋亦为默然，回马径归。

典御丞李集面谏，比洋为桀、纣，洋当即怒起，令缚置水中，好多时才命引出。复问道："我究竟与桀、纣相同否？"集正色道："恐尚不及桀、纣！"却是真话。洋又令入水，三沉三问，集对答如初。洋大笑道："天下有如此痴人，方知龙逢、比干，未是俊物！"乃挥集使去。嗣复被引入见，又欲进言，洋窥知集意，竟令左右驱出腰斩，一道忠魂，趋入地府，往寻那龙逢、比干，证引同调去了。小子有诗叹道：

　　为臣原贵格君非，君太狂昏耍见几。
　　强谏徒然罹一死，何如先事学鸿飞！

洋淫恶未悛，还亏杨愔主持政务，百度修饬，才得粗安。那西魏及南朝，篡弑相寻，真是泯泯棼棼，不可纪极了。看官欲知详情，待小子逐节叙明。

陈霸先战败齐兵,为后来篡梁预兆。齐、魏为南朝劲敌,齐或胜梁,霸先犹有惧心,乃全军覆没,令霸先得以逞志,其不肯受制于萧家小儿,已可知矣。然齐主高洋,方淫昏失德,所任将帅,如萧轨等类皆庸闒,亦安能制胜疆场耶!齐兵败覆,高洋乃不遑报怨,但沉湎酒色,兴役土木,任意淫烝,逞情杀戮,儗以桀、纣,诚有过之无不及者。李集虽忠,徒死无益,本回结束一诗,最得李集定评。"事君数,斯疏矣。"况其为暴君乎!古训之不可不遵也如此。

第六十八回　宇文护挟权肆逆
　　　　　　陈霸先盗国称尊

却说宇文泰废立嗣君,专权如故,尝欲仿行古制,依周礼改定六官,至是决意施行。泰自为太师大冢宰,李弼为太傅大司徒,赵贵为太保大宗伯,独孤信为大司马,于谨为大司寇,侯莫陈崇为大司空,余官皆仿周礼,不消细述。泰前尚魏孝武妹冯翊公主,生子名觉,泰封安定公,觉亦得封略阳公。妾姚氏,生子名毓,又受封宁都公。毓年较觉为长,曾娶大司马独孤信女,泰欲立嗣,苦未能决,因语诸公卿道:"我欲立子以嫡,但恐大司马见疑,如何是好?"尚书左仆射李远道:"立子以嫡不以长,这是古来的常道,若虑信有异言,远愿为公斩信!"说着,拔剑遽起。也是一个莽夫。泰忙起身拦住道:"何至如此!"信闻远言,亦入内自陈,主张立嫡,于是大众并从远议。远出外谢信道:"临大事不得不尔,请公莫怪!"信亦谢远道:"今日赖公决此大议。"乃一笑而散。泰遂立觉为世子。

西魏主廓三年八月,泰北巡渡河,还至牵屯山,忽然遇病,病且沉重,急发使驰驿,往召中山公护。护至泾州,入省泰疾,泰语护道:"我诸子皆幼,外寇方强,天下事仗汝主持,汝宜努力,勉成我志!"护当然受命。史称泰知人善任,奈何反不知犹子?奉泰舆至云阳,泰气促身亡,年五十二,途中不便传讣,及舁还长安,方才发丧,由魏主赐谥曰文。

世子觉嗣位太师大冢宰,袭封安定公。觉时年十五,尚乏谋断,国家大事,应由护一人办理,护名位素卑,虽经泰托命,未惬舆情,名公巨卿,多半不服。护未免加忧,商诸大司寇于谨,谨答道:"谨蒙令先公知遇,情同骨肉,今日事当效死力争;若对众定策,公亦不宜推辞。"谨亦不能知护。护易忧为喜,欣然受教。次日与公卿会议,谨首先开口道:"从前帝室倾危,非安定公不得今日,今安定公一旦去世,嗣子虽幼,中山公亲为兄子,兼受顾托,军国重事,理应归中山公主决,何必多疑!"说至此,余音震响,面带威棱。公卿等不寒而

第六十八回　宇文护挟权肆逆　陈霸先盗国称尊

栗,莫敢发言。护徐说道:"此乃家事,护虽庸昧,亦何敢遽辞!"谨即起立道:"中山公统理军国,使谨等有所依归,应当拜命!"遂向护再拜,公卿等亦不敢不拜。护一一答礼,众议乃定。护欲笼络众心,抚循文武,整肃纪纲,俱属有条不紊,朝右益无异言。

魏主廓复将岵阳土田,赐宇文觉,进封周公。护因觉幼弱,意欲导觉篡魏,自居首功,遂遣人入讽魏主,逼他禅位。魏主廓本无权力,好似傀儡一般,此时为护所迫,眼见得不能反抗,只好推位让国,拱手求生。乃使大宗伯赵贵,奉册周公,自愿逊位。宇文觉尚上表鸣谦,辞不敢受,再由济北公拓跋迪,赍交玺绶,公卿等相率劝进,觉乃受命。遂于次年正月朔,即位称天王,燔柴告天,朝见百官,国号周。史家称为北周。追尊皇考文公泰为文王,庙号太祖,皇妣元氏为文后,降魏主廓为宋公,进大司徒李弼为太师,大宗伯赵贵为太傅,大司马独孤信为太保,从兄中山公护为大司马,庶兄宁都公毓为大将军。余皆封拜有差。已而复封弼为赵国公,贵为楚国公,独孤信为卫国公,于谨为燕国公,侯莫陈崇为梁国公,大司马护为晋国公,各食邑万户,使作屏藩。魏主廓早已出宫,寄居大司马府,护拟斩草除根,索性把他鸩死,托言遇疾暴亡,加谥为魏恭帝。魏自道武帝拓跋珪建元,传至孝武帝修入关,共历九世,得十一主,计一百四十九年,东魏一主,凡十七年,西魏三主,凡二十三年。总束北魏,万不可少。

宇文护自恃功高,不免专恣。赵贵、独孤信等,本皆与宇文泰毗肩,不愿事护,只因为于谨所胁,勉强推让,至此见护揽权不法,遂密谋诛护。贵欲速发,信尚迟疑,开府仪同三司宇文盛,诇悉阴谋,即向护报闻。护乘贵入朝,潜伏甲士,将贵拿下,立即处斩;并免独孤信官,胁令自尽。护得进任大冢宰,势力益横,仪同三司齐轨,语御正大夫薛善道:"军国大权,应归天子,奈何尚在权门!"善将轨语告护,护便命处死,授善为中外府司马。周主觉见护专横,一切刑赏,统是独断独行,未尝豫白,心中也隐觉不平。

司会李植,军司马孙恒,本系先朝佐命,久参国政,因恐护不相容,乃与宫伯乙弗凤、贺拔提等,秘密往来,欲清君侧。植与恒先入白道:"护擅戮朝贵,威权日甚,谋臣宿将,争往依附,事无大小,绝不启闻,臣料护包藏祸心,未肯终守臣节,还望陛下早日图谋,无待噬脐!"周主觉唏嘘不答。凤与提从旁插嘴道:"如先王明圣,犹委植、恒等参议朝政;今若将国事委托二人,何患不成!臣闻护常自比周公,周公摄政七年,然后还政,试问护能如周公的贤圣么?就使七年以内,护无异图,恐陛下事事受制,亦怎能忍待七年?"周主觉颇以为然,因屡引武士至后园,演习技艺,为除奸计。宫伯张光洛,系护心腹,他却佯言嫉护,交欢植等。植等未识真假,引与同谋,光洛即背地告护。护遂出植为梁州刺史，恒为潼州刺史。还算不用辣手。

周主觉怀念植等，每欲召还，护入内泣谏道："天下至亲，莫如兄弟，兄弟尚或相疑，此外何人可信？太祖以陛下春秋未盛，嘱臣后事，臣情兼家国，愿竭股肱，若陛下亲览万机，威加四海，臣虽死犹生；但恐臣一除去，奸邪得志，非但不利陛下，亦将倾覆社稷，臣至地下，何面目再见先王！且臣为天子兄，位至宰相，尚复何求？愿陛下勿信逸言，疏弃骨肉！"巧言如簧。试问后日弑主将作何说？觉乃罢议，但心终疑护。凤等益惧，密谋益亟，拟召公卿入宴，即席执护。张光洛又向护报闻，护召柱国贺兰祥，领军尉迟纲等，共谋废立。纲即入殿中，佯召凤等议事，待凤等趋入，麾兵拿下，送交护第。周主觉方册后元氏，在宫叙情。后系魏文帝宝炬第五女，姿容秀雅，觉为略阳公时，已纳为夫人，情好颇笃。此时大礼告成，格外欢暱，驀闻外廷有变，料知情事不佳，急令宫人执兵自守。偏贺兰祥带兵入宫，逼主逊位，区区宫人，哪里敌得过赳赳武夫，不由的四散奔窜。周主觉束手无策，只得挈了元后，出居旧第。数月天王，不如不为！

护更召公卿会议，仍废觉为略阳公，迎立岐州刺史宁都公毓。大众齐声道："这是大冢宰家事，敢不唯命是听！"乃驱出凤等，一一枭斩。复召还潼州刺史孙恒，梁州刺史李植。植父柱国大将军李远，正出镇弘农，亦被召还朝。远防有变祸，沉吟多时，乃慨然道："大丈夫宁为忠义鬼，怎可作叛逆臣！"遂就征诣长安。孙恒先至，当即被杀。植与远依次入都。护因远名望素隆，尚欲保全，特引与握手道："公儿忽有异谋，不但屠戮护身，且欲倾危宗社，叛臣贼子，理应同嫉，请公自行处置！"说着，即令执植付远，远素爱植，植又巧言抵赖，远不忍加诛。诘旦复率植谒护，护总道远必杀植，及闻父子俱来，因盛气传入，呼远同坐。且召略阳公觉与植对质，植无可讳言，乃抗声语觉道："本为此谋，欲利至尊，今日至此，有死罢了，何劳多言！"远听了此语，不禁起身投地，且愤愤道："果有此事，合该万死！"护即命左右牵植出外，斩首返报，并逼远自杀。植弟叔诣、叔谦、叔让皆处死，余子以幼冲得免。

过了月余，宁都公毓自岐州至长安，护即害死略阳公觉，早知不免一死，亦不必诬罪李植。并黜元后为尼，然后迎毓入宫，嗣天王位，大赦天下，就延寿殿朝见群臣。太师赵国公李弼，朝罢归第，便即婴疾，未几谢世。宇文护晋位太师，授皇弟邕为柱国，进封鲁国公。邕系宇文泰第四子，幼有器量，泰尝语人道："欲成吾志，必待此儿。"年十二，已得封公爵，至是官拜柱国，出镇蒲州，容后再表。毓妻独孤氏，得册为后。独孤氏悼父非命，屡思为父复仇，怎奈仇人在前，不得加刃，渐渐的抑郁成病，竟致不起，距立后期才及三月，已是玉殒香消，往地下去省乃父了。周主毓虽然悼亡，但亦没法图护，只好蹉跎过去。毓不能为妇翁复仇，又不能为妇泄忿，如此懦弱，怎得不同归于尽？

第六十八回　宇文护挟权肆逆　陈霸先盗国称尊

古人说得好,铜山西崩,洛钟东应,北周屡遭篡弑,南朝亦猝生变祸,画一个依样葫芦。自陈霸先进为丞相,手握重权,已把梁主方智,视若赘瘤。本拟即日篡梁,可巧南方起了兵祸,不得不遣将往讨,暂将受禅事搁过一边。晋州刺史萧勃,因王琳还援江陵,复徙居始兴,应六十六回。始兴郡已改称东衡州,即令欧阳頠为刺史。已而复调頠刺郢州,勃留頠不遣,且遣兵袭頠,攻入城中,尽取资财马仗,把頠拘回。勃又命释頠囚,甘言抚慰,頠也只好得过且过,俯首听命。勃乃使归原任,联为指臂。及梁主方智嗣位,进勃为太尉,勃虽遣使入贺,仍然阳奉阴违。越年,梁又改绍泰二年为太平元年,国家多事,也无暇顾及南方。又越年为太平二年,陈霸先逆迹渐萌,勃却假名讨逆,发难广州。前阻霸先北援,此时反欲为梁讨逆,谁其信之!遣欧阳頠为前锋,从子萧孜部将傅泰为副,复檄南江州刺史余孝顷,引兵相会。頠出南康,屯苦竹滩,泰据蹠口城,孝顷出豫章,踞石头津。渚名,非建康之石头城。

梁廷闻警,急遣平西将军周文育,调集各军,往讨萧勃。巴山太守熊昙朗,伪称应頠,约与共袭高州,暗中却已通知高州刺史黄法氍。頠不防有诈,出会昙朗,共赴高州城下。法氍出兵逆战,昙朗与战数合,便麾兵倒退,冲頠后军。法氍乘势杀来,頠始知中计,慌忙弃去军械,引兵遁去。昙朗却得收拾马仗,饱载而归。周文育统军前进,正苦乏船,探得余孝顷有船在上牢,潜遣军将焦僧度袭取,得船数百艘,乃溯江至豫章,立栅屯兵。适军中食尽,粮运不至,诸将俱欲还师,独文育不许,使人从间道至衡州,向刺史周迪乞粮,约为兄弟。迪得书甚喜,遂输粮济军。文育既得粮饷,并不进军,反遣老弱各兵,乘船东下,自毁营栅,作遁去状。孝顷闻梁军东返,总道他粮尽回师,毫不设备,哪知文育却绕出上流,潜据芊韶,筑城飨士,营垒一新。

芊韶左近,为欧阳頠、萧孜营,右近为傅泰、余孝顷营,文育据住中间,惹得頠、孜等仓皇大骇,急欲移营。頠先退还泥溪,不料梁将周铁虎,引兵追及,槊及頠马。頠不得已回马与战,不到十合,但听铁虎猛喝一声,頠已落马,被梁军活擒了去,送入文育大寨。頠见文育,自言为勃所迫,并非真心事勃,文育乃亲释頠缚,与他乘舟同饮,张兵至蹠口城下。傅泰出战败走,由梁将丁法洪,驱马追上,手到擒来。统是没用的家伙。萧孜、余孝顷见两将被擒,吓得魂飞天外,统一溜烟似的逃走了去。德州刺史陈法武,前衡州刺史谭世远,正接萧勃檄文,率兵往助,猝闻勃军败衄,乐得倒戈从事,一哄而入,杀死萧勃。勃将兰裛不服,又袭杀世远,偏别将夏侯明彻,又将裛杀毙,持勃首出降梁军。

文育传首建康,并槛送欧阳頠、傅泰等人。霸先本与頠有旧,见六十三回。当然宥罪,且因他声著岭南,仍令为衡州刺史,使他招抚。一面遣平南将军侯安都,往助文育,剿平余孽。萧孜、余孝顷尚分据石头津,夹水列营,多设舟舰。安都趋至，潜师夜袭，借着祝融氏的威焰，顺风纵火，把石头津左右的军船，烧得精光。再由文育督众夹攻，萧孜惶急乞降，孝顷窜去。文育等乃奏凯班师。欧阳頠到了岭南，诸郡皆望风归顺，广州亦平。

霸先闻孝顷往依王琳，特征琳为司空。琳不肯就征，乃命周文育、侯安都等，率舟师至武昌，进击王琳，一面安排篡梁，自为相国，总百揆，胁梁主进封陈公，加九锡礼。未几即进爵陈王，建天子旌旗；又未几即迫梁主禅位，颁发策命。词云：

> 咨尔陈王：惟昔上古，厥初生民，骊连、栗陆之前，容成、大庭之世，杳冥荒忽，故靡得而议焉。自羲农、轩昊之君，陶唐、有虞之主，或垂衣而御四海，或无为而子万民，居之如驭朽索，去之如脱敝屣，裁遇许由，便能舍帝，暂逢善卷，即以让王。故知玄扈璇玑，非关尊贵，金根玉辂，示表君临，及南观河渚，东沈刻璧，菁华既竭，耄勤已倦，则抗首而笑，惟贤是与，谤然作歌，简能斯授，遗风余烈，昭晰图书。汉魏因循，是为故实，宋齐授受，又弘斯义。我高祖应期抚运，握枢御宇，三后重光，祖宗齐圣。及时属阳九，封豕荐食，西都失驭，夷狄交侵，惵惵黔首，若崩厥角，徽徽皇极，将甚缀旒。惟王乃神乃圣，钦明文思，二仪并运，四时合序，天锡智勇，人挺雄健，珠庭日角，龙行虎步，爰初投袂，仗义勤王，电扫番禺，云撤彭蠡，翦其元恶，定我京畿。及王贺帝弘，贸兹冠履，既行伊霍，用保冲人，震泽稽涂，并怀畔逆，獯羯丑虏，三乱皇都，才命偏师，二邦自殄，薄伐獫狁，六戎尽殪，岭南叛涣，湘郢连结，贼帅既擒，凶渠传首；用能百揆时叙，四门允穆。无思不服，无远弗届，上达穹昊，下漏渊泉，蛟鱼并见，讴歌攸属。况乎长彗横天，已征布新之兆，璧日斯既，实标更姓之符。七百无常期，皇王非一族，昔木德既穷，而传祚于我有梁，天之历数，允集明哲。式遵前典，广询群议，敬从人祇之愿，授帝位于尔躬。四海困穷，天禄永终，王其允执厥中，轨仪前式，以副普天之望，禋郊祀帝，时膺大礼，永固洪业，岂不盛欤！

策命既颁，再由尚书左仆射兼太保王通，司徒左长史兼太尉王瑒，赍奉玺绶，交给霸先。霸先不得不三揖三让，装出许多伪态，经百官一体劝进，乃允议受禅，遂使中书舍人刘师知，往引将军沈恪，勒兵入殿，逼梁主方智出宫，恪不愿偕行，独排闼入见霸先，叩头泣谢道："恪曾服事萧氏，今日不忍见此，情愿受死，不敢奉命！"还算是庸中佼佼。霸先倒也默然，改派荡主王僧志，胁梁主迁居别宫。梁自武帝萧衍篡齐，共传四主，计五十六年而亡。

霸先即位南郊，国号陈，改元永定。废梁主方智为江阴王。追尊皇考文赞为景皇帝，皇妣董氏为安皇后，前夫人钱氏为昭皇后，世子克为孝怀太子。立夫人章氏为皇后。霸先少娶同郡钱仲方女，早年去世，因纳章氏为继室。章氏吴兴人，原姓钮氏，过养章家，乃改姓为章，善书计，能诵诗及楚辞。相传章母苏氏，尝遇道士，赠一小龟，光采五色，且语以三年有征。后来及期生女，紫光照室，独龟却不知去向。这恐是史家附会，未足为凭。小子亦不过有闻必录罢了。

霸先长子名克，也已夭折。次子名昌，与从子顼前居江陵，并为西魏所虏，霸先遥封昌为衡阳王，顼为始兴王。他如在都从子蒨封临川王，昙朗封南康王，蒨与顼为霸先兄道谭子，道谭曾仕梁为散骑常侍，昙朗为霸先弟休先子，休先亦仕梁为骠骑将军。兄弟俱已逝世，由霸先追赠为王，即令从子袭爵。一人为帝，举族荣封，这也是应有的常例。惟梁主方智，废徙逾年，终为陈主霸先所害。可怜他在位三年，年才十六，终落得非命而亡，总算得了一个嘉谥，号为梁敬帝。小子有诗叹道：

伤心世变等沧桑，半壁江山又速亡。
宗社沉沦君被弑，祖宗造孽子孙当。

陈主即位未几，忽闻武昌舟师，败绩郢州，各将均被掳去，不禁惊骇异常。究竟如何覆师，且看下回再叙。

宇文氏之篡魏，非觉为之，护实使之然也，故觉可恕，护不可恕。护既导觉为恶，复弑魏主，彼犹得曰吾为宗族计，吾为昆弟计，不得不尔。即如杀赵贵，逼死独孤信等，俱尚有词可辩，觉负何罪，乃遽废之，且并弑之？然则护之凶逆，一试再试，固不问为何氏子也。宇文泰为乱世英雄，奈何误信逆侄，得毋由天夺其魄，特假手于乃侄，以戕害其子嗣乎？陈霸先袭杀王僧辩，攫得重权，废萧渊明而仍立萧方智，彼固玩孤儿于股掌之上，可以随我舍取也。萧勃讨逆，不得谓其有名，但霸先犹有所忌，至勃死而余不足惮矣。一介幼主，摔而去之，易如反手，未几即为所害，阅史者为方智惜，实则不足惜也。萧衍尝手刃同宗，能保子孙之不为人戮乎！

第六十九回 讨王琳屡次交兵
谏高洋连番受责

却说周文育、侯安都等带领舟师一万人，往击王琳，师至武昌，武昌守将樊猛，已归附王琳，至此弃城遁去。安都正欲进兵，接得陈主受禅的诏敕，不禁叹息道："我今必败，师出无名了。"时安都为西道都督，文育为南道都督，两将不相统摄，号令不一，部众彼此歧视，每有争端。军至郢州，琳将潘纯陀先已据守，用着强弓硬箭，遥射梁军。安都前队的步兵，多为所伤。安都怒起，督兵围攻，数日未下，那王琳已出屯弇口，来截梁军。安都不得已撤郢州围，移兵往趋沌口，留沈泰一军守汉曲。途次适遇逆风，不得前进，文育亦引兵来会，与王琳隔江相持，琳据东岸，梁军据西岸。两下里按兵数日，乃整舰交锋，偏偏东风大起，骇浪西奔，梁军各舰，帆樯俱折，舵且把持不定，怎能与琳军对敌？琳军却顺风猛击，跳跃如飞，文育、安都不及奔避，俱被琳军擒去，还有偏将周铁虎、徐敬成、程灵洗等，亦皆成擒。惟沈泰留军汉曲，闻败急退，尚得旋师。霸先即位，便致偏师败覆，这也是天道恶逆，故有此警。

琳见文育诸将，责他不当助逆，文育等统垂首无言。独周铁虎词色不挠，反唇相讥，顿时触动琳怒，把铁虎推出斩首。徒勇者多不得其死。所有文育、安都等，用一长链拘系，锁置后舱，令宦寺王子晋看管，进军湓城。行至白水浦，文育、安都，用甘言啗子晋，许给重赂。子晋竟为所动，伪用小船垂钓，夜载文育、安都等，渡至岸上，纵使脱逃。琳已睡着，毫不觉察。文育、安都等，从深草中潜行而出，东走还都。

陈主霸先闻得全军覆没，正在惊惶，未几得文育、安都等奏启，自言从贼中逃还，入都待罪，又不禁易惊为喜，下诏赦宥，并召入陛见，令他立功自赎，各复原官。王子晋随入建康，特酬重赏。王琳失去梁将，又不见子晋，料知为子晋所纵，懊悔不已，乃移湘州军府至郢城。更因江州刺史侯瑱还都，特遣樊猛袭据江州。陈主霸先再拟讨琳，但恐西南一带，各郡豪帅，反复无常，不得不先行招抚，免生他变，因遣侍郎萧乾，持节慰谕。乾系齐豫章王萧嶷孙，遣令宣慰，亦无非借用故臣，俾便笼络的意思。当时巴山太守熊昙朗在南昌，衡州刺史周迪在临川，尚有东阳太守留异，晋安太守陈宝应，均起自草泽，雄踞一方。南中土豪多立寨自保，不服朝命。萧乾到处慰抚，晓示祸福，总算是各无异言，奉表投诚。陈主即令乾为建安太守，镇抚远近。

会王琳东至湓城，招兵买马，为东侵计，特与北江州刺史鲁悉达交欢，使为镇北将军。陈主亦颁诏至北江州，授悉达为征西将军，两造各送鼓吹女乐。悉达狡猾得很，做一个骑墙将军，所得赠品，老实收受，西不拒琳，东不却陈，其实是安坐观望，两无所就。倒是一个好法门。陈主使安西将军沈泰袭击，他却严兵防守，无隙可乘。王琳欲引军东下，也被他截住中流，不能前进。琳乃使记室宗虩向齐乞援，且请纳永嘉王庄，续承梁祀。庄系梁元帝萧绎孙，方等所出，江陵陷没，庄才七岁，避匿女尼法慕家，得辗转至建康，嗣因入质北齐，尚留邺下。见六十七回。齐从琳请，发兵护送萧庄至郢州，并册封琳为梁丞

第六十九回　讨王琳屡次交兵　谏高洋连番受责

相，都督中外诸军，录尚书事。琳乃奉庄即皇帝位，改元天启，追谥建安公渊明为闵皇帝。不尊方等而尊渊明，却也可怪。琳自为侍中大将军，中书监，余依北齐册命，当下传檄伐陈。

陈主霸先命司空侯瑱，领军将军徐度，率舟师为前军，溯江讨琳。因恐复蹈覆辙，先遣吏部尚书谢哲，谕琳利害。琳愿归湘州，乃召还诸军，使屯大雷。衡州刺史周迪，闻王琳引兵东下，欲自据南川，召集所部八郡守吏，结一盟约，托言将入卫建康。事为陈主所闻，也防他借名图变，特遣人谕止，并加厚抚，迪乃按兵不动。独余孝顷进语王琳道："周迪等皆依附金陵，阴窥间隙，大军若下，必为后患，不如先定南川，然后东行。孝顷愿招集旧部，随效驱驰。"琳乃复遣部将樊猛、李孝钦、刘广德等出兵临川，使孝顷总督三将，威吓周迪。孝顷先向迪征粮，迪惶急请和，愿送粮饷。孝顷得步进步，还未肯退军，樊猛不愿进战，与孝顷龃龉，遂致军心涣散。

那周迪因孝顷未退，乞援邻郡，高州刺史黄法氍，吴兴太守沈恪，宁州刺史周敷，合兵救迪。敷分兵扼截江口，刘广德顺流先下，被敷擒住。孝顷、李孝钦，与迪等交战，也遭败衄，弃舟步走。迪麾众追击，悉数擒归，独樊猛坐视不救，奔回湘州。余孝顷等解至建康，席藁待罪，得蒙赦宥。惟孝顷弟孝励，及子公飐，尚据临川营栅，相拒未下。周迪表请济师，陈主命周文育统率将士，前往会迪。巴山太守熊昙朗，亦引兵来会，众五万人。文育出次金口，余公飐诣营请降，文育见他词色支离，料他有诈，喝令左右把他缚住，囚送建康。孝励忙向王琳告急，琳使部将曹庆率兵赴援。庆令偏将常众爱，往拒文育，自督众袭击周迪。迪仓猝逆战，遂致败绩。文育方进屯三陂，与常众爱列营相拒，未分胜负，适值迪败报传来，乃退屯金口。

熊昙朗忽生异心，竟想联络众爱，戕害文育。文育监军孙白象，探悉昙朗阴谋，即向文育报知，并谓宜先除昙朗，免滋后患。文育尚半信半疑，且更欲推诚相待，俾安反侧，坐是因循姑息，不先下手。是谓当断不断，反受其乱。可巧有迪书到来，乞分兵援助，文育拟拨昙朗往救，乃亲至昙朗营中，面与商议。昙朗谋杀文育，正苦无隙可乘，偏文育自来送死，不禁喜出望外，遂命壮士伏住帐后，自己出营相迎。待文育入营坐定，但叙数语，即传了一个暗号，使壮士一齐杀出，攒刃文育座前。文育无从奔避，眼见是身首两分了。昙朗既杀死文育，复威胁文育部曲，令他从顺，进据新淦城，转袭周敷。敷已侦悉情事，严阵以待，一俟昙朗趋至，便纵兵痛击，昙朗抵敌不住，更兼文育部众，统是乘势倒戈，弄得昙朗走投无路，好容易杀出圈外，只剩得一人一骑，奔还巴山，旋为村民所杀。

陈主霸先尚未知文育死耗，特遣侯安都率兵接应。安都将至豫章，始知文育被戕,因引师退还。途遇王琳将周炅、周协南归,顺便邀击,得将二周擒住。凑巧孝励弟孝猷,率部下四千家,往投王琳,也被安都截断,不得已投降安都。安都得此胜仗,便放胆进攻常众爱,众爱败奔庐山,曹庆亦遁。庐山民杀死众爱,送首至营,安都即传首建康,引还南皖。临川王陈蒨,方奉命在南皖筑城,安都当然进谒。正在会叙的时候,忽有急足从建康驰至,报称主上宴驾,请临川王速即还都。蒨惊愕异常,便引安都偕行入都。都中骤遇大丧,内无嫡嗣,外有强敌,老成宿将,又多在外边镇戍,只有中领军杜棱,典宿卫兵,与中书侍郎蔡景历,入宫定议,拟立临川王蒨,遣使征还。

蒨入居中书省,由杜棱等启请嗣位,蒨辞不敢当。安都入白道:"今日继承大统,舍王为谁?王当顾全大局,不宜拘守小节!"蒨含糊答应。安都趋出,立即登殿,召集百官,请章皇后下令,立临川王蒨为嗣君,百官面面相觑,不敢发言。看官道是何因?原来陈主霸先,在位三年,因嗣子昌被虏西去,屡请北周放归,虽尚未得请,总望他后日生还,所以东宫虚位,未曾立储。到了临崩时候,口不能言,竟未定何人入嗣。一代枭雄,连嗣主未曾嘱定,何贪传子孙乃尔!中领军杜棱等,当时面谒章皇后,请立临川王,章皇后也只得允从。无如妇人见识,少断多疑,后来又记念嗣子,更因蒨自甘推让,乃复踌躇起来。公卿大臣,已探悉皇后意旨,也不敢决议。当下恼动了侯安都,正色厉声道:"今四方未定,何暇远迎?临川王有功天下,应该嗣立,如有异议,请污吾刀!"说至此,拔剑出鞘,迫众承认。百官统有惧色,始齐声赞成。安都即入见章皇后,请出玺,后只好将玺绶持授,再令中书舍人代草后令,立即颁发。令曰:

> 昊天不吊,上玄降祸,大行皇帝奄捐万国,率土哀号,普天如丧,穷酷烦冤,无所逮及。诸孤藐尔,返国无期,须立长君,以宁寓县。侍中安东将军临川王蒨,体自景皇,属惟犹子,建殊功于牧野,敷盛业于戡黎,纳麓时叙之辰,负扆乘机之日,并佐时庸,是同草创;桃祐所系,遐迩宅心,宜奉大宗,嗣膺宝箓,使七庙有奉,兆民宁晏。未亡人假延余息,婴此百罹,寻绎缠绵,兴言感绝。特此令闻!

临川王蒨既接章皇后令,尚再三推辞。百官等又复固请,乃入御太极前殿,即皇帝位,颁诏大赦。追尊大行皇帝为武皇帝,庙号高祖,奉章氏为皇太后,立妃沈氏为皇后。进司空侯瑱为太尉,侯安都为司空,杜棱为领军将军,内外文武百官,俱进秩有差。越二月,葬高祖武皇帝于万安陵。陈主霸先颇有智谋,临敌制胜,多由独断。及即位后,政尚宽大,性独俭约,常膳不过数品,私飨曲宴,常用瓦器蚌盘,后宫衣不重采,饰无金翠,歌钟女乐,禁令入宫,当时号为明主。但躬蹈篡弑,不脱前代恶习,故历世传祚,亦不得灵长,本身

第六十九回　讨王琳屡次交兵　谏高洋连番受责

亦不过做了三年皇帝，土宇比宋、齐、梁为尤狭。殁时年已五十七，竟不得一子送终。可见有智不如有德，有勇不如有仁，有仁有德，乃足永世，单靠着一时智勇，取人家国，终究是不能享呢。至理名言。这且不必絮述。

且说齐主高洋淫暴日甚，既广筑宫殿，复增造三台，并发工役，修造长城，东西凡三千余里。适大河南北，飞蝗蔽天，伤及禾稼，洋问魏郡丞崔叔瓒道："何故致蝗？"叔瓒答道："五行志有云：土功不时，蝗虫为灾。今外筑长城，内兴三台，适如五行志所言。"洋不待说毕，勃然怒起，即使左右殴击，且把他倒浸厕中，使尝粪味，然后曳足而出，释使归家。叔瓒无可奈何，只好自认晦气罢了。粪味如何？

先是齐有术士，谓亡高者黑衣，洋因问左右，何物最黑？左右答言是漆。洋想入非非，默思兄弟辈中，惟上党王涣，排行第七，莫非应在此人，遂使库直都督破六韩伯升，驰驿召涣。涣偕伯升至紫陌桥，料知此行不佳，竟杀死伯升，渡河南逸。行至济州，为人所执，送至邺下，系入狱中。

永安王浚，系洋第三弟，洋少不好饰，尝与浚同见兄澄，涕垂鼻下，浚责洋左右道："何不替二兄拭鼻！"洋因此挟嫌。及洋即位，浚为青州刺史，颇有政声，闻洋酗酒失性，尝语亲近道："二兄嗜酒败德，朝臣无敢直言，我当入朝面谏，未知肯用我言否？"话虽如此，尚未启行，已有人密为传闻，洋更加忿恨。及浚入都，从洋游东山，洋祖裼裸裎，纵酒为乐。浚进谏道："这非人主所宜。"洋益不悦。浚又密召杨愔，责他将顺主恶，愔当面虽曾道歉，心中却不以为然。更因洋尝有命令，不准大臣交通诸王，为此两种嫌忌，即将浚言转奏。洋大怒道："小人情性，令人难忍！"遂罢酒还宫。浚辞别还州，复上书切谏。多话无益，徒取杀身。洋严旨召浚，浚也防不测，托疾不赴。

未几即有缇骑驰至，促浚就道，吏民多感浚恩惠，老幼泣送，至数千人。及至邺中，洋令与上党王涣，并纳入铁笼，置诸北城地牢中，饮食溲秽，共在一处。后来洋巡北城，往视地牢，临穴讴歌，令浚、涣属和。浚、涣且悲且怖，音颤声嘶，洋亦不禁泣下，意欲释放。长广王湛，系洋第九弟，与浚有隙，独上前进谗道："猛虎岂可出穴？"悍过高洋。洋乃默然。浚闻湛言，呼湛小字道："步落稽，天不容汝！"此时已无天道。湛又在旁笑骂，挑动洋怒。洋即取槊刺浚，被浚拉断，引得洋忿火益炽，命壮士刘桃枝，就笼乱刺。浚与涣随接随拉，呼号声震彻远近。洋并命投入薪火，烧杀二人，加填土石。后来掘土起尸，皮发皆尽，遗骸如炭，旁观多为痛愤，洋却不以为意。

既而三台告成，亲往游宴，酒酣兴至，戏用槊刺都督尉子辉，应手毙命。常山王演，为洋第六弟，时适侍侧，见洋无故杀人，不由的惨然变色。洋已窥觉，顾演与语道："但令汝在，我为何不纵乐！"演未便直谏，但拜伏涕泣。洋不觉发现天良,取杯掷地道:"汝大约嫌我多饮,今后敢进酒者斩!"演且拜且贺。洋面命演录尚书事,不到三日,洋酗狂如故。演自草谏牍,将要进陈,演友王晞,力为劝阻,演不肯从,竟递将进去。果然触动洋忿,召演至前,令御史纠弹演过。御史一无所言,演才得免。

演妃元氏系魏朝宗室,洋欲令演离婚,许为演广求淑媛。演虽承旨纳妾,与元氏情好依然。洋复赐给宫人,由演领去。嗣因酒后失记,谓演擅取宫人,召演入责,自取刀环,乱殴演胁,几至晕绝,乃令左右舁演还第。演气愤填胸,情愿绝粒待毙。演与洋、湛等,俱为娄太后所出,太后恐演不测,亦日夕涕泣,洋酒醒亦颇知悔,并闻太后悲泣情状,急得不知所为,每日往视演疾,且劝慰道:"努力强食,当将王晞还汝。"原来晞为演友,洋疑演谏奏,出自晞笔,已将晞髡配出去,至是面约还晞,因即将晞释归,使往劝演。演见晞至,强起抱晞道:"我气息奄奄,恐不得再见!"晞流涕道:"天道神明,岂令殿下遂毙此舍!至尊亲为人兄,尊为人主,怎好与他计较?惟殿下不食,太后亦不食。殿下纵不自惜,难道不念太后么?"演乃强坐进饭,渐得告痊。

过了数月,演又欲进谏,令晞草奏。晞条陈十余事,因复语演道:"今朝廷所恃,惟一殿下,乃欲学匹夫耿介,轻视生命,一旦祸至,误国政,负慈恩,岂不是两失么?"演唏嘘道:"祸乃至此么?"因将谏草对晞毁去。嗣复忍耐不住,再行进谏,洋使力士将演反绑,自拔刀架演颈,且叱责道:"小人何知!究竟是何人教汝?"演答道:"天下噤口,除臣外何人敢言?"洋又令左右杖演数十下,自己醉倦入寝,演乃得出。

太子殷礼士好学,颇得令名,洋常嫌殷得汉家性质,不类自己,意欲废立。会登览金凤台,三台之一。召殷随侍,喝令手刃囚犯。殷恻然有难色,再三不肯下刃。洋用马鞭捶殷,吓得殷神经错乱,竟至气悸语吃,状似痴迷。洋屡言太子性懦,终当传位常山王,太子少傅魏收语杨愔道:"太子关系国本,不应动摇,至尊每言传位常山,如果属实,即当决行,天子怎可戏言?"愔常视国事如儿戏,难道汝尚未知吗?愔乃将收言白洋,洋始罢议。

已而酗暴更甚,杀死胶州刺史杜弼,及尚书仆射高德政,无非为了强谏致忿,置诸死刑。尚书右仆射崔暹,屡有谏诤,洋念他故旧大臣,格外容忍。未几暹殁,洋亲往吊丧,问暹妻李氏道:"汝可思故夫么?"李氏随口答道:"怎得不思!"洋笑道:"汝果思暹,何不自往省视?"说至此,拔刀一挥,李氏头落,即取掷墙外。

时已为天保十年,*即陈主霸先临殁之年。*彗星出现,太史奏请除旧布新。洋特问彭城公元韶道:"汉光武何故中兴?"韶猝然答道:"为诛诸刘不尽。"不诋王莽,反启杀心,真是该死的狗奴。洋因下令,捕戮始平公元世哲等二十五家,拘禁元韶等十九家。韶幽住地牢,数日不得一餐,甚至衣袖啖尽,活活饿死。应该如此,但未知伊妻高氏果从死否?洋索性尽诛诸元,男子无论少长,一律斩首,共杀三千人,弃尸漳水。水中鱼吃食尸骸,百姓取鱼剖腹,得人爪甲,遂相戒不食,好几月不往网鱼。鱼却得多活数月。惟常山王妃父元蛮,本支近族,得保存数家。自经这次惨戮,洋乃恶贯满盈,即成暴疾,喉间似有物哽住,不能下食。好容易拖延两三日,自知不能久存,乃召李后及常山王演至榻前,谆嘱后事。小子有诗叹道:

夏桀商辛并暴君,如斯淫虐尚无闻。
榻前一诀安然逝,乱世似无善恶分。

欲知洋所说何事,俟至下回续表。

　　王琳事梁,似不可谓为非忠,梁元帝陷死江陵,琳赴援不及,缟素举哀,复因陈主篡梁,传檄东讨。侯安都谓师出无名,果遭败殁,师直为壮曲为老,诚哉是言也。然忽降齐,忽降魏,主持不定,未免多私。既已奉庄为主,又听从陈使谢哲,愿还湘州,大忠者固如是乎!江右之乱,出援无功,天已未免厌琳矣。陈霸先病殁之年,齐高洋亦即病死。齐陈相较,高洋之恶,远过霸先。但霸先以篡弑得国,敢犯大不题之名,虽有小善,殊不足道。高洋之恶,古今罕有,浚与涣皆遭惨毙,独演再三进谏,濒死者数矣,而卒得不死,岂其后应登帝箓,乃幸邀天助耶!然洋恶如此,而尚得令终,翘首天闻,几令人无从索解云。

第七十回　　戮勋戚皇叔篡位
　　　　　　溺嬖亲悍将逞谋

　　却说高洋病剧,召李后至榻前,握手与语道:"人生必有死,死何足惜!但恐嗣子尚幼,未能保全君位呢!"继复召演入语道:"汝欲夺位,亦只好听汝;但慎勿杀我嗣子!"汝杀人子多矣,还想保全己子耶?演惊谢而出。嗣复召入尚书令杨愔,大将军平秦王高归彦,侍中燕子献,黄门侍郎郑颐等,均令夹辅太子,言讫即逝,年三十一岁。当下棺殓发丧,群臣虽然号哭,统是有声无泪,惟杨愔涕泗滂沱。想是蒙赐太原公主的恩情。常山王演居禁中护丧,娄太后欲立演为主,偏杨愔等不肯依议,乃奉太子殷即位,尊皇太后娄氏为太皇太后,皇后李氏为皇太后,进常山王演为太傅,长广王湛为司徒,平阳王淹高欢第四子。为司空,高阳王湜为尚书左仆射,河间王孝琬高澄第三子。为司州牧。异姓官员，自咸阳王斛律金以下，俱进秩有差。所有从前营造诸工，一切停罢。追谥父洋为文宣皇帝，庙号显祖，奉葬武宁陵。越年改元乾明。高阳王湜素以便佞得宠，执杖挞诸王，太皇太后娄氏，引为深恨。大约演受杖时，曾由湜下手。湜导引文宣梓宫，尝自吹笛，又击胡鼓为乐，娄氏责他居丧不哀，杖至百余，打得皮开肉烂，舁回私第，未几竟死。演奉丧毕事，就居东馆，取决朝政。杨愔等以演、湛二王，位居亲近，恐不利嗣君，遂密白李太后，使演归第，自是诏敕，多不关白。中山太守杨休之，诣演白事，演拒绝不见。休之语演友王晞道："昔周公旦朝读百篇书，夕见七十士，尚恐不足，王有何嫌疑，乃竟拒绝宾客？"晞知他来意，便笑答道："我已知君隐衷，自当代达，请君返驾便了！"及休之去后，晞遂入语演道："今上春秋未盛，骤览万机，殿下宜朝夕侍从，亲承意旨，奈何骤出归第，使他人出纳王命！就使殿下欲退处藩服，试思功高遭忌，能保无意外情事么？"演半晌方答道："君将如何教我？"晞说道："周公摄政七年，然后复子明辟，请殿下自思！"演又道："我怎敢上比周公！"晞正色道："殿下今日地望，欲不为周公，岂可得么！"演默然不答，晞乃趋退。未几有诏敕传出，令晞为并州长史。晞与演诀别，握手嘱咐道："努力自慎！"晞会意乃去。

　　先是领军将军可朱浑天和，曾尚高欢少女东平公主，尝谓朝廷若不去二王，少主终未必保全。侍中燕子献，已进任右仆射，拟将太皇太后娄氏，徙居北宫，使归政李太后。杨愔又因爵赏多滥，尽加澄汰，自是失职诸徒，都趋附二王。平秦王归彦，初与杨燕同心，后因杨愔擅调禁军，未曾关白归彦，归彦总掌禁卫，免不得怨他越俎，亦转与演湛二王联络。侍中宋钦道，向侍东宫，屡次进奏，谓二叔威权太重，非亟除不可。齐主殷不答。杨愔等乃议出二王为刺史，特通启李太后，具述安危。宫人李昌仪系齐宗室高仲密妻，李太后引为同宗，素相昵爱，遂出启示昌仪，昌仪竟密白太皇太后。愔等稍有所闻，复变通前议，但奏请出湛镇晋阳，用演录尚书事。当由齐主殷准议。

　　诏书既下，二王应当拜职，演先受职，至尚书省，大会百僚。杨愔便拟赴会，侍郎郑颐劝止道："事未可料，不宜轻往！"愔慨然道："我等至诚体国，难道常山受职，可不赴么？"要去送死了，但不往亦未必终生。遂径至尚书省中。演、湛二王，已命设宴相待，勋贵贺拔仁、斛律金，亦俱在座，愔与子献、天和、钦道等，依次入席，湛起座行酒，至愔面前，斟着双杯，且笑语道："公系两朝勋戚，为国立功，礼应多敬一觞。"愔避座起辞，湛连语道："何不执酒？"道言未绝，厅后趋出悍役数十人，似虎似狼先将杨愔拿住，次及天和、钦道。子献多力，排众出走，才经出门，被斛律金子光，追出门外，用力牵还，亦即受缚。杨愔抗声道："诸王叛逆，欲杀忠臣么？我等尊主削藩，赤心奉国，有甚么大罪

第七十回　戮勋戚皇叔篡位　溺嬖亲悍将逞谋

呢！"逐主妻后，怎说无罪！演自觉情虚，意欲缓刑，湛独不可，即与贺拔仁、斛律金等，拥愔等入云龙门，由平秦王归彦为导。禁军本由归彦统率，不敢出阻，一任大众拥进。

演至昭阳殿，击鼓启事。太皇太后娄氏出殿升座，李太后为齐主殷，随侍左右。演跪下叩首道："臣与陛下骨肉至亲，杨愔等欲独擅朝权，陷害懿戚；若不早除，必危宗社。臣与湛等共执罪人，未敢刑戮，自知专擅，合当万死！"时庭中及两庑卫士二千余人，皆被甲待诏。武卫将军娥永乐，武力绝伦，素蒙高洋厚待，特叩刀示主，欲杀演、湛二王。偏是齐主口吃，仓猝不能发言。太皇太后娄氏，叱令却仗，永乐尚未肯退。娄氏复厉声道："奴辈不听我令，即使头落！"永乐乃涕泣退去。娄氏又怆然道："杨郎欲何所为，令我不解？"转顾嗣主殷道："此等逆臣，欲杀我二子，次将及我，汝何为纵使至此？"殷尚说不出一词，娄氏且悲且愤道："岂可使我母子，受汉老妪斟酌！"总是溺爱孝子。李太后慌忙拜谢，演尚叩头不止。娄氏复语嗣主殷道："何不安慰尔叔！"殷以口作态，好一歇才说出数语道："天子亦不敢为叔惜，况属此等汉人，但得保全儿命，儿自下殿去，此辈任叔父处分罢！"乃父凶恶非常，奈何生此庸儿！演闻言即起，便传言诛死愔等。湛在朱华门外候命，一得演言，立将愔等枭首。侍郎郑颐，亦被拿至，湛与颐有隙，先拔颐舌，截颐手，然后取他首级。演复令归彦引兵至华林园，擒斩娥永乐。

太皇太后娄氏亲临愔丧，见愔一目被剜，不禁号哭道："杨郎，杨郎，忠乃获罪，岂不可悲！"乃用御金制眼，亲纳愔眶，抚尸语道："聊表我意！"既纵子杀愔，何必如此假惺惺，想是见了寡女，又惹起哭婿的心肠，这真是妇人见识。演亦觉自悔，乃请旨赦愔等家属，湛独说是太宽，定要连坐五家。再经王晞上书力谏，乃各没一房。孩幼尽死，兄弟皆除名。命中书令赵彦深，代杨愔总掌机务。演自为大丞相，都督中外诸军录尚书事，出镇晋阳。湛为太傅，兼京畿大都督。

演至晋阳，奏调赵郡王高睿高欢从子。为左长史，王晞为司马，晞尝由演召入密室，屏人与语道："近来王侯诸贵，每见敦迫，说我违天不祥，恐将来或致变起，我当先用法相绳，君意以为何如？"晞答道："殿下近日所为，有背臣道，芒刺在背，上下相疑，如何能久持过去？殿下虽欲谦退，敝屣神器，窃恐上违天意，下拂人心，就是先帝的基业，也要从此废坠了。"演作色道："卿何敢出此言？难道不怕王法么！"其词若有憾焉，其实乃深喜之。晞又道："天时人事，皆无异谋，用敢冒犯斧钺，直言无隐！"演叹息道："拯难匡时，应俟圣哲，我怎敢私议，幸勿多言！"晞乃趋出，遇着从事中郎陆杳，握手与语，令晞劝进。晞笑说道："待我缓日再陈。"越数日，又将杳言告演，演良久方道："若内外都有此意,赵彦深时常相见,何故并无一言?"晞答道:"待晞往问便了。"遂出赴彦深私第,密询彦深。彦深道:"我近亦得此传闻,每欲转陈,不免口噤心悸,弟既发端,兄亦当昧死相告。"乃偕晞谒演,无非是劝演正位,应天顺人的套话,演遂入启太皇太后。太皇太后娄氏,问诸侍中赵道德,道德道:"相王不效周公辅政,乃欲骨肉相夺,难道不畏后世清议么!"道德一言,却是有些道德。太皇太后乃不从演请。

既而演又密启,说是人心未定,恐防变起,非早定名位,不足安天下。太皇太后娄氏,本已有心立演,即下令废齐主殷为济南王,出居别宫,命演入纂大统。不过另有戒语,嘱演勿害济南王。演接奉母后敕令,喜如所愿,便即位晋阳,改元皇建。乃称太皇太后娄氏为皇太后,改号李太后为文宣皇后,迁居昭信宫。封功臣,礼耆老,延访直言,褒赏死事,追赠名德,大革天保时旧弊。惟事无大小,必加考察,未免苛细贻讥。中书舍人裴泽,尝劝演恢宏度量,毋过苛求。演笑语道:"此时嫌朕苛刻,他日恐又议朕疏漏呢。"未几欲进王晞为侍郎,晞苦辞不受。或疑晞不近人情,晞慨然道:"我阅人不为不多,每见少年得志,无不颠覆,可见得人主私恩,未必终保。万一失宠,求退无地。我岂不欲做好官,但已想得烂熟,不如守我本分罢!"语似可听,惟问他何故教猱升木?

演进弟湛为右丞相,淹为太傅,浟为大司马。浟即尔朱氏所生,为高欢第五子。立妃元氏为皇后,世子百年为太子。百年时才五岁。看官听着!这长广王湛,助演诛仇篡位,无非望为皇太弟,演亦口头应许,此时忽背了前言,把五岁的小儿立做储君,你想长广王湛,怎肯心平气降,毫无变动呢?且且慢表。

且说梁丞相王琳,闻陈廷新遭大丧,嗣主初立,国事未定,料知他不遑外顾,遂令少府卿孙瑒为郢州刺史,留总庶务,自奉梁主庄出屯濡须口,并致书齐扬州行台慕容俨,请他救应。俨因率众出驻临江,遥为声援,琳遂进逼大雷。陈将侯瑱、侯安都、徐度等,调集戍兵,严加防御。安州刺史吴明彻,素称骁勇,黉夜袭湓城,哪知王琳早已料着,预遣巴陵太守任忠,伏兵要路,击破明彻。明彻单骑奔回,琳即引兵东下,进至栅口。陈将侯瑱等出屯芜湖,相持历百余日,水势渐涨。琳引合肥、巢湖各守卒,依次前进,瑱亦进军虎槛州。正拟决一大战,琳忽接到孙瑒急报,乃是周荆州刺史史宁,乘虚袭攻郢州,城中虽然严守,终恐未能久持等语。此时琳进退两难,又恐众心摇动,或至溃散,不得已将瑒书匿住,但领舟师东下,直薄陈军。齐仪同三司刘伯球,亦率水兵万余人,助琳水战,再加齐将慕容子会,带领铁骑二千,进驻芜湖西岸,助张声势。可巧西南风急,琳自夸天助,引兵直指建康。那陈将侯瑱,佯避琳锋,听他急进。待琳船已过,徐出芜湖,截住琳后,西南风反为瑱用。琳见瑱船在后尾击,使水军乱掷火炬,欲毁瑱船,偏偏火为风遏,竟被吹转,反致自毁船只。

第七十回　戮勋戚皇叔篡位　溺嬖亲悍将逞谋

瑱縻众猛击琳舰,并用牛皮蒙冒小艇,顺流撞击,又熔铁乱浇琳船,琳军大败。各舰多遭毁没,军士溺死甚众,余或弃舟登岸,亦被陈军截杀垂尽。齐将刘伯球被擒。慕容子会屯兵西岸,望见琳军战败,麾兵返奔,自相践踏,并陷入芦荻泥淖中,骑士皆弃马脱走。不意陈军追至,奋勇杀来,齐兵越加惶急,四散窜去,剩下子会一人一骑,也被陈军捉归。独王琳乘着舴舰,突围出走,得至溢城。众旨散尽,只挈妻妾及左右十余人,北向奔齐。梁侍中袁泌、御史中丞刘仲威,曾留卫永嘉王庄,闻琳已败北,用轻舟送庄入齐,仲威随去,泌南来降陈。琳将樊猛与兄毅亦趋降陈营。陈军复进指郢州,郢州城下的周兵,探得陈军将至,撤围自去。守吏孙玚,举州出降陈军。好几年经营的王琳,弄得寸土俱无,枉费气力。三窟几已失尽。

齐主演方在篡位,倒也没工夫计较,惟周大司马宇文护,听得陈军如此威武,颇为寒心,独想出一法,遣归陈衡阳王昌,使他自相攻害。昌致书陈主,语多不逊,也是自寻死路。陈主蒨召入侯安都,凄然与语道:"太子将至,我当别求一藩,为归老地。"安都道:"主位已定,怎得再移!从古岂有被代天子,臣愚不敢奉诏!"陈主蒨道:"将来如何处置衡阳?"安都道:"令他仍就藩封便了。彼若不服,臣愿往迎,自然有法处置。"杀昌意已在言下。陈主蒨即命安都赍敕迎昌,授昌为骠骑大将军,扬州牧,仍封衡阳王。昌奉命渡江,与安都同坐一舟,安都诱昌至船头,托言观览景色,昌出与安都并立,不防安都用手一推,站足不住,便堕入江中,随波漂没。安都假意着忙,急令水手捞取,捞了半日有余,才得了一个尸骸,乃返报陈主。陈主命依王礼埋葬,封安都为清远公。安都得封,可知陈主本心。

侍郎毛喜曾陷没长安,与昌俱还。他尚似睡在梦里,上言宜通好北周,与他和亲,陈主乃使侍中周弘正西行,与周修好。那陈将侯瑱等,已乘胜进攻湘州,周遣军司马贺若敦,率步兵赴援,再遣将军独孤盛,领水军俱进。会秋水泛滥,粮输不继,敦恐瑱探知虚实,乃在营内多设土囤,上覆以米。瑱使人侦探,果然被赚,不敢进逼。敦又增修营垒,与瑱相持,瑱亦无可如何。正拟退归,忽闻周主毓中毒暴亡,另立新主,料他内外必有变动,乐得留兵湘州,伺隙进取。

究竟周主如何遇毒?原来就是宇文护嗾使出来。周主毓明敏有识,为护所惮。护佯请归政,竟邀允许,但令护为太师雍州牧。当下改元武成,由周主亲览万机。护弄假成真,欲巧反拙,遂密谋不轨,又起了一片杀心。好容易过了一年,护使膳部中大夫,置毒糖饼中,进充御食,周主毓食了数枚,不禁腹痛,自知不幸中毒,口授遗诏五百余言,并召语群臣道:"朕子年幼,未能当国,鲁公邕系朕介弟,宽仁大度,海内共闻,将来弘我周家,必需此人,卿等宜同心夹辅，勿负朕言！"言讫遂殂，年仅二十七岁。鲁公邕已入为大司空，不烦远迎，便奉遗诏即皇帝位，追尊兄毓为明皇帝，庙号世宗。越年改元保定，进宇文护为大冢宰，都督中外诸军事。那时郢州援将独孤盛，已被陈军袭破杨叶洲，率众遁还。巴陵降陈，贺若敦亦支持不住，拔军北归，湘州亦下。巴湘入周数年，至此乃复为南朝所有了。

周主邕甫经践阼，不欲再行兴兵，更兼陈使周私正前来修好，待命已久，乃拟与南朝讲和，索还俘虏，且许归始兴王顼，使司会上士杜杲，偕弘正南下报聘。时陈主蒨已立长子伯宗为太子，次子伯茂为始兴王，奉皇伯考昭烈王道谭宗祀，改封顼为安成王。"昭烈"二字系始兴王道谭谥法，顼尚在周，无故徙封，乃以次子过继，陈主之心术益见。既由周使来聘，不得不召入与议，互订和约。杜杲素长词辩，除索还俘虏外，更请相当酬报。陈主蒨许让黔中地及鲁山郡，杲乃称谢而去。

陈主蒨本纪元天嘉，与周议和，系天嘉二年间事，至天嘉三年，安成王顼，始由周使杜杲，护送南归。陈主授顼侍中中书监，亲中卫将军，得置佐史。并引见杜杲，温颜与语道："家弟今蒙礼遣，受惠良多，但鲁山不返，亦恐未能及此。"杲从容答道："安成王在长安，不过一个布衣，若送归南都，乃是陛下介弟，价值甚重，非一城可比。惟我朝敦睦九族，推己及人，上遵太祖遗训，下思睦邻通义，所以遣使南还。若云以寻常土地，易骨肉至亲，这却非使臣所敢闻呢！"陈主闻言，不禁怀惭，赧然语杲道："前言聊以为戏，幸勿介意。"一言已出，驷马难追，即欲掩饰，恐已被外臣窃笑。因厚礼待杲，复遣侍郎毛喜，与杲同诣长安，乞归安成王顼妻子。所有芜湖擒归诸周将，一体放还，周亦送归顼妃柳氏，及顼子叔宝，于是陈周言归于好。小子有诗讥陈主蒨道：

　　伯氏吹壎仲氏箎，鸰原急难要扶持。
　　如何只为儿孙计，福不重邀祸已随。

陈主蒨既与周和，复欲与齐通好，毕竟有无头绪，且至下回再详。

杨愔负魏不负齐，而独为高演所杀，论者咸为愔呼冤，漙何冤哉？如漙不诛，是真无天道矣。彼本东魏故臣，助洋篡国，胁逐故主，又敢妻母后，灭绝人伦，一死尚有余辜，安得为冤？即以事齐论之，高洋狂暴，未闻出言谏诤，且简囚供御，身进厕筹，无耻若此，忠果安在？其所以谋除二王者，亦无非为固位计耳。演杀漙，并杀漙党，漙党或人愔所累，或至含冤，愔固不足惜也。若夫演之篡国，何莫非高洋之自取，洋得令终亦幸矣，其能保全子嗣乎！陈主蒨乘机嗣立，授意安都，挤死衡阳王昌，甚至本生兄弟，亦且加忌，始兴一脉，遽令次子继承,视生弟如死弟,何其无骨肉情! 及顼得生还,幸而免死,冥冥中似若有相之者。高洋杀浚、涣而不能杀演、湛,陈主蒨害昌而不能害顼,卒至后患相寻,南北一辙,此王道之所以贵亲亲也。

第七十一回 遇强暴故后被污
违忠谏逆臣致败

却说齐主高演,入嗣帝位,尚有意治安,惟对待南朝,未肯息怨罢兵,当遣降将王琳为扬州刺史,出镇寿阳,伺隙图南。陈主蒨颇思修和,因仇人在前,无从游说,不得已姑从缓议。会齐主演听高归彦言,召入济南王殷,把他害死,冤气盈廷,不免为厉,累得演精神恍惚,说鬼连篇。皇建二年孟冬,出外游猎,突有狡兔向马前驰过,演弯弓欲射,忽见兔跳跃起来,留神一瞧,好似一个被发戟手的夜叉鬼,不由的身体颤动,坠落马下。左右慌忙扶起,肋骨已经跌断,痛得不可名状。仿佛齐襄之见公子彭生。好容易掖回宫中,镇日里卧床呼号,医治罔效。娄太后亲往视疾,问及济南王殷,演无言可答,接连三问,仍是默然。娄太后愤愤道:"济南已被汝杀死么? 不用我言,应该速死!"遂掉头径去。嗣是演病益剧,痛到无可奈何的时候,往往神志昏迷,满口谵语。有时说着,文宣父子来了,又有时说着,杨令公、愔。燕仆射子献。等俱来了。当下模糊答辩,继又扶服推枕,叩首乞哀,结果是大数难逃,终难延命。高洋凶恶,远过高演,洋死时,史中第称暴殂,演死时却详叙冤厉,是由高演所为,自觉过甚,未免愧悔,故作此状,洋则异是。可见鬼由心造,非真凭身为祟也。临终时,曾留下遗书,贻弟高湛,召他入纂大统,书末有嘱语云:"宜将吾妻子置一好处,勿学前人。"问汝何故杀殷? 当下痛极毕命,年仅二十七岁。

先是高湛守邺,奉演密命,令派兵送济南王殷至晋阳。湛也不自安,向散骑高元海问计,元海道:"愚见却有三策,一请殿下驰入晋阳,谒见太后主上,愿释兵权,不干朝政,自居闲散,安如泰山,是为上策。上策不行,或表称威权太盛,恐滋众谤,请徙为青、齐二州刺史,退居僻远,免招物议,尚为中策。"说至此,偏将第三策咽住不谈。湛问道:"下策如何?"元海道:"发言即恐族诛,不如不言。"湛说道:"但说不妨,我为卿严守秘密,怕他甚么?"元海道:"济南世嫡,为主上所夺,众情未必悦服,今若召集文武,拥立济南,枭斩来使高归彦等,号令天下,以顺讨逆,这乃万世一时的机会;虽是下策,却比上策更佳。"湛不觉跃起,欣然说道:"上策,上策,诚如卿言!"元海乃退。湛又召术士郑道谦等,卜定吉凶,道谦等占验封爻,劝湛宜静不宜动,自得大庆,湛乃令数百骑送入济南王。闻济南被害，益加危惧，哪知福为祸倚，祸为福伏，那晋阳竟传到遗诏，促令即刻就道，入承帝箓。这是湛梦想不到的喜事；他尚恐有诈，遣人探视，果系实情，乃立跨骏马，驰向晋阳。甫入城阃，已由文武百官，伏道迎谒，欢呼万岁。当下入临梓宫，不过哭了两三声，便被服衮冕，升殿即位，循例大赦，即改皇建二年为大宁元年。高湛登基，已在十一月中，两月光阴，竟不能待，便改元大宁，可见心目中早已无兄。进平秦王归彦为太傅，赵郡王叡为太保，平阳王淹为太宰，彭城王浟为太师，太尉尉粲为太保，尚书令段韶为大司马，丰州刺史娄叡为司空，冢弟任城王湝，高欢第十子。为尚书左仆射，并州刺史斛律先，为尚书右仆射，其余内外百官，并皆晋级，不消细说。既而追尊兄演为孝昭皇帝，称元后为孝昭皇后，降封前太子百年为乐陵王。

过了一月，令送孝昭柩至邺都，葬文静陵。元皇后送葬至邺，湛讯她带有奇药，使人索取，不得应命。湛竟怒起，再令阉人就车叱辱，元皇后不便反唇，只忍气含羞，包着两眶珠泪，待至文静陵旁，恸哭多时，方才入宫。湛尚余恨未消，令她在顺成宫内，孤身独处，寂寞无聊，此情此景，怎不伤心？惟自悲命薄罢了。比诸文宣皇后尚胜一筹。

越年正月，湛自晋阳启行，到了邺都，南郊祭天，续享太庙，立妃胡氏为皇后。后为安定人胡延之女，初生时有鸮鸟鸣产帐上，时人目为不祥，及笄后，选为长广王妃，姿貌不过中人，性情却极淫荡。湛本是个酒色中人，得此媚猪，当然是谑浪笑敖，倍极欢昵，所以祀天祭祖，大礼告成，即令胡氏正位中宫。册后这一日，所有故主后妃，及内外命妇，俱来庆贺，珠围翠绕，乐叶音谐，不但胡氏非常欣慰，就是齐主湛亦格外欢愉。晚间在后宫庆宴，众皆列席，高湛方在外殿中，畅饮数十觥，已有七八分酒意，便闯入后宫，自来劝酒，惊动了一班妇女，统避席迎谒。湛狞笑道："此处合叙家人礼，尽可脱略形迹，休得迂拘。"众闻湛言，始称谢归座。湛展开一双醉眼，东张西望，蓦见上座有一位半老佳人，尚是丰姿绰约，秀色可餐，不由的魄荡魂驰。仔细审视，却是一位皇嫂李皇后，恨不得上前亲近，但因大众在座，未便失体，只得权时忍耐。说了几句劝饮的套话，转身自去。

是夕酒阑席散，各皆归寝，湛虽怀念嫂氏，也只好与新皇后敷衍一宵。到了次日的黄昏，竟不带左右，独自一人，步入昭信宫。见前回。当有宫女报知李后，李后不禁起疑，没奈何起身相迎。湛入宫坐定，并无一言，但将双目注视娇颜。李后且惊且羞，乃开口启问道："陛下到此，有何见谕？"湛笑语道："朕因夜间无事，特来陪伴皇嫂。"李后道："陛下新册正宫，并多嫔御，何不前去叙情，乃独顾及贱妾？"湛又道："未及皇嫂娇姿，所以乘暇来此。"李后见湛有意调戏，很是惊惶，便抽身欲退。湛即起座揽住后裾，李后大骇道："陛下身

第七十一回　遇强暴故后被污　违忠谏逆臣致败

为天子,难道好不顾名义么?"说着,顺手一推,湛不防此着,竟至倒退数步,方得站住。顿时恼羞成怒,瞋目与语道:"若不从我,当杀汝儿!"李后听了,急得玉容惨澹,粉面浸淫。宫女们见此情形,统已避了出去,那高湛见左右无人,竟仗着壮年膂力,把李氏轻轻举起,直入内寝,阖住双扉,好一歇不见动静。宫女等至寝门外,侧耳细听,但只闻有窸窣声,颤动声,想已是阴阳会合,兴雨布云了。高洋盗嫂,报及己妻。

俗语说得好,寂寞更长,欢娱夜短,高湛把李氏淫烝一宵,转瞬间即已天明,不得不起床出宫,升殿视朝,嗣是常出入昭信宫,来续旧欢。李氏已经失节,也乐得随缘度日。春风几度,暗结珠胎。独胡后不耐岑寂,每当湛往昭信宫,却另寻一个主顾,入替高湛。看官道是何人?乃是给事和士开。士开善握槊,工弹琵琶,面庞儿亦生得俊雅。当湛为长广王时,已入侍左右,辟为开府参军。及湛即位,升任给事,胡后尝与相见,暗地生心。此时乘湛盗嫂,便贿通宫女,引入士开,赏给禁脔。士开得此奇遇,哪有不极力奉承,多方欢狎,引得胡后心花怒放,竟与他誓山盟海,愿做一对长久夫妻。这是高湛眼前孽报。

高湛毫无所闻,反恐胡后责他盗嫂,曲意弥缝。胡后乘间,屡说士开好处,湛竟擢士开为黄门侍郎。胡后生子名纬,便立为皇太子。平秦王归彦位兼将相,恃势骄盈。侍中高元海,及中丞毕义云,黄门郎高乾和,尝入白御前,谓归彦专权骄恣,必生祸乱,乃出归彦为冀州刺史。元海等并欲弹劾和士开。看官试想,这和士开外邀主宠,内结后援,官爵未尊,地位甚固,岂是高元海辈所得摇动么?果然元海等未上弹章,士开却先已下石,但言元海诸人,交结朋党,欲擅威福,轻轻的说了数语,已足挑动主心。元海乾和,渐渐被疏;义云连忙纳赂,得为兖州刺史。独归彦心怀怨望,意欲俟湛往晋阳,乘虚入邺,偏值娄太后逝世,宫中治丧,好几月不闻驾出,也只有蹉跎度日,暂作缓图。

娄太后自春间寝疾,衣忽自举,用巫媪言,改姓石氏,延至初夏,竟尔病终,年六十二。太后生六男二女,皆感梦孕,孕高澄时,梦见断龙;孕高洋时,梦见龙首;孕高演时,梦见龙伏地上;孕高湛时,梦见龙浴海中;孕二女俱梦月入怀,惟孕襄城王清,博陵王济,但梦鼠入下衣。清早去世,济见下文,亦不得令终,惟澄、洋、演、湛,皆得称尊。一母生四帝,也是奇事。

太后未殁时,邺下有童谣云:"九龙母死不守孝。"至是湛居母丧,竟不改服,仍著绯袍。未几且登临三台,置酒作乐。宫人进白袍,由湛怒掷台下,和士开在侧,请暂辍乐,亦为湛所殴击。士开也算错一着。湛排行第九,适应童谣,不过追谥太后为武明皇后,合葬义平陵,总算依例办事罢了。

高归彦所谋未遂,屡使人探刺都中情事,偏被郎中令吕思礼告发,湛乃令大司马段韶,与司空娄叡,发兵往讨。归彦登城拒守,及兵逼城下,便大呼道:

"孝昭皇帝初崩,六军百万,悉归臣手,臣至邺迎立陛下。当时不及,今日岂尚有异图?但恨高元海、毕义云、高乾和三人,诳惑主上,嫉忌忠良,如得杀此三人,臣愿临城自刭,死也甘心!"段韶等当然不睬,惟督令兵众攻城。内长史宇文仲鸾,司马李祖挹,别驾陈季琚等,与归彦不协,俱为所杀。兵民因此不服,各有贰心。归彦见不可守,弃城北走,到了交津,只剩得一人一骑,那段韶遣将追来,立刻擒住归彦,械送邺都。当下议定死罪,命都督刘桃枝牵入市曹,击鼓徇众,然后行刑。归彦子孙十五人,一并诛死。

湛既诛归彦,益加淫暴。所烝皇嫂李氏,怀孕将产,适太原王绍德入见,为李氏所拒。绍德系高洋次子,生母就是李氏,闻李氏匿不见面,顿时懊闷道:"儿也晓得了姊姊腹大,故不见儿。"家丑且不宜外扬,奈何取笑生母?原来齐俗呼母为姑姑,亦称姊姊。这李氏听得此语,禁不住惭愤交并,过了数日,生下一女,竟令抛弃。湛闻产女不举,怒不可遏,手持佩刀,驰入昭信宫,怒叱李氏道:"尔敢杀我么么?我便当杀尔儿!"说着,即麾左右往召绍德,绍德不得已应召,湛俟绍德至前,便用刀环击去。绍德忍不住痛,只好长跪乞哀。湛大怒道:"尔父打我时,尔何不出言相救,今日乃想求活么?"语未说完,再用力猛击数下,打得绍德血流满面,晕倒地上,须臾气尽。

李氏见此惨状,未免有情,便极口哀号。湛越加咆哮,迫令宫女褫李氏衣,使她袒胸露背,然后取鞭自挞,大约有数十下,雪肤上面,都变红云,李氏号天不止。与其受辱至此,何若从前死节?湛亦觉自己手力有些酸麻,再命将李氏盛入绢囊,投诸宫沟,好多时才令捞起,启囊出视,但见流血淋漓,狼藉得不成样子。湛怒已少平,乃呼宫女道:"她若已死,不必说了;如若不死,可攥她往妙胜寺中做尼姑去。"言讫自行。宫女并皆不忍,俟湛已去远,便即施救。李氏偃卧地上,气息奄奄,只有胸前尚热,经宫女各用手术,并灌姜汤,方得起死回生,眉目渐动。宫女将她舁上床榻,小心侍奉,挨过了两昼夜,才能起立,乃用牛车载送入妙胜寺,削发修行去了。一年假夫妻,至此结局,岂不可叹!

是年由青州上表,报称河、济俱清。明是贡谀。湛改大宁二年为河清元年。齐扬州刺史王琳,屡请出师南侵,湛欲允议发兵,独尚书卢潜,一再谏阻,且得陈主贻书,请罢兵息民。湛乃请散骑常侍崔赡,通好南朝,陈主亦遣使报聘。独王琳尚有违言,湛调琳回邺,即用卢潜,为扬州刺史,领行台尚书,自是玉帛修仪,岁使不绝,江南江北,总算平静了七八年。

陈主蒨因周齐联和,北顾无虞,乃遣司空南徐州刺史侯安都,出略西南。从前东阳太守留异,蟠踞一隅,屡怀反侧,陈武帝特将蒨女丰安公主,下嫁异子贞臣为妻,且征异为南徐州刺史,异迁延不就,及蒨既嗣位,复命异为缙州

第七十一回　遇强暴故后被污　违忠谏逆臣致败

刺史,领东阳太守,异仍阴怀两端,并严戍边境。陈廷容忍数年,乃乘暇出讨;一面召江州刺史周迪,豫章太守周敷,闽州刺史陈宝应,一同入朝。周敷奉命先至,得加封安西将军,赐给女妓金帛,遣还豫章。周迪不肯受诏,密与留异相结,且发兵袭敷,为敷所觉,吃了一个败仗,狼狈奔还。宝应为留异婿,虽陈主格外羁縻,许入宗籍,究竟翁婿情深,君臣谊浅,所以始终联异,也未肯入朝。

陈中庶子虞荔弟寄,流寓闽中,荔请诸陈主,召弟入都。宝应颇爱寄才,留住不遣。寄屡谏宝应,宝应不听,乃避居东山寺中,佯称足疾,杜门谢客。会留异为侯安都击破,妻孥多被掳去,仅与子贞臣走依宝应。周迪在临川,亦被陈安右将军吴明彻,高州刺史黄法𣰰,豫章太守周敷等,夹攻致败,溃奔闽州。宝应已失两援,尚自恃险僻,与陈抗衡。虞寄复上书极谏,条陈十事,略云:

> 东山虞寄,致书于陈将军使君节下:寄流离世故,漂寓贵乡,将军待以上宾之礼,申以国士之眷,意气所感,何日忘之?而寄沉痼弥留,愒阴将尽,常恐猝填沟壑,涓尘莫报,是以敢布腹心,冒陈丹款,愿将军留须臾之虑,少思察之,则瞑目之日,所怀毕矣。自天厌梁德,多难荐臻,寰宇分崩,英雄互起,不可胜纪,人人自以为得之,然夷凶剪乱,四海乐推,揖让而居南面者,陈氏也。岂非历数有在,唯天所授乎?一也。以王琳之强,侯瑱之力,进足以摇荡中原,争衡天下,退足以偃强江外,雄长偏隅,然或命一旅之师,或资一士之说,琳则瓦解冰泮,投身异域,瑱则厥角稽颡,委命阙廷,斯又天假之威而除其患,二也。今将军以藩戚之重,东南之众,尽忠奉上,戮力勤王,岂不勋高窦融,宠过吴芮?析珪判野,南面称孤,国恩所眷,不宜辜负,三也。圣朝弃瑕忘过,宽厚得人,如余孝顷、李孝钦、欧阳頠等,悉委以心腹,任以爪牙,胸中豁然,曾无纤介,况将军衅非张绣,罪异毕谌,何虑于危亡,何失于富贵?四也。方今周齐邻睦,境外无虞,并兵一向,匪伊朝夕,非刘项竞逐之机,楚赵连纵之势,何得雍容高拱,坐论西伯?五也。且留将军狼顾一隅,亟经摧衂,声实亏丧,胆气衰沮,其将帅首鼠两端,唯利是视,孰能披坚执锐,长驱深入,系马埋轮,奋不顾命,以先士卒者乎?六也。将军之强,孰如侯景,将军之众,孰如王琳,武皇灭侯景于前,今上摧王琳于后,此乃天时,非复人力;且兵革以后,民皆厌乱,其孰肯弃坟墓,捐妻子,出万死不顾之计,从将军于白刃之间乎?七也。天命可畏,山川难恃,将军欲以数郡之地,当天下之兵,以诸侯之资,拒天子之命,强弱逆顺,可得侔乎?八也。夫非我族类,其心必异,不爱其亲,岂能及物?留将军自縻国爵,子

尚王姬，犹弃天属而不顾，背明君而孤立，危急之日，岂能同忧共患，不背将军者乎？九也。北军万里远斗，锋不可当，将军自战其地，人多顾后，众寡不敌，将帅不侔，师以无名而出，事以无机而动，以此称兵，未知其利，十也。为将军计，莫如绝亲留氏，遣子入质，释甲偃兵，一遵诏旨，方今藩维尚少，皇子幼冲，凡预宗支，皆蒙宠树，况以将军之地，将军之才，将军之名，将军之势，而能克修藩服，北面称臣，岂不身与山河等安，名与金石同寿乎？感恩怀德，不觉狂言，斧钺之诛，甘之如荠，伏维将军鉴之！"

宝应览书，不禁大怒，幸左右进语宝应，谓虞公病势渐笃，词多错谬，请勿介意。宝应意乃少释，且因寄为民望，权示优容，惟分兵接济周迪。迪复越东兴岭为寇，陈令护军章昭达出讨，大破周迪。迪窜匿山谷，无从搜捕，昭达遂入闽。迪招集余众，再出东兴，东兴守吏钱肃举城降迪，迪众复振，豫章太守周敷已升任南豫州刺史，出屯定州，与迪对垒。迪作书给敷道："我昔与弟戮力同心，岂期相害？今愿伏罪还朝，乞弟披露肺腑，挺身同盟。"敷信为真言，只率从骑数人，出与迪盟，甫经登坛，被迪麾动部众，将敷杀死。

陈廷有诏赗恤，另遣都督程灵洗讨迪，并促章昭达速攻闽州。陈宝应令水陆设栅，严御昭达，昭达与战不利，顿兵上流，但令军士伐木为筏，待雨出发。会值大雨江涨，亟放筏进攻，连拔宝应水栅，凑巧陈将余孝顷，也奉陈主调遣，由海道驰至，两军会合，并力攻击，宝应连战连败，遁往莆田。顾语子弟等道："我悔不从虞公言，致有今日！"迟了！迟了！小子有诗叹道：

> 如何螳斧想当车？一失毫厘千里差。
> 祸已临头才自悔，忠言不用亦徒嗟！

陈军追捕宝应，未知宝应再得脱走否？容至下回表明。

北齐宫闱，淫烝成习，惟高演尚乏色欲，故其妻元氏，虽被高湛斥辱，终得免污，若李氏为高洋妇，洋烝澄妻，湛即烝洋妻，何报应之若是其速也！但李氏不忍其子之死，含垢蒙羞，而其后子仍惨毙，身亦濒危，最为不值。自来义夫烈妇，其所由蹈死如饴者，诚有见夫名节为重，身家为轻，不应作一幸想，冀图苟活耳。否则，鲜有不蹈李氏之覆辙者也。陈宝应溺情闺阃，济恶妇翁，虞寄谏以十事，言甚明切，终不能挽宝应之迷，是误宝应者为留异，实则出之留异之女。天下之误己误人者，多半自妇女致之，非冶容诲淫，即昧几致祸，宝应亦一前鉴耳。如留异之凶狡，周迪之反复，更不足责也。

第七十二回　遭主嫌侯安都受戮
　　　　　　　却敌军段孝先建功

　　却说陈宝应逃至莆田,被陈军从后追及,日暮途穷,如何支持,眼见是束手受擒。就是宝应妇翁留异,也与宝应同逃,无从漏网,翁婿妻孥,一并就缚。还有宝应宗族,及幕下僚佐,俱捉得一个不留,悉数械送建康。叛徒头脑,怎得免死,就是子弟党羽,亦难逃国法,骈戮市曹。唯异子贞臣,曾尚帝女,特别恩赦。这是得妻房好处。并命昭达礼送虞寄,乘驿入都。陈主蒨当即召见,温言奖谕道:"管宁汉末隐士。尚幸无恙。"寄拜谢而出。既而陈主自下手敕,命寄为衡阳王掌书记。衡阳王系武帝嗣子昌封爵,昌被侯安都溺毙,见七十回。陈主讳莫如深,只托言失足溺水,追谥为献。昌无子嗣,即令皇七子伯信过继,并授伯信为丹阳尹,得置佐吏。此次因虞寄经明行淑,特遣令往辅。寄奉敕入谢,陈主面谕道:"今遣卿为衡阳记室,不但欲烦劳文翰,实因七儿年少,须卿教导,令作师资,卿毋以委屈见辞!"寄当然谦退,奉敕即行。未几复迁拜国子博士,寄表求解职,乞许归田。陈主优诏报答,许还会稽,仍令为东扬州别驾,寄又以疾辞。时寄兄虞荔,已经病殁,亦引柩还乡,陈主追赠侍中,赐谥曰德。并亲出都门送丧,时人称为难兄难弟。荔子世基世南,并少有文名,寄后来屡征不起,尝以知足不辱为言。诸王或出为州将,必奉朝命问候,致敬尽礼。有时寄出游近寺,闾里互相传语,老幼罗列,望拜道左。乡有争讼,经寄一言,无不立解;人有誓约,但指寄名,均不敢欺。扰乱时代,得此高士,真好算作第一流人物了。极笔褒扬,足以风世。至陈主顼太建十一年,始病终故里,这且不必细表。

　　且说留异、陈宝应二人,已经伏辜,只有漏网余生的周迪,尚在东兴一带,出没为患。陈都督程灵洗,自鄱阳别道出击,应前回。出迪不意,大破敌众,迪复与麾下十余人,窜伏山谷中。过了数月,遣人至临川郡市,购办鱼虾,为临川太守骆牙所执,谕令取迪自效,随即使腹心勇士,跟入山中,诱迪出猎,把他捕诛,传首建康,悬示朱雀观三日。三凶尽歼,西南廓清,惟后梁主萧蒨据守江陵,得周保护。陈主蒨未敢进攻,詧亦因封地狭小,邑居残毁,不能东出报怨,郁郁无聊,疽发背上,竟致逝世。太子萧岿嗣立,追谥詧为宣帝,庙号中宗,改元大保,这也是残喘仅存,有名无实。他如永嘉王萧庄,亦奔齐病死,萧氏已不能复振了。随笔带过萧詧、萧庄。

陈司空侯安都,自略定西南后,归镇京口,加封征北大将军,封邑增至五千户。安都自恃功高,渐生骄态,幕中多罗集文武,一宴辄至千人。部下将帅,往往不遵法度,朝旨检问,辄奔归安都,倚作护符。陈主蒨性好严察,闻安都庇护罪人,不免生恨,安都毫不觉察,骄横如故。就是入宫侍宴,亦不守臣礼。酒酣时箕踞倾倚,目无君上,尝陪乐游园禊饮,语陈主道:"陛下今日,比做临川王时,趣味何如?"言下甚有德色,陈主默然无言。安都一再问及,陈主始淡淡的答道:"这虽出自天命,也未始非明公功劳!"安都喜甚,便乞借供帐水饰。陈主勉强允诺,心中很是不悦,怏怏还宫。到了次日,安都挈妻妾至乐游园,自升御座,令宾佐居群臣位,称觞上寿。居然想学做皇帝。陈主使人侦察,得悉安都情状,越加猜嫌,待安都还镇,屡遣台使按问安都部下,检括叛亡。安都才知上意,亦遣别驾周弘实,密结舍人蔡景历,探刺朝廷情事。景历具状奏闻,且言安都有谋反状。无非希旨。陈主乃调安都都督江、吴二州,领江州刺史。这一番调动,明明是诱他入阙,设法除患。安都果自京口还都,部伍入石头城,陈主引安都入宴嘉德殿,并令他部下将帅,会集尚书省听令。暗中却已密布禁军,乘安都入宴时,先把他拘系西省,然后收逮诸将帅,勒令缴出马仗,才许释放。因出舍人蔡景历表状,榜示朝堂,随即下诏论罪道:

昔汉厚功臣,韩韩信。彭彭越。肇乱;晋倚藩牧,敦王敦。约祖约。称兵,托六尺于庞萌,野心窃发,寄股肱于霍禹,凶谋潜构。追维往代,挺逆一揆,永言自古,患难同规。侯安都素乏远图,本惭令德,幸属兴运,预奉经纶,拔迹行间,假之毛羽,推于偏帅,委以驰逐,位极三槐,任居四岳,名器隆赫,礼数莫俦,而志唯矜己,气在陵上,招聚逋逃,穷极轻狡,无赖无行,不畏不恭,受脉专征,剽掠一逞,摧毁所镇,哀敛无厌。朕以爱初缔构,颇著功绩,飞骖代邸,预定嘉谋,所以掩抑有司,每怀遵养,杜绝百辟,日望自新,款襟期于话言,推丹赤于造次,策马甲第,羽林息警,置酒高堂,陛戟无卫,何尝内隐片嫌,去柏人而勿宿,外协猜防,入成皋而不留。而彼乃悖逆不悛,骄暴滋甚,招诱文武,密怀异图。近得中书舍人蔡景历启闻,报称安都曾遣别驾周弘实前来探刺,具陈反计,朕犹加隐忍,待之如初,爰自北门迁授南服,受命径停,奸谋益露。今者欲因初镇,将行不轨,此而可忍,孰不可容!赖社稷之灵,近侍诚悫,丑情彰暴,逆节显闻。可详按旧典,速正刑典,罪止同谋,余无可问。

这诏颁出,越宿即赐安都自尽,旋复有诏赦免家属,葬用士礼,丧事所需,仍由公款发给。从前武帝在日,尝命诸将侍宴,杜僧明、周文育、侯安都三人,各自称功,武帝哂然道:"卿等原统是良将,但各有短处,杜公志大识闇,狎下

第七十二回　遭主嫌侯安都受戮　却敌军段孝先建功

陵上；周侯交不择人，推心过差；侯郎傲慢无厌，轻佻肆志，将来恐不能自全，各宜戒慎为是！"三人怀惭而退，后来杜僧明病死江州，算是令终，惟无绩可言；文育为熊昙朗所杀，见前文。安都至是被诛，终不出武帝所料。古来明哲保身的智士，所以小心翼翼，功成身退，才能安享天年，流芳百世呢。如范蠡、张良等人。

话分两头，且说齐主高湛，信用黄门侍郎和士开，擢官侍中，并开府仪同三司，前后赏赐，不可胜计。士开百计谄谀，揣摩迎合，无不中肯，惹得高湛格外亲信，几乎一日不能相离。你妻胡氏与他相昵，还有可说，你为何相信至此！士开每侍左右，辞不加检，备极鄙亵，尝笑语湛道："自古以来，没有不死的帝王，尧、舜、桀、纣，统成灰土，有何异同？陛下春秋鼎盛，正应及时行乐，取快一日，足抵百年，国事尽可付与大臣，无虑不办，何必自取烦恼呢！"湛闻言大喜，遂委赵彦深掌官爵，元文遥掌财用，唐邕掌外兵，白建掌骑兵，冯子琮、胡长粲掌东宫，阅三四日才一视朝，须臾即罢。

士开善持槊，胡后亦颇喜学槊，湛令士开教导胡后。后与士开情好有年，当握槊时，眉目含情，无庸细说。她却故意弄错手势，使士开牵动玉腕，与她共握。湛高坐饮酒，一些儿没有窥觉，反且喜笑颜开，自得其乐。河南王孝瑜，系文襄皇帝高澄长子，目睹情形，不禁愤懑，便入内进谏道："皇后系天下母，怎得与臣下接手？"湛好似未闻，不答一语。甘戴绿头巾，何劳多言！孝瑜乃退，嗣又上言赵郡王叡，父死非命，不宜亲近。叡父即赵郡王琛，与小尔朱氏私通，被高欢杖毙，事见前文。湛亦不报。

叡与士开因此挟恨，便密谮孝瑜奢僭，谓山东只闻河南王，不闻有陛下，湛本与孝瑜同年，又是嫡亲兄子，甚相亲爱，至是不免加忌。孝瑜又行止未谨，尝与娄太后宫人尔朱摩女，暗地私通。及太子纬纳斛律光女为妃，孝瑜入宫襄事，与尔朱女喁喁私语，潜叙旧情，偏被旁人瞧着，向湛报知。湛顿触旧嫌，立召孝瑜至前，逼令饮酒三十七杯。也是奇罚。孝瑜体本肥大，强饮过醉，颓然倒地。湛命左右娄子彦，用犊车载出孝瑜，且密嘱数语。子彦领命，随车同行，途次由孝瑜索茶解渴，子彦以鸩酒代茶，孝瑜醉眼模糊，喝将下去，越觉烦躁不堪，行至西华门，蹶起索水，下车投河，竟致溺毙。子彦返报，湛假意举哀，追赠孝瑜为太尉，录尚书事，诸王虽有所闻，莫敢发言。惟孝瑜第三弟孝琬，曾封河间王，亲临兄丧，大哭而出，意欲他去，当由湛遣使追还，乃仍留邺中。蓦闻周与突厥连师，来攻晋阳，湛亦不禁着急，亲自往援。

突厥自伊利可汗击破柔然，柔然可汗阿那瓌自杀，事见前文。余众立阿那瓌叔父邓叔子为主，复为伊利子科罗所破。科罗死，弟侯斤立，号木杆可汗，木杆勇略过人，又追逐邓叔子，逼得邓叔子无路可奔，只好投入关中。是时西魏尚未被篡,宇文泰亦未谢世,木杆竟遣使至魏,索交邓叔子,泰不肯照给。木杆又西破嚈哒,东逐契丹,北并结骨,威振塞外,凡东自辽海,西至青海,延袤万里,南自沙漠以北,直至北海,又五六千里,均为木杆所有。再向西魏索取邓叔子,泰畏他强盛,不敢不允,遂收邓叔子以下三千余人,尽付突厥来使。突厥使人,不胜押解,即驱邓叔子等至青门外,尽加屠戮,但携邓叔子首级归国。宇文泰视死不救,亦太残忍。自是木杆与周通好,常有使节往来。宇文觉篡位受禅,修好如故,两传至宇文邕,曾与突厥连兵侵齐,见齐境守御颇固,因即折回。邕尚未立后,由太师宇文护等定议,遣御伯大夫杨荐,及左武伯王庆,至突厥求婚。木杆已经允许,偏齐人得此消息,也遣使至突厥和亲,卑礼厚币,愿迎木杆女为后。木杆贪齐重赂,便向周悔婚,且欲将荐等执交齐使。夷狄之不可恃也如此!荐乃上帐责木杆道:"我周太祖指宇文泰。与可汗结好,当时蠕蠕即柔然,见前。遗众数千来降,太祖俱执付可汗使臣,藉敦睦谊,奈何今日欲背恩忘义!就使不畏我周,难道不畏鬼神么?"木杆听到"鬼神"二字,触动迷信,不由的打了一个寒噤,良久方答道:"君言甚是,我计决了!当与贵国共平东寇,再行送女未迟。"遂叱还齐使,礼遣荐等南归。

周廷得荐等归报,乃召公卿会议,众请发十万人击齐,独柱国杨忠,谓兵不在多,但发骑兵万人,已足敷用。周主邕乃遣杨忠为帅,率领万骑,从北道出发,又遣大将军达奚武,统兵三万,从南道进行,约会晋阳城下。杨忠连下齐二十余城,攻破陉岭要隘,兵威大震。突厥木杆可汗,又亲率十万骑来会,长驱并进。看官听说!此时齐境警报,往来如织,虽然齐主湛沉湎酒色,也不能不被他惊起,亲督内外兵士,从邺都急赴晋阳。

是时为齐河清三年十二月,即陈天嘉五年,周保定四年。连日大雪,千山一白,齐主湛冒雪前行,兼程至晋阳,尚幸城外无寇,安然入城。命司空斛律光率步骑三万人,往屯平阳,防守南路。周柱国杨忠及突厥可汗,共麾兵直逼城下,齐主湛登城遥望,见敌兵鱼贯到来,好似潮头涌入,没有止境,不觉蹙然变色道:"这般大寇,如何抵御哩!"说至此,便即下城,拟挈宫人东走。赵郡王叡,河间王孝琬,叩马谏阻,方才停留。孝琬又请将六军进止,归叡节度,湛乃命叡节制诸军,并使并州刺史段韶,职掌军务。

此守彼攻,相持过年,正月朔日,叡已部分诸军,出城搦战,军容甚盛。突厥木杆可汗凭高观望,颇有惧容,顾语周人道:"尔言齐乱,所以会师伐齐,今齐人眼中亦有铁,怎得轻敌!可见尔周人是好为虚言了。"周人闻木杆言,当然不服,并用步兵为前锋,向齐挑战,齐将俱欲迎击,独段韶不许,面嘱诸将道:"步军势力有限,今积雪既厚,不便逆击,不如严阵待着,俟彼劳我逸,方可出战。"说着,即下令军中道:"大众须听我号令,不得妄动!待中军扬旗伐

第七十二回　遭主嫌侯安都受戮　却敌军段孝先建功

鼓,才准出击,违令立斩!"韶颇知兵。各军始静守阵伍,毫无哗声。周军无从交战,渐渐的懈弛起来,突见齐兵阵内,红帜高张,接连是战鼓咚咚,震入耳中。正彷徨四顾,那齐兵已尽锐杀到,喊杀连天,眼见是抵敌不住,纷纷倒退。杨忠也不能禁遏,但望突厥兵上前助战,好将齐兵杀回,偏突厥木杆可汗勒马西山,并未驰下,反且把部众一齐引上,专顾自己保守,不管周军进退。周军孤军失援,顿时大溃,奔回关中。木杆可汗也从山后引遁,段韶始终持重,不敢力追,似此亦不免太怯。自晋阳西北七百余里,均遭突厥兵残掠,人畜无遗。木杆还至陉岭,山谷冻滑,铺毡度兵,胡马寒瘦,膝下毛皆脱落,及抵长城,马死垂尽,兵士多截槊挑归。周将达奚武至平阳,尚未知杨忠败还,嗣得齐将斛律光书,语带讥嘲,料知杨忠失败,乃即日引归,半途被齐兵追至,且战且走,好容易才得驰脱,已丧失了二千余人。

斛律光收兵还晋阳,齐主湛见了斛律光,抱头大哭。光不知为着何事,仓猝不能劝谏,我亦不解。任城王叡在旁,便进言道:"想陛下新却大寇,喜极生悲,但亦何必至此!"湛乃止哭,颁赏有功,进赵郡王叡录尚书事,斛律光为司徒。光闻段韶不击突厥,但远远地从后追蹑,好似送他出塞一般,因向韶讥笑道:"段孝先好改呼段婆,才不愧为送女客呢。"孝先系韶表字。

言未毕,邺中忽有急报传到,乃是太师彭城王浟,为盗所戕。湛惊问何因?邺使说是浟在第中,被群盗白子礼等突入,诈称敕使,劫浟为主。浟大呼不从,因即遇害。湛又惊问道:"现在盗目已捕诛否?"邺使谓已经荡平,惟望陛下还驾。湛乃匆匆启行。返至邺城,即诣浟第临丧,赠浟假黄钺太师录尚书事,给辒辌车送葬,然后还宫。旋授段韶为太师。

过了数月,邺中有白虹围日,绕至再重,赤星又现。齐主湛携盆水照星,用盖覆住,作为厌禳。越宿盆无故自破,湛很是忧疑,适有博陵人贾德胄,呈入密启,启中有乐陵王百年手书,写着好几个"敕"字。湛不禁发怒,立使人促召百年,百年自知不免,割一带玦,与妃斛律氏诀别,自入都见湛,湛使百年再书"敕"字,笔迹与前字相符,顿时怒上加怒,喝使左右捶击。百年被击仆地,又使人且曳且殴,流血满地,气息将尽,乃呜咽乞命道:"愿与阿叔为奴。"湛不肯许,竟命斩首,投尸入池,池水尽赤,乃捞尸藁葬后园。斛律妃闻百年惨死,持玦哀号,绝粒而死,玦犹在手,拳不可开,年尚只十四岁。妃为斛律光女,由光亲往抚视,用手解擘,始舒拳释玦。邺中人士统替她呼冤。小子亦有诗为证道:

　　济南死后乐陵亡,厥考贻谋太不臧。
　　难得贞妃年十四,犹如殉节保妻纲!

齐主湛既杀死百年,复因宫中有虿语相传,连日钩考,查至顺成宫,得开府元蛮书信,述及百年冤死事,又不觉动起怒来。毕竟元蛮能否免祸,容待下回申叙。

陈文帝之杀侯安都,几似宋文帝之杀檀道济,然道济功多罪少,杀之适足以见宋文之失,安都功虽足称,而慢上不法,罪亦匪轻,况挤溺衡阳,害及故储,使陈文帝成不友之名,残忍性成,不死何为?纲目称杀不称诛,似犹为安都鸣冤。窃谓安都之死,实由自取,惟陈主诱令入宴,伏甲加诛,殊失人君赏罚之大经,纲目书法,所以不能无咎于陈文耳!齐主湛昏庸淫虐,几类高洋,晋阳之役,幸得一胜。然周师之所恃者为突厥,非我族类,其心必异,周之遭败,亦其宜也。湛幸胜而归,即杀兄子百年,济南受戮,乐陵亦不得生,湛之不遵兄命,原属不仁,孝昭有知,其亦悔杀济南否耶!

第七十三回　背德兴兵周师再败
　　　　　　　揽权夺位陈主被迁

却说齐主湛检得元蛮书,立即动怒,便欲将蛮加罪。蛮急贿托幸臣,替他求免,还算罢官了事。蛮为百年母元氏父,蛮得免诛,元氏仍居顺成宫,不过伤子枉死,更增一层悲泪罢了。先是周太师宇文护母阎氏,及周主第四姑,并诸戚属等,皆寓居晋阳,自宇文泰西入关中,只命护随去,后来晋阳为高氏所有,护母阎氏等均致陷没,充入掖廷。及护为周相,相隔已三十多年,护屡遣人入齐访问,未得音信。会因晋阳一役,杨忠败归,护复欲连同突厥,大举伐齐。齐主湛得知军报,颇有戒心。特遣勋州刺史韦孝宽,致书与护,示明护母消息,且言周、齐释怨,可归护母,否则立斩勿贷。护复书愿和,乞释母西归。齐主湛先遣还周四姑,并令人为护母作书,备述护幼时情状,又寄护前所着绯袍,作为证物,书词说得非常痛切。略云:

吾年十九适汝家,今已八十矣,凡生汝辈三男二女,今日目下不睹一人,兴言及此,悲缠肌骨,赖皇齐恩恤,差安衰暮,又得汝姑嫂等相依,稍足自适,但一念及汝,百感丛生。今特寄汝小时所着锦袍一袭,汝宜检看,知吾含悲抱戚,多历年祀。禽兽草木,母子相依,吾有何罪,与汝分隔!今复何福,还望见汝!世间所有,求皆可得,母子异国,何处可求?假汝贵极王公,富过山海,有一老母八十之年,飘然千里,死亡旦夕,不得一朝同处,寒不得汝衣,饥不得汝食,汝虽穷荣极盛,光耀世间,与吾何

第七十三回　背德兴兵周师再败　揽权夺位陈主被迁

益？吾今日之前，汝既不得申其供养，事往何论。今日以后，吾之残命，唯系于汝，汝戴天履地，中有鬼神，勿云冥昧，而可欺负！杨氏姑今虽炎暑，犹能先发。关河阻远，隔绝多年，言不尽情，汝其鉴之！

宇文护既接见四姑，复得母书，禁不住嚎啕大哭。还算有些孝思。当下取过纸笔，且泣且书，大致写着：

　　区宇分崩，遭遇灾祸，违离膝下，三十五年，受形禀气，皆知母子，谁知萨保护字。如此不孝，上累慈母！子为公侯，母为奴隶，暑不见母热，冬不见母寒，衣不知有无，食不知饥饱，泯如天地之外，无由暂闻，昼夜悲号，继之以血，分怀冤酷，终此一生，死若有知，冀见奉于泉下耳。不谓齐朝解网，惠以德音，摩敦周俗呼母为阿摩敦。四姑，并许矜放，初闻此旨，魄爽飞越，号天叩地，不能自胜。四姑即蒙礼送，平安入境，萨保于河东拜见，得奉颜色，崩动肝肠。但离绝多年，存亡阻隔，相见之始，口未忍言，唯叙齐朝宽弘，每存大德，云与摩敦虽处官禁，常蒙优礼。今者来邺，恩遇弥隆，重降矜哀，听许摩敦垂谕，曲尽悲酷，伏读未周，五中似割。蒙寄萨保别时所留锦袍，年岁虽久，宛然犹识，顾视之下，愈觉疚心。今齐朝霈然之恩，既已沾洽，爱敬之旨，施及旁人，草木有心，禽鱼感泽，况在人伦而不铭戴！有国有家，信义为本，伏度来期，已应有日。一得奉见慈颜，永毕生愿，生死肉骨，岂止今恩！负山戴岳，未足胜荷。二国分隔，理无书信，主上以彼朝不绝母子之恩，亦赐许奉答，不期今日得通家问。伏纸呜咽，不尽所云！备录二书，以全伦纪。

书毕函封，乃停泪发使，赍书至齐。齐主湛尚不肯放还护母，使更与护书，邀护重报，往返再三，乃拟遣归，太师段韶上言道："周人反复无信，晋阳一役，已可概见。护外托为相，实与君主无异，既欲为母请和，何不正式遣使。若徒据移书，即送归护母，转恐示人以弱，不如阳为许诺，待至和亲坚定，遣归未迟。"段婆胡为作此语？齐主不听，即遣护母阎氏归周，护方因齐廷失信，请朝廷再为移文，忽闻慈舆已至，喜出望外，忙出都门迎入，举朝称庆。周主邕也迎阎氏入宫，率领亲戚，行家人礼，奉觞上寿。邕母叱奴氏，已尊为皇太后，至是亦略迹言情，握手叙欢，端的是母以子贵，宠荣无比呢。为下文返照。

护因慈母归来，颇感齐惠，拟与齐互结和约。偏突厥木杆可汗遣使至周，谓已调集各部精兵，如约攻齐，护不禁踌躇，意欲拒绝外使，转恐前后失信，有伤突厥感情，况母已归家，无容他虑，还是联络突厥，免滋边患。乃表请东征，召集内外兵众，共得二十万人。周主邕袷祭太庙，亲授护铁钺，许令便宜行事，且自沙苑劳军，执卮饯护，护拜命乃行。到了潼关，命柱国尉迟迥为先锋，进趋洛阳。大将军权景宣，率山南兵出豫州，少师杨㯹出轵关。护连营徐进，行抵弘农，再遣雍州牧齐公宪，宇文泰第五子。同州刺史达奚武，泾州总管王雄，屯营邙山，策应前军。

杨㯹恃勇轻战，既出轵关，独引兵深入，又不设备，不料齐太尉娄叡，带引轻骑，前来掩击，㯹仓猝遇敌，行伍错乱，被齐兵杀得落花流水，一败涂地。㯹逃生无路，没奈何解甲降齐。三路中去了一路。权景宣一路人马，却还骁劲，拔豫州，陷永州，收降两州刺史王士良、萧世怡，送往长安，另使开府郭彦守豫州，谢彻守永州。尉迟迥进围洛阳，三旬不克，周统帅宇文护，使堙断河阳要路，截齐援兵，然后同攻洛阳。诸将多轻率无谋，还道齐兵必不敢出，但遥张斥堠，虚声堵御。

齐遣兰陵王长恭，原名孝瓘，系高澄第五子。大将军斛律光，往援洛阳，两人闻周兵势盛，未敢遽进，洛阳又遣人告急齐廷。时齐太师段韶出为并州刺史，由齐主湛召入问计。韶答道："周虽与突厥连兵，两面夹攻，但北虏狡猾，待胜后进，虽来侵边，实等疥癣，今西邻窥逼，实是腹心大病，臣愿奉诏南行，一决胜负。"知己知彼，究竟还推段婆。湛喜语道："朕意亦是如此。"乃令韶督精骑一千，出发晋阳，自率卫兵为后应，亦从晋阳启行，韶在途五日，济河南下，适连日阴雾，周军无从探悉，韶竟与诸将上登邙阪，窥察周军形势，进至太和谷，与周军相遇，韶即令驰告高长恭、斛律光两军，会师对敌。长恭与光，立即应召，韶为左军，光为右军，长恭为中军，整甲以待。周人不意齐兵猝至，望见阵势严整，并皆惶骇。韶语周人道："汝宇文护方得母归，何故遽来为寇？"周人无言可答，但强词夺理道："天遣我来，何必多问！"韶又道："天道赏善罚恶，遣汝至此，明明降罚，汝等都想来送死了！"这是理直气壮之谈。

周军前队统是步卒，遂踊跃上山，来战齐兵。韶且战且走，引至深谷，始命各军下马奋击，周军锐气已衰，霎时瓦解，或坠崖，或投溪，伤毙无数，余众俱遁。兰陵王长恭领五百骑士，突入洛阳城下围栅，仰呼守卒，城上人未识为谁，不免疑诘。迨经长恭免胄相示，乃相率鼓舞，縋下弓弩手数百名，接应长恭。周将尉迟迥无心恋战，便撤围遁去，委弃营幕甲仗，自邙山至谷水，沿途三十里间，累累不绝。独周雍州牧齐公宪，及达奚武、王雄等，尚勒兵拒战。雄驰马挺槊，冲入斛律光阵中，光见他来势凶猛，回头急走，趋出阵后，落荒窜去，身边只剩一箭，随行只余一奴，那王雄却紧紧追来，相距不过数丈，光情急智生，把马一捺，略略停住，暗地里取弓搭箭，返身射去。可巧雄槊近身，不过丈许。雄大声道："我惜尔不杀，当擒尔去见天子！"语未说完，箭已中额，深入脑中，雄不禁暴痛，伏抱马首，奔回营中。莽夫易致愤事。光幸得免害，当然不去追赶，也纵马归营。

第七十三回　背德兴兵周师再败　揽权夺位陈主被迁

天色已暮，两下里俱各收军。周将齐公宪部署兵士，拟至明晨再战，偏王雄负伤过重，当夜身死。军中越加恟惧，赖宪亲往巡抚，才得少安。达奚武入营语宪道："洛阳军散，人情震恐，若非乘夜速还，明日且欲归不得了！"宪尚觉迟疑，武复说道："武在军日久，备悉艰难，公少未更事，岂可把数营士卒，委身虎口么？"宪乃依议，潜令各营黉夜启程，向西奔还。权景宣得洛阳败报，亦将豫州弃去，驰入关中。及齐主湛至洛阳，早已狼烟净扫，洛水无尘。湛很是欣慰，进段韶为太宰，斛律光为太尉，兰陵王长恭为尚书令，余将俱照律叙功。惟尚恐突厥入塞，亟还邺都。嗣接得北方边报，谓突厥亦已退军，更觉得心安体泰，又好酗酒渔色了。

当时齐廷有一个著作郎，姓祖名珽，有才无行，尝为齐高祖功曹，因宴窃得金叵罗，酒器名。为所察觉，又坐诈盗官粟三千石，鞭配甲坊。显祖高洋爱珽才具，复召为秘书丞，珽又萌故智，坐赃当绞，洋加恩免刑，且仍令直中书省，他见湛势力日盛，有意逢迎，因赍胡桃油入献，且拱手语湛道："殿下有非常骨相，后必大贵。"湛尚为长广王，不禁色喜道："若果得此，亦当与兄同安乐！"珽拜谢而出，及湛入嗣位，思践前约，即擢珽为中书侍郎，旋迁任散骑常侍，与和士开朋比为奸，尝私语士开道："如君宠幸，古今无比，但宫车若一日宴驾，试问君如何克终？"似为士开耽忧，实是为己设法。士开被他一说，惹得愁容满面，亟向珽商量计策。珽徐徐答道："何不入启主上，但言文襄、文宣、孝昭诸子，均不得嗣立为君，今宜令皇太子早践大位，先定君臣名分，自可无虞。此计若成，中宫少主，必皆感君，君可从此安枕了！"恐他难必。士开道："计非不善，惟主上年未逾壮，遽请他禅位太子，恐未必准议。"珽又道："君先婉白主上，再由珽上书详论，不患不从。"士开许诺，适值彗星出现，太史谓应除旧布新，珽即乘间上言，谓陛下虽为天子，未为极贵，宜传位东宫，上应天道，且援魏主弘禅位故事，作为引证。魏主弘禅位见二十三回。湛得书未决，再经和士开从旁怂恿，方才定议，遂于河清四年孟夏，使太宰段韶，奉皇帝玺绶，禅位太子纬。纬在晋阳宫即位，改元天统。册妃斛律氏为皇后，就是斛律光的次女。王公大臣遂上湛尊号为太上皇帝，军国大事，仍然启闻。使黄门侍郎冯子琮，尚书左丞胡长粲辅导少主，专掌敷奏。子琮系胡后妹夫，故得邀宠眷，祖珽拜秘书监，加开府仪同三司，大蒙亲信，见重二宫。

看官听着！这齐主湛年方二十九岁，春秋虽盛，精力不加，平居荒耽酒色，凡故宫嫔御，稍有姿色，多半被污，且旦伐性，遂害得神志昏迷。此次禅位，也是乐得卸肩，再想高居深宫，享那一二十年的艳福。怎奈人有千算，天教一算，湛做了太上皇，反连年多病，就要长辞人世了。和、祖二人之所以着急，想亦由此。惟湛距死期，尚有三年，那陈主蒨却寿数将终，勉强延挨了一年，竟尔去世。

先是陈安成王顼，自周还陈，受官侍中，兼中书监，寻且都督扬、南徐、东扬、南豫、北江诸军事，威权日盛，势倾朝野。御史中丞徐陵，独上书纠劾，陈主蒨免顼侍中，唯仍领扬州刺史。会值天嘉六年冬季，天旱不雨，直至次年仲春，亢阳如故，陈主亦常患不适，乃改天嘉七年为天康元年，颁诏大赦，冀迓天府。到了孟夏，彼苍却已降甘霖，御体反更加委顿，安成王顼，尚书孔奂，仆射到仲举等，入侍医药，陈主已病不能兴，默念太子伯宗柔弱，未堪为嗣，乃顾语顼道：“我欲遵周泰伯故事，汝意以为何如？”顼闻言惶遽，拜泣固辞。何必做作？陈主又语奂等道：“今三方鼎峙，四海事重，应立长君，卿等可遵朕意。”奂流涕答道：“皇太子圣德日跻，安成王足为周旦，若无故废立，臣不敢奉诏！”无非一时献谀。陈主叹道：“卿可谓古之遗直了。”遂命奂为太子詹事，且进顼为司空尚书令。

未几陈主遂殂，遗诏令太子伯宗嗣位。总计陈主蒨在位七年，改元二次，享年四十有五，史家称他明察俭约，宵旰勤劳，往往刺取外事，即夕判决，每令鸡人伺漏，传递更签，令掷阶上有声，谓借此足唤起睡梦。但谋杀衡阳王昌，骤立次子伯茂为始兴王，无非欲为子孙计。偏是私心益甚，后嗣益不能久长。看官试阅下文，便见分晓。

且说陈太子伯宗即位太极前殿，大赦天下，追谥皇考为文皇帝，庙号世祖。尊皇太后章氏为太皇太后，皇后沈氏为皇太后，立妃王氏为皇后，皇子至泽为太子。进皇叔安成王顼为司徒，录尚书事，兼督中外军务。其余文武百官，俱各进阶。越年改元光大，中书舍人刘师知，与仆射刘仲举等，同受遗诏辅政，常在禁中参决庶事。安成王顼位隆望重，入居尚书省，为师知等所忌，密与尚书左丞王暹等通谋，拟迁顼出外。东宫舍人殷不佞，素来浮躁，亦预闻师知密议，遂驰语顼道：“有敕传出，谓四方无事，王可迁居东府，经理州务。”顼闻言将出，记室毛喜入白道：“陈有天下，为日尚浅，国祸荐臻，中外危惧。太后深维至计，召王入省，共康庶绩，今日所言，必非太后本意，王可速即奏闻，毋使奸人得逞狡谋！”顼再商诸领军将军吴明彻，明彻亦赞同喜言，乃托疾不出，且伪召师知入商，留与长谈，暗中却遣毛喜入启太后。太后沈氏道：“令嗣君幼弱，政事并委二郎，毫无他意。”喜又转白嗣主伯宗，伯宗亦说道：“这是师知所为，朕未曾预闻。”喜亟出报顼，顼拘住师知，自入后廷谒见两宫，极陈师知奸诈，并自草诏敕，请嗣主盖印，持付廷尉。令将师知逮系狱中，当夜赐死。是殷不佞害他。降到仲举为光禄大夫，不佞素以孝闻，但令免官，王暹处斩，由是政无大小，悉归顼手。仲举被贬，心不自安，又与右卫将军韩子高图顼，事又被泄，仲举、子高，并下狱被诛。

第七十三回　背德兴兵周师再败　揽权夺位陈主被迁

湘州刺史华皎，与子高向来友善，闻子高被戮，很是不平，遂遣人西入长安，向周乞师，并自归后梁，遣子玄响为质。周太师宇文护，即遣湘州总管卫公直，宇文泰第六子。大将军田弘、权景宣、元定等，率兵助皎，后梁亦遣柱国王操等会师，长江上游，同时大震，陈遣吴明彻为湘州刺史，令率舟师三万，溯流先进，复命征南大将军淳于量，率舟师五万继应，再由冠武将军杨文通，巴山太守黄法慧，从陆路进兵，杨出茶陵，黄出醴陵，共击华皎。并饬江州刺史章昭达，郢州刺史程灵洗，亦联兵进讨。更简司空徐度，为车骑将军，总督步军趋湘州。华皎遣使诱章昭达，被昭达执送建康，又转诱程灵洗，灵洗将来使斩首，皎乃会同周军，水陆俱下，与陈将吴明彻等相持。

两下至沌口交锋，西军用舰载薪，因风纵火，不料风势一转，火转自焚，吴明彻等乘势猛击，西军多半沉溺，大败而逃。道过巴陵，见岸上已遍竖陈军旗号，不敢登岸，径奔江陵。周步军统将元定，因水师败溃，也即退还。到了巴陵，适被陈军截住。陈军统领，便是大将军徐度，度已袭破湘州，驻军巴陵，狭路相逢，怎肯放过元定。定自知不敌，向度乞路，度佯许结盟，俟定释械往就，顺手缚住。定愤恚不食，竟至饿毙。余众全为徐度所俘。后梁将军李广，还未知情由，冒冒失失的趋至巴陵，也为度军所擒。那吴明彻复乘胜攻后梁，得拔河东。程灵洗又进袭沔州，周沔州刺史裴宽极力抵御，苦守数旬，终被灵洗攻入，擒宽归报。后梁柱国王操退归江陵，忙整顿败残人马，堵御陈军。吴明彻自河东进攻，数月不下，乃收军退归。是役陈军大捷，俘获万余人，马四千余匹，都送交建康。

安成王顼，自居功首，进位太傅，领司徒，加殊礼，履剑上殿，入朝不趋。帝位已将到手了。始兴王伯茂恨顼专政，屡构蜚言。安成王顼索性夺据帝座，胁迫太皇太后章氏御殿，召集百官，废陈主伯宗为临海王，黜始兴王伯茂为温麻侯。当下颁发命令，多半是悬空架诬。略云：

> 昔梁运衰落，海内沸腾，天下苍生，殆无遗噍，高祖武皇帝拨乱反正，膺图御箓，重悬三象，还补二仪。世祖文皇帝克嗣洪基，光宣宝业，惠养中国，绥宁外荒。伯宗昔在储官，本无令闻，及居崇极，遂骋凶淫，居处谅闾，固不哀戚，娴嫱丱角，就馆相仍，且费引金帛，令充椒闱，内府中藏，军备国储，未盈期稔，皆已空竭。太傅顼亲承顾托，镇守宫闱，遗诰绸缪，义笃垣屏，乃反遣刘师知殿不佞等，显言排斥。韩子高小竖轻佻，推心委仗，阴谋祸乱，决起萧墙，元相不忍多诛，但除君侧，何意复密诏华皎，称兵上流，国祚忧惶，几移丑类。乃至要结远近，协乱巴湘，支党纵横，寇扰黟歙，岂止罪浮于昌邑，非惟声丑于太和。但贼竖皆亡，袄徒已散，日望惩改，尤加掩抑，而悖礼忘德，情性不悛，乐祸思乱，昏慝无已。祖宗基

业，将惧覆陨，岂可复肃恭祀，临御兆民。式稽故实，宜在流放，今可转降为临海郡王，送还藩邸。太傅安成王固天生德，齐圣广深，二后钟心，三灵仁眷。自归国秉政以来，威惠相宣，刑礼兼设，指挥叱咤，湘郢廓清，辟地开疆，荆益风靡，若太戊之承殷历，中都之奉汉家，校以功名，曾何彷佛。况文皇知子之鉴，事过帝尧，传弟之怀，久符太伯，今可还申曩志，崇立贤君，方固宗祧，载贞辰象。中外宜依旧典，奉迎舆驾，入纂大统。始兴王伯茂，辜负严训，弥肆凶狡，嗣君丧道，职为乱阶，允宜馨彼司甸，刑斯剧人，姑念皇支，不忍稚刃，可特降为温麻侯，别遣就第。未亡人不幸，属此殷忧，不有崇替，将危社稷，何以拜祠高寝，归祔武园？揽笔潸然，兼怀悲庆！

这令下后，陈主伯宗立被徙居别第，始兴王伯茂曾为中卫将军，居住禁中，此时也单车出宫，使往婚第寓居。婚第在六门外，是诸王冠婚礼庐，向来是四达康庄，烽烟不设，谁意伯茂出了内城，竟来了一班盗众，持着凶器，把伯茂殴倒车中。小子有诗叹道：

> 都下何由集匪人，皇支遭击骤伤身。
> 六朝天子多残悍，只顾尊荣不顾亲。

欲知伯茂性命如何，且待下回说明。

齐主湛在位五年，多失德事，独送归宇文护母姑，尚有以孝治人遗意。护不知感激，反与突厥连兵侵齐，背德不祥，其败也固宜。湛凯旋国都，遽信祖珽诡计，传位太子，上皇方壮，元子南面，果何为哉？陈主蒨杀衡阳王昌，独留安成王顼，意者以兄子难信，不若母弟之可亲欤？迨病至弥留，谬言禅位，兄以伪言祔弟，弟亦以伪态对兄，彼此相示以伪，卒至嗣子失国，悍叔登基，防人者终出于所防之外，作伪果何益乎？到仲举、韩子高等，为主而死，死尚足称；刘师知亲逼梁主，不忠不义，其死盖已晚矣。

第七十四回　昵奸人淫后杀贤王
　　　　　信刁媪昏君戮胞弟

却说陈始兴王伯茂，被贬出内城，突遇盗众攒击，晕倒车中，立即殒命。门吏当然报闻，由朝中颁令索捕，过了数日，不得一盗，都下才晓得是陈顼所遣了。是时已是光大二年仲冬，距来春不过月余，内外百官，俱请顼登位。顼

第七十四回　昵奸人淫后杀贤王　信刁媪昏君戮胞弟

佯为谦让，故意迟延，到了次年元旦，始就太极前殿，御座受朝，改元太建，仍复太皇太后为皇太后，皇太后为文皇后。立妃柳氏为皇后，世子叔宝为太子，次子康乐侯叔陵为始兴王，奉昭烈王前谭遗祀，三子建安侯叔英为豫章王，四子丰城王叔坚为长沙王。所有内外文武百官，当然有一番封赏，不及细表。越年皇太后章氏去世，谥为宣太后，丧葬才毕，临海王伯宗，忽然暴亡，年仅十九，在位不满二年，史家号为陈废帝。看官，试想这暴亡的原因，自有形迹可寻，毋庸小子絮述了。含蓄得妙。废帝皇后王氏，已降为临海王妃，由陈主顼下诏抚慰，令故太子至泽袭封王爵，妥为奉养。至泽年仅四龄，晓得甚么孝事，不过一线未绝，还算是新主隆恩，这且待后再表。

且说陈主顼窃位年间，便是齐主湛稔恶期限，恶贯满盈，当然告终。自湛为太上皇，所有执政诸臣，如赵彦深、元文遥、和士开等，揽权如故，河间王孝琬，见时政日非，每有怨语，且用草人书奸佞姓名，弯弓屡射。当由和士开等入白上皇，谓孝琬不法，妄用草人，比拟圣躬，昼夜射箭。湛正虑多病，听到此言，不觉怒起，又因当时有童谣云：“河南种谷河北生，白杨树端金鸡鸣。”士开即指河南北为河间，"金鸡鸣"三字，隐寓金鸡大赦意义，谓谣言当出自孝琬，摇惑人心。湛即拟召讯，可巧孝琬得着佛牙，入夜有光，孝琬用槊悬幡，置佛牙前。孝琬所为，亦多痴呆。湛立派人搜检，得槊幡数百张，目为反具，因使武卫将军赫连辅玄，召入孝琬，用鞭乱挝。孝琬呼叔饶命，湛怒叱道："汝何人？敢呼我为叔？"孝琬道："臣神武皇帝嫡孙，文襄皇帝嫡子，魏孝静皇帝外甥，为甚么不得呼叔！"湛怒且益甚，竟用巨杖击孝琬足，扑喇一声，两胫俱断，孝琬晕死。湛命将尸骸拖出，藁葬西山。孝琬弟安德王延宗，高澄第五子。哭兄甚哀，泪眦尽赤，并为草人比湛，且鞭且问道："何故杀我兄？"又是一个愚人。不意复为湛所闻，令左右将延宗牵入，置地加鞭，至二百下。延宗僵卧无声，湛疑他已死，乃令昇出，延宗竟得复苏，湛亦不再问。

秘书监祖珽，希望秉政，条陈赵彦深、元文遥、和士开等罪状，令好友黄门侍郎刘逖呈入。逖不敢转呈，赵彦深等已有所闻，先向上皇处自陈。湛命执珽穷诘，珽因和士开等朋党弄权，卖官鬻爵等事。前日结士开，今日攻士开，小人情性，往往如此。湛又动恼道："尔乃诽谤我！"珽答道："臣不敢诽谤，但惜陛下有一范增，不能信用。"湛瞋目道："尔自比范增，便目我为项羽么？"珽复道："羽一布衣，募众崛起，五年成霸业，陛下借父兄遗祚，才得至此，臣谓陛下尚不及项羽！"这数语益触湛怒，令左右把珽缚住，用土塞口，珽且吐且言。也想卖直，实是狂奴。湛命加鞭二百，发配甲坊。嗣复徙往光州，置地牢中，夜用芜菁子为烛，目为所薰，竟致失明。

左仆射徐之才善医，每当湛病，必召令诊治，随治随瘥。和士开欲代之才位置，出之才为兖州刺史，湛果令士开为左仆射。不到一月，湛病复发，遣急足追征之才，之才未至，湛已濒危。召士开嘱咐后事，握手与语道："幸勿负我！"替汝至胡后寝处格外效劳，何如？言毕遂殂。越日之才乃至，士开伪言上皇病愈，遣还兖州。

一连三日，秘不发丧。黄门侍郎冯子琮，为胡后妹夫，入问士开意见。士开道："神武、文襄丧事，皆秘不即发，今至尊年少，恐王公或有贰心，故必经大众议妥，然后发丧。"子琮道："大行皇帝，传位今上，朝贵一无改易，何有异心？时异势殊，怎得与前朝相比！且公不出宫门，已经数日，升遐事道路皆知，若迟久不发，朝野惊疑，那时始不免他变了。"独不怕汝姨姊加嗔么？士开乃下令发丧，追谥上皇为武成皇帝，庙号世祖。湛在位五年，为太上皇又四年，年只三十二岁。太上皇后胡氏，至是始尊为皇太后。胡氏与和士开相奸，已见前文，此次更毫无顾忌，好与士开日夕言欢，偏被冯子琮说破，不得不举行丧葬，令士开出宫办事。

太尉赵郡王叡，与侍中元文遥等，又恐子琮倚太后援，干预朝政，因与士开会商，出子琮为郑州刺史。当时齐廷权贵，除和士开、赵彦深、元文遥外，尚有司空娄定远，开府三司唐邕，领军綦连猛、高阿那肱，度支尚书胡长粲，俱得柄政，齐人号为八贵。赵郡王叡，大司马冯翊王润，安德王延宗，润与延宗，注皆见前。与娄定远、元文遥等，并入白齐主纬，请出士开就外任。看官，试想士开系皇太后的私人，哪肯听他外调，自取寂寞？齐主纬生性昏懦，当然拗不过太后，所以众论纷纷，始终不得邀准。会胡太后出御前殿，觞宴朝贵，赵郡王叡，挺身出奏道："和士开为先帝弄臣，受纳贿赂，秽乱宫掖，臣等义难杜口，所以冒死直陈。"胡太后怫然道："先帝在时，王等何不早言？今日欲欺我孤寡么？且饮酒，勿多言！"叡词色益厉，脱冠投地，拂衣而出。娄定远、元文遥等，亦皆离座自去。

翌日叡等复至云龙门，令文遥入劾士开，三入三返，终不见从。左丞相段韶，使胡长粲传太后谕旨道："梓宫在殡，事太匆匆，欲王等三思后行！"叡等乃拜命散归。长粲复命，胡太后喜道："成全妹母子家，实出兄力！"原来长粲为胡后兄，故如是云云。何不谓成全假夫妇，实出兄力！胡太后及齐主召问士开，士开道："陛下甫经谅阴，大臣皆有觊觎；今若出臣，正是翦陛下羽翼。何不传语叡等，但说文遥与臣，并经先帝任用，可并出为州吏，待山陵事毕，然后遣行。"两宫皆以为然，如言颁敕，授士开为兖州刺史，文遥为西兖州刺史。待至奉葬已毕，叡等促士开就道，胡太后又欲留住士开，谓俟百日卒哭后，方令赴任。总之不肯舍去。叡不肯许，复入内苦争，胡太后令酌酒赐叡。叡正色道："今论国家大事，何曾为酒一卮！"言讫趋出，当下令娄定远等，监住宫门，不准士开复入。

士开窘极无聊,乃特采美女二人,珠帘一具,亲送定远。定远心喜,便问士开来意,士开道:"在内久不自安,今得外调,实如本愿,但乞公等保护,长为大州,已感德不浅了!"定远信为真言,送出门外,士开复道:"今当远出,愿入内辞觐二宫。"定远许诺,士开遂得入内,向二宫前跪陈道:"先帝升遐,臣愧不能从死!窃看朝贵意旨,仍将行乾明故事,乾明系废帝殷年号。臣出后必有大变。臣受先帝厚恩,愧无面目相见地下!"说至此,伏地恸哭,胡太后与齐主纬,并皆泪下。一是恐失所欢,一是恐不保位。亟向士开问计,士开道:"臣已得入,尚复何虑?但教数行诏书,便可了事。"胡太后忙令士开草诏,出定远为青州刺史,责赵郡王叡无人臣礼,即日颁发出去。赵郡王叡接得诏书,不由的愤闷万分,勉强过了一宵,翌晨即冠带入谏。妻子等统皆劝阻,叡勃然道:"社稷事重,我宁死事先皇,不忍见朝廷颠沛呢!"遂拂袖径行。既入朝门,又有人与语道:"殿下不宜入宫,恐将及祸!"叡又道:"我上不负天,死亦无恨!"遂入谏胡太后,坚守前议。太后默然不答,返身入内。叡悒悒出宫,行至永巷,突被卫兵拘住,牵至华林园,被武士勒死,年才三十六。大雾三日,中外称冤。愚直之咎。

和士开仍复原任,依然出入宫禁,好与胡太后长叙幽欢。娄定远见风使帆,还归士开原赂,且加送珍玩,巴结士开。士开方不念旧恶,彼此相安。领军高阿那肱素与士开友善,又尝入侍东宫,希旨承颜,是他能手。齐主纬格外加宠,特擢为尚书令,封淮阴王,另进前东宫侍卫韩长鸾为领军。又有宫婢陆令萱,前坐本夫骆超谋叛罪名,没入掖庭,巧黠善媚,得胡后欢。想是做和士开的牵头。纬幼冲时,常使令萱保抱,呼为乾阿妳,渐渐的倚势弄权,独擅威福。至纬得受禅,竟封令萱为郡君。令萱子名提婆,随母入宫,与纬朝夕戏狎,亦得拜官受禄。母子蟠踞宫禁,势焰无比。和士开、高阿那肱俱老着脸皮,愿为陆令萱义儿。纬后斛律氏,有从婢穆黄花,生得轻盈妖艳,荡逸飘扬,纬爱她秀冶,时令入侍。穆黄花知情识意,乐得移篙近舵,卖弄风骚。纬被她勾引,哪里按捺得住,便把她引入床帏,颠鸾倒凤,备极绸缪。自经过这一番云雨,益邀宠眷,特赐她一个佳名,叫作舍利。想是视做佛上圆光。此后便收为嫔御,擅宠专房。陆令萱欲借为奥援,很与相暱,穆氏亦呼她为养母。也是惺惺惜惺惺。你称我赞,争向齐主前说项,齐主纬竟封令萱为女侍中,穆舍利为弘德夫人。令萱子提婆,与穆舍利称兄道妹,就乘此冒姓为穆,穆夫人又替他揄扬,得为开府仪同三司。还有陆令萱弟悉达,也得夤缘进身,一岁三迁,居然与提婆同官,位至开府。

前秘书监祖珽已蒙齐主纬赦出地牢,得为海州刺史,至是复思干进,因贻书悉达道："赵彦深心腹阴沉,早欲行伊霍故事,仪同姊弟,岂得平安？何不早用智士,为自全计！"悉达转语令萱,令萱复转告和士开。士开因珽有胆略,亦欲引为谋主,乃蠲弃前嫌,借德报怨,特与令萱同白齐主道："襄宣昭三帝,皆不能传子,今至尊独在帝位,统是祖珽一人的功劳,珽德行虽薄,谋略有余,缓急可使,且双目已被熏盲,必无反心！"齐主纬正怀念祖珽,听了此言,急颁赦敕召入,许复原官。

陇东王胡长仁,系胡太后兄,不悦士开,士开即暗中进谗,出长仁为齐州刺史。长仁怨愤,谋遣刺客杀士开。偏为士开所知,向珽计议,珽引汉文帝杀薄昭事,作为援证。当由士开转白太后,一道诏令,竟将长仁刺死州廨。宁可杀亲兄,不可死情郎。且进士开录尚书事,改封淮阳王。命兰陵王长恭为太尉,琅琊王俨为太保,赵彦深为司空,徐之才为尚书令,唐邕为左仆射,冯子琮为右仆射。子琮素依附士开,既得重任,不由的自大起来,一切录用,不向士开预商。士开未免介意,只因子琮为太后亲属,一时不便摔去,独琅琊王俨,系齐王纬胞弟,素得父母爱宠。高湛在日,尝欲废纬立俨,事不果行。俨见和士开、穆提婆二人,大修宅第,颇为不平,尝语二人道："君等营宅,早晚可成,何为迟延若此？"二人知他语带讥讽,阴怀猜忌,且互相告语道："琅琊王眼光奕奕,数步射人,前时偶与相对,不觉汗出,天子门奏事,尚不至此,此人若常握大权,我两人死无葬地了！"遂朝夕入谮,出俨居北宫,免太保官,只留中丞一职,限令五日一朝。

当时寡廉鲜耻的朝士,见士开扳倒亲王,愈加谄附,多拜士开为假父。士开偶患伤寒,医云须服黄龙汤。看官道黄龙汤为何物？乃是多年的粪汁。士开不愿进饮,很有难色。适有一假子省疾,见了此汤,便请先尝,一喝即尽。此等人只配吃粪屎。士开甚喜,也把粪汁取饮少许,果然渐痊。独治书侍御史王子宜,与琅琊王友善,探得士开等密谋,更欲徙俨出外,乃入北宫语俨道:"殿下被疏,统由士开谗间。近闻士开又欲移徙殿下,殿下何可轻出北宫,与百姓为伍呢？"俨左右开府高舍洛,中常侍刘辟强,亦劝俨早自为计,毋为人制。俨乃密召冯子琮入商,屏人与语道："士开罪重,儿欲杀死此贼。"子琮已与士开有嫌,当即赞成,许为援助。俨即令子宜奏弹士开,请收禁推讯。子琮收入奏牍,并搀杂另外文书,进呈御览。齐主纬略略省视,即觉厌烦,便语子琮道："可行便行,朕不耐阅此。"子琮巴不得有此语,便令领军库狄伏连,收系士开。伏连请再复奏,子琮道："琅琊王入奏邀准,何须再奏！"伏连乃夜遣甲士五十人,伏住神兽门外,待士开凌晨入朝,把他拘住,送交廷尉。一面报知北宫,俨大喜过望,即遣心腹将冯永洛,往斩士开。

士开伏诛,俨党尚不肯罢手,索性欲拥俨废主,逼俨率军士三千人,屯千

第七十四回　昵奸人淫后杀贤王　信习媪昏君戮胞弟

秋门。齐主纬始闻急变，忙命刘桃枝奉敕召俨，俨答说道："士开谋反，臣所以矫诏除奸；尊兄若欲杀臣，不敢逃罪；如蒙赦宥，请令姊姊来迎！"姊姊指陆令萱，齐俗呼母为姊姊，见前注。俨欲诱杀令萱，故有此语。桃枝返报，令萱适侍主侧，料知俨意不佳，且惧且泣。齐主纬再使韩长鸾召俨，许令免死。俨欲应命，刘辟强牵衣谏阻道："若不杀穆提婆母子，殿下万不可进去！"俨乃拒绝长鸾。

纬得长鸾回报，不禁惶急，便入启胡太后。太后闻士开被杀，已是悲痛交并，又见纬前来泣诉，益觉愤不可耐，便道："逆子可恨，尔可速召斛律光，使执逆子入宫！"纬乃趋出，亟召斛律光入议。光闻俨杀死士开，抚掌大笑道："龙子所为，原是不凡！"遂入见齐主，齐主正召集卫士四百人，发给甲械，将要出战，光面启道："小儿辈弄兵，一与交手，反致激乱。鄙谚有言：奴见大家 臣妾呼天子为大家。心死，至尊宜自至千秋门，琅琊王必不敢动。"说着，即导纬前行，至千秋门外，由光朗声呼道："大家来！"俨党素惮光威，相率骇散。齐主纬立马桥上，遥呼俨名，俨尚趑趄不进。光抢步上前，握住俨手，且笑且语道："天子弟杀一汉奴，何必慌张！"遂牵俨至齐主前，并为代请道："琅琊王尚在少年，脑满肠肥，举动轻率，将来年纪长成，自知改过，愿曲为恕罪！"煞费调停。齐主乃拔俨佩刀，但用刀环击俨首数下，便即释去。收捕库狄伏连、王子宜、高舍洛、刘辟强、冯永洛等，缚住后园，由纬亲自射死，然后枭首，把尸支解，暴示都市。胡太后召俨入宫，面加叱责，俨泣答道："是子琮教儿。"太后留俨在宫，使人绞杀子琮。独不顾亲妹么！齐主欲尽杀俨府官吏，斛律光、赵彦深力为劝阻，方论罪有差。

既而祖珽与陆令萱连谋，出赵彦深为兖州刺史，因即设法图俨。令萱密白齐主道："琅琊王聪明雄勇，当今无比。看他相表，必不肯为人下，不若早除为妙！"纬尚未决，召珽入问。珽又引出两条故事，一是周公诛管蔡，一是季友鸩庆父。专用故事杀人，所谓才足济奸。纬乃决意诛俨，使右卫大将军赵元侃，诱俨出诛。元侃顿首道："臣尝服事先帝，见先帝很爱琅琊王，今宁就死，不敢闻命！"纬变色道："汝不愿行此事，可出去罢！"元侃拜谢而出。即有诏敕随下，出元侃为豫州刺史。

纬自入启太后道："明旦欲与仁威出猎。"仁威系俨表字。太后许诺，但令纬早去早回。夜才四鼓，纬即使人召俨，俨颇动疑。陆令萱驰入道："尊兄唤儿，奈何不往！"俨乃趋出。甫至永巷，突遇刘桃枝把俨缚住，俨大呼道："乞见姑姑尊兄。"姑姑指胡太后，注见前。桃枝用袖塞俨口，反袍蒙头，负至大明宫，用力勒死，年仅十四。用席包尸，埋葬室内，然后复命。纬使人禀白太后，太后临哭十余声，便被左右拥入宫中。这是齐武平二年间事。齐尝改天统六年为武平元年。越年三月，始加棺殓，出葬邺西，追赠俨为楚帝，谥曰恭哀。俨妃李氏，遗腹生男，亦被幽死。惟号李氏为楚后，使入居宣则宫，借慰太后悲怀。其实胡太后也颇恨俨，害死情郎应该加恨。后因另结情人，把和士开撇过一边，始复忆及亲子。但死人不可重生，不得已勉抑悲哀，别图欢乐，又做出许多丑事来了。小子有诗叹道：

> 宫闱干政尚遭讥，况复淫昏不识非。
> 才信古人严礼教，要端闺范在防微。

欲知胡太后后来情事，试看下回便知。

赵郡王叡，与琅琊王俨，俱为和士开一人而死，叡之死，比俨更冤。俨得杀士开，尚足泄一时之愤，而叡第知强谏，竟死牝后淫人之手，设九泉之下，叔侄重逢，叡为俨从叔。叡毋乃自笑弗如乎！然叡与俨之所为，俱以忿率致亡。叡误于太愚，俨误于太莽，不能顾全大局，徒与一幸臣拚命，击之不中，徒自伤躯，击之幸中，亦不过除得一奸，盈廷皆妇女小人，徒除一蠹，果有何益！且屯兵逼主，尤属非是，卒之亦自杀其身而已。读此回，不禁为叡悲，尤不禁为俨惜矣。

第七十五回　斛律光遭谗受害
宇文护稔恶伏诛

却说胡太后失去和士开，又害得寂寞无聊，她是个淫妇班头，怎肯从此歇手，遂借拜佛为名，屡向寺院中拈香。适有一个淫僧昙献，身材壮伟，状貌魁梧，为胡太后所中意。昙献亦殷勤献媚，引入禅房，男贪女爱，居然谐成了欢喜缘。胡太后托词斋僧，取得国库中金银，贮积昙献席下，复将高湛生平所御的宝装胡床，亦搬入寺中，与昙献共同寝坐。嗣又因内外相隔，终嫌未便，索性召入内庭，使他唪诵经咒，超荐亡灵，朝朝设法，夜夜交欢，正所谓其乐融融了。昙献又召集许多徒众，会诵一堂，胡太后赐号昭玄统僧，僧徒却戏呼昙献为太上皇。宜呼为太上僧。就中又有两个少年僧侣，面目秀嫩，好似女子一般。胡太后复不肯放过，陆续召幸，且夕不离。但恐为皇儿所知，索性叫他乔扮女尼，搽脂画粉，希图掩饰。齐主纬有时入省，起初尚未曾留意。后来二僧妆点愈工，姿态愈妍，惹得齐主亦觉动目，遂想出一法，给二僧至别室，迫令侍寝。二僧抵死不从，纬召婢媪等强褫僧衣，欲与行淫。哪知二僧的下体，与纬相同，纬徂惊且怒，才知母后有苟且行为。当下亲加讯鞫，二僧无从抵赖，只好

第七十五回　斛律光遭谗受害　宇文护稔恶伏诛　　981

实供，并及昙献肆淫事。纬即收诛昙献，并命二僧一体伏法。何不留作娈童！又遣宦官邓长颙，率领众阉，徙胡太后至北宫，把她幽禁起来。

陆令萱趁这机会，竟想代做太后，密与祖珽熟商，珽又引出一条故典，说是魏太武帝焘，曾尊保母窦氏为保太后，借古证今，无不可行。亏他想出。且出语朝士道："陆虽妇人，实是豪杰，女娲以来，得未曾有哩。"令萱亦称珽为国师，珽得进任左仆射。惟陆为太后，始终无人赞成，因此令萱枉费一番心思，徒乐得画饼充饥，倒反作成了一个祖珽。

珽势力日盛，朝野侧目，独太傅咸阳王斛律光，素来嫉珽，每见珽在朝右，辄遥骂道："阴毒小人，今日又不知作何计！"复召语诸将道："边境消息，兵马处分，从前赵令恒彦深字令恒。在朝，尝与我辈参议，今盲人入掌机密，并未会商，国家事恐终为所误哩！"诸将相率叹息。珽知光恨己，赂光从奴，密问光有无讥评，从奴答道："相王每夜抱膝闷坐，尝自叹道：'盲人入朝，国必危亡。'"珽闻得此语，当然挟嫌。开府穆提婆，求娶光庶女为妇，光又不许。齐主拟拨晋阳田，赏给提婆，光复入谏道："此田自神武以来，累年种禾饲马，为御寇计，若赐给提婆，岂非与军务有碍么！"齐主乃止。提婆从此怨光，遂与祖珽日伺光隙。

光为斛律后父，累世勋贵，一门衣锦。弟羡为幽州刺史行台尚书令，雅善治兵，士马精强，斥堠严整，突厥尝加畏惮，称为南可汗。长子武都，为开府仪同三司，领梁、兖二州刺史，尚高洋女义宁公主。光父金在日，尝语光道："我虽不读书，闻古来外戚，如汉朝梁冀等，无不倾灭。女若得宠，诸贵人必多妒忌，女若无宠，天子又多生憎。我家以忠勤致贵，断不可借女生骄，我本不欲尔女入宫，无如累辞不获，深以为忧！"炎炎者灭，隆隆者绝，斛律金颇知此义，可惜后来复蹈此辙。及金年老去世，光颇遵父训，持身节俭，事主忠诚，不好声色，不贪权势，杜绝馈遗，罕见宾客。每当朝廷会议，常独后言，言必合理，或有疏奏，使人执笔起草，自己口授，概从朴实。行军仿乃父遗法，营舍未定，终不入幕。在营不脱甲胄，临阵时辄身先士卒，士卒有罪，惟用杖挞背，未尝滥杀，众皆乐为效力。自洛阳鏖兵后，见七十三回。受官右丞相，领并州刺史，屡与段韶出兵攻周，周勋州刺史韦孝宽，也是一员良将，与光交战汾北，竟至败北。光得拓地五百里，就西境筑十三城，立马举鞭，指画基址，数日告成。段韶亦得拔周定阳，擒归汾州刺史杨敷。敷至邺都，不屈被杀。齐主纬已宠任群小，不愿用兵，召还光、韶两军。韶未及还邺，病殁军中。韶为神武皇后娄氏甥，即段荣子。将略与光相亚，然性颇好色，尝纳魏黄门侍郎元瑨妻皇甫氏为妾，宠过正嫡，时论因劣韶优光。韶亦北齐名将，故随笔带叙生卒。余如先朝勋戚，百战功臣，均依次谢世。独光尚岿然独存，为齐柱石。周人不敢越境生事，亦未尝自夸功绩。

惟周勋州刺史韦孝宽,被光杀败,尝欲报恨,特构造谣言,使间谍传入邺中,有"百升飞上天,明月照长安"二语;又云:"高山不推自崩,槲木不扶自举。"祖珽知言中寓意,索性又续下二句道:"盲老公背受大斧,饶舌老母不得语。"因暗令小儿遍歌市中。穆提婆听着,入白令萱。令萱未尽得解,因召珽入询语意。珽故意想了一会,乃笑说道:"得着了!得着了!百升是一'斛'字,明月是斛律丞相表字,盲老公是指珽,饶舌老母是指尊颜,余言可不烦索解了。"令萱惶急道:"如此说来,非但危及尔我,并且危及国家,怎可不即日启闻!"遂并将谣言入启齐主,且为齐主解释意义。齐主迟疑道:"莫非斛律丞相尚有异图么?"珽即接入道:"斛律氏累世掌兵,明月声震关西,丰乐美字丰乐。威行突厥,女为皇后,男尚公主,今有此谣言,正足令人生畏呢!"齐主不答,俟珽等趋出,召问领军韩长鸾,长鸾却谓斛律光必无贰心,乃搁置不提。珽见宫廷中毫无举动,因复入见齐主,称有密启。齐主屏去左右,唯留幸臣何洪珍在侧。珽尚未及言,齐主纬即与语道:"前得卿启,便欲施行,韩长鸾谓必无此理,所以中止。"何洪珍不待珽言,抢先进词道:"若本无此意,可作罢论;既有此意,尚未决行,倘事机泄露,反为不妙!"珽亦加说数语,请齐主从洪珍言。齐主纬乃点首道:"洪珍言是,我知道了!"珽才趋出。

纬本怯弱,终未能决。会又接丞相府佐封士让密启,略言斛律光奉召西归,即欲引兵逼主,事不果行。今闻该家私蓄弩甲,及奴僮千数,且常遣使至丰乐武都处,阴谋往来,若不早图,变且不测云云。这也是由祖珽唆使出来。纬览此密启,因语何洪珍道:"人心原是灵敏,我常疑光欲反,不意果然!"实是呆鸟,还自夸灵敏么?说着,即命洪珍转告祖珽,并向珽问计。珽说道:"这有何难!可由皇上赐一骏马,但说明日当游幸东山,王可乘此马同行。那时光必入谢,只须二三壮士,便可捕诛此獠。"洪珍即还报齐主,齐主纬依议施行,果然光中珽计,单骑入谢,行至凉风堂,下马步趋,蓦有人从后猛扑,几至被仆。幸亏脚力尚健,兀自站住,回顾身后,但见刘桃枝怒目立着,因呵叱道:"桃枝你如何惯作此事?我实不负国家!"桃枝不答,复麾集力士三人,把光扑倒,用弓弦冒住光颈,将光扼死,颈血溅地,历久犹存。可称为碧血千秋。

于是由齐主下诏,诬光谋反,遣宿卫兵至光第,拘执光子世雄、恒伽,勒令自尽。惟少子钟年仅数龄,幸得免死。祖珽使郎官邢祖信籍没光家。祖信报珽,得弓十五,宴射箭百,刀七,赐槊二。珽厉声问道:"此外尚有何物?"祖信亦抗声道:"得枣杖二十束,闻拟处置家奴,凡奴仆犯私斗罪,杖一百。"珽不觉增惭,柔声与语道:"朝廷已加重刑,郎中何必代雪呢!"祖信怆然道:"祖信为国家惜良相!"说毕趋退。旁人咎他过直,祖信道:"贤宰相尚死,我何惜余

第七十五回　斛律光遭谗受害　宇文护稔恶伏诛

生呢！"此人亦不可多得，故特叙入。

　　齐主又遣使至梁州，杀光长子斛律武都，再命中领军贺拔伏恩，乘驿捕斛律羡。伏恩至幽州，尚未入城，门吏驰入报羡道："来使衷甲，马身有汗，恐不利将军，宜闭门不纳！"羡叱道："敕使岂可疑拒？"遂出迎伏恩。伏恩宣诏毕，即把羡拿下，就地取决。羡临刑自叹道："富贵至此，女为皇后，公主满家，天道恶盈，怎得不败！"遂从容受刑，五子皆死。伏恩等还都复命，除陆令萱母子及祖珽奸党外，无不称冤。独周将军韦孝宽得信大喜，自幸秘计告成，急报知周主邕。周主也喜出望外，下诏大赦，举朝庆贺，互相告慰道："斛律受诛，齐房在吾目中了！"为周灭齐张本。

　　齐主纬后斛律氏，貌本平庸，未得主宠，至是亦连坐被废，迁居别宫。胡太后自愧失德，求悦齐主，特召入兄女，炫服盛装，与齐主相见。齐主是登徒子一流人物，见有姿色女郎，差不多肢体俱酥。当下问明姓氏，乃是前陇东王胡长仁女。父已受诛，女尚未字，乐得把她留住，做一对中表鸳鸯。胡女已受太后密嘱，曲意承欢，齐主纬越加怜爱，当即册为昭仪。就中有一个情敌，就是弘德夫人穆舍利。穆舍利已生一男，取名为恒，齐主未有储嗣，特命斛律后抚养。才阅半年，即立为皇太子。此次斛律后废黜，穆夫人应该补升，偏被胡昭仪夹入，转令穆氏多一对头。胡太后复立侄女为后，料知穆氏义母陆令萱，必帮助穆氏，出来反对，不得已卑辞厚礼，结好令萱，约为姊妹。令萱至此，反觉左右为难，只因胡昭仪宠幸方隆，更由胡太后从中嘱托，乃与祖珽入白齐主，立胡昭仪为皇后。胡后深感姑恩，便提起母子大义，责备齐主，枕席私言，容易动听；况齐主纬已忘前嫌，所有北宫稽查，早命撤销，此次闻胡后语，便将太后迎还奉养。母子姑侄，团阑欢聚，自在意中。胡太后计非不佳，但可暂不可久奈何！

　　独这阴柔狡黠的穆夫人，平白地将后位让人，如何忍受得住？当下埋怨陆令萱，说她无母女情。令萱也觉自悔，便慰穆氏道："汝休性急，不出半年，管教汝正位中宫！"穆氏泣道："我非三岁婴孩，何必哄我！"令萱对她设誓，决计替她转圜，穆氏尚似信非信。果然过了月余，齐主纬屡至穆氏寝室，申叙旧欢。穆氏半喜半嗔，佯劝纬往就中宫，纬作色道："皇后不知惹着何病，非痴非癫，想是有些失心疯了，朕不愿见她！"穆氏亦暗暗疑讶，默料必令萱所为，但亦未识她用着何术。只因齐主已经转意，自然提起精神，笼络齐主。陆令萱又乘间启奏道："天下有男为太子，母为奴婢么？"齐主默然，令萱乃出。

　　已而齐主复选得二女，一姓李，一姓裴，皆是美色，号李氏为左娥英，裴氏为右娥英。这取名的原因，是本舜妃娥皇女英，并合为一。令萱不禁替穆氏着急，便为穆氏设法，别造宝帐及枕席器玩等具，俱为世所罕见，令穆氏穿着后服,满身珠翠,装束如天仙相似,静坐帐中。令萱即往白齐主道:"有一圣女出世,大家何不往看!"齐主便即随行,由令萱引至穆氏坐处,揭开宝帐,即有一种兰麝奇芬,沁人心脾。约略一瞧,果见一丽姝端坐,仿佛似巫山神女,姑射仙人。齐主不觉喝采,及丽姝起身出迎,仔细端详,才认识是穆夫人。齐主笑指令萱道:"陆太姬真会弄乖!"令萱亦笑答道:"似此丽质,尚不配做皇后,试问陛下将择何人?"好似玩弄小儿。齐主道:"天子只有一后。"令萱便接口道:"舜纳尧二女为妃,便是二后。舜为圣主,难道不可效法么?"对症用方。齐主大喜,是夕即与穆氏并宿宝帐中,竭尽欢娱。次日即立穆氏为右皇后,号胡氏为左皇后。

穆氏意尚未足,再托令萱设策,除去胡氏。令萱许诺,屡次入见胡太后。一日至太后前,佯作嗫语道:"何物亲侄女,作如此语!"太后惊问何因?令萱又摇首不答。经太后一再固问,方低声说道:"胡后语大家云:太后行多非法,不足为训。"这语说出,激动太后怒意,立召胡后来前,命左右剪去后发,遣回家中。落入圈套,还不自知,徒断送了一个侄女。穆氏遂得独为皇后。令萱向她道贺,穆氏亦敛衽拜谢,惟问及胡后致病事,令萱但微笑不言。看官道是何故?无非由令萱使人厌蛊,除害胡后罢了。嗣是穆提婆、高阿那肱、韩长鸾,共处钧轴,号为三贵。祖珽得总知骑兵、外兵事。宵小横行,内外蒙蔽,要把这高氏宗社,轻轻断送了。小子姑从慢表,且述周事。

自周主邕,与突厥连和,两次侵齐,俱遭败挫。见七十二、三回。太师宇文护由弘农退还,与诸将入朝请罪,周主邕一体赦免。越年春季,周改保定六年为天和元年,屡遣使至突厥迎婚。突厥木杆可汗,因齐人强盛,向齐通使,又欲与齐连姻,不愿送女适周。周使臣陈公宇文纯,宇文泰第九子。许公宇文贵,神武公窦毅,南阳公杨荐等,俱被留住,好几年不得归国。宇文纯等再四请求,终不见允。会突厥遇大风雨,兼大雷震,旬日不止,番帐汗庭,均被漂坏,木杆恐是天谴,不合向周悔婚,乃将爱女阿史那氏,遣嫁周主,与宇文纯等偕至长安。周主邕行亲迎礼,出郊迎女,入宫备册,立阿史那氏为皇后。后虽出番族,貌颇端妍,邕尝优礼相待,两无间言。会宇文护母阎氏病殁,赙恤甚优。护丁艰避位,不到数月,即令起复,入朝视事。至天和五年,且由周主邕下敕,加护殊礼。诏书有云:

> 盖闻光宅曲阜,鲁用郊天之乐。地处参墟,晋有大蒐之礼。所以言时计功,昭德纪行,使持节太师都督中外诸军事柱国大将军大冢宰晋国公体道居贞,含和诞德,地居咸右,才表栋隆。国步艰难,寄深夷险,皇纲缔构,事均休戚。今文轨尚隔,方隅犹阻,典策未备,声名多阙,宜赐轩悬之乐,六佾之舞,崇奖功德,公其勿辞!

第七十五回　斛律光遭谗受害　宇文护稔恶伏诛

这诏书上面，连护名俱未称及，正是宠荣异数，自古罕闻。护性颇宽和，实昧大体，自恃功高，久揽政柄，所居私第，常屯兵护卫，威逾宫阙。诸子僚属，皆倚势作奸，蠹国殃民。护亦全不过问，任彼所为。周主邕深自晦匿，不加干预，一班王公大臣，也猜不透周主意旨，大都旅进旅退，虚与周旋。至天和七年三月朔，日食几尽，护乃召问稍伯大夫庾季才道："近日天象如何？"大约想篡位了。季才答道："蒙恩深厚，敢不尽言，近日天象告变，公宜归政天子，请老私门，庶几名同旦奭，寿享期颐，子子孙孙，常作屏藩；否则非季才所敢知了！"护若肯从此言，何至遽死？护沉吟多时，方微吁道："我亦作此想，但恐不得辞，所以蹉跎至今。公既为王官，可入依朝列，无须另参寡人！"季才知护介意，唯唯而去。嗣复陈书谏护，语极恳挚，护怎肯依议，反与季才有嫌。哪知宫中已密为安排，要将他一刀两段，送入冥途。

先是卫公宇文直，与护相亲，自沌口一败，直坐免官，遂至怨护。沌口战事。见七十三回。尝密白周主道："护若不诛，必为后患。"周主邕乃屡与计议。又有右宫伯中大夫宇文神举，宇文泰族子。内史下大夫王轨，右侍上士宇文孝伯，宇文深子。也与周主同谋，议定一策，对付权臣。三个缝皮匠，比个诸葛亮。适护出巡同州，还都复命，周主邕御文安殿，面加慰劳。护请入省叱奴太后，周主邕怅然道："太后春秋已高，颇好饮酒，一或过醉，喜怒乖方，近虽犯颜屡谏，未蒙垂纳，兄今入省，愿更为启请。"说至此，即从怀中取出酒诰，交与护手道："烦取此入谏太后！"护当然接受，与周主邕一同进去。既见叱奴太后，问过了安，太后命护旁坐。护因周主邕嘱托，尚立读酒诰。周主阴执玉珽，走至护后，猛力击护，护猝致倒地。周主令宦官何泉，用御刀斫下，泉不觉手颤，斫护未伤。卫公直已伏匿户侧，一跃而入，手起剑落，把护劈成两段。该死久矣！太后惊起，由周主邕婉言陈诉，谓护谋害两宫，所以诱诛。太后自然无言。邕即召入宫伯长孙览，收捕护子谭公会，莒公至崇，业公静正，平公乾嘉，及乾基、乾光、乾蔚、乾祖、乾威等，悉数伏诛，又杀护党柱国侯伏、侯龙恩，大将军侯万寿、刘勇，中外府司录尹公正、袁杰，膳部下大夫李安。

时雍州牧齐公宪，为护亲任，赏罚黜陟，多所参预。至是由周主召入，勉励数语。宪免冠拜谢，乃使诣护第收兵符及诸文籍。卫公直素来忌宪，劝周主并宪加诛，周主不许。及宪入复命，闻李安亦在诛例，便面启道："安出自皂隶，唯主庖厨，向未预闻朝政，何足加戮！"周主正色道："世宗暴崩，实安所为，弟难道全未闻知么？"宪惶恐趋出。护世子训为蒲州刺史，即夕遣越公宇文盛，乘驿召还，至同州赐死，次子昌城公深，出使突厥，亦命开府宇文德赍去玺书，诛死道中。当下颁诏罪护，除首从已正典刑外，余皆肆赦，复改天和七年为建德元年。小子有诗斥护道：

怙权肆逆久稽诛，一死犹嫌未蔽辜。
玉珽扑身奸贼倒，九京才得慰宁都！宁都见前文。

护既就诛，周主亲政，当然有一番封赏。欲知何人代护，下回再当续详。

本回叙述，足为斛律光、宇文护两人合传。斛律光为高氏懿亲，效忠王室，足慑强邻。光不死则齐不亡，乃为宵小所排，卒遭惨死，齐之不永也宜哉！但功高震主，罕得保全，斛律金平生寄慨，斛律羡临死兴嗟，满招损，盈必覆，富贵其可长保乎！备录之以风后世，为斛律光惜，固不仅为斛律光惜也。彼宇文护历弑二主，罪恶昭彰，直至周主邕嗣位十三年，始得诱诛，死已晚矣。庚季才劝护归政，护若听季才言，尚可不死，但极恶如护，若得不死，宁有天道！诛之正以见周主之能，且可见元恶大憝，鲜有不杀身亡家者也。本回前后连叙，善恶相对，隐寓微义。而齐宫琐事，即由斛律后被废而致。斛律光死而齐即衰，宇文护死而周转盛，贤奸之关系盛衰也，固如是夫！

第七十六回　选将才独任吴明彻
　　　　　含妒意特进冯小怜

却说周主邕亲政以后，进太傅尉迟迥为太师，柱国窦炽为太傅，大司空李穆为太保，齐公宪为大冢宰，卫公直为大司徒，赵公招宇文泰第七子。为大司空，柱国辛威为大司寇，绥德公陆通为大司马。此外如宇文神举、宇文孝伯及王轨等，亦皆进秩有差。又因庚季才一再谏护，特赐粟帛，升授大中大夫。当时老成宿将，如燕公于谨，郑公达奚武，隋公杨忠等，并皆去世。忠子名坚，曾为小宫伯，宇文护见坚非常相，屡欲引为腹心。忠密嘱道："两姑之间难为妇，汝宁勿往！"坚谨遵父训，故护伏法受诛，坚得不坐。忠于天和三年逝世，坚袭爵为隋公，后来便是篡周的隋文帝。特笔提出。

卫公直以勋旧沦亡，自己为诛护首功，益怀奢望，偏是三公名位，已被别人攫去，大冢宰又授齐公宪，大司马更授陆通，政权兵权，一些儿没有到手，心常怏怏。齐公宪曾任大司马，至是进官大冢宰，名为超擢，实夺兵权。开府裴文举为宪侍读，周主邕尝召入与语道："昔魏末不纲，太祖辅政，及周室受命，晋公护乃起执大权，积久成常，便以为法应如是，试思从古到今，有三十岁的天子，尚须懿亲摄政么？《诗经》有言：'夙夜匪懈，以事一人。'一人就指天子。卿虽陪侍齐公，不得徒徇小忠，只知为齐公效死。且太祖以后，尚有十儿，难道可都登帝位么？卿须规以正道，劝以义方，辑睦我君臣，协和我兄弟，

第七十六回　选将才独任吴明彻　含妒意特进冯小怜

勿令自致嫌疑，再蹈晋公覆辙哩！"周主邕亦煞费苦心。文举拜谢而出，便即告宪。宪指心抚几道："这是我的本心，公岂不知！但当尽忠竭节，何必多疑！"卫公直与宪有隙，宪因此格外容忍，且因直系周主母弟，每加友敬。直无从寻隙，暂得相安。

周主邕追尊略阳公觉为孝闵皇帝，立皇子鲁公赟为太子。赟系后宫李氏所出，从前于淮平江陵，掳取李氏入关，周太祖泰，因李氏容貌端好，特赐与邕，乃遂生赟。赟性嗜酒色，周主邕因他居长，所以立为储贰。平时约束甚严，尝命东宫官属，录赟言语动作，每月奏闻，赟尚有所惮，不敢妄动。但江山可改，本性难移，父在时勉循礼法，父殁后谁作箴规？周主邕择嗣不慎，铸成大错，终不免贻误宗社了。都为后文写照。这且待后再表。

且说陈主顼即位后，转眼间已两三年。应七十四回。这两三年内，还算没有大事，只广州刺史欧阳纥，于太建元年冬造反，逾年即得荡平。欧阳纥是欧阳頠子，与頠同定广州，欧阳頠事见前文。因得袭职。自华皎叛命奔周，见七十三回。陈主顼不免疑纥，征为左卫将军，纥不禁惶惧，竟举兵造反，出攻衡州。陈廷遣使谕旨，怵以周迪、陈宝应故事，见七十二回。纥仍不服，乃续命车骑将军章昭达率师往讨。昭达未至，纥却诱引阳春太守冯仆，至南海同抗陈军。仆系故高凉太守冯宝子，见前文。宝殁时仆才九岁，赖宝妻洗氏，怀集部落，安境息民，数州宴然。洗氏亦见前。陈调仆为阳春守，至是仆赴南海，遣人告母。洗夫人怅然道："我两世忠贞，不意出此不肖儿，今怎可惜子负国呢！"深明大义。遂发兵拒境，率诸酋长迎章昭达。昭达至始兴，纥出屯洭口，立栅堵御。昭达督兵进攻，立破水栅，纥出战败绩，返奔里许，被昭达从后追擒，械送建康，斩首示众。又表上洗夫人功劳，陈主遣使持节，册封洗氏母子，冯仆得封信都侯，迁石龙太守，洗氏为石龙太夫人，特赐绣辇安车，鼓吹卤簿，如刺史仪。洗夫人应该受封，仆曾潜通叛人，不应滥赏。

章昭达得胜班师，顺道攻后梁。后梁主岿，岿嗣巋位见七十二回。与周总管陆腾，会军抵御，陆腾就峡口南岸筑城，横引大索，编苇为桥，借通饷运。昭达令军士并驾楼船，各施长戟，仰割大索，索断粮绝，遂得攻入城寨。后梁又向周告急，周使将军李迁哲往援，与昭达鏖战数次，昭达失利，方才引还。会陈太后章氏逝世，陈主居丧营葬，不复举兵，齐使人南下吊丧，独周使不至。已而章昭达病殁，陈主因新失大将，恐周伺隙来侵，乃遣使至周聘问，周始答使报聘。

好容易过了五年，仲春下浣，夜间有白气如虹，自北方贯入北斗紫宫。陈太史占验星象，谓北齐将要乱亡。陈主顼忽动雄心，拟起兵伐齐，公卿多有异言，惟镇前将军吴明彻，决策请行。陈主顼乃语公卿道："齐主荒乱，不久必亡,推亡固存,古有常训,朕已决计北伐,无庸疑议!但何人可作元帅,应由卿等公推。"大众都应声道:"莫如中权将军淳于量。"仆射徐陵独抗议道:"吴明彻家居淮左,谙齐风俗,且将略人才,亦无过明彻,臣愿举明彻为元帅。"尚书裴忌亦接入道:"臣意亦同徐仆射。"陵复续说道:"裴忌亦是良副,愿陛下委任!"陈主遂授吴明彻都督征讨诸军事,裴忌为副,统师十万,北向伐齐。

明彻出秦郡,另遣都督黄法氍出历阳。齐遣军援历阳城,为黄法氍所破,齐更命开府尉破胡、长孙洪略与侍郎王琳,率兵救秦州。齐主纬仍召入西兖州刺史赵彦深,拜为司空,封宜阳王,命参军机。彦深密向秘书监源文宗,谘询方略,文宗道:"朝廷精兵,必不肯多付诸将,若止有数千人,徒供吴人刀俎。尉破胡人品卑劣,谅亦王所深知,此去必败无疑。为今日计,不若专委王琳,招募淮南三四万人,风俗相通,能得死力,并命旧将出屯淮北,自可固守。况琳与陈积衅甚深,必不肯反颜事陈,若不推诚用琳,更遣他人制肘,必成速祸,军事更不可为了!"彦深叹道:"此策诚足制胜,我已力争数日,终不见从;时事至此,尚复何言!"因相顾流涕。文宗方受调为秦陉刺史,泣辞而去。彦深实亦无能。

尉破胡等出发邺都,特选长大有力的武士,充作前队,号为苍头犀角大力军。又募得西域胡人,控弯善射,箭无虚发,陈军颇加畏惮,未敢轻战。齐兵到了吕梁,直逼陈营,陈都督吴明彻,麾兵布阵,立马扬鞭,指语巴山太守萧摩诃道:"敌军所恃惟胡人,若得殪此胡,彼必夺气,君名当不让关羽了!"摩诃道:"胡人形状如何?愿为公力取此胡。"明彻乃召前时降卒,令他指示,又自酌酒饮摩诃。摩诃一饮而尽,即上马冲入齐军,专向胡人前闯去。胡人亦有头目,方挺身出阵,弯弓未发,摩诃取出小凿,遥掷过去,正中胡额,应手立仆,余胡骇散。齐军阵内的大力军,忙向前拦截摩诃,被摩诃执刀乱斫,立毙数人,大力军又复溃走。巨无霸尚不可恃,遑论大力军。王琳忙语尉破胡道:"吴兵甚锐,不可力敌,宜速收军退回,别用良策决胜。"破胡不从,尚驱部众迎战。吴明彻见摩诃摧敌,把鞭一挥,陈军大进,好似万马奔涛,无人敢敌。齐军大败,长孙洪略战死,破胡单骑驰免,王琳亦孤身走入彭城。

吴明彻分兵进攻,连下瓦梁、阳平、庐江等城,黄法氍亦攻破历阳,进拔合肥。陈军势如破竹,齐城多望风迎降,所有高唐、齐昌、瓜步、胡墅诸城垒,次第入陈。又攻克潼口、青州、山阳、广陵诸城,齐遣尚书左丞陆骞,统兵二万人救齐昌,遇陈西阳太守周炅,即与交锋。炅用疑兵挡住前面,自率精兵绕出骞后,掩击骞军。骞顾后失前,被炅杀入阵中,一番蹂躏,骞军垂尽,独骞抱头窜去。齐令王琳移守寿阳,与扬州道行台尚书卢潜,刺史王景显等,共保寿阳外郭。吴明彻料琳甫入寿阳,众心未固,亟乘夜率兵往攻,果然一鼓得手,破入

第七十六回　选将才独任吴明彻　含妒意特进冯小怜

外郭，王琳等退保内城。明彻攻扑不下，乃堰肥水灌城，城中多病肿泄，十死六七。齐右仆射皮景和，率众数十万救寿阳，距城三十里，顿兵不进。陈军闻报，都向明彻面请道："坚城未拔，大敌在迩，元帅将何法对待？"明彻拈须微笑道："救兵如救火，彼乃结营不进，显是不敢来战，怕他甚么！我料这座寿阳城，定然旦夕可下了。"越日早起，令部兵饱餐一顿，自己亦亲擐甲胄，上马誓众，决破此城。当下出马督攻，四面攀援，鼓噪而上。守兵本来单弱，更且死亡甚众，怎能面面顾到。陈军既得登城，便即杀下，王琳、卢潜、王贵显等，巷战至暮，均力屈被擒。琳轻财爱士，得将卒心，虽尝流寓邺中，齐人多说他忠义，共加爱重。我说未必，试看前营三窟，便见一斑。及被擒后，明彻军中，尚有王琳旧属，皆相见唏嘘，莫能仰视。明彻恐在军为患，即命将琳等押送建康，嗣又防他道中遇劫，遣使追诛。远近闻琳被戮，哭声如雷。有一叟赍酒脯奠尸，哭亦尽哀，收琳血而去。

齐廷屡促皮景和进兵，景和反抛戈弃甲，逃回邺中。齐主纬颇以为忧，穆提婆、韩长鸾等语齐主道："寿阳本南人土地，何妨由他取去，就使国家尽失黄河以南，尚可作一龟兹国，龟兹音周慈，为西域国名。人生如寄，但当行乐，何用多事愁烦哩。"齐主遂转忧为喜，酣饮鼓舞。至皮景和入都，反称他全师北归，进为尚书令。糊涂可笑。

齐仆射祖珽先尝媚事权幸，及得预政柄，也思黜退小人，沽名市直，因与陆令萱母子，互有龃龉。珽暗嘱中丞丽伯律，劾主书王子冲纳赂，事连提婆，欲因此并及令萱。令萱请诸齐主，释子冲不问，更令群小相率谮珽，令萱又在齐主前，自言老婢该死，误信祖珽，乃令韩长鸾检阅旧案，得珽伪敕，受赐等十余事，此时即非作伪，亦不患无辞！请加珽死刑。齐主尝与珽设誓，终身免刑，因特从轻谴，出为北徐州刺史。适陈军下淮阴，克朐山，拔济阴，入南徐州，直向北凉州进发。城外居民，多欲叛齐应陈。珽即大启城门，但禁人不得出衢路，城中寂然。叛民疑人走城空，不复设备，暮闻鼓噪声自城中传出，祖珽竟督领州军，出城巡逻，叛民不禁骇走。会陈军前驱，已到城下，叛民复联合陈军攻城。猛见珽跃马迎战，弯弓四射，屡发屡中。叛民先闻珽失明，料他不能行军，哪知他有此绝技，又复惊退。再加珽参军王君植，挺身善斗，所向辟易，陈军倒也胆怯，不敢遽逼。珽且战且守，相持旬余。又遣部兵夜出城北，翌晨张旗摇鼓，向城南驰来，陈军疑是援兵，无心恋战，竟撤围退还。珽实有小智，能善用之，却也可使建功。穆提婆已经恨珽，故意不发援兵，总道他城亡身死，偏珽上表奏捷，真出意外。但终不得迁调，未几即病死任所。还算幸免。

齐主纬丧师失地，毫不知愁，反阴忌兰陵王长恭，有意加害。长恭自邙山得胜，威名颇盛，见七十三回。武士相率歌谣，编成《兰陵王入阵曲》，传达中外。齐主纬尝语长恭道："入阵太深,究系危险,一或失利,悔将无及。"长恭答道："家事相关,不得不然。"齐主闻得"家事"二字,几乎失色,因令出镇定阳。长恭颇受货赂,致失民心,属尉相愿进言道："王既受朝寄,奈何如此贪财!"长恭不答,愿又道："大约因邙山大捷,恐功高遭忌,乃欲借此自秽么?"长恭才答一是字。愿叹道："朝廷忌王,必求王短,王若贪残,加罚有名,求福反恐速祸了!"是极。长恭泣下道："君将如何教我?"愿复道："王何不托疾还第,勿预时事!"上策莫逾于此。长恭颔首称善,但一时总未甘恬退,遂致蹉跎过去。至江淮鏖兵,长恭恐复为将帅,喟然太息道："我去年面肿,今何不复发呢?"自是佯称有疾,尝不视事。齐主纬察知有诈,竟遣使赐鸩,逼令自杀。长恭泣白妻郑妃道："我有何罪,乃遭鸩死?"妃亦泣答道："何不往觐天颜?"长恭道："天颜岂可再见?"遂饮鸩而死。齐主闻长恭自尽,很是喜慰,但表面上还想掩饰,追赠长恭为太尉。长恭一死,亲王中又少一勇将了。自折手臂,亡在目前。

且说陈都督吴明彻,奏凯班师,陈主顼加封明彻为车骑大将军,领豫州刺史。又召入仆射徐陵,亲赐御酒道："赏卿知人。"陵拜谢道："定策圣衷,臣有何力?"陈主大喜,勉慰有加,遂命将王琳首级,悬示都市。琳有故吏朱瑒,独致书徐陵,愿埋琳首。书中略云:

> 窃以典午将灭,徐广为晋家遗老,当涂已谢,马孚称魏室忠臣。梁故建宁公王琳,当离乱之辰,总方伯之任,天厌梁德,尚思匡继,徒蕴包胥之志,终遘苌弘之眚,致使身殁九泉,头行千里。伏惟圣恩博厚,明诏爰发,赦王经之哭,许田横之葬。不使寿春城下,唯传报葛之人,沧洲岛上,独有悲田之客,岂不幸甚!

徐陵得书,即为启闻,奉诏将琳首给还亲属。瑒遂就八公山侧,掘地瘗埋。亲故会葬,多至数千人。葬毕,瑒从间道奔齐,别议迎葬。旋有寿阳人茅智胜等,潜送琳柩至邺,齐赠琳开府仪同三司,录尚书事,予谥忠武,特给辒车送葬。究竟王琳忠梁与否,读史人自有定评,毋容小子哓哓了。言下有不满意。

齐主纬有庶兄名绰,与纬异母,俱于五月五日建生,惟绰生在辰时,纬生在午时。乃父高湛,因绰母李氏为嫔妾,不得与嫡相比,特降为次男。绰才十余岁,留守晋阳,酷爱波斯狗,开府尉破胡略加谏阻,即斫杀数狗,狼藉地上,破胡惊走,不敢复言。旋封为南阳王,领冀州刺史,每使人裸体,画为兽状,纵犬令噬,以为快乐。及左迁定州,专登楼上弹人,有妇人抱儿趋过,避入草间,绰发弹不中,不觉怒起,叱左右驰夺妇人手中儿,饲波斯犬。妇人号哭不休,绰又嗾犬使噬妇人。妇人为犬所伤,当然倒地。犬不欲食,由绰命涂上儿血,犬始争啗,顷刻而尽。齐主纬闻他残暴,锁绰入讯,绰谈笑自若,竟蒙赦宥。

第七十六回　选将才独任吴明彻　含妒意特进冯小怜

纬问他在定州时，何事最乐？绰答道："取蝎置器，再加粪蛆，蛆被蝎螫，蠕动不已，最是好看。"纬即夕令左右取蝎一斗，及晓，才得二三升，置诸浴盆，他却用人代蛆，迫令裸卧盆中，霎时间蝎集人身，竟体乱螫。可怜体无完肤，累得那人辗转哀号，纬与绰临盆注视，反手舞足蹈，乐不可支。不知具何心肠，大约为戾气所钟，故兄弟同一暴虐。纬顾语绰道："如此乐事，何不早驰驿奏闻！"遂进拜绰为大将军，朝夕同狎。韩长鸾嫉绰残虐，特令绰党诬告绰反，纬尚不忍加诛。长鸾奏言绰犯国法，断不可赦，纬乃使宠胡何猥萨，与绰相扑，把绰搤死。瘗诸兴圣佛寺，经四百余日，方才大殓，颜色毛发，尚如生时。俗言五月五日建生，脑可不坏，是真是假，亦无从证明。

　　纬盛修宫苑，穷极庄严，后宫皆锦衣玉食，竞为新巧。先尝为胡后造珠裙裤，费在巨万，为火所焚。寻复为穆后续制，并命造七宝车，真珠不足，向各处采买，不惜重价。当时童谣有云："黄花势欲落，清觞满杯酌。"穆后小名黄花，欲落是说不久，清觞满杯酌，是说齐主纬昏饮无度。其实纬与穆后，虽然宠幸，那后宫的佳丽，却逐日增添，除上文所述左右两娥英外，还有乐人曹僧奴二女，也蒙纳入。大女不善淫媚，被纬剥碎面皮，撵逐出宫。小女善弹琵琶，又能得纬欢心，册为昭仪，甚且封僧奴为日南王。僧奴死后，又封他兄弟妙达等二人为王，并为曹昭仪别筑隆基堂，极尽绮丽，整日流连堂中，竟把穆后疏淡下去。穆后含酸吃醋，密托养母陆令萱设法，除去曹氏。令萱遂诬曹氏有厌蛊术，平白地将曹氏赐死。哪知纬失了曹昭仪，复得一董昭仪，再广选杂户少女，纳入毛氏、彭氏、王氏、小王氏、二李氏等，并封为夫人，恣情淫欲，通宵达旦。穆后更弄得没法，每与从婢冯小怜，相对唏嘘。

　　小怜非常伶俐，貌亦可人，能弹琵琶，且工歌舞，独替穆后想出一计，情愿将身作饵，离间诸宠。也无非自己卖俏。穆后倒也赞成，就于五月五日，令小怜盛饰入侍，号曰续命。要断送高氏命脉了，还想续甚么命？齐主纬见她冰肌玉骨，雾縠轻绡，不由的神魂颠倒，巫山一梦，爱不胜言，从此坐必同席，出必并马，尝自作无愁曲，谱入琵琶，与冯氏对谈，嘈嘈切切，声达宫外。时人号为无愁天子。纬深幸得此冯美人，册为淑妃，命处隆基堂。冯淑妃虽奉命迁入，但因为曹昭仪旧居，恐非吉征，特令拆梁重建，并尽将地板反换，又费了许多金银。齐主纬毫无异言，纵教冯小怜如何处置，一体依从，所有内外国政，都交与陆令萱、穆提婆、韩长鸾、高阿那肱等人，眼见得上下相蒙，渐致乱亡了。小子有诗叹道：

　　　　　天生尤物最招殃，桀纣都因美色亡。
　　　　　况似晚齐淫暴甚，怎能长此保金汤！

欲知齐朝乱亡的情形,再从下回申叙。

　　陈用吴明彻为元帅,北向攻齐,势如破竹,似乎徐陵之推荐,可号知人。然其时齐主淫昏,不问国事,皮景和出救寿阳,有众数十万,尚不敢进,是乃齐之自取其败,非吴明彻之果能败齐也。惟王琳之被陈擒戮,当时俱以琳为梁室忠臣,惜其一死。夫忠臣不事二主,宁有事齐事周事陈,尚得为忠臣乎?即以梁事论之,湘东得国,名亦未正,琳徒以姊妹后宫之宠,甘心效力,是其委身之始,固亦非深明大义者,何足尚焉!齐之追赠高官,特给辒辌车引葬,亦未免失之滥赏。然如高纬之淫荒失德,喜怒无常,尚何赏罚之足言!黄花欲落,小怜续命,而齐之不亡亦仅矣。吾于高纬无讥云。

第七十七回　韦孝宽献议用兵
　　　　　　　齐高纬挈妃避敌

　　却说齐主纬淫昏日甚,委政群小,不但穆提婆母子,及韩长鸾、高阿那肱诸人,得握政权,就是宦官邓长颙、陈德信等,并参预机要。他如旧苍头刘桃枝,及内外幸臣,均授高爵。封王百余人,开府千余人,仪同三司,不可胜数;就是优伶巫觋,亦沐荣封,甚至狗马及鹰,统有仪同郡君名号,并得食禄。官由财进,狱以贿成,一戏给赏,动辄巨万。既而府库告匮,令郡县卖官取值,充作赏赐,民不聊生,国多乞人。齐主纬也在华林园旁,设立贫儿村,自着褴褛敝服,向人行乞,作为笑乐。南面王原不如乞人之乐。

　　这消息传入周廷,周主邕乃谋伐齐,亲临射宫,阅军讲武,且进封齐公宪、卫公直以下诸兄弟,并皆为王。正拟会议出师,忽太后叱奴氏得病,医治罔效,旋即去世。周主邕居庐守制,朝夕歠粥,只进一溢米,命太子赟总理庶政。群臣表请节哀,累旬才命进膳。及太后奉葬山陵,周主跣行至陵旁,恸哭尽哀,诏行三年丧礼,惟百僚以下,遇葬除服。卫王直入谮齐王宪,说他饮酒食肉,无异平时。周主愀然道:"我与齐王同父异母,俱非正嫡,彼因我入纂正统,所以丧服从同,汝是太后亲子,与我为同母弟,但当自勉,何论他人!"直碰了一鼻子灰,怏怏趋出。周主邕崇尚儒学,尝在太学中养老乞言,遵守古礼。嗣又禁佛道二教,悉毁经像,饬僧道还俗。所有祀典未载诸淫祠,俱改作廨舍,且许诸王亦得徙居。卫王直独择一僻宇,作为居第。齐王宪语直道:"弟已儿女成行,居室须求宽敞,奈何择此宅舍?"直怅然道:"一身尚不能容,还管甚么儿女?"宪知他有怨愤意,隐有戒心。

第七十七回　韦孝宽献议用兵　齐高纬挈妃避敌

会周主邕幸云阳宫,留右宫正尉迟运等,辅太子赟居守,卫王直托疾不从。及车驾远去,却纠合私党,径袭肃章门;门吏多仓皇遁走,户尚未扃。运在殿中闻变,忙自往闭门,正值悍党杀来,将进未进,运手指被斫,不暇顾痛,得将宫门阖住。直党不得趋入,纵火烧门,门几被毁。运索性取宫中材木,及所有木器,助张火势,门外似火山一般,不能通道。那留守兵已相率来援,直自知不能成功,引众退去,运遂督同留守兵出击,大破直众。直出都南遁,又由运派兵追躐,把直擒回,周主邕亦闻报还都,尚因同气相关,未忍加诛,但免直为庶人,幽锢别宫。升任尉迟运为大将军,凡直田宅、妓乐、金帛、车马等,悉数赏运。直在囚室中,尚有异图,乃下诏诛直,并及直子十人。直有应诛之罪,惟绳以罪人不孥之例,周主亦未免太甚。

内乱已平,乃复议伐齐,柱国于翼进谏道:"两国相争,互有胜负,徒损兵储,无益大计,不如解严继好,使彼怠弛无备,然后乘间进兵,一举便可平敌了。"周主邕犹豫未决,更敕内外诸大臣,议决行止,勋州刺史韦孝宽,独上陈三策,大致略云:

　　臣在边积年,颇见间隙,不因际会,难以成功。是以往岁出军,徒有劳费,功绩不立,由失机会。何者?长淮之南,旧为沃土,陈氏以破亡余烬,犹能一举平之,齐人历年赴救,丧败而返,内离外叛,计尽力穷,传不云乎?譬有衅焉,不可失也。今大军若出轵关,方轨而进,兼与陈氏互为犄角,并令广州义旅,出自三鵶,又募山南骁锐,沿河而下,复遣北上稽胡,绝其并晋之路。凡此诸军,仍令各募关河之外,劲勇之士,厚其爵赏,使为前驱,岳动川移,雷骇电激,百道俱进,并趋虏廷,必当望风奔溃,所向摧殄,一戎大定,实在此机,此一策也。若国家更为后图,未即大举,宜与陈人分其兵势。三鵶以北,万春以南,广事屯田,预为储积。募其骁悍,立为部伍。彼既东南有敌,戎马相持,我出奇兵破其疆场;彼若兴师赴援,我则坚壁清野,待其去远,还复出师,常以边外之军,引其腹心之众。我无宿舂之费,彼有奔命之劳,一二年中,必自离叛。且齐氏昏暴,政出多门,鬻狱卖官,唯利是视,荒淫酒色,忌害忠良,阃境嗷然,不胜其敝,以此而观,覆亡可待。然后乘间电扫,事等摧枯,此二策也。我周土宇,跨据关河,蓄席卷之威,持建瓴之势,南清江汉,西戡巴蜀,塞表无虞,河右底定。唯彼赵魏,独为榛梗者,正以有事三方,未遑东略,遂使漳滏游魂,更存余孽。昔勾践亡吴,尚期十载,武王取乱,犹烦再举。今若更存遵养,且复相时,臣谓宜还从邻好,申其盟约,安人和众,通商惠工,蓄锐养威,观衅而动,斯则长驾远驭,坐待兼并,亦未始非良策也。何去何从?孰先孰后?惟陛下择之。

周主览到此书，乃召入开府仪同三司伊娄谦，从容问道："朕欲用兵，当先何国？"谦答道："齐氏沉溺倡优，耽恋趣蘖，良将斛律明月已被谗人谮死，上下离心，道路侧目，这却最是易取哩。"周主笑道："朕早有此意，烦卿以聘问为名，借觇虚实。"谦受命而出，周主再遣小司寇元卫，偕谦同行。谦至齐廷，照常纳币。齐主纬昏昏愦愦，也不知谦怀别意，惟权贵等略闻周事，密为盘诘。谦当然守着秘密，惟参军高遵，稍稍吐实。齐遂留住谦等，不肯遣回。何不亟使备御，乃徒留使挑衅，安得不亡！周主邕待谦不归，乃下诏伐齐。命柱国陈王纯，荥阳公司马消难，即齐相司马子如子，高洋时，惧罪奔周。郑公达奚震，为前三军，总管越王盛、赵王招，俱周主弟。周昌公侯莫陈琼，为后三军，总管齐王宪，率众二万，趋黎阳，随公杨坚，广宁公薛迥，率舟师三万，自渭入河。梁公侯莫陈芮，率众守太行道，申公李穆，率众三万守河阳道，常山公于翼，率众二万出陈汝。周主邕亲率六军，有众六万，出发长安。将至河阳，内史上士宇文弼，古文弼字。谓不如出师汾曲，民部中大夫赵煚，音憬。又谓应从河北趋太原。遂伯下大夫赵宏，且请进兵汾潞，直掩晋阳。彼此各执一词，周主一概不依，竟从河阳趋河阴。前汾州刺史杨敷子素，愿率乃父旧部为先驱。敷死已见七十五回，素从军以此为始。周主称为壮士，许令前行。

既入齐境，即下令军中，禁止伐树践禾，违令即斩。进至河阴城下，由周主亲自督攻，数日即下。齐王宪也攻入武济，进围洛口，拔东、西二城，纵火船焚毁河桥。齐永桥大都督傅伏，夜驰入中潬城，竭力保守，周军攻至二旬，尚未能拔。周主邕又亲攻金墉，守将独孤永业，亦防御甚严，无懈可击。周主连攻经旬，不觉过劳，竟至生疾，乃按兵罢攻。时齐廷宿将，多半丧亡，连司空赵彦深，都已逝世，只好推那高阿那肱，前去拒敌。高阿那肱已为右丞相，因朝中无人督师，没奈何引兵出晋阳，进援河阳。周主闻齐军将至，自己又患不豫，不如从孝宽言，暂且退兵，再图后举，因乘夜下令班师。齐都督傅伏，语行台乞伏贵和道："周师疲敝，愿得精骑二千追击，定可得功！"也恐未必。贵和不从，一任周军退去。周齐王宪、于翼、李穆等，连下齐三十余城，闻周主旋师，亦皆弃城西归。齐右丞相高阿那肱，当然东还，还道是周军畏惮，所以退去，越觉趾高气扬，睥睨一切了。

周主邕还至长安，更命太子赟巡抚西土，顺道伐吐谷浑。见前。吐谷浑素为魏属，受魏封册，得膺王爵。至魏分东西，不暇西顾，吐谷浑王夸吕，始自称可汗，居伏俟城，据青海西，有地长三千里，阔千余里，所置官属，也仿魏制，有王公仆射尚书及郎中将军等名号。风俗与突厥相同，以畜牧为生计。尝至魏境抄掠，魏凉州刺史史宁，与突厥木杆可汗，袭击夸吕。夸吕遁去，妻子为史宁所虏，所贮珍物杂畜，亦被两军掠散。夸吕乃遣使谢罪。及宇文氏篡魏

第七十七回　韦孝宽献议用兵　齐高纬挈妃避敌

称周,夸吕复寇周境,攻凉、鄯、河三州,凉州刺史是云宝战殁。周遣贺兰祥宇文贵往讨,击退夸吕,乘胜拔洮阳、洪和二城,改置洮州,方才还师。夸吕叛服无常,周主乃命太子西略,令大将军王轨、宫正宇文孝伯从行。太子赟未谙兵略,但好戏狎,宫尹郑译、王端等,又恃太子宠幸,不服军法。好容易到了伏俟城,夸吕坚壁清野,毫无动静。王轨因敌情难测,不如全军早归,老成知几。乃请诸太子从速还军。太子赟乐得依议,便即东返。此役未见一敌,亦无从侵掠,免不得受周主诘责。王轨详述军情,面劾郑译、王端,周主怒起,杖太子赟数十下,除译等名。及周主再行东伐,太子赟复召入译等,宠任如初。

看官听着!周主初次伐齐,是在周建德四年秋间,至二次伐齐,乃在建德五年冬季,便是齐主纬武平七年。特书年月,以志齐亡。周主邕重议伐齐,召谕群臣道:"朕去岁行军,适有疹疾,因不得荡平逋寇。惟前入齐境,具见敌情,看彼行兵,几同儿戏,又闻他朝政益紊,群小益横,百姓嗷嗷,朝不保夕,天与不取,反贻后悔。若复如往年出军河外,徒足拊背,未足扼喉,晋州本高氏根本地,常为重镇,我若往攻,彼必来援,我严军以待,定足胜敌,乘势杀入,直捣巢穴,灭齐不难了。"诸将尚多有难色,周主邕勃然道:"机不可失,时不再来,如有阻挠我军,朕当以军法从事!"英武之主亦赖独断。乃命越王盛杞公亮、宇文泰从孙。随公杨坚,分率右三军,谯王俭、周主邕异母弟。大将军宝泰、广化公邱崇,分率左三军,齐王宪、陈王纯为前军,依次出发。周主邕留太子居守,自督各军趋晋州,或守或攻,部署停当。因自汾曲至晋州城下,围攻数日,城中窘急。齐行台左丞侯子钦及晋州刺史崔景嵩,均暗地通款,乞降周军。周大将军王轨,率同偏将段文振等,乘夜登城,城中已有内应,顿时哗溃。周军一拥而入,遂克晋州,擒住齐大行台尉相贵及甲士八千人。别遣内史王谊监领诸军,攻克平阳城。

齐主纬方挈冯淑妃,出猎天池,晋州及平阳警报,自辰至午,已到三次,右丞高阿那肱道:"大家正游猎为乐,边鄙稍有战争,乃是常事,何必急急奏闻?"可笑。延至日暮,平阳报称失守,齐主纬也未免吃惊,便欲还集将卒。偏冯淑妃兴尚未尽,固请更杀一围,纬不得不从,又猎了好多时,获得几头野兽,方才还宫。越日大集各军,出拒周师,使高阿那肱率前军先进,自挈冯淑妃后行。不可一日无此妃。周主命开府大将军梁士彦统兵万人,镇守晋州,自至平阳督师。途次接着军报,谓齐军大举来援,周主因欲西还长安,暂避敌锋。开府大将军宇文忻进谏道:"如陛下圣武,乘敌人荒纵,似汤沃雪,何患不克?若使齐得令主,君臣协力,就使汤武复生,亦未易荡平了。"忻系宇文贵子,与周同姓不宗。军正王韶亦进言道:"齐失纪纲,已历数世,天奖周室,一战得扼住敌喉。取乱侮亡,正在今日,乃舍此遽退,臣实未解!"周主道:"卿等言非不是,但朕也自有主张。"无非用韦孝宽第二策。说毕，竟麾军西还，留齐王宪为后拒。

齐主闻周已退师，亟遣骁将贺兰豹子等，追击周军。宪与宇文忻各率百骑，轮流交战，且战且行。贺兰豹子穷追勿舍，被宪等诱入绝地，麾骑四蹴，得将贺兰豹子击死，然后徐徐引归。齐主纬遂围平阳，昼夜猛扑，毁堞摧墙，势焰甚盛。周晋州刺史梁士彦入城守御，令军士血薄捍城，且慷慨语将士道："死在今日，我为尔先！"于是勇烈齐奋，呼声动地，无不以一当百。齐兵少却，士彦令军士修城，军士不足，取诸人民，人民不足，济以妇女，甚至士彦妻妾，亦夹入妇女队中，搬土运石，补葺城堞，三日告成。齐人更掘通地道，轰陷城垣十余丈，将士乘势欲入，偏被齐主纬暂入，敕令暂停。看官道为何因？相传晋州城西石上，有圣人迹，纬欲召冯淑妃同观，淑妃画眉刷鬓，抹粉搽脂，好多时方才召到。那城墙缺处，已由守兵用木为栅，堵塞坚固。齐兵失了时机，无从冲入，个个怨气吞声，暗骂冯妃。齐主纬又恐城中弩矢，射及爱妾，特抽出攻城木具，筑造远桥，俾冯妃得登桥遥视。哪知桥脚未坚，禁不起马足往来，恐由军士怀恨，故意筑此危桥。砉然一声，坍坏数尺。还幸齐主及冯妃，尚立在危墙上面，不致失足，总算免做了水底鸳鸯。还是此时溺死，或可保全齐宗。

周主先令齐王宪出屯涑川，遥为平阳声援。旋由平阳告急，日紧一日，乃敕宪率领部曲，先向平阳进发，再集诸军八万人，亲自统带，直指平阳。齐人也恐周师猝至，先在城南穿堑，依堑自守。及闻周主到来，便在堑北列陈，张皇兵势。周主命齐王宪往觇齐阵，宪复命道："齐兵虽多，均无斗志，我军尽足破敌，今日可灭此朝食了！"周主喜道："果如汝言，我无忧了。"遂命进逼齐军。堑阔数丈，无人敢逾，只在堑南鼓噪。

自旦至申，南北两军，相持未决，齐主问高阿那肱道："今日可战否？"高阿那肱道："我兵虽众，能战不满十万人，不如勿战为是，且退守高梁桥，以逸待劳。"言未已，忽闪出一员猛将道："一撮许贼人，马上刺取，掷入汾水中，便可了事。"一怯一骄，俱足败事。齐主纬瞧着，乃是武卫安吐根，正在彷徨未决，诸内参又齐声道："彼亦天子，我亦天子，彼尚能远来，我如何守堑示弱呢！"纬点首道："说得甚是！"即令军士填堑争锋。周主大喜，麾动各军，向前进击。两军方合，兵刃初交，齐主纬与冯淑妃并骑观战。但见周军来得凶猛，齐左军似难招架，向后倒退。冯淑妃遽变色道："败了！败了！"娘子军只耐肉战，不耐兵战。穆提婆忙接入道："大家快走！"齐主纬也不及辨明，竟挈冯淑妃奔高梁桥。

开府奚长谏阻道："半进半退，用兵常事，今兵众未曾伤损，陛下骤然返驾，恐马足一动，人情散乱，那才是真败了！愿速西向，镇定各军！"齐主纬不禁沉吟，俄而武卫张常山亦自追至，忙报齐主道："军已收讫，完整如故，围城

第七十七回　韦孝宽献议用兵　齐高纬挈妃避敌

兵仍然不动,至尊即宜回至军前,如若不信,乞命内参往视。"齐主闻言,勒马欲回,穆提婆引动齐主右肘道:"此言未可轻信。"冯淑妃又在旁作态,柳眉锁翠,杏靥敛红,一双翦水秋瞳,几乎要垂下泪来。前日曾请杀一围,此时何胆怯乃尔?弄得齐主仓皇失措,不由的扬鞭再走。齐军失去主子,当然心乱,再经周军奋勇杀来,顿时大溃,死亡至万余人,军资器械,委弃如山,惟安德王延宗全军引还,齐主纬奔至洪洞,才得稍息,冯淑妃出镜照面,重匀脂粉,突闻后面又报寇至,纬即掖冯妃上马,再行北遁。

先是齐主因平阳将下,欲归功冯淑妃,立她为左皇后,曾遣内侍至晋阳,取得皇后服御。登途复命,可巧遇着齐主,呈上袆翟等衣,齐主即代冯妃按辔,令将后服穿上,然后奔回晋阳。时平阳城下,齐兵统已溃去,不留一人,周主邕安稳入城。梁士彦出迎周主,持须涕泣道:"臣几不得见陛下!"周主亦为之流涕。因见士卒疲敝,又欲还师,士彦道:"齐兵已溃,众心尽离,乘胜灭齐,正在此举!"周主执士彦手道:"朕得此城,为平齐初基,若不固守,便难成事。朕既纾前忧,复滋后患,卿宜为朕守着,朕决计再进平齐。"乃复督动诸将,追击齐军。

齐主纬闻周军进逼,慌得不知所为,急向群臣问计。群臣并献议道:"为今日计,急宜省赋息役,安慰民心,一面收集溃兵,背城一战,以安社稷。"齐主乃下诏大赦。旋复有急报到来,周军入汾水关,开府贺拔伏恩等降齐,高阿那肱留守高壁,又被周军击走,周军将长驱到来了。齐主纬乃令安德王延宗,广宁王孝珩,募兵守晋阳,自拟奔避北朔州,若晋阳失守,再奔突厥。延宗得此消息,一再谏阻。齐主不从,密遣心腹数人,送胡太后及太子恒往北朔州,自与冯淑妃整顿行装,亦欲乘夜出奔。诸将俱相率谏诤,不使北去。

过了数日,城外鼓声大震,周军已杀到晋阳,齐主大惊,再下赦书,改元隆化,授安德王延宗为相国,领并州刺史,且召入与语道:"并州由兄自取,儿今去了!"语无伦次。延宗泣谏道:"陛下为社稷勿动,臣为陛下效死力战,决可破敌!"穆提婆在旁道:"至尊已经决计,王不必再行阻挠。"延宗含泪趋退,齐主纬带领冯淑妃,夜开五龙门出走。意欲奔向突厥,从官多半散去。领军梅胜郎叩马固谏,乃转趋邺都。途中相随,只有高阿那肱及广宁王孝珩、襄城王彦道等数十人。穆提婆初尚从行,约经数里,竟杳如黄鹤,不知所之。小子有诗叹道:

　　　　城狐社鼠最堪忧,搅碎河山便远投。
　　　　假使当年能幸免,人生何苦不恔求!

究竟穆提婆如何下落,待至下回再详。

韦孝宽所陈三策,原足制齐人之死命,周之伐齐,再驾而定山东,卒如孝宽所言。惟齐纬之覆国,实误于冯淑妃一人。夫妇人在军,士气不扬;就使齐主昵爱淑妃,亦不应挈入战场,使罹锋镝。况平阳已可攻入,乃偏欲使观圣迹,勒兵勿进。及两军大战,成败胜负,悬诸呼吸,乃东偏少却,遽因宠妃之一呼,仓猝北遁。兵可败,国可亡,而宠妃不可舍,试思兵已败矣,国已亡矣,宠妃尚能独存乎?昏愚至此,不死何为?即邻国无韦孝宽,但能稍知兵法,要未有不能灭齐者;矧又有穆提婆辈之益促其亡耶!

第七十八回　陷晋州转败为胜 　擒齐主取乱侮亡

却说穆提婆随主北行,途次见从官四散,料知齐亡在迩,不如降敌求荣,遂暗地奔回,往投周军。周主邕令提婆为柱国,领宜州刺史,且传檄齐境,晓谕君臣,谓齐主能深达天命,衔璧牵羊,当焚榇示惠,待若列侯,将相王公以下及士民各族,有能深识事宜,建功立效,当不吝爵赏。或如我周将卒,逃逸彼朝,不问贵贱,概许自新。倘下愚不移,守迷莫改,不得不付诸执宪,明正典刑云云。这文一传,齐臣陆续奔周。齐始知穆提婆为首导,乃捕诛提婆家属。刁狡阴险的陆令萱,至此也无法自免,不待铁链套头,已是服毒自尽。究竟还是聪明,免得一刀两段。

先是齐高祖相魏,尝令唐邕典外兵,很是信任。及齐已篡位,邕以老成硕望,官至录尚书事,兼领度支。齐主纬宠任宵小,高阿那肱与邕有隙,谮诸齐主,将邕免官,另用侍中斛律孝卿代任,邕由是怏怏。时邕留寓晋阳,因与并州将帅,推立安德王延宗为主。延宗固辞,将帅等齐声道:"王若不为天子,诸人懈体,恐不能为王效死了!"延宗没法,只好勉循众请,即皇帝位,并下玺书,略云武平孱弱,政由宦竖,斩关夜遁,不知所之,今王公卿士,猥见推逼,不得已祗承宝位。乃大赦中外,改元德昌,授唐邕为宰相,进封晋昌王,更命齐昌王莫多娄敬显、沭阳王和阿千子,右卫大将军段畅,武卫大将军相里僧伽,开府韩骨胡等为将帅,募集兵民,抵御周师。众闻新主登基,颇觉踊跃,往往不召自来。于是发府藏金帛,出后宫妇女,赐给将士,并籍没内参十余家,充作军费。延宗每见将吏,必执手称名,流涕呜咽,士皆致死妇孺亦乘屋攘袂,投砖石拒敌。

周主督军围晋阳,劲骑四合,好似黑云一般。延宗命莫多娄敬显、韩骨胡拒城南,和阿千子、段畅拒城东,自率众拒城北。延宗素来肥壮,前如偃,后如

第七十八回　陷晋州转败为胜　擒齐主取乱侮亡

伏,人常笑他臃肿无用,至是独开城搦战,手执大槊,驰骋行阵,往来若飞,尚书令史沮山,亦肥大多力,手握长刀,步随延宗,左斫右劈,毙敌甚多。惟武卫兰芙蓉、綦连延长战死。周主命齐王宪对敌延宗,自督将士攻东门,齐段畅和阿千子,竟开门迎纳周师。

周主乘晚进城,先纵火焚烧佛寺。*周主最不信佛,故先毁去佛寺。* 延宗见东门失火,料知周师入城,忙令北门暂闭,自由城外绕至东门。可巧莫多娄敬显,从城内率兵东援,与延宗表里夹攻,延宗杀入,敬显杀出,把周军裹住门中。周军争门夺路,自相填压,伤亡至数千人。周主邕进退两难,忙领亲兵冲突,从大刀长槊中,寻一生路。左右为敌械所伤,纷纷倒地。还亏承御上士张寿牵住马首,贺拔伏恩执鞭后随,拚命驰走,得出城闉。齐人从昏夜中乱击一阵,竟被周主逃脱,时已四鼓,城中已无周人,延宗还道周主已死,使人就乱尸堆中,寻觅长须的尸首,终无所得。惟军士已得大捷,各入肆饮酒,醉后酣卧,延宗亦劳乏归寝。*大敌未去,如何疏忽至此?*

周主出城,腹中甚饥,意欲乘夜西去。诸将亦多欲退还,独宇文忻勃然进言道:"陛下得克晋州,乘胜至此,今伪主奔波,关东响应,自古至今,无此神速,昨日破城,将士轻敌,稍稍失利,何足介意!大丈夫当从死中求生,败中取胜,今齐亡在迩,奈何弃此他去?"齐王宪等亦以为不宜退师,降将段畅,又说是城中空虚。周主乃驻马停辔,鸣角收兵。不到天明,散军尽集,兵势复振。诘旦还攻东门,齐人尚高卧未起。延宗从梦中惊醒,忙披甲上马,出拒周军。但见东门已被攻破,自顾手下,只有数人随着,如何抵敌得住,没奈何奔往南门。哪知南门亦已失陷,勉强上前拦阻,究竟寡不敌众。再走至城北,投入民家,周军紧紧追来,任你延宗力大无穷,到此已成孤立,撑拒多时,终为所擒。押至周主面前,周主下马,握延宗手。延宗推辞道:"死人手何敢迫至尊!"周主道:"两国天子,本无嫌怨,我但为救民至此。汝且勿怖,当不相害!"说着,仍给还衣冠,款待颇优。唐邕等并皆请降,惟莫多娄敬显奔赴邺都,齐主纬命为司徒。

延宗初称尊号,曾致书瀛州刺史任城王湝,*系小尔朱氏所生,曾见前注。* 略言至尊出奔,宗庙事重,群公劝进,权主号令,战事幸平,终归叔父云云。湝正色道:"我乃人臣,怎得轻受此书!"因执来使送邺,齐主纬愤愤道:"我宁使周得并州,不愿为安德有!"*前说由兄自取,此时又复变调。* 总计延宗称尊,未及两日,便即残灭。周主下令大赦,除齐苛制,并出齐宫中金银宝器,珠翠丽服,及宫女二千人,班赐将士。前使伊娄谦,被齐拘住晋阳,*见前回。* 至此得释,由周主面加慰劳。且因参军高遵,曾将秘谋告齐,责他不忠,使谦量罪加罚。谦顿首请赦高遵,周主道:"卿可聚众唾面,使他知愧。"谦答道:"如遵罪状,唾面亦不足责；陛下德量宽弘，索性付诸不校罢！"周主乃止，谦仍待遵如初。遵罪可诛,周主与谦未免两失。

周主欲进兵取邺,召问延宗,延宗道："亡国大夫,何足图存！"延宗为高澄子,与高氏休戚相关,亦不宜以李左车自比。周主再三问及,延宗道："若任城王据邺,臣不能知,但由今上自守,陛下可兵不血刃了。"此语愈谬。周主即命齐王宪先行,留陈王纯为并州总督,自率六军赴邺。邺中迭接警耗,齐主纬悬赏募军,及兵士应募,又无一物颁给,广宁王孝珩,请使任城王湝,率幽州道兵入土门,扬言趋并州,独孤永业率洛州道兵入潼关,扬言趋长安,自率京畿兵出滏口,逆击周师,如虑士气不振,亟应出宫人珍宝,作为赏赐,以便鼓励等语。齐主不从,斛律孝卿又请齐主亲劳将士,代为撰词,并谓宜慷慨流涕,感动人心。齐主纬倒也应允,及出语诸将,竟将孝卿所授,一律忘记,不由的痴笑起来,左右亦不禁失笑,将士皆含怒道："本身尚且如此,我辈何必拚死！"嗣是皆无斗志。

适北朔州行台仆射高劢,护卫胡太后及太子恒,自土门道还邺,路见宦官苟子溢,强取民间鸡雏,劢不觉怒起,即将子溢拘住,将要处斩。偏胡太后在旁劝阻,乃释缚使去。既送太后等入宫,或语劢道："子溢等受宠两宫,言出祸随,公难道不虑后患么？"劢勃然道："今西寇已据并州,达官并皆叛贰,正坐此辈浊乱朝廷；若今日得斩此辈,明日受诛,亦属无恨！"劢系高岳子,此时颇具忠愤,惜乎晚节不终！当下入见齐主道："臣见朝中叛贰,皆属贵人,若士卒未尽离心,今请追五品以上家属,悉置三台,迫令出战；倘若不胜,将台焚毁,若辈顾惜妻子,必当死战。且王师屡败,寇众轻我,果能背城一决,也足吓寇示威！"此计亦属轻率。齐主纬不能用,但命一品以上各大臣,入朱华门,遍赐酒食,分给纸笔,令他各书所见,献策御敌。及大众录呈,又是人各一词,无所适从。

会有史官望气,谓国家当有变易,齐主纬遂引尚书令高元海等入议,决依天统故事,禅位太子。太子恒年才八岁,晓得甚么国事,那齐主纬欲上应天象,竟想这八岁小儿,支持危局。看官,试想能不能呢！酒色昏迷,一至于此。是时已值残年,转瞬间即至元旦,齐太子恒居然即皇帝位,改元承光,下令大赦。尊齐主纬为太上皇,皇太后胡氏为太皇太后,皇后穆氏为太上皇后。命广宁王孝珩为太宰。孝珩嫉视高阿那肱,因与莫多娄敬显等同谋,使敬显伏兵千秋门,更令领军尉相愿,率禁兵为内应,拟俟高阿那肱入朝,把他捕诛。不意高阿那肱自别宅取便路入宫,计不得行。孝珩乃求拒西师,高阿那肱、韩长鸾犹防他为变,使为沧州刺史。孝珩临行,向高阿那肱道："朝廷不赐遣击贼,想是怕孝珩造反呢！孝珩若得破宇文邕,进军长安,就使造反,亦与国家

第七十八回　陷晋州转败为胜　擒齐主取乱侮亡

无与。事至今日，危急万状，尚如此猜忌，岂不可叹！"说毕，太息自去。尉相愿拔刀斫柱道："大事已去，尚复何言！"

齐主使长乐王尉世辩，领着千骑，往探周师。行出滏口，登高西望，但见群鸟飞起，即疑周师已至，策马奔还，报称寇至。黄门侍郎颜之推、中书侍郎薛道衡、侍中陈德信等，因劝上皇往河外募兵，更为经略，事若不济，亦可南投陈国。上皇依议，遂先使太皇太后、太上皇后往趋济州，继又遣幼主东行。自己不及登程，即闻周师薄城，没奈何调兵出战。不到半时，已被周军杀败，或溃去，或奔还，齐上皇忙挈冯淑妃等，尤物断不可舍。从东门出走，使武卫大将军慕容三藏守邺宫。

周师毁门突入，齐王公以下皆降，惟三藏拒守不出。领军大将军鲜于世荣，为齐宿将，尚鸣鼓三台，与周相抗。周主遣人招降世荣，赐给玛瑙杯，被世荣击碎。周主乃令将士往执世荣，世荣独力难支，受擒后仍然不屈，致为所杀。周主复招降三藏，三藏自知不支，始出见周主。周主优礼相待，面授仪同大将军，究竟有愧世荣。独拘住莫多娄敬显，数责罪状道："汝前守晋阳，遁入邺中，携妾弃母，是为不孝；外似为齐戮力，暗中向朕通款，是为不忠；既已送款与朕，尚且阴怀两端，是为不信。有此三罪，不死何待！"遂命推出斩首。也是一番权术。一面颁敕安民。

齐国子博士熊安生博通五经，闻周主入邺，遽令扫门。家人问为何因？安生道："周主重道尊儒，必来见我。"果然过了半日，周主亲至熊家，握手引坐，赐给安车驷马，然后别去。又礼延齐中书侍郎李道林入宫，使内史宇文昂，访问齐朝政教风俗，及人物善恶，留宿三日，方才送归。周主颇知礼士，熊、李亦颇疲心否？

邺城大定，遂遣将军尉迟勤等，东追齐主。齐上皇纬渡河入济州，又令幼主恒禅位任城王湝。且替湝作诏，尊上皇谓无上皇，幼主为宋国天王，真是儿戏。使侍中斛律孝卿，送禅文及玺绂往瀛州。孝卿竟持入邺城，献与周主，湝全不得闻。齐洛州刺史独孤永业，有甲士三万人，前闻晋州失守，表请出兵击周，并不见报。至并州又陷，长叹数声，乃遣子须达奉款周军。周主遥授永业为上柱国，加封应公。齐上皇纬穷蹙无援，更思南奔，留胡太后居济州，使高阿那肱守济州关，觇候周师，自与穆后、冯淑妃、幼主恒及韩长鸾、邓长颙等数十人，奔往青州，母可弃，妻妾子孥等不可舍。令内参田鹏鸾西出，伺敌动静。途次为周师所获，诘问齐主何在？鹏鸾但说齐主南行，想当出境。周人知系谎言，杖击鹏鸾手足，每折一肢，词色愈厉，至四肢俱折，奢然毕命，终不肯言。齐上皇至青州，即欲入陈，偏高阿那肱密召周师，愿生致齐主，作为贽仪。一面启达青州，只说周师尚远，已令部众截断桥路，定保无虞。齐上皇乃留住不行。哪知周师到济州关,高阿那肱便即迎降。周将尉迟勤,驰入济州,先将胡太后掳去,复进军青州。距城不过一二十里,齐上皇方才闻知,亟用囊贮金,系诸鞍后,与后妃幼主等十余骑,南走至南邓村。方拟小憩,忽听后面喊声大起,不瞧犹可,回头一瞧,吓得魂飞天外,原来正是士强马壮的周军。看官,试想此时齐上皇以下十数人,半系妇女,半系童仆,就使插翅也难飞去。眼见得束手受擒,被周将尉迟勤,带回邺城去了。妻妾同受磨劫,好算是休戚与共了。

周主邕住邺数日,赈贫拔困,彰善瘅恶。因故齐臣斛律光、崔季舒等,无罪遭戮,特为昭雪,并加赠谥,且令改葬。子孙各得荫叙,所有家口田宅,没入官库,概令发还。周主尝语左右道:"斛律明月若尚在世,朕怎得至邺呢!"还有齐故中书监魏收,时已去世。收生前修撰魏史,意为褒贬,毫不秉公,每言何物小子,敢与魏收作色,我欲扬举,便使他上天,我欲按抑,便使他入地。及修史告成,众口喧然,号为秽史。邺城失陷,收冢被怨家发掘,暴骨道中。特志此事,为秉笔不公者戒。周公邕仍命检埋,收有从子仁表,曾为尚书膳部郎中,至是仍许为官。就是《魏书》百三十卷,亦不使铲削,迄今尚复流行。

高纬至邺,周主邕降阶相迎,待以宾礼,令与太后幼主及后如诸王等,暂处邺宫。当下派兵监守,不烦细述。总计高纬在位,历十有二年,幼主恒受禅称帝,未及一月,延宗在晋阳称尊,只阅二日,任城王湝,未接禅位谕旨。所以北齐历数,后世相传,自高洋篡魏为始,至幼主被擒为止,凡六主二十八年;延宗与湝不得列入。湝闻邺都失守,当然悲愤,可巧广宁王孝珩,行至沧州,即作书遗湝,共谋匡复。湝遂与孝珩相会信都,彼此召募得士卒四万余人。领军尉相愿,亦带领家属,自邺奔至,湝仍令督率兵士,共抗周师。周主先令高纬致书招湝,湝拒绝使人,乃遣齐王宪、柱国杨坚等,统兵往击。途中获得信都谍骑,宪纵令还报,并委他寄书与湝。略云足下间谍,为我候骑所拘,彼此情实,应各了然。足下战非上计,守亦下策,所望幡然变计,不失知几。现已勒诸军分道并进,相会非遥,凭轼有期,不俟终日云云。湝得书不省,但出兵城南,列营待着。

过了两日,已见周军掩至。两下对阵,齐领军尉相愿,佯为出战,竟率所部降周师。湝与孝珩,忙收军入城,捕诛相愿妻子。越日复战,信都兵新经募集,毫无纪律,怎能敌得过百战周师,甫经交绥,即纷纷散去。周师或斫或缚,好似虎入羊群,无一敢当。结果是齐军全覆,连湝与孝珩,均被周师擒住。周齐王宪语湝道:"任城王何苦至此!"湝叹道:"下官乃神武皇帝第十子,兄弟十五人,惟湝独存,不幸宗社颠覆,湝为国捐躯,至地下得见先人,也可无遗恨了!"宪颇为赞叹,命归湝妻孥。再召孝珩入问,孝珩自陈国难,归咎高阿那肱等,说得声泪俱下。宪不禁改容,亲为洗疮敷药,礼遇甚厚。孝珩慨然道:"自

第七十八回　陷晋州转败为胜　擒齐主取乱侮亡

神武皇帝以外，我诸父兄弟，无一人年至四十，岂非命数？况嗣主不明，宰相不法，从前李穆叔谓齐氏只二十八年，竟成谶语。我恨不得入握兵符，受斧钺，展我心力，今已至此，尚有何言！"欢有子湝，澄有子孝珩，虽无救国亡，还算有些气节。宪执二王还邺，周主也温颜接见，暂留军中。

忽闻齐定州刺史范阳王绍义，高洋第二子。与灵州刺史袁洪猛，引兵南出，欲取并州，自肆州以北城戍二百余所，尽从绍义，周主急命东平公宇文神举，泰之族子。统兵北行。略定肆州，进拔显州，执刺史陆琼，又乘势攻陷诸城。绍义退保北朔州，遣部将杜明达拒敌。明达至马邑，正值周兵到来，如风扫残云一般，明达大败奔还。绍义见明达败还，且惊且叹道："周为我仇，怎可轻降？不如北去罢！"遂拟奔突厥。部众尚有三千人，绍义下令道："愿从者听，不愿从者亦听。"于是部下辞去大半，涕泣告别。绍义只率着千骑，往投突厥去了。自绍义北去，所有北齐行台州镇，悉为周有。惟东雍州行台傅伏、营州刺史高宝宁，尚不肯归周。

周主邕命将所得各州郡，各派官吏监守，然后启节西还。凡齐上皇高纬以下，一律带回。道出晋州，遣高阿那肱等百余人，至汾水旁，召傅伏出降。伏整军出城，隔水问道："今至尊何在？"高阿那肱道："已受擒了。"伏仰天大哭，率众再返，就厅前北面哀号，约阅多时，才复出城降周。同是一降，何必做作？周主见伏道："何不早降？"伏流涕答道："臣三世仕齐，累食齐禄。不能自死，愧见天地！"却是有愧。周主下座握手道："为臣正当如此。"乃举所食羊肋骨赐伏道："骨亲肉疏，所以相付。"遂引为宿卫，授上仪同大将军。及西人关中，已至长安，周主命将高纬置诸前列，齐王公大臣等随纬后行。凡齐国车舆旗帜器物，依次列陈，自备大驾，张六军，奏凯乐，献俘太庙，然后还朝御殿，受百官朝贺。高纬以下，亦不得不俯伏周廷。周主封纬为温国公，齐诸王三十余人，亦悉授封爵。纬自幸得生，深感周恩，惟失去一个活宝贝，未蒙赐还，不得不上前乞请，叩首哀求。小子有诗叹道：

　　无愁天子本风流，家国危亡两不忧。
　　只有情人难割舍，哀鸣阙下愿低头。

究竟所求何物，且看下回说明。

高延宗困守晋阳，受迫称尊，原其本意，实出于不得已，非觊觎神器者比也。东门一役，几毙周主，以危如累卵之孤城，尚能力挫强敌，亦云豪矣。及周师再振，鸣角还军，城内皆醉人，守者尚寝处，因至城破兵溃，力屈守擒，虽不可谓非疏忽之咎，然其胜也，固第出于一时之锐气，可暂而不可久。周主邕去而复还，卒拔晋阳，此乃天意之亡齐，不得尽为延宗责也。齐主纬穷蹙无策，禅位幼子，一何可笑！岂以帝位不居，便足却敌欤？彼平时之所最倚任者为穆提婆、高阿那肱。穆提婆先已降周，高阿那肱且倒戈授敌，及此不悟，尚复猜忌宗戚，信用阉人，宜其国亡身虏也。任城广宁，继安德而起，终致覆亡。厥后又有范阳，亦一战即遁，强弩之末，势不能穿鲁缟，固然无足怪耳。然如齐之世无令德，尚得四五传而亡，其犹为高氏之幸事也夫！

第七十九回　老将失谋还师被虏　昏君嗣位惨戮沉冤

　　却说高纬受封温公，尚向周主哀求一人，这人为谁？就是淑妃冯小怜。念兹在兹，可算情种。周主邕微哂道："朕视天下如脱屣，一妇人岂为公惜！"遂仍将冯妃给还高纬。纬拜谢而起，挈妃自出。既而周主召纬入宴，并及高氏诸王公，酒至半酣，令纬起舞，纬毫无难色，乘着三分酒意，舞了一回。差不多似虞廷之百兽。高延宗独悲不自胜，至宴罢归寓，即欲仰药，侍婢再三劝止，乃暂自偷生。到了秋尽冬来，有人诬告温公高纬，与宜州刺史穆提婆谋反。周主召还穆提婆，与纬等对簿，大众同声呼冤。惟延宗饮泣无言，用椒塞口，未几气绝。高纬父子及齐宗室诸王，并皆赐死。穆提婆亦当然伏诛，独孝珩先期病逝，得归葬山东。纬弟仁英患狂，仁雅患瘖，亦均得免死，流徙蜀中。其余亲属故旧，一并流配，概死边疆。高纬虽在位十二年，死时尚只二十二岁，纬子恒只八岁而终。史称纬为齐后主，恒为齐幼主。

　　纬母胡氏年已四十，尚有冶容，恒母穆氏年仅二十有奇，自然更艳。两人流落无依，竟在长安市中，操着皮肉生涯，日与少年游狎。相传胡氏得陈夏姬术，陈夏姬系春秋时人，有内视法。与人欢会，常如处子，因此张帜平康，室无虚客。穆黄花妖冶善媚，亦得狎客欢心。胡氏尝语穆氏道："为后不如为娼，更饶乐趣。"无耻至此，未始非高氏好淫的果报呢！登徒子其听之。齐任城王湝与纬同死。湝妃卢氏，由周主赐与亲将斛斯征。卢氏蓬头垢面，长斋持佛，不与征同言笑，征乃听令为尼。独纬妃冯小怜，亦由周主命令，赏与代王达为姜婢。达本不好色，偏得了这个冯淑妃，竟被迷住，非常爱宠。冯尝弹琵琶，忽断一弦，因随口吟诗道："虽蒙今日宠，犹忆昔时怜！欲知心断绝，应看胶上弦。"你若果不忘旧情，何不早死，还可谢齐后主！达妃李氏，与达本伉俪相谐，自经冯小怜入门，屡致夫妻反目，大妇含酸，小妻构衅，不问可知。后来达为杨坚所杀，坚篡周祚，又将冯氏赐与李询，询即达妃李氏兄。询母为女报怨，令小

第七十九回　老将失谋还师被虏　昏君嗣位惨戮沉冤

怜改着布裙，逐日舂米，弱质柔姿，怎禁贱役，再加诃母多方谩骂，不堪蹂躏，只好自寻死路，赴入冥途，人生总有一死，死到此时，乃弄得无名无望了。覆国亡家，都由此辈。话休叙烦。

且说齐范阳王高绍义，投入突厥，突厥木杆可汗，已早去世，弟佗钵可汗继立，很加爱重，凡在北齐人，悉归隶属。齐营州刺史高宝宁，与绍义同宗，久镇和龙，即营州治所。颇得夷夏人心。周主遣使招降，宝宁不从，竟使人至绍义前，上表劝进。突厥亦许为臂助，绍义遂进据平州，自称齐帝，改元武平。命宝宁为丞相，佗钵可汗，亦招集诸部，举众南向，声言立范阳王为齐帝，代齐报仇。周主邕正拟进讨，忽闻陈司空吴明彻等，出兵吕梁，进围彭城，乃先务南顾，亟遣大将军王轨，率兵赴援。原来陈主顼闻周人灭齐，欲争徐、兖，因命吴明彻督军北伐。行至吕梁，周徐州总管梁士彦，率众拒战，为明彻所破，斩获万计。乘胜进围彭城，月余不下，陈中书舍人蔡景历进谏道："师老将骄，不宜过穷远略，请下敕班师。"陈主顼不从景历，反说他阻惑众心，免官放归。

吴明彻在军日久，仍然无功，且年将七十，不堪久劳，没奈何力疾从事。那周大将军王轨，已出兵南下，来救彭城。明彻得周军出发消息，益锐意进攻，就清水筑起长堰，引波流至城下，环列舟舰，日夕猛扑。梁士彦多方抵御，仍不得下。适探报传入陈营，谓周将王轨，已引军入淮口，用铁锁贯住车轮数百，沉清水中，遏断陈军归路，且在两旁筑垒屯戍云云。陈军不禁恟惧。部将萧摩诃献议道："王轨始锁下流，两旁虽已筑垒，总还未就，速宜分兵往争，否则归路一断，我辈均为所虏了。"此策确是要紧。明彻掀髯微笑道："搴旗陷阵，属诸将军；长算远略，归诸老夫，老夫自有主裁，将军不必躁急！"老昏颠倒。摩诃失色而退。

蹉跎过了旬余，下流已被锁住，水路遂断。周军遂来救城，明彻正苦背疾，不能支持。萧摩诃复入请道："今求战不得，进退失据，看来只好潜军突围，方保生还，请公率领步卒，乘车徐行。摩诃领铁骑数千，驱驰前后，必能保公安达京邑。此机一失，生还无望了！"明彻怅然道："将军所言，原是良图；但我为总督，必须亲自断后，马军宜在前列，愿将军统率前行。"摩诃因率马军先发，乘夜登程。明彻亦决堰退军，自领舟师至清口。水势渐微，舟被车轮塞住，不能前进。周将王轨正督军待着，一声胡哨，四面环击。杀得陈军无路可奔，纷纷投水自尽。明彻病不能军，连人带船，被周军掳去。将士辎重，悉数陷没，惟萧摩诃与将军任忠、周罗睺，从陆路偷过周营，全师得还。

陈主顼闻明彻被擒，始悔不用蔡景历言，即日召景历入都，令为鄱阳王，名伯山，陈世祖蒨第三子。谘议参军，才阅数日，即迁员外散骑常侍，兼御史中丞。是岁景历病终，享寿六十，赠太常卿，追谥曰敬。景历为陈高祖佐命功臣,故后来复得配享高祖庙廷。吴明彻被掳至长安,忧患而死,年已六十七岁。一失足成千古恨。及陈后主叔宝嗣位,也得追赠为邵陵县侯,这且休表。

惟周主邕得彭城捷报,赏功有差,且下诏改元宣政。自往云阳宫,大集各军,决计北讨。不料天不假年,二竖侵,兵马尚未调齐,皇躬竟致不起。乃下敕暂停军事,驿召宗师宇文孝伯,到了行在,由周主握手与语道:"我已疾亟,恐无生理,后事当尽付与君。君勉辅太子,勿负我言!"孝伯垂涕受嘱,且请乘舆还都。周主面授孝伯为司卫上大夫,总宿卫兵马事,先令驰驿还京,守备非常,自用卧床载归。途次气息仅属,甫近都门,骤致痰涌,喘息数声,竟尔归天。年只三十六岁,在位计十九年。

周主邕沈毅有智,即位时深自韬晦,至宇文护受诛,始亲万机。治事甚勤,持身甚俭,平居常自服布袍,寝用布被,后宫唯置妃二人,世妇三人,御妻三人,此外一律裁损。后宫服饰,概尚朴实,凡从前宇文护所筑宫室,并嫌过丽,悉令毁撤,改为土阶数尺,不施栌栱。所有雕斲各物,并赐贫民。至若校兵阅武,步行山谷,皆不惮劳苦。每当宴会将士,又必执杯劝酒,或手付赐物。平齐时见一军士跣行,即脱靴为赐,所以士皆用命,人愿效死。独太子赟不肖乃父,性好淫僻,宇文孝伯尝入白道:"皇太子关系民社,未闻令德,臣忝列宫官,责难旁贷。今太子春秋尚少,志业未成,请妙选正人,辅导东宫,尚望迁善改过,否则后悔无及了!"周主道:"正人岂复过君!君宜为我辅导太子。"及孝伯趋退,即命尉迟运为右宫正,孝伯为左宫正,寻擢孝伯为宗师中大夫。已而复召孝伯入问道:"我儿近日渐长进否?"孝伯答道:"皇太子近惧天威,尚无过失。"周主稍有喜色。嗣由王轨侍宴,起捋周主髯道:"可爱好老公,但恨后嗣阘弱!"周主失色,竟命撤席,且责孝伯道:"君常与我云:'太子无过。'今轨有此言,显见是君多诳语了。"孝伯拜谢道:"臣闻父子至亲,人所难言。陛下不能割情忍爱,臣亦只好结舌了!"周主沉吟良久,方徐谕道:"朕已将太子委公,愿公勉力!"孝伯乃再拜而退。孝伯不能导正东宫,何如先几引退? 若周主之舐犊情深,其失愈甚。至周主疾殂,太子赟迎尸入都,一经棺殓,便由赟嗣皇帝位,尊谥故主邕为武皇帝,庙号高祖。奉嫡母阿史那氏为皇太后,本生母李氏为帝太后。立妃杨氏为皇后,杨氏小名丽华,就是柱国随公杨坚长女。周建德二年,纳为太子赟妃,此时册为皇后,杨家权势,从此益盛了。为杨坚篡周伏笔。

赟本无令行,只因父教甚严,不得不勉强矜持,涂饰耳目。既得登位,遂复萌故态,渐渐的放纵起来。当时周室勋亲,第一人要算齐王宪,赟夙加忌惮,即令武卫长孙览总兵辅政,收夺齐王宪兵权。又密令开府于智,察宪动静,智遂诬宪有异谋,请先时防范。赟已授宇文孝伯为小冢宰,因召入密嘱道："公能为朕图齐王，当即令代齐王职使。"孝伯叩头道："先帝遗诏，不许滥诛骨肉。齐王系陛下叔父，戚近功高，社稷重臣，栋梁所寄，陛下若妄加刑戮，微臣又阿旨曲从，是臣为不忠，陛下亦难免不孝呢！"赟默然不答，孝伯自然退出。赟自是疏远孝伯，潜与于智等设谋除宪，计画已定，仍遣宇文孝伯传命，往语宪道："三公位置，应属亲贤，今欲授叔为太师，九叔为太傅，<small>九叔指陈王纯</small>。十一叔为太保，<small>十一叔指越王盛</small>。叔以为何如？"宪答道："臣才轻位重，早惧满盈，三师重任，非所敢当；且太祖勋臣，宜膺此选，若专用臣兄弟，恐滋物议，还请陛下三思！"孝伯依言返报，未几复来，谓今晚召诸王入殿议事，王勿爽约。宪当然应命，孝伯自去。

转瞬天晚，宪遵召前往，行至殿门，并不见诸王到来，恰也不免惊疑，但已经趋入，只好坦然前进。不意门内伏着壮士，见宪入门，便即突出，把宪拿下。宪辞色不挠，自陈无罪，蓦见于智出殿，与宪对质，统是捕风捉影，含血喷人。宪目光似炬，口辩如河，说得于智理屈词穷，只有支吾对付。或语宪道："如王今日事势，何用多言！"宪太息道："我位重望尊，一旦至此，死生有命，不复图存；但老母在堂，尚留遗恨，罢罢！我也顾不得许多了。"说着将笏投地，竟被壮士缢死，年才三十五岁。

宪为周太祖泰第五子，幼即岐嶷，风采朗然。太祖泰尝赐诸子良马，任他取择，宪独取驳马。太祖问故？宪答道："此马色类不同，或多骏逸，将来从军征伐，牧圉亦容易辨明，岂不较善？"太祖道："此儿智识不凡，当成伟器。"后来果武略超群，累战皆捷。平时抚御士卒，甘苦同尝，平齐一役，长驱敌境，刍牧不扰，尤得民心。至是无辜被戮，远近含哀。大将军安邑公王兴，开府独孤熊、豆卢绍等，俱与宪相昵。嗣主赟诛宪无名，诬称兴等与宪谋叛，一并处死。宪母连步干氏，系柔然人，封齐国太妃。宪事母甚孝，母尝患风热，宪衣不解带，扶持左右。及宪冤死，母亦惊泣成疾，便即告终。宪长子贵早卒，余子质、賨、贡、乾禧、乾洽，并封公爵，亦连坐被戮。梓宫在殡，遽戮勋亲，周事已可知了。这一着便已致亡。

于智得晋位柱国，封齐国公，授赵王招为太师，陈王纯为太傅，越王盛为太保，代王达，滕王逌，宇文泰幼子。及卢国公尉迟运，薛国公长孙览，并为上柱国。后父杨坚亦得进任上柱国兼大司马。从前王轨尝语武帝道："太子非社稷主，普六茹坚有反相。"<small>周曾赐杨忠姓为普六茹氏，坚为忠子，故称普六茹坚。</small>武帝艴然道："若天命有在，亦无可如何！"坚闻轨言，尝自晦匿，至此得掌军政，方握重权。会幽州人卢昌期据住范阳，起应高绍义。绍义引突厥兵赴范阳城，周廷即遣宇文神举往讨。神举兼程北进，行至范阳，卢昌期前来迎战，被神举用诱敌计，一鼓围攻，得擒昌期，遂克范阳。高绍义尚在途中，得知范阳失陷，昌期被虏，因素服举哀，折回突厥。营州刺史高宝宁，亦率数万骑救范阳，中途闻变，仍然退据和龙。宇文神举奏凯班师，送昌期入长安，当然枭斩，不在话下。

周主赟以内外粗安，乐得恣情声色，任意荒淫。尝自扪杖痕，向梓宫前恨骂道："汝死已太迟了！"因此托名居丧，毫无戚容。整日里在宫中游狎，见有姿色的宫嫔，即逼与淫乱。拜郑译为内史中大夫，委以朝政。又嫌梓宫在堂，未便改吉，便不守遗制，即令移葬山陵。约计殡灵期间，尚未逾月。一经葬毕，即易吉服，京兆郡丞乐运上疏，略言葬期既促，事讫即除，太为急急，不可训后。赟置诸不理。是年冬月，稽胡帅刘受逻千起反汾州，诏令越王盛为行军元帅，宇文神举为副，进军西河。稽胡向突厥求援，突厥遣骑赴救，为神举所侦悉，中途设伏，掩击突厥骑兵。突厥败走，稽胡帅刘受逻千，惶惧乞降。越王盛振旅还朝，神举留镇并、潞、肆、石等四州，号为并州总管。

越年正月朔日，周主赟在露门受朝，始服通天冠，绛纱袍，令群臣并服汉、魏衣冠，颁诏大赦，改元大成。初置四辅官，命越王盛为大前疑，蜀公尉迟迥为大右弼，申公李穆为大左辅，随公杨坚为大后丞，大陈鱼龙百戏，庆赏太平，好几日尚未撤去，免不得有几个直臣，上书谏阻。赟非但不从，反越加恣肆，一不做，二不休，令百戏日演殿前，夜以继昼。又广采美女，罗列声伎，增筑离宫，大兴徭役，真个是穷奢极欲，惟恐不及。想是自知速死，故不惮横行。起初即位，尚嫌高祖时刑书要制，太觉从严，特为减轻条例，时加赦宥。此次因民多犯法，吏好强谏，因欲为威虐，慑服群下，乃更定刑名，务尚苛刻，叫作刑经圣制。便在正武殿大醮告天，颁示刑法。一面令左右密伺群臣，小有过失，即加诛谴。自己独游宴沉湎，旬日不朝，群臣请事，统由宦官代奏。于是京兆郡丞乐运，舆榇入朝，陈主八失：（一）事多独断，不令宰辅参议。（二）采女实宫，仪同以上诸女，不许擅嫁。（三）至尊入宫，数日不出，所有奏闻，统归阉人出纳。（四）下诏宽刑，未及半年，更严前制。（五）高祖斲雕为朴，崩未逾年，遽违遗训，妄穷奢丽。（六）劳役下民，供奉俳优角觝。（七）上书字误，辄令治罪，杜绝言路。（八）玄象垂诫，荧惑屡现，未能谘诹善道，修布德政。结末数语，乃是八过未改，臣见周庙将不血食了！看官，试想这种直言不讳的谏草，就使遇着中主，尚且忍受不起；况周主赟庸昏淫暴，哪肯听受直言。当下勃然大怒，命运入狱，即欲加运死罪。朝臣相率惶怖，莫敢营救，独内史中大夫元岩叹道："臧洪同死，人且称愿；臧洪事见《三国志》。况同时遇着比干，岩情愿与他同毙。"遂诣阁入谏道："乐运不惜一死，实欲沽名，陛下不如好言遣归，借示圣度！"也是讽谏。赟怒乃少解，越日召运与语道："朕昨夜思卿所奏，实为忠臣。"乃赐运御食，运拜谢而出。朝臣初见周主盛怒，莫不为运寒心，及见运释

第七十九回　老将失谋还师被虏　昏君嗣位惨戮沉冤

归,乃为运道贺,说是虎口余生,不可多得了。

时大将军王轨,出为徐州总管,因见上昏下蔽,恐祸及己身,私语亲属道:"我昔在先朝,屡言储君失德,实欲为社稷图存。今事已至此,祸变可知,本州控带淮南,近接强寇,欲为身计,易如反掌,但忠义大节,究不可亏,况素受先帝厚恩,志在效死,怎得因获罪嗣主,遽背先朝?今惟有待死罢了!千载以后,或得谅我心。"果然不到数月,大祸临头,好好一位百战功臣,又复死于非命。原来中大夫郑译,与轨有嫌,又恨及宇文孝伯,屡思报怨。事见七十八回,吐谷浑之役。可巧周主自扪杖痕,谓是何人所致?译乘机答道:"事由王轨、宇文孝伯。"赟恨恨道:"我誓当杀彼!"译复述及王轨捋须事,见上。越激动周主怒意,遂遣内史杜虔,赍敕杀轨。中大夫元岩不肯署敕,御正中大夫颜之仪进谏不从。岩复继脱巾顿首,三拜三进,周主怒道:"汝欲党轨么?"岩答道:"臣非党轨,正恐滥诛功臣,失天下望!"周主赟叱令内侍,殴击岩面,将他逐出,即日免官。并促令杜虔就道,未几即由虔返报,轨已诛讫。

上柱国尉迟运私语孝伯道:"我等与王公同事先朝,素怀忠直,今王公枉死,我辈亦将及难,奈何奈何?"孝伯道:"今堂上有老母,地下有武帝,为臣为子,去将何往?且委赟事人,义难逃死。足下若为身计,何勿亟求外调,还可免祸。"尉迟运依计而行,得出为秦州总管。才阅数日,周主赟召问孝伯道:"公知齐王谋反,何故不言?"孝伯道:"齐王效忠社稷,实为群小所谮,因致冤戮,臣受先帝嘱托,方愧不能切谏,此外尚有何言!陛下如欲罪臣,臣有负先帝,死亦甘心了!"周主赟也觉怀惭,俯首不语,待孝伯告退,竟下敕赐死。又因宇文神举,受宠先朝,亦尝毁己,索性尽加辣手,命内史赍着鸩酒,速赴并州,逼令饮鸩自尽。尉迟运至秦州,迭闻孝伯、神举,依次毕命,不由的忧惧成疾,也即暴亡。小子有诗叹道:

未信仁贤国已虚,哪堪勋旧尽诛锄!
人亡邦瘁由来久,黑獭从兹不食余。

周主赟既滥杀勋臣,又想出一种奇事,即拟施行。欲知周主有何设施,且至下回再表。

周主邕为一英武主,平齐以后,又复败陈,虽由陈将吴明彻之昏耄失算,以致兵败受擒,然非周将王轨之锁断下流,亦不至挫失如此。败陈者王轨,用轨者周主邕,推原立论,宁非由周主之英明乎?独周主邕号称知人,而不能自知其子,昏庸如赟,安得以大统相属?就令诸子尚幼,不堪承嗣,何妨援兄终弟及之例,传位同胞!况世宗毓已为前导,邕正可步厥后尘,奈何徒为子嗣计，不思为社稷计乎？及赟嗣位后，戮勋戚，杀功臣，种种失德，史不绝书，皆周主之贻谋不臧，有以致之。然当时如齐王宪辈，不能为伊霍之行，徒拱手而受戮，忠而近愚，亦不足取。身亡而国俱亡，此任圣之所以敻绝古今也！

第八十回　宇文妇醉酒失身
　　　　　尉迟公登城誓众

却说周主赟嗣位改元，即封皇子衍为鲁王，未几立衍为太子。又未几即欲传位与衍。看官听着！赟年方逾冠，太子衍甫及七龄，如何骤欲内禅？这岂非出人意外的奇事！其实他的意见，是因耽恋酒色，不愿早起视朝，所以将帝座传与幼儿。诸王大臣无敢违忤，只好请出东宫太子，扶上御座，大家排班朝贺。太子衍莫明其妙，几乎要号哭出来。当下草草成礼，仍送衍入东宫。赟令衍易名为阐，改大成元年为大象元年，号东宫为正阳宫，令置纳言御正诸卫等官。自称天元皇帝，尊皇太后为天元皇太后，所居宫殿，称为天台，冕用二十四旒，车旗章服，皆倍常制，每与皇后妃嫔等列坐宴饮，概用宗庙礼器，罇彝珪瓒，作为常品。每对臣下，自称为天，臣下朝见，必先致斋三日，清身一日，然后许入。又不准臣民有高大的称呼，高祖改称长祖，姓高改作姓姜，官名称上称大，悉改为长，并令国中车制，只用浑成木为轮，不得用辐。境内妇人，不得施粉黛，惟宫人得乘辐车，用粉黛为饰。宫室窗牖，概用玻璃，帷帐多嵌金玉，五光十色，炫耀耳目。更命修复佛道二像，与己并坐，大陈杂戏。令士民纵观。继又集百官宫人外命妇，具列妓乐，作乞寒胡戏，乞寒亦名泼寒，是西域乐名。臣下稍或忤意，便加楚挞，每一笞杖，以百二十为度，叫做天杖。就是宫人内职，甚至皇后宠妃，亦所不免。历历写来，全是儿戏。

皇后为杨坚女，已见前回。次为朱氏，芳名满月，本系吴人，因家属坐事，没入东宫，时年已二十余岁，掌赟衣服。赟年甫十余，已是好色，见朱氏貌美多姿，便引与同寝，数次欢狎，即得成孕，分娩时产下一男，就是小皇帝阐。又次为元氏，系开府元晟次女，十五岁被选入宫，容貌秀丽，比朱氏更胜一筹。且年龄较稺，正如荳蔻梢头，非常娇嫩，一经侍寝，大惬赟心，当即拜为贵妃。惟赟多多益善，得陇更思望蜀，复选得大将军陈山提第八女，轻盈袅娜，不让元妃，年龄亦不相上下。尤妙在柔情善媚，腻骨凝酥，不但朱氏无此温柔，就是元氏亦未堪仿佛，一宵受宠，立拜德妃。史官又揣摩迎合，奏称日月当蚀不蚀，乃称皇后杨氏为天元皇后，册妃朱氏为天元帝后。已而复纳司马消难女为正阳宫皇后，乃复尊帝太后李氏为天皇太后，改天元帝后朱氏为天皇后，并

第八十回　宇文妇醉酒失身　尉迟公登城誓众

立妃元氏为天右皇后，陈氏为天左皇后。名位俱由独创，赟可谓大思想家。元氏父晟封翼国公，陈氏父山提封鄎国公。内史大夫郑译，本非懿戚，因执政有功，特别荣宠，亦封为沛国公。

正在天花乱坠、举国若狂的时候，忽闻突厥遣使请和，乃即令引见。突厥使乞请和亲，赟慨然允诺，特令赵王招女为千金公主，许字突厥。唯必须执送高绍义，方遣公主出嫁。突厥使唯唯而去，好几旬不见复命。赟因北方无事，欲南略示威，乃命上柱国韦孝宽为行军元帅，率同行军总管杞国公亮、赟从祖兄。郕国公梁士彦，出兵伐陈。孝宽进拔寿阳，亮拔黄城，士彦拔广陵，陈人望风退走，江北一带，陆续归周。

周主赟骄侈益甚，更命营造洛阳宫，遣使简视京兆及诸州，凡有民家美女，一律采选，充入宫中。又恐宫制狭陋，未如所望，特挈四皇后巡幸，赟亲御驿马，日驰三百里，命四皇后方驾齐驱，或有先后，便加谴责。文武侍卫，不下千人，并乘驿相随，人马劳敝，颠仆相继，赟反视为乐事。及至洛阳，宫尚未成，规模已经草创，壮丽异常。赟颇觉快意，乃但作十日游，命驾还都。都中所筑离宫，以天兴宫、道会苑为最大，赟随时行幸，晨出夜还，习以为常，侍臣皆不堪奔命。

大象二年正月朔，至道会苑受朝，命御座旁增造二扆，左绘日，右绘月，又改称诏制为天制，诏敕为天敕。过了数日，又尊皇太后阿史那氏为天元上皇太后，帝太后李氏为天元圣皇太后，立天元皇后杨氏为天元太皇后，天皇后朱氏为天太皇后，天右皇后元氏为天右太皇后，天左皇后陈氏为天左太皇后，正阳宫皇后司马氏，直称皇后。宫中大庆，所有王公大臣诸命妇，不得不联袂入朝。就中有一杞国公子妇尉迟氏，乃是蜀国公尉迟迥孙女，西阳公宇文温的妻室，生得丰容盛鬋，玉骨冰姿，当时亦入朝与宴，为赟所见，竟惹动欲念，想与她并效鸾凰。但命妇与座，不下数百，如何同她苟合？便想出一计，暗嘱宫女，迭劝尉迟氏进酒，把她灌得烂醉。待至宴毕撤席，大众散归，尉迟氏酒尚未醒，不能行动，当然扶入床帏，使她酣寝。赟见尉迟氏中计，心下大喜，便至尉迟氏卧处，把她卸去外衣，任意奸污。尉迟氏动弹不得，只好由他所为，占宿一宵。越日尚留住宫中，不肯放归，转眼间将要浃旬，始令归第。

杞国公亮已料子妇着了道儿，密嘱子温彻底盘问。尉迟氏不能自讳，据实说明，温当然悔恨，亮也觉懊怅。子妇被淫，与汝何涉？遂语长史杜士峻道："主上淫纵日甚，社稷将危，我忝列宗支，不忍坐见倾覆。今拟袭取韦公营寨，并有彼部，别推诸父为主，鼓行而前，谁敢不从？"士峻也以为然，遂夜率数百骑，往袭韦孝宽营。到了营前，遥望营内刁斗无声，只有数点星火，亮不辨好歹，麾众杀入，乃是一座空营，并无一人。当下情急胆虚，自知不妙，忙引众奔还,突听得一声呐喊,伏兵四至,把亮困住。亮拚命冲突,杀透一层,又有一层,好容易杀开血路,慌忙奔走。手下已只剩数人。约行半里,忽有大将带领人马,从斜刺里冲出,截住去路。亮望将过去,这员大将,正是上柱国郧国公韦孝宽。此时冤家路狭,无处逃生,不得已抵死力争。怎奈寡不敌众,被韦军用械乱刺,身受重伤,坠落马下,再经一刀,结果性命。孝宽传首入报,赟即命宿卫军抄斩亮家,把亮子温明等,尽行杀死,独赦免温妻尉迟氏,令带回宫中。倾家亡国,多缘美色。

嗣是得与尉迟氏连宵取乐,公然拜为长贵妃。嗣又欲立她为后,召问小宗伯辛彦之。彦之答道:"皇后与天子敌体,不应有五。"赟怫然不悦,转问博士何妥,妥进谀道:"帝喾四妃,虞舜二妃,先代立后,并无定制。"赟始易怒为喜道:"究竟是个博士,实获我心。"遂免彦之官,特添置天中太皇后位号,令天左太皇后陈氏充任。即立尉迟氏为天左太皇后。因造玉帐五具,使五后各居一帐,又用五辂相载,每有游幸,必令从行。或且令五辂为前驱,自率左右步随。寻复想入非非,募取京城少年,使乔扮作妇女装,入殿歌舞,自与五后及其他嫔御,列坐观演,恣为笑乐。不怕戴绿头巾么?

天元太皇后杨氏,性情柔婉,素来顺旨,就是四皇后与她同处,班次相亚,亦从未闻杨后有嫌,所以互相敬爱,情好甚谐。惟赟好色过度,尝饵金石,渐渐的阳竭精枯,神精昏乱,暴喜暴怒,越令人不可测摸,朝晚施行天杖,动辄数百,连五皇后亦尝受天刑。杨后究系结发夫妻,免不得婉言规劝,顿时触动赟怒,命杖背百二十下。杨后仍从容面谏,词色如恒,赟大怒道:"汝可先死,我且灭汝家!"遂命将杨后牵入别宫,逼令自杀。当由宫监报知杨后母家,后母独孤氏大惊,亟诣阁陈谢,叩头流血,方得将杨后释出,仍还原宫。

既而赟又欲杀杨坚,召他入阁,先语左右道:"坚苦变色,汝等即可为我动手。"左右领命待着。及坚入见,容止端详,言貌自若,乃得免祸,安然退出。

坚少与郑译同学,译见坚龙颜凤表,额上有五柱入顶,手中又有王字纹,知非常相,因深与结交。坚虑在朝罹祸,尝密语译道:"久愿出藩,公所深悉,何勿为我留意?"译答道:"如公德望,天下归心,欲求多福,自当代谋。"坚喜为道谢。未几译被召入内,与商南略事宜,译请简元帅,赟便令译举荐,译即以坚对。乃授坚为扬州总管,使偕译统兵伐陈。适坚有足疾,尚未果行。

时值仲夏,天气暴热,赟备法驾往天兴宫,为避暑计,是夕即病。次日复患喉痛,匆匆还宫,便召小御正刘昉,中大夫颜之仪,同入卧室,拟嘱后事。偏偏喉咙声哑,挣不成声,竟说不出一句话来。昉等慰解数语,便即趋出。之仪自归,昉独与郑译等商议国事。译引入御饰大夫柳裘、内使大夫韦誉、御正下士皇甫绩,公同议决,请后父杨坚辅政。坚辞不敢当,昉作色道:"公若肯为,

第八十回　宇文妇醉酒失身　尉迟公登城誓众

便当速为；必欲固辞，昉将自为了。"坚乃允诺。昉素以狡谄得幸，至是因幼主无用，乃更媚事杨坚。可见憸人万不可用，即如内史郑译亦可类推。既与坚有定约，因引坚入宫，托词受诏，居中侍疾，赟竟尔绝命。由昉、译主持宫禁，矫诏令坚总知中外兵马事。昉等一一署名，独颜之仪抗声道："主上升遐，嗣子幼冲，阿衡重任，宜属宗英，方今赵王最长，议亲议德，合膺重寄。公等备受朝恩，当思尽忠报国，奈何欲以神器假人？之仪宁为忠义鬼，不敢诬罔先帝！"可谓朝阳鸣凤。昉等知不可屈，代为署敕，颁发出去，诸卫军遵敕行事，各听坚节制。坚乃就之仪索取符玺，之仪复正色道："符玺系天子物，自有专属，宰相何事，乃欲索此？"坚不禁动怒，令卫士将他扶出，意欲置诸死刑，转思他有关民望，乃但黜为西边郡守。于是为故主赟发丧，迎幼主阐入居天台，罢正阳宫，大赦刑人，停止洛阳宫作。尊阿史那太后为太皇太后，杨后为皇太后，朱后为帝太后，所有陈后、元后、尉迟后，勒令出宫，并皆为尼。尉迟氏最不值得。追谥赟为宣皇帝，逾月奉葬。赟在位只越一年，禅位后又越一年，总算合成三年，殁时才二十二岁。得保首领，大幸大幸。

赟有六弟，介弟名赞，封汉王，次名贽，封秦王，又次名允，封曹王，又次名充，封道王，又次名兑，封蔡王，最幼名元，封荆王。汉王赞年将及冠，姿性庸愚，杨坚推他为上柱国右大丞相，阳示尊崇，实无权柄。自己为左大丞相，兼假黄钺，秦王贽为上柱国，此外皇叔并幼，不得入居朝列。幼主阐谅闇居丧，百官总己，听命左大丞相杨坚。坚又恐藩王有变，征令入朝，赵王招、陈王纯、越王盛、代王达、滕王逌五人，时皆就国。诸王皆不在朝，怪不得杨坚逞志，但赟俱皆遣散，自翦羽翼，安得不亡！至此闻有大丧，且接受诏旨，当然联翩入关。适突厥他钵可汗遣使吊丧，并迎千金公主。坚以为遗命当遵，遂与赵王招熟商，令他嫁女出番。特遣建威侯贺若谊等送往，多赍金帛，馈赠他钵，令执送高绍义。他钵乃伪邀绍义出猎，使谊候着，掩他不备，执还长安，坚因敕文甫下，免绍义死，流徙蜀中。绍义忧郁成瘵，不久即亡。了结高齐，缴足前文。

坚擅改正阳宫为丞相府，引司武上士郑贲为卫，潜令整顿兵仗，随坚入相府中。贲又召公卿与语道："公等欲求富贵，宜即随行。"公卿相率骇愕，互谋去就，不意卫兵大至，迫众随入相府。众不敢违，相偕至正阳宫，又为门吏所阻，被贲瞋目叱去，坚乃得入。贲遂得典丞相府宿卫，郑译为丞相府长史，刘昉为司马。御正下大夫李德林，自齐入周，尝司诏诰，坚知他文艺优长，特召入与语道："朝廷赐令总文武事，经国重任，今欲与公共事，愿公勿辞！"德林答道："愿以死奉公！"坚闻言大喜，即令德林为府属。内史大夫高颎，明敏有识，习兵事，多计略，坚又引为司录，遂改革秕政，豁除苛禁，删略旧律，更作刑书要制，奏请施行。躬履节俭，政尚清简，中外被他笼络，相率归心。汉王赞常居禁中，与幼主阐同帐并坐，有所议论，当然主谋。坚尚以为忌。相府司马刘昉，为坚设法，特饰美妓数人，亲送与赞。赞少年贪色，喜得心花怒开，便视昉为好友，尝相往来。昉因说赞道："大王系先帝介弟，时望所归，孺子幼冲，岂堪大事！今先帝甫崩，群情尚扰，王且归第，待事宁后，入为天子，乃是万全计策呢。"赞信为真言，便出居私第，日与美妓饮酒取乐，不问朝政。

那时内外政权，都归左大丞相杨坚。坚遂欲篡周祚，夜召太史中大夫庾季才问道："我以庸材，受兹顾命，天时人事，卿以为何如？"季才已知坚意，顺口答道："天道精微，不能臆察，惟卜诸人事，符兆已定，季才纵言不可，公岂复得为巢、许么？"巢父、许由皆古隐士。坚沉思良久道："诚如君言。"坚妻独孤夫人为前卫公独孤信女，亦密语坚道："大事至此，势成骑虎，必不得下，宜勉图为要！"欲作皇后耶？抑欲报父仇耶？坚很以为然，特恐相州总管蜀国公尉迟迥，为周室勋戚，迥母为宇文泰姊。位望素重，或有异图。乃使迥子魏安公惇，赍诏至相州，饬令入都会葬，另派上柱国韦孝宽为相州总管，即日启行。

迥得诏书，料知坚谋篡逆，未肯应召，但遣都督贺兰贵，往候韦孝宽。孝宽行至朝歌，与贵相遇，晤谈多时，见贵目动言肆，察知有变，因称疾徐行，且使人至相州求取医药，阴伺动静。迥即令魏郡太守韦艺，持送药物，并促孝宽莅镇，以便交卸。艺系孝宽兄子，与迥相善，及见孝宽，但传述迥命，未肯实言。孝宽再三研诘，仍然不答，乃拔剑起座，竟欲斩艺，艺不觉大骇，始言迥有诡谋，不如勿往。孝宽即挈艺西走，每过亭驿，尽驱传马而去。且语驿司道："蜀公将至，宜速具酒食！"驿司依言照办。过了一日，果有数百骑到来，为首的并非尉迟迥，乃是奉迥所遣的将军梁子康，阳言来迎孝宽，实是追袭孝宽。驿中已无快马，只有盛馔备着，子康也是个酒肉朋友，乐得过门大嚼，聊充一饱。那孝宽叔侄，已早驰入关中去了。孝宽不谓无智，但助坚篡周，终属非是。

杨坚闻孝宽脱归，再令侯正破六韩裒，诣迥谕旨。并密贻相州长史晋昶等书，嘱令图迥。迥察泄隐情，杀裒及昶，遂召集文武官民，登城与语道："杨坚自恃后父，挟持幼主，擅作威福，逆迹昭彰，行路皆知，我与国家谊属舅甥，任兼将相，先帝命我处此，寄托安危，今欲纠合义勇，匡国庇民，君等以为何如？"大众齐声应命。迥乃自称大总管，起兵讨坚。坚即令韦孝宽为行军元帅，辅以梁士彦、元谐、宇文忻、宇文述、崔弘度、杨素、李询等七总管，大发关中士卒，往击尉迟迥。孝宽方才起行，雍州牧毕王贤，明帝毓长子。恰潜与五王同谋，五王即赵、陈、越、代、滕诸王。意欲杀坚，偏为坚所察觉，诬贤谋反，将贤捕戮，并及贤三子。只因外乱方起，未便尽杀五王，但佯作不知，且令秦王赞为大冢宰，杞公椿杞公亮弟，亮诛后，椿继任。为大司徒，暂安众心。一面调兵转饷，专力图外。

第八十回　宇文妃醉酒失身　尉迟公登城誓众

青州总管尉迟勤，系迥从子，初由迥贻书相招，勤把原书赍送长安，自明绝迥。嗣闻相、卫、黎、洺、贝、赵、冀、沧、瀛各州，俱与迥相联络，更兼荣、申、楚、潼各刺史，亦应迥发难，单剩青州一隅，孤悬海表，如何抵挡得住，乃亦答复迥书，愿同戮力。迥又遣使联结并州刺史李穆，穆子士荣，劝穆从迥。穆独不愿，锁住来使，封上迥书。坚使内史大夫柳裘，驰驿慰穆，与陈利害，又使穆子左侍浑，往布腹心。穆即遣浑还报，奉一熨斗与坚，嘱浑致词道："愿执持威柄，尉安天下！"还有十三镮金带，亦令浑带去持赠，十三镮金带，是天子服，明明是阴寓劝进的意思。专冀富贵，不顾名义。坚当然大悦，答书道谢，并令浑诣韦孝宽军前，详述穆意，免得孝宽后顾，好教他锐意前进。穆兄子崇为怀州刺史，本欲应迥，后知穆已附坚，慨然太息道："阖门富贵，至数十人，今国家有难，竟不能扶倾定危，尚何面目处天地间呢！"话虽如此，怎奈孤掌难鸣，没奈何迁延从事。迥再招东郡守于仲文，仲文不从，迥即令大将军宇文胄、宇文济，分道攻仲文。仲文不能守，弃郡奔长安，妻孥不及随奔，尽被杀毙。迥又遣大将军檀让略地河南，杨坚因命于仲文为河南道行军总管，使击檀让。另调清河公杨素，使击宇文胄、宇文济。并自为都督中外诸军事。会郧州总管荥阳公马消难，亦因身为后父，愿保周室，亦举兵应迥。消难女为幼主闱后见前。坚乃复遣柱国王谊为行军元帅，出攻消难。军书旁午，日无暇暑，更兼天气盛暑，将士出发，亦未能兼程急进，害得杨坚欲罢不能，免不得日夕忧烦。

赵王招等入长安后，已见坚怀不轨，常欲杀坚，自毕王贤被杀，心愈不安，乃想出一法，邀坚过饮。坚亦防招下毒，特自备酒肴，令左右担至招第，方才敢往。招引坚入寝室，使坚左右留住外厢，惟坚从祖弟大将军弘，及大将军元胄，随坚入户，并坐户侧，招与坚同饮，酒至半酣，招拔佩刀刺瓜，接连唊坚。元胄瞧着，恐招乘势行刺，即挺身至座前道："相府有事，不便久留，请相公速归！"招怒目呵叱道："我方与丞相畅叙，汝欲何为？"胄亦厉声道："王欲何为？敢叱壮士！"招始佯笑道："我有甚么歹意？卿乃这般猜疑。"因酒赐胄，胄一饮而尽，站立坚旁。仿佛鸿门会上时。招与坚续饮数觥，伪醉欲呕，将入后阁，胄恐他为变，扶之上坐，至再至三。招复自称喉渴，令胄就厨取饮，胄仍屹然不动。适滕王逌后至，坚降阶出迎，胄乃得与坚耳语道："事势大异，可速告归！"坚答道："彼无兵马，何足为虑！"胄又低声道："兵马统是彼物，彼若先发，大事去了！胄不辞死，恐死无益！"坚似信非信，重复入座。胄格外留意，忽听室后有被甲声，亟扶坚下座道："相府事繁，公何得流连至此？"一面说，一面扯坚出走，招不禁着急，亦下座追坚。胄让坚出户，呼弘保坚同行，自奋身挡住户门，不令招出。小子演述至此，随笔写成一诗道：

欲为壮士贵争名，保主何如保国诚！
当户虽然资大力，公私两字欠分明。

毕竟杨坚如何脱身，待看下回表明。

周主赟淫昏失德，并立五后，其最称丑秽者，为西阳公温妻尉迟氏。温父亮为赟从祖兄，温妻尉迟氏，赟之从祖侄妇也。尉迟氏有美色，赟乘其入朝，灌酒使醉，逼而淫之，亮因此谋叛，祸及一门，尉迟氏被迫入宫，公然为后。赟之不道，原不足责；尉迟氏不能保身，复不能保家，甘心受污，侈服翚翟，以视春秋时之怀嬴，其犹有愧辞乎？及昏君毕命，仍出为尼，嗟何及哉！尉迟迥累世贵戚，地居形胜，愤坚专擅，誓众兴师，不可谓非忠义士。司马消难，亦举兵响应，名正言顺，事若可成。然试思淫暴如赟，宁尚能泽及后嗣耶！天意亡周，人力亦乌能挽之？徒见其倏起倏败而已。然如尉迟迥之为国死义，亦足垂千古矣！

第八十一回　失邺城皇亲自刎　篡周室勋戚代兴

却说杨坚为赵王招所诱，几乎遭害，幸亏大将军元胄，将坚扶出，奋身当户，阻住赵王招，待至坚已去远，才转身趋归。赵王招见胄勇武，不敢与抗，眼见是纵虎出柙，自恨不先下手，因致迟误，徒落得弹指出血，结愤填胸。那杨坚怎肯罢休，即诬称赵王招图逆，与越王盛通谋，立刻驱策兵士，围住两王府第，屠戮全家；惟赏赐元胄，不可胜计。元胄、宇文弘，仿佛许褚、曹洪。会益州总管王谦，亦自蜀起兵，与尉迟迥、司马消难等，互相联络，尉迟迥更贻书后梁，请为声援。后梁诸将，竞劝梁主举兵，谓与迥等连盟，进可尽节周氏，退可席卷山南。梁主岿踌躇未决，岿嗣巋位，见七十二回。乃使中书舍人柳庄，入周观衅。杨坚握手与语道："孤昔开府，尝从役江陵，深蒙梁主殊眷，今主幼时艰，猥蒙顾托，与梁主共保岁寒，勿爽旧约，请君为我达意！"柳庄应命而还，具述坚言，且语梁主岿道："尉迟迥虽是旧将，昏耄已甚，消难王谦，才具庸劣，更不足道。周朝将相，多为身计，统已归附杨氏，看来迥等终当覆灭，随公必移周祚，不若保境息民，静观时变为是。"梁主岿因敛兵不动，作壁上观。

周行军元帅韦孝宽，已引军至武陟，与尉迟迥军隔一沁水，水势适涨，两下相持不战。孝宽长史李询密报杨坚，谓总管梁士彦等，并受迥金，所以逗留。坚很加忧虑，与内史郑译等，商议易将。李德林独进言道："公与诸将皆国家贵臣，未相服从，今但由公挟主示威，勉从号令，若非推诚相与，动辄猜

第八十一回　失邺城皇亲自刎　篡周室勋戚代兴

疑,将来如何使人?况取金纳赂,事实难明,今或临敌易将,恐郧公以下,莫不自危,军心一离,大势尽去了。"坚谔然道:"今将奈何?"德林道:"依愚见,速遣一才望并优的干员,往达军前,察看情伪,诸将果有异心,亦不敢立时变动,万一变起,也是容易制驭哩。"坚大悟道:"非公言,几误大事。"乃命少内史崔仲方往监诸军。仲方以父在山东,不愿受命,改遣刘昉、郑译。昉说是未尝为将,译又以母老为辞。无非怕死而已。坚不禁着急,幸司录高颎请行,乃即命出发,倍道至军,商诸孝宽,择沁水较浅处,筑桥渡军,一决胜负。

迥子魏安公惇率众十万,列阵至二十余里,麾兵少却,拟俟孝宽军半渡,然后进击。孝宽乘势渡桥,鸣鼓齐进。惇兵上前堵截,尽被杀退。颎又命将浮桥毁去,自断归路,使将士上前死战,将士果然拚生杀去,尉迟惇不能抵当,奔回邺城,军多散失。韦孝宽麾动各军,乘势追至邺下。惇父迥与惇弟祐,尽驱部卒出城,共十三万众,屯驻城南。迥自统万人,均戴绿巾,着锦袄,号称黄龙兵。迥弟勤又集众五万,由青州援兄,自领三千骑先至。迥素习军旅,老犹被甲临阵,麾下兵多关中人,相率力战。孝宽与战不利,只好退走。邺下士民观战,亦不下数万人。行军总管宇文忻道:"事已急了,我当用计破敌。"说着,即命兵士各拈弓搭箭,竞射观战的士民。士民当然骇走,哗声如雷。忻即大呼道:"贼败了,贼败了,我等将士,奈何不乘势立功?"众闻忻言,气势复振,再接再厉,杀入迥阵。迥众已为士民所扰,心神惶乱,怎禁得敌军大至,不由的仓皇四溃。迥无法支持,急与二子走回城中。孝宽纵兵围攻,毁城直入,邺城遂陷。迥窘迫升楼,由周将崔弘度追入,弘度妹曾嫁迥子为妻,至是见迥弯弓欲射,索性脱去兜鍪,遥语迥道:"颇相识否?今日各图国事,不得顾私,但亲谊相关,谨当禁遏乱兵,不许侵辱。事已至此,请公早自为计,不必多费踌躇了。"弘度果知为国么?迥自知难免,把弓掷下,极口骂坚十余声,拔剑自刎。弘度顾弟弘升道:"汝可取迥头。"弘升乃枭首而去,持献孝宽。勤与惇、祐,俱东走青州。孝宽遣开府大将军郭衍,率兵追获,与迥首同送入长安。杨坚因勤尝呈入迥书,初意未差,特令赦罪,惟将惇、祐处刑。总计尉迟迥起兵,只六十八日而败,后人说他举事颇正,驭变无才,所以有此败亡呢。论断谨严。

孝宽更分兵讨关东叛吏,依次削平。坚命徙相州治所至安阳,毁去邺城及邑居,分置相州为毛州、魏州,无非是地小力分,化险为夷的意思。时周行军总管于仲文,军至蓼堤,距梁郡约七里许,檀让引众数万,前来搦击。仲文用羸兵挑战,佯作败状,退走十里。让恃胜生骄,竟不设备,夜间被仲文还袭,霎时惊散,被俘五千余人。仲文进攻梁郡,守将刘子宽弃城遁去;再进击曹州,擒住尉迟迥所署刺史李仲康,又追檀让至成武。让再战再败,东窜数十里,终为仲文所获,槛送长安,眼见得是不能活命了。檀让又了,顾应前回。还有宇文威、宇文曹等,亦由杨素剿平,报捷复命。<u>两宇文亦随笔了结。</u>惟司马消难及王谦两军,尚未扑灭,坚深以为忧,促王谊进军郧州,速平消难,一面使上柱国梁睿为西征元帅,进图益州。司马消难素无才略,但因尉迟迥发难,也想乘势图利,出些风头,<u>淫烝父妾,让你出头,战乃危事,如何轻试?</u>一闻尉迟迥败灭,吓得魂不附身,忙遣人至建康,向陈乞援。陈军尚未出发,王谊军已将驰至,消难不待王谊攻城,便贲夜南奔,投降南朝。陈主顼命为车骑将军,兼职司空,加封随公。王谊当然告捷。坚以外患将平,功成在迩,便自为大丞相,罢去左右丞相官衔,又杀害陈王纯及纯子数人。

益州总管王谦,但望各军得胜,自出兵为后继,哪知各处军报,都化作瓦解烟消,免不得心惊肉跳,非常忧虑。隆州刺史高阿那肱,<u>此子尚在耶?</u>因被坚外调,怏怏失望,遂向谦献计道:"公若亲率精锐,直指散关,蜀人知公仗义勤王,必肯为公效命,这是上策。出兵梁汉,占据腹地,这是中策。若坐守剑南,发兵自卫,这便成为下策了。"谦因上策太险,欲参用中、下二策,总管长史乙弗虔,益州刺史达奚惎谓:"蜀道崎岖,来兵不能飞越,但当据险自固,俟衅出兵。"谦乃令两人率众十万,往堵利州。周西征元帅梁睿,调集利、凤、文、秦、成各州兵马,直向利州进发。途次与蜀兵相值,蜀兵不待交绥,便即溃散。乙弗虔、达奚惎两人,节节退走,梁睿节节进逼,两人无法可施,乃潜遣人至睿军,愿为内应,借赎前愆。睿当然允行。虔与惎遂退还成都。谦尚未知二人情伪,还道是自己心腹,令他守城,又命惎、虔子为左右军,仓猝出战。及睿军掩至,左右两翼,先已叛去,谦手下只数十骑,逃回城下,但见城门紧闭,城上立着乙弗虔、达奚惎,同声语谦道:"我等已归附梁元帅,公请自便。"<u>还算客气。</u>谦不能入城,窜往新都。县令王宝,假意出迎,诱谦入城,把他杀毙,传首长安。梁睿驰入成都,擒得高阿那肱,械送入关。坚斩高阿那肱首,令与谦头一并示众。<u>高阿那肱至此方死,也是出人意料。</u>又传语梁睿谓:"惎、虔二人,本是首谋,不应贷死。"睿乃将二人斩首了事。数路大兵,统已荡平,权焰熏天的随公坚,便安安稳稳的好篡那周室江山了。

郧国公韦孝宽班师未几,便即病殁,年已七十有二。孝宽智勇深沉,世称良将,每遇勍敌,从容布置,常为人所未解。及成功以后,众才惊服。平时在军,笃意文史,有暇辄自披阅。又早丧父母,事兄嫂加谨,所得俸禄,不入私房,亲族孤贫,必加赈给,士论更翕然称颂。惟甘心为杨坚爪牙,铲灭义师,酿成杨氏篡周的祸祟,徒落得晚节不终,遗讥千古,这岂非一大可惜么?<u>特为孝宽加评,隐寓惜才之意。</u>杨坚很是悲悼,追赠太傅,予谥曰襄。高祐随军还朝,益得坚宠,命代刘昉为司马,且因此与郑译渐疏,虽未撤译官,独阴戒官属,不必向译白事。译渐觉自危,乞求解职。坚尚加慰勉,敷衍面子,但礼貌已是浸

第八十一回　失邺城皇亲自刎　篡周室勋戚代兴

衰了。周室五王,已被坚害三人,只剩得代王达与滕王逌,毫无权力。坚尚不肯放过,索性也诬他通叛,均令自尽。于是胁周主阐下诏,进坚为相国,总百揆,进爵随王,以安陆等二十郡为随国。坚佯为谦让,但受十郡。已而复有敕颁下,加随王九锡礼,得建台置官,且进随王妃独孤氏为王后,世子勇为王太子,坚三让乃受。开府仪同大将军庾季才、卢贲,及太傅李穆等,俱劝坚应天受命,坚尚未肯遽允。又迁延逾年,至大象三年二月间,乃逼周主阐禅位,当有一道逊国诏书,略云:

元气肇辟,树之以君。有命不恒,所辅惟德。天心人事,选贤与能,尽四海而乐推,非一人所独有。周德将尽,妖孽递生,骨肉多虞,藩维构衅,影响同恶,过半区宇,或小或大,图帝国王,则我祖宗之业,不绝如线。相国随王,叡圣自天,英华独秀,刑法与礼仪同运,文德与武功并传。爱万物其如己,任兆庶以为忧。手运玑衡,躬命将士,芟夷奸宄,刷荡氛祲,化通冠带,威震幽遐。虞舜之大功二十,未足相比,姬发之合位三五,岂可并论?况木行已谢,火运既兴,河、洛出革命之符,星辰表代终之象,烟云改色,笙簧变音,狱讼咸归,讴歌尽至。且天地合德,日月贞明,故已称大为王,照临下土。朕虽寡昧,未达变通,幽显之情,皎然易识。今便祗顺天命,出逊别宫,禅位于随,一依唐、虞、汉、魏故事。王其恪膺帝箓,幸勿再辞!

杨坚得此诏书,当然踌躇满志,惟表面上不得不三辞三让。乃再遣兼太傅杞公宇文椿奉册,大宗伯赵煚奉玺,至随王府中劝进,册书有云:

咨尔相国随王,粤若上古之初,爰启清浊,降符授圣,为天下君,事上帝而利兆人,和百灵而利万物,非以区宇之富,未以宸极为尊。大庭、轩辕以前,骊连、赫胥之日,咸以无为无欲,不将不迎。邈哉其详,不可闻已。厥有载籍,遗文可观,圣莫逾于尧,美未过于舜。尧得太尉,已作运衡之篇,舜遇司空,便叙精华之竭。彼裹裳脱屣,贰宫设飨,百辟归禹,若帝之初,斯盖上则天时,不敢不授,下祗天命,不可不受。汤代于夏,武革于殷,干戈揖让,虽复异揆,应天顺人,其道靡异。自汉迄晋,有魏至周,天历逐狱讼之归,神鼎随讴歌而去。道高者称帝,箓尽者不王,与夫父祖神宗,无以别也。周德将尽,祸难频兴,宗戚奸回,咸将窃发。顾瞻宫阙,将图宗社,藩维连率,逆乱相寻,摇荡三方,不合如砺,蛇行鸟撄,投足无所。王受天明命,睿德在躬,救颓运之艰,匡坠地之业,拯大川之溺,扑燎原之火,除群凶于城社,廓妖氛于远服,至德合于造化,神用洽于天壤,八极九野,万方四裔,圜首方足,罔不乐推。往岁长星夜扫,经天昼现,八风比夏后之作,五纬同汉帝之聚,除旧之征,昭然在上。近者赤雀降祉,玄龟效灵,钟石变音,蛟鱼出穴,布新之征,焕焉在下。九区归往,百灵协赞,人神属望,我不独知,仰祗皇灵,俯顺人愿。今敬以帝位禅于尔躬,天祚告穷,天禄永终。於戏!王宜允执厥和,仪刑典训,升圜丘而敬苍昊,御皇极而抚黔黎,副率土之心,恢无疆之祚,可不盛欤!

杨坚收受册书,及皇帝玺绶,便直任不辞。大事告成,何必再辞。庾季才谓二月甲子日,应即帝位,坚依言办理。届期早起,召集百官,乘车入宫。宫中仪卫,已备齐衮冕,奉至坚前。坚立即被服,由百官拥至临光殿,升座受朝。一班舍旧从新的官吏,当然是舞蹈山呼,齐称万岁。国号随,改元开皇,坚本袭父封,号为随公,他却以随字中箝一辵旁,辵与辶同,音绰。义训为走,作为朝名,恐有不遑安处的预兆,所以去辵作隋,想望升平。徒从字义上着想,究有何益?命有司奉册至南郊,燔燎告天,兼祀地祗。少内史崔仲方,请改周氏官仪,仍依汉、魏旧制,诏如所请。乃置三师三公,及尚书、门下、内史、秘书、内侍等五省,御史都水二台,太常等十一寺,左右卫等十二府,分司定职。又设上柱国至都督共十一等勋官,所以报功,特进至朝散大夫七等散官,所以旌贤。改称侍中为纳言,命相国司马高颎为尚书左仆射,兼纳言一职。相国司录虞庆则为内史监,兼吏部尚书。相国内郎李德林为内史令,典军元胄为左卫将军,追尊皇考忠为武元皇帝,庙号太祖。皇妣吕氏为元明皇后,立独孤氏为皇后,长子勇为皇太子。

杨氏系出弘农,相传为汉太尉杨震后裔。坚六世祖元寿,为后魏武川镇司马,遂留居武川。元寿玄孙就是杨忠,忠从周太祖举兵关西,赐姓普六茹氏,妻吕氏,生坚时,紫气充庭,有一尼来自河东,语吕氏道:"此儿骨相非凡,不宜留处尘俗。"吕氏乃托尼择一别馆,移坚居养,尼亦尝往来省视。一日,吕氏抱坚在怀,忽见坚头上出角,遍体鳞起,不禁大骇,将坚置地。尼适从外趋入,忙把坚抱起道:"已惊我儿,致令晚得天下。"吕氏再为复视,并无鳞角,依然形相如常。及坚既长成,尼已他去,不知下落。后来坚累迁显要,周室君臣,多加猜忌,竟得不死。至是竟篡周称帝,史家于一代崛兴,往往叙及祯祥,这也是习见之谈。降周主阐为介公,迁居别宫,食邑万户。车服礼乐,仍用周制。上书不为表,答表不称诏,似乎有永作隋宾的意义。阐后司马氏坐父消难叛周罪,已早废为庶人,独周太后杨氏,系坚长女,年不过二十有奇,从前坚入宫辅政,杨太后本未与谋,但因嗣主幼冲,恐权界他族,与己不利,既得乃父秉权,倒也喜如所愿。后来见父有异图,意颇不平,形诸词色,只是一介女流,如何抗得过当朝宰相?没奈何忍气吞声,迁延过去。既而周竟被篡,杨氏越加愤惋,屡思与父面争。坚也自觉惭愧,不令入见,惟遣独孤后好言抚慰。嗣复改封为乐平公主。且见她芳年尚盛,欲令改嫁,杨氏誓死不从,方得守志终身。尚有周太皇太后阿史那氏,经隋革命,便即病终。坚却令有司仍用后礼,祔葬周武帝陵。周太帝太后李氏,与介公阐迁居别宫,李氏不免愤懑,情愿出俗为尼,改名常悲。就是介公阐生母朱氏,亦随着李氏一同削发披缁,改名法净。周宣帝赟五后,唯杨氏留居宫中,陈、元、尉迟三后,已早为尼,见前回。与李、朱二氏,同心念佛。朱氏首先逝世,李氏继殁,尉迟氏亦即随殒。陈、元二后,直至唐贞观年间,方才告终。杨后至隋炀帝大业五年病逝,得祔葬周宣帝陵。那被废的司马皇后,却改嫁与司州刺史李丹为妻,仍去做那宦家妇了。总结一段,缴足前文。

周氏诸王,尽降为公,另封皇弟邵国公慧为滕王,同安公爽为卫王,皇子雁门公广为晋王,俊为秦王,秀为越王,谅为汉王,命并州总管申国公李穆为太师,邓国公窦炽为太傅,幽州总管任国公于翼为太尉,金城公赵煚为尚书右仆射,汉安公韦世康为礼部尚书,义宁公元晖为都官尚书,昌国公元岩为兵部尚书,上仪同长孙毗为工部尚书,杨尚希为度支尚书,族子雍州牧邟国公杨惠为左卫大将军,从祖弟永康公杨弘为右卫大将军,从子陈留公杨智积为蔡王,杨静为道王。寻又令晋王广为并州总管,上柱国元景山为安州总管,当亭公贺若弼为楚州总管,新义公韩擒虎为庐州总管,神武公窦毅为定州总管。毅为邓国公窦炽从子,曾尚周太祖第五女襄阳公主,生有一女,尚未及笄,闻隋主受禅,自投堂下,抚膺太息道:"恨我不为男子,救舅氏患。"毅夫妇忙掩女口道:"汝休妄言!恐灭我族。"满朝官吏,不及一窦氏女儿。后来此女嫁与唐公李渊,得做唐朝的开国皇后。可见人世无论男女,总要有些志向,志向一定,将来自然有一番事业哩!唤醒庸人。话休叙烦。

且说内史监虞庆则,劝隋主坚尽灭宇文氏,断绝后患。高颎、杨惠亦附和同声,独李德林力言不可。隋主坚变色道:"君系书生,不足与语大事。"遂令宿卫各军,搜捕宇文氏宗族,所有周太祖泰孙谯公乾恽、冀公绚、闵帝觉子纪公湜、明帝毓子酆公贞、宋公实、武帝邕子汉公赞、秦公贽、曹公允、蔡公兑、荆公元、宣帝赟子莱公衍、郢公术等,一古脑儿拘到狱中,勒令自杀。未几,又将介公阐害死宫中,谥曰静帝,年仅九龄,总算做了两年有零的小皇帝。统计周自闵帝觉篡魏,至静帝阐亡国,中历五主,共得二十五年。小子有诗叹道:

<blockquote>
九龄幼主罪难论,惨祸临头忽灭门。
莫道覆宗由外戚,厉阶毕竟自天元。
</blockquote>

隋主坚已灭尽宇文氏,安然为帝,从此疏远李德林,又另征一人为亲信侍臣。究竟此人为谁,待至下回报明。

周末起兵讨坚,以尉迟迥为首难,故本回于尉迟迥之死,叙述较详,隐寓惋惜之意。韦孝宽为北周大臣,义同休戚,乃甘心助坚,致迥败死,迥才不及孝宽,乃舍生取义,死且留名,孝宽之死,阒然而已,后世或且有鄙夷之者。本回叙孝宽行谊,似有褒词,实则褒之正所以贬之耳。杨后丽华,柔婉不忌,周旋暴君,接御妃嫔,颇有卫风硕人之德,及乃父受禅,愤惋不平,虽未能保全周祚,以视盈廷大臣之卖国求荣,相去固有间也。至若窦毅之女,年未及笄,且自恨不能救舅氏患,巾帼妇女,犹知节义,彼昂藏七尺躯,自命为须眉男子者,曾亦自觉汗颜否耶?

第八十二回　　挥刀遇救逆弟败谋
　　　　　　　　酣宴联吟艳妃专宠

　　却说隋主坚起用一人,令为太子少保,兼纳言度支尚书。这人为谁?就是西魏度支尚书苏绰子威。先出官名,后出姓氏,笔法特变。威五岁丧父,哀毁若成人,及长颇有令名,周太祖泰代为申请,令袭爵美阳县公。嗣由大冢宰晋公宇文护,强妻以女。威见护擅权,恐自遭祸累,遁入山中,栖寺读书,后来屡征不起。至隋主坚为丞相时,因高颎荐引,召入与语,很加器重,约居月余,威闻坚将受禅,又遁归田里。颎请遣人追还,坚摁须道:"彼不欲预闻我事,且从缓召至。"受禅数月,坚与李德林有嫌,乃复召威入朝,处以清要,追封绰为邳公,令威袭爵,观威后此行状,实是沽名钓誉。威遂得与高颎并参朝政,日见亲信。尝劝隋主减徭轻赋,尚俭戒奢,隋主坚很是嘉纳,除去一切苛征,所有雕饰旧物,悉命毁除。威又入白道:"臣先人每戒臣云,但读《孝经》一卷,便足立身治国。"隋主坚亦深以为然。

　　先是周定刑律,颇从宽简,隋既建国,更命高颎、杨素等修正,上采魏晋旧律,下至齐梁,沿革重轻,务取折衷主义,删去枭擐鞭各法,非谋反无族诛罪。始制定死刑二条,一统一斩;流刑三条,自二千里至三千里;徒刑五条,自一年至三年;杖刑五条,自六十至百下;笞刑五条,自十至五十。士大夫有罪,必先经群臣公议,然后上请。罪有可原,酌量从减,或许赎金,或罚官物。人民有罪,须用刑讯拷掠,不得过二百,枷杖大小,俱有定式。民有枉屈,县不为理,得依次诉诸州郡省。州郡省仍不为理,准令诣阙申诉。自是法律简明,恩威两济。嗣隋主坚览刑部奏狱,数犹至万,尚嫌律法太严,乃敕苏威再从减省,法益简要,疏而不漏。且仍置法律博士弟子员,研究律意,随时改订,这也未始非慎重人命的美意。心乎爱民,宜加称扬。且隋、唐以后,刑法简明,亦皆导源于此。

第八十二回　挥刀遇救逆弟败谋　酣宴联吟艳妃专宠

惟郑译解职归第，尚留上柱国官俸。译怏怏失望，阴呼道士醮章祈福。适有婢女为译所殴，计奏译为厌蛊术，隋主坚召译入问道："我不负公，公怀何意？"译不能答辩，顿首谢罪。隋主仍不忍加谴，敕令闭门思过，译遵旨自去。会宪司劾译不孝，尝与母别居。隋主乃下诏道："译嘉谟良策，寂尔无闻，鬻狱卖官，沸腾盈耳，若留诸世间，在人为不道之臣，戮诸朝市，入地为不孝之鬼。有累幽显，无可处置，宜赐以《孝经》，令彼熟读。"仍遣使与母同居。周之亡，译为首恶，隋主不忍加诛，反出此诙谐敕文，殊失政体。已而复授译为隆州刺史，译赴任未几，请还治疾，又得赐宴醴泉宫，许还官爵，这且慢表。

惟是时岐州刺史梁彦光、新丰令房恭懿，治绩称最，有诏迁彦光为相州刺史，擢恭懿为海州刺史，且饬令全国牧守，以二人为法。自是吏多称职，民物乂安。寻又因宇文孤弱，遂至亡国，特使三皇子分莅方面，作为屏藩。晋王广为河北行台尚书令，蜀王秀为西南行台尚书令，秦王俊为河南行台尚书令，一面通好南朝，与民休息。边境每获陈谍，皆赐给衣马，遣令南归。独陈尚未禁侵掠，并遣将军周罗睺、萧摩诃等，侵入隋境。隋主坚乃命上柱国长孙览、元景山两人，并为行军元帅，出兵攻陈，且持简尚书左仆射高颎，节度诸军。颎奉命南行，适值陈主顼新殂，太子叔宝嗣立，调回北军，且遣人至隋军求和。颎仰承上意，因奏请礼不发丧，隋主果然依议，诏令班师。

那陈朝却为了大丧，生出内乱，好容易才得荡平，说来亦是一番事迹，不得不约略表明。陈主顼子嗣最多，共生四十二男，长子就是叔宝，已立为皇太子，次子叫作叔陵，曾封始兴王，见第七十四回。累任方镇，性情淫暴，征求役使，无有纪极。夜常不寐，专召僚佐侍坐，谈论民间琐事，作为笑谑。且多置馐馔，昼夜噉嚼，自快朵颐，独不喜饮酒。每当入朝，却佯为修饰，车中马上，执简读书，高声朗诵，掩人耳目。陈主顼亦为所欺，迁擢至扬州刺史，都督扬、徐、东扬、南豫四军事。既而入治东府，好用私人，一经推荐，必须省阁依议，倘微有违忤，即设法中伤，使陷大辟。平时居府舍中，尝自执斧斤，为沐猴戏；又好游塚墓间，遇有著名茔表，辄令左右发掘取归，石志古器，并尸骸骨骼，持为玩物，藏诸库中；民间有少妇处子，略可悦目，即强取入府，逼为妾婢。及生母彭贵人病逝，他却请葬梅岭，就晋太傅谢安茔间，掘去谢棺，窆入母柩，又伪作哀毁形状，自称刺血写涅槃经，为母超荐，暗中即令厨子日进鲜食，且私召左右妻女，与他奸合。左右惮他淫威，不敢与校，但不免有怨言传出，为上所闻。陈主顼素来溺爱，不过召入呵责，并未加谴，因此叔陵得益加恣肆，潜蓄邪谋。

新安王伯固，系文帝蒨第五子，与叔陵为从父昆弟，形状眇小，独善为谐谑，得陈主欢。陈主顼宴集百官，往往引他入座，目为东方朔一流人物。溺爱己子，尚还不足，还要添入一任，宜乎陈祚速亡。太子叔宝，更喜与伯固相狎，日必过从。叔陵却起了妒意，阴伺伯固过失，意欲加害。偏伯固生性聪明，做出一番柔媚手段，讨好叔陵，叔陵渐被笼络，不但变易恶念，反视伯固为腹心。叔陵好游，伯固好射，两人相从郊野，大加款昵。陈主顼怎知微意，用伯固为侍中，伯固有所闻知，必密告叔陵。太建十年，陈主命在娄湖旁筑方明坛，授叔陵为王官伯，使盟百官。又自幸娄湖誓众，分遣大使，颁诰四方。这是何意？适以阶身后之乱。叔陵既得为盟主，愈思夺嫡，只因乃父清明，未敢冒昧从事。

　　到了太建十四年春间，陈主顼忽然不豫，医药罔效，病且日深，太子叔宝当然入侍，叔陵与弟长沙王叔坚，陈主顼第四子。也入宫侍疾。叔坚生母何氏，本吴中酒家女，陈主顼微时，尝至酒肆沽饮，见何氏有色，密与通奸，至贵为天子，遂召何女为淑仪，生子叔坚，长有膂力，酗虐使酒。是谓遗传性。叔陵因何为贱隶，不愿与叔坚序齿，所以积不相容，常时入省，辄互相趋避。此次入侍父疾，只好一同进去。叔陵顾语典药吏道："切药刀太钝，汝应磨砺，方好使用。"机事不密则害成，况自露意旨耶？典药吏不知何意。叔陵却扬扬踱入，在宫中厮混了两三日，忽见陈主病变，气壅痰塞，立致绝命。宫中仓猝举哀，准备丧事。那叔陵反嘱令左右，向外取剑，左右莫名其妙，取得朝服木剑，呈缴叔陵。叔陵大怒，顺手一掌，把他打出。似此粗莽，也想谋逆，一何可笑？叔坚在侧，已经瞧透隐情，留心伺变。越日昧爽，陈主小殓，太子叔宝伏地哀恸，叔陵觅得剉药刀，趋至叔宝背后，斫将下去，正中项上，叔宝猛叫一声，晕绝苦地。柳皇后惊骇异常，慌忙趋救叔宝，又被叔陵连斫数下。叔宝乳母吴氏急至叔陵后面，掣住右肘，叔坚亦抢步上前，叉住叔陵喉管，叔陵不能再行乱斫，柳皇后才得走开。叔宝晕绝复苏，仓皇爬起。看官听说！这剉药刀究竟钝锋，不利杀人，故叔宝母子，虽然受伤，未曾致命。叔陵尚牵住叔宝衣裾，叔宝情急自奋，竟得扯脱。叔坚手扼叔陵，夺去剉药刀，牵就柱间，自劈衣袖一幅，将他缚住。且呼问叔宝道："杀却呢？还是少待呢？"叔宝已随吴媪入内，未及应答。叔坚还想追问，才移数步，叔陵已扯断衣袖，脱身逃出云龙门，驰还东府，亟召左右截住青溪道，赦东城囚犯，充做战士，发库中金帛，取做赏赐。又遣人驰往新林，征集部曲，自被甲胄，着白布帽，登城西门，号召兵民及诸王将帅，竟无一应命。独新安王伯固单骑赴召，助叔陵指麾部众。叔陵部兵约千人，尽令登陴，为自守计。

　　叔坚见叔陵脱走，急向柳后请命，使太子舍人司马申，往召右卫将军萧摩诃。摩诃入见受敕，率马、步数百人，趋攻东府，屯城西门。叔陵不免惶急，因遣记室韦谅，送鼓吹一部与萧摩诃，且与约道："事若得捷，必使公为台辅。"摩诃笑答道："请王遣心膂节将，前来订约，方可从命。"叔陵乃复遣亲臣戴

第八十二回　挥刀遇救逆弟败谋　酣宴联吟艳妃专宠

温、谭骐驎，出与订盟。摩诃把二人执送台省，立即斩首，枭示城下，城中大骇。叔陵自知不济，仓皇入内，驱妃张氏及宠妾七人，俱沉入井中，自领步、骑数百，与伯固夤夜出走，乘小舟渡江，欲自新林奔隋，行至白杨路，后面追兵大至，伯固避入小巷，叔陵亲自追还，拟与追军决一死战。锋刃未交，部下已弃甲溃奔。萧摩诃部将马容、陈智深，双刺叔陵，叔陵坠落马下，即被杀死。伯固亦为乱兵所杀，两首并传入都门，当下自宫中颁敕，所有叔陵诸子，一体赐死，伯固诸子，废为庶人。余党韦谅、彭暠、郑信、俞公喜等，并皆伏诛。于是叔宝即皇帝位，援例大赦，命叔坚为骠骑将军，领扬州刺史。萧摩诃为车骑将军，领南徐州刺史，晋封绥远公。立皇十四弟叔重为始兴王，奉昭烈王宗祀。余弟已经封王，一概照旧，未经封王，亦皆加封。尊谥大行皇帝为孝宣皇帝，庙号高宗，皇后柳氏为皇太后。总计陈主顼在位十四年，享年五十三，这十四年间，起兵数次，既得淮南，仍复失去，对齐有余，对周不足，只好算做一个中主。而且得国未正，传统未贤，偕大江东，终归覆灭，史称他德不逮文，智不及武，恰也是一时定评呢。褒贬得当。

叔宝已经嗣位，项痛未愈，病卧承香殿，不能听政，内事决诸柳太后，外事决诸长沙王叔坚。叔坚渐渐骄纵，势倾朝廷，叔宝未免加忌，只因他讨逆有功，含忍过去。寻且加官司空，仍兼将军刺史原官。立妃沈氏为皇后，皇子胤为皇太子。胤系孙姬所出。因产暴亡，沈后特别哀怜，养为己子。太建五年，已受册为嫡孙，寻封永康公，聪颖好学，常执经肄业，终日不倦；博通大义，兼善属文。既得立为储君，朝野慰望，共称得人。反射下文。越年正月，改元至德。叔宝疮疾早痊，亲自听政，都官尚书孔范，中书舍人施文庆，皆东宫旧侍，并得邀宠，遂日夕在叔宝前陈论叔坚过失。叔宝本已相猜，更兼二人从旁构煽，越加动疑，遂调回皇弟江州刺史豫章王叔英，陈主顼第三子。令为中卫大将军，出叔坚为江州刺史，另用晋熙王叔文陈主顼第十二子。代刺扬州。叔坚入朝辞行，又由叔宝当面慰谕，留任司空，再调叔文往江州，命始兴王叔重为扬州刺史。甫经莅政，便已朝令暮改，自相矛盾。叔坚既不得专政，又不得外调，郁郁困居，绝无聊赖，乃雕刻木偶为道人装，中设机关，能自拜跪，使在日月下，醮祷求福。真是呆想。当有人讦他咒诅，被逮下狱，由内侍传敕问罪。叔坚答道："臣本无他意，不过前亲后疏，意欲求媚，所以祈神保佑。今既犯天宪，罪当万死，但臣死以后，必见叔陵，愿陛下先传明诏，责诸泉下，方免为叔陵侮弄。"仍是呆话。这一席话，由内侍还报。叔宝也记念前勋，不思加刑，乃特下赦书，但免司空职衔，仍使还第，食亲王俸。过了数月，复起为侍中，兼镇左将军。

前太子詹事江总，素长文辞，与叔宝相昵，叔宝为太子时，总自侍东宫，为长夜饮,且养良娣陈氏为女,导太子微行。陈主顼闻总不法,将他黜免。叔宝嗣位,即除授总为祠部尚书,未几又迁为吏部尚书,又未几且超拜尚书仆射。尝引总至内廷,作乐赋诗,互相唱和。侍中毛喜系累朝勋旧,叔陵谋逆,喜与叔坚并主军事,更得纪功。叔宝亦颇加优礼,或令入宴。喜因山陵初毕,丧服未除,不应如此酣饮;且见后庭陈乐,所作诗章,多淫艳语,更觉看不过去,只一时不好多言。可巧叔宝酒酣,命喜赋诗,喜即欲规诫,又恐叔宝酒后动怒,乃徐徐升阶,佯为心疾,扑仆阶下。叔宝即命左右扶起,掖出省中。及叔宝酒醒,忆喜情状,顾语江总道:"我悔召毛喜,彼实无疾,不过欲阻我欢饮,托疾相欺,如此奸诈,实属可恨。"说着,即欲使人系喜,还是中书舍人傅縡,谓喜系先帝遗臣,不宜重谴,乃谪喜为永嘉内史。

自喜被外谪,言官相率箝口,无人进规,叔宝日益荒淫,不是使酒,就是渔色。沈皇后为望蔡侯沈君理女,母即高祖女会稽公主,公主早亡,后年尚幼,哀毁如成人。宣帝顼闻后孝思,所以待后及笄,纳为冢妇。已而君理逝世,后复出处别舍,日夕衔哀,叔宝目为迂愚。且因后端静寡欲,很不惬意,另纳龚、孔二女为良娣。龚氏有婢张丽华,系兵家女,家事中落,父兄以织席为业,不得已鬻女为奴。丽华得随龚入宫,年只十岁,龚、孔饶有容色,当然为叔宝所爱,张丽华生小玲珑,周旋主侧,善承意旨,早得叔宝欢心,越两三年,更出落得娉婷袅娜,妖艳风流,叔宝即欲染指禁脔,迫与淫狎。丽华半推半就,曲尽绸缪,惹得这位陈叔宝,魂魄颠倒,无梦不恬。好容易生下一男,取名为深,益令叔宝由爱生宠,视若奇珍。胡天胡帝,号称专房。就是龚、孔二氏,也俱落丽华后尘。叔宝即位,册丽华为贵妃,龚、孔二氏为贵嫔,贵妃位置,与皇后只隔一级,贵嫔又在贵妃下。沈皇后本来恬淡,竟把六宫事宜,让与贵妃主持,自己不过挂个皇后虚名,居处俭约,服无华饰,左右侍女,亦寥寥无几,但静阅图史,闲诵佛经,作为消遣。张贵妃百端献媚,与叔宝朝夕不离,叔宝卧病承香阁,屏去诸姬,独留张贵妃随侍。病痊后又采选美女,得王、李二美人,张、薛二淑媛,并袁昭仪、何婕妤、江修容等七人,轮流召幸,但不及张贵妃的宠眷。至德二年,特命在光照殿前,添筑临春、结绮、望仙三阁,各高数十丈,袤延数十间,凡窗牖壁带,悬楣栏槛,均用沉檀香木制成,炫饰金玉,杂嵌珠翠,外施珠帘,内设宝床宝帐,一切服玩,统是瑰奇珍丽,光怪陆离。每遇微风吹送,香达数里,旭日映照,光激后庭。阁下积石为山,引水为池,种奇花,植异卉,备极点染。叔宝自居临春阁,张贵妃居结绮阁,龚、孔二贵嫔居望仙阁。三阁并有复道,互便往来。

仆射江总,虽为宰辅,不亲政务,常与都管尚书孔范,散骑常侍王瑳等十余人,入阁侍宴,称为狎客。宫人袁大舍等,颇通翰墨,能作诗歌,叔宝命为女学士。每一宴会，妃嫔群集，女学士及诸狎客，两旁列坐，飞觞醉月，即夕联吟，彼唱此酬，无非是曼词艳语，靡靡动人。又选入慧女千余名，叫她学习新声，按歌度曲，分部迭进，更番传唱。歌曲有《玉树后庭花》，及《临春乐》等名目，统由狎客女学士编成。叔宝亦素工词赋，间加点窜，大略是赞美妃嫔，夸张乐事。最传诵的有二语，是"璧月夜夜满，琼树朝朝新"十字。此十字亦无甚佳妙，不过似近今吴人小调而已。且狎客名目，尤属非宜，岂叔宝特开妓馆耶？一笑。

张贵妃发长七尺，鬓黑如漆，光可照物，并且脸若朝霞，肤如白雪，目似秋水，眉比远山，偶一眄睐，光采四溢，每在阁上靓妆玉立，凭轩凝眺，飘飘乎如蓬岛仙姝，下临尘世，性尤慧黠，才辩强记。起初但执掌内事，后来干预外政。叔宝荒耽酒色，尝不视朝，所有百司启奏，统由宦官蔡脱儿、李喜度传递。叔宝将贵妃抱置膝上，共决可否。李、蔡或不能悉记，贵妃即逐条裁答，无一遗漏。又好笼络内侍，无论太监宫女，都盛称贵妃德惠，芳名鹊起，益得主欢。自是内外连结，表里为奸，后宫家属，招摇罹法，但教向贵妃乞求，无不代为洗刷。王公大臣如不从内旨，亦只由贵妃一言，便即疏斥。因此江东小朝廷，不知有陈叔宝，但知有张贵妃。妇女擅权，势必至此。

还有都官孔范，与孔贵嫔结为姊妹，阿谀迎合，善伺主意。舍人施文庆心算口占，权算甚工，并得叔宝亲幸。文庆且荐引沈客卿、阳惠朗、徐哲、暨慧景等，概邀擢用。客卿为中书舍人，惠朗为大市令，哲为刑法监，慧景为尚书都令史，数人皆以小吏起家，不达大体，督责苛碎，聚敛无厌。叔宝方大兴土木，供亿浩繁，国用正虑不给，经数人爬罗剔抉，取供内库，当然得哄动天颜。叔宝大喜过望，重任施文庆，叹为知人。孔范又自称有文武才，举朝莫及，尝从容入白道："外间诸将，起自行伍，统不过一匹夫敌，若望他有深见远虑，怎能及此？"叔宝信以为然，见将帅稍有过失，便黜夺兵权，把部曲分配文吏。领军将军任忠，素有战功，偶挂吏议，即夺忠部卒，交与孔范等分管。忠被徙为吴兴内史。于是文武懈体，士庶离心，覆亡即不远了。小子有诗叹道：

  宵小都缘女蛊来，玄妻覆祀古同哀。
  临春三阁今何在？空向江东话劫灰。

叔宝既已荒淫，又复骄侈，夜郎自大，挑衅强邻，欲知底细，容待下回再详。

叔陵之谋杀乃兄，残忍无亲，原为名教罪人，但实受教于乃父。乃父虽未尝杀兄，而兄子伯宗，因曾篡废之而贼害之也。兄子可杀，去杀兄仅一间耳。

幸而药刀锋钝,手刃不殊,叔坚助顺,逆弟脱逃,卒窜死白杨道中,叔宝始得安然嗣立。厥后耽情酒色,恣意声歌,疏骨肉,宠妇寺,终致亡国败家。陈主顼欲为子孙计,而子孙仍为俘虏,谋国不仁,殃必及之,不于其身,必于其子,天道岂真无知欤？张丽华为江南尤物,与邺下之冯小怜相似,小怜亡齐,丽华亡陈,乃知尤物之贻祸国家,无古今中外一也。

第八十三回　长孙晟献谋制突厥
　　　　　　沙钵略稽首服隋朝

　　却说陈主叔宝,习成骄佚,当居丧时,隋主坚尝遣使赴吊,国书中自称姓名,并列顿首字样。叔宝疑为畏怯,答书多不逊语。隋主坚当然愤怒,出示廷臣。廷臣多献议伐陈,隋主方建筑新都,并因突厥未平,不遑南顾,乃暂从缓图。原来长安城制度狭小,宫阙亦多从简陋,隋主尝以为嫌。尚书苏威,亦劝隋主迁都,无非希旨。隋主再与高颎熟商,颎即为规画新都,夜半方休。翌晨,即由庾季才入奏道："臣仰观玄象,俯察图记,必有迁都情事。此城自两汉营建,将八百年,水皆咸卤,不甚宜人,愿陛下应天顺人,为迁徙计。"隋主愕然,顾语颎、威,诧为神奇。有何神奇,不过巧为迎合。乃诏颎等营造新都,择地龙首山麓,兴工赶筑。约近期年,新都告成,取名大兴城,涓吉移徙。一切规模,比旧都雄壮加倍。隋主坚自然惬心,遂遣将兴师,北图突厥。
　　突厥称雄朔漠,自伊利可汗为始,伊利传子科罗,科罗舍子摄图,独传弟俟斤。俟斤就是木杆可汗,木杆可汗临死,复舍子大逻便,立弟佗钵可汗。均见七十二回及七十九回。佗钵可汗,封兄子摄图为尔伏可汗,使统东方,弟褥但子为步离可汗,使居西方。当时北齐尚存,与北周争媚突厥,岁给缯絮锦彩,各数万匹。佗钵尝呼周、齐为两儿,谓："两儿常孝,何忧国贫？"已而齐为周灭,佗钵不及援齐,乃屡寇周边,且纳齐范阳王高绍义。周主赟与他和亲,封赵王招女为千金公主,嫁与佗钵。佗钵始执送高绍义,与周通好。才越一年,佗钵忽得暴病,自知将死,召子庵逻入嘱道："我兄舍子立我,我今病危,死在朝夕,但兄德未忘,汝当让与大逻便,休得相争！"佗钵尚知有兄,不如诸夏之亡。庵逻涕泣遵教。及佗钵已殂,庵逻果依父命,拟迎立大逻便,偏突厥部众谓："大逻便生母微贱,不愿相迎。"摄图亦奔丧到来,慨语国人道："若立庵逻,我愿率兄弟服事,若立大逻便,我必据境与争,备着长刃利矛,决一雌雄。"国人闻摄图言,越加踊跃,决立庵逻为嗣。大逻便不得入立,心常怏怏,常遣人詈辱庵逻。庵逻不能制,复让与摄图,摄图年长有力,国人归心,因即迎摄图,居都斤

第八十三回　长孙晟献谋制突厥　沙钵略稽首服隋朝

山,自号沙钵略可汗。庵逻降居独洛水,称第二可汗。大逻便又遣人语沙钵略道:"我与尔俱可汗子,各承父后,尔今极尊,我独无位,可算得公平么?"沙钵略无词可驳,乃使为阿波可汗,使领北部。又令从父玷厥为达头可汗,管辖西方。诸可汗各统部众,分镇四面。沙钵略居中抚驭,颇得众心。突厥遗俗,父兄死后,子弟得妻后母及嫂。千金公主出塞和亲,甫及一载,便成嫠妇,年龄不过及笄,当然是华色鲜妍。沙钵略很是羡慕,便援着俗例,纳千金公主为妻。千金公主也乐得另配,好做第二次的可贺敦。"可贺敦"三字,便是番俗对后的称呼。番俗原是如此,华女未免无耻。

是时隋已篡周,千金公主闻宗祀覆没,未免伤心,遂日夜请求沙钵略,为周复仇。沙钵略得了佳妇,正是新婚燕尔,鱼水情深,当下召集臣属,慷慨与语道:"我是周室亲戚,今隋公无故篡周,若非代为报仇,尚何面目见可贺敦呢?"臣下相率听命,沙钵略即遣使营州,与故齐刺史高宝宁连约,合兵攻隋。隋主坚甫经受禅,不暇北伐,但遣上柱国阴寿镇幽州,京兆尹虞庆则镇并州,屯边修城,以守为战。先是千金公主入突厥,司卫上士长孙晟,亦随送出塞,为突厥所留。沙钵略弟处罗侯,号称突利设。突厥称军帅为设。爱晟善射,密与相暱,至沙钵略继立,阴忌处罗侯。处罗侯潜与晟盟,约为心腹。沙钵略稍有所闻,乃遣晟南归,晟留居突厥年余,得考察山川形势,及部众强弱。既返长安,便一一启闻。隋主坚很是嘉奖,擢为奉车都尉。及突厥入寇,晟上书计事,略云:

臣闻丧乱之极,必致升平,是故上天放其机,圣人成其务。伏维皇帝陛下,当百王之末,膺千载之期,诸夏虽安,戎虏犹梗,兴师致讨,尚非其时,弃诸度外,又来侵扰。故宜密运筹策,渐以攘之。玷厥之于摄图,兵强而位下,外名相属,内隙已彰,鼓动其情,必将自战。处罗侯为摄图之弟,奸多势弱,曲取众心,国人爱之,因为摄图所忌,其心殊不自安,迹示弥缝,实怀疑惧。阿波首鼠,介在其间,摄图受其牵率,惟强是与,未有定心。今宜远交而近攻,离强而合弱,通使玷厥,说合阿波,则摄图回兵,自防右地,又引处罗,遣连奚霫,则摄图分众,还备左方,首尾猜嫌,腹心离沮,十数年后,乘衅讨之,必可一举而空其国矣。

隋主览表,叹为至计,因召晟与语战守事宜。晟复口陈形势,手画山川,状写虚实,皆如指掌。隋主益喜,悉依晟议,乃遣太仆元晖出伊吾道,往诣达头可汗,赐给狼头纛。达头答使报谢,得隋优待,欢跃而去。又授晟为车骑将军,使出黄龙道,赍着金帛,颁赐奚霫、契丹等国。契丹愿为向导,密引晟至处罗侯所,重申前约,诱令内附。处罗侯恰也依从,晟即归报。沙钵略可汗,尚未知隋廷计画，号召五可汗部众，得四十万骑，突入长城，自兰州趋至周槃。隋行军总管达奚长儒，屯兵只二千人，与突厥兵相遇，沙钵略亲率十万骑挑战，长儒明知不敌，颜色却甚是镇定，且战且行；中途被番兵冲击，屡散屡聚，转斗三昼夜，交战十四次，刀兵皆折，士卒但徒手相搏，肉尽骨现。突厥兵损伤数千，且恐长儒诱敌，才停军不追。长儒身受五创，幸得生还，因功封上柱国，并荫一子。那沙钵略分兵四掠，击逐隋戍，且欲乘胜深入，偏达头可汗不从，引兵自去。长孙晟前策，已一次见效。

长孙晟又布散谣言，谓："铁勒已与隋联络，将袭沙钵略牙帐。"沙钵略闻谣生惧，乃收兵出塞。越年为隋开皇三年，春暖草肥，突厥复寇隋北境。隋主坚乃决计出师，命卫王爽为行军元帅，率同河间王弘，爽与弘俱见八十一回。及豆卢勣、窦荣定、高颎、虞庆则等，分八道出塞，往击突厥。爽行次朔州，探得沙钵略已至白道，距军营仅数十里。总管李充进议道："突厥骤胜而骄，必不设备，若用精兵袭击，定可破敌。"诸将闻言，多以为疑。独长史李彻，赞成充议，爽亦以为可行，即与充率精骑五千，夜袭突厥兵营。沙钵略果然无备，从睡梦中惊起，但见火炬荧荧，刀光闪闪，隋军四面冲入，几不知有若干万人，吓得心胆俱碎，见部众都已骇散，连左右都不知去向，一时仓皇失措，不及穿甲，就从帐后逃出，潜伏草中。还算有智。待隋军踏破营帐，寻不出沙钵略，方收拾驼马辎重，得胜回去。

沙钵略方敢出头，招集残众，急奔出塞，途次无粮，唯粉骨为食。又兼天热暑蒸，疫死甚众。幽州总管阴寿，闻突厥败还，乘势出卢龙塞，往攻齐营州刺史高宝宁。宝宁拒守数日，突厥不能救，势甚危急，乃弃城出奔，嗣为麾下所杀，传首军前，和龙遂平。卫王爽等多半归朝，但留窦荣定为秦州总管，并遣长孙晟辅佐荣定。荣定率步骑三万人，径出凉州，与阿波可汗相拒。阿波引众至高越原，屡战屡败，守寨自固。适前大将军史万岁，坐事褫职，流戍敦煌，至此诣荣定营，面请效力。荣定素闻万岁勇名，相见大悦，留居麾下，因遣使语阿波道："士卒何罪？久战甚苦，今但各遣一壮士，与决胜负，我若不胜，愿即退兵。"阿波许诺，即遣一骑讨战。荣定语万岁道："今日劳君一往，正效命立功的时候了。"万岁欣然应命，披甲上马，趋出营门。才阅半时，已斩得虏首，驰回报功。荣定益喜，自然叙功上闻。阿波大惊，不敢再战，遣使乞盟，引众自归。长孙晟却遣一辩士，追语阿波道："摄图南来，每战辄胜，阿波才入，便即奔败，这岂非突厥的耻事吗？且摄图、阿波，势均力敌，今摄图日胜，阿波不利，摄图必进灭阿波，为阿波计，不若与隋联和，结连达头，相合图强，才算是万全上策。"明明是反间计，但愚诱番酋，即此已足。阿波竟信晟言，遣使随晟入朝。

第八十三回　长孙晟献谋制突厥　沙钵略稽首服隋朝

　　沙钵略已得知消息，不待阿波返帐，急引兵往袭阿波居庐，一鼓掩入，杀死阿波母妻。阿波还无所归，西奔达头。达头愿助阿波，使率部众，攻沙钵略，连战皆捷，得复故地，势日强盛。沙钵略部众多叛归阿波，沙钵略因此寖衰。长孙晟前策二次见效。惟为了夫妻情谊，尚未肯与隋干休，又复鼓动余勇，入寇幽州。幽州总管阴寿，已经去任，后任叫作李崇，崇兵只有三千，转战数旬，卒因寡不敌众，中箭身亡。隋廷闻报，厚赠李崇，特遣高颎出宁州，虞庆则出原州，控骑数万，大攻突厥，且使人传语阿波，令与达头夹攻沙钵略。阿波果转告达头，并劝达头朝隋，达头遂派人向隋乞降，决与沙钵略断绝关系，定议东攻。沙钵略三面受敌，惊慌的了不得，没奈何与可贺敦熟商，只好委曲迁就，暂救燃眉。千金公主为势所迫，勉强承认，沙钵略乃使人往隋，乞请和亲，且为千金公主代作一表，自请改姓杨氏，为隋主女。认仇为父，也属过甚。隋主因遣开府徐平和，出使突厥，册封千金公主为大义公主，许与通好。沙钵略复书隋主，尚自称天生大突厥天下贤圣天子沙钵略可汗，隋主也不与多校，但答书云：" 朕为沙钵略妇翁，应视沙钵略如儿子，此后当时遣大臣，出塞省女，亦省沙钵略" 云云。

　　未几，即授虞庆则为尚书右仆射，长孙晟为车骑将军，同赴突厥。既至沙钵略庐帐，使沙钵略拜受敕书。沙钵略盛兵相见，高坐帐中，诈称有病不能起立，且狞笑道："我诸父以来，从未向人下拜。"庆则正言诘责，沙钵略仍不肯从。长孙晟接入道："突厥与隋俱大国天子，可汗不起，也不便违意，但可贺敦为隋帝女，可汗就是大隋女婿，怎得不敬礼妇翁？"沙钵略乃笑顾群下道："须拜妇翁吗？"乃起拜顿颡，跪受玺书，戴诸首上，方才起身，嘱达官款待隋使。待庆则等退往别帐，沙钵略又不禁自惭，甚至悲恸。越日，庆则又入见沙钵略，迫令称臣。沙钵略又顾左右道："臣字是甚么讲解？"左右答道："隋朝称臣，就是我国称奴呢。"沙钵略道："得为大隋天子奴，统由虞仆射的功劳，不可无物相酬。"番奴究有呆气。乃馈庆则马十匹，并妻以从妹，留住数旬，方才遣归。

　　惟阿波可汗既与沙钵略有隙，独立北方，渐渐的拓土略地，役使诸胡，东控都斥，西越金山，所有龟兹、铁勒、伊吾诸部落，及西域各小国，相率投附，阿波遂自称西突厥。沙钵略隐惮阿波，又畏达头，复遣人向隋告急，愿率部众度漠南，寄居白道川。隋主允如所请，并命晋王广带兵往援，赍给粮食，赐以车服鼓吹。沙钵略得此资助，因西击阿波，得胜而归，乃与晋王广立约，指碛为界，且上表道："天无二日，土无二王，大隋皇帝是真皇帝，从此屈膝稽颡，永为藩附。"长孙晟之策，可算完功。当下遣子库合真入朝。库合真至隋都，隋主下诏道："沙钵略前虽通好，尚为二国，今作君臣，便成一体，华夷合德，共庆升平。"乃肃告郊庙,颁诏远近。且召库合真至内殿,赐以盛宴;又引见皇后,赏劳甚厚。库合真拜舞辞行,归报沙钵略,沙钵略大喜。嗣是岁时贡献,相续不绝。

隋主虽服役沙钵略,尚恐胡人为寇,乃更发丁夫,修筑长城。内地择要置仓,转运入关,使不乏食。又自大兴城东至潼关,凿渠引渭,借通运道,名为广通渠。尚书长孙平奏称:"每年秋季,令民家各出粟麦一石,贫富为差,储诸里社,预备凶荒。"隋主亦当然依议,取名义仓,一面减徭役,弛酒盐禁,求遗书,修五礼,罢郡为州,颁甲子元历,端的是兴朝气象,国泰民安。隋朝统一,实肇于此。

西方有党项羌,闻风款关,请求内附。隋主慰谕来使,礼遣归国,独吐谷浑太子诃乞降请兵,隋主不许,原来吐谷浑王夸吕,见七十七回。在位日久,尝出兵寇掠陇西,惟不敢深入。隋初亦屡为边患,多被戍军击退。开皇六年,夸吕年已昏耄,喜怒无常,好几次废杀太子,少子嵬王诃依次为储,惩戒前辙,欲率部落万余户降隋,因上表隋廷,请兵出迎。隋主坚慨然道:"吐谷浑风俗浇漓,大异中华,父既不慈,子又不孝,朕以德训人,奈何反助成恶逆呢?"乃召来使入见,正色与语道:"父有过失,子当谏净,岂可潜谋非法,自居不孝?普天下皆朕臣妾,各为善事,便副朕心,汝嵬王既欲归朕,朕但饬嵬王谨守子道,怎得远遣兵马,助他为恶呢!"隋主此诏甚是,奈何教子无方,后来自蹈此辙。来使唯唯自去。诃乃不至。

先是尉迟迥败殁,隋用梁士彦为相州刺史,未几即召还京师,置诸散秩。士彦自恃功高,甚怀怨望。宇文忻与士彦同功,封拜右领军大将军,恩眷甚隆。独高颎谓忻有异志,不可久握兵权,乃免去官职,忻亦因此怏怏。两人闲居京师,屡相往来。忻遂密语士彦道:"帝王岂有定种,但得有人相扶,何不可为?公可往蒲州起事,我必从征,两阵相当,即可从中取事,天下不难手定哩。"士彦甚喜,密商诸柱国刘昉,昉极力赞成,愿推士彦为帝。看官听说!这刘昉自撤去司马,见疏隋主,本已抑郁无聊,此次推戴士彦,又别有一种用意。士彦继妻有美色,为昉所羡,因与士彦格外亲昵,交游日久,竟得把士彦妻勾搭上手,暗地通奸,士彦尚似睡在梦中,反引昉为知己。昉乃随口附和,幸得事成,当然是佐命元勋,否即归罪士彦,自己好设法摆脱,或得与士彦妻永久欢娱,亦未可知。淫恶已甚,天道难容。偏偏事出意外,三人密谋,竟被士彦甥裴通上书讦奏。隋主坚疑通挟嫌,或有诬控情事,因特授士彦为晋州刺史,且使人潜伺情伪。士彦语忻及昉道:"这真是天意了。"言下很有喜色。隋主得报,待士彦入朝辞行,乃令卫士将他拿下,并饬拘忻及昉,研鞫得实,一并伏诛。士彦年已七十二,忻亦已六十四岁,唯昉尚不过半百。怪不得士彦继妻,与

第八十三回　长孙晟献谋制突厥　沙钵略稽首服隋朝

他通奸。老且谋逆，真是何苦！徒落得身首异处，遗臭万年，这且不必细表。

且说开皇七年，突厥沙钵略可汗，遣子入贡，且请游猎恒、代间，隋主优诏允许，更遣人驰至猎场，赐给酒食。沙钵略挈领徒众，再拜受赐。及还归营帐，得病身亡，讣达隋廷，隋主坚辍朝三日，并请太常卿吊祭，隐示怀柔。沙钵略有子雍虞闾，性质懦弱，所以沙钵略遗命，传位与弟处罗侯。处罗侯不受，且语雍虞闾道："我突厥自木杆可汗以来，尝以弟代兄，以庶夺嫡，违背祖训，不相敬畏。汝今当嗣位，我愿拜汝。"雍虞闾道："叔与我父共根连体，我乃枝叶，怎得不顾本根，屈尊就卑，况系亡父遗命，不可不遵，愿叔父勿疑！"两人逊让至五六次。处罗侯始入嗣兄位，号为莫何可汗，叔侄相让，不意复出诸番俗。遣使至隋，上表言状。隋使车骑将军长孙晟，驰节加封，并赐鼓吹旗幡，处罗侯自然拜谢，厚礼待晟，派兵送至境上。当下将所赐旗鼓，耀武扬威，西击阿波。阿波各部众，惊为隋兵相助，望风降附。处罗侯又素谙武略，竟得捣入北牙，擒住阿波，奏凯东归，上书隋朝，请处置阿波生死。隋主召群臣会议，安乐公元谐，谓宜就地枭斩，武阳公李充，谓宜生取入朝显戮，以示百姓。独长孙晟献议道："今若突厥叛命，原应正刑勒法，今彼兄弟自相残灭，并非由阿波负我国家，倘因彼穷困，便即取戮，转非招远怀携的至意，不如两存为是。"左仆射高颎亦谓："骨肉相残，不足示训，请从晟言以示宽大。"隋主乃赦免阿波，徙置荒郊，令处罗侯乘便管束，阿波愤郁而死。已而处罗侯西略诸胡，身中流矢，创重致毙。部众因拥立雍虞闾，号为都蓝可汗。千金公主，还是一个半老徐娘，尚存丰韵，雍虞闾又援引俗例，据为己妇，于是千金公主，做了第三次的可贺敦。小子有诗叹道：

　　夷俗原来惯聚麀，如何汉女亦相俦？
　　堪嗟廉耻凌夷尽，淫妇宁能报国仇？

雍虞闾嗣立以后，仍然累岁朝贡，通使不绝。隋廷既得抚定西北，遂议经略东南，欲知后事，请看官续阅下回。

　　以夷攻夷，为中国制夷之上策，汉班超之所以制匈奴者在此，隋长孙晟之所以制突厥者亦在此。盖夷人无亲，又无信义，诱之以利，怵之以威，未有不为人所欺，而自相残杀者。晟上书计事，不过寥寥数语，而夷虏已在目中，厥后依策施行，无不获效，乃知制夷不难，难在无制夷之策，与制夷之人耳。千金公主，不忘宗祀，尚知不共戴天之义，然始妻佗钵，继妻沙钵略，最后又妻都蓝，节且不顾，义乎何有？况反颜事仇，甘为杨氏女耶？妇女见浅识微，断不足与语大事，有如此夫！

第八十四回　设行省遣子督师
　　　　　避敌兵携妃投井

却说隋主坚既平西北，便思规画东南，可巧后梁启衅，召动隋师，于是后梁被灭，陈亦随亡。后梁主岿，孝慈俭约，颇得民心，尉迟迥发难，岿用柳庄言，不与联络，及闻迥等败殁，召庄入语道："我若不从卿言，社稷已不守了。"嗣是贺隋登极，岁时致贡。隋主坚亦恩礼相加，屡给厚赐，寻且纳岿女为晋王广妃。补叙隋、梁交涉，为前后呼应文字。岿在位二十三年，至开皇五年五月病终，后梁谥为孝明帝，庙号世宗，子琮嗣位，年号广运，时人已谓运字从军从走，目为不祥。年号何关兴亡？附会之谈，不足尽信。琮在位后，遣大将军戚昕，率舟师袭陈境，不克乃还。未几有将军许世武，潜谋通陈，谋泄被诛。越年，隋主坚征琮入朝，江陵父老，送琮下舟，相率陨涕道："我君恐不复返了。"如何晓得？隋廷因琮离江陵，特遣武乡公崔弘度引兵代守，行次都州，琮叔父岩及弟瓛等，恐弘度掩袭，遽向陈荆州刺史陈慧纪处，通使乞降。慧纪引兵至江陵，岩等遂驱文武官民一万余口，东奔陈国。隋主闻报，忙令高颎率兵往援，陈军乃退。颎留兵驻守，返报隋主。隋主不使琮南返，竟将江陵夷为郡县，派官治民，于是后梁灭亡。后梁自萧詧称帝，共历三世，合计得三十三年。琮留寓长安，受封莒国公，后幸得善终，不消细述。

先是隋主坚有意图陈，尝向高颎问计，颎答道："江北地寒，收成较晚，江南水田早熟，若乘彼收获，稍征士马，扬言掩袭，彼必屯兵守御，旷废农时。彼既聚兵，我便解甲。如此数次，彼必谓我虚声恫吓，不足为虑，我乃济师渡江，直指建康，彼怠我奋，定可取胜。又江南土薄，舍多茅竹，所有储积，皆非地窖，当密遣人因风纵火，毁彼粮储，彼兵备既弛，粮食又罄，尚能不为我灭么？"隋主一再称善，如法施陈。陈人果困，至陈纳萧岩等降人，隋主益愤，顾语高颎道："我为民父母，岂可限一衣带水，不往拯救么？"颎因请指日伐陈。隋主命大造战船，为出兵计，群臣请秘密从事，隋主道："我将显行天诛，何必守密呢？"并使投楫江中，任他东下，且颁谕道："若彼知惧改过，我复何求？"居然想为仁义师。那陈主叔宝，却深居高阁，整日里花天酒地，不闻外事。中书舍人傅𬘭直谏被杀，江总、孔范专务贡谀，反得加官进禄。至德五年元日，有人报称甘露降，灵芝生，叔宝大喜，改年应瑞，就称是年为祯明元年。诏敕方颁，即闻地震，媚臣谐子，且随口捏造，称为阳气振动，万汇昭苏的吉兆。及萧岩、萧璬,渡江请降,陈廷又是一番庆贺,颁诏大赦,立授岩为平东将军,领东扬州刺史,璬为安东将军,领吴州刺史,还道是布德行惠,近悦远来。太子胤未闻失德,尝在太学讲诵《孝经》,志在身体力行,尝使人人省母后,问安视暖。母后沈氏,免不得遣令左右,谕慰东宫。张贵妃宠冠后庭,密谋夺嫡,竟与孔贵嫔串同一气,逸构皇后太子,但说他往来秘密,恐有异图。孔范等又入为证人,更兼沈皇后素来无宠,遂致有道储君,无辜被废,降为吴兴王。张贵妃所生子深,竟得立为太子。已而妖异迭出,雨旸不时,鄠州水黑,淮渚暴溢,有群鼠渡淮入江,无数漂没。东冶铸铁,空中忽堕下一物,隆隆如雷形,色甚赤,铁汁致飞出墙外,毁及民居,还有蔓草久塞之临平湖,无故自辟,草死波流,朝野诧为奇事,哗传一时。叔宝才有所闻,心中亦未免惊异,因卖身佛寺,良愿为奴,作为厌胜。张贵妃本来佞佛,往往托词神鬼,蛊惑叔宝,至此在宫中竞设淫祀,召集妖巫,祈福禳灾。叔宝又敕建大皇寺,内造七级浮图,工尚未竣,为火所焚。那祭天告庙的礼仪,反多阙略,好几年不见驾临。大市令章华,博学能文,因为朝臣所抑,尝郁郁不得志,至是独上书极谏,略云:

<blockquote>昔高祖南平百越,北诛逆虏,世祖东定吴会,西破王琳,高宗克复淮南,辟地千里,三祖之功勤亦至矣。陛下即位,于今五年,不思先帝之艰难,不知天命之可畏,溺于嬖宠,惑于酒色,祠七庙而不出,拜三妃而临轩。老臣宿将,弃之草莽,诌谀逸邪,升之朝廷。今疆场日蹙,隋军压境,陛下犹不改弦更张,臣见麋鹿复游于姑苏矣。</blockquote>

这书呈入,顿时大触主怒,即令斩首,且益逞荒淫。一年容易,又是春来,叔宝遣散骑常侍袁雅等聘隋,又令散骑常侍周罗睺,出屯峡口,侵隋峡州。和中寓战,叔宝亦自诩妙计耶?隋主正令散骑常侍程尚贤等报聘,忽闻峡州被侵消息,乃决计伐陈,传敕中外,敕文有云:

<blockquote>昔有苗不宾,唐尧薄伐,孙皓僭虐,晋武行诛。有陈窃据江表,逆天暴物,朕初受命,陈项尚存,厚纳叛亡,侵犯城戍。勾吴闽越,肆厥残忍,于时王师大举,将一车书。陈项返地收兵,深怀震惧,责躬请约,俄而致殒。朕矜其丧祸,特诏班师。叔宝承风,因求继好,载伫克念,共敦行李。每见珪璋入朝,辂轩出使,何尝不殷勤晓谕,戒以维新?而狼子之心,出而弥野,威侮五行,怠弃三正,诛翦骨肉,夷灭才良,据手掌之地,恣溪壑之险,劫夺闾阎,资产俱竭,驱蹙内外,劳役弗已,微责女子,擅造宫室,日增月益,止足无期,帷薄嫔嫱,几逾万数,宝衣玉食,穷奢极侈,淫声乐饮,俾昼作夜,斩直言之客,灭无罪之家。欺天造恶,祭鬼求恩,盛粉黛而执干戈,曳罗绮而呼警跸,自古昏乱,罕或可比。介士武夫,饥寒力役,筋髓</blockquote>

馨于土木，性命俟于沟渠。君子潜逃，小人得志，天灾地孽，物怪人妖，衣冠钳口，道路以目。倾心翘足，誓告于我。日月以冀，父奏相寻。重以背德违言，摇荡疆场，巴峡之下，海澨以西，江北江南，为鬼为域，死垄穷发掘之酷，生居极攘夺之苦。抄掠人畜，断绝樵苏，市井不立，农事废寝。历阳、广陵，窥觎相继，或谋图城邑，或劫剥吏人，昼伏夜游，鼠窜狗盗。彼则赢兵散卒，来必就擒，此则重门设险，有劳藩捍。天之所覆，无非朕臣，每关听览，有怀伤恻。有梁之国，我南藩也，其君入朝，潜相招诱，不顾朕恩。士女深迫胁之悲，城府致空虚之叹，非直朕居人上，怀此不忘，且百辟屡以为言，兆庶不堪其请，岂容对而不诛，忍而不救。近方秋始，谋欲吊民，益部楼船，尽令东骛，便有神龙数十，腾跃江流，引伐罪之师，向金陵之路，船住则龙止，船行则龙去，三日之内，三军皆睹，岂非苍昊爱人，幽明展事，降神先路，协赞军威？以上天之灵，助戡定之力，便可出师授律，应机诛殄，在斯举也，永清吴越。其将士粮仗水陆资，须期会进止，一准别敕。特此颁告天下，使众周知！

敕书既发，又令钞录三十万纸，传示江南。陈廷闻隋将大举，再遣散骑常侍许善心，诣隋修和。隋主留置客馆，不复遣归，一面贻送玺书，数陈主二十过恶，并命就寿春设淮南行省，即用晋王广为行省尚书令，告诸太庙，授钺南征。再令秦王俊及清河公杨素，俱为行军元帅，使广出六合，俊出襄阳，素出永安，并饬荆州刺史刘仁恩出江陵，蕲州刺史王世积出寿春，庐州总管韩擒虎出庐州，吴州总管贺若弼出广陵，凡总管九十人，兵五十一万八千人，统受晋王广节度，旌旗舟楫，横亘数十里。重用次子，已开逆恶之萌。授左仆射高颎为晋王元帅府长史，右仆射王韶为司马，军事皆由二人参决，相机进行。

隋主相率临江，高颎问郎中薛道衡道："江东可攻取否？"道衡道："此去定可成功。尝闻晋郭璞有言，江东分王三百年，复与中国统合，今此数将周，是一可取；主上恭俭勤劳，叔宝荒淫骄侈，是二可取；国家安危，寄诸将相，彼用江总为相，唯事诗酒，萧摩诃、任蛮奴*即任忠小字*。为大将，不过匹夫小勇，怎能当我大敌？是三可取；我有道，国势复大，彼无德，国势又小，彼甲士不过十万，西自巫峡，东至沧海，分成即势悬力弱，合屯又守此失彼，是四可取。有此四机，席卷江东不难了，何必多疑。"颎欣然道："得君数言，成败已可预定，素知君才，今益令人信服了。"遂驱军前进。

陈命散骑常侍周罗睺，都督巴峡沿江诸军，堵御隋师。隋秦王俊屯兵汉口，节制上流。杨素率舟师下三峡，径至流头滩，与狼尾滩相近。狼尾滩地形险峭，却有陈将戚昕，带着战舰扼守。素待至夜间，亲督黄龙舟数千艘，衔枚疾进，冲击陈舰。昕仓猝遇敌，与战失利，弃滩东走。素俘得陈人，悉数纵还，

第八十四回　设行省遣子督师　避敌兵携妃投井

秋毫无犯，遂驱水军东下，舳舻蔽江，旌旗耀日。素容貌壮伟，坐大船中，好似金甲神一般，陈人惊为江神，沿途溃散。江滨诸戍，相继告警。施文庆、沈客卿反匿不上闻。陈江中无一战船，上流戍兵，又皆为杨素军所阻，不得入援，眼见是长江天堑，为敌所逾。陈护军将军樊毅，闻隋军逼近，忙进白仆射袁宪道："京口、采石，俱系要地，须各出锐兵五千，分载金翅舟二百艘，沿江守御，借备不虞。"宪亦以为然，乃与文武群臣共议，请如毅策。独施文庆、沈客卿以为多事，仍然迁延。宪又邀同萧摩诃，再三奏请，叔宝亦欲依议，偏文庆、客卿共启叔宝道："寇敌入境，已成常事，边城将帅，尽足堵御，何必多出兵船，自致惊扰。"叔宝再召江总熟商，总亦依违两可，未能决定。孔范独大言道："长江天堑，限制南北，今日虏军，岂能飞渡么？"叔宝遂耽乐如常，奏乐侑酒，赋诗不辍，且从容语侍臣道："金陵素钟王气，齐兵三来，周师再至，无不摧败。隋军亦何能为呢？"嗣是警报频来，悉置不问。

祯明三年正月朔，陈主叔宝朝会群臣，大雾四塞，殿中皆黑，叔宝不以为奇。退朝以后，张贵妃以下俱来庆贺，当下开筵欢饮，灌得烂醉如泥，入寝鼾睡，直至昏黄，方才醒觉。越日，由采石镇驰到急报，乃是隋将贺若弼，自广陵引兵渡江，韩擒虎亦自横江夜渡采石，沿江一带，多已失守了。虽有天堑，无人如何为守。文庆等也不便抑置，只好奏闻叔宝。叔宝才觉惊忙，召公卿入议军情，内外戒严。命骠骑将军萧摩诃、护军将军樊毅，中领军鲁广达，并为都督，司空司马消难及新除湘州刺史施文庆，并为大监军，南豫州刺史樊猛，率舟师出白下，散骑常侍皋文奏，率兵镇南豫州，重立赏格，招募兵士，僧尼道士，尽令执役。急时抱佛脚，恐已来不及了。这边方调将遣兵，陆续出发，那边已乘风破浪，踊跃前来。贺若弼攻拔京口，擒住南徐州刺史黄恪，恪部下六千人，也尽作俘囚。弼给粮慰道，各付敕书，嘱他分道宣谕，于是所至风靡。韩擒虎先下采石，继陷姑熟，入南豫州城。皋文奏弃城东奔，所有樊猛妻子，悉被虏去。猛方与左卫将军蒋元逊，游弋白下，突闻妻子被虏，当然心惊。叔宝还防他有异志，欲遣镇东大将军任忠代猛，先令萧摩诃谕意。看官！试想这樊猛，愿意不愿意呢？摩诃因猛不愿意，启闻叔宝，叔宝又不便改调，仍令猛照旧办事。如此驭将，怎得死力？

鲁广达子世真留屯新蔡，与弟世雄同降隋军，且为隋招降广达。广达将书呈奏，并自劾待罪。叔宝传敕抚慰，仍使督军如故。怎奈隋军所向无前，贺若弼从南道进兵，韩擒虎从北道进兵，势如破竹，如入无人之境。叔宝连接警耗，亟使司徒豫章王叔英屯朝堂，萧摩诃屯乐游苑，樊毅屯耆阇寺，鲁广达屯白土冈，孔范屯宝田寺。适任忠自吴兴入援，令屯朱雀门。偏贺若弼进据钟山，韩擒虎进踞新林，隋元帅晋王广，又遣总管杜彦助新林军。陈将纪瑱，驻守蕲口，复被隋蕲州总管王世积击走，陈人大骇，相率降隋。

叔宝素来淫佚，不达军事，至此已成眉急，才觉易喜为忧，昼夜啼泣，台中处分，尽任施文庆。文庆忌诸将有功，每遇将帅启请，皆搁置不行。萧摩诃屡请出战，并不见从。既而奉命入议，摩诃尚欲袭击钟山，任忠时亦在侧，独出言谏阻道："兵法有言：'客贵速战，主贵持重。'今国家足食足兵，还应固守台城，沿淮立栅，北军虽来，勿与交战，但分兵阻截江路，又给臣精兵一万，金翅舟三百艘，下江径掩六合，且扬言欲往徐州，断彼归途，彼军前不得进，后不得归，必致惊乱，不战自走。待春水既涨上江，周罗睺等得顺流来援，表里夹攻，必可破敌，这岂非是良策吗？"此策若用，陈可不亡。叔宝终未能决，踌躇了一昼夜，忽跃然出殿道："兵久相持，未分胜负，朕已厌烦得很，可呼萧郎出战。"摩诃承宣趋入。叔宝忙说道："公可为我决一胜负！"摩诃答道："出兵打仗，无非为国为身，今日出战，兼为妻子。"叔宝大喜道："公能为我却敌，愿与公家共同休戚。"摩诃拜谢而退。任忠叩首力谏，坚请勿战。叔宝不答，但宣摩诃妻子入宫，先加封号，一面颁发金帛，犒军充赏。

摩诃部署军伍，严装戎行，令妻子入宫候命，自出都门御敌。摩诃前妻已殁，娶得一个继室，却是妙年丽色，貌可倾城，当下艳妆入宫，拜谒叔宝。叔宝见色动心，乃不料摩诃有此艳妻，一经见面，又把那国家大事，置诸度外，便令设宴相待，留住宫中。摩诃子引见后，嘱令出宫候封，自与摩诃妻调情纵乐，作长夜欢。妇人多半势利，况摩诃老迈，未及叔宝风流，一时情志昏迷，竟被叔宝引入龙床，勉承雨露。亡国已在目前，还要这般淫纵，真是无心肝。摩诃哪里知晓，出与诸军组织阵势，自南至北，从白土冈起头，最南属鲁广达，次为任忠，又次为樊毅、孔范，摩诃最北，好似一字长蛇阵，但断断续续，延袤达二十里，首尾进退，不得相闻。隋将贺若弼轻骑登山，望见陈军形势，已知大略，即驰下山麓，勒阵以待。鲁广达出军与战，势颇锐悍，隋军三战三却，约死二百余人。弼令军士纵火放烟，眯住敌目，方得再整阵脚，排齐队伍，暂守勿动。

萧摩诃闻南军交战，正拟发兵夹攻，忽有家报传到，妻室被宫中留住，已有数日，料知情事不佳，暗地里骂了几声昏君，不愿尽力，遂致观望不前。鲁广达部下初战得胜，枭得隋军首级，即纷纷还都求赏。贺若弼见陈军不整，复驱军再进，自率精兵攻孔范。范素未经战，甓与若弼相值，不禁气馁。兵士方才交锋，他已拨马返走。主帅一奔，全军皆溃，就是鲁广达、樊毅两军，也被牵动，一并哗散。任忠本不欲战，自然退去。萧摩诃心灰意懒，也拟奔回。哪知隋军四面杀到，害得孤掌难鸣，且自己年力又衰，比不得少年猛健，一时冲突不出，竟被隋将员明擒去，送至贺若弼前。若弼命推出斩首，摩诃面不改色，反令若弼称奇，乃释缚不杀，留居营中。

第八十四回　设行省遣子督师　避敌兵携妃投井

任忠驰回都阙,报称败状,并向叔宝道:"官家好住,臣无所用力了。"叔宝着急,尚给金两縢,使募人出战。忠徐徐道:"陛下但当备具舟楫,往就上流诸军,臣愿效死奉卫。"叔宝应诺,命忠出集舟师,自嘱宫人装束以待。哪知忠已变意,潜赴石子冈,往迎韩擒虎军,直入朱雀门。守军欲战,忠摇手示意道:"老夫尚降,诸军何事?"虽由主听不聪,如此作为,终属不忠。大众听了,便即散走。台城内风声骤紧,文武百官,一概遁去。惟尚书仆射袁宪在殿中,尚书令江总在省中,叔宝见殿中无人,只留一宪,不禁泣语道:"我向来待卿,未及他人,今日惟卿尚留,不胜追愧,朕原不德,也是江东气数,已经垂尽了。"尚不肯全然责己,还想诿诸气数。说着,匆遽入内,意欲避匿。宪正色道:"北兵入都,料不相犯,事已至此,陛下去将何往?不若正衣冠,御正殿,依梁武帝见侯景故事。"叔宝不待说完,便摇首道:"兵锋怎好轻试?我自有计。"言已趋入,急引张贵妃、孔贵嫔两人,至景阳殿后,三人并作一束,同投井中。

台城已无守吏,一任隋军驰入。韩擒虎既至殿中,令部众搜寻叔宝,四觅无着,及见景阳井上,有绳系着,趋近探视,见下面有人悬住,连呼不应,乃拾石投入,才闻有号痛声。原来井中水浅,不致溺毙,隋军引绳而上,势若甚重,经数人提起,始见有一男二女,男子便是陈叔宝,当然大喜,即牵送至韩擒虎处,听候发落。豫章王叔英已经出降,沈皇后居处如常,太子深年方十五,开闼静坐,至隋军排闼进去,深从容与语道:"戎旅在涂,得勿劳苦么?"隋军见他颜色自若,却向他致敬,不敢相侵。鲁广达退守乐游苑,未肯降敌,贺若弼乘胜与争,广达苦斗不息,战至日暮,手下将尽,始解甲面台,再拜恸哭道:"我身不能救国,负罪实深了。"乃出降隋军。

若弼闻韩擒虎已得叔宝,呼令相见。叔宝惶惧异常,向弼再拜。弼与语道:"小国君主,只当大国上卿,拜亦常礼,入朝不失作归命侯,何必多惧呢?"乃使叔宝居德教殿,用兵监守,自恨功落人后,与韩擒虎龃龉,且欲令叔宝作降笺,归己报闻。事尚未行,晋王广已使高颎入建康,料理善后事宜。颎子德弘,随后踵至,传述广命,使留张丽华。颎勃然道:"昔太公灭纣,尝蒙面斩妲己,此等妖妃,岂可留得?"说着,便令兵士取入张贵妃,斩首以徇。小子有诗叹道:

国既亡时身亦亡,临刑反为美人伤。
蛾眉蝼首成虚影,地下可曾悔惹殃。

晋王广既遣德弘传命,复启节东下,来视张丽华,途次闻丽华已死,禁不住愤闷起来。欲知后事,且阅下回。

叔宝之恶，不如子业、宝卷之甚。子业屠灭宗族，宝卷渎乱天伦，而叔宝无是也。但宠艳妃，嬖狎客，杀谏臣，有一于此，未或不亡，况并三者而具备耶。隋军大举，鼓楫渡江。沿江各戍，望风奔溃，叔宝尚委政宵小，恣情声色，可战不战，不可战而战，甚至敌临城下，犹奸通萧摩诃妻，如此淫肆，欲不亡得乎？景阳殿后，挈妃入井，向使毕命井中，即未足与殉社稷者比，而井底鸳鸯，冢成连理，未始非江东佳话。为叔宝计，其亦差足自慰欤？然天不从愿，出井见敌，再拜隋将，徒自贻羞，而张贵妃且难免刀头之厄，红颜白骨，作孽难逃，观于此而世之为妃妾者，可以返矣；世之为人主者，亦可以戒矣。

第八十五回　据湘州陈宗殉国　　抚岭表冼氏平蛮

却说晋王广系念张丽华，驰诣建康，途中闻高颎违命，竟把丽华杀死，不由的惊愤道："古云'无德不报'，我必有以报高公。"言下犹恨恨不已。及既入建康，高颎等上前迎接，广虽心恨高颎，面上却不露声色，仍然照常相见，随即慰劳三军，安抚百姓，一面拿住施文庆、沈客卿、阳惠朗、徐哲、暨慧景五人，责他蔽主害民，一并斩首，即令高颎与元帅府记室裴矩，收图籍，封府库，所有金帛珍玩，广皆不取。当时军民人等，统说晋王贤德，哪知他是沽名钓誉，笼络人心呢。隐伏下文。

贺若弼先期决战，违背军令，广收付属吏，并遣使驰驿奏闻。隋主闻江南已平，很是欣慰，且传诏示广，谓："平定江表，功出韩、贺二人，不应吹求微疵，可将功抵罪，各赐帛万匹。"又别诏褒美韩、贺，并及前敌各将士。陈使许善心，尚留隋客馆中，隋主坚遣人相告，谓陈已灭亡，可归诚我朝。善心不禁大恸，改著缞服，就西阶下席草危坐，东向涕泣，三日不移。隋主复颁敕慰唁，越日又有诏至馆，命为通直散骑常侍，赐衣一袭。善心号哭尽哀，乃入房改服，出就北面，垂泪再拜，受隋敕书。既愿事仇，何必如许做作。翌晨，诣阙谢敕，伏泣殿下，悲不能兴。隋主顾左右道："我平陈国，只幸得此人，彼能怀念旧君，他日即我朝纯臣呢。"遂谕令平身，入直门下省，善心泣拜而退。从此遂低首下心，长作隋朝臣仆了。含蓄不尽。

陈水军都督周罗㬋，与郢州刺史荀法尚，尚守江夏。隋秦王俊督三十六总管，及水陆十余万众，屯驻汉口，不得前进。陈荆州刺史陈慧纪，又遣内史吕忠肃进据巫峡，凿岩系链，锁住上流，堵遏隋师，且自出私财，充作军用。隋清河公杨素，麾兵奋击，与忠肃大小四十余战，忠肃踞险力争，杀死隋兵五千

第八十五回　据湘州陈宗殉国　抚岭表冼氏平蛮

余人。嗣闻建康被困,士无斗志,杨素乘间猛攻,忠肃不能固守,弃栅南奔,退据荆门境内的延洲,素驶舟追击,大破忠肃,俘得甲士三千余人,忠肃子身遁去。于是陈慧纪亦自知难守,毁去储蓄,引兵东下。巴陵以东,尽为隋有。陈晋王叔文方卸任湘州,还至巴县,慧纪欲推为盟主,号召沿江各军,入援建康,偏被隋秦王俊军阻住。叔文又率巴州刺史毕宝等,向俊请降。慧纪徒望东慨叹,无计可施。

会建康已平,晋王广命陈叔宝作书,招谕上江诸将,诸城闻风解甲。周罗睺与诸将大哭三日,放兵散马,乞降俊军。陈慧纪势孤力蹙,也只好出降,上江皆平。隋将王世积在蕲口,移书告谕江南诸郡,江州、豫章,依次降隋,隋遂撤去淮南行省,但命诸将分途略定。陈吴州刺史萧瓛,自梁投陈,料知隋不相容,独募兵抗隋。隋大将军宇文述等,引兵进击,瓛连战皆败,竟为所擒。东扬州刺史萧岩,以会稽降,述将他弟兄并入囚车,押解长安。隋主坚责他负国忘恩,立命处斩。了结岩、瓛,顾应八十三回。

独湘州刺史岳阳王陈叔慎,系高宗顼第十六子,年甫十八,方才莅任,城中将士,闻隋军已据荆门,相距不远,相率谋降。叔慎设宴厅中,召集文武僚吏,举酒相属道:"君臣大义,就此扫地么?"长史谢基,投袂起座,伏地呜咽,助防遂兴侯陈正理,陈宗室。亦慨然起语道:"主辱臣死,诸君独非陈臣么?今天下有难,正当见危授命,就使无成,尚见臣节,今日不宜再误,宜力图恢复,后应者斩!"众闻此言,乃齐声许诺,自是刑牲结盟,誓同生死。适隋将庞晖,奉杨素命,招抚湘州,正理与叔慎商定密计,遣人赍诈降书,往迎庞晖。晖贸然驰至,叔慎伏甲待着,一俟晖入城门,发伏执晖,斩首徇众。晖手下有数十人,也同时拘住,杀得一个不留。叔慎亲至射堂,募集兵士,数日间得五千人。衡阳太守樊通,武州刺史邬居业,皆举兵入助。隋正命薛胄为湘州刺史,道过荆州,得见杨素,已知湘州拒命,便与素部下行军总管刘仁恩,会师进攻。行至湘州城下,陈正理、樊通督兵迎战,两下相交,隋军比守军加倍,且都是惯战健卒,哪里是陈、樊二人所能抵挡?战不多时,守兵四溃,陈、樊逃回城中,门未及阖,薛胄已加鞭追入,顺手一槊,击毙樊通。隋军一拥而上,突进城中,先擒正理,次擒叔慎。刘仁恩不欲收兵,即往击横桥。横桥为邬居业屯守地,当下拒战失利,也为所擒。三人俱被解至汉口,秦王俊诘问数语,叔慎词色不挠,即为所害。正理、居业,相继受刑。叔慎虽死,义烈可风。

湘州已下,进略岭南,高凉郡太夫人冼氏,威爱素孚,望重岭外。子石龙太守冯仆,壮年不禄,竟尔去世。回应第七十六回。仆长子魂,尚在少年,赖冼太夫人主持郡事,所有岭南数郡,畏服如初。及陈为隋灭,岭南未有所属,便奉冼太夫人为主,称为圣母,保境安民。陈豫章太守徐璒,自豫章奔据南康,意欲联结岭南，独霸一方。隋命柱国韦洸等持节安抚，为洸所拒，洸等不得进，晋王广因岭南未平，复令叔宝作书，往贻冼太夫人，谕以陈亡，使她归隋。冼太夫人乃召集首领会议，相对恸哭，结果是慎重民命，决迎隋使，乃遣冯魂率众迎洸。洸已调动军士，击杀徐璒，凑巧冯魂来迎，遂驰至广州，慰谕诸郡，略定岭南。表冯魂为仪同三司，册封冼太夫人为宋康郡夫人。衡州司马任瓖，劝都督王勇据岭南，求陈氏子孙，立以为帝。勇不能用，率部众降隋。瓖弃官自去，于是陈地悉入隋朝，得州三十，郡一百，县四百，陈亡。总计陈自武帝篡梁，至叔宝止，共历五主，凡三十二年。且由晋元帝东渡，偏安江左，中阅东晋、宋、齐、梁、陈五朝，共得二百七十三年，始为北朝所并，中国复归统一。唐李延寿作《南北史》把隋朝列入《北史》中，无非因他起自朔方，脱胎北周，后又仅得一传，便为李唐所灭，所以因类相聚，不复另起炉灶。小子就遵循故例，随笔叙下，看官不要疑我界划不明，模糊了事呢。再顾本书卷首，并将南北纪年叙清起讫，一笔不漏。闲文少叙。

　　且说晋王广振旅将归，奉诏毁平建康宫阙，俾民耕垦，更就石头城增置蒋州，派吏置兵，俱已就绪，乃奏凯还朝。所有陈叔宝以下，如后妃子女、公卿大臣，一并带归。水陆相继，累累不绝，隋主坚亲至骊山，慰劳旋师诸军，并入长安，献俘太庙。陈叔宝为首列，王公将相，并乘舆服御，天文图籍等，依次继进。两旁用铁骑夹道，由晋王广、秦王俊引入庙中，献告如仪。礼毕入朝，晋授晋王广为太尉，特赐辂车乘马，衮冕圭璧。广谢恩而出。越日，由隋主坚坐广阳门观，召见陈叔宝等，使纳言宣诏抚慰，又令内史传敕，责他君昏臣佞，乃至灭亡。叔宝及王公大臣，并惶惧伏地，不敢答词。屏息良久，始下赦书。叔宝舞蹈谢恩，余众亦随着叩谢。惟陈司空司马消难，前曾得罪奔陈，此次陈、隋交战，受任大监军，一筹莫展，也为所虏。隋主坚本欲加诛，因消难尝为父执，权从末减，特免他死罪，配为乐户。甫阅二旬，又加恩释免，特别引见，消难未免增惭；年又垂老，未几即死。鲁广达自悼国亡，遇疾不医，也即病终。

　　隋主坚再御广阳门，赐宴将士，门外堆满布帛，直达南郭，按班赏赐，计用三百余万匹，封杨素为越国公，贺若弼为宋国公，各赐金宝。惟韩擒虎为有司所劾，说他驭下不严，士卒在建康时，尝淫污陈宫，所以不得爵赏。擒虎心甚不平，遂与若弼争功御前，若弼道："臣在蒋山死战，破陈锐卒，擒陈骁将，震扬威武，遂平陈国，韩擒虎并未剧战，怎得与臣比功？"擒虎道："本奉明旨，令臣与弼同时合势，进取伪都，弼乃先期进兵，遇贼即战，致将士伤毙甚多，臣但率轻骑五百，直捣金陵，降任蛮奴，注见前。执陈叔宝，据府库，倾巢穴，弼至夕方扣北掖门，由臣开关纳入。据此看来，弼功何在，尚得与臣比论么？"仿佛晋初浑浚。隋主坚温颜与语道："两将俱为上勋，休得相争。"乃进擒虎位上柱国，

第八十五回　据湘州陈宗殉国　抚岭表冼氏平蛮

赐帛八千匹，但仍未得封公。擒虎乃退。

　　隋主又召入高颎，面授上柱国，进爵齐公，赐帛九千匹，且面谕道："公伐陈后，有人诬称公反，朕已将他斩讫。君臣道合，岂青蝇所得相间么？"颎再拜称谢。隋主又使与若弼论平陈事，颎答说道："贺若弼先献十策，后在蒋山苦战破贼，功劳甚大。臣乃文吏，怎敢与大将论功？"隋主大笑道："让德如公，真不可多得了。"嗣命秦王俊为扬州总管，都督四十四州军事，使镇广陵，令晋王广还镇并州。陈都官尚书孔范，散骑常侍王瑳、王仪，御史中丞沈瓘，统是误国佞臣。晋王广尚未加罪，至是由隋廷按查得实，投诸四裔，以谢吴、越。陈叔宝留寓隋都，尚蒙优待，惟宫人姊妹，多被没入掖廷，一妹进宫为嫔，就是将来的宣华夫人，一妹由隋主赐与杨素，一妹赐与贺若弼。叔宝全不在意，惟屡与监守官言，求一官号。监守官上白隋主，隋主坚微哂道："叔宝全无心肝。"说着，又问叔宝平日何事？监守官答称："叔宝常醉，少有醒时。"隋主又问他饮酒若干？监守官又答道："每日与子弟共饮，约需一石。"隋主惊诧道："一石如何使得，须要他节饮方好。"监守官应旨欲退，隋主又与语道："随他罢，否则叫他如何过日？"因即命陈氏子弟，分置边州，使给田业，作为生计。又常给叔宝衣食，且随时引见，班同三品。并授陈尚书令江总，为上开府仪同三司。陈仆射袁宪，骠骑将军萧摩诃，领军任忠，为开府仪同三司。陈吏部尚书姚察为秘书丞。袁宪素有清操，且建康被陷，百官逃散，惟宪尚留住殿中，此事已为隋主所闻，隋主以为江表称首，陈散骑常侍袁元友，屡谏叔宝，隋主嘉他忠直，亦擢拜为主爵侍郎。隋主又尝语群臣道："平陈时候，我悔不杀任蛮奴，彼受人荣禄，兼当重寄，不能横尸徇国，乃云无所用力。古有卫弘演纳肝，见列国时代。今乃有此任蛮奴，相差真太远了。"既知任忠不忠，奈何授为开府？况任忠以外，又有误国之江总，不诛而赏，俱属谬误。及陈水军都督周罗睺，入见隋主。隋主许以富贵，罗睺垂涕答道："臣荷陈氏厚遇，坐视沦亡，无节可纪，今得免死，已沐陛下厚赐，还想甚么富贵呢？"隋主颇为嘉叹，竟授为上仪同三司。南北混一，朝野清平，乃令武夫子弟，一体学经，所有民间甲仗，悉皆除毁。

　　贺若弼自矜前功，备述平陈计画，称为御授平陈七策，呈入殿廷。隋主坚不愿披阅，当即发还，且语若弼道："公欲发扬我名吗？我不求名，公可自载家传。"若弼授书，怀惭退去。左卫将军庞晃等，入谮高颎，俱被隋主叱退，并召语颎道："独孤公可比一镜，每被磨莹，皎然益明。"看官！你道隋主何故呼颎为独孤公？原来颎父宾尝为独孤信僚佐，赐姓独孤氏，所以呼为独孤公，优礼不名。颎前为帅府长史，曾奉隋主意旨，向上仪同三司李德林问计，转授晋王广。隋主坚因德林有功，加封郡公，已经宣诏。或语高颎道："今若归功李德林，诸将必多愤惋，且公亦虚此一行了。"颎乃入白隋主，谓德林不应重赏，乃收回成命。德林本恃才好胜，累年不得升级，已是愤懑不堪，至此又不得叙功，未免恨上加恨。当时颎与苏威，大蒙宠任，德林屡与苏威异议，颎又尝左袒苏威，排斥德林。德林遂被黜为湖州刺史，未几复转徙怀州，竟致病死。德林为三朝臣，死不足惜，但高颎亦未免萦私。楚州参军李君才，上书劾颎，隋主大怒，召君才入问。君才抗辞如故，益致隋主增恼，立命捶毙。

隋主自平陈以后，免不得猜忌臣僚，往往密遣左右，觇视内外，察知微过，辄加重罪。又患令史赃污，私令人赂遗金帛，得犯立斩。每在殿中捶人，鞭挞至死，不死亦即斩首。高颎等屡谏不省，兵部侍郎冯基，亦再三切谏，方有悔意。然转恨群臣不谏，又谴责数人。柱国郑译，乘时贡谀，请修正雅乐。此子又来出头。隋主命太常卿牛弘，国子祭酒辛彦之，博士何妥等，会议音律。弘奏言中国旧音，多在江南，今既得梁、陈旧乐，请加修缉，以备雅乐。所有后魏、后周等乐声，未叶宫商，可悉令停罢。乃诏与许善心、姚察等，参酌订正。

乐尚未成，一声遥警，江南各州郡，又复大乱。越州乱首高智慧，苏州乱首沈玄恦，皆揭竿起事，自称天子，东攻西掠，陷没许多州县，所有陈国故土，大半震动，几乎前功尽弃，南北又要分疆。笔亦不测。原来江东习成奢靡，历代刑法，又多疏缓，自隋军平陈，尽反旧政，苏威复作五教，使民传诵，士民遂有怨言，并且谣诼纷纭，谓隋将尽徙南人，转入关中，于是民情益骇。至高、沈两人作乱，百姓相率依附，夺城池，戕守令，且哗然道："尚能使我诵五教么？"这消息传到隋廷，隋主当然忧虑，即遣越国公杨素，率兵南征。素即日登程，将要渡江，先使部将麦铁杖，夜乘苇筏，越江战贼，还而复往，为贼所擒。贼使三十人监守，铁杖夺取贼刀，乱斫守役，三十人多被杀伤，脱械逃归。素大加赏识，奏授仪同三司，因即麾动舟师，自扬子津逾江击贼。玄恦败走，追擒伏诛。素乘胜进攻越州，用裨将来护儿为前驱，南下浙江，但见江东岸上，贼营编列，绵亘数十里。江中贼船，亦不可胜计。护儿用轻舸数百，直登江岸，袭破贼营，复顺风纵火，烟焰蔽天。素麾众继进，大破智慧。智慧逃入海中，走保闽越。

素遣总管史万岁，率兵二千，陆行逾岭，堵截海岸，自率大舰浮海，奄至泉州，贼众皆散。智慧穷蹙无归，由贼党执送军前，当然枭首。又分兵追捕余贼，约阅数旬，悉数荡平。惟史万岁杳无音信，还道他全军陷没，因致消息不通。后由海中得一竹箭，内藏万岁书函，略言："逾岭越海，攻破溪洞无数，前后七十余战，转斗至千余里，现已肃清海贼，指日北返"等语。素大喜过望，因即班师。且上奏万岁功绩，隋主也为叹美，厚赐万岁家属。此外平南诸将，自杨素以下，俱优叙有差。

第八十五回 据湘州陈宗殉国 抚岭表冼氏平蛮

素既北归,番禺夷人王仲宣,忽然起反,纠合叛众,围攻广州。柱国韦洸,尚在广州驻节,急忙招募兵士,开城拒贼,贼势甚是凶悍。洸与战不利,退回城中,登陴督御,一面向高谅乞援。冼太夫人遣孙冯暄领兵援洸。暄至衡岭,遇着贼党陈佛智,屯兵岭上。佛智与暄素来认识,彼此通问往来,竟将战事搁起。冼夫人闻暄逗留,遣使执暄,拘系州狱,另遣孙冯盎往袭佛智。佛智未曾防备,突见盎军杀入,不及逃去,遂为所杀。时韦洸中箭身亡,副使慕容三藏,代理军事。隋廷亦遣给事郎裴矩,南行剿抚,矩至南康,发兵数千人,击斩仲宣别将,进至南海。可巧冯盎与三藏会合,击走仲宣。冼夫人又亲自接应,共至南海迎接裴矩。矩闻冼夫人到来,却也不敢生慢,更命军士排班恭待。过了片刻,前驱已至,来了一位少年军将,唇红齿白,烨烨有光,料知他就是冯盎,已足令人生羡。后面便是宋康郡冼夫人,首戴金冠,身披银铠,上张锦伞,下跨介马,前导骑士,后拥甲楯,虽已年越花龄,尚是春盈眉宇。矩不禁暗暗喝采,未与晤谈,先已下马待着。非写裴矩有礼,实为冼夫人生色。冼夫人老眼无花,忙令孙儿下骑,自己亦从容下鞍。当由慕容三藏,从后趋到,邀同冼夫人及冯盎,上前见矩。彼此行过了礼,略谈数语,便相偕回入广州。矩因冼夫人望重岭南,请她一同巡行,安抚诸州。冼夫人绝不推辞,即同矩带着兵士,出城巡抚。苍梧首领陈坦,冈州首领冯岑翁,梁化首领邓马头,藤州首领李光略,罗州首领庞靖等,皆来参谒。矩承制署为刺史县令,还镇旧部,各首领欢跃而去。

岭南复定,矩使人驰驿上闻,有诏拜盎为高州刺史,追赠盎祖宝为谯国公,冼夫人为谯国夫人,特给印章,许开幕府,置官属,得征发六州兵马,便宜行事。且赦免冯暄前罪,拜为罗州刺史。待裴矩归朝后,复降敕褒美,赐帛五千匹。皇后独孤氏,亦颁给服饰。冼夫人并收贮金箧,并将梁、陈赐物,亦各藏一库,每岁大会,皆陈列庭中,指示子孙道:"汝等宜尽赤心向天子,我事三代主,唯用一好心,今赐物具存,便是忠孝的食报呢。"后来复抚定俚獠,劾诛贪污,岭南无不称颂。至仁寿初年,才报寿终,隋廷谥为诚敬夫人。小子有诗赞道:

几番平虏见奇功,岭表扬仁众口同。
南北史中争一席,休言巾帼不英雄。

欲知隋朝后事,待至下回再表。

隋文平陈,与晋武平吴相似,惟陈之亡,与吴不同,迹其情事,颇似蜀汉。刘禅乐不思蜀,叔宝全无心肝,其类似一也;刘禅乞降,犹有北地王谌,叔宝被房，犹有岳阳王叔慎，其类似二也。故北地王谌死而蜀始亡，岳阳王叔慎死而陈始亡，特为标叙，正以存臣子之大节耳。冼夫人保境拒守，得叔宝书，乃召集首领，相向恸哭，妇人犹知枕戈之义，叔宝何心？乃稽颡隋阙，伈伈伣伣，为民吏羞乎？厥后为民命计，始迎隋使，及番禺之乱，发兵助讨，嗣复与裴矩巡抚诸州，易乱为治，岭南之得免兵戈，未始非冼夫人之所赐也。本回叙冼夫人处，亦特笔表明，借巾帼以励须眉，作书者固隐寓深心欤？

第八十六回　反罪为功筑宫邀赏　寓剿于抚徙虏实边

却说隋左卫大将军杨惠，佐命有功，易名为雄，初封邘国公，旋且晋封广平王，见八十一回。职掌禁旅，宠绝一时。长安人士，号为四贵中第一人。四贵除杨雄外，就是苏威、高颎、虞庆则。雄又宽容下士，甚得众心。隋主坚因此加忌，改拜雄为司空。雄知隋主夺他兵柄，虚示推崇，乃杜门谢客，不闻政事。寻改封为清漳王，未几又改封为安德王。还算明哲保身。滕王杨慧，亦见八十一回。曾尚周武帝邕妹顺阳公主，美秀而文，时人号为杨三郎。隋主命为雍州牧，且常引与同坐，呼为阿三，嗣复易名为瓒。瓒虽为隋主同母弟，但因隋主篡周，屠灭宇文氏，未免目为残忍。顺阳公主，轸念宗亲，更觉得日夕悲伤，阴生咒诅；且与独孤后素不相容，益增怅触。独孤后家世贵盛，姿禀聪明，书史无所不晓，隋主甚加宠爱。每当隋主临朝，后辄与并辇而进，至阁方止。密遣宦官伺察朝政，稍有所失，便即记忆，俟隋主退朝，同返燕寝，婉言规谏，十从八九，宫中号为二圣。又尝与隋主密誓，不得有异生子。悍妒可知。看官！试想独孤后如此专宠，怎能不恨及顺阳公主，从中构煽呢？果然隋主听信后言，劝瓒离婚。瓒昵情伉俪，不忍相离，再三乞请，始蒙隋主俞允，但从此恩礼益衰。开皇十一年，瓒从事栗园，侍宴方终，忽然腹痛异常，片刻即毙。隋主坚并未加赠，且徙出顺阳公主，除去属籍。看官不必细猜，便可知瓒被毒死了。是夕，上柱国郑译病死，却遗书吊祭，赐谥曰达。朝臣因瓒不得谥，代为申请，才勉强谥一"穆"字。

太子通事舍人苏夔，系尚书右仆射苏威子，少年能文，尤长音律，本名伯尼，因以知乐著名，威特令改名为夔。越公杨素，每加器重，尝戏语威道："杨素无儿，苏夔无父。"是时夔与国子博士何妥等，共议正乐，互有龃龉，相持不决，并使百僚会议。大众多阿附苏威，不敢黜夔。于是赞同夔议，十得八九。妥愤愤道："我席间函丈四十余年，为后生小子所屈辱么？"遂上书劾威父子，并及礼部尚书卢恺，吏部侍郎薛道衡，尚书右丞王弘，考功侍郎李同和等，说他朋比为奸，滥用私人。隋主令第四子蜀王秀，秀本封越王，见八十一回，后复改封蜀王。及上柱国虞庆则等，推按得实，乃免威官爵，令以开封就第。卢恺私受威嘱，用王孝逸为书学博士，因坐罪除名。薛道衡等但加薄谴，未曾免官，遂任杨素为右仆射，与高颎共掌朝政。素风度比颎为优，器量远不如颎，朝贵如苏威以下，多被陵蔑，遂致侧目。大将军宋国公贺若弼，尤为不服，且自思功出素右，理当为相，至此反为素所夺，越觉不平；有时入朝晋谒，语多不逊，隋主坚与语道："我用高颎、杨素为宰相，汝尝谓此二人只能啖饭，究是何意？"若弼应声道："颎与臣故交，素系臣舅子，臣素知二人材具，原有此语。"骄矜已极。隋主不禁变色。公卿等仰承风旨，遂劾若弼意存怨望，罪当处死。隋主即谕令系狱，未几又召问道："臣下守法不移，公可自思，有无生理？"若弼道："臣将八千兵擒陈叔宝，愿因此事望活。"叔宝为韩擒虎所絷，若弼仍引为己功，始终不脱一矜字。隋主道："这事已格外重赏。"若弼道："臣今还格外望活。"隋主踌躇良久，始贷免死罪，革职为民。过了年余，乃仍赐还爵位。苏威亦复爵邳公，仍为纳言。上柱国韩擒虎与若弼互争短长，也是个矜才使气的人物，幸亏享年不永，尚得善终。

　　相传开皇十六年十一月，擒虎在家，邻母见擒虎门前，仪卫甚盛，因不禁诧问。卫吏答道："我等特来迎王。"言讫不见。已而邻人暴疾，忽惊走入擒虎门，为门吏所阻，病人大言道："我来谒王。"门吏问为何王？病人答称阎罗王。两下里喧噪起来，为擒虎子弟所闻，出探得实，欲挞病人。擒虎亦闻声出阻，遣归病人，且语子弟道："生为上柱国，死作阎罗王，我愿亦足了。"是夕便即罹疾，未几即逝，享年五十有五。究竟擒虎是否作阎罗王，此事无从确证，但不过付诸疑案罢了。

　　越年二月，隋主命杨素至岐州北，督造仁寿宫。素奏举宇文恺、封德彝为土木监，恺与德彝，专知谀媚，一经委任，格外效力监工，于是夷山堙谷，创立宫殿，崇台累榭，相属不绝。可怜这班丁夫工匠，昼不得安，夜不得休，害得身疲力乏，也没有医生疗治，到了奄奄就毙，便把尸骸推入坑谷，尸上填尸，差不多似小山一般。当下充作基址，筑成平地，好容易过了两年有余，才把仁寿宫造成。端的是规模闳丽，金碧辉煌，只人夫却死了万余，模模糊糊的上了一个总账。完全是膏血涂成，怎得称为仁寿？

　　隋主坚令仆射高颎，前往探视，还称奢华过甚，徒伤人丁。隋主本来节俭，得颎复奏，当然恨及杨素。素颇加忧惧，急遣人密启独孤后，谓："历代帝王，统有离宫别馆，今天下太平，仅造一宫，何足言费？"独孤后即日复报，叫素不必耽忧，自然有法转圜。既而隋主坚亲往仁寿宫，巡视一周，果嫌太侈，便召素面诘道："朕叫汝督造此宫，原因汝老成勤慎，酌量丰俭，能体我意，为何造得这般绮丽，使我结怨天下？"素无言可答，不得不叩头谢罪。隋主坚全不理睬，自往便殿小憩。素志忐不安，恐遭严谴，封德彝密语道："公勿过忧！俟皇后到来，必有恩诏。"话才说毕，已有人报称皇后驾到。素忙上前迎谒，由独孤后面加慰劳，随即入见隋主。素尚不敢随入，过了半晌，已有旨宣素入对。隋主上坐，尚未开言，独孤后便从旁婉谕道："公知我夫妇年老，无以自娱，故盛饰此宫，使我夫妇安享天年，公真可谓忠孝了。"我夫妇二字，便已见得独孤权宠。隋主虽未加劳，面色已是温和，绝不似先前严厉。素当即拜谢。独孤后又代为申请，赐素钱百万缗，绢三千匹。素复启独孤后道："老臣无功可言，监役勤劳，要推封德彝为首。"佞人入朝，素实罪魁。独孤后点首道："德彝自当另赏，公不必让赐。"素因谢赐而退。未几，即有诏擢德彝为内史舍人。嗣是隋主尝幸仁寿宫，每出必与后同行，且拨遣宫女，使在仁寿宫中常住，充当盥馈洒扫诸役。宫中不足，随时选入，隋主坚也心为物役，渐渐的爱恋声色了。习俗移人，中主不免。

先是隋平江南，得陈叔宝屏风，颁赐突厥大义公主。即千金公主，见八十三回。大义公主已做了都蓝可汗的可贺敦，前虽改姓杨氏，终非所愿，不过暂救目前，勉强承认。及屏风赐至，复触动旧感，特借陈亡作诗，书入屏中。诗云：

  盛衰等朝露，世道若浮萍。荣华实难守，池台终自平。富贵今安在？空事写丹青。杯酒恒无乐，弦歌讵有声？余本皇家子，漂流入虏庭。一朝睹成败，怀抱忽纵横。古来共如此，非我独申名。唯有昭君在，偏伤远嫁情。

这首诗传入隋廷，隋主知她诗中寓意，不免怀恨，自是礼赐寖薄。那大义公主，却也无义，既已三次改醮，复与胡人安遂迦暗地私通，适有流人杨钦，亡入突厥，谬云"彭国公刘昶，已与妻族宇文氏联络，指日起事，请突厥发兵外应，定可灭隋"，云云。大义公主以为有隙可乘，遂煽动都蓝可汗，不修职贡，潜出扰边。隋主复使车骑将军长孙晟，驰往突厥，传敕诘问。晟见大义公主，颇有微辞，公主语亦不屈。晟不与多辩，但在突厥住了旬日，侦察机密，已知都蓝叛隋，衅由杨钦及公主，且将公主私事，亦诇得大略，当即起程归朝，详报隋主。

隋主再遣晟往索杨钦，都蓝不与，但诡称无此流人。晟密赂突厥达官，访得杨钦所在，乘夜掩捕，果得获钦，遂牵示都蓝，都蓝无词可对。晟索性直言不讳，竟将公主私通安遂迦，一并说出。都蓝可汗也不禁羞惭满面，立把安遂迦拿下，交付与晟。番酋尚有耻心，不若千金公主之厚颜。晟即将二人押回，并处死刑。隋主嘉晟有功，加授开府仪同三司，仍使赍敕西行，传语都蓝，废去大

第八十六回　反罪为功筑宫邀赏　寓剿于抚徙虏实边

义公主名号。都蓝可汗尚怜爱公主，不忍废斥，隋再赐送美妓四人，饵诱都蓝。都蓝得了四个美人儿，自然把大义公主冷淡下去。

隋内史侍郎裴矩，谓必使都蓝杀死公主，方无后患。一再传谕，都蓝不从。时处罗侯子染干，自号突利可汗，镇守北方，独遣人至隋，乞许和亲。隋主使裴矩与语道："能杀大义公主，方可许婚。"突利闻言，便捏造谣传，谓："公主将谋害都蓝。"一面贻都蓝书，挑动怒意。都蓝果然中计，竟将大义公主杀死。<small>淫妇该死久矣。</small>当下报达隋廷，更上表求婚。长孙晟已早归国，独入阙献议道："臣观雍虞闾即都蓝可汗，见八十三回。反复无信，不过与玷厥有隙，欲依我朝，就使许结婚姻，将来必致叛去。况今使得尚主，仰托声威，玷厥、染干，力不能拒，或且受彼驱策，更为我患，计不如招抚染干，许与通婚，使他南徙入边，为我保障。雍虞闾虽有异心，料亦无能为了。"<small>始终不外反间计。</small>隋主依议，即遣晟慰谕染干，许尚公主。染干喜出望外，厚待长孙晟，优礼送归。惟公主尚未指定，染干也未遽来迎，又延宕了三四年。

这三四年间，事迹不一，未便缕述，所有内外大事，荦荦可纪：一是史万岁征服南宁蛮酋爨震，收降三十余部落，勒石铭功；二是周法尚讨平桂州俚帅李光仕，另遣令狐熙为总管，镇定华夷；三是汉王谅东伐高丽，无功而还，高丽王元亦遣使谢罪。这三件是对外的军政。还有并州总管晋王广，调镇扬州，弟秦王俊调镇并州。俊性好奢，又多内宠，妃崔氏奇妒，置毒瓜中，俊食瓜致疾，征还免官，崔妃赐死。杨素进谏隋主，谓不应严谴秦王。隋主道："周公尚诛管蔡，我不及周公，怎能为子废法？"后来俊病已笃，始复拜上柱国，未几即殁。<small>还是速死为幸。</small>鲁公虞庆则，有爱妾与长史什柱相奸，什柱诬告庆则谋反，竟杀庆则，什柱得授封柱国。宜阳公王世积，出镇凉州，与皇甫孝谐有隙，孝谐上书告变，谓世积尝令道人相面，道人谓相法大贵，并言世积妻应作皇后，世积因此生谋，请早日惩处。隋主也不辨虚实，便召还世积，置诸死刑。左卫大将军元旻，右卫大将军元胄，及左仆射高颎，曾受世积馈遗，至是并发。两元罢官，惟颎得幸免，孝谐又得拜为上大将军。<small>都由猜忌功臣，以致信谗戮旧。</small>大都督崔长仁犯法当斩，隋主因崔与后有中表亲，意欲减免，后独慨请道："既犯国法，怎得顾私？"长仁遂坐死。后异母弟独孤陀，为延州刺史，有婢事猫鬼，能驱令杀人。会后与杨素妻，同时罹病，医官目为猫鬼疾，隋主疑由陀所为，令高颎等讯鞫，得了证据，有诏赐陀自尽。后三日不食，替陀请命，且泣语隋主道："陀若蛊政害民，妾不敢言。今为妾致死，妾实痛心，敢乞加恩赦宥！"乃减陀死罪一等，<small>独孤后可谓刁狡，看官莫被瞒过！</small>惟严禁蛊毒魇魅等邪术，有犯必惩，投御四裔，这数件是治内的刑政。<small>略叙一斑，已见隋主晚政之多失。</small>

到了开皇十九年,复从事西征,特命汉王谅为元帅,使率高颎、杨素、燕荣等,分讨突厥。突厥北部突利可汗,即染干。既得隋主许婚,约越三年有余,乃遣使迎女。隋主令番使居太常寺,演习六礼,又经数旬,方遣宗女安义公主,随番使出塞和亲,并令牛弘、苏威、斛律孝卿等,相继为使,厚结突利。突利亦屡次朝贡,前后不绝。隋主依长孙晟议,谕突利南徙,使仍居都斤山,作为屏藩,突利当然遵命。都蓝可汗闻突利得尚公主,自己反不得所求,气得无名火高起三丈,遂召语部众道:"我乃突厥大可汗,难道反不及染干么?"部众亦为不平,遂怂恿都蓝入寇。都蓝便誓绝朝贡,侵掠隋边。突利伺知动静,辄遣使奏闻,边鄙得预先戒备,不使都蓝逞志。都蓝因大修攻具,谋入寇大同城,又由突利遣人驰报。隋主亟使左仆射高颎,率兵出朔州道,右仆射杨素,率兵出灵州道,上柱国燕荣率兵出幽州道,统归元帅汉王谅节制。谅为隋主少子,素蒙宠爱,不愿临戎,乃延期出发,贻误军情。都蓝可汗,竟与达头可汗合兵,袭击突利,突利仓猝出战,一败涂地,弃帐南奔,兄弟子侄,尽为所杀。都蓝追击突利,渡河入蔚州,突利部落散亡。巧值长孙晟出使突利,中途相值,遂与晟一同南走,手下只有五人,沿途收得番众数百骑。突利即与晟谋道:"今兵败入朝,不过一个降人,大隋天子,岂肯礼我?我与达头本无仇隙,不若投彼为是。"晟见他附耳密谈,料知突利已有异图,遂密遣从人往伏远镇,令速举四烽。突利远远瞧着,见有四烽齐起,不禁诧问。晟随答道:"我国边防,贼少,举二烽,来多,举三烽,大逼,举四烽。今四烽俱举,定是望见贼至,多而且近哩。"突利为晟所绐,不得已随晟南下,驰驿入朝。隋主厚赐突利,并迁晟为左勋卫骠骑将军。

　　适都蓝可汗亦遣使至隋廷,隋主令与突利辩难。突利理直气壮,乃叱退都蓝使人。都蓝弟都速六,亦不直都蓝所为,弃家奔隋。隋主发出珍玩,使突利转赠都速六,都速六亦快慰异常。于是敕书分递,催促高颎、杨素等,进军西讨。高颎出朔州,使上柱国赵仲卿,率兵三千为先锋,至族蠡山,与都蓝军相遇,交战七日,大破都蓝军,追奔至乞伏泊。都蓝大举前来,围住仲卿,仲卿摆设方阵,四面拒战,相持至五日。高颎自率军往援,合兵夹击,复破都蓝,追奔七百余里,虏得牲畜人口,以千万计,乃收军而还。杨素出灵州,可巧遇着达头,素不设鹿角,但令诸军上马列阵。达头大喜,称为天赐,即麾精骑十余万,来突素军。上仪同三司周罗睺,随素从军,忙向素献议道:"贼阵未整,速击为是。"素点首称善。罗睺遂率锐骑出战,素督大兵接应。突厥向恃骑兵,冲突无前,不意此次隋军,却也非常厉害,纵横驰骤,不可抵挡,番兵立即奔散。达头迟了一步,身上已受了数创,只好忍痛急奔。隋军追杀一阵,俘获甚多,两路番军,都窜出塞外去了。番兵实是无用。

第八十六回　反罪为功筑宫邀赏　寓剿于抚徙虏实边

隋主因封突利为启民可汗,使长孙晟至朔州,督建大利城,为启民宅居地。突厥散众,多归启民,男女共约万余口。安义公主虽由启民挈徙,途中迭受惊苦,竟致病殁。隋主复遣宗女义成公主,嫁与启民,且辟夏、胜二州间旷地,使得畜牧,再令上柱国赵仲卿屯兵五原,为启民代御达头。代州总管韩洪等,率步骑一万,往镇恒安,作为声援。达头复集十万骑入寇,韩洪出战败绩。惟仲卿邀击达头,得斩虏首千余级,达头驰去。隋主用长孙晟言,复将启民徙至五原,免致不测,一面再遣杨素等出击都蓝。师未出塞,都蓝已为部下所杀,达头自立为步迦可汗,突厥大乱。启民奉隋主命,遣部吏分道招慰,降附甚众。越年孟夏,达头已抚定境内,复来犯塞。有诏令晋王广为统帅,带同杨素、史万岁、长孙晟等,分途出击。晟命置毒水中,突厥人畜,取饮多死,即惊为天殃,宵夜遁去。愚如犬豕。史万岁追出塞外,至大斤山,将及达头。达头问隋将为谁?探骑说是史万岁。达头大惧,飞马急奔,余众不及遁走,被万岁督兵纵击,斩首数千,又北入沙碛数百里,见四处乏人,方才南归。既而达头复遣从子俟利伐,来攻启民,隋又发兵往救,与启民击退俟利伐。启民上表陈谢道:"大隋圣人可汗,如天无不复,地无不载,染干似枯木更荣,枯骨更肉,千世万世,当为大隋典司羊马哩。"隋主又令赵仲卿增筑金河、定襄二城,保护启民,启民益感恩不置。小子有诗咏道:

区区小惠示羁縻,愚虏何知坐被欺。
只是和亲终下策,伤心远嫁感流离。

启民既诚心内属,北顾无忧,隋主调还各军帅,共享太平,究竟隋廷能否久安,容至下回续叙。

萧何筑未央宫,汉高以其壮丽而斥之,杨素筑仁寿宫,隋主亦以其壮丽而嫉之,两主初意,固甚善也。乃汉高因萧何之狡辩,易怒为喜,隋主因独孤后之回护,反罪为功,是皆为物欲所蔽,以致自相矛盾,前后不符。且隋主之猜忌功臣,亦与汉高相类,一念为民,转念即为妻孥,妻孥之念一生,于是种种猜嫌,因之而起。惟隋之历世,远不若汉之灵长者,汉之得国以正,而隋实篡窃而来,况更有屠灭周氏之大恶耶?长孙晟两谋突厥,先以反间计制沙钵略,继以反间计驭突利,番奴宗族,自相屠剪,而隋适收渔人之利,晟固有大造于隋者。然娄敬和亲,功不补患,汉之饵匈奴,隋之诱突厥,皆不得为上策。天子有道,守在四夷,岂必诈术为哉?岂必用儿女子以啗之哉?而番虏之贪利无亲,更不足道矣。

第八十七回　恨妒后御驾入山乡
　　　　　谋夺嫡计臣赂朝贵

却说隋主享国，已有十八九年，内安外攘，物阜民康，好算是太平世界。古人有言："存不忘亡，安不忘危。"这正是持盈保泰的至理。无如饥寒思盗，饱煖思淫，乃是人人常态，隋主坚虽称英武，究竟不是圣主明王，自筑造仁寿宫后，渐渐的系情酒色，役志纷华，只因独孤后生性奇妒，别事或尚可通融，唯不许隋主召幸宫娥，所以宫中彩女盈丛，花一团，锦一簇，徒供那隋主双目，不能与之亲近，图一夕欢。小子却有一比，好比那哑子吃黄连，说不出的苦况。一日，独孤后稍有不适，在宫调养，隋主得了这个空隙，便自往仁寿宫，消遣愁怀。仁寿宫内，宫女已不下数百，妍媸作队，老少成行，隋主左顾右盼，却都是寻常姿色，没有十分当意。信步行来，踱入一座别苑中，适有一妙年女郎，轻卷珠帘，正与隋主打个照面，慌忙出来迎驾，上前叩头。隋主谕令起来，那宫女方遵旨起立，站住一旁。当由隋主仔细端详，但见她秋水为神，梨云为骨，乌云为发，白雪为肤，更有一种娇羞形态，令人销魂。隋主见所未见，禁不住心痒难熬，便开口问道："你姓甚名谁？何时进宫？"宫女复跪答道："贱婢乃尉迟迥女孙，坐罪入宫，拨充此间洒扫。"隋主又说是不必多礼，可导朕入苑闲游。尉迟女便即起身，冉冉前行，引隋主入苑。隋主心中，只注意女郎，所有苑中琪花瑶草，不过略略赏玩，随口与尉迟女问答。尉迟女情窦已开，料知隋主有意宠幸，乐得柔声娇语，卖弄风骚。错了错了，难道不闻有母夜叉么？隋主越加情动，竟与尉迟女趋入室中，使侍役供入酒肴，叫尉迟女在旁侍饮。尉迟女骤邀恩宠，正出意外，遂承旨饮了几杯，红霞上脸，越觉鲜妍。隋主越看越俏，连喝数觥，酒意已有五六分，索性开放情怀，与尉迟女调起情来。尉迟女若即若离，半推半就，那时隋主还记得甚么皇后，甚么旧盟，待至日暮，竟在苑中住宿。一宵快意，不消多说。嗣是绸缪数夕，方才还朝听政。

这独孤后病已略痊，见隋主数夕不归，早已含着醋意，密遣内侍侦探行止。还报得实，气得三尸暴炸，七窍生烟，便伺隋主临朝时候，悄悄带着宫监侍女，乘辇往仁寿宫去了。隋主视朝已毕，入宫去探皇后，哪知独孤后早已他去，旁问内侍，还是含糊对答，经隋主动了怒意，方说皇后往仁寿宫。隋主听了，竟吓得非同小可，便也跨马追去。到了仁寿宫，急诣尉迟女住室，正值

第八十七回　恨妒后御驾入山乡　谋夺嫡计臣赂朝贵

独孤后高声喝骂，声达户外，向内一望，摆着一个血肉模糊的尸体，细看不是别人，正是前日相偎相倚的尉迟女。痛煞！急煞！再看独孤后坐在上面，好似母夜叉一般，双眉直竖，两目圆睁，分明瞧着隋主，却尚是满口胡言，兀坐不动。气杀！隋主本是有名的惧内，一时不敢发作，只因悲愤交并，索性转身上马，扬鞭径去。独孤后恃宠作威，正望隋主趋入，再好发泄数语，偏隋主变色自行，倒也着忙起来，便下座追出，连呼陛下快回。隋主全不理睬，只没路的乱跑，急得独孤后仓皇失措，慌忙分遣内侍，宣召高、杨二相，及高颎、杨素，闻命驰至，距着隋主去时，已过了一歇。既问明情由，便带着内侍数名，相偕追去。究竟两人是出将入相的豪杰，走马如飞，足足赶了二三十里，方见隋主在山村间，慢骑前行。二人齐声叫道："陛下何往？"隋主闻声回顾，见高、杨二相赶来，乃勒马停住。二人忙即下马，趋至隋主马前，挽住丝缰，跪地进谏道："至尊有何急事？竟尔轻身自出，难道可不顾社稷么？"隋主不禁长叹道："说也可羞，自古帝王，莫不有三宫九嫔，朕召幸一个宫女，偏被独孤后殴死，朕想田家翁多收几斛麦，要思易妻，家有千金，也要买几个歌婢，朕贵为天子，反不得自由，何如出居民间，倒还逍遥自在呢？"高颎道："陛下错了。陛下进身劳思，得有天下，岂可为一妇人，反把天下看轻？愿陛下三思，速即还驾！"隋主沉吟不语。杨素亦从旁力谏，且言："山僻村乡，断非御驾可以留憩。"隋主也自觉为难，可巧日已西沉，仪仗舆辇，并文武百官，一齐来迎。隋主怒亦稍平，方徐徐还朝。及驰入宫阙，已近夜半，独孤后倚阁待着，心下很是不安。你也有惶急时么？及闻御驾已回，方才放下了心。隋主尚不肯入宫，再由高颎、杨素，苦劝始入。行至阁门，独孤后见了，忙下拜道："贱妾一时暴戾，触怒圣衷，死罪死罪。但念妾十四于归，至今已数十年，与陛下无纤芥嫌，今因宫人得罪，还乞陛下恩宥！"隋主方答道："朕非不念夫妇旧情，但卿亦太觉忍心。事已至此，也不必多说了。"独孤后涕泣拜谢，依旧并辇入宫。高、杨二相也即随入，由隋主赐他夜宴，自与独孤后亦开樽饮酒，饮了数杯，不免记着尉迟女，露出悲悼情态。高、杨二相，与隋主虽然异席，却是相隔不远，又各出婉言和解，隋主始破涕为欢。待至斗转更阑，才命撤席。高、杨二相辞去，隋主与独孤后返入寝室，一宵易过，无容细表。自是独孤后稍易前情，从前选入的陈叔宝妹子，方许隋主得尝禁脔，见八十五回。陈家女国色天姿，不亚尉迟女孙，李代桃僵，老怀已适，当然把尉迟女的惨死搬置脑后了。皇帝统是负心汉。

惟当时追还隋主，多亏高、杨二相，但颎有一语，传入后耳，竟致怀恨在心，看官道是何语？便是上文载着扣马力谏的数语。独孤后因他目为妇人，未免意存藐视，所以怏怏不乐，尝语心腹内侍道："我道高颎是我父执，时常敬礼，不意他藐我至此，我乃堂堂国母，怎得轻我为妇人呢？"你难道变做男子么？颎哪里知晓。一日，复应召入对，隋主与语道："有神告晋王妃，谓晋王必有天下，卿意以为如何？"颎正色答道："立储已定，怎可轻易？况长幼原有定序呢。"隋主嘿然，颎即趋出。为此一言，遂令独孤后怒上加怒，恨不得将高颎即日除去。看官听着！隋主生有五子，都是独孤后所出。隋主尝语群臣，谓："朕旁无姬侍，五子同母，可谓真兄弟，当不致有争立情事。"哪知一母所生的兄弟，也暗中相轧，并亲生母自己偏爱，酿成废立，反致正言相告的高仆射，无端牵入漩涡，坐罹遣谪，这也是出人意外的事情。大气盘旋。

太子勇小字睍地伐，系隋主坚长子，素性坦率，不尚矫情，常参决军国大事，言多见纳。惟隋主尚俭，勇独文饰蜀铠，为父所见，尝面责道："从古帝王，好奢必亡，汝为储君，当先知俭约，乃能奉承宗庙，我平时衣服，各留一袭，汝可随时取观，作为榜样。且赐汝旧刀一柄，菹酱一盒，令汝服食，汝宜默体我心。"勇虽应命趋出，但事过境迁，又复如常。会遇长至节日，百官皆往东宫贺节，勇张乐受贺，事为隋主所闻，愈滋不悦，特下诏戒谕群臣，此后不得擅贺东宫，嗣是恩宠渐衰，勇又多内嬖，昭训云氏，昭训系东宫女职。姿貌殊丽，尤得欢心，生子三人，还有高良娣王良媛成姬等，亦产下数男。独嫡妃元氏无宠，亦不闻生育。隋主坚却不暇计及，惟皇后独孤氏，最恨人宠妾忘妻，平时闻王置妾，或妾有怀孕等事，辄劝隋主惩诫，甚至免官。干卿甚事？偏皇太子亲蹈此辙，怎得不令独孤后生愤？冤冤相凑，那太子妃元氏，遇着心疾，两日即殁，独孤后疑为云氏下毒，越觉不平，每当太子入省，尝带怒容。太子勇亦漫不加察，竟使云氏专掌内政，居然视若嫡妃，益敦情好。独孤后暗暗咒骂，并尝遣内侍侦察，俟太子另有过失，便当请诸隋主，把他废斥。

就中有个阴谋诡计的晋王广，有心夺嫡，默窥父母隐情，巧为迎合，姬妾虽有数人，他却与萧妃日夕同居，就使后庭生子，亦不使养育，但说是未曾产男。有时隋主及后，亲临广第，广只留老丑婢仆，充当役使，自与萧妃又止衣敝缯，屏帐亦改用缣素，乐器任积尘埃，毫不拂拭，隋主当然惬意，独孤后愈觉生欢。及父母回宫，另遣左右探视，广不问贵贱，必与萧妃迎候门前，待以美馔，申以厚礼，因此宫中内侍，无不称晋王仁孝。隋主坚密遣相士来和遍视诸子，和答道："晋王眉骨隆起，贵不可言。"隋主又问上仪同三司韦鼎，谓诸子谁当嗣立？鼎随口奏道："至尊皇后，最爱何人，便使嗣统，此外非臣所敢知了。"来、韦二人，恐亦得杨广好处。隋主笑道："卿尚不肯明言么？"鼎又道："事在陛下，臣何必多言。"说毕自退。

会晋王广出镇扬州，甫经半载，便表请入觐，有旨允准。广即入觐父母，语言容止，无不加谨；就是接待朝臣，亦格外谦恭。宫廷内外，有口皆碑。及

第八十七回　恨妒后御驾入山乡　谋夺嫡计臣略朝贵

辞行还镇，并入宫别母，叙谈半日，无非是远离膝下、常怀孺慕的套话。待到天色将晚，将要出宫，又故意装出欲去不去的光景，欲言不言的情状。独孤后未免动疑，便问他有甚言语？广请屏去左右，只剩得母子两人，便伏地泣诉道："臣儿愚蠢，不知忌讳，每念亲恩难报，所以上表请朝，不知东宫何意，怒及臣儿，谓臣儿觊觎名器，欲加屠陷，臣儿远到外藩，东宫日侍朝夕，倘若逸言交入，天高难辩，或赐三尺帛，或给一杯鸩，臣儿不知死所，恐未能再觐慈颜了。"好一张似簧利口。说至此，呜咽不止。独孤后且怜且恨道："睨地伐见上。真令人难耐，我为他娶元氏女，向无疾病，忽然一旦暴亡，他却与阿云等日夕淫乐，生了许多豚犬。我长媳遇毒丧生，我尚未曾穷治，他竟又想害汝，我在尚然，我死后，汝等只合配他做鱼肉了。况东宫今无嫡妃，至尊万岁千秋后，汝等兄弟，且向阿云前再拜问候，这不是更加苦痛么？"说着，亦泫然泣下。广又假意劝慰，说是："臣儿不肖，转累慈圣伤心，更增罪戾。"云云。一擒一纵，独孤虽狡，怎能不堕入彀中？独孤后又咬牙密谕道："汝尽管放心还镇，我自有区处，不使我儿屈死。"广闻言暗喜，面上尚带着惨容，再拜而去。

　　独孤后遂决意废立，屡在隋主面前，挑唆是非。隋主因令选东宫卫士，入台宿卫。朝臣无人敢谏，独高颎入奏道："东宫宿卫，不便多调。"隋主不待说毕，便作色道："朕有时出巡，卫士应求雄毅，太子毓德东宫，何须壮士？我熟见前朝旧事，公不必再循覆辙了。"这一席话，说得高颎面有惭色，只好退出。原来颎子表仁，曾娶太子勇女为妇，隋主言中寓意，越令高颎难以为情。既而颎妻病卒，独孤后乘间进言道："高仆射年已将老，骤致悼亡，陛下奈何不为颎娶？"隋主因召颎入阙，面述后言。颎含泪答道："臣今已老，退朝后惟斋居诵经，不愿再纳继室了。"隋主亦为悼叹，因即罢议。过了数月，颎亲生下一男。隋主颇为颎喜慰，惟独孤后很是不乐。隋主问为何因？后答道："陛下尚再信高颎么？前陛下欲为颎续娶，颎心存爱妾，面欺陛下，今诈情已见，怎能再信？"看到此语，方知前时劝颎复娶，已寓阴谋。隋主亦以为然。及与颎商废立事，颎又提出长幼伦序，对答隋主，见上。于是隋主益疑颎有私，拟加谴谪。复忆及王世积一案，再加复验。有司希旨锻炼，谓颎实有通叛情事，乃即罢颎左仆射，以公爵就第。

　　先是汉王谅东伐高丽，尝令颎为长史，面加重托。谅年少任气，与颎言多不合意，遂致无功而归。谅入见独孤后道："儿幸免为高颎所杀。"独孤后原记在心中，谅亦怀恨不休，常欲置颎死地。还有晋王广为张丽华事，又挟嫌伺颎，为此种种积仇，遂阴唆颎吏上书，讦颎私事，诬称颎子表仁，劝慰乃父，谓："司马仲达，尝托疾不朝，卒有天下，父今遇此，安知非福"等语。隋主得书大怒，遂拘颎至内史省，备加讯鞫。法司按不得实，反捏报他事，谓："沙门真觉，曾语颎云，明年国有大丧，尼令晖亦与颎言，皇帝将有大厄，十九年恐不可过。"隋主益怒，顾语群臣道："帝王岂可力求？孔子为古来大圣人，作法垂世，岂不欲有天下？但天命未归，只好作罢了。"孔子岂肯效法篡逆么？有司请即诛颎，隋主复叹道："去年杀虞庆则，今年斩王世积，若更诛颎，天下总道我残害功臣了。"乃褫颎爵邑，除名为民。颎有老母，尝诫颎道："汝富贵已极，但欠一斫头呢，奈何不慎？"颎既被黜，回忆母言，尚自幸不死，倒也没有恨色。哪知生死有命，后来终难免一刀，这且慢表。

　　且说晋王广闻高颎免官，又少了一个对头，自思储君一席，此时不夺，更待何时？但一时也想不出妙计，默思安州总管宇文述，足智多谋，何不将他奏调过来，好与他秘密商量。当下写定一表，奏调宇文述为寿州刺史。隋主怎识秘谋，便即批准。述受调南来，顺道谒广。广殷勤款待，向述问计。述答道："皇太子失爱已久，令德仁闻，无一可及大王，将来入承正统，舍王为谁？但废立大事，实不易言，大王虽经二圣宠爱，究竟事关重大，未便遽移，必须有一亲信大臣，从中怂恿，方可成功。"广皱眉道："亲信大臣，莫如杨素，但恐他不肯助我，奈何？"述接口道："这也何难？大理少卿杨约，为杨仆射亲弟，事必与谋，述与约相识，愿入朝京师，乘便语约，为大王效劳，何如？"广大喜过望，便多出金宝，令述携带入关。

　　一到长安，述即往访约，彼此相别有年，欢然道故，自在意中。述即赠约珍玩数件，适合约意，当即开筵接风，备极款洽，尽兴始散。越日，述早起入朝，隋主照例召见，寥寥数语，即令退班。述回寓后，约正踵门答拜，述当然迎入，也即设宴相待。酒过数巡，席上陈设，多是南方佳玩，就是银杯象箸，亦无不雕刻玲珑。约且饮且赏，啧啧称美。述慨然道："公既见爱，便当相赠。"说着，复取出周彝商鼎等类，与约过目。约爱不释手，赞不绝口，述见他已经入彀，复语约道："述愿与公掷卢赌胜，就以此物为彩，可好么？"约趁着三分酒兴，便与述共博，述佯为不胜，把鼎彝等悉数输去。约得彩既多，也觉得难以为情，有谦让意。述附耳道："公以为此物是述所输么？述哪能有此，实是晋王所赐，令述与公交欢呢。"约愕然道："兄赐尚不敢当，若是晋王所赐，更不敢受。"述笑答道："这些须珍玩，何足希罕？尚有一场永远大富贵，送与令昆玉。"约愈觉失惊。述从容道："如公兄弟，功名盖世，当涂用事，已历多年，朝臣为公家所屈辱，岂止一二人？且储君因所欲不行，往往切齿执政，一旦得志，至亲有云定兴等，定兴即昭训父。宫僚有唐令则等，试问公家兄弟，尚能长保富贵吗？"约不禁失色道："如此奈何？"述又道："今皇太子失爱慈圣，主上已有废黜的微意，想公家兄弟，谅亦窥悉，若请立晋王，但教贤兄一语，便可做到，诚使因时立功，晋王必感念不忘，这岂非避危就安，是一场永远大富贵

第八十七回　恨妒后御驾入山乡　谋夺嫡计臣赂朝贵

吗？"娓娓动人。约点首道："君言甚是，待商诸家兄，再行报命。"说着，又畅饮数杯，方才告别。述将所赠珍玩，遣人送往杨家，自不消说。

约即往告素，素大喜道："我尚想不到此，赖汝有此计策，我便照行便了。"约复道："今皇后所言，上无不用，兄须看着机会，早自结托，庶可长保富贵，若再迟疑，一旦有变，令太子用事，祸至无日了。"素掀须道："这个自然。"约见素已允，便悄悄的报知宇文述。述当然返报晋王广，不在话下。惟杨素怀着鬼胎，日思进言，可巧隋主召令侍宴，独孤后亦在座中。素即称赞晋王孝悌恭俭，酷肖至尊。隋主尚未开口，独孤后已顾素道："公亦看重我次儿么？我儿大孝，每值内史往问，他知为我夫妇所遣，必迎接境上，言及违离，未尝不泣，且新妇萧氏，亦很觉可怜，我使婢去，必与她共寝同食，岂若睍地伐宠恋阿云，猜忌骨肉，全不像个储君体统。我所以益爱阿㐞，常恐他被人暗害呢。"说至此，不禁泣下。看官道阿㐞为谁？就是晋王广的小名。广将生时，独孤后梦见金龙入室，红光缭绕，后来忽堕落地上，跌断龙尾，变成一只老鼠模样，形大如牛。后猛然惊醒，随即产广。广生得丰颐广额，头角峥嵘，后甚是喜欢。及三日取名，后与隋主述及梦境，隋主半喜半惊，仔细忖量，似乎凶多吉少，但后事茫茫，究难预料，因他眉开额阔，便取名为广，小字阿㐞。俗本易㐞为摩，大误。所以独孤后向素答言，随口呼及晋王广的小名。素揣知后意，索性把东宫过失，直陈了一大篇，惹得隋主愈加懊恼，感叹了好几回。待素辞退后，独孤后又暗遣内侍，赍金赐素，素乐得拜受。小子有诗叹道：

　　漫言五子属同胞，偏爱偏憎已混淆。
　　更有权奸承内旨，几多谗口共警警。

这事传入太子勇耳中，勇自然忧惧，要想设法保全，毕竟有无良策，容至下回再详。

古人有言："哲妇倾城。"又云："谋及妇人，宜其死也。"夫古今来非无才智之妇人，但明通者少，悍妒者多。试观尉迟女之一经召幸，即被独孤后殴死，妒悍如此，尚能知大体乎？隋主坚不自类推，反以为五子同母，少长咸序，可无后患，讵知势均位敌，虽属同产至亲，不能无倾夺之害，况妇人最多偏爱，孽子又肆阴谋，浸润之谮，肤受之愬，非洞烛其奸，几何不为所蒙蔽也。高颎重臣，忠而见斥，杨素贪恋富贵，致为宇文述所饵，嬖子匹嫡，外宠贰政，而废立之衅成，而弑逆之祸，亦自此兆矣。

第八十八回　太子勇遭谗被废
　　　　　　　庶人秀幽锢蒙冤

　　却说太子勇安居东宫，喜近声色，免不得有三五媚臣，导为淫佚。就是云昭训父定兴，亦出入无节，尝献入奇服异器，求悦太子。左庶子裴政，屡谏不从。政因语定兴道："公所为不合法度。且元妃暴薨，人言藉藉，公宜亟自引退，方可免祸。"定兴不以为然，并将政语转告太子。太子勇便即疏政，出襄州总管，改用唐令则为左庶子。令则素擅音乐，勇使他教导宫人，弦歌不辍。右庶子刘行本，尝责令则道："庶子当以正道佐储君，奈何取媚房帏，自干罪戾？"令则闻言，也觉赧然，但欲讨好东宫，仍然不改。会太子召集宫僚，开筵夜饮，令则手弹琵琶，歌妩媚娘，太子大悦。当时恼动了一位直臣，便起座进规道："令则身为宫僚，职当调护，今乃广座前，自比倡优，进淫声，秽视听，事若上闻，令则罪在不测，殿下宁能免累么？"太子勇怫然道："我欲行乐，君勿多事！"说至此，那直臣知话不投机，也即趋出。这人为谁？就是太子洗马李纲。叙法侧重李纲，为下文伏线。勇由他自去，并不追问，仍使令则弹唱终席，方才遣散。嗣复与左卫率夏侯福手搏为戏，笑声外达。刘行本待福出来，召福面数道："殿下宽容，赐汝颜色，汝何物小人，敢如此恣肆无礼呢？"因将福执付法吏。勇反替福请免，乃得释出。还有典膳监元淹，太子家令邹文腾，前礼部侍郎萧子宝，前主玺下士何竦等，俱专务谐媚，导勇非法。

　　勇内多姬媵，外多幸臣，整日里歌宴陶情，不顾后患。至废立消息，传到东宫，勇才觉着忙，闻新丰人王辅贤，素善占候，因召问吉凶。辅贤道："近来太白袭月，白虹贯东宫门，均与太子有碍，不可不防。"勇越加惶急，遂与邹文腾、元淹熟商，引入巫觋，作种种厌胜术，又在后园内设庶人村，屋宇卑陋。勇常往寝处，布衣草褥，为厌禳计。全是愚夫、愚妇的作为。隋主坚颇有所闻，遂使杨素诇视虚实。素至东宫，已经递入名刺，却故意徘徊不进。勇束带正冠，伫待多时，方见素徐徐进来。勇不觉懊恼，语多唐突。素即还报太子怨望，恐有他变。隋主尚将信将疑，再经独孤后遣人伺勇，每得小过，无不上闻，甚且架词诬陷，构成勇罪，说得隋主不能不信，乃自玄武门达至德门，分置候人，窥察东宫动静，所有东宫宿卫，及侍官以上名籍，悉令移交诸卫府。宫廷内外，俱知废立在迩，乐得顺风敲锣，投穿下石，至如晋王广盼望佳音，更觉迫不及待，密嘱督王府军事段达，贿通东宫幸臣姬威，使伺太子过失，密告杨素。于是内

第八十八回　太子勇遭谗被废　庶人秀幽锢蒙冤

外喧谤,说得这个太子勇无恶不作,自古罕闻。

会隋主幸仁寿宫,将要回銮,段达往胁姬威道:"东宫罪恶,皇上尽知,已奉密诏,定当废立,君能和盘托出,大富贵就在目前了。"威满口应承。未几,隋主还朝,才阅一宵,已听得许多蜚语,越宿御大兴殿,即宣召东宫官属,怒目与语道:"仁寿宫去此不远,乃令我每还京师,严备仗卫,好似身入敌国一般。我近患下痢,寝不解衣,昨夜至后房登厕,恐有警急,又还就前殿,岂非尔辈欲坏我家国么?"说至此,即叱令左右,拿下左庶子唐令则等数人,付法司讯鞫,一面命杨素陈述东宫事状,宣告群臣。素竟随口编造,说出太子许多骄倨,且有密谋不轨等情。隋主喟然道:"此儿过恶久闻,皇后每劝我废去,我因此儿居长,且是布素时所生,格外容忍,望他渐改,不料他怙恶不悛,反敢私怨阿孃,不与一好妇女;且指皇后侍儿,谓将来终是我物。新妇元氏,性质柔淑,忽然暴亡,我疑他别有隐情,召他入问,他便抗辞道:'会当杀元孝矩。'试想孝矩为元氏父,现为庐州刺史,相隔甚远,何罪当杀?他无非意欲害我,借此迁怒呢。皇长孙俨,为云氏所出,朕与皇后老年得孙,抱养宫中,他偏不放心,遣人屡索,由今思昔,云氏系定兴女,与不肖儿在外私合,安知不是异种?昔晋太子取屠家女,生儿即好屠割,今若非类,便乱宗社。又闻不肖儿引入曹妙达,与定兴女同宴,妙达在外扬言,我今得劝妃酒,如此乖谬,想是因诸子庶出,恐人不服,特故意纵妾,欲收时望,我虽德惭尧舜,怎可将社稷人民,付与这不肖子呢?"多是妇女琐亵之谈,奈何出诸帝口?语尚未毕,左卫大将军五原公元旻,听不入耳,竟出班面奏道:"废立大事,天子无二言,诏旨若行,后悔无及。谗言罔极,请陛下三思!"隋主全然不理。

旻尚欲再言,偏姬威入朝抗表,迭称太子失德,隋主览表已毕,复传威入见,谕令尽言。看官!你想威有甚么好话?无非说太子好奢好淫,好杀好忌,又把那厌蛊诸术,尽情说出,最后一语,谓太子尝令师姥卜吉凶,转语臣道:"至尊忌在十八年,今已过期,好令人快意了。"隋主听到此言,气得老泪潸潸,且泣且叹道:"谁非父母所生?乃竟至此。朕近览齐书,见高欢纵子为恶,不胜忿懑,我怎可效尤哩?"说着,即传敕禁勇诸子,及勇党羽,令杨素讯谳,自下御座退朝。素与弟约深文巧诋,锻炼成狱,有司更希承素意,奏称:"元旻尝曲意事勇,当御驾在仁寿宫时,勇尝遣心腹裴弘,致书与旻,外面写着,毋令人知。"既云密书,又云外面有此数字,明明是诬蔑之言,构陷元旻。隋主看了,便失声道:"朕在仁寿宫,事无巨细,东宫即已闻知,比驿马还要迅速,朕尝称为怪事,哪知有此辈引线呢。"遂遣武士拘旻下狱,并裴弘亦被拘入。右卫大将军元冑,尝入值帝前,时当退班,尚留连不去,至此始面奏道:"臣向不退值,正为陛下防着元旻呢。"可恶之极。隋主被冑所欺,面加褒奖,冑欢跃而出。开皇二十年十月,隋主决意废太子勇,使人召勇入见。勇见朝使失色道:"莫非欲杀我不成?"使臣支吾对付。勇只好硬着头皮,随使入武德殿。但见殿阶上下,兵甲森列,殿内东立百官,西立诸王,御座中坐着一位甲胄耀煌,威灵赫濯的大皇帝,不由的心胆俱碎,匍伏阶前。内史侍郎薛道衡,在阶上站着,朗声宣诏道:

> 太子之位,实为国本,苟非其人,不可虚立。自古储副,或有不才,长恶不悛,仍令守器,皆由情溺宠爱,失于至理,致使宗社沦亡,苍生涂地。由此言之,天下安危,系乎上嗣。大业传世,岂不重哉?皇太子勇,地则居长,情所钟爱,初登大位,即建春宫,方冀德业日新,隆兹负荷,而乃性识庸闇,仁孝无闻,昵近小人,委任奸佞;前后愆戾,难以具纪。但百姓者天之百姓,朕恭膺天命,属当安育,虽欲爱子,实负上灵,岂敢以不肖之子而乱天下?勇及其男女为王公主者,并废为庶人,顾维兆庶,事不获已,兴言及此,良深愧叹!

诏书读毕,当有卫士引勇诸子,趋入殿庭,褫去冠带,并由道衡传谕及勇道:"如尔罪恶,人神共弃,欲求免废,尚可得么?"勇即免冠再拜道:"臣合尸都市,为将来鉴,幸蒙哀怜,得全性命。"说着,泪如雨下,良久始舞蹈而去。盈廷诸臣,莫不感悯,但也不便多言。勇有十子,亦一并牵出。长子俨曾封长宁王,尚表乞宿卫,情词恳切。隋主览表心动,意欲留俨,杨素进言道:"伏愿圣心同诸螫手,不宜再事矜怜。"素实可杀。隋主乃怏怏入内。越日,又下诏书,斩元旻、唐令则、邹文腾、夏侯福、元淹、萧子宝、何竦七人,妻妾子孙并没入官庭。还有车骑将军阎毗、东郡公崔君绰,游骑尉沈福宝、术士章仇太翼,各杖百下,身及妻子为奴,资财田宅充公。副将作大匠高龙父,率更令晋文建,通直散骑郎元衡,并赐自尽。

太平公史万岁,与将士等共列朝堂,见太子被废,暗暗称冤,不辞而退。隋主记忆起来,召问杨素道:"万岁为何遽退?"素答道:"想是去谒东宫了。"隋主即召万岁入问,万岁为素所诬,当然不服,且言:"前征突厥,被杨素抑功不赏,将士多半怨素,素实老奸巨猾,不可轻信。"隋主此时,正深信杨素,便极口驳斥,万岁仍然反抗,词色益厉,顿时恼动上意,遽命左右推出朝门,把他击毙。已而不禁自悔,复令追还,那万岁的魂灵,已入枉死城,哪里还追得转呢?当下赐杨素帛三千段,元胄、杨约各千段。文林郎杨孝政进谏道:"皇太子为小人所误,宜加训诲,不宜废黜。"隋主又怒,喝令挞孝政胸,至数十下。孝政只得自认晦气,忍痛而出。隋主复召东宫官属,责他辅导无方,众皆惶惧,莫敢答言。独太子洗马李纲道:"废立大事,满朝文武大臣,皆知事不可行,但莫

第八十八回　太子勇遭谗被废　庶人秀幽锢蒙冤

敢发言,臣何惜一死,不为陛下直陈。太子性本中人,可与为善,亦可与为恶。向使陛下选择正人,辅导太子,非不可嗣守鸿业,乃用唐令则为左庶子,邹文腾为家令,二人唯知谄媚取容,怎得不败?这乃陛下自误,不得尽归罪太子。"说至此,伏地呜咽。隋主亦不觉惨然,欷歔良久道:"李纲责我,不为无理,但徒知其一,未知其二,我本择汝为宫僚,勇不肯亲信,虽有正人,究属何益?"纲又答道:"臣所以不见亲信,实由奸人在侧,蒙蔽东宫,若陛下早斩令则、文腾,更选贤才辅佐太子,臣何致终被疏弃哩?从古来国家废立冢嫡,每至倾危,愿陛下深留圣恩,无贻后悔。"胆愈壮则词愈达。隋主听了,勃然变色,抽身入内。左右皆为纲寒心,纲却从容退归。已而有诏传出,移置废太子勇至内史省,恩给五品料食,又擢李纲为尚书右丞。朝臣始服纲胆识,交口称颂了。

过了数日,即立晋王广为太子,全国地震。广还要讨好父前,表请减杀章服,所用官僚,不向东宫称臣。隋主坚嘉他礼让,优诏允从。广即调用宇文述为左卫率,又因洪州总管郭衍,亦曾与谋夺嫡,召为左监门率。隋主又移废太子勇至东宫,锢置幽室,令广管束。勇自思罪不当废,屡请见父申冤。广不肯允,勇升树号呼,期达上闻。广商诸杨素,素即上言:"勇志日昏,想为癫鬼所祟,不可复收。"隋主乃令广从严锢勇。勇遂如罪犯一般,不许自由。从此九重远隔,永不得见天日了。

先是隋主克陈,天下多想望太平,监察御史房彦谦,私语亲友道:"主上忌刻苛酷,太子卑弱,诸王擅权,天下虽得暂安,不久必生祸乱。"彦谦子玄龄,亦密白乃父道:"主上本无功德,徒用诈术取天下,诸子又皆骄奢不仁,将来必自相诛夷,危亡即不远了。"会新乐告成,协律郎祖孝孙及乐工万宝常,按律谱音,皆不见用,但创出一种繁闹的乐音,奉敕施行。宝常泫然道:"淫厉而哀,天下不久便乱了。"自是辞去役使,情愿槁饿,并取乐谱毁去,且自叹道:"用此何为?"未几竟绝粒而死。回应八十六回中订乐事,笔法不漏,且以见隋代之将亡。

隋主还道是立储得人,可无后忧。太史令袁充,当废立东宫时,曾进言天象告变,应该废立,至此又表称:"隋兴以后,昼日渐长,兆庆升平。"隋主大喜,即改开皇二十一年为仁寿元年,大赦天下。地球绕日,自有常度,乌有无故增长之理?进杨素为左仆射,苏威为右仆射,文武百官,加秩有差。惟因日影增长,令百工作役,概加程课。丁匠等不免叫苦,隋主怎得与闻。散骑侍郎王劭,乘势献谀,谓自大隋受命,符瑞甚多,特辑成《皇隋灵感志》三十卷,进呈御览。隋主取阅全书,内容多系采集歌谣,旁及谶纬,并且掇拾佛书,意为注释,虽未免牵强附会,但自思得国未正,士民或有异议,正好借此宣示四方,表明应天顺人的征验。当下将劭书颁行天下,并赏劭金帛千匹,且亲祀南郊,答谢天麻。

才阅一年,岐、雍二州地震,毁坏民庐,不可胜计。到了孟秋,独孤后受凉感疾,饮食无味,寝卧不安。御医逐日诊治,毫不见效,反且沉重起来。天文似亦预兆灾眚,八月初旬,月晕四重,又越五日,太白犯轩辕,是夜独孤后病殁永安宫,年正五十。隋主感伤数次,乃命礼官治办丧仪,殡灵白虎殿下。太子广至灵柩前,哀号擗踊,若不胜情,至退处私室,饮食言笑,仍如平时。又每朝令进二溢米,暗中却嘱取肥肉脯鲊,置竹筒中,用蜡封口,裹着衣襆,悄悄纳入,外人无从得知,反盛称太子孝思,誉不绝口。转眼间已过了三月,奉柩出葬泰陵,追谥文献。这泰陵地域,是由上仪同三司萧吉所择,奏云:"卜年三千,卜世二百。"隋主说道:"吉凶由人,不关墓兆。"话虽如此,意中实喜得嘉地,竟从吉言。言不由衷,无怪生儿更诈。吉密语知友道:"前太子尝遣宇文左率,嘱我善择山陵,令太子早日得立,必当厚报。我答言地已择就,不出四年,太子必御天下。实告诸君,太子嗣位,隋必致亡。我所云三千年,乃系三十,二百世乃系二传。诸君记着!看我言果有验否?"吉为梁长沙王萧懿孙,既有此技,何前此无救国亡?吉友闻言,也似信非信,搁过一边。

且说隋主第四子蜀王秀,容貌壮伟,很有胆力,年未及壮,即多须髯,常为朝臣所侧目。隋主尝语独孤后道:"秀将来恐不令终,我在尚可无虑,至兄弟时必反无疑。"独孤后以秀无他过,置诸不理。隋主乃命秀镇蜀,秀莅治益州,奢侈逾制,车马衣服,僭拟天子。隋主稍有所闻,即语群臣道:"坏我家法,必在子孙。"因遣使赍敕谴责,秀终未肯改。及太子勇遭谗被废,晋王广得为太子,秀意甚不平。广亦防秀有变,阴令杨素进谗,构成罪状。隋主乃召秀还朝,秀入都进谒,但见隋主满面怒容,不与一言。秀再拜而出,隋主乃使朝臣责秀,秀答谢道:"臣忝荷国恩,出临藩岳,不能奉法,罪当万死。"太子广闻秀被责,很是欣慰,外面装出爱弟形状,邀同诸王入宫,替秀解免。隋主反加怒道:"从前秦王縻费,我以父道相责,今秀蠹害生民,我当以君道相绳。汝等不必多言,我自有法处治呢。"说着,即令将秀付诸法司。开府仪同三司庆整进谏道:"庶人勇既废,秦王已薨,秦王俊病殁,见八十六回。陛下儿子无多,奈何屡加严谴?且蜀王性甚耿介,今被重责,或且不愿生全,也是可虑。"隋主大怒道:"你敢来多嘴么,我且断你舌根!"随即顾群臣道:"当斩秀市中,以谢百姓。"群臣俱跪伏殿庭,代为乞免,乃令杨素、苏威、牛弘、柳述等,再加按治。太子广阴作木偶,缚手钉心,上书隋主及汉王姓名,下署数语云:"请西岳慈父圣母,速遣神兵,收系杨坚、杨谅神魂。"令人埋诸华山下。一面使杨素发掘,作为罪证。又云:"秀妄造图谶,迭言京师妖异,捏称蜀地祯祥。"并有檄文草稿,略云"逆臣贼子,专弄威福,当盛甲陈兵,指期问罪"等语。罪证已具,一并上奏。隋主见了,拍案盛怒道:"天下有这等不肖子么?"便令废秀为庶人,

第八十八回　太子勇遭谗被废　庶人秀幽锢蒙冤

幽锢内侍省,不得与妻孥相见,但给獠婢二人,充当役使。且缘秀连坐,计百余人。又中了逆子奸相的诡计。秀上表称谢,表文中有云:"伏愿慈恩,垂赐矜悯。今兹残息未尽,愿与瓜子相见,请赐一穴,令骸骨有归。""瓜子"二字,是指自己的爱子言。隋主反下诏数秀十罪,略云:

汝地居臣子,情兼家国。庸蜀重要,委以镇之。汝乃干纪乱常,怀恶乐祸,睥睨二宫,伫望灾衅,我有不和,汝便觇候,望我不起,便有异心。皇太子汝兄也,次当建立,汝假托妖言,乃云不终其位。自言骨相非人臣,德业堪承重器,诈称益州龙现,托言吉兆,重述木易之姓,更治成都之宫。妄说禾乃之名,以当八千之运,横生京师妖异,以证父兄之灾,妄造蜀地祯祥,以符己身之箓。鸠集左道,符书厌镇。汉王于汝,亲则弟也,乃画其形像,书其姓名。缚手钉心,妄云请西岳华山慈父圣母,收杨谅魂神。我之于汝,亲则父也,又画我形像,缚首撮头,仍云请西岳神兵,收杨坚魂神,如此悖谬,我不知杨坚、杨谅,果是汝何亲也。包藏凶愿,图谋不轨,逆臣之迹也。希父之灾,以为身幸,贼子之心也。怀非分之望,肆毒心于兄,悖弟之行也。嫉妒于弟,无恶不为,无孔怀之情也。违犯制度,坏乱之极也。多杀不辜,豺狼之暴也。剥削民庶,酷虐之甚也。唯求财货,市井之业也。专事妖邪,顽嚚之性也。弗克负荷,不材之器也。凡此十者,灭天理,逆人伦,汝皆为之,不祥之甚也。欲免祸患,长守富贵,其可得乎?

庶人秀得见此诏,吓得莫名其妙,自思诏书所言,纯是冤诬,不知被何人构造出来,锻成这般大罪。禁门深远,无从申诉,只好饮恨泣血,静坐图圄。贝州长史裴肃独遣使上书,谓:"二庶人得罪已久,宁不革心,愿陛下弘君父之慈,顾天性之义,各封小国,再观后效,若能迁善,渐更增益,如或不悛,贬削未迟。"这书奏入,隋主顾杨素道:"裴肃忧我家事,也是一片诚心。"素默然不答。*不劾裴肃,还算厚道。*于是征肃入朝,面谕二庶人不能曲恕,且罢肃原官,放归田里。惟庶人秀诸子,听令同处,小子有诗叹道:

谗言蔽主益神昏,父子相夷最贼恩。
一摘已稀偏再摘,可怜皇嗣两含冤。

二庶人不得出头,太子广得步进步,更要做出逆天害理的大事来了。欲知他如何行事,请看下回便知。

太子勇非无过失,误在无正人以辅导之。如洗马李纲言,最为剀切。然有独孤后之偏爱,与晋王广之诡谋,就使勇无失德,亦必致废黜,况更有杨素之助桀为虐耶？隋主坚惩高欢覆辙，自谓不致纵子，而抑知妻儿谮愬，堕彼术中，其惑且比高欢为尤甚也。蜀王秀虽未免僭踰，而较诸废太子勇，更属无甚大罪，乃广、素相毗，百端构陷，复被废为庶人。自来阴贼险狠，莫如杨广，而隋主坚屡为所欺，溺爱不明，一至于此，有子者尚其鉴诸！

第八十九回　侍病父密谋行逆
　　　　　蒸庶母强结同心

却说太子广诈谋百出，构陷兄弟，全亏杨素一力帮助，因得如愿。素亦威权日盛，兄弟诸父，并为尚书列卿，诸子亦多为柱国刺史。广营资产，家僮数千，妓妾亦数千，第宅华侈，制拟宫禁。朝右诸臣，莫不畏附。惟尚书右丞相李纲及大理卿梁毗，正直不阿，与素异趋。毗且上书劾素，说他："权势日隆，威焰无比，所私无忠谠，所进皆亲戚，子弟布列，兼州连县，天下无事，容息异图，四海有虞，必为祸始。陛下以素为阿衡，臣恐他心同莽懿，伏愿揆鉴古今，量为处置，使得鸿基永固，率土幸甚！"隋主览奏大怒，收毗系狱，亲加鞫问。毗毫不畏缩，且极言："素擅宠弄权，杀戮无道，太子及蜀王得罪遭废，臣僚无不震悚，独素扬眉奋肘，喜见颜色，利灾乐祸，不问可知。"隋主听到此语，不由的忆念二子，发现天性，暗暗的吞声饮泪，不愿再鞫，乃命毗还系狱中，越日传敕赦毗。嗣又诏谕杨素道："仆射系国家宰辅，不应躬亲细务，但阅三五日，一至省中，评论大事，便为尽职"等语。又出杨约为伊州刺史。素知隋主阴怀猜忌，更不自安；又见吏部尚书柳述，进参机密，得握政权，尤觉得心如芒刺，愤闷不平。好与杨广同谋弑逆了。

先是隋主第五女兰陵公主，下嫁仪同王奉孝，奉孝早逝，公主年才十八，隋主欲令她改嫁，晋王广因妻弟萧玚，正在择配，拟请将公主嫁玚。偏是乃父不从，令适内史柳述。隋主最爱此女，更闻她敬事舅姑，力循妇道，益加心慰，遂累擢述至吏部尚书。广既为太子，与述未协，并见述徼宠预政，越觉生嫌，再加杨素亦常憾述，眼见是虎狼在侧，怎得相安？当时龙门人王通，具有道艺，讲学河汾间，门徒甚众，目睹朝政日非，孽子权臣，互为表里，料知祸乱不远，因诣阙上书，胪陈太平十二策。隋主不能采用，通即拟告归。杨素夙慕通名，留通至第，劝他出仕。通答道："通尚有先人敝庐，足庇风雨，薄田数亩，足供饘粥，读书谈道，尽堪自乐，愿明公正己正人，治平天下，通得为太平百姓，受赐已多，何必定要出仕呢？"素闻通言，敬礼有加，因馆待数日。有人向素进谗道："通实慢公，公何故敬通？"素亦不觉生疑，转以问通。通从容道："公若

第八十九回　侍病父密谋行逆　烝庶母强结同心

可慢，是仆得计；不可慢，是仆失人。得失在仆，与公何伤？"素一笑而罢。不必多辩，已使权奸心折。通见素终未肯改过，便即辞归，仍然居家课徒。后来唐朝开国，如房玄龄、魏征诸贤臣，皆受教通门。通至隋大业末年，大业系隋炀帝年号，见下文。在家病卒，门人私谥为文中子，毋庸多表。不略王通，足补史传之阙。

会突厥步迦可汗，即达头可汗，见八十六回。屡扰隋边，并寇掠启民可汗庐帐，杨素发兵奋击，大破步迦。步迦穷蹙遁归，部众因此离心，铁勒仆骨等十余部落，并内附启民，突厥大乱。步迦奔往吐谷浑，隋主令启民归统部众，使长孙晟送出碛口。启民益感隋恩，岁修朝贡，亦不消细说。

且说隋主坚自皇后死后，不必惧内，遂专宠陈叔宝妹子，赐号贵人。叔宝亦得时常召见，隋主命修陈氏宗祀，令叔宝岁时致祭，且因此惠及齐梁，特许齐后高仁英，梁后萧琮，修葺祖陵，逐年祭扫。叔宝因妹邀宠，早把亡国的痛苦，撇置脑后。此之谓全无心肝。一日，从隋主登邙山，奉谕侍饮。叔宝即席赋诗道："日月光天德，山河壮帝居。太平无以报，愿上东封书。"隋主亦不加可否。至陪辇回朝，叔宝又表请封禅。当下接得复敕，暂从缓议。过了旬月，复召叔宝入宴。叔宝本来好酒，见着这杯中物，胜似性命，连喝了数大觥，酒意醺醺，方才罢席，拜谢而出。隋主目视叔宝道："亡国败家，莫非嗜酒，与其作诗邀功，何如回忆危亡时事。当贺若弼入京口时，陈人密启告急，叔宝饮酒不省；及高颎入宫，犹见启在床下，岂不可笑？这是天意亡陈，所以出此不肖子孙。昔苻秦征伐各国，俘得亡国主，概赐爵禄，意欲沽名，实是违天，所以苻氏享国，亦未能长久呢。"休说别人，自己也要死亡了。仁寿四年，叔宝病死隋都，年五十二。隋廷追赠叔宝为长城县公，予谥曰炀。史家称为陈后主，或沿隋赠号，呼为长城公。但叔宝死时，在仁寿四年仲冬，隋主坚却比他早死了几个月，并且死得不明不白。照此看来，一个统领中原的主子，结果反不及一亡国奴，说来也觉得可怜可痛呢！从陈女递入叔宝，从叔宝之死，回溯隋主之殁，叙笔不漏不絮。

原来隋主坚既宠一陈贵人，领袖六宫，复在后宫选一丽姝，随时召幸。这丽姝也由陈宫没入，母家姓蔡，籍隶丹阳，姿容秀媚，与陈贵人相差不远，隋主早已钟情，只因独孤后奇妒，不便染指。后死后，乃进蔡氏为世妇，享受温柔滋味，日加宠遇。寻亦拜为贵人。两贵人并沐皇恩，轮流服侍，隋主虽然快意，究竟消耗精神；况日间要治理万机，夜间要周旋二美，六十多岁的老头儿，哪里禁受得起？起初还是勉强支撑，至敷衍了一年有余，终累得骨瘦如柴，百病层出。仁寿四年孟春，尚挈二贵人往仁寿宫，想去调养身体，一切国事，均令太子广代理。无如万机虽卸，二美未离，总不免旦旦伐性。一住三月，偶感风寒，内外交迫，即致卧床不起，葠苓罔效，苓苢无灵。两贵人原是惶急，此外随驾人员，亦无不耽忧，便报知东宫太子，及在朝王公。太子广便即驰省，余如左仆射杨素，吏部尚书兼摄兵部尚书柳述，黄门侍郎元岩等，亦皆随往问疾。大众到了大宝殿，里面就是隋主寝所，便鱼贯而进，并至榻前。隋主正含糊自念，若使皇后尚存，朕不致有此重疾了。谁叫你老且渔色？还劳记忆妒后吗？太子广已经听着，默忖一番，已寓后日诈谋。才开口启呼父皇。隋主始张目外视道："汝来了吗？我念汝已久了。"广故作愁容，详问病状，语带凄音。隋主略略相告，并由杨素等上前请安。隋主亦握手欷歔，自言凶多吉少。素等俱出言劝慰，方得隋主颔首，面命太子广居大宝殿，俾便侍奉。杨素等出外伺候，太子广等领命退出。广与素密谈数语，素唯唯而去。看官听说！这太子广见隋主病重，料知死期在迩，心下很是喜欢，便嘱令杨素预先留意，准备登基。及素去后，又因言不尽意，常自作手书，封出问素。素条陈事状，复报太子。

偏偏冤家有孽，宫人误将杨素复书，传入御寝，隋主取来展阅，大略一瞧，已是肝气上冲，喘急异常。两贵人慌忙过侍，一搔背，一摩胸，劳动了好多时，方渐渐的平复原状，悲叹数声，始蒙眬睡去。这一睡却经过半日有余，醒来已是夜半，寝室中灯烛犹明，两贵人尚是侍着。隋主不禁怜惜道："我病日剧，累汝两人侍我，劳苦得很，可惜我将不起，汝两人均尚盛年，不知将如何了局哩？"自然有人代汝效力，汝且不必耽忧。两贵人听了，连忙上前慰解，但心中各怀酸楚，虽勉强忍住珠泪，已是眼眶荧荧，隋主愈觉不忍，但又无可再言，只得命她寝息。越日传谕出去，加号陈氏为宣华夫人，蔡氏为容华夫人。两夫人得了敕旨，均加服环珮，并至榻前叩谢，隋主谕令平身。两人谢恩起立，容华夫人先出更衣，宣华夫人因隋主有所嘱咐，迟了一步，方才得出。

隋主见两夫人并去更衣，暂且闭目养神，似寐非寐，忽听得门帏一动，不同常响，急忙睁目外望，见有一人抢步进来，趋至榻前，露出一种慌张态度。再行审视，珮环依旧，钗钿已偏，不由的惊问道："你为何事着忙？"那人欲言未言，经隋主一再诘问，不禁泣下，且呜呜咽咽的说出"太子无礼"四字。隋主忽跃然起坐，用手捶床道："畜生何足付大事，独孤误我！"悔已迟了。说着，即呼内侍入室，命速召柳述、元岩，宣华亦劝阻不住。及述与岩奉召进来，隋主喘着道："快…快召我儿！"述答道："太子现往殿外，臣即去召来。"隋主又复喘着，说了"勇、勇"两声。述、岩应声出阁，互相商议道："废太子勇现锢东宫，须特下敕书，方可召入。"乃取觅纸笔，代为草敕。敕文颇难措词，又经两人磋磨多时，方得告就。正要着人往召，不防外面跑入许多卫士，竟将两人牵去，两人问为何因？卫士并不与言，乱推乱扯，拥至大理狱中，始见太子左卫

第八十九回　侍病父密谋行逆　烝庶母强结同心

率宇文述趋至，手执诏书，对他宣读，说他侍疾谋变，图害东宫，着即将两人拘系下狱。两人好似做梦一般，明明由隋主亲口，嘱令召勇，如何从中又有变卦，另颁出一道诏书？看官！试想这诏书究从何来？若果是真，如何有这般迅速哩？原来太子广调戏宣华，见宣华不从，当然慌乱，便密召杨素入商。素惊诧道："坏了！坏了！"广愈觉着急，求素设法，几乎要跪将下去。素用手挽住，口中还是吞吞吐吐，老贼狡猾，非极力描摹，不足示奸。急得广向天设誓，有永不负德等语。素始拈须沉吟，想了一会，方与广附耳数语。广乃易忧为喜，立召东宫卫士，驰入殿中。正值述、岩两人商议草敕，便命卫士掩入，拘去两人，随即令宇文述写起伪诏，持示述、岩，一面发出东宫兵帖，上台宿卫，门禁出入，均由宇文述、郭衍监查；再派右庶子张衡，入殿问疾，密嘱了许多话儿。

衡放步进去，正值隋主痰壅，只是睁着两眼，喉中已噎不能言。陈、蔡两夫人，脚忙手乱，在侧抚摩。衡抗声道："圣上抱疾至此，两夫人尚未宣召大臣，面受遗命，究竟怀着甚么异图？"蔡夫人被他一诘，吓得哑口无言，还是陈夫人稍能辩驳，含泪答道："妾蒙皇上深恩，恨不能以身代死，倘有不讳，敢望独生？汝休得无故罪人！"衡又作色道："自古以来的帝王，只有顾命宰辅，从没有顾命妃嫔，况我皇上创业开国，何等英明，岂可轻落诸儿女子手中？今宰辅等俱在外伺候，两夫人速即回避，区区殉节，无关大局。且皇上两目炯炯，怎见得便要升遐，何用夫人咒诅呢？"陈夫人见拗他不过，只得与蔡夫人同出寝室，自往后宫。去不多时，即由张衡出报太子，说是皇上驾崩。太子广与杨素等，同入检视，果见隋主一命呜呼，气息全无，只是目尚开着。太子广便即哀号，杨素摇手道："休哭！休哭！"广即停住哭声，向素问故。素说道："此时不便发丧，须俟殿下登极，然后颁行遗诏，方出万全。"广当即依议，便遣心腹守住寝门，不准宫嫔内侍等入视。就是殿外亦屯着东宫卫士，不得放入外人，倘有王公大臣等问安，但言圣驾少安，尽可无虑。又令杨素出草遗诏，并安排即位事宜。素也即去讫。可怜这枭雄盖世的隋主坚，活了六十四岁的年纪，做了二十四年大皇帝，徒落得一朝冤死，没人送终，反将尸骸搁起龙床，无人伴灵，冷清清的过了一日一夜，究竟是命数使然呢？还是果报使然呢？数语足惊心动魄。

但外面虽秘不发丧，宫中总不免有些消息，宣华夫人陈氏自退入后宫后，很是惊疑，未几即有人传报驾崩，更觉凄惶无主，要想往视帝尸，又闻得内外有人监守，俱是东宫吏卒，越吓得玉容惨澹，坐立不安。到了夕阳将下，忽有内使到来，呈入一个小金盒，说由东宫殿下嘱令传送，宣华一想，这盒中必是鸩毒，不觉浑身发抖，且颤且泣道："我自国亡被俘，已是拚着一生，得蒙先帝宠幸，如同再造，哪知红颜薄命，到头终是一死。罢罢！今日便从死地下，了我余生便了。"说至此,欲要取盒开视,又觉两手不能动弹,复哽咽道:"昨日为了名义关系,得罪东宫,哪知他这般无情,竟要我死!"说了复哭,内使急拟返报,便催促道:"盒中未必定是鸩毒,何弗开视,再作计较?"宣华不得已取过金盒,揭起封条,开盒一看,并不是什么鸩毒,乃是几个彩线制成的同心结。心下虽然少安,但面庞上又突然生热,手内一松,将盒子置在案上,倒退数步,坐下不语。何必做作。内使又催逼道:"既是这般喜事,应该收下。"宣华尚俯首无言,不肯起身。诸宫人便在旁相劝道:"一误不宜再误,今日太子,明日皇上,娘娘得享荣华,奈何不谢?"你一句,我一句,逼得宣华不能自主,乃勉强立起身来,取出同心结,对着金盒,拜了一拜。一拜足矣。内使见收了结子,便取着空盒,出宫自去。宣华夫人满腹踌躇,悲喜参半,宫人进陈夜膳,她也无心取食,胡乱吃了一碗,便即罢手。寻又倒身床上,长吁短叹。好一歇欲入黑甜,恍惚似身侍龙床,犹见隋主喘息模样,耳中复听到"畜生"二字,竟致惊醒,向外一望,灯光月色,映入床帷,正是一派新秋夜景。蓦闻有人传语道:"东宫太子来了。"宣华胸中,突突乱跳,几不知将如何对待。接连又走进几个宫女,拽的拽,扶的扶,竟将她搀起床中,你推我挽,出迎太子。太子广已入室门,春风满面,趋近芳颜,宣华只好敛衽上前,轻轻的呼了一声殿下。广即含笑相答道:"夫人请坐!"一面说,一面注视宣华,但见她黛眉半锁,翠鬓微松,穿一套淡素衣裳,不妆不束,别饶丰韵。越是美人,越是浅妆的好看。广又惊又爱道:"夫人何必自苦,韶华不再,好景难留,今宵月影团阑,正好及时行乐哩。"宣华斜坐一旁,似醉似痴,低头不答。广又道:"我为了夫人,倾心已久,几蹈不测,承夫人回心转意,辱收证物,所以特来践约,望夫人勿再却情!"说着,竟扬着右手,意欲来扯宣华。宣华方惊答道:"妾蒙殿下错爱,非不知感,但此身已侍先皇,义难再荐。况殿下登基在即,一经采选,岂无倾国姿容?如妾败柳残花,何足垂盼?还愿殿下尊重,勿使贻诮宫闱!"广复笑道:"夫人错了。西施、王嫱,已在目前,何必再劳采访?如为礼义起见,何以文君夜奔,反称韵事?请夫人不必拘执了。"宣华还要推却,广已欲火如焚,竟起身离座道:"千不是,万不是,都由夫人不是,如何生得这般美貌,使我寝食难忘?我情愿敝屣富贵,不愿错过佳人。"说到此处,又左右一顾,诸宫人统已识窍,纷纷避去。当即牵动宣华玉臂,曳入寝室。宣华自料难免,更且娇怯怯的身躯,如何挣扎,只好随广同入。广顺手关了寝门,拥入罗帏,于是舌吐丁香,芳舒荳蔻,国风好色,痴情适等鹑奔,巫雨迷情,非偶竟成鸳侣。蜂狂蝶采,几曾顾方寸花心?凤倒鸾颠,管甚么前宵荼苦。好骈文。一夜欢娱,倏忽天晓,广因与杨素订定,当日即位,没奈何起床梳洗,衣冠出去。素已在大宝殿中,伫候多时,一见便嚷道:"殿下奈何这般宴起,须知今日是何日哩?"广微笑不答。素复

第八十九回　侍病父密谋行逆　烝庶母强结同心

道："文武百官，已在殿外候朝，请殿下速穿法服，出升御座。"广乃趋入殿旁左厢，已有人备好裳冕，立即穿戴，由左右簇拥出殿。广心悸足弱，升座时几乎跌倒，幸杨素从旁扶住，方得坐定。当下传入王大臣，排班谒贺，素从袖中取出遗诏，付宣诏官朗读道：

> 嗟乎！自昔晋室播迁，天下丧乱，四海不一，以至周齐，战争相寻，生灵涂炭。上天降鉴，爰命于朕，拨乱反正，偃武修文，天下大同，声教远被。此乃天意欲宁区夏，所以昧旦临朝，不遑逸豫，一日万机，留心亲览。匪曰朕躬，盖为百姓计也。朕方欲令率土之人，永得安乐，不谓遘疾弥留，至于大渐。自思年逾六十，死不为夭，但筋力精神，一时劳竭，为国为民，所以致此。人生子孙，谁不爱念？既为天下，事须割爱。勇及秀并怀悖恶，不悛废斥，古人有言："知臣莫若君，知子莫若父。"若令勇秀得志，共治国家，必当戮辱遍于公卿，酷毒流于民庶。今恶子孙已为民屏黜，好子孙足堪负荷大业。乃父方死，到夜即烝庶母，真是个好子孙。太子广地居上嗣，仁孝著闻，内外群官，相与同心戮力，共治天下。朕虽瞑目，何所复恨？自古哲王，因人作法，前帝后帝，沿革随时。律令格式，或有不便于事者，宜依前敕修改，务当政要。列此数语，导广种种妄为。呜呼！敬之哉！无坠朕命！

群臣闻诏，哪个来分辨真假，无非是舞蹈殿墀，山呼新天子万岁罢了。就中有个伊州刺史杨约，也入贺新君，广瞧在眼里，待退朝后，复宣约兄弟入殿。彼此商议多时，又由杨素捏造遗诏，使约迅赴都中，然后令素主持丧事，颁发讣音。广既得素治丧，乐得自寻快活，踱入后宫，再与那宣华夫人调情去了。小子有诗叹道：

> 人禽界画判几希，礼教防嫌在慎微。
> 何物阿𡐦同兽类？居然霸占父皇妃。

欲知后宫情事，且至下回再表。

隋主坚以诈术得国，卒能平齐灭陈，混一中国，几若有逆取顺守之才，史家谓其明敏有大略，亦多溢美之词，庸讵知其天性雄猜，素无学术，微幸于一时，安能垂贻于后世？况周族何辜，乃俱为之屠灭乎？夫绝人之后者，人亦必绝其后。而天意好奇，又故假手于其妻若孥，先令翦除骨肉，然后身遭子祸，亦一举而殉之，痛矣哉杨坚之不得其死也！宣华为杨坚宠妾，复为逆子广所烝，如宣华之贪生怕死，贻丑中冓，固不得为无咎，然谁纵逆子，以至于此？本回逐节演述，逐节描摹，禹鼎铸奸，穷形极相，尤令人不胜击节云。

第九十回 攻并州分遣兵戎
幸洛阳大兴土木

却说宣华夫人,已经被烝失节,迟明起床,自思夜间情事,未免萦羞,但木已成舟,无法挽回,不如将错便错,再博新皇恩宠。主意已定,遂复重施粉泽,再画眉山,打扮得娇娇滴滴,准备那新主退朝,好去谒贺。转念一想,中蛊丑事,如何对人?倘或出迎御驾,越觉惹人讥笑。乃靓妆待着,俟至傍晚,方由宫人报称驾到。宣华便含羞相迎,俯伏门前,口称:"陛下万岁,臣妾陈氏朝贺!"新皇帝当然大喜,亲手搀扶,同入寝宫,便令左右排上宴来。看官记着!这位弑父烝母的杨广,实与畜类相同,但后人沿袭旧史,统称他为隋炀帝,小子编述历史演义,凡统一中原的主子,大都以庙谥相呼,隋主坚庙谥为文,独不称为隋文帝,无非因他巧行篡夺,名为统一,仍与宋、齐、梁、陈,异辙同途,所以沿例顺叙。只隋炀帝是古今相传,如出一口,炀字本不是甚么美谥,小子为看官便览起见,也只好称为炀帝,看官不要疑我变例呢。依俗道俗,应该如此。

炀帝既与宣华夫人宴叙,把酒言欢,备极温存。宣华亦放开情怀,浅挑微逗,更觉旖旎可人。况炀帝力逾壮年,春秋鼎盛,若与乃父相比,风流倜傥,胜过十倍,两下里我瞧你觑,风情毕露,且并有这红友儿助着雅兴,益觉情不自禁,更尚未起,酒即撤回,两人携手入床,再演那高唐故事,真个是男贪女爱,比昨宵的快乐,又自不同。偏晨鸡复来催逼,新天子又要视朝,免不得辜负香衾,出理国事。可巧杨约已来复命,由炀帝褒劳数语,约即拜谢而退。炀帝亦退入后庭,召语杨素道:"令弟果堪大任,我好从此释忧了。"看官道是何事?原来使约入都,便是矫诏缢杀故太子勇,且顺便谪徙柳述、元岩,不但将官职尽行削去,还要将两人充戍岭南。杨素请封勇为王,掩饰人目,炀帝依了素议,追封勇为房陵王,但仍不为置嗣。

忽由外面呈入表章,便即取阅表文,乃是兰陵公主署名,请撤免公主名称,愿与本夫柳述同徙。炀帝冷笑道:"世上有这等呆女儿,且与我宣进来!我当面为诱导。"语甫说出,即有内侍应声往召,不到半日,兰陵公主已至,行过了礼,炀帝便劝她改嫁,公主抵死不从。炀帝大怒道:"天下岂无好男子?难道必与述同徙么?我偏不令汝随述。"公主泣答道:"先帝遣妾适柳家,今述有罪,妾当从坐,不愿陛下屈法申恩。"公主前曾改醮,此时何必欲守节,但论人

第九十回　攻并州分遣兵戎　幸洛阳大兴土木

亦当节取,杨家有此令女,足愧阿麽。炀帝始终不允,叱令退去。兰陵公主号恸而出,自与柳述诀别。咫尺天涯,两不相见,公主竟忧郁成疾,旋即告终。临殁时复上遗表道:"昔共姜自誓,著美前诗,息妫不言,传芳往诰。此语亦谬。妾虽负罪,窃慕古人,生既不得从夫,死乞葬诸柳氏。"炀帝览表益怒,但使瘞诸洪渎川。柳述亦不得赦还,流死岭表。这是后话不题。

且说炀帝叱退公主,天色已晚,又记起那宣华夫人,偏又来了一个美貌宫嫔,且泣且拜,自称为尼。炀帝凝神一瞧,乃是容华夫人蔡氏,颦眉泪眼,仿佛似带雨海棠,虽比宣华稍逊一筹,也觉得世间少有,姿色过人。天下好色的男子,往往得陇望蜀,既已污了宣华,何不可再污容华?当下好言劝慰,仍叫她安居后宫,决不亏待。容华始收泪退入。哪知炀帝到了晚间,竟踱入容华宫中,也与宣华处同一作用。容华胆子更小,且知宣华已为先导,何妨勉步后尘,暂图目前快乐,于是曲从意旨,也与炀帝作长夜欢。一箭双雕,真大快事。容华被烝,见《隋书》后妃列传,并非无端污蔑。又过了六七宵,始奉梓宫还京师,谥隋主坚为文皇帝,庙号高祖。再阅两月,奉葬泰陵。太史令袁充又来献谀,谓:"新皇即位,与帝尧受命,年月适合,应大开庆贺。"独礼部侍郎许善心,以为国哀未了,不宜称贺。宇文述素嫉善心,竟讽令御史交上弹章。善心降级二等,贬为给事中。

炀帝又恐汉王谅作乱,屡征入朝,第一道敕旨,还是在炀帝即位前,伪托乃父玺书,使车骑将军屈突通赍去。第二道敕旨,始由炀帝自己出名,哪知汉王谅始终拒绝,反发出大兵,惹起一场骨肉战争。先是谅出镇并州,乃父曾密谕道:"若有玺书召汝,敕字旁当另加一点。又与玉麟符相合,方可前来。"玉麟符系刻玉为符,上作麟形。及屈突通赍书前去,书中与前言不符,谅知有他变,一再诘通。通终不吐实,方得遣还。至二次传敕,谅益不肯就征,即调兵发难。他尚未识弑逆阴谋,只托言杨素谋反,当入清君侧。总管司马皇甫诞泣谏不从,为谅所囚,遂遣所署大将军余公理出太谷,进趋河阳。大将军綦良出滏口,进逼黎阳,大将军刘建出井陉,进略燕赵。柱国乔钟葵出雁门,并署府兵曹裴文安为柱国,使与柱国纥单贵王聃等,直指京师。谅自简精锐数百骑,各戴羃羅,系妇人帷帽。诈称宫人还长安,径入蒲州。城中骤乱,蒲州刺史邱和,逾城逃去。谅既得蒲州,忽变易前策,召还裴文安。文安本劝谅直捣长安,中途闻召,只好驰还,入与谅语道:"兵宜从速,本欲出其不意,一鼓入京,今王既不行,文安又返,使彼得着着防备,大事去了。"谅竟不答言,但令文安为晋州刺史,王聃为蒲州刺史,并使纥单贵堵住河桥,扼守蒲州。代州总管李景,起兵拒谅,谅遣部将刘嵩袭景,为景所觉,邀斩嵩首,悬示城门。谅闻报大愤,再遣乔钟葵率兵三万,往攻代州。代州战士,不过数千,更且城垣不固,崩陷相继。景且战且筑，麾兵死斗，反得屡挫钟葵，屹然自固。

这消息传达隋廷，炀帝商诸杨素。素从容定计，自请一行。果然老将善谋，奉命就道，但率轻骑五千，夜至河滨，收得商贾船数百艘，席草载兵，悄悄的渡往蒲州。纥单贵未曾预备，天明方起，已被杨素兵登岸杀入，仓猝遇敌，如何交锋？不由的一哄而散。纥单贵匹马逃归。素进蒲州城下，王聃料知难守，便即出降。*真是易得易失。*素入城安民，上书报捷，有诏召素还朝，授素为并州道行军总管，兼河北道安抚大使，统着大军，再出讨谅。谅闻隋军大举，乃自往介州堵御，令府主簿豆卢毓，及总管朱涛留守。毓为谅妃兄，尝阻谅起兵，谅不能用，毓私语弟懿道："我匹马归朝，亦得免祸，但只为身计，非为国计，不若且静守待变。"及留守并州，召涛与语道："汉王构逆，败不旋踵，我辈岂可坐受夷灭，辜负国家？当与君出兵拒绝，不令叛王入城。"涛大惊道："王以大事付我二人，怎得有此异语？"因拂衣径去。毓见涛不肯相从，竟惹动杀心，立率左右追涛，把他杀死。又从狱中释出皇甫诞，协商军事，且与开府仪同三司宿勤武等，闭城拒谅。*毓似有大义灭亲之志，但甘助枭獍，亦不足取。*部署未定，已有人急往报谅，谅慌忙引还，西门守卒，纳谅入城，毓与诞俱被杀死。

谅将余公理，自太行下河内，正值隋行军总管史祥，出守河阴。祥语军吏道："余公理轻率无谋，且恃众生骄，若能智取，一战就可破灭呢。"因具舟南岸，佯欲渡兵，自率精锐潜出下流，乘夜渡河。公理只防南岸渡兵，聚众抵御，哪知祥从旁面杀到，一时措手不及，即被搅乱队伍，再加对面隋军，乘机急渡，也来夹攻公理。公理逃命要紧，当即返奔，余众死了一半，逃去一半。祥东向黎阳，谅将綦良，方从滏口攻黎州，屯兵白马津，一闻公理败还，祥军掩至，便吓得魂胆飞扬，不战自溃。惟代州城尚在围中，李景与乔钟葵，相持约一月有余。朔州刺史杨义臣，奉敕往援，道出西陉，闻钟葵移兵逆击，自顾麾下兵寡，恐不能敌，乃想出一法，悉取军中牛驴，得数千头，复令数百人各持一鼓，潜匿涧谷间，然后进击乔钟葵。时已天晚，两军初交，义臣命谷中伏兵，驱着牛驴，鸣鼓疾进，顿时尘埃蔽天，喧声动地。钟葵军疑是伏兵，又兼天色将昏，无从细辨，不由的纷纷倒退。义臣复纵兵奋击，大破钟葵，钟葵落荒窜去，代州解围。杨素引兵四万，沿途招降。晋、绛、吕三州，俱向军前投诚。谅遣部将赵子开，拥众十万，栅断径路，屯踞高壁，列营延五十里。素令诸将攻栅，自引奇兵潜入霍山，攀藤援葛，穿出前谷，得绕至赵子开军后面，击鼓纵火，直捣子开各营。子开不知所为，麾众亟遁，自相蹂踏，杀伤各数万人。

谅得子开败报，很是惊惶，搜括部下兵士，尚有十万人，乃悉众出城，往堵嵩泽。会秋雨连绵，不便行军，谅欲引军退还，谘议参军王颋道："杨素悬军深入，士马疲敝，王率锐骑往击，定可得胜。今未战先怯，挠动众心，待素军长驱

第九十回　攻并州分遣兵戎　幸洛阳大兴土木

到来，何人再为王效力呢？"谅不能用，竟退保清源。既不从裴文安，又不从王颁，怎得不败？王颁为梁朝王僧辩子，颇有智略，因见谅不肯依议，退回诫子道："汉王必败，汝宜随我，免为所擒。"遂密整行装，伺机潜遁。还有陈氏旧将萧摩诃，亦随谅麾下，年已七十有三，谅倚若长城，及素军进逼，摩诃率众出战，将士俱无斗志，单靠一个老摩诃，有何用处，反被素军擒去。谅弃了清源，走保晋阳。他本来仗着王颁、萧摩诃两人，偏偏一遁一擒，害得两臂俱失，不由的焦灼异常。素军又乘胜攻城，围得铁桶相似，眼见得朝不保暮，只得登城请降。素允他免死，谅即开城迎素，素系谅送长安，再分兵搜捕余党，或降或诛，悉数荡平。王颁欲出奔突厥，路梗道绝，自知不免，因即自刎；惟嘱子勿往故人家。颁子就石窟中，瘗埋父尸，自在山谷内躲避数日，无从得食，不得已违了父训，出访故人。果然被故人擒献军前，并因此获得颁尸，一并在晋阳枭首。萧摩诃亦即伏诛，妻子籍没。不知他继妻容色，又仍依旧否？并州吏民，坐谅死徙，共二十余万家。谅虽得免刑，终废为庶人，幽锢别室，竟致瘐死。隋文五子，除炀帝广外，已死三人，惟蜀王秀废锢如初，尚未遭害，俟后再表。

且说炀帝既得平并州，又好恣意淫乐，坐享太平。惟宣华、容华两夫人，究不便明目张胆，收为嫔御，只好令之出居别宫，有时私往续欢，却被萧妃瞧透机关，冷讥热讽，说得天良发现，也觉惭怍。自思闷坐深宫，太无兴味，因欲出外巡游，可巧术士章仇太翼，伺旨希宠，上言："雍州地居酉位，酉是属金，与陛下木命相冲，不宜久居。且谶文有云：'修治洛阳还晋家，'陛下何不营洛应谶。"炀帝大喜，即留长子晋王昭居守长安，自率妃嫔王公等，往幸洛阳，一面发丁夫数十万，掘堑为防，自龙门直达上洛，择要置关，借资守御。又改洛阳为东京，营建宫阙。当时尚有与奢宁俭的敕文，欺人耳目，一班曲意逢迎的官吏，奉命监工，昼夜赶筑，先创造了几座大厦，作为行宫，以便驻跸。炀帝就此居住，过了残冬。

次年元旦，便在行宫受朝，改元大业，大赦天下，立萧妃为皇后，并使侍臣赍敕至长安，立晋王昭为皇太子，授宇文述为左卫大将军，郭衍为左武卫大将军，于仲文为右卫大将军，改豫州为溱州，洛州为豫州，废诸州总管府。过了两三旬，杨素自并州还朝，进谒行在，因敕有司大陈金宝器玩，锦彩车马，引素及从军有功诸将士，班列殿前，令奇章公牛弘宣诏，进素为尚书令，特给上赏。诸将依次进秩，赏赉有差。才阅片时，已将所陈各物，分给无遗，大众统叩首谢恩，欢呼万岁。炀帝亦欣然大悦，乃命素为东京总监工，盛造宫室，四处召募工役，多至二百万人，百堵皆兴，众擎易举，约阅月余，便已造成许多屋宇，统是规模闳敞，制度乔皇。炀帝因东京人少，未免萧条，乃徙洛州郭内居民，及诸州富商大贾，凡数万户，尽至宫旁居住，蔚成一个繁华胜地，富庶名区。

又嫌杨素所筑宫室，虽然宽展，未尽美丽，复命将大匠宇文恺，与内史舍人封德彝，另造离宫，再求精美。恺与德彝，是隋朝著名的佞臣，一奉命令，便至洛水南滨，相度形势，辟地数十里，迤南直至皂涧，造起地盘，大兴土木，一面差人分往东南，选办奇材异石，陆路用夫，水路用舟，所有江岭以南，水陆输运，络绎不绝。还要觅取奇花佳木，珍禽异兽，不论海内海外，但教寡二少双，总要采选来作为点缀。看官！试想为了一座离宫，须费财力多少，不要说几十围的大木，三五丈的大石，搬运艰难，就是一草一木，一禽一兽，也不知糜费若干钱粮，累死若干性命，方才得到洛阳。宇文恺、封德彝两人，只顾炀帝快意，不管那民间死活，府藏空虚，好容易造就一座宫室，上表告竣，请御驾亲幸落成。炀帝即日往阅，由恺与德彝迎入，东眺西瞩，端的是金辉玉映，翠绕珠围，当下笑语二人道："从前江南的临春结绮，哪有这般富丽！似此华厦，方惬朕心。二卿功劳，诚不小了。"恺与德彝，忙即拜谢。炀帝留宫数日，一一游赏，无不合意，遂定名为显仁宫，且命皇后妃嫔等，概行迁入，索性就此安居。

萧后本后梁主萧岿女儿，才色兼优，也是个宫闱翘楚，士女班头，平时与炀帝很是恩爱，从未反目，此外有几个妃嫔，统生得绰约多姿，炀帝得了这般妻妾，也好算是人生艳福。他忽然记起宣华夫人，不觉易喜为愁，整日里眉头不展，好似有一桩绝大心事，挂在面上。萧后素来婉顺，多方迎合，总未得炀帝欢心，至再三研诘，方由炀帝吐出实情。萧后微笑道："妾还道是甚么大事，原来为此。陛下既不忍割舍，妾若再来阻挠，便变一个妒妇了。好在此处不是长安，请遣使密召入宫，聊慰圣怀。"炀帝大喜称谢，即着内使飞马入都，往迎宣华。宣华正居仙都宫，虽觉寂寞寡欢，却还清闲自在，偏由内使到来，促她应召，她只得重加妆饰，出乘轻舆，兼程至洛阳显仁宫。炀帝正与萧后晚宴，得闻宣华到来，当即起座相见，不待宣华拜下，早已将她搀住，握手慰问。宣华见萧后在旁，便用目示意，请炀帝放手，然后至萧后面前，屈膝谒贺。亏她厚脸。萧后虽不惬意，但既许炀帝宣召，不如卖个人情，起身还了半礼，并令侍女扶起宣华，一同侍饮。席间有谈有笑，顿令炀帝心花怒开，宽饮了好几觥，连宣华也灌个半酣。萧后乐得做美，待至酒阑席撤，便令宫女掌灯，将炀帝、宣华两人，送入别宫。久旱逢甘，乐不胜言。自是今日赏花，明日玩月，饮酒赋诗，备极愉快。

惟显仁宫中的花木，多半从江南采来，炀帝是个贪得无厌的主子，有了这种，还想那种，自思江南山水，比洛阳还要秀丽，况且六朝金粉，传播一时，从前平陈时候，还想做些名誉，不便留恋江南，此时贵为天子，动作任情，何妨借名巡狩，一游江淮。但要去巡幸，也须铺排一番局面，方显得皇帝威风。当下传出诏旨，谓将巡历淮海，观风问俗。此诏一下，那宇文恺、封德彝等便争来献言，或说是如何通道，或说是如何登程。独有尚书右丞皇甫议谓："陆行不便，须由水路南下，方可沿途观览，不致劳苦。惟江河俱向东流，欲要南北通道，必须开通济渠，引谷洛水达河，再引河水入汴，引汴入泗，才得与淮水相通。"看官！你想如议所言，这样的开凿工程，所需几何？炀帝也不管财力，但教有水可通，便即照办。皇甫议当然监工，发丁百万，依照自己的条陈，逐段开掘；还要沟通江淮，发民十万，疏凿邗沟，直达江都，沟广四十步，旁筑御道，遍植杨柳，且自长安至江都，每隔百里，筑一行宫，总计得四十余所。更由黄门侍郎王弘等，奉遣南下，特往江南督造龙舟，及杂船数十艘。郡县当差，人民执役，已是痛苦得很；再加这般巨工，须限日告竣，朝夜督促，不得少延，可怜这班工役，不胜劳苦，往往僵毙道旁，做了许多无告冤魂。小子有诗叹道：

衰朝政令半烦苛，不似隋家役更多。
筑室开渠成惯事，可怜民血已成河。

炀帝如此劳民，却有一位老年宰相，不甚赞成，意欲入宫谏阻，可巧炀帝召他入宴，未知能否直言，且至下回再详。

汉王谅起兵晋阳，不讨杨广，独讨杨素，始谋已误。或者谓谅未识弑逆情事，不能无端罪广，似矣，然敕书不符，其由于杨之矫擅，已可概见。况太子被废，蜀王遭黜，祸皆起自杨广一人，欲加之罪，岂犹患无辞乎？裴文安劝谅直捣京师，名已不正，已非胜算，至王颁之请为孤注，更不足道，无怪其一败涂地也。炀帝未曾改元，便即幸洛，命以洛阳为东京。夫成周定鼎，曾设陪都，由后追前，非不足法，但迹若相同，心则大异，炀帝为淫侈计，岂有宅中而治之思？筑宫不足，又复开渠，极天下之财力民力，以供一人之耳目，试思民殚财尽，尚能独享繁华耶？故后世之论杨广者，或詈其狡，或病其淫，或斥其奢，而吾则蔽以一言曰："愚而已矣。"

第九十一回　促蛾眉宣华归地府
　　　　　驾龙舟炀帝赴江都

却说杨素奉召入显仁宫，见过炀帝，满肚中怀着谏议，但一时未便开口，只好入座侍宴，才经数觥，即停住不饮。炀帝一再劝酒，素起座答道："老臣闻得酒荒色荒，有一必亡，不但臣宜节饮，就是陛下亦不宜耽情酒色。"炀帝听了，不免拂意，便道："卿言虽是有理，但目今天下太平，朝廷无事，把酒消遣，亦没有甚么大害。况我朝勋旧，似公能有几人？今得一堂共乐，尽可畅饮数杯。"素见话不投机，便又说道："天下事都起自细微，渐成放荡，从前圣帝明王，慎微谨小，亦是为此。"杨素前营仁寿宫，继复为炀帝监造东京宫室，职为厉阶，奈何不思？炀帝默然不答。适宫人上前斟酒，素恐他再来加斟，用袖一拂，宫人不及防备，竟将手中所执的酒壶斜倾在素身上，浇湿蟒袍。素正在恼怅，无从发泄，至此便迁怒宫人，勃然变色道："这般蠢才，如此无礼！怎敢在天子前，戏弄大臣？要朝廷法度何用？请陛下加重惩责！"炀帝仍然无语。素竟叱左右，迫令牵出宫人，且厉声道："国家政令，全被汝等妇女小人弄坏，怎得不惩？"左右见炀帝无言，又见素怒不可遏，只得把宫人拿了下去，敲责了一二十下。素方向炀帝道："不是老臣无状，但由今日惩治，使这班宦官宫妾，晓得陛下虽然仁爱，还有老臣执法相绳，当不敢如此放肆了。"炀帝已十分不悦，但自思夺嫡秘谋，全仗他一人做成，就是万分难耐，也只好含忍过去，当下强颜为笑道："公为朕执法无私，整肃宫廷，真好算是功臣了。"素即起座告辞。炀帝也不挽留，由他自去，一面退入后宫，另与后妃等调情解闷，不消细说。

素悻悻归第，顾语家人道："倨大郎君，由我一力提起，使作大家，现在酒色昏迷，不知他如何了得哩？"谁叫你提他起来？看官阅此，应知郎君二字，便是指着隋炀帝，素自恃功高，有时对着炀帝，亦直呼为郎君。炀帝终未曾驳斥，无非为了前时私约，不敢辜负的意思。还算能践前言。一日，素复入宫白事，炀帝正在池中钓鱼，待素将国事说明，便邀素坐下同钓。素也不管君臣上下，即令左右移过金交椅，与炀帝并坐垂纶。时方初夏，日光渐热，炀帝命取过御盖，罩住上面。御盖颇大，巧巧蔽住两人。素毫不避让，从容钓鱼。炀帝钓了数尾，偏素不得一鱼，炀帝顾素道："公文武兼全，也有一长未擅，如何钓了许久，尚是无着？"素本来好胜，怎禁得炀帝奚落，便应口道："陛下只得小鱼，老臣却要钓一大鱼，岂不闻大器晚成么？"炀帝闻言，不由的忿恚交乘，又见素在赭伞下，风神秀异，相貌堂堂，数绺长髯，飘动如银，恍然有帝王气象，因此愈加生忌，遂投下钓竿，托词如厕，竟向后宫进去。当由萧后接着，见炀帝面带怒容，便即问为何事？炀帝道："杨素老贼，骄肆得很，朕意拟嘱遣内侍，杀死此贼。"萧后不待说毕，忙阻住道："使不得！使不得！杨素系先朝老臣，又有功陛下，今日诱杀了他，外官如何肯服？况素又是猛将，亦非几个内侍可以制服，一被漏脱，出外弄兵，陛下将如何对待呢？"炀帝半晌才道："投鼠原是忌器，且从缓议罢了。"乃长叹数声，仍复出外。适杨素钓了一尾金色鲤鱼，即向炀帝夸说道："有志竟成，老臣已得一鱼。"炀帝强笑不答。素已略窥炀帝微意，也即辞出。

炀帝当然退入，踱往宣华夫人住室。甫至室门，即由宫人迎驾，报称宣华有病在身，未能起迎。炀帝大惊，抢步入室，揭起床帏探视，但见双蛾敛翠，两鬓烛青，病态恹恹，似睡非睡。炀帝轻轻的问道："夫人今日为何不快？"宣华闻声，方睁眼瞧着，见炀帝亲来问疾，意欲勉强起坐，无如挣扎不住，稍稍抬头，已是晕痛难支，禁不住有娇吁模样。炀帝知情识意，忙用言温存道："夫人切勿拘礼，仍应安睡。"说至此，用手按宣华额上，很觉有些烫热，便道："夫人如此病重，奈何不速召御医？"宣华答道："妾病非药可治，看来要与陛下长辞了。"说着，腮边已流下泪来。胡不遄死？炀帝大加不忍，几乎也要泪下，徐徐说道："偶尔违和，医治即愈，奈何说此惊人语？"宣华且泣且语道："妾……妾负大罪，无所逃命，别人病原可治，妾病实不可为。"炀帝听她话中有因，便道："夫人有何罪过，速即明告，朕可代为设法消愆。"宣华欲言不言，如是数四。经炀帝催问数次，方从帐外四瞧。炀帝会意，即令宫人退去，始由宣华泣答道："妾近日屡觉头痛，不过忽痛忽止，尚可支持，昨更饮食无味，夜间睡着，很是不安，恍惚入梦，头被猛击，痛得不可名状，醒来仍然不解，所以妾自知不久了。"炀帝惊讶道："谁敢擅击夫人？"宣华道："陛下定要问妾，妾只好实告。妾梦中实见先帝，责妾不贞，亲执沈香如意，击妾头上，且云死罪难饶，妾辩无可辩，已拚一死，但愿陛下慎自珍重，勿再念妾了！"说毕，哽咽不止。炀帝也不觉大骇，勉强支吾道："梦幻事不足凭信，夫人不必胡思，但教安心调养，自可无虞。"宣华不再答言，惟有涕泣。炀帝又劝慰了数语，且语宣华道："我即去宣召御医，夫人万勿过虑为是。"宣华只答了一个"是"字。炀帝匆匆退出，传旨召医官诊治宣华，医官不敢迟挨，当即入诊。未几有复奏呈入，说是"病入膏肓，不可救药"等语，急得炀帝心如辘轳，正在没法摆布，忽有宫人入报道："宣华夫人危急了。"炀帝三脚两步，驰往宣华寝宫。宣华气已上逆，见了炀帝，还错疑是文帝，硬挣着娇喉道："罢罢！事由太子，妾甘认罪，愿随陛下同去罢！"说毕，两眼一番，呜呼哀哉！迟死一年，遗臭千载。年才二十九岁，炀帝不禁大恸。比父死时何如？可巧萧后亦来视疾，入见宣华已逝，也洒了数点珠泪。这是假哭。随即劝慰炀帝，挽出寝室，一面命有司厚办衣殓，择吉安葬。

只炀帝悲念宣华，连日不已，甚至好几天不能视朝。王公大臣，统入宫问安，杨素亦当然进去，甫至殿门，忽遇着一阵阴风，扑面吹来，不由的毛发森竖，定睛一瞧，见有一人首戴冕旒，身穿衮服，手中拿着一把金钺斧，下殿出来，这位威灵显赫的大皇帝，并不是炀帝杨广，乃是文帝杨坚。素不禁着忙，转身急走，耳边只听得厉声道："此贼休走！我欲立勇，汝不从我言，反与逆子广同来谋我，我死得不明不白，今日特来杀汝。"素越觉惶骇，脚下好似有物绊住，欲前反却，后面已象被他追着，扑的一声，头脑上着了一下，痛不可耐，便即晕倒，口吐鲜血不止。殿上本有卫士，一见杨素跌倒，忙来搀扶，素尚不省人事，当由卫士异入卧舆，送归私第。家人忙即延医，用药灌治，半晌才得醒来，开目顾视家人，凄声叹息道："我不得久活了，汝等可备办后事罢。"贼胆心虚。家人虽然应命，总还望他再生，四处访请名医，朝夕诊治。炀帝也遣御医往视，及御医返报，素一时虽不至死，但也不过苟延时日，难望痊愈。炀帝却很是喜欢，惟忆及宣华，总不免短叹长吁，萧后尝在旁劝慰道："人死不能复生，何必过悲？"炀帝道："佳人难再得，教朕如何忘怀？"萧后微笑道："天下甚大，难道除宣华外，就没有佳丽么？"这一语提醒炀帝，便命内监许廷辅等，出外采选，无论官宦士庶各家，视有绝色女子，速即选取入宫。

廷辅等奉差四出，格外巴结，不到月余，已各缮册入报，多约数十名，少约十余名，统共有好几十处，由炀帝通盘筹算，不下一二千人，便自忖道："天下难道有许多美女么？大约连嫫母、无盐，都采取了来。"继又转念道："既已选集许多女子，总有几个可合朕意，且宫中充备洒扫，愈多愈妙，只显仁宫虽然浩大，究竟是个宫殿体裁，须要另辟一所大花园，方好安插许多女子。"计画已定，便召入一班佞臣，与他商议，就中有个内史侍郎虞世基，所议条陈，最为称旨，当即命他督造苑囿。世基就在洛阳西偏，辟地二百里，内为海，外为湖，湖分五处，暗寓天下五湖的意思。每湖周围十里，四面砌成长堤，尽种奇花异草，且百步一亭，五十步一榭，亭榭两旁，无非栽植红桃绿柳，湖内有青雀舫，翠凤舸，并有龙舟一艘，准备御驾乘坐。这五湖流水，均与内海相通，海周四十里，中筑三座大山，一名蓬莱，一名方丈，一名瀛洲，好似海外三神山一般，山上添造楼台殿阁，备极工巧，山顶高出百丈，西可回眺长安，南可远望江淮，湖海交界，造了一所正殿，轮奂崇闳，自不消说。海北一带，委委曲曲，筑成一道长渠，引接海中活水，纡回潆带，傍渠胜处，便置一院。院计十有六处，可以安顿宫人，在内供奉。天下无难事，总教现银子，世基监工才及数月，已是规模粗具，楚楚可观。适许廷辅等送入选女，炀帝便令往新苑中，候旨定夺，自挈萧后及妃嫔，乘舆至新苑游幸。虞世基当然接驾，由炀帝命为前导，逐段看来，无非钩心斗角，竞巧争新；更兼那海水澄青，湖光漾碧，三神山葱茏佳气，十六院点缀风流，桃成蹊，李列径，芙蕖满沼，松竹盈途，白鹤成行，锦鸡作对，金猿共啸，仙鹿交游，仿佛是缥缈云天，婀嬛福地。炀帝非常愉快，便问世基道："五湖十六苑，可曾有名？"世基道："臣怎敢自专？还乞陛下圣裁！"炀帝道："这苑造在西偏，就可取名西苑。"世基才答一"是"字。炀帝又道："苑中万汇毕呈，无香不备，亦可称为芳华苑。"实可名为腥血苑。世基极口称扬，炀帝徐徐的行入正殿，下舆小憩，用过茶点，便令世基取过纸笔，酌取五湖十六苑名号。炀帝本是个风流皇帝，颇有才思，世基又是个风流狎客，夙长文笔。一君一臣，你倡我和，费了两三小时，已将各名号裁定，由世基一一录出。小子亦照述如下：

五湖名称：东湖名为翠光湖，西湖名为金光湖，南湖名为迎阳湖，北湖名为洁水湖，中湖名为广明湖。

十六院名称：（一）景明院。（二）迎晖院。（三）牺鸾院。（四）晨光院。（五）明霞院。（六）翠华院。（七）文安院。（八）积珍院。（九）影纹院。（十）仪凤院。（十一）仁智院。（十二）清修院。（十三）宝林院。（十四）和明院。（十五）绮阴院。（十六）降阳院。

名称既定，已近昏黄，四面八方，悬灯爇烛，几似万点明光，绕成霞彩。炀帝格外动兴，乐不忘疲，便命内侍整办御肴，自与萧后等退入后殿。不消半时，酒肴等已依次陈上，炀帝就座取饮，后妃等列坐相陪，酒过数巡，炀帝顾语萧后道："十六院已将造就，只不过少缺装潢。虞内侍煞是能干，眼见得指日告成，朕意各院中不可无主，须选择佳丽谨厚的淑媛，作为每院的主持，卿以为何如？"萧后乐得凑机，便含笑答道："妾闻许廷辅等，已选入若干美人，何不就此挑选，充作十六院的夫人？"炀帝大喜道："似卿雅量宽洪，周后妃不能专美了。"不妒却是妇人好处，然亦有坏处，试看萧后便知。当下乘着酒兴，宣召许廷辅入苑，命将所选采女，一起起的带引进来。廷辅等便即领命，逐名点入。炀帝且饮且瞧，真是柳媚花娇，目不胜接；况且灯光半焰，醉眼微蒙，急切里也辨不出甚么妍媸，但只见得一簇娇娃，眩人心目。还是萧后替他品评，这一个是肉不胜骨，那一个是骨不胜肉，这一个是瑜不掩瑕，那一个是瑕不掩瑜，好容易选定了十六人，好算得姿容窈窕，体态幽娴。炀帝便亲自面谕，各封四品夫人，分管十六院事。又命虞世基监制玉印，上面镌着院名及某夫人姓氏，制就后便即分给，又选得三百二十名，充作美人，每院分二十名，叫她们学习吹弹歌舞，以备侍宴。此外或十名，或二十名，分拨各处楼台亭榭，充当职役。千余名选女，拜谢皇恩，陆续散去，又好似风卷残云，浪逐桃花，俱去得无影无踪了。忽聚忽散，此中已可悟幻景。时已更阑，酒兴亦衰，炀帝方命撤席，与萧后还入显仁宫。

越日，命太监马忠为西苑令，专管出入启闭，且命虞世基逐处加饰，并诏天下境内，所有嘉木异卉，珍禽奇兽，一古脑儿运至西苑，点缀胜景。于是二百里的灵囿灵沼，倏变作锦绣河山，繁华世界。就是十六院中的四品夫人，都打扮得齐齐整整，袅袅婷婷，一心思想，盼望君王宠幸。那炀帝往来无时，或至这院，或至那院。运气的得博一欢，晦气的未邀一盼。

炀帝尚嫌不足，还想南下赏花，凑巧皇甫议等奏请河渠已通，龙舟亦成，喜得炀帝游兴勃发，便下了一道诏书，安排仪卫，出幸江都。宫廷内外，接读这道诏书，都要筹备起来，且知炀帝素来性急，一经出口，便要照行，势不能少许延挨，接连备办了十余日，忙碌得甚么相似，方才有点眉目，上表请期，好几日不见批答。看官道是何因？原来滕王瓒暴死栗园，见前文。嗣王纶曾拜邵州刺史，镇王爽亦已去世，嗣王集留居京师，未闻外调。纶与集俱系炀帝从弟，历见炀帝摧残骨肉，未免加忧。炀帝也只恐同族为变，虽是留恋洛阳，作宫作苑，但暗中却密遣心腹，伺察诸王，此次又要南幸，更宜格外加防。纶、集二人，常虑得罪，时呼术士入室，访问吉凶，并使巫祝章醮求福，有了这种动作，便被侦探得了隙头，立即报闻。炀帝趁这机会，想除二人，便将两人怨望咒诅的罪名，令公卿议定谳案。公卿统是希旨承颜，复称两人厌蛊恶逆，罪在不赦。炀帝假作慈悲，只说是："谊关宗族，不忍加诛，特减罪宥死，除名为民，坐徙边郡。"两王已经迁谪，炀帝方安然无忌，始将南行的日期，批定仲秋出发，令左武卫大将军郭衍为前军统领，右武卫大将军李景为后军统领，扈驾南巡。文武官五品以上，赐坐楼船，九品以上，赐坐黄篾，并令黄门侍郎王弘，监督龙舟，奉迎车驾。

　　转眼间已是届期，炀帝与萧后龙章凤藻，打扮得非常华丽，并坐着一乘金围玉盖的逍遥辇，率领显仁宫、芳华苑内三千粉黛，出发东京，前后左右，统是宝马香车，簇拥徐行。扈从人员，又都穿服蟒衣玉带，跨马随着，前导的是左卫大将军郭衍，后护的是右卫大将军李景，各带着千军万马，迤逦至通济渠。王弘早拢舟伺候，这通济渠虽经开凿，还嫌浅狭，非龙舟所能出入，只好另用小舫，渡出洛口，方得驾御龙舟。炀帝乃与萧后下辇，共入小朱舫，此外男女人等，统有便舟乘载，鱼贯而下。一出洛口，方见有巨舟二艘，泊住中流，最大一艘，便是龙舟，内容分四重，高四十五尺，长二百尺，上重有正殿内殿东西朝堂，中二重有百二十号房间，俱用金玉饰成，下重体制较锻，乃是内侍所居。这舟为炀帝所乘，不消细说。比龙舟稍小的一艘，叫作翔螭舟，制度略卑，装饰无异，系是萧后坐船。另外有浮景九艘，中隔三重，充作水殿，又有漾彩、朱鸟、苍螭、白虎、玄武、飞翔、青凫、陵江、楼船、板舱、黄篾等数千艘，分坐诸王百官，妃嫔公主，及载内外百司供奉物品。最奇怪的是有五楼、道场、玄坛等数十艘，为僧尼道士蕃客所乘，统共用挽船士八万余人，内有九千余名，系挽龙舟翔螭舟，各用锦彩为袍。卫兵所乘，又分平乘、青龙、艨艟、艚艒、八棹、艇舸等数千艘，挽船不用人夫，须由兵士自引。龙旂舞彩，画舫联镳，相接至二百余里。岸上又有骑兵数队，夹河卫行，所过州县五百里内，概令献食，往往一州供至数百车，穷极水陆珍馐。炀帝、萧后及后宫诸妃嫔，反视同草具，饮食有余，辄抛置河中。自来帝王巡幸天下，哪里有这般奢侈，这般骄淫？小子有诗叹道：

> 帝王多半好风流，欲比隋炀问孰俦？
> 南北舆图方混一，可怜只博两番游。

欲知炀帝南巡后事，下回再行表明。

写宣华夫人之死，及杨素之遇鬼，似属冤仇相报，跃然纸上，虽未必实有其事，而疑心生鬼，亦人情所常有。且以见人生之不可亏心，心苟一亏，魂魄不摇而自悸，有不至死地不止者，此作者警世之苦心也。炀帝穷奢极欲，为古今所罕闻，极力摹写，愈见其铄蹋妇女，荼毒生灵。天下宁有若是淫昏之主，而能长享太平，任所欲为耶？况事本韩偓《海山记》，并非无稽，而江都之游，又为大业元年间事，此系炀帝南巡第一次，趁年仍返东京，俗小说中却谓其一去不回，竟似炀帝十年外事。夫炀帝固尝死于江都，然事在后起，并非一次即了。隋史中自有年月可证，得此编以序明之，而史事乃有条不紊，非杂乱无章之俗小说，所得同日语也。

第九十二回　巡塞北厚抚启民汗　幸河西穷讨吐谷浑

却说炀帝南幸江都，在途约历数旬，所有四十余所的杂宫，统是赶紧筑造，大致粗就，炀帝到一处，留一二日，尚嫌它未尽完善，所以不愿稽延，便扬帆直下，竟达江都。江都为南中胜地，山水文秀，扬名海内，炀帝与后妃人等，朝赏夕宴，不暇细表，好容易又阅残年，便是大业二年元旦。炀帝在江都升殿，受文武百官朝贺，越日，得东京将作大匠宇文恺奏报，内称洛阳宫苑，一体告成，当即进授文恺为开府仪同三司。过了正月，又诏吏部尚书牛弘，内史侍郎虞世基等，议定舆服仪卫，始备辇路，及五时副车。命开府仪同三司何稠为太府少卿，使他监造车服，由东京送达江都。稠智思精巧，参酌古今，衮冕统绣日月星辰，皮弁用漆纱制成，又作黄麾三万六千人仪仗，此外如皇后卤簿，及百官仪服，无非极意求华，仰称上意。尝责州县官采办羽毛，州县官使民弋捕大鸟，四处网罗，几无遗类。乌程有一大树，高逾百尺，上有鹤巢，卵育已久，百姓奉令取求，因高不可攀，特用刀刈根，为倒树计。鹤似解人意，恐雏为所杀，亟自拔氅毛，抛掷地上，时人反称为瑞兆，彼此谣传道："天子造羽仪，鸟自献毛羽。"州县官乐得谀媚，遂将民间歌谣，充作贺表中文料，炀帝格外欣慰，待羽仪汇集，四面翼卫，每出游幸，卫士各执麾羽，填街塞路，绵亘约二十余里。不愧为大畜类。

再过了两月有余，江南春暮，桃柳将残，炀帝方欲返东京，下诏北归。月杪自江都出发，一切仪制，比南下时更加华丽。四月下澣，行抵伊阙，陈列法驾，备具千乘万骑，驰入东京。炀帝自御端门，颁达赦书，豁免本年全国租赋，凡五品以上文官得乘车，在朝弁服佩玉，武官得跨马加珂，戴帻服袴褶，衣冠文物，盛极一时。太子昭本留守长安，闻炀帝已回东京，乃上表请觐，有旨准奏。昭即至洛阳，父子相见，免不得有一番恩谊。但炀帝是酒色迷心，把父子有亲的古训，当然忘记。既已无父，何知有子。昭入见时，不过淡淡的问了数语，便令退出，嗣是不复召见。昭一住数旬，再请入省，炀帝虽未曾拒绝，惟面谕他速回长安。昭叩请少留，以便定省，反被炀帝叱责出去，惹得懊怅成疾；更兼形体素肥，天又盛暑，内外交迫，竟致绝命。炀帝闻耗，只哭了数声，便即止哀，草草丧葬，予谥元德。昭有三子，长名侗，次名侗，又次名侑，总算俱封王爵。倓为燕王，侗为越王，侑为代王，又立秦孝王俊子浩为秦王。俊为炀帝弟，见前文。可巧楚公杨素，亦同时病死。素本受封越公，太史尝言隋分野当有大丧，炀帝南幸时，特徙封素为楚公，因隋与楚，同一分野，意欲移祸与素。素老病居家，未尝从游，至将死时，弟约尚觅名医调治。素张目道："我岂尚想求活么？"炀帝得素死信，喜语左右道："使素不死，当灭他九族。"但表面上不好不敷衍过去，追赠素光禄大夫太尉公，赐谥景武，特给辒车班剑四十人，前后部羽葆鼓吹，粟麦五千石，赗帛五千段，命鸿胪卿监护丧事，也好算是生荣死哀，福寿全归了。句中有刺。

先是废太子勇生有十男，长男名俨，为云昭训所出，曾受封长宁郡王。勇被废后，俨亦坐斥。俨弟平原王裕、安城王筠、安平王嶷、襄城王恪、高阳王该、建安王韶、颍川王煚，均褫爵削籍。云昭训父云定兴，因纵勇为非，坐罪夺官，与妻子俱没为官奴。炀帝嗣位，闻定兴具有巧思，召至东京，襄办营造。定兴见宇文述得宠，曲意谀媚，特购集珍珠，络成宝帐，奉献与述。述喜出望外，兄事定兴，荐使督造兵器，且与语道："兄所作器仗，悉合上意。惟始终不得好官，无非为长宁兄弟，尚未处死哩。"定兴愤然道："此等俱无用物，何不劝上一体就诛。"忍哉定兴！述遂奏请处置俨等，炀帝当即依议，命鸩杀故长宁王俨，并将俨弟七人，充戍极边。襄城王恪妃柳氏，姿容端丽，四德俱全，恪前被废黜，柳氏毫无怨言，事夫益谨。及恪奉诏徙边，与妻诀别，柳氏泣语道："君若不讳，妾誓不独生。"恪亦呜咽不能成词，彼此大哭一场，怆颜别去。行至中途，复有诏使到来，勒令自尽。恪与兄弟七人，同时骈死。至恪柩发还，柳氏语朝使道："妾誓与杨氏同穴，若身死后，得免别埋，就是朝廷的恩惠了。"说罢，抚棺一恸，自缢身亡，里人均为下泪。特叙入以彰女贞。勇十男已去其八，只幼子孝实、孝范，后来也不见史传，想是贬为庶人，终身不得出头，小

第九十二回　巡塞北厚抚启民汗　幸河西穷讨吐谷浑

子也只好搁过不提。

且说突厥启民可汗，自徙居碛口，尽有达头遗众，尝感隋室旧恩，岁遣朝贡。大业二年冬季，复上表自请入朝。炀帝欲张皇威德，夸示番俗，因命太常少卿裴蕴，征集天下前世乐家子弟，充作乐户，就是庶民百姓，能谱音乐，俱令入肆太常，于是四方散乐，大集东京。不但八音六律，吹拍成腔，并演习各种鱼龙山车等杂戏，务为淫巧，悦人耳目。俟演习成熟，便在西苑中精翠池侧，依次奏技。炀帝亲挈后妃诸人往阅，但见有一猞猁兽，先来跳跃，激水满衢，继而鼋鼍鱼鳖，俱从水中浮出，丛集两岸，又有鲸鱼喷雾翳日，倏忽化成黄龙，长七八尺。未几复见二人戴笠，笠上各登一人，体轻善舞，恟然腾过，左右易处。最可怪的是神鳌负山，幻人喷火，千变万化，备极神妙。炀帝非常称赏，饬京兆、河南两尹，为伎人赶制锦衣，两京彩缎，搜括一空。甚且御制艳篇，令乐正白明达凑造新声，按曲度腔，声极哀艳。一面特建进士科，视有诗歌纤冶，即令入选。

故相高颎闲居有年，不知炀帝寓着何意，偏召令为太常卿。想是颎命中应该斫头。颎独不赞成散乐，奏言："弃本逐末，有碍盛治。"炀帝哪里肯依？反把从前的积恨，记忆起来。并见前文。颎又私语太常丞李懿道："从前周天元好乐致亡，殷鉴不远，怎可效尤？"汝奈何不记母言？这数语又被炀帝闻知，越加生嫌，惟一时未便发作，姑从缓图。大业三年，启民可汗，来贺元日，炀帝命大陈文物，内外鼓吹。启民入朝拜谒，由炀帝赐他旁坐。启民东张西望，颇艳羡汉官威仪，急切未敢陈请。至退入客馆，方修表请袭冠带。炀帝初尚未许，及表文再上，乃准令易服。且语尚书牛弘道："目今衣冠大备，使单于亦为解辫，岂不是古今盛治么？"弘极口称贺。炀帝又道："这也未始非卿等功劳。"说至此，令侍臣出帛百匹，赐与牛弘。弘谢恩而退。启民可汗一住数日，宴赐甚厚。辞行时请车驾北巡，正合炀帝意旨，便即俞允，启民乃去。待至初夏，天气清和，炀帝借安抚河北为名，下诏首途，发河北十余郡丁男，凿穿太行山，北达并州，使通驰道，一面启行至赤岸泽。启民遣兄子毗黎伽特勒，入朝行在，且附表请入塞迎驾。炀帝不允，遣归毗黎伽特勒，令启民在帐守候。又过二月有余，山路始通，方再从赤岸泽出发，北至榆林郡，意欲出塞耀兵，道出突厥部落，进指涿郡，恐启民不免惊惶，特先遣武卫将军长孙晟，往谕帝意。启民奉旨，召集属部各酋长，约数十人，与晟相见。晟见牙帐中芜秽拉杂，欲令启民亲自芟薙，为诸部倡，乃佯指帐前青草道："此草留植帐前，大约根必甚香。"启民未悟，拔草嗅鼻，毫无香气，遂答言不香。晟微哂道："天子巡幸，诸侯王宜躬自扫除。表明敬意。今牙内芜秽，我还道是留种香草，哪知却是寻常植物呢。"启民至此，始知晟有意嘲讽，慌忙谢罪道："这是奴不经意的过失。奴辈骨肉，皆天子所赐，得效筋力，岂敢惮劳？不过因僻居塞外，未知大法，今幸将军教奴，使奴得达诚驾前，受惠正不少哩。"说着，即拔佩刀自芟庭草。帐下贵人达官，及诸部酋长，亦相率仿效，才阅数刻，已将庭草除尽。他如帐外杂草，亦遣番役随处扫除，长孙晟辞回榆林，报明炀帝。晟用伪言，说动启民，亦非待人以诚之道。炀帝便发榆林北境，东达蓟州。沿途建筑御道，长三千里，广且百步。启民可汗带同义成公主，来朝行宫，还有吐谷浑、高昌两国，亦遣使入贡。炀帝大悦，盛宴启民夫妇，与两国使臣，越宿复亲御北楼，望河观渔，并赐百僚会宴。启民可汗又献名马至三千匹，炀帝赐帛至一万三千匹，启民复上表道：

> 窃念圣人先帝怜臣，赐臣安义公主，种种无乏，臣兄弟嫉妒，共欲杀臣，臣当是时，走无所适，仰视惟天，俯视惟地，奉身委命，依归先帝。先帝怜臣且死，养而生之，以臣为大可汗，还抚突厥之民，至尊今御天下，仍如先帝养生，臣及突厥之民，种种无乏。臣荷戴圣恩，言不能尽，臣今非昔日之突厥可汗，乃是至尊臣民，愿率部落，变改衣服，一如华夏，仰乞天慈，不违所请，谨此上闻！

炀帝览表，未以为然，因令群臣集议，群臣多请依启民言。炀帝始终不从，乃下诏答启民道：

> 先王建国，夷夏殊风，君子教民，不求变俗，断发文身，咸安其性，旃裘卉服，各尚所宜。因而利之，其道弘矣，何必拘拘削衽，縻以长缨，岂遂性之至理，非包含之远度。衣服不同，既辨要荒之叙，庶类区别，弥见天地之情。况碛北未静，犹须征战，峨冠博带，更属非宜，但使好心恭顺，固无庸变服为也。特此复谕！

这谕既下，又令宇文恺特设大帐，帐中可容数千人。炀帝亲御大帐，南向高坐，两旁备设仪卫，下作散乐。启民率酋长三千五百人，入帐朝谒，由炀帝尽赐盛宴，笙醴杂陈。诸胡骇悦，争献牛羊驼马数千万蹄。炀帝亦命发帛二十万段，作为答赐，并赏启民辂车乘马，鼓吹幡旗，赞拜不名，位在诸侯王上。寻又发丁男百余万人增筑长城，西距榆林，东至紫河。尚书左仆射苏威，力谏不听，太常卿高颎，礼部尚书宇文敩，光禄大夫贺若弼，互有私议，大略谓："待遇启民，未免过厚。"偏有媚臣谄子，奏劾三人怨谤，炀帝最恨直言，既有所闻，也不暇辨明是非，况与高颎本有宿怨，贺若弼又为颎所荐引，宇文敩也与颎友善，索性一律加罪，并置死刑。诏敕一颁，可怜三大臣俱无辜遭戮，骈首行辕。苏威亦连坐罢官。还有内史令萧琮，系是萧皇后兄弟，素邀恩眷，受爵莒国公，他与贺若弼往来莫逆，弼既被杀，复有童谣云："萧萧亦复起。"炀帝因疑

第九十二回　巡塞北厚抚启民汗　幸河西穷讨吐谷浑

及萧琮,亦令罢官还家。嗣又出巡云中,溯金河而上,甲士前呼后拥,共达五十余万,旌旗辎重,千里不绝。令宇文恺等造观风行殿,内容数百人,可离可合,下施轮轴,倏忽推移,并筑置行城,周二千步,用布为干,上蔽以布。涂饰丹青,楼橹悉备,胡人俱惊为神奇。每在御营十里外,屈膝稽颡,无敢乘马。启民还至牙帐,饰庐清道,恭候乘舆。越旬余始见驾至,由启民跪迎入帐,奉觞上寿。王侯以下,均袒割帐前,莫或仰视。炀帝万分快活,即事赋诗道:

鹿塞鸿旗驻,龙庭翠辇回。毡帷望风举,穹庐向日开。呼韩顿颡至,屠耆接踵来。呼韩、屠耆皆汉时单于名。索辫擎膻肉,韦韝献酒杯。何如汉天子,空上单于台。

启民奉鞍既毕,面奏有高丽使臣来聘,不敢隐讳。炀帝即传高丽使臣入见,使臣惶恐顿首,乃使牛弘宣旨,谕高丽使臣道:"朕因启民诚心奉国,所以亲至彼帐,明年当诣涿郡,汝可还语汝王,宜早来朝,勿生疑惧。朕一视同仁,待遇亦如启民,若敢违朕命,必与启民同巡汝土,休得后悔!"为后文东征张本。高丽使唯唯而去。炀帝留宿启民牙帐,约有数日,萧后亦幸义成公主帐中。炀帝赐启民夫妇,金瓮各一,他如衣服被褥锦彩等,不可胜计。番酋以下,各赏赉有差。时已仲秋,启銮南归,使启民扈从入塞,行至定襄,乃令归藩。车驾返至太原,更营晋阳宫,为李渊据宫伏案。遂上太行山,开直道九十里,南通济源。幸御史大夫张衡宅中,留宴三日,才回东京。会西域诸胡,多至张掖交市,有诏使吏部侍郎裴矩,掌管市易事宜。矩访诸商胡,得悉西域山川风俗,特撰西域图记三卷,入朝奏闻。且别绘道里,分为三路。北路入伊吾,中路入高昌,南路入鄯善,总汇处在敦煌。略言"国家威德及远,欲西度昆仑,易如反掌,只因突厥吐谷浑,分领羌胡,遏绝道途,所以未通朝贡。今得商胡密送诚款,愿为臣妾,但使一介行人,往抚诸番,自然帖服,无烦兵革"云云。炀帝大喜,赐帛五百匹,每日引矩至御座前,问西域事。矩复盛称胡地多产珍宝,吐谷浑容易吞灭,惹得炀帝野心勃勃,也想似秦皇、汉武一般,侥功外域。于是任矩为黄门侍郎,使至张掖,引致诸胡。胡人本无意服隋,由矩用利相啖,诱令入朝,西域诸国,贪利东来,络绎不绝,所经郡县,动需送迎,糜费以亿万计,这也是中国疲敝的一大原因。

炀帝意尚未餍,至大业四年春季,复发河北诸军百余万众,穿永济渠引沁水南达黄河,北通涿郡,丁壮不敷差遣,竟至役及妇女。一面再筑长城,自榆谷东迤,又数百里,劳民伤财,不问可知。炀帝复游幸五原,顺道巡阅长城,仪卫繁盛,不亚前时。更有一种极大坏处,为炀帝杀身亡国的祸根,他生平喜新厌故,无论子女玉帛,宫室苑囿,一经享受,便觉生厌,暇时辄搜罗各处舆图,一一亲览，遇有胜地名区，常令建设行宫，所以晋阳宫尚未告竣，汾阳宫又复兴工，视民命如草芥，看金钱如粪土。又遣谒者崔君肃，赍诏往谕西突厥，征使朝贡。

自大逻便据突厥西境，号阿波可汗，突厥遂分东西二部，阿波旋为处罗侯所执，事见前文。国人另拥立泥利可汗。泥利传子达漫，称泥撅处罗可汗。处罗可汗母向氏，本中国人，因泥利病死，不耐寡居，转嫁泥利弟婆实特勒。开皇末年，向氏夫妇入朝，适值达头为乱，不敢西归，乃留居长安。及达头逃亡，西路少通。处罗可汗颇忆念生母，遣使入塞，访母所在。可巧裴矩出屯敦煌，得知此信，遂奏请招抚处罗。崔君肃奉诏西行，驰入西突厥牙帐，处罗踞坐胡床，不肯起迎，君肃正色与语道："突厥中分为二，每岁交兵，经数十年，莫能相灭。今启民举部内附，借兵天朝，共灭可汗，天子已经俯允，师出有期，只因可汗母向夫人，留住京师，日夕守阙，吁请停兵，愿嘱可汗内属。天子格外加怜，故遣我到此，传达谕旨。今可汗乃如此倨慢，是向夫人有欺君大罪，必将伏尸都市，传首虏庭。且发大隋将士，合东国部众，左提右挈，来击可汗，试问可汗能自保否？奈何争小节，昧大局，违君弃母，自取灭亡？"说到"亡"字，那处罗已矍然起座，流涕再拜，跪受诏书。君肃又说处罗道："启民内属，受赐甚厚，所以国富兵强。今可汗后附，欲与启民争宠，必须深结天子，方得如愿。"处罗闻言，忙向君肃问计。君肃道："吐谷浑为启民妇家，今天子以义成公主嫁启民，启民畏天子威灵，与吐谷浑断绝亲交，吐谷浑亦因此怀恨，不修职贡，可汗若请讨吐谷浑，会同上国兵马，出境夹攻，定可破虏，然后躬自入朝，既邀主眷，复谒母颜，岂非一举两得么？"娓娓动听，才辩颇类长孙晟。处罗大喜，厚待君肃，寻即遣使随行，贡汗血马，并表请会讨吐谷浑。炀帝面谕来使，以隔岁为期，来使奉命去讫。

流光如驶，一瞬经年，已是大业五年。春光明媚，冰泮雪融。炀帝乃整顿行装，出巡河右，时裴矩已诱令铁勒部，袭破吐谷浑，吐谷浑可汗伏允，夸吕次子。东走西平境，遣人入塞，乞请援师。炀帝正欲击吐谷浑，乘机发兵，即遣安德王杨雄出浇河。许公宇文述出西平，托词迎允，实嘱使袭取虏帐。伏允却也狡猾，探知隋兵势盛，不敢迎降，复率众奔雪山。宇文述引兵追住，连拔曼头、赤水二城，斩首三千余级，获王公以下二百人，虏男女四千口而还。所有吐谷浑故地，东西亘四千里，南北阔二千里，皆为隋有。分置郡县镇守，徙天下轻罪实边。炀帝又欲亲自耀威，出临平关，越黄河，入西平，陈兵阅武，将穷讨吐谷浑，特命内史元寿南逼金山，兵部尚书段文振北逼雪山，太仆卿杨义臣东屯琵琶峡，将军张寿西屯泥岭，四面围聚，为掩取伏允计。伏允率数十骑潜遁，嘱部酋诈为伏允，保守车我真山。隋右屯卫大将军张定和，恃勇无谋，自请往捕，身不被甲，即入山搜寻，不料山谷里面，伏兵四布，任你如何能耐，终是双手不敌四拳，白白的丧失性命。只有裨将柳武建，步步为营，得免险难。且斩俘吐谷浑兵数百人，左光禄大夫梁默等，追讨伏允，也被伏允诱斩。卫尉卿刘权出伊吾道，总算虏得千余口，回来报功。炀帝亲至燕支山，高昌王麹伯雅，伊吾吐屯没，官名，系突厥之监守伊吾者。及西域二十七国使臣，俱伏谒道旁。炀帝预嘱河西士女，盛饰纵观，夸耀富有，如有车服未鲜，令郡县督率改制，因此骑乘炫目，绵亘通衢。吐屯没请献地数千里，炀帝当然喜慰，分置西海、河源、鄯善、且末等郡，令刘权居守河源，大开屯田，捍御吐谷浑，通道西域。并因裴矩绥远有功，进授银青光禄大夫。小子有诗叹道：

  有道明王守四夷，何劳玉帛示羁縻？
  凿空博望犹遭议，况复隋臣好尚欺。

欲知炀帝西巡余事，待至下回再详。

  本回述炀帝之好大喜功，北巡西讨，可谓隋朝极盛时代。突厥内附，启民可汗恭顺无违，炀帝亲幸庐帐，索辫擘肉，韦韝献酒，何其盛也？及西巡河右，出临平关，穷追吐谷浑，虽张定和、梁默等，均陷没敌中，然观燕支山之受谒诸羌，道旁罗拜，亦曷尝不足饰人？奢淫如炀帝，有此幸遇，岂非意外尊荣？然炎炎者灭，隆隆者绝，以炀帝之无功无德，乃有此羌胡之归命，是正所谓天夺之鉴而益其疾也。况外人并非心悦诚服，无非贪利而来，我之利有穷时，彼之贪无穷境，利尽而彼即掉头去矣，彼去而我益困。外患未来，内讧先起，瓦解土崩，有必然者，此裴矩之所以难辞祸首也。

第九十三回　端门街陈戏示番夷　观澜亭献诗逢鬼魅

  却说高昌王麹伯雅，及伊吾吐屯没等来朝行在，由炀帝特设观风行殿，召入赐宴；此外如蛮夷使臣，陪列阶庭，差不多有一二千人。炀帝命奏九部乐，并及鱼龙杂戏，备极喧阗。宴罢散席，复搬出许多绢帛，遍赐夷人，不过博得几声万岁的欢呼，又耗去若干资财。至车驾东还时，行过大斗拔谷，山路仄狭，仅容一人一骑，鱼贯而行；又值天气寒冷，风雪晦冥，前后不能相顾，累得断断续续，劳乏不堪。驴马十死八九，吏卒亦多致僵毙，后宫妃主，或狼狈相失，与军士杂宿山间，徒落得男女无别，一塌糊涂。跟畜生同行，还要辨甚么雌雄？

炀帝顺便入西京，住了两三个月，因长安无可游玩，很不耐烦，仍转赴东京。时已改称东京为东都，视为乐国，不愿再入长安。从此朝朝暮暮，酒地花天，再加四面八方，按时进贡，有献明珠异宝，有献虎豹犀象，有献名马，有献美女，一古脑儿收入西苑，留供宸赏。独道州献入一个矮民，姓王名义，生得眉浓目秀，舌巧心灵。炀帝召入，见他身材短小，举止玲珑，也觉奇异得很，却故意的诘问道："汝有甚么技能，敢来自献？"王义从容答道："陛下怀柔远人，不弃刍荛，所以南楚小民，也来观化。虽无奇能绝技，却有一片愚忱，仰乞圣恩收录！"炀帝笑道："朕有无数文臣猛将，没一个不竭诚事朕，要汝何用？"义又道："圣恩宽大，惠及困穷，小臣系远方废民，无处求生，只好自投阙下，冀沐生成。"炀帝最喜谀言，听得王义数语，如漆投胶，不熔自化，便命他留侍左右，就便驱策。好在王义知情识意，一经差遣，俱能曲体上心，无孔不入，因此炀帝逐渐宠爱，几乎顷刻不能相离。

一日辍朝入宫，回头见王义随着，不禁皱眉道："汝事朕多时，深合朕意，可惜非宫中物，不能随入宫中。"说着，又叹了几声，竟自入宫。义不好随入，但在宫门外痴然立着。凑巧有个老太监张成，自宫中出来，瞧着王义情状，问为何事踌躇？义便将炀帝谕言，重述一遍，且欲张成设法，为入宫计。张成微哂道："如欲入宫，除非净身不可。"义尚未知"净身"二字的意义，及张成再与说明，义竟不管死活，托张成替他买药，忍心自宫，接连病了数日。炀帝不免问及，经张成代为报明，益使炀帝感动，叹为忠义。及王义疮痕既愈，便令出入宫寝，有时使睡御榻下面，视作宫女一般。<u>割势以媚君，殊非人情。</u>

至大业六年正月，有盗数十人，素冠练衣，焚香持花，自称弥勒佛，竟潜入建国门，劫夺卫士甲仗，共谋作乱。亏得炀帝次子齐王暕，率兵出御，得将群盗诛死。暕有此功绩，并因元德太子早世，位次当立，但暕生平渔色，尝私纳柳氏女为妾，并与妃姊韦氏相奸。韦氏已为元氏妇，无端为齐王所占，当然不服，虽未敢上书诉讼，怨谤已传达都中。暕毫不顾忌，反召相士，遍视后庭。相士谓韦氏当为皇后，暕益自喜，且恐炀帝册立嫡孙，阴嘱巫觋为厌蛊术，事皆被泄。府僚如长史柳謇之以下，多半得罪，韦氏亦坐是赐死。<u>大约是阎罗王请去为后了。</u>暕爵位未削，已失宠爱，故始终不得立储。惟都中有盗，也是一种骇闻，炀帝不以为意，仍然照常行乐。

会值诸番入朝，酋长毕集东都，炀帝又要夸张富丽，暗暗传旨，不论城内城外，所有酒馆饭肆，如遇番人饮食，俱要将上等酒肴款待，不得索钱；再命有司在端门街上，搭设许多锦栅，排列许多绣帐，就是<u>丛林杂树中</u>，也都缠着缯帛，一面传集乐户，或歌或舞，有几处放烟火，有几处打秋千，有几处耍长竿，

第九十三回　端门街陈戏示番夷　观澜亭献诗逢鬼魅

有几处蹴圆球，百戏杂陈，哗闹得不可名状。即如吹箫品竹的伶工，且多至万八千人。自昏达旦，连日不休，外人看了，相率惊异道："中国如此繁华，真不愧为天朝哩。"于是成群结队，纷纷游赏，或到酒肆中饮酒，或到饭店中吃饭，壶中无非佳酿，盘中悉是珍馐；及醉饱以后，取钱给值，偏肆主俱摇手道："不要不要，我中国富饶得很，区区酒肴，算甚么钱哩！"外人越觉称奇，便来来往往，饮过了酒，又去重饮，吃过了饭，又去重吃，乐得屠门大嚼，快我朵颐。有几个狡黠的胡奴，穿街逐巷，偶见穷民褴褛得很，体无完褐，不禁笑问市人道："中国亦有贫家，何不将树上缯帛，给与了他，免得悬鹑百结哩？"市人惭不能答。炀帝哪里得知，一任外人游宴兼旬，方才遣归；且盛称裴矩才能，顾语群臣道："裴矩大识朕意，凡所奏陈，统是朕欲行未行，倘非奉国尽心，怎能得此？"群臣无敢异议，也不过随声附和罢了。

是时炀帝幸臣，除裴矩外，尚有大将军宇文述，内史侍郎虞世基，御史大夫裴蕴，光禄大夫郭衍，工部尚书宇文恺等，皆以谄媚得宠。衍尝劝炀帝五日一视朝，炀帝嗫嚅道："恐违先例。"衍又说道："陛下御宇，与高祖不同，高祖手定天下，应该宵衣旰食，今四海承平，府库充实，何必效法先人，自取勤苦呢？"炀帝乃心喜道："郭衍与朕同心，才不愧是忠臣。"以佞为忠，怎能长治？独司隶大夫薛道衡，上高祖颂，炀帝怅然道："这乃是《鱼藻》的寓意哩。"看官听着！《鱼藻》是《小雅》篇名，诗序谓刺周幽王。炀帝以道衡隐寓讥刺，将加罪遣，会议行新令，历久未决。道衡语人道："向使高颎不死，裁决已多时了。"裴蕴与道衡未协，因劾道衡负才怨望，目无君上。炀帝即收系道衡，处以绞罪，妻子俱流徙且末，天下称冤。御史大夫张衡已出为榆林太守，寻复调督江都宫役。衡恃有旧功，颇自骄贵，惟闻薛道衡被戮，也为不平。适礼部尚书杨玄感，即杨素子。奉使至江都，与衡相见。衡他无所言，但说薛道衡枉死，至再至三。玄感即据言上报，又有江都丞王世充，奏称衡克减顿具，两人共劾一衡，不由炀帝不信，立发缇骑械衡，即欲加诛，转思大宝殿事，全出衡力，见九十回。不得不暂从宽典，免官贷死，放归田里。吏部尚书牛弘，学博量宏，素安沉默，得进位上大将军，改授右光禄大夫，至是病死，赗赠甚厚，追封文安侯，赐谥曰宪。隋朝文武官吏，惟弘富贵终身，不遭侮吝。史称他事上尽礼，待下尽仁，所以无好无恶，安然没世。弘弟名弼，好酒使性，尝射杀弘驾车牛，弘自公退食，妻迎语道："叔射杀牛。"弘怡然道："便可作脯。"至弘既坐定，妻又与语道："叔忽射杀牛，大是异事。"弘但言已知，仍然无言。宽和如此，故终得免难。看官以为如弘行止，究竟可取不可取？想列位自有定评，无庸小子哓哓了。同流合污，为德之贼。

且说炀帝安处东都，与萧后及十六院夫人，整日行乐。显仁宫及芳华苑，两处交通，中为复道，夹植长松高柳，御驾往来无常时，侍卫多夹道值宿，后庭佳丽，日多一日，今夕到这院留宿，明日到那院盘桓，或私自勾挑，或暗中牵合，不但十六院夫人，多被宠幸，就是三百二十名美女，有时凑着机缘，也得幸沾雨露。最邀宠的有几个芳名，甚么朱贵儿，甚么袁宝儿，甚么韩俊娥，还有雅娘、杳娘、妥娘等美人，几不辨甚么姓氏，但教容貌生得俊媚，身材生得袅娜，都蒙皇恩下逮，命抱衾裯。甚至僧尼道士，亦召入同游，叫作四道场。或在苑中盛陈酒馔，不分男女，随派入座。从前高祖嫔御，往往令与皇孙燕王俟，梁公萧巨，千牛官名。左右宇文晶，同列一席；僧尼道士，令与女官同列一席；自与后妃宠姬，同列一席。履舄交错，巾钗厮混，简直是不拘形迹，杂乱无章。甚至杨氏妇女，擅有姿色，亦公然留髡。就是妃嫔公主，亦免不得与幸臣交欢。女官尼觋，勾通僧道。炀帝也置诸不问，算是盛世宏恩。诙谐得妙。又尝泛舟五湖，御制《望江南》八阕，分咏湖上八景，小子叙录如下：

（一）湖上月，偏照列仙家。水浸寒光铺枕簟，浪摇晴影走金蛇，偏欲泛灵槎。光景好，轻彩望中斜。清露冷侵银兔影，西风吹落桂枝花，开宴思无涯。

（二）湖上柳，烟里不胜摧。宿雾洗开明媚眼，东风摇动好腰肢，烟雨更相宜。环曲岸，阴伏画桥低。线佛行人春晚后，絮飞晴雪暖风时，幽意更依依。

（三）湖上雪，风急堕还多。轻片有时敲竹户，素华无韵入澄波，望外玉相磨。湖水远，天地色相和。仰面莫思梁苑赋，朝来且听玉人歌，不醉拟如何？

（四）湖上草，碧翠浪通津。修带不为歌舞缓，浓铺堪作醉人茵，无意衬香衾。晴霁后，颜色一般新。游子不归生满地，佳人远意寄青春，留咏卒难伸。

（五）湖上花，天水浸灵芽。浅蕊水边勾玉粉，浓苞天外剪明霞，只在列仙家。开烂漫，插鬓若相遮。水殿春寒幽冷艳，玉轩晴照暖添华，清赏思何赊？

（六）湖上女，精选正轻盈。犹恨乍离金殿侣，相将尽是采莲人，清唱漫频频。轩内好，嬉戏下龙津。玉管朱弦闻尽夜，踏青斗草事青春，玉辇从群真。

（七）湖上酒，终日助清欢。檀板轻声银甲缓，醅浮香米玉蛆寒，醉眼暗相看。春殿晚，仙艳奉杯盘。湖上风光真可爱，醉乡天地就中宽，帝主正清安。

（八）湖上水，流绕禁园中。斜日缓摇清翠动，落花香暖众纹红，蘋末

第九十三回　端门街陈戏示番夷　观澜亭献诗逢鬼魅

起清风。闲纵目,鱼跃小莲东。泛泛轻摇兰棹稳,沈沈寒影上仙宫,远意更重重。

这八阕词句,令宫女演习歌唱,每当月夜泛湖,歌声四起,一派脆生生的娇喉,真个似黄莺百啭,悦耳动人。就中有几个通文侍女,更将原阕分成波折,抑扬顿挫,愈觉旖旎风光,足动炀帝游兴。

一夕,炀帝泛舟北海,与内侍十数人同登海山,忽月光被薄云遮住,夜色迷濛,当然是不便上登,就在海旁观澜亭中小憩。炀帝正带着三分酒意,醉眼模糊,凭栏四望,恍惚有一扁舟过来,舟中似有数人,还疑是十六院中的美人儿,前来迎驾。霎时间驶在亭前,有一人首先登岸,报称陈后主谒驾。炀帝忘他已死,且前与陈后主时常会晤,颇觉气味相投,至此即令传见,才阅片时,果见陈后主款段前来,所着服饰,仿佛似做长城公形状。炀帝忙起身相迎,陈后主屈身再拜。炀帝忙用手搀住道:"朕与卿本是故交,何必拘此大礼。"说着,便令他旁坐。彼此已经坐定,陈后主开口道:"忆昔与陛下交游,情爱与骨肉相同,今日陛下贵为天子,富有四海,尚记得陈叔宝否?"炀帝惊问道:"卿别来已久,今在何处?"陈后主道:"亡国主子,何处寄身? 无非往来飘泊,做一个异乡孤客罢了。"炀帝又道:"卿如何知朕在此,前来一会?"陈后主道:"闻陛下得登大宝,安享承平,心甚钦服,但初意总道陛下勤政爱民,得臻至治,哪知陛下亦纵乐忘返,取快目前,无甚美政。今又凿通洪渠,东游维扬,自觉一时技痒,特来献诗数章。"说罢,便从怀中取出一纸,捧呈炀帝。炀帝闻陈后主言,已是不悦,勉强接阅诗词,巧值月色渐明,乃凝神细视,但见纸上写着:

　　隋室开兹水,初心谋大赊。一千里力役,百万民吁嗟。水殿不复返,龙舟成小瑕。溢流随陡岸,浊浪喷黄沙。两人迎客至,三月柳飞花。日脚沈云外,榆梢噪冥鸦。如今游子俗,异日便天家。且乐人间景,休寻海上槎。人喧舟畔岸,风细锦帆斜。莫言无后利,千古壮京华。

炀帝阅罢,似解非解,但诗意总带着讥讽,不由的愤怒起来,便携衣起坐道:"死生有命,兴亡有数,尔怎知我开河通渠,徒利后人?"陈后主亦起身道:"看汝豪气,能得几日,恐将来结果,还不及我哩。"一面说,一面走。炀帝亦从后追逐,又听陈后主揶揄道:"且去且去! 后日吴公台下,少不得与汝相见。"炀帝也不辨语意,尚用力追去。那陈后主已是下舟,舟中有一绝世美人,花容玉貌,倾国倾城,可惜月光半明半灭,急切里看不清楚,正思回呼左右,拘留此舟,不料海面上卷起一阵阴风,吹得毛骨森竖,待至风过浪平,连扁舟俱已不见,还有甚么丽姝。观此可以悟道。炀帝到了此时,方猛然惊悟,自思叔宝早死,舟中美人,大约便是张丽华,两人都是鬼魂,如何与我相见? 当下吓了一身冷汗,便把双眼睁开,仔细一望,仍然坐在亭中,便问左右道:"你等曾看见甚么?"左右道:"不曾看见甚么,但见万岁爷默然无言,恍似假寐,所以不敢惊动。"炀帝越加惊疑,忙出乘原舟,返入西苑,就近至迎晖院来。院妃王夫人接着,炀帝便与谈及陈后主相见事,王夫人也觉称奇,独朱贵儿入传道:"日有所思,夜有所梦,莫非陛下回忆张丽华,所以幻出这般奇梦。且怎知非花月精魂,晓得万岁在海中寂寞,故来与陛下相戏,此等幻梦,何足介意!"实是被鬼揶揄。炀帝听了,方才释疑。是夕便在迎晖院留宿,不劳絮叙。

既而夏气暄烦,苑中草木虽多,遮不住天空炎日,昼间未便冶游,到了日沉月上,清风拂暑,院落迎凉,炀帝但带着矮民王义,悄悄的入栖鸾院,院妃李庆儿方仰卧帘下,沉睡未醒,可巧月光映面,炀帝见她柳眉半蹙,檀口微张,杏靥上现出一种慌张情态,好似欲言难言,炀帝指语王义道:"她莫非梦魇不成,快与我叫她醒来!"义走到榻前,连叫数声李娘娘。庆儿方得醒寤,已挣得满身珠汗,弱不胜娇。炀帝亲自将她扶起,坐了半晌,方才明白,起身下拜道:"妾适在梦寐,未知驾临,有失迎候!"炀帝道:"且住!卿梦中有何急事,露出这般慌张?"庆儿道:"妾正在梦魇,亏得陛下着人唤醒,但梦中情节支离,是吉是凶,妾不敢直说。"炀帝道:"但说何妨。"庆儿道:"妾梦见陛下如平时一般,携了妾臂,往游各院,到了第十院中,李花盛开,陛下入院高坐,开宴赏花,妾仍侍侧,哪知一阵风起,花光变作火光,烈腾腾的烧将过来,妾避火急奔,回视陛下尚在烈焰中,急忙呼人救驾,偏偏四面无人,妾正急杀,却得陛下唤醒,这梦不知主何吉凶。"炀帝沈吟半响,方强解道:"梦兆往往相反,梦死正是得生,火势威烈,朕坐火中,正是得威得势,有何不吉?"庆儿乃喜。炀帝复令摆酒压惊,饮到夜静更阑,方共作阳台好梦。

晓起已迟,出过明霞院,正与院妃杨夫人相值。杨夫人且笑且语道:"陛下来得正好,妾正要前来报喜。"炀帝问有甚么喜事?杨夫人道:"酸枣县所献玉李,竟尔暴兴,荫达数亩。"炀帝淡淡的答道:"玉李何故忽盛?"杨夫人道:"昨夕院中各人,闻空中有人聚语道:'李木当茂',今晓往视,果然茂盛无比。"炀帝正因庆儿梦见李花,今又闻玉李忽盛,料知不是吉兆,便顾语王义道:"你去传语院役,还将玉李伐去。"义答道,"木德来助,正是瑞应,即使不祥,亦望陛下修德禳灾,伐树何益?"语颇有理。炀帝乃止,就在明霞院中勾留一日。越宿,往幸晨光院,院妃周夫人迎报道:"院中杨梅,今已繁盛。"炀帝喜问道:"杨梅茂盛,能如玉李否?"旁有宫女答道:"尚不及玉李的浓荫。"炀帝不答,掉头径去。后来梅李同时结实,院妃采实进献。炀帝问二果孰佳?院妃道:"杨梅虽好,味带清酸,终不若玉李甘美。"炀帝叹道:"恶梅好李,岂是人情,莫非此中寓有天意么?"小子叙述至此,因作诗评驳道:

> 汤孙修德蘗祥桑,玉李何能为国殃?
> 怪底昏君终不悟,徒将气运诿穹苍。

未几夏尽秋来,草木皆凋,炀帝又欲往幸江都,后妃等多不愿行,设法阻止。究竟能否阻住炀帝,且至下回续叙。

陈百戏于端门,全是一种张皇气象。不知外夷之向背,非在中国之富贫。且糜费愈甚,财力益竭,国赋所出,全在民力,民力已尽,试问将何以御外人?甚矣哉炀帝之愚也!且外人谓中国亦有贫民,何不将树上缯帛与之?其于中国之情势,已了如指掌;德不足怀,威不足畏,徒为外人所嘲讽,果奚补乎?海山见陈后主一节,正史不详,惟韩偓《海山记》,却有此说。运衰遇鬼,炀帝之气焰,已将尽矣。后文如庆儿之梦魇,玉李之忽茂,俱自韩偓记中采取而来。近如坊间之《隋唐演义》《隋炀艳史》,亦尝采入,但彼多附会,此从简明,终非穿凿者所得比也。

第九十四回　征高丽劳兵动众 溃萨水折将丧师

却说大业六年,炀帝又欲南幸江都,因为洛阳宫苑,草木俱凋,无可留玩,偶然忆及江都富丽,且有琼花一株,非常鲜艳,前次曾经看过,此时不知如何景色,所以更欲一观。惟萧后以下,不耐跋涉,好好的婉言劝阻,偏炀帝执意不从,且对后妃等说道:"卿等俱到过江都,应亦领略风景,与此处不同,不要说山川秀美,就是一花一木,也比此地格外鲜妍。并有琼花一株,是绝无仅有的珍品,今虽草木零落,当不似此间寂寞,所以朕更欲一游,聊抒愁闷。"说至此,有一美人接入道:"陛下要不致寂寞,亦没有难事,限妾三日,管教这芳华苑中,百花开放。"炀帝瞧着,乃是清修院内的秦夫人,不禁冷笑道:"卿有甚么神术,能使万象回春?"秦夫人嫣然道:"妾怎敢在天子前,谬作诳言?待三日后,自见分晓。"炀帝将信将疑,好容易过了三日,便至苑中探验真伪,一入苑门,果然花木盛开,芳菲斗艳,就是池沼中荷芰菱芡等类,亦皆翠叶纷披,澄鲜可爱。当下惊喜得很,极口称奇。那十六院夫人,已带了许多宫女,出来迎驾。秦夫人先笑问道:"苑中花木,比江都何如?"炀帝迟疑道:"朕且问卿这般幻术,从何处学来?否则现在天气,哪里有这样繁盛?"众夫人听了此语,不禁哑然失笑,惹得炀帝越觉动疑。再三穷诘,方由大众奏明,乃是剪彩为花,制锦作叶,费了三日三夜的工夫,才布置得簇簇新新。炀帝仔细审视,方能辨明赝鼎,确是一个糊涂虫。又向秦夫人说道:"似卿这么慧想,也好算巧夺天工了。"遂与众夫人到处游玩,但见红一团,绿一簇,仿佛与春间无二。待至游兴已阑,便往清修院中,小作勾留。秦夫人早已备好肴馔,请炀帝上坐,自与众夫人递相劝酬,把炀帝灌得烂醉,便在院中倦卧。到了酒销醉醒,已是昏黄,众夫人俱已散去,但有秦夫人侍坐榻前,瞧见炀帝醒来,当然递过香茗,畀他解渴。炀帝见秦夫人晚妆如画,别饶丰韵,不由的引起欲火,索性叫她卸衣侍寝。秦夫人乐得承恩,先替炀帝脱去龙袍,然后自己亦解衣入帏,云雨巫山,销魂真个,这也是数见不鲜,不容描摹了。

且说秦夫人剪彩为花,制锦作叶,又把炀帝留住游赏,安居一二旬,但假花假叶,色易黯敝,虽经宫人时常掉换,终究是鱼目混珠,艳而不芳。炀帝复觉生厌,仍决计往江都一行。后妃等不好拦阻,听他启銮,惟萧后未曾随往,十六院夫人,也不过去了一小半。外如宫娥彩女,随意拣选数百名,随着炀帝,仍坐龙舟南驶。沿途自有卫士拥护,不过比第一次南下时,已觉得轻车减从,许多简便,途中观山览水,随意消遣,不多日已抵江都。江都宫监王世充,已将宫室赶筑,大致告成,并选得若干美女,入宫执役,一闻驾到,便出郊迎谒,导引炀帝入城。炀帝至宫中巡视,凡一切布置,尽皆合意,又见诸宫女统来叩谒,无一非仪容俊雅,眉目轻盈。炀帝顾着世充,很是嘉奖。世充口才,本来便佞,又经炀帝奖赏,更觉极口献谀,炀帝便将所携金帛,赏给若干,世充当然拜谢。且知炀帝嗜好,惟酒与色,便即呈上美酒盛馔,并令在宫女役,各携乐器,弹唱歌舞。那吴女一副歌喉,乃是天生成的娇脆,不比那北里胭脂,细中带粗,炀帝听了,只觉得靡靡动人,沁及心脾。惟所歌的多是本乡小调,不甚合宜,乃命世充录述《清夜游》曲,指导宫女,这《清夜游》曲系炀帝自撰,东都宫女,都能口诵,经世充录示诸女,到底吴中丽质,聪慧过人,有一半粗通文墨,用心默记,便能一一背诵,随口成腔;于是一半儿唱歌,一半儿鼓乐,炀帝且饮且听,但闻清声摇曳,歌云:

洛阳城里清夜矣,见碧云散尽,凉天如水,须臾山川生色,河汉无声,一轮金镜飞起,照琼楼玉宇,银殿瑶台,清虚澄澈真无比。良夜情不已,数千万乘骑,纵游西苑,天街御道平如砥,马上乐竹媚丝姣,舆中宴金甘玉旨。试凭三吊五,能几人不愧圣德穷华靡,须记取隋家潇洒王妃,风流天子。这是补录《清夜游》曲,故借此叙入,看官莫被瞒过!

炀帝见吴女绣口锦心,乐不可支,等到酒阑歌罢,便就吴女中拣选数名,留之旁侍。世充已知炀帝微意,即请炀帝安寝,拜辞出宫。炀帝挈领数名侍女,退入寝室,大约是轮流供御,从心所欲便了。但琼花已是凋谢,须待明春

第九十四回　征高丽劳兵动众　溃萨水折将丧师

再开，炀帝就羁留江都，且思东游会稽，便命凿通江南河，自京口直达余杭，共计八百余里，使得通行龙舟。怎奈一时不能告成，只好耐心待着。

会接虎贲郎将陈棱捷报，乃是发兵航海，袭破琉球，击毙国王遏剌兜，虏归男女数千人，因此报功。原来琉球为东海岛国，风俗略似倭人，倭人即日本国，比琉球为大，大业四年，倭王阿每多利思北孤，日史称推古帝。曾贻隋书，有云："日出处天子致书日没处天子无恙。"炀帝览书不悦，传旨鸿胪卿，谓蛮夷书如或无礼，勿再上闻。越年，乃遣文林郎裴清使倭国，倭王却优礼相待，并遣使人随贡方物。炀帝面问倭使，方知倭国东南，尚有琉球，因遣羽骑尉朱宽入海，赍诏宣抚。偏琉球国王不肯奉诏，宽当即还报，始令陈棱袭击。棱既得破灭琉球，炀帝更欲从事高丽，征高丽王高元入朝。看官阅过上文，应知炀帝在突厥时，已谕令高丽使臣，饬令朝贡。见九十二回。此时已越两年，高丽王并未应命，再行遣使征召，仍然不至。炀帝不禁动怒，拟即发兵亲征，课令天下富民，买马给役，每匹贵至十万钱，并饬戍官镇将，简阅器仗，务求精新，如或滥恶，立诛无贷。为这一役，又不免骚动中原。天下本无事，庸人自扰之。

到了大业七年的仲春，炀帝自江都出发，带了许多宫女，仍驾龙舟，经过永济渠，北向涿郡，途次颁诏四方，不论远近将士，概令会齐涿郡，东讨高丽。又敕幽州总管元弘嗣，速往东莱海口，造船三百艘。弘嗣不敢违慢，带同属吏，昼夜督造，工役日立水中，未尝少休，自腰以下，均皆生蛆，几乎十死三四。炀帝轻视民命，又发江、淮以南水手万人，弩手三万人，岭南排镩手三万人，并饬河南、淮南、江南三处，造戎车五万乘，送至高阳，供载衣甲幔幕，令兵士自挽赴军，再调两河民夫，供给军需。嗣又拨派江、淮民船，输运黎阳及洛口诸仓米，并至涿郡。舳舻千里，往返常数十万人，日夕不停，死亡相继。炀帝行抵涿郡，驻驾临朔宫，所有文武从官，俱令给宅安居，自在宫中迷恋酒色，不减平时。惟朝征粮，暮征兵，三令五申，不管兵民死活。可奈道途多阻，转运维艰，一时不能会集，没奈何捱延过去。自大业七年初夏开始，直至次年孟春，天下兵民，方趋集涿郡。

炀帝召入合水令庾质，当面询问道："高丽兵民，不能当我一郡，今朕悉众往讨，卿以为必克否？"庾质答道："以众临寡，何患不克？但不愿陛下亲行。"炀帝变色道："朕统兵至此，怎可未战先退，自挫锐气？"质又说道："胜负乃兵家常事，战若未克，反损威灵，不如车驾留此，但命猛将劲卒，指授方略，倍道兼行，出敌不意，方可必克。兵贵神速，迂缓便恐无功了。"炀帝不从，反叱责道："汝既惮行，尽可留此。"遂诏分全军为左右两翼，左十二军出镂方、乐浪等道，右十二军出粘蝉、襄平等道，络绎登程，总集平壤，共得一百十三万三千八百人，号称二百万，馈运饷糗，人数加倍。炀帝祃纛启行，亲授节度，每军置大将亚将各一人，骑兵四十队，队各百人，十队为团，步兵八十队，分作四团，团各有偏将一人，铠胄缨拂旗旛，每团异色，辎重散兵等，亦为四团，令步兵夹进，进止立营，各有次序。前军先行，后军继进，相距约四十里。御营六军，最后出发。历四十日，方才尽出涿城，首尾衔接。鼓角相闻，旌旗绵亘九百六十里，直是近古以来，少见少闻的军仪。不是行军，实同儿戏。途次，复令段文振为左候卫大将军，出南苏道。文振在道中婴疾，上表行在，略云：

窃见辽东小丑，未服严刑，远烦六师，亲劳万乘。但夷狄多诈，须随时加防，即日陈降款，亦不宜遽受。惟虑水潦方降，毋或淹迟，伏愿严勒诸军，星驰速发，水陆俱前，出其不意，则平壤孤城，势可拔也。若倾其本根，余城自克。如不及早裁定，待遇秋霖，必多艰阻，兵粮既竭，强敌在前，鞲鞴出后，迟疑不决，非上策也。臣不幸遘疾，命在须臾，恐不能效力戎行，为国杀贼，自知罪戾，有辜圣恩，所望陛下扫除小丑，指日凯旋，则臣虽死，亦瞑目矣。谨此上闻！

炀帝览表，尚未以为然，未几，即接到文振死耗，炀帝虽然痛惜，但如文振表中所言，仍是疑信参半，好几日始至辽水，众军总会，临水为阵。高丽兵阻水拒守，隋军不得前济。右屯卫大将军麦铁杖语人道："丈夫性命，自有定数，怎能卧死儿女子手中呢？"乃自请为前锋，并语三子道："我受国厚恩，今当死战。我若战死，汝等得长保富贵了。"为儿孙作马牛，亦属何苦。会工部尚书宇文恺，奉敕造浮桥三道，贪夜告成，引桥架辽水上面，自西至东，桥短丈余，不能相通，高丽兵大至，隋兵赴水接战，溺死甚众。麦铁杖一跃登岸，闯入高丽阵内，虎贲郎将钱世雄、孟乂，亦跃过中流，与麦铁杖先后杀入，十荡十决，差不多与猛虎一般，高丽兵亦被杀无数。怎奈后队不能跃上，徒令三人奋身死斗，毕竟势孤力竭，相继捐躯。隋军不得已敛兵引桥，复就西岸。

炀帝闻铁杖战死，追赠为宿郡公，使长子孟才袭爵，次子仲才、季才，并拜正议大夫。更命少府监何稠，督工接桥，二日乃成，再架水上。诸军依次奋进，得渡辽水，大战东岸，杀得高丽兵七零八落，死了万人，余众都遁入辽东城。隋军乘势进攻，把辽东城团团围住。炀帝亦渡辽东进，命尚书卫文升招抚辽左人民，免役十年，且下诏戒谕诸将道："朕此次东征，吊民伐罪，并非为功名起见，诸将或不识朕意，轻兵袭击，孤军独斗，徒思为己立功，冀邀爵赏，实非大军行法本旨。卿等进军，但当分为三道，有所攻击，必须三道相知，毋得轻进，猝致丧亡。并且军事进止，概宜预先奏闻，静待复报，如有专擅，就使有功，亦必加罪。"还想沽名，比宋襄犹且不如。诸将接到这道谕旨，莫敢先动。

高丽兵守御辽东城，日久未下。炀帝又觉焦急，亲阅城池形势，但见城不

第九十四回　征高丽劳兵动众　溃萨水折将丧师

甚高，濠亦不甚广，偏如此旷日无功，想是将士疲玩所致，因复召诸将诘责道："尔等竟视朕为木偶么？朕欲东征，尔等多不愿朕来。今朕既到此，正欲观尔等所为，果然尔等畏死，不肯尽力，难道朕不能加刑，乃敢这般玩法么？"说至此，声色俱厉。自相矛盾，叫人如何措手？诸将相率惊惶，并皆谢罪。于是右翊卫大将军来护儿，决计进攻平壤，自率江、淮水军，浮海先进，渡入浿水，去平壤约六十里，与高丽兵遇，乘锐邀击，大破敌兵，便麾兵进攻平壤城。副总管周法尚，从旁谏阻，谓宜俟各军偕至，然后进攻。护儿不听，即简精甲四万，直逼城下。高丽兵出来搦战，护儿督兵交锋，未及数合，高丽兵便即退回。护儿驱军入城，城门却也未闭，一任隋军掩入。明是诈计。隋军一入城闉，就分头四掠，无复步伍，哪知城闉左右的空寺中，都有高丽兵伏着，一声胡哨，两旁杀出，好似斫瓜切菜一般。护儿见不是路，忙鸣金收军，军士半在城内，半在城外，内外不复相顾，死的死，逃的逃。护儿狼狈逃回，高丽兵在后追逐，还亏周法尚整军接战，方将高丽兵击退。护儿收拾残众，还屯海浦，不敢再进。其进锐者其退速。

　　左翊卫大将军宇文述，出扶余道；右翊卫大将军于仲文，出乐浪道；左骁卫大将军荆元恒，出辽东道；右翊卫将军薛世雄，出沃沮道；右屯卫将军辛世雄，出玄菟道；右御卫将军张瑾，出襄平道；右武侯将军赵孝才，出碣石道；涿郡太守左武卫将军崔弘升，出遂城道；右御卫虎贲郎将卫文升，出增地道。这九军同时出发，约至鸭绿水西岸会齐。人马皆赍百日粮，又给排甲枪槊，并衣资戎具营帐等类，每人须负重三石，力不能胜。宇文述下令军中，如有遗弃粮仗，立斩无赦。士卒不堪负担，悄悄的掘了坑堑，埋窖粟米，才至中道，粮已将尽。高丽遣大臣乙支文德，诣营诈降。于仲文拟拘住文德，偏尚书右丞刘士龙为慰抚使，谓不应遽执来使，失外人心。仲文乃遣归文德，嗣复自悔，遣人往追，但说是尚有余议，诱令复来，那文德掉头不顾，渡江自去。仲文既失文德，甚是懊怅，及与宇文述相会，述因粮尽欲归，仲文还说是亟追文德，可以报功，述不愿再行。仲文悻然道："将军统十万众，不能击破小丑，何面目回见主上？且仲文此行，早知无功，试想将多士众，人不一心，如何胜敌？"述不得已与诸将渡过鸭绿水，力追文德。

　　高丽将士见隋军已有饥色，料知不能久持，佯用羸兵诱敌，每战辄走。自朝至暮，述七战七捷，恃胜骤骄，遂东渡萨水，距平壤城三十里，因山为营。文德复遣人诈降，向述传语道："公若旋师，当奉高元来朝行在。"述见士卒疲敝，不可复战，又见平壤城险固难下，权时允许，引军西还。令部众结一方阵，防备不虞。果然高丽兵四面抄击，没奈何且战且行。及回渡萨水，各军半济，高丽兵从后掩击，隋将军辛世雄阵亡。隋军已无斗志，又见世雄战死，顿时惊溃，不可禁止。一日一夜，奔还鸭绿水，行至四百五十里。来护儿闻述等败归，亦自海浦奔回，惟卫文升一军独全。

先是九军渡辽，共三十万五千人，及返至辽东城，止二千七百人，资储器械，丧失殆尽。炀帝大怒，锁系宇文述等，收军驰还，留民部尚书樊子盖，居守涿郡，自驾龙舟还东都。宇文述素得上宠，子士及又尚帝女南阳公主，故炀帝不忍加诛，独斩刘士龙以谢天下，夺于仲文等官爵，进卫文升为金紫光禄大夫。诸将皆委罪仲文，所以诸将得释，惟仲文不赦。仲文忧恚成疾，方得出狱，但已是病重身危，未几即死。得保首领，还是幸事。前御史大夫张衡，已经放黜，炀帝恐他怨谤，尝令人伺察，至从辽东还驾，忽由衡妾上书告变，讦衡怨望谤讪。衡不知有君，无怪衡妾不知有衡。有诏赐令自尽，遣使监视。衡临死大言道："我为人作何等事，还敢望久活么？"监刑官自塞两耳，促令搵毙。

未几，又是大业九年，炀帝复欲再征高丽，征集天下兵至涿郡，且募民为骁果，因命代王侑留守西京，授卫文升为刑部尚书，使辅代王。越王侗留守东都，民部尚书樊子盖为辅，再议东击高丽，并诏复宇文述官爵，谓前时兵粮不继，致丧王师，这是由军吏供应不周，并非述罪，可仍令以原官统军，寻又加开府仪同三司。孟夏四月，复启跸东征，遣宇文述为前驱，与上大将军杨义臣，同趋平壤。左光禄大夫王仁恭，出扶余道，仁恭进军至新城，高丽兵数万拒战，仁恭率劲骑千人，首先突阵，击破高丽兵。高丽兵入城固守，炀帝自统大军攻辽东城，守兵随机守御，兼旬不拔，炀帝遍征攻具，四面扑城，仰攻用楼梯，俯攻用錾凿，终不见效。乃又饬造布囊百余万件，满贮土石，堆积城下，高与城齐，令战士上登横击。又制八轮楼车，高出城墙，车上乘了弩手数百人，弯弓竞射。城中防不胜防，危蹙万状，正要一鼓攻入，不料内讧迭起，警报频来，遂令这位荒淫骄纵的隋炀帝，只好引军折回。小子有诗叹道：

    无端劳动四方兵，功未成时祸已成。
    试看黎阳生巨变，乱阶毕竟始东征。

欲知内乱详情，请看官续阅下回。

炀帝之征高丽，聚天下兵顿于一城，彼不过夸耀兵威而已，安知兵法？夫曹操赤壁，苻坚淝水，皆以兵多致败，岂有劳师万里，水陆淹留，尚可痴望成功耶？庾质、段文振，相继进谏，言皆可行，乃听之藐藐，反戒诸军轻进，坐误因循，及辽东城相持不下，乃责诸军疲玩，以致来护儿、宇文述等，躁进丧师。至于督兵再举，不惩前辙，是即无内讧之猝起，恐亦不败不止耳。王者耀德不观兵，德无可言，徒欲以兵力屈人，试鉴诸隋炀而已然矣。

第九十五回　杨玄感兵败死穷途
　　　　　　　斛斯政拘回遭惨戮

　　却说高丽事起，征兵索粮，骚动天下，百姓不堪供亿，铤而走险，相聚为盗。邹平民王薄，据长白山，*此系山东之长白山。*自称知世郎。平原民刘霸道，据豆子䴚，号为阿舅贼。蓨人高士达，聚众清河，鄃人张金称，聚众河曲，还有漳南人窦建德，也与同县孙安祖，戕官起事，攻陷高鸡泊，做起草头大王来了。既而济阴孟海公，齐郡孟让，北海郭方预，平原郝孝德，河间格谦，渤海孙宣雅，接踵为乱。暴客饥民，相率趋集，多或至十余万人，少亦数万，所在剽掠，村邑为墟。是时承平日久，人不习兵，地方官吏，与贼接战，往往败却。惟齐郡丞张须陀，骁勇果决，连败王薄、郭方预等，须陀部下有罗士信，年方十四，持槊当先，贼不敢进，每次交锋，必与须陀并进，贼众无不辟易，所以战无不克。但群盗如毛，山东糜烂，单靠张须陀一军，也只能保护一方，不能四面兼顾，坐是彼出此没，无术荡平。炀帝虽有所闻，尚说是幺麽小贼，不足为虑，所以再出东征。偏有一个勋臣后裔，也乘势揭竿，起兵黎阳，遂令炀帝心中惶急，不得不搁起外事，还戢内忧。

　　看官道黎阳起事，究是何人？原来就是楚国公杨素子玄感。*本回以玄感为主，故上文群盗，只用简笔略过。*玄感体貌雄伟，膂力强盛，善骑射，好宾客。蒲山郡公李密，世为北周将领，父宽为隋初柱国，密得袭父爵，官左亲侍，与玄感为刎颈交。密有智术，尝语玄感道："临阵决胜，密不如公；居内运筹，公不如密。"玄感深服密言，故往来莫逆。会玄感迁任礼部尚书，奉炀帝诏敕，至黎阳督运，因闻山东盗起，乱事已发，料知天下从此多事，且乃父死时，炀帝尝谓素若不死，终当族灭，因此引以为忧。虎贲郎将王仲伯，汲郡赞治赵怀义，并为玄感腹心。玄感密与计议，欲令东征各军，乏粮致变，特使粮船故意逗留，可以伺隙起兵。玄感弟武贲郎将玄纵，及鹰扬郎将万硕，均从征辽东，由玄感密书招还。又令人至京师召出李密，令与季弟玄挺，同抵黎阳。适将军来护儿，调集舟师，从东莱入海，将趋平壤。玄感即欲发难，暗遣家奴绕道东方，伪充驿使入城，托言护儿愆期谋反，煽惑人心，遂径入黎阳城，大索男夫。并移书旁郡，以讨护儿为名，令各发兵，会集仓所。*既欲发难，何妨声明昏主过恶。乃徒诬及来护儿，欺诱军吏，是与汉王谅起兵时同一谬误。*即用赵怀义为卫州刺史，东光县尉元务本为黎州刺史，河内主簿唐祎为怀州刺史。唐祎不肯受令，暗地逃回。

御史游元,与玄感共同督运,亦有违言。玄感与语道:"独夫肆虐,陷身绝域,正是天使灭亡,我今大举义师,往诛无道,君意以为何如?"元正色道:"尊公荷国宠荣,近古无比,公门皆拖青纡紫,正应竭诚尽节,上答鸿恩,奈何坟土未干,即图反噬?仆但知以死报君,不敢闻命。"玄感怒起,把他囚住,元始终不屈,竟为玄感所杀。乃就运夫中选集丁壮,得五千余人,舟子三千余人,刑牲誓众,当面宣谕道:"主上无道,不念民生,天下骚扰,从征辽东的兵民,死了无数,今与君等起兵,往救百姓,岂不甚善?"大众踊跃听命。玄感大喜,遂勒兵分部。可巧李密与玄挺偕来,玄感倒屣迎入,向密问计。密答说道:"天子远在辽东,公能出其不意,长驱入蓟,扼住咽喉,高丽闻有内变,必从后蹑击。不出旬日,征东各军,资粮皆尽,就使不降,亦必溃散,这乃是今日的上计。"玄感道:"中策若何?"密又道:"关中为都城所在,今若率众西行,经城勿攻,直取长安,天子虽还,根本已失。公据险临敌,进可战,退可守,尚不失为中计。"玄感又道:"此外便为下策吗?"密复道:"公若随近逐便,直向东都,一鼓突入,亦足号令四方,但恐唐祎往告,先已固守,引兵攻战,必延岁月。百日不克,天下兵四面兜聚,大势一去,恐无能为了。"李密三策,剀切详明。玄感笑道:"今百官家口,俱在东都,我若得取,先声夺人,从征官吏,不寒而栗,如公下计,实是上策。若冒险入蓟,恐成孤注,改图关中,又嫌迂远。且经城勿攻,如何示威?我却不愿出此哩。"遂不从密言,竟引众向洛阳,遣弟玄挺率骁勇千人,充作前锋,先取河内。唐祎已入城拒守,一面飞报东都留守越王侗。侗急与樊子盖等,勒兵为备,修武县兵民,亦相率守临清关。玄感不能度,乃至汲郡南渡河,亡命诸徒,相从如市。不到数日,有众数万,乃使弟积善,率兵三千,自偃师南沿洛水,向西进取,玄挺自白司马坡逾邙山,向南进行,玄感自领三千余人,从后接应。

东都留守越王侗,遣河南令达奚善意,统兵五千人,出拒积善,将作监河南赞治裴弘策,统兵八千人,出拒玄挺。善意至洛南,立营汉王寺,及积善兵到,未战即溃,铠仗皆为积善所取。弘策行至白司马坡,一战败走,退三四里,复收集散兵,列阵待着。玄挺徐至,连战至四五次,弘策皆败,奔还东都,玄挺直抵大阳门,玄感亦从后继至,屯上春门,尝对众宣誓道:"我身为上柱国,家累巨万金,还要求甚么富贵?今起兵来此,不顾灭族,无非欲解百姓倒悬,不得不尔,请大众原谅?"众闻言皆悦,父老争献牛酒,子弟亦诣军门自效,每日不下千数。内史舍人韦福嗣,出敌玄感,兵败被擒。玄感优礼相待,使掌文翰,令贻樊子盖书,直数炀帝罪恶,谓欲废昏立明,请勿拘小礼,自贻伊戚。子盖不答,复使裴弘策出战,弘策失利而还。子盖部署败军,再使弘策出击,弘

第九十五回　杨玄感兵败死穷途　斛斯政拘回遭惨戮

策不肯行，被子盖叱出斩首，由是将吏震肃，令行禁止。玄感尽锐攻城，子盖随方拒守，一守一攻，杀伤相当。

西京留守代王侑，闻东都被围，忙遣副守卫文升督兵往援。文升至华阴，掘杨素冢，暴骨扬灰。遂鼓行出崤渑，直趋东都，率二万骑挑战。玄感用羸兵诱敌，精兵后伏，引卫文升兵追来，一声鼓号，四面伏发，杀死文升兵无数。文升慌忙逃回，前驱已经尽毙，无一得生。越三日再行交兵，两军初合，玄感诈使人大呼道："官军已获得玄感了。"文升兵莫名其妙，东张西望，心不一致，那玄感却带领精骑数千，突入文升阵内。文升麾下，统被吓退，就是文升亦似入梦中，只好随众并走。玄感趁势斩获，一场蹂躏，把文升部曲三四万人，杀死了一大半，单剩了八千人，保护文升，狼狈退去。玄感却是能兵，可惜初计不善。玄感兵威大震，趋附益众，多至十万人。

右武侯大将军李子雄，曾坐事除名，诏令从来护儿东征，图功赎罪。自玄感变起，炀帝防他潜应玄感，令锁子雄达行在，子雄竟杀死诏使，逃奔洛阳，投入玄感军中，劝玄感速称尊号。玄感转问李密，密答道："秦陈胜自欲称王，张耳进谏被斥，魏武帝将求九锡，荀彧劝阻见诛，今密欲正言相规，还恐追踪二子，若阿谀顺意，又与密本意相违，试想公自黎阳起兵，虽得战胜数次，究竟未定一郡，未服一县，至若东都守御，坚固难拔，天下救兵，指日将至，公不速挺身力战，早定关中，乃急欲自尊，未免示人不广，请公三思！"玄感狞笑无言，暂将称尊事缓议，但心中不免芥蒂，渐与密疏，专任元福嗣为心膂。福嗣每与画策，首鼠两端，密复谏玄感道："福嗣本非同盟，实怀观望，明公初起大事，乃令奸人在侧，为所摇惑，他日必误军机，不如先诛为是。"玄感摇首道："君所言太过，福嗣亦何至如此。"密退语所亲道："杨公不信忠言，反毗匪类，恐我辈将一同为虏了。"何不速去？

已而炀帝返至涿郡，发兵四逼，使武贲郎将陈棱攻黎阳，武卫将军屈突通诣河阳，左翊卫大将军宇文述继进，右骁卫大将军来护儿，又从东莱还援，就是两战两败的卫文升，亦收拾余烬，进屯邙山南面，来决死战，与玄感一日数斗。玄感弟玄挺，伤重而死，余众少却。玄感方才知惧，又闻屈突通引兵将到，忙与李子雄商量对敌。子雄道："屈突通晓习兵事，一得渡河，胜负难料，宜速分兵往拒，休使越河前来。"玄感依议，便欲遣兵拒通，偏樊子盖瞧破机关，屡出兵来扰玄感军营。玄感无暇分兵，眼见得屈突通军，长驱直至，于是东有屈突通，西有卫文升，更兼樊子盖自出夹攻，三路动手，任尔杨玄感如何骁勇，也是招架不住，三战三北，无法支持。玄感再向李子雄请计，子雄道："东都援军四集，我师屡败，怎可久留？不如直入关中，据有府库，东向争天下，尚不失为霸王事业哩。"迟了。玄感乃释洛阳围，引众西行，至弘农宫。父老遮说玄感道："宫城空虚，又多积粟，何不急攻？"玄感遂留兵攻扑，李密以为未可，促令急行，玄感仍然不从。督攻三日，终不能拔。还贪近利，不亡何时？那屈突通、宇文述等，陆续追至，玄感又不得不走，与追军且战且行。路过董杜原，为追军所困，玄感大败，仅率十余骑溃围出走，窜林木间，辗转至葭芦戍，饥渴交迫。玄感自知不免，返顾后面，只弟积善随着，乃泣叹道："一败至此，尚有何言？我不能受人戮辱，汝可杀我。"积善情尚未忍，忽见后面尘头大起，料有官军追来，因抽刀斫死玄感，继即自刺，手颤刀落，已有追兵驰至，拘住积善，并玄感首俱送行在。积善伏诛，玄感首悬示行宫，并命将遗尸磔陈东都市。越三日，脔割付火，尽成灰烬。玄感弟玄纵、万硕，自辽东潜逃，万硕至高阳，为监军许华所执，送斩涿郡。玄纵至黎阳，探得玄感败亡，微服私奔，不知下落。尚有义阳太守玄奖，朝请大夫仁行，皆玄感弟，一在义阳受诛，一在长安被磔，余党悉平，独李密逃去。为后文伏案。

炀帝尚欲穷治党羽，命大理卿郑善果至东都，从严推勘。善果奋然道："玄感一呼，相从至十万人，可见天下不欲人多，多即为盗，不尽加诛，如何惩后？"遂派兵四捕，不分首从，一概枭首，所杀至三万余人。兵部侍郎斛斯政从驾东征，曾与玄感暗地通谋，至是恐株连坐罪，亡入高丽。政与弘化留守元弘嗣有婚媾谊，炀帝因政逃亡，遂疑及弘嗣，立遣卫尉少卿李渊，驰至弘化，把弘嗣拘入狱中，即令渊为留守。看官听说！这卫尉少卿李渊，系陇西郡成纪人，表字叔德，生得仪表雄伟，日角龙庭，若要追溯李氏世系，就是西凉武昭王暠七世孙，祖名虎，佐周代魏，赐姓大野氏。虎殁时得加封唐公，子昞袭爵。渊即昞子，复袭荣封，官拜卫尉少卿。至是留守弘化，便是唐朝发轫的初基。唐室始祖，应该详叙。炀帝怎能预料，总道他事君不贰，简放出去。那时李渊也确是效忠，依诏奉行。

炀帝自涿郡西还，安安稳稳的到了长安，但各处盗贼，仍所在蠭起。余杭人刘元进，手长尺余，臂垂过膝，自谓相表非常，阴蓄异志，当玄感起兵时，亦招集徒党，臂应玄感。玄感败死，元进气焰未衰，反得众数万人。吴郡人朱燮，晋陵人管崇，且纠合亡命，攻破吴郡，迎入刘元进，奉为天子。燮与崇为左右尚书仆射，署置百官。毗陵、会稽、建安诸郡民，多半响应。炀帝闻报，亟遣将军吐万绪，光禄大夫鱼俱罗，率兵南讨，击斩管崇。元进与燮结栅拒绪，屡败屡战，终不少怠。绪因士卒疲敝，奏称天气骤寒，请待来春进讨。俱罗亦上言贼难骤平，且因诸子在洛，潜遣家仆往迎，偏为炀帝所闻，敕诛俱罗，召绪还京，另遣江都丞王世充讨元进，绪在道忧死。世充调兵渡江，连战皆捷，毙朱燮，枭刘元进，余贼四散。世充佯为下令，投降免死。散贼多闻风来降，共约三万余人，被世充引至黄亭涧，悉数坑死。尚有未降诸贼，自知不能逃生，索

第九十五回　杨玄感兵败死穷途　斛斯政拘回遭惨戮

性再聚为盗，出没江淮。章邱杜伏威，年仅十六，勇冠贼中，共推为主。临济辅公祏，下邳苗海潮，亦勾通伏威，横行淮南。就是山东诸盗，亦迭起不已。惟唐县出了一个妖人宋子贤，自称弥勒佛出世，不到数月，总算伏法。哪知东边的弥勒佛，方才扑灭，西方的弥勒佛，又复出现。扶风僧徒向海明，也自号弥勒佛，哄动愚夫愚妇，居然造反，旋且僭称皇帝，改元白乌。还是隋廷用了太仆卿杨义臣，出讨海明，才得将这位弥勒皇帝，赶往西方。弥勒佛想做皇帝，无怪他不能济事。偏又贼帅唐弼，拥立李弘芝为主，有众十万，号称唐主。东反西乱，此仆彼兴，已闹得不可开交。独炀帝念念不忘高丽，反以为刁民作乱，不足计较，仍征天下兵东征，群臣莫敢进谏。

　　大业十年仲春，炀帝复往涿郡，士卒在途，逃亡相继，好容易到了怀远镇，已是夏尽秋来，将军来护儿为前锋，引兵至卑沙城，高丽发兵迎战，阵亡甚众，败奔平壤。护儿当然追逼，途中接得高丽来使，奉书乞降，且愿送还斛斯政。护儿飞报行在，炀帝大喜，命执斛斯政班师。护儿奉诏，报知高丽。高丽即将斛斯政交出，令护儿带归行在。炀帝命将士奏凯入关，即将高丽使臣，与罪犯斛斯政，献告太庙。出甚么风头？大将军宇文述进奏道："斛斯政有大罪，天地不容，人神同忿，若徒照国法处死，怎得惩戒乱贼？请变例处置！"炀帝允议，乃把政牵出金光门，缚诸柱上，令公卿百僚，更番迭射，以政为的。至矢集如猬，再将政尸支解，用镬烹炙，分食百官。百官多暗地抛去，惟几个佞臣媚吏，执肉大嚼，食至果腹，方才罢休。肉味如何？高丽使臣，赦免不诛，令他归语高元，速即入朝。高丽使去了多日，高元终不就征。炀帝再敕将帅整顿兵马，更图后举，但也是有名无实，行不顾言罢了。

　　未几，又有离石胡刘苗王造反，自称天子。汲郡人王德仁，亦起兵据林虑山。炀帝仍不以为意，又从西京出幸东都，太史令庾质谏阻道："近年三次伐辽，民实劳敝，陛下宜镇抚关内，使百姓尽力农桑，阅三五年，四海人民，稍得丰实，然后出巡东都，方为合宜。"炀帝不悦，决计东幸。质辞疾不从，竟至激怒炀帝，系质下狱，质旋即瘐死。炀帝径往东都，犹幸宫苑依然，后妃无恙，彼此重谈旧事，叙及东都被围情状，统是唏嘘泣下。炀帝在石榴裙下，最能体心着意，好好的温存一番，能使人破涕为笑，于是红灯绿酒，檀板金樽，重复陈设，三千粉黛，又各使出狐媚手段，挑逗炀帝。炀帝恣情拥抱，挨次交欢，又不知有撩乱事。

　　温柔乡里，再过一年，是大业十一年。外面有军书报到，王世充大破齐郡贼孟让，还有余贼左孝文，也由齐郡丞张须陁讨平。炀帝很是喜慰，进世充为江都通守，须陁为河南讨捕大使。会涿郡人卢明月作乱，有众十余万，驻扎视阿。须陁发兵邀击，相持十余日，粮尽将退，顾语将士道："贼见我退，必悉众来追，若率千人掩袭贼营，定可大捷，但不知何人敢往？"大众统面面相觑，不敢应令。独罗士信上前道："小将愿往。"言未已,又有一裨将应声道："琼亦愿往!"须陀大悦,便命两人悄悄出马,带着精兵千名,从旁道趋去。看官道琼是何人?原来就是历城人秦琼,表字叔宝,后来佐唐受命,绘像凌烟阁上,正是一位著名的健将。为了此人,方不略须陀之战。须陀弃营伪遁,果然贼渠卢明月,驱众力追,那罗、秦两将,探得贼众大出,便衔枚疾进,趋至贼栅。栅门已闭,两将猱升而入,杀死守贼数人,大开栅门,纳入外兵,随即放起一把无名火来,把贼寨三十余栅,一齐毁去。明月正追赶须陀,偶然回顾,遥见有一片火光,冲起霄汉,已是心惊,忽又来了一个贼目,报称营寨被焚,不得不还救根本,当下收众退回。须陀得趁势返击,大破贼众,明月只率数百骑遁去,后来转掠河南,为王世充所杀,当时谓须陀破贼,实是秦、罗二将,力破贼栅,因得立功。小子有诗叹道:

> 捣巢杀贼姓名标,列栅全归一炬烧。
> 可惜隋家王气尽,要图立绩在新朝。

须陀虽得破明月,但余贼四出,始终未能肃清,反且日甚一日。欲知后事,试看下回说明。

杨玄感发难黎阳,乘炀帝东征高丽,突然起兵,不可谓非良好之机会。但李密三策,以上策为最善。自来枭雄起事,非冒险不易成功。若中策则难得关中,安见隋军之不能四集?转斗于蜗角之中,坐自困敝,吾知其难也。或谓李渊得关中,终足兴唐,但彼一时,此一时,时势不同,安得相比?至下策则更不足道矣。玄感急进图功,至中策且不能用,兵败族夷,亦何足怪?但乃父杨素,实为弑君之首贼;首贼后嗣,苟能建功立业,天道何存?迫之反而绝其后,乃正所以见天道之昭昭也。斛斯政阴通玄感,亡入高丽,寻被高丽执送行在,惨死长安,政固自取其眆。而炀帝之酷虐不仁,亦可概见。况用兵三次,仅得一逃犯而归。乃尚告诸太庙,置诸极刑,彼以为刑一儆百,足以威民,讵知民不畏死,奈何以死惧之?此盗贼之所以迭兴,而隋之所以终亡也。

第九十六回　犯乘舆围攻紫寨
　　　　　　造迷楼望断红颜

却说涿郡贼卢明月,虽然败死,上谷贼王须拔,复自称漫天王,据地称燕国,更有贼渠魏刀儿,自称历山飞,彼此各拥众十万,北连突厥,南掠燕赵。炀

第九十六回　犯乘舆围攻紫塞　造迷楼望断红颜

帝闻盗贼蠭起，户口逃亡，乃诏百姓各徙入城，就近给田。郡县驿亭村坞，概令增筑城垒，随时加防。适有方士安伽陀，上言李氏当为天子，劝炀帝尽诛李姓。炀帝正怀隐忌，又记起乃父在日，尝梦洪水淹没都城，因迁都大兴。此时有郕公李浑，为隋初太师李穆第十子，世受崇封，宗族强盛。且既是李姓，浑字右旁又是从水，并浑从子将作监李敏，小名洪儿，有此种种疑案，不能不先发制人，因召李敏入内，说他小名不佳，适应谶语。敏愿即改名，哪知炀帝是叫他自杀，免受明刑，惟一时不便出口。敏惶惧得很，及退归后，便告知从叔李浑，两下里设法求生，免不得日夕私议密图良策。偏有人传将出去，竟被宇文述闻知，这宇文述正是李浑冤家，前此李穆病殁，嫡孙筠应该袭爵，浑将筠谋死，且向述乞援，愿将采邑所出，一半酬劳，述因代为吹嘘，使浑得袭父封。后来浑竟背了前约，毫不酬述，述大生忿恨，日思报怨，可巧炀帝有疑浑意，遂暗嘱郎将裴仁基等，劾浑与敏背人私议，潜图不轨。<small>述固贪狠，浑亦自取。</small>炀帝遂收浑叔侄，饬问刑官从严鞫治，始终不得确证。述恐案狱平反，又使人诈诱浑妻，教她急速自首，免累家族。浑妻但求活命，竟依述言。述代为作表，诬供浑久蓄反意，前曾因车驾征辽，谋立敏为天子，事虽不果，心终未忘。这道表文，迫浑妻签名上呈，眼见是将无作有，浑与敏死有余辜了。<small>浑欲袭封而图侄，其妻欲活命而诬夫，天道变还，安得不畏。</small>当下颁敕诛浑，并及侄敏。浑妻总道得生，偏又被述遣人鸩死。就是李浑宗族，也一古脑儿坐罪遭刑，一班冤死鬼，共入冥府，这真叫做死不瞑目呢。都人统为浑、敏呼冤，偏亲卫校尉高德儒，奏称鸾集朝堂，显符瑞应。炀帝召问百官，是否属实？百官明知德儒捣鬼，只好说是也曾目睹，俯伏称贺。炀帝色喜，擢德儒为朝散大夫，赐帛百端。及百僚退班，互问真伪，有几个说是孔雀二头，由西苑飞集朝中，转睛间即已翔去，大家始付诸一笑，散归私第去了。<small>这与指鹿为马，相去不远。</small>

　　是时突厥启民可汗已死，子咄吉世嗣立，亦受隋廷册封，赐号始毕可汗。始毕因义成公主，尚在盛年，未免暗中生羡，即欲据为己妻，好在公主随缘乐助，也肯降尊就卑，竟与始毕成为夫妇。始毕遂援着胡俗，表请尚主，炀帝推己及人，并不加驳，反说是从俗从宜，应该准奏。始毕喜出望外，亲至东都朝谒，炀帝照章优待，慰劳有加，好几日方才辞去。始毕颇有勇略，招兵养马，部落渐盛，隋黄门侍郎裴矩，因始毕日强，恐为后患，奏请封始毕弟咄吉设为南面可汗，分减突厥势力。炀帝却也依议，便遣使册封咄吉设，怎奈咄吉设素性懦弱，不敢受诏，隋使徒劳跋涉，捧诏还朝。始毕闻报，明知隋廷是有意播弄，暗生怨怼。裴矩因初计不成，复探得突厥达官史蜀胡，为始毕谋主，遂用甘言厚币，诱他入边，暗中却设着埋伏，把史蜀胡杀死。始毕失了谋臣，越觉怀恨，从此与隋有仇。<small>无故开衅，裴矩可杀。</small>

会因汾阳宫告成,炀帝挈领妃嫔多名,并第三子赵王杲往幸汾阳,且恐途中遇盗,特调李渊为山西、河东抚慰大使,先往清道。渊亦姓李,名旁从水。奈何屡次重任,岂真王者不死耶? 果然有贼母端儿及敬盘陀等,往来龙门左右。渊发河东兵剿捕,击破母端儿,收降敬盘陀,道途肃清。炀帝乃得安抵汾阳宫,宫由新建,当然华丽异常,但为地所限,不甚闳敞。百官士卒,不能入居宫城,没奈何布散山谷,结草为营,暂时栖止。时为大业十一年初夏,天气渐暖,炀帝欲在宫中避暑,竟留住了百余日,待至秋高气爽,本好启跸南归,偏他欲顺道北巡,复从汾阳出发,竟往塞外。既出长城,忽由突厥来了密使,乃是奉义成公主差遣,前来上书。炀帝取书披览,略瞧数行,便失色道:"不好了! 不好了! 始毕欲来袭我了!"说着,即命将来使留住,一面即饬扈从人等,速即回马,驰入雁门。大众闻有急变,仓猝回头,才将车驾拥返长城,把雁门关闭住。蓦闻胡哨声,号炮声,人马声,杂沓前来,当下登城北望,遥见胡骑漫山遍野,一齐驱至,前队统是弓弩手,未到关下,已是弯弓搭矢,似雨点般射来,飕的一声,把炀帝御盖穿通。炀帝把头一摸,侥幸脑上未被射着,那五尺有余的一支硬箭,从炀帝袍袖下拂落。炀帝吓得一身冷汗,忙趋还城下,与赵王杲相持涕泣,哭得双目皆肿,悔不可追。将士等前来请旨,报称始毕兵马,约有数十万人,倘若开关搦战,恐众寡不敌,不如拒守为是。炀帝踌躇多时,强勉镇定心神,令将士出外听宣,自己上马亲巡,传谕大众道:"可恨始毕,无端掩袭,尔等当努力拒贼,苟能保全,无患不富贵,向有官职,依次进阶,向无官职,便除六品。"将士等闻言踊跃,齐呼万岁,就是寻常兵民,也想乘此邀功,无一不摩拳擦掌,据关拒战。始毕麾众猛扑,守卒亦抵死不退,足足坚持了一二旬。

炀帝又诏令天下募兵,邻近守吏,各来勤王,屯卫将军云定兴,亦募集壮丁,遣令赴急,就中有一个少年豪杰,前来应募,定兴见他器宇非凡,便召问籍贯,那人答称姓李,名叫世民,乃是现任抚慰大使李渊次子。唐太宗出现。定兴喜道:"将门生将,古语不虚,但看汝尚属青年,恐未能为国效力。"世民朗声道:"世民年已十六,怎见得不能效劳? 况将在谋不在勇,岂必临阵杀敌,方可为将么?"定兴不禁称奇,延令旁坐,问及救驾计策。世民道:"始毕骤举大兵,来围天子,必谓我仓猝不能赴援,故敢如此猖獗,此处兵少,应募诸徒,又皆乌合,不堪临敌,计惟有虚张声势,作为疑兵,日间引动旌旗,緜布数十里,夜间钲鼓相应,喧声四达,虏谓我救兵大至,不得逞志,自然望风遁去了。"一鸣惊人。定兴鼓掌称善,依计施行。始毕果然疑惧,不敢急攻雁门关。

炀帝又特遣密使,令突厥来使为导,相偕出关,从间道绕至突厥牙帐,请义成公主设法解围。义成公主乃致书始毕,伪称北方有急,促始毕还军。始毕不能前进,更致后顾,只得撤兵解围,嗒然引去。炀帝因始毕退还,又放大

第九十六回　犯乘舆围攻紫塞　造迷楼望断红颜

了胆，遣骑兵追蹑。始毕已经去远，只后面剩着老弱残兵，约有一二千人，被官军掳掠归来，复命报功。炀帝多命枭首，悬示关门，终不脱虚憍故智。然后启程南返。行次太原，宇文述等请仍还东都，忽有一老臣进谏道："近来盗贼不息，士马疲敝，愿陛下亟还西京，深根固本，为社稷计。"炀帝瞧着，乃是光禄大夫苏威，便怃然道："卿言甚是，朕当依卿。"威乃趋出。原来苏威自阻筑长城，忤旨被黜，未几复起任纳言，寻且进位光禄大夫，加封房公，此次亦从幸雁门，因有此请。炀帝见威已退出，复召宇文述入议。述答道："从官妻子多在东都，就使欲还西京，亦何妨先到洛阳，勾留数日，再从潼关入京，也不为迟。"炀帝本意，原欲赴洛，述希旨承颜，巧为迎合，当然语语投机，无不中听，遂不往关中，竟自太原南下，直达东都。炀帝顾视街衢，面语侍臣道："尚大有人在，不可不防。"侍臣多未明语意，唯唯而罢。嗣经慧黠诸徒，从旁窥测，才知炀帝此言，还以为前平玄感，杀人未多，余党或混迹都中，故不能无虑。其实是人民反侧，全仗君相善为慰抚，岂是一味嗜杀，所能治平？并且炀帝喜杀靳赏，性多刻薄，从前平玄感时，赏不副功，此番将士固守雁门，共计万七千人，事后录勋，只千五百人得进官阶，与在雁门时所颁谕旨，全不相符。将士以王言似戏，互有怨言，樊子盖为众上请，亦谓不宜失信。炀帝变色道："公欲收揽人心么？"子盖碰了一个钉子，哪里还敢复言。自是将士解体，各启贰心。

那炀帝益流连忘返，始终不愿入关中，整日里沉迷酒色，喝黄汤，偎红颜，尤雨殢云，不顾性命。一日，顾语近侍道："人主享天下富贵，应该竭天下欢乐，今宫苑建筑有年，虽是壮丽闳敞，足示尊荣，但可惜没有曲房小室，幽轩短槛，悄悄的寻乐追欢，若使今日有此良工，为朕造一精巧室宇，朕生平愿足，决计从此终老了。"得了大厦，还想小屋，真是欲望无穷。言未已，有近侍高昌奏陈道："臣有一友，姓项名升，系浙江人氏，尝自言能造精巧宫室，请陛下召他入问，定能别出心裁，曲中圣意。"炀帝道："既有此人，汝快去与我召来！"高昌领旨，飞马往召项升，才阅旬余，已将项升引至，入见炀帝。炀帝道："高昌荐汝能造宫室，朕嫌此处宫殿，统是粗大，没有逶迤曲折的妙趣，所以令汝另造。"升答道："小臣虽粗谙制造，只恐未当圣意，容先绘就图样，进候圣裁，然后开工。"炀帝道："汝说得甚是，但不可延挨。"升应旨出去，赶紧画图，费了好几日工夫，方将图样画就，面呈进去。炀帝展开细看，见上面绘一大楼，却有无数房间，无数门户，左一转，右一折，离离奇奇，竟看不明白。经项升在旁指示，方觉得有些头绪，便怡然道："图中有这般曲折，造将起来，当然精巧玲珑，得遂朕意。"说着，即令内侍取出彩帛百端，赏给项升，并面命即日兴工，升拜谢而出。炀帝复连下二诏，一是饬四方输运材木，一是催各郡征纳钱粮，并令舍人封德彝监督催办，如有迟延，指名参劾，不得徇私。于是募工调匠，陆续趋集，就在芳华苑东偏，拣了一块幽雅地方，依图赶筑。看官试想！天下能有多少财力，怎禁得穷奢极欲的隋炀帝，今日造宫，明日辟苑？东京才成，西苑又作，长城未了，河工又兴。还要南巡北狩，东征西略，把金钱浪掷虚化，一些儿不知节俭。就是隋文帝二十多年的积蓄，千辛万苦，省下来的民脂民膏，也被这位无道嗣君，挥霍垂尽。古人谓大俭以后，必生奢男，想是隋文帝俭啬太甚，所以有此果报呢。好大议论。

且说项升奉命筑楼，日夕构造，端的是人多事举，巧夺天工，才阅半年有余，已是十成八九，但教随处装潢，便可竣工。炀帝眼巴巴的专望楼成，一闻工将告竣，便亲往游幸，令项升引导进去，先从外面远望，楼阁参差，轩窗掩映，或斜露出几曲朱栏，或微窥见一带绣幕，珠光玉色，与日影相斗生辉，已觉得光怪陆离，异样精采。及趋入门内，逐层游览，当中一座正殿，画栋雕甍，不胜靡丽，还是不在话下。到了楼上，只见幽房密室，错杂相间，令人接应不暇，好在万折千回，前遮后映，步步引入胜境，处处匪夷所思。玉栏朱楯，互相连属，重门复户，巧合回环，明明是在前轩，几个转湾，竟在后院；明明是在外廊，约略环绕，已在内房。这边是金虬绕栋，那边是玉兽卫门；这里是锁窗衔月，那里是珠牖迎风。炀帝东探西望，左顾右盼，累得目眩神迷，几不知身在何处，因向项升说道："汝有这般巧思，真是难得。朕虽未到过神仙洞府，想亦不过如是了。"升笑答道："还有幽秘房室，陛下尚未曾遍游。"炀帝又令项升导入，左一穿，右一折，果有许多幽奇去处。至行到绝底，已是水穷山尽，不知怎么一曲，露出一条狭路，从狭路走将过去，豁然开朗，又有好几间琼室瑶阶，仿佛是别有洞天，不可思议。炀帝大喜道："此楼曲折迷离，不但世人到此，沈冥不知，就使真仙来游，亦为所迷，今可特赐嘉名，叫做迷楼。"愈迷愈昏，至死不悟。随即面授项升五品官阶。升俯伏谢恩。炀帝不愿再还西苑，却叫中使许廷辅，速至宫苑中，选召若干美人，俱至迷楼。一面搬运细软物件，到楼使用，就便腾出上等绸缎千匹，赏与项升。一面加选良家童女三千名，入迷楼充作宫女，又在楼上四阁中，铺设大帐四处，逐帐赐名，第一帐叫做散春愁，第二帐叫做醉忘归，第三帐叫做夜酣香，第四帐叫做延秋月。每帐中约容数十宫女，更番轮值。炀帝除游宴外，没一日不在四帐中，干那风流勾当，所以军国大事，撇置脑后；甚至经旬匝月，不览奏牍，一任那三五幸臣，舞文弄法，搅乱朝纲。

少府监何稠又费尽巧思，造出一乘御女车，献与炀帝。甚么叫做御女车呢？原来车制窄小，只容一人，惟车下备有各种机关，随意上下，可使男女交欢，不劳费力，自能控送。更有一种妙处，无论什么女子，一经上车，手足俱被钩住，不能动弹，只好躺着身子，供人摆弄。炀帝好幸童女，每嫌她娇怯推避，

第九十六回　犯乘舆围攻紫塞　造迷楼望断红颜　1109

不能任意宣淫，既得此车，便挑选一个体态轻盈的处女，叫她上车仰卧。那处女怎知就里，即奉命登车，甫经睡倒，机关一动，立被钩住四肢，正要用力挣扎，不意龙体已压在身上，褫衣强合，无从躲闪，霎时间落红殷褥，痛痒交并，既不敢啼，又不敢骂，并且不能自主，磬控纵送，欲罢不能，没奈何咬定牙关，任他所为。炀帝此时，是快活极了，好容易过了一二时，云收雨散，方才下车。又将那女解脱身体，听她自去。破题儿第一遭，一个是半嗔半喜，一个是似醉似痴，彼此各要休养半天，毋容细叙。越日，赏赐何稠千金，稠入内叩谢，退与同僚谈及，自夸巧制。旁有一人冷笑道："一车只容一人，尚不能算作佳器，况天子日居迷楼，正嫌楼中不能乘辇，到处须要步行，君何不续造一车，既便御女，又便登高，才算是心灵手敏呢。"稠被他一说，默然归家，日夜构思，又制了一乘转关车，几经拆造，始得告成。天下无难事，总教有心人，这乘车儿，下面架着双轮，左右暗藏枢纽，可上可下，登楼入阁，如行平地，尤妙在车中御女，仍与前车相似，自能摇动，曲尽所欢。稠既造成此车，复献将进去。炀帝当即面试，一经推动，果然是转弯抹角，上下如飞。炀帝喜不自禁，便向稠说道："朕正苦足力难胜，今得此车，可快意逍遥，卿功甚大，但未知此车何名？"稠答道："臣任意造成，未有定名，还求御赐名号。"炀帝道："卿任意成车，朕任意行乐，就名为任意车罢。"一面说，一面又命取金帛，作为赏赐，且加稠为金紫光禄大夫。稠再拜而退。

　　嗣是炀帝在迷楼中，逐日乘着任意车，往来取乐，又命画工精绘春意图数十幅，分挂阁中，引动宫女情欲，使她人人望幸，可以竭尽欢娱。凑巧有外官卸职来朝，献入乌铜屏数十面，高五尺，阔三尺，系是磨铜为镜，光可照人。炀帝即命取入寝宫，环列榻前，每夕御女，各种情态，俱映入铜镜中，丝毫毕露。炀帝大喜道："绘画统是虚像，惟此方得真容，胜过绘像万倍了。"魑魅魍魉，莫能遁形。遂厚赏外官，调赴美缺。只是一人的精力有限，哪能把数千美女一一召幸？就中进御的原是不少，不得进御的也是甚多。一日，由内侍呈上锦囊，内贮诗笺，不可胜计。炀帝随意抽阅数首，书法原是秀丽，诗意又极哀感，便轻轻的吟诵起来。第一纸为自感三首，诗云：

　　　　庭绝玉辇迹，芳草渐成案。隐隐闻箫鼓，君恩何处多？欲泣不成泪，悲来强自歌。庭花方烂漫，无计奈春何？春阴正无际，独步意如何？不及闲花草，翻承雨露多。

　　炀帝读罢，不禁大惊道："这明明是怨及朕躬，但既有此诗才，必具美貌，如何朕竟失记？"再阅第二纸，乃是看梅二首，诗云：

　　　　砌雪无消日，卷帘时自掣。庭梅对我有怜意，先露枝头一点春。

香清寒艳好,谁惜是天真?玉梅谢后和阳至,散与群芳自在春。

再阅第三纸,有妆成一首,自伤一首,更依次看下。妆成诗云:

妆成多自惜,梦好却成悲。不及杨花意,春来到处飞。

自伤诗云:

初入承明殿,深深报未央。长门七八载,无复见君王。春寒侵入骨,独卧愁空房。飒履步庭下,幽怀空感伤。平日新爱惜,自待聊非常。色美反成弃,命薄何可量?君恩实疏远,妾意待彷徨。家岂无骨肉?偏亲老北堂。此方无双翼,何计出高墙?性命诚所重,弃割良可伤。悬帛朱梁上,肝肠如沸汤。引颈又自惜,有若丝牵肠。毅然就死地,从此归冥乡。

炀帝看到此首,越觉失惊道:"阿哟!敢是已死了么?"随即问内侍道:"此囊究是何人所遗?"内侍答道:"是宫女侯氏遗下的,现在她已缢死了。"炀帝泫然泪下,手中正取过第四纸,上有遗意一首云:

秘洞扃仙卉,幽窗锁玉人。毛君真可戮,不肯写昭君。

炀帝阅到此诗,转悲为怒道:"原来是这厮误事。左右快与我拿来。"左右问是何人?炀帝说是许廷辅。待左右去讫,复问内侍道:"侯女死在何处?"内侍答在显仁宫。炀帝忙驾着任意车,驰往宫中。内侍引入侯氏寝室,但见侯女已经小殓,尚是颦眉瞑目,含着愁容,两腮上的红晕,好似一朵带露娇花,未曾敛艳。炀帝顿足道:"此已死颜色,犹美如桃花,可痛!可惜!"小子叙述至此,也不禁恻然,随笔写下一诗道:

深宫寂寞有谁怜,拚死宁将丽质捐。
我为佳人犹一慰,尚完贞体返重泉。

炀帝见侯女死状,也不顾甚么秽恶,便抚尸泣语,异常悲切。欲知他如何说法,下回自当表明。

雁门之围,为炀帝一大打击,若为中知以上之君,当痛加猛省,乐不可极,欲不可穷,诚使脱围返都,改过不吝,励精图治,天下事尚可为也。乃不从苏威之言,仍至东都淫乐,项升作迷楼,何稠献御女车及任意车,竭天下之财力,供一人之荒淫,虽欲不亡,讵可得乎?惟迷楼一事,未见正史,而韩偓撰《迷楼记》,当必有所本,至若侯夫人缢死,亦在《迷楼记》中叙及,本编所采,皆出自文献所遗,非徒录坊间小说者,所得借口也。

第九十七回　御苑赏花巧演古剧
　　　　　　隋堤种柳快意南游

　　却说炀帝抚侯女遗骸，且泣且语道："朕本爱才好色，不意宫帏里面，有卿才貌，偏不相逢，朕虽未免负卿，但卿亦命薄，朕又缘悭，此去泉台，幸勿怨朕。"说罢又哭，哭罢又说，絮絮叨叨，好似潘岳悼亡，感念不休。忽有侍卫入报道："许廷辅拿到了。"炀帝乃出宫御殿，见了廷辅，恨不得将他一脚踢死，当下厉声诘责，问他选召宫人，何故失却侯女？就中定有隐情，速即供明。廷辅极口抵赖，炀帝即把他叱出，付与刑官严讯。及刑官承旨拷问，方知侯女不得入选，实是廷辅索赂不遂，把她埋没。刑官当即复陈，炀帝怒不可遏，立将廷辅赐死，一面自制祭文，令内侍备好香果，至侯女柩前，亲奠三樽，并朗诵祭文道：

　　　　呜呼妃子！痛哉苍天！天生妃子，貌丽色妍，奈何无禄，不享以年。十五入宫，二十归泉。长门掩采，冷月寒烟。既不遇朕，谁为妃怜？呜呼痛哉！一旦自捐，览诗追悼，已无及焉。岂无雨露，痛不妃沾，虽妃之命，实朕之愆。悲抚残生，犹似花鲜。不知色笑，何如嫣然？泪下几行，心伤如煎。纵有美酒，食不下咽。非无丝竹，耳若充瑱。妃不遇朕，长夜孤眠，朕不遇妃，遗恨九泉。朕伤死后，妃苦生前。死生虽隔，情则不迁。千秋万岁，愿化双鸳。念妃香洁，酹妃兰荃。妃其有灵，来享兹筵。呜呼哀哉，痛不可言！

　　读罢，复泪下如丝，呜咽不止。经内侍在旁劝解，方才收泪，命照夫人礼厚葬，又敕郡县官厚恤侯夫人父母。侯氏虽生前不得受用，死后倒也备极荣华。*侯女之死，还算值得。*惟炀帝犹怀伤感，无从排遣，没情没趣的乘着原车，回到迷楼。众美人都已得报，联翩前来，替炀帝设法解闷，就是萧皇后也登楼劝慰，炀帝终有几分不快。凡家人到死过以后，往往令人追忆，把从前歹事撇去，专记起他的好处。况侯夫人入宫多年，并未与炀帝相会，此番见她如许清才，如许美色，怎得不悲悔交乘？*体会入微。*钟情深处，容易成痴，几视迷楼中许多佳丽，没一个得及侯夫人，因此闲居索兴，游玩无心。芳草尽成无意绿，夕阳都作可怜红，正是炀帝当日情景。

　　萧后本逢场作戏，顺风敲锣，目睹炀帝如此凄切，便乘间进言道："侯女既死，想她何益？况天下甚大，岂无第二个侯夫人？但教留意采选，包管有绝色到来。"炀帝听了，不觉又触起往事，又想到那江都风景，便对萧后道："朕前观壁上广陵图，忆及江东春色，贤卿劝我一游，果得饱尝风味，那年再往游览，为了东征高丽，不得久留，今日欲选择美女，除非是六朝金粉，或有遗留，若长在关洛，恐今生不能相遇了。"从炀帝口中，追叙观图一事，是为补笔。萧后自觉失言，忙转机道："陛下何必多劳跋涉，只简放官吏数人，令往江东物色，便易办到。"炀帝道："俗语说得好：'眼见是真。'朕看内外官吏，多半是靠不住的，倘都是许廷辅一流人物，岂不是一误再误么？"说着，即命左右往整龙舟，克日南巡。萧后知不可阻，只好听他自由。炀帝又令妃嫔侍御等整顿行装，满望即日就道，偏经内使返报："龙舟遭劫，统被杨玄感乱党，焚毁无遗，现在只好另造了。"炀帝闻报，立即颁敕，命江都再造龙舟。江都通守王世充，素来是奉君为恶，一经奉旨，便即督工赶造，但终非咄嗟可办，总须经过若干时日，方能有成。炀帝虽然性急，也只好勉强忍耐。

那四面八方的盗贼，又复竞起。东海出了剧盗李子通，与章邱杜伏威相合，嗣复分作两路，自据海陵。城父县内的朱粲，本是一个县佐，亡命为盗，自称迦楼逻王，众至十余万。淮北贼左才相，又复四出骚扰，残忍好杀。可怜人民涂炭，家室仳离，炀帝但在迷楼中，终日沉湎，不闻世事。至大业十二年元旦，御殿受朝，有二十余郡的守吏，未尝遣使表贺，才知寇盗未靖，道梗不通，乃分遣朝使赴十二道，发兵讨捕盗贼，一面诏毗陵通守路道德，在郡东南筑造宫苑，候驾巡幸。转眼间又是上巳，天和日暖，草绿花红，西苑中湖海风光，格外明媚。炀帝召集群臣，至西苑水上会宴，命学士杜宝撰水师图经，采古水事七十二种，使朝散大夫黄衮，督率伎士，演剧水中，作傀儡戏。人物俱能自动，击鼓敲钟，不烦人力，能成节奏。又遣妓航酒船，往来穿梭，画桨齐飞，绿波似织，端的是赏心悦耳，游目骋怀。待至夕阳西下，灯火齐明，才命停罢，尽兴而归。

又越一月，西苑忽然失火，炀帝正在苑中，疑是有盗入苑，急忙避匿草间，亏得苑中人多，七手八脚，环绕拢来，你挑水，我扑火，方将祝融氏驱回。炀帝经此一吓，遂成了心悸病，每夕在睡梦中，辄呼有贼，必由数妇人在旁摇抚，乃得少眠。未几又是夏天，腐草为萤，纷飞不绝。炀帝想入非非，令宫苑内侍，齐捉萤火，收贮纱囊，得数百斛。遂乘着五月朔日，夜游海山，把纱囊中的萤火，一齐放出，光遍岩谷。都人远远望见，还道苑中又复失火，哪晓得是一片萤光呢。总算会寻快乐。

炀帝喜极归寝，酣睡一宵，越宿接到急报，乃是魏刀儿部贼甄翟儿，率众十万寇太原，将军潘长文战死。炀帝因太原要地，有此贼焰，也觉心惊，

第九十七回　御苑赏花巧演古剧　隋堤种柳快意南游

亟调山西、河东慰抚大使李渊,往讨甄翟儿。嗣是连得军警,左翊卫大将军宇文述,恐炀帝不乐,往往匿不上陈。炀帝稍有所闻,一日临朝,顾问群臣道:"近来盗贼如何?"宇文述出班奏道:"近已渐少。"光禄大夫苏威,独引身隐柱。炀帝召威过问,威答道:"臣未主军旅,不知盗贼多少,但虑盗贼渐近。"炀帝问为何因?威说道:"前日贼据长白山,今近在氾水,且往日租赋丁役,今皆无着,岂不是尽化为盗么?"炀帝道:"区区小贼,尚不足虑。惟高丽王高元,至今未见来朝,实属可恨!"威复答道:"高丽在外,盗贼在内,臣谓外不足恨,内实可忧。况陛下在雁门时,许罢东征,今复欲征发,民不聊生,怎能不相率为盗呢?"炀帝勃然变色,拂袖退朝。到了端午节,百僚竞献珍玩,威独献入《尚书》一部,有人从旁谮威道:"《尚书》有五子之歌,威欲借此谤上。"炀帝正未明威意,听到此言,当然愈怒。既而复议伐高丽,廷臣莫敢进谏,独威入内奏请道:"欲讨高丽,何必发兵,但赦免各处盗贼,便可得数百万人,饬令东征,必能立功赎罪,高丽不难平服了。"炀帝不答,面有愠色,威当即趋出,御史大夫裴蕴进奏道:"威大不逊,天下何处有许多盗贼。"炀帝恨恨道:"老革犹言多兵。多奸,虚张贼势,意欲胁朕,朕拟令人批颊,因念他是多年耆旧,所以忍耐一二。"蕴亦辞退,另唆人上章劾威,说他前时典选,滥授人官。炀帝即夺去威官,除名为民。过了月余,又有人讦威私通突厥。裴蕴奏诏推按,证成威罪,请即处死。还是炀帝不忍加诛,许贷一死,惟并威子孙三世除名。

　　时光易过,又是秋来,江都新造龙舟,报称完工,制度比前日宏丽。炀帝甚喜,即拟南幸,江都留越王侗居守。右候卫大将军赵才进谏道:"今百姓疲劳,府藏空竭,盗贼蠭起,禁令不行,愿陛下亟还西京,安抚兆庶,奈何反欲南巡呢?"炀帝大怒,命将才拘系狱中。建节尉任宗,奉信郎崔民象及王爱仁,先后谏阻,均为所杀。他人乃莫敢进言。这番南巡,自后妃以下,尽行带去,外如仪仗一切,比第一次还要繁盛。甫出西苑,见有一人俯伏在地,口称小臣送驾,语带呜咽。炀帝从辇中俯视,乃是西苑令马守忠,便道:"汝在此看守西苑,不劳送行。"守忠道:"銮舆已经出发,料难挽回,只望陛下早日还驾,小臣愿整顿西苑,敬候乘舆。"说罢,泪如雨下。炀帝亦不觉怅然,半晌又说道:"朕偶然游幸,自当早回,何必这般过悲。"守忠道:"陛下造这西苑,不知费了多少财力,始得有此五湖四海三神山十六院的风景,陛下岂不爱恋?乃舍此远游,致小臣对景伤心,故不禁下泪。"炀帝黯然道:"朕难道永离此苑?但教汝好生看守,毋使园林零落,殿宇萧条。"说至此,因口占一诗道:"我慕江都好,征辽亦偶然。但存颜色在,离别只今年。"吟罢,命从吏录出,递与守忠,留别宫人。守忠乃起,让过銮驾。左右见守忠奏请,炀帝答言,均寓悲感,统有些诧异起来,死机已兆。但也只好隐忍过去,拥了御驾,行至河滨。炀帝下辇登舟,望见新造船只,多半有云龙装饰,灿烂夺目,当然欣慰,便与萧后分坐最大的龙舟。十六院夫人,亦各坐龙舟一艘,规模略小。此外美人,也都一一分派,各有坐船。文武百官,或在船中居住,或在岸上夹护,鱼贯前进,连绵不绝。非奉停泊号令,就是夜间,亦要进行。起程这一夕,秋高气爽,水面上的凉风阵阵,拂除那日间余暑,炀帝却不能安睡,起开舱窗,眺望夜景,但听得一片歌声,顺风刮来。歌云:

  我兄征辽东,饿死青山下;今我挽龙舟,又困隋堤道。方今天下饥,路粮无些小,前去千万里,此身安可保?暴骨枕荒沙,幽魂泣烟草;悲损门内妻,望断吾家老。安得义男儿?焚此无主尸;引其孤魂回,负其白骨归。

  炀帝听罢,禁不住心中气愤,便令左右缉捕歌夫。左右奉命往捕,闹了半夜,并无踪迹,炀帝亦彷徨不寐,等到天晓,经左右复报,但说是没人唱歌,所以无从缉捕。炀帝虽然惊疑,却也只好略过一边,仍命启行。越日,天气忽然暴热,竟致秋行夏令,好似盛暑一般。龙舟虽然宽敞,尚觉得天气困人。岸上牵缆诸役夫,统是挥汗如雨,不胜劳惫。炀帝亦为怜悯,用翰林学士虞世基言,令就汴渠两堤,移裡柳枝。且诏谕地方人民,献柳一株,即赏一缣。是时柳尚未凋,百姓都掘柳来献,炀帝从舟中登岸,自种一株,作为首倡,百官亦各种一株,然后令百姓分种,照柳给赏。百姓非常踊跃,越种越多,且随口编出几句歌谣道:"栽柳树,大家来,好遮阴又好当柴。天子自栽,然后百姓栽。"炀帝听着,满心欢喜,又取钱散给百姓,并亲书金牌,悬挂最高的柳树上,赐柳姓杨,因此后人呼柳为杨柳。说本韩偓《开河记》,但古时杨柳并称,训诂家谓杨枝上挺,柳枝下垂,今混称杨柳,是否起于隋时,待考。

  嗣是柳荫满堤,迷天一碧,自大梁迤逦南下,到处都种柳树,顿时化热为凉,无风亦韵。江都通守王世充,又献上吴越女子五百名,在半途供应役使。炀帝也不暇细阅,但使彼充作殿脚女,在岸上同牵船缆。每船用殿脚女十人,嫩羊十口,相间而行。于是蛾眉成队,粉黛分行,彩袖飔空,一路上绮罗荡漾,香风蹴地,两岸边兰麝氤氲。炀帝看了,喜不自胜,蓦见一个女子,生得非常俊俏,也夹在殿脚女中,好似鹤立鸡群,不同凡艳。炀帝不觉失声道:"如此妙女,怎得使充贱役?"遂令左右宣召进来。既到面前,果然是明眸皓齿,玉貌花肤,更有两道黛眉,状如新月,格外动怜。炀帝笑孜孜的问道:"汝是何处人?姓甚名谁?"那女子跪答道:"贱婢乃姑苏人氏,姓吴名绛仙。"炀帝赞叹道:"好一个绛仙眉黛,可留此侍朕,不劳牵缆。"当下传将出去,着派他女另补,就叫绛仙在旁侍酒。到了夜间,便挽绛仙入帏,演了一出水上鸳鸯,不消细

第九十七回　御苑赏花巧演古剧　隋堤种柳快意南游

说。又是一好女儿晦气。绛仙既得宠幸，便珠膏玉沐，愈觉鲜妍，那黛眉更画得精工，就是文君再世，亦恐要输她一筹，又妙在知书识字，颇善诗歌。炀帝似遇洛妃，如逢神女，覆雨翻云，一些儿不嫌寂寞。

及行过雍邱，渐达宁陵地界，忽由虎贲郎将护缆使鲜于俱入奏道："前面水势湍急，阻碍龙舟，急切里驶不上去。"炀帝道："朕尝两幸江都，并没有甚么搁浅，为何今日有此阻碍？"说着，便召宇文述等同入御舟，问个明白。宇文述道："从前占天监耿纯臣上言，睢阳有王气环绕，此处地近睢阳，想是地脉灵长，所以浅深忽变。"炀帝道："就是地脉变迁，也没有这般迅速。"当下检查当日凿河人员，所有宁陵至睢阳一路，乃是总管麻叔谋监工，可巧麻叔谋亦扈驾同行，一召便至。炀帝当即盘问，叔谋道："臣前时监工凿河，测量甚准，并没有甚么浅深。今日忽然淤浅，连臣也不知何因。"炀帝道："想是开河工役，偷工躲懒，不曾挖得妥当，遂致今日搁浅，这却如何区处？"叔谋道："容臣再去开挖，将功赎罪。"炀帝道："若只一处搁浅，还易为力，只怕前途还有浅处，须要探视才是。"护缆使鲜于俱道："臣看水势湍急，人不能下去，篙又打不到底，怎能探试明白？"翰林学士虞世基接入道："这却不难，请为铁脚木鹅，长一丈二尺，上流放下，如木鹅拦住，便是浅处。"炀帝依议，亟令右翊卫将军刘岑，制造木鹅，往验浅深。及刘岑返报，自雍邱至灌口，共有一百二十九处淤浅。炀帝大怒道："这明明是从前工役，不肯尽心开掘，致误国家大事，若非严法处死，如何震压天下？"遂令刘岑往淤浅处，查究役夫姓名，悉行捕住，把他倒埋岸下，教他生作开河夫，死作抱沙鬼，可怜这一百二十九处地方，共捕得五万余人，照敕处置，活埋了事。令人发指。

麻叔谋见坑杀了许多丁夫，也觉寒心，连夜催督兵民，掘通淤道，请龙舟逐段过去。炀帝得了吴绛仙，日日纵欢，也不十分催促。每日或行三十里，或行二十里，或行十里，并未计较，因此麻叔谋得有工夫，逐节疏通，得至睢阳。炀帝猛记得宇文述语，睢阳留有王气，应该掘断龙脉，方可免患。当即召入麻叔谋，正色问道："睢阳地方，曾掘去多少坊市？"叔谋道："睢阳地灵，不好触犯，臣所以未敢开掘。"炀帝勃然道："朕为天子，百灵均当效命，有甚不好触犯，显见汝挟有隐情。"叔谋无可回答，只得饰词答辩道："陛下以爱民为心，臣见坊市复杂，好罢手便即罢手，况改道开河，相去不远，何必定就道睢阳？"炀帝听说，尚属有理，即命刘岑查探河道，究竟有无远近。哪知刘岑却是叔谋的对头，一经查勘，迂远至二十里左右，便据实报明。炀帝遂将叔谋拿下，囚系狱中。

究竟叔谋何故剩出睢阳，小子查阅稗史，却是别有原因。叔谋本是个贪暴人物，从前奉旨开河，管甚么民居多少。当督工开掘时，在上源驿旁，发得一口绝大棺木，叔谋疑棺内必有宝藏，揭盖启视，一尸容貌如生，发从前覆，长过胸腹，此外别无珍宝，只搜得一石铭，上有古篆，多不能识。只有一下邳人能读，篆文中云："我是大金仙，死来一千年。数满一千年，背下有流泉。得逢麻叔谋，葬我在高原，发长至泥丸。更候一千年，方登兜率天。"叔谋听着，乃自备棺椁，安葬城北隅。偷鸡勿着蚀把米。及掘至陈留，可巧有朝使到来，用少牢礼，并白璧一双，祭留侯张良庙中，向神假道。祭毕风起，失去白璧，后来有一中牟丁夫，在途中遇一贵人，峨冠博带，跨马前来。前后有人呵护，召夫至前，取白璧相授道："与我报尔十二郎，还尔白璧一双，尔当宾诸天。"中牟夫莫明其妙，跪拜受讫，不见贵人，当时非常惊愕，料知此璧，定有来历，不敢隐匿，即奉献叔谋，并述神语。叔谋细忖一番，也想不出语中寓意，但见白璧很是莹洁，便充入私囊，且杀死中牟夫，为灭口计。天下事若要不知，除非莫为，当然有人传说。后来炀帝缢死江都，在位虽有十三年，扣足只有十二年，才知"十二郎"三字，便是指着炀帝。叔谋贪匿白璧，复监工至雍邱，适有一祠宇当道，叔谋问为何祠？村人答道："古老相传，内有隐士墓，甚有灵兆。"叔谋道："何物隐士？敢当此冲？"遂命丁夫入祠掘墓，才经数尺，忽听得一声怪响，下露一洞，里面灯火荧荧，无人敢入。独有武平郎将狄去邪，愿往一窥，叔谋喜道："狄郎将胆量过人，真好算荆轲。聂政。一流哩。"去邪扎束停当，用绳系腰，命役夫执住绳端，缒将下去。小子有诗咏道：

奋身下穴入幽城，聂政荆卿足并名。
若使逡巡甘却步，何来仙引得长生？

毕竟狄去邪所见何物，且待下回再表。

纲目于大业十二年三月，大书特书曰："宴群臣于西苑。"夫自西苑告成以后，宁独此次召宴群臣？其所以大书特书者，志其末也。盖是年七月，炀帝幸江都，自是不得复返，而西苑之设宴演剧，为东都淫乐之结局，越月而西苑遂火，天之儆炀帝也，亦可谓至矣。昏主不悟，犹决意南游，除苏威名，连杀谏官任宗、崔民象、王爱仁，言莫予违，写尽昏淫气象。至隋堤种柳，令种柳一株，赏帛一缣，虽有利民生，而无故费财，要不得谓仁恩之下逮。及宁陵搁浅，枉杀丁役至五万人，彼岂尚有爱民之心欤？正史中于麻叔谋一事，未曾叙及，而韩偓《开河记》言之甚详，是与上回迷楼相类，想不至全出虚诬也。

第九十八回　麻叔谋罪发受金刀
　　　　　　李玄邃谋成建帅府

　　却说狄去邪缒入深穴,约数十丈,脚方及地。去邪见有路可通,竟将腰中绳索解去,鼓勇前进,约行百余步,入一石室,东北各有四石柱,铁索二条,系一巨兽,形状似牛,仔细一瞧,乃是一个人间罕有的巨鼠,不由的骇了一惊。蓦闻石室西面,砉然一声,慌忙回顾,门已洞开,有一道童模样,出问去邪道:"汝非狄去邪么?"去邪答声称:"是。"道童道:"皇甫君待汝已久,汝可速入。"去邪乃随他进去,见里面有一大堂,颇也宽敞,堂上坐着一位方面长髯的神君,服朱衣,戴云冠,也不知为何神,只好倒身下拜。那神君端坐不动,亦不发言,旁立一绿衣吏,待去邪拜讫,令他起身,引出西阶上立着。约过片时,里面有声传出道:"快取阿㱁来!"阶下即有人应声而去。须臾,即见武夫数人,牵入一物,就是柱上系着的大鼠。去邪本知炀帝小字,叫作阿㱁,此时也无从访问,只得屏气待着,但听堂上神责鼠道:"我遣尔暂脱皮毛,为中国主,如何虐民害物,不遵天道?"大鼠本不能言,但点头摇尾,作冥顽状。堂上神益怒,命武士挝击鼠脑,鼠即大吼,声似雷鸣。武士再拟击下,俄一童子捧天符下来,堂上神起座降陛,俯伏听旨。童子宣言道:"阿㱁数本一纪,今尚未满,俟限期既届,当用练巾系颈而死,今尚不必动刑。"说罢自去,堂上神仍然复位,令将巨鼠仍系原处,并召语去邪道:"为我告麻叔谋,谢他掘我茔域,来年当赠他二金刀,勿嫌我轻酹哩。"说罢,即令绿衣吏引了去邪,自他门趋出,经过一林,径回路厌,蹑石扳簜,方得过去。回顾已失绿衣吏,去邪只好踽踽独行。又约三里许,见有茅舍,一老叟坐土榻上,去邪上前问讯,老叟道:"此地为嵩阳少室山下,汝从何处来此?"去邪具述所由。老叟道:"汝已亲见各状,想亦能悟通玄机,汝能辞官,便能脱身虎口了。"想是去邪人品循良,故得种种指引。去邪称谢而行。回视茅屋,又无影迹,自知身入仙境,已蒙指迷,惟不能不复报麻叔谋。乃趋往宁阳,得与叔谋相见,约略叙明。先是去邪入墓,墓忽崩陷。叔谋谓去邪已死,今日却来,目为狂人。去邪将错便错,即佯狂自去,隐居终南山。闻炀帝正患脑痛,月余不愈,益信冥中挝击,果然不虚。嗣是修道辟谷,竟得无疾而终。此身原是有道骨。

　　那叔谋既至宁陵,适患风逆,起坐不安。医生谓用羊羔蒸熟,掺药同食,方可疗治。叔谋如法泡制,果得全愈。嗣是蒸食羊羔,习以为常。宁陵人陶榔儿,家中巨富,性甚凶悖,恐先茔逼近河道,或为所掘,乃盗他人婴儿,割去头足,蒸献叔谋。叔谋咀嚼甚美,远胜羊羔,因召榔儿穷诘。榔儿初尚讳言,叔谋使人劝酒,把他灌醉,才得榔儿实告。叔谋不以为忍,反赏金十两,令工役保护榔儿先茔,一面专窃他人婴孩,宰割供食。宁陵、睢阳境内,失去婴孩数百,哀声四达。左屯卫将军令狐达,曾为开渠副使,上书弹劾,被中门使段达遏住,不使上闻。段达尝受叔谋巨贿,所以代为蒙蔽。叔谋法外逍遥,凿河至睢阳城。睢阳坊市豪民,都恐宅墓被掘,醵金三千两,将献叔谋,尚苦无人介绍。适叔谋监掘古塚,穿通石室,室中漆灯棺木等,遇风化灰,惟得一石铭云:"睢阳土地高,竹木可为壕;若也不回避,奉赠二金刀。"叔谋不解,转问土人。答言故老传闻,谓是宋司马华元墓。叔谋奋然道:"小国陪臣,怕他甚么?"

到了夜睡蒙净,忽有一人宣召,即随与同行,约经里许,恍惚见有宫殿,由来使导入,上面坐着一王,着绛绡衣,戴进贤冠。叔谋向他再拜,王亦起座答拜,且与语道:"寡人便是宋襄公,奉上帝命,镇守此地,将二千年,今将军来此掘河,幸回护此城,勿使人民失所。"叔谋不答。王又说道:"此地五百年后,当有兴王崛起,上帝命寡人保护,岂可为了暴主逸游,掘伤王气?"暗指宋太祖事。叔谋仍然不答。忽殿外有人入报道:"大司马华元来了。"未几,即有一紫衣官趋入,拜觐王前,王与言保护睢阳事,未得叔谋允许,紫衣官怒视叔谋道:"上帝有命,保护此城,何物顽奴,既毁我墓,又欲把此城毁掘?"便向王进议道:"顽奴倔强,应用严刑。"是极。王说道:"何刑最酷?"紫衣官道:"熔铜灌口,烂腐肠胃,此为最酷。"王点首称善。紫衣官叱令左右,把叔谋曳至铁柱前,褫去衣冠,缚诸柱上,复有一人持过铜汁,盂中犹沸,欲灌入叔谋口中。叔谋吓得魂不附体,连声大呼道:"愿依尊命,回护此城。"读至此,我为一快。当由殿中传令解缚,给还衣冠,入殿拜谢。紫衣官微笑道:"上帝赐叔谋金三千两,令取诸民间。"说毕,挥手令人引出叔谋。叔谋闻有金可赐,因私问冥使道:"上帝如何赐金?"冥使道:"阴注阳受,自有睢阳百姓献汝,汝放心去罢。"一面说,一面推仆叔谋。叔谋出一大惊,便即醒寤,方知乃是一梦。越日,果有家奴持入黄金三千两,说是睢阳坊市所献,请免掘城市。叔谋回忆梦中情状,老实收受,令役夫绕道西偏,委屈东回,竟将睢阳城腾出。

掘至彭城,路经大林,中有徐偃王墓,令人开掘,掘至数尺,里面坚不可发,乃是生铁熔成,旁竖石门,键镝甚严。叔谋用鄹人杨民计议,用巨石撞开墓门,叔谋自往探望,有二童子在门内迎接,且语叔谋道:"我王久望将军,请速进来!"叔谋亦不知不觉,随他进去。内有宫殿,差不多与前梦相似。殿上亦坐着一王,冠服雍容,叔谋下拜,王起身答礼,和颜与语道:"寡人茔域,适当

第九十八回　麻叔谋罪发受金刀　李玄邃谋成建帅府

河道，今请将军保护，愿奉玉宝为酬。"言讫，取出玉印，给与叔谋。叔谋瞧着，乃是历代帝王受命符玺，不觉又惊又喜，但闻王又续说道："将军须保重此宝，这是刀刀的预兆哩。"叔谋茫乎若迷，谢别出墓，传令役夫将墓盖好，仍复原状。时炀帝正失去国宝，四处搜觅，并无下落，只好秘密不宣。那叔谋得了国宝，还道是神灵相助，将来可身登九五，非常快乐，就把国宝好好藏着，不令外人知道。

　　至拘入睢阳狱中，正在惶急得很，偏经令狐达再上弹章，历述："叔谋盗食人子，义贼陶榔儿，私受睢阳民金三千两，擅易河道"等情。炀帝问他何不早奏？令狐达谓臣早经奏报，想被段达扼定，不得进呈。炀帝即命查抄叔谋私产，得黄金若干，尚辨不出是睢阳贿赂。这留侯所还白璧，及一颗受命符宝，搜将出来，却是字纹明显，一见便知。炀帝大惊道："金与璧尚是微物，不必说起，只朕的国宝，如何被他取来？"便召令狐达入问。令狐达道："闻叔谋尝令陶榔儿窃取人子，莫非国宝亦被盗不成？"炀帝失色道："叔谋今日盗我宝，明日将盗我头，这还了得！"你的首级，却是不甚牢固。便令法司严鞫叔谋，且捕得陶榔儿，一并审问。叔谋据实招供，问官尚说是凭空捏造，便指榔儿为巨窃。榔儿只供称窃儿是实，不敢窃宝。问官如何肯信？再四拷逼，竟将榔儿毙诸杖下，且定了谳案，请置叔谋极刑。炀帝道："叔谋原有大罪，姑念他开河有功，赦免子孙，但将叔谋腰斩结案。"先一夕，叔谋在狱，梦一童子从天降语道："宋襄公与大司马华元，特遣我来，感念将军护城厚意，因将去年所许二金刀，命我奉赠。"叔谋尚不知金刀为何物，向他索取。童子厉声道："死且不悟，明晨自见分晓了。"叔谋惊觉，细思梦境，才悟不祥，喟然叹道："我腰领恐难保了。"还想食婴孩否？越日辰牌，已有敕文传至，将叔谋如法捆绑，驱至河滨，斩为三段，家产籍没。中门使段达，助守东都，未曾扈驾，由炀帝遥传诏敕，加恩贷死，贬为洛阳监门令。睢阳、宁陵一带的百姓，闻叔谋被诛，相率称快，男男女女，都到河边来看叔谋死尸，你一砖，我一石，掷成肉酱，方才散去，这且不必细表。

　　且说炀帝小住睢阳，约过数天，复启程南下，沿途无甚阻碍，惟大将军许公宇文述，在道病亡，述子化及、智及，统皆无赖，前次尝从幸榆林，两人干犯禁令，与突厥互市。炀帝本欲骈诛，因念述有旧勋，特从宽免。述死，厚加赗恤，予谥曰恭。且授化及为右屯卫将军，智及为将作少监，仍令从行。智及弟士及，尚炀帝长女南阳公主，还称循谨，一对青年夫妇，亦随幸江都，后文自有表见。

　　惟一方面銮驾畅游，一方面寇盗益炽，前此在逃未获的李密，往投王薄、郝孝德，均见九十五回。皆不见礼，乃走匿淮阳村舍，变姓名为刘智远，聚徒教授，郡县长官颇以为疑，遣吏往捕，又被遁去。适东都法曹翟让，坐事当斩，狱吏黄君汉，惜他骁勇，破械出狱，令自逃生。让拜谢而去，潜往瓦岗寨为盗。同郡人单雄信，善用马槊，雄长乡里，也纠合少年，入寨助让。还有离狐人徐世勣，年少多才，亦至让处献议道："东郡于公，与世勣谊属同乡，人多相识，不宜侵掠。荥阳、梁郡，系是汴水通流，商旅不绝，若剽掠商舟，便足自给了。"世勣即徐懋功，初次献议，即导让剽掠商舟，无怪子孙被夷。让即依议，令徒党入二郡间，掠夺商舟财货，充作用费。当时人心思乱，辗转引附，不多时便至万余人。此外有外黄盗王当仁，济阳盗王伯当，韦城盗周文举，雍邱盗李公逸，与翟让各据一方，不相通问。

李密既得漏网，往来诸贼帅间，劝他乘乱崛兴，规取中原。各贼帅初尚未信，经密说得天花乱坠，也觉动心，推为谋主。密互为联络，差不多如苏秦约纵一般，大家互相告语道："今人皆云杨氏当灭，李氏将兴，此人得一再脱险，莫非就是古人所言，王者不死么？"因相率敬密。会王伯当与翟让交通，互相往来，密即由伯当介绍，往见翟让，为让画策，并替他说降诸小盗。让遂与亲爱，尝同计事。密因说让道："刘、项皆起自布衣，得为帝王，今主德日昏，民生日困，大乱已起，正是刘、项奋起的机会，如足下雄才大略，拥众万余，若席卷二京，诛除暴虐，怎见得不如刘、项呢？"让谢不敢当。会东都有李玄英亡命，径访李密，倾心相事，他人问为何因？玄英道："近来民间歌谣，有桃李章云：'桃李子，皇后绕扬州，宛转花园里，勿浪语，谁道许？'这数语隐寓预谶。桃李子，谓李子逃亡；皇后宛转扬州，是天子将在扬州毕命；勿浪语，谁道许，是隐隐藏一密字。他日身为真主，所以特来投诚。"既而宋城尉房彦藻等，亦来依密，共处瓦岗寨中。密又与瓦岗军师于雄结交，令说让出图中原。雄因说让道："公若自立，恐未必成事，若立蒲山公，事无不济。"蒲山公见前。让笑道："蒲山公果得为王，何必依我？"雄答道："将军姓翟，翟义为泽，蒲非泽不生，所以来依将军。"亏他附会。让信为真言，遂依密前议，发兵攻取荥阳诸县。

荥阳通守郇王庆，懦弱无能，急向行在求援。炀帝特调张须陀为荥阳通守，使讨翟让。须陀系百战骁将，到了荥阳，屡破让众。让勒兵欲遁，密坦然道："须陀有勇无谋，兵又骤胜，既骄且狠，再战必败，公且列阵待着，密自有计破他，万勿加忧。"让不得已麾众再战。须陀已经轻让，直前搏击，让众人已似惊弓之鸟，哪里支撑得住，纷纷却退。须陀驱兵追赶，约十余里，过一大林，林内一声号炮，杀出两支生力军，左为王伯当，右为徐世勣，合裹拢来，围住须陀。须陀冲突出围，见左右不能尽出，再跃马突入，欲救余众，李密在高阜望见，急命弓弩手四面注射，箭如飞蝗，可怜一员隋朝勇将，竟堕入李密狡计，中箭身亡。部兵除被杀外，狼狈遁去，号泣不止。河南郡县，统皆丧气。有诏令光禄

第九十八回　麻叔谋罪发受金刀　李玄邃谋成建帅府

大夫裴仁基，为河南道讨捕大使，徙镇虎牢。

翟让经此大胜，喜出望外，乃分兵与密，别建一营，号为蒲山营。让获得辎重甲仗，便欲还向瓦岗。实无大志。密苦劝不从，竟与密别去。密独率麾下西行，沿路招降诸城，大获资储。让闻报甚悔，因复引众从密。密遂拟进击东都，忽闻太仆杨义臣，击毙张金称、高士达，逐走窦建德，兵势甚盛。密恐他还援东都，未敢骤进。后来又探得义臣罢归，窦建德复取饶阳，乃再议进行。这位隋太仆杨义臣，本是一个庸中佼佼的好官，自出兵河北，迭破群盗，辄列状上闻。内史虞世基，专事谄谀，谓义臣虚张贼势，居心叵测，不如撤归为是，炀帝深信世基，竟追还义臣，且遣散他麾下士卒，于是贼势复张。鄱阳复出一个剧盗，姓林名士弘，有众数万，攻杀隋御史刘子翊，居然自称楚帝，建元太平，据有九江、临川、南康、宜春等郡，猖獗南方。涿郡虎贲郎将罗艺，亦称兵造反，自称幽州总管，骚扰北境。惟伪燕王格谦，见四十五回。总算由王世充击死，但谦党高开道，收集败众，又复出掠燕地，气焰复张。光禄大夫陈棱，往讨杜伏威，又为所败，再加鲁郡起了徐圆朗，马邑起了刘武周，朔方起了梁师都，真是一波未平，一波又起，直使四方官吏，无可措手，只好得过且过，任盗所为。随笔插叙，省却无数笔墨。

李密闻天下大乱，亟欲进取东都，据有腹地，号召四方，乃屡语翟让道："今东都空虚，越王年幼，留守诸官，皆非将军敌手，若将军能用仆计，天下可指麾即定哩。"让犹怀疑惧，因遣党人裴叔方，往觇东都虚实。留守诸官，方才察觉，缮城为备，且驰表告急行在。时已为大业十三年，翟让得叔方还报，谓东都有备，又生疑阻。密语让道："事已如此，不得不发。密闻洛口仓储粟甚多，若引众袭取，赈给贫乏，远近孰不趋附，百万众亦可立集。然后檄召四方，引贤豪，选骁悍，智勇俱备，得天下如反掌了。"让答道："这是英雄计略，非仆所能，但任君指麾，尽力从事，请君先发，仆为后殿。"密乃选三千人为前驱，让率四千人继进，出阳城，北逾方山，直抵洛口仓。仓中守卒，寥寥无几，顿时骇散。密攻破仓门，让亦踵至，开仓发粟，任民恣取，穷民大悦。前朝议大夫时德叡，举尉氏县应密，故宿城令祖君彦，亦自昌平来附。君彦素有才名，密引为记室，令掌书牍。

东都留守越王侗，遣虎贲郎将刘长恭，光禄少卿房崱，率步骑万五千人，来援洛口，又使河南讨捕使裴仁基，自汜水西进，从后夹攻。密已探知信息，分部众为十队，四队伏横岭下，截住仁基，六队列阵石子河，静待长恭等军。长恭鼓锐前来，势甚汹涌。让出当敌冲，接战不利，且战且走。长恭未曾朝食，忍饥追逐。中途被李密率兵冲出，截为两橛，军士已皆枵腹，不耐久战。更因遇伏心慌，统吓得弃甲曳兵，仓皇逃散。长恭见不可支，也解衣潜窜，遁归东都。隋兵十死五六,资械荡尽无余。密与让威名大振,让乃推密为主,号为魏公,自称元年。密登坛置吏,拜让为上柱国,兼司徒东郡公。单雄信、徐世勣,为左右大将军,此外各封拜有差。凡赵魏以北,江淮以南,许多贼帅,多闻风响应,愿受节制。密悉给官爵,仍使统领原部,自就洛口城扩地为垣,周围四十里,作为根据地,特设行军元帅府,分兵四出,迭取河南郡县,并授齐郡盗孟让为总管,使他贪夜往袭东都。让至洛阳城下,城上不及防备,竟被让众扒入,焚掠外郭,还亏内城急忙抵御,才得保全。让手下只二千人,恐一经天晓,内城发兵来攻,不能抵挡,乃鼓啸而去。

　　河南讨捕使裴仁基,遇事迁延,洛口一战,愆期不至,又恐得罪朝廷,进退维谷。李密知他狼狈,使人诱降。仁基竟举虎牢降密,密封他为上柱国,使与翟让同袭回洛东仓,应手而下,遂烧天津桥,纵兵大掠。适东都出兵堵击,仁基等与战败绩,相率退还。李密督众自往回洛仓,大修营垒,进逼东都。还有秦叔宝、罗士信等,本在张须陁部下,须陁战死,秦、罗失了主帅,无处可依,也来投密。更有程咬金、赵仁基诸人,亦率众归密,密皆署为总管,分统部卒,遂令记室祖君彦,草就檄文,堂堂正正的声讨炀帝,数他十罪,恰是有理。略云:

　　　　宛公大元帅李密,谨以大义布告天下! 隋帝以诈谋入承大统,罪恶滔天,不可胜数。紊乱天伦,谋夺太子,罪之一也;弑父自立,罪之二也;伪诏杀弟,罪之三也;迫奸父妃,罪之四也;诛戮先朝大臣,罪之五也;听信奸佞,罪之六也;开市扰民,征辽黩武,罪之七也;大兴宫室,开掘河道,土木之工遍天下,虐民无已,罪之八也;荒淫无度,巡游忘返,不理政事,罪之九也;政烦赋重,民不聊生,毫不知恤,罪之十也。有此十罪,何以君临天下? 可谓罄南山之竹,书罪无穷,决东海之波,流恶难尽。密今不敢自专,愿择有德以为天下君,仗义讨贼,望兴仁义之师,共安天下,拯救生灵之苦。檄文到日,速为奉行!

　　檄语煌煌,钲鼓渊渊,乱世枭雄李玄邃,是密表字。得机得势,风靡海内,似乎兴王盛业,要属此人,哪知后来的真命天子,不是此李,却是别有一李。小子有诗咏道:

　　　　历代兴亡几变迁,半由人事半由天。
　　　　刘歆应谶翻遭戮,谁识玄机在事先?

　　究竟李密以外,尚有何处李姓,得成帝业,容待下回叙明。

　　麻叔谋腰斩一事,亦见韩偓《开河记》,正史中略而不详,意者以事同微渺,不可尽信欤? 然既有文献之足征,不得谓竟无其事。况韩偓作记,年月并详,当非寓言可比。本编依记演述,存其真也。瓦岗寨始于翟让,而李密因之,密之自号魏公,已在洛口城中,并不在瓦岗寨,且秦叔宝、罗士信、程咬金等之依附,均在密称魏公之后,所与翟让共起寨中者,第单雄信、徐世勣二人已耳。《隋唐演义》,混叙不明,且以瓦岗寨为绝大根据地,此于正史杂记中,向无所见,故绝不混述,可采者从之,不可采者舍之,下笔时固自有斟酌也。

第九十九回　迫起兵李氏入关中
嘱献书矮奴死阙下

却说李密传檄四方,余盗响应,总道是唾手中原,可以应谶,偏偏天命所归,不属李密,却付诸太原留守李渊。渊奉炀帝敕旨,调兵击破甄翟儿,遂在太原镇守。会晋阳令刘文静,与李密素有婚谊,坐罪除名,囚系狱中。渊子世民,已随父至太原,与文静素来友善,屡往探视,且代为叹惜。文静怅然道:"近来天下大乱,性命原轻似鸿毛,除非汉高祖、光武帝复生,或能重见天日。"世民道:"君怎知今世无人?我来相省,正欲与君共议大事,难道效儿女子哭泣么?"文静乃与世民密谈,想出一种下手方法,请世民父子掩取关中。世民颇费踌躇,再经文静附耳授计,始喜跃而去。

原来晋阳宫监裴寂,为渊旧友,文静知世民不便劝父,特嘱他结好裴寂,作为导线。寂尝使酒好博,世民投寂所好,尝引与宴昵,且故意输钱。寂遂日夕过从,彼此甚是欢洽。世民因举密谋相告,寂徐徐答道:"恐尊公不从,奈何?"世民一再相恳,寂想了片时,方道:"有了有了,他日报命。"过了一两天,寂引渊入晋阳宫,盛宴相待,饮至半醉,却走出两个美人儿,前来侑觞。渊已酒醉糊涂,也不问明底细,还道是歌伎一流,乐得借色陶情,畅饮遣怀,不多时颓倒玉山,沉沉欲睡。酒色两字,最足迷人,古来多少英雄,往往逃不过此关。两美人扶他入寝,伴宿一宵。及天已黎明,渊才醒来,开眼一瞧,竟有两美人侍着,不禁咄咄称奇,连忙问及来历,乃是晋阳宫中的尹、张二妃。渊大惊而起,慌忙趋出,召问裴寂。寂答称不妨。渊失色道:"这宫是天子的行宫,尹、张二美人,是天子留住行宫的嫔御,如何叫她侍寝?若被天子闻知,我还想保全性命吗?"谁叫你着了道儿?寂笑道:"唐公!为何这般胆小?不要说起几个宫人,就是隋室江山,也可唾手取来。"渊只是顿足,连呼:"误我!"忽有一人走报,突厥兵进寇马邑。渊只好匆匆出宫,亟遣副留守高君雅,率兵出援。

君雅去了数日,即有败报到来,渊很是不安。世民乘间进言,请渊速图大事。渊叱他妄言,嘱令缄口。越日,世民再向渊密陈利害,渊始觉心动,喟然叹道："今日破家亡躯，由汝一人，化家为国，亦由汝一人了。"话虽如此，但因眷属尚在河东，一时不敢发难，忽由江都传到消息，乃是炀帝疑忌李渊，说他不能御寇，将遣使执诣江都，渊益加惊惧。世民复约同裴寂，共劝渊及早定计。渊为保身起见，也只好依他所议，勒兵待发。会江都又传到赦诏，仍令渊照旧供职，渊稍稍放心，暂且按兵不动。那世民却急不暇待，已暗地差遣心腹，赴河东去接家眷，一俟眷属至太原，便拟兴师。看官听着！这李渊的妻室，便是北周上柱国窦毅的女儿。毅曾尚周武帝姊襄阳公主，隋受周禅，窦女曾自恨我非男子，不能救舅家，见八十一回。毅已目为奇女。后来画屏射雀，因渊得中目，招为女夫。生子四，女一，长名建成，次即世民，又次名玄霸、元吉，一女适临汾人柴绍。是时窦氏已殁，可惜不得见隋灭唐兴。玄霸亦早世，建成、元吉，接到世民密书，便邀同柴绍，同赴太原。那刘文静已与世民密谋起事，怂恿裴寂速即劝渊。寂正恐宫人侍寝，事泄被罪，屡次催渊起兵。渊乃释出文静，令他诈为敕书，发太原、西河、雁门、马邑人民，使讨高丽。百姓怎知诈谋，急得魂梦不安，日夕思乱。

偏马邑乱首刘武周，闯入汾阳宫，掠得宫中妇女，往献突厥，请他为助。突厥竟立武周为定杨可汗，僭号称元。又有流人郭子和起兵榆林，金城校尉薛举起兵陇西，西北一带，几无宁宇。武周又逼近太原，闹得李渊无法图存，不得已冒险起事。可巧高君雅回城乞援，渊佯与议事，还有副留守王威，也在座中。刘文静引入司马刘政会，讦告威与君雅，潜召突厥入寇。两人怎肯诬认，正在辩论，世民已引兵趋入，立将两人拿下，送入狱中。才阅两日，突厥兵数万人，果入寇晋阳，即太原。渊命裴寂等埋伏城闉，竟将城门洞开。突厥兵不敢驰入，回头径去。渊遂诬称威与君雅，实召外寇，斩首以徇。兵民信为实事，哪个为两人呼冤！

建成、元吉，与柴绍同至太原，渊因家眷已至，便好安心发兵。刘文静恐突厥牵制，劝渊自作手书，通好突厥，啖以厚利。突厥始毕可汗，惟利是图，当然应允。且云唐公当自为天子，方出兵马相助。渊不敢骤然称尊，用裴寂计，尊隋帝为太上皇，立代王侑为帝，移檄郡县，改易旗帜，阳示突厥有更新意；并与突厥订约，共定京师，有土地归唐公，子女玉帛归突厥等语。突厥遂馈马千匹，作为军资。渊即遣建成、世民，往攻西河郡，一鼓即下，擒住郡丞高德儒。世民面责德儒道："汝指野鸟为鸾，欺惑人主，见九十六回。我故特兴义师，前来诛汝。"说至此，即令将德儒推出斩首，此外不戮一人，令百姓各安旧业，远近称颂。建成、世民，引还晋阳，往返只越九日。渊大喜过望，遂自称大将军，开府置官，发仓赈民。裴寂为大将军府长史，遂将晋阳宫中子女玉帛，俱移送将军府中。于是尹、张二妃，由渊老实受用，左拥右抱，趣味可知。已开后世宫闻之祸。

待至新秋,渊自督兵西行,留季子元吉居守晋阳,传檄示众,无非说是发兵入关,拥立代王。代王侑却遣郎将宋老生屯霍邑,大将军屈突通屯河东,两路拒渊。渊途中遇雨,不能急进。会接李密来书,自恃兵强,欲为盟主。渊姑与周旋,复书推密,令他塞住河洛,牵缀隋兵。好几日才得天晴,用建成、元吉为前驱,进攻霍邑,阵斩宋老生,乘胜下临汾、绛郡,招降韩城。刘文静出使突厥,也引突厥兵五百人,马二千匹,前来相会。关中积盗孙华,望风投顺,愿为向导,遂引渊渡河。另在河东留住偏师,围攻屈突通。关中士民,陆续趋附。冯翊太守萧造,亦输款投诚。渊再命建成、刘文静等屯永丰仓,守住潼关,控制河东。世民、刘弘基等,往略渭北,自寓长春宫,居中调度。忽来了一队娘子军,为首的女英雄,就是李渊女儿、柴绍妻室。她本熟谙武略,因与从叔神通,募集丁壮,起应父兄,夫妻相聚,骨肉重逢,自有一番欢愉气象。世民进屯泾阳,收降关中群盗,有众九万人。柴绍夫妇,各置幕府,亦随世民同进。代王侑急命将军阴世师,郡丞骨仪,保守关中,登城备御。那世民复自泾阳出发,一路秋毫无犯,经过延安、上郡、雕阴诸境,无不叩马迎降,因向长春宫报捷,请渊督兵会攻。渊乃启节西行,往会世民。世民已先抵长安城下,至渊来会师,合兵二十余万,先遣使传谕守吏,愿拥立代王。守将阴世师不服,叱回去使。渊乃下令攻城,并约将士入城后,不得犯隋七庙,及代王宗室。将士奉令攻扑,前仆后继,连日不退。军头雷永吉,首先登城,余众随上,杀散城头守卒,逾城开门,迎纳渊军。阴世师、骨仪,战败被擒。代王侑年只十三,有甚么能力,逃匿东宫,抖做一团。渊率军搜寻,得见代王,当下将他拥出,徙居大兴殿后厅,自寓长乐宫,与民约法十二条,悉除从前苛禁,杀阴世师、骨仪等十数人,余皆不问。越日即拥立代王侑为皇帝,遥尊炀帝为太上皇,改元义宁。此举毋乃多事。渊自为大丞相,都督内外军事,晋封唐王。命建成为世子,世民为秦公,元吉为齐公。

嗣接刘文静军报,已擒住屈突通,械送长安。原来河东各隋军,闻长安失守,家属被虏,当然恟惧。屈突通留部将桑显和,镇守潼关,自率众趋洛阳。显和举关降刘文静,并与文静偏将窦琮,合兵追通。两下相见,显和大呼道:"今京城已陷,汝等皆关中人,去将何往?"通众闻言,即释仗愿降,且将通执住,送至文静营中。文静乃转解长安。渊见了屈突通,忙令释缚,好言劝慰。通无法反抗,只得唯命是从。渊命通为兵部尚书,兼封蒋公,遣往河东城下,招谕通守尧君素。君素却是一个硬头子,但知为隋效死,不肯屈节,且举正言责通,说得通羞惭满面,还报李渊。渊暂将河东搁置,转探听东都消息。

自李密进逼东都,越王侗一再遣使,向江都告急,虞世基尚谓越王少不更事,太属慌张,炀帝也以为然。至警报迭来,始命将军庞玉等,往援东都。越王侗亦使段达出兵,夜会庞玉,夹攻李密。密将柴孝和,劝密速袭长安,密不肯从,但在东都城下搏战。偏被庞、段两军掩击,竟致大败。密身中流矢,奔回洛口。既而复部署散卒,再向东都,杀败隋军,又遣徐世勣袭取黎阳仓。泰山道士徐洪客,向密上书,谓:"宜沿流东指,直向江都,执取独夫,号令天下。"此计最佳,比柴孝和之策,尤见优胜。密也为称善,作书招致洪客,竟不知去向。适王世充等奉炀帝命,带领江淮劲卒,来击李密。密不能东行,只好与世充对垒。又值军中有变,正要设法除患,遂令徐洪客一条好计,徒作虚言。

先是密为翟让所推,得为主帅,让却虚心乐戴,偏让兄翟弘,心下不服,尝语让道:"汝不欲为天子,尽可与我,何必与人。"让司马王儒信,亦劝让自为冢宰,让置诸不答。偏密得此信息,不免怀疑。左司马郑颋,更劝密除让,密因与颋等计议,竟诱让入宴,把他杀死,并捕戮翟弘、王儒信。部众以密忍心负友,多半不平,经密历加慰抚,方才少定。王世充私料李、翟二人,必不相容,拟乘他自乱,乘间进击。及闻让死,顿觉失望;且与密数次交锋,败多胜少,徘徊洛水,不得进救东都。这消息传入长安,李渊特命建成为抚宁大将军,世民为副,渡河南下,声言为东都援应,实是牵制李密,与他争鹿中原。

忽由江都传到急报,炀帝被弑,宇文化及另立秦王浩为帝,渊不禁恸哭道:"我北面事人,不能救主,怎得不哀恸呢?"恐是喜极成泪。看官听说!自炀帝到了江都,荒淫益甚,宫中设百余房舍,各盛供张,每房居一美人,轮流作东道主。炀帝自作上客,东游西宴,天天的酒色昏迷。时炀帝年将半百,怎能禁此朝朝红友,夜夜新郎?更兼平时屡服春药,为纵欢计,当时原是百战不疲,一夕能御数女,后来力尽精枯,诸病杂起,并因天下危乱,也觉不安,尝戴幅巾,着短衣,策杖步游,遍历宫院,汲汲顾影;或夜与后妃至高台中,一面饮酒,一面观星,顾着萧后,效为吴语道:"外间大有人图侬,侬虽失天下,当不失为长城公,卿亦不失为沈后,且暂管眼前行乐罢!"萧后素来柔顺,但知随声附和,因循过去。妇人过柔,亦有坏处。又越数日,晨起揽镜,复语萧后道:"好头颅,谁当斫我?"也自知不得为长城公么?萧后惊问何因?炀帝道:"贵贱苦乐,循环相寻,有甚么可惊哩!"已而江都粮尽,扈驾兵多关中人,久客思归,炀帝见中原已乱,无志北还,且欲徙都丹阳,士卒多半不愿。郎将窦贤,竟不别而行,率部西去。炀帝急遣卫士追杀窦贤,无如人不畏死,仍然悄悄逃走。虎贲郎将司马德戡,与直阁将军裴虔通等,也密议西归,辗转勾引,有一宫人闻知,报知萧后道:"外间已人人欲反了。"萧后道:"汝可奏达上闻。"宫人因申奏炀帝,炀帝怒道:"汝晓得甚么国事,乃来妄言?"随叱令左右牵出宫人,把她处死。自是无人敢言。

第九十九回　迫起兵李氏入关中　嘱献书矮奴死阙下

虎牙郎将赵元枢,已由司马德戡、裴虔通等,串同一气,约期西遁,他本与将作少监宇文智及,为莫逆交,因将密谋转告。智及微哂道:"主上虽然淫虐,威令尚行,君等亡去,亦恐蹈窦贤覆辙,自取死亡了。"元枢皱眉道:"如此奈何?"智及道:"今天已丧隋,英雄并起,同心谋叛,眼前且不下数万人,若因此举事,小为王,大且为帝呢。"元枢半晌才答道:"欲行大事,必推主帅,看来惟公兄弟,足当此任。"智及道:"这却须与我兄熟商。"元枢乃出,告知同党,德戡等亦皆赞成。又复约同智及,相偕至化及居处,推他为帅。化及胆怯,蓦闻此谋,不由的大惊失色。嗣经党人怂恿,再由智及力劝,方勉强允诺。德戡出召骁果军吏,晓示密谋,大众齐声道:"唯将军命!"于是摩厉以须,戒期行事。炀帝未尝不防,并因微识星象,往往夜起观天,望见天象不佳,即召问太史令袁充。充伏地垂涕道:"星文大恶,贼星逼帝座甚急,恐祸生旦夕,非修德无以禳灾。"炀帝愀然不乐,起入便殿,俯首歔欷。回顾见王义在侧,乃与语道:"汝知天下将乱么?汝何故不言?"义泣对道:"天下大乱,由来已久,小臣服役深宫,不敢预政,如或越俎早言,恐臣骨已早朽了。"炀帝炫然道:"卿今为我直陈,令我知晓。"迟了迟了。义答道:"待小子具牍奏明。"说毕趋退。越宿即面呈一书,究竟是否出自义手,亦不得而知。但书中指陈前弊,却是深切著明,书云:

臣本南楚卑薄之民,逢圣明为治之时,不爱此身,愿从入贡,出入左右,积有岁华,浓被恩私,皆逾素望,臣虽至鄙,颇好穷经,略知善恶之本源,少识兴亡之所以,深蒙顾问,方敢敷陈。自陛下嗣守元符,体临大器,圣神独断,谏议莫从。独发睿谋,不容人献。大兴西苑,两至辽东,龙舟逾于万艘,宫阙遍于天下,兵甲常役百万,士民穷乎山谷。征辽者百不存十,没葬者十未有一。帑藏全虚,谷粟涌贵,乘舆竟往,行幸无时,遂令四方失望,天下为墟。方今有家之村,存者可数,子弟死兵役,老弱困蓬蒿,饿莩盈郊,尸骸如岳,膏血草野,狐犬尽肥。阴风无人之墟,鬼哭寒草之下。目断平野,千里无烟,万民剥落,莫保朝昏。父遗幼子,妻号故夫,孤若何多?饥荒尤甚,乱离方始,生死孰知?人主爱人,一何如此?陛下恒性毅然,孰敢上谏,或有鲠言,又令赐死。臣下相顾,箝结自全。龙逢复生,安敢议奏?左右近臣,阿谀顺旨,迎合帝意,造作拒谏,皆出此途,乃蒙富贵。陛下过恶,从何得闻?方今又败辽师,再幸东土,社稷危于春雪,干戈遍于四方,生民已入涂炭,官吏犹未敢言。陛下自维,若何为计?陛下欲幸永嘉,坐延岁月,神武威严,一何销铄?陛下欲兴师,则兵吏不顺,欲行幸则侍卫莫从,适当此时,如何自处?陛下虽欲发愤修德,加意爱民,然大势已去,时不再来。巨厦之倾,一木不能支,洪河已决,掬壤不能救。臣本远人,不知忌讳,事已至此,安敢不言?臣今不死,后必死兵。

敢献此书,延颈待尽,窃不胜惶切待命之至。

炀帝看罢,不禁太息道:"从古以来,哪有不亡的国家,不死的主子?"义跪伏涕泣道:"陛下到了今日,尚自饰己过,臣闻陛下尝言,朕当跨三皇,超五帝,俯视商周,为万世不可及的圣主。今日时势至此,连乘舆都不能回京,岂非大悖前言么?"炀帝也不能自辩,只泣下沾襟道:"汝真忠臣,朕悔已无及了。"义又泣道:"臣昔不言,尚是贪生,今既具奏,愿一死报谢圣恩,请陛下自爱!"说至此,即叩头辞去。炀帝方再阅义书,有一人入报道:"王义自刎了。"却也难得,可惜徒死无益,未当国殇。炀帝惊叹道:"有这等事吗?可悲可痛!"遂命有司具礼厚葬。是日又接到几处警报,武威司马李轨,占据河西,自称凉王;罗川令萧铣,占据巴陵,自称梁王;还有金城乱首薛举,前僭号西秦霸王,今且移据天水,居然自称秦帝了。两路新发,一路已见上文。炀帝急得没法,只有自嗟自叹。好容易又阅数宵,正与后妃等饮酒排遣,忽见东南角上,火光冲天,且有一片喧噪声,慌忙召入直阁将军,问为何因?那直阁将军不是别人,正是密谋作乱的裴虔通。虔通入对炀帝道:"不过草坊中失火,外面兵民扑救,所以有此哗声,愿陛下勿虑!"炀帝遂放了心,但令虔通出外严守,自己酣饮至醉,挈了萧后、朱贵儿,安然同寝去了。只有此宵。

未几,鸡声报晓,天色微明,那叛兵已拥入玄武门,大刀阔斧,杀入宫来。玄武门前,本有宫奴数百人,统皆强壮,由炀帝特别简选,给他重饷,常令把守,是夕由司宫魏氏,得了叛党的贿嘱,矫诏放出,令得休息。司马德戡先驱进宫,如入无人之境,再加裴虔通作为内应,将宫门一律闭住,只开了东门,驱出宿卫,容纳叛党。惟右屯卫将军独孤盛,与千牛备身独孤开远,尚未与叛党勾通,眼见得情势不佳,即出来诘问虔通。虔通道:"事已至此,与将军无干,将军不必动手,同保富贵。"独孤盛怒骂道:"老贼说出甚么话来?"遂拔刀与虔通奋斗,战约数合,司马德戡已率叛众直入,来助虔通,独孤盛手下,只有数人,哪能敌得住许多的叛党,霎时间盛被刺死,左右逃散,独孤开远忙驰叩阁门,请炀帝亲自督战。途中集卫兵数百名,至阁门外大呼大叫,并没有一人答应,叛党已经驰到。开远回马接战,也是寡不敌众,被他刺中马首,掀落地上,为乱兵牵扯去了。阁内无人守住,由叛党斩门突入,趋至寝殿,来寻炀帝。小子有诗叹道:

> 群雄逐鹿几经秋,锦绣河山已半休。
> 到此昏君犹不悟,萧墙怎得免戈矛?

欲知炀帝曾否起床,且看后文结末的一回。

李渊之起兵，实不及李密之光明。狎宫妃，事突厥，铤而走险，不过为身家计。初无吊民伐罪之心，其所由得入关中者，全仗世民一人。世民才智，远过乃父，而李密无此佳儿，此其所以终落人后也。且李密曾劝杨玄感入关，及其自为元帅，反顿兵东都，利令智昏，不败不止，徒恃一祖君彦之文笔，究何益乎？炀帝至濒亡之际，戎厉伏于帷墙，尚自荒淫不悟，王义一书，痛快淋漓，读之令人酸鼻，而正史不录其事，岂因义为宫掖小人，本不足道，且一死谢君，固不过如匹夫匹妇之为谅乎？韩偓《海山记》，独表而出之，故本编亦不肯苟略云。

第一百回　弑昏君隋家数尽
　　　　　　鸩少主杨氏凶终

却说裴虔通、司马德戡等入寻炀帝，趋至正寝，空帏寂寂，不见一人，当即退出，另向各处搜寻。行至永巷，撞着了一个宫人，挟了细软物件，拟往别处逃生。适被裴虔通一把拿住，便问主上现在何处？宫人尚推说不知。虔通举刀相逼，只得手指西阁，向他明示。虔通乃放去宫人，领着乱党，闯入西阁，校尉令狐行达，拔刀先进。炀帝正与萧后、朱贵儿，闻变急起，自正寝逃匿西阁，猛闻阁下人声喧杂，亟开窗俯瞩，正值行达耀武扬威，恶狠狠的持刀过来，便惊问道："汝欲来杀我么？"行达道："臣不敢为逆，但欲奉陛下西还哩。"说着，即突入阁门，登楼逼下炀帝。虔通亦入，炀帝与语道："汝非我故人么？何为叛我？"虔通道："臣不敢反，只因将士思归，即奉陛下还京。"炀帝道："朕非不思归，正为上江米船未至，是以迟迟，今便与汝等同归罢！"虔通乃出，但令行达等把守阁门，不准外人出入。一面遣同党孟秉，往迎化及。化及驰入朝堂，由司马德戡迎谒。化及犹俯首据鞍，自称罪过。实是无用。德戡等扶他下马，拥入殿中，推为丞相，宣召百僚。

裴虔通复入语炀帝道："百官统在朝堂，俟陛下亲出慰谕。"炀帝尚不欲出阁，由虔通迫令上马，挟出宫门。萧后、朱贵儿俱未及晓妆，蓬头披发，随在马后，将欲出殿，被化及瞧着，忙向虔通摇手道："何用持此物来！"虔通乃引炀帝至寝殿，自与德戡持刀夹侍。炀帝问世基何在？下面立着叛党马文举，厉声答应道："已枭首了。"炀帝叹道："我何罪至此？"文举道："陛下违弃宗庙，巡游不息，外勤征讨，内极奢淫，丁壮毙锋刃，老弱转沟壑，四民丧业，专任佞谀，拒谏饰非，怎得说是无罪？"炀帝道："朕负百姓，不负汝等。汝等荣禄兼至，奈何负朕？今日事孰为戎首？"德戡应声道："普天同怨，何止一人？"言未已,忽有一女子振着娇喉,挺身出骂道:"何等狂奴,胆大妄言!试想天子至尊,就使小有过失,亦望汝等好生辅导,怎得无礼至此?况三日以前,曾有诏令宫人各制絮袍,分赐汝等,天子方很加体恤,奈何汝等负恩,反敢迫胁乘舆?"德戡怒目注视,乃是炀帝幸姬朱贵儿,便反唇道:"天子不德,都是汝等淫婢,巧为蛊惑,以致如此。今日反来多言吗?"朱贵儿尚大骂逆贼不止,惹得德戡性起,顺手一刀,把贵儿砍死。一道芳魂,已先入鬼门关,静候炀帝去了。《海山记》载及此事,故特录及以表节烈。德戡复语炀帝道:"臣等原负陛下,但今天下俱乱,两京已为贼据,陛下欲归无路,臣等亦求生无门,且自思已亏臣节,不能中止,愿借陛下首以谢天下。"炀帝听了,吓得魂飞天外,哑口无言。蓦见舍人封德彝趋入,还道他是心腹忠臣,必来救护,哪知德彝亦满口胡言,历数炀帝罪恶,促令自裁。炀帝不禁动怒道:"武夫不知名分,还可说得,汝乃士人,读书明礼,也来助贼欺君。汝且自想,该不该呢?"德彝也不觉自惭,赧颜退出。可为信佞者作一榜样。赵王杲系炀帝幼子,年仅十二,见炀帝如此被逼,竟上牵父衣,号啕大哭。虞通听得讨厌,索性也赠他一刀,杲当然倒毙,血溅御袍,便欲顺手行弑。炀帝道:"天子死自有法,怎得横加锋刃?快去取鸩酒来。"叛党不许。令狐行达复上前逼帝自决,炀帝乃自解练巾,授与行达。行达便将巾套帝颈上,用力一绞,一个淫昏无道的主子,气决归天。总计炀帝在位十三年,享年五十。

　　叛党既弑了炀帝,便出报宇文化及,化及语众道:"昏主已死,宜立新帝,前蜀王秀尚被囚禁,近亦随至东都,不如迎立为主罢。"大众喧嚷道:"斩草须要除根,奈何再立蜀王?"遂不待化及命令,分头搜戮,杀死蜀王秀、齐王暕、燕王倓,并及杨氏宗戚,无论少长,一律斩首。惟皇侄秦王浩,系炀帝弟秦王俊子,炀帝曾令他袭封,平素与智及往来,智及一力保护,幸得免死。又杀内史侍郎虞世基、御史大夫裴蕴、左翊卫大将军来护儿、太史令袁充、右翊卫将军宇文协、千牛宇文晶、梁公萧钜等十数大臣。黄门侍郎裴矩,向来是炀帝幸臣,因他扈驾东都,曾替将士献议,搜括寡妇处女,分配将士,颇得众欢;且当化及入宫时,迎拜马首,所以得免。前光禄大夫苏威,亦往贺化及,化及优礼相待,推为耆硕。百官闻威亦入贺,相率趋集。实是怕死。独给事郎许善心不至,化及恨他反对,即遣骑士就善心家,把他擒至朝堂,问他何故不贺?善心道:"公为隋臣,善心亦食隋禄,难道天子被戕,尚有心称贺么?"化及无言可驳,乃令释缚。善心拂衣趋出,绝不道谢。化及又不禁动怒道:"此人负气太甚,决不可留!"因复遣党人擒回,把他斩首,发尸还葬。善心母范氏,已九十二岁,抚柩不哭,但向尸叹息道:"能死国难,不愧我子。"说着,扶杖还卧,绝粒数日而终。母子同心,足愧佞臣。

第一百回　弑昏君隋家数尽　鸩少主杨氏凶终

化及自称大丞相，总掌百揆，令弟智及为左仆射，士及为内史令，裴矩为右仆射，司马德戡、裴虔通等，各有封赏。时已天暮，乱党统喜跃而归。化及闲着，便带着亲丁数名，入视宫寝，行至正宫，但见一班妇女，围住萧皇后，在那里啼哭。化及朗声道："汝等在此哭什么？"萧后前见朱贵儿被杀，吓得魂胆飞扬，逃入后宫，抖个不住，此时听得化及一声，又道他前来加刃，不由的起身离座，向后躲避。化及见她玉容乱颤，翠袖斜欹，已觉可怜得很，再从左右顾盼，无一非钗鬟半軃，眉目含嚬，当下且怜且语道："主上无道，故遭横祸，与汝等本无干涉，不必过慌。"一班美人儿，你觑我，我觑你，莫敢发言。还是萧后接着道："将军请坐，我等命在须臾，幸乞将军保全！"叫你献出禁脔，自然保全。化及再注视萧后，更暗暗称奇。原来萧后虽已四十许人，望去却与盛年无二，依然是丰容盛鬋，秀色可餐，便趱近一步道："皇后不必过悲，倘不见嫌，愿共保富贵。"说着，复回顾亲丁道："快到御厨中往取酒肴，与后妃等压惊。"亲丁奉令自去。化及复顾语萧后道："十六院夫人，俱在此处否？"萧后道："多半在此。"化及道："快去召齐，到此饮酒。"萧后乃遣宫女分头往召，不一时俱已到来。好在酒肴亦俱搬入，化及分定宾主，自坐客席。萧后以下，列坐主席。起初尚觉有些羞耻，及饮了几杯，彼此忘怀，居然有说有笑，好似化及是个炀帝转身，一些儿不分同异。惟萧后婉语道："将军既有此义举，何不立杨氏后人，自明无私？"化及道："我亦做这般想。现惟秦王浩尚存，明日立他为帝便了。"萧后称谢。到了酒酣饭罢，席撤更阑，化及醉意醺醺，令众美人散归本室，自己搂住萧皇后，同入欢帏。萧后贪生怕死，也顾不得甚么名义，屈节受污。嗣是化及占据六宫，把十六院夫人，挨次淫乱，就是吴绛仙、袁宝儿一班美人，也难幸免。一班畜生。看官听着！这隋炀帝烝淫无忌，纵欲无度，已受了白练套头的惨报，凡从前所有的预兆，一一应验，并且子孙被人诛，妻妾被人淫，好一座锦绣江山，平空断送，可见得衣冠禽兽，总要遭殃，就是贵为天子，也难逃此重谴哩。如闻响钟。

且说宇文化及占住后妃，方依萧后所请，托奉皇后命令，立秦王浩为帝，草草把炀帝棺殓，殡诸西院流珠堂。此外被杀各人，俱命藁葬。秦王浩惟一坐正殿，朝见百官，嗣回迁居尚书省，用卫士十余人监守，差不多与罪犯一般。国家大事，均归化及兄弟专断，但遣令史至尚书省，迫浩画敕。百官亦不得见浩。化及自奉，一如炀帝生前，纵恣月余，始从众议，欲还长安，命左武卫将军陈棱，为江都太守，领留后事。

当下出令戒行，皇后六宫，仍依旧式为御营，营前立帐。化及居中视事，仪卫队伍，概拟乘舆。凡少帝浩以下，并令登程，夺江都人民舟楫，取道彭城水路，向西进行。到了显福宫，虎贲郎将麦孟才，虎牙郎钱杰，与折冲郎将沈光，拟乘夜袭杀化及，为炀帝报仇，不幸事泄，被司马德戡引兵围住，一律斗死。及行抵彭城，水路不通，夺得民间牛车二千辆，并载宫人珍宝。此外器仗，悉令兵士背负，道远力疲，俱有怨言，就是司马德戡、赵行枢等，亦皆生悔意，谋杀化及。偏又为化及所闻，遣士及诱他入谒，一并擒斩，该死的坏党。复带领部众，向巩洛进发。途次为李密所阻，不得西进，乃暂入东郡，借图休息，再与李密交兵。

　　唐王李渊，本欲掩取东都，才拟称帝，适建成世民，自东都引归，劝渊称尊，号召天下，渊乃自为相国，职总百揆。过了数日，群僚再三劝进，因迫隋帝侑禅位，唐王渊公然称帝，即位受朝，改义宁二年为武德元年，废帝侑为酅国公，追谥太上皇为炀帝，但选录杨氏宗室，量才授职，总算与前朝篡国的主子，稍稍异趋，若要正名立论，恐终难免一篡字呢。月旦公评。李氏自起兵至即位，俱用简文，详见《唐史演义》。

　　那东都留守各官，既闻炀帝凶耗，又接关中警信，遂推越王侗嗣皇帝位，改元皇泰，进用段达、王世充为纳言，元文都为内史令，共掌朝政。会闻宇文化及率众西来，东都人民，相率恟惧。有士人盖琮上书，请招谕李密，合拒化及，元文都等颇以为然，即授琮为通直散骑常侍，赍敕赐密。密与东都，相持多日，又恐世充、化及，左右夹攻，也乐得将计就计，复书乞降，愿讨化及以赎罪。皇泰主册拜密为太尉，兼魏国公，令先平化及，然后入朝辅政。密乃与世充息争，专拒化及。世充引众入东都，正值元文都等，张饮上东门，设乐侑觞。世充忽然道："汝等谓李密可恃么？密恐陷入围中，假意求降，宁有真心？况朝廷官爵，轻授贼人，试问诸君意欲何为？乃反置酒作乐，自鸣得意么？"文都虽不与多辩，心下很是不平，遂与世充有隙。嗣接李密连番捷报，已将化及杀退。东都官僚，互相称贺，独世充扬言道："文都等皆刀笔吏，未知贼情，将来必为李密所擒。况我军屡与密战，杀伤不可胜计，密若入都辅政，必图报复，我等将无噍类了。"这一席话，明明是挑动部曲，反抗朝议。文都情急，忙与段达密议，欲乘世充入朝，伏甲除患。偏段达转告世充，世充遂勒兵夜袭含嘉门，斩关直入。文都闻变，亟奉皇泰主御乾阳殿，派兵出拒世充。世充逐节杀入，无人敢当，进攻紫微宫门，皇泰主使人登紫微观，问世充何故兴兵？世充下马谢过，且言："文都私通外寇，请先杀文都，然后杀臣。"皇泰主得报，迟疑未决。可巧段达趋进，顾视将军黄桃树，把文都拿下。文都语皇秦主道："臣今朝死，恐陛下也不能保暮了。"说虽甚是，但也失之过激。皇泰主无法调停，只得垂泪相送，一经文都出门，便被世充麾下，乱刀斫死。世充趋入殿门，谒见皇泰主，皇泰主愀然道："未曾闻奏，擅相诛戮，臣道岂应如此？公自逞强力，莫非又欲及我么？"世充拜伏流涕道："文都包藏祸心，欲召李密，共危社稷，

第一百回　弑昏君隋家数尽　鸩少主杨氏凶终

臣不得已称兵加诛。臣受先帝殊恩，誓不敢负陛下，若有异心，天日在上，使臣族灭无遗。"仿佛猪八戒罚咒。皇泰主信为真言，乃引令升殿，命世充为左仆射，总督内外诸军事。世充又收杀文都党羽，令兄弟典兵，独揽大权，势倾内外，皇泰主但拱手画诺罢了。

李密追击宇文化及，直至魏县，乃引兵趋还东都，到了温县，闻东都有变，始还屯金墉城。适东都大饥，流民出都觅食，密开洛口仓赈济难民，收降甚众。王世充伪与密和，愿以布易米。密军多米乏衣，许与交易，东都得食，遂无人往降。密方知堕世充狡计，绝不与交。哪知世充已挑选精锐，前来攻密。密留王伯当守金墉，邴元真守洛口，自引众出偃师北境，抵御世充。世充夜遣轻骑，潜入北山，伏溪谷中。更命军士秣马蓐食，待晓即发，掩击密军。密藐视世充，不设壁垒，被世充麾兵杀入，行伍大乱。再由北山伏兵，乘高驰下，锐不可当。密众大溃，遁回洛口。邴元真已愿降世充，闭门不纳。密东奔虎牢，王伯当亦弃金墉城，来与密会议行止。诸将多半解体。密乃决计入关，往降唐朝。当时随密同行，只一王伯当，他将多投入世充。唐授密为光禄卿，赐爵邢国公，密意尚未足，后来又与王伯当叛唐，终为唐行军总管盛彦卿所杀。王伯当亦死。惟徐世勣曾为密所遣，居守黎阳，寻即受唐招谕，赐姓李氏。

李渊因河东未下，尝遣刺史韦义节往攻，不利，再命华州刺史赵慈景，与工部尚书独孤怀恩，率兵往攻。怀恩行至蒲坂，未曾设备，被河东守将尧君素发兵掩袭，怀恩败走，赵慈景挺身断后，力屈被擒，枭首城外。慈景曾尚李渊女桂阳公主，听得女夫战死，当然悲悼，桂阳公主，更哭得似泪人儿一般，力请为夫复仇。渊劝她返家守丧，更促怀恩进攻，且查得君素妻室，尚在长安，特遣人执住，送至河东城下，使招君素。君素怒道："天下名义，岂妇女所能知晓？"说至此，即弯弓发矢，将妻射倒。又复誓众死守，决计不降。后来粮食告罄，守兵惶急，君素部下薛宗，竟刺杀君素，持首出降。偏别将王行本，又登陴拒守，趁着怀恩无备，鼓众出击，杀退怀恩，复得向别处运粮，接济城中士卒。唐廷责备怀恩，怀恩心怀怨望，反与行本联络，谋附刘武周。嗣经唐廷察觉，方将怀恩调回治罪，另遣将军秦武通往代，方得攻下河东，擒斩行本，但已是二年有余了。

这二年内，四方扰攘，迭起不已，吴兴太守沈法兴，独树一帜，据有江表十余郡，自称江南道大总管。东南亦不能安枕，就是前时剧盗，称帝称王，亦屡有所闻。此外小盗，忽起忽灭，不可胜数。那宇文化及退至魏县，兵势日衰，因怨智及无故发难，徒负弑君恶名。智及不服，彼此交哄，众益离叛。化及叹道："人生总有一死，但得能一日为帝，死也甘心。"皇帝滋味，果如是甘美么？遂鸩杀秦王浩，僭称许帝。才阅半年，为唐淮南王李神通所破，逃往聊城。可巧窦建德驱众杀来，化及等不能抵挡，生生被他擒住。惟建德对着萧后，却拱手称臣，不敢亵慢。恐淫妇未必见情。复立炀帝神位，素服发哀，把宇文智及等，枭斩致祭。独化及尚因住槛车，载归乐寿，斩首示众。建德素不好色，因将隋家妃妾，悉数遣归，只萧后无从安顿，令她安居别室。嗣经突厥可敦义成公主，遣使来迎，方送她出塞。还有炀帝幼孙杨政道，系齐王暕遗腹子，未曾遭害，也随萧后同赴突厥。突厥立政道为隋主，令与萧后同居定襄，萧后方安心住下了。姑作一束，详见《唐史演义》。

东都既归王世充掌握，渐渐的骄恣不法，俄而自封太尉、尚书令，俄而自称郑王加九锡，又俄而背了前言，竟将皇泰主废去，自做皇帝，国号郑。皇泰主降为潞公，不到一月，遣人致鸩皇泰主。皇泰主布席礼佛道：“愿自今以后，不复生帝王家。”乃取鸩饮下，一时尚未绝气，竟被来使用帛勒死。尤可怪的是东死一侗，西死一侑，两兄弟不约而同，好似冥冥中注有定数，要他一年间同见阎王。于是杨家称帝的子孙，覆亡净尽。唐谥侑为恭帝，王世充亦谥侗为恭帝，两恭帝在位，又同是二年。《隋书》帝纪，但录恭帝侑，不及恭帝侗，这是唐臣书法，不免徇私，其实是侑已被废，侗才嗣立，就隋论隋，未始非一线所存，应该称为隋朝皇帝。总计隋自文帝篡周，共历四主，凡三十七年。隋史自此告终，南北史也即收场，欲要问及群雄的结果，请看小子所编的《唐史通俗演义》，本书恕不缕述了。划然而止，余音绕梁。看官不要遽尔掉头，尚有俚句二首，作为全书的锻尾声。

　　　　　　南北纷争二百年，隋家崛起始安全。
　　　　　　如何骤出淫昏主，破碎江山又荡然。

　　　　　　六朝金粉尽成空，殿血模糊尚带红。
　　　　　　漫道帝王真个贵，谁家全始得全终？

　　炀帝恶贯满盈，到头应有此劫，三千粉黛，殉主只一朱贵儿，而正史不载，非《海山记》之特为表彰，几何不同流合污，泯没无闻耶？化及立秦王浩，浩不能讨贼，且仍为贼所弑，原不足道。代王侑为李氏所立，越王侗为东都所立，虽其后同归废死，然李渊、王世充等，究与化及有间，侑废而唐兴，侗死而隋乃亡，稽古者固不得徒据《隋书》，存侑而略侗也。观隋家之如此收场，益见主德之不可不明，过眼繁华，皆泡影耳。人能悟此，庶乎近道矣。